鸡毛飞上天

Feather Flies
To The Sky

长篇小说

何赛阳　编著

〔上 册〕

浙江人民出版社

图书在版编目（CIP）数据

鸡毛飞上天 / 何赛阳编著. —杭州 ：浙江人民出版社，2017.3（2024.4重印）

ISBN 978-7-213-07948-1

Ⅰ. ①鸡… Ⅱ. ①何… Ⅲ. ①长篇小说-中国-当代 Ⅳ. ①I247.5

中国版本图书馆CIP数据核字(2017)第047613号

鸡毛飞上天

长篇小说

Feather Flies To The Sky

〔目录〕

[序]

好风凭借力，鸡毛飞上天。改革开放以来，义乌人从“鸡毛换糖”开始，凭借智慧和勇气，“无中生有”“无奇不有”，创造了一个个“莫名其妙”“点石成金”的商业奇迹。而如今，在“一带一路”新丝路上，义乌人秉承浙商的“四千”精神，创业图强，改革崛起。为祖国的强盛、世界的共赢，拼搏在国际前沿。他们一直在路上拼搏的精神值得回味，值得续写，值得弘扬。

长篇小说《鸡毛飞上天》用文学艺术的形式来表现义乌发展的这种沧桑巨变。它描写了一家三代人50多年的坎坷历程，从中表现出义乌人崇尚孝义、吃苦耐劳、刚正勇为、慈善为怀的精神品格和不畏艰险、抢占先机的商业勇气与智慧，从而折射出义乌跨越式发展的轨迹。

《鸡毛飞上天》是2015年列选中宣部重点扶持的影视项目中唯一一部当代现实题材的电视连续剧，是浙商题材三部曲（另两部为《向东是大海》《温州一家人》）的收官之作，也是义乌历史上耗资最多、投入精力最大、涉及面最广的一部电视连续剧。小说《鸡毛飞上天》将在全国新华书店同步发行，起到立体传播的效果。

电视连续剧《鸡毛飞上天》，凭借著名编剧申捷原创的故事、实力派的演员、精细的制作，在众多的影视作品中脱颖而出；而小说《鸡毛飞上天》，在原有作品成功的基础上予以再创作，全书浓郁的本土风俗、方言、掌故和鸡毛换糖商业文化，淋漓尽致地展示了义乌传承了2200多年的地域文化。

本书创作角度独特而新颖，创作力度浑厚而强劲，以其清晰的肌理、厚重的史实、鲜明的浙中民俗文化而令人称道。诚如一些业内人士所说，改编者是用心、用意与用力的。

为义乌市场发展史予以有机总结与梳理，这是《鸡毛飞上天》的艺术成就之一。

在中国的近现代商贸史中，义乌始终是一个激动人心的话题。不少历史学家、经济学家、文学家和艺术家都以它为对象，投入睿智与激情，进行研究和创作。一段鸡毛换糖史，就是一段勤劳勇敢的创业史。电视连续剧《鸡毛飞上天》，无疑是为我们提供了一部生动的音像志。如今，文学工作者又将斑斓的图像化为扁平的文学，这是一次再创作。改编后的小说，海量收集资料，竭力扩充史料的来源，并反复比较疏证，因而把研究相对匮乏的义乌商贸文化和政经史迹拉到一个新的高度，对义乌的历史遗存和民情风俗予以了一次系统化的盘点与梳理。

塑造了以陈江河为主线的一大批杰出的“敲糖帮”,这是《鸡毛飞上天》的艺术成就之二。

《鸡毛飞上天》展示了近50年、尤其是义乌市场建设40年来义乌商贸发展的艰难曲折和波澜壮阔的历程。陈江河夫妻俩虽然历经波折，但依然无怨无悔，坚守人生信念，秉持祖辈的商业精神；着眼长远，主动顺应形势，打造新时代商贸模式。从最初的“敲糖换鸡毛”，建立传统行商；到培育市场，开拓海内海外市场；到向电商的跨越发展，直至新时期投入“一带一路”货运、海外仓的建设，一次次地拼搏、奋斗、商战，正是凝缩了陈江河以及无数正当韶华时光的年轻人一代代奋斗和创新的历程。

陈江河身上具有当年义乌敲糖帮勤劳、善良、正义的品性；他身上既继承了祖辈拨浪鼓文化吃苦耐劳、以诚为本、讲求信义的优良传统；又发扬了现代企业家敢闯敢创的精神。使他的性格执着而坚韧，行为果敢而顽强。在创业的道路上，他敢于勇立潮头，敢冒风险，抢占先机，争当第一。这种精神在义乌具有典型性，有了众多的陈江河，正是义乌取得辉煌成就的一个重要因素。

紧扣主题体现当今商贸业正能量，这是《鸡毛飞上天》的艺术成就之三。

除了广泛收集资料，本书编者还善于提炼、精于提炼。这里所说的提炼，不仅指对素材的筛选与运用，更是对主题和思想的淬炼。成功的作品往往是所有的“事”与“情”均应集中于突出的“着弹点”,《鸡毛飞上天》通过展示个人命运的起与伏、从商之路的成与败、追求成功的酸甜苦辣……深化了作品的基本思想，使小说达到非同一般的高度。

无论是影视作品，还是文学作品，《鸡毛飞上天》都是表现时代精神的，是展示正能量的，无疑是主旋律之作。《鸡毛飞上天》不矫饰、不回避生活的艰辛，它让主人公在崇高和世俗之间作出艰难而痛苦的情感抉择和命运抗争，无疑是值得肯定的。

义乌市场，作为中国改革开放历程中重要的典型的一页，在向世界展示过去和未来发展的“中国方案”中，不能没有义乌。《鸡毛飞上天》正是展示了关于义乌发展的气壮山河的创业史诗、筚路蓝缕的发展传奇、辽阔高远的历史画卷。而且，当今的义乌，依然是中国实体市场的引擎，是国际贸易改革的试验田，是“互联网 +”的营销风口。《鸡毛飞上天》为这一页留下了真实而精彩的记录，这使它不仅具有突出的文学价值，而且具有重要的历史意义和开拓性的指导意义。

是为序。

中共义乌市委书记
盛秋平

鸡毛飞上天

长篇小说

Feather Flies To The Sky

〔故事梗概〕

严寒天气，漫天大雪里，一个弃婴随着拨浪鼓的声音啼哭，被外出鸡毛换糖的陈金水捡回家，取名鸡毛，大名陈江河（张译饰）。他从小被陈金水带着，肩挑货郎担，手摇拨浪鼓，走乡串户，闯荡江湖，以辛劳和汗水换取一点蝇头微利。陈金水没儿子，就把自己家族传承下来的生意经全部教给了他。

长大后的陈江河走南闯北跑遍了大半个中国，偶然间认识了同病相怜的骆玉珠（殷桃饰）和留洋归来的千金小姐杨雪（高姝瑶饰），由此展开了他和这两个女人长达半个多世纪的爱恨纠葛。陈江河历经艰难，终于找到了生活艰难的骆玉珠，进而导致了杨雪的因爱生恨，杨雪成为陈江河夫妻俩生意上最大的竞争对手，她处处牵制骆玉珠，誓要与她纠缠到底。

随着两人利益关系的纠缠，杨雪开始思考她与陈江河夫妻俩互斗的价值与意义，最终嫁给了商界的一代枭雄阮文雄（张兆辉饰）。

21 世纪，陈江河与骆玉珠的儿子王旭（花昆饰）慢慢接手了家族生意。王旭是骆玉珠与第一任丈夫所生，从小是个忧郁寡言的男孩，除了家人，唯一陪在他身边的就是青梅竹马的邱岩（张佳宁饰）。

邱岩出国留学时，陈江河家受各方面因素的冲击，生意也一落千丈，王旭备受打击。阮文雄对陈家四面夹击，让陈江河陷入绝境。正当王旭处于危难之际，邱岩从国外归来，磅礴大气，足智多谋，二人齐心协力让企业渡过了难关。一家人经历大起大落后终于重新相聚……陈江河历经坎坷，饱受磨难，与正义正气人士结交，终于培育出了崇尚孝义、勤耕好学、刚正勇为、坚忍顽强、不畏艰苦、诚实守信的完美品格。陈江河血性，刚强，忠诚；胸怀像大海一样宽广，性格像大山一样坚毅挺拔；拥有爱心、包容心、感恩的心，集帅气、豪气、睿气、正气于一身。

义乌是一个孕育财富、创造奇迹的城市，从历史上的鸡毛换糖、路边集市到国际商贸中心，用几十年时间闯出了一条举世瞩目、独具特色的发展之路，成就了今天辐射到全球210多个国家的国际商品城。

《鸡毛飞上天》用艺术的形式来表现这种沧桑巨变。

鸡毛飞上天

长篇小说

Feather Flies To The Sky

〔第一集〕

一

一路上都是饿死的鸟类！两年前，尽管陈金水耍赖，修水库还是死了人，陈金水至今心有余悸，老天常常捉弄人啊，再也不能让陈家村饿死人了！

陈金水挑着鸡毛换糖的担头踏上义乌境内时，皑皑白雪已经把大陈境内的百多公里山川覆盖得白里透青了。雪雾下，厚厚的雪被在微风中发出了“窸窸窣窣”的声音，不时有冰雪掉落下来。一丛丛毛竹被大雪压弯了“背脊”，但在严寒之下，还是倔强地露出了苍翠之色。

一路上看不见任何活着的鸟兽，陈家村的敲糖佬陈金水，又一次感受到人生之路是如此艰难！

这一天，陈金水冒着风雪，挑着货郎担，吐着寒气，拖着疲惫的双脚，一步一个脚印地走在回家的路上。回家了，尽管糖担沉重，肩膀发肿，回到故乡义乌境内，担心变成了开心。脑子里像过电影一般，翻腾起了近百天来的一个个场景。

那是秋分过后，忙完地里的活，人已累得快趴下了。可是有了一段空闲的时光，他又得筹划日后的生计了。按惯例还是出门敲糖换鸡毛，照例在祠堂里点燃大红蜡烛，点燃一把香，分发给一起出门的族亲；照例朝祖先神位拜了三拜，默默地许下自己的心愿。其实，心愿很简单，如同顺口溜所言：“百样生意挑两肩，一副糖担十八变；翻山过岭到处跑，唯求盈利好过年。”

敲糖人出门前的这一幕“辞族”活动，不知上演了多少回，可谁也不知道这一仪式始于何时。不过出门前祭拜祖宗，长辈在场三问三答，亲自过问大家境遇，仪式是庄重的。

“天气冷，带个小子挑担头；生姜糖十五斤，元宵转来。”长辈点点头，大家又把家里的老少托付给长辈照应，敲糖人的心里是温暖的。

希望是满满的，但很少有如愿的时候。

这趟出门，陈金水带着二十几个族亲，走的是北路。先到苏溪，经大陈往北，过诸暨进入萧山，直赴杭州到达设在南星桥的北路总站，由此再去嘉兴、上海、南京……直到徐州终点站，队伍越分越少。年后，又从徐州返回，经南京、杭州、富阳、桐庐、诸暨而回义乌，队伍越聚越多。这一来一回紧赶慢赶，换鸡毛、收破烂、摆地摊，千辛万苦的敲糖路，苦和累自不待言，要命的是这敲糖生意，远不如从前了。否则，搭火车回家就省力多了。

原先丝绸之府、鱼米之乡的江南风水宝地，完全失去了本来面目。国家遭受的巨大困难已到了第三年，早早到来的寒风从萧瑟的大地掠过，田地大片荒芜，商店空空无物，百姓吃缺粮，烧缺柴。一路走来，江浙农民对付饥饿的法子，让见多识广的陈金水一行也见所未见、闻所未闻。为了活命，那草根、树叶做的观音豆腐，苦涩得舌头发麻也得咽下；山上的“野金刚”“八角刺根”做的面包，吃进肚子，变成了“铁蛋”。第二天需要让亲人用“田氏钩”（一种取野菜的工具）来抠挖肛门内干结的粪便……扛不过这种饥饿的长期煎熬，年龄大的劳力大多存在着“鼓胀病、黄疸病、手脚浮肿”的毛病。

都到了饥不择食的地步了，哪来的鸡鸭鹅毛来换取你的糖粒？百余天下来，尽管这个陈家村最富敲糖经验的“老路头”精通生意经，可是总共才换来不足一担的鸡毛。眼看老家越来越近，陈金水从梦魇中回过神来，不由自主地放慢了脚步，一脸“无颜见江东父老”的神色。又是一阵铺天盖地、洁白晶莹的雪花飞来，陈金水深一脚浅一脚地踏着回家的路，为发泄心中的不快，他举起手中的拨浪鼓，用力摇了起来……

“拨浪……拨浪……哇……”

随着拨浪鼓声，身后突然传来微

弱的婴儿啼哭声，陈金水吓了一跳，猛回头望去。

萧条的荒野中，几垛稻草蓬孤单地在寒风中抖动着。零星的雪花飘落，昏黄的路上，没有人影，陈金水继续前行。

陈金水放下担子，四下观望，四周一片寂静，如同幻觉般，再没有哭声了。他凝望着远处的稻草垛，嘀咕道："活见鬼了！"挑起担子，扭头往回走，又使劲地摇起拨浪鼓。

"哇……哇……哇……"

陈金水遁声望去，快步冲到不远处的稻草垛前，扒开干草。

一个裹在一件黑不溜秋的旧棉袄中的弃婴，正瞪大眼睛看着陈金水。

陈金水抱起婴儿，来到八里桥头下。八里桥是座单孔石拱古桥，东西横跨于大陈溪之上，是过往陈家村的必经之路。桥两端几棵粗壮的古樟树依然神态安然，一些不知名的藤蔓密密麻麻地从桥的石缝间长出，长长地披挂下来，挡住了些许寒风。紧随陈金水身后的十几挑担子先后赶了上来，有人警惕地蹲在桥头放哨，大伙放松心情围拢在陈金水身旁，惊奇地看着婴儿。

这个说："老路头，就这会儿工夫，你鸡毛没换回，怎么换个娃娃回来了？"

那个说："还是个带把儿的，金水哥是要招女婿啊！"

一阵哄笑，陈金水怒视众人，嬉笑声戛然而止。

陈金水抱紧了婴儿："这也是一条命，我不能眼睁睁看着他活活冻死！"

可众人也不相让："把娃捡回去怎么养啊，这年月自己的儿女还养不活呢！"

"我出门前，家里吃的是玉米糊糊、稀汤烂菜，这年头，谁也吃不起白米饭……"

"大哥，哪里捡的就放回哪吧！人各有命，说不定他爹娘后悔了，又回来找呢。"

"可怜呀，就没听这娃哭过，该不是残废的吧？"

"这个时辰的小孩养不活，短命鬼呐！"

陈金水举起拨浪鼓轻轻摇了摇，婴儿发出了清亮的啼哭声。

陈金水得意地扫视众人，大家惊奇地围上，纷纷摇起拨浪鼓，婴儿的哭声越来越大。

陈金水双眼盯着婴儿，凝视良久，他完全忘记了家里揭不开锅的窘境，动情地说："这小子与我们敲糖佬有缘啊，往后，就跟我了。我家有吃的，就不会少他一口，我家没吃的就吃大家的，只要有一家开伙，就饿不死他，大家总不会见死不救吧。"

陈金水远远地看到雪雾上面有一

片熊熊烈火在燃烧，原来，那是向阳的山顶上几片抵御过强劲的冬风、顽强屹立在枝头的红叶，那是一片片醉人的红叶世界。微风过去，一簇簇密密相连的红叶便轻轻摇曳，翩翩起舞，为严寒增添了一抹亮色。

陈家村虽不富有，但自古就有扶贫济困、崇文尚武、精忠报国的好村风，陈金水的父亲重辉公当年更是因为侠肝义胆，卖掉了自家一千多亩肥田，招兵买马、毁家抗日而闻名乡里，受人敬仰。现如今，陈金水的话语，也是落地有声的。

大家忙接口说:“穷帮穷，富帮富，应该的。只是这娃叫什么名字还不知道呢！”

陈金水思忖：“这孩子是我挑着糖担换鸡毛捡回的，就叫鸡毛吧……”

二

春去秋来，草长莺飞，经历了十数个寒暑，吃着百家饭的鸡毛日长夜大，虽然主食是番薯、草籽饭或者野菜，而且还是吃不饱。金水叔能把鸡毛养大，的确非常不容易！

陈金水对他视同亲生，给他取了一个大气的名字——陈江河，并按陈氏家族的传承教他为人做事，小小年纪的陈江河成了村里一帮小屁孩的头。

这小子性格倔强，聪明伶俐，脑瓜子特好使，老缠着陈金水问这问那。陈金水也有意把祖先那些八辈子之前的陈年旧事讲给他听。

这一天，陈金水又拉开了话匣子：“鸡毛，你都十四五岁了，虽未成人，也该学学做人的道理了。不过，你跟着叔学就行了。这做人呢，必须要诚实、善良，但人心太过善良，处事太过软弱也不行！比如傅大士教我们的：池塘里跳到路边的鱼，非得扔回去放生不可；比如生活中遇到了一点困难，也不敢与它抗争，那就会应验‘马善被人骑，人善被人欺’的古训。”

陈江河似乎不能理解其中的意思，有点心不在焉，双眼不时地往窗外张望，像是在等小伙伴的招呼。

陈金水见状，按了按他的头，不客气地说：“那就讲武的，你就给我好好听着：义乌历史上有血性的名人很多，有‘初唐四杰’之称的文学天才骆宾王，有名留史册的抗金名将宗泽，有金元四大名医之称的朱丹溪，有明代抗击倭寇入侵的敢打敢拼的三千‘义乌兵’等。

“‘义乌兵’是四百多年前的事了，书上都记着，戏台上婺剧在演着，更是上了国史的。当时，义乌老百姓都很穷，可是老天爷够意思，我们陈姓族亲居住地倍磊的八保山上发现了不少矿藏，于是大伙纷纷放下锄头，离开田地，上山当起了矿工。挖矿当然比种田更来钱，可是近邻穷兄弟眼红了，永康盐商会同景宁、龙泉等数千人，带着农具、铁铲和刀具向着八保山进发，他们自恃人多势众，安营扎寨，偷盗挖掘，目中无人。

“这一下，陈姓族亲不答应了，我们好不容易有了点盼头，现在你来吃现成饭，你算老几？

“为保护矿藏，先祖陈大成、陈禄为首，带领全村人，又联络陈家村等四方族亲共三千余人，前往阻止拦截，引发了一场惨烈无比的斗殴。

“那些天，我们陈氏族人，不论男女老少，大家一同上阵，用锄头、柴刀、棍棒，甚至菜刀，狂叫着冲进了盗矿的人群，大砍大杀。他们不但勇猛，还极具牺牲精神，父亲伤了儿子替，哥哥残了弟弟上。就连被人打倒只剩下一口气了，临死前还要留下一句：‘你们接着给我打！’

“这场参与人数上万，历时四个月，双方死伤两千余人的斗殴，打出了义乌人的霸气和威风，打出了我们义乌人的血性，新鲜谈头也传遍了浙江各地。

“后来，这场斗殴被奉命前来浙江募兵的戚继光知道了，连他也说出了心中的恐惧：

“‘我征战十多年，天下强横之徒，大都曾见过，一直从无畏惧。但如义乌人之彪勇横霸，善战无畏，实为我前所未见，让人闻风丧胆也！’

“然而恐惧之余，戚继光又格外兴奋：一个能为家族的权属奋不顾身的人，在大明江山社稷危难面前定能义无反顾。如果招义乌人入伍，祸害大明江山的倭寇就死定了。于是，他一次就在义乌招募了四千精悍汉子，其中倍磊村就有九百多人。

“陈大成率子侄应募，训练后防守台州。在台州，陈大成率领兵马大破倭寇，屡战屡胜，前后告捷共有十二次，显示了我陈氏族人每逢大敌当前，都能奋袂而起，执干戈捍卫家园邦国，歼敌寇于海疆之外。忠勇之性，彪炳史册；浩然之气，常存天地之间。

“后来，陈大成率领的‘义乌兵’保卫了大明王朝的安全，成了一支战无不胜的铁军，我们陈姓族亲有五十多人当上了将校级的武官。

“这些义乌子弟兵，由于走南闯北，门路广，信息灵，胆子比一般民众大，退役回故乡后，有的就步入了手摇拨浪鼓、敲糖换鸡毛的走村串巷行列。”

鸡毛像听神话般被深深地吸引了，眼睛睁得大大的，分外有神，对“义乌兵”充满了无限崇敬的心情。

要不是窗外陈大光一伙小屁孩“鸡毛、鸡毛”地大声呼叫，陈江河肯定还会缠着陈金水，打破砂锅问到底的。这时，陈大光一下子撞进门来，拉过鸡毛，一阵耳语，两人便急匆匆跑出房间奔村外而去，躲在门外的十来个小孩，一拥而上，紧紧跟随。

三

陈家村原来是每逢农历初一、初四、初七集市的，今天是农历九月九，物资交流会到了！只见东阳、浦江、诸暨邻近乡的人都往陈家村赶来，几乎所有的大小街巷弄堂里，都摆满了各种各样的小摊。新祠堂前在斗台，几个婺剧戏班在同一个地方同时演出。

陈江河带着大伙冲进了邻村村头的一个大院子里。邻村的一帮小孩歪头鼓腮站成一排，似乎很不服气。

原来昨天两村小孩进行了攻占山头比赛。陈江河用计谋将对方为头的死死地摁翻在地，见大首领被擒，其余的“兵将”一个个都放下木棍，缴械投降了——陈家村又一次打败了邻村。按照约定，双方都得从家里拿出一些物品，让赢的一方先挑，作为战利品，挑剩的归输方。

两村小孩从家里偷偷拿出来的杂物摆了一地，有针线、布头、破旧衣服、火柴、麻绳、油灯等。对方带头的双手叉腰站在前头，等待陈家村小孩先挑物品。谁知陈江河一上来，就蹲下摸摸这个，挑挑那个，还划着了一根火柴点着了油灯，上下左右看了又看。然后，扫视了一下对方的队伍，转身与陈大光几个轻声嘀咕了一会。陈大光很不情愿地从袋子里掏出漂亮的鸡毛毽子，扔给对方。原来，陈江河看见对方队伍里女孩多，就加码了一个毽子，花的是最少的代价，却投其所好，这一招真行！陈江河镇定自若：“我要这盏油灯再搭盒火柴。”

对方为头的挽起胳膊，怒气冲冲地嚷了起来：“鸡毛，你又要滑头。拿我们当麻包种？每次都被你们村占便宜，要知道，让你们先挑，已够便宜你们了，油灯是偷拿出来的，回去他要挨揍的！”陈大光连忙窜到陈江河身后，陈江河提起毽子踢了两下，不慌不忙地笑着说：“山头是我们攻下的，打胜仗的一方理该享有战利品。给你们这个漂亮毽子，还是看在你们女孩多的分上，要不，再搭两条带弹性的红头绳好不好？”

没等陈江河说完，几个女孩拽着带头的，一把从陈江河兜里抢过红头绳。陈江河迅速捡起油灯、火柴和麻绳，一把塞到陈大光手中：“油灯就是给你家要的，你娘上次说缺个油灯，忘了？”陈大光接过油灯，孩子们一阵欢呼雀跃。

夜色降临，陈金水的女儿巧姑和几个挎着篮子拔草的女孩在村头翘首以待。陈江河骑在牛背上拉着缰绳，俨然首长。他带领一队扛着木棍的少年，唱着“八月桂花遍地开，鲜红的旗帜竖啊竖起来……”雄赳赳气昂昂地走进村里，巧姑见了兴奋地喊道：“噢，我们的队伍回来了！”

女孩们端上一碗碗水高高举起，巧姑抢在前头，一把拉住陈江河，掏出酒糟馒头往他怀里塞：“鸡毛哥，这么神气,我们又赢了吧？”陈大光见状，不高兴了，对巧姑说：“演习嘛就得演真点,不要鸡毛、鸡毛的,该叫首长！”

“是，首长！还有，为庆祝胜利，今晚慰劳你们，到我家吃油煎馃！”巧姑一说完，大家一片哄笑，争先往她家跑。

四

陈家村围绕着一口大池塘规划建村。村东北方向是一片绿树修竹掩映下的山坡，南边和东边是山泉叮咚的义乌江，它承载着陈江河、大光、巧姑他们童年的欢乐：江滨树影婆娑，翠竹葱茏，长年密密生长着野生芦苇；江水潺潺，清澈见底；江水之上，白鹭点点，鸟鸣清脆。小伙伴们从小喜欢在水中捞鱼捉虾，在溪边嬉戏玩水。捕捉到了大鱼就用来红烧，小鱼小虾用来油炸，那不仅仅是对肚子的犒劳，更是童真童趣的巨大满足。到了晚上，将草席往大塘前的石灰盟塘上一铺，大伙挨个躺着，摇着蒲扇数着星星，有人谈天说地，讲着白脚红脚的怪异故事。

俗话说：“少年不知愁滋味。”一帮小屁孩，不管家里有吃没吃，有穿没穿，就这样疯着、玩着，无忧无虑地过着他们战斗着的童年和少年时光。

转眼又到了腊月，零星的雪花飘落，远处有孩子点燃的鞭炮声传来。陈江河、陈大光、巧姑一帮小孩又凑到了一块。巧姑说：“快过年了，外出敲糖的大人们也该回来了。我爹要是能带点山里的笋干、蘑菇该多好。”陈江河、陈大光最希望大人们带个城里人丢弃、乡下人稀罕的小玩意，那才带劲！

正当孩子们展开想象的翅膀，憧憬着大人们满载而归的喜悦时，他们的老娘们却急得如同热锅上的蚂蚁。

原来，刚才柱子跑回来报信，说陈家村出去敲糖的人差不多都被抓被关了。

陈江河二话不说，一头就冲进隔壁陈大光家的院子，只见村里的女人围成了一团，大光娘正低头抹眼泪，柱子哽咽着诉说：“我们在诸暨县最东边的公社，离这一百五十里路，还得翻两个山头的一个村里汇合，正商量着怎么回来过年，谁想到早已被那边的民兵盯上，把我们一锅端了，说是投机倒把，还要送到县里去。”

女人们听罢，嘤嘤地哭了起来。

陈大光脸色煞白，无助地看着陈江河。巧姑含着泪，摇着陈江河的胳膊："鸡毛哥，这可怎么办呀？"

陈江河一句话也没说，神情淡定，像没事一般，一个主意却在心中生起。

夜色降临，笼罩着凄凉的村庄。陈江河顾不上吃晚饭，疾步离开村庄，行走在山林里。陈大光看出了陈江河的心思，这小子一犯坏水就不理别人，知道今晚一定有戏，就悄悄地一路跟来。但离村庄不久，就被陈江河发现了。江河告诉大光，他要去诸暨救金水叔和大光爹他们，现在多了一个帮手,把握更大了。这倒真正应验了"人小鬼大"这句俗语。但陈大光真有点不敢相信，就凭两小孩怎么救啊？陈江河说:"我先到那里，临近侦察一下，然后制订解救方案。"

他俩赶到诸暨最东边的公社时，已近傍晚。江河让大光去村中探听情况，约定在村口山坡上碰面。不一会，大光气喘吁吁地跑上来，扑倒在江河身旁，气急败坏地说："金水叔，我爹他们……都被关、被关在……公社广播站的后院里，手上还绑着绳子呢！门口有两个人看着。"

听完陈大光的报告，陈江河思索片刻，目光死死地盯住了广播站，对陈大光说："刚才几个小孩在广播站外放鞭炮,看见拴在外面的大喇叭了吗？可以利用他们，制造混乱，把大人救出来！我俩分分工，你到广播站门口，找那两个看门的吵，就说要见爹，我到广播站后门见机行事,就这么定了。"

大光摸不透鸡毛葫芦里卖的什么药，怔怔地打量着江河。江河二话不说，从兜里取出一把小刀，递到大光手中，又在他耳边低语。大光大惊失色："又想让我当诱饵？我不干！"

江河火了："如果你不想救你爹，就别干！"说罢，一头扎入夜色中。

大光一脸懊恼地来到广播站门口。看门的不由分说，揪着脖领一把将他拉到院中。大光高声喊叫："放开我，我要找我爹！"

大光爹听到声音，高喊道:"大光，爹在这呢！你们放了我儿子！"

这时的大光，一点恐惧都没有了。爹在，村里的大人都在，江河又有好计谋，一定得救出爹。于是，猛地使劲挣脱看门人的双手，撞开屋门，看门的顺势将大光推进屋内："老实点，说出你们是哪村的，就放了你们爷俩，否则，老实在这儿待着。"说罢，转身走出屋子，反锁了房门。

大光一下子扑到爹的身上，十几个货郎反缚着双手，一个个围拢过来。大光爹反而责备起大光来："谁让你来的？我们不偷又不抢，怕什么！"大光压低声音说："鸡毛带我来的，他正想法子救你们呢！"

陈金水一惊，警惕地看着门外：

“鸡毛？他人呢？”

江河正在播音室附近转悠，小心翼翼地扒开窗台的窗帘，只见一个老者正在讲话，他对着包着红布的话筒，慷慨激昂地教育说：“社员同志们，政府规定，不准弃农经商，不准长途贩运，有人就是不听，我们要时刻提高警惕……”

陈江河也不知道什么政府规定，就知道金水叔、大光爹他们都是凭力气吃饭的，能犯什么错，要把他们抓了？他一下子来了气，用打火枪从前面小孩手中换来一串鞭炮，掏出火柴，一个个点燃了往播音室扔。小小鞭炮时断时续的噼里啪啦声，经大功率扩音器的迅速扩大，从高音喇叭里传出的是一阵阵巨大的爆炸声和“来人啊”的惊叫声，两个守门的民兵闻信朝后院扑去，村民涌出家门，望着高高的喇叭，听着诧异的喊叫声。

货郎们的绳索都已落地，大光爹抱住聪明的儿子急了：“大光，你们这可惹了祸了。”

陈金水阴沉着脸：“大伙不能走啊，我们大不了上县里的学习班，这一逃是罪加一等！”

突然，门被打开了，陈江河一脸兴奋，拉住陈金水：“金水叔，快走！”

陈金水闷声道：“你这叫什么？”

江河道：“围魏救赵呀，你教我的！”

陈金水真想扇鸡毛一记耳光，手刚扬起，外面传进了“救火呀！快救火！”的呼喊声。众人急忙涌到门口，只见后院浓烟滚滚，陈江河呆住了。

陈金水怒视着江河，一咬牙，大喊一声：“走，去救火！”

火已烧到后院房梁。有人高喊：“快！仓库的粮食不能烧了！”陈金水带众人顶着浓烟，冲过一根根砸落的木头，往返背出一袋袋粮食。江河一眼看见墙根上摆的十几副货担，急扑过去。陈金水一把拉去没拉住，怒吼：“鸡毛！快出来，货不要了！”江河钻过火苗，在货担里翻找。火苗四窜，瞬间形成一堵火墙，货郎们已被大火阻住不能冲进，大光哭喊着向里奔去，被父亲一把抱住：“鸡毛，快出来呀！”江河终于从货担中抢出一只拨浪鼓，一根粗大的房梁砸在眼前，江河抱头摔倒，陈金水一把揪住他的脖领，拎出了火海。

一场火算是为陈金水一帮货郎们解了围。诸暨的乡亲们看见了敲糖人的壮举！存放在广播站隔壁仓库里的储备粮一粒未烧，一帮外乡来的敲糖人冒死把救命粮从火中抢了出来，有个老人感激得几乎要跪下叩头。陈金水顾不得领情，带着大伙匆匆往村外走去，趁着混乱，他们得赶快离开这个是非之地。

大光爹有点不敢相信：“就这样把我们给放了？”心中忐忑，边走边捅了捅前面的陈金水，说出了自己的疑虑："哥，多亏这把火。但不知这火是怎么烧起来的？"陈金水扫视了众人，目光落在了江河身上，压低声音喝道："全靠这娃，咱逃过一劫，这事就烂在肚子里，谁也不能说！"江河含泪低下头："我没想点着它。"

五

最早发现敲糖人回来的是巧姑。鸡毛和大光不见了，她像掉了魂似的，乌溜溜的大眼珠，老是呆呆地注视着村外。这个不大不小的女孩子平日里与一帮小男孩一起穷疯，现在爹也未回，两个玩伴也两天不见了人影，巧姑的眼窝儿湿润了，两颗晶亮的泪水，像断了线的珠儿一样，落在了地上……爹呀，鸡毛、大光，你们在哪里呀？

落日的余晖里，村落的尽头处，出现了一溜长长的人影。眼尖的巧姑随即大喊了起来："我爹他们回来了！鸡毛把他们都接回来了！"

陈金水带着十几条汉子，与聚在村口的村民拥在了一起，大伙悬着的心，终于放了下来：好歹能回家过年了！

除夕夜，陈金水家，贤惠的陈妻营造着这顿年夜饭的欢乐氛围，她点起一对红蜡烛，屋内顿时明晃晃、亮堂堂，红红火火。热腾腾的馒头正从锅里取出，它是义乌人年夜饭必吃之食，预示着来年大发。年糕是每家必备的，寓意一年更比一年高。鱼也是必不可少的，连饭也比平时多烧一点，以示食食有余，连年有余。巧姑坐到了桌子前，看着一桌热腾腾的饭菜，闻着一阵阵往鼻窟窿里钻的香气，空了一整天的肚子咕噜咕噜地响了起来，喉腔里不由地咽下了一口大大的口水："爹，娘，鸡毛哥，快来吃吧！"

陈金水却在屋里抽着闷烟，陈江河坐在他对面的小凳上，摆弄着手中的拨浪鼓，爷俩一声不吭。陈江河知道陈金水还在为着火的事生气，委屈地说："叔，我真没想烧广播站，是他们村的小孩放鞭炮先扔的，他们做游戏，边走边朝广播站窗口扔着，我只是利用他们制造混乱罢了。"

陈金水苦笑："我没说这个，今天你捡回了一条命，知道吗？为了一个拨浪鼓，你差点就没命了。"

陈江河有点犟："没有拨浪鼓当年我早冻死了，这拨浪鼓就是我的命，这，是您说的！"

陈金水呆住。这个厚道又不失精明的当家人，他想不到眼前这个长得才锄头柄高的娃娃心灵上的变化，更想不到一个整天爬树丫、拔野草的小孩竟会说出这样的话！真是没爹娘的孩子早懂事。他心头一热，伸出大手，将鸡毛拉到身边，在孩子的头上揉了揉："快吃吧，孩子，香喷喷的馒头正热着呢！"

陈江河，似乎真正尝到了自己卑贱人生中的苦涩与甜美。

陈金水拿过一只馒头，夹过一块猪肉，递到陈江河手上。陈江河哽咽："叔，我是被爹娘扔了，被你捡回来的。为什么，叔婶、叔伯、大光爹、柱子叔，这些不相干的人都对我这么好？"

陈金水说："那是因为你叫鸡毛，鸡毛比什么都贱，可它是我们敲糖人的宝。鸡毛比什么都轻，可有一阵风他就能飞上天。你是我捡来的，是我们陈家村的人，有朝一日你要是飞上了天，可不能忘了这里。"

陈江河用力地点了点头。十几年来，他没少吃过爷爷、奶奶、叔伯、婶婶家的饭，没少睡过小伙伴家的床，除了身上流淌的血，他觉得自己的一切都是陈金水给的，都是陈家村乡亲给的。这金水叔就是自己的亲爹，这陈家村就是自己的家。

陈金水的拨浪鼓是老牛皮做的，已经被小鼓锤敲打得发光发亮了，当他把这个传家宝交给陈江河时，心中一阵畅快："你的命，归你了。从今往后，你跟我练！将来还指望你成为我陈家的倒插门女婿呢！"

巧姑一听，似懂非懂地低下头去。一家四口，在忽闪忽闪燃烧着的温暖柔和的烛光里，欢快地吃起年夜饭，那燃烧的蜡烛，如同一个调皮的小女孩在翩翩起舞，她在为陈江河的成长唱着赞歌哩。而透过这红红的烛光，陈金水的心中却掠过一丝隐隐的不安：诸暨这把火并不是你说烧完就烧得完的……

六

过了元宵，陈家村的敲糖帮又得一拨一拨出门了。在陈金水这一拨里，多了个学艺的徒弟，就是新入敲糖帮的陈江河。出门做生意不是说你想出去就可以出去的，带着个个头还不及糖担高的孩子，陈金水觉得担子还挺沉的。有钱人家的孩子，这般年纪还在爹娘怀里撒娇呢，他却没有那个命，小小年纪就得去敲糖。

备足了针头线脑、发夹纽扣、生姜糖等，叔侄俩在诸暨直埠车站下了火车，一股冷空气席卷而来。雪后初晴，眼前是一片白茫茫的世界。横在面前的是大雪覆盖下的大山脉。抬头仰望，天空雪白得耀眼，山峦已经层次不清，显得更加白茫茫的，沉重地垂在星空的边际。山陡路滑，这是一片清寒、静谧的和谐气氛。

金水叔告诉江河，上山最怕身子不稳往前倾，一不留神就容易被绊倒。狭长的路面只够一人行走，如果正巧遇到两个人面对面经过，当中必须有一人要靠边让道。“担子一定要挑平稳，支撑住重心，两手一前一后扶住箩筐。”

陈江河把货郎担的绳子系到最短，这样收破烂回来，沉甸甸下垂的担子就不至于碰到地上。腊月天阴冷潮湿，陈江河虽然筋疲力尽，还是不能入睡。他爬上阁楼时大吃一惊，原来是一副还没有上漆的棺材放在那里。陈江河发现里面很暖和，第二天晚上，他就早早睡了进去。一开始，还怕红脚鬼、白脚鬼，第二天后，就呼呼大睡了。都说懒，懒不过叫花子，苦，苦不过敲糖帮。这小孩子哪里知道什么是苦呢？既然走上了这条路，就慢慢调教吧。

一副糖担，就是一个移动小百货店铺，很受山区村民，特别是妇女、小孩的喜爱。

这一天，爷儿俩挑着糖担，从赵公村来到次坞村。平时，这个大村的人忙于种地，侍弄庄稼，只有到冬季，才会放下手中的锄头、犁耙，让自个消停些日子。村里寂静而安详，墙根有几个老汉在晒着太阳。未进村头，陈金水就对陈江河说：“敲糖先得学会吆喝，要喊得响亮、喜气，像唱歌一样，你试试。”

陈江河扭扭捏捏，像个小学生：“敲糖换鸡毛哦……”

陈金水苦笑着摇头：“跟没吃饱一样，得拉直脖子，喊得穿透天空，冲破云层！”

陈江河踮起脚跟，直起脖子吼了起来：“鸡鸭鹅毛——破铜烂铁——换糖啰！”

稚嫩的叫喊，招来了几个妇女和小孩。爷儿俩把糖担歇在了村边一座院落外，却见矮墙上趴着一群看热闹的小孩，看着一只大肥猪满院乱窜，一位老太拄着拐杖挡在门口，生怕肥猪窜出门外，口中骂道：“这个杀猪的，狗背的！猪都从栏里跑出来了，怎么还不来呢？”

陈金水知道，一定是这个杀猪佬因为赌博耽搁时间了，要真让这头猪窜出院子，跑进田野，那可就费事了。

爷儿俩马上放下手中的生意，冲进院子，一人堵住一头。陈江河猛扑在猪的后身，陈金水趁势按住头部，将猪腿紧紧捆起，好一头大肥猪，像一堵墙似的翻倒在地上，瞪着两只酒盅大的眼睛，无奈地嗷嗷直叫。

老太太连连道谢。陈金水借机向陈江河灌输起做人经商的道理：“我们敲糖佬一年到头在外谋生，难免会碰上各种困难。常言说在家靠父母，出门靠朋友，但这人心都是肉长的。如果你想遇到困难时，有朋友来帮你；你在平时能出手帮人家一把时，就不能偷懒，得做有情有义之人。敲糖经商以‘义’为先，这是我们义乌人的理儿。平时看着没什么，生意却就是这么一点一点攒起来的。

“我们敲糖人有个‘出六进（居）四’的规矩，什么意思呢，就是赚到钱时得把其中的六成用于酬谢那些帮助过自己的朋友，就是送出要多于进入。大家都经商赚钱，也得上半夜想想自己，后半夜想想人家，宁可人赚九我赚一，也不能光想着自己赚钱。”

陈金水会演婺剧《野猪林》中的林冲，没生意时，时不时也会耍几下棒子招揽生意。他仗义疏财，双目如炬，恨不得将这些理儿一股脑儿全灌进陈江河的心里，陈江河听着这些掏心窝子的生意经，虽然一时难以弄懂其中的道理，但断定照着金水叔说的去做绝不会错。

这个乳臭未干的小伙，挑起几乎拖地的糖担，在雾霭中、晨光下，和着鸟儿清脆的嗓音，激情满怀地撒下了一连串敲糖换鸡毛的吆喝，又开始了新的一天。

“鸡毛鸭毛鹅毛换糖喽！”

正月出头了，拜完老旧发黄的挑货郎像，雪也停了，空气里弥漫着火药的香味。陈江河赶紧收拾糖担，踩着晶莹丰润的雪被赶生意去，陈江河手里拿着那个“咚咚咚”能敲得震响的拨浪鼓，肩上一根扁担挑着两个竹筐。转了两个村庄，身后已跟着一大串孩子，跳着、叫着：“小换糖佬，小换糖佬。”陈江河吹大了一个又一个泡泡，加上针头线脑，递给老小主顾。接过鸡鸭鹅毛和刷刷作响的压岁钱。他把糖担压了又压，生意很好，兴奋使陈江河忘记了劳累，乡亲们围货摊争着换糖，陈江河计算着每一件递上的物件……

一个大雾天，陈江河挑着糖担翻过诸暨白峰岭，在岭上遇到一个人带着鬼面具，拿着红缨枪要来打劫。那人低声对陈江河吼道：“留命不留钱，把钱拿来。”小换糖佬陈江河很害怕，避到一边说：“钱在玻璃下面的盒子里，你自己拿。”趁这个打劫者蹲下身子，去货郎担翻盒子的时候，陈江河一脚踢过去，把他踢到了一边，紧接着又冲上去，抓住他的领子，对着他的太阳穴打了一拳，还脱下这个人的鞋子说：“你要死就留下来，想活快点走。”把蒙面人打得落荒而逃，而且不敢报复。

七

陈家村四五个人才有一亩地，人多地少，土地贫瘠。陈家村人把土地当成了宝贝，今天大伙们汗流浃背，除了烧焦灰、撒草木灰，多数人在“塞和毛”（塞秧根）。所谓“塞和毛”，就是用鸡毛、鸭毛与塘泥、人畜粪尿搅拌起来，踏成泥状，然后制成“泥团”

（肥料），将“泥团”搓成拇指般粗，再头顶酷阳、脚踩烫水，把一颗颗泥团喂到庄稼“嘴巴”上。

一辆吉普车朝陈家村驰来，腾起了一路土烟。这汽车只有县革委会大院才有，一帮小孩好奇地跟随着奔跑。坐在生产大队办公室的陈金水预感着这不是好兆头，觉得一把火的事儿没准又要烧旺起来。他觉得对不住鸡毛，一个从小失去爹娘的孩子，自己没管教好，让他上不着天，下不着地，干出了那出格的事，可这话他却说不出来。如果说了，这事儿就败露了，这小孩就毁在自己手里了，那不成了罪人？如果不说，该如何应对呢？他不由得从心底发出一阵深深的叹息，但这叹息只是在他的胸膛里迂回，并没在喉咙里发出。他拿定主意，自己是一村之长，得把担子一肩挑了。他急忙招呼窗外玩耍的陈大光，耳语一声后，转身办自己的事。

奔跑戏闹的陈江河突然被大光从身后揪住，陈大光焦急地低声说：“快走，你不能在村里待了。”“为什么？”陈大光急了：“金水叔说的！跟我走！”

吉普车停在了大队办公室门口，三个穿着军棉大衣的人，一脸严肃地坐在办公室。陈金水忙着倒水。其中一人拿出介绍信晃了一下：“我们是县革委会人民保卫组的，听说你们路过诸暨，扑灭大火，救出了公家财产。可人家怀疑鞭炮乱炸是假，火是有人趁乱故意放的，现在来你村就是调查这起纵火事件，你把当时在场的人员都叫来！”

就在吉普车进村的那一刻，十几个货郎和村民就前后脚地来到大队办公室门外。他们的心情是复杂的：我们敲糖换鸡毛怎么会是犯法的呢？我们救火人家还叩头道谢呢？你人民保卫组还能把我们怎么了？

可当陈金水走出办公室，把人民保卫组的意图告诉大家时，一种不祥的神情一下子僵在了这些货郎的脸上，他们一个个傻呆呆地注视着陈金水。

陈金水扫视了众人，低声用义乌话严厉地说：“那火就是我们扑灭的，谁也不许松口，谁若提鸡毛，陈家村就容不了他。”

众人用力点头，跟随着走进办公室。

这些年，在义乌这块黄土地丘陵上，跟全国一样，正在闹腾着一场“革命”。这实在是一场理解错误、执行更加错误的灾难。原本孝义当先、或农或商、或耕或读的土地上，时不时地刮起一阵阵灰色风暴。这风暴让人不能把自己该说的话说出来，让人面对一些人和一些事，要瞒哄撒谎。可是在陈家村，陈金水认为：天下的事再大，也大不过老百姓不饿死！在吃得了大苦、保得了小命的敲糖人面前，那些教条高于一切的力量是微弱的。

一帮敲糖人拥进办公室，陈金水立即上前向革委会的人赔了笑脸："领导，诸暨那场火怎么烧起来，我们哪里知道呢？我们都被绑在屋里呢，见着火了，就挣脱了绳子，拼着命去灭火了，见了公家的粮食，怎么能不去救呢？人家叩头作揖把我们谢了，再放了我们，就这样。"

谁知领导猛拍桌子："别以为我好蒙！听说有两个孩子去找你们了，这绳子是挣断的还是割断的？真查出来这是什么性质？你们这是包庇！是犯罪！"

陈金水连忙拉住大光爹分辩："他儿子跟我们关在一起，民兵亲自带进来的，诸暨人可以作证，我们怎么可能乱说乱动咧？"

另一领导朝陈金水冷哼："你，一村之主，带着你们生产队的人出去干什么了？你以为我们不知道，你这是在和革委会对着干！"

陈金水一听，气不打一处来，犟性子爆了起来："我们敲糖换鸡毛，靠自己的双手，为的是多打粮食，贴补家用，从清朝、民国到人民政府，八辈子都过来了，怎么到今天就犯法了？"

"就是哩！我们犯了哪条子法？"村民们起哄。

领导大为光火："怎么啦，胆子大着了？长见识了？你这是在太岁头上动土咧，这账迟早得算。"

冷不防，他又瞪着陈金水："另一个孩子呢？从那些小孩子手里换鞭炮的那个！"陈金水面不改色，汗水却从额头渗出。

"不讲出来一个也不许走！"

突然陈江河大喝一声："别查了，火是我放鞭炮引燃的！"

陈金水如被雷击一般。回身望去，门被撞开，陈江河迈进屋来，平静的目光对着革委会几张惊讶的脸庞。

原来，陈大光和巧姑把陈江河藏在生产队一间不被人关注的破旧屋里后，陈江河的心儿一直被自责和不安揪着！由于自己的没深没浅，让德高望重的金水叔和那些叔伯大哥们担责任、遭责问，这是我陈江河的罪过。他在心里就恨恨地骂开了："不就是从小孩手里换回了几个鞭炮吗？不就是随手往播音室里一扔吗？我没有故意去放火呀？有什么大惊小怪的！怕个屁咧！"骂罢，不顾大光和巧姑的阻拦，直奔大队而去。

革委会的人一直闹腾了大半夜，还是得不到陈江河纵火的证据，他们想着这事儿明天还得赶早到诸暨好好查看。他们绑住了陈江河的双手，丢在了墙角，自个却趴在办公桌上，呼噜呼噜地做起了好梦。

这大半夜的，陈金水屋里屋外围

满了乡亲，几个老人面面相觑。陈金水坐在中间抽着闷烟，巧姑在一旁抽泣。柱子急了："怎么不拦着点呢？"陈金水说："他是怕连累了大伙。这孩子主意多，胆子大着呢。"

有位老人叹着气，小声嘀咕："鸡毛本来就是个捡来的孩子，不是咱村的人，随他得了。"

陈金水一拳头砸在桌子上，双眼通红，猛地起身："谁说的？大点声！不能让孩子一辈子毁在这件事上，就是抢，也要把他抢出来。大不了我去顶罪，带大伙敲糖换鸡毛的是我，放火逃走的也是我，二罪归一，我全认！"

不曾想，陈大光趁人不注意，早就偷偷翻墙溜进了大队办公室，见革委会的人睡得像死猪似的，陈江河被五花大绑蜷缩靠在屋子一角。他从窗外扔进了一颗石子，陈江河回应鸟叫。不一会陈大光探进头来，指了指屋里，陈江河默默点头。陈大光翻进屋，用力割断绳子。

屋里革委会的人起身，陈大光吓得忙扑倒在陈江河身后。陈江河攥紧绳头，面不改色地看着那人探头进来，又嘟囔着走回屋里。

陈江河听着动静慢慢站起，陈大光着急低声催促："走啊！"

陈江河不走，他用力搬动猪肉，发出了声响，陈大光吓得伏在窗边。

陈江河把这扇肉交到陈大光手中，又去搬另一扇。

两个少年将一块块猪肉悄悄地挂到各家各户的门口。

陈金水家是回不去了。陈江河掏出张纸条，唰唰写了几句话，让陈大光交给陈金水。又跪倒朝陈金水家方向磕了磕头，起来紧紧地抱了下陈大光，急匆匆消失在浓浓的夜色中。

天刚露出一丝亮光，陈金水翻身下床，他压根儿就未曾合眼，想着用什么法子把陈江河救出来。弯腰穿鞋间，他一眼看见门缝中的那张纸条，忙拿起观看，几十个端端正正的字，看得陈金水心上涌起一片凄凉："金水叔，我不能连累大伙，当年我的命是你们救的，我一辈子也还不完。鸡毛会回来的！"

陈金水哽咽了："这孩子，这孩子，你傻呀，叔已想好了法子救你呢……"陈金水将纸条握在手心，将披着的衣服狠狠一扔，拉开房门，朝院外奔去。

几乎是跨出院门的同时，吉普车也"嘎"的一声在院门口停了下来。革委会的人见陈江河这个纵火犯逃跑了，一早就来找陈金水了。其实，革委会一开始只不过想查引起火灾的真相，经过走访，他们发现了陈金水是个"老路头"，老是带人外出投机倒把，这真是个百里挑一的坏典型。革委会领导早就想弄几个走资本主义道路的典型好好治治，你陈金水不在村里抓革命、促生产，今儿个的事又是你挑的头，你撞在了人民政权的枪口上了，这是一带两便。

三人狠狠地把陈金水捆绑起来，架上了吉普车。陈妻、巧姑母女俩及赶来的乡亲簇拥上去，拦住吉普车，遭到厉声呵斥："谁想造反呀！谁上前一步试试？我就一块带到牢里！"一双双悲愤的眼睛怔怔地看着吉普车扬尘而去。

八

凌晨的寒风一阵紧似一阵地在黄土丘陵上流过。陈江河撒开两腿尽捡山坡小路狂奔，终于拖着疲惫的身体爬上了一个小站的铁道。

陈江河干涸的嘴唇开裂，茫然望去不知方向。跌跌撞撞地沿着铁道前行，远方似乎没有尽头。一列火车从身后宛如一个黑点，悄然放大，轰鸣声、车轮压铁轨声渐渐逼近……

陈江河爬上了轰然进站的火车。边上一列火车呼啸而过，仿佛要撕裂沉寂的大地。

拥挤喧嚣的车厢里，有人在唱着激昂的革命歌曲。陈江河挤进喧嚣的车厢，避开戴着红袖套的列车员，钻进座位底下，趴在地板上。突然，一个窝头滚落到眼前，陈江河奋力向前爬去，几乎同一时间，他发现另一只手也伸向了窝头，两只手来回抢夺，互不相让。

陈江河见对面那人满脸灰土，与自个相仿的年岁，比自个瘦小的身材，决意让对方几分。他一手按住窝头，举起另一手作对半分的手势，不想手一松，那人抢过窝头就往后退。

不识好歹！陈江河恼火地加速往前爬去……

在熙熙攘攘的下车人群中，陈江河突然发现，车上灰头土脸的那个少年正举着半块窝头仓皇逃过来。他几步赶上，一伸手抓住了少年肩膀，谁知少年张嘴就咬，陈江河疼痛难忍，捂着手喊："狗啊你！"少年一挣脱，又兔子似的绕过拐角直窜。陈江河急中生智，向相反方向迎面赶上，一把揪住少年脖领。那人却用手掐住陈江河的嘴，猛一下将半块窝头塞进他的嘴中，一声"吃！"摔开陈江河的手又逃。陈江河瞪大眼睛，可来劲了："奶奶的，不知老子是陈家村的司令，竟敢算计我？"一下子将少年扑倒在地。少年也是猴样机灵，一个鲤鱼打滚，抽身而出，反而骑在了陈江河的身上，低声骂："还我的窝头！"陈江河不可思议："我没吃，是你塞……"话没说完，少年再次将窝头塞入陈江河嘴中。这一刻，有两个穷凶极恶的人气势汹汹地一路搜寻过来，目光扫过争抢窝头的两个小孩，突然又向前奔去。

这稀奇古怪的事儿，让陈江河晕了头。骑在他身上的少年却松了口气，将半块窝头塞进自己嘴里，顺手将陈江河腰间的拨浪鼓拔出，撒腿就跑。

陈江河急着爬起，却饿得发慌，追出站台不久，无力地对着远处的少年："那拨浪鼓你不能拿走！"少年停下脚步回头打量，将陈江河的拨浪鼓摇了摇。

陈江河急着爬起："给我！"

那孩子调皮笑笑，跑出老远回头又冲陈江河挑衅地摇了摇。

"拨浪……拨浪……"

陈江河身子一软，倒在了铁道上。

陈江河醒来时，发现自己躺在了古月桥桥洞下，一个可以挡风遮雨的破败小窝里。

"这是怎么回事嘛！你把我弄得昏三倒四的！"此时的陈江河，真像跌进了酱缸，一脑子的糊涂，他像一个醉汉一样摇起了脑壳。

少年见陈江河醒来，忙递上一碗菜汤，又塞过一个窝头，陈江河狼吞虎咽吃了起来。实在饿太久了，陈江河吃进去的都被呛住，突然，连汤水都喷出来了。

少年连连摇头，一副鄙夷的模样："太没吃相了！你干过鸡毛换糖？"

少年不慌不忙地摇了摇拨浪鼓，被陈江河一把抢过："这拨浪鼓是我的命，不能丢！"

陈江河低头摆弄着拨浪鼓。少年笑眯眯蹲上前，一脸真情地说："要不是我，你就躺在那条铁轨上，不知已经被哪列火车压成肉泥了呢。我是你的救命恩人，现在又把你拉回家了，离火车站几十里路呢，你怎么报答我？"

陈江河见少年并无恶意，还给自己吃喝，心里突然涌起一阵感动。不知怎的两只眼窝竟然湿润起来。他想跟少年拉拉话，想把自己心窝里的"秘密"给少年诉说上一阵，听听她有什么点子。他用湿润的双眼望着少年，神情是那么的虔诚和庄重："我只是一小敲糖的，除了拨浪鼓，什么都没有。往后，当小叫花子去乞讨也说不定，叫我怎么报答？"

陈江河说的都是实诚话，十五岁的小男孩正处在十字路口呢。他也不知道他人生的步子会走得那么突然，那么匆忙，甚至那么沉重，如今这脚步究竟是往东挪还是往西挪，这实在是决定他一辈子命运的关键一脚。可是他那么年轻，逃离亲人，流浪他乡，没有人指点。少年听罢，眼睛发亮，心中一阵高兴："会敲糖就行了呀，我家原来也是干这个的，我娘还是熬糖的能手呢，要不你喊一声我听听！"

陈江河并没有轻信少年的话。敲糖换鸡毛在他心里是那么的神圣，金水叔和乡亲们是那么的聪明能干，连我的命都是敲糖换鸡毛捡来的。你一个毛头小孩说你家干这个就干这个了？他紧闭着嘴巴没有张口，警惕的目光在小屋里四处搜寻。

少年有些急了，她觉得自己的真情受到了羞辱，愤恨地白了陈江河一眼，走到那塌了半截子的护桥墩墙角，拿过一只罐递到陈江河眼前："这里面就是我熬的糖！"

陈江河敲下一小块放在嘴里尝了尝，面露惊诧。重新审视着少年，突然大吼一声："鸡毛换糖嘞！"

"拨浪……拨浪……鸡毛鸭毛鹅毛、破布破衣裳换糖嘞……"

少年惊得一屁股坐在地上，却又咯咯乐着说："成了，咱俩搭伙，我熬糖你吆喝，准能挣钱！"

陈江河有了敲糖的货源，又挑起了糖担。虽然有悲有愁，却也有喜有乐，两小孩如同过家家般，在桥洞的小破屋中，干起了敲糖的行当。

一口铁锅支在护桥墩墙角，柴火映红了两个小孩的脸。煎熬的糖水变成了金黄色，在锅中冒着浓稠而滚圆的泡泡。少年用铁勺不停地搅动，不时用手指沾起一点，放到舌头上轻轻一舔，那老到的动作与神情，让陈江河惊叹。

陈江河忙凑上前问："你这手艺跟谁学的？"

少年专注着熬糖，头也没抬："我娘教我的，她熬的糖可好了，十里八乡的人都喜欢。"

陈江河只知道金水叔手下那帮人也熬糖，只是还没学过，他忙对少年说："你教我熬糖，我教你吆喝，怎么样？"

少年吃惊地打量着陈江河，有点不太相信："大人们敲糖的生意经可多了去了，你也会？"

陈江河一笑："我从懂事起就跟着大人鸡毛换糖了。你懂什么叫开四门？懂什么叫出六进四？如果这些都不懂，这辈子做生意你肯定做不大。"

少年相信了陈江河，迟疑了一会，羞涩地说："我叫你一声哥，你就教教我吧。"陈江河依然侧躺背对着她，闭眼讲述："这是咱义乌挑货郎的规矩，当赚到一百时，六十要花给别人，比方为自己出过力帮过忙的朋友，还有那些左邻右舍，剩下的四十才是自己的，这叫出六进四。"少年慢慢抬起头，聚精会神地听着："开四门呢？"

陈江河从稻草堆中坐起，将陈金水教给他的生意经一五一十地讲述起来：

"义乌敲糖生意有不少规矩。比如开四门，就是货郎到一个新地方要广交朋友，东南西北各个方向的情况都要摸清，四面八方的关系都要搞好，能帮上人家时就要出手相帮，谁家缺什么、谁家多什么心中都得记挂，这样才能赚到钱！"

少年佩服地点了点头："没想到

你还挺在行的。”

“还有，不欺瞒主顾，出门在外要诚实，欺瞒是自断财路，砸自己的饭碗。算计别人一千，自己划到八百，宁可自己少赚一些，也要多替别人想想。赚一角（钱）饿死人，赚一分（钱）撑死人，就是不能以榨取上下游的利润为代价，宁可做蚀，不可做绝。

“还有开门做与关门做，逢七不出，早上不付钱，回头生意，道道多着呢。”

陈江河一脸的灿烂，不无得意：“不过，我讲得口干舌燥，还不知道教给谁呢。你叫什么，怎么不跟你娘在一块？”

少年猛一颤抖，低头不语。陈江河不敢再问下去，顾自介绍：“我叫陈江河，刚生下来就被扔在雪地里，是它救的我。”说着，摇起手中的拨浪鼓，“我一听它的声音就哭，陈家村的人才把我带回去。”

少年恍然醒悟：“怪不得你拿这当宝贝呢！今儿个既然叫你哥了，就告诉你，我姓骆，叫江河。”

陈江河惊喜一跳：“呀，太巧了，咱俩名字一样！”

桥洞下，两个少年守着温暖的篝火笑闹成一团，四周的黑暗无边无际。

两人高兴得扭在了一块，跳着、叫着。人活世上，有悲有愁，有喜有乐。该哭的时候就痛痛快快哭上一会，该乐的时候就畅畅快快地乐上一阵！这一刻，两人脸上挂着泪花，荡着笑容，就让这幸福的泪花畅快地流淌吧！

早晨，陈江河挑着货担快步走在乡间，太阳刚刚跳上桥头，把一缕缕红色的光芒洒在沙滩上，洒在涓涓流淌的溪水上，仿佛新生命就从这红红的、亮亮的晨光中诞生了。

黄昏，陈江河挑着担远远走回来了。少年站在桥上翘首眺望，兴奋地奔过来接去了担头。

夜晚，桥洞下两人烤着红薯，吃得满嘴是灰，你抹我一下，我抹你一下……

鸡毛飞上天

长篇小说

Feather Flies To The Sky

〔第二集〕

一

雪已经下了两天，上午刚停止，强烈的冰冻凝固了大片的积雪，路面泥泞滑溜。

陈江河穿着一双橡胶底的解放鞋，挑着货担，深一脚，浅一脚，警惕地走在乡村的小路上。鞋太大了不服脚，这是别人穿破不要的，用一根顶针加两颗糖换来的。他身后跟着一堆孩子，跳着、叫着："小换糖佬，小换糖佬。"陈江河脸上的表情和路上的积雪一样冰冷，他谨慎地看着四周。

"要扫除一切害人虫，全无敌！"

"严禁弃农经商！"

陈江河对小孩子的戏辱从来不生气。他总是在言语上承让，在生意上承让。吃亏是福，是"鸡毛换糖"人代代相传的祖训，否则，动不动就生气，与人锱铢必较，还谈什么生意？相反，能够出门谋生的换糖佬是义乌的精英，很多人多才多艺，他们将手中的拨浪鼓用一种夸张的表情甩动起来。他们的祖辈打倭寇打出了名气，后代大多从小学文习武，会用"小黑虎""云步"空手搏击，木棍可以舞出"棍花"，长凳可以舞出"凳花"，还有人会用婺剧唱腔招揽顾客。金水叔就会来一出“林教头风雪山神庙”。此外，“红灯记”里李玉和的英雄气概，经常会博得热烈的掌声，他们在精神上居高临下、高屋建瓴。

随着拨浪鼓声，孩子们口中的唾液不停地分泌出来。望着那层被塑料纸蒙着的生姜糖、桂花糖，孩子们不停地吞咽着嘴里的口水。陈江河观察着孩子们的表情，他寻思着其中的某一个已经在上一次将那些牙膏皮、锡铁罐、鸡内金丢在了他的货郎担里了。没有生意时，他显出了自己的慷慨：小心地用一块铁铲，从一整块圆盘大的桂花糖上，敲出了一块块指甲盖大小的碎糖片，然后依次分到孩子们手中，于是，那种甜蜜迷人的香味又飘起来了。“小换糖佬！”

“小换糖佬特别大方！”小孩子们总是盼望着听到陈江河稚嫩的吆喝声：“鸡毛鸭毛鹅毛换糖喽！”

鸡毛换糖的艰辛一言难尽。每天早晚只吃两顿，没有菜，就用盐或者酱油下饭。一天来回要走上百里路。夜路走多了，迟早遇到“鬼”。正月初三，陈江河收购了一大担鸡鸭鹅毛和破布，挑着货郎担，走在回古月桥洞底下“家”的路上。当走过一条小溪上的长木桥时，一个农村里的泼脚鬼跟了上来。这个人年龄和块头都比陈江河还小，可是他抓住陈江河的糖担不放手。陈江河怕再招惹麻烦，避来避去走到桥中央时，被那个人碰上了扁担，陈江河被撞下了桥，掉进了溪里。

正月里，天寒地冻，溪水结冰，刀割一般，陈江河只想着捞回货物，一点也不知道寒冷，溪水冲走了很多小百货，只捞起了少部分鸡鸭鹅毛。陈江河没有办法，穿着仅有的一件湿衣往“家”里奔去。这浸过水的破布类货物超过一百五十斤重，当陈江河瘦弱的身躯挑起糖担，艰难地走出第一步的时候，肩膀上好像压了两座大山。陈江河心里想的是：鸡毛，你从苦水里长大，饱受磨难，别人叫你“短命鬼”，你没资格再糟蹋“家里”的财物了，挑完这一趟，把损失减到最小！最艰难的时候就过去了，你也会有好日子过的。

走了不到三里路，看见一座残破的古庙，陈江河已经挑得肩膀红肿，衣服黏在肉里，拉都拉不开了。他卸下担子默默祈祷说：各位过路神仙，鸡毛换糖太苦了，保佑保佑我吧，我有出头之日，一定会烧钱纸给你们。又翻过了一座山坡，只见前面疏林深处，树木交错，隐隐约约被雪压着的古月桥终于露面了。

二

元宵过后，抓鸡毛换糖小摊贩的

斗争又开始了。陈江河见到戴大盖帽、箍红袖套的，挑起担头转身就逃。有一天，陈江河看到一个抱着孩子的村妇正朝他使劲挥手。陈江河一愣，定睛看时，村头几位民兵正匆匆赶来。

陈江河眼明手快，挑起担子快步跑到旁边的沟里，糖粒洒落了一地，他也不敢动，屏息听着上面的动静。脚步声渐近。“小换糖佬就住在桥洞底下，天天晚上在那熬糖！”

脚步声渐渐远去，陈江河庆幸躲过了一劫，忽然，他脑袋一涨，顾不上捡糖，挑起担子撒腿就往古月桥桥洞跑去。

桥洞里的骆玉珠正专注地熬着糖油。那滑溜溜的糖浆就像圆滚滚的皮球，在铁锅里滑来滑去，又像在玩溜滑梯似的，就在这时，糖浆突然散发出一种让人难以置信的味道，骆玉珠随手沾了一下锅边的糖浆往嘴里一舔，还是那又蜜甜又浓香的糖味，骆玉珠的心情也明朗起来。

山坡上出现了那几个民兵的身影，飘出的糖香让他们闻香而来，几个人会心地对视了一下，悄然包抄过来。

陈江河一路飞奔，上气不接下气。骆玉珠托着腮帮有心事似的望着咕嘟冒泡的糖浆，丝毫没有感觉到靠近的危险。远处隐约响起陈江河的吼叫声：“骆江河！”

骆玉珠闻声而起，惊诧地走出桥洞眺望，顿时脸色大变，那三个民兵已经围拢过来。陈江河边抛石子边喊：“快跑！”

听到陈江河的快跑声，骆玉珠却返身回到洞里去拿什么东西。陈江河急得不行：“别拿了，快跑！财迷！”骆玉珠拔腿冲出，一人追去，剩下两人回身向陈江河扑来。陈江河挑着担子边跑边朝骆玉珠喊：“往西边跑！”

骆玉珠默契地调头，两人越跑越近。骆玉珠一个趔趄摔倒在地，陈江河将担子放下，俯身将她搀扶起来。“脚崴了！我跑不了了！”骆玉珠哭丧着说。

“站住！别让他们跑了！”身后喊叫声越来越近。

陈江河望着不远处的溪水：“会游泳吗？”骆玉珠惊恐地摇头。陈江河不由分说蹲下，拉过骆玉珠，背起就跑。骆玉珠胸膛一起一伏，陈江河露出异样的眼神，脸色一变放慢脚步。骆玉珠用力拍着他的头说：“跑啊！快跑！”

拐角阴影下，陈江河背着骆玉珠大口喘息躲藏着。骆玉珠察觉到陈江河的异样，意识到什么，脸一红想往下跳。追赶的民兵在他们藏身不远处停住脚步，威胁要开枪啦！陈江河背着骆玉珠，一下子后背贴前胸顶在墙壁上，两人贴得更紧了。骆玉珠眼神一荡，也不敢出声。

陈江河的目光游离，喘息着感受着身后的起伏。骆玉珠嫌他喘气声过大，死死捂住他的嘴，憋得陈江河满脸通红。民兵过去许久，陈江河才用力挣脱了骆玉珠，转身恐惧地靠在墙边，两眼疑惑地瞪着骆玉珠。

骆玉珠咬着嘴唇，两人无语，尴尬对视。

篝火点燃，火光映在发红羞涩的脸上，竟别有味道。陈江河手足无措地站在那，一动也不敢动。骆玉珠扑哧一声笑了："坐下。"

"你怎么好意思骗我呢。明明是个女的，这么多天我……"陈江河惊诧地抬起头，打量着骆玉珠。

"我叫骆玉珠，之前的名字是骗你的。"骆玉珠伤感的目光凝视着篝火，"我是逃出来的，我家就在义乌最西边，离你们陈家村近百里路。在我十岁那年，我妈得了场大病，郎中说大山里的野生还魂草能救命，可是一根仙草抵一钱黄金，我家吃不起，妈妈还是走了。这个旧玉坠就是我妈妈走之前给我的，说能保佑我一辈子……"骆玉珠摘下脖子上的旧玉坠，动情地看着。

"我爹后来又讨了一个，生下了一个弟弟，家里穷得揭不开锅，后娘就把我卖到江西嫁人，路上我才知道那个人是人贩子。"

"就是火车站那几个？他们一直在找你？他们没找你家吗？"陈江河不敢相信。

骆玉珠点头说："找了，我偷偷跟着他们，看见我爹把卖身钱还给了他们。"

"那他们干嘛还找你呀？"陈江河有些诧异。

骆玉珠羞涩地说："趁那人贩子睡着的时候，我偷了他的衣服，而且穿上他的衣服去见了买主，骗他要卖的人就在屋里睡觉，我跟买主讨价还价要了笔钱，把他悄悄地卖了。哼，他能卖我，就不许我卖他吗？"

"你把人贩子给卖了？"陈江河瞪大眼睛，无比惊讶地看着骆玉珠。陈江河起身，来回紧踱几步，显然很难消化刚才的话。"你把人贩子给卖了，也把我骗了，你这本事养活自己没问题啊。哪钱呢？"

骆玉珠咬住嘴唇："我藏在桥洞那边的一个地方，之前我是怕你……没说。你陪我去拿，我分你一半……"

"我一分也不想要。金水叔从小教我'仁中取义，义内求财'，这钱不干净，你饶了我吧！"陈江河拍了拍额头，感叹道，"我的天哪！我跟你吃糠咽菜苦熬这么多天，没想到身边就藏着大钱呢！"

"这是卖我的钱，又不是偷的抢的。"

陈江河无可奈何地说："这是卖人

贩子的钱好不好！你这人太可怕了！你怎么没把我也卖了啊！”

“你不值钱，没人买。为了你这个拨浪鼓，我差点被抓了。”骆玉珠愤愤地说。

陈江河被噎在那里，斜靠在柴堆上，两人怒视。

“不敢睡是吧？怕我把你给卖了？”那边骆玉珠扑哧偷乐着。

陈江河吓得忙闭眼，长叹一声：“你什么不敢卖啊。”

第二天一大早，天边的那朵小云渐渐迷漫成了一片白茫茫的云海，继而升腾起来，向四周扩散，慢慢笼罩了整个天空。零星的小雪飘落下来，顷刻间，大片大片的雪花在空中飞舞，呜咽的寒风怒吼着。霎时，暗黑的天空连同雪海打成了一片，一切都看不见了。陈江河警惕地猫在水渠上向四周张望，一边急促地催促骆玉珠：“快点！”

骆玉珠在桥洞里搬着砖头翻找着，不一会工夫，骆玉珠掏出一个小袋拿出钱来数了数，舒心地朝陈江河笑了笑。

扁担、货筐、熬糖的锅一一摆在面前，骆玉珠异样的眼神看着陈江河。陈江河不厌其烦地交代：“这些换糖工具我都给你办齐了，里美山这房子我也跟人家说好，先租一个月。你以后就停驻在上溪里美山吧，这一带管得比较松，以后还可以去夏演鲤鱼山看看，那里更是天高皇帝远的，不过，你还是要小心。”

“你想走，你要抛下我？”骆玉珠眼泪突然涌出。

陈江河吓了一跳，说：“你现在又不缺什么……再说，我们俩本来就没什么关系，你一女的我一男的，刚才我还看见房东在那嘀咕呢。”

骆玉珠一把揪住陈江河的手臂，颤抖着说：“你是我哥不行吗？我不许你走，我分你一半钱。”骆玉珠慌乱地拿着钱，往陈江河手里塞。“我给你做饭，我给你洗衣服，我还给你唱戏，好不好？哥，哥你答应啊！”陈江河苦笑着，刮了一下骆玉珠鼻子，答应道：“哎！哎！”“天灵灵、地灵灵，我给我哥唱一首《北风吹》。”

北风那个吹
雪花那个飘
雪花那个飘飘
年来到
风卷那个雪花
在门那个外
风打着门来门自开
我盼爹爹快回家
欢欢喜喜过个年
欢欢喜喜过个年

天籁之音划破了严冬的夜晚，几颗赤裸的星星可怜巴巴地挨着冻，瑟瑟发抖，几乎听得见它们的牙齿冷得捉对厮打的声音。煤油灯下，陈江河惊诧地看着桌上的菜。“歌唱得好听！炒菜手艺，这也是跟你妈学的？”

骆玉珠端起酒，忽然收住笑，一脸严肃地说：“你知道这个小屋对我意味着什么，这是我妈走了以后，我骆玉珠第一次有家的感觉。苦日子很快就会过去的！江河哥，我谢谢你。”

陈江河迷迷糊糊中脱口而出：“玉珠，等我长大，能出去闯，还要三年。”玉珠顿时脸色发白，嘴里喃喃地说着：“一天都过不下去了，还要三年，还要三年！”这种苦日子还要过三年，对在苦难边缘挣扎的玉珠来说，好像是有点撑不住了！

陈江河嘴唇颤动，却没说出话来，看着骆玉珠一饮而尽。

“家，我从来没有过家。你知道我小名叫鸡毛吗？这是金水叔给我起的，还说迟早有一天鸡毛会飞上天去，可我怎么觉得这辈子也没有什么机会了，我们要穷到什么时候啊？我曾经想过，我爸我妈长什么样子呢？我做梦都想。金水叔说，准是穷得养不起我，他们才把我扔了，不然哪个爸妈能有那么狠心……我觉得自己就像鸡毛一样。”陈江河闭着眼睛仰头喝尽，眼泪大颗大颗地掉下来。

“不许哭！”骆玉珠突然一拍桌子，咬牙指着他，“我妈说过，男人不该随便哭的，你一哭身后的女人更没着落。她们找谁去？”

“我为什么哭？别人都不要我了，我活着还有什么意思呢？——你说得好，我不哭了，我这辈子永远不哭了。”

骆玉珠又倒好两碗酒，自己先喝干，然后像演员那样，跨步走上外面高一层的台阶上，把手一挥，清唱出《刘三姐》“只有山歌敬亲人”那段歌曲。唱到最后这句，陈江河竟然不约而同地一起唱起来：“山歌好嘞，好似热茶暖透心，世上千般我无份，只有山歌属穷人。”

歌声一落，陈江河鼓起掌。骆玉珠笑眯眯地，她没有藏着掖着，她觉得挺好的，自豪地说：“这算什么，我妈教的，她年轻的时候，可是去过乡文艺宣传队的。”

骆玉珠并没有停下嗓子，继续唱起婺剧：“绿袍金甲显威风，赤兔战马足腾空。腰挂三尺青锋剑，过关斩将立大功。我乃汉室关圣大帝是也，天官有令到来，召集众仙华堂庆贺。关平、周仓！”

陈江河起身将碗中酒喝干，大叫一声：“在也！”

小院里回荡着两人酒后撒欢的高吼声。“祥云彩雾，万道红。凡人间红尘变无穷，金乌去又来。大鹏傲长空，万古千秋春长逢……”骆玉珠尽管脸色通红，还是微笑着，拉着陈江河的手。她一直端坐着，不停地向陈江河解释婺剧的内容。

星星比任何时候都要多，又大又亮，它们既不眨眼，也不闪烁，是恬静的，安详的。陈江河睡在用稻草铺就的地上辗转反侧，难以入睡。陈江河悄然爬起，默默看着熟睡中的骆玉珠，眼中透出一丝怜悯，长长地叹了口气，然后轻手轻脚利索地将口袋里的钱取出，塞到骆玉珠枕下。

陈江河打开门，一阵凉意袭来，他不由地打了个寒战，迟疑了一下，回身拿出腰间的拨浪鼓，放在糖锅的旁边，没有回头，毅然转身走出小院。

骆玉珠沉浸在梦乡，露出了甜甜的笑容……

三

陈家村大队部门前的空地里，村民们里三层外三层地围着，大队部门前堆着十几个拨浪鼓和几副货担。柱子、大光爹等人抱着头蹲在地上，陈金水身材枯瘦干瘪，脖颈上尽是深深的皱纹，腮帮上有些褐斑。他是个性格坚强的人，遇事不慌不忙，就算遭受再大打击，尽管悲愤交加却不畏惧，因为他知道：如果连他也倒下去，谁来保护自己的乡亲？他平时总是微笑着，不管在什么难题面前都是一笑了之，不会让任何人看出他的心事，免得别人担心。他保护乡亲和家人，哪怕遇到恶势力也永远不低头。

陈金水被巧姑搀扶着，怒视着柱子大光爹他们说：“被自己人抓回来总比被外面人抓到好！现在是啥时候了，你们还敢出去敲糖。”

“金水哥，那也不能等着穷死啊！咱这要啥没啥的穷地方，就指着这手艺吃饭呢。”柱子带着哭腔说。

“什么手艺？鸡毛换糖是惹祸的手艺！我刚放回来几天，你们还想让我再进去是不是？”陈金水说着扯开外衣，露出身上的伤，“你们还想让我再遭罪是不是？”

众人面面相觑，默默摇头。“鸡毛有消息没？是死是活谁打听到了？”陈金水看了一下众人不耐烦地问道。

“金水哥，我们知道鸡毛走了你心里不好受。你放心，这孩子聪明机灵，他福大命大，不会有事的。”

陈金水神色黯然，语调沉重低缓：“风声紧呐！最近，因为投机倒把罪，被判刑的越来越多。只要有口饭吃，我们就这样熬着，谁也不许再出去了。从今天起，敲糖帮算是绝了。”说罢，陈金水从怀里拿出一张已经老旧发黄的挑货郎像，他将画像点燃，转身不忍地丢向堆积在一起的货担和拨浪鼓，瞬间火烧了起来。

陈大光与巧姑站在陈金水面前，大光小心地说：“我们都问了，也都找了。金水叔，十里八乡认识的人我都问遍了，谁也不知道鸡毛去哪了。”

陈金水抽着烟袋陷入沉思。“爹，鸡毛哥不会有啥事吧？”巧姑含泪问。

“这孩子是咱敲糖帮老老少少带大的，这些年该学的本事都学到了，出门在外肯定饿不死。大光，再出去找找，哪怕知道去向也行。”

“哎！”陈大光点头。

“拨浪……拨浪……”远处突然响起拨浪鼓的声音。房屋里的人都是一惊，金水婶慌忙走进来：“金水，你听。”

陈金水满脸怒容，迈步冲出。“谁还这么大胆？不是拨浪鼓都被烧了吗？”巧姑也满脸疑惑。

随着“拨浪……拨浪……”声响起，村里的乡亲都走了出来，惊奇地望着摇拨浪鼓的骆玉珠。一群小孩正围着骆玉珠要糖吃，骆玉珠耐心询问着什么。

陈金水快步走来，柱子忙低声告诉陈金水：“外边来的！找陈江河！见人就问。”

陈金水一惊，停住脚步，转眼打量着骆玉珠。陈金水目光落在骆玉珠拿着的拨浪鼓上：“这拨浪鼓是谁给你的？”

身后陈大光、巧姑等人也围拢过来，骆玉珠吓得忙将拨浪鼓藏在身后。

“你哪里拿的拨浪鼓？”巧姑激动地问。

骆玉珠有些害怕地看着巧姑，梗起脖子说：“你管不着！”

巧姑上前就要抢，骆玉珠拼命躲避。陈金水大叫一声：“巧姑！”

陈金水拉开女儿上前，紧盯住骆玉珠：“你找陈江河干什么，你见过他？”

骆玉珠死死攥住拨浪鼓：“他是不是回来了？他在哪？”骆玉珠扯起嗓子向四周喊，“陈江河你这个骗子！你出来！”

陈金水皱着眉愤愤地说：“把这拨浪鼓拿回来！把她赶出村去。”

几个人上去，生拉硬扯地将拨浪鼓抢到手，骆玉珠连咬带抓。陈金水接过拨浪鼓，用力一扯，鼓线断了，鼓被抛到地上。

陈金水刚要踏上脚，骆玉珠大吼一声：“我死给你看！”

陈金水转身望去呆住了，骆玉珠已经掏出刀顶在自己的脖子上，全陈家村的人都被这女孩的疯狂惊呆。骆玉珠含泪颤抖着说：“你要把那拨浪鼓毁了，我就死在你们陈家村！”

几个人慢慢后退，陈金水诧异地打量，也不敢再动。骆玉珠捡起拨浪鼓，挑起担子快步离去，巧姑追了上来：“哎，你等等！”

骆玉珠挑着担子停住脚步，咬着嘴唇不语。巧姑一边喘气一边上前：“姑娘，你是在哪里见到陈江河的？我们也正在找他，你这拨浪鼓是他给你的？”

骆玉珠点点头说：“他以为把这留给我就不欠了？就可以拍拍屁股走人了？”心里恨恨地骂着。

“他欠你什么呀？”巧姑惊呆，上下打量了骆玉珠一番。骆玉珠脸一红，挑起货担快步逃走，回过头又说了一句：“你要见到他，带句话，他跑不掉的！”

巧姑目瞪口呆看着骆玉珠远去。

四

坐在火车上，窗外是飞舞着的雪花。脑子里装着曾经的每一个人、每一件事，和火车一同上路了。往事，故人，都随着陈江河的脑子，铺满了流浪的轨道。陈江河紧裹外衣，一边小心躲避着列车员的巡视，一边逐个问座位上的人：“茶叶蛋要吗？糖要吗？义乌红糖熬的！”陈江河如此大胆的举动，引起了邻座带黑边眼镜学生模样的人注意，他看见陈江河脖子上挂着一个褡裢，左边鸡蛋右边红糖，心中不由一乐。

“小兄弟，糖怎么卖？”

陈江河连忙凑上前：“五分钱一块，拿东西换也行。”

学生笑眯眯打量他，从兜里掏出五分钱、一支笔、一块糕摆放在手心，抬头等着他选。

陈江河怔了怔，也笑起来，拿出一块糖放到学生手心，将笔取走。

“你是义乌来的？”学生一边端详，一边把糖含在嘴里。

陈江河刚要说话，列车员又从另一车厢走来，他慌忙要逃，被学生按住，将自己的衣服抛向他，又使了个眼色。陈江河会意，用衣服盖住胸口的褡裢装睡，列车员看了他们一眼就走了过去，脚步渐远。陈江河慢慢睁开眼，学生微笑，伸出手：“我叫邱英杰，也是义乌的。”

“谢了。”陈江河怔怔地瞧着他，慢慢伸出手握在一起。

“我们义乌已经很少有人干这个了，你不怕被抓吗？”

“你知道我叫什么吗？鸡毛。世上再没有比这更贱的了，我怕什么。”陈江河满不在乎地哼了声，起身就走。邱英杰一把攀住他的胳膊：“糖是你自己熬的？”

陈江河点头，眼睛却不停地看着其他车厢。

“鸡蛋呢？”

“从乡下鸡毛换糖换的，自己煮了上车卖，赚个差价。”陈江河低声说。

邱英杰用欣赏的目光说：“你挺懂经济学的嘛，赚回的钱再去熬糖，这样慢慢积累，可车票的成本怎么解决呢？”

陈江河苦笑：“老乡，别再问了，

我都是逃票的，不能被他们抓住……你到底是干啥的？”陈江河拿出一个鸡蛋塞到他手里，便匆匆挤向下一节车厢。

火车临时停车，邱英杰站在站台呼吸新鲜空气，看见老乡陈江河从远处车厢跳下：“哎，老乡！卖完了？我刚刚还纳闷，你不会跟这车到北京去吧。没想到你是四海为家，随时下车啊。”

陈江河不好意思地笑笑：“只能搭一段，再长就躲不过去了。您去北京？”

“我在北京上大学，前年恢复高考，我算是幸运地赶上了。”

陈江河面露羡慕：“大学生，了不起！”

邱英杰爽朗地笑起来：“了不起的是你鸡毛啊！活学活用经济学，上车下车如囊中取物。你大名叫什么？”

陈江河愣了愣：“我叫……陈江河，你刚才说的什么经济学？”

“那你先回答我，为什么不要钱，却换走我的一支笔。”邱英杰笑着问陈江河。

“因为这笔在乡下是稀缺物，我可用它换更多的东西。而且，我叔要我用笔学本事。”

邱英杰赞叹地点头说：“这就是经济学。以物易物是一件非常麻烦的事情，要求每两种物品之间都有一个交换比，马克思就讲过这个问题……”

陈江河依然一脸懵懂，眼里闪动着好奇，还有求知的欲望。

列车鸣笛，两人同时掉转头看去，乘务员已经上车。邱英杰遗憾地笑笑：“老乡，我得上车了。我们有缘再见，到时我再给你仔细讲！”

陈江河忙挥手，看着邱英杰进车厢。

渐渐地火车开始行进，邱英杰刚落座，陈江河的身影再次出现在车厢口。邱英杰无比惊诧地打量着他，陈江河不好意思地笑笑，坐在对面。“怎么逃票？逃票是需要胆量、速度和计谋的！”“进站时，我从车站旁边很少有人知道的小路斜抄过去，乘人不备翻过围墙，钻过火车底下，快跑攀上站台。出站时更简单了，我就找一个侧门，翻过围墙就可以出来。各地火车站结构都差不多，多坐一站对我来说是常事。”

邱英杰会心地笑起来……

陈江河与邱英杰站在过道上，列车员走过来打量着，两人大气也不敢出。

邱英杰笑着轻声说：“哎，在车上你就这么逃避检票啊？”

“我有好多招呢，周围的几趟车我都上遍了。你接着讲，什么叫交换比？”

“当人家拿出鸡毛，挑选想换物品的时候，你的脑子里就要快速算出值不值。比方有一个老太太，就喜欢一个什么头绳发髻，怎么办？她拿出来卖的鸡毛成色如何、值多少，得马上给它定价，这才是鸡毛换糖的关键。”

“对对对！我跟老一辈出去的时候，都让我来估价货换得值不值，金水叔说我算得最准。”陈江河不好意思地笑起来。

“这就说明你有极高的经商天赋。我们的祖辈鸡毛换糖时，根据客户的偏好和他们提供的物品，会随时调整各种小商品对各类鸡毛和劳务的相对价格，我们必须精确到厘！敲糖帮走遍四方，对各地的物产极为了解，可以凭直觉敏锐地抓住所有的差价，你我义乌人的血脉里早就有这种遗传基因！”邱英杰连比带画地说着。

陈江河半张着嘴听得入神……

在陈江河眼里，火车可爱又可恨，它让人欢喜，也让人流泪；它载得人载得物，也经常装载着梦想，唯一载不动的就是离愁别绪。眨眼间北京站到了，在熙攘的人群中，陈江河帮邱英杰将行李提到站台。广播里也响着：“欢迎来到首都北京。”

邱英杰感慨：“真没想到你一路把我送到北京，如果以后我把这件事讲给别人听，有谁会相信啊。江河兄弟，既然到了北京，倒不如我带你在北京好好转转。”

“不了，英杰哥，我是跟你学了一路。将来总有一天我要翻身，会堂堂正正地跨进北京！”陈江河深深吸了一口气，转头用异样的目光，自信地扫视了一眼车站。

“会有这么一天的，等我回义乌一定去找你。”邱英杰转身走了几步，想起什么调回头：“江河兄弟，我有句话不知该说不该说。你说你讨过饭、住过桥洞，像你这样的年纪和身世，还有啥放不下的，就该凭你的生存能力天南海北地转动，敲糖帮赚的是什么？光是钱吗？咱的祖辈最远到过河北、辽宁，你应该超越他们。”

陈江河呆住：“我还能去哪？”

邱英杰神秘一笑：“世界可大着呢，兄弟！铁路线算什么，只有借着太平洋和西伯利亚的狂风，你这鸡毛才能飞上天去。记住我的话，按这个地址给我写信，三年以后我们义乌见。”邱英杰大手一挥，头也不回地远去。

陈江河完全被震撼住了，望着邱英杰的背影：这个人的眼界开阔、谈吐不凡、举止潇洒——真了不起！

十几个乡亲惊喜地往屋里挤，金柱、金土兴奋地围在陈金水身旁。

陈大光激动地跟随他爸进屋：“爹，鸡毛哥来信了？”

陈金水一瞪眼大光：“把门关上！”

大光将门反锁，几个人就在煤油灯下听柱子念起：“金水叔，乡亲们，你们都猜不到我在啥地方。东北有三宝，人参、貂皮、鹿茸角。”

众人面面相觑："鸡毛去东北了？他去那么远的地方干啥了？"

陈金水叼着烟袋陷入沉思。

柱子继续念："金水叔，这里可冷了，可东北人很热情，他们的火炕，你想不到的热……"。

随着柱子的念信声，仿佛可以看见陈江河在雪地里走着，敲开村舍的屋门，给欢呼着围上来的孩子们，摆出了各种物品……

一封又一封的信飘进画面，信上的字清晰可见：青海，广州，云南……

陈江河跳下卡车，惊奇地望着一望无际的湖泊，眼中满是欣喜。

大光爸念信的声音响起："西北的羊皮、牛肉干质量真好，还有大枣，他们缺的是牙膏、肥皂、瓷碗、玻璃杯……"

陈江河走入草原的帐篷，摆出几块茶砖供牧民挑选，又从牧民手中接过热气腾腾的奶茶。

陈大光念信的声音响起："南方有卖货的市场，马路上都是货摊，这里的衣服非常好看，有些花样我从没见过……"

陈江河敲开榴莲，尝了一口，露出了难堪的神情。

巧姑念信的声音："山寨里的女人都喜欢戴各种首饰，闪亮的她们都喜欢。蚊虫太多，清凉油成了稀缺物，要化很大的代价才能买到……"。

对外经贸大学校园内，邱英杰坐在树下，微笑着看信，"英杰哥，你说得对，世界真大呀！"他仰起头，沉浸在遐想中。

陈江河在山峦，在海岸，在地平线上向前跋涉着……

五

每逢初一、初四、初七，是陈家村集市日，因为针线、纽扣、发扣、板刷等小商品需求众多。盘溪桥边晒谷场上，提篮叫卖小商品的商贩已达二三十人，为逃避打办、工商，商贩只得像游击队员一样在陈家村汽车站、街头转悠。

骆玉珠非要等到陈江河不可，就从西乡来到东乡，在陈家村租房扎下了根。她发现贩卖针线、纽扣、玩具、板刷等小百货更有利可图，就加入了批零兼营的游击队中。她从温州、杭州批货，在陈家村提篮叫卖，篮子里只装样品，货物藏在租房里，便于拎起篮子，逃避市场管理人员。

火车头愤怒地喷吐着发亮的火星，沉重地喘着气，沿着铁路呼哧呼哧地驶向了夜色苍茫的远方，像一头疲惫不堪的老牛，拖着几十节车厢，穿行在浙赣线上。骆玉珠干练机警，在说笑的人群中像泥鳅一般来回穿梭。

角落中堆着几个麻袋包，骆玉珠警惕地看看两旁，扒开车窗向外眺望。

远处黑暗中有手电筒亮光在晃动，骆玉珠趁人不备抱起一个麻袋包向车窗外抛了出去，接着第二个、第三个麻袋包也从列车车厢抛到了铁轨外。

早已接站等候的冯大姐等女子纷纷跑上，抱起麻袋包……

火车停靠到义乌车站，骆玉珠一身轻松地跳下车厢。大光爹带着几个巡查人员正虎视眈眈看着下车的人员，他们每人胳膊上都戴着“打击投机倒把”的红袖套。骆玉珠不慌不忙装没看见，大光爹挡住去路。

“骆玉珠，这趟去金华没带点东西回来？”

“被你们陈镇长逼得穷成这样，能带啥呀！”骆玉珠一脸茫然。

“没撒谎吧？”几个人轻笑起来。

骆玉珠摊开双手：“你们搜。”

“不用了，你回去写份检查吧。明天交到镇打击投机倒把办公室。”

“凭什么呀,你们？”骆玉珠瞪眼。

“就凭这个！”

骆玉珠看到冯大姐等女子欲哭无泪地从站台深处走了过来，双轮车上是那几大麻包的货物，骆玉珠傻眼了。

大光爹冷哼：“我们陈镇长早就看透你耍这套把戏了！快进站的时候卸货，唱红灯记呢你们。骆玉珠你就是孙猴子，也翻不出如来佛的手掌心！告诉你，我们在义亭、苏溪、大陈也都撒下了天罗地网。”

“陈金水，你不得好死！”骆玉珠急忙扑上前去抢双轮车上的货，却被两个带红袖套的民兵架住了。

六

“谢书记刚上任几天就来我们陈家村视察，说明对陈家村的重视，今天谁也不许给我出娄子，后溪街弄堂里那些摆摊的一定要清理干净。”镇长陈金水正严肃地吩咐工作人员。

“陈金水，陈金水你出来。”

门外响起柱子的拦阻声：“你不能进，再闹，我真的把你抓起来了。”

“你抓呀，今天新书记来，有本事你们就把我绑上。”骆玉珠无畏无惧地叫嚷着。

陈金水铁青着脸推门出去：“骆玉珠啊骆玉珠，就你胆大是不是？你投机倒把还敢叫嚣，你少跟我在这撒泼，我就割你的资本主义尾巴！怎么了？今天要是造成坏影响，我跟你没完，把她拖出去！”

骆玉珠被柱子等几个人架起来，跳脚大骂。“陈金水，别人怕你，我才不怕你。为什么要抄我们的摊？前两次没收的还没还我，今天我刚进的货又被抄没了，你让我们怎么活？陈金水，当年你还不是带着大家鸡毛换糖，现在人模狗样了……”骆玉珠气势汹汹地叫嚷着。

“镇长，县里电话来了！”陈金水眼中冒火地走进办公室，拿过电话：“喂，我是陈金水，谢书记到哪了？什么，他先去车站接人？还有更大的领导要来吗？”

门外几个女子围坐在愁眉不展的冯大姐身旁唉声叹气，骆玉珠兴冲冲地走了过来：“冯大姐！”

“玉珠，怎么样？”众人忙起身眼巴巴看着她。

骆玉珠咧嘴一笑：“陈金水脸色气得跟猪肝似的，待会等那书记来了，他准带人堵我，你就按咱说好的……”骆玉珠拢过众人，低声交代起来。

“那咱就这么办，我倒要问问那个书记，给不给我们老百姓活路。玉珠，你可要小心。”

骆玉珠大大咧咧一摆手：“放心吧大姐，与陈金水斗我有经验。”

邱英杰和另两个大学毕业生背着行李下车，紧紧握住谢书记的手。“谢书记，您怎么会来接我们？”

谢书记微笑：“我哪能不来呢。你们毕业，放弃了留在大城市的机会，主动回家乡工作，几位英才是我求都求不来的金凤凰啊！”谢书记拿过邱英杰等人的行李，亲自放上车去。

两辆车向镇政府驶来，邱英杰坐在谢书记身旁，往车窗外张望。谢书记拉住他的手：“你这个高材生，听说大学留你任教你都不干，非要闹着回来？怎么想的？”

“谢书记，鸟飞得再高也得归巢啊。何况我还跟一个人有个约定呢，三年后在义乌相见。此人才是义乌真正的金凤凰啊。”

“谁啊？”谢书记饶有兴趣地问。

“我先告诉您他的名字吧，鸡毛。”邱英杰深情地看向窗外，嘴角带着笑意。

车在镇政府门前猛地刹住，骆玉珠挡在车前，司机刚要开窗痛骂，被谢书记按住。

“谢书记！给我们口饭吃！”

邱英杰好奇地看着车外的一幕，陈金水已带人从人群中挤出。“陈金水，谢书记体察民情，你不让我见谢书记是什么意思？”骆玉珠边后退边叫着，将陈金水等人引开了。

“谢书记，您可要给我们做主啊！”谢书记刚推开车门，冯大姐便迎上前去，谢书记请冯大姐一道走进了镇政府大门。陈金水停住脚步回头望去，被吓得目瞪口呆，忙转身跑上来：“书记，谢书记。”

骆玉珠得意地推开大光爹等人：“咋样，我这回筋斗翻得不错吧？”

陈金水烦躁不安地背手在会议

室门前来回踱步，手下站在一旁面面相觑。会议室的门打开时，谢书记与冯大姐走出，身后跟随着邱英杰。陈金水忙迎上："谢书记，我工作没做好……"

谢书记没搭理他，握着冯大姐的手说："你回去给大伙带句话，要相信政府，你反映的情况容我想一想。"谢书记意味深长地瞥了眼身后的邱英杰，"金鹁鸪，银鹁鸪，飞来飞去飞义乌。你们几个孝子颜乌归巢回家，这个巢远非你们想象啊。"

陈金水边擦汗边道："谢书记，这背后是有人捣乱，她们是一个投机倒把的团伙！我一定严查！"

邱英杰会心一笑。陈金水不明所以，也跟着赔笑起来。

冯大姐走出大门，早已等候多时的女子忙拥上来七嘴八舌地问：

"怎么样？谢书记说什么了？"

"谢书记答应还咱货了吗？"

冯大姐神色茫然："让咱们再等等，他要想想。"众人求助的目光看向骆玉珠，骆玉珠紧咬嘴唇思索着。冯大姐无奈地说："玉珠，譬如咱们投机倒把被抓进去吧，毕竟咱人没事。要不，你去跟陈金水服个软吧。"

七

夜空下，静穆的陈家村，间或有凉凉的夜风吹过，掠过树和房子，飒飒作响。骆玉珠提着一篮鸡蛋走进陈金水家门，金水婶正在做饭，她直起腰看着进门的骆玉珠。"婶，陈镇长回来了吗？"骆玉珠挤出笑脸。

金水婶无奈地长叹一声，看看屋里，挥手示意让骆玉珠离开。

"陈镇长，骆玉珠赔不是来了，这几个鸡蛋给您补补身子。"骆玉珠倒大大方方地说。

陈金水在屋里骂："把门关上！是谁家的狗没拴上，窜进来汪汪乱叫的。"

骆玉珠憋住气，金水婶好意地挥挥手，近乎哀求地劝她离开。

骆玉珠不慌不忙走到窗前："叔，我叫您声叔，今天拦谢书记的车也是没办法，我就指望着摆个小摊过日子呢。金水叔，您大人有大量，您好歹松松口，退我们一批货？"

"我后悔啊！太心慈手软啦！早把你们抓起来，也就没这些窝心事了！"

"请您看在陈江河的面子上，放过我这一次吧，他当年的命就是您捡回来的，您就放我一条活路吧！"骆玉珠含泪看着陈金水。

陈金水阴沉着脸，指着骆玉珠："滚，别在我面前提陈江河，你配提他吗？你别再在这里害人了，我怕你，我求求你行不行，你守在这三年图的是什么？陈江河回不来，就是回来，他也看不上你！"

骆玉珠呆呆地看着陈金水，提着鸡蛋转身向院外走去。

“痴心妄想！见谁都打听他消息，天下哪有这么不害臊的女人！”陈金水身后骂道。

走到门口的骆玉珠听到陈金水的话，回头将一篮子鸡蛋猛地朝陈金水丢了过去，鸡蛋砸到墙上向四周飞溅。

“上面要严厉打击各种投机倒把活动，像鸡毛换糖、街头摆摊这样的经商活动，是投机倒把，是资本主义的尾巴，我们应当给予坚决的打击，应当毫不留情地割其尾巴！怎么还能鼓励呢？”会议室中传来激烈的争吵。

冯大姐与骆玉珠紧张地坐在会议室走廊里的椅子上，骆玉珠察觉到冯大姐的不安，暗暗攥紧她的手。

会议室里谢书记一脸地波澜不惊，抱着胳膊扫视着每一个人，目光落在埋头记录的邱英杰身上：“小邱啊，你这个北京飞回来的高材生怎么一言不发呢？”

“谢书记，各位领导，我回来这几天在我们义乌做了几天社会调查，尽管我们在抓紧封堵治理，做小商品交易的老百姓不是越来越少，而是越来越多了。”邱英杰看了眼谢书记，谢书记的目光支持他继续说下去，“我就一直在想一个问题，为什么我们义乌自古有鸡毛换糖做小买卖的传统，即便批资本主义最激烈的那几年，义乌始终没断过摇着拨浪鼓鸡毛换糖搞经营的历史，甚至一些大队、生产队、公社干部亲自带队外出了。”

陈金水紧张地瞪着邱英杰，一拍桌子：“胡说八道！你听谁说的？那时你还是个娃娃！”

谢书记端起茶杯，轻描淡写：“陈镇长，干嘛这么激动，是不是你也带过队啊？”有人低声窃笑。

邱英杰镇定自若地说：“问题出来了，为什么鸡毛换糖在我们义乌像野火春风，你怎么打、怎么禁、怎么赶，它就是断不了根呢？我看是市场的春风从民间吹来了，它蕴涵着天地之间的正气，有和风柔雾，又有疾风暴雨。老百姓告诉我一句话：穷到头了，自然就得想办法求活命了！”

众人鸦雀无声，邱英杰深吸一口气：“当年我去北京求学的列车上，曾经遇到了一个小兄弟，他给我深深地上了一课。对了，就是从你们陈家村走出来的，他叫陈江河，小名鸡毛。”

陈金水无比震惊地看着邱英杰，众人面面相觑。

“他凭着鸡毛换糖以物换物练就的本事，这些年从东北走到了海南，从上海走到了西北，成了名副其实的全国通。我始终记得，那年他肩上背着袋子，挤进车厢的样子，左边是鸡蛋，右边是红糖，一路跟我聊到了北京。从那一刻起，我真正见识到了我们义乌人的生命力。正是这个身影告诉了我，回来是值得的！只要给点春风，给一点机会，这片土地上的老百姓，凭着他们的睿智和勤奋，就不会再穷下去！”谢书记带头鼓掌，开会的干部跟随鼓掌，陈金水恍然若失地呆坐在那。

会议室门外的骆玉珠慢慢站起，简直不敢相信自己的耳朵，激动的目光闪动着晶莹的泪水，呼吸急促起来。

谢书记示意邱英杰坐下，扫视众人："大家都知道那天拦车的事，那个冯大姐跟我诉苦，说我们义乌人祖辈穷，穷就穷在人多地少田又薄。可为什么还能在此生活繁衍至今呢？就是义乌人会经商。她叫我别小看这鸡毛换糖，它教会了义乌人敢闯、肯吃苦的本事。我谢某人没敢小看！我就想人家过大年欢天喜地的，我们义乌货郎却在冰天雪地里走南闯北，没日没夜，一脚滑一脚蹿地翻山越岭，挨家挨户去用糖换鸡毛、换鸡内金。回来后将上等的鸡毛出售给国家，支援出口，差的直接用来做地里的肥料，把鸡内金卖给医药公司，自己呢赚回一点小利，这样利国又利民的经营，怎么可以说成搞资本主义，当资本主义的尾巴割呢？”谢书记激动地拍起桌子，邱英杰眼中闪动着光亮。

会议室内一片寂静。谢书记继续说着："刚才邱英杰同志提到的那个鸡毛，那是个传奇人物啊，要想办法把人家请回来，我希望有一天鸡毛这样的义乌人越多越好。今天我也把拦车的两个当事人请到了这里，一个是冯大姐，一个是骆玉珠。请她们进来。"

骆玉珠与冯大姐走进会议室，干部们转头打量着她们。陈金水的目光顿时变得复杂起来。

"那天你们问我这个做书记的，能不能把扣押的货还给你们？我说容我再想想，因为书记也难一言堂啊！今天就让所有同志一起做个决定吧，同意归还的请举手！"谢书记带头高举起手，邱英杰毫不犹豫地举起来。

"天下的事再大，也大不过老百姓要吃饱肚子。"谢书记一锤定音。他的目光扫过去，县长、副书记、副县长零零落落地举起了手，所有干部陆续举起，陈金水撑到最后无声地叹了口气，也慢慢举起手。

见此情景，骆玉珠与冯大姐眼中都闪动着激动的泪花。

会后，邱英杰将手写的通告贴到墙上："……允许农民经商、允许从事长途贩运、允许开放城乡市场、允许多渠道竞争。1982 年 8 月"人群立刻里三层外三层地围住，个个面露惊喜，议论声、欢呼声此起彼伏。邱英杰挤出人群，骆玉珠一把揪住他，掩饰不住激动地问："邱同志，当年您在火车上真的遇见过陈江河吗？他在哪？"

邱英杰神秘一笑："按约定他应该已经回来了，但谁也找不到他。"

骆玉珠眼中充满了惊喜和困惑……

八

“善于等待的人，一切都会及时来到。”巴尔扎克的预言在陈江河身上得到了印证。像盯守猎物的雄鹰一般蹲在仓库对面眼巴巴守望的陈江河，终于等到了王厂长出来：“王厂长！”

王厂长无可奈何地看着陈江河：“又是你啊。”

陈江河赔笑着：“你们厂里这些棉纱头当作垃圾卖太可惜了，我再加点钱，这仓库里的货我全都包了。”

“我们是国营单位，小伙子！当垃圾卖我不会犯错误，卖给你再挣钱我也是有风险的！”

陈江河从口袋里拿出通告：“有啥风险，您看看上面的精神都下来了，允许鼓励个体经营，今天刚出的，我就抄了一张给您送来。”

“这样吧，既然上面有政策，我们回厂得开会讨论一下，你回去等信吧。”

陈江河握住他的手：“谢谢，谢谢王厂长！”

一辆拖拉机满载货物从村口开来，乡亲们纷纷好奇地眺望着，陈大光蹦了起来。

“鸡毛！鸡毛哥回来了！”村里的年轻人已经将拖拉机团团围住，陈江河跳下与陈大光用力拥抱。

“鸡毛哥！”巧姑激动地冲上前。

陈江河将她抱起兜了一圈，陈大光用异样的神色看着陈江河，站在一旁憨笑。陈金水在家中听到喊叫声，身子也猛然一颤，连忙来到院门口。柱子一脸坏笑：“金水哥，你家女婿回来了！”陈金水用烟袋一抽柱子后脑勺，众人哄笑。

陈江河走到陈金水面前，百感交集地叫了声：“金水叔，你身体咋样？我看您头发都白多了。”

陈金水上下打量着陈江河，眼中闪动着泪水，说不出话。“回来好，回来就好。”他俩紧紧地抱在一起。

两个酒盅碰到一起。陈江河双手举着杯，郑重其事地说：“叔，婶，巧姑，这些年鸡毛无论在哪，都梦见你们，想你们。今天可算回家了……”

陈金水一饮而尽：“喝，倒上！”

巧姑甜甜地笑着倒酒。

“你少喝点吧。你叔这两年总是犯病，赤脚医生都不让他沾酒了。”金水婶按住女儿手中的酒壶，瞪着男人。

“怎么啦？”陈江河关切地问。

“没啥事，甭听她瞎吵吵，喝！”陈金水又一饮而尽，“倒满！咱孩子回家了，我以为我这辈子见不着鸡毛了……我今天就是喝死也知足了！懂吗？”陈金水带着酒劲，一把抢过巧姑手上的酒瓶。

陈江河感动地看着金水叔。

乡亲们挤满了院子，陈金土说起了顺口溜："金水哥，忠厚侬，口碑好，好心有好报！"

陈江河在调试着电视机，所有期待的眼光都集中到了他的身上。陈大光焦急地问："好了没有？"陈金水与村里的老者坐在第一排，紧张地盯着屏幕。陈江河神秘地转身扫视人群，微微一笑，按下开关。屏幕里出现图像，传出了激昂的歌声——"昏睡百年，国人渐已醒，睁开眼吧……"

所有人的目光都是那样的惊奇和喜悦，陈江河含笑深情地凝望着黑压压的乡亲们。陈金水竟慢慢起身，避开人群走出院子，陈江河一愣，呆呆地看着他的身影。

陈金水独自坐在树下，心事重重地抽着烟袋。"金水叔，咋不看了？"陈金水抬头招招手，示意他坐在身旁。他仔细端详陈江河："长大了，不是当年毛头小伙了。跟叔说实话，在外面讨过饭没有？"

陈江河迟疑了一下，默默点头。

"苦了你了，孩子。这些年叔天天盼着你回来，叔拿你当儿子养啊！你走那天早晨，叔的心像剜了一块肉一样……"陈金水再也说不下去，陈江河也眼睛湿润，紧紧攥住金水叔的手。

"你一共写了三十一封信，叔都给你留着呢。你在外面混得好，叔打心眼里高兴。"陈金水突然老泪纵横。

"叔，县里的情况邱英杰都跟我说了。这次回来我想带着乡亲们一起干，我准备了两份礼物，一份是电视机，一份是我在国营厂……"

陈金水意味深长地看着陈江河说："鸡毛，明天一早你还是走吧。你的大名已经在义乌传开了，就因为你这个名字，县委会吵得一塌糊涂，很多领导都拍了桌子。你说这是好事啊还是坏事？"

"当然是好事了，准是邱英杰替我宣传的。"陈江河释然一笑，蹲在面前，"叔，现在可不比当年了，你没看到县里刚下的通知吗？鼓励我们放开手脚，你不是说过鸡毛总要飞上天的吗？"

"这是祸！枪打出头鸟知不知道？利用你给人背大刀呢，小心有人抓你！我跟其他各县的朋友也打听了一圈，谁也不像我们义乌这么大胆。要我看，这谢书记待不长。他一走，先整的就是你，还有那个乱放炮的邱英杰！你明天一早就走，等这里的人把你都忘了，你再悄悄地回来。"陈金水忍耐不住地说。

"叔，这次真不一样。您要是去南边走走，就不会有这种担心，人家的胆子比我们还大呢。"

陈金水拉住陈江河的手，近乎哀

求："你还是走吧，孩子！相信叔，叔吃的苦头多，叔不想看到你被抓。"

金水叔苦笑着，指着小院子两壁劝道："磨炼忍性，养精蓄锐；光明磊落，胸不藏奸;隐忍蛰伏，随机而动。"

"金鹁鸪，银鹁鸪，飞来飞去飞义乌。北金山脚栽梗蒲，大蒲小蒲都摘了，剩点蒲蒂请货郎……花花家狗咬围裙，围裙咬个缺，裁衣师傅补弗转。"这是一首陈家村流传最广的民间歌谣。"我每时每刻都想着回义乌老家啊！"在这种失落的氛围下，陈江河怔怔地注视着金水叔，不禁哼起这支歌谣来，眼睛微微地湿润了。

月色如水，月光似镜，把陈家村照得一片雪青，陈金水辗转反侧，撑起身。婶埋怨说："你今晚还睡不睡？瞧，鸡毛一回来，你这折腾劲。"

"睡你的！"

陈金水披上衣服轻手轻脚走到旁边屋里，推门进去。陈江河已经沉睡，没有察觉。陈金水默默坐在床边，轻轻拉上被角掖好，看着陈江河。

陈金水激动地抹着泪水，可泪水却不停地流着。

九

邱英杰敲门进来，谢书记正一脸严肃地听着电话："如果这个通告出任何问题，我们班子承担一切责任。您放心……"谢书记挂上电话，疲惫坐下，朝邱英杰苦笑了一声。

"又是上级，又是退休的老领导，都来询问通告的事，言辞激烈啊！"

"我这边也遇到不少情况，正想跟您汇报。"

谢书记拍着额头："说说。"

"国营食品厂要我们关停佛堂、义亭镇农民办的火腿厂，理由是金华火腿在过去几十年里一直是由国营食品公司独家经营的，农民无权参与。"

谢书记起身来回踱步，恼火地说："金华火腿是金华人民创造的，不是食品公司创造的。农民发明了火腿，哪有没有加工火腿权利的道理？至于质量，谁达到标准要求，谁就能卖！"

邱英杰点头赞同，又说："还有国营棉纺厂打电话询问，有人想把准备废弃的棉纱头承包买走，问我们可不可以开这个口？"

谢书记哭笑不得："就这种事还要犹豫不决，打电话跟县里请示？这不成小脚老太太了！"

"我马上回复。"邱英杰向外走。

"英杰，"邱英杰在门口停住脚步，"谢书记，您还有什么事？"

谢书记苦笑："现在后悔没有留校当老师了吧？"

邱英杰笑着摇了摇头："不后悔，我觉得义乌这个大课堂更精彩。"

谢书记欣慰的目光看着他出去。

鸡毛飞上天

Feather Flies To The Sky

长篇小说

〔第三集〕

一

“小陈你先别急，听我说完。事情有变化，有人要拉走这批棉布头，他们出了更高的价钱。关系到厂里的利益，我不能不卖，是不是？”陈江河目瞪口呆地听完王厂长的电话，完全失去了方寸，只觉得四周空荡荡的，寒风像无情的箭，深深扎进了心里。陈江河无奈，只得平复好自己的心绪，硬着头皮哀求道：“王厂长，我马上就过去。您务必给我压住货，价钱咱们好商量！”

看到陈江河挂断电话，跟随着的陈大光一脸兴奋：“哥，我要跟你干，村里的年轻人都想出来干，就等你一句话了。”

“大光，你现在能叫到几辆拖拉机？”

“加上你的三辆。”

陈江河皱着眉摇着头说：“不够！我至少要十辆！大光你想尽办法，也要把拖拉机叫到。”

陈大光吃惊地张大嘴：“我的哥呀，你到底要运什么呀？”

几辆拖拉机来到国营棉布厂，还没等停稳，陈江河跳下拖拉机直奔仓库，里面的货已被搬运一空。王厂长一脸愧意：“小陈，我可一直坚持到了下午，我言而有信，你不知道啊，那几个女的死缠烂打啊，为首的是咱县有名的‘袜子王’，比你还能磨！这不，拉上刚走！”

陈江河二话不说转身就要走，王厂长拉住他胳膊，不解地问："我就不明白，你们争这些布头干什么呀？这都是国营厂不用的废料，可不要冲动啊！”

陈江河无奈地朝王厂长摇了摇头，转身爬上拖拉机："追！我倒要看看，在义乌谁还能跑在我前头！”

几辆拖拉机满载着棉布头的包裹，缓缓前行，后面的拖拉机追了上来。陈江河大喝一声："停车！这些布头是我盯了几天盯下来的，你们不能就这么抢走！”

“谁抢了？我们付了钱的！你这人讲不讲理……”一个熟悉的声音传了过来。从拖拉机上下来的骆玉珠，怒视着陈江河，刹那间两人同时停住了脚步。时间仿佛静止，冯大姐、陈大光等人从各自拖拉机上跳下，诧异地看着静止在空气中的陈江河与骆玉珠。

陈江河的眼前是一个很有灵气的女孩。她一头洒脱随性的齐耳短发，大眼睛灵巧地转动着，可爱秀气的直鼻梁，粉嘟嘟的脸蛋，紧抿着红润玲珑的小嘴，脖颈瓷白细嫩。她站在人前时如烟似诗，优美大气。

突然间，骆玉珠的嘴角慢慢地泛起了一丝笑意，凌厉的眼睛也变得温柔了……

几辆拖拉机停靠在石桥上，陈大光从拖拉机身后抽出棉布头，一脸迷茫。“大姐，你们抢这棉布头做什么？”

冯大姐坐在拖拉机上摇着头笑："我们也不知道，就跟着骆玉珠来了，还以为是抢宝贝呢，一看是破布头！”

“他们搞什么名堂？”陈大光扒着桥往下面看着。

桥洞里陈江河与骆玉珠对视着，谁都没有开口说话，骆玉珠紧咬嘴唇瞪着他。陈江河突然发现什么，俯下身："你看，当年我们写的名字。”

骆玉珠上前走了一步，果然墙上有用砖头写下的“陈骆江河”四个字。陈江河直起腰笑："没想到几年过去了，我们俩的名字居然还在这。”

骆玉珠眼中闪动着晶莹，依旧一动不动地站在那，用怨恨的眼睛瞪着他。

“还生我气呢？你见了我怎么一句话也不说呢？你吭个声。”陈江河有些手足无措，伸手习惯性地刮了一下她的鼻子。

不料手指这一刮，却把骆玉珠的眼泪刮了出来，骆玉珠狠命地举起拳头捶向陈江河。“我让你跑，我让你跑！”直打得骆玉珠没有力气再打了，才转身坐在石头上抽泣。

陈江河看着她哭笑不得："累了？没劲打了？”

骆玉珠含泪扑哧一笑，抹干泪水，捡起块石子砸去："亏你还记得这桥洞。”

“我怎么会不记得。”陈江河边躲边说，“我说谁跟我抢这棉布条呢，原来是你。你拿这些废纱料做什么呀？”

“要你管！那你呢，你想做什么？”骆玉珠赌气地说。

“这么大的量，你没点把握就敢进？到底想做什么？”陈江河神秘地笑笑，“本来这些布头是我回来送给乡亲们的礼物，不能随便说。”

骆玉珠冷哼一声：“那我也不说，反正东西是我的。”

“几年不见有主意了啊，骆玉珠，我可是你哥！”

骆玉珠赌气似的望着桥外：“我只认货，没哥。”

“这样，我们还像当年那样，你在这边，我去那边，把我们想做的东西写下来，行不行？”陈江河捡起两块砖头，笑眯眯递上一块。骆玉珠白了他一眼，伸手接过。陈江河与骆玉珠两人各自转身在砖上写下，又几乎同时回身望去，居然都是“拖把”两字！

两人会心地相视一笑。

“凭你们几个人根本做不出几把，你看看这么大的量，刨除成本人工，这一把拖把才一毛钱的利润，你量上不去，还不是白搭工夫！还不如交给我们做，我有一个村的人呢。”陈江河与骆玉珠坐在领头的拖拉机上，陈江河苦口婆心地劝着骆玉珠。

“那我们干什么去？喝西北风？”

“你们发挥你们卖货的特长啊，我们生产拖把，你们负责卖出去，利润咱按六四分。”

“四六。”骆玉珠冷冷地。

陈江河无奈地说：“我忘了，骆玉珠你是最能算计的。你们收购了这些棉布条，口袋里都没钱了吧，我来承担一半成本，六四分怎么样。”

骆玉珠不为所动：“你承担一半成本，你做我卖，五五分。”

看着前面两人来来回回地讨价还价，陈大光诧异地问旁边的冯大姐：“他们不像熟人啊？他们以前真的认识？”

冯大姐和其他几个女人笑起来……

陈家村前盘溪边的柳枝吐了嫩芽，那些不知名的小草也调皮地钻出来放叶透青了。小溪里平静的水，从冬天的素净中苏醒过来，被大自然的色彩打扮得青青翠翠。陈家村的年轻女孩围坐在空置的队屋里，笨拙地将棉布条绑到木棍上，大光带着几个小伙子满头是汗地在旁边加工木棍。“质量不行啊！速度也太慢了，大光，能不能再叫些人？”陈江河一脸着急地说。

大光抹了一把头上的汗水说：“真正会扎拖把的都是村里那些老人，可金水叔看得紧，我们哪敢拿出去啊。”

正当陈江河愁眉不展时，巧姑带着两个女孩走了进来：“鸡毛哥，我也来做。”

“巧姑你……”

“没事，巧姑跟她爹不是一条心，她是我的人。”陈大光看了一眼陈江河，连忙解释着。巧姑嗔怪地瞟了他一眼：“谁是你的人！”屋里的年轻人都哄笑起来。

“把门开开！蛮卜种，快给你老子开门！”门一打开，大光爸带着柱子冲进屋，柱子冷哼：“我说村里年轻人都跑哪去了，好嘛，一锅端啦！”陈大光壮着胆上前：“爹，柱子叔，你们就别添乱了。”

“别，别乱说，我们是来当师傅的！”

“万里长城永不倒，千里黄河水滔滔……”加工场扩大到了陈金水家里，看着满屋的老年人、年轻人，一边看着电视，一边扎着拖把，陈金水的老婆急得快哭出来了：“你们还敢在我家扎，等她爹知道了不闹翻天才怪。”

“娘，我爹不是上县里学习去了吗？您就别捣乱了！”

大光爹用力扯了扯刚扎好的拖把，递给旁边的儿子：“看见没有，先在拖把杆的一端用铁锤钉上钉子，把铁丝一端绑上；再把布条一根一根地在铁丝上面串起；再缠到拖把杆上，用铁丝缠两圈绑紧就行了。我这样扎的拖把，一定能够卖出好价钱！”

陈大光正痴痴地看着电视剧，里面霍元甲在跟表妹谈情说爱，他根本没听他爹的。柱子摇头感慨：“现在的年轻人，心都不踏实喽。”

陈江河与骆玉珠并肩站在院门口，江河看着屋里黑压压干活的人群问：“你心里踏实没有？”

骆玉珠一笑，出神的目光喃喃地：“这在以前想都不敢想。”

一轮皎洁的月亮挂在半空，虽然像云朵一样苍白，但是每时每刻都在变得更加明亮。陈江河撒欢般蹬着自行车，在月下一路狂奔。他骑到桥上，喘息着眺望远方，突然兴奋地大吼起来：“哎——哎哎——”脸上充溢着喜悦与美好。

“玉珠，你理解我了！我做梦都想让陈家村脱贫，让村民过上好日子，这是我的梦想呀！”陈江河接出骆玉珠，两人推着自行车并肩走着，淘气的小星星不时在他们头顶前面划过。少女脸颊滚烫，发烧似的。陈江河却一脸兴奋，带着自豪，充满煽动性：“哪里有这气势，边看霍元甲边挣钱，在全国也就我们义乌陈家村。‘四个允许’通告一下来，我们义乌的市场一下就扩大了，其他县的人都往我们这里跑，你放心吧，这拖把不愁卖不出去。”陈江河一脸兴奋。

骆玉珠似乎心不在焉，咬着嘴唇望着别处。看来陈江河是铁了心，要带大伙脱贫了，这个梦想，像一颗蒲公英的种子，在他心里生根了，发芽了。那我怎么办？他心里有我吗？

陈江河没有察觉，还在讲着："真没想到你的眼光也这么毒，看来这几年你没少历练。我听说你有个外号叫'袜子王'，在义乌那么多人卖袜子，凭什么你是'袜子王'，还不是你有本事。"

"当年你为什么要跑？"骆玉珠突然转过身，火辣辣的眼神盯着他。

"你怎么还记着这事呢？"陈江河停住脚步看着她。

骆玉珠一字一顿地说："因为它对我很重要。陈江河，你觉得我是不是特别傻？"骆玉珠拼命控制住情绪，深深吸了一口气，将目光移向别处。

"你要傻，这世上就没精明人了。"陈江河看到骆玉珠神色变化，暗暗松了口气。

骆玉珠背着手，调皮地侧脸看着陈江河："你不精明？我想知道你组织村里人给你扎拖把，工钱怎么算？你自己留多少？"

"全分给他们，我一分不留。"陈江河苦笑着说。

"那你忙这些天干什么呢？你跟我争六四分还是五五分耍我呢？陈江河我不许你开玩笑！"

陈江河收起笑举起拳宣誓："我向毛主席保证，我说的都是大实话！"

"那你到底为了什么？"自己的猜测得到了证实，骆玉珠看着陈江河。

"玉珠，记得我跟你说过我是个没家的人吗？我在外面流浪那些年，曾经无数次地想起陈家村，有时候会想得心疼。"陈江河按了按胸口，"我明白我是有家的，陈家村就是我的家。不怕你笑话，当我讨饭啃窝头喝凉水的时候，最大的愿望就是看乡亲们数钱，数我给他们挣的钱。"陈江河动情地说。

骆玉珠看了眼情绪激动的陈江河，心里想说什么又说不出口，只好默默地注视他。

二

"学什么呀？上面又有新指示？"陈金水披着衣服端着茶缸走进会议室，跟相识的熟人打招呼。

"从前学习班顶多一天，也没包吃包住把咱关起来过啊！"

"我看八成风向要变！"人们正议论着，看到谢书记进来，人们连忙回到各自的座位上。

谢书记扫视一圈，面带微笑："同志们，县里把基层干部召集到这里开封闭式的学习班，是下了大决心的。学习什么，怎么学，我没有发言权。但我给你们请了一个好老师，从今天起三天的学习时间，一切行动听从他的安排，大家鼓掌欢迎！"

掌声响起，陈金水愣住，出现在门口的竟是邱英杰。众人一片哗然，谢书记与他握了握手，便走向门口。

谢书记半提醒半开玩笑："我刚宣布的规则有人就要忍不住了。"

屋里立刻安静下来，谢书记退出将门关严。

邱英杰拿起粉笔在黑板上重重地写下了几个大字："解放思想。"

谢书记在会议室的窗外偷偷看着，邱英杰滔滔不绝地讲着，干部们纷纷拿笔记录，谢书记露出一丝笑容。

"金水叔，我知道您当年胆子大得很，带领社员出去鸡毛换糖，是十里八村出了名的敲糖帮，可后来怎么又不敢了呢？"课间邱英杰和陈金水交流着。

陈金水长叹一声："大宗生意大赚蚀，日来夜去勿保险，小本生意买油盐，衙门铜钱一蓬烟，割割种种万万年。那些烂事勿提了，邱老师，我想问个问题。"

"金水叔，您叫我名字就行，我跟江河是同辈。"

"你们后生可畏啊！可有一点，吃的苦头、栽的跟头没我们多，是不是？你能保证你这些天教的就是北京的意思吗？"

邱英杰顺手拿起手中的《人民日报》："今天我想请大家看一则报道。国家工商行政管理局在武汉召开全国小商品市场现场会。"陈金水惊奇地看着邱英杰手中的报纸。

"报道可以回家再看，今天最后一课我们要集体出去，去一个更大的课堂……"

邱英杰带着与会人员来到刚建立的湖清门小百货市场。市场上人头攒动，到处是叫卖声、说话声、讨价还价声，看得与会人员眼花缭乱。冯大姐等在几个摊位前忙着应付生意。邱英杰和与会人员站在人群外，他说："这就是解放生产力！国营厂废弃的棉布头变成价廉物美的拖把，只有老百姓才有这种干劲！才有这种创造力！"

陈金水挤进人群，满头是汗地抢到一把拖把，仔细地看了半天才回过神来。

三

"湖清门新市场不再逢双集市了，现在天天开放了，客人真多呀。全卖了！全卖了！后面一批还加了价。"骆玉珠满脸疲倦，还带着仆仆风尘，却依然能看出她娇小的脸型、精致的五官和细腻白皙的皮肤。骆玉珠笑容满面地从包里拿出厚厚一沓钞票，递给陈江河。"你点清楚了，万一我骗你怎么办？"

"你不会！"陈江河欣喜不已，接过钞票。

骆玉珠对陈江河哼了声："你怎么知道我不会，我认钱不认人啊……"

“鸡毛哥！”巧姑看到骆玉珠老远就放慢脚步，走过来看了一眼骆玉珠。骆玉珠也用异样眼神瞥着巧姑。

陈江河忙举着手里的钱笑着说：“巧姑，发工资了，快去叫乡亲们来领钱！”

巧姑爽快答应：“哎！”

陈金水在家里仔细瞧着报纸，连连叹息感慨：“真是变了，难道国家真是要鼓励咱老百姓赚钱？”

巧姑笑了：“爹，三天学习班回来，跟变了个人似的。后悔了吧，你当年要是坚持办陈家村市场，我们可比武汉那啥街办得大。”

母女俩将拖把沾好水来回拖地，陈金水叼着烟袋转头细瞧。

陈金水感慨地说：“咱义乌是有这聪明人啊，能想到做这拖把，使着还真顺手。”

母女俩交换个眼神。

巧姑笑着说：“这拖把有什么了不起，村里谁都会做。”

陈金水一撇嘴：“如果陈家村有这人才，我就把镇长这位置让给他！”

陈妻忍不住：“当真？我看你的镇长当到头了！”

巧姑忙提醒：“娘，不让说的！”

陈金水站起：“啥不能说？你们有事瞒着我。”

一会工夫，陈江河屋前就挤满了领钱的乡亲们，陈江河拿着大把的钞票数着。陈大光维持秩序：“别着急，凡是参加劳动的人人有份，谁扎了几把，这本上记得清清楚楚呢。”

“陈大光，你小子可别偏心记错了！”众人哄笑。

骆玉珠站在远处呆呆看着陈江河发钱的身影。身后一声轻咳，骆玉珠如梦方醒，回头看去，陈金水沉着脸正瞪着自己。骆玉珠想说什么，终又转身撒腿跑了。

陈金水看着她的背影，又转头看了看陈江河，大步走了过去。陈金水背着手，扫视每一个人，目光落在陈江河身上。

陈江河看着众人像躲土匪一样慌乱地藏着钱。连忙迎上前说：“金水叔，这事不怪大伙，是我……”

陈金水没有搭理陈江河，径直走到桌前，将陈大光藏在身后的小本拿出看了看。然后意味深长地看了眼陈江河，又背着手离去。

乡亲们面面相觑，陈江河也感到十分奇怪，猜不透陈金水要搞什么。

邱英杰骑着自行车带着陈江河走进第一招待所：“江河，像你这样的人物，本该找辆汽车接你。可是没办法，我的级别不够，只有自行车的伺候！”

“英杰哥，你别逗我了。”

邱英杰放好车，一拍他背：“走，兄弟！看看我的临时小窝。”两人走进招待所。狭小的宿舍里堆满了书，邱英杰忙着收拾，陈江河惊诧地看着。“这么多书啊！好家伙，你读得过来吗？”

邱英杰笑着沏茶：“快坐！回来工作忙，只能挤点时间读。不好意思啊，连下脚的地方都快没了。”

“英杰哥，能借我几本看看吗？”陈江河如饥似渴地翻看着。

“随便看，江河，不如今晚你就搬过来，白天我上班，晚上我们哥俩好好聊聊，这些书你想看哪本就看哪本，怎么样？”

“好啊。我从小生活很苦，就听到金水叔说，家里只要有读书人，这一家就有出头之日，所以，我有机会就看书。”陈江河看看左右，“可我睡哪啊？”

邱英杰笑着收拾出单人床铺大小的地方：“没听古人讲，以天为被以地为床吗？”

“等有了老婆孩子，你就不这么说了。哎哥，你有女朋友吧？”

“我们是大学同学，她是北京人。”

“厉害啊英杰哥，你上学太值了，不光拿了文凭，还赚了一个北京老婆！”陈江河羡慕地说。

邱英杰被逗笑：“是不是在你眼里什么都有价值啊？哎，一见你高兴，我把正事都忘了。江河，你这拖把一役首战告捷，不光送给了陈家村乡亲们一份大礼，也送给了我一份大礼啊！”

“祝贺祝贺，套香港人常用的一句话，恭喜发财！”邱英杰笑了笑，递给他一份稿件，上面标题：“变废为宝——谈农民企业家的创造力”。

“你把我都写进去啦？我可算不上什么企业家啊！我只不过是倒货的倒爷而已。”陈江河怪异地看着邱英杰说。

邱英杰用力拍了拍他的肩，意味深长地说：“江河，别把自己说得那么卑贱。别人看不起我们，咱自己得看得起自己！搞活市场，把死水变活水，全靠你们！你所经历的喜怒哀乐，其他义乌人也经历过。你是千万个杰出义乌人的缩影；你的痛苦、喜悦、彷徨是亿万有梦的中国人都会经历的。晚上我们哥俩好好喝两盅吧！”

“英杰哥，改天吧，今晚有人约了。”

邱英杰转身露出笑意：“男的女的？不会是骆玉珠吧？重色轻友。”

“你怎么知道？”两人会心地笑起来。

四

湖清门市场差不多代替了陈家村市场，骆玉珠在稠州公园边的篁园村租了房子，她换好裙子，看着镜中的自己。刚将发卡小心翼翼插入头中，门被敲响，骆玉珠慌乱起身，迟疑了一下，将头上发卡拔出，重新梳理好头发，这才跑到门口开门。陈江河站在门口微笑着看着她。骆玉珠有些羞涩，白了他一眼：“你不认识我啊？”

“恭喜乔迁新居，我还真有点不认识了。”

骆玉珠转身走去：“不认识人还是地方？别贫嘴了，赶紧帮我端菜去。”

陈江河静静地把玉珠的新房间看了一遍，目光落到插在花瓶里的那个拨浪鼓上。他走上前拿起拨浪鼓傻呆呆地看着。

骆玉珠已经端菜进屋，看了眼陈江河说：“拨浪鼓被人折断过，鼓面也被人踩坏了，后来被我修好了。”

“怎么坏的？”

骆玉珠沉默了片刻说：“被你们村的人，你那金水叔呗。不说这些。为我们第二次合作成功干杯吧！”

“你去陈家村找过我？”陈江河似乎察觉到什么。陈江河笑着站起来手捧酒杯一饮而尽：“玉珠，新市场新气象，接下来你想干什么呢？”

“你帮我出出主意呀。”

陈江河想了想：“我在广州时，有一个香港人讲过美国淘金者的故事，我觉得挺有道理，想不想听？”

“快讲！”骆玉珠饶有兴趣地点头。

“美国西部发现金矿以后，无数人带着发财梦蜂拥而去，一时间小镇人满为患。但淘金这事风险也很大，辛苦不说，弄不好还会搭上人命。有个当地人特别冷静，他不去淘金子，而是开了商店和旅馆，卖淘金的工具，提供住宿。几十年下来，不知有多少人怀着梦想而来，带着伤心离去。但这人却成了巨富……”

骆玉珠会心地笑了起来。“快吃啊，尝尝我的手艺有没有进步。”

陈江河笑着看她：“所以我说你精明！”

骆玉珠转身拿出一沓钱，在桌上一推，陈江河愣住。“你让陈家村的人分了那钱是你的心意，这个是我的心意。”骆玉珠微笑着说。

“你这是干什么？”陈江河摇了摇头，又将钱推回。

骆玉珠强推，两人的手碰在一起，陈江河缩回手。“那好，这就算咱下一笔买卖的本钱！但这是咱俩的买卖，有你一半。”

陈江河默默看着骆玉珠。

“江河，那天你说了你的愿望，你知道这些年我的愿望是什么？”

骆玉珠声音突然变轻：“就是像今天这样，能跟你坐着吃饭，喝醉了再给你唱一曲。”骆玉珠自己倒好酒，仰头喝尽。

“当年你还是小女孩呢，真没想到现在会变成……”陈江河摇摇头，低头吃着菜。

“现在变成了什么？你说。”骆玉珠见陈江河低头不语，捧起酒杯又喝了一杯，一抹嘴爽朗地笑起来：“江河，你想听什么，我给你唱！”

“就唱你平时最喜欢唱的。”

骆玉珠显然有了醉意，咧嘴笑着：“你是说这三年我喜欢唱的？白娘娘与许仙！”

骆玉珠想了想起身，端着酒杯哼唱“三年”：“想得我肠儿寸断，望得我眼儿欲穿。好容易望到了你回来，算算已三年。想不到才相见，别离又在明天，这一回你去了几时来，难道又三年？左三年，右三年，这一生见面有几天……”骆玉珠唱到此处，背对陈江河一动不动。

陈江河慢慢起身，无声地靠近，骆玉珠胸膛起伏，感受着靠近的爱人。

门突然被敲响，两人如梦方醒。骆玉珠忙去开门，陈大光喘息未定地问：“鸡毛哥……在吗？金水叔他……他……”

陈江河慌忙跑了出去：“金水叔他怎么啦？”

“他犯病了，婶叫你回去！”

骆玉珠愣了一下，孤独地站在门前，目送着陈江河远去的背影。

五

昏暗的灯光下，陈金水躺在床上，陈江河一脸担忧地坐在床边：“叔，你哪里不舒服啦，我送你去医院看看吧？”

“不用了，我这是心病，看不好。”

陈江河转头看母女俩，巧姑哭丧着脸被婶子推出屋，门被关严，屋里只剩下爷儿俩了。陈金水翻身坐起：“当年你走了，县里来抓人，我承认：带社员出去鸡毛换糖，诸暨放火都是我一人干的，结果被抓了去。监狱里条件差，也没人管，落下点病根。”

“叔，您坐牢这事怎么从来没跟我说过？大光他们也不告诉我。”

“过去的烂事说它干什么。我跟村里人说了，谁也不许跟你提。”陈金水拿起烟袋，陈江河忙点上，“今天想到了，跟你随口说说。”

“叔，您为我受了那么大的罪，将来我一定会好好孝敬您。”

陈金水一笑说：“你这话是嘴里说说讨我一时欢喜，还是当真的啊？”

“我陈江河的命都是您捡来的，除了您我还能孝敬谁去？”

陈金水用疼爱的目光看着陈江河：“鸡毛，有你这句话，叔的心就踏实了，这病也除了，往后咱真成一家人好不？”陈金水语重心长地说，“鸡毛，前些日子叔看错形势了，你跟邱英杰是对的。这学习班叔没白上，国家还真是鼓励我们老百姓赚钱呢！往后，你就带着乡亲们干，叔支持你！”

“叔您放心。”陈江河点点头。

陈金水笑着点头：“叔不糊涂，叔还指着你接班呢！叔这辈子的本事都传你身上了。鸡毛啊，现如今村里人的手艺都荒废了，村里像你们这么大的年轻人别说出去闯荡，连见个生人都脸红，话都说不出来。叔指望你能带带他们。”陈金水深吸一口气，“老古话讲，这男人啊无非两件事：成家立业，要想走得远，必须扎牢根。”

“是！我记住了。”

“叔都替你想好了，巧姑，快进来。”巧姑极不情愿地被娘推进屋，眼中含泪，陈江河诧异地回头看着她。“小时候爹没少拿你俩开玩笑，你娘还说我！我就是把鸡毛当女婿养的，这村里谁不知道。鸡毛啊，你走了那么多地方，也见多识广，我不怕比！巧姑我最了解，十里八乡你去找找，做你媳妇不委屈你吧？”

“叔，我……我还不想……”陈江河心里一阵慌乱。

“爹，我不要！”

“住嘴！有你说话的份吗？你爹我白养了你，就你这样，我能指望你给我养老送终吗？嫁不嫁由不得你！带她出去！”金水婶无奈地扶着女儿走了出去。

陈江河一动不动地站着，面色愕然。陈金水吧嗒吧嗒抽着烟，默默审视。“叔……巧姑我一直拿她当妹妹，我……您……能容我再想想吗？”

“还用想什么，一家人方便，下月就定亲！说媒的都不用了！你如果怕陈大光他们家，我这就跟他们说去！让他们断了心思。”陈金水声调一变，“从今往后，你把巧姑当老婆吧！”陈金水穿好鞋，走到门口甩下刀子一般的话，“叔我活这辈子活的就是一张脸。从今起离其他女人远些，别招惹闲话。”说完陈金水推门出去了。

陈江河痛苦地闭上了双眼。

义乌江边的池塘里，荷花绽开了粉红色的脸蛋，特别招引小动物和小孩子们，小青蛙也不甘寂寞地过来凑热闹，呱呱呱地唱着歌。又是一个逢双日，骆玉珠早早地绕到东江桥头，深情地凝望着什么，不时有人走过来打招呼：“玉珠，等谁呢？”

骆玉珠含羞微笑着挥手：“去去去！”

远远地，陈江河骑车过来，骆玉珠含笑迎上前:“哎，你金水叔没事吧？”

陈江河跳下车，神色尴尬地摇着头。

“去哪儿？”骆玉珠眼巴巴看着他。

“我去……县招待所，找邱英杰借书。”

骆玉珠兴奋地说：“那带我一程！我正好去湖清门市场。”陈江河面露为难的神色。

“有急事？那……我自己再搭车去，你快走吧！”骆玉珠善解人意地说。看看左右没人，她又从包里取出一双鞋塞给陈江河，轻声说：“试试，合不合脚。”陈江河刚要推托，骆玉珠已经含羞跑远。

陈江河来到邱英杰宿舍，坐在书堆里贪婪地翻看着，脚下摆着一本本关于经济的书。窗外响起喊叫声：“江河？江河！”

听到叫喊声，陈江河起身来到窗前往外望去，骆玉珠正捧着一包糯米饼仰头叫他。看门大爷一旁劝说着什么，不少路过的人侧目而视。陈江河忙放下书走到门口，忽然想起什么，转身拿起那双鞋推门出去。

骆玉珠正跟大爷纠缠：“我找陈江河！大爷，您又不让进楼，可我这糯米饼凉了不好吃……”

“玉珠！”陈江河从楼里跑了出来。

骆玉珠忙将糯米饼藏在身后，朝他一乐：“江河，我厉害吧，你一定奇怪我怎么找到这的。”

“我不奇怪，天底下没有你骆玉珠干不成的事。”陈江河苦笑着说。

“你算说对了！闻着香味没有？猜猜是什么好东西？”

“你来得正好,这鞋你还是拿走吧。”

骆玉珠一愣：“怎么？不合适？”

陈江河点点头。

骆玉珠忙接过：“那我再给你换一双。我顺路给你带过来的，你先趁热吃这个……”

“我不要,你吃吧！”两人推让间，糯米饼掉落在地上，骆玉珠怔怔地看着蹲在地下捡饼的陈江河。

“鸡毛哥！”是巧姑的声音。陈江河抬头，骆玉珠转身，巧姑也捧着一包糯米饼站在身后。巧姑难堪地瞥了眼骆玉珠，轻声说：“鸡毛哥，我爹让我过来看你。你们……”

骆玉珠脸色一变，眼睛盯着陈江河。

陈江河避开骆玉珠的目光，默默接过巧姑递上的东西。骆玉珠转身跑出去。巧姑的眼泪在眼中打转：“鸡毛哥，是爹逼我来的。”

陈江河无声叹息摇头。

骆玉珠双手紧攥着那双鞋，快步走着。她的眼神恍惚游离，深深地吸了口气，尽力控制着自己的情绪，突然她发泄般将鞋丢了出去。有人上去捡，骆玉珠转身走两步，大叫:“别动！那是我的鞋！”

捡鞋的人吓得扔下就跑，骆玉珠上前拾起用力拍着土，狠狠地说：“有什么了不起！我高价卖出去！”

邱英杰倒好酒，与陈江河碰杯，一脸惆怅的陈江河仰头喝尽。“这都什么年代了，还包办婚姻呢！更何况他不是你亲生父亲，凭什么管你？陈江河，你挺聪明、挺明白事理的一个人，怎么在这事上犯糊涂呢？”

“哥，我不能对不起金水叔。他如果是我亲爹就好办了，正因为不是。”陈江河沉重地摇头说，“我的命是他捡的，是他带着陈家村乡亲们把我养大成人，我惹祸逃走，又是他替我顶罪受罚，吃了多少苦，一直没跟我说。十多年来的养育之情，恩重如山哪，我恩还没报呢，更不能做对不起他的事，你懂吗？小时候村里人就老开玩笑，说金水叔捡回个女婿来了！我当是说笑没在意，谁想金水叔想到心里去了。而且，他的本事只传我，从不教巧姑……”

“那你自己怎么想？你跟我说实话，骆玉珠在你心里是什么位置？”

陈江河恍惚摇头：“我也不清楚。当年我把她安顿好，直到我逃走，我心里一直拿她当妹妹待。可她离不开我，对我特别好，那时候也小，啥也不懂……”

邱英杰哭笑不得：“感情这事就怕说不清楚！完了你，兄弟！”

“回来以后呢？”

陈江河轻轻地说：“回来……她变样了。我再见她的时候很亲切，又很陌生，说不出的感觉。英杰哥，我没有谈过恋爱，也说不清楚。”

“我觉得得分清楚，报恩是一回事，婚姻自由是一回事。骆玉珠长得很漂亮，还那么痴心等你，你对得起人家吗？”邱英杰拍拍他的肩，“不说儿女情长啦！我跟谢书记隆重推荐了你，我们县就你走的地方多，见识广。这些天你就跟着我调研，帮我出出主意吧。”

六

骆玉珠正在收拾摊位，准备拉车离开，陈金水远远地走过来。骆玉珠装做没看见,继续低头拉车。“骆玉珠，过来！我跟你说个事。”

“什么事？”骆玉珠不卑不亢地站在陈金水面前。

陈金水看着骆玉珠说：“以前我们没少抬杠，又收货又抄摊的，这里有我的不对，先跟你道个歉。”

“我受不起。”

“受不起你也得受！陈江河是要往上走的人，这你比谁都清楚。别再缠着他了。”陈金水抬高嗓门。

“你什么意思啊，镇长？我纠缠谁了？”骆玉珠嘴唇颤抖，转头看向别处。

“骆玉珠，我跟你说老实话，他马上就要当大干部了，你们不是同路人，你就死了这条心吧！陈江河跟我女儿下个月就要订婚了，我跟你说一声。”陈金水转身就走。

骆玉珠强忍泪水笑着说：“恭喜

了镇长，我得喝喜酒去，往后您得多照顾我生意。”

陈金水头也不回地：“好说。”

一回到家，骆玉珠就垮了，东西丢得满地都是。她扑倒在床上痛楚地哭泣，别人哪知道我的苦衷呢？都以为我的性格像磐石一样坚硬，那是假的！

骆玉珠伸手拿过拨浪鼓，刚要扔又舍不得，抱到胸前，泪水滴落在鼓上。突然听到门响了一声。

她想好了，对着大门口说：“我不欠你什么。我对你好，你已经习惯了。因为你不会考虑我的感受。我不是没人要，我不会再让你甩我一次。”

陈江河在门口也流泪了，恨自己分身无术。是啊，骆玉珠不是没人要，她长得别提有多漂亮了：细长的柳眉，漆黑明澈的双瞳，挺直的鼻梁，柔软饱满娇润的樱唇，线条优美、细滑光洁的香腮，那么恰到好处地集合在了一张清纯脱俗的俏脸上，而且还配合着一份让人无法抗拒的迷人气质。

她是个勇敢坚强的女孩，可你却一筹莫展！

骆玉珠坐直身，眼巴巴地等着敲门声，门外却又恢复了寂静。骆玉珠蹑手蹑脚走到门口，从门缝里望出去。陈江河正焦躁不安地在门外徘徊。

骆玉珠咬住嘴唇慢慢蹲下，蜷缩抽泣……

陈江河来到湖清门市场，看见骆玉珠正在用力吹气球，只见她熟练地将系好的气球交给孩子，又吹起下一个。气球吹起，挡住了骆玉珠的脸，买气球的孩子争前恐后踮脚交钱。陈江河挤在中间：“哎……你什么时候有空，我俩谈谈？”

骆玉珠指了指吹起的气球，摇头。陈江河在孩子们面前有些尴尬，低声哀求：“你说句话，我哪里得罪你了？”

骆玉珠没好气地指着脸，含糊不清：“我脸都吹肿了，说不了话。”

“陈江河。”邱英杰匆匆挤了过来，“跟我下乡，义亭养殖场出了点问题。”

身后“啪”的一声，孩子们一阵惊呼，一个气球生生地被骆玉珠吹爆。陈江河转头望去，骆玉珠冷着脸根本不理睬自己。

邱英杰喘息着，看到两个冤家，好像不是在打情骂俏，又苦笑着。

邱英杰带着陈江河在一排排猪圈间走着，工作人员介绍：“猪是养多了，可急缺饲料，想从外面调吧，可外面饲料不仅贵得很，又是紧俏货，我真发愁，没有门路啊！”

“别着急，县里一定会帮你们想办法。”几个人簇拥着邱英杰向前走去。陈江河蹲下抓起一把饲料，里面夹杂着麦粒。陈江河皱眉思索。

七

骆玉珠背着麻袋包，手里又提着两大袋在路上艰辛地走着，衣服已被汗水浸湿。她放下包伸手拦车，路上车辆飞驰却不见停下。骆玉珠筋疲力尽，坐在包上大口喘息，眼巴巴看着路的尽头。突然，远处传来拖拉机的轰鸣声，骆玉珠抖擞精神，忙背起麻袋包，左拎右拽到路旁准备好。拖拉机驶到近前，骆玉珠肿胀着脸，含糊不清地喊叫着。拖拉机没有减速，骆玉珠用力将手中的麻包抛上拖拉机，又费劲地摘下背上的包，用尽最后力气推进车挡板。拖拉机反倒加速了，骆玉珠上气不接下气地追着，双手眼看就要扒住挡板，却又被甩开了。

骆玉珠带着哭腔有气无力地喊："我的包,货……师傅,停车！快停车！"

拖拉机已经加速远去，骆玉珠一屁股瘫倒在地上，号啕大哭。原来，玉珠搭乘的都是顺风车，不知道要开到哪里去，又没有电话联系，路上停靠点也多，如果丢失货物只能自认倒霉。

陈江河找寻着骆玉珠的身影。冯大姐正收拾东西。陈江河迟疑上前："大姐，骆玉珠回去了？"

冯大姐哭丧着脸说："我们正说她呢。今天去杭州批货，她的脸都肿得说不出话了，还跟疯了一样大包小包地进货。我们走的时候她还要回去再买，怎么劝也不听。"

玉珠，你千万别想不开呀！

陈江河骑着自行车在杭金公路上飞驰，边骑边喊："骆玉珠！骆玉珠！"

夜幕笼罩下，一个人影在远处晃动。陈江河凝神眺望，用力快速骑过去，正是骆玉珠，她跌跌撞撞、神色恍惚地走着。陈江河忙下车扶住她："怎么了，你？玉珠。"

骆玉珠也不说话，头发都被汗水湿透了，贴在额前。陈江河摇着她肩膀："你怎么走到这条路上来了，出什么事了？"

骆玉珠咧嘴"哇"的一声哭起来，嘴里咕哝着不知在说什么："我的货……我的货没了……"

陈江河茫然地看着她口型："什么？货？你是说你的货没了？"

骆玉珠哭着比画："拖拉机……"骆玉珠眼泪吧嗒吧嗒地掉，用力点头。

陈江河盯着她的嘴型："车牌号记着没？"

骆玉珠用力点头，又突然意识到什么，摇着头推开他。骆玉珠挥着双手轰他："走，你走！"

陈江河莫名其妙地看着她。"那货丢不了，我帮你去找。"

陈江河无奈看着倔强的骆玉珠摇晃走去。没走几步，骆玉珠整个人瘫软下来，陈江河忙冲上前抱住她。

鸡毛飞上天

长篇小说

Feather Flies To The Sky

〔第四集〕

一

星星就像俏皮的小毛孩，让人喜爱。它们有的跑到了很远的地方，好像在和我们玩捉迷藏的游戏，使人只能看到朦胧的影子；有的像个害羞的小姑娘，躲在云层后面，不想让大家看清她的真面目。星星是妈妈派来照亮我，教我寻找光明的吧！

又一次遇到了绝境，骆玉珠浑身无力，艰难地扶着陈江河的自行车。已经骑了五个多小时了，顺着公路望去，一路上车灯一闪一闪的，多像儿时母亲深夜为自己缝补衣服时的烛火啊，让自己怀念，也让自己伤心。

沿着中国最美的富春江山水，来到拖拉机车牌号所在地富阳，陈江河从一个乡打听到另一个乡，所有人都是摇头。

骆玉珠看到陈江河皱着眉，从大院里走出来。看到他一脸的无奈神情，骆玉珠觉得不能再让亲爱的人做无用功了：“江河，算了，不找了，我们回去吧。”

“怎么可以中途而废呢？只要有一丝希望，哪怕被撞个头破血流，我绝不放弃！我们一定要坚持到最后。我们记着他的车牌号，肯定能找到他本人，走，我们再去找。”陈江河骑车驮着骆玉珠继续一路前行。骆玉珠坐在江河身后，疲惫地将头轻轻地靠在他的背上……

功夫不负有心人，第二天傍晚时，在富阳山区的一个晒谷场上，终于找到了那辆拖拉机。陈江河用手电照亮车牌，骆玉珠欣喜地点了点头。

“……我真没听见有人叫停车，否则我早就停下了。”车主一脸无辜。

“那货呢？”

“都卸了。”

“你卸货时分不出来哪袋不是你的？”

车主刚想说什么，骆玉珠一脸沮丧地说：“这不怪他，我装纽扣的麻布包和他装麦子的袋子差不多。”

“纽扣？坏了，我的机器！”车主边喊边向后院跑去。

后院里的机器早已停止轰鸣了，一个小伙子一脸沮丧，正手忙脚乱地拆卸着机器部件。骆玉珠一眼就盯住了两个没开封的麻袋，欣喜地走上前，又咕哝一句。小伙子与车主诧异地对视，骆玉珠举着三个手指含糊不清地喊：“三袋，三袋！”

“还有一袋呢？”

小伙子指了指机器，哭丧着脸看着老板。车主恼火地骂道：“你吃多‘麦糊’了，把纽扣往里倒也不晓得，如果这机器卡坏了，我要你赔。”

陈江河熟练地拆开机器，看了看说：“放心吧，被纽扣卡住了。有工具没？”

“有，快拿给人家。”小伙子连忙递上扳手。

陈江河拆下机器隔离罩，用螺丝刀挑出卡在机器里的纽扣，紧了紧松动的螺丝，清理干净后抬头说：“试试吧。”

麦皮飞溅，机器重新发出了轰鸣声，骆玉珠暗暗松了口气，无助地看着陈江河。车主感激地说：“幸亏你们紧跟着来了，不然我这机器就报废了！”

陈江河拉过车主到门口：“您怎么存了这么多大麦？”

“没人要呀。地里长得到处都是，割了堆在这就等着沤肥了。”车主无奈地叹息着。

“那怎么不当饲料卖啊？”陈江河一笑。

车主摇头说：“人工运输费就够我受了，谁家敢多养两头猪呀？再说我也没工夫挨村挨户去吆喝！”

陈江河眯起眼睛扫视货仓：“卖给我怎么样？”

“你要……随便给点就行……”

灯光下，两人疲惫不堪地在成堆的麦粒里挑捡着纽扣。骆玉珠偷偷看着埋头工作的陈江河，四目相对时，骆玉珠又低头不语。

“累了吧？货都在这里了，反正

跑不了，你就靠在那里睡一会吧。”

骆玉珠一言不发，摇摇头。

“哪有你这么拼命的。一个姑娘家背了这么多东西，也不想想你回不回得去。”陈江河责怪地瞥了骆玉珠一眼，低头继续挑捡。

骆玉珠赌气地顶嘴：“走哪不是家啊。你干吗来找我？”

“怕你丢了，被狼吃了，脸肿成这样还嘴硬。”陈江河没好气地说。

“丢了不是更好吗？以后再没人妨碍你了。”骆玉珠低头捧着脸，陈江河拉扯着她胳膊。骆玉珠死命地抱住脸，不让他拉扯开。

“现在怕难看了，想着要脸了？你还不服输，吹五百个气球的时候怎么没想想？让我看看。”陈江河俯身歪着脑袋看她。

骆玉珠咬着嘴唇蹲在那，她低头忍住笑，不时地用手捂住脚不说话。陈江河见状，连忙上前给她脱鞋，骆玉珠挣扎着，陈江河死死地拉住她的腿说：“别动！”

陈江河脱下骆玉珠的袜子，皱着眉说：“你呀你，都走出水泡来了！等着，我跟东家讨枚针去。”

骆玉珠一指麻袋：“我进了。”

陈江河起身：“我去要盒火柴，针在火里烧烫过消毒了，才可以挑水泡。”

骆玉珠仰头：“火柴我也进了……”

陈江河俯身看着骆玉珠，扑哧笑起来：“人们都说你是袜子大王，我看你是百货大王，什么钱都挣，光这些货，你就可以开个百货商场了！”骆玉珠也不好意思地笑了，突然一捂脸，倒吸了口冷气。

陈江河笑弯了腰：“你那脸肿着，千万别笑，得面无表情！”

针尖在火上烧红了，陈江河小心翼翼地挑着骆玉珠脚上的水泡。骆玉珠乖乖地坐着一动不动，静静地看着江河。“行了，以后别那么逞强了，好吗？世上的钱又挣不完，哪有姑娘家天天在外面跑的？”

“嗯，当年你为什么要逃跑？”

陈江河看着她摇头苦笑：“怎么又问这个了？”

“因为我在乎。”骆玉珠声音颤抖。

“我没想到你心思这么重，我以为把你安顿好就可以离开……”陈江河呆呆地看着她，轻轻地抚摸她的脸。

骆玉珠含糊不清，所有的话像洪水一样从发肿的脸上泻出，说到最后完全变成了呜咽：“你知道吗？当年我妈走了以后，后娘生了弟弟。我亲眼看见他们与人贩子合谋，看见了我爹接钱的那个样子，到现在我还会做噩梦。我想不到一个亲生父亲，会那样安心地收下亲生女儿的卖身钱。从此我再也没有相信过任何人，直到遇上你……我不想再被人扔掉，你知道吗？我可以讨饭，我可以吃苦，就是受不了别人糊弄我，骗我，像扔废物一样扔掉我！”骆玉珠眼睛湿润，声音哽咽。

“谁当你是废物了？”

“那就永远别扔下我！”骆玉珠用力搂住陈江河，脸贴在他胸前，“从今往后我就是你的人好不好？不管别人说什么做什么，我都不许你离开我！”

“我是‘鸡毛’呀，什么也没有，我的命很贱，你就这么相信我？”陈江河喃喃道。

玉珠孤身一人，没有亲人，她爱掉泪，别怪她多愁善感吧，她只是缺乏安全感，其实，她坚强，从来不会因为别人虐待她而流泪。

陈江河眼睛湿润，搂着骆玉珠，亲吻着她的头发。小屋中，两个相爱的人再次紧紧相拥……

二

今天是陈家村集市日，陈江河吃完早饭，就开上拖拉机接骆玉珠一起来到陈家村集市。陈江河把车停在盘溪桥头，跟着熙熙攘攘的人群来到集市最热闹的前店明堂。人群中，认识的小贩起哄着打着招呼，骆玉珠脸上染上了羞涩的红晕，洋溢着幸福的笑容。“哟，大姑娘还没出嫁就上轿了，谁的轿子啊？”冯大姐等女子笑得合不拢嘴了。

骆玉珠红着脸捶打冯大姐，被妇人们围住一阵调笑。等候一边的孩子们却不耐烦了，高声叫喊着：“还卖不卖气球了？”

冯大姐笑着说：“我跟他们说，再买你的气球，你的脸和嘴都别要了，快爆炸了，可是这帮孩子一定要等着你！”

“没事，今天要多少有多少，我们带了秘密武器！”陈江河笑着举起一个打气筒说。孩子们欢呼着、簇拥着，陈江河熟练地充起气来。

冯大姐拧了一把骆玉珠，笑着说：“家里有个男人就是不一样，千斤的重担挑走了九百九，大姐早就盼着你有这一天呢。”

“你说什么呀，大姐！不是家里！”骆玉珠羞得快哭出来了。

“哥，哥！”陈大光神秘地招招手，陈江河被大光拉着过桥，一直走到盘溪对岸，只见几副货担放在灌木后，村里的几个年轻人正在等候。陈江河愣住，心里直犯迷糊。

“大光，你们这是干吗？”

陈大光哭丧着脸：“哥啊，还不是被逼出来的。金水叔发话了，如今政策好，你们可以把鸡毛换糖的营生重新捡起来了。他说要把祖宗留下的手艺接到手里，先学会鸡毛换糖，也不会比做贩卖的差。”

“敲糖能挣几个钱啊，你看人家骆玉珠，一个人挣的比我们加起来还多！”旁边人插话说。

陈江河哭笑不得地看着货担里的糖：“那你们找我干啥？”

“哥啊，帮忙跟骆玉珠商量商量，我们也想……”众人都不好意思地笑了。

陈江河抱起胳膊饶有兴趣地扫视了每一个人：“那要被金水叔知道怎么办？”

陈大光一脸坏笑：“等挣了钱把糖一分，挑着空担子回去谁能看出来！”大光神秘地附在鸡毛哥的耳边，“我们都打听了，整个集市就她的货好卖，尤其是袜子！你帮忙说说，让玉珠姐带带我们呗。”

陈江河拍了一下大光后脑勺：“臭小子，玩起心眼来了！”

“玉珠，你平时进货的地方，就带他们去一趟吧，以后赚不赚钱就看他们自己了。”陈江河赔着小心同骆玉珠说。

“不可能！带去进货，就是教他们做生意，你傻呀，我没工夫带！”骆玉珠双手伏在桌上，看着陈江河，把头摇得像拨浪鼓一样，“我问你，如果隔壁突然多出了十几个摊位，跟你卖同样的东西，你还能赚钱吗？”

陈江河笑着说：“人家迟早会知道你怎么进货的，玉珠，市场大着呢，钱是赚不完的，你别那么小气！”

“等教会了徒弟，就把师傅饿死了。”

“金水叔想让这批后生把鸡毛换糖重新做起来，可这些年轻人心比天高，脚底板比纸还薄，那种走村串户的买卖他们做不了。算了，也不强求，我还怕跟金水叔没法交代呢，就让他们自生自灭吧。”

“如果他们真的是背着陈金水跟我做买卖，那我就带他们。”骆玉珠眼中闪烁着复仇的光芒。

陈江河转身用异样的目光看着她。

三

“瞧，就那边几个厂，剪刀、纽扣、气球、针线……什么小商品都有，你们自己逛去，多给人家说些拜年一样好听的话。大家一起进货，价钱还能往下压一压。”骆玉珠带着陈大光等人在杭州下车，指了指远处的一排排厂房说。

“谢谢玉珠姐！你那袜子从哪进的？”

骆玉珠抱起胳膊冷冷地看着大光：“嘿？惦记起我的袜子来了，蹬鼻子上脸啊你们。”

陈大光不好意思：“玉珠姐，你不是有名的袜子王嘛，大家都想知道你的袜子从哪进的。”

骆玉珠拍拍陈大光的肩膀，招招

手。陈大光忙凑上前，骆玉珠在他耳边压低声：“我自己织的。”

“耍我。”陈大光恍然地看着扬长而去的骆玉珠。

正当陈大光和伙伴们商议，如何摸清楚骆玉珠进货渠道的片刻，骆玉珠已经消失不见了，陈大光他们四下里寻找着。而此时的骆玉珠，已经仰躺在从身边经过的一辆拖拉机上，嘴角露出了一丝得意的笑容。

四

邱英杰激动地看着堆积如山的麦袋，陈江河捧出一把大麦：“我也是瞎猫碰上死耗子，撞上了。这大麦足够顶饲料了吧？”

“够了够了，你赶紧把老板找来，我跟他谈谈价格。”邱英杰点着头与陈江河说。

陈江河狡黠一笑：“这批货的老板就在你面前呢，谈吧。”

“好啊，陈江河，你出手够快的。”

陈江河得意地说：“富阳的大麦本来是统购统销的，今年收成好，产量高，农民正发愁怎么处理呢，价钱是出乎意料的低。我可跟你交底了，但我卖给养猪场得这个数。”陈江河竖起五个手指。

“谈价？你是要跟公家讨价还价啊。兄弟你不知道这是包赚不亏的买卖吗？”

邱英杰围着麦袋来回转着笑着，不时拍拍这拍拍那。然后又释然一笑，瞧着陈江河，坚决地按下了他的两个手指。

陈江河苦笑摇头，又重新竖起五个手指：“哥，我可是把运输费、人工费全算上了。有这些大麦作饲料，可一下子就把义亭养殖场的困难全解决了，连制作金华火腿的‘两头乌’的原料都不会断货了。价格呢，比外面进的还便宜三成——你总得让我有点赚头啊。”

邱英杰按下一个手指：“就这个数，不能再多了。”

哥俩会心一笑，陈江河爽快地说：“成，搬！”

陈江河穿着跨栏背心，汗流浃背地带人来回搬运大麦，猪圈里的猪挤成了一团，摇着尾巴，吃得哼哼乱叫着。陈江河抹着汗，站在猪栏外看猪吃食。

“江河，跟你商量个事。”邱英杰带着工作人员走来，他拉过陈江河，低声说，“义亭乡里一时拿不出那么多钱来，想用等价的粮票换大麦，看你能不能接受？”

陈江河转身看着工作人员愁苦的脸：“行吧，本来就是想帮忙的，就收粮票！”邱英杰长长地舒了口气，捶了捶陈江河："你可给县里立了大功了！"

陈江河饶有兴趣地拉过邱英杰："哥，你走的地方多，是不是隔壁上溪、东河、赤岸缺饲料的养殖场也挺多的？"

"我知道你在想什么！上级的饲料粮一直调拨不下来,金华所有的'两头乌'都饿着呢！"邱英杰笑着看他。

陈江河嘿嘿憨笑起来："我只有把量跑上去，才有利润啊。"

五

"……别忘了自己的身份！政府跟个人做起买卖来了，你还是北京回来的专家呢，怎么会犯这么低级的错误！"走廊里各科室的人都在听副县长办公室里传出的斥责声。

"我觉得没有什么错，既解决了乡里养殖场的饲料问题，又让老百姓致富，这种买卖怎么做不得？"邱英杰辩解着。

"胡闹！没有政治头脑，这是典型的投机倒把！这是挖社会主义墙脚啊，同志哥！"拍桌子的声音震天响，把走廊里偷听的人也吓得一哆嗦。

"为什么商品流通就一定是投机倒把呢？为什么我们不能好好地利用市场的调配力量呢？"

"出去，你给我出去！滚！"

"我要等谢书记回来！"邱英杰气冲冲地拉门出来。门重重地关上，邱英杰扫视着看热闹的众人，扶了扶眼镜大步走去。

"怎么这么没原则！这不是给谢书记找麻烦吗？"

"一定是拿了回扣！"身后一阵议论声。

邱英杰猛地转身怒视，众人一下子都溜进了各自办公室。

陈江河兴冲冲地骑着车直奔陈家村而去，脸上洋溢着兴奋。时而有乡亲跟他打招呼，陈江河像没听到一样。

听完陈江河的话，陈金水拿着烟袋琢磨着，柱子和大光爹都兴奋不已。陈江河用力点头："放心吧，金水叔，下家都找好了，咱们村的壮劳力开着拖拉机、推着独轮车浩浩荡荡这么一出去，拉回的可都是钱啊！"

陈金水抬起头闷声地说："随便哪个搬出脚趾头想想也知道，这都是政府干的事呢，不该我们老百姓做呀。"

"叔，一边是缺饲料，一边是当沤肥用的废料。我们两个不同地区，政府没有调拨计划，公家肯定没办法。我们既替政府解了围，也解决了饲养场的大问题，两头讨好，人家高兴还来不及呢。"

柱子和大光爹怂恿着说："就听鸡毛的吧！他走的地方多，脑子灵，我们怎么就没想到呢？”

“你走个两万五千里试试，好脑瓜是靠走出来的吗？猪脑袋。”陈金水一边训斥自己的跟屁虫，一边顾虑着什么，可他还是相信鸡毛有相当准确的判断力，“这事能成？”

“放心吧，叔，目前就是资金缺口八千多，摊到每户一百块钱，集中收齐大麦运到各乡养殖场，几天之内就能赚回三成的利润！”陈江河盘算起来。

柱子和大光爹激动地说：“三天时间每家能赚回三十多元！金水哥，这得顶我们鸡毛换糖汗流浃背地走几百上千里路啊。哥，就定了吧。想干的每家把钱凑凑，我们跟着鸡毛做大买卖。我这就回家跟老婆要钱去。”

“我打听了，富阳的大麦都是野生野长分散在田间地头的，我们利用人多车多的优势打游击战，不通过当地中介，就像鸡毛换糖一样深入到各乡各村去收地里的大麦，这样价钱会更便宜。”陈江河信心满满地说。

陈金水思忖着点头。

“吃饭了！”屋里传来金水婶的声音。

陈金水忙起身跟柱子和大光爹说：“我就不留你们了。”

“你们吃，我知道鸡毛回来了，你们准给他做好吃的。我也赶紧回去凑钱，鸡毛等着啊！”柱子一脸兴奋。

一盘盘陈江河喜欢的菜端到了桌上，有麦角、麻糍、糖泱、荞麦老鼠、豆皮素包、炸响铃、酱排肉，还有核桃蛋花酒糟。巧姑情绪低落，等摆好碗筷，就噘着嘴、土着脸下去了。陈金水笑眯眯地对陈江河说：“这些天你在县里忙得人都瘦了，让巧姑给你做几样菜补补。老酒蒸母鸡炖好了没？快端上来！”

“叔，别为我单做，我又不是外人。”陈江河有些拘谨。

陈金水对女儿使了个眼色，巧姑双手捧着酒壶上前倒酒。陈江河偷偷看了巧姑一眼，感觉气氛有些诡异。“喝！巧姑给你倒的酒，干！”

陈江河听话地把酒一饮而尽。陈金水撕下一条鸡腿塞在他的碗里。陈江河慌乱起身：“叔，您吃！”

“你看这衣服都沾着麦壳呢，巧姑，把你鸡毛哥的衣服拿去洗了！鸡毛，你坐着跟叔喝酒，往后啊，脏衣服就拿回来让巧姑给你洗。”陈江河无奈地脱下外衣，只剩下跨栏背心。

“连背心也这么汗臭，脱了洗洗！”陈金水用筷子一指。

陈江河躲闪不及，已经被婶从背后将背心撩起。金水婶将衣服往巧姑怀里一塞，努努嘴，巧姑低头出去。

陈江河光着膀子，尴尬地想躲到地底下去。

巧姑低头搓洗着衣服，陈江河蹲

在一旁帮着洗起来。“鸡毛哥，你歇着吧。”余光瞥向屋里，金水夫妻俩正隔窗看着他们。“哥，你别怪爹，他就是一心想把咱俩凑一起罢了。”巧姑的声音有些颤抖。

“那你怎么想？你跟哥说，哥替你拿主意想办法。”陈江河一脸苦笑地看着巧姑。

巧姑垂头不语，用力地搓洗起来。

“大光让我给你带个信，晚上出去到杨树篷抽水机埠那，跟他见个面。”陈江河偷笑着看一眼巧姑，又转头看了眼屋里。

金水婶兴奋地踮起脚看着，一缩脖朝陈金水轻声地说：“他们聊得还挺好，还真被你说中了。”

“干柴烈火放在一块，哪有不烧起来的？以后别让大光有什么想头啦！小聪明没用的！我家鸡毛会做乘除法时，口齿清晰，条理清楚。那大光却一问二摇头三不知，神情傻呆，语无伦次。两人天上地下，一清二楚。”

陈金水吩咐后嘘了一声，得意地将老婆推开。

六

陈江河集好资，信心满满地带着兴致勃勃的乡亲们来到了富阳境内，大伙看见田间地头沉甸甸的大麦兴奋不已。

翻滚的麦浪跳起了舞蹈，左摇右摆，大地瞬间好像有了生气，飞动了起来。陈江河直起腰，抹了把脸上的汗水。柱子熬不住，走上田埂躺下，用草帽盖住脸偷懒。陈江河故意大喊：“我们定个规矩啊，割回的大麦卖到养殖场不是平分，谁割得多运得多，到时候钱也分得多！”

柱子蹭地一下蹦起，连滚带爬冲进麦地，众人都开心地哄笑起来。

几辆满载大麦的拖拉机一列排开，浩浩荡荡地行驶在公路上。“柱子叔，我们先走了！”陈江河坐在领头的拖拉机上，回头朝带领独轮车队的柱子笑着挥手，“我们这几辆拖拉机该回头多拉几趟，靠独轮车还不得把人累死啊。”

“那是往家运钱呢！你柱子叔撑也会撑到家里去的！”大光爹笑着揶揄说。

陈江河也快活地笑起来。

回到家里，陈江河光着膀子在院子里洗澡，陈金水坐在门槛边，叼着烟袋心事重重地看着。

“叔，巧姑她们不会回来吧？”

“洗你的，她跟着你婶去外婆家了。这几天可把你们累惨了吧？”

“我不累，柱子叔他们真够呛！那是一步一步推过来的！等我把粮票换成钱了，就送回村里来分给大家。您告诉乡亲们再等两天。”

陈金水摆摆手："那不急，鸡毛啊，叔跟你商量个事。"

陈江河拿起一桶水往身上浇去："叔，您说。"

"我知道你想带乡亲们致富，这份孝心难得！可这样钻营不是长久之计。东边贵了西边贱，靠这种投机倒把赚钱不踏实啊。鸡毛换糖才是我们该守的营生。"

"叔，那您说，我们祖祖辈辈传承下来的鸡毛换糖换的又是什么呢？不也是差价吗？"

"换糖是辛苦，是手艺，是人气，可换不出地主、资本家。投机倒把贩卖五金、百货、塑料、针织、玩具的确很赚钱，可它会分流出剥削阶级和穷光蛋。鸡毛，叔是过来人，你这些买卖玩大了，它就是投机倒把呀。"

陈江河看着陈金水哭笑不得。

七

自从湖清门小百货市场建起了七百多个摊位，骆玉珠的水泥板摊前围满了人，她与买袜子的人一边说着什么，一边讨价还价，手忙脚乱的。可是陈大光的木板架摊前却冷冷清清的，陈江河骑车过来停在他摊前，笑眯眯看着大光："开张了没有？"

陈大光一脸愁容地说："鸡毛哥，我们挺勤快的，一大早就来到湖清门，把刚进的货摆出来了，可到现在也没开张呢。你看看人家玉珠，估计到不了中午，那么大一麻袋袜子都卖完了！"

"唉，还是留一手啊，人家进的是宝贝，我们进的是垃圾。"

陈江河收住笑，眼睛瞪着那人："石头，你说什么呢？玉珠带你们去进货就够可以了，不是亲戚谁会带啊？可进什么货要看你自己的眼光，你以为做生意就这么简单吗？"

"哥，你别生气，我们不抢玉珠姐生意。"

"你什么意思啊，大光？"

"哥，你别瞒了，我们都知道，连村里的小孩都知道她是你的人啊。哥呀，我跟巧姑都盼着你和她早点那个呢。"陈大光嘿嘿坏笑着，陈江河掐住陈大光的脖子，无可奈何地摇了摇头，大光夸张地憋住气，吐出了舌头。

市场上人声鼎沸，陈江河转头望去，骆玉珠已经卖光袜子，得意地朝陈江河做了个鬼脸。"卖完了，下次来买啊……"

"你从哪进的袜子呀？别人做梦都想知道，你看把大光他们给急的。"

"他们跟踪我呢。我是谁啊，这些年，有多少人想找到我袜子的进货点，谁成功了？"骆玉珠冷漠地说。

陈江河大吃一惊："这种事他们也做得出来？"陈江河摇头感慨道，"玉珠啊玉珠，要说挣钱你是天才，可你吃独食，不怕把自己噎死啊？哎，玉珠，最近我发现比你卖这袜子还要赚钱的买卖了。”

“什么买卖？”骆玉珠咯咯乐起来。

“你没看到我们县里的屠宰场，猪皮堆成了山……”陈江河兴奋地说。

“猪皮手套！等我赚够了袜子钱，就去做手套大王。”

陈江河赞赏地看着骆玉珠：“你太贪心了，说真的，也就是你能跟我想到一块。”

骆玉珠突然拿起陈江河的衣服闻了闻：“谁给你洗的？”

“我自己呀。”

“你自己能洗那么干净，还带着香味呢，是巧姑给你洗的吧？”

骆玉珠噘起嘴，一脸不满的神色。随后把衣服往陈江河的脑袋上一扔说：“跟我走。”

“去哪呀？”陈江河无奈看着她。

骆玉珠走到门口回头神秘一笑：“你不是怕我吃独食噎死吗？”

八

火车挂着一节节绿色的车厢，像脱缰的野马在夜幕中飞驰，车厢过道里，陈江河与骆玉珠坐在地上看着窗外。“……那是我最幸福的时候，我们就住在那个袜厂旁边，每天天没亮，我妈就叫醒我，然后跟着她进入车间，看她打扫卫生、烧水，等那些纺织工进来打开机器，一条条纱线交织在一起，一双双袜子眼睁睁地在眼前成形，真是太神奇了！想不到后来我爸受了工伤，我们不得不回到了义乌老家。”

“你在那个袜厂住过，怪不得只有你才能找到它。”陈江河恍然大悟。

骆玉珠释然一笑：“我都是搭这班夜车去进货，正好能赶上厂里出货。那些袜子都是往上海送的，能不能抢到一两袋还要看运气呢。”

“你就不怕我告诉别人？”

骆玉珠歪着头，凝视陈江河：“你不会！因为你知道老货郎只收自己最要好的亲戚朋友当徒弟。‘宁可带你吃一肚，不可带你一条路。’这样的告诫自古流传。还有，那个袜厂对我的意义，是妈妈留给我的念想；你不会伤害我，你是我将来的希望，我只想跟唯一的亲人分享。”

一路上，陈江河享受着玉珠给予的贵宾待遇：一会儿水蜜桃，一会是嘉兴粽子、山核桃。玉珠的服务体贴入微，无论什么都送到他嘴里。陈江河明显感觉到，周围羡慕妒忌恨的目光，不停地一会对准自己，一会聚焦到了那个美丽泼辣的义乌小娘身上。

陈江河目光中透着温润，伸手刮了一下骆玉珠的鼻子：“别人看着呢，赶紧睡会吧，到了还得抢货呀。”

骆玉珠乖乖地歪着脑袋靠在陈江河的肩膀上，闭上眼睛，嘴里喃喃地：“今天这批袜子听说是最新款，我要是拿到了，就真成了义乌的‘袜子王’了。”

陈江河默默地望向窗外……

骆玉珠已经熟睡，头靠在陈江河的肩膀上，陈江河一动也不敢动，静静地感受着她的气息，真怕自己不能负担她的期望。

“妈，妈，我喜欢这双袜子……妈，你给我穿上……”甜睡中的骆玉珠突然喃喃地说着梦话。

陈江河轻轻地腾出手臂，紧紧地搂着对自己打开心扉的美丽姑娘。

九

陈金水叼着烟袋，瞄着大光爹、柱子等人货担里换来的物件。“现在就连山里人都不稀罕敲糖了，走百十里路也换不回什么。金水哥，不比从前喽。”

“这是正经八百的手艺，咱陈家村多少代人靠着它吃饭呢，不能丢下呀！咦，大光他们怎么一个也不见回来？”

“走的时候就跟我们不是一路，我看手艺传不下去了。金水哥，你说头些天换大麦，我们挣了多少钱？虽然说钱还没到手，可大家都能算啊，熬糖敲糖才赚多少钱？谁都能算出这笔账啊！”大光爹愁眉苦脸地说。

陈金水叼着烟袋陷入沉思。

陈金水站在村口的古樟树下，看着陈大光等人有说有笑地走来。见陈金水看着自己，陈大光收住笑，想小心翼翼地绕过去。

“大光，你过来。”

陈大光掩饰紧张，挤出笑脸上前：“金水叔。”

陈金水带着笑意问：“你爹他们早就回来了，你们这是去哪了？让叔瞧瞧，都换回什么来了。”

“没什么，叔。我们……进……进山……我们……多走了些路。”陈大光额头有点冒汗。

陈金水不由分说，掀起陈大光货担上的布盖：“哟，这么多东西！长本事了啊，你们！”

“我们就按您教的，会吆喝，帮人干活，聚人气……”陈大光的声音越来越小，目光跟随着陈金水，一个一个将货担挑开。

“这些手套怎么回事？还是猪皮的，你们是去手套厂换糖去了吧？本事大呀，所有糖都换出去了！”陈金水冷笑着说。

众人看着陈大光递过的眼神，都笑着点头：“是啊，叔，都换出去了。”

陈金水突然收住笑，厉声喝道：

“还撒谎！”

陈大光一哆嗦……

月亮挂在门外的树梢上，陈大光搂着巧姑躺靠在机埠的草堆中，两人亲昵地说笑着，丝毫没有察觉窗外一个人影正在慢慢靠近。“讨厌！你真看见他俩上火车了？”

“那还有错！要不是鸡毛哥跟骆玉珠在一块，上火车的就是我了。”巧姑咬着嘴唇捶打着大光。

“哎，我说的是实话。我们几个商量好，二十四小时盯着骆玉珠，我就不信弄不清她的袜子从哪进的，今天正好是我值夜班。”

“那你为啥不盯着，还跑回来见我？”

“我不是想你了么，再说鸡毛哥知道了还能不跟我们说？”陈大光谄媚地笑着。

突然屋门被踹开，两人尖叫一声蹦起。

陈金水阴沉着脸出现在门外。

大队值班室里，陈金水脸色阴沉挂上电话。

“爹，您别再四处找鸡毛哥了，人家已经是大人了，又不是小孩子。”巧姑靠在门口，紧张地用手绕着衣角，余光偷瞥窗外蹲着的陈大光。

“闭嘴！还轮不到你教训我！”陈金水气得发抖，指着女儿，“天天就知道跟陈大光混在一块，你瞎了眼了，你男人是谁？是鸡毛！”

巧姑吓得一哆嗦，眼泪在眼中打转：“爹，您别逼我……我求求您了。爹，爹！”

“过几天就把你俩婚事办了，明天我带你去找他！”陈金水甩开女儿的手推门出来。

陈大光慢慢起身，满脸是泪，站在面前。他颤抖着嘴唇说不出话来，突然转身狂奔而去。

巧姑在身后喊：“大光！”陈金水低吼一声：“如果你敢追他一步，看我敢不敢敲断你的腿！”巧姑哭得伤心欲绝。

十

“车出来了吗？”骆玉珠抱着一堆早点回来。

“你怎么买这么多？”

骆玉珠塞给他一口，自己也狼吞虎咽地吃着：“给人家厂里人买的。进四出六，还不是当年你教我的？”

“青出于蓝胜于蓝，徒弟胜过师傅了。”

骆玉珠忽然站起来，一辆卡车从厂门口驶出，骆玉珠狂奔上前举着早点：“师傅，师傅！”

陈江河莫名其妙地看着，司机探

头跟骆玉珠说着什么，骆玉珠递上早点，仰头恳求着。卡车启动而去，骆玉珠颓然转身过来。

“贿赂早点？”陈江河眯着眼看着她。

“多出的袜子给厂长的亲戚留下了。这可是最新款，我就等着这一天呢。”骆玉珠想起什么,指着陈江河说，“你，如果你是这个袜厂的厂长多好，我哪里用得着这么辛苦呀？”

陈江河哭笑不得：“怎么把气都撒我头上了？我招谁惹谁了？”骆玉珠懊恼地蹲在地上，陈江河也是一筹莫展。

“我就不信了，我骆玉珠抢不到，谁也别想卖！”骆玉珠起身走向袜厂后门，陈江河看着天不怕地不怕的骆玉珠，苦笑着紧跟其后。

“哎，你去哪啊？你要干吗呀？做贼，我们绝不能干那种事……”陈江河百思不解。

“你才小偷呢，别废话，跟着我。”骆玉珠没好气地说着，一直走到了后墙根。她停住脚步，“我没记错的话，这墙里面有棵枣树，你把我托起来，我爬进去。”

陈江河抱着她的双脚用力撑起，骆玉珠费劲地扶着墙头，想一跃蹬上去，不料动作过猛，陈江河一个踉跄，手一松，两人跌倒在地上。“你干吗松手？”骆玉珠怒视着陈江河。

陈江河不敢注视骆玉珠愤怒的目光，女孩子喜欢和你撒娇吵嘴，那是因为她喜欢你让着她的感觉吧！

骆玉珠不由分说，再次踩上陈江河的肩膀爬了上去。

陈江河跟着骆玉珠，紧张地看着四周，拴着的狗冲他们狂吠着。骆玉珠轻声提醒：“你不是侦察兵吗？别鬼鬼祟祟的，大胆点。”

“我们这是去哪呀？你总得给我说明白吧。”

骆玉珠转脸瞪了他一眼：“别那么多废话，我是厂长亲戚。这地方我熟，一般提货都会在原料车间。”

陈江河恍然大悟地看了眼骆玉珠，心里佩服得五体投地。

车间门口摆放着两只麻袋，看守的工人打量着他俩。骆玉珠挤出笑脸，大方地打着招呼：“师傅，忙呢？”

工人诧异地看着她，也不敢问。

骆玉珠笑了笑：“我是郑厂长的亲戚啊,来看看货。这是最新的袜子？还是原来的价吧？这货的钱你待会替我交给郑厂长。”

“您就是郑厂长的二姑吧！”

骆玉珠点头，陈江河拼命不让自己笑出来。骆玉珠狠狠瞪了他一眼，依然保持笑容：“在我们老家，辈分都乱了，我还得管抱在怀里的娃娃叫叔呢。钱呢，您一定帮我交给他，我们走了。”骆玉珠朝陈江河一使眼色，陈江河背起麻袋就走。

“哎，大门在那边。”工人在后面用手一指。

骆玉珠笑着挥手：“快走。”

身着干部服、迈着八字步的郑厂长刚好迎面走来，惊讶地打量着两人。有工人打招呼：“郑厂长！”

“这两个人是？”郑厂长皱着眉指着两人问。

陈江河将骆玉珠抱起托上墙头，抛出麻袋，转头笑眯眯地：“我是你二姑父啊，不认得了？”

骆玉珠吓得快哭出来：“你还不快跑？”

“抓住他们，放狗！”郑厂长愤怒地指着他们说。

狗吠声中，两人瞬间已经扒住墙头翻出厂来。

陈江河与骆玉珠一人背着一麻袋，绕着岔路，不知跑了多少小巷，回头见没人追赶了才停下脚步。

“今天便宜赚大了，又是袜子又是二姑父。”陈江河笑得站不住脚。

骆玉珠上气不接下气骂道：“你给我寻败事！以后我还怎么从他们厂进袜子！”

“你先说是他二姑的。”

“你不理他不就完了，他又记不住咱们长得什么样子？”

陈江河弯腰笑着喘息说：“行了，二姑，别气着自己，都上年纪的人了。”

骆玉珠扑哧一声笑起来捶他，两人躺倒在草坡上，任由阳光从树叶间穿过打在脸上。

“陈大光他们说，我是你的人，你怎么不敢承认？我知道你嫌我是摆摊的，配不上你，怕我给你丢人。”骆玉珠冷哼一声，闭上眼睛。

“你什么耳朵啊？天天在乎这个干吗？摆摊的又怎么了？胡说八道！”陈江河嘟囔着。

“你知道今天是什么日子吗？”

“什么日子？”

骆玉珠神秘一笑：“回去我们到照相馆照张相吧，晚上我给你做好吃的。”

陈江河乐起来：“你是说，请好吃的就算我陪你进袜子的奖励，还是堵我的嘴，不告诉他们从哪进的？”

骆玉珠“嘁”了一声，然后柔声地叫了声：“二姑父。”

“啊？”

骆玉珠闭着眼又重复了一句：“二姑父。”

陈江河呆呆地侧脸看着骆玉珠，骆玉珠猛睁开眼睛，声音再次提高。“二姑父！”骆玉珠看着陈江河，得意地笑了起来。

“哎，他二姑……你的头发长了，好看！”两人脸对脸，甜蜜地看着对方……世间女子风情万种，骆玉珠知道陈江河不喜欢她假小子的模样，似乎对“长发”情有独钟。

长头发留对了！骆玉珠庆幸自己早早地告别了叔叔阿姨头。美丽少女专门为你留了美丽的长头发。

陈江河何其有幸！

骆玉珠的发丝乌黑亮直、长及腰际；在她低头蹙眉间，片片青丝如瀑布般飘于胸前；轻轻一甩，缕缕秀发又柔顺地垂挂到腰间。

姑娘为了你而美丽。无论是夏季穿连衣裙，还是冬季披上风衣。骆玉珠都是长发飘飘,袅袅婷婷,韵致独到。

她在陌生人面前很有礼貌，在你面前会很凶！

骆玉珠喜欢强行拉着你的手，并且喜欢与你十指相扣；她喜欢给你买吃的、穿的东西，而且总买贵的。你节俭惯了，可能不需要、不喜欢，但不能怪她浪费；她只是想告诉你，她想对你好，要把一切最好的留给你；在你寒冷的时候，她会握着你的手；所以在她孤独的时候，你必须轻轻地抱紧她。

十一

一大早，泥土还夹杂着露水清新的气味，陈江河已经在湖清门市场上摆好摊，放上了袜子，骆玉珠坐在身后抚着小辫，痴痴地看着陈江河。

“快叫卖啊！”

陈江河疑惑地回转头，看着骆玉珠。

骆玉珠咬着嘴唇笑他：“废话，你不吆喝谁来买。”

“吆喝？怎么吆喝？”

骆玉珠歪着头看他：“你先告诉我，晚上想吃什么？”

陈江河一乐：“啥都行！只要是你做的。”

陈江河扯着嗓子大喊：“袜子！最新款的袜子，鸡毛换袜子！”

骆玉珠笑着踹他一脚：“不是鸡毛换糖！”

陈江河用手挠了挠头也笑起来，突然看到站在人群中的邱英杰。

“英杰哥！”

“我猜你就在这。”

陈江河兴奋地拉他到一旁：“我跟玉珠进袜子去了，这批袜子怎么到手的，讲了你都不信。猪饲料够吗？要不要我过几天再去富阳进一批？”

“再等等看吧。”邱英杰苦笑了一下。

陈江河这才注意到邱英杰异样的神情：“英杰哥，你脸色不大好，出什么事了？”

邱英杰转移话题掩饰着，摇头一笑说：“我上班去了，快回去帮忙，人家都忙不过来了。”邱英杰蹬车离去。

陈江河挤入人群吆喝：“一人只能买一双啊，数量有限！别挤！”

“鸡毛，这帮小子根本没有去敲糖，他们说你知道？”陈金水牵着巧姑，一脸怒容地走来，身后跟随着村里的十几个敲糖佬。

陈江河愣住，忙挡在骆玉珠身前。冯大姐等女子不甘示弱迎上，拦住去路。“我们卖东西呢,你别捣乱好不好，陈镇长！”

“跟你们没关系。鸡毛，你昨晚干啥去了？”陈大光等人灰头土脸地不敢看陈江河，周围的人纷纷围上来看热闹。

“叔，能不能回去再说？”

陈金水发疯一般：“就在这说清楚！昨天晚上我找了你一夜，你干什么去了？”

“他一个大活人干什么要跟你汇报？他……”骆玉珠插话说。

陈江河哀求地摇着头看着骆玉珠，伶牙俐齿的骆玉珠硬生生地把话咽了回去。

“鸡毛，我是你什么人？”陈金水环视四周，指着陈江河，“你告诉她，是谁在冰天雪地里把你捡回来的？是谁把一辈子攒下的本事传给你的？是谁自己老命都不要了，替你去顶罪的？”

陈江河难过地站在金水叔身边说：“叔，是您。”

“你当的是我亲儿子啊，鸡毛！”陈金水从怀里掏出厚厚的一沓信来：“这些年，你走到哪，叔的心就跟到哪，盼星星盼月亮把你盼回来了。村里老少都指望着你带他们出去闯呢，巧姑指望着你娶她做老婆呢，你在干什么？你没出息，在帮这个八竿子打不着的女人卖袜子！”

骆玉珠正要上前申辩，陈江河伸出手臂拦住。

“还有你骆玉珠！你安的是什么心？我今天才知道，村里那些小子都被你迷惑了，他们一个个回来就骗我，还说什么去换糖！你这是在我的地盘上，害我们陈家村……”

“叔，您别骂了，玉珠她是我的女人。我想明白了,叔,巧姑是我妹妹，我保证这辈子像亲哥一样待她……”陈江河无奈地说。

骆玉珠身子一颤。陈金水不敢相信地看着他:“你说什么？”众人哗然，骆玉珠含着泪欣慰地看着陈江河。

“当年你是磕了头的，你现在发达了，想反悔……”陈金水将手中的信向陈江河的脸上甩了过来，身子一晃倒了下去。

“叔！叔！”

陈江河蹲在地上痛苦不已。

一

骆玉珠快步追到中江桥下，盯着桥墩后面的身影。

“既然来了干吗还躲我。”骆玉珠严厉地说。

茂密的树丛被拨开了，一个男人的脑袋钻了出来，又黑又瘦的脸上，满是灰尘，头发乱蓬蓬的。骆大力拄着拐杖，一瘸一拐地从树丛里慢慢走了出来，他有点自卑地笑了笑：“玉珠，爸不是怕见你吗？”

骆玉珠哼了声：“是她叫你来要钱的吧。我上次给你的呢？”

“你弟弟要上学，家里的房子漏了，有好多用钱的地方……你妈不知道……”骆大力战战兢兢小声说。

“谁是我妈！”

骆大力低着头不语。

“你又去喝青柴滚了，还是又去赌了？”骆玉珠瞬间明白过来，顿时恼火起来，“你上次不是发誓不再赌了吗？赌博是个无底洞，你知不知道，上次给你的钱是让你做小买卖的，你都输光了？”

“你看我这腿，还能干什么呀！我本来想拿一点试试运气，赢一点算一点，没想到碰到设局的，我不敢跟你妈……你阿姨要钱，她要跟我离婚。玉珠啊，你再帮爸一次，要不我连家都回不去了。”骆大力抽泣着说。

“我不是开银行的，我帮不了你。”骆玉珠转身就走。

“玉珠，今天是你生日。你长这么大，爸没给你过过生日，晚上咱一起吃面吧。”骆大力可怜巴巴地讨好着。

骆玉珠停住脚步，回头看着可悲又可恨的老爸，冷冷地说：“用不着。”

陈江河迈着沉重的脚步走出医院，来到骆玉珠家。

“玉珠，这是我卖饲料的粮票，本来想换成钱给乡亲们，金水叔这一病只能再说了。这些粮票先放你这，我带到医院人多眼杂怕丢了。”陈江河疲惫地把一书包粮票放在桌上。

陈江河木偶人一样坐着一动不动。

“饭马上就好。”骆玉珠边盛菜往屋里端，边用余光不时地瞟向陈江河。

“你自己吃吧，我坐会就走。”

“你不是答应今天跟我吃晚饭的吗？”骆玉珠愣着，有些紧张地看着陈江河。

“玉珠，我想跟你商量一下……这些天我得在医院多陪陪金水叔。你这边一个人，自己得小心。”

骆玉珠默默点头，眼睛直勾勾地看着他，也不说话。突然她从后腰紧紧扣住陈江河，脸贴到他背上，懊悔地问：“你金水叔是被我气的吗？”

陈江河摇着头：“你想多了。”

“你嫌弃我了是吧？他们说我配不上你。你是不是要娶他女儿巧姑呀，你们什么时候定的亲？”骆玉珠有点底气不足。

“小时候磕拜换糖佬祖师爷，金水叔就让我答应做上门女婿了。”

骆玉珠伏在他背上，泪如雨下：“那我呢？”

陈江河掰开骆玉珠拦腰抱住的手，转身深情注视：“玉珠，谁也不能分开我们，你得相信我。但是，现在我不能再伤金水叔的心，你给我点时间，好不好？这些粮票先放你这，我带到医院人多眼杂怕丢了。”

“这辈子我都相信你。江河，你发誓永远不离开我。”骆玉珠看着陈江河，眼圈一红。

“你今天怎么了？发什么誓啊。我先去医院了，那边需要我，那是正事。”

“我这边就不是正事啦？”骆玉珠眼睛火辣辣地看着陈江河，欲吐还休默默摇头，动情地将脖子上的玉坠摘下，套在陈江河的脖子上。

陈江河深情地吻了下骆玉珠乌黑的秀发，转身离去。

房门轻轻关上，骆玉珠怅然若失地跌坐在椅子上，若有所思地看着桌上的书包。门被敲响，骆玉珠从椅子上兴奋地跳了起来，连忙跑去开门——骆大力站在了门口，歉意地跟女儿笑了笑。

骆玉珠返身关门，父亲的瘸腿抢先顶在门缝里，夸张地叫起来："夹着了！夹着了！"

骆玉珠只得松开手，父亲一瘸一拐走进门哀求说："玉珠，不是说好了让爸陪你过生日吗？小玉，就你一人住啊，刚才走的那男的……"

"跟你有关系吗？"骆玉珠冷冷地说，转头进屋。

骆大力苦笑摇头，目光落到了书包上，骆玉珠下意识地拿起包往柜子里放，掉出一小叠粮票，骆大力抢先捡起讨好地递给女儿，然后看了眼满桌子的菜："你准备了这么多菜，小玉，有酒没有？咱俩今晚好好吃一顿！爸今天只喝了碗粥。"

骆大力边吃边赞叹："女儿，跟你妈手艺一样，好吃！乖女儿，爸这么多年了，做梦都想吃你妈当年做的饭菜……"

骆玉珠坐在对面，看着父亲狼吞虎咽地吃起来，突然呜呜地哭起来，骆大力停下筷子，不解地看着女儿。

骆玉珠捂住脸，肩膀颤动着。

二

陈金水闭目躺在人民医院病床上，陈江河握着他的手，忧心忡忡地看着他胳膊上的点滴，巧姑站在一边。金水婶出现在门口，朝陈江河招招手，陈江河忙跟出门来："婶，怎么样？"

"你叔他中风了，不知什么时候才能醒过来。幸亏送来还及时，要不然非……"

陈江河懊恼地说："我叔以前也没有什么征兆啊，我看他身子还算硬朗。"

金水婶哭着摇头："头两年也犯过一回，你叔一直不准我跟你说，他那头是当初被抓进去替你顶罪时受伤的。公安员还天天晚上搭个木梯在窗口偷听，想把你一网打尽。你叔性子硬，脾气大，气不过就拿头撞墙。"巧姑扶着妈走进病房。

陈江河脸色苍白，像失去了所有力气一样颓然坐在长椅上。

金水叔后来被批斗的场景，陈江河就清楚了，总以为叔好面子，不喜欢被揭伤疤。

那时，陈家村不断地受到外界打击投机倒把风暴的影响，金水叔上一辈巨富人家的身世也被挖了出来，接二连三地被批斗。有一次，一个没读过书却很会诉苦，曾经揭发领导霸占了她好几年的妇女主任，还上台打了金水叔两巴掌。他们把“坏分子、行凶打人、挖社会主义墙脚”等帽子都扣过来，还拉着金水叔游街。批斗前让金水叔先站在台上，低头向毛主席请罪。有一次批斗金水叔，还要金水婶敲锣。金水叔经常被命令去做没有报酬的“义务工”，要彻底改造他“剥削阶级的丑恶灵魂”。金水叔做“义务工”很卖力，又懂文化会点名，成了“四类分子”的副队长。关了斗了很久，才说抓错了——金水叔的亲属，有五个是复旦大学毕业的，有一个是国家重点保护的宝贵人才……万人截弯取直义乌江时，金水叔才重新被起用，成了副总指挥、公社干部。

巧姑端着一盆热水进屋，金水婶正给陈金水脱下裤子，迟疑了一下。

“婶，你和巧姑先回去休息吧，医院离我睡觉地方近，今晚我守着。”陈江河抹掉满眼的泪水，帮着婶将陈金水翻过身。

“那我把脏衣服带走，有事你叫我们。”

“放这我洗！婶，回吧。”

婶疲倦地点了点头。

送走婶婶和巧姑，陈江河自己回来洗净热毛巾，给昏迷的陈金水擦着身子，他又端起一盆脏衣服走出门，在水龙头边，哗哗地洗起衣服来。慢慢地动作停下，陈江河想起陈金水递过来拨浪鼓，老泪纵横说的话：“苦了你了，孩子。这些年叔天天盼着你回来，叔拿你当儿子养啊！你走那天早晨，叔的心像剜了一块肉一样……”

“是谁在冰天雪地把你捡回来的？是谁把一辈子攒下的本事传给你的？是谁自己老命都不要了，替你去顶罪的？”晒好衣服，他坐到陈金水身旁，看着沉睡的金水叔思索着什么，最后他疲惫不堪地叹了一口气。

清晨，陈金水慢慢地睁开眼睛，目光移到身旁。陈江河正伏在床边昏睡。陈金水费劲地拽过身上的被子，想盖在陈江河身上，无奈费尽力气也没遂愿。陈江河察觉到什么，猛地直起身惊喜地说：“叔，您醒了！我去叫医生。”

陈金水一把拉住他，摇摇头，虚弱地说：“我没事，咱爷俩聊一聊。”

“叔，您身子虚弱还是少说话吧。”

“鸡毛，你听叔一句话，你这辈子要想成事……就不能讨骆玉珠那样的小娘，狐狸精……叔看人准。”陈金水拉住他胳膊郑重地说，“女人哪，长得好看害死人……她心野，什么都敢干……她只认钱不认人……”

“叔，您别说了，我马上叫医生过来再检查一下。”陈江河目光下垂，心如刀绞。

身后陈金水用尽力气：“鸡毛，我

们出院回家吧。”陈江河走出屋关好门，眼神恍惚。

两个镇干部在医生办公室里询问：“医生，我们是镇政府的，想看看陈镇长。”

“他还在昏迷中，等他醒了，我会通知你们。”

陈江河站在楼道里，正好听到医生办公室里的对话。

“老张，还是别跟镇长说了，牵扯到鸡毛，他知道了会更着急。”

两人抬头，看见陈江河瞪起了圆圆的眼睛，顿时慌张起来：“鸡毛啊，陈镇长醒来了没？”

“什么事？牵扯到我什么了？二位叔你们别瞒我，快说啊！”

两人面面相觑，为难地看着他。

陈江河瞬间脑袋变得空白，呆呆地凝望着病房里的陈金水。顷刻陈江河清醒过来，返身骑上自行车直奔邱英杰宿舍。门敲了好久，邱英杰才打开。陈江河走进屋，装作不经意问起：“哥你在呀，你不上班了？”

“这几天休息。我看你这风风火火的，又找到什么赚钱机会了？”邱英杰勉强挤出笑容。

陈江河默默打量着邱英杰，目光落到桌上写了一半的检查稿上：“不敢找了，再找就被抓起来了！英杰哥，告诉我，你为什么要停职检查。”

“我工作上有些失误……”

“就因为我给养殖场进饲料？”陈江河恼火地说，“我们解决了全县养殖场紧缺饲料的大问题。义乌‘两头乌’做火腿、出口换外汇是政治任务，怎么没有奖励反倒挨批呢？那帮当官的是不是吃饱了撑的啊？我找他们去！”陈江河怒气冲冲地走出门外。

“江河，你回来，别再惹祸了！”邱英杰追了出来。

陈江河猛地刹住脚步，难过地回头：“哥，我给你惹祸了。”

“我不是这个意思，好兄弟。你帮了哥大忙，是我自己没原则，我……我没想清楚。”邱英杰颤抖着嘴唇说不下去。

“英杰哥，要不这样，我跟金水叔和乡亲们借多少钱还多少钱，他们不会怪我的，多出的利润全给你！你去上交县里，这下总行了吧！”

邱英杰苦笑摇头：“没有这么简单，你先回去吧。等谢书记回来，就会有答案了。”

骆玉珠追着陈江河过来，正在上楼梯，听到了陈江河与邱英杰的谈话，咬着嘴唇思索一会，抢先转身跑下楼梯。

骆玉珠背好装满粮票的书包，骆大力站在身后眼巴巴地看着她。“我出趟远门，没准天黑才回来，你帮我看着摊。挣了的钱都归你。”

骆大力连忙点头：“你去哪啊？”

骆玉珠冷冷地说：“这你管不着，等我回来你再回去。以后再别来找我了。”

“小珠，到底出什么事了，你去哪跟爸说一声，万一回不来我好去找你。”

骆玉珠冷冷一笑：“你找我，这么多年你除了为钱，你找过我吗？”骆玉珠头也不回地扬长而去，“自己做饭！菜钱压在桌布底下了。”

骆大力看着女儿出门，连忙转身从桌布下摸出钱，如获至宝似的数了起来。

陈江河骑车来到湖清门小百货市场，诧异地发现骆玉珠不在摊上，买家在挑挑拣拣。骆父躺在摊后，用草帽盖着脸在睡觉，冯大姐正数落着他：“你这样懒，也算给你女儿看摊吗？人家问价格，你总要回句话呀。”

“你这个钞票痨管什么闲事，我嫌丢人，我出事前是工人，吃国家饭的！”

“有什么好得意的，一个月工资还不如你女儿一天赚的！”

陈江河跳下车问：“冯大姐，玉珠呢？”

“她上午见你那么急骑着车过去，叫你也没反应，她不是追你去了吗？这不，下午也没来，叫她爸看摊呢。”

陈江河一惊，顺着摊位看过去，骆玉珠父亲也正饶有兴趣地打量着他。陈江河没好气地问：“玉珠人呢？”

“年轻人有这么跟长辈说话的吗？你是谁啊？噢，那天从我女儿家里出来的就是你。”

陈江河不耐烦地看着别处：“她人呢？”

“不知道！她一大早就出去了，到哪里去也没跟我说。”骆玉珠父亲看似不屑地回答陈江河。

陈江河懊恼地骑车远去。

骆大力看着陈江河骑远，蹲到冯大姐身边问：“这是我玉珠的男朋友，看着倒是精明强干，就是对未来的老丈人太不恭敬了——他家有钱吗？”

冯大姐点头：“算是吧，两人感情好着呢。人家可是义乌最有本事的人，镇长家的，县长都要找他帮忙呢。”冯大姐不屑地白了他一眼。

陈江河敲了敲骆玉珠的家门，里面传来了碗筷摔在地上的声音。陈江河惊讶地听着。门被打开，骆玉珠父亲狼狈不堪地捧着碗打量。陈江河问：“骆玉珠呢？”

“没回来，我还想问你呢。你来我家干什么？”

“跟你说也没用，我等会她。”陈江河不顾阻拦，径直走进屋一屁股坐下，也不搭理骆父。

骆大力好奇地凑上前：“你叫陈江

河？听说你挺会做买卖的，赚钱赚大了吧？”骆大力厚着脸皮搬凳子坐在面前，“小子，我知道你不服气，我年轻时候比你有本事，我一天就挣……”

骆大力唾沫横飞，连比带画地说着：“……当时谁也不敢说话，都盯着我手里那张牌，等我慢慢翻过来，大家全傻了眼！你猜多少？”骆大力凑到他眼前，竖起手指，“正好十点半！当时我往桌上这么一趴，钱全收到我怀里！那晚上我一共赚了……”

“你那么有本事，就不应该把自己女儿卖了！”陈江河冷哼一声。

“她怎么什么都跟你说！我后来不是落难了吗？你看我这腿，工伤！我也难呀，兄弟，只是暂时向玉珠借点本钱。”

陈江河用异样的眼神看着骆父。

“怎么管你叫兄弟啦？辈分都乱了！”骆父扇了自己一嘴巴。

陈江河哭笑不得望向窗外。

“还要来跟你女儿要赌博本钱？哦，脸皮真厚，你不怕别人笑话？”陈江河用冷冷的眼神看着他，“我现在明白了，我说骆玉珠为什么拼命赚钱还对自己那么抠呢，你看看她屋里，你看看她吃什么，原来她赚的钱全被你这个赌鬼拿走输掉了。”陈江河越说越气，一把揪住骆父的脖领。

“哎，你松手！咱们君子动口不动手，我养她这么大……”

陈江河一把将他推翻在地：“呸！你养过她吗？自从她妈没了以后，就差乞讨、捡别人的剩饭了，你给过你女儿一分钱吗？你尽过父亲的责任吗？”陈江河激动地来回踱了几步，颤抖着手指着他。

骆大力被陈江河说得脸色苍白，脑门发汗。

“人贩子付钱你就卖啊？你想过你女儿的心情吗？”

“我……我没卖她，他们说给她找了个好人家，跟我保证让她过上好日子。”骆大力像被冤屈似的，极力为自己申辩。

“十几岁就让她出嫁？那种鬼话你也相信。我看你是被钱迷了心窍，赌博鬼缠上你了。你们夫妻俩都不是什么好东西！”陈江河愤怒地用手指着骆大力的鼻子尖。

骆大力哭丧着脸说：“后来她找我，每回都带着钱来，我以为她发财了，在哪挣了大钱。这次进了她家我才知道，玉珠受苦了……昨天是她生日，这是我这么多年来第一次陪她过。”

陈江河起身瞪着他：“你说什么？昨天是她生日？”

“玉珠从小就懂事好强，只报喜不报忧，跟她妈一样。时间久了我就觉得她不缺疼，独立生活能力也强，我就没怎么关心过她。再说我也是没办法。”骆大力说着说着就哭了起来。

“一个男人不该说这种话。”陈江河悲哀地看着他。

“我在家也没地位啊，经常被我老婆赶出来，她不给我钱，怕我偷偷留给玉珠，我出去赌博就是想挣些外快，好背着家里还玉珠钱，我知道我欠她。”

“记住你今晚的话。”陈江河疲惫地推门出去，回头对他恨恨地说。

骆大力满脸是泪，呆呆看着陈江河远去的背影。

哪里的粮票最贵呢？杭州？上海？

火车呼啸着在大地上穿行，杭州到了，骆玉珠紧抱着书包，挤在人群中下车。

她掏出粮票跟柜台里的人询问，拿出笔在纸上计算……骆玉珠走出一家商店大门，抱紧书包奔向下一个地方。

晚上，骆玉珠靠在火车车厢边昏昏欲睡，猛醒过来时，她警惕地看看四周，又将装满粮票的书包紧搂在怀中。

骆玉珠到饭店推销，她眼巴巴地看着柜台后的老板，老板数着粮票，摇头叹息说：“这么多粮票我真换不了，就算换也是平价换。姑娘，我看你大老远的来也不容易，给你出个主意吧。如果你不嫌远，就去湖南那边试试，那边缺粮票，换的钱会更多一些。”

骆玉珠欣喜：“真的吗？太谢谢您了！”

老板不解地看着她：“你这到底是替谁换啊，一个姑娘家带这么多粮票，安全吗？”

骆玉珠只顾笑，走到门口回身又深深一鞠躬：“谢谢您！”

骆玉珠推门奔出。

去湖南醴陵的火车票要五块钱！骆玉珠咬着嘴唇思索，非常为难！她决定省下车费搭煤车去。

巡视的手电筒刚刚照过煤车，骆玉珠就从轨道边猫腰溜过来。骆玉珠背好书包，用力向上一蹿扒上煤车，一翻身就坐进去了。

骆玉珠喘息着笑了笑，从怀中摸出一块干硬的五分饼，躺倒在煤车上仰望星空，费劲地啃起。

有一天，骆大力鬼鬼祟祟地走到女儿住处，他警惕地回身看看身后，一看没人跟着，就推了一下门。门开了，他小心翼翼地进去，试探地叫道：“玉珠？玉珠你回来了？”

骆玉珠正在狼吞虎咽地吃着剩饭，听到父亲的叫声，连忙把饭碗一放，起身将满满的一包钱往柜子里塞，一不小心一沓钱从包里掉落下来。骆玉珠慌忙捡起塞进去，又给柜子上了一把大锁，钥匙塞进自己口袋里。

骆大力眼睛直勾勾地盯着柜子，半天才挤出笑："玉珠，回来了，这两天都把爸给急死了。你干什么去了？摊上的货一点都没卖出去。"

"你别管我闲事，叫你看摊，你却睡大觉，东西被人拿走了都不知道。"骆玉珠收拾着碗筷。

"哪个长舌嘴胡说八道？你能信吗？"

骆玉珠疲惫不堪："行了，赶紧睡吧，明天我还有事呢。"

骆大力盯了柜子一眼说："你的那个陈江河来过了。昨天晚上我们俩聊得非常投机，相见恨晚。玉珠你找了一个不错的男人，威武大方，气宇不凡，水平跟你爸旗鼓相当！"

"聊什么了？"骆玉珠转头瞪着他。

"就聊你呗。昨天晚上爸才知道，这些年你有多么不容易。玉珠，等爸赚了大钱翻了身，一定让你过好日子！"

骆玉珠默默看着父亲，突然轻声地说："你先把我妈的坟修好了再说，上次给你修坟的钱不会全输光了吧？"

"那是因为我手气不好！你妈在天之灵要是保佑我，我这两天就能翻身……"

"你还要赌？"骆玉珠猛抬头，双眼愤怒地瞪着父亲。

骆大力连忙摇头："不赌不赌，说着玩呢。"

骆玉珠端着碗筷出去，骆父盯着柜子诡秘地一笑。

三

陈江河推着自行车跟乡亲们打着招呼，感觉所有人都用异样的目光看着自己，很不自在。柱子和大光爹互相推搡着，上前挤出笑脸。"鸡毛，你金水叔没事吧？"

"没事，他已经醒了。"

"好，醒了就好。鸡毛，那些大麦都运到养殖场了吧？怎么，我听说县里正在查这件事呢，听说那个邱英杰都被免职写检查了。"柱子实在忍不住了。

"别听瞎传，没有的事。等粮票换成钱，我就给大伙分了。"陈江河笑着点头说。

"鸡毛，我们的钱真能回来？"

"您放心吧，就这两天，我给您送到家里去！"

远处陈大光气喘吁吁地跑来："鸡毛哥！快，快去大队部里接电话，县里找你！"

柱子和大光爹一惊，回头看着陈江河，嬉戏着的村民也停下手中的活，全把目光聚拢在陈江河身上。

陈江河走进大队部办公室，接过电话："喂？我是陈江河。"

"江河，明天下午两点，你得赶到县政府礼堂来。"邱英杰的声音传来。

"英杰哥，什么事？"

"谢书记回来一直没见我，整个班子关起门，开了两次会，现在突然召集全县的中层干部，还有各乡镇的负责人，特别点名要你来。江河，我得承担起责任。"

"哥，你以前可不是这样，我们不能服输。"陈江河怔怔地拿着话筒，不知该说什么好。

邱英杰打断陈江河的话："做学生的时候可以意气风发，想说什么就说什么，但现在不能。江河你不明白，该示弱的时候必须示弱，否则谢书记会很难办。一切责任由我来扛，大麦是我联系的，你只是帮我忙，记住了没有？"

"怎么会这样，谢书记难道不听我们解释吗？"陈江河百思不解。

邱英杰叹息说："他也有压力。还有，粮票都换了吗？你要尽快发还给陈家村的人。我们明天下午见。"

"哥……"那边电话已经挂上，陈江河缓缓地挂上电话，转身看到乡亲们都扒着窗户默默地看着他。

陈江河坐在邱英杰身旁，紧张地看了看四周，干部们纷纷落座，指着他俩窃窃私语，还小声议论着。陈江河如坐针毡，邱英杰拉了拉他，示意不要理会。谢书记带着政府班子台上落座，气氛很是庄重。谢书记个子瘦小，但头发却一根根竖立着很有精神，他双眼如剑扫视台下，目光落到邱英杰和陈江河身上。谢书记端起茶杯吹了吹，场内顿时一片寂静，麦克风发出了刺耳的声音。

"我出去这几天，县里发生了一件不大不小的事。说不大，是乡里饲养场的两头乌猪吃到了大麦饲料。说不小，是猪吃饱了，人却急疯了。"台下一片笑声，邱英杰也苦笑着摇头。

谢书记盯着邱英杰："还有人为此认真地写了份检查。邱英杰，上台来给大家念念吧。"

邱英杰愣了一下，慢慢起身。陈江河紧张地看着他，想站起来却被邱英杰紧紧按住。邱英杰满脸无奈地走上台，谢书记将检查递给他。台下有人幸灾乐祸，轻声议论。陈江河憋住气看着台上……

骆玉珠背着书包敲着传达室窗户："大爷，您知道邱主任宿舍里住的人吗？"

"都开会去了。你找邱英杰啊？"骆玉珠不好意思笑笑："我找另一个。"

传达室大爷叹了口气："我谁都一样，他们俩惹祸了，正挨批斗呢！"

骆玉珠愣住了……

镇干部力劝陈金水不要进县礼堂："镇长，这浑水咱不能蹚啊，这是性质问题！"

陈金水愤怒甩开胳膊："性质个屁！豁出去这把老骨头，我官也不要了，那钱我也不要了，我一定要把鸡毛给带回来！"

县礼堂工作人员也不让陈金水进去，金水婶和巧姑还有镇干部都在后面劝阻。

陈金水叫嚷："我是镇长，也是来开会的，为什么不让我进去？"

"这名单上没你啊。陈镇长，等我们进去汇报一下。"工作人员看着名单说。

"你们怎么那么官僚呢！我是因为住院，谢书记才没叫我……"陈金水突然看到气喘吁吁跑过来的骆玉珠，气不打一处来。

"你来干什么？"

骆玉珠自觉地低下头。礼堂中传来隐约的讲话声。工作人员连忙走进礼堂，骆玉珠趁人不备溜进小门，沿着墙根向礼堂后窗跑去。

"哎，你们管不管，你们该拦的是她。"陈金水无可奈何地说。

邱英杰正在台上一字一句地念着检查："……我们要坚持统购统销，查补漏洞，坚决反对个人钻政府空子，占公家便宜……"

窗外，骆玉珠探出头来，眼巴巴地往里看着。陈江河正一脸郁闷地坐在靠窗的位置。骆玉珠轻轻敲窗，陈江河却没有听到。有人往这边看来，骆玉珠忙一缩脖子。

"……我的检讨做完了，恳求组织批评教育。"邱英杰深深一鞠躬退下，谢书记在默默端详他。

会场一片寂静。

骆玉珠再次探头，突然发觉身边有喘息声。陈金水在旁边狠狠地瞪了眼骆玉珠后，站在砖头上扒着窗户往里看，寻找陈江河的身影。

"要检讨也该我检讨，谢书记，英杰哥一直蒙在鼓里，这件事都是我背着他干的！"陈江河突然站起。

窗外的陈金水急得不行，轻声骂："臭小子，你揽这责任干什么！"

"真是有病！"骆玉珠也急得轻敲窗户骂着。陈金水赞同地朝骆玉珠点点头，突然两人愣住，又仇恨地瞪着对方，一起踩在狭小的砖堆上，隔着窗户看着。

邱英杰在台上也朝陈江河瞪眼："跟你没关系！别逞英雄！"

陈江河想冲上台去，被工作人员拦阻。谢书记拿起茶杯吹了吹上面的茶叶说："让他上来。"

陈江河站到邱英杰身前，扫视众人，朝谢书记鞠了个躬：“这件事就是我干的，是我找到的那个麦场，我联系的车，钱是我收的，英杰哥根本没有经手。”

邱英杰急得暗拽陈江河的衣角。

谢书记饶有兴趣地打量陈江河：“那这件事全部是因为你而引起的？”

“谢书记，您怎么处罚我都行。但我有一件事不明白，如果没有我，养殖场不可能这么快收到大麦，出口的猪就得饿着；富阳那边赚不到钱，大麦也都沤成肥料浪费了。是不是这样就不会有人写检查了？”

台下的人起哄：“你在跟谁说话？成何体统，把他赶出去。”

窗外的陈金水快哭出来，骆玉珠的神情也是痛苦不堪，两个人同时蹲下身，不忍再看。

“看来半路杀出了个程咬金啊。邱英杰，他就是你说的那个要过饭、飞过全国各地的鸡毛？鸡毛虽轻，话却很重啊，跟刀子一样。这件事等会再说，你先把检查给我。”

邱英杰有点发蒙，将稿子递上。

谢书记扬了扬手中的稿子说：“这就是我们大才子写的检查，文采飞扬啊，有逻辑有观点，有论据有总结。”“啪”的一声，谢书记猛地一拍桌子，“这就是我们培养出的大学生，党和政府培养了那么多年，这么快就会写这种八股文章了。”

邱英杰身子一颤，呆呆地看着谢书记。

“我不知道在座的各位是庆幸呢还是悲哀，把这个大才子逼成什么样了？你们都看看，来的时候意气风发，现在也开始学会写这种官样文章，也学会夹着尾巴做人了。反倒是这个鸡毛干了实事，今天又仗义执言说了几句大实话。同志们哪，到底是谁出问题了？”谢书记有些激动。

窗外的陈金水与骆玉珠听到谢书记的话也惊呆了，又偷偷探出头来。

谢书记指了指台下，又指了指自己的头：“是我们这里出问题了，我们天天想的是不能捅乱子，不能给领导添麻烦，谁想过真正地去解决问题，让老百姓富起来。义乌农民有鸡毛换糖的传统，有搞活经济的本事，农民为什么不可以成为商人呢？关键是，天下的事再大，也大不过老百姓要吃饱肚子啊！依我看，让大家吃饱肚子，才代表了党心民心。”

陈江河也跟着邱英杰激动起来，眼中闪动着光亮。谢书记拍案起身：“我要大声地为鸡毛叫好！他帮我们办了政府没有办成的事！这就是市场的力量，这是老百姓想发家致富的力量。邱英杰，我也要为你叫好，但不是今天！今天你投降了。鸡毛啊，以后单打独斗可不行，政府也得给你撑腰。”

谢书记环视台下，郑重宣布："经县委研究，从今天起，我们将给个人商户发摊位证，准予个体工商户登记！"

邱英杰含泪笑着点头，颤抖着嘴唇说不出话来。陈江河欣喜地摇着邱英杰的肩膀："哥，你听见了？"

谢书记一招手，有人捧上红花和绸带："今天我还要代表县委、县政府给某个人颁一个奖，要重用他。鸡毛，你过来，我要亲手给你戴上大红花！"陈江河不敢相信地看着谢书记，邱英杰在身后用力一推，他踉跄几步来到谢书记身前，全场鸦雀无声。邱英杰含泪用力鼓掌，全场跟随的掌声多起来，渐渐地掌声雷动。

窗外骆玉珠也激动地鼓起掌，陈金水目瞪口呆。骆玉珠跳下砖堆正要跑。"你站住！关键时候你别给陈江河添乱。"陈金水指着她大叫一声。

骆玉珠刹住脚步，回头瞪了一眼陈金水："我添什么乱？我给他锦上添花！"骆玉珠一拍鼓鼓囊囊的包，得意地说："我给他换钱去了。"

"什么钱？"陈金水不解。

"供应大麦时收的是粮票，我把粮票换成了钱！"骆玉珠转头撒腿就跑，陈金水后面急叫："站住！"

骆玉珠跑到礼堂门口，气喘吁吁地跟工作人员解释："同志，你让我进去，我给里面那个戴红花的人送钱来了，你们看见没有，刚才谢书记亲自给他戴红花的那个。"推拉中，骆玉珠手里的包掉在地上，刚要猫身捡起，她突然呆住了，包里掉出了一块木头和几张报纸。骆玉珠蹲下，慌乱地掏着包，里面除了木头报纸再没别的了。骆玉珠脸色大变，起身冲出礼堂，头也不回地消失在门外。

远远的陈金水追来："快拦住她，别让她逃了！"

县礼堂里，陈江河拉住邱英杰的手："哥，我真没想到……早知道这样，我多进点啊！"

邱英杰激动地用力拍着陈江河的肩膀："风真的来了，你这个鸡毛要给哥飞上天去！"

陈金水挤进人群拼命喊着："让一让，鸡毛，陈江河，换大麦的钱被骆玉珠卷跑了！"

陈江河转头，惊讶地看着陈金水。

四

骆玉珠衣服已经湿透，眼中充满焦灼。她边哭边不顾一切地奔跑。骆玉珠气喘吁吁跑进家里，摸出钥匙颤抖着手打开锁，柜里空空荡荡的，只剩着一张小纸条。骆玉珠怔怔看着。"玉珠，再给爸一次机会，等赚了大钱，我们一起过好日子。"骆玉珠瘫软在地上，痛苦不堪地摇着头，泪水淌落。

骆玉珠在街头巷尾逢人就问，被

问的人都摇头。骆玉珠虚弱地坐在石板台阶上喘息，突然她深吸一口气，站起怒吼：“骆大力！你给我出来！”

骆玉珠发疯般边走边大喊：“骆大力！你这混蛋！你如果还有点良心，顾及你女儿的死活，你就给我出来！”

幽暗的油灯下，一群人在八仙桌上玩牌赌钱，骆玉珠探头进去。几个人慌忙收牌抢钱，众赌徒警惕地看着她。骆玉珠故作镇定地说：“我来打听个人，见过骆大力吗？”

几个人面面相觑，骆玉珠被推出门来。

骆玉珠停在十字路口向四周望去，神色惶恐，她突然蹲下，捂住脸痛哭起来。

“那女人带着我们的钱跑了。”

“鸡毛也是，怎么能把那么多钱都给那女人呢。”陈江河下了自行车走到门口，察觉到气氛不对。乡亲们屋里屋外站着，像是商议着什么，看到陈江河，刹那间变得鸦雀无声，陈江河一步步走进屋。陈金水叼着烟袋说：“大家都回去吧！”

“鸡毛，找到她了吗？”柱子走到陈江河身旁问。

陈金水厉声喝道：“我刚才没说明白？”

柱子一哆嗦，被大光爹推出门外。陈江河一动不动地站着，等人散去，陈江河才沉重地说：“叔，钱的事别担心，骆玉珠她干不出……”

陈金水故作轻松：“有叔在，没人敢跟你要钱。鸡毛，把门关上，我们聊一聊。你们也出去。”巧姑拉着母亲走出屋带上门。

陈江河喃喃地说：“她肯定是遇到了难处。”

“我不管她，她死她活跟我没关系。鸡毛，你是要发达的人了，谢书记亲自给你戴的红花，县里哪个不认得你？听叔一句劝，不能因为这个女人把自己的前程给毁了。”

“叔，我得先找到她，您别再劝了。”

陈金水长叹一声：“我知道你是被迷了心窍，一时半会转不过来，叔就说一句难听的话点醒你，她从一开始就盯上了你的钱，你还当她是痴情呢，她等的就是今天这个机会。”

“叔，不是这样……”

“你能说她不爱钱？谁不知她骆玉珠一分钱砸成八瓣，一分一厘她也要赚！”陈金水一拍桌子也站起来，语重心长地说，“眼看就要到农忙了，乡亲们都要拿着钱去买化肥、买种子、置办农具，他们拿什么买？你来之前他们都跑到我这里问，我压下去了，谁也不许跟你提钱的事。书记刚给你戴完红花，你鸡毛刚要飞起来，就出了这么大的娄子。现在是你关键的时候，我告诉他们，就是打碎了牙，也要往肚子里咽。”

陈江河含泪望着窗外：“如果这笔钱找不回来，我还是要把钱还给乡亲们的。”

“那是后话，我们陈家村只有你是一个成大事的人，我豁出去卖了这房屋，也要堵住他们的嘴！”

陈江河突然拉开屋门跑了出去。

“鸡毛，你干什么去？回来！”陈金水急忙追到门口喊，“你给我回来！”

陈江河头也不回：“我找骆玉珠去！她肯定出事了！”

陈金水那愤怒、痛惜胶着的目光，望着陈江河的背影。

五

邱英杰将门打开，陈江河疲惫不堪地走了进来。

“人还没找到？今天已经有人说闲话了，说你被那女的蒙了。”

“哥，玉珠她真不是那种人。我就担心她出什么事。金水叔说在礼堂见过她，她如果是骗子，就不会想着去见我。”

邱英杰拍拍他肩膀：“那她跑什么呢？肯定有什么突发事件，使她来不及向你解释。别着急，骆玉珠总会露面的，到时候就真相大白了。江河，你先睡吧，什么事都等明天再说。”

“哥，我哪睡得着啊，我再去她家看看。”陈江河心事重重地看了眼邱英杰推门出去。

邱英杰看着他背影，无声地叹息。

陈江河靠坐在骆玉珠家的门前昏昏欲睡。他茫然地看着巷口，始终不见骆玉珠的身影。陈江河拿起挂在脖子上的玉坠，思索着什么……

鸡毛飞上天

长篇小说

Feather Flies To The Sky

〔第六集〕

一

邱英杰急匆匆地走进陈金水办公室时，陈金水忙放下报纸，灭了烟起身招呼：“邱主任，哪阵风把你吹来了？”

邱英杰见着陈金水，有些焦虑地说：“陈镇长，您能找到陈江河吗？县里要规划发展小商品市场，对江河说的钢架玻璃瓦棚顶模式很感兴趣，谢书记点名要他参加。”

“邱主任，我也正在找他，这小子这些天像丢了魂似的，就前天回过一趟家，他什么话也没有说。”

邱英杰皱了皱眉：“难道玉珠不露面，他的心神就定不了？”

陈金水无奈地看着邱英杰，摇了摇头说：“我早就说这是个祸害！跟我斗了这么多年我还不清楚，她迟早要把鸡毛拖下水！”

邱英杰怔怔地看着陈金水，无声地叹息。

义乌火车站内，在熙熙攘攘的人流中，陈江河时而踮着脚尖从停靠的列车窗口向内张望，时而在车厢内穿行寻找着骆玉珠。骆玉珠不见了！陈江河的心里如同刀割一般。

“鸡毛！”

正聚精会神对着列车车窗观望的陈江河，被“鸡毛”一声怔住了，他连忙循声望去，看见柱子和大光爹搀扶着陈金水小跑过来。

“叔，你们？”

柱子喘了口气说：“鸡毛，总算找到你了，要不真难为我们了。金水哥把全村的人都放出来找你了，他发话说，找不到你谁也别想回家干正事！”

陈江河转脸看着金水叔。

陈金水狠狠地瞪了一眼陈江河，一把拽住他的胳膊：“长本事了啊，鸡毛，快跟我回去！”

陈江河努力挣脱陈金水的手：“叔，我求你了，玉珠她肯定出什么事了！”

“她出什么事跟你有什么关系！”陈金水的暴怒让柱子与大光爹都哆嗦了一下，站台上顿时围过来许多看热闹的旅客。

陈江河不顾周围人的目光，怔怔地看着陈金水，一字一顿地说：“叔，玉珠她是我最重要的人。”

陈金水颤抖着，举起烟袋要打陈江河：“你这个不争气的东西，她害你还不够吗？我们可以不要这笔钱，但不能耽误你的前程啊！县里都在等着你开会，新市场等着讨论你说的钢架玻璃瓦棚顶模式，邱英杰也四处在找你！鸡毛，你醒醒吧！”

柱子吃惊地看着陈金水：“镇长，那笔钱我们也得要啊！”

大光爹呵斥：“讨饭骨头，你闭嘴！”

陈江河缓缓摇头后退几步，近乎哀求地说：“叔，我必须找到她。”

看着转身离去的陈江河，陈金水撕心裂肺地喊：“鸡毛！”

二

骆大力手里拿着一只书包，慌张地沿街奔跑，身后两人紧紧地追赶着。骆大力慌不择路地跑进了一个死胡同，追赶他的两人见状，便抄起墙边的砖头和棍子堵住路口。骆大力紧紧地抱住书包：“你们别过来！我跟你们拼了！信不信？”

“狗日的东西，你跑呀？”胖子一边骂，一边随手给骆大力几个响亮耳光。

刚从家里找父亲未果，却讨了后妈一阵辱骂的骆玉珠，正闷闷不乐地往回走，听到胡同里的打斗声，她停住脚步张望了一下。

“爸？”骆玉珠不敢相信自己的眼睛。

“你们想干什么？”骆玉珠连忙上前扶起倒在地上的父亲。

两人朝骆玉珠冷笑了一下：“你是他女儿，你爸输钱不认账，是拿钱来还，还是用你来抵债？”

骆大力此时不知哪来的勇气，迅

速朝那两人扑了上去："我跟你们拼了！玉珠你别管我，快跑！"

两人撂倒骆大力，一顿猛打猛踢。

"来人呐！"骆玉珠边呼喊，边上前死死地护住倒地的父亲。

高个子揪住骆玉珠的头发，狠狠地撞向墙角，骆玉珠顿时眼前一片漆黑，昏了过去。

"玉珠，玉珠，你醒醒！爸对不起你！"

骆玉珠被一阵哭喊声唤醒，慢慢睁开眼睛，额头上的血还在渗出，父亲抱着自己在哭泣。

骆玉珠无助地举起手捶打父亲："钱呢？钱呢？"

骆大力哭着跪在地上："玉珠，你怎么打我都行，我不是人！爸把钱都输光了。"

骆玉珠心一寒，猛地推开父亲，爬起来跌跌撞撞地往巷口走去，身子一晃又扶住墙。

"玉珠，爸已经跟她离了，现在家也没了。那天听了陈江河说的那些话，爸就发誓：只要痛痛快快地赢一笔，我就歇手不干了。玉珠，爸想跟你好好地过下半辈子，谁知道牌一开，什么都没了……"

骆玉珠不敢相信自己的眼睛，捡起石头往父亲身上砸，又不解气地上前用手猛打。骆玉珠颤抖着哭道："记着，我死了就是因为你！下辈子我还会来向你要债！离我远点！我没你这个爸爸！"

骆玉珠父亲背过身去解开裤腰，费劲地从腰间裤腿里摸出两包钱，转身交给女儿："我只剩下这些了，都还你！"

骆玉珠接过钱，看也没看父亲一眼，踉跄着身子走了。

三

骆玉珠被公安局以涉嫌诈骗立案了，得知消息后，陈江河的思绪像一团乱麻，坐在义乌江边静静地看着江水发呆，连邱英杰到来都浑然不知。邱英杰跳下自行车："江河！是谁报的案？"

陈江河恍惚："陈家村的人，除了我叔还有谁呢。"

"江河，我们当务之急是先把玉珠找到，我已经跟公安局的同志沟通过了，他们介入也好帮着找人。"

陈江河望着河水："他们这是要把玉珠往死里整啊。不就是钱吗？"

邱英杰担忧地看着他："江河，我们先去吃点东西吧。你这几天发疯了一样地找人，够劳累辛苦的，千万别把身子弄垮了。"

陈江河似乎没有顾及邱英杰的提醒，轻声地问："哥，我的存折你带来了吗？"

邱英杰连忙从口袋里拿出一本存折递给他。

陈江河起身："哥，借你的车用用。我去下陈家村。"

陈家村大队部里围满了人。"谁报的案？给我站出来！"陈金水正气得来回走动，一对刀子似的眼睛扫视着众人。

柱子哭丧着脸站出人群。陈金水不敢相信地瞪着他，愤怒地用烟袋指着他鼻子："柱子！你成事不足败事有余！我之前说的你没听明白吗？这事闹大了，鸡毛也有责任！你这不是坏他的前程吗？"

"镇长，我也是迫不得已呀，我老婆天天催我，钱要是真没了，我们怎么活呀？"柱子哭丧着脸。

"烂泥巴扶不上墙！"

大光爹叹息："金水哥，你也别说他了。我们就因为相信鸡毛，家家都把压箱底的钱拿出来了，这眼看就要农忙了，买种子的钱都没着落呢。"

陈江河恼火又焦急地骑着自行车，穿越小桥，向陈家村疾驶而来。

走进院里，人群一阵骚动。陈江河走到陈金水面前，从口袋中掏出存折递到陈金水面前。

陈金水复杂的眼神注视着陈江河："你这是干什么？"

"这是我所有的积蓄，给乡亲们分了吧，剩下的我再慢慢还。"

陈金水皱了皱眉说："江河，你这是什么意思？你拿乡亲们当什么人了？"

"金水叔，我求求您，这次是我对不住乡亲们！"陈江河扫视众人，大声说，"请乡亲们相信我，玉珠绝不是那种人！我一定会把钱连本带利都还给你们的。"

"问题是啥时候啊？"柱子接着陈江河的话说。

正当人们在相互抱怨的时候，大队部里电话铃声响起，陈金水不耐烦地提起电话："谁啊？"

"陈镇长，陈江河在你那里吗？骆玉珠回来了！"邱英杰急促的声音。

陈金水脸色大变："什么？"

"刚才骆玉珠找到我，说钱是她爸爸偷走的，已追回来一部分。她马上把钱给陈江河送过来。我跟她说，陈江河回到陈家村去了，她说要到陈家村找江河。陈镇长，见到江河你跟他说一声。"邱英杰把骆玉珠找他的情况同陈金水说了个大概。

陈金水瞄了一眼院里的陈江河，慢慢放下电话，思忖着。

陈江河正在院里跟乡亲们苦口婆心地解释："粮票换钱要转很多道关口，要跑外省去换才值钱，不是那么好换的。请大家再给我一点时间，我担保这事跟骆玉珠没一点关系……"

"空口讲白话，你拿什么担保？"

陈金水突然板起脸说道。

陈江河吃了一惊，回头惊诧地看着金水叔。

此时的陈金水俨然变了一个人，厉声喝道："鸡毛，不是我信不过你，这钱一时拿不回来，你也别去其他地方了。柱子，把江河关到屋里去。没我同意，谁也不许放他出来，从今天起，你就好好待在这里，吃喝有人送。"

柱子听罢，丈二和尚摸不着头脑："镇长，你怎么翻脸这么快……这到底咋回事？"

陈金水怒吼："关起来！没听明白吗？把陈江河关起来！"

听着陈金水要关江河哥，陈大光突然跳出来："我看谁敢！鸡毛哥，你走吧，这里没你的事！"几个年轻小伙子站出来护住陈江河，挡在柱子等中年人身前。

大光爹愤怒地："浑小子，滚一边去！"

"你们这是认钱不认人！村里的刚直正气都去哪儿了？一笔生意不顺就翻脸！没有鸡毛哥，我们现在还在吃糠咽菜呢！你们这是好了伤疤忘了痛。金水叔，您到底怎么了？鸡毛哥不欠咱们的！"陈大光动情地说。

陈江河用感动的目光看了一眼陈大光："大光兄弟！你让开，一人做事一人担，我不能连累你们。"

陈金水朝柱子和大光爹使了个眼色，严厉地说："把陈江河关起来！"几个上了年纪的马屁精，拉开护着陈江河的年轻人，把陈江河推进大队广播站。众人神色茫然地闪开一条道，陈金水迈着沉重的脚步走出大院。

四

骆玉珠一路狂奔，汗水打湿了衣服。陈家村此时出奇地安静，村里长长的青石板路上竟空无一人。骆玉珠没有察觉到什么，她紧紧抱着那两包钱，急匆匆地来到陈金水家。

骆玉珠冲进院子。陈金水一动不动地坐在堂屋中抽着烟袋，仿佛已等候多时。骆玉珠镇定下情绪，深深地吸了口气说："金水叔，陈江河呢？"

陈金水慢慢地抬眼瞄了一下骆玉珠，没有答话。骆玉珠耐住性子等着，看到小院两壁有几个字："磨炼忍性，养精蓄锐；光明磊落，胸不藏奸；隐忍蛰伏，随机而动。"老头子在故作深沉，骆玉珠诧异地看了看空荡荡的院子，走进屋将两包钱往桌上一放："金水叔，我先还一部分钱，剩下的宽容我几天。"

陈金水磕了磕烟袋："你坐下。"

骆玉珠诧异审视，坐在对面。

"玉珠，这些年咱俩是一直打拼过来的，看在鸡毛的分上，你管我叫叔，我心里明镜似的。也不枉你叫一声叔，今天也没外人，叔就跟你说些掏心窝子的话，公安局正在抓你，是鸡毛报的案。”

骆玉珠“腾”地一下站了起来，怔怔地瞪着陈金水。“不可能！他不会……”

“玉珠啊，你也是个苦命人，你遭的罪鸡毛都跟我说过。这些年你拼命地赚钱，图的是什么，我心里也很清楚。”

“金水叔，我图的不是钱！那钱是我爸偷去赌博输掉的！”骆玉珠小心地接着陈金水的话。

“那你们是一家人不？有道是龙生龙凤生凤，老鼠的孩子会打洞。这些年哪次闹事不是因为你？你有那样烂污的亲爸，现在想想你的行为，我也就不奇怪了。”

骆玉珠语塞，怔怔地看着陈金水。骆玉珠刚要说话，又被陈金水打断：“鸡毛必须和你撇清关系，你不能怪他。县领导给他戴大红花的时候你也看见了，鸡毛从小没爹没娘，我教他礼义廉耻，走到今天这地步不容易啊！玉珠啊，县里开会时，谢书记都点名要叫他干大事呢，你给他惹出这祸来，这不是害他吗？”

骆玉珠急了：“那我去跟他们说清楚……”

陈金水叹息：“现在谁会信你？不把你抓进去就算不错了！如果大家都说你俩是一伙的，你就是跳到黄河也洗不清了！这些天又寻不到你。我们爷俩想来想去，不能自个蹚这污泥水，但总要有个人来承担责任，只能想出报案这么个办法。玉珠，你别怪他狠心，要怪只能怪你自己的爹下作不争气。”

听了陈金水的话，骆玉珠神色黯然，颓然地坐在那。

陈金水暗暗打量，一鼓作气再下一城：“玉珠，你也是明白人，从小我就把鸡毛当成儿子看待，传他手艺教他本事，教他做人的道理，为的就是能收个称心如意的上门女婿。本来一步步给他安排好的前程，可谁想你半路杀出来，全被你毁了，你懂吗？”

骆玉珠含泪摇头：“我怎么会毁他，我也为他好！”

陈金水冷哼：“你为他好？我为他坐过牢，为他顶过罪，到今天全身伤病我还没说呢！你做过啥？就知道给他添乱惹祸！这笔钱没了，鸡毛的红花就白戴了！你现在还要堵上门去跟人解释，是他让你败光钱的？玉珠，你要真的为鸡毛好，也像我当年一样，自己把罪扛起来，拉着你爹走得远远的，别给他添堵！你们不是一路人！”

听着陈金水的话，骆玉珠痛苦地闭上双眼，泪水无声淌落。

陈金水叹息：“巧姑给他做饭，给他洗衣服，早把鸡毛看成了自己的男人了。出了这档子事也好，鸡毛自己也想明白了，他聘礼都送来了，连存折都交给了巧姑，就等着办喜事了。”说着陈金水将桌上的存折递给骆玉珠。

“玉珠，叔这里求你了，给我女儿巧姑让出一条道来，时间长了，鸡毛会忘了你的。”陈金水哀求。

骆玉珠颤抖着嘴唇慢慢起身：“可是他答应过我，他要我信他一辈子……”

“你能相信谁？你亲爸爸又怎么样，还不是做败家精把你给卖了吗？”陈金水正气凛然，大声说道。他一扯里屋门帘，只见地上摆着几个装满聘礼的土篮，上面盖着大红喜字。

骆玉珠再也经不起如此沉重的一击，猛地一哆嗦，眼神变得绝望，颤抖着大喊：“都是骗人的……都是骗人的！”伴着泪雨，骆玉珠慢慢后退，转身狂奔而去。

陈金水望着骆玉珠的背影，神色黯然，慢慢坐回椅子上。

陈家村的夜晚出奇地寂静。缺乏娱乐生活的年代，劳作了一天的村民，吃过晚饭都窝在了家里。陈金水走进大队广播站院子时，鸡毛正在屋里焦躁不安地走来走去，像一头困在笼中的狮子。听到院子里有动静，陈江河连忙走到门口，陈金水已在门外异样地看着他。

“金水叔。”

陈金水凝视着鸡毛沉默不语，进得屋来将门反锁，慢慢地屈膝就要跪在地上。陈江河一惊，连忙扑上前扶住陈金水，自己也跟随跪倒：“金水叔，您这是干什么呀？”

陈金水带着歉疚复杂的神色，眼中闪着泪花说：“鸡毛，叔对不起你。这一跪，叔就不欠你什么了。”

陈江河越发不明白：“金水叔，您又没欠我什么，要说欠，是我欠您和乡亲们的呀！”

“鸡毛，我把新盖的房子卖给柱子了，替你把钱还了，无债一身轻。我们踏踏实实过日子，只要你对巧姑好，其他什么都不重要了。你和巧姑委屈点，婚事也不用你去操办，就在老房成婚。鸡毛，我看中的是你这个人，我怕你不依，才把你关在这里。”

陈江河吃惊地看着陈金水热切哀求的目光，说不出话来。过了大半天，陈江河才无可奈何摇头说：“叔，您觉得这样巧姑就会幸福吗？就算我接受了，巧姑会接受吗？”

陈金水从地上站了起来，转身把门打开，从口袋里拿出一瓶农药：“鸡毛，你要走，叔也拦不住你，镇长我也不要了，什么盼头也没了，你前脚走出门口，叔后脚就把这瓶药喝了。鸡毛，以后你无论走到哪，都是个忘恩负义的人！”

陈江河吓得急忙起身抢过瓶子，

声音哽咽，颤抖着嘴唇，充满纠结无奈地说："我答应……"

"鸡毛，我培养你这么多年，替你坐过牢，现在又替你卖屋还债。你与我女儿结婚，就当是还我的情吧，夜里你好好想想，我先走了。"

柱子回到广播站，将铺盖放在床上，冲陈江河笑了笑："鸡毛，你金水叔吩咐，你结婚前都得让我看着。"

陈江河苦笑："我又不会跑，我想跑又能跑到哪里去。柱子叔，听说你把我叔的新房子买下来了，你可真有本事啊。"

柱子尴尬地笑笑："鸡毛，我再有本事也不如你呀。为了你，我哥无论什么都舍得放弃，无论什么都会去做；大官也不要了，财产、女儿都贴你了，你那空手套白狼的本事叔心里佩服得很。"

"柱子，嫂子叫你回去！"门外有乡亲在叫。

"准是房屋的事，鸡毛，你可不要难为叔，好好待着，我马上就回来。"

陈江河看柱子走出门，神色颓然地仰躺在床上。隔壁屋里的电话急促地响起来，陈江河翻了个身盖严被子，电话铃声却一直持续。陈江河不耐烦地起身，隔窗看着响个不停的电话，轻轻拍了一下窗户，里面竟没反锁。陈江河想了想，便扒着窗棂钻进屋去。

陈江河拿起电话，"喂？陈家村。"邱英杰焦急的声音传来："江河，是你吗？你见到骆玉珠没有？"

"玉珠？英杰哥，怎么回事？"

"玉珠她没去找你吗？我跟金水叔说了，他说你不在，就把我电话挂了！她昨天拿钱去陈家村。今天我上班路上碰着冯大姐，大姐说骆玉珠急着用钱，把所有货全部盘给她了……喂，江河……喂……"

陈江河拿着电话没反应，想着什么。陈江河突然明白过来，他双眼直冒火，丢下电话，跳出窗户，快步往陈金水家走去。忽然一个人影跑过来，两人差点撞到一起。陈江河失声叫道："巧姑！"

巧姑吓得后退几步，喘息打量："鸡毛哥！"

"你大半夜的跑出来干什么？"

巧姑颤抖着声："大光说要带我走，离开陈家村……"

"你们走了？你爸妈怎么办？"

"顾不上那么多了……鸡毛哥，我从小什么都听我爸的，这回我不听他了，凭什么我一辈子的大事要让他来定！大光说了，我们要像你当年那样，出去闯一闯。只要和大光在一起，就是再苦点，日子也能过！"

陈江河百感交集地看了一眼巧姑，凄然一笑："巧姑，哥明白你的心思，祝福你和大光。"陈江河忽然想到什么，从上衣口袋里拿出钱来，"巧姑，哥就剩这么点钱了，都给你。外面不比家里，你跟大光要好好照顾自己，家里有我。”

“哥,我不要！”巧姑慌忙推让着。

“拿着！快去找大光吧。出门在外，一切都要小心，混不下去就早点回来。”陈江河吩咐道。

“大光说：‘不赚到钱，我们绝不回家。’”

巧姑突然冲动地扑上前紧紧抱住陈江河的脖子：“哥，我知道我爸对不起你，你别生他的气。”

陈江河拍拍巧姑的背，安慰她，脸贴在她发梢说：“哥都明白。”

谁想这一幕，刚巧被骆玉珠看到了。

临行前，村里的小姐妹们一边哭，一边为巧姑准备了很多在车上吃的食物及家乡特产，有煮鸡蛋、玉米饼、霉干菜炒肉、粉干、猪油等。

那是巧姑第一次离开自己的家乡，而且大光说过不成功就不回家的决绝话。外面的世界很陌生，路途遥远、前途渺茫，一出门，就意味着很久见不到亲人了。伙伴们依依话别，眼含热泪，千叮咛、万嘱咐地一直把他们送出很远。

汽车启动了，望着巧姑远去的身影，陈江河心头一热，眼泪扑簌扑簌地在眼眶里打转。在家千日好，出门半日难。巧姑布袋里是一些绣花的衬子、绣花针和花样。其中有几款可爱的卡通刺绣：简单可爱的儿童造型——小动物熊熊、兔子和虾的卡通小字母刺绣。这都是巧姑自己的手工制品，她未来生计的来源。

五

柱子回到大队部，发现陈江河不见了，便匆匆往陈金水家跑去，此时的陈金水家已是一片混乱。

“你还不快去把巧姑找回来！看我不打断她腿！”陈金水冲着老婆骂。

“你还打断她的腿？巧姑要是有个三长两短，我就跟你拼了！都是你逼的……”金水婶一边对骂着，一边走出家门。

陈金水心烦意乱地在院里来回走动。掉转头看见陈江河正怒视自己。陈金水心虚：“鸡毛，你咋……”

“骆玉珠来过了，对吗？她来找我！你为什么不让我接那个电话！你到底跟她说了什么？”陈江河瓮声瓮气地问道。

陈金水沉默不语，慢慢蹲下身子：“我让她死了这条心，别再拖累你。叔说的也都是实话呀。她爸把钱都输光了，她拿回的那点钱管什么用！”

陈江河含泪摇头：“你为了让我娶巧姑，这种事都做得出来？你还教我做人要顶天立地，光明磊落。你，你还是我的金水叔吗？”

听着陈江河责备自己，陈金水愤怒起身，举起鞋子就要打陈江河，陈江河梗着脖子，含泪看着他。

“我怎么里外都不是人了，你被骆玉珠那狐狸精蒙瞎了眼，叔是在救你！你小子居然为一个败家精女人跟我顶嘴？”

陈金水举鞋的手在空中颤抖着，最终没有落下。

柱子匆匆忙忙走进陈金水家：“陈镇长，骆玉珠她……”柱子说话当儿，看见陈江河站在那，柱子吓得偷瞥了一眼陈金水，连忙把话收住。

陈江河猛地回身瞪着柱子：“骆玉珠在哪？”

柱子迟疑了一下，慢慢举起手指着屋外。

“鸡毛，你出了这门，就别再给我回陈家村！”

陈江河转头用悲哀的目光看了眼陈金水，转身跑出陈金水家的门，瞬间消失在夜幕中。

六

义乌，静谧中充满着蓬勃向上的活力！

骆玉珠含着泪从陈金水家跑出去后，独自沿着义乌江边痛哭边奔跑，她泪如雨下，终于支撑不住，腿一软伏靠在桥上号啕大哭。江水缓缓地流淌着，映照着两岸星星点点的灯火，雪白的梨花在夜幕下透露着美丽与坚强！还有微风轻拂着杨柳枝条，夜幕下散发着浓浓的春的气息！

凉凉的江风抚慰着骆玉珠，让她从绝望的伤感中冷静下来：我死不甘心，我要亲自问问陈江河。于是她咬了咬牙，趁着夜色又一次回到陈家村。

骆玉珠虚弱地前行，远远望见陈金水家院门贴的红喜字，一阵眩晕后，她扶树喘息。

柱子正匆匆走过，吓了一跳：“骆玉珠？你……”

骆玉珠在恍惚中问柱子：“柱子叔，陈江河在哪？那喜字是怎么回事？”

柱子惊诧地看了一眼骆玉珠，用手一指：“陈江河在大队部，要结婚了呗！”

黑暗中，骆玉珠刚巧看到了陈江河和巧姑相拥别离的那一幕。站在远处的骆玉珠一阵眩晕，一动不动地凝望着陈江河和巧姑亲昵的动作，脸上挂满了泪水。骆玉珠的眼神散淡无光，心里绝望至极，突然转身狂奔而去。她那虚弱的身影随即被吞噬在黑暗寂静的夜色之中。

孤独无助的骆玉珠终于决定了，

离开这个伤感之地。第二天，骆玉珠坐车来到了西乡妈妈栖身的山坡上作最后的诀别。骆玉珠用手不停地挖掘泥土,一把一把地堆在坟头上。不久，双手就抠出血来了，她仍然不管不顾地挖出新土，往坟头上堆砌。过了好一会，骆玉珠才直起身，往四下里看了看，摘下几朵小花插在坟前。骆玉珠跪倒在地 ：“妈，玉珠要出远门了，这可能是我最后一次来看你，以后你就自己照顾自己吧。妈，虽然女儿一个亲人也没有了，但你也别为我担心，我会好好照顾自己的。今天我给你带了一双最好看的袜子，你肯定会喜欢。”骆玉珠从怀中掏出一双袜子，摆放在坟前。骆玉珠伏倒跪拜，脸紧紧地贴着泥土，泪水无声地淌落下来。

火车呼啸着驶向远方，骆玉珠恍惚苍白的表情，病怏怏的身体，引起了列车员的注意。列车员在骆玉珠身边停住脚步 ：“同志，看一下你的车票。”

骆玉珠从迷茫的神情中醒悟过来，急忙掏出口袋里的零钱 ：“我补一张票。”

“钱不够，你买的票只够坐到下一站。”

骆玉珠虚弱无力地问 ：“下一站是哪里呀？”

“江西赣州。”

骆玉珠接过票，转头呆呆地望向窗外。

骆玉珠走出火车站月台，茫然地望向四周，不知方向。

火车又向远方开去，骆玉珠双手空空地看着卖小吃的摊子，干咽了口唾沫。

“米粉啦！两毛五一碗！”

骆玉珠低头走过，凄然一笑，她已经身无分文。

骆玉珠靠在饭馆门外，看着别人吃剩的盘子，溜进去将食物塞进嘴里，狼吞虎咽。骆玉珠躺靠在站台外的长椅上，痴痴望着天上的月亮。

火车站的管理员早就盯上了骆玉珠，她又一次被赶出车站。骄阳似火，一个人影在热浪中晃动，骆玉珠凭着自己的感觉沿着铁路走着，茫然不知去向。太阳在石渣铺设的铁路上闪烁着层层光晕，无情地炙烤着铁路轨道。骆玉珠嘴唇干裂，神情恍惚，身子原本虚弱，加上饥饿和劳累，美丽的野姑娘再也支撑不住，栽倒在铁轨上，昏迷了过去。

骆玉珠慢慢睁开眼睛，听到了正咕嘟咕嘟煮着什么的声音，满屋弥漫着炖鸡的香味。骆玉珠使劲地撑起身体，疑惑地扫视着小屋，屋里的摆设简陋，应该是单身汉的宿舍。外面已经下起雨来，雨点打在窗户上，发出沙沙作响的声音。突然骆玉珠尖叫了一声，身子蜷缩成一团——窗外一个身披雨衣的黑影正默默地隔窗看着她。

骆玉珠警惕地靠在墙角，下意识地摸到了身旁的瓷碗。穿雨衣的人开门进来，无视蜷缩成一团的骆玉珠，慢慢脱下雨衣。这是一个憨憨的高个子男人，面无表情地打量了骆玉珠一下，尔后走到床前从怀里掏出什么。

骆玉珠的尖叫声再次响起，瓷碗也同时飞到了高个男人的头上。随着碎碗声，骆玉珠这才看清，高个子两手握着的是煮熟的鸡蛋，正向自己递过来。骆玉珠被自己鲁莽的行动吓呆了。血从那男人的鼻梁流淌下来，那人一动不动地举着鸡蛋站在那里，像一尊定格的雕塑。

骆玉珠惊醒过来，赶紧上去："别动！你这有纸没？干净的布也行！"骆玉珠顺手拿过一条毛巾，正欲上前包扎。看到毛巾脏得又黑又亮，懊恼地扔到一边。又翻找床铺，干脆撕下被单的一角，上前给汉子擦拭包扎。

骆玉珠接过高个子手上的两个鸡蛋放回桌上，问："你是谁？我咋会在这？"

男人依然纹丝不动，没有回答骆玉珠的问话。

"高个子，你哑巴呀，不会说话！"

高个子看着床上撕破的被单，无奈地坐在床边："你打了我，撕破了我的床单，还骂我。"

骆玉珠这才意识到自己无理得过分了，忙起身怀着歉意说："对不起，我以为你……我是害怕。"

那人憨笑了一声，骆玉珠也不好意思地笑起来。

"你昏倒在铁轨上，我要是不把你扛回来，火车早就把你压成两段了。"那男人顺手从桌子上拿起那两个鸡蛋，递给骆玉珠说，"吃，给你拿的。"

接过那人递过来的鸡蛋，骆玉珠还在发呆时，那男人已拿碗捞起鸡壳，盛好菜粥，递到她面前。看着玉珠狼吞虎咽的吃相，男人瞠目结舌地回过了头。

骆玉珠抬头，不好意思地笑笑："你也吃。"

"你吃，桌子底下还有脐橙。"男人又害羞地低下了头。

"谢谢你救了我。"骆玉珠站在门口，发现这里是扳道工小屋，她望着瓢泼大雨，黑暗笼罩着外面的世界，走还是留？能够走到哪里？她迟疑不决。

男人也转过脸，看着外面的雨，又看了看骆玉珠，没说话。默然地穿上雨衣，来到门口并肩站着，骆玉珠吓了一跳。男人笨嘴笨舌地对骆玉珠说："我叫王大山，是铁路巡道工，今晚你就睡在这里吧，我另外找地方住。"没等骆玉珠答话，男人已走进雨帘中。

骆玉珠望着他的背影，目光中充满感激。

六

邱英杰这里也得不到骆玉珠的消息，陈江河懊恼地抱着头不说话。邱英杰同情地看着他，拍了拍他的肩膀说：“江河，你也别尽往坏处想，没准玉珠有了新的打算，过几天就回来了呢。”

陈江河摇头：“英杰哥，你还不了解玉珠，她这个人如果把这些事都做了，就是一辈子都不想见我了。”

邱英杰叹息：“烈性女子——又一个白淑贞、祝英台。”

“能不烈性吗？她从小就没有妈，差一点又被爸卖给人贩子，现在又被骗成这样。她两次去陈家村肯定是找我去的。”陈江河怔怔地站起身，喃喃地说，“她一定以为我跟巧姑要结亲了。”陈江河痛苦地闭上眼摇着头，“她不可能再回来了！”

邱英杰也愤慨地说：“你金水叔干的这叫什么事啊！真是老糊涂！”

陈江河和邱英杰来到湖清门冯大姐摊前：“大姐，看见玉珠没有？”

冯大姐忙抱起书包：“你可来了，我正要找你呢！玉珠昨夜给我送来这个，让我千万交到你手里。”

陈江河忙接过书包打开，里面是几沓钱，再翻没有其他东西。

“大姐，她没说别的？”

冯大姐摇摇头，突然想起什么：“玉珠她身子好像挺虚的，我还以为她病了，还叫她在我这歇歇，她死活不肯，连夜就走了。”

“去哪了？”

“她没说，好像是要出远门。”冯大姐叹息。

邱英杰皱眉看着陈江河手中的钱：“江河，我们去玉珠家里看看！”

两人来到篁园村玉珠的租房前，只见一个陌生人正在打扫玉珠租住的房间，那人诧异地打量着他们。

“同志，住这里的骆玉珠呢？”

“她退租了，你是谁啊？”

陈江河急得快哭出来，转过身，邱英杰正好进院，两人默默对视。

“江河，别着急，等找到她，把事情说清楚就好了。”

陈江河摇了摇头说：“英杰哥，玉珠她在躲我！我就怕……”

七

平日里唯唯诺诺的女儿竟然逃婚出走了！遭遇这样的变故，陈金水威风扫地，心里的壁垒轰然坍塌，再也撑不下去，病倒了。

陈金水躺在床上，额头上敷着毛巾。乡亲们围在院里，气氛凝重。大光爹失魂落魄地走进来，金水婶急忙迎上前问："找到他俩没有？"

大光爹摇了摇头："哪都找遍了，大光留了一封信，说他俩迟早会回来的，叫我们别担心。"大光爹长叹一声颓然蹲下。

金水婶捂着脸哭："都是他造的孽！"

陈江河默默走进屋里，乡亲们纷纷给他让出一条道。金水婶颤抖着叫了声"鸡毛"。

陈金水见江河进来，连忙撑起身。江河走进屋里，把书包往陈金水床前一扔，陈金水用异样的眼神盯着他。乡亲们聚拢在窗外，眼巴巴地望着，谁也不敢说话。

"这些钱，是玉珠的，叔给大伙还了吧，剩下那部分，我一定替她还清。"陈江河说完转身就要走。

"鸡毛！"陈金水扶住门框叫了一声。

陈江河停住脚步并没有回身，随后迈着沉重的脚步走出了院子。

陈江河在义乌县城穿街走巷，不停地寻找着骆玉珠。在城南铁路桥下，陈江河碰上了骆玉珠的父亲。陈江河看着手拿红薯，吃得满嘴是灰的玉珠父亲，不由地火冒三丈，上前揪住他的衣领，举拳就打。

"陈江河，你敢打我，我好歹是你丈人！"玉珠父亲哀嚎着。

"我打的就是你！你把你女儿害成什么样子了！天底下有你这样做父亲的吗？"陈江河发泄着。

"我该死！我对不住她娘俩，我也在找她啊，让我在死之前替她还点债吧！"

听到骆玉珠父亲说到娘俩时，陈江河心头一怔，扑上前再次揪住他的衣领："玉珠她妈埋在哪里？"

两人坐车来到西乡玉珠妈妈的坟前。陈江河看到了坟上的新土，快要枯萎的小花旁边，还放着一双沾满泥土的袜子。陈江河双手拿着那双袜子，用手轻轻地掸去泥土，眼中闪动着晶莹的泪水。

回到县招待所，陈江河低头收拾着包裹，邱英杰眼巴巴地看着他说："江河，现在我们县里的局面你知道吧？义乌百废待兴啊！好多事还需要你这样的能人挑头干呢。谢书记点名请你出谋划策，还保证来去自由，不耽误你赚钱，未来几年的义乌市场，将会有翻天覆地的变化！正是英雄大显身手的时候，你别傻了，好不好？"

"英杰哥，你别劝我了，钱可以再赚，出谋划策有你们。怕就怕人错过了，就永远没缘分了。"陈江河继续收拾着东西。

"如果几个月都找不到她呢？"邱英杰把话咽回去，用复杂的目光注视着陈江河背上的旅行包。

陈江河百感交集地看着邱英杰，突然上前用力抱住："英杰哥，我一定要找到她，不管付出什么代价。"

邱英杰眼眶湿润，颤抖着："既然你决心已定，哥就祝福你：有情人终成眷属。地球是圆的，你只要努力去找，她一定会重新转回到你身边的。"

陈江河忍住泪水笑了笑。

鸡毛飞上天

长篇小说

Feather Flies To The Sky

〔第七集〕

一

在简陋的扳道工小屋里，骆玉珠睡得异常香甜。一直到第二天中午，她才被火车的轰鸣声惊醒了。她把小屋收拾干净，一出门就听见了远处传来的轰隆隆的响声。看到王大山也正扛着工具，从远处独自沿着轨道走回来。

一列火车开来，王大山爬上路基，站上高处举起小旗，火车鸣叫了一声开走了。

“大山哥，火车还向你打招呼呀——你还能指挥火车！太了不起了！谢谢你收留我，你好人有好报，我走了。”骆玉珠挥泪告别时，真想给大哥付一下饭钱，无奈囊中羞涩，只得红着个脸，口头表达感激之情。

“我只要按规章制度做事，就能完成任务！”王大山一本正经地说着，一动不动地望着骆玉珠渐渐地远去，直到骆玉珠的踪影消失了，才推开小屋的门。

简陋的小屋已被收拾得干干净净。王大山一眼就看到了叠放整齐的床上，昨晚被撕破的床单上，补上了一朵小花。王大山坐在床上，反复抚摸着那块补上的小花，心头涌上了一股莫名的伤感。

第二天，王大山巡完一天道，习惯成自然地站到了扳道工小屋门口，看着那两条静卧的铁路。临近天黑，王大山才走回屋里，一边喝着热水，一边啃着腌菜窝头。就在王大山吃得津津有味时，门被敲了个震天响，把王大山吓了一跳。他疑惑地起身打开门，王大山惊讶地大叫了声“你”。

站在门口的骆玉珠，满身脏兮兮的，头发也黏在前额，她疲惫不堪，怀着歉意笑着：“大山哥，我实在没地方可去了，只好回来找你，你昨晚睡觉的地方能租给我吗？”

王大山看了眼骆玉珠，她身后是一大堆用麻绳捆绑起来的垃圾废品。王大山突然关上门进去了，骆玉珠尴尬地站在门外，猫着腰收拾好垃圾废品，艰难地背在身上准备离去。谁知，王大山抱着自己的铺盖开门出来了，他闷闷地吐出一句话：“你就睡这里吧。”

“大山哥，我长期住在这里也不太方便，而且影响你巡道、对火车发号施令，我想去你住的地方看看，如果有合适的房子我租一间。

王大山又无奈地摇了摇头，苦笑了一声抱着铺盖走了。骆玉珠皱着眉，眼瞪着他，转身便关上了门。

清晨，骆玉珠推门出来眺望，王大山已经独自在铁轨上巡视路面了，远远的，两人对视着。

骆玉珠喊王大山过来，她指着桌上熬好的稀饭，揭开盖子，里面是两盘炒好的蔬菜还有窝头，王大山看傻了眼。

“中午你自己蒸饭，下米的时候水要高出一节手指头，这样蒸出的饭才不软不硬，记住了？”

骆玉珠想租个地方长期住下来，坚持去王大山住的地方看一看。王大山只得带骆玉珠来到一个草棚，将吱呀作响的栅栏门推开，里面全是稻草和杂物，铺盖就散乱地堆在上面。骆玉珠吃惊地看着，转头盯着王大山，心里非常感激这个闷葫芦。

王大山像做错事的孩子一样垂下头去。

二

陈江河手拿电话，大声地说着：“……这个女人，你必须帮我找，照片我给你寄了。湖南那边就拜托兄弟了，拜托了，兄弟！”

陈江河挂上电话，冲身后排队的人歉意地笑了笑：“对不起，我还得打七八个呢，你们去别的柜台看看吧。”

陈江河又拨通电话：“哥呀，我是陈江河……义乌的，原来卖暖壶的鸡毛！对对对，好久不见。我求您件事啊……”

打完电话，陈江河靠墙坐着，拿

出洗印出的一沓照片，向柜台营业员借了把剪刀。剪刀比画在两人合影中间，迟疑了一下，他还是含着泪水一刀剪了下去。剪完照片，陈江河一一装进信封，用挂号信寄了出去。

从邮电局出来，忽然想起骆玉珠妈妈坟上的那双袜子，心头一亮，有了主意。

在杭州郊区的曙光综合厂大门口，陈江河的眼睛直直地盯着四周，生怕漏走了一丝希望。

一辆运货车驶出，陈江河忙起身追去："师傅！师傅！"车戛然而止，陈江河扒着驾驶室的窗子，仰头问，"师傅，这两天骆玉珠来您厂进过货吗？"

司机诧异："谁是骆玉珠？"

陈江河从袋子里拿出照片："就是这个！"

"哦，她呀，很多天没来了。"听了司机师傅的话，陈江河失望地呆在那里。

陈江河没有死心，他相信玉珠迟早还要来厂里拿货，便继续蹲守在厂外，盯着大门直到天黑。

有一天，天刚蒙蒙亮，陈江河又往曙光综合厂大门口走去，边走边揉着迷糊的眼角。忽然，袜厂厂房里腾起一股浓烟，隐约有人喊叫："快救火！快！"陈江河一惊，连忙跑进厂区。袜厂的原料车间里火势熊熊，值班看守厂房的是几个上了岁数的老人，见了大火就手足无措。陈江河冲上前喊："消防栓呢？水在哪？"

老人吓得面面相觑："水……水……"

陈江河脱下衣服用力拍打，咬牙冲入火场，将几袋原料拖出大门，用废旧机器建成拦火墙，尔后接过别人递上来的消防水枪，重新冲入火中，不顾一切地灭火。由于拦火墙的阻隔，火势没有蔓延到成品仓库，不多时，原料车间的火就被扑灭了。

郑厂长急匆匆带着工人从大门口奔向了原料车间，人越聚越多了，大家瞠目结舌地看着。

看厂老头向厂长哭诉着："厂长，多亏了他呀！把火拦住了，这厂子才保住呀。那火苗噌噌地……"

"那人呢？"

陈江河已经被火烤得灰头土脸，靠在已被烧黑的墙角下喘息着，墙皮被烧掉，裸露出了里面的砖石。陈江河突然发现了什么，慢慢爬上前。

离地一米多的高处墙砖上刻着不起眼的两个小人，一个大的牵着一个小的，旁边歪歪扭扭写着几个字：骆玉珠和妈妈。看着那几个字，陈江河回想起玉珠曾对他说过："我最幸福的时候，我们就住在那个袜厂旁边，每天天没亮，我妈就爬起来叫醒我，然后跟着她进车间，看她打扫卫生，烧水，等那些工人进来打开机器，一条条纱线交织在一起，一双双袜子眼睁睁地在眼前成形，太神奇了。”陈江河一动不动地趴在那，动情地回想着。

郑厂长激动地望着正在遐想的陈江河："小伙子，你是我们袜厂的大恩人呐，救火英雄！谢谢您了。”

“你是我们厂里的家属吧。”

陈江河忙摇头。

“那我怎么看你这么面熟呢？你肯定是！”

陈江河忙一抹脸，土灰把脸抹得更花了。

郑厂长摆了摆手，对着厂老头说："你先带他去洗一洗，再找身衣服给他换上。”

“厂长，我看你们厂在招工呢，我能不能试一下？”

郑厂长不由地愣了一下，重新审视了陈江河。这个年轻人知书达理，诚实厚道，更不用说刚正勇为，厂长甚是欢喜，他赞许地点了点头。

三

“拨浪——拨浪——破铜烂铁——鸡毛鸭毛鹅毛——换糖咯——”

淅淅沥沥的雨开始下起来，骆玉珠挑着换糖的担子急忙躲到杂货店的屋檐下，顺手抹了把额头，也不知是雨水还是汗水。她仰头看了看灰蒙的天空，雨一时停不下来，就干脆坐下，从怀中拿出一块小麦饼啃起来，痴痴地想着什么。

过了一会，被大雨淋透的骆玉珠，拿起公用电话，眼中充满期待地听着。话筒中传来声音："陈家村，找谁啊？”骆玉珠颤抖着嘴唇说不出话，话筒那边喊起来："喂？你找谁啊？说话！”骆玉珠一边抹着雨水和泪水，一边抱着话筒说不出话。

里面的人善意提醒："姑娘，这是长途，很贵的。”

骆玉珠挂了电话，拿出钱递了过去。

就在骆玉珠挂了电话时，远处两个小商贩也跑到屋檐下避雨，冲骆玉珠笑了笑，好奇地打量。

“义乌的？我们是大陈村的，你呢？”

“就是陈家村隔壁的那个大陈村？中间隔了一座石桥？”骆玉珠点头笑了笑。

两人兴奋地说："对对！你是陈家村出来的？”

骆玉珠摇摇头说："我认识陈家村的巧姑……”

“哦，是陈金水的女儿，她和老公也一起出来了，跟她老公卖手套。她老公也是同村人，挺能干的，脑袋瓜子也挺活。”两人八卦似的侃了起来。

骆玉珠脸色苍白地回过头，望着天空越下越大的雨，回想着陈江河曾对她说：“最近我发现了一个比做袜子还要赚钱的生意。猪皮手套，我们县里的猪皮快堆成山了……”想着往事，骆玉珠痛苦地摇了摇头，流着泪冲向雨中。

此时，高个子王大山正忧心忡忡地在扳道工屋里来回踱步，桌上摆着热气腾腾的稀饭和菜。窗外的雨渐渐大了起来，他扒着窗户往外眺望，空旷的路上仍不见玉珠人影。王大山架不住担心，还是披上雨衣走出了小木屋。

王大山冒着大雨赶到破棚找玉珠，推开门，里面空荡无人，已经湿成一片了。他神色焦急不安地转头望去，外面还是大雨如注，已经把自己与外面的世界隔开了。

骆玉珠挑着担子被狂风暴雨裹挟着，边哭边走。

远处的王大山见此情景，没命地朝她跑了过来，一改以往憨厚的模样，利索地脱掉身上的雨衣，没等骆玉珠看明白，厚大的雨衣一下子将她裹住。

回到扳道工小屋，骆玉珠脸上出现了死灰色，她万念俱灰，裹紧被子坐在床头。王大山小心翼翼端来热水送到面前。

骆玉珠喝了一口热水，缓过气来后，轻声地请大山哥坐下。王大山拉过屋内仅有的一把椅子坐下，双手扶膝，一动不动地看着骆玉珠。

骆玉珠一抹嘴：“你成家了吗，大山哥？今年多大了？家里还有什么人？”王大山垂下头去又摇摇头：“我妈走了以后就我一个。”

骆玉珠默默注视着王大山，突然掀开被子蹭下床，凑近大个子向上瞧着他。王大山紧张地往后退缩。

“大山哥，你待人有情有义，我是无家可归，你把我娶了吧，从今往后，咱们俩搭帮过日子。”骆玉珠轻声说道，同时用力拉着王大山的双臂，“大山哥，娶我，不要彩礼，也不要你花钱。”

王大山抬起头不敢相信，又吃惊又迟疑地看着玉珠，他慢慢站起身，忍不住憨憨地笑了起来。骆玉珠也凄然一笑。

天上掉下个七仙女，地上冒出个田螺姑娘。好事来得就这么简单，一切顺理成章。小小巡道工小屋的小窗上，贴上了喜字和窗花，骆玉珠和王大山一人一边牵着红带子，新被子铺展在床上。摇曳着火苗的红蜡烛，将整个屋子映照得温暖红火。

骆玉珠难为情地看着王大山：“大山，今天我才有资格问，能不能……借我点钱，你老婆要做生意养家。”

喜气洋洋的王大山，眼巴巴地看

着她。听了骆玉珠的话，王大山一脸苦笑，递上怀里准备好的存折："早就想给你，这家都是你的。"

骆玉珠强调："是借！我将来一定还你！"王大山拼命摆手。

王大山又拿出一个纸盒，打开一层又一层，取出一对银耳环："这是我妈留下的。"

骆玉珠感动地看着王大山，轻声说："给我戴上。"王大山笨手笨脚，始终戴不上。骆玉珠笑起来，自己接过将耳环戴到耳垂上，回头转向大山："好不好看？"王大山点了点头，憨笑着。

烧开的水喷着热气，骆玉珠倒好一盆水，拉着王大山坐在床边，蹲下身体给王大山脱鞋袜。王大山要躲，骆玉珠用力地将他的脚按到盆中，撩拨着水给他洗脚，柔柔地说："我是你老婆了，往后我伺候你。你出去踏踏实实地干活，我给你做饭，洗衣服，给你洗脚。"

王大山露出感动的目光，眼中闪现着泪花。

骆玉珠将洗脚水端出门，用力泼向黑暗，她抬头仰望星空，突然泪水不争气地淌落下来。她深深地吸了几口气，用手抹了把泪水，控制住情绪。一转身，看到王大山正站在门口，揪心地看着自己。

一天晚上，骆玉珠拿出新衣服，王大山无比惊诧地看着妻子，很听话地张开手臂问道："你做的？"

骆玉珠一笑："先试试合不合身，不合适再改。我前几天进城的时候看见布店在处理布料，就买了一些。"骆玉珠趴在高个子肩上，含笑注视着，"大山，我跟你商量个事。"

王大山一激动，转头紧张地看着骆玉珠。

骆玉珠拉着他并排坐下，柔声细语地说："我看城里有好多废品，东西还挺好就不用了，我觉得这地方收破烂比鸡毛换糖强。以后我就给你做晚上一顿饭，多做点，剩下的第二天中午吃，这样行吧？"

王大山异样的眼光注视她，用力摇头。

骆玉珠皱眉说："你不让我出去，我就没法挣钱了。"

王大山忙从口袋里拿出钱来，递到骆玉珠手里。

骆玉珠愣了愣，用感动的目光将钱塞了回去："我已经有本钱了，你的钱你自己存着吧。我不是为了要你的钱才嫁给你的。"骆玉珠有些急，猛地站起身，钱一张张地飘落到地上。

王大山难过地低下头。

"我欠着人家的债呢，我得挣了钱还债！再说我还想用我赚的钱给你买衣服，买家里用的，给你做好吃的。你懂我的意思吗？"

“你是我媳妇，我的就是你的。”

骆玉珠慢慢蹲下身，捡起钱拉住王大山的手：“大山，这辈子我从不欠别人，包括我家里人。”

“你家里还有啥人？”

骆玉珠摇摇头，黯然神伤：“我现在已经没有家人了，除了你。大山，我们说好，我以前的事你不用问，以后，我会真心守着你过一辈子。”

王大山翻了个身，迷糊地看着油灯下依然在缝补的妻子背影，撑起身把头凑到她的肩上。骆玉珠笑了笑，轻声说：“怎么又睡不踏实了，你一天要走多少路啊，这鞋也太费了。”大山从身后搂住她的腰：“几年前我妈给我买过一个媳妇，跑了。”

骆玉珠停住手，吃惊地听着。王大山轻声：“我怕你也跑了。”

骆玉珠凄然一笑，回头顺势将男人揽在怀里，像母亲对儿子一般轻抚他的脸庞，柔声道：“乖乖地睡吧，我不会跑的，因为碰上你是我的幸运。”王大山竟听话地闭上眼睛，一动不动躺在骆玉珠的怀中。骆玉珠抬起眼，看着摇曳的灯火，眼神变得无比宁静。

骆玉珠艰难地挑着货担，两脚一瘸一拐地沿着铁轨回家。她俯身揉了一下脚，这才发现货担里的废品掉了一路，她只得蹲下身子，一点点往回捡。实在累了，骆玉珠就随地坐下休息了一会，刚起身，就看到远远的一盏灯在黑暗中舞动，骆玉珠愣住了，想站起来，脚却钻心地疼。“哎！有人吗？”骆玉珠叫了一声。

灯光快速摇动着逼近，是王大山。

“你这么晚还没回去，我怕出事。越接越远就到这来了。”大山见骆玉珠走路一拐一拐的，急忙俯身抬起骆玉珠的脚，王大山倒吸一口冷气，连忙猫起身，示意骆玉珠趴在自己背上，骆玉珠不甘心地回头看了一眼货物：“大山，我的货。”

“放心，先把你背回去，回头我再来挑担，今天天色特别黑，不会有人的。”骆玉珠听话地趴在高个子的背上，一手搂着他的脖子，一手提着灯。灯光照亮了黑暗中的轨道，两人蹒跚着往前走。

四

陈江河暂时在袜厂装卸班安顿下来，每天和工友们用力将一包包货物装上运货车，一直送到大门口。陈江河向四处眺望，寻找着始终未出现的身影。当他坐在车间门口，看着机器吐出一双双袜子时，他的眼神是痴痴的。

一辆运货车驶进袜厂，车间的工人都出来诧异地看着。陈江河正在装袜子，听到郑厂长远远地喊。“都过来，卸货！”

“唉，又让人退回来，这月工资够呛了！”身边走过的工人摇头叹息着。

办公室里，郑厂长焦急地打着电话：“我们再改式样来不及嘛！你们变化也太快了，再说这几批货怎么办？如果你们不要，我们损失就大了！”

陈江河来到厂长室：“厂长！”郑厂长不耐烦地摆摆手。

郑厂长急得快哭出来：“老兄，帮帮忙吧！我这一厂子工资都发不出来了！”

陈江河守在门外，等郑厂长挂上电话，再次叫道。

郑厂长皱着眉问：“什么事？”

“厂长，上海那边退了我们三批货了，这袜子出什么问题了？”

郑厂长摇头：“人家嫌咱们式样老旧，跟不上形势。哎，跟你说也没用，赶紧帮着卸货去！”

陈江河没动窝，试探着说：“上海那地方不要，可能其他地方会要呢？我看我们厂经常有小贩偷着来进货。”

郑厂长没好气地说：“你说的我会想不到吗？那些小贩充其量摆个地摊，一天卖十几双。可咱这是几万双袜子，这么大的量，哪个地方吃得消啊，你没看咱们厂销售科的人全跑出去了？江河，踏实干好你的本职工作，别在这里添乱了！”

“厂长，让我试试，也许我行呢？”

郑厂长苦笑摇头：“陈江河啊，我知道年轻人有冲劲，刚来厂子立功心切，你要是能把退货都卖出去，我立刻把你提拔为销售科科长！”

陈江河欣喜地伸出双手，用力摇了摇郑厂长的手。

第二天一大早，陈江河在销售科给邱英杰打电话。邱英杰接到电话很兴奋：“江河，你去哪了？这些日子找不到你，真把我急死了！什么，袜子？”邱英杰神色严肃起来，朝传达室大爷轻声说：“您给我支笔。”邱英杰接过笔说，“你说袜厂的地址，联系电话。没问题，我马上通知冯大姐她们。曙光综合厂？厂名不带‘袜’字，哦，难怪别人找不到。”

陈江河听着话筒：“英杰哥，你帮我把消息传播出去，告诉所有集市上的人，就说这是骆玉珠当初进袜子的地方。好，我等你消息！”

销售科长老严眼巴巴地看着陈江河挂上电话，刚要上前。陈江河按住笑笑：“科长，我还得再打几个长途。”严科长只得点点头退回去等候。陈江河想了想，又拨通号码大声地说闽南话，连声调都变了：“阿兄，瓜西义乌的鸡毛。我这里有批式样非常好的销往上海的袜子，拉到你们那，保准一抢而空！虾米呀，福建这边，我第一时间告诉你的，虾米呀，抓牢机会！”

销售科长看着陈江河，听了他那不着边际的话大吃一惊，半张着嘴，用陌生的眼光打量着陈江河。

郑厂长焦急不安地在办公室里踱步。销售科长快步走进厂长办公室：“厂长，你快去看看吧！那个陈江河……他……”

郑厂长吓了一跳，瞪着他：“陈江河怎么了？”

“他已经打了半天的长途了！全国各地都打遍了，而且用十几个地方的方言说话！”

郑厂长不相信地看着他。

销售科走廊内已经站满了人，人们都好奇地探头听着陈江河打电话。郑厂长跟着严科长急匆匆走来，就听到办公室里陈江河洪亮的声音，用纯熟的四川话推销：“你个瓜娃子，老子给你算笔账，从四川坐硬铺到杭州才花多少钱哈？老子不给你扯把子，我保证你带回的货，卖出的利润是车钱的几十倍！再说车站那哈有人接你不是？你过来个人，老子负责把货送上车嘛！”郑厂长停在门口，惊诧地看着陈江河挂上电话，尔后再次拨起。

有人小心翼翼地递上茶水，陈江河大大咧咧地喝了一口后，继续对着话筒用东北话：“婶啊，还记得我是谁不？我是义乌的鸡毛啊！咱叔身体还硬朗呗？……”

严科长不可思议地摇头，颤抖着说：“他到底是什么人啊，哪来的神仙？人脉那么广？”郑厂长也张大了嘴，呆呆地看着陈江河。

冯大姐已经搬到义乌新马路市场摆摊，她的周围聚集了一圈人，正听她又神秘又激动地透露商机：“我找到玉珠进袜子的地方了，让我也去进货呢！”

有人顿时兴奋起来：“真的？大姐，您在哪听到的？”

冯大姐忙嘘一下：“我带你们快点去拿货，别人还不知道呢！”

不远处邱英杰大声地朝商贩们说：“袜子大王进货的袜厂，想去的到我这里来报名。”一些摊主一听到玉珠进袜子的地方，都小跑过来，聚拢的人越来越多……

冯大姐等人默契地对视了一眼，也不顾自己的摊，撒腿就跑。冯大姐边跑边叫：“娟子，你替我看一下摊，我去买火车票！”

陈江河将最后一箱袜子帮冯大姐装上货车，邱英杰擦了把汗跳下车。冯大姐内心感慨地说：“真不知该怎样谢谢你，邱主任，帮我们找到生意，工商还帮我们来拉货！咱什么时候享受过这待遇啊——要是玉珠在就好了。”

见陈江河神色黯然，邱英杰将他拉到一边，轻声说：“你就准备在这等她？”

陈江河默默点头，心里说："玉珠，对不住你了。我可把你的宝贝秘密撒播出去了。等你来当面骂我吧，我等着。"

"义乌那边我也帮你打听着，一有玉珠的消息我马上告诉你。江河，你不该猫在这人生地不熟的小厂里，好男儿志在四方，你这是何苦呢？"

陈江河凄然一笑："英杰哥，玉珠的事拜托给你了。哥，你别劝我了，我倒开始喜欢这儿了。小小的袜厂大有文章可做，头些年我走的地方太多了，学的都是一个卖字，现在我要扎下根来，好好学学怎么做。我相信，如果没有经历过复杂商品的生产过程，就不能抓住义乌市场的未来。"

邱英杰吃惊地看着他，用赞赏的目光点了点头："好啊，江河，你这话说得有水平，哥支持你！你将来会成为商品经济大潮的弄潮儿！"邱英杰意味深长地用力拍了拍他的肩膀，"谢书记那天还问起你，我们需要你啊！自从第二代市场开业，现在从各地做小买卖的义乌人都开始回来了，慢慢形成了集聚效应，县里正在总结经验做好规划，想把小商品市场作为龙头，全力以赴发扬光大！"

陈江河苦笑："英杰哥，几个月不见又有新词冒出来了，什么叫集聚效应？"

邱英杰比画着："就好比美国的华尔街——金融中心，底特律——汽车制造中心。"

身后汽车启动。

"邱主任，走吗？"冯大姐问。

邱英杰遗憾地笑笑，有点不舍地看着陈江河："只能下回跟你讲了，我得先把这些人跟货送回义乌去。"

陈江河也笑了："英杰哥，每次见到你，我都感觉人活着特带劲。"

邱英杰走向货车，回头喊了一句："江河，农民可以成为商人，义乌要实现几十万名农民身份的实质性变化，我们要创造'农民商人'。梦想、创业、奋斗，人就得带劲地活着！"

陈江河深情地望着货车挥手。

"陈江河确实很有能力。不到半个月，退货和库存的几万双袜子，真被他卖光了！你说我能不把销售科长的位子给他吗？我一大厂长说话能不算数吗？"郑厂长苦口婆心地劝着垂头丧气的严科长。

严科长委屈地说："那时他是一个装卸工，谁会知道有那么大本事啊。"

郑厂长背着手瞪他："你的意思是不该给他当科长，该把我这个厂长的位置给他？"

严科长忙摆手："厂长，我不是这意思！"

"厂长，您别做工作了！您分配我一个别的职位吧，我做不了销售科长。"陈江河站在门口。

郑厂长和严科长两人同时回过头去。

“那你想做什么？”

陈江河坦诚地说：“我想试试设计。”

两人诧异地交换了眼神，严科长：“江河，我们厂没有这部门啊，都是市场流行什么，我们做什么。”

陈江河一笑：“从我开始不就有了吗？郑厂长，科长，我觉得上海退货是个警示，以前我们是皇帝的女儿不愁嫁，统购统销。可现在市场搞活了，人的选择也多了，我们得把被动生产变成主动出击，我想学学设计新的花色品种！”

严科长带着嘲笑转头看郑厂长：“咱们厂生产袜子还要设计？不会让人笑掉了大牙吧？”

陈江河紧跟一句：“那我就做销售科长。”

严科长立刻笑起：“年轻人想法多，厂长，给他一个机会吧！”

陈江河憋住笑，看着严科长善变的脸。

邱英杰趴在传达室门口，微笑地听着电话里传来的牢骚声。“兄弟，这就是改革，如果没有障碍，没有陈旧的思想和禁锢，我们改它干什么？”邱英杰笑着说。

“所以我想走这条险路，英杰哥，你说我能走得通吗？”

邱英杰快活地笑起来：“走不通你再单干呗，又不会失去什么。你在体制外漂泊了那么多年。那个袜厂也许是老天特意安排给你的深造机会。兄弟，你是干大事的人，哥不会看错，奋勇前进，大胆地去实现梦想吧！”

陈江河动情地听着电话，长叹一声：“英杰哥，每次我想不开的时候，只要跟你通个电话，听着你说的梦想，我心里就特别舒畅。”

“江河，我有件事不理解，那个袜厂除了玉珠以前去那拿过货，对你还有什么特殊意义吗？你怎么会突然对做袜子那么感兴趣呢？”

陈江河笑了一下：“英杰哥，以后见面再说，不打扰你了，赶紧睡吧！”陈江河挂上电话，伸了个懒腰，忽然想起什么，摘下脖子上的玉坠，在灯下仔细地端详着……

“上海又把袜子全部退回来了，厂里的原料也不进了，大家都在疯传，厂子要倒闭！”陈江河走出设计室时，大学生小蒋告诉他说。陈江河走进车间，里面空无一人，工人们都茫然地坐在外面，议论着什么，看到陈江河和小蒋过来，都眼巴巴地看着他俩。

厂长的车驶进大门，停在办公楼前，他阴沉着脸下了车，众人无声地围上，陈江河也挤在人群中。郑厂长扫视了一下大家：“都先回家吧，大伙儿等消息。”

“厂长，我们不开工了？”

“我对不起大家，我们厂一直亏损，上级决定关闭袜厂，我也没有办法……”郑厂长嘴一咧拼命忍住泪水，深深地给工人们鞠了一躬。

“厂长，工资已经两个月没发了，家里还等着米下锅呢。”

“你有退路，我们怎么办？”工人们一片哀怨愁叹之声。

严科长推开设计室的门，坐到陈江河桌前。陈江河正写着什么。严科长带着哭腔：“江河，要是早听你的就好了。现在全完了！都赖我！产品推销不出去……”

陈江河没有抬头看他，窗外响起工人们的喊叫声。

“我们以厂为家，在这个厂子干了几十年，说垮就垮了！你们要给个说法，我们不回家！”

“败家子！败了就完了？去找上级领导，不然我们拿什么养家啊！”

陈江河将厚厚的十几页纸递到严科长面前。严科长诧异地看着陈江河：“这是什么？”

陈江河起身将图纸放到桌上：“严科长，你想办法帮我送到局领导那里，这是我花了一个月时间做的承包方案。”

“承包？谁承包？”严科长吃惊得半张着嘴，注视着陈江河，“你早就料到袜厂要倒闭了？”

陈江河镇定自若地点头：“袜厂倒闭，我一点都不惊讶，我一直在等。老严，你还是很有能力的，如果你帮我，我可以提你当副厂长。我的方案是这样的，把库存分给大家抵部分工资，能卖多少卖多少，旧的机器设备转让出去，东厂区的土地可以出租。上面支持一点，我们再集一下资，准备进新的机器。”

老严不敢相信地摇头：“陈江河，你不是在做白日梦吧？”老严起身就要往外走。

陈江河把严科长堵在门口：“郑厂长有他的私心，我不相信你看不出来，他是想耗到调任别的厂时，再一走了之。”

老严怔怔地看着陈江河：“那你又凭什么接手？咱们一个国营厂，能让你一个合同工接手？你知道换一台机器要多少钱？陈江河，你也太自不量力了。”

“上级在提倡承包！你消息太不灵通了，杭州有好几家工厂都被承包了。我们厂承包不是不可能，只要有好的重组方案，领导一定会同意的。”陈江河自信地说，“东厂区的土地可以出租，甚至可以出卖！当然，这需要上级的批准。”

“你进新的机器就能保证新袜子卖得出去吗？”老严快要哭出声来了。

陈江河点头：“能，广州深圳那边已经开始流行，给我半年时间，全面转产玻璃袜！”

“玻璃袜？你竟然想到这个了？你为什么不早提，非要等厂子垮的这一天？”老严发蒙地看着陈江河，“陈江河，你到底是什么人啊……”

陈江河微微一笑，踌躇满志地深吸一口气，看向远处：“我是义乌人。”

五

骆玉珠一大早起来，收拾货摊准备出去时，胸部忽感一阵恶心，她捂上嘴拼命忍住。王大山偷偷打量着她，她又干呕起来，拼命起身冲出屋门，王大山忙跟到门外，轻拍骆玉珠的背，关切地问：“怎么不舒服，是不是病了？”

骆玉珠扶墙喘息着：“不知是不是吃那剩饭引起的？”

“玉珠，你身体不适，快回屋歇歇，我来收拾。”

骆玉珠点点头，被搀扶进屋：“吃点东西就老往上翻，不舒服。”

“今天你就不要出去了，我陪你去医院看看。”王大山说。

骆玉珠摇头：“不用，我吃点药就好。”

看着周围的人熙熙攘攘的，骆玉珠与王大山在医院门诊部的长椅上坐下。

“胃不舒服怎么还让你来妇科验尿呢？医生没说什么？”王大山百思不得其解。

骆玉珠看着眼前走过的一对对青年夫妇，仿佛察觉到了什么，心事重重地起身：“我去看看结果出来没？”

王大山忙起身：“我跟你去！”

骆玉珠摆手：“你坐这儿等着。”骆玉珠沿着走廊走去。

窗外传来吆喝声：“手套嘞，正宗的猪皮手套……”骆玉珠停住脚步，掉转头望去，巧姑正站在医院栅栏外的一辆三轮车上吆喝。骆玉珠呼吸变得急促起来，她什么也没有想，便快步朝门外走去。

骆玉珠走出门来，一眼就看到陈大光正趴在三轮车把上跟媳妇说笑：“你再大点声！”巧姑踹他一脚：“我再喊就上房揭瓦了！”

突然巧姑愣住，踹了踹陈大光，怔怔地看着眼前的骆玉珠。陈大光没察觉，还在笑：“别踹了，行不行？”陈大光看到媳妇的神色，抬头向医院大门看去，也惊呆了。

骆玉珠惊诧地打量两人，不敢相信自己的眼睛。

“骆……骆玉珠！”

巧姑跳下三轮车问：“玉珠姐，你怎么在这？”

骆玉珠仿佛已经明白了什么，急切地拉住巧姑的手：“陈江河在哪？”

“那晚我跟大光跑了出来，鸡毛哥

送行时，把他所有的钱都给了我，还让我们好好地做手套生意。鸡毛哥太好了，他说他不能跑，他要等你。玉珠姐，你没事吧？”巧姑担忧地看着恍惚的骆玉珠。

陈大光叹息：“我们都以为你跟鸡毛哥远走高飞了呢，后来碰到过村里的人，说鸡毛哥也跟巧姑他爹闹翻了，为了找你，好端端的干部不做，现成的钱也不赚，也不知道去了哪。”

骆玉珠已经明白，自己犯了天大的错误。她万念俱灰，一动不动，眼中闪动着晶莹的泪花。

巧姑摇着玉珠的手臂：“玉珠姐，你说句话啊，你现在什么情况？跟鸡毛哥在一起吗？”

陈大光像是看见了什么：“工商来了，快走！”巧姑忙跳上车，陈大光用力蹬起三轮车。

“玉珠姐，你去找鸡毛哥吧！他为了你，跟我爸都闹翻了，他肯定一根筋地在苦苦等你！”巧姑回头喊道。

骆玉珠像塑像一般站着，泪水终于从眼眶中涌出，声音轻得只有自己能听到：“等我？”

王大山不安地坐在长椅上等着，突然听到走廊尽头护士在喊：“骆玉珠，拿结果！”

王大山忙起身跑去:“哎，来了！”他挤过人群，凑到窗台前赔着笑，“骆玉珠，医生，我是她丈夫，您给我就行。”

化验单递出，王大山急切地看着，却摸不着头脑。轻声嘀咕：“阳性？阳性什么意思？”

旁边的人笑道：“你老婆怀上了！”

王大山惊呆，露出不敢相信的神色。

“玉珠，玉珠，我们有孩子了！”身后传来王大山的叫喊声，骆玉珠毫无察觉，她被扑上前的王大山扳过身子，用力地搂进怀里。王大山由于激动，含泪哽咽着：“你怀上了，我们有孩子了！”

骆玉珠趴在大个子的肩上，酸甜苦辣咸，五味杂陈，泪如雨下。

鸡毛飞上天

长篇小说

Feather Flies To The Sky

〔第八集〕

一

双针筒提花机织出了提花玻璃袜！这新闻在袜厂不亚于广岛原子弹爆炸。陈江河与织袜工们争先围拢观看着，众人交换着喜悦的目光。

严科长匆匆走进，拽了拽陈江河衣角。两人来到厂门口，只见厂名已经改成曙光袜子厂了。

高大的银杏树后面，郑厂长露出半个身子也在看新厂名，他意味深长地凝视着陈江河。

“厂长，您怎么说走就走了呢，我叫大伙出来一起送送您。”

郑厂长摇摇头，叹息说：“不必了，我没脸见他们。”

“您在袜厂这么多年，总是有感情的，您的人脉那么广，以后还要帮我们呢，我再陪您绕着厂区走走吧。”

郑厂长拄着拐杖前行，严科长要跟随。陈江河转头使了个眼色，严科长会意地停住脚步。郑厂长头也不回地感慨：“这么快他就是你的人了。陈江河，我不明白，你是怎么笼络人心的？”

并肩跟上的陈江河笑笑：“我要是笼络，大伙未必就听我信我。”

“那为什么他们一个不落地联名上书，保你接这个厂，为什么市局领导会这么痛快地答应？你后面有人吧？陈江河，我老了，精力不济，老眼昏花，有眼不识泰山啊。你跟我说句实话，你到底是靠谁上来的？”

陈江河爽朗地笑起来：“您觉得我有靠山？说来您不信，我对这个袜厂的感情，是因为十多年前，一个小孩跟她妈妈在这里打过工，为了那个孩子，我必须要救这个厂。”

郑厂长也停下，吃惊地凝视了一眼陈江河：“你才来这个袜厂几个月啊？”

郑厂长不可思议地摇头。

“郑厂长，我还得向您郑重道个歉，几年前曾有人冒充您二姑和二姑父来拿货，您还记得吗？”陈江河诚恳地说。

郑厂长呆呆地看着他，慢慢举起手：“你……”

陈江河深深地鞠下躬去。

“我们现在只有同一种底色，太单调了，你尽力想想办法，能不能提出其他颜色的花。”送走郑厂长后，陈江河回到办公室，又同小蒋一起看书了，两人研究着提花机、化纤材料、电脑制图软件，还有机械原理……

小蒋摇头：“厂长你也太敢做梦了，亲自设计，管生产，管采购做花型，你已经是一号专家了！可是，我们这种机器本来就不可能用多色提花呀。”

陈江河自言自语地说：“一定会有的，只要有需求，就一定会实现。”

“厂长，门口有人找，说是您老乡。”

听到“老乡”两字，陈江河连忙跑了出来，远远就看见大光和巧姑的身影。“大光，巧姑！”

“哥！鸡毛哥！”两人同时蹦起来。

陈江河将巧姑抱着转了几个圈，又将陈大光搂在怀中。大光说：“哥呀，想死我们了！要不是村里人说你在这当上了厂长，我们还真难相见。”

“走，哥给你们俩接风洗尘去！”陈江河笑着说。

陈大光掩饰不住自己的得意，迈着八字步去推出停在门口的摩托车。

陈江河吃惊地看着：“行啊，大光，你提前十五年实现现代化了，你们俩都骑上摩托车了。”

巧姑娇嗔地指着陈大光骂：“死要面子活受罪，你有几斤几两呀！在鸡毛哥面前就别逞能了，好不好！”巧姑挽住哥的胳膊，“你自己骑着去，我跟哥走着去！”

啤酒杯碰到一起，陈江河一饮而尽：“大光臭小子，你厉害啊，把我家巧姑娶到手了，没欺负我们巧姑吧？”

陈大光嘴一撇："哪敢啊，都是被她欺负。"

巧姑得意地："他现在有不同意见都听我的。那年按你说的进猪皮手套，我俩还真卖出了名堂，今年大光想退出，改卖袜子，我说不行，不但要坚持，还要存足货！"

"为什么？"陈江河微笑看着巧姑。

"去年冬天是个暖冬，皮手套不畅销，卖皮手套的能保本就算好了。今年不一样，听新闻说，可能出现持续的严寒天气，皮手套的生意就有可能火爆，同行可能被去年亏怕了，肯定不敢多备货！"

陈江河笑着抚摸巧姑的头："行啊巧姑，有进步！别光说，吃！看你们挣钱，哥比你们还高兴呢！"

"鸡毛哥，我还不是跟你学的。你说做生意，不能眼睛只盯在买卖上，要学会分析！"

陈大光撇撇嘴，朝陈江河使了个眼色："瞧她得意的！"

"鸡毛哥，你有那么大的本事，现在政策活了，为啥不出去自己干，非要猫在这个小袜厂里？"

陈江河微微笑了笑，埋头吃菜。

陈大光与巧姑交换了个眼神。

"哥，我们见过骆玉珠。"巧姑说。

陈江河放下筷子，看着巧姑。

"是三个月前的事，当时是在医院，后来还跑出一个男的搂住她……"

陈江河冷面霜眉，尽力掩饰失落，干咳了两声。

"哥，我们也没看清楚，当时工商来了，我们急着跑路，也许是巧姑看走了眼。"陈大光桌子下的脚狠狠地踩了下巧姑。巧姑会意，忙点头："鸡毛哥，也可能我看错眼了！我们村里的人还说，每个月都收到骆玉珠汇过去的钱，就写着江西赣州，具体地址不清楚。"

饭桌上沉默了片刻，陈江河缓慢地嚼着想着，轻声地说："来，不说那些不高兴的事，咱们干一杯！"

二

骆玉珠的肚子已经微微隆起，皮肤变得更加白皙，看上去如同鸡蛋膜一样吹弹可破，在光的照射下显得更加迷人。王大山趴在她肚子上静静地听着。两人甜蜜地对视微笑。骆玉珠一拍他的头："才多大呀，你就想听动静，人还没长全呢。"

"我真听见了！"王大山拿起桌上的拨浪鼓，"拨浪……拨浪……等孩子出来，这是他的第一个玩具，先让他听听。"

骆玉珠用复杂的目光看着拨浪鼓，"行了，摇拨浪鼓的人命太苦——赶紧巡你的路去吧！中午我给你送饭过去。"

“别送！我赶回来吃。你怀着孕不能走远路。记住，千万别再出去干活了，答应我。”王大山不放心地说。

骆玉珠微笑着，无奈地又说：“大山，我想去车站摆个地摊，离你巡路的地方又不远，这样我们也好有个照应。”

王大山转身蹲在骆玉珠面前说：“没必要那么辛苦，你好好歇着，挣钱的事由我来。”

骆玉珠伸手轻轻抚摸王大山的脸颊：“我一人在家也闷得慌，你就当我在外面透透气吧。”

王大山眼神迟疑，看着老婆哀求的目光，只好点点头，他穿上工服拿起工具出门去了。骆玉珠摆弄着拨浪鼓陷入了沉思，窗户被敲响。王大山扒着窗户大声叫道：“老婆，以后我挣钱养你跟孩子！”

骆玉珠盯住大个子忠厚的模样，眼中充满感动，随后快活地笑了起来。

三

陈江河幻想着能够与亲爱的玉珠在一起，过上相敬如宾的生活，即使这个梦想已经让自己头破血流了，他还是要坚持！听了巧姑的片段消息，他不再蹲守袜厂，决定主动出击，去试试自己的运气。第二天，他迫不及待地收拾起办公室里的东西，慌乱中笔掉落到地上，弯腰去捡起时，又碰上了头，他不由地倒吸了一口凉气。

老严意味深长地笑笑：“什么事啊这么着急？从你进厂到接手这个厂，中间出过那么多棘手的问题，也没见过你像现在这样，跟丢了魂似的。”

陈江河尴尬地笑笑：“老严，我有点私事要出去办，我不在这两天里，厂里有事就劳驾你盯着。”

老严点头：“你放心吧，出不了乱子。”

早晨的太阳升起来，柔和的阳光照在波光粼粼的水面上，远远望去，就像一条闪亮的彩带环绕在古城周围，给赣州城增添了无限生机。陈江河拿着骆玉珠的照片，在街头时走时停，询问着路人和摊贩。他们每个人不是说没见过，就是摇摇头。

陈江河站在街道十字路口，目视着行色匆忙的人流，不知不觉间，远处隐隐约约地传来了吆喝声。

“拨浪——拨浪——破铜烂铁——鸡毛鸭毛鹅毛换糖喽！”熟悉的拨浪鼓声，让陈江河眼睛一亮，连忙转身朝呐喊声找去，追到拐角，原来是一个中年妇女担着货担，边摇拨浪鼓边吆喝着走过来。

陈江河瞬间被失望塑化。这时，人行道上的一片片枫叶无奈地飘落到他的身上，陈江河呆呆地凝望着苍穹，命运之神啊，你不要再来捉弄人家啦！

四

天还没有亮，地上的泥土还夹杂着清新的气味。骆玉珠和王大山就上路了，今天他们俩要去杭州的袜厂进货。两人来到火车站，刚上了火车，车门就关了。火车上比外面要暖和许多，但空气混浊。王大山管不了那么多，第一反应就是找座位。好在人家看在玉珠肚子隆起的分上，没有和王大山抢坐，骆玉珠坐在过道的椅子上。

车厢里挤满了人，王大山满头是汗拼命撑住，守护着老婆。骆玉珠拉住他的手臂："你坐这歇会。"

"我怕人挤着你，反正半天就到了。"王大山抹了把汗，用背拼命顶着后面的人，给老婆腾出狭小的空间。

又过了七八个小时，火车到杭州站了，王大山搀扶着骆玉珠走出车站，骆玉珠轻车熟路地在车站边叫了辆三轮车。看到曙光袜子厂指路牌，骆玉珠叉腰喘息，笑指前面袜厂："我以前在这个厂进的袜子，很好卖呢。不过，现在厂名改了，别人找袜子就容易多了。"

"如果早知道要跑这么远，我就不让你来了。"王大山说。

骆玉珠一笑："一看你就没做过生意，货源很重要。待会你没准还得替我爬墙呢。"

走到厂门口，就看见有小贩从大门口提货出来，还有人开着拖拉机，一个个蛇壳袋里装着满满的袜子开出来。骆玉珠诧异：怎么这些提货的人都能大摇大摆地从前门进出了？骆玉珠拦住一个进货的小贩："大哥，这里的袜子不是由上海统购统销的吗？现在也能批发给个人了？"

小贩看了一眼骆玉珠和王大山笑了："早就能了！你说的那是老皇历了，厂长、厂名都换了，机器也更新了。"

骆玉珠笑着点头："我们还真来对了，快走！"

骆玉珠在厂销售科俯身填着货单，身后排着十几个商户。老严背着手走来，拉过一条凳子给王大山，示意让骆玉珠坐。"谢谢！"王大山忙接过。

骆玉珠头也不抬地叫丈夫："你别傻站着啊，赶紧去排队拿货，我交完单马上去找你。"

王大山迟疑："你一个人行吗？"

骆玉珠苦笑："这地方我比你熟。"

外面有人喊："严副厂长！陈厂长来电话了！"

"把电话转过来，我在销售科呢。"老严拿起电话接听，骆玉珠将笔还给办事员，微笑点头往门外挪去。

"江河，这批货卖得还可以，就是原料不够了……是，是。"

骆玉珠停下脚步，慢慢地回头看

老严，又挪回到桌前，轻声地问："同志，你们的厂长叫什么名字……"

办事员头也不抬："新长征突击手陈江河。"

"走，我们不要了。"骆玉珠苍白着脸，快步来到正在排队的王大山面前，轻声说。

王大山怔怔地打量老婆："怎么了？"

骆玉珠脸色苍白，眼神中透着慌乱，拽紧丈夫的胳膊："走，我们回家！"王大山莫名其妙地回头看了看，跟着骆玉珠快步向厂外走去。

此时的骆玉珠坐在火车上，不再有来时的平静了。她伤感的目光一直凝望着窗外。王大山静静地坐在身旁，不时偷瞥老婆，递上水壶。

回到家里，黑暗中夫妻俩躺在床上都张大了眼睛，各自想着什么。

骆玉珠轻声问："你睡了吗？"

王大山没有答话。

骆玉珠笑了笑："别装睡了，你都没打呼噜。"骆玉珠的手伸了过来，把王大山搂到胸前，温柔地："大山，你为什么不问我遇到谁了？"

王大山的呼噜声响起。

骆玉珠的脸紧贴在他的后背，声音颤抖着："我不想见那个人，因为我想好好地跟你过踏实日子，你都明白吗？"

王大山的呼噜打得更响了。

五

雪花无声无息地飘落下来，墨黑的天空中，仿佛缀着几颗饱满的珍珠，不时地闪过一丝柔和的光彩，朦朦胧胧的。袜厂的食堂里灯火通明，在一片欢呼声中，陈江河被大家簇拥到了临时主席台上，他扫视了一圈黑压压的人群，举着大碗酒鼓劲说："同志们，我给大家拜早年了！"

一片敲锅敲碗声响起，每个人脸上都洋溢着喜悦。

"今年我们袜厂扭亏为盈，离不开每个人的努力！可以说是个丰收年！虽然上面对奖金有严格的规定——小蒋，你把门关上——但是，为了我们每个人都能分享到胜利的果实，我想了又想，否定再否定……"

"厂长您就别卖关子了！"

陈江河神秘地笑笑，展开双臂聚拢大家，众人眼巴巴地瞧着厂长。陈江河大手一挥："我决定，把这笔奖金分发到每个人手里！"

食堂里掌声雷动，欢呼声此起彼伏，成了一片热闹的海洋。

陈江河举起酒碗，充满煽动性地大喊："大伙辛辛苦苦干了一年，我们今天欢聚一堂，大家要吃好、喝好，祝明年会更好，干杯！"陈江河带头干完碗中酒，一抹嘴从桌上跳下，看到老严愁眉苦脸地摇着头。陈江河一捶他："大过年的高兴点，别再让我看到你那垂头丧气的模样！"

老严叹息说："工人当然被你哄高兴了，又是拿大奖金，又是酒足饭饱的。可你这个当头头的就等着挨批吧！我不让你这么发奖金是有道理的，在现有体制下，你这叫滥用职权懂不懂？"

陈江河拉他到角落上："行行行，喜庆日子多说吉利话。来，兄弟俩干一个！"

老严苦笑着摇头，接过碗喝光酒。

外面零星响着鞭炮声，陈江河醉醺醺地走出袜厂大门，仰起脸望着雪花飘下，懒洋洋地斜靠在门口喘息。食堂里，时不时地传出一阵吵闹声，欢呼声。

陈江河独自享受着冷清，习惯性地拿出自己与骆玉珠的那张合影，痴痴地看着。

老严带着醉意，踉跄着来到身后，用力一拍陈江河肩膀："你把我们都灌醉了……你自己倒溜了，这是谁的照片？"

陈江河刚要收起，被老严一把抢过，他迷糊地审视着侧头微笑的骆玉珠："蛮漂亮的，我好像在哪见过……"

陈江河夺过照片放进口袋，闭眼笑起："你肯定见过，那时候她经常来进货。就从那后墙翻进来的，我也跟着翻过！"

老严琢磨着摇头："不对，是两个月前她来过我们厂，在销售科填的单子，我看着她是大肚子，还递给她男人一把椅子……"

陈江河猛地睁开眼睛，反身一把揪住老严的衣领："你说什么？"

老严还在迷糊，嘴里含糊不清地："我说我记性好吧，就是她！圆圆的娃娃脸、大眼睛，两个月前，你走的那几天。"

陈江河返身走进食堂大喊："谁能给我找找两个月前的取货单！"

陈江河已经酒醒了一大半，他一张张地翻找，却始终不见自己渴望的那一张。他烦躁地将一堆单子摊开，靠在椅子上喘息。老严在一旁皱眉看着他："没有？不会啊。"

老严费劲地琢磨："就是她自己签的啊，噢！"老严一拍脑袋，打开另一个纸袋，全倒在桌上说："她后来没领货，那是张废单！"

陈江河趴在桌上，贪婪地一张张扫视，突然定住眼睛，直直地看着纸上的字。

六

夜幕中隐约传来了远方的鞭炮声，持续飘下的雪花已经将大地银装素裹。陈江河喘着粗气，迈着沉重的脚步，沿着长长的铁轨独自走来。

远远地望着亮着灯的小屋，门口还摇曳着一盏红色的纸灯。

王大山正俯身朝床上的婴儿又耍又逗的，骆玉珠拿着一个存折站在身后："大山，还你的，结婚那天晚上借你的钱！"

王大山回身看了一眼骆玉珠，眼神异样："谁的钱？我们是不是两口子——一家人？你再见外，我可撕了。"

骆玉珠："是！可我……"骆玉珠只好把存折收好，放进抽屉。王大山一动不动地坐在那。

骆玉珠蹭上前，拱了拱丈夫，王大山依然不动。

"行了你，大山！长脾气了是不是？"

婴儿哇地哭起，俩人忙抢着哄抱。

王大山看着孩子，扳过妻子的头，用自己的头顶住："以后别再分得那么清楚了,我别扭。"骆玉珠捶了他一拳。

陈江河越靠近扳道工小屋，就越胆怯不敢上前，屋里传来了一阵阵的拨浪鼓声。他停住脚步，透过窗户，看到王大山正摇着自己当年的拨浪鼓，骆玉珠抱着婴儿靠坐在床头，温馨地笑着。陈江河在冰冷的风雪中一动不动地站着。

拨浪鼓声将陈江河摇回现实，屋里骆玉珠抱着孩子被丈夫逗得咯咯笑着。陈江河的泪水无声地淌落着，他转身跌跌撞撞地消失在黑暗中。

接下来四年里，陈江河不分白天黑夜地投入到工厂里，不要命地抓生产，跑销售。

火车站站台上挤满了人，到处都是吵嚷声，尖叫声，抱怨声。陈江河与小蒋背着大包、提着小包走出火车站。在上海福州路的大街上，小蒋好奇地看着琳琅满目的商品，商店里传出了电视剧《红楼梦》的主题曲："一个是阆苑仙葩，一个是美玉无瑕……"

小蒋兴奋地看着商店橱窗里摆设的模特："厂长你看，假人！这模特是假的！"

"小蒋你别光看模特，你看那价钱没有？"

"一元两角一双袜子？"

陈江河一拍他脑袋："你会不会看小数点啊！"

"不可能！一双袜子要十二元钱？"小蒋露出无比惊诧的表情。

"又不是金线织的袜子，怎么这么贵！"陈江河嘟囔着要进商店大门。

"同志，这里要用外汇券的，主要是针对外宾。你有外汇券吗？"陈江河在门口便被人拦住。

"噢，谢谢啊。我们就在门口看看。"

小蒋看着橱窗，脸都快贴到玻璃上了："厂长！这模特跟真的一样，真漂亮！"模特突然动起来，小蒋吓得后退几步，差点跌倒。原来竟是真人，看着看着，小蒋忍不住笑了。

陈江河也哭笑不得。

展销会上，小蒋趴在厂里的展台上昏昏欲睡，自己带来的几种样品根本无人问津，偶尔走过来一两个人，瞥了两眼转身就离开。不远处却是热闹非凡，里三层外三层地围了几圈人。一台电子提花机经过输入设置，启动后迅速打出花样各异的袜子。陈江河蹲在提花机旁边，瞪大双眼，像看怪物一样目不转睛地盯着。日本工程师正在用日语介绍，女翻译的黑丝袜在陈江河眼前晃来晃去的。“这种单针电子提花机具备多种功能，经过输入不同的信息，能做出各种不规则的花，并能提多种颜色，变化多样。”女翻译厌恶地瞪了眼蹲在脚下的陈江河，陈江河却嫌她匀称修长的腿碍事，侧头看提花机的运作。

小蒋挤过人群寻找着，轻呼：“厂长，厂长你在这看美女呢，我们一双袜子都没卖出去。”

“你狗眼里都是美女，我眼里只有机器。”

随着日本工程师的深鞠躬，人群开始散去。那双黑丝袜又晃悠着挡在两人眼前。陈江河与小蒋迷茫地顺着腿往上看去，这位姑娘身高有一米七，长裙飘飘，脸色很白，姣好的容貌配上时尚的装束、优雅的举止辅以甜美的微笑，还有一双梦游似的水汪汪的眼睛。小蒋脱口而出：“噢，上海美女真漂亮！”可是美女翻译充满敌意，抱着胳膊冷冷地瞧着他俩，吐了一声——“流氓！”

保安闻声冲了上来。

“我们不是流氓！流氓也不会来这里，我在看那台机器！”

小蒋也跟着解释：“同志，你误会了，我们是专门生产袜子的厂家。”

保安无奈：“你们也不能总盯着人家女同志的大腿呀！”

陈江河无可奈何，看到了抱着胳膊饶有兴趣审视自己的女翻译。她不再是娇花流水、弱柳迎风的小娘子了，那嘴角明显带着一丝幸灾乐祸的笑意。

陈江河请女翻译去吃面条，三碗热气腾腾的鸭血面摆在桌上。

穿着洋气的女翻译用异样的眼神注视着陈江河：“你们就拿这种面糊弄我？”陈江河挤出笑：“感谢感谢！要不是你站出来解释，我们还被扣在那。这顿饭略表心意，主要是上海的饭馆太贵，我们花的又是公家的钱。”

陈江河朝冷傲的女翻译笑着点头：“我叫陈江河，是生产袜子的厂家，我对你们这台单针电子提花机非常有兴趣，想多了解点提花机功能和参数，你能不能再送给我们一些内部资料。”

美女翻译饶有兴趣地说：“你这

个袜厂我听都没听说过，就敢到这么大的展销会上来开展台？我很佩服你的胆量。”

“我们这次确实开了眼界，同志，你贵姓？”

“免贵姓杨，杨雪，白雪的雪。”杨雪不可思议地注视他，轻声说，“你知道那台机器的价钱吗？”

“几十万日元，合三万元人民币，是吧？”

杨雪眯起眼，细细打量着陈江河说：“你们这么个小袜厂还想换这种机器吗？你知道吗，咱们国内多少大型袜厂都还只是询询价呢。”

陈江河苦笑了一下：“我真诚地想了解这种提花机的性能和操作要领。如果可以的话，我愿意购进至少三组机器。”杨雪无比吃惊地看着陈江河，过了半晌，才突然爆发出笑声，随后，她还擦了擦眼泪。

三人回到展销会上，日本工程师边操作提花机边讲解，杨雪看着陈江河。

陈江河面带微笑：“你倒是翻译啊。”

杨雪没精打采地：“它是通过变频，高精度全齿轮同步传动……你能不能别耍我？”

陈江河故作诧异：“人家说这句了吗？”

美女气鼓鼓地瞪他一眼：“这种机器稳定性好，可以生产出多种式样的袜子，连裤袜提花袜……你们厂子有钱吗？你这是赌博知不知道？技术都掌握在日本人手里，我劝你别买了。”

陈江河微笑着看着杨雪说：“如果这个日本人懂中文，我相信他杀了你的心都有。小杨，请你给他翻译，我会按合同先付定金，希望三组机器尽快拉到我们袜厂，同时，请山下先生亲自到我厂莅临指导。”

“嗨以！”日本人给陈江河鞠躬。

陈江河自信地与山下工程师握手致意。

展会一结束，陈江河没有心思逛那花花绿绿的大世界，就匆匆回到厂里。刚到办公室，老严和小蒋就紧跟其后，递上各种文件，陈江河下令：“停止采购玻璃袜的原材料，各车间的生产要逐步放缓，等待新机器调配。”

老严激动地反对说：“听说你又要改组机器，各车间都有意见，你该听听下面的呼声！”

陈江河笑眯眯地：“定金已经打过去了，除非你愿意承担终止协议的损失。其实，是厂里人不了解外面的世界变化有多快，当然，我可以理解你们的心情。”

“江河，不光是我，估计全厂所有人都会反对，你太不冷静了！这是一场豪赌啊！”老严吐了口冷气，动情地说。

“哈哈，老严，你怎么跟上海的女翻译一个腔调？好了，我们也别说什么，干脆来个全民表决，如果半数以上的人反对，项目停止，我个人承担损失，怎么样？”

老严关好窗户，拉陈江河到屋子一角，压低声说：“江河，这些年你是干出了不少成绩，你比前几任厂长都有本事，我老严服你。可你知道上面下面有多少人对你有意见啊！”

陈江河呵呵一笑说：“老严，这就是你不对了，有意见不跟我反馈，下面对我有什么不满意的？”

“这些年你做了不少改革，有些动作已经惊动了上面，领导找过我询问情况，全被我顶回去了。我就拿你给厂里带来的产值说事，一年翻一番啊，谁能做得到？还有，你对小蒋太偏心了，厂里人都议论纷纷，凭什么你给他双倍的年终奖？他年纪轻轻的，你发给他那么高的工资，经过上面允许了吗？还有，你连出差也总是带着他，老工人、老同志都很有意见！”

陈江河看着他苦笑：“捆绑得那么紧，还怎么干活呀，我的天！”

老严摇头：“反正你必须想好，如果你再冒险赌下去，恐怕……”

这时，窗外响起工人们的叫嚷声：“厂长，干得好好的为什么要让我们停工？”

“厂长，为什么又要换机器啊？”

“江河，你听听，压不住了！”

陈江河拉开门大步走出去，老严吓了一跳，忙跟着追出去。

小蒋正在劝阻工人不要激动，有人指着小蒋的鼻子骂起来：“小蒋，你不要跟在厂长后面乱出主意！”

“小蒋，换一次设备你能拿多少回扣啊？”

小蒋被噎得含泪摇头：“我……我……你们……”

陈江河铁青着脸走出大门，人群立刻安静下来。陈江河双眼细长，口唇棱线鲜明，他威严地扫视众人：“喊呀，不都是叫喊着给我听的吗，怎么我一出来都没声了？”

老严抬手驱赶着：“散了，都回去工作。”

人群刚有些松动，陈江河就用铿锵有力的声音高声喊道：“既然大家都来了，先别散了。干脆今天我们就地开一个职工民主大会。”陈江河把头颅抬得高高的，心情沉重地剖析自己：“没错，我陈江河以前是体制外的人，有野性，不服管，有各种臭毛病。我要过饭，收过破烂，走过东南西北，我没服过谁，这辈子我只服一个人，就是我的邱英杰大哥。他告诉我一句话，不在炉子里浸泡个三遍，锻打多次，是成不了好钢的。在我们这个袜厂，是老天给我体制内深造的机会，这里的艰苦生活是我的大学。

这几年我确实长了不少见识，棱角也快被磨平了。但有一点我陈江河变不了，就是爱做梦！我还想带着大家一起让梦想起航！有人说刚过几年又要换机器了，你们问问小蒋，到上海我们受了多大的刺激！外贸商店里的袜子能卖到十二元钱一双！那是金线织出来的吗？”

众人哗然，议论纷纷。

陈江河表达思想准确到位。“再看看我们的袜子，只盯着乡里县里的市场，都过时了，饱和了，同志哥！不知不觉我们就被人家甩得老远啦！玻璃袜，还是我们的拳头产品，可是人家上海人早就不穿了。我们的市场在一点点地被压缩、变小！我们还跟温水里煮青蛙一样，闭着眼睛享受眼前那点利润。待会儿我让小蒋给你们讲一讲，什么叫单针电子提花机，能生产出多少种颜色和式样的袜子。按我陈江河的脾气，就是砸锅卖铁、饿着肚子、勒紧裤腰带，也要换几台这样的机器进来！我这不是赌，是时不我待。我们要破釜沉舟，突出重围！如果我们自己不寻求转变，就离死期不远了！”

众人的目光变得信服，静静地听陈江河说着。老严也若有所思，不再叹息。

陈江河感叹：“有人说闲话，说应该按工龄发年终奖，说我太偏向小蒋，大伙都知道，小蒋是我们厂唯一的大学生，不可多得的技术人才，我陈江河以前也不相信知识，可我告诉你们，我的那个大哥邱英杰在北京上过大学，比我陈江河的眼光高出几倍、几十倍！就是他当年在火车上告诉我，义乌之外还有中国；东海、南海之外还有太平洋！这个世界有多大你们想过吗？我不了解你们，但小蒋他肯定想过！因为他有知识有文化！书读多了你就会想，书读多了，你的梦想就有可能实现，我要读书，我喜欢读书人给我当师爷。用一点点补贴，请一位高参，我值了！”

小蒋脸涨得通红，满眼泪水，感激地看着陈江河。

陈江河走进人群：“大家这几年跟着我陈江河没少吃苦，但平心而论，你们的工资奖金也涨了不少吧！人家大学毕业的老师，一个月才七十多元，我们职工都是一百五十元以上了吧，多的有两百元。我这个人爱做梦，而且喜欢跟大家一起来做这个梦。我可以告诉你们，如果相信我陈江河，进了这三组机器，我保证大家三年后工资跟着厂里的利润翻一番！”

“好！陈厂长，我们跟定你了，你说怎么办吧！”有人迫不及待高喊起来。

陈江河扫视了一下众人：“我希望，在此刻张开翅膀，让我们的梦想起航！现在厂里资金有些紧张，我陈江河准备拿出自己这五年的所有工资积蓄，我希望大家也能够出钱出力，当然不是白出，将来赚钱了，按照比例咱们内部分红！”

老严吃惊地看着陈江河，刚想上前阻拦已经来不及了，老严的声音已经被大伙的叫好声、鼓掌声淹没。他只得摇头：“惹祸了，又惹祸了……”

七

简陋的火车站内，簇拥着很多等车的人们。四岁的小王旭骑在骆玉珠的脖子上，同黑压压的一片人头挤在一起，在站台办公室里探头探脑地看着电视剧《红楼梦》。骆玉珠仰头问：“小旭，好看吗？”

小王旭看得眼都直了：“嗯！”

“那林黛玉怎么又哭了？你下来帮妈看摊，让妈看一眼。”

小王旭顺从地从骆玉珠的肩上溜了下来：“爸爸！”

骆玉珠转过头，看见王大山已经笑着把儿子搂到怀中：“玉珠，我们收摊吧，回家吃饭。”

看着电视画面，骆玉珠有些不舍：“你们先收摊，让我再看一下电视。”说完便挤进看电视的人群中。

看完电视，一家三口顺着铁路回家。小王旭骑在王大山的脖子上扯着嗓子喊：“天上掉下个林妹妹……”

骆玉珠背着货篮跟在后面笑个不停：“你才几岁啊，就盼着掉林妹妹啦！”

王大山高兴地将儿子抛到空中又接住。“哎哟，你小心点，别摔着他！”骆玉珠担忧地说。

远处一片朦胧，那是晚霞映照下的山峰，还能隐隐约约地看见铁路对面的小山；眼前是蓝天白云，田野一片金黄，到处是丰收的田园风光。今天，骆玉珠陪伴着两个亲人，特别地感受到了美丽赣州的诗情画意。

小王旭已经进入梦乡，双脚不安分地踹开被子，正在缝补衣服的骆玉珠转身又给孩子盖上。

见王大山穿好工装又要准备上班，骆玉珠长叹一声：“你这样没白天没黑夜的，身体受得了吗？”

王大山一笑：“现在多加一个班能补贴不少钱呢，再说我困了，随便找个地方也能打个盹，放心吧。”

“大山，我还是想进城做点小生意，站台上赚不着什么钱。”

王大山扳住骆玉珠的肩膀：“我们不是商量好了吗？孩子太小没人看，我们再苦熬上两年，等儿子上了学，你再出去干吧。那我走了，你把门锁好。”

骆玉珠眼神忧郁，勉强地对王大山笑了笑。

又一列火车，带着巨大的轰隆声，缓缓地停靠在站台，机车挂着一节节绿色的车厢，就像绿色巨龙横卧在乌黑发亮的铁轨上。车上稀稀拉拉地下来没几个人。骆玉珠赶紧坐在摊旁叫卖：“茶叶蛋——鸡腿——瓜子！”

车上下来了两个人，抓紧时间在站台上吸烟。

“我复员前在部队干摄影，跟他们进了大观园，那时候演员都在里面集训，我就四处瞎照，也没当真。陈晓旭特别入眼，就是这个！没照好，照了个侧影。我要是知道现在这电视剧这么火，当年就应该好好地多照上几张！”两人说得热闹，突然发现旁边多了一个脑袋，骆玉珠正眼巴巴地盯着相片。

“同志，这个真的是林黛玉？”

那人白了她一眼：“我骗你干吗？你看这侧影，谁装得出来？”

骆玉珠眼珠一转：“同志您饿了吧？我这有茶叶蛋，有瓜子。”

那人忙摆手：“不要不要！”

骆玉珠：“我不卖，是送的！小旭，快把茶叶蛋和瓜子给叔叔拿来！”

那人不好意思地接过，笑着说：“哟，没想到这小朋友的名字跟那林黛玉的扮演者陈晓旭相同啊。”

“所以是缘分呐！同志，您能把这张照片卖给我吗？”骆玉珠忙着点头。

“卖给你？我这照片不卖！”

正说着，列车鸣笛，两人上了车厢。

“同志！价钱可以商量，我真心想要！同志！”骆玉珠调转头看了一眼儿子，一咬牙将他抱起追进车厢。火车随即喷出一团白雾，慢慢地罩住了骆玉珠的摊点。

火车渐渐地开始行进，车内飘起了舒缓优雅的音乐：“一个是阆苑仙葩，一个是美玉无瑕……”在悠扬婉转的乐曲伴奏下，骆玉珠母子在车厢里寻找着刚才那个复员军人。

小王旭叫起来：“妈，火车开了，我们的摊！”

“摊丢了，妈也得把那张照片拿下来。”骆玉珠突然发现目标，走上前去，“同志，我可找着您了。那照片我真的想要。”

那人吓了一大跳：“你怎么跟上车来了？”

骆玉珠无比诚恳地说：“同志，我们全家都喜欢看《红楼梦》，这张照片别管多少钱，您出个价，卖给我吧，我求您了！”

“叔叔，您就把照片给我妈吧，我们都下不了车了……”小王旭抱着那个人的腿快哭出声来了。

王大山听着电话，不可思议地看着站台上空空的货摊。“你带儿子干吗去了？这一站三十里路呢！我去接你们。”

王大山沿着铁轨气喘吁吁地奔跑着，不多久，远远地就看见一大一小两个身影踌躇着过来。

“天上掉下个林妹妹……”小王旭跟骆玉珠开心地一路高歌。

“王旭！玉珠！”

“爸爸！”小王旭高喊着跑上前去。

“到底出什么事了？”

骆玉珠挨着丈夫的肩膀笑着说：“摇钱树，我找到摇钱树了！”

骆玉珠抱着小王旭从照相馆出来，数了数厚厚一沓照片，得意地笑笑：“儿子，一会人多了妈顾不过来，你就扯嗓子唱。”

小王旭搂着妈妈的脖子点头：“嗯！”

骆玉珠深吸口气，高喊起来：“快来买照片啊，林黛玉的侧影！买照片嘞——电视剧里林黛玉的侧影——”

人们迅速围拢过来，好奇地争着抢着看着。骆玉珠大声解释：“这张照片可是真的！一块钱一张！这可不是印刷的，这是林黛玉的本人的真实照片！”

围观的人越来越多，小王旭骑在妈妈的脖子上唱起来：“天上掉下个林妹妹……”

扳道工小屋里，小王旭已经睡去，王大山坐在桌边数钱。骆玉珠托着脸含笑看着。王大山不敢相信地一张张数着，不时看一眼骆玉珠：“就靠林黛玉的侧影照片？”

骆玉珠笑着点头，竖起手指：“一块，一张。”

“一百多张？全卖完了？”王大山不可思议地笑着摇头。

骆玉珠走到丈夫身后，俯身抱住他的脖子，在耳边轻声：“还记得当年我说的话吗？我来赚钱，我要让我家过上好日子。大山，从今天开始，我骆玉珠发誓，要让你和儿子过上好日子！”骆玉珠的脸紧紧地贴在丈夫的脸上。

小屋里洋溢着欢乐与幸福……

八

袜厂的工人列队翘首以待，陈江河站在石头上眺望。

陈江河命令：“客人驾到，奏乐！”

鼓乐齐鸣，鞭炮炸响，一辆小车开到厂门口，高挑端庄漂亮的杨雪捂着耳朵随日本工程师山下钻出车门，全厂工人列队迎接。“欢迎欢迎！山下先生您可来了，您的机器真不错，可有一台出了故障，我们都不知道怎么修！”陈江河热情地挽住山下手臂。

杨雪惊奇地说：“陈厂长，你这下了不少功夫啊。”

陈江河神秘一笑，冲杨雪挤挤眼："我不把他搞晕，他能传授我技术吗？"杨雪饶有兴趣地望着他的背影，跟随走去。

山下熟练地猫腰修理机器，众人都紧张地围观着。山下察觉到了，回身一鞠躬说了一句什么。

"山下先生说这是商业秘密，请你们退后。"

众人退后几步。陈江河把小蒋往前推了一把，压低声音说："给我盯紧点！"

杨雪偷听到，转头用异样的眼神看着陈江河。山下再次回头鞠躬，说着什么。杨雪无可奈何："他也不行。"

小蒋求助的目光看着陈江河。陈江河恨恨地瞪了眼山下，转身出去。

老严意味深长地笑笑："鸿门宴已经备好了，等会灌死他！"

陈江河拍着老严的肩膀，兴奋地笑着，俩人异口同声："酒后吐真言！"

袜厂食堂的桌上摆满了菜肴，陈江河举杯："山下先生，您不远千里来支援中国的建设，是大爱无疆的国际主义精神。我们备下薄酒一杯，这菜也都是自己厂里的厨师做的，请您不要客气。来，为了合作成功，为了山下先生漂洋过海来传授技术，我敬客人一杯！"

杨雪低声在耳边翻译，山下不停点头鞠躬："嗨以！"

众人仰头将酒喝干，山下很有酒量，连连赞叹美酒好菜，中华美食文化源远流长，我在杭帮菜里都品尝到了。陈江河在小蒋耳边提醒："问他，如果输入错了怎么重来？"

杨雪白了陈江河一眼，转头给山下翻译。

山下礼貌地点头讲述。

"山下先生，我敬您！有些技术问题还得向您讨教呢。"小蒋起身敬酒。

山下接过酒杯一饮而尽，不停地鞠躬。

陈江河与老严会意地交换了个眼神。

陈江河偷偷地拉了一下杨雪的手，杨雪跟随陈江河走到门外。陈江河捧着一打袜子，笑眯眯地："小杨，辛苦你了，我们也没别的礼物可送，这打女袜请您试穿指导！"

杨雪接过，扑哧乐出声："嗨，我也算是见过世面的，陈江河，我真没见过你这样厚脸皮的。你是不是想把山下灌醉，让他教会你们修那机器啊？"

陈江河装着糊涂连忙掩饰："怎么可能！你别胡思乱想。"

"事先我就告诉过你，日本人很精明，他们赚的不光是机器的钱，还有后续服务，技术咨询费。"

陈江河哭丧着脸："那就是说，以后机器每出一次故障，都得我们买飞机票，花住宿费，还得付外方人员工资，请人家过来修理了，是吧？就等于我们花钱请了个祖宗，日本人心太黑了。”

杨雪掂了掂袜子：“算了，礼再轻也是心意，我告诉你个秘密吧，山下酒量很大。”

陈江河瞠目结舌地看着杨雪：“你不早说！”

门被撞开，小蒋跌跌撞撞扑到陈江河腿边，抱着陈江河的腿，醉醺醺地：“厂长我对不起你，这鬼子说的话……我一句也听不懂！”

陈江河走到门口朝里面看去，老严已经脱得只剩下跨栏背心，还拼了命地跟山下吼着猜拳……“喝，都是杭州特色菜：龙井虾仁、东坡肉、宋嫂鱼羹、西湖醋鱼、水晶虾仁、片儿川、叫花鸡，来，再干一杯！”杨雪朝陈江河有意地耸了耸肩。

陈江河举着手电筒照着提花机，小蒋费劲地鼓弄着，不时打出酒嗝。

杨雪在一旁吃惊地看着：“陈厂长，你知道你在干什么，你知道这一台机器多少钱？”

“我当然知道！”

“那你还让他拆？”杨雪急了。

陈江河转身将杨雪拉到角落说：“你喊什么？这钱是我们出的，我比你心疼。”

“要不是我亲眼看见，我绝不敢相信，原来你们是故意把机器弄坏……怪不得山下在路上一直嘀咕，说他们百年老厂生产的机器不可能那么轻易坏掉的，原来是你们设的局？”

“废话！不弄坏机器我们怎么能学到本事？”陈江河意味深长地看着杨雪，“明天你必须帮我。”

鸡毛飞上天

长篇小说

Feather Flies To The Sky

〔第九集〕

一

在杭州郊区的曙光袜子厂昏黄的办公室里，杨雪弯着腰，在陈江河的办公桌上翻看着各种各样的书，那双纤细的手放下这本，又拿起另外一本。“这些书是装门面的吧！你连哲学、心理学也看？”陈江河一脸无辜状，摊开双手说：“美女，打人不打脸，骂人不揭短，你要给我留点面子啊！”陈江河掉头面对坐在木沙发上的山下，严肃地说：“你们的机器存在问题，如果再出故障，山下先生，我们必须退货，你们还要承担我们的经济损失。”

山下满脸疑惑，连连摇头用日语嘟囔着。杨雪像看戏一般冷笑着翻译：“他说这种机器坏的几率是万分之一，可运到你们这里，所有的部件轮番坏了一遍。”

“难道山下先生还怀疑我们？您看看……”陈江河拉着山下胳膊，无辜地指向四周闲散的工人说，“工人都干不了活了，产品也生产不出来了，最该着急的是我们！”

山下看了一眼窗外悠闲嬉戏的工人，摇着头长长地叹息着走进车间。陈江河刚想跟随，山下转头警惕地瞪着他。陈江河赔笑着说：“明白，我的明白！”陈江河做了请的姿势，暗中朝杨雪使了个眼神。

杨雪嘟囔："简直就是笑话！"

车间大门一关，陈江河像变了个人似的转身狂奔到伏击处，有工人默契地递上望远镜，后墙几个工人已经搭好云梯。陈江河攀缘到屋顶，小蒋早已趴在上面。陈江河轻声问："你们技术科的人都就位了？"

"放心吧，厂长！埋伏的都准备好了。"

山下自言自语地拆卸着机器，杨雪背着手，余光瞥着房梁。陈江河举着望远镜，山下拆卸的动作瞬间被悄然放大，尽收眼底。车间角落毡布下，也露出了望远镜，从另一个角度观察着山下。

"三纱道换钢扣，挪走断针保护器，换辅色。拆双速马达，纬度密度……"

陈江河下着口令，身后坐着一位技术员，嘴里咬着笔，快速在图纸上标注着，轻声问："多少？"

杨雪用日语不时询问着什么，又用中文感慨道："双速马达这么难拆啊，纬度密度数3、5、11……"

山下隐约听到什么，抬起头神色诧异，警惕地扫视四周后，循着声音往车间角落走去，离潜伏的技术人员越来越近。

陈江河趴在顶棚，紧张地屏住呼吸，小蒋也一动不敢动。

"啊！"

山下猛回过头。"老鼠，大老鼠。"杨雪指着顶棚用日语说。

陈江河纳闷："她说什么？"

小蒋转头朝陈江河说："厂长，老鼠。说屋顶爬着大老鼠。"

山下回到机器旁，猫腰调试。身体却挡住了角落里技术员的视线。

"那马达怎么组装，你看清了吗？"

"厂长，看不见了。"伏在顶棚的小蒋紧张地轻声说。

陈江河抢过望远镜："关键时候掉链子，不是让你两边都安排人吗？"

陈江河爬到房檐上，朝下面轻声叫道："老严，看你的了！"

老严早有准备，朝陈江河会意地点点头，抱着保温瓶走向车间大门。

车间大门被拍响，山下无奈地上前开门，吼叫。老严挤出笑脸，从保温瓶中拿出冰棍："山下先生，米西米西，冰棍的有，降降温，休息休息！"

杨雪背着手仰望屋顶，陈江河干脆将瓦揭开，探进头指着桌上的镜子比画。杨雪挪动镜子挑好角度，转头看陈江河时，身后转来了"咣当"的关门声，山下已经愤怒地走过来，刹那间杨雪缩回手，陈江河也将瓦片轻轻放回。

山下放心地回去修理了。车间角落毡布下的望远镜对准了镜子，山下的一举一动都看得清清楚楚……

厂长办公室里，收音机响着革命京剧《红灯记》，陈江河心静如水，隐藏着小小的得意劲，他想，如果是战争年代，我不就是李玉和、李向阳了吗？他端起茶杯喝了口茶，真诚地感谢杨雪说："这些都是我们自己生产的男袜女袜儿童袜，礼轻情意重，不成敬意。"

"你骂谁呢，我还没结婚！"杨雪抱着胳膊，异样的眼神看着面前那堆袜子。

"先存着啊！杨雪同志，这次要不是你积极配合，我们也拿不下鬼子。真不知道该怎么感谢您。"

"陈江河，别说得跟打仗一样，别以为我是被你策反的军统女特务，行吗？你们这是在偷技术。"杨雪哭笑不得，一眼就揭穿了陈江河的鬼心眼。

陈江河收起笑，拿过合同："还真不是，你看合同上面明明白白写着，一旦机器交付使用，不设任何技术壁垒。可我们刚用了一个月，就发现咨询费远远高于我们买机器的钱，这不是欺骗吗？我们是土，是乡下人，是没见过世面，可也不能这么坑我们啊！"

"就算你们摸清了技术环节也没用，陈江河，你怎么那么幼稚啊！零部件你们谁搞得懂？再说马达和电脑模板都不是国产的，到最后还是要找他们。"杨雪用异样的表情看着陈江河。

"我还就不信这个邪！杨雪你来，我带你看看我们的秘密武器。"陈江河推门出去，杨雪疑惑地看着他背影。

推开门，小蒋正带着几个人在紧张地研究焊接模板，墙壁上贴满图纸。一台刚组装好的电脑提花机启动运行了。小蒋兴奋地说："厂长，我说怎么启动不了呢，原来我们比山下少了两个拆装程序！"

杨雪吃惊地看着，陈江河转身微微一笑："我们也有自己的大学生技术员，这一个月我们一刻也没闲着，足足跑了五个省十一个市，终于研制出了双速马达。"

杨雪呆呆地站在那："零部件哪来的？"

"杨小姐，还记得我们第一次见面吗？在买你们那台机器之前，我们厂长就已经摸清：你们的零部件都是从大陆生产运过去的，可一转手价格就翻了几十倍！"小蒋得意地说。

杨雪吃惊地看着陈江河。陈江河憨憨一笑。"是福建沿海军工转型的两个厂家生产的。既然我们是同一战壕的战友了，我就给你透露个秘密，我们的小蒋比小日本还多设计出了几十种程序。"陈江河神秘地说。

"你们早就准备好了？"

"天下难事，必做于易，天下大事，必做于细。我陈江河从不打无准备之仗，弹药早就备齐，只等山下过来。”

“厂长，这是销售科给我们袜子取的几个名称，您看看。”

杨雪一旁冷笑：“还没卖呢，就想着做品牌了，您这思维够超前的。”

陈江河憨憨一笑：“自行车骑永久，白酒喝茅台，奶糖大白兔，手表戴大上海，我们的袜子也总得起个让人记得住的名字！”陈江河皱眉思索，“这事我做主了，就叫玉珠牌！”

杨雪诧异地看着陈江河。

屋里人都喃喃回味：“玉珠牌？”

二

小王旭欢蹦乱跳地盯着桌子上刚买的十四英寸电视机，王大山则在院子里用力抓住天线杆转动着方向，骆玉珠拍窗大叫：“再往右，再……停！”闪抖着雪花的屏幕突然传来歌声——万水千山总是情，聚散也有天注定……

骆玉珠抱住儿子坐下，痴迷地看着影像。王大山刚要进屋，电视又刺啦模糊起来。母子俩同时叫喊：“不要动！”

王大山哭笑不得，抓着天线杆一动也不敢动……

小王旭已经甜甜睡去，幽暗的灯下，骆玉珠缝补着衣服，哼着《万水千山总是情》的曲子。“你唱得真好听，以前我没听你唱过。”

王大山蹲在电视机前，好奇地看着骆玉珠。

“做梦也没想到，在家里就能看上电视。”

骆玉珠咬断针线微微一笑：“这算什么，人家国外还有更大的电视机，还有彩色电视，带颜色的！”

“带颜色的，那得啥样啊？玉珠，工长说我就要提干了，等过两年攒下钱，我给你们娘俩换彩色的！”

骆玉珠温馨一笑，转身靠在丈夫肩膀上：“大山，今天我们买电视机时，我看见人家墙上挂的全是演员挂历，过两天我想去南边进上百十本，一准赚钱！”

“你这脑子真的跟别人不一样，怎么有那么多主意。”

“我以前卖的比这个……”骆玉珠笑着抬头，才察觉到丈夫的眼神，把后面的话咽回。

王大山转身抱住骆玉珠，动情地说：“我不想我的女人出去跑，往后挣钱的事都归我，一个女人家风吹日晒的，不好。”

“你们站上的人又说我啥了？”骆玉珠双手扳过丈夫的头，微笑看着。

骆玉珠笑起来，甜蜜地将额头顶住丈夫的头：“让他们说去，大山，我们要过好日子了，你信不信。”

“大山，大山！”门突然被敲响，

赵家庆的声音从外面传来。

王大山看了眼骆玉珠苦笑：“以后再不敢说人坏话了，说谁谁到。”

骆玉珠捶了丈夫一下，王大山笑着推门出去。骆玉珠透过窗户看见赵家庆和大山嘀咕着什么，王大山脸上犹豫了一下，最终点了点头。

王大山推门进来，骆玉珠眼巴巴瞧着他。

“赵家庆说家里有急事，他老婆病了，求我去顶班。”

“为什么总要你顶班？他就是想打牌，下午我还看见他老婆四处逛呢。他们就知道欺负老实人，你……哎！要下雨了，带上雨衣！”

“总得有人顶班啊，你先睡，天亮我就回来了。”王大山收拾好工具已经推门出去了。

窗外隐隐传来了滚动的雷声，骆玉珠担忧地叹息着。

迷糊中骆玉珠做了个梦，梦见自己被人劫持，哭喊着：“爸！爸！我想回家！”大雨中，爸爸捂住脸背过身去，自己越哭喊挣扎离家越远……骆玉珠搂着小王旭斜靠在床边，满头是汗，突然睁开眼一个激灵坐起。

骆玉珠轻轻地给儿子掖好被角，看了看床头小钟，焦虑不安地望着窗外的瓢泼大雨。骆玉珠在屋中徘徊，雨越下越急，突然又一个闪电雷击，骆玉珠仿佛察觉到了什么，看了看依然熟睡的儿子，便拿起一件雨衣推门出去。

骆玉珠披着雨衣一路小跑，远远地就听到赵家庆老婆在哇哇大哭，铁路工段办公室里的人在劝着：“大家正在寻找，家庆不会有事的，嫂子你别哭了！”

“他要有个三长两短，我也不活了！”赵家庆老婆满脸是泪。

骆玉珠挤开门口看热闹的人。“工长，出什么事了？”

工长烦躁地甩开她的手：“哎呀，你就别添乱了！赶紧多派些人去找！”

骆玉珠脸色苍白，声音颤抖：“你们告诉我，到底出什么事了！”

“北线滑坡了！值班的人掉沟里去了！”旁边的人说。

赵家庆诧异地挤开人群走进办公室，看着自己老婆说：“吊死鬼，你哭什么呀？”

所有人都鸦雀无声，掉头惊诧地看着赵家庆。赵家庆老婆也瞠目结舌地瞧着丈夫。赵家庆莫名其妙后退一步：“这是怎么了？都看我干吗呀？”

“大山！”骆玉珠身子一晃，吐出一声凄厉的喊叫。

众人还没缓过味来，骆玉珠已经跌跌撞撞，夺门而出……

铁路医院手术室门前，骆玉珠失魂落魄地坐在长椅上，工友们面面相觑，都是一脸焦急。“玉珠，我叫嫂子先去家里看小旭了，你心放宽点，大山福大命大，不会有事的。”

骆玉珠默默点头。

赵家庆在老婆的陪伴下，从拐角处探过头来，颤巍巍地走到骆玉珠面前：“嫂子你别急，大哥肯定没事的！”

工长上前抓住赵家庆的领口，严厉询问：“赵家庆，滑坡的时候你去哪了？你这是逃离岗位知不知道？是逃兵！你等着组织追究你的责任，等着惩罚你吧！”

“工长，我就在班上啊！我冤枉啊工长！”赵家庆见事态严重，急忙撒起谎来。

“你在班上？那大山干吗去了？”工长皱起眉头，用疑惑的目光盯着赵家庆。

“我……我不知道啊！”

骆玉珠抬头愤怒地看着赵家庆，猛地站起将一旁劝慰的赵家庆老婆推开。此时手术室的门推开了。骆玉珠被众人簇拥着围上：“怎么样，医生？”

医生摇摇头：“脊椎断裂压迫神经，脑中又有血块，没办法实施开颅手术。我们已经尽了最大努力。”

“医生您想想办法，您救救他！”骆玉珠双膝跪倒在地。

医生扶起骆玉珠：“命是可以保住，但也是植物人了。”

走廊中只有骆玉珠的哭泣声，众人面面相觑，看着医生离去。

赵家庆靠在墙边望着医生背影，又转头看了看哭泣的骆玉珠，暗自松了口气……

王大山一动不动地躺在病床上，头部裹扎着，鼻子内、手臂上都插着管子，骆玉珠伏在一旁含泪看着丈夫：“大山，你说话得算数，你答应过我们娘俩，还得换更大的电视机呢，还得换彩色的。小旭还在家里等着爸爸呢！你得扛住，大山！”骆玉珠哽咽着，忍不住泪水横流。

“完全丧失自理和感知能力，而且随时会出危险。别说咱们这个小医院，就是送到北京总医院也没用。”医生与工长在门外的说话声，传进屋里。工长焦急询问医生，您这话的意思是人救不回来了？

病房寂静无声，骆玉珠紧紧攥住丈夫的手，哽咽着：“大山，我们回家去吧，我跟儿子陪着你。”

王旭不顾大家的阻拦夺门而出，工友们从车上抬下爸爸。骆玉珠几步上前搂住儿子。王旭哭喊挣扎：“我爸怎么了？”

骆玉珠俯身，紧紧地贴住儿子的脸，轻声坚定地：“旭，你爸睡着了，你爸没事，我们不哭。”

“我要爸爸！我要爸爸醒过来跟我说话！”

骆玉珠含着泪，哽咽着用力摇

动儿子的肩膀："不许哭！以后你就是家里的男子汉，顶梁柱！你要跟妈妈一起照顾爸爸！把这个家撑起来，懂吗？"

小王旭怔怔地看着母亲，骆玉珠含着泪，用力将儿子搂在怀中。她轻声地对儿子说："我们不能让别人看笑话，坚强些，不哭！"

骆玉珠松开儿子起身进屋，王旭独自站在小屋外抽泣。小王旭几次想擦干泪水，却又不争气地让它淌落下来。看着这个苦命懂事的小王旭，大家都偷偷地拭泪。

屋里传来了叮嘱声："关键是要做好皮肤护理，预防褥疮，要勤观察、勤翻身、勤按摩、勤擦洗、勤整理、勤更换……"

三

接到老严的电话，陈江河匆匆忙忙地赶了回来，没等货车停稳，陈江河就从车上跳下，迫不及待地往车间走去。老严早在车间门口翘首以待了，见到陈江河风风火火着急的样子，他笑着说："邱主任他们已经参观完车间，小蒋正给他们讲解电脑提花机呢。就等你了。"

陈江河无意间瞥了眼门外，一个大眼睛的小女孩正蹲着画画，非常可爱。他来不及打招呼就兴冲冲走进车间，几个客人正在聚精会神地观看小蒋操作。邱英杰神情疲惫，目光却炯炯有神，他对着陈江河大笑："各位，我们义乌的传奇人物鸡毛驾到！"几个袜商纷纷上前握手，恭敬钦佩的神色溢于言表。

邱英杰搂着陈江河肩膀："人家玉珠牌袜子是紧俏货，质量好、工艺水平高，花色优美，北京、上海都抢得厉害。现在想见一次鸡毛可不容易呢！"

"陈厂长，您是我们义乌的传奇人物，只要哪个摊位抢到玉珠牌袜子，就等于拿到了钱。"

"陈厂长，您这袜子的名字不错，玉珠！"

邱英杰异样的眼神暗暗打量着。两人目光相对，陈江河苦笑了一下。

柱子突然不知从哪冒出头："别拦我！我是跟他们一起的！鸡毛！"

陈江河被吓了一跳："柱子叔？"

邱英杰解释说："他非要跟着来，说来找侄子挣钱，连换洗衣服都带来了。"

柱子热情地上前扳住陈江河的肩膀，又拍又搂："鸡毛，你在外单打独斗、没人帮你可不行，叔说啥也得赶过来帮你！上阵还得父子兵呢，是不是？"

陈江河哭笑不得："我金水叔不是不让……"

柱子神秘地拉他到一旁压低声：

“你金水叔老糊涂，我跟他说出去打工，他还傻乎乎地贴我路费，布置我找你呢。鸡毛，给叔个好差事吧，最好是能帮你把关的！”

陈江河无奈地摇头苦笑。

“爸爸，我画完了。”小姑娘有一双乌黑深邃的大眼睛！

“哎，看看我们岩岩又画出什么大作了。”邱英杰答应着走出去。

陈江河愣了一下，目光追随着门外的父女俩，只见那女孩脸庞光洁白皙，深邃的眼眸明净清澈，灿若繁星，不知她想到了什么，对着自己兴奋一笑，好像那聪慧的灵韵都溢了出来。

父女俩跟着陈江河来到袜厂宿舍。小邱岩在床上欢快地蹦跳着，邱英杰抱住女儿亲道：“别把陈叔叔的床给蹦塌了！听话岩岩，吃完午饭要干什么？”

陈江河笑：“叔叔的床结实，使劲蹦！”

小邱岩噘起嘴：“我不想睡午觉。”看着爸爸故作生气的样子，小邱岩捧住爸爸的头天真地问，“那睡醒能看见妈妈吗？”

邱英杰的嘴角带着一丝苦笑点点头，小邱岩竟乖乖地躺下，自己拉上被子闭上眼，这一切陈江河都看在眼里。

多么漂亮、聪明、活泼的小女孩！

邱英杰拍着女儿，轻声哼起歌谣：“拜年拜块糖甜甜，糖勿甜，买丘田；田勿种，买个铳；铳勿响，买根香；香勿梅，买个妹；妹不惠，扔到塘里饲鲶袋……”

邱英杰拿起沾满泥水的袜子轻声笑：“有盆吗？孩子贪玩踩水，我给她洗洗。”

陈江河看着邱英杰给女儿搓洗袜子问：“她妈呢？”

邱英杰尴尬地笑笑：“她本来要拉我一起出国留学的，我没答应，半年前她自己先去美国了。我现在无论去哪，都得带上女儿。”

“甜蜜，真让人羡慕哦。不过，哥，你做大事，这也不是长久……”陈江河同情地看着邱英杰。

“江河，你居然让这个倒闭小袜厂起死回生了，还整出名堂来了。这说明，金子到哪都能发光啊！今天我带义乌的袜商来参观你的厂，他们都对你佩服得不行，听说这些货到了上海、北京就被抢空。”邱英杰挑起话头。

陈江河不好意思地笑笑：“三班倒，工人、机器都不休息。”

邱英杰笑眯眯看着他：“既然供不应求，你就不该违反经济规律随便开条子。我听说只要是我们义乌人来进货，你都会批，这是什么道理？而且，很有可能义乌客人来偷学怎么办袜子厂……”

“没道理，我乐意供货；如果义

乌袜厂遍地开花，我也巴不得！”陈江河一笑。

邱英杰笑着戳他胸：“你呀！总觉得欠着义乌人情似的，其实，多年来，你连本带利给陈家村人够多的，骆玉珠不知道底细还在寄钱，大家都说是金水叔他们对不起你俩。真不打算回义乌了？你知道我们义乌现在变化有多大吗？这两年又建成了新的城中路小商品市场，跟火车站一样，钢筋混凝土棚架结构，程控电话、银行、托运都进驻了，那才叫一个壮观！经营户的生意更加红火啦！”

陈江河笑着点头：“我有机会一定回去。英杰哥，金水叔现在怎么样了？”

“他在村里办了个羽毛加工厂，回收鸡毛做掸子，仅鸡毛收购加工一项，就让陈家村年人均增加收入1400多元。冯大姐她们常来拿袜子没跟你说？”

“这些我都知道，我曾给他寄过几笔钱，都退回来了。他对当年的事……”陈江河长叹了一口气。

“耿耿于怀，你们爷俩一个脾气！江西、安徽很多干部来陈家村向他取经，他的名气更加响亮了。羽毛加工具有投资少、见效快、覆盖面宽的特点，很适合脱贫，可是他对你还是想不开，你知道村里有人想卖你的袜子，全被他骂回去了。为什么？就因为你这袜子叫玉珠牌。”邱英杰看着他，用手拽出他脖子上的古玉挂坠：“这个东西要在心口挂到什么时候啊？这辈子在你眼里只有这一个女人？”

陈江河满腹苦水，再也笑不出来，喃喃地：“我找过她一次，她已经成家了。”

邱英杰意味深长地看着他：“过完年接到你的信，我都傻了，没想到你这么痴情。江河，错过了就永远错过了，她已经有了她的幸福，你又何必还苦守在这呢。”

“爸爸。你忘吃药了。”两人忙转头看去，小邱岩正迷糊地站在门口举起手中的药。

“哎，爸爸马上吃。”

陈江河呆呆地看着小邱岩，这对父女的亲情瞬间感动了他。

多么乖巧的女孩啊！

组团来的义乌袜业经销商与陈江河握手言别后，转身上了小面包车。邱英杰抱着女儿笑眯眯地看着陈江河：“江河，你这玉珠牌袜子注册了没有？”

陈江河愣了一下：“哪有工夫啊，卖得好就行了，谁想那么多！”

“商标注册是大事，就像有了孩子，就要取名字、上户口。国外很多百年的老企业都比我们重视。”邱英杰认真地说。

“不急！”陈江河无所谓地说。

“总有你急的那天。岩岩，跟陈叔叔再见。”小邱岩乖巧地摆手，陈江河拉住小女孩的手，像大人之间告别一般地摇了摇。

“岩岩，叔叔送你一份见面礼好不好？”陈江河一下子就疼爱上了这个小女孩，他摘下了脖子上的古玉挂坠，郑重其事地挂在小邱岩脖子上。

邱英杰大吃一惊，忙放下孩子：“江河，这是玉珠给的古玉，可是你……”

陈江河挡住他手，微笑着摇了摇头：“英杰哥，我没忘记是她给的，我听你的话，把它摘下来了。”

邱英杰长叹一声，用力拍拍陈江河的肩膀，父女俩上车而去。

四

一缕清柔的阳光透过门窗，洒在了站台办公室，宛若给这个不大的空间镀上了一层银粉。工长将一叠用橡皮筋勒好的大票小票郑重地递到骆玉珠面前。骆玉珠没有接，茫然地抬头看着工长。“玉珠，这是我们大伙的一点心意。大山人好，谁的忙都帮过，你家有什么困难再跟我提。”

骆玉珠呆呆地看着那一摞碎票：“工长，大山的工伤补助还没申请下来吗？”

工长为难地说：“毕竟不是他自己的班，也没人知道那晚他去干什么了。玉珠，这事很难定性，你得理解。”

骆玉珠面如死灰，将那摞钱推回，工长吃惊地抬头看她。“大伙的心意我领了，钱我不要。一码归一码，他是因公负伤，领工伤补助合法合规，您知道他每天维持生命的输液费是多少吗？我得要个说法！”骆玉珠步履沉重地转身出来，围在门窗外看热闹的工友们自动闪开一条道，默默地望着她的背影。

骆玉珠梗着脖子，面无表情，双手抓住头发一动不动，傻呆呆地站在赵家庆家外面。赵家庆躲在自家的柜子后不敢出来，听着老婆在外面劝。“嫂子，家庆真的不在家，我们看大哥那样也着急！这是这月的工资，我们留下点买米钱，都在这里了。”

骆玉珠轻声说：“我没力气跟他吵，我只要个说法。赵家庆不能昧着良心，他不怕遭雷劈吗？赵家庆你听着！你一天不给说法，不像男人一样站出来，我就一天不停来堵你！”

骆玉珠天天来堵门，躲在家里的赵家庆苦不堪言。

“咣啷”一声玻璃被砸碎，赵家庆老婆尖叫一声，砖头和碎片溅到赵家庆老婆眼前。赵家庆老婆大喊：“来人哪！骆玉珠疯了！”

骆玉珠冷冷地说：“你叫吧，我命都不要了，还怕人抓吗？从今天起，我被逼疯了，你家也别想有窗户了；我家喝西北风，你家也得陪着！”骆玉珠从赵家庆家出来坐在街边，听着屋里赵家庆老婆的哭嚎声。

几个小学生正在玩弹球，好奇地趴在墙上往院里看。

“看什么看！”

小学生们散开，继续玩起弹球，这时骆玉珠好像有了什么主意……

回到小木屋，骆玉珠调试好点滴，小心翼翼地给丈夫插上营养液。旁边的小王旭狼吞虎咽地吃着桌上的冷馒头。骆玉珠慌忙抢过馒头说：“妈还没热呢！你吃了会拉肚子的。”

骆玉珠打开锅盖烧水，看到窗台上有一个纸包，打开看看是一叠钱。“小旭，窗台上的钱，谁送来的？”

“是几个叔叔，还有工长伯伯。”

骆玉珠无声地叹了一声，转身蹲在儿子面前扳住他的肩膀：“小旭，从明天起，妈妈要想办法出去挣钱了。你在家看着爸爸，哪儿也不许去。妈早上就把你的饭都做出来放在锅里，妈天黑就回来。”

小王旭懂事地点点头，骆玉珠百感交集，将儿子紧紧地搂在怀中。

赵家庆家门口人声鼎沸，里三层外三层的小学生争抢着往里挤，地上除了冰棍车，同时还摆着几个摊子，都是孩子喜爱的用品。骆玉珠应接不暇地忙着收钱递冰棍，转身拍了下一个小孩的脑袋：“给钱了就拿弹球！”

“阿姨那画片多少钱？”

骆玉珠瞥了眼：“两毛钱一套！”

工长扒开孩子挤了进来：“玉珠，你这是干嘛呀？”

骆玉珠装糊涂：“我要自力更生挣钱，我总不能看着大山没钱买药而死吧？我要挣点大山的救命钱。”

工长哭笑不得：“那咱也不能堵着人家门口摆摊啊！”

骆玉珠一指：“他们家挨着小学校，我这全是孩子用的玩的，不在这我能去哪？”

屋里赵家庆裹着被子不敢露头，他老婆看着窗外直抹眼泪。

“睡觉也睡不好，往后你别去值夜班了，这里又没窗户，外面又闹的。”

赵家庆不耐烦地用被子捂住头：“滚！你烦不烦！”

“逃班打牌的是赵家庆！值班的是王大山！”外面的孩子齐声喊起来。

赵家庆腾地坐起来，脸色苍白地与老婆对视。

骆玉珠怂恿孩子们：“快喊快喊！谁喊得最响，阿姨便宜两分钱！”

孩子们喊得更起劲了，声音此起彼伏：“逃班打牌的是赵家庆！值班的是王大山……”

五

大上海的天空是澄碧澄碧的，太阳像海绵一样温软，风吹在陈江河身上，像着了魔一样地快活，像迷醉了一样溶解在这种光景里。陈江河走进南京路外贸商场的经理室，拿出袜子和经理苦口婆心地讲解。经理看了眼陈江河，便有些不耐烦："同志，您不要讲了，我们是对外经营，只进大品牌有档次的袜子。"

陈江河扯着袜边："您看这质量，这设计，不比大品牌差啊！上海很多商店都卖我们这个牌子的袜子，很抢手！经理，这两双先送您试着穿。"

"不用不用！"

陈江河又推回去，死皮赖脸地："产品就得试，我们交个朋友。"

"你不是厂长吗，怎么又当起推销员了？"身后响起熟悉的声音。陈江河回头一看，经理也是一惊。杨雪打扮入时，吹着一个波浪头，对着自己高深莫测地微笑着。

经理脱口而出："杨小姐……"

杨雪含笑点头："于经理，他的袜子确实可以跟天赐袜比一比，都是上档次的货。我接的很多外国朋友很喜欢。"

经理恍然点头："既然杨小姐推荐，那我们就先进一批试试。"

陈江河有些不相信，百感交集地看着杨雪："大救星啊！我请你吃饭！"

陈江河像刘姥姥逛大观园一样看着四周幽暗的环境，杨雪轻声叫服务员点菜："……牛排要五成熟，再来一瓶8年的麦芽Whisky。"

点完菜，杨雪抬头看着东张西望的陈江河："哎，咱别跟土老帽进城似的，行吗？"

随着轻音乐，五光十色的灯光忽明忽暗。陈江河不好意思地笑起来："为什么吃饭的地方要这么暗呢？好像要干坏事似的。"

杨雪扑哧笑起来："你能喝洋酒吗？"

"我喝酒没问题。服务员，您把那菜单给我看看。"

"不用了，这顿饭我请。"

"不要这样嘛，你这是瞧不起人！杨小姐，我欠您多大人情啊！今天这顿饭再让您请的话，我以后还有脸……"陈江河瞪着眼说。

杨雪抱着胳膊冷笑着瞧着他。

陈江河看了一眼菜单，目瞪口呆地迟疑了一下，尴尬地指着菜单对服务员说："我不吃肉，这个去掉。还有这果汁，你给我换杯凉白开水。"

杨雪夺过菜单递还服务员："照下就行。"

陈江河拿过纸巾，抹起脖子上的汗，尽量掩饰自己紧张的情绪，翻着白眼盘算起价钱。

"上次帮你们骗了山下，陈厂长确实欠我一顿饭，怎么算这笔账都得补上。"杨雪坏坏地伏在桌前打量他，又充满好奇地，"真没想到，你会变魔术，把这个小小的袜厂变成了摇钱树。我穿过你们的袜子，确实不一样。”

“那是,穿过的人没有说不好的！”

“陈江河，既然你有这么大本事，为什么要替人打工呢？我听他们说过你是从义乌来的，那边现在发展得很好啊。看来陈大厂长也有难言之隐，大丈夫为情所困吧？”

陈江河讪讪一笑。

陈江河举杯相碰，喝 Whisky 像喝啤酒一样一饮而尽，杨雪没来得及阻拦，陈江河差点呛出酒来，强忍着难受，吞咽下去。

杨雪捂嘴笑道：“你当是喝啤酒呢！这酒不能那么喝的，你要吐就吐吧！”

陈江河强忍恶心，声音从牙缝里挤出：“不能吐，这么贵，忍都要忍到肚子里！”

陈江河显然已经喝晕，假装镇定地扶着墙，一步步往前挪着。杨雪挎着包一脸坏笑地瞧着他。“陈厂长，你行啊，一瓶酒你都非要喝完，这次让您破费了。”

陈江河打了一个饱嗝：“不喝……浪费！我没事，你先走。”

杨雪看看表，无奈地看着他。“你住哪？我送你回去。”说着，扶起土里土气的陈江河，让他斜靠在自己身上。

陈江河忽然想起什么，用颤抖的手艰难地从黑包里扯出两袋袜子，杨雪立刻明白，哭笑不得地等他说话。“不成敬意！这是送您的礼物，您现在总得有孩子了吧？”

杨雪甩开他，抱起胳膊：“距离上次见面才几个月啊！陈江河，你要骂我就直说。”

陈江河懊恼地一拍脑门，靠墙慢慢坐下。闭着眼大口喘气：“你让我缓缓，我要吐了。杨小姐，你是个人才，才貌双全，我一定要聘你做我们厂的推销员！”

杨雪忙蹲在陈江河面前，忍俊不禁：“高价姑娘，你聘得起吗？”

陈江河一挥手：“你又瞧不起我。我告诉你，我还要聘高价的影视明星为我们代言呢。我们的袜子会卖到北京，卖到广州，然后冲出中国，冲出亚洲，走向全世界！”

杨雪意味深长地笑了笑：“赫赫有名的天赐袜还没走到这一步呢，你的胃口比他们还大。”

“那些袜算个鸟！给我两年时间，我再多投放几条生产线，就和天赐各占半壁江山了！”陈江河轻蔑地一笑。

杨雪用赞赏的目光看着他：“好，陈厂长，我等你聘我哦。”

陈江河突然一个干呕，爬起来，就像没头苍蝇一样寻找着地方。

陈江河踉踉跄跄走到洗手间就呕吐起来，晕头迷糊的陈江河感觉有熟悉的声音在说话。

“哥，您要多少回扣，只要提出来我全满足！”

那人不耐烦地赶他走：“你烦不烦？我上厕所你也跟着，你是狗啊？”

陈大光嬉皮笑脸地：“哥，看你说的，我不就是你眼前的一条狗吗？”

陈江河听出陈大光熟悉的声音，慢慢直起身探出头看过去。

“去！没纸了给我拿纸去！”厕所里坐着的人说。

“大光！”陈江河目瞪口呆地看着陈大光，陈大光惊呆了，怔怔地看着陈江河。

厕所里的人大叫：“你这个废物！纸撕到哪里去了？”

陈大光慌忙撕纸，奔到厕所门边塞进去，转身一把挎住陈江河的胳膊，推出门外。

陈江河有点发蒙，皱眉审视着陈大光，指指卫生间：“你这是什么意思？怎么都混成狗了？”

陈大光尴尬：“不是！哥，我在干笔大买卖，你知道里面坐的人是谁吗？说出来吓死你！”陈大光谄媚地扒在陈江河耳朵边，嘀咕了一阵后笑着说：“是不是当狗也值了！他批个条子，我能赚多少你知道吗？”

陈江河脸色大变：“你怎么跟这种人……大光，你不卖手套了？巧姑呢？”

陈大光掩饰地笑笑：“哥，你怎么也来上海了，你找着骆玉珠了吗？哥，我就住这酒店，9009，明天你来找我，咱哥俩好好叙叙旧！”

陈江河吃惊地看着他的背影，远处杨雪袅袅婷婷飘过来：“怎么，上厕所还碰到熟人了？”

脸色苍白的陈江河一动不动地站着。

杨雪拽住他：“哎，你没事吧？”

陈江河强挤出一丝苦笑，摇头蹒跚而去。

杨雪把陈江河扶上一辆豪华轿车。

随后与陈江河并肩坐在后座上，她暗暗打量着失魂落魄的他。“怎么没话了？想什么呢？”

陈江河像没听见一样，半张着嘴喘息。

“我发现你这个人挺有意思，说起袜厂来滔滔不绝，一说起你自己就跟哑巴一样。陈江河,你真是个谜啊！你还没回答我，你为什么要离开义乌呢，刚才那是你老乡？”

“有什么好说的，每个人不都需要求生存嘛？”陈江河望着窗外闪过的霓虹灯，仿佛回到了从前，喃喃地说，“杨雪，人都会变是吧？”

杨雪盯着他：“这么多年你变了吗？还是谁变了？”

陈江河微微一笑，指着窗外：“就停这吧，我就住在那。”

“你这个明星厂长就住这种旅店？”

陈江河咧嘴乐："已经很好了！当年我都住在澡堂子里、火车座位底下、火车站过道里。现在有床有被子，人家还供应开水，知足了。杨雪，您就别下车了，回去吧！咱后会有期！"

"你确实跟别人不一样。"杨雪充满怜爱，欲吐还休地看着他，轻声地对司机说："走吧。"

陈江河微笑挥手。

作为与刚才豪华酒店形成鲜明对比的是，陈江河在吱呀作响的木板床上辗转反侧，眼中充满了惆怅……

六

昏暗的灯光下，母子俩在一张张地数着零钱，硬币掉在地上，小王旭忙趴到地上搜寻。骆玉珠看着撅起屁股捡钱的儿子，露出了久违的笑意："小旭，咱给爸爸数数钱好不好？"

"好！"

母子俩一起蹲到床边，小王旭一张张地数起来："爸爸你看，妈妈挣的，一、二、三、四、五……九、十……"

骆玉珠轻声跟丈夫絮叨："大山，我在子弟小学门口摆摊卖东西，我们这地方偏僻没人气，也就那里人气旺点，只要进孩子喜欢的货，就没有卖不掉的。将来我们的孩子上学，我就在校门口守着，一直卖到他下课。放心吧，你的医疗费和小旭的学费我都能挣出来。"

小王旭盯着爸爸的脸："妈，爸笑了。真的,我看见他的嘴动了一下。"

骆玉珠吓了一跳，仔细端详："你爸哪笑了？胡说！"骆玉珠深情地搂过儿子亲他的额头，"那准是妈能挣钱了，你爸听见高兴坏了！"

小王旭咯咯地笑起来，骆玉珠伤感的目光看着一动不动的丈夫。

"九成新的电视机，半价卖了，半价卖了！"小木屋外，骆玉珠从工友手中接过钱，快速地数了数，不好意思地笑笑："这电视机没看过几回，有问题厂里保修，放心吧！"

小王旭趴在电视机上，死死地抱住不放，骆玉珠走进门瞪了儿子一眼："妈怎么跟你说的？"骆玉珠拉开儿子，工友才把电视机搬了出去。小王旭含泪眼巴巴地望着，骆玉珠把电视机放在板车上，张开右手，最后抚摸了一把，挤出笑："走吧！慢点啊！小心！"望着工友骑车远去，骆玉珠长长地出了一口气，转身看着满眼哀怨的儿子，蹲上前搂住，"儿子，现在什么最要紧？"

小王旭抽泣："治好爸爸的病。"

骆玉珠用力抱住儿子拍着："将来妈一定给你买一个大的，彩色的。"

赵家庆和老婆做贼一样轻手轻脚地将窗户玻璃安上，两口子刚要进屋，"啪"的一声玻璃粉碎了，一颗弹球掉落在地上。

两人欲哭无泪掉头望去，骆玉珠跳下院墙，像没事一样走回自己的地摊。“弹球啊！一毛钱三个！”

“这日子我真没法过了！我们和你前世有孽呀！”院里传来赵家庆老婆的哭声。赵家庆冲出院门，手里举着一把铁锹：“骆玉珠！我把你拍死算了！”

骆玉珠推开孩子们，气定神闲地迎上前。平静地站到赵家庆面前：“拍，往这拍！你别拦着他。男人应该敢作敢当，我倒要看看你是不是。”

赵家庆老婆抱住丈夫的腰：“你别折腾了！你斗不过她，别再闹出人命来了！”

赵家庆颤抖着放下铁锹：“骆玉珠，你要闹到什么时候才肯停歇！”

“到了你给我个说法，到了你去说出真相，到了证明大山是工伤。”骆玉珠一字一顿地说。

赵家庆的铁锹咣当掉落在地，一个大男人竟像孩子一般，捂着脸蹲在地上号啕大哭起来。

两人来到站台办公室，骆玉珠坐在站台边，垂着双脚眯眼凝望远方，身后传来工长拍桌子的咆哮声，还有赵家庆的哭泣声：“赵家庆，你是不是人！大山平时对你咋样？你把大山一家人害惨了！你！”

“工长，我也是没办法啊！我错了……”

工友们里三层外三层地将办公室围住，纷纷议论着。骆玉珠眼神释然，无声地长长地叹了口气。

骆玉珠兴冲冲地回到家，没进门就喊着：“大山！定成工伤了！赵家庆他全招了！”

屋子里静静的，只有王大山躺在床上，儿子已不知去向。“小旭，小旭！”没人答应，骆玉珠看到点滴快要打完，忙重新换药，瞬间察觉到什么，俯身凑到丈夫床前。骆玉珠脸色一变，伸手触摸丈夫鼻息，浑身一颤，扑通跪倒在地，捂住自己的嘴，泪水涌出。

小王旭浑身是泥地跟随几个小男孩跑来，手上拿着一串野果，正要欢蹦乱跳地走进家门，只听到妈妈撕心裂肺一声惨叫。小王旭停住脚步，惊恐地站在门口。

天终于塌下来了。

七

陈大光热情地领着陈江河进入房间：“哥，你喝什么？我给你沏杯咖啡。”

陈江河踩着地毯摸着壁纸，又按了按席梦思床：“不用，喝不惯。巧姑呢？”他坐下打量。

陈大光转身已经忙起：“那手套

生意没法做，太累了！你知道现在批条子能赚多少吗？动动嘴，一个电话打通关系，顶我卖一千双手套！我跟你说，我倒卖过钢材、木材、电视机，从我手里过的钱哗啦啦的！你见到昨天那个花花公子没有？他们吃肉我喝汤，攀着大树好乘凉，跟着他混，那真叫见过世面！”

陈江河冷哼：“还跟着上厕所。”

陈大光嘴角抽动了一下，尴尬一笑：“像我们这种普通人，没权没势，人家能带我们玩就不错了！哥说说你吧，你还在那袜厂待着吧？不如出来跟兄弟混，他们这个圈子里，外人进不去，我倒可以把你带进来。”

陈江河叹息一声：“大光，人还是踏踏实实活着好，靠辛苦挣的钱花着也踏实。”

“哥呀，你思想太落后了，现在挣大钱不能靠辛苦，靠的是关系！”

陈大光又神秘又兴奋地趴在陈江河耳边嘀咕起来：“如果我俩联手，过不了两年，我们哥俩就是义乌首富了！让那些瞧不起我的人全都吃后悔药去吧！哎，你知道陈金水身体不行了吗？早就没有当年的威风了！他现在养养鸡，串串鸡毛。过年时，当我把一摞钱拍在他眼前的时候，他半天没喘过气来！一辈子也没见过这么多钱呀！”

陈江河鄙夷地瞥了眼大光：“那是你老丈人。”

陈大光笑着说：“对对，老丈人。老丈人也认钱呀！你知道现在最流行什么？拿钱把人给砸晕咯！”

“巧姑呢？”

陈大光把咖啡端到面前，咧开嘴乐了：“哥你闻着味没有？香不香？现在我抽的是中华，睡的是席梦思。不是宾馆我睡不着，没有单独的卫生间我根本就不住！就你昨天吃饭那餐厅，那是我食堂！”

陈江河突然将咖啡泼在他脸上，陈大光惨叫一声捂着脸坐在床边。“我问你巧姑呢！”

“你干什么！”陈大光一边拿纸巾擦拭一边委屈地说，“她回义乌了，一股泥土味，带着她我怎么谈生意啊！你干吗呀，你！”

陈江河厌恶地将桌上的纸扔给他：“瞧瞧你那副德行，还像个人吗？”

“你知道你老丈人是谁吗？我金水叔，是真正见过世面的人，他的父亲就是当时的义乌首富、鸡毛换糖‘老路头’重辉公。那是精于敲糖业务的‘精英中的精英’，一直独当一面，统帅北路糖担；重辉公的四子三女，六个受过高等教育，而且五个都是复旦大学毕业的。勤耕好学、诗礼传家，兴教重教，遗风不绝。重辉公凭肩挑货郎担叫卖起家，成为“金华火腿”生产商。他后来又办起染坊、酒坊、酱坊、黄包车行，成就了综合性大型企业。”

“陈金水不是跟这些城里亲戚脱离关系了吗？我爸说，你应把它当成传说，不要信它。”

“以前不能说，现在世界都在变，我可以告诉你了。”

陈江河起身夺门而出。

陈大光慢慢擦拭身上的印记，无声抽泣。

鸡毛飞上天 长篇小说

Feather Flies To The Sky

〔第十集〕

一

残酷的现实无情地打击着骆玉珠的人生。世事如浮云，又有谁可以预料。一个月前还是见人就憨笑着的王大山，如今，他的遗体用白布覆盖着，被护士推着走向了走廊尽头，骆玉珠哭得身子发软，被工长和工友搀扶着。

小王旭蜷缩着坐在拐角处，他恐惧无助，谁也不会注意到这个孩子。突然降临的残酷血腥，注定了这个恐怖的阴影，有可能笼罩他一辈子。

赵家庆拉过一个工友轻声嘀咕："天底下哪有那么巧的事，刚定成工伤，补偿金一到手，男人就死了。"

"你这张嘴啊！"

"是啊，骆玉珠天天疯子一样去找我家要说法，图的是什么？还不是钱么……"

一声霹雳，小王旭拼命捂住耳朵，外面大雨滂沱，白茫茫的世界已经变得悄无声息。过了许久，淅淅沥沥的小雨清闲自在地下着，仿佛走进了梦的世界。

骆玉珠撑着伞向前躬着身子，把香和纸烧完，拉儿子跪在墓碑前："小旭，再给你爸磕几个头。"

小王旭眼巴巴地看着墓碑："是因为没钱治疗，爸爸才走的吗？过些天爸爸还回来吗？"

"小旭，谁和你说的？"小王旭被妈打了一下，"哇"的一声号哭起来。骆玉珠抱住儿子，用凄凉的口气说："你爸是不想拖累咱们，他自己走了……"墓碑上王大山的遗像微笑着，他慈祥地看着相拥在一起的母子俩。

小王旭左胳膊上戴着黑纱，恐慌地低头快行，一群孩子在后面起哄："骆玉珠不要脸，不要老公只要钱！"小王旭脸色发青，捡起石头转身就扔过去，孩子们一哄而散。

赵家庆趴在自家墙头，幸灾乐祸地瞧着，老婆拽他下来："你就损吧！人家孤儿寡母的，你还落井下石！"

赵家庆没好气地说："谁让她骆玉珠来败坏我名声的！我今天给她还回去！"话音未落，哗啦一声玻璃被砸碎，夫妻俩目瞪口呆。赵家庆推门追出："谁啊，谁啊！"

小王旭咬牙切齿地站在门口瞪着他。

赵家庆脱鞋就打："小崽子也敢欺负到我头上来了！"

小王旭："那句话是不是你编的？"

"是我编的又怎么样？回家问你妈去，你爸是怎么死的。"赵家庆上前揪住小王旭的耳朵，"你先让你妈把我家玻璃赔了再说。"

"我爸没死！他还会再回来的！"不想小王旭没有跑，一头撞到赵家庆怀中，赵家庆老婆连忙把两人拉开。

混乱中小王旭狠狠地咬住赵家庆的手，赵家庆痛翻在地。小王旭掉头就跑。

骆玉珠身上戴孝守着货摊，有人刚要走上前，旁边说闲话的声音就传过来："别买她的货，她装可怜，家里不缺钱，吃她老公的抚恤金就够了。"

骆玉珠像没听见一样，冷冷地摆弄着小首饰。小王旭哭着蹿上前，一脚踢翻货摊，在地上乱踩一通。

"我不要你挣钱，我不要你挣钱！我要爸爸……"

骆玉珠震惊地看着儿子，眼眶一下子湿润了。周围不少人幸灾乐祸地指指点点。骆玉珠揪过儿子的后脖领，狠狠地向屁股扇去："你胡说什么！跟谁学的！"

"他们都说你不要脸，不要老公只要钱！"小王旭哇哇痛哭。

骆玉珠呆若木鸡，怔怔地看着哭泣的儿子，突然转身收拾货物，往货担里一兜，强拽着儿子离开了。

小王旭含泪看着忙碌收拾的妈妈，地上已经打起了两三个巨大的包裹。小王旭哽咽："妈妈，我们去哪啊？"

骆玉珠全身发抖，没有理睬儿子，自顾自收拾着东西，直收得满头是汗。

小王旭有些害怕，上前拽住妈妈

衣角：“妈妈我错了……你别扔下我。”

“小旭，妈妈没生你气。咱们明早就走，离开这个是非之地，这里已经没有咱娘俩的容身之地了。我们去更好的地方，去爸爸希望我们去的地方，那里有养活我们娘俩的天公，有咱的活路。”骆玉珠捧起儿子的脸，含着眼泪微微一笑。

骆玉珠背着两个包裹，一只手提了一个，另一只手牵着儿子站在铁轨边。母子俩转身凝视着上了大锁的小木屋，小王旭眼巴巴地看着孤零零的小木屋，恋恋不舍。

骆玉珠几次用力拽着才将儿子拽动，母子俩沿着轨道蹒跚前行……一列火车一边呼啸着，一边吐着青烟从旁边的轨道驶过，迎着刚刚升起的旭日，快速朝前方冲去。

二

车间的机器没日没夜连续地运转着，终于太累了停下来休息了。陈江河气咻咻地站在机器旁边，他头上冒着热气，鼻尖上缀着几颗亮亮的汗珠，眉毛怒气冲冲地向上挑着，嘴却向下咧着。“小蒋还没消息吗？”陈江河看见老严进来便问。

“江河，人可以三班倒，这机器跟不上啊！过热停工，一歇就是半天。上海方面催着要货，威胁说再不按时交货，就让我们退定金、赔损失。”

老严摇着头递上货单。

“柱子叔！原料能跟上吗？”

“赣州那边的原料商说，最近腈纶和尼龙都缺货，叔在催呐！”

“我们跟你们厂长是老乡！你快叫他出来！”外面突然传来吵闹声。

陈江河闻声诧异地向门口望去，被柱子一把拽到角落。“准是冯大姐她们来讨货，你别露面，我豁出这张老脸，出去帮你挡住！”

“还是我去吧！”陈江河快步走出车间，冯大姐等人正跟拦着的人吵嚷。陈江河挤出笑：“冯大姐！”

冯大姐忙上前拽住他的胳膊：“江河！见你一面可真难呐！”

陈江河微笑：“今早我叫他们给你们留了一批货，怎么还不够吗？”

冯大姐摇头：“不是不够，我们要退还给你！”

陈江河愣住：“什么？这批货有问题？”

大家围拢过来，冯大姐认真地说：“刚刚在电话里，你金水叔把我们狠狠地骂了一顿，说你生产的紧俏货，基本上都让给了我们，使你的订单完不成，人家要退单子的，还要你赔钱。江河，你的牌子刚刚创出，不容易啊。我们义乌挑货郎有句老话，叫进四出六，上半夜想想自己，后半夜想想人家。我们也不能光想着自己赚钱，也得多想想别人，要给对方留住盈利空间。这些年，你帮大伙赚了不少钱，我们不能这么没良心耽误你做大事。江河，这批货我们不拉了，留着先发给要紧的地方去。”

陈江河百感交集说不出话，老严也感动得落泪了。

送别冯大姐，陈江河马不停蹄来到了原料厂。

“刘厂长，感谢你大力支持！等这批腈纶和尼龙到位，我请你们喝酒！”柱子在一旁陪笑。

“放心吧，陈厂长！我跟你柱子叔交情深着呢，这次你又亲自来一趟，我们能不发货吗？”刘厂长热情地拉着陈江河的手。

陈江河与柱子相视一笑，并肩走出厂外，他心中的石头落地了，又想起什么：“柱子叔，我们可不能玩邪门歪道，你送礼了没有？”

柱子一脸正气：“怎么可能！你叔是那样的人吗？咱玉珠牌的袜子那么畅销，用他家的原料是给他长脸！”

陈江河笑起来：“柱子叔你先回去。正好出来了，我去看看老朋友。”

陈江河摆手远去。柱子鬼鬼祟祟地转身，又往原料厂方向跑去……

陈江河远远地就看见了小木屋，迟疑了一下还是走近了，越看神情越诧异。

过去那些难忘的岁月啊，让它变得模糊些，让它随流水逝去吧！曾经的心动和心痛，再也不可能回来了。

赵家庆坐在不远处的铁轨上，正拉起弹弓瞄准，将一颗颗石子打进窗户。小木屋已经破败不堪。赵家庆看见有人过来，连忙收起弹弓拖着废品袋靠上前。

陈江河透过空荡荡的窗户望进去，里面堆满了杂物和垃圾。“师傅！这家人呢？”陈江河用手指了指小屋。

赵家庆装作没事一样，打量着陈江河，眯起眼：“你是他家什么人？”

陈江河笑了笑：“朋友，好久没联系了，过来看看。”

“朋友？王大山三年前就死了，他老婆带着孩子早跑了，现在这屋子归我卖破烂用。你是骆玉珠朋友吗？你见了她告诉她，我工作没了，老婆也跟我离了，她可把我害苦了！”赵家庆眼圈一红，便哽咽起来。

陈江河吃惊地盯着赵家庆，看了看空弃的小屋，陈江河恍惚的心沉了一下，异常失落……

三

火车车厢里已经挤满了旅客，骆玉珠在站台上，瘦小的身体被挤压在人群中，胸前的大包用力顶住了儿子的背。她拼命地往前挤，想挤到两车交接处的大门口。可是，人太多，加上骆玉珠瘦小，根本没有任何缝隙可找，行动和呼吸都很困难。小王旭已经长大成了七八岁的少年，他被挤得脸红脖子粗，叫嚷道："妈！我喘不过气了！"

骆玉珠倒退两步，一屁股坐在地上大口喘息着，衣服已经湿透。小王旭趴在妈身前哭丧着脸："妈，咱这趟车又赶不上了！"

骆玉珠撑地爬起，一脸不信邪："钻窗户！"

小王旭熟练地找到一扇开启的车窗："妈，这人少！"

骆玉珠将包裹放下蹲在地上，小王旭踩上妈的肩膀，用手扒住车窗。骆玉珠大叫一声："儿子，钻！"随着骆玉珠咬牙起身，小王旭上半身已经钻进黑压压的车厢，骆玉珠用力推着儿子的脚直到全部塞入。小王旭艰难地伸出双手："货！"

骆玉珠超人般甩起巨大的货袋，正卡到车窗："儿子，往里拽！"骆玉珠用力砸着货袋边缘，将卡住的包一点点挤入窗户。

列车员远远地走了过来："哎，干吗呢，窗户挤破了让你赔！"

骆玉珠眼疾手快，又将两个小包同时甩起，塞入车窗："儿子接住！"

列车缓缓启动，小王旭从几个蛇皮袋底下拼命探出头："妈，妈妈！"

骆玉珠背着一个包慌乱地追着车跑："小旭，别慌！妈从别的车厢上！"

车站值班员在后面追着："你站住！"

列车越开越快，几节车厢闪过，骆玉珠干脆跳下站台，沿着轨道追赶车尾。她一把抓住栏杆，一只鞋子滚落下去，骆玉珠想捡已经来不及了，只得向上一纵，喘息着一瘸一拐地钻入车厢。

车厢里人群拥挤着，简直让人透不过气来，小王旭蜷缩着靠在过道角落，瘦弱的臂膀拼命护住所有货袋，警惕地看着周围。

骆玉珠头发都已经被汗水打湿，举步维艰地在人群中穿行。

人们纷纷斥责："干吗呢，挤什么挤！"

骆玉珠边挤边解释："我儿子在前面呢……对不住，我找我儿子！"骆玉珠干脆扯着脖子大喊起来，"小旭！"火车的轰鸣声将骆玉珠的喊叫声淹没，骆玉珠的喊声更加撕裂了，"小旭——"

"妈，我在这——"隐约传来小王旭的回声。

"三站以后下！还是从窗户塞出，别忘了货！"

火车到达杭州站，骆玉珠的心一下子轻松了许多，那些疲惫和无助被火车卸到了一个又一个停靠的小站。下了车的骆玉珠在站台上奔跑，挨着车厢寻找儿子。

小王旭探出半个身子："妈，我在这！"

骆玉珠忙上前接住儿子，还有好心乘客塞出的货袋，一件件撂在地上。小王旭吃惊地看着妈妈的脚："妈，你的鞋呢？"

骆玉珠躺靠在蛇皮袋货包上，用尽最后一丝气力仰天傻笑："只要儿子你跟货在，妈妈无论掉了什么都没关系。"骆玉珠搂紧儿子，娘俩躺在货物中间，互相胳肢着笑起来……

四

小蒋灰头土脸的，背着大黑包在众人注视下走进办公室。陈江河正在电话那一头赔罪说："我们一定保证发货！机器出了点问题，正在维护，您放心……"

陈江河打量着一脸颓唐的小蒋，放下电话上前就捶他一拳。"你小子还有脸回来，别告诉我没找到机器。"

小蒋叹息："日本厂商跟商量好了似的，都说没货。可我遇到了个人，她要见您。"

陈江河无可奈何转身望着窗外："谁呀！"

"我。怎么，不欢迎我来吗？"杨雪一脸灿烂，出现在门口。

陈江河吃惊地看着杨雪："杨翻译？哪阵风把你吹来了？"

杨雪惬意地靠在桌边："来观摩陈大厂长怎么抢占半壁江山啊。哎，陈厂长，我大老远的从上海赶过来，怎么连口水都不给喝呀？"

"恐怕你不是来观摩的吧，杨小姐还能联系到山下吗？那些日本人为什么都躲我？"陈江河边忙着拿茶叶倒水，边偷偷打量着杨雪。

"你干扰了一个商人的利益，打击了整个利益链。之前都是他垄断上海的市场，那些最先进的日本提花机也都由他来经营。他万万没想到，你们这样一个小品牌会抢走他的市场。所以不光是机器，过两天你们的原材料都会吃紧。提货商会集中来催货，你们的信誉会一败涂地。"杨雪凝视陈江河的反应。

陈江河皱眉慢慢坐下："你说的这个人是不是杨氏集团的杨天赐？赫赫有名的'天赐袜业'老板杨天赐？他一个巨商跟我较什么劲哪？他伸出一个脚趾，就能把我陈江河碾死。"

"因为他知道你拆机器骗日本人山下，也知道你不择手段改造提花机，还知道你偷学技术，徒弟学会了，饿死师父反抢市场。"杨雪说。

"他那么大的企业，配有织袜、缝头、染色、定型、包装等生产流水线；拥有高档进口袜机、缝头机、定型机、染色机等各种生产设备千台；袜子日产量数十万双；形成了开发、生产、销售、服务一体化的大型袜业生产型综合企业。他怎么会知道我们厂？”

“因为他是我爸。”杨雪瞟了眼陈江河，吹了吹杯中的茶叶，从容地喝着茶，审视着陈江河的表情。

陈江河犹如五雷轰顶，砸晕在那里，额头不由自主地冒出大颗大颗冷汗，恐慌在内心里快速地升腾着，但陈江河很快强抑住慌乱，故作镇定地说：“你不会耍我吧？杨天赐的女儿？她怎么会给一个日本工程师当翻译？”

杨雪惬意地跷起腿：“不可以吗？那时我刚从欧洲回来，我爸叫我再熟悉一下日本的商业模式，我还给德国人、法国人当过翻译。”

“以前我求你帮忙骗山下，在上海外贸商场，你一句话就让经理答应接我们的货，这都是你在给我演戏？”

“我没演戏，我是真心想看看你有什么本事。”杨雪冷笑着。

“我早就看出你是天才，杨雪，你可能不信，这金子到哪都能发光！当年我就觉着你跟一般人不一样，才貌出众，优雅大方，可我又说不准确，你是一个谜！”陈江河咽了口唾沫，咧嘴一笑。

杨雪冷冷地看着他：“夸，继续夸，夸美了我，我爸就不跟你们算账了。陈厂长，你的经营模式干扰了天赐袜业的出口市场，如果按我爸的脾气，早就出手把你们这个小厂灭了。”

“但被我拦下了。我跟我爸说，这个厂长是个人才，而且是我的合作伙伴，你灭他就等于灭我。”

“咱俩……好像没你说的，不是伙伴吧？”陈江河讪讪一笑。

杨雪嘴角泛起一丝笑意：“马上就成为伙伴了。这次我带来了三组提花机。我知道你的产能有限，货有点供应不上。”

陈江河连忙往窗外看。

“别看了，车停在国道上等我电话，是返回上海，还是运过来？就等着陈厂长一句话。”

“你干嘛想跟我合作？你图什么？”陈江河百思不得其解。

“一个临近倒闭的袜厂，短短三年，生产出的产品居然能跟我们抢占市场，我爸非常感兴趣。”杨雪拿出两份协议放在桌上，“这是我来之前，我爸的‘天赐袜业’让律师做好的合伙协议；另一份是合作不成，告你们扰乱市场的起诉书。官司输赢难说，但按你的话，我爸可以动用一切资源，让你们从哪里来回哪里去。”

陈江河忙翻看，吃惊地：“生产销售你们都要参与？”

“陈厂长，你要搞清楚现在是你更需要我，而不是我需要你。”杨雪抱起胳膊说。

陈江河揉了揉头发，来回徘徊：

"你们这是威逼利诱，这是赤裸裸的要挟！"

"你可以选择，没人逼你。另外说一句，那三组机器是更新式的升级版，一旦投入生产，你的产量不止翻番。"杨雪倒也不着急，含笑瞧着他。

"这里面写的是你有决断权，如果咱俩意见不一致怎么办？再说，你怎么能保证你爸不会秋后算账呢？"

杨雪无声叹息，拿起包就要走："陈厂长，别说原材料供应不上，三天之后，上海再也不会有商店帮你卖货了。"

"我就不信……"

杨雪走出门口回头说："陈厂长，你别不信，你们只卖袜子，杨氏集团什么都卖，一条龙服务。"

"你等等！好商量，好商量！"陈江河无奈地伸出手去，杨雪却没握，转身微笑着从包里掏出一部砖头大小的大哥大，得意地注视着陈江河恍惚的表情。

五

杭州街边摊上，有一个半跪在地面上显得有些土气的女人正在忙碌。其实那是一个极美的女人，一颦一笑之间，勇敢坚强的神色就自然流露出来，让人不得不惊叹她清雅灵秀的光芒。

美丽坚强朴实的骆玉珠被别人骗走过钱和货，有一次还差一点被人贩子连人带货一起卖掉。骆玉珠认为，同样的错误不能犯第二次，当她第二次把货扔上了火车，人却挤不上去时，她找到了那辆火车的乘务组，一个个追查，最后，拿回了货物。或许有了前面的几次失败，使得骆玉珠的意志得到了巨大的砥砺。"生活不全是光和彩，也有黑暗与不幸，但是只要自己不倒，谁也打不倒你！"笔记本上歪歪扭扭的字，是骆玉珠对过去人生的总结。对于接踵而至的黑暗与不幸，骆玉珠终于悟出了这一点："永远不要抱怨，不需要向任何人诉说自己的不幸。"

在杭州小百货市场，骆玉珠手忙脚乱，一边吆喝一边收钱递货。每到晚上，因为舍不得花钱住旅馆，玉珠就带儿子在杭州城站火车站的广场上铺开几只麻袋，就当是床，在这里过夜了。

旁边的摊贩赵姐羡慕地瞧着："天儿，你进的货怎么老比别人好卖呢？"

"我从七岁开始卖东西，十几岁的时候在外面流浪，如果做不成买卖，这一天就得饿肚子，所以我知道别人想要什么。"骆玉珠憨憨地笑着说。

骆玉珠忽然想到了儿子王旭，便四处寻觅儿子的身影。

"找你家小旭啊？刚刚我看见跟几个野孩子疯去了。"

骆玉珠拿起一件首饰："赵姐，我专门给你带的，我觉得这件饰品特别适合你，还真的没第二件。"

"又让你破费了。"赵姐欣喜地接过，又有点激动地说。

"哎，赵姐，你帮我看会摊，我找那小子去。"骆玉珠快步走到小巷口，听见了男孩们的喊叫声："堵住他，缴枪不杀！"骆玉珠脸色愠怒，几步上前，小王旭正举着一根木棍从巷口蹦出："缴枪不杀。"耳朵一下子被妈揪起来，小王旭疼得直叫唤："妈，你轻点，疼！"

骆玉珠没撒手一路拖去："我让你杀！"

王旭满头是汗，咬牙趴在床上，任由骆玉珠一下一下地打着屁股，课本平摊在眼前。"我让你做的题目都做了吗？字也没练，你成天就知道瞎跑！给你爸跪下！"骆玉珠将儿子拉到桌前，王大山的遗像摆在狭小的屋子中央。

"你不好好念书就没出息，你爸爸会多么失望！你知道今天是什么日子吗？是你爸三周年的祭日。你就拿这些错题给你爸看？"骆玉珠抖着课本气得哆嗦，王旭含泪跪在桌前。

骆玉珠疲惫地靠坐在椅上："照这样下去怎么行啊！妈没日没夜地进货摆摊，图的是什么？图的还不是你吗？小祖宗，你现在是妈唯一的希望，你知不知道！"

王旭跪在地上轻轻扯动妈的衣角，骆玉珠难过地捂住脸："你天天跟那帮野孩子疯，妈心里不好受，妈不求你将来长大能养妈，可你得为妈争口气。好好读书,做人上人,过好日子，再也不能被别人瞧不起了！现在天底下除了妈，谁都能像扔废物一样不管你，你想做一辈子废物吗？"骆玉珠百感交集地看着丈夫的遗像，深吸一口气起身说，"你好好写字吧，妈给你做饭去。"

骆玉珠一边摆摊，一边瞄着身旁的儿子，王旭捧着课本装模作样地读着。

赵姐羡慕地："你儿子肯定是读书的料啊，看看都坐了一上午了！"

骆玉珠笑着要答话，有人蹲在摊边挑拣，忙去照应："您戴还是别人戴？这个不错……"

王旭开始不老实，眼瞄着赵姐摊上的铃铛，趁别人不注意一把拿过来，又拿起妈这边的头绳，王旭快速地饶有兴趣地系着。骆玉珠转身发现了，揪起儿子耳朵："一会看不见就上房揭瓦！你玩什么呢？"

赵姐上前劝："别打孩子！没事！"

挑货的人捡起串起铃铛的头绳，突然眼睛一亮，晃了晃问："这个多少钱？"

骆玉珠转头一愣："您是说那铃

铛还是那头绳？”

“就这个。”

“三毛。”

那人犹豫着，骆玉珠抢过话：“这铃铛串又能戴头上又能系手上，走哪都是叮叮当当的，多好听！”

那人掏钱递给骆玉珠。赵姐难掩兴奋笑起来，看那人离开轻声说：“天哪，我这铃铛五分钱一对。”

骆玉珠也得意一笑：“我那头绳单卖一毛一条。”

两个女人乐得不行，王旭仰头莫名其妙地看着她俩。

骆玉珠突然打了儿子后脑勺一下：“看你书去！”

满屋堆满了铃铛和头绳，骆玉珠带着儿子跟赵姐快速地将二者系在一起。骆玉珠教着：“赵姐，这样编个花好看，从这穿过去。”

“怎么穿？”

王旭从旁边拿起铃铛串：“就这样。”

赵姐欣喜地抱过王旭：“天哪，你儿子真不是读书的料，是摆摊的天才！”

骆玉珠的笑僵在脸上，满脸痛苦。

“我可不想他跟我一样，摆一辈子摊。我宁可自己穷一辈子，也要他好好念书！”她回头一把抢过儿子手中的铃铛串，“去！看书去！再敢过来，我打断你的腿！”

王旭噘着嘴，爬到床上翻看起书本。

“小旭给我和你妈算算，赚了钱怎么分？”王旭托着腮帮子：“平分呗，一人一毛五。”

骆玉珠狠狠白了儿子一眼，忍住没说话。赵姐乐得不行：“小旭，我这成本可是五分，你妈是一毛，她不亏死啊！你怎么学的算术。”

王旭挠头，一脸地莫名其妙：“三除以二就是一毛五啊。”

骆玉珠实在忍不住，竖起手指：“五分钱翻番是多少，一毛翻番是多少？傻啊你！”

“你妈两毛我一毛，懂吗？”赵姐笑得喘不过气来。

骆玉珠也扑哧笑起。温暖的小屋中，两个女人忙着组装首饰，王旭趴在床上，痴痴地看着上下翻飞的那四只手……

六

陈江河拉着杨雪的行李箱走进屋里：“房子都给你收拾好了，地擦了三遍，墙角都扫干净了，臭虫老鼠虱子一概清除干净，您放心住吧！”杨雪含笑点头，还扫视了一遍屋里的环境。

“你住哪？”

陈江河一指：“斜对面，靠楼梯那间就是我的，有事叫我。”说着陈江河转身就要往外走，身后杨雪叫：“陈江河！”

陈江河停住脚步，杨雪火辣辣的目光盯着他低声问：“你为什么老躲我？怕我吃了你？”突然又“哎哟”一声连忙扶床坐下，“都是你们那小蒋，拉着我走了那么多路，我的脚好像磨出泡了，有没有针？”

陈江河有些尴尬：“有，你等一下。”

杨雪从容地脱下鞋，听着陈江河翻找的声音，听到脚步声临近，杨雪慢慢地抬脚斜放在床边。

陈江河拿着针进屋，迟疑地递上。

杨雪纹丝不动，瞥了他一眼：“我怕。”

陈江河挪过板凳一屁股坐下，捧着杨雪的脚小心专注地挑起水泡。

杨雪含情脉脉地看着他说：“说实话，在上海你喝醉了，我以为你像所有男人一样酒后胡言，没把你的话当真，谁能想到，这两年你像石头底下的白米草一样长出来了。你不要以为我真看上玉珠牌袜子了，就是做到极致又能怎样，不，我看重的是你这个人。”

“别开玩笑了。”陈江河憨笑。

杨雪一脸严肃：“江河，你别紧张，我没别的意思。杨氏集团是我爸一手干起来的，迟早我会接班，跟你我不用遮遮掩掩。可是，像我这样没有历练也服不了众。我必须得有自己的左膀右臂。江河，我觉得你可以成大事，便隆重地向我爸推荐，没想到我爸竟然同意我来这里，而且让我带着机器来。等这个袜厂运作正常起来，你答应我，要去我爸的公司就职。”

陈江河收起笑脸，打量着杨雪说：“你那么肯定，我会放弃这个袜厂？”

杨雪泰然自若：“我把心都掏给你了，就换来这么一句？江河，难道你仅仅满足于做袜子吗？杨氏可什么都做。你知道，爸爸请你在天赐福州路总部坐镇，在那里，你可以运筹帷幄，决胜千里。

“当你工余休息之日，徜徉于福州路，进出各家书店浏览各种新出版的图书期刊，淘淘各种旧书杂志，你就成了时尚高档的上海市民了。

“福州路浓郁的文化氛围与毗邻的人民广场、上海博物馆、大剧院、工人文化宫交相辉映，组成了一道文化风景线。你在这样一个极具商业价值的地段，与这么多辉煌的老字号为伍，每个老字号几乎都是西洋文化在上海落地、生根壮大的，江河，你的前途是多么广阔，你的事业应该多么辉煌！”

陈江河的笑脸牵连着两道浓浓的眉毛，泛起了柔柔的涟漪，看上去他一直都带着笑意，像是夜空里皎洁的上弦月，白皙的肤色衬托着淡淡的嘴唇，完美的脸型，给他的阳光帅气加上了一丝不羁。

“好了，你早点休息吧。”陈江河关切地放开杨雪的脚。

“这么快就好了，给别的女人也挑过水泡吧，你很熟练啊。”杨雪乌溜溜的眼睛盯着陈江河说。

陈江河没答话，转身走出杨雪的房间。

点点繁星好似颗颗明珠，镶嵌在天幕中，闪闪地发着光。陈江河躺在床上，月光笼罩在他的脸上，沉思中，往事像电影一样又一幕幕浮现在眼前。针尖在火上烧红，陈江河小心翼翼地给骆玉珠挑着水泡。骆玉珠乖乖地一动不动，静静看着他挑。骆玉珠冲动地用力搂住陈江河，脸贴在他胸前：“从今往后我就是你的人！不管别人说什么做什么，你都不许离开我！”

袜厂会堂里，工人们已经换上了统一的淡蓝色制服，陈江河陪杨雪站在台上扫视众人。杨雪声情并茂地讲着：“从今天起，我们要以现代企业的风范要求自己，上班必须着工装，值班加班规则重新制定，奖惩分明。你想往上走，我给你机会，我希望每个人都有做车间主任、做厂长的野心，职工有野心，企业才会有动力……”陈江河赞赏的目光审视着杨雪。

“江河，你可得给叔做主啊，怎么说解散就解散了？我们原料车间都是义乌的乡亲，她解散我们，就是冲着你来的！”柱子脸色苍白地诉说。

陈江河皱眉不语。

老严急匆匆冲进门：“厂长，好几个工人都走了！”

“你看看，人都留不住了。这美女蛇过来就是抢权的，你要是撕不下脸，叔跟她闹去！”

陈江河脸色一变追出门去。

陈江河和老严一路小跑，远远地几个工人提着包裹蹒跚前行。“等等！”陈江河上前抢过包裹，“都跟我回去，你们不能走。我去做杨厂长工作。”

老严有些为难：“可这都在大会上宣布了，杨厂长还发了他们两个月的遣散工资。”

陈江河怒吼：“两个月以后呢？你让他们喝西北风啊？老严你带他们回去！一个也不能走！”

陈江河追着杨雪进屋，百般劝阻。

“你懂什么叫现代企业吗？”

“我尊重你的管理理念，但是销售科没有责任，这都是我的决定。是我让他们留出一批货给义乌袜商的。”

杨雪毫不客气地说：“商人就该利益至上，你这样对老乡开口子难以服众，一个现代企业是不允许有这种漏洞的。”

陈江河无可奈何：“你知道吗？在袜厂最困难的时候，是他们在竭力帮我，我老家的鸡毛换糖有规矩，进四出六，拜四方码头，从小我学的是做生意要讲人情！要互相照应……”

杨雪打断陈江河的话：“所以江河你生意做不大。我爸跟我说，像你们义乌这样亲戚带亲戚，人情破坏规矩，是没有商业精神的，注定要被淘汰。”

陈江河被噎在那：“那原料车间的几个老员工呢,你怎么把他们辞退了？”

“原因很简单，因为他们不能把进价压到最低。”杨雪微微一笑。

陈江河皱眉：“但他们进的原料质量都很好。”

杨雪摇头：“性价比不高，利润是挤出来的。陈厂长，你有一个缺点就是心太软。从一开始，我就已经猜到了你这边的阻力，所以我的参与才是有条件的。别忘了咱们的约法三章。”

“你根本没有我的那些经历！我的命像鸡毛一样轻，像鸡毛一样不值钱。别人却省下自己的口粮，一餐一餐把我喂养长大。如果你从小没有爹妈，你是吃百家饭长大的，你可能会理解我。我总是在想，如果需要我用口粮来还这份人情，我会拿出自己的最后一份口粮；如果需要我用身体的一部分：手臂、脑袋、胳膊，我也会闭上眼睛，毫不犹豫地砍下来，奉还你人情。”陈江河有些激动，再也说不下去，摆摆手转身大步离去。

“好一个知恩图报的厂长！你最好私下去看看原料厂，他们发给别的袜厂是什么价。”杨雪苦笑着。

陈江河停住脚步回头看去，杨雪的屋门“砰”的一声关上了。

陈江河蹲在一堆腈纶尼龙中间与工人聊着什么，刘厂长边擦汗边小步奔来：“陈厂长，你怎么不打声招呼呢！陈厂长，要不是我的人眼尖，真把你当成采购员了！”

陈江河起身微笑与他握手。

“走走走，去办公室喝茶！”

陈江河意味深长地：“不用，我这次来就是以采购员的身份，看看行情。老刘啊，我们合作这么多年，你不该为了一点蝇头小利坏了规矩吧？”

“陈厂长，你这话是什么意思？我们原料可是优先供给你的。”刘厂长脸色难看地看着陈江河。

“因为我们比别的厂每公斤多出了几分钱！”

“这个柱子，嘴巴太不严了！陈厂长，他全说了？”陈江河用深沉的目光看着刘厂长，缓缓地点了点头。

杨雪走到车间门口大声质问：“谁乱摆这些原料的？腈纶是不能暴晒的，不知道吗？”

柱子正光着膀子，带着几个员工坐在车间里打牌，他的脸上贴满了纸条。杨雪走进来，抱着胳膊扫视着：“柱子，上班时间打牌还不穿工作服，原料摆得到处都是，这个月的奖金……”

“奖金不归你发，我侄儿会发我！”柱子打断杨雪的话，众人偷笑。

柱子得意忘形，故意大声地，“这是我大侄子的企业，人家流血流汗拼出来的！怎么会让外人来摘桃子？”

外面有人叫：“柱子叔，厂长叫你马上过去。”

柱子起身拍拍土，故意在杨雪面前一抖衣服：“来咯！”杨雪被晾在那。

众人面面相觑，干坐无语。突然身后传来声音，大家转头望去：娇滴滴的杨雪竟然独自将原料一锭锭费劲地挪进车间，众人瞪大了眼睛。

柱子笑嘻嘻地走进办公室，陈江河站在窗前，正凝望着独自搬运原料的那位娇小姐。

“江河，你找我？”柱子见陈江河两眉紧锁，便小心地问。

“每公斤多出七分钱，钱都去哪去了？从什么时候开始的？”

刹那间柱子脸色变得发青：“你去江西原料厂了？江河，你听我解释，我们厂的生产量是人家的好几倍，你又老催我，我不使点非常手段能拿到货吗？江河，你叔我都请那边客了，我自己没拿多少啊，真的是为了厂里能供上货。”

“你跟刘厂长是怎么分的？这都是咱们厂的血汗钱！你有脸拿？不怪杨雪说我们，我太信任你了，我这个厂长失职啊！我提醒过你多少次，别贪心，别耍小伎俩，你让我这个厂长的脸往哪放！”

柱子悔恨地抱着头蹲在地上。

陈江河转身出门，头也不回地说：“收拾东西，马上离开袜厂。”

柱子欲哭无泪：“江河，你让叔去哪啊？”

陈江河在走廊上大声说：“爱去哪去哪！”

从办公室传来柱子的鬼哭狼嚎声，原料车间的员工们胆战心惊地看着杨雪。杨雪像没听见一样，继续独自用力挪动着原料锭。陈江河走了进来，没有说话，与杨雪一块搬动起原料，其他人无声地加入。

杨雪偷瞥了陈江河一眼，嘴角泛起一丝笑意……

“杨雪，今晚我请你喝酒，我们都不用杯子。”陈江河用力撬开两瓶啤酒，杨雪接过酒瓶坐下，陈江河与她碰了一下酒瓶，“为现代企业干杯！”

杨雪微微一笑，举瓶却没有喝。陈江河大口灌进，长叹了口气：“从现在起，厂里的规章制度都由你来定，我先承认个错误，不该用人唯亲。哎，你怎么不喝呀。”

“如果把一个企业办成了养老院，那离败亡倒闭也就不远了。”杨雪凝视着他，“如果这瓶酒是赔罪酒，我不想喝。”

陈江河诧异："那什么酒你喝？"

"如果江河哥真拿我当朋友，愿意酒后吐真言，我喝。"

陈江河不好意思地笑笑："还记得三年前的事啊？那洋酒我真是头一次喝，出了不少洋相……"

"我倒欣赏那时候的陈江河，那才是真正的你。现在，你的谦虚，你的卑微，你的客气全都是假的，其实你是不服这个世界的。我喜欢一个读书走火入魔的农村人，一个见识和谈吐都是超凡脱俗的义乌人。我跟他干杯！"

陈江河目瞪口呆，怔怔地看着杨雪举起酒瓶仰头喝起。

小蒋推开老车间大门，杨雪跟了进去，环视了四周。小蒋殷勤介绍："厂长说要把这里建成荣誉室，让每一个新来的员工都在这接受教育，看看袜厂发展有多么不容易。"

"忆苦思甜？都什么年代了，还用这老掉牙的办法。"杨雪轻蔑地冷笑。

"真的管用！我们厂长每次遇到难题，就把自己一个人关在这里，出去时就跟打了鸡血一样。"小蒋不服气地说。

杨雪好奇地转身看看小蒋："为什么？这里有什么特别的吗？"

"那！"小蒋一指。

杨雪顺着小蒋的手指走到车间的墙边，慢慢蹲下，惊奇地看到了墙上有两个小人和一行字。杨雪轻声读着："骆玉珠和妈妈，玉珠牌袜子……"

柱子领着陈江河来到街上说："就在这条街上，我们义乌老乡见过骆玉珠摆摊卖东西，晚上就住在火车站那。怎么今天一个摆摊的都没有了呢？江河,你自己慢慢找吧。"柱子转身要走。

"柱子叔，你不怪我吧？"陈江河笑了笑。

柱子回身装作若无其事："在哪打工不一样啊，你柱子叔饿不死。这几个月我还胖了呢。"柱子走上前，感慨万千地打量了陈江河一下，"叔拿那钱心里也别扭,你发现得早,帮了叔一把，叔现在也后悔呀！对了，他们说骆玉珠还带个儿子呢，你可想明白了！"

陈江河会意地点点头，柱子转身离去。

疲惫不堪的陈江河还没有打开宿舍的门，杨雪的门先开了。陈江河转身看去，杨雪靠在门边，用异样的眼神瞧着自己。陈江河笑了笑："还没睡呢？"

"这么晚回来，一天都没见到你，干吗去了？"

"跑跑客户。厂里有事吗？"

杨雪摇摇头："我想跟你商量点事。"

陈江河走进杨雪的房间。杨雪端

过一杯咖啡在对面坐下，认真地说：“新的生产线马上就要进来了，我觉得我们车间太小了，再说新旧生产线在一起，原料也会混杂在一块，不如另外辟出一块新厂区。今天我去后面走了一下，老厂房反正也没用，我跟小蒋商量了，是不是规划出来？”

陈江河脸色一变：“生产车间可以扩容，那个老房子我要一直留着。”

杨雪故作疑惑：“这不符合你的风格啊。陈江河，你向来是生产效益第一的，你跟我说一下留着的理由。”

陈江河一时语塞。

“你不说话，我就认为你是默认同意了。”杨雪像猫逗老鼠一样，叹息着靠在椅边。

“不行！那是一种精神！”

“我们可以在办公楼开一间荣誉室，满足你的需求。”

陈江河烦躁起身：“我说不行就不行，你别打那老厂房的主意！”

杨雪跷着腿，悠悠地品着咖啡，听着陈江河急促跑下楼梯的脚步声。她站起身靠到窗外，望着陈江河的身影奔向老厂房，眼中充满了决绝。

七

赵姐与骆玉珠担着货担快步走着：“今天不能在那条街上卖，听说工商最近抓得紧。天儿，咱歇会。”

骆玉珠苦笑：“反正你走哪带着我就行，我跟定你了。”骆玉珠放下担子抹把汗。

赵姐神秘地从货担中拿出一双袜子：“你那袜子补了又补，姐今天送你一双。”

骆玉珠看都不看就推脱：“我不要。”

“这不是一般的袜子，很难搞到的！你先试试再说。”

骆玉珠接过袜子套在脚上，微笑打量：“这袜子可真好，穿着也舒服。”

赵姐一撇嘴：“那是，也不看什么牌的，玉珠牌！”

骆玉珠目光一震，抬起头来：“什么牌？”

“玉珠牌袜子，上海紧俏货。之前我们杭州那个厂还能流散出一些，最近几个月抢都抢不到啦！”赵姐笑了笑。

“玉珠牌袜子？”骆玉珠颤抖着嘴唇，“哪个厂？厂长是……”

赵姐神秘地：“厂长姓陈，他是你们义乌人！哎，你能跟他套上关系吗？要是能搞到这袜子，咱们挣钱就容易了。”

骆玉珠恍惚摇头，迅速将袜子脱下叠好塞回：“我不要。”

“说好送你的，拿着！”

骆玉珠将袜子往赵姐手上一塞，起身担起货担就走，赵姐诧异地看着骆玉珠。

鸡毛飞上天

长篇小说

Feather Flies To The Sky

〔第十一集〕

一

上海市区淮海路上一大早便热闹非凡。那琳琅满目的商品，令人眼花缭乱，目不暇接。陈江河在人群中钻来钻去，在百货商店，陈江河驻足在袜子柜台前，微笑地扫视了一圈各种款式的袜子，慢慢地，脸上的笑容僵住了。

“同志，你把那几双袜子都拿给我看看。”

售货员递过袜子：“天赐，国际大品牌！质量信得过。”

陈江河皱着眉说：“这上面明明是玉珠牌袜子，怎么全放在天赐袜业的柜台里了？”

“天赐和玉珠是同一家工厂生产的。”

“谁跟你说是一家的？”陈江河怒指柜台，“我强烈要求你把这些袜子撤下来，玉珠牌是我们的袜子！”

陈江河开着车，旁边老严唉声叹气：“江河，根据几个商场回馈的消息，这种情况不是偶然的。上海、杭州很多地方都把我们玉珠牌袜子归为杨氏天赐袜业的子品牌了。”

车刚进厂就听到隆隆的推土机声，陈江河探头出去：“怎么回事？”

“厂长，我们按您的指示正在拓展厂区呢，新的生产线已经到了！”小蒋快跑上前兴奋地说。

陈江河脸色大变，跳下车快步往老厂房走去：“谁让你们干的，快停下来！”

“杨厂长说是你们商量好了的。”小蒋诧异地看看老严。

一辆推土机正在推倒老厂房的最后一堵墙，陈江河面对着废墟停住了脚步，眼睁睁看着那墙轰塌了。陈江河脸色痛苦、难受，随后踩上了还冒着烟灰的残砖破瓦上，俯下身焦急地寻找着。

“厂长小心！”

陈江河歇斯底里地翻着一块块砖头，执着地在废墟中翻找……杨雪站在远处，抱着胳膊静静地观望陈江河。陈江河铁青着脸走到杨雪面前，声音都有些嘶哑：“为什么要这样做？”

杨雪无辜地苦笑：“新生产线都进来了，没地安放。”

陈江河愤怒地当众吼起：“你经过我允许了吗？！这个袜厂不是你的天赐袜业，我宁可不要新生产线！”

工人们聚拢在四周，惊诧地望着发狂的厂长。

“陈厂长，旧的不去新的不来，这么浅显的道理你不懂吗？企业要发展，不能老抱着回忆吃饭。”杨雪脸色难堪地说。

陈江河一挥胳膊：“你少给我讲大道理！”

小蒋想上前劝解，被老严偷偷拽住。

“争风吃醋呐，你小子懂不懂啊！”

杨雪沉默了一会，昂首转身扬长而去。

陈江河悠然自得地在车间巡视，时而和工人说着什么，时而拿起袜子看了又看。老严愁眉苦脸地站在一旁，见陈江河无动于衷，干脆将他拉到一旁：“杨厂长走了三天连音信都没有，你怎么跟没事人一样？”

陈江河专注地看着袜子：“天塌不下来，就算杨氏全面撤资，大不了我们回到起点。”

“厂长，快去接电话，局里来的！”陈江河一愣，匆匆跑进办公室拿起电话：“喂？我是陈江河。”

电话里传来局领导的声音“小陈，你面子大啊！杨氏集团的杨总大驾光临了，点名要见你。”

陈江河愣了一下，为难地说：“王局，我这忙着抓生产呢，哪挤得出时间？”

“别废话，这是政治任务！现在全市上下都忙着招商引资，这可是大上海来的大财神，别人想见还见不到呢！”电话那头挂上，陈江河有些哭笑不得。

陈江河走出电梯寻找着杨天赐住

的门号，开门的是杨雪，只见她两眼通红像是刚哭过。陈江河怔怔地打量，刚想招呼，杨雪低头侧身让过。一个白发老者笑容可掬地打量着自己，原地未动伸出手来："陈江河，大气，你这名字我听了不下百遍，见你一面可不容易哟。"

陈江河忙上前双手握住："杨先生，您好！您是我国商界传奇，我们晚辈见您才不容易。"

杨天赐朗声笑起，转头意味深长地看了眼女儿。杨雪走出房间随手带上了门。陈江河有些诧异，杨天赐坐在沙发上招呼了陈江河一声："随便坐。"

"祖上哪里人？家里是经商的吗？"杨天赐气势不凡。

陈江河恭敬地回答说："我是个孤儿，一个亲人都没有。"

杨天赐细细打量："不容易呀，江河，你能走到今天，想必有过人之处。之前我很好奇，能跟杨氏百货争抢市场的人到底是什么样子，有什么背景。老实说，三年前我还真没把你放在眼里，今天我有点后悔了。"

陈江河尴尬地笑笑："杨先生，感谢您当初的……"

"不过很快我就释然，英雄必是横空出世！且不问出处，更何况少年英雄即将为我所用。"

"杨先生，我从小听着英雄的故事长大，我崇拜英雄，渴望当英雄，可是我不是。我只不过是义乌乡下的填栏猪，饿不死，能吃苦，敢拼一把。我哪里配得上您那个'英雄'称呼啊？"

"你非常聪明又刻苦用功，是一直与时间抢跑的人，你应该成为创业路上踏平坎坷的一个商战英雄。"陈江河迟疑了一下，刚要答话，杨天赐起身背手走到落地窗前，"三天后你将被任命为杨氏集团总裁助理，一个月内我将追加一笔投资到袜厂，全面打造袜业生产基地。一年后你将升任副总裁，辅佐杨雪接手杨氏百货。"

"杨先生您说什么，我……"陈江河瞠目结舌慢慢起身，完全被杨天赐的话打蒙。

"江河，我把我唯一的宝贝女儿托付给你，女儿是父亲的命根子啊！你懂吗？请你帮我和我女儿一块走下去吧，你决不能辜负我的宝贝，我的命根子啊！"杨天赐不容打断地回身，深情地注视着陈江河，面容越看越慈祥。

陈江河被噎在那。

车在路上疾驶。杨雪望着车窗外沉默不语，陈江河有些尴尬，暗中偷偷打量着美丽的倩影。杨雪突然轻声说："这三天是我人生中最痛苦的三天，我刚知道我爸爸得了癌症，医生会诊，说只有一年的时间了。"

陈江河目光一紧。

杨雪握住陈江河的手 :“在一切安排就位之前，他不想让任何人知道，你要帮我。”

陈江河瞥了眼开车的老司机。

“他是跟了我爸多年的吴叔，从小看着我长大的。”

陈江河百感交集，长叹一声 :“真想不到会发生这么多事，你爸说投一笔巨资建生产基地是什么意思? ”

“这点用不着你操心了，我爸已经和市领导沟通了，双赢的局面，杭州袜厂将成为我们杨氏集团最大的天赐袜业生产基地，而且会解决本地几千人的就业问题。”

“那玉珠牌袜子……”陈江河皱着眉问。

“都将成为历史，包括政府安插人事，无孔不入的裙带关系，还包括你的回忆。”杨雪哀怨的目光注视陈江河，陈江河躲避不开，转头默默地望向窗外，“我爸爸觉得很奇怪 : 我从小是个坐不住的人，不能专心干一件事情，现在怎么会扎在一个小小的袜厂，刮风下雨，不以为劳，露宿夜行，不以为苦。连续关心产品营销、市场推广几个月? 现在他明白了，因为有你。”杨雪突然眼圈一红无声地抽泣，头慢慢地侧靠到陈江河的肩膀上。杨雪是水蜜桃型的大胸，偏偏还是高个细腰，平时走腻了扮嫩的穿衣风格，如今尝试着成熟从容的名媛造型，昨天玫瑰花朵图案的长袖连身裙穿起来非常高贵，那腰部褶皱的小心思让她充满自信。今天穿着泡泡长袖加娃娃领的高腰连身裙，令她瞬间变身为甜美女生，回头率超高。陈江河看了，心中更是别有一番滋味。杨雪无意间在陈江河面前将头发挽起，露出了一款精致的珍珠项链，让她显得又娇嫩又贵气。杨雪是一个开心的好伙伴，对新生事物充满热情。

陈江河屏住呼吸目视前方，不敢再看香气袭人的杨雪。

“我现在才明白你离开义乌的真正原因，骆玉珠。这么多年你心里一直有这个女人。你也是为了她才守住这个袜厂的，对吗? 你还用她的名字命名袜子品牌。”

陈江河痛苦地说 :“所以你推倒了那堵墙。”

“我要把你心里那堵墙推倒，你的心才会对我敞开。江河，你聪敏过人，才华横溢;你杀伐决断，深谋远虑。袜厂、我、杨氏集团都需要一个男主人! ”杨雪含泪看向别处。

陈江河喃喃地说 :“杨雪，再给我点时间。”

车疾驶而去。

月亮出海了，在腾空的一瞬间，它仿佛猛地一跳，浑身披满水花，把多情的天空冲洗得分外明丽和洁净。

愁眉不展的陈江河在昏暗的灯光

下无助地拨通了邱英杰的电话。“厉害啊！从投入资金、机器开始，杨天赐就已经把你们当成了他天赐的生产基地。他根本没把玉珠这个品牌放在眼里，江河，我们还是太嫩了。”邱英杰的声音从话筒中传来。

“现在全厂的工人包括上面领导都很激动，他们欢迎杨天赐的投资，除了我跟小蒋。”

邱英杰激动地说：“这就是商业资本的厉害！杨天赐的上一辈是红色资本家，他本人是咱们中国最早跟外国人打交道的商人。他走在最前列，眼光也比我们看得远。江河，我倒劝你接受这个任命，到最前沿去磨炼自己，要不了几年，杨氏集团也会在你的手里风生水起、纵横天下的！”

陈江河长长地叹了口气：“英杰哥，我忘不了初心！你知道当年我为什么留在袜厂？为了那堵墙。我现在心里空落落的，玉珠牌说没就没了。”

邱英杰那边的声音放缓：“兄弟，三年前哥已经帮你注册玉珠牌商标了，你要想保留，谁也抢不走。”

陈江河猛地站起身，眼睛发亮：“注册了？啥时候？我怎么不记得？”

邱英杰笑起：“我提醒你多少次，你都不当回事，那年我去杭州开会，专门把你叫到杭州商标局大厅签的字，还花了我一个月工资呢，你这个大忙人忙着谈生意签完合同就跑了，当然不记得。”

“我的哥啊，玉珠牌有救了！哥，你才是真正的高人！”

“听你这意思，你心里还是不甘心哪，值得吗？”邱英杰叹息。

陈江河激动：“英杰哥，值得，有你这一手帮我留着，我就有跟杨天赐谈判的本钱！”

“你还是不想做驸马，我知道你心里放不下她，但人各有命，你也得有你自己的生活和未来。”

陈江河深吸一口气，声音颤抖着：“我想最后再见一次她，哪怕隔老远看一眼，我再放下……”

二

江南的雨，一丝一丝地飘落着，滋润着树木花草，为大地生物带来了一份希望，也为河塘的水鸭带来了一股愉悦的情趣。

陈江河撑着油纸伞，沿着石板路寻找着骆玉珠。

他的裤脚已经淋湿，只得疲惫地靠在屋檐下躲雨，望着空空荡荡没有行人的街道……陈江河真希望，千万不要与那个丁香一样结着愁怨的姑娘擦肩而过。

陈江河独自在悠长又寂寥的雨巷寻觅，他多么希望，突然出现一道彩虹，天上的云彩把那个哀怨又彷徨的姑娘送到眼前啊！

雨过天晴，赵姐正在对面吆喝着摆在摊里的东西，这边商店里的人跟陈江河指指点点地说着什么，陈江河穿过马路：“大姐，跟您打听个人，您认识骆玉珠吗？就是那个带着一个六七岁男孩的女人。”

赵姐愣了愣，疑惑地反问：“你说的是天儿？”

陈江河呆住：“天儿？她在哪？”

“还没出摊呢，你是她什么人？”赵姐上下打量着陈江河。

陈江河含笑：“我们是义乌老乡。”

远远地骆玉珠背着两个大包裹，小王旭也提着一个小袋子跟随走来。

骆玉珠突然停住脚步，脸色大变，小王旭诧异地看着妈妈。骆玉珠拽着儿子转身就走。“妈，不卖了？”小王旭惊讶地问。

骆玉珠也不答话，苍白着脸一路匆匆前行。小王旭回头张望着对面那瘦高的身影，露出了好奇的目光。

“她一个人带着孩子真的不容易，每天起早贪黑地拉货卖货，谁看着不心疼？”赵姐叹息着。

陈江河苦笑着默默点头，眼巴巴地望着马路尽头，却没意识到身后消失的人影。

厨房内昏黄的灯光下，是骆玉珠那劳累不堪的身影。她正弯着腰，心事重重地切着菜，小王旭看着课本，偷瞥了一下状态不对的妈妈，骆玉珠切到了手，疼得忙含住手指。

门外传来了脚步声。“就是这里，我帮她在这租的房，有我在，没人敢欺负她娘儿俩了！”赵姐敲着门叫喊着，“天儿！天儿！”

骆玉珠愣了一下，将门反锁。小王旭刚轻声叫了声“妈”，骆玉珠已经捂住儿子的嘴，摇头示意。

“哟，不在家，估计也没走远，要不您等会。”门外赵姐的声音。

“麻烦您了啊，谢谢。”

百感交集的骆玉珠，目光痴痴地望着门外那个模糊的轮廓。

陈江河站在门口，没有想到此时他要寻找的人却在屋里忐忑不安地躲着他。陈江河朝四周看了看，抬手又看看表，最终等不下去了，掏出钢笔在纸条上匆匆写下几句话，塞进了门缝。

脚步声远去，骆玉珠这才松开手，颓然坐下。

小王旭走到门口捡起地上的纸条。骆玉珠默默接过，一行清秀大气的字：玉珠，别再躲我了，这些年我找你找得好苦。

“妈，你为什么要躲这个叔叔？”

骆玉珠低头，尽量不让儿子看到自己在哭泣，一串串泪水却不争气地滴落了下来。

小王旭目光复杂地凝视着母亲。骆玉珠突然起身，慌乱地收拾起东西：

"走，我们走，去找新的家。"

小王旭吃惊地看着妈妈。

厂里的电话越催越急，陈江河还不死心，他又来到出租平房，一下下疯狂地砸着屋门，他的手掌已经破裂淌出血来了。

陈江河痛苦不堪，他的头重重地顶在门上闭眼喘息，周围的邻居都被剧烈的砸门声惊到，探头出来张望。

陈江河终于提着包，迈着沉重脚步走向了停靠着的列车，上车前他回身绝望地看了一眼才走进车厢。陈江河怅然若失地在窗口坐下，突然一激灵，对面列车上有一个熟悉的身影。陈江河猛地站起身，脱口叫起："玉珠！骆玉珠！"

骆玉珠身子一颤，从对面列车窗口转过身，陈江河用力拍打着窗户。

王旭吓得看着妈妈。骆玉珠还想拉着儿子往人群里躲，陈江河用力抬起窗户探头叫喊："玉珠，你听我说一句！八年了！你就这么忍心？你起码要跟我说句话！"

列车悄然启动，两边车厢交错前行。

陈江河用尽力气探出头大喊一声："你在下一站等我，一定等我！骆玉珠，这些年我没有抛弃过你，我一直在守着它……"

骆玉珠近乎绝望地冲他摇了摇头，嘴唇颤动说着什么。

陈江河突然从包中掏出一块砖头，双手高高举出窗外，隐约地可以看到两个小人和一行字。

骆玉珠转过头泣不成声，小王旭目光极其紧张，仰头看着母亲。

骆玉珠泪如雨下。

陈江河跳下出租车，慌乱地将钱塞给司机，大步跑上站台，喘息着朝站台四周观望。远处一列火车刚刚驶离，站台上没有他想见的人影。

陈江河痛苦地摇着头，一下子松懈下来，无力地转身。突然陈江河眼睛一亮，骆玉珠提着大包小包的行李，牵着儿子一动不动，她的眼神混杂着不安、期待、犹豫。陈江河的鼻子一酸，眼睛湿润了。

骆玉珠望着陈江河的眼神，突然变得坚定，灿烂地笑起，同时无声的泪淌落着……

陈江河肩背手提所有的行李，起劲地走在袜厂外的小路上，还不时地回头看看，骆玉珠报以温柔的凝视。骆玉珠拉着儿子蹒跚跟在后面，保持着一段距离。

王旭懵懂地扯扯妈妈的手："妈，我们去哪儿？"

"叔叔去哪我们去哪。"骆玉珠轻声平静地说。

"我们不回家了？"

骆玉珠一笑："小旭，现在是回

妈妈的家。”

陈江河没有回头，眼中闪动着晶莹，毫不疲倦地起劲走着……

三

鞭炮噼里啪啦炸响着，迎宾喜庆乐队起劲地吹打着。在“热烈欢迎杨氏集团投资考察”的横幅下，局领导领着杨天赐走进了工厂大门，杨雪面色阴沉地跟随在父亲身后。随行记者不时地拍着照。老严，小蒋急得不行，小声嘀咕：“厂长怎么还没回来？这不会……”

突然小蒋叫起：“厂长，厂长回来了！”

顿时喧闹声变成了鸦雀无声。陈江河领着骆玉珠母子俩一路走来。局领导叹息摇头：“这个陈江河，干吗去了！他身后那个女人是谁啊？”

杨雪回头望去，突然目光一沉，脸色死灰一样难看。

骆玉珠抬眼扫视，目光准确地落在高个子美女杨雪身上，两个美丽的女子异样地看着对方。骆玉珠嘴角泛起一丝微笑，杨雪睫毛颤动转望别处。杨天赐意味深长地瞥了眼女儿，若有所思。

陈江河将母子俩领进宿舍，忙不迭地从老严手里接过两个饭盒递给骆玉珠。“食堂留的饭，已经凉了，那里有炉子你热热再吃。”

“快点吧厂长，你得赶紧去陪着贵客！”老严在门口催着。

陈江河抚摸着王旭的头，王旭胆怯地往妈妈身后躲去。骆玉珠搂过儿子：“江河，先忙你的，别让人家着急。”

陈江河被老严拽出门，回头嘱咐：“玉珠，你们先好好歇歇，床上那被子是干净的，壶里有热水……”

骆玉珠眼中充满温润，冲老严：“您快把他拉走，真絮叨。”

老严忙笑着点头，强拉陈江河下楼梯，骆玉珠上前将宿舍门关上。

窗外传来领导热情洋溢的讲话声还伴着掌声。

骆玉珠又将窗户关严，转身扫视屋内环境，朝儿子释然一笑。

陈江河被拽到台上，掌声中杨天赐起身与局领导握手微笑示意，记者围着拍照。杨天赐瞥见后台的陈江河，迟疑了一下悄然走来。

台上领导激动地说：“我们棉纺总厂经历了痛苦的转型时期，尤其是曙光袜厂，年生产总值由1986年的五十万飞跃到今天的七百万，这与同志们的奉献和努力是分不开的……”

陈江河扶住杨天赐：“杨总，我有个决定想跟您好好谈谈。”

杨天赐仿佛已经明白了什么，意味深长地打量。陈江河转身带路，两人向外面走去。

陈江河倒好茶水，恭恭敬敬地放在桌上，杨天赐默默审视。

“通过这几个月打交道，我深信杨雪是非常优秀的管理人才，您有这样才貌双全的女儿真值得骄傲，把杨氏公司交给她没问题。您老踏实养病，未来一切都会好起来的。”

杨天赐没有回应，冷笑地看着陈江河。陈江河不停地擦着汗说：“我是个粗人，您也许听杨雪说过，我连爹妈是谁都不知道，命贱得就像鸡毛一样，跟您这种大家族没法门当户对。”

杨天赐缓慢地起身说：“如果我没听错，你是想对我那天的托付说不。”

陈江河双手作揖，谦卑地笑着：“杨先生，那天您许诺我的太多了，真把我吓着了，我怎么受得起，更不敢辜负您的女儿。”

“为什么你要拒绝？”杨天赐百思不得其解。

陈江河一脸苦恼：“我觉得不般配。自己也没那能力，我陈江河憋足劲也就管个百八十号人，一听说要做大事，这些天吃不下饭睡不着觉，您说天大的好事砸下来，要强加给一个没能力扛的人，这不是害他吗？”

杨天赐凝视许久：“是因为你今天带回的那个女人？”杨天赐背着手在屋中徘徊。

陈江河无语，他的目光也紧张地跟随着他的身影徘徊。

窗外传来热烈的掌声，杨天赐背手而立：“不是一家人那就只能说两家话了，没有你，我凭什么要往这里注入那么多资金和设备？”

“杨总，您这都是客套话，其实我明白，就算没我地球照转。您需要的是这里的技术人才和熟练工人；从你们一开始投入，您就没想扶持玉珠品牌，不过为你自己的华丽特袜业寻找生产基地，顺便把跟您抢市场的玉珠牌灭掉。这种一箭双雕的好事怎么会因为我而放弃呢？”陈江河依然不卑不亢地微笑着。

“你就不心疼你的玉珠牌吗？”杨天赐吃惊地转身，重新审视陈江河。

陈江河一拍脑袋：“瞧我这记性！我特意给您带来了复印件。”陈江河转身从包里掏出厚厚的一叠资料，双手放到杨天赐面前，“这是三年前在杭州商标局注册成功的玉珠牌袜子，申请人陈江河。我这次去杭州咨询了一下，这个品牌在承包期间归袜厂和我共有，承包结束玉珠牌就完全是我的了。”陈江河坐在一旁微笑。

杨天赐皱眉翻看着注册资料：“三年前你就想到这步棋了？”

陈江河憨憨一笑，“我哪有您那明修栈道、暗度陈仓的本事，你下一步棋得想三步，我只能盯着眼面前，搂草打兔子——歪打正着！”

“毕竟你还是失去了很多，因为一

个带着孩子的女人，你毫不犹豫地放弃这么多，堂堂男子汉，应该胸怀全天下，你想过代价吗？值得吗？”杨天赐注视着陈江河。

“想过。”陈江河收起笑，迟疑了一下抬起头，“因为她再也伤不起，因为我答应过，一生一世不抛弃她。”

骆玉珠一边在炉子上热饭，一边逗床上躺着的儿子，王旭昏昏欲睡睁不开眼：“小旭，吃点再睡，马上就热好了。”

有人敲门，骆玉珠将饭盒挪开，手被烫了一下，连忙用嘴吹着手指走过去开门。

高雅端庄的杨雪经过精心装扮，更是一副白领丽人的俏模样，她身着西服裙，披着一头波浪卷发高傲地站在门外。

骆玉珠愣了一下，笑着压低声：“孩子睡着了，您有事吗？”

杨雪看了眼床上的孩子：“去我屋里谈谈。”

骆玉珠点点头，杨雪走向自己的房间。

骆玉珠关好房门，转身慌乱地在包裹里翻找起衣服，又在货物中挑着首饰，对着镜子一件件地试。

骆玉珠越穿戴越烦躁，突然看着镜中的自己噗嗤一笑，将衣服和首饰抛在桌上只是理了理头发，转头看看熟睡的儿子走向门口。

杨雪将骆玉珠迎进屋内。骆玉珠攥着一个凉酒糟馒头大方地走进去。杨雪用异样的眼神看着她，直到她转身坐下，才慢慢地将房门关上。

“你是骆玉珠？”杨雪轻声问道。

骆玉珠笑着点头：“能给我来杯热水吗？这馒头有点凉，饿死我了。”骆玉珠掰下一小块馒头塞进嘴里，边嚼边扫视屋内环境，“您这屋一看就是讲究，跟您比起来江河那屋就是猪圈，连落脚的地方都没有。”

杨雪将水端到她面前，在对面坐下看着她吃。

骆玉珠递上馒头：“您来点？”

“骆玉珠你配不上陈江河。说实话，见了你我有点失望，我原以为让他想了八年的女人，该怎么出色就怎么出色，哪知道……”杨雪纹丝没动，冷冷的。

骆玉珠艰难地咽下，忙端起水杯喝了一口说：“你挺会埋汰人的啊！”

“我只是实话实说而已。”

骆玉珠掰着馒头闻闻香气：“这馒头让我想起十几年前，我跟他住在桥洞里的时候，我熬糖让他挑出去换，有时候带回这么块酒糟馒头来，我俩就跟过节一样。陈江河挺会烤馒头的，那香味我现在还记得。”骆玉珠似乎无视杨雪的存在，眯起眼看着馒头甜甜地回忆着。

杨雪难抑激动，连声音都颤抖着：

“你跟别人成家了，还生了孩子，而他一直单身。骆玉珠，你能不能别这么自私。”

骆玉珠淡然一笑，又扯块馒头塞进嘴里咀嚼：“八年前，有人说过同样的话，你不能这么自私，你会耽误他前程。那时候我真傻，之后我躲了他八年，你数数人这一辈子能有几个八年，就因为别人的一句话……你们厂的酒糟馒头真甜！来一块吧？”骆玉珠扯下一片递上。

“你知道我能给他带来什么？对一个男人最重要的是远大前程，是高高在上的地位！我都能给他。在你没来之前他已经接受了。”

“对他来说什么最重要，只有他自己最清楚，就像这酒糟馒头，我吃着又香又甜，你却不屑一顾，因为你没有一起逃难挨饿的经历，因为你没有跟他分吃过一个馒头。”

骆玉珠举着小半块馒头声情并茂地给杨雪讲述，杨雪脸色苍白抱臂听着。骆玉珠拿起水杯咕嘟咕嘟喝了一大口，自己沉浸在回忆里乐得不行。“还有这袜厂，我俩为了提货骗人家，说是厂长的二姑和二姑夫，那人都傻了！后来发现厂长是一老头！我们赶紧逃跑了。”

骆玉珠捧腹大笑，笑出了眼泪，完全无视杨雪的存在。

杨雪深吸一口气，憋出一句：“你笑够了吗？”

骆玉珠吃尽最后一块酒糟馒头，将水饮尽一抹嘴起身：“谢谢你的热水。”

“还有话吗？没有的话我给江河洗衣服去了，刚才我看他屋里臭烘烘的，一盆衣服估计一礼拜也没动。”骆玉珠摇头叹息，“你说这厂里那么多的女人，也没一个人帮厂长洗洗。”

杨雪目光呆滞，一动不动地坐在沙发上。

“那墙是我推的，他守了那么多年，最后还是一片废墟。”骆玉珠走到门口，身后传来杨雪的冷笑。

“你推的呀，谢谢啊！我要是没有看到他举起的那块砖头，还真是没有勇气回来！”

“他找到那块砖头了？”杨雪崩溃地闭上眼睛。

“要不说他傻呢，一块砖头一直背着，你说人都找到了，那墙还算什么呀！您踏实坐着，我洗衣服去了。”

豪车在公路上疾驶，杨氏父女并肩坐在后排，神色各异。

“爸，撤离资金和设备，我要不惜代价灭掉玉珠牌，我要让陈江河几年的心血白费！我要他知道放弃的代价！”杨雪恨恨地说。

“我已经答应陈江河带着玉珠品牌离开，很多事情他想到了我们前面。

这个人不简单哪！”杨雪吃惊地看着父亲。

杨天赐握住女儿的手：“早在三年前，他就已经注册了商标，我投入资金设备到这个袜厂，所有的战略意图，陈江河都一清二楚，他知道这个生产基地对杨氏天赐袜业的意义，更知道我不会轻易放弃。倒是你小雪，有点让爸爸失望。”

杨雪含泪看着父亲。

杨天赐一字一顿：“记住，行商之人永远不可意气用事！不能显露人性的弱点。暴露了，你成了赤膊上阵的许褚，也就败定了。”

副驾驶位上的助手听着大哥大，转身：“杨总，我们的人查清楚了，陈江河在玉珠牌的基础上又加注了银珠、金珠系列。”

杨天赐目光一沉：“商品涵盖是什么？”

“涵盖很多，涉及百货、五金、首饰，几乎与我们重合。”

杨天赐将女儿的手重重地一握，语重心长：“爸爸总有走的那一天，将来你务必要小心这个对手。”

豪车在国道上疾驶而去。

四

一片枫叶无奈地飘落，微风拂过，老严和小蒋带领员工围拢在陈江河身边依依不舍，陈江河与每个送行的人握手告别。

邱英杰的车已经停在厂门口，他领着邱岩上前。

“邱大哥！”

邱英杰接过行李边装边打量：“玉珠，这是你儿子？告诉叔叔叫什么？”

王旭躲到母亲身后。

“你这孩子怎么那么没出息！哟，这是你闺女啊！”

骆玉珠说着，眼睛一亮拉过羞涩的大眼睛邱岩，目光停在她脖子上的古玉挂坠上。

“江河给她的，快给阿姨摘下来。”

骆玉珠按住：“别摘，孩子戴着挺合适。”

邱英杰感慨地望着人群：“玉珠，江河可是为了你净身出厂啊。”

骆玉珠也转头看了看笑着说：“算他聪明，现在他失去的，我都会帮他赚回来。”

邱英杰目光一凛，欣赏地打量骆玉珠。

“厂长，能不能不走？大伙还想跟你干呢！”

“天底下没有不散的宴席，这个厂马上就要扩建三倍，还会有大批的新员工招进来，我已经跟局里请示，聘你和老严分任生产和销售的副厂长。”陈江河冷眼看着刚刚换上的天赐袜业豪华招牌，微笑着说。

老严百感交集地说：“我们苦了那么多年，总算熬到乌鸦变凤凰了，你却要走了。”

陈江河苦笑：“变凤凰了吗？也许从规模从待遇上是这样，可我们自己的品牌没了。老严，也许再过几年大家都富裕了，你才会发现最珍贵的是什么。”

老严无言以对，沉重地点头。

陈江河退后几步挥手告别：“大伙就送到这吧，接我的车来了，到义乌来玩，咱们后会有期！”

邱英杰开着车，瞥了后视镜一眼笑着问：“玉珠，在外这几年想不想义乌？”

“邱大哥，我已经八年没回去了，义乌是什么样子，我都忘了。”

“你绝对认不出来了！别说你，江河回去都得大吃一惊，现在义乌准备开放第四代小商品市场，所有的摊位都将搬进大楼里，你等着看吧，义乌将来的变化，会让你们瞠目结舌！”

“在楼里卖东西？那不跟上海的大商场一样了？”

邱英杰笑着说：“你们有点想象力好不好，别什么都跟传统的商场比，好像只有你一人去过上海似的，我们都是土包子！还有陈金水的变化你们也想不到。”

陈江河饶有兴趣：“我金水叔现在忙什么呢？”

“你们谁也想不到。全村的人都出去做生意了，唯独他心气全无，别人忙着赚大钱，兴什么，卖什么，他倒活得像老神仙一样啊！自己办了个养鸡场，羽毛加工厂。他说以前鸡毛换糖做梦都想换些鸡毛回来，现在干脆自己养鸡，做点鸡毛掸子毽子，让巧姑放在摊位上卖。”

陈江河与骆玉珠交换个眼神，疑惑不解的神色。

“陈大光也回来了，这小子不知在哪发了笔横财，闹着要跟巧姑补办一场婚礼。要说这是好事，可陈金水死活不让，也不拿女婿给的一分钱。”

邱英杰话锋一转笑着说：“哎，你俩要不要凑凑热闹也补办一个婚礼？”陈江河转头看骆玉珠，骆玉珠哭笑不得白了他一眼，又低头偷偷瞥了儿子一眼。

邱岩将冰糖葫芦放到玉珠身后的车枕上，玉珠装作没看见。王旭跟做贼一样，悄悄地伸出手，从后面一把拿过冰糖葫芦，藏在袖中。

邱岩露出了得意的笑，玉珠转头跟邱岩默契地眨了下眼。

邱英杰说：“当年篁园村玉珠那个小院环境好，就在新市场边上。江河非要再盘下来，就是多少年过去，花园似的地方寸土寸金，价钱有点贵。”

陈江河笑：“多贵也要租过来！人从哪走的就得回哪去。”

邱英杰朗声笑起，将一盘录音带塞进车载卡带机中，歌声传出。

“莫说青山多障碍，风也急风也劲，白云过山峰也可传情……”

陈江河转头看着骆玉珠，也摇头晃脑地跟随唱着：“万水千山总是情，聚散也有天注定。不怨天不怨命，但求有山水共作证……”

骆玉珠没有笑，手轻轻攥紧儿子，伤感地看向窗外。

陈江河边唱边诧异地打量，似乎感觉到了什么。

车疾驶而去。

还是当年骆玉珠租的小院子里。

明亮的月亮，把大地照得一片雪青，房屋树木，都像镀上一层水银。院子一边栽着银杏树、水杉、罗汉松，另一边是小池塘，上面是鹅卵石砌成的阴阳鱼。大地上的一切都变得那么雅致，那么幽静。清柔的银色透过窗子，映照在王旭熟睡的脸上，映照在王大山的遗照上。

骆玉珠深情地端详着丈夫遗像：“大山，让你看看这个小院，这是我遇见你之前生活过的地方。”骆玉珠抱着遗像，起身在屋里转了一圈，轻声商量般，“跟你商量个事啊。我还是回来了，带着咱儿子小旭。你从来没有问过我什么，我现在给你讲。外面坐的那个男人叫陈江河，我十几岁差一点被我后妈卖给人贩子，后来流浪遇到了他，我们一起鸡毛换糖，一起过苦日子。后来镇长逼他娶自己的女儿把我俩打散了，我以为他对不起我，像我爸一样把我当废物扔掉，谁想到八年过去，他一直在等我，找我……”

陈江河一动不动坐在台阶上望着月亮。骆玉珠走出门静静地并肩坐下。陈江河脱下自己外衣给她披上。骆玉珠轻声地说：“跟做梦一样，就好像八年前的我们，一直坐在这里，只有指针转了一圈而已，什么都没发生。”

“怎么可能，一切都变了，婶婶没了，有了王旭，你名字都改了。”

“天儿，你喜欢这个名字吗？以后没人的时候你就这样叫我，好不好？”骆玉珠嘴角泛出一丝笑意。

陈江河刮了一下她鼻子：“鸡毛飞上天，反正我是飞不出你的手掌心了。哎，有年春节下着大雪我赶到那，看见小屋里你们……”

骆玉珠捂住他的嘴，陈江河愣住，怔怔地瞧她。

“今晚什么都别说，就算这是一场梦，你让我做完它。”

两个有情人相依相偎在皎洁的月光下，谁都没有注意，王旭已经悄然爬起，稚嫩的目光中透着不解和仇恨……

“从今天开始，你们成为合法夫妻，恭喜你们。”办事员郑重地将小红本递到两人手上。

陈江河与骆玉珠都神色肃穆。邱英杰在相机后招呼："你俩靠近点。陈江河，会不会笑？"

陈江河与骆玉珠的头靠拢在一起，并肩露出笑意。

"喜宴不摆了，但是酒我们还得喝。怎么样，晚上我办一桌？"邱英杰说。

骆玉珠面露难色瞥了眼陈江河。

"英杰哥，还是省了吧。我们不想让小旭知道。"陈江河笑着说。

"噢，那就你们俩偷着乐吧。"

骆玉珠含羞地说道："邱大哥，瞧你说的，往后我们一定把喜酒给你补上。"

邱英杰大笑："当然了，我可是你们俩的证婚人，忘了谁也不能忘了我。"

两个患难之交依然一前一后地走着，邱英杰充满诗情画意地展望着："我看到了沉默了两千二百年的义乌，土地袒露出了血性的胸膛：那是包容所有人的胸怀，就像母亲庇佑着她们的儿女，大树遮蔽着脚下的土地一样。江河，我们生逢其时，我们并肩战斗吧！"

骆玉珠默默望着陈江河的背影。陈江河回头看她，伸出手来。

"人家看见了。"

陈江河笑了："怕什么，我们已经是夫妻了，法律都保护我们。"

骆玉珠迟疑，陈江河的手已经拉住她，两人并肩前行，相视而笑。

院里院外热闹非凡，前来探望的陈家村乡亲几乎踏破了门槛。陈江河忙着应付，骆玉珠拉着冯大姐等人的手大声说笑，王旭也不自在地被人围着。

"鸡毛啊，想死我们了！这么多年，你也不回来看看！"

"叔婶，我这不回来了。"陈江河笑着说。

"鸡毛！为赶回来见你，我儿子大奔的轮胎都快磨平了！"一辆豪车停在院门口，大光爹还没进院就开始嚷嚷。

屋里人都一撇嘴。陈江河哭笑不得迎出院："叔，您来了。"

大光爹脖子上挂着粗粗的金链，手上晃动着金戒指，热情洋溢地抱着陈江河拍打。

"哎呦叔，你身上这堆黄绳子把我眼睛晃花了。"

陈大光将车停好，晃悠着摘下墨镜走进院门，操着一口蹩脚的香港话熊抱过来："鸡毛锅，兄弟我好挂住你吖！"

陈江河吃惊地打量着陈大光，没等他反应过来，屋里骆玉珠等人已经大笑起来。骆玉珠笑出眼泪说："陈家村太厉害了，都出港商了！"

屋里冯大姐无奈地冲骆玉珠摇头。

外面大人们还在说笑，王旭悄然走进屋将门关上，谁也没有留意到他。王旭蹲到床头柜前轻轻打开抽屉，看到那个小红本，翻开一看是妈妈和陈江河的结婚照。王旭目光愤怒，想撕又不敢撕。

五

巧姑用力拍着养鸡场的门，陈江河提着烟酒和点心恭敬地站在身后。

“爸，鸡毛哥回来看你了。爸，你开门啊！”院里没有动静。巧姑一脸为难，回身轻声说：“哥，别说你，我爸现在连我都不见，天天就知道做毽子踢毽子，也不知道哪来那么大的瘾。”

“别勉强，巧姑，你现在跟大光可享福了。不是说你俩还要补办婚礼吗？”

巧姑凄然一笑：“享什么福！他现在只有钱了。”巧姑长叹一声，“不离就是好事了，以后慢慢跟你说吧。鸡毛哥，我真替你跟玉珠姐高兴，你们能守到今天，才是最幸福的。”

陈江河百感交集地看着巧姑：“你先回去做饭，我在这转会。”

巧姑看了看院门，又把话咽回，转身离去。

陈江河提着烟酒和点心，围着院子绕起来，后来干脆一屁股坐下，靠着墙大声地说：“叔，鸡毛回来了，我知道您一直关照我，袜厂缺货的时候您还劝乡亲们别去添麻烦。叔，要论做买卖，您才是真正的高人，乡亲都忙着赚大钱，您怎么关门养起鸡来了？”

院里依然没有回应。

陈江河无声地叹息：“叔，我把给您老带的烟酒放门口啦，我走了！”

陈江河刚要离去，突然身后一声脆响，一个毽子腾空而起。

陈江河吃惊地停住脚步凝望，墙内毽子不时被踢上半空，鲜艳的鸡毛在空中分外刺眼。

陈江河眯起眼，目光追随着飞舞的毽子，会心一笑，头也不回地转身走出来。

陈江河在远处突然喊起：“叔，您等着，鸡毛肯定飞上天！”

鸡毛毽子稳稳地落在苍老的陈金水手中，老人一动不动。

陈江河刚回到家门口，满脸焦急的骆玉珠就冲出来。陈江河吓了一跳：“怎么了？”

“小旭不见了！我出去送冯大姐回来就见不着他了！”

“也许出去玩了吧，你别慌。”

骆玉珠颤抖着声：“他爸的东西，遗像都没了！还有这个……”

骆玉珠递上结婚证，两人并肩微笑的照片已经被剪出口子。

陈江河脸色大变。

鸡毛飞上天

长篇小说

Feather Flies To The Sky

〔第十二集〕

一

在熙熙攘攘的人群中，陈江河与骆玉珠焦急地穿行寻找着。骆玉珠的心仿佛被无形的大石压住，脑子一片空白，嘴巴不停地颤抖，语无伦次地叫喊着："小旭——小旭——"

邱英杰骑着自行车沿路搜索，停在两人面前："我跟几条街的老板都打了招呼，看见孩子先帮咱们看住。玉珠，别着急，孩子丢不了！"

陈江河扳住骆玉珠的肩膀："你先别慌，这么小的孩子抱着他爸遗像能去哪？好好想想。"

骆玉珠突然一激灵，怔怔看着陈江河，转头撒腿就跑。

"去吧，家里我看着。"邱英杰一拍陈江河的肩轻声说。

陈江河点头追去。

跨越了山山水水，两人来到赣州铁路边，在布满荆棘的小山坡上，骆玉珠的脚早已微微颤抖了，她的目光锁在了山坡上的那丘坟茔上。骆玉珠在离坟头老远的地方就停住了脚步。陈江河紧跟在她身后。骆玉珠颤抖着说："江河，你看。"

坟前是那包王大山的遗物，旁边还摆放着遗像，孩子却不知去向。骆玉珠失声痛哭："小旭……你这么老远坐火车来找你爸，你又去哪了你？"

陈江河蹲在地上看着王大山遗像，皱眉思索着。

孤独破败的小木屋笼罩在夕阳下，远远望去，红得像燃烧的火焰。这里有深红的漆树、大红的枫叶、杏黄的银杏，绚丽无比。

小木屋周边长满了野菊花。雏菊黄白相间，蕊萼紧密，仿佛从山村里走出来的姑娘，俏美而朴实。紫菊像街头走过的美女，时尚新奇，笑而露齿，大方俏皮。陈江河弯下腰来闻一闻，仿佛吸足了氧气，站起来就觉得心旷神怡，走起路来显得那么精神。

陈江河摸着门口生锈的大锁，看到被拆开的窗口挡板，忙上前扒住往里探望。一个黑影在里面窸窸窣窣活动着。骆玉珠撕心裂肺地喊着："小旭！小旭！"

"给我手电！"

骆玉珠忙上前递上手电，光束照进杂乱不堪的小屋，灰头土脸的小王旭正蜷缩在角落里。骆玉珠发疯般砸着木窗："妈嗓子都喊哑了！给我出来！明明听见妈在叫你，你为什么不答应？"

陈江河松了口气，异样的眼光注视着小旭像狼一般的眼神。陈江河疲惫地走向不远处的石墩，坐下点着一根烟，听着母子的吵闹。

小王旭梗着脖子："我不出去！我要住家里，这是我家！"

骆玉珠咬牙切齿："我还是不是你妈？你要急死我呀。王旭，你是自己出来，还是我把你揪出来，让我打死你？"

"我就不出去，你背着我爸找野男人,你不是我妈。"小王旭倔强地说。

陈江河无声地笑了笑，起身上坡，走回王大山坟前。陈江河将一根点着的烟插在坟头，眯着眼看着王大山的遗像："不知道你会不会抽烟，也不知道咱俩谁大，我叫你一声兄弟。玉珠命很苦，可又很幸运，在最难过的时候遇到了你。这么多年活得不容易，我明白。大山兄弟，你救了玉珠，就是我的恩人，小旭我当亲儿子养，你放心。每年我都会带他来看你，等小旭长大有了自己的老婆、孩子，我就带全家过来……"陈江河用力地拍了拍墓碑。王大山似乎在暖暖地微笑着。

火车在铁轨上微微颠簸。骆玉珠搂着儿子已经昏昏睡去。陈江河坐在对面，轻轻抹掉王大山遗像上的泥土，小王旭眯缝着双眼，偷偷看着陈江河的一举一动，眼睛始终不敢睁开。陈江河竖起擦拭干净的遗像，静静地看着王旭。

王旭慢慢睁开眼睛，从妈妈手臂间滑出，抢过遗像。

陈江河又从遗物包里取出残破的拨浪鼓，将掉落的鼓坠熟练地系好。王旭又伸出小手要抢，陈江河躲闪开，高举着拨浪鼓。

“我的！”

陈江河摇摇头，轻声说：“是我给你妈妈的，那时候还没你。不信你看看后面还刻着我鸡毛的名字呢。”

王旭忙好奇地捧着拨浪鼓看着，抬头惊讶地看着陈江河。

陈江河意味深长地：“我跟你妈早就认识了！那时你妈还没遇到你爸爸，这鼓破了，回去我给你补补，保证比以前更响。”

骆玉珠悄然睁开眼，默默地望着低声交流的爷俩。

二

骆玉珠拉着儿子往绣湖小学校门口推送，王旭哭嚎着、挣扎着不肯进去，不少家长和学生侧目而视。

“你就给妈丢人吧！中途插班上名校，你上学这名额来得容易吗？那是你邱伯伯跑前跑后争取到的，你说不上就不上？”骆玉珠狠狠地瞪着儿子。

“我就不上……我不想上学！”

陈江河将自行车停靠在墙边，快步上前拉开骆玉珠，蹲下身扳住王旭的肩膀：“小旭，上学会有很多新朋友，还能踢足球呢。”

“我不，我不上学……”王旭张开双臂摇晃不停，如同扇动的翅膀。

陈江河将王旭强拉到一边小声说：“你怕学习跟不上，还是怕同学看不起你？小旭，你数学比你妈都强，一定会把老师和同学们震住的。”

骆玉珠威胁着：“你别管他，我看他进不进这校门！”

突然王旭像小鬼见了阎王一样停止了抽泣，低着头缩到陈江河身后躲起来了。陈江河诧异地转头望去，邱岩正跟几个女同学背着书包说笑着走过来。“邱岩！”陈江河拉过藏在身后的王旭，推到邱岩面前。

“叔叔，王旭怎么了？”

王旭拼命抹着不争气的眼泪，骆玉珠故意激他：“还不是被上学吓怕的！脑子笨，怕读书读不来呗，死活不敢进校门。”

“才不是呢。”

“王旭是那种人吗？邱岩，你跟老师解释一下，我家王旭本来是想给班里每位女同学送一根漂亮头绳的，今天忘带了。”陈江河冲骆玉珠眨眨眼。

骆玉珠脸色大变，瞪着陈江河。王旭也抬头惊诧地看着陈江河。邱岩喜出望外：“真的？”

王旭咽口唾沫点点头。邱岩转身冲几个女同学叫起来：“你们快过来呀，新同学要给我们每个女生发头绳！”

“什么颜色的？我要粉红的！”“我要大红的！”女同学们蜂拥而上，像麻雀一样，叽叽喳喳地将王旭围住了。

“你真好！叫什么名字？你家卖头绳的吧！”王旭被女同学簇拥着走进校门，回头眼巴巴地看着妈妈。

骆玉珠微笑着朝王旭挥了挥手，咬牙切齿地说：“一根头绳最少要八分，他们班多少女生？”

陈江河抱着胳膊，含笑望着王旭的背影：“不多，二三十个吧。”

骆玉珠懊恼地盯着陈江河。

晚上，王旭趴在桌上写作业。“这个字要这么写，不能倒插笔。”陈江河在一旁低声辅导。

骆玉珠将一把头绳拍在桌上，气呼呼地说：“明天拿到学校去，败家子，你上个学，妈还得赔上货。”王旭忙扒拉数着：“妈，不够。还有三个女老师呢，我们校长也是女的。”

“别那么抠好不好，鸡毛换糖还得拜四方码头，广交朋友呢。”陈江河冲骆玉珠挤了挤眼睛。

“你就惯着他吧。”骆玉珠没好气地说。骆玉珠看着静下心来做作业的儿子，也放下手上的活，坐在一旁听陈江河低声给儿子讲解：“这个公式要先会背，你算的时候就省劲多了，这道题你试试。”

骆玉珠看着灯光下的爷俩，会意地笑了。

三

“叭嗒”一声，睡梦中的陈江河被东西落地声惊醒。陈江河一个激灵从床上跳起，连忙打开电灯，只见骆玉珠倒在地上，箱子里的首饰也洒满一地。陈江河披上衣服扶起骆玉珠说：“天还没亮呢，你折腾什么？”

骆玉珠捂着膝盖强笑：“这些年我带着小旭东奔西跑的，习惯了，鸡一叫我就睡不着，今天开张，我得把货理一理，你再睡会儿。”

陈江河揪心地看着她：“那也不能这么早起啊，你这是神经衰弱。你的膝盖怎么了？我看看。”

“没事。”骆玉珠一瘸一拐地坐到货箱上。

陈江河挽起骆玉珠的裤腿一看，脸色大变，急切地说：“怎么都变形了？”陈江河心疼地看着红肿的膝盖，嘴唇颤抖着说不出话。

“头几年背货，跑火车得了关节炎，一直没好，天一变就疼。这又不算病，你干吗呀，好像我得绝症似的。”

陈江河将额头贴在骆玉珠的关节上，声音颤抖着：“对不起，我该早点找到你。”

骆玉珠强忍住泪水，微笑着抚摸

陈江河的头发。

义乌已经开始了美丽的蜕变，第四代市场巍然耸立。大伙通过集资、抽签、公证，都高高兴兴地分配到了一个摊位。陈江河迟到了，只抽到了位置偏僻的一个饰品摊。

一家人来到篁园市场，修好的拨浪鼓拨浪拨浪地摇响了，王旭露出了难得的笑容。邱岩带着其他孩子也人手一只，摇着乐着。摊主们围拢在陈江河家这个最尾端的饰品摊前，纷纷道喜。冯大姐拉着玉珠的手臂："大姐就在你对面，有什么事咱互相照应吧！"

"放心吧，冯大姐，以后您的事就是我的事！"骆玉珠笑着说。

隔壁摊一姐妹嗑着瓜子说："玉珠，我们这边的摊位位置太差了！一天也过不来几个人，不信你问大姐。"

骆玉珠勉强笑笑："有摊总比没摊好吧。"

人群中有人窃窃私语："可惜陈江河了，一个大厂长跟着女人卖首饰，还是个二婚头。"笑声肆无忌惮地响起。

骆玉珠一愣，瞥向正在整货的陈江河。

邱英杰正将一箱货码到后面，陈江河拉住他："行了，邱大主任，你这身份该日理万机，这哪是您干的活啊，注意一下影响好吗？"

邱英杰笑着捶他一拳："我又没偷没抢没受贿，做做傻劳力还不行吗？江河，你少跟我贫嘴。这几年市场发展得快，好的位置都被人出高价换去了，你这种尾摊没人要，这条街光卖饰品的就有上百家，天时地利你可都没占着。"

陈江河满不在乎地笑笑："还有一个人和呢，关键在于经营的人和货的款式。我跟骆玉珠双剑合璧，没有条条框框。这条街上的生意人心里都得掂量掂量。"

邱英杰上下打量着陈江河，感慨道："我说你这鸡毛，总是异想天开，给点风就能吹上天啊！"

陈江河笑着拍了拍邱英杰的肩膀说："是飞，飞。"

陈江河看了看四周："陈家村的人都在哪摆摊？我怎么没看见他们啊。"

邱英杰神秘一笑："这得问你们村的人了，人家不稀罕赚这点辛苦钱，听说，陈大光弄一张批条就可以赚一万多块呢。"

小王旭与邱岩并肩坐在江滨公园台阶上，摆弄着拨浪鼓。邱岩好奇地问："你真的一个人敢坐火车？"

"那算什么，我连运煤的车都坐过，到站时，我妈差点找不到我呢。"

"为什么？"

"因为我跟煤一样黑！我要是不张嘴露出那口白牙，我妈还认不出我来呢！"

邱岩捧腹大笑，向后一仰，躺靠

在台阶上笑出了眼泪。

“这有什么好笑的？”

“好好，我不笑了。你给我讲讲，你妈当年怎么机智聪明卖人贩子的故事吧！”邱岩拼命憋住笑。

“你妈才卖人贩子呢！”小王旭愤怒地瞪了“大眼睛”一眼，转身离去。

邱岩望着他的背影喊：“对了，你妈卖人贩子的时候你还没出生呢！”

天空满天星斗，像一粒粒珍珠，又似一把把碎金，撒落在碧玉盘上。此刻是那么的宁静安详，窗外的树叶沙沙作响，骆玉珠借着灯光缝着袜子，不时瞥一眼假睡的儿子。

王旭翻了个身，轻声问：“妈，你卖过人贩子吗？”

“谁告诉你的？”

“妈，你怎么什么都卖啊？”

正在串饰品的陈江河忍不住噗嗤乐出声。

骆玉珠白了陈江河一眼，压低声：“你不卖她她就卖你，这辈子我们不欺负别人，别人也不能欺负咱，懂吗？明天要上学，赶紧睡。”

王旭似懂非懂地点点头。

骆玉珠关了灯，出屋来到院里，踹了陈江河一脚，陈江河一脸坏笑看着她。

“一下午总共就没来几个人，还都是只看不买，这位置太差了。”

“连人贩子都卖了，还怕这些饰品卖不出去？”

骆玉珠掐了他一下，转头看了看屋内，轻声说：“你现在是不是特后悔？”

“后悔什么啊？”

骆玉珠咬着嘴唇，一脸严肃地看着陈江河说：“如果……现在你应该坐在大上海的高楼里，吃香的喝辣的，有车有房子，还有海归的上海美女嗲嗲地撒娇。”

“是，要不怎么说选择很重要呢。”

饰品砸到地上，骆玉珠愤愤地起身往屋里走去。陈江河一把拽住她的胳膊揽入怀中：“可我偏偏就愿意选择远方的你。”

骆玉珠挣扎了几下，身子就软了下来，哼了一声：“哪天你后悔了，我就把你卖掉！”

陈江河搂紧她，在她耳边调情似的说：“你舍得？”

骆玉珠声音颤抖：“你不明白，我现在有点怕。”

“怕什么？”

“小旭还是不接受。”骆玉珠凝视着爱人的双眼。

陈江河淡然地说：“那我们就不睡一张床，你跟儿子睡，直到哪天小旭答应了，这还不简单吗？”

“可你凭什么还守着我？就这样守下去你不烦吗？总有一天你会厌倦，你会后悔！”骆玉珠眼巴巴地看着陈江河。

陈江河理了理她的头发，亲着骆玉珠的额头笑着说：“是不是从你妈走了以后，你就习惯不相信任何人了？”

骆玉珠紧紧贴在陈江河的怀中，闭上眼睛，柔声而坚定地说：“我一定好好挣钱，让你跟小旭过上好日子！”

四

刚过九点，街上已经人流如潮。马路上来来往往、大大小小的车子，发动时那轰鸣的引擎声，刹车时那刺耳的摩擦声，还有那响个不停的喇叭声，使大街边沿的商铺早早地热闹起来了。陈江河走进农业银行，回头朝不明就里的骆玉珠招招手。

“不去看摊，你拉我来银行干什么？”

“让你带户口本，带了没有？”陈江河神秘地笑了笑。

陈江河排到一个窗口坐下，从怀里掏出存折：“同志，我想把这个户头改成我爱人的，是不是得转账啊？”

骆玉珠愣住，呆呆地看着陈江河。

“这八万元都转吗？”

骆玉珠张着大口，不敢相信自己的耳朵，愣愣地站在那里：“等等……”

陈江河按住她的手，微笑着递进户口本：“都转。”

骆玉珠接过存折，心如鹿撞，怦怦直跳，心里七上八下，心情如激荡的义乌江水一样不平静。离开银行，陈江河蹬着三轮车，与惶恐不安的骆玉珠背靠背坐着。骆玉珠紧紧抱住存折和户口本喋喋不休：“疯了，疯了你！哪来那么多钱？是不是杨雪给的？”

陈江河回头笑笑：“承包袜厂那么多年，我改制收拾困局，潜心发展，与大小厂家竞争逐鹿，怎么着也得有点积蓄吧。这是我做厂长的一点点分红，本来马上就到年底了，还能分到很多呢。”

“疯了，疯了你！有这么多钱，你还瞒着我。你这人怎么没长记性啊，当年你的钱是怎么丢的，还敢给我？”骆玉珠使劲地捶着他的背，放声大哭起来。

陈江河连忙停下车掰着她的手说：“怎么了？别这样好不好，警察看见还以为我欺负你呢。”

骆玉珠突然紧紧搂住陈江河的脖子，趴在他肩膀上号啕大哭。

周围的行人纷纷驻足看着，陈江河一脸尴尬，急忙吓唬道：“别哭了，再哭别人都知道你有八万元，都来借钱了！”

骆玉珠立马收住声音，忍住眼泪。

陈江河笑眯眯地看着她，骆玉珠满脸是泪地笑着，紧紧地搂着存折。

这么偏僻的摊位，前来询价的顾客寥寥无几。骆玉珠鹰隼般的眼睛盯着远处，一见客人就跑过去拉到自己摊前挑选，首饰的价码牌一张张地变换着，越换越低了。

越是没生意，越是不敢使用搬运工，陈江河夫妻披星戴月地奔波在公路上、小巷里，推着平板车，车上满载着货物。当天要加工的搬进一楼，其余的背上三楼仓库。

王旭不声不响地摊开课本做作业。时而偷瞥里间，骆玉珠坐在床上，陈江河两手沾满中药，一点点揉着骆玉珠的膝盖，骆玉珠吸了口凉气，陈江河忙收住手："是不是重了？"

"不重，有点痒痒。"骆玉珠含羞瞥了儿子一眼，"小旭别管闲事，做你的作业！"

"这是朱丹溪的传人，三溪堂国药馆老中医开的药方。前几年你每天负重过多又不爱惜，在潮湿阴冷的地方睡，久而久之湿毒浸入。以后我每天都给你揉，我要把你这些年身体里的毒，受的苦一点点都揉出来。"陈江河小心翼翼地揉着骆玉珠的膝盖，喃喃地说。

水龙头的水哗哗流淌着，骆玉珠将衣服泡在盆里搓洗。陈江河上前把骆玉珠推到一旁，抢过她手里的内裤说："我内裤不用你洗！说好的怎么又洗上了。"

看着陈江河的举动，骆玉珠背过身委屈地流下了眼泪。

陈江河搓了两把衣物察觉不对，用湿淋淋的双手，上前扳住玉珠的肩膀："怎么了？"

骆玉珠拨开他的手，赌气地靠在墙边："你是不是一个人习惯了，陈江河，你记着！你是我最亲的亲人，往后是我们一家三口过日子。别说洗内裤，我给你端洗脚水，你都得给我乖乖地坐在这享受，不许有一句客套，听明白了吗？"

陈江河动情地抱住她，捧着她的头亲了亲，嘴角流露出一丝坏笑，立正行了个军礼："是，首长！"

骆玉珠羞红着脸，双手揽抱住陈江河的腰，深深地埋在他怀中。陈江河越搂越紧，两人的眼神都变得异样，只剩下喘息声。陈江河颤抖着阻止："不行……"

骆玉珠喘息："怕什么？结婚证都领了，我得和你生个孩子！"

陈江河亲着她："玉珠……"

屋内一阵异样的响动，陈江河与骆玉珠瞬间分开，屋内又寂静无声了。骆玉珠走进去，看到里屋的门大开着，回头朝陈江河苦笑了一下，便快步进屋。王旭侧躺在床上背对外面，一动不动。骆玉珠扒住儿子的肩膀，看到他眼中满是泪水，骆玉珠的心瞬间凉了下来。转头望着窗外凝视过来的陈江河，两人揪心的眼神对视着，双眼含着淡淡的哀伤。

"多少吃点，如果再卖不出货，你

还不饿死。人是铁饭是钢，你先把饭吃了。”陈江河把饭端到骆玉珠面前。

“什么招都使了，就是没人气，连狗快到摊前时，也摇着尾巴停下来，转头就跑了，谁都嫌弃我这摊位啊。”骆玉珠看着一袋袋货物愁眉苦脸。

“我们银行还有那么多钱，你怕什么。”

“那是你辛辛苦苦挣的，一分都不能动。”

看着大人唠叨着什么，站在旁边的王旭倒干净利索地吃完饭，一抹嘴，转身跑了出去。

“这猴崽子，拿家当旅店了。跟我这些年东奔西跑的惯了，心都跑野了。你有能耐在外面野，别回来！”骆玉珠哭丧着脸摇头，陈江河若有所思地望着孩子背影。

“我就不信这货卖不出去！”骆玉珠背起两袋货物，头也不回地往外走。

陈江河望着她的背影哭笑不得。

五

陈江河骑着自行车载着大米、蔬菜停在院子前，看到一只野狗疯狂地啃着拨浪鼓。陈江河一愣，快步上前，狗叼着拨浪鼓就逃。陈江河捡起石头扔去，拨浪鼓掉落在地上，野狗消失在拐角处。

陈江河捡起面目全非的拨浪鼓闻了闻，眉头紧皱迈进屋。

王旭偷瞥，心虚地低下头。

陈江河欲吐还休，强忍住转身进屋。

王旭胆战心惊地放下手中的笔，扒着门缝偷偷地望着陈江河，只见他取出工具，正在专注地修补起拨浪鼓。

雨后初晴，在屋里蛰伏了几天的小孩子们，趁大人不注意，箭一般飞出院门，来到江滨绿廊，于是，寂寞的大樟树边的秋千架下，落下了一串串嫩声嫩气的笑语。王旭完成作业，也跑到这里来，老老实实地在边上看着。一个马竿条瘦娃分开众人，挤了进来，攀住秋千架，远远地望着王旭叫道：“野小子没了爸，跟着亲妈改了嫁！”

王旭旋风一样追着马竿条乱跑。他那一头凌乱的头发向天冲起，就像黑色火焰一样。边上的孩子们帮着马竿条，也跟着起哄喊叫，王旭捡起地上的石子，瞄准目标要丢出去，身后自行车铃声响起，车轮挡住了他的去路。陈江河伏在车把上眯着眼睛看着孩子。王旭气呼呼地：“你让开！”

“这几个小不点就能把你气成这样？你不会去统帅他们？”陈江河转头看看连蹦带叫的孩子们说。

王旭凶狠的目光看了陈江河一

眼，咬牙切齿地说："我非把他们打服了不可！"

陈江河指了指脑子，微微一笑："好，有种，先打服，后称王。我带你去个地方，敢不敢上车？我估计你不敢，你也就跟小不点他们闹闹罢了。"

王旭愣愣地看着他，陈江河没有顾及王旭的反应，竟蹬起自行车向前骑去，后面王旭紧追几步，跳上了后座。

陈江河嘴角泛起一丝笑意。

陈江河带着王旭来到雅治街村，两人光着脚，拎着鞋顺着龙溪溪流往前走，陈江河转头朝王旭神秘地笑笑。

"你带我去哪啊？"

"前面是八百岁的古月桥，到了你就知道啦。"

王旭迟疑了一下，跟他走进桥洞。

陈江河拍了拍石头，让王旭坐下，感慨万千地说："知道这是什么地方吗？这是我跟你妈认识的地方，那时候她才十几岁。一个人住在桥底下熬糖讨饭，把自己打扮成假小子，谁都看不出她是个女孩。"

王旭盘腿坐在陈江河对面，津津有味地听他讲述，不时咯咯咯笑出声。

陈江河连说带比划："……离得老远我就喊，快逃啊！你妈还舍不得东西，差点就被民兵逮住了。我拉住你妈的手一路狂奔，后面的人就追，我背着你妈蹚过龙溪去，爬到对岸时，连站的力气都没了，我这才发现你妈是个女的，当时把我吓的，还以为碰见女鬼了！"

"后来呢？"王旭扑闪着双眼惊奇地看着陈江河。

"后来就分开了，我在外面闯荡，谁想你妈一直在这里等我，她认准了我不会把她抛下。我到现在还记得，她从车上跳下来朝我笑的样子……"

"你俩就在一起了？"王旭歪垂着头，摆弄着柳树枝条，然后凶猛地折断。

陈江河默默点头，然后轻声地问："王旭，你想什么呢？"

"我外公真是混蛋，为什么要卖掉我妈？"王旭恨恨地说。

陈江河揉了揉王旭的头："所以你妈伤透了心，缺爹少娘的家庭出来的，怎么活下去啊？那时候我就暗暗告诉自己，不能再辜负她，否则她的心就凉了。"

王旭眨眨眼："那你们为什么又分开了？"

陈江河笑着一拍王旭的后脑勺："人不大问题还挺多，走，我带你去见个高人，是他教会了我：只要不怕苦，不怕难为情，无论去哪里都能活下去。"陈江河提起两双鞋转头走去。王旭光着脚在溪水里，一蹦一跳跟随着。

陈江河领着王旭敲着金水叔家大门，等了很久无人应答。樟树下坐着几个村里人在闲谈着。“鸡毛！别敲了，羽毛厂关门后，你叔吃住都在鸡场了。”几个人坏笑起来。

陈江河低头看着王旭：“走，过去跟他们打个招呼？”

“那么多人我怎么叫啊？”

陈江河趴在他耳边神秘地说：“我小时候遇着一大群人，就叔叔爷爷奶奶婶一气叫出来，反正都听不清楚。”

陈江河拉着王旭走到树下：“叔，伯，二婶，都在呢。”

陈江河笑着后面一推王旭：“快叫。”

王旭含糊不清地叫：“叔叔爷爷奶奶婶。”

众人忙答应：“哎哎哎！这就是玉珠那个儿子？这孩子还真懂事。”

陈江河朝王旭默契地眨眨眼，王旭得意地笑起来。乡亲们亲热地拉着陈江河说：“你找金水叔那么多趟了，回回都吃闭门羹，我们都替你着急了。鸡毛，你不会想拉你金水叔做什么生意吧？”

“你还找他干吗呀，倔老头一个！”旁边二婶叹息道，“这人是废了，天天养鸡攒鸡毛，好不容易有个赚大钱的女婿吧，还不认！”

陈江河苦笑着说：“我叔可是做生意的好手，别忘了当年鸡毛换糖是他挑头干的。叔，伯，我想问问，我满市场地找，怎么很少见我们村的人摆摊呢？”

几个人同时笑着摇头，交换着不屑的眼神。“现在是靠嘴吃饭呀。你叔脾气那么倔，又不会说软话，到哪挣钱去。鸡毛，我们陈家村不稀罕那点小利！看见大光没有？大伙都跟着他干呢。”众人七嘴八舌说起来。

陈江河苦笑：“像这种买卖能蒙上几回啊？”

“三年不开张，开张吃三年！”

陈江河提着点心和酒带王旭一路走来。

陈江河耐心地讲着：“我小时候还不如你，生下来就是孤儿，差点被冻死。我们马上就要见到的这个金水爷爷，是他摇着拨浪鼓把我从冰天雪地里救回来的。”王旭像小大人一般仔细听着，他们走到鸡场门口，看见大光爹正在奔驰车边徘徊。陈江河忙叫：“叔。”

“鸡毛啊，来看你金水叔？正好，大光和巧姑都在里面呢！”大光爹看了眼孩子，神秘地推他：“小两口准备补一下婚礼，老头死活不同意，就不给这面子。正好你帮我们劝劝！”

陈江河拉着王旭迈进院里，看了一棚接着一棚的鸡舍，心中惊诧不已。

“爸，现在有钱了，我想办场风风光光的婚礼，您老也有面子啊。我香港朋友都来参加呢！这可是涉及到海外同胞的形象问题。爸，您必须得出席。酒席都订了，钱也付了，县里有头有脸的都答应要来，你不出席算什么事？”大光乞求着。

巧姑跟着哀求：“爸，大光也是好意，我俩这婚事你总得露面啊，不然我们给谁敬酒磕头呢？”

“爱给谁磕给谁磕。”陈金水坐在板凳上专注地拔着鸡毛。

陈江河站在门口静静地看着陈金水的背影。

“鸡毛哥，你可来了！快帮我劝劝！”一看见陈江河，大光和巧姑两人就把他拽到身后，用哀求的目光看着他。

陈金水手一抖，没有回头，慢悠悠站起，端着满是鸡毛的脸盆往外走，似乎没看到陈江河爷俩。

巧姑与陈大光慌忙上前搀扶：“爸，您干吗去？”

随着巧姑的尖叫声，脸盆重重地砸落在奔驰车上。大光心疼地撒腿跑去：“爸，有钱也没地方修啊，我快把车开走再说！”

王旭吓得偷偷攥紧陈江河的手，大气也不敢出。陈江河似笑非笑地看着老人蹒跚着走进院子里。陈金水冷哼一声，坐回板凳上继续拔鸡毛。陈江河试探：“叔，您身体还好吧？”

陈金水侧过脸定定地打量王旭，王旭吓得缩到陈江河身后。陈金水理都不理，王旭尴尬地仰头看着陈江河。陈江河微笑着：“叔，玉珠太忙了，我带孩子来看看您。这是玉珠让我带的烟酒和点心，都是你喜欢的。”

陈金水像没听见一样。

陈江河干脆拿过一条板凳，坐到老人身旁，跟着笨手笨脚地扎起鸡毛毽。王旭饶有兴趣地蹲在一旁看着。陈金水一把抢过陈江河手中的鸡毛。陈江河笑笑：“应该怎么扎？您教我。”

陈金水头也不抬，快速熟练地扎着。

陈江河冲王旭使了个眼色，递给他几根鸡毛。王旭专注地扎起来，竟出乎意料地娴熟轻巧。陈金水抬眼定定地看着孩子手里的鸡毛毽，露出了诧异的眼神。王旭将扎好的毽子托在手心，递到陈金水眼前：“爷爷，是这样扎吗？”

陈金水哼了一声：“骗人的货，好看不中用。”

“可我扎的跟您一样！”

“你踢踢试试，准立不住。”

王旭不服气，用力一踢果然歪倒在地上。“为什么？您怎么知道的？”王旭乐了，心中充满好奇。

陈金水抖了抖手里的毽子，用力一踢，毽子飞得老高。陈金水竟伸出脚去，毽子稳稳地立在他的脚面上。

看着陈金水精彩的动作，王旭惊叹得五官都变了形，不禁大声地“哇”了起来。

“没根，就立不住。根太重，又飞不起来。小小的鸡毛毽子也不是什么人都能做的。”陈金水将毽子挑到手中，在王旭眼前晃了晃。

王旭刚想伸手接过，陈金水一把晃过，背着手进屋。王旭失望地抬头看着陈江河，陈江河笑了笑说：“我们走吧。”

陈江河骑车带着王旭前行。王旭还想着刚才的情景，喃喃地说：“这个爷爷好厉害。他不跟你说话，你还赔小心看他，你是不是很怕他？”

陈江河笑着说：“我怕，但该说的他已经说了。我这命是他捡回来的，他带着乡亲们把我养大。我跟你妈是怎么分开的？也因为他。”陈江河停住车转头看着王旭，“小旭，按理说，我不应该跟你讲这些，但今天我全讲给你听了。小旭，你妈妈这辈子受了不少罪，你看她那膝盖都变形了，你也该懂事了，该替妈妈分担一些苦了。”

王旭咬着嘴唇看着他。

“今天说的话你能帮我保密吗？如果你能，我保证以后对你没有秘密。”陈江河伸出小拇指。王旭迟疑了一下，也伸出小拇指勾在一起。陈江河笑着揉了揉孩子的头，用力蹬起自行车。

“小子，该讲讲你的秘密了。”

王旭思索：“嗯……我打弹弓特别准。我算数比我妈快。我喜欢吃炒鸡蛋不喜欢吃煮的。”

陈江河哭笑不得：“你糊弄我呢？说点真的秘密！”

“我在你床上撒过尿。”陈江河自行车一下溜到路旁，摔得前仰后合。王旭爬起就要跑，被陈江河一把搂在怀里胳肢起来，“臭小子，什么时候？”王旭咯咯乐着拼命挣扎。

“小旭，你什么时候能改口叫我一声爸？”

王旭定在那，垂头不理。

陈江河无声叹息：“那就叫声叔吧，总比不叫强。王旭，叔你总能叫一声吧？”

王旭头也不抬轻声叫道：“叔。”

陈江河笑起来，温润的目光看着孩子，用力揉了揉王旭的头发，从腰间拔出修好的拨浪鼓递到面前：“以后别往上面抹猪油去逗狗了。万一被咬伤了还得打狂犬针，可疼了。”

王旭伸手接过拨浪鼓，轻轻摇了一下，羞愧地点点头。

六

篁园小商品市场上，骆玉珠百般无聊地看着对面摇扇的冯大姐，很久没有一个顾客到这么偏僻的地方来浪费时间了。

一条狗慢悠悠地走过摊位，快到骆玉珠眼前时摇着尾巴停下，东闻闻，西嗅嗅，打了个哈欠，转头就跑。

骆玉珠不敢相信地看着那狗……难道真的连狗也嫌弃我这摊位偏僻吗?

骆玉珠举着喇叭喊破了嗓子："看一看啊，大姑娘戴上不愁嫁，小媳妇戴上一朵花！新上的饰品啊！"

"谁让你用喇叭的，放下。都像你这么喊，这房还不塌了！"市场管理员上前劝阻。

"那你们给我解决人气！我的货都砸在手里了，你们买啊？我马上倾家荡产、家破人亡了……"

冯大姐拉住她的胳膊劝说："玉珠，认命吧，这尾铺位置不好，我那摊都不想摆了。"

骆玉珠梗着脖子喘气道："你不想干给我吧！总有一天，我非把这摊弄成这市场最火的……"骆玉珠转头怔怔地瞧着冯大姐，又看看自己的摊，皱眉思索。

回到家，骆玉珠坐在床边若有所思，喃喃地："怎么才能把那些人吸引过来呢？冯大姐的摊比我的还冷清……"

陈江河双手沾满中药，边揉膝盖边招呼王旭："小旭，看你妈都中魔症了。"王旭从屋里出来也蹲在盆边，双手捧起中药，揉起妈妈的另一个膝盖。

骆玉珠吓一跳："哎，你不做作业跑这干吗？"

王旭一声不吭，学着陈江河的样子转圈揉着。骆玉珠吃惊地看着儿子,又瞥向陈江河。陈江河微微一笑，点头。

骆玉珠反倒不自在起来，用复杂的目光看着蹲在面前的爷俩，他俩正心无旁骛地给自己揉着膝盖。骆玉珠的眼神变得温润——我有两个亲人呢！我的苦日子到头了！

有一天，围观的人群把最后面的边角摊也围了个水泄不通，陈江河惊诧地看着眼前的一切，只听到骆玉珠与冯大姐的对骂声。

"你知道我这批货进得有多难？找遍整个商城也找不出重样的！"

冯大姐针锋相对："货不好我还不进呢，就允许你赚钱？你进的货我就不能进了？这是哪条规定？"

"那你也不能比我便宜五分啊！这不是抢生意吗！"骆玉珠气急败坏地。

"骆玉珠，做买卖得讲良心，你赚那么多钱，小心撑死你！"

陈江河挤进人群。骆玉珠正双手举着首饰，大声叫喊："大家看看，这么漂亮的首饰，我只卖两块贵吗？你们谁见过这工艺，这材质？"

众人七嘴八舌赞叹："是漂亮。"

"快来我这买啊，同样的货我是一块九毛五！"

陈江河眯起眼抱着胳膊审视两人。

骆玉珠咬牙切齿："好！冯大姐，

今天跟我抬扛抬定了是吧。我卖一块八毛五！”

冯大姐气得举起一把首饰：“一块八一个。”已经有人围到冯大姐摊前挑选起来。人群起哄：“骆玉珠，你再便宜点？”骆玉珠气得哆嗦起来：“我也不赚钱了，不争馒头争口气，三块五一对！”人群刚要往骆玉珠摊前挤，冯大姐那边又吆喝起来：“一块六一个，成本价！”

骆玉珠懊恼坐下，哭丧着脸：“这么好的货你一块六就卖了，你这是成心拆我的台啊冯大姐！我哪里得罪你了，这首饰要是放在别的地方，两块都有人抢。”随着骆玉珠的解说，人群已经抢货一般，蜂拥到了冯大姐摊前。

“我要二十对！”“先收我钱，我要六个！”冯大姐笑骂：“六个，你用得完吗？你买回去熬着吃啊？”

“我给我媳妇，孩子，丈母娘，我妈！你管得着吗！”众人哄堂大笑，骆玉珠也不由笑起，突然她看见陈江河用异样的眼光瞧着自己，好像穿透了自己的内心，骆玉珠尴尬地收住笑。

骆玉珠心情大好，回家烧了一桌好菜，她忙着夹肉放到爷俩碗里，还拿过一瓶御隆万盛葡萄酒：“来，喝两杯！”

“妈，你也喝酒？”

“你跟冯大姐分好账了？”陈江河问。

骆玉珠白他一眼：“别在孩子面前说这个，今天高兴！陪我干一杯。”

陈江河举起杯：“八毛的成本，一倍的利润，还一抢而空。亏你想得出来。哪天客商们要是知道真相，他们还会再上你的当吗？”

骆玉珠不好意思地笑了：“关键是把人气炒起来了，其他首饰我也卖出不少，你没看到吗？下午整个篁园市场就我那摊位最热闹。”

王旭莫名其妙地：“妈，上什么当？”

骆玉珠没好气地：“吃你的饭！”

“纸包不住火，谁都不是傻子。看起来你占了大便宜，可长久下去不是正路。”陈江河忧心忡忡地说。

骆玉珠转头盛起米饭嘟囔着：“我以后不干了呗！我明白你担心什么，这事只有我跟冯大姐知道，我俩说好了……”

一群女人在院子里神秘地呼唤玉珠：“玉珠快出来！”骆玉珠一愣，惊诧地望着院里的七八个女人。陈江河憋住笑，继续喝着酒，还竖起耳朵听院子里的说话声。

“玉珠，明天咱们几个一块演出戏？”

骆玉珠装糊涂：“你们说什么呢？”

“少跟我们装了！冯大姐都跟我们说了，你这招真高明！”

骆玉珠懊恼地转头望去，窗内陈

江河笑眯眯地望着自己。

七

陈江河顺着邱英杰家厕所里的管道，一直走到厨房蹲下看着什么。“哈哈哈……”邱英杰身后朗声笑起，边笑边抹眼泪，“这个骆玉珠赚钱还真有一套！比你强。”

“她那是小聪明。”陈江河苦笑。

“不管怎么说，你娶了一个好老婆！”邱英杰一把拉起陈江河，“你一进我家，就盯着这些管道。坐好了，我问你，玉珠跟你聊过这些年的事吗？”

陈江河苦笑摇了摇头说：“那是条汉子，在玉珠最落魄的时候收留了她，难得的好人。”

里屋传来孩子的笑声，邱岩不可思议地拿着计算器：“你等等，我再出一道，十一加七加九加三十八得多少？”

邱岩快速地按起计算器。王旭脱口而出：“六十五。”

邱岩张开大嘴，像看怪物一样看着王旭：“再乘以三除以五等于多少？等会，让我先来！”邱岩拼命按着计算器，声音已经传来：“三十九。”王旭得意扬扬地憋住笑，邱岩用夸张的神情摇摇头：“太可怕了。”

门口，陈江河与邱英杰意味深长地交换了个眼神，悄悄把门关上。邱英杰轻声说：“这孩子算数这么厉害，学过心算？”

陈江河微微一笑：“跟着玉珠走南闯北卖各种货，钱不能算错，本事就这么练出来了。”

“玉珠还怨恨金水叔吗？”

陈江河躺在邱英杰床上叹了口气：“反正她没跟我去看过。当年吵得那么凶，一时半会恐怕接受不了。我几次去看金水叔，他从来没跟我说过一句话，这些年金水叔老了许多，整个人都变了。”

“但你跟我说过，老头是个宝。”邱英杰笑了笑。

陈江河翻身坐起：“村里人都说他不行了，落伍了，可我总觉得我叔心里有东西。”

邱英杰点点头：“义乌这几年发展得很快，可陈家村的人受陈大光影响，一心想挣大钱，很少有人踏踏实实地做买卖。很多年轻人都出去跑条子跑车皮，想学陈大光一夜暴富，人人攀比吹牛，风气搞得很坏。金水叔跟我聊过几次，老人心很重啊。”

“哥，他跟你聊什么了？”

邱英杰一字一顿地：“永远自强自立，永远脚步不停，永远寻找机遇。积少成多，做大买卖。”

陈江河眯缝起眼，闪动着亮光：“……敢于勇立潮头，敢冒风险，抢占先机，争当第一个。”

邱英杰与陈江河一起，大声说出了他自己的格言，他拍拍陈江河肩膀："老头在等机会，等懂他的人出现。江河，你是不是该出手了。很多人都以为你帮老婆卖饰品来了，可我知道那三个注册商标不是用来玩的。"

陈江河微微一笑，轻声："哥，我也在等。"

"此话怎讲？"

陈江河倒出一盒火柴散乱在桌上，挑出一根放在邱英杰面前："如果说饰品是这根火柴，我要做的五金就是这一堆火柴。常人眼里五金是什么？"

"锤子、钉子、铁丝、铁锹，日常五金嘛……"

陈江河摇头："其实细分起来，还有厨房五金，卫浴五金，这些都跟老百姓的生活密不可分。我们的日子越过越好，对这些东西的需求肯定也会越来越高，这就是座金山啊。全球家用电器产品数欧洲的意大利最有影响，我要么不做，要做，我就会竭尽全力，与最有影响最有名气的品牌攀比。"

邱英杰恍然大悟，用钦佩的目光说："江河，你们家是吃着碗里的，看着锅里的，你不发财谁发财！"

兄弟俩相视而笑。

鸡毛飞上天

长篇小说

Feather Flies To The Sky

〔第十三集〕

一

优质产品对陈家村关上了大门，陈江河还在苦苦寻找。他又找到一个厂，车间里堆满了正在加工的厨房五金。陈江河手里掂量着两把菜刀，厂长在旁边介绍说：“这些都是用精钢打造的，用它几十年也破不了刃。”

陈江河赞许地点头说：“你们的刀具好，质量过硬，就是式样少了点。”

“我们还少式样？”厂长惊奇地看着陈江河。

“国外已经把刀具细分出很多品种，剔骨刀、蔬菜刀、切肉刀、砍刀、片刀，而我们只有菜刀。”陈江河很专业地说着。

厂长一笑：“小伙子，看你一路挑过来见多识广啊，我们也可以根据你的需要量身定做。老板，你是哪里人呀？”

“我是义乌人。”

厂长感兴趣：“哦，义乌哪。”

“陈家村，您去过？”

厂长脸色一变，忙做了一个请的手势：“对不起老板，我们庙小请不起你们陈家村的大菩萨，你走吧。”

“厂长，您什么意思？”陈江河诧异。

“我不做陈家村人的生意！”陈江河被推出厂房，大门咣当关上。

陈江河一脸疑惑。回到义乌两个月了，他曾经想找回属于自己的那份光泽，他一次次地满怀希望，却又一次次地伤心失望。或许希望已经不再属于自己了，这是一种多么可怕的无奈！

幸运的是，陈家村人有困难找陈江河，一般的部门都会卖陈江河一个面子。陈家村周边的人从公安、从打假办手里取回了拖拉机、板车、三轮车；到工商所补办了许可证；到派出所领回了暂扣人员。陈家村人感激不尽，提着丹溪酒、火腿、三花梨、水蜜桃去谢陈江河。陈江河仍然拒绝收受村民的任何礼品，实在推脱不了，就把钱塞过去，他被人称为及时雨宋公明。年轻人就对陈江河说：“你指个仇人吧，我们给你出出气。”陈江河笑了：“我没有仇人，再说，一两个坏人也接近不了我的身体。”

在家里，陈江河像一个学生一样，在笔记本上抄抄写写。骆玉珠独自坐在门口的台阶上唉声叹气，她回到屋里：“要不跟你金水叔说说，陈家村的名声不能再这样臭下去了。”

陈江河摇头说：“我金水叔早就退下来了，他现在是两耳不闻天下事。可恶，他们不怕天打雷劈，居然假冒港商骗人家合作，亏他们想得出来，我去过的这个瑞安五金厂一年才多少利润，一下子就被骗了好几万块钱。”

“你们陈家村往后就改名骗子村吧。”骆玉珠突然噗嗤笑起，“陈骗子，我不会也是你骗来的吧？”

陈江河被骆玉珠逗笑，顺势拉过骆玉珠的手。

骆玉珠斜靠在他肩膀上说：“别替他们出人出钱，操那份心了。你看，披着大波浪卷发，提着公文包，山吃海喝的；逢年过节就躲到宾馆里、亲戚家，逃避人家追赃。小心，别傻乎乎地把你也卷进去，把我们自己的日子过好才是真的。”

陈江河合上笔记本，心事重重地叹了口气：“树正气，压邪气，大是大非我是分得清的，可是，我单枪匹马无能为力！”

骆玉珠拿过他的“日记作业”。

“为什么我的眼里常含泪水？因为我对这土地爱得深沉……我从小受到金水叔严格的家庭教育——滴水之恩，当涌泉相报。

“我感恩给了我阳刚血性的火热性格，也感恩一切善待帮助自己的人，回报陈家村是我的使命。金水叔，陈家村病了，我们需要您！”

骆玉珠忧虑地看着亲爱的江河。

二

几个顾客刚挑完饰品离开，冯大姐就从对面摊位跑过来："玉珠，我们哪天再吵一次？你这脑子可真灵，上次吵完，我几天就卖出了大半年的货了！"

骆玉珠哭笑不得："冯大姐，这招只能用一次。"

冯大姐一撇嘴："肯定是陈江河批评你了吧，你就那么怕他？"冯大姐转头望去，不远处的一个摊前，陈江河正蹲着跟摊主聊得热火朝天。冯大姐回头对玉珠说："他什么买卖都不做，天天在市场里跟人聊天，你家这位葫芦里卖的什么药啊？"

骆玉珠笑着说："男人的事情谁知道呢，我也不打听。"

冯大姐感慨摇头："你们两口子可真是……好多人都跟我打听，说你家江河当过大厂长，小买卖不一定干得来。呸呸，我就不相信，江河认识的关系肯定多！听说陈大光就是跟着江河混出来的！"

"大姐，看您说的，我们是小本经营，哪比得上人家大光啊。"

义乌这地方地壳就是薄，说到谁，谁就到。大光爹扯着嗓门从远处走来，挨着摊位送请帖："一定到！喝我儿子的喜酒啊！主持都是从上海请的，喜糖都是大白兔奶糖！一桌三百块，有虾有螃蟹的！鸡毛，来来来！你跟玉珠正好在，你弟弟的婚礼要大办，银都酒店，最好的饭店！你可得赏脸去呀！"

陈江河笑着走上前接过请帖说："大光跟巧姑的婚礼，我们肯定得去。我金水叔那……"

大光爹长叹一声："倔死的人，不是我讲他坏话，找了这么个亲家，我倒了八辈子霉，大光和巧姑他们还在做他的思想工作。自己女儿的婚姻大事，他能不出席吗？"

骆玉珠打开请帖："哟，这还撒着金粉呢。我头一次看到这么标致的婚帖。"

听到骆玉珠的夸赞，大光爹更加得意："你还没到现场呢，主持都是从上海请的，喜糖都是大白兔奶糖！有钱就得花！一桌三百块，有虾有螃蟹的！"

旁边摆摊的围过来啧啧赞叹。骆玉珠憋住笑，偷偷看了眼陈江河。

陈江河搂过大光爹："叔，您从那头过来已经喊八遍了，全市场的人都知道。"

大光爹没听出意思，咧着嘴笑着说："都去，大家都去啊！"

陈江河压低声音说："金水叔可能是嫌你们太过招摇，跟大光说说，都是乡里乡亲没必要。再说钱是好挣，可我们不能……"

大光爹看了眼陈江河："鸡毛，你怎么也跟你叔一个鼻孔出气了。鸡毛，你最近是不是闲着？要不给你大光兄弟跑跑腿，我家那五金店没人看，我一个月给你开一千块，帮叔盯着，咋样？"

陈江河被噎在那，骆玉珠暗暗朝他摇头。

"怎么嫌少？看在当年你帮大光和巧姑出资的份上，一千五！"

身边摆摊的发出惊叹的啧啧声："叔，你请我去吧！我一千就行！"

大光爹笑着摆手："你不值这钱，我们鸡毛当过大厂长的！"

大光爹还不死心："你和大光都是豪杰，有本事的人就应该惺惺相惜，兄弟俩一起打天下吧！"

陈江河无可奈何地笑了笑。

银都大酒店前，鞭炮噼里啪啦炸响了，陈大光披着大卷发，西装革履地从奔驰车上下来，抱着打扮入时的巧姑，在一片欢呼声中，走进了贴着大红喜字的大门。王旭和伙伴们勇敢地扑在地上，捡拾尚未炸响的鞭炮。

骆玉珠与陈江河对视，不禁感慨："这婚礼得花多少钱啊，真是气派。金水叔还真的不露面？"

陈江河暗暗摇头。

酒店里几十桌婚宴，布置得金碧辉煌。大堂上高大的金色喜字映衬着熙熙攘攘的乡亲，随着欢庆的音乐声，陈江河拉着骆玉珠和王旭坐在一角，邱英杰正笑着和大光解释："书记有重要的会，实在是来不了，我来给你们俩证婚，好吗？"

陈大光神秘地说："邱主任，你看我这排场，我那桌朋友级别都大过书记呢，你看那桌，是香港来的……"

"是，是呀，高朋满座。"邱英杰苦笑着擦汗。

"今天我看最难受的就是英杰哥了，他最烦这种场面。"陈江河看着邱英杰被大光爹强拉到朋友桌上逐个介绍，苦笑着对玉珠说。骆玉珠笑了："那也得装啊，陈大光就指望着他帮撑门面呢。"

"听说大光搞到一个条子就是两三万！一车皮的货运过去，两车皮的货再拉回来，我们流红汗流白汗地干一年，也抵不上他一笔买卖啊！"桌边几个客商兴奋地说着。

"是啊，我们村几个年轻人都跟着他去干了，谁还看得上摆摊卖小百货呢。打仗做将军，做生意就得做大买卖！"

"真是三十年河东，三十年河西，看人家混的。"骆玉珠对陈江河轻轻地说。

陈江河淡然一笑。

大光爹正在人群中焦急地跟人说着什么，又拉过儿子窃窃私语。陈大光甩了下大背头，阴沉下脸，一扬手：

“不等他，爱来不来！”

陈江河的目光一直追随着大光爹跑向后台，随即主持人面带微笑走出来：“这是一个美好的日子，这是一个隆重的时刻，首先请允许我介绍今天出席陈大光和陈巧姑婚礼的重要来宾，他们是香港富达集团董事长于富达先生。”

桌旁爆发出惊叹声：“哇，电视里见过！大富豪啊！”

骆玉珠看了眼陈江河：“怎么就你闷闷不乐？看着陈家村公主巧姑嫁人，你心里不是滋味吧？”陈江河白了骆玉珠一眼，骆玉珠得意地笑起来。

大光爹小跑过来：“鸡毛，你坐那桌去，你做过大厂长，级别不一样！你得给大光撑点面子，陪大光朋友说说得体话。”话没说完，陈江河就被硬生生地拉了起来，骆玉珠刮了一把自己的脸，瞪大眼珠，张开大口，朝他做了个鬼脸。

陈江河刚要走开，一位老实巴交的中年汉子被灰头土脸地领到这桌来了。大光爹朝那人笑笑：“不好意思啊，座位实在太挤，夏厂长你就坐这桌吧。”

夏厂长苦笑着摇头，坐在骆玉珠边上。陈江河趁大光爹忙别的事，跑过来拍拍骆玉珠，示意她站起来，骆玉珠诧异地看了他一眼。陈江河俯身客气地对汉子说：“您是永康那个五金厂的夏厂长？”

陈江河一屁股坐下，热情地给夏厂长倒茶：“夏厂长，你的产品做得好呀，我叫陈江河。”

“噢，我们乡镇小厂比不上那些大老板啊，只能吃边边角角了。”夏厂长埋汰自己后也笑起来。

陈江河一笑说：“边边角角才有好东西，珍珠都是藏在泥里的。”

“你这人有点意思，嗅觉敏锐！你不是坐这桌的吧？”夏厂长愣了一下，意味深长地看了一眼陈江河。

“刚才那是我老婆。”

骆玉珠拉着王旭挤在旁边一桌，人们正拿王旭说笑。骆玉珠心不在焉地看着陈江河。

“玉珠，江河到底想干吗呀？怎么回来只看你瞎忙，他一点动静也没有啊？”

骆玉珠笑笑：“他想歇歇，看看再说。”

“嗨，干过大事的做不来小生意，可惜了！听说陈大光想挖他呢。玉珠，就让他跟着大光干，大树底下好乘凉，大买卖，错不了！”

“他的事我不管。”骆玉珠应付着笑着。

大门推开，里面传出喧闹声、劝酒声，喜庆的音乐声。夏厂长边擦汗边走出门，陈江河递上一支烟，两人蹲坐在门口台阶上。夏厂长感慨：“这排场，这菜，我还真吃不惯。还不如我们乡下，一碗稀饭一盘田螺，可以吃得蛮香！”

“婚宴完了，我带您到新马路找个街摊小铺，来几个义乌的名吃。你不知道东河肉饼、豆皮素包、白切羊肉才好吃呢，还可以来一桶麦鳅，或者佛堂千张拉拉面，咱俩吃个痛快！”陈江河笑着说。

夏厂长眼光异样地看着陈江河：“你跟他们不一样，我以为陈家村的人都好这口呢。”

“从前陈家村也不是这样……”

陈大光推出门，踉跄地奔到门口呕吐起来。陈江河上前急忙拍着他的背。陈大光口齿不清地说：“鸡毛哥，今天还派头吧？老夏，我这婚礼有面子吧？”

“大光，你喝多了。”

“哥啊，我没喝多，我高兴！今天这排场你看见了？兄弟我熬了这么多年不容易啊。”陈大光抽泣起来，“我做梦都想着荣归故里，衣锦还乡！当年谁看得起我陈大光？可今天我把这地方都包了下来，我让他们吃虾吃螃蟹，吃大白兔奶糖！我有钱，哈哈。”

“你看见了吧，鸡毛，那两桌不是官场上的就是香港富商，都是我陈大光的朋友！铁哥们！陈金水给我甩脸子，他爱来不来，不缺他一个！”陈大光指着宴会厅说。

“大光，你喝多了！那是你老丈人！”陈江河悲哀地看着摇晃的陈大光。突然陈江河脸色一变，看到大光身后，金水叔挑着一担以前的货郎担，静静地看着他俩。

陈大光目瞪口呆，看着老丈人挑着货担从身边走进饭店。“爸！爸！您这是干吗呀？”

陈江河眼睛一亮，快步跟入。

婚宴大厅内，随处可以听见人们的欢笑声，还有优美动听的音乐声，好不热闹。各桌的目光都被挑着货郎担走进来的陈金水所吸引，闹哄哄的场面瞬即安静下来。大光爹慌忙迎上前，低声劝阻：“亲家，大喜的日子，你挑这个破郎担来干什么？”

陈金水笑了笑，也不答话，径直挑着货郎担走上台去。陈金水拿肩上的毛巾擦了擦汗，扫视各桌。巧姑上前轻声叫了声：“爸。”

骆玉珠抱着王旭吃惊地望着台上，转头看着陈江河。陈江河含笑凝视着台上的陈金水。

陈金水推开女儿，大声说：“按我们挑货郎的习俗，今天我独生女儿大婚，我没别的啥好做，就熬出一点好糖，请大家吃吃，喜庆喜庆！”陈金水说着从箩筐里拿出糖来，现场敲碎。孩子们蜂拥上台争抢着，王旭也想冲上去，却被骆玉珠死死扣住。

王旭仰头看妈妈，骆玉珠阴沉着

脸说："我们不吃他的糖。"

陈金水笑眯眯地："别抢，人人有份，爷爷给你们敲，这是我们义乌的糖，天下最甜。你们爸爸妈妈都吃过，真甜啊！"

台下哗然一片，都不知道老头想要做什么。大光父子急得不行，又不敢上去劝。陈大光朝巧姑瞪眼比划着什么。陈江河默默地看着，眼睛湿润。

陈金水笑着从货郎担里掏出一个鸡毛毽："你们这谁会踢？"有个孩子抢过鸡毛毽来，笨手笨脚地踢了几脚。陈金水乐呵呵地说："看爷爷怎么踢。"鸡毛毽被陈金水踢得上下翻飞，让人眼花缭乱。台下有人叫好，有人起哄。

夏厂长在陈江河身边轻声感叹："有点意思。"

"这才是我们陈家村的人。"陈江河笑着说。

陈大光干脆上前拉了拉陈金水的手："爸，您别捣乱，我好多朋友都在……"

陈金水举起毽子："你做的那叫买卖，我这鸡毛换糖就不是买卖？别忘了你小子连同你爸，都是这货担里的东西养大的。"陈金水扫视众人，"当年这货担，陈家村哪个男人没挑过？一走就是上百里！一根鸡毛一根针线我们都当成宝贝，走到哪都是朋友，那日子我们过得踏实。可现在年轻人心都浮躁了，想靠关系靠条子一夜暴富，不稀罕挣那一分一厘的利。"

"爸，别在这说行不行？"陈大光快哭出声来。

"今天难得大家到齐，我跟乡亲们聊聊天。这些年政策好，你们富起来了，义乌的市场三移地址，也越做越大。只有我们陈家村的人看不上，为什么？看我们村大光挣钱容易。搞关系批条子就能把奔驰车开回来。可你们谁能知道，那车是他租来充门面的？"

台下哗然。

"那些天天做发财梦的年轻人，我问问你们，谁赚着大钱了？谁被天上的馅饼砸中脑袋了？没有，都是假的。饭得一口一口吃，日子得一天一天过。我年轻的时候，我先人时时告诫我，宁可做蚀，不可做绝；我们陈家村有句老话，赚一角钱饿死人，赚一分钱撑死人。可别瞧不起那一分钱的利，积少成多它能让你赚遍天下的钱！别贪那一角钱的利，如果是绝种生意呢，不长久的，难道就你聪明，别人都是傻子？"

全场鸦雀无声，邱英杰带头鼓起掌来，陈江河也跟随鼓起。夏厂长激动地拍了拍陈江河的肩："有思想！"

陈金水拉过巧姑："巧姑，今天是你跟大光大喜的日子，爸不是添堵来的，当年爸一直反对你们在一块，往后爸就盼着你们小两口能踏实过日子，能让我抱个孙子。人活着靠的是精气神，是一步一个脚印，不是那些虚荣面子。爸今天挑着这么沉的担子过来，就是要给你们吆喝，吆喝出我们挑货郎的精气神来！”

巧姑含泪看着老爸，默默点头。

陈金水看了一眼台下说：“陈家村的老少爷们，还想不想听老叔的吆喝？”

台下喊声震天：“想！”

陈金水重新挑起货郎担走下台，摇起拨浪鼓：“拨浪拨浪——破铜烂铁——牙膏鸡鞁皮——破布破衣裳——鸡毛鸭毛鹅毛——带来换哦——”

全场寂静无声，所有的目光都聚焦到了吆喝的老人身上。

三

婚宴散去，陈金水的吆喝声依然回荡在空中，久久无法消散。人们的心中泛起了不同层次的涟漪，而陈江河内心的火苗再也抑制不住，兴奋地开始往外窜了。

骆玉珠捧着一盘菱角走出屋来，在陈江河身旁坐下，默默剥了起来。陈江河一动不动坐在院里想着什么。

“今天我听金水叔那一声吆喝，毛孔都竖起来了。你知道我想起了什么？噩梦！小时候跟着我叔爬山过溪，什么苦没吃过。有一次我们俩被民兵追赶，掉进河里，我又冷又饿哭起来了，我叔扯着嗓子大叫，人不能穷死，更不能被吓死……”

骆玉珠笑了笑：“难怪冰天雪地那一次，你掉进古月桥上游龙溪里也一声不吭，老童生啦！”

“玉珠，明天把钱取出来，我要开始干了。”骆玉珠依然没有说话，将剥好的菱角塞到陈江河嘴中，陈江河紧紧抱住骆玉珠，有滋有味地嚼着。

商铺厕所里，大光爹好奇地拿起水龙头把手，自来水喷射出来，锃光雪亮的水龙头和旁边几个生锈的螺旋式水龙头形成了鲜明对比。大光爹回头发现几个人排在身后等着洗手，热心地说：“旁边那几个水龙头都能用！”

排在队前的人不好意思地笑笑：“我想试试这个。”

大光爹甩着手上的水出来，远远地叫：“邱主任，市场换水龙头了？够时髦的。”

“个人装的，我们哪有这钱呢。”邱英杰笑着拍拍大光爹肩膀，“听说今天有三个新铺要开张，不去看个热闹？”

人群围了里三层外三层，大光爹拼命挤了进去，吃惊地看着。商贩们连连发出赞叹：“一出手就三个铺啊！

听说租金一年就要八千块！”

陈江河在骆玉珠的帮助下，挂起了最后一块牌匾，三个摊位上“金珠”“银珠”“玉珠”牌匾高高挂起。陈江河转身笑眯眯地看着大伙：“我这金珠是卖饰品，银珠是卖五金，玉珠卖百货。上厕所的人都用过新换的水龙头了吧？我给大家介绍一下，这水龙头分螺旋式，就是平时咱用的那个；抬起式，就是现在我要卖的这个。”陈江河举着水龙头，“用过的人肯定都说好，没用过的赶紧上公共厕所体验一把！”

众人哄笑。陈江河一脸严肃：“不开玩笑的，男女厕所我都只换了一个水龙头，你们也对比一下，哪个用着更方便！今天我银珠五金开张，按成本价卖！买一个水龙头，我再送他一段软管！”

“这水管有啥稀罕的？”

“大叔，这水管的厉害在于不生锈，不产生水垢，我白送给大家！”

骆玉珠忙着收钱交货：“别抢别抢，水管有的是，买一个水龙头就送一个！”

大光爹被挤出人群，瞠目结舌地看着热闹的抢货场面……

巧姑正费劲地往阀门上拧着水管，陈金水走进屋盯着她：“大光呢？没跟你回来？”

巧姑摇摇头说：“他忙着招呼那帮朋友去了，自从婚礼到现在，我俩就没再见过面。”

“这哪是过日子，回头你把他叫来，我跟他好好说说。巧姑，爸的心思你明白吧？爸服老了，就盼着你俩能有个孩子，大光的心也能收一收。”陈金水慈爱地说。

“我明白，爸你不用说了。”

陈金水笑笑：“还没拧上？”

“鸡毛哥卖的是什么管子啊，我试了好几个转接阀都对不上口，拧不进去。”

“白送的，能有好东西吗？”陈金水哼了一声。

“爸，这软管挺不错，不生锈不生水垢。你看，还能弯能折。就是可惜了，不能用。”

陈金水接过，诧异地打量着。

陈江河兴冲冲地跟着夏厂长走进仓库。

“你要是能帮我卖出这批新产品，江河老弟，你就是我们厂的大恩人啦！”

陈江河自信满满：“只要是好东西，老百姓一定会认可。夏厂长，你就放心吧。现在货有多少？”

夏厂长不好意思地撩开遮布：“这一箱箱的都是，出口积压，销路不畅，我们压了好几批货。”

陈江河扫视了一下，眼中闪着光亮：“我要你跟我签个长期协议，所有的货必须由我来承销。”陈江河自信地笑了起来。

夏厂长惊呆地看着陈江河：“这么大胃口？义乌才多大的市场？”

很多人举着软管询问，大光爹幸灾乐祸地瞧着。

“玉珠姐，这水管跟家里的管道根本不配套，这是插什么用的？”

“人家是白送，你还真当回事。拿回去晒衣服也好的！”大光爹说。

骆玉珠白了眼大光爹：“您知道这管子多少钱吗？您家也卖五金，不会算不出价钱吧？”

“玉珠，我们一看就是好东西，可水管插不上不就白糟蹋了？”冯大姐手上拿着管子无奈地说。

骆玉珠笑了笑说：“大姐您放心，这水管设计成这样一定有它的道理。谁买水龙头还送水管的？”

众人议论着散去。

“这陈江河葫芦里卖的什么药？大光，你见识多，看看这个水管到底是干吗用的？”大光爹摆弄着水管疑惑地问。

陈大光忙着出去，心不在焉：“爸，水管当然是走水用的。陈江河既然白送，肯定是从哪搞来的处理货，他赔本赚吆喝呗。南边有些地方积压货卖不出去，专搞这种活动，你们就是见识少！”陈大光冷笑着说。

“可这水管真不错，这材料这质量，价钱可不比他卖的水龙头低！他还不赔死啊？”大光爹不敢相信自己的眼睛。

陈江河正从过道走来，笑眯眯看着几个孩子用软管拉拽货物玩耍。陈大光迎出：“鸡毛哥，你这五金店都卖上玩具了？”

陈江河咧嘴笑着：“玩呗，想怎么玩就怎么玩。”

陈大光凑近：“哥，不知道我爸跟你说了没有，跟着我干吧。你看我这五金店卖的都是什么，全是南边进来的最新货。我就给我爸开着玩玩，咱真赚钱不靠这个。打通关系布好局，赚大钱洒洒水啦！”

陈江河依然憨笑着，用力拍了一下大光肩膀：“你老丈人的吆喝还没把你叫醒啊？‘宁可做蚀，不可做绝；客人是条龙，不来要受穷’。客人得罪不起啊。”

陈大光苦笑着摇头：“哥，我有事先走了。”

王旭独自坐在学校花坛边上，郁闷地看着几个小男孩子甩着金属软管玩打仗。邱岩来到他面前：“王旭，你怎么了？”

“我烦他们！”

软管甩到邱岩裙子上，邱岩尖叫一声捂住腿。王旭俯身看了一下邱岩：“你没事吧？”邱岩捂着腿含泪摇头。

王旭腾地一下站起：“你们别甩

了，再甩我告老师去！全给没收！”

男孩嬉皮笑脸：“王旭，这管子是你家送的，没收了我们再找你爸你妈要去！”几个男孩挥舞着水管起哄，“王旭娶邱岩做老婆喽！”

邱岩一脸正气：“你们瞎喊什么！”

王旭上前夺过水管，朝他们狠狠抽了过去……

回到家里，骆玉珠的巴掌重重地打在王旭的屁股上，王旭咬牙忍着一声不吭。骆玉珠打得满头是汗：“我让你打人，我让你闹事！你承认个错，妈就不打了。”

“我没错！”

骆玉珠狠狠地举起手掌：“你骨头硬是吧，我怎么养了你这么个畜生。”

“怎么了，跟孩子急成这样？”陈江河看着提裤子的王旭，目光落到地上两根软管上。

骆玉珠气呼呼地：“你问他。刚才老师把我叫去狠狠训了一通，他用这软管打人。”

王旭含泪向陈江河诉苦：“是他们先打邱岩的，水管不是我带去学校的！是他们家里到我们摊上领的，说是白送，好多人拿这玩。”

陈江河笑起来，用力揉揉王旭的头：“好小子，会英雄救美了，有出息！”

骆玉珠一旁叹息道：“江河，你就惯他吧。学校里全都是咱家的水管，今天老师把我叫去还问，这水管是干吗用的。”

“叔，这水管到底干吗用的？”

陈江河快活地笑起来：“再过三天，全义乌的人都得问这个问题。”

一张简陋的公告贴在商城门口的墙上，有人轻声念道：“银珠五金日前赠送的水管，现回购，每根五毛……”

一群人围在摊前问骆玉珠：“白送的怎么又回购了？那你们不是赔到家了？”人们疑惑不解。

骆玉珠故作大声地笑着：“你们把管子给我吧，我给你们钱。”

冯大姐犹豫，看看旁边的人。其他人手里都攥着软管，没有一个想出手卖出。“跟您说实话吧，其实这水管远不只这点钱，大伙都是明眼人，猜也猜个八九不离十。”

“玉珠，这水管成本价也得两三块吧？”

“到底是开五金店的，您厉害。”骆玉珠竖起大拇指，“大伙静一静，因为银珠五金要出新产品，只有这段软管配得上，所以我们只能回购。”

此时陈江河搬着一箱东西挤进人群，放在桌上神秘地微笑：“巧姑，把管子给我。”巧姑递上软管，陈江河打开箱子，拿出里面的东西轻松插好，另一端拧上花洒，一开阀门，水花就形成各种细柱喷射出来。

“这是专门洗澡用的软管，不生锈、不生水垢还不怕烫，一百度的水温都没问题！”骆玉珠大声说。

陈江河默契地接过话：“你们看这花洒，可以调节成五六种喷射水柱，软管的这头连接的是燃气热水器，这也是最新产品。我先送给大家中间的软管，确实值三块钱，凭手里的软管买花洒和热水器我再给打八折！不过这个优惠只有一百套，卖完了再拿水管过来，我只能给您退五毛了。”

众人傻了眼：“这水管是干这用的。”

冯大姐举着水管：“五毛有什么赚头！玉珠啊，给我来一套和那个花洒！”

“给我也来一套！”顿时人群鼎沸起来，举着水管叫喊着。陈江河大声地说：“别急！排好队，玉珠你发号。”

远处的陈金水静静地站着，从心底里为忙碌的陈江河喝彩。

陈江河来到邱英杰家，顾不上擦拭汗水，一鼓作气将热水器装好，一开阀门花洒喷出水来，邱岩高兴得欢呼蹦起。“以后我们岩岩洗澡就不用出去了，直接在家里解决。”陈江河对邱岩说。

“谢谢叔叔！”

“岩岩，叔叔给你解决了洗澡问题，你也帮叔叔一个忙好不好？”

“你说！”

“王旭的功课跟不上，我跟他妈快急死了，你这个学习委员是不是得帮一把啊？”

邱英杰靠在门边笑着推女儿出去：“先做你的作业去。”

邱岩乐得伸出小手和陈江河用力一拍：“一言为定！”便笑着跑进了自己房间。

邱英杰感慨：“陈江河啊陈江河，我说上次你来我家看着管道乱摸一气，你把我也蒙在鼓里了啊。你给我说老实话，就只有这一百套吗？”

陈江河咧嘴乐着：“还有一仓库呢。这是商业机密嘛，不到揭锅的时候不能说。”

“那你不是欺诈吗？”

陈江河无辜地摊开双手：“人家拿着软管来找我，我不能真退五毛钱吧？到时我再贴个公告，应广大用户要求，我又争取到几百套。”

邱英杰用手指点着陈江河鼻子，噗嗤乐了起来：“卖水龙头是醉翁之意不在酒，送的几百根水管就是几百个订货单啊。所以你不愁卖不出去。江河这次你又踩对点了，你知不知道，你无意中救活了一个厂？保住了老夏的乌纱帽，他们那个五金厂是从乡镇企业发展起来的，这两年市场没做好，压了好几仓库的货，工人工资都快发不出来了。你这一搞，死水变成活水，一下子就完成了跟市场的对接。”邱英杰找出一篇通报，《要脚踏实地，不要好高骛远》。

“人家的货本身就过硬。哥，你要经商比谁都强。”陈江河边擦汗边笑。

邱英杰递上一份文件：“兄弟，你给了我一个新思路。你看看，我们正在研究以商带工，义乌也有很多像老夏他们这样的厂，尤其是国营厂都有积压库存。你为众多企业闯出了一条独具特色的发展之路，你带了个好头，义乌千百个摊位都要扎根下去，扎到这些厂的仓库里去，让积压的库存货物流通起来！”

“要达到这一步，光靠零售可不行。零售是水管里渗出的涓涓细流，我们需要的是滚滚长江东逝水。”陈江河思索了一会说。

邱英杰用异样的眼神凝视陈江河说：“如果义乌出现成百上千个像你这样的陈江河，我们义乌就是全中国企业的水管阀门。义乌的未来不是零售。”

两人异口同声：“批发！”邱英杰与陈江河相视而笑。

陈江河骑着满载货物的三轮车来到商城，衣服已经湿透，骆玉珠在后面用力推着，夫妻合力将车推上坡。大光爹摇着扇子站在摊前看着陈江河将货一箱箱卸下，骆玉珠又用推车搬进店里。大光爹哭笑不得：“你俩就不能雇一辆车吗？整个义乌就属你家挣钱多。”

骆玉珠笑着抹汗：“谁说的，比我们多的有的是，人家百万富翁还骑车送货呢，叔，您可别满嘴跑火车。”

“少来！你们一天卖出多少东西我都算着呢，每件利润我心里有数。自从你们开张，我那店里就没来过人！”

陈江河从三轮车里搬完最后一箱货，起身揉着腰说：“叔，您没事盯着我们摊干吗呀。”

正当陈江河与大光爹相互逗笑时，陈大光匆匆走来，脸色异样。大光爹忙招呼：“大光，你看这两口子都抠成什么样了，你用咱那奔驰帮他拉两趟。”

陈大光没理会爹，拉过陈江河到一旁，轻声说：“哥，救救急借我点钱。”

“你要多少？”陈江河吃惊地打量陈大光。

“五万。”陈大光脸色苍白，颤抖着吐了一声，“哥你别问了，过两月一定还你。”

“这么多？你买卖出问题了？”还没等陈江河说话，巧姑远远地叫：“大光！陈大光！”

陈大光一哆嗦，转头望去。巧姑跑过来摇着他的肩膀：“你在外面做什么了？那些人把我们家祸害成那样！”

大光爹忙上前：“巧姑，怎么了？”

“就是来参加婚礼的那些老板，坐主桌的那几个，抄咱家来了！”

大光爹忙转脸看儿子："大光？"陈大光惶恐不安地摇头后退，转身撒腿就跑。大光爹急得跺脚："大光！怎么了这是？"

陈江河走在回家的路上，陈大光惶恐不安的眼神隐隐约约让他有些不安，只是这不安如闪电般瞬间消失了，推门进去，就看见骆玉珠点着厚厚的一摞钱，掩饰不住喜悦。王旭拿着笔在旁边记着。骆玉珠轻轻说："这是一千八，刚才是多少？别记错了！"

王旭不耐烦地："妈，我不会记错，这点钱你数了多少遍了。"

"我乐意数！我告诉你，天底下最美的事就是数钱！"说完娘俩都笑了起来。

"小旭，做功课去，你怎么又让孩子帮你算钱。"

"这不是数学吗？"

陈江河一拍王旭的头："去，别听你妈的。"陈江河坐下看着满桌的钱，又笑眯眯看着心满意足的骆玉珠。

"你这是轻易不出手啊，出手就吓死人。今天他们还说呢，你卖一天的货顶他们卖一年呢。"

"所以我说，你跟冯大姐要的那一套只是小把戏，骗得了人一时，却不能长久。做买卖关键是在价格、款式、服务上。下一步我们要搞批发了，利润必须压一压。"

"压多少？百分之十？"

陈江河摇头说"百分之四十。"

骆玉珠狠狠地捶了他一下，吃惊地看着他说："压那么多！那我们还有得赚吗？"

"金水叔说得好，一分钱撑死人，一毛钱饿死人。只有有利可图，那些分销商才会帮你，量上去了，我们会赚得更多。"陈江河一笑说。

骆玉珠拿笔算着，喃喃地："销量必须翻番才行。"

院门被剧烈敲响，陈江河忙走出去："谁啊？"陈江河来到门前打开院门，骆玉珠也从屋里出来。

"鸡毛哥，是我啊，出事了，我爸他……"巧姑已经哭成了泪人。

陈江河一把攥住巧姑的胳膊："你爸怎么了？"

巧姑哭泣："那拨人又来家里找大光，我爸正好过来，堵住门不让他们进，当时就气昏过去，怎么也叫不醒。"

"那赶紧送医院啊！"

"已经送了，大光跑了，我只能来找你。"

陈江河转头朝骆玉珠说："把钱给我！"骆玉珠愣了一下，将攥在手心里的钱递给陈江河。陈江河撒腿奔出院去。骆玉珠皱着眉回到屋里，王旭眼巴巴瞧着她说："妈，刚才那钱白数了。”

骆玉珠懊恼地：“写你作业去！”

四

医生跟陈江河交代说：“幸亏送得早，否则脑栓形成，血管破裂就没法治了。老人早年是不是受过什么伤，你是他什么人？”

陈江河愣了一下，点头：“我是他儿子。医生，有什么要注意的吗？”

“醒了以后不要刺激他，让他慢慢恢复。”

陈江河透过玻璃看进去，巧姑伏在床边。陈金水吊着点滴躺在病床上，他微微睁开双眼，看到女儿和陈江河揪心地看着自己。巧姑抽泣着：“爸，你可醒了。”

陈金水想撑起身，被陈江河一把按住。

“叔，您好好休息，医生说不能乱动，幸亏送来及时，不然就真脑溢血了。”

陈金水声音虚弱：“找到大光了吗？”

“他不知跑哪里去了，家里那点钱全被他带走了。”

陈金水长叹一声闭上眼睛：“巧姑，你先出去。”

陈江河冲巧姑点点头，巧姑出去将门关好，屋里只剩下爷俩。

“陈大光迟早要出事，你现在明白当年我为什么反对他俩，巧姑要是跟了你，我还可以帮你干几十年……完了，这个家，什么都算完了，江河，这次你要帮你妹一把。”

陈江河默默点头。

“怪我，从小没教她本事，跟大光这么多年，我闺女什么也没学会；从小我就知道，女儿像她妈，老实得像根木头，更没主见。我最担心的是她啊。”陈金水侧过身，近距离审视陈江河，突然伸出手抚摸他的脸，哽咽道，“这些年你做了什么，走到哪，叔都打听着，做梦都想你回来啊……”

陈江河轻声说：“叔，咱永远都是一家人，您放心，一切都会好起来的。”

老人竟泪水盈眶，陈江河双手紧攥住他的手，含泪用力点头。

墙上的钟指向了十二点，王旭已经进入梦乡，骆玉珠坐在窗前焦虑不安地看着窗外。太担心了！反正睡不着，骆玉珠干脆起身，将门轻轻反锁，跑出院去。

巧姑心神不定地在病房门口徘徊，骆玉珠焦急跑来叫道：“巧姑！”巧姑含泪迎上前去：“玉珠姐。”

骆玉珠拉住她：“你爸怎么样？”

“刚醒，鸡毛哥在陪着他。”

骆玉珠安慰她：“醒了就好，明

天我陪你一起找找大光，没事，都会过去的。”

巧姑趴在骆玉珠肩膀上哭：“玉珠姐，我的命怎么这么苦啊！上半年，我妈莫名其妙地就得恶病走了。现在大光、我爸又接连出事，叫我怎么活呀！”

骆玉珠拉着巧姑刚要走进病房。昏暗的灯光下，爷俩的手紧紧地攥在一起，骆玉珠不由得停下了脚步。

“鸡毛，可我又恨你，当年把你抱回来一口一口养大，看到你为了那个女人连家都不要了，让你跟白眼狼一样离开，我想不通。叔做了这么多年的鸡毛毽，什么事都看透了，陈大光就是一辈子立不起来的鸡毛毽子，因为他没根。鸡毛，骆玉珠算是你的根，可叔把话放这，有她你飞不高，因为这个根太重！”

陈江河惊讶地看着陈金水。

听到病房中陈金水的话，骆玉珠刚要触碰门的手无力地垂下，她一动不动地望着病房里的陈江河。

陈江河丝毫没有察觉到，骆玉珠已经在门外。

“叔，为什么？”

“村里人说的那些闲话你是没听到，这女人守不住啊，转脸就找了个男人嫁了，还带回了个儿子。”

“那时候她举目无亲，身无分文，要活下去，她也要活下去呀。”

“那你呢？你为什么可以一直等她？鸡毛，这些都不重要，重要的是这女人心气太高，她在镇里等你那几年我很清楚。你降不住她，她只认钱，你想当年她都能把人贩子卖了，她不是能安心过日子的女人。嗨，这女人，毁了咱爷俩一辈子的缘分啊。”

“叔，不会的，您别说了，您永远是我最亲的亲人。”陈江河被噎在嘴里说不出话，门外的骆玉珠痛苦地背靠着墙，掉转头跑出了医院。

陈江河疲惫不堪地回到家，桌上摆着早饭。骆玉珠正坐在盆边搓洗衣服，像没事人一般：“叔怎么样了？”

陈江河坐下拿起筷子：“缓过来了，没什么大事。”

“大光走的时候把家里的钱都搜刮干净了，巧姑一时半会也拿不出那么多钱。那几千块钱我先给金水叔垫付住院费了。”

“反正是你的钱，行了，知道了。”骆玉珠低头洗着。

陈江河没看出骆玉珠不耐烦的脸色：“叔说，过些天把钱凑凑还给我们……”

“你回来就跟我钱钱钱的，就好像我钻钱眼里了！”骆玉珠突然一脚踹开水盆，水撒得哪里都是，衣服也掉落在地上。

陈江河吓了一大跳，站起身来：“怎么了你？我这不是跟你解释嘛。”

“用得着解释吗，你回来后，我

问过你一句钱的事了吗？”骆玉珠一声不吭，把衣服捡起来，放进盆里端出门去。

王旭正坐在摊后小椅子上埋头写作业，几个男孩从货摊上爬过来，轻声招呼他。王旭瞥了眼正忙着卖东西的妈妈，悄然蹲下从货架缝隙间爬了出去。

骆玉珠微笑着收好钱转身一看，作业本摊在桌上，人已经不见了，门外王旭正在不远处的摊前跟人玩耍。骆玉珠气不打一处来，快步上前。

隔壁摊有人正在逗王旭：“你姓王，你爸为什么姓陈呢？”

骆玉珠停住脚步冷冷地听着。

王旭梗着脖子说：“我爸姓王。”

几个摆摊的哄笑起来：“那你们现在跟谁住一块？”

王旭被噎在那答不出话。“咣当”一声货摊被整个掀翻，几个摆摊的吓得蹦起来。骆玉珠凶神恶煞般叉腰而立：“说啊，继续说。告诉你们，谁再嘴里不干净背后说我闲话，小心我把你摊给砸平了。王旭，做你作业去！”骆玉珠气呼呼走回摊去。

王旭低头一路小跑回到摊上。陈江河远远地走了过来，忙着帮忙捡东西：“对不住，对不住。”

“江河，你看上她哪了？带回一只母老虎来了。”

骆玉珠猛地停下回过身来，所有人鸦雀无声，都不敢再说话。

陈江河上前拽住骆玉珠，低声道：“抬头不见低头见的，别搞得那么僵。你这脾气啊，巧姑说你昨晚上去过医院？”

“你看着摊，大不了我不在这卖了，也不受这气！”骆玉珠头也不回扬长而去。

陈江河骑车带着王旭回家，王旭抱着书包没精打采的。

“你妈怎么跟人吵起来的？”

“他们说我姓王你姓陈，为什么住一块。”

陈江河苦笑摇头：“以后再有人这么问你，你就告诉他们，你有两个爸爸。”

王旭从车上跳下来跑进院里：“我就一个爸爸。”

五

大院拐角处，一个熟悉的身影探头探脑在看着什么，陈江河一惊，猛蹬车过去，那人扭头就跑。陈江河骑车赶上，横在巷口看着头发蓬乱，衣服裤脚沾满泥浆的陈大光：“大光，你怎么成这样了？”

陈大光可怜巴巴地说：“哥，你什么都别问，先给我弄点吃的。”

王旭放下手中笔，好奇地扒窗看

着厨房。厨房门半掩，陈大光狼吞虎咽地吃着。陈江河坐在对面，百感交集地看着他："你这个家现在成什么样子了，那些人为什么要去找你？"

"哥，我是完了，我进的那批货是走私货，被海关扣了，他们是来催货款的。"陈大光放下碗摇着头说。

"走私？"陈江河吃了一惊。

陈大光含泪委屈地说："我大哥带我干的时候都没事，他说有关系，上面一个电话就可放行，可这回祸事一出来，这帮人跑得比兔子还快。"

"那你赶紧去自首呀，把事情跟上面说清楚。"

"不行啊，哥，我欠债太多了，这些年那些大买卖都是左手倒右手，我吃中间价。好几笔收了钱，生意没成交，逢年过节人家都来追我，我只有避出去。如果被抓住，我得背着经济诈骗的罪名呢。"陈大光绝望地摇着头。

陈江河起身徘徊几步，沉重地转头注视："这些破事巧姑跟你爹都知道吗？"

"我跟家里只报喜不报忧，他们哪知道我在外面扛的雷啊。"

陈江河气得指着陈大光："怪不得人家说你驴粪蛋表面光，你老丈人都把你看透了！"

"所以我怕他呀！他那双眼睛太毒了，每次看我，都觉得照 X 光似的。"陈大光哭着说。

"大光，当年你跟巧姑沿街卖手套，一路做下来多好，钱不见得比现在挣得少。干吗非要靠坑蒙拐骗混日子呢？瞧瞧你交的那些狐朋狗友，你得意的时候，谁都来锦上添花分口汤喝，一出事跑的跑、藏的藏，还有撕破脸到你家要债的。大光，这滋味好受吗？"

"早知有今日，我真不该……哥你借我点钱，我想逃出去。等逮到机会我东山再起，兄弟我还是条好汉！"

"糊涂！就你这样，像三国里的许褚，赤膊上阵面对豺狼虎豹，走到哪，被人算计到哪！你会吃更大的亏，可能连命都保不住，你信不信！"

"那也比蹲监狱好啊，我这还不得判个十年八载的。巧姑她……还会要我吗？"

陈江河俯身扳住他的肩膀用力摇了摇："错了，从哪跌倒，咱从哪爬起来。大光,如果你自首,再检举些问题，没准还能将功折罪呢。人活这辈子走一段弯路不可怕，咱得及时绕回来走正路！巧姑对你是真感情，她一定会等着你过好日子的，再说你比别人都聪明，等出来了哥再带着你干！"

陈大光眼中闪动着晶莹的泪花，双手拉住陈江河的臂膀，颤抖着嘴唇说不出话。

巧姑管不了陈大光。大光游手好闲惯了，合同诈骗后日进斗金，他更是常年抽烟喝酒赌博，无法无天。自从跟赌徒成了铁哥们，他的生活被彻底颠覆。现金输光后，被多次以威胁、殴打、拘禁等方式逼债，赌场老板派人在陈大光家里扔汽油瓶、在门墙车库上涂油漆、半夜打砸陈大光家门窗、还在陈大光家门口摆放花圈，对陈大光进行侮辱折磨。有一天，陈大光还被赌场人员丢进冰冷的义乌江泡澡，并拍照侮辱。陈大光只能卖房、卖掉所有能换成钱的东西，但仍无法还清所欠的货款、赌博借款及其高额利息。

六

医院里，陈金水闭着眼睛闻到饭香，有气无力地说:“今天饭提前了？”没人回应，只听见饭盒打开的声音。陈金水睁眼惊呆了，骆玉珠捧着一碗鸡汤正坐在床边。陈金水撑起身，骆玉珠不急不慢地说：“我给您熬的鸡汤，趁热喝了。”

陈金水掉转头看门外。

“陈江河在看摊呢，我一个人来的，巧姑我也打发走了。”

陈金水警惕地注视着骆玉珠：“你来干什么？”

“送鸡汤来了，给您补一补，让您好有劲骂我。”骆玉珠冷笑着。

“护士！”陈金水叫喊起来。

骆玉珠起身探头笑笑：“他要尿尿，没事，有我呢，你忙你的。”骆玉珠关上门，朝陈金水笑眯眯地说：“干吗呀，这么怕我？您是心虚吧？今天我得跟您好好聊聊。”

陈金水干脆紧闭双眼装睡。

“睡得着吗，老爷子？谁说我只认钱，谁说我心太高，让陈江河飞不起来，就好像我要混蛋让你们俩一辈子不见面似的。不对啊，金水叔，这事只有您才做得出来吧？”骆玉珠抱着胳膊在床边踱步。

“你给我出去，我不想见你！”陈金水气急败坏地转头望向窗外。

骆玉珠笑了笑，坐在床边：“您干吗呀，这么大气性，您住院的钱还是我掏的，这里我表个态，这钱算我孝敬您的，不用还。您还病着，别太激动。我还真不是跟您斗气来的，昨晚的话陈江河都给我交待了。”

陈金水吃惊地看着她：“我让巧姑还你钱，我不欠你！”

“您都这样了，欠不欠您做得了主吗？金水叔，我劝你一句，往后看人看准点，别老那么固执。我骆玉珠是喜欢钱，我卖过人贩子但我不会卖陈江河，我骆玉珠是嫁过人，生了一个孩子，可那是被人逼的，我不想再干扰陈江河的生活，我以为他跟巧姑结婚了呢。”骆玉珠端起鸡汤笑着说。

陈金水又懊恼又无奈，只得紧闭双眼不理不睬。

“您看，又不理我了。婚礼上挑着担子鸡毛换糖，那一声吆喝我还是挺佩服您的，您什么事都明白，唯独跟我犯糊涂。为什么呀？像我这样以德报怨的人还真不多，我自己都被感动了。这鸡汤我也没下药，待会我走了您放心喝。吃我的花我的，再说不欠我的，您就是揣着明白装糊涂了。”骆玉珠放下鸡汤，起身扬长而去。

陈金水用力一推，“咣当”一声，鸡汤洒了个满地都是。

鸡毛飞上天

长篇小说

Feather Flies To The Sky

〔第十四集〕

一

巧姑接到陈江河的电话，匆匆忙忙收拾了一下，拎着一个大包裹，急匆匆赶来。见到陈大光，不顾一切扑了过去，抱住他大声哭泣。

“现在不是哭的时候，先让大光洗洗，换换衣服。”

陈江河把巧姑拉到客厅，告诉她大光惹的祸。巧姑犹如晴天霹雳，五雷轰顶，顿时觉得天旋地转，整个世界轰然坍塌了，她傻愣愣地站着，两眼直直地喃喃自语：“闯祸了！大光闯祸了！”

陈大光换好衣服出来，见巧姑惶恐呆傻，心里追悔莫及：“巧姑，你打我吧！”

巧姑如梦方醒，泪雨滂沱，奔过去使劲地捶打着大光的胸膛，然后紧紧抱住大光：“怎么办呢，大光？你要去吃牢饭了，你要那么多钞票干什么呀？当年我们卖手套虽然苦，可那是我最幸福的时光！”

世事变化无常啊！

陈江河站在一旁用复杂的目光注视两人。想起两个月前，陈大光还曾经和自己在义乌大酒店喝酒，那天，陈大光喝了一杯又复一杯，身子摇摇晃晃，颇似有了酒意，醉态可掬，咕嘟嘟又尽了一杯。

那天阴云四聚，暴雨倾盆。酒喝到一半，陈大光忽而自言自语道：“丹溪酒醉人；鱼肉也香，人生得意须尽欢呀！”他拉着陈江河的手，凭栏观看义乌夜景。说：“我要出人头地。你见多识广，定知当今义乌商帮风云人物。你帮我指点一两个。”

陈江河举起丹溪酒说道：“我认识的风云人物，活得都很简单。你看这丹溪黄酒：酒性醇厚绵长、柔和温润，与傅大士维摩禅的中庸和谐思想相吻合，可以称得上是义乌酒的‘精粹’。”

陈大光带着笑意，还有一分从容和几许满足说：“兄弟我从小喜欢武林的刀光剑影，过去，我喜欢霍元甲、陈真，现在我喜欢岳飞和他的师傅义乌的金台，外地人不大知道金台，他是北宋两代皇帝手下赫赫有名的禁军武术教头，梁羽生《萍踪侠影录》中的张丹枫的原型。他们都喝红曲黄酒。”

《萍踪侠影录》中的相国公子张丹枫，志向远大，满腹经纶，才华横溢，潇洒不羁，“亦狂亦侠真名士，能哭能歌迈俗流”，时露狂态、桀骜不驯，最能表现陈大光富甲天下的远大抱负。

“我要成就一番大事业，一定要有好参谋辅助，这个人选非我江河兄莫属。”陈大光握着陈江河的手，自负地说：“在家里设想计谋，指挥千里之外的人员，我不如你江河兄。但你不是统帅人选，当初你连自己的袜厂也摆不平，所以你事事不顺，投靠我，你可以纵横天下。”

“这个社会不是给小老百姓玩的。但老百姓又逃不出陪练的角色。只能慢慢努力吧！你跟了我，也许可以换一种活法，本来，这个世界很大啊，每个人都能找到自己的位置。”

山水依旧，人事全非。巧姑抽泣的声音再次传来：“你要听鸡毛哥的话，进去好好表现，我等你出来重新做人。”

陈大光含泪点头：“鸡毛哥，我走了。”

陈江河用力拍拍他的肩膀：“放心吧大光，家里有我呢。”

陈江河陪发小大光去公安局自首，他心里比谁都难受：我这个当兄长的没有尽到责任呀。

陈江河好不容易平复了两人的情绪，路上，巧姑含着泪，低着头，神情恍惚，紧张地跟在陈江河和大光的身后。大光心情沉重，步履缓慢，时不时回头看看低声哽咽的巧姑。

“大光，你放心，你爸和巧姑我都会照顾好的，到时让巧姑和玉珠一起做生意。”

听陈江河这么一说，陈大光眼一红，泪水潸然而下，停住脚步，拉着巧姑的手摇了摇：“你们别送了，我一个人进去。照顾好我爸。”一转身，头也不回走进了公安局大门。

“大光，我等你！”巧姑在身后“哇”的一声大哭起来，心痛如绞，眼泪像断了线似的，刷刷往下淌。

巧姑魂不守舍地回到家，定了定心，整理着大光的生活用品，准备送去看守所。大光爹抽着烟走进来，见巧姑低头不语，神情哀伤，立即警觉起来：“巧姑，你见着大光了？怎么样？在哪里啊？”

巧姑身体一颤，像触电般，抬头，眼泪终于忍不住又倾泻而下。

“女人家就是麻烦，只晓得哭哭哭，快点讲，急煞老头子了。”

巧姑断断续续说了个大概，大光爹一下子火冒三丈：“又没人捉他，去自首什么，鸡毛这不是害他嘛，我去寻他！”

二

陈江河回到店铺，看到骆玉珠正喝着茶，就走过去拉着她的手摩挲着，眼睛静静地端详着她。骆玉珠瞟了周围一眼，忙挣脱了手，含笑嗔道：“别人看着呢，干吗啊你？一看你的样子，就知道有事求我了。说说，什么事？”

听说大光自首了，骆玉珠着实吓了一大跳，寻思道：这诈骗可不是开玩笑的，名气那么大，看样子数额不小，要判十几年呢。

陈江河带着恳求的目光：“跟你商量个事，咱百货五金首饰一块卖，人手不够，看你太忙，我想让巧姑过来帮忙，再聘金水叔当顾问，好好地把买卖干起来。”

骆玉珠沉吟一会，眼珠一转，说：“巧姑来行，你那金水叔就算了。他当顾问还不把我给吃了。”

“巧姑不是说你熬鸡汤给叔喝了吗？你们不是……”话没说完，外边吵闹起来。

“陈江河，你给我出来！”两人吓了一跳，赶忙出来一看，只见大光爹举着一根棍子，气势汹汹地冲过来，冯大姐等人上前劝阻。见着江河夫妻俩，大光爹跳着脚骂：“鸡毛，你安的什么心？把我儿子送进去，你们两口子过好日子是吧？弄得我家破人亡！家破人亡了啊！”

陈江河心想：如果解释，大光做的缺德事就败露了，以后大光出来怎么做人？于是赶紧迎上前去：“叔，你消消气，进来喝口茶。我们慢慢讲。”

“呸！凭我儿子的本事，可以出去挣大钱的。你犯了红眼病，把他送进公安局，你安的什么心？”大光爹一口唾沫飞了过来。

陈江河无可奈何：“叔，大光在外面惹的事您都知道吗？”

大光爹激动地挥舞着棍子："人人都知道，大光挣钱比你多，比你有本事，你就想害他，你们可是好兄弟啊！来啊，大家来评评这个理。"

骆玉珠一下火了，挤上前："别血口喷人！你儿子干的那些事……"陈江河狠狠地瞪了妻子一眼，骆玉珠才把话硬生生地吞了回去。

这时巧姑哭着赶来，拉着大光爹挥棍的胳膊："爸，您干什么呀？跟我回家！"

大光爹甩开她的手："我没你这个儿媳妇！只晓得把自己的老公送进去，你好跟他陈江河鬼混，我还不知道你那点心思……"

骆玉珠脸色煞白，冲上去就是一记耳光，一下子全场寂静无声。大光爹不敢相信地捂住脸，骆玉珠高举着手狠狠地说："再说，再乱说，我把你的嘴撕烂了！"

陈江河一看这架势，立马拦腰抱住骆玉珠，把她拖到冯大姐的摊位上。这边大光爹气急败坏，手中的棍子在摊位上肆意挥舞，巧姑哭着拉他。大家上前合力把他拖走了。等人散去，陈江河夫妻俩回到了自己的摊位上，看着散乱一地的货物，大家七手八脚地帮着收拾。

晚饭后，骆玉珠收拾好碗筷，两人都没开口。王旭是个机灵鬼，一看形势不对，就去做作业了。

陈江河站在院子里，仰头望着苍天，似乎今日的星空也惨淡无比，述说着淡淡的哀伤和隐隐的烦躁，还有丝丝的内疚。骆玉珠走出来，坐在台阶上，静静地看着陈江河。

"走吧，拿两瓶酒，我们向大光爹道歉去，否则他就抬不起头啦。他毕竟是长辈，你这一打，他在村里多没面子啊。"

"你想去你就去，我不去。他说的是人话吗？"

陈江河坐到她身边，看着她："你的性格硬板头筋的，怎么还像在桥洞那会一样，真服了你了，真敢打。"

骆玉珠笑了，捶着他的肩："他为老不尊。"

"你不是能给金水叔端鸡汤吗？这会怎么没勇气上门了？"

看着陈江河的笑脸，骆玉珠一下子低下了头："你金水叔根本没喝鸡汤，我数落了他，他把饭盒摔了。"

"你，你又跟他说什么了？你就这样不让我省心！"陈江河很是恼火。

骆玉珠的音量一下子高了八度："是他说我拖累你的，他说我只认钱不安心过日子。"

"那你也不能气他呀，他的病不能气啊。"

"我老犯错，行了吧。你好，你跟别人过日子去。"骆玉珠气呼呼进了屋。

陈江河独自静静地坐在院子里，思绪万千，想起大光小时候跟前跟后的样子，跟着自己下河摸鱼、上房掏鸟地乱折腾；想起自己爬火车去东北，天天想念大光的滋味；想起金水叔以前教自己和大光大声吆喝鸡毛换糖，大光总是借故偷懒，金水叔摇摇头放弃了……

半晌，王旭拉开门，轻声喊:“叔，叔，我妈膝盖还没上药呢。”看着王旭眼巴巴地望着自己，那渴望的眼神，陈江河叹口气进了门。

骆玉珠对着墙侧躺着，听着陈江河把洗脚水、中药准备妥当，叫她起身，她就是赌气不肯翻身。直到陈江河把她拉起来，她才坐到床边。陈江河替她挽起裤腿，露出膝盖，把她的脚按到脚盆里，用沾满中药的手一下一下熟练地按摩起来。陈江河打趣道:“你呀，有这么好的一个儿子，还有我这么好的洗脚工，哪世修来的福气啊。”门外王旭看到这一幕，知道两人已经和好，笑着回房睡觉去了。

骆玉珠抓住了陈江河的手，嘟着嘴小声说：“打人是我不对，我明天去给大光爹道歉。但我就不同意让金水叔做顾问，这个老顽固。”

“你是不懂，记住我的这句话，家有一老，如有一宝。金水叔是我们村的定海神针，他老谋深算，又一心一意对我，把我当儿子养，将来他一定是我们金珠、银珠、玉珠的定海神针。”

骆玉珠的脸侧过来，怔怔地瞧着陈江河：“我也在想，他婚礼上讲的那些话，一分钱撑死人，一毛钱饿死人。当年鸡毛换糖能走遍天下，靠的是经验。嘿，他讲的话真的有道理，如果大光早听他老丈人的，恐怕就顺了。”

第二天，骆玉珠一进市场，就看到大光爹在腾空铺面，早到的几个摊主唏嘘感叹着：“一下子就败了，连摊位都卖了啊。”

骆玉珠从人群中挤进，用力抬起货箱放在推车上。大光爹一抬头吓呆了，下意识地转身就要逃。

骆玉珠哭笑不得，诚恳地大声说：“叔，有什么难处跟我们提。昨天是我不对，您大人不记小人过。要不，你也打我一下消消气。叔，要不你这点剩货，放我摊位上，我给你卖吧，不要推回去了。”

看着玉珠大大咧咧的样子，大光爹像变了一个人，唯唯诺诺：“不用不用。”他轻轻地摇了摇手，把剩货装上车走了。看到大光爹吃力推车的身影，想到他昨天的样子，还有那天婚礼上的表现，骆玉珠感到人生真像做梦一样。

刚做了几笔生意，陈江河骑着自行车来了：“玉珠，店先关一关，金水叔要出院了，我俩一起去接他。”

玉珠匆匆忙忙收拾了一下，就

跳上自行车后座，经过冯大姐摊位时高声叫道：“大姐，如果有人找我批发，你让他等一等，我一个小时内肯定回来。”

三

巧姑一早就到了医院，收拾好所有的东西。陈金水听到骆玉珠打了大光爹，很是感兴趣，让巧姑把经过详细地说一说。“真敢打啊，这女人够狠，不过，打得真解气啊，你这狗屁公公确实该打。”

陈江河拉着玉珠走到病房门口，推开门。陈金水看到骆玉珠也来了，就没好口气：“都进来吧。”

陈江河拉了玉珠一把：“叔，玉珠是特意来给您赔不是的。”

“担不起，担不起。”陈金水拼命摇着手。

在陈江河的催促下，骆玉珠低着头，看着地面，应付差事般地低声说：“叔，我给您送鸡汤时，不该数落您，不该气您，都是我的错，您大人有大量……”

“巧姑，钱带了吗？把住院费给算算，还给她。”陈金水大声嚷嚷，巧姑一脸尴尬。

“叔，我们是一家人，怎么可以这样算呢？受你一分利的影响，我们现在搞批发，生意好得很，人手都不够，我们还想请巧姑给玉珠帮忙，正式聘请您做顾问呢。”陈江河忙着打岔。

“巧姑自己看着办，我就不必了，我怕顾问顾问，生意赔了还要挨打。”大家都看着骆玉珠，忍不住笑了，气氛一下子轻松了许多。

陈江河用自行车推着陈金水回家，巧姑小心翼翼地扶他下车，坐到椅子上，骆玉珠把东西拎进放好，就跳上自行车匆匆赶回店里去了。

陈金水坐着，闭目沉思：陈江河专门做批发了，看样子这小子摸到门道了。“巧姑，你明天就去给骆玉珠帮忙，看看人家是怎样做生意的，好好学着点，每一方面都要学！我去睡一会，累了。”

四

陈江河的五金饰品批发生意一天忙似一天，夫妻俩加上巧姑三人忙得不可开交了，院子里也堆满了货箱。

陈江河新买了一辆小货车，王旭新奇得不行，跳上去东张张西望望的。陈江河周末送货就带上他，骆玉珠也挤上，三人有说有笑的。

近的能送，远的只能发货。这几天货运站没安排陈江河的货，家里连同小院都堆放着货箱。客户催得很急，陈江河只能跑到货运站去询问。

傍晚，天边的一块乌云迅速地飘

移过来，快速地蚕食着原本晴朗的天空，不一会儿工夫，黑幕把整个大地盖得严严实实的，真是“黑云压城城欲摧”，沉闷的雷声轰隆隆地滚过乌伤大地。骆玉珠忙着搬运货箱，拼命叫着王旭，王旭从屋里冲出，帮着妈妈把货箱拖进屋里。忽然一道闪电划过，撕裂了天幕的一角，照亮了整个世界，也照亮了汗涔涔喘着粗气的骆玉珠和王旭，随后一声尖厉清脆的声音在长空中炸响，王旭惊恐地跳到骆玉珠的怀里，一根根雨柱倾泻而下。骆玉珠抱着王旭进屋：“宝贝，不怕，自己去玩。”

骆玉珠望着雨帘，庆幸自己动作麻利，及时把货物搬入房中，免遭了大雨侵袭。又突然想起江河，不知他是否被雨淋湿，货运那边联系好了没有。雨势开始慢慢减弱，空气里弥漫着清新的气息。

回屋看见小王旭正赤着脚在货箱上走来走去，骆玉珠顺手拿起鸡毛掸子在后面赶他：“小祖宗，你把货都踩坏了！回你床上去！”

“妈，我床上还有货呢。”骆玉珠一看，果然还有两箱气球。骆玉珠把货箱挤一挤，把气球箱放到王旭的床边。王旭就一脚高一脚低地走向他的小床。走到气球箱时，纸箱破了，红红绿绿的气球散落下来。

“小祖宗唉，你又添乱。”骆玉珠话音刚落，陈江河阴沉着脸走进来，一看到王旭站在破箱上，拿着气球玩，骆玉珠在捡散落的气球。陈江河蹭一下火气就上来了，冲着王旭喊：“就知道淘气，还嫌家里不够乱！”

骆玉珠和王旭同时一怔，王旭下意识地蹦到床上，一动不动地盯着陈江河，眼露惊恐。陈江河马上意识到自己的行为不当，懊悔不及，赶紧朝床边挪过去，尴尬地换了温和的语气：“来，让叔掂一下你长分量了没？”

王旭往床里缩了缩，摇摇头，骆玉珠挤上前：“来，洗澡去。”王旭扑向妈妈，骆玉珠抱着孩子去另一间屋里，晾下陈江河独自站在混乱的货箱当中。

安顿好王旭，骆玉珠又到厨房，坐在小板凳上给首饰装袋，陈江河蹲在边上帮着忙，谁也不说话。快干完时，陈江河叹了口气：“货发不出去，我心里急，就冲王旭吼了。我以后一定不再跟孩子急了。”

骆玉珠用手肘撞了他一下：“你该凶还得凶！否则你永远不会成为他爸爸，他也不会拿你当一家人。大山急了也会骂他打他。”陈江河脸色一下子明朗了。

“要不我们也给货运站站长送个红包，我看家里的货都堆不下了。这么乱的家，谁心情会好呀？”骆玉珠试探着。

“不给！不能惯他那身臭毛病，这哪是货运站，是小鬼把门哪！”

“你呀，就是犟。”

突然，房间里传来扑通一声，两人冲进房开灯一看，王旭没在床上，陈江河想拉开货箱到床下找，可刚才踏破的气球货箱拉不动，打开一看，王旭正埋在气球堆里好好睡觉呢。陈江河小心地抱起王旭，把他放回床上，看着王旭甜甜的睡姿，陈江河把骆玉珠往身边搂了搂：“我们不会一直这么苦的，我一定会让你娘俩住上大房子！”听着窗外的雨声，看着睡熟的王旭，骆玉珠靠在陈江河的怀里，觉得自己真幸福！

五

第二天一早，想到再不发货就要违约的那批五金生意，陈江河下定决心，无论怎样，今天都要发出这批货。他准备再求求站长，实在不行，送红包就送红包吧。吃过早饭，他又跑到货运站去，可任凭他怎么请求，站长就是不松口。

站长闲坐着望着窗外，吹着杯中的茶叶，讽刺地说：“不就是一堆铁锹、铁丝吗，你那五金又不是水果，多放两天就烂了不成？”

陈江河无可奈何：“人家那边开工急等着用呢，从我这里急急忙忙定下的这批建材五金，我得讲信用按时送到啊！”

站长冷哼：“陈江河，你讲信用赚大钱，跟我有什么关系？我们天天累得口干舌燥的，也没见你给我送一杯茶啊。”

听到这话，陈江河明白：今天再不送礼，货就别想发出去了！他转身到了街上，买了两盒包装精美的道人峰，准备送给站长。

刚出店，一辆黑色轿车在身边停下来，邱英杰摇下车窗和他打招呼，看了一眼他手里的茶盒，心里就明白三分：“这么好的茶叶，你平时一年半载也舍不得喝一回。这茶是敲门砖，送人的吧？我猜猜是送到货运站的？”

“邱大哥你真神了，没办法呀。”

“来，上车，你呀，一看就不开窍，这茶能送得出手吗？我教你一下。”邱英杰随即打开车门，抢过两盒茶叶，陈江河只能跟上去。

“人家送的是茶盒，可里边包的是什么就不一定了。我一会给你重新包一下，保你送成功。”

到了市政府大院，邱英杰让陈江河在车里等着，自己上楼去了。一会儿工作人员拿了一个茶盒下来了。

“邱主任说了，他忙着开会，让我们派车送您过去。”

陈江河想打开茶盒看看，工作人员不让，说领导特别提醒不要打开，把礼送到就行了。

到了货运站门口，工作人员和司机开车离开了，陈江河提了茶盒往里走。他边走边把茶盒举起来摇了摇，晃晃响的，不像茶叶。站长正在刁难一位商户，说他的货打包不合格。

“站长，都打第三次了，你说到底怎么打才合格呀？”商户苦着一张丝瓜脸。

看到陈江河，站长眯了眼他手里的茶盒，让他进了办公室，关上门，给他泡了一杯好茶。陈江河顿时像做贼似的红了脸，瞧着左右无人，才低声说：“请帮忙，请帮忙。”站长趁势想拿钱，陈江河忙阻止。站长哈哈大笑，拍着陈江河的肩膀说：“陈江河，看你客气的，你还真是个好人，有情有义的！”陈江河脸更红了,只有愧笑。

站长撕了封条，打开茶盒，陈江河也好奇地凑上前去，两人都惊呆了：茶盒里竟是一双踩烂的破鞋！站长脸色大变，指着破鞋，望着一脸诧异的陈江河怒吼，“你啥意思！耍我？”等反应过来，他恼羞成怒，把破鞋扔给陈江河：“滚，给我滚！”陈江河倒也噗嗤乐了，没想到文质彬彬的邱英杰会玩这一手。

门被撞开，邱英杰和几个官员走进来，邱英杰从陈江河手中接过破鞋。

看到这几个人进来，站长一下子站直了，对领头的一个陪了笑问：“赵科长，您怎么来了？”

赵科长皱了皱眉，指了指身后的邱英杰：“这是新上任的市改革办邱主任，兼小商品城工商局局长，这盒礼就是邱主任送你的。”

这会儿窗外、门外已经围满了看热闹的商户，站长一下子瘫软下来，靠墙坐下，真是洋相百出。

邱英杰冷冷地举起这双鞋，对大家说：“这双鞋的主人靠它走了几万里山路，鸡毛换糖数十年，只有这一双鞋，缝了又缝，补了又补。他曾经从江西莲花县到安福，再到分宜，80 公里加 126 公里，总共是 206 公里路，来回往返三次，一共走了 17 天，走过的路总共有 618 公里，这就是挑货郎的千里肩挑鸡毛路。”

“去年我下乡慰问，求老人把这双鞋送给我。老人问我干什么用，我告诉老人家，这双鞋会送到义乌博物馆里，因为它承载着义乌卖货郎的血汗和辛酸。你受得起吗？”站长脸色苍白，人群鸦雀无声。

邱英杰指着商户们对站长讲，“你嫉妒他们挣的这么多钱？你就忍心克扣这些人的血汗钱吗？”陈江河与商贩们都鼓起了掌。“同志们，政府是帮你们赚钱的，不是添乱的，这里我给大伙鞠个躬，对不住你们了。从明天起，各部门都派出一个人来货运站现场办公，为商户提供一切方便。”

人群中响起了热烈的掌声和叫好声。陈江河在鼓掌时发现邱英杰脸上突然出现了痛苦的表情，额上渗出了密密的汗水。他忙把刚才站长给他泡的好茶递过去，邱英杰喝了口水，陈江河小声关切地问：“要不要我陪你去医院看看。”邱英杰摇了摇手。

一行人走出货站，走到汽车边，邱英杰开门把一个袋子塞给陈江河：“你的道人峰好茶叶，物归原主。”

陈江河刚要推脱，邱英杰开玩笑说：“兄弟我刚升官，光天化日之下，你就想害我啊。对了，江河，你快去把那双鞋给我拿回来，那可是宝贝呢。”

陈江河转身跑去取鞋，邱英杰又是一阵疼痛。

六

这几天王旭家的小院里真热闹。邱英杰带队去美国考察商品市场，邱岩来王旭家住了。两个孩子一起上学，一起回家，小孩高兴，大人也乐呵。晚饭刚吃完，邱岩就抢着洗碗，骆玉珠心疼死了，生个女儿有这么大的好处啊，陈江河像看出她心思似的，凑过来低声说：“想不想生一个。”骆玉珠让邱岩歇歇手，和王旭一起做作业去吧。邱岩一过去，王旭立即坐正了，努力地写着字，邱岩歪着脑袋看一会，指了指王旭刚写的：“你这拼音错了。”王旭挠挠头：“哎呀，没看清。”邱岩小大人般指点：“不是没看清，老师怎么说的，zi 和 zhi 最难区分……”

两个大人在外看到这一幕，会心地笑了，走到院子里说自己的悄悄话去了。陈江河搂着骆玉珠坐在台阶上：“真的，我们生一个女儿吧，眼睛像你，又黑又亮。”

骆玉珠伸手刮了下他的鼻子：“嗯，鼻子最好像你，挺挺的，多好看。”

“额头也像我吧。”

“不，额头要像我，女孩生你那么宽的不好看。”

“好，听你的。你记得吗，在桥洞时我就争不过你，现在更是。”

骆玉珠用手捂住他的嘴，朝屋里瞄了一眼，看看没动静才放开低声笑了：“你什么时候争得过我呢？满腹经纶的秀才！”

王旭又在邱岩的检查下订正了几道题，他突然跑到床边，弯腰到床底的箱子里摸东西，回来后摊开手给邱岩看，这是一个漂亮的发夹，银色的底，嵌着蓝白色珍珠，正是小女孩喜欢的那种。

“好看吗？”

“好看。”

“送你了。”

“真的吗？”

“真的啊，你在学习上帮助我那么多，再说这个家里多着呢。”

第二天，王旭和邱岩早早起床了，两人比赛着谁的动作快，一口气就完成了叠被、刷牙、洗脸、吃早饭等一系列动作，背着书包双双出门了。这让陈江河感叹，榜样的力量啊！两个孩子比一个孩子更好管呢。

路上，王旭看着邱岩的马尾问：“昨天给你的发夹没用啊？”

邱岩从书包里掏出来，王旭拆了包装，邱岩把它夹上了，转过身问王旭：“好看吗？”

“好看！”

江河夫妻俩把今天要发的几箱发夹装上车。到了摊位，两人又一箱箱搬下来。不一会，一位客商带了个手下就来了，骆玉珠正忙着和巧姑装箱，就让他们自己看货。客商就让手下把货数数，数完第一箱，说是 99 个，骆玉珠不信了，顺着手指蹲到已开的箱子边，快速数了一遍，真是 99 个，别的几箱数出来都是 100 个。

“这样，所有的箱子都按 99 个算，这是我们工作上的疏忽，实在对不起。”

客户难为情了，连说不必不必，少一件或者出几件残品，我们见得多了。但骆玉珠坚持这样算。临走前，客商诚恳地说：“骆老板，你真是个实在人啊，下次再合作。”

送走客户，骆玉珠坐在一旁愁眉不展。心想，昨天每箱都是自己数的，一五一十不会错的。“巧姑，下次发的货我数一遍，你再数一遍，不能再出错了。”陈江河点点头：“我绝对支持你这做法。你少收了人家钱，保住了咱家信誉，好，做得好！”

吃晚饭时，邱岩帮着骆玉珠盛饭，一转身，骆玉珠看到了她头上的发夹，一怔。等孩子回里屋做作业时，骆玉珠关了厨房门和陈江河说起少了发夹的事。

“不可能啊。”陈江河自语道。

“我知道了。”骆玉珠手一拍就到里屋去，一会王旭跟着出来。骆玉珠压低了声音问：“邱岩头上的发夹是不是你从箱里拿的？”

“是啊，妈，你不是老说要知恩图报吗？邱岩帮我补习功课，我想谢她，就从你箱子里拿了一个簪子，送她做礼物了。”骆玉珠举在半空的扫把慢慢放下。

陈江河先忍不住噗嗤乐起，骆玉珠也拼命憋着笑。

“臭小子，你这哪是知恩图报，你这是借花献佛，逗乐媳妇哭死老妈！”

陈江河打趣道：“去吧，好好写作业，下次在没有装箱的货里拿！拿了后告诉你妈一声。”

“把这水果端去，和邱岩分了吃。”

七

骆玉珠正低声教巧姑摆放饰品："分高、中、低档摆放在不同地方……"这些天巧姑跟着骆玉珠，已干得越来越得心应手了。一行客人来到他们店门口，客商指着骆玉珠用大嗓门喊道："就是她，卖我99件的老板。"

两人吓了一跳。骆玉珠抬头一看，是上次来买发夹的客人，忙笑脸相迎："老板，上次的货有问题吗？有的话我保证退。"

客商激动地："没有，没有。这些都是我朋友，我们都来你这拿货。各位，买她家的没错！"众人纷纷填好购货单。

骆玉珠一下子激动了："欢迎，欢迎，进来，进来。巧姑，给老板们泡茶。"

巧姑拿出陈江河送礼带回的道人峰好茶叶，给大家泡茶。骆玉珠把店里的样品拿出来让他们挑，巧姑拿了本子把老板们要的货记了下来。

"大家看得起我骆玉珠，今天是第一次到我店里拿货，和上次一样，都按99件算。"

上次的老板高兴地说："怎么样，我说骆老板是个爽快人吧？"

这场生意做下来，巧姑一算，是开张以来赚得最多的。骆玉珠心情大好，一到四点，就让巧姑守店，自己去菜市场买菜做饭了。

骆玉珠回家做了儿子爱吃的椒盐排骨，做了邱岩爱吃的虾。晚上四个人其乐融融，喝了三杯酒，骆玉珠声情并茂地给大家唱起了电影《等到满山红叶时》的插曲。

彩霞年年映我家
红叶彩霞千般好
怎比阿妹在山崖
手捧红叶望阿哥
红叶映在妹心窝
哥是陈家长流水
妹是骆家水上波

王旭和邱岩也跟着又唱又跳。陈江河爱唱革命歌曲，今天唱了《浏阳河》后，又哼起了《三套车》。

冰雪遮盖着伏尔加河
冰河上跑着三套车
有人在唱着忧郁的歌
唱歌的是那赶车的人
小伙子你为什么忧伤
为什么低着你的头
是谁叫你这样的伤心
问他的是那乘车的人
你看吧这匹可怜的老马
它跟我走遍天涯
可恨那财主要把他买了去
今后苦难在等着它

玉珠、邱岩跟着唱，后面就只有邱岩一个人在唱了。

陈江河看着眼前的三个人，觉得

这些年的等待真是值了。唱完小曲，骆玉珠搂过王旭亲了一下，又搂过邱岩亲了一口："你们俩啊，是我家的大福星，小财神。你俩帮妈挣大钱了！"

两个孩子咯咯咯地笑起来："好高兴哦,我们成财神了啊。"你看看我，我看看你，乐得不行。

邱岩突然想到什么，跑到骆玉珠身边："阿姨，阿姨，今天王旭作文得了100分，被老师表扬了。"

"还有这么好的事啊。王旭，去把作文拿来，让妈看看，出息了啊。"

王旭不动，邱岩跑去翻他书包，王旭不让，可邱岩已把本子拿到手了。她大声地读起来："我爸爸是扳道工，每天晚上都拿着手电，带着工具去巡岗。妈妈说，开火车的人只要看到爸爸手电筒的光亮，火车就不会出轨。我跟妈妈卖完货夜里回来，看到爸爸手电筒的光亮，心里就会踏实，就不会害怕……我想长大了像爸爸那样做一个让我妈踏实的人……"邱岩越念越轻，她感觉刚才快乐的气氛一点点没了，害怕地偷瞥了一眼屋里的所有人。

骆玉珠双手捂住眼睛，撑在桌上一动不动。邱岩不知所措，眼中泪水打转。王旭跑去了自己房间，陈江河把邱岩拉到身边，轻抚她的头发，眼神却一直望着骆玉珠说："没事，王旭就是想爸爸了。来，你帮阿姨洗碗，我去看看王旭。"

陈江河走进去，看到王旭面朝墙躺着，一动不动。陈江河仰天躺下："小旭，你写得真好。你一定想爸爸了吧？"

"跟叔叔聊聊你爸爸是个什么样的人，都有什么习惯，喜欢给小旭做什么好吃的，经常带你去哪玩？"

半晌，王旭委屈地回答了一句："妈妈不让。"

陈江河把王旭用力扳过来，两人盘腿对坐在床上："来，我们拉钩，这是我们两人的秘密。"陈江河主动地伸出手和王旭拉钩，"你告诉我，我以后可以照着你爸爸的样子去做，你就不会那么想爸爸了呀。"

另一间屋里，骆玉珠陪邱岩睡觉。"阿姨，我不知道王旭写的是这个。"

"阿姨没有不高兴，小旭写得真好。邱岩，你想你妈妈吗？"

邱岩一下转过身，伤心地说："不想。"

这个回答出乎骆玉珠的预料："为什么呀？"

"因为她对爸爸不好，她也不想我。"邱岩哭出了声，"以前妈妈总跟爸爸吵架，我夜里经常被我妈摔东西的声音惊醒，爸爸总是抱着头坐在那一声不吭。我蹲在门缝边，一边哆嗦一边抹眼泪……"

骆玉珠一下子也流泪了，把邱岩

抱过来，默默搂住孩子，感受到怀中的邱岩一颤一颤的，在无声地哭泣。

“阿姨不好，让你难过了。”邱岩抽泣得更厉害了。

好不容易等邱岩睡着了，骆玉珠起身，刚出房门，就被陈江河抱住：“轻点。”

“都睡着了，醒不过来。”陈江河的吻就那么密密麻麻地下来了，带着疼爱、理解与渴望。这一刻，骆玉珠真实地感觉到，走投无路的苦难都已经过去了，不经意间，紧闭的眼角沁出了两滴泪珠，她开始了一轮更激烈的回吻。

第二天早上，因为昨晚的事，两个孩子都起床晚了，陈江河就开车送他们去上学，看他们进了校门。陈江河趴在方向盘上歪着头凝视妻子，骆玉珠把头发往上理了理，放下遮光镜照照自己。

“我觉得你把头发放下来更好看。”陈江河冲她一笑，发动了车子。骆玉珠把头发放下，长发一下子垂到了肩上，不觉多了一份妩媚。玉珠含笑地看了江河一眼：“走，拉货去。”

“不去，今天我们两个放半天假，去爬德胜岩。”

有同学看到王旭和邱岩一起下车，淘气的男孩子就起哄：“王旭、邱岩。王旭、邱岩。”王旭听到就走快一点，把邱岩甩在后边。

中午，有眼尖的女同学发现王旭、邱岩的菜是一样的，像发现新大陆一般喊起来：“邱岩跟王旭吃的一样！”男孩子们叫起来：“邱岩住王旭家里啦！他俩吃一样的饭！”王旭脸涨得通红，邱岩却大大方方地吃着：“我爸爸出差了，我在王旭他们家住几天。”

“这是阿姨炒的菜，可好吃了，你们尝尝。”大家都围过来吃，班里最大胆的女生第一个问：“王旭，我能住你家吗？”于是，大家七嘴八舌地都问王旭：“王旭，我能住你家吗？”邱岩冲他狡黠地眨了下眼，灿烂地笑着。

王旭抱起胳膊靠在椅子上：“那我得跟我妈商量商量。”

八

不是周末，山上几乎没有游人，陈江河拉着骆玉珠的手沿着石阶一路蜿蜒而上，似乎又回到了十五六岁那个少男少女的时代，时不时地飘出欢快的歌声。骆玉珠的歌声甜美又动情，撩拨得陈江河兴致高涨，跑步直上山顶，会当凌绝顶，一览众山小。高远的天空下辽阔的乌伤大地，丘陵起伏，黑色的公路蜿蜒在黛绿之中，村庄星罗棋布，星星点点的几处小湖在太阳的照射下熠熠生辉，宛如蓝色的宝石。

陈江河激动不已，拉着骆玉珠，相依相偎着，骆玉珠娇喘吁吁，长发飘飘，韵味无穷。陈江河动情地拥吻了妻子。

白云悠悠地飘荡在蓝蓝的天空之上，陈江河抬头仰望天穹，遐思无限；低头俯视连绵的群山，豪情万丈："你相信吗，总有一天，我要把生意做到全中国去，做到全世界去！"

骆玉珠凝视着陈江河，突然心潮澎湃，对着山川大地大声喊道："陈江河，你一定会成功的，我支持你！"

陈江河受到鼓舞，情绪激昂，双手握成喇叭形，对着群山大喊："我一定会成功的，骆玉珠，你等着！"

山谷的回音久久回荡在空中。

夫妻俩热烈地相拥在一起，时光似乎停止了。过了很久很久，骆玉珠回到现实中，认真地对陈江河说："太远的梦我不做了，我只想把眼前的生意做好。"

陈江河揪了揪她的头发取笑道："这么快就回到现实了，真是头发长，眼光浅，要相信你的男人！"陈江河在妻子的鼻子上刮了一下。

骆玉珠轻轻推了他一把，大笑起来："下山，回去做生意。"

九

货车刚停下，巧姑就急急地跑了过来："玉珠姐，鸡毛哥，有人来退热水器了。"进店一看，果然有一台热水器放在地上，是自己家的牌子。

"人呢？"陈江河问，"你们不在，我又作不了主，那人说过一会再来。"

"为什么换？"

"那人说买回去前几天还好好的，可后来闻着有煤气味，还漏水！"

陈江河略一思索，关照巧姑："一会人来，你把钱全额退给他，我这就带了机器去老夏厂子里。"

陈江河强调："没有诚信，哪来尊严？而且这不仅是诚信的问题，还是人命关天的大事！"

陈江河走后，骆玉珠关照巧姑，热水器先别卖了，有退的先退了再说，自己回家把明天要发的饰品配好。

等她一走，又有一人抱了热水器来店里退货，又吵又叫的，引得隔壁的老板们都过来看热闹了。一听说漏煤气，大伙儿你一句我一句着急起来，因为大家都买了这个牌子的热水器。巧姑息事宁人，退了货让人赶紧走。一上午就退了四台，怎么回事？从未出现过这种事，巧姑也纳闷了。骆玉珠赶回来，一看这情景，感觉蹊跷，难道这批货真有问题？

"一会再有退货的，你记下他们的联系方式，问清了是什么时候买的再退。"

陈江河来到老夏厂里，老夏正和技术人员研发新产品。一看到陈江河，高兴地招呼他过来欣赏。陈江河哪有心思，把情况一说，老夏也紧张了，让工人把机器打开，技术人员一看里边的零件就断言，这不是自家厂的。他把自己的零件拿来比对，陈江河也能一眼区分出零件的粗劣。老夏立即召开各部门会议，决定在找出冒牌厂之前，先印一批有防伪商标的保修单。

陈江河急急赶回店里。隔壁店铺的人都围上来，有人上前试探："江河，听说这热水器漏煤气啊？"

陈江河尴尬地说："叔，您放心用，出问题的机器假冒了我们的品牌。"

"要真漏煤气，哪还敢用？我跟你婶这两天都没敢洗澡。"

骆玉珠大大咧咧地笑着，故意大声地说，"你们放心用吧，只要是我们的牌子，当初买的老货，肯定没问题！"

有人嘀咕："我那热水器是最近买的，谁知道是真是假？"

陈江河豪气地说："只要是我这买的，你们要是觉得不放心，随时来退！"骆玉珠被这话吓得脸色苍白，寻思道：等老夏的防伪商标印好，还得一个星期，再有人来退货怎么办呢？家里的货还卖不卖呢？

晚上，邱岩、王旭在做作业，骆玉珠拿了一堆复写纸在写写画画，忙个不停。两个孩子好奇极了，邱岩拿起一张玉珠写好的，念了出来："银珠五金质量保障书。"

"妈，写这干吗呀？"

"现在假的太多，以后只有拿着这个找回来，咱才负责保修。"

"阿姨，可你这质量保障书别人也可以模仿啊。"

"你看我的，"骆玉珠打开一盒印泥，把食指一沾，在每一张底下一摁，"这下冒不了了吧。你们学着点。"

"妈，你真聪明。"

"阿姨，你真聪明。"

"呵呵，这叫姜还是老的辣。"三个人把这一堆纸一张一张地塞到了热水器包装箱里。

这天，陈江河陪巧姑去拘留所看陈大光。大光被抓，巧姑在人前一滴泪也没流，独自一个人时却总是哭得稀里哗啦，她只是责备自己：大光的堕落跟自己脱不了干系！家里已经变卖了所有值钱的家产，陈金水从来看不起大光，但这次是救命，也费尽了心力。巧姑决意要早点救回大光，就与陈江河商量怎么筹钱：拿出房契作抵押，银行贷不行就朋友处借，卖首饰，清收欠款，千方百计凑齐归还诈骗来的现金。因为陆续退还了大部分钱，有自首表现和检举立功，本来八年的刑期减为了五年。隔着玻璃，巧姑哭得泪人似的，大光也泛着泪光："巧姑，你别哭，等我出来，一定和你好好过日子。”

大光又看着陈江河说：“哥，这些天我在里边好好想过了。当时在上海，你骂我骂得对呀，我是鬼迷心窍了。”

“放心吧，大光，巧姑跟着玉珠干，长本事了。我们会照顾好你爸的，你只要在里边好好表现，争取减刑早点出来。”大光在里边拼命点着头。

巧姑含着泪：“大光，里边缺什么告诉我，我给你送进来。”

“巧姑，我对不起你。你对我太好了，我以前……”

“别说了，只要你以后改就行。”

“我一定改，一定改。”隔着玻璃，巧姑和大光的手紧紧地贴在一起。时间到了，陈江河进来扶走了泣不成声的巧姑。唉，如果早知有今天，大光当初一定不敢那样做人啊！

这边骆玉珠看店，又有一个人来退热水器。骆玉珠现在有了经验，一看又是冒牌货。她一点也不着急，拿了本子，让那人写下名字、住址、买货的时间。那人写完，骆玉珠拿茶杯喝了口水，看了一眼，不紧不慢地问：“你前天在这买的？”

“是啊，装上后，水一会热一会凉的，人都被冻感冒了，你快给我退了。”那人火冒三丈，拍起了桌子。

“要退行啊，只是三天前吧，我在每一箱货里放了这么张纸，每个人来买，我们都关照了要好好保存，凭这个来修来退。你拿来了吗？”

“没，我没看到啊。”那人紧张起来。

“你去好好找找，这可是我亲手写的，还有我手印呢，凭这来退。记住下次别来冒充，我记着你呢！”

客户慌乱地翻起箱子，眼神有些游离：“好好好，我回家再去找。”就把热水器搬上自行车系好，推着走了。

骆玉珠让冯大姐关照一下自己的店，就不声不响地跟了过去。穿过几条街，来到了一个熟悉的地方，骆玉珠在拐角处停了一会，再走过去，果然，院子里传来争吵声：“人家说要质量保证书才能退，保证书上还有手印，你这不是坑我吗？”

“不可能，前两天别人都退了，怎么今天就不行了？”

“她说是三天前放进去的。现在你退我钱。我要这破东西干什么。”

大光爹：“我卖这热水器就少要你一半钱了，你还要我退？”

“老头，你这机器质量不行！你还对我保证说用着没问题，跟他家一样。你别跑！还钱！”客户在身后叫道。

大光爹挣脱开客人，撒腿就逃跑，正撞上墙后的骆玉珠，大光爹傻傻地愣住了。骆玉珠笑眯眯地叫了声：“叔，这么急去哪啊？”大光爹应不是，不应也不是，一脸尴尬。

鸡毛飞上天

长篇小说

Feather Flies To The Sky

〔第十五集〕

一

陈江河和巧姑刚走进商城，远远地就听到大光爹卖力的吆喝声："银珠五金就是好，家家生活少不了！锤子剪子和菜刀，热水洗澡更是宝！您看看这质量，比我卖的强多了！我卖的都是假货，您可不能贪便宜啊！一分钱一分货……"

陈江河和巧姑赶紧走过来，看到大光爹拿着锤子、剪子，正挥舞着双手卖力地吆喝着，看热闹的人群在起哄说笑。

巧姑吃惊地看着这一切，呆呆地站在那里望着自己的公公，只觉得脸上火辣辣的。陈江河忙走进去，看到骆玉珠正坐在摊后悠闲地喝着茶，嗑着瓜子，还抓起一张报纸，煞有介事地研究着。看到陈江河急冲冲进来，她把瓜子皮一吐，一抹嘴："人家是自愿来这当小工的，充分发挥老人家口齿伶俐的特长。"一副爱理不理的样子。

陈江河又上前去拉大光爹坐下喝茶，可骆玉珠偷偷地瞪了一眼，大光爹吓得腾地一下跳起来："我就爱帮你们吆喝，江河，你别拦着我。"大光爹偷偷地瞥了一眼骆玉珠，骆玉珠冷冷地看着他，大光爹赶忙拍了拍热水器，"我一直想帮你们，就是没逮着机会，千万别拦着我！”大光爹赶紧冲出门去。

陈江河转头气恼地瞪着骆玉珠，可骆玉珠就当没看到，自顾自低头若无其事地喝着茶。

骆玉珠自从被大光爹的假冒热水器坑了之后，心里一直不痛快，即便大光爹赎罪似的帮她吆喝了一整天，还是没能解除心头的火气。

吃好晚饭，夫妻俩坐在小院子里，陈江河温柔地帮玉珠搓着膝盖：“我答应大光照顾他爸，你就这样使唤人家？巧姑是人家儿媳妇，她怎么做人？你让巧姑怎么想？如果金水叔护女心切……你懂的！”

“就冲他卖假热水器，我没把他押到工商局已够给面子了。”

“居然有人敢造假冒充我的货，看我哪天抓到他，一把撕烂他的狗皮！”骆玉珠边说边手劈脚踹，脚一用力，就把蹲在脚盆边的陈江河溅得满脸是水。陈江河哭笑不得，看着骆玉珠，骆玉珠却笑得前俯后仰，忙给他抹掉水珠。陈江河满脸无奈地看着骆玉珠：“你啊！一说赚钱比谁都狠。金土叔没说谁卖给他的吗？”

“他说那几个人打一枪换一个地方，专门四处造假，什么火就造什么。”

“什么红火就造什么？能耐也太大了。从他那口大金牙里喷出来的话你也信？”陈江河不相信，骆玉珠却不以为然地撇了撇嘴。

骆玉珠问起巧姑见大光的事。“两人拉着手痛哭，陈大光在外面有女人，一出事那人就跑了，巧姑还是不离不弃。”陈江河轻轻地叹了一口气。

“哼！巧姑真是没骨气，守这么一个男人，自己什么都不会，遇到事就知道哭。”

“谁像你这么强悍，一万个女人里也挑不出一个。”陈江河笑着打趣骆玉珠，说得骆玉珠也笑起来，嗔怒地捶着陈江河：“去！”

“这种盆质量很好，两块钱一个你肯定有得赚。”巧姑在玉珠的店里帮忙，讲话有点胆怯。

“太贵了！我从你这批发一千个，能不能再便宜点？”客户在谈价钱。巧姑赶紧小跑过来问骆玉珠。可骆玉珠装作算账没听见，再问。

玉珠说：“没看我在忙呢，这买卖交给你谈了，我不管。”

巧姑只好转身硬着头皮回去：“这种盆质量很好，两块钱一个你肯定有得赚。”巧姑翻来覆去就是这句，客户有点不耐烦，口气也越来越急，眼睛盯住了斜对面的摊位。骆玉珠强忍住笑，透过货物的缝隙偷瞧。巧姑的声音越来越小，有点颤抖了，她只好再次向骆玉珠投来求救的眼神。

骆玉珠这才站到巧姑的身前，微笑着看着客户：“您可以四处转转，质量价格我家都是最合适的。听您这口音是江西来的吧？”

“对，我江西赣州来的。”

骆玉珠说话的口气更加亲切了，气氛也轻松起来。“半个老乡，我在那住过好几年。火车站附近有个大的集贸市场，拆了吗？”

客户惊喜：“还在还在，我就在那卖东西。”

骆玉珠笑了笑：“这样，您一次多进点，我送货到家，免运费。”客户略微顿一下，迟疑着在琢磨有没有压价的余地。

“你也得让我有得赚啊。”骆玉珠无比诚恳。

“好，成交！我就喜欢跟您这爽快人打交道。”骆玉珠偷偷地转头，微笑地瞥了眼巧姑，巧姑既惭愧又羡慕。

二

而此时大光的家里却已经乱成一团。要债的正在他家里搬东西抵债，大光爹边哭求着，边死死地抱住电视机不放。陈江河正好走进院子里，看到这情景，气愤地大吼：“干什么！放下！”要债的人们被镇住，松开手，上下打量了陈江河一番，开始目露凶光。气势汹汹地朝着陈江河喝道：“你是谁？他欠我们钱！”

“家都让你们搬空了，我儿子也进去了，你们就给我这把老骨头留点活命的东西吧！”大光爹向要债的哭着求情。

陈江河满面寒霜，一个箭步冲上前去，反手锁住了为首那个泼皮男人的胳膊，那人立刻像木偶一样动弹不得了，他的手下跃跃欲上。“小子，到别人家里撒什么野？私闯民宅，是不是想进笼子了？”陈江河大声训斥。

那人突然低头转了下身体，脱离了陈江河，旋即扑向他，拳打脚踢，还拽着了陈江河的胳膊。可是陈江河反手一抓，像一阵狂风，伸手就把那个人的脖子锁了。

只听见“砰、砰、砰”几声闷响，泼皮男立刻倒在地上，发出了“啊、啊”的痛苦叫声，陈江河死死扣住他的双手，泼皮男动弹不得。

这时候，大家看陈江河动了真格，围上来的人群一下子呈鸟兽散，四处逃窜，躲得远远的。

“大哥，得，饶了我吧，我错了，我不该没事找茬，以后不敢，不敢了。”陈江河出手又快又狠，拳脚非常利索。这个泼皮男知道遇上散打高手了，立刻挣扎着身子，跪了下去，双手紧紧捂住自己的肚子，看起来十分痛苦。

陈江河从小练武术，小黑虎、云步、刀花、棍花、枪花都得心应手，平时没事的时候，还经常对着沙袋练拳脚呢，下手也偏重。别的不说，陈江河这家伙一拳头能打碎五块叠在一起的板砖，这个泼皮男挨的打还算轻的。

“好了，你看他已经成什么样子了,饶了他吧,你下手也够重的。再说，欠债还钱，天经地义。”村里的和事佬上来调解。陈江河明白，以慈孝文化命名的乌伤人、义乌人，敬重客人先于敬重长辈。上门不欺客，往往胳膊肘往外拐，陈江河警觉地马上歇了手。

那个泼皮男栽在陈江河手里了，受伤的大块头拖着沉重的脚步，一瘸一拐地快速离开，显得十分狼狈。

看着大光爹，陈江河心里非常难受，但现在的问题只有先解决欠钱的事。“欠多少？”“五百！”陈江河转头看大光爹，大光爹含泪点头。陈江河从兜里摸出钱来，数了一下，快速追上放债的人，气鼓鼓地一把塞给他：“拿钱走人，再踏进这院门一步，别怪我不客气！”

要债的人走后，大光爹一把拉住陈江河：“鸡毛，你哪来那么多钱？”

“叔，正要去进货，我先垫上。”

“我拿什么还你啊，鸡毛！我还卖假热水器坑你们，我不是人哪！”大光爹悔恨地痛哭起来。

陈江河想着：得照顾好大光爹，他领着大光爹来到商城。骆玉珠正和巧姑挑拣货物，骆玉珠在教生意经：“你爸当年怎么挑着货担鸡毛换糖的，拜四方交朋友对吧？你用它来卖东西一样好使，有时候人家来买东西是先打量你这个人可不可信——忠厚不亏本，刻薄无主顾。”

看到公公，巧姑忙起身招呼，陈江河拉过骆玉珠走到里面，低声和她商量，想分一点货给金土叔卖。骆玉珠吃惊地看着他：“凭什么帮他？”

“不帮也行，借他那五百块钱可就没还的日子了。”

“五百……”骆玉珠一下子瞪大眼睛喊了出来。陈江河赶紧捂住她的嘴，转头向外看去，恰好大光爹也正探头探脑地往里面瞧，陈江河只好尴尬地朝他笑笑。

晚上巧姑回到娘家，把白天铺子里发生的事向父亲说了。陈金水吧唧一口御隆万盛葡萄酒说：“五百块？你鸡毛哥给的？骆玉珠能答应？”陈金水不相信。

“本来不答应，可鸡毛哥说如果不给货，那五百都还不了，玉珠姐才咬牙点头。”

“我就说嘛，那是连人贩子都能卖的女人，还想从她嘴里抠出钱来？”陈金水冷笑着，又吧唧了一口酒。

“您别老说玉珠姐不好，今天玉珠姐还夸您呢。”巧姑有点生气，“白天在铺子里，玉珠姐说，哥的为人处世都是你传的，鸡毛换糖有好多的经验：什么拜四方啊，进四出六，先交朋友啊，做买卖先看准人啊。还有吃亏是福，和气生财啦；大路朝天，各走半边；各让一步，容易成交啦；与人分利己得利……玉珠姐是学哥的，对，还有全身武功。爸，你怎么不教我呀？”

“本来都是留给你的，是我女儿太老实了。”骆玉珠会夸我？这些话让陈金水有点吃惊，在他看来骆玉珠凶悍无比，没想到她还有那么点生意人的肚量。

半夜里，陈江河正迷迷糊糊睡着，一翻身突然惊醒了，看到骆玉珠正站在床前凶神恶煞一样瞪着自己。陈江河看了看旁边熟睡的王旭，不敢大声说话：“大半夜的你装鬼啊？”正想躺下，却被骆玉珠一把揪住耳朵拎到了外屋，按在椅子上：“承认错误！”骆玉珠愤愤地对着陈江河。

迷糊中，骆玉珠又上来掐他脖子：“我让你做好人！我让你不商量就撒钱！”

陈江河被掐得憋不住气了，连身喊着：“我错了，我错了！”

骆玉珠咬牙切齿地凑近陈江河：“五百！败家精！他猴年马月能还清！那是个靠谱的人吗？还把那么好的货给他！”

陈江河却笑着一把把她搂翻在怀里亲着，骆玉珠还是拼命挣扎，拼命捶他，直到没了力气，竟然一口咬住了他的胳膊，疼得陈江河轻声哀求：“天儿！咬出血了！”

骆玉珠这才松嘴：“就你是大善人，就你顾着回报乡亲，你没事去他家干什么？你还是先管管自己的事吧，客户全都欠款了，你怎么办？”

陈江河不以为然。

“我知道你不好意思跟人家要，厂家可跟咱要货款呢！”

“别人不道德要引导，我不能欠别人钱，我必须讲信义！”

“诚信，奉献，无私！都让你讲了。金珠、银珠、玉珠，捆绑了七八个厂，天天来催债要债，我头都大了。”骆玉珠皱着眉头叹息。

“明天我就要钱去，看谁不给钱，我就用骆玉珠的名头吓唬他们！”陈江河疼爱地为骆玉珠掐着头、捏着头，骆玉珠笑着捶他：“去你的！拿我当恶霸黄世仁、胡汉三了！”

三

最近小赵的摊位异常火爆，客户们都围在那里挑衣服。骆玉珠正好奇地探头望着，巧姑手里提着一件衣服，兴奋地小跑过来：“法国名牌！我抢了一件，姐你看。”巧姑拎起手中的衣服给骆玉珠看。

骆玉珠捏过牌子，仔细看看衣服：“嚯，这得多少钱？”

“二十。”

“那么便宜？”骆玉珠一扯，“刺

啦”一声,后面竟然开线了。巧姑一看,立刻变了脸色,抢过衣服就向小赵的摊位跑去,边跑边骂着:“小赵白眼狼,越是熟人越是坑得厉害!”

骆玉珠看着巧姑苦笑。

这几天,陈江河一直在催款。坐在货车里,骆玉珠一筹莫展看着陈江河开车。

“老董说要再宽限一些日子,等下一笔货款一起算;还有几家说手头紧,实在还不上;我实在……”

“实在不好意思是吧,整个义乌就你面皮薄。咱隔壁吴叔都吃住在欠债人家里了!”看着不肯拉下脸皮的陈江河,“算啦,咱手头还有三万,还够周转。”

车子在乡间小路上疾驰,陈江河告诉骆玉珠:制假售假、欠债不还是恶性循环!很多代理商认为义乌市场卖的反正是假货,一定要风险大家一起冒,等货卖完了才肯算总账。

“我的货可都是真的,我总不能一直替别人背黑锅吧?”骆玉珠急了,琢磨着,咬着嘴唇,终于下定决心,侧过身对着陈江河,“好几个老客户都被别的摊拽走了,人家那‘世界名牌’比咱的正牌货都便宜,利润还翻番。”

陈江河眼神凝滞,顾自开车。

“反正都是欠钱,咱卖真货人家也不打款,多冤啊!”

“少羡慕人家,多坚持自己。不管别人,咱得讲信义……”陈江河不耐烦了。

“好,好。你说得对,咱得讲诚信,有底线。”骆玉珠有点气恼,突然干呕几下。

陈江河忙拍着她的背:“吃什么了?不舒服?”

骆玉珠摇着头,喘息着:“没吃什么啊,就觉得恶心。你开车稳当点。”

陈江河忙双手握紧方向盘,小心翼翼地开着车。

最近商城里有几个摊位特别热闹。冯大姐等几个摊主正兴冲冲地聚在一个摊前,神秘地嘀咕着什么。骆玉珠忍不住好奇,轻手轻脚走上前去。冯大姐忙拽她蹲下,压低声音:“新货!看这标签做的,跟真的一样!”骆玉珠接过货物细看,一下子还真的难辨真假。旁边的摊主一看到骆玉珠,马上警惕起来:“玉珠,别跟你老公说,就你家假正经,不卖这东西,可别把我们出卖了。”骆玉珠白了她一眼,顾自低头挑拣。

“玉珠姐!”巧姑在那边喊她,她一转头,就看到大光爹正一脸焦急地站在摊位前,她赶忙起身快步走去。

“你检查一下,我把货全退给你们。”

“你没卖?”

“是卖不出去啊!人家都奔名牌去了。”大光爹快要哭出来了。

“爸，我们的是正品，肯定卖得出去。”巧姑不相信。

“但利润差远了！人家一件顶你们两件！”大光爹咬牙切齿地说，“行了,跟我没关系。我也进点好卖的去。”一转身，他就去进“名牌货”了。

“玉珠姐，咱就这么撑着啊？瞧瞧人家。”

一脸无奈的骆玉珠，苦笑地盯着那边的摊主：“少羡慕人家，多坚持自己。守住自己的规矩！巧姑，你重复一遍。”巧姑只好噘着嘴不情愿地嘟囔了一遍。

假货摊吸引了越来越多的客户，摊主还能巧妙地躲避市场管理人员的督查。骆玉珠在摊位前举着喇叭大声叫卖，巧姑甚至干脆出去拽人，可就是没人进来看一眼。

眼看自己的摊位一天比一天清冷，骆玉珠愁得连饭也吃不下了。邱岩看着骆玉珠，想去帮她炒个鸡蛋。骆玉珠按住了邱岩，疼爱地拍拍她的头，对着她黯然摇头：“你阿姨不是胃口不好，我在琢磨怎么卖货呢。”

陈江河苦笑着，一旁的王旭狼吞虎咽地吃完饭，一抹嘴，问妈妈：“我们班小虎家里进了一批和我们家一模一样的包，他家两天就卖光了，我们家的怎么卖不出去呢？”

“人家有大牌子，咱有吗？”骆玉珠没好气。王旭还说小虎爸妈特意给小虎买了一块电子表。

“你怎么不说那表戴了一天，电池就坏了？”邱岩抢过王旭的话，气呼呼地拆穿他，陈江河听得差点把饭喷出来。

骆玉珠却又干呕起来，马上捂住嘴推门出去。陈江河看着骆玉珠虚弱的样子，有点儿担心，催她去医院看看。

第二天，骆玉珠刚走进復元医院妇产科，就碰见了冯大姐。“玉珠！”骆玉珠刚转身想走，却传来冯大姐的叫声，只能懊恼地停下。冯大姐上前热情地拉着骆玉珠的手：“我陪我弟妹来检查，你干吗来了？”她上下打量起来。

骆玉珠尴尬地笑着：“我……我看一个朋友。大姐我还有事,先走了啊。”骆玉珠强颜欢笑，转身就走。冯大姐笑眯眯地看着她匆忙离去的背影。

骆玉珠低着头匆匆走出老远，才回过头望望，没发现冯大姐跟上来，长长地舒了一口气，抬头一看，对面正好有家妇科诊所，她迟疑了一下就穿过马路，进了诊所。经过妊娠检查，医生明确告诉她没有怀孕，只是浅表性胃炎，骆玉珠带着药匆匆回到商城。

“还钱！”骆玉珠把药吞进去时，大光爹来了，他拍着五百块钱得意地告诉骆玉珠，自己刚批发了出口转内销的贴牌货，两天就赚了这么多。骆玉珠吃惊地看着他，一旁的巧姑也被镇住了："爸，您也进假货啊？不怕被人抓住吗？"

"谁来抓啊？近万个摊位，不是大海捞针吗？我还得再批点去！"大光爹瞪了一眼巧姑，美滋滋地一转身，跑出店铺。

骆玉珠心里不是滋味，她拨通了老赵的电话，催问他欠的款项。老赵支支吾吾的。骆玉珠着急起来："我都没钱支付厂家了，你让我以后怎么拿货？"

"玉珠，你别急，我一有钱马上打！正找你呢，我这有个关系，保你发财……"骆玉珠听着听着，脸色一变，双手捧着电话仔细听起来。

骆玉珠开着货车来到一个仓库门口，上次买发簪的客商正焦急地徘徊着。

骆玉珠下车问迎上来的客商："什么货这么神秘？"

"你看完就明白了！好货啊，本是销售到南方去的，可最近查得紧，只能在本地脱手……"

"贴牌货？"骆玉珠刹住脚。

"我的骆老板啊！你怕什么，凭你的口碑，分销商一抢就没了！"

箱包厂厂长早已在仓库门口等得不耐烦了，他皱着眉头打量了一番骆玉珠："姑娘，看你这意思有点为难啊？"

"对不起，我们有我们的规矩，我来之前真不知道这些货……"骆玉珠迟疑不决。

"没关系！你们商城好几个人正等着分货呢，我转给他们就行！"

骆玉珠愣了一下，厂长指了指旁边的院子。骆玉珠忙向院子走去，可没等她走到门口，远远就听见大光爹扯着嗓门："哎呀，这厂长啊，还守什么狗屁信用，等什么神仙，把货分给我们不就完了！""交给我，我去跟他谈！"大光爹拍着胸脯嚷嚷着。

骆玉珠忙缩回头，看到正走过来的厂长，赶紧微笑地拉住："我要！有多少要多少！"

四

回到家里，王旭和邱岩正在灯下写作业。骆玉珠一个人把一箱箱货物搬进厢房，屋里屋外堆满了还没有装箱的假名牌箱包。听到外面的声音，孩子们好奇地向外张望。"你妈搬什么货呢，这么神秘？"王旭摇摇头。看着骆玉珠一个人忙不过来，王旭和邱岩放下作业，走到门口想帮忙，骆玉珠忙向他们摆手："别动，写作业去！邱岩，阿姨这些货你们别动啊。"边说边加快了速度，汗水顺着她的脸吧嗒吧嗒往下滴落。

正在这时，院子外传来了说笑声，

陈江河喊邱岩赶紧出来。骆玉珠一听，身子一颤，麻利地用力把箱子推到墙边码起。邱岩从屋里冲出，一眼看到邱英杰，惊喜地边喊边向爸爸奔去。邱英杰张开双臂，一把将女儿搂在怀中。

一旁的陈江河笑眯眯地看着邱英杰父女，一转眼撇见骆玉珠心神不定地站在箱子前，脚后跟用力顶了顶纸箱，脸上很不自然地笑着。邱英杰招呼道："江河玉珠，辛苦你们了，帮我带了这么多天孩子。"

"邱岩可懂事了，你怎么把孩子培养得这么好啊？给我俩传授下经验，是吧，江河？"骆玉珠心不在焉地笑道。陈江河绕到骆玉珠身后，想打开纸箱，却被骆玉珠一把推开。

邱英杰悉心打量着女儿："唉，说来惭愧，女儿被你家养得气色这么好！邱岩，以后就不要再叫他们叔叔阿姨了。"他一把拉过陈江河，"这是干爸！那是干妈！"邱岩对着陈江河和骆玉珠甜甜地叫了声："干爸！干妈！"把陈江河乐得连"哎"了两声，看骆玉珠没有反应，赶忙拽了一下骆玉珠。

"哎！快进屋，邱大哥你吃饭了吗？我给你做点。"骆玉珠赶紧答应，热情洋溢地招呼着。邱英杰抱起女儿进了屋。陈江河赶紧打开箱盖一看，立刻沉下脸，皱着眉头跟了进去。

孩子们兴奋地接过一件件礼物，王旭摆弄着自动铅笔盒，突然"啪"一声，铅笔盒的抽屉自动打开了，惹得邱岩冲过去抢王旭手里的东西。骆玉珠看陈江河阴沉着脸，赶紧转身倒茶。邱英杰一边掏礼物，一边激动地说个不停，突然他转头一瞥院里："玉珠，又进了那么多货？"

"这算少呢，多的时候连床上都堆满了。"骆玉珠一脸紧张。

"你们是以天为被，以货为床啊！这钱赚得过瘾，好啊！"邱英杰一屁股坐到了门边的货箱上。骆玉珠悬着的心此时都提到了嗓子眼了。

"邱大哥，你是提前回来的吧？"陈江河端着茶走过来。

"我是被这股风吹回来的。"邱英杰从包里取出一份英文报纸，一脸严肃。

夫妻俩接过报纸，虽看不懂上面的字，但骆玉珠瞧着图片，还是认出了这就是自己的商城。

"咱义乌假冒伪劣的歪风都吹到国外报纸上去了。美国报纸点名批评'世界最大的假货市场'在浙江义乌。义乌如何面对新一轮关于中国假货大量出口的国际舆论？明天我们就开会讨论，这股风要狠狠地刹一刹。"邱英杰双手按住箱子边缘，手指几乎碰到了微露的箱包，"江河，我早警告你不要太贪，你现在要往回缩，别再进新货了！”

“为什么？”

“我预料这场信用危机刚刚开始，难过的日子还在后头！呦，你们进箱包啦？什么牌子的？”邱英杰诧异地看着自己摸到的箱包。

“你别说，我家的真货也被假热水器冒充了，做得跟真的一样。”看着骆玉珠求助的目光，陈江河拉起邱英杰往厨房走去。

“造假的人抓住了吗？”

“没有，我留了一台假的，让你开开眼。夏厂长看了都吃惊……”

他们刚离开，骆玉珠慌忙抱起门边的箱子跑出去，一不小心，里面的箱包掉了出来，骆玉珠忙蹲下来捡起，王旭和邱岩趴着窗台不解地互相看了看。

送走邱英杰，骆玉珠夫妇俩无力地蹲在满屋的货箱中间，昏暗的灯光照着夫妇俩愁眉不展的脸。陈江河懊恼地抱住头，不吭一声。骆玉珠试图伸手摸他。

“三万多全扔进去了？”陈江河一把拨开骆玉珠的手。

“嗯。”骆玉珠像做了错事的孩子一样。

“我想赌把大的，就把流动资金全押上了，这批箱包我都检查过，只是牌子造假，质量肯定没问题！”骆玉珠感到很委屈，轻轻抽泣着。

“我跟你有没有说？不能卖贴牌货，这也算假冒伪劣你懂不懂？金土叔赚点钱怎么就把你刺激成这样了？”

“你听我说，那个箱包厂的产品都是正品，厂长也是想借这股贴牌风多赚点钱。假冒，但不伪劣。咱不算破坏规矩。”骆玉珠不服气。

“你就等着邱英杰抓你这个典型吧，咱不是给人家添乱吗？少羡慕人家，多坚持自己，要诚信经营。我给你强调了多少遍！”陈江河急吼起来。

骆玉珠哭丧着脸看着陈江河。

“想办法退货。”

“退不了，钱都付完了。你说不管别人，咱要讲信义的！”骆玉珠噘着嘴，“邱大哥他们不是明天才开会吗？要真的打假还得再等几天。这批货我们先倒腾出去。好几个批发商都等着要货呢。”骆玉珠眼巴巴地看着丈夫。

“好吧！但一定不能打玉珠百货的牌子，宁可不赚钱赶紧倒手。”江河皱着眉头答应了。

出乎意料，全市性的打假活动马上开始了，商城像战场，广播里一个劲喊着：“严厉打击假冒伪劣，净化义乌市场是我们每个商贩的责任”。打假的横幅到处飘扬。骆玉珠像丢了魂似的，呆坐在摊位后面。巧姑边卖货边偷看旁边的摊：“玉珠姐，姐，你没事吧？”骆玉珠看看表，恍惚地摇摇头，一脸的紧张。

而货运站这边也是一片打假的声势。戴着红袖标的市场纠察正在抽查验货。被查到贴牌货的商户委屈地大叫，死活不让工作人员封货。旁边有个老太太扑在自家的货箱上哭："我怎么那么倒霉啊，别人卖假货你们不抄，怎么今天偏偏抄到我了？"

工作人员只好耐心地解释。

"那我不运了，我拿回去！"

"这可不行，都要查封的！不能让这批货流出去祸害百姓，败坏义乌名声！"

陈江河看着这一切，拿着签货单的手颤抖了，额头上冒出了点点汗滴。他颤着手，闭眼将签货单递过去。工作人员抬头瞥了一眼，就在签货单上盖了章。拿着签货单，陈江河眼巴巴地望着自己的货箱通过关卡装上车厢，这才暗暗松了口气。

突然有人从车厢顶上探出头来："这箱包是谁的？"陈江河身子一颤停住脚步，知道自己最不愿意发生的事情还是发生了，他痛苦地闭上了眼睛。

五

骆玉珠放下陈江河打过来的电话，背过身去，想哭却没能哭出来。突然地一阵恶心，她干呕着，痛苦地趴着垃圾桶吐了起来。"姐，你胃还没好啊？我给你拿药。"骆玉珠喘息着转头看着药，却没有接。

骆玉珠到復元医院妇产科重新进行了检查。她拿着自己的妊娠结果，不敢相信地看着医生："没搞错吧，大夫？"

"这结果清清楚楚的，你怀孕了。"

"可我之前检查过，没怀上啊。"

"你去哪检查的？在我们医院吗？"医生打量着骆玉珠。骆玉珠崩溃了，眼泪快要流出来了。她脸色惨白，冲出医院，向那黑诊所奔去。

骆玉珠捡起一块砖头向黑诊所的窗户砸去。"哗啦！"玻璃全碎在地上。她又一脚踹开门，里面的骗子医生被吓得哆哆嗦嗦地不敢起身了。骆玉珠左右瞧瞧，顺手抄起一把椅子就往桌上扫去，又一个转身，把装模作样的书柜给砸烂了。

"小心我揍你！"医生拔出手里的钢笔对抗着骆玉珠。

"你这混蛋！缺不缺德！我孩子要是没了跟你没完！"骆玉珠发了疯似的边骂边砸，她抡起椅子又砸向医生，吓得医生干脆爬进桌子底下，不停地喊"杀人啦，救命啊！"骆玉珠用力踹了几脚桌子，突然双手一扳，桌子被掀翻了，医生吓得连滚带爬……骆玉珠哭着跑了出去，眼中闪着痛苦的泪光，失魂落魄地在街上走着。

医生的声音不断响起："怀孕期

间是不能吃消炎药的，你这胎保得住保不住谁也说不准。生孩子不是小事，万一出点毛病……我建议你放弃。”

回到家里，陈江河上前温柔地扳住哭泣的骆玉珠。王旭偷偷地扒着窗，向外望着。

“没了。”骆玉珠靠着陈江河，喃喃地。陈江河还以为是钱没有了。“是孩子没了！我们的孩子……”骆玉珠再也忍不住了，大声哭起来。陈江河呆住了，扳着骆玉珠的手一动不动。骆玉珠满眼是泪地转过身，哽咽着：“江河，我对不住你，我怀孕了。”陈江河又惊又喜。

“可我去了假诊所，还给我消炎药吃！今天我去医院检查，医生说这孩子够呛了，建议打掉……”

“孩子还有救吗？有补救措施没？”陈江河越说越急，摇着骆玉珠，希望能听到好消息。

“医生说那药副作用大，孩子就算生下来也可能有问题。”骆玉珠已经泣不成声。

“你真是鬼迷心窍！”陈江河恨得咬牙切齿。突然背过身，站了起来，发疯似的狠狠踢向货箱。骆玉珠止住哭声转身冲进厨房，拿出一把菜刀，递到陈江河面前：“我就是混蛋！我该打！陈金水说的没错，我就是祸害……”王旭紧张地偷望着叔叔和妈妈。

陈江河一把夺过菜刀恨恨扔在地上，瞪了一眼骆玉珠，转身撞着院门冲了出去。骆玉珠身子散架一样瘫坐在地上哭起来，王旭胆怯地推开屋门，也蹲在骆玉珠旁边跟着哭。

六

陈江河不死心，想求邱英杰帮忙，可到了办公室门口，又不敢进去，里面传来邱英杰焦急的声音：“我的财神爷！你们银行再想想办法，要相信我们的商户，帮他们渡过难关，一定会还钱的……”陈江河忐忑不安，在走廊上徘徊了许久，最后一咬牙，硬着头皮敲了门。

“门开着呢！”邱英杰恼火的声音传来。陈江河轻轻推门进去，探头一看，就被眼前的一切惊住了。邱英杰正铁青着脸疲惫地坐在那里揉着太阳穴，地上摆着满满的各种货物，连插脚的地方都没有，陈江河只好站在门边。

“哼！全是假的，你来得正好，江河，我让你开开眼，全是假冒伪劣啊！找我有事？”陈江河颤抖着嘴唇，还没开口，门又被推开了，陈江河赶忙闪到一边，工作人员匆匆向邱英杰递上文件。

看着邱英杰签字，陈江河觉得不好意思开口了，刚想转身。“江河！来了就走，怎么回事？”邱英杰诧异地打量着他。陈江河停住脚步，等送文件的人一走，他赶紧关门，憋红了脸。“不像你啊，藏着掖着，什么事不好说？”邱英杰倒杯水递过来。陈江河喉咙咽了一下：“哥，这是我第一次求你，实在没办法了。”

听完陈江河诉说，邱英杰的脸变得铁青，不停地来回走动：“你还有脸找我？即使所有人都去卖假货，你陈江河也不该卖！”邱英杰指着陈江河的鼻子。陈江河懊恼地站在那里哀求着。

“我们把资金全都押在这批货上了，损失太大了。再说，我也没骗人家，只是贴个牌而已。”陈江河不服气。

“为什么要贴别人的牌子？”

“人家牌子好卖啊。”

“为什么好卖？你知道国外培养出个品牌需要多少年？几十年甚至上百年！我们呢，就知道造假，将来人家一想假冒伪劣就想到义乌！咱是为这个拼的吗，兄弟？”

“可我是商人，我得挣钱啊！”陈江河声嘶力竭。

“你错了！”

“那你告诉我商人眼里该有什么？”

“信用！兄弟，你的童真呢？你的希望呢？你的梦想哪去啦？”邱英杰的口气不容置辩。陈江河像被打了脸，被挖了心肝似的，痛苦地苦笑着望向远方。

“你现在不会明白，你会觉得我在讲大道理。但你会在这上面吃尽苦头，没有信用，你的下游就会堂而皇之地欠你货款！要债的人也会堵上门来，那时候你怎么办？江河，一旦信用垮塌，你后悔都来不及！”

“你说的我以后注意。可就凭我们这点货也能扰乱市场？能把义乌搞乱了？”陈江河知道邱英杰绝对不会踏着朋友的血肉往上爬，这番话是发自肺腑的，是为了自己的未来，但一想到被查封的货，那是三万块血汗钱哪。天知道，我们的资金不是偷来的，不是抢来的，也不是祖宗传下来的；而是挑着货郎担，赚一厘一毫的利润，一点一滴拼凑起来的；是我们起早摸黑摆地摊，一丝一缕都浸透着汗水，一年一年地累积起来的，陈江河有点不甘心。

“江河，当有一天假冒伪劣发生在你身上时，你就明白这世上不存在侥幸。”

“那你可以向外宣称：义乌所有的假冒伪劣已经查封了！然后把货悄悄退给我们，签个协议不能在市场上卖！这不是两全其美吗？”陈江河还想争取，为自己，也为了与自己一样倒霉的经营户！

“你们控制得住自己吗？就算这批货退还给你，你怎么处理？还不是找渠道卖了？记着，江河，我要你做最明白的义乌人。永远别存在侥幸心理，永远心里有杆秤。不然，你还是回家握锄头去吧，你的世界只有井口那么大，你成不了大商人，你也飞不上天！”邱英杰对着陈江河又气又恼。

“哥，现在欠账欠得那么厉害，这批货再扣住，我真的……”陈江河脸涨得通红，苦苦哀求。

“这次打击假冒伪劣，市政府是下了大决心的，受损失的不光是你们几个人，是整个义乌！”邱英杰痛苦地摇头，双手撑住桌沿，垂头而立。陈江河怔怔地看着邱英杰，默默地转身推门出去。

回到商城，陈江河忙着打电话求厂家赊点货，巧姑在一旁暗暗拉了他一下，他转头看去，只见吴厂长满头是汗正向他走来。他赶忙放下电话，伸出双手迎了出去。

“江河啊，我实在撑不住了，只能拉下这张老脸亲自过来催钱，你上次说先打一部分过来，什么时候能打啊？”

“我知道，我这也难。”陈江河只能对着吴厂长苦笑。

晚上饭菜都在桌上，可骆玉珠和陈江河都没动碗筷。王旭一边往嘴里扒着饭，一边用眼睛偷偷瞄着。他看看左边的叔叔，又看看右边的妈妈。“妈，你吃饭啊，都凉了。”“写你的作业去。”骆玉珠却没好气，王旭赶紧知趣地起身进屋去了。

陈江河长长叹了一口气：“让邱英杰好一顿说。但他确实也说准了，要债的人堵上门来，欠债的谁都不接电话。”

“我对不住你。”骆玉珠看着丈夫，颤抖着嘴唇。陈江河没听明白，没有吭声。突然骆玉珠的泪水涌了出来，捂住嘴巴抽泣起来。“先吃饭吧。”看着骆玉珠难受的样子，陈江河边端起碗筷，边往骆玉珠碗里夹着菜。可骆玉珠只是捂着脸，无声地抽泣着。看着骆玉珠越来越伤心，陈江河难受地放下了筷子。

“要不明天我再去找找邱英杰。我们的货也许还有救。”骆玉珠憋着内心的委屈，含着泪对陈江河摇了摇头，然后站起身推门走了出去，陈江河赶忙跟着。

七

夜晚的街上，摆着几个路边摊，稀稀拉拉地坐着些喝酒聊天的人。陈江河也在这里喝着闷酒，桌上已经摆了好几个空瓶。只见他一仰头，咕噜咕噜就把瓶里的酒喝完了，然后重重地把瓶砸到桌上。这时，大光爹垂头丧气地走来，看到陈江河，也凑了上来，陈江河白了他一眼。大光爹抱头坐了下来，拿起酒瓶，边喝边骂个不停。

"听说你被扣了好几车贴牌货，凭你跟邱英杰的交情，他也太不留情面了！"

"金土叔，邱主任都自身难保了，你没听说吗？"身后酒桌上有人冷笑，大光爹一听，赶忙转过去，饶有兴趣地打听起来。

"有匿名信告他官商勾结，他现在要避嫌……"

"官商勾结？跟谁啊？"几个人轻声嘀咕着，还冲着陈江河努了努嘴，大光爹恍然大悟地转过头看着。陈江河坐不下去了，站起身踉踉跄跄地向邱英杰家走去。

陈江河抡起拳头，一阵猛敲，邱英杰正蹲在地上捡碎玻璃，忙起身开门。只见陈江河满脸通红，靠在门边，浑身透着一股酒气。邱英杰忙把他拽进屋，邱岩从厨房里端出水来。接过邱岩的水，陈江河微笑着拍拍邱岩的头："还是我闺女好！先进屋去，干爸有点事。"邱英杰冲着女儿点点头，示意她进屋，邱岩看了一眼他们，进屋把门带上。

陈江河这才瞥见一地的碎玻璃，他捡起一块砖头诧异地打量着，才发现窗户已被砸得粉碎。"谁砸的？"陈江河怒从心起，"谁啊！背后砸人家玻璃，有种站出来！"猛扑到窗前吼着。邱岩吓得打开一条门缝偷偷看着。邱英杰忙拉回陈江河，把他按在椅子上，递上水杯，陈江河接过来，呼哧呼哧一口气喝光了。

"哥，我没欠过别人钱，可如今别人堵在门口向我要钱的滋味不好受啊！"陈江河拉住邱英杰的胳膊摇晃。

"我知道。那些乡亲都是抬头不见低头见的，他们指着鼻子骂我，不认我，甚至来砸我家玻璃，我好受？"

"哥啊，我搞不明白，为什么你好好的官不当，非要惹这身骂？"陈江河盯着低头不语的邱英杰，"你有压力直说嘛。"

"什么压力？"邱英杰愣住了。

"不是有人告咱俩官商勾结，上边来查你，所以你要拿我开刀。"

"你是这么看咱俩关系的？你觉得我在自保？"邱英杰忧伤地打量着浑身酒气的陈江河。

"我是邱岩干爸，咱一家人不说两家话，你是做给他们看的吧？"陈江河试探着邱英杰。

"啪"，邱英杰猛地一拍桌子站起，脸色铁青，满脸痛苦："陈江河，你就是这么想你哥的？如果这次我放过你，你会损失一辈子，信不信？"

"哥，以后我决不再干了！要不咱俩各退一步？"陈江河下意识地后退了一步，怔怔地盯着邱英杰，但还是不甘心。

"我认识的陈江河没了！……诚

实守信、永不言败的陈江河呢？……我这里不是讨价还价的地方！给我出去！”邱英杰忍无可忍，怒气冲冲地指着门外。

看着脸色发白的邱英杰，陈江河凄然一笑，含着泪转身大步冲出门去。

陈江河颜面扫地，恨不得挖个地道钻下去。他一遍遍地安慰自己：是自己自砸品牌，还损毁了义乌的名声！但邱英杰的话，就像狮子的血盆大口撕咬着自己的心头，整整三万块钱啊，即将化成熊熊燃烧的烈火！

陈江河的耳边不时响起邱英杰的警告：义乌不同情软弱者，义乌不相信眼泪！——除非你把握机遇，除非你诚信经营！

那些乖巧投机者总是只顾眼前的蝇头小利，生意只做了一次就没有回头客了，这不是自断财路、砸自己的饭碗吗？

陈江河狠狠地一头撞在一棵大树上。

陈江河刚一出门，邱英杰突然感到腹部一阵剧痛，豆大的汗珠滴落下来，他赶紧用双手撑住桌子，大口大口地喘息着。一直在屋里偷听的邱岩，赶忙从屋里冲出来扶住爸爸，邱英杰搂住女儿，强颜欢笑对着女儿摇着头：“没事，爸爸没事。”

陈江河跌跌撞撞地在街上走着，俯身在路边哇哇地吐了起来，突然背后有人轻拍着他的背。他转头看到骆玉珠温柔关切的眼神。

“你干嘛要作贱自己？”骆玉珠心疼自己的丈夫。陈江河推开骆玉珠的手，吐干净后继续往前走去。骆玉珠只好像忠诚的仆人一样，远远地跟着陈江河。昏暗的路灯把两个人的影子拉得很长很长，一前一后地蹒跚着。

第二天早上，陈江河迷迷糊糊地爬起来，头晕晕的，他呆呆地望着正在院里忙碌的骆玉珠。下床后他走到门口：“昨晚上我是不是去邱英杰家了？”骆玉珠点点头。陈江河费了半天劲还是想不起来。“我今天送小旭上学，邱岩跟我说，我去她家大闹了一场。我走了以后，他爸爸胃病就犯了，疼得全身直冒汗。”陈江河懊恼地抱住头：“我本来是找他诉苦去的！怎么回事？我的本性就那么粗鲁？”陈江河靠着门蹲下来，“这孩子，我还是想要！”

“太冒险了。那可是一辈子的事。”骆玉珠痛苦地上前轻轻抚摸着丈夫的头。

商城里空空无人。陈江河和骆玉珠纳闷地推着车往店铺里走去。正好巧姑跑过来：“鸡毛哥、玉珠姐，他们都去讨货了，咱去不去？”

“去哪讨货？”

“好多摊主一起去找邱英杰论理，已经在路上了。”

“怎么全把气撒他身上啊？”陈江河皱起了眉头。突然骆玉珠一阵干呕，陈江河忙揪心地看了看骆玉珠，拉着她也向邱英杰的办公室走去。

邱英杰办公室的门口人声鼎沸，愤怒的叫嚷声一阵一阵传过来。大光爹等几十个商贩正愤怒地叫嚷：“把货退给我们！邱英杰，出来！”

门突然打开，邱英杰站在门口，屋外顿时鸦雀无声。邱英杰拉开挡在门口的工作人员：“大伙有什么话当面对我说。”声音有点虚弱。众人立刻又喊起来。

“义乌市场建设起来不容易，打击假冒伪劣这是短痛，为的是让这个市场能够长久生存下去，让我们的子孙都有饭吃！我跟你们汇报一组数据。”邱英杰高高举起手中的一摞报纸，“这些都是抨击义乌出卖假冒伪劣商品的新闻。你们不怕吗？我怕。”众人鸦雀无声了。

“把货退给我们，以后我们不卖了！”突然有人叫起来。

“这是一出儿戏吗？全中国有多少双眼睛在看着我们义乌。大到义乌，小到我们每个人，最重要的是名声。跌倒了不可怕，如果名声臭了，就再没机会爬起来了。还请大伙体谅政府的苦心，咱们一起渡过这个难关好不好？”邱英杰扫视着人群，诚恳地解释着。

“你是没损失，站着说话不腰疼！”货运站站长在人群后煽风点火。众人又被煽动起来，马上又喧哗吵闹了。邱英杰扫视人群，却找不到说话的人。

“大伙听我说，我们正在给商户申请银行低息贷款，帮你们渡过难关。可这都是权宜之计。只有斩断了假冒伪劣，把义乌的牌子做大做响，别人才不敢亏欠我们的货款。大伙想想是不是这个道理？”邱英杰的声音越来越沙哑，却依然热血沸腾。

“我们也去？”骆玉珠捅了一下陈江河。望着疲于解释的邱英杰，陈江河缓缓摇了摇头。

“你要磨不开面子我去！”

“咱受的害还不够吗？”陈江河沉重地看着骆玉珠。骆玉珠痛苦地动了动嘴唇，没说出话来。陈江河毅然转身，大踏步地离开，骆玉珠也赶紧快步跟了过去。

一

陈金水拄着拐杖，凝视着义乌市政府大院墙壁上那一个个栩栩如生的青铜雕塑。排头是抗倭保国的戚家军（就是义乌兵）群像，两翼则分别排着中国维摩禅祖师傅大士、“初唐四杰”之一的骆宾王、北宋抗金名将宗泽，南宋以实心行实政、以清简传家风的理学家徐侨，元代“儒林四杰”之一黄溍、金元医学家朱丹溪、精忠报国的王祎等历史名人。这是一块喜欢抗争命运的土地。每当国家危亡时，义乌人总是刚正勇为，充满血性，不埋怨皇天，不怨恨朝廷，最先站出来保家卫国，不惜牺牲自己。

邱英杰推车从政府大院办公室出来时，看到陈金水已拄着拐杖在大樟树下等他了。陈金水自言自语，好像是在研究义乌市树香樟。

市政府里这棵香樟有近千年的历史了，一直郁郁葱葱的，从邱英杰记事起就一直存在了。现在这棵樟树的树根处，起码要六个成年人手牵手才抱得过来。香樟树圆润连绵、俊秀飘逸。树冠延展着，枝繁叶茂，展观着雄浑之势，在天空中画出了优美的曲线。

可不知什么时候开始，这棵樟树的一些枝干开始枯萎，树皮开始松软，樟树的生命受到了威胁。这让一些把香樟树看成是义乌景观树、风水树的老人心急如焚。因为樟树枝繁叶茂代表着义乌财源广进，四季发财。

邱英杰调侃道："金水叔，你这样认真，是不是被樟树精给迷住了。"

"樟树要挂盐水，如果这样死掉也太可惜了。"陈金水自顾自地说。见邱英杰正打趣自己，陈金水埋怨起来，"等你很长时间了，怕干扰你工作，没进去找你，谁能想到你下班那么晚。"

"政府工作非常累。白天跟着书记、主任到处调研，晚上 8:00 左右开始写材料，处理相关文件，经常半夜两点左右才下班，回去睡到第二天早上 8:00 又继续，基本上天天都这样。"

两人已经很长时间没有见面了，金水叔老谋深算，突然来访肯定有事。果不其然，陈金水不由分说，把邱英杰拉到了家里。

陈金水摆好棋盘做出要过棋瘾的架势。可邱英杰哪有心思下棋啊，很多人头脑发热了，没有底线了，外面传说义乌都要成为假冒伪劣的代名词了。加上三角债的事闹得人心惶惶，因为搞批发靠的就是用资金来当做血液流动，如果都打白条欠钱不给，义乌商户生意怎么做？

下了两步棋，邱英杰就烦躁起来："金水叔，这棋改天再陪您下吧。我还得组织人力帮商户催款要债。"陈金水笑眯眯道："我知道你烦，当年我们鸡毛换糖，总是说得人家高高兴兴地把东西换给你，你还有钱赚，这是本事。可也不能说瞎话，不能骗人家，好的说成坏的，假的说成真的。

"你放心，义乌不会，陈江河他们也都有脑子，不会欺骗客人，毕竟他们流的是挑货郎的血。

"今天把你这个大主任请来当然不是为了下棋，而是为了商量抵制假货的事情。我跟几个村镇的老人商量了一下，光靠你们政府那几个人是管不住的，你们巡查过去他就把货藏起来，人刚走，假货又搬回台面上了，是不是？"

邱英杰刚听说过，陈金水关起门来一门心思养鸡，不管大事了。可现在看来也不尽然，至少市场的事还是挺关心的，也摸得灵清。邱英杰不由得感动起来："叔，一颗老鼠屎坏了一锅粥。美国 CBS 称，他们在采访时发现，执法人员与造假者关系亲密，严打行动像猫鼠游戏，政府官员的亲友大多在经商，不可能靠他们打击假冒伪劣。您能出山帮我们太好了！商城里你盯着，希望能抓住造假者；我帮他们去外面讨债。双管齐下，义乌市场就有救了！"邱英杰向金水叔伸出双手，两双手紧紧地握在一起。

二

陈金水拄着拐杖，胳膊上戴着红袖标，老头出现在商铺过道中，他还不时地举起拐杖指点："假货利大，可伤天害理的事情我们不能做！如果大家都卖假货，义乌市场的信誉也就没有了，这不是自己搬起石头砸自己的脚吗？这断市场财路、断子孙钱路的事情可千万不能做呀！"

大光爹看到陈金水朝自己商铺走来，探出来的头忙缩了回去，假装在清理商铺，轻声冲旁边的人说："这个死老头，唠叨个没完，真讨厌！"陈金水闻声回头，大光爹忙缩脖屏息，随后又干脆趴到了货箱上。

陈金水不理大光爹，走到陈江河的摊铺前，停下了脚，大声喊道："巧姑，给我搬把椅子来！"

巧姑不吱声，陈江河上前一步，搬起椅子送到陈金水面前。"叔，放哪？"

"就这。"陈金水一脸严肃，举起拐杖指指过道尽头。

"爸，你成什么了？"巧姑看不惯她爸爸这样霸道。"成什么？门神！"陈金水不以为然，稳稳地坐在过道尽头，要陈江河打开车上的货接受检查。陈江河忙搬过一箱打开封条。"叔，我们的货没假的。""有假没假，先打开检查了再说。"冯大姐鬼鬼祟祟地背着货物走来，看到陈金水像门神一样地开始盘查，惊慌失措地转头就跑，没跑出几步却又停下，原来每个过道口都坐着一个老人在检查货品。

政府部门也行动起来了，邱英杰带着工作人员到货运站检查，一件件假货让邱英杰触目惊心。一位商贩被带到邱英杰面前，一脸冤枉："邱主任！我们排起来是亲戚，我也上当了，您看跟真的一样，不用根本不知道是假的！"邱英杰也认识他，都是亲戚朋友，平时见个面都打招呼的，对这些亲友可不能含糊，自己心一软，事情就难办了。"你们从哪进的货？假货多了，义乌市场不就成垃圾市场了？"商贩面面相觑，不敢说话。突然，邱英杰感到一阵疼痛袭来，他站立不稳，只得扶墙坐下，随同的工作人员急忙把邱英杰送到了医院。

医生一脸为难地看着邱英杰，邱英杰却很平静。"还是打电话叫你家属来谈吧。你就在医院住下吧！"

"我就一个女儿，医生，有什么情况您跟我直说，我扛得住。"邱英杰淡然一笑。医生看着邱英杰，叹了一口气："癌细胞已经扩散。这是具体的报告,你自己看看。"邱英杰愣了一下，慢慢抬手接过，想打开终又合上。医生要邱英杰马上住院，可邱英杰哪里肯，那么多的事情等着自己去干，给自己的时间不多了，要干的事得抓紧。

"老天爷啊！老天爷这是干吗呢？我要做的事情还没有做完呢！"

邱英杰从医院出来，商城已经关上了大门，夜色下的商城像一艘航空母舰停泊在港湾，白天还喧哗繁忙的商城现在异常寂静，这可是自己亲眼看到建起来的，而自己即将告别这一切，邱英杰心里久久不能平静。看门的大爷看邱英杰长时间驻足观看商城，以为邱英杰有事情要到商城，就拿来钥匙交到了邱英杰手里。

邱英杰走在商城里，空荡荡没有一个人，他饱含深情地缓慢向前走着，一个个摊位像接受检阅般林立于两旁，一个个熟悉的商户身影不停地从眼前闪过，脚踩在地面上的回响反复提醒着他，自己的时间不多了，得抓紧把那件大事做成。

三

回到家里，女儿已经入睡。邱英杰含泪给亲爱的女儿写了封诀别信，用于抚慰未来几十年可能漂泊不定、浪迹天涯的女儿，说一声自己与女儿的离别不舍之情。

"岩儿，你从小就跟着我，跟着我看图识字，跟着我学唱英文儿歌、跟着我看英文动画片；我让你参加小歌手表演、唱歌、舞蹈、体操、绘画等兴趣班。今年你上小学了，每次考试，你的语文、数学、英语三科总分，总是排在年级第一、二名，希望这个势头一直保持到初中……岩儿，你的优异成绩，与我早期为你打的基础有关，同时也离不开江河干爸一家的辛劳付出！岩儿，你的体育、舞蹈甚至是长相都是一流的，你是一个十全十美的人，我希望你将来成为爸爸集故交、情人、爱人、学生、战友于一身的偶像。我希望女儿像民国时候的宋美龄那样，敏锐聪颖，集美貌、能力、荣誉于一身。岩儿，我的宝贝，伴随着新年的钟声，你步入了八岁——一个如花似锦的人生岁月。

"在你人生的每一个转折点，爸爸一直在天上看着你，都会衷心祝福你。因为，你是爸爸、妈妈以及所有亲人的骄傲。记得你幼儿的时候，爸爸告诉你：小孩儿也要会吃苦啊！你却天真地回答说：爸爸，我能吃苦，我爱吃苦瓜。

"什么是苦，今天你懂了吗？每天上学披星戴月，早出晚归苦吗？不苦，是的，只有心里苦，那才是真的苦！

"希望你一辈子心中有爱，那么你的未来将会阳光灿烂。

"人一辈子有苦有乐，有顺境有逆境，但你永远要记住，乐，不能得意忘形；苦，要坚强面对！

"人生路上没有捷径，每一个关口，都需要你用智慧、用力量去打开。

“言未尽意，腰部这个孙猴子又来捣乱了，搁笔！

永远爱着你的爸爸。”

吃了止痛片，邱英杰又在灯下奋笔疾书起来：“因工作繁忙，今日起，本人谢绝任何探视，谢绝人情往来，见谅。”邱英杰把纸贴在门上。夜深了，邱岩迷糊地睁开眼睛，下床推开屋门，邱英杰还在埋头写着东西。“爸，你还没睡？”邱英杰“嗯”了一声没有回头，用文件盖住了给女儿的信。桌上女儿烧的饭，还摆着纹丝没动。邱岩皱起眉头，上前埋怨：“爸，饭又变冷了，你怎么一口都没吃呀。”

“爸吃不下。”邱英杰老实地对女儿说，头却盯着桌上的文件。邱岩这才发现爸爸额头上滚动着豆大的汗珠，爸爸一手顶着腹部，一手握笔还在写着。

“爸，你又肚子疼了？你别写了！”邱岩皱着眉头劝爸爸。邱英杰勉强一笑：“爸爸这些天一直在忙着的事情就要出成果了，今晚必须写好。”邱岩噘起嘴，像小护士一样说：“你必须休息了，医生不是让你停止工作吗？我去把饭给你热一热。”邱英杰一把拉过女儿，搂在怀里：“爸爸好久没跟你聊了。”邱岩被爸爸搂到怀中，这一对相濡以沫、相依为命的父女相互注视着。邱英杰看着乖巧的女儿，有点心疼，“邱岩，想不想妈妈？”邱岩愣了一下：“不想！”

“撒谎！那是你亲妈妈，小时候抱着你，给你换尿布，喂你喝奶的妈妈，哪有孩子不想妈的。”邱英杰点点女儿鼻子。邱岩噘嘴：“她不要我们。”邱英杰深情地看了女儿一眼：“妈妈会回来找岩岩的。”

“真的？”邱英杰点点头，用力将女儿搂在怀中，目光决绝地吩咐：“岩岩，你是个特别坚强的孩子。记住爸爸的话，无论发生什么事情，都不要哭，不要懦弱……”听着爸爸坚定的话语，邱岩默默地趴在爸爸肩头。

四

全民发动查假货的行动开展起来了，商户之间吵架也多起来了。有的是因为钱收不回来，有的是因为假货被查封了。陈江河假货被封损失最大。但他看到金水叔他们来到市场，率领全体市民查起了假货，他心里突然踏实了。陈江河想，西方媒体常把我们的负面新闻无限扩大，而面对这种情况，我们的危机公关意识太淡薄了，没有壮士断腕的霹雳手段，负面影响将是巨大而久远的。只有铲除了假冒伪劣商品的生产和销售渠道，揭露失实报道，人心才会稳定，走掉了的商户才会回来。

因为吃了“消炎药”，可能会影

响幼儿智力，骆玉珠一脸忧虑，陈江河也忐忑不安地坐在走廊长椅上，焦急等待着。哪想到骆玉珠从就诊室里出来时一脸喜色。陈江河忙起身，眼巴巴地看着骆玉珠："什么时候做？"骆玉珠咬着嘴唇看着陈江河："我给医生看那消炎药了。"

"是说还不确定吗？对孩子有多大影响？"陈江河急着想知道答案。骆玉珠突然噗嗤一笑，乐了："医生说那消炎药都是假的，是淀粉。"陈江河不敢相信地看着骆玉珠，骆玉珠又重复了一遍："不是药！"陈江河有点不敢肯定自己听到的声音："江河，我们的孩子没事！"骆玉珠激动得眼泪流了出来，陈江河如释重负，调侃说：老天有眼，假到顶时假变好啊！他一把拉过骆玉珠，把她紧紧搂在怀里。

回到家，陈江河做好了一大桌菜犒劳家人。放学回来的王旭吃惊地看着一桌丰盛的饭菜；骆玉珠好像穆桂英破了天门阵，坐在桌旁，满脸笑容；陈江河小心翼翼地从厨房端来一盆鸡汤。"妈，今天是什么日子呀？"王旭满脸惊讶。骆玉珠微微一笑，抚摸儿子的头："妈以为吃错药了，一检查什么问题也没有。"

"啊，就为这个做那么多菜？"王旭不相信似的看着妈妈。陈江河与骆玉珠相视而笑。陈江河拿过一瓶丹溪酒："小旭，你妈不能喝酒，今晚你陪叔喝一杯。"

"行啊！"王旭乐得嘴都笑弯了。"添丁进财！一家人快快乐乐，幸福美满，干了！"陈江河自己端起酒杯，一仰头，咕嘟喝尽了杯中酒，把一旁的骆玉珠看得抿嘴直笑。

夜深了，王旭睡着了。月光如水映入窗棂，骆玉珠躺在陈江河的臂弯里，两人痴痴地憧憬着肚子里的孩子，但骆玉珠又担忧起来：王旭还不知道她怀孕，如果知道会怎么样呢？有了这个孩子，陈江河跟小旭还会那么亲吗？陈江河看出了骆玉珠的心思，笑着把骆玉珠搂得紧紧的："我知道你担心什么？放心吧，就算小旭一辈子不叫我爸，我也会拿他当亲儿子看待的。"骆玉珠释然笑笑，把脸埋在陈江河的胸前："我不担心。有你在，我就不会乱、不会慌。"骆玉珠突然又想起什么，倔强地抬起头："但我还是要把损失的钱挣回来！"

"那还用说，就凭你骆玉珠的本事，亏点钱，又算什么？"陈江河笑得更灿烂了。骆玉珠把头又靠回了陈江河胸前："本来以为只要夫妻守在一起就幸福了。可这几天像做梦一样，发生了那么多的事。我现在想明白了，假货害人啊，可不能再沾这些东西了。以后我们要一步一个脚印地走，做生意做人都要讲诚信。"

五

学生们在操场上玩耍。王旭和邱岩又凑在了一起，王旭吊在单杠上晃悠，邱岩在下面仰头瞧着他，谈着家里最近发生的事情。王旭高兴地告诉邱岩："我叔我妈可高兴了，昨天晚上我叔做了好多菜。我叔说以后做饭的事都他包了，不再让我妈进厨房了。"

邱岩问："你妈不是生病了吧？"王旭摇头说："不像，她说她差点吃错药，添丁到底是什么？"邱岩眯着眼，想了一下："我听我爸讲过，这是拜年的吉利话，好像是……我想起来了，就是谁家媳妇怀孩子，来年家里多一口人。"

听了邱岩的话，王旭从上面摔下来，一屁股坐在地上。

"你没事吧？"邱岩忙上前搀扶，但王旭爬起后，却哭丧着脸跑开了。邱岩呆呆地望着他的背影。

陈江河在厨房洗碗，听见骆玉珠正跟儿子吵架，忙甩掉手上的水出来。"你倒是说句话啊！跟妈装哑巴是不是？问你呢！"陈江河推门进屋，正听到骆玉珠冲着王旭骂："回家做功课也不理我，刚才吃饭一句话也不说。问什么都跟没听见一样！"陈江河俯身打量了一下王旭，王旭趴在桌上摆弄铅笔不理他。"小旭，碰到什么事了？跟叔说说。"陈江河轻声问王旭，王旭依然不正眼瞧他。夫妻俩交换了个眼神。骆玉珠忍不住了，对着王旭恨恨地："给你吃给你穿，供你上学，倒跟欠你一样，妈哪点对不起你了？"陈江河忙推开她："你别跟孩子动气，小心身体。"陈江河使了个眼色，骆玉珠走出屋去。陈江河坐下来，把王旭拉到身前仔细端详："不高兴？为什么，你跟叔说。咱男子汉不能这么藏着掖着。"

王旭梗着脖子看到了别处。

陈江河看到了一脸忧虑的骆玉珠："我觉得小旭可能知道了。"骆玉珠一愣，瞥了他一眼："知道就知道呗，迟早的事。"

"孩子心重，得好好开导，别真出什么事。"陈江河有点担心。骆玉珠望着窗外："我儿子我最清楚，讲道理没用。"

"那也不能让他回家就跟咱做哑巴啊！"

"小孩能撑几天，时间久了让他自己看，只要我们一碗水端平不偏不倚，没事！"骆玉珠觉得过几天就好了。"你啊，女儿身男人心，我算服了。"一听陈江河又打趣自己，骆玉珠嗔笑着捶他："去你的，就婆婆妈妈的能过日子吗？"骆玉珠想起什么，"对了，关于邱大哥，说什么的都有，有人说是一封商户联合签名信把他告下来的。"

"啊，还有这样的事情，得跟大

伙说说话，再这样下去，太对不住邱大哥了。”陈江河开始为邱英杰担心。

几个商贩心虚地围坐在一圈，骆玉珠给众人端水，陈江河皱眉扫视众人，说道：“把你们叫来是想问明白，都给我说实话，谁让你们签字的？”几个人垂头不语。

“你们的货谁有我被抄的多？怎么干这种见不得人的事呢？晚上睡不着的时候拍着良心问问，邱英杰哪点对不起咱？就盯着现在这点钱，将来人家都不来咱义乌，你上哪吃后悔药去！”陈江河声音开始大起来。“婶你就说吧，你忍心害邱主任那样的好人吗？”巧姑也拉住一位年长妇女哀求。

“是那货运站站长，他找我们几个被没收假货的商贩，说签了名货就能退回来。”年长妇女无奈地叹了口气。

该死的货运站站长！陈江河身穿深蓝色西服，远远地看见了站长，他的两只眼睛瞪得很大，好像要喷出火来。

站长正坐在县前街与新马路交叉路口的那座小桥边，吃着“北门街西施”俩姐妹做的东河肉饼，还配上了一碗小馄饨，那种猪油香、葱花香的味道，很远就能闻到。站长察觉到身旁有人，一抬眼看到陈江河正凶巴巴地看着自己。他心虚地想站起来躲避，却被陈江河一把按在座位上。“继续吃你的。老板，给我也来碗东阳沃面，两个东河肉饼！”陈江河怒气冲冲对着里面喊。站长不敢再吃，拿着筷子警惕地偷看着陈江河。

“吃饱了我陪你到斜对面告去。”陈江河看着站长。“兄弟，这话怎么说？”站长开始装起了糊涂。

“敢做就得敢当，你不是纠集一批商户联合告邱英杰吗？我特别好奇，邱英杰的缺点你怎么也能找得出，那种工作狂，一清二白的人，你也能编出几条罪状？”陈江河冷冷地看着站长。站长脸色苍白，强撑起身来想溜走。

陈江河大喝一声：“坐下！”吓得站长声音也颤抖了：“我，我叫警察。”一看站长这副样子，陈江河更火了：“贼喊捉贼，我告诉你，我也找了一批商户，把你这几年吃拿卡要的证据翻出来了。说实在的，站长，找你的罪状那太容易了，那场面你没看见太可惜了，那么多人踊跃报名要跟你算账。”陈江河拿出一张纸。看到密密麻麻的签字，站长不住地擦汗：“陈江河，你想跟我做交易吗？我停手，你也别告我。”

陈江河突然大笑起来，声响很大，站长恐惧地看着他。“我跟你这种人做交易？你也配！我的意思是，你告你的我告我的，只不过今天当面打声招呼。我们的账光明正大地算，谁也别做缩头乌龟！”陈江河大笑。

陈江河刚要起身，站长一把拽住他胳膊。“江河兄弟，咱有事好商量。”站长的口气变软了。陈江河冷笑一声，掏出一封信在他面前晃晃：“没商量！这是联名信，看见没有？签名的商户比你那份多好几倍！”站长忙伸手来抢，陈江河身手敏捷，一手挡开，一手把联名信塞回兜里起身远去。站长坐在那被吓得脸色煞白。

商城那边的好消息还在等着陈江河。夫妻俩把货车停在商城大门外，刚下车，巧姑就急忙拉着大光爹走来：“哥，玉珠姐！找到那几个人了！”骆玉珠没明白：“谁啊？”

“就是那几个造假货的！你看！”原来冯大姐说，有人卖跟她摊上一样的衣服，就让大光爹帮盯着点。没想到撞见了上回卖假热水器的几个人，他们开始做起了冒牌的五金首饰百货。

夫妻俩和大光爹一起来到一小巷，只见巷口内有个人鬼鬼祟祟地在四处张望，厚厚的衣服里面好像还裹着什么。陈江河抱住大光爹的肩膀，在他耳边轻声吩咐，大光爹频频点头后，就率先跑过去喊：“兄弟！”大狗警觉地掉头一瞧，看到大光爹的身后还跟着一对年轻男女，迟疑了一下想逃跑。

大光爹忙拉住：“这是我侄女两口子，不是外人！他们有大买卖！”大光爹向夫妻俩介绍：“这就是我说的大狗兄弟。”大狗上下打量，陈江河亲热地上前递烟：“久闻大名！找得我们太辛苦了！一直托我叔找你们！”“找我干啥？”“能干什么啊。你会干什么呀？”骆玉珠笑着。大狗装糊涂，眼睛瞟着骆玉珠：“我啥都不会。”

陈江河呵呵一笑，搂过大狗，压低声：“身藏绝技不露，一看就是高人。实话告诉你，我们的货都被查了，最近风声太紧，你们也得小心。”“用不着你说。我比你知道得早。被邱英杰查的吧？”大狗一听，马上得意起来。

陈江河点了点头：“钱都收了，货却没有，着急啊！往后南边那帮兄弟谁还信咱？我只能再进一批，出高价、找高人，看看能不能做得像点。”大狗翻白眼打量他，又看看骆玉珠：“你们卖啥？”“五金首饰百货玩具，你会做啥？”骆玉珠笑着问。大狗转脸看大光爹冷笑起来，大光爹也咧嘴赔着笑。“你问他！我一切都搞得定！”大狗得意地指着大光爹。

大狗带着夫妻俩，转弯抹角来到一个郊区小院的门口。大狗神秘地打量两人：“干咱这事得多加小心，绕了不少冤枉路，理解吧？”“理解理解！”陈江河与骆玉珠应和着，相视而笑。大狗咧着嘴，更得意了：“看你们两口子就爽快！我让你俩开开眼界！”他先把院门外面的锁打开，后推门进屋。陈江河与骆玉珠惊呆了。院里摆着各种认不出的工具，屋里几个人在忙碌，看到有人进来，也只是抬头瞥一眼，宠辱不惊地继续干着。有缝纫衣服标牌的，有拧首饰的，还有往热水器里穿管子的。

大狗得意地自夸："看吧，反正市面上流行卖啥我们就能出啥。前些天有个金珠、玉珠啥的，热水器卖得很火。我们找便宜货，随便插管子照样能仿！"骆玉珠恨得牙齿痒痒的，冷笑着回答："好手艺啊！"陈江河怕被大狗看出破绽，连忙拉住骆玉珠的手臂，冲着大狗笑："大狗兄弟，咱真有缘分，恰巧你做的这些产品我都在卖。"大狗瞪大眼睛对着陈江河："好啊！一看你们就是做大买卖的人！"

"我们两口子还就想要金珠、银珠、玉珠的产品，最好卖的就是那五金热水器、簪子和童装。"骆玉珠白了陈江河一眼。大狗咧嘴乐了，屋里人跟着嘿嘿乐，一人一口白牙。陈江河故作不解地看着大伙。大狗拍着他："就这拿手！哥啊，不过这价钱……"

"不着急，只要做得像，价钱好商量！但我也有个要求，得先看看你们的手艺，看看一个小时你们能做多少。"屋里人又跟着大狗咧嘴乐起来。"哥，肯定比你想象的好！质和量都能保证！先付定金，再提要求，一个小时以后来拿货。"

陈江河夫妻出门，大狗一直送到院门，突然拉住陈江河，一脸神秘地说："哥，先付定金。"骆玉珠不情愿地掏兜，把钱数了数，大狗贪婪地一把全拿过："你们告诉我摊在哪儿，一个小时以后我带样品找你们去！"骆玉珠一愣："不是说到这拿货吗？""不职业吧？干我们这行的哪有守着一个地方的！"骆玉珠焦急地瞥了眼丈夫。陈江河突然一拳捶向大狗胸膛："行啊你！"大狗嘿嘿笑起："职业造假嘛，得时时刻刻提防着。"

陈江河转身走了几步停下："不成啊，我得亲眼看你们做才能放心。""亲眼看？怎么看？"大狗愣了一下。陈江河转头看着骆玉珠："要不你把车开过来？"骆玉珠怔怔地瞧着丈夫。大狗忙拦住："大哥咱开车干什么？"陈江河神秘一笑："这你就不懂了，流动作业！""啥叫流动作业？"陈江河："我开着车在公路上兜，哥几个在后车厢里做。一个小时后停下来验货。外面的人根本想不到咱开车把事办了！就像你说的，干这个咱还得小心点，多绕点路不会错！"大狗恍然大悟，佩服地看着陈江河，竖起大拇指咧开嘴乐了："专业！哥你比我还厉害啊！"

陈江河握着方向盘目视前方开着车。骆玉珠紧张地坐在陈江河旁边，不时撩开遮挡的报纸看看后面车厢。骆玉珠轻声问陈江河："拉着这么一车活宝，你往哪儿开啊？"陈江河微微一笑："当年你怎么卖人贩子的？"骆玉珠看看前方，惊诧地看了一眼陈江河，突然明白，"你要……"骆玉珠深吸口气屏住呼吸，紧张得很。

车缓缓地在一个院中停下。车厢打开，刺眼的阳光照射进来，大狗等人还在忙碌地做着假冒伪劣商品，没发觉陈江河把他们运到了工商大院。"哥啊，还没到一个小时呢！"

"没到也出来吧！验货！"陈江河大声喊着。这时，工商大盖帽从办公室里走出来，堵住了车厢门口。车厢里的人不知道发生了什么，还在忙手里的活，造假的一窝就这样被端了。

六

造假团伙被端，得尽快通知邱大哥，陈江河心中暗想。来到邱英杰办公室，遇见了上来招呼的工作人员，陈江河忙笑："我找你们邱主任。"工作人员却告诉他，邱英杰刚辞职了。陈江河愣住了："你还是给他家里打电话吧。"

邱英杰家里，电话铃声响起，正伏案写作的邱英杰艰难撑起身接听，一听，邱英杰就高兴起来："什么？造假的那几个人抓住了？谁？陈江河抓的？"邱英杰听着话筒里的声音，噗嗤笑起来："这个陈江河，好，好！我在家里等你！"

眼前的邱英杰让陈江河不敢相信自己的眼睛，才几天没见就变了个人：气色很差，病怏怏的。邱英杰掩饰地笑笑："熬夜熬的，最近在赶东西，你干了件大快人心的事，哥为你高兴！把造假贩子拉进工商所，也就你们两口子能干得出来！"

陈江河乐呵呵地："玉珠当年还卖过人贩子呢，我是跟她学的。"邱英杰得知玉珠在假诊所碰上了假医生，吃的又是假药，肚中孩子没事，因祸得福啊，笑得更开心了："江河，正好你来，陪我去个地方，我有好多话想跟你聊聊。"

邱英杰带着陈江河来到奇山山坡，站在高处就可以看到远处蓬勃发展的城市。邱英杰深吸一口气："这些天来，有一件事情一直让我邱英杰很感动。金水叔他们能主动站出来，还有很多乡亲、摊贩都配合政府部门清理市场，这样下去，义乌大有希望啊！"

陈江河还为联名信的事情担忧着，以为邱英杰是因为这个辞职的。陈江河声音低低地："我给你添乱了。可我想不通，不干事的一点责任也不用扛，干事的人反倒天天被查。"

邱英杰笑着拍他："组织上早就

查清了我没有任何问题，是我自己的原因辞去了职务。”陈江河不解地看着邱英杰。邱英杰笑着掩饰：“我在忙一件非常有意义的事，时间太紧，我想突击一下，辞职能集中精力做事。”

邱英杰深沉地说：“我最近压力太大，跟你发脾气是我不好。”

陈江河忙摆手：“不不！哥你是对的，我已经尝到报应了。”

邱英杰饶有兴趣地看着他。

陈江河说：“没有信用钱收不回来，还天天被人堵债，还差点失去孩子……我跟玉珠聊过了，从今往后不管别人怎么样，我们还是得坚守住自己。”

“义乌商人还很弱小，也没有经历过重大危机和挫折的洗礼。跟同在浙商阵营的温州商帮、宁波商帮、杭州商帮比较，义乌商人无论在规模、体量、知名度、影响力、话语权等诸多维度，都还有不小的差距，还显得底气不足，缺乏厚度和内蕴。我们迈出的每一步，都必须踏踏实实啊。”

邱英杰释然一笑，痴痴地望向远方：

“多美的一片土地啊，义乌，一个孕育财富、创造奇迹的城市；什么也挡不住新生命的到来，将来这里要发生很多奇迹；义乌商帮有历史传承，兼具灵气、才气、爆发力于一身，不久的将来必定会纵横驰骋全中国。江河，你跟孩子们都会看到光明灿烂的明天，义乌的历史将深深地刻下你前进的烙印……”

陈江河诧异，顺着目光望下去，整个义乌映入眼帘。

陈江河智斗造假者的消息也在商户中传开了，冯大姐第一个赶过来，冲骆玉珠竖起大拇指：“你们两口子算是给商城除害了！这帮造假的，成本那么低，害得我生意都没得做。玉珠，这两天我的童装‘噌’的一下销量又上来了！”

“那就好，大姐，往后咱也别卖假货了，害人害己。”大家的话题又回到被政府查封的那批假货上来，“我们那批货还能要回来吗？到底怎么处置？”

“别想了，就当被贼偷了，被火烧了，货运来的时候沉到江水里了。”陈金水叹了口气。大光爹懊恼起来：“问题是还没有啊！今天早上我还偷偷去看过，都在政府大院里堆着呢！”

陈金水瞪他：“那你去搬回来呀，趁夜里没人的时候去偷回来——你敢吗？”众人哄笑。

冯大姐叹息：“这得干多少天，卖多少东西才能把损失补回来啊？”

“那你们还在这里闲着聊天。除了那个人，我没看出你们谁想赚钱。”陈金水的嘴往骆玉珠那边努了努，骆玉珠正在码货，装作没看见。众人走后，陈金水用拐杖敲敲女儿的腿：“你给谁打工呢？老板忙死，伙计空死。”

巧姑上前帮忙，骆玉珠笑笑坐下，与陈金水对视了一眼，陈金水双手拄着拐杖，避开她的眼神望向别处，骆玉珠也不服气地轻哼一声，忽然感到难过，一阵干呕。

“玉珠姐，你以后别来了，安心养胎吧，肚里孩子要紧！”巧姑忙端水给她，陈金水眯起眼睛又偷偷瞧她。

七

王旭闷闷不乐地独自背着书包走在路上，骆玉珠从街对面过来，王旭低下头去，骆玉珠上前拢过儿子的头：“妈正好路过这，瞧妈给你买好吃的！”王旭也不说话，径直往前走去。骆玉珠愣了一下追上去：“小旭，跟妈装什么哑巴？妈哪里对不起你了？”

王旭跟没听见一样。骆玉珠一把拽过儿子胳膊：“你给我站住！我容易吗？那边盯着摊还得跑过来给你送吃的，你给我说句明白话，听见没有……”

王旭甩下骆玉珠的手，随即大步走远。骆玉珠望着儿子的背影气得不行。

一家人围坐在一起吃饭，王旭把妈妈放进碗里的菜都挑了出来，自己扒饭吃。骆玉珠恼火地瞪着儿子：“装什么哑巴！逼急了我……”陈江河暗暗朝骆玉珠交换了个眼神，摇摇头，骆玉珠忙把话咽回。

商城会议室，屋里挤满了人，或坐或站，气氛压抑，以老董为首的代销商坐在一边，一副不以为然的样子；另一边是陈江河等一批心焦的商户。

邱英杰脸色苍白，环视众人后开始苦口婆心地多方调解：“今天把几方神圣叫到一起，是要商讨出一个解决办法，再不能这样无休止地推托下去了。商，无信不立。义乌能走到今天，靠的是在座的各位相互扶持，一起赚钱。可如今商城的批发商收不回钱，就不能进到好货给你们……”老董插话：“邱主任，您不能拉偏架啊，您是义乌的官员，当然向着他们说话了！”“就是！”大家也纷纷应和。

“我已经离职了，我现在的身份是商会一员，跟大家一样。”邱英杰看着大家笑着。老董强词夺理：“我们拿到的很多货都是假货，质量还有问题。外面一听是义乌的货都不敢买了！我们也很难回收资金……”

“老董！这些年你从义乌赚了多少钱？一有危机了，你就先逃跑了？”陈江河忍不住了。两边的商贩争吵起来，互相指责。

“大家都难，凭什么让我们担风险？”谁也没有察觉邱英杰的脸色难看，只有陈江河余光一瞥时才突然愣住，不再和对面的经销商争吵了，他诧异地瞧着邱英杰额头的汗珠和湿透的衣服。

邱英杰像是在拼尽全力，威严地大声说道："今天叫来的供货商都是没有问题的！经销商应付的款项不能再拖欠下去了，否则供货商都败了，你们经销商也将失去了源头。要做到共赢！今天加上我这个调停人一共是三方，希望这个三方协商能一直走下去……"

邱英杰突然身子一晃，陈江河推开椅子冲了过去，抱住昏迷的邱英杰，大吼："快叫救护车！"

八

邱英杰被送进了义乌人民医院的重症病房，骆玉珠搂着邱岩守在门外，轻声安慰。陈江河目光呆滞地从医生办公室走出，骆玉珠忙起身迎上，眼巴巴地看着陈江河。

陈江河瞥了眼邱岩，失魂落魄地拉骆玉珠到墙角，泪水不争气地涌出。骆玉珠轻声问："怎么了？"陈江河颤抖着声音，哽咽道："他为什么要瞒着？"骆玉珠再也问不下去，她已经从丈夫的眼神中读懂了一切，悲伤地捂住嘴，尽力不让自己哭出声："可怜的邱岩。"陈江河抹去脸上的泪，转过墙角深吸口气，蹲到邱岩身前。

邱岩像个小动物般蜷缩在长椅上，恐惧地望着他们："干妈，我爸爸怎么了？"骆玉珠与陈江河交换个眼神，都没有说话。

邱岩从骆玉珠、陈江河的眼神中看出了异样，突然像疯了一样："我爸爸怎么了？"说着要往重症病房里冲。骆玉珠急忙上前拉住，用力搂住孩子，稳了稳情绪，这才抱起她走进病房。

邱岩没有眼泪，用手巾默默地给爸爸擦拭脸庞。邱英杰冲女儿轻声说："岩岩，你先跟干妈出去。"

陈江河坐在床边，百感交集看着邱英杰。邱英杰嘴角挤出一丝笑容："我已经联系到她妈妈了，应该过些天就会回国。江河，麻烦你们先帮我带着她。"

陈江河痛苦地看着他："你早该跟我说！"

"跟你说有什么用，你能救我命吗？各家欠的货款讨得怎么样，收回多少了？"说着，邱英杰面色沉重起来，"知道你们日子难过，等熬过这个冬天吧！江河，你把我那个包打开。"陈江河忙拿过黑色公文包，取出一份文件。

"这是我起草的划行规市的报告，里面有我去国外考察研究的成果，我想让你帮我看看。"邱英杰声音虚弱。

"你先养好身体，这些都不重要。"陈江河说。

邱英杰按住文件，郑重地说："非常重要，这是义乌的明天。"

陈江河愣了一下，低头翻看。

"我们一直在摸索商品交易的最佳模式，划行规市把同种类的小商品店铺归到一起，有利于客户挑选比较，也有利于商户之间互相交流串货，到时候市场会形成非常健康的竞争，哪还有假货奸商存在的空间。你懂吗江河？这意味着政府放权，以后更多要靠市场的自我调节机制了。"

邱英杰有些激动，喘息着："我是看不到那天了，我要你帮我看着。"

陈江河眼中闪动着晶莹的泪花，紧紧攥住邱英杰的手。

邱英杰笑了笑："走之前还想再干件遭骂的事，你得帮我。"

骆玉珠迈着沉重的脚步走进商城，商贩们正在三五成群地议论着。冯大姐忙迎上前眼巴巴地看着她，向她打听邱英杰。骆玉珠默默摇头。

陈金水也拄着拐杖，说："邱英杰不容易啊，这么多年陪咱走到现在……"

"邱主任大好人哪！怎么会得这种病。"

突然一个后生低语："这就是查货的报应。"

骆玉珠愤怒转身望去，大光爹抄起扫把追打起来，众人也纷纷谴责他。骆玉珠一字一顿说道："邱英杰是在替我们大伙要钱讨债的时候倒下的！做人要有良心！"

后生冷笑："我只知道一件事，不是他封我们家货，我们现在还有钱用！"

骆玉珠急了："三角债是邱英杰的责任吗？那是我们自己造成的！"

后生的妈上前揪住了儿子耳朵："我怎么前世不修，养了你这个白眼狼！你少说两句不行啊！"陈金水厉声喊住后生妈："楼家媳妇，让你儿子过来。"后生被众人围着，畏低着头来到陈金水面前。

陈金水语重心长地说："这个市场刚建起来的时候你还小，好多事你都没经历过，好多苦你也没吃着，不赖你。可多少年以后等你吃过亏，发达了也好，失败了也好，都会后悔今天说的这句话，一定会后悔的！"陈金水激动地顿着拐杖。

骆玉珠离开人群回到家里，陈江河呆坐在门口台阶上一动不动。骆玉珠拍拍他的肩膀。陈江河痛苦地喃喃道："不是说好人有好报吗？我哥这些年多不容易啊！"

骆玉珠说："今天有人还说闲话，金水叔把他训了一顿。"

"做事的人永远会有人说他不好，我想邱大哥就算听到了也不会在意。他已经想明白了，他早已不在乎别人是夸他还是骂他了。"骆玉珠若有所思地点头说："做大事的人都是这样的吧。"

九

篁园市场门口，假冒伪劣的货品堆成了小山，陈江河夫妻站在人群前面翘首以待。远远的一辆汽车驶来停下，车门打开，陈江河忙迎上前搀扶住虚弱的邱英杰。

邱英杰扫视着众人，与陈江河微笑对视。

众人纷纷招呼："主任！"

"邱主任！"

邱英杰笑着点头，有气无力地向四方拱手："哎，大伙都来了。"陈金水无声地叹息。

邱英杰接过递上的喇叭："我跟领导申请，今天这把火无论如何我都要过来点。没收这些货，我知道很多人恨我，埋怨我。这毕竟是你们的血汗啊！是一分一厘赚出来的，说烧就烧哇？有人说损失太大了，有人求我，能不能手下留情，别全都烧了？我说不行……"

邱英杰艰难喘息着，说不下去了。陈江河揪心地上前搀扶。

众人低声道："邱主任！"

邱英杰笑笑，深吸一口气，像是用尽了最后的力气："今天这把火点起来，如果能烧出一个卖真货的义乌，有口碑的义乌，无论烧多少都值！为了我们义乌的明天，老少爷们，对不住了！"

邱英杰接过陈江河手中的火把，用力向假货堆抛去。那火把在空中翻腾，无数人揪心的目光追随着。有人低泣，有人忍不住掩面大哭。熊熊大火燃起，吞噬着堆成山的假货。望着大火前消瘦虚弱的邱英杰的背影，陈江河的泪水无声地淌下。大火吞噬着假冒伪劣的货物，陈江河、骆玉珠、陈金水的瞳孔中都闪烁着巨大的火焰。

邱岩心事重重地翻着课本，没有了往日的笑容。王旭在侧后担忧地看着她。

寂静无声的自习课堂里，门被敲响，学生们抬起头，老师开门走出，政府的工作人员一脸沉重地说着什么。邱岩目光一紧，呼吸急促起来。老师回身轻叫："邱岩。"邱岩"腾"的一下站起来冲了出去，王旭也不顾一切地紧随其后，跟着政府工作人员来到了医院。

邱英杰戴着呼吸机昏迷不醒，邱岩扒在玻璃窗外，眼巴巴地望着相依为命的爸爸。

陈江河读着报纸："经我们商会交涉，国内一家大报下属的一份报刊因为报道不实，进行了道歉；一家转载负面新闻的门户网站也被要求删除负面新闻。你看这张中央大报的报道：义乌，一个庞大、高效、结构复杂的市场；义乌，依托市场展开的大规模产业分工与合作。”

邱英杰嘴唇颤动，陈江河侧脸趴伏在他嘴边仔细听着，满眼是泪：“哥，大伙的欠款会要回来的！我一定会顶替你，带大家要回欠款的，你放心吧！”

走廊中骆玉珠、陈金水等人焦急地徘徊着；门外无数商贩聚集着，翘首以望；医生、护士进进出出；窗外，黑压压的人群在默默守候，没有一个人离去。

那是一个无声的世界，又好像一直环绕着美妙忧伤的音乐。夜深了，邱岩靠在王旭肩膀上，仿佛与世隔绝，恬静地睡去了……

在没有爸爸以后的岁月里，邱岩有了坚如磐石的性格。她的人生目标不会满足于过平凡的日子，也不会满足于生活在以自己为中心、以钱财名利为半径的名利圈里。在内心里，邱岩鄙视那些把物质享受和占有当作人生终极目标的人，并因此而感到了心灵上的优越。

似乎有一种神秘的声音在提醒着邱岩：你要为父亲，而不只是为了自己活着！

还是奇山那块山坡，邱英杰的墓碑伫立在两人曾来过的山头。陈江河靠坐在一旁，眺望着山下的城市，眼中充满了悲伤。陈江河起身拍拍墓碑，轻声说：“哥，放心吧，我帮你看着，好好看着义乌……”

夕阳笼罩在山坡、墓碑上，邱英杰温文尔雅地笑着，深情地眺望着这个城市，看着陈江河和自己对话。

陈江河张开遗书：

致亲爱的江河：

明清以来，在中华大地上，北晋商，南徽商，都以勤劳、敬业、足智多谋、百折不挠的进取精神，开创了一部辉煌的近代经商史。然而追溯历史，早在两千多年前，唯有浙商才是搏击商场的天之骄子，独领风骚，傲视天下。浙商的先驱无疑是陶朱公范蠡。范蠡贵为越国大臣，帮助卧薪尝胆的越王打败强盛的吴国，开创了一代霸业。功成名就之后，范蠡这位卓越的政治谋略家，毅然弃官经商，运用奇计妙策，在商场上纵横驰骋，“三致万万金”，聚财亿万，成为当时的首席大富翁，人称“陶朱公”，被后世尊为“文财神”。

伟大的商人都是忠孝节义的爱国者！江河，你是义乌商人的杰出代表；从你身上，我看到了义乌的明天，你要继承“陶朱遗风”，帮我实现理想世界，帮我圆了中国梦！

我在另外一个世界永久地祝福你！仰望您！

陈江河泪如雨下。

打开邱英杰日记扉页：

“为什么我的眼里常含泪水？因为我对这土地爱得深沉……”

噩梦连连，心惊肉跳！陈江河又一次看到了一片片、一簇簇、一串串，一树树火红的叶子，陈江河情不自禁地放大了疲惫的瞳孔，让自己兴奋起来，此时已经忘却了瑟瑟冬风吹来的寒气。

晚上，陈江河梦见市政府大院那棵香樟复活了：躯干更加挺拔、更加雄伟，树叶更加碧绿、更加茂盛，香气更是浓郁扑鼻。

一个个拨浪鼓摇起来了，一张张树叶变成了金叶子，亮闪闪的，异常璀璨。

鸡毛飞上天 长篇小说

Feather Flies To The Sky

〔第十七集〕

一

黑夜一眼望不到边，给人一种强烈的窒息感。从奇山陵园回来的邱岩，睁眼躺在床上一动不动。陈江河见了，满脸忧虑地问妻子：“邱岩怎么了？”

骆玉珠说：“发烧，连着几天了，没怎么吃饭，哭不出声音来，医生分析这种低烧是心理影响身体，让我们想办法诱导她发泄出来。”

另一侧的屋里，王旭正扒着窗户偷偷听着。

陈江河压低声音：“要让她哭出来！从小至今，孩子跟她爸相依为命，支柱突然倒了，她一下子接受不了。”骆玉珠点点头，无声地叹息说：“她妈妈也不知道什么时候能到，再这样下去，我怕这孩子真憋出毛病来了。”

夫妻俩愁苦对坐。骆玉珠轻手轻脚推门进屋，邱岩合上眼睛假装睡着了。骆玉珠掖掖被角，走了出来。

第二天早上，骆玉珠拉着邱岩来到了稠州公园树林里漫步聊天，太阳从东方升起来了，温柔的阳光照耀在波光粼粼的湖面上，脚踩在落叶上，四周寂静无声。看着神情黯淡、拒人于千里之外的邱岩，骆玉珠倒吸了一口冷气，拉过邱岩在椅子上坐下，亲切、安详地说：“来，咱俩歇会儿。邱岩，跟干妈说说，你现在是怎么想的。”

邱岩还是不吱声。骆玉珠攥着她的手：“还记得你妈妈长什么样子吗？过几天她就来了。”邱岩依然不动声色。骆玉珠摸摸她的额头，很是担忧：“现在就咱俩没有别人，邱岩，你如果难受就哭出来。”邱岩默默摇头，骆玉珠焦急了，“你可不能什么心思都藏在肚子里呀，干妈求你了！你太小了，不能什么难处都自己扛着。说出来，我跟你一起难过，一起伤心好不好？”

邱岩呆滞的目光看得骆玉珠心里发冷。骆玉珠干脆蹲在邱岩面前，诚恳地说：“干妈很小的时候妈妈也没了。那时候我什么都不懂，只知道傻玩，偶尔想妈妈了就哭一阵子，总以为妈妈会回来。因为妈妈在世的时候，经常藏在电线杆后面，等我急得要哭时，她才出来，伸出双手冲我笑。”

邱岩嘴唇颤抖，骆玉珠泪水盈眶，哽咽道：“那时候可傻了，我一出去就找电线杆，找墙拐角，以为妈妈会在那里躲着……就这样过了好多天，我突然懂了，走了的人再也不可能回来了！她不会躲在后面等你回头，以后的路只能自己走……”

邱岩忍住泪水，咬住嘴唇望向别处。骆玉珠声音颤抖着说：“邱岩，将来当然会有爱你的人出现，陪你走后面的路。你也要相信，爸爸并没有走远，他没在你身后，而是在你前面望着你！你每往前走一步，他都会为你高兴。”

邱岩的泪水缓缓淌落，抽泣道：“我答应过爸爸的，要坚强，不能哭……”骆玉珠盯着这一双美丽的大眼睛，眼神中闪过一丝心痛，她用力搂住邱岩：“傻孩子！你爸爸想的是你后面的路，他是怕你受罪啊！”

邱岩“哇”的一声，倒在骆玉珠怀里号哭起来。

骆玉珠也是泪流满面，再吸一口公园里的空气，感觉舒服多了，喉咙里竟然有了甜味。

骆玉珠没有想到，邱岩不哭则已，一哭就哭个不停。从公园回到家，从上午一直哭到晚上，嗓子都已经沙哑了。骆玉珠什么办法都想了，就是劝不住！不过，邱岩退烧了。

王旭背着书包放学回来，拉开邱岩卧室的门就要进去，被骆玉珠一把拉住：“干什么去！别添乱了！”陈江河却是偷偷拽了拽骆玉珠，使了个眼色。骆玉珠放开手，眼巴巴地看着儿子进屋，坐到抽泣的邱岩身边。王旭也不说话，从包里掏出随身听连上耳机，戴到邱岩耳朵里。邱岩抽泣着，这正是爸爸去世那天听的音乐，乐曲悠扬婉转，邱岩慢慢地抽泣放缓了，最后终于停了下来，邱岩合上眼疲惫地睡去了。

二

邱岩的心态慢慢平复下来，重新到学校上课了。体育课上，邱岩跟随着王旭在跑道上奔跑。体育老师远远地喊她：“邱岩！”邱岩停住脚步，大口喘息，怔怔地望着操场的另一侧。

一位戴着墨镜的年轻女性，在老师的陪伴下款款走来，走到邱岩面前，摘下墨镜蹲下，搂住邱岩：“叫妈妈，我是你的妈妈！”邱岩神色恍惚，一动不动任由妈妈搂抱着。

收摊了，陈江河夫妻俩开车到校门口来接王旭和邱岩。王旭从校门口跑出来，却不见了邱岩身影。骆玉珠急了：“邱岩呢？”王旭闷头要上车。骆玉珠急了：“这孩子！还跟我装哑巴呢！邱岩怎么不一块儿出来？”王旭爱答不理地：“她妈妈来接她了！上课的时候就接走了！”骆玉珠吓了一跳，忙掉转头盯着陈江河。

“快，车子掉头。”骆玉珠大声叫起来。夫妻俩来到豪华的义乌大酒店，按照服务员的提示找着门牌号，陈江河按响门铃，听到屋里隐隐约约传来了邱岩的哭泣声，来开门的是一位打扮入时的大眼睛美女，非常警觉地上下打量着陈江河夫妻俩。

陈江河热情地问候：“您是嫂子吧，我们……”邱岩妈妈打断：“陈江河，陈先生？”陈江河忙笑：“对！这是我媳妇骆玉珠，快叫嫂子！”骆玉珠边打量，边强挤出笑容：“嫂子。”邱岩妈妈疲惫地侧身一让：“两位请进吧。”骆玉珠进屋，但没有看到邱岩的身影。

邱岩妈妈平静地说道：“我正想找二位呢，孩子一整天也没跟我好好说一句话，闹着要走，被我锁在里面了。”

邱岩听到陈江河夫妻的声音，拍门大叫：“我不走！我要回我干爸家！”骆玉珠心疼地皱起眉头：“你先把孩子放出来吧。”邱岩妈妈转身拿钥匙开门，邱岩从门里冲出，扑到夫妻俩身前：“干爸！干妈！”骆玉珠一把搂住孩子坐下，像分别了很久很久。邱岩妈妈难过地看着骆玉珠和邱岩。陈江河忙插话：“孩子认生，熟悉就好了。邱岩，妈妈来了还不高兴啊？”

邱岩瞥了眼妈妈，低头不语。陈江河赔着小心问候：“嫂子，听我哥聊起过，你跟邱大哥是大学同学？”

“当年他不听我的劝，非跑回这个破地方。如果跟我出国，完全是另外一种 life，也不会有今天的下场。”陈江河皱起眉头看着她。邱岩妈妈叹息说：“这个小城镇是卖假冒伪劣小商品的，在这里能有什么出息？真不知道她爸爸是怎么想的。”

骆玉珠感觉胸口被刺了一下，刚要站起来反驳，被陈江河按住。邱岩更是愤怒："我爸爸干的是大事！这里卖的都是好东西！"邱岩妈妈瞪着女儿："你懂什么！"邱岩理直气壮地回答："我懂，爸爸都给我讲……"邱岩妈妈指着女儿："Children should be seen but not be heard，OK？"

骆玉珠懵懂地瞥了眼陈江河，嘴角露出不屑。邱岩妈妈强拉女儿到自己怀中："我是要带邱岩回美国的，让她知道世界有多 splendid！"邱岩挣脱开来，来拉扯骆玉珠的手，陈江河咳嗽了一声，骆玉珠只得松开孩子。

从酒店出来，骆玉珠气不打一处来："拽什么拽？明明是一个中国人，非说那种鸟话，在我这装洋气！我骆玉珠这辈子也不会说这种话！"陈江河叹了口气："邱岩跟着她妈出国，恐怕很不情愿。"

"那你还让我放手？不把孩子接回来？"陈江河无奈："那是她亲妈。"骆玉珠抱起胳膊望着窗外："反正我想不通，邱大哥那么好的人，怎么找了这样一个女人。"陈江河叹息："所以他们才离了。"

夜深了，洗澡后的邱岩一手用毛巾擦拭着湿漉漉的头发，一手去拿挂着的吹风机，调试摆弄按钮时，突然一股热风随着轰鸣声喷在脸上。邱岩"啊"地一声，吹风机"咣当"一声掉在了地上。外间屋里妈妈不经意地问："怎么了，宝贝？"邱岩捂着脸："这吹风机我不会用，烫着了。"妈妈显然没听清，心不在焉地问："what？"邱岩走到门口，妈妈正热切地捧着电话跟话筒另一端的儿子说着："baby，妈妈也好想你啊。接了姐姐，明天妈妈就订机票赶回来啦。"

邱岩怔怔地看着妈妈。妈妈没有察觉，压低声说："什么？不想要姐姐？别哭别哭，妈妈没说姐姐跟咱们一起过啊，她不住在家里，妈妈保证！宝贝亲一个！"邱岩一动不动地靠在门口，妈妈一回身呆住了，挂上电话，局促不安地上前蹲下。尴尬地解释："岩岩，你弟弟一直在哭，妈妈是在哄他……"

邱岩轻声要求："我不跟你们一起过，你想把我送到哪？"妈妈用复杂的目光盯着女儿，轻轻地揽住她的肩膀劝道："美国有特别好的寄宿学校，当然你愿意住家里也可以，咱们慢慢来，给妈妈点时间好吗？"

邱岩面无表情转身进屋，门"咣当"一声撞上了。妈妈身子一颤，痛苦无奈地望着女儿的房间。

三

清理三角债的会议如期在商城会议室召开了，商户代表们来得很齐，但老董等外地的代销商却没有出现。陈江河站在当初邱英杰的位置上，扫视了大家一眼：“邱大哥走前的最后一句话，还在问我欠款追回了多少。他不在了，我来替他主持这个多方协商！”眼前，每个人的面色都很凝重。

“有的人不肯来，没关系。除非他不想再跟义乌做买卖，大伙的眼睛是雪亮的，谁欠款最多、拖得最久，我们今后任何一个摊位都不会跟他做生意的。商，无信不立，这是邱大哥说给我听的，我就送给在座的每个人吧。我们要做出规矩来，那样才会有更多的人追随。如果你想挣一笔就走，你可以投机取巧，可以骗人，但你决不会长久。我相信来义乌的人都是想做长久买卖、做大买卖的！这是我拟定的章程草案……”

大家人手一份草案，热切地讨论着，陈江河边听边记。

“欠款能补多少就补多少，实在为难的，我们可以商量，但总得有个期限吧！”

“对，还可以拿货来补，尽可能把市场盘活。比方说我手里压的其他货，可以抵押……”

代销商没有出现，讨债的厂商却接踵而来了。陈江河和骆玉珠在商城摊位里各自应付着，说得口干舌燥也不顶事。

“等钱一到，这三笔款我一起打给你。我陈江河什么时候欠过别人的钱了？”

骆玉珠解释：“吴厂长你别冲动，如果我账上有一分钱，都给你打过去！可现在你让我上哪儿要钱去？”

陈江河应付着众人的讨要，突然瞥见摊后闷头坐着的夏厂长。他忙上前招呼：“老夏，你什么时候来的？”夏厂长勉强笑笑：“坐半天了。”陈江河歉疚地说：“那笔货款等我……”夏厂长起身掩饰：“没有，我就是路过来看看。走了。”夏厂长意味深长地拍拍陈江河的肩膀，转身要走。陈江河想请他吃个饭，却怎么也拉不住。“这个老夏！”陈江河望着老夏消失在小巷中。

都是要债的。一天下来，陈江河焦头烂额。开车回家也是闷着头，忧心忡忡。骆玉珠转头看他，轻轻地将手搭在他的胳膊上，想让他放松一下。骆玉珠安慰道：“别急，总会有办法的。”陈江河叹息：“死猪不怕开水烫，现在谁家不是焦头烂额的。我是心疼老夏呀，他那五金厂肯定是撑不住了才来找咱们的，可他什么都没说，反倒弄得我很难受。”

货车快到家时，远远地望见有人正在砸院门。“陈江河！骆玉珠！我知道你们在家。”王旭在院里喊：“爸妈真不在！我骗你干嘛？”陈江河脸色一变，刹住车停靠在路边，骆玉珠快步走过去。

“孩子，我跟你爸你妈是朋友，你赶紧开门让我进去吧。”王旭：“我没钥匙！我爸我妈出去了！”

骆玉珠走近才看清：“吴厂长？”吴厂长转身愣住：“骆玉珠，你们两口子也真是，躲什么啊？”骆玉珠瞪眼：“堵我们家门口要钱来啦？”陈江河快步跑来：“老吴，可真有你的！追到家里来了？”吴厂长哭丧着脸：“你俩多少给点呀，总不能让我空着手回去啊。”

骆玉珠打开院门拉住儿子：“来，看家里什么能搬，你带人全搬走。”吴厂长尴尬：“你这是干什么？江河，咱们也不是一天两天的关系了，你瞧你媳妇……”

陈江河拉过骆玉珠，一边面对吴厂长：“老吴，你再容我两天。”骆玉珠不依不饶：“你又是到摊上要债，又是砸我家门，不是一天两天的关系了，你不知道我们俩的为人吗？”陈江河瞪眼：“少说两句！”陈江河拉过吴厂长低声解释：“我欠人货款最多的不是你，是五金厂的老夏。你瞧人家！”吴厂长哭丧着脸：“我来你家也是硬着头皮，我们的厂收不回资金，后面也开不了工，不是只有你们一家欠款，现在大家都赖着不还啊！”

骆玉珠问：“我们会跑吗？”吴厂长快哭出来：“你们两口子倒不会，可其他人都跑了，除了你们，我谁都联系不上啊！”陈江河与骆玉珠一脸无奈。

吴厂长走了，夫妻俩电灯也不敢开，只敢蒙在被窝里，用手电筒打光，数一数代理商打的白条。院门外又响起了敲门的声音，寂静的夜里，让人听得心惊肉跳。外间屋里王旭迷糊地提醒：“妈，又有人敲咱院门了。”骆玉珠轻声道：“睡你的。”听见屋内长久没有声音，外面恢复了宁静，陈江河这才叹了口气：“不知道这又是谁。”骆玉珠猜测：“好像是毛巾厂的。不管他，接着数，多少钱啦？”陈江河回答：“二十七万。”骆玉珠眉头紧锁：“老董家欠得最多，他一家就欠咱八万！”

陈江河不敢看书，就打开收音机，蒙在被窝里调小声音，听一会儿新闻，里面传出播音员的声音：“全国清理三角债一盘棋，需方拖欠付款超出期限二十日以上或无理拒付的，供方有权先行停止继续发货，同时以电报或传真方式，抄报需方主管部门及当地工商行政管理机关……”

骆玉珠也钻进被窝专注地听着。陈江河叹息道：“不光咱们难啊，在哪都一样，国家比咱还急。邱大哥看得远，早就提醒咱留住资金，当初真该听他的！”骆玉珠说：“再不还款就上法院告去。”

“老客户能撕下这张脸吗？以后

买卖还做不做了。再说就算告他赢了又怎么样，现在欠钱的是爷爷，借钱的倒是孙子了。”

骆玉珠呆呆地看着他：“可我怎么觉着咱两边都是孙子啊。”两人借着手电筒的光亮，照着一张张欠款白条不禁哀叹。在这深夜院门继续被人砸响着……

追债的人家里要不到钱，又到摊位上堵人来了。陈江河正往商城里走，一个商户逃难般跑来，不时地回头张望着。陈江河笑着招呼：“于叔，您这是干吗呢？鬼子追杀？您满脑肥肠的，看着也不像地下党呀！”商户忙冲他摆手，大光爹则上前引导：“先躲到仓库里去，走这条路！他们撤了我马上通知你！”

摊位前有一群人围着看热闹，一个女子打好地铺盖上被子躺在过道上。她发狠骂道：“姓于的！你躲得过初一，躲不过十五！不还钱我就睡在这！”大光爹冲陈江河摆手，示意他别管。陈江河皱眉打量周围摊铺，有的忙着收拾躲藏，有的正跟讨债的人拍桌子瞪眼。远远的，巧姑正笑脸应付着摊前坐着的几个人：“他们出去了，真不知道什么时候回来……”陈江河警觉地停住脚步。巧姑一眼瞥见陈江河，连连向他暗使眼色。那几个人回头张望时，陈江河已经躲到了摊铺后。冯大姐笑眯眯地瞧着他：“江河啊，你顶天立地的个体劳协大会长，没想到你也躲哪？快！钻这桌子底下去，我今天已经掩护四拨人了！”陈江河尴尬地笑笑，恨不得抽自己的嘴巴。

眼看要过年了，催债的人越来越多，而那些欠陈江河钱款的代理商，却像从空气中消失了一样不见了，电话打去也没人接。陈江河思索：“看来不能坐在家里干等了，咱也得大过年地撕破脸皮堵人家门去了。”

骆玉珠说：“这就对了！你负责远的，我负责近的。”陈江河吓一跳：“你可别乱动！小心伤了胎气。”骆玉珠吐舌：“臣妾没那么娇气！大肚子还有大肚子的优势呢！”骆玉珠望着窗外，眼中满是杀气，一副要钱不要命、不成功就不回家的样子。

四

陈江河夫妇分头出门要债去了，王旭暂时借住到了巧姑家里。大肚子骆玉珠去的是一家杭州的公司，好不容易见到老总，老总也以资金紧张为由推脱，一副爱莫能助的样子。现在欠钱的是爹，骆玉珠进退两难，难道就这样空手而归？骆玉珠不甘心，她一咬牙：“我就坐在这里了，你不给钱我就不走了！”

骆玉珠平心静气地坐在走廊里低

头织毛衣，过往的人都以为发生了什么桃色事件，躲得远远的。听说有个大肚子，整天坐在老公的办公室门前，老总媳妇赶过来，阴阳怪气地盯着织毛衣的骆玉珠：“死妖精，你这是干吗呢？”骆玉珠笑笑：“我等王总。”老总媳妇打量她，越看越像狐狸精，“等他干吗啊？”骆玉珠：“他欠我的，我要讨个说法。”骆玉珠又低头织起来。

老总媳妇妒火中烧，怒气冲冲找丈夫算账。一脚踹开总经理室大门，只听见屋里传出“啪！”的一个嘴巴声，“那孩子是谁的！”老总捂着脸：“我不知道！”媳妇怒道：“你不知道？她为什么会坐在门口讨要说法？”

“啪！骚公！”又一个嘴巴，“咱儿子才刚三岁啊，你就在外面做对不起我的事了？”老总媳妇大声哭诉起来，骆玉珠像没听见一样，继续低头织着……

骆玉珠死死地盯着老总，老总跟人在饭馆吃饭时，骆玉珠挺着肚子坐在窗外织毛衣。老总只得尴尬地跟人解释……老总在街上走时，骆玉珠拎着毛衣跟上了，老总无奈地回头瞧着，骆玉珠停住脚步微笑着……老总不得不把骆玉珠请到办公室，“啪”的一声，扔出一捆钱来。老总哀求：“骆老板！你饶了我吧，我得罪不起，可是我确实只剩这些钱了！一共是两万，剩下的五万容我一些日子！”骆玉珠收起钱，将毛衣一递，笑脸相迎道：“兄弟，我这毛衣织小了，可是料子很好，送你家孩子吧！”

陈江河去长兴商贸城要债，代理商看到陈江河，愁眉苦脸地恳求：“陈老板，我是真的没有钱呀！我的货款也回笼不来啊！这些货您看中了哪些您就拿走吧。”

“你再想想办法，我要不是被人追得厉害，也不会到你这来。”代理商见到有顾客进来，便起身相迎，笑容可掬地将顾客引到屋里，送上茶水，完全忽视了陈江河的存在。

陈江河在商铺外面站了大半个小时，见代理商不搭理自己，起身想走，又停住脚步，咬牙回头望去，正好看见代理商匆匆出来。陈江河趁这个空隙走进商铺里屋。热水器的外封盖已经拆开，顾客正在犹豫着要不要进货，陈江河上前给客户拆装热水器，滔滔不绝地给顾客讲解热水器的构造特点，客户听得津津有味，继而频频点头。

“您看这热水器，它的隔温层是精心设计的，外行很难看出来。热水器档次差距就在这隔温层……”

顾客和陈江河一起走出门来，就像多年的朋友一样在门外分手告别，代理商从厕所回来，连忙上前阻止：“不好意思，他这个人不是……”顾客满脸不解：“你这位员工非常敬业，通晓热水器的构造原理，如果不是他讲解得清清楚楚，我还真有顾虑。我订五十台！今天能发货吗？”代理商不住擦汗，又喜出望外：“能，能发！我……”

陈江河给代理商促成了生意，代理商要请陈江河吃饭，两个啤酒瓶碰在一起，一沓散钱放到桌上，代理商钦佩地说：“讨债的我见多了，可还没见过你这样学雷锋讨债的！兄弟，你别嫌少，这一万先救救急！”陈江河感慨万千地仰起头，豪情满怀地举起啤酒干了杯。

五

陈金水坐在堂中扎鸡毛毽，巧姑带着王旭过来住几天。“把这野孩子带回家来干什么，你还嫌不够乱？”

巧姑不满：“爸！您小声点。”陈金水冷哼：“他们两口子逃到外面躲债，把孩子扔下不管了。这肯定是骆玉珠的主意。”巧姑急忙辩解说：“他们夫妻是出去讨债，不是躲债！”陈金水嘟囔：“你把他带回去睡他们自己家，别赖在我这，我看着就烦。”巧姑耍赖：“爸！反正我不管，我还有批货要包，你看着孩子啊！”陈金水忙抬头：“哎！怎么甩给我了？”

陈金水看到王旭正望着自己，甩手抛出一个鸡毛毽砸到门上，王旭一缩脖，鸡毛毽落在王旭脚下。王旭一蹦一跳地踢起，毽子在他脚上翻飞。陈金水诧异得很：“踢得不错啊。”

王旭蹲在门里：“跟我叔学的，他也会踢。”陈金水笑了笑：“他？你问问他小时候跟谁学的。”王旭钦佩地：“知道，跟您。”陈金水有些得意。王旭渴望地：“爷爷，您能教我扎毽子吗？”陈金水叹息道：“有什么用啊，这东西又轻贱又便宜，学它就学成废物啦。”

王旭认真地说：“可您说的鸡毛换糖就是这样，积少成多，一分钱能撑死人。”陈金水愣了愣，抬头打量起他来。王旭咧嘴快乐地说：“爷爷，是您在那婚礼上说的，我想拜师，想跟您学吆喝！”陈金水默默看着这个聪明灵光的孩子，眼神温润下来，喃喃地：“你这娃娃，聪明，机灵，乖巧！跟他小时候真像。可惜啊……”

讨债的厂商要不到钱急死了，像个无头苍蝇似的四处追着要。虽然已近黄昏，隔壁的很多摊点已经走人，但几个讨债的厂商还聚在陈江河的摊位前，争相拍桌子跟巧姑急：“陈江河什么时候回来？”

“骆玉珠欠我的首饰款已经三笔了，再过几天就过年了！”

“他们两口子不是跑路了吧！”

“刚才我去他家看了，院门紧锁，孩子都带走了！”巧姑忙着解释：“怎么会跑路呢，摊还在这。我鸡毛哥跟玉珠姐不是那样的人……”厂商不依不饶：“那咱就搬货，拿货抵债！”巧姑快哭出来，双手把住摊口：“不能搬！求求你们了……”

突然一棍子砸在台面上，所有人的手都缩回去。大光爹横着棍子一脸凶相：“干什么，你们，光天化日之下抢东西，是吧？”

有人骂：“陈金土，你这个老油条，别老三老四装好人，你还欠我们的钱呢？”大光爹语气软下来：“又不是我一家欠，你看看那么多摊，谁收得上钱啊？全是白条！”

有人大声喊起：“还钱！不给钱，就在你们这过年！”巧姑被两个人拉扯着。大光爹怒吼道：“住手！谁再拉我儿媳妇，立刻把他的牙打下来！信不信？”众人松开巧姑退后，巧姑躲到大光爹身后，害怕地看着。

大光爹喘息：“不就是钱吗，老子要钱没有，要命有一条！”有人叫：“陈金土你要干什么？”大光爹摆手：“我还没说完呢，要牙有两颗！”大光爹背过身，用力一掰，两颗金牙拍在桌上，满嘴是血地扫视众人。巧姑含泪：“爸，爸您干吗呀！”大光爹含糊不清地：“金的，当年我儿子给我镶的，假了包换！”

人群鸦雀无声，身后响起陈金水从容的声音：“地主恶霸黄世仁啊！这金牙你们也好意思要，这可是人家吃饭的本钱哪！”众人回头看，陈金水拄着拐杖走来，仔细端详桌上的两颗金牙，又看看大光爹，扑哧一笑。

大光爹有点懵：“金水哥，你还笑？”

陈金水点头：“你平日带着这两颗破牙，臭烘烘地到处显摆，我都替你臊得慌，今个儿自己拔了，轻快多了吧？”

大光爹捂着嘴：“你就损吧！”陈金水转身扫视众人：“大过年的，干嘛都跟黄世仁一样，讨债的难，躲债的也难，都消消气。不嫌弃就住我家，饭管够，鸡蛋管够！”

巧姑吃惊：“爸？”陈金水笑着一挥手：“谁会下棋？把我哄高兴了还有鸡吃、有丹溪酒喝呢！”

六

骆玉珠要到了钱，心里不放心儿子。得知巧姑把王旭放在陈金水那里，急得快哭起来了：“你怎么把孩子跟你爸放一块呢！”

“没事啊玉珠姐！我爸又不是怪物。”骆玉珠把话咽回去：“你爸……”刚走到院外，听到里面王旭一声叫：“哎——”骆玉珠脸色一变：“坏了！”巧姑也是一愣，突然拉住骆玉珠。院里传来爷儿俩一唱一和的吆喝声。

“哎——鸡毛换糖咧——你得带着劲，让人听着嘴馋，再喊一次。”王旭喊道：“哎——鸡毛换糖咧——”骆玉珠不可思议地听着，巧姑也是目光惊诧。

爷儿俩的吆喝声越来越亮，响彻夜空。吆喝声中，响起一列火车呼啸而过的声音。

过年啦，家家户户办起了年货，可骆玉珠一点也感受不到年味，陈江河出门要债迟迟不归，最近几天更是一个电话也没有，骆玉珠不禁担心起来。看到人家都买新衣服新鞋子了，王旭特别羡慕，也问母亲：叔叔何时回家呀？骆玉珠寻思，在家等也是干着急，还不如带着儿子去看一下陈江河。

长兴街头，骆玉珠和王旭终于见到了自家那辆满是泥泞的货车。马路对面，陈江河正狼吞虎咽地吃着干粮，满嘴掉渣。陈江河胡子也没刮，狼狈不堪，噎得不行了，就凑到浇花园的水龙头前喝水去了。骆玉珠的眼泪不争气地流下来，恨不得马上拉亲人回家。陈江河见到骆玉珠拉着王旭朝自己走来，不相信自己的眼睛，反复地揉着问道：“你们怎么来了？”

骆玉珠生气地说道：“你问谁呢？谁几天不给家里电话？”陈江河一抹嘴：“我不是怕你们着急么。我已经盯着老董好几天了，他走哪儿，我就跟到哪儿，我就不信邪，他敢不给钱？”

王旭几天不见，又长个头了。陈江河上前揉着王旭的头：“期末考试考得怎么样？跟叔说说。”

王旭忙从书包里取出试卷，得意地递上。陈江河惊喜：“嚯！可以啊，90分，在你们班排第几？”陈江河拉起王旭逗笑。

王旭伸出五个手指。陈江河乐：“第五？有出息啦！你妈没白疼你！”骆玉珠直勾勾地看着男人：“姓董的是个坏人，咱钱别要了。回家过年吧。”陈江河收住笑，转头看着骆玉珠：“回家怎么过年？我跑了这么多天才要来三万。家里多少人堵在门口呢。”夫妻俩无奈对望着。

老董西装革履地到酒店请客吃饭，客人来了不少，看来今天是个机会。陈江河与王旭爷儿俩坐在小货车驾驶室里，瞄着老董接来送往，客人进进出出的，丝毫不敢放松。

“小旭，你在这里别动啊！等你妈买饭回来。”王旭抱着书包点头。陈江河跳下车追到门口，一把拽住老董。老董回头哭笑不得：“怎么又是你啊！”

“老董，你有钱请人吃饭，没钱还我？你还一部分也行呀！”老董不耐烦地往前走：“陈江河我真服你了！请客吃饭是工作需要，懂吗？我也得打开市场，得赚钱！不然怎么还你？”陈江河追上几步：“老董，不能再拖了！你都欠几笔款了？”老董瞪眼吓唬道：“松开！你要是搅黄了我的事，跟你没完啊！”陈江河被甩到一边，眼睁睁看着老董追上众人，

陈江河懊恼地转身走出酒店，来到货车边，突然愣住了，他发现王旭不见了。

老董笑眯眯地招呼众人进入包厢：“昨晚打牌又赢了这么多，敞开吃啊各位……”老董拿出厚厚的一叠钱，夸自己命真好，一辈子有用不完的钱，炫耀后又塞回包里。王旭挤在人群中，一直紧盯着老董夹着的皮包，突然凑上前一抽，抢过就跑。老董惊呆了，大声叫嚷：“哎！站住！”王旭拼命地往楼梯间跑去。老董追出来，疯狂地喊道：“拦住他！拦住那小孩！”

陈江河正走进大堂左右张望，眼看几个保安正围堵包抄四处逃窜的王旭。王旭被一个保安拉住扑倒在地，皮包也摔出了老远。陈江河大吼一声：“住手！”另几个保安奔来：“这小偷还有帮手啊！”

陈江河扑上前抱住王旭，扫把棍子全都打在了陈江河的背上。王旭哭喊：“别打！别打我爸！”听到王旭喊的一声“爸”，陈江河竟忘记了背上的疼痛，呆呆地看着哭成泪人的王旭。

老董怕出事，连忙拦住几个保安：“别打了，我们认识！这是误会！”老董拉扯陈江河：“陈老板，你怎么让孩子抢我的钱呢！差点出大事了……”陈江河一把推开老董拉扯的手臂，眼睛不离抽泣的王旭，一堆散票拍到了手上。老董双手抱拳拱了拱：“我真服你了！就这点钱，带孩子吃点东西去！”陈江河像没听到一样，轻声问道：“小旭，你刚才叫我什么？”王旭抽泣着用手掩饰，递上捡起的票：“钱。”陈江河紧紧地将孩子搂住。

陈江河回到车上，骆玉珠正拿着保温盒等着开饭，见到爷俩青一块紫一块的，一脸诧异。王旭低声地：“刚才叔去要钱，被坏人打了。”陈江河急忙掩饰，扬了扬手中的钞票，憨笑着：“被打也值了，今天总算要到一点钱了。”

骆玉珠埋怨：“被打成这样，亏你还笑得出来！你不会踢死他几个！”陈江河得意地瞥了眼王旭，两眼放光：“我今天不还手，我高兴，玉珠你不知道，还有比要回钱更高兴的事呢，我听到小旭叫我爸了！”骆玉珠吃惊地打量着儿子：“小旭，真的吗？你叫他什么？再叫一声。”王旭不好意思了：“叔。”陈江河与骆玉珠无奈地交换了个眼神，却都露出了微笑。

小货车的窗外不时响起爆竹炸响夜空的声音。小吃店都关门了，一家人肚子饿得咕咕叫，终于王旭躺在骆玉珠的怀里昏昏睡去了。

陈江河端着一碗红豆糯米饭兴冲

冲地推门进来。

“红豆糯米饭！小旭……”骆玉珠冲他嘘了一声，轻轻地把孩子放到床上，像变魔术一般拿出一包义亭红糖。陈江河轻手轻脚坐在地铺上，夹起一筷子喂到妻子嘴边。陈江河轻声问：“甜不？”骆玉珠笑着点头：“哪买的？”

“今天过小年，全都关门了，我跑了整个城找吃的，跑出很远才买到的。其实是别人家里讨来的，好人哪，他不要钱，我硬塞过去的。”陈江河再也不愿意去找吃的了，就拿出放在车上的粽子，昨天就已经发现粽子馊了，但为了填饱肚子，陈江河只好用开水洗洗吃了……

骆玉珠开心地笑着：“日子都过糊涂了，如果不听这鞭炮声，真忘了今天是小年。”陈江河长叹一声，轻抚孩子头发：“让你跟孩子受这么大罪，我真没有用。”骆玉珠坐在床沿，搂住地上盘坐的丈夫，下巴放在他的头顶：“比起我们孤儿寡母的时候，我已经很知足了，你我，小旭，还有肚子里的孩子，咱一家人能守在一起，在哪都是过年。”陈江河眼里闪着泪光：“当我今天听到小旭喊‘别打我爸！’那时候，我真感觉不到疼了。当时就觉着他能喊出这句，其他什么都不重要了。”

骆玉珠又夹起一筷子，自己吃一口，又喂丈夫一口，两人顶住额头相视而笑。窗外爆竹脆响，温暖的火光笼罩着小旅馆的简陋房间……

永康五金厂，夏厂长被讨要工资的工人堵在办公室里。要过年了，工人们的工资奖金却没有着落。

夏厂长心急如焚，又欲哭无泪：“我知道大伙要钱过年，我比你们还急！可你们逼死我也要不来一分钱啊！”一个工人质问：“咱们没停过一天工，效益那么好，怎么就发不出钱了？”夏厂长拉开抽屉举起一叠白条：“钱都在这呢，全是拖欠款，三角债！人家就是不给，我能有什么办法！”

夏厂长转身：“张会计？”会计直摇头：“厂长，我天天在催，没有一个人接电话。”夏厂长迟疑了一下:“陈江河也不接？”会计哭丧着脸摇摇头。众人对着夏厂长七嘴八舌：“厂长，月奖金、年终奖我们不要了，您就把工资发我们吧！”

“老婆孩子都等着过年呢，买肉的钱都没有哪。”

“厂长，几个月没发工资，我都不敢回家了，回去老婆都不给好脸色看！”“唉，这年怎么过啊！”夏厂长抱住脑袋蹲下：“我也没法过了，再给陈江河打电话，电话打不通，就打传呼机……”

七

北风那个吹，雪花那个飘。大年二十九，伴着歌声，陈江河一家三口兴奋地开车回家过年，身上的传呼机响起，陈江河停车，走进了路边的一个电话亭，回完电话，陈江河面色沉重地走出来，骆玉珠挺着肚子爬下车：“老夏又催了？”陈江河停住脚步：“老夏也没办法，厂里工人都跟他急了。今年不光是咱一家过不好年。”骆玉珠咬着嘴唇点点头。慢慢地，陈江河的眼光落在货车上，喃喃：“我有个想法，把车卖了，先救救急！”骆玉珠轻声说：“这车买来不到一年，才跑了几千公里啊，还是新的。”

自己再难过，年前也要让老夏把工人的工资发出去，那么多家庭啊！剩下的钱给其余几个厂家正好分了，咱家不把债留到明年。主意打定，为资金困扰多日的陈江河突然放松下来，压在心头的那块石头终于卸下了。

二手车市场里，已经覆盖了厚厚的一层雪。骆玉珠搂住儿子，眼巴巴地望着丈夫陈江河跟人谈价。买车的人为难地：“非要现金？”陈江河斩钉截铁：“没现金我不会这么压价卖车。眼看就要过年了，我缺这钱。”买车的人迟疑地点了点头。陈江河笑了笑，将车钥匙递到那人手上。王旭突然挣脱开骆玉珠，扑到爱车前张开手臂，护住货车。“这车不卖！不许动我家车！”陈江河停住脚步，强笑说：“小旭，咱将来还会再买新的，买更好的车！”王旭摇头：“我不，我不！我还要坐着它上学呢！”骆玉珠忙上前搂住儿子，轻声说：“小旭，听话！”货车启动，陈江河转头眯眼看去，眼睛有些湿润。

雪花飘飘，寒风呼啸。夏厂长被工人困在办公室已经两天了。尽管催账的电话打了很多，可现在是非常时期，借钱的是大爷，要钱的是孙子，要钱等于割人家的肉，夏厂长已经收拾了干粮、被子和棉袄，准备在办公室过除夕了。

突然，窗外响起熟悉的喊声：“夏厂长，老夏！”夏厂长绝对不敢相信自己的耳朵，恍惚着侧耳倾听，慢慢起身：“陈江河？”夏厂长推开众人来到窗前，陈江河风尘仆仆，头上散发着热气，抱着一个鼓鼓的黑包笑着。脸色雪白、小腹微隆的骆玉珠拉着儿子跟在后面，一家三口疲惫不堪地站在门外。夏厂长一脸不解：“大过年的，百多里路的，你拉着老婆孩子跑我们这里来干什么？”陈江河举起黑包：“货款！要不要？”

会计撒腿跑上前来接过，清点后喜出望外地举起黑包：“厂长！十几万哪！”屋里鸦雀无声，人群中突然爆发出欢呼声，大家争相涌进门去，将一家三口团团围住。陈江河被抬起，急忙叫道:“别抬我老婆，她怀孕了！”夏厂长怔怔地看着包里的一捆捆钱，望着被抛上半空的陈江河：“我的祖宗，你哪来那么多钱？”陈江河躺在半空大叫：“我们义乌有年前收账，安心过年的传统，永康应该也是这样吧，我把那货车卖了！”夏厂长哽咽：“兄弟，你这个新年礼包太重了，你……快给客人一家子准备吃的！”夏厂长没再说下去，泪水在众人的欢呼声中不争气地淌落……

鸡毛飞上天

长篇小说

Feather Flies To The Sky

〔第十八集〕

一

陈江河回到陈家村，已经是大年初八晚上，正赶上迎龙灯。夫妻俩累得嘴唇干裂、眼布血丝，嗓子沙哑得说不出话来。几个小时前，陈江河一家还急着往回赶，可现在到了家门口，却又驻足路边看起了龙灯来。

义乌民间有春节迎“板凳龙”的习俗。龙灯，象征着生命，象征着力量。中国迎龙灯习俗始于唐代，原为京官与民同乐，欢度元宵佳节的一种喜庆活动。传说唐朝宰相魏徵梦斩泾河龙王后，唐太宗李世民可怜龙王，动了恻隐之心，号召百姓迎龙灯，以祭奠泾河龙王。从那时开始，迎龙灯的习俗就这样世代传承下来了。在义乌民间，流传着“先有木龙头，后有乌伤郡”的俗语，说明龙头图腾崇拜历史悠久。

迎龙灯，就是希望来年风调雨顺，财源广进，国泰民安。今晚陈家村的龙灯灯头上披挂着红绸，四周围绕着琉璃，悬挂着彩球，琉璃彩球内点着蜡烛。龙头、宫殿与龙尾之间，由各式板灯串连而成，状如江上长桥，故一片灯板又称“一桥灯”。龙头、龙身、龙尾和宫殿都用樟木雕刻而成，每一条板凳龙都由各家各户自愿拼接而成，每当龙灯经过村民家门口时，都会被迎接到家里，接受全家祭拜。按义乌风俗，用鞭炮迎接龙灯，可以沾沾龙灯的喜气，保佑来年吉祥如意。

今年的龙灯特别长，排场特别大。肃静回避牌居前，铜锣鼓铳殿后。龙灯启动时，先锋发号，大锣开道，火铳轰鸣，仪仗前行；旌旗彩幡、堂灯、排灯分两列行进。临近村的人都来赶热闹赏龙灯了，陈家村大操场上人头攒动，一有空隙，就被人挤满了。

在龙头老大的带领下，长长的龙灯在空旷的平地上不断盘旋，一朵、两朵、三朵……数十分钟后，龙尾也到位了，站在高处从上往下看，五朵梅花呼之欲出。

到家已是深夜，骆玉珠推开院门，拉着王旭进屋诧异地打量。王旭奇怪道："妈，没有人堵在家门口。"咦，巧姑不是说白天、黑夜都有好多人堵着要债吗？要债的肯定往别处去了。娘儿俩回身看着陈江河。陈江河打电话给巧姑。巧姑回话说："要债的都在我爸家里呢！"

此刻，陈金水家里热闹非凡，这些人也是看了龙灯回来吃夜宵的。七八个人显然酒过三巡都带着醉意，有操着东北口音划拳的，有吟着南方口音唱小调的，还有几个痴痴地听着陈金水讲二叔当年的事。

陈金水说道："我二叔，抗战英雄守乾公，黄埔14期毕业。在回家省亲路上，听说三叔陈朱兰英勇牺牲了，县长吴山明亲自为三叔抬棺，还送来了'民族英雄'牌匾。站在中国最美的富春江坡岸上看着滔滔江水，心潮起伏。突然，他看到江水里有血！好多好多残缺的尸体，一打听，都是'义乌营'士兵的尸体！一截胳膊，一截腿，鞋子，绑腿，脚，啊，还有头！他不想看了！怎么有这么多战士死在最凄美的溪水里？为什么没有一具全尸？后来得知这些士兵都是与日军拼刺刀死的，从此他卖掉千亩肥田，毁家抗日……为了不给老祖宗丢脸，为了保卫乡亲们赖以生存的土地，1939年，二叔指挥'义乌营'将士，以已经中毒的血肉之躯，筑起了抵御日本军队的人肉长城。'义乌营'在二叔守乾的指挥下奋勇作战，在东洲沙附近的大小山岭上，曾有一个多小时听不到枪声，这不是双方停战，更不是休息，而是仗已经打到无法开枪的程度了，敌我两军扭作一团展开肉搏战，武器远远不如敌人，'义乌营'就想办法拼刺刀，以命换命，浙江境内规模最大的白刃战就此爆发。我二叔抡起铁扁担，六十斤的铁扁担啊！横扫在鬼子腰间，小鬼子'嗷'的一声就倒下了，于是我二叔的货担里就多了两颗手榴弹和一把军刀。"

巧姑忙里忙外地收拾，将菜一盘

盘端出，陈江河跟骆玉珠拉着王旭匆匆走了进来。巧姑看见了不禁满脸喜色："哥！玉珠姐，你们可回来了！"巧姑指指屋里："要债的都在里面，他们都被我爸请到家里来过年了。"

陈江河压低声："电话里干吗不告诉我？"巧姑："我爸不让。今天一共吃了四只鸡，把家里的酒都喝完了。"陈江河看见陈金水摇头晃脑，正仰头喝尽杯中酒，抹抹嘴。听得津津有味的吴厂长不甘心："你们挑货郎连手榴弹都敢卖啊？"陈金水偷偷地乐："天底下就没我们不卖的东西！巧姑，再抱坛酒！"

屋里人突然望见陈江河一家，纷纷站起。"陈兄弟！"

"江河兄！骆老板！"

陈江河夫妻俩尴尬地笑着。吴厂长摇晃着上前，用力拍打陈江河的肩膀："我的财神爷啊！你该晚一点来，我们正听得带劲呢！"看到陈江河提着钱包袋，陈金水问了一声："钱？"陈江河释然笑笑，陈金水给自己倒了杯酒悠然喝尽。

陈江河搀着喝醉的吴厂长走到院门口。吴厂长将钱塞进包里，语无伦次地说："江河兄，我没想到你能拿钱回来……你叔家里的鸡真好吃！酒好喝！你二爷武功顶呱呱，打日本鬼子过瘾！"

陈江河苦笑着说："是呀！有空您再来。"

吴厂长挥手道："我不白吃！等……等我资金回笼，我给全厂买鸡，把你叔家的鸡都买了！"

陈江河说："好啊！一言为定！"吴厂长摇晃着走出几步："别送了。"吴厂长一抹脸回头："江河兄弟，我对不住你！你这人，可交！"

陈江河微笑着摆手，望着吴厂长远去的背影，他转身进院后，长长地松了口气。

二

外间正堂里，陈金水还在怡然自得地喝着酒，骆玉珠在屋里轻拍了几下熟睡的儿子，把他交给巧姑后回到正堂里。夫妻俩交换了个眼神，一起坐到陈金水面前。"叔，谢谢您。这次要是没有您……"

陈金水头也不抬："走了？钱呢，也分光啦？"陈江河撑开空荡荡的黑皮包，苦笑。

"巧姑，把门关上。"江河赶紧接过金水叔的话说："叔，我打算从银行贷款，重新再来。"

"我这四只鸡是下蛋鸡，还有六坛酒是藏了好多年的。"陈金水说。

陈江河没明白，怔怔打量："叔？"骆玉珠忙插话："多少钱您定，我们给。"

陈金水点头："你是明白人。咱把

账都得算清楚了。”巧姑看不下去了：“爸！您这是干吗呀？”陈金水瞪眼：“算账！”陈江河忙将巧姑拽开,赔笑：“叔，您说，我们听着。”

陈金水悠悠的：“我前两天接到市政府通知，说是我承包五十年的福田养鸡场必须马上拆，这地块上要建新的商城。你要么高价付我现钱，要么给我几个摊折算。”

巧姑惊讶：“爸，怎么没听您说啊？”骆玉珠眼一亮:“折算几个摊？”陈金水没答话，默默竖起八的手指。陈江河与骆玉珠交换了个眼神。

巧姑忍不住乐出声：“爸呀，您太能藏事了！您这两天可一直在哭穷呢！”

陈金水没理女儿,盯着夫妻俩:“我准备拿这个鸡场入你们的股，行吗？”

骆玉珠问：“您的宝贝鸡场要拆迁？您入股？”陈江河笑：“叔，您……”陈金水叹息:“我要不了赖啊。谁让你们早聘我了呢，当初你们给我付的医药费、住院费，就算是发我工钱了。老汉脸皮薄，无功不受禄。我白拿着工资睡不着觉！”

骆玉珠难抑欣喜，攥紧丈夫的手。

陈江河说：“八个摊，自己干都成富豪了！叔，您这股也太大了！我们担不起。”陈金水说：“你的资产算给我三分之一。客套话少说，你们有那么广的人脉，你们跑产品、跑销路，我就在家出主意，够占便宜的了。我看好你俩的买卖，将来无论发展到多大，老汉我有三分之一的分成和决定权！”还没等陈江河再说话，骆玉珠一拍手，说：“就这么定了！”

陈金水：“定了？那我先提第一个建议。不要拆迁费,只要那八个摊位！”骆玉珠兴奋地说：“完全同意！资金困难，暂时吃点苦，我们都能顶过去，摊位将来一定会升值！是稀缺品！”

陈金水冷哼道：“要说精，谁有你骆玉珠精啊。”陈江河瞥了眼妻子，骆玉珠脸颊绯红，“嘿嘿”笑着，有点不好意思。

三

一下子增加了八个摊位，骆玉珠躺在床上兴奋得睡不着了，手脚并用去骚扰老公，陈江河也思索着什么。

“八个摊！租出去都赚大钱啊！如果咱买卖做不大，就对不起这么多摊位了！”陈江河轻声地感慨，“金水叔真的是拿我当儿子了。”

骆玉珠诚恳地说：“放心，我以后肯定对他好！我绝对尊重他老人家，处处忍让。不过他不光要分成，为什么还特意要三分之一的决定权呢？”骆玉珠皱眉琢磨起来。陈江河侧脸瞧媳妇：“怎么，怕啦？”

骆玉珠笑着一搂丈夫：“我才不怕！只要你跟我一条心，咱俩永远占三分之二，压过他！”陈江河一刮她鼻子，两人都乐起来。夫妻俩谁也没听到王旭迷糊地爬起来了，他揉着眼睛，在黑暗中寻找尿壶，隐隐约约听到了屋里传来的说话声。

陈江河正趴在骆玉珠的肚子上侧耳倾听，骆玉珠温柔的目光看着丈夫。陈江河轻声说：“动了动了！”骆玉珠笑道：“他听见你的声音很兴奋，你多跟他说几句。”陈江河充满憧憬地说道：“爸爸跟你说啊，好好在你妈肚子里待着，听话。”骆玉珠一拍丈夫脑袋：“去！他不待肚子里还蹦哪去？说点能胎教的。”陈江河咧嘴乐了：“小宝贝，我们可想你了，有我和你妈的遗传基因，你将来一定是个商业奇才。”骆玉珠捂住嘴笑起来，两人谁也没注意门外王旭正垂头丧气地蹲着，一滴泪水掉落在地上，王旭用力抹抹眼角……

四

义乌绣湖小学，王旭、邱岩两个孩子呆坐在操场台阶上，各怀心事沉默不语。邱岩轻声说：“王旭，等办完手续后，我就走了。”

“你想跟你妈走吗？”邱岩缓缓摇头：“我听见她给美国的小弟弟打电话，好像那小孩在闹，不想让我进家。”

王旭目光一揪，转头看着邱岩。邱岩垂下头颤抖着：“我妈说要把我送进寄宿学校……”

王旭嘴唇动了动，不知该安慰什么，突然起身大声说：“大人都是这样，有了新家就不会再要自己的孩子了！”邱岩一惊，瞧着他。

王旭含泪说：“我跟你一样，等他们有新的孩子，就不会要我了。”邱岩站起来拉住他的手，安慰他说：“王旭，你跟我不一样，陈叔叔对你挺好的。”王旭忍不住抹着眼泪，哽咽着说：“等那小孩一出生就说不准了，我想我爸……”邱岩鼻子一酸，也哭起来：“我也想我爸爸。”

陈江河匆匆进院，骆玉珠正在准备饭菜，头也不抬问道：“小旭饿了吧？”陈江河诧异：“他放学没回来吗？”骆玉珠一怔，抬头打量：“你没接他？”陈江河：“我去了，在校门口等半天，老师说他跟邱岩早就走了。”骆玉珠看看墙上的表，皱起了眉头：“这孩子又上哪野去了？”

邱岩妈妈进院，焦急地问：“邱岩在你们那里吗？”邱岩妈妈递上一张纸条，快哭出来：“我回酒店时，看见桌上留了一张纸条，是邱岩写的。”陈江河转头接过，骆玉珠也忙凑上前。纸条上写着：“妈妈，你自己走吧，我不想打扰你的生活。”骆玉珠脸色一变，攥住丈夫的胳膊：“快，快去找他俩！”陈江河夺门而出。

邱岩不想跟妈妈去美国，王旭就带邱岩去找童年的铁道工小木屋。夜色笼罩，王旭、邱岩从义乌火车站上了火车，列车员看看票，又打量起两个孩子，王旭伸手老练地将车票接回。火车离开义乌，王旭、邱岩感觉一切都是新鲜的，他们不知道前面有什么在等着他们，他们有的只是憧憬和希望。王旭得意地说："我从小就在火车上长大，我爸爸就是看管火车道的。"邱岩肚子咕噜一声，不好意思地笑笑。王旭殷勤地问："饿了吧？我去冲泡面，早就准备好了！"王旭说着从包里掏出铁饭盒，又扬了扬手里的一袋方便面。邱岩咧嘴笑起，用力点头："嗯！"

从朱店街再回到新马路，骆玉珠焦急地在街头门店寻找，叫喊着："王旭！王旭！"远远的陈江河正骑自行车飞驰而来，停在骆玉珠面前。骆玉珠颤抖着问："还没找到？"陈江河沉重地摇头："县前街、城中路、绣湖路都找了，有人说在北门街看见王旭带着邱岩去火车站了。"骆玉珠一惊，呆呆地看着陈江河，恨恨地骂："这个小畜生，他是要我的命啊！他能去哪？"陈江河扳住她的双肩劝慰："别着急，你先回家，你可千万别有什么事。小旭走不远，我肯定把他俩找回来！"骆玉珠哽咽："我要是找到了，非揍死这小子不可！他怎么有那么大的胆子啊！"陈江河不再说什么，用力拍拍骆玉珠肩膀。骆玉珠收住泪水坚定地说："咱俩一起找，我跟你去。"

陈江河搀扶着骆玉珠："路不好走，你小心点！"

骆玉珠一脸疑惑："你说小旭叫你爸了，他要是真的认你了，他还会走？"

陈江河无奈："真叫我了！当时这孩子急了……唉，说不清楚！"陈江河眺望火车站职工宿舍四周，喘息着："有人说看见俩孩子在这里玩过，你在天桥上面待着，我下去找找。"

骆玉珠拽住他："我跟你去！"陈江河摇头："太危险。我转一圈，如果找不到再回来。"骆玉珠只得眼巴巴地看着陈江河下坡跑向铁轨。

火车到了金华车站，车上的人纷纷到站台上买东西吃，王旭数着手里仅有的几个钢镚，不由得咽了口唾沫。邱岩也拼命翻兜，想从兜里掏出钱来。没有钱，就无法买东西吃，王旭和邱岩一开始就碰到了难题。邱岩望着王旭，希望这位哥哥能给出问题的答案。王旭定定神，给自己鼓劲："不怕，陈叔讲过他和我妈小时候也一分钱没有，就靠在桥底下熬糖出去换东西。"

邱岩先摇头后又用力点头，眼中充满钦佩："好啊，我们也这样。以后我们需要什么就去换什么，这样我们就能靠自己活下去了，谁也不靠了。"

王旭自己也将信将疑，拿出带来

的红糖和当年母亲用过的那种熬糖铁罐："他们能行，我们也能行，我们去熬糖卖吧。"邱岩摇着他胳膊，兴奋地说："王旭，你真棒！我们赶紧下车去熬糖吧！"两人你看着我，我看着你，突然爆发出欢笑声。

王旭、邱岩出了车站，来到一座大桥下，捡来木柴开始熬糖。可能是水加少了，铁罐里的糖浆熬糊了，发出了一股焦味。烟灰把王旭熏得满脸焦黑，王旭不好意思地说："原来熬糖这么难啊。早知道这样，就不出来了。"邱岩咧嘴傻乐。王旭看着她叹息道："你怎么老笑啊？你不担心、不害怕？"邱岩天真地说："怕什么，有你在呢。"王旭哭笑不得，摇摇头。邱岩的肚子又咕咕地叫起来了。王旭问："饿啦？"邱岩点头。王旭咬着嘴唇警惕地看看四周："走，我带你去找吃的！拉着我的手，别怕！"邱岩咯咯咯地笑："王旭，你说多少次别怕啦？是你自己怕了吧？"王旭头也不回，掩饰道："我才没有！"邱岩用异样的眼神看着王旭背影，两只小手紧攥在一起，一前一后地走去。

两个孩子沿着铁轨，向义乌方向往回走，可越往前走，就越恐慌，远方传来了隆隆的雷声。王旭眼中也开始流露出恐惧和无助，但又不忘给邱岩壮胆："别怕，我们一定会在下雨前走到义乌车站的！"邱岩反倒一点也不害怕，踏实地任王旭领着自己走："反正跟你在一起，我不怕。""不过车站好像有点远。"王旭声音有些颤抖。

邱岩快活地说："那我们就睡铁道上！"王旭快哭出来："你不怕啊？狼来了怎么办？"邱岩："有你呀！我不怕！"一辆列车呼啸而来，王旭忙拽邱岩跳到路旁躲避。

邱岩却兴奋地大叫："噢——火车！"大雨瓢泼，两个孩子顶着风雨无处躲藏。邱岩尖叫着，伸出双臂欢呼："啊！下雨啦！"王旭担忧地喊："我们得找个地方躲雨！邱岩，别跳啦！"邱岩异常兴奋地跳起舞来："王旭，真好！我从来没这么开心过！"

天下着大雨，两人失散了，找到邱岩时，她已在昏天黑地里走了两个多小时了。当时王旭心如刀绞，很心疼这个看起来弱不禁风的女生。

王旭突然望见黑夜中摇动的手电光亮，一个人影在晃动，隐隐约约能听到喊声："王旭——"王旭身子一颤："爸爸……"邱岩吓了一跳："谁？"王旭呆呆地望着远处晃动的光亮，颤抖着嘴唇，仿佛小时候情景重现。王旭撒腿狂奔："爸爸！是爸爸！"正在坡上平行走着的骆玉珠也是一哆嗦，聆听到夜幕中传来的喊声。邱岩一抹脸上的雨水，无比吃惊地望着，也快步追去。

手电筒晃动着，越跑越近，穿着

雨衣的陈江河终于看清了慢慢跑近来的两个孩子。王旭大喊："爸爸！"

"哎！小旭！"陈江河张开双臂迎上去，王旭跑到近前却猛刹住脚步，吃惊地看着他。陈江河打开宽大的雨衣将他俩紧紧地搂入怀中。陈江河喜极而泣："你们跑哪去了，要急死我呀？"邱岩眼睛含着泪水："干爸！"王旭却再没叫出声，近距离怔怔地端详陈江河，一咧嘴"哇"地号哭起来。陈江河喃喃："叔叔在呢，小旭不哭。"王旭用尽气力吼出："爸——爸爸！"陈江河没想到，王旭这么大声喊自己"爸爸！"感动得用力搂住孩子："爸在！爸在呢……"

不远处的山坡上，骆玉珠正一动不动地凝望着那团抱在一起的黑影，脸上百感交集，挂的不知是泪水还是雨水。

邱岩要跟着妈妈出国了。在上海机场，陈江河一家和邱岩妈妈、邱岩告别。王旭与邱岩一人一耳朵戴着耳机，注视对方，耳机中又传来了那曲熟悉的音乐，两人相视而笑。

邱岩轻声说："那真是我生命里最开心的日子。"王旭："让你挨饿，又被雨淋，还开心？"邱岩笑："可我就是开心。"广播声响起："飞往北京的CA……"邱岩妈妈在一旁催促："岩岩，我们登机啦！跟你干爸、干妈再见！"王旭推开邱岩妈妈，将随身听和耳机一起递给邱岩："送给你！"邱岩愣了一下，很快接过。

王旭拼命控制着泪水："等长大了，我去国外看你。"邱岩瞪着异样的大眼睛瞧着他，灿烂一笑："不！我会回来的！"邱岩转身扑到陈江河怀中，又被骆玉珠拥抱，小姑娘那双眼睛，长长的睫毛，乌黑的眼球，似深泉，像宝石，晶莹闪亮，像会说话一样。这样的眼睛长在一个聪明漂亮的女孩脸上，注定会让人心里发痛。

邱岩转身跟妈妈走向检票口，任由泪水淌落。骆玉珠的心好似被割了一刀，偷瞥儿子，看到王旭背过身去偷抹泪水，陈江河上前轻轻扳住儿子肩膀，看着一架飞机轰鸣着直上云霄，消失在天际……

五

邱岩走了，骆玉珠连续几天恍恍惚惚的，总感觉心中失去了什么东西。骆玉珠的肚子也一天天大起来。这天，骆玉珠挺着大肚子来到复元医院孕检，她在走廊上与其他孕妇有一句没一句地闲聊着。"你几个月啦？"骆玉珠边收拾待产包边笑："八个多月。这不刚领的待产包。"骆玉珠眼瞄着对面一个孕妇，那孕妇被几个人围着，一脸不屑："我都不用待产包里的尿不湿，质量不行。哪有我这个好啊。”几个人七嘴八舌：“看不出来哪里好。”骆玉珠也附和着：“有什么不一样吗？”

孕妇一撇嘴：“这是新产品！专门出口的，别管多少尿照吸不误，屁股保干，孩子不受罪！”骆玉珠忙挤上前，赔笑道：“您给我瞧瞧，什么牌子？”

孕妇：“看牌子你也买不到，我这批是试用款！人家早就被香港包销了！”

“义乌没有卖的吗？”骆玉珠抚摸着尿不湿，眼中放光。

骆玉珠拉着陈江河到陈金水家，商量做尿不湿生意的事情。骆玉珠把一杯水倒进了尿不湿，双手递给丈夫和金水叔看：“你看，这就是效果！”陈金水哼了声：“尿盆比这个更能盛。”

骆玉珠无奈：“叔，尿盆不老得把尿吗！现在谁家孩子不娇气，生下来都怕受罪，爷爷奶奶、姥姥姥爷捧着抱着，就差含在嘴里了！这个尿不湿虽然贵，但不沤孩子屁股，将来绝对抢手！”陈金水与陈江河木然地交换了个眼神。

看着两个精明男人一副没心没肺的样子，骆玉珠一脸懊恼：“跟你们男人讲这个，料你俩也听不明白！给我定金，我一定要把货抢过来！”陈江河为难：“玉珠，这几个月资金刚回笼一部分，咱得好钢用在刀刃上。”陈金水抽着烟袋点头：“还是进你那批五金货踏实。”

骆玉珠急了：“五金货再好也不是必需品！这一次你俩一定要听我的！试用款刚出，等市场火了，都知道这尿不湿好，咱就抢不到了，商机稍纵即逝！”陈江河反驳：“尿不湿也不是必需品啊。”

骆玉珠瞪眼：“对那些生孩子的家庭来说就是！对你们男人当然不是，哎呀，你们大老爷们肯定感受不到！”陈金水哼笑了一声，继续闷着头抽烟。陈江河皱眉：“小心别动了胎气。”

骆玉珠气得一扬手：“我回去了！没法跟你们聊！”骆玉珠刚走出院子，就听到了身后屋里爷儿俩的轻笑声。陈金水嘲笑说：“小时候没这个尿不湿，不也把你们养大了。”骆玉珠气恼地往外走去。

“不管你们爷俩支持不支持，我看准的事情就要干。”第二天，骆玉珠来到商城的第一件事情就是给厂家打电话。她目光急切地捧着电话：“同志求您了，帮我转一下，我只有你们厂这个总机……同志，我还是那义乌的！能不能先发货，出厂价可以高一些咱们好商量，喂？喂喂！”巧姑眼巴巴地看着骆玉珠：“姐，别打了。那边肯定烦了！你一上午就没闲着。”

骆玉珠气急败坏地撂下电话生闷气。巧姑劝说：“姐，你那么较真干吗？

不就是一批尿垫么。”

骆玉珠咬牙切齿地说：“是尿不湿，是尿不湿！”巧姑哭笑不得：“那也不值得你这么急啊。万一肚里孩子……”

骆玉珠腾地站起来收拾东西：“等你做了妈再说，你比他们强不了哪去！”巧姑怔怔瞧着她：“姐。”

骆玉珠平静了：“等你哥回来告诉他，我去外地拉货了！”巧姑被吓了一跳，伸出双臂阻拦：“姐，不行！不用等他，我这你就过不去！”

“你让开！今天我必须抢到！”巧姑哀求：“姐！你这都快要生了，别出什么意外！这不是一般小事，你起码得等哥回来吧？”

骆玉珠拨开她手臂：“等他回来黄花菜都凉了！”巧姑急得不行，跺脚追上：“玉珠姐，我陪你！”骆玉珠将包塞给她，自己径直大步离去。

六

义乌大酒店里，陈江河正跟五金客商坐在酒店大堂里谈合同。

“你们的厨房五金质量不错，我们也想加大批发量。但价格上是不是可以再让一让……陈老板？”

陈江河目不转睛地看着旁边，一个女子正坐在沙发上给婴儿换尿不湿。客商不解地看去：“陈老板！”陈江河缓过神：“对不起，稍等。”

陈江河走上前，冲那位年轻妈妈微笑：“您这是给孩子换尿不湿吧？”女子瞪大眼睛警惕打量。陈江河笑笑：“我家也有孩子，正四处买这款尿不湿呢。您是从哪儿买到的？”

女子：“我家亲戚从国外带来的，国内不可能有卖的吧？”

陈江河试探：“有啊，如果有，您来买吗？”女子一喜：“当然买了！我现在正发愁呢，总不能老是让国外亲戚带吧。”

陈江河瞬间仿佛明白了什么，点头起身，冲身后的客商：“您稍等！对不起我有急事！”陈江河跑向前台：“借电话用用！外线拨几？”服务员：“拨零，收费的。”陈江河边掏兜，边快速拨起，焦急地听着。但电话始终没人接，骆玉珠不在吗，巧姑也不在，她们干什么去了？陈江河百思不得其解。

陈江河后悔极了，不停地责备自己：你太主观了，太武断了。

邱大哥教我：永远自强自立，永远脚步不停，永远寻找机遇。

邱大哥警告我：义乌不同情停滞者，除非你不断超越；义乌不同情短视者，除非你把握机遇。

陈江河，你的判断力还不如妻子呢！

邱英杰日记仿佛在不断地鞭打着自己！

先人一步，快人一招，敢于勇立潮头。

敢冒风险，抢占先机，争当第一个。

上海尿不湿新技术公司，骆玉珠、巧姑纠缠在门外要见郑厂长，半天过去了，好说歹说，门卫终于答应给厂长通个信，说有人要找他。厂长听了汇报连连摇头，用大嗓门吼道："没跟你们说吗，咱这批尿不湿不供应国内！什么人我都见，笑话，我见得过来吗？"

门卫为难："厂长，这跟别人不一样，她那肚子……"厂长瞪眼："她肚子怎么了？"厂长后面的话生生地咽回了。

骆玉珠挺着大肚子，被巧姑搀扶着出现在厂长办公室门口。厂长无比吃惊地看着骆玉珠的肚子。

骆玉珠谦卑地笑了："郑厂长，我是义乌来的，给您厂子打了一天的电话了。找不到您，我只得自己坐火车来您这儿了。"厂长感动地连声道："快去办公室，坐着说！"

骆玉珠爽快地笑着答应："哎！"郑厂长将水端到骆玉珠与巧姑面前，摇头感慨说："你们死了这条心吧，我们的产品刚研发出来，正准备试销香港和东南亚地区。国内市场我们不考虑。"

骆玉珠："为什么不考虑？"

"国内很少有人能接受一次性的东西！我们的老百姓还习惯使用尿布，洗完还能再用，多省钱呀！"

骆玉珠摇头："郑厂长，您没搞过市场调研吧。您会不会是打着灯笼——照旧，乱拍脑袋瞎决策。"

郑厂长稀罕地打量玉珠："嘿！还没人敢这么跟我说话呢！"巧姑有些紧张，偷偷地拽了拽骆玉珠。

郑厂长嗓门又大起来："你打听打听去，别人谁敢做尿不湿呀，就我胆大最赶新潮！不然我能抢到这个新技术？"

见到郑厂长这架势，巧姑早就胆怯了，骆玉珠却不慌不忙，开口一笑："我这人心直口快，尤其是见到有能耐的人，更不想绕圈说话。国内市场才是你们最应该争取的目标，中国人口这么多，愿意为孩子买尿布湿的妈妈一定成千上万；经济在腾飞，将来尿不湿市场更会翻倍增长！"郑厂长瞄着眼睛看着她："你有把握？你能卖多少？"

骆玉珠："没把握我就不来您这了！郑厂长，我想把国内市场先承包下来，您包给我！外销能够赚多少，我给您一分不少，如果有损失我来承担。"

郑厂长抱起胳膊："口气不小，那你想要包多少货呢？"骆玉珠靠在椅子上："既然是包销，就是有多少要多少。"郑厂长眯着眼打量，来回踱了几步："你现在有多少资金可以用来做尿不湿？"骆玉珠迟疑了一下："只是……我现在有点困难，第一批货能不能先销后付？"

"这不是空手套白狼嘛！"郑厂长咕哝一句，气呼呼地摔门而去。看到郑厂长已经大步远去了，骆玉珠急得快步追赶，巧姑一旁搀扶。

"郑厂长！郑厂长！我们可以再商量！"郑厂长头也不回地挥手："这不是耍我嘛！定金都没带，空手套白狼来了！"骆玉珠扒住楼梯口冲下喊道："我是真的有困难！要不，我回去筹钱，很快就打过来！"

郑厂长边下楼梯，边吩咐司机："你给我把她们送到火车站，哪来的回哪儿去！"巧姑劝道："玉珠姐，咱走吧。"骆玉珠咬牙："郑厂长，我能帮你打开国内市场！我有这实力！"

郑厂长已经走到下一层："一点诚意都没有，没法相信你！回去生孩子吧！"骆玉珠恼火："我的金珠首饰，银珠五金，玉珠百货全押给你，行不行？我还有三个摊位呢！"郑厂长突然停住脚步，仰头："什么五金？"骆玉珠也吓一跳："银珠。"

郑厂长飞快地跑上来，喘息打量着："赶着年关把自己的车卖了，给厂子送钱发工资的银珠五金？"骆玉珠释然一笑："是。"

郑厂长三步变做两步冲过来，热情地伸出手来，与骆玉珠紧紧相握，跟刚才判若两人。

郑厂长真诚地说："第一眼，你的大肚子感动了我。但说实话，同情不能当饭吃，我只看重你们两口子的名声！响当当的银珠五金啊！早就想结识你们了！"

货物一箱箱地搬到了车厢上，骆玉珠微笑着看着厂长："您放一百个心吧，我会尽快把款全打过来。"

"放心得很！我劝你们还是人货分开，我保证这批货按时送到，你俩坐火车回去吧。"巧姑也轻声劝说："玉珠姐，咱还是坐火车吧。万一……"骆玉珠笑："不用，这些尿不湿软着呢，正好靠着，天黑前就到。"

厂长冲司机大吼："路上开慢点，别颠着！"骆玉珠笑着摆手，被巧姑搀扶上车："咱一回生二回熟，处久了您就知道我玉珠百货的信誉，回去吧厂长。"车启动远去，厂长眼巴巴地望着，摇头感慨道："这女人……"

骆玉珠和巧姑无声无息地在商城摊位上消失了。陈江河疑惑的目光扫视着几个摊位，陈金水叼着烟袋站在一旁。陈金水疑惑地说："巧姑也是，再急也来个电话啊！是不是有动静来不及，去医院了？"

"几个妇产医院我都问了，没有。"旁边摊的大婶接话道："江河，我倒是两只耳朵听聋了，今天你媳妇一直在打电话，要什么货。”陈江河一怔：“尿不湿？”大婶忙点头：“对对对！尿……还不湿！”陈江河和陈金水交换了个眼神，转身要走。陈金水：“你现在去也晚了！她们早该回了！”

陈江河急得想半路接去，陈金水深思熟虑地说：“你哪知道你媳妇从哪条路回来？我在这盯着，你回家等电话吧。”陈江河忧心忡忡地点头。

七

骆玉珠斜靠在成堆的尿不湿上，巧姑坐在对面，货车在公路上颠簸。骆玉珠得意地直夸：“怎么样，我一出马货就到手，说我空手套白狼，还真的是，巧姑，学着点——这叫四两拨千斤！”巧姑噘起嘴反驳道：“你这是玩命，挺着八个月的肚子，谁像你这样？”

骆玉珠笑着抚摸肚子：“谁能想到，咱名气那么大，你听郑厂长说了吧，我跟你哥都成传奇人物了……”骆玉珠突然倒吸了口冷气。巧姑吓了一跳：“怎么了？”骆玉珠眉头紧蹙捂住肚子：“快让司机开慢点！”巧姑忙拍车厢，喊：“师傅，您开慢点，别颠簸了！”

电话铃声突然响起。陈江河放下书本，身子从座位上弹起来，电话是郑厂长打来的，询问骆玉珠到家了没有。陈江河像抓住了救命的稻草，一个劲地感谢！

“骆玉珠，是我老婆，是的，真不省心，她要想干什么谁也拦不住。”陈江河一边感叹着，一边询问妻子坐的货车的车号。

王旭忙递上纸笔,陈江河快速记着。

“郑厂长，改天我去您厂里参观，也欢迎您来义乌作客。我先去接人了！”电话挂上,陈江河匆忙出门:“小旭,看好家！我去接你妈！”王旭答应:“哎！”陈江河推着自行车慌乱出院。

货车在公路上疾驶，眼看就要到义乌公路收费站了，骆玉珠开始痛苦地呻吟起来。巧姑急喊：“停车！要生了！”司机听到声响，把车缓缓地停在路边。骆玉珠满头是汗，躺靠在尿不湿上，巧姑紧紧攥住她的手，慌乱地安慰。司机手足无措地站在路边。“什么情况啊？”巧姑慌了：“玉珠姐，要生了，你挺住啊！可不能生在这荒郊野外的！”骆玉珠咬紧牙关：“生不生又不是我能定的！”巧姑快哭出来:“那怎么办？”骆玉珠喘息：“我撑不住了！巧姑你别慌，你让司机去找水，叫人！啊……”

骆玉珠满头是汗，神情痛苦。她发出了嗨哟嗨哟的用力声，巧姑更是崩溃，眼神迷乱手忙脚乱：“玉珠姐，坚持住！加油！”

“别怕，女人都得过这关。”骆玉

珠颤抖着："头出来了？我再用劲，不能停……"巧姑哭着点头："我不停我不停，我接着呢！"骆玉珠握紧拳，闭眼"啊"的一声嘶吼，一声清脆的婴儿啼哭声在骆玉珠耳边响起。

陈江河将自行车靠在路边，自己跑到收费站翘首张望，一辆车一辆车地看着车牌号。

"同志，让一让！"陈江河乘工作人员不注意，干脆跨上自行车上了公路。工作人员急忙阻止："哎！不能骑上去！"

陈江河像没听见一样，咬牙逆行向公路蹬去……一辆辆汽车从陈江河身边飞驶而过，逆行充满着危险，陈江河眼巴巴地望着公路上来去的车辆，又看看手表，眼中充满了不安和紧张。

按时间计算，骆玉珠坐的货车应该到义乌了，会不会自己错过去了呢？陈江河急得不行，骑车调头往家里飞奔而去。

陈江河蹬车进院，焦急地冲屋里喊："小旭！你妈回来了吗？"此时电话铃持续响着，王旭叫："爸！姑姑电话！"

陈江河飞奔进屋，拿起电话就吼："巧姑，你干什么去了！她大着肚子你为什么不拦着她！疯了吧你们！"巧姑那端叫着："哥你先别急。"

陈江河喊着："她万一要生了呢？"

巧姑："生了！玉珠姐已经生了！"

陈江河呆住："已经……你们在哪儿？"

巧姑："在……这是哪？我们在一个镇上的医院里，我刚找到电话。"

陈江河焦急地喊着："喂？喂！"王旭复杂地瞧着陈江河。

电话那端传来骆玉珠虚弱的声音："你喊什么喊，是个小子。"

陈江河颤抖着嘴唇说不出话："骆玉珠啊骆玉珠……"

骆玉珠虚弱无力地说道："货我抢到了，孩子我也生下来了。"电话那头传来婴儿的哭泣声。"这孩子生在路上，叫他陈路好不好？"

陈江河百感交集，捧着电话幸福地闭上眼睛："哎！陈路！"王旭站在一旁静静地听着隐约传来的哭声。

婴儿在骆玉珠怀中哇哇啼哭。骆玉珠虚弱地抱住孩子，百感交集地瞧着："你瞧，这孩子哭得多有劲啊。"巧姑恍惚坐在一旁："我体会到了。"骆玉珠没明白："啊？说什么呢巧姑？"巧姑含泪激动地说："我体会到当妈的感觉了，姐，这尿不湿你进对了！"骆玉珠看着孩子，快活地笑起来："陈路，我的小路！你将来一定会成为天才！"

八

陈江河又在翻邱英杰日记了：诚信经营，讲求信义，抢喝第一口海水。

1995年，陈江河夫妇俩决定创办玉珠公司,打造了自己的“玉珠”品牌。其实他们什么也没有，少资金、无厂房、无设备、无技术,仅凭着一腔热血。

一年后，阳光大道08号，行政楼豪华气派，休闲区似西湖般的玉珠公司巍然耸立。

“太冒险了”，“走得太快，很容易跌倒”——很多陈家村人为陈江河捏着一把汗。陈江河考虑到：要办厂仅靠自我积累是不够的，还需要外部资金，夫妻俩学习财会，最深刻的体会是要跻身于金融市场，必须多方筹集资金，并敢于承担风险，讲求使用效益。陈江河要求玉珠公司必须有相应的融资手段，建立相应的融资机构。

在义乌，几家、几十家甚至几百家商户同时生产、销售同一种商品的情况并不少见。商品种类丰富和配套产业完善，在方便采购商采购的同时，也使得义乌小商品价格更加透明。原材料、配件时价，人工、物流支出，加工损耗比例等一清二楚，只要采购商愿意，他们可以很方便、快速、清晰地计算出经营户的真实成本，这进而又加剧了商户互相压价低端竞争。

相反，人工、用水、用电、用房、摊位费、原材料价格等一系列成本却在上升。于是，出现商户利润空间不断受挤压的尴尬。

科技创新成果及品牌战略在玉珠公司发展过程中具有重要作用，骆玉珠相信：专业科技人员、管理人员想法的产生和发展常常是“非理性的”，它并不按逻辑步步就班，需要在还没想透时就快人一招，发了疯似的去抢着干，撞了墙再动脑筋修改完善，想得再好也不一定对，成功的想法常常是因为你有勇气、有热情、有胆量，给撞上了。上海富姐杨雪笑讽骆玉珠是“蓝蚂蚁”,骆玉珠说:我必须做“蓝蚂蚁”，义乌必须有千千万万的蓝蚂蚁，像蚂蚁一般单纯一致，才能造就出比我们个人大千千万万倍的蚁穴。

九

时光飞逝，转眼到了2005年,“玉珠公司”的业务范围也在不断扩大，从五金、日用品内销发展到外销；从单一的五金、日用品生产，发展到饰品和进出口贸易多种业务经营；公司业务也从义乌拓展到杭州、上海、深圳、香港等多地，还走向世界了。

商贸区五街彼岸咖啡馆，十一岁的陈路和一个成年女网友见面了，这名女网友显然是把陈路当作成年人了，想不到自己的倾诉对象竟然是一个毛小孩。成年女人羞愧难当：“不可能！”

小陈路："真的是我。"成年女人快哭出来："不可能！我讲了很多隐私……"小陈路："我鼓励你的，没骗你！你的网友叫一只来自不知何方的狼，对不对？"成年女人不敢相信地摇头，小陈路看着无可奈何的阿姨。成年女人捂住嘴，泪水涌出。

小陈路耐心解释："我这个名字是我设计的软件，通过分析女孩的喜好和心理，经过筛选组合产生的。"成年女人伤心哽咽："到底是谁在跟我聊天？"

小陈路耸耸肩膀："电脑智能系统，我设置的自动聊天程序。"成年女人崩溃："那照片呢？"

"我哥的。"小陈路不好意思，"你放心，不会传播的！"

浙江大学校园，二十多岁的王旭起劲地骑着一辆三轮车，车上有二十个暖水壶。车子绕过学生嬉戏的操场、篮球场、图书馆，停到女生宿舍楼前，王旭掏出拨浪鼓摇起。"拨浪拨浪——"窗户纷纷打开，女生们欢笑着探出头来："王旭！"有人从楼道跑出，王旭微笑着递上暖壶，接过钱。一女生调皮地叫道："王旭，给美女来个优惠，以后打开水每次给五毛好不好？"王旭和声细语地解释："五毛你们怎么AA制呢？一间宿舍六个人，我要六毛一壶是避免你们麻烦。"女孩们笑着骂道："王旭，你真是个猴精"。

义乌的外贸做得风生水起，打造国际商贸名城的口号越来越响，来义乌从事经贸的外商越来越多。在香山国际酒店会议室里，成熟干练的骆玉珠面带微笑，听着对面四个欧洲男人说笑，身边的翻译不时地轻声翻着中文。谈判进行了一个上午，却没有任何进展。骆玉珠似乎已经有些不耐烦，轻语道："你问他们，到底有没有诚意接我这批货？如果有，我可以跟他们四家一起合作。我的货源充足。"翻译用西班牙语说着，四个男人却依然故我，还挤眉弄眼地，不时发出一阵哄笑。骆玉珠无声地叹了口气。其中有一位棕发、高鼻梁的西班牙帅小伙，他善意地冲骆玉珠笑笑，温柔且亲切感十足，眼中还含着些许歉疚。

骆玉珠捕捉到那眼神，定定地打量后有了主意。翻译像是很诚恳地对着骆玉珠解释："他们四个在商量，都觉得您的货价格高了些。因为同样的货他们可以在广州那边搞到。"

骆玉珠意味深长地看着翻译，起身说："那我们就再约时间吧！欢迎几位有空到我们的商铺去看看。"骆玉珠话音刚落转身就走，四个男人有些吃惊，嘈杂的争论声传过来，翻译追上来："骆女士，您生气了？"骆玉珠微微一笑："没有，不过我时间太紧，下一个客商还在等着我。该说的我都说了，你让他们考虑考虑吧！"翻译怔怔地瞧着骆玉珠款款而去。

骆玉珠拉开车门，刚坐进去就拨通王旭的手机："小旭，给妈找一个你们学校西班牙语的高才生。晚上九点给我电话。”

王旭说："好嘞，交给我了！爸什么时候回来？”

骆玉珠："早该回来了！看来你爸这次到西班牙费尔南德公司不顺，遇到困难了。”

马德里是欧洲日用品集散地，与义乌的关联度在全欧洲最高。而费尔南德公司，是西班牙一家商贸大公司，生意触角遍及整个欧洲，也是国际卖家抢占欧洲市场的桥头堡。

陈江河在宾馆前台焦急徘徊，实在有些不耐烦了，于是俯身用西班牙语向秘书询问："费尔南德先生还没空吗？”秘书歉意地摇头："对不起，他的日程已经排满。”

陈江河焦急地说："我已经预约三次了！你告诉他，我从中国义乌来，我们电话里价格、发货等所有环节都谈好了，为什么一再拖延？”秘书摊开双手表示无奈，低头自己忙碌去了。陈江河无可奈何，一脸懊恼，难道就这样无功而返，折翼而归？陈江河恨恨地看着眼前的一切。这时，手机响起，陈江河忙走到走廊接听。

骆玉珠问："谈了吗？”

陈江河："人都没见到！”

骆玉珠："他们这样拖延是不是有新的卖家了？”

陈江河很是焦灼："我也这样猜想，今天无论如何我也要堵到他！家里怎么样？”

骆玉珠贴着面膜打电话，小陈路靠在门边一脸的委屈。骆玉珠叹息："你让你宝贝儿子跟你说吧，他做的事我没法形容。”陈路一把抢过电话喋喋不休地说："爸爸，我是被冤枉的！我没网恋，我也没想约她，我只是想完成一个试验！你知道的！我跟你讲过，就那个网聊软件，我只是让电脑软件自动聊天，谁想她认真了……”

骆玉珠手机响起，王旭打来电话，说西班牙语翻译找到了，要听骆玉珠用微型录音机偷录下来的谈判声音。

骆玉珠忙上前打开微型录音机，西班牙语的哄笑交谈声后，王旭的同学开始翻译：这四个西班牙人互相商量价格，想联手压价，在统一价格之前谁也不许跟你联系。

骆玉珠戴着面膜冷笑："翻译呢？”王旭："翻译是他们的人！还用西班牙语交流，怎么跟你说才更加合情合理。”

身后的陈路还在大声地跟爸爸解释："……这个软件是各种情绪组合，我要的是测试结果，是的，我成功了！”

骆玉珠走到露台把门关好，冷哼："我就猜到了！他们还说什么？”

“他们说，能让费尔南德家族满意，质量一定不会差。但要给你造成一种印象，就是他们对货不满意。后来有一个人反对，觉得长期合作没必要这样压价，应该‘有钱大家赚’，这个人被其他三个讽刺了一通，叫什么‘叛徒’‘特务’‘第五纵队’。”

骆玉珠若有所思：“那个人叫什么名字？”

“他们都叫他莱昂。”

骆玉珠脱口而出：“狮子。”

“妈！你真行，外文学得突飞猛进啊！”

“行了！少跟我贫，你爸逼的！活到老学到老，不浪费每一分钟——别亏待你同学。”

王旭挂断电话，在宿舍一边给旁边的西班牙语同学数钱，一边给手机充电。那同学扒在门口轻声说：“太多了，不好意思，你的开水不是一个月白送了？这是回扣，下回有这好事再找我啊！”

王旭坚决拒绝“回扣”，挥手再见。

同宿舍正在读书的同学侧眼瞧着王旭正把各种小吃装进床铺下的桶里，揣测道：“怎么着，又挣钱去？”王旭抱起那个装满食物的桶，嘿嘿一笑。

“我说王旭，不光大学四年学费，你把读研究生、博士生的学费都挣出来了吧？”同学们打趣着说：“苟富贵，勿相忘！你当大老板时，千万别忘了同寝室共患难的室友呀！”室友还在开玩笑，王旭已经抱桶出门，沿着走廊挨屋敲门，跟地下党接头一般：“夜宵！新添了麻辣口味的方便面，好吃的火腿肠……”

义乌东洲花园楼门前，莱昂正好从公寓大门口路过，一辆豪车停在面前，车窗摇下，骆玉珠戴着墨镜冲他摆摆手。莱昂吓了一跳，仔细瞧瞧才认出是骆玉珠。

“莱昂先生。”骆玉珠摘下墨镜，“别人都住酒店，只有你来义乌租公寓，你是要打持久战啊？”

莱昂看看左右，不敢相信：“你是怎么找到这里的？”骆玉珠一笑：“想找，自然能找到，上车！”莱昂听话地拉车门钻进，骆玉珠猛踩油门，车蹿了出去。

夜深了，陈江河还在西班牙费尔南德公司的地下车库里打瞌睡，突然外面脚步声传来，陈江河睁眼细看，费尔南德被几个人簇拥着走向豪车。

陈江河忙快步走去，斜路插上，突然放慢脚步。费尔南德正与身边一个秀丽的中国女子亲密说笑，那女子提着爱马仕的包，黑框墨镜遮面，形单影只，表情相当落寞，纤瘦的背影让人生怜，正是杨雪。陈江河刹那间靠在柱后喘息——杨雪出现，事情复杂了……

鸡毛飞上天

长篇小说

Feather Flies To The Sky

〔第十九集〕

一

骆玉珠表情淡然，驾驶车子向前飞驰，莱昂坐在副驾驶位上，他披着一头棕发，是一位高鼻梁、蓝眼睛的帅小伙。他皱眉瞟了一眼旁边这位东方美女，一脸的茫然。骆玉珠目视前方，很随意地问道："莱昂先生，你这个名字是后来特意改的吧？"骆玉珠诡异地笑笑，一手开车，一手轻咬着墨镜腿问，"我刚才请你上车用的是英文，你只会用英语和西班牙语吗？"

莱昂摊开双手耸耸肩表示没有听懂。

"一个在中国留学了三年的外国人，独自背包行走了几十个城市，甚至在山区支教过，莱昂先生，你的中文水平应该很好了。"莱昂无比吃惊地侧身望着骆玉珠，喃喃地吐出一句中文："这些你是怎么知道的？"

骆玉珠微微一笑道："我还知道你出生在西班牙东南部瓦伦西亚大区的一个小镇，从小在海边长大，做过水手当过教师，还有搬运工、服务员、商贩，你曾因为倒卖非洲象牙被捕过，在四川还因为见义勇为，替一个老人抢回钱包受过表彰。因为你的独特眼光和销售风格，圈里人都称你为西班牙狮子。”

莱昂简直不敢相信眼前这个女人，瞠目结舌地一句话也说不出来。

“当然，叫你狮子还有另一个原因，那是形容你在赌场上的疯狂。你来义乌之后想四处寻找商机，你特意在国际商贸城全国唯一一块‘重合同、守信用’牌匾下拍照留念过，而且还到我们义乌各个要素市场考察过。你多次去过我们玉珠集团的首饰厂、五金厂。”

莱昂忍不住了：“你怎么会知道得这么清楚？”

骆玉珠告诉他：“这要感谢我丈夫，每隔一段时间，他会定期检查各厂各摊位的摄像记录，找到那些重复出现的身影，他们不是对手就是朋友。我丈夫经常告诉我：知己知彼，百战百胜。在找你之前，我已经把功课做足了。”

骆玉珠腾出一只手说：“你拼命学习，想熟悉义乌商帮的经商智慧，经商法则，商业谋略。我们夫妻俩也学了点皮毛，我是谁就用不着自我介绍了吧！你好，莱昂先生。”

莱昂怔怔地看着骆玉珠，伸出手握了握，车子在油门轰鸣下飞驰。

汽车开到玉珠集团公司，莱昂跟随骆玉珠走入电梯，里面的员工自觉地闪出空间，毕恭毕敬向她招呼说：骆总好！骆玉珠含笑着点头。电梯门快要关上的一刹那，巧姑抱着一摞文件挤进来，看到骆玉珠，叫了声：“骆总！”

“巧姑，我说了多少次了，你可以提前休产假。这样跑来跑去万一出点差错，我可担待不起啊！”骆玉珠责怪道，叹了口气说，“给我吧！

巧姑笑着摸摸隆起的肚子，把卷宗递给她，骆玉珠接过密封的卷宗递给身后的莱昂。巧姑一惊，轻叫一声：“骆总。”这时电梯门已打开，骆玉珠头也不回走出了电梯门，莱昂双手捧着卷宗紧随其后。

骆玉珠走在锃亮洁净的走廊上，员工纷纷闪开，恭敬地向她打招呼。走进办公室后，骆玉珠说：“莱昂，你手里拿的可是我们公司各类产品的出厂价报价单，你可以打开看看。”

莱昂瞥了眼身后正看着他的巧姑，忙说：“对不起，这是贵公司最核心的一个机密，你让我看不太合适吧？”

办公室茶几上已有两杯热气腾腾的咖啡泡在那里，骆玉珠微微一笑，说：“请坐，先品尝我们公司的咖啡，慢慢看，明天我安排欧洲几个国家的重要销售商参观我们公司，请你也一起参加。”

莱昂有点受宠若惊，用熟练的中文说：“我不明白骆总到底想要我做什么？”

骆玉珠指了指卷宗说：“你说我

把这个东西给你看，这意味着什么？”

莱昂怔怔地看着她，突然满不在乎地跷起二郎腿说：“是合作伙伴，而且是亲密的。我明白了，马德里是欧洲日用品集散地，你们非拿下不可。你丈夫一边跟费尔南德做买卖，一边让你开辟第二战场，你们早就注意到我了。”

骆玉珠毫不掩饰地点了点头。

莱昂还是不解：“费尔南德是西班牙的商贸世家，他们从第一次世界大战开始就从事贸易，生下来就有皮靴穿，而我只是瓦伦西亚的一个光脚渔民，您是不是太高估我了？”

“不，莱昂先生，我们以前也是农民，光脚的不怕穿鞋的。”骆玉珠一字一顿地说。

莱昂听了骆玉珠说的话，整个身子仰靠在沙发上大笑起来，骆玉珠也跟着一起笑起来。

二

夜已很深，天上的星星一眨一眨的，在西班牙的大街上，陈江河与手下在费尔南德家门口举着一块牌子，牌子上用荧光笔醒目写着西班牙语：Elsr.Fernand，Lobarato，salecaro.与天上的星星形成鲜明的对比。费尔南德在餐桌上用餐，头也没抬，边吃边问手下人他们走了没有。手下说：“他们举着牌子，您过来看看。”

费尔南德放下刀叉，起身撩开窗帘看了一下，沮丧地探探手，叫手下：“让他们进来。”

费尔南德重又坐回餐桌，用刀狠切牛肉，一边嘟囔：让你贪便宜，叫你得不偿失，贪便宜得不偿失！

陈江河风尘仆仆地被领进门，费尔南德边咀嚼牛肉，边对陈江河说：“年轻人，在你之前还没有人敢批评我。”陈江河笑了笑说：“费尔南德先生，这不是批评，是提醒。我们义乌人崇尚‘上半夜想想自己，后半夜想想人家’，有钱大家赚。”当手下用西班牙语翻译给费尔南德时，他一下扔下刀叉，有些怒气：“你怎么知道我贪便宜不顾别人的死活了？”

陈江河不慌不忙地坐到长桌的另一端，从容地说：“我们的货物已到港口三天，你却以达不到你的要求的名义拒绝接货，暗地里却和杨氏集团洽谈，请您告诉我这不是贪图便宜又是什么？”

费尔南德嘿嘿笑起来，顽童般耸耸肩说：“我们西班牙有一句谚语，Pordinerobailaelperro.”手下愣了愣，转头冲陈江河翻译道：钱能使狗跳舞。

陈江河听后，强忍怒气，空气一下子紧张起来，陈江河深吸一口气，控制住情绪，用平和的口气说：“价格可以继续谈，杨氏让的利我们也能承受。”

当翻译说他们已和杨氏集团签订了协议，货也已到港口时，陈江河脸色大变，近乎咆哮道：“您知道为了这次订单，我们做了多少调整，后面还有十多个工厂等着开工哪！”

费尔南德摊开双手装作无辜：“你们的处境我深表同情，没办法，按照协议，我们可以公平地付你五万欧元违约金。”

陈江河不知是怎样回到他们下榻酒店的，他站在酒店的窗前，凝视外面的海景，宁静的夜色传来了隐隐的波涛声。

他心里久久不能平静，他的货在港口里，光滞港费累计已经超过五万欧元了，而人家早就有准备了，你去告费尔南德，他是不怕的，当初他们的协议就有漏洞。陈江河看着两个手下，指令一个负责把货物清单发往法国和意大利，联络那里的销售商，又指令另一个联系香港律师,尽可能找出反击手段。这时候，陈江河的手机响了，他看了眼来电号码,是杨雪打来的,陈江河接完电话，踱步不语。杨雪在电话中说：“我知道你没睡，我们的酒店很近，你能不能过来见面谈？”

陈江河接完电话，抬眼望了望深邃的夜空，开门走出房间。来到杨雪所住酒店，当地女侍者向他鞠躬，陈江河谦恭地向侍者点了点头。在杨雪的房门前，陈江河按下门铃，只听到里面杨雪的声音：“门开着。”陈江河推门进入房间，只见身着抹胸长裙的杨雪靠在沙发上，手拿酒杯晃酒自赏。那长长的身影袅袅婷婷，风姿绰约。幽暗的灯光下，俨然一幅富贵美人图。

杨雪眼皮都不抬：“没想到十多年后我们会在这个场合见面。”

陈江河看了她一眼，又环顾了四周：“确实没想到！”

杨雪打量着他：“你没有变。”陈江河注视着她：“可你变化太大了，你跟费尔南德上车的时候，我差点没认出你来。”

杨雪笑着仰头喝尽杯中的酒：“一个天天活在钩心斗角环境里，快奔四十的女人，年华老去、青春不再，一个没人疼的哀怨女人，你说不该对自己好点吗？”

陈江河皱着眉：“我听说你一直单身，为什么？”

杨雪满腔悲愤，眼中含泪哭诉道：自从那年我父亲走了以后，我就“嫁”给了杨氏集团。失去你陈江河后，十几年如一日，我把公司当成了家，像疯子一样飞来飞去，手下的员工背后都叫我女超人，老处女！是我让杨氏集团变得这样强大。

杨雪定定地注视着陈江河，眼神

充满哀怨。

陈江河叹了口气说："我知道这些年你过得不易，我知道你恨我，这些年我一直想跟你联系，可眼下我那批货……"

杨雪冷笑一声："除了那批货，就没有其他话题可谈吗？这么多年你就发了条短信，还是祝贺杨氏集团二十周年庆典的。可是当年的金珠、银珠、玉珠，你现在都干脆改为玉珠集团了。"

陈江河忙说："我们不能把个人私事和买卖分开说吗？"

"不能！"杨雪斩钉截铁地打断他，陈江河颤抖着嘴唇咬出了血，"没错，我是在等待。你知道我是怎么熬过来的吗？在杨氏集团的顶楼，有我的房间，有所有生活需要的东西，我唯一的消遣就是每当夜晚降临的时候，孤零零地望着万家灯火，把自己灌醉，今天我要你全部还给我！"

陈江河用复杂的目光注视着杨雪，轻声问："怎么还？"

杨雪直截了当地说："我要光明正大的！你要么陪着我在酒店待一晚，我明天会把这条新闻发回国内，要么你港口那些集装箱全部退回，二选一，总有一个回到骆玉珠那，你自己选。"

陈江河仰靠在沙发上，用异样的目光审视着杨雪，眼光中透着悲哀，口袋里的手机无声地一闪一闪的。

三

在国内玉珠公司，骆玉珠一直在公司中忙碌，她正准备开车出去办事，这时陈大光匆匆赶来，在玉珠面前不好意思地说："骆总，陈董出国前说，有机会就把我从办公室主任的位置换下来去基层锻炼，你看……"

骆玉珠发动车子后回答他：要等你大哥回来再议。玉珠顺便提醒大光说：巧姑属大龄产妇，你应该多把心思放在自己老婆身上。陈大光望着骆玉珠开车远去，一脸的懊丧。

骆玉珠开着车子，耳机连着电话，里面一直传来持续的忙音，就是无人接听。骆玉珠干脆将车开到路边停下来，继续拨打，她拨通了陈江河手下的人："为什么陈董不接电话？"陈江河的一个手下说："陈董还在码头，让我们先回来。"

骆玉珠疑惑地放下手机，自言自语说了句："凌晨几点了，还在码头？"

杨雪斜靠在沙发上，带着醉意眯眼凝视着陈江河。面对眼前楚楚可怜的杨雪，一个美貌依旧的海归才女，未婚亿万富姐，陈江河沉默不语。

杨雪步步紧逼："别再做无畏的挣扎了，除了费尔南德，再没有一家贸易公司敢接你这么多的货，更何况我的货和你的货高度重合，我也是冲这次'马德里全欧展销会'来的。我的货一投向市场，你们就再也没有吸引力了。连一晚都舍不得给我？好，没关系，有的是时间，你慢慢考虑吧！”

陈江河面对杨雪的无理要求，感到十分无助，他长叹一声：“我做不到，杨雪，你不如换一种方式惩罚我！”

“好啊，那就把你玉珠的品牌抹去，你的货按成本价并入杨氏序列。”

“这不可能！”陈江河歇斯底里喊道。

杨雪冷笑：“是骆玉珠不接受吧！据说这批货是玉珠首饰近些年最畅销的产品，这次你们进军欧洲，那可是孤注一掷，这批货受阻，欧洲市场就没人会相信你们，到时候损失的可不只是这批货。”

“你不是在谈判，是威胁！”陈江河盯了杨雪一眼，摔门出去。

杨雪用怨恨的目光盯着陈江河，直至他慢慢消失。

在玉珠公司的柜台上，两件几乎同样的首饰璀璨夺目地摆在骆玉珠和陈金水面前，谁也分不清哪个是真的，哪个是假的。

骆玉珠喃喃道：“太可怕了。”

陈金水告诉她，更可怕的是前几天推出的新产品，七十二小时之后市场就出现了假货，仿照得十分逼真，除此之外，还有百货五金，当家产品都有人假冒了，他告诉骆玉珠：“快让陈江河回来吧！别在外面折腾了，国内市场都乱套了。”陈金水掏出一封信拍在桌上：“这是几个小厂联名给公司发来的抗议信，说标准定得太高，他们完成不了。我确实老了，等鸡毛回来我就撤股，你们爱怎么折腾就怎么折腾吧！”

骆玉珠十分气恼，说：“陈大光为什么不把信交给我？”

“是我叫他这么做的。”陈金水也很无奈，他毕竟占着玉珠公司的股份，他一直拦着不愿把货往西班牙发，不能急着往欧洲闯。现在倒好，折腾了半年，所有下面的厂子怨声不断，几个集装箱过去了，至今还没有消息！

骆玉珠目光一紧，劝慰陈金水说：“叔，你不要急，这么大岁数了，要多保重，别气坏了身体，去公园打打太极、晒晒太阳多好。”待陈金水走出屋门，骆玉珠攥着首饰，环顾四周，突然把目光停在门口的摄像头上，想起什么，马上拨通电话：“巧姑，安排人检查三天内的展厅录像，把重点放在头一天……”

四

西班牙酒店里，两名手下哈欠连天难掩困意，陈江河愁眉不展看着传真。

一位手下汇报说，香港律师认为，根据OFOB条款，对方只需付五万欧元违约金，我们无权要求对方追加赔偿；另一位手下联系了外商，却没人敢接。外商听说费尔南德和杨氏联手，就不敢接玉珠公司的货了。

陈江河听完后，狠狠地把传真撕碎，走到窗前一阵眩晕，闭眼掐住额头，两个手下看着陈董说：“陈董，您没事吧？”

陈江河摆摆手，看上去却十分疲惫，手下突然想起什么：“陈董，骆总打电话问您去哪了。”陈江河摆摆手：“知道了，你们先去睡吧。”

在玉珠工厂办公室里，骆玉珠低头吃着简单的盒饭，听着下面几个厂长在辩论。

一个厂长说，我们以前的产量是每天五百件，现在为了达到出口欧洲标准，每天只能生产两百件，这是很大的损失；一个说标准也定得太高了，当初的产品也很畅销，不如恢复原来的标准；另一个说国内市场远远没有饱和，还是多一些国内订单好。

骆玉珠边听边吃饭，这时手机响起，她做了一个手势，几位厂长都安静下来，电话是儿子小旭打来的：“妈，明天参观工厂要几个翻译？我已找了四个语系的学生明天赶回来，可以节省三分之二的翻译费，用三分之一的钱就解决了！”

骆玉珠哭笑不得：“小旭，你现在最重要的是学业，不应把心思用在赚钱上面，再说那么重要的场合你同学能行吗？”

王旭说：“妈，能省三分之二的翻译费，肯定行！”

骆玉珠挂了电话，手机又响了，她一看来电显示，指指盒饭，示意厂长们赶紧吃饭。骆玉珠走到门外接起电话：“你那边天都亮了吧，一夜没睡？”电话中陈江河疲惫的声音：“出了点问题。”

“大不了通过别的途径把货转出去。”骆玉珠安慰丈夫。

陈江河苦笑着，把他上了杨雪的游艇，跟费尔南德的贸易是被杨雪抢去的，一一告诉骆玉珠。

骆玉珠慢慢地坐在台阶上，屏息听着手机，一语不发。

陈江河说：“杨雪早有准备，是有预谋的，她一直在等待机会。”

“这次出手，意味着她知道会给我们造成很大损失，你不如再争取一下，可以给费尔南德更低的价格。”

陈江河说：“他们已经签订合同，杨氏的货已到港了。国内怎么样？他们没闹吧？我已经让大家封锁消息了。”

骆玉珠说还好，你放心，什么事也不会有的。

这次为了出口欧洲，调整产品标准，整合资源准备了半年，各种情况都分析到了，就是没想到杨雪半路杀出来了。

骆玉珠静静地听着陈江河的电话，一副魂不守舍的样子。海归的亿万富姐杨雪从不讳言喜欢陈江河，她至今仍待字闺中，俩人在游艇上会待多久？他们喝酒了吗？他们有没有发生关系？这一幕幕都在骆玉珠脑中打上了问号。

“又是游艇，又是每时每刻都想扑过来的性饥渴的妖精。老娘我却跟几个老男人在吃盒饭呢！你们孤男寡女大半夜的漂在海上，要想偷鸡摸狗，谁也够不着，想想就够浪漫的，呸！”

陈江河转移话题道：“你不想听听她给我们的几个选择吗？”

骆玉珠气呼呼的，一只手拿着手机听着电话，一只手一下一下地捡起石子砸向不远的树干上。突然一颗石子打到窗上，几个厂长忙缩回头去。

五

在大学阶梯教室里，五六个同学围坐在王旭身边，正听王旭鼓劲：“你们是各语系的高才生，大家都面临实习期，想找到最好的工作。我可以负责任地告诉大家，最好的机会在义乌，那里有世界上最大的国际商贸城，明天有来自世界各地的客商，这是展示你们才华的好机会。”

同学们看着王旭，眼中都放着光亮，大家都你一言我一语说开了。有的同学说这么好的机会，劳务费我不要了！有的问，如果表现好，能留在你家公司吗？也有的说：王旭只要你说什么，我们都听你的……

王旭一脸严肃，说：“报酬还是要的，这是你们的劳动所得，我无权剥夺。”

一个叫邓涛的同学带头说：“哥们，人家都恨不能倒贴钱实习。如果你给我们这个实习机会，让大老板看到我们的实力，谁还要拿钱，除非良心被狗吃了。”众同学纷纷点头。王旭感动地扫视众人，勉为其难似的叹了口气。

大家散开后，王旭走到教学楼拐角处。刚才带头不要钱的同学鬼鬼祟祟地迎了上来，一脸得意。王旭把钱塞给他：“行啊你，邓涛，没想到你还挺有表演才华的。”

邓涛说：“演得不错，还不是你导演得好！”

王旭捶了他一拳，两人抱着大笑起来。

在商城监控室里，巧姑和骆玉珠坐在电脑前，操纵着手中的机器，巧姑快速倒带，骆玉珠俯身上前，盯着屏幕上观看首饰的人群，巧姑指着一个戴墨镜的人说：“在头一天展示时，这个人出现过三次，都是在这款被造假的首饰前停留的。”

骆玉珠看着看着，口中喃喃：怎

么那么熟悉呢？这人是……

天色已晚，陈大光小心翼翼地端着一盆老酒蒸鸡从厨房出来，陈金水端坐在桌前，打量了一下满桌的菜说："别等巧姑了，咱爷俩先吃。"

"爸，您先吃吧！这丹溪黄酒是给您买的，待会我开车去接她。"

陈金水十分感慨："大光啊，要说你从里面出来也有几年了，整个变了个人，你爸要是还活着，准替你高兴。"

陈大光一下子黯然了，眼眶一红垂下了头，他知道当年净让父亲遭罪，他暗暗下定决心，得把监狱里耽误的几年补回来，要让别人瞧得起自己。

陈金水用赞赏的目光点了点头。

陈大光却有些委屈："可我有劲没处使，办公室主任做了几年，跑前跑后安排那些琐事，只给人家当下手，周围的人都提上去了，不是做贸易就是去抓生产，我却一直在原地转圈，鸡毛哥是不是还不信任我？"

陈金水长叹一声，拿起烟袋，陈大光忙给老爷子点上。

陈金水语重心长地说："不怪你鸡毛哥，你一出来就安排在他身边，多少人反对，他还不是全顶住了。"

陈大光听话听音，一怔。

"是骆玉珠？"

陈金水抽着烟袋。

"这个女人生性多疑，她总是提防别人一手。别忘了，她当年可是被她亲爸卖给人贩子的，她还能信谁？"

陈大光无比懊恼沮丧，他向老丈人苦苦诉说道："陈家村很多人都有出息了，我陈大光发达得比他们都早，我多想好好地干一场啊，等巧姑把孩子生下来，就可以让她不再上班了。我堂堂七尺男儿，凭什么就不能让自己的女人过上好日子呢？"

陈金水感动地看着女婿："有你这份心就好。大光，等你鸡毛哥从欧洲回来，我就找他。"

陈大光喜出望外，忙起身倒酒，突然想起什么："爸，有件事我不知该不该跟您说。"

陈金水见他支支吾吾，急了："快说呀！"

陈大光把骆玉珠下令"玉珠公司欧洲客户被杨氏集团抢了、货物滞留港口的消息必须瞒着，谁也不准告诉陈金水"的事说了出来。陈金水听后大吃一惊，杯中的酒洒落在桌上。

陈大光赶忙上去搀扶："爸，您别急。"

陈金水心痛地说："辛辛苦苦打拼了半年啊，全都被败光了。"陈金水镇定了一下情绪说："这消息决不能再透露给别人，我们联营那些厂子这半年的生产已经受到很大影响了，大伙知道这个要命的坏消息还不疯了！这个骆玉珠，她倒装成没事人一样！"

夜已很深，陈家别墅里，骆玉珠坐在昏暗的灯下想入非非，越想越不对劲。儿子陈路醒来上卫生间时，看到妈妈房里还亮着灯，他走进去，骆玉珠温和地说："怎么醒了？"陈路抱着妈妈的胳膊坐下，问："妈，爸爸怎么还不回来，我想他了。"骆玉珠抱着儿子的头："妈也想啊。"

六

陈江河正坐在车里，深邃的目光望着远处那集装箱群，一群人在吵吵嚷嚷，手下匆匆跑来报告，"陈董，摸清了，是杨氏集团的货。"

那批货三天没动，他们是缺手续还是其他原因？听说海关抽验已经完了，是差货物清单？陈江河目光如炬，陷入沉思：不对啊，清单报备是很容易的事，除非走私，要么杨雪自己不想出货……

他问手下："那边那群人在吵什么？"手下回答道："是费尔南德的人在催货，杨氏集团死活不交。"陈江河望着那群人不作声。

陈大光来到玉珠办公室，把报表递给骆玉珠，骆玉珠看了快速签完字，就急忙往包里塞东西，陈大光默契地递上外套。骆玉珠吩咐："大光，你先出去接外商车队，我马上就到。"陈大光随即离去。这时，陈金水来到玉珠办公室，他心里十分沉重，落座后，他还是带着火气，压低声对骆玉珠说："这个公司不光是你们的，也是我的，出了这么大的事为什么瞒着我？"

骆玉珠迟疑了一下，放下包去沏茶，很平静地解释："我跟江河商量了，担心您的身体，想等问题解决了再跟您说。"

"解决了吗？国内贸易做得好好的，偏要打入欧洲市场，当初我苦口婆心地劝，你们谁也不听，让十几个厂子改变生产标准，产量一下子全部跌落下来了，要不是有十多年的交情，谁还愿意跟着咱们干？现在好了吧？付出了那么大的代价，货全砸在港口，这烂摊子谁来收拾？"

听到越来越大的嚷嚷声，公司员工都往屋里瞅，骆玉珠心里清楚，江河在想办法，她也在找其他渠道，重要的是不能乱了军心。陈金水提议，实在不行就把货悄悄提回来，外销转内销。

骆玉珠焦急地看了看手表，对陈金水说："叔，这件事再说吧，我还有很重要的招商会。"陈金水一听，气不打一处来，都什么时候了，公司都快倒闭了，还招什么商？他把手中的拐杖在地上顿了顿，气得不行。骆玉珠看到他这个样子，知道一时半会儿难以说清，就拿起包推门而出。

骆玉珠在众目睽睽之下走向公司

大门，她的余光看到了员工们全部都是疑惑不安的神态。看到巧姑过来，玉珠问她：“是不是大家都知道了？”

巧姑怯怯地点了点头。骆玉珠挺了挺腰，深吸一口气，转身回到公司大厅，她大声说：“我们的货被费尔南德拒收，导致货物滞留西班牙港口。是杨氏集团在背后做的手脚。”

陈金水厉声喝道：“骆玉珠，你要干什么？”

这时的骆玉珠什么也不顾了：“自从大家进入玉珠集团，我们就是同一条船上的人。这些年经历了多少风雨，我们都扛过来了，现在既然暴风雨又来了，不能靠船长一个人掌舵，该拉绳的拉绳，该撑帆的撑帆，我相信江河的智慧，你们也要相信！”

骆玉珠说完，意味深长地扫视了一下众人，然后转身离去。

巧姑望着大家，她激动地着手安抚大家，安排各部门工作：生产部做好跟厂家的沟通工作，国内贸易部维护好客户群，国际部全力配合陈董打通渠道……公司的员工安静下来，纷纷回到各自岗位上忙碌起来。

七

在高速路上，邓涛给后面每个同学发放着资料，王旭边开车边介绍今天的任务：“熟悉一下自己语系的客商资料，大家加把劲，考验我们的时候到了！”兴奋中的王旭手握方向盘往前飞驰，突然他脸色一变：糟了！高速公路出现堵车，前面的车子像蜗牛爬行一般地蠕动着。

玉珠公司内，十几个外商在陈大光引领下进了会客厅，操着不同语言的外商互相试探询问。莱昂的目光却一直追随骆玉珠，她正在门外焦急地张望着。陈大光来到她身边，问骆总什么时候开始，现在就差翻译了。玉珠使了使眼色吩咐道：“你先找人给他们表演功夫茶，能拖多久就拖多久。”陈大光会意点头，推门进去。

骆玉珠拨通电话，责问儿子：“你到哪了？”

王旭回答母亲说，高速路堵车了。骆玉珠发火说：“真不该听你的，这么重大的招商会仅仅因为翻译的事就要黄了，王旭，我跟你没完！”骆玉珠气恼地挂上电话。莱昂不知何时站在她身后，问她为什么不让客商自带翻译？骆玉珠冷哼：“如果翻译被收买了呢？”莱昂苦笑着说，自己会西班牙语和英语，可以试试。

高速公路上的车辆堵得水泄不通，一眼望不到头，王旭焦急地按着喇叭。身后的同学紧张地翻看着资料。王旭急得不行，完了，妈非剁了我不可！

八

一辆出租车停在奇山公墓前的路边，穿着一身干练制服裙的邱岩下了车，沿着台阶走向父亲的墓前，临近墓碑，她放慢脚步，双眼湿润，邱岩蹲下，脸紧紧地贴着墓碑；她轻轻抚摸着爸爸微笑的遗像，泪水不住地落下。她清楚地记得，小时候爸爸教育我：要行得正、做大事、读好书、有抱负，将来能做一个大写的人。邱岩颤抖着声音报告："爸爸，八年了，您孤孤单单地守在这里，今天，漂泊在外头的女儿回来看您了。"

上完坟，邱岩坐在公司的车子里问司机："我干妈在哪？"司机答道："骆总让我先送您回家，她本来要亲自来接你的，但今天有个重要的招商会，来不了了。"

骆玉珠还在门口焦急地打电话："不管什么价钱，让翻译以最快的速度赶过来！"她挂断手机，阴沉着脸大步向楼外走去。

车扬着尘土飞驰而来，在公司大门口猛刹停住，王旭拉开车门："快！快！赶紧下车！"迎面碰上陈大光，问妈去哪了，大光说他们都去车间了，王旭二话不说直奔车间而去……

还没到车间，就听见有个女声在说外语，先是法语后又说德语，王旭和同学们停住脚步，喘着粗气，狼狈不堪地挤在一起，支着耳朵听着。

王旭快步走到车间门口，此时女翻译又变成了使用西班牙语。听着邱岩生动的讲解，那些外商朝车间中的生产线及陈列产品点点头。旁边的骆玉珠用赞赏的目光望着邱岩，莱昂也微笑着凝视这个气质出众的美女，冲骆玉珠竖起了大拇指。

王旭目瞪口呆。邱岩正好讲解完，众人都报以热烈的掌声，纷纷赞叹。王旭带了几个翻译迅速上前接替，领着外商往前走。当邱岩和王旭碰面时，面对青梅竹马，王旭一时手足无措，羞赧地问邱岩："你……你回来了。"邱岩大方地点了下头。莱昂没有随那群外商移动，在一旁用心地打量着，冲骆玉珠轻声询问："他们是恋人吗？"

骆玉珠含笑不语，莱昂一撇嘴："不像，至少没有热烈地表达出来。"

门外，王旭与邱岩旁若无人地凝视着对方。

客商分成了五个队列离开了工厂花园，由翻译带领穿行到车间或办公楼区。王旭和邱岩并肩走在工厂花园里，邱岩百感交集："真没想到干爸、干妈的企业会做得这么大。我在国外虽然一直在关注网站，今天回来一看现场，还是吓了我一跳。"

两个从小同病相怜的玩伴啊，已经八年没有见面了。这次重逢相见，好像都有说不完的话。可是看到邱岩乌黑的大眼睛，王旭又有些拘谨，四目相对时，王旭倒先红了脸。邱岩已经换上了一件露着肩膀的棉布吊带裙，那是今年夏季法国刚流行的服装，穿在邱岩身上就有一种说不出来的韵味。还有身上飘着那法国雅诗兰黛香水味，那是介于女学生与女白领之间微妙的平衡，有分寸的暴露，纯洁的吸引。在这个城市的午后，略带羞怯地展露着她花好月圆的一面，悄悄地为傍晚抖开激荡而温馨的面纱。王旭忽然明白了，他喜欢邱岩除了青梅竹马、同病相怜，另外就是因为今天她引导了这座城市的高雅潮流，代表着自己私下里仰慕的另一种生活。邱岩以高雅端庄的方式表现出自己迷人的魅力，王旭既惊叹不已，又觉得无法排解隐藏在内心深处的自卑羡慕、懊悔和企望。邱岩反倒很大方地说："小旭，你还是老样子，还像个大姑娘一样惜字如金。"王旭脸更红了："你变了，精通那么多国的语言，都快成万国博士了。"

邱岩告诉王旭，在美国读大学的时候喜欢旅游，一放假就做起背包族，去了解各国的语言风俗，基本对话没问题。我每到一个地方，看到了美丽的景色，都会迫不及待地把它拍下来，然后我会想着跟一个人分享，相信他会去看的。

王旭听着邱岩在国外的经历，又看到她对自己俏皮的微笑，他不知所措。邱岩将一个耳机塞进他耳朵，另一只戴在自己耳朵上，王旭一惊："干吗？""别说话。"熟悉的乐曲悠扬荡漾，邱岩沉醉地闭上双眼，王旭瞬间融化了，感动地望着近在咫尺的女神……

我穿过所有忧伤，
紧靠在你的肩膀；
你站在远方，
和山岗一样。

邓涛悄无声息地对着王旭勾起了一个很隐蔽的大拇指，低声道："美国留学生邱岩，貌似专门来找你的。难怪大哥对身边美貌如云的美女一个也看不上，这个真女神，牛逼啊！"邓涛高中时就有女朋友，可是，他现在就像无头苍蝇一样，对很多女孩展开了热烈的追求攻势，其口味之杂，轮换速度之快，令人惊讶。邓涛见美女就追，追了必黄，甩甩头豪情满怀，重头再来。再来前，还要大家安慰一下，何以解忧，唯有杜康。他肯定请客，大家可以一边指点，调侃，然后不醉不归。

公司的办公楼里，莱昂正站在窗前凝望着邱岩的背影，不知在想些什么，连骆玉珠进屋问他什么都没有察觉。骆玉珠有些不满地打量他："又不是你的菜，你管她干吗。火烧眉毛了，我给你一天时间考虑，那批货物你和你的伙伴到底能消化多少？到现在你也没有表态，货物正在港口滞留，我丈夫还在那焦头烂额呢。”

陈大光突然推门进来，脸色异样，向玉珠报告：货物滞留港口的事，大伙都知道了，好几个厂长闹着要停工要见您。

骆玉珠眉头一紧，快步走出办公室，边走边说：“这不是添乱吗？”她吩咐陈大光，把他们全带到办公室去，她强颜欢笑问莱昂：“懦弱的狮子先生，我需要你给我一个确切的答复了。”

莱昂摇头：“对不起，我不知道该怎样面对你们的信任和诚意，我无法答复。我的伙伴都劝我，在马德里市场，谁会神经病爆发跟费尔南德对着干呢？除非他以后不想再做生意了。”莱昂说，费尔南德的触角伸到了欧洲的每个市场，掌握着各国贸易资源，我们都会求到他，我不能因为你的货断了自己的后路。莱昂慢慢起身，说了句对不起。

“没什么对不起，只是很遗憾，我丈夫让我找一头狮子，可我找来的却是一头温顺的绵羊。”骆玉珠说完转身离去。

在家中，骆玉珠微笑着审视邱岩和王旭，保姆赵姐已把菜端上餐桌。这是一桌丰盛的家宴，有东河肉饼、豆皮素包、千张、白切羊肉、东塘狗肉、华统火腿等义乌名吃，喝的是丹溪酒，这是陈家村出产的浓香型土酒，朱丹溪故乡的百姓以红曲酒烹饪菜肴，色香味倍增，凡民间喜庆、婚宴、走亲、访友都以酒为礼。经过千百年的传承，丹溪酒愈发醇香醉人。但此时骆玉珠看上去很疲惫，心事重重。

陈路小大人一般，手舞足蹈地说，再过几年，我们可以在网上购物，不用出家门，不用逛商店，想买什么网上都可以找得到。邱岩非常欣赏这位聪明机灵的小弟弟，王旭拍一拍陈路的小脑袋，质问：“那我们家的买卖全该倒闭了，爸爸、妈妈去干什么？”

骆玉珠扑哧一声笑了：“你弟又做白日梦呢，你做哥的还跟弟弟较真？”

陈路梗着脖子站起来：“我们可以在网上卖啊，妈，咱家倒闭不了。”

邱岩和王旭相视而笑，陈路思路清晰，思想却很单纯。

骆玉珠抱过陈路，跟着邱岩打趣道：“你弟弟出生在野外一辆货车里，周围全是尿不湿，你干爸说这是天才降生的异象。”陈路羞红着脸去捂妈妈的嘴。“不许说！”

邱岩干脆搂过活泼可爱的陈路，在他上额头狠狠地亲了一口，陈路露出了与他年龄不相仿的幸福而满足的微笑。他们一边吃饭一边打诨，王旭和陈路两兄弟还在为网络购物争论不休，王旭不屑地说：“你知道网络购物一年销售才多少，美国欧洲算比较成熟了，不信问你小岩姐。”

骆玉珠劝道：“行了行了，吃饭！这么多菜还堵不住你们的嘴？”

赵姐把菜端上来，王旭打着哈哈：“赵姨，以后你要失业了，再没保姆这行当了，将来我们想吃什么直接从网上订购，人家会送上门来的。”

骆玉珠笑得不行：“赵姐，别听他们胡说八道。”邱岩起身说：“赵姨，菜这么多,别忙了。”赵姐忙说:“不忙，你是我们家的贵客！”骆玉珠微笑着说：“赵姐，邱岩是家里人，怎么成客人了。”

赵姐一愣，忙改口说：“对对，一家人，兄弟俩都是吃我做的饭菜长大的，我老是听小旭提起你，这么漂亮可爱，难怪！你吃，尝尝我的手艺。”

王旭难为情地说：“赵姨，谁老提啦？就你话多！”

“哎呀！我这嘴啊可招祸，我不说话了！”

骆玉珠眉头一皱，听到邱岩轻声对王旭说：“跟赵姨道歉。”王旭拉不下脸，皱眉嘟囔，邱岩一把将饭碗抢过去，瞪大眼睛看着他。这时，陈路幸灾乐祸地咬着筷子看着哥哥，屋内一片寂静。赵姐反倒尴尬了,忙说:“不用不用，都赖我！”

邱岩温柔的声音却充满着力量：“赵姨你别走，听他道歉。”

旁边的骆玉珠好像什么事都没发生一样，津津有味地吃着，邱岩依旧平静而耐心地看着王旭，听着他用颤抖的声音说：“对不起。”

边上的陈路欢呼起来，用筷子敲打碗盘：“我哥输啦！小岩姐姐万岁！”

骆玉珠正在喝汤，差一点把汤喷出来。邱岩笑着揉揉陈路的头，将碗推到王旭面前，筷子递到他手中，王旭变得毫无脾气，乖乖地吃起饭来。

晚饭后，邱岩在陈路房间里打开电脑，看着电脑里的软件，陈路托着腮帮痴迷地看着她。

邱岩吃惊地操纵鼠标问：“这是你做的？”

陈路很是得意，用小大人的口气说：“不是我还有谁，我哥做不出来的。”

邱岩称赞：“你就是个神童啊！”

陈路听到赞美，更得意了，他说：“我们班同学都这么叫我，我就是班里最聪明的，第二个是蔡晓丹！”

邱岩逼他：“是个女孩子？你跟她什么关系？”

陈路说：“我们没有关系！而且我对女孩不感兴趣。小岩姐姐，你本人比照片里还好看，怪不得我哥天天看着你的照片发笑呢。你喜欢玩动力帆船，还是非动力的？”

王旭正端着水果进屋，一听大惊："你乱说什么呢！"

邱岩含笑不语，瞪着他说："你弟怎么知道我会玩帆船？我划帆船那几张照片是加密的。"

王旭支支吾吾地，仿佛偷窥被人当场抓住，陈路在屋外："啊哦！ my god！"

在别墅的露台上，骆玉珠正跟陈江河通电话，屋外传来王旭和弟弟的叫喊声，陈江河听到了问："喊什么呢？小旭回家了？"骆玉珠说："哥俩正在邱岩面前争风吃醋呢，我把邱岩叫回国，你不怪我吧，有能力又信得过的人实在太少了，我相信你见到邱岩一定会惊喜的，她的气场不亚于你。"

陈江河在电话那边笑了："真想看看这个大姑娘出落成什么样子了。"

骆玉珠也难得笑起来，凭栏远眺，夜空中星星闪烁，寂静了一会，陈江河说："你怎么不问问我，跟杨雪谈得怎么样了？"电话那头寂静无声，骆玉珠平静地说："这是你的事，我只需把国内的维持好。"

挂了电话，骆玉珠的神色一下子黯淡下来，无力地靠在椅子上。一双手落在她的肩上，她没有回头就知道是儿子给自己揉肩了。

陈江河挂上手机重新走进西班牙西餐厅大门，杨雪正用异样的神色，坐在桌后看着他："我没猜错的话，你是去跟夫人汇报了吧！"

陈江河坐下："没有这个必要，我们很信任对方。"

"信任？那是你还没有遇到足以摧垮信任的事！你遇到过公司元老级的人物背叛吗？你遇到过从小一起长大，连做梦都在一起，这辈子最好的朋友为利益出卖你吗？你遇到过自己的亲人咬牙切齿地，在外人面前咒骂你马上去死吗？我都经历了！"

"你还能信任谁呢？"杨雪慵懒地搅拌咖啡，漫不经心地叙述着。

陈江河吃惊地看着杨雪。

鸡毛飞上天

长篇小说

Feather Flies To The Sky

〔第二十集〕

一

夜晚的星空十分美丽，满天的星星像调皮的女孩在眨着眼睛。骆玉珠此刻是轻松愉快的，她闭上双眼，惬意地享受着儿子的按摩。王旭问："这次回来看您怎么这么累啊？邱岩回来也不告诉我。"

骆玉珠拍了拍儿子的手，说："怎么，你还要盛装打扮迎接美人啊？"

王旭走到妈妈对面，压低声音："我知道您把邱岩叫回来干什么，您该放手让她帮我，让我来挑这个担子。"

骆玉珠饶有兴趣地看着儿子，让儿子继续往下说。王旭说，我可以抓生产搞销售，我曾经在义乌组织过一批情人节礼品，在大学里销售就很成功。当时父亲就夸我有做生意的头脑和眼光。

听完儿子的打算，骆玉珠笑眯眯地瞧着他，王旭得到母亲的赞赏，得意地说："您知道这学期我在学校挣了多少钱吗？十万块！我这次带来了那么多翻译，您打给我的钱基本上没用。"这下骆玉珠由微笑变为诧异，儿子凑到母亲的耳边轻声嘀咕了一阵，骆玉珠听了哭笑不得，责备他："你啊，又忘了你爸怎么说你的，能不能把眼光放长远一点？"

王旭回忆："人心都是肉长的，能出手帮人家一把时，就不能偷懒，看着没什么，人气就是这样一点点聚起来的。"

"省得了一时，省不了一世。总是欠着人家会遭报应的。"

王旭这下认真起来："是你们不给我机会，如果我坐到那个位置，手上有千万资产可以调动，也会想着挣大钱，凝聚人心！不信您让我试试。"

骆玉珠看着儿子野心勃勃的，不知是高兴还是无奈，儿子还在上学，还太小，怕扛不住。王旭心中不服，跟母亲理论，在我们义乌，二十刚出头就当老板的已经不少了，人家连直升飞机都开上了！骆玉珠疲惫地叹了口气，反问儿子，如果公司交给你怎么做？

王旭郑重地说："收缩阵地，把欧洲的货退回来，精简员工，主打国内市场。"

骆玉珠用异样的目光看着儿子，不置可否。这时邱岩在叫王旭，王旭从母亲那退出来，骆玉珠注视着儿子的背影，忧虑地转动着手里的手机——儿子年轻轻的，就畏头缩尾了，这不是在找退路吗？

二

远在西班牙的西餐厅里，陈江河和杨雪面对面坐着，陈江河的目光是沉重的，知道身为白富美的归国留学生，接管了那么大的家族企业，杨雪经历了很多，很不易。

杨雪眼睛含着眼泪告诉江河：有多少个夜深人静的时候想拨电话给你，但不能，也不想让任何人看到她的眼泪。

杨雪拭了一下眼角，强颜欢笑："我这是怎么了？最近看电视剧就哭，人越活心越软。我还是劝你说服骆玉珠，把货都给我，别再做无用的抗争了。"

陈江河已猜到，杨雪答应费尔南德的合同不光降低了价格，还承受了其他的霸王条款。陈江河诚恳地劝说道："做商人总是要有利可图的，杨雪，别再赌气了，我们联手一起打开欧洲市场。如果互相争斗，得利的只有费尔南德。"

杨雪轻轻一笑，起身走向门口的车子，司机恭敬地等候在那里，杨雪转过身说："这么多年过去了，你的感染力还是那么强大。"

陈江河喊道："杨雪，你爸是怎么托付你的，杨氏集团不是用来斗气的工具！"

杨雪停住身子，慢慢转头含泪凝

视江河："你太小看我了，知道我爸当年怎么警告我的吗？他说如果你不为我所用，定会成为杨氏最大的对手。这次马德里展销会十年一遇，可惜放光彩的不是你们玉珠公司，而是杨氏集团。"

陈江河呆呆地望着杨雪扬长而去的背影，失望地瘫倒在沙发上，长长地叹了口气。

这时，手机震动了一下，玉珠发来信息：答应杨雪的条件，玉珠品牌可以放弃。

三

陈家别墅里，邱岩与骆玉珠躺在主卧的大床上，邱岩问："干妈，今天看你气色特别不好。"

骆玉珠轻声道："累呀！不过你回来了，干妈身上的担子就可以减轻了。"

邱岩试探着问："干妈身边的人不是很多吗？"

"有很多，有能干又有野心的，有愚蠢却善良的。而像我干女儿这样又是冰雪聪明，又是贤惠善良的却没有。"

骆玉珠说："邱岩，帮帮干妈，不光是公司，这个家也需要你。好比今天，我儿子我最清楚，陈路爱表现自己，王旭脸皮薄，赵姐呢是家里多年的阿姨，曾经对我母子有恩，有时说话没有分寸，今天你在饭桌上，可把他们三人都镇住了。"

邱岩不置可否地一笑说："干妈，真正厉害的人是你啊。"

王旭在自己的房间里，痴痴地看着电脑里邱岩的照片，陈路悄悄走进来："哥，大活人就在隔壁，还看什么照片呀？"王旭手忙脚乱地关上电脑。

陈路敲诈："不给我买个大容量U盘，明天我就告诉小岩姐。"

"去，回你屋睡觉！"王旭上前去抓，陈路麻利地钻进被窝："不睡，我一闭上眼全是邱岩姐，哥，你很想让邱岩姐姐做你女朋友吗？"

王旭尴尬地看着弟弟。

陈路狡猾地说："如果不是很想，我明天就准备进攻了。"

王旭二话不说，用被子蒙住弟弟的头抱在怀里，陈路在被窝里连蹬带踹，兄弟俩大笑着滚成一团。

夜很深了，邱岩迷迷糊糊地从黑暗中睁开眼睛，随手摸了一下，旁边的枕头是空的，邱岩悄声下床。卫生间里传来隐约的低泣声，邱岩慢慢推开卫生间的门，看到骆玉珠正坐在马桶盖上低着头，肩膀不停地颤抖，这是邱岩始料未及的，她脱口叫了声："干妈。"

骆玉珠抬起头，脸上挂满泪水。

四

西班牙费尔南德贸易办公室里，费尔南德用西班牙语问眼前的杨雪：“我们签订合同的时候，你们保证一签约就到货，二十四小时之前，我的钱已经打过去了，可是货在哪里呢？”杨雪听后反倒一脸从容。她用很无辜的样子回答：“不是不守信用，集装箱还在港口，是清单报备还没完成。”

费尔南德摇头：“这些都不是理由，我虽然不清楚你和玉珠集团的内幕，但我知道你非常想从他们手中夺走这个市场。”

“所以我们才能降低价格，我们是真诚的。”

费尔南德双手撑住桌子问：“你的货在哪里？如果三天内再不交货就视为违约。”杨雪听后依然十分平静。

在西班牙港口酒店，陈江河对着笔记本电脑上网，两个手下听着手机匆匆进门，对他说：“陈董，杨氏集装箱还在港口，我们打听了，他们已经申请延长滞港期限。”

陈江河愣了愣，起身绕到窗前眺望窗外，他想起了些什么，过了一会儿命令下属，等天黑要他们演回“渡海侦察记”。

陈江河狡黠一笑，轻轻地说：“摸进码头，看看他们的集装箱里是什么货。如果有人查问，你俩就说西班牙语‘laInspeccion’，是检查的意思。”手下交换了眼神就答应了。

义乌商城广场雄伟壮观，是市民游玩休闲的中心，也是盛大节日和庆祝活动的场所。这天，成百上千的商户都聚拢在广场，台上有一个人站在那里，手举喇叭喊着，他身后站着好几个国籍的外国人，有西亚人、美国人、法国人、韩国人、非洲黑人。

“金水爷爷，是金水爷爷在教义乌话！”

“义乌话是吴语，义乌腔古味很重，有很多是古汉语，‘我’东北乡人叫‘我’，西乡人叫‘咱’、南乡人叫‘宫’，‘吃’叫‘食’、‘玩’叫‘嬉’、‘不’叫‘弗’、‘筷子’叫‘箸’、‘造房’叫‘葺屋’。”

邱岩豁然开朗，对王旭耳语：“难怪干爸走南闯北，‘我’‘咱’交错使用，干妈是西乡人，喜欢用‘咱’——都是有历史传承的呀。”

今天我们用不同的语言，学了一句外国话“能不能再便宜点”。一个中东人用阿拉伯语喊了一遍，台上商人也跟着喊，随后各国人都用各自的语言呐喊起来。

陈金水把话筒交给别人走过来，邱岩无比惊诧，望着如此壮观的“课堂”。

“爷爷，这种学习场面和学习氛围太壮观了，全世界绝无仅有！”

“那是，我老头子也一场不落，摊位上的货，我都能用英语叫出名字来了。”

王旭在边上得意地说：这是我爸提议并首创的，每天和商户一起学一句，老师们就是来采购货物的外国人。“你不知道我爸的学习能力有多强，”王旭瞟了美女一眼，低下头来，“与你不相上下，与我天上地下。”边上的莱昂插了一句：“应该多教些有情商的东西，这些太实际了。”王旭转身冲莱昂说：“现在就缺你的西班牙语了，要不要上去教一教？”莱昂看了眼邱岩，问她：“我教你会学吗？”邱岩微笑点头，莱昂跳上台用西班牙语喊道：“creo que estoy enamorado de ti.”

邱岩愣了一下，莱昂教的是：我想我爱上你了。

此时全场商户都跟着莱昂一起喊着。

台下有一个小女孩，她一直倔强地高高地举着手，她老爸按下女儿的胳膊，她又举了起来，女孩急着直叫，其父强拉女儿往回走，女儿不肯，还大声地喊：“我有问题要问！”

王旭一把拽住孩子：“有什么问题，跟我说。”

女孩急得脸色通红：“不能便宜，已经是最低价了！怎么说？”

王旭和邱岩同时笑了，女孩的父亲尴尬地拉过女儿，嗔道：“小孩懂什么？”

邱岩掐了掐小姑娘可爱的脸蛋，问她叫什么名字。小女孩小声说：“我叫蔡晓丹！”邱岩恍惚想起什么，好像在哪里听谁说过这个名字。

闹市区的周围到处是高楼大厦，高档商铺林立，骆玉珠和赵姐走进世纪联华大型超市，赵姐推着购物车，骆玉珠挑拣新鲜的蔬菜、水果往车里放：“这次难得孩子们都在家，邱岩也回来了，我要亲自掌勺，已经好久没有下厨做饭了。”

赵姐笑着说：“好，我也很长时间没有吃夫人做的菜了。”

这时，骆玉珠的手机响了，是陈大光打来的，向他报告说那些厂长闹着要见她，要恢复原来的生产标准，骆玉珠听后面不改色，轻声说了句：知道了。电话刚挂掉，又一个电话打进来，是巧姑的声音：“骆总，国际部有三个员工想走，今天早上递的辞职报告。”

骆玉珠边听边挑拣蔬菜，说：“你给我订机票，飞马德里，最早的飞机。”

骆玉珠一家围坐在一起吃午饭，王旭边吃边夸说，难得吃妈做的饭菜，他又看着邱岩说，你的面子太大了。

邱岩暗暗地打量着骆玉珠，看到了一脸的笑意。

骆玉珠开口说：“饭不是白吃的，待会谁帮赵姨刷碗！妈要飞马德里了。”

陈路一听要去马德里，兴奋地喊道：“妈，你要去找爸爸，能不能带我去？”骆玉珠一手按住儿子，一边冲邱岩说：“邱岩，巧姑会安排你尽快熟悉业务。你辛苦一点，多跑一跑，了解了解公司的情况和业务。”

邱岩不住地点头，王旭提议他陪邱岩一起。骆玉珠迟疑了一下,说:“这要问邱岩需不需要人陪。”

王旭与邱岩相视而笑，骆玉珠看着两个青年人甜蜜的表情，配合得那么默契，她全看在眼里。

骆玉珠打开手机拨打电话，让莱昂和她一起去西班牙。电话那头沉默着没有回答，骆玉珠说：“你不是想见我丈夫吗？你也让我们了解一下你在欧洲的销售网络吧，你放心，跟费尔南德的这笔买卖用不着你介入，你去是为了我们以后的布局。”

莱昂这才答应说：“好。”

王旭悄然来到母亲身旁，请求母亲，在她走的这几天，把公司权力交给他，他想露一手。

骆玉珠似笑非笑地凝视着眼前的儿子，感到儿子长大了，也成熟了许多，骆玉珠轻描淡写地说：“没问题。”

王旭简直不敢相信自己的耳朵，惊喜地攥紧了双拳：“耶！”

王旭和邱岩走进了玉珠公司一楼，巧姑领着他俩走进公司，员工们三五成群地议论着国外的那批货，王旭听后皱眉扫视众人，众人忙闭口不语各回座位，王旭大声喊了句:“巧姨，公司业务很闲吗，为什么我妈一走都变清闲了？”

巧姑愣了一下，忙把办公室的门打开拉两人进屋，合上百叶窗，压低声音说：“祖宗，别乱说好不好？今天就有三个递辞职报告的。”

王旭坐在母亲办公座椅上冷哼：我就看不上这两种人，一种是当面一套背后一套的人，另一种是树倒猢狲散的人，公司赚钱的时候挤破脑袋也想进来，一出事就各有各的小算盘。

邱岩拨开百叶窗的缝隙，静静地扫视了一下：“这很正常，贸易公司就是单一松散的结构，每个人都握着资源，不是厂家就是客商，形势一旦不好就随时带着资源跳槽。”

王旭不以为然，他让巧姑约上国内几个主要客商，这两天要请客商们吃饭：“我妈走后，我代理总经理职务。”看了邱岩一眼，王旭自豪得意起来。

外面突然喧闹起来，巧姑推门出去，见陈大光正拦着几个人在劝说，说骆总确实不在办公室里，是他刚送去机场的。

厂长们根本不相信，昨天还看见她带着客商参观厂子的：“让骆总跟我们说一下吧，后面的生产该怎么办？”

另一个说："原来答应我们，销路一打开利润就上去，现在倒好，货都积压下来了。"

王旭要上去理论，被邱岩拦住。邱岩微笑着走上前去，和缓地说："各位别急，昨天那些外商大家都看见了，是来分销我们产品的，骆总确实去了西班牙，还带了一个分销商去的，大家闹也没用，先回去等消息，这么多年来，难道公司欠过大家什么吗——最艰难的时候都挺过来了。"

众人一下子安静下来，公司里鸦雀无声，王旭突然坚定起来："大家还是按出口欧洲之前的标准生产，集团以后主要的市场还是国内和东南亚。"

屋子里一下子哗然了，大家七嘴八舌地问："真的假的？"

"是陈董的意思吗？"

邱岩责备地瞥了眼王旭，巧姑马上冲陈大光使了个眼色。陈大光上前解围说："各位厂长，晚饭我请客，咱们边吃边聊！"边说着，边往外推人。

五

王旭和邱岩站在公司大厦的落地窗前，远眺城市的美景。义乌城市在不断扩大，高楼大厦鳞次栉比，一幢幢住宅区如雨后春笋般拔地而起，碧绿的义乌江从市区中间穿过，两边的几十个主题绿化公园已经建成，未来就是市民休闲娱乐的场所。一座现代化的城市就矗立在他们的眼前。

两人拿着咖啡一边看美景一边评论，王旭说："你这次回来不认识了吧！"邱岩感慨："变化太大了，跟外国的城市没有两样。"

"不光城市，人也变化不少。"王旭突然清了清嗓子，郑重其事地说："邱岩同志，我以代理总经理的身份，任命你为玉珠集团副总经理。"

邱岩哭笑不得："你真是一朝权在手，便把令来行。好啊，总经理大人，有什么需要我效劳的，请指示。"王旭背着手，掏心掏肺地说："公司卧虎藏龙啊，一个个都很难对付。噢，你先赞颂一下我刚才的英明决策。"

邱岩双手背在身后走两步，抬头："英明？没看出来，你请客商吃饭我不管，但擅自做主让十几个厂子回到原来起点，不敢恭维。"

王旭一愣，急了，我这是给妈收拾烂摊子，那批货只能退回来，让工厂恢复从前的标准生产，才能把大家的情绪稳定住。邱岩听了王旭的分析说："你是稳定住了，表面上是解决了问题，却摧毁了你爸妈苦心布局的蓝图。"

"本来玉珠集团做得好好的，这些年干得风生水起，突然要做外贸，而且还是面向欧美发达国家，这半年来，无论首饰还是五金，所有的生产线都升级了，结果成本要比别人高很多，这不是没事找事吗？”

邱岩叹息道：“思路是没错，只是干爸做事太急了些，昨晚干妈给我讲了很多。国内市场已经差不多饱和，东南亚甚至非洲也有很多对手，这次马德里展销会是全欧洲历年来最大一次，玉珠公司完全可以凭着这股东风抢占欧洲市场，如果没有杨氏集团插进来，干爸干妈是赌对的。”

“干吗非要赌呢？要一步一个脚印，脚扎得深走得才远，这是爷爷教我的。”王旭无奈摇摇头。邱岩一愣：“爷爷？”

很长日子都没见到爷爷了，两人来到爷爷家，爷爷已老了不少，可精神还不错，记得小的时候，爷爷教他们踢鸡毛毽子，毽子在空中迎风飞舞。

前些年爷孙俩还可踢上一百来个，如今爷爷年岁高了，王旭上大学后也不再踢了。陈金水看到王旭和邱岩来了，还是拿出了当年踢的毽子表演了一番，可踢几下就累倒了，邱岩笑着搀扶爷爷坐下。爷爷问邱岩：“这次回国就不走了？”邱岩笑笑说：“不走了，在这扎根了。”

陈金水大笑：“好，太好了！我可是替王旭说的。是干妈把你叫回来的吧？”

邱岩害羞地挽住爷爷胳膊，点点头。

陈金水深邃的眼睛盯住邱岩：“好懂事的闺女，你爸爸要是还在该多高兴，我也能有个陪我下棋说话的人。”

邱岩默不作声。

陈金水屁颠屁颠地拿出一只肉色鲜艳、散发着浓烈芳香的火腿。

“这是我用义乌本地出产的‘两头乌’猪制作的火腿，后腿肥大、肉嫩。我经过上盐、整形、翻腿、洗晒、风干等程序，半年才做成。你给我带去让大家尝尝。”

“爷爷老了，我引以为豪的陈家姓原来有一个很传奇的故事。跟陈家火腿有关。宾王草檄气冲天，宗泽兵马靖寇烟。陈家扶持了宗泽，还把陈家女儿嫁给宗泽，宗泽的女儿又嫁回给陈家，两家世代联姻。我爷爷说，宗泽从抗金前线回到家乡后，经常买些猪肉回请陈家恩公岳父，陈家把猪肉腌制起来，在离开的时候，带上作为军需食品，赠予朋友和部下，这就是金华火腿的来历。”

邱岩补充说：“后来宗泽在民间被视为腌制火腿的祖师爷。解放前，火腿店和腌腿的作坊里都供奉着宗泽头像。”

“可是，历代制作销售火腿发财的多是陈姓商行——我们有独门绝技啊！”陈金水回头对邱岩说，“等他们两口子从欧洲回来，吃饱了，喝爽了。

你帮着王旭劝劝他们，玉珠公司的路别越走越歪了。”

邱岩解释：“爷爷，我觉得他们盯住欧洲市场没问题，那里很缺我们的商品，我们也要主动走出去。”

“可你知道，外面人家怎么评价我们义乌的吗？”爷爷问。

邱岩想了想说：“我们是全球的小商品市场，购物者的天堂。”

陈金水点了点头说：“这个小字就说明了一切。”

邱岩眨了眨眼，表示不解。

王旭插话说：“爷爷的意思是我们已经被定位了，要在小快准上下文章，而不是去攻高端市场，一分钱撑死人，一毛钱饿死人。这是义乌挑货郎时代传下来的老话。”

陈金水说，现在的市场足够我们几代人赚的，为什么还要抛家舍业地去冒险？这次他们吃了点亏也好，吃一堑长一智。

邱岩出神地陷入深思。

王旭对爷爷说明天要请国内的客商吃饭。

陈金水很欣慰：“小旭今天在公司的事，爷爷已经知道了，做得漂亮，有魄力。”

王旭听了爷爷的夸奖，很是心满意足，邱岩在一旁却没笑，目光中透出些忧虑。

六

夜色下，银都大酒店的包厢里，陈大光请公司下属的几个厂长吃饭，中华老字号丹溪酒已经酒过三巡，桌上杯盘狼藉，每个人脸上红彤彤的都带着醉意。

他们边吃边谈，一个说：“陈主任，我们真能按以前的标准交货了？而不是欧洲标准？”

另一个说：“不是陈董骆总说的，能算数吗？”

陈大光拍了下桌子说：“王旭是他们的儿子，玉珠集团的少掌柜，他发的话还不信？回去之后你们赶紧恢复生产！”众人连连点头：“对对，生产生产，陈主任我们敬你一杯……”

在哄笑声中，大家酒足饭饱，摇摇晃晃地走出酒店包厢，一个厂长剔着牙走近陈大光。

陈大光问：“老王，我那批货……”

王厂长赔着笑：“主任放心，给你留着呢！”

陈大光用手拍了拍他的肩膀，一起走出了酒店。

陈大光哼着小曲回到家中，刚好碰上巧姑从卫生间呕吐出来，脸色十分苍白，他忙上前搀扶，关心地问：“又吐了？反应这么大？”巧姑稍微缓过来，就闻到了陈大光身上的酒味，埋怨道：“怎么又喝酒了？”陈大光在老婆面前开着玩笑："不得不陪嘛，我这办公室主任的活不就是接来送往，陪酒陪聊陪笑三陪嘛！"边说边扶老婆躺到床上。

巧姑说："你啊，尽量少去那种场合，玉珠姐说过，酒桌上再海誓山盟也是没用的。"

陈大光辩解说，这也是培养自己的资源。

巧姑睁大双眼盯着他，那是一种陌生的目光："大光，你可别动歪心思，鸡毛哥跟玉珠姐对我们家不薄哪！"

陈大光说："我知道，你好好休息，等孩子生下来你就彻底辞职，我养你，我一定会让你和孩子都过上好日子的。"巧姑扑哧一声笑了说："就你那仨瓜俩枣的工资？你知道现在养孩子有多难吗？"

陈大光神秘地笑笑，躺在一旁搂过巧姑，巧姑幸福地靠在陈大光宽厚的胸膛上……

陈江河还在西班牙，他来到海边徘徊，天色已晚，他独自坐在码头望着夜色中的大海，手下提着一个包匆匆跑来，气喘吁吁地说："陈董，搞到手了。"

陈江河盯着包，一脸的喜色。手下边喘气边说："按您的吩咐，我俩装扮成他们的工人混进去，您猜怎么着，集装箱里根本没有什么首饰、五金！"手下从包里掏出一个敲鼓小熊的玩具。陈江河接过摆弄，按了开关放在地上，小熊有节奏地行进，看着摇摆走动的玩具熊，陈江河简短有力地说："查杨氏集团的出关记录！他们最近发出的货轮到哪里去了。"说完，站起身，甩开膀子大步往回走。

回到酒店，陈江河推开房门，将衣服一甩，鞋一脱就进了卫生间。他突然闻到了什么好闻的味道，闻香找人，当他走进卧室时，惊呆了：幽暗的灯光下，他的夫人骆玉珠正在窗前沏工夫茶，头也不抬，十分专注。

陈江河没有进去，斜靠在门口，盯着骆玉珠咧着嘴笑起来。他没有说一句话，说话对他来说好像是多余的，他目不转睛地凝视着妻子。骆玉珠举起一杯斟满的茶，轻轻摆放在对面的荷叶茶托上，陈江河慢腾腾地进去坐下，端起茶嗅了嗅，然后一饮而尽……

七

第二天早上，陈江河夫妇在莱昂的陪同下，坐在游艇上，在颠簸的海浪中荡漾，两根海钓的渔线甩向了很远的海面，陈江河与莱昂各坐一头手执鱼竿，眺望着相反方向，莱昂大声问陈江河："你喜欢钓鱼吗？"

陈江河直截了当回答："不喜欢，但客随主便，跟你体验一把当水手的滋味。"莱昂回头看了看陈江河，嘴角泛起了一丝微笑说：“你夫人把你夸成英雄，我也喜欢冒险，这点我们很像，但我经历过的风雨是常人难以想象的。在远海看不见陆地，就在你欣赏风景的时候，天突然变成了黑压压的一片，如同地狱一般，海风把帆吹走了，海里还不时有鲨鱼的脊背露出海面，那时想的是保命，祈祷平安，真后悔不该冒这个险。”

陈江河边听边笑，淡然地说：“撑起帆，稳住船，等风浪过去。”

莱昂大笑：“说得容易，你又没有做过水手。”

陈江河摇摇头，双眼盯着远处的海线：“杨氏集团急于抢我们的生意，却没有精心筹备，她缺货。”

莱昂不屑地说：“缺货可以运来。”

陈江河说：“在海上漂七天以后到港，那一天正是马德里展销会开幕。”陈江河边说边看海面，突然目光一紧，仿佛发现了什么：“我钓到了鱼，就绝不会放过它！”话音未落，猛地站起。莱昂转头惊诧地看着他；又望向海面，陈江河用力撑住鱼竿：“这条鱼有多大？”莱昂上前帮忙抱住鱼竿：“你一个人抓不住。”

两人用力兜着鱼竿，游艇都被拽得倾斜了，鱼竿线在海面上划出一道道迂回的波纹，明显的海面下是个大家伙。

陈江河艰难地与大鱼较着劲，莱昂抄起连杆大网下到水中，几次迂回都与水下黑漆漆的影子交错而过，莱昂激动地叫着：“是蓝鳍金枪！鸡毛你一定要抓住！”

陈江河龇牙咧嘴使出了浑身的劲，转头瞪了莱昂一眼：“上钩的鱼不能让它跑了，狮子，你抱住鱼竿！”莱昂没明白过来，陈江河已经脱下外衣。莱昂大叫：“鲨鱼……”话音未落，陈江河已经扑通一声跳入海中，望着水中的浪花，莱昂也扑通跳进海里……

骆玉珠刚从睡梦中醒来，坐起，听见外面有动静，扶着栏杆走出来，看到陈江河和莱昂像落汤鸡般躺在甲板上压住大鱼，一条巨大的金枪鱼横在两人中间。骆玉珠惊叫道：“你疯了，你根本从来没有下海过！”

陈江河指指莱昂：“有水手在！”

莱昂在骆玉珠面前高高地竖起大拇指：“你丈夫，最好的队友！勇猛的雄狮！”

八

咖啡馆里，杨雪坐在角落里，搅着咖啡悠然地端起品尝，一只眼睛却盯在门口。突然，她的杯子一颤，咖啡差点荡出来，她看到了骆玉珠走进大门，朝她微笑着走来，骆玉珠从容坐下。

杨雪用异样的神色打量她："是你，骆玉珠？"

"江河在订火车票安排行程，他没空来，我们也好久没见了，正好看看你。"骆玉珠冲面前的侍者，"有茶吗？我喝不了咖啡，帮我翻译一下。"骆玉珠转头冲杨雪说。

杨雪无奈，用西班牙语说了句，侍者退去，骆玉珠含笑注视她："你越来越漂亮了，但是心却越来越狠了，这次是要往死里整我们呀！"

杨雪冷漠地对她说："还是陈江河来，我对你没胃口，拒绝跟你谈判。"

骆玉珠一笑说："我代表陈江河。为了这批货，我们付出了太大的代价，杨氏的五金和首饰根本比不了，费尔南德也是个老糊涂，他只看重价钱，只盯着眼前的利益。"

杨雪反击道："你怎么知道我们没有长远合作？"

骆玉珠面对杨雪，叹了口气说："凭我们的老交情，听我一句劝，费尔南德已经老了，鼠目寸光，他的贸易公司只能做传统买卖，没出息的，你千万别和他长久合作。"

杨雪说："骆玉珠，你变得越来越幼稚了，我本以为陈江河看上的人突然站到我面前，会说一些惊天动地的话，你天真得太让我失望了。"

骆玉珠皱着眉，一脸严肃地对她说："我是认真的，不如你放我一马，我们两家各出一半的货给费尔南德，就做这一锤子买卖。"

杨雪怔怔地看了骆玉珠，骆玉珠真急了："如果我把货给你，我的品牌就全完了，你能不能出价再高一点？"

杨雪冰冷冷摇了摇头："就成本价。"

骆玉珠靠在座椅上半天不说话，最后吐了句："你不怕我把货卖给其他的分销商吗？"

"如果要卖，陈江河早就卖了，费尔南德是迄今为止马德里市场最大的批发商，谁会冒着货砸在手里的风险，去跟费尔南德对抗？

"骆玉珠，没想到你也会自取其辱。"杨雪感慨道。

骆玉珠想诚恳地劝说杨雪，能不能不做生意上的对手，做一个真诚的朋友，大家一起发财。

可杨雪满腔怨愤，不与她配合。

杨雪说："别人可以，你骆玉珠不可以。"

骆玉珠轻蔑地报以一笑："好，大不了我把货再退回国内，出口转内销，我玉珠集团扛得住！"骆玉珠气愤地转身就走。杨雪笑容僵在脸上，颤抖着手拿着小勺，将咖啡溅洒了一身。

九

玉珠公司里，大小货车不断地来来回回装卸着货物，运进来的是原材料，运出去的是成品货。远处陈大光正与王厂长在嘀咕，过了一会，陈大光向王厂长微笑道别，鬼鬼祟祟上了一辆货车，货车驶过岔道口停下，旁边一辆车正静静地等待在路边。

不远的隐秘处，王旭坐在一辆小车上，注视着面前的一切，脸色铁青，十分难看。他把小车开回公司里，回到办公室，气急败坏地坐下，一张报价单重重地拍在桌上，拿起电话，叫邱岩打："你马上给我把陈大光叫来！"邱岩忙关好办公室门，上前按住电话。

"等一等，万一错怪了人家呢？"她看到桌上的报价单，快速看着，疑惑地问："你在哪搞到的？"

王旭十分气愤："若想人不知，除非己莫为。他去年就开始偷偷从工厂提散货了，然后低价供应给外面的摊贩，他陈大光狗改不了吃屎，把手伸到公司来了！"他冷笑一声说，"那个姓王的也不是好东西，他肯定把钱全加在公司的货款上了。"

邱岩不语，想来这么容易查的漏洞，聪明绝顶的干爸干妈他们不会不知道。

过了一会，陈大光快步来到办公室门口，邱岩迅速朝王旭使了个眼色。这时陈大光已推门进来了，风尘仆仆的，有一种男子汉气概。他看到坐在办公桌后面的王旭，有种威严的气势。

陈大光端起架子，微笑着说："行啊小旭，有气派。邱岩你看，我们王旭是不是有种王者之气？"

邱岩像什么事也没发生一样，微笑着："大光叔，是不是每个办公室主任都像你这么会说话？"

陈大光大笑不止，傲气就上来了："你这话就说到点上了，办公室主任就是要起一个枢纽润滑的作用，上对老板下对员工，内对公司外对客户，只有我在这个位置上不停地转动，才能维持各方面的平衡。"

王旭哈哈大笑，注视着陈大光，邱岩在背后暗暗冲他摇头。王旭说："大光叔高论哪！这转动也会产生效益吧！"

陈大光没听出话中有话，继续夸夸其谈地称赞自己对公司的贡献是任何人比不了的，他就是功臣。

邱岩脸色一变，皱眉瞪了王旭一眼，王旭装作没看见，把手中的报价单一甩。陈大光一愣，随即弯腰捡起单子扫了一眼，笑容马上僵在了脸上。

王旭头靠在转椅上，转动着手中的笔，像猫捉耗子般戏谑地注视着陈大光，此时邱岩也懊恼地转过身，望向窗外的天空。

电话打到身处马德里的骆玉珠那里，王旭气愤地告诉妈，陈大光这个吃里爬外的人，从去年开始就从公司的订单里拿货。

骆玉珠坦白地对儿子说，这事爸妈早就知道了，这也是爸爸的一片苦心，爸总说水清无鱼，陈大光在监狱里待了这么多年，巧姨等了那么多年，总算有了孩子，陈大光肯定是想挣钱，为了巧姨、为了爷爷，我们都睁一只眼闭一只眼而已。

王旭不服气，说："我觉得你们这样做不对！"

骆玉珠笑了："依你准备怎么处理？"

王旭停了一下说："首先不让巧姨和爷爷知道，让他把占的货吐回来，调离主任位置。其次，给他一个做贸易提成的机会，就看他自己的本事了。"

"你现在是代总经理，你说了算，但是各厂的生产必须恢复欧洲标准。"骆玉珠回答道。

王旭一听，十分吃惊："为什么？"

"这是你爸的意思，我们已经通知巧姑去各厂调整任务，这事你就别管了。"骆玉珠挂断电话，和陈江河相对而视。在港口的货已经处理完，他们也该轻松轻松了，骆玉珠嗔道："怎么陪我度这个蜜月？"

陈江河不语，把老婆紧紧地搂在怀中。

十

费尔南德贸易公司的办公室，杨雪抱着双臂在窗前不停地踱来踱去，身后的费尔南德在打电话，打完电话后，瞧杨雪脸色很难看，面无表情地用西班牙语说："玉珠公司的货已经离开港口了。"

"我高看骆玉珠了，本以为她会为利益妥协的，想不到她一赌气就把货退回国内了。"杨雪无奈地坐回沙发上。

费尔南德看着杨雪冷冷地问："你答应我的货怎么办？"

杨雪告诉他，从各地调来的货都在海上了，保证在展销会当天货物全部到港。

费尔南德靠在椅背上笑起来："女人，可怕的女人，仅仅为了赌气，害人而不利己。如果我知道那些集装箱里都是玩具熊，我也会考虑跟陈江河合作的。"

杨雪说："你不会，因为你是商人，我的价格是有诱惑力的。"

费尔南德笑了笑，拉开抽屉取出一张照片递给她，杨雪接过去看，诧异地看到陈江河与莱昂钓鱼的照片，她指着照片上的莱昂问："这个人是谁？"

翻译上前观看，费尔南德眯起眼睛思考着什么，说道："是贸易圈里的后起之秀，一个有野心的渔民。"

杨雪开始警惕起来，怔怔地看着照片，两个手下来到门口说，有个叫莱昂的先生来了。费尔南德呆住，与杨雪交换了眼色："让他进来。"

莱昂身上背着一个巨大的帆布包费劲地进屋，喘着气："尊敬的费尔南德先生，请允许我自我介绍……"

费尔南德打断他，再次与杨雪对视一眼，微笑着看着莱昂。莱昂受宠若惊，鞠了一躬说："有个中国人想跟我合作，但我发现会抢占本该属于您的市场。"他蹲下身打开包，一条大金枪鱼露出来。莱昂说："他约我去海钓，现在我把这条大鱼献给您，以表达我对您的敬意和崇拜。"

费尔南德伸出双臂，上前抱住莱昂："年轻人，贸易是自由的，这也是我们西班牙神圣的传统。"

十一

义乌工商学院创意园"头等客"西餐厅里，王旭和邱岩一边点餐一边低声争执，大学生侍者捧着菜单尴尬地站在一旁，邱岩埋怨王旭，为什么不把处理陈大光的决定告诉他本人，你在嘲笑玩弄陈大光，晾着他不理他，你在等他自己崩溃！

王旭摊开双手，我就是要让人受些折磨，让他不会好了伤疤忘了疼，到时他还会感激我。爷爷和巧姨都不知道，我让他体面地换了工作，还能正大光明地挣到钱。

邱岩循循善诱道："等熬过了这些天，他是不会感激你的。我们义乌东北乡有谚语说，'亲戚世家篮对篮，隔壁邻居碗对碗'，正因为义乌人有先客后主、善待他人的传统习惯；正因为祖辈十分强调'上半夜想想自己，后半夜想想人家'；正因为义乌人的热情好客，古道热肠，才促使义乌商帮形成了内外合作共赢的特质。王旭，你的胸怀有多大，你的世界就有多大。人心都是肉长的，这就是你和你爸的差距。"

王旭心里有气说道："我做错了什么？工厂恢复欧洲的标准生产了，连妈都懒得跟我打招呼，我就知道代理总经理是虚的！"

邱岩的手机响了，是骆玉珠打来的，她在接电话时，王旭正在与侍者点菜，点了又撤又点，在不停地比价，货比三家，弄得大学生侍者都不可思议地摇头，差一点懒得理他了。王旭点好菜，瞥了眼挂断电话的邱岩，邱岩坐回餐桌边，神秘地说："你猜干妈说了什么？"王旭像什么也没发生，不理会邱岩。

邱岩接着说："她让我帮她写欧洲各国的游记，然后再配上照片发到干爸的博客上去，你爸你妈在补度蜜月，看来你这个代总经理要多做一段时间了。"

"没想到，真没想到！"王旭不

可思议地感慨道。

在欧洲的土地上，经历了众多苦难的陈江河与骆玉珠牵手步行，在葡萄园里，几个外国农妇采摘着葡萄，两人甜蜜地喂对方吃葡萄……这些照片一一出现在博客上，杨雪看着陈江河的博客，看着那一张张法国游的照片，那夫妻相敬如宾的模样，杨雪的眼泪哗哗直流，脸色也更苍白。

陈江河与骆玉珠划着皮划艇荡漾在长河上，骆玉珠用力划着桨，图像凝固在屏幕上，醒目的标题：蜜月在泰晤士河。

骆玉珠在浪花中跳跃嬉戏，图像定格，博文标题：我爱地中海！杨雪愤怒地将电脑前的水杯一把扫落在地。

陈江河夫妇坐着游艇靠岸，在细雨绵绵中登上一处冷清的码头，莱昂打开车门，迎两人上车。在车上莱昂说："人都来了，还在看清单。"

陈江河还在怀疑这些人的信任度，会不会向费尔南德告密。莱昂看出了陈江河的猜疑，赶紧补充说："水手的忠诚度是最高的。"

骆玉珠摇头提醒："关键是利益，不要轻信人的忠诚。"

莱昂耸耸肩："我把我的利益让给他们了，他们还能怎么样？"

夫妻俩相视一笑。

玉珠公司的办公楼里，巧姑匆匆忙忙来到主任办公室门口，她面带喜色地推开门，一股难闻的烟味扑面而来，她忙捂住鼻子。

只见陈大光颓废地躺靠在椅子上吞云吐雾。看到他那种吃喝嫖赌抽的流氓习气，巧姑气不打一处来："你这几天怎么了，到底出什么事了，还抽这么多烟？"

陈大光懒洋洋地翻了个身，呻吟了一声："巧姑，你别管我了，我现在不如死了，王旭找我了吧！"

巧姑一边推开窗一边说："他没找到你，把我叫去了，人家小旭给你争取到国际部了，你还这样，想做给谁看？"

"你说什么？"陈大光一激灵，撑起身不敢相信自己的耳朵："他还说什么了？"

巧姑一边数落他一边夺他手上的烟说："你不是一直想从办公室主任的位置上调走吗，不是想去做买卖吗？小旭做主了。"

巧姑走后，陈大光来到总经理办公室，他小心翼翼地敲门，好像太用力梦就会碎。王旭头也不抬地盯着电脑，说："进来。"陈大光硬着头皮进门，轻叫一声："小旭。"

没有回音，王旭只顾自己点着鼠标，陈大光难堪地站在原地，叫了一声："王……王总。"

王旭这才抬起头："哟，大光叔来了，气色怎么那么不好，这几天都没见到你，忙什么啊？你是不是有什么话想跟我爸妈说？”

陈大光颤抖着嘴唇：“不不不，我没忙什么，我的事你没跟你爸妈说吧？”

王旭装糊涂：“说什么？这一次我放过你，去国际部要好好干，不过没基本工资没奖金，我会跟爸妈说是你要求的，做成一单给你一单提成，能不能赚钱就看你自己的本事了。”

此时的陈大光百感交集地看着王旭，不住地点头，说了句：“谢谢！”

走出门，陈大光闭上眼，两颗大大的泪珠滚落下来。

王旭轻蔑地看着大光的背影，他惬意地靠在椅子上，自信地笑了。

鸡毛飞上天

Feather Flies To The Sky

长篇小说

何赛阳　编著

［下 册］

浙江人民出版社

图书在版编目（CIP）数据

鸡毛飞上天 / 何赛阳编著． —杭州 ：浙江人民出版社，2017.3（2024.4重印）

ISBN 978-7-213-07948-1

Ⅰ. ①鸡… Ⅱ. ①何… Ⅲ. ①长篇小说-中国-当代 Ⅳ. ①I247.5

中国版本图书馆CIP数据核字(2017)第047613号

鸡毛飞上天

何赛阳 编著

出版发行	浙江人民出版社（杭州市体育场路347号 邮编 310006） 市场部电话:(0571)85061682 85176516
责任编辑	徐 婷
责任校对	姚建国
责任印务	幸天骄
封面设计	杭州聚文斋文化传媒有限公司
电脑制版	杭州聚文斋文化传媒有限公司
印 刷	杭州钱江彩色印务有限公司
开 本	710毫米×1000毫米 1/16
印 张	44.25
字 数	720千字
插 页	4
版 次	2017年3月第1版
印 次	2024年4月第4次印刷
书 号	ISBN 978-7-213-07948-1
定 价	120.00元(上、下册)

如发现印装质量问题，影响阅读，请与市场部联系调换。

鸡毛飞上天 长篇小说

Feather Flies To The Sky

〔第二十一集〕

一

绣湖小学坐落在义乌闹市区的绣湖公园边上，学校环境十分优美。同学们在教室里上自习课，蔡晓丹坐在座位上发呆，看上去心事很重，边上的陈路用胳膊肘捅捅蔡晓丹："你怎么啦？是病了吗？"

蔡晓丹无力地摇了摇头说："我爸爸看别人鲜花好卖，就进了一大堆，结果没卖出多少。鲜花再不出手就全蔫了，我妈昨晚又跟我爸吵了一架，都没让他上床睡觉呢。"

"那你想到办法了吗？"陈路焦急地问。

"办法倒有一个，就是人手不够。"蔡晓丹回道。

陈路自告奋勇地站起来："我，我！"

天色已晚，王旭带着邱岩到汽车电影院看电影。王旭一边开车，一边还沉浸在白天的胜利之中，对坐在副驾驶位上的邱岩炫耀着说："你看他都快要哭了，怕我告诉别人，他没想到我会用这种方法处理，这叫手腕！"

邱岩不置可否，眼中充满忧虑，"你觉得陈大光会对你感恩戴德吗？不会的，你为什么不能让员工心甘情愿为你挣钱，反而像是被你施舍呢？"

车子不知不觉开到汽车电影院，露天花园大屏幕上正放着电影，黑压压的几十辆车里坐着观众。王旭和邱岩手中抱着零食，一边吃一边看电影，一个小女孩抱着牌子还有一束鲜花，挨个敲着车窗兜售着。小女孩走到王旭车旁，用细嫩的胖小手轻敲车窗，王旭厌烦地嘟囔了句："就烦这种卖花的，很明显是绑架感情。"

邱岩笑了笑："这也是营销的一种方式，小姑娘也不容易，家里不困难也不会走到这一步，你就不会给我买一束？"

王旭打开车窗，看到那牌子上一行字：跟爸爸打工走散，凑钱找爸爸！

邱岩也看到了，突然喊了声："哎，你不是……"

没等邱岩说完，蔡晓丹转身就想跑，王旭眼疾手快，伸出胳膊，一把揪住了她。蔡晓丹急忙喊："快跑，陈路！"

陈路在不远处，同样抱着花可怜巴巴举着另一个牌子在卖花。听到蔡晓丹的喊声，他拔腿就跑。王旭简直不敢相信自己的眼睛，下车一边追一边叫："陈路，你给我站住！"转眼间，两个小孩就跑得无影无踪了。

二

王旭和邱岩回到家，王旭看到弟弟就气不打一处来："好啊，陈路，小小年纪学会骗人了，凑钱找爸爸，你们的爸爸不是好好的吗？你们这小脑瓜里想的是什么呀？"

邱岩拼命忍住笑，看着王旭训弟弟，只听陈路嘴上嘟囔了句："为了钱！"

王旭气急败坏："你缺钱吗？那蔡晓丹缺钱吗？做学生要诚信，要好好学习，看爸妈回来怎么收拾你！"

邱岩上前拉开陈路说："行了行了，他们这也是在体验挣钱的快乐。"陈路像找到了救世主，拼命地点着头，朝哥哥瞥了一眼，不服气地说："那你呢？在大学里不是还卖夜宵、租自行车吗？"

王旭哭笑不得。

门被敲响，赵姐忙去开门，陈金水拄着拐杖走进来："我找小旭聊聊。"

陈路欢蹦上前："爷爷！"王旭打量陈金水，转头吓唬陈路："快回去写作业去！"

邱岩识趣地哄陈路进屋："爷爷，你们聊，赵姨给爷爷沏杯茶吧。"

"这不是你爸妈的意思！"他盯着王旭的眼睛问："告诉爷爷实话，陈大光做什么了？他不可能什么都没做你就调离他。我了解大光，也了解你，这里面绝对有问题。"

邱岩在里间辅导陈路做功课，门是虚掩的，客厅里爷俩的谈话还是能清晰地传进来，她提心吊胆地凑到门口细听，发现陈路正好奇地看着自己，连忙用手指在嘴上冲陈路“嘘”了一下，叫他别出声。

王旭站起身，无比诚恳地对爷爷说：“爷爷，大光叔当年曾经风光过，后来坐了几年牢之后，对他打击太大，我也想帮他一把。说一千道一万，也是想让巧姨高兴，让您心里踏实。”

陈金水点点头：“好孩子，没骗爷爷，爷爷就放心了。”

邱岩听到这，暗暗松了口气，听到陈金水脚步声远去，她才开门走到客厅，和王旭四目相对，都笑了。

夜已很深，陈大光家还亮着灯，巧姑坐在电脑桌前，痴痴地看着电脑屏幕里陈江河和骆玉珠欧洲蜜月之旅的照片。

陈大光淋完浴，身穿睡袍出来，巧姑赶忙关上电脑屏幕上的页面。大光看她做贼心虚的样子，疑惑道：“你看什么呢？”

巧姑掩饰说没什么。陈大光瞅了一眼巧姑，打开网页，点出陈江河的博客，陈大光直勾勾地盯着博客上的照片说：“羡慕了吧？后悔了吧？要是嫁给陈江河，此刻在欧洲度蜜月的是你巧姑，我什么也给不了，还要受那小崽子的气，我是废物！”

巧姑上前拉住陈大光，嗔道：“你说什么呢？”

陈大光手臂一甩，桌上水杯哗啦一声掉在地上：“谁都敢欺负我！谁都瞧不起我！”

巧姑不知所措，眼睁睁地望着陈大光，挺着隆起的大肚子，任眼泪从脸上滴落下来……

三

远在西班牙的酒店套房里，那里已变成了陈江河的工作间，他的助手收发传真、复印资料，处理各种来往的文件，拨打电话，交代事务，一切都在有条不紊地进行着。

陈江河拿着电话：“义乌距离货源最近，马德里是欧洲日用品集散地，与义乌的关联度最高。我要拿下马德里，再攻占整个欧洲。

“我不管走公路还是水路，你们的货物必须在明天之前发到马赛……”

骆玉珠拿着手机交错走过：“给所有来马德里的客商订回国的机票，钱由玉珠公司支付，今晚他们都要赶回去……”

莱昂兴冲冲地进屋报告说：“所有的伙伴都已经准备就绪了，用不着等到明天，今晚费尔南德公馆的招商宴惨了，没有几个人会去，这是发给我的请帖。”骆玉珠上前接过，好奇地翻看说：“杨雪去吗？”莱昂耸耸肩：“当然，她是主角。”骆玉珠神秘地拉过莱昂，低声道：“帮我个忙……”

陈江河笑了笑，自言自语道：明天的马德里展销会应该会很冷清吧。

四

天渐渐黑下来，一辆豪华轿车停在费尔南德公馆门口，杨雪身着长裙从车上微笑着走下来，这时，莱昂迎面快步走向杨雪，莱昂愣了一下说：“美丽的女士，您好，我们在费尔南德的办公室见过面，还记得吗？”

杨雪打量了一下，说：“你叫莱昂先生，我还记得你送的那条大鱼。”

莱昂绅士般鞠了一躬，两人一前一后走进大门。

大厅内灯火辉煌，各种丰盛的自助酒水已布置完毕，侍者身穿笔挺的礼服站在四周，偌大的宴会厅只有稀稀拉拉的几个客商正在议论着什么，显得空空荡荡，很不般配。费尔南德也是一身笔挺的礼服，看着眼前寥寥的几个客商，皱着眉头听手下介绍着什么。杨雪得意满满地走到费尔南德跟前问：“我来早了吗？人怎么都还没来？”她看到了费尔南德异样的眼神。

杨雪对费尔南德说：“告诉你一个好消息，为了明天的马德里展销会，杨氏的五金首饰还有百货，所有的货物都已提前一天到港。”

费尔南德阴沉着脸：“我要告诉你一个坏消息，今天请的客人估计都不会来了，玉珠集团的货已提前发到了欧洲各个市场，分销商都赶回去接货了。”

杨雪眼神一颤，不敢相信地说：“什么？不可能！”

费尔南德把头转向莱昂，怒视着他：“只有一个可能，他们没有去度蜜月，而是被这个捕鱼的家伙领着，提前把货铺到了各国市场。”

莱昂正惬意地品着鸡尾酒，冲他们二人微笑示意。

杨雪一下子脸色苍白了，她身子晃了晃，被人扶住，口中喃喃地说：“不可能！他们的货退回国内了。”

莱昂不知什么时候走到他们身边，用中文告诉杨雪，七天前那批货是离开港口，但并没往中国走，而是到达了马赛和鹿特丹，莱昂给杨雪递上一个礼盒：“这是陈江河夫妇托我送给您的礼物。”他又转过身恭恭敬敬地用西班牙语说：“费尔南德先生，玉珠公司的货很受各国分销市场的欢迎，你们的货如果不想想办法恐怕是发不出去了。”

费尔南德保持风度，冷冷看着莱昂：“年轻人，我早该看出你的野心啦。”

莱昂深鞠一躬：“请原谅，感谢您给我的市场份额。”说完扬长而去。

莱昂走后，杨雪打开礼盒，没想到竟是杨氏集团生产的玩具小熊……

杨雪一阵眩晕，身子一晃差点摔倒，手下前去扶她，她摆了摆手。突然大笑起来，大厅里的人都往她身上看，被她瘆人的笑吓住了。

在西班牙酒店柔和的灯光下，陈江河夫妇相对而坐，这回是陈江河从容地捏住碗盖，往骆玉珠面前的公道杯里缓缓地注入茶水。

骆玉珠十分放松。这次幸亏有了莱昂，莱昂也私下问过她，为什么会选择他。陈江河说过，他是赌徒，赌徒的特点是：对手越强大，越能激起他的赌性。

骆玉珠问："这是他的优点吗？"

"这一仗是优点，后面难说。"

骆玉珠呷了口茶，突然笑了："我真想看到此刻杨雪的表情。"

陈江河叹口气说："得饶人处且饶人。"

"这话你该跟杨雪说。"

陈江河专注地沏着茶，他们知道杨雪不会善罢甘休的，不反击才不正常。当初谁也不能确定这场商战能不能打赢，陈江河在这场商战中破釜沉舟，要让商品西进欧洲，就是要提升玉珠公司的品牌。陈江河担心的是老婆放手儿子管生产，王旭降低标准，一上阵就逃跑，肯定会耽误第二批供货。

骆玉珠歉疚地，像是做了错事的孩子："还有一件事可能对不起你，我托莱昂送给杨雪一件礼物。"

"什么？"陈江河一怔。

"就是你偷来的那个玩具熊，以我俩名义送的。"

陈江河无奈地看着老婆，什么话也没说，拿起手中的茶杯，一仰脖子猛喝下去："你这样做除了图一时之快，激怒对手，不会给咱们带来任何好处的。"

骆玉珠反击："我这样做你很难过是吧？怜香惜玉了？于心不忍了？杨妹妹至今未嫁，熟透的雪梨，等着你情哥哥去咬一口吧！"

陈江河摇了摇头："你看你像个度蜜月的新娘吗？完全就是一个醋意十足的怨妇。"

一提起度蜜月，骆玉珠就来气："你这话说得我的眼泪都快掉下来了，有像咱们那样度蜜月的吗？到了个新地方照张相就走，连景色都来不及看，就扎到当地的市场考察谈判，这七天走了十几个国家，大哥，这是长征啊！"

陈江河笑着刮了一下玉珠鼻子："少来！真让你度蜜月，你早就受不了了！你还记得我们在莱茵河畔参观的那家五金厂吗？人家生产的五金质量远远高出我们的产品，看得我心里都痒痒的。还有那设计，是全方位的超越，无论是五金还是首饰，欧盟的标准快要出台了，我们的产品需要全面升级换代，不然我们迟早会被淘汰的。”

骆玉珠坚定地说：“打住，不能再换生产线了。”她瞪了一眼丈夫，拿起茶杯一饮而尽。

骆玉珠噩梦连连。她逃跑在大雾弥漫的原野上，人在空中飘浮，她跑啊跑，突然身后隐隐约约有个人影向她追来，她拼命地逃，追她的人在喊：“卖了她！把她卖个好价钱！”

看上去马上被追上了，骆玉珠哭喊：“陈江河，你在哪？”

陈江河在不远处，正拉着一个风度优雅美女的手往前走，还朝自己笑笑。那女人也慢慢转回头,竟是杨雪!

骆玉珠猛地从床上坐起，大汗淋漓地喘着气，待她稍微安静下来，才发现原来是个噩梦，看旁边不见了陈江河，一摸床头是空的，她穿着睡衣悄悄下床，走到卧室门口，陈江河正聚精会神地在看电脑里的外国产品介绍。

“你学的语言派上用处了。”骆玉珠慵懒地靠在门口，注视着丈夫的身影。

五

义乌玉珠集团公司办公室里，工作人员忙得不亦乐乎，电话传真此起彼伏，办公室里一部分人在紧张地操作着电脑，所有的人员都在催货等货，大家个个群情振奋，唯有一个人例外。陈大光像个局外人一般，无所事事地坐在角落里，一言不发，好像天塌下来都与他无关。巧姑从王旭办公室签发货单出来，发现陈大光懒散地呆坐在那里，她上前低声提醒他：“别人都忙得四脚朝天，连厕所也没时间上，看你神不守舍、无所事事的，也该做点什么呀。”

大光冷笑道：“你让我表现给谁看，那个公子哥？又不给我发奖金。”

巧姑急了，皱眉瞪着他：“起来，人家看着你，别倚老卖老了。”

这时邱岩匆匆走入办公室，拿起水杯喝了一大口水：“厂子的货跟不上，有些五金配件标准都乱了，生产出了一批废品，首饰那边又冒出好多假货，已经叫市场部去查了。”

王旭眼盯着电脑：“我爸要求第二批货在十天内备齐发往欧洲，这怎么可能？”

邱岩提醒他：“要是你没让那些厂长恢复从前的标准生产，现在就有可能。”

王旭站起身，走出办公室，拍了几下巴掌大声宣布：“都给我提起精神来，谁找到符合生产标准的货源我发他奖金！”

邱岩赶过来低声说：“这样会乱

套的，必须按自己的高标准生产，市场上的货不太可能达标！”

王旭手一挥：“顾不了那么多了！”他眼神一亮，像发现了什么，盯住角落里呆坐着的陈大光。陈大光也发现王旭在看自己，忙假装拿起手机打电话。

六

在机场，巧姑领着大伙在贵宾通道翘首张望，下飞机的乘客陆续走了出来，就是没有看到陈董夫妇，王旭嘟囔：“我敢肯定他们是坐经济舱回来的。”巧姑听了笑着说：“上次开会你没参加，公司已经改制，说要符合商务规则，该升的舱位不能降。”

远处的陈路喊了声：“爸，妈！”

大伙儿随着叫声一回头，陈江河夫妇跟随人群从另一个通道口走出。邱岩上去抱住陈江河，叫了声干爸干妈。陈江河上下打量邱岩，欣喜地说：“我们的岩岩出落成大姑娘了，你干妈夸你，我一点都不惊讶，你小时候我就看出，是个有出息的孩子。”

邱岩经干爸一夸，脸红了，不好意思地把话题引开：“你俩怎么违反公司规定，坐经济舱回来了？”

“他是在经济舱里，自己带书学习的唯一的孔夫子！”骆玉珠指了一下陈江河，还冲大家做了个鬼脸。

巧姑边打电话边向陈江河他们走来，急促地说：“莱昂刚来电话，两个小时前，杨氏集团宣布全部货品降价百分之十促销欧洲，费尔南德已经传真给分销商了。”

骆玉珠目光一沉，转头看陈江河：“这么快就开战了。”

陈江河却像什么事也没发生一样，一手拉着陈路，一手拉着邱岩，兴致勃勃地走出机场大楼。

“爷爷给你们送来了他自己加工的义乌火腿。”陈江河兴奋地对陈路他们说：“那种火腿只有过年才有得吃的！今天我下厨给大家露一手，让你们尝尝我小时候吃火腿过节的味道，谁也不许称赞火腿好吃，只能称赞我的手艺高级，啊！”

众人都笑起来，陈江河对巧姑说：“把你爸接来，叫上大光一起来。”

七

嘉鸿别墅里热闹非凡，陈路和王旭兄弟俩争着挑拣父母从外国带回来的纪念品。

邱岩长期在国外读书，知道带回的这些礼物都是各国最流行最好卖的，看这首饰、这工具刀、这玩具……邱岩称赞玉珠：“干妈您那眼光绝对的好，太有品位了。”

陈大光陪笑夸奖说：“骆总搞了

这么多年贸易，那眼光绝对是练出来了。”

陈金水拄着拐杖独坐一旁观看，骆玉珠拿出一件烟斗，走过来说：“叔，这是我在荷兰给您挑的，您也别老抽那烟袋了，该换了。”

陈金水接过烟斗翻看，仔细端详过后说：“这东西我抽不惯。”陈大光忙劝：“爸，这是人家度蜜月时，大老远的给您买的，这是哥嫂的一片心意。”陈金水笑着点头，随即收下。

厨房里，陈江河正忙着颠勺大炒，火苗呼呼串起，赵姐在他边上帮忙，边洗菜切菜，边跟陈江河说话，毕竟陈董出国这么多天，商城的新鲜事是很多的。赵姐的声音突然低下来：“金水叔来家找过王旭，好像有什么重要的事，他们谈了半天。哦，对了，楼总家保姆前两天跟我说他们夫妻打架了，正闹离婚呢！”

陈江河端起炒锅问：“什么原因？”赵姐默契地递上菜盘，神秘地说：“说是炒外汇赔了，把他家的货都当出去了！还有孙总家的儿媳，听说从南方进了一批假货……”

陈江河笑着往盘里倒菜：“赵姐，去把陈大光叫来。”

赵姐嘟囔着离去：“就知道你嫌我唠叨！”

陈江河重新往锅里浇上油，有点出神，油面泛起小泡也没察觉，油噼里啪啦地炸起，陈江河手忙脚乱，不小心被热锅烫了一下。这时陈大光进来，接过锅说：“哥，我来。”陈江河看着陈大光那熟练的动作，问：“大光，在家做饭都是你吧？一看就是个好丈夫。”

陈大光嘿嘿笑道：“陈董，我挣钱不行，就剩伺候老婆了。”

“从办公室主任换到国际部，你应该是如愿以偿了，有本事还是能挣到钱的。现在又没外人，你别给我装逼，有什么难处跟我说。大光，我们是兄弟。”陈江河诚恳地说。

陈大光叹息：“鸡毛哥，老弟我一步走错步步错，怪自己没抓住机会。”停了一会说，“现在没工资奖金，必须是自己拉到贸易，全部交清货款，才能拿百分之三提成。”

陈江河好像什么都明白了，眼中闪过一丝怒火。

菜都已上桌，全家人围坐桌前开始吃，陈江河打开从国外带回的洋酒，给大家都满上，陈江河站起来扫视了一圈，拿起酒杯说：“大家一起干一杯。一是邱岩从国外回来，为她接风；二来马德里一战也算小胜。”众人都起身举杯，碰在一起。

玉珠：“还有一件事呢，王旭做代总经理劳苦功高，把公司搞得井井有条，这也是一喜啊。”

王旭尴尬地笑笑，余光却偷瞥父亲。

陈江河却什么都没说，仰头喝尽。

陈江河给陈金水满上："一是感谢，叔的火腿一放，我炒的菜大家也抢着吃了，就像我小时候过年时吃的味道一样。二是祝福，叔，再过几个月您就可以做外公了，我提前沾沾喜气，咱爷俩干一杯！"

巧姑听了，与大光相视而笑，看着他们干掉了杯中酒，王旭有些失落，忙上前倒酒。陈江河不理，微笑着看了邱岩一眼，问她去墓上看父亲了吗。邱岩眼一红，点了点头。她知道那墓碑翻修过了，是干爸干妈修的，她眼中闪动着晶莹的泪珠。

陈金水突然感慨道："邱英杰雄才大略啊，才八年，义乌的今天全被他说中了。邱岩，爷爷跟你碰下杯，敬敬你爸爸。"邱岩忙抹去眼角的泪水答应。

这时陈路手举饮料，也要跟爸爸碰一杯！陈江河笑起来说："爸爸不在家，你闯了几次祸啊？"陈路摇了摇头，看着爸爸，骆玉珠嗔道："脸皮最厚的就是你！"陈路叹了口气说："天才永远是孤独的，不被平凡人理解的。"

父亲笑着冲儿子说："你老是自诩为天才，这世上最危险的人就是天才！"

"为什么？"陈路不解。

"因为他比别人聪明，所以他不用付出更多的努力，就能比别人强，结果会怎么样？就好比你利用别人的同情心来卖鲜花，什么凑钱找爸爸，而不是靠实力，只能赚得了一时，别人回味过来后，就不会再相信你了。这不是惹祸吗？"

陈路兴奋地一拍桌子："明白了，我应该写，凡买一束鲜花，都可以得到我设计的软件！还有亲笔签名。"

众人被惹笑了，陈江河差点喷出一口酒来，骆玉珠瞥了王旭一眼，王旭知趣地又起身举起酒杯，向父母敬酒，陈江河又好像没看见一样，没有举杯。

在饭桌上，王旭谈起了自己在代理总经理这段时间的感受，只有经历了，才知道父母管理公司的不容易：一边抓生产，一边要在外面抢占市场，要管那么多人，又要协调好各部门的关系。

陈江河听了儿子的介绍后，面无表情地说："最不容易的不是这些，是容人，容事，你的眼光和胸怀。"陈江河看了下儿子问："这次玉珠公司的系列产品打入欧洲，说说你是怎么看的？"

王旭怔了怔，他察觉到金水爷爷的目光正注视着自己，深吸一口气大声道："我觉得利润不如从前，树敌太多，有点得不偿失。我觉得东南亚和国内利润大，我们好不容易走到今天，别人是很难跟我们竞争的。好比挖一座金矿，没有挖尽就放弃了，把现成的让给别人，自己再去冒险找更大的。”

骆玉珠埋怨地瞪了儿子一眼，只听见陈江河分析说：“如果你发现这个金矿的成色不好呢？如果外面卖的金子更好，我们的市场有失去的危险怎么办？”

王旭说：“至少这几年不会吧？”

“用不了几年，你就会为说过这句话后悔，亏你还是个大学生。我们要有忧患意识，每天都要看网络。我一天至少上三个小时网，看天下发生了什么，看我们的潜在对手都在做什么，你呢？你还在为你赚了多少同学的钱费尽脑筋，在为占了身边人多少便宜而沾沾自喜！”

王旭急了：“一分钱撑死人，一毛钱饿死人！爸，难道我们祖辈鸡毛换糖是错的吗？”

陈江河刚想开口，一旁的邱岩直摇头：“这是偷换概念，鸡毛换糖是属于那个时代的，如果现在还挑着担子出去吆喝，早就被淘汰了。”

默默坐着不说话的金水爷爷发话了：“鸡毛换糖到什么时候都不会过时。邱岩，你在国外这么多年，外国人那套经商理念你学了不少，但不能忘本啊！”

邱岩笑着对爷爷说：“可是这一百来年最强大的商业，最成功的商人都在西方啊。”

陈金水冷笑：“外国的月亮就是圆、就是亮？你的货卖到国外去就证明你比别人强？做买卖还是要找容易赚钱的地方去。”

陈江河开口说：“我们中国为什么要加入 WTO？我们国家下了多大决心，付出有多大？谈了这么多年，为什么要不惜一切代价进入那套体系？”

王旭嘟囔：“进 WTO 到底有没有利，现在也没定论。”

陈江河愤怒：“如果拿拼凑的货物企图欺骗市场，进什么也没用！”

王旭很委屈地嚷道：“如果不拼凑，十天内根本凑不齐第二批货！”

大家七嘴八舌争论时，陈江河手机响了，陈江河接听后脸色微变，挂上手机说：“杨雪到义乌了，给我们供货的好几个厂长今晚都被她邀请去了。没想到她动作这么快，跟我们前后脚来义乌了。这些厂能达到发往欧洲的标准——她想摘桃子！”

王旭冲邱岩一摊手：“看到了吧，跟杨氏树敌，在欧洲被打击，就连我们原有的市场都将失去了。”

陈江河正眯着眼思考什么，被儿子一激，一脸怒容，啪的一声拍起桌子，杯中的酒都溅洒出来：“敌人还没进攻，你就想投降了？你是陈家的儿子，应该有陈家的血性！”陈路蹦起来：“就是！跟他们打！”啪的一下，骆玉珠愤怒地狠打陈路屁股。

赵姐适时地递上盛好的饭，骆玉珠一翻手将饭碗打落在地，起身：“吃什么吃，不吃了！”

陈江河面无表情，闭上眼睛思索，客厅里出现短暂的寂静，陈江河突然睁开眼睛，看着陈大光，一字一顿地：“大光，从今天起，你负责筹建集团联络部，第一项任务就是拉回这些厂为我们生产，同时寻找更多的厂家。我只要结果，为保证给欧洲市场供货，可用非常手段，资源随你调配，王旭做你的副手。”

所有人都惊呆了，陈大光更是不敢相信自己的耳朵，想开口说什么。

王旭倍感耻辱，颤抖着说不出话来；骆玉珠猛地起身，腾腾地跑上楼去。

陈金水长叹一声，也拄起拐杖：“巧姑，回家。”

巧姑为难地看了眼陈江河，冲丈夫使个眼色。

陈大光讨好地笑笑：“陈董……鸡毛哥,我们先走了。”王旭喘息艰难，想动却又迟疑。

邱岩知趣地拉过陈路进屋，客厅内只剩下父子二人。

只听见王旭颤抖的声音：“爸！我做什么都不对是不是，不管我怎么做，你也不满意对不对？”

陈江河平静下来，轻声说：“小旭，爸想看到另外一个你啊。”王旭含泪哽咽：“我就不该留在这个家，我不该是你儿子……”话还没说完就转身冲出家门，向宾王大桥北岸奔去。里屋邱岩听到动静忙走出来，停住脚步看看陈江河，转身追出。

这顿丰盛的晚餐聚会就这样不欢而散，邱岩上气不接下气地一直追到江滨银杏园草坪上，王旭正坐在一块大石头上，痛苦地掩面而泣。邱岩在他旁边坐下，手轻轻地按在他的肩膀上。王旭的肩依然一耸一耸，恨恨地说：“我本来就不该是他的儿子，我一直拼命地想讨好他，想让他满意，让他喜欢我，可他只会指责我，羞辱我！只要他一回家，我就紧张……”

邱岩同情地看着他：“你爸太强大了，伴君如伴虎。其实你不必这样生活，我已感觉出来他是很在乎你的，对你要求很高。现在是非常时期，你知道你爸的压力有多大吗？”

王旭不屑一顾：“那是他自找的！”

邱岩叹了一口气说：“可是我见过和他一样有出息的人，他们往往都是自讨苦吃的。今天他说你弟的那句话特别对，人不能单靠聪明活着，不能逃避。”

王旭抬起头看着邱岩：“你觉得我在逃避吗？”

邱岩盯着他说：“这要问你自己。”

王旭的喘气声沉重起来，突然一把抱住邱岩狂吻起来，邱岩用力推开他，两人复杂的眼神在对视，王旭凄然一笑说："现在我不逃避了，可是，一个美国归国留学生，又看不起我，躲着我啦？"

邱岩的嘴角颤动了一下，转身向嘉鸿别墅狂奔而去，一眨眼就消失在茫茫夜色里……

八

夜已很深，骆玉珠躺在床上，眼睛盯着天花板一动不动，表情十分严肃，怒气还明显写在脸上。老公推门进来，坐在床的另一侧，看着妻子怒气未消的脸，眼神一下子就黯然了："没想到我会伤害了他，可能我急了点，有点恨铁不成钢吧！"

骆玉珠一下子仰起身子，望着他，泪水夹在眼里终于夺眶而出，声音颤抖着："今晚你过分了，不该当着那么多人的面，尤其是邱岩的面训他；为什么要用陈大光？明明知道国内发生了什么，你还让小旭当他的助手？"

骆玉珠哽咽着："你说得对，他不是陈家的儿子，所以没有血性。所以不管怎么折磨他，你都不心疼是吗？"

陈江河看着妻子那楚楚可怜的眼神，难过地摇摇头，可又无法辩驳。这事只有陈江河自己心里清楚，陈江河语重心长地说："玉珠，我在练他的心胸，让他学会使用每个人的长处，否则他征服不了别人。"陈江河搂住妻子的肩，骆玉珠闭上双眼，任由丈夫抱住自己，听他的劝慰，"我们这么多年风风雨雨都过来了，你不该怀疑，你也知道国内的阻力，这半年来，不光是金水叔、王旭，还有那些厂长没有几个能理解我们。现在又来了杨雪、费尔南德，你要是再怀疑，我真的挺不住了。"

骆玉珠听了丈夫说的话，深吸了口气，抹去眼角的泪珠，望着丈夫说："我去找儿子。"

骆玉珠快步出门，对厨房里的赵姐喊了句："赵姐，给江河热碗汤，最近他的胃不好。"

陈江河望着妻子的背影，感动的泪水湿润了双眼。

骆玉珠开着奔驰浙 53288 车子满街找儿子，她找了好多家酒吧，她知道自己儿子，是个自卑感、自尊心都极强的人。她一边开着车，一边焦急地四处张望。

突然，骆玉珠看到儿子跌跌撞撞地行走在机场路上，正扶住路边的一棵树狂吐，他已经喝得酩酊大醉。骆玉珠把车停好，忙上前搀扶住儿子，拍打他的后背，又恨又心疼："你怎么喝成这样！邱岩呢？她不是跟着你出来了吗？"

王旭一见到骆玉珠，“哇”的一声哭出来：“她回家去了，没人喜欢我了。”说完腿一软摔倒在地上，骆玉珠也一个趔趄坐到地上，她努力站起身；扶着儿子的胳膊往上拉：“别哭了，跟妈上车，瞧你这点出息。”

这时随着车灯一闪，又听到喇叭声，骆玉珠转过头，看见一辆最新款奔驰车停在他们身后。车窗摇下后，只见杨雪用嘲讽的目光看着他们母子俩，她的目光停在醉醺醺的王旭的脸上：“这是你儿子？我们在袜厂见过，这是老大吧，你跟那扳道工的儿子？”

王旭愤怒地扬起头，手一指杨雪，大声吼道：“你闭嘴！”

骆玉珠死死地抱住儿子的胳膊，转头瞪着杨雪。杨雪非但不急，反而下车向他们款款走来，微笑着说：“今天我和那些厂长聚会，他们还聊起你当年的往事，真没想到义乌上上下下都知道你是个什么样的女人。”

王旭吼叫着想扑到杨雪面前，被骆玉珠死抱住往自己的车上拉。她拉开车门，把儿子强行塞入车上，撞上车门，狠狠盯了一眼杨雪，发动汽车疾驰而去。杨雪抱着胳膊，贵妇人一般笑了一下，眼神中充满着解气般的恨意。

骆玉珠猛踩油门往前冲，脑子里还在想着刚才杨雪故意找茬的一幕，又看了眼后视镜，醉酒的儿子在后座呻吟，她气不打一处来：“你把腰杆给我挺直了，当年咱娘俩什么苦没尝过？”

王旭挺起身子哭丧着脸，问妈妈：“妈，你说实话，我就那么招人讨厌吗？我爸他是不是很烦我？”

骆玉珠把车速放慢：“你爸烦你的是什么？你爸烦的是你天天想占小便宜，只盯着眼前的利益！烦的是你急于表现自己，肚量小容不得别人！”接着，骆玉珠又放缓口气，“小旭，做一个企业领头人不能只有那么点气量和心胸，你爸对你的期望可不是只赚一点小钱。回去后别跟你爸说见到了杨雪，但一定要记住，把这份侮辱记在心里，商场上见。”

车内一下子安静下来了，只有汽车碾压路面的沙沙声。

九

玉珠公司的高层一干人走出研发区，转到公司的仓库。员工们正在搬运货物，陈江河走上前，拆开一个包装，一件件地翻看着货物：五金首饰，百货摆放了一桌。陈大光和巧姑偷偷对视一眼，只见陈江河的脸一直阴着，巧姑上前道：“陈董，时间紧、任务急，这批货还是好不容易凑到一起的，很多厂都不接受我们的生产标准。”

陈江河闷声道：“这些都是不合

格产品，拿出去就是丢人，砸牌子！”

陈大光凑上去：“哥，外面人都在传闲话，说为什么欧洲人就比我们高一等！说我们不是卖货，是上贡。”

陈江河叹了口气：“说这话的人本身就是奴性思维，什么叫文化差异他们懂吗？同样的产品，欧洲的价格比东南亚平均高一倍不止。”

回到公司会议室，公司的主要管理人员围着桌子坐下。莱昂打开幻灯机侃侃而谈，投影机上出现了梳子、剪刀、电吹风等物品的对比照。

莱昂指着投影介绍：欧洲人与中国人的文化传统不同，生活习惯不同，所用的东西也会有差异。举例说，中国人只用切菜的刀，砍肉的刀；欧洲人用的是刨皮刀、火腿刀、番茄刀、西瓜刀、面包刀、多用刀，而且一餐饭会换好几种刀具；欧美的型号偏大，对首饰衣服的审美与中国也不同等等。莱昂还给大家分发资料，里面是他自己收集的同类畅销产品的最新设计制造理念。

邱岩看了点了点头，赞叹道：“有心人！”一旁的王旭不服气地瞥了眼邱岩，把材料随手扔到桌上。

莱昂装作没看到，继续分析说：公司精心筹备的第一批货里，虽然已经最大程度地考虑到这些因素，说明陈董、骆总很有超前意识，但做得还很不够。

王旭冷冷哼了一句：“干脆把公司搬到欧洲算了。”

莱昂笑眯眯地说：“欢迎，你们搬到欧洲，那我住到义乌，情人眼里出西施。”

陈江河和骆玉珠交换了一下眼神，又扫视了周围的人，站起来说：“杨雪也在做这方面的努力，杨氏集团已经放话，把各系列最好的商品投向欧洲，而且准备跟我们打价格战。”

这时候邱岩突然插话：“销售部刚刚收到上海的招商报告，有一家特大型的高档商场，杨氏集团准备在二楼开设专营店，我们能不能也开一家？要开就开在一楼，要开在欧洲奢侈品牌旁边。”

众人哗然，但莱昂眼中透露着欣赏的目光，他微笑着打量邱岩。

王旭苦笑道：“同样的面积，一楼租金会是其他楼层的两倍还多。”

骆玉珠怀疑，问邱岩：“我们玉珠产品比杨氏的高档吗？有必要开在一楼吗？我们可不是奢侈品。”

邱岩微微一笑：“这样做会影响杨雪的心理定位，别忘了她的总部就在上海，她不是把好产品全部投向欧洲吗？我们就给她来个围魏救赵。”

陈江河一锤定音说，这事就这么定了，到时候搞一个盛大的开店仪式，选择和杨氏同一天。陈江河安排莱昂跟厂家做好说明工作，尽快让他们理解调整工作的必要性。莱昂指着边上的邱岩，点名邱岩配合他一起做工作，王旭敌意地看着莱昂，众人都不说话。

莱昂笑了笑：“不可以吗？我的工作很重要。”邱岩落落大方地：“陈董,我去吧。开店的事交给别人就行。”

陈江河点头同意莱昂提出的要求。

会议结束了，王旭和邱岩并肩走在路上，不满地质问邱岩：“为什么要答应莱昂，你没看出他对你不怀好意吗？他那双色眯眯的蓝眼睛总是盯着你，你是不是被他迷住了？小心点，我妈说他是个赌徒。”

邱岩严肃认真地解释说：“要想打败杨氏，产品质量必须跟上，这是工作成败的关键。你别杞人忧天了。其实，就算他是个赌徒，也是个高手，你没看他的这份资料，别看他文化程度不高，还大大咧咧的。就凭他能够把历年畅销的欧洲百货信息都收集在里面，分析得那么透彻，咱们就应该可以在他身上学到很多东西。”

王旭停住了脚步，懊恼地望着邱岩的背影，傻傻地站着……

陈江河在办公室里操作电脑，骆玉珠抱着胳膊在一边踱着步，陈江河反问：“邱岩的设想不是一条妙计吗？一箭双雕，这对产品提升很有好处，杨雪绝对会受到很大刺激。”

骆玉珠则问陈江河：“你为什么要支持邱岩去陪莱昂？你难道没有考虑到王旭的心情？”

陈江河抬头看了看妻子：“莱昂中文再好，跟那些厂长在语言上、心理上也很难沟通；邱岩偏偏情商高，懂多国外语，又懂中西文化，帮莱昂和那些厂长沟通，找不到比邱岩更合适的人选了。王旭他就这么没自信？我的儿子别说是狮子，就是王子来了也抢不走身边的姑娘。”

骆玉珠听了老公的调侃，转忧为喜。陈江河顺势拉住她的手：“你少操这份心，邱岩这孩子我心中有数的——就是报恩心理太重了，总感到欠着我们似的，给她的股权书一直不要，还放在我这儿。”

桌上的电话响起，骆玉珠拿起话筒接听，是巧姑打来的，说视频已发给陈董了。陈江河马上打开网页，视频中闪现出了展厅里看首饰的人影，骆玉珠眼睛一亮：就是这个人！陈江河仔细一瞧，喊道：“是大狗！”骆玉珠好像也恍然大悟：“被你拉到工商局的那位！”

偏僻的公路边停着一辆箱式货车，后车厢发出了一阵阵叮叮当当的敲打声，还可以听到机器打磨的声音，乍一听还以为是哪个厂里在加工零件。坐在前面驾驶室里的大狗烦躁地合上笔记本电脑，拉开驾驶座，走到隔板后面的“小车间”嚷嚷：“你们职业点行不行？怕外面听不见啊？跟了我这么多年，一点长进也没有！”

几个正在忙碌的手下停止做工，不住地点头说是。大狗重回到驾驶室里，车厢里的敲打声小了许多。他重新打开电脑，页面上弹出对话框：我要的货你能提供吗？大狗眼前一亮，立即在键盘上笨拙地敲起来：要多少？

对话框回道：他家的首饰是畅销货，越多越好。

大狗脸上露出喜色，敲敲隔板：“哥们几个，我们的大买卖来了！”

在陈路的房间里，陈江河俯身看着电脑屏幕，神秘地一笑。陈路问：“爸爸，你跟他们认识？”

“何止是认识，老朋友了。你告诉他们具体情况见面再谈，价格好商量。”

陈路快速敲打键盘：“爸，告诉你个秘密，我最近认识一个网友叫‘赎罪的狼’，特别有意思，这网友是一个老人，说话可逗了。”

陈江河皱了一下眉：“你妈知道一定揍你，你现在还小，缺乏分辨是非的能力，少跟人家聊天。”

“爸，你看！他拒绝见面，说除非先打款。”

陈江河看着屏幕说：“让他给个账号。”

公路上，大狗叼着烟靠在方向盘上眺望远方，一辆轿车远远地向货车驶来。货车车厢里，几个脑袋正挤在门缝旁往外看：“大狗哥，是他吗？”

大狗一踹车厢门，叼着烟转身向轿车停车的地方走去，往车里一看，司机戴着一副墨镜坐在那儿一动不动，没有下车的意思。大狗凑上前试探着摆了摆手：“是会飞的鱼吗？”

司机这才打开车门从容走下车来，笑着说：“移动作业啊，够职业的。”

大狗嘴里哼了一声：“干我们这行的，不是没吃过亏。”大狗注视着他，转身往货车那边走去，陈江河缓缓跟上，这时货车车厢的门开了，早准备好的手下纷纷跳下车厢，将陈江河团团围住，大狗嘴里发出一丝狞笑：“陈江河，我们又见面了。”

陈江河停住脚步，看着眼前露出凶相的大狗说：“这不符合你的风格啊，大狗。”

“早猜出是你了！你觉得我还能再上一次当吗？你也欺人太甚了。”大狗狠狠地说。

陈江河抓住大狗的领口：“你又来假冒我的产品，还想我再把你送进去吗？”

大狗狠狠地一甩手，突然摆脱陈江河，爬上车扬长而去。

学校放学了，陈路背着书包走进咖啡馆，四下张望着，只见一老者正捧着一本杂志在看，陈路笑着奔跑过去，盯着他：“是赎罪的狼吗？”

老者放下杂志，竟然是骆父，他

用欣喜又慈爱的目光看着小孩："你是陈路？"

陈路也看着他，有些不满："叫网名！"

骆父听后哈哈大笑，叫了一声："会飞的鱼。"

陈路高兴地答应："哎——"

鸡毛飞上天

长篇小说

Feather Flies To The Sky

〔第二十二集〕

一

有一天，陈江河收到一张请帖，只见上面写着：义乌传统武术大会将于3月15—16日在梅湖体育馆举行，经组委会研究决定请您担任评委，敬请参加。

陈江河自七岁起习义乌云步、棍花，外出谋生时又学会了散打、拳击，对武学见解颇深。他所了解的“金台拳”由八卦掌、降妖拳和猴拳三套拳术组成，大狗已经学会了这几套独门绝技，其中，“金台拳”因其速度之疾炫、目标之精准、力道之深厚、节奏之明朗、仪态之优雅而独树于武林。让义乌武术界庆幸的是，失传已近千年的“金台拳”，将在本届武术大会上首次向义乌市民展示。陈江河也正想着找机会和大狗见面，因为大狗师徒的公开身份是武师，于是便请组委会牵线，与大狗见个面。

大狗是开货车来跟陈江河见面的，他想试试陈江河的功夫，于是故意把车子在他面前风风火火地停了又起动，急得陈江河躲闪连连，在车子前好生翻了几个跟斗。

“你们这是玩命啊，有本事过来单挑！”陈江河大声喊着拦住车。

大狗的几个铁哥们从车上跳下来。大狗从车上探出头，对陈江河喊道："你不是还要找我们麻烦吗？来啊！"

陈江河原本就有一肚子火，见大狗如此野蛮，火气更大，他一把拉住货车门，想爬到车厢里。大狗手下见势不妙，扯住陈江河的衣领不让他上。

陈江河一把甩开那个人的手，说："大狗，你给我下来！""我凭什么听你的！陈江河，我告诉你，我跟你的账还没算呢！"大狗也不示弱。

"你们盗用商标，制造伪劣商品活该受罚，这账怎么就算到我头上来了？我看你是在里面还没待够吧。"

大狗说："我们也是靠劳动赚钱。"

听到这句话，陈江河气不打一处来："说得好听，你知道设计一款首饰要耗我们多少道工序吗？你倒好，拿着别人的产品用这些简单模具仿制。你有本事干吗不带你兄弟正儿八经挣钱，非得干这种老鼠过街人人喊打的勾当？"

大狗极不服气地说："你是站着说话不腰疼。说得这么轻巧！再说了，我们哥们几个这辈子就这贱命，怎么样？"

"你别在这里跟我说命贱不命贱，你那是害人家。"陈江河回道。

听了陈江河的话，车里的几个人开始窃窃私语，细心的陈江河察觉到了他们的变化。

陈江河缓了缓口气对大狗的兄弟们说道："你们几个都没娶媳妇吧？你们这样做就不怕娶不到老婆？即便是娶了老婆，你将来也不能跟孩子说你爸我是造假大王？这不光彩吧？说不定哪天一不留神又进去了，老婆一改嫁，孩子也没了，家也散了，到那时后悔都来不及了。"陈江河边说边留意着大狗几个手下的表情。大狗则朝他们瞪了瞪眼。

陈江河继续说："大狗，你们都是身怀绝技的天才，可是你们现在这样做跟做贼有什么两样，这算哪门子生意？你们现在是有本事没用对地方，所谓英雄无用武之地，几位朋友，不知我说的对不对？"

被陈江河这么一说，大狗的几个手下洋洋得意起来。"我们是英雄了，哈哈。"

大狗喘着粗气："陈江河，你别在这里忽悠了。你说，像我们这些人谁敢要？"

陈江河大声地说了一句："我敢。"

陈江河掷地有声的两个字，让大狗听傻了，众人面面相觑，没发一言。这时大狗突然捧腹大笑起来，他的手下也跟着笑。"你知道哥几个干这营生一人一年能挣多少？十万！十万啊！陈江河，你给我听着，没本事你别在这儿给老子夸海口。"大狗说着，叫了一声二锤，"二锤，来，你跟这小子说说，你今年挣的钱盖了几间房子！"

那个叫二锤的连忙伸出五个手指头。

大狗得意地说："五间啊！陈江河，你付得起吗？"

陈江河说："我付得起，而且凭你们的本事还可以赚更多。"

"陈江河，你别在这儿信口开河，你让我们吃的苦还不够多吗？我信谁也不信你！"

陈江河说："大狗，我不是信口开河，我说的是大实话。你们几个跟我一起做，底薪十万，怎么样？"

"啊？！"大狗手下们听了，吃惊地相互对望着。

陈江河笑笑说："对，年薪十万，外加劳保福利，根据业绩还有提成。"

几个人眼巴巴地看着大狗。大狗冷笑道："陈江河，你这话说得太离谱了吧，你是大善人啊？你怎么不说拿钱打发我们兄弟呢？"

陈江河淡然道："我不是慈善机构，也不是大善人，我只是个商人，你们几个是难得的高手，现在市场竞争那么激烈，产品要根据市场的变化而变化，要按客户的要求设计产品，设计师要随时调整出样品给供应商。你们加盟，也算是帮我一把呀。"

大狗的手下开始蠢蠢欲动起来，二锤说："哥呀，我不想再这样混下去了。"另一个说："可我们不知道陈江河他心里打什么主意啊，别忘了是他把我们坑成这样的。"

"那不能全赖人家陈江河，管教不是说了吗，重新做人，要是再进去，那是要判重刑的。"

大狗可不让："要是别人，我也就从了，你，陈江河，没门！"说着，大狗手臂一挥，"兄弟们，上车！"

大狗的手下们一溜烟地上了车，看着车子渐渐远去，陈江河深深叹了一口气。

二

游戏厅内，陈路和骆玉珠的父亲正默契地打着游戏，周围有不少看热闹的人。

打着打着，陈路突然大叫："狼，你堵左边！"

骆大力拼命按着操作键："我堵不住了，你赶紧火力支援！"

陈路干脆从椅子上跳下，嘴里喊着："俺来也！"

在两人的默契配合中，屏幕上终于弹出闯关成功的图像。陈路欢呼雀跃，一把搂住骆父脖子，一老一少夺到宝似的抱成一团。

打完游戏，两人坐在路边吃着冰淇淋。骆父绘声绘色地给陈路讲起了故事。

"小子，我给你说一个事，是关于一位女船主运假货的。这事当时我就觉得奇怪，我一看船的吃水线就知道肯定有问题！如果船上都是棉花，不可能那么沉。我要验货，船主捋一捋胡子，抄起家伙要拦我，我使了一个降龙十八掌，又来了一个鹞子翻身，直落到他身后，一剑刺上去，你猜流出来的是什么？”

陈路好奇地问：“是什么？”

“是沙子，他居然用沙子来冒充棉花！”骆父得意地说。

陈路舔了一口冰淇淋，冲骆父笑笑，说：“你是我见过的IQ值最高的网友，游戏也打得棒，牛皮也吹得棒。可你这故事也编得太差劲了吧。”

骆父愣了一下，问陈路怎么知道自己在编故事。陈路眨眨眼告诉他：“第一，只有傻瓜才会用沙子冒充棉花；第二，降龙十八掌是武侠小说里瞎编的；第三，开头说船主是女的，为什么后面又捋一捋胡子，蒙谁呢？”

骆父诡秘一笑，说：“不愧是骆玉珠跟陈江河的孩子。”

陈路惊愕地：“什么？你说什么？你怎么知道我爸妈？你是我妈派来的奸细！哎呀糟了！”还没等骆父回答，陈路转身飞也似地跑了。

三

都说三个女人一台戏。在老火车站豪华的女子会所内，水晶灯下，一群贵妇围坐在沙发上品着茶，说笑着。一位老板娘拉着骆玉珠的手：“我们想组团去阿拉斯加滑雪橇，玉珠，你和我们一起去一趟吧。”

没等玉珠回答，一位小姐妹就抢着说：“还是去冰岛看极光吧！”

一位叫吴姐的姐妹故意挑逗：“行了你们，玉珠除了做生意赚钱，哪也不会去的！”

骆玉珠一听乐了：“瞧你说的，我去年没和你们去罗马吗？”

“你还好意思说呀，把我们扔在罗马，自己跑去跟外商谈生意去了。”小姐妹说。

“人家这是跟老公欧洲补度蜜月，你们谁行？”姐妹们七嘴八舌地说着。

众人一阵哄笑，骆玉珠哀求道：“哎哟，你们这些麻雀娘，就别再欺负我了吧！”

正说着，服务员进来在骆玉珠耳边低语，骆玉珠和大伙儿打个招呼起身离开。

在外厅，莱昂神色焦灼地等在那里。骆玉珠笑着打量莱昂道：“什么事啊，非要当面谈？看你十万火急的样子。”

莱昂告诉玉珠，自己在欧洲各国的伙伴们纷纷打来电话，问这批货能否先降价。费尔南德已经下降了10%，我们的分销商压力太大。

骆玉珠抱起胳膊凝视莱昂，来回

踱着步说："价格可以降，但损失要你们自己承担。"

莱昂双手一摊苦笑道："你是不是先跟陈董商量一下？我这些分销商从前都是跟我一起出海的船员，如果能扛得住，他们不会打这求援电话的。"

骆玉珠思索了片刻，对莱昂说："既然大伙都做过船员，我问你，上船前谈好的价格，等遇到风暴，船员放下手里活，先跟船长谈涨价，你会怎么想？"停了一会，骆玉珠正色道："莱昂，后面的货我们肯定要跟杨氏打价格战，但是现在，请你转告你的伙伴，需要他们自个扛住。"

莱昂听后黯然离去。

在香山国际酒店门口，王旭也不等陈大光，抢先一步就往大堂里走。

陈大光追上前去："哎！王总，你这样没规没矩，人家会笑话我们公司的。"

王旭掉转头，冷冷地瞧着陈大光。陈大光说："你别这样看我，从现在起，你是我的手下了，要跟我学东西，是不是？这可是你爸说的。"

陈大光微笑着，将包递到王旭手中，王旭没接。陈大光倒不着急，两人对视片刻，王旭这才无奈接过。

陈大光得意地迈步上前安慰说："名师出高徒，叔在教你怎么做事呢！"

天黑了，陈家别墅里，骆玉珠在给丈夫推背，陈江河闭眼趴在床上，他跟玉珠商量："如果分销商都感到压力，我们是不是可以考虑降价？"

骆玉珠口气坚决地说："不行，我们必须按规矩办事，如果一开始就没规没矩，以后更会受人欺负！"

陈江河笑着说："几十年了，犟脾气一点也没改，真是瓷公鸡，玻璃猫——一毛不拔的铁娘子。"

骆玉珠一听这话就来气："你还说我呢，我那帮姐妹还笑话我，就晓得整天被老公拴着裤脚做生意。"

陈江河笑着没吭声。骆玉珠可不放过他："别装睡，装睡我也说！"

按摩器在陈江河背上来回穿梭，陈江河觉得特别舒服，问老婆这按摩器在哪买的。骆玉珠说："吴姐老公最近进了批保健器，专门送给会所的姐妹们试用。"

陈江河像是突然开悟似地说："我们公司的饰品也拿去给大家试用试用，怎么样？"

"按那些太太们的品位，送就要送高端货，那得花多少钱啊？不送！"骆玉珠道。

陈江河轻声说道："小气！"骆玉珠按住丈夫刚要抬起的头，用力推起来。陈江河的脸埋在枕头中，告诉玉珠，"我跟大狗他们见面了。"

骆玉珠一听，惊愕道："你一个人去的，你们没打起来？"

"没有，谈得不错。以后大伙井水

不犯河水。”陈江河笑了，“不知道为啥，我挺中意他们的。”

骆玉珠整个身子都压在按摩器上，发狠地推着，“神经有毛病！”

陈江河哎哟大叫起来……

四

阳光大道N8号玉珠公司前，莱昂脸色难看地走下车，邱岩从另一侧下车，紧随其后，邱岩事先提醒过莱昂，要说服对方公司接受新标准比登天还难。

莱昂不明白，中国人做一点改变为什么就那么难！今天跑了五个厂，居然每个人都跟他提困难，就不愿意改变！邱岩笑着告诉莱昂，这个态度已经算不错了，很照顾他面子了。

此时，邱岩手机响起，她瞥了莱昂一眼，走到一边："走之前不是确认了吗？为什么刚才不说？"

莱昂上前问邱岩："什么事？"

邱岩挂上手机叹了口气："就刚才那个五金厂的技术员来电话，说我们要求的刀具尺寸他们没法做。"

莱昂用西班牙语嘟哝了一句，转身往外走。邱岩不知道他要往哪去，连忙追上去："等等，我让公司的车回来接你。"莱昂不理，咬牙快步往前走。

邱岩无奈，一路小跑跟着莱昂，转过楼角，莱昂在一辆摩托车前停下来，并将一个女士头盔递给邱岩。“上来！”莱昂命令道。说完，“呼啦”一声，摩托车急驰而去……

摩托车在厂区停下，莱昂大步向车间里冲去，邱岩紧跟其后。技术员从里面迎出来，好奇地看着邱岩，问："邱总，你们怎么回来了？"

邱岩还没来得及回答，莱昂抢上一步怒吼道："是谁说达不到标准的？给我站出来！站出来！"

见这阵势，技术员们吓坏了，邱岩连忙上前劝阻。可此时的莱昂像头急疯了的狮子："如果是男人，答应的事就必须做好！产品是你们做的，这一点标准都达不到，凭什么跟他人竞争？"

莱昂越说越激动，他一边骂着，一边用头盔砸向车间大门。技术员慌乱地叫保安阻止，邱岩见势不妙，双臂抱住莱昂，劝他冷静。

这时，两个手持警棍的保安跑了过来。邱岩连忙拦住："没事了，没事了。"又转身向技术员，“你们去会议室等我吧。”

等大伙散去，邱岩双手揣兜注视着坐在面前的莱昂。“对不起。”莱昂有气无力地说。邱岩不再说什么，转身默默离去。莱昂眯眼望着邱岩背影，起身快步跟上。

陈江河家的门铃声响起。骆玉珠以为小路回来了，忙叫赵姐去开门。

原来是柱子叔，后面还跟着一群人。骆玉珠眉头一皱，连忙往楼上走。只听柱子叔喊："来来来，都进来，甭客气！到我们鸡毛家就跟到自己家一样。"

赵姐把拖鞋递上。柱子叔摆摆手："不换了。"

一听柱子说不用脱鞋，和柱子一道来的人都乐了。众人哄笑着走进骆玉珠家中。

柱子问赵姐道："鸡毛在家吗？"

赵姐说："老板不在。"

"那玉珠呢？"柱子继续问。

丈夫不在家，骆玉珠知道自己躲不过，只得走下楼梯迎接客人。

见到玉珠，柱子叔问："江河去哪了？"

"去公司了。柱子叔，这几位是……"骆玉珠说。

"这些都是我们陈家村的乡亲，年纪大了，在外打工干不动了，我想问问鸡毛，他这里有没有什么差事，留几份给我们做做。"说完，一个个把同村人介绍给骆玉珠："楼大爷、石头伯、旺叔……还有这位是村东头的陈二婶儿子。"

骆玉珠笑着点点头。这时门外响起了汽车声，骆玉珠冲赵姐使了个眼色，赵姐不动声色溜出门去。

别墅外，陈江河正要下车，赵姐小跑上前，低声说："老板，夫人让你快走。"陈江河一愣，刚想问，只听屋里一阵喧哗，就知道家里来客人了。

"是老家陈家村的人找来了！说要找你帮忙找事做！"赵姐说。

"好啊！今天正好有人送我酒！"陈江河下车，打开后备厢，取出两瓶丹溪酒来，"赵姐，炒几个菜！今天我要跟老乡们好好喝几杯！"

赵姐急了："您还不走？"

见陈江河回家，老乡们高兴地喊起来："鸡毛，鸡毛回来了！"

陈江河一个个地打着招呼，那个热情劲，就像几辈子没见面似的："来来来，快坐下，我让赵姐和玉珠弄几个菜，我们好好聊聊。"

五

香山国际酒店的包间内，王旭局外人似的坐在席间，桌上摆着几瓶丹溪酒，陈大光正与几个厂长推杯换盏，谈着生意。

陈大光说："各位，我们就按刚才说定的标准走，各厂最近不能再接别的活了。"

一厂长问："大光，玉珠集团的货将来真能覆盖整个欧美？"

"欧美算什么？陈董要走一步大棋，将来玉珠集团的货要覆盖五大洲！再过两年大家就是元老级供应商了，你们就等着发财吧！"陈大光说着和大家举杯畅饮。王旭苦笑着不言。

陈大光白了王旭一眼，叫他快给各位厂长倒酒！王旭很不乐意地给各位倒上酒。

众人七嘴八舌地议论着。“这个险值得冒，陈董的本事我们是见过的。”“玉珠集团能找我,是看得起我。”听着这些话，陈大光可开心了，正在高兴之时，他突然听见了一个怀疑的声音：“可是我听说，原先给你们公司供货的厂家，都没有什么利润啊，是真的吗？”

听闻此言，陈大光忙向各位解释：“这只是暂时的，等熬过这段……”

“原来说了老半天是灌迷魂汤啊，人家杨氏可是出了高价的！”

“我们出价不一定比杨氏高，但你们少赚了的利润本公司会想办法补上！不信，你们问问这位王公子。”陈大光说着把王旭推到前面，“王旭，来，给厂长们敬酒表表态！”

众人一阵哗然。“是王公子，陈大光你也不早说！”

王旭尴尬举杯：“各位，幸会。”

“闹了半天玉珠集团少帅在这呢！我还以为你是大光的助理。”

陈大光得意地拉过王旭：“他就是我助理！他爸爸让他跟着我锻炼锻炼，想多学点本事呢！”

王旭红着脸，羞臊得抬不起头来，恨恨的目光望着陈大光没有说话。

酒足饭饱后，陈大光与厂长们勾肩搭背，低声说笑摇晃着走出。

王旭提着几袋礼品费劲地跟随在大光身后，陈大光接过，把玉珠集团生产的首饰，一一送到厂长们手里，说：“拿回去给嫂夫人或闺女当回头货！送情人也行。”

王旭跟在他后面，尽力掩饰厌恶，心中暗想，陈大光也太过分了，便找了个借口，摆脱了陈大光。

回去的路上，王旭给邱岩打了个电话，不巧邱岩正在莱昂的摩托车上，大风呼呼刮着，根本听不清声音。

邱岩随即挂断电话，莱昂问：“男朋友？”

邱岩默不作声。莱昂一笑：“对不起，我不该问。我请你吃点东西！”

邱岩双手抓紧莱昂的腰，摩托车飞驰一般呼啸而去。

王旭无奈地看着手机发呆。

王旭漫无目的地来到爷爷陈金水家。

此时，陈江河家里，酒足饭饱后的乡亲们提着回头礼品，边剔牙边咧嘴乐。柱子叔与陈江河聊着他孩提时候的事，聊了一会，柱子把话题转到了找工作的事上：“鸡毛啊，你命大啊，小时候你到在座的每一家都吃过饭，柱子叔替你做主了，现在你可得给他们找个好差事呀！”陈江河笑着答应柱子叔的要求：“柱子叔，您放心，这事我会考虑，今天我先把大伙送回去。”

柱子叔冲众人挥手：“你们先上车。”

他把陈江河拉到一边说，自己那摊位太偏，客流量又少，你是个体劳协会长，求你帮我租个好摊位。陈江河一琢磨，自己在三区有摊位正想转租，便爽快答应，叫柱子叔明天便可去公司，会有人带他办手续。柱子叔一喜，忽然想起租金的事儿，陈江河说，原来摊位你付多少钱，换过来你也付多少便是。柱子乐得合不拢嘴，转身屁颠屁颠地向车跑去：“从小没白疼！当年我就断定，鸡毛一定出将入相、肯定有大出息，果然没看走眼。”

陈江河疲惫地推门进屋，骆玉珠正收拾着杯盘狼藉的餐桌，赵姐则在使劲擦地。“赵姐，辛苦了！”陈江河向赵姐打了个招呼表示感谢。骆玉珠不开心了，她低声问陈江河：“我真想不通，你为什么要一再迁就他们？凭什么要把村民招进公司？柱子叔还要换摊位，太过分了！我看这样下去，公司迟早会被他们拖垮。”

“我的命像鸡毛一样轻，像鸡毛一样不值钱，可陈家村人却省下自己的口粮，一口一口把我喂大。那时候我曾经想过：如果需要我用口粮来还这份情，我会拿出自己最后一份口粮；如果需要我用身体的一部分：手臂、脑袋、胳膊，我也会闭上眼睛，毫不犹豫地砍下来，奉还乡亲们人情。我背负着全村的人情债啊。玉珠，请你理解我。”

“可柱子叔那种人就算换了摊位还是做不好的，你这样做，与其说是帮他们，还不如说是在害他们。”骆玉珠说。

“柱子叔他们都老了，还能够帮他们几次呀？”陈江河叹了一口气说。

“公司不是收容所，我坚决不同意招你这帮老乡进来！”骆玉珠甩下这句话，直往楼上跑去。

陈江河无奈地摇了摇头。

骆玉珠上楼推开小儿子的房门，陈路一见她，忙把电脑屏幕上呈现出的对话框关上了，骆玉珠见儿子又在上网聊天，不禁有几分恼怒：“你就不怕我告诉你爸，作业做完了吗？”陈路说，“那些作业太简单了，早在学校就做好了。”

“跟谁聊天呢？”骆玉珠边问边走近电脑，一看屏幕，更来了火气，“还赎罪的狼，看网名就知道不是好人。”

“不许你侮辱我朋友！”陈路朝母亲喊道。

“等告诉你爸了，就知道是不是侮辱了。”骆玉珠威胁道。

“妈，别告诉爸爸，我求你了。”听到母亲说要把上网聊天的事告诉父亲，陈路急了。

骆玉珠一看王旭没在，就问小儿

子："你哥呢？怎么还没回来？"

陈路说了句不知道，便把母亲推出了门外。骆玉珠拿出手机打王旭的电话。

王旭在敬爱的金水爷爷家，他痛苦地撑着头，看着手机在眼前一闪一闪的，却视而不见，谁的电话也不想接。他不明白，爸妈为何要赔本赚吆喝呢？

"王旭啊，我现在也摸不清你爸妈的套路，没学会爬就想着跑了。他们不惜血本把产品卖往欧洲，又在上海一楼开店，这明显是在往倒败里走啊。大概是我老了，不明白现今的世道了。"陈金水也不理解。

"您永远不会老，爷爷，是他们错了。"王旭安慰着爷爷。

陈金水目光复杂地注视着王旭："从小你就爱往爷爷这跑，跟我最贴心，谁都说你最像我，今天爷爷跟你交交心。"

"当年陈大光带着村里年轻人去赚钱，搞得鸡飞狗跳的。而我还不是靠自己养鸡、扎鸡毛毽子挺过来了？到头来，你看谁笑到最后了？"王旭叹息说："我爸跟我讲过，爷爷当年比谁都看得清世面，现在更是看得清楚。"

见孙子夸奖，陈金水马上告诉王旭莫要迟疑，做人就要有主心骨！不能再任由父母败家下去，义乌人的买卖是一分一厘赚出来的，而不是靠冒险赌来的。

陈金水想起自己那么多年来负责抓生产，也抓出了几个靠得住的五金厂，效益都不错。这次江河夫妻俩要把资源都用上，将优质产品全部供往欧洲，他自己便留了个心眼。

王旭以为爷爷想让他另起炉灶，其实陈金水想的是，这几个周边地区的五金厂生产能力强，可以用来做一批老式铁锹、农具，踏踏实实地做秋收买卖，有利润赚！王旭皱眉担心，这事要是被父母知道怎么办？

这事陈金水跟巧姑、大光都没提过，他告诉王旭："等他们那边亏了，这边赚到钱，就全明白了。"

陈金水顺便问："跟邱岩的婚事怎么样了？什么时候能喝上喜酒？"王旭脸一红："爷爷怎么突然说起这个？早着呢！"

陈金水叼着烟袋笑着开导说："各方面条件都这么好的女孩要赶紧追，否则小心被老外拐跑。我早就听巧姑说起过，那个莱昂非要邱岩做助手。你这孩子这么内向，又不知道哄女孩，那个莱昂可是满世界混过的。什么也逃不过你爷爷的眼睛啊。"

王旭眼中闪过一丝忧虑，却满不在乎地一笑说："爷爷，您就不要为我操心了，我心里明白。"

六

莱昂和邱岩走进藤香园餐厅坐下，点好菜，将菜单递给侍者，莱昂一摸口袋，摊开双手摇摇头。经邱岩再三催问，莱昂才把苦衷告诉邱岩，自己最近实在太倒霉！欧洲的几个伙伴都被费尔南德挖走了，自己资源有限，只是个渔民，而费尔南德是整个家族！莱昂的销售体系一夜间全没了，费尔南德出手太狠，这事莱昂也没让陈董和骆总知道，真不知道怎么办才好。莱昂说着傻傻地盯着邱岩，像盯着自己的救星。

邱岩不敢相信地起身，随后又坐下审视这个棕发年轻人，喃喃地说："你发脾气真够吓人的，莱昂先生，我本来还以为西班牙人都是绅士呢。我就知道你一定遇到什么难过的坎了，因为我兼修了三年的心理学，主攻人的行为分析。不过，尽管遇到这么大的困境，你也没有完全崩溃，你还在完成自己该做的事，今天居然一整天还跟我跑了几个厂，去跟他们解释标准。你的自控力太强大了！"

莱昂欲吐还休，抱住脑袋想了想，下决心凑近盯着邱岩眼睛。

邱岩沉吟片刻："你的那些伙伴就那么容易被收买吗？"

莱昂摊开双手："利益，虽然他们跟了我很多年，但是费尔南德答应给他们其他贸易机会。"

而今，莱昂已到了绝望的边缘，只后悔不该与费尔南德为敌，以至于辛苦经营了那么多年的基业一夜间化为乌有，自己完全处于被孤立的境地。邱岩提醒莱昂：西方不亮东方亮，千万不要为此绝望，丢了欧洲市场，你还有中国市场，莱昂却把头摇得像拨浪鼓，他真想说自己还拥有全世界呢！可是……

邱岩替莱昂一一分析，中国是莱昂可靠的资源，费尔南德并不具备，莱昂完全可以把自己塑造成神。莱昂不可思议地抬眼盯着邱岩的大眼睛。

邱岩微微一笑，给他讲了"空城计"的故事。中国古代有个军事家名叫诸葛亮，他的兵都派往其他战场了，敌人却重兵压境，前来攻打他这座守备空虚的城，他竟让人把城门打开，焚香洒水，自己在城楼上弹琴迎敌。结果是敌人落荒而逃，认为这是个陷阱。诸葛亮用很少的资源赢得了时间。

听了"空城计"的故事，莱昂怔怔地看着邱岩，喘息急促起来。邱岩意味深长地点点头，莱昂垂下一头棕发，闭上蓝眼睛苦苦思索着，突然神经质地猛然起身冲出了大门。

邱岩诧异地望着他的身影，摸不着头脑。

入夜，陈江河夫妻俩在茶案前对坐，用心沏着功夫茶。骆玉珠担心起小儿子陈路，他对什么都好奇，真怕跟那些不三不四的人学坏。

“把小路房间里的电脑搬出去，笔记本也没收！”陈江河提议，骆玉珠反对：“那可不行，电脑可是儿子的学习工具，没了电脑就等于缺胳膊少腿，学习多不方便？”

陈江河又想出一计，那就拔掉网线，就说我规定的。骆玉珠眼睛一亮，认为这办法可行。

陈江河刚想下楼，手机响了起来，是陈大光打来的。陈大光告诉他，一切搞定！几家厂都同意加盟，也答应了公司提出的条件，货源应该没问题。只是有一条：他们虽然看好玉珠公司在欧洲的前景，可现在收不到效益，杨氏那边又在拉拢他们，大光就答应给他们补贴。陈江河听了，心想事到如今，也只能如此，便同意了，心里一块石头总算是落了地。陈江河交代大光，那些补贴细则由他去谈。

骆玉珠进屋，吃惊地看着陈江河。她听到欧洲那边要自己降价，这边还要倒贴，真是倒了八辈子的霉了。

陈江河却一脸平静，这样人家才有利可图，才会跟自己公司拧成一股绳往前走。可骆玉珠担心的是公司的利润空间会全打了水漂。

陈江河让玉珠不必担心，一切尽在计划之中。“我想跟杨雪沟通一下，不到万不得已不打价格战，这种恶性竞争对谁都不利。”骆玉珠听了，问他是不是有受虐症，如果有，就打杨雪电话试试。

在商贸区，肤色各异、习性不同的外商犹如生活在自己的国度里。整个商城不仅弥漫着浓浓的商业气息，也流露着酽酽的异国情调。标有阿拉伯语、英语、韩语的餐馆、KTV、理发店等随处可见，而每到夜幕降临，不少外国餐馆的霓虹灯就会闪烁起来。

邱岩在西餐厅内坐了很久，她刚掏出电话，莱昂已经兴冲冲地进来跟侍者打了招呼：“菜单。”

莱昂接过菜单，说：“最好的龙虾，全份！要这瓶1992年的……”侍者礼貌地提醒莱昂，这瓶是收藏酒，要8800元。

邱岩：“莱昂，你这是干什么？”

莱昂一笑说：“邱，你只管吃，其他什么也不用管。我是半个义乌人，我是友善好客的，踏进我家门就是亲人。而且，空城计！是你的空城计把我救了！”

邱岩哭笑不得，她拍拍自己的口袋，意思是没带多少钱。莱昂得意地拍着一叠钱，说是刚把摩托车卖了，很低的价钱。邱岩吃惊地看着莱昂：“你疯了！”

“是吗？我愿做一个幸福的疯子。”莱昂放声大笑起来。

夜已深，王旭回来了，快到家门口时，他看到了莱昂和邱岩，于是停下脚步。

邱岩说道："你赶紧回去吧，那么多事等着你处理呢。"

莱昂撇撇嘴，双手一伸，说："我没事要处理呀，我的事就是送智慧女神回家。"

邱岩说："天都快塌了，你还说没事。"

"真没事，我的事你都已经替我解决了。我回去了，拜拜！"

莱昂真要走，邱岩又担心他不熟悉路。"出门打车，你不会把自己丢了吧？"

莱昂说："我对义乌比你更熟悉，不要担心我会迷路。"

莱昂突然上前在邱岩耳边恳求她，吃人家的嘴短，请先不要把我的困境告诉陈。邱岩呆住，扑哧一笑，莱昂转身离去。

邱岩望着莱昂远去的背影直至消失，正要转身进屋，突然看到身边的王旭，心里一怔，有些尴尬。

王旭阴阳怪气地说了一句："对不起，我回来的不是时候。"

邱岩劝他不要误解，今天跟莱昂去了几家工厂，打电话时正在路上……

王旭往屋里走，邱岩见他不理自己，急了，问他这是什么意思。

王旭停住脚步，回头望了望她："应该是我问你在做什么？"

邱岩欲言又止，只好看着王旭转身进屋。

七

在上海杨氏集团总部，白富美老总杨雪手把红酒杯，坐在落地窗前的靠椅上，望着窗外的满城灯火。

手下敲门进来，将货单递交给杨雪，这是杨氏集团在欧洲的销售情况，降价后销量上去了。割肉补疮——杨雪心里像被钝刀一下一下地割着，可她还是镇静地问手下："费尔南德那边有何反馈？"

"对方希望再降百分之二，这样可以更快地跟玉珠集团抢占市场。"杨雪听了冷哼一声："这只吸血鬼，一只贪得无厌的老狐狸精！"

手下刚离开，她的手机无声地在黑暗中闪亮起来。杨雪拿起，屏幕显示的是那个让她又爱又痛的代号——MYJH。杨雪默默地看着，在脸上贴了一下，又断然将手机扔到一旁，悠然地喝起红酒……

手机无人接听，陈江河无奈，他转身望去，骆玉珠脸上贴着面膜，正在楼上扒着门偷着往楼下观察。陈江河进屋时见玉珠这副模样，责备说：

"干什么呢？你装神弄鬼地吓唬谁？这个时候你还有闲心当克格勃，嗯，还真像川岛芳子！像陈家村鬼故事里的白脚。"

骆玉珠一开始听不懂讽刺话，可是"白脚鬼、红脚鬼"还是懂的，只不过觉得能防止活着的狐狸精作乱就行，便大度地冲陈江河嘘了声，将门关严，告诉丈夫，今天邱岩和王旭两个孩子一块回来的。

陈江河瞥了她一眼，转身上床闭眼叹息，让她少管孩子们的事。骆玉珠生气了："许你关心杨雪，不许我关心孩子，这是哪门子道理？"

骆玉珠上床也戴着面膜罩，她搂住丈夫的肩膀，刨他老底："老处女没接电话吧？"

"你能不能别戴着面罩上床，真想把我吓死呀。"

"你别打岔，受虐狂我问你，你对外人都特别好，对家人就跟暴君似的，为什么？"骆玉珠不饶。

陈江河假装没听见，骆玉珠盘腿坐起，像抓住把柄一样，说："你太虚伪了吧！你看看俩孩子怕你怕成什么样子了，对外人你有一百个耐心，爱心，包容心，你能不能跟我和儿子也扮个笑脸？"

陈江河无奈睁眼，自己怎么这么倒霉，每天半夜妻子准时给自己开批斗会。骆玉珠见丈夫仍不理她，干脆骑在他身上："你老实交代，对杨雪是不是心软了？"

陈江河哭笑不得，告诉妻子，我们在外国只晓得内斗，除了互相压价放血没别的本事——再也不能继续下去了，和杨雪公司再争斗下去毫无意义！

骆玉珠不信，开始动手扒丈夫睡衣催交公粮，陈江河求饶："你干什么？我发现一提杨雪你就兴奋……哎！别动手啊！你先把面罩摘了！"

此时门开了，陈路闯进来责问："为什么要拔我网线？"骆玉珠忙翻下身，尴尬地瞧着陈路，儿子头也不回地关门出去了，说："你们继续，我明天再来抗议。"

夫妻俩尴尬地望着对方。

早饭时，一家人围在一起，陈江河正捧着由陈望道题写报名的《义乌商报》翻看。

陈路拍着桌子问母亲："谁能给我解释一下，为什么要拔我网线？"骆玉珠偷偷指了指陈江河，邱岩忍不住笑了。

陈路走到爸爸面前还想耍横，终究胆怯还是忍住火气退了回来。骆玉珠冷哼："邱岩你看出来有人欺软怕硬了吧，这家里最没地位的就是我！小路，你赶紧吃完饭去上学。赵姐，你去看看小旭怎么还没起床。"

骆玉珠问邱岩："昨天跟莱昂跑

了一天，效果怎么样？”

邱岩说："累啊，要说服他们接受我们的标准，他们会提出一大堆困难，精得像猴。”

骆玉珠笑问："莱昂有没有发火？”邱岩苦笑："我第一次看见外国人急成这样，像头发疯的狮子。”

王旭懒洋洋走来，邱岩用异样的眼光打量着他。

陈江河眼睛不离《义乌商报》，突然问了一句："莱昂有什么缺点吗？”

邱岩与骆玉珠对视一眼。

邱岩说："他容易冲动，控制不住情绪，暂时还没发现别的毛病。”

陈路见哥哥这么迟才起床，笑他睡懒觉。王旭在弟弟后脑勺轻轻拍了一下，在他身旁坐下。

王旭没好气地补充说："莱昂好色。”邱岩不予反击，红着脸低头吃早餐。

早餐后，陈江河带着王旭、邱岩走向汽车，骆玉珠拉着背书包的陈路往另一辆车走去。

王旭说他来开车，陈江河便将钥匙递给儿子，自己坐在副驾驶位上。陈路却赖着不动，说要邱姐姐送他上学！骆玉珠只好笑着叫邱岩跟自己坐一辆车，送完小路再一块去公司，邱岩愉快地答应了。

这时赵姐站在门口喊了一声："晚上都回来吃饭！少在外面吃地沟油！”两辆车上的人都乐起来。

路上，骆玉珠把着方向盘，邱岩与陈路坐在后座。骆玉珠跟邱岩说起了赵姐："我和王旭孤儿寡母的，在杭州摆摊时被人欺负，她挺身而出。她呀，就是善良、公正的代表，一直记在我心里。我那个时候心里就暗暗发誓：如果以后我有钱了，我一定要报答赵姐！

“在陈路两岁那年，她家欠了满屁股债走投无路。我找到她，处理了债务后带到陈家，她把孩子带大后没事干，老闹着要走。再加上她老家买房要还贷款，我跟江河一商量，干脆借了她几十万。每年让赵姐按年扣工资还债，她就省下了一笔贷款的利息。我们呢，只不过是把工资提前预支给她，换来这些年她的勤快，我的知恩图报，值！”

邱岩若有所思地说："干妈有恩必报，又是菩萨心肠，干什么都是以真心换人心。自己能赚钱，让别人也有钱赚，给别人留下成长的空间。这是义乌商帮的生意经：双赢——永远是最好的买卖。”

陈路神秘地凑近邱岩，贴近她耳朵问她有没有网友，邱岩说当然有。陈路说："姐，我最近交了一个比我大五十岁的，厉害吧。”

骆玉珠不理儿子，却似不经意地问邱岩："昨晚跟谁吃饭了？”邱岩愣了一下："和莱昂在一起，那边有新情况……他不让我说。"骆玉珠一笑，没说话。

八

一路上，王旭将车开得飞快，陈江河提醒他开慢点。王旭忙把速度降下来，陈江河想知道王旭这几天怎么跟那些厂长谈的。王旭说除了喝酒拉关系，没什么正经的。

陈江河笑起来："按你的说法，想办成事必须要严肃认真，一帮人坐在会议室里谈判才行？"

王旭没好气地与陈江河讲理："爸，你一直教我不要交酒肉朋友，做人不要浮夸，不要贪小便宜，却为何看不见大光叔一身的毛病。"

陈江河说："我只是希望你通过学人长处，能体会到待人处事的不容易。你身边每个人都可以有自身利益和小算盘，唯独你不可以有，你该有的应该是梦想，你的梦能做多大，你将来的世界就有多大。"

此时，手机响起，陈江河接听。骆玉珠在电话中告诉陈江河，为了降价的事，恐怕得见见莱昂了。

公司里，邱岩一边忙着手中的活，一边还时不时瞄瞄办公室里的身影。

在董事长办公室，陈江河一脸严肃地与莱昂交谈。莱昂像做错事的孩子似的低着头："我知道应该在第一时间就通知你们，但是我想在扳回来后再告诉你，我比费尔南德更了解供货商。"陈江河仍然一言不发地注视着莱昂。

莱昂小心地想着措辞："眼下利益才是最牢靠的，合作不能光靠情感，而且伙伴之间需要信任，就像在西班牙时，我没有与你陈董交流太多，只跟你出海钓了一次鱼，我就坚信你是值得信任的队友，现在，该轮到你能不能信任我了！"

陈江河责备莱昂："你是合作伙伴，分销商被挖光，出了这么大的事你不该瞒着我。"莱昂尴尬地看着陈江河，说："陈，我知道我错了，所有的损失我会自己承担。"

陈江河摇头："咱俩是合作方，你做初一，我做十五，你吃肉来我喝汤。玉珠集团不会更换合作伙伴的，资金、人力方面有什么需要的尽管说，我会全力配合，等你的好消息！"莱昂感动得眼泪在眼眶里打转，他伸出手，与陈江河紧紧相握。

莱昂吹着口哨，一脸轻松地走了出来。邱岩正低头看电脑，莱昂已到桌前，双手撑桌盯着她。

莱昂轻声责怪邱岩："我那顿饭白请了吗？"

邱岩抬头歉意一笑："你只求我别告诉陈董，所以我只告诉了骆总。"

莱昂转身向外走去，邱岩快步追出："莱昂先生！"

电梯门打开，莱昂回头注视。邱岩急急地问："陈董同意了？"

莱昂点头："我今天就回去。如果空城计失败，我就不回来了。"

"祝您成功！"邱岩大声喊着。

莱昂微笑着冲邱岩挥手告别。

邱岩刚要离去，另一台电梯门开了，王旭走出。

邱岩向王旭打招呼，王旭想中午请她一块吃饭，邱岩答应了。两人驾车来到藤香园餐馆内，王旭翻看菜单，邱岩坐在对面瞧他。

王旭问服务员："哪个是今天的特价和例汤？"

邱岩一把抢过菜单，王旭愣住："干吗？"

邱岩赌气地说："能不能点我爱吃的菜，而不是特价菜。"

王旭当然明白，邱岩不挑食，不虚荣，龙虾、牛扒、红酒都不想要，只想喝碗粥，聊聊天。邱岩划出几个菜，将菜单交给服务生："就按这下单。"

王旭打量她："怎么啦？"

邱岩摇头不语。王旭问："是不是莱昂今天回西班牙了，你心情特糟？"

邱岩欲起身，王旭一把拉住她，用歌唱道：我是一片云，自在又潇洒，身随魂梦飞，来去无牵挂。

唱完，又对邱岩说："你是一片云，万里之外飘回来，哈佛高才生，我哪琢磨得透？"

邱岩赌气。

"我为你付出那么多，你却一直想要躲，为你做那么多，你却一直在逃。"王旭终于说了出来。

邱岩感动了，重新坐下。

王旭说："玉珠公司宣布降价，正式跟杨氏打价格战！"

"所以你要省吃俭用？"邱岩问。

"对不起，这是我的习惯。在大学前三年，没人知道我家里有钱。"

邱岩默默地注视着他，王旭则尴尬地摆弄着筷子，他这人很难跟别人说出心里想法，从小母亲就说他心重。邱岩回来了，王旭却不知该怎么面对她。他甚至妒忌小弟，怀疑邱岩对自己不如小弟。

邱岩扑哧一笑："就像小时候那样面对。"

王旭想约邱岩下午跑个长途，邱岩问他去哪儿，王旭说带她去一个做梦都想带她去的地方，邱岩点点头。

九

商城外，陈金水拄着拐杖与骆玉珠边走边谈。这次骆玉珠想了很久才来找金水叔，是因为玉珠公司宣布欧洲货全面降价后，江河身上的担子越来越重了。村里人至今还是有事就找鸡毛，可他哪里还有时间处理那些乌七八糟的杂事呀！这难题只有您金水叔能帮他解决。

陈金水说："柱子去找江河的事是背着我去的，我根本不知道。柱子也确实做得太过分了，摊位不能换给他。玉珠你放心，这帮老人还是能听我一句劝的。"

骆玉珠诚恳地道谢，一面从包里取出几个红包，托陈金水分给柱子叔他们，就说是自己的一点心意。陈金水坚决推回，他请玉珠放心，不要把陈家村人想成要饭的，大伙都是从小看着陈江河长大的乡亲，只是说话不知轻重罢了，那一套不管用。

骆玉珠说，陈江河老是有一种还债心态，最好能让柱子叔他们做成是自愿，否则……

陈金水苦笑着，用复杂的目光看了看骆玉珠，转身离去，骆玉珠默默地望着他的背影。

鸡毛飞上天 长篇小说 Feather Flies To The Sky

〔第二十三集〕

一

秋天的傍晚，王旭与邱岩驾车来到赣州，车子在一堆废墟前停下，王旭诧异地往四周望了望，对邱岩说：“我以前就住在那座扳道工小屋，前两年还在呢，现在已经拆了，变化真大呀。”

“小时候你带我跑出来就是要找这地方？”邱岩惊讶地问。

王旭好像没听见邱岩的问话，自言自语地说：“怎么就没有了呢？往事，美梦，故人，怎么说没就没了呢？”

邱岩跳上铁轨，展开双臂保持平衡。她拉起王旭的手说：“来，我们下去走走，别总是多愁善感的。”

王旭口中喃喃，好像在说着什么，他感叹眼前的一切就好像发生在昨天。邱岩回头阳光灿烂地微笑着，王旭戴上耳机，又给邱岩戴好。两人笑着肩并肩往前走。夕阳西下，阳光暖暖地照在两个人的身上。

走着走着，王旭突然加快脚步向铁路站台走去。邱岩摘下耳机紧跟其后，她知道扳道工小屋拆了，但筑在王旭心里的小疙瘩却无法拆除。

两人沿着溪边，沿着窄窄的鹅卵石小路走着，邱岩左手挽住了王旭的右臂。为了缓和气氛，邱岩哼起了一曲《山丹丹开花红艳艳》：

“一道道的那个山来哟，一道道水

咱们中央红军到陕北

一杆杆的那个红旗哟，一杆杆枪

咱们的队伍势力壮

千家万户（哎咳哎咳哟），把门儿开（哎咳哎咳哟）

快把咱亲人迎进来

（咿儿呀儿来吧哟）

热腾腾的油糕（哎咳哎咳哟），摆上桌（哎咳哎咳哟）

滚滚的米酒快给亲人喝

（咿儿呀儿来吧哟）

满天的乌云（哎咳哎咳哟），风吹散……”

听着邱岩优美的歌声，王旭开心地笑了。

在小镇上，俩人找了家火锅店，点了赣州鱼丝、南康荷包肉、黄元米果、南脐。王旭先灌了自己一瓶啤酒壮胆，邱岩则开心地吃着赣橙。王旭一只手夹菜，一只手拿啤酒，就着邱岩的手咬了一瓣橙子。邱岩尝了一口调料，有点拿不准咸淡，王旭贪婪地直接拿起邱岩刚吃过的筷子，夹了菜就放进嘴里。

晚饭后，两人又在小镇转了一下，一路上，邱岩都在逗王旭开心，待他们返回的时候，王旭的心情也好了很多。

二

义乌商贸区彼岸咖啡厅里，骆父捧着一杯白开水，笑眯眯地看着陈路喝咖啡。

“您怎么不喝咖啡啊？”陈路问。

骆父告诉他，自己喝了咖啡晚上睡不着觉。

“嗳，我告诉您一个事儿，我们以后不能在网上聊天了。我爸把网线拔了。”陈路说着话锋一转，问骆父，“您想过死了以后去哪儿吗？”骆父听后吓了一跳：“你怎么想起问这个？”

陈路说：“有一天我突然想，我死了，这个世界就没我的人影了，好可怕！那天我还偷偷地哭了一个晚上呢。”

“你小子，胡说些什么？你才多大呀，那是我该考虑的问题。”骆父说着拿过一个包递给陈路，“咱俩是好朋友，对吗？”

陈路问：“怎么了？”

“你帮我一个忙，把这个包给你妈妈。”骆父说。

陈路皱着眉问：“赎罪的狼，我现在有点搞不明白了，你到底是我妈的朋友呢，还是我的朋友呢？你跟我妈也认识啊？”

“从前认识，但现在断了联系，我一直欠你妈妈这个，走之前必须要还的。”骆父说。陈路很惊诧：“走？您要去哪？”

骆父将包塞到陈路的手上，微微一笑：“我也不知道，但我会想你的。”

三

清晨，深秋的车站小镇十分漂亮，镇东北方向是一片绿树修竹掩映下的山坡，南边是山泉叮咚的溪水。黑色的砖瓦和绿色的作物构成了一幅幅美丽的秋景图！扳道工小屋遗址周围长满了石榴、鸡爪梨，还有金黄色的菊花，有几株菊花经过多次摘心，分生出了上百个花蕾；有些品种的枝条柔软多瓣，组成了菊塔、菊桥、菊篱、菊球等形式精美的造型，又培植了立菊、悬崖菊、盆景菊等，形式多变，蔚为壮观。想起当年的田园生活，王旭这个久居城市的年轻人备感舒心。如果不是因为工作的牵绊，王旭真希望到车站小镇去生活，种上一院子的菊花;养上一群鸡鸭鹅，还有狗狗……

王旭和邱岩两人沿着轨道走出了很远。王旭指着远处，想起了自己小时候，爸爸扛着铁锹从那边一直走，每次他跟妈妈去接爸爸，都会晃晃手电筒。还有山那边的野果、池塘，爸爸经常带他去采去玩。

王旭感叹道：“如果一直生活在这个铁轨旁的小木屋里，我应该不至于像现在这样累吧。”

“可是你的小木屋已经拆了！”邱岩提醒道。

王旭一愣，抬眼看她，邱岩正注视自己。邱岩说：“你知道自己为什么累吗？你的心一直停留在过去，因为小时候的经历，总觉得现实残酷，总想在别人面前证明自己，尤其在你爸面前。”

“你真像个体贴的心理医生。”王旭说。

邱岩严肃地说：“不管你想不想承认，你总觉得寄生在新的家庭里感觉到不安全，内心焦虑，这跟我刚出国时的遭遇差不多。但是这些年我熬过来了，而你没有。王旭，你的小木屋已经拆了，你该做新的梦了，未来比过去更迷人呀。”

王旭一声轻叹，一阵感动，目光中闪着晶莹，他对邱岩说：“做我的心理医生吧？”邱岩顽皮一笑说：“我怕你聘不起呢。”

话音刚落，王旭迅速从怀里掏出一个首饰盒，打开盒盖，取出一条精美的项链。邱岩吃惊地看着王旭，一动不动任由王旭把项链挂在自己的脖子上。

“我聘你，喜欢吗？”王旭深情

地注视着邱岩问。邱岩笑着点点头。

四

黄昏，陈家别墅客厅，骆玉珠妆容得体地坐在沙发上接受义乌电视台采访。

记者：“您好！请问您对这次参选义乌十大女杰有什么感想？”

骆玉珠微笑着说：“感谢社会各界给了我这份荣誉，说实在的，离杰出两字我还差得很远。”她顿了一会，继续说道，“玉珠集团发展比较坎坷，但对社会慈善事业一直比较热心。这些年，我跟我丈夫捐建了几所山区小学，也建立了玉珠慈善基金，就算是为那些失学孩子、孤寡老人尽一份爱心吧。”

记者：“现在您的呼声很高，如果您成功入选，您是不是会……”

记者的话还没有问完，陈路急匆匆地进屋喊道：“妈，你认识赎罪的狼吗？”

一旁的赵姐一把拉过陈路，捂住他的嘴。骆玉珠瞥了儿子一眼，向记者说了声：“对不起。”

记者笑着说：“没关系，再录一遍就行，我正好调一下机位。”

陈路继续喊道：“妈，你还没回答我呢。”

骆玉珠趁记者调整摄像机，起身没好气地拉过儿子，低声骂道：“你这个小祖宗，也不看看这是什么场合，尽捣乱。跟我说，是不是又见网友去了，等你爸回来再收拾你！”说完就要回到客厅。

陈路把怀里的包递给妈妈，说：“我那个网友认识你，他姓骆。他让我把这个转交给你。”

骆玉珠接过包，见里面全是钱，还有一张纸条，上面写着：

“玉珠，爸爸没脸见你。这是还你的钱，还有这些年的利息。”

骆玉珠一看，脸色苍白地呆坐在那。

记者在外面催促，骆玉珠说了一声“请稍等”就把门关上了。

陈路不知道到底发生了什么事，问妈到底怎么啦。

骆玉珠猛地扳住儿子肩膀，严厉地说：“你小子以后再敢见这些乌七八糟的网友，我就打断你的腿！”

陈路从没见妈妈这样凶过，一时不知所措，眼泪在眼中打转。

赵姐忙进来劝：“夫人，您这是干吗呀？生这么大的气……外面记者还等着呢。”

在陈家别墅的露台上，骆玉珠将纸条递给了丈夫，陈江河仔细看了看，说了句：“还算有良心。”

骆玉珠的眼里满含泪水，说：“多少年了，他不在乎我的死活，他拿钱跑的时候，是知道我要担负责任的。如果当时我死了也是白死，他难道不清楚？”

陈江河安慰妻子道：“你别生气，其实啊，你爸可以不还这个钱，可以一辈子不回来认你。”

“那是他良心过不去，他怕死了要下地狱。”骆玉珠说着哭了起来。陈江河走到妻子身后，按住她的肩膀，劝她冷静。骆玉珠深深喘息道：“我不想再见到他，可他居然找到我儿子了。他是看我现在过得好了，又想算计我吗？真是狗改不了吃屎！”

陈江河提醒说：“那他主动还这笔钱，又怎么解释？”

骆玉珠觉得那是父亲用小钱套她的信任，将来再骗自己一笔大的！

陈江河耐心开导妻子：“玉珠，你知道我是怎么想的？我一生下来就被扔在野地里。我也想过，如果我的亲生父母找来了，我该怎么办？”

骆玉珠抬眼看着丈夫，一脸茫然。

陈江河出神地想象，想象着自己可能会发一顿脾气，也许连脾气都没有，毕竟过了那么长时间了。也许自己会善待他们，让他们愧疚，在自己面前忏悔。可能也许……自己不会跟他们很亲，会保持距离地对他们好，总之一万种情况都有可能。但是，不可能一直不认亲人。骆玉珠握住丈夫的手，感受到了温暖的大手传递过来的大度和包容！

陈江河再次安慰妻子，劝她别再多想，明天还得补录采访，这个十大女杰可是这么多年一直想要的！赶紧休息。骆玉珠长叹了口气起身，随丈夫进屋。

底下一楼的窗户半开，陈路探着头心惊肉跳地听着……

当晚，骆玉珠做了一个梦，梦中的她抱住父亲的胳膊哭喊：“我不想走！爸爸，你别让他们带我走！”骆父含泪发狠地，掰开女儿的手：“愿赌服输，我赢了……再来救你。”转身离去。玉珠再喊：“爸爸——爸爸……”

骆玉珠猛地坐起身，发现脸上全是泪水，一摸旁边的枕头是空的。她轻轻地来到阳台。听到陈江河正低声跟莱昂通着电话：“莱昂，这是一步险棋，只能再等三天，这边压力也很大……二次降价知道意味着什么？我不想打价格战懂吗？”陈江河越说越大声：“玉珠公司的货全部是好货，决不能靠压价卖出！我不能被人勒索！”

骆玉珠推开门，将睡袍轻轻披到丈夫身上。陈江河挂了手机，夫妻俩默默注视着对方，陈江河捧着妻子的脸：“你哭了？”骆玉珠微笑地摇摇头。骆玉珠答道：“所有人都可以乱，唯独你不能。”陈江河笑了笑，搂住妻子轻轻地拍了拍她的肩。

这天，骆玉珠的车从陈家别墅小院里开出，直行上了公路。陈路抱着书包，老实坐在后座，后面有出租车保持距离跟随着。

骆玉珠看了一眼后视镜，警惕地告诉陈路：“以后那个叫什么狼的再找你，马上告诉妈妈，不许再跟他接触。”

陈路奇怪地问：“妈，你为什么那么恨他？”

骆玉珠双眼盯着前方，说：“那是一个坏人，非常坏非常坏的人！”

陈路眨眨眼道：“不像啊。”

骆玉珠开导儿子说：“坏人都写在脸上吗？”

陈路突然说了一句：“外公怎么会是坏人？”

听到儿子这句话，骆玉珠心一慌，车差一点撞到公路边的护栏上。骆玉珠转头怒视儿子：“你怎么会知道的？”

陈路主动向妈妈坦白，是昨晚爸妈说话声太大了，其实自己本来是没想听的。

骆玉珠指着儿子鼻子说：“你没外公，你外公早死了！”

陈路惶恐地点了点头。

五

王旭焦急地走出商城，给陈金水打着手机：“爷爷，他们不想分销我们的五金！”

陈金水停了一下，问：“为什么？”

王旭在电话里说：“最近市场变化很大，好多货都积压在手里，有的分销商只答应进一点。”

“把他们请到家里，我来说。”陈金水说。

王旭挂上手机，沮丧地重新走进商城。

在玉珠公司，邱岩皱眉摇头，最近销量降得很厉害。巧姑拍拍邱岩的肩膀，低声宽慰道：“公司这几年经历过大小几十次危机了，所有员工包括骆总都可能急得不行。我得出的经验是，只要报给陈董，一切都会过去。”她让邱岩马上把数据报陈董。

邱岩刚要走，巧姑突然发现了她脖子上戴着的项链：“这是玉珠公司半年前开发的首饰，我也喜欢，可骆总说不符合欧洲人的眼光，没让批量生产。”邱岩惊诧地看着巧姑，眼神中充满了失望。

陈江河办公室。他正在翻看几份合同，陈大光坐在陈江河面前介绍自己的战绩：“这些是几个厂的意向书，全说通了！只要提供统一标准，他们调整生产，定制产品没问题。”

陈江河笑着说：“好！老将不减当年勇，大光，你好样的！”

大光一乐，得意地说：“只要知道对方想要什么，我就有办法。”陈大光顺便把这些天的花销明细列得清清楚楚，递给陈江河。

陈江河把清单放在一边，问大光："最近王旭在你那儿干得怎么样？"陈大光一笑，忙说："挺好，这孩子挺聪明的。"陈江河说："你也别骗我了，王旭这孩子有傲气，有赌气。大光，拜托你了，想办法把他这两个气压下去。"

这时邱岩敲门进屋，陈大光起身告辞。

邱岩一脸焦急，向干爸递上一份传真，告诉他降价不起作用，玉珠公司的货在欧洲销量下降得很快。陈江河问邱岩对此有何看法，邱岩认为，关键在于销售渠道太狭窄，莱昂的分销商有一半已经跑到费尔南德那边去了，再加上外国人并不认可玉珠公司的品牌，除了打价格战，玉珠公司没有任何优势。邱岩随即给干爸出主意：从长远利益讲，玉珠公司应该拓展销售渠道。陈江河愣了一下，饶有兴趣地请邱岩往下说。

"如果莱昂真的没实力，玉珠公司也不能在一棵树上吊死。"邱岩黯然地说道。陈江河问邱岩这两天有没有与莱昂联系。邱岩摇摇头。陈江河微微一笑，告诉她：莱昂正在唱一出空城计。邱岩吃惊地看着陈江河，苦笑。

夜晚，在一家西班牙人开的酒吧里，莱昂醉醺醺地扫视众人，几个人在传看合同，他上前一把抢了过来。

莱昂挥了挥手里的合同，得意地说："这些都是我在中国义乌签的协议，义乌是全球商品流通中心，将来我就是中国货在欧洲市场的王。杨氏和费尔南德算得了什么，他们只不过是草包公司而已，他们只是中国同类商品的百分之一。凡是现在没走的好兄弟，以后跟我都不再是统销跟分销的关系。义乌大老板说了：我们进四出六，利润的六成给大伙分红。我们有钱一起赚，有福一起享。"众人先是面面相觑，随即欢呼雀跃。

唯一站着的人摊开双手，表示无法接受这一残酷的事实。他用西班牙语斥责莱昂："你不能这样对待老朋友，大家毕竟共事了那么多年。"

可莱昂却指责对方道："你还有脸跟我说朋友？找你的费尔南德认祖宗去吧！"

那人还想申辩，莱昂甩出一个酒杯，他连忙逃出门外。

莱昂举起酒瓶，摇晃起身，和大家一起干杯，并用西班牙语鼓励大家嗨起来，赚大钱。

六

在陈金水家，王旭正跟几个客商交代，气氛很是紧张，陈金水沉闷地抽着烟袋。

王叔是门窗五金厂的行家，他知道这里的五金是好，可最近市场饱和，好多五金件都滞销了。

王旭急了："马上就要农忙了，请王叔包销部分农用件行不行？"

王叔听了苦笑道："小旭，你去下面看看，这市场不大，让我一下子包销几万把铁锹，吃不了。"

王旭感叹，市场真如河底摸鱼摸不准，自己跟爷爷要做的时候，这伙人都大声叫好，现在产品出来了，却都不认账。

客商们看着陈金水，陈金水磕磕烟袋，深知他们也有难处，叫王旭别难为人家了，毕竟买卖都是商量来的。

其他客商与陈金水告别了，只留下王叔迟疑没动。陈金水头也不抬，挥挥手，让王旭送客。

王叔提醒陈金水道："现在竞争这么激烈，当初大光给的那批出口五金件就好卖。"

陈金水抬眼怔怔看着他。这时王旭进屋，王叔忙起身，两人擦肩而过。

王旭坐下，与爷爷商量下一步的打算。

陈金水想了想，说："王旭，你先别声张，也别让你爸妈知道这事。批发不行就零售，天无绝人之路，我偏不信邪，市场那么大，五金件是必需品，怎么会无销路？"

王旭点了点头。陈金水突然问了一句："小旭，你是不是有事瞒着爷爷？"王旭看了一眼爷爷，随即低下了头。

玉珠公司会议室里，各部门主管看着手中的报表叹息，陈江河与骆玉珠坐在一端，听着邱岩讲述。

"根据几个市场的反馈，杨氏产品二次降价后，我们的销量持续下滑，我们的分销商也不如从前积极了。"邱岩说。

骆玉珠神色恍惚，陈江河看着大家说："各位有什么高见，或者牢骚，都说出来。"

会议室里，众人七嘴八舌，一片哗然。

"我们也二次降价！这场价格战不能认输。"

"我们应该跟莱昂之外的代销商接触。"

"我觉得应该从西班牙撤回来，减少损失……"

陈江河轻声叫了妻子一声，骆玉珠看看表，接小路的时间到了。骆玉珠便轻声走出会议室。

义乌绣湖小学校门口，陈路背着书包，正跟同学蔡晓丹边说边走出校门。

蔡晓丹说："你那外公很厉害啊，这么大年纪了还上网聊天。"

陈路说："不光是上网聊天，他打游戏，编故事，吹牛都是一流！"

正说着，蔡父在一辆货车上招手，蔡晓丹询问陈路要不要搭顺风车，陈路摇了摇头。

刚过拐弯角，突然有一只手拉住了陈路，他吓了一跳："你是谁？"

"我是开出租车的，是你的……"陌生青年男子话还没说完，骆玉珠大喊一声出现在他面前："别动他！"她冲上前一把将儿子搂在怀中，问："他没有欺侮你吧？"

青年男子突然对着骆玉珠喊了一声："姐。"

骆玉珠惊诧地打量着他，青年男子憨厚一笑："姐，我是天宝呀。"骆玉珠一言不发地站在那里。

"姐，你走那年，我还不懂事，我只知道有个姐……"见到姐姐，骆天宝无比激动。

陈路忙问妈妈这人是谁，骆玉珠拉起儿子说："是个疯子吧，我也不认识。"

骆天宝拿出一张照片，在后面追："姐，我这有照片呢，你还抱着我呢。"

骆玉珠回头狠狠地甩下一句话："你再追，我就叫警察了。"

骆天宝停住脚步，眼巴巴看着骆玉珠带孩子上车。

骆玉珠的车启动，直冲到出租车旁边："能找到你爸吗？"骆天宝喜出望外，用力点头。"那好，你先等会，我把孩子送回家，取个东西，你带我找他去！"骆玉珠说。

入夜，陈家别墅餐厅，陈路坐在餐桌边，一边吃着赵姐刚做的东河肉饼，一边手舞足蹈地给哥哥描述下午放学时发生的一幕，王旭听得莫名其妙。

陈路说："那个出租车司机一把攥住我肩膀，他力气可大了！我使了一个降龙十八掌，又来了一个鹞子翻身……"

王旭可不管你什么降龙十八掌啊，鹞子翻身的，他打断弟弟的话问："唉唉，你等等！你刚才说妈跟这人走了？"

陈路回答道："是呀，本来我要跟去的，可妈不让。"

兄弟的对话还在继续，邱岩疲惫地进屋叫了声赵姨，赵姐忙从厨房出来，没见陈江河的身影，就问了一句："陈先生怎么没有一块儿回来？""干爸还在等欧洲发的传真呢。"邱岩接过话说道。

邱岩从王旭身前走过，将项链放在桌上，说试戴效果不错。

陈路激动地对邱岩说今天遇到坏人啦，而邱岩却笑笑走进自己房间，王旭呆呆地看着项链，忙起身追上。

王旭敲开半掩的门，举着自己送的项链进来。

邱岩有气无力地问："王旭，这是不是公司出的样品？以后你送女孩子礼物真心点好吗？"

王旭一听笑笑说："哦，你是说我没花钱给你买礼物吧，可这项链我觉得很珍贵，因为里面有我的设计。"王旭指着一处花色，"你看，这式样多漂亮，这是我的心血。"邱岩的笑容重新回到了脸上："真的啊？那你给我戴上。"

陈路从门缝里偷偷瞧着哥哥给邱岩戴项链，做了个鬼脸。王旭出来，让邱岩早点休息。

陈路在走廊里低声说："哥哥骗人，你根本就没设计过妈妈公司的首饰。"王旭忙连骗带哄，把弟弟拉了出来，像扛麻袋一样抱着弟弟向楼上逃去。邱岩靠在墙边听着，慢慢将门关上。

七

路上，夜色昏沉，车灯闪耀，前面的出租车在野外颠簸，骆玉珠开车紧紧跟随，两辆车一前一后进入一偏僻小村，出租车"嘎"的一声停靠在院子旁，骆天宝下车，走到骆玉珠前面，说："姐，到了，就这里。"

骆玉珠提着包跟着走进小院，骆天宝用手电照着前面的路。骆天宝告诉玉珠，自己都不知道爸已经找到姐了，前两天才得知呢，爸爸还竭力阻止自己去找姐。

这时屋里传来骆父的声音："天宝？跟谁说话呢？"

骆天宝高兴地说："爸，看谁来了。"

骆父正趴在桌上记着什么，转头慢慢起身，见骆玉珠提着包站在门口，骆天宝尴尬地看看两人。

骆天宝："爸，我姐非让我带她来看你。"

骆父颤抖着嘴唇喊出两个字："玉珠。"

骆玉珠冷冷地将包甩在他面前，说："这是你的钱，没动，我怕脏了我的手。"

骆父痛苦地摇了摇头。

骆天宝喊："姐？你——"

骆玉珠狠狠地对父亲说："第一，我们没有任何关系，也不认识对方。第二，从现在起你不欠我的，我也不欠你的。第三，如果想还债，等下辈子。"

骆玉珠说完转身就走，只听身后"扑通"一声，骆父哭泣着跪倒在地："玉珠，爸对不起你啊！爸没脸见你！我是被诈赌的啊！"骆天宝忙上前搀扶："爸！你起来！你这是干什么呀？"

骆玉珠不为所动，她大步走出院子。

陈江河一动不动望着远方，车灯闪动，一辆车疾驶而来。骆玉珠回到别墅，将车停在屋外，一脸沮丧地走到丈夫面前。陈江河凝视骆玉珠，什么都没问，将手里的披肩给她裹上，拉着她的手，走进别墅。

当晚，在陈金水家，巧姑依偎在老爸的肩膀上，幸福地笑着。陈大光滔滔不绝地说着："我把几个厂的合同往那一放，江河的眼睛都亮了！欧洲那边打价格战连利润都没了，生产又没人抓，现在公司里除了我，没人能帮得上忙。"

巧姑笑着，看丈夫如何把牛皮吹上天。陈大光咧嘴笑："陈江河的原话啊，你们听。'好！大光，老将不减当年勇，也就是你有这本事。'"

陈金水看着女婿不发一言，巧姑却不信："世界各地到义乌经商做生意的人多如牛毛，凭什么就你跟那些厂长关系铁？"

陈大光得意一笑："这还用说，说明你老公有本事嘛！"

陈金水叫巧姑放水去，他今天想泡个热水澡，巧姑答应着起身。

陈金水自叹自己老啦，越来越搞不明白、摸不透了。陈大光向老丈人透露，这年头在外面混得有点手段，不然真不行！

陈金水看女儿出去，抖了抖烟袋，问大光："这两年拿了公司多少货去卖？"陈大光沉浸在得意中，没反应过来。

陈金水冷冷地注视着："厂长能额外分给你货，那成本就得打在我们公司的账上吧！"

陈大光惊讶地看着老人。

陈金水厉声道："多少！"

外面传来哗啦啦放水的声音，陈大光哆嗦着嘴唇，猜这一切肯定是王旭告诉老头的。

陈金水那个心寒啊，他继续说："你还有脸吹牛？他们的脑瓜比你聪明一百倍，你当陈江河、骆玉珠是傻瓜，会不知道吗？"

陈大光心惊胆战地："爸，他们应该不知道……"

"啪！"陈金水一个响亮的巴掌扇过来，陈大光忙捂住脸。

陈金水一副恨铁不成钢的样子，对陈大光说："你从里面出来，我跟你说的第一句话是什么，你还记得吗？"陈金水颤抖着举起烟袋抽他："重新做人！让别人瞧得起你！你却在人家夫妻眼皮底下伸手撮便宜！王旭是你的侄子啊，你还要脸不要？"

陈大光低声抽泣，跪着求岳父原谅："爸，我所做的一切都是为家里好啊！我不想让巧姑上班，想养着她跟孩子，这事千万别让巧姑知道啊……"

陈金水闭眼仰天长叹："陈家的脸面被你丢尽了！"

陈大光低头抹泪，眼中却透着恨意……

八

陈江河跟随巧姑急匆匆走进玉珠公司，巧姑告诉他："里面有几个人问什么都不说，只说找陈董。"

陈江河问："那几个人长什么样？"

巧姑说："没看清楚。我叫了保安。"

陈江河往屋里看了看，见是大狗，便用手一摆，止住了巧姑。

会议室门口，几个员工正好奇地往里张望，见陈江河走来连忙散了。屋里两个保安正手持警棍严密把守，大狗带着几个手下规规矩矩地坐成一排，一人抱着一个包。

大狗低声提醒手下："都给我职业点！"

门开了，陈江河微笑着走进来，还没等招呼，大狗一声口令："全体起立！"

手下都齐刷刷地站了起来。

陈江河哭笑不得："你们这是干吗？"

大狗像背台词一般："苟日新带兄弟们弃暗投明，向玉珠集团报到！请陈董接纳！"

众手下显然是排练过，齐声道："请首长指示！"

会议室外，围观的员工都乐得不行，陈江河转身冲保安和巧姑道："你们先出去吧。"

关好门，大狗倒吸了一口气，手下兄弟快哭出来了："哥，我憋不住了！"

陈江河问："干吗不让他们上厕所？去啊！"

大狗点头，手下兄弟这才箭一般地冲了出去。

陈江河不明白，大狗这是给自己唱的哪出戏啊？

大狗认真地告诉陈江河："我们哥几个合计了，还是上这划算，至少不用担惊受怕，前提是你得说话算数。"陈江河立即笑着点头，并与大狗拉钩。

大狗神秘地凑上前，悄悄告诉陈江河，除了在义乌看守所，这帮小子就没被人管过，千万不能在此丢了集团的脸，因此大狗将他们都给军事化了。

在工厂食堂里，桌上已摆了十几个空盘，大狗和手下还在狼吞虎咽地吃着，工人们像看见了怪物似的指指点点。

夏厂长拉着陈江河走到门外，问："你从哪招来的这几匹饿狼？"陈江河神秘地说："这些都是天才，一个至少顶仨技术员！有朝一日你老夏都得求着留他们。"夏厂长不相信，说陈董吹牛不打草稿。陈江河会心一笑说："那我把人拉走，放别的厂去了。"夏厂长忙拦住，并答应给他们安排四人一间的宿舍。

陈江河摇头："按技术员的标准，两人一间给以优待。暂时什么活都别安排，帮我看着就行。"老夏傻傻地看着陈江河，无奈地摇摇头。

夏厂长看过去：大狗手下正无聊地趴在窗前眺望女工，还有的躺在床上翻看杂志。大狗和其他人正围坐着打纸牌，脸上贴的都是纸条……

九

王旭正将车开到商城门口停车场，广播里的一则新闻引起了他的注意："飓风袭击东南亚，有数十万人受灾……"

王旭锁好车走进商城大门，看几个商贩正在看公告栏，有人念着：

"联合国开发署、联合国难民署征集救援铁锹、难民营建设所需器材……"王旭转身走出几步，突然回头看了一眼告示，飞奔出商城。

夜无声，门被重重敲响，陈金水拄着拐杖上前开门，王旭一脸兴奋地抱着笔记本电脑冲进来："爷爷！我们的命运改变了！"

陈金水诧异地问："什么命？"王旭打开电脑，快速地打开网页：

"我给您念，这是最近的新闻。印度尼西亚西部海域发生 8.5 级地震，巴基斯坦遭遇特大洪水，飓风袭击东南亚。"

陈金水还是没听懂王旭的意思。

王旭继续说道："您再看看这个新出的告示，整个东南亚，还有我国云南、广西，都急需救援器材，最关键的是灾后重建，灾民最需要什么？当地的政府除了药品还急缺什么？是五金器件呀，爷爷！"

陈金水眯起眼仔细瞧，上面写着"联合国难民署……"陈金水恍然大悟，看着孙子缓缓点头，叫王旭快去找他爸。

玉珠公司办公室，陈江河将那份联合国公告放在桌上，神色异样地打量着儿子："这公告早晨我也看了好多遍，我们有多少货？"

王旭自信地告诉爸爸，有几万把铁锹，还有各类建筑五金，门窗五金，如果把简易热水器算在内，第一批货就有几百万的利润。

陈江河惊愕地说："生产了这么多，我居然不知道？"

王旭一笑说："爸，这几个厂是我们的秘密武器。我统计了一下，没有几个五金商手头有这么多货。这个利润还是按联合国难民署公开的价格计算的，如果我们找东南亚的分销商第一时间发出去，估计会即刻售罄，利润也会翻倍！"

陈江河没有说话。王旭继续劝着爸爸，还可以让所有的五金厂三班倒加大生产，灾后重建是赚钱的一个大好机会。

陈江河慢慢踱步，走到窗前。

王旭着急地说：“爸，您快下决心呀！”

陈江河：“好！你马上召集，开一个紧急会议！由你来汇报。”王旭喜出望外，转身出门。

陈江河陷入沉思。

玉珠公司里，邱岩正在忙碌，王旭得意地走上前，压低声音告诉她：“待会开会，我主持。”

邱岩一愣：“什么会？”

王旭神秘地说：“我抓住了一个重要的商机，能给公司小赚一把！”

邱岩笑着不敢相信：“搞得这么神秘，到底能赚多少？”

这时陈大光走来，见到王旭，说：“你小子这两天为何老请假，去了哪里？”

王旭像没听见一样，对邱岩竖起五个手指，邱岩拨开王旭的手。

陈大光还没反应过来怎么回事：“我要把小旭拉走，把我的本事传个一半给他——这是陈董安排的任务！”

王旭冷哼，对大光说：“我已经不是你的手下了。”

陈大光吃惊地问：“这么重要的事，谁宣布的？我怎么不知道？”

“用不着知道，待会开会我主持，你也不用参加了。”王旭说。邱岩皱了皱眉。

陈大光脸涨得通红，问：“什么会？”

“你是打外围的，这种商业机密还是少知道为好。”王旭说。陈大光用异样的眼神注视着王旭，冷笑了一下，转身大步离开。

邱岩着急说道：“你怎么能这样没大没小呀，怎么能跟大光叔这么说话。”

十

在玉珠公司车库内，骆玉珠停好车快步走向电梯，突然骆天宝从车后闯到了自己面前。骆玉珠吓了一跳，停下脚步。

骆天宝叫了声姐，骆玉珠打量他，镇定下情绪：“你怎么找到这里来了？”

骆天宝：“姐，我只求你去看爸一眼，当面原谅他。”

骆玉珠思忖，当年天宝还小，他根本不知道到底发生了什么，自己不能蛮横无理对待弟弟。

见到姐姐沉默不语，骆天宝劝慰道：“姐，你的事我也知道，可爸都对你跪下了，这还不够么？爸把钱连利息也还你了，你还要他怎么办？”

陈大光正从电梯下来，一个闪身靠在拐角。骆玉珠抢身要走，骆天宝抖出一个秘密，爸心脏已经做了两个支架了，骆玉珠一听停住了脚步。

骆天宝哀求道："妈早就不在了，这些年我跟爸相依为命，爸最后悔的就是对不起姐姐你，你怎么也要给爸一个赎罪的机会啊。"骆玉珠眼圈一热，但口气依然冰冷地说："我不是没给过他机会，他说的一点没错，这世上他最对不起的人就是我，他的死活跟我没有任何关系。"

骆玉珠快步走向电梯，陈大光屏息靠在暗处，静静地注视着眼睛湿润的骆玉珠……

玉珠公司会议室里，参加会议的人员基本到场，连老爷子陈金水也来了，唯独缺陈大光一人。

陈江河扫视众人，问站在长桌一端的王旭："大光呢？"

王旭躲避开邱岩的目光，支支吾吾地："他有事忙去了。"

陈江河点头，示意会议开始。

王旭开始滔滔不绝地说了起来："就在玉珠集团抢占欧洲市场的时候，东南亚，还有我国云南、广西，都出现了重大自然灾害。其中印度尼西亚西部海域发生8.5级地震，巴基斯坦遭遇特大洪水，飓风袭击东南亚，早上义乌商城贴出告示：联合国开发署、联合国难民署征集救援铁锹、难民营建设所需器材。而我们手里正好有一批五金刚刚出厂，目前我已联系到了当地的分销商，他们都表现出了强烈的兴趣。"

骆玉珠由恍惚转为惊诧，怔怔地看着儿子，又转身打量陈江河。邱岩抬头吃惊地看着王旭，问："难道你是准备绕过联合国分销到各地？"

王旭自信地点头，继续分析起来："联合国好比一级批发商，他们征集采购就说明当地已经极其缺货。如果公司产品直接卖到分销商手里，利润将非常可观！据我所知，灾区救援重建都有专款，我建议公司迅速组织一个特别部门，一手抓生产、一手联系各分销商，把握住这次老天送来的机会。"

骆玉珠听了，欣慰地冲儿子点点头。

陈金水微微一笑，这时陈江河开口了："希望大伙把握住这次机会，从国内贸易部抽调两个人配合王旭，在最短时间把货物筹集装箱，由王旭带队将这批货送往灾区。"

"没问题，我一定完成任务！"王旭高兴地说。

"我的话还没说完呢。大家听着，我们所有的产品都要以王旭的名义捐赠给联合国难民署、开发署。"陈江河的话让众人哗然。骆玉珠目不转睛地凝视着丈夫，邱岩坐在一旁不发一言，陈金水呆呆地望着陈江河。

陈江河斩钉截铁地说："绝不允许绕过联合国，偷偷卖给当地的分销商。"

王旭站起来，大声说:“我反对！”

陈江河耐心解释：“我们公司不是一直都在找好的慈善项目吗？现在救人性命的机会来了，我们要视而不见听而不闻吗？

“乐善好施，在浙江大地上有着优良传统。商祖范蠡第一次经商就赚了一大笔钱，布施给穷苦百姓；第二次经商赚了更多的钱，他再次布施。穷苦百姓非常感激，以后范蠡经商，经常得到大家的帮助，使这钱越赚越多，但他只留利润的十分之一，其余尽散其财，但依然积资万万，所以义乌话叫‘有钱布施不落空’。意思是好有好报，善有善报。正因为如此，在义乌敲糖帮中，施善行义方面也做到了极致。”

陈金水也随即站出来：“我也反对！这批货可不是小数目啊。”

陈江河耐心地劝导：“叔，我要用这批货换更有价值的东西。”

陈金水急问：“什么东西？”

陈江河刚要说话，邱岩脱口而出：“联合国开发署难民署指定产品！”

骆玉珠默默看着邱岩与丈夫，陈江河走近邱岩问：“有可能吗？”邱岩坚定地点着头。

陈江河下令，“就这么办，邱岩，你协助王旭去办手续。”

王旭欲哭无泪：“爸，这是玉珠公司辛辛苦苦创下的家业，难道就这么白白送人了？”

骆玉珠一把按住儿子，让他坐下。陈江河扫视众人，说道：“大家仔细想一想，玉珠公司的货为什么只能在欧洲打价格战，难道除了价格就没有其他吸引力吗？有人说质量，为了这批货，公司开展了近半年的调整！付出了多少代价，质量是有保证的，关键是品牌，人家是信不过我们的品牌啊！”

王旭责怪爸爸谈来谈去总是为了欧洲，莱昂都跑回国了，还谈什么欧洲市场？

陈江河愤怒了，一拍桌子，叫王旭住口：“兄弟姐妹落难时，你还想趁火打劫吗？今天要是在战场，你就是扰乱军心，是枪毙的罪！”骆玉珠狠狠拽住要站起的儿子，邱岩无奈地看着王旭。

这时陈金水突然平静地说：“这几万把铁锹，各类五金门窗等货物不是玉珠集团定制的，是我自己私下的关系，王旭只是帮我忙而已。”

陈江河苦笑着说：“叔，您是玉珠集团的大股东呀！”

陈金水缓缓起身说：“从现在起，不是了！”会议室里顿时鸦雀无声。

陈江河叫了一声：“叔！”可陈金水并不理他，拐杖一顿一顿地落在地上，往外走去。王旭追了上去。

骆玉珠无声地叹了口气，宣布：“散

会！按陈董的要求先去筹备货物。”

巧姑很是疑惑，骆玉珠转脸注视巧姑，巧姑忙点头带大伙出去，

邱岩也忙起身，陈江河一动不动坐在那。

骆玉珠走到丈夫身后，给他捏起肩膀，说："你把他们吓着了。"

"你儿子也把我吓着了。"陈江河还在生气。

骆玉珠的手停了一下，陈江河察觉到自己说错了话，起身看了一眼妻子，离开会议室。留下骆玉珠一个人，神情复杂地站在椅子后。

十一

在工厂宿舍里，大狗的手下在无聊地趴窗眺望，他们猜不透陈江河是不是真想白养他们。几天下来，他们都不好意思再去食堂吃白食了。

"款子都提前打到账上了，还怕什么？"听手下一说，大狗皱眉，搔了搔后脑勺说："当闲人吃闲饭还真有些别扭。"

手下凑上前说，陈江河是不是害怕哥几个造假货扰乱市场，所以把大伙给圈养着？

大狗将牌甩到手下脸上，骂他真是一只蠢猪。

开饭了，大狗带着手下敲着饭盆有说有笑走进食堂，员工们都用异样的眼神打量着，三五成群地窃窃私语："一群吃闲饭的。""我们厂最好的条件都给了他们，养太子、官老爷呢！"大狗装作没听见，排到了队伍后。

轮到大狗手下领早餐了，那人点头赔笑，示意想要六个吴店馒头。食堂员工没好气地告诉他，食堂新规定，一人最多只能领三个。听到这破规定，大狗手下喊道："不是主食随便吃吗？"

食堂员工拿铁勺敲着柜台，回敬一句："你当我这里喂猪呢？"员工们听了哄堂大笑起来，大狗脸红脖子粗地把手一挥："走！不吃了！"

陈江河办公室里，骆玉珠沏着道人峰茶，陈江河在屋里焦躁踱步："这小子，居然瞒着公司在外面私自生产，反了啊！"

骆玉珠想要替儿子解围："那是陈金水的厂子，王旭只不过帮忙。"听了妻子的话，陈江河更加生气："他眼睛里只有钱，永远只会为那点钱费尽心机。"骆玉珠给丈夫倒了一杯茶递上："你好好跟他说。江河，我跟你说白了吧，其实不止王旭，其他人也有怨言，他们只是不敢说出来而已。"

陈江河火气更大了，他问玉珠，"谁有怨言？有什么怨言？"骆玉珠慢条斯理地告诉他，莱昂那个销售渠道看来是败给费尔南德了，杨雪的货又疯狂降价，如果把所有的筹码都压在

欧洲，玉珠公司的风险也太大了吧？

陈江河惊讶地看着妻子，问：“‘穆桂英，花木兰’，怎么连你也动摇了？”骆玉珠叹息着解释：“这不是动摇。现在王旭找到了一个平衡的方式，他是在帮你，在帮玉珠公司啊！”

陈江河问妻子：“你以为我以他的名义捐这批货，是害他吗？”骆玉珠若有所思。陈江河一字一顿地说：“我在‘开四门’，一个货郎到一个新地方要广交朋友，四面八方的关系都要搞好，我是在给他铺路！”

话音刚落，外面响起一阵喧哗声：“我们要见陈江河！”“让我们进去！跟他论论理！”

夫妻俩对视了一眼，巧姑慌乱地走了进来，说：“陈董，柱子叔他们非要见您。”

陈江河快步走出办公室，柱子叔带着几位长者正跟前台引导员理论：“甭拦我！我帮陈江河的时候你们还在喝奶呢！”

陈江河一听笑了：“柱子叔，哪来那么大的火气？来来来，我们进去说。”

一见面，柱子叔就嚷嚷开了：“江河，哦，不对，应该叫陈董了吧！金水哥已经跟我们说明白了，我们也理解。摊位不换了，老哥几个也不给你添麻烦了。但你做得有点过分了！以为给几个红包就把我们打发了？”

陈江河一愣：“红包，怎么回事啊？”

骆玉珠使劲冲巧姑使眼色。陈江河突然明白了，转头怒视骆玉珠。

骆玉珠心虚，慌忙回避开那刀剑似的目光。

巧姑忙上前劝道：“柱子叔，此事能不能改天再说，陈董正忙着呢。”

“他忙着捐东西，忙着败家，我比你们还心疼呢。”柱子叔冷笑着说。

陈江河脸色一变，这是公司刚定的事，柱子叔怎么这么快就知道了呀？一定是陈金水回去告的状。

柱子叔冷哼道：“陈江河，你现在是大善人了，又是捐货又是收留那些制造假货的，就是不给叔叔、兄长们留一口饭吃。”

玉珠公司电梯门开了，大狗正带着手下气呼呼地出来。柱子叔边说边往外走，一面念叨：“按理说，公司就不该招闲人，怎么还养着那些造假的？岂有此理。在你眼里，我们还不如这群从看守所出来的！”

鸡毛飞上天

长篇小说

Feather Flies To The Sky

〔第二十四集〕

一

玉珠公司内，不等柱子叔几个反应过来，大狗一行早已凶神恶煞般地冲进了行政楼，大狗一把揪住柱子的衣领，大吼道："从看守所出来怎么啦？刚才这话是谁说的？"

"大狗！放手！"陈江河连忙上前阻拦。

大狗青筋暴露，用力撕扯柱子的衣领："老子就是不干了，今天也要教训你这把老骨头！"柱子叔不知道大狗凶神恶煞似的，会干出什么不要命的事，全身哆嗦着，直喊救命。

陈江河冲大狗怒吼道："住手大狗，先看看你自己，哪有个人样？"陈江河指着柱子叔："四十年前，我饿昏跌倒了，叔递给了我一块番薯，他是谁？"柱子叔听呆了，傻在那里，"我没有啊……我不记得了。"

大狗通红着眼死死地瞪着陈江河，慢慢地明白过来。骆玉珠忙上前拉住丈夫，一面催着巧姑去叫保安。"站住！谁也不许去！"陈江河忽然大喝一声。巧姑停下脚步，邱岩已经跑进办公室拨打电话了。

陈江河问大狗："大狗，你净说盖了多少间大瓦房，挣了多少钱，可这些年谁看得起你们？你们活得有人样吗？没错，我让你们吃住在厂里，遭了不少白眼。但至少现在你们挣的是光明正大、是干净的钱，活得像个人！好了，让你的人都松手。”

大狗咬牙把手松开了，柱子叔等老乡吓得忙退到陈江河身后。

大狗嚷嚷着："可你什么活都不让我们干，让人觉着我们是吃干饭的！”

那个叫二锤的手下听了十分不满，认为陈江河是存心污辱他们。陈江河问："从前你们挣黑钱都不害臊，现在拿闲钱倒害臊了？”

陈江河这话把大狗和他的手下激怒了。大狗瞪着眼问："陈江河，你是什么意思？”

骆玉珠紧张地看着几个人，悄悄拉住丈夫的手，陈江河却微微一笑："你们变了。”

大狗大吼道："陈江河，你是不是怕我们扰乱你的买卖，你是要圈住我们？”

柱子叔吓得又后退了几步，几个人搀扶住才没跌倒。

陈江河说："我承认，圈住你们是有扫清障碍的考虑。我错以为只有钱才会让你们舒坦呢，现在看来没那么简单了。那你们告诉我，到底为什么活着？”

大狗不言。陈江河继续说道："可我还想让你们有一技之长，有朝一日能帮我的大忙。我把你们当人，你们呢？自己都瞧不起自己了。”

大狗喘着粗气呆呆地站着。几个保安举着棍子警惕地打量屋里，陈江河忙对保安说："没事了，你们走吧！”他转身又对大狗说："大狗，给我憋足劲，等用到你们的那一天，再全都使出来！”

大狗用复杂的目光注视着陈江河，带着手下走进电梯。

柱子叔满脸是汗，脸色苍白，裤子也已经湿了，几个人搀扶柱子叔踉跄走出。邱岩从陈江河身前走过轻轻地说："我去找小旭。”

巧姑忙招呼大家："散了吧，各忙各的去。”

邱岩急匆匆进了陈家别墅，问赵姐："赵姨，王旭呢？”赵姐见到邱岩，像盼来了救星一样："你快看看去吧，王旭正在收拾东西，问他什么都不说呢！”

邱岩快步进屋，见王旭正闷着头往旅行箱里塞着衣服，邱岩问："你这是干什么？”王旭说："我要离开这个家！”

邱岩大声问："你要去哪儿？”

王旭说："你别问了，跟我一起走！”

邱岩一愣，随即拒绝："我可不想当逃兵。”

王旭恨恨道："你什么意思？你

说我是逃兵？”邱岩说：“不是吗？你爸和你妈有多焦头烂额，他们顶着多大压力，你难道不清楚？公司产品的销量急剧下滑，你不知情吗？”

王旭怒了：“所以我才想为他分担一些，尽心去帮他，可是他呢？你听到的，他都说了些什么呀。”

邱岩目光像钉子一般。她并没有安慰王旭，而是骂起了王旭心虚：“因为你怕自己不是陈江河亲生的儿子，你没有自信！”

王旭打断邱岩的话，恼怒极了：“对，我姓王，我不是陈江河的儿子。”

“王旭，你就是个懦夫！如果你现在走人，别人会怎么看你，如果公司真垮了，将来你还怎么面对自己？……”

王旭怔怔地看着邱岩，抱住头慢慢地坐下。

邱岩问：“还走吗？”

王旭无语。邱岩蹲下，抚摸着他的头，开导他：“现在你爸最需要的就是儿子的无条件支持啊！”王旭目光一震，抬头看着邱岩。

邱岩目光温柔地安慰道：“有我陪着你呢。”

二

“笃笃笃”，敲门声响起，陈金水打开里面那扇门，陈江河站在门口，叫了一声叔。见是陈江河，陈金水不愿意打开防盗门.

陈江河笑着说：“叔，您让我先进去呀。”

陈金水冷冷地问：“有什么事就在这说吧。”

陈江河一脸笑容地说：“最近一直在忙欧洲的事，咱爷俩没好好聊过，我有什么做得不对的地方，您老尽管说。”

陈金水“哼”了一声，问陈江河：“是最近吗？有大半年了吧？”陈江河又叫了一声，“叔，我……”陈金水打断了他的话：“因为进军欧洲市场我不同意，你才不来的吧？”

“叔，我不是忙欧洲的事吗？”陈江河依然笑着。

陈金水冷哼道：“陈江河，你现在是谁的话也听不进去了，我还是早点把股份撤出来，各走各的路吧。”

陈江河急了：“叔，您总不能让我一直站在门外吧，让我进屋说吧。”

陈金水不开门，忽然话锋一转，提起了陈大光：“大光的事你早知道？如果不是小旭，还要让他继续干到什么时候？”

陈江河一愣说：“叔，大光不容易，我这不是想帮帮他吗？”

“帮他？你还是先帮帮你自己吧！你这是在害他！”陈金水继续说，“再说了，你能不能把留给陈大光的耐心分给小旭一点呢，你儿子可是全心在帮你呢！”陈江河听了不由感到几分愧疚。

陈金水再次叫陈江河快走人，末了还没忘提醒他，撤股这事是板上钉钉——跑不了。说完,里面的房门“嘭”的一声关上了。

陈江河只好无奈地离开了。

手机铃声响起，他边走边接听。电话是莱昂打来的：“陈,你可知道我这边发生了什么？”

陈江河一脸惊讶：“什么，你把伙伴都拽回来了？”

莱昂兴奋地：“我建立了‘义乌，你好’网站，定期更新自己的所见所闻，推荐价廉物美的义乌小商品给西班牙人。我的网站意外地引起了西班牙一家电视台的关注，他们在一期专门介绍义乌的节目中提到了玉珠公司。媒体的报道，让我名声大噪。原本一个星期才 200 人的阅读量，一夜之间提升到了 6000 人的访问量，一周就得到了两百个客户的询价，欧洲其他国家的采购商也主动来联系我。

“我把自己未来的利益分出去了。但是不瞒你,现在每个人都在观望。”

陈江河兴致勃勃：“观望什么？”

莱昂抽丝剥茧地：“观望我跟费尔南德谁有胜出的可能。如果有人能把你们产品改进的细节都讲清楚，他们跟着我就会更有信心。我需要你给我派个人来，陈,把你们为适应欧洲市场所做的努力跟大家讲一下吧！”

陈江河陷入思索中，看来我跟骆玉珠得过去一个了。他对莱昂说：“我和玉珠你选谁？”

“不不不！有比你俩更合适的人。我见过她用不同的语言向几个国家的人介绍你们的产品，她还学过心理学。”

陈江河脱口而出：“邱岩。”

莱昂随即答道：“对，就是她！”

骆玉珠站在福田大厦外的街边等候，陈江河的车开过来，骆玉珠坐进副驾驶位，陈江河提起莱昂来电一事。

骆玉珠根本不相信莱昂：“这不是和尚头上的虱子——明摆着的吗?莱昂想要什么你应该清楚，他绝对没安好心！没必要跟这种赌徒绑在一起垂死挣扎。江河，是该放弃莱昂的时候了。”

陈江河见骆玉珠一根筋，就反问她：“义乌批发价几元的产品，在欧洲要卖几欧元甚至更高，利润非常可观。既然我们不会放弃欧洲市场，难道找费尔南德去？”

骆玉珠烦躁地说:“找其他渠道去！”

陈江河平静地说：“我相信莱昂会翻盘。”

骆玉珠急：“那也不能派邱岩过去！为了我儿子！”

听了最后几个字，陈江河火了：

“他也是我儿子好不好！你别话里有话！”

骆玉珠也很生气地说：“那是你自己说的！今年暑假儿子回来说，勤工俭学挣了多少钱，你看你那眼神！儿子那么兴奋地讲出来，就是想得到你的认可。可您倒好，连夸一句都舍不得，除了批评就是挖苦！”

陈江河恼火：“什么年龄什么身份，就做什么年龄和身份的事！他一个学生天天想挣钱干吗？挣到最后，情商没了，心眼就越挣越小了！”

骆玉珠抢白：“你心眼大！陈江河我问你，儿子小时候性格可不是这样的，为什么他现在见了你，跟老鼠见了猫一样？那是因为你给他的压力太大！上高中至今，你夸过他吗？我好像只听到过你劈头盖脸的骂声吧。”

陈江河满脸怒容地把着方向盘道：“骆玉珠，难道我会害他吗？当年我像他这么大时，已经懂得去安抚好厂里几百号人了。还有，你是不是背着我去找柱子叔他们了？红包也是你给的吧？”

“对，我是让他们别再烦你！别再给公司添乱！”

“谁给你的权力？为什么不经过我的同意！”

“商量？商量你会听我的吗？我问你，捐物资的事是不是陈金水泄露的？”

“我不知道！”陈江河越听火气越大。

“你不是去找他了吗？被他骂了是吗？骂你不通人情，骂你赔本赚吆喝，骂你……你自己的情商呢？”骆玉珠继续数落着。陈江河大喝一声道：“够了！你还有完没完？”

“我受够了！你就知道谴责别人！你永远是对的！”骆玉珠转过头望向窗外，眼泪不自觉地往下掉。

陈江河猛踩油门，车疾驶而去……

陈江河夫妻回家时，正碰到邱岩拉着陈路说笑走来。

邱岩笑着叫了声“干爸，干妈”。

陈路高兴地告诉爸妈：“姐姐去学校门口接我了。我们班男生都被震住了，说我姐是仙女，真漂亮！”

骆玉珠怜爱地冲邱岩笑笑，拉过儿子。邱岩诧异地看着骆玉珠通红的眼，以为是王旭的事让她不开心了。她告诉干爸，小旭没事了，他只是一时拐不过弯而已。陈江河用复杂的目光凝视着她：“好，家里有你在，我心里就踏实了。”

邱岩正要往屋里走，被陈江河叫住了：“邱岩，莱昂让你去欧洲帮他。”邱岩听了，吃惊地看着陈江河。

黄昏，王旭站在窗帘后，见陈江河正跟邱岩在门外说着什么，邱岩认真地听着。

陈江河望着邱岩：“情况我都跟

你说了，去与不去，你自己最后拿主意吧。”

邱岩笑笑说：“我听干爸的。”

接着，邱岩与陈江河说起了莱昂：“干爸，莱昂做假协议骗别人，这点很不好。但有一点他做对了，作为一级分销商跟其他人绑定，大家就可以分得共同的利益。相对费尔南德的垂直销售，莱昂这一手还是很有吸引力的！”

陈江河问邱岩：“那你认为莱昂有可能翻盘吗？”

邱岩自信地点点头，说：“在这个关键点，需要大家把火烧旺一点，如果能解决他们对产品的信心，就有翻盘的可能。”

陈江河欣慰地看着邱岩：“那你决定了？”邱岩意味深长地一笑：“干爸，您放心吧！”

晚上，在陈家餐厅内，一家人围坐在一起吃饭，王旭闷着头，气氛有些紧张。陈路奇怪地看看这个，瞧瞧那个，首先打破了沉默：“你们都怎么了？干吗都不说话呀？要吵架呀？”

大家都不理会陈路，邱岩给他碗里夹菜，示意他别乱说。陈路嘟囔着：“你们大人真是搞不懂。”

陈江河放下碗筷，走到楼梯上时，回头喊了一声：“小旭，吃完饭上楼喝茶。”王旭抬眼诧异地看着，骆玉珠神情黯然地注视着儿子。

王旭上楼，推门进屋，见陈江河正用盖碗往公道杯中滴渗。陈江河示意儿子坐下，王旭一声不响地坐到对面。

“小旭，你知道这些年我跟你妈都喜欢喝道人峰有机茶，还请了茶艺老师，是为什么吗？”王旭看了一眼陈江河，没有回答。

陈江河说：“因为道人峰有机茶是充满灵性的东西，它吸收了、占全了金木水火土的精华，也受尽了煎熬。被雨淋，被日晒，被锅炒，还得用沸水沏泡，最终才能吐出这样的芳香。”陈江河端起杯闻了闻，递给儿子。王旭却不领情：“我从不喝茶！”话中含着怨气。陈江河却依然往杯里倒水：“你呀，就知道咖啡、可乐，其实喝茶才是最好的。”

王旭冷冷地看着父亲。陈江河给儿子讲大自然与人类适者生存的道理：“茶受了那么多苦，到了嘴里，要是喝茶的人不明白苦尽甘来的道理，就等于没喝。小旭啊，你是根本不知道这些年爸妈吃了多少苦啊！”陈江河定定地看着儿子，递上茶杯。

王旭迟疑了一下，接过杯子，一饮而尽。陈江河把自己为何要捐赠物资的道理说与王旭听：“儿子，你以为让你去灾区捐赠这些物资就是为了打品牌吗？人家答不答应还没准呢，我都是为你开四门啊。儿子，人不能活得太自私。”

陈江河随口背起了《邱英杰日记》中的一段话：“你看看邱岩爸爸，活得那么阳光灿烂，死得轰轰烈烈。他说，让家乡义乌脱贫致富，是我一个美丽的梦想。这个梦想，像一颗美丽的蒲公英种子，生根了，发芽了，孕育了成长的力量，必将绽放美丽的花朵，我决心用自己的一生，用自己的智慧与热血，让她结出丰硕的果实。”

王旭目光怔了一下。陈江河眼眶湿润，叹了口气道：“只怪我跟你妈一直让你们泡在温水里，成了温水中的青蛙，缺了沸水冲泡。”

王旭眼睛一红，责怪父亲不理解自己：“我明明吃过苦，跟妈挤过火车，跟麻袋一起塞进车厢，睡在座位底下，这难道不算吃苦吗？”

陈江河笑着：“那点小苦算什么？大苦在这！”陈江河用力拍拍儿子的胸膛说：“若承受不了委屈，又扛不住压力，就算不得好汉。心胸如此狭隘，就会跟陈大光一样，靠算计过日子！一辈子都会让人瞧不起！儿子，世上聪明人太多了，别以为自己比别人聪明，其实到了最后，拼的可是理想，梦想有多大，你的世界就有多大！”陈江河再次拍拍王旭的胸膛说：“人要活得透亮，活得大气！”

王旭抬起头，吃惊地看着父亲，陈江河只在免费的爱溪小学上了五年学，只有小学学历。可是后来他走到哪，学到哪，还做笔记，现在的父亲啊，他差不多无论在哪个方面都比自己这个大学生强了。王旭清晰地记得，过去每次爸妈跑广州，都舍不得买卧铺票，晚上经常在地上铺张报纸就睡。前两年因为资金不到位、负债经营，还被人追着讨债！创业初期舍不得花钱，从广东运过来的原材料或者自己工厂的出货，都是由夫妻两人自己动手搬进店面，一次两大件，生拉硬扯地搬到三楼，一分一厘地节省下搬运装卸费；凡事都亲力亲为，就连打包、装箱都是自己动手。两人干的虽是脏活累活，却是乐在其中，一点儿不觉得苦，也没有感叹英雄无用武之地，只要家人和睦，赚到钱就好。

陈江河又倒好一杯茶，递给儿子，跟他讲起了公司的困境和后续计划……

王旭崇敬地看着父亲，眼含泪水点点头。

三

入夜，邱岩的房间内，她正紧张地准备产品资料。有人敲门，邱岩头也不回地答了一声：“请进。”

骆玉珠推门而入，打量着屏幕上的产品网页。邱岩忙起身叫了声“干妈！”

骆玉珠意味深长地看着邱岩，问：“真去帮莱昂？”

邱岩欲吐还休，叫了声：“干妈，我……”

骆玉珠拉住她的手，微笑着说：“小旭现在最需要的人是你，有你陪他去灾区，我才能放心。”

邱岩愣了愣问道：“干妈，您的意思是……”骆玉珠告诉她，公司这边确实要孤注一掷，莱昂那边也不能败，她很为难，想知道邱岩为什么会选择去欧洲。

邱岩坦诚地回答道：“捐赠物资，王旭一个人可以完成，他只需要得体发挥，不说错话就行了。可莱昂那边是场战斗，而且是新旧势力的决战。”

骆玉珠笑着摇摇头，顺手摘下腕上的玉镯，把它交给邱岩：“这是你干爸这么多年给我买的唯一一件首饰，我挺喜欢的，平时也舍不得戴，今天就给你戴上了。”

邱岩连忙缩手：“干妈，您这是？”

骆玉珠攥住邱岩的手，将玉镯套在她手腕上，一字一顿地说：“我和小旭，等你回来。”

邱岩听懂了骆玉珠话里的意思，她用复杂的目光看着干妈。

陈家别墅主卧内，王旭痛苦地看着父亲，缓缓地摇头，艰难地挤出一句：“不行，绝对不行。爸，求您了，我输不起。”

陈江河一声叹息道：“我讲了这么多，你怎么还是这个态度？”

“邱岩应该帮玉珠公司……妈妈把她叫回国，也是为了能帮家里分担一些；再说西班牙的麻烦可以由莱昂一个人去赌一把，根本没必要让邱岩跟着去当替罪羊。”王旭尴尬地回避开父亲的目光，低下头去。

陈江河凝视着王旭说：“你就那么不自信吗？你不让邱岩走，不就是怕莱昂把她拐跑了吗？”

“我什么都理解！也明白爸妈扛了多大压力，更知道莱昂那边值得冒险。我可以不要家产，但邱岩不能走，我输不起！她只有一个。”

陈江河叹了口气：“谁不知道她才貌双全、万里挑一？你就这么没有自信吗？一个从小一起玩大的女孩，居然怕被陌生人抢走？居然要找别的理由，牺牲公司的利益，去满足个人的这点小私欲？你这个懦夫、胆小鬼！你能不能活出自信来！你去照照镜子，看看你现在的样子！为什么心眼会那么小，总是去计较琢磨那些应该水到渠成的东西？”

王旭颤抖着嘴唇，含着泪说：“爸，我从来没有求过您，这次我求爸把邱岩留下，其他我都听您的。”

陈江河听了，猛地将茶杯摔在地上，嘴里甩出三个字：“没出息！”

骆玉珠听到声音冲上楼来，看着碎了一地的茶杯，王旭则瘫坐在椅子上哭泣。骆玉珠抱住了儿子的头，眼睛愤怒地瞪着陈江河。

陈江河大怒："放开他！你当他几岁呀，为什么就不能凭性情潇洒地活着，非要天天担心，活在恐惧里？"

骆玉珠吼道："够了！"

陈江河傻傻地望着老婆，骆玉珠颤抖着喝道："他要装也是为你装的，你出去。"骆玉珠指着门外。

陈江河痛苦地走出门。

四

入夜，贝村路烧烤一条街上人声鼎沸，柱子叔等人正在街摊喝酒议论着陈江河。柱子叔手攥丹溪酒瓶倒满一杯："当年要不是我，他陈江河能有今天？在袜厂我帮了他多大的忙？又帮他找到玉珠，他不要过河拆桥——忘恩负义！"

一伙伴附和道："真他妈的，害他的人，反倒好吃好喝供起来。对我们……东南亚遭灾跟他有什么关系，捐得比谁都多！"

"柱子叔，我们越听越有气，他陈江河是不是脑子进水了？"

柱子叔一拍桌子："不许你这样说他！陈江河是你说的？"

"柱子叔。"此时，冷不防冒出了陈江河，他正站街对面招手，柱子叔等几个人便交换了眼神，众人装作没听见径自散了。

陈江河尴尬地独自站在街上。

陈江河回家经过国际商贸城一期时，看到商城里还闪着幽暗的亮光，大门半敞，不由得迈步往里走去。

身后有人叫了一声："谁啊？站住！"

陈江河回头，手电筒照得他睁不开眼睛。

老大爷走近一看，见是陈江河，忙问："陈老板深更半夜的，您这是？"

陈江河趔趄着一笑，说："实在闷得慌，想来这里走走，可以吗？"

老大爷点点头。陈江河自嘲地往前走去，老大爷在身后平静地跟着。陈江河一面走着，一面像是在自语："大爷，您是不是没见过像我这么魔障的人？大半夜不睡觉来商城……"

老大爷回答："不稀奇，你是第二个夜里走商城的人。"

陈江河停住脚步，诧异地看着老大爷："您是说还有第一个，谁？"

老大爷回道："邱英杰，邱主任。"老大爷长叹一声："那还是十年前的事，在篁园市场里，一天夜里他敲开门，跟你一样说想在里面走走。"

陈江河惊讶地问："十年前？"

老大爷回忆："是呀，十年前，就是广场烧假货前一个月。邱主任可是大好人，我们家租摊的时候，还是他亲自帮助办的手续。那么好的人，说没就没了……”

陈江河鼻子一酸，问老大爷：“邱英杰那晚上跟您说了什么没？”

老大爷摇头：“没说，好像心里憋着什么事，他就这样一个人往前走，像你现在这样。”

老大爷打开灯，过道的灯齐刷刷地亮起，照亮了两旁的摊位。陈江河深吸口气，目光变得湿润。

身后老大爷喃喃地感慨道：“多少年了，年纪一大把了，买卖都让孩子们做去了，可我还是想看这个大门……邱主任是大好人，那天晚上也怪了。”

陈江河慢慢伸出手，抚摸着栅栏、墙壁，邱英杰的话在耳边回响：“将来这里要发生很多奇迹，江河，你跟你的孩子都会看到的。就算将来哥不陪着你走，你的列车也不要停下来，一站站地开过去，越远越好……”

邱英杰的手瞬间变成了陈江河的手，和缓地一寸一寸抚摸着每一个摊位，眼中闪烁着思索憧憬的光芒，陈江河的目光变得坚定起来。

从商城回到家，陈江河对妻子说，他也要去趟马德里，见见费尔南德。骆玉珠用惊愕的眼神问：“你见他干什么？”

“这场价格战不想再打下去，得当面跟他谈谈。”

骆玉珠看了一眼丈夫，无声地叹息。

五

在杭州机场候机室，邱岩和王旭拉着旅行箱在一无人处坐下。邱岩飞马德里，王旭飞广西柳州，两人的飞机相差一个小时。

王旭神情抑郁，两只耳朵塞着耳机，他怎么也想不通，自己遵守所有规则，也小心翼翼，却比不上莱昂这个外国赌徒。

邱岩轻声解释，莱昂这次是背水一战，也关系到玉珠公司的未来。我会外语方便沟通，之前干爸又曾经安排我下分厂，帮大家调整了产品规格，没有比我去更合适的了。

王旭一言不发地望着前方，邱岩咬着嘴唇强行拔下王旭的耳机。

邱岩知道他是在生自己的气。她对王旭说：“你呀，缺的是一个支点。”

“他不一样，棕红色头发，蓝眼睛，他有魅力，很成熟，懂得哄你开心……”王旭呆呆地转头看着邱岩。

邱岩认真地说：“你就是缺一个除了童年小木屋，能让自己思念牵挂、奋斗终身的人或地方，你必须想办法找到。”

王旭颤抖着嘴唇，说：“这个支点我已经找到了——就是你。”

邱岩摇摇头说：“你没听懂我的话，这个支点是个摩斯密码，破译的路途在万里之远，你根本还没找到。”

王旭仿佛听明白了什么，这时广播里传出“国际航班飞往马德里的乘客请于……”

王旭一把拉住邱岩的手，吩咐道：“照顾好自己。”邱岩看着王旭，眼中闪动着晶莹的泪。

“我们再一起听一回歌吧。”不由王旭分说，邱岩将拔下的耳机戴到自己耳中，还是那首有着淡淡的忧伤、熟悉的曲子《传奇的脚步》：

“深一脚，浅一脚，曾经的拨浪鼓，
走村穿巷，谁摇响谁的期盼？
金鹁鸪，银鹁鸪，
飞来飞去飞义乌……
风一程，雨一程，曾经的编织袋，
走南闯北，谁背负谁的艰难？”

王旭鼻子一酸，眼泪淌落。邱岩悄悄摘下耳机，起身拉起箱子，头也不回地向前走去……

邱岩的内心为什么会如此强大？王旭回忆起他们小时候的情景。

那一年，邱岩不想跟妈妈去美国。王旭就带邱岩去找童年的铁道工小木屋，天下着大雨，两人走散了，找到邱岩时，她已在昏天黑地里走了两个多小时了。当时王旭心如刀绞，很心疼那个看起来弱不禁风的女生。

在后来的岁月里，邱岩读美国名牌大学，游历全世界，在世界五百强实习。她长成了坚如磐石的性格。她曾经说过，要为完成父亲没有完成的事业、为梦想活着。

天上一片云，自在又潇洒。再见，我的女孩！

六

费尔南德从自己公馆走下楼梯，陈江河攥着一束鲜花等候在厅内。费尔南德吃惊地打量着陈江河，坦白说，他根本想不到陈董会亲自前来。

陈江河咧开嘴开着玩笑：“尊贵的费尔南德先生，两军交战还互派使者呢，到您这还能把我绑了？”

费尔南德眯起眼笑着看了一眼鲜花：“陈董，我很欣赏你的勇敢，可是，在战场上送花可是投降的举动。”

陈江河把花递给侍从，笑着介绍说：“在中国文化里，这叫作化干戈为玉帛。”

两人走到沙发前坐下，陈江河急切地告诉费尔南德，两虎相争，不死即伤，这场价格战我不想再打了。

费尔南德异样地笑笑，问陈江河：“卖中国货不打价格战还能打什么？”

陈江河皱眉：“玉珠公司发往欧洲的都是最好的产品，难道优质优价不是更有利吗？”

费尔南德眯起眼睛露出轻蔑：“我

做了中国产品那么多年，说实话，如果客人不是缺钱的话，不会买你们的产品。中国产品的代名词是什么？廉价。如果中国产品想在价格战之外找到新的出路，那是死路一条。就拿五金来说，中国的能比得上德国货吗？”

费尔南德继续说道：“陈董，你知道莱昂。他再努力也是渔民的孩子，就算打赢我又怎样，我家族有几百年的经商历史。莱昂想一夜之间就变成贵族吗？不，顶多算个暴发户。你们也一样，从量变到质变，像蜗牛一样慢慢爬吧。”

陈江河定定地笑：“您认为我们的产品要想达到你们的标准，需要多长时间呢？”

费尔南德也笑起来，嘴里咕哝一句，翻译愣住，为难地看着陈江河。

陈江河说了句：“翻！”

翻译：“他问您，地球到火星需要多久？”

陈江河缓缓起身，转身大步走出，费尔南德冷哼一声。

七

骆玉珠正在商城走廊快步走着，巧姑上气不接下气地跑过来，指着对面那家新开的店：“那条街，开新店了。”

骆玉珠一笑说：“开新店有什么奇怪的？”

巧姑因心焦而近乎结巴：“杨氏集团的店！杨雪在那剪彩！”

骆玉珠简直不敢相信自己的耳朵。她快步走向隔街，音乐声传来，声势浩大。

杨雪剪完彩，拿起话筒：“有人问我为什么用超高的租金抢下这个展厅。我请他放心，这笔超高的租金很快会赚回来的。杨氏要么不来，来就要做最好！欢迎各位！”

一片欢呼声中，杨雪看到了骆玉珠，她挑衅似的朝骆玉珠笑了笑。骆玉珠想回身走，被杨雪叫住了：“没想到骆总也来捧场了，陈江河呢？怎么不陪你来啊？”

“搞得这么隆重啊，我是该祝贺呢还是……”

没等骆玉珠说完，杨雪接过话回答：“这不赖你手下，这店其实已经租给别人了，是我临时把它抢过来的”

骆玉珠故意挑逗道：“听说租金高得没谱？”

杨雪凑到骆玉珠耳边轻语：“不算高吧，不过，我这厅比玉珠公司的展厅还大，值啊！”

骆玉珠平静地回答：“做买卖又不是比展厅大小。”

杨雪反问：“那玉珠公司在上海大商场一层开店，是夫妻俩扔钱耍着玩了？”

骆玉珠赖得斗嘴皮，转身说：“我

那边还有事，你忙吧。”杨雪冷笑看着她的背影。

八

在德国的上海餐馆，陈江河热情洋溢地给德国人提姆夹菜。记得上次提姆先生请陈江河吃的是猪肘，这次陈江河请提姆先生吃的却是上海本邦菜。

旁边翻译轻声翻译着，提姆微笑着提醒陈江河，在德国吃中餐很贵的。

陈江河笑起来，顺势幽他一默，说但愿有一天不光是中餐，所有中国的产品价格都能抬起来！

提姆微笑举杯：“这里的菜真好吃！”

陈江河笑问：“提姆先生，您有没有吃过金华火腿？我们义乌还有上溪牛杂，东河肉饼，佛堂千张面，陈家村麻糖，大陈狗肉、麻糍，比这更好吃！提姆先生如果有兴趣，我可以随时请您去义乌转一转。”

提姆笑了笑，用德语嘟囔一句。“义乌是卖便宜东西的，很低端，我没兴趣到那里去。”

陈江河收住笑，反问他：“提姆先生，您觉得我们的产品低端吗？”

提姆听翻译说完，歉意地耸耸肩，没有再说话。

陈江河已经意识到自己的产品与德国货比起来确实还存在很大的距离。所以这次他想请提姆先生来帮忙，一起搞个合资品牌。

提姆苦笑了一下没表态。

与德国百年品牌的工厂相比，陈江河知道自己的条件不如人，自己的厂规模小，设备简陋，产品低级。但他却下定决心“一定要谈下来”。硬件比不了，那就拼憨劲、拼干劲、拼诚意、拼诚信。陈江河靠坐在椅子上，皱眉冲翻译说：“你问他，他的货销售到中国，一年能赚多少钱？”

提姆用德语说了一通，翻译掉转头：“几百万的利润是有的。”

陈江河得意一笑，说你的货如果交给我陈江河，可以赚几千万，提姆吃惊地看着陈江河。

陈江河告诉提姆先生：“中国义乌是全球商品的集散地，祖辈教我的行商规则是，先顾及合作方利益，不贪图合作方小利，才能赚回自己的最大利益。我一直按照前辈的生意法则，现在是这个。”陈江河竖起大拇指。

提姆干脆放下碗筷，举起酒杯说了一句。陈江河仔细听着翻译的话：“他说产品可以考虑交给你卖，但是合资就算了。”

陈江河苦笑着摇头嘟囔：“说到底还是门缝里看人——把人看扁了。”陈江河指着正发愁措辞的翻译：“这句别翻！”

陈江河举杯微笑着与提姆的啤酒杯碰上。

这时，陈江河接到了骆玉珠打来的电话："杨雪在我们店旁边开了新店！她本人也在义乌……打到我的家门口了，我们居然什么都不知道！"

陈江河轻声道："杨雪开新店没关系，我在跟提姆厂长吃饭。记得吧？大胡子！"

骆玉珠说："杨雪就是冲我们来的，她在欧洲'偷鸡不成反蚀了把米'，落得个肉包子打狗有去无回的结局。于是赶紧'打落门牙往肚子里咽'，追到义乌来了。那展厅是郑姐他们家转租的，租金高得吓人，她居然又翻了一番抢到手了！"

"骆玉珠！你在听我说话吗？我说了没关系！"

骆玉珠不明白陈江河想干什么，陈江河一字一顿地说："我想缩短从地球到火星的距离！"

九

骆玉珠懊恼地挂上手机，无声地骂了一句。

女子会所门口，骆玉珠将车停下，走进大厅，这次她是约郑姐来的，见郑姐没到，她给王旭打了个电话："儿子，怎么样，到了没？"王旭告诉妈妈："已经到了，交接仪式都完成了。"

"这么快？"骆玉珠吃惊。

"义乌供电公司捐赠的物品先期到达了！一下飞机，两家公司就在机场搞了个捐赠仪式，难民署发给我们玉珠公司一个证书。"

"光证书啊，没其他的吗？"骆玉珠问。

王旭告诉妈妈，开发署还要派专家来检验，达标了才能算他们的指认产品。

挂上手机，郑姐到了。郑姐见骆玉珠风风火火地把她叫来，不知有什么急事。

在酒店房间里，王旭告诉妈，供电公司的队伍上前线去了，他可能今晚就飞回去，这边骆玉珠却挂了电话。王旭边松领带，边将手机扔在桌上。

王旭叫手下去查查，今晚有没有去义乌的航班，手下左右为难。王旭问为什么，手下回复，当地政府想请我们捐赠企业实地去看看。

"实地？灾区？"王旭吃了一惊，手下点头，"他们会派专车来送咱们过去的。"

王旭不想去："我是来捐赠的，又不是搞救援的。"

手下迟疑，提醒王总，他们说还有记者跟着去，在那还想采访您呢，王旭哭笑不得。真是的，在酒店采访不行吗？非得……思索片刻，王旭只好答应，那就让他们安排吧！

八座车内，王旭坐在前座，百般无聊地靠窗望着外面，车在泥土路上颠簸。

领队热情地介绍着："各位领导，我们要去的这个地方是重灾区！在大山深处，路上可能会有塌方，请领导们一定听从我的指令！"

十

女子会所内，骆玉珠正跟郑姐在沙发上嘀咕。郑姐像遭当头一棒："我哪知道杨雪就是你的竞争对手啊，就是在欧洲打价格战的那家？早知道就不租她们了。"

"算了，租就租了。杨雪是怎么找到你的，怎么会知道这店转租？"郑姐摇头："这个我就不清楚了。"

这时女服务员上来叫骆玉珠："骆总，有人请你进去，说是个朋友，约好的一起汗蒸。"

"约好？"骆玉珠愣住，觉得莫名其妙，不知是谁。

告别郑姐，骆玉珠走进女子会所美体室，里面气雾缭绕，骆玉珠看不清躺着敷面膜的女人是谁。

杨雪突然开口了："跑这侦察敌情来了？"

骆玉珠吓一跳，问："你怎么在这？"杨雪反诘道："这会馆又没写着我不许来。"

骆玉珠镇定下情绪，找地方坐下。杨雪问："热不热？一起做吧，还能聊会儿天。"骆玉珠不言。杨雪冷笑："不敢还是舍不得花钱啊，我猜你是舍不得。女人可不能老是亏待自己，小心陈江河有一天看不上你了。"

骆玉珠傲气地说："今天我请你，一会算我账上。"

杨雪一笑，说："不用，算我的。"

骆玉珠边脱外衣边说："我是这里的老会员，打八折。"杨雪一听笑起来："我还打六折呢！"骆玉珠吃惊地瞪着她，杨雪惬意地闭上眼。杨雪告诉骆玉珠，自己办的是最高档钻石卡，以后就常住义乌了，少不了来这做。骆玉珠气不打一处来，狠狠瞪着杨雪，换起衣服……

骆玉珠与杨雪躺在两张蒸床上，一人脸上一张面膜，只露出眼睛，看不见表情。

杨雪问骆玉珠："你们欧洲的货还不降价啊？陈江河压力大吧？"

骆玉珠："还好，主要是我们的对手不强，销量还过得去。"

杨雪笑着说："别打肿脸充胖子了，你们的数据我都了如指掌。"骆玉珠也笑杨雪是在赔本赚吆喝，这么疯狂的降价，真想看看你公司的财务报告。

杨雪叹了口气："我在那至少还保持着量，总比卖不出去的强。"杨雪挖苦骆玉珠，“你呀，死要面子活受罪，这点特别不好。干吗非逼着陈江河去上海福州路商场一层开店呢？你以为玉珠公司的产品真有那档次吗？”

骆玉珠忍住火气，响亮地告诉杨雪：“五年之内，玉珠公司会在欧洲商场的一层开店！”

杨雪笑她：“别，我给你十年，十年后还有玉珠品牌存在就谢天谢地了。”

骆玉珠微笑反击：“十年前还没玉珠品牌呢，那时只有杨氏的天赐，那又怎么样，谁能想到今天杨氏会被我们逼得打价格战？”

杨雪眼中喷出怒火。

骆玉珠告诫杨雪不要这么神气，义乌这个地方很神奇，什么奇迹都有可能发生。

杨雪刚想说话，骆玉珠突然抓住她的软肋讽刺：“哎，你有才有貌的，怎么不结婚啊？给你介绍一个对象如何？有什么要求尽管提，姐弟恋先排除，年纪小了降不住你；岁数大的呢，只能是二婚，带孩子行吗？”

“够了！”杨雪恨恨地喊了一声。

骆玉珠怔了一下，她意识到自己的话过了点。

杨雪虽然很生气，但仍然表现得很镇静，她平静地对骆玉珠说：“谢谢你上次送我的礼物。”

骆玉珠啊了一声：“什么礼物？”

杨雪提示：“上次你让那西班牙人带给我的玩具熊。”

骆玉珠笑笑说：“那算什么礼物，本来就是杨氏生产的玩具，陈江河拿来了，我只是还回去而已。”

“那我也得还份礼。今天网上有一条关于你的新闻，好像是关于你入选十大女杰。”

骆玉珠警惕地看着杨雪问：“怎么了？”

杨雪笑了笑：“没什么，网络攻击手像小孩，天不怕，地不怕，披着马甲，敢把皇帝拉下马。”

骆玉珠起身，戴着面膜，披着丝袍快步进入女子会所休息区，服务员被吓了一跳。

骆玉珠坐到电脑前，急急地敲着键盘，突然看到了一个《对慈善热心，对生父无情》的标题，下面还有一句是：骆玉珠配做十大女杰吗？看到这条新闻，骆玉珠脸色苍白，她一把撕下面膜，起身冲进女子会所美体室。她对着正给杨雪做推拿的美容师喊道：“你！出去！”

美容师怯怯地走了出去。杨雪摘了面膜，从容地躺在床上，问：“怎么啦？”

骆玉珠愤怒地指责杨雪：“是你指使发的吧？卑鄙无耻！”

杨雪一笑说：“你干吗生那么大的气呢。这难道不是事实吗？我没有说错呀。”

骆玉珠声音颤抖地问：“你这消息从哪里得来的？”

杨雪闭上眼，吐出几个字：“要想人不知，除非己莫为。骆玉珠，我现在明白你为什么心狠了，对自己生身父亲都能这样……”

骆玉珠听着，气得直哆嗦，她突然将蒸罩扣在杨雪头上，打开喷雾。杨雪一惊，在里面边推打玻璃罩边喊：“你想干什么？快来人啊！”蒸气迅速散发，将杨雪淹没，骆玉珠夺门而出。

美容师听到喊声，连忙冲进屋里，帮杨雪打开玻璃罩。

十一

进入广西大瑶山灾区，王旭迷糊地任由车在山路上晃荡，车停了。领队喊：“下车啦！”王旭揉着眼伸了个懒腰，随众人下车。周围是连根拔起的树，翻在沟里的拖拉机，还有倒塌的民房。沿着潮湿的长着苔藓的石头向上走，王旭看到陡峭山坡上，还高高低低地残留着几间旧房子，其他的就是烂土路、臭水沟，满山乱石，树都不长，到处破败之状。王旭一脸迷惑地扫视四周，一群小野孩欢呼跑来：“热烈欢迎，热烈欢迎！”“叔叔好！伯伯好！”

王旭不由自主地避开孩子们伸出的小脏手。这时领队带着一位老者走来，给大家介绍说：“这是村长！这是领导，记者。”

村长热情地伸出双手挨个握着，操着浓重的当地口音说：“欢迎！欢迎！”

随行的领导问村长：“老乡，村里情况怎么样？”

村长指着前方，苦笑着说：“塌了一半，剩下的一半也是危房了，人也不敢进去。这不，都住在帐篷里呢。”

王旭看到，前面是一个接着一个的帐篷。突然一个哭泣着的女子拼命跑了过来，一群人在后面追着。王旭奇怪地问：“他们这是干吗？”

老村长叹了口气说：“那女人非要回老屋找东西，我们劝了好多次，她都不听，那房子随时会塌，我已跟乡里签下保证书了，不能再死人了！”

女人终于被乡亲们追上了，她幼小的女儿也追了上来，抱住妈妈的腿哭泣着说：“妈妈，我怕！”女人蹲下搂住女儿：“我的小玉，可怜的娃啊！”

王旭问道：“怎么回事？”

身旁的一位乡亲说：“她非要回去找存折，那是她男人工伤死亡的抚恤金，想给她娃看病用的呀。”

王旭听了，长长地叹了一口气。

傍晚，在灾区帐篷区，记者的摄像机、摄影机、照相机频频闪着闪光灯，王旭面带笑容正在给村民们分着工具。

领队在一旁接着电话：“什么？前方的路面塌方？喂？你再说一遍！喂！”

王旭一把拉过领队问：“路怎么了？你是说我们回不去了？”领队一脸绝望地告诉他：“回不去了，今晚大家都得住这了。”

王旭心里非常烦躁，他嘟哝了一句：“这一趟来，我得耽误多少生意啊？”

领队听了忙道歉：“对不起，对不起！有些事情不是我们能预料的。”

手机没有半点信号，王旭望着四周包围着的大山，满脸踌躇。

十二

邱岩拉着行李箱走出马德里机场，正焦急地翘首以望，一辆豪华加长轿车驶到跟前，司机下车，恭敬地打开后车门，手遮车顶，莱昂衣着光鲜地走下来。邱岩无比吃惊地：“莱昂！你？”

莱昂笑眯眯接过邱岩的行李递给司机，自己打开车门，做了个请的手势：“欢迎您，尊贵的东方公主，请！”

邱岩上车，看着近乎奢侈的内饰环境，莱昂进来，笑眯眯坐在她的对面，打开酒柜，倒了两杯，一杯递到邱岩手上：“来，我敬你！”

邱岩疑惑地问：“这车是怎么回事？”

莱昂低声说：“租的。”

邱岩不可思议地看着他：“你这是干吗呢？用得着吗？嗳，莱昂，你别告诉我，你是西班牙王子，匿名到中国的？”

莱昂摇摇头说：“NO，NO，这是空城计的一部分。”

邱岩苦笑：“你这是何必呢。”

莱昂举起杯：“我们不说这车的事了。首先呢，我要感谢你不远万里来帮我，说实话我真没想到，因此我特别地高兴。”

邱岩也举起杯，笑着说：“帮你就是帮我们自己。莱昂，说说空城计唱到哪一步了？”

莱昂笑笑：“先给你讲两个故事：一条船遇到了海盗，把水手们关在不同屋子里，海盗用非常残酷的手段逼迫水手说出藏财宝的地方，但无论用尽什么办法，没有一个水手愿意说。于是海盗把水手们一个个都扔进海里。水手的水性非常好，大家一起在海里游呀游，直到获救。

“还有一个，船失去了动力，粮食越来越少。水手们开始分摊食物，一天，两天，三天，人越来越少，到后来谁都不敢再闭眼睡觉。因为无论谁睡着了，都会被其他人抛进海里。”

邱岩吓得半张着嘴，吃惊地看着

莱昂。莱昂认真地分析着：“第一个故事告诉你，水手是非常讲义气的，一旦团结起来没有人能击败他们。第二个故事告诉你，讲义气是建立在实际利益之上的，一旦发现是你死我活的关系，没有人能比他们更狠。”

邱岩长长地叹了口气，她不明白莱昂为什么要给她讲这些。

见邱岩疑惑，莱昂一字一顿地说：“你将面对的，就是这样一群水手。”

此时，在骆玉珠父亲家，一阵敲门声响起，骆父边应答边开门，可没看到一个人。刚要关门，陈路背着书包蹦出来做着鬼脸：“哈！”骆父目瞪口呆地看着陈路。

鸡毛飞上天

长篇小说

Feather Flies To The Sky

〔第二十五集〕

一

入夜，车灯闪烁，骆玉珠的黑色奔驰“嘎”的一声停在村口，她看看四周没有一个人影，这才放心地按了遥控锁，快步走进小院。

让骆玉珠吃惊的是，院子里，骆父正夸着陈路是少有的天才，小脑袋瓜不知藏了多少东西！她脸色一沉，停住脚步，紧张地听着。

“哎哎，你记住没有，老头？这密码是摩斯密码的变形，意思只有我们俩能懂……”屋里传来陈路的声音。

骆父认真答道：“你把符号画下来，我慢慢记。”

于是，爷儿俩趴在屋门口的小椅子上写起了什么。此时，院门被一脚踹开，骆玉珠气势汹汹地出现在院里，陈路目瞪口呆，张嘴叫了一声“妈”。

骆父嘴唇动了动，挤出一丝笑容，骆玉珠阴沉着脸，上来一把夺过陈路的书包，陈路知道问题严重了，乖乖上前。骆玉珠一脚踢在儿子的屁股上，骂他胆子越来越大了，这么老远的地方也会跑来，回去非好好收拾不可！

陈路哭丧着脸揉着屁股，嘟囔着跟妈讲理：“妈，我是来看网友的，又不是来看外公。”

骆玉珠揪住儿子的胳膊狠打，嘴里说着：“我让你看！让你看！”

骆父心疼地想拦却不敢说半句话，陈路顿时哭起来，嘴里喊着：“老头，你救我啊！”

骆玉珠指着儿子的鼻梁，叫他站住别动。她看了老爸一眼，快步走进屋。

骆父忙跟随进屋，关好门窗，劝玉珠以后下手轻点，千万别打坏孩子，小路真是个天才，疼还疼不过来呢。

骆玉珠打量着阴暗简陋的屋子，转头低声问父亲到底要干什么？

骆父怔了，他根本不知道女儿在说什么，骆玉珠冷冰冰地叫他别再装糊涂了，爷俩想要多少钱就直接明说。但拿了钱马上就给闭嘴滚出义乌城，别再让自己看见。

骆父眼里满是悲伤，颤抖着嘴唇：“我不想要钱，你以为我是……”

骆玉珠情绪爆发，低吼道：“那你图什么！为什么要告诉别人，你三番五次地编出谎言来作践我！你就想看到我生不如死，是吧？”

骆父也急了，“玉珠，我没干对不起你的事！你说清楚编什么啦？”

骆玉珠咬着牙拿出纸条拍在桌上：“那就是你儿子干的好事！自己上网看。这是我手机号，明天把账号发我，问问你儿子，多少钱才能堵住他那张臭嘴？”

骆父一头雾水，骆天宝这孩子忠厚老实，根本不可能搬弄是非……

骆玉珠已经冲到院里，拉住陈路，头也不回地离开了，骆父痛苦地捂住胸口，慢慢坐下喘起粗气。

陈江河一下飞机就一脸焦急地拨通骆玉珠的手机，问她在哪。骆玉珠没好气地说：“我跟小路在外面。”

陈江河说邱岩已经到达马德里，已经给我打过招呼了。不知小旭有没有来电话。“来过电话但没接通，怎么了？”

陈江河说：“都火烧眉毛了，不知什么原因，小旭的手机一直打不通，小刘支支吾吾说，小旭下午就跟慰问团进山了，具体是什么情况也搞不大清楚。真是一团迷雾，能不急死人吗？”

二

灾区帐篷内挂着盏电灯泡，王旭躺靠在地铺上，一边百无聊赖地戴着耳机听音乐，一边玩着手机游戏。突然，王旭的目光停在了帐篷一角，只见篷布被不断地触动，他忙摘下耳机，小心翼翼地趴到帐篷透气口往下看。

原来是白天哭泣的那个小女孩，她正借着微弱的光亮整理着地上的一摊什么东西。王旭拿着手电走出帐篷，正好照在女孩脸上。女孩吓了一跳，起身就要跑,又跑回捡,拼命往怀里装。

王旭心一惊，轻呼着 :“小姑娘，别怕。”女孩蹲在地上，瞪大眼睛瞧着王旭。

王旭一笑说 :“让叔叔看看。”

王旭捡起一串头绳，女孩用恐惧的目光看着他，王旭一笑:“编得不好，叔叔给你编一个！”

王旭帮她捡起地上散落的头绳，转身撩开帐篷，招招手示意她进来。小女孩跪坐在地铺上，怯生生地瞧着他。王旭指指灯，问小女孩住的帐篷是不是没灯?

小女孩默默点头，王旭快速熟练地编起来，举到小女孩眼前 :“怎么样？”小女孩惊喜地看着，用力点头。

帐篷外，小玉妈焦急叫喊 :“小玉？小玉！谁看见我家小玉啦？”

王旭忙起身张望，冲女孩指指外面 :“你妈妈？”

小女孩忙钻出，拉着妈妈进来。小玉妈惶恐，忙向王旭赔礼，说小孩不懂事，给他添麻烦了!

小女孩对着妈妈兴奋地举起王旭编的头绳，小玉妈一怔再转过头，王旭又娴熟地编了好几条头绳。小玉妈夸这头绳编得真好，王旭一笑说，我小时候我妈就卖这个。

母女俩蹲在一旁，相视而笑，王旭看了眼女孩说 :“这孩子……”

小玉妈神色黯然地点头 :“聋哑！她爸走时她发烧了三天，我没顾得上送医院，耽误治疗了。”

王旭呆呆地看着女孩那双纯净的眼睛，女孩则回报他一个甜甜的微笑，王旭又低头快速编起来。

入夜，灾区帐篷内，王旭面前已摆放了一堆编好的头绳，小女孩好奇地摆弄耳机想要塞在耳朵里。

站在王旭跟前的这个小孩什么都听不见……话只说了一半王旭又咽回去，伸手帮她塞好，一面比画:“音乐，好听的音乐！”小女孩甜甜地笑起来。

小玉妈端着一碗茶钻进帐篷，叫小玉别动人家的东西，王旭却说 :“没事没事，让她玩吧。”

小玉妈把茶递到王旭跟前，请他尝尝自己种的茶。“就是太苦，可能喝不惯。”小玉妈妈说。王旭迟疑了一下，接过尝了一口，忍不住露出了苦涩难堪的表情，小玉和她妈都笑了起来。

小玉妈说 :“这茶刚开始喝时苦，一会儿就甜了。”王旭想起什么，脑中忽然跳出两个字 :“回甘。”

小玉妈点头称赞王旭头绳编得真好，问他这手艺跟谁学的。王旭出神似的告诉小玉妈，自己是跟妈学的，跟小玉这么大时，编这个编过三年。小玉妈轻轻一叹，她看得出来，王旭小时候也吃过苦。王旭一笑，继续喝起茶来。

小玉妈问王旭，小玉这种发烧形

成的聋哑，去大城市大医院能不能治好？这个王旭也不清楚，更难以回答，但他答应帮小玉妈去打听一下。

小玉妈感激不尽，说她这命都是为女儿活的，不然她早跟着男人走了……小玉妈难过地捂住嘴，小玉吓了一跳，摘下耳机掰着妈妈的手。

小玉妈勉强地挤出笑来，她一直没把小玉她爸没了的消息告诉女儿，就盼着有一天能把她的病治好，等她长大了再跟她说实话。

王旭目光恍惚，耳边突然回荡起幼时的声音："你爸睡着了，说不定哪一天就会醒来，别哭！"

还有妈妈的声音："往后你就是我们家的男子汉，顶梁柱！你要跟妈妈一起照顾爸爸！把这个家顶起来！"

王旭伸出手疼爱地抚摸小玉的头发，小玉忙着用袖口给妈妈擦拭泪水。

三

灾区之夜乌黑一片，帐篷外，王旭用手电照亮前面泥泞的土路，小玉妈抱着女儿跟着。小玉妈几次想请王旭回去，可王旭怎么也不肯，说这路太难走了，再给她们照一程。

王旭停下脚步，手电光亮照向了更远处，母女俩蹒跚着回去。

突然小玉妈叫起来："小玉，你干什么！那不是你爸爸！"

王旭惊呆了，怔怔地望着跑回来的小身影，眼看小玉跌跌撞撞地摔倒在眼前，王旭忙上前一把将小玉抱了起来。

小玉妈追到跟前，凄然笑着说："这孩子夜里一看见手电就追，总以为是她爸爸回来了。"

小玉竟死死地搂住王旭的脖子不动，小玉妈掰开孩子的胳膊，劝道："小玉，乖，快放手。你的手脏兮兮的全是泥，这是刚才那个叔叔。"

王旭感觉到孩子拥抱得更紧了，他的脸贴在小女孩头发上，一动不动地站着……

灾区帐篷内，王旭做了一个奇怪的梦：落日镶上了金边，余晖照耀下好像自己回到了童年。小王旭沿着铁轨跑啊跑，嘴里一路喊着："爸爸！爸爸！"

父亲远远地摇动手电，一列火车呼啸而过淹没光亮。小王旭大叫："爸——"

王旭坐起大口喘息，帐篷外传来了哭喊声、呼叫声："救人呐！"

王旭一惊，忙爬起来，披衣快速钻出帐篷。

凌晨，乡亲们围着被泥石流冲垮的山下老房子，王旭想冲下去，被领队一把抱住，劝他不能再往前了！

王旭不知道是怎么回事，又有人议论说：又有两间老房子被泥石流冲塌了。

老村长急得直跺脚："叫她别去别去，存折没了可以补的，可是她非回屋去找！压在里面了吧！"

王旭揪住老村长问："谁压在里面了？"

老村长说是小玉她娘，王旭一听脸色大变，突然急吼："赶紧救啊！"

王旭甩开领队，一个人火急火燎地冲向泥浆覆盖的废墟，众人齐声喊："不能去，泥石流再冲下来就全完蛋了，危险！"

老村长急了，王旭不知哪来的勇气，不顾一切地奔到废墟上用手挖着，心里想着一定要想办法将小玉她娘给救出来，活要见人，死要见尸。即使救不出来，也要给她捎上最后一句暖心话。

老村长一见，赶忙带领乡亲们蜂拥而上。王旭抢过铁锹拼命地挖起来，又脱下外衣，后来干脆跪倒，单凭着双手拼命地刨土挖砖……

清晨，王旭一身泥泞地挂上手机，身后领队也兴奋地打着手机："通啦？好！好，我们马上出去。"

领队拉着王旭，说路修通了，现在马上撤。

王旭茫然地走向乡亲们，众人正围着担架，上面盖着白布。王旭蹲下揭开布，神情痛苦，目光落到小玉娘攥紧的手上，一怔。王旭用力掰起女人的手，却怎么也掰不开。

乡亲们轻声叹着，王旭费劲地从死者手心取出那卷沾满泥浆的存折，喘息着翻看。

老村长大声叫喊："小玉！谁看见小玉啦？"

老村长冲到面前："快抬走！别让孩子看见！"

王旭默默地将存折递给老村长，老村长快哭出来，叹息着："唉！为了这片纸，又丢了一条命！"

王旭也忙问小玉呢？老村长也不晓得这小丫头跑哪去了，刚才他还骗这娃，说她妈出山找她爸去了。

老村长一抹脸，背身走去，王旭良久无语。

王旭钻进灾区帐篷，听闻外面的汽车启动了，领队忙叫大家上车。

王旭手忙脚乱地往包里填塞东西，突然察觉到身后有动静，一回头，是小玉。

王旭吓了一跳，呆呆地看着。小玉调皮地冲王旭笑笑，将外衣递给他。

王旭反倒有些慌乱，比画道："我，我……得走了。你妈……你妈很快就回来。"

小玉笑着注视他，王旭再也说不下去，背起包拎过外衣钻出帐篷，直向汽车跑去。

在灾区村口，王旭逃一般钻进八座车内，众人都已等候在里面，王旭摆手催促快走。

车开始颠簸下山，王旭忍不住回头望去，老村长带着众乡亲在挥手送别，小玉站到了最前面。

车上人轻声议论。

一个高个子同情地说："那孩子往后怎么办呢？"

另一个矮个子摇摇头说："够惨的，以为她爸她妈都去山外面了。"

还有个胖墩墩的说："谁也不敢告诉她实话啊，谁也没这勇气。"

王旭神情恍惚，长松了一口气，突然他摸到外衣兜里鼓囊囊的。

王旭慢慢地掏出一个鸡蛋，呆呆地看着，目光变得湿润……

王旭突然发疯似的大叫："停车！停车！"老村长跟乡亲们都眼巴巴地望着。

王旭跳下车，挥手催促汽车开走，然后转身向村寨大步走回来。

小玉屏住呼吸瞧着，突然高兴地撒腿狂奔过去。王旭将奔到面前的女孩一把抱起……

在灾区村子指挥部，王旭急急地挂上电话，一个也没通。老村长站在一旁用复杂的眼神看着他。

老村长告诉王旭，他捐赠的救灾帐篷、生产工具、食品、纯净水已经分发完毕。

"你捐赠了那么多，我们该拿什么感谢你呢？"

王旭想了想，答非所问地对老村长说："老村长，您随便找床干净的被子就行，我怕潮。"

老村长不好意思地摊了摊手，然后又狐疑地问："你是不是真不走了？"

王旭表示，自己要做完两件事再走，这只是第一件。

第二件呢？王旭望着蹲在墙外抹眼泪的小玉，老村长终于明白了，王旭是要让小玉学会面对以后难熬的日子，让她能自己坚强地活下去……

王旭上前抱起女孩，将她悠到半空。他告诉小玉，如果想妈妈了，叔叔会带她上山去找。老村长呆呆望着王旭背影，若有所思地摇了摇头。

四

陈江河回国，刚下飞机就皱眉询问王旭的情况，电话中小刘带着哭腔说，都是自己的错，王总下午跟团进山慰问，听说那唯一的山路塌方了。

车猛地刹在路边，陈江河脸色苍白，忙问王旭那边的情况。

小刘说，人可能被堵在山里，一时出不来，也联系不上，但应该没事。陈江河焦急地责怪小刘，都不清楚里面啥情况，怎么知道没事，说完便生气地挂上手机。

陈家别墅门口，骆玉珠挂上手机，将车停在家门口闪着警灯的车旁。

陈路好奇地打量，问妈怎么家门口有警车？

骆玉珠也正疑惑不解，赵姐脸色异样地从门里迎出说道："夫人，他们找您！"

一男一女两个警察跟着出了门："你就是骆玉珠？"

"我就是，怎么了？"

女警亮警察证件："有人告你涉嫌故意伤害，请你跟我们走一趟。"

"这……这怎么可能啊？"骆玉珠根本不相信这一切是真的。

当晚，在商城派出所内，骆玉珠抱着胳膊在拘留室里焦急地来回踱步。

一个打扮奇特的问题少女靠坐在椅子上，一条腿支着下巴。

骆玉珠扒门叫着："同志！能不能先给我录口供？"

警察不耐烦地："催命鬼似的，急啥呢？一个个来。"

骆玉珠焦急地求警察先把手机还给自己，她要给儿子打个电话……可警察早已走远。

身后少女问骆玉珠："肯定是第一次进来吧？"骆玉珠转身瞥了一眼，没搭理。

少女激她："哟，还挺冷的，犯什么事啊？"

骆玉珠背着手皱眉沉思："伤害。"

"我去！看你根本不像啊。"少女说。

骆玉珠抬眼看着少女："你呢？"

少女满不在乎："偷东西。"

骆玉珠："我看你也不像啊。"

少女一笑，叫了声"骆玉珠"。

骆玉珠一怔，正在疑惑这个从没见过的姑娘怎么会认得自己。少女甩出一本驾驶证，上面写着"骆玉珠"。骆玉珠一摸兜，忙捡起，惊奇地打量着。

少女得意地告诉骆玉珠，自己外号叫商城小太妹，对商城各式人等，无论有钱没钱，一看就知道。骆玉珠苦笑着，心不在焉地看看表，然后漫不经心地问她，这世上什么人的东西最好偷？少女说，捂着藏着的人，越小心越说明他身上有钱。骆玉珠若有所思，又问，那什么人的东西最不好偷呢？少女回答，故意露财的人最难下手。

骆玉珠愣住，疑惑地看着少女，少女冷笑着。

少女透露：正因为露财，说明他有底气。你想，钱都攥在手里了，除非你抢，偷肯定行不通。

骆玉珠重新打量起少女，喃喃地说了句："原来偷亦有道啊。"

第二天清晨，商城派出所内，骆玉珠极不耐烦地坐在桌前，女警边询问边记录。

女警："……你知道那蒸气会烫

伤人吗？”

骆玉珠摸手机：“没多少度，我蒸过多少次了！她这是栽赃……同志，您让我先打个电话！”

女警叫她把电话放下。

骆玉珠急：“我给我儿子打。”

女警盯住她重申：“按规定，录口供时不能打电话。”

骆玉珠十分焦急：“我知道！可这不是特殊情况吗，我儿子在广西灾区呢！他慰问去了，不知生死……同志您帮帮忙！”

女警拿过手机：“别来这套，在这签字，我们必须依法办事，你已经造成故意轻微伤害，我们可以拘留你！”

“不过，对方要求对你宽大处理，只要求赔偿……”

骆玉珠懊恼地问：“想赔多少？”女警告诉她，对方只要求赔一块钱，并当着媒体的面鞠躬道歉。

骆玉珠愣住，好你个杨雪，道什么歉，自己绝不能当着媒体的面道歉！凭什么啊，她这是想搞臭我……

女警冷冷地盯了眼骆玉珠后出去，骆玉珠气呼呼地抱着胳膊坐在椅子上。

外面传来陈江河的道谢声：“谢谢！谢谢！我跟她说！”

骆玉珠忙起身回头张望，陈江河快步进屋告诉骆玉珠，小旭那山路塌方了。

骆玉珠脸色一变，问儿子呢？陈江河劝慰着说，儿子手机一直联系不上，暂时应该没事。

骆玉珠急得臭骂陈江河：“是你硬要逼小旭去的，如果儿子有什么三长两短，我这辈子跟你没完！”

陈江河扳住妻子肩膀，认真地对骆玉珠说：“咱俩马上赶到灾区去，可是想避开铁笼子，必须给人家道个歉。”

骆玉珠眼巴巴看着老公，陈江河再次轻声催促：“儿子等着呢。”

骆玉珠明白过来，奔向门外：“同志，我道歉！我给她舔鞋都行！”

商城派出所外，骆玉珠不耐烦地在一旁等待，陈江河正与警察握手。

警察训斥说，受害方高姿态不追究你，派出所就不拘留啦！但回去批评教育少不了。陈江河连连点头，嘴里说着：“是，是！回去我一定好好教育她，给你们添麻烦了。”

骆玉珠在身后急拽老公的衣角：“赶紧，快走！”陈江河转身轻声，“你做好准备，外面杨雪已经给我们布好局了。”话音刚落，等候在外面的记者闪光灯频闪个不停。

“骆总，您是刻意想伤害对方吗？您跟杨雪有什么深仇大恨？”

“骆女士，您怎么看抛弃老父的新闻？这会影响您参选十大女杰吗？”

陈江河护住妻子，走向汽车，叫

她去道歉，自己去安排一下，一会儿机场见，骆玉珠默默地点头。

五

在复元医院住院部508号病房，骆玉珠停住脚步，杨雪躺在病床上，正向几个记者介绍着什么，记者边听边记录。

女警察领着骆玉珠走到门前，往里一指，骆玉珠快步进来。杨雪注视着她，像猫戏老鼠一般。

骆玉珠深深地一鞠躬："对不起。"此时，几个记者开始拍照，闪光灯、拍照声不断，杨雪冷笑着。

骆玉珠出人意料地再鞠躬，杨雪脸色一变，骆玉珠不慌不忙地三鞠躬。杨雪急着喊停："鞠这么多躬，不明摆着是黄鼠狼给鸡拜年——没安好心嘛！"骆玉珠却指指记者，人家记者同志没照好，让人各角度拍一拍，岂不更好？

杨雪指着骆玉珠看警察："同志，您看她，这是什么态度？"

女警察皱眉:"行了，赶紧走吧！"

骆玉珠转身奔出，杨雪在身后不满地嘟囔："哎！这就道完歉啦？"

骆玉珠头也不回地往外跑去。

入夜，在马德里酒店，屏幕上滚动显示着"骆玉珠抛弃生父！骆玉珠伤害他人被拘留！"的新闻。

邱岩皱起眉头回到房间不久，莱昂又提着一瓶酒，带着醉意敲开了房门。

莱昂说："我的伙伴们完全被你征服啦，他们都在夸我找到了好助手。我觉得咱俩应该庆贺一下。"

邱岩看看表，劝说莱昂，已经是晚上11点了，明天还要去法国，早点休息吧。莱昂举起双手："喂！夜生活才刚开始！你不能这样残忍……"

邱岩依然保持微笑，慢慢地将门关上，半开玩笑半认真地说："莱昂，你是水手，听船长的命令，回去睡觉！"

莱昂："YES SIR！"

邱岩长长地吐了口气，拨通王旭手机号码，却无人接听。

六

飞机从空中降落到柳州机场。车急速行驶在公路上，车里夫妻俩都各自听着手机，骆玉珠不安地看着老公。

骆玉珠拨打王旭的手机还是打不通，没信号，陈江河的也一样，肯定是灾区山路塌方严重，信号发射塔也塌了，车进不去。

骆玉珠决绝地下令："陈江河，你想什么办法我不管，反正今天我必须见到儿子！"

陈江河默默地注视老婆。

直升机盘旋在山区高空，螺旋桨叶卷起了巨大的轰鸣声，夫妻俩都焦急地往下面看去。

突然陈江河一指："在那呢，在那呢！"

骆玉珠扒窗大叫："小旭！"

山头上王旭用力挥动着衣服，身影显得相当渺小。骆玉珠捂住嘴，忍不住涌出泪水。陈江河激动地拉住妻子的手，望着儿子百感交集。

王旭拼命喊着:"妈！爸！我没事！"

驾驶员接到地面报告，告诉陈江河夫妇："飞机无法降落，你们只能跟他近距离打个招呼。"

骆玉珠吃惊地转头看着驾驶员，问他为什么不能降落？驾驶员只是摇头。

骆玉珠哽咽着与驾驶员较劲，你可有什么法子把我放下去，或者把儿子拽上来？

陈江河用力扳了扳老婆的肩膀，忽然，王旭在山头挥手高喊:"回去吧，爸！危险——"

骆玉珠含着泪，不知道儿子在喊什么，全听不见。

巨大的轰鸣声淹没了双方的喊叫，王旭突然做个手势，举手摆在脸颊旁扇动，又做了轰的动作，骆玉珠眼巴巴地望着儿子。

陈江河冲驾驶员说，可以返航了。骆玉珠回头瞪着老公，问他听见什么啦？

陈江河对骆玉珠说了句："我相信我儿子，你不信吗？"

陈江河忍不住嘴角露出一丝笑意，骆玉珠也含泪笑着靠在丈夫怀中。两人望着儿子越飞越远，直升机缓缓离去……

七

陈金水在家慢悠悠地吃着菜，刚倒好一杯丹溪酒，"咕噜"一口就下肚了。巧姑夺下他的酒瓶和筷子怒视。

陈金水骂她女儿白养了，是不是想要把老子饿死？

巧姑也不示弱，说今天父亲不讲清楚就别想吃饭。

父女俩针尖对麦芒——尖对尖，谁也不肯让一步。陈金水骂巧姑：怎么养了这么个闺女！巧姑竭力阻止父亲撤股，理由很简单：人家江河哥跟玉珠姐都在最困难的时候，现在撤股这不是拆台吗？往人家伤口上撒盐的事儿怎么做得出来？

陈金水看着女儿辩解说，不撤股才是真正的拆台。巧姑百思不得其解，非要父亲告诉她为什么。陈金水叹息着对巧姑说，不走会出大事的，将来恐怕跟陈江河连亲戚都做不成了。巧姑吃惊地看着老爸，不明白他葫芦里卖的是什么药。

陈金水语重心长地摆摆手说：“巧姑，这次一定要听爸的话，你跟陈大光也马上撤出来。”

巧姑打量着老爸，更加不可思议：“你瞒着我什么了，爸？”

陈金水回避开女儿的目光，现在最重要的是让巧姑踏踏实实生孩子，让大光对巧姑一心一意，让他们好好过日子。

陈金水仰头喝尽面前酒，长叹一口气对女儿保证：“放心吧闺女，我就算走也是少拿少要，尽可能减少你哥的损失。”

入夜，陈大光将自己公司的奥迪A6车停在路边，紧张地四处张望着。一辆黑色奔驰S350L浙G33057豪车慢慢停在前面，陈大光忙鬼鬼祟祟地走下车，来到奔驰车旁。他敲敲车窗，杨雪已在后座等候。

陈大光上车关好车门，一脸谄笑着递上包里的文件，杨雪随手翻看着。陈大光一面说着这是各厂的真实报价，那是陈江河签发的补贴。

杨雪称赞陈大光干得漂亮，又随口问起联合国开发署那边的消息。

陈大光幸灾乐祸地说：“陈江河还在做美梦呢，以为捐点东西就能指定产品认证。人家这次把他查得底朝天了，那几个人确实因为造假待过看守所，现在被陈江河藏在一个五金厂里呢。”

杨雪想起什么，问陈大光：“你岳父的撤股书呢？”

陈大光叹气，那撤股书老丈人死活不让我看，反正老丈人一撤，玉珠公司国内贸易肯定会塌掉一半。而且那些工厂资源都在自己手里，主要是五金厂、一部分生活百货，那些厂长都会跟过来。

杨雪用异样的眼神看着他，这一招对陈江河来说不就是釜底抽薪吗？你大哥这下要完蛋啦！陈大光点着头：一招致命，肯定整死他，定够陈江河受的。

杨雪心里充满鄙夷：“陈大光，你为什么要这么做，绝不仅仅是想要钱的事吧？”

陈大光一笑，心想这杨总眼光真是毒辣。陈大光露出平时难以看到的凶狠：“因为我比他聪明，会搞关系，吃得开。我挣几十万上百万的时候，他还只是个小袜厂的厂长，我翻云覆雨的时候，他还在小河沟里扑腾呢！想不到他现在如此春风得意！哼！还有那娘们和小崽子，从不正眼看我！”

杨雪目光一沉，心想陈大光的逻辑是：陌生人有钱我管不着，老朋友就不行，不准超过我！谁有钱，就是跟我过不去。不允许替换我的角色。杨雪问大光是不是就因为这个原因？陈大光咬牙切齿自语着，迟早有一天，我要证明给陈江河看，到底谁是高手中的高手。杨雪转头望向窗外，眼中透着鄙夷，心里一阵作呕……

八

晚上，陈家别墅餐厅里，赵姐正收拾桌上的碗筷，陈江河激动不已。

陈江河站得笔直说：“好样的！他需要多少物资，就给多少！想在那山里待多少天，就让他待多少天！慈善计划里的项目现报现批，小旭，好，这才是我的儿子！”

陈路不解地问爸爸，为什么今天这么高兴？骆玉珠替他回答：“因为你哥变了，终于变成跟你爸一样的疯子了。”

陈江河说：“错！你跟你哥的身体里都流着我们的血！记住了？至少流着你妈妈的血。”

陈路眨眼听着，骆玉珠抬眼瞥了眼老公，又翻看起手里的撤股书。骆玉珠吃惊地嘟囔：“金水叔这份撤股书有问题，他把好的资产都留给我们了，带走的全是小买卖。这跟他占的比例严重不符！”

陈江河皱着眉叹息说，自己早看出来了。骆玉珠把协议放在沙发上，自己起身来回踱步，不明白这个金水叔心里到底在想什么？

入夜，在陈大光家，杯子摔碎在地上，巧姑吓得不行。陈大光还不解恨，发疯似的继续将东西抛在地上，家里已经狼藉一片。

巧姑捂着肚子，叫大光轻点，别吓着肚里的孩子。陈大光怒吼着：“你爸疯了还是傻了？还是跟陈江河串通一气耍我们？”

巧姑抽泣，叫大光别闹了，自己真的害怕……

陈大光想找老丈人去问问清楚，他这是撤股协议还是赠送协议？巧姑再次恳求大光，看在肚里孩子的分上，别再闹了；以后家里的钱，还有爸的买卖全都归你管，这还不行么？

陈大光抖着手里的协议，气愤地嚷着：“就让我管这些？我看是他把陈江河当亲儿子养！你什么都不是，我更不是了。我在你爸心里从来就没有被瞧得起过。”

陈大光愤怒地撕碎协议，抛到巧姑脸上，巧姑伤心地哭泣，陈大光捂脸蹲下。

在陈家别墅主卧，陈江河在幽暗的灯下泡沏道人峰茶，骆玉珠痴痴地靠坐在一旁。骆玉珠告诉陈江河，想起派出所那个小太妹，好像是老天有意安排给自己的，她教会我特别关键的一点是：“藏着掖着不如敞亮活着。所以杨雪错得没底了。”

陈江河若有所思，同情地点头，夫妻俩同时举杯，细细品起道人峰茶……

九

在玉珠公司总经理办公室，陈江河无奈地看着陈金水，骆玉珠抱着胳膊靠在一旁。陈金水面带微笑，平静地催着："签吧。"

陈江河手拿撤股协议说，自己跟玉珠都看过这协议好几遍了，就是不明白，叔为什么突然要撤？

骆玉珠也劝金水叔：往年分红可都不差，现在公司又在高速发展，除非有大买卖要做，否则这样签了，叔可是吃大亏了。

陈金水把笔往前一拍："签！快点，别再让我求你们了。"

夫妻俩对视一眼，陈江河最后一次劝："叔，那您至少要保证自己的利益，这协议我哪签得下去啊？"

陈金水面无表情："挺好，我知足。当初我是以几个摊位入的股，也算是空手套白狼。这么多年都是你俩在前面拼命，我扯后腿。"

骆玉珠听不下去了："叔，您这话是打我们脸呢。谁说您扯后腿了？"

陈金水微微一笑："少来！骆玉珠，你背后没少埋怨我。"

"那您可错怪我了。自从与江河结婚，我可一直当您是公司的定海神针看的。"

陈金水赖着："快签吧！不签我今天就不走，我也不让你俩动地方。"

陈江河无奈拿起笔，迟疑不决。陈金水期待地："签！告诉你们实话，年纪大了，不想跟你们再冒险。我该踏踏实实养老啦！"

骆玉珠吃惊地看着金水叔，陈江河艰难地落笔签下自己的名字，又盖上红章。

陈金水一把抢到手中，小心地叠好协议揣进怀中，叫玉珠送送他，就干净利索地拄着拐杖起身了。

骆玉珠与丈夫惊诧地交换着眼神，陈江河怔怔地看着老人出去，疑惑思索。手机响起，陈江河接听："喂，是提姆先生啊？您来义乌啦？"

骆玉珠心神不宁地开着车送陈金水，老太爷还是坐在后座。骆玉珠扫了一眼后视镜，知道老爷子那些撤股的理由都不成立，他肯定还有事瞒着没说。

陈金水望着窗外笑笑。

"让巧姑也交接一下，让她踏实回家生孩子。"

"我早劝巧姑回家休养了，可她就是不听。"

"让陈大光今天就走！"

骆玉珠苦笑，真不知道金水叔心里怎么想的，为什么要这么做。

陈金水望着窗外，只说自己一人忙不过来，要他们帮着干。骆玉珠诧异地打量起后视镜，问叔到底想做什么买卖，能否跟自己说说。

陈金水低沉地对玉珠说出了心里话：“江河太容易相信人，对人毫无戒心，你往后得帮他把住关。”

骆玉珠愣了愣，陈金水认为江河这孩子气魄大，站得高看得远，这是优点。可有时候脚不沾地，还没学会跑就想飞。而你骆玉珠刀子嘴，豆腐心，像个外科医生，比他心细，比他实际，得互相帮衬，缺谁都不行。

金水叔几句话就把夫妻俩的优缺点都点出来了，骆玉珠被吓得汗毛都快竖起来了。车停到家门口，陈金水想起什么：“玉珠，找那几个老家伙，我可一直替你保密呢。今天我们俩的这次谈话，我也不想让陈江河知道。”

陈金水关上车门，转身拄着拐杖慢慢离去。骆玉珠望着老人背影，一时间百感交集。

在骆父家门口，骆父提着青柴滚酒刚过拐角，发现几个记者堵在院门口翘首以待。骆父忙一缩身，懊恼地探头望去。

老人约陈路来到咖啡厅，叹了口气说：“那些记者跟疯了一样堵在家门口，一定有人指使。”陈路的头摇得像拨浪鼓一样说：“你躲不是办法。”骆父眼巴巴地，不知道自己该怎么做。

陈路给他出了一个主意，最好的办法就是自己的责任自己扛，这样才够朋友，每次我做错事，妈都会惩罚，爸会打我，无处可逃。

骆父苦笑：“你的意思是让他们打我一顿？”

陈路摇头：“那我可不知道，反正你自己琢磨怎么解决吧，我妈快烦死了。”陈路凑近神秘地说，“我是最倒霉的人，因为最近她脾气很大，全发泄在我身上。”

骆父深深地吸口气，决定听陈路一回——自己的事自己扛，可他能扛得住吗？这辈子骆父还没扛过一件事呢。

陈路一字一顿地鼓励他：“当然能,因为你是我外公。”骆父目光一震，感动地看着孩子，陈路又补上一句，“你身体里流着我妈妈的血。”骆父一口气闭住，差点没喷出来。

十

在老夏的五金厂，陈江河热情洋溢地与提姆紧紧握手，他真没想到提姆先生这么快就来义乌了。“客人是条龙，不来要受穷，尊敬的提姆先生是龙行义乌啊！”提姆用异样的神色苦笑了一下。

老夏在一旁，边抹汗边轻声告诉陈江河，这德国佬动作神速，已把整个车间转遍了，自己发现时已经晚了。

陈江河依然保持微笑，向提姆先生提合资建厂的事，提姆的话被为难地翻译出来："对不起陈，合资建厂的事，我的董事会只有一小半同意，表示看好中国的前景，一大半是否决的。"

陈江河目不转睛，提姆摊开双手："所以我来你们这实地考察，结果很悲观。义乌人有海纳百川的胸怀，上门不欺客，胳膊肘往外拐，适合做生意这是优点；可关键是技术活不行，没有高级蓝领，离科研中心太远。"

老夏与陈江河交换了个眼神。

提姆从包里掏出一把多功能五金产品（类似多功能刀、钳子等），快速讲着。

翻译："比如这个设计，是我们的高端产品。凭你们的生产条件、你们的技术是难以达到的。"

陈江河眯眼端详，微笑起身："老夏，招呼尊敬的提姆先生喝茶。"

大狗等人接过产品端详，冲陈江河点点头后走了。

陈江河微笑着，一道道沏茶，提姆很快就显得有些不耐烦了。大狗推门进来，将一个袋子递到陈江河手中，自己要转身出去，陈江河忙叫大狗先别走。

陈江河将两个多功能五金产品摆放桌上，提姆极其惊诧地拿起端详，发出了不可思议的赞叹声。

翻译："他问是刚做的吗？"

陈江河微笑点头："我们不想山寨，虽然我们有这个能力。提姆先生，让我们一起做，怎么样？"

提姆激动地急着想见见这个高手，陈江河一指大狗，冲翻译："你告诉他，这是我们中方专家苟日新先生，这件产品就是他赶制的。"

大狗吃惊地看着陈江河，提姆不可思议地问大狗这件产品是怎么做出来的？大狗吓得说不出话，陈江河冲他微微点头鼓励。大狗局促不安地告诉提姆，是在车间仿的，材料不一样，差一点儿。

提姆惊奇地打量着，上前用力拥抱，大狗紧张得快哭出来了。陈江河轻声地提醒大狗：在德国佬大个子面前别吓趴了，大狗尴尬地指了指外面："我，我去……方便一下可以吗？"

大狗转身冲出办公室，提姆一阵激动，翻译一面紧跟着翻着："不可能是那个生产环境！他想看看生产出这个产品的地方！"

陈江河调转头，与老夏陪着提姆先生往车间走去……

在五金厂厕所里，大狗开着水龙头，看着镜子里的自己，无声地哭了。外面陈江河在喊"专家苟"的名字，大狗听到忙抹掉眼泪答应，大狗喃喃："就算是只狗，也成专家狗了！"大狗洗了把脸，边擦边冲出去。

老夏五金厂的生产车间，虽然简陋但整洁有序。大狗俨然变了个人，一本正经地给提姆演示着。陈江河在一旁用鼓励的眼神瞧着大狗，提姆连连点头赞叹，翻译："提姆先生问，像您这样的专家有多少？"

大狗一愣，转头看陈江河。陈江河笑了笑，使个眼色。大狗皱眉说："很多，我们这太多了！"

陈江河微微一笑，大狗再也忍不住，会意地咧嘴乐了。提姆竖起大拇指又重重说了一句。翻译也竖起拇指："中国人是聪明的！我们希望合作！"

陈江河默默地点头，目光坚定犀利。

在工厂食堂，大狗带着手下端着饭盆走进食堂，排队的人呼啦一下自动闪开，投来了钦佩的目光。大狗尽力掩饰着得意，手下憋着笑跟随着挤到窗口。

手下："师傅，三个吴店馒头！一份上溪牛杂，一份青菜。"食堂员工笑眯眯地递上一满盆馒头："改了，不限量！你们随便吃！"

手下喜出望外："哥，你瞧！"大狗踹了他一脚，依然板着脸，食堂员工又端出两盆菜："这是厂里专门给你们几个加的小灶。"众手下咧嘴傻乐。

陈江河正陪着外商上车，转身看到说笑着走来的大狗及手下，独自迎上前。

大狗忙示意手下严肃一点，众人眼巴巴地看着陈江河。陈江河对大狗说，这个月的奖金会打到账上，但是，你和手下的人要以最快的速度对各厂技术工进行培训，为合资厂筹备更多的人才。

大狗嘟囔着不明白这是为什么。陈江河点拨着大狗，要他当一回师傅，教出一批技术人员。大狗一听，面无表情地看着陈江河，突然蹦出一句："哥几个职业素质还行吧？"

陈江河竖起大拇指，大狗将手一挥，众人板着脸，沉默地跟随他走进宿舍楼。

陈江河突然听到楼里爆发出一阵欢呼，一个手下抑制不住激动的心情高声大喊："哇，哥啊，我们终于也有机会当一回师傅啦！"

另一个手下却无比低调地说："嘘，小点声！还师傅呢，有点出息行不行？"

陈江河闻言微微一笑，转身离去。

鸡毛飞上天

长篇小说

Feather Flies To The Sky

〔第二十六集〕

一

玉珠公司办公室内，两个部门负责人正站在屋里认真做着笔录，骆玉珠抱着胳膊来回踱步，一面细心交代："饰品、百货、五金，所有商品都必须紧盯杨氏。最近她们搞的周年庆典热情奔放，我们也要紧跟，揪住它不能放！"

有人问选什么主题，骆玉珠撑住桌子若有所思，这个当然要自己好好动脑子，至少玉珠公司要比杨氏搞得更热闹。既然是全面开战，就要不惜血本去找他们的供货商抢货，找他们的分销商降价！所有产品的售价都要比她低一分！两人点头出门。骆玉珠喃喃地冷哼："跟我斗，还嫩了点！"

在玉珠公司会议室，提姆与陈江河分别在文件上签了字，又互换签完。

提姆摊开双手，冲其他两人说笑。陈江河和骆玉珠听不懂其中的意思，看着翻译，翻译也笑了，告诉陈江河："提姆先生说，这恐怕是我们签过的最快的协议。"

陈江河一听开心地笑着，向提姆提出：这份算起草文件，等你回国后再商定细节。

提姆说："陈先生，我还想问最后一个问题。"

陈江河微笑着做了个请的手势，提姆冲翻译说完，转头定定地看着陈江河。

翻译说道："我们都清楚你现在的危机，你们正和杨氏集团在欧洲打价格战，要知道，合资厂起码要几个月才能见效。中国有句老话，远水解不了近渴，那你为什么还要这样急着建合资厂？"

陈江河与骆玉珠对视，骆玉珠轻声叹气，连人家老外都看不下去了。

陈江河坦诚地告诉提姆先生，正是因为陷入了价格战，玉珠公司不得不像卖白菜一样贱卖自己的产品，获得的是相当惨痛的教训，所以我陈江河发誓，将来有一天我一定不会再靠降价出卖任何东西，而要像您提姆先生一样做精品，靠品牌立市。

提姆听着翻译轻语，频频点头。

陈江河坚定地说："做精品，必然要经历一段非常痛苦的煎熬，但这个非常值得！"

提姆郑重地起身伸出手，陈江河的手也同时伸出，二人互相用力握住。

在陈金水家，巧姑脸上洋溢着幸福，一件件挑着婴儿衣服，陈金水则编着鸡毛毽，不时地偷瞥着女儿。

巧姑问："这件好看吗？"陈金水心事重重地点了点头。

巧姑又问："这一件呢？"

陈金水实话实说："这件差一点。"巧姑噘着嘴。

巧姑说老爸眼睛真毒，这件是自己缝的，陈金水笑着站起。

"那你不早说，就这件漂亮！我好好瞧瞧。"陈金水拿起端详，"我闺女手艺都这么好啦？"

巧姑嗔怪地看着老爸，这都什么记性啊，小时候我就给老爸缝扣子补袜子，这点技术怎能难倒自己。

陈金水眼神温暖起来，对巧姑说："爸就你这么一个闺女，等生完孩子，你跟大光好好过日子，爸这些买卖都是你们的。"巧姑"嗯"了一声，低头叠衣服。

陈金水又问巧姑："让你传给大光的话，有没有传给他？"巧姑说全讲了，也提醒他，以后别再冒险干那些昧着良心投机的傻事了。

陈金水打量着巧姑，问："撤股的事，大光怎么说？"

巧姑轻声回答："他说挺好的。"

陈金水一听生气了，他没闹，怎么可能？巧姑肯定在撒谎。巧姑抬起头来，见老爸目光如炬，她忙摇头掩饰。

陈金水叹息一声，起身走向板凳。手机响起，巧姑忙去拿来递给老爸。

陈金水接听，脸色慢慢沉下来："嗯，我知道了……"

陈金水异样的眼神瞥了眼女儿，怔怔坐着。

巧姑问是谁打来的电话？

陈金水说了声“你今晚住这里，给爸看好家门”，就缓缓站起来，铁青着脸拄着拐杖出了门。巧姑望着老爸的背影，不知他要去哪儿。

黄昏时分，夕阳西下，太阳最后折射出一道美轮美奂的光芒！如果有人驻足远望，就能享受这一刻的宁静。在玉珠公司办公室里，陈江河独自站在落地窗前凝望远方，骆玉珠轻轻走进来看着他。

陈江河说：“刚接到船运公司电话，我们的集装箱在海上遇到风暴，联系不上了。”

骆玉珠皱眉，这到底是怎么回事？坏事全凑在一块了。玉珠叫陈江河先回家，自己在公司等消息。

陈江河却坚持自己留下来，反正回家也睡不踏实，还得等邱岩的传真。

见陈江河不走，玉珠自己也不想走了，干脆两人一块留下。骆玉珠泡起茶来，陈江河疲惫不堪地倒在沙发上说：“我刚给小旭打了个电话，依旧无人应答。”

骆玉珠猜测道：“可能是小旭忙着做志愿者吧，所以顾不上接电话。现在这样不正合你的心吗？”

陈江河叹息：“玉珠，你又在责怪我啦！儿子的为人之道，做家长的有时也教不了，得靠他自己去感悟。就像我自己在经营袜厂时，才明白什么是责任，那么多人眼巴巴地看着你，要给他们发工资养家糊口……”

骆玉珠也知道，陈江河的意思就是要锤炼这孩子，让他快点长硬翅膀，这是一笔取之不尽、用之不竭的财富，可以让儿子受益一生。

陈江河掐着额头坐下，骆玉珠担忧地看着他，站在身后给丈夫揉起太阳穴。陈江河疲惫地闭上眼睛。

过了一会，陈江河对骆玉珠说：“金水叔让给我们的买卖不要动，以后得还他，不然我这心里过不去。还有，柱子叔的摊位还是给他换了吧？还有村里那几个乡亲……”

骆玉珠嗔怪，我知道，你这人就这样一股牛脾气，老惦记着人家的好，自己累得跟孙子一样，可这年头又有谁会说你好呢？

江河从小受到金水叔严格的家庭教育，时时懂得“鸦有反哺之义，羊有跪乳之恩”的道理。

因为他是捡来的，在他心里，“知恩图报”“衔环结草，以恩报德”“滴水之恩，当涌泉相报”，这些字眼从小就刻在身上了。

陈江河感恩上天给了他阳刚血性的品质，也感恩一切善待过、帮助过他的人。为了让陈家村变得更加富裕美好，回报家乡和社会早已成为他义不容辞的使命。

陈江河在商战中斗智斗勇多年，

这次欧洲的商战濒临崩溃，虽不见硝烟弥漫，其实如大厦将倾。

陈江河尽管举重若轻，但仍止不住声音发颤，像在自说自话：“邱岩跟莱昂已经走了十几个城市，我们的销量还是上不去，毕竟杨氏的价格降幅太大了。我要找杨雪谈谈，不能再这样下去啦！”

骆玉珠立即情绪激动地反对：“有什么好谈的？这个女人心似毒蝎，都把玉珠公司逼成这样了，更何况这些天她挑了多少事来攻击我？我们现在没别的路可走，只有跟她扛到底！其他什么人都可以谈，唯有跟杨雪不行！”

内忧外患，陈江河却没有反应，骆玉珠站到面前，看着亲人无声地叹息着。不一会儿，陈江河已经轻声打起鼾来，亲爱的江河，他快累垮了！

二

在绣湖茶馆，杨雪微笑着与几个厂长握手，陈大光热情地介绍着：“杨总，这是五金厂的赵厂长，这是首饰厂的吴厂长……杨总是个非常大气的人！各位，我们关起门来慢慢聊吧，有什么需求或者条件，都可以摆上桌面来谈。”

杨雪一边打着招呼，一边请大家坐下说：“既然都是大光的朋友，都不要见外。”众人也都“是是是”地应和着。

然而此时，谁也没有注意到，隔壁静静地坐着陈金水，他边喝茶边听着。

杨雪告诉大家：“目前大家的顾虑我十分清楚，陈江河的补贴我也可以给。杨氏集团经营这么多年，底气还是很足的，不像玉珠集团，他们的困境，诸位恐怕还不知道吧？”

杨雪冲陈大光递了个眼色，陈大光便夸张地把玉珠公司的老底揭了出来：“陈江河跟骆玉珠现在是死要面子活受罪，他们在欧洲的销量连续下滑，市场已经被杨总抢占了，资金链都快断了！公司辞职的人一拨接着一拨，连我跟我老婆也退出来了，还有我老丈人……”几个厂长顿时面面相觑。

赵厂长问：“听说他们要跟德国人合资建厂了？”

杨雪听了，轻抿一口茶，讥讽道：“就他们那工艺水平，你觉得有可能吗？”

陈大光冷笑：“即使合资建厂成功，真正出效益还不得等到明年以后啊？陈江河的公司能不能活到那时候还难说呢！”

隔壁，陈金水铁青着脸，一动不动。

玉珠公司内，陈江河躺靠在办公室里昏睡。

骆玉珠一边看传真，一边在电话

中低声鼓励邱岩："你跑出这个量已经不容易了，跟莱昂跑遍了欧洲各地，总算把销售商稳定下来了。"

邱岩电话中告诉骆玉珠："危机远没过去，费尔南德今晚在他公馆举办招待酒会，把所有的分销商都请去了，莱昂说这只老狐狸可能要出狠招反制我们。"

骆玉珠皱眉问道："有没有请你们呢？"邱岩说："有，所以很蹊跷。"

骆玉珠再次皱眉："邱岩，你一定要小心再小心！"

邱岩再三提醒干妈，玉珠公司的货千万别出什么问题，如果晚到几天还好办，可以拖一拖，万一质量出了问题那可就全盘皆输了。

骆玉珠叹息，但愿没事吧，就挂了电话。

陈江河那边喃喃地说着梦话，含糊不清。

骆玉珠愣了一下，忙推门进屋。

陈江河正在梦呓："我知道你苦……"

骆玉珠正要推醒他，察觉有异，神色一变慢慢地坐到身前，手轻轻搭在他胳膊上。骆玉珠轻声问了句："谁啊？"陈江河烦躁摇头，还沉浸在梦里："可这不是办法……杨雪，不行！不行！"

陈江河猛地睁眼，见骆玉珠正近距离瞪着自己，他恍惚坐起，大口喝水。

骆玉珠把邱岩的传真默默递上，陈江河快速扫视，嘴里不忘问着："船有消息吗？"

骆玉珠没动静，陈江河抬头，见骆玉珠正用异样的眼神打量自己，陈江河有点发懵地问："怎么了？"骆玉珠不动声色，叫江河你回去睡吧，这几天把你累坏了，我先盯着。

陈江河没起来，骆玉珠直接一把将他拉起，递给他衣服和包，催他快走，小路还在家呢，明天一早送他上学。于是，骆玉珠将陈江河轰出门，用复杂的目光望着老公的背影。

在马德里酒店，邱岩穿着晚礼服从卫生间出来，莱昂抱着胳膊微笑着欣赏着。邱岩有些不好意思，这个礼服自己从没穿过，想想还是换了吧？莱昂却摇头坚持说不，今晚需要一个迷人的性感女神，这是去抢戏，必须万无一失，莱昂相信邱岩每次都能成功地解决问题。

邱岩叹了口气，望着眼前这个不可思议的莱昂，老是给自己压力。

邱岩很想提前向莱昂打听一些今晚的安排，她还懵着呢。莱昂告诉邱岩："酒会是老费尔南德家族常用的社交手段，他们会通过这种方式告诉别人，与他们进行贸易的，是有身价的、值得信任的客人，凡是接到邀请的人都会受宠若惊。而邱岩你要做的，就是千万别露怯。”

邱岩苦笑，问莱昂参加这个酒会是不是真的很荣幸。莱昂一愣，耸耸肩膀告诉她：“你以为他有这么好心吗？费尔南德邀请我们，就是要告诉我们，他和你我之间不对等。”莱昂指指邱岩和自己：“中国人和本国渔民。”

邱岩若有所思，猜想着费尔南德在酒会上会宣布什么，会不会有撒手锏？

莱昂问邱岩：“你怕不怕他？”

邱岩想了想，自信地说：“不怕，兵来将挡，水来土掩。我们来分析一下，他下一步可能做什么。”

莱昂欲吐还休，不满地坦露自己的心迹：“邱岩，你以后不要每走一步都跟国内汇报了，其实只需要告诉陈、骆他们结果就行了。”

邱岩坚定地摇头，这怎么可能，因为干爸干妈的目光一直都盯在这里，他们随时都需要调兵遣将，以确保掌握主动。

两人默默地看着对方，莱昂释然一笑服软：“好吧，穆桂英、我的女神。”邱岩也扑哧一笑坐下说：“我教你，女英雄还有花木兰、樊梨花、梁红玉、江姐呢！”

三

在绣湖茶馆里，几个厂长传看着报价单，边看边点头，杨雪在一旁微笑看着每个人的反应。陈大光问大家：“各位应该对杨总的报价很满意吧？”

服务员上前在陈大光耳边轻语一番，陈大光皱眉，本能地吐了一句：“谁啊？”随即笑着起身，“你们先聊！我有个熟人。”

陈大光嘟囔着走到隔壁，呆住了，陈金水冷冷地注视着他，陈大光颤抖着嘴唇，叫了声：“爸，您怎么跟来了？”

陈金水起身就走，陈大光硬着头皮跟随出去。大光怯生生地跟到门外，却不敢再往前走了。陈大光再叫一声“爸”，陈金水闷声不响。

停了一会，陈金水开口了：“你以为这几个厂长都跟你一条心？别忘了，他们是我陈金水的老客户，深更半夜跑这干什么来了？”

陈大光只得称就找他们聊聊，这么巧碰上杨总了……

陈金水气得咬牙，心里冒火，破口大骂陈大光死到临头还嘴硬，撒什么谎！回身又抡起拐杖猛砸过来，将女婿打翻在地。

陈大光抱着头问，“爸，你这是干什么？”陈金水只管抡起拐棍再砸，喘息着不说话。

陈大光哀求着："爸啊，您打死我，巧姑就一个人带孩子了！您忍心哪？"

陈金水咬牙切齿："你还算男人吗？陈江河是你兄弟啊！你就这样做叛徒齐德贵、王连举？你眼睛一眨也不眨地出卖兄弟？"

陈大光急了，向陈金水吐了一肚子苦水："他拿我当兄弟，就不该让我做办公室主任。我伺候他们家老的小的！他给过我什么？那个骆玉珠连点实权都不给我，那王旭怎么治我的你没看见吗？哼，兄弟？ 如果他当我是兄弟，就该给我个副总做！"

陈金水一听，呆呆地看着陈大光，再次火起，举拐棍便打："你这个混账东西！你吃的、用的、开的车，哪一样不是他给你的？你忘了刚出来时，谁都不要你的时候了？"

陈大光一把抢住拐棍，将老头拉了一个趔趄，口出狂言道："哼，我还没找你算账呢，你还好意思跟我急。在你心里，我算什么东西？只不过是一堆狗屎，当年你就不让巧姑跟我，你眼里只有陈江河！"

陈金水扶住墙，惊诧地打量着，颤抖着手指陈大光，说不出话来。

陈大光含泪泄愤："当年我为什么那么拼命，为什么要显摆？我就是要证明自己给你们看：你陈金水看错了，我配得上巧姑！"

陈金水痛苦地骂着："你从来就没配得上过，你还不如街上的地痞流氓！他们还讲忠孝节义，你还敢跟陈江河比！你的头脑，为人处世？"

陈大光凄然地冷笑起来，陈金水终于说实话了，这才是他真正的想法。他哪是撤股，分明是在给干儿子送钱！

陈金水恨恨地骂陈大光真是条白眼狼，喂不熟的野狗，对你不防不行。陈金水从怀里摸出一份协议，举在头顶，只要我陈金水还在，手上这个东西绝对不可能给你。

陈大光身子颤抖了一下，露出了绝望的目光。好个陈金水呀，就这么狠心虐待我。

陈金水无声地注视着，陈大光终于一抹泪水转身夺门而出。

此时，杨雪见外面有吵闹声，忙从室内走出。乍一见是陈金水，便言不由衷地打了声招呼，问金水叔干吗生这么大的气。

陈金水拾起拐杖转身要走，杨雪在他身后问："金水叔，难道您对骆玉珠没有一点意见吗？"

陈金水停住脚步一动不动。杨雪微笑着上前："我也听说了一些你和骆玉珠之间的事。我太了解江河了，他对你还是有感情的，你的话他也放在心上，可为什么这么多年你在玉珠集团仍被架空了呢？"

难道这一切杨雪也知道？陈金水思索不语，问她为什么？杨雪告诉老爷子："骆玉珠是记仇的，这一点恐怕金水叔你比我更清楚。"

陈金水面无表情，要杨雪想说什么就直说。

杨雪转入正题："我想跟您合作。"

"合作？"陈金水冷哼，"你觉得有这种可能吗？"杨雪进一步说："对抗陈江河您肯定不答应，但如果我要帮他呢？他的公司的确要垮了，可是怕您知道，所以他们没有说实话。无论是实力、财力还是合作伙伴，他都没有办法跟我抗衡。目前这种没有理智的自杀行为，不像是陈江河干的，您说，谁在鼓动他，不惜成本地在跟我死斗呢？"

陈金水慢慢转过身来，定定地看着杨雪。杨雪自信地一笑。

陈金水眯着眼打量，这意思是……骆玉珠？

杨雪撇撇嘴一笑，对付那个记仇的人，该知道用什么手段！陈金水垂下头思索着，突然抬眼一笑。他问杨雪："你跟骆玉珠比起来差在哪里？"

杨雪收住笑，冷冷地注视。

陈金水告诉杨雪："骆玉珠脾气虽然火爆，可待人还是直来直去的。而你呢，爱耍心眼，太拿别人当傻子，难怪陈江河被她抢去了！"

陈金水转身拄着拐杖远去，落下一句："陈大光以后不会再跟你联系了，到此为止吧。"

杨雪面如死灰，吃惊地凝望着老人的身影。

入夜，陈江河回到嘉鸿别墅，上楼进入卧室，突然被吓了一跳。

陈路在床上揉着眼睛，叫了一声"爸"。

陈江河笑着抱起儿子问："你这臭小子怎么跑我这里睡了？"陈路问："我妈呢？"

陈江河说："这两天公司忙，你妈在值夜班。"

陈路问爸爸："哥什么时候回来？我一个人在楼下睡，害怕。"

陈江河哭笑不得地说："你不是老吹自己是男子汉吗？楼下还有赵姐呢，怕什么？"

陈路一撇嘴，那个赵姐像猪一样睡得那么死，有时还打呼噜。

陈江河突然想起什么，问陈路："你哥有没有跟你联系？"陈路点点头。

陈江河急切地："快说说，他现在怎么样？什么情况？"

陈路说："他说柳州那边特别苦，但是人好，风景美，帮助他们特别有意义。他说要想办法找路子帮那里的人挣钱，那样小玉爸爸妈妈就不会死了。"

陈江河面露欣慰，但不明白小玉是谁？

陈路告诉爸爸，她是哥收养的一个小女孩。陈江河无比吃惊地看着儿子。王旭收养了一个女孩？这怎么可能？

四

夜晚，冷风飕飕。灾区帐篷内，小玉的脸冻得通红，正在昏睡，王旭焦灼不安地摸着小玉的额头，老村长急得团团转："这可怎么办呢，烧成这样！"

王旭问："村里就没个药箱？"

老村长："全埋在泥里了！"

王旭也有点慌，烧得这么厉害！恐怕一刻也不能再耽误了。可老村长为难，那条路可不好走，大晚上的车也开不出去啊！

这孩子得退烧，王旭问老村长："这儿离最近的卫生所有多远？"老村长想了想，爬过这道山，再走二里地，就到乡卫生所了。

王旭便抱起小玉，请村长带路。老村长眼巴巴地看着王旭，疑惑地问他："爬这山你吃得消吗？"王旭管不了那么多，只是着急地催促老村长快走。

于是老村长转身出了帐篷，王旭紧随其后。

夜，伸手不见五指，山路上，一束手电光照亮了前方泥泞的道路，老村长回过头，只见王旭抱着小玉艰难地跟在后面。到了上面那个陡坡，王旭先把娃交给老村长，自己试着往上攀，忽然脚下一滑险些摔倒。老村长愁眉苦脸，感叹这山路湿滑，再加上刚发生过泥石流，路太难走，是不是回去再叫两个人来？

王旭摸摸小玉的脸，来不及了，他咬牙坚持道："有绳子没？把小玉绑到我背上！"

老村长呆住了："要不我来吧？你在后面托着娃，如何？"

王旭已经拿出绳子，利索地将小玉绑在背上，"老村长，我是年轻的后生，你的腿脚肯定不如我呢！"

夜越来越深，山路上，王旭的手攀住了坡上的树，他的脚已经踩进了泥泞的土里，王旭背上绑着迷糊醒来的小玉，像驮着一个小磨盘，老村长在后面用力帮忙托着，王旭喘着粗气，咬着牙艰难地往上移动着。

"年轻人，你真有股血性。"

王旭苦笑着，父亲一直说我没有血性。今天我在这个较少人工痕迹的地方，抬头就是高山、星空，想不考虑阳刚、血性、永恒都很难。过去，我整天在人群里游走，无数的琐事会磨损了我的激情，今天，身处原始的、充满诗意的自然中，我的心灵也是开阔明净的，我的本性也会如大自然一样舒展开来。

小玉醒了，王旭轻声地告诉她，一定要撑住，叔叔带你去看病呢。小玉紧紧搂住王旭的脖子，头乖乖地搭在他肩膀上。老村长却早已累得上气不接下气了。

老村长要王旭一定要坚持住，爬过这道岗就快到了，王旭咬紧牙关，继续往上爬。

终于到了乡卫生所，小玉打上了点滴，王旭鞋上沾满了泥巴，完全没有了力气，像一摊软泥，瘫软着躺在墙边。老村长上前摸摸孩子额头，长松了一口气，转头冲王旭感激地笑笑说："烧退啦。"

王旭却连笑的劲都没了，只管动情地看着熟睡的孩子。

忽然，王旭感觉到鼻子痒痒，睁眼一看，原来是小玉正蹲在面前，她一边用草根捅自己的鼻子，一边调皮地笑着，王旭迷糊地睁开眼睛，小玉便起身要跑。挂了点滴之后，小玉的烧已然退去，竟整起了王旭来，小玉被王旭一把抓住抱在怀里，并高高地举起来。

小玉无声地笑着，阳光照在孩子身上，照在王旭脸上，王旭深情地眯着眼，享受着无限温暖的时光……

夜晚，熟睡的小玉紧紧地抱着王旭的手臂，王旭刚想抽出来，小玉抱得更紧了，王旭只得苦笑着，单手翻书看着……

王旭带着小玉在山上奔跑，两人采来茶叶放到嘴中咀嚼，然后苦涩地对着做鬼脸。

王旭站在梯子上帮乡亲们建简易房屋，小玉拼力跟随着大人，举起了材料。

五

晚上，在费尔南德公馆，莱昂与邱岩出现在门口时，费尔南德正跟人讲着什么。莱昂轻声告诉邱岩，对面那个就是费尔南德，能不能从他脸上看出点什么？

邱岩余光一瞥，面带微笑地说："富丽堂皇，虚张声势。"莱昂差点被邱岩的话逗笑，一面惊诧地看了看这个女伴。

费尔南德笑眯眯地走上前来，用绅士般的风度问道："欢迎美丽的小姐，您就是来自中国的神秘女士吗？"

邱岩温柔一笑，也用西班牙语回答："您好，尊敬的费尔南德先生！"

费尔南德一语双关地："不知道您会不会东方的巫术，因为您的到来，这里的很多人都迷失了。"

邱岩笑起来，用西班牙语回答："那您可要小心。"

费尔南德转头意味深长看看莱昂，莱昂得意一笑。

邱岩已经被别人认出，便热情地

过去招呼。

邱岩（法语）："巴斯蒂安先生！"又用德语："嘿！卢卡！"

费尔南德凑近莱昂轻声询问，传说中帮你扭转局面的人是否就是她？莱昂耸耸肩膀。

"不管这是你从哪里请来的高手。"费尔南德拍拍他肩膀，"人性的多变，不是靠会几种语言就可以解决的。"

莱昂眼睁睁地看着费尔南德从面前走过去，目光中隐隐透出一丝担忧。而邱岩已经跟一群人打成一片，说笑在一起。邱岩招呼莱昂快过来，莱昂只好勉强挤出些笑容跨步上前。

费尔南德公馆热闹非凡，一个小乐队在台上伴奏着，下面很多人在即兴跳舞。莱昂紧张地望着，邱岩在一群人中不知说了什么，时不时引起一片笑声。

邱岩亲热地跟他们告别，然后轻盈地来到莱昂身边说："我跟他们都聊过了，不像你说的那么严重。他们还是倾向咱们，不知道老费尔南德要做什么。"

邱岩微笑着，跟走过来的人打招呼，莱昂刚得到一个消息，费尔南德此刻正在楼上，跟一个东南亚人，一个北非的客人在闭门谈话。

邱岩的眼睛往楼梯上一瞄，只见莱昂把手按得咯咯响，他正思索着这只老狐狸到底想做什么呢？

邱岩微笑看着他的手，叫莱昂放松。莱昂长出一口气："想放松，那就一起跳支舞可以吗？"

邱岩犹豫着说："我……我还要跟那些人介绍我们的商品……"

莱昂激动地一把拽过她："你不会跳舞吧？我教你，很简单，先动左脚，再跟上右脚，瞧！"

邱岩无可奈何地看着他，莱昂自嘲地笑，双双轻松愉快地舞起来。

乐声一停，费尔南德带着微笑下楼，众人都抬眼望去。费尔南德用演讲的姿态说道："诸位，能请到在座的每一位客人，这是我的荣幸。几百年来，费尔南德家族都是只和讲信用的人做朋友……"

莱昂有些烦躁，这不都是废话吗？邱岩瞄着楼梯栏杆里的两个人影，叫莱昂看看上面。莱昂一眼望过去，只见有两个人影正靠在柱后，暗中观察着下面的人群。

费尔南德走到台上说："所以我选择了你们，选择了东方的伙伴杨氏集团。有人曾经问我，为什么不跟陈江河的玉珠集团合作？为什么？"

邱岩目光一震，盯着费尔南德，只见他摊开双手说："大家请看，这是我刚得到的新闻。"全场暗下来，幻灯打出新闻报道："玉珠集团暗藏造假高手；玉珠集团丑闻：一边捐赠物资，一边弃养生父……”

众人哗然，莱昂愤愤地低声骂道：“这个老不死的东西！”

邱岩看到上面两个人悄然离去，邱岩便叫莱昂死死盯住他们。

费尔南德的声音：“根据我们的调查，这家公司供货商大都是农村的乡镇企业，制造的是伪劣产品，他们在中国正面临信誉危机。这不是偶然的，请相信我的眼光。”

邱岩突然大声发声：“先生，您的眼光是错的，这些新闻都是断章取义，恶意攻击的。”

全场顿时肃静，邱岩迈上台去。费尔南德微笑着告诉大家，这位美丽的小姐就是玉珠集团的代表，台下一阵骚动。

一位男嘉宾发问道：“你们的货什么时候到？听说沉在海里了！”

邱岩扫视众人，用熟练的英文演讲：“各国的朋友都在场，我们的船遇到风暴正在联系。同样地，在国内我们公司也遇到了谣言风暴。在中国，很多知名品牌都是乡镇企业制造的，请费尔南德先生不要偷换概念。我们公司招收的全是熟练技术工人，捐赠的物资也及时送到了最需要的地方，到今天为止，董事王旭先生依然在灾区当志愿者。这都受到了联合国开发署专家的肯定。至于家事，费尔南德先生，中国义乌有句俗话：‘哥弟哥弟，各自量米。’您的家族近几十年兄弟不和，听说您很久没回过家乡了，自己家门朝哪个方向开的，您还记得清楚吗？”

众人低声哄笑起来。

莱昂微微一笑，转身溜到门外，那两个神秘客人正要上车，莱昂掏出钱包冲上前：“喂，东西掉了！”两个人回身打量，摇头用各自语言嘟囔了一句，钻进车。莱昂眯起眼，望着车开远，又快步回到公馆里。

费尔南德用西班牙语问台下，莱昂先生在哪里？请站出来！他给客商看的协议都是假的，他在中国除了玉珠集团，没有签过任何的商业合同。

莱昂脸色苍白，众人都回头盯着他。

邱岩叹了口气，用英文告诉大家：“我就是从中国来的，受雇方不只玉珠集团，还有其他商业公司。”

费尔南德吃惊地打量邱岩，问她有哪些？邱岩微微一笑。这是商业常识，她反问费尔南德，对这种商业秘密有必要公开分享吗？

费尔南德用西班牙语冷笑，说有人在当众说谎。费尔南德集团不需要什么秘密。

莱昂急忙扬起手，问费尔南德在说谁呢？邱岩也微笑着用西班牙语问他：“刚才和您秘密会晤的两个客人去哪儿了？能不能也出来，和大家分享一下会晤内容呢。"

费尔南德大笑起来，莱昂高声用西班牙语说道："有本事请站出来。"

众人也纷纷应和着："请出来！"

费尔南德尴尬地话头一转："我们的客户反馈杨氏集团的设计很时尚独特，毕竟他们来自上海大都市，可玉珠集团的设计就有些惨不忍睹了……"

邱岩微笑着拿出脖子上挂的项链，用英文反问费尔南德亲眼见过吗？这条项链就是玉珠集团出的新品，请问它的品位差在哪里？

莱昂饶有兴趣地望着，邱岩突然又转用西班牙语，责怪费尔南德先生对玉珠公司有偏见。

费尔南德依然微笑，用西班牙语向邱岩发出邀请："女神，可以请您跳一支舞吗？"

众人掌声响起，邱岩微笑着用西班牙语反问："您觉得我还有心情吗？"

莱昂吓了一跳，边往前挤边低声骂着。费尔南德显出真诚状，用西班牙语说："请原谅我刚才的无礼。"

邱岩勉为其难地苦笑："对不起，我……"

费尔南德冲乐队打了个手势，乐声已经悠扬响起，费尔南德冲邱岩做了个请的手势。邱岩目光扫向众人寻找着莱昂，左手却已被费尔南德牵引着走下舞池，翩然舞起。

莱昂终于冲到人群前面，他被吓得目瞪口呆了。只见众人都眼光发亮地点头赞赏着：邱岩的舞步极其优美熟练，合着欧洲名曲的节奏，像一只活泼、愉快的花蝴蝶，在大厅里行云流水、穿梭舞动……

回宾馆的路上，莱昂把着方向盘，不时偷偷地用异样的眼神打量着邱岩，邱岩却靠在窗边沉思。

莱昂怎么也没想到，今天邱岩真把他吓倒了，原来她的舞跳得那么好。他也没想到，邱岩怎会把费尔南德摸得那么清楚？连我莱昂都不知道费尔南德家族兄弟不和呢。

邱岩叹息："今天是我平生第一次撒谎。"

莱昂笑笑，当邱岩说自己身后还代表其他公司的时候，这更让他吃惊了。

邱岩嘟囔，跟了你莱昂没几天，也开始学会变魔术了。邱岩出神地猜测，费尔南德除了攻击玉珠公司，可能还有其他举动，他请了那么多人来参加酒会，总让人觉得有些莫名其妙。

莱昂冷哼，这不是虚荣是什么？邱岩轻轻摇头，自言自语："他这局如果不是给我们设的，就是为那两个神秘客人……摆排场！"

莱昂目光一紧，邱岩的意思是费尔南德要让那两人看到自己的实力？

邱岩问莱昂，有没有看清那两个人模样？莱昂仔细回想，两人的面貌都看清了，感觉像在哪见过。

邱岩马上警惕起来，叫莱昂赶紧回去查，一定要把这两人查个水落石出。

耳旁风声呼呼，车在公路上疾驶而去。

六

在玉珠公司办公室，骆玉珠正躺靠在沙发上眯着眼。电话铃声响起。骆玉珠猛地翻身坐起："喂？"

邱岩急促地问："干妈，我们那船货到哪儿了？"骆玉珠说暂时还没有消息，她忙着问邱岩，酒会参加得怎么样？

邱岩告诉骆玉珠，费尔南德当着所有经销商的面，亮出了玉珠公司在国内的负面新闻。

骆玉珠神色懊恼，这不明摆着是想搞臭玉珠公司吗？

邱岩说："费尔南德还请了两个神秘客人，我们刚查出他俩老底，资料马上给你发过去。"

骆玉珠神色恍惚地打开电脑网页，一个东南亚面孔，一个北非面孔。

邱岩问骆玉珠看到了吗？一个是东南亚最大的五金经销商，一个是北非最大的日用百货经销商！

骆玉珠看了呆住，忙问邱岩怎么看待这件事？

邱岩分析："我觉得费尔南德想放弃杨氏，开辟新战线了。我可能要在这边多待一段时间，跟莱昂去各个市场走走，巩固玉珠公司的销售网络。"

骆玉珠边答应着，边提醒邱岩要注意身体，别累趴下了。骆玉珠挂上电话，起身踱步思索。

入夜，在马德里酒店，邱岩刚放下手机，莱昂正异样地看着自己，问莱昂干吗这样看着？莱昂指了指那条项链，猜一定是王旭送的。邱岩注视莱昂无语，低头敲打起电脑。

莱昂局促不安起来，向邱岩道歉，说了声对不起，我心里一直有点好奇。邱岩苦笑着注视屏幕，莱昂尴尬地说："之所以问这个，是因为本来我给你准备了一条，感谢你这些天的努力……感谢你为我第一次撒谎。"

邱岩愣住，桌边已经放了个小锦盒。莱昂说声"晚安"，转身关门出屋。

邱岩打开盒，里面是一条灿烂夺目、闪亮无比的钻石项链，邱岩用复杂的目光不敢相信地看着。

国内会所，骆玉珠趴在按摩床上闭目养神，推拿师小翁轻柔地用油给她推着背，小翁问骆总想推多少时间？骆玉珠有气无力地说，直到把我推睡着为止。

这几天骆玉珠晚上严重失眠，睡

觉睡不安稳，还做噩梦，看来是烦心事太多了。她叹了口气，睁开眼睛问小翁，如果老梦见一个人，连说梦话都叫她名字，这是怎么回事啊？女子小翁一笑，随口说："日有所思，夜有所梦，肯定白天老想她。"骆玉珠露出痛苦的目光，她仿佛看到了杨雪得意的模样，喃喃地"哦"了一句。

清晨，陈江河开车送陈路上学。陈路问爸爸，可不可以认真地谈一下，陈江河心不在焉地问："谈什么？"

陈路趴在前座背上，问爸爸，为什么妈妈不让外公跟我们住在一起，为什么自己见一下外公都不可以。妈妈还说外公不好，是混蛋，是骗子。

陈江河心一沉，告诉儿子，妈妈那样说是有道理的。陈路不理解，又问爸爸："为何大人老是骗小孩子？"陈江河转头瞪着儿子，问他被谁骗了。

陈路说："妈妈老是说放假要带我去迪士尼，还答应我去NASA，妈妈没时间就算了，可我查完NASA，我们根本就没资格进去！"陈江河不知该怎样回答。

骆父站在义乌电视台门口徘徊，犹豫不决。陈路说过的话又在耳边一次次回响："当然能，因为你是我外公……当然能，因为你是我外公，你是我外公啊……"骆父坐在台阶上抹把脸，深吸一口气……

陈大光家，巧姑拿钥匙开门，屋里电视开着，陈大光满身酒气地躺在沙发上打着呼噜，桌上放着一个丹溪酒空酒瓶。巧姑吓了一跳，忙问大光到底喝了多少酒？陈大光翻了个身，像死猪一样继续睡着，根本不理睬妻子。巧姑只得勤快地收拾起来，边收拾边自言自语："你这样天天在家混日子的，还不如去上班呢，要么就帮爸爸去送送货……"

电视里正在播放义乌新闻，巧姑叹了口气刚要拿遥控器关上，突然愣住了。

（记者："玉珠集团总经理骆玉珠抛弃生父不养一度闹得沸沸扬扬，骆玉珠女士也几次拒绝采访，今天我们终于见到了当事人骆老先生……"）

屏幕里出现了骆父的身影。

骆玉珠心事重重地走出玉珠公司电梯，进公司办公室听着电话："喂，喂！巧姑你再说一遍，刚才在电梯里我听不清。"

巧姑急切地叫玉珠姐快看义乌电视新闻，骆玉珠诧异地挂地了电话。

七

玉珠公司会议室里，陈江河正面对中层管理人员，一脸严肃。他要大家面对近期出现的有关玉珠公司的负面新闻主动出击，不能总是被动挨打……

陈江河责问公关部的人员："你们是干什么吃的？她杨雪会组织记者，我们不是也可以安排采访吗？"

有人嘀咕："可有些敏感的事怎么采访啊？"

陈江河没好气地说："最近骆总父亲的事大家也都知道了吧，不要胡乱猜测了，在这里我要进行一次澄清……"

骆玉珠已经快步进屋，遥控器拿到手中，打开电视调到无声。陈江河察觉到众人的目光已转过去看着自己身后。

陈江河也回头看去，顿时呆住了。

电视上，骆父正紧张地面对镜头讲着什么，骆玉珠将声音调大。

电视里传来骆父的画面音："我是骆玉珠的爸爸，最近外面的传言都是针对我女儿的，她是不认我这个爸爸。这段时间我一直在躲，怕见你们，因为我没脸见人。"

骆玉珠脸色大变，颤抖着声："打电话！给电视台打电话！"

陈江河急："去啊！快让他们停播，否则告他们！"

骆玉珠呆呆地看着屏幕。

电视里骆父痛苦地说着："……她十几岁时，我就把她卖给人贩子，后来又在她最艰难的时候骗过她钱。我是天底下最混账的爸爸。"

骆玉珠恍惚的眼神变得无力，陈江河暗暗攥紧妻子的手。

在女子会所屏幕前，也围着一群工作人员。

电视里骆父开始忏悔："我从前被人叫去赌博，后来发现他们是诈赌。可是当时我已经成了赌徒，赌起钱来跟着了魔一样，六亲不认。所以你们都错了，觉得我女儿对我不公。实际上，她只是没办法一次又一次原谅我这个爸爸。她受的伤太深了……"

杨雪惊诧地看着电视，周围郑姐等女人窃窃私语。

在绣湖小学教职工餐厅里，老师们端着饭盒围着看电视，谁也没注意到窗外伸出了两个小脑袋。

电视里骆父继续诉说道："我女儿有今天的一切，都是凭她自己的勇敢、血汗挣来的，走到今天不容易啊！我觉得她不该再受委屈。真正要受惩罚的是我……玉珠，爸就是个混蛋！"

陈路与蔡晓丹一人含着一个棒棒糖，看着电视里骆父真诚的忏悔。

蔡晓丹压低声："你外公是混蛋？"

陈路深情地吮了口棒棒糖，替外公辩护："不，他是最勇敢的人，是我最好的朋友。"

在玉珠公司里，员工们都围在会议室玻璃外望着，屋里也挤满了人。

屏幕中的骆父声泪俱下："玉珠，其实当年爸不知道那些人是人贩子，他们说是接亲的，你们一走爸就后悔了，追到他们的时候，你已经走了……玉珠，爸实在没办法，当年要债的人打进家来要用你抵债，你那时候也大了，爸真的怕啊……"

骆玉珠看似面无表情地盯着屏幕。

电视里骆父则痛不欲生地说着："这些年我想自杀过好几次，可我得活下来，把欠你的都还上。玉珠，爸爸对不起你呀！"

骆父慢慢跪下，伏倒在镜头前，记者忙上前搀扶。

骆玉珠猛地站起冲出门去，员工忙闪开一条道，陈江河也追了出去。

有员工放下电话喊起："陈董，陈董，好消息，船到港了！"

陈江河快步追出，骆玉珠正一动不动地站在公司走廊落地窗前。陈江河走到老婆身后，骆玉珠欲哭无泪，陈江河什么都没说，只是紧紧搂住她的肩膀。骆玉珠多么希望这是一场梦，一场从来没有发生过的梦啊！

陈江河突然告诉骆玉珠，刚接到消息，玉珠公司的船已经开过风暴区，现在已经到港了。骆玉珠一怔，回头看老公，深吸一口气，百感交集，陈江河冲骆玉珠含笑点点头。

八

骆父在家焦急地看着电脑，快速敲打键盘。

赎罪的狼："怎么啦，你妈来检查啦？"突然对话框一闪。

会飞的鱼："外公，你上电视有什么目的？想要钱还是想要什么？"

骆父叹了口气，敲打。

赎罪的狼："连你也怀疑我？我想帮你妈妈，不让她背黑锅。"

对话框很快又回。

会飞的鱼："当年你真担心我妈？"

骆父诧异地看着屏幕，思索敲打。

赎罪的狼："跟我讨债的不是好人，他们拿你妈开过玩笑，输了拿你妈抵押，我是真怕。"

陈路看着妈妈，骆玉珠抱着胳膊坐在身后板着脸看屏幕。陈路又问妈妈，接下去还打什么？

骆玉珠说："你问问他，搬义乌来是不是想找我。"

陈路快速敲打起来，对话框弹出。

赎罪的狼："不想让你妈发现，只想看看你们，把债还清。"

陈路叹息摇头，感动地问妈妈是不是该原谅外公了。骆玉珠思索着，当年他拿着钱逃跑的时候，想过女儿的死活吗？

陈路哀求妈妈不要为难外公了，妈妈没吭声，陈路只得自己敲打着什么，对话框迟迟没动静。

赎罪的狼："我找过你妈妈，但是不知下落。听别人讲，你妈妈因为钱的事与男朋友分手了，人也逃走了，那时我想死的心都有。”

骆玉珠一看，板着脸，叫儿子别信他，快关机。

在玉珠公司内，陈江河边喝茶边看电脑屏幕，突然他怔怔地盯着页面新闻——“杨氏袜业基地宣布倒闭”。

陈江河想了想，忙拿起电话本，拨通小蒋的号码。

陈江河一笑：“该我叫你蒋厂长吧。”

小蒋也笑笑：“是陈董啊，大伙前两天还念叨您呢。”

陈江河问：“你们袜厂现在情况怎么样？”

电话那头，小蒋掩饰笑笑：“不好意思跟您提。”

陈江河道：“说。”

小蒋：“您是看那条新闻了吧？”

陈江河：“小蒋，跟哥说实话，前两年我看新闻还介绍你们厂呢！又改革创新又出新产品的，怎么一夜之间就倒闭了呢？”

小蒋叹了口气：“没脸见您啊，杨董不是跟您在欧洲打价格战吗，之前非让我们压低成本，停止研发新产品，结果国内市场全被人抢了，听说杨董还要把一些厂子关掉。”

陈江河神色凝重：“小蒋，你该给我打电话的。”

小蒋：“我知道您跟杨总是对手，你们当然有你们的眼光。我不想干扰……”

陈江河无声叹息。

入夜，玉珠公司内，陈江河独自坐在办公室里点击鼠标，看着屏幕报价。不一会儿，陈江河起身在屋中踱步，犹豫不决地终于拨通了杨雪的电话。

杨雪：“怎么想起给我电话？”

陈江河：“小雪，天赐卖给我吧，你晓得是什么原因！难道你就不想留下年轻时候美好的回忆吗？另外，你在欧洲还准备再降一轮吗？你图什么？”

杨雪：“打败玉珠集团，赢得市场。”

陈江河叹息：“你真的要市场吗？现在费尔南德找了东南亚和北非的两大经销商，我看是要取代你。”

杨雪：“江河，为什么要告诉我这些？”

陈江河：“为什么？我为你好！约个时间谈谈吧，越快越好，我必须要跟你谈一下，不能再这么斗下去了！”

杨雪轻声：“我现在就在你公司楼下。”

陈江河惊住，起身站到落地窗前：“你说什么？”

阳光大道很亮，杨雪的奔驰 350L 停在高大的树荫下，杨雪在车中凄然一笑。

“很奇怪吧？我自己都很奇怪。

最近总是失眠，总是想起故人，还有你说的美好时光，我让人摸你的行踪，知道你夜里哪天值班，就跑来坐在楼下待会。”

陈江河：“你……”

杨雪：“对，我就这么看着你那亮灯的窗户。傻子一样地看着。”

亮灯的落地窗前站立着一个高大的人影，杨雪幽怨地望着。

玉珠公司电梯门打开，陈江河呆呆地望着门里的杨雪，杨雪也哀怨地注视他，慢慢走出电梯门……

美好的时光总是那么短暂，也许每一个女孩都曾经把目光停留在某一个男生身上，他性格开朗，坚强有力，有着阳光般的笑容。女孩总喜欢默默地注视着他，却羞于上前打个招呼，仅仅止于单纯的欣赏，终于失去了在青春的阳光下的自信飞扬。

在无数次挫折以后，少女却还是想起他，怀着一份深沉的爱恋。

终于，女孩擦去眼泪，重新出发。去追随着他的脚步，出现在他出现的每一个地方，却始终没有勇气走到他的面前大胆告白。

“江河，你是个大白痴。我不说不行了，我离不开你呀！”

陈江河陪着杨雪在花园散步。

天蓝水透，绿树成荫，鲜花盛开。杨雪惊叹于这座零排放无污染的生态节能工厂。

“这是你设计的？”

“我是 1998 年结识了日本商人，学会了节能环保、节约土地、员工关怀，学会了‘利他’的经营理念。”

鸡毛飞上天

长篇小说

Feather Flies To The Sky

〔第二十七集〕

一

夜黑暗无边，在陈家别墅门口，骆玉珠的黑色奔驰E300L车启动，车灯照亮了前方的道路。赵姐听到声响披衣出门，惊诧地张望。骆玉珠把着方向盘愣神，随后又将车熄火，关掉车灯跳下车来。

赵姐问她这么晚了要去哪？骆玉珠大步走回，哪也不想去。赵姐诧异地看着骆玉珠进屋上楼，又转头瞧瞧车，有些不解。

在玉珠公司，陈江河站在董事长室门口瞧着杨雪，杨雪却不慌不忙地在公司办公席座位间走动、审视，既像是在挖苦对方，又像是在嘲弄着自己，幽然向陈江河诉说着自己的感受，首次来玉珠公司行政楼，眼前的一切够寒酸的，那些浩大的声势当真就是从这里传出来的？

陈江河微笑着告诉杨雪，杨氏集团总部所在寸土寸金，总部大楼融汇了中西设计元素，建筑豪华、典雅大气，办公区就占了半个豪华写字楼，玉珠公司当然没法去比。但比起很多义乌亿万富豪自己推车送货，租房办公，我已算是甩手掌柜了，公司建在自己的地皮上，管理人员配备充足，科研力量尤其强大！我们还把部分股份派给骨干员工，实行“股权激励政策”来管理企业，人员也很稳定。

杨雪背着手走进董事长室，打量着四周环境，主人似的坐在了江河坐的沙发上。陈江河正要摆茶具，杨雪一摆手，表示从不喝茶。陈江河一笑，只好给她泡了杯咖啡，将咖啡递到案前。杨雪在对面坐下，接过喝了一口，问陈江河，当知道费尔南德选择了新的合作伙伴，骆玉珠是不是做梦都会笑醒？陈江河提醒说：堂堂的杨氏集团总裁，天天就惦记这点破事，有些让人小看啦。

杨雪苦笑一下，告诉陈江河，董事会急着让自己回去，检讨对欧洲的贸易，费尔南德那边要求进一步降价，自己已经几宿睡不着觉了。

陈江河想起什么，要往杨雪杯子里加糖，便转身取过两块方糖递到了她的面前。杨雪幽幽地注视着，陈江河竟然还记得自己的这个习惯——他没有忘记我。

陈江河尴尬地笑着提醒，杨氏集团董事会的事没必要让外人知道。杨雪断然接过话头，耐人寻味地对陈江河说：“对你我不想隐瞒，论商业头脑、智慧、人脉，我都不如你。所以每遇上一道过不去的坎，我第一个想到的就是你。江河，我快扛不住了。”

话音刚落，杨雪的鼻子一酸眼睛发红。陈江河搓着手：“我早就想找你谈了，咱们现在不叫抢市场，而叫自相残杀。按说玉珠集团、杨氏集团的货卖到欧洲哪个国家都会畅销，价格也不会像现在这么低，现在最得利的是费尔南德。”

杨雪凄然一笑，费尔南德这条狡猾的老狐狸，他把我的产品成本精确到分了，逼我进一步降价，但我还能有什么办法？杨雪全身虚脱无力，人一下子垮了，她毫无风度地躺在皮沙发上徐徐道来。前段时间，助理甚至还想看住她，防止她想不开。陈江河听了事情的来龙去脉，握着杨雪的手安慰说：“我们一起想想办法，事情总会有挽回余地的！赢利之前先赢人心！不值得赢的人心就避而远之！”杨雪听闻马上挺身坐了起来。

“你守信用，重诺言，做事勤奋，为人谨慎，不见利忘义，你一定会有回报的！”

听了陈江河的评价，杨雪差一点想放下面具，扑到这个朝思暮想的心上人怀里。抢占欧洲市场无利可图，让杨雪从事业顺利的巅峰跌落，她处处救火心力交瘁，在这段时间，她见识了什么叫世态炎凉和人心难测。她难忘与陈江河在袜厂的日子，亲历了最初的家庭式作坊，计算器一拨就知道盈亏的几百人企业。如今，公司成长为几千人团队，自己却没有一个贴心好帮手，想管好企业当真难上加难。

杨雪觉得自己已失足落入深井，非常不祥。

陈江河开始作具体分析：首先，我保证玉珠公司再也不会降价，你杨氏集团也应该把价格提回到正常水平。杨雪狐疑地盯着他，然后呢，然后一块喝西北风；一块联手退出欧洲，让其他的客商抢占？

陈江河摇头，如果玉珠和杨氏两家联手，建立自己的销售体系，恐怕天下无人能敌！

杨雪怔怔地注视他，突然一笑，这么多年过去了，你竟然还是个爱做梦的人。

陈江河急了："强强联合、攻城略地怎么会是梦呢？"杨雪点出："你跟德国人合建的那个合资厂就不靠谱，在上海商厦一层开专卖店更不靠谱，人家给我们中国产品的定位是什么？中低端。陈江河，别怪我没提醒你，不要鸡飞蛋打——两头落空，到时候连自己的根据地都守不住。"

陈江河双手抱住后脑勺靠在椅子上："我连续两次到德国考察过，我发现德国是全球货物准入门槛最高的国家，商品利润高，德国自身生产的产品在全球市场也有很高的认知度，辐射面很广，只要抢占先机，就可以占据制高点。我不信邪，我陈江河走到今天靠的就是比别人快走一步，苦别人所不能苦，做别人做不了的事！"

杨雪的眼神中忽然透出欣赏与温情："你这个样子，让我突然想起当年你趴在房顶，偷看日本专家修机器的模样，你还是那个混蛋。"

陈江河扑哧笑起来，有些不好意思，这话从杨雪嘴里冒出来，怎那么别扭……

杨雪突然问陈江河，如果没有当年和骆玉珠的事，你会不会与我成家？陈江河呆住了，杨雪用火辣辣的目光凝视着，陈江河则避开她的目光。

杨雪紧逼："在袜厂你真的对我没动过一点感情吗？"

杨雪不相信，陈江河不可能没有做过关于她的梦。

今天的陈江河，谈吐自然从容，已经成了外贸行家。手下曾经报告说，陈江河酷爱读书。飞机上，平时往往只有头等舱和公务舱的人，才会自带书本做笔记，可陈江河却是坐在经济舱里，自带着书本看书的唯一一个孔夫子，他与其他看报纸、看电影、玩游戏的客人形成了鲜明对比。

陈江河垂头不语，突然传真机嗒的一声响，欧洲报表一张张地传出来，陈江河头也不抬地忙起身上前接收。"小雪，这么多年过去了，别再纠结当初的事了。一会儿我给你看看欧洲发来的销量表还有报价单，咱们之间没必要互相拆台，只要两家联手，你听我的绝不会失眠。”

身后没有动静，陈江河回头望去，董事长室已空无一人，他快步追出，电梯门刚好合上，陈江河一动不动地呆望着下降的数字。

抬头远望，耳边又想起与邱英杰的诗朗诵，那是在南山历史长河的山坡上。

告诉你吧，世界，我不相信
告诉你吧，世界
我——不——相——信——
纵使你脚下有一千名挑战者
那就把我算作第一千零一名
我不相信天是蓝的
我不相信雷的回声
我不相信梦是假的

二

夜晚，灾区观音山村帐篷内，王旭轻拍着似睡非睡的小玉，尽情倾诉着:“……我拉着她，沿着铁轨跑啊跑，她的手心出汗了，湿湿的，我回过头，她看我的眼神又信任又喜悦，也不问我要去哪里，那时候我就暗暗发誓，一定要拉着这双手走一辈子。”

邱岩小时候那带着傲气，又含苞欲放的羞涩模样浮现在了眼前，耳边仿佛又传来那种命令的口吻，还有那担心自己难堪的关心模样。如今，邱岩大了，来是一阵风，去是一片云，捉摸不定。咳，命运就是如此。

王旭低头看看睡着了的小玉，微微一笑：“小玉，叔叔把所有的心里话都对你说了，虽然你听不见，可我终于在一个人面前全部说出来了。”

王旭小心翼翼地从小玉怀中抽出自己的手臂，转身拿起手机一愣，屏幕上有三个邱岩的未接来电。

灾区村子帐篷外，王旭焦急地听着电话，却没有一点声音，一看，手机连一格信号都没有。王旭忙跑到高处寻找信号，手机里面传来了隐隐约约的长音。王旭充满期待地喘息着，手机中终于传来那熟悉的声音：“喂，王旭，听干妈说你还没回去？”

王旭激动地叫嚷：“邱岩！你在哪？你好吗……喂？”

王旭懊恼地看着手机，奔到高处大声地叫着:“喂？喂！”灾区村子里，人声鼎沸。

王旭依然执着地听着手机，惆怅地仰望星空，那里是满天星斗。

白天，王旭与乡民们合力搬运着简易房的器材，额头上全是汗。小玉跟随在最后头，也伸出小手用力举着小器材。王旭叫小玉松手，别砸着。老村长举着喇叭喊，叫大家去领救济款，于是，有乡民大喊：“发放救济款喽，领救济款喽。”

乡民们忙着抹净手小跑赶去。老村长见王旭识字多，又会算数，就请他过去帮大伙做统计，王旭爽快答应了。

小玉小跑着跟在王旭身旁，老村长和王旭并肩走着，他为观音山村民的未来叹息，这救命钱虽能救一时之命，可往后仍不知道咋办呢，地也冲了，路也毁了，估计明年这个乡十有八九的壮劳力都得离家出门讨活干了。

帐篷前，村民已经排好队，王旭坐在桌前接过笔埋头记录，小玉趴在桌边好奇地张望着。

老村长一个个叫着："卫国，你家三口，一千零八十元；东兴，你家四口，一千四百四十元……"

王旭惊诧地抬头，一个人才三百六？这可是一年的钱哪，往后这日子还怎么过？

领到款子的山民一张张反复点着钱，生怕数错一张，后面的人往前涌，王旭用复杂的目光扫视着大家，他看见了乡民们的隐忍、心酸、痛楚和挣扎，掺杂着绝望无奈的表情……他心里不由得五味杂陈。

观音山人世世代代吃的都是救济饭。这样，就形成了他们特有的吃皇粮式的生活习惯：成日闲聊，玩玩扑克、麻将，逢年过节召集远近乡邻进山聚赌，为他们递烟送水，抽取小头。有点小钱时，买粮做酒；或者买肉腌成腊肉，常年食用；平分政府一年两次的救济款物。

在灾区村子里，小玉捧着碗热茶高举到王旭面前，王旭连忙放下手中的活计接过，一面叮嘱小玉别烫着手，小玉看着他，轻抖着被烫的手，甜甜地笑了。

王旭喝了一口茶，老村长笑眯眯地走来，问这味道怎么样？

王旭笑着，味儿发沉，细品真香，好像不是平时喝的茶。

老村长叼着烟袋告诉王旭，这是我们在老深山林子里采的茶，就那么几棵树，喝起来当然跟别的茶不一样了。

王旭眼波一动，求村长带他去看看。老村长犹豫，说深山老林，那路可不好走。王旭却笑着一挥手，再难的路也要走走。小玉拼命扯着王旭的衣角，眼巴巴地看着他想跟去。王旭抱起小玉，劝她别去，乖乖在家等着，山中有吃人的大老虎，等叔给采了好茶回来。

王旭刮了小玉一鼻子，小玉甜甜地笑起来，老村长暗暗打量两人，无声地叹息。

到了山里，远远看去，整座深山老林像一片闪闪发绿的海洋，不需任何的装饰，它本身就是大自然的一件最完美的作品。越往里走林越老，脚踩在腐烂叶堆里，传出了沉重的喘息声，王旭与老村长拄着探路棍一前一后走着。路程还不到一半，王旭已走得气喘吁吁，支撑不住，抹了把汗，继续往前走。

王旭真没想到，这么深的山，山民们也进得来。老村长笑笑，因为山里人都清楚，越是宝贝藏得越深。为啥呢？要是都那么容易找，那宝贝还够摘吗？

王旭若有所思地听着，老村长话头一沉，问王旭啥时走？王旭愣了一下，笑着说等简易房搭起来再走。老村长停住脚步，转身定定地看着王旭，突然想起什么，小玉这孩子往后即使能自个活下去，看这情形，那娃越来越离不开你了。王旭无语，默默地看着老村长。

老村长意味深长地说："你总不能带她一辈子吧，村里都商量好了，一起养她。可我发愁的是，有你在，这娃还不会太想爸妈，你要是走了……"

王旭拄着棍，迈着沉重的脚步往前走去，抬头望天，想着什么。老村长以过来人的目光望着他的背影，提醒王旭这些天得跟这娃冷一冷了，先让她适应，王旭垂头继续往前走去。

黄昏，夕阳西下。街头车水马龙，在柳州市茶叶研究所门口，王旭诧异地看看手机，又贴着耳朵喊起来。

在电话中，王旭一口气告诉妈妈，自己这边受灾的山村，位置在亚热带原始雨林，山里有六棵野茶树，最大的直径 50 厘米、树围 160 厘米、树高 10 米、树龄五百年以上，极其稀有。叶大、粗壮、叶脉鼓出，叶缘锯齿深，叶脉 9~16 对之间。持嫩度高，一芽两叶，一般重 0.5~1 克，是一般古树茶的三倍重。它所制晒青的绿茶，汤色黄绿，香气清爽，略带野生茶特有的腥味，与栽培型茶树香气截然不同，水溶性果胶丰富，几乎无苦涩味，满口润甜，回甘极其绵长持久。它在扎根之地静静地站了千百年，餐风饮露，阅尽人间沧桑。自己刚进城找专家鉴定过，因其产量稀少，预定价格非常昂贵，猜这一斤茶能卖多少钱？

骆玉珠那头恍惚地说："小旭，你那里家破人亡，生离死别的，你不要受什么刺激呀？妈只惦记你什么时候回来。"

王旭梦想的声音："一斤至少卖几千，几千哪！一棵树至少产六斤茶，六棵树就是三十六斤，妈这可是野生老茶，如果好好包装一下，我有信心把它打造成……妈你在听我说吗？"

骆玉珠："你什么时候回来？妈也快成灾民了。"

王旭看看电话，叫妈等会，有电话打进来。

老村长焦急的声音："你啥时候能回来？"

王旭乐呵呵地告诉村长，自己正想跟他打电话报喜呢。

老村长那边急得不行，叫王旭快

回去，小玉不见了。

王旭的笑僵在脸上，很不满地吐出一句：“怎么搞的？连个孩子都看不住！”

老村长告诉王旭，小玉一听王旭走了就哭，谁也拦不住，天快黑时就不见了。有人看见她沿着山路一直往下跑，正四处找呢！

王旭颤抖着，告诉村长马上回去，赶最后一班车，说完就撒腿狂奔。

长途车沿着漆黑的夜一路行驶，王旭坐在车上，急不可耐地望着窗外，举着手机不断地询问小玉找着了没有？他告诉老村长，自己要过两小时才能到，要老村长把所有人都派出去找，天一黑孩子就有危险。旁边的乘客纷纷转头看王旭，王旭急得快哭出来了。

山路上，王旭焦灼不安地坐在颠簸的长途车上。王旭突然一怔，路边有一个小女孩的身影，正眼巴巴望着车。王旭扒窗回望，但看不清楚。王旭忙叫师傅停一下车。

车停住，王旭跳下车往回走，是不是小玉？王旭不敢断定。

远远的那个小女孩呆呆望着，猛地也撒腿迎面奔来。王旭也惊喜地伸出双手飞跑起来。小玉扑到王旭怀中，无声地哭泣。王旭紧紧抱起孩子，喘息：“叔不对，叔该早回来……”

到了晚上，乡亲们听说小玉终于找回来了，纷纷跑出家门来看，于是整个灾区村子里一片欢腾。乡亲们的火把聚拢，照亮了蜿蜒的山路。

只见王旭背着孩子一步步走来，小玉的脸贴在王旭背上一动不动，老村长忧伤的目光跟随着。王旭回避开村长的眼神，背着孩子垂头前行……

三

清晨，一缕阳光从玉珠公司董事长室窗外照射进来，陈江河迷糊着从沙发上坐起。骆玉珠正拉开窗帘，转身收拾桌上的水杯。她不动声色地问陈江河，昨晚谁喝咖啡了？陈江河实话实说，是杨雪来了。

骆玉珠停顿一下，继续收拾，陈江河伸个懒腰告诉玉珠，不出所料，杨雪现在很困难，费尔南德完全绑架了杨氏，自己给她出了对策……

骆玉珠气鼓鼓地转身打开窗户说，我要给办公室透透气，排放屋里的风骚味。

陈江河无奈地打量着老婆，骆玉珠干脆爽快地搬把椅子坐在对面，听陈江河的诉说。陈江河想和杨雪联手，两家不要再自相残杀，让那外国佬占便宜，因为玉珠公司的货不至于……

骆玉珠心不在焉地扫视四周说：“以后得给这办公室加张床了。”

陈江河听了哭笑不得，他问玉珠：

“如果费尔南德引进来其他地区的品牌商，你知道这意味着什么？”骆玉珠面无表情，突然叫小王去给这办公室添张床，陈江河起身，一把将老婆按住坐下。

陈江河揉着玉珠肩膀：“有话直说，你别哼小调行吗？”

骆玉珠冷着脸问：“这对策，杨雪答应了吗？”陈江河说她没表态就走了。骆玉珠再次起身，就算杨雪答应，我都不会答应。陈江河皱眉，他讲了那么多，骆玉珠竟然半句也听不进。

骆玉珠亮亮手腕，问陈江河注意过自己的手镯去哪了吗？陈江河一愣，边打量边猜测是不小心掉了？骆玉珠委屈地告诉陈江河，手镯给邱岩了，那是你给我买过的唯一的首饰。

骆玉珠推门出去，陈江河皱眉看着她的背影，急忙追问玉珠：“咱家就是做首饰的，还用买啊……不是，这跟我刚才说的有什么关系？”陈江河着实摸不透妻子心里在想些什么。

在商厦门口，骆玉珠停下黑色奔驰 E300L 浙 G53288 车时，杨雪刚好也停下她的黑色奔驰 S350L 浙 G33057 车，两人并排从豪车上下来，不由地同时注视着对方。

两个光鲜女人并肩走着，骆玉珠打量着杨雪，一看她这眼袋，就知道她昨晚肯定没睡好。杨雪也听会馆小翁提起过，玉珠最近失眠很严重，彼此彼此。

骆玉珠笑了笑，加快脚步。

杨雪对骆玉珠说：“陈江河有个毛病你知道吧？他这个人对谁都心软，容易被人绑架，但是我不一样。”

骆玉珠停住脚步，定定地看着杨雪：“谁真把我惹急了，她会后悔一辈子。”

杨雪微微一笑：“是吗？也许有人感兴趣呢！”

骆玉珠也一笑：“不信？试试。”

此时，杨雪手下一脸慌张跑来叫了声“杨总”，手下瞥了眼骆玉珠，欲言又止。

杨雪喝道：“说。”手下支吾：“玉珠首饰今天出了几款主题，跟咱们款式完全一样。”

杨雪脸色一变，狠狠地瞪了骆玉珠一眼，骆玉珠显出一副无辜的神情。

杨雪转身大步离去，骆玉珠急着喊：“你的采购商今天到吧？缺什么去我那拿！”说罢冷冷地望着杨雪的背影。

在商厦玉珠展厅，工作人员正在摆放首饰，见骆玉珠快步进来，员工忙打招呼：“骆总。”

骆玉珠扫视一眼：“看清价格了？”

工作人员点头：“每个款式都比杨氏低一分，我们刚去确认的。”

骆玉珠满意地笑笑，栽得梧桐树，

才能引得凤凰来。她招呼员工把这些主题产品都摆在明处，赶紧热水沏茶，过一会儿有贵客到。

在商厦杨氏展厅，几个采购商正窃窃私语，又纷纷摇头，露出了不满的神情。杨雪挤出微笑，手下热情地招呼几位进去喝杯茶，正好杨总今天也在，采购商却推脱说：“先不喝了，出去转转，真是抱歉。”杨雪从容地点头看他们出去，脸上的笑容顿时转成恨意。

手机响起，杨雪没好气地接起陈大光打来的电话，叫他有事快说、有屁快放。

陈大光说自己就在商厦后门车库旁，请杨雪耽误点时间，见个面，杨雪用一副厌恶的神情挂上手机。

杨雪从大门走出，陈大光跟贼一般鬼鬼祟祟地躲在柱子后向四处张望。

“杨董。”

杨雪听了，极不耐烦地上前问：“什么事，快说。”

陈大光讨好地告诉杨雪：“那几个厂长您也见到了，自己的资源可都无私地奉献给您了，可是，直到今天，我那卡上还没到账一元钱，您能不能快点？”

杨雪冷淡而又气愤地对陈大光说，这些人回去商量后，都拒绝跟杨氏合作。陈大光一惊：“这怎么可能？事先一切都说得好好的，怎么会说变就变呢？”

杨雪鄙夷地提醒陈大光：“回去问问你的老丈人吧！以后不要再联系我了。“

尽管陈大光“杨董、杨董”叫个不停，可杨雪头也不回地离去了。

陈大光哆嗦着拨通电话，挤出笑声：“王厂长，老王？我呀陈大光！喂？”那边电话却即刻挂断，陈大光吃惊地看着手机，无奈地摇头。

陈大光来到陈金水家，“咣咣咣”地用力砸门，门慢慢地打开。

陈金水平静地看着女婿，陈大光满脸怒容地叫嚷：“你干的好事！”

陈金水却不答话，转身走进屋里。陈大光跟随着冲进，陈金水在桌边稳稳坐下，桌上摆着一张张营业执照。

陈金水开口说：“我这些买卖都是你的，八个摊位，你想卖什么都行。”

陈大光呆呆地站在那儿喘息，陈金水语重心长继续说：“钱要靠你自己的努力一分分地赚，等孩子大点我帮着带。巧姑跟你一起做，咱也能发家致富。”

陈大光含泪颤抖着嘴唇：“你要害死我！”

陈金水一字一顿：“不！我要救你，我在替你爸救你！”

陈大光含泪摇头转身想走，陈金水厉声喝道：“所有的路都给你切断了，你还能回得去吗？”

陈大光不解，显得十分痛苦地问："为什么？"

陈金水和陈大光摊开了说，那些厂长怎会跟一个没心没肺的人一块赚昧心钱呢？那些可都是成功过的人，他们自有成功的道理。

陈大光凄然一笑，这不明摆着笑话我从来没成功过吗？在他眼里我只不过是个守着摊位做买卖的小摊贩。

"成功的人过去往往经历过一把辛酸一把泪的，曾经历经坎坷，饱受磨难，但他们会与正义正气人士结交。最后一定会拥有一些完美品格，比如崇尚孝义、勤耕好学、刚正勇为、坚忍顽强、不怕艰苦、诚实守信，等等。"

陈金水站起身，捧着那几张营业执照，最后一次劝陈大光："爸从前心气高，逼过你。今天爸就要你做个老实人，咱重新开始，行不？"

谁知陈大光咬牙切齿地回身瞪着他，声音颤抖地说了句："不行！我一定要证明给你看！"

陈金水一听，愤怒地将执照砸在他脸上："证明什么？这是你最后的路了！"

陈大光夺门而出，陈金水绝望地闭上双眼。

四

陈江河坐在玉珠公司董事长室，写下最后一个名字，他边把纸递给巧姑边吩咐："都记下了？这些人会陆续跟你联系，不管你跟你爸卖什么，他们都会找上门做分销商。"

巧姑苦笑，这不是哥找几个帮手在帮我家卖东西吗？陈江河忙举手制止，意思分明是——这话到此为止，千万别告诉爸，连陈大光都不要让他知道！

巧姑感动，对江河哥非常感谢。陈江河却瞪了她一眼，我是谁？少跟我说这些话，巧姑不好意思地笑笑。

陈江河思索着，希望有一天金水叔想通了，还能再回来，咱一起干！

手机响了一声，陈江河瞥了眼，见屏幕上的字是：我不可能跟做过人贩子的人合作，他的脸色顿时微变。

巧姑诧异打量，问他没事吧？陈江河掩饰着笑笑，叫巧姑赶紧回家，记着为刚才的谈话保密，巧姑点点头走出。

陈江河看巧姑出了门，忙吃惊地拿起手机，一条条图片短信接踵发来，都是玉珠首饰的主题特写"少女幻梦""女人心"。

陈江河开口叫小王，小王推门进屋，问陈董有何吩咐，陈江河忙将手机递给手下，问这到底是怎么回事？小王一脸为难，揭开谜底："是……是骆总让我们针对杨氏做的。"陈江河气不打一处来。

在商厦玉珠展厅里，刚才几个采购商正在挑选首饰，工作人员在热情地介绍。骆玉珠抱着胳膊惬意地在门外偷望，她拉住手下低声吩咐 :“去给他们换好茶，让他们慢慢挑。”

手机响起，骆玉珠冷冷接听 :“干吗？”

陈江河质问 :“你现在在哪？我有急事找你。”

骆玉珠若无其事地说 :“我在展厅，新出的这几款首饰相当受欢迎，我们正在里面谈合同呢。”

车停在路边，陈路坐在车中扒窗瞧老爸打电话。

陈江河在电话中愤怒责问骆玉珠 :“是不是故意这么做的？”骆玉珠压住火 :“是又怎么了？”

陈江河已经愠怒 :“每款都比她低一分钱，你的主题还跟她撞车，你说怎么了！”

骆玉珠 :“好你个陈江河，这难道不行吗？你竟然吃里爬外，胆子越来越大了！这是做买卖，告诉你陈江河，不是儿女情长，杨雪给你打电话了吧？”

陈江河愤怒 :“这种气斗下去，只会破坏经营规矩，败坏商厦声誉……”

在商厦玉珠展厅，骆玉珠气得转着圈，声音高了八度 :“杨雪是你什么人，是不是跟你告状了？你别跟我讲大道理，我问你是不是！”

陈江河对着话筒谆谆善诱 :“玉珠，你给我冷静点好不好？这几款首饰能挣几个破钱 ；现在我们在鹬蚌相争，费尔南德那边渔翁得利……杨雪那么傲的人，她也不是狐狸精！”

骆玉珠铁青着脸将手机挂上，手机再次响起，骆玉珠看都不看再关。

店里的电话铃声响起，手下接听 :“骆总，陈董找您。”

骆玉珠喘着粗气拒绝接听，叫手下说不在。手下为难地冲电话 :“陈董，骆总她刚出去……”

陈江河电话中严厉驳斥，都听到声音了，还说不在，骗鬼呢。

骆玉珠上前一把抢过话筒，对陈江河大发雷霆 :“你想干什么呀，要翻天了？我还没质问你呢，杨雪每句话都是圣旨，都很重要是吧？她的眼泪就值钱是吧？昨晚你和杨雪到底都干了些什么？”

手下面面相觑，知趣地进屋，几个采购商好奇地起身偷听，骆玉珠转身怒吼，“嘭”的一声关上门。

在路边，陈江河拼命压住火气 :“你别在这嚷，等你冷静下来我们再谈。”那边愤怒地将电话挂上。

陈江河回头看儿子，陈路眯着眼也在瞧他，他坐回驾驶座。陈路问爸还去外公家吗？陈江河没好气地说，不去了。

陈路见爸爸和妈妈在电话中吵个不休，去的心情也没了。陈江河却补上一句："我费力不是为讨好谁，带路！"

骆父正在家里生火炒菜，骆天宝光着膀子在院子里劈柴。骆天宝抹了把汗看看父亲，闷声问他，今天许多同事都来说老爸上电视了，这是不是真的？骆父心里咯噔一下，他们怎么马上就知道了？

骆天宝埋怨地说："连你自己都忘了吗，老爸，你来我们车队送过饭呀。"

骆父怔了一下，骆天宝边劈柴边埋怨："邻居看咱们的眼光都不一样了，我都不敢跟人打招呼了。你是怎么想的，为什么非上那电视不可？"

骆父叹息说："别人怎么看那是别人的事，要是你这小子也不明白，嫌我丢人现眼，过两天我就搬走。"

院门口陈路突然叫着："外公！"

父子俩都吓了一跳，回头看去，陈路蹦进院来。陈江河随后站在院门口，手中提着包熟食。冲两人笑了笑，骆父不敢相信，直起腰看着陈江河，这是个如日中天的名人。骆天宝手足无措，憨憨地问："陈董……我……我姐没来？"

陈江河笑："她不知道。做饭呢？真香啊。"

陈路嚷着："外公，我要吃你做的饭。"

骆父手忙脚乱地叫骆天宝快烧茶，快搬椅子，让他姐夫坐。骆天宝忙搬过两把椅子，陈江河笑看着桌上的菜："够吃吗？再添俩菜，路上刚买的。"骆父忙接过，叫天宝拿十五年陈的青柴滚酒来，好好陪姐夫喝两杯。

陈江河忙摆手，酒就不喝了，开车禁止喝酒。小路拉外公坐下，骆父目光一颤，被陈路拽着坐下。

陈江河拉住骆天宝的胳膊："赶紧穿上衣服吧，看这身板够硬的，听玉珠说你当过兵？"骆家父子对视一眼，骆天宝点点头，边穿衣服边怯生生地坐下。

陈江河叫骆天宝给他爸倒上酒，如雷贯耳的陈江河就在身边，天宝有些局促不安，他听话地倒好酒，有点发懵，呆呆地看着陈江河。陈江河举起面前的水杯站起："不说客套话了。以水代酒，干完这杯再说我的想法。"

骆家父子也忙举酒杯起身，陈江河意味深长地说："不是一家人，不进一家门，咱们爷四个干一杯！"

陈路跟着起哄："干！"

骆天宝没敢动，吃惊地看着父亲。骆父目光湿润，颤抖着手慢慢将酒杯递上，"当"的一声，几只酒杯响亮地碰到一起……

当天黄昏，在陈家别墅，赵姐忙着往餐桌上端菜，不时往楼上望望，实在忍不住，就喊道："夫人开饭了。"

楼上没动静，赵姐边拿围裙擦手，边上楼梯边叫，骆玉珠一动不动躺在床上，像没听见一样。赵姐敲敲门轻声说："夫人，先生接小路不回来了，说在外面吃。菜要凉了,快出来吃吧。"

骆玉珠望着天花板没有答话，赵姐迟疑一下。过了一会，骆玉珠冷冷回话："我吃不下，你自己吃吧。"

赵姐不好再说，走下楼梯，自言自语嘟囔："好不容易做几个菜，都不吃，干吗不早说呢？真是浪费。"

骆玉珠一烦，吼一嗓子："你们都有理！就我不对！"

赵姐吓了一哆嗦，忙辩解，我又没说什么。骆玉珠恨恨地："你们都是祖宗！"赵姐慌乱跑下楼梯溜进厨房。

手机响起，骆玉珠伸手摸到，电话里王旭激动地说："妈！妈！我知道这个村怎么挣钱了！"

骆玉珠露出懊恼的目光，有气无力地："小旭，能跟妈说人话吗？"

五

当晚，一辆车疾驶而过，在公路上陈江河心事重重地把着方向盘。

陈路从后面趴在前座背上。他问爸爸，为什么不能告诉妈？陈江河一拍他脑门，叫他坐下，小孩子哪有那么多废话。陈路转了转眼珠，陈江河苦笑了一下。

手机响起，传来手下小王的声音，问陈董是不是每天让员工检查各展厅和销售部的录像。陈江河皱眉，忙问他怎么了？小王怯生生地说，好像有异常情况。陈江河不耐烦地，小王你在电话里说清楚。小王那边吞吞吐吐，叫陈董，还是您看看为好……

晚上，玉珠公司董事长室，陈路坐在沙发上写作业，不时偷偷看爸爸的反应，陈江河正吃惊地看着电脑屏幕，无声的监控录像中，骆玉珠一动不动地坐着，员工在关店门，将铁栅栏拉下。陈江河眯着眼凑近屏幕，骆玉珠开始一件件戴起首饰，对着镜子试来试去。突然，桌上首饰都被扫落在地上，骆玉珠将标价牌撕碎……陈江河毛骨悚然靠坐在椅子上。陈路抬起头，问爸爸什么时候回家？陈江河懊恼地抹了把脸。

入夜，商场门口的街边，陈路扒着车窗往外看，陈江河提着一袋精美的礼品跑来上车。

陈江河将礼物放在副驾驶位上，陈路好奇地伸手掏出锦盒打开，是一个玉镯，陈路小大人般叹了口气："唉，女人。"

陈江河瞥了眼后视镜。

陈家别墅里，父子俩推开门，试探着往里走。陈江河推儿子，连哄带吓唬地示意赶紧进屋。赵姐听见动静，忙从厨房出来，刚要叫，陈江河冲她摆摆手。赵姐指了指楼上，陈江河点头，赵姐又打了个手势，两人默契告别。

陈江河关好卧室门，骆玉珠正背对门躺在床上，玉镯轻轻地放在骆玉珠眼前。骆玉珠还是一动不动，陈江河无奈地转到床的另一侧，骆玉珠却一翻身背对着自己。陈江河再看，玉镯已没了，暗暗松了口气，坐下脱袜子。

陈江河说："反应不如从前了，天刚黑，回来路上差点儿跟别的车撞上了。"陈江河转头看老婆，她依然不动。

陈江河又说："今天我看报道，提醒华人出国经商要小心人身安全。有一次在国外，老吴车门没锁好，差点被人抢劫了。幸亏他老婆拼命叫，你在会所听她们说过吗？我就感慨，出门在外可得注意安全啊，命没了，钱再多有什么用！你听说最近那华商绑架案没有？"

骆玉珠沉默不语，陈江河拍拍老婆，骆玉珠睁大眼睛不动声色地听着。

陈江河摇头，自言自语："这商人也姓陈，被绑架撕票了。要两千万，家人都送钱过去了，命还是没保住。"

骆玉珠对陈江河冷哼："你要是被人绑了，我一分也不送。"

陈江河竖起大拇指："宁死不屈！真是好样的，别再纠结行吗？喝点茶？"

骆玉珠翻身坐起："我是在纠结！真不该意气用事，抢出那些主题首饰。"陈江河深表同意，点点头称赞："玉珠同志，你的境界突然提升了啊！"

骆玉珠懊悔地摇头："那些都是垃圾，设计落后，工艺粗糙！"陈江河愣了愣，深以为然地说："以后再遇到这种事及时提醒我，简直是浪费资源，一定让他们收回去重做了。"

陈江河再次竖起大拇指，但骆玉珠说绝不能跟杨雪合作。陈江河慢慢放下手，无可奈何看着老婆，刚夸她境界高，却又……骆玉珠瞪眼说："别跟女人提境界！境界是你们老爷们的事！"

陈江河举起双手做投降状："我沏茶，今天喝什么？"

骆玉珠皱起眉头，审视着腕上的玉镯："这得是冰种吧？干吗呀，陈江河，这么败家？有钱了是不是？"陈江河背过身洗杯子，哭笑不得。

"极品冰种肯定会保值增值！"

骆玉珠问："杨雪呢？"

陈江河装糊涂："不知道。"

骆玉珠冷哼："别跟我说没找过她。"

骆玉珠坐到茶案对面，往茶壶里拨茶："她回上海了，怎么着你今晚不赶过去？"

陈江河苦笑："我们别……"

骆玉珠严肃认真地："陈江河。"

陈江河坐直身，应了一声"到"。

骆玉珠："我不是不讲理的女人，我也懂商战怎么玩法，但有条禁区你不能碰——绝不能跟狐狸精杨雪联手，你能答应我吗？”

骆玉珠定定地注视着老公，陈江河无奈，默不作声，低头沏泡起来。

六

夜里，陈家别墅主卧茶室，幽暗的灯下夫妻俩相对饮茶。骆玉珠若有所思听丈夫娓娓道来：“人民币再次升值，国外的汇率波动那么大，不光是对我们，这对所有的出口企业都是个严峻考验。我想了很久，不如换个思路。不光把货物卖到国外，还要把国外的好商品引进中国。这才是我们最新的方向：买全球，卖全球！”

骆玉珠一怔，抬头用赞许的目光看着丈夫。骆玉珠重复了一遍：“买全球，卖全球？”陈江河重重地点点头。

陈江河继续说：“老一辈教我们‘开四门’——吃亏是福，有钱大家赚。就是货郎到一个新地方要广交朋友，四面八方的关系都要搞好；围城必阙，就是要让别人也有活路。”

骆玉珠想说什么，又被老公抢过话头：“对，我们既是陈江河、骆玉珠，又是费尔南德、莱昂。从前不行是因为我们的市场没有培育起来，只能做低端产品供货商。现在国人的消费习惯已悄悄改变，他们已不再满足，需要高质量的生活，我们很多人还没意识到。只要把全世界最好的货都集中到自己手里，赚全世界的钱，我们就能立于不败之地！所以……”

陈江河按了按老婆的手。要下决心与更多的人联手做这件事。比如跟德国高端厂商合资，比如跟杨雪联手……

骆玉珠刚刚还连连点头，一说到杨雪，就像喉咙扎到刺一样难受，马上摇头：“不行，不能跟杨雪，我绝不接受跟杨雪联手。”

陈江河双手扳住头，喃喃地说：“这么半天我都白说了。”

骆玉珠低头倒茶，手有些颤抖。她不明白，玉珠公司还有很多条路可走，为什么陈江河偏偏一定要跟杨雪联手合作？真是榆木脑袋——不太开窍。陈江河疲惫不堪、不可思议地看着自己的老婆。

清晨，骆玉珠走进公司，公司里空无一人，连前台都不见人影。骆玉珠很是诧异，正在四处打量，陈江河从董事长室迎面上前：“走吧！”

骆玉珠皱眉问，这些人都去哪儿了？陈江河神秘一笑：“跟我上天台就知道了。”骆玉珠还想问，被老公拽出了门去。

“好”“厉害呀”，众人的叫好声此起彼伏，骆玉珠被丈夫带着上了天台。

员工们围成一圈，骆天宝在当中

打起义乌北宋英雄好汉金台所创的金台拳来，一招一式虎虎生风。玉珠看得眼睛一亮，陈江河露出赞许的目光。

打完一套金台拳，叫好声一片。骆天宝还不过瘾，又来一招义乌武术“硬功夫”，大喝一声掌劈下去，一整摞砖碎成一地，公司员工纷纷鼓掌叫好。

陈江河用胳膊拱拱骆玉珠，微笑着说：“怎么样，亲弟这特种兵没白当吧？宝贝就在身边。”

骆玉珠喃喃地，终于明白了昨晚陈江河为什么装可怜，又是这绑架又是那撕票的。

陈江河一笑，有亲弟保驾护航，我俩强强联手，往后出远门就不用怕了，你也省得送赎金了。骆玉珠忙上去阻止不吉利的话。

骆天宝接过衣服，喘息着上前叫了声：“姐！”

骆玉珠嗔怪，让他赶紧穿上，别着凉，伸手给弟弟系起来，骆天宝憨笑起来。陈江河偷偷回头寻找，骆父正从角落探头张望，两人默契地笑笑。

七

酒店里，夜晚的灯光格外刺眼，邱岩也在焦急地听着电话：“喂？王旭，你听见了吗？”

门铃响起，手机中传来断音，邱岩懊恼地放下手机去开门，见莱昂兴冲冲跑进来，他只给邱岩五分钟准备，今天要带她去个好地方。

邱岩探出身想问去什么地方？可莱昂头也不回地扬起手，叫她在大堂等，待会见，邱岩轻叹口气，关上了房门。

在酒店大堂，莱昂正焦急地踱步，一回身，邱岩正从电梯口快步出来。

莱昂用异样的眼神看着邱岩脖子上的项链，依然是玉珠集团的那条。

邱岩装作没看到，问莱昂这么晚了还要跟谁谈？莱昂掩饰一笑，告诉邱岩，这个城市最热闹的时候是午夜，最好玩的地方也是午夜。接着又凑到邱岩耳边轻语，邱岩听了脸色一变，想拒绝，因为她根本就不想去那种地方，可莱昂不由分说拉着邱岩的胳膊往外拽去。

赌场里灯红酒绿，邱岩无聊地叼着吸管扫视四周。莱昂兴奋地拍桌大笑，将筹码揽入怀中，扔给荷官小费。莱昂再次赢得筹码，激动地摇晃邱岩的手臂，邱岩哭笑不得……

第二天一早，邱岩拉着行李箱反复按着莱昂房间的门铃，莱昂很久才来开门，他蓬乱着头发瞥了眼邱岩的行李。

知道邱岩要奔向下一站，莱昂双手作揖求她，想让她再多住一天。邱岩叹息，担心莱昂的赌瘾上来了控制不住。

莱昂说：“这几天手气不错，这种运气一错过就没了，我还想再玩几把。”邱岩坚决不同意：“莱昂，你不是告诉我已经戒掉赌瘾了吗，这算什么事？”

莱昂再次向邱岩求饶，只要求再停留一天，他还去告诉邱岩，费尔南德也来了，就在这个城市，所以必须留下。邱岩一听呆住：“费尔南德？”莱昂用力点头，终于找到了留下的理由。

夜里，在酒店中，邱岩正专注地查看关于费尔南德的新闻图片的网页，一件古董引起了邱岩注意。

手机响起，邱岩忙接听，是莱昂的声音：“邱岩吗？帮帮忙，我房间床边包里有银行卡，你帮我带过来。”

邱岩皱眉道：“莱昂，我来欧洲是帮你赢得市场的，不是来帮你赌博的。”

莱昂：“就这一次，我求你了！”

邱岩坚决地告诉莱昂，自己不会再去那种地方，至于你是输是赢，跟我没关系。

邱岩挂上手机，恼火地翻看网页。手机再次响起，邱岩刚要说话。

莱昂抢先说了：“邱岩，我的对手是费尔南德。”邱岩猛站起身，夺门而出。

夜的赌场，人声鼎沸。邱岩挤过衣着华丽的赌客、神仙姐姐一样的美女，焦急地寻找，突然目光一紧。一片烟雾缭绕中，不少赌徒正在兴奋地围观，莱昂难掩兴奋地扳动着手指，像狮子般盯着对面。

费尔南德额头冒出汗珠，面带微笑看看眼前的牌，将筹码推上前。

邱岩绕过人群，开始从各个角度审视费尔南德。费尔南德颤抖着手点起一支雪茄，用力咬住。

邱岩的眼神，陷入了深深的思索……

赌场之夜，莱昂推过筹码，眼睛喷血般通红，在众人的欢呼声中，费尔南德笑眯眯挥手收走筹码……

邱岩躲在人群后面，眯起眼睛盯着费尔南德的每一个细节：他的手，他的眼神，他颤动的腿……莱昂擦汗，咬牙翻牌，费尔南德也解开衣扣冷笑凝视……莱昂咬牙将最后的筹码全都推上，忽然一只小手按住他的大手，众人一片哗然。莱昂抬眼怒视着邱岩：“你干什么？”

费尔南德也叼着雪茄冷笑，讥讽道：“女神，你这样很伤他自尊哟，我劝你别这样做。”

莱昂挣脱开，疯狂地将筹码一推：“全押上！”

邱岩大喝一声：“够了！”

众人喝起倒彩，费尔南德也摊开双手说：“这头狮子被一个东方女人管住了。”

哄笑声中，莱昂恼羞成怒，瞪着邱岩："你想拦我？没门！"

邱岩盯着他的眼神再劝："不能再赌！你入他局了，怎么赌怎么输。"

莱昂怒吼:"这里不需要你,让开！"

邱岩颤抖着声音平静地说："我再说一遍,你输你赢与我无关。但你要清楚，这样赌会毁了你。"

莱昂吼叫："用不着你管！"

"啪！"邱岩突然一个巴掌甩过去。全场寂静无声，莱昂捂着脸呆呆地看着邱岩。邱岩退后几步，转身大步走出。莱昂清醒过来，恍惚的神色转头看看众人，费尔南德叼着雪茄冷笑，莱昂跌跌撞撞地追了出去。

邱岩在街头难过地走着，莱昂快步追来,一把扳过邱岩的肩膀，连连道歉："对不起，对不起！女神，你把我打醒了，费尔南德今天一晚上都在激怒我，他是有备而来的！"邱岩甩开他的手继续往前走，莱昂真诚地说道："以后我不赌,绝不赌了……你是我的天使，是上天派来救我的。"

邱岩转身冷冷地注视着他，莱昂冲动地上前拥抱住邱岩，邱岩想挣扎却没挣脱开，莱昂在怀中拥紧她。

莱昂激动地："从见你第一面开始我就知道，你是属于我的。"邱岩一惊，怔怔的目光，突然拼命推开他，转身奔去，莱昂喘息着望着她离去的背影……

清晨，酒店大堂内，莱昂心神不定地在前台交房，暗暗回头张望。

邱岩皱眉翻看报纸思索。

莱昂上前问邱岩，昨晚自己怎么了，是不是酒喝多了？邱岩面无表情，叫他快走，得赶火车。

邱岩手里拿着那张报纸，与莱昂拉着行李箱快步走出大门。

邱岩思索，过去费尔南德从没有进过赌场,今天，他在那里翻云覆雨，说明什么？莱昂怔怔地瞧着她。邱岩一字一顿答道："从昨天晚上他的反应、他的动作细节分析，说明这个人有危机，费尔南德也需要发泄。"

莱昂扑哧一笑，叹邱岩的心理学就这样简单，那自己也能随便考个博士生了。邱岩白了他一眼，递上报纸，叫他自己看去。

莱昂莫名其妙，报纸上不就是费尔南德拍卖古董的新闻吗，有什么好看的？邱岩提醒莱昂，他为什么拍卖？这些古董是货真价实的，他从来不给外界看的好东西，是他们家族传承了好几代的宝贝。

莱昂脸色一变,抬眼注视着邱岩。

邱岩自信地分析，费尔南德有财务危机，至少他眼下极缺资金，他来这个城市不是针对莱昂他们的。

莱昂恍然大悟，兴奋地点头。忽然他惊讶地大叫一声："银行，这里的银行家是他们家族的世交！"

一辆摩托驶过，后座的人一把扯断邱岩脖子上的项链。

“我的项链……”邱岩尖叫一声，一个踉跄被莱昂抱住。

那辆摩托已经加速，莱昂撒开腿就追，邱岩急喊莱昂别追了，莱昂却头也不回地狂奔而去。

追到河边，莱昂一拳将一位抢劫犯击倒，那人摇晃着爬起扶住摩托，另一人拔出刀来准备拼命。莱昂棕红色头发飘起，像头雄狮般挥拳怒视，那人胆怯，赶忙追上启动的摩托车扬长而去。

莱昂站直身子，抹了抹嘴角的血，俯身捡起那串项链。莱昂握紧拳头，转身走了几步，停下怔怔地瞧着，突然用力一拉，将项链彻底扯断，把中间的挂坠攥在左手手心，邱岩从远处急急地跑过来。

莱昂紧握着挂坠慢慢回身，邱岩上前扳住他的肩膀焦急地打量着，关心莱昂是否受伤了。

莱昂举起右手的断链，说了声：“断了，真可惜……”邱岩接过，目光黯然失神。

莱昂默默注视着邱岩，邱岩无声地长叹：“人没事就好，走吧。”

河边，莱昂被邱岩小心地搀扶着走着。莱昂左手一松，挂坠不被察觉地掉落在河中，慢慢地沉入水底……

鸡毛飞上天

长篇小说

Feather Flies To The Sky

〔第二十八集〕

一

观音山山寨里播放着《采茶舞曲》:“溪水清清溪水长,溪水两岸好风光……”王旭手里拿着大喇叭,站在一张桌子上。小玉和老村长一人一边守在桌旁,村民们则围拢在空场地上仰望。

老村长叼着烟袋,皱着眉头叫大家安静,听领导好好说两句。

王旭口干舌燥、苦口婆心地做着动员:“从今天起,山上的茶树分不同等级由各家承包。为了公平,等这两天我请茶叶专家现场勘察后,再由村长给大家分。手上的农活、出外打工都先停下来,听明白了?往后我们这个村,就可以靠茶吃饭了!”

众人面面相觑,小声议论,谁也不相信!

“这破茶能卖出什么好价钱?”

王旭笑了笑:“我知道大家担心什么,我家是做生意的,如果茶卖不出去,由我来兜底!要是赚了,我们大伙分钱!”

众人开始兴奋起来,议论声更大。老村长敲敲烟袋,再次叫大家安静。

王旭说："将来我们这款茶分高中低档，我已委托能人帮我们搞宣传推销了！这个茶系列的名称也起好了。"他抱起小玉："就叫玉系列！"

说着王旭将孩子高高举起，清纯的小玉甜甜地笑着。

在山寨简易房，王旭一边收拾东西，一边叮嘱："从现在起，要派专人保护那六棵野茶树，24 小时不能离开人！"老村长不以为然地笑了，这深山老林的，已有多年没人去了。

王旭坚定地摇头，从现在起就会有人去了。老村长叼着烟袋用异样的眼神看着他，凑近王旭压低声问："这茶能卖那么多钱？"

王旭一笑："就看我们怎么做了，你只要在我回来前看好这些茶树，其他的等我消息吧！"

老村长看着王旭厚着脸皮、冒着风险向上级要政策，大张旗鼓地号召和支持跑项目，并且终于联系到义乌供电公司，为全乡援建了所有的供电项目，内心十分感动。可是，如果离开王旭，这么多的资金和项目，我怎么管理啊？

老村长欲言又止，支支吾吾地终于说出来了："我年纪大了，这么大的事业从来没搞过，心里没底。王旭，要么叫别人挑头吧？"

王旭吃了一惊，说："村长大哥，你怎么也死脑筋呢？我爸说全力支持我；这不是造福自己人么，都是村里人，熟悉的圈子；你威信那么高，必须当仁不让地挑头，带领全村一起脱贫致富！"

老村长开始将信将疑，经王旭点拨，也就爽快答应了。

王旭拍拍老村长的肩膀，告诉他："我爸说，要改变落后面貌，得先会做梦，有理想才能梦想成真。"老村长叹了口气："都穷几辈子了，也没什么很高的要求，只要能填饱肚子就行了。"

王旭一听："这就是老村长的不对了，当村长的都没底气，下面的人怎么办？"

老村长笑着点头，又问王旭："你去了，那小玉也一起走吗？"

王旭说："这次想顺便带小玉去大医院查查，如果能治好这病，不就了了她妈妈的一桩心愿了？"

老村长叹息："王旭，党和国家对我们真好，我绝不打退堂鼓了。遇到你，是我们村的命好，也是小玉的命好啊！"

王旭眼中透着感动，会心一笑。

二

玉珠公司会议室里，陈江河埋头看着手下递上的文件，骆玉珠正向公司管理层做深刻检讨。骆玉珠大方地说，这次玉珠首饰仓促上马，几个项目都比较失败，自己负全部责任，必须扣除本月全部奖金。鉴于小王和生产部的刘新提醒过，这个月扣下的奖金将作为奖励发给他俩。

陈江河没有抬头，微微一笑。

近期有一家首饰厂想加盟，骆玉珠叫小王介绍一下他们的情况。

这时，陈江河手机响起，忙起身接听，接着脸色一变：“你确定吗？”

骆玉珠瞥了眼老公，小王介绍着：“是这样，这家厂已经跟我们联系很多次了，希望能加入玉珠品牌……”

陈江河快步起身走出门去，骆玉珠的眼神一直跟随着老公，陈江河在窗外，微皱眉头听着手机。

公司董事长办公室里，陈江河正思索着按手机键，骆玉珠推门进来，询问是不是邱岩来电话了。陈江河告诉她，费尔南德资金链断了。骆玉珠一脸惊愕，怎么会？那可是个百年家族啊？

陈江河透露，邱岩和莱昂刚摸到的情报，费尔南德与商业伙伴陷入财务纠纷，人家把他告了，冻结了一大半资金。

骆玉珠一笑，认为这倒符合老狐狸的性格。陈江河目光如炬，明白了一切，想必这就是费尔南德急着催促杨氏降价的原因，他急需资金。

骆玉珠眼尖，瞥了眼陈江河的手机，问他给谁发信息？

陈江河苦笑：“信息还没发呢，发或不发？一切由你决定。”骆玉珠抱住胳膊，带着异样的眼神，看陈江河举起手机在自己眼前晃动。

骆玉珠瞄了一眼，冷笑着做出奇怪的模样，问陈江河：“你为什么总在第一时间想到她？”

陈江河实话实说，因为这个信息对杨雪来说太重要了，她将面临生死抉择。

骆玉珠冷冷地说：“这个杨雪怎么看也不像是你的对手。”陈江河哭笑不得：“我从来就没把她当成对手。她是什么？杨雪充其量只是一个挺可怜的妹妹。”

骆玉珠拿过手机按了下还给老公，面无表情转身出去。陈江河看看手机屏幕，信息已发出，不由得笑了笑。

骆玉珠拍拍手，马上叫员工查一首歌，“你究竟有几个好妹妹”，把声音放到最大给陈董欣赏。

陈江河惊住，想出去阻拦，骆玉珠头也不回地出去了。

随即孟庭苇幽怨的歌声传出：

是否每一位你身边的女子
最后都成为你的妹妹
她的心碎我的心碎
是否都是你啊你收集的伤悲
是否每一位欢乐过的红颜
最后都是你伤心的妹妹

她的心碎我的心碎
是否都是你啊你苦尽的陶醉
你究竟有几个好妹妹
为何每个妹妹都那么憔悴
你究竟有几个好妹妹
为何每个妹妹都嫁给眼泪
我的哥哥你心里头爱的是谁!
猜不透摸不着
我也只是妹妹

一位老员工冲上来将音乐关掉，看了一眼尊敬的陈董，还扇了年轻员工一个后脑勺。

陈江河将百叶窗重重拉上。

三

在杨氏上海总部办公室，杨雪取出手机，只见屏幕上闪出一条信息："费尔南德有危机，扛住，不能再降价，陈江河。"

杨雪怔怔地看着，电话响起，杨雪拿起接听，传来费尔南德傲慢的声音："杨总，降价的事考虑得怎么样了？"

杨雪回答："费尔南德先生，对不起，我的产品优质优价，这轮价格战我不想再打。"

费尔南德冷冷地说："说不打就不打？你可要知道会产生什么严重后果，我的两个新合作伙伴的货已经到港。"

杨雪深吸一口气："你的意思是，杨氏已经不是你的唯一选择？"

费尔南德："那当然，我给过你机会，杨小姐。"

杨雪挂上手机，在屋中徘徊……

当晚，在酒店房间，费尔南德还在对着电话咆哮："不降价你会前功尽弃，意味着欧洲市场的大门将永远对你关闭，永远！"

费尔南德听着电话的忙音，只好恨恨地挂上，靠着座椅猛抽起雪茄。

在外国酒店展厅，邱岩一动不动地凝视着拍卖展柜中的展品——一个归去来兮的烧瓷。莱昂不耐烦地在身后询问："你也喜欢古董？这不是你这个年龄的人该喜欢的东西。"

邱岩像没听见一样入神地注视着，莱昂见了很是诧异，这破玩意儿有什么好看的？

邱岩喃喃："不知道为什么，看到这个瓷器，就让我想起了我爸。"

莱昂好奇地蹲下瞧瞧，邱岩却直起身恍惚走去。莱昂忙快步追上："是那个坐在山上的瘦个子吗？"

邱岩摇头:"意境，东方人的意境，你是不会懂的。"莱昂摊开双手表示不解。

看了古董，邱岩觉得费尔南德家族确实有眼光，他这次拍卖的大大小小几十件古董都很有品位。她劝莱昂等以后赚了大钱，也搞搞这些有文化的事，别光去赌博，十赌九诈啊！

莱昂苦笑："我才不会去收这些死人用过的老东西呢！等我有了大钱，就开赌场抽头，赚那些赌徒的钱。"邱岩无奈地瞪着莱昂，神秘地告诉这个傻笑的人："我干爸说，笑到最后的人是一辈子接受教育的人。"

手机响起，莱昂听着脸色一变，捂住手机冲邱岩："二十四小时后费尔南德将宣布全线降价促销。"

邱岩愣住："杨氏？"

莱昂摇头："不，史瑞夫的百货和阮文雄的五金，就是我们见到的那两个神秘客人。"

邱岩停住脚步，怔怔地问莱昂："这消息可靠吗？"莱昂骂着："北非和东南亚的货已经到港了，Cerdo（猪头）用他们来搅浑水打压我们！"

"二十四小时之后，又是一轮惨烈的厮杀。"邱岩露出焦急的目光，突然愣住，"等等！费尔南德不是缺资金吗？他哪儿来的钱！"

莱昂也一怔，邱岩问港口离这儿多远？莱昂想了想，开车大约两小时。

义乌街头，骆天宝边开着姐姐的奔驰浙G53288车边说着，骆玉珠坐在后车座静静地听着。

"……我妈合眼前原谅了爸，毕竟在床边伺候了那么多年，后来我也没心思考大学，就去了部队。爸心脏不好，我最担心的就是他的身体，万一他一个人留在家里出点什么事……所以退伍后，我放弃了分配，申请回家了，爸做完搭桥手术后，我也每天晚上与他睡一块，白天还得给他打电话。"

手机响起，骆玉珠接听。陈江河急促地问："玉珠，你在哪儿？能去会馆找一下吴姐吗？她跟阮文雄做过生意。"骆玉珠皱着眉问："谁？"

陈江河解释："就是那个在西班牙的东南亚五金商，费尔南德二十四小时后将宣布他们的商品全线降价！"

骆玉珠禁不住流露出吃惊的神色，二十四小时？不就是明天吗？骆玉珠突然眯起眼问："你不会想……"

陈江河："对！绝不能让这个价格战打起来，我想试试。你现在先联系上吴姐，随时告诉我情况！"

骆玉珠挂上手机，喃喃地说了句："陈江河，你这个疯子。"

骆天宝瞥了眼后视镜，骆玉珠叫天宝道："掉头！去会馆！"车猛地刹住，随即掉头驶去。

在玉珠公司办公室，陈江河正凝视着电脑屏幕上北非和东南亚那两个客商的资料简介，史瑞夫和阮文雄两人的照片像通缉犯似的并列着。

陈江河盯着屏幕，拨通邱岩的手机，要她去走一步险棋。

邱岩问干爸："是什么险棋，您

直说吧。”

陈江河告诉邱岩，费尔南德的阵营不是铁板一块，那个阮文雄是上一代过去的华人之后，对中国有感情，比较好沟通……

邱岩听了已经笑起来，她告诉干爸，自己跟莱昂正在赶往港口的路上呢。陈江河皱着眉问：“去港口干什么？”邱岩说：“刚得到消息，阮文雄正在那里督货。”陈江河吃惊又欣喜地称赞：“好！绝顶聪明，好样的邱岩，不愧是邱英杰的女儿！”

宽阔的公路上，来往车辆川流不息，一片繁忙。莱昂开着车，邱岩专注地听着手机。

邱岩告诉干爸，费尔南德很可能事先设计好了，让两位国际客商签了先出货后打款的协议，客商应该是有怨言的，她请干爸宽心。

邱岩挂上手机沉思，莱昂摇头，他不明白邱岩要见阮文雄干什么。

邱岩笑了笑，没答话。

莱昂无可奈何地向邱岩叹着心中的苦：“你只是一句话，我可借了一辆车，又当你的司机，又把你送过来！”

邱岩便问：“真想知道吗？”莱昂忙点头。

邱岩深吸一口气：“我想利用中国的市场吸引他们，做市场交换。我想借助他们，可以让玉珠品牌打入非洲和东南亚市场。同样，他们可以在我们的帮助下进入中国，这张王牌是费尔南德没有的！”

莱昂瞠目结舌地看着邱岩：“真是一张好牌！”

对这件事，邱岩也和干爸陈江河想到一块去了。

“英雄所见略同！”莱昂不由得心服口服。邱岩告诉莱昂，干爸的意思就一条，不打价格战，面对欧洲市场公平竞争。莱昂眯起眼，怔怔地瞧着邱岩，突然一笑，觉得这牌可惜了：“你们一个军长怎么可以跟他们团长营长换呢？你完全可以向对方提出更多要求，就冲中国大市场，他们绝对会满足你们的条件。”

邱岩也笑，提醒莱昂：进四出六！有钱大家赚，做人可不能太贪，否则什么时候在阴沟里翻船也不知道呢。

莱昂冲动地抢过话头说：“让他们跟我做，放弃费尔南德，我跟陈江河的公司是伙伴。”

邱岩笑着摇头，莱昂一只手拽住她胳膊：“让史瑞夫和阮文雄跟我做，他们如果是先货后款，完全可以不履行协议。”

邱岩严肃地收住笑，叫莱昂不要出面：“我干爸刚才电话里已经嘱咐，这是一场对等的谈判，你一掺和进来性质就变了。”

莱昂用力拍了下方向盘，嘟囔着骂了句，余光瞥到邱岩的脖颈上空荡荡的，没有戴项链，便好奇地问邱岩，不觉得脖子上很空吗？邱岩转脸望向车窗外，会心一笑："开好你的车，别的少管。"车疾驶而去。

在会馆，骆玉珠专注地听吴姐讲着："那个阮文雄和他爸爸来中国寻根，还是我老公陪着去的！他头两年尝试打入中国市场，还来过义乌呢，可后来听说是没找到合适的代理商，就撤了。"

骆玉珠吃惊地问："就这个原因吗？"吴姐笑着解释："阮文雄这人疑心病特别重，他生怕别人骗他。"

骆玉珠思索着，点点头。

在国外酒店，邱岩边冲向电梯，边用手机向陈江河汇报：阮文雄刚从港口回酒店，自己追过来了，只是有点担心，既然这个人疑心病这么重，要是他不相信我们怎么办？

陈江河像下命令似的对邱岩说："必须让他信任！还有二十一个小时，让他清楚这场价格战一旦打起来，必定是两败俱伤，后果十分严重。"

邱岩果断地应答："知道了。"

莱昂抢先过来帮着按电梯，看邱岩进去，便问她要不要自己帮一把？邱岩摆摆手，电梯门已经关上。电梯升到七楼，邱岩远远看见几个人簇拥着阮文雄沿着走廊走去，她冲上前却被人拦住。

邱岩先用西班牙语打招呼，说自己想找阮先生。又用英文急喊："MRRUAN，我有急事找您。"

阮文雄见是一位东方美女，就打了个见面的手势。邱岩快跑上前刚要张口，阮文雄眯着眼打量着她："我会一点中文。"

邱岩一笑："那太好了！能用母语跟您说话，感觉特别亲切。"

四

在玉珠公司办公室，陈江河默默地翻看一本陈旧的日记，等候消息。

"我要赞美在鸡毛换糖创业路上，踏平坎坷的一个个商战英雄。"

"为什么我的眼里常含泪水？因为我对这土地爱得深沉……"

员工刚要进屋，被小王拦在门外。

手机响起，陈江河忙起身接听骆玉珠的来电："费尔南德下决心打这场价格战，就说明他已经跟那两个品牌商沟通好了，现在只剩下二十个小时，让他们改变主意？你觉得可能吗？"

陈江河无语，骆玉珠急着喊："喂？"

陈江河喃喃地："如果你想拥有你从未有过的东西，那么你必须去做你从未做过的事。"

骆玉珠狐疑地问他这话是谁说的？

陈江河用复杂的目光凝视着那本旧日记本："邱英杰留下的日记。也是他在去北京的火车上对我说的，我一直在思考，在验证他的话。"陈江河含泪，猛地起身拿过手机，快步冲出屋去。

在上海杨氏办公室，杨雪也在看着屏幕上两个客商的照片、资料，皱眉思索，手下轻声催促杨总，董事会的人都到齐了。

杨雪像没听见一般，手机响起，手下拿过递上，轻声提醒：“杨董？”

杨雪接过手机看了眼，贴在耳边，是陈江河的声音：“二十个小时以后，新的价格战将开打，这次不光你我……”

杨雪知道他们的货已到港口，显得有气无力。陈江河要她再考虑一下，跟自己一起说服他们？

杨雪哭笑不得，让史瑞夫和阮文雄不跟我们抢市场，这有可能吗？天方夜谭！

陈江河：“不！是共同享有市场！杨雪你听我……”

手下再次进门，轻声提醒：“杨董？”

杨雪起身挂上手机，没时间跟陈江河说了，她迈着沉重的步伐去开会，她不知道自己将要面对的是什么灭顶之灾。

在车库里，陈江河已坐进车中，把着方向盘，听到电话里的忙音，他神色懊恼。手机再次响起，陈江河忙问邱岩那边情况怎么样？

邱岩焦急地说：“我猜得没错，费尔南德跟史瑞夫为了抢市场，确实签了先货后款的协议。阮文雄疑心很重，他说他了解我们和杨氏，也欣赏市场互认的设想，但很难让他相信，我们能够谈得拢，他需要的是面谈。”

陈江河思索着启动车，重复了一句：“面谈？”

“他是这么说，可干爸你也来不及飞过来了，不到二十个小时时间，全线价格战就要开战……”

陈江河斩钉截铁对邱岩说，三个小时后，给我找到能上网视频的地方。

邱岩那边莫名其妙：“什么？干爸你说什么？”

陈江河的车已蹿了出去。

在酒店走廊里，邱岩不敢相信地在电梯口听着手机。

陈江河：“三个小时后，阮文雄跟史瑞夫将面对我和杨雪，当面阐述！”

邱岩吃惊，露出钦佩的目光：“好，干爸，我明白了！保证完成任务！”

邱岩找到阮文雄的套房，阮文雄从屋中走出来。邱岩喘息着问：“阮先生，对不起对不起！您能联系到史瑞夫先生吗？我老板想跟您和史瑞夫先生面对面谈。”

阮文雄诧异地打量着邱岩，有点不信：“面对面？你不是说他在中国吗，怎么可能？”

邱岩自信地笑笑。

高速公路口，骆玉珠下车望着老公的车疾驶而来，停到前面。

陈江河边听着手机边下车，骆玉珠眯着眼打量：“疯子！人家不接你电话吧？”

陈江河叹口气：“我已给杨雪发信息了，三个小时开到上海，在她公司跟马德里视频。”

骆玉珠挖苦道：“人家在开董事会呢，会理你吗？”

“真是过河碰上摆渡的——巧了，我正好想把他们集体说服，不用一个个找了。”

骆玉珠指指表：“还有十几个小时，再扣除国外时差夜晚时间，你想清楚。”

陈江河点头：“路上三个小时争取让杨氏同意我们的方案，一起去？”

骆玉珠哼了声，把手里的资料往老公手中一塞：“杨雪一直当我是敌人，我就不去刺激她了！这是国内的销售数据，需要什么，我再让小王传真过去，让天宝开车送你去吧。”

陈江河转头，骆天宝立即上前：“陈董！”

骆玉珠给亲爱的江河整理衣领，把诱人的香饽饽往情敌的老巢里送：“他去我放心，安心打你的电话。”

陈江河欲吐还休。看着老婆，转身冲骆天宝：“走！”

骆玉珠“哎”地叹了口气，陈江河停步转头，后面传来骆玉珠的声音：“这一路三个小时，就能让杨氏跟玉珠公司同一条心？你有什么把握？”

陈江河微微一笑：“又不是没干过，当年去北京的路上，我交了这辈子最重要的朋友。”

骆玉珠百感交集的目光盯住江河，掏出兜里的手机电池，叫天宝把这两块手机电池给姐夫带上，电不足了就换。

骆天宝接过电池，陈江河坐进后车座，骆天宝进驾驶位启动车，骆玉珠莫名感动地望着车扬尘而去。

五

杨氏董事会上，董事们正在为是否继续价格战争执不休。

一个董事说：“不答应降价条件，我们之前的努力全白费了，只能退守国内！”

另一个董事说：“我们打了半年价格战，最后是为别人打江山，这叫什么破事！”

还有一个董事说：“那你说，大批的货发哪去？不给费尔南德，你还能给谁？现在是人为刀俎，我为鱼肉！”

杨雪的手机一直无声地震动，她坐在长桌一端默默地注视着。手机屏幕上，MYJH 的名字一直在闪动，杨雪仍没有接听。

骆天宝将车开得飞快，透过后视镜，瞥了眼后座上焦急听电话的陈江河。

陈江河想了想，摸出一叠名片快速找着，又重新拨起电话。

董事们还在争论，有人激动地站起，杨雪手撑额头，旁若无人地摆弄着手机。

一个董事说："还有十几个小时！我们的价格已经没有优势了，只能看着人家抢占市场！"

另一个董事说："当初我们就不该进军欧洲市场！付出的代价太大了！"

第三个董事紧接着："杨董，降吧！最后一次，答应费尔南德，我们再想退路。"

手下进来俯身耳语："杨董，陈江河给公司办公室电话，说他在来上海的路上，让您尽快回电。"

杨雪目光一震，犹豫不决。手下："他还说，他已经找到那两个客商。"

两边的董事纷纷站起，拍桌争论着："不降，你给集团找个出路！"

"再降，不光我们的成本，我们的口碑名声全都完了……"

手机再次亮起，依然是 MYJH。

会议室里吵得沸沸扬扬，突然手机从一端滑向桌子中间。

所有人都停了下来，怔怔看着，听着里面陈江河焦急的声音。

陈江河："杨雪？杨雪你可算接电话了！"

杨雪大声地说："我已经调到免提，陈董，你的话董事会所有成员都可以听到。"

众人鸦雀无声，莫名地打量杨雪，又看着手机……

陈江河听着手机愣了愣，突然一笑坐直身体。

陈江河："尊敬的各位董事，不好意思。我是玉珠集团的法人代表陈江河。"

骆天宝诧异地瞄一眼后视镜。

有董事拍桌子："我抗议！不经允许把对手引进董事会……"

陈江河看看表，诚恳地说："没错，我们是对手，可是十八个小时之后，我们就要同病相怜，成为价格战的牺牲品。因此我只能冒险一搏，采取这种不合常规的方法。就在此刻，欧洲，史瑞夫百货集团和阮文雄五金商品已卸船入港。费尔南德子弹充足，倒逼我们再次降价……"

杨氏董事会上，愤怒站着的董事慢慢坐下，其他人都静静地听着陈江河的诉说。杨雪扫视众人，陷入沉思。

电话里这个人，纵横捭阖，谈吐优雅。

陈江河："我们手里有三张牌可打，一是如果我们两家能够联手，下面的分级市场就不会动荡到哪里去。二是如果我们四家联手，费尔南德的价格战就打不起来！三是变危机为转机，利用中国的市场吸引他们，做市场交换。我们借此机会把商品联手卖到世界其他地区……”

董事们严峻的神色慢慢消融，有人悄然交换着眼神，有人开始窃窃私语，杨雪一动不动地盯着手机，内心里的激流汹涌澎湃。

电话里这个人好像不食人间烟火的神仙，他降临到了哪个凡尘，那里的世界就会变得阳光灿烂！

欧洲酒店房间，邱岩正热情地请阮文雄、史瑞夫入座，倒好咖啡和茶端到他们面前。邱岩对阮先生说：“我知道您喜欢喝茶，这是国内带来的狮峰龙井。”

阮文雄吃惊地打量，表面是看一根根竖立的极品龙井，其实在赞叹眼前这位中国女神：精通多国语言；精通“货代”、外贸、免税仓、懂海运航运。

女神身材高挑，柳眉细长、双瞳明澈。

此刻，邱岩的披肩长发更加衬托出她的婀娜妩媚；雪藕般的玉臂，浑圆修长的美腿如同皓月一般，让人心动神摇。尤其难得的是落落大方，情商一流！

史瑞夫低声用英文跟阮文雄讲：“怎么可能，费尔南德说他们是对手？”

邱岩的模样楚楚动人，她来回走动着招呼大家，她那曼妙灵动的步履，似乎包含着某种奇异的节奏，随着她柔软腰肢的摆动，几乎可以让人忘记呼吸。这是一个活脱脱的国色天香、秀丽清雅的绝代美人儿！

邱岩微微一笑，用英文搭话：“您是说我们跟杨氏吧？”

阮文雄冲史瑞夫笑：“她外语很好，哈佛毕业归国。”史瑞夫歉意地冲邱岩笑笑。

邱岩微笑，用英文对史瑞夫说：“待会我们陈董和杨董在视频里对话，我可以给您做翻译。”

史瑞夫忙点头，端起咖啡。邱岩偷偷看了眼手表，掩饰焦灼。

杨氏董事会上，一个董事拿过手机，大声询问：“陈董，我个人非常喜欢您的做事风格。但是我有个问题，国内市场当然是手好牌，对外商很有吸引力，可如果到时候引狼入室怎么办？”

陈江河：“我们为什么要全力以赴地加入WTO？为了消除贸易保护。我们的产业不会受到冲击吗？有冲击，可实际上我们变得更强大了！我们的优势，别人比不了。请人家进来了，我们也可以走出去，机会只会越来越多！”

众人面面相觑，暗暗点头。

又一个董事抢过手机：“我有个问题，玉珠集团的产品是不是针对杨氏？据我们的可靠情报，最近玉珠连续推出的几款首饰主题，这不是东头拜堂，西头出丧，跟杨氏唱对台戏吗？”

杨雪淡然一笑，注视等待陈江河的解答。

车已驶到杨氏大厦门口，陈江河边打手机边准备下车，骆天宝慌忙抢先下来打开车门。

陈江河冲骆天宝笑笑：“那几款主题我们已经取消了，而且玉珠集团总经理骆玉珠女士也在公司内部做了深刻检讨。”陈江河快步往大门走去，“如果没有诚意，我就不会冒着这个大风险赶来，更不会喋喋不休，用手机跟各位沟通两个半小时。”

董事们争先恐后伸手要拿手机，手下在杨雪耳边轻语，杨雪点点头说了句什么，笑着靠坐在椅子上闭目养神。

一个董事抢过：“陈董，你凭什么相信远在欧洲的两个异国商人会与我们对话？更何况要推翻他们自己签订的价格协议？”

陈江河：“难度是很大，我也没把握，所以我才会赶来，跟你们杨董一起面对……”

正说着，会议室大门推开，陈江河听着手机已大步进屋。众董事瞠目结舌转脸看着，杨雪用复杂的目光与陈江河对视着。

六

绣湖小学校门口，放学的孩子从校门涌出，陈路走在其中。骆玉珠刚要下车招呼儿子，突然停住。骆大力迎上去与陈路热切地说着什么，爷儿俩欢天喜地地向马路对面走去。

骆玉珠呆呆望着一老一少两个身影，眼中流露出伤感与温情。骆玉珠心情低落地开车，手机响起，她戴上耳机。

王旭的声音：“妈！我到机场了！”

骆玉珠一喜：“儿子，回来啦？怎么不早说啊，妈好去接你！”

王旭说：“不是到义乌民航机场，我到上海机场了！”

骆玉珠懊恼的目光，叫：“你跑那干吗去？你到上海见后妈啊？”

王旭不解地问：“妈你怎么啦？脾气这么大。我是带孩子到上海找专家看病的。另外，茶的推介会也要在这里开，等完事了我就回义乌！”

骆玉珠没好气：“别回来了！”骆玉珠挂上手机，嘟囔：“谁心里也没我！”

在上海街头，老同学邓涛看着后视镜，边开车边大笑，小王正扒着后车窗，惊奇地望着外面的一切。王旭皱起眉头瞧着手机：“我妈怎么了？莫名其妙！”

邓涛笑：“你妈不是更年期吧？”

王旭白了眼："你妈才更年期呢，我妈刚四十！"

邓涛一撇嘴："真年轻！哎，我老家常有水灾，农民增收困难，能不能在义乌承接一些来料加工活？另外，茶的推介会明天上午举行，你能不能再提供一些山里茶树的照片？"

王旭递上手机："赣州、柳州、你家乡，这三个地方的来料加工你去落实，义乌方面我爸很支持。赣州的联系人是赵家庆，联系方式都在手机里，还有别人拍的，需要什么自己取。"

邓涛接过手机："这次关键是要把你打造成一个茶痴，你这个不喝茶的人赶紧恶补一下。"王旭苦笑。

邓涛看着小玉，这孩子看什么都新鲜，眼睛都瞪直了。王旭叹息，小玉头一回从山里出来。

邓涛感兴趣地问，她看见她妈尸体了吗？王旭皱眉，瞥了眼听不见的小玉："没有，你小声点。"

邓涛乐："她是聋子，又听不见！车里就我们仨，你跟我说实话，带这孩子出来，你到底怎么想的？"

王旭搂过小玉："没想什么。"

邓涛哭笑不得："我看你是受刺激了，你那邱岩还没回国呢！"

王旭默默摇头。

邓涛："哥们，我听说过有人失恋养狗养猫的，可没像你这样养孩子给人当爸的！将来你真准备带这孩子过一辈子？"

王旭逗着小玉，不理。邓涛看看后视镜的俩人，皱眉摇头。

黄昏，在上海医院，王旭拉着小玉从医生办公室出来，等候多时的邓涛忙起身。王旭抱起孩子摆着胳膊，小玉乖乖地跟医生爷爷说了声"再见"。

邓涛问，小玉的情况到底怎么样？王旭黯然摇摇头说，如果当年小玉刚发病的时候及时治还来得及，现在有些晚了。

邓涛叹息着安慰王旭，明天这里还有个著名专家呢，把她死马当活马医……

王旭一听突然暴怒地骂："邓涛，你这张臭嘴有完没？真不会说人话！"

邓涛吓了一跳，还不知自己错在哪儿，忙问王旭怎么啦？

小玉害怕地抱紧王旭脖子。王旭一边拍着孩子一边瞪着邓涛，叫他尊重点孩子，不要把人和动物混为一谈。

王旭抱着孩子往外走，邓涛在后面追。邓涛感觉才几天没见，这次回来，王旭这哥们像变了一个人似的。从前两人什么玩笑不能开啊，今天是怎么啦？

王旭郑重地告诉邓涛，那是从前，以后别再拿孩子开玩笑。

邓涛不解地追问王旭："小玉是不是真拿你当爸了？你现在可是越陷越深了……"

七

黄昏，水果饮料店门口，骆大力跟随陈路走进小店。陈路告诉外公，今天可没时间玩了，妈让自己准时回家做作业！

“行！”骆大力便送陈路回家，两人边走边聊。骆大力笑眯眯地将一杯饮料递给陈路，陈路还不满足，又向外公要冰激凌。

骆大力为难，喝饮料就不能吃冰激凌，要闹肚子疼的。

陈路偏嚷着:“我想吃嘛，小气鬼。”

骆大力只得心疼地让步：“好好，外公给买。”

两人走在县前街人行道上，只见一旁的绣湖公园游人如织，大安寺塔静静矗立着。这个寺塔是北宋大观四年（1110）建造的，虽老态龙钟，却闪烁着古朴的光芒，游人纷纷围着它拍照留念。

陈路舔着冰激凌与外公一路走来，骆大力翻着小本子向陈路讨教：“瞧这个密码本，我改进得还算成功吧？”

陈路提醒外公，刚才说错了一点。骆大力虚心地问，哪个错了？

陈路打起拍子：“就是哒——哒哒哒——哒哒。”

骆大力苦笑说，自己上岁数啦，能陪你这个小天才耍到这一步，已经相当不容易了。

陈路举起冰激凌，递给外公吃，骆大力说：“你爱吃你吃吧！”

“其实我不爱吃冰激凌。”

陈路眨了眨大眼睛，快活地说了实话：“我是学蔡晓丹的，她说，父亲总是疼女儿的，连带着就更疼女儿的孩子了！”

骆大力一听，俯身用温润的目光看着孩子，伸手一刮陈路的鼻子。

在陈家，骆玉珠若有所思地挂了电话，一眼瞥见窗外的陈路，玉珠忙探头看去，骆大力已经走远，还回头冲外孙挥着手。

陈路跺脚急着喊：“怕什么啊？吃顿饭再走，我妈又不是母老虎，不会轰你的。”

骆玉珠一听，忙叫赵姐，赵姐急匆匆从厨房走出来，骆玉珠盯着窗外，叫赵姐去把他们爷俩带进来。

赵姐疑惑地问爷俩在哪儿，玉珠指指窗外，赵姐往窗外看去，恍然推门召唤：“您别走啊，夫人请您进家吃饭呢。小路，快把外公搀过来。”

骆玉珠随手拿起《义乌商报》靠坐在沙发上，骆父尴尬走进。

陈路欢喜大叫：“妈，外公来啦。”

骆玉珠眼睛没有离开报纸，冷冷地“嗯”了一声，骆父手足无措地站在门口。

赵姐忙递上拖鞋，叫他换上。

骆父偷瞥女儿，答应着。陈路忙去倒水："外公，随便坐！你喝什么？"

骆父慢慢坐在骆玉珠对面："什么都行。"

赵姐像看明星一般凑近打量："您就是上电视的那个？哎哟，我看您说的那些话，让我哭得稀里哗啦的！我真不知道夫人从前那么惨！"

骆玉珠没好气地叫赵姐快去炒菜，饭都凉了。赵姐忙回过神往厨房跑，叫骆父稍等，菜马上就好。

陈路扯开妈妈手中的《义乌商报》，叫她陪外公聊两句，自己写作业去了。

陈路冲外公挤挤眼，钻进屋里。骆父搓着膝盖，没话找话的："天宝跟他姐夫去上海了？"

骆玉珠"嗯"了一声。

骆父指了指："这房子真大，还楼上楼下地下室的。"

骆玉珠面无表情："嗯。"

骆父又问："小路他哥呢？"

骆玉珠："他出差了。"

骆父点点头，扫视四周，实在没话说，又闲不住，便起身去厨房帮赵姐炒菜去了。

骆玉珠冷冷地看着父亲的身影走进厨房，起身走到儿子房间。她关好门压低声对儿子说："今晚让你外公住家里，别说是我说的。"

陈路欣喜若狂地蹦起，骆玉珠又将他按下，问他能不能完成任务，陈路拼命点头："保证完成任务。"

晚上，在陈路屋里，爷孙俩在床上滚成一团，陈路拼命抢着骆大力手中的小本，骆大力求饶："外公的字太难看了，不行不行！"

陈路压在外公肚子上："我就要看！"

骆父突然"哎哟"了一声，捂住胸口，闭上眼。陈路忙跳下床，问外公怎么了，哪里痛？骆父闭眼屏息不语，陈路吓得不行，摇晃着他的身体。

陈路转身就要往屋外跑，想去找赵姨，骆大力一把揪住陈路，笑着睁眼。

陈路惊喜："外公，你装死人装得真像，再装一个！"

骆大力喘息掩饰笑："不了，外公岁数大，可经不起你这么折腾。"

陈路趴在他胸前："外公，你这么会玩，妈妈小时候肯定喜欢跟你在一起。"

骆大力愣了一下："啊？"

陈路饶有兴趣，问外公跟妈妈玩什么，骆大力费劲地想了想，突然指着自己的脑袋："拔一根白头发！"

陈路拔下一根举着，骆大力轻轻拔下一根白发，在手心搓成别针状，正要给外孙掏耳朵，陈路咯咯笑着躲开："我不敢。"

骆大力乐："没问题，你妈小时

候可喜欢这样了，先试试。”

陈路忙躲一边去，告诉外公自己胆小，不敢。

骆大力："那你给外公掏。"陈路接过，小心翼翼地将头发一点点探进外公的耳孔，来回转动。骆大力身子一激灵，闭上眼老泪纵横，他眼前顿时浮现出一幕幕温馨的场景：

童年的骆玉珠咯咯笑着，年轻的骆大力用头发给女儿掏耳朵。骆大力叫她别动，马上就好。小玉珠欢叫着："爸爸，痒死我了。"银铃般的笑声传出……

一个女人在旁边："玉珠，你看看妈妈给爸爸怎么掏的。"

小骆玉珠拍掌笑闹："好、好。"

骆大力闭着眼泪流满面，陈路停下手眼巴巴瞧着他，骆大力微笑着哭泣，一把将孙子搂在怀中。

八

黄昏时分，在上海杨氏会议室里，只剩下陈江河与杨雪两人面对着电脑屏幕和摄像头，屏幕中坐着阮文雄和史瑞夫，邱岩在史瑞夫耳边低声翻译。

陈江河展示了手里的报价单，凑近摄像头前，对史瑞夫先生说，这是玉珠公司的一份国内家居百货的出厂价目单，本身利润空间就小，如果再打价格战，企业根本无法生存，相信你那里也面临同样的情况。史瑞夫频频点头。

这时，阮文雄隔着屏幕与陈江河对话。阮文雄对陈先生的磊落和真诚早有耳闻，也相信如果联手可以把价格提到正常水平，但他更关心的是，玉珠公司何时能帮自己把五金品牌打入中国市场。

陈江河微微一笑，头转向杨雪："杨董，你说呢？"

杨雪淡定地说："如果阮先生准备好，明天就可以，我会安排我的市场部跟你们对接。"

阮文雄朗声笑了起来："真痛快！这是我参加过的最奇特的一场谈判！陈先生、杨女士，我们突然跟年轻人一样，有点千里传情、万里网恋的意思啊！"

几个人都笑起来，杨雪含笑瞥了陈江河一眼。

大厦外，骆天宝靠在车旁等候。骆玉珠打来电话，询问陈江河他们谈得怎么样。骆天宝看看表，说姐夫已进去两个多小时了，暂时没消息，自己正等着呢。骆玉珠叹息，估计这是一场持久战，那两个商人比谁都精，不见兔子不撒鹰——做事步步为营，肯定逼着陈江河谈细则呢。

骆天宝想起什么："对了姐，有个事我想麻烦你……可我不知道怎么说。"

“说吧！”

骆天宝为难地说：“知道爸的心脏不好……自己怕晚上回不去……算了，应该没事。”

九

国外酒店，阮文雄正激烈地对着摄像头跟陈江河、杨雪谈条件。

阮文雄：“不！我不管史瑞夫，中国市场对我来说极其重要，我旗下的商品不可能由你们代销，我要建立自己的销售网络。”

杨雪苦笑着问阮文雄：“阮先生，那我们还合作什么呢？陈董的意思是我们互换市场，互相代销对方的产品。”

史瑞夫也激动地讲着：“这会牵扯很多问题！定价权，运输仓储，还有宣传展台，公关费用分摊……”

陈江河一直低头按着手机，邱岩的手机亮起，屏幕显示：“上酒、降温、中和。”

邱岩会心一笑，抬头看了眼屏幕中的陈江河。陈江河面对摄像头：“你们那边是中午十二点吧？我们这边也该吃晚饭了，杨董我肚子可是饿了。”

阮文雄摊开双手：“那我们先吃饭，再继续开会。”

陈江河笑着想了想，出了个主意：“不用，我们一起吃，虽然隔着十万八千里，我们来个网络会餐。”邱岩一听，默契起身，便去准备。

上海杨氏会议室里摆的都是中餐，桌上是一瓶天之蓝白酒。屏幕中阮文雄与史瑞夫摆的是西餐，杯中是红酒，拿着刀叉，场面很是奇特。

陈江河举起酒杯：“几位，恐怕我们这顿饭算是空前绝后了，不经意中我们创造了历史，再有钱也没有像我们这么吃的，干一个！”

杨雪忍不住笑了，举酒杯。屏幕中阮文雄与史瑞夫也举起红酒杯。

邱岩拍掌笑：“但愿人长久，千里共婵娟！我也凑个热闹。”

几个酒杯都凑到摄像头前“当”的一声碰在了一起……

入夜，在上海杨氏集团的视频中，阮文雄戴上眼镜，正眯着眼审查材料，陈江河与杨雪也专注地记着什么。

阮文雄提出，第七条价格方面建议附加一个协议，保持上下浮动在……史瑞夫看看表，跟邱岩低声说了一句，邱岩冲视频：“对不起，史瑞夫先生说他晚上有个重要会议。”

阮文雄皱眉：“还有比我们更重要的会议吗？”

邱岩提议：“我看不如这样，所有的附加协议由下面的人去定，今天的关键在于达成共识。”

阮文雄刚想说什么，邱岩又快速用外语向史瑞夫说起，史瑞夫连连点头。

邱岩微笑着问阮文雄，这个方案觉得怎么样？阮文雄很不情愿地点点头：“OK。”

杨雪桌下暗暗竖起大拇指，陈江河余光瞥到，微微一笑，叫邱岩再辛苦一下，明天一早发四方文件，盖章生效。

邱岩会意起身：“没问题！史瑞夫先生，我先送您下楼。”

陈江河冲阮文雄：“定了？”

阮文雄摊开双手：“当然，不然有什么办法呢？”双方都笑起来。

电脑摄像头关上，陈江河起身对着落地玻璃长长地伸了个懒腰。杨雪赞叹这个邱岩精通多国语言，通晓外贸规则，反应敏捷，今天这个局面幸亏有她。

陈江河猜测，后面该费尔南德着急了，他做梦也想不到会有这一手。

杨雪异样的眼神看着陈江河的背影：“你下一步会做什么，谁能想得到？”

陈江河笑笑：“我该撤了。”

杨雪幽幽地说：“别急，陪我喝杯酒再走。”

陈江河愣了一下：“刚才不是喝了，怎么还没喝够吗？”

杨雪凝视着：“刚才是工作。”

陈江河迟疑了一下，看看表：“行！我请你，我们去哪？”

杨雪轻声：“就这。”

陈江河有些尴尬，扫视四周：“你公司？不太好吧。”

杨雪起身向外走去：“跟我来。”

陈江河只得一路跟随，快速在手机里发着短信。杨雪走进一间宽大的办公室，推开一道暗门将灯打开，陈江河发完信息，抬头吃惊地停住脚步。

暧昧的灯光笼罩着女人的闺房，试衣镜、化妆台、古典木床等一应俱全。

杨雪娴熟地从酒柜中取出一瓶酒，在陈江河眼前晃了晃：“我记得以前在游艇上跟你说过，这就是我的家，喜欢吗？”

陈江河朝迷人的闺房瞟了一眼，就那么转眼一瞥，旋即被惊呆了。

十

在玉珠公司，在小王带领下，员工们正在各自的电脑前搜索，有人在传真机前忙碌。

手机响了一声，屏幕上显示：“国内半年的百货销售数据！速发！”

骆玉珠抬头：“小王！国内半年的百货销售数据。”

小王利落地：“明白！”

骆玉珠思索起身：“两个途径发过去！传真给杨氏集团，整理成短信发给陈董！”

小王：“是！”

手机又响了，骆玉珠低头看屏幕：“小王，最快速度整理分店销售网络，发陈董短信。”

“是！”

骆玉珠端起咖啡凝望窗外。

晚上，玉珠公司里已空荡荡，只剩下骆玉珠手持手机在等待着什么。

手机响起，骆玉珠忙接听：“怎么样？”

陈江河的声音：“幸亏你们材料传得及时，阮文雄不放心跟我们合作的模式，什么细节都要写进合同里，这人太精了。”

骆玉珠叹了口气：“其实我该过去，国内销售都是我负责，比你熟悉。你们什么时候结束？”

陈江河苦笑着告诉老婆，结束还早，估计要通宵了。骆玉珠想起什么，突然向老公提到，小旭到上海办茶叶推广会了，明天上午要不要一起去，给儿子一个惊喜。

陈江河一听：“很好啊，你明天过来一起去，来得及吗。”

“就这么定了。”

鸡毛飞上天

长篇小说

Feather Flies To The Sky

〔第二十九集〕

一

卧室里，骆玉珠的手机响起。只见屏幕上显示“成功”二字。骆玉珠长舒一口气，笑了笑，起身琢磨一下，干脆收拾起包裹。

入夜，骆玉珠把着黑色奔驰浙 G53288 车的方向盘，车灯照亮了前路。她神色烦躁，猛踩油门，车在夜幕中驶上了杭金衢高速公路……

深夜，酒店门口，骆天宝急匆匆跑出电梯，迷糊地寻找。骆玉珠正下车，看见天宝，问姐夫住在哪个房间？

骆天宝诧异，说姐夫没回来，自己接完电话就敲半天门了，根本没人。

这时，轮到骆玉珠诧异了，不对，会早开完了，江河会去哪儿呢？骆玉珠愣愣神，上车启动开走。

在上海杨氏豪华的总裁办公室，环绕着一股淡淡的异香。杨雪在慰劳决胜千里、安定乾坤的英雄。她拉着陈江河的手来到洗脸台，低下头，挤了牙膏，在杯子里加了热水递给陈江河洗牙。随后，又在陈江河的脸上涂上了剃须膏，胡须剃完，杨雪给陈江河再洗脸，将胡子全都刮净，一切都是那么自然，仿佛多年的夫妻。

杨雪给浴缸放好水，推拉着陈江河，命令他要么在旁边帮忙，要么自己进浴池去。陈江河想走开却被拉住，但很快又退了出去。杨雪并没关门，她舀起热水，小心翼翼地倒向自己的肩膀和高高隆起的胸脯，她的皮肤闪烁着光泽，她的眼睛陶醉一般微合微睁着，尽情享受着温水冲拂的快乐。杨雪没有回避陈江河，陈江河的血直往头上涌，他惊呆了，一个成熟姑娘的裸体，竟是这般生动美丽，袅娜多姿，能激发他如此丰富的想象，突然觉得一团火焰在他的腰际燃烧着、飞腾着。杨雪是运动员类型的美女，粗看起来会觉得可能没什么肉，但是事实上她未婚未育，紧致而且水润，极具紧握力。

杨雪披了件半透明内衣，对江河笑了笑，叫江河陪自己喝几杯，她一直失眠，靠酒镇静自己，今天千万别扫她的兴。杨雪痛饮着杯中酒，陈江河环视四周，悲哀的目光落到杨雪身上。

杨雪一笑，一个劲地劝着江河也要喝酒，陈江河却一言不发，注视着杨雪又喝干了第二杯酒，再倒第三杯时，陈江河按住酒瓶。

陈江河语气沉重地劝着杨雪，喝酒不仅伤心伤肺伤肝伤胃，也伤感情、伤幸福，别喝了，何苦这样折磨自己，是不是你活错了。

杨雪凝视着陈江河，连声笑起，躺倒在美人榻上：“活错了，呵呵，你说我活错了。自从我遇到你，自从我爸走了以后，我就没活对过一次。知道吗？今天你走进董事会时，他们全都傻了，我也傻了，全世界的人都傻了，你知道我在想什么？”

陈江河默默注视着，杨雪颤抖着流泪：“我在想这不是梦吧？多少次梦见的场景居然变成了现实。在我杨雪最难、最扛不住的时候，我的男人进来了。他帮我主持大局，他替我征服对手，而我只需默默地坐在一旁，用陶醉的眼光看着他……如果这一切都是真的，那该多好！可是，美好的时光总是那么短暂……”

陈江河起身，轻声道：“对不起，我必须得走了，你早点休息。”

身后杨雪哽咽，恨恨地：“陈江河，你敢走出这个大门，今天的会全都白开了，信不信？我杨雪一言九鼎！”

陈江河停住脚步，惊诧地回身瞪着杨雪。杨雪含泪倒好一杯酒举到陈江河眼前：“就在这间屋里，我一个人蜷缩在床上，等来过多少次天亮；我听见了员工在外面刷卡说笑，打开电脑，我坐在那，化两个小时妆，重新像女王一样走出去，谁知道！我是女人，我也可以疯狂一次，什么钱财、荣誉、地位对我都没有意义，除了你——陈江河，你听到没有？”

陈江河走上前，抢过酒瓶仰头灌进，大半瓶酒被他咕咚咕咚地吞下。

杨雪凄然一笑，拍拍美人榻：“坐下，乖乖地陪我到天亮。”

陈江河缓缓地坐在一旁，杨雪攥住他的手：“从你离开袜厂那一天开始，我一年一年给你讲……”

外面世界的喧闹声停滞了，天地万物凝滞了。杨雪谈着谈着，露出了对待亲人的率真天性。陈江河也快一个星期没跟人好好闲谈了，他常年征战商场，瞬息万变、前途未卜带来的感伤，这时不由自主地流露出来，内心热情洋溢着，对杨雪升起一份对不住、怜惜她的心情。

陈江河说：“小雪，你是个好女人，我欠你太多了。多年来你一直关心我，帮助我，拿我当朋友、亲人，其实，我不值得你对我这么好……”

杨雪用纸巾擦擦眼泪说：“我承认，多年来，我心里一直没把你放下，总幻想着有一天能和你在一起，那将是我最幸福的时刻。可直到那一天，我收拾着旧物，忽然发现了咱们当年在袜厂的合影，一霎间，我的心突然平静了，平静得连我自己都吃惊，我以前干吗这么傻，非要把你这个家伙拉回身边，你不是我二十多年来的好朋友吗，难道这还不够吗？人生有如四季，每个季节都有不同的内容，春天享受青春的浪漫，夏天品尝爱情的美酒，秋天有了成熟的思想，冬天坐在火炉边回顾一生。我可以仔细品味这一生的欢乐和痛苦，友谊和爱情，何不让这种温馨的记忆伴我走向生命的尽头……可是，我骗不了自己！”

二

当晚，在西班牙餐厅，邱岩切着牛排往嘴里送，吃得不亦乐乎，一头棕发，高鼻梁、蓝眼睛的莱昂思索的目光紧随着她。

邱岩夸张地对莱昂说：“今天饿死了，莱昂，如果你在场，就能看见那四个顶级商人讨价还价、你来我往的精彩场面，没看见真是太可惜了，都是高智商啊！”

莱昂诡异地笑着，他只关心费尔南德，那家伙现在怎么样了？一定哭得很惨吧。

邱岩哼了声：“但愿如你所愿。”

莱昂摇摇头：“如我所愿？差得太远，我真想看到他生不如死的样子。”邱岩愣住了，打量着莱昂。

莱昂眼中放射着神秘的光，就在他们网络会议召开的同时，莱昂已经摸清了费尔南德的财务危机，果然危机重重。他的几个银行账号都已被冻结，现在需要的是压倒他的最后一根稻草。

邱岩不解地问莱昂，没有价格战，费尔南德已周转不出资金了，莱昂你还想怎么样?

“我要全面取代费尔南德！”

入夜，邱岩双手揣兜，走在马德里的街道上，边说边倒退的莱昂正手舞足蹈，兴奋地讲着：“打了非常漂亮的一个歼灭仗，为什么你们只要那么一点条件? 赢者通吃，你们可是有权利重新订立规则的！”

邱岩笑道：“我们可没你那么贪，只求不打价格战，公平竞争。”

莱昂来气了，说自己所有认识的朋友都被费尔南德欺负过、羞辱过，他是个吃肉不吐骨头的野兽，必须想办法打垮他，不能让他重新站起来。

邱岩劝着莱昂，凡事有个度，该收手时就收手。这是商场，不是你死我活、真刀真枪拼杀的战场。

莱昂激动地反驳：“错！这是个没有硝烟的战场，是战场就得你死我活。”

一辆车悄然停在路边，突然车门打开，几个黑衣人跳下。

莱昂刚一回头就被重拳击倒，邱岩尖叫一声想扑上，却被人架住胳膊靠在墙角，无论怎样挣扎都无法挣脱。

几个黑衣人围着莱昂猛踹，只见费尔南德戴着墨镜从车里下来，蹲在满脸是血的莱昂面前。

费尔南德冷冷地说：“你知道我的家族几百年来走到今天靠什么? 第一靠经商的头脑，第二靠对敌人的无情。今天你们俩做得太过分了。”

邱岩喊着：“放开他！”

费尔南德踱步到邱岩面前，手扳住她的下巴。莱昂想站起，又被死死按住，他拼命叫：有事朝我来，别动女士！

费尔南德凝视邱岩半晌，轻声喃喃：“我忽视了你的能量，这是我唯一的错误。”

邱岩的大眼睛瞪着费尔南德，拿西班牙语给他加了一条：“既然整个家族从来都做合法的生意，你可不要破了规矩。”

费尔南德转身向车上走去，举起手：“你们已经踩过了我的底线，这是警告。”

黑衣人也跟随上车，车疾驶而去。邱岩忙上前搀扶起莱昂，想带他去医院。

莱昂艰难地喘息，强笑劝着邱岩：“没事，我可没那么娇气。”

邱岩快拨手机，莱昂盯着问她想干什么?

邱岩说了句“报警呀”，莱昂一把按住她的手，摇摇头。邱岩怔怔地看着他，用力将莱昂抱起，将他的胳膊搭在自己肩膀，两人踉跄地向前走去。

到了酒店里，邱岩边给莱昂上药，边听他用西班牙语冲手机吼叫：“他要完了，已经疯狂了，相信我！把资金借我撑几天，你就可以看到费尔南德的末日！”

莱昂喘息着挂上手机，又双手作揖求邱岩，一定要想办法帮他压倒费尔南德。

邱岩站在窗前凝望外面沉思不语，莱昂站在背后打量着她。莱昂告诉邱岩：“你干爸说得对，你最好马上回去。”邱岩喃喃地问莱昂：“能跟我一起走吗？”

莱昂露出惊喜的目光，邱岩一定是担心自己被费尔南德报复，所以才叫他回中国，邱岩能这样想，莱昂心里十分感动。

邱岩叹息，我是怕你控制不住自己。邱岩转身凝视：“你真是一头愤怒的狮子！”

莱昂哭笑不得，以为邱岩是关心自己呢，原来是……莱昂转身往外走，准备给邱岩去订机票，邱岩神情复杂地望着他的背影。

当晚，在机场，莱昂将行李箱递给邱岩，邱岩苦笑转身，问莱昂为何这么着急轰她走？莱昂耸耸肩：“这不是我的意思，而是你干爸陈江河的主意。”

邱岩意味深长地劝莱昂，做事千万不要冲动。“如果你因为执行玉珠公司决策，而暂时损失部分利润，公司愿意承担一半，你不用觉得不可思议，我干爸说，既然与玉珠公司做合作，就是他的朋友，理应有福同享，有难同担。”莱昂乖乖地点头，问邱岩是否还会回来。邱岩想了想，调皮一笑：“我可以在义乌等你，既然是伙伴，义乌算是你的第二故乡吧。”

莱昂微笑看凝视邱岩，眼中充满温情。

“我要走了，记住，义乌商人最重要的经营之道是：诚交天下客，义纳八方财。”莱昂说了声：“等等！”

邱岩默默地看着莱昂从兜里掏出那条钻石项链，目光惊诧。

莱昂有些不好意思：“帮你整理行李的时候翻出来的，我能给你戴上吗？你美丽的脖子还是空的。”

邱岩笑而不语，莱昂撩起邱岩的头发，靠近了给她系好项链。

莱昂的蓝眼睛越看越近，邱岩几乎能感受到莱昂的鼻息，不好意思地望向别处。

“彩霞映蓝天，宝石赠女神。”莱昂退后一步，“我会作诗了。”他欣赏着邱岩笑了。邱岩本想表扬一句，又把话咽回，快步走出去。

莱昂以伤感的目光默默注视着邱岩的背影，许久，莱昂才掏出手机，用西班牙语说了句：“玉珠集团的货，全线降价。”

三

三更半夜，在上海杨氏办公室，杨雪显然已喝多了，靠伏在美人榻上，陈江河仍一杯接一杯地陪着喝闷酒。

杨雪喃喃地问陈江河，天快亮了吧？陈江河无限伤感地望着窗外，轻声地说了声："应该快了。"

杨雪闭着眼笑问陈江河，听了这些年的事，心里有什么感受。陈江河露出了悲哀的眼神，他想到过杨雪这几年不容易，但没想到会是这么煎熬。

杨雪摇头："我并不是个合格的商人，远远比不上老爸，只是想尽力不让杨氏垮掉。爸爸曾对自己说：'小雪，你将来最重要的是，找到一个靠得住会经营的男人，不要逞能，做个贤妻良母吧'。"

杨雪凄然笑着："可是命运偏偏将我逼成个女强人。同行是冤家，商场如战场，天天在生意场上算计这、算计那，真是生不如死。"

陈江河慢慢往酒杯中倒酒，杨雪爬上前，颤抖着发声："陈江河，告诉你个秘密，我没经历过男人，一个都没有……真的，你觉得不可思议吗？我怕那些臭男人沾我，我恶心。"

陈江河吃惊地看着杨雪，手中的酒已溢满酒杯，他痛苦地"哦"了一声。杨雪边笑边涌出泪水："嘘……只能你一个人知道，我这辈子就这样了。"

杨雪没扶住美人榻，差点跌落下来，陈江河见状，忙上前撑住她。

杨雪一下趴在他的肩膀上，紧紧搂住："江河哥，你要了我吧，哪怕一次也行，好不好？今晚别走了。"

陈江河眼睛湿润，轻拍着怀里的女人："小雪，你喝醉了，千万别再喝了啊。"

杨雪拼命摇头："不，我没醉！就今晚这一次，你让我成为一个真正的女人好不好？明天我死了都愿意。"

陈江河百感交集地扳住杨雪的肩膀凝视，默默地告白："我不能负担你的深情，生命中有不能承受的重量啊！"

杨雪像飞蛾扑火般扑上来，不顾一切地亲吻，双手扯开陈江河的衣扣，陈江河像个木偶一样地蹲着，任由她疯狂地摆布。

陈江河不敢去想，也不愿意去想，他怜惜地抱起杨雪。

四目对视，无须过多的言语，两人都能领会彼此的心意。

"你人缘真好，你走了以后，不知道我有多想你。"

杨雪的香舌在陈江河的嘴中缠绕，把江河的舌头一下一下地吸吮进自己的嘴里，嚼动着。

"江河，我喜欢你，爱你，疼你……你就是我的爱人……"

"江河，我难受……你看，电视

上是不会亲很久的……”杨雪抓了江河的右手。

陈江河注意到，墙壁是粉红色的，稍稍加了点灰，调子便显得几分素雅，房间里散发着靡靡之音，婉转的旋律，撩人心动。灯光也已调到微微弱弱，非常柔和。和杨雪的往事，在他的脑海中一幕一幕地重演着，他能听得到她清脆的声音，看得到她仰头嬉笑时颈脖一览无遗的雪白肌肤，那里，发散着她独有的菊花香般的味道。她那灿烂的笑颜，那好看的小酒窝。

突然，一股惊人的意志力，一种强烈的后悔心情，一股神奇的力量来到了陈江河的身下。刚刚还在快乐呻吟的杨雪，一把被他推开了，陈江河脸如白纸，他一动也不敢动，感觉到了自己的猥琐。

杨雪又上来亲陈江河的脖子、胸膛，陈江河牢牢地抵抗着，坚定地守住自己，突然杨雪的脸埋在陈江河胸前呜呜地哭泣。

杨雪捶打着陈江河：“你真像个木头人，你为什么要这样对我？为什么！”与陈江河相见，杨雪不知想象过多少次了，可是，一脚跨进门了，还是被踢出来。杨雪的喘气声慢慢平息，用手蒙住头，一动不动。

“我不能害你！……不能害你！”

陈江河的拳头拼命敲打着自己。他抱住杨雪，轻轻地放在榻上，自己跌跌撞撞冲出屋去……

四

凌晨，天空仍然乌黑一片，骆玉珠已开车追到杨氏集团大厦，她恨恨地盯着唯一亮灯的窗户。突然，一个身影从大厦里摇晃走出。骆玉珠目光一震，呆呆地望着。陈江河上衣被扯开，眼睛通红，站在门外深吸一口凉气。

骆玉珠目不转睛，慢慢举起手机。陈江河掏出手机恍惚接听：“喂？”

骆玉珠轻声：“会开完了吗？”

陈江河魂不守舍的：“完了，我……我太累了，找了个捏脚的地方睡着了。”

骆玉珠露出绝望的眼神，挂上电话凝视老公，陈江河奇怪地看着手机。

突然身后传来刺耳的声响，陈江河转头，一辆车直冲上来撞向自己，于近在咫尺的地方突然刹住。

骆玉珠坐在驾驶室里，眼中喷出愤怒的火焰。陈江河边喘息边看着玉珠，一动不动。骆玉珠跳下车：“杨雪还会给你捏脚哪，真有福气啊。”

陈江河有点发懵：“玉珠，你不是在义乌吗？”

骆玉珠冷冷打量，挖苦陈江河：“杨技师服务真周到，会上、会下捏个不停啊。”

陈江河忽然觉得，玉珠到上海像

是专门奔着捉奸来的。

骆玉珠语调越来越冷，讥笑：“奸人还用捉吗，不是大镜子当供盘——明摆着的吗？”

陈江河急着摆手向骆玉珠解释：“你可别往歪了想啊，如果我和杨雪真想干吗，为什么不去酒店开房？”

骆玉珠冷笑：“去开啊，没人拦着！”

陈江河被绕晕，再三劝玉珠，应该相信他，而不该胡乱猜疑。

骆玉珠走近，闻了闻，伸出手指撩撩陈江河的衣领，发疯似的嚷道：“陈江河，你让我相信这个唇印是你的？让我相信你喝完酒，什么都没做，自己解的衣扣？喝了多少啊，变得这么狂野？”

陈江河甩开骆玉珠的手：“这么多年，我从没做过一件对不起你的事。”

骆玉珠连着埋汰他：“所以今晚把过去亏待自己的，全给补上了。”

陈江河咬牙，劝玉珠好好说话。骆玉珠突然爆发，责问陈江河能不能不再骗自己，不去和小三鬼混。

陈江河急得不行，竭力为自己辩解，再三表白自己根本没骗玉珠。骆玉珠更加生气：“没骗？真虚伪啊陈江河，刚才那个电话是什么意思？我辛辛苦苦开了几个小时的车赶到这里，难道就为了看你这副德行？”

陈江河也恼火：“你为什么晚上赶过来？你就是不信任我！多少年的夫妻了用得着这样吗？你让我心寒！”

骆玉珠凄然一笑：“心寒？今天这场面该心寒的人是我骆玉珠，陈江河！你搞搞灵清。多少年的夫妻也扛不住楼上的一顿酒，谁知道你们晚上干了什么？”

陈江河厌烦，责怪玉珠是泼妇骂街——耍无赖。骆玉珠定定地看着丈夫，凄然一笑：“是，杨雪是千金大小姐，我这个黄脸婆哪比得上啊，这么多年我一直就是泼妇，你陈江河怎么就不知道呀？”

陈江河流露出痛苦的目光，其实自己根本不是这个意思。骆玉珠连珠炮般地发问：“不是这意思那到底是啥意思？你说我是泼妇，你自己又是什么？”

陈江河仿佛知道妻子要发泄什么，双手在眼前摆着：“打住，打住！”

骆玉珠歇斯底里地挖苦陈江河：“您多伟岸，多全能啊！看看你现在牛成什么样了，什么都是你说了算，把我整得跟一个傻子一样。你说要跟杨雪联手，我同意；你说要冒险干什么，我支持。可这么多年你管过家吗？”

陈江河做停止手势。

骆玉珠继续发泄：“里里外外都是我在弄，你老先生就负责瞳孔里挑刺——故意找碴儿，挑毛病推责任！那次装修完，你进家是什么反应？问我走错门了吧？还有王旭勤工俭学的那些问题，你就知道指责。你知道儿子怎么看你吗？”

陈江河反驳骆玉珠：“我那是为了儿子好，说了多少次不要纵容他，不狠点能锤炼出未来的领导人吗？当年我受了多少罪才有今天的感受，以后家里老子管儿子，你如果想为他好就少插嘴。”

骆玉珠一听更加来气：“你管儿子？你关心过小路的学习吗？你就知道拔网线，骂小孩，现在俩孩子怕你怕得要命，见你跟见阎王有什么两样？”

陈江河叫骆玉珠就事论事，别跟他扯那些没用的。

骆玉珠冷笑：“喝酒有用，在楼上鬼混有用，陈江河你就是个大混蛋！”

陈江河气得咬牙切齿：“你……你就是个小心眼！”

骆玉珠瞪着老公：“我骆玉珠就小心眼了，怎么着？难不成你把我吃了？”

陈江河想起什么，打开话匣子：“骆玉珠，别让我问住你。我帮一把柱子叔他们怎么了，看把你急的还救急不救穷，背着我跟他们说什么了，别以为我不知道！这几年我想做什么慈善事业你真支持吗？我每想干一件对得起这块土地的事，你都拿着小算盘，站在我后面拨来拨去算小账……”

骆玉珠瞧着，觉得眼前这陈江河真是太可笑了，这公司是谁的啊？不是你陈江河的吗？在外面想一出是一出，照顾这个可怜那个，如果自己不算计、不节省，这公司不早就被你败光了。

陈江河指着骆玉珠：“说话要凭良心，我怎么败了？我走到今天就从没败过，你见过我陈江河败吗？”

骆玉珠愤愤地放出狠话：“陈江河，有你倒霉的那一天！”

陈江河也失控：“你就诅咒我吧！咒死我对你有什么好……”

“突突突……”一辆小货车开来停在不远处，小夫妻俩下车边搬水果蔬菜，边好奇地打量他们。陈江河和骆玉珠转头怔怔望去。只见男人抢过媳妇手中的筐，背在自己身上，媳妇拿来驾驶室的毛巾给他擦汗，递上水壶，两人低声说笑。

陈江河的目光恍惚了，骆玉珠鼻子发酸，与丈夫默默相视，再也无话。

陈江河看了一阵，内疚地向玉珠说了声：“对不起，我不想跟你吵。”

骆玉珠含泪：“你是不想跟我说话，现在你连话都懒得跟我说，除了公司的事，我们俩也没什么可聊的。”

陈江河痛苦地扶住车垂头不语，骆玉珠颤抖着声：“我赶过来，其实是想跟你明天一早参加儿子的活动，我还想给你惊喜呢……现在看来是惊吓你了。”

陈江河一听忙自我检讨 :“玉珠，我喝多了 , 我……”

骆玉珠转身上车，陈江河怔怔地望着车启动 , 神色恍惚，踉跄着向远处走去。

骆玉珠的车在不远处停住 , 又倒回，骆玉珠跳下车走进大厦门。

凌晨，上海杨氏办公室电梯门打开，骆玉珠冲动地寻找着公司大门，眼中喷火，随手抄起门上挂着的软锁。骆玉珠走入杨氏公司总裁室，突然听到隐隐的哭泣声，不由得放慢脚步，办公室的暗门半开。

杨雪坐在地上撕心裂肺地哭着，脸上的妆容都已经花掉，大半个身体裸露出来。骆玉珠站在暗处惊呆，陌生地注视着。白富美的杨雪俨然变了一个人，脆弱不堪，痛苦无助，哭得蜷缩起身体像个婴儿。突然，她好像察觉到了什么，这才慢慢抬起头。

骆玉珠悄悄地将手中的软锁扔下，踱进屋 :“都哭成这样了，到底是睡了还是没睡啊？”

杨雪慌乱想扯过床被:“你出去！”

骆玉珠不忍 , 将一个披巾抛到她身上。骆玉珠打量四周,拿起酒瓶:“好浪漫啊，的确是个偷情的好地方。”

杨雪又羞又恨，听不下去，大声说道 :“你快给我出去！”

骆玉珠背着手走出门 :“看来是没睡成，是吧，偷人手艺不精哪！”

身后杨雪迅速扯过纸巾抹泪起身，掩好门走出来。骆玉珠打量着 :“俩人背着我喝了多少酒啊？失控成这样。”

杨雪强忍着悲伤辩解 :“骆玉珠，你误会了。”

骆玉珠冷笑 :“呦，一张嘴就替他说话。杨雪 , 你对陈江河还真是有情有义啊。说老实话 , 这么多年——十多年了，你对他的痴情可不比我差。”

杨雪冷冷地说 :“你和我没有可比性 , 你根本配不上陈江河。”

骆玉珠一笑 :“这话真熟悉，十多年前你好像就跟我说过，那怎么他就跟了我呢？”

杨雪忍住泪水看着别处，那只能怪我命不好，难道还能怪老天吗？

骆玉珠一语破的，什么狗屁命 , 那都是找托词。杨雪怒视着骆玉珠。

骆玉珠 :“哎，你瞪什么眼啊？我还没明白，今晚谁跟谁的老公喝酒了？”

杨雪避开骆玉珠的目光，冷哼道 :“你们没出问题 , 他会乖乖留我这儿吗？鬼才信！”

骆玉珠故意刺激着杨雪 :“说实话，现在我跟陈江河还真有问题。没问题你会有机会吗？明天我就搬出去 , 让你搬进去，床、卫生间、吃的、喝的全都有，阿姨也有，这样行吗？”

杨雪裹着披巾望着窗外，骆玉珠

冷哼。

“多少年了，杨雪你都已到这个岁数了，怎么还跟青春期的小女孩一样搞这套？一往情深哪！有意思吗？陈江河对不起所有爱过他的女人，他分不了身。你这么耗自己，天下好男人多了去了，真他妈的跟陈江河过日子，保不准你也过不下去。”

杨雪痛苦地闭上眼，骆玉珠叹息：“真熬到要化俩小时妆才敢出门，那就晚啦，赶紧把自己嫁出去，你条件这么不错，有钱，有才，有模样，应该有一个连队真心喜欢你的男人，在后面排着队求你吧！”

杨雪颤抖着声：“这也用得着你骆玉珠管吗？”

骆玉珠幽幽地：“我是管不着，但我提醒你，杨雪，生意归生意，感情归感情。学学你爸，如果你想疯狂地作践自己，宁可两败俱伤，也想整垮我，那我告诉你一句老话，夫妻只能共患难，不能同富贵。你这么傻，弄不好陈江河又跑我这来了，没准你还帮了我呢。”

说罢骆玉珠扬长而去。

五

在上海茶馆，邓涛正指挥人布置会场，一个大写的玉字悬浮在茶馆中央，几名身着旗袍的茶艺师正在走位摆茶具，王旭拉着小玉从门外走进。邓涛忙迎上前问王旭：“专家怎么说？”

王旭神情黯然摇摇头，邓涛拍拍孩子的头，叹息：“也是意料之中，哥们，谁也做不到你这步的，你已经尽力了。”

王旭向邓涛表示歉意，承认自己昨天火气有点大。

邓涛笑着捶了他一拳，递上一张纸：“昨晚看到你在山里的那些图片和视频，激动坏了，大爱无疆啊！我一宿没睡，写出了这个提纲。”

王旭快速一扫，脸色一变。

邓涛激动地说：“这回早想好了，我准备把今天的活动扩充一下，还是你高明，把这孩子带来，是不是早想到了？”

王旭皱眉问：“你要让小玉唱主角？”邓涛抱起孩子回答：“故事我来讲，你不用管。你看她的眼睛，像不像以前那个著名公益照片里的无邪大眼？哥们，现在最流行的是什么？情感推销！”

王旭转头看小玉，小玉眨着眼，莫名地瞧着他。

陈江河坐在后排疲倦地听着手机，王旭在电话中兴奋地问：“爸，你也来啊？”

陈江河告诉王旭：“我儿子搞的

活动，能不捧场吗？你快把地址发来，已经在路上了。”王旭说声：“好，马上发。”

陈江河迟疑一下问：“你妈……到了吗？”

王旭惊喜：“啊，我妈也来？你们不会是专门为我来的吧？”

陈江河苦笑，含糊地：“哦，待会见。”

挂上手机，陈江河望着窗外长叹口气。骆天宝诧异地问姐夫，姐也来上海了？

陈江河不置可否，闭眼揉掐着额头，骆天宝看了眼后视镜，察觉到异样，便不再问下去。

王旭挂上手机，匆匆走进茶馆。邓涛正蹲在小玉面前给孩子比画着讲解：“一会儿就跟着那阿姨，她怎么沏茶你也跟着学，明白吗？”

茶馆里已经座无虚席，记者、茶客、专家都在品尝泡好的茶。

王旭蹲下，小玉神色慌张地看着他。王旭一笑，打手势，告诉小玉，只是一会儿，不用害怕，帮叔叔一个忙。

小玉乖乖地点点头，被一个茶艺师领去。王旭担忧地想：“她可从来没见过这种大场面，能行吗？”

邓涛得意一笑：“一定行！我们要的就是她的拘谨、质朴。这种真实是情感推销的最高境界！咳，还用解释吗？这方面你是师父，著名的茶痴王旭先生，今天将一战成名。”

王旭目不转睛地盯着小玉的身影。

邓涛感慨，这孩子太招人怜爱了，仅凭这一点，这个推介会就已经成功。

茶馆门外，骆玉珠下车，陈江河正迎面要进，俩人都放慢脚步看着对方。陈江河仰头看看茶馆牌子，指了指里面，询问妻子。骆玉珠告诉陈江河，等完事回义乌，我就不在家住了。

陈江河瞪着妻子，骆玉珠从他身前径直往里走去：“互相留一些空间吧！”

热闹的茶馆里，悠扬的古乐声中，两个茶艺师在表演，一大群记者围着拍照。王旭一边低声跟旁边的专家介绍，一边紧张地凝望着坐在前排角落的小玉：“当地的水土、阳光、温湿度都非常合适，这是老天送给我们的一个礼物，当我第一次喝到这茶的时候，我都惊呆了……”

不远处，邓涛暗暗冲王旭竖起大拇指，几个专家饶有兴趣地欣赏着，直夸王旭找到了一个茶宝贝，转而又好奇地问道：“您怎么会对茶的研究有如此高的造诣？”

王旭余光瞥着小玉，谦虚地笑着说：“我从小就爱跟父母喝茶，作为一个茶人……”

小玉惶恐地看着周围的人，寻找

叔叔的身影。王旭忙高举起手，冲孩子挥动。小玉想起身跑来，却被邓涛一把拽住，王旭目光一紧，小玉被一个茶艺师领到台上，笨手笨脚地跟随茶艺师往壶中倒茶。

记者蹲上前，闪光灯一阵频闪，小玉吓得一激灵，邓涛在乐声中拿起麦克风，动情地讲起："茶人王旭，自幼丧父，与母亲颠沛流离相依为命。"王旭一听，吃惊地看着邓涛。

人群后陈江河正静静地聆听，发现了妻子的身影。骆玉珠绕到人群的另一侧，根本不理会陈江河。

邓涛话锋一转："唯一能慰藉王旭的，是每天能喝上一杯妈妈亲手泡的热茶，可以说他与茶早已结下了不解之缘。时光流逝，茶人变成了茶痴，就在今年，当他走入十万大山寻找梦中的茶园时，遇到了泥石流和山石崩塌，那时，冥冥之中，仿佛有一个声音在遥远的地方向他召唤，怀着对茶的痴情，王旭顶着风雨继续前行……"

幻灯打出一幅幅山体滑坡泥石流的图片，接着出现王旭参与救援的照片。

骆玉珠眯着眼睛凝视，偷瞥丈夫，陈江河正心不在焉地打着电话。

邓涛已经将小玉拉到前台，站在记者镜头前："疲惫、恐惧、折磨着这个茶痴，他昏昏睡去。梦中一个茶女在空中呼喊，救救我的女儿。王旭惊醒过来，沿路走入山寨，听人说前不久刚有一个采茶女坠入悬崖。王旭不顾众人拦阻冒险登山，按照梦中的记忆，寻找到了崖顶那棵野茶树，刹那间他惊呆了，一个小女孩趴在树杈上不敢下来，原来掉落山崖的就是她的母亲！这个伟大的母亲知道自己的女儿又聋又哑，很难被人发现，于是她托梦给进山的王旭。也许她清楚对茶的痴情会让王旭这个茶痴找到这棵树，找到自己的女儿……"

邓涛的声音有些颤抖，眼中含着泪水："那个小女孩现在就站在大家面前，她叫小玉，所以我们的王旭先生郑重地把这款茶命名为——玉系列。"

记者的闪光灯再次频闪，小玉吓得捂住脸。王旭再也忍受不了，不顾一切地拨开众人冲上台去，一把抱起孩子。

骆玉珠吃惊地看着儿子，陈江河也挂上手机望去。邓涛紧张地瞥着要下台的王旭，边揪住他边大声宣布，下面有请王旭先生给大家讲几句……掌声响起。

小玉趴在王旭肩膀上无声地哭着，王旭轻拍孩子："我不说了，大家请喝茶吧！"

幻灯机连续打出王旭参与救援的图像，邓涛急促地说着："这些都是王旭先生在山里救助茶农的真实影像，这款茶出自深山，源于天然，没施过肥，也没打过农药，茶农用自己的汗水甚至是鲜血浇灌出……”

突然小玉瞪大了眼睛，拼命指着屏幕。

王旭回头望去也惊呆了，那正是小玉妈妈尸体被抬出时的照片。王旭吼起来：“关掉！别放了！”

骆玉珠担忧地想往前挤，陈江河抱着胳膊审视儿子。邓涛掩饰着慌乱，强笑着说道，立即关掉视频，请各位品深山老茶。

小玉含泪眼巴巴地看着王旭，眼中充满困惑。王旭痛苦地将孩子搂紧，停住脚步，仿佛有话要说。后排的人却根本没听到，有些人已起身品茶。

王旭抢过邓涛手中的麦克风，大声地说：“对不起，我有话说，刚才的故事是编的。”邓涛吃惊地看着王旭，一脸懊恼。

王旭颤抖着嘴唇，向大家道歉，说了声对不起，接着低声解释，刚才有张照片是这孩子死去的妈妈，为了她妈妈，必须说实话，否则我怕将来会后悔一辈子。

人群中陈江河与骆玉珠陌生地打量着儿子。

王旭尽力控制住情绪回忆着：小玉的爸爸出外打工受伤去世了，人家赔了一笔抚恤金，她妈妈想用这笔钱给孩子治好聋哑，可泥石流下来了，存折还在老房子里，她妈妈是找这笔钱去了，等村民发现的时候老房子已经塌了。

全场鸦雀无声。

王旭哽咽：“当我把她母亲挖出来的时候，她母亲手里还紧紧攥着那张存折。孩子已经成为孤儿，我到现在都没敢告诉孩子真相，也不知道该怎么说。我也不是什么茶人，进山以前我都没喝过茶，我继父曾经想教我，但被我拒绝了。”

邓涛上前抢话筒，还想替王旭再掩饰。王旭急了：“你让我把话说完！什么茶人、茶痴全是假的！这些跟刚才的故事一样都是商业包装，我以前最擅长的也是这个，把受众当成傻瓜一样去骗，骗他们的信任，骗他们的感情！但是今天我抱着这个孩子，看见那张照片，我想我错了，我才是傻瓜。我继父告诉过我，这世上聪明的人很多，人不能自作聪明。茶是真的，包括山里那六棵老树，我开发的目的只有一个，就是让那里的山民不再受穷，不再抛妻离子去外面打工，不再让更多的孩子变成小玉这样……这是我的心里话，对得起良心的话。”

陈江河听得动容，眼神闪烁。茶馆里寂静无声，骆玉珠用力鼓起掌来。陈江河也跟着鼓起来，一时间掌声响成一片，王旭模糊的双眼看见了父母，抱着小玉百感交集。

六

骆天宝驾车，陈江河在后座接听手机。邱岩告诉干爸，她和莱昂被费尔南德的人袭击了。陈江河目光一震，急问邱岩有没有受伤，报警了没有？

邱岩说他们没敢动她，但莱昂被打得不轻，也不让报警。

陈江河皱眉听着，电话那头传来莱昂急促的声音："陈，我是莱昂。费尔南德的几路生意都遇到了危机，我朋友的情报是确切的，现在市场上一有点波动就可以压垮他！就像多米诺骨牌一样，一旦倒下去，他的帝国将全部崩塌！"

莱昂说，只要全线降价，倾销玉珠公司的产品，费尔南德的货就会全砸在自己手里！

陈江河冷冷地告诉莱昂，不打价格战是玉珠公司的承诺。

莱昂焦急地说："陈，你听我说，这一战我将取代费尔南德，你懂吗？对我非常重要！我的伙伴都在等着我打出这张牌！求求你。"

陈江河不耐烦地叫莱昂让邱岩接电话。

莱昂语速加快地说："不用你的名义降价，我作为经销商打这场价格战好不好？你能跟他们解释……"

那边邱岩已经抢过电话，陈江河严肃地对她说，用莱昂的名义降价也不行，把人逼死不是我们义乌商人的做法，再说玉珠公司的价格一旦降了很难回升。

邱岩停顿了一下，明白了干爸的意思，说自己一定尽力说服莱昂。陈江河叫邱岩必须马上回国，越早越好。手机挂上，陈江河皱眉望向窗外。

骆玉珠开车紧跟在弟弟车后，她透过后视镜瞄了瞄正在玩耍的儿子和小玉，露出了异样的目光。

王旭问妈妈是不是真的原谅外公了，骆玉珠说不原谅又能怎么办，他全身都是病。王旭苦笑，觉得在这种情况下不该让舅舅来开车，自己刚才都不好意思向他打招呼。骆玉珠告诉王旭，人情冷暖靠的不是客套，越是在乎的人越要实实在在地帮他，就像你王旭对小玉一样。

王旭叫妈妈开稳点别老加速，小玉有点晕车。骆玉珠叹了口气，她看得出来，现在王旭心里全是这孩子，于是问他后面打算怎么走，王旭看着小玉一笑，告诉母亲自己现在还没想好，只能走一步看一步。

骆玉珠瞄了王旭一眼，像是想起什么，建议儿子咨询一下律师，单身男子可否收留孩子，王旭一听呆住了，他确实没有想到这一点。骆玉珠猛踩油门，车加速驶去。

七

在商厦里，巧姑正焦急地听着电话，陈金水拄着拐杖走来。巧姑忙挂上电话，问："爸，你怎么来了？"

"我看着这几个摊够你忙的，不放心所以过来看看。"陈金水接着又问巧姑："大光去哪儿了？"

巧姑掩饰说他拉货去了，并兴奋地举起订货单，告诉陈金水，刚两天的工夫就订出了这么多货。

陈金水看都没看就将单子放在桌上，冷嘲巧姑跟大光还挺会做买卖。巧姑笑夸大光能说会道，把人家都捧得晕头转向了。陈金水叼起烟袋，用怀疑的目光盯着巧姑："这些批发商恐怕都是陈江河的关系吧？"

巧姑愣了一下："爸，你说什么啊？"

陈金水哼了一声："爸这么大岁数了，走的路比你见过的桥还多，吃的盐比你吃的饭还多，别以为爸什么都不知道，还要瞒我到何时？"

巧姑迟疑了一下，终于说了实话，把陈江河怎样帮他们的事告诉了陈金水。

陈金水叹了口气，闷头抽起烟，然后对巧姑说："做买卖还是得靠自己，别人帮得了一时，帮不了一世。巧姑，你跟大光都得记着！"

手下往铺里搬货，巧姑忙招呼，叫他放后面去。陈金水随手拉住一手下，问他看见陈大光没有？手下愣住，说大光哥没跟他在一起。巧姑冲手下使眼色，已经迟了，陈金水默默地注视着女儿。

一个乌烟瘴气的幽暗小黑屋里，陈大光正叼着烟跟人打麻将，嘴里不停地催着，快出牌啊。对方应付他："大光哥，谁像你一样，爸妈给你的脑子那么灵呢！一个月前的牌还记得。我笨，我傻，行了吧！"手机一直响着，陈大光刚要捡牌，对方一声："和了！"

陈大光懊恼地接听手机："干吗？"

巧姑低声对大光说："在哪儿呢？我瞒不住了，爸让你到商城摊位上来！"

陈大光不耐烦地："你跟他说，我没空，烦死了。"巧姑还想再说两句，陈大光却挂上手机，扔到一旁，护住牌吆喝："等等，先看牌！"

商厦店铺里，巧姑在店后面挂上手机，转身吓了一跳，陈金水正站在身后凝视着自己。陈金水听后全明白了，原来陈大光光天化日之下打牌赌博呢，怪不得这么忙。

巧姑知道瞒不住了，刚犹疑不定地吐出"大光他……"几个字，陈金水马上接话道："在打牌！"

巧姑默默点头，陈金水长叹一声，转身要走。巧姑无奈地叫了一声："爸！"陈金水停住脚步，忧郁地问巧姑："找了这么个男人，跟爸说实话，后悔了吗？”

巧姑含泪抽了一下鼻子，陈金水说：“当年我就死活看不上陈大光，不想把自己这么贤惠的女儿交给一个扶不起的男人……”本想再多说两句，可陈金水一看见女儿挺着个大肚子，摆摆手又把想说的话咽了回去。巧姑怔怔地看着父亲拄拐杖远去，抹净泪水进店干起活来。

八

黄昏，在陈家别墅外，骆天宝走进驾驶座，骆父从别墅追出，拉开门钻进来。

骆天宝忙阻止，“我要去接人，老爸你上来干吗？”骆父上下打量着儿子，问他为什么到上海去不穿精神一点的制服，要求他给老板开车得守规矩、懂规矩。骆天宝一听就不耐烦了，叫老爸赶紧下车，自己还得接人过来吃饭呢。

骆父像没听见一般，反而得意地说起当年自己也坐过大老板的加长豪车，老板跟小情人在后面亲热等事。

骆天宝不服气地问：“你亲眼看见了吗？”骆父回应道:“就算没看见，还没听说过么，老爸可见多识广……”骆天宝无奈，叫父亲快下车。

“伴君如伴虎。”骆父扒着窗户叫骆天宝小心点。骆天宝启动车回了句：“那是我亲姐，有必要像防贼一样吗？”车急速离开，骆父跺脚叫：“是亲姐才更得小心哪。”

傍晚，在陈家客厅，小玉好奇地看这看那，陈路对小玉喜欢得一边兴奋地围着她转，一边自言自语：“我是小叔！可惜你不会叫。”

小玉冲他甜甜地笑着，陈路感慨万千：“没想到我这么早就做长辈了，大侄女啊，叔明天给你买大陈麻糍、李宅麻糖、佛堂沙琪玛吃，好不好？都是正宗义亭红糖做的。现在我就带你去打游戏好不好？”不由分说，陈路拉着小玉进屋了。

在陈家别墅厨房里，赵姐手忙脚乱地照顾着两只锅，骆玉珠在一旁帮忙拌佐料。赵姐不安地瞥了眼骆玉珠，让夫人歇着。骆玉珠笑笑说：“这么多人呢，赵姐你哪里忙得过来啊。”

赵姐叹息：“这是我给家里做的最后一顿晚饭，偏巧赶上都在，小旭也回来了……”

说完，赵姐低头抹眼泪，骆玉珠装作没看见一样，不动声色。赵姐自叹，要不是我男人催得急，真不想走，骆玉珠淡然一笑。

赵姐叫夫人上楼跟他们聊天去，别陪着自己了。骆玉珠却头也不抬，让他们爷儿俩单独待会吧。

树倒猢狲散啊！玉珠记得当初在

杭州市场时，自己孤儿寡母的，经常被人欺负。赵姐挺身而出："大家都是在外做小生意的，都不容易。如果你们的姐妹、女儿在外面这样被人欺负，你们心里舒服啊？"那几个人一听，灰溜溜地走了。那时，赵姐就成了善良、公正的代表，一直在心里记着呢。玉珠在心里暗暗发誓：如果以后我有钱了，我一定要报答赵姐！

玉珠找到赵姐时，赵姐当时已经破产逃债了，可是非常乐观，一脸的平和、慈祥。

"这么多年了，我一直没有忘记你当年帮过我。"

"玉珠啊，那点小事算什么啊！看到你这么能干，我替你高兴还来不及呢！"她怎么都不肯接受物质帮助。玉珠急了："你为什么就不愿意给我一个机会呢？"就这样三顾茅庐，当初赵姐才来家里……

陈家楼上卧室，陈江河手把手地教着，王旭小心翼翼地握住盖碗。

陈江河轻声说："别着急，利用巧劲，水流要稳。注水的高度和粗细都要用心把握。水温不同，沏泡时间不同，同一种茶出来的味道都不一样。"

王旭的手有些抖，陈江河露出慈爱的目光笑了，叫王旭手别抖，要有自信才能控制它。王旭长出一口气："太难了，没想到喝道茶这么难。"

陈江河意味深长："喝茶不难，喝出味道才难，干什么都一样。"

王旭若有所思地点头，陈江河轻声问王旭，离开家的那些日子，为何不来一个电话，是不是心里有怨恨？王旭垂着头默不作声。

陈江河倒好茶："我觉得你这次去灾区，就算不是脱胎换骨吧，至少你变了一个人，其中滋味你自己清楚。"

王旭低沉着声音告诉陈江河，这事只有感激没有怨恨。陈江河注视着儿子："那是不是怨我让邱岩跟莱昂去了欧洲？"王旭笑了笑："这事别提了，这可能就是命吧，怪不得爸。"

陈江河皱眉："听口气，你还是那么没自信。"王旭抬头："爸，你可能不明白，邱岩对我来说意味着什么。小时候有一段时间，我觉得我妈都抛弃我了，可我还有邱岩。只要她坐在我身边，一人一个耳机听同一首曲子，我就特别宁静，外面再怎么残酷也与我无关了。"

陈江河神情复杂地注视着儿子，王旭流泪，淡然地笑笑说："直觉告诉我，邱岩不会回来了。"

陈江河摇头："她很快就要回国了。在这些天的商战中邱岩立了大功，假如没有她，我跟你妈还真不行。等她回来，你去迎接得胜还朝的女将军吧！"

王旭欲语还休，脑子一转终于笑着点点头。

九

晚上，在陈大光家，巧姑一件件地看着婴儿的衣服，惨淡的笑容掩饰不住她满腹的惆怅。电话铃声响起，巧姑忙接听：“喂？”

陈金水电话中问巧姑，大光回来了没？巧姑忙掩饰慌乱，说大光早回来了，陈金水便叫巧姑让陈大光接个电话。

巧姑迟疑不决：“爸，大光刚睡了。有什么事跟我说，我明天告诉他。”

陈金水重重地叹了声：“没事，你赶紧睡吧。”

巧姑凄然挂上电话，孤零零地独坐屋中。

巧姑下决心起身，拿起衣服匆匆出门。

晚上，小黑屋里烟雾缭绕，陈大光通红着双眼，正飞速地洗着牌。忽听见外边的门被“砰砰”地敲响，众人拼命藏钱，随后警惕地面面相觑。有人跑进来告诉陈大光，是你的媳妇来了。

陈大光懊恼地吩咐大伙儿别管她，继续打牌。

巧姑匆匆走进屋，来到桌前。陈大光理都不理，只顾埋头摸牌。巧姑轻声地叫大光马上跟她回家。陈大光一挥手：“去去去，没看见我已经输了个底朝天吗，还来添什么乱！”

巧姑一动不动地站着，再次叫他回家去。

陈大光急了：“你有完没完？”巧姑依然面无表情，还是那四个字：“跟我回家！”

众人窃笑，陈大光怒指老婆：“我手气那么背就因为你！怀着孩子你还往这跑，冲我的好运……”

巧姑突然大吼：“跟我回家！”

屋里鸦雀无声，陈大光呆呆地看着满脸怒容的老婆，慢慢起身，巧姑这才转身默默地走出屋去。

在陈家别墅里，桌上已摆满了饭菜，陈江河与骆玉珠却谁也不看谁。

陈江河叫赵姐把丹溪酒打开，自己先吃起来。

骆玉珠揽过陈路，告诉他，妈这些天有点忙，不住家了，没人盯着，你得自觉点。

陈江河不动声色地偷瞥着玉珠。

王旭问妈，在忙什么呢？骆玉珠笑笑没说话。

陈江河听着电话，骆天宝在电话中焦急地说：“金水叔不在家，我刚给巧姑家打电话，也没人。”

陈江河一愣：“手机呢？”

骆天宝：“都没人接！”

入夜，街灯闪亮，巧姑与陈大光一前一后地走来。巧姑回头看丈夫，神色凄然。

陈大光一肚子怒气，低头不理。巧姑："爸一直问我，你去哪了，大光你能不能给我争口气啊？"

陈大光不耐烦道："他又跟你说我是废物了是不是？不是我不争气，是你爸把我的出路全堵上了，他拆我的台，你懂吗？"

巧姑哀求，爸是想让一家人过几天踏实日子，可你大光呢，却又偏偏迷上了打牌。

陈大光急辩："我就不想踏实，你以为我在牌桌上不烦吗？出来这些年，我够任劳任怨的了，什么办公室主任，说白了就是给陈家打杂的！可你看看那家小崽子怎么对我？他王旭不拿我当人哪！"

巧姑嗔怪道："爸不是让你出来单干的吗，你哪还有那么多怨气呢？"陈大光冷笑道："你以为爸是为这个吗？"巧姑一愣，盯着老公："为什么？"

陈大光冷笑看着别处不语，巧姑急："你快说啊！我就觉得蹊跷，怎么爸那么急着要出来？"

陈大光实在忍不住，跟巧姑说了实话，说自己拿过几笔回扣，也用公司的渠道赚过几笔钱。

巧姑无比吃惊地看着老公："你说什么？"

陈大光怒不可遏地说："可你爸就是看不过去，他觉得我占了陈江河的便宜，他心里有的只是那个干儿子！"

巧姑简直不敢相信，责问陈大光这些年到底都干了些什么，为什么不告诉她。陈大光一摊手："好，我现在都告诉你，知道你爸为什么要撤股吗？他在防我，怕我跟杨雪一块把陈江河害了！可他从来不关心我怎么想的，我有多大委屈！"

巧姑艰难地喘息："天哪！"

陈大光激动地挥着手，继续说："我要挣我该得的钱，要把那些年的损失都抢回来！这些话一直憋在我心里，你爸动不动就拿你跟孩子说事，他威胁我，你知道吗？"

巧姑赶忙堵住陈大光的嘴，叫他别说了，以后什么也不要干了。陈大光绝望地看着巧姑："在你心里，我也是个废物，是吧？"

巧姑颤抖着说："我只求把孩子生下来，盼他长大了，不会觉得他爸丢人。"

陈大光捂住脸坐在路旁，谁也没有注意，暗处有一个身影正静静地伫立着。陈金水拄着拐杖，伤感地望着女儿。

巧姑摇着老公："大光，我求求你……"

拐杖声起，陈金水迈着沉重的脚步走来，叫巧姑别求他了，一个人要往绝路上走，九头牛也求不回来的，陈大光恨恨地抬头向他怒目而视。

巧姑无比惊诧，陈金水眼中含泪，叫她跟爸回家，下半辈子爸来养你。

陈大光咬牙切齿：“巧姑你敢！从现在起这家听我的！”

巧姑痛苦地看看爸，又看看老公，不知所措。陈金水顿着拐杖：“听你的这家就完了，全完了！”

陈大光凄然一笑：“完就完，我受够了。陈金水，这几十年你就没高看过我，今天当着你女儿的面，我什么都说出来了，可她还是我媳妇！”

陈大光一把揪住巧姑的手，陈金水拉住女儿的另一只胳膊。

陈金水厉声喝道：“你松开。”

巧姑无奈地哭：“爸，大光！”

陈金水举起拐杖砸向陈大光，陈大光挨了几下，一把扯过拐杖，将陈金水踢翻在地，高举拐杖就要砸下去。

巧姑抱住老公，叫陈大光住手！陈大光用力挣脱，甩开巧姑，巧姑跌跌撞撞地倒在路边，撕心裂肺地捂住肚子。

陈金水悲痛地叫了一声“巧姑”，陈大光苍白着脸恍惚退后，转身狂奔而去。

骆天宝远远地开车驶来，听到喊声，忙停车跑上前。陈金水爬到女儿身边，巧姑身下已淌出血来，陈金水泣不成声：“巧姑醒醒！救救我女儿啊！”

骆天宝不由分说，拦腰抱起巧姑往车上奔去。

在陈家客厅里，众人守着一桌菜都焦急地等候着。陈江河在屋里踱步听着手机，陈路与骆父面面相觑，骆玉珠也忍不住拨打手机。

赵姐嘟囔着端菜：“都热一遍了，再不来菜又凉了。”

突然骆玉珠叫起：“天宝，你在哪呢？什么？”

陈江河转头看去，骆玉珠脸色大变，怔怔地看着老公，颤抖着说：“好，我知道了，马上过来。”

陈江河急着问骆玉珠出了什么事，骆玉珠镇定下情绪：“巧姑流产了，金水叔也昏过去了，都是陈大光！天宝刚把他们送到医院。”

话音未落，陈江河夺门而出，王旭愣了愣也跟着跑出，又回来抱起小王，把她交给陈路，叫小路带好她，然后与骆玉珠一同追出门去。

鸡毛飞上天

长篇小说

Feather Flies To The Sky

〔第三十集〕

一

复元医院里，陈江河与王旭守在昏迷的陈金水身边，面色沉重。陈江河望着手机桌面上的对联：“一饭尚铭恩，况曾保抱提携，只少怀胎十月；千金难报德，即论人情物理，也当泣血三年。”

由于对曾国藩的这副对联比较喜欢，陈江河已经能够背得滚瓜烂熟了。

骆天宝满身是血，走到门口轻声叫道：“姐夫？”

陈江河起身接过手机，见是骆玉珠打来的，接通后得知巧姑的孩子没保住，大出血，正输血呢。陈江河疲惫地靠坐在长椅上，双手捂住头。

另一间病房内，血一滴滴注入巧姑体内，医生正在给陷入昏迷的巧姑输血。骆玉珠轻轻地念叨着：“当年生小路，是你陪着姐在那大货车里，我快熬不住了，是你拉着我的手说，姐你一定能挺过去！那时候你见血就晕的，可你硬着头皮帮姐接生，帮姐给孩子剪脐带。巧姑，姐今天陪着你……女人都得经过这一关，你一定要挺过来。”

巧姑一动不动，泪水从眼中淌落。

骆玉珠攥着巧姑的手，心里念叨着：巧姑，你可是我们的大管家，多亏有你，我们才能与陈家村人保持紧密的联系，每逢有哪家人身体不适，或遇着红白喜事，你总是包红包、买好东西去探望，还忘不了说是代表我和你哥的心意的。后来，陈家村人都情愿直接与你联系，你已当之无愧地成了陈家村出色的前台人物。你哥充满感激地说，巧姑出面比他自个儿出面更让他感到光彩。有人说，太阳，每天都是新的。你是我家的太阳，你拥有让我家获得温暖的巨大能量。你是个智慧型的女人，有了智慧，眼光就不同了，胸怀就宽广了。你心中有爱，自然更贤淑了，也更智慧了，对周围的一切，上上下下的关系，你都心知肚明。你知道陈家村需要什么，更知道你江河哥家能给予乡亲什么，你是个明白人，处事也很得体，进退得当，这些方面你都远胜于我。你把我们陈家人保护得很好，从没给别人添过什么乱子。巧姑,你要坚持住啊！骆玉珠的泪水一直在淌落。

次日早上，陈金水打着点滴，闭着眼躺着一动不动，王旭伏在老人床边昏沉沉地睡着了。

这时门外传来父亲的低吼声：“是谁让你降价的！你这样做要把玉珠集团置于何地？”

王旭迷迷糊糊地走到门口，护士正在劝阻：“同志，您小点声，这是医院！”

陈江河铁青着脸，边点头边压低声，冲手机喊：“你让我怎么做人，莱昂！你们的恩怨我不管，四方视频会议邱岩已经跟你说了吧？我这叫失信于人！”

莱昂解释道：“陈，这是我唯一可以击败费尔南德的机会。我已经为你想好退路了，这场降价与你无关，是我这个代销商在流通环节降的。”

走廊尽头，骆玉珠快步走来，一家三口对望着。骆玉珠脸色阴沉地说：“降价的事你知道了？邱岩干吗去了，为什么不拦着？为什么不事先通知我们？”陈江河摇摇头：“邱岩已经在回来的路上了，莱昂有意撇开她，在她上飞机以后宣布降价的。”

骆玉珠瞄了儿子一眼，王旭默不作声。

陈江河抱住头，缓缓地在长椅上坐下，半晌才说：“玉珠，你回公司跟杨雪、阮文雄、史瑞夫三方联系，让他们明白降价不是我们的本意。小旭，你去机场接邱岩吧。”

在去机场的路上，骆天宝把着方向盘，骆玉珠与儿子并肩坐在后排，心事重重。王旭分析道：“如果费尔南德真像所说的那样陷入危机，莱昂这一手确实会把他逼到绝路。因为费尔南德需要的就是尽快回笼资金，而我们的货质优价廉，降价以后会更快地抢占市场份额……可莱昂偏偏等在邱岩回来后才宣布降价。妈，你知道这说明什么？”

骆玉珠依然未动。王旭瞥了母亲一眼，又看看开车的舅舅，轻声嘟囔：“我总觉得哪里不对，可又说不出来。妈，如果是你，一定会很感激莱昂吧？”

骆玉珠意味深长地望着窗外，依然没有看儿子。车子停下，骆玉珠拉弟弟下了车，对王旭说：“你一个人去接岩岩吧！回头妈给你讲怎么追你爸的。”

二

一进公司办公室，骆玉珠就忙开了：“……阮先生，江河让我第一时间跟您通电话，因为家里出了急事他腾不出手，请您一定要相信我。欧洲的事也让我们很吃惊，这完全是代销商自作主张，您知道他们之间……”

骆玉珠的脸色变得很差，显然，对方并不买账。手下报告，史瑞夫始终不接电话，他办公室的人一听我们是玉珠集团的，就回绝说老板在忙。

杨雪则主动给陈江河来了电话，声音冷冰冰的：“骆玉珠的主意吧？稳住我们，你自己降价，打个措手不及？”

陈江河赶紧解释：“杨雪，你听我说，不管你信不信，莱昂已不在我控制之下，这是他跟费尔南德的恩怨，降价是他私自决定。你不想想我为什么费那么大劲跑到上海说服你，说服你的董事会，我翻脸毁约不是拆自己台吗？”

杨雪长长叹息：“就算我信你，另外两家能信吗？”

此时，陈大光在墙角鬼鬼祟祟探头张望，陈江河见了，忙挂了电话快步追去，一把揪住陈大光衣领，一拳将其击倒在地，还不解恨，还不停地连打带踹。师兄打师弟，陈大光虽然也学过武术套路，可并不还手，抱头蜷缩哭喊：“哥啊！别打了！巧姑怎么样了？”

陈江河闷声痛打，根本不理睬。陈大光似乎明白了什么，喊着要见巧姑。陈江河冷冷地说：“你还有脸见她。这辈子，我也没你这个兄弟了！”

莱昂给骆玉珠来电：“骆总，我联系不上你丈夫。”骆玉珠苦笑：“可能他现在不想接你电话。”莱昂辩解：“你不明白这边的变化！费尔南德的货销不出去，他的资金链已经断了，讨债的人都堵在门口。最新消息，阮文雄和史瑞夫都宣布，与他终止合作，我们赢了！”

骆玉珠一字一顿地说：“是你赢了，不是我们，莱昂。”

莱昂那边停顿了一下，哈哈大笑：

“告诉你丈夫，我会到义乌向你们赔罪，所有的损失我来承担。”

费尔南德公馆，此时已狼藉一片，货单散了一地。窗外人声嘈杂，经销商都堵住门口叫嚷。费尔南德躺在沙发上一动不动，手下进屋轻声说：“先生，各地代销商堵在门口要见您，还有银行来电，停止贷款。这是法国发来的传票，史瑞夫先生要求跟您通话，赔偿滞留港口损失……”

费尔南德发狂地将桌上的花瓶掷过去：“滚，滚出去！”手下忙关门出屋，费尔南德绝望地站起，双手撑住窗台向外望去。费尔南德一字一顿地吼道：“陈江河，莱昂，我要与你们决斗！”

王旭赶到义乌机场时，邱岩已拉着行李箱翘首以望。邱岩身穿深灰色套头毛衣，宽松板型简单百搭，搭配着墨绿色的半身长裙、黑色平底鞋，邱岩脖子上已经没有了莱昂送的那串钻石项链，全身透着精致时尚感，体现了现代女性的完美气质。她是别人眼中的强势美女，但在王旭面前，妩媚的同时，还带着一股率真俏皮。王旭冲她礼貌地笑了笑，上前接过行李塞进了后备厢。邱岩愣了一下，跟着上了车。

王旭淡定地问：“饿吗？先带你吃早饭？”

邱岩微笑着说：“不饿，我都快困死了，旁边有个人呼噜打得山响。”

王旭瞄了一下她空荡荡的脖颈，报以微微一笑。

邱岩偷瞥：“你什么时候回来的？”

“就前两天。”

邱岩看着前面：“听干爸说你在山里做了志愿者，还救了一个小女孩？”

王旭轻描淡写地回答：“谈不上救。”

邱岩转头望向窗外，咬着嘴唇。

王旭：“你先睡会儿吧。”邱岩闭上眼，靠在座椅上轻声问：“为什么一直不给我电话？”王旭一笑：“山里信号不好。”邱岩嗔怪地：“找借口。”

王旭将自己的外套盖在邱岩身上，邱岩依然闭着眼，嘴角却泛起一丝笑意。

邱岩带着疲倦喃喃询问：“公司什么情况？欧洲那边发货单了吗？你先把我送公司去……”

王旭腾出右手像哄孩子般轻拍邱岩：“嘘……”邱岩果然昏沉沉地进入浅睡。

她睁开眼时，车竟停在风景如画的幸福湖畔。邱岩的周围开满了粉红色郁金香、紫红色的茶花，空气格外清新。邱岩手机不停地振动，忙接听：“莱昂，你说什么？”

车外，王旭边往湖里抛着石子边听着手机。骆玉珠在手机里质问的声音传来：“你妈我都忙得四脚朝天了，你爸在医院，你居然带她去幸福湖边玩浪漫！”王旭苦笑：“妈，邱岩需要休息，城里太吵。再说我爸要你解释，可那些人不会听的，你急也没用。”

骆玉珠：“好，你有主意？告诉妈该怎么做！”

王旭用力抛出石子打出水漂：“等。”

骆玉珠没好气：“等谁啊？”

王旭：“谁都不是傻子，愤怒过后都会冷静下来，我们要做的是看谁成为最后的赢家，打好我们自己的牌。公司可以发一个紧急通告，就说这次降价是为了感谢欧洲顾客对我们的支持，类似西方的感恩节特惠，这样我们既得人心，又能让价格回归顺理成章，妈，就这样。”

骆玉珠：“好小子，好小子！”

王旭听到了车门撞上的声音，邱岩怒气冲冲走来。邱岩举着手里的手机：“全线降价！我要马上见到干爸干妈！”看到王旭神色如常，邱岩突然一愣，审视王旭：“你接我之前就已经知道了，是不是？为什么刚才不告诉我？”

王旭坐下：“那样你会少两个小时的睡眠时间，大脑也不会像现在这样清醒。可是你觉得这两小时你能干什么？”

邱岩陌生地注视王旭，缓缓地坐在身旁：“莱昂，这个混蛋！”

王旭摇摇头，望着湖面：“莱昂是在保护你，特意等你上了飞机再决定降价，他要自己扛责任。”邱岩也望着湖面，沉默不语。

陈家卧室，骆玉珠拿着杯红酒靠在露台栏杆上，笑眯眯打量着邱岩。

邱岩说：“莱昂这个人确实是个赌徒，处理事情很果断，喜欢凭直觉。那些合作者都很喜欢他。”

骆玉珠并不接话，只说：“岩岩，跟干妈说实话，这些年谈过恋爱吗？”邱岩愣了一下，笑着喝了口红酒：“干妈，怎么想起问这个？”想了想说：“其实念大学的时候有个男孩对我挺好，一直追我。”

骆玉珠饶有兴趣：“中国人还是美国人？”

邱岩：“英国人。”

骆玉珠笑：“不是王子吧？”

邱岩也笑起来，摇头：“不是，他家搞海上石油的。”

骆玉珠眯起眼。邱岩继续说道：“他一直瞒着我，一直到快毕业才郑重告诉我家里的背景。当时我感觉很别扭，就选择离开他。”

骆玉珠笑起来：“这样不显山露水的男人，一般女孩都求之不得呢。”

邱岩：“也许吧，别人认为是种美德，但我接受不了。”

骆玉珠点点头：“有照片吗？”

邱岩一笑，拿出手机搜找，两个美女的头凑在一起。邱岩：“我只有同学合影了，后排这个！”

骆玉珠笑：“多帅的小伙子啊！你也太挑了！岩岩，干妈得说你，要这样挑，没一个男人能入你眼。”

邱岩：“我相信会有人在等我。”骆玉珠望着远方微笑：“岩岩，完美的男人到哪去找啊。你干爸完美吗？”

邱岩抬脸向上，展望地：“干爸多优秀啊，男神一枚。干妈，您当年真有眼光！”

骆玉珠笑着说：“得了吧，你干爸当年可不是现在这样。那时候也幼稚，干了多少让我着急上火的事，最后的烂摊子还不是我收拾的。男人么，不是天生就优秀的，得培养，给他们时间慢慢成长。”

邱岩深吸一口气：“干妈，我的经历您都清楚，我从来不会轻易把自己交给一个男人，我必须相信一个人才会爱上他。”

三

总经理办公室，骆玉珠异样地打量着儿子，王旭被看得一脸尴尬。

王旭诧异：“干吗啊，妈？你看什么呢？”

骆玉珠：“看我儿子是不是完美。”

骆玉珠压低声：“对邱岩你到底怎么想的？”

王旭愣了一下：“我……喜欢她。”

骆玉珠：“别怪妈没提醒你，你要面对的是一个很难追的姑娘。”

王旭一笑：“妈，你觉得邱岩还用我追吗？”骆玉珠：“呵，够洒脱的！妈告诉你，确实有情敌，你怎么办？”

王旭趴在桌上，急切地说：“你问啦？她怎么说？”

骆玉珠靠在椅子上长叹一声，有些意味深长：“小旭，妈什么都可以帮你，但唯独这件事帮不了，这么大的公司都无法给你加分，那谁都帮不了了。”

王旭无语，尴尬笑笑，拍拍妈妈的肩膀走出：“别吓唬我。我带小玉走了啊。”

这天，陈金水靠坐在床上唉声叹气。骆玉珠提着保温瓶进屋，压低声：“老爷子！巧姑醒了。将来还能生孩子。”陈金水突然泪水涌出哽咽：“我闺女……受罪了。”

骆玉珠也眼睛一红，强忍住：“叔，巧姑下半辈子再不会受罪了，您放心！”

陈江河停在病房门口，复杂的目光望着屋里。巧姑正忧伤地望着窗外，在无声地抹泪。陈江河迟疑了一下，推门走进去。巧姑想坐起来，陈江河一步上前按住巧姑，给她掖好被子。巧姑装作轻描淡写：“我没什么，输血的时候，我也一直在听玉珠姐在身边唠叨，她怕我睡过去，还骂我呢。你和姐对我说的，我全听见了！”

陈江河的目光仿佛能看透妹妹掩藏的悲伤，默默点头。“我把陈大光揍了一顿，跟他离了吧。”

巧姑吃惊地看着陈江河。“你必须跟他离婚！”陈江河的语气不容商量。巧姑恍惚摇头。陈江河急了：“被欺负一次两次可以说你是善良，被欺负成这样是懦弱！你逆来顺受惯了，知道吗？三十好几的人了，怎么还活不明白？”

巧姑扭过头去，突然肩一颤，崩溃般哭起：“哥，是个儿子。”说完将脸埋进陈江河的怀中，委屈地呜呜哭了起来。陈江河拢住妹妹的头：“哭吧，哭出来心里好受点。咱大人保住了，将来路还长着呢。”

签下离婚协议书的那一刻，陈大光的手颤抖得很厉害，陈江河拿过来仔细看了，起身离去。

在马德里住处，莱昂为自己的成功深深陶醉了。他双腿搭在桌上，嘴叼雪茄惬意地听着电话。手下推门进来递上快件，莱昂耳朵夹着电话，嘴里叼着雪茄，双手用力拆封。

一个锦盒掉出，上面贴着一张写满字的卡片。邱岩的字迹娟秀流利：“我试戴了这条项链，从马德里飞北京共六个小时，感觉太沉了，我喜欢没有束缚的生活，现在物归原主。我干爸让我转告你，围城必阙，想知道什么意思，你可以自己查查百度。”

莱昂目光呆滞，雪茄慢慢垂落。

四

观音山鞭炮齐鸣，锣鼓喧天，全村的人都沉浸在欢庆喜悦的气氛中。在记者的闪光灯下，王旭与老村长共同揭牌，“玉茶文化公司”几个大字赫然在目。

邓涛递上话筒，王旭拉过腼腆的老村长：“今天玉茶文化公司正式成立了！欢迎我们的总经理讲话！”

老村长哆嗦着双手捧住话筒，百感交集地扫视众人。王旭笑眯眯地抱起小玉在一旁看着。老村长的目光落到他们身上：“不容易啊！我这把老骨头做梦都想不到能有今天。出外打工的后生都回来创业了，娃们再也不用哭着喊着想爹娘了，再不用过年守在大路边上等亲人，咱要过好日子了。”

全场安静下来，刚才的说笑瞬间全无。老村长颤抖着嘴唇：“多年以来，这漫山遍野的茶树陪着咱祖祖辈辈，也没换来好日子。今天我们有钱了，谁是咱的大恩人？你们说！”

众人齐声：“王旭！”老村长更大声：“娃们长大了，记着报恩！娃们都站出来，给你王旭叔鞠躬！”

十几个孩子站到王旭面前深深鞠躬。小玉也从王旭怀中挣脱下来，顽皮地鞠躬。一位拄着拐杖的老人引发了关注，他腿脚不便，却仍在拥挤的人群中挤来挤去。他紧紧地拉住王旭不放手；一位大小伙子隔着人群看了王旭一眼后就激动地哭个不停，即使面对媒体镜头也顾不得个人形象。这位小伙子一边抽噎，一边告诉媒体：自己在见到王旭后实在是太激动了，根本无法控制情绪："我看到王旭，就忍不住，我真的忍不住要哭……"这个镜头引起了柳州百姓的高度关注，电视台不断地滚动播放这一画面，媒体也都为王旭的超高人气而惊叹不已。

王旭心叹：自己几起几落，又有几人记得我曾经的苦难。我，正如犹太人过哭墙，匈奴人过祁连山，再回首，我依旧怆然欲泣。

邓涛感动得不行，用力拍了拍王旭。

王旭带邓涛上山看看。邓涛叉腰扫视四下："山美水美人更美，可是哥们，你真打算一辈子扎根在此了？"

王旭收住笑，痴痴地望着远方。

邓涛捅了捅他："问你话呢，邱岩不是回来了吗，你不抓准时机，小心梦中情人跟人跑了！"

王旭急了："想什么呢，回去拦住记者，让他们把所有关于六棵树的照片删掉！"

邓涛一激灵："神秘营销法？"

王旭用力点头："报道只用文字，留住悬念，等玉系列高端茶推出的时候，再在网上流出传说中的照片。"

邓涛也激动起来："然后我们对真假不置可否，让他们争论，最后买下整版的报纸登出六棵树的照片！"

王旭用力一拍邓涛，转身呼号着奔下山去。

邓涛感慨万千地望着王旭的背影："对啊，现在是网络时代了，这招肯定能成！"

五

邱岩正忙着联系史瑞夫、阮文雄，对于莱昂擅自做主降价的说法，他们断然不信。

骆玉珠想了想："跟他们解释没用，只能自己扛。"

陈江河道："我也是这意思，想争取信任就不能推卸责任。我准备请他俩来义乌，当面赔罪。"

骆玉珠叹息："这个罪人我来当吧，就说降价是我背着你通知莱昂的。你还要跟他们继续做生意。女人嘛，情绪化，心疼钱，说这些多少会好一点的。"

史瑞夫、阮文雄终于答应见面聊了，陈江河带着几个董事伫立在商城门口。

邱岩陪同阮文雄、史瑞夫下车。阮文雄握着陈江河的手，大度地说：

“接到你的邀请我们不敢不来啊，邱小姐说如果我们不到义乌，陈董就要把她撤职了。”

几个人都笑了起来，陈江河指着邱岩：“这是我干女儿，别听她胡说！我老婆晚上为你们备下了接风宴，咱们这次可以面对面地喝酒了。”

阮文雄:“酒当然要喝,先办正事。”

陈江河一笑:“恭敬不如从命,请！”

一行人在商铺前走走停停，陈江河与邱岩强强联合，各自讲解，走入玉珠集团的展厅。

陈江河说：“我们国内几十个展厅，包括上海的商铺专卖店，准备都开辟出你们两个品牌的柜台，所有的物流仓储，享受我们内部商品的同等条件。”

阮文雄与史瑞夫频频点头，邱岩轻声翻译着。

阮文雄扫视四周：“像这样的展厅玉珠集团有几十个？”陈江河：“分散在全国各地，不瞒二位，我们后续还准备在国外建分公司，将来形成全球的销售系统。”

阮文雄与史瑞夫对视一眼：“我们都可以共享？”

陈江河微笑点头：“可以。”

阮文雄好奇地拉过陈江河，低声道：“听说杨氏集团在这边也有展厅？”

陈江河愣了一下:“有,隔一条街。”

晚餐时，陈江河、骆玉珠夫妇忙着给客人布菜。史瑞夫拍拍阮文雄的肩膀：“中国人有句话叫吃人家的嘴软，拿人家的手短。阮先生，我们要小心喽！”

骆玉珠起身,笑着举杯：“怕我们这是鸿门宴啊？这可是我的赔罪酒！这次我一个女人家贪财,目光短浅,跟我丈夫都没商量就直接下命令降价了！”

陈江河苦笑摇头看那两位：“搞得我也很尴尬。”

阮文雄呵呵一笑,举杯转头看史瑞夫。史瑞夫没有动,冷笑了一下:“中国还有句老话,夫唱妇随。降价一定是你们策划好的，不可能是她独自完成的。这么大的决定，你怎么可能不知道？”

陈江河赔笑着：“这些老话您从哪儿听来的？史瑞夫先生,您真是中国通啊！”

史瑞夫抱起胳膊：“这次来义乌，看到了你们的实力和诚意，但是价格战给我们带来了意想不到的损失。这完全是你们不守信用造成的……”

骆玉珠有点皱眉：“您的意思是还要我们……”陈江河微微摇头。

餐桌上的义乌本地菜很丰盛，有大陈麻糍、苏溪豆腐皮、上溪牛杂、东河肉饼、赤岸豆皮素包、佛堂千张、白切羊肉、东塘狗肉、廿三里麻糖等义乌名吃。猪肉与火腿都来自华统。喝的丹溪酒，是陈家村出产的浓香型土酒，丹溪故里的百姓世代以红曲酒烹饪菜肴，使色香味倍增，凡民间喜庆、婚宴、走亲、访友，皆以酒为礼。经过千百年的传承，丹溪酒愈发醇香醉人。

阮文雄饶有兴趣地用筷子指着一道菜发问："这道小吃是怎么做的？"

陈江河忙转头掰着手指解释："这叫陈家村李宅麻糖，是用糯米、粟米、芝麻、花生、大豆，爆炒后加义亭红糖……"

阮文雄听得津津有味，连连点头。

史瑞夫瞪他："你没受损失吗？"

阮文雄笑着放下筷子，摇摇头说："NO、NO、NO！史瑞夫，我也是参与者。正因为他们突然降价，我们才提高警觉，把货物从费尔南德那里退了回来，恰好把我们自己救了。这个你忘了吗？史瑞夫，既然你对中国古话这么感兴趣，我再教你一句：塞翁失马，焉知非福啊！我们今天能坐在一起就是缘分！再说陈先生的信誉向来很好，骆女士偷着降价一定有她的苦衷。"

骆玉珠感动，拿起酒杯："阮先生，我敬您一杯！"

阮文雄笑着起身："不敢当！"

骆玉珠由衷地说："我觉得您特别大气。这杯我干了，您随意。"

骆玉珠爽快地仰头喝尽，陈江河眼神异样地瞥着妻子。

史瑞夫嘟囔了一句。

邱岩忙翻译："他说可怜的费尔南德，听说已经破产了。"

陈江河感慨点头："残酷的商场，何必要你死我活呢，这是违反我初衷的。我当初接到费尔南德等欧洲大客户的订单时，我发现了许多弊端：费尔南德非常苛刻、留给我的利润非常低，而且风险极高，汇率、滞销、不主动打款……

"今后做生意，关键是看能不能产生效益，大客户产生不了效益就不是好客户，应予舍弃。"

史瑞夫连连点头："弃子，是围棋中一招以大局观为重，极能显其魄力与远见的高棋，里面渗透着机智慧敏之精华。陈先生彻底领悟了中华文化取舍之绝高境界。"

陈江河诚恳地透露："我制定了一条'客户原则'：最大的客户订单也不允许超过公司年产量的3%，否则宁愿放弃。这将使我们的营销有了张弛有度的弹性和生机。今后我可以从容应对国外大客户的刁难，没有一个客户可以压低玉珠的售价，我将得以实际掌控利润额。"史瑞夫听得如痴如醉，他离开自己位置，坐到了陈江河身边。

阮文雄默然地看着那两个精明男

人，有点心不在焉。气氛有些沉闷，骆玉珠端杯祝酒。

骆玉珠微笑："江河特别喜欢跟比他强的人合作，看今天把他高兴的，嘱咐我一定把所有义乌好吃的都摆上来招待你们，我来敬二位一杯，久仰大名！"

阮文雄叹了口气，举杯相碰："可惜少了一位。"阮文雄冲史瑞夫等人耸耸肩，"视频里的那顿酒是四个人喝的。"

邱岩恍然笑着说："杨雪，杨董。"众人都笑起来。晚宴尽欢而散。

外围的火刚平息，内战又开始了。骆天宝把着方向盘，夫妻俩坐在后座，尴尬无声。

陈江河清清嗓子："今天有些人对黄皮白心热情过度了。"骆玉珠挑衅地回应："他像一位香港电影明星，我敢爱敢恨，对喜欢的人一直都很热情。"

陈江河被噎在那。

车停在家门口。骆玉珠朝向陈江河："下车吧。"

"小路一直在问，你什么时候回家住。"

"我自己会跟小路说的。"

陈江河无奈地看着车远去。

骆天宝摸黑进屋把灯拉亮，将迷迷糊糊的父亲拉直坐起来："爸，别睡了，出事了！"骆父一惊："记者又来了？"骆天宝摇头："让你说中了，我姐跟姐夫正冷战呢！"骆父叹口气："你可算看出来了。"骆天宝："有外人的时候俩人好好的，可一到家门口，我姐就让姐夫下车了，她自己去住酒店。"

骆父："她还住酒店？"骆天宝点头。

骆玉珠在酒店卫生间，边刷牙边思索，心生一计，跑进屋里拨通手机："阮先生，还没睡？"阮文雄："骆总您好，正在欣赏义乌的夜景。可惜，良辰美景奈何天，赏心乐事谁家院？"骆玉珠笑："饭桌上我就听出您这意思了，想跟杨氏集团接洽一下，是吧？"阮文雄迟疑："这个，倒是有一批货……"骆玉珠并不揭穿，神秘地转移火头，"告诉您一个好消息，杨雪已经来义乌了。"

电话那头阮文雄掩饰不住地兴奋："是吗？可她为什么不来吃饭？"

骆玉珠晃动着酒杯："您知道我们两家生意上是对手，可我老公说得好，开四门，进四出六，有钱大家赚、买卖大家一起做嘛，我想了半天还是想告诉您。"

"也叫'竞合战略'，是竞争与合作两种战略的结合，它建立在对企业竞争博弈的分析基础之上。"阮文雄忙不迭地补充说，"好好好，说明义乌商帮的原始商业理念符合现代商业原理，谢谢骆总！"

骆玉珠挂上手机冷笑：阮文雄，

杨雪是悬在我头顶的定时炸弹，你给我去把她排除了！两条都不要你谢！去做就行了。杨雪、阮文雄的会面，干柴遇烈火骆玉珠似乎亲眼见到了。

杨雪一脸懊恼地走进酒吧，阮文雄热情地在包厢挥手，他绅士气派十足，挪动椅子让座：“喝点什么？”杨雪吃惊地看看四周：“史瑞夫先生没来吗？”

阮文雄:“他要倒时差，提前睡了。杨小姐，见你一面很难呀。”

杨雪苦笑了一下：“对不起阮董，晚饭本来要赶过来的，公司有点急事。”阮文雄热切地审视杨雪：“在视频里我就跟杨小姐一见如故，那次答应陈董的条件，有一半是冲着您的面子。”

杨雪尴尬地笑：“阮董，您太幽默了。”阮文雄无比真诚：“我这个人是爱憎分明，看对眼的人随便怎样我都喜欢，看不对眼……”

杨雪更加尴尬，突然想起什么：“阮董，你怎么知道我在义乌呢？”

阮文雄的笑容僵在脸上，忙用话岔开了。

六

在公司董事长室，陈江河满意地看着货单，他用手指弹了弹。邱岩介绍说，昨天是欧洲感恩顾客特惠活动最后一天，今天全部商品价格恢复之后，出货量不但没有减少，还多了一成。

陈江河高兴地说：“这是王旭的功劳，这小子关键时候不慌，有主意。”

邱岩感慨：“这次我回来，感觉王旭变化特别大。”

陈江河点点头：“我真想进山去看看他做志愿者的地方，到底是什么让他留在那里，连爹妈都不惦记了。”

邱岩支支吾吾地试探：“干爸，要不……我替您去打探打探？”

陈江河点头，凝视邱岩出去的身影，欣慰地笑了。

夕阳笼罩着远山，一辆三轮车从郁郁葱葱的山路上颠簸驶来。观音山村是全乡最远最高的一个村，距乡政府二十几里地。管理处一过，三轮车就颠簸起来，泥石流让所有的路都成了合不拢的伤口。尽管王旭已经带人修好了简易山路，可是一路上还尽是坑坑洼洼，人畜可以绕着走，三轮车却绕不过，只能从一个坑里爬起，又掉进一个坑，又再爬。邱岩看到盘山机耕路四周恢复生长的花草树木，感觉是游览风景区。

三轮车转过一道山弯，只见一泓碧水掩映在翠绿的群山之间，泥石流后残存的古老而残破的土坯房顶部，又为柔美的山水平添了几分肃杀气象，正当暮秋，气候干燥。豌豆在半山腰一片片连成畈，竹子一望无边，越往上去，树木越是青翠，沿着浓荫如盖的山岭小道，三轮车又行进了五公里，就到了一处苍岩壁立、烟云缥缈的地方。

邱岩从三轮车上跳下，挥挥手：“谢谢啦！”

夕阳下，迎面走来的村民好奇地打量着邱岩，邱岩逢人就笑脸如花：“您好！”

鸡鸣狗吠，不远处炊烟腾起，一派桃源景象。“您知道王旭在什么地方吗？”邱岩一见乡民就打听。

乡民大喊：“村长！找王旭！”

老村长叼着烟袋，光着脚踩着泥走来，上下打量着美丽的女孩：“你是？”邱岩一笑：“我是王旭的朋友，我叫邱岩。”老村长马上伸出双手，热情地握着：“您好您好，欢迎欢迎！他进大山了。这几天就住在罗高畈上面，晚上都回不来。”

邱岩很吃惊：“上面还有村子？”老村长笑：“那地方哪有人住啊，他带着村里的壮劳力，在罗高畈山上给茶沤堆呢！”邱岩说：“怪不得手机没信号。”

老村长见她急，答应明天找人带她上去。

邱岩好奇地打量着简易房环境，里面有一张不知道从什么地方弄过来的破旧的长方形木桌，还有一把掉了漆的皮革老板椅，算是王旭的临时办公桌椅，靠里边墙角的地方放着一张单人木床，床上铺着一个已经露出弹簧的席梦思破床垫。邱岩翻翻桌上关于茶的书籍。老村长让女村民抱着新被新枕头铺在床上。老村长介绍：“这是王旭住的屋子，房子是他带大伙搭的。哦，这书是他看的。”邱岩好奇地拍了拍台式电脑。老村长激动地说：“这是他给村里娃娃们买的，搭上电话线能上网呢！就是速度慢了点。”

邱岩打开电脑前铅皮饭盒盖，里面剩下半个发黄的硬馒头。邱岩不小心一脚踢在洗脸盆上，里面全是没洗的袜子裤头。

小王好奇地推开门探头观看。邱岩笑着招呼：“小王，我们见过的，忘啦？”

老村长说：“快叫阿姨去我那吃饭！”小王牵住邱岩的手就往外跑。

邱岩一出门就呆住了，好多乡亲都捧着盆在外面，盆里的菜还在冒着热气。老村长笑呵呵地：“都是各家给你准备的！你今天呀，就尝尝我们的百家饭吧——全送我那去！”

乡亲们答应着，纷纷往远处的老屋跑。邱岩来到老屋，她的碗里已经堆满了菜，桌上床上摆满了菜盆，老村长跟几个乡亲还在往她碗里夹着。老村长叼着烟袋，众人围着看邱岩，邱岩尴尬地苦笑。

老村长：“一听说你是王旭朋友，乡亲们不知该咋对你好了。”

一个女子羞涩地跟老村长耳语，邱岩察觉到了。老村长乐呵呵地笑着："你自己问么！她问你是不是王旭的那个……"窗外围看的小伙子扯着嗓子喊："媳妇！女朋友！"

女子害羞奔出。邱岩笑了笑。

罗高畈山顶小屋里，在砖火的烧烤中，王旭和几个村民都只穿一条大裤衩，近乎赤身裸体，依然汗流浃背。

专家边擦汗边悉心讲解："沤堆过程中，要注意翻堆散热。沤堆时温度低怎么办？要用60℃左右的火温，将茶坯烘至五到六成干，再沤堆。"

王旭放下手中的茶坯和竹笪，匆忙记在本子上。

王旭喘息着："你们出去歇会，我在这盯着。"

众人为难地面面相觑："兄弟，你一晚上没睡了。"

王旭急忙阻止："专家讲什么我能记下来！你们谁行？歇着去！"

众人只得出去。

王旭跟着专家继续艰难地翻起堆来。

突然有人喊："哎呀！别上来！"

王旭吓了一跳："怎么啦，你们？"

几个小伙子都冲进屋里躲避着什么。

王旭抄起一根棍子刚迈出小屋门，他呆住了。邱岩正喘息着，跟随老村长爬上坡来，望着只穿裤头、满脸泥污的王旭，邱岩笑出了眼泪。

下山了，孩子们与小玉在前面奔跑欢呼，王旭与邱岩被村民们簇拥着走来。

推开简易房的门，里面偷偷上网的几个孩子忙跑出来。邱岩吓了一跳，笑了。

王旭吃惊地看着门外晾起的袜子裤头："谁给我洗的？"

邱岩略带羞涩地说："还有脸说呢，臭死了！"邱岩冲王旭命令，"赶紧进去换衣服！换好了叫我！"

王旭不好意思进屋关好门，正脱着上衣，无意间瞥了眼网页，突然俯身，眯起眼睛点起鼠标。

屋里没动静，邱岩察觉不对，推开门缝进屋。王旭正一脸沉重注视屏幕。邱岩也凑上前看，眼中充满不可思议和恐惧。

王旭一字一顿："我要马上回家。"

七

骆玉珠在一家首饰厂车间皱眉徘徊，不时挑拣首饰仔细端详。

朱厂长在一旁热情地介绍："没想到骆总真能大驾光临，我这小厂蓬荜生辉啊！我们首饰厂的产品一直以玉珠品牌为榜样！如果能纳入到玉珠首饰，那是我们厂的荣幸！"

骆玉珠不为所动："朱厂长，你

们首饰的牌子是什么？”朱厂长掩饰地笑笑：“没牌，没牌。”骆玉珠疑惑不解：“没牌怎么可能销往欧洲呢？”朱厂长得意：“欧洲客商自己挑的，人家喜欢，订购一批我们就生产一批。”

骆玉珠哭笑不得：“我跟您说实话，这些首饰远远达不到我的标准，样式单一不说，你仔细看它的工艺，材料，欧洲人会要吗？”

返回途中，骆玉珠在后座感慨：“白耽误我半天时间，什么破首饰，也想纳入我的品牌。”

骆天宝笑了笑：“但他们挺贼的。”

骆玉珠警惕地问道：“怎么讲？”

骆天宝一手把货递到后座：“这是你们逛车间时，我从出货口偷拿的牌子。吓了我一跳，仔细看，才发现少了个点。”

骆玉珠怔怔地瞧着牌子，上面赫然写着两个大字“王珠”。骆玉珠咬牙切齿：“这只是缺一点吗，是缺德！”

骆天宝这阵子挺忙的，因为他要尽量帮帮巧姑。

巧姑是个要强的人，正用力把沉重的箱子拉到摊位里，满头是汗，箱子没抱起，自己却险些摔倒。天宝马上奔过去，麻利地帮忙搬卸货箱。巧姑推脱，天宝笑了笑:“我姐让我来的，巧姑姐，以后这苦力活叫我！你得好好歇着。”骆天宝用力地搬着箱子，一个不过瘾，干脆两手各夹一个。

附近的摊贩问：“巧姑，从哪请的搬运工？这么大的力气？”巧姑一笑，撩撩头发：“我兄弟。”

巧姑回家后，到卫生间洗衣服，眼前还奇怪地晃动着骆天宝的身影。陈金水走来，一把抢过。

“你还没出月子呢，这个时候是不能沾凉水的！你不要作践自己，落得一辈子病根，爸会心疼呢！”

巧姑感动：“爸，我没那么娇气。您身体也没恢复呢，别累着！”

陈金水却已用力搓洗起来。巧姑说：“爸，要不这样，我请的保姆明天就到，你这衣服等她来洗好不好？”陈金水低头洗着衣服：“我已经回掉了。让她明天直接去你家，帮你洗衣服做饭。”

巧姑默默点头。陈金水又说：“还有商城的几个摊，进货出货多让她们跑，你别累着。”巧姑回答：“最近玉珠姐让天宝来帮我，您放心吧。听天宝说，好像哥跟姐一直分居呢。”

陈江河一下车就愣住了，陈金水正拄着拐杖坐在台阶上等候。

“媳妇跑了？”陈金水的眼神有些异样。

陈江河尴尬笑笑：“您听谁说的，刚才我俩还在公司一起商量事情呢。”陈江河提高嗓门：“她跟谁跑？她敢跑！”

陈金水哼了声："别演了，我都知道了！"

陈江河搀扶陈金水坐下，忙着倒水。陈江河笑着说："叔，您该在家休养身体，这事还让您来操心？"

陈金水急了，说："当年我那么拦你，你还要死要活地追她，还说，叔啊，我非她不娶！没忘吧？现在怎么啦？当年那么难都过来了，怎么今天就守不住了？今天那么多人跟着你们打天下呢，有点领导的气度行吗？如果底下的人知道了，人心就乱了！"

陈江河垂头叹了声："我当然想她回来……叔，我明天就飞欧洲了。"

陈金水顿了顿拐棍："你在外面飞，如果家里没人看着，你能飞得踏实吗？玉珠是个什么人，你不清楚吗？你要真把她给惹急了……什么原因吵的？"

陈江河欲说还休："小事。"

陈金水哼了声："骆玉珠是计较小事的人吗？她的眼界，你也不一定比得上——别跟我来这一套！"

在酒店房间里，骆玉珠正无聊地看着电脑，门铃响起，忙去开门。

陈金水拄着拐杖站在门口，他直奔主题："有老公有孩子的，怎么能住这呢？江河整个人都瘦了，跟丢了魂一样，就他那样能搞好工作？"

骆玉珠坐在对面不语。

陈金水说："玉珠，叔跟你说句掏心窝的话。当年是我不对，你进这个家多难哪，你俩隔了八年，飞蛾扑火一样，重新聚在一块不易，现在怎么能说走就走啊？"

骆玉珠的眼泪啪嗒一声滚下来："叔，我没想走。"

"那就回去，跟叔回家！风筝没线飞不高，你就是陈江河的那根线。"

陈江河一直在门外徘徊，看见两人从出租车里下来，忙迎上去接过行李箱。

"陈江河我告诉你，以后再出现这种事情，你给我滚出去！"

骆玉珠不看丈夫，她小心地问："叔，您进屋坐会？"

陈金水说："不了，我得回自己家。"

夫妻俩挥手看着车远去。

骆玉珠躺在沙发上。陈江河站在沙发边捅了捅，指指床。骆玉珠一动不动。陈江河干脆也躺倒在美人榻上，裹被睡去。卧室中，床是空的，夫妻二人各守一角……

第二天早上，小王打开董事长办公室的门，发现里面陈江河在睡觉，她迟疑了一下，转身快步奔向总经理室。

总经理室里，骆玉珠也躺在沙发上正在睡觉。

小王呆住了。几个女孩轻笑："这么大岁数了，家也不回，晚上也不睡，真拼啊？"

“这么大的老板夫妻，还在拼命，真让人羡慕！”

八

莱昂正提着那条钻石项链发呆，电话响起，他忙接听。莱昂脸色一变，慌忙拿起遥控器打开电视。

电视中出现费尔南德的专访，他举起盘中几个首饰告诉主持人：“……这些有毒首饰严重地铅超标。它们来自哪里？中国！”

莱昂无声地骂了句，放大遥控器声响。主持人：“这个牌子的中国名字叫王珠？”费尔南德冷笑摇头：“很狡猾，如果加上一点，这个中国字就念‘玉’！”莱昂脸色苍白，缓缓站起。主持人耸耸肩膀：“等等，玉珠品牌的首饰好像没有检测出……”

费尔南德激动地冲镜头说：“没有检测出超标是吗？但不意味着他们的工人没暴露在铅污染的环境中！我强烈建议对中国的相关产品进行调查……”同一时间，骆玉珠进入会馆，她微笑着跟熟人打招呼。

“骆姐！好久没来啦？”

骆玉珠微笑：“最近忙。吴姐？干吗呢？”

几个女子正围着吴姐好言相劝，吴姐一脸懊恼，抖着报纸：“别提了！美国又提高玩具标准了，我老公那个厂要出口的玩具全报废了！”

骆玉珠接过报纸说：“身正不怕影子歪，怕什么？”吴姐哭丧着脸：“按新标准，我们有几项是超标的。”骆玉珠递还报纸：“想办法降下来，咱得跟得上形势。”

骆玉珠安慰完往里走，经过一个房间时，听见里面杨雪的冷笑声：“闲事管得有点太宽了。”

骆玉珠走回来探头看：“杨董，美容啊？是不是想把自己嫁出去了？”

杨雪糊着面膜：“阮文雄找我，是你干的吧？”

骆玉珠：“不帮你找个人，怎么填补你内心的空虚啊？夜里哭着又找人家老公怎么办？”

两人正用言语你一刀我一剑地比拼着，却差不多同时接到电话，知道了费尔南德的那出戏。电脑的网页上，《中国首饰超标，怀疑工人长期暴露在铅中毒环境里》《欧盟新标准将出台，对中国首饰、五金启动调查》放在了最显眼处。

两个为情而吵的女子，这回在瞬息突变的暴风骤雨面前，全都低下了头。

鸡毛飞上天

长篇小说

Feather Flies To The Sky

〔第三十一集〕

一

骆玉珠快步走进公司时，公司里早已乱成一团，所有的员工都在忙着接电话，忙着将汇总材料交给小王。小王迎上前，告诉骆玉珠：国外已有十几家代销商提出了退货。骆玉珠边走边看，问小王给陈董送了没。小王很为难，说陈董的办公室谁都不让进，连中午饭也没出来吃。骆玉珠愣了一下，转身走向董事长办公室，一推门，一阵烟雾随之弥漫而来，烟灰缸里已是满满的一缸烟头。

电视幕墙上在报道：上半年，通过缜密侦查，市公安局共侦破污染环境犯罪案件 12 起，其中很多饰品企业是本次环保整治的重点对象，数人已经被刑拘，行业之中对环保噤若寒蝉。

陈江河面无表情地对着电脑，丝毫不在意骆玉珠的突然闯入。骆玉珠将烟缸交给小王，小王忙拿出去，顺带关上了门。骆玉珠又推开立窗放烟，回身看见电脑屏幕上，全是新材料的介绍，她走到沙发上坐下。陈江河靠在椅子上，夫妻俩默默对视。骆玉珠建议，先开一个新闻发布会，澄清我们的产品没问题。已经发往欧洲的先降价处理，剩下的货则尽快销往其他地区，暂时放弃欧洲市场，等待时机。

陈江河："然后呢？"骆玉珠怒道："然后你给我少抽点烟！注意你在公司的董事长形象！"

陈江河："好，形象。最能维护形象的就是马上停工停产，改变低端产品居多、环保、品质等问题成堆的局面，召回发向欧洲的货。自从1995年那批假货被火烧后，我再也没有受到过这种侮辱了。"

骆玉珠瞪着丈夫，只见陈江河眼神坚决。骆玉珠语气稍柔："江河，我们是做生意，不是在赌气。"陈江河说自己没有赌气，今天一整天都在想，但想来想去都是逃跑的路。骆玉珠反问："如果停工停产，我们的损失会有多大，你算过吗？公司靠什么留住员工？你告诉我，一直要停到什么时候？"

陈江河耐心地分析说："玉珠公司必须找到符合标准的新材料！新世纪光提敢闯敢冒，光提吃苦耐劳，是不够的。既然我们走出去拓展国际市场空间，就必须寻找新技术、新材料，拓展新格局。国家落实环保政策，还有市政府加大治理污染的决心，这说明那种以牺牲环保为代价，以低质、低价赢取市场的模式已经走到了尽头。"

骆玉珠冷笑一声："这就是你的危机处理方案？"陈江河答道："生死关头要忍，要卧薪尝胆，壮士断腕是玉珠公司唯一的出路。"骆玉珠怒了："断腕？你就是好幻想，别把小命都断了！各位董事都知道打电话建议我们：对于玉珠这样的行业龙头老大来说，今天是一个兼并重组，一统天下的机会。"玉珠说着站起来，"我是玉珠集团的总经理，这事听我的。生产不能停，我已经联系好东南亚的销售商，三天内就可以把货发过去。"

陈江河回应："我是董事长，该由我做主。我考虑，一方面寻找塑料合金类产品，另一方面向铜、银等产品生产转型，规避产品环保限制，减少成本风险。"骆玉珠撑住桌子，目光定定地："首先喂饱您的肚子吧！"陈江河有些不耐烦："我已经通知他们先停产了。"骆玉珠点点头："我知道，我刚从厂子过来，已经让他们恢复了。"陈江河双目圆睁，大吼一声："骆玉珠！"

门外员工慢慢地围上来，望着屋里争吵的老板夫妻俩。

"陈董事长，你爱做梦，可以想你的壮士断腕，可是我得顾及成千上万个员工！这个时候，你不能只为自己活着！不要再睡在梦里了，否则，等你的大梦醒来的时候，黄花菜都凉了。我知道你有责任感、有良知，有使命感！不错，可是，光明的未来只有在梦醒以后才能看到。”

陈江河轻轻地反驳了一句：“你为什么只是看到脚底下一米远的地方，为什么不能透过危机看清本质呢？”他拿起电话，“我是陈江河，从现在起，只听我一个人的命令！停产！”

骆玉珠摔门而去，员工们纷纷闪开一条道。

经过陈金水家楼下时，见众多邻居围着，正说着什么，骆玉珠心情特烦，就径直离去。

原来，邻居们正夸陈金水英明呢，说已从报纸上看到，玉珠集团遇到大麻烦了。“幸亏您从玉珠集团撤股出来了！要不然您也跟着受损失。”

陈金水接过报纸看了看，就皱眉愣住了。一回家，他就将报纸拍在桌上，指给巧姑看。陈金水解释道：“玉珠集团碰到大坑了，这比那年假货的事打击还大啊，你赶快去问问。”巧姑抹抹手，拿起报纸：“我已经问过了，怕您着急没跟您说。我哥跟我姐为这事还吵起来了，意见不统一。”

“不用说我都能猜到，陈江河爱做梦，肯定想学邱英杰当年广场烧货那招。”

巧姑吃了一惊，默默点头。

金水摇头：“不一样啊，陈江河诚信为本、讲求义气，产品质量一直是同行业翘楚。老天没有理由惩罚这么一个拥有爱心、包容心、感恩心的人啊——这次损失太大了，可不能由着他意气用事，但愿玉珠能拦得住！”

二

王旭从新闻中知道了玉珠集团的遭遇，第一时间告诉邱岩：“我们要马上回家。”当然，回家之前，他要先把山寨的事处理好。

王旭将一张流程表递给老村长，一面用笔在上面勾勾点点，一面告诉村长，他走了以后，村长作为总经理要把住茶叶的质量关，采茶、沤堆、装箱的每个环节都不能脱节，越是乡亲责任越要明晰到位。

“外面我已经安排好，包装和销售都不用你管。牢记一点，绝不允许记者接近那六棵古茶树！做好保护。”王旭郑重地说。

老村长笑：“知道啦，知道啦！你啥时候能再回来？”王旭：“不一定了，要看那边的情况。还有小王的问题……”老村长：“这娃没问题！过些天我就让人送她去学校念书。”王旭握住老村长的手：“拜托了！”老村长苦笑：“这咋说呢，这娃有这么好的命，该谢你才对……明早趁她没睡醒你们就走。我怕她闹。”王旭摇头：“不偷着走，人生的每一个坑坑，我都想让她面对。”

王旭和老村长回到简易屋里，看

见邱岩正搂着小玉在画画。邱岩轻声说：“东西我没收拾，怕小玉看见。”王旭边打手势边讲，指指行李箱：“小玉，叔叔明天要跟这个阿姨回去了。”

邱岩站了起来，担忧地看着小玉，同时怀着期望转头看老村长，老村长无声地摇头叹息着。王旭盯住邱岩的那双大眼睛，感到自己眼前陡然一亮，邱岩身上的那种活泼和明慧，以及她身上浑然天成的灵秀之气，让王旭沉静已久的血液又一次沸腾起来。邱岩确确实实代表着一种活力，她可以让你不知不觉中，在身体里注满蓬勃的朝气，让你感觉到，你应该无所畏惧，勇往直前，含笑面对人生的困难。

对，邱岩就是一个绝好的榜样！

小玉清纯的目光呆呆地看着王旭。王旭指着小玉：“你，跟爷爷在这里，等着上学念书，像邱姐姐一样念很多书好不好？”小玉突然一咧嘴哭起来，拼命摇头。王旭强忍难过，拍拍小玉的背：“不哭！小玉听叔叔说，你是个坚强的孩子对不对？”邱岩复杂的目光注视着王旭：“你不该告诉她。”王旭瞥了眼邱岩，:“她与你一样，能承受得住。”邱岩喃喃：“可才五岁啊。”王旭：“小玉，把眼泪擦干净。”小玉边抽泣边抹眼泪。

王旭打着手势：“记得叔叔给你讲过我小时候的苦难经历吧？爸爸没了，天塌下来了，妈妈搂着我说……”小玉竟与王旭打起同样的手势，王旭边做边说，“不要哭，争口气，别让人瞧不起咱们！”

邱岩含泪瞧着这两人，命运真奇妙！别人哪里知道，我们三人具有共同的失父经历。

邱岩早已经联想到自己，她搂住小玉，讲起中国最著名的孤儿——“圣人”孔夫子的故事：孔丘三岁时，他的父亲就撒手人寰。孔丘聪明智慧，身体健壮，生命力顽强。在单亲家庭中长大，他这种个人的悲惨身世，影响了这位文化巨子的性格、个性和人生轨迹。

儒家的“亚圣”孟轲也是孤儿，他在“孟母三迁”的故事中为人所熟知；而后世一大批文人墨客多有失父者，父亲角色的缺席影响了他们的人生。

陶渊明八岁丧父，十二岁母病逝，不得不与其妹寄居外祖父孟嘉家里生活。

韩愈三岁时父母皆丧，由兄嫂抚养，十五岁时哥哥韩会也死在任所，孤儿寡嫂，流寓江南，生活凄凉。

还有欧阳修、朱熹、康有为、胡适、鲁迅。

王旭感慨地说：“一个人无论多大年龄上没有了父母，他都成了孤儿。”

老村长也背过身去偷偷抹眼角，又转过身来说：“我的父亲也很早就死了。”邱岩说，中国历史上有“孤儿现象”，这对于孤儿个人来说，意味着更加艰难的人生瓶颈。“失父”是一生中难以摆脱的“暗伤”，直接影响了人生追求和性格塑造。

王旭欣慰地笑了：“大家都不要忆苦思甜了，小玉都记住了？真聪明！好好学，学手语，叔叔也好好学。回来咱们就可以聊了，懂吗？”

小玉含泪点头。

王旭扳住她双肩，紧紧地将她搂在怀中，看着邱岩：“等你学好手语，叔叔会把你爸爸妈妈的事讲给你听。也许这样对你太残忍了，可是小玉，再苦再难总要面对它，就像叔叔小时候爸爸没了，现在家里又遇到了很难的事，可我们总要走过去的。”

邱岩含泪上前蹲下，与王旭一起搂住孩子。王旭像是在说给自己和邱岩听：“一定会的！”

当晚，简易屋里，王旭俯身注视着屏幕思索，问了一句:“借龟拒虾？”

邱岩点头：“WTO商战的经典！费尔南德借此占领了道德制高点，所以不管我们怎样解释都很被动。人们会先入为主地认同他，而否定我们。”王旭若有所思：“所以不能做无用的辩解。我现在发现你越来越牛了，邱岩同学，你怎么会想到这个高度的？”

“因为我爸去世前，有篇没有写完的论文，讲的就是商品不光有商品性，还有人性和周期性。先学会做人，再努力赚钱！后来我把它完成了，那是我报考斯坦福商学院的论文，我想去那里深造。”

王旭震惊：“啊？那是最顶级的，你考上啦？”

邱岩苦笑：“要是考上了，我就不回来了。我想可能因为论文有两个作者，违规吧——我把我爸的名字写在了前面。”

王旭叹了口气：“庆幸啊，你没考上，不然我又得多等几年。”邱岩期望地张开大眼睛：“等什么？”王旭坏笑：“没什么。”邱岩歪头盯着他，含着火辣辣的目光：“你必须说清楚！”

王旭清了清嗓子，坐在电脑前，转移话题：“既然我们把对手的战术摸清了，那就好好研究一下，接下来该怎么应对。”

邱岩若有所失，坐在一旁。她似乎希望王旭说点什么，又似乎怕他真的说出什么来。

突然，邱岩发现了手机上的一篇广播稿，是关于王旭帮助这个村的，题目是《归去来兮》：在外谋生的村民如候鸟般，一个个都回到了村里。村里青山绿水环绕，满坡的杉竹茶园，瓜果飘香。想当初泥石流后，这里民居破败，道路泥泞。自从义乌老板捐献了资金和救灾物资，乡里、县里也给了他们配套援助。为了保护环境，王旭教他们拆除破旧棚屋、猪栏和厕所，村里订了村民公约，村民承包的山林就成了自己的生命线，林木砍伐后马上就会补栽新苗。现在，村里到处是林木葱郁、河水清澈、茶园遍地。村民们过上了自足快乐的生活。今天，很多村民在山上放羊了，去年羊肉涨到近 40 元一斤，估计他们一年干下来收入能超过 6 万元。还有几个在山上种西瓜、草药的，收益也很好。村里租来临近的茶山和空地，开办了有机茶厂和休闲山庄，村“两委”也支持致富的村民回村发展旅游事业。来自义乌市国际商贸城的来料加工，已为全乡培养了 40 多名经纪人，解决了农村剩余劳动力。

有限的几件被铺，早已被几个心灵手巧的妇女包扎好了。房间里放满了野葡萄、野菊花和各种酒瓶装的糯米酒。邱岩一下子就看中了“铁皮石斛种苗”。

老村长介绍：“这是白娘子盗来的仙草，生长在我们柳州深山老林里的铁皮石斛。它吸收了天地的灵气，享受了日月之精华。为了找到它，我们村里的老药农在 7 月开花时就上山了，可是奇花异草生长的地方，往往有毒蛇出没。采药人腰上系上绳索，把自己吊在半空，一碰到铁皮石斛，旁边洞里的毒蛇就会拼命攻击你了。所以这是冒死用生命采集来的。”

一下飞机，邱岩就把深绿色的铁皮石斛种苗放到车上，吩咐驾驶员：“这一盆珍稀濒危药用仙草，是柳州老村长送给骆总的，我们一定要把它养活。”

“这是浙大、浙江农林大学教授的联系方式，一起给我妈。”

三

从机场出来，王旭与邱岩坐在车中，各自焦急地打着电话。邱岩担忧地转头瞧着王旭，干爸的手机关机了。

王旭皱眉听着手机：“妈！”

骆玉珠平静地：“到义乌了？你爸刚飞马德里。”

“妈，你跟我爸说，这招叫借龟拒虾！我们不能躲，要从宣传上下手。”骆玉珠苦笑：“真是你爸的儿子！越来越像了，你爸昨晚上也想到了。”

王旭与邱岩交换了眼神：“我们现在就去公司找你！”骆玉珠：“我不在公司，小心点！门口有记者，商城现在不能去，上百家饰品和玩具摊位全关门了。”

王旭惊诧：“这么大的反应？”骆玉珠急促说道：“听我说完！铺天盖地全是负面新闻，受牵连的商家都在躲，约好了谁也不能接受采访。你跟邱岩马上筹备一场联合新闻发布会，几家饰品公司跟我们一起参加。”

王旭挂上手机，与邱岩交换了个眼神，邱岩一脸严峻地看着他："还按原计划？"王旭点头："费尔南德既然出了借龟拒虾这招，咱总得表示表示！"邱岩迟疑："你真能保证查不出问题？"王旭一笑："三个月前玉珠集团刚搞完内部体检！"

此时的莱昂，已没有了获胜的快感，他必须对付的，是一大群欧洲分销商。他们将莱昂围在中间，大声抗议。莱昂费劲地解释着，后来干脆站到桌子上："听我说！义乌的消息是，龙头老大陈江河已经飞过来了！"

众人顿时鸦雀无声，眼巴巴地看着他。莱昂大手一挥："这些货质量没问题，等他一到，我们马上商量怎么处理，降价是一定的。"

有人叫："没有人愿意买超标的产品。"莱昂大声安抚："诸位，耐心等待，耐心！"

对付记者，邱岩很老到。没等记者问话，邱岩就抢先说："给我五分钟，带你们去抢新闻！"

记者眼睁睁地看着邱岩大步冲进公司，员工们像看到救星般纷纷起身，以异样的眼神注视着她。邱岩介绍说："王总调集了六辆验血车，现在正赶往六个首饰厂五金厂，免费给工人现场验血。"

众人面面相觑。邱岩提高声音说："我们公司员工也要量力而行，积极参加玉珠集团献血活动。各部门迅速协调新闻媒体、各厂的卫生室，整齐有序地把这场公益广告做好！声势越大越好！听明白了吗？"

众人恍然大悟，齐声说："明白！"

前台递上国际快件："邱总，您的快件。"邱岩接过，拆封，呆住了，竟是一封全英文的录取通知书。

一辆献血车驶进了老夏的五金厂。夏厂长感慨："好家伙，你比你爸还生猛啊！"

王旭看看夏厂长，说："兵走险棋，干脆利落。电话里您可跟我说过，我对自己是有信心的。"夏厂长说："其他厂我保不准，我这里肯定没问题！几个月前刚体检过。"

王旭眯起眼："查在明面，至少我们先占主动！夏伯伯，大伙工作都做通了？"夏厂长开心地笑了："工人们都愿意配合，毕竟是免费检查么。"

大狗挤上前与夏厂长，王总打了声招呼，夏厂长问道："大狗，不晕血吧？"大狗咧嘴乐道："大老爷们哪能啊，我今天还要献 400cc 呢！"夏厂长一拍他："去吧！"王旭笑着说："验完血，凡是合格又主动献血的，玉珠集团都给奖金补助！"

夏厂长大声："要什么钱，大伙被那些新闻整得够呛，今天都给我献！"大狗叫："就是，咱不奉献谁奉献，来，先抽我的！"医护人员忙拦住："你还没化验呢。”夏厂长上前召唤工人，大家争先恐后地涌向献血车。

看到记者纷纷跑进厂内拍照采访，王旭微微一笑，自己也挽起袖口大步上前。不料，却出了个大糗……

王旭被老夏和大狗搀扶进办公室，邱岩焦急地进来。老夏关切地说：“王总，你这身体就不该献那么多。”邱岩接过话，回答说：“体质没问题，他在广西没日没夜的，昨天又熬夜没休息好。夏伯伯，有红糖水没有？”老夏说：“我去安排！”老夏拍拍还想关心的大狗，俩人忙出屋。

王旭苍白着脸冲邱岩笑笑，邱岩责怪道：“还逞强呢，脸都白了！刚才要不是大狗搀得快，你就一头栽在台阶上了。”

王旭充满期望地抬头：“我妈看见没有？”邱岩嗔道：“看见了，竖起拇指夸你这儿子能干呢！”王旭咧嘴乐：“绝地求生，力挽狂澜！咳，要是被我爸看见那有多好。”邱岩也扑哧笑起来，嗔怪道：“刚才还像个领导，现在一下子蹦回孩子了。你缺表扬啊？真是没长大！我帮你告诉干爸。绝对OK！”

王旭乐道：“你不知道，他什么事总是快人一招；他敢冒风险，抢当第一个。跟他比，我还是没长大，今天我就是要证明给他看——我会借力打力，我敢闯敢创，我也有远见卓识。”

邱岩心里有事，低头咬着嘴唇。王旭依然笑着，拽了拽她：“你再夸夸我！”邱岩笑着揉他头。王旭忙躲：“让你夸，没让你……哎呀。”王旭装晕，邱岩忙上前扶住他，王旭调皮地睁开一只眼睛眨了眨。邱岩笑着，又揉乱王旭的头发。

巧姑与骆天宝也在享受着自己的温情时刻。

商城里已开始收摊，骆天宝满头是汗，帮巧姑搬着货物。巧姑找了条毛巾，帮骆天宝擦拭了额头上的汗水。旁边几个女人开始低声说笑，指指点点。

巧姑察觉到了，回身弯腰在水盆中擦洗毛巾：“兄弟，以后别来了，还是忙你的正事吧。”骆天宝笑着说：“公司的事我已经忙完了。”巧姑递上毛巾，示意他自己擦一下。骆天宝放下箱子接过来，瞥了眼外面的人，这才明白巧姑的意思。

“姐，是不是有人说闲话？”

巧姑一笑：“姐不在乎。可你不一样，你还是个小伙子，没成家呢。”巧姑倒好热水：“歇歇吧。”接杯的时候，外面有人说笑着走过：“怪不得大光着急呢，也不知道这肚里孩子是谁的……”

巧姑手一颤，一动不动。骆天宝脸色一变，冲出去怒声叫道：“你站住！”巧姑忙一把揪住天宝把他拽进摊里，低声劝阻他别冲动。骆天宝情绪激动地说："姐，你一个人撑这么多摊位不容易，往后谁敢欺负你，叫我！"巧姑苦笑着说："不用，过些日子这几个摊就租出去了，姐开网店啦！"

骆天宝吃惊地看着巧姑："网店？能赚钱吗？"巧姑叹了口气，无奈地说："我想守着我爸踏实过日子了，天天对着电脑，就不会有这些闲言碎语了。"骆天宝有些手足无措："姐，我是不是给你添麻烦了？这些天我净想帮你，没想那么多。我……我走了！"

巧姑还想说点什么，但骆天宝已转身大步离去，巧姑又鼓起勇气让他等等。骆天宝停住脚步，巧姑拿着热毛巾过去，远处几个人窃笑着偷望。巧姑像没看见一样，大方地举起毛巾给骆天宝擦拭起来。

骆天宝尴尬得不行，要抢过毛巾自己擦，巧姑却坚持不给，一点点擦拭，仔仔细细地擦拭，像给自己的孩子擦脸一样。

陈金水家，巧姑愁苦的脸看着屏幕，陈金水俯身瞧着电脑问："卖出多少单了？"巧姑叹息："没几个单，我想在网上搞批发，可网购都是买单件。物流也不行，打款也难。爸，你别担心，几个摊的租金有百多万，够我们花了！"陈金水饶有兴趣地戴上老花镜瞧瞧："你给我讲讲，这开网店怎么个开法，人跟人不见面就把货发出去啦？"

"爸您看，这是小路给我做的网店门面，这就相当于咱开的一个摊位。买家看中咱的货，在电脑前这么一按，他的地址电话还有付款方式填清楚，我这边发货，他在家就能收。"

陈金水笑着点头："这不跟当年挑货郎一码事么？"

巧姑笑道："爸，完全不一样！两个时代的事，一个天上一个地下！"

陈金水指着屏幕说："你听爸讲啊，当年也是走街串巷，就靠你两条腿把货送上门，人家不用跑腿，在自家门口买东西。这一样吧？"巧姑怔怔地看着爸。"当年我们鸡毛换糖也都是单买单卖，哪有批发一说。只不过是有了这电脑，等于把我们挑的担子放到网上去了。巧姑一喜："哎爸，照您这么说，还真挺像的！"

陈金水拿过鼠标瞧屏幕："像就好办。挑货郎要想赚钱靠的是什么？一是你的货要硬气，经得住比，还能讨价还价。二是得靠你能吆喝，跟别人不一样。三是靠服务到家，拜四方交朋友，让人家觉得买你东西方便！"巧姑吃惊地看着老爸，忙拿过纸笔快速记下。

陈金水眯眼瞧着电脑，感慨道："不知道为什么，我看这网店，有种特别亲近的感觉。这电脑后面的买家跟我当年外面遇到的客人一样，图的是个方便。巧姑啊，你记着，将来要想把网店做起来，拼到最后就两个字，服务！”

巧姑瞠目结舌，望着爸的背影，露出吃惊欣喜的眼神。

四

杨雪这几天很忙。

四方视频会议上，邱岩的机智果断、轮换运用多种语言交流让她十分震惊！杨雪设法约邱岩来到距新火车站十公里外的后宅街道瑶铭山庄，这里环境优雅，鸟语花香，真是一个休闲的好地方。杨雪惬意地望了望漫山遍野的树丛，听着鸟鸣，闻着草香，品味着山庄自产的葡萄、山花梨，微笑着打量对面这个超级人才，邱岩大大方方地报以微笑。杨雪赞赏："别看只跟你聊了这么一会，我觉得你的心理年龄和实际年龄严重不符。"邱岩笑道："杨董真厉害，我的心确实比我身体长得快。在某一时刻，外面的世界就在它面前定型了。"

杨雪饶有兴趣地问道："什么时候？"邱岩想了想："我爸去世那年，我出国。"杨雪会心地点点头："我们两个同样有着海归的经历，我的父亲也只陪伴我到二十多岁。两个同病相怜的人，真的没有可能合作了吗？我跟江河同样遭受重创，但我可以告诉你，杨氏的危机已经解决了。我求贤若渴，出双倍的年薪，我需要管理专家、合伙人，附加条件我俩都可以谈。"

邱岩笑着摇摇头，从包里掏出一份文件递给杨雪。

巧的是，玉珠公司的小王正匆匆走过，她停下脚步，好奇地探望窗里的情景。

杨雪打开翻看，赞叹地说："斯坦福商学院在世界排名……"邱岩微笑："第一。前不久这还是我梦寐以求的录取通知书，我恩师极力推荐我去，但现在我选择放弃。"

杨雪惊诧地抬头注视着邱岩的眼睛："是因为玉珠集团？"邱岩："我跟玉珠集团不是雇佣关系，也跟金钱无关。"

杨雪试探地问道："因为王旭，还是因为你干爸干妈？但我们也可以成为很好的朋友，甚至姐妹。而且你不用做我的附属品。"邱岩一笑："杨董这话有点挑拨味道了。"

杨雪笑了笑，说："我真的一直在关注你，邱岩。"邱岩歉意地笑笑，接过通知书装好："很遗憾。"

杨雪想了想："咱俩这次见面，就当没有发生过好吗？我不想让他们知道。"邱岩大方答道："应该的。"

杨雪微微一笑，露出了不舍的目光。她俩谁也没有注意，窗外的小王正匆匆离去。

和邱岩的接触不太顺利，在阮文雄那儿，却是手到擒来。

杨雪与阮文雄签好了各自文件，递交到对方手中。杨雪长舒一口气："有您的支持，我总算可以回去向董事会交差了。"阮文雄笑道："消化这么大量的饰品和五金件，对我们来说确实从来没有过。"

杨雪感激地说："阮先生您这样帮我，我无以回报。今后杨氏会尽全力帮助你们打开国内市场。"阮文雄摆摆手，起身倒上丹溪酒："杨小姐客气了。"

杨雪警惕地加问了一句："阮先生……真不需要什么附加条件？"阮文雄笑着递上酒杯："杨小姐千万别多想。我阮文雄经商这么多年，靠的可不是趁火打劫。如果玉珠集团找我帮忙，我也会答应。只不过消化不了杨氏这么大的量而已。"

两个酒杯碰在了一起，声音很脆，又回味无穷。

阮文雄打开笔记本电脑："看来玉珠集团好像不需要我帮忙。"屏幕上出现了献血的场面，阮文雄指着正接受采访的王旭："这是他们的公子？"

杨雪点头："陈江河的大儿子。父子两个继承了祖辈拨浪鼓文化吃苦耐劳、讲求信义的好传统！"

"老子英雄儿好汉呐，危机公关做得很不错嘛。"阮文雄饶有兴趣地看着屏幕，"两个人都具有敲糖人勤劳、善良、正义的品性！性格执着而坚韧，行为果敢而顽强。这个家族有点意思，我喜欢！"

鸡毛飞上天

长篇小说

Feather Flies To The Sky

〔第三十二集〕

一

在妈妈面前，王旭永远只是个孩子。妈妈，从小至今，你都是我心中的太阳，是一个在天塌下来时顶住压力，不停挣扎、永不服输的女人，是一个柔弱的外表下，内心坚强无比的女人。

只有在其他女人面前，我们才会突然发现，一个大男孩，噌噌地长成了男子汉。

那天，邱岩在副驾驶位上接连打着喷嚏，一张张地扯着纸巾。王旭边开车边皱眉，心里直纳闷儿，怎么好端端的突然会不停地打喷嚏？邱岩从王旭疑惑的眼神就知道他心里在想什么，于是告诉他，自己跟妈去了美国，没在妈妈家住过一个晚上。开始住寄宿学校，后来自己勤工俭学，租住在满墙爬蟑螂那种潮湿阴暗的半地下室，于是落下了病根。然后，她突然双手变爪，吓唬王旭：“天黑老鼠就出来，我还养了一只呢。”

王旭却没有因为她开玩笑而变得轻松，而是把方向盘转了个向，面无表情地告诉邱岩，自己认识三溪堂国药房朱老板，朱丹溪后人，现在就到那儿去。邱岩吓了一跳，着急地说："不用，快回公司，我还得安排好多事呢！"王旭两眼盯着前方，一字一顿地说："从现在起，鼻炎治不好，我不许你上班！"邱岩着急，一再解释着不是什么大不了的毛病，不要过于认真，可王旭就是不停，并斩钉截铁地说："别废话，这次听我的！"

邱岩陌生地看着突然变成暴君般的王旭，气呼呼地望向车窗外，低声哼了一声，眼中却渗满了温暖。

地球另一边的莱昂，仍像一个惹了事不知该怎么办的小孩，只是不可思议地盯着手下，反复确认："陈江河在各国旅行？"

手下摊摊手，一脸无奈。莱昂有些哭笑不得，在屋中来回踱步："等见了面我要看他怎么解释。他今天就得来我这儿！"这时，电话铃声响起，手下忙去接听。

原来，陈江河已经回国了。莱昂吃惊地转身瞪着手下，颤抖着手抢过手机拨打。

里面却传来了关机声。他突然将手机用力砸向墙壁，怒吼："绕着我转这么多天，却不跟我商量怎么处理危机，这个疯子想干什么！"

和莱昂一样烦心的，还有杨雪。在杨氏总部大厦天台，杨雪愁眉不展地注视着手机，终于下决心拨通了。阮文雄热情似火的声音马上传了过来。杨雪歉意地告诉他，请他们在东南亚代销的协议恐怕无法履行了。没料到阮文雄却是一笑，丝毫没有怪罪的意思，问了一句："董事会没有通过？"

杨雪继续说："好在这份协议是草签，但已经给您带来了很多麻烦，实在是……"

阮文雄突然像变了一个人，声音强硬起来："阮氏从来不跟人家'草签'协议，签过的就要执行。"

杨雪怔住，一时间反应不过来。阮文雄那边却又传来轻笑，告诉她这话不是对她，而是请她转达给那些难搞的董事的。阮文雄说，即使杨小姐毁一百个约都没关系，他担待得起。杨雪感激的目光一颤："阮先生……"阮文雄却说，自己已在杨雪楼下，他劝杨雪千万不要从阳台往下望，有恐高症的人从高处往下看会眩晕的。杨雪惊愕不已，无声喘息着，拿电话的手微微颤抖。

杨雪急匆匆下楼，司机拉开车门请她进了后座。阮文雄微微一笑说："我已经猜到你的董事会很难搞了，所以特意赶来了。"杨雪目光警惕地说："我现在不得不怀疑，我的董事会是不是有您的卧底？"阮文雄拍拍她的手臂："想吃点什么？我可是饿着肚子赶到你这来的。"

杨雪一面打量着阮文雄，无奈地笑了笑。俩人来到一家西餐厅，两杯红酒碰在一起，阮文雄品了口酒，津津有味地吃着牛肉。杨雪没有一点食欲，阮文雄却一副胸有成竹的样子，抹了抹嘴："吃好了，才会有好心情。"

杨雪开始发问："你怎么知道我有恐高症？"

阮文雄轻描淡写地说"上次见面我送你下楼时，电梯停了一下，你的脸色就变得很难看。我觉得你很缺乏安全感。"杨雪感慨道："阮先生，您太可怕了。"

阮文雄一笑："哪里，就是敏感而已。我对接触过的人都有一种天生的直觉。"

杨雪回到正题，表示董事会没有通过协议，很遗憾。阮文雄反问她，问题出在哪里，杨雪无法作答。阮文雄凑近杨雪，轻声告诉她说，因为他们是你爸爸留下的人——老臣。他们在等你出错，所以欧洲的价格战你失利以后，老董事们在等着看笑话。你成本价把货转给我，他们一定要揪住这个把柄做篇大文章。

杨雪瞳孔放大，怔怔地看着阮文雄。阮文雄仍大口地嚼着牛肉，继续说：知道他们下一步要做什么吗？先推选一位德高望重的老人跟你抗衡，然后力主把货转向国内市场保住利润，暗中跟某些上市公司接洽吞并杨氏，许诺一个黄金降落伞，保证他们这些老人能够套利离开……

杨雪放下刀叉，慢慢起身，不可思议地看着阮文雄。阮文雄诡异一笑："干吗用这种眼神看我？"杨雪颤抖着嘴唇，强作镇定："根据我的情报，他们中已经有人在做了——政变、反叛！阮文雄……"

阮文雄连忙举起双手，发誓自己没有跟他们任何一个人接触过。

杨雪将他一军："那为什么你猜得那么准？"阮文雄无比诚恳："因为这些我都经历过。在我爸爸去世那年，我的元老们也曾经这样对付过我。而且比你的部下残酷得多。所以，我有一万个招数帮你对付他们。"

二

骆玉珠一进家门，一股苦涩的中药味就弥漫过来，餐桌上摊开了一包铁绿色的铁皮枫斗，骆玉珠吓了一跳，不知是谁病了，都用上了"还魂仙草"啦。只见王旭正忙着煎熬中药，说是邱岩鼻炎犯了。

骆玉珠感情复杂，自己十岁那年，郎中说"还魂草"能救妈妈的命，可是寸草寸金，妈妈还是走了。玉珠抱着胳膊靠在门边，他打量儿子问邱岩干吗去了。王旭弯腰调火，称邱岩在屋里写调研报告呢。

骆玉珠默默地看了会儿救命仙草，还有在笨手笨脚地用它煮中药的儿子，转身朝屋里走去。

邱岩正在房间里敲打着笔记本键盘，骆玉珠进了屋，关切地问她鼻炎的治疗情况。又笑着夸起了王旭："用铁皮枫斗给你熬药呢，懂得疼人了，挺好。这得感谢他爸，榜样做得好！"

骆玉珠又问她调研报告，邱岩说是干爸给她的任务，针对公司问题搞个调研，过两天就能看到了。骆玉珠若有所思，点点头："是该有个明白人总结总结了。如果有你爸爸那种高人在，我们就会少走弯路了。给干妈讲讲，调研出什么问题了？"

邱岩说："之所以出现这次危机，是因为我们平时聚焦于利润的增长，却不注重产品的更新换代。这是很多国内公司都有的惰性，就像温水煮青蛙一样……"骆玉珠苦笑："你一直在国外，不了解国内情况。所以你干爸让你调研还是有必要。"

邱岩怔住了，没想到她会说出这么轻飘飘的话。骆玉珠继续问邱岩怎么看待当初陈江河力主进军欧洲。邱岩说："我理解干爸的想法，进军欧洲，是以市场倒逼产品升级。欧洲各国商人对义乌商品特别感兴趣，尤其是小百货、饰品之类的工艺品。在马德里市场，60% 以上的工艺品都是从义乌进的货，但这中间却要经过很多环节，层层加码。如果设立一个专门为外国客商服务的机构，义乌产品就可以由马德里流向各国市场，而价格就由义乌供货商定，打价格战前，基本上是出厂价人民币一元，零售价一欧元，相差 10 倍左右。"

骆玉珠反问："但你不觉得你干爸求之过急了吗？"邱岩认真回答，问题不在这里，在于我们前几年没有跟紧国外市场，忽视了新材料的研发，所以才陷入被动，只能靠价格战取胜。

邱岩抬眼与骆玉珠对视了一下。骆玉珠道："不着急，国内有些情况确实不是想当然的，调研透了，你才明白温水煮青蛙有各种原因。"

正说得热烈，王旭推门进来，捧来了中药。王旭察觉到屋中硝烟弥漫，气氛不太对，怔怔地打量着俩人。骆玉珠笑笑："岩岩，有些情况其实你可以直接跟我沟通。"

王旭低声："怎么了？"邱岩抑制住情绪，笑一笑，接过碗，咀嚼时相当粘口，她艰难地喝下去，已经没有了那种甘甜味。

几天后，公司召开了一次新材料会议，让邱岩对干妈的话多了几分理解。

专家看着桌上一件件首饰材料，皱眉思索。陈江河、骆玉珠坐在桌子对面，邱岩站在钟教授一旁。

陈江河说，这些天国内外都找遍了，达标的新材料很难有现成的。转而问钟教授："钟老，您是首饰材料界的权威，您认为找人研制可行吗？"

钟教授说："既然欧盟出了新标准，那么针对新材料的研究团队肯定不少。如果把团队组建的视野转向全球，您应该能找到。但是，以我这么多年的经验，多久能研发出来没人能保证。也许半年，也许一年。您这企业能等吗？"

陈江河陷入沉思说："如果我们想要看见高山、星空，那就必须考虑站在高山之巅。我在商场滚打了这么多年，新的问题随时会出现。出现了拦路虎，只要我们及时处理。打持久战，把眼光放远，拦路虎就会变成温顺的绵羊！"

"我知道，陈先生，你也从来没有停止过学习，你胸怀远大，从来不计较眼前得失。我相信你，祸兮，福之所倚，福兮，祸之所伏。研制新材料，从根本上解决！"钟专家起身伸出手，称赞道："我佩服你们，你们先进的理念，执着的目光，都是做大、做强的基础，我祝你们成功！"

在家中，陈江河再次开始"绝食"。骆玉珠自己在楼下喝铁皮枫斗，两眼却时不时地瞄着楼上，忧心忡忡。只见赵姐托着饭盘下了楼，冲骆玉珠摇摇头。骆玉珠起身接过饭菜，自己送上楼来，陈江河坐在窗前闭目不语。

骆玉珠把饭往他面前一搁："陈江河，停工停产我已经答应你了，但现有的货能不能交给我处理？这样也能给你腾出些时间。"

陈江河一脸愁苦，仿佛没听到。骆玉珠又说："快到年底了，给员工发奖金的钱都没有着落，你这个董事长总得想想，跟着你的人怎么过年吧？"陈江河这才默默点头。骆玉珠乘机将饭往前一推："你还是一家之主，别老吓人行吗？"

陈江河摇了摇头，又将饭推了回来。

次日，家中的"困境"继续在公司延续着。骆玉珠在办公室皱眉听着电话，小王拿着厚厚的退货单走进来。骆玉珠边接过货单，边对着电话说："马上安排入住，明天上午我去酒店见他们，如果他们问欧洲的事，你就大大方方地讲，但要强调，我们对东南亚市场一直感兴趣……"

骆玉珠挂上电话刚要签字，诧异地翻看着退货单："这些国外的货单该由陈董签字，怎么送我这里来了？"

小王苦笑了一下："陈董……"

骆玉珠起身走向董事长办公室，走到门外就停住了脚步，陈江河正戴着一个大耳机，疯狂地骑着动感单车。骆玉珠推门进去，看见丈夫的背已经湿透，像水里泡过一样，再上前看看屏幕上的公里数，皱眉就把单车关掉了。

陈江河筋疲力尽地喘息着，瞪了骆玉珠一眼，重新打开屏幕，继续蹬起。骆玉珠转身拔掉插销，陈江河摘下耳机刚要发火，骆玉珠已经大步走出门去。

陈江河趴在机器上，上气不接下气地喘息……

回到家中，陈江河坐在床沿垂头不语。骆玉珠关心地问："是不是太累了？时差没倒好？"

天气热得要命，陈江河一言不语披上睡袍，进了卫生间。骆玉珠担忧地看着丈夫把门关上。陈江河出来后，看到床上的妻子，他来了兴趣，于是就扳过她的身子，牵住骆玉珠的手，骆玉珠抚摸丈夫的胳膊肩膀。陈江河翻身压了上去，骆玉珠搂住丈夫的睡袍，突然摸到兜里有什么东西。陈江河扳过妻子的肩膀，亲吻着头发耳垂。骆玉珠隔着丈夫的肩膀，怔怔地瞧着手中的药纸，极度地不配合。

陈江河察觉到了，停止了动作。骆玉珠目光冷峻，突然坐起来生气了："陈江河，我是你老婆。你较什么劲呢？有意思吗？"陈江河尴尬不已，烦躁地说："我跟自己较劲行吗？来！"骆玉珠拨开他的手："不来！今天就不来！没兴趣！"陈江河准备来点强势的，她立刻就坐起来，"神经病，强奸犯"脱口而出，陈江河恨不得马上死掉，骆玉珠还一直骂个不停："你有点出息行不行，别整天就想着下边事儿，跟我还要吃药吗？你这样与猪狗有什么两样？"

三

公司会议室里人员就位，邱岩将幻灯机打开。小王走近骆玉珠，压低声："陈董问，他是不是一定要参加这个会？他有点不舒服。"骆玉珠神秘地："你告诉他，参加完这个会就舒服了。"

骆玉珠冲邱岩示意，幻灯机打出了几类材料样品，王旭忙着给众人分发材料。陈江河沉着脸刚走到门外，一看屏幕上的投影，立马眼睛一亮，赶紧坐到骆玉珠身旁，冲她笑笑。

骆玉珠装作没看见，看着资料。

邱岩边放边介绍，我们寻找新材料已经扩散到全球范围，能够达到欧盟新标准的有三种，但专利权在人家手中，按照惯例，他们会喝干合作方的最后一滴血，那种合金成本也很高，近似于真金属。王旭补充，这些资料显示，我们国内现阶段的任何材料，都无法达到那么高的标准。

骆玉珠却说："不见得，光咱们义乌吴姐那个公司前两年就接触过新材料。你们问过吗？"旁边的陈江河也活跃起来了："同行间不好打听这种事吧？再说她那也够难的，人家会告诉咱们吗？"

骆玉珠走到门外，拨通了手机听着。大家只听她对着电话说："你知道欧盟的新标准对我们是个打击，这事可能也在义乌传开了……”

电话里，吴姐有气无力地告诉骆玉珠，找你王旭的母校——浙江大学的新材料实验室卢教授就行，他是浦江县浦南街道的人。她安慰骆玉珠说：“我会把他的信息发你，玉珠，别着急，找到他后，我相信你会渡过这个难关的。”

吴姐披发坐在奔流不息的义乌江边听着电话：“我们好久没在一块坐了，约几个姐妹见个面吧？”

“吴姐，我最近可能太忙了，等这阵忙过去，我负责约！”

吴姐露出失落的目光，伤感地笑笑：“哎！等你啊。再见。”

吴姐挂上手机，绝望的目光望向一去不复返的江水……

骆玉珠欣喜地看着手机上的信息坐回座位，将手机冲儿子那边一滑。王旭忙拿起来看：“我们浙大啊？这个我查过了，实验室正在研制一种新型材料，但不是做饰品的，而且还在实验阶段。”

陈江河提出问问看。王旭却摇了摇头：“那得做好思想准备。浙江大学的卢教授是全校闻名的倔老头，外号公鸡卢，听说我们校长都怕他。”骆玉珠好奇地问：“为什么叫公鸡卢？”王旭笑着解释：“是因为像公鸡一样好斗吧？反正学生都说这老爷子脾气古怪，就喜欢跟人对着干。”

次日，王旭陪着骆玉珠，出现在了“公鸡卢”面前。果然，一头白发的卢教授听后连连摇头，那几根头发像鸡冠般高翘着晃来晃去，脸部刚毅严肃，眼神里写满对抗。骆玉珠刚开始还拼命忍住笑，随后就露出了胆怯的神情，最后死盯着那撮头发，用来镇静自己。

卢教授咆哮着说：“荒唐！谬之大矣！我的材料是为国家尖端工程研发的，要用在高精尖的地方。你们商人用来做首饰，岂不荒唐！”

王旭耐心地劝说：“卢教授，我敬爱的卢老师，您看，浦江与义乌历史上是同一个县，今天，我们连义乌市政府的介绍信都拿来了！这不仅是商业上的问题，更是关系到咱们中国首饰行业脸面的问题。您出个价好吧？”卢教授更加激动了：“什么价？无价！王旭同学，亏你还是本校毕业的学生，怎么能张嘴闭嘴都是钱钱钱呢？”王旭还想再解释，骆玉珠按住儿子。

这时，卢教授的助手将一个礼品盒放在桌上：“卢教授，明天别忘了晴翠园！”

卢教授开心地笑了：“好的好的！”骆玉珠蹭到桌边，余光瞥了瞥，暗暗记住。卢教授下了逐客令：“这是最后一次接待你们！以后不要再来了！”

王旭情绪低落地从实验楼走出，骆玉珠双手揣兜思索着，继而告诉王旭："给你爸打个电话，告诉他我们不回去了。你们学校不是有招待所吗？不拿下他咱就在这里一直待着。哎，你看见那助手送他什么了吗？"

王旭发懵了："没看清。"骆玉珠盯着儿子："祝寿的，明天他生日，晴翠园。"

王旭哭笑不得："妈，我求你了！人家一身正气，两袖清风，视金钱如粪土，你还想拿钱砸啊？老皇历了，人家不吃这套！这是象牙塔里清高的大学教授！"

骆玉珠自信十足："再清高，他也不是喝露水长大的，也得食人间烟火！"

骆玉珠自言自语："这个世界就是这样，癞头皮背枪，枪打虎，虎食人，人抠鸡，鸡啄蜂，蜂叮癞头皮。人的爆发力是无限的，当你豁出命和脸皮来做一件事，这件事十有八九就成了。说不定我们会大获全胜呢。"

在大学校园的食堂里，骆玉珠吃得津津有味。王旭满头大汗地跑来，兴奋地说："妈！明天真是卢教授生日！六十大寿！"骆玉珠拿筷子点着："你们学校的菜还真好吃！赶紧给你自己打一份去。"

王旭起身要去，想起什么："对了，我刚跟上几届的师哥打听到，'公鸡卢'这个外号不是因为他的好斗脾气。"骆玉珠吃着："那是什么？"

王旭乐了："叫公鸡卢是他喜欢吃鸡！他家乡浦南街道有一种在竹林里放养的鸡，靠吃虫长大，很稀罕。有一次他回老家带回几只在楼下圈养，被邻居举报了，后来闹得挺大，全校都知道了。老头就得了这个外号。"

骆玉珠拍案叫道："好，他的老家离我老家城西街道很近，祝寿的礼物有了！"

四

在公司里，邱岩递给陈江河一张张货单说："这是我算出的最大召回货量，不算运费、手续费和分销商的杂费，我们也要损失四千八百万。"

陈江河冷静地说："我们扛得住。"

正说着，莱昂已经大踏步冲进了他的办公室。邱岩愣了愣，莱昂与她对视一眼。

莱昂微笑着冲身后追来的员工说："这也是我的公司，OK？我跟你们陈董是合伙人。"陈江河面无表情，上下打量着他。

莱昂搬过椅子坐在对面："邱岩，能帮忙上一杯咖啡吗？"

邱岩看了眼陈江河，转身出去。

莱昂直入主题："你不能没跟我

沟通就下决定，而且召回那么大的货量！这些工作由谁去做？我吗？”

陈江河纹丝不动，定定地听他咆哮。莱昂更激动了：“陈，我们是一条船上的，你该听听我的意见。”

邱岩端来咖啡，想提醒莱昂，又忍住了站在一旁。“你不能这样，陈，我知道错了，你是在惩罚我。但我们没有败。”莱昂有些歇斯底里，陈江河看了他一眼：“说完了吗？我马上要去市政府，跟领导已经约好了。你可以回去等，也可以在这儿等。”

莱昂赌气说：“好，我就等在这！”陈江河一指：“不是这儿，是会议室。”

莱昂无可奈何地瞪着他，起身出去。陈江河起身拿包，低声吩咐邱岩：“你也别理他，杀杀他的锐气。”邱岩会意地点点头。

从莱昂那召回的货物堆放在排列井然的义乌港货仓上，他本人却在玉珠公司冷清的办公室里。正值下班时分，员工们从容地收拾好有些凌乱的桌子，习惯性地整理了一下衣着准备离开。莱昂仰靠在转椅上，手指不安地敲击着桌面，这时，邱岩款款走来。

莱昂忙放下脚坐好，直直地看着她。在欧洲多次同甘共苦，让他们免去了许多客套。

“陈董临时有事不回来了，改天再约吧。”邱岩摊开双手说。

莱昂沮丧而又失落地说：“这是有意回避，还是给我一个下马威？我感觉一夜之间被你们所有人抛弃了。”

邱岩笑笑，心平气和地说：“莱昂，你不该自作主张降价。”

莱昂愤愤地说：“我不降价行吗？我当时面对的是一个强劲的对手，一切都来得太快了。”莱昂说，“围城必阙，困于铁桶里的人谁不想给自己砸出一个出口？否则，费尔南德会一口咬死我的。”

“虽然你暂时打败了费尔南德，却失去了我们的信任。”

莱昂说：“我负荆请罪。但我只对一个人道歉，对你。在他们的眼里一定以为你有责任，那是因为我。”莱昂恳切地抓过她的一只手，却被邱岩礼貌地推开。

莱昂盯着她：“为什么把那条项链退还给我？”

邱岩轻声说：“玉珠公司不会再跟你合作了！”

“那是玉珠公司，与你我无关。”

“不，我是玉珠公司的一名专职人员，至少现在还是。”

莱昂苦笑着说：“你会觉得我是个精明但并不狡猾的商人吧，费尔南德在各国的生意被我抢回来了。玉珠公司的名声已经被费尔南德搞臭了，按理说我该撇清关系了，可我还是回到这里，告诉你，完全是为了你。”

静默了片刻，邱岩乌黑的大眼睛平静地凝视着那对蓝眼睛，偶尔有下班的员工从身边陆续经过，莱昂笑着拿起皮包，走到她的身后，然后就自己先走了。

邱岩担心的是另一个男人，当然还有他的母亲。

鸡毛飞上天

长篇小说

Feather Flies To The Sky

〔第三十三集〕

一

浦江县白石湾石舍村，那漫山遍野的翠竹就是一片葱郁的精灵，也是这一群竹林鸡的乐园。生意场上的倒春寒与大自然的盎然春意，给骆玉珠的心理形成一个很大的反差，好在王旭、陈路、骆天宝也特意一起到竹林里抓鸡来了。

骆天宝与两个外甥把满院的鸡撵得东窜西跳，有的飞上果棚，有的钻进了藤窝。

王旭对打电话的骆玉珠说："真是风水宝地呀，翻过山就是义乌城西鲤鱼山。咱把这两边山头全包下来吧，动物植物全养起种起，再建几个大棚，造几间小屋，大规模种植铁皮石斛，马上行动！多清新惬意呀！"

骆天宝说："舅舅来帮你们看家护院，生态鲜猪供应给华统，再种点瓜果，养点鱼虾，新鲜无害，吃了养身，也放心。"

王旭要求舅舅出至少一成，爸妈六成，自己三成。

骆天宝说："不如你动员爸妈出资买过来，我们来经营。"王旭忙解释："舅舅，我们一家人都是明算账的。我18岁之后跟爸妈要的每一元钱，包括学费，都要打借条，以后要自己挣钱归还。"

在这深山冷坞，骆玉珠与儿子心有灵犀，在这里培植铁皮石斛。从姐妹们的通话里知道，吴姐家设在各地的玩具厂都停工了，她老公背着家里偷跑到外面赌，又欠了一屁股债逃跑了。吴姐面对一堆烂摊子，生不如死！其他同行的知心密友、合作伙伴也都遇到了这样那样的陷阱和坑洼，不是前方告急，就是后门失火。

商城白昼喧嚣；山庄夜晚寂静，夜凉如水。

晚风飘来野花野草淡淡的异香，骆玉珠披衣独自坐在白石湾农舍外望着夜幕，王旭坐到一旁，甜甜地叫了一声妈，搂着玉珠单刀直入就问："想我爸了？"

骆玉珠看着他笑笑："哪里，我躲还躲不过来呢，能想他？不过，好几天过去了，也没有他的一点音信，现在有点恨他了！"

"妈，我爸到底干吗去了？那么神秘。"

骆玉珠叹了口气："随他，我也不知道，反正不要被无常鬼抓去就谢天谢地了。"

王旭心里明白，妈心里的苦不是平常女人那种家里的寂寞，不是无人陪伴的孤单。自从陪伴着江河爸爸跳进商海的狂风巨浪里，她就接受了痛苦的抉择，尤其是情感上的折磨，更让人遍体鳞伤。今天忙里偷闲，难得带着亲人梳理一下自己的心情，明天，将又是全力以赴、整装出发了。

王旭突然问了一句："妈，咱家还有多少钱？"

骆玉珠反问干吗，王旭说，他要看看万一公司破产了，还有没有资本东山再起。他想抛弃已经沦为食物链低端的制造业，全力投入新材料、人工智能、医疗、生物、新能源、物联网、机器人、高科技硬件、环境保护、资源再利用等新兴领域。

骆玉珠说："算了吧，口号喊喊就行了。你出生时比保温杯大不了多少，你有几斤几两我还不清楚吗？"

"你总是瞧不起我。"

"因为你还没有到让别人服你的时候。"

骆玉珠用异样的眼神打量着儿子。王旭兴致勃勃地说开了，告诉母亲自己上大学时干了不少买卖，有很多经验和体会，别人根本想不到哪个活挣钱最多。骆玉珠来了兴致，问道："卖夜宵？租车？"

王旭得意地摇摇头："是给女同学送热水！别小看那几毛钱的利，架不住她们反复需要，我赚的是叠加利润。现在，年轻人越来越讲究生活质量了，饮食、茶文化、医疗保健、美容等等，我就设想先做这个服务产业！"

骆玉珠称赞道："胃口还真不小！"王旭收敛起得意劲儿，转而自信满满地说："当然，现在这么大危机，也张不开嘴跟你们要钱。妈，你信不信我会做得比你们还大？"

"吹吧，就凭你？"骆玉珠一拨儿子的脑袋，告诉儿子，"赵姐这次回来，我给她加钱了，而且给她老公也安排了工作。"

王旭皱眉回头："妈，量才用人我同意，但这工资绝对不应该加！"骆玉珠抬头默默注视儿子。

王旭又坐下："我明白，赵姨在你最困难的时候回来了，你没有想到，所以一感动就给她加钱。但是，妈，这是错的！"

"你不记得在杭州时，她帮过我们了？"骆玉珠耐心解释，"位置不同，命运也不同啊！赵姐跟老公做买卖吃苦受累不说，还要冒亏本的风险，选择离开，说明她心里权衡过，一定是我们给的钱不足以让她留下。"

王旭急着说，现代企业管理不能感情用事，妈应该明白这个道理。

"我们中国人是讲知恩图报的，滴水之恩，当涌泉相报。而且，大肚能容，容得下别人的缺点。"骆玉珠反问，"陈大光为什么走？小旭，你没有必要总是抓着生活中一些小事不放手。看到家里的一朵铁皮石斛花，一棵石斛种苗甚至于一滴水消失了，你都觉得那么伤感。日复一日、年复一年地思考一个无足轻重的问题——你永远也成不了顶天立地的男子汉。你为什么看不到阳光灿烂、鲜花满园！"

王旭半天回答不出："……因为他干了对不起咱们的事。"

骆玉珠意味深长："小毛病人人都有，他走绝路是被你逼的。"王旭惊住，呆呆地看着妈妈。

骆玉珠严肃地说："你爸觉得蹊跷问过巧姑，才知道有一段时间，陈大光回家总是骂骂咧咧的。我跟你爸在国外的时候，你没有尊重他，断了他财路不说，还侮辱人。你觉得自己优越，高高在上，恨不能把他踩在脚底下。结果呢？全都报应到了巧姑身上，你爸也失去了一位一起长大的跟屁虫。这是你想要的结果吗？这次陈大光的事，给你爸打击很大。"

骆玉珠感叹："树皮难剥，人心难摸。世上最难收的是人心，人心变了是看不出来的。你爸常说，心有多大，你的世界就有多大。他自己对身边所有人都是不抛弃、不放弃。"

王旭无法接受这样的说法，但事实又胜于一切。

爸总是战胜困难，成了笑到最后的一个！

二

骆玉珠这些天一直悬着一件心事，她必须在短时间里找到一种特殊的材质，来装扮万花筒般的饰品世界，让玉珠公司起死回生。卢教授是这方面的专家，但老先生的头脑里一直不看好民营企业的老板，骆玉珠几次上门都被挡了回来。

卢老教授的生日宴会在院落式的浙江大学迎宾馆晴翠园举行，大家纷纷举杯祝福卢老先生健康长寿，在一片杯盘交错的祝酒声中，一股铁皮石斛加上竹林鸡肉浓郁的香气飘进大厅，卢教授饶有兴趣地闻了闻，他顺着香味推开房门，又看见了那个不请自来的女人：雍容华贵，一身精致的旗袍，黑色的高跟鞋，旗袍的开衩处恰到好处地露出一双玉腿，是骆玉珠——来自义乌，一位风姿绰约的亿万富婆。她正蹲在大铁锅旁扇风，而衣着考究的王旭、骆父在帮忙，给她递上柴火。

看见卢教授朝她走来，玉珠上前恭敬地鞠了一躬："祝卢老先生生日快乐！"

卢教授一怔："你……你怎么找到这里来了？"

"您是我最尊敬的先生，我给您贺寿来了！不成敬意，我特地给先生烧制了您的家乡最具特色的、白石湾铁皮石斛竹林鸡。"骆玉珠说完，又向王旭他们使了一个眼色，王旭机灵地将热气腾腾、香气扑鼻的竹林鸡送到了先生的餐桌上。

众人齐声叫好："好香啊！好大的一锅。"

卢教授从王旭手中拿过锅盖重新盖上，手一摆："拿回去吧。"大堂上的人面面相觑。

骆玉珠说："我是诚心诚意地来祝贺先生大寿的……"

卢教授打断："卢某人不食嗟来之食，想吃，会自己想办法。"

此时此刻，骆玉珠露出了商界强人的直率强悍，突然发话："铁皮石斛绝种了，那竹林鸡恐怕更没地方买了，整座山头都被我们包下来了，承包期三十年。"

卢教授："你，威胁我。如果买不到鸡，我可以不吃。"

骆玉珠说："我不是这个意思，我是说您以后想吃，就非常方便了，我们专供。"

卢教授固执而无奈地摇摇头，走回席间："我佩服我们半个老乡的韧性，但也很恐惧。"

骆玉珠心里一乐——他已经承认跟我是半个老乡，骆玉珠不动声色把一脸灿烂的笑容送上，谦谦地说："老先生颂安！"又轻声嘱咐王旭他们先撤，由她留在这里继续战斗。

宴席散了，众人与卢教授告别，等候中的骆玉珠毕恭毕敬地站立于柔和的灯光下，像一尊女神，也像一名侍者。卢教授看见了她，就当没人似的径自离去。

骆玉珠追上，拦在车前:“卢教授，请留步，听我说一句。”

卢教授说：“你们生意人，为了挣钱什么手段都用上了。我闻不惯铜臭味。”

骆玉珠的心里一阵绞痛，她想到自己这些年来走过的路，经历过的事，点点滴滴都涌上了心头：我怎么会全是为了钱呢，自己的存款几辈子也吃用不完了，集团下属几千个职工，企业关联着遍布各省市的几千个家庭啊，我们是在做事业的啊!

骆玉珠铿锵有力地对卢教授说：“教授，你可以看不起我，看不起我们这些种田佬，看不起我们做生意的人，但你要敬重我们脚下的这片土地，还有我们可爱的国家。不错，我只是一粒不起眼的苋菜籽，掉在地上你甚至找不到它，但给它条件照样会在石头缝里长出叶子来。我三番五次地上门来找你求你，是因为在我的眼里，你们都是有本事的人，你们辛苦研究出来的成果都是我们老百姓的宝贝。以前没找你，是因为我没有走出过自己的家门口，后来我到了美洲、欧洲、阿拉伯、西亚等许多地方，回来后我感触很深，那些大胡子总是想方设法阻挠我们的发展，用各种理由和所谓的规则死卡我们，让我们中国的生意人受气、吐血。我们在一天天的煎熬里明白，国家才是我们最可依赖的靠山。”

“我知道你们发明一样东西所付出的心血，尖端的技术要用于国家的尖端项目。但你们不能把眼睛只盯在那颗荒无人烟的火星上啊，你不知道，有多少双老百姓热切的眼睛在企盼着你们啊。卢教授！普通百姓为什么那么容易地记住了袁隆平，因为他解决了中国十三亿人的吃饭问题。”

司机探出头来，好奇地看着这个滔滔不绝的女人，有些钦佩。他无意间碰响了汽车喇叭，时间真的不早了。

骆玉珠从手提包里抽出一张名片递上说：“你可以守住自己的清高，但我也得顾及自己门下几千口人的生计。”

骆玉珠礼貌地伸出手来，卢教授不加思索地握住。

“我对新材料本来不感兴趣，为这件事我还跟我丈夫吵。因为他想停工停产，把所有没达到欧盟标准的货都召回。您知道那有多疯狂吗？我怕失去我丈夫，没有人能理解他。我虽然是商人，可我也是个女人，想要这个家，我丈夫不能倒下！”

“没记错的话，这是我给您的第十张名片了。教授，我等您的电话，希望您能给我们带来福音。晚安！”骆玉珠又递上名片。

一辆车缓缓地停在骆总身旁，端

庄的她打开车门，疲倦地躺在后座上。

两辆车一前一后地驶出了饭店的大门。

西子湖畔的夜色，在车灯的流动里闪烁。这里的夜没有喧嚣，见多了义乌繁华嘈杂的夜生活，漫步在夜色下的杭州，这种慢生活节奏，安静低调的力量真让人向往。

杭州，是一个多么亲切而又充满诗情画意的地方啊！

加油！

三

莱昂在楼下等到了邱岩。

公司三楼的最后一盏灯熄灭了，邱岩快步走在大街上，抬头看看满天的繁星。感觉身后有由远而近的摩托车马达声。她没回头，凭第六感观知道是莱昂。

“知道你每天都忙到这么晚，不忍心打扰你，我一直在外面等着。”莱昂说。邱岩停住脚步，回身注视，问：“有事？”

“我请你去鸡毛换糖酒店吃饭。”

莱昂将车支在路边停下，深情地说：“想你。离开你的这些天，你像幽灵似的一直让我牵挂着。”

邱岩沉静地看着莱昂：“莱昂……”

“能不能请你喝杯酒，吃点夜宵？”

邱岩说：“我现在只想早点休息。”

“那我送你回家？”

“谢了，我自己打车。”邱岩伸手叫停了一辆出租车。拉开车门欲上车时，莱昂拦住她，认真地说：“我需要你的帮助，跟我走吧，去欧洲，我要开一个很大的公司。”

邱岩没点头也没摇头。停了一下，钻进出租车。莱昂大声地说：“陈家给了你什么好处？你真想做陈家的儿媳妇吗？你难道不知道，陈家这一年来已经彻底地焦头烂额了吗？”

邱岩没有表情，出租车启动。莱昂自信地望着车内的邱岩：“别瞒我，我知道你心里给他留了一个位置。但你也应该给我留一个空间，给我一个公平竞争的机会，我会击败他的。”莱昂说完猛踩了一下油门，箭也似的向前冲去。

面对狂妄的莱昂，邱岩对司机说：“师傅，赶上他，我加钱。”

出租车一晃，与摩托车并排而驶，邱岩摇下车窗，大声地喊：“莱昂，你先打败自己吧！”

出租车朝空旷的大街疾驶而去。

几天后公司的办公大厅，前台工作人员喊道：“邱总，你的玫瑰花。”

一大捧艳丽的玫瑰像一堆诱人的火焰摆在桌上，公司的人齐声发出惊叹：“哇——”

邱岩在羡慕的目光中走向前台，从那一堆红色里抽出一张贺卡，上面写着："用西方最传统的方式加上中国最虔诚的表白，来传递我最神圣的心愿！莱昂。"

邱岩忍住湿润的泪水，心头流过一阵暖流。

王旭强颜欢笑，他看到了最不愿意看到的这一幕，那束红玫瑰的光芒刺痛了他的目光，一个与他一路走过来的姑娘，自己刻骨铭心的心上人，正被一个外国人的问候感动了，他有些内疚，有些嫉妒。

邱岩给莱昂发过去一条短信：谢谢你的祝福，我会在今后的岁月里记住它。王旭走进来假装接水，偷瞥了一眼，强颜欢笑说："都什么年代了，送花是上个世纪追女孩的招数吧？"

"对女人而言，鲜花什么时候都不会过时。"

"哦，对了，我让员工把花搬门外去了。你的鼻炎对花粉过敏。"

邱岩皱眉瞪着王旭："我暂时努力相信，你是因为关心我。"

王旭笑笑，走近碰碰水杯："我不相信这花对你那么重要。"

邱岩转身望向窗外，喝了口咖啡："你怎么知道？"

王旭："我还不了解你吗，你在乎什么不在乎什么？咱俩一起长大的。"

邱岩对王旭说，这段时间莱昂在考中文六级，他还建立了专门介绍义乌的西班牙网站，定期更新自己的所见所闻，让更多西班牙人了解中国的同时，推荐价廉物美的义乌小商品给西班牙人。因为一家电视台的关注，原本一个星期才 200 人的阅读量，一夜之间提升到了一周 6000 人的访问量，得到了两百个客户的询价。

看样子这个外国佬铁了心要在中国待下去了。

"邱岩同学，咱俩好像好久没交流了。"

邱岩抬眼注视，惊讶地："啊，原来你知道。"

"我这些日子不是陪我妈去找新材料了嘛，有工夫我带你去那片竹林看看……"

邱岩的手机又响了一声。

王旭懊恼地转身走进自己办公室，门被关上。

邱岩的大眼睛看着王旭，他又妒忌又赌气地假装在看电脑。

在义乌港，莱昂手里拿着报单夹，微笑看着邱岩走来。

邱岩大方地说："莱昂，谢谢你的花！"

莱昂："喜欢吗？"

邱岩："但你的花给我带来了困扰。"

莱昂："为什么？"

邱岩指了指集装箱："这么多货需要召回处理，我还要代表玉珠集团跟你谈价格，谈损失分担。那些花在别人眼里就算是贿赂。”

莱昂尴尬：“我没想到。”

邱岩一笑接过报单夹一拍他，大步走去：“所以，以后别再给我惹麻烦了。这些货登记了吗？”

莱昂被邱岩的聪明洒脱折服，感慨地看着她的背影，快步跟上。

邱岩余光瞥了眼远处，王旭躲靠在集装箱后，正偷看着这边，随后，他摘下墨镜满脸懊恼。

第二天，王旭对莱昂提起他考中文六级的事，主动说要帮他请个浙大毕业、专职的中文老师。

莱昂用异样的眼神打量王旭，问：“为什么？不会是你不想让邱岩教我吧。”

王旭心里在痛骂：“莱昂真不要脸皮。”嘴上却好心地说，邱岩在美国学的是美式中文，不正宗的。到时候别人会把四块钱的货卖给你十四块，你等着吧。王旭想起什么：“怪不得邱岩说你脑子不好使，怎么教都教不出来。”

莱昂瞪眼：“她说的？”

王旭：“有篇最简单的古文，我本来想教你背，邱岩说算了，莱昂连基本功都没打好，再怎么逼也学不会。”

莱昂不服：“什么古文？你说！”

王旭递过一张打印着文言文的纸条对莱昂说：“行吧，你既然这么上进。我给你讲讲，这是我们中国很有名的一段古文，记叙了一个很有趣的生活小插曲：有个叫季姬的小孩特无聊，看见荆棘丛里的野鸡就逮回来养。鸡饿了叫叽叽，季姬就喂它们。吃饱了，鸡跳到季姬的书箱上，季姬怕弄脏驱赶鸡，鸡吓坏了，就跳到桌上，季姬更着急了，就打鸡，却打中了桌上的陶俑，掉地上碎了。鸡躲在桌下乱叫，季姬一怒之下，脱下鞋把鸡打死了。季姬激动起来，就写了这篇小文。能流利地朗读出这篇古文是学习中文的基本功，就像学二胡的首先要拉好《二泉映月》是同一个道理。哪天你上台给邱老师一个惊喜？”

莱昂双手一拱说，我会努力的，在不久的将来。

有一天，莱昂与邱岩、王旭偶尔来到商城广场的外语角，挤进了最为热闹的那圈人堆里。在这里，几百个不同肤色、不同语言的人们经常一起运动，一起听歌，一起看电影，一起做环保，一起做公益。

莱昂接过了主持人的喇叭，用熟练的汉语说：“请让我朗诵一篇古文，献给教我汉语的邱岩老师，献给我的第二故乡中国义乌。”

接着莱昂就声情并茂地用汉语大声地背起这节古文：“季姬寂，集鸡，鸡即棘鸡。棘鸡饥叽，季姬及箕稷济鸡。鸡既济，跻姬笈，季姬忌，急咭鸡，鸡急，继圾几，季姬急，即籍箕击鸡，箕疾击几伎，伎即薊，鸡叽集几基，季姬急极屐击鸡，鸡既殛，季姬激，即记《季姬击鸡记》！”

广场上的人欢声雷动，一阵热烈的鼓掌。

莱昂即席发表演说：“《我爱你，我的第二故乡》。在义乌，提起市场建设、摊位租金，提起联托运业、划行归市、打假治劣等等，市政府都采取了强有力的措施手段，保持了强有力的权威，给我们外来经商者以同城市民待遇。义乌是我们经商人的乐园，外省人、外国人几乎没有禁区，更无尊卑的称呼，许多公共设施的建设都照顾到了我们外来经商者。感谢你，我的第二故乡！”

邱岩身着吊带裙上前祝贺，庆贺莱昂中文学习上的突飞猛进。

光彩夺目的邱岩给王旭说起了自己对莱昂的印象：“这个渔民后代真的喜欢义乌了。这次商品召回风波，莱昂很不情愿，损失也不少，但有了他的配合和帮助，我们确实减少了很多不必要的麻烦，排除了从欧洲发回国内的障碍。”

王旭将郁积多日的怨气发泄出来：“所以你施以美人计；其实，假如没有他帮忙，这件事情我们也能办好。”

邱岩怒了：“算我看偏了眼，我本以为你从山里出来长大了；没想到，你还是原来的大块头、小心眼，我很失望！”她气得转身就走。

王旭说：“我怎么了？你为什么对他那么宽容，对我却这么苛刻？”

邱岩停下脚步说：“如果你愿意把自己尺度放低放低再放低，我可以对你更宽容。”

她甩下一个背影，头也不回地走了。王旭大声喊道：“邱岩——”

四

直到来到那个阳光和煦的竹林里，王旭才有了给邱岩道歉的机会，告诉她自己真的非常在乎她，也正因为如此在乎，智商也下降为零了。偏激和狭隘是男人的通病，请原谅自己对一个圣洁女神的伤害吧。三句好话出口，邱岩心里的气也就消了。

王旭指着眼前这片无边的翠竹说：“看，石舍竹林，这就是咱家包了三十年的山林。这里没有城市的喧嚣，没有钢铁的碰撞，没有尾气的污染，没有残酷的倾轧。如果哪一天，爸妈的产业不做了，我就归隐山林，在这里寄情山水，办个山庄，搞一个铁皮石斛研究所，搞餐饮，办养老，做旅游，讲养生。”

王旭转身向义乌鲤鱼山方向奔去。白石湾的美，美在它的绿。长长的月伢湖，给人一种碧波荡漾的感觉，一眼望去，湖两边山崖上是浓浓的绿，山上的植被很特别，枝枝蔓蔓，缠缠绵绵，就在你所走的林间小道上……

邱岩找不到王旭，喘息着停下脚步四下环望，喊道："王旭！王旭！"

"在这呢！"王旭惬意地坐在高处冲她笑。

"无限风光在险峰，你不上来别后悔。"

邱岩迟疑地扒住树干往上艰难地爬着，王旭探身向下伸手够着，两只年轻的手终于握在了一起。

王旭用力一提，邱岩一个不稳扑在他怀中，两人差点摔下去。

"清风明月，松茂竹苞。听溪水潺潺，看层林叠翠，不亦乐乎！在这里种铁皮石斛，我回头马上注册一个商标。"

"林壑优美，鸣蝉声声，地老天荒的深山老林，就用'深山'吧。"

"原始森林采来的种苗，就用森林的'森'。"

"好，森山！"

邱岩缩着双手在王旭怀里一动也不敢动，两人感受着对方的气息，目光越来越异样。

邱岩转头望去，惊呆了，夕阳斜挂在西山，云霞映红了枝梢。

王旭喃喃地："小时候呀，在火车道附近的山坡上种了好多树，我爸跟我爬上去，他就这样搂着我一起看着夕阳。"

王旭伸出手把邱岩搂进怀里，两颗心跳在了一起，让他们暂时忘却了商场上的刀光剑影、尘世里的乌烟瘴气。

山林的鸟鸣是如此的美妙。

两人被夕阳笼罩，痴痴地凝望着如画美景……

五

晚秋的西溪湿地，午后的太阳温暖地轻抚着过慢生活的人们，芦苇素净淡雅，远远望去如同一片飞雪，一只带篷的木船在芦苇荡与矮木丛中穿行，船上播放着"祝英台十八里相送梁山伯"，艄公慢条斯理地摇着桨，船头的涟漪一圈圈地往外散去。清风一吹，白茫茫的芦花下面，便上下起伏，露出了红灿灿的一片苇叶。

乌篷船里倚窗坐着阮文雄和杨雪。案桌上有几碟冷盘小菜，杨雪开启了一瓶蓝带白兰地，各倒了一杯，文雅地举起，微笑着说："敬你！"

阮文雄接过酒杯："眼下极目山河、鲜花美女、天然氧吧、愉悦的心情、潺潺的流水，难得有这少有的清静，真该痛快地喝一盅。"杨雪莞尔一笑："一场绞杀，终于有了眉目，拜你所赐，没有你，我不可能对公司董事会成功大换血，现在的杨氏集团才真正属于我了。”

阮文雄意味深长地说：“但因为你的优柔寡断，你没能敢动那几个老头，这帮人将来会是你的心腹之患呀。”

“他们都是叔叔伯伯一类的长辈，对他们实在下不了手。”杨雪苦笑、无奈，“不过不管怎样，我都应该谢谢你。”

阮文雄轻蔑一笑：“不成敬意，小菜一碟。”

两只酒杯一碰，一饮而尽。重新斟上。

杨雪说：“你的一招一式，都非常老辣，我想，当年的你肯定是从刀尖上走过来的。”

阮文雄狡黠地说：“这么美的地方，我们就别聊那些暗算和谋略的话题了，那样心境不免太沉重了。”

杨雪脸如彩霞，娇气地说：“我要听。”

阮文雄平静地叙述了他的家史：“我们阮氏家族是一个庞大的家族，在商场长期搏杀和冲浪里，形成了家族传统的家风，即为了达到既定的目的，会不择手段地去施展自己的才华，并善于用那种温情脉脉的外表，去实施腥风血雨的杀戮。我们的祖辈会像驯服一只凶狠的狼狗一样驯服他们的孩子，遇到任何一个强大的对手，我们都会毫不留情地扑上去，盯住软肋，往死里咬住不放。我从小受到父辈商战的熏陶，即使面临着一场来势汹汹的泥石流，我也要勇敢地冲上去战胜它。我们要用成熟的姿态进入决策层，所以当我们长大成人以后，一个比一个心狠手辣，一个比一个洪福齐天。但我不喜欢我们的家族，它太冷酷了。”

阮文雄双眼低了下来，似是碰触到了伤心事，长叹一声仰头喝尽。

杨雪静静地听着，像迷恋于一段传奇的经历。

阮文雄说：“我的老父亲就是阮氏的掌舵人，你知道我父亲死的时候，我一点也不伤心，我只有恐惧。因为那个一直护我训我的人没了，从此我只能靠自己了。父亲死后，有多少人在盯着阮氏掌门人的位置，他们给我设下了无数个陷阱和圈套，急切地等着我跳下去，套起来。如果不是我的二叔帮我，我肯定活不到今天，是他教会我面对残酷，面对那些比你狠的人，不要低头、不要眨眼，这才会有机会赢。你不整死他，下一个死的说不定就是你。”

杨雪说：“阮氏是一个传奇的家族，而你，是一个有故事的人，我只会受到一些启发，但永远也做不到你的高度。”

阮文雄自信地说：“因为你是一

个女人，按理说你需要的是呵护和宠幸，不应该冲杀和闯荡。但我喜欢你这样的性格。”

两人无言以对时，阮文雄喷射出火辣辣的目光，船舱里，杨雪把视线转向茂密的芦苇丛，两只水鸟突兀飞出……

阮文雄伸了一个懒腰：“哎，喝多了，身在江湖河海，还是讲讲陈江河吧，讲讲你和他的故事，我爱听。”

杨雪怅然若失：“都是过眼烟云、稍纵即逝了，没什么好聊的，这一页对我来说很难翻过，但一切都过去了。”

“当年的你，有着那么耀眼的光芒，我相信，他曾经把心思牢牢地拴在你的身上，你的心里也一直留着他的烙印。对一个敏感的女人来说，是幸福，也是痛苦。”阮文雄说，“他一定竭尽全力保护过你。”

杨雪目光一震，抬眼注视，想不到一个性情冷僻的粗犷男人，也有如此风花雪月般的体会。

杨雪有些失神：“没有，他保护的是另一个女人。”

阮文雄不解，凝望着问她：“那他为什么会让你这么牵挂而念念不忘？”

杨雪想了想，嗫嚅道：“因为……冤家……”她转头痛苦地把目光投向远处，“因为他是我第一个愿意把心交付出去的人，一个千金小姐与放牛郎的故事，我总以为他会接受的。那两年我们并肩在风雨里滚爬，南下北上，他教会了我许多东西，他更让我明白了：这个世界上有很多墨守成规的法则，都是人生的绊脚石；我也明白了，有时自己可能会在污泥浊水里挣扎，但在内心深处始终要给自己腾出一块圣洁的绿洲。在那个女人出现之前，我竟然可悲地认定自己要嫁给他，要给他生儿育女，要和他白头偕老……”

杨雪痛苦地闭上眼，一口喝尽了杯中之酒，倒满一杯又一口吞下。

阮文雄阻止：“杨雪，别这样自贱。有机会我一定要会会这个人，在竞技场上，只有碰上强硬的对手，方显我英雄本色。”

趁他不注意，杨雪已经把剩下的半瓶蓝带白兰地灌进了嘴里，一头倒在船舱的小桌上。

夕阳西沉，乌篷船静静地停靠在岸边柳树下，昏迷中的杨雪醒来，一船的碎光水影。阮文雄走了，艄公点火起炊去了，桌子上有张纸条，是阮文雄留下的，上面写着：

“酒醒不知何时何处，人在杨柳岸晓风残月，谢谢你的相陪相伴，董事会的几个老人，不宜心软，尽早清除。”

六

骆玉珠急匆匆赶到卢教授实验室，焦急地敲开房门，助手打量一眼，笑嘻嘻地侧身让进。

王旭对母校的巨额捐赠和投资，成了高校与大型企业合作的典范。

卢教授的团队把新型环保高塑性合金材料研发成功了，倔老头最终还是被骆玉珠说服了。卢教授竖起头发宣布："环保型金属饰品高塑性锌基合金材料，有毒成分远远低于欧盟最新标准。"陈江河和骆玉珠听了开心极了，天无绝人之路啊，他们一扫多日来的阴霾，看到了希望，看到了企业重生的曙光。

卢老先生把近年来最看好的研究成果给了这个民营企业，当骆玉珠在实验室的玻璃罩里看到闪着银光的标本材料时，两眼发光，就像见到了走失多年的儿子，重新回到了自己的身边。互联网时代，一切都在快速地运转，材料更新快，式样翻转快，资金周转快，大脑反应快，快、快、快，不快就跟不上时代脚步了。

当陈江河把新型环保饰品材料带回集团公司时，全场一片欢腾。因为这一场伤筋损骨的国际风波，玉珠公司的名声受到毁灭性的损害，陈江河把公司名称改为"新玉珠"，新材料有了，公司重新起步了，新玉珠仍旧是同行里的龙头老大。

陈江河意气风发地宣布：组织卓越的管理层和有贡献的员工到阿联酋的迪拜城旅游。那里是穆斯林酋长国，一个富得流油的地方，到黄金街上买黄金的人就像我们买一棵白菜一样的随便，咱们必须住最豪华的帆船酒店。当然，去的人有一项重要任务，要从那里带回我们"新玉珠"公司有用的东西，这叫工作旅行……

大家听了又一阵欢呼。

这时，陈江河接了一个电话，是杨雪从游艇码头打来的。阮文雄像猫捉老鼠一般，手持红酒从游艇探身，微笑地望着杨雪，杨雪在游艇码头报完信，强颜欢笑上船，阮文雄绅士般牵住了她的手。

陈江河的脸色变得越来越难看了。杨雪告诉他一个十分可怕的消息，阮文雄已经拿到由玉珠公司赞助、刚试验成功的新材料。他的团队已经可以大批复制，杨雪想第一时间让陈江河知道。

陈江河一下子懵了，如果阮文雄手里有了这种新材料，那么对于新玉珠公司来说，一只煮熟的鸭子就飞了。

陈江河要尽快找到其中的来龙去脉，要有一个有效的对策。首先想到的就是知识产权的侵权问题，律师摊开双手表示无奈：专利申请过程中被侵权不予受理，况且玉珠公司还没来得及申报，白白地被狐狸般的阮文雄钻了一个大空子。

七

陈江河现在急于想知道的是，究竟谁走漏了消息？是内鬼还是外奸？从头到尾一个个梳理：卢教授？他的三个助手？公司的于副总？司机小李？……想想，还有谁？还有邱——在真相没有大白之前，谁都在可疑之列。

在海洋商务楼里的阮氏集团办事处，阮文雄稳坐中军帐，自信地对杨雪说："两个月前我跟你说过，陈江河迟早会来找我。这个诺言很快就能兑现了。"

阮文雄温情脉脉地凝视忧心忡忡的杨雪，撩拨她的头发闻香。

"刚才给谁打电话？"

杨雪摇摇头："朋友。"

阮文雄一笑："我帮杨氏渡过了这场危机，又陪你到西班牙收拾了残局，还把那些威胁你的老董事踢出局。你还拿我当外人？我本将心向明月，无奈明月照沟渠。"

杨雪内心充满矛盾，迟疑不决："文雄，能不那么锋芒毕露吗？"

"你不懂，这是生意场。"

杨雪无语，手被阮文雄有力地攥住了。

门外有人敲门，是陈江河和骆玉珠。

阮文雄笑声朗朗，引夫妻俩步入有着宽大落地窗、带有吧台的会客厅："非常荣幸二位能光临寒舍，蓬荜生辉，蓬荜生辉啊。"那边杨雪已经利索地将茶水端上，礼貌地笑着："请用茶。"

陈江河认真地看了一眼杨雪，与骆玉珠交换了一个眼色。

骆玉珠说："阮先生在我们义乌设办事处，是想把家安在这了。"

阮文雄说："不是想，是实实在在在这里安营扎寨了。我是爱国华人，这叫叶落归根。"

陈江河取出一个合金材料摆放在桌上，注视着阮文雄："给你看一样东西，想必阮先生不会陌生。"

阮文雄假意拿起端详一番，对杨雪说："雪儿你看，这跟我们捷足先登研发的高塑饰品合金不是一模一样吗？你们是从哪儿得到的？"杨雪盯住陈江河尴尬一笑，不知怎样回答。

骆玉珠冷冷地说："阮董，假戏真做，别再演了。"

陈江河说："以阮董的身份，这个偷字，可跟你这种境界的人不般配啊。"

阮文雄镇定自若一笑："不瞒二位，是有人送来的。这就叫作人缘，谁让我情商高，朋友遍天下呢。也可说是'踏破铁鞋无觅处，得来全不费工夫’。”

骆玉珠说：“谁？”

“我能说吗？我会那么傻告诉你吗？”

骆玉珠急了：“你们这可是侵犯了我们的利益。”

阮文雄摊开双手说：“有这么严重吗？坦率地讲，我也很矛盾，知道这个‘金属疙瘩’是宝贝，欧美新标准定得已经非常苛刻，而这块材料的各项指数是他们最理想的，也是我们供货方最放心的原料。你我心里都明白，难得啊。”

骆玉珠说：“这是我们跟大学实验室合作研制的，受法律保护。”

阮文雄说：“我洗耳恭听，如果真是像你说的话，你可以向法院起诉。可据我所知，这项宝贝连专利的批文都没下来。陈董，我没说错吧？”

骆玉珠要急，陈江河按住妻子的手臂。

阮文雄一笑，拍拍杨雪的肩膀说：“杨雪几次都劝我，应该和你们合作，大家都是生意场上的朋友，她的话我向来是当圣旨的，不然我早就宣布出去了。”

在这种尴尬的场合抬出自己，杨雪很不自然地去吧台加水。

陈江河说：“怎么个合作法？”

阮文雄说：“好，我就喜欢快人快语。上次与陈董视频会议，我就看出了你的领袖魅力，是一个能干大事的人。这里我也给二位交个底，阮氏家族不光做贸易，还有矿山、房地产、金融、保险……我只是家族的代言人而已。”阮文雄竖起小拇指掐住指尖，“而饰品只占这么一点，冰山一角。”

骆玉珠说：“阮先生财大气粗，瘦死的骆驼也比马儿大。”

阮文雄说：“你们欧洲之争我一直在观战，其实大可不必。杨雪的贸易擅长于百货、服装，而你们玉珠公司更偏向五金、饰品。听说你们跟德国人的合资厂就要出产品了，可贺可喜，佩服。我希望将来阮氏的贸易分成两部分，就交给你们两家来做。”

陈江河和骆玉珠交换个眼神：“阮先生真会说话，明明是阮氏企图并吞我们，却被说成交给我们来做了。”

阮文雄伸展双手大笑：“大家合作嘛，哪有谁吞掉谁的。雪儿比你们开明，她从来没有这么认为。”

陈江河以询问的目光看着杨雪，杨雪看着他处回避。

骆玉珠毫不示弱，用坚定的语气反问：“如果我们不答应呢？”

阮文雄笑笑，指着那个合金材料的标本说：“很简单，那只能让它发言了。”

“听便！”骆玉珠和陈江河立即

起身，夺门而出。

杨雪送他们俩到电梯口，低声快速地对陈江河说："你们千万要小心，你斗不过他，他是我见过的最有心机、最有手腕的人。他背后的家族实力也不是你想象的。"

陈江河说："你就那么顺从地听凭他的摆布，把自己苦心经营的事业断送在他手里？"

杨雪说："我只想背靠大树好乘凉。董事会想借危机对我发难，否决把货物转销给阮氏。短短两个月的时间，阮文雄拉一派打一派，生生地把我的董事分化内斗，最终清除了反对我的元老派。"

陈江河恳切地说："杨雪，尽早离开他。"

杨雪凄然笑了笑："为什么？这不正是我爸期望的吗？"

陈江河百感交集，一个在患难中结交的女人，由于种种原因，在往后的日子里一直缠绵于心，他不愿意看到喜欢过自己的人陷入泥淖，不愿意在自己的视线之内看着她沦落下去。

电梯门很快关上了，杨雪愣愣地看着电梯的指示灯数字走到底层。

夫妻俩走后，杨雪回到会客厅，阮文雄以一个胜利者的姿态躺在沙发上吐着烟圈："雪儿，你现在比任何一个人都了解我，但肯定有些畏惧，商战就是大鱼吃小鱼，有你无我呀。我是多么希望今后让我去冲锋陷阵，生死搏杀；家里有一个像你这样美丽贤惠的女人，来坐镇后方，来安慰我激烈跳动的心呀。"

"恐怕我接不住，没能力安慰你——这世上没几个人能接得住你的心吧！"

阮文雄眼神里透出一丝可怜："这是你心迹显露后的拒绝吗？"

杨雪说："对不起，阮先生，我先回去了，去集团处理一下事务，等我约你，再见！"

阮文雄悲哀的目光注视着杨雪，他上前轻轻抱住杨雪拍了拍。

杨雪转身离去。

阮文雄孤独地凝望她的背影……

八

心力交瘁的陈江河夫妇回到家，疲惫至极。骆玉珠泪水无声地淌落。陈江河洗净脸出来，看着爱妻伤心欲绝的样子，心里也像挂了块铅一样沉重。

回想着这一年多来为了玉珠公司的生存发展，夫妻二人几乎使出了浑身解数，虽然事业一年上一个台阶，但困难也是一个接着一个。如今别墅、孩子都有了，也挣下了几亿的家当，可眼看又将化为乌有，夫妻二人都有种身心俱疲的感觉。

夫妻俩看到，这个原先破旧落后的小县城，在逐年的高速发展后，如今已成了一个现代化的商贸名城，世界的商人在注视着它，各国财团的决策层也在注视着它。从这里发布的“小商品指数”，不再只是商品交易价格、数量的变化，市场景气状况、繁荣程度和市场信心的反映，而且预示着全球经济的冷暖变化，攸关各国经济的健康发展。自己是从山区农村走出来的泥腿子，因为米缸里的米没了，指望着买盐买酱油的母鸡又不下蛋了，工分簿上的工分又不可能马上变成流通的人民币，于是不得不离开故乡，风餐露宿，贫困交加，流浪全国，饱尝了岁月的风寒，体味了世态的炎凉。

玉珠公司当初播下的种子和希望，几十年过来，如今成了这座城市一家有名望的民营企业，路也越走越远了，出趟国比当年到“镬灶堆”（灶膛）添把柴火还便当了。

树大了，招的风也多了，惹的麻烦也大了。看同行的兄弟姐妹们，有走到前头去的人，有在汹涌的潮头上淹死的人，有安于现状的人。以前背锄头除草的凡夫俗子，眼下要着手应对国际金融危机、股票的涨跌红绿、商场的刀光剑影、人间的尔虞我诈。几十年来，兵来将挡，水来土掩，天地玄黄，宇宙洪荒，十八般武艺齐上阵，可有时总感觉力不从心。但走到这一步，开弓没有回头箭了。

公司里几千人能聚在你的旗帜下，是因为他们看得起你，尊重你的人品，崇敬你的德行。在难关面前你能咬断门牙往肚里咽，吐出的却是一口血水。

陈江河想到了刚刚承包三十年的那一大片山地，在田园牧地里种种庄稼，养养花草，豢养猪牛羊，放游红鲤……尤其是办一个农场，用现代的理念办现代的农业，培植一大片铁皮石斛，用天上人间的仙草，提升百姓大众的健康，这应该是一个很有前景的产业。

白石湾石舍，你的景色如此秀美、色调如此斑斓，你的环境是如此独特，或许是上天的刻意创造，我们真是相见恨晚。

商城的不眠之夜，有多少人在辗转反侧之中。骆玉珠已经把两人的被子都搬回床上了，自己躺在了一侧。在宽敞的大床上，陈江河和衣而眠，窗外是一路沉寂的灯光。而夫妻俩的眼前，总是浮现出阮文雄潇洒的外表下，狰狞的面目和险恶的内心。

陈江河百感交集地看着老婆，暗暗地下了决心：纵使荆棘丛生，我也要蹚出一条血路来。

骆玉珠拉住丈夫的手闭眼睡去。醒来时，陈江河已经走了，在书桌上留下了一张便条。

玉珠：不忍打扰你，我出去几天，许多事在逼我，不容许我有片刻安宁。玉珠公司是我们用心血浇灌的，我不想在我们手里枯萎。

早餐在微波炉里，别忘了吃早点。到时我会联系你的。

——江河即日

一架中型客机从商城机场腾空而起，阳台上的骆玉珠仰望蓝天，凝神遥祝。

骆玉珠看着杨雪发来的短信：

阮文雄性格阴鸷，猜忌多疑，他有一个不足与人说的毛病：狂躁症与忧郁症，稍不如意就狂怒异常，不过他会竭力控制。

鸡毛飞上天

长篇小说

Feather Flies To The Sky

〔第三十四集〕

一

老将出马，一个抵俩。这次骆玉珠的老父亲远行是去完成一项跟谁都没有明说的任务，他去的是上海。骆天宝打电话过去，他都没有接。

老人啃着面包，在十里洋场的大街上发现了目标——那辆加长林肯轿车。他随即叫了一辆出租车，催促司机说：“快，盯牢前面那辆小车，跟紧，别让它溜了。”

十字路口，豪车很顺利地拐弯驶去，红灯亮了，出租车无奈停下。

“快点！”骆父催促道。

“你没看见红灯吗？这里不是乡下的田塍路。”司机也不高兴了。

目标消失，下了出租车，老人精准地来到了淮海大酒店，拐进了酒店的转门，他守候在电梯口，看着上上下下的客人鱼贯出入，他有些茫然。突然，老人目光一亮，一个熟悉的身影一晃而过，他脱口而出：“小子，你终于来了。”是戴着眼镜的卢教授的助手——狐狸露出了尾巴。

老人躲在暗处用手机拍下一张照片，卢教授助手迈进了电梯间，老人压低帽檐也挤进来了。下了电梯，老人朝相反方向的拐角处驻足观望，望着助手走进了一个包厢，他终于找到了这个“老窝”。他想在第一时间告诉远在义乌的骆玉珠，接电话的是陈路，老人急了：“快叫你妈接电话。”

陈路说：“妈有事在忙呢。”

老人急切地说：“外公的手机快没电了，跟妈说，外公抓着了。”

那边听到陈路在喊：“妈，妈，外公电话，他说抓着了。”

等骆玉珠抓过电话一声“喂”，那边已断线，手机真的没电了。

老人懊悔地拍打着手机，屋漏偏逢连夜雨，在这个节骨眼上怎么会出现这种事！他轻手轻脚地贴着墙向包厢走去，听到了里面的说话声，从门缝可以看到阮文雄、几个随从、卢教授的助手，还有两个彪形大汉。

送菜的服务员出现在骆父身后：“先生，请问您是几号包厢？”

屋里的人转身看见了骆父。“您是……”看看有些面熟，又想不起在哪儿见过。保镖追了过来，骆父等不到电梯，急匆匆地从楼梯间里跑了下来。不料，外衣袖口被楼梯剐住，手心被划破，整个身子也从楼梯上滚了下来。骆父踉跄地沿街逃去，转了几个弯，突然身子一晃扑倒在地。路上行人被吓了一跳，先是纷纷躲闪，后又慢慢地围拢观瞧……

保镖追出大门，找不到骆父踪影，只得无功而返。

等救护车赶到的时候，老人已经死了。

陈路在舅舅怀中呜呜哭着，骆玉珠从走廊尽头走来，邱岩跟随身边：“干妈，警察刚把外公的遗物交接了。手机里最后的照片是这个人，卢教授的助手。”骆玉珠缓缓前行，走入太平间。她看见父亲紧闭双眼，静静地躺在那里。

骆玉珠伸手想给爸爸理理头发，突然鼻子一酸，嘴唇颤抖，终于叫了一声：“爸……您怎么又狠心地把我扔了！”

全家人都沉浸在极度的悲痛之中，王旭皱眉看着照片，陈路在一旁抽泣。

兄弟俩悲伤地回忆着外公对他们的偏爱。

二

北风那个吹，雪花那个飘，商城的大街上此时到处流动着办年货的人们。春节就要到了，对骆玉珠来说，这是一个最难过的春节了：几千名员工的企业，业绩大幅度地下滑，没有接到新的订单，每个月员工的工资必须照发。

骆玉珠看着电脑打出的裁员名单，迟迟不忍签上大名，一个个熟悉的面孔飘过，他们都是冲着信任玉珠公司来的，现在要他们离开，他们怎么养家糊口啊？

王旭眼巴巴地看着妈说："妈，裁员三分之一已经不能再少了，我们今年的利润一直都是赤字，再这样下去就要砸锅卖铁、抽筋剥皮了。"

骆玉珠眼睛含着泪珠，将报告往桌子上一掷："自古以来，义乌人对他乡故知视同骨肉。你爸说，'不抛弃，不放弃'——我看先让大家过个年吧，他们也不容易，年后容易找事做。"王旭默默地点点头。

邱岩匆匆地推门进来，递上一份急件："干妈！阮氏新材料首饰系列，刚刚搞到的。"

"阮氏绝对是有备而来，他们请了国际著名的设计师团队。我们的几大分销商都已经转向他们了。"

骆玉珠接过翻看，眉头紧皱，心情沉重，坏消息像巨石压在她心头。窗外的鞭炮声更密更响了，骆玉珠上前凝望："年难过，难过年啊！"

邱岩分析说："照这样下去，我们的员工也会在短期内外流，成为阮氏集团的熟练工，他就可以坐享其成，顺便摘走我们树上的成熟桃子了。"

"过年如过鬼门关啊！"骆玉珠长叹一声。

王旭与邱岩对视一眼，都不说话，用沉默无言分担着骆玉珠心头的压力。

骆天宝捧着一大叠红包进屋，说："姐，红包全装好了，怎么发？姐吩咐一声！"

骆玉珠伤感地说："今年大家都没有年终奖，这些红包发给大伙，就代表一点心意。告诉大家，我对不起他们，你们替我给员工拜个年吧，先过个艰苦年，我们会好起来的，面包会有的，牛奶也会有的。"

王旭、邱岩、骆天宝出去给员工发红包。

"过年好！""谢谢！"

骆玉珠一个人走到公司大门口，握着门卫朱大伯的手说："大伯过年好，这些年您辛苦了，谢谢您，我向您鞠躬了！"

朱大伯感动得流下了一串热泪。

这时，手机响了，骆玉珠看了屏幕，是那个熟悉的号码，她心头一热。

——是江河回来过年了，我要去接接他。

见到了陈江河，几个月的劳顿，瘦了，憔悴了，骆玉珠伏在陈江河的肩上，轻轻地呢喃一句"想你！"就止不住地大哭起来。

陈江河拍拍骆玉珠的后背说："委屈你了，对不起。我们会好起来的。听话，不哭。"

陈江河回到家里，就到骆父的遗

像前凭吊，上了香，想不到前后脚一起出门的人，这次回来竟成了永诀，人生无常哪！

王旭、邱岩也来了。陈江河抽出一轴画卷，骆玉珠陌生地打量着这个向来办事干练的丈夫，这回他又有什么新点子了。骆玉珠觉得，一个人为人处世，越是到了人生的冰点，越要保持冷静，公司再也经不起折腾了。

陈江河说："为什么我们每走一步都这么艰难？跟杨雪打价格战，被费尔南德算计，莱昂刚愎自用说降价就降价，阮文雄坐收渔利不说，还要落井下石，骑着狼，放着羊，念着佛经耍流氓。"他严肃地看着每个人的眼睛，"你们说说这是为什么？"

陈江河一字一顿地说："因为我们没能攥住自己的命门，我们只不过是案板上的肥肉，可以被人任意宰割！"

"心若在，梦就在，天地之间还有真爱；看成败，人生豪迈，只不过是从头再来……"陈江河打开歌曲《从头再来》，那熟悉的旋律传出。大家一起唱起《从头再来》，这是一种心灵的震撼，骆玉珠、邱岩唱得泪光闪烁。

陈江河把转轴打开，王旭将它悬挂在巨大的落地窗上，这是一幅超大的世界地图。

"玉珠公司总是将主要精力放在产品的生产、营销的方法及渠道上。其实，新材料不是我们的命，价格也不是我们的命；想成功，先发疯，虎逼朝天向前冲。只有天时、地利、人和，这才是我们的根。我们的命在这——仓储管理作为物流前端，它的好坏，直接影响着商家资金的转化率，影响着消费者的二次购买率。"

陈江河专注地在欧洲沿线画了几个圈。一家人都凑在地图前，目光惊诧，"看见没有，古丝绸之路！我要让汽笛替换驼铃，铁轨铺上'丝路'，这些是一级中转仓，可以建在欧洲几个中心城市，我们的货先发到这里，如果建成了，就是国外的义乌小商品分市场……"

骆玉珠默默地听着，注视着，沉思着，王旭和邱岩交换了一个眼色。

陈江河在地图上继续比画着："你们看啊，这是二级中转仓，等我们的仓储建好以后，大批的货物就可以从这里发出，我们自己分销到整个欧洲。"

邱岩以专业的口吻说："商业模式输出！"

陈江河激动地指着邱岩说："对，就是这个意思，我们有在全中国建设一百多个义乌小商品市场分市场的经验，未来就要把这套管理、经营模式推广到全世界！首先从古老的丝绸之路沿线，也就是亚欧大陆线开始。我们在每一个中转仓所在地建一个国外分公司，打通当地的配送和批发环节，鼓励商铺加盟。"

王旭皱眉不解："照这么说，爸画的一个圈就等于是一个小义乌了，但按照当前玉珠公司的实力，我们能办到吗？我们又没有开银行，这样的计划和设想是不是大了点、急了点？"

陈江河愠怒地说："商场如战场，不急都被别人抢走了，我们以往的教训就在于优柔寡断、迟疑不决，我就是要趁早抢占这些战略高地。"

骆玉珠看着丈夫，依然没有说话，愁苦中透出几分刚毅。

邱岩期待的目光看着骆玉珠："干妈，您觉得呢？"

骆玉珠说："摊子可能铺得大了点，思路可能有点太超前了。那么多的国家，规矩不同，语言不通，风俗不一样。如果出现意外，后果不堪设想！"

陈江河解释说："这次我在欧洲马不停蹄地走了一大圈，发现好几家义乌企业都在公关，跟我做同样的事，寻找建中转仓的最佳地点，跑马圈地啊同志哥，你不圈，人家可就全抢占了。"

王旭又横腰扫过来一棍："可是爸，您应该比我们更清楚，财务报表上的数字是铁面无私的。连年终奖都发不出去了，公司年夜饭的桌子上，大家的脸色都是冷若冰霜的。"

陈江河说："所有困难都是可以克服的，困难谁没有，关键是一个人的信心和决心。"

邱岩用一种求援的期待看着骆玉珠，试图在她那里寻求答案。

骆玉珠无语，她在痛苦的抉择中。邱岩说："小旭的担心不是没道理的，我们都冷静下来再想想。"

三

楼下，赵姐在喊："开饭啦——！"

经过一年的奔波辛劳后，陈江河别墅里的年夜饭在大厅里吃开了，所有的顶灯都已经打开，柔和的灯光洒满了大厅的每一个角落。外头，人们已经点燃了辞旧迎新的礼花，礼花在高空炸开，点亮了整个商城的天穹。

大圆桌转盘上，摆满了义乌过年传统的佳肴美味，等着开席。

陈路专门搬过来一张椅子，放上一副餐具说："这个位子是留给外公的，去年他就坐在这里。今年他人不在了，但他永远活在我们的心里。外公，容晚辈先敬您老一杯，愿您在天堂快乐永远！"

陈江河笑着抚了抚儿子的头说："真是个有孝心的好孩子，你外公肯定会开心的。"

骆天宝激动地看着陈路，玉珠示意弟弟落座。

陈江河对金水叔说："叔，您是长辈，很久没见您喝酒了，今天是大年三十，按照祖宗传下的习俗，我就先敬叔一杯了，祝您健康长寿。”

陈金水说：“谢你好意，今晚这酒得喝。这些年你们都太辛苦了。鸡毛，你十三岁出去敲糖换鸡毛，到今年四十多了，在外地度过了二十五个年头的春节，这些年，你没有和家人一起吃过一顿春节团圆饭，苦了你了！”

陈江河亲手倒好一杯酒送到骆玉珠面前，深情地说：“来吧，玉珠，为了我们这个公司，为了我们这个家，您辛苦了，这些年来大大小小的事经历了不少，我记忆里，也从来没有像今年这样多灾多难……”他哽咽着，强忍泪水，“……是吧，叔、玉珠？”

陈金水默默点头。

陈江河说：“我带回了一些烟花爆竹，待会儿每个人都去放上几支，把霾气晦气都打到九霄云外去，我们很快会好起来的，我们先把这个年过好，玉珠你说个祝酒词吧。”

骆玉珠举起酒杯，缓缓地轻声说：“我突然想起有一年大年三十，我们是在小货车里度过的，小旭你还记得吧？”

王旭一愣，动容地说：“嗯，躲债。”

陈江河也呆住了，怔怔地看着妻子。骆玉珠说：“那时候我正怀着小路，我在路边支了口破锅烧汤圆，看你们爷儿俩举着花，围着车儿跑，一想起那情那景，我一辈子都忘不了，这么多年，我们都是咬着牙挺过来的。”

一时鸦雀无声，像是为了打破这份沉重，陈江河故作轻松，高喊一声“放烟花！”一支支“窜天老鼠”尖啸着射向夜空，绽放出了耀眼的彩雨，播放器里传出了忧伤的歌曲：

“今夜里我又站在雨里，

任感情在小雨里飘来飘去，

我问自己是否还爱你，

难道就这样轻易地放弃……”

按照公司董事会的章程规定，每一个重大的决策和计划的实施，必须经全体董事会成员进行表决备案，少数服从多数。

陈江河紧锣密鼓地做着计划前的预案，分别与各个董事打了招呼，造出计划表，分发给各位。

在建立国外中转仓的问题上，陈江河与骆玉珠有着明显的分歧。

陈江河认为，求发展就要步子迈得再大一点，在于快速抢占商机，在于不畏风险，要有敢为天下先的商业勇气与智慧。

骆玉珠想，玉珠公司目前到了最困难、最危险的时期，一个企业如果资金链断了的话，那会把企业拖向死地，再也没有起死回生的可能了，在义乌这样的例子屡见不鲜。

就九个董事摸底情况看，真要表决也是势均力敌、不差上下的。骆玉珠找到陈金水说：“叔，您是家里唯一的长辈，定海神针，在这关键时刻，我只能找您诉苦，请您帮玉珠集团出出主意。”

陈金水意味深长地看着骆玉珠：“你就不怕我跟陈江河联手，抄你的老底？”

“金水叔，本来我就没有胜出的把握，但这次不管结局如何，为了我们多年苦心经营的玉珠集团，我要坚定地表明自己的态度，这毕竟凝聚了我们大家共同的心血，您不知道我有多纠结。”

陈金水亮出了自己的底线：“我今天跟你说这些话，是以一个做事的人的身份，而不是你的长辈，也不是陈江河的叔。你是对的，我知道你这样做是为了什么，说句良心话，你对得起这个家。”

骆玉珠感动地说：“叔，有您这句话我就放心了。”

四

公司会议室，玉珠集团新一年第一次董事会如期召开，陈江河扫视了会场，主持今天的会议。他说：“刘董因为生病出国诊疗，其他人该到的都到了，今天的议题是设立国外分公司和建中转仓，材料已发到诸位手上了。”

门打开，陈金水不期而至。大家都是一惊，陈江河忙起身上前搀扶：“叔，您怎么来了？”

陈金水说：“这么重要的会议，我以一个集团监事会监事长的身份，列席旁听。”

陈江河说：“对对，考虑到您的身体，我就没通知您老了。”

陈金水在骆玉珠后面找了个位置坐下。

陈江河从一叠文件中发现了一份《财务报表》，问小王：“发错了吧？”

骆玉珠接腔：“没发错，这是我交给董事会讨论的议题。”

陈江河抬眼瞧瞧长桌另一端的骆玉珠，这才发觉异样，仔细地翻看起这些资料。

骆玉珠对提交的议题作了补充发言，就目前公司的财务情况作了一个彻底的摊牌，表明自己观点：“……把所有资金集中用到国内，海外分公司和中转仓的计划无限期延后，压缩开支，准备过冬。”

撒手锏半路劈下来了。陈江河定定地注视着妻子，邱岩紧张地看着王旭，王旭冲她摇摇头，对陈江河说：“董事长，您的战略放在往年都没错，可今年我们实在太困难了，在这种情况下要遍地撒鹰，自断后路，我们再也不能冒这个险了。”

陈江河瞄着骆玉珠，知道他们事先商量过了，要在会议上要挟他，于是说：“穷则思变，你不懂吗？”

王旭说："变也要选择时机，您没觉得我们已经到了很危险的时候了吗？"

于董说："董事长，这一年来因为召回风波，我们的海外利润急剧下滑，现在各部门的压力都很大，资金周转十分紧张，我们不能再无序扩张了。"

赵董也说："我同意王总的意见，阮氏抢先公布新材料系列，作为我们拳头品种的首饰也受到了很大的威胁，面临着订单的萎缩。"

骆玉珠默默地看着丈夫，试图让他能在众人的提醒下回心转意。

陈江河扫视了四周，像一个指挥千军万马的将军，目光落在老夏身上："老夏，你是生产第一线的，说说你的看法。"

老夏说："依我看，跟德国的合资厂一旦建成，确实领先于其他厂家不知多少，董事长比我看得远，看得超前，所以不管理解不理解，我无条件支持董事长。"

吴董也激动地站起说："董事长正是考虑到我们的压力，所以才要另找出路，抢到别人前头去的，我认为设分公司和建国外中转仓的做法是可行的。"

会上明显分成了两派。针锋相对，势均力敌。

"要相信董事长，他是脚踏实地去考察过的。"

"但我们的国内市场已经被侵蚀了。"

"所以我们才要向国外发展，拓展空间。"

…………

邱岩一直没有说话，这时她镇静地站起来说："学过兵法的人都知道，越是身处困境，越想找突破点突围。新材料被抢，市场被占，分销渠道出大事，正因为种种灾难降临，董事长才想到这一步。商机稍纵即逝，贵在抢占先机，既然是抢，冒险在所难免。"

王旭说："关键是这个险值得冒吗？"

"如果我们能够在国外站稳脚跟，以中转仓为支点，向周边城市扩散，不出两年，玉珠集团将无敌于天下。"

会场上鸦雀无声，王旭皱眉沉思，难道我错了，错在哪里？

骆玉珠反问："如果我们坚持不了两年，撑不下去了怎么办？"

陈江河用手指敲击着桌面，屋里的空气似乎也随之起伏。

王旭经过苦苦思索发言："如果改进一下方案，我们先建两个试试，再逐步扩张，不知这样是否会稳当点？"

陈江河要对议题进行表决，陈金水郑重地说："我都干坐大半天了，请允许我在表决前讲几句。"

陈江河笑着："您说。"

陈金水说："诸位都知道我和江河

与玉珠的关系，也知道我对咱们集团公司的感情，一路上看着公司一步步地走过来的。老吴，当年他们两口子躲债，我应付着那些讨债的老板，酒不够还是去你家拿的吧。”

吴董点头：“记得。”

“那些年跟着我给公司卖货，十几个摊上的货都是咱俩跑下来的，现在你都已经是掌管国内贸易的老总了。”

说起以往的事，吴董感动了。

陈金水继续说：“这些年我们是壮大了，可多少商家在这残酷的商战面前又倒下了。关公过了五关，最后也走了麦城，被人割了头。市场是大菩萨，冷酷无情，在它面前，每个人都要有一颗谦恭的心，引领潮流只要向前半步就好，走得太快中了埋伏，就会全军覆灭！刚才邱岩说兵法，那打仗也得有攻有守啊，玉珠能走到今天，有我们每个人的打拼和回忆，得守住这份不容易啊。我只想提醒大家，为了我们艰难困苦创建起来的玉珠集团，玉珠，我郑重地投你一票。”

骆玉珠目光中充满感动，悄然松了口气。

陈江河说：“谢谢叔。开始表决。”

表决结果因刘董的缺席，是四票对四票。骆玉珠宣布：“四票对四票，搁置议题，散会。”

大家默默起身离开会议室。以这样的结果结束新年的第一次董事会，陈金水走到骆玉珠身后，用力地拍拍她的肩膀，转身离去。屋里只剩下患难中的夫妻俩。

他们有一个共同的家庭和一个共同的事业，现在在这个节点上，他们产生了严重分歧，陈江河冲妻子苦笑，一副疲惫的神情：“看到了吗，命运必须掌握在自己的手里。你应该清楚，我是不会打退堂鼓的。别忘了，作为董事长和公司最大的股东，我可以行使一票否决权。”

骆玉珠平静地说：“我猜到了。”说完从包里抽出一份资料，用力地推到陈江河的面前。陈江河拿起看了，面色铁青。

骆玉珠说：“投入全部资产加上抵押贷款，绝对不是儿戏，我是认真的，我撤出我的股份，我不能眼睁睁地看着自己在这棵树上吊死。”

五

在北方联名仁酒吧里，王旭和邱岩都很郁闷，王旭揉着额头说：“完了，全完了，新玉珠刚建起来就解体了，想不到啊。”

邱岩将酒杯夺下：“他们俩斗上气了，我觉得没什么过不去的坎，一句话，理念不同，沟通不够。”

邱岩的头又隐隐发痛了，间歇性地发作。王旭说：“怎么，又疼了，你这鼻炎怎么搞的吃中药都不行，明天我陪你去看看。”邱岩一脸焦灼，边揉边有所思。

王旭喝多了，在回家的路上，与邱岩并排坐在出租车的后面，攥着她的手，说："一家人瞒到这个地步，以前我爸我妈不是这样的，那时候他们根本不会藏着掖着。”他扶着邱岩的肩，“将来我们俩绝不……邱岩，什么事都别瞒着对方，永远不要瞒着。”

邱岩眼神一动："你能做到吗？”

醉意里的王旭迷糊地靠在座位上："当然，我会把自己全部交给你。”

邱岩流露出了感动的目光，她将王旭揽在怀中，轻轻抚摸他的头发。

第二天早上，王旭还在睡梦中的时候，邱岩已经去人民医院了。医生告诉她："根据这个片子看，颅内有个阴影，建议你还是做个核磁复查。”

邱岩紧张起来："大夫，很严重吗？”

医生迟疑了一下："核磁我给你加个急，今天就做，结果出来的时候最好让家属陪着来。”

邱岩有些预感，迈着沉重的脚步走到走廊，王旭电话打过来了。她告诉他别过来了，她从医院出来了。

王旭在办公室里忙得不可开交，邱岩推门而入，王旭说："看到新挂的牌子了？一个是我妈的玉珠公司，一个是我爸的新玉珠，我呢，一仆二主，说句难听的是脚踩两只船，在夹缝里过日子。”

王旭接着问起了病情，邱岩掩饰说:“没什么事，看了，还是老毛病——鼻炎。”

门口小王急叫，是宣布辞退的几个员工吵上门来了，王旭叫她把他们带到会议室，疲惫地冲邱岩两手一摊："救火队员，只能硬着头皮上了。”邱岩拍拍他的胳膊，望着他的背影，神色黯然。

当邱岩从医生那儿拿回病历化验单时，医生告诉她，她的偏头痛各种症状都是源于脑瘤的压迫，应该马上进行手术。但因为这个瘤的位置很特殊，靠近颅动脉，按国内技术很难有把握成功切除，风险很大。邱岩问能不能保守治疗，医生说那要看它是否会无限期地增大，一旦造成进一步的压迫，后果可想而知，所以想跟家属谈谈。

邱岩干脆地说自己没有家属。黯然神伤的邱岩这时想起了死去的父亲，他是最爱自己的，也是离自己最近的一个亲人了，她无法预测自己未来的命运。

邱岩有意识地来到父亲墓前，她的手轻轻地抚摸墓碑上爸爸的遗像，告诉地府里的爸爸："……家里已经够乱了，我不想他们再牵扯进来，我甚至想让他们忘了我。我跟美国联系过了。因为瘤的位置特殊，手术会有很大的风险，临走前女儿是来向您告别的……”

邱岩头靠在墓碑上，声音颤抖：“今天是女儿的生日，爸。”

那边，陈家大厅，已经准备了丰盛的家宴，要给邱岩过生日了。王旭打来电话:“亲，生日快乐，赶紧过来，就等你了。”

骆玉珠以一个家庭主妇的身份操持着邱岩的生日宴会，摆桌搬椅，端菜进屋，蛋糕也放在推车上，陈江河打开了红酒，屋内一家人谁也没有注意到窗外的那个人影，邱岩已经一动不动地站在屋外，眼中闪动着晶莹的泪花，刚要迈进屋里，手机响了。

是莱昂打来的：“生日快乐，能赏光见个面吗？”

“莱昂，谢谢，你怎么知道的？”

“为了今晚我等了很久了，给我一个机会吧！”

邱岩怔怔地望着屋里：“好，等我。”

那边莱昂兴奋地说：“你答应了？我马上把地址发你。”

邱岩挂了手机走进屋里，陈路欢呼雀跃：“岩姐生日快乐！”

邱岩看着一桌丰盛的佳肴美味，王旭拉着她的手说：“猜猜是谁的手艺，全是我妈亲自下厨为你做的。”

骆玉珠说：“今天必须我下厨，全是我们岩岩爱吃的！祝愿你幸福愉快。”

邱岩感激万分：“多谢干妈，辛苦啦！”

陈江河诚挚地说：“岩岩，我可把这瓶珍藏了十年的好酒奉献出来了，赶紧入座，就等你了！”

邱岩为难地说：“抱歉，我……得马上走，有事。”

全家人惊呆了，怔怔地看着邱岩。

王旭生气地说：“你生日，你要去哪儿呀？”

邱岩：“不知道你们为我生日准备了这么多，忙上忙下的，我先答应人家了，不去不合适，真的失敬了。”

在场的人都不知该怎么办，邱岩连说“对不起”，转身大步冲出。

邱岩在马路上拦了一辆出租车，往骆宾王公园疾驶而去。王旭也乘坐了一辆尾随，对司机说，跟牢前面的那辆。

邱岩在清吧门前下车后，王旭很快也到了。

看着清吧里暖意的灯光，却没有晃动的人影，邱岩在屋中徘徊，莱昂在哪儿呢？

突然音乐声起，清吧内的电视屏幕上闪现出邱岩意气风发的一张照片。背景是黄河壶口大瀑布，邱岩眯起眼睛，秀发迎风飘扬。壮丽的画面在邱岩的心头引起了一阵震撼，达到了浓重的艺术效果。邱岩欣喜地看着屏幕，也在整个包厢里寻找着莱昂。

王旭妒意横生，脸色难看，紧随邱岩跑进来，在窗外看到了这一切，心里很不舒服，更有一种失落感。

随着悠扬的音乐再次响起，屏幕上又换上了邱岩的一张张时髦的生活照。

在追光的灯柱下，莱昂阳光灿烂地现身，磁性的嗓音动情地讲起："这是在马德里，这是在布拉格，这是在幽雅的法国小镇，有一个灵动的中国姑娘将东方的美丽带到了这里，今天，是女神的生日。在她的故乡，请接受一个外国友人诚挚的祝福。"

莱昂歉意地一笑："在每个共同经历的地方我都偷拍了你的照片。"

邱岩感动地望着莱昂。

莱昂握着邱岩的手说："趁今天你生日的机会，我只想告诉你，我的父母是渔民，我不是富二代，所以跟那个公子哥儿不同，我懂得所有的幸福要靠自己去争取，在你的生日我必须坦诚地说出来。你是我心中的女神，我不会放弃。"

外面的王旭脸色变得非常难看了，一股怒火冲天而起。

邱岩沉浸在难言的幸福里，她诚恳地对莱昂说："莱昂，我不知道该说什么好，我……"

莱昂突然冲上前紧紧搂住邱岩："跟我回马德里吧，让我带走你。"

邱岩痛苦地闭上眼睛："对不起，莱昂。"

"乒"，门被撞开了，王旭怒气冲冲地闯了进来，狠狠地瞪了一眼莱昂，粗暴地一把拉住邱岩的手臂："跟我回去。"

邱岩说："王旭，你要干什么？"

莱昂挡在前面，指着王旭说："你松开她！"

在爱情面前，两个雄狮般的男人都在用内心的坚强捍卫自己的尊严。王旭冷冷地说："嘴上积点德，我最恨的就是背后踩别人一脚来抬高自己的人。"

莱昂冷笑："我表露自己的情感有错吗？你就是一个躺在父母安乐窝里的公子哥！"

邱岩试图阻止两个男人间的冲突："莱昂。"

莱昂激动地说："如果没有他们，你什么都不是，你根本不配邱岩。"

"你住嘴！"怒不可遏的王旭冲上去一拳将莱昂打翻在地。

邱岩尖声高叫："王旭，你不能这样！"

王旭和莱昂在地上扭打成一团，清吧的保安赶到，快速地将他们分开。

城市的夜晚在灯红酒绿的缠绵里延续，有摇滚的激情，有哀婉的忧伤。邱岩快速地跑到了大街上。

王旭抹了把嘴角的血迹，追出大厅寻找邱岩，路灯下望见她孤独前行的身影，他上前拉住她：“邱岩。”她头也不回地往前走。

王旭扳着她的肩膀对她说：“他向你求婚了？他那些照片是什么时候给你拍的？”

她甩开他的手，眼里含着泪：“你以为你是谁呀？我是你什么人？你管得好宽。”

王旭不知怎么解释：“邱岩，我痛苦难受，我控制不了自己。”

邱岩说：“怪不得莱昂说你不是个大人，你爸你妈的公司都这样了，你还天天没心没肺地盯着我干什么？”

“我只想给你过个生日，给你一个温暖的表示，还你一个应得的慰藉，可你……”王旭委屈地说。

邱岩说：“我的生日有那么重要吗？王旭你整天在想什么呢？你现在该想的是，怎样担当起你应该担当的责任，为这个家，为这个多灾多难的公司分忧。”

“话是对的，但你能理解我内心的……”

邱岩根本不容分说：“冲动寻衅就有血性了？穷追猛打就见真情了？我真怀疑没有你爸你妈，你的日子还能过下去吗？这副担子还能挑得起来吗？我看错了，你只是个没长大的孩子。”

“你别这样说我，邱岩。”

邱岩不忍看见他自责的神态，轻轻地说：“真希望有一天能看到你长大的样子。”王旭想去擦干净邱岩面颊上的泪痕，可又不敢。

他委屈地嘟哝：“原谅我……”

六

邱岩接到了美国斯坦福商学院的入学通知书，当她把通知书连同辞呈一起摆放在董事长的办公桌上时，陈江河不相信自己的眼睛了，他和骆玉珠都有了异样的表情，叫王旭马上过来。

骆玉珠把通知书递给王旭，王旭惊诧地抬头看着邱岩：“你要去美国深造？”

邱岩点头：“我多年前的一个梦。”

“以前一直没听你说起。”

“这两个月我一直藏着不说，那是因为生活中发生了太多太多的事，真不堪回首啊。这次我的大学导师是我的入学推荐人，昨天电话里他跟我急了，他催得太突然，我不好拒绝。今天一早，我赶紧过来打个招呼，办个手续，作个道别。”

“什么时候走？”

邱岩大方地说：“今晚的航班。你送送我。”

王旭失意地垂下双眼，勉强地笑笑：“说走就走啊？斯坦福的光环谁都不能拒绝……还是祝贺你。”

骆玉珠怜惜地瞪着王旭，两个年轻男女，在这种场合，都有复杂的情感，说不出的滋味。

陈江河说：“学费多少，公司给你付。岩岩,学成后欢迎回玉珠公司。”

邱岩说：“干爸不必费神了，我已拿到奖学金了。”接着拿出一份股权协议书，说退还公司。

陈江河说：“这股权是你的，自己留着。”

邱岩说：“我这一走也不知几年才能回来，不在其位不谋其利，干爸，您了解我。”

陈江河说：“那我帮你代持了。”他转身从文件柜里取出一本日记，双手捧到邱岩面前。邱岩察觉这是爸爸的遗物，爸爸生前自己见过。

封面上有很醒目的一句诗：“为什么我的眼里常含泪水？因为我对这片土地爱得深沉……”

陈江河说：“这是你爸爸当年留给我的工作日记，这么多年了，我翻了一遍又一遍，帮助很大，受益匪浅，今天该归还到亲闺女手里啦。”

日记本的封面上还有一张发黄的火车票：“邱岩，这是当年你爸爸去北京上大学的车票，你也知道，我们俩聊了一路。他得了癌症瞒着我，让我收好车票，要我像这列火车一样一站站地开下去，越远越好！”

邱岩有些动容，陈江河接着说：“今天干爸把它们交到你的手里，把你爸说过的话重新跟你说一遍，作为我给你的临别赠言吧！”

邱岩强忍泪水说：“我明白您的意思，您放心，我也会像这列火车一样一直开下去的。”

“干爸不放心，你是个太有主意的孩子，比如那天生日，你可把我们全家都吓了一跳。”

提起那件事，邱岩笑而不答。

七

骆玉珠站在窗前沉思，邱岩进来与她道别：“干妈，工作我交接好了，我这一走，等几年后再来看您了。”

骆玉珠拉过邱岩坐在沙发上，细细端详：“岩岩，告诉我你走的真正原因。”

“斯坦福商学院。还有，我想再出去闯一闯，外面的世界很精彩。”

骆玉珠说：“你是嫌公司给你的发展空间太小了？”

邱岩为难地笑笑说：“您知道我对公司是有一些看法的，我觉得就我个人而言没什么前途。”

“有小旭的因素吗？”

邱岩：“我必须跟您坦承，我跟王旭做很好的朋友可以，但……没有感觉。”

骆玉珠握着邱岩的手，黯然笑笑。

邱岩褪下镯子说：“干妈，这镯子还给您，我不能要。”

骆玉珠沉思一下说：“如果是别的东西，送出去的我不会再收回来，但这个镯子的含义你我都懂，干妈替你保管，等你深造回来。”

邱岩点头。

出国前，邱岩还是安排了最后一次和王旭的相聚，地点是江滨公园的银杏园青年吧小茶室。这里清静，恬淡。

王旭说：“很高兴在这么匆忙的时间里，还能为你泡一回我的茶。”

邱岩说：“我也是，很幸运离别前还有机会接受你的热情。”

水壶咕嘟嘟地冒泡，王旭用心拨茶、洗盏，沏茶，一丝不苟地进行茶道程序。邱岩用少女初恋时的深情目视着他：“小旭，还记得上一次在机场上我与你说过，除了童年小木屋你还缺一个支点，祝贺你，你已经找到了。”

“是什么？”

邱岩平静地对他说：“是你救灾的那个山寨，是纯真的小玉。缘分无处不在，每个人都会找到属于他自己的支点。”

王旭一笑，继续低头倒茶。邱岩轻声说：“我们不是一路人，能陌路相逢就已经很不错了。”

王旭说：“你知道喝这道茶要经过多少缘分吗？它要经过寒冬腊月发芽，经过盛暑暴晒，有的要炒青，有的要堆沤，千辛万苦成型，熬啊熬，熬到冲泡它的人面前，忍受了那么久的孤独，其实就为这一刻的绽放……”

王旭的声音有些激动，有些颤抖，邱岩动容地看着他。王旭接着说：“就为这一刻，与懂他的那个人相遇，品她的孤独，品她的沉浮，品她的苦涩，一切都如期而至的时候，那个人却要走了……”王旭的眼角挂上了一串泪水，滴落进了茶杯里，苦的茶水苦的泪，王旭端在手里出神地望着，摇摇头刚想倒掉，被邱岩按住。

邱岩闭上眼睛，颤抖地举起这杯苦汁，她一饮而尽，转身夺门而去。王旭站直身子一动不动，任由邱岩奔出屋去。

鸡毛飞上天

长篇小说

Feather Flies To The Sky

〔第三十五集〕

一

在拨浪鼓私家菜馆包厢里，陈江河和老夏、大狗一起，边吃边谈，这是一件搁置在心里难以释怀的大事啊。

三个人的心情都非常沉重，老夏垂头丧气，大狗闷声不语，陈江河坐在一旁为他们倒酒。老夏不解地问陈江河："这到底为什么，你要给我讲清楚，咱合资厂经过风雨多变的季节，刚走上轨道，也见到了起色，怎么好端端的一个厂说关就关了。陈董你不是不知道，这厂是我的命啊，我姓夏的怎么跟我的那些好兄弟解释啊。"

陈江河有着同样的痛苦，他端起酒杯走到老夏面前："老夏，这杯我先敬你，干了！"

陈江河一饮而尽，将空酒杯举到空中："它更是我的命。"

老夏按住自己的杯子说："你不说清楚，这酒我不喝！我绝不买你的面子。"

陈江河说："建中转仓急需用钱！"说着从包中取出厚厚的文件放在桌上："土地我都已经圈下来了，这些是欧洲发来的合同。如果说合资厂能让我们的产品升级换代，那么可以说中转仓这件事办成了，就等于我们在欧洲这些城市建起了十几个小义乌，整个贸易模式都会改变，相信我。”

大狗默默地注视着陈江河，老夏怀疑：“玉珠公司怎么会没钱呢？一直都是财大气粗的。”

陈江河无奈地摇头：“都铺出去了，我能想到的每一块钱全花了，这才是刚启动，我今天跟你们哥俩说实话，该借的我都借了，最后一步我才想到这合资厂，它也是我的心肝宝贝，当初怎么跟德国人磨下来的，大狗最清楚。作出这样的决定，我的心里好受吗？”

大狗是个粗人，快言快语，他对陈江河说：“我看不懂你的大谋略，我只问你一句话，这厂一眨眼就没了，我大狗是个扶不上树的人，以后你还要不要我？”

“你这话问得有些没头没脑，你是我打断骨头连着筋的铁兄弟。”陈江河说。

大狗很激动，仰头喝尽杯中酒，一抹嘴，就抱着陈江河流泪。他转身对老夏说：“老夏，大哥这么多年，想干的事失过手吗？他答应我们的，好像都成功了吧？”老夏抬起头来看看大狗，“这次也一样，这么多年我信过谁啊，大哥要到哪，我大狗就跟到哪，打到哪！”

陈江河把三只酒杯全部倒满，三兄弟把酒杯举得高高的。

当陈江河披着夜色，喷着满嘴的酒气回到家的时候，妻子骆玉珠已经躺在大床上昏昏欲睡了。她听到响动，也闻到了酒气，撑起身子回头看，陈江河摇晃着走进卫生间，在里面痛苦地干呕起来。她忧心忡忡想下床看看，迟疑了一下重又躺下，这些日子他们聚少离多，麻烦事成堆，很少能顾及对方的。

清晨，赵姐将早点端上餐桌时，告诉骆玉珠，先生一大早就走了——出国去了。骆玉珠神情恍惚地吃着面包，夫妻俩各自独来独往，已经是习以为常了，只是这次不告而别，骆玉珠心里有些不祥的预兆。

玉珠公司真的可用“焦头烂额”来形容近一年来的困境，骆玉珠在办公室里处理着各种棘手的事务，有客商趁机要退货的，有寻找某些理由拒付货款的，有把业务有意识地转移到别的公司的，有十万火急的电话来告知，整个设计团队被阮氏集团挖走了。

办公室主任小王拘谨地走进总经理办公室，看到这种情形，一脸为难，她关好门想退出去，被骆玉珠叫住：“你什么事？”

小王想说，又吞吞吐吐：“骆总……没，没事。”

骆玉珠抬眼发现：“你手里拿的是什么？”

小王为难不语，一份辞职报告递

到桌面上。看着自己一直信任的人，在这个节骨眼上来了这招，骆玉珠强压怒火，问她："你也被他们挖了？"

小王轻声地说："骆总你别生气，我想回广州陪爸妈去。前一段时间公司太忙，我一直张不开嘴跟你说，现在公司各个科室裁员差不多了，我这个办公室主任也没什么好当的。你也别不好意思。"小王的眼泪快流出来了。

"骆总，我跟了你这么多年，我也舍不得公司，可我实在是……我爸在那边托人给我找了个差使。他们两老希望我在他们身边。而且，我的工作也是饰品行业……"小王低头抹泪。

骆玉珠坦然地宽慰她说："我要的是一片森林，不是一棵大树。同行未必是冤家，只有行业兴，企业才会旺。我在乎的是整个行业的发展。"

"骆总，我们玉珠一直是龙头老大，各地都在模仿我们，玉珠的电镀材料、水钻，包括销售网络，都在全国排第一。骆总，相信我，我绝不泄露玉珠的技术秘密。"

骆玉珠柔声静气地说："不用说了，别人跟得快，我才会跑得更快，整个行业才能显示出创新的活力。你是我的手下爱将，我理解你。"在小王感伤的目光里，骆玉珠拿起笔在辞职书上签了字，"去财务领三个月的工资，回去代向二老问好，祝他们晚年生活快乐。"

小王哽咽："谢谢骆总，我对不起你。您真了不起，在整个行业遭遇市场寒流时，您不但不乘机挤压竞争对手、进行行业'洗牌'，大鱼吃小鱼，反而主动大幅提价，为众多小企业提供新材料，留出了生存、喘息的空间，避免了一次价格血拼。骆总，您永远是我的偶像！"

骆玉珠笑笑："是我对不起你们，这么多年了跟着我受委屈了。你们付出的是宝贵的青春年华。"

"您别这么说，我已经很难受了。"

骆玉珠掐住额头，小王转身离开，骆玉珠想起什么："等等。"玉珠进屋打开柜子，拿出一瓶药酒说："这是人家送我的，带给你爸爸。谢谢他培养了一个好女儿。"

小王走了。

骆玉珠望着安静下来的公司，整个场地空荡荡的，往日欢快的马达停了，仅有的几个员工在走廊里来回地走动，她想起了丈夫陈江河。让她想不到的是，一场空前的大灾难正在悄悄地向她逼近。

二

一幅与陈江河一模一样巨大的地图挂在面前，阮文雄的野心在不断地膨胀，他愤愤不平地在地图上作出标注，对沙发上的杨雪说："好一个陈江河，他把我一直想做的事给抢了。”

杨雪离开沙发，快步上去诧异地打量地图：“又是那个中转仓？你为何总是这样耿耿于怀？”

阮文雄点头：“凭阮氏这么强大的实力，也只是在北美洲运营了两个仓，他居然一口气吞下了十几个仓位，你说他是否吃了豹子胆了？”

杨雪附和着说：“他向来如此，认准了的事就一头扎下去，开弓没有回头箭。”

阮文雄异样的目光注视着杨雪：“听口气，你好像还在欣赏他，莫逆之交哪。”

杨雪无意理会，从包中抽出协议书放在桌上，里面夹着一张支票：“阮先生，根据我们的协议，这是你应得的部分，请你收下。”

阮文雄用余光看了一眼，没动。杨雪接着说：“从现在起，我们两清了。”说完她就往门外走去。

阮文雄在她身后说：“我为你做了那么多，你依然没有把我当自己人，对我还存有敌意？”

杨雪这时显露出了一个女强人的精明，她心平气和地说：“我想了很久了，杨氏这个牌子是我父亲打下来的，我不想败在我的手里，父亲的在天之灵会惩罚我的。对不起，阮先生，欠你的我都已经用钱解决了。”

阮文雄拿起支票看了看说：“如果我没猜错的话，这几乎是你倾其所有的现金流了。”

杨雪嘴唇动了动，说：“那是我的事，与他人无关。”

阮文雄起身走近，轻声地说：“你知道我想要什么，但你一直在回避着。如果我跟陈江河一起做中转仓，你想不想参与一下呢？”

杨雪凝视着阮文雄：“我不感兴趣，再见阮先生。”

她大步走出，连头也没回。阮文雄像只凶狠的狼，一直望着自己的猎物消失在视野里。

几天后，他出现在东欧中转仓，找到了冤家陈江河。

陈江河在刚刚建起的中转仓里，看着忙碌于货架间的大狗。大狗在井然排列的架子上陈列着货物，因为场面实在太大了，没有足够的商品填满每个货架，算上迪拜、莫斯科、布拉格、马德里、科隆，这是第六个仓了，大狗很兴奋。

陈江河对大狗说：“等会有投资商过来看看我们的中转仓，你做事和说话不要大大咧咧，注意点，别把我们的好事办砸了。下来歇会儿吧。”

大狗从货架上跳下。

这时，一名东欧商人热情洋溢地进了大门，用生硬的中文说：“陈，这个投资商说认识你。”

陈江河迎上去，大狗紧随其后。

是阮文雄。

陈江河一愣，他怎么来了？来者不善哪。

阮文雄笑眯眯地张开手臂迎过来说："地球太小了，又见面了，陈董。"陈江河礼节性地与他握握手："幸会幸会！"

大狗也想摆出主人的样子走上前去，阮文雄却绕过他，若无其事地吹着口哨扫视仓内："陈董果然是出手不凡。"他以一副不容置疑的口气说，"开个价，我入股。"

陈江河说："义乌有句古话叫'何苦何苦，合在一起总要苦的'，我的买卖，自己的麦磨自己的牛，我自己做足够了。"

大狗不解地看着陈江河发怔。

阮文雄故作吃惊地看着东欧人说："难道我得到的信息是错的？"

陈江河说："我只想和本地的老板谈谈发货的渠道，看看有没有互惠的资源。"

阮文雄开怀大笑："不对吧？我认为你更缺钱，你在建的中转仓有七个，已建成了六个了；而且货源太少，甚至要贴钱让义乌那边的客商拉货过来；没钱就是无米之炊，他们会相信你吗？养这些仓要烧多少钱呀？"

大狗说："我们陈董有办法，等货满了，客商涌进来就能赚大钱了。"

陈江河暗暗地阻止大狗。

阮文雄大笑不止："也不好好想想，你的老板根本就支撑不到那时候，可能他没告诉你，他的资金链已经出问题了。"

大狗疑惑地看着陈江河，似乎在问这是真的吗？

陈江河严厉地对阮文雄说："阮先生，我就是穷得要饭，也不会在你家门口停留。"

阮文雄说："陈江河，话不要说得那么绝，你我都是生意人，为什么跟钱过不去呢？条件都好谈，我听你的……"

几个东欧工人打扮的人推着一车货物来到仓库，随即就将大门悄悄关上了。宽畅的库房顿时像一只密不透风的铁桶。陈江河很快就发现不对劲了。

阮文雄突然脸色大变，大喊："喂，你们是什么人？想干什么？"

壮汉利索地将阮文雄扑倒在地，有人很快往他头上罩上一只麻袋。陈江河大喊一声不好，叫大狗快跑，一伙人一拥而上，想挣扎已经来不及了。

陈江河被套上麻袋，意识到自己被绑架了。一阵棍棒飞过来，他和大狗都昏了过去。

国外发生的这场劫难，在义乌的公司本部还被蒙在鼓里。骆玉珠从总经理室出来，经过走廊，发现空荡荡的办公室里空无一人了。复印室里王旭正在复印材料，看见母亲来了，便告诉她，自己等会儿要飞往广州，参加在那里举办的东盟展销会，同时看看能不能把积压的那部分货物销出去。

骆玉珠靠在门框上，欣慰地看着王旭说："自从邱岩走了以后，你一直在没命地忙着。"

王旭继续低头复印，公司事多，他有意在为母亲分担忧愁，没答话。骆玉珠说："我儿子心里难受，做妈的能感觉不到吗？可凡事都有缘，不能硬来，把自己做好比什么都重要，以前妈一直护着你们，你也没有真正长大，今天妈突然感觉你长大了，也懂事了。从小你们俩就一人一个耳机戴着，妈特想知道你们听的什么歌啊？"

王旭笑笑，眼中充满悲伤："《大海》！有我们俩这些经历，我哪里还能放得下？"

"我很欣赏你们俩爱听的那首歌。"骆玉珠回忆哼唱，"如果大海能够唤回曾经的爱，就让我用一生等待；如果深情往事，你已不再留恋，就让它随风飘远……这歌听了这么多年，听懂了吗？"空荡荡的办公室中，母子俩轻声哼唱，危难关头，母子情深啊！

三

他们三人被关在同一间黑屋里。模糊的视线慢慢变得清晰，陈江河睁开眼睛，大狗正轻声呼唤自己。陈江河怔了怔，这才察觉自己的双手双脚都被捆绑。大狗也是一样，他匍匐到大哥身旁，冲门外递个眼神。

大狗说："阮文雄刚被带出去。"

陈江河想了想："从前没觉得阮氏这家族有多厉害，现在我知道了。"

阮文雄被带到匪首那里，绳子被解开，他惶恐地看着对面蒙面的匪首，他的手机和钱包放在桌上，匪首对他说："事先不知道你的身份，你的家族刚跟我们的人联系上。你应该感谢你的二叔，是他为你说情的，也是他把应该做的事为你做了，我们没必要留你在这里过夜了，你走吧。出去后你知道该怎么做。"

阮文雄回到酒店后，用热水冲洗着身上的晦气，他闭上眼睛，任由雾气缭绕，手机不停地响起。阮文雄恍惚地裹上浴袍接听。

"钱是身外之物，你没事就好。快回来吧。"阮文雄眼露寒光："二叔，我会把损失都赚回来的。眼前就是一个机会。"

"你不会是要趁火打劫吧？我劝你不要动那个心思。"

阮文雄一笑："二叔，您不是一直教我富贵险中求吗？您放心，我不会做出格的事。"

手机挂上，阮文雄恢复眼中的狠意……

蒙面的匪首蹲在面前，刀横架在陈江河的脖子上，抹出了一道血痕，匪首注视着闭嘴不语的陈江河，带手下走出门。

匪徒要陈江河想法打一亿美金过来换取他的小命，递上手机要他给国内的亲人联系，陈江河知道即使打通了骆玉珠的电话，她也不可能马上筹措这么多的现金，整个企业的资金都抽调得差不多了。

大狗哭着对陈江河说："大哥呀，你别怪我，再不说他们就把你割喉了。"

陈江河说："你让她上哪儿找那么多钱去。我的命保了，她的命却丢了，你说冤不冤哪。"

匪首看着陈江河憔悴不堪、即将崩溃的模样。

"给他来点厉害瞧瞧。"陈江河又被狠揍了一顿，只是他咬牙坚持着：建设海外仓太难了！必须跟海关、税务、议会、军队一个个打交道，用尽所有手段。一旦自己挺不住，海外仓丢给了外国人，那么不只玉珠公司完蛋，自己努力这么多年的整个王国都要完蛋。陈江河知道：领事馆、妻子玉珠这会也毫无办法。

四

匪首还是从大狗的嘴里知道了骆玉珠的电话，接通后，大狗告诉她，我们被绑架了。电话里传来匪首的最后通牒，要她在48个小时内，将一亿美金打到指定的账号，不许报警，否则撕票。

骆玉珠要求先听到丈夫的声音，至少要证明他现在还活着。

匪首把手机给了陈江河，那边骆玉珠着急的声音："江河江河，你在吗？你说话呀！"

陈江河闭口不说，无奈地叹了口气。骆玉珠："你跟我说句话，说啊。"

陈江河痛苦地说了句："我对不起你。"

匪首把一张照片发到骆玉珠的手机上，一只平时关狗的铁笼子里，关着陈江河和大狗，透过铁栅栏可以看到两人无助的眼光，匪首说话了："好久没见丈夫了，知道你很想念他，让你们见个面，他在我手里，我知道你下一步该怎么走。静候你的佳音，好自为之。"

骆玉珠哭成一个泪人。

她开始四处向亲朋好友借钱了，公司里已经没钱了，银行三天两头又上门来催还贷款；公司全部现有的摊位、房产、附属加工厂、仓储等等，能卖的都卖了，能抵押的都抵押了，七拼八凑也只凑齐了几千万，离绑匪的数字还差很大的距离，骆玉珠懊恼地瘫倒在椅子上。她把自己的金银首饰也找出来变卖了，天塌下来了。为什么要让一个本来就多灾多难的女人来承受这样的灾难呢？去找平时同舟共济的兄弟厂家，谁又会对患难中的“玉珠”两肋插刀呢？

骆玉珠这时想到了杨雪，危急关头杨氏集团底子还是有点厚实的，杨雪对陈江河还是一往情深的！兴许在她那里能有所获。骆玉珠向斗了半辈子的老情敌屈服了！她给杨雪打电话，通是通了，但没人接，真是一事不顺，事事不顺。

杨雪此时和阮文雄在一起，阮文雄惊魂未定，回到国内心里才算踏实一点，因祸得福，他没事了，陈江河陷入了绝境，他可以利用这次机遇将他置于死地，白菜价拿下海外仓，让最难对付的商战对手永不翻身。

每次与杨雪在一起总离不开酒。生意场上摸爬滚打了二十年，酒对杨雪来说，是交际成本，是迷醉自己的工具，但她从来不以酒乱性，他们今天喝的是御隆万盛红酒，两只酒杯碰在一起，阮文雄由衷地说：“经历了这次大难，我回国后第一个想见的就是你。”

杨雪强笑：“那我太荣幸了，我又不是尊贵的女王。跟陈江河谈得怎么样了？”

阮文雄说：“暂时没有接受我，但我知道他很快就会找上门来的。”

“这么自信？据我所知，陈江河认准的事是很难让他改变主意的。”

“那要看他处于什么样的处境。”阮文雄得意地说，“我真不明白，你为何总是对他信心十足，对他一往情深。可是他在乎过你吗？落花有意流水无情哪！”

杨雪脸色黯然，掩饰着起身朝卫生间走去。放在茶几上的手机响了，阮文雄看到是骆玉珠打来的，他看见有三个未接电话。这时又弹出一条短信：“杨雪，我有急事找你，速跟我联系，骆玉珠。”

阮文雄暗忖：来了，终于引蛇出洞了。他阴险熟练地将杨雪手机上的骆玉珠信息和电话删除，名字拉黑，放回茶几。这时，杨雪回来了。

骆玉珠的电话很快就打给了阮文雄，打听杨雪的下落。阮文雄说他也很久没见杨雪了，联系不上，怀疑是不是是出国了。

杨雪问是谁的电话，阮文雄说是一个同事，闲聊的。

骆玉珠行走在黑暗的街巷里，万箭穿心，走投无路。磨难总是这样如影随形地跟着她，挥之不去，她的眼角湿润了。那一幕幕不堪回首的往事浮现在眼前：在当初曾经栖身过的桥洞下，民兵包围上来了；在斑驳的铁路小木屋墙壁间，王大山回天无术……

她向陈江河倾诉：

“陈江河，你再也不能抛下我了，没有你，我活不下去。”

“你还要逃，我让你逃……”

陈江河则告诉她：“我本来就不该来到这世上，是金水叔从雪地里把我抱起来，算是捡了一条命。我就是片鸡毛，风一起，飞哪算哪。我从小听着义乌英雄的故事长大，我崇拜村里的抗战英雄，渴望当英雄，渴望在我倒下时，村里人为我痛哭流涕时，让他们绝不后悔当初收养了我，把家里最后一个红薯喂养了我，我，不是喂不熟的白眼狼。”

“这些年想做什么都做了。风风火火的细想想居然没停下过，从没像现在这样安静地待过，想死亡，想人生……骆玉珠最怕被人抛弃，我走了，玉珠，在我坟前，你千万不要指着遗像骂我呀。”

一阵大风吹来，漫天大雪变成了片片鸡毛迎风飞舞。

玉珠筹不到钱，绑匪所限的时间又快到了，总不能眼睁睁地看着自己的丈夫因为自己的延误而丢命吧！她决定赶过去，找上门去以命换命，换出亲爱的丈夫，或者宁可两个人一起命归黄泉，否则，自己是无法一个人活在这个世界上的。

骆玉珠从来没有这么认真地给自己化过妆，她静静地注视镜中，最后一次了，总得带着美丽的笑容离开吧！

她披上衣服起身扫视屋中，永别了，旭儿，路儿，永别了，所有的亲人。

骆玉珠转身走出屋门……

五

一架飞机冲天而起，降落于东欧机场。能不能用我的命换出亲爱的江河，是过关斩将还是败走麦城，前途茫茫。

出了机场，骆玉珠由两位彪形大汉架着坐在车子的中间，她被蒙住双眼，朝陌生的郊外一路颠簸，绝尘而去。

在骆玉珠出现之前，大狗和陈江河正异想天开地聊着逃出去的事。大狗真是仗义，他想把自己装扮成大老板，来换取绑匪释放陈江河。陈江河虽然感激大狗的义气，但他知道绑匪没有这么好欺骗，他也不可能做出这种损人利己的事情，劝大狗暂且还是听天由命吧。

这时，两个绑匪走了进来，带他们走过沉重的铁门，来到一座小楼的院子里。那里已经停了一辆车子，从车上走出了憔悴的骆玉珠，大狗首先看见大叫起来：“骆总，是骆总，我说什么来着，她一定会来救我们的！”

陈江河也看到了妻子，百感交集，

释然一笑。——这就是爱恨都走极致的骆玉珠啊。

骆玉珠不适应刺眼的阳光，遮住眼睛，恍惚看清了是丈夫，一步一步朝陈江河走来。两人都不能相信会在这个地方碰面。骆玉珠握住陈江河的手，对他说："你快走！换我进来，你如果能出去，比我作用更大。"

绑匪容不得他们多交谈，就将骆玉珠带入高墙内，推进铁门，咣啷，大铁门关上了。

陈江河与大狗突然明白过来，骆玉珠是跟自己以命换命来了，陈江河挣扎着往回冲，绑匪死死地架住他们。匪首揪住他说："算你这辈子有福气，娶了这样一个女人。她说你是当家的，钱只有你才能挪出来，她主动来换你了。"

陈江河恍然醒悟，扑向铁门大声吼叫："骆玉珠！"

绑匪枪口顶着他说："给你三天时间，这是两张回国的机票和护照，给我把赎金打进指定的账号上。如果报警，你的老婆会死得很惨。"

六

昏迷的陈江河被大狗抱起的时候，他们已经被掷在空荡荡的仓库里了。

陈江河拼命让自己镇定下来，抓起手机拨打号码，对大狗说："我留在这儿，你先回国。"

大狗固执地说："我不回，我死也要跟着大哥。"

"你别大哥大哥的，跟他们黑社会一个样。你跟着我只能给我添乱，这个时候你能帮我什么啊大狗？你走。"

大狗抽泣着说："这么多年了，我要走早就走了，还用等到现在吗？你打你骂吧，反正我就是不离开你。"

陈江河踹了他一脚，大声对他说："你回去有要紧的事，大狗，帮我的时候到了。"

大狗来了精神："快说，有什么任务？"

"你帮我找个人，必须想法找到他，把我的情况同他说清楚，求他帮我渡过这个难关。"

大狗死劲地点点头："哥，我就是掘地三尺也要找到他，跪下认他祖宗，我把自己卖了，也要把钱借出来！哥，告辞了。"

大狗又想起什么，说："你干吗不一起走，留这里凶多吉少。"

陈江河说："咱兵分两路，我打电话求援，你回去找人，拜托了。"他重重地拍了拍大狗的肩膀。"保重！"两人告别。

陈江河眼下最撕心裂肺的事是骆玉珠的安危，患难与共的夫妻，这一路跌跌撞撞地走过来，哪能诀别得了呢？他拨通了领事馆的电话，谁想匪首马上就打电话过来了，警告他悠着点，他的一举一动全在绑匪的监控之下，如果稍有不慎，连在国内的两个儿子也要遭殃。

陈江河懵了。

陈江河向国内的各个老板联系，传过来的都是令人失望的消息，在这之前，骆玉珠早就向他们求救过了。陈江河无助地蜷缩着，抓住自己的头发痛苦不堪。

那边的绑匪们戴着耳机，冷冷地听着电波里的回音。时间就在相互的揣摩里一分一秒地过去了。太阳上来，又下去了。

七

玉珠公司的“后花园烧起了大火”，银行的工作人员紧张地翻看着财务报表，他们正式通知公司，陈江河已将公司整个园区都抵押给银行了，连同自己家住的那套别墅。

王旭恍惚地走出楼门，有人正在拆除玉珠集团的牌子，豪华办公楼很快就要转到别人的名下了。

法院的工作人员已经在门上贴上了封条，几个记者在拍照，赵姐抹着眼泪，陈路含泪抬头看着哥哥，王旭坚强地将弟弟搂在怀里。记者的麦克风递到王旭面前：“有传言说玉珠集团的董事长总经理同时失踪……”

王旭说：“对不起，别再往我们的伤口上撒盐了，不接受采访，谢谢谢谢，请理解。”巧姑和骆天宝匆匆从车上下来，沉重地对王旭说：“小旭，怎么会走到这地步呢？”

王旭淡定地对巧姑说：“抵押到期，法院强封。”

巧姑不由分说：“跟我走，有我一口吃的，你们就饿不着。”

王旭说：“没那么严重，这没什么大不了的。小路你不要哭。”

骆天宝说：“联系不到姐姐，要不去我那院子，够咱一家人住的。”

王旭笑笑说：“舅舅放心，玉珠公司不能倒。我刚找了一块地方，挺大的，前面办公，后面住人。挨过这阵子，等爸妈回来就会好起来的。”

金水老人闻讯也赶过来了，骆天宝把他搀扶下车子，他一下子呆住了，“玉珠集团”四个金字挂在了破旧的仓库墙壁上，地上丢满了从公司移过来的各类办公用具，显得凌乱不堪，很不协调。留下的员工们忙着整理登记。一块巨大的帘布挡在仓库的中间，半边是库房，半边是办公间。

王旭迎上前去说：“爷爷你怎么来了？”

“爷爷来看看你们。”陈金水百感交集，拉过陈路和王旭说：“千古兴衰事，成败在于人。好小子，卧薪尝胆，不轻言放弃，你们成熟了，会沉着地应对复杂事态了。本来我是不放心才过来看看，现在爷爷相信了，你们兄弟俩必定会长江后浪推前浪！”

王旭深吸了口气，憋住泪依偎着爷爷。亲人间的搀扶在这个时候是最有力的支持。陈金水问：“跟爷爷说，出什么事了？”

王旭颤抖着嘴唇，再也忍不住泪水：“爷爷，我找不到我爸妈了……我的好爷爷，我该怎么办啊？”

王旭无论如何都不会想到，此时的妈妈被关在森严的铁笼子里受着折磨，而他的爸爸，正在和曾经发誓再穷也不会上门求援的阮文雄通电话呢。

阮文雄叼起雪茄，接起一个越洋电话：“喂，谁？”

“阮先生，我，陈江河。”

阮文雄忙坐直，专注地听那边的声音说：“噢，是陈董，你这是在哪儿呀？”

陈江河在电话里直截了当地说：“我想和你做笔生意，你不是想要我的中转仓吗？”阮文雄刚想说话，陈江河接着说，“六个建成的，七个在建的打包脱手，价格好商量。”

阮文雄撕下一张稿纸，穿过手中的雪茄，白纸被烫出一个窟窿，阮文雄傲慢地说：“我没听错的话，陈董好像是不喜欢跟我合作的。”

陈江河知道阮文雄在玩猫捉老鼠的游戏，他还是说:“我只要一亿美金，十三个仓就全归你了。”

阮文雄笑起来：“这个价格对谁都很有诱惑力，好像你投入的成本都不够吧。”

“我只有一个条件，不准卖给外国人,三天内把钱打给我。”陈江河说。

阮文雄客气地说：“我会认真考虑你的条件，我发誓，我是龙的传人，更何况我们是患难之交，等我打给你，再见。”刚挂断电话，他很快又拨通手下手机，“我想善意地提醒一下，查一下中国国内关于玉珠公司的相关报道。”

陈江河很清楚，阮文雄特意在拖延时间，如果误了限定的时间，那边撕了票，这边再打钱过去，你陈江河就蛋打鸡飞，赔了夫人又折兵了。

绑匪已经开始对骆玉珠施加压力了，匪首冷冷地走来，手下搬上椅子，匪首在骆玉珠面前坐下，凶狠地对她说：“你在耍我们，当我们是猴子了。”

骆玉珠镇定地看着他，没说什么，这个时候说什么他都不会听的。匪首接着又说:“据我们所知，你们破产了，还能从哪儿搞到钱。虽然我很佩服你的勇气和智慧，但作为惩罚，我们只能对你不客气了。”他命令手下的喽啰将骆玉珠吊在院中的槐树上，拨通了陈江河的手机，按下免提键，“啪啪”，皮鞭一甩，重重地落在骆玉珠的身上，一阵惨烈的嚎叫，匪徒边打边用猥亵的语言挑逗着："多美的一个女人，可惜马上会被摧残成一个遍体鳞伤的人。"一阵狂笑，又一阵抽打，一切都逼真地传到了陈江河的手机上。他大声地叫喊："你们别这样，我在尽力想办法给你们打钱的。玉珠，你受苦了，我会全力救你的。"

八

一天过去，什么钱也没拿到，匪徒疯狂了！

又一批匪徒来换班了。骆玉珠头被蒙着，手脚被捆着，扔到了地上，鞋子被人扒下，她听到有人在按打火机，接着一阵钻心的灼痛从脚板心传来，好像是烟头在烧，骆玉珠想叫，却叫不出来。"是卸下她的胳膊，还是抽她的脚筋？"

"这娘子，赚钱很有本事的，偏偏是个小气鬼，电话也不肯打，干吗一条死路走到底？"

"她不是万里外跑来的吗，给她砍个脚趾头算了。"只听"嚓"的一声，骆玉珠感觉脚趾一凉，一阵剧痛传来，她惨叫一声就晕了过去。绑架分子绝对不信，一个普通的女子，能够在他们的车轮战面前不屈服。有人在骆玉珠身上接通了很多电线，歹徒把电器的调节开关轻轻地来回拨了一下。刚才还死人般平静的骆玉珠马上狠狠地吸了一口冷气，身子突然绷紧了，撕心裂肺的悲惨叫声传到了陈江河耳朵里，陈江河无法想象，骆玉珠承受了怎样难以接受的痛楚。

强烈的痉挛使骆玉珠全身的抖动越来越剧烈，速度也越来越快。"啊……啊"一阵接一阵哀鸣的尖叫声响起，令人不寒而栗。

为了不使骆玉珠过快地昏死过去。大胡子示意年轻歹徒要经常改变用刑力度，让骆玉珠在清醒的状态下，接受最大限度的痛苦。

不断变化的电刑力度，使骆玉珠一直处于猝不及防的精神状态下。那难以名状的痛苦一次比一次难以承受，完全无所适从。

"嗨哟，嗨哟！"

听到了痛苦的喊叫，歹徒们都感到兴奋，离她屈服的关口应该不远了。骆玉珠再坚强，毕竟也是有血有肉的人呀！胃里的食物一口一口地吐出来。吐完后，又吐出酸溜溜的胃液。最后，胃液也吐干净了，竟硬生生地把黄绿黄绿的胆汁也一点一点呕出来。

时间一分钟一分钟地过去了，看到骆玉珠还没有要屈服的样子。歹徒们都沉默不语，谁心里都明白：今天这女人是下了死决心，要豁出命来硬挺到底了。用这种电刑慢慢地跟这个女人耗，根本摧垮不了她的意志，是无法逼她屈服的。

醒来时，骆玉珠艰难地用唱歌告别这个世界，与亲人一个个地告别……

我知道 半夜的星星会唱歌

想家的夜晚，它就这样和我一唱一和

我知道午后的清风会唱歌

童年的蝉声 它总是跟风一唱一和

断断续续地……

天上的星星会说话

地上的娃娃想妈妈

天上的眼睛眨呀眨

又一阵剧痛传来，别了，玉珠走了，妈妈……

家乡的茶园开满花

妈妈的心肝在天涯

歹徒们只能硬着头皮继续用刑。

拷问断断续续又持续了七个多小时。电刑造成了连续不断的剧痛，已超过了任何人能够承受的极限。在不知所措的痛苦呻吟和嘶哑的惨叫声中，骆玉珠的头无力地垂了下来。她被折磨得昏死了过去，最终停止了挣扎，只剩下大腿、小腿、腹部、肌肉本能地抽搐，淋漓不绝，皮肉的烧焦味充满了周边各个缝隙。

真是个要钱不要命的妖怪。换班以后，匪首听说陈江河还没汇钱，命令说：你们一定想办法打破陈江河的心理防线。

匪首发话给陈江河，说他妻子再硬，也挺不过各种刑具的轮番折磨，一个人的忍耐力是有限的。并要陈江河在 24 小时内将钱打到他们的账号上。

匪首说："如果期限一过，我明白地告诉你，不费吹灰之力，就会让你的妻子从这个世界上消失，连尸体也不会找到。"

手机挂掉，陈江河双手捧着手机，无力地倒在地上。

杨雪开着车，在音乐的伴奏下习惯地听着车载广播里的"早间新闻"：

"玉珠公司因故一夜破产，董事长和总经理一起双双神秘失踪，前方记者正在追踪作深度报道……"她不相信这条新闻的可信度。杨雪试打了陈江河的手机，刚好那边他打过来了："杨雪，是我，陈江河，帮帮我。"

"告诉我，你出什么事了？"她随手关掉广播，"你怎么了？"

陈江河把最近发生的事简要地说了一遍，目前最要紧的事是筹到这笔巨款，但我已到强弩之末，山穷水尽了。

这么大的数字，杨雪也爱莫能助。他最终陷于一片无尽的黑暗之中，世界末日来临了。

杨雪还是放话过来："你稳住别急，我赶过来，等我。"

陈金水找到大狗，上去就是一棍，

他气喘吁吁地拽着大狗耳朵，要他交出陈江河："你和陈江河一起出国的，为什么你一个人逃了回来？"

大狗大喊"冤枉"！一五一十地道出了原委。陈金水慌了，眼前地动山摇，他知道陈江河的秉性，宁折不弯，顶天立地！在努力无果的情况下，他绝对会破釜沉舟的。一急一恼，眼睛一黑，瘫倒在地，他死攥着女儿的手，用最后一点力气说："卖摊位，找政府。救你哥去，救他……"

120急救车来了，接走了老人，一路呼啸而去。

还是拿不到钱，匪徒绝望了！

这只窄小的铁笼悬在半空，里面的骆玉珠蓬乱着头发，双手被绑在铁条上，保持着站不起坐不下的姿势，还不时地被匪徒用烟头去烫她的掌心，她忍受着最大限度的痛苦，看着匪首悠闲地含着雪茄，若无其事地吐出一个个的烟圈。骆玉珠用颤抖的声音有气无力地说："别费劲了，让我去死吧！"这些都被拍成几张恐怖的照片，发到了陈江河的手机上。

陈江河的情感彻底崩溃了，他泪流满面，看着这些惨烈的照片，回忆起他们共同创业的点点滴滴，回味着他们携手相依的日子，想着王旭，想着陈路，想着生活在故土的所有亲人。一个男人不能救下自己心爱的妻子，你还有什么脸面活在这个世界上。

陈江河颤抖着手按下键盘，屏幕上快速写下几个字："撕票，我没钱。"

陈江河给自己戴上塑料袋，用力扎紧袋口。

透过模糊的视线，陈江河看着手机上那五个字，迟疑着正要按下发出键。

大门吱呀呀打开。

杨雪冲进来："陈江河！陈江河！"

突然，杨雪身子一颤停住脚步，呆呆望着头上戴着塑料袋一抽一紧的陈江河。

杨雪震惊地注视他，眼睛一下子湿润了，扑上前拼命扯开塑料袋。陈江河双手扳住她的手，死命不让扯。

塑料袋还是扯开了一道口，杨雪用力将他死死搂在怀中，两人都默默地哭着。

杨雪大声喊着："陈江河，你犯傻啊，你还是我认识的陈江河吗？"

陈江河一动不动地瘫软在杨雪的怀里。

杨雪心痛地责备："你不是我想象中的陈江河，他是不可战胜的。破产不会让你这样糟蹋自己，到底有什么迈不过去的坎，让你想到了死。"

"骆玉珠在绑匪手里，我凑不起钱，救不了她，愧对她了。当初被绑架的是我，玉珠她是来换我命的，她把死留给了她自己。"

杨雪哭泣着说："我不让你死，

我可向阮文雄求助，即使加码，贴上我杨氏和我本人……另外大狗和王旭已经报警了，通过领事馆进行交涉，如果顺利，警察应该很快就会赶到的，在最困难的时候，我们首先要相信祖国。”

陈江河流泪了，他一直愧疚，伤心，不安。你耽误杨雪半辈子了！你能够拿什么来补偿！

杨雪跪在面前：“那你该等消息！等骆玉珠活着的消息！”

杨雪泪如雨下，心痛极了，她深深地吻了一下陈江河的额头，抬起头来，目光坚定地叫了一声：“哥！你等着！等我救你，你一定等我回来！”

陈江河默默注视，杨雪抹干泪水转身大步走去。

东欧酒店房间的门被撞开，杨雪疾步走入。阮文雄身着睡袍意味深长冲杨雪笑笑，侧身一让。

阮文雄:“好巧啊,你也飞过来了。”

杨雪镇定下来，冷冷的：“你为什么要回这个地方？想渔翁得利对吗？”

阮文雄用异样的目光打量着杨雪，明知故问地说：“我不明白你说什么。”

杨雪：“你被提前放出来了，然后才去见的我。”

阮文雄一笑，倒酒：“喝点酒，压压惊。”

杨雪：“一亿美金，除了陈江河那些中转仓，你还想要什么？”

阮文雄凝视：“我要你的心。”杨雪目光一紧，默不作声。

阮文雄凄然一笑：“我从生下来就不缺钱，不缺佣人，什么都不缺。我只有一个遗憾，自从我妈妈走了以后，没有一个女人真心爱过我。我很羡慕陈江河。”

杨雪看看表，颤抖着声音，含泪恳求：“别跟我费话，时间快来不及了！”

“但我奇怪现在被绑在里面的是他老婆,不是他。这不是你需要的吗？你应该已经见到陈江河了吧？”

杨雪哽咽：“他要跟他老婆一块死。”阮文雄怔怔地看着杨雪，撕张纸巾递上。

杨雪接过抹泪吼道：“你谈条件吧，我尽可能满足。十三块中转仓你嫌少对不对？我杨氏也给你。你不是一直想要吗？你说话呀！”阮文雄眼中流露出悲哀的神情。

阮文雄：“你，那么在乎他？”

杨雪看表，颤抖着声：“还有半个小时，我求你了！”

阮文雄放下酒，搀扶住杨雪坐下。杨雪却甩开他手臂，一动不动站在那。

阮文雄叹了声，拿起手机：“钱会到账的。不过要稍晚一点,我打过去。”

杨雪不敢相信地看着他。

阮文雄目光复杂，慢慢伸出手，等待着鱼儿上钩，杨雪将纤纤细手放在他老虎般的大手掌中，阮文雄拉住美人，一个饿虎扑食动作。

九

王旭正在义乌市危机处理中心。吴主任请他放心："领事馆已经在全力营救，我们危机处理小组直接受北京指挥，各方随时保持联系，有什么消息第一时间通知你。"

王旭难掩悲伤跟随站起。

"王总，玉珠集团是我们义乌的明星企业，现在有困难，我们不会坐视不管。无论是银行贷款还是货源问题，我们一起想办法，好吗？"

"吴主任，贷款的事银行已经在跟我谈了。您是我们家的恩人！真的，大恩人！十多年前，玉珠集团初创时，遇到征地难题、对外纠纷时，您两次带领公安、工商、国土、镇街等部门的同志到现场办公，给了一个圆满的结局……我爸妈一直念叨您。"

吴主任一笑："别这么说，危机处理小组由各路专家组成，你我是绑在一辆战车上的战友，一荣俱荣，一损俱损。再说，邱英杰是我师哥，我上大学时追随的榜样；你爸是义乌的骄傲……"

王旭目光湿润，双手摇动他的手，百感交集说不出话。

"站直了，咱义乌人不是那么容易就趴下的！"

安静的密室通道里，戒备森严，防暴警察在直升飞机的协助下，从天而降，迅速地控制了有利地形，匪徒们对突如其来的神兵天将目瞪口呆，四处逃窜，但是，远处的防暴警察还是开枪了。困缚在笼子里的骆玉珠已经被折磨得奄奄一息了，在那一阵混乱的局势中，她无力地睁开眼睛，也隐隐地听到有人叫着"骆玉珠，骆玉珠"，心有灵犀一点通，她看见了陈江河和杨雪走到了面前。陈江河放下笼子，冲上去抱出了骆玉珠。妻子瘫软的身子像面条一样缠绕在自己身上，陈江河深情地说："玉珠，让你受苦了……我们回去吧，好好过日子。"

骆玉珠依偎在丈夫的怀里，喃喃地说："我这辈子只记得三个字——陈江河。你在哪，我在哪！"

阮文雄站在身旁目光平静，杨雪目不转睛地盯着，哀伤地凝望着这一幕，长长地嘘了一口气。"我们结婚吧。"

大墙外，太阳出来了！

鸡毛飞上天

长篇小说

Feather Flies To The Sky

〔第三十六集〕

一

夏天的一个早上，在金水农庄，骆玉珠喝着稀饭，在几盘精美的小菜中夹来夹去，细嚼慢咽。在她的茶室里，有一幅字画，上书："采斛东篱下，悠然见南山……"陈江河蹲坐在屋门口的小板凳上，一手拿着黄瓜啃着，一面狼吞虎咽地吃着面。骆玉珠边吃边自言自语："好端端的菜又要浪费了。鸡蛋也吃不了，只好扔了，当肥料了！"陈江河故意装作没听见，偷瞥着骆玉珠端出院去。

骆玉珠一进厨房，陈江河就坐上饭桌，吃起了鸡蛋，骆玉珠在厨房偷笑。

骆玉珠、陈江河看似在世外桃源隐居，实则在转型升级健康产业！

实验田里石斛的生长缓慢超过了骆玉珠的预计。连续几日，骆玉珠闭门不出，在仿原生态塑料大棚里，骆玉珠发现了很多草药苗，当她看到一株犹如书上画的开满了黄花的植物时，兴奋得差点跳了起来。"这可是我们自己种植的铁皮石斛啊。"

骆玉珠小心翼翼地挖了一株，闻了又闻，这味道，确实就是铁皮石斛，心想："应该就是专家教我培育试验的这一批吧。"

野生的铁皮石斛，价格相当的昂贵。如果这个地方的环境能满足生长要求，就能进行大量的培植。铁皮石斛第二代也是奇珍异宝呀！

"这铁皮石斛生长的气候环境十分特殊，后山有很多枯木，生态环境也正好适合它生长，真是太好了。"骆玉珠把自己的计划，大致地说给陈江河听。陈江河一愣，他显然没有想到，骆玉珠这个实验居然差不多成功了，要大规模培育了，五六年的心血啊。陈江河马上答应，"这块地方还真是个风水宝地，我想再在房前屋后种牡丹、种玫瑰，我们也来当一回'花仙子'吧。"

"不行，这块地方是我先看中的，说什么也不能让你捷足先登。"话音刚落，夫妻俩对视着大笑。

第二代铁皮石斛成活率非常少。除了大棚，两人在后山枯树上找了大半天，一共才找到区区两三棵新鲜的铁皮石斛。在挖铁皮石斛时，夫妻俩都非常小心，尽量保持了根系的完整，还带上了泥团，这样可以大大提高移植的存活率。她之所以设计把铁皮石斛在枯树上培育，就是要给它们留出原生态的生长空间。

其实，骆玉珠要种植铁皮石斛并非空穴来风。那还得从王旭、邱岩从广西柳州带回野生铁皮石斛说起。当时，骆玉珠第一次看到铁皮石斛就感觉自己好像在哪里遇见过，有种特别亲切的念头出现。家里从奶奶开始，到妈妈，到自己，一家三代都是靠自己采药、晒药、配药、煎药，自己给自己治病的。

这些年，骆玉珠把铁皮石斛当成盆景养了起来。经过专家指导，几年过去，居然培育出了 100 多盆铁皮石斛，这就为骆玉珠发展药用植物的蓝图奠定了基础。骆玉珠上杭州、上海、南京、北京等著名研究所向专家请教。"你这种苗很普通！"专家的实在话犹如晴天霹雳，击碎了她的梦想。

"很多人倾家荡产了，你不值得冒险！"

"值得！这是挽救中华名贵中药材的大事，是关系到天下百姓健康的大事，它的价值和有可能带来的商机都是无法用金钱来衡量的。"骆玉珠的态度异常坚定。

"如果失败了呢？"关心她的专家还是为她捏了一把汗。

"姐啊，我们祖祖辈辈都是种田的，那种苦日子还没过够吗？"骆天宝也时常在骆玉珠跟前唠叨着。

"万一搞砸了，大不了从头再来。"骆玉珠破釜沉舟地说道。

峰回路转，专家告诉她：要做的第一件事，就是采集纯正正宗的铁皮石斛当作种苗。这让她看到了挽救仙草的希望。

骆玉珠带着专家终于在龙虎山顶采集到了号称“铁皮石斛之王”的优良品种。

金水山庄后山深处，矗立了两个钢结构的大棚，里面种着许多精心培育出来的铁皮石斛。那日，骆天宝逛了一回山庄，迷惑不解地对骆玉珠说：“姐啊，你们两个最聪明的人，一个养花一个种草，是不是这花啊草啊，能长出黄金来？有人说你们是一对活宝贝呢。”

骆玉珠回过神来，也情不自禁地笑了起来。“种仙草难啊，这石斛还真不是好伺候的。”

那段时间里，五十岁的骆玉珠三天两头往山庄小院几棵腐树下的大棚实验田里跑，神神秘秘地仔细观察石斛的生长情况。

二

又是一个阳光明媚的日子。骆玉珠依然在实验大棚里窸窸窣窣地晃动，不停地扯着碎木料查看，又仔细查秧苗盘。身旁的陈江河戴着草帽挽着裤腿一身农民打扮，一边忙着浇水，一边迷惑地偷瞥远处的骆玉珠。

骆玉珠气势汹汹，一瘸一拐走了过来，吼道：“你到底有没有动过我的秧苗盘？”陈江河随即反问：“你的秧苗怎么来问我了？”

陈江河笑了笑：“你最近记性不好，是不是都施过碎木料了？”骆玉珠十分肯定地回答着：“不可能，昨天刚运来的！”陈江河开起玩笑：“准是被胖婶家的鸡偷吃了。”

骆玉珠一把推开陈江河，蹲在地上抓起一把土，抬眼盯着丈夫。“你别以为我是三岁小孩，随便哄哄就好了。今天这件事不说清楚，我跟你没完。”陈江河低着头避开了妻子的目光。

骆玉珠气呼呼地数落着：“我说昨晚上你干吗去了，还骗我说拉肚子。”陈江河随即进行反驳：“这是我的有机肥。”

骆玉珠扬起手中竹竿，狠狠敲了过去。陈江河见状撒腿就跑：“你冷静点，有话好好说。”骆玉珠边追边骂，“从小你就喜欢跟我争，头一回见面就跟我抢位子，后来你在外面浪荡几年，回到义乌第一件事就跟我抢破棉布，别以为我都忘了！”

陈江河嬉皮笑脸回答道：“那些陈芝麻烂谷子的事你也提？”骆玉珠喘着粗气指着陈江河，愤怒地吼着：“我告诉你，你欠我的我都记得清清楚楚，一笔笔给你算！”陈江河仍然满面笑容：“怎么越老还越看不开了呢！”

“哎哟，胖婶她们的家鸡又来了！”陈江河突然像抓住了救命稻草，指着骆玉珠身后叫着。骆玉珠回头一看，一群鸡正四处啄食，气得举着竹竿追赶。这时，陈江河才长长地舒了口气，抹了抹额头上的汗。

折腾了一阵子，骆玉珠坐在板凳上修剪起牡丹花枝，陈江河咬着黄瓜凑近，递上一根黄瓜："给。"骆玉珠赌气不理。陈江河笑了笑："刚才那鸡又来了，我可帮你赶走了。"

骆玉珠拉着脸回应："这回你学精了，晚上尽惦记着偷碎木料。怎不用你的鸡毛自己沤去？"陈江河显得十分无奈："鸡毛沤肥最起码得一两个月才会见效，等不起啊。"骆玉珠立马回敬："信不信，惹急了我，把你的玫瑰全给挖了，让你再种种看。"

陈江河给她边揉腿边回答："你那石斛金贵，牡丹花娇滴滴的，可猴年马月能出效率啊？还不如我的玫瑰立竿见影来钱快，要不你那些大棚也用来种花算了。"骆玉珠一听，不由火冒三丈："浇牡丹花地的水你抢先用，碎木料又是你先用。种什么也得听你的，凭什么啊？"陈江河嬉皮笑脸地说："凭你是我老婆。"

骆玉珠瞪了瞪眼睛："做你老婆好啊？被你占了我一辈子的便宜。你对外人好着呢，你身边的人都养肥了，你就没养肥你老婆！"陈江河连忙应道："你可摸着胸口说句公道话，我对你怎么样？"

骆玉珠指着陈江河的鼻子吼："陈江河，你送过你老婆一件礼物吗？这辈子到底有没有送过？"陈江河一听，也急了："我没给你买过镯子？"骆玉珠冷笑了一下："你还好意思说啊！就那只镯子，亏你还记着。如果我是你——一个大男人，我就自己打自己的脸！我真他妈的害臊！"陈江河故意装成迷惑不解："我害什么臊啊？"骆玉珠反问："你知道我为什么种石斛、养牡丹花？这辈子连朵花你都舍不得买给我！我自己挣钱，自己买钻戒买首饰。"陈江河气得扭头进屋。

骆玉珠望着男人的背影，得意地笑了。

晚上，陈江河鬼鬼祟祟地在工具棚里，时而搬着东西，时而锯起木头，不一会儿，就忙得满头大汗。骆玉珠趴在窗户上往里偷望，一脸的诧异，心里嘀咕着：这个陈江河，葫芦里卖的是什么药？

第二天，骆玉珠发现大棚里又多了几串鸡脚印，就找上门去，跟胖婶争吵起来。

胖婶辩解道："我家的鸡我一直都看着的，不可能往你那块破大棚里跑。"

骆玉珠气呼呼地说："这样好了，我出钱把这些鸡买了，你看行不行？也省得我一趟趟跑来提醒你。"

胖婶摇了摇头："不卖不卖，我可不稀罕那几个钱，还等着吃鸡蛋呢！"

骆玉珠怒气腾腾："那你就看好你的鸡，别让它们乱吃我宝贝。"

胖婶昂起脑袋不服气："你哪只眼睛看见它们乱吃东西了？"

骆玉珠指了指地上散落的牡丹花、玫瑰花瓣，还有部分铁皮石斛，胖婶忙伸脚扒拉到一边。

骆玉珠恶狠狠地叫道："胖婶，你天天往我这轰鸡，把我这农庄当饲养场了？我这里光种苗就可以卖十多元一株，要是把我逼急了……"

胖婶双手叉腰，晃着脑袋："逼急了怎么着？难道我就是吓大的？你这里整块山都是我们石舍香樟村的，有本事，你来斗啊！"

三

王旭驾驶奔驰 S600 车在山路上行驶，从城区到鲤鱼山的路就是一条风景带，一幢幢粉墙黛瓦的农家小院错落有致。车过薰衣草乐园，紫色覆盖的薰衣草世界让人狂喜不已，到处弥漫着浓浓的青草香味。田边斜着一座城堡，不远处有几栋粉刷红色黄色墙壁、镶嵌着灰蓝色木窗的小房子，旁边的风车在不停地转动着。

太阳光照射在薰衣草草丛里，通往鲤鱼山的路好像穿上了彩色的外套，形成了一种泛蓝淡紫的紫红色光彩。王旭真想挤出时间，骑着自行车去欣赏沿途风景，去体会大自然的奇妙，让自己亲身感受义乌新农村的特色，去领略外婆家乡的风土人情。

穿过隧道、小桥，一路上杨柳依依，牡丹、百合、波斯菊、马鞭、百日草次第开放，展开了迷人的笑容。车停在农庄外，王旭背着双肩包，穿着运动背心，手持运动服，沿着丽水溪一路慢悠悠走来……

"妈！"骆玉珠正气得直瞪眼，转头一看，王旭正笑着望着自己。

胖婶远远地骂着："你不就仗着自己有个城里的儿子么，我还有俩儿子呢！想跟我斗，谁怕谁啊。"

王旭搂过母亲低声哄着，冲身后的胖嫂暗暗竖起大拇指。

陈江河屁颠屁颠地拿出自己亲手制作的义乌金丝琥珀蜜枣和南枣，王旭狼吞虎咽地吃着千张拉拉面。陈江河在旁边笑眯眯地干着活，还不时地抬头瞧一瞧。

骆玉珠一个劲地埋怨："这些菜，我是白给你炒了。"

王旭满脸堆笑："妈，油渣拌千张很香啊，我先把我爸的面吃完；枣拿去公司里，让大家尝尝；你那米饭我保证也吃个精光！"

陈江河得意地笑了笑，故意幸灾乐祸："看来，儿子还是喜欢我做的面。"

王旭赶紧冲老爸："爸……"阻

止他继续说下去。

骆玉珠装作没听见，自顾自地问王旭：“邱岩还没嫁人？”王旭摇了摇头，继续埋头吃。

老两口交换个眼神。

骆玉珠将邱岩名片还给儿子：“你再碰到岩岩就告诉她，女人别光顾着事业，三十好几的人了，再不生孩子就晚了。”

陈江河显得十分不满，故意干咳了几声。

骆玉珠白了老公一眼：“我哪说错了？人活着就得高高兴兴。你告诉她！”王旭应道：“好。”

陈江河反驳：“她高不高兴，你怎么知道？人家邱岩走到哪儿都差不了，凭什么都要按你的衡量标准。”

骆玉珠立即怒吼着：“那就按你的标准，让儿子天天吃面！”

王旭连忙起身，向厨房走去：“妈，我这就去装饭食了。”

陈江河想拉儿子一下，却被妻子拦住。“别为哄你妈高兴把自己给撑坏了。”

王旭笑着应声道：“我还饿着呢，主要是好久没吃我妈炒的菜了。”

吃饱喝足，王旭从包里取出两套可穿戴设备：“妈，爸，你们把这个戴上。”

骆玉珠一边摆弄一边问道：“这是什么呀？”

王旭笑了笑：“这是最新的远程可穿戴监控，你们干农活、睡觉，每一分每一秒的健康信息都会传输到我那儿，什么血压高啊，心跳过快啊，我二十四小时全程进行监控。”

骆玉珠拉下了脸：“连我跟你爸的心跳加快，你都知道了，我们还有没有自由？不戴。”

陈江河十分配合，把设备放到桌上：“这是给孙猴子戴的紧箍咒啊。我们在这神仙居里，什么病也没有。该戴的是你。”

王旭无奈叹息。

骆玉珠指了指碗：“快吃啊，饭要凉了！”

王旭忙端起艰难扒着饭：“我吃我吃！”

临走前，王旭接过一麻袋的菜往车上装。

“爸，我家山庄取名‘金水’，是纪念爷爷的吧！”

“绿水青山就是金山银山！”陈江河乐呵呵地转移话题：“回去让赵姐给你和小路做，这可是真正的有机菜，绿色环保纯天然，都是爸妈亲自种出来的。”

老两口望着车渐渐远去。

骆玉珠摇了摇头：“这孩子，还是没有忘记邱岩。”陈江河看了老伴一眼，默默地转身往屋里走去。骆玉珠则显得心事重重。

四

“陈家村新村”南面矗立着一座古典式牌楼，上面挂着“中国网店第一村”的醒目招牌，这个美丽乡村有48幢崭新的灰青砖瓦楼房，几乎每家一楼都租给了外来商户经商办厂，二楼、三楼则装潢得富丽堂皇。酷似别墅群的楼房坐北朝南，每条小巷均可通车，笔直整洁，每座楼的四周都包围着绿化带。要不是每盏路灯上挂着“陈家村人民欢迎您”“绿水青山就是金山银山”等字样，谁都还以为是到了义乌市区某个高档小区呢!

由于集聚化早，货源近，电商发达，年轻大学生都来陈家村开淘宝店，“几乎开一家成一家”，从此“陈家村——淘宝第一村”声名鹊起，天南海北怀有网商致富梦想的优秀人才，纷纷奔向了陈家村。

傍晚时分，在跨界互联网文创园里，让人眼花缭乱的激光灯闪耀着，随着动感的节奏，各色皮肤组成的美女啦啦队在台上热舞。台下群情激昂，欢呼声此起彼伏。旁边一块电子牌显示着倒计时，还有不到一分钟的时间。

蔡晓丹拼命挤在人群中，逆向冲后上方的陈路挥动着手臂。随着她舞动方向指向楼上操作大厅，一个棒球在空中一颠一颠的。

棒球有节奏地落在二十岁陈路手上，他靠在窗台，眯着眼凝望着场内狂欢的人群。身后的几十台电脑都亮一盏小灯，工作人员在紧张地忙碌。不时有人上报：“异地物流多活系统开启。”“物流海量数据库正常。”“加密系统正常！”

高扬老总既兴奋又紧张：“小路，就位了！”

陈路在电脑前紧张地工作，正挨桌指导着工作人员处理数据。不时有人上前召唤，陈路就赶去下一桌，俯身敲打键盘……

陈家村家家灯火通明，村民都守在电脑前紧张地注视屏幕。而物流中心里，几十个物流快递人员身着制服列队等候，成熟干练的巧姑快步上台，接过手下递上的喇叭：“十二点钟声一响，各地的货物很可能又和去年一样被堵在路上。作为电子商务第一村，陈家村能否赶在第一时间把货发出去，关系到品牌的问题。我这个村长拜托各位了，过完双双十一，我请大家喝丹溪酒！”巧姑抱拳向众人拱手。

好不容易熬到了凌晨五时，陈路打着哈欠，拖着疲惫不堪的身子走出了大门。这时，蔡晓丹兴高采烈地蹦到面前，陈路却如同看到怪物一样想躲避。

蔡晓丹清新秀气，长得很像汤唯，她举着一袋包子，在陈路面前晃来晃去：“早点！”

陈路一把夺过："你傻啊！"

蔡晓丹依然笑眯眯地说："你说什么，我听不清楚！"

陈路毫不留情地数落起来："天底下最傻的人就是你！人家都在家忙着双十一出货，你怎么跑这来蹦一晚上？"蔡晓丹一听，就乐了。"店里有我爸呢。是不是特累？我送你回家。"

陈路皱了皱眉毛："不用，我打的回去。"蔡晓丹却顺势强拽陈路，边拉边说："上我车吧，我是给首长开车的水准，保你美美地睡上一觉。"

陈路被推进汽车后座，蔡晓丹十分开心地坐进驾驶室。

一路上，蔡晓丹没完没了说个不停："你回义乌还没看过电影吧？"

陈路大口地边吃包子边回应着："没。"蔡晓丹看了看后视镜："那我请你看，怎么样？"陈路掐着嗓子，轻声回答："嗯……蔡晓丹，你怎么那么有钱啊，有车有房有摊位的。"

"谁能比你家有钱呀，高富帅！"

"我是打工仔，最多是创二代，不是富二代。现在我跟爸妈用的每一分钱，包括学费，都要打借条，以后要自己挣钱还债。爸爸要我靠自己的努力去做业绩，赚工资，那才有我的地位。我在公司有一张借款账单，是我欠的学费等费用。现在公司每月在我的工资中扣除部分'欠债'，还要算利息，他们一点也不留情面。我经常怀疑，自己是不是父母亲生的？"

蔡晓丹听得心花怒放，不由咯咯地笑个不停："说话算数，一起看电影，就这么定了！"陈路十分难受地说着："我噎着了！"蔡晓丹脸一红："不好意思，我怎么把牛奶给忘了！给……"说着将牛奶往后一递，没想到直接泼了陈路一脸。

陈路气得直瞪眼睛，那眼神，恨不得将奶瓶摔个粉碎。蔡晓丹回头一看止不住大笑起来。

当天下午，陈路不耐烦地在南门街华夏星空国际影城门口徘徊，不时看表。不远处，蔡晓丹抱着一个包从远处奔跑过来："来了！没迟到吧？"

陈路气急败坏："足足迟了一个小时，还好意思说没迟到？"

蔡晓丹轻声细语地解释着："人家在准备吃的嘛。"

陈路没好气地回敬道："用得着你准备吗？到处都有卖爆米花、冰激凌的！"

蔡晓丹认真摇头："不行，那都不健康。我做了一天呢，你准爱吃！"

陈路反问："还有，今天你让我陪你看这什么片子啊……"

打开密封的饭盒，陈路不由得傻了眼，里面全是酱牛肉。

陈路咽了口唾沫，叫道："大姐，您搞错没，看电影还吃酱牛肉？"

蔡晓丹一听倒乐了，用双手捶着

陈路的后背 :“你睡了九小时，到现在肯定还没吃饭。你看，我还带着馒头了呢！”说着蔡晓丹举出两个大白馒头 :“我蒸的！”

屏幕里放映的是动画大片。

前面座位上的观众都好奇地回头观看后排。

后排的蔡晓丹与陈路一人一个大白馒头夹牛肉，蔡晓丹还递上一袋榨菜。陈路看着手机上的跌停板，不时躲避着喂到嘴边的榨菜，差一点就要哭出来了。

五

现代化的岩旭集团总部，充满了时尚设计的气息。晚上，会议室里灯光通明，会议桌是乔布斯推崇的互联网思维、极简主义风格的经典鸡翅木实木桌!

围坐在桌旁的工作人员盯着屏幕APP，欣赏着先进医疗器械。

“我们手中的预防测试、可穿戴设备正是这次韩方联合采购的重点。全球共有七大医疗器械供应商参与竞标，最有竞争实力的是美欧集团，我们则被排除在外。”

“我觉得这等于虎口夺食，太冒险。”

“都是很有实力的公司，我们又没有进入竞标流程，希望不大。”

王旭用他的大嗓门喊道 :“无中生有，不轻言放弃！机会永远是抢来的。”会议室里顿时安静了下来。这时，秘书上前轻声低语，并递上电话。

“你确定？什么时候？”王旭依然背对着门口接听，他抬手看了看腕表，转椅终于转过来，用凌厉的目光扫视众人，“美欧集团代表已经踏上飞往韩国的飞机，预计明天中午十一点赶到首尔。”王旭猛然起身用手拍着桌子 :“都明白了？下周的采购会只是个幌子！人家都踏上征途了，我们还在纸上谈兵！”众人面面相觑，如临大敌。“各部门连夜准备材料，订最早的航班，务必抢在他们前面到达！”

邱岩身着深灰色套头毛衣，加上宽松板型百搭制服，搭配着墨绿色半身长裙，配上中跟旅游鞋，全身透着精致时尚感，轻松穿出了完美气质。邱岩抬手看了看表，快步地从首尔机场走出，身后几个美国人提着包紧跟着，早已等候的豪车打开车门，邱岩摘下墨镜坐进车中。

车刚上路不久，就走不动了。邱岩皱眉向车外望去，马路上车水马龙已经堵死。司机用力按着喇叭却寸步难行。邱岩用英文嘀咕着 :“刚才接电话就感觉不对，真担心情况有变。没想到，想什么来什么。”美国手下见状，无可奈何地催促着。

王旭乘坐的直升机降落在首尔公司大厦楼顶停机坪上，王旭身着西装，跳下直升机，两名手下提包跟随。韩国人立即迎上握手寒暄。

邱岩抵达首尔公司后，借口上卫生间，冲进了小会客室里。王旭见到青梅竹马的邱岩大惊，百感交集地注视着邱岩，邱岩撩拨头发环视四周。

邱岩问道："干爸、干妈好吗？"

"好，现在全世界最高兴的，估计就是他们俩了。我爸前几天还念叨你呢。你除了会寄贺卡、寄东西，就不知道把自己寄过来。"

邱岩笑了笑："经历过了这么多的事，他们活得越来越潇洒了，真让人羡慕啊。"

王旭："夏天通电话的时候，你不是还在沃尔玛嘛？"

邱岩一笑："我导师出任美欧总裁，临时把我抓过来了。"

王旭仔细看着手中的名片："美欧集团销售总监。"

"你呢？岩旭集团总裁。"

王旭："名字起得好吧？延续生命，延续传奇。"邱岩异样目光看着名片，王旭则含笑注视着。

邱岩想方设法转过话题："听说干爸已经是一个谦恭儒雅的君子，一个德高为师的兼职教授啦？"

王旭似答非答："我爸本来就是国际贸易、外汇结算、出口退税等现代化财务管理方面的行家，他确保了公司尽量少走弯路。不过，还是在山上隐居了，陪妈研究铁皮石斛。"

"干爸、干妈的玉珠品牌呢？"

"开发了上海的一大块商业用地。工程获得了上海市'白玉兰奖'和国家建筑最高奖项——鲁班奖。每年上缴税收就够买三个海外仓了。"

"与绿水青山结缘，真羡慕啊，干妈、干爸——休闲养生产业！我写毕业论文时发现，在创造性思维上美国人是老大；德国人是地球上的第一等工匠，总是在一丝不苟地抓质量；在不畏艰难、不怕辛苦方面，只要学干爸、干妈就行了，他俩是'工匠精神'的最好注解。"

"他们成立了专门的管理团队、科研团队。确立了玉珠集团的价值观：诚信、奉献、包容。现在工厂让大狗管着呢；收购了杨雪的天赐袜业，总厂在陈家村工业区，终于圆了爸妈年少时的梦想；跟德国人继续合资，做高端的五金礼品。但那些都不属于我的菜，我公司能在创业板上市，得有点科技含量才行。"

王旭骄傲地介绍说：商业神话"天赐"在上海福州路到南京路黄金地段上，曾在国内商界享有卓著声誉和巨大影响力。"十里南京路，天赐新世界"，福州路也是寸土寸金的地段，也是旧租界最早开辟的马路之一，旧称"四马路"，在19世纪初，便有了"文化街"的美称，至19世纪末，福州路及其附近，报馆、书局、笔墨文具店集中；戏园、电影、茶园书场、游乐场、舞厅等文化娱乐场所密布，专业戏班演出频繁，文化街已初露端倪；酒肆、旅馆等服务业聚集；洋行、药铺、百货、照相、钟表行、拍卖行、烟号、茶食等商业粗具规模，商市繁荣，形成申城最早的现代热闹大街之一。

“我看过干爸收购天赐袜业的感言：‘这一刻，我在黄浦江边，几十年前义乌商人摇响拨浪鼓的声音犹在耳边……我们都在不停地做梦，而且梦醒了之后还能够实实在在地做事情。’”

“我们认识天赐二十年，追求天赐有十个月了，它拥有深厚商业资源，我们是第一家提交有关如何将义乌小商品模式与天赐商业模式对接的报告给控股方上海杨氏集团的——干爸说这句话的时候充满了骄傲。”

“那用上海的‘地’种义乌的‘粮’，商誉、文化不是流水线能制造的东西，‘老字号’天赐所蕴含的历史、文化让人充满想象。拥有天赐真精彩，特带劲。可你怎么不学一点爸妈？”邱岩把名片往桌上一甩，气呼呼地说：“名人之后，堂堂上市公司老总，就干这种截糊的事吗？”

王旭咧嘴一笑：“你学会打麻将啦？”

邱岩摸了摸鼻子：“偶尔打，这是一个把同事往家里招的很好理由，我喜欢人多热闹。”王旭随即递上纸巾：“鼻炎还没好？”邱岩擦拭摇头。

王旭柔声说：“中药呢？没坚持吃？没人提醒你吗？”邱岩低垂着眼眉交了底：“这单买卖我必须做成。”

王旭靠在椅子上，马上恢复谈判状态：“要是做不成的话，你导师会气急败坏地把你枪毙吗？”邱岩大笑，摇摇头。

“那这单买卖，我抢定了。”

“你们没那么强的实力，美欧是几十年专做医疗器械的老牌。王旭，你争了也白争。”

“忘了告诉你，我还没失手过。”

邱岩点了点头：“这两年你做的每一单我都清楚。所以我不想玷污你全胜的战绩。但有一点，韩国人好像要借你我之争压条件。”

王旭笑眯眯看着邱岩，缓缓点头：“我也看出来了。”

过了好长一阵子，王旭手下与美欧的美国员工还在尴尬地站在门外等候。落地窗前，韩国老总正板着脸低声训斥手下：“双方怎么会认识呢？”手下连声认错：“真是对不起，情报严重失误！”

大门打开，王旭与邱岩气定神闲地走出。韩国人忙微笑迎上。

王旭：“资料留下，该谈的我都谈了，告辞。”

邱岩：“我们也先不谈了，等你们

消化完他们的方案，咱们再说。”

韩国人大惊，用韩语快速说着什么。

王旭与邱岩各带团队告辞离去。

韩国老板狠狠地瞪着手下，手下一个劲地鞠躬。

晚上，王旭听着电话，一脸愁容：“股票下跌也不是我一家的事，大势不好！我明白孙总，您跟其他的基金经理说一说，我们也在寻找医疗器械新的突破点……”

“朴会长已经答应共进晚餐，半小时后车到酒店门口接您。”

“把材料备好，都带上。”

“王总，看美欧来势汹汹，咱能抢到吗？”

“又不抢全部，咱的目标是可穿戴设备，签了就是胜利！”王旭想起什么，“给朴会长带的茶礼呢？”手下提着礼物袋扬了扬。

这时，手机突然响起，王旭边竖大拇指边接听。邱岩慵懒的声音传来：“干吗呢？”

“闲逛，看看首尔夜景。”

“一起吃晚饭？”

“你不早说，我刚吃完！人家现在都是准点按时吃饭。”

邱岩坐在车后座听着电话，脸上泛起了一丝笑意。“活得还挺健康，好吧，下次再约你。”邱岩挂上手机，冷笑看着窗外。

王旭下车急匆匆进入韩式餐厅，身着民族服饰的侍女引导他走入包厢，里面已经传出韩国乐舞声。王旭整理一下衣服，接过手下递上的包，露出微笑：“朴会长，上次的茶喝完了吧？”推拉门拉开，王旭的笑顿时僵在脸上。

韩国老总正与邱岩碰杯，对着邱岩大笑：“他迟到了！”

邱岩笑着喝酒，眯眼注视王旭：“他没迟到，是我们早到了。”

王旭强挤笑容，狠狠地瞪着邱岩坐下，正想接过碗碟。邱岩却说道：“不用了，王总已经吃过了，他活得很健康呢。”

韩国老总用力拍了拍王旭：“那就一起喝酒！”

邱岩笑着说：“按中国规矩，至少罚三杯。”

王旭尴尬地接过酒杯，邱岩轻轻碰杯，狡黠地笑笑。

邱岩拿过玉系列的茶礼看了看：“厉害啊，茶都推向国际了。”

韩国老总大声招呼上酒。

王旭压低声音跟邱岩交谈：“空肚喝酒，你不怕我醉吗？”邱岩也轻声应着：“给我看看你们的资料，可以考虑给你加一碗石锅拌饭。”

不久，后院墙内传来连续的呕吐声，王旭喘息着抹嘴走了回来。邱岩正双臂交叉抱在胸前在外面等候，冷冷地说道："这就是说谎的后果。"

王旭白了她一眼，转身往里走："几年不见，杀气腾腾啦！"

邱岩轻声应道："给你要了碗参鸡汤，吃完再进去。"

王旭冷笑："谢了，不饿。"

邱岩一把揪住他胳膊，露出了异样的目光："你说过，从来不骗我的。"

王旭挖苦着："你还答应学成会回来呢。"

两人默默对视好一阵子。还是邱岩先打破僵局："老实说吧，尽管你们的新产品让我很吃惊。但毕竟实力有限，你觉得韩国人会全盘接受你们的方案吗？"

"我也怕两败俱伤，时间一拖延，其他对手闻风赶来，您这次闪电战的意义全都没了。"

邱岩回敬着："那也是被你打乱的！"

"医疗设备我不跟你抢，CT、核磁共振、DR、CR 系统都是你的！预防测试，可穿戴设备归我。"

"预防测试也归我。这是美欧的强项，你拿不走。"

王旭无奈苦笑，邱岩看着他，大眼睛眨也不眨一下："否则我宁可等其他对手来。"

片刻，王旭伸出手："我俩就来一个刺猬法则：你发财，我赚钱！成交！把他灌倒？"

"切，有钱一起赚！"邱岩微笑着与他击了一下掌，两人并肩向屋里走去。

六

酒一直喝到了凌晨时分，已经醉了的朴会长热情地拥抱邱岩，王旭露出不悦时，朴会长还在借酒劲一抱再抱美人。王旭在一旁心痛地瞧着，狠狠地推倒了酒盏，朴会长这才来到王旭面前，紧握他的手："王董，谢谢你的茶！合作愉快！"

王旭微笑着送他上车，挥了挥手，回头看邱岩。"这老朴哪都好，就是太色了！"

邱岩微笑不语。

王旭看看表，又望望四周，故意没词找词："首尔没来过吧？"邱岩点点头。

王旭笑了笑："我是这里的常客。要不带你兜兜风？"

邱岩感觉莫名其妙："拿什么兜？"王旭神秘一笑。

随后，王旭从酒店里骑出一辆比亚乔摩托，邱岩坐在身后轻扶住他的腰，两人在美丽的首尔街道穿行，风扬起了邱岩的头发。

慢慢地，王旭感觉背部被一对柔软的东西贴上了，心里感到一阵温暖，知道女神邱岩是绝不会把高高耸立的乳房作为吸引男生工具的，她今天是真情流露。

如罗马假日般，两人在河岸边、免税区、广场等不同景点游览，王旭激情爆发，给邱岩讲解时不时说笑。两人时而眼神热烈，欲吐还休，时而眼神对在一起，恍惚错开，各有心事。

邱岩从摩托上下来，把手抄在口袋里，体贴地拍拍王旭肩膀提醒道：

“假日结束，美好的时光逝者如斯夫，王董日理万机，这个时候没空闲荡啦！”

王旭微微一笑，两人都没走的意思。

王旭没话找话：“你什么时候走？”

“明天，你呢？”

“我晚一点，还有别的事。”

邱岩眯起眼笑看，指着他威胁：“等我走了抢生意？”王旭无奈看着她。

邱岩体贴地莞尔一笑：“谅你也不敢！回去吧，都睡个好觉。”

王旭默默点头，邱岩转身走去。

这时，邱岩放慢脚步，感受着背后不舍的眼神，自己下定决心般回头：“要不要上来再喝一杯？”“还喝？”邱岩抱歉地笑笑：“是啊，你今晚喝太多了。那……”

王旭忙从摩托上下来：“不不不！都消耗完了。”

在邱岩的商务套房里，女神调皮地咬着嘴唇一笑。她在酒杯里倒上红酒，再加入五彩缤纷的饮料。王旭坐在沙发上目光异样地注视着，邱岩递过杯来。

王旭发现有两杯看起来像果汁的饮料。颜色鲜艳并且分为三层，青的苍翠欲滴，红的艳如桃花，白的洁白无瑕。上面点缀着一粒晶莹剔透的红樱桃，热烈而成熟的樱桃娇媚可爱。一根造型别致的艺术吸管慵懒地斜躺着，古典秀女般的妩媚动人。

邱岩端起那杯“浪漫风情”，细细吮了一口，王旭看着那颜色上下动荡了些，一会儿又恢复了那固有的宁静，界限依然清晰。邱岩用略带伤感的语调开始了与王旭的交谈。她化身成一个沉浸在李清照、苏小小、林徽因等诗词歌赋中，能够轻易地读懂风花雪月的女才子，秀丽娇媚，不再有杀气。

两人一起打情骂俏，王旭骂一句脏话，女神就掐一下他的脸，或者摸一下腰。

王旭看看桌上的空酒瓶：“咱喝完这瓶别再开了，行吗？”

邱岩突然很认真，带着醉意：“那你说个祝酒词。”

王旭有点迷糊：“这么正式？你来说。”

邱岩摇头凝视：“我就要听你说。”

“想听什么风格的？喜悦的，悲伤的，美好的，总结过去还是畅想未来的？”

邱岩轻声：“就为过去做个总结吧。”

王旭低头想想："为了一起拥有过的美好时光，为了我俩刻骨铭心的记忆干杯。"

邱岩："俗不可耐。"

王旭："那为我们共同经历的悲伤和快乐干杯？"

邱岩："小家子气。"

王旭又想："为我们突如其来的相聚与别离干杯！"

邱岩："像个怨妇。"

王旭泄了气，邱岩带着醉意扑哧乐起来。

王旭举杯要喝："先干为敬吧。"

邱岩一把强按住王旭，找出耳机塞到他与自己耳朵上，王旭怔怔地看着她。

邱岩带着醉劲，笑眯眯打开音乐。

两人轻声哼起张雨生的《大海》。

如果大海能够，唤回曾经的爱，就让我用一生来等待。

如果深情往事，你已不再留恋，就让它随风飘远。

如果大海能够，带走我的哀愁，就像带走每条河流。

所有受过的伤，所有流过的泪，请全部带走。

如果大海能够，唤回曾经的爱，就让我用一生来等待。

两个年轻人都是泪流满面。

邱岩轻声："为了……属于我们的这首歌干杯。"

邱岩天生好歌喉，长相又格外小清新。她是别人眼中的强势美女，在青梅竹马的王旭面前，显示妩媚的同时，还展示了一股率真俏皮的气质。

两人沉浸在歌声中，轻轻相碰，注视对方一饮而尽。

邱岩靠坐在一旁的沙发上，闭上眼睛随着节奏唱起来。

王旭深情注视。"我还是想知道，你当年为什么要走。"

邱岩依旧闭着眼："想知道吗？倒酒。"

王旭倒好，递到面前。

邱岩与他相碰，又是一饮而尽，指了指王旭酒杯，王旭艰难喝干。

邱岩哀伤地："我病了。"

王旭无可奈何看着她："鼻炎？"

邱岩笑了笑，晃晃手里的空酒杯，示意。

王旭无奈又倒上："我只想知道真正的原因，是因为你心里……"

邱岩又喝尽："我真病了。"

王旭仰头喝尽，邱岩指了指自己的头。

邱岩："这里。"

王旭哭笑不得："好好好，不是心里，是思想。我就知道那时候你对我有意见，斯坦福读书只是个由头。"

邱岩苦笑摇头，又调皮地晃晃空酒杯。

王旭："你不能再喝了，你刚才陪

那会长喝不少了！”

邱岩像变了个人般：“小旭，如果你今晚不给我倒酒，以后你就没机会了。”

王旭无奈叹息，倒酒。

邱岩又喝干，王旭感觉不对劲，想拦。

王旭：“你今天……”

邱岩闭眼躺靠在沙发上：“嘘——”

夜色寂静，邱岩喃喃着：“真想现在就闭上眼睛，再也不睁开。就这样死去。”

王旭苦笑：“那我可跳到黄河也洗不清了，您要是走了，我后半辈子得挨多少骂啊。”

“小旭。”

“嗯？”

“八年了，为什么不找一个人？”

王旭惆怅起身，提着红酒瓶靠在窗前：“因为，我在等一个人。等她看过来，八年算什么，我可以等一辈子。”

邱岩突然睁眼，默默看着王旭身影，眼中挂满泪水。

王旭呆呆地望着窗外，竟仰头拿酒瓶喝起。

邱岩颤抖的声音：“如果，如果你等的这个人……会随时离开你呢？”

王旭恍惚：“离开？能去哪儿？”

邱岩渴盼的目光：“去一个你永远也找不到的地方。”

王旭费劲地想着。

邱岩想撑起身，却突然头痛欲裂，恐惧地掐住头。

王旭忙回头：“哪儿不舒服？邱岩？”

邱岩推开他：“太晚了，你走吧，走！”

王旭怔怔看着她。

邱岩已经跌跌撞撞奔进卫生间，将门撞上：“你走！”

王旭拍门：“你，没事吧？吐出来就好了。”

邱岩无力地瞪着眼：“走。”王旭十分无奈地出门离去。

王旭的激情虽然过去，心里依然甜蜜，很自然地问：“下次什么时候再见？”

酒店房间，邱岩双手抓住头发，撑住洗漱台，看着镜中痛苦难忍的自己。那一幕又出现在眼前：在美国医院里，邱岩面无表情，身穿病号服被推入核磁机。医生看着荧光屏下的片子，缓缓摇了摇头。“在原来手术的位置，这个新瘤，增长速度很快。”邱岩凄然一笑：“我以为这颗定时炸弹拆除了呢。”

王旭孤独地骑着摩托，神色恍惚。

美好的时光总是那么短暂。邱岩笑眯眯地转身接过王旭手中的行李箱。王旭也一脸微笑地盯着美丽的姑娘，幽默地说：“不会又等八年再见吧？”

"说不定啊，也许一辈子呢！"

王旭无可奈何将头转向别处。

"生气了？"

王旭不在乎地一笑："哪敢啊。"

邱岩深吸一口气："王旭，你知道我的最大心愿是什么？"王旭两眼一动不动地看着她。

邱岩一笑，转身拉着行李箱往人流中走去。

王旭不甘心地追问："是什么？"

邱岩头也不回地说："我也做一回干妈！"

王旭呆住，透出一副恼火的目光。

邱岩依然没有回头，潇洒地向前走着，脸上却泪如泉涌。

韩国公路上，王旭郁闷地把着比亚乔摩托把手，狠踩油门，耳机里放着迪克牛仔的《有多少爱可以重来》。

一架飞机从头顶飞过，王旭跳下比亚乔摩托车仰头望着。

王旭突然发泄："八年！抗战八年赶走了鬼子，我爸等了八年娶回了我妈！你问我八年为什么不找一个人，你让我去问谁？"

飞机越飞越高，消失在云层。

王旭一拳重重地击向天空，痛苦地垂下头去。

歌声渐渐随着飞机的轰鸣悠荡在天际："有多少爱可以重来，有多少人值得等待……"

七

商城义乌的夜晚，灯火辉煌。一路上，陈路躺在舅舅的车里呼呼地睡着，小轿车七拐八拐拐进了陈家村文化广场。"外甥老爷，快起来了！赶紧帮你舅妈的忙去！"

陈路伸个懒腰下车，看见村文化礼堂里,巧姑正在给两个外国人做"三方调解"，就抱着胳膊好奇地瞧着巧姑劝架。

"如果那样卖，我就亏大了！"一位皮肤白皙的老外显得十分委屈。

巧姑开导道："要长存多替别人想想的意念，宁可自己吃亏点！一定要照顾到别人的利益。客人是条龙，不来人要穷！这个道理你都不懂啊？亏你还口口声声说自己是义乌人。"白人委屈得直摇头。

巧姑转头冲着中亚人说："他给你换。Change！ He Change！"中亚人感动地上前拥抱巧姑，说了一串听不懂的感激。

巧姑像安慰孩子般拍着中亚人的背："好好好。皮特，去给人换了！"白人无奈地点点头，跟中亚人一起离开。

陈路伸出大拇指夸道："上门不欺客，海纳百川的胸怀！舅妈，你真行啊！"骆天宝也跟着起哄："还别说，不欺生不排外，国际劝架一等一的高手！"

巧姑一回身，兴奋地叫道："接来啦！小祖宗，快帮我唱台戏。"

这时，骆天宝让人把横幅拉开。陈路打量着横幅上"陈家村电子商务论坛"这几个大字，哭笑不得："我们这一个村还弄个论坛，太扯了吧！"

巧姑站在一旁，认真地说着："你现在可是名人了，要注意形象！"

陈路是丈二和尚摸不着头脑："什么名人？"

巧姑激动地说着："你可别跟我装糊涂了！人家马老板在网上都说要隆重感谢你们，中午刚播的消息！天宝，赶快把新闻调出来！"

陈路俯身看看电脑，骆天宝指着屏幕说道："今年双十一网购，没有出现往年的堵塞，全靠你们这支神秘的技术团队，你看，还提到你的名字。"

陈路嘀咕着："这个高扬，怎么把我给推出去了？"

巧姑往屋外一瞧，马上叫道："记者都来了，快快，快去！你这个名人刚出名，舅妈帮你再吹吹！"

陈路显得十分无奈："你以为吹喇叭啊，我要说什么都还没准备呢。"陈路还想回避，却早已被推出去，巧姑与骆天宝相视而笑，充满期盼地望着外面。

屋外，几位记者将陈路围住，麦克风、录音笔立即递到嘴边。陈路不知所措地笑笑，回头看，巧姑与骆天宝冲他打着手势。

"陈专家，难道义乌引以为豪的小商品市场会消亡吗？成千上万的摊位创造出的奇迹会消失吗？"

巧姑紧张地抱住骆天宝的胳膊，轻声祈祷："别胡说，别胡说……"

陈路斩钉截铁地表示："会，因为电商会使中间环节扁平化，我预言将来所有的代理商都会垮掉。而仓储、物流管理将是电商竞争的核心！"

巧姑着急地不断擦汗，一个劲地冲着陈路摇头，骆天宝也急得团团转。

"据我所知，你就是义乌的子弟，而且当年你父母的玉珠集团……"

陈路打断，坚定地说："所以我爸爸想突围，但是失败了。他现在转向到健康产业。转型可能会死，不转型死得更快。"

巧姑扒着门揪心地听着，可怜巴巴地说："天宝，把小路叫过来是不是叫错了？"骆天宝诚恳地点头，随即上前抱住陈路，歉意地冲记者们点头："采访就到这，陈专家还要赶去开会呢！"

"舅舅，我还没说完呢。"

巧姑连忙招呼："各位记者，大家进屋再聊……"

鸡毛飞上天

长篇小说

Feather Flies To The Sky

〔第三十七集〕

一

身材颀长的王旭正在翻看邱岩的脸书，他注视着屏幕上那个归去来兮的笔洗图。电脑里对话框闪动着，王旭忙点击。邓涛出现在视屏中："兄弟，我相信有个情报你肯定很感兴趣。"

王旭回答道："少废话，快说！"邓涛十分神秘地回复："阮文雄的海外仓准备出手了！"王旭立马提起精神："你怎么知道？"邓涛迅速回答："他找了几家公关公司包括我的惊涛传媒，十三座海外仓都在寻找买家。"王旭眯眼思索。

在佛堂老街悠长的路灯下，几个老者在下象棋。旁边的亭台楼阁沿街竖立，一辆外地牌照的加长林肯豪车2NE61悄然缓慢驶近小巷，远远地停在老市基路边。阮文雄走到路灯不远处停下，恭恭敬敬地等候着。

二叔嘴里大喊一声："将！"

见对方要悔棋，二叔拼命攥住其手腕笑道："哎，老哥，落子无悔，这是江湖老规矩，你难道不懂？"对方惭愧一笑："输了，输了。"二叔笑眯眯起身，跟几个老汉说笑着告别："若想赢，明天再下一盘！"

二叔走到阮文雄身前，笑意收在脸上，俨然变了个人，看得阮文雄的心里直发毛。

阮文雄悄悄告诉二叔，家族好多事都等着了断呢，爷儿俩这才一前一后从佛堂老街向江北的将军府漫步走去。二叔边走边悠悠地说："我喜欢这佛堂老巷子的味道，闻一闻，生煎味、青苔味、雨巷味，统统都有，你们这代人没有那个记忆，我可是一闭眼就能回到小时候啊。"

二叔居住的游击将军陈大成府建于明代中晚期，现存的建筑有近三千平方米，是较完整的单体四合院。坐北朝南，厢房两间。院内北、东、西各有三间房屋，均为硬山顶合瓦过垄脊屋面，前出廊子。廊步明间有雀替，上有倒挂楣子，下有坐凳栏杆。房子之间由转角廊相连。北房带东西耳房各三间，南房西接顺山倒座房三间。各房墀头处均有精美的戚继光抗倭砖雕图案，各廊间的走马板处有戚家军书法篆刻砖雕，北房明间木隔扇上有木刻楹联。西耳房南侧西墙上砖刻着"游击将军"四字。

阮文雄从小在国外长大，确实没有故乡情结，更没二叔这样的感受。二叔看了阮文雄一眼，劝他说："你也要有这种感觉，叶落归根哪，谁都有落下的那一天。"

"陈大成是倍磊人，戚家军就是义乌兵。我从前不感兴趣，有空我去看看！"阮文雄唯唯诺诺，二叔话题一转："听说你要出让欧洲的海外仓？"阮文雄一听，惊叹二叔虽然两耳不闻窗外事，却竟然记挂着这事，心里十分感动："是。太拖累集团的业绩了，这么多年都没起色，侄儿真是惭愧。"

二叔打断阮文雄的话，语重心长地开导起来："海外仓储以北美为最强，欧洲次之，迪拜也很发达，唯在东欧、中亚不宜建。"阮文雄站在一旁赔笑着："当初二叔极力阻拦过，可侄儿太过自信没有听。"

二叔爽朗地笑起来："但现在我要反过来劝你了，时也运也，要知道'一带一路'是中国的国家战略，这是送给我们的好机遇，偏偏在这个时候你要放弃？"

阮文雄双目诧异地看着二叔，解释着说："'一带一路'的设想很好，但现在看，那还只是个设想，不确定的因素太多，我们没必要去跟着冒这个风险吧？"

二叔意味深长地笑笑："你太小看中国的国家意志了，举全国之力运筹帷幄，何事不成？我可是经历过来的。义乌是中国商业模式创新的一个成功符号，目前义乌已经获批国内贸易流通体制改革发展综合试点，全面推广市场采购贸易方式试点，多部委派人都驻点攻关义新欧直销模式。”阮文雄不以为然地微微一笑。二叔仔细地打量着：“不过你是家族的掌舵人，二叔只能劝你三思而行，只要在华人之间转手，就不会受制于外国人。”阮文雄恭恭敬敬回答“是”。

二

陈路难掩心中的兴奋，总想跟哥哥说说话。可王旭边吃早餐边看IPAD新闻，根本不搭理。陈路春风满面地说着：“哥，我有个天才构想要告诉你。”王旭马上泼冷水：“别网络上有人夸你是天才，你就真拿自己当天才了。”陈路边嬉笑边说：“不是的，我这构想特High！我讲给你听啊，网上超级自动售货机……”

王旭一边示意嘘声，一边冲手机发语音微信：“让资本运营部李总开盘前到我办公室。带上柯氏远程的收购方案。”

陈路耐下性子，继续谈着自己的计划：“它打破了B2B、B2C、O2O一切模式，直接由客户终端选择，自动比价自动配货自动物流……”

王旭皱眉听着微信语音，又冲手机：“韩国那边需要展示，再调一台机器过去。”

陈路强忍住怒火，依然微笑：“它的诞生意味着真正意义的中间环节扁平化，拼到最后就是仓储和物流……”

王旭打开微信语音免提：“王总，今天的义新欧发车仪式，邀请您参加。”王旭冲着手机回复：“我知道，让小刘准备的花篮送去了吗？”

陈路实在忍不住抢过手机放在一旁，王旭瞪起双眼：“你干吗？”“我刚才说了那么多，你听了吗？你就知道忙自己的事！”

“不就是自动售货机吗？商场里那种。”陈路显得十分恼火：“你太侮辱人了！我这是网上！”

“哦，就是你一按手机一点鼠标，自动售货机就噼里啪啦地掉东西……”

说着，王旭自己先乐了。陈路一拍桌子，吼道：“你一点都不尊重我！”

赵姐从厨房出来，连忙劝道：“小旭啊，你好好听你弟说话。我在厨房里都听不过去了！”陈路一听，更来劲了。“赵姨，你看他啊！”

“人家小路说的是BP机模式，跟售货机连上……”赵姐说到这，不由愣住了，“唉，小路，问题是现在还有BP机吗？”王旭乐得差点把饭喷了出来，随手拿了片面包，提起包包出门了。气得陈路在一旁干瞪眼。

在义新欧始发站义乌铁路西站，这里处于金华山主脉，是鲤鱼山与天公山之间的风水宝地。西北有《共产党宣言》首译者陈望道故居，离“乌伤四子”出生地、王旭外婆家骆母塘都很近。海关工作人员正在一排排货场不停地忙碌着，王旭胸前别着贵宾字样的胸标，独自走到巨大的义新欧地图前。

工作人员将一张义新欧的发车路线图递给王旭，王旭接过一看，顿时像触电一般惊呆了：图上每个经过的站点都是精心选择的，从义乌驶出后一路向西，途经俄罗斯、德国、法国，奔向西班牙首都马德里市。

工作人员提醒王旭，发车仪式马上就要开始了，他这才恍惚醒过神来，忙点头跟随走去，不时回头凝望地图。

第二天，东欧一个机场，一架飞机缓缓降落。王旭戴着墨镜、坐着当地出租车在街上穿行。一会儿，他背着双肩背包，跟随着东欧当地人走进海外仓（当初的中转仓）。货物摆设与之前大不相同了，王旭摘下墨镜扫视。当地人随即问道：“先生，您的货有什么要求吗？”

王旭微微一笑，摆了摆手应道：“我提的要求你们都满足不了，那就带我再四处看看吧。”一边说一边掏出手机想偷偷拍照。仓内工作人员立即上前阻拦，王旭只好笑着说一声：“对不起。”

三

农庄小院的夜有些冷，陈江河和骆玉珠早早地就寝休息了。这时，桌子上的手机震动起来，骆玉珠从床上坐起，戴上老花镜看着微信，叹了口气。陈江河翻了个身，问道“谁啊？大半夜的，还让不让人睡觉了？”骆玉珠轻声说：“是赵姐的电话，小路又被他哥骂了一顿。”陈江河一听就来了气：“这个赵姐，怎么搞的，喜欢三天两头打小报告？人越老这心里越装不下事了。”骆玉珠没好声地应着：“还不是你儿子天天惹是生非闹的。”陈江河气呼呼地说：“让他们哥俩打去，越打关系越好。”骆玉珠轻轻地踹了老公一下，皱着眉头发微信。

次日早上，骆玉珠躺在摇椅上闭目养神，她手里紧攥着一根竹竿，一有响动就忙着睁开眼睛巡视。

这不，一群鸡又涌到地里，来啄食玫瑰花啦，每次铁皮石斛种苗都会跟着遭殃。

整个上午，骆玉珠就这样来来回回忙着赶鸡，累得双脚像是灌了铅似的。骆玉珠暗想：这样鸡来人赶的不是办法，还真得用绝招对付一下。

陈江河收拾农具进屋时，看见骆玉珠在热气腾腾的大盆里给鸡拔毛，随口说道：“你可真够狠的！”骆玉珠白了他一眼，咬牙切齿地说：“这叫以其人之道还治其人之身。”

“往后我再也不敢招你了。”

骆玉珠语带双关，开心地说：“看见招我的下场了吧？”

陈江河心有灵犀，随后问道：“晚上有肉吃吗？”

骆玉珠得意地说：“先给我揉揉腿，揉舒服了赏肉。”

对妻子的唠唠叨叨，陈江河嬉皮笑脸起来：“遵命，夫人。”说完，马上蹲下给老婆揉腿。

不料，骆玉珠立即叫了起来：“脏死了！快起来把手洗干净！你那手上的泥都擦到我腿上了！”

晚上，骆玉珠来到胖婶家，笑眯眯地将鸡肉放到桌上：“这是我特地炖的鸡肉，你尝尝。”

胖婶喜上眉梢：“还专门给我送来了。”胖婶吃了一块连连赞叹：“香，真香！”

这时，骆玉珠将一百元钱放到桌上。胖婶不禁一愣：“怎么还给我钱？”

“吃我家铁皮石斛、牡丹花、玫瑰花长大的鸡，当然又补又香啦！”骆玉珠微微一笑，话锋一转，“这是土鸡损失费。”

“你，你！”胖婶惊讶地望着骆玉珠，“你还真给我炖了？”

骆玉珠得意地说着：“我可说话算话，骗你干吗？”

“你一种就是上百亩地的大棚，我这才养几只鸡，能吃多少？”胖婶顿时号啕大哭，“你炖了就算了，还给我送了回来，这不是成心气人吗！”

“谁让你家的鸡老是往大棚里钻的？”骆玉珠挖苦道，“每回堵好了，这鸡又钻回来。我还挺纳闷的，这鸡怎么这么聪明呢，八成知道自己挖洞了！”

胖婶脸色发白，指着骆玉珠说：“你骂谁呢！”

骆玉珠装作一脸无辜：“我谁也没骂，鸡也吃了，钱也给了，我们两家也就算两清了！”

胖婶带着哭腔，说着：“太欺负人了！我的宝贝头领死得冤哪，这事得说清楚！”骆玉珠立马回敬：“不冤，它活着冲锋陷阵，死了还给你赚钱了啊！我向你保证，以后你的鸡再往我大棚里钻，来一只我炖一只！每只给你五十。”

说罢，骆玉珠扬长而去，气得胖婶直发抖。

一路上，骆玉珠唱着“十八相送”，满脸快意地朝家走去，还没上坡就望见老公爬在树边修建什么。骆玉珠忙躲靠在院门后偷看，目光一喜：“树屋！”

陈江河手忙脚乱地盖上遮布，可还是来不及了。骆玉珠扯下遮布欣喜地仰头看着。“真漂亮，鸡毛，你怎么想起搭这个的？”

陈江河边从梯子上爬下，边说道：

“谁小时候跟假小子一样，老是喜欢爬树啊？”

骆玉珠咧嘴傻乐，捧住老公的脸亲了一下，转身就要往上爬。陈江河一把拦住：“看你猴急的，还没做完呢！”骆玉珠央求着：“你就让我先试一下，好吗？”陈江河拉长了脸：“下来！等完工后都归你！你睡上面我也不来管。”

骆玉珠乐得跟孩子一般：“哎呀！哎呀！我说你这些天偷偷摸摸干什么呢，死老头子！”

“这辈子要么就不送，要送礼我就送到人心里去！”陈江河微笑着满含温情地搂过妻子，两人一起仰头凝望。骆玉珠轻轻地捶了他一下，头靠在他肩膀上甜甜地笑了。

四

这一天，老牛、山羊在山坡上安静地吃着草。狭窄的乡间小路上，陈江河开着电动三轮代步车、带着抱着一篮子菜的骆玉珠缓缓前行。一辆宝马5系豪车跟随在三轮车后面，急得一个劲地直按喇叭。司机从窗户里探出头大叫闪开，陈江河像没听见一样，仍不紧不慢地开着。

豪车司机几次想超车都没成功，只得在后面以十码的速度颠簸着，后座的老板不停地催促超过他。可三轮车偏偏像背后长了眼睛似的，无论司机怎么转向，始终慢悠悠地堵在前头。不久，陈江河干脆停了车下来推着走了。

司机气不过责备道：“哎哟，老头子，你到底是怎么回事？”

陈江河回头一看，好心地说：“老板，前面有个坑，连下几天雨都积水了，你过不去。”

老板哭笑不得，叫司机去前面看看。司机很不情愿地下车，快步上前查看，回头说着：“差不多！”

陈江河说车子肯定过不去，老板不服，拍拍车说：“同年哥，你知道我这是什么车吗？这是四轮驱动，懂吗？我这底盘是自动升降的，就是说这车能抬高……”

骆玉珠一直在小三轮上坐着，嗑着瓜子冷眼瞧着。陈江河苦笑，回头看看老婆：“这坑深，你这车再抬高也就二十厘米，没有用的。”

老板不耐烦地一挥手，司机启动车前行。骆玉珠边嗑着瓜子边数落起来：“说不让你管闲事吧？”陈江河低头没话说，使劲将三轮车推到一旁。老两口眼睁睁地看着豪车填到水坑里，再加油也没能动一下。

这时，陈江河也从老婆手里抓了把瓜子，跟着嗑了起来。老板与司机下车前前后后地看了几遍，又是推车又是加油，后来干脆熄了火，车终于坏了。

老板气呼呼地踢了司机一脚："真是笨死了！"

老板随即走上前，掏出两百块钱说："老头子，你到前面石舍香樟村，去通知村长派人来帮忙推车，就说我姓魏，这钱算报酬，谢谢啊！"

老两口一动不动，眯着眼继续嗑瓜子。魏老板诧异地打量两人，又加了一百。这时,陈江河好心提醒他:"让你的司机看看线束的接头。"

司机打开车前盖,一查。喊道:"老板！没大事，刚才坑里震得厉害，是线束接头松了，所以打不着火。"陈江河骑上电动三轮，载着老婆颠簸前行。

魏老板心中一震，转头怔怔地望着驶去的老两口……

入夜，陈江河坐在农庄小院板凳上给骆玉珠揉腿，手机铃声响起，骆玉珠拿起翻看，都是国外的景象，心里嘀咕着："好家伙，儿子都出国行动了，自己还被蒙在鼓里。"陈江河接过手机,仔细翻看。骆玉珠大声问道:"是你当年做的那些中转仓吧？王旭这小子怎么跑那去了？"

陈江河默不作声，怔怔地注视照片，起身走到院里："天儿，你就回儿子一条，做买卖不能意气用事。"骆玉珠迟疑了一下，低头用手机发出。

这时，王旭独坐在东欧街头咖啡馆，手机响了一声，他忙低头看屏幕，深深叹息，摇头苦笑了一下。

月伢溪在汩汩流淌，陈江河站在水边小心翼翼地下着虾笼，骆玉珠踮着脚盯着："这虾怎么还不进去呢？"

陈江河笑老婆真笨，抓虾蛮卜怎么能急性子呢？这个时候千万不能弄出声响，否则前功尽弃。

过了一会，陈江河猛地用挑竿将虾笼挑离水面，小鱼虾子在笼中蹦跶着乱窜。骆玉珠赶紧把网里的虾子逐个捡起，放进鱼篓。

骆玉珠查看着篓里的虾，心想着家里的大壮最爱吃虾，准备留些给它。陈江河按住篓子说："你等等！我费了大半天劲，都是给大壮吃的？"

骆玉珠推了老公一把："小气鬼，行了你，跟一只鹅吃什么醋啊？"

骆玉珠抱住篓子往回走，陈江河眯起眼望向对岸。骆玉珠回头顺着老公目光望去，坡上，魏老板指指点点的，正带着几个人在勘探着什么。

陈江河骑着电动车，载着骆玉珠来到村里，看见胖婶和几个乡亲急急忙忙地往村委会跑。夫妻俩十分好奇，就停了下来观望。村长老朱见状，马上喊道："江河，快点来领表！"

陈江河不解，村长老朱递上一张纸说："不知道哪来的大款，免费发放有机肥料，每家几口人占几亩地，种什么，收成多少都得填，填完调查表一家领一袋！"

陈江河接过，与骆玉珠会意一笑。这分明是要占地开发的意思啊，陈江河自言自语地说："这下套的方法，并不高级啊。"骆玉珠白了老公一眼，讽刺道："人家都跟你似的老奸巨滑呀！"

大狗带着魏老板的背景资料来到金水农庄。陈江河、骆玉珠两口子坐在一旁翻看材料，大狗狼吞虎咽地吃着饭，吃了一会一抹嘴说："这老板姓魏，卖肥料农药起家。后来搞起房地产、高尔夫，开了几片地规模都不大。"

骆玉珠一听，忧心忡忡地说："看来，人家早就盯上我们这里了。"

大狗起身拍着胸脯说："这还不好办吗，都不用您二位出马，我直接搞定他。"

陈江河吩咐大狗："这事你别管。来来来，我再给你盛一碗，吃饱了饭，明天夜里开始带人来，悄悄地进村，打枪的不要。"

陈江河拿过碗盛饭，大狗忙起身抢过碗，说吃饱了。大狗问："哥，明晚干吗？"

陈江河神秘地说："把后山那些荒地都给我圈起来，插上铁皮石斛园的牌子。"

骆玉珠听着更来劲了："白天再安排人，多领几张表，一张表一袋有机肥呢。多做些牌子，把山上那些树都挂上，标上多少年，能沾药材边的都写上中药名称。千万别忘了那片枯木林，它是铁皮石斛原生态培植实验母树林！"

大狗一听一脸的坏笑，陈江河琢磨着，晚上还得让老朱把大伙叫来，既然人家不辞辛苦把台搭起来了，就得唱出好戏。

骆玉珠哼了一声："还好戏呢？谁看不出是拆台呀！"陈江河没忍住，笑出了声。

老朱带着乡亲们从四面八方往农庄小院走来，胖婶嗑着瓜子，站在栅栏外好奇地瞧着村长。村长老朱叫胖婶一块去，可她并不想去凑热闹。老朱软磨硬拖又拉又劝，说人家毕竟是城里来的，见多识广，去听听怎么回事吧！胖婶极不情愿地跟随村长一起走来。

魏老板又一次来到石舍香樟村村部时，村长老朱及乡亲们黑压压地都围了上来。魏老板吃惊地看着乡亲们，一个个争先恐后地交表领有机肥，魏老板吓了一跳，他不停地抹汗祈祷，"嗨哟，都是钱哪！"

村长老朱摇着魏老板的手臂："魏总，真是太感谢您了。您下乡给我们村送了这么多肥料，我们一定要大力发展农业生产，支援国家建设！"

魏老板吃惊地问村长："老朱，你们村到底有多少家，不就几十户吗？"

老朱摆摆手："后山还有呢，那

都是我们村的，一听发放免费有机肥，全都赶过来了！”

手下跑来向魏老板低语：“老板，不好了，后山的地都围上了！”

魏老板瞪大眼：“啊？什么时候围的？”手下摇摇头。

魏老板转头看着村长老朱，疑惑不解问他，这后山原来不都是荒地吗？

老朱欣喜地说：“可今年都被乡亲们围起来种药材啦！魏总，您还要帮我们开发后山吗？”

魏老板无奈：“不不，我只想打听一下，准备种什么？”

老朱说：“那牌子上写着呢。”手下在魏老板耳边低语一番，他一听，不由得目瞪口呆，差点哭出来。

胖婶扛着有机肥小跑上前，来到金水农庄，她扒着栅栏称赞陈江河说：“同年哥，你这主意出绝了！我把我表嫂家的亲戚都叫来了！填了十五张表，足足领了十五袋！”

陈江河乐呵呵地应着：“胖婶，后山那荒地好，你就真的承包个一亩两亩的，修个大棚，跟我家一起种石斛吧。”

身后的骆玉珠一听不干了，她装作轰鸡的样子对胖婶说：“胖婶啊，小心你家的鸡，别又少一只啊！”

胖婶依然笑容满面逗玉珠：“宰吧宰吧，算我送你的！大哥哥，你真准备带大伙种石斛啊？”

陈江河爽快地答应：“那当然。”

话音未落，骆玉珠轰鸡的竹竿打到陈江河屁股上，陈江河尴尬地跳起躲闪，骆玉珠瞪了他一眼。胖婶故意找乐子说：“大哥，晚上去我家喝酒啊，我给你炖鸡吃，你可一定要来啊！”

胖婶得意地甩了骆玉珠一眼，捂起嘴乐着小跑而去。

骆玉珠呸了一口：“想得美！她能请你吃鸡？领了十五袋也没给你一袋啊！真大方啊。”

陈江河哭笑不得：“大姐，你还能吃她的醋哪？真让人佩服啊。”

五

寥廓的黑夜，依然清晰安静。在中央公馆蔡晓丹家里，陈路戴着耳机紧张地打着CS，旁边蔡晓丹手忙脚乱，目不转睛地对着另一台电脑，蔡母端着一盘切好的水果走过来。

陈路突然大声惊叫：“呀，你怎么又死了！”

蔡母一愣，手里的盘子差一点儿摔到地上，蔡晓丹见了，一脸歉意地对母亲说声“对不起”，然后又叫陈路一定撑住，再来一遍。

陈路嘴里骂着：“有你这个猪一样的队友，我能活得了吗？”

蔡母狠狠瞪着女儿，把盘子扔在

桌上，一声不吭地转身离去。

另一间屋里烟雾缭绕，蔡父正叼着烟跟别人打麻将。他手气很臭，就上厕所去了，蔡母坐上去接着打，不一会，就发现下家乘人不备偷换了两块牌，马上胡了个财神头，蔡母鄙夷地盯着站起。蔡母看起来落落大方，其实很喜欢作弄贪小便宜的人，她把蔡父的公文包摊开，塞进了两包假冒软中华，那个下家乘人不备，顺手牵羊放到了自己的包里。蔡母没好气地对蔡父抱怨：“哎哎，你把什么垃圾都带到家里来了！宝贝女儿被人骂了还笑眯眯的，怎么跟我们从来没有这么好的脾气？”

蔡父瞪眼拍桌子道：“臭小子又欺负我宝贝女儿，我烧他们家去！”

蔡母轻蔑地一撇嘴：“切，你也就嘴上说说而已，要是真见到那个骆玉珠，肯定跟老鼠见了猫一样。”众人一听偷笑。

蔡父也没脸没皮地讪笑：“等我成了陈家的亲家，天天请你们抽软中华，喝茅台酒、五粮液，吃海参、鲍鱼，你们信不信！”

蔡母飞了一个白眼站起，溜到女儿房门口，扒开门缝偷望，叹息道：“老是热脸蛋往人冷屁股上贴，也不是事啊！”

屋内，蔡晓丹正凑在陈路电脑前，一边往他嘴里塞水果，一边给他加油：“打打打！注意左边，小心！”

陈路突然停住手，出神地发呆，屏幕里的替身连连中弹。蔡晓丹急催：“哎，你怎么还不快打呀！”

陈路摘下耳机，转头看着蔡晓丹，吐出几个字：“物流中间环节扁平化！”蔡晓丹发懵，“啊”了一声。陈路说完，猛地起身冲出门去，蔡晓丹也跟随奔出，蔡母从门里钻出，不可思议地望着两人的背影，摇了摇发呆的头。

南门街上，夜色朦胧，灯火阑珊，蔡晓丹加快脚步，一路狂奔，终于赶上陈路。蔡晓丹气喘吁吁地发问：“我的祖宗，你去哪呀，跑这么快干吗，后面又没有老虎？”

陈路激动地停下脚步，上气不接下气地：“中间环节扁平化，取消所有的代理商，我们要进行一场电商革命！”

蔡晓丹眼睛一亮，也跟着兴奋：“好啊，好你个陈路！”

陈路手舞足蹈比画着讲解：“网上超级自动售货机用‘互联网+’思维切入产能、配件、销售及第三方服务商等要素，打破了 B2B、B2C、O2O 一切模式！未来的前景就是，世界各地任何一个地方做出的产品，直接由客户终端选择，自动比价、自动配货、自动物流——货畅其流。”

陈路激动地摇动蔡晓丹的双肩：“网上超级自动售货机，只需动动手指，网上比对、电脑询价、手机下单、银行卡转账、支付宝付钱。老板娘，你的公司就要做这种革命性的产品！”

蔡晓丹无比欣喜地说：“你刚才叫我什么？”

陈路近乎癫狂地举起双手，闭上眼：“晓丹，你是合伙人！也是见证人。陈路此刻站在中国义乌的十字路口，向被金融圈的铜臭味包围着，日夜不停加班的比尔·盖茨、英年早逝的可怜的乔布斯致敬！”

蔡晓丹幸福地跟随举起双手，陈路深吸口气大声喊：“天才的构想！”

蔡晓丹露出惊愕的眼神，用恳求的语气轻声说：“天才，你能再讲一遍吗？”

陈路睁开眼，举着双手看蔡晓丹。这时，蔡晓丹怯生生地说着：“你刚才说的，我一句都没听懂。”陈路一听，举着双手抱着头，一脸悲愤地说：“噢，我的天哪，‘汤唯’怎么可能……”

六

陈路小心翼翼地站在跨界互联网文创园晓丹研究中心的椅子上，将牌子上的盖布扯去，“晓丹研究中心”几个大字露了出来，随后从椅子上跳下。蔡晓丹一个人用力鼓起掌。陈路意气风发地发表演说：“由陈路先生、蔡晓丹女士合伙创建的晓丹研究中心，致力于网上超级自动售货机的研制，为人类社会新商业模式打造美好的未来！”

蔡晓丹拼命鼓掌，喊着：“好，好！”

接着两人挤进小门，十平方米的小屋里只有一张办公桌和两台电脑。陈路叹了口气：“没办法，我的工资和你那七八万块钱只能租这么小的地方。”蔡晓丹善解人意地安慰着：“没关系的，万事开头难。乔布斯不也是从一个车库里开始的吗？她的女友用自己无微不至的照顾和温柔，陪伴着乔布斯走完了天才绝唱般的一段路程。”

陈路用异样的目光注视蔡晓丹，突然上前紧紧拥抱住：“蔡晓丹，今天你终于说了一句让人高兴的话！”

蔡晓丹惊喜地趴在陈路肩膀，趁机眨眼问道：“小路，外面传言你爸妈那事是真的吗？”

陈路扳过她的肩膀，皱起眉毛，用力推开这个没脑的狐狸精：“什么事？”蔡晓丹酷似汤唯的明星笑容顿时僵在脸上，她真想撕破自己的乌鸦嘴。

跨界互联网文创园外，蔡父急匆匆赶来，直奔晓丹研究中心。陈路正苦苦思索着，在电脑前操作程序，门突然被蔡父推开。

陈路以为蔡父是来找女儿的，忙

起身解释:“叔叔，晓丹她刚出去……”

蔡父气势汹汹地说：“我不找她，就找你！”

陈路显得十分诧异：“找我？”

蔡父打量小屋环境，拍拍电脑又查看软件，指指陈路，心疼地说：“你小子也太贪了，人财都要啊！”

“什么人、财啊？叔叔，我不明白您说的是啥意思？”陈路感到莫名其妙。

蔡父气愤地说：“哼，别跟我装糊涂！你家你爸你哥那么有钱，你还骗我女儿投资！还超级自动售货，什么鬼项目啊？蒙傻子呢，你陈路真行啊！”

陈路解释：“叔叔，家里不给我钱,我是打工仔,没钱,我不是富二代。我要靠自己的努力来做业绩，赚工资，才会有钱。我十八岁之后用的每一分钱，包括学费，都要打借条，以后要我自己挣钱还。可是，我再穷也不会糟蹋你的钱的。”

这时，蔡晓丹冲进屋里一脸惊愕：“爸，你怎么来了？”

蔡父直截了当说明来意：“我要钱来了，我们家的钱呢？是不是全被你这小子吞了？”陈路无可奈何站在一旁，蔡晓丹拼命往外推父亲。蔡父蹬着脚骂道：“都花在打游戏上了，是不是？”

陈路无奈地辩解着：“这不是打游戏……”

蔡父一听，更加发火：“今天把钱还了，要不我把店砸了！信不信？”

蔡晓丹忙耐心地劝父亲：“爸，我这是战略投资，你不懂的。你回家吧，这事跟他没关系！”

门外聚了一伙看热闹的店主，陈路懊恼地背过身去。蔡父不由得怒火冲天，吼道：“你还向着他！他是个大骗子，你知不知道！他自己都承认家里不给他钱。这些都是咱家的钱买的吧？我都拿回去！”

蔡晓丹没拦住，蔡父已经把柜中的软件全拨到地上。蔡父还要抱电脑，蔡晓丹拼命趴在上面死死护住，一边惨叫:“他爸爸、他哥哥都是无中生有，不用本钱，点石成金发家的！”。

陈路见这一架势也没辙了，连声喊着叫着：“叔，我还钱，我还就是了！”说着冲出门去，头也不回地奔跑而去。蔡晓丹一路小跑追出来喊着：“小路，小路！”

七

蔡晓丹像做错了事的孩子一样，靠在跨界互联网文创园晓丹研究中心门口，屋里狼藉一片，东西扔得满地都是。陈路正专注地敲着电脑拷贝软件，蔡晓丹默默蹲下收拾。陈路闷声闷气地说：“别收了，反正待会也要搬走。”蔡晓丹哭丧着脸：“再想想办法。”

陈路起身边收拾磁盘软件边说：“连我的钱都被你爸收去了，还落下一个拐卖少女的罪名，你就饶了我吧。”

蔡晓丹垂头蹲在那一动不动，陈路哭笑不得：“你爸也太会扣帽子了，怪不得我妈嫌……唉，我惹不起躲得起！”

蔡晓丹突然哇的一声哭起来，把陈路吓了一跳。“你干吗啦？想把这栋楼都哭塌了。”蔡晓丹却像卡通里的小女孩一般放肆地哭个不停。

门外有人好奇地向里观望，陈路连忙关好门，拿衣服盖上蔡晓丹的头，自己跪在她面前，歪着脑袋哀求：“我的大公主啊，你小点声好不好，要不人家会认为是我欺侮你的。”

蔡晓丹继续哭着：“我死也不离开这，这是我的研究中心，你走吧！”

陈路一屁股坐在地上，苦笑着：“我都走了，你还研究什么呀？”

蔡晓丹抽泣着，越说越起劲：“我研究怎么报复男人，我爸他不负责任，你也想当逃兵，为什么天塌下来，都让我们女人扛着？我是对不起你，可我还在想办法从我爸那把钱偷回来。你呢？逃兵！你是不是早就盼着这一天，好甩掉我这个包袱……”

蔡晓丹一撩衣服，面前已经没人，她更加伤心地呜呜直哭：“陈路，你这个大混蛋！”

陈路等在路上，眼巴巴地望着王旭的车疾驶而来，停到面前时，陈路热情地叫了一声哥，然后钻进副驾驶位，王旭将一张卡递给弟弟。

陈路一听是五十万元，太开心了。王旭埋怨高扬这小子太不像话了，给弟弟开的工资还不够花的，陈路忙笑着掩饰：“哥，你可别冤枉好人了，高扬对我挺好的，我只是最近急需一笔钱，手头有点紧。”

王旭打量着弟弟，陈路笑笑：“哎哥，你也不问问我遇到什么事了？”

王旭轻蔑一笑：“像你们这种 95 后，除了玩车、玩电脑还会什么？”

陈路刚要下车，王旭突然一手扳过弟弟脑袋冲着自己。

王旭瞪弟弟一眼：“臭小子！你不会干缺德事了吧？是不是把谁的肚子搞大了？”

陈路推开车门走出，无奈地回一句：“我在你眼里就这点出息？”便将车门“嘭”地一关，头也不回地扬长而去，震得王旭的心里一颤。

过了几天，商城宽阔的马路上，王旭的车子被夹在拥挤的车流里。他发现了陈路正和一个妙龄少女站在一起，两人你一口我一口地吃着章鱼串，举手投足间很是亲密。王旭逃离车流，按了一下喇叭，伸手朝陈路打了一下招呼。打情骂俏的两个年轻人也看见了他，王旭很快就认出那个酷似汤唯的漂亮姑娘是蔡晓丹。

蔡晓丹最怕见到王旭，回头瞧了眼，吓得闯进了边上的一家商店。陈路哭笑不得地望着蔡晓丹的背影，走到车旁叫了一声：“哥。”

王旭随手撕了张餐巾纸递过去，让弟弟擦擦嘴，问陈路：“那女孩是谁呀？”

“你认识，蔡晓丹，我的小学同学。”

“你们一起装可怜，卖过花的那一个吧！”

陈路尴尬地笑笑，点点头说：“对啊，你不是去抓过她嘛，她到现在还特怕你。”

王旭用命令的口吻说出两个字：“上车！”陈路拉开车门坐进去。车疾驶而去。蔡晓丹走出店门，看着他们扔下她绝尘而去，一副失意的表情。

车子停在福田湿地公园边上，两人找了块大石头坐了下来。王旭开门见山地说：“你小子有出息啊，兔子还不吃窝边草呢，你却学会泡同学妞了，还是小学同学呢。你多少也算是纨绔子弟吧，在境外各国也是见过世面的人，怎么会泡上她这么没品位的？”

陈路说：“哥，你也不至于去调查人家吧？你讲话能不能别这么损，别这么刻毒。其实，我根本没有要泡她的意思，只是她老是往我身上腻。”

王旭严肃地说：“你不会躲美女蛇呀？别怪我没提醒你，她爸是咱妈最恨的人，咱家躲他都来不及。”王旭摆弄起手机，将屏幕放大，往弟弟手里一塞：“自己看。”

这是有关蔡晓丹的家庭调查详情，包括她父母的照片，这些年在这个城市里的主要经历，参与过反对个体劳协的几次重大事件，派出所的笔录，乡邻们的访谈，蔡晓丹本人的“传奇”故事……

陈路看后不屑地把手机给还王旭说：“很像克格勃，你怎么会有这么多的精力啊！他爸做生意起步早，当年想当会长竞争不过咱爸，发发牢骚有什么奇怪的。还去搜罗蔡晓丹这个无名小卒的花边新闻，老大你疯了吧？”

王旭沉稳老练地说：“别忘了，咱是一家上市公司，我们家任何一个成员的负面新闻，都会是人家手里要挟我们的把柄。你要时刻知道哪个是陷阱，哪个是馅饼。谁会故意整你。”

陈路急了：“草木皆兵，风声鹤唳。蔡晓丹只是我的一个小学同学，不是江洋女盗。你至于吗？”

王旭揉揉弟弟的头：“你哥我走到今天靠的是什么？该大胆的时候大胆，该小心的时候小心。你学着点。”

陈路揶揄说：“大胆没看到，小心眼漫天飘。我说你为什么没老婆呢，是不是哪个女的追你，都把别人调查个底朝天？我这辈子都学不了你那小心眼，这也太累了。”

王旭轻声说：“我在韩国见到邱岩了。”

“邱岩姐最近还好吗？告诉她，我想念她。”

王旭说：“她嘛，斯坦福商学院研究生毕业了，很快乐，也很紧张。实习期间她就到各国走走。那次在韩国意外地碰到了她，一副满不在乎的样子，我总觉得有些陌生了。”

兄弟俩在湖光山色里聊起了爸妈，在公司陷入困境的日子里，他们都有些疲倦，要应对的烦恼事太多了，最要紧的是冷不防会从暗处射出一支冷箭，直抵你的心窝——尤其是通过知根知底老亲友提供细节、内幕的，让人防不胜防，让人肝肠寸断。

回到家后，王旭独自呆呆地看着电脑屏幕上邱岩的脸书，又盯住了上面那幅归去来兮笔洗古董图片。

陈路悄悄推门进去，王旭发现后迅速将屏幕关上。

王旭显得十分厌烦：“怎么不敲门啊？”

陈路笑了笑：“又想邱岩姐了吧？”

王旭怒叫：“你管得着么？什么事，快说！”

“能不能再借我点钱？”

王旭吃惊地瞪着他：“那五十万花完了？你小子没去赌博吧？”

陈路连忙解释说：“高扬很认真地跟我谈了，公司要扩充，让我参与再买点原始股。”

王旭怔怔地打量着弟弟，顿时来了兴趣：“好事啊！他能给你多少？”

陈路故意掩饰：“你……你出个数呗。多多益善。”

“我能不能把他公司全买下？”

陈路哭笑不得：“你这也太贪了。我觉得买一百万就差不多。”

“五百万！”

“公司总共才不到两千万，我怎么跟人家高扬张嘴啊，两百万。”

“三百万！再少我不借了。”

陈路下定了决心：“行吧。那就三百万。”

“等等！这三百万，加上上次给你的五十万，咱俩怎么算啊？”

陈路大吃一惊：“哥，你这也太……”

王旭笑道：“亲兄弟明算账啊，万一高扬这公司上市了，我得算个股东吧？跟哥说老实话，你占他公司多少股份？”“20% 吧。”“那我也不占你便宜，钱都是我出的，咱俩一人一半，各 10%。”

陈路马上摆出一副可怜相：“哥，人家高总要是知道了肯定不让！”

王旭面无表情地说着：“咱俩内部协议啊。对外都是你的股份。”

陈路追问道：“我是你亲弟弟？”

王旭态度十分坚决：“已经考虑在内了。”

陈路心里骂了句“老奸巨猾”，无可奈何伸出手：“行，成交。”

王旭却把笔拍到他手心，又抽出一张纸，说：“写！”

夜晚，跨界互联网文创园晓丹工作室里灯火璀璨，陈路正在专注地研究软件系统，屏幕上显示，数据检索卡在一处，陈路抱头皱眉思索，蔡晓丹兴冲冲进来，将一报纸包扔在桌上。

陈路吃惊地看着她，这都几点啦，还过来干吗？蔡晓丹笑了笑说：“陈路，自己睁大眼睛看看！”陈路一打开，惊讶地吓了一跳，里面竟是成捆的二十万元钱。

蔡晓丹得意地说：“怎么样，不但要回了上次拿走的钱，还多抢了几万！”

陈路一脸苦笑，他怎么也不敢再收，叫晓丹赶快还回去。

蔡晓丹趴在桌上，十分认真地说：“收了吧，我爸不敢再闹了，真的，你安心把钱收好。”

陈路见推辞不掉，想了想，点头往柜里收：“也好，还是算你一半原始股！”

蔡晓丹充满期盼地聊起：“那我依然是老板娘？”陈路盯着屏幕“嗯”了一声，催蔡晓丹回家。

蔡晓丹咧着嘴一个劲地傻乐：“今晚说什么我也不回去了，就睡在这里。”

陈路吓了一跳，抬头打量着。蔡晓丹显得有点不好意思，低头轻声道：“我爸跟我断绝父女关系了，我是被轰出来的。”

陈路正发懵，听到外面有人敲门，就说：“我去！”随手打开门，见高总在招手，陈路忙起身出门：“师哥？”

高总拉过陈路，冲蔡晓丹一脸微笑：“借用一下。”

在跨界互联网文创园天台，高总开了一听啤酒递给陈路，自己也开一听：“我们俩先干一下。”

陈路好奇地打量着，问高总到底什么事。高总神秘地笑笑说：“我们被硅谷的公司收购了。”陈路无比吃惊地看着他，半天也没回过神来。

高总用力一拍他肩膀：“哥们，双十一我们干出名堂来了，我们的创业梦想提前实现了！”

陈路喃喃说道：“收了？那就是……”

高总点点头：“回美国，怎么啦？这不正是你我想要的嘛！”

陈路有点发蔫，痴痴地摇头想着什么：“我的梦想是独立上市，是在中国把事业做起来。”

高总扑哧一下乐起来，双手扳住陈路的脸：“哥们醒醒，这行业的天堂在硅谷！”

陈路自言自语地说：“不，不，应该在中国义乌，在义乌这片神奇的土地上。”

高总立即收住笑脸，注视着眼前

这位既熟悉又陌生的天才伙计。“小路，你可是辍学跟我起家的，你还小，容易感情用事。哥是过来人，不能让你将来后悔，见好就收，我们回去吧！”

子夜时分，陈路推开跨界互联网文创园晓丹工作室的门，蔡晓丹已经趴在桌上昏昏睡去了。

陈路悄悄脱下自己的外衣披在她身上，蔡晓丹蠕动了一下，甜甜地笑着，像是做了个美梦。陈路坐在一旁，头趴在臂肘间，与蔡晓丹近距离面对面，默默地凝视着近在咫尺、线条光滑的美丽女孩……

八

在公司总裁办，高高的王旭一脸郑重地站着看海外仓资料，于总敲门进来，报告说有六亿资金已经到位了。王旭示意他坐下：“很好，封住消息不能外露。于总，只有你知我知，出事就是你。”

于总笑着点头，又迟疑了一下：“王总，这您放心！可有句话不知当不当说？”

王旭脸一沉，知道他想讲什么：“不看好海外仓，对不？”于总为难：“是啊，当年陈董可是在这上面栽过大跟斗，吃过大亏的。”

王旭两手一摊，笑道：“你觉得我会跟我爸一样，栽在这上面？”

于总不知该说什么好，王旭将海外仓资料往桌上一放，手点着它，坚定地说：“从哪儿跌倒的，就从哪儿爬起来，我偏不信邪！”

几天后，总裁王旭正在操作电脑，双眼紧盯着屏幕，一边听着电话里的报价。王旭一遍又一遍地报价：“一百七,一百九,二百一,二百三,二百七……

电话里急促的声音：“王总，对方出到三百，还跟不跟？”

王旭稳稳地斟茶：“对方出多少，我们跟多少，三百一。”

电话里嘈杂声：“王总，拿下！”

王旭疲惫地挂上手机，端起茶杯遥祝了一下，一口喝尽。

在宾王路时代广场 SOSCLUB(时代酒吧)，两只啤酒瓶碰在一起，邓涛用力拍拍王旭肩膀：“哥们，从此我是你的兵了，干杯！”

王旭抱着头：“真不知道我爸我妈怎么想的。邓涛，你说人老在一个地方待长了，是不是容易封闭啊？”

没想到邓涛却对王旭说：“喂，我跟哥们聊点正事，我再贡献给你个情报，跟阮文雄签合同之前，我也咨询过好多专家，你知道人家资深专家分析阮文雄败在哪：他的心太大了，只想做大单。你想想看，大单能有多少啊？那不是跟当年的中转仓一样的功能吗？可小单呢，受电商限制量上不去，所以才会一败再败！”

王旭起先迷糊地摇头，后来突然一激灵，怔怔地看着邓涛。

王旭一边皱眉开车，一边听车载广播里传来令人厌烦的声音：“岩旭这只股票的走势一直低迷，它并购的海外仓是别人甩手的劣质资产，引发了投资者的担忧……”王旭迅速关掉，骂一句：“哼，什么狗屁专家！”

王旭走出公司电梯，快步进入集团门口，前台员工起身恭恭敬敬地叫着：“王总好！”

员工们本来在交头接耳，现在纷纷回到座位。墙上电子牌上醒目的岩旭股份股票走势，正在震荡走低。王旭瞥了一眼，在一片“王总”的叫声中进了自己办公室。

王旭吩咐秘书：“把那关了，闹心。”

秘书说：“王总，十点半商会的常务会，中午协会理事跟您一起午餐，定在楼下的西餐厅。下午三点半是与量化投资基金CEO的联席会议，五点有个记者采访……”

王旭心烦地说：“够了，全都推掉，今天只开一个会，召集各部门学习海外仓！”

“海外仓在海外集货和控货方面发挥的作用不容小觑，跨境电商企业，如果没有海外仓，就意味着在货源和操作上没有话语权，对于电商企业而言也没有货源和价格的核心竞争力。”王旭认为，海外仓是跨境电商新风口，正在成为中国跨境电商行业竞争中越来越重要的“砝码”，不论是国内的快递业大佬、跨境电商平台，还是跨境电商企业，如今都渴望在海外仓方面发力。

高尔夫球场，岁数相当的柯总潇洒地击出一球，与王旭相视而笑。

王旭说：“等我好好练练，一定赶上你。”

柯总笑着拍了拍他肩膀，戏谑地说：“兄弟，这辈子只怕是没戏了。”

王旭保持微笑：“这次对并购方案的修订，表明了我们的诚意，柯总觉得如何？”

柯总摇了摇头，继续向前走。王旭盯着他：“为什么？这次方案把你们提出的条件都考虑进去了。”

柯总叹了一声，如果放在一个月前，他想都不想就会签字，但是就在这个月，公司远程医疗监控的研究有了新的突破，而且在外面也打开了市场，他的团队对并购出现了分歧。

王旭沉着地应对着：“现在流传一条消息柯总应该知道吧，义乌正在争做全国医疗器械交易中心！”

柯总一球打出，回应道：“可据我所知，义乌能否争下来还是未知数。而且我清楚你的并购是假，想拿我的远程监控技术是真。”

王旭目光转向远方，笑道："坦白说，是这样，如果我出让一部分股份给你个人呢？"

柯总也微笑着："听说岩旭的股票最近跌得很厉害啊，我幸好没买。"

王旭嘴角颤了一下，依然保持微笑跟随走去。

上海东银大厦写字楼，一个曾经代表了尊贵身份的地标。办公区有大片的落地窗，景观很好，环境干净，交通方便，生活机能优良：每天都提供新鲜水果，是一家很棒的写字楼；还有就是服务人员总是低头和客商说话，让你感觉被尊重。阮文雄站在那抽着雪茄，注视着电脑屏幕上的岩旭集团首页，总裁王旭的照片、致辞。电话铃声响起，阮文雄接听："阮总，查清了，惊涛公司的老总与岩旭的总裁王旭是大学同学。"

阮文雄挂上手机，露出一丝冷笑。

九

骆玉珠扬竿正要往下打，只见王旭远远地喊："爸，妈！"

老两口回身看去，王旭笑眯眯地蹲在地头，手臂抱着一卷旧地图。

陈江河异样的眼神打量着儿子，慢慢走近，目光落在那地图上。王旭起身含笑看着老爸，将地图递上："十三座。爸，拿回来了。"

骆玉珠也走上前，用复杂的目光注视着老公。陈江河却没有接，转身一步步离去。王旭诧异地看看母亲，骆玉珠挽住儿子胳膊："扶着你老妈，回家炖鸡去！"

入夜，金水农庄里，陈旧的地图展开，最醒目的还是当年画的圈。陈江河老两口坐在板凳上嗑着瓜子。

王旭激动地指着："爸，您知道当我看到义新欧地图的时候，我马上就想到了您的梦，想到了当年您在家给我们画圈的这张图。您想为义乌七万多家商户开辟成本更低、效率更高的新商路。那天是年三十，您风尘仆仆地刚从欧洲回来，您的每句话我都记得！抢抓商机，敢吃第一口螃蟹！爸，选择的城市几乎相同！您的构想绝对是超前的。"

骆玉珠点着陈江河的脑门，唠叨着："儿子夸你呢！笑一笑十年少，别老板着脸！哎呀，怎么比哭还难看，收了吧。"

王旭瞧瞧这个又瞧瞧那个，哭笑不得："爸，妈，你们好好听我说。爸，我明白你的担心，我没有意气用事，你们做的时候，国家还没有'一带一路'战略，电商也没发展到现在这个规模。今天，义乌是中外客商淘金的梦工场，正在实施国际贸易改革综合试点。此一时彼一时，我有信心！"

骆玉珠带头鼓起掌来，用胳膊碰

碰老公，陈江河也跟着鼓掌。

王旭更加无奈，莫名其妙地看着老两口："爸，妈！你们提点中肯的看法好不好？这可是你们儿子六个亿的大买卖！"

骆玉珠推了推老公："老头子，你可开开金口啊，给儿子说两句。"

陈江河一边嗑着瓜子，一边叫王旭想办法多做点小单，不能光靠大单。骆玉珠也点头同意，王旭听得直发懵，失望的脸上露出了近乎崩溃的表情。

晚上，老两口背靠着背躺在床上，各自想着心事。还是骆玉珠先打破僵局："看小旭指点地图的时候，我鸡皮疙瘩都竖起来了，跟你当年一模一样的豪情壮志，一副敢冒风险、敢抢占先机、争当第一个的模样。"

陈江河转过身，拍了拍老伴的手："放心吧，儿子比我强。"

骆玉珠发出一声叹息："那只狐狸，比小旭更有眼光、更有经验，又会不顾一切耍手段。他急着抛出的东西，小旭怎么会更有把握呢？"

十

这一天，邱岩在美欧总部的办公室里，又忍不住接连打了几个喷嚏，差点儿打出眼泪来，连忙撕纸擤着鼻子。

邱岩来到美欧集团会议室里，屏幕上出现了远程可穿戴监控的图像及柯总照片。美国手下说："柯氏远程监控，他们的技术最近获得突破，如果能与我们的医疗设备结合，将大大增强我们的竞争力。"

邱岩凝神望着照片思索，一个美国老者说："根据我们的情报，几家公司都在争取他们。邱总，应该想办法把这个人从中国调出来谈！"

邱岩若有所思地点头："鉴于我目前的身体情况，已不能再担任这个职位，我想在这次任务完成后离任，这是我的辞职报告。"

邱岩与对方握手，提着包干练地转身走出。

同事路过时，纷纷打招呼："邱总！"邱岩微笑点头。走廊上，手下给邱岩递上快件包裹："邱总，这个包裹很贵重，需要您本人签字。"

邱岩诧异地看了看后签字，进屋关门拆封。她诧异地看到一包粉末，纸条上一行小字："邱岩，这是托小王从山里采的鹅不食草，一种专治鼻炎的天然植物，你涕泪横流的时候疗效显著，千万别谢我哦。"

邱岩笑笑，好奇地用手指沾了粉抹在鼻子上用力一吸，突然惊恐地睁大眼，拼命忍住不打喷嚏。她拆开另一个贵重包裹，外面用一层层厚毡包裹着，完全打开后，邱岩看到的竟然是归去来兮图的笔洗古董。邱岩呆了：

“这是爸爸最喜欢的境界。归去来兮，不如归去，回归你向往的生活……”

夜晚，在岩旭集团总裁办公室，王旭听着手机。邱岩问：“你是怎么找到的？”王旭一笑说：“我一直在找，有心就能找到。”

电话那端没了声音，王旭静静地听着，邱岩嫣然一笑：“我不想说谢谢。”

王旭感动一笑：“我也没让你说啊。”

鸡毛飞上天

长篇小说

Feather Flies To The Sky

〔第三十八集〕

一

陈路一路冥思苦想着，非常渴望得到资本市场的扶持。刚走到跨界互联网文创园大通道里，蔡晓丹尖叫一声，发疯似的从对面窜上来，一边惊恐大叫："不好，不好了，陈路，你跟高总那公司全被人搬空了，听说他们全回美国，抛下你在义乌不管了，你赶紧去看看吧。"

陈路一听，挠挠后脑勺，故作惊诧。急得蔡晓丹差点快哭出来。陈路很淡定，像什么事也没发生，悠哉悠哉地往前走着。蔡晓丹尾随打量着，疑惑的目光盯着陈路背影，蔡晓丹恍然大悟："小路呀，你是不是早就知道了？你这个大坏蛋！"陈路撒腿就跑，蔡晓丹在后面追逐。陈路奔跑进入研究中心，蔡晓丹追进。

陈路劝蔡晓丹别胡思乱想了，并说自己只是冲着这项研究成果留下来的，不是为了她！蔡晓丹咧嘴乐了，她才不相信陈路的这些话呢。这研究中心到底值几个钱，是干吗的？到现在我蔡晓丹一概不知，不都是你陈路在为我弄嘛；再说了，研究中心搞不成，这些花花绿绿的钱岂不全都打了水漂？

陈路突然恼怒，狠狠地瞪了蔡晓丹一眼，指着她的鼻尖说：“你认为我搞不成功吗？好，你出去！”陈路随即把她往外撵。蔡晓丹吓得退出门外，尴尬地贴着墙边站着。

光杆司令陈路开始招人啦，走廊里站着一排应试的软件开发技术人员。蔡晓丹挡在门前，微笑着解释，不时转头着急地往屋里看看。陈路对着一个美女侃侃而谈。外面有人轻声议论，怎么要那么老半天？蔡晓丹笑着叫他再耐心等一等，马上就完，叫他们先把简历递交上来。

海归美女程序员张学用探询的目光对着陈路，滔滔讲着：“我不认为你的 idea 是空中楼阁，因为贸易的中间环节扁平化是 megatrends，我们并没有逆势而动，而是顺势而为，只需突破几个技术 barrier。”

陈路兴奋地漫天发问：“网上市场如何影响实体市场？”

美女随口答出：“商家通过诸多网络客户来完成铺货、建设销售渠道等工作，实现网络分销，使企业营业额实现爆发式增长；同时分销电商反馈终端客户的信息，也会促使产品创新。”

陈路激动地一拍桌子：“不错，你具有信息科学、销售管理的多学科背景，与我的观点完全相同。欢迎你！”美女张学喜悦地用力摇着陈路的手，希望今后与陈路这个校友师弟能合作愉快。

门被重重敲响，俩人掉转头看去，蔡晓丹正一脸怒容地指着外面排队的人，陈路不好意思地笑笑：“下一个！”

二

在稠州路老糊粥铺快餐店，陈路还沉浸在招到张学的兴奋中，蔡晓丹用力嘬着大杯饮料，用复杂的目光审视着。陈路感慨张学居然理解自己的整个构想，真是少有的知音呐。蔡晓丹酸酸的，她猜不透陈路与张学到底是什么关系，竟一谈就是半个多钟头，其他人可都是五分钟解决的。

陈路得意地说：“不是一个水平的，浪费精力。张学将是我最得力的助手，你信不信？”

“哟！美女就跟你一个水平了？既然人家这么出彩，那赶紧通知人家呀？”

陈路兴奋地一摆手：“不用，她跟我是一个水平，我已经让她明天来上班了。”

蔡晓丹不可思议地瞪着陈路，转头望向窗外，拼命嘬着杯底。

在跨境互联网文创园晓丹研究中心，陈路正忙着装箱，蔡晓丹穿着清洁服，推着小车满头大汗进来，两人合力将纸箱放在车上。随后，蔡晓丹一屁股坐在地上喘息，她的腰累得都快断成两截了。

陈路原本想请几个搬运工，可蔡晓丹就是不让，她笑着摆手说：

“我给你洗衣服、打毛衣。在我俩吃饱的前提之下，尽量节约，创业阶段能省就省，等你陈路成了亿万富翁再显富吧！”

手机响起，陈路狠狠瞪着蔡晓丹接听，电话里传来王旭冷冷的声音：“在哪呢？”

陈路慌忙双手捧着电话说：“我在高总这上班呢。”

王旭没好气：“公司都没了，这大厅也都搬空了，你还上什么班呀你，你在蒙谁，骗鬼鬼都不信吧！”

蔡晓丹双手比画提醒陈路，陈路慌乱掩饰：“我……我们公司搬了，正在搬家。”

“往哪搬啊？九天之上还是地底之下？”

蔡晓丹还在摆手，陈路惊恐抬头，蔡晓丹一愣，顺着陈路的目光从地上爬起转头望去，王旭正站在门外，一把摘下门口的牌子转身就走，陈路忙推门追去。

在跨界互联网文创园天台，陈路梗着脖子望向别处，王旭抱着胳膊在他面前徘徊，蔡晓丹从楼梯间偷偷露出头张望。

王旭一盯脚底下的牌子，霍地抬头，怒不可遏地呵斥、挖苦、呛弟弟：“晓丹研究中心？真行啊，长本事了，把我卖了我还给你点钱呢！”

陈路自知理亏，不敢迎接哥哥那对深邃睿智的目光。

王旭心里越想越无法平衡，一团怒火袭上胸口，这个逃学的骗子要不是自己的弟弟，他真的会一把拧断他的头：“还说高扬让你入股？还让我少投点？耍你哥比耍猴更狠哪，我差一点上了你的当。但是你别忘了，我干什么事都要查个底朝天。”

陈路心里很不服气，本以为哥哥跟菩萨一样仁慈，哪知比谁都小气。而王旭呢，做梦也想不到自己的亲弟弟竟然会算计到他头上。

蔡晓丹吓得蜷缩蹲下。王旭骂得百般难听：“你泡女孩我不管，我也管不着，但你少给我惹麻烦。”王旭怒指弟弟，又指着牌匾，“这是什么？都看清楚了，还以蔡晓丹的名字命名？我真是小看了这个女孩，竟把你陈路的魂都勾去了。”

陈路也反唇相讥：“哎哎，别让人家问住，那个岩旭集团的名字是怎么来的？哥你这魂不也被勾走多少年了吗？”

王旭一时无语，陈路却抱起牌匾转身就要走。王旭更火了，叫他站住，说钱是小事，但警告他这女孩往后不许再沾了。蔡晓丹目光一紧，陈路问："凭什么？"

"这不明摆着，当然凭我是这个家的一员。蔡晓丹爸爸在家设赌玩老千，他的朋友圈谁不知道？"王旭提醒陈路，别一不小心就毁了我上市公司的名声。

陈路说："我跟你的公司没有一毛钱关系，再说我又没想跟蔡晓丹结婚，你着什么急，你根本没必要猴急成这样。"蔡晓丹躲着暗处，听了痛苦极了，心里在暗暗流泪。

"你把我的钱借去，至少要跟我说句实话吧。"

陈路顶嘴："该怎么做，与谁合作是我的自由，借的钱我会还给你，我现在是一个公司的总经理，我没靠家里，哥你无权干涉。"

王旭听不下去："怎么算是没靠家里？要不是我这三百五十万，你能开成公司？真是笑掉大牙。"陈路不服："爸妈留下的钱，无论怎么说我也有份。"

王旭立即打断他："那是你哥我挣的！每一分都是我这么多年辛苦挣来的血汗钱……"

陈路恼羞成怒地咆哮起来："其实我的股份应该比你多，因为那是我爸！"听着陈路这句话，王旭差点没吐出一口血来，瞪着弟弟喘息，一阵阵钻心剔骨的痛楚向他内心袭来。

陈路自知失语，歉疚的目光一闪："我……"哥哥的自卑感那么强，陈路不敢再说，咬着牙抱着牌匾跑走了，蔡晓丹躲靠在门外一动不动。

王旭眼神迷茫，心里又一次被深深地刺痛。

哥哥走后，陈路抱着牌匾回来挂上，他诧异地转身看看四周。门却已经被反锁上。陈路一脸焦急地嚷嚷着："晓丹！蔡晓丹！"

黄昏时分，陈路来到中央公馆蔡晓丹家外面徘徊，被偷偷地扒窗往外瞧的蔡晓丹发现了，蔡晓丹很想下来见陈路，又怕磨不开脸，心不在焉地往嘴里扒饭。蔡父囫囵一口菜，又吧唧一口丹溪酒。蔡母诧异地打量着女儿，摸了下女儿额头，问她哪儿不舒服？蔡晓丹摇头不语，放下碗筷说，我不想吃了。蔡晓丹起身进入自己房间，趴在床上摆弄手机，发现有十几个未接电话和微信。

屋外，陈路还在路边徘徊，蔡晓丹终于顶不住渴望，忸怩着移步出来，陈路用异样的眼神盯着她。

蔡晓丹酸酸地说："你是家里开上市公司的有钱人家，你别在这里丢人现眼啦。"

陈路看看左右，几个看热闹的邻居赶紧缩回脖子："什么毛病啊？电话也不接。"蔡晓丹低头不语，陈路问她是不是被哥吓着了，并一再解释，哥哥与他谈的事跟她无关。谁知蔡晓丹什么都知道了，她直话直说："小路，你就别瞒我了，我不想再给你添乱了。"

陈路说："你先把钥匙给我吧，研究中心的门进不了。"蔡晓丹忙掏钥匙，突然又失落地说："你不是找我，是奔着钥匙来的？"

陈路接过钥匙匆匆走去，蔡晓丹一脸委屈。陈路停下，回头催蔡晓丹一块走，可她却想，自己配不上人家，别自讨没趣了，因此哭丧着脸不肯走。

陈路不由分说，一把拽住蔡晓丹的手臂转身大步走去，蔡晓丹惊喜。忸怩着想挣脱："你干吗呀！放手！人家都看着呢！"陈路将蔡晓丹拽到车边，塞进车里，关上门自己上车。窗内，蔡父、蔡母欣喜地交换了个眼神笑了。

三

在铁皮枫斗养殖基地，陈江河正在擦拭树屋内部。手机响起，是老朱的声音："老陈，那个魏老板马上就来你家了。"陈江河问他来干吗，老朱说具体也不清楚，反正跟手下嘀嘀咕咕，说什么擒贼先擒王，老朱提醒陈江河要小心这个人。

不远处一辆宝马525驶来，陈江河慌忙下树进屋。骆玉珠掏出针线却怎么也穿不进，想叫陈江河帮下忙，可老头却头也不回，往门边走去："来了。"骆玉珠问："谁会来啊？"

"是个送东西的老板。"

门一打开，魏老板背着手踱进小院，很有架势地把这房子从上到下、从左到右、里里外外看了个遍。秘书搬着礼品往院里走，说这些礼品都是魏总送来的慰问品，请老哥务必收下。

陈江河站在门口傻乐："哎呀，来就来呗，还送什么东西，上回的有机肥就够老板破费的。"骆玉珠跟没看见一样，仍认真地穿着线，陈江河拍拍板凳请魏老板快坐。

魏老板见只有二老在家，笑眯眯地打听他们子女的去向。陈江河说："儿子在外地忙着哪，我们老两口闲着没事，就在这儿开个农庄找点乐子。"

魏老板看了看房子，同情地说，住这种一看就知道会漏雨的房子，能有什么乐子？陈江河叹一声，人老了，还能有啥要求？将就着能住就行。魏老板体贴地劝着陈江河，忙了一辈子，老了就该享享清福，不要住这种破屋了，住大楼房才舒服。骆玉珠搭话说，楼房住不惯，一上那电梯就头晕。

魏老板吃惊，陈江河笑指老伴："人老了，连电动车都不敢开快了。"

骆玉珠狠狠地白了老公一眼。

陈江河给魏老板倒茶，魏老板抿了一口，惊奇地问这茶怎么还有股药味？陈江河笑哈哈说："这是自家种的正宗石斛，对身体可管用了，魏老板您多喝点。"

放下茶杯，魏老板说明这次来纯粹是想跟老哥谈心的。陈江河乐呵呵地："聊就聊，深山冷坞里我孤孤单单的，巴不得呢。"

魏老板长吁短叹一声，谦虚地说："哥啊，有钱真苦啊！整天忙着应酬，搭人脉，找投资，天天想着怎么让钱翻倍，底下的人对你虚情假意。你别看我天天住豪宅坐豪车，其实一点生活乐趣也没有。"

见陈江河一声不吭，盯贼一样看着他，魏老板有些惊慌，装作打量陈江河院子的环境，移开视线，幽幽地说："我挺羡慕你们，日子虽然清苦点，可守着青山绿水，也是一种快乐人生啊。"

陈江河称赞道："您真有文化。"

手下插话说："我们魏老板有上亿资产，虽然小时候没念过什么书，现在靠后天努力，多长了很多见识呢！"陈江河说魏老板哪里会没文化呢，社会大学毕业的，大有作为啊，最敬佩的就是魏老板这一点。

骆玉珠穿针，老半天也没穿进，魏老板实在看不下去，就走上前帮忙，很快把针穿上了。骆玉珠见状，脸上挤出一点笑意，忙打量起魏老板，见他高大帅气，长着一张国字脸。骆玉珠称赞这个小伙子不赖，反正比刚才那手下强多了，手下这辈子就知道吹牛显摆。

手下要急，魏老板回身瞪眼，那人才悻悻退出屋去。

"凭大哥的谈吐和为人，如果有个亲戚带带，先定下一个小的目标，挣他个百把万……可惜您年纪大了！你看我，我赚的第一桶金，曾经让我激动得三天三夜没睡觉呢！"

陈江河惬意地倒茶喝茶，骆玉珠低头缝衣。魏老板有些尴尬，他猜陈江河是不是有急事要忙。

魏老板问："二老没事吧？我想再坐一会？"

陈江河忙说："没事没事，能有什么事呢？大不了出去干干农活，回来就歇着了。"

魏老板疑惑地问老哥，这么大的地方，为什么不开发？有山有水，人杰地灵，荒着多可惜！让更多的人认识这，搞个农家乐，到这享受大自然，每天赚个百儿八十的现金那该多好！骆玉珠嘴角露出一丝笑意，依然低头缝补。

陈江河惋惜地说，在魏老板想到之前，早就有人想做过了，有个大老板，拐弯抹角想借这里开发旅游区，搞什么酒店公寓、高尔夫……后来嫌地太贵，被吓跑了。

魏老板开始擦拭淌下来的汗，他搞不明白，鲤鱼山一白石湾这地方这么偏？又没种金子，地怎么会贵呢？

陈江河张口就来，掰着手指先给魏老板算起一笔账：

种铁皮石斛，一亩地有四万丛种苗，按两块钱一丛算，一亩就得八万元；建大棚一平方米一百二十元，一亩大棚得要八万元；再算上其他的地租、肥料、人工、水电等，每年又得要三万元，一年投入二十余万元。

一亩地能产两百公斤，一公斤就能卖两千元钱。所以一亩地至少要补偿四十万元，石舍香樟村共有六十户人家种石斛，一共一百八十亩地，算算该补偿多少钱？魏老板嘴里盘算着不行，又打开手机。骆玉珠利落地报出："别算了，总共七千二百万元！"

魏老板咽口唾沫，震惊地看着陈江河，他万万没想到就这杯中的小玩意竟这么值钱……

陈江河抿了口茶，盯着魏老板，问是不是现在很缺钱花？魏老板快跳起来，惊惧地看着陈江河，死不承认自己缺钱花。

陈江河点出魏老板的赚钱套路：先是象征性地支付几百万意向金，拿到土地使用权证就去银行融资，等拿了银行的钱再来做房地产，卖掉楼花……魏老板听得目瞪口呆。

见陈江河这样数落魏老板，骆玉珠忙出来打圆场："行了，别吓唬他了。魏老板人不错，听大姐一句劝行吗？"

魏老板诚恳地转向骆玉珠，一副洗耳恭听的样子。骆玉珠以过来人的口气，诚恳地劝说："你那手头一个亿啊，用来踏踏实实做点实业、做点买卖多好啊。别老想着空手套白狼的事，那样的话，总有一天会把自己套进去，你那有机肥不是做得挺好的吗？"

魏老板心服口服，可他知道那卖肥料赚不了大钱呐。陈江河一听接着说："人哪，最怕贪心。魏老板，你那一个亿是怎么来的？你没少在贪上吃大亏吧？为什么小人都往你身上扑？看得出来你贪，你心术不正！饭得一口口吃，路得一步步走。"魏老板怔怔地看着陈江河，感慨颇多。

骆玉珠却有些不服，叫魏老板别听老头胡扯，听自己一句劝。

魏老板忙转身看着骆玉珠，手下惊诧地扒着门缝往里瞧。门一开，魏老板俨然变了个人，恭恭敬敬地与陈江河握手。骆玉珠在床上挥手，说她腿不好，不出来送了。魏老板亲切地告辞，叫她歇着，改天再来登门拜访。陈江河回屋，老两口相视而笑。

手下忙打开车门，魏老板恍惚上车，手下看着后视镜，魏老板如梦方醒，敲着头责备自己：你耳根太软了，连自己干吗来这的，也都忘得一干二净了。

树屋下，骆玉珠充满期待地望着老公。

陈江河嘴里哼着进行曲，隆重地揭开遮布，树屋出现在眼前，老两口用力鼓掌。

陈江河双手扯了一段系着红花的绸绳，大声宣布："现在请首长为树屋剪彩！"

骆玉珠拿过剪子迫不及待地咔嚓一下，扒住梯子就要往上爬。陈江河叫她别急，骆玉珠忙停步站稳。

陈江河大声戏谑道："有请树屋的主人骆玉珠女士登屋亲临体验！"

骆玉珠这才抢上前，在老公帮助下往上爬，可刚一迈腿，就停住了。陈江河问她怎么了？骆玉珠忍住膝盖的不适，又往上抬了抬，依然抬不动。

陈江河慌忙将老婆扶下梯子坐下，骆玉珠歉意地笑笑，自己的腿是真的不行了。陈江河眼神难过，转身冲向工具棚……

骆玉珠眼巴巴地瞧着陈江河忙前忙后，用一组滑轮将绳子缓缓吊起，筐从半空稳稳落在地上，陈江河又自己坐进去试试，拽拽绳轮，他再次扶起老伴，让她小心翼翼地坐进筐中。

骆玉珠没想到陈江河做出了这么复杂的设备，其实她亲眼看看就挺高兴了。陈江河笑笑没说话，缓缓拉起滑轮，老两口相视而笑，骆玉珠被拉了上去。

夕阳笼罩在西山，两人坐在树屋里相互依偎，一动不动痴痴望着夕阳下的静谧景象，暖暖的阳光照在两个历经沧桑的老人身上……

陈江河坐在工具棚中低声打着电话："医生说你妈妈的腿已经不行了，再动手术也只能那样了……都这岁数了，我不想让她再遭罪。以后慢慢就坐轮椅吧，都做好准备了。你别担心，没什么大事……往后我就是她的腿，啊？"

陈江河慢慢挂上手机，目光怅然。

农庄小屋里，骆玉珠津津有味地看着电视里的《甄嬛传》，甄嬛一亮相，陈江河从院里走进，饶有兴趣地抓起一把桌上的瓜子，坐在一旁的小板凳上观看。

骆玉珠瞥了老公一眼道："一瞧人家电视里的甄嬛都动不了窝了，什么活都懒得做。"

陈江河喜欢甄嬛孙俪，而骆玉珠却喜欢雍正皇帝陈建斌呢。陈江河责问老婆，陈建斌这人有什么好的？骆玉珠一语就指出他的好处，人家对甄嬛念念不忘。哪像你，要是有一天自己没了，哼，说不定你陈江河第二天就去找胖嫂了。

陈江河无语："我有那么低级趣

味吗？”

“早看出来了，人老心不老，瞧甄嬛一出来，你那个眼神，就喜欢贼溜溜地看那个孙俪哪。”

陈江河却不承认，孙俪好看就看了，难道好看也有错吗？骆玉珠顿时将一把瓜子皮抛到陈江河脸上，赌气出去，陈江河一百个不服，继续梗着脖子看屏幕。

晚上，在农庄小院里，陈江河赌气地抱起被褥枕头挪到另一张床上，骆玉珠冷眼瞪他。此时，手机响起，电话中赵姐告诉骆玉珠，这小哥俩又闹起来了。骆玉珠问闹到几级？赵姐说这次得有七级，不对，八、九级强台风。

骆玉珠皱眉认真起来，问赵姐到底怎么回事？

“我也不知道，只见回家时，两个人都哑巴一样各回各屋，饭也不吃，平时还吵一架，现在连话也没一句。”

骆玉珠听了，答应明天回去处理。她刚挂了手机，陈江河就逗起她来：“别躲啊，你能躲哪儿去？明晚我给你腾个地方。”

骆玉珠一笑：“不用，你等着明晚那胖婶来欺负你吧！”

这天黄昏，在陈家别墅内，骆玉珠正喋喋不休地指责着陈路。而陈路则低头嘟囔，作着辩解。

骆玉珠见陈路还敢嘴硬，又开始数落：“这几年你哥打过弟几回？从小到大哪件事不是你哥让着你？瞒着爸妈塞钱给你，那钱是爸妈不让给的知道不？因为你从来没有过过一天苦日子，出生都跟别人不一样，那时候全中国还没多少尿不湿呢，而你却生在尿不湿堆里。”

陈路抬眼看看妈嘟囔：“别说了，我不记得了。”

“从前小没有记忆，你爸出事那年你总记得吧？家被封了，公司没了，是谁领着你在仓库安家的？谁替你挡着外面残酷的风雨的？你想过你哥的难处吗？他把公司从破产熬到上市，至今单身一人，有苦无处诉。在这代人里面，你哥是最棒的！你爸都竖起大拇指夸他，你还不服他？”

陈路眼圈发红，颤抖着嘴唇：“谁说我不服？可哥老管着，他还侮辱我女……”骆玉珠一听更来气：“你别告诉我，那蔡晓丹是你女朋友好不好，你不觉得倒霉吗？”陈路哽咽着说：“我又没说什么，蔡晓丹怎么了，为什么你们没有一个人看得上她？哥还当着她的面损她，不知道人家女孩子有多受伤……”

骆玉珠担忧地看着儿子：“哟哟，为你妈都没这么哭过。自己洗脸去，让外人看了不是笑话吗？你是个男人，你看你爸你哥哭过吗……”陈路更加抽泣不语。

妻子回城后，陈江河一个人吃不下饭，干脆早早地躺到床上，陈江河在床上辗转反侧，又起来在屋里徘徊，看看时间还可以进城，就穿上衣服，推门出去找老婆去了。

入夜了，在陈家别墅，骆玉珠正在卫生间洗脸，突然听到赵姐的惊呼声，只见陈江河悄悄从外面进来了。陈江河“嘘”了一声，问赵姐，家人是不是都睡了。赵姐说夫人已睡，骆玉珠慌忙跑到床上假装睡着。

陈江河轻手轻脚摸黑进屋，躺在一侧。夫妻默契，骆玉珠睁着眼睛，嘴角露出了一丝笑意……

四

夜晚的市民广场，人潮汹涌，陈路与蔡晓丹并肩走着，一脸兴奋。

“张学太棒了，她居然把一个 BUG 给补上了，要知道那是自己这么长时间都没 solve 的 BUG。”蔡晓丹听了有些不高兴，哼了一声，她就讨厌有些中英文混说，显得自己与众不同的人。

陈路激动地叫道：“要是再有几个像张学这样有才华的，成功就有可能大大提前。”

“卖花啦！”一个小孩捧着花在推销。蔡晓丹秋波闪动，拽了拽沉浸在激动中的陈路。

“你想干吗？”

蔡晓丹努努嘴，让陈路看那卖花的小孩，并说：“小时候我俩也卖过。”陈路乐得一拍手：“对呀，就在南门街义乌影都门口。”

蔡晓丹笑起来：“那天我俩装可怜，结果被你哥逮着了。”陈路乐得不行：“对对对！那次我们说什么来的？好像是赚钱找爸爸……”

蔡晓丹冲小孩偷偷招手，小孩捧花上前，陈路忙边摸兜边问小孩，哪种花可以安慰人。蔡晓丹咬着嘴唇，满心欢喜地站在陈路身后，闭上眼睛等着接花。陈路一转身，蔡晓丹故作淡定：“有什么好安慰的，人家用得着你安慰吗？”

陈路一根筋：“当然用得着！今天张学接她爸爸电话，最宠爱她的奶奶病重送医院了，她急得不行，要赶回美国去。正好我送这花稳住她！”蔡晓丹脸色大变，失望地望着陈路，然后跺脚转身走去，陈路似有所悟“哎”的一声叹息，赶紧追了上去。

柯总团队研究的可穿戴医疗设备深深地吸引了王旭。

柯总到布拉格去了，那里有个医疗器械学术会议将要召开，这种高端国际交流对科研人员的吸引力太大。王旭马上让网络部调出了布拉格医疗器械会议的资料。秘书告诉他：布拉格这周根本没有什么大型的医疗会议，只有一个私立医院举办的小型会议，会议幕后资助人是美欧。

王旭目光一震，拿起包冲了出去，回头对秘书说："给我订机票！飞布拉格。小刘，送我去机场。"

夜晚，一架飞机降落在布拉格机场。王旭打了一辆出租车，穿行在异域风情的古典街道上。到了酒店，王旭快速办理了入住手续，用英文跟前台询问："请问参加医疗器械会议的住在几层？"

推开房间的门，王旭把公文包往沙发上一扔，开窗长松了一口气，然后拿起固定电话给各房间拨起号来。有女人用捷克语询问，他立刻挂上，重拨另一房间，又是个德国男人的声音，王旭再挂……直到拨第四个电话，里面终于传来了柯总熟悉的声音："喂？ hello？"王旭微微露出一丝笑意。

当晚，在布拉格酒店，王旭在过道里中缓慢走着，查找着房间号。突然他听到一阵熟悉的女孩笑声，王旭忙靠在房间门壁沿里。紧挨的房间门打开，是邱岩，她竟然身着性感礼服，与柯总说笑着走了出来。王旭带着无比惊诧的目光，心怦怦直跳，紧贴门壁沿偷看着。

邱岩那飘逸的模样、秀丽的长发、合身的套装、白皙的皮肤、贴身的窄裙、细长的双腿、黑色中跟鞋、手挎着古驰名牌皮包，身上飘着法国雅诗兰黛香水味和迪奥护肤品的香味，一副自信满满、青春焕发的模样，这哪里还是自己心目当中，那个轻车简从的美国留学生邱岩？或许是受邱岩青春靓丽、蓬勃向上气质的触动，王旭似乎已经怠惰的神经细胞又被激活，他重新感觉到了昂扬奋进的力量。

近在咫尺的笑声，在王旭听来是那样的刺耳。

他眯起眼仔细听着，笑声向相反方向的电梯间飘去。

王旭顾不得身份，满脸愤恨地跟了过去。

邱岩讨好地说："1988年的电影《布拉格之恋》您看过吗？那种爱情境界非常唯美！柯总，晚饭后我陪您去布拉格广场转转吧？"

柯总笑眯眯地说："好啊，美女陪伴，浪漫之地，布拉格之恋，美丽的爱情！每一个角色还都那么漂亮，可惜男女主角都在绝美的风景里牺牲了。来之前我还看了《布拉格秘境》，刚拍的，神秘的探险故事！是经典结构的探险故事。"

邱岩笑不露齿："前者小说更好——《生命中不能承受之轻》。布拉格这个地方总是容易产生爱情，它的古典和忧伤，会让你不由自主的……"

声音消失在电梯里。王旭这才闪

出身来，目光恨恨的，喃喃："美人计都使上了。"

夜晚，王旭穿着戴帽衫在布拉格广场附近闲逛，把自己惩罚累了就干脆坐在台阶上。

远远的一辆山地自行车熟练地绕过障碍，骑过又退回。骑车人背着高高的行李双肩包，满脸的大胡子，好奇地打量着王旭。王旭吓了一跳，仔细一看，原来是莱昂。莱昂也感到很惊奇，乐呵呵地叫："王旭，真是久旱逢甘霖、他乡遇故知啊！"

王旭慢慢起身，不敢相信地说："莱昂，怎么是你？"

莱昂下车热情地与他拥抱，拍打王旭肩背大笑："世界太小了！"

王旭上下打量，觉得不可思议："我的天，莱昂你这是……什么情况？"

莱昂大笑："你跟邱岩一起来的？"王旭愣住。

当晚，在捷克小酒馆，莱昂俨然变了个人，吃起了饕餮大餐，豪爽地将半扎啤酒一口闷下去。王旭饶有兴趣地瞧着，问莱昂怎么会在外国骑自行车？莱昂一捋大胡子，开心地乐道："流浪，围着地球流浪！"

王旭有点发懵，心想你莱昂不是在欧洲做代理吗，怎么会放弃这么好的发展机会而到处流浪呢？莱昂似乎知道王旭的疑惑，满不在乎地摆手说："那样活着太没意思了。"

莱昂笑着告诉王旭，自己花掉了所有的钱财定制了一艘无动力帆船，现在就停放在瓦伦西亚港。

王旭瞪大眼睛，怎么也不相信一个人驾驶无动力帆船就能出海。莱昂又给自己灌酒，坦率地说："我已经横跨完大西洋了。不信也得信，因为我是水手。"

王旭用复杂的目光不解地问莱昂，这一切为了什么？莱昂抹嘴一乐："人活着就不该把最初的梦想忘了。给我再来一扎。"

王旭忙冲身后打了个响指，他很想知道莱昂到底怎么了？莱昂望着窗外长叹一声："我参加了费尔南德的葬礼，费尔南德一动不动躺在豪华的水晶棺材里。"当时我心里很悲哀，不知道为什么，那个贵族老头是被我打垮的，他到死都耿耿于怀不肯见我。

莱昂告诉王旭，离开陈家后，有段时间他生意做得很顺，然后被一个一起长大、他最信任的兄弟算计，像莱昂对付费尔南德那样，帮莱昂出主意打擦边球制假，结果在网络上曝光莱昂制假售假，还提供资料帮对手上法庭起诉，索取巨额调解费，挑拨对手不能心慈手软，阻止和解……可是莱昂一毛不拔，结果官司旷日持久。

莱昂百思不得其解，自己怎么会摊上这样一个朋友。曾经想过杀掉背叛自己的这位神经病兄弟后自杀，后来他想起了躺在水晶棺材里的那具尸体。

莱昂最后想明白了，人生就是一场博弈！失败者应该自动出局！

“人生真奇妙，西班牙也有陈大光！”王旭默默地想着。

莱昂接过酒，仰头喝了一大口，随后长叹一声说：“我是个水手，要勇敢地死在海上，让上帝去拯救犹大吧！于是定制了那艘船。”

王旭仿佛明白了什么，会意地点头。

当莱昂在大海上漂浮的时候，当他觉得自己什么都失去的时候，莱昂伸手仿佛触摸到了什么，眼神中透露出了美妙的亮光。

风起来了，莱昂拉起帆感觉自己像在飞。大海无边无际看不到海岸，莱昂虽然没有翅膀但却在飞，他想起当年做水手的梦了，王旭肯定不知道那是一种什么感觉……

王旭用感动的目光望着莱昂。莱昂冲王旭感激地笑笑：“当年你爸陈江河也跟我莱昂出海捕过鱼，你王旭身上也流淌着水手的热血。”

王旭深有同感举杯一碰，仰头大口喝起来。莱昂突然严肃起来：“我真正的改变还是因为邱岩。”

王旭眼中莫名其妙地闪动着晶莹，他心里明白了几分，毕竟邱岩和莱昂两人相处了那么长时间。可莱昂却痛苦地摇头，说王旭根本不明白他的内心世界，他第一次驾驶无动力船出海是邱岩拽着他去的。“我一点都看不出来，她说想游遍世界，可是她不行了，要到一个好美好美的世界去了，叫我替她走完未来的旅途。”

王旭恍惚地喝光了一瓶酒，莱昂看看表，叫王旭快走，否则邱岩该等急了。

王旭回过神：“什么？你跟邱岩已经约好了？”

莱昂笑了：“邱岩约我在布拉格见面，难道你会不知情？”王旭紧张起来，叫莱昂千万别跟邱岩说见到过自己。莱昂呆住，他还以为王旭是和邱岩一起来的。

王旭掩饰地笑笑，莱昂眯起眼，问：“你们俩是不是闹别扭了？”王旭忙点头，告诉莱昂自己这次偷偷追来，是想明天给她一个惊喜。莱昂动情地拉住王旭的手，用力握住：“哥们，你一定要好好对她！帮帮我！”

王旭眼睛热了，感激一笑：“明白！”

在布拉格餐厅，王旭站在窗外窥探，邱岩正与柯总聊得起劲，莱昂快步走过来与邱岩拥抱，寒暄介绍，王旭眯起眼揪心地瞧着。

邱岩冲柯总：“这位是莱昂，一个驾驶无动力帆船横跨大西洋的著名冒险家。”

柯总说着：“幸会幸会。”莱昂不

好意思地笑笑：“其实我是个失败者。”

邱岩抬举着：“谁说的，在我们眼里，你很成功！莱昂，谁也不如你潇洒，你看我现在活得有多累。我们总是待在钢筋水泥城里，太费心劳神了，而你却享受了青藏高原的异域风光，挥舞过藏族姑娘的牧羊鞭，吃过手抓羊肉，喝过青稞美酒！你到过清泉一般的黄河上游，你在无边无际的大洋遨游过！而我们俗人只是忙着挂QQ、写微博、发论坛、刷微信，干着小学生都能做的事情。”

柯总起身往卫生间走去，莱昂情意绵绵地看着邱岩，轻声说会好起来的。邱岩一愣，莫名其妙地打量。

莱昂拍拍她的手，眨眨眼，神秘一笑：“生活总是充满惊喜！不信你等明天。每天太阳都是新的！”

王旭靠在餐厅墙外深吸一口气，紧张地思索着。

凌晨，在布拉格酒店，柯总迷糊地拉灯从床上爬起，门铃声持续。

柯总看表摇头，透过猫眼往外瞧，王旭变形的脸正冲着他乐。柯总吓了一大跳，忙打开门：“王总？你怎么会……”王旭二话不说，侧身溜进来将门关严，搂着柯总往屋里走。柯总有些慌乱：“你也来布拉格了？”

王旭坐下开门见山：“你是来参加大型研讨会的，却发现只是一个私立医院搞的小型专家会。你以为会探讨技术问题，却发觉除了一个美女陪伴没有其他任何动静，柯总，你上当啦！”

柯总惊诧不已地打量着王旭，王旭亮出手机里邱岩图片，只见上面写着：“邱岩，美欧集团销售总监。”

柯总瞄一眼笑了，稳稳地靠在沙发上：“王总赶来是好心提醒我吗？美欧有诚意想跟我合作，这一点邱小姐在接我的时候，已经开诚布公讲了。”

“这只能说他们更高明更狡诈，美欧集团和我其实做的是同一件事，最终起决定作用的还是实力和诚意。”

柯总起身开门送客：“王总的诚意是看出来了，至于实力……还是请回吧。”王旭上前用力将门撞上，柯总反问：“你想干吗？”王旭铁了心：“今天不说服你，我就不走了！就睡这屋！”柯总无奈地摇头。

王旭分析道：“义乌要建设医疗器械市场是下了大决心的，一旦这个大市场建成，它形成的磁场效应太大了！美欧有什么？无非是有一点钱。”

柯总冷笑看着王旭：“我是个商人，必须尊重钱。为了跟我一起打拼的伙伴和团队，我也太需要钱。”

王旭脑筋一转：“如果我给你的团队提供三金呢？金色降落伞，金手铐，金阶梯。给他们高额补偿，给他们股权，给他们升职保障。这一切，只有像中国的创业板上市公司才能提供——美欧通不过证券法。”柯总眼神顿时有了变化。

柯总哈哈一笑，问王总这样舍得究竟是为了什么？王旭坦白告诉柯总，为了人才他没有什么舍不得的。

王旭说：“我想可以把合资厂的地让出来，建研发中心也好，建厂也好，都由柯总你说了算。浙江大学实力你也知道，我在浙大设立了最大一笔科研基金，可以为你提供咨询。我跑到布拉格决不是一时的心血来潮。”柯总定定地注视着，王旭掏出两张机票：“明早的机票都订好了。”

柯总突然伸出手一笑：“你的疯狂我很喜欢。”王旭也笑着伸出手去，重重握在一起：“明早一起走，今晚我俩谈一下后面的事？”

柯总伸了个懒腰：“好吧！在布拉格谈判也是缘分。”

五

第二天早上，邱岩皱眉听着电话走出电梯间，来到前台。邱岩用英文问708房的柯先生去哪里了？前台答复说708房早晨已经退房了。邱岩一惊，怎么会退房？不可能啊？

前台问：“您就是邱小姐？”邱岩点头一愣，前台递上一张便笺，邱岩诧异地接过一看，上面一行小字：“鼻炎这么严重还要穿得那么露，寄多少鹅不食草都没用。”邱岩惊愕地抬起头，冲出饭店。

车内，柯总已经靠在后座睡着了，王旭忧伤的目光望着窗外。王旭突然想起什么，掏出手机拨通莱昂的电话，问他昨晚说的一点都看不出来，是啥意思？

莱昂惊愕：“什么？她没对你说？”王旭意识到问题的严重性，坐直身姿紧张地听着：“莱昂，我求求你，告诉我实话……”

去布拉格机场的高速路上，邱岩坐在车上焦急地听着电话，是已关机的语音声。车停在路边，一架飞机在空中飞过。邱岩下车仰头恨恨地望着。邱岩冲飞机大喊：“王旭——你这个混蛋！”

布拉格广场上，邱岩失落地走着，耳边仿佛响起爸爸曾经的声音：“你披星戴月、早出晚归，苦吗？”“只有心里苦，那才是真的苦！”邱岩无助地掉出眼泪。

突然，邱岩目光一震，浑身像触电一样。

广场对面，王旭正含泪凝望自己，邱岩灵魂出窍般呆呆地看着王旭，不敢相信自己的目光。两人就那样默默对视着，许久许久。

王旭突然直冲过来，不顾一切地将邱岩紧紧拥在怀中，邱岩感受着王旭火一般的炽热情感。

王旭颤抖着："为什么？为什么最后一个知道的是我！"

邱岩泪如雨下，抬手轻轻抚摸王旭的头，含泪微笑，在他耳边呢喃："因为，你是我最担心的人，你懂吗？"

王旭听完，哭得像个孩子似的。"岩岩，你不在身边，我，我……"

浪漫的布拉格广场，两个恋人满含热泪，紧紧相拥在一起，蓝天白云都在为他们见证这奇迹的一刻。

两人骑上哈雷摩托，去寻找《布拉格秘境》里深藏着六棱水晶的湖泊；去寻找查理大桥上的世纪圣象；去寻找神秘的古书、1637 年的古井。

傍晚归巢的鸟雀，叽叽喳喳地在布拉格湖上面穿梭而过，红蜻蜓从野菊花丛中飞起，又蓦地转过来，环绕着这对情人，抖动着轻盈的翅膀。

湖泊蛙声阵阵，甲虫们也纷纷开嗓，开始了阵容庞大的演唱。

"啊，王老五，喔，傻王旭，傻小旭。"邱岩扶了一下鬓边有些凌乱的头发，定定地看着远方，狠狠地抱紧这个傻呆了的钻石王老五。

王旭看着她的侧脸，和天上的红霞连在一起，不知是人在画中，还是画在人眼睛里。

"嗯，我越来越喜欢这里了。"

晚霞从天际倾洒下来，温柔地拂过山岗，草地，最后折了折，定格在两个人的身上，拖起了长长的身影。

"看前面是拦水大坝，我们去寻找湖水的源头吧。"

"嗯。"两个人沿着山路，一路向上。

溪水从上游一如既往地往下流淌着，在大坝下急促地奔走，两个人站在无边的绿色之间，幸福地微笑着。远处农家炊烟袅袅，升腾而起，火烧云映红了半边天，长风吹动着两人的衣襟，少女绝美的容颜，映衬着这一方安宁的时空。

"归去来兮，胡不归？"

"说出来，小旭，你是重辉公、金水叔、江河爸爸的后代。大胆地说出来！"邱岩的大眼睛仿佛在热烈地鼓励着。

"爷爷没了，你……"王旭又不说了，眼中充满了悲伤，"没有你，我活不下去了！"

王旭如释重负，终于说出来了："我爱邱岩，我爱邱岩！"

三十多年过去，见惯了商场上的残酷血腥，你死我活，一步步如履薄冰，稍有不慎，全盘皆输。最困难的时候，他总是想着，岩岩在看着我，我的最好的朋友、故交、老师、战友，她一直在我的眼前鼓励我：你站在这一片充满英雄血性的土地上，英雄的血性战时保家卫国；国家政策开放时，英雄的后代就应该成为坚韧顽强、崇尚孝义、独领风骚、傲视天下、搏击商场的天之骄子。

脸书上，邱岩的大眼睛时刻盯着你。

小旭，你是义乌兵、重辉公、金水爷爷、江河爸爸的后代，你应该不畏风险，敢占先机，敢爱敢恨！

六

黄昏的一缕阳光，照在树屋上，四周静静的，一片静谧。

骆玉珠端着一碗饭来到树下，抬头望去，陈江河正望着夕阳发呆，眼角挂着泪痕。

骆玉珠一见，就气不打一处来："老头子，你午饭都没吃；再不下来吃晚饭，我就把饭扔上来了。"

陈江河往下瞄一眼，诉说道："岩岩连学费断供也不跟我们说了！玉珠，我吃不下，我早就发现她与我们保持距离了，可我总是以为自己生意忙，一直没有与岩岩拉近关系。"

玉珠解释说："江河，那时候，我们连续遭遇变故，也许她以为……你别说，我也是太宠爱干女儿了！我不忍心邱大哥的骨肉受到任何伤害，不忍心看到她难过。"

陈江河轻声说："我也不想让她重复你我小时候的经历。"

"可是她偏偏对我们只报喜，不报忧。"骆玉珠安慰说，"小旭去美国了，陪岩岩辞职拿东西，我们很快就可以照顾她了。"

陈江河回忆说："我要好好地检讨自己，我曾经是一个被人丢弃不要的弃儿。好兄弟邱英杰走后，我很想像别的父亲一样宠爱邱岩。我是在向老天爷挑战：兄弟，看，我是不会冷血动物一样对待我的干女儿的。"

"其实，你这种爱是一种补偿，补偿你小时候的感情空缺，补偿你对兄弟死亡的悲痛的感情。"

陈江河带着哭腔："玉珠，回来就不许她走了。这几年岩岩受苦了，这个懂事的女孩啊。她想自己养活自己啊，哪有这么容易啊。斯坦福的学费是六万六千美元，相当于人民币四十五万元，岩岩的导师调走后，她的奖学金便没了，后来几年她把自己看成了名正言顺的孤儿了。"

陈江河心痛地说："上大学时，她就争取奖学金、贷学金、社会助学金、特困生补助和勤工俭学。她争取奖学金，不要特困生补助。在斯坦福读研究生时，邱岩参加了勤工俭学：做家教、卖报、散发宣传资料、送货、营销；做广告企划、设计，参加学校流动教室清扫、食堂清洁工、图书馆管理员、厕所保洁员等工作。"

骆玉珠嘟囔："江河，你也别惩罚自己了，你要忏悔，你也得活到她转来啊，你快下来，饿死了就太可惜了。"

陈江河紧蹙眉宇，摇头不语。骆玉珠仰天长叹：“说你这人怎么越老眼睛孔越浅,要么搭把手,将我也拉上去,我陪你一起哭。”

陈江河死活不承认自己哭过，只说是替邱大哥难过，然而话音未落，眼泪哗啦一下不听使唤淌了出来，这个隐形富豪竟跟受了大委屈的小孩一样放声恸哭，哭得连老天爷都要陪他落泪。

“如今，岩岩连生重病也瞒着我们，我成了什么东西了，你让我怎么对得起邱大哥？”

骆玉珠眼圈也是一红，靠在树上坐下来懊悔：“我心里急于想让她成为我儿媳妇，会不会刺激过她？”

陈江河自责道：“岩岩回来，我俩得好好说一说。”

骆玉珠想把饭放在筐里，用滑轮拉上去，叫陈江河吃饱了饭，自己跟她去说。

陈江河主动从树屋下来，眼圈都红了。还真是饿了，陈江河拿过饭碗，张嘴就吃，他又痛悔地说开了：“那一年，当我出差美国找到她，当我捧起她粗糙的手掌时，我深深地责备自己，恨不得打自己耳光。她外表温柔美丽、贤惠善良，内心勇敢坚强、细心体贴。她太懂事了。她看到我，小鸟依人一样围着我，一直唱着，跳着，兴奋极了，反而安慰我说，她现在有了食堂清洁工、图书馆管理员这两份工作。勤工俭学也让她体会到人间处处有真情，处处有感动，处处有温暖。她珍惜眼前不易得到的一切，体会着生活带来的异样风景。有的同学说打工收入微薄，浪费时光，又脏又苦的，还少不了被质疑与嘲笑，但她却把这一切当作上天的恩赐，还对我们隐瞒病情，生怕拖累我们，拖累小旭。

陈江河并不知道，这个时候儿子王旭正在美欧集团总部，愁苦着脸，焦急地坐在邱岩的办公室，等待着青梅竹马的最后选择。

突然，走廊上传来美国上司歇斯底里的一阵吼声：“为什么？你这样离开，会让自己失去太多！你的职位，你的股份，你的健康……”

邱岩沉默不语，只是低头走着。

“我们的投资项目，马上可以上市，你将可以分派到巨额的收益奖金。起码百万，甚至千万，美丽的邱，你再等等！”

办公室里的王旭，赶忙起身走到门边凝神倾听。

走廊另一头，一个美国员工也抱着材料驻足而听。

邱岩欢快得像头小鹿一般小跑过来，美国员工恭敬地叫一声：“邱总好！”邱岩微笑着点头示意，进办公室后她随手把门一关，小鸟依人般没商量地紧紧搂住王旭的脖子。

邱岩的大眼睛脉脉含情地凝视着王旭，像是得到了巨大的解脱，充满喜悦地对王旭说："小旭，我们走吧！"王旭心里疑惑不解——离开公司跟她的健康有什么关系？邱岩只是神秘兮兮地笑着，往盒子里收拾东西，叫小旭别胡思乱想，赶快帮她收拾东西，了却她马上要回家的心愿。于是王旭与女神相视一笑，手忙脚乱地收拾起来。

飞机缩短了相隔万里的两个国度的距离。

天上晴空万里，没有一点云彩。

义乌高铁出站口，陈江河正领着骆玉珠、陈路、赵姐、巧姑、骆天宝等众人，焦急地翘首等候。

"快看，来了来了！"陈路忽然叫了起来。

女神没有一丝生命垂危的模样，她带着灿烂的笑脸一步一步飘过来，她走到了陈江河、骆玉珠跟前，冷不丁一下子扑进老两口怀中，很快，骆玉珠与邱岩紧紧地牢牢地拥抱在一起，陈江河欣喜含笑，搂拍着邱岩的脊背。

"孩子，一切都过去了，朝前看，日子还要照样过啊。干爸老了，我希望你能过得快乐，不需要大富大贵，不需要拥有什么样的财富，只要平平安安，身体健康，那就比什么都好！"陈江河抚摸着邱岩的手慈爱地说道。邱岩盯住这位多年不见又时刻惦念的心目中的男神：干爸，他的目光深邃犀利，他对事物具有非凡的洞察力，他的行程匆忙而稳健，他脚踏实地而又惜时如金，办事果断使人敬仰……干爸你也会老吗？

没等邱岩明白过来是怎么回事，骆玉珠已经将自己手上的镯子摘下，怜爱地戴到邱岩手腕上，骆玉珠眼里溢出了母亲情怀，久久地凝视着她。

与维系着一家传承的亲人岩岩相见，这感天动地、无声胜有声的一幕，让所有人掉泪。

巧姑抹着泪水，依偎在骆天宝怀中。陈路感动得不行，转头看哥，竖起了拇指。王旭回避开他的目光，团圆的滋味刚开始漫上心头，他下决心：宁可放弃所有的一切，一定要让岩岩活下去。

邱岩肃穆地站在义乌奇山陵园的父亲墓前，双手轻轻地划过父亲的遗像，父亲邱英杰依然那么年轻，保持着微笑……

邱岩的鼻子突然一酸，泪如泉涌。

在邱岩身后，王旭眼泛泪光静静注视着她。

"爸爸，我又回来看您了，爸爸真年轻，走的时候跟我现在差不多大。"邱岩无限伤感地哭泣一声，双膝一跪，额头贴在墓碑的遗像上，紧闭双眼，号啕大哭。

王旭往前一步，爱怜地扶住邱岩肩膀。

邱岩任由泪水横流，心如刀绞："爸，女儿这次是归去来兮，回来陪你，绝不再走了！"

来到陈金水墓碑前，爷爷的遗像微笑着面对青山绿水。爷爷啊！您一生忠诚、朴实，为人善良、和蔼。您承受的苦难太多、太多了。您以大爱对待亲人、村人和您认识的任何人，您是一位极具慧根和灵性的鸡毛换糖买卖行家。爷爷，我这个后辈从来没有什么孝敬过您，感到特别惭愧，就让我烧一炷香给您，感谢您多年来的教诲吧！

在陈金水墓碑前，在大团圆的日子里。"没有你哪有我"，陈江河脑子里一遍又一遍地吼着，他在掩饰自己的痛哭流涕。

"鸡毛鸭毛鹅毛换糖喽！"

假如你不曾养育我，

给我温暖的生活，

假如你不曾保护我，

我的命运将会是什么！

是你抚养我长大，

陪我说第一句话……

"没有你哪有我"，骆玉珠也跟着唱起来了，从来没有这么撕心裂肺的感觉，此时，大家好像静止在痛哭声中，一个个都泣不成声！

陈江河站在陈金水坟前久久地默哀，也算是心灵交流吧。也许，在这个世界上，陈江河是最希望能够准确理解陈金水的人。他在自己疼爱一辈子的"鸡毛"生死未卜时，在急火攻心中，带着满腔悲愤离开了这个世界。叔，我迟到了，我没有以您的处世方式面对芸芸众生。"忠孝节义、刚正有为"，我理解：您以知其不可为而为之的姿态，那样从容不迫地走上了牺牲的道路；您是大智若愚，在没有天然尺度的世界上，信念就是最后的尺度，您一直信任我，对我无怨无悔。

金水叔，我是陈家的嫡系子孙，我的身上传承着您的光芒，这个家族也会以你为骄傲的。

叔，您是一个悲壮的狙击手，为我挡住了枪林弹雨、狂风巨浪；叔，我会牢牢记住您传承给我的三条家训：一是积善；二是孝亲；三是教育。

您说第一等好事只是读书，传承数百年的大家无非积善，而孝亲则是承上启下以致家族兴旺的源泉。

您掩护着我冲锋陷阵，去饱读诗书、培养高尚道德、学会一技之长。你饱经磨难，却期望我丰衣足食、安居乐业。叔，你是仙风道骨，我是俗骨凡胎。

站在您的面前，您的儿子我，从一个弃儿，已经成为一个有着强烈的爱国爱乡情怀、为人刚直、不断磨练自己的意志和能力、喜爱传统文化、修身齐家治国平天下的人，愿您的在天之灵为我们现今的生活而感到骄傲吧。

陈江河脑子里一遍又一遍地吼着："鸡毛鸭毛鹅毛换糖喽！"

多么熟悉的声音

陪我多少年风和雨……

远处传来你多么熟悉的声音

让我想起你多么慈祥的心灵

这歌声在陈江河的心中久久回荡……

鸡毛飞上天

Feather Flies To The Sky

长篇小说

〔第三十九集〕

一

在跨界互联网文创园天台上，陈路神色惆怅，靠着栏杆一动不动。只见蔡晓丹端着两杯咖啡跑上来，先是怔怔地瞧着他，随后来到近前，把咖啡塞到了他手里。

“一个大男人老打蔫干什么，不就是哥弟俩吵了一架嘛！有什么大不了的事，这么久还没有和好呢？”蔡晓丹悄悄打量陈路一眼，嘀咕一句，见陈路没精打采的，又气呼呼捶他一下，然后又哀叹自责。蔡晓丹停顿一下，嘴里嘟囔着：“都赖我！你们哥俩生气都赖我！小路，你会不会为了我背叛家里，跟我去浪迹天涯呢？”

“蔡晓丹！谁要跟你去流浪啦？我又没得鸡瘟。我爸说，如果一个人只打自己的小九九，因为蝇头小利而一叶障目、看不到泰山，就会误事、误人、误己。”陈路抬头瞪一眼蔡晓丹，嗔怪她电影看多了。见陈路终于开口了，蔡晓丹笑笑，揶揄道：“人家是想办法逗你开心嘛，你竟然不理会。”陈路两眼无神，喟然长叹：“唉，人真的很脆弱。我们无论遇到什么事，都要好好活着！”

蔡晓丹心惊肉跳，不解地审视陈路：“你，你没事吧？”

“你不懂的，别理我，烦着呢，去去去！”陈路烦躁起来——蔡晓丹有着乐观开朗的性格和清新优雅的外形，她酷似影星汤唯的相貌，经常会让人驻足多看一眼，给人留下了深刻印象。可惜她白长了一副好皮囊。如果蔡晓丹有邱姐姐的一半聪明就好了。

蔡晓丹不明所以，吓得往后退了几步，忧郁的目光盯着陈路。

王旭正独自坐在新科路复元医院走廊的长椅上等候，手机却响个不停。电话中，于总急促地叫着：“王董，什么时候方便，你露一面吧，柯总这边已经很急了。”

王旭再次重申：“这事由你全权处理。”

可是于总仍不领会，在电话里不停诉苦：“王董，你已经两个星期没露面了，公司早已乱成一锅粥了，研发中心、团队股权等很多问题一下子没法处理。别忘了，这一切都得由你亲自拍板。基金那边也等着开会，如果今年的利润被海外仓拖累，所有的股权很可能被稀释……这样那样的头痛问题会像老鼠钻地洞一样一堆一堆地钻出来。”

王旭疲惫地掐着头，打断于总：“知道了，等我回去再说。”

身后，邱岩拿着片子悄然站在拐角处张望。

手机再次响起，是邓涛向王旭汇报海外仓那边的情况，情况很不好，几个大户都准备撤，需要王旭赶快过去跟他们谈。

王旭长叹一声，真是屋漏偏逢连夜雨，坏事都挤一堆了。他无可奈何地：“哥们，我哪过得去啊，再难你也得帮我顶住。”王旭挂上手机，垂头思索。一抬头，却看见邱岩出现在身旁，王旭忙起身相迎，询问她检查结果。

邱岩担忧的目光忧郁地摇摇头。

王旭勉强笑了笑，搂过邱岩，安慰道：“没事，我还联系了北京最好的专家，明天就陪你过去。”

不料邱岩忽地俏脸如霜，脸上充满了羞、怒、怨、恨几种表情，最后定格在了愤怒上。她用下命令的口气毅然道：“从现在起，你别再想我的事，安心工作要紧。答应我，王旭，你必须振作起来。”

王旭摇摇头，痛苦、忧悒地凝视着邱岩，轻声道：“工作怕什么，有身后的团队，不会有事，怕只怕……”

“只怕什么？”邱岩看着王旭。

王旭伸手轻轻地抚摸邱岩的脸庞，眉头紧蹙：“我怕失去你，当年我爸爸受伤成了植物人，一直躺在床上，但不管怎么样，那时我跟我妈有个家。爸爸没了，我和妈妈就没了家，从此四处流浪了。”

邱岩怔怔地注视王旭，莞尔一笑：

"傻瓜蛋，放心走吧，难道还怕我化了，我不会没的。"邱岩伸出小拇指，王旭也伸出勾上，两人额头顶在一起，幸福的，暖暖的。

邱岩因为治疗脑瘤有可能失去头发，王旭主动剃光了自己的那一头亮丽的长头发，变成了一位"戴帽子的光头男孩"。王旭的安慰、陪伴和支持，令女神动容，邱岩同意化疗、放疗了。

王旭送给邱岩一条"周生生"出品的手工项链，还有一对深蓝色的很漂亮的耳坠。邱岩幸福极了！她跑到洗手间，对着镜子戴了半天也没有戴上，就叫王旭过来给她戴上。邱岩要王旭拿出刚买的单反数码相机，帮她拍摄，王旭心中发热，一定要把邱岩美丽的长发刻录下来！

王旭笑着流泪指导邱岩，学习陈晓旭在"红楼梦"中扮演的林黛玉形象，做出头痛、牙痛、胸口痛、腰痛、手痛、脚痛的模样。邱岩一手托住下巴，一边俏皮地反问：小旭，是不是这样呀？眼前这个漂亮的高个子姑娘一边嬉笑着，一边自然而流畅地做出一组组的扶腮、托腰、叠手等舞蹈动作。王旭抓住时机，尽量把岩岩青春靓丽的岁月记录下来。

二

入夜，在一百多平方米的新晓丹研究中心办公室里，只见电脑林立，其他人已经下班，只有陈路、张学紧张地坐在电脑前开发程序。

陈路专注地敲击键盘，突然喊道肚子饿了。一听陈路喊饿，张学伸了个懒腰，也笑着说还真有点。

巧的是，蔡晓丹提着食盒，突如其来赶到了："小路！你看我给你做什么了！"

看见张学，蔡晓丹尴尬地一愣："张学，你也在啊？"

张学戏谑地朝蔡晓丹笑笑，继续工作。

于是，蔡晓丹便把带来的饭菜拿到外面房间，叫陈路出来吃。

陈路过来打开食盒一闻："哇，真香啊！"这蔡晓丹也乖巧得很，知道这两天陈路熬夜辛苦，特地炖只鸡给他补补。

让蔡晓丹傻眼的是，陈路抓起食盒，撕了只腿，又闻了闻，跑过去就递给张学。蔡晓丹想阻拦，但已经来不及了。张学接过尝了一口，冲陈路一笑谢过。

尤其让蔡晓丹气得要哭的是，陈路那傻瓜只顾自己盯着屏幕，却一个劲地劝张学快趁热吃，里面还有蛋挞呢。

蔡晓丹拉过陈路嘟囔着："不要妄想碰到白富美你就变成高富帅了，你的层次决定了你身边人的层次。"陈路不知道，蔡晓丹每天在背诵名言警句，说出来的话经常会吓人一跳。

弟弟在照顾美女专家，哥哥王旭则心急如焚，不停地给赵姐打电话关照邱岩。当邱岩披着浴袍出来时，赵姐捂住电话摇头说："从没发现小旭这么担心过家人，你洗澡这一会工夫，他往家里打了三个电话呢！"邱岩举起手机晃晃，这里还有五个微信呢。

邱岩举起电话严厉责备道："王旭，你想干什么？催什么命？想咒我死呀？"邱岩不给王旭说话的机会，迫击炮一样紧接着说道："我警告你，别再打了，专心处理你的事！"邱岩挂上电话，与赵姐相视而笑。

晓得邱岩没事，王旭才松了口气，和邓涛巡视东欧海外仓去了。在布拉格海外仓里，邓涛边走边告诉他，客户提出出入库太慢，货物分仓混乱，达不到当地需求。不光是他们，所有的海外仓都面临这个问题。

王旭皱眉思索了一会儿，认为这其实是同一个问题，信息不对称，随即又问邓涛那些大客户什么时候来，邓涛似乎没有把握，只是蹙着眉头说："该到了。"

"不必等，他们不会来了。"邓涛声音还在半空中回荡，阮文雄已在外头大叫。

邓涛目光慌乱，忙迎上去："阮先生，什么风把您给吹来了？我来介绍一下，这位是王旭王董……"

阮文雄不屑去理会邓涛，一脸坏笑朝王旭走去："不用介绍，他才是海外仓真正的接手人。"

王旭惊愕，一笑上前。阮文雄看猴一样盯着王旭，挖苦他:"这么多年，王董怎么还没把姓改过来啊？"

王旭收住笑，淡然回应："改与不改不都是一样吗？

阮文雄心头得意，又挖苦王旭："是的，听说王珠集团都没了。你的公司叫什么名字来着，延续？"

王旭坦荡地笑了笑，将了阮文雄一军："阮先生，为何明知故问？"

邓涛狐疑地询问阮文雄怎么知道大客户不会来，阮文雄诡异地笑笑，告诉他们，因为这些大客户根本就不存在，原来那些大客户全是阮文雄编造的。

王旭转身盯着邓涛，邓涛也一脸茫然地摊开双手，表示不可思议。阮文雄叫王旭别怪邓涛，要想尽快脱手海外仓，我阮文雄当然必须把细节做到极致。

阮文雄摇摇头侃侃而谈："古人大智慧啊，告诉我出头的椽子先烂！外人哪里知道商人有多辛苦。你有超前意识，你比人抢先一步可以带来巨大的收益，但也会带来同样的风险。螳螂捕蝉，黄雀在后，搞不好就是鹬蚌相争，渔翁得利。精明似陈江河尚且如此，我阮文雄当然也只能认这个命。八年前，陈江河居然敢做这样的梦，了不起！但他输了个精光，我阮某拼了八年，甚至靠做假数据假客户来虚张声势，可还是没有撑过去。”

阮文雄霍地转身指指王旭，诡异一笑：“现在，交给你做，你行吗？”真是一只老狐狸精，阮文雄从一开始就已经料定王旭会抢盘接手，而且会迫不及待。八年前玉珠公司材料危机时，阮文雄研究过王旭的表现，也了解他，他很聪明，但像他爸爸一样过于自负。一看到义新欧的列车发出就热血沸腾，不畏风险来抢占先机，可是做买卖岂能靠一时的激情？

王旭深吸一口气，没有说话。阮文雄拍拍王旭肩膀，羞辱道：“我是三个亿从你爸爸那里接手的，现在翻一倍转给你。谢谢，孩子。”

王旭木偶一样一动没动，直到阮文雄向门外走去，他才蔑视道：“阮文雄，你料定我会败吗？”

阮文雄停住脚步，回头奸笑一下：“没有人比我更了解这些海外仓的问题了，你最多只能支撑半年。你下面要做的是，准备跟本地工人谈判，因为你只有一个选择，就是为了压低成本辞退他们中的大多数。这可是个大麻烦，因为工会、律师和选区议员会无条件为本地工人撑腰的！”

邓涛懊恼地盯着阮文雄，后悔轻率地把老同学引入了绝境。王旭眯着眼沉思。

阮文雄嘲弄似的目光扫视着这个仓说：“还有个事我差点忘了，这座仓就是你爸爸当年被绑的地方。”

一阵疲惫朝王旭袭来，他目光复杂，眼睁睁看着阮文雄冲自己摆摆手扬长而去。

邓涛瞧瞧王旭，叹了口气说：“资产成本高达六亿，这可是投下你的全部家当了啊！”邓涛心痛地说。

“还远不止自己的投资，还有集资、贷款。因为后续投入才是无底洞呢！是啊，本想成功了，就干成了一番大事业；败了，我这么多年的心血汗水就付之东流，甚至倾家荡产了。难道这是我爸的魔咒……”

三

半路杀出个程咬金，刚走出仓，王旭与邓涛就被十几个当地工人围住了。

邓涛挡在王旭面前，警惕地叫道：“你们想干什么？都冷静一下！”随后，邓涛紧张地对王旭低声说：“我来对付，你先走。”

王旭仿佛没听到邓涛的话，他饶

有兴趣地看着那些工人。

“我们都会失业吗？”众人七嘴八舌地质问起来。

邓涛心头急呀，他放软声音劝大伙都静一静，有话好好说。

王旭笑嘻嘻地拉开邓涛，从容上前一步道：“我是海外仓的真正负责人王旭，大家的诉求我都清楚。没错，我们遇到了一些困难。根据我的调查，海外仓经营不善不是因为你们，恰恰相反是因为投资方的急功近利，没有很好的本土化。所以请你们放心，你们中间不会有一人被辞退。”

工人们面面相觑，王旭目光如炬地注视大家，语气坚定：“我知道你们现在不相信我，但请大家记住我是个义乌佬，在我们那个地方，从小我爷爷、我爸还有我妈就教我做买卖要守规矩，开四门，出六进四。宁可做蚀，不可做绝，你吃肉来我喝汤，讲的就是出门靠朋友，有钱大家赚！”

王旭说着，郑重地拱起手向四周作揖。滑稽的是，一个工人也学王旭的样子举手抱拳作起揖来，其他工人也依样学着拱起了手。

王旭不信邪，他要坐拉货的义新欧列车去西班牙，他诡秘地告诉邓涛：我跟着义新欧列车走一趟，就可以摸清楚沿路的货物状况，法律法规、风土人情，将来有一天义新欧的列车双向开的时候，海外仓就会成为众人的抢手货。

列车启动，王旭微笑着冲邓涛挥手：“本地的物流就交给你了！”

邓涛苦笑一下，心里在说：“王旭，你跟你爸一样疯！”

列车在原野上飞驰，王旭站在火车头驾驶舱，广阔的天地一览无余，扑面而来。他想起小时候，爸爸曾经抱着他巡道；小小的他迎着爸爸的手电筒在铁轨上奔跑；年幼的他总是被妈妈连同货物塞入窗中；他曾经在座位底下、过道上呼呼入睡；他与可爱的小邱岩在铁轨上牵手前行……江河爸爸转给他邱伯伯的火车票时，那热切的目光。

王旭深情地凝视东方。火车一响，黄金万两！列车，你与我缘分重重，列车，你注定是我的幸运星！

四

蔡晓丹拘谨地来到气势恢宏的岩旭集团，王旭不在，她找到邱岩。两人来到彼岸咖啡馆，邱岩缓慢地搅拌咖啡，她不由得惊叹对面这个女孩真秀气，两片嘴唇像精工雕琢过似的娇嫩欲滴，眼睛黑得像清泉，一副标准的瓜子美人脸。

蔡晓丹看到有学问的人就紧张：“小路是一个智商特别特别高，但是情商很低的人。所以很多人都会误解他，其实他的思想是早熟的，虽然他个子不高，娃娃脸的模样也像小孩，可是他在我心目中特别的伟岸，他是个天才，即使全世界的人都不相信他，可我蔡晓丹却相信他会成功！”

邱岩实在没忍住，低头咳嗽着笑了。蔡晓丹哭丧起脸，邱岩马上恢复常态，含笑注视着鼓励道：“如果我是小路，我有你这么漂亮又善解人意的姑娘在身边支持我，我会非常幸福。”

蔡晓丹懊恼道：“姐净说客套话，算了吧，他现在巴不得甩掉我，我都烦着呢。”邱岩惊讶，蔡晓丹低垂下脸流着泪说，“还不是那次他们哥俩闹矛盾，都是因我而起。接下来几天小路都特别不高兴，我心里憋屈死了。再加上王旭哥肯定瞧不上我，我也知道老爸是惹事精，害得我老是做错事，老是在不该出现的时候出现，老是说不该说的话，老是成为别人的障碍，什么都比不上那个张学……”

邱岩一愣，她可从来没听说过张学是谁。蔡晓丹意识到自己说漏了嘴，慌乱拿起咖啡喝起来，又被呛住咳嗽起来。邱岩微笑看着她，递上纸巾让她擦拭。

蔡晓丹感激地说：“邱岩姐，不知道为什么，我觉得你特别亲。”邱岩笑道：“是吗？那以后你就叫我姐。”

蔡晓丹接着向邱岩讨教能让他们哥俩和好的方法，邱岩有了主意。

五

每次回想起金水叔，陈江河都会心痛难忍，他在农庄里建了一个凉亭，名金水亭，用于工作人员喝茶休息。他撰稿刻了一块石碑《金水亭记》：“我的命轻如鸡毛，贱如鸡毛，而金水叔省下口粮，一口一口喂我长大。对我细心呵护，教育有方，供我读书成才，方有我今日之人生。金水叔就是我魂牵梦萦的再生父母和精神支柱，故殚精竭虑，精心设置一花岗石亭，取名‘金水亭’，借此纪念金水叔。

“金水叔对我抱有无限的希望，他要求我从小立、坐、行、言，都须循规蹈矩，不许丝毫放纵。每日凌晨令我闻鸡鸣而早起，勤奋读书，练习武艺。

“抚今追昔，金水叔对我恩重如山。可子欲养而亲不待，金水叔仙逝而去，我思之不禁怆然泪下矣。

“自古创业不易，守业更难。凡我陈家孝子，唯祈肃遵家训，立志高远，如龙腾大海，以使家业长青、家风绵长。为此特撰《金水亭记》。”

农庄小院里，玉珠抱住陈江河钉纽扣，陈江河伤感地回忆说：“金水叔走了，我呀，就特别眼热金水叔。金水叔是个爱酒如命的性情中人，他说自己像陶渊明：'性嗜酒，家贫，不能常得。亲旧知其如此，或置酒而招之，造饮辄尽，期在必醉。'所以，我真向往与金水叔在一起，享受农村生活。'夫耕于前，妻锄于后'多美啊！"

"我金水叔就是陶渊明，天性爱喝酒，朋友来访，无论贵贱，只要家中有酒，必定一起喝。每次都是他自己先醉，便对客人说：'我醉了，不送了，你自己慢慢回去吧。'"

玉珠充满回忆："金水叔呀，不仅酷爱丹溪酒，还爱花如命。"

"对，金水叔爱喝酒、种花、养鸡。'采菊东篱下，悠然见南山'，陈家村老家院子里种了石榴、鸡爪梨，还在院子里种满了菊花。每到秋天，那如铜钱大小的雏菊，黄白相间，蕊萼紧密，仿佛从山村里走出来的姑娘，俏美而朴实。好像，好像当年那铁路边的小木屋，也围满了菊花！"

"金水叔喜欢一边赏菊，一边喝酒。他说喜悦时酒可以助兴，悲伤时酒又可以去除烦恼。酒可以寄相思，也能够排遣孤独。我们陈家村人高兴时用酒自我满足，落魄时用酒解忧愁；难怪外地有人戏称陈家村人都是些'义乌酒葫芦'。"

六

农庄小院里，骆玉珠戴着老花镜看着笔记本电脑，愁容不展，陈江河坐在小板凳上修理农具。

骆玉珠心疼得像割肉："怎么亏损得这么厉害，十三个海外仓一个月两千万都打了水漂，儿子肯定急坏了。"

陈江河低头专注地摆弄着手里的活计，骆玉珠上前拉住他的耳朵："哎！老头子，你假装没听见是吗？到底是地重要还是公司重要？"

陈江河忙用手护住自己的耳朵，眼一斜，嘴一咧："哎哟喂，公司是他的，地是我的，老婆子你说哪个重要？"

骆玉珠气不打一处来，瞪着老公："你这是人话吗？气死我了。"

陈江河不满地回应道："气什么气，这几年没你，人家不也干得风生水起吗，真是听评书掉眼泪，你操啥闲心呢？"

骆玉珠再拉老公的耳朵，吼他："这次不一样，儿子被阮文雄挖空心思算计了！"

陈江河悻悻地说："被算计是福气，不杰出就不会被贼惦记！"

外面胖婶正在大大咧咧地骂个不休："哪个缺德鬼，把我家的老母鸡又给炖了？这辈子没吃过鸡啊？跑我们村偷鸡来了？"

陈江河指指骆玉珠："哎，听到没有，大水冲了龙王庙，冲你来的。"

骆玉珠把屋门关上："一个月两千万，一年就亏损两个亿！"

胖婶声音越来越大："馋了掏钱去买啊、偷街坊算什么本事。大家都来看喽，这个村闹黄鼠狼喽，都把自家门关好喽……"

骆玉珠再也憋不住气，夺门而出："死胖婶，你骂谁黄鼠狼？"陈江河无声地叹了口气。胖婶插着腰："谁偷我家鸡我就骂谁，你没说偷过鸡呀？关你屁事啊！"

"那你到别的地方骂去，别堵在我家门口！"

胖婶不依不饶："怕骂啊，心虚吧？你看你嘴上还有油呢。哎哟喂，可怜我们家小四啊，你被哪只狐狸精吃了呀！"

骆玉珠抄起竹竿就扔过去，嘴里发泄般喊着："我让你骂，真是讨打。"胖婶吓得一哆嗦，陈江河冲出来抱住老婆："胖婶，想活命就赶紧逃。"

胖婶还想指着骆玉珠骂："你还想……"竹竿又扔过来，胖婶尖叫一声"救命啊！"趴在地上，陈江河死死抱住老婆："别闹别闹。"

骆玉珠拼命挣脱："你这个死老头，快放开我！"胖婶被吓得屁滚尿流，连滚带爬赶紧逃远了。

陈江河偷瞥老婆，骆玉珠愤怒地坐在门口。陈江河急劝："老婆别闹了，该做饭了。"

骆玉珠一生气，偏不去做饭，嘴里还絮叨不止："我可不想给白眼狼做！知道你的会奇怪，胳膊肘怎么总是往外拐的，不知道的，还以为你陈哥跟胖婶有一腿呢！"陈江河胳膊扭不过大腿，只好摇摇头，自己做饭去了。

骆玉珠犟脾气上来了，你做了我也不吃。陈江河无奈，进退两难。

经此一闹，骆玉珠憋屈得慌，想上树屋去吹吹风，陈江河没挪动地方，他瞧着骆玉珠蹒跚地走到院外树屋下，重重地往筐里一坐。

陈江河忙靠在门里，骆玉珠在外面叫："别假装看不见！"

陈江河悻悻走出，拽起绳子，骆玉珠赌气不瞧他，她这辈子算看透了陈江河，对外人那么好，对家里人却比谁都狠。陈江河向骆玉珠坦露心迹："女人哪真是头发长，见识短，这叫开四门广交朋友。不像某些人，这辈子没有一个朋友！"

骆玉珠一听不服气了："啧啧，你有，你有谁啊？好不容易有个一起长大的陈大光还背叛你。出卖核心秘密，化身多个马甲攻击你……"

陈江河大声说："英杰哥！金水叔！"

骆玉珠扒着筐："可惜他俩人都没了，叔是你长辈，不是……"

陈江河一听就恼火了，筐停在半空不动了，骆玉珠吓了一跳："老头子，你快拉啊，你想摔死我？"陈江河拉住绳子半天也没动，我的朋友遍天下！玉珠却口不择言，能不生气吗？

骆玉珠大声吼道："嗬！陈江河，谁给你吃了豹子胆，竟敢威胁老婆子，你这算哪门子本事？"

陈江河像小孩子一样来气："那你承认错误，我就把你拉上去。"

骆玉珠干脆躺在筐中闭眼赖着不理，陈江河往树上系牢绳子，故意赌气地在树下喊："那我就吊在这，上不上、下不下，谁难受谁知道。"

骆玉珠怒骂："陈江河，你混蛋！"

陈江河扭头坐在板凳上，嘴里说道："骆玉珠，你丧失理智了！你跟胖婶斗嘴，为什么要拿我当出气筒！不就是惦记小旭吗？拿下那些海外仓，儿子扛着雷，我能听不见？急有个屁用？不在其位不谋其政，医疗器械出事故那次，儿子处理危机比你我都好。上次资金链断了，人家两天时间就抹平了，资本运作也比我强多了！你老是像护着小鸡一样，他能长到今天？"

这时，筐里已经没了动静，陈江河愣愣神，慌乱地爬上梯子，见骆玉珠已经蜷缩在筐里甜甜地睡着了。

陈江河忙跑回屋里拿来一条毯子，爬上梯子轻轻地把毯子盖在筐上，将老婆整个遮住。骆玉珠睡得香甜，微微挪动了下。夕阳下，陈江河轻推竹筐，骆玉珠像在摇篮中一样一晃一晃的。

骆玉珠做了个梦……我是正话反说，陈江河怎么会没有朋友呢？家里有张合影：《我的朋友遍天下》，这张照片还是我帮着照的呢！

那是五六年前吧，家里会聚了一帮江河三十年前就认识的朋友，有黑龙江的、新疆的、四川的、海南的、江西的、湖南的，一见面，就叫我弟媳妇，原来，他们认识我，三十年前，很多人都曾经收到过江河的寻人启事。

陈江河有很好的人脉。他一直广泛接触政要、经济学界领袖、商界精英和金融投资大师。他有强大的人格魅力，有很强的综合能力。他挤出时间读了很多的杂志，花了很多的时间看报，看更多的书。因而，他信息的来源很广，获取的信息也更早、更多。他经常成为商界利益的代言人，成了义乌商帮生活圈、外地人生活圈、金融生活圈的领袖。

骆玉珠因为自己言语对老头子的尖酸刻薄而深深地懊悔。

七

王旭回到义乌，他将行李递给司机，自己坐进了车后座。副驾驶位的秘书将一份份资料回头递给他，介绍说这是柯氏研究团队的股权分配方案，邱姐已经谈好。还有研发中心的规划，柯总很满意，这个月的销售也渐渐起来了，邱姐跟分销商还签订了新协议，王旭紧张地一一翻看着。

秘书问他先去家里还是公司，王旭手一挥，先去公司。

岩旭集团办公区，王旭急匆匆走进来，扫视了公司员工，他没见到邱岩的身影。

走进总裁办，王旭怔怔地打量了桌上的花。

秘书告诉他，这花是邱姐让摆的，说王董见了肯定不会心烦。秘书告诉王旭，邱姐陪柯总飞深圳了，王旭吃惊地回头瞪着秘书，秘书不好意思地摊开手，这是临时决定的，她也刚知道。

王旭忙摸出手机给邱岩打电话："邱岩，你不要管得太宽了，现在无论你在哪儿，必须回家休息！专家跟我说，你脑下垂体位置有一个肿瘤，是它导致的内分泌失调。"

邱岩轻描淡写地问："这是你的命令吗？我吃了几年药了，没什么大问题，我身体很好，我担心的只是皮肤保养。"

王旭："对！听话，保养！可是这么多天了，你总得让我见一面吧？"

邱岩捂住手机，有些尴尬："我跟柯总在车上呢。去处理一下团队的事，回来再说吧！"邱岩已把手机挂上，不好意思地冲柯总笑笑。

晚上，邱岩在深圳酒店的房间外与人寒暄告别，她进卫生间漱洗时，突然眼神恍惚。邱岩害怕晕倒在浴室里，用尽力气跌跌撞撞地奔进卧室，没到床边就跌倒在地上。

邱岩目光眩晕，就伸手找自己包里的手机，她哆嗦着按着键盘，她的视线已经模糊，连键盘也看不清楚了，她强撑着拨完号码，手机中传来了无人接听的长音。

邱岩躺在地毯上一动也不能动，泪水无助地淌落着，她轻声呼唤着王旭："王旭，王旭！你怎么不接电话啊！"

邱岩闭眼倒在地毯上，手机持续地响起。邱岩缓缓睁开眼睛，慢慢地坐起来喘息着，终于拿过手机镇定地按下。

电话中传来王旭关切地询问："你刚才给我来电了？"

"嗯。"

王旭欣喜地告邱岩，柯总已回电，他的团队很满意，你明天赶紧回义乌。

邱岩静静听着："嗯。"

细心的王旭仿佛听到邱岩抹着泪水，便问怎么了？邱岩笑答："没怎么，就是没听到你的声音心里不踏实。"

电话那边王旭也笑起来："晚安，早点睡哦。"

邱岩挂上手机，目光复杂地趴伏在床上。

夜里，王旭刚想在家里的沙发上躺一下。手机突然响起，于总告诉他，这几天那些客户没一个签海外仓的，都在观望。王旭坐起抱住头，手指搓着头发，有气无力地请于总再一个个做工作，直到他们签约为止。

手机又响起，邓涛焦急的声音传来，哥们又出事了！海外的分销商都拒绝从我们这里提货，就跟串通好了一样！王旭烦躁地提高声音：“你们干吗吃的！再做做工作，别什么事都跟我抱怨！”

邓涛无奈，他一个人根本跑不过来，又不能把自己掰成八瓣来使，这可怎么办才好？王旭挂上电话扔到一旁，赵姐听到动静推门出来，迷糊的：“小旭？先生夫人都回来了。”王旭忙起身上楼，刚上了几步楼梯，又停下，迟疑不决。

入夜，在陈家村村委会里，巧姑正在电脑前打报告，感觉窗外有人，她起身将窗户关好。门开了，见骆天宝提着保温瓶进来，巧姑吓了一跳，骆天宝笑着将保温瓶打开，里面是一锅竹林鸡鸡汤。巧姑上前闻了闻，嗔怪道：“哇，好香啊，你不怕把你老婆喂成大胖子吗？”

骆天宝将巧姑按坐在椅子上，双手给她揉肩，巧姑笑着一打他的手：“赶紧回去吧，我得熬一宿呢，得把这篇工作汇报写完。”骆天宝瞥了眼外面：“就你一个人在这，我哪会放心。”

巧姑笑着推他：“行了，待会王干事会过来，这里不是野猪林、景阳冈，这里是村委会，有什么好怕的？”

骆天宝被推到门外，还不舍得回头，巧姑想了想，靠在门边，目送骆天宝跨上车，直到自行车拐入小道……

巧姑返回将门关好，重新坐到电脑前。门又被敲响，巧姑苦笑：“怎么又回来了？”

巧姑的笑僵在脸上，门外陈大光满脸胡须，颓废地看着她。巧姑慢慢将门打开，陈大光走进来，打量着屋里的环境，巧姑复杂的目光定定地注视着他。

陈大光拘谨地指着沙发冲巧姑笑笑，没经巧姑应答，自己就坐下了。

巧姑拉过板凳坐在对面，两人一高一低，冷冷审视。

陈大光尴尬地笑笑：“刚才出去的那是骆玉珠的弟弟吧？你们俩现在是一家子？”

巧姑目光一紧：“关你啥事！你来干什么？”

陈大光可怜巴巴：“我出去转的这些年，一直在给外商做货代。听说村里电商发展很快，我回来找找机会。”

巧姑冷冷地说：“谁敢找你做啊，找你不就瞎了眼！”

陈大光颓废地垂下头，凄然一笑：“你俩……没孩子？爸什么时候走的？”

巧姑含泪转过脸："你没资格叫爸。"

陈大光迟疑了一下，从怀中取出一张银行卡放在桌上："我要补偿你，这些年挣的钱都存这里了，密码是你的生日。"

巧姑冷冷的："你以为所有痛苦都能拿钱弥补得了吗？收回去，我不要。"

陈大光抹了把脸，又是一笑，起身站到巧姑面前。巧姑用复杂的目光打量着眼前这个毫无一点男人血性的前夫。

陈大光好像了解巧姑心里在想什么，苦笑说："要不我自己打嘴巴给你看看？让你解解气。"

话音未落，陈大光已经面无表情啪啪地抽起了嘴巴，巧姑震惊地看着前夫。陈大光的鼻子已淌出血来，巧姑打开门，将银行卡抛出去，边抛边说："滚！你给我滚远点！"

陈大光也不擦拭鼻血，颓然站起，喃喃地说："巧姑，这辈子我最对不起的人就是你，我祝福你。"

巧姑含泪望着行尸走肉般出门的身影，自己捂住嘴无声地哭泣；陈大光捡起银行卡缓缓离去；骆天宝从树后出来，巧姑惊诧地看着他。

骆天宝怜爱地上前搂过巧姑，给了她一个强有力的支撑。

八

王旭驾车疾驶在山路上，一路上风景如山水画一样。从城区到金水山庄的路就是一条风景带，田野的薰衣草弥漫着熟透了的浓浓草香，让观赏客宾至如归。汽车上，少女的头上插满了蓝色紫色的花束，一排排的薰衣草从车前掠过，不远处还矗立着几栋红黄色墙体，用原木窗、蓝木窗装饰的城堡。

阳光挥洒在薰衣草花束上，形成了一种又蓝又紫的彩色光彩。通往鲤鱼山的路好像穿上了艳丽的外套。王旭真想休息两天，骑上自行车来亲身感受义乌新农村的特色，感受外婆家的风土人情。

王旭驾车快速穿过薰衣草乐园，就行驶在望道森林公园的山路上了，今天王旭满脸愁容，嘴上满是水泡，对沿路如画美景视而不见，焦灼的目光注视着前方……

在农庄小院，骆玉珠正在轰鸡，又不敢大声，只能低声驱赶。

骆玉珠远远地看见了王旭提着水果走来，只见儿子嘴上长了那么多水泡，一句话也说不出来。

王旭笑笑，将水果放进屋："我爸呢？"

骆玉珠心疼地瞧着儿子，指了指树屋上："他累了，干了一上午农活，在上面睡着了。有事啊？”

王旭掩饰说没事，开会经过这边，就顺路看看你们。骆玉珠拽着儿子坐下，想给他泡一杯铁皮枫斗去去火。王旭忙上前阻止，他得马上走。

骆玉珠用复杂的目光打量着儿子：“是不是有事想问你爸？”

王旭欲语还休，笑着摇头。

骆玉珠叫王旭把她拽上去，王旭一愣，骆玉珠已经坐进筐中，王旭只得缓缓地拉起滑轮。骆玉珠扒在树屋边，刚想叫，侧卧的陈江河冲她默默摆手。骆玉珠狠狠地瞪着老公，冲儿子打手势。

筐又缓缓下放，王旭把妈搀扶起来。

“你爸睡得香着呢，有事跟妈说。”陈江河扒在树屋边倾听。

王旭笑：“能有什么事啊，没事。妈，这水果特新鲜，等我爸起来了，你们一起吃！”骆玉珠抹着泪，眼巴巴地瞧着儿子大步离去。

陈江河探出头，骆玉珠恶狠狠地瞪着他。

王旭跟随邱岩来到跨界互联网文创园。

王旭不满地责问，到这里来干嘛，邱岩对着手机：“我们到了，安排好了吗？”王旭满脸狐疑地跟随着邱岩走进去。

蔡晓丹早已在门口等候，王旭看到蔡晓丹，瞥了眼门口的牌子转身就走，被邱岩一把拽住，大眼睛威严地瞪着他。

蔡晓丹怯生生地上前，说小路不在。王旭冷冷地也不说话。

邱岩冲蔡晓丹一笑：“别理他，开始吧。”

蔡晓丹忙点头，她大大方方地穿行到首席研究员的办公桌前，请张学来给客人讲一下。

张学傲慢一笑：“对不起，我没空。”

蔡晓丹瞪着眼睛有点紧张，在旁边尴尬地不知所措。

王旭皱眉，邱岩忙摇头，她想上前，被王旭一把拽住胳膊。

蔡晓丹深吸一口气，双手撑在张学桌前，定定地注视着张学专注地敲打电脑。

蔡晓丹无奈地说：“这个讲解很重要，你必须来讲。”

张学冷冷地回应道：“对不起，我得完成陈总交代的任务。”

王旭默默地看着两个女孩斗法，蔡晓丹干脆将电脑线一拔。张学顿时惊叫起身，泪水在眼眶中打转，她起身快速发着微信求救。

邱岩瞥了眼王旭，暗暗一笑。王旭饶有兴趣地抱起胳膊看着蔡晓丹。蔡晓丹没事一样笑着说：“哥，姐，听她讲，她是我们从美国特聘的大才女。”

蔡晓丹双手一拍，压住张学的肩膀按她坐下，张学无可奈何地开讲了。

酒店大堂内，陈路正在滔滔不绝地给投资人讲着：“这是我们的融资计划书，按照我们的构想，全部实现需要三个阶段，两年半产生效益……”

陈路手机响了一声，低头一看，一条信息赫然在目：“对不起，蔡总为了向朋友炫耀，拔了电脑电源线，程序白做了。”

陈路咬牙切齿：“这个蔡晓丹，成事不足，败事有余！”

新晓丹研究中心内，张学不情愿地讲着电脑里闪动的流程和图形，电脑里出现了三维的流程图：“GPS 定位，三维扫描称重仪，网站系统所有订单运费系统结算。订单 API 对接配套网上中英文客服，24 小时库存订单发货，跟踪信息全程管控……”

王旭惊诧地坐在正位，盯着屏幕：“这是你们做的那个什么超级网上自动售货机？”

蔡晓丹被吓得不行：“大哥，我知道陈路容易异想天开，他说有些东西现在可能不被理解，但是将来人类一定会……”

王旭打断：“回答我，是不是！”

张学高傲地说：“没错，这正是我们研发的超级网上售货系统，怎么了？”

王旭眼中闪着光亮：“你刚才说的这一大套能用在仓储物流上吗？”

蔡晓丹求助地看着张学，张学轻蔑一笑：“仓储智能化只能算我们整体构想的一部分。”

“本公司的程序员对网仓的所有仓储环节进行了研究、分解；计算了每个环节的工作频率和强度，开发了“刻度储位”“随机动态储位”技术；制定了所有入库商品的扫描制度，入库后的任何一件商品可在 5 秒时间内得以定位；还为员工制定了标准动作……算了，你们听不懂的！”

王旭激动地说：“这套系统适不适合那种小单？”

蔡晓丹吓了一跳：“啊？适合我？”

张学冷笑：“我不明白您在说什么。”

邱岩在一旁抱着胳膊：“他问的是这套系统可不可以用来解决 C2C 和 O2O 模式与物流系统的矛盾？”

张学叹了口气：“陈总研究出这套系统，解决的就是你说的问题。”

王旭抬头看邱岩，邱岩正笑眯眯地注视。此时，门被撞开，陈路边骂着边冲进来：“蔡晓丹！你什么都不懂就别添乱！”

蔡晓丹一哆嗦，张学有恃无恐地起身，陈路脸色一变，目瞪口呆。

王旭坐着转椅慢慢转过身，用钦佩的目光看着弟弟。张学冲上前像拉救兵一样拉住陈路的胳膊：“两个什么都不懂的人，不知小蔡从哪带来的……”

陈路惊愕：“邱岩姐，你们怎么来了？”

邱岩含笑：“什么都不懂，正好找我家小路补补课。”

张学莫名其妙地看着他们，蔡晓丹得意一笑。

王旭边开车边用异样的眼神打量着旁边的弟弟，邱岩与蔡晓丹手拉手坐在后排座上。

王旭没想到，弟做了这么好的东西，竟然不早跟他说。

陈路故意冷嘲地说：“我还要怎么说啊，是你从来听不进去啊，恐怕这世上最瞧不起我的人就是哥了。”

王旭微微一笑：“我把一下午的时间都留给你，你说吧。”

陈路不敢相信地瞪着哥哥，于是，邱岩招呼公司所有中层以上的管理人员到会议室集合，听专家讲“超级网上自动售货机”“智能网仓”“自动化智能仓储系统”。

公司会议室里坐满了前来听讲的公司职员，王旭、陈路、邱岩、蔡晓丹、于总坐在最前面。PPT 不断展示出仓储智能流程的图表，陈路教授一样举着长杆侃侃而谈，公司参会人员都拿起本子聚精会神地记录着。

蔡晓丹无比崇拜地看着陈路，陈路关掉投影仪，扫视大家：“通俗地讲，就是地球上任何一个人，在电脑前只要轻轻点击鼠标，他想采购的产品，就会就近出现在他所在城市的仓储里面；他想卖出的货，会就近出现在他客户所在城市的仓储里面，并在第一时间交货，而且可以任意退换，这套晓丹系统就是我的研究成果。”

会议室内鸦雀无声，于总似乎有些怀疑地说：“晓丹系统这么复杂，真的研发出来了？”

陈路信心满怀地说：“很多技术已经可以使用，整体构架还需要几年时间。万事俱备，只欠伯乐！”

众人开始交头接耳，有人轻声说：“太超前了！”

邱岩起身扫视众人：“我们既然要拓展国际新格局，敢做新零售、新制造、新技术、海外仓，敢做远程医疗，拼的就是超前意识；身为高科技公司，我们必须敢闯、敢冒、敢为天下先。以前一个大企业倒下也许需要十年二十年，但现在就有可能毫无征兆地一夜之间被击溃了！我们都用过诺基亚吧？它的性能质量没得说，可是面对苹果的触屏概念，这个手机帝国一夜之间就崩塌了。记得有一句评价非常惨烈，这个巨人倒下了，那身体还保持着体温——不超前，就是等死。”

王旭鼓起掌来，于总忙放下笔跟随鼓掌，会议室里响起一片掌声，王旭与邱岩欣喜对视，不约而同地亮出了胜利的手势。

小旭好样的！邱岩的心中激情澎湃。王旭依仗自身的智慧与勤奋，诚信待人，以致祸福转化，坏事都成了好事。王旭继承了干爸雷厉风行的行事风格，要做就做到极致，做出口碑。在细节上，又是亲力亲为，喜欢打破砂锅问到底。王旭有着其他人无法替代的位置，那是她少女时代的一个梦，一个曾经有过的酸楚和温柔，她相信没有人能知道她心底的秘密。那是一种王旭神采飞扬的影子，和自己少女的梦幻结合起来，又长期得不到他的信息的一种感受。实际上凭她的经历、接触过的男人，有许多比王旭风光多了。

此刻，王旭对邱岩的情意无比的复杂。女神，她解决了海外仓物流混乱的心腹之患。我最爱的姑娘，她的大眼睛，她的学识、能力、情商和胸怀，都是那么的无与伦比。她匆匆忙忙、来来回回地工作，完全不顾自己已经病入膏肓。如果万一邱岩走了，以后我的生活会是什么样的呢？

邱岩拿出一大堆自己的衣服，在王旭面前换来换去。邱岩穿衣的特点是一年到头都穿裙子，最后她终于选出了白色大翻领碎花雪纺连衣裙，显出了优雅灵巧的气质，再配上厚底防水平跟凉鞋，搭配出了清新度假风情。

九

在晓丹研究中心，陈路拿着可穿戴系统讲解程序，柯总惊喜地俯身看着电脑……随着鼠标的点击，一件件打包货物被送上了义新欧列车，列车沿着亚欧大陆长鸣一声，呼啸而去……

海外仓内货物被运进发出，一派繁忙景象。

农庄里，陈江河与骆玉珠看着电脑屏幕上关于海外仓插上电商翅膀的报道，露出了欣慰的目光。

入夜，气势磅礴的上海东银大厦，阮文雄眯起狐疑的眼睛盯着屏幕，不敢相信眼前的一切。

手下在一旁全文阅读商情汇编：“跨境电商和国内电商的最大区别在于物流。跨境物流周期长，成本占比高，流程复杂，这些物流因素制约并促进着跨境电商的发展。跨境物流的风吹草动，都将直接对电商造成巨大影响。目前市面上的跨境电商卖家使用的物流方式基本上是国际邮政小包、中邮小包、国际速递、各种专线以及海外仓。自从岩旭集团启用了晓丹智能配送系统，十三座海外仓的货单竟然同时增长，其中的三座甚至在一个月时间内，电商小单流量翻了三番。”

阮文雄起身踱步，喃喃地说：“怎么可能？阻碍我多年的问题一夜之间就被他们攻克了？”

阮文雄抢过一份《商情通报》：大卖家岩旭集团提前将货物配置到海外仓库，节约了成本，提高了就地购物体验。

岩旭集团的物流结构也相当稳定。火车省运费，义新欧班列已经成为海外仓的主要物流方式！仓库在海外，省了国内仓储费；操作在海外，省了操作人工费；购物后两天内到货的体验感，对卖家来讲，这是跨境购物流程，境内购物体验。

没有海外仓的物流企业，将可能濒临倒闭！

阮文雄转身，目光如炬：“研发这套智能配送系统的是……”

“晓丹研究中心，是王旭同母异父的弟弟创办的。”

“容一切难容之事，容世上所有难容之人！陈江河的胸怀，王旭的肚量。”阮文雄敲打着自己方方正正的头颅若有所思。

晓丹研究中心里，陈路冲进公司，员工们都回头张望，陈路难抑兴奋：“蔡晓丹，你进来！”

蔡晓丹听到叫声，忙进屋关门：“我又做错什么事了？”

陈路按捺不住激动，扳住蔡晓丹肩膀摇晃，满脸兴奋：“融资成功，我们有钱了，你猜多少钱？”

蔡晓丹闷头想了一下，小心试探一句：“五十万？”

“五十万？”陈路差点笑喷了。

“就算没五十万，二三十万也是钱嘛！”蔡晓丹估摸陈路神色，又补了一句。

“别那么小家子气！往高了再猜！”陈路嗔怪一声。

“一百万？”蔡晓丹一声尖叫，嘴张得虎口似的。

陈路被兴奋冲昏了头，用力晃动着蔡晓丹肩膀：“一千万，不！是一千万欧元，你现在是真正的老板娘。”

蔡晓丹不敢置信地捂住嘴，懵了：“天哪，一千万欧元？也就是七千多万元人民币！”

我的妈哟！蔡晓丹闭上了水汪汪的黑眼珠，惊诧得身子一晃，晕倒在陈路怀中。陈路松开手，蔡晓丹差点摔在地上，忙扶住桌子。

“我还没说完，由于你爸爸提前撤资，我哥趁虚而入，现在我们的股份一半是我哥的。”蔡晓丹乐了：“没关系，我不在乎！反正你已经成功了，我就一直认为你是最棒的！”

陈路异样的眼神看着“小汤唯”，冲动地一把将喜悦不已的蔡晓丹抱住，蔡晓丹吓了一跳，一动不动。

陈路搂紧她：“傻瓜！我们股份的另一半都是你的！你必须接受，因为全世界都不相信我会成功的时候，你相信了！”蔡晓丹甜甜地笑起来。

张学站在门外，失落地望着屋内紧紧相拥的一对。

豪华的外国医院门口，一对东方青年男女从大门口走出。王旭面色沉重，邱岩歪着头笑眯眯地看着他。

王旭黯然坐在邱岩身边，轻声地：“我们再去德国一趟，我就不相信会没有办法。”

邱岩靠着王旭的肩膀，陶醉地望着远方，微笑着说:“你能陪在我身边，无论什么结果都不重要了！”

王旭低声而坚定地说：“我马上订机票，我们去德国、法国、英国找最好的专家！”

邱岩摇摇头，叫王旭别再费劲了，她说自己现在很知足。

王旭一团火焰从胸口涌起，冲动地站起，固执地想拉邱岩即刻动身。

邱岩小鸟依人般地依偎在王旭怀中，呢喃细语：“我要看着你把海外仓做起来，我要看着你不服输的样子，我要看着你实现干爸和阮文雄都没有成功的梦想……这才是我邱岩的好男人。”

王旭怀里搂着爱人，痛苦而坚定的目光望向远方，仿佛在寻找最恰当的言语来说服面前这个自己最关切的人，让她相信自己有办法使他们渡过当前的厄运，迎来美好的未来……

柯总走进王旭鲜花盛开的总裁办公室，脸上弥漫着神秘、自豪，甚至还有些傲气：“就这玩艺儿！”

王旭摆弄着可穿戴设备，柯总在一旁给他讲解。

王旭一脸兴奋，兴趣迸发，当场调试。他心想，有了这套远程监控的可穿戴设备，总算是走在世界尖端技术的最前沿，我们没给老祖宗丢脸哪！

柯总语气坚定，自信地说：“这套产品一旦推出，定会产生巨大的轰动效应。”

王旭两眼射出一束崇敬的电光，不停地颌首称许，并问道：“美欧最近跟你联系了吗？”

“你老兄的情报没闲着啊。”柯总冷不防一拍王旭肩膀，发出了鄙视的嘲笑：“他们还在做美梦，想跟我一起开发呢！我跟他们说，嫁了人的媳妇得用情专一，你们美国人喜欢第三者插足吗？”

“美欧想跟我玩空手套白狼，美国佬还嫩了点。”说到这里，柯总脸色阴沉，迟疑一下：“王董，他们说起邱岩的病，新生的脑瘤随时会压迫颅动脉，邱岩离开的时候，他们正在试验一种新式的治疗方案。”

乍一听，王旭神色不安。柯总见状，疑惑地问：“邱岩没跟你说吗？”王旭眼光焦虑地注视柯总，摇了摇头。

晚上，王旭一见邱岩，就给她戴上可穿戴设备。邱岩心头骇然，脸上透着不满，显然在嗔怪王旭干吗要给她戴上这紧箍咒。

王旭冷峻着脸，注视着邱岩："你二十四小时都不能摘，这东西防水，洗澡都能戴。今后无论你走到地球哪个角落，我随时都能监控到你的脑电图、心电图。"

邱岩故意气呼呼地逗王旭："你是想拿这种新玩意放我身上做试验吧。王旭心里偷乐着，咧嘴笑道："有这意思，被你看出来，不愧是斯坦福高材生。"

王旭想起什么，沉下脸，压低声音，责问邱岩：为什么不坚持把"酶蛋白抗分泌实验"做下去。

邱岩心里一惊，疑惑地问王旭："美欧那边一直在跟你联系？"王旭没有回答邱岩的话，猝然一攥她的纤纤玉手："回美国去，我陪你！"

邱岩顿时心里暖暖的，但很快冷静："别犯傻，公司怎么办？你以为那个实验，我愿意做吗？注射完药物，哪都不能去，十五天一个疗程关在屋里观察，如同狮子被困在笼子里。再说了，到底有没有用？谁心里也没数。"

"可值得一试。"王旭不许邱岩就这样放弃。邱岩不悦，气呼呼道："再也不许提我的事了，我要你安心工作，听见没有？"不知邱岩为何会发这么大的火，王旭心中一阵错愕。

十

从家里出来，王旭直奔幸福湖酒店。与客户攀谈时，王旭不时看看手机屏幕上的监控显示——各项指标正常。两个钟头后，王旭离开酒店赶回集团。在国贸大道高速路上，王旭的心绷得紧紧的，眼睛不时地盯着手机屏幕。突然，屏幕显示：指标陡然高起来，警报闪动……

王旭被吓得脸色苍白，慌里慌张地拿起手机打电话，可是没人接。惶恐之下，王旭加大油门，奔驰 S600 以 120 公里时速沿着国贸大道向北急驰……

"嘭——"骤然一声巨响，车轮爆胎，心急如焚时刻，偏偏车子跟自己过不去了。冒着瓢泼大雨，王旭下车一检查，怒火中烧，狠狠踢了一脚车胎，可反弹之力却让王旭痛得龇牙咧嘴的。

人在倒霉的时候就是喝口凉水都会塞牙，因为国贸大道开放不久，今天路上的车辆像是从人间蒸发了似的，见不到几辆。王旭再打电话，依然没人接。王旭心头被一团恐惧笼罩，顾不了那么多，一咬牙冒着瓢泼大雨狂奔起来……

一口气赶到家里，钥匙插进锁眼一拧，王旭"腾地"一把撞开门冲进去。

赵姐从房间里闻声赶出来，吓得

差点瘫在地上："小旭，你，你……"王旭喘着气，抬头一瞅赵姐，吓得连退几步："可穿戴监控，怎么，怎么会——在你……"

"噢——"赵姐若无其事，"血压有点高，岩岩让我戴着试试，说这东西蛮管用。""你……"王旭气恼，三魂冒火，七窍生烟，背靠墙壁，眼前一团漆黑，说不出话。

过了许久，王旭没头没尾地冒出一声："她人呢？"赵姐惊恐地盯着王旭："在卧室里。"

王旭走了两步，霍地回头："我家电话怎么回事，一直打不通？"上前查看了一下，赵姐揶揄一笑："没挂好。"王旭无语了，心头的火没办法喷出，他三步并作两步朝邱岩卧室奔去。

此刻，邱岩正在香甜地睡觉。王旭蹲到床边，深情凝视着邱岩，在这一瞬间，觉得她是如此之美。他情不自禁，怜爱地想象起那双眼睛，那长长的睫毛，那乌黑的眼球，像深泉，像宝石，晶莹闪亮，似会说话。这样的眼睛长在一张文静漂亮的女孩脸上，注定是要勾走男人魂魄的。

邱岩睁开眼一瞅，呼地蹦起，惊诧地问："你又去哪淘气啦？"

"我要跟美欧合作，不管他们提出什么苛刻条件。"王旭霍地立起，狮子暴怒一般吼道。

邱岩陌生人似的审视王旭，忧虑道："这么大的事，你跟董事会商量了吗？"

"保证高级管理人员的身体健康，是本公司章程规定的。我是董事长，就这事，我负责执行，我说了算。"王旭言辞决断，斩钉截铁。

邱岩暗暗叫苦不迭，晓得王旭一根筋的犟脾气，一旦犯上，九头牛也拉不回来。

一大早，王旭就乘坐飞机，赶赴美欧集团总部。第二天下午，在全英文的合作协议上，他签下了"王旭"两个方正的汉字。酶蛋白抗分泌项目正式开始攻坚，双方都派出了一流的医学专家投入到实验中。两个月后，酶蛋白抗分泌进入临床实验。

蔚蓝天空，阳光普照。复元医院里，邱岩身着可穿戴设备，针管里的酶蛋白抗分泌药缓缓注入她体内，由中方医生全程监控。随后大屏幕上出现了一个美方医生的身影，他用生硬的中文说："OK，全部指标都已收到。"

欣喜的王旭、兴奋的柯总四目相碰，撞击出了一束自豪的火花。邱岩是王旭心里的痛，了却了这桩心事，王旭心中那块铅条卸下了，但他并没有感到轻松。

王旭通过晓丹智能配送系统，解决了海外仓难题；如今，酶蛋白抗分泌药已经攻克，又采用了可穿戴设备，治病不影响日常生活了。战胜邱岩身体顽疾的战役初战告捷。

邱岩参与了“一带一路”海外仓双向物流的艰难谈判，西班牙、法国、德国，堡垒一个个被攻克。这一天，她挽起王旭的胳膊，柔情又神秘地一笑，拉着王旭走去。

日内瓦湖畔，邱岩面向湖泊，惬意地张开双臂，王旭吃惊地望着四周的美景，湖光山色，美如仙境。

邱岩深吸一口气，诉说当年跟莱昂跑市场开车也来过这里，那时她一下子惊呆了，人间还有这样的美景？

邱岩抬头怔怔地看着，王旭伤感地说：“景再美如果人不在该多么残酷！如果没有你，这里再美也没用，你懂吗？这些湖啊山啊对我来说什么意义都没有！”

邱岩起身站在王旭面前，揉揉他的头：“傻瓜，再也不会了，你会陪着我慢慢变老……这么好的时光，我不许你浪费！”

王旭仰望蓝天问：“如果遇到了可以爱的人，却又怕不能把握，该怎么办？”

邱岩举起双臂，然后解开纱巾当作哈达，献给王旭：“佛说，留人间多少爱，迎浮世千重变！和有情人，做快乐事，别问是劫是缘！”

“在那东山顶上，升起洁白的月亮；年轻姑娘的面庞，浮现在我心上。”

邱岩拉着王旭的手大声唱起来，她唱的是仓央嘉措的情歌，这应该也是两人此时思念情感的心语吧。

“小旭，你对着蓝天、白云、天空、大地，告诉我一个秘密！”

“这里太像我们陈家村的华溪森林公园了。”王旭说，“你看，黄绿相间的草地，冉冉升起的炊烟。洁白的羊群，暮归的老牛，黄昏的夕阳。”

“华溪是雨打芭蕉、风摇竹林、水流山涧；草木花蕾鲜嫩欲滴、芳香馥郁。这就是我们家乡人的性格——含蓄不语而又热烈奔放、雄浑激昂。”

邱岩禁不住对着东方的祖国大声呼喊，山谷那边传来了袅袅回音。

“我们的森林公园有那么美吗？”看着女神随风飞扬的衣裙，王旭怦然心动，心底生出一股抑制不住的激情。王旭从身后将邱岩轻轻抱住，和她耳鬓厮磨地说着情话。

“花溪，水清澈见底，秀丽多姿，游鱼碎石，历历在目。”

邱岩也扭头对王旭嫣然一笑，大眼睛热烈地鼓励着王旭“说出来！”两人脱去鞋袜，感受着水的清凉，融天然风光与人文景观于一体。

“我们的森林公园美在原始古朴，美在野趣天然。”

“说说你自己！”

“我曾经决定，什么时候收到你的婚帖，就是我独身的开始！”王旭泪如雨下。

邱岩站起，大声地哭泣，痴痴地望着下面的湖面："我告诉自己，这样的美景必须跟我爱的人分享，我一定会带他到这里来！"

邱岩倏地一转身，双目含泪凝视王旭，灿烂一笑拉过这个痴心汉，掏出手机凑到一起自拍。邱岩叫一声："保持住啊！"

一对痴情男女坐在地上，头碰在一起，满意地查看起照片。

鸡毛飞上天

长篇小说

Feather Flies To The Sky

〔第四十集〕

一

二十万境外人员常驻义乌！天下商界精英荟萃商贸城！

商机很多，又稍纵即逝。肤色各异、习性不同的外商带来了世界各地的民俗、风情、饮食、娱乐、信仰和宗教文化。

在义乌的异国风情街，夜幕降临，不少外国餐馆的霓虹灯都会闪烁起来。这里有二十多个国家的百多间不同的餐馆、酒吧，提供着阿拉伯饮食、法国餐、日本料理、韩国料理、巴西烧烤、美国牛排等各色美食，且每天都在频繁地接待那些同样来自异乡的顾客。

王旭和邱岩是异国风情街的常客，在和外商谈判时，经常选择“花”餐厅。老板穆罕奈德是义乌涉外人民调解委员会的，精通阿拉伯语和英语，同时会说一口流利的中文，他能根据各国礼节，自由切换各种语言，上前和顾客寒暄几句。 王旭和邱岩掌握了各国的礼仪风俗，他们俩马不停蹄地引揽人才，做实做好“一带一路”海外仓的保税物流服务工作。

王旭解决了海外仓的难题，邱岩的身体也一天天好转。但王旭的心里还有一块铅条压着，很沉很沉，甚至时常因此而噩梦不断。

获悉陈大光正独自一人在义乌商城宾馆喝闷酒，王旭赶紧放下手头的事赶过去。

王旭悄悄站在陈大光身边，笑呵呵叫道："服务员，用这包华统火腿作料，加几个菜，再加个杯子，来两瓶你们宾馆最好的本地黄酒！"突如其来的王旭，惊吓得陈大光僵住了咀嚼的嘴，抬头警惕不安地盯着他。

王旭一脸厚道，笑呵呵地问候："大光叔，回来这么久，也不跟我说一声。"

"结账！"陈大光没理睬王旭，大叫一声。王旭热脸贴冷屁股，依然和颜悦色地说："大光叔，急什么呢？给点面子，小侄陪您喝一盅。"陈大光冷笑一声，回敬王旭："小旭，超过你爸啦！可我再落魄，也轮不到你来笑话。"

接过服务员的丹溪酒，不管陈大光愿不愿意，王旭抢过他的酒杯倒满，然后才给自己倒上一杯："大光叔，当年是我错了，一直想找机会跟您道歉，这杯我先干为敬。"

陈大光心里暗忖，嘴上讥讽王旭："你哪有错，都是我自作自受的。"一杯酒落肚，王旭诚恳地说道："叔，那时我年少气盛不懂事，把您逼到墙角。您的出走，一半责任在我。"说着，王旭又倒好一杯，仰头喝干。

人生最难得一个悔字，不知是因为回首往事而悲伤，还是王旭的当面赔罪感动了陈大光，只见他嘴唇颤抖，拿起筷子夹菜的手也哆嗦不停。

"叔，这第三杯，侄儿——我敬您。"陈大光的神情，王旭看在眼里，机不可失，他趁热打铁，"叔，侄儿还有一事相求，请您务必助侄儿一臂之力。"

陈大光暗暗吃惊，慌忙摁住王旭的酒杯："你先说是什么事，再求也不迟。"在陈大光疑惑眼神的注视之下，王旭从包里取出"海外仓资料"递到他面前。陈大光接过，瞄了一眼，摘下别在资料上的一张名片：岩旭集团海外仓总经理陈大光。陈大光反复审视，手掌发抖，不小心让名片滑落到了地上。

王旭捡起名片，郑重地将它放在陈大光手中："叔，当年您在外面叱咤风云时，我跟我妈还在摆地摊呢。您的本事，我亲眼见识过。联络货源、聚拢人气，攀人脉、谈朋友，没人能比您做得更好。"

"那是过去的事，你叔我现在老了。败军之将，哪敢给你添堵，毁了你蒸蒸日上的事业呀。"前一段时间陈大光严重失眠，百药无效。此时，他盯住商城宾馆里那一幅壁画《义乌上河图》：画面葱茏秀美，人物繁忙紧张，表达了蓬勃向上的意境。陈大光沮丧地看了一眼，盯住上面《诗经·采薇》中的诗句："昔我往矣，杨柳依依；今我来思，雨雪霏霏。行道漫漫，载渴载饥；我心伤悲，莫知我哀。”昔时年轻的士兵远离家乡，奔赴前线，本以为可以建功立业，未料却战败了，回来时满目创伤。而此时用来表达陈大光的真情实感再贴切不过了——还谈什么功名利禄，我陈大光顶多不过是个失败的将军呀。

“哎，话可不能这样说，叔。这八年，您先后替阿拉伯人、俄罗斯人、西班牙人、韩国人、南非人做过‘货代’，您在圈里的名声可是响当当的，人人都叫您光叔。”

“你，你去查过我的事？”

“哪敢呢。叔，那岂不是对您老的不敬吗？您还替人监理过免税仓，跑过海运航运。叔，我眼下急需您这样的统帅人才，求您务必助我一臂之力。”

陈大光喃喃地说：“巧姑都不要我了，你还会信任我吗？”

王旭拍拍大光叔的肩膀：“叔，我不信您，信谁？”

“你小子，海外仓的事，叔都听说了，了不起！凭你小子这句话，我不答应，会遭天打雷劈的，什么时候走？”

“越快越好。”

“我想走之前，见你爸一面。”陈大光说着，与王旭共同举起了酒杯。

义乌至浦江的古道两边山川秀丽，丽水溪清澈的溪水时而汇成潭水，时而跌成瀑布。连接金水山庄各功能区的小路是由鹅卵石和大块的青石板铺成的。走过满地泥泞的田野，眼前的一切定能让你心旷神怡。

金水山庄是真正称得上善待自然的庄园。陈江河脱下了他体面的白色唐装，放下了在很多人眼里的尊贵、优雅。

在畜牧区，“两头乌”猪正在惬意地吃着青草，陈江河带人在砌垒青石板，准备圈养猪羊。

在农田保护区，骆玉珠脱下旗袍，在指挥打理花园、耕种茶园、培植铁皮石斛。妙手巧思下，这片曾经荒芜的土地变成了浙中地区的一个小小绿洲。

陈江河远远地看到田埂处站着一个身影，正在凝望自己。“大光！大光！”

陈江河撂下锄头，跑了过来。

大光又看到了不抛弃、不放弃，一直有自己的梦想、把自己当兄弟的鸡毛大哥。

这个大哥，即使被朋友背后捅刀，仍然百折不挠、永不言败；这个大哥，是一个勤耕敬业、足智多谋的偶像；这个大哥，那是一个傲视天下、搏击商场的天之骄子！这个大哥，也是四十年来筚路蓝缕、三次艰难创业、硕果累累、让我永久敬仰的商界领袖！

我的大哥，这位陈家村走出来的义乌传奇人物，是我毕生的骄傲，承载着我们少年时的“光荣与梦想”。

大哥——偶像放慢脚步，睿智的目光望过来了。

陈大光远远地拱起双手举过头顶，扑通一声跪在地上，向陈江河揖了又揖。

“大哥，我追梦去了！”

陈大光转身上车。

列车呼啸着穿越雪原，像一队脱缰的骏马。

陈大光立在窗口，思绪万千，迎风在想着什么，他倏地转过头，不解地审视着王旭，好像在问，凭什么如此肯定我会跟你出这趟远门？

王旭诡秘一笑：“父亲告诉我，大光叔从小与他在一起，听着英雄的故事长大，崇拜英雄，渴望当英雄，你的血性不可能中途没了。只要是义乌走出去的人，都不会服输。父亲要你告诉大家，虽然义乌已经是富饶之地，可是那一种手摇拨浪鼓、鸡毛换糖的传家宝不应该丢掉。我们还要艰苦创业、不屈不挠、永不停步！”

不知怎么的，听了这话，陈大光眼泪不听使唤，视线模糊地张望起故乡方向。他心里嘀咕着，陈江河，你这个痴心汉，此时肯定还在田里劳作……高贵的身价，卑微的劳作，心忧着天下。大哥，您为什么永远站得那么高？

不错，此刻陈江河正在闷头劳作，他已经入迷了。当年在龙虎山顶，夫妻俩采集到的“铁皮石斛之王”，已经子孙满堂了。

夫妻俩和专家经过良种壮苗、栽培基质、控光、控水及抗逆性、抗病性的试验，铁皮石斛的茎秆好不容易又长了几厘米。

但是，今天夫妻俩的心中却没了底。骆玉珠坐在田埂上，愁眉不展地看着手机屏幕上的股票。不远处，胖婶正打开嗓门炫耀：我儿子是股神，今天大盘这么不好，儿子手里的股票又是涨停，已经七个涨停了。胖婶给乡亲们发巧克力，说这是进口巧克力，牛奶味的，是儿子从城里带回来给大家都沾沾喜气的。

有人羡慕地问：“胖婶，什么股啊？”胖婶得意地一挥手，眉毛翘起：“告诉你你也买不进，今天停牌了，岩旭股份！”夫妻俩一听，悄悄对视一眼。

胖婶扒在栅栏上叫嚷：“大哥，别装着没听见，我给你俩留着呢，接着！”随着说话声，胖婶朝栅栏里抛来一把巧克力。

陈江河双手接过，立马剥开一粒放进嘴里：“谢了，胖婶。”

“你还有心思吃！”骆玉珠瞪一眼老公。陈江河笑笑说：“人家挣钱了，我就不能沾沾喜气？”骆玉珠不满地扔下农具，掉头走开。

岩旭集团门口，邱岩正被一群举着麦克录音笔的记者簇拥着追问，闪光灯不停地闪烁："请问，岩旭股份被阮氏连续举牌，您有什么看法？"

"董事长，王旭现在哪里？是不是在和阮氏接触？"

"股票停了那么久，哪天复牌？"

邱岩尽力摆脱，扔下一句"对不起，无可奉告"，径直朝里头走去。她身后的邓涛伸开双臂挡在门口，说完"以公告为准，我们会及时发布的"，也跟着走进大门。

邱岩一迈进办公室，立即心急如焚地给王旭打电话："见到他了吗？"电话那头王旭咬着牙关，愤怒道："阮文雄在耍我，先约到迪拜，等我飞到那里，他说有急事。现在又约我到东欧这边的海外仓见面。"

邱岩又焦急又担心，脸色难看："那人'黄皮白心'、奸诈无比，你要小心。"

"知道了，你放心。"王旭安慰邱岩，"我已经到仓库大门口了，等下再给你打电话。"王旭挂了手机，走进大门。

二

东欧海外仓里，阮文雄西装笔挺，脸泛红光，装作没看见王旭，继续呵斥东欧员工："告诉我你的工号，货物都码不齐，我不养这样的手下！一群废物，等过几天我把你们全换了！"

几个员工看到王旭，委屈兮兮地靠上来："王董，您终于来了。"王旭点点头，示意他们继续工作。

王旭朝阮文雄走去："阮先生这么有闲心呀？"

阮文雄风度翩翩、似笑非笑地走到王旭身边，拍拍他肩膀，居高临下道："反正等你也是等着，指导一下。年轻人，比你爸爸有出息，经营得不错。"

王旭冷冷地一瞄阮文雄，还来不及开口，东欧主管小跑上前向他道歉，王旭让大家先停工出去一下。

大门一关，巨大货仓里只剩下两人了，阮文雄在一个货箱上坐下，我行我素掏出了雪茄，王旭指着禁烟标志，示意他不要抽烟。阮文雄不当回事。王旭警告他，那行，如果阮先生想被本地警方关几天，那他也不拦着。阮文雄微笑审视着，只得收起雪茄。

阮文雄窘迫地嗅了嗅雪茄，问王旭股票什么时候复牌？王旭鄙夷地看一眼阮文雄，把球踢过去——那要看你了。阮文雄得意地竖起三个手指，咄咄逼人地表示，还差三个点，他就是最大股东，就要来主持董事会了。王旭冷笑一声，下定了阻止他实现阴谋的决心。

尽管两个人相互敌视，场面剑拔弩张，可听起来还是彬彬有礼："你小子，为什么要对我充满敌意？很快我们就要成为利益一致方了。海外仓是你的也是我的，远程医疗是我的也是你的。”

王旭盯着阮文雄，一字一顿地说：“永远不会，您应该清楚我停牌的用意。”

阮文雄惊愕地起身，朗声笑了几声后，环视四周，饶有兴趣地说道：“找到办法了？王旭，我欣赏你的才干，还有你弟弟。早在八年前，我就诚心诚意地想跟你们合作，但被你父母拒绝了，结果发生了那种事情。我这人命很硬，搞不好克完老子还会克儿子。”说完，回身含笑凝视。

王旭顿悟：“够坦率，我没看错，你的目标是整个岩旭集团，真是狮子大开口啊。”

“没错，如果方便的话，我还想把你父母的玉珠品牌也装进来。”阮文雄像孤傲不群的东邪似的难以捉摸，王旭根本无法猜测他下一步会怎么做。

“我已在调集资金，实施毒丸计划，增发稀释股份，我会有很多办法对付你，到时候两虎相争，会搞得两败俱伤。”王旭悠然道。

“我好怕呀！”阮文雄不无冷嘲的意味，又像好勇斗狠的黑帮大佬一样，他走到极近的距离，盯着王旭的眼睛，“先告诉你个消息，半年前你收购了你弟的公司，你知道他的天使投资是哪里的？一家欧洲基金，但你不知道那家基金背后的隐藏股东是阮氏。”

王旭再次惊愕，审视阮文雄：“为什么你要死死盯住我们家不放？”

阮文雄极具古典神韵，却又格外英气勃发地笑眯眯注视着：“你们这家人都很有意思，典型的一家义乌智慧商人！眼光雪亮，敢于吃第一口螃蟹，不畏风险、先人一步，快人一招，敢占先机。站在你们的肩膀上赚钱，我保险，很有成就感。”

这个对手拥有极强烈的人格魅力，差不多会让人为之着迷，王旭暗忖。

阮文雄顿了顿，继续大笑说：“我也有争当第一的眼光、阅历、勇气加智慧；当年你爸爸开中转仓，我也想到了，只是他抢先一步；你弟弟利用互联网盘活海外仓，我也在找团队做，又被你们抢先了，只能说我们英雄所见略同。”

“我爸苦心经营的中转仓，当年你趁人之危只用了三亿元就抢下来，我用六个亿收回了一个空架子，还有一堆虚假数据！我没有公开发表过一句怨言。阮文雄，你知道这两年我为这个海外仓付出了多少？现在，你又要跳出来摘桃子了！”

阮文雄拍拍王旭的肩膀：“年轻人，不要火气太大，做买卖要靠脑子，不靠脾气。不要骗自己，因为开发远程医疗，你已经没有资金可用了。”他又回到多变、冷酷，让你难辨真假的面目上。

"像八年前你爸爸那样，我崇拜他的睿智多谋。三十多人的精干队伍，满世界公关：政府、铁路、海关都被拿下，最后，却因为资金链断裂，出师未捷，英雄折戟。可叹可惜，筚路蓝缕，天道不能酬勤呀！年轻人，你还在为怎么还银行贷款发愁吧？我雪中送炭帮你来了！"阮文雄说着，大阔步朝大门走去。

阮文雄前脚跨出大门，又回过头，像风尘仆仆的市井浪子一样朝王旭笑道："我等你复牌的时间，不见不散。"王旭一动不动地站着，两眼溅血地直逼阮文雄的背影，这个阴魂不散的魔鬼！

三

夜里七点多钟，王旭接到父亲电话，询问他现在的情况。王旭只是说自己挺好的，现在在欧洲。停顿了一下，陈江河说："我不懂资本这一套，阮文雄暗算我们家，你有对付办法吗？"

"办法太多了！"王旭说，"爸妈不要操心，股票涨了是好事。""你蒙谁呢，股票涨了对股民是好事，你公司都快被人抢购了，真拿你爸当傻子？"陈江河火起，呛儿子。

王旭听出了父亲是真发火，风趣地说笑："父亲是老将，遇到复杂敌情，必须淡定，稳住阵脚。我对付阮文雄那头魔鬼很轻松，招数太多了。"

王旭想了一下又问父亲："毒丸计划听说过吗？白衣骑士知道吗？"见父亲老半天没动静，王旭说自己还约了人谈，要爸先去睡觉。陈江河"嗯"了一声，挂了手机，坐在门口台阶上。

这时，骆玉珠推门出来给江河披衣，心事重重地长叹一声。陈江河忧心地说，看来情况很严重，儿子已经开始糊弄我们了。听老公这么一说，骆玉珠顿时也担心起来，不知道杨雪还在不在阮文雄身边。

见老公不作声，骆玉珠问他打算怎么办？陈江河想了一下说："先打几个电话，老太婆，看来我们要出山了。"

骆玉珠目光复杂地端详着老公，埋怨一声："公司是儿子的，又跟你没关系，这地才是你的。"黑暗中，陈江河瞪一眼老婆，骆玉珠拍拍老公肩膀，忙起身回屋给他找电话本去了。

其实，王旭那些话全是安慰父亲，对付阮文雄那头商界大鳄，他确实没有多少把握。

几天后，阮文雄回到国内，来到义乌佛堂古建筑"游击将军府"找二叔。二叔正在宽大的院子里行云流水般地打太极拳，一招一式的功夫浑然天成，往那一站就是武师的模样，这个时候他不喜欢别人打扰，所以阮文雄只能唯唯诺诺地在一旁等候。直到二叔气定神闲、收势完毕，阮文雄才赶紧从保姆手中抢过热毛巾，恭敬地呈上。

二叔擦了把汗，边进屋边问陈江河那边有什么动静。

阮文雄有恃无恐，他请二叔不必有顾虑，自己在资本市场玩了多年，并不把陈江河他们放在眼里。

二叔拿起盖碗，呷了一口茶，阴沉着脸，冷飕飕的眼睛直视阮文雄，问侄儿有没有听说过“无中生有、无奇不有、莫名其妙、点石成金”这十六个字。阮文雄有点心慌。“这是原浙江省委书记、现任国家主席习近平对义乌人最精准的评价，跟义乌精英打交道就要以这十六个字为准，千万不可大意。”二叔训诫阮文雄，阮文雄唯唯诺诺。

二叔不满地瞪了阮文雄一眼，斥责他：“我已经听说了，陈江河给义乌商会大佬们打了一圈电话，连在杭州、上海、北京办市场的，搞房地产的会长都答应帮他了！你树敌太多啊！”

“文雄啊，你这个对手非常强大！这个人讲义气，敢于打抱不平，富有同情心和责任感；他带头为商会群体和个人利益讲话，不因善小而不为，有很强的人际交往能力、社会活动能力以及关系协调能力；他能言善辩，幽默风趣，人缘好，有向心力和吸引力，全国各地常有一批追随者找上门来；更重要的是，他精通法律，不碰高压线，因而获得了团体成员的好感与信赖，被公认为义乌商界领袖。”

阮文雄唯唯诺诺。

“搞出这么大动静，把我也牵连进来，有那个女人的原因吧？”阮文雄欲吐还休，他哪敢说实话，只是垂头不语，凄然地摇摇头。二叔哀叹一声，警告阮文雄：“私心杂念是商家大忌，你的眼里可能只有一个利字。”

四

此时，王旭正走出义乌机场，早已等候在出口处的邱岩忙接过他的行李，神秘兮兮地要王旭猜猜谁来接他了。王旭定睛一看，十五岁的小玉已经奔到他跟前，一把搂住了他脖子。

“小玉！”王旭一把将她荡起。趁邱岩把行李放入后备箱之机，小玉拽住王旭坐进后排座。“放寒假啦？”王旭打起手势问。小玉欣喜地点头，快速打着手势。也不知道王旭、小玉在说什么，邱岩看着后视镜，连连摇头笑道：“你们说什么呢，急死我啦！”

王旭朝小玉会意一笑，对邱岩说：“小玉说要勤工俭学，回去也想开个网店，我说不行。什么年纪要做什么年纪的事，你是学生，就得好好念书。”邱岩对王旭嬉笑着：“不是你当初在学校卖夜宵的时候啦——”说着，邱岩拿起一叠资料，往后一递："这些是能找的基金，条件比较苛刻。还有银行我也跑了，银根紧缩，不想放贷给我们。"

王旭叹息一声："我也找遍了国外投资商，可是远水解不了近渴。"

邱岩心里一颤，心疼地安慰王旭："你也别太焦虑，办法总比困难多。"

王旭闭着眼，邱岩轻声叹息："阮文雄是个老狐狸精，又布局这么久，我们斗不过他，不如请干爸干妈出来……"

来到美丽如画的福田湿地公园，邱岩静悄悄地停下车。

小玉突然拍拍邱岩，邱岩这才发现王旭已经闭着眼打起轻鼾了。

此时，王旭、邱岩并不知道，陈江河、骆玉珠夫妻已经开始行动布局了。

骆玉珠在她的农家小院里斟茶款待杨雪："阮文雄再怎么多变，对你还是挺用心的，怎么结婚没一年你就离开他了？"

见杨雪笑而不语，骆玉珠又关心地问她腿怎么了，看她进来时一瘸一拐的。

杨雪尴尬，脸刷地绯红，掩饰说："鞋根松了，走田埂上一脚深一脚浅的。"

"妈哟，走这泥水路石板路哪能穿这双鞋啊！看看，你这脚是不是都走出水泡啦？"骆玉珠惊叫一声，冲江河叫道："快去把我那双旅游鞋拿来。"

杨雪还在客气，陈江河已经把旅游鞋拿来了。当杨雪换下鞋时，骆玉珠仔细瞧了瞧她的脚，哟，已经磨出水泡了。

陈江河赶紧进屋，取了一根针出来。杨雪不好意思忙推辞，骆玉珠冲她笑着示意别不好意思，都是自家姐妹，她先做饭去了！于是，陈江河坐在板凳上搬过杨雪的脚。

杨雪羞涩地还想躲，陈江河已经扳住她的脚腕挑起水泡："别动啊，挑着肉可不管。"

杨雪悄悄地注视着陈江河，见他如此地上心，泪水无声地往肚子里咽。

夕阳下，满桌都是三花梨、水蜜桃、金丝蜜枣、南枣、野葡萄等水果，还有小吃红糖配花生，三个人品着红酒，半空中回荡着欢笑声。

"再尝尝这黄瓜，还有西红柿，跟我们小时候的味道差不多。"陈江河把黄瓜、西红柿往杨雪面前一推。

见陈江河真诚热情，杨雪有点受不了："我这个胃，哪装得下这么多啊！"

骆玉珠嗔怪老公一眼，揶揄道："行啦，老相好来看你了，你就这么疯狂。几十岁的人啦，还跟人推销你种的那点东西！"

杨雪皱了一下眉头，感慨起来：

“看你们住这神仙居，我羡慕死了。你们俩都快活成仙了。我也置办了个地方，当年你们非要还我那么多钱，我就买了一个酒庄，留了套最好的房间给你们，一直不让别人住。”

骆玉珠忙将话题一转说：“你还别说，这酒真好喝！”

杨雪脸上绽开一朵花，笑着说：“还是我姐有品位，一下就尝出来了！这是最好的赤霞珠，我亲手采的……”突然，杨雪手机响起：“杨董，再不走真来不及了，该赶不上航班了。”

杨雪沉默一阵，起身递上一张纸：“江河哥，玉珠姐，这是我的电话号码和地址，有空去我那儿玩玩，我得走了。”

骆玉珠示意江河送送妹妹：“我腿不好就不送了。有两件礼品送给你：一件是华统火腿，义乌几百年的秘制工艺有传承了，如今红红火火，市场上拿不到的；一件是‘森山驻颜’，这是我国第一代铁皮枫斗秘制的。仙草配美人，专为成功女性定制的，相信能给你带来福音。让驾驶员拿上，我们怎么高兴怎么活。”陈江河吃惊地瞧着老婆。

杨雪百感交集：“哎！”

杨雪脚上踏着旅游鞋，一手捧着玫瑰，陈江河拎着她的高跟鞋并肩走在田间。

陈江河依依不舍地说：“有事就打个电话，无论在哪儿，我跟你姐都飞过去。”

夕阳西下，暮霭笼罩着两个故交走远的身影。

杨雪离开的第五天早上，一辆酒红色加长劳斯莱斯扬尘而来，一群孩子在后面追赶，田地里的农民纷纷直起腰。胖婶从菜地里奔出来，惊奇地张望。

“这车真长，没见过。”

“这什么车呀？开谁家去呀？”

乡亲们纷纷簇拥着车子，好奇地追在车子后头。

车子在金水山庄小院门口停下来。戴着墨镜、西装革履的大狗从车里蹦下，跑进屋里，一会儿又出来：“陈董，我在门外等着。”

屋里头，骆玉珠正对着镜子戴耳环，抹口红，费劲伸手，还是够不着后面裙子的拉链，没拉上，就叫道：“帮我拉上。”

陈江河忙上前一拉，没拽动。再用力，刺啦一声，拉链爆了，陈江河忙咳嗽掩盖。

“什么声音？”骆玉珠问。

陈江河说：“没事，这么多年了，你身材还是没变。”

骆玉珠窃喜，满意地打量着镜中的自己。不一会儿，陈江河搀扶着骆玉珠走出了院子大门，大狗忙收起墨镜上前帮忙。

“出来了，出来了！”

“哎哟，瞧这两口子！还有一个这么有钱的亲戚！”

在石舍村村民们七嘴八舌的惊叹声中，大狗将骆玉珠服侍上车，关上车门，陈江河从另一侧坐进去。

尘烟消尽，老朱神秘地对胖婶等瞠目结舌的面孔说：“一千六百万的劳斯莱斯幻影，我百度了。”

陈江河、骆玉珠夫妻哪儿也不去，直奔二叔那佛堂将军府大院子来了。王旭的奔驰600也从云黄山下来，去双林寺接到邱岩，放慢速度跟上了劳斯莱斯。

早已等候在门口的阮文雄，叫手下帮陈江河把轮椅抬进门槛里。

二叔身着民国式长衫，背手而立，在院中等候，不怒而威。阮文雄傲气十足地指着二叔：“这是我们阮氏家族的定海神针，我二叔。”

夫妻俩悄悄地交换了个眼神，众人来到大厅落座，上茶。

阮文雄口气咄咄逼人：“本来想安排在城里见面，我二叔觉得大家快成一家人了，不如就在这古宅里。”

骆玉珠揉着腿，轻描淡写地回敬阮文雄：“我只知道古代它是姓陈的，归你们家以后门槛太高了，谁敢来呀？姓陈的要是想跟你们成一家人，肯定够费劲的。”

阮文雄讨了个没趣，只好问陈江河：“你儿子的公司哪天复牌，定了没有？”

陈江河瞧也不瞧一眼阮文雄，边喝茶，边说这是儿子的事，他两口子从来不过问。

阮文雄生气了，心里头大骂，可是嘴上还是留了点口德，讥笑道：“我的资金可都在场外备好了，再帮你家推几个涨停没问题！”

阮文雄拍了拍手，让几个西服革履的人提包进来。阮文雄傲气十足，颐指气使地喊：“这是我们资本运营部的负责人，明人不做暗事，待会跟几位汇报一下我们的后续买入计划。至于将来进董事会的人员安排，股权分配……今天我把律师还有相关人员都请来了，有什么含糊的，我们可以就细则议一议。”

这时，有人拿出厚厚的资料往陈江河面前一递，陈江河不屑去接，不冷不热地说：“您太超前了。”

“想多了。”骆玉珠点头。

阮文雄脸上骤然怒气笼罩，刚要发作，二叔不慌不忙递过来一个眼色，阮文雄只得作罢：“既然来谈，不就是谈这个事吗？”

陈江河一副高深莫测的模样说：“还真不是！那档子事要谈也是我儿子来谈，我们俩这方面什么都不懂。”

骆玉珠接过老公的话说：“资本的事，我们两口子也搞不明白，阮先生您就别欺负人了。”

这时，二叔不得不开口了：“那二位是来……”

高手过招，你来我往，在不动声色之间。见二叔问话，陈江河一字一板开口：“我们带了份两年前的《义乌商报》，正好二叔在，请过目。”

骆玉珠马上从包里取出一张旧报纸。二叔接过一看，眼神一变，一语不发把《义乌商报》转交到阮文雄手上。不看则好，一看，阮文雄当场脸色大变。

陈江河心里在滴血，嘴角噘起一撇冷笑蔑视：“不起眼的新闻，说的是东欧一个团伙被当地警方击溃的事情。绑我夫妻的那伙人都被打死了，就一个头活着，关在那边的监狱里。”

阮文雄装出若无其事的样子，露出一脸冷笑：“这个我也知道，这头目在监狱里没多久也病死了。”

陈江河的眼神直逼阮文雄，毅然道：“最终是死了，幸亏我夫妻留了个心眼，托那边的朋友去牢里探视了一下。那人还挺仗义，死前什么都说了，留了份口供。”这时，骆玉珠变魔术一般，又从包里摸出几张写满外文的信纸。

陈江河接过去，把信纸亮到二叔面前:“您瞧，这里还有那人的手印呢，说是绑架期间跟您家联络过。”二叔窘迫一笑说：“为了救这孩子，家族倒是出面斡旋了一下。”

骆玉珠可不给二叔面子，直捅真相：“不是吧？后来还通了几次电话，阮先生是跟您吧？上面写着呢。”

阮文雄脸色一变，心慌地抢过口供翻看。

二叔脸色也好不到哪儿去，沉默不语。陈江河瞟一眼二叔，继续说：“还告诉绑匪我们没钱，还跟这人商量各取所需。我看阮氏集团家大业大，千万别沾上了负面新闻哪！”

“文雄,怎么回事？”二叔厉声道。

“二叔，他们一派胡言！”阮文雄额头冒出豆大冷汗，一把把口供撕碎。

“哎别撕啊！”陈江河装作急了。骆玉珠坏坏地一笑，幸灾乐祸地劝丈夫：“没事，复印件，真的没拿来。”

阮文雄头涨得跟冬瓜一样，心慌意乱，丑态百出，他暴喝一声：“我最恨的就是威胁。”

陈江河正义凛然，怒斥道：“阮文雄，我们家从我夫妻俩失窃新材料开始，一直到我儿子的海外仓、上市公司，可没少受你威胁勒索。”

二叔感到不妙，堆上一脸皮笑，打圆场道：“喝茶，这是我珍藏五十年的老普洱茶，尝尝怎么样。”

陈江河喝了一口：“哎哟，跟我们岁数差不多了，好茶！二叔我们得走了。”

二叔忙起身，微笑着送夫妻俩迈

过门槛走到前厅。二叔丝毫没有被刚才的话影响，笑眯眯地说："二位过的是采菊东篱下的田园生活，羡慕，有机会我登门拜访。"

陈江河："那求之不得！您留步！"

走出院门，二叔收住笑，阴沉着脸保证说："文雄如果真做了错事，家族一定会严惩，二位请放心。但生意归生意，阮氏一旦出手，还没有被吓回的买卖。也请二位理解。"

终于出了一口当年的恶气，半路上，骆玉珠按捺不住心头痛快，一刻等不及地马上打电话给儿子，把在大院子里的这场过招，痛快淋漓地叙述了一遍。

已到了生死对决关头，当晚，岩旭公司会议室里，众人都情绪激昂。于总说："他们的资金绝对有压力！我们可以再申请延迟复牌，同时调查他们的资金来源，我就不信找不出一点漏洞！"

邱岩说："这都是下策，人家的大资金进入，已经与我们融为一体了，如果真斗起来，将两败俱伤。"

于总说："那我们也不能服输，资本之战就是你死我活啊！"

邱岩说："一旦股价暴跌，股民也会对我们失去信心！岩旭的损失就不光是钱的问题！"

王旭一直未作声，转动手中的手机，有意无意地把玩着，皱眉思索。他突然起身，朝阳台奔去，给父母打电话说："看得出阮氏也在犹豫，如果阮氏明天继续买进……原则上政府不会出手干预，但可以全力帮我们落实贷款，今天吴市长把几个行长都叫来了！爸妈你们就放心吧！"

骆玉珠夺过手机，告诉儿子说："各地义乌商会的老总都已经给你爸爸电话了，我们现在不愁钱，只是真打起资本战来会两败俱伤。"

王旭长长地松了口气，说："是，不过你们走了以后，看得出那二叔好像对阮文雄很不满，我们还没出门呢，就听到里面训斥上了！"说着，王旭好奇地问了一句，"妈，那份口供你们真的去搞了一份？"

"那还能是假的！你爸爸当年留了个心眼，阮文雄要敢使坏，等着他的是身败名裂！"骆玉珠眉飞色舞，得意地斜着眼看着老公。

"哎呀，我爸真是……"王旭赞叹一声。在一旁的陈江河没有听清，急着问："嗨，儿子夸我什么呢？"

王旭俯身在公司阳台上凝望远方，不知在想着什么？邱岩悄悄走到王旭身旁，柔声细语："我让他们先散了。"

"嗯。"王旭点下头，看看表："离复牌还有三十个小时。"

邱岩心里还是有点不踏实，问："干爸干妈是什么意思？"

揽过邱岩香肩，王旭说："钱已

经帮我们筹措到位了，剩下的就是定增发方案。”

邱岩疑虑地注视王旭：“把不成熟的资产装进来，是饮鸩止渴，你压力会更大。小旭，我们有把握赢吗？”

王旭显出男子汉大丈夫气概，牢牢地攥住邱岩的纤纤细手：“刺刀见红，血战到底。如果失败了，大不了我带着岩旭品牌走出来，再创一个公司，反正这个牌子不能丢给阮文雄，这是属于我们俩的。”

邱岩幸福地依偎在王旭怀中，呢喃细语：“我只要有你就行，哪怕你是个穷光蛋，只要我们俩在一起，什么都不怕。”

王旭深情地亲了下邱岩，三十多了，如花娇女已褪去昔日的光华，王旭心里痒痒，却不敢表达，负疚于心。邱岩的眼神分明是爱慕，她又斜着眼睛，含情脉脉地看了王旭一眼。那眼神好像还是待字闺中的小姑娘第一次见心目中的情郎似的，带着些许羞涩。

漫长又煎熬，幸福又短暂的一个黑夜过去了。

五

二叔一大早就来到了金水山庄——它坐落在兰溪、浦江和义乌三县市交界、海拔600多米的大山深处。

双方的顶级商战高手在这里相聚了，站在鲤鱼山的制高点，风力很大，非常凉爽。三人可以清楚地看到不远处的白石湾景区以及浦南街道全貌，那个熔铸了陈江河青春与热血的传奇地方，也是当年二叔家里和很多特殊人物躲避打击、魂牵梦萦的桃源圣地。

深秋的金水山庄五彩斑斓，往日“翠绿的童话世界”，此时摇身一变为红色王国，深红的漆树、大红的枫叶、杏黄的红桦，绚丽无比。

在海拔400米的“罗高畈”望道生态茶园，这里人烟稀少，由于实行了“五水共治”，山上全是茂密的树和草，流下来的水也基本是清的。

山上有不少放养的竹林鸡、“两头乌”。陈江河笑着解释说，我也是被逼上梁山，退居二线后，骆玉珠邀请我一起打理农场，我也很想试一试生态养殖；加上妻子骆玉珠的脚一直不好，我想带她上山静养。

骆玉珠说：“我们现在已经在整个西部山区推广竹林鸡养殖经验，随着销路的扩大，我们将提供良种，在全义乌山区推广。”

金水叔曾经传授经验说，天上有老鹰，地上有黄鼠狼。放鸡人拿根长杆，再绑上红布，这样老鹰就不敢下来；如果黄鼠狼追着吃鸡，听到鸡乱跑乱叫，放鸡人就会跑过来，黄鼠狼就被吓跑了。

偶尔可见山上劳作的茶农，这里是著名的高山云雾茶“望道茶”保护区。骆玉珠身上飘着法国雅诗兰黛香水味，指着两旁的茶园介绍说：这里是高山气候，经常是山外边晴，山里头却下着毛毛雨，这种如云似雾的毛毛细雨，鲤鱼山人叫它“山里落”。我们建立了高山云雾茶保护区，还注册了“望道茶”商标。

到了农田区，本来长得像个黑帮角色、很有威慑力的二叔一点也不服老，抢着到地里干活。骆玉珠拿眼看着二叔熟练地干着农活，情不自禁地夸了一句:“行啊,二叔,真没瞧出来！”

二叔挺起腰，十分得意地说：“中国人，谁上一辈不是脸朝黄土背朝天干出来的，更何况我们那一代人闯南美，靠的就是开垦土地，帮农庄打天下。你们干的农活我都会，我干过的，你们见都没见过。”

就在这时，胖婶走到栅栏边，手里拿着小本叫嚷：“哎！哎！骆总啊——”骆玉珠暗暗叫苦，连连挥手，叫胖婶快走。可是胖婶不领情，还咧嘴乐呵呵：“我才知道，我儿子买的那只股票，是你儿子公司发行的啊！”

骆玉珠见状，向胖嫂作揖求饶——我旁边这两个顶级高手在鲤鱼山论剑，要决定天大的事呀！胖婶还不识趣，一个劲地讨好骆玉珠：“这老头是谁啊？好像电视里的武林高手，是你爸？都上我家吃鸡蛋去？哎哎，股票什么时候复牌啊？我儿子让我帮他问问呢……”

无奈之下，陈江河三步并作两步地奔过去，压低声音，冷峻着脸告诉胖嫂，快到村长那里领别人捐赠的五金产品，迟了就没了！

看到骆玉珠来到身边，二叔竖起大拇指夸耀：“割橡胶，干过吗？热带的作物，你们种过吗？中国人适应能力快，走到哪都是这个！”

“真是！”骆玉珠一边笑着点头附和，一边瞄着快速离开的胖嫂，暗暗松口气。

二叔精湛的农家手艺，震慑住了陈江河夫妻。二叔见陈江河回来问道：“厕所在哪儿？刚才水喝多了。”

二叔刚要如厕，抬眼诧异地看到大樟树上的茅屋。陈江河诡秘地一笑：“二叔，上去坐坐？”

“那么多的大棚，铁皮石斛养成精了。你们……还玩这个，树屋？”二叔简直不敢相信：陈江河，这位独领风骚、傲视天下、搏击商场的天之骄子，竟然举万钧重若鸡毛轻，有这么孩子气的一面。

在一旁的骆玉珠乐了：“那怎么了？我们这个年纪，又有钱又有闲的，干吗还想不开，天天跟那些年轻人拼杀去？”

“好，我也试试！”骆玉珠这么一激，二叔赞赏地点头。

陈江河忙拉下筐说：“您还是坐

里面，我给您老拽上去。”骆玉珠慌忙过来，搀扶二叔进筐，夫妇两人合力将二叔拽上树屋。

站在茅屋上，二叔眺望远方的鲤鱼山，一声惊叹：“好景致啊！炊烟飘起，牧童归家，悠然见南山，好一派世外桃源哪！”

陈江河也是无限感慨。鲤鱼山，是他夫妻俩以前鸡毛换糖停脚过的地方。年轻时，他在这个桃花源里，和唱道情花鼓的艺术家佛堂麻痢、叶英盛，还有北京上海下派的南下老干部，在这里逃避了打击。如今，山川依然如此秀美、树木依然是如此青翠、景色还是如此独特。今天，在与它相处相守的一千多个美好时光里，或许是上天的刻意安排，让他们在此又一次结缘，虽然时间太短、故事太少，但毕竟给他们留下了难以忘怀的深刻记忆。

就在二叔满口惊叹树屋之际，陈江河夫妻俩悄然将梯子挪开了。

“你这是什么意思？”二叔一愣：“让我下去啊。”

哈哈哈，骆玉珠得意自己的杰作，陈江河顽皮地说：“你儿子给我釜底抽薪，我给他老子上屋撤梯，不过分吧？”

二叔脸色骤然一变，急了：“跟我耍三十六计？”

“您再给我赋诗一首！”陈江河笑呵呵的。

二叔脸一沉，呵斥道：“我平生最恨的是人家威胁我。”

骆玉珠抬头仰望二叔，打趣道：“二叔，瞧把您急的，威胁您什么啦？您是高人，得把你供在上面供吃供喝呀！”

二叔忧虑道：“那我想方便怎么办？”陈江河接口：“就地解决喽，还能给我们的古樟树施肥呐。”

二叔一急，说这是侵犯人权，陈江河却不急：“二叔，十年前，我们夫妻被绑架的时候，受的罪可比你大多了。”

二叔被噎在树上，怔怔地俯看着夫妇俩无话可说。当他看到夫妻俩转身往院里走去时，二叔是真急了，扒着树屋叫嚷：“我要方便！赶紧让我下去，快点，我憋不住了。”

毕竟是这么大岁数了，可别闹出事来！陈江河不敢大意，屁颠屁颠地跑回去，将梯子搬回，搀扶二叔下来。老两口架着二叔往厕所跑去……

二叔从厕所出来，长长地松了口气，背着手冷冷地审视着夫妻俩。他揶揄道：“上你们家厕所这么难。这顿饭是开战饭呐，我是不敢吃了。”

陈江河像犯错的孩子一样赔笑：“不！我跟玉珠给您做了一桌子菜呢！”

骆玉珠真诚地劝道：“真的，二叔，我们俩从凌晨开始，就忙着摘最新鲜的菜，您是我们的贵客呀。”

二叔看了看表，眉头一舒展，还

有十几个小时，阮氏的钱都可到位了。

陈江河气定神闲，也不示弱：“我们的也到位了。”

二叔怔了一阵子，为什么要与陈江河这位顶级高手树敌呢？

眼前的陈江河，面对年复一年、你死我活的残酷竞争，胸藏百万雄师，却能举重若轻、韬光养晦，一直超然物外。这位商战高手，他是如此的坦然、从容、强大，这是一种不怕时空变幻、不惧风雨雷电的力量。

这个人高大、血性，阳刚、忠诚；这个人胸怀像大海一样宽广，他的性格像大山一样坚毅挺拔。

二叔目光愧疚，真诚赔罪道：“感谢包涵，文雄当年确实做了对不起你们的事，我已经解除了他的职位，让他回南美割橡胶思过去了。”

“那明天这仗……”骆玉珠逼问一句。

二叔声如洪钟，一锤定音：“非合作博弈！希望我们两家能够取得‘1+1 > 2’的效应，和！”

“在商言商，我阮氏非常看好‘一带一路’的机遇；你们不怕枪打出头鸟，敢于勇立潮头，敢冒风险，抢占先机，争当第一个；我欣赏你们一家人的打拼智慧、勇气和能力。天降大任于你我也，这么好的机会，难道我们就找不出一条共赢的路来一起赚钱吗？”

“能！二叔。”陈江河胸襟坦荡，气概如东岳泰山：“我们义乌挑货郎有句老话叫开四门，广交朋友，有钱大家赚。”

二叔一笑，拉住夫妻俩的胳膊：“你二叔我善于慧眼识珠，我的眼光不会错。陈江河先生的每一根发丝都有智慧在畅想，每一丝微笑都是理想在闪光。你传承了义乌人崇尚孝义、坚韧顽强、不畏艰苦的品德；你的诚实守信、以和为贵的精神，我深感佩服，佩服。”

二叔停了停又说：“合作的办法是人想出来的，你家的饭我吃定了！我希望通过这次合作，凝聚共识；我要把您的智慧故事介绍给阮氏集团，让我们两家一起抓住‘一带一路’国家战略带来的机遇。”

“岩旭股份与阮氏集团达成和解协议,双方约定共同开发海外仓,参与‘一带一路’的建设。阮氏宣布停止举牌，所进资金只做财务投资……”王旭听着车载广播，嘴角露出一丝笑容。

岩旭集团总部，电子牌上股票上涨了三个点，员工们欢呼雀跃，击掌相庆。

王旭靠在门口，疲惫而又感动地望着沸腾的人群，邱岩回头与他甜蜜地注视着。

又一趟“义新欧”班列从义乌出发了，王旭拉着邱岩站在车头，穿过新疆阿拉山口出境，途经哈萨克、俄罗斯、白俄罗斯、波兰、德国、法国，横跨一万三千多公里，最终到达了西班牙马德里。电视台在跟踪报道，这趟“义新欧”已经由国务院统一命名为中欧班列，新专列首次在沿途的华沙、柏林、杜伊斯堡、巴黎四大城市新设的海外仓中转站上下货。

电视上，王旭侃侃而谈：通过中欧班列，货物将从廉价的日用百货向高附加值转变；外国商品将平价进入中国，中国货源也从单一的义乌市场向杭州、上海、南京等长三角城市扩展；原本需要公司上门游说的“招商”模式，现在变成了客户争先恐后上门来攀谈的新局面。

尾声

一

今年的春天来得特别早，十六公里长的江滨绿廊早已鲜花争艳，沿江三十余座主题公园到处春风送暖。因今年春天气温回升很快，陈江河家所在的嘉鸿别墅外面的樱花园内，樱花提早进入了最佳观赏期，走进樱花林犹如进入了雪白色、粉红色的世界。浪漫的樱花尽情绽放着，这里成了最具文艺和浪漫气质的地方。荟萃两千余株樱花的“樱花园”，在春风下散发着阵阵花香。赏花的人潮摩肩接踵，又如潺潺春水向四处涌动，成为义乌早春别致的风景。

陈江河把骆玉珠从轮椅上抱下，小心翼翼地放在竹筏上。义乌江两边杨柳依依，陪伴着晨雾中的老伴。

天边刚露出了点鱼肚白。远山、近水、村舍、田野……都还在睡梦之中。陈江河撑起竹篙，力顶江中岩石，妻子时而在船尾操舵，沿着美丽的义乌江一路荡波而去。绿草萋萋，白雾茫茫，骆玉珠手持竹篙，坐镇船头，在星辉斑斓里放声歌唱。

袅袅的炊烟随着升腾的雾霭飘向空中……众多的景致配置在长长的镜面里，是那样的质朴，那样的悦目。

从爱溪何宅到江滨湿地绿廊，从香溪到南江到龙溪古月桥。陈江河的脑海中像放电影一样，翻腾着一幕幕往事：时光悠悠，苇草青青，有位佳人，在水一方。

竹筏驶到龙溪古月桥，夫妻俩意味深长对视而笑，眼中满是美好与感动。

寻梦在哪里？在绿意葱茏处。竹筏穿过丽水溪荡过白石湾，陈江河回头，骆玉珠正凝视他的背影，两人相视甜蜜一笑。

一幕幕往事在陈江河的脑海里闪现：

那一回，他将妻子拉上树屋，自己也坐到一旁，夫妻俩相互依偎，望着夕阳……

绑架时，与骆玉珠在东欧密室交错而过那一瞬间的深情对视……

董事会，夫妻俩怒目而视，他愤然离去……

多少往事可堪回忆啊，陈江河凝想着：

杨氏楼下，夫妻俩争执吵架……

灯下，骆玉珠为他泡茶，两人默默对坐无语……

年三十，一家三口煮汤圆、放烟花，在小货车中挤在一起……

记忆越远越清晰，一些更遥远的人生片断也闪现在他脑海里：

火车上，青年陈江河举着那块砖头大喊，骆玉珠拉着小王旭含泪站在月台……

骆玉珠跳下车，与陈江河含笑对望……

桥下，少年骆玉珠与少年陈江河嬉戏，打闹，像小动物般相互依偎，睡在一起……

夕阳的余晖挥洒在江面上，夫妻俩变成了金色的雕像，随着竹筏缓缓驶向远方那烟波浩渺的天际……

二

元宵节的礼花炸响了夜空，在陈家别墅大院里，陈江河一家人欢声笑语，锅中煮着汤圆，大门上也贴上了红彤彤的春联。

骆玉珠跟赵姐惊喜地瞧着蔡晓丹做饭："小汤唯"刀功熟练、炒菜有模有样。

骆天宝与大狗在院中摆起鞭炮，巧姑挺着大肚子在一旁捂着耳朵笑望。

陈江河关注着陈路调试电脑，屏幕上出现了王旭、邱岩的影像。

"妈，快来！快来看我哥！"

一家人都聚在电脑前。

在美景如画的小镇，王旭与邱岩冲晃动的手机视频挥手："爸！妈！元宵节快乐！"

骆玉珠："好，好！你们那边怎么样？"

王旭："爸，妈！我跟邱岩赶不回去，在这里给你们送祝福啦！"

陈江河笑着点头，邱岩幸福地举起手，亮着钻戒："妈，爸，你们看！"

巧姑、蔡晓丹哎哟叫起来，一家人笑成一团，陈江河与骆玉珠也相视而笑。

视频中，王旭搂住邱岩，两人的头靠在一起。

元宵节民间文艺会演开始了！陈家村组织了赶庙会、演婺剧、迎龙灯等民间文艺活动，邀请了全市各镇的文艺团队：大陈镇八里桥头的"叠罗汉"；赤岸镇乔亭村的"义乌兵"；后宅街道曹村的"龙虎大旗"、后傅村的

“踩高跷”；城西街道枫溪村的“走马灯”；江东街道大元村的“舞狮队”。

陈路和蔡晓丹参加了陈家村的“腰鼓队”和“十字莲花”演出。

富有浓郁地方特色和传统文化韵味的义乌婺剧《孝义乌伤》会演开始了，远处传来阵阵锣鼓声、呐喊声。

“叠罗汉”的场地上人山人海。这项体育舞蹈在搬上舞台之前，是古义乌人自娱自乐的表现形式。古义乌人崇文尚武，故演员在兵器的使用上，随手拈来的家具、农具都是武器，家里的扁担、簸箕、板凳、锄头等就可以招招致人死地，表现出义乌人尚武的一面。

陈路和蔡晓丹也成了演员，他们在人群中忽隐忽现。蔡晓丹也能敲击出清脆的伴奏音乐，亦文亦武，乐在其中；她又笑又跳又叫，一刻也不停歇，仿佛一只逗人开心的八音盒，声音又像百灵鸟。

“戚家军来了！”，看到“义乌兵走阵图”，陈江河向亲人们介绍：义乌，这是一块英雄辈出的土地。每当国家、民族危难时，我们历朝历代的义乌先辈总能够舍生取义，精忠报国。你看，“三千越甲”、“义乌兵”、“戚家军”、“义乌营”，他们挺身而出，侠客英雄，君子大家，在义乌层出不穷。

今天，陈家村广袤的山川、溪畔、大地涂满了鲜艳的色彩，陈家村附近的每一条林间大道上都挤满了人，这里的风景恍若油画，飘着各种烟火的灿烂的天空，加重了油画的色彩。

三

家里要添丁生财啦，陈江河家设立了重奖，力邀陈家村龙灯上金水山庄。

陈路洪亮地喊了一声：“过大年，真有味，快来看迎龙灯喽……”

龙灯经过的每一个村庄，都有人“摆斋”，人们上香祈福，供奉礼拜，鸣放鞭炮。热情的群众从四面八方赶来，龙灯尾巴随龙灯头行进，穿进绕出，你来我往，人们忘记了初衷，笑语喧哗，纵情欢乐。

龙灯迎至广场，领头的做了三进三反的“旋灯”。

陈江河带着骆玉珠在家门口空地上摆上了香案，带着各式供品，点上一对蜡烛，鸣放鞭炮，“摆斋”迎接龙头。

家人跟着点上三炷香，男人们手持行灯，向龙王叩头跪拜，再拜香案，祈祷龙王施福人间，以求来年添丁生财，国泰民安，生意兴隆。

陈家村的龙灯是板凳龙，龙头、龙身、龙尾、宫殿用香樟木雕刻而成。

陈江河好汉不减当年勇，冲上去抬起了龙头。迎龙灯最热闹的要数拉灯和盘灯，迎灯迎到宽阔地段的时候要进行拉灯表演，拉灯只能在较长的直道上表演，拉灯时灯头一会儿急速往前拉，拉过一段距离后，龙尾龙身又向后拽，这样将龙身拉长，寓意吉祥；来来去去几个回合后，再继续往前迎。盘灯是迎龙灯的压轴表演形式，在陈家村广场，舞龙队表演了凤凰展翅、剪刀绞、五朵梅花、铁索环等花样，精彩的盘灯表演在广场的空地上灵活翻旋。

龙灯舞起来，人们乐开怀。陈家村用迎龙灯这种方式，赞美新生活，憧憬新时代。

蔡晓丹欢叫一声："快看，龙灯到我家了！"

经过几十公里的长途奔袭，子夜时分，龙灯到达金水山庄。陈江河家的亲友们为每一片灯板，每一盏行灯分发了中华烟、馒头、红果还有大红包。

陈江河、骆玉珠被孩子们拽出，历经波折的夫妻俩更加从容自信了。骆玉珠穿上了高雅的白色套装，她从不拘泥于众人眼里的优雅，她的笑容有着天高云淡的自信。陈江河带领大家登上山庄最高处，一家人仰望着星空灿烂绽放、绚丽多彩的烟花，一对对相依相偎，眼中闪动着希望的光芒。

当龙灯上山岗时，远看，金水山庄高高的山岗与国际商贸城遥相呼应，一个巨大的红色"之"字形灯流在跳动，随后变成一个红色圆圈，旋即有许多个红色圆圈在滚动，近看，是几千只灯笼在奔跑。

蔡晓丹兴奋地大喊："龙灯爬山岗了！"

陈路接着叫道："快看，龙灯上山岗了，真好看哪！"

龙灯跑起来了，龙灯绕着山岗快速奔跑，越跑越快。

这是红灯的世界，红灯的海洋。

龙灯围着山绕了三圈，还在不停地转圈。

陈江河一家的声音汇入欢乐大合唱。

排山倒海的声音！

十多万观众在齐声喝彩！

陈江河痴了，心潮澎湃：

"为什么我的眼里常含泪水？因为我对这土地爱得深沉……"

完稿：2017年3月

鸡毛飞上天 长篇小说 Feather Flies To The Sky

〔后记〕

感谢电视剧制片方杭州佳平影业有限公司，感谢义乌人民的好朋友、尊敬的吴家平先生，感谢著名编剧、电视剧剧本原创申捷先生，感谢你们授权本人改编及出版，感谢著名书法家叶培贵先生为封面题字，感谢辛勤工作的剧组全体演职人员。

感谢剧组使用义乌本地群众演员一万多人次，为世界小商品之都送来了高雅的文化盛宴；感谢剧组把一部波澜壮阔的义商创业史搬上荧屏，把义乌商帮的经商智慧、经商法则、经商谋略与世人分享。

在编著小说《鸡毛飞上天》过程中，王春荣先生、潘爱娟女士，还有胡友大、施章岳、傅根洪、李邦林、吴卫东、王锦豪、冯智等先生，他们承担了部分篇目的撰写工作。对各位好友的辛勤付出，谨表达由衷的谢意。

我的大学同学李庆杏女士、傅明友先生参与了校对工作，为本书的出版付出了辛勤的汗水，在此表示谢忱。

本书在编纂中参考了《鸡毛换糖》（小说）、《人间仙草》《义乌商帮》《乌伤遗韵》等书刊，也参考了《义乌商报》等媒体的相关资料，还从一位传奇义商处获得了宝贵资料，编著全程得到了吴潮海先生高屋建瓴的指导帮助，在此一并表示谢意。

最后，我要感谢对本书的出版工作给予无私帮助的社会各界，如双童吸管有限公司、华统集团、浪莎控股集团等。因本人水平有限，加之时间仓促，本书肯定还存在这样那样的问题或不当之处，敬请读者提出宝贵意见，便于今后改正完善。

何赛阳

2017年1月

能臣与英雄

曹操大传

上册

南门太守 著

中国出版集团
现代出版社

图书在版编目（CIP）数据

能臣与英雄：曹操大传：全2册 / 南门太守著 .—北京：现代出版社，2020.1

ISBN 978-7-5143-8203-7

Ⅰ.①能… Ⅱ.①南… Ⅲ.①曹操（155–220）—传记 Ⅳ.① K827=342

中国版本图书馆 CIP 数据核字（2019）第 216685 号

能臣与英雄：曹操大传

作　　者：南门太守
责任编辑：刘全银　王志标
出版发行：现代出版社
地　　址：北京市安定门外安华里 504 号
邮政编码：100011
电　　话：010-64267325　64245264（传真）
网　　址：www.1980xd.com
电子信箱：xiandai@vip.sina.com
印　　刷：三河市宏盛印务有限公司

开　　本：710mm×1000mm　1/16
印　　张：43.25　　字　　数：800 千字
版　　次：2020 年 1 月第 1 版　　印　　次：2020 年 1 月第 1 次印刷
书　　号：ISBN 978-7-5143-8203-7
定　　价：88.00 元

一直被“演义”，如何来“定义”？

（序言）

一

严格来说，曹操并非三国人物，真正意义上的三国起始于曹丕代汉自立的公元 220 年 12 月，而在年初曹操已经去世了。不过，汉末几十年群雄割据，人们将其也视为大三国时代的一部分，从这时到三国归晋是秦朝统一后第一个分裂阶段，国家分裂是黎民百姓的不幸，却是英雄辈出的时代。三国是乱世，“乱世出英雄”，其中最为耀眼的英雄一定非曹操莫属，时人鲍信说曹操“能总英雄以拨乱反正”，时人李瓒评价说“时将乱矣，天下英雄无过曹操”。

然而，到了后世人们对曹操的看法却复杂起来。有的说曹操是一个英雄，有的说他是奸雄；有的说曹操是好人，有的说他是坏人；有的说曹操本事很大、战无不胜，有的说他没有本事、总打败仗。造成这些分歧的原因，一方面是时代的变迁，各个朝代有不同的正统观，对曹魏政权有不同的看法，有的肯定它，有的否定它，肯定曹魏政权的时代曹操地位就高、形象就好，反之就比较差；另一方面，史书记载中出现一些有意无意的错传、讹传，也影响到对曹操的认识，而文艺作品对史实的重新改造，更加深了人们对曹操的误解。

围绕曹操，有太多的故事。这些故事，有的记载在正史里，有的经过野史和文艺作品的加工，有反映曹操小时候如何机智过人的，有说曹操带兵打仗如何出神入化的，还有说曹操心思如何缜密、如何防范别人的，如同对曹操的评价一样，这些故事往往带有鲜明的倾向性，有美化的，也有丑化的，有的故事本意是想丑化，结果却意想不到地对曹操反而起了美化的作用。总之，读曹操，不仅要读与曹操有关的故事，还要善于甄别故事的真伪。

二

与曹操有关的，历史上有几句著名的话。

有一句叫作“治世之能臣，乱世之奸雄”，这句话影响广泛，曹操被后世视为“奸雄”，多半是从这句话来的。这句话是有来历的，曹操年轻时曾希望名士许劭评价一下自己，许劭便说了这两句话，曹操听了以后很高兴。说自己是“奸雄”为什么还高兴？曹操年轻时难道就立志当“奸雄”？其实，根据《后汉书》记载，许劭的原话是“乱世之英雄”，后来的一些野史、小说把它变成了“奸雄”。

还有一句话叫作“宁可我负天下人，不可天下人负我”，如果曹操真的这么说过，那他的人生观、价值观就太成问题了，但实际情况是怎么样呢？这件事是说曹操在一次逃亡途中路过朋友吕伯奢家，曹操去串个门，后面发生的事史书上有多个版本，最有影响的版本是说吕伯奢不在家，吕伯奢的儿子热情地接待了曹操，曹操听到食器相撞发生的声音，以为是兵器相击，曹操疑心很重，以为吕伯奢的儿子要杀自己，于是把他们全杀死了，曹操事后还说：“宁我负人，毋人负我。”问题是，曹操如果真干了这件事，而当事人又全部被他灭口的话，又是谁把这件事记下来的呢？而且，所有版本中最早的版本很简略，说的是曹操因自卫而杀人，而越往后的版本越详细和“生动”，岂不是怪事？

还有一句话也众人皆知，叫作“挟天子以令诸侯”。这对曹操也有很大的负面影响，因为“挟”有“挟持、逼迫”的意思，与“奸雄”刚好呼应。其实曹操阵营提出的是“奉天子以令不臣”，这是没有毛病的，“奉天子”与“挟天子”完全是两个境界。

三

秦朝末年刘邦起兵后只用 6 年时间就取得了天下，西汉末年刘秀统一天下用的时间更是不到 4 年，东汉末年曹操打了 30 多年的仗，直到临终前还四处征战，却未能统一天下。很大程度上，这是三足鼎立的特殊局面造成的，3 个支点可以形成一个稳定结构，曹魏“一强”对蜀、吴“两弱”，就形成了一种较难打破的平衡，蜀、吴只要联起手来，曹魏就很难同时战胜他们。

当然，除大势外还有主观原因可以总结，比如曹操的用兵。曹操擅长打突袭战，擅长孤军深入作战，尽管手下战将如云，其中不乏一流猛将，但曹操仍然有亲自带兵执行重要任务的习惯，如乌巢奇袭战、远袭白狼山以及当阳追击战等，曹操都是亲自带兵孤军深入作战。作为一名军人，身先士卒、不怕牺牲是优点；作为一名统帅，过于冒险又是一个不足，而且也暴露出曹操的手下缺乏周瑜、陆逊那样能独当一面的“元帅级”将领。

但《三国志》谈到曹操的军事才能时仍给予极高评价，认为他有“韩、白之奇策”，还说他是当世之“孙、吴”。仅对《三国志》武帝纪的统计，曹操30多年里就打了30多场硬仗，几乎年年都在打仗，这个数目是其他群雄没法比的，打仗多，自然打败仗的数量也多，再加上曹操在群雄中起点不算高，在很长时期里四面都是强敌，所以更容易打败仗。然而，曹操打过的精彩战役也有很多，官渡之战不用说，早年夺取兖州之战、下邳之战、邺城之战、南皮之战、北征乌桓之战都很精彩，最精彩的是潼关之战，曹操亲自谋划、亲临前线指挥，声东击西、出神入化，又巧用反间计，将对手打得毫无招架之力。

曹操没留下专门的军事著作，但他对《孙子兵法》的注释却为人称道，汉代重经学，不重兵法，在曹操之前还没有人如此关注过《孙子兵法》，曹操结合自己的用兵实践，一边注解，一边就有些问题发表自己的见解。曹操对《孙子兵法》的注解受到后世的推崇，在历代难以计数的《孙子兵法》注家中，有十余位被公认为最权威，曹操排在第一位。

四

除了是一位历史上的英雄，生活中的曹操是什么样的人呢？

简单地概括，就是“真性情”。曹操平时没有架子，穿戴随意，高兴的时候有说有笑，有史书说他“为人佻易无威重”，本意是说他为人轻佻、没有威仪，反过来也可以说是没有架子、平易近人。曹操临终前病倒了，他自感来日无多，于是发布了一道《终令》，要求自己死后文武百官来吊孝只要哭15声就行，葬礼完毕即脱去丧服。驻守在各地的将士都不得离开驻地，各级官员要认真履行职责。曹操还交代，将自己葬在邺县西边的高岗上，身边的婢妾、歌伎等以后都住在铜雀台上，在台上安放一张6尺长的床，挂上帷幔，一早一晚供上祭物，每个月初一、十五要从早到晚向着帷幔歌舞。这些事看起来有些婆婆妈妈，与大英雄的形象有些反差，但无疑是一个男人真性情的流露，苏东坡是最主张曹操是“奸雄”的人，但看到这里也不得不说曹操“一生奸伪，死见真情”。

曹操的爱好有很多，都知道他是大诗人，“登高必赋，及造新诗，被之管弦，皆成乐章”，其实他的文章也写得很好，鲁迅先生评价他是“改造文章的祖师”。曹操写诗作文就如性格一样，通脱潇洒，没有什么顾忌，想写便写出来。曹操还是建安年间文学运动的领导者和组织者，唐朝诗人张说在《邺都引》中说他“昼携壮士破坚阵，夜接词人赋华屋”。在曹操带领下，建安年间出现了“三曹”“建安七子”，成为中国文学史上的一个高峰。此外，曹操还是公认的书法家，他也很懂音律，史书上说他可以与当时最优秀的音乐家桓谭、蔡邕相提并论。曹操还是一位围棋高手，史书上说他可以与当时最著名的棋手山子道、王九真、郭凯等一决高下。曹操还擅长骑射，能“手射飞鸟，躬禽猛兽”，他还在城市建筑规划和器具设计方面有突出才能，“及造作宫室，缮治器械，无不为之法则，皆尽其意”。

五

三国群雄中，刘备的一生最坎坷，与刘备相比曹操的命运似乎好了很多，至少从未让家眷做俘虏，但曹操一生也经历过几次大的挫败和低潮。可贵的是，曹操有很强的自我调节能力，每一次挫败后马上能及时总结经验教训，努力不再犯同样的错误。

曹操之所以成就大业，正是缘于他是一个不惧怕失败的人，任何失败都没有打倒过他。每次失败后，曹操都会迅速做出反省，采取措施弥补那些薄弱环节，这是比一般人更聪明的地方，因为只有聪明的人才善于把每一次失败都作为案例进行分析，直到把它弄透彻为止。

陈寿在《三国志》中评价曹操的一生，说汉末天下大乱，群雄并起，袁绍虎视于四州，强大到无人可敌，曹操依靠智慧和计谋，以武力统一全国，采用申子、商鞅的法制、权术，吸取韩信、白起的奇思妙计，设置官职，任用人才，让他们发挥自己的才干，同时能克制自己的感情，冷静思考问题，不计较别人的过错。陈寿认为，曹操能总揽朝政大权，完成建国大业，完全在于他的见识和谋略是那个时代第一流的，他是一个非同寻常的人，是超世的英才。《三国志》对曹操的这些评价是准确的，曹操不仅是一个英雄、一个有本事的人、一个对历史有突出贡献的人，他还是一个精力充沛、个人能力突出、性格丰富的人，是一个真性情的人。

六

在历史上，曹操曾长期被人涂着“白脸”，尽管近年来人们对曹操在历史上的地位和作用有了一些新的认识，还曹操了一些公道，但由于历史的积垢太深、脸上的粉彩太厚，“卸了装”的曹操又显得有些苍白，人们对曹操的认识还不够全面，以至于在他的身上还常常存在着许多待解的谜团。

曹操出身于宦官家庭，作为既得利益者，是什么原因使他义无反顾地开启新的人生？曹操与汉末世家大族之间，究竟是政治同盟还是对手？曹操对汉室究竟是真心扶持还是利用？曹操与历史上的那些昏君、暴君不同，他做事比较理性，但为什么又留下嗜杀之名，甚至屡有屠城的记载？曹操在有生之年没有称帝，究竟是实力不足还是没有想法？军事才能十分突出的曹操，为什么会在赤壁之战中犯下显而易见的错误？曹操既然不想当皇帝，为什么又要当魏公、魏王？曹操一开始不喜欢曹丕，原因是什么？曹操既然对曹植有好感，为什么在最后时刻改变了主意——如果孤立地看这些问题，的确不容易回答，也难以找出一条连贯的历史逻辑。走近曹操，详细地了解曹操的一生后，也许就能揭开这些谜题。曹操是一个真实而鲜活的人，有自己的做事原则，对人对事有一贯的主张和态度，他不是一个多变的人，他的身上也没有那么多矛盾。

我出生于曹操的故乡亳州，小时候听过很多关于曹操的传说，正是这种机缘，让我对曹操、对三国有了特殊的感情。多年来，我一路穷搜广集、心追手摩，凡与曹操、与三国有关的资料都收集下来，凡是曹操曾到过的地方都一一去探访，目的就是最大限度地走近曹操，不仅了解他波澜壮阔的一生，更探秘他的内心，体会每一次重大历史事件发生关头他的所思所想，通过揣摩、体悟，不仅对曹操作一个深度还原，而且解开那些围绕着他的谜团。

本书是我多年来跟踪、研究曹操的一次全面性总结，书中按照历史的纬度详解了曹操的一生，在写法上坚持了严肃、严谨的态度，不混淆进传说和印象，更不虚说、枉说，针对史料零乱且经常互为矛盾的情况，通过抽丝剥茧，认真对比和分析，得出令人信服的结论，力争展示出一个丰富、全面、有趣的曹操，这也许与人们印象中的曹操有所不同，但一定是最真实、最接近历史的曹操。

为了便于读者更准确地了解历史真相，书中引用了一些史书原文，主要引自《三国志》《后汉书》《晋书》以及裴松之注《三国志》所引用的杂史、杂著等，为保持阅读的流畅性，没有一一注明其出处，有兴趣的读者可找来原文对照阅读。

南门太守

于古城西安

目录 Contents

第一章

乱世少年

爷爷是宦官

说起曹操的出身，人们总会将他与宦官联系起来。曹操的父亲名叫曹嵩，他不是宦官，但他是东汉末年著名宦官曹腾的养子，曹氏一族在汉末兴起，正是从曹腾开始的。提到历史上的宦官，容易想到的是高力士、魏忠贤、冯保这几个人，但他们在曹腾面前都算不了什么。

曹腾进宫较早，因为老实，被汉顺帝刘保的母亲看中，让他陪伴时为太子的刘保读书，就这样，曹腾跟刘保成了“同班同学”。刘保当皇帝以后，不断提拔老同学，曹腾当上了小黄门、中常侍。刘保死后，他的梁皇后成为梁太后，曹腾“转岗”到太后宫任职，担任大长秋，这是当时地位最高的宦官。到汉质帝刘缵时，曹腾仍然是大长秋。这位刘缵，上岗的时候还是个“童工”，当时只有 8 岁。这个小朋友很不简单，就是他在朝堂上当着满朝大臣的面指着大将军梁冀“此跋扈将军也”，但也因为这句话，刘缵被梁冀在饼里下药给毒死了。

刘缵死的时候只有 9 岁，来不及为帝国准备好下一届接班人。在接下来推选继任者的激烈斗争中，很快形成了两种针锋相对的意见：一派拥戴蠡吾侯刘志，一派拥戴清河王刘蒜。“拥志派”的代表是辅政的梁太后，还有她的哥哥、大将军梁冀；“拥蒜派”的代表是太尉李固、司徒胡广、司空赵戒等当朝三公，以及大鸿胪卿杜乔等一批朝臣。双方势均力敌，梁家兄妹手握大权，实力占上风；李、杜等人占据道德高地，舆论占上风，一时难分高下。梁家兄妹力挺刘志有两个原因，一来刘志娶了梁太后的妹妹梁莹；二来刘志年龄相对较小，才 15 岁，据说有点智商不高，呆头呆脑，傻啦吧唧，而刘蒜血统更纯、更加成熟，贤明有德，在士人中颇有声望，意味着这个人很难驾驭。

两派据理不让，尤其是李固、杜乔二位，把这件事甚至上升到了国家生死存亡的高度，争得很凶。“拥志派”眼看有点撑不住了，在强大的舆论压力下，梁冀打算妥协，要不是曹操的爷爷曹腾及时介入，东汉帝国第十一任皇帝就是刘蒜了。

东汉到中期以后，政坛逐渐分化出四股势力：皇帝、外戚、宦官和士人。这四派力量分治天下，当它们势均力敌时，天下就能太平一阵，那就是国家和百姓的大幸。要是某一派或某两派的联盟突然崛起，那就不得安生，必定斗得腥风血雨。

在上面这场难分胜负的对抗中，以曹腾为首的宦官集团旗帜鲜明地站在了“拥志派”一边，使得胜负的天平瞬间向梁家兄妹倾斜。史书上说曹腾不太喜欢刘蒜，起因是某次曹腾见到刘蒜的时候曾受到了怠慢，所以怀恨在心。但是，问题也许并非这么简单，站在曹腾的立场上，刘志和刘蒜谁看着更顺眼其实不重要，重要的是在他们背后撑腰的人，这决定了下一步将要跟谁合作。在宦官们看来，士人们固然得民心、有面子，但士人对自己的看法实在不怎么样，在之前几十年的斗争中，宦官们的手上都沾满了士人们的血，即使眼前能苟合一次，难免事后不翻脸。

而大将军梁冀就不同了，以往的斗争经验表明，外戚更容易合作，虽然二者也有杀红眼的时候，但合作起来通常更愉快，这是因为他们都有弱点，一个靠把自家的姑娘献给皇帝而得宠，一个靠自损身体而得势，在充满洁癖的政治伦理和社会舆论面前，他们都有根深蒂固的自卑感，也都怀着超越自我的强烈渴望，更容易团结战斗在一起。

在梁冀犹豫不决甚至要让步的当口，曹腾深夜密访梁府，表示全体宦官同人坚决支持梁冀来力挺刘志。宦官是一个群体，共同的身世、经历、屈辱感和强烈的追求容易让他们结成牢不可破的同盟，每当大事来临，这种同盟将一次次显示出不可思议的力量，此前已然如此，此后还将继续如此。曹腾让梁冀明白，他不是一个人，他后面还有人，他们将全力挺梁冀、挺刘志，这让梁冀顿时感到信心大增。

朝堂上开会再议此事，梁冀耍起了横：布置甲士在宫殿门口，拥戴刘志当皇帝的可以站着走出去，支持刘蒜的躺着抬出去！

对付那些在道德和舆论方面占有先天优势的士人们，梁冀改变了策略，不再跟他们比谁更道德，而是比谁更流氓，这一下子就扎中了士人们的软肋。士人们不仅流氓不起来，更要命的是，他们往往经不起流氓的恐吓。最终，曹腾和梁冀胜利了。江湖老油条、号称官场“不倒翁”的司徒胡广第一个转变了立场，低下头来唯唯诺诺地说：“唯大将军的命令是从！”胡广的几个得意门生以及赵戒等人，看见老师和老前辈带头服软，也都纷纷表态支持刘志。

对刘志来说，这一年真是个吉祥年。年初，刘志的老爸老蠡吾侯刘翼死了，刘志由一个干什么都要被人管、整天点灯熬夜写作业的学生，一下子成了一县之侯的户主，蠡吾县全县大部分税赋收入都归他支配，想怎么花就怎么花，爱怎么玩就怎么玩。还没等他放手去潇洒，更大的好事跟着来了，帝国的实际掌门人、令人尊敬和景仰的梁太后不知道从哪里听说了他小子的名字，主动要把心爱的妹妹梁莹嫁给他，迎接他的仪仗随后到达这个偏僻的北国小县，排场之大，是所有土著居民一辈子都没有见过的。

刘志到了京城洛阳，此时宫内外两派人马正闹得不可开交，没人顾得上他，把他扔在旅馆里。正当刘志心情郁闷、想找借口打道回府时，门外鼓乐大作、人声鼎沸，帝国最有权势的人物大将军梁冀带着亲王专用的青盖车，亲自把他接进了北宫，坐在了德阳殿里那个传说中的御座上，接受百官的朝贺。对刘志来说，这简直是一场盖上十八床被子也捂不出来的春秋大梦！

在这次拥立事件中，曹腾功不可没，事后也得到了应有的奖赏。汉桓帝登基后由梁太后辅政，一切大政方针都由太后的长乐宫发出，曹腾在皇太后身边当总管，实际上处于帝国权力的中心。在《后汉书》里有曹腾的传记，篇幅虽小，但作为宦官能够入传，且是以正面形象留存于史册，已经是相当的不容易了。据曹腾的传记记载，他是沛国谯县人，也就是如今的安徽省亳州市人，字季兴，这说明他不是独生子，上面至少还有三个哥哥，叫什么名字已经无法考证，但估计他们的字会是伯兴、仲兴和叔兴。

曹腾的第一个人生机遇来自顺帝刘保，历史上，靠着这种与未来天子同学加玩伴的关系日后翻云覆雨的大有人在，比如明朝的大太监冯保，但与冯保比起来，曹腾做事更谨慎和低调，他先后侍奉过安帝刘祜、顺帝刘保、冲帝刘炳、质帝刘缵、桓帝刘志，前后三十余年"未尝有过"，这堪称惊人纪录，如果把东汉末年所有大宦官的经历都考察一遍的话，会发现能数十年里成为皇帝、皇后和皇太后身边的红人，又能全身而退的几乎只有曹腾一例。

这也说明，曹腾与梁家的关系不一般。曹腾跟梁太后的老公是同学，又当了梁太后的总管，在关键时刻力挺梁大将军，种种迹象表明，他是一个忠实的"梁党"，否则，不管他多么"谨厚"，要想三十余年处在权力中枢而又"未尝有过"，那是痴心梦想。事实上，作为主要的政治同盟，曹腾一直是梁冀在宦官队伍中的代言人。

但曹腾很有心机，他虽得梁太后和梁大将军的信任，却没有干过多少欺压百姓、为非作歹的坏事，相反还做了不少好事，载于史册的，是说他推荐了不少人才，传记里列举六个人，都是汉末响当当的人物，政界的如延固、虞放，军界的如张温、张奂，学界的如边韶、堂溪隆。曹腾扶持这些人，一方面落得为国荐才的美名，同时也是为自己以及后代子孙们铺路，比如张温、张奂这些人，日后成为帝国军队里元帅级的人物，董卓、孙坚、陶谦、公孙瓒、刘表等都曾是他们的部下，他们在军中的影响力不容小视，后来曹操能以文职人员的身份直接进入军界担任重要军职，很有可能是得到了他们的相助。

可以说，曹腾的精心布局对于日后成就庞大曹魏政权居功至伟，曹氏一族百年间的繁荣兴盛正是曹腾打下的基础。

世事变幻无常

汉桓帝刘志继位后，国家大事不用他操心，其实也操不上心，内有梁太后摄政主事，外有大将军梁冀用权，刘志只是个傀儡皇帝。到了和平元年（150）初，太后梁妠因病去世，梁冀对此倒不很着急，长妹梁妠虽然死了，但他还有个小妹梁莹，是刘志的皇后，此时依然是后宫的女主人。但是，这个梁皇后跟那个梁太后比起来实在差得很远，既缺乏治理国家的能力，也缺乏贵族的教养和温良贤惠的品德，属于“三代官宦，不会穿衣吃饭”的主儿，一身的臭毛病和臭脾气。

刘志对她慢慢生厌，但不敢明目张胆地表现出来，还得好言好语敷衍着。梁家的姐妹生育能力好像都出了问题，梁皇后也没有生育，她生性善妒，每当其他妃子、美人怀孕，她都想办法把孩子弄死。刘志对她厌恶到了极点，但仍不敢发作，刘志很郁闷。

梁莹也郁闷，因为皇上不怎么待见她，索性连面也很少见，夫妻俩的感情迅速降温到零度。在忧愁和怨愤之中，梁莹没有熬过她的丈夫刘志，延熹二年（159）忧愤而死。这一下梁冀慌了神，因为一个重大问题摆在了面前：谁来填补后宫女主人留下来的空位？

这个时候汉桓帝刘志已经二十七八岁，皇帝的身边如果没有了梁家的姑娘，理论上说梁冀这个外戚就成了“原外戚”或“前外戚”。所以，必须尽快在梁家姑娘里找一个长相出众的送进宫里，并且刻不容缓。

但其实，合适的人并不好找，首先长相要过得去，有高贵的气质，能母仪天下。其次要合乎辈分，皇帝是大将军的妹夫，只能在大将军这一辈里找。梁冀和夫人孙寿急得脑门子冒汗，但找来找去，符合条件的姑娘居然没有一个。要么很丑，要么辈分太低。情急之下，孙寿想起了一个人，是她舅舅家的女儿，名字很奇怪，叫邓猛。孙寿的舅舅叫梁纪，虽然姓梁，却不是梁冀的同族。梁纪娶了个老婆，史书上说名字叫宣，但不知道是姓还是名，“宣”嫁给梁纪的时候已是二婚，她的前夫叫邓香，早年死了，有两个女儿，长女嫁给了议郎邴尊，次女就是邓猛。

这个邓猛长得很漂亮，梁冀夫妇悄悄把她接到家里，秘密改姓为梁，邓猛就成了梁猛，变身为梁冀的另一个妹妹。这时候邓猛的母亲还健在，她的家住在洛阳城里一个叫延熹里的地方。“延熹”这个词是刚刚使用了不到两年的年号，延熹里恐怕是为纪念这次改元而新建居住区。孙寿使出毕生的本事，给梁猛搞起了强化培训，内容是如何吸引男人的注意力。孙寿是这方面的专家，由她亲自出马，教学效果立竿见影，梁猛被送到宫里，立即引起了刘志的强烈好感，很快便如胶似膝，离不开了。

梁冀、孙寿暗自舒了口气，危机总算化解了！接下来，就等着梁猛被封皇后，梁冀继续他的外戚生涯，在梁家的族谱上，可以在皇后榜里添上第四个名字了。可惜，有一个小人物不想让他们的美梦继续做下来，梁家的噩梦就要开始了。

要坏梁家好事的人就是那个叫邴尊的议郎，是梁猛的姐夫。作为梁猛货真价实的娘家人，看到梁冀自作主张给自家人改了姓，惹得邴议郎很不痛快。邴议郎到梁猛的母亲、自己的岳母那里一顿劝说，岳母表示反对女儿改姓。这件事让梁冀知道了，派了个刺客，就把邴议郎给做了。梁猛的母亲见女婿遭遇不测，吓得够呛，待在延熹里自己家里不敢出门。

这天夜里，月黑风高，一个人影蹿上梁猛母亲家邻居的屋顶，这个人的目标显然是冲着梁猛母亲而来，但却惊扰了邻居。史书说这位邻居叫袁赦，他发觉后立即擂鼓呐喊，刺客被吓跑，梁猛的母亲吓得半死，不知道该怎么办。袁赦说，要不然到我上班的地方先躲躲吧，那里最安全。袁赦上班的地方果然很安全，因为那里是皇宫。原来，袁赦也是个宦官，在他的安排下，梁猛的母亲不仅顺利进了宫，而且当天晚上便见到了她的另外一个女婿：当今天子刘志。

刘志让人秘密把梁猛找来，母女见面抱头痛哭，一番诉说，刘志全明白了。刘志怒不可遏，他已经无法再忍受，决定向梁冀集团发起挑战。后宫里到处都是梁家的人，身边只有一个叫唐衡的宦官，平时看着还比较可靠。刘志找来唐衡，问他有没有可靠的帮手。唐衡告诉他，中常侍单超、徐璜，黄门令具瑗，小黄门史左悺，平时都痛恨梁家人放肆蛮横，只是敢怒不敢言。刘志让唐衡把这几个人叫到厕所里，召开秘密会议。皇宫里的厕所十分豪华、宽敞，不仅是方便的地方，而且有个最大的好处是隐秘，大家可以一块装着来方便，不容易引起外人的注意。

刘志对这五个宦官说："梁氏一家专横霸权，三公九卿以下都听他们指使，我打算诛掉他们，你们几位意下如何？"如果眼前这五个人里有一个是梁家或曹腾安插的卧底，刘志恐怕就活不到明天了。幸运的是，这五个兄弟平时早就对梁家人看不顺眼了，对曹腾等同僚也愤恨不已，总想取而代之，现在机会来了，跟着皇上干，就当赌一把了！

于是大家纷纷表态愿意跟着陛下干。想到事情一旦成功荣华富贵唾手可得，一时间更是情绪激昂。刘志觉得这个时候最好搞点什么仪式才显得悲壮，他一把扯过中常侍单超的胳膊，在上面咬了一口。因为不是自己的胳膊，这一口咬得就比较果断，血一下子流了出来。刘志带头用手指蘸了点儿血，其他几个人也都跟着学了。六个人竖起滴着血的手指，在厕所里阴暗的灯光下，用低沉的声音来了个歃血盟誓。单超兄弟的血没有白流，几天后，他们几个都将成为万户侯，因为在这次事件中他比别人多出了一口血，胜利后其他人得到的食邑都是一万户，而单超得到了两万户。

八月十日晚上，由具瑗带队，对宫中亲梁冀的宦官进行了秘密抓捕。之后，刘志亲自来到设在宫中的尚书台，召集尚书令尹勋以下所有人员，正式宣布实施政变计划。尚书令尹勋立即表态忠于皇上，单超他们弄来一批武器，把尚书台的笔杆子临时武装起来，他们的职责是保护天子的符节、印信，因为下面所有的命令都将从这里发出。

刘志签发的第一道诏令是撤销梁冀的一切职务，改封比景乡侯。诏令得到了光禄勋袁盱、司隶校尉张彪等人的支持，当天夜里即召集虎贲、羽林等武士一千多人包围了大将军府。由于事发突然，驻扎在洛阳城几十里外的北军各营没有得到消息，梁冀的嫡系大都在那里。

眼看家里被层层包围，梁冀知道末日到了。北军虽然强大，但是在他们到来之前自己的人头肯定已经落地。比景乡是个什么鬼地方他根本没去想一下，他知道二十多年来自己作恶多端，即使天子本人肯放过他，在这个世界上他也断然没有活的可能了，大将军梁冀和老婆孙寿于是双双自杀。之后，梁冀的人头迅速被传到北军各营外，五营的将士知道天下已变，就把在此统兵的梁让、梁忠、梁戟等梁家人抓起来送交司隶校尉。刘志下诏，梁氏、孙氏五服以内的男人，无论长幼一律斩杀，尸体扔到市场外示众。

被杀的人中，担任朝廷高官的不在少数，品秩在二千石以上的就多达数十人。至此，政变计划大获全胜，貌似强大的梁氏帝国一天之内便土崩瓦解。对于洛阳城的百姓和百官来讲，这件事实在有点太突然，以至于感到不太适应，《后汉书》记载："事情发生得太过突然，来回传令的人跑来奔去（使者交驰），朝中的公卿们不知道怎么回事，也不知道该如何办，从官府到市井到处人声鼎沸，好几天才稳定下来。之后，百姓无不称庆。"

侥幸躲过清算

现在，汉桓帝刘志坐在北宫的德阳殿里，这是宫里最雄伟的建筑，建在一片高台之上，站在门口可以俯视整个南城，也可以远眺洛水。没有梁太后，没有梁大将军，作为这次成功政变的总指挥，刘志在心情无比舒畅之余，对自己的能力也充满了自信。

梁冀专权太久，朝廷内外已面目全非，刘志下诏，对三公九卿及以下各级官员进行清理，查一查这些人跟梁家都是什么关系，并且欢迎互相检举。一查下来，发现朝中已经没有多少人是清白的了，刘志下诏，太尉胡广、司徒韩演、司空孙朗阿附梁冀，没有尽到保护天子的职责（不卫宫），本应判处死刑，现作减刑处理，将他们免为庶人。与此相关的其他人，也都分别予以降职、撤职、移交司法机关处理。短短几天，因梁冀事件受到株连失去官位的多达三百多人，史称“朝廷为空”。

清查发现，九卿之中除了事变中立下大功的光禄勋袁盱，就要数黄琼最为清正、有名望，不与梁氏结党。刘志下诏，擢升黄琼为太尉，在不设大将军的情况下，黄琼就是百官之首。在黄琼等人的主持下，大量引进人才，弥补官员骤然减员带来的政府运行困难，朝廷总算慢慢步入正轨。对此次政变中立功最大的唐衡等人，刘志开出了重赏，这五个人一天之中全部封为县侯，各食邑一万户，单超增加一万户。在即此次事变两年前全国刚搞过一次人口普查，当时人口总数是5648万，户数是1067万。六万户已超过了全国总户数的千分之五，被汉桓帝一天之内派发出去，实在是大手笔。唐衡等五个宦官，即后世所称的“五侯”。

接下来是清查处理梁冀的财产，梁家的金银珍宝、房地产和一切值钱的东西在洛阳令袁腾的主持下先登记造册，然后进行拍卖。最后清理的结果，梁冀一家贪污受贿的不法所得共有三十亿钱，据后汉《食货志》记载，汉桓帝时一石米大约是五十钱，汉代的一石约是现在的六十市斤，按照平价理论，汉代的一钱比现在一元钱要值钱些，约等于现在的三元。三十亿钱约等于现在的九十亿元，在当时可以买九千万石大米。如果按照购买力计算，梁冀一案的涉案金额，甚至高于清朝嘉庆皇帝办的和珅案，和珅案涉案金额折算成白银共一亿两，在当时可以买六千六百万石大米。

在这次大清算中，也有漏网之鱼：曾经担任过大长秋的曹腾及其族人漏网了。曹腾是梁氏兄妹曾经的坚定支持者，是他们在宦官队伍中的代言人，但曹腾却没有出现在被清查的名单中，原因是曹腾不久前刚刚去世了，鉴于他拥有费亭侯这样的爵位，故在官方发布的讣告中称他为薨。

九年前梁太后因病去世，昼夜忙碌的长乐宫一下子冷清了下来。长乐宫里的宦官们都开始为自己寻找新的出路，能够跻身于皇帝或皇后的身边是最理想的选择，否则只好提前退休。只有曹腾不着急，实际上着急也没有用。作为整个宦官队伍的老大，他反而不好再就业。皇帝、皇后身边已被年青一代的宦官把持，这些曾经望见他腿都会发抖的小宦官们，如今都当上中常侍、小黄门，他要是回去，他们怎么办？

曹腾确切的生年史书没有记载，根据他被选作顺帝刘保伴读这条线索判断，曹腾应该比刘保大一些，刘保生于公元 115 年，曹腾应该出生于这个年份之前。史书记载曹腾在汉安帝时入的宫，在宫中前后工作了三十多年。汉安帝刘祜 106 年继位，125 年驾崩，在位十九年。曹腾入宫当在 106 年到 125 年之间，这样推算，曹腾出生于公元 100 年之前的可能性最大。

所以，梁太后驾崩时曹腾应该五十多岁了。此后，对于他的活动史书再没有过任何记载。可以推测，梁太后驾崩后，曹腾就要求退休（致仕）了。退休后他把全部的精力放在两件事上：一件是扶持养子曹嵩，另一件是在家乡谯县大修墓地，为百年之后做准备。

宦官是没有后代的，汉顺帝刘保当年是被宦官拥戴才当上皇帝的，为了感激宦官的功绩，刘保做出了一个史无前例的决定：允许宦官收养子以继承家业和封爵。曹腾于是在同宗里收养了一个名叫曹嵩的养子。曹腾大修的曹氏宗族墓在郦道元《水经注》里有明确记载，规模十分宏大。如今，历尽千百年风雨，它们依然骄傲地分列于曹腾的家乡安徽省亳州市区城南。

据确切的考古资料显示，这个庞大的家族墓里埋着曹腾、曹褒、曹嵩、曹炽等人，他们都是曹腾的族人。曹褒与曹腾同辈，应该是从兄或从弟的关系，因曹腾的荫护，做到了颍川郡太守，曹褒的儿子叫曹炽，做过侍中、长水校尉，是曹仁、曹纯的父亲。曹炽与曹嵩同辈，在这一辈的人里至少还有四到五个族人。一个是曹鼎，做过尚书令；曹鼎的兄弟中有一个叫曹瑜，做到了卫将军；他们还有一个亲兄弟，已不知名字，但他的儿子很有名，叫曹洪。除了曹鼎三兄弟之外，这一代人中至少还有两个支脉，其中一个当过吴郡太守，他有一个孙子叫曹休。另一个生了个儿子叫曹邵，曹邵有个儿子叫曹真。上面这些曹氏族谱听起来有些乱，可以简而化之：如果以曹腾、曹褒为"曹一代"话，"曹二代"包括曹嵩、曹鼎、曹瑜、曹炽；"曹三代"包括曹操、曹洪、曹仁、曹纯、曹邵；至于后来的"曹四代"，那就很多了，包括曹丕、曹植、曹休、曹真等。

现在可以大致推测一下，在梁冀倒台前夕，曹腾因病去世于洛阳。按照礼制，曹腾要回到家乡安葬，曹嵩等曹氏子弟必须辞去官职，在家守孝三年，梁冀倒台时曹嵩等人均不在洛阳，幸运地躲过了政治清算。

关于曹操父亲曹嵩的出身问题，必须交代一下。《三国志》的作者陈寿一句"莫能审其本末"，害得曹家人一直被当成"黑人黑户"受到歧视。有些野史认为，曹嵩是夏侯氏的后人，是曹腾当初从夏侯家抱来的。但对于陈寿写的这句话，历来都有人怀疑，要么是陈寿的专业水准出了问题，要么是他有别的动机。

陈寿始撰《三国志》是晋太康元年（280），这一年陈寿四十八岁，大约九年后他完成了该书。陈寿写《三国志》的地点在洛阳，那时他在司马氏朝廷里担任着著作郎兼中书侍郎的公职。公元280年虽然曹操已经死了六十年了，也是司马氏建立晋朝的第十六个年头，但是熟悉当朝及前朝历史掌故的人还大量在世，别的不说，单就曹氏一族中仍然健在的就有“曹五代”的曹志、曹奂等人。

曹志是曹植之子，在晋朝担任过乐平郡太守、散骑常侍、国子博士、博士祭酒等官职。太康九年（288）即陈寿写完《三国志》的前一年才病逝于洛阳。作为同朝为官的同事兼重要历史事件的当事人，曹志理应引起陈寿的足够重视，除非曹志本人对其祖上也“莫能审其本末”，否则这一历史悬案很容易解决。

曹腾弟兄们应该有四个以上，因为曹腾字季兴，上面应该还有伯兴、仲兴、叔兴，他们兄弟的后代中应该有男丁。即使一开始曹家很穷，但到汉顺帝的时候曹家应该很富有了，曹腾怎么会放着曹家的孩子不要，收养一个异姓人?

所以，合理的解释是：曹嵩是曹腾其他三个哥哥中某一家的孩子，也就是他的亲侄子。当然这也是猜测，曹嵩到底姓曹还是姓夏侯，或者像袁绍揭露的那样是从乞丐那里收养的，在没有更有力的考古发现前，恐怕还要继续争论下去。

灰色的少年时代

让我们暂时离开纷乱扰攘的京师洛阳，随着本书主人公的脚步来到他们的家乡，豫州刺史部沛国谯县，这里位于京师洛阳的东南方向，距洛阳直线距离约五百里。

曹嵩及族人大都集中在县城东边一带居住，这里是一个宅院群，许多房子都沿涡河而建。对于曹府的位置史书有确切的记载，郦道元在《水经注》里说：“城东有曹太祖旧宅，所在负郭对廛，侧隍临水。”也就是说，曹府背后是城郭和住宅小区，旁边是城壕和涡水。如今的具体位置在距亳州市区五里的涡河岸边，一个叫甘家村的地方，如今来到这里，可以看到一块牌子，上面写着“魏武故里”几个字，遗址所在处比周围地面要高，俗称“庙台子”。

曹腾在临终前一定告诫过曹嵩，今非昔比，万事切勿张扬，既不要得罪他人，也不要处处显示自家的富贵，以免招来他人的嫉妒。所以，回到家乡后曹家尽可能少跟外界接触，遇到谯县和沛国的地方官前来拜访，也都客客气气地接待，努力表现出谦卑，让人丝毫看不出大长秋家的怠慢来，但他们不会主动地与这些人交好，避免惹出不必要的麻烦。

每到年底，曹嵩还要派人到封地费亭去，收取作为食邑的赋税，这是帝国赋予他的法定权力。亭是乡下面的建制，相当于一个村，一般会有几十户到几百户不等的人家。费亭位于谯县东邻的酂县，也是沛国所辖，与谯县只隔一条叫浍河的大河。

对于曹嵩的家庭，史料记述较少。综合起来分析，曹嵩至少先后有六个儿子：长子就是曹操，小名吉利、阿瞒，本书的主人公，未来的魏武帝；接下来是曹德，曹操的异母弟；老三叫曹彬，与宋代名将同名同姓；老四叫曹玉，死得比较早，后来曹操曾把自己的儿子曹徽过继给他；老五的名字不详，只知道他的儿子叫曹安民，追随曹操起兵，在征讨张绣时战死；老六的名字叫曹疾，也有史书说，曹德和曹疾是一个人。此外，曹嵩至少还有两个女儿，即曹操的两个姐妹，一个嫁给了夏侯家，一个嫁给了江东的孙氏。曹操还有两个堂妹，即叔父家的女儿，一个嫁给了日后的部将任峻，一个嫁给了名叫宋奇的人。

曹嵩回到谯县守孝时，他的这些孩子并没有全部出生，长子曹操出生于汉桓帝永兴三年（155），此时不过四五岁，我们猜测一下，此时曹嵩家的男孩子主要是曹操和他的弟弟曹德，女孩子则未知，或许曹操已经有了姐妹。

曹操的母亲很早就故去了，提供这个信息的是曹操本人。多年以后，曹操的父亲及多位亲人同时遇害，曹操写了一组叫《善哉行》的诗表达怀念之情，其中的第二首有以下几句："自惜身薄祜，夙贱罹孤苦。既无三徒教，不闻过庭语。"大意是：母亲很早就去世了，从来没有慈母的关爱，也没有得到多少严父的训导。

心理学研究表明，单亲家庭的孩子更要给予特别关注，否则他们的性格就容易出现两种缺陷：一种是自卑、嫉妒心强；另外一种是破罐子破摔，性格暴躁，有的甚至表现为残忍。如果不注意，这些孩子容易塑造成双重人格：在家一挨训就唯唯诺诺，在外面遇到弱小者就把在家里受到的教育方式使用到别人身上，行事暴躁凶狠。

按照这个理论观察曹操的童年，情况有些不妙。曹操自幼失去亲生母亲，而父亲正忙着在洛阳做官，家里又遭受变故，没有精力管他。尽管生活在衣食无忧的家庭，但缺少亲情关爱，没有严格的管教，极容易形成放纵、随意、不服约束的性格。这些确实反映出曹操一生性格的某些侧面，这与他童年生活的经历密切相关。

同时，曹操身体发育很慢，不长个子，相貌平庸，不是一个英俊少年。对成人后的曹操，史书上有一句"容貌短小"的记载，但具体身高没有明示。有个别杂史说曹操身高是六尺或七尺，根据考古发现，汉代的一尺约为现在的 23.5 厘米，如果以六尺计，是 1.41 米；如果按七尺计，是 1.64 米。前一个未免太矮了点，曹操的真实身高大概在1.6米。拿破仑的身高是1.58米，这两个伟人在身高上有相似的特征。但在汉末官场和社交界，长得英俊潇洒、身材高大是一张体面的名片，如果相貌和身高上有缺陷，则会在竞争中吃亏。

关于少年时期的曹操，下面两件事在后代流传甚广。

大约在曹操十岁，有一天下午，他不好好学习，偷偷溜出来跑到附近的涡河里游泳，结果意外发生了，水里冒出来一个怪物，史书上说这个怪物叫“蛟”，它向曹操袭来。对于蛟这种怪物，《说文解字》说它是“龙之属也”，是一种没有长角的龙。但大家都知道龙其实是不存在的，所谓蛟其实是一种鳄鱼。亳州的河道里现在肯定没有鳄鱼了，全世界的鳄鱼大都集中到亚马孙河晒太阳去了。但那个时候，这种吓人的怪物在涡河里时有出没。

面对这吓人的怪物，曹操不慌不忙，“自水奋击，蛟乃潜退”。不仅如此，事后他心不惊、胆不颤，又继续在水里玩了一会儿，才上岸穿衣服回家，事后他没有对任何人提起。后来，又有人在涡河里发现了鳄鱼出没，大家吓得四散奔退，曹操一点儿都不惧怕，还笑大家胆小。经过追问，他才说出了上次的经历。这件事被梁朝人刘昭写进了一本叫《幼童传》的书里，这是当时出版的一本儿童教育读物，里面记录了大量神童的故事。

还有一本叫《曹瞒传》的书，是曹操成事以后对手孙吴方面组织一帮笔杆子编写的，尽管也记录了一些史实，但里面到处充满了造谣和诽谤，是抹黑文学的鼻祖。在这本书里，记载了曹操小时候的另一件事，那时候曹操“好飞鹰走狗，游荡无度”，他的叔父，应该是曹瑜、曹炽或曹鼎，很生他的气，经常在曹嵩面前告他的状，结果曹操挨了不少板子。

曹操心里很不爽，想找个办法报复叔父一下。这一天，曹操半路上遇到这个叔父，就装着“败面呐口”，也就是故意龇牙咧嘴，口吐白沫。叔父很惊讶，问他怎么了，曹操说：“突然中风了。”叔父赶忙告诉曹嵩，曹嵩很着急，把曹操叫过来，但这时曹操一切正常，没有异样。曹嵩问：“听你叔父说你中风了，好了吗？”曹操一本正经地说：“没有啊，我好好的，叔父一向不喜欢我，所以不盼着我好。”曹操的计谋居然得逞，以后这个叔父再打小报告，曹嵩变得将信将疑起来。

英格兰有个古老的寓言，说小孩子一定不要说谎，不然顺口一说的话迟早会应验上。曹操没有中风胡说自己中风，本是一句顺口的话。但老天爷好像有意要惩罚他的这句谎言，中年以后的曹操果然得了头风的毛病，一直到死都深受其苦。

类似上面的故事还有两件，记录在南朝学者刘义庆所著《世说新语》里。《世说新语》的特点是可读性强、真实性差，下面这两个故事在真实性方面就很可疑。

一个故事是说，曹操少年时代不仅“飞鹰走狗”，而且还喜欢搞恶作剧，这一回他有了一个同谋，即袁绍。有一次他们玩了回抢新娘的游戏，不是真要抢人家的新娘来霸占，而是一种恶作剧，把人抢过来，然后要点喜糖吃、要点喜酒喝。

他们居然得手，然后原路返回，但天黑路不平，袁绍身手又差，一不小心掉到一个坑里，情急之下袁绍怎么都爬不上来。眼看新郎家的人追过来了，这时曹操急中生智，喊了一声：“小偷在这里！”袁绍一急就从坑里蹿了出来，于是两人一起逃脱。

同书另一件事是说曹操和袁绍这两个好朋友玩崩了，也许是抢新娘事件中曹操把玩笑开大了，袁绍派了一个刺客要刺杀曹操。刺客到了曹操的卧室外，隔着窗户玩了把飞剑，但是低了点，没有刺中。曹操估计下一次刺客会调整角度，剑来得会高一点，于是把身子尽量往下贴，结果剑果然又飞高了。

这两个故事说得绘声绘色，但很不靠谱。曹操出生于公元155年，袁绍出生于何年史书无明载，但通过考证，大多数学者都认为应该在145年前后，也就是袁绍比曹操大了十岁左右。袁绍十几岁的时候曹操还在玩尿泥，到了曹操能抢新娘的时候袁绍早已经参加工作了，当的是濮阳县长。曹操与袁绍虽然在青年时代曾相识于京师洛阳，但上面两件事是不可能发生的，所以裴松之注《三国志》时只记录了前面所讲四件事中的前两件，而放弃了后两件。

上面这些故事是流转甚远、广为人知的“魏武故事”，第一个是儿童文学，第二个是抹黑文学，第三个是民间文学，第四个是传奇文学。如果考究细节，其实都漏洞百出，但既然是文学，一般就会有生活的影子，在不看细节真实性的情况下，这几个故事倒是恰当地反映了少年曹操的特点，这个单亲家庭出身的少年有如下特征：敏感、自卑、胆大、机灵、不安分，总想引人注目。

经验表明，凡是这样的孩子，将来要么成为一个败家子，人见人烦；要么会成为一个有个性、卓尔不群的人，如果又恰逢乱世的话，这样的人更容易出头，运气如果再好一点的话，就有可能成为一代英豪。

曹氏与夏侯氏

刻意的低调，长年的谨慎，不事张扬，努力缩小目标，不要被狼群盯上，这本身也是狼的战术，是受伤之后的孤狼，面对未知的世界所采取的生存策略。

今天的曹家不能说已经衰落，但至少已风光不再了。曹氏的当家人曹嵩本来并不具备在乱世中奋起的志向，养父生前，一切由养父操持，突然之间离开了养父的庇佑，肩负整个家族的重担，他的心情总也轻松不起来，总体上说，曹家这段时间处在了低谷，只与少数有通家之好的家族保持着来往。

在谯县，与曹家来往最多的是夏侯家，这两个家族的友好情谊已经历了几代人，他们相互通婚，互相扶持。这个夏侯氏，与曹家有着几代人的渊源，关于他们的出身，不妨也作一简要介绍。

夏侯氏也是大有来头的，他们的祖先可以追溯到汉朝开国时。沛国这个地方，在秦统一置天下为三十六郡时属泗水郡管辖，当时这一大片地方叫沛县，就是汉高祖刘邦的老家。所以，如果拿秦朝的行政区划来说，曹操和刘邦这两位杰出人物是同一个县的。刘邦当时在一个叫泗水亭的地方当亭长，是一个比村长大比乡长小的角色，类似于乡镇派出所所长。当时沛县县政府马房里有一个掌管养马驾车的人叫夏侯婴，也是沛县人。夏侯司机跟刘所长关系挺好，每次驾车送完客人只经过泗水亭，都要找刘所长喝酒聊天。

有一次，这哥俩开玩笑，把玩笑开大了，刘所长误伤了夏侯司机，这本来是私人之间的事，夏侯司机也没有告状，本应没有事了。但由于刘所长是公职人员，根据汉代法律，伤了人无论对方是否追究都要受罚，有人就告发到官府，兄弟俩就私下串了个供，都说没有这事。又过了一段时间，其他证人证明有这事，这样一来伤害罪就变成了伪证罪，夏侯司机被关了起来，还挨了不少板子。

后来刘所长斩蛇起义，成了沛公，夏侯司机就跑去找这个老伙计，刘邦直接任命他当了太仆，由一名县政府司机当上了国家的交通部部长，还是兵车部队司令兼刘邦的首席司机，专业倒挺对口，就是升得速度比坐火箭还快。可见刘所长这人挺重情，挺念旧，所以张良、萧何等一众有能耐的人都愿意跟着他干。

以后夏侯婴指挥刘邦的兵车部队南征北战，立下了不少功劳。有一次，夏侯婴处理一起涉及十几名士兵的贪污案，一口气处斩了十三个人，轮到第十四个人，是一名管仓库的小官，这个人临死前对夏侯婴说：“刘邦不是想打天下吗？为什么还要杀壮士（上不欲就天下乎？何为斩壮士）？”夏侯婴觉得此人口气不凡，相貌也威武，就放了他，交谈之下，对他大为欣赏，于是推荐给了萧何，这名仓库主任就是韩信。

楚汉大战中刘邦经常面临不利局面，老是被项羽追着跑。有一次，刘邦又跑路，坐的是兵车，司机就是他的老伙计夏侯婴。正跑着，路上遇见了刘邦的两个孩子也在逃命，一个是刘盈，一个是鲁元公主。兄妹俩一见老爸坐着车来了，像遇到救星一样呼喊，夏侯婴把他们弄上车，继续跑。可是追兵太急，车沉马困，眼看跑不动了。大家知道，一到危急关口刘邦的流氓本性准犯，就是只顾自己死活，不管别人，这次也不例外。情急之下，刘邦好几次用脚想把两个孩子踹下去，可每次都让夏侯婴给拦住了，真蹬下去了，夏侯婴就跳下车抱上来，两个孩子吓得紧紧搂住夏侯叔叔的脖子不松。夏侯婴毕竟是老司机，驾车技术一流，最终他们都脱离了险境。

以后夏侯婴又追随刘邦打了无数恶仗，帮助刘邦夺取了天下，他担任的太仆一职一直没有变过。刘邦死后，那个险些被踹下车的刘盈继承了皇位，也就是汉惠帝。汉惠帝非常感激夏侯叔叔，把长安城里紧邻皇宫的一处宅院给他，赐名“近我”，意思是这样就能离我最近了。到吕后、汉文帝执政时，夏侯婴仍担任太仆，一直到汉文帝继位八年后才去世。算起来，夏侯婴这个太仆前后干了三十七年，估计应该创造一项世界纪录了。

谯县的夏侯氏就是夏侯婴的后人，这个有着光荣传统的家族，虽然在夏侯婴以后再也没有出现过什么大人物，而且早在西汉时就因为什么事被剥夺了封爵，成为平民，但在谯县当地，夏侯氏一直是响当当的大家族。

曹家与夏侯家很早就开始通婚，这个传统以后还继续保持着，这两个家族结成了至亲的关系。由于这层原因，夏侯家也把孩子送到曹府开办的私学里接受教育，这些孩子中，知道名字的有夏侯惇、夏侯廉、夏侯渊等，他们父辈的名字都不可考了，他们跟曹操是同辈，年龄也相当。夏侯惇和夏侯廉是亲兄弟，夏侯渊至少有兄弟三个以上，另两个已不知道名字了，但是其中有一个，生了个儿子叫夏侯尚，夏侯尚又生了个儿子叫夏侯玄，都是以后的风云人物。夏侯渊另外一个弟弟，虽然不知道名字，但却很有意思，因为他是蜀汉大将张飞的岳父，还是蜀汉皇帝刘禅的外祖父，这是因为他的女儿在一次意外事件中嫁给了张飞，生下的女儿又嫁给了刘禅，当了蜀汉的皇后。

少年时期的曹操，虽然不是一个用功听话的好孩子，但却跟曹氏、夏侯氏一帮兄弟们处得特别好，多年之后，曹操就是领着这帮兄弟纵横驰骋，开创曹魏基业的。

未来的接班人

这一时期，曹操曾出过一次事，差点没了命。据《三国志·夏侯渊传》的记载，曹操不知道什么原因犯了罪，被官府抓了起来。

说起来少年时期的曹操也就是调皮捣蛋爱搞个恶作剧什么的，还不至于杀人放火。但这一回他运气不好，犯到了沛国相王吉的手上。这个王吉，在《后汉书》

中也有传，却是在酷吏传中。酷吏是很可怕的一类人，说他们疾恶如仇是好听的，其实他们是一群变态狂，到最后，他们往往会把杀人当作一种取乐的手段。这位王吉本来也是个读书人，但一直时运不佳，饱受社会的不公，直到他认大宦官王甫为义父，情况才发生了改变，王吉马上当上了沛国相，成为副部级的地方大员。

一个人被压抑得太久不是一件好事，因为一旦掌握权力，昔日被压抑的那一面便会以另外一种形式爆发出来，变成一种偏激和残暴。历史上的酷吏往往都是这样练出来的。由于养父王甫在背后撑腰，由于年轻时有那么点小名气和小才气，更由于曾经被压抑得太久、经历的挫折太多，王吉治理沛国的手段与众不同。

王吉在沛国推行了一套严酷的白色恐怖制度。对于各种大大小小的犯罪行为，他都在朝廷的律条之外做出新司法解释，给各类犯罪者以超乎寻常的严厉打击。比如小偷小摸的行为，千万不能让王相国发现，在别的地方打二十板，在沛国就要打二百板，而且交代打板子的人，下手务必要狠，结果好多人撑不住，被活活打死了。未成年人犯罪历来都会轻判，但王相国不这么看，只要犯了事，不分男女老幼，一律重判。他还特别规定，有不孝顺父母的或者父母遗弃孩子的，一经查实，全部活埋。听起来不可思议，但那个时代的法律体系相当松弛，判案有时候拿的居然是儒家经典，比如《春秋》这样的书，所以量刑的自由度很大。

王相国杀人的方式也很不讲究，他以杀人为乐。每次杀了人，还要碎尸万段，把大卸八块的尸体放在车上，游街示众。夏天尸体腐烂了，他让手下人把骨头串起来，继续游街。每当看到老百姓吓得惊恐万状、震怖瑟缩时，王相国就会觉得特别痛快。根据《后汉书》记载，王吉任沛国相前后五年，共杀了一万多人，据汉桓帝时人口普查的数字，沛国的总人口才二十五万，五年之中，沛国老百姓因为他们的行政长官喜欢玩杀人游戏，仅此一项就使人口出生率净减 4%！

曹操在这时候偏偏犯了罪，而且犯在了王吉的地盘上。要知道沛国的监狱不是那么好坐的，小罪在这里可以变成大罪，活罪也能弄成死罪，眼看曹操凶多吉少。

说起来王吉没有专门跟曹家叫劲的理由，大家井水不犯河水，而且出身又相似，不说惺惺相惜，最少也不应该“惺惺相斗”吧？可这位相国的脾气谁也摸不准，他已经由打击犯罪变成了杀人取乐，进而发展成精神分裂症和臆想狂，一旦杀红了眼就会六亲不认。不过现在还好，曹操被关在谯县的监狱里，还没有报到沛国相那里，曹嵩赶紧四处找人疏通，争取在案子报上去之前把曹操放出来。

费了好大的劲，花了好多钱，才给出一句话来，说要是有人肯主动站出来把罪行承担下来，可以考虑放人。夏侯渊第一个站出来愿意替曹操扛罪。这样曹操就放出来了，后来曹嵩又继续活动，费了很多周折，才把夏侯渊弄了出来。

曹操究竟犯的是什么罪？因为没有其他记载，就成了一个谜。不过，推测起来一个十多岁的孩子，平时喜欢恶搞，有时搞出了头，弄出一些乱子，倒是有可能，至于更严重的事件，可能性倒不大。所以，对这件事，就连以抹黑曹操为唯一目的《曹瞒传》都没有记载。

这件事也就过去了，但对曹嵩的触动很大。乱世，衰世，做个顺民很难，你不惹事事情会来找你，要做就要做个强者，否则家业难保，生命安全也没有保障。面对听话却显软弱的曹德和不听话却激情迸发的曹操，曹嵩一度曾想把曹德培养成接班人，现在看来，这种想法必须改变，只有成为一个强者，才能保护曹家在乱世里不受欺凌。

到曹操十三四岁时，按照风俗，要给他订婚了。曹嵩为曹操选了一门亲事，对方也是谯县的大族，姓丁。丁家是曹氏在谯县除夏侯氏之外另一个来往比较多的大族，这个家族里的代表人物是丁宫，此时在朝廷供职，官至尚书。丁宫的儿子丁冲日后成为曹操的好朋友和事业上的坚定支持者。丁冲的两个儿子叫丁仪和丁廙，曾经深得曹操的欣赏，并成为曹植的好朋友，后来卷入曹丕和曹植争夺继承人的斗争中。

曹操的首任妻子就是丁家的姑娘，至于跟丁宫父子是什么关系，已经不可考了。曹操跟丁夫人成婚后一直没有孩子，多年后因为一些事，她与曹操离婚，这是后话了。

丁夫人还有个亲妹妹，嫁给了夏侯渊。三国时代，江东桥公有两个女儿，大桥和小桥，分别嫁给了孙策和周瑜，成为一段佳话；丁夫人姐妹二人分别嫁给曹操和夏侯渊，也应该成为美谈。

第二章

步 入 仕 途

不安分的太学生

在曹操十三岁的时候，汉桓帝刘志驾崩了，距他亲自指挥诛杀梁冀一族夺回政权仅八年。刘志死时三十六岁，作为一个忍受十多年压制和磨砺的有志青年，一个刚刚经历了一场生死较量并且凭借自己的果敢、智慧和领导才能取得最终胜利的年轻天子，开始的时候，刘志也想有一番作为，成为汉武帝、光武帝那样的一代明君。

但事不遂人愿，刘志在位期间不仅国事衰败，人事颓唐，连老天爷也作对，各地频发地震，皇宫连续发生神秘连环大火，后来又发生了更令人恐怖的事。延熹七年（164）的一天，刘志来上朝，在德阳殿的御座上发现了一条大蛇，蛇是有鳞甲的动物，五行学家认为蛇预言甲兵之灾，偏偏刘志是东汉诸帝中最信五行学说和神秘预言的一个。这些事接连发生，让他心情沉重。

但这还没完，更让刘志感到恶心的事情发生了，有人报告，在野王山上发现了死龙。之后，各种灵异现象发生的频率更快，不断地出现神秘大火，然后一会儿这里地震，一会儿那边的河水无缘无故发生变化，原来清的突然变浑，原来浑的突然变清。还有一次，京师洛阳的居民突然发现夜空中有一团火光在飘动，看到的人无不感到恐惧，如果放到现在，这一现象将成为UFO爱好者探究的对象，但在那时几乎所有的人都相信这件事只有一个解释，那是上天在表达某种感受。

汉桓帝刘志被这些事搞得很疲惫，中兴之事早被置于脑后，现在他只是想，只要能平平安安地过好每一天，就谢天谢地了。

这就是汉桓帝刘志最后的日子，他才三十多岁，享受着人间最好的生活和医疗条件，享受着最高的权力，但他的生命活力比不过一个农夫山民，他被周围的一切折磨得无比虚弱。

汉桓帝刘志终于死了，驾崩于永康元年（167）十二月二十八日，死的时候没有留下任何政治遗言，没有留下爱和恨。更要命的是，没有给帝国留下一个小太子。以太尉陈蕃为首的内外朝一致尊皇后窦妙为皇太后，让其“临朝”，即临时主持帝国的工作。历史似乎正在重演：先皇帝驾崩，皇后升格为皇太后，临朝，酝酿新皇帝人选，皇太后和外戚总揽朝政。

程序确实如此，但不同的是，这次主角换了，皇太后和外戚不姓梁而姓窦。在太尉陈蕃和皇后的老父窦武的一手策划下，河间王刘开的曾孙、解渎亭侯刘宏登上皇位，这就是汉灵帝。刘宏是个亭侯，比刘志的县侯矮了一级；刘宏本年十二岁，比刘志当年小了三岁。

陈蕃和窦武联手之后，势力很强大，朝野上下对他们寄予厚望，希望他们能一鼓作气，铲除日益不得人心的宦官集团。但是，在这一轮拼死较量中宦官们再次占得上风，陈蕃、窦武被杀，以曹节、王甫、侯览、张让为代表的新一代宦官重新把持了朝政。

大约是在汉灵帝刘宏登基前后，曹操的父亲曹嵩重新回到了洛阳，随后目睹了陈蕃、窦武被宦官诛杀的事件，此时距离他守孝返回谯县大约已有十年。这时，朝廷大批官员受到陈蕃、窦武事件的株连被罢官，宦官们不断以汉灵帝的名义发布新的任命诏书，任命的大部分都是他们的心腹和亲属，同时还有胡广、桥玄这样政治上相对温和的士人。曹嵩就是在这个时候被任命为大司农卿的，这个任命远远超出了曹嵩的预期。

曹嵩被宦官阵营重用，原因主要有三点：一是在近年来的多次流血事变中他都是局外人，与各派没有瓜葛；二是朝廷官吏短时间大量减员，宦官们虽然也任用了不少亲信做补充，但维护帝国的正常运行更需要一些专业型官员；三是曹嵩是曹腾的养子，尽管大长秋已去世多年，现在的宦官大多与大长秋没有多少私人来往，但作为前辈，曹腾的威名仍在。

大司农卿是九卿之一，正部长级官员，负责帝国的经济工作，涉及面很广，农业、水利、仓储、手工业、商业流通都管，同时还管着帝国的财政部和税务总局，除皇室之外的财政支出都由大司农卿来调配。

从汉灵帝永康二年（168）开始，曹嵩一直在大司农卿这个岗位上供职。其间，在汉灵帝熹平元年（172）时，曹操即将年满十八岁，曹嵩决定让他到洛阳来，进入太学读书。

于是曹操第一次远离故乡谯县，来到了京师洛阳。作为帝国的最高学府，同时也是各级公职人员的培养基地，太学是所有读书人心中向往的地方。前朝初建太学时规模仅五十人，后来逐渐扩大到三千人，王莽时更是扩大到上万人。太学归九卿之一的太常卿管辖，太学的老师称为博士，校长称为博士祭酒。“祭酒”一词，就是在社交活动中担当首席的那个人，如“军师祭酒”，就是首席军师，也就是参谋长。

太学招生实行推荐、考试加保送的办法。地方上以郡为单位可以推荐本地优秀学子入学，有固定的名额。此外，在当时组织的一种明经考试中，凡取得优异成绩的，也可以入太学学习。保送的对象是公卿官员之子，规定品秩在六百石以上的官员，都可以送一名子弟到太学学习。曹操入太学，走的就是这条路。

从熹平元年（172）到熹平三年（174），曹操一直在太学学习。这里的教育完全按照儒家经学标准模式进行，重点讲授五经，又按五经家法的不同，分别设立不同的专修方向，类似于不同的系。这些系不教别的，教的都是经学，太学其实就是经学院。曹操对这些都不感兴趣，他是一个偏科生。在校期间，曹操的兴趣一是博览杂书，另一个就是广交朋友。

这个高干子弟，亿万富翁家的长子，从沛国谯县来的小个子青年，以他的爽朗、率直、慷慨和好交往赢得不少同学的好感，很快成为太学里的活跃分子。

这些同学有依靠家庭背景入学的，但也有不少是全国各地推荐来的优秀青年，能跻身太学，个个都不简单。这些人带来了各地的新闻，有奇谈怪事、风土人情，也有山川风物、历史传说，曹操最喜欢跟大家聊这些话题。

关于曹操的太学生活，史料实在太匮乏，但从零星的记述中，可以推测曹操在此期间可能接触过的一些人。

这些人包括：王儁，字子文，汝南郡人，与士人范滂、许章相识。他与曹操关系最好，上学期间曾经结伴远游，后来王儁避乱到荆州刺史部的武陵郡，曹操征刘表时他刚好去世，曹操曾经亲自到河边祭奠他；周昕、周昂，来自会稽郡的周氏家族，这个家族在扬州刺史部有一定势力，多年以后，他们在关键时刻曾支持过曹操；刘勳，字子台，琅邪郡人，后来曾做过沛国建平县长、扬州刺史部庐江郡太守等，最后归附曹操；许攸，字子远，南阳郡人，也是一个活跃分子，交际很广，后来与袁氏兄弟关系尤其密切，官渡大战时从袁绍阵营投奔曹操；张邈，字孟卓，东平国寿张县人，家境富裕，是一个侠士，一边上学，一边交结各路英豪，后来与袁绍、曹操的关系均很密切。

还有一个人，曹操总想结交他，但没有成功。这个人叫宗世林，南阳郡人，是太学里的学生明星，曹操主动找他想交朋友，但他却对这个宦官养子家的后人不感冒。在一次聚会上，曹操和宗世林都在，曹操一直想跟宗世林说话，但没有机会。后来宗世林起身离席，估计是上洗手间，曹操抓住机会跟上去，拉住宗世林的手，想与他交往，但宗世林一点情面都不留，当面表示拒绝。

这件事对曹操的心理产生了伤害，越是心理自卑的人越渴望别人的尊重。曹操对此事一直耿耿于怀，后来曹操当了司空，专门让人把宗世林找来，接到许县。曹操说：“这一回可以交个朋友了吧？”宗世林回答：“松柏之志犹存。”有关宗世林的事记录在《世说新语》一书里，虽说这部书的史料价值一向不高，但这件事也许是真的，它说明，太学读书期间的曹操多么渴望交结更多的人，得到大家的认可。

汉末是一个舆论可以左右一切的年代，即使炙手可热的宦官们，有时也不得不向舆论低头。曹腾的生前好友桥玄此时担任司空一职，是外朝的领袖，很受舆论界的重视，因为祖上的关系，曹操到桥前辈家去得比较多，桥玄对这个年轻人格外器重。

桥玄字公祖，梁国睢阳县人，他是从县政府功曹一路干上来的实务型官员，他一生廉洁自守，自己虽身居要职，但子弟宗亲却没有一个人沾光做上大官。桥玄还善于评点人物，在清议界拥有一定声望。桥玄第一次见到曹操，就觉得这个青年很不一般，对曹操说："天下将乱，非命世之才不能济也，能安之者，其在君乎！"意思是，现在天下将要大乱，不是经邦济世的人才是不可能使天下安定下来的，能够安定天下的，大概就是你了。

桥玄还对曹操说："吾见天下名士多矣，未有若君者也！君善自持，吾老矣！愿以妻子为托。"意思是，我见过的天下名士多了，没有一个像你这样的，你要好好努力。我已经老了，愿意把妻子儿女托付给你。这是极高的评价，显然一个六七十岁的大名士兼朝臣领袖不需要对一个不满二十岁的年轻人表示恭维，桥玄的确看出来曹操身上与众不同之处，他对时局的判断，以及对曹操未来发展的判断在以后都证明是完全正确的，说明桥玄作为清议界的权威之一，不是徒有虚名。

当时还有一个名士特别赏识曹操，也愿意在死后"以妻子儿女相托"，这个人是士人领袖李膺的儿子李瓒。李瓒与汝南袁家有亲戚关系，可能是袁绍的妻弟，但李瓒对曹操十分推崇，经常向别人推荐。后来，李瓒临死之时，还对儿子李宣等人说："国家即将大乱，天下英雄没有一个能超过曹操的，张邈虽是我的好友，袁绍虽是你们的亲戚，但你们也不要投靠他们，你们一定要去投靠曹操。"

获得了两个重量级人物的推介，曹操有了一定的知名度。但桥玄认为还不够，他建议曹操应当找清议界最负盛名的汝南许氏兄弟，通过"月旦评"这个平台进一步扩大知名度，桥玄为此还给许氏兄弟写了一封推荐信。

汝南郡有一对堂兄弟，名叫许靖、许劭，二许凭借识人之术，在家乡清河中的一个小岛上开办了一个讲坛，每月初一命题清议，评论乡党，褒贬时政，不虚美，不隐恶，不中伤，辩人之好坏，分忠奸善恶，或在朝或在野，都在品评之列，凡得好评之人，无不声名大振。

曹操怀揣桥玄写的推荐信兴冲冲跑到清河岛，却遭到许氏兄弟的冷遇。二许对于这个宦官后人一开始不愿意做出评论，后来经不起曹操的死磨烂缠，加上桥玄的面子，许劭最后还是送给曹操两句很有名的话："治世之能臣，乱世之英雄。"

对于这个评价，曹操相当满意，这趟汝南郡之行没有白跑。

此外，曹操还得到了名士何颙的高度评价。何颙很有名气，与李膺、范滂等士人交往很多，他是一名侠士，喜欢交结天下英雄，善于做一些幕后策划工作，日后成为袁绍的得力助手，是袁绍秘密组织“奔走之友”联谊会的骨干成员。何颙见到曹操，交谈之下也给予了很高评价：“汉家就要灭亡，能够安定天下的，必定是这个人了。”

太学期间的生活是忙碌的，时间过得很快，一晃两年过去了。举行完秋射大典，曹操这一批太学生就要毕业了。

洛阳北部尉

太学生毕业，一般由国家负责分配工作，根据成绩随才而用。各郡来的贫寒子弟学业期满后很多都要返回乡里从事教学工作，或者在地方政府里被征辟为吏，慢慢走上仕途，也可通过举孝廉、茂才等察举方式进入官员行列。公卿子弟则有一条更便捷的通道，可以直接被征为郎，即宫中或朝廷各机构里的实习生，根据实习情况再由朝廷正式分配到政府部门工作。

曹操在二十岁成人冠礼之后，在家乡沛国被举为孝廉。孝和廉是本朝选拔官吏的两个科目，孝指孝子，本朝以孝治国，很看重一个人在这方面的品行；廉即廉洁之士，有清廉的操守。孝与廉，二者合称即孝廉。除了从太学毕业进入仕途之外，被地方推举为孝廉也是一条重要的入仕方法，但其名额实在有限，本朝规定以郡和国为单位，二十万人口以上的每年只能推荐一个人为孝廉，二十万人口以下的，每两年推荐一人。东汉不到一百一十个郡国，按照这个标准，每年能成为孝廉的只有几十人，这些人跟太学生一样，先被授为郎官，在天子身边或朝廷其他部门实习一段时间，然后分配工作，可以到地方政府任职，也可以在中央政府任职。

曹操被推举为孝廉，其家庭背景无疑占有重要分量，没有在朝中身居九卿要职的父亲，曹操被推举为孝廉的可能性基本没有，不是他不够优秀，而是这种二十万人里挑一个的选举，跟买彩票中大奖差不多，实力已经不重要了，重要的是运气。

被举为孝廉后，按惯例曹操被聘为郎官，这段时间主要是熟悉朝廷行政运作程序和礼仪，等待正式分配工作。郎官转为正式官吏，一般品秩在四百石到六百石之间，其中担任县令或县长的最多。郎官实习快要结束时，由所在的实习部门出具个人鉴定，然后由朝廷尚书台统一安排任职。

这时，洛阳令司马防升为河南尹，曹操特别渴望得到洛阳令这一职务。洛阳令虽是县令一级，却是其他任何县级行政长官无法相比的，因为它在帝国权力机构中占据着重要位置。洛阳令的品秩也比一般县令要高，为一千石，而其他县令仅为六百石，县长则只有四百石。县令和县长都是县一级行政长官，所在县超过一万户的称为县令，不足一万户的称为县长。

要得到洛阳令，有两个人很关键，一个是原任洛阳令、现任洛阳令的上司河南尹司马防，另一个是主管二千石以下官吏选任的尚书台选部尚书梁鹄。司马防即司马懿的父亲，司隶校尉部河内郡温县人，也是士族大家出身，不怎么好说话，也许看不起曹操的出身，也许听说曹操学习成绩并不怎么样，所以不愿意推荐曹操为洛阳令，但碍于曹家的影响力，勉强推荐曹操为洛阳令下属的洛阳北部尉，品秩四百石。

就这样，曹操没有得到洛阳令一职，被任命为低一级的洛阳北部尉，归洛阳令管辖。一般的县，县令或县长之下设有都尉一职，负责本地的治安，相当于公安局局长。洛阳人口众多，地位重要，在东、西、南、北各设了一个都尉。洛阳北部尉，就是洛阳北部地区公安局局长，算是个副县级。

曹操对这项任命相当不满，而且也耿耿于怀。多年以后，曹操再见到司马防时，他已经是魏王了，司马防的儿子司马懿、司马朗都在曹操手下做官。曹操有挥之不去的怀旧情结，这回又像对待宗世林那样，让人把老上司接来设宴款待，曹操说："如果换作现在，你还推荐我做洛阳北部尉吗？"司马防回答："当初举荐大王时，大王您只适合为尉呀。"曹操听了，放声大笑。

曹操虽然只得到一个相当于副县级公安局长的职务，但他没有气馁，而是努力在这个岗位上干出点成绩来，以期引起外界的注意。一到任，曹操就把官署的四门修缮一新，还做了不少五色大棒，悬挂在各门口，申明禁令，规定凡违反治安条例的，无论是平民还是权贵，一律五色棒侍候。前面说过，东汉的行政执法体系比较乱，尤其是执法环节，伸缩的余地很大，一个副县级公安局局长手里也握有生杀大权。

曹操的这番做派，分明是要引起各方面的关注。当然，他也有另外的选择，比如在这个岗位上慢慢干下去，通过勤恳工作，搞好与辖区内群众的关系，做些好人好事，慢慢提高声誉，得到上面的认可，等待提升的机会。但这需要忍耐，也需要时间。曹操需要的是尽快向世人证明，自己是治世的能臣，也是乱世中的英雄，他渴望建立功业，并且不是在漫长的未来，而是在眼前。

偏巧，这个机会就让曹操等来了。一天夜里，曹操带人巡查，突然遇到了一群违反夜间禁行规定的不速之客。黑暗中，曹操喝问对方："你们是什么人？为什么违禁夜行？”对方并不紧张，傲慢地回答：“别问那么多，让你们领头的过来答话！”曹操一听，大怒：“有话速跟我说，不说就没机会了！”这时才有个人向前一步来，慢慢地说道：“你可看清楚了，我是蹇硕的叔叔！”蹇硕是当时红得发紫的大宦官，他的叔父当然一般人也不敢招惹，但曹操不在乎。曹操一声令下，手下的人一拥而上，将对方全部拿下。五色大棒就是给那些违禁的人准备的，曹操下令大棒侍候，这位蹇叔根本不经打，一顿棒子下去竟然一命呜呼了。

这是曹操刚上任几个月就做出来的一项惊人之举。在常人看来，这件事也太过生猛了些，毕竟对方不是一般人物，结下了如此的深仇大恨，蹇硕能饶得了你吗？但是，经过思考和判断，曹操一定认为这件事不至于酿成太大的危机，所以值得一试。他看到当时的形势对当权的宦官未必有利，对于已经亲政的汉灵帝来说，平衡宦官、士人、外戚的关系本来已颇费脑筋，此时因为一个宦官叔父犯了罪遭受惩处而发起报复，必须考虑事件所造成的后果。

曹操甚至想好了，最好因为此事自己落个撤职查办什么的，丢掉一个微不足道的四百石小官，收获的可能会更多。但这件事似乎不声不响地过去了，从蹇硕那边并没有传来要报复的消息，而曹操棒杀权贵的事情却瞬时在京师传开了，史称“京师敛迹，莫敢犯者”。曹操声名大振，以前没有听说过他的人，这一回也都知道了洛阳城里有个年轻的曹局长。对于这个结果，曹操心里相当满意，但有一人的看法却刚好跟他相反。

遭遇短暂挫折

对曹操棒杀蹇叔行为持完全否定态度的是他的父亲曹嵩。对于儿子的这次所谓壮举，曹嵩大概只想给予两个字的评论：幼稚。

在曹嵩看来，即使想表达与宦官阵营的决裂，也断然不能采用如此简单粗暴的方法。权势熏天的蹇硕在一个区区四百石都尉面前丢了面子，他就一定会想办法找回来。想到这些，曹嵩觉得很可怕。他一面动用养父留下来的在宫里的关系，试图与蹇硕沟通，一面苦思冥想，看有什么办法让曹操脱身。蹇硕那边仍然很平静，既没有立即展开报复，也没有想跟曹家化解积怨的意思，这反而让曹嵩心里更吃不准。

曹操依然是一副无所谓的样子，继续当他的公安局长，而且干得更带劲，领着一帮属下，整天抓社会治安，把辖区内治理得井井有条。一些作奸犯科的人，都逃到其他三个区躲起来，久而久之，曹操的名气更大了。

蹇硕不实施报复计划，曹操心里反而有一丝失望，在他的料想中，蹇硕应该恼羞成怒，立即将他免职，投入北寺狱。如果是那样的话，曹操几乎可以相信，太学生们会第一个起来营救他，他们会到北宫外集体上书，为他鸣冤。还有士人朝官，知道他与不知道他的，都会蜂起而奏，把他当成威武不屈、刚直不阿的英雄。

这不是曹操的空想，当时有一股所谓的婞直之风，非常盛行。所谓婞直，就是明知不是对手，也要站出来与权贵单挑，因为他们知道，背后有强大的舆论支持，尽管会面临受迫害的危险，但同时也会获得巨大的社会声望，知名度一夜暴升。有一个例子，很说明当时的这个风尚，主角是著名士人领袖李固的儿子李燮，李固被梁冀诬杀之后，李燮四处逃亡，后来汉桓帝杀了梁冀，李固成了与梁氏集团长期作斗争的英雄，汉桓帝四处打听李固后人的消息，结果把李燮找了出来，拜他为议郎。

这个小李跟他父亲老李一样耿直，官虽不大，却都疾恶如仇，尤其对宦官及其爪牙，小李声称见一回打一回。有一次，他在路上遇到一个叫甄邵的人，这厮品质恶劣，出卖朋友，投靠宦官，最差劲的，是一次遇着要升官，不巧他母亲死了，按制度来说本人要回家守孝三年，这样一来升官的机会就会错过。甄邵偷偷把他娘埋在马棚里，等拿到委任状以后才发丧，道德水平差到如此。但他投靠宦官，官场上一帆风顺，没有人敢惹。小李也知道这个人，早就看他不顺眼，这回恰巧遇上，怎能放过？他下令让随从把甄邵的车子推翻，扔到沟里，上去一顿胖揍，打完之后还不解气，小李找来一个条幅，批了几个大字："谄贵卖友，贪官埋母。"挂在甄邵的背上，让这小子游街出丑。

事情过后，李燮竟然什么事都没有，反而名声更大。这是因为，宦官们权势虽大但内心很虚，尤其涉及民意、舆论，他们更是胆战心惊，在貌似强大的外表下，他们有一个脆弱不堪的心。对于婞直的人而言，之所以不害怕宦官报复，是因为事件已然被他们闹大，这是全部的要领，一定要闹大，成为舆论的焦点，这样结果只有一个：风平浪静。吃了亏的也不敢立即报复，否则反而成全了闹事的一方。

所以曹操棒打蹇叔时要偷偷告诉手下往死里打，打而不死，就是没有闹大，减弱了事件的影响力，反而不利。蹇硕只好按兵不动，也许是想发作但却找不到发泄口。蹇硕或许这样安慰自己：你狂，让你狂，你小子等着点，君子报仇十年不晚！

曹操等不到那么久，他心里希望来一场风暴，而他居于风暴的正中心，他要利用这场风暴使自己的人气进一步飙升。

但依然是什么事都没有，到了熹平五年（176），曹操任职满两年，按照制度有关部门将对他进行述职考核。结果出来了，他居然考核为上等，意味着他可以升一级。有关命令随后下达，他被任命为顿丘县令，品秩提高到六百石。这个任命有什么背景不得而知，是蹇硕等人的阴谋，还是曹嵩为了使儿子避祸而争取的结果？似乎都有可能。

但这却不是曹操希望的结果，只是他没有办法，只好离开洛阳，告别父亲，前往顿丘上任了。对于这段两年时间在洛阳的任职经历，曹操自我评价还不错，后来常常回忆，有一次征孙权，曹操留下儿子曹植守邺县，曹植刚好二十三岁，与曹操此时年龄相同，曹操告诫曹植说："我当年担任顿丘令的时候，也是二十三岁，回想那时的所作所为，至今无悔。"曹操临终前的建安二十四年（219）冬天，他从汉中前线回师路过洛阳，还特意关照有关方面把洛阳北部尉的衙署重新整修一下。

现在，曹县长要去顿丘上任了。顿丘县在兖州刺史部的东郡，离东郡的治所濮阳县很近。比曹操大十岁左右的袁绍，曾在濮阳担任过县长，但那已是几年前的事了。如今的袁绍，因为母亲去世的缘故，正待在汝南郡的家中守孝。东郡在洛阳的右翼，因为同在黄河沿岸，所以战略地位非常重要，自古以来多有大的战事发生在这里。顿丘县虽然不大，但因为接近黄河和濮阳，所以也是一个重要的县城。

但是，这里远离京师，远离家人和朋友，二十三岁的曹操只身一人，心里充满着孤独和惆怅，一个任期至少两三年，他不知道这段日子如何打发。然而，只不过几个月，他就不用做这样的担心了，因为更不顺心的消息随后传来：他被就地免职了！

这倒不是蹇硕等人背后使的手脚，而是曹家受到了一门婚姻的连累。前面提到，在曹操的同辈人里有一个堂妹，嫁给了一个叫宋奇的人，而宋奇的姐姐正是汉灵帝刘宏的皇后。刘宏成年后，所立的第一个皇后就是宋皇后，那是建宁四年（171）的事。宋皇后身为后宫之长，但却不受汉灵帝的宠爱，在后宫这个充满流血斗争的地方，注定成为他人攻击的对象。宦官王甫等人也不喜欢宋皇后，于是伙同其他嫔妃一共诬告宋皇后与一桩谋反案有关，结果宋皇后死于宫里的监狱（暴室），宋氏一族被诛杀，包括宋皇后的弟弟、曹操的堂妹夫宋奇，因为这桩婚事，曹操被免职。按理说，担任大司农卿的曹嵩也应该在免职之列，但史书并未有明确记载。

二十多岁，正是风华正茂之际，接连遭遇仕途的不顺利，曹操有点烦闷。因为诛杀了蹇硕的叔父，曹操与蹇硕结下了仇。如今另一个大宦官王甫因为宋皇后的关系，也势必与曹家成为对立面。看来洛阳暂时不能回去了，曹操于是打定主意回谯县老家，在那里好好休养一番，读一读书，思考一下未来。

影响一生的女人

汉灵帝光和元年（178）冬天，曹操在顿县令任上被罢官，回到故乡谯县，这一年他二十四岁。自十八岁离开谯县，一晃已经六年，这些年来，曹操在外面学习了知识，开阔了视野，增长了才干，也结交了不少朋友。

但是，现在他突然间成为一个无所事事的人。宋皇后被废发生在仓促之间，事先没有任何征兆，天子对这件事的态度还有没有后续动作，决定着曹家人的命运。曹嵩让人捎回一封信，叮咛曹操短期内务必不要回洛阳，在谯县的活动也尽可能低调，不要抛头露面，专心闭门读书。

风云陡转，昨天还渴望施展抱负，今天阴霾就压得人喘不过气来，但曹操心里还算平静，他相信一切都会变，而且会来得比较快。不仅个人和家族，还包括整个天下，在与桥玄、何颙、许劭等这些名士的交流中，他切身感受到局势将发生重大变化。天下大乱，刘汉的江山将分崩离析，尽管不是很多人都愿意相信，但那正是不争的事实。天下大乱，将因宦官们的专权、贪腐而引起，也将以这群无耻之徒的灭亡而收场。

最近，曹操对兵法产生了兴趣，从《尉缭子》到《司马法》，凡是能收集到的兵法著作他都悉心研读，有时候读得如痴如醉。在众多前代兵法著作中，曹操对一本名叫《孙子兵法》的书最热衷，作者是战国时期的军事家孙武。如今，《孙子兵法》已无人不知、无人不晓，但在曹操之前，知道这部书的人却没那么多，兵书在汉代是与违禁物品等同的东西，不仅正规学校和图书馆里看不到，而且敢在公开场合拿出来的都被视为有罪，这个罪就是谋反。一个老百姓，不打算谋反，读兵书干什么？所以只能偷偷地读。

曹操是在一个偶然的机会得到《孙子兵法》这部书的，这部书对战争有详细的描述，内容广泛，文字简约但却极为深刻，不仅讲战争理论，还有很多战争方面的实务，既是理论教材，也是操作指南。

曹操每天在家里读书，很少出门。自家的几个兄弟姐妹，除二弟曹德在洛阳陪父亲外，其他人都在家料理家业。堂兄弟中曹仁、曹洪他们几个不在谯县，曹仁带着弟弟曹纯到扬州刺史部的一些地方做马匹、食盐方面的生意去了，据说生意做得很大，已经很富有，还结识了不少江湖朋友和地方豪绅。前一段时间，由曹鼎出面给曹洪谋了个蕲春县长的职务，这样，曹洪跟曹操一样都当上了县官。蕲春县也在扬州刺史部。

夏侯惇、夏侯渊兄弟倒是在家，曹操回来后，他们经常过来陪他。曹操和夏侯氏兄弟经常到涡河边找个僻静的地方闲坐，聊小时候的事，也聊天下大事。曹操把《孙子兵法》介绍给他们，让他们认真读一读。曹操告诉他们，天下将乱，乱世中要想自保，依靠的是实力，必须早做筹划。夏侯氏兄弟在外面拥有很大的壁坞，也就是带有防卫工程的庄园，为了保卫本族人的安全，招募了家丁，并进行训练。

偶尔，兄弟几个也悄悄到县城最繁华的酒肆、书肆里逛逛。就在这个时候，在一个酒肆里，曹操遇到了对他一生影响最大的女人。

这个女人是一名歌伎，史书上说她出身于“倡家”。汉代的倡家属于民间演艺团体的性质，出入于权贵和有钱人之家，在宴席和聚会上表演歌舞、伎艺，是民间文艺工作者，没有其他方面的内容。这种职业往往以家族为单位，一代代相传下去，称为倡家。曹操遇到的这个倡家，老板姓卞，叫卞远，祖籍琅邪郡的开阳县，即今山东省临沂市。卞远有个女儿，容貌美丽，是这个家族演艺团的台柱子，这时候刚好二十岁。

曹操对卞姑娘一见钟情，同行的夏侯氏兄弟看出了端倪，想到曹操的正妻丁氏至今没有生育，虽然后来曹操又娶了刘夫人，但因病去世了，不妨再纳一个妾，使作为长子的曹操，多为曹家生几个男丁。于是他们从中撮合，而卞姑娘也愿意嫁到曹家来，结束四处流浪的生活。于是，曹操在谯县正式娶卞姑娘为妻。这个卞姑娘，就是曹丕、曹植的母亲，可惜史书并未记下她的名字。结婚前我们就称她为卞姑娘，结婚后称她为卞氏，等被封为王后、皇后的时候称她为卞王后、卞皇后，曹操死后称她为卞太后。

卞氏到了曹家，表现出与丁氏、刘氏不同的行事作风。丁、刘两位都出身大家族，人品不错，但没有经过多少磨难，对人生的艰辛没有切身感受。卞氏不同，她不仅长得漂亮，身上有艺术细胞，而且长年流离在外，耳闻目睹许多事，一方面增长了见识，另一方面知道人生的不易，所以操持家务能够细心周到，处理事情井井有条，待人和蔼可亲，曹府上下很快对这个琅邪郡来的新夫人交口称赞。

曹操的正妻丁氏未生育，第二位妻子刘氏生下一个儿子，这是曹操的长子，取名叫曹昂，成年后取字叫子修。刘氏还生了一个女儿，即曹操的长女清河长公主，以后嫁给了夏侯惇的儿子夏侯楙。刘氏死得比较早，曹昂就由丁氏来抚养。丁氏对这个孩子特别关爱，曹昂也很争气，长大以后文才武略都很突出。但是，后来到曹昂二十岁的时候随父亲南征张绣，由于曹操的一个失误，导致曹昂在乱战中为救自己而被杀。对此，丁氏不能容忍，与曹操产生了严重隔阂。曹操一怒之下，把丁氏休了，遣回谯县老家。

现在，曹操新娶了第三个夫人，年轻貌美的歌伎卞氏，正沉浸在新婚的幸福之中。而就在这时，从京师传来皇帝的诏书，任命他为议郎，即刻赴任。对于这次没有征兆的任命，曹操心里不仅没有喜悦，反而充满了不安的感觉，这会不会是一次阴谋呢？

来到天子身边

曹操有点多虑了，宦官阵营那边现在没有人惦记他，原因是顾不上。曹节、王甫、蹇硕、张让等几大宦官巨头最近的兴趣点发生了转移，不再是士人或后宫，因为这些都被一一摆平了，现在他们突发奇想，想策划一场对鲜卑和乌桓的战争，以此青史留名。而在对这场战争的主导权上，这几个人又在暗暗较劲，都想露上一手，他们开始鼓捣汉灵帝做这些事，基本上快把曹操给忘了。

那怎么会突然想起起用曹操呢？况且，这个新职务也不同一般。顿丘令和议郎品秩都是六百石，但地位却悬殊很大。县令算是基层干部，起早摸黑干工作，到头来皇帝连名字都不知道，而议郎是天子身边的人，主要职责是跟在天子后面“顾问应对”，就是天子回过头来问你的时候，你能随时应对。议郎可以看成是天子的副局级秘书，天子身边的参谋和顾问。凡是能担任这个职务的，首先得有一定水平，天子不可能找个白丁当顾问。其次天子要信得过，经常跟在身边，必须可靠。而一旦担任过这个职务，再出去的话就成了从“天子身边来的人”，身价不同凡响，事实上，很多人由这个职位作跳板，很快便会有高升的机会，有的直接进入九卿的行列，有的担任州刺史、郡太守等地方要职。

事业正陷入低谷的曹操，迎来了令人艳羡的一次人生机遇。曹操虽然一时想不明白，甚至心里有些忐忑不安，但还是立即动身从谯县回到了洛阳。到了洛阳，曹操才知道起用他的不是别人，正是汉灵帝本人。汉灵帝废了宋皇后，杀了她全家，罢免了跟她有关系的所有人。事情过去之后，但汉灵帝常常反思，觉得是不是处理得过头了。宋皇后出身于大家族，受过良好教育，端庄贤淑，对待身边的人态度和善，史书称她“过恶无闻”。仅仅因为不受宠就落到这个下场，汉灵帝心里慢慢有些不安。

在这种情绪笼罩之下，一天夜里汉灵帝就做出一个梦来，梦见前任——汉桓帝刘志，刘志一见他就很生气，问他：“宋皇后有什么罪过，你听信邪孽，使绝其命？现在宋皇后自诉于天，上帝震怒，你实在罪在难救。”梦做得真真切切，刘志醒来后惶惑不已。刚好身边有个太监，汉灵帝就把梦中的情节说了，问他是不是凶兆，如何化解。这个太监是羽林军的一个指挥官，名叫许永，刚好这个人很同情宋皇后，就替宋皇后说了很多好话。

汉灵帝跟他的前任汉桓帝一样，都深信五行学说，也信梦。但是，要汉灵帝马上给宋家人平反，这事牵涉的人就太多了，不那么好办。但汉灵帝还是做了一些弥补工作，他不露声色地恢复了一些受宋皇后案牵连而被免官者的职务，曹操的此项任命，就是这个背景。

此前，曹操曾经担任过郎官，即在宫内外各机构实习的准公务员，也许曾经有机会进入宫内某个机构工作，但也可能这样的机会比较小。汉顺帝以后，太学生、各地推荐的孝廉人数激增，加上特批的功臣、王侯子弟，要来宫里实习的人实在太多，安排不过来，所以有些郎官未必真的安排实习，担任郎官只是一种资历。

此次担任议郎，已经进入朝廷官员的正式编制序列，办公地点设在宫内，它隶属九卿之一的光禄勋，但比较超脱和自由，实际上是直接受皇帝本人的领导。议郎在宫里设有办公和休息的地方，和其他大多数在宫里上班的官员一样，他们每五天赐汤沐一次，即工作五天休息一天。

现在，曹操的日常工作就是在宫内值班，参加重要的朝廷会议和活动，在天子需要的时候随时来到跟前，有权到尚书台那里查阅相关的文书和诏令，了解最新动态，以便及时向皇帝提出决策建议。干这样的工作，混日子也容易，只要管住自己的嘴不胡说八道就行，但要想干好也挺难，必须有经验，有韬略，又得熟悉自己的老板——天子。

议郎没有固定的编制，少的时候几个人，多的时候二三十人。年纪大的多属学究型，都是经学、儒学方面的名宿，不管问什么前朝典故、经学疑难，都能对答如流，脑子里像装了个电脑硬盘。曹操想，这种人只能做崇敬的对象，自己要学，那是学不来了。

年轻一点能当上议郎的，都有点门路和背景，来这里大多是为了混资历，跟天子套近乎，只等有朝一日出去做大官。凡是这样的人往往都有一个共同特点，就是好表现，抓住一切机会在天子面前显露自己。如果说再有一个共同点的话，那是好嫉妒，人家表现好了，自己一定会上去踩一脚。曹操是个新手，当学究太嫩，想表现一时间还没有资本，只能小心翼翼地干工作，还得提防随时被人踩。

从现在起，直到光和六年（183），前后长达五年的时间里曹操一直担任着议郎的职务，根据史料记载，在此期间曹操至少有三次重要的谏言。

第一次是曹操上书为陈蕃、窦武平反。陈、窦事件发生时汉灵帝尚年少，在曹节、王甫等宦官的操纵下，陈蕃、窦武被杀。曹操旧事重提，需要非常大的勇气，因为主要当事人曹节仍然大权在握。这次上书的后果是“汉灵帝不能用”，但与上次棒杀蹇叔事件一样，宦官阵营也没有对曹操发起报复行动。

第二次是光和五年（182）正月，这次谏言的起因是“谣言”，“谣”是民谣的意思，即当时老百姓编的一些讽喻时事的顺口溜，把那些贪官污吏的丑事编进去到处流传，这玩意儿的传播速度一向很快，成为老百姓茶余饭后津津乐道的事，有些也传到了宫里，宫女、宦官也会了不少，刘宏听到了很生气，让三公牵头查一查，看看这些顺口溜说的事属不属实，都涉及谁，以此为线索往下挖，有犯罪行为的移送司法部门查处。

汉灵帝想查谣言本是件好事，但这种事一定要交给正直又敢碰硬的人去办，否则不如不办。汉灵帝交给三公去查，当时的三公是太尉许馘、司空张济和司徒陈耽，其中许馘和张济都仰宦官的鼻息，自己带头贪污受贿，怎能把清查工作做好？陈耽虽然正直，但孤掌难鸣，而且三公素以太尉为首席，司空居次，陈耽顶多是三把手，说了不算。结果清查名单出来了，一共二十六人上榜，这些人都是清正廉洁、不肯与宦官合作的人，应该在这个名单上的反倒一个没有。

陈耽彻底出离愤怒了，他直接向汉灵帝上书，揭露事实真相，与陈耽同时上书的就有曹操，曹操认为三公府拿出来的这个名单，纯粹是颠倒黑白，是“放鸱鸮而囚鸾凤”，曹操的奏书“其言忠切”，汉灵帝被打动，对于三公府报上来的名单有所怀疑，加上这时候有不少官员跑到宫门外上访，反映清查活动弄虚作假。汉灵帝于是下令重查，调查结果，确实是把鸾凤当成了鸱鸮。汉灵帝申斥了许馘和张济等人，但也只是申斥而已。对于上了名单的这二十六个人，既然查实是有德有才之人，汉灵帝下诏全部征为议郎。这样，光和五年正月，曹操一下子就多了二十多个新同事。

第三次进言还是发生在光和五年，这一年从春天开始，各种异常现象又不断出现，包括旱灾、火灾以及神秘天文现象等，五行学说爱好者刘宏心里又不禁发虚，于是再次诏群臣问对。对于天子的问题，大部分人都打了马虎眼，说了些不知所云的话搪塞过关，只有曹操“诤谏”，但也没有下文。

这让曹操认识到，政治的衰败已经很严重，靠他一个区区的议郎改变不了任何事。而且，一再激怒宦官阵营，他终将成为这些政治群狼打击的目标。六百石的官位不足惜，甚至搭上自己的性命也无所谓，可要因此危及父亲以及整个曹家安危的话，曹操心里还是充满了顾忌。于是曹操选择了沉默，史书记载：“是后政教日乱，豪猾益炽，多所摧毁。太祖知其不可匡正，遂不复言。”这不是曹操的个性，但他现在必须这么做。

新外戚崛起

这段时间，东汉帝国政治版图发生的最显著变化就是新外戚何进的迅速崛起，这件事与曹操今后的仕途也有着密切联系。

何进字遂高，汉光武帝刘秀的老家南阳郡人。何家本是屠户出身，何进有一个异母妹在宫里当贵人。在后宫等级里，贵人仅次于皇后，其下还有美人、宫人、采女等，何妹妹能混到贵人这一级，说明她不丑，能得到天子的垂爱。但何家不像之前的外戚窦氏、梁氏、邓氏、阎氏这样的世族大家，一个杀猪卖肉人家的姑娘，能在后宫里混到这个份上，应该可以光宗耀祖了。

但何家的好运气远没有终结，一直没有儿子的汉灵帝，于光和三年（180）突然添了一个儿子，即皇长子刘辩。自汉顺帝刘保以后，几代皇帝都没有子嗣，消息传来，从外朝的老臣到普通百姓都欢呼雀跃，而立下这一不世功勋的，正是何贵人。在一片欢庆之中，有几个人突然发现这也许是个机会，这些人是曹节、张让等宦官。在宦官们眼里，本朝的皇后一直被几个世家大族所垄断，结果就造成了像窦宪、梁冀、窦武这样的强势外戚，对宦官来说这十分不利。

两年前，由王甫挑头，宦官阵营一起动手，废掉了宋皇后，原因之一就是宋氏之前就是外戚，宋家的势力有不断上升、成为另一个梁家和窦家的可能。宋皇后被废，后宫女主人的位置一直空缺，刘宏和他的前任刘志有个相似之处，他们似乎都是博爱主义者，后宫嫔妃众多，受宠爱的贵人、美人也不少，谁来继任皇后，一下子看不清楚。现在好了，何贵人生下了皇长子刘辩，再进一步，荣升为皇后应该是顺理成章的事。何贵人的出身，比较符合宦官们的利益。加上屠户家出来的孩子从小会说话、会来事，平时注意跟大大小小的宦官、宫女们搞好关系，尤其是对张让，还透露出想攀成亲家的想法。

经曹节、张让等人不断做工作，又趁着天子还沉浸在长子出生后的喜悦和自豪中，汉灵帝下诏，册封何贵人为皇后。不久之后，何皇后的妹妹嫁给了张让的养子，在新一轮竞赛中，宦官抢占了先机，与新晋的外戚何家结成了政治同盟。

早在何皇后还是贵人时，何进就受到了优待，先是作为同学有幸与天子一同接受大学者杨赐先生的教诲，然后成为汉灵帝近卫部队虎贲武士的指挥官，后来又拜为天下重镇之一的颍川郡太守。

在妹妹被册封为皇后的同时，何进接到命令，征召入朝担任侍中一职，不久之后担任将作大匠、河南尹，从这几个职务的任命上可以看出对他有刻意栽培之意，侍中是天子的近侍，同样是高级秘书和顾问，但侍中比议郎的地位还要高，因为可以自由出入禁中，是皇帝的贴身秘书，品秩为二千石，属于正部长级。将作大匠类似于建设部部长，虽不是九卿之一，却是准九卿。然后，何进出任河南尹，这虽是郡守一级，但却比任何郡守地位都重要。

提到何进，如果想到的还是一个杀猪卖肉的小子，一个靠妹妹的裙带关系爬上高位的人，那就大错特错了。何进，一个高级知识分子，大学士杨赐的学生、天子的同学，担任过近卫军指挥官、天子的秘书、准内阁成员、地方大员，这是多么完整的一份履历！即使世家大族的子弟也未必都能占全，而何进现在拥有这一切，有什么理由能拒绝他在此后成为一个风云人物呢？

曹节、张让他们要是早就看到这一点，他们也许会后悔亲手制造出的这个新外戚。不过，他们现在还看不到这一点。因为何贵人没有因为当上了皇后就换了个人，对宦官们依然是谦卑和百依百顺，在张让的面前，何皇后更是以晚辈自居，这让宦官们非常满意，于是他们在汉灵帝面前使劲替皇后和皇后的哥哥说好话。

然而，这个何皇后不是吃斋念佛长大的，而是专门杀生的，从社会的底层爬到人生的巅峰，她更明白只有学会斗争才能保住眼前的一切。

汉灵帝应该是喜欢何皇后的，不然也不会封她为贵人，但在汉灵帝的爱情观里，喜欢一个人不等于只喜欢一个人，汉灵帝喜欢的人还有很多，比如王美人。种种迹象表明，汉灵帝对王美人喜欢的程度比何皇后还高。

更要命的是，万一哪个嫔妃再给汉灵帝生出个男孩儿来，何皇后的优势地位难免会受到动摇。可以立她为皇后，也可以轻而易举地随时废黜，前任宋皇后就是例子。于是，在宦官们的帮助下，何皇后又玩起了汉桓帝梁皇后玩过的那一招，专门盯着后宫全体女人的肚子，有疑似怀上皇子的，一般都会神秘流产，好不容易生下来的，也会不明不白地夭折。作为何皇后认定的第一号潜在竞争对手，王美人一直过着提心吊胆的日子。但不巧的是：王美人怀孕了。

这让王美人陷入更深的恐惧，她甚至找来堕胎药，但不知道药性不足还是肚子里孩子的生命力太顽强，光和四年（181）三月，这个孩子仍然来到了人间。史书上说，王美人快要生下这个孩子的那几天，总是梦见自己背着太阳艰难地向前走（负日而行）。汉灵帝大喜过望，给这个孩子起名刘协。刘协，就是以后的汉献帝，很多年以后，成为曹操的女婿。

但是，王美人却在孩子出生几天后神秘死去，据说死前一直是好好的，喝了一碗小米粥后很快就断了气。汉灵帝得知大怒，下令彻查。调查的结果是，这碗小米粥果然与皇后有关，这其实在汉灵帝的意料之中。震怒之下，汉灵帝决定再来一次废后。张让等人一下子慌了，好不容易找了个屠户出身的人当皇后，好不容易结成了儿女亲家，已经站到了一条船上，说废就废，岂不前功尽弃？张让发动了曹节等一大帮天子平时信任的宦官，在汉灵帝面前跪了一大片，又哭又闹，阻止汉灵帝的废后行动。他们还抓住汉灵帝贪财的弱点，表示将集资数千万钱为皇后赎罪。汉灵帝动摇了，不再追究这件事。但是，从此对何皇后态度冷淡起来，对于立太子一事，也绝口不提。

为了防止再发生不测，汉灵帝秘密命令将刘协送到一个安全的地方抚养。汉灵帝的想法是，等刘协长大之后就立他为太子。后宫里的宦官多跟何家人来往密切，为了把刘协推上皇帝的宝座，必须在宦官里物色新的亲信。汉灵帝把目光投向了身材高大、孔武有力的蹇硕。蹇硕，即将超越曹节、张让，成为宦官阵营最炙手可热的人，因为他将破天荒地成为第一个手握兵权的宦官。

可怕的是，他是曹操得罪过的那个人。

第三章

疾风暴雨

太平道准备起事

一个好端端的国家让不懂事的皇帝、穷凶极恶的宦官以及好斗的朝臣们折腾成了这个样子，已经到了国败民穷、社会凋零、政治黑暗的地步，老百姓愿意吗?答案是：老百姓不愿意，他们正在准备反抗!

其实早在汉安帝时，在现如今的四川一带，当时的益州、永昌、越嶲等郡便发生了大规模骚乱和农民起义，被称为“西南夷骚乱”，断断续续前后长达五十余年。帝国在这一区域的统治受到严重挑战，到汉灵帝时情况似乎更严重，天子跟前的部分家伙甚至提出一个馊主意：把益州从帝国的版图中分割出去。

此议虽然没被通过，但对此起彼伏的农民起义，帝国越来越感到力不从心。汉安帝统治十九年，爆发农民起义四次；汉顺帝统治十九年，爆发农民起义十三次；汉冲帝、汉质帝两位皇帝虽然还是小朋友，但农民起义也丝毫没有忽视他们，也爆发了四次；汉桓帝在位二十一年，爆发农民起义十四次。从汉安帝到汉桓帝，不过六十来年光景，记载在册的农民起义就多达三十五次。不过，这些农民起义来势都很猛，开始时都轰轰烈烈，但一旦遭到镇压，就会很快沉寂下来。原因很多，但有两条应该至关重要：缺少明确的思想纲领，没有特别牛的领导。

这种情况到汉灵帝时终于发生了变化，终于等来了一位猛人，成为了东汉帝国的掘墓人。这个人是一个流民，纯粹的无产者，名字叫张角。之所以能成为猛人，没有像其他数十次农民起义领袖那样，被杀后在历史上连名字都没能留下来，是因为他有文化。

有文化的人在那个时代是绝对的少数，张角有文化，所以可怕。张角喜欢看书，他最喜欢看的是一本叫《太平清领书》的书。传说《太平清领书》的作者是著名方士于吉。所谓方士，就是有方术的道士。所谓方术，是古代用自然的变异现象和阴阳五行之说来推测、解释人和国家的吉凶祸福、气数命运的医卜星相、遁甲、堪舆和神仙之术等的总称。东汉以后，方士这个词不太常用了，代替它的是道士。

于道士写的这本《太平清领书》，据说篇幅很浩大，分为十部，每部十七卷，共一百七十卷。里面内容庞杂，以老庄之道、鬼神信仰以及阴阳五行、神仙家的方术为基础，创造了一套极为神秘复杂的神学体系。这部书里既有老子的宇宙观，《周易》的元气论，也谈长生不老的修道思想。但这些都不是主要的，这本书真正想谈的只有一个，那就是政治。在本书中，陈述了一套完美的政治设想，也就是所谓的太平盛世的建设纲领。它不仅描绘了太平盛世的模样，也阐述了要达到太平盛世，必须做到君明、臣良、民顺。

所以，这部书不是教人如何造反的，而更像是向君王提出的合理化建议。所以，于吉的学生宫崇把这部书直接献给了顺帝刘保，刘保让大臣们讨论了一下，大家却认为这是“妖妄之经”，于是把它封存在国家图书馆（东观）里。

汉桓帝刘志一直没有儿子，听人说有个叫襄楷的方士很有法术，就下旨召他进宫，帮助他生个儿子。襄楷不是专科大夫，治疗不孕不育应该不是他的长项，他能做的就是给皇帝弄一些所谓的灵丹妙药，这是他的特长。

汉桓帝吃了襄楷献上的药，可能有一定效果，甚为欢喜，给襄楷安排了工作，很是信任，处理国家大事遇到疑难问题时也经常向他请教。这个襄楷，是于吉的另一个学生，为了完成于老师的心愿，他旧事重提，再次将《太平清领书》呈报给汉桓帝。可是，汉桓帝的兴趣只在能不能生出儿子，以及那些灵异事件如何解释，对于襄楷的治国理念依然没有太大兴趣。

后来襄楷与士人搅到了一块，在党锢事件中因为替士人求情而被治罪。襄楷出狱后，依然痴心不改，但这次他对皇帝失去了信心，开始把活动的重点转向民间，最后成为著名的无政府主义者、颠覆活动的专家，后面还会再讲到他。

张角在一个偶然的机会得到了这部书，也有说法是，他是襄楷的朋友，二人一见如故，志同道合，一个是理论家，一个是实践者，立即联起手来。不管怎么说，张角对《太平清领书》佩服得要命，那些皇帝没有实施的政治纲领，张角决心试试。张角是冀州刺史部钜鹿郡人，老家在今河北省宁晋县一带，出身于社会下层。张角有两个弟弟，一个叫张梁，一个叫张宝。张角早年信奉黄老学说，对神秘预言学之一的谶纬学也深有研究，懂民间医术和巫术。他领着两个弟弟，手持一根九节杖，经常活动在冀州一带，用符水、咒语等为人治病，深得穷人的拥戴。名气一大，就有人跑来表示愿意给他当学生，张角开始吸收徒众。

没有想到，来的人越来越多，多到张角感到吃惊。不过，他没有害怕，因为他是个有胆识的人，想干出一番大事业，于是琢磨如何把这些人组织起来。张角深受《太平清领书》中政治主张和治国方略的影响，于是创建了一个民间宗教团体：太平道。其纲领、目标、教义、称号、教区组织、口号、宗教仪式、活动内容、传教方式等都依据《太平清领书》来设计。

当时社会上有大量的流民，就是失去土地无家可归的人，这些人都是土地兼并的受害者，没有人关心，也看不到前途。太平道的出现，至少给了他们以温暖和希望，所以不用动员，这些人都撵着跑着来入道。还有一些人，虽不属于流民范围，但看到这个组织挺厉害，于是也加入进来，就像一些有钱人愿意给青红帮老大当门生一样，是一个道理，遇到事好有人罩着。这些人里，有基层官吏，甚至也有宫里的宦官。

张角自称大贤良师，是太平道的总首领。他的两个弟弟张梁、张宝自称大医，是太平道核心领导班子成员。他派出八个弟子到四面八方去宣传教义、发展徒众。经过十来年的发展，太平道势力已遍布全国十三个州中的青、徐 、幽、冀、荆、扬、兖、豫等八州，徒众达数十万人。张角把这些徒众划分为三十六个教区（方），大的万余人，小的六七千人，每个教区都设一个渠帅作为首领。

闹出这么大动静朝廷那边不知道吗？其实是知道的，而且很早就知道了。熹平六年（177），汉灵帝的老师、时任太尉的杨赐和他的属下著名士人刘陶，分别上书汉灵帝，报告了这个民间组织的动向，请求给予关注。刘陶更是指出，据他得到的情报，张角的党羽已经潜入京师，活动于民众和官宦之中，大有觊觎朝廷之意，应速加侦缉，并诏令天下，重赏捉拿张角。但不知什么原因，如此重要的上书竟然没有下文，后来杨赐因故离职，刘陶找个机会向汉灵帝询问此事，汉灵帝居然莫名其妙地岔开话题，让他给自己编一本容易阅读的《春秋》。刘陶没有办法，只得到图书馆里埋头完成天子交付的新工作。

从各种迹象看，汉灵帝本人确实没把太平道当回事，甚至觉得有个民间团体把流民组织起来，教人向善做好事，还挺好。这种心理其实可以从汉灵帝意识形态变化的蛛丝马迹里寻找答案。汉灵帝这时已经开始崇信黄老之学，对老子的思想充满崇拜，汉灵帝可能认为，这个同样视老子为先师的教派，与他的思想还有些吻合呢。

前来投奔太平道的人越来越多，人数呈几何级数增长。张角想，既然事情已经干大了，想收手是不可能的，未来的结果只有两个：要么太平道消灭刘汉政权，要么太平道被刘汉政权消灭掉。

太平道的情报工作做得也很出色，就连宫中的高级宦官封谞和徐奉都成为它的信徒，这样，朝廷中枢机构的消息很快就能送到张角的面前。综合分析各种情报之后，张角对形势做出了判断，他看出来太平道和刘汉朝廷翻脸的时刻越来越近了。

谁先动手谁主动，张角马上召集几个大弟子和弟弟张宝、张梁商议，大家决定发动武装暴动，目标是推翻现政权，建立太平盛世。以冀州南部与司隶校尉部接合的邺县地区作为暴动中心，由张角全面负责，前线总指挥为大方首领马元义。暴动的时间定为光和七年（184）三月的甲子日，这个日子选得很有讲究，但也因此葬送了这次起义。

精挑细选的日子

即将到来的光和七年（184）是甲子年，在六十年一轮回的历法周期中，甲子年是新一轮周期的开始，让人联想到新天命的降临。这一年三月的甲子日被太平道确定为武装暴动时间，这一天是更为难得一遇的“双甲子”。

张角或者他的谋士们在选择暴动日期上可谓动了一番脑筋。但问题是，确定这一时间是在光和六年底，离“双甲子”这一天还有三四个月，从筹备起义的角度说，时间充裕一点，可以把准备工作做得更细些。但从另外一个方面看，这又是致命的，那就是夜长梦多。暴动就是策划实施一场规模盛大的集体活动，参与的人数众多，涉及的区域广泛，在没有现代化通信工具的情况下，沟通信息、协调各部行动、保证命令畅通本来已经十分困难，更困难的是，做这些工作的时候还必须完全保密。

像起义时间这种极端机密的事情，起义总指挥部竟然在几个月之前就已下达到基层。总指挥部甚至发布了起义口号：“苍天已死，黄天当立。岁在甲子，天下大吉。”就在前线总指挥马元义带着他的骨干分子潜入京师后不久，洛阳城里的小孩子甚至把这几句话编成了歌谣到处在唱。朝廷各办事机构的大门上，也时不时地出现了用白土书写的“甲子”二字。

事后证明，这可能是一大败笔。起义军内部果然出现了叛徒，这个人的名字只要学过中学历史的人都应该知道，他叫唐周，济南国人，他是张角的弟子之一，在起义军内部属于高级干部。光和七年（184）刚过了年，朝廷便接到唐周的密报，整个起义计划暴露。

有人遗憾地说，黄巾大起义都毁在这个唐周的身上，如果不出这个叛徒，起义的结果就会两样。问题是，如果没有唐周，张角、马元义他们就一定能于当年三月甲子日这一天顺利发动起义吗？其实基本上不可能，不是因为东汉王朝强大到不能推翻，事实上东汉王朝已经很虚弱，无论是政治上还是军事上，只要组织得当，推翻起来应该不难。问题在于，起义军不可能把保密工作做得那么好，保证在长达三个月时间里不出现第二个、第三个唐周。

由于唐周的告密，刘宏不敢再大意，他立即下令对马元义等骨干分子实施秘密抓捕。马元义被抓，处以车裂之刑。然后清查太平道的徒众。汉灵帝以通令（周章）的形式下三公府、司隶校尉，派钩盾令周斌总负责，清查在宫省直卫、朝廷各办事机构以及百姓中的太平道信徒，很快查出来一千多人，全部予以诛杀。根据侦察到的线索，要求各州郡同时搜捕张角等太平道骨干人员。

起义军只好仓促起事。正史记载他们“杀人以祠天”。之后，张角称“天公将军”，张宝称“地公将军”，张梁称“人公将军”，在冀州正式起义。起义军个个头戴黄巾，因此被称为“黄巾军”，但在官府下达的通缉文书里，一律称他们为“蛾贼”。

虽然动作仓促了点，但一开始仍然很顺手。黄巾军所过郡县，“长吏多逃亡，旬日之间，天下响应”。东汉的地方政权竟然如此不堪一击，造成这一局面的原因至少有两个方面：一方面起义军深得民心，有长期准备，来势很猛；另一方面也是东汉国家军制特点造成的。东汉沿袭了西汉的军制架构，全国主要军力集中于南军、北军两大块。南军负责四方征战，是野战部队，北军即前面介绍过的北军五营，驻扎在洛阳附近，负责京师的防卫。北军之外，天子还有一部分近卫部队，如卫尉、虎贲、羽林等，性质与北军差不多。

这些都是中央军。除此之外，东汉没有严格意义上的地方部队，即州郡不能典兵。郡、县以下虽设有都尉等职，如曹操曾担任过的洛阳北部尉，但他们的职责是维护社会治安，属于警察部队，而非正规军。国家遇到有事怎么办？这项任务基本上都交给了南军。南军是一支常备部队，也是精锐之师，但不幸的是，此时此刻，这支武装力量却指望不上。

数十年来，南军的主力一直奋战在西部和北部前线。在西部，帝国陷入与羌人作战的泥潭，进不可全胜，退不得脱身。在北部，虽然匈奴人暂时消停下来，但新崛起的乌丸和鲜卑，跟当年的匈奴人一样强悍不驯，你来我往陷入胶着状态。东汉帝国划出了几大边防区，设立护羌校尉、护匈奴校尉、护乌丸校尉等职，负责边境作战，所使用的主力，正是南军。也就是说，此刻帝国所能依仗的主力部队正担负着保卫边疆的重任，轻易调离不得。

面对已经军事化组织起来，虽然打仗不一定在行，但打起来不要命的黄巾军，州、郡、县统属的治安部队不堪一击。黄巾军节节胜利，京师洛阳震动。朝廷一下子慌了神。宦官平时权大势大，但流血打仗的事从来没想过，朝官士人文的在行，与宦官斗、跟皇帝吵都不怕，但打仗从来没有弄过，面对四面开花的局面，一下子也傻了眼。看来看去，大家都把目光集中到一个人身上，仿佛只有他才能挽狂澜于既倒、扶大厦于将颓。

这个人曾经是曹操的同事，也是议郎，名叫皇甫嵩，他是名将皇甫规的侄子。皇甫嵩字义真，安定郡朝那人，他的父亲皇甫节是名将皇甫规的兄长，曾担任过雁门太守。皇甫嵩少年既好诗书，也好弓马，是一个文武全才，在皇甫规的栽培下仕途比较顺利，担任过一段时间的议郎，目前担任北地郡太守，此时正好来洛阳出差。北地郡属幽州刺史部的边境地区，在这里当太守与内地不同，主要职责是配合正规军对敌作战。因为有长期边防作战的经验，又身为名将之后，大家都想知道他对当前局势的看法。

在汉灵帝主持的御前会议上，皇甫嵩列席会议，他不负众望，提出了化解时局危机的具体方案。这个方案包括以下内容：一是下诏各州郡“修理攻守，简练器械”，组织地方武装，修筑防御工事，制造军器。其中，在洛阳周边地区各个方向重点构筑八个战略据点，即洛阳八关，分别是函谷关、大谷关、广城关、伊阙关、轘辕关、旋门关、孟津关、小平津关，每关设一个都尉，负责军事。二是对现有的军事力量进行整合，主要是北军及天子的御林军，分路讨击冀州刺史部和颍川郡的黄巾主力。同时建议将天子西园小金库里的钱拿出来，还有西园的厩马，用以充实军力。三是推行政治改革，解除党禁，重新任用士人。

对于前两项，汉灵帝都认可。目前看来也只能这么做了。汉灵帝是少有的比较贪财的皇帝，他自己建有小金库，属于个人财产，积累了大量钱财，现在国库空虚，筹备常规军费已经很吃力，根本拿不出来钱，只得由皇帝出血了。但对于最后一条，即解除党禁一事，汉灵帝仍然犹豫。实行党禁是他做出的政治决定，解除党禁等于推翻自己以前的主张，面子上下不来，而且会不会因此造成混乱？从内心来说，汉灵帝比较讨厌士人，这些人一天到晚吵吵闹闹，不是对他进行批评，就是跟宦官找碴儿。与宦官比起来，汉灵帝更喜欢宦官。而且，让汉灵帝感到动摇的是，当前要解决的是黄巾军，与解除党禁有多大关系呢？

但是很快汉灵帝的思想工作就被做通了，一个叫吕强的宦官，只用一句话就让汉灵帝坚定了决心。吕强没有直接替士人翻案，只是说：“听说黄巾军也在大量召募人才，如果我们不赦免士人，这些家伙难免会跑到黄巾军那里去。”这一下汉灵帝总算是听明白了，立即下诏赦免士人。吕强字汉盛，司隶校尉部河南尹成皋县人。从小即为宦官，担任过小黄门、中常侍，在宦官中是少有的正直之人，《后汉书》里有他的传，称他“清忠奉公”。

汉灵帝于是下令组建讨伐部队。在这次大规模的军事行动中，曹操的命运也将发生又一次改变。

参加讨伐兵团

光和七年（184）三月，汉灵帝下令调整帝国的军事领导机构，升河南尹何进为大将军，坐镇洛阳，指挥全国武装力量，总司令部设在洛阳城内的都亭。这是继梁冀、窦武之后，再次设立大将军，并且继续由外戚担任。同时组建讨伐兵团，由何进兼任总司令，该兵团包括三支人马，约五万人，一支由新任命的北中郎将卢植统帅，负责讨伐冀州的张角；另外两支分别由刚任命的左中郎将皇甫嵩、右中郎将朱儁统帅，讨伐豫州刺史部颍川郡的黄巾军。

东汉将军的名号比较多，也比较乱，不弄清这些就会影响到对史料的理解。有一个笨办法不一定准确，但却比较简单省事。

最高一级的是大将军，可以理解为上将；其次是车骑将军、骠骑将军、卫将军以及所谓的四方、四征、四镇将军，四方是前将军、后将军、左将军、右将军，四征是征西将军、征东将军、征南将军、征北将军，四镇是镇西将军、镇东将军、镇南将军、镇北将军，这些都是沿袭前代的固定称号，可以理解为中将；再下来，就是偏将军、裨将军以及杂号将军，杂号将军即临时起个名号，也称将军，如奋武将军、讨虏将军、扬威将军等，名目很多，均因事而设，事罢就撤，这些都姑且理解为少将。这样理解未必准确。大将军的地位高于三公，车骑将军、骠骑将军等与三公同列，似乎把他们理解为元帅更妥当。但是，为了把复杂的问题简单化，为了便于阅读和理解，上面的理解大体上还是可以的。至于中郎将，那就容易理解了，可以看作准将，介于将军和下面校、尉之间。以后大家遇到军衔的时候可以先这么理解，至于东汉军队的具体编制，后面再作详细讲解。

在何进被任命为大将军前，帝国军队拥有高级军衔的将军还比较少，地位最高的名将“凉州三明”，即段颎、张奂、皇甫规，除投靠了宦官、又在宦官内斗中被杀的段颎外，张奂、皇甫规此时分别承担着西线和北线的防卫作战任务，他们的军衔是护匈奴中郎将、护羌校尉，大体上是个准将或大校。再往上的军衔，这时候基本上都空缺，所以这一次汉灵帝一口气任命了一个上将、三个准将，已经是很破例了。

何进、皇甫嵩的情况前面已有提及，现在看看另外两个人的情况。

卢植字子干，幽州刺史部涿郡涿县人。他有几个明显特征，身长“八尺二寸，音声如钟”，八尺二寸约合现在 1.93 米。有资料显示，当时的人平均身高普遍低于现在，所以卢植往人堆里一扎，绝对是大高个，东汉要是组建 CBA 联赛，卢植即使打不了中锋至少也能打个后卫什么的。他声音洪亮，适合做配音演员或者演舞台剧。《后汉书》还记载，说他酒量特别好，一次能喝一石酒。

但卢植没有向体育界、娱乐界发展的打算，他的志向是做学问。他和日后的学术泰斗郑玄一道拜大名士马融为师。这个马融，除了是个大学士，还是外戚，他的一个表姨当过皇后，所以被称为“外戚豪家”。马大师有一个爱好，喜欢一边研修学问一边请些女演员表演歌舞（列女倡歌舞于前）。马大师性情超脱，他做这些事从来不避学生，讲课讲累了就把私人歌舞乐队叫到讲室里来消遣，别的学生都争着看，可卢植眼珠都不带转的（侍讲积年，未尝转眄）。

卢植从马氏民办学院毕业回家，谢绝了马老师的挽留，回家乡涿县当起了教书先生，他在教育方面挺有成就，因为他的学生里一口气出了两个名人：一个叫公孙瓒，一个叫刘备。眼看就要混成一代名师了，但卢植心里很不满足，因为他“刚毅有大节，常怀济世志”。汉灵帝熹平四年（175），扬州刺史部九江郡的蛮人造反，卢植因为“才兼文武”而被公府选中，由布衣直接拜为品秩二千石的九江郡太守。卢植还真有两下子，到任后三下五除二就把蛮人制服了，卢植的名声大振。

但在此时，他却以生病为由提出辞官。后来，朝廷多次征召，卢植实在没有办法，来到洛阳，提出请求只想担任轻闲自在一点的官职，于是被任命为议郎，与谏议大夫马日磾及议郎蔡邕、杨彪、韩说等人志趣相投，整天待在国家图书馆（东观）里校书，补撰《续汉记》。

在汉灵帝眼里，卢植是难得的军事人才，从事文化工作是极大的浪费。黄巾起义爆发后，便拜他为北中郎将，任命护乌桓中郎将宗员为他的副手，带领一部分由北军五营中抽调的兵士和临时征募的人马，讨伐冀州的张角。为了便于指挥，汉灵帝下诏卢植“持节”，即带着天子特颁的信物，形同天子亲自出征。

再来说说朱儁，在《后汉书》里与皇甫嵩合为一传的人就是朱儁，说明他的名气和历史地位。朱儁字公伟，扬州刺史部会稽郡上虞县人，家境较苦，小的时候父亲死了，母亲以贩卖一种叫缯的纺织品为业。朱儁年轻时担任过县政府的文书管理员（书佐），“好义轻财，乡闾敬之”。后来发生过一件事，让大家对他更刮目相看。

朱儁有个朋友叫周规，“为公府所辟”，也就是在中央机关找到一份固定工作，这是一个让人羡慕的事。但是，他却干了件蠢事，差点去不成。周规想现在要到京师任职了，得弄点路费、置装费，不能太寒酸，于是偷偷挪用了“库钱百万”。这当然是一笔大数目，部长级官员月薪不过一到二万钱，百万钱亏得周规也敢挪用。周规原来的想法是，反正这一去未必再回来了，就是以后被发现也奈何不了自己。但是，管后仓的人偏巧及时发现，要周规归还挪用的钱，但这笔巨款已经让周规花掉了。

这个时候，朱儁给他帮了忙，朱儁干了回小偷的勾当，但偷的对象是自己的母亲。他们家虽然也不富，但朱儁的母亲搞的是缯帛贸易，朱儁把母亲的货物偷偷卖了，拿钱为周规解困。而朱儁的母亲，只好失业。母亲恚责朱儁，朱儁的回答是："小损当大益，初贫后富，必然理也。"朱儁的回答耐人寻味，他没有说为朋友两肋插刀、人要讲义气、不要把钱看得太重这些空话，而是说现在看是受到小损失，将来没准会因此得到更大的回报。说明朱儁对未来有远大的规划，也有深谋远虑。

朱儁很快得到了回报，这时候上虞县县长叫度尚，这是一个老士人，以后群雄混战的时候他还出现过。度尚听说朱儁的事迹后很称奇，就把他推荐给会稽郡太守韦毅，再后来尹端接任韦毅，任命朱儁为主簿，相当于办公室主任。熹平二年（173），会稽郡许昭起义，尹端讨伐不力，被州刺史纠举，经过有关部门审理，判处弃市的大罪。作为尹端的办公室主任，朱儁又干了件让人称奇的事，他带着一笔巨款到洛阳，拉关系、走后门，上下打点，费尽周折，把老领导的死罪改判为有期徒刑（输作左校）。尹端保住一条命，但并不知道是什么原因，朱儁也从不向别人提起。后来交州刺史部梁龙造反，没有人能平息，光和元年（178），拜朱儁为交州刺史平乱。朱儁到任后，"斩梁龙，降者数万人，旬月尽定"。朱儁被封为都亭侯，食邑一千五百户，拜为谏议大夫。

皇甫嵩是名将之后，有边疆地区与少数民族作战的经验，卢植、朱儁分别在地方上平定过农民起义，从这三个人选的确定上，可以看出汉灵帝这回是真急了。以往出风头的事都被宦官垄断，就在数年前，宦官们还谋划过征鲜卑的军事行动。但那是形象工程，要玩真的，不能指望宦官，还要靠人才。三路大军出发后，坐镇京师的最高军事统帅大将军何进也没有闲着，他开始组织召募战略预备队，并很快编成了一支骑兵部队，而对这支骑兵部队指挥官的任命，让很多人大吃一惊。

这支被赋予厚望的战略预备队共有五千人，其指挥官是骑都尉，任命公布后，名字大家都知道，但却很出乎意外。新的骑都尉是议郎曹操，这一年他虚岁整三十岁。

都尉次于中郎将，中郎将次于各种名号的将军，如果把中郎将理解为准将，都尉就是校级军官。东汉叫都尉、校尉的实在很多，前面已经出现过的有北军五营的校尉，还有司隶校尉、城门校尉、洛阳北部尉等。这些职务，除了司隶校尉更偏向于行政外，其他的都可以视为军队或警察部队里的校官或尉官。具体来说还有些不同，如果是县下面的都尉，如曹操曾经担任过的洛阳北部尉，估计应该是个上尉；而北军五营的校尉，应该相当于上校。现在曹操将要履职的骑都尉，不是常规编制序列，下面有大约五千人，可以理解为大校，这个职务如果再上一级，就该是中郎将或杂号将军了。所以曹操担任的这个新职务，用今天的话说，就是中央直属骑兵独立师大校师长。

说到这里，必须谈谈东汉的军制问题了。读汉魏历史，无论是正史还是演义，往往感到其长于叙事或议论，而短于对历史细节的关照。比如，历史人物的出生时间，除了零星地夹杂在叙事之中外，大部分只能靠前后推理，实在推不出来的，后面写史只好用“？”来代替。所以，翻开历史人物传记，到处是这个符号。

历史细节不足也表现在军队的编制问题上，无论是正史还是野史，处理得要么简单化，要么模糊化，一般只说某某人带着几百、几千或几万人到某某地方跟某某打，而那个某某又是带着多少多少人，很少谈及双方部队的内部组织结构。军职里除了上面讲过的各类名号繁多的将军外，其下的各级建制要么不详细，要么很混乱，让人读得一头雾水。

其实，东汉的军队编制是很系统化、规范化的。其基本单位是军、营、部、曲、屯、队、什、伍，类似于现代军队的军、师、旅、团、营、连、排、班，但编伍方法和人数略有不同。

从下面往上说：伍即五个人的战斗小组，最基层的战斗单位，主官为伍长；二五为一什，主官为什长；二什为一队，主官为队率；二队为一屯，主官为屯长；五屯为一曲，主官为军侯。这样算下来，每曲的人数是五百人。再往上，二曲编为一部，主官为军司马或别部司马，假司马、军假司马为其副职，是一千人；五队编为一营，是五千人，主官为都尉或校尉；二营为一军，人数为一万人，主官一般为校尉或各类将军。

这种编制方法，从秦到魏大体上没有变化，是很清楚的。但是，写史的往往是文人，对军事要么不重视要么不在行，于是留下来的史料中，一涉及这些方面读起来就比较费劲。举个例子，若干年后将要发生的“水淹七军”，实际上就是一个军，它下面有为数众多的师、团、营级单位。这些军是怎么编组的？军长分别是谁？都在哪里驻防？这些统统不知道了。如果我们现在有这些材料，那读起来不仅会更加有形象感、立体感，而且不至于产生混乱。

由于史料严重匮乏，今天我们已经缺少了太多的细节。不过，为了大家理解起来不吃力，今后凡叙述到此类问题，尽可能把它“翻译”过来，未必准确，但基本上会接近于事实。比如，曹操的这个新职务骑都尉，手下是五千人，如果按照正规的编制，应该是一营，营是军以下、部以上的编制，找个接近的说法就是师，这个师的下面应该有五个部，约相当于五个团。

曹操自光和二年（179）担任议郎到现在已经六年了，这段时间，除了偶尔上书之外，曹操没有更多的活动。后来，曹操连上书的事也很少做了，从来没有涉足军事的曹操，怎么会突然被委以如此重任呢？

对曹操而言，这的确是一个重要的人生转折。但是，所有的史料都没有记录或探究过这个问题，所以我们只好猜测。一个可能的原因是曹操喜欢军事，并且有了点名声。曹操不好读死书，好读杂书，尤其是法家、兵家的著作。近几年，他酷爱一本《孙子兵法》的书，而且学有所得。他经常会与朋友讨论这些问题。皇甫嵩担任北地郡太守前的职务恰巧是议郎，卢植也担任过议郎，如果曹操与他们刚好在一块共过事，他们应该比较熟悉，对于这个个子虽然不高但却干练果敢的青年，皇甫嵩或者卢植没准有过深刻的印象。

还有一个可能的原因是张奂、张温等人的影响。张奂、张温可以算作上一辈的军事统帅，曹腾与他们的关系已如前述。这两个人在军界威望很深，并且仍然活跃于军界，虽然因为边境战事脱不开身，没有出现在清剿黄巾军的序列里，但在军事方面无疑保持着重要的发言权，如果曹操事先得到消息并求助于他们，他们的建议应该在汉灵帝的决策中发挥作用。

当然还有一个原因，是当时根本找不到合适的人。这个原因看来荒谬，但也确实存在，帝国的教育体系虽然发达，但培养的都是文人，武将基本上靠自学成才，或者像张奂、卢植那样弃文从武。由于教育结构的失衡，造成军事人才的匮乏，到了需要的时候，还真找不到合适的人。而且打仗不是好玩的事，现在面对的是来势凶猛的黄巾军，带兵打仗，冲锋陷阵，马革裹尸，好多人还没有做好思想准备。骑都尉看着很威风，但任职条件极苛刻，危险系数极大，前途不被看好，世家大族即使有子弟符合条件，也会劝他们不要出这个风头。如袁家的袁术，担任过多年的虎贲中郎将，此兄一贯喜欢出风头，但这回也没敢吱声，毕竟干天子卫队和上战场厮杀是两码事。

这个时候，如果曹操主动请缨应该机会也很大。以曹操的个性，在朝廷里做议郎，然后一步步往上爬，做个九卿，再到胡子一大把时混进三公行列，这样的职业生涯规划不是不可行，但却不是他心中所想。曹操欣赏许劭给自己的评论："治世之能臣，乱世之英雄。"以往认为，曹操只一心想当英雄，对当能臣不太感兴趣。其实不然，曹操不是从来不想当能臣，而是他明白当不了。因为当能臣需要条件，这个条件是"治世"。而现在的情况刚好相反，天下已经大乱，乱世里没有能臣，乱世里只有英雄。曹操想做一个英雄，和曹操同时代的许多人也都有同样的想法。

不管怎么样，曹操脱下文官的制服，换上一身戎装，曹秘书成了曹师长，他要带领临时组建起来的这支五千人的队伍开往前线，他们的目的地是颍川郡，曹师长接到的命令是到达目的地后，听从左中郎将皇甫嵩的指挥。行军路上，曹师长不断接到最新情报和皇甫准将发来的命令，中心只有一个：颍川前线战事吃紧，火速增援！

长社的大火

对付黄巾军的主战场有两个，一个是北部的冀州，北中郎将卢植任总指挥，他的对手是张角三兄弟；一个是南部的颍川郡，分别由左中郎将皇甫嵩、右中郎将朱儁任总指挥，他们的对手是颍川黄巾军的首领波才。

先来说说南部战场，颍川郡的位置挨近洛阳，波才又是黄巾军中最有谋略的将领，朝廷不敢怠慢，派了皇甫嵩和朱儁共同迎击。但是，黄巾军作战很英勇，面对朝廷的两路大军，竟然不急不怕，沉着应对，皇甫嵩和朱儁虽然没有吃到大败仗，但一举荡平敌人的想法没有实现。尽管有过平叛的经验，这一次他们也不敢再大意，商议之后，决定采取稳扎稳打的办法，与黄巾军打持久战和消耗战。

这个决策本来是正确的，因为他们这次出征，队伍是临时组建而成，来不及训练，各部之间和上下之间都还不够熟悉，总之是一支战斗力还没有完全形成的部队，稳定一下慢慢来，是有必要的。而且，大将军何进在洛阳正抓紧组建预备队，朝廷的援军以后会陆续投入战场，只要坚持下来，战场敌我力量对比就会发生改变。波才也看到了这一层，所以他不想长期对抗，而是全力攻击，他们选择的主攻目标是朱儁负责的方向，结果朱儁盯不住，吃了败仗。

皇甫嵩分析了形势，认为得找一个坚固的据点屯兵筑寨据守，这样他带兵退到了一个地方，叫长社。皇甫嵩和朱儁的队伍退进了长社城内，波才随后指挥黄巾军将其层层围住。黄巾军的人数几倍于朝廷的部队，形势十分危急。皇甫嵩不断向洛阳发出求援信号，这样，新组建的骑兵师共五千余人，在没有经过训练的情况下，即在骑都尉曹操的率领下投入战场。

这时是光和七年（184）5 月，距张角正式起义仅两个多月。黄巾军在波才的指挥下猛烈攻城，长社是临时撤进来的一个小县城，这样的城池一般不会太大，去过北京西南郊宛平城的朋友们有可能会更容易理解这一点，通常这样的城池只有四个门，站在南门楼一眼就能看到北门楼，平时里面的常住人口至多数千人。

依靠这样的城池抵挡黄巾军数万人的进攻谈何容易？皇甫嵩作为经验丰富的将领，一面指挥守城，一面思考如何摆脱困境。皇甫嵩站在长社城墙上，他看到黄巾军的营寨附近都长满树木和草，黄巾军这样做可能是为了宿营的时候更舒服一些，毕竟农历的五月天气已经很热了。

皇甫将军的脸上露出了一丝不易觉察的笑容，波才，看来你只靠自学成才还是没到火候。皇甫嵩立即布置下来，准备引火之物和大量易燃品，趁一个刮风的夜里冲出城去，士兵们个个手持火把和引火的东西，冲到敌营，见到树也烧，见到草也烧，见到营帐也烧。

这时候风很大，火势很快起来，黄巾军经过数十天攻城不下，已经比较疲惫，大部分人都在睡觉，突然火光冲天，喊声四起，营帐里一下子乱了套。皇甫嵩立即率兵进攻，黄巾军损失惨重，但他们没有完全退却，而是退到长社之外稍远的地方重新扎营。这时，曹操率领的骑兵部队赶到了。

三路人马合在一处，由北中郎将皇甫嵩统一指挥，这次皇甫嵩改变了打法，主动寻求与黄巾军决战。对于黄巾军来说，其实没有更好的办法，打持久战只能对朝廷更有利，也只能选择决战了。结果，这场决战以朝廷军队大胜而结束，波才弃军而走，黄巾军被斩首数万，汉灵帝下诏封皇甫嵩为都乡侯。皇甫嵩、朱儁会同南阳郡太守秦颉、骑都尉曹操等人继续追击，不断扩大战果，于宛城斩杀了黄巾军另一个首领张曼成，最后于阳翟和西华再次找到波才和黄巾军首领彭脱率领的主力，取得大胜。

朝廷军队三战全胜，黄巾军被迫退出颍川、南阳等地，京师南部的形势转危为安。在首战中朱儁所部曾经吃了败仗，所以皇甫嵩在上报功劳的时候，特意将后面取得的功劳多分一些给朱儁，汉灵帝下诏封朱儁为西乡侯，由右中郎将改任镇贼中郎将。

过去虽然都是中郎将，但左在右之上，右中郎实际是左中郎将的副手。朱儁不再担任右中郎将一职，意味着他将脱离皇甫嵩而单独行动。果然，朝廷命令二人分兵，皇甫嵩率领所部以及骑都尉曹操所部开往洛阳东部地区兖州刺史部的东郡，在那里黄巾军首领卜巳渐成气候。朱儁仍旧在南阳郡一带平息黄巾军余部。皇甫嵩、曹操率军到达东郡，击破了东郡黄巾军，生擒卜巳，斩首七千余级。

再来说说北部战事，卢植到达冀州后，利用自己的名望，大量招募兵马，壮大力量。在这次招募活动中，有两个人不得不提，他们就是卢老师的两个学生：公孙瓒和刘备。他们不是一块来的，但都不是只身前来，还带着不少人，其中公孙瓒带的人里，一定有一个叫赵云；刘备带的人里，有两个人分别叫关羽和张飞。

关于他们的故事先按下不讲。先说卢将军的对手张角兄弟，几仗下来，张角兄弟渐渐不支，退到了广宗。卢植在广宗城外修堡垒，挖壕堑，造云梯，准备攻城。正要一举攻下广宗的时候，意外发生了，卢植被解职。

朝廷往前线派来了一个人，名叫左丰，是个宦官，他来的目的说是慰问，实际上是监军，毕竟汉灵帝刘宏对这些手握重兵的将军们还不能完全相信。这个左丰打仗是外行，搞钱却是老手，他依照惯例向卢植暗示给自己行贿，但几天过去了，卢将军那边丝毫不见表示，左丰于是很生气地回去了。

宦官向前线的将领索贿，这是一件很普通的事。打仗得花钱，战争预算的制定和拨付掌握在宦官手里，如果不打点好这帮贪官，什么事都干不成。当年猛如“凉州三明”之一的段颎都深知其厉害，都要刻意巴结宦官。但卢植不是段颎，他本质上是个学士，打心底里看不起这些宦官。卢植以为，到了现在这种时候，汉灵帝不应该再偏信这些宦官了。他也不相信宦官们会选择这个时候找事，所以没有理左丰的茬，继续做攻城的准备。

但是卢将军错了，坏人做坏事是不分时候的。左丰回去向汉灵帝报告前线战况，添油加醋说卢植消极怠工，故意不出战，是想邀功。汉灵帝大怒，给卢植派来了一辆囚车，临阵把主将逮捕，押回京师问罪。

接任卢植的人名叫董卓。这厮想必大家都很熟悉了，在这里是第一次说他的事。董卓长期在羌汉杂居的凉州一带长大，先后追随“凉州三明”之中的张奂、皇甫规与羌人作战，因为很会打仗，战功卓著，被提拔为并州刺史、河东郡太守。朝廷下诏调董卓前来冀州，指挥前线作战。董卓没有被任命为卢植担任的北中郎将，而是重新设了个东中郎将给他，原因是卢植的职务此刻还没有免。

说实话，论打仗董卓是那个时代一流的猛人，但此君长期与羌人作战，善长骑兵野战，属于速度型和力量型选手，拉到河网密布的冀州大平原上一试，居然找不到感觉。他多次想找张角的主力决战，但总也找不着。汉灵帝等急了，因为左丰告诉他的是，只需一顿饭的工夫就能拿下张角，卢植怯战，怎么换了个够狠的角色，一样没有效果。

这反而救了卢植一命。他被押到京师本来要受到严惩，但由于董卓军事上的失败，从反面印证了当初他稳扎稳打策略的正确，于是他仅受到免官的处罚。董卓眼看拿不下张角，干脆向汉灵帝上书，说自己无能，然后向天子推荐了一个人代替自己，这个人就是正在东郡一带“清剿”黄巾军的皇甫嵩。

董卓是皇甫规的老部下，自己学艺不精，只好把老首长的侄子请出来。这样皇甫嵩就接替董卓指挥对张角的战斗。这一年对皇甫嵩来说实在是个人事业的巅峰，而且他运气也好得不行。接替董卓以后，还没等他拉开阵式，这场战斗就结束了，因为对方的主帅、太平道大贤良师、黄巾军天公将军张角不幸病故。

张角突然去世给黄巾军造成巨大打击，他的两个弟弟张梁、张宝继续统领黄巾军主力。在皇甫嵩指挥下，朝廷军队在广宗这个地方取得了决战的胜利，张梁、张宝先后被杀。张角虽然死了，仍然被撬开棺材，戮尸、斩首，将张氏三兄弟的人头传送京师。

到这一年底，朝廷军队在各个方向都传来捷报，各种战利品以及砍下来的人头不断运到洛阳。汉灵帝下诏将乱军的人头集中起来，上面盖上土，居然像小山那样高，被称为“京观”。

本次平叛功劳最大的当数皇甫嵩，汉灵帝下诏封皇甫将军为槐里侯，拜为左将军，由准将升为中将，同时兼任冀州牧。不久之后，皇帝下诏升朱儁为右将军，凡参与平乱的都有不同的奖赏，其中骑都尉曹操因为配合皇甫嵩作战有功，被任命为济南国相。

对于汉灵帝来说，终于可以长长地松了口气。好了，一切太平了，张角兄弟死了，人头带回来了，各地的黄巾起义都被镇压下去了，尽管还有一些地方有黄巾余部在活动，但已经成不了气候。汉灵帝想，该喘口气了，这一年真紧张得要死。光和七年（184）十二月，汉灵帝下诏改元为中平，寓意天下经过一场大乱走向安宁和平。但是，如果他能未卜先知，他的心情一定会更沉重，因为这才是风暴的开始。

时势造英雄

在这场平息黄巾军的战役中还有几个人崭露头角，引人注目，换句隆重点的说法，就是登上了历史舞台。其实，这几位算来也都是大家的老熟人了。

一位是王允，字子师，太原郡祁县人。很早就表现出异人之处，著名士人郭泰曾经“奇之”，称他为“王佐才也”。史书上说他“少好大节，有志于立功，常习诵经传，朝夕试驰射”，跟青年曹操很相像，是文武兼修并在内心里确定天下一定会大乱的人。

黄巾起义前，王允担任侍御史，负责监察方面的工作。这时候，朝廷抽调一部分中央干部到地方任刺史、太守，充实地方的实力，王允被任命为豫州刺史。王允到任后，很重视领导班子建设，先后引进了两个名士，一个是颍川的荀爽，即“荀氏八龙”之一，是荀彧的叔父；另一个是孔圣人的后代孔融。皇甫嵩、朱儁、曹操在颍川郡与黄巾军交战，颍川郡就是王允的地盘，他给予充分合作，给中央军搞后勤，同时组织地方武装作战。

在一次打扫战场时，王允从黄巾军那里发现了中常侍张让的宾客与黄巾军暗中相通的书信，王允呈报给汉灵帝，张让吓得半死。可奇怪的是，汉灵帝除了痛骂了张让一顿外，并没有再作深究。张让“怀协忿怨”，捏造了一个罪名诬告王允，中平二年（185）王允下狱，差点没了命，幸亏大将军何进出手相救，王允才保住一条命。王允先隐居了一段时间，后来到何进手下任职。

中平元年从中央下派到地方的干部里还有一个叫陶谦，字恭祖，丹阳郡人，他的父亲做过县长，但很早就死了。陶谦“以不羁闻于县中”。十四岁的时候，由于缺少管教，还整天骑着根竹棍满街跑（乘竹马而戏）。但是有人却看好他，这个人是同郡的甘公，以前担任过苍梧郡太守。甘太守甚至想把女儿许配给陶谦，遭到了甘夫人的强烈反对。甘太守不以为然，非把女儿许给陶谦不可，最后陶谦成了甘家的女婿。

甘太守没有看走眼，陶谦后来被举为茂才，担任了县令，又做了幽州刺史，名将张温主持西羌战事的时候，把陶谦调过来“参军事”，相当于军事参谋。黄巾起义爆发时，陶谦还在张温那里当参谋，后来转任徐州刺史。与王允不同，陶谦担任徐州刺史可能是他要求或者积极活动的结果，因为他与上司张温正在闹别扭，急于走人。

张温对陶谦很不错（接遇甚厚），但陶谦偏偏看不上这个上司。一次军中宴会，张司令让陶参谋负责行酒，就是当酒司令，这位陶参谋还真当事，真以为自己是司令了，借着酒劲把张温侮辱了一番。张温脾气再好，这下子也受不了，一怒之下给陶谦判了个流放边疆（徙谦于边）。陶谦刚打发走，张温的怒气就消了些，有人又从中相劝，张温于是下令将陶谦追回。按说陶谦该吸取教训了，但他见到张温的时候，仍然把头抬得高高的，一副誓不低头的样子。好在张温没有再发火，只是笑着说：“恭祖，你是不是得了痴病啊？”在张司令那儿不好混，陶参谋开始考虑另谋高就。正在此时，黄巾起义爆发，朝廷往地方上派干部，可能是在他的积极活动下，最终被派到徐州当了刺史。陶参谋之所以敢清高，因为他确实有两把刷子，到任后，“击黄巾，破走之”。陶谦从此就扎在这儿不走了，徐州成了他的根据地。

还有一个人，朱儁在被任命为右中郎将时，坚持提出来要调他来当帮手，这个人名叫孙坚，字文台，吴郡富春县人，是孙武的后代，时任下邳县丞，即下邳县副县长。

史书上说，孙坚生得容貌不凡，性情阔达，好交朋友，年轻时做过县吏、郡保安团团长（郡司马）。当时，他家乡一带闹海盗，头目叫许昌（此为人名非地名），孙坚以郡司马的名义召募精勇，与其他地方武装共同讨伐许昌，因为有功，被任命为盐渎县丞，后又改任盱眙县丞、下邳县丞。孙坚的仕途看来不太顺，换了三个地方都是副县级领导，搁在别人肯定撂挑子不干了，但孙副县长干得挺好，《江表传》说大家都挺爱戴他（所在有称，吏民亲附）。

朱儁听说孙坚打过海盗，军事上有一套，就请孙坚到手下当佐军司马，相当于一名副团长。孙坚从下邳赶往颍川前线报到的时候，不是一个人去的，屁股后面还跟了一千多号人，可见孙坚挺有号召力。在随后的战事中，孙坚作战勇敢，尤其是在朱儁指挥攻打宛城时，孙坚第一个登上城头（身当一面，登城先入），朱儁于是上报朝廷，升孙坚为别部司马，相当于所属独立团团长。

下面，该说说卢植的两个学生公孙瓒和刘备了。

公孙瓒字伯珪，幽州刺史部辽西郡令支县人，属于边疆地区人氏。在郡政府当过书佐，也就是文书，他一表人才，嗓门挺大（有姿仪、大音声），受到太守的赏识，把女儿许给了她。成为太守的女婿后，为了进一步深造，太守出学费把他送到幽州当时最有名的大学者卢植那里学习，前面说过，卢植和郑玄结伴向马融求学，学成后回家乡开始教书。在此期间，公孙瓒认识了同学刘备。

刘备字玄德，涿郡涿县人，据说是西汉景帝之子中山靖王刘胜之后，但这顶多是个象征意义，因为此时是东汉不是西汉，虽然都姓刘，待遇差得老远了。刘备的祖父叫刘雄，曾经做过东郡下属的范县令。父亲叫刘弘，很早的时候就死了。

刘备的母亲以“贩履织席”为业，是个体户兼手工业者。家境虽然不好，但这个母亲却很伟大，她知道读书有文化才能最终出人头地，所以刘备十五岁时，母亲就给他收拾行李去上学，拜的老师也是卢植。这样，刘备就有机会跟公孙瓒做了同学。上学期间，公孙瓒和刘备关系很好，公孙瓒比刘备大，刘备喊他作大哥（以兄事之）。除了公孙瓒这个同学外，刘备还有一个同学叫刘德然，刘德然的父亲叫刘元起，是个大款，非常看好刘备，经常资助他，还有中山国的大商人张世平、苏权等人，也资助过刘备。

看来刘备年轻时就挺有魅力，太守的女婿跟他称兄道弟，大款家的孩子跟他交朋友，大商人争着资助他。那么，他的独特之处在哪里呢？如果有的话，按说这些光辉事迹史书都会记上一笔的。但是翻开史书却让人傻了眼，关于刘备同学的个人鉴定，史书是这样说的：“不甚乐读书，喜狗马、音乐、美衣服。”是个典型的不学无术少年。史书还说他“身长七尺五寸”，合现在的 1.76 米，“垂手下膝，顾自见其耳。少语言，善下人，喜怒不形于色”。并且说他“好交结豪侠，年少争附之”。

这也许才是他的长处，这个个体户家庭出来的孩子，最大的长处是能广交朋友，会交朋友，能交到真朋友。其实交朋友是件大学问，仅靠慷慨大方不够，仅靠以诚相待也不够，仅讲义气也不行，要交到真朋友、好朋友，交很多很多的朋友，最需要的是什么？答案是：个人魅力。事实证明，刘备最大的特点就是有个人魅力。这个特点终其一生，同时代很少有人能超越，因此刘备干出了一番大事业。

公孙瓒、刘备在卢植那里毕业后发展各自的事业去了，公孙瓒继续在岳父手下当郡吏，刘备四处结交朋友，而且成果显著，他认识了两个陪他走过大半生的患难朋友：关羽和张飞。鉴于这两位老兄的大名已为全宇宙的人所熟知，这里就不再多说了。

卢植在冀州召兵，公孙瓒和刘备先后来到军前效力，卢植对二人的安排是不一样的。公孙瓒参军前已经是国家干部，有一定资历，被卢植直接任命为军司马，是卢植的助手。常山国真定县人赵云，这时就在公孙瓒的手下，史书上说赵云“身长八尺，姿颜雄伟，为本郡所举，将义从吏兵诣公孙瓒”。刘备是布衣百姓，卢植把他以及关羽、张飞，还有追随他们的一干人编到校尉邹靖的下面，暂不明确他的军职，干着再说。

在讨伐黄巾军的战斗中，公孙瓒和刘备都立了功，公孙瓒后来被提升为骑都尉，成为高级军官，之后归幽州牧刘虞统辖。而刘备被任命为安喜尉，相当于安喜县副县长兼县公安局长。

如果没有黄巾起义，王允可能混个九卿之类的官当，如果祖坟上冒出青烟来，也有希望位列三公；陶谦恐怕还得在军队里混日子，由于跟上级关系处不好，自己又是一身的臭脾气，所以前途较为黯淡，干到年纪一大把，转业回家；孙坚要稍微好一点，这小子能吃苦、心态好，不过因为没有后台，能干到郡太守这一级，也得累到半死；公孙瓒行情最好，有可能混到边防部队里跟北部少数民族作战，如果战绩好的话，没准能封个侯；刘备情况最差，建议他向商业、娱乐业方面发展，或者重新回炉，到卢老师那里继续上学，然后专心搞学问；赵云群众基础看来不错，可以在家乡真定县当个县尉什么的，如果有机会到部队里发展，没准能混到校尉、中郎将这一级；关羽和张飞嘛，一个是流窜犯，一个是什么事都爱管的闲人，都属于社会不安定因素，估计摆脱不了受穷的命，如果不服气想造反的话，结局不会比张角兄弟更好。

如果没有黄巾军，曹操想当“乱世英雄”的可能性不大，不过他可以转行向“治世能臣”方向发展，以他的智商应该也能青史留个小名。但是不久的将来，他们都人五人六起来，抄起家伙大打出手，跟别人打，互相之间打，嘴里都喊着“光复汉室”的口号，手底下干的都是私活。东汉帝国摇摇晃晃地又走了几十年，终于葬送在这帮人以及他们子孙们的手里。

这一切，都是因为有了黄巾起义。一场黄巾起义，改变了那个时代大部分人的命运。因为黄巾起义，曹操过了一把带兵的瘾。现在，他又要脱掉戎装换上文官制服了。他现在是品秩二千石的地方大员，即将到那个陌生的地方上任了。

第四章

歧路彷徨

一场廉政风暴

中平元年（184）底，曹操被任命为济南国相，成为品秩二千石的副省级地方要员，这一年他三十岁。济南国隶属青州刺史部，该州所辖大体相当于含胶东半岛在内的今山东省北半部，有五国一郡，即济南国、乐安国、北海国、齐国、平原国、东莱郡。济南国治所在东平陵县，即如今济南市附近的章丘县一带。在距那时最近的一次人口普查中，济南国有户78544户，人口45万余人，在东汉一百多个郡国中，属于中等偏小的一个。

东汉的“国”作为刘氏藩王的封地而存在，但自汉景帝以后诸侯王已经没有行政权，只能享受封国内的赋税收入，由朝廷任命的国相直接管理郡国内的事务，相当于郡太守。现如今三十来岁的年轻人，在各个岗位上都还是刚出道的小青年，如果在机关里能混个副处，那一定会被同僚恭维为年轻有为，并且嫉妒得要死。如果在基层工作，三十岁能当上乡长的恐怕都不多。三十岁最容易成为被压制、被打击的对象，所以也最容易成为愤青。但曹操不是愤青，他已经有了整整十年的官龄，在基层干过，当过县公安局长、县长；在中央干过，当过天子的秘书兼顾问；也带过兵打过仗，当过骑兵师师长。总之，曹操虽然还年轻，却已经有了很不错的人生履历。现在，因为参加平息黄巾军起义有功，正式被任命为郡太守一级的国相，曹操的人生履历又再上一个新台阶。

与到顿丘县上任时的心情不同，此番曹操前往青州任上，心里颇有点踌躇满志。即使在不太强调干部任职年龄的东汉，三十岁能当上郡太守的毕竟也不多。黄巾军掀起的高潮被压制下来，全国局势突然变得平静起来，曹操心里关于“乱世”“治世”的思考又发生了轻微的变化。也许天不灭汉，只要天子肯于振作起来，朝野上下充满正直之士，国家的根基还是稳固的。在治世里做个能臣也是自己的人生选项。要做个能臣，就要积累实践经验，了解民情，增添阅历，使自己不断受到历练。此番到济南国任职，就是最好的机会，所以曹操来的时候很兴奋。

但是，到任不久曹操便被迎面泼来的冷水浇了个透心凉，心情变得很差。济南国下辖东平陵、於陵、台、菅、土鼓、梁邹、东朝阳、历城等十个县，由于以前历任国相疏于政务，不能严于治理，造成吏治的腐坏，这些县令和县长绝大多数存在严重的问题。现任济南王名叫刘康，是河间王刘利的儿子，他与当地这些县官结成同盟，又与朝廷里的宦官权要们来往密切，织成了一个复杂的关系网。谁到这里来上任，也无法施展拳脚。

一开始，大家并没有把这个三十岁的国相放在眼里，根据他们的经验，对付这样的外来户，只需三招即可：一哄二吓三逼，不出一年半载谁都在这儿待不下去，到时候只有卷铺盖走人。如果愿意留下来投靠他们，结成共犯联盟，他们也会表示欢迎。总之，这帮人认定人多力量大，强龙不压地头蛇。但接下来的情况让他们有点吃惊。这个年轻人似乎很沉稳，很老练，一来先搞了两三个月的调查研究，之后突然出手，大刮廉政风暴，一口气拿下了十个县官中的八个，罪名是贪污受贿、滥征税费、为地方黑恶势力当保护伞、鱼肉百姓等。

给这些人找犯罪证据太容易了，关键是敢不敢。曹国相一出手，济南国官场炸了锅，出了事的官员们家里人赶紧通过各种关系疏通，有的跑来向曹国相求情，有的跑到朝廷那里搬救兵。济南王刘康一下子也傻了眼，相国虽然名义上是他的属下，可按照朝廷的体制，他根本管不了，既不用向他汇报工作，做任何事也不需要向他请示。刘康是个吃软怕硬的家伙，一看姓曹的这小子是个铁腕，就想自己还是不要掺和的为好，不然这把火就会烧到自己头上。奸人下台换上清正之人，老百姓一片叫好，社会沸腾，其他作奸犯科之人失去了保护伞，不用曹国相招呼，主动玩消失。这下子却苦了周边的几个郡国，因为史书记载："小大震怖，奸宄遁逃，窜入他郡。政教大行，一郡清平。"

但问题也不那么简单，实际上曹操捅了个马蜂窝。吏治的衰败由来已久，积重难返，不是一两次廉政风暴能解决的。表面的胜利，背后隐藏的是巨大的危机，奸恶势力之所以奸恶，缘于那是一张看不见却很可怕的网。

你要了人家的脑袋，关人家到监狱，砸了人家的饭碗，这些人能做的只有一件事：跟你拼命！一时间，告黑状的，搞恐吓的，在社会上造谣的，都冲着曹操来了。有消息灵通人士甚至言之凿凿地说，主管地方官员纠举工作的青州刺史那里，以及朝廷里主管官员廉政建设的御史们手中，收到告曹操状的检举信垒起来比曹操的个子都要高了。

但是，曹国相置之不理，廉政风暴告一段落后，他又推出了下一阶段工作的重点：禁淫祠。自汉初年以来的三四百年里，济南国这个地方一直盛行鬼神崇拜和淫祀之风。早在汉初吕后临朝称制的时候，吕氏抛弃高祖刘邦定下来的"非刘氏不王"的白马之约，大封吕氏一门，刘氏社稷岌岌可危。后来，在周勃、陈平等刘邦的这些老战友的协助下吕氏被诛灭。

在这场斗争中，刘邦的孙子刘章也出了大力，到汉文帝时被封为城阳景王，城阳景国即今天的山东省莒县一带，与济南国相邻。城阳景王作为保护刘氏皇室的功臣，逐渐演化为维护大汉统治的保护神。三百多年来，无论是西汉还是东汉，刘氏皇权每当面临危机时，不希望改朝换代的人们都会想起城阳景王来，给他修庙祭祀。本来倒不是什么大事，但这种祭祀之风刮得也太厉害了些，比如原城阳景国相邻的济南国,各种祭祀城阳景王的祠庙就多达六百多座,这就是所谓的淫祠。淫，是泛滥的意思。

淫祠背后隐藏着复杂的腐败问题和社会不安定因素，因为这些祠庙都由一些地方黑恶势力来操控，所需要的花费分摊给辖区内的百姓，百姓对此苦不堪言。这些人还以淫祠为依托结成一种势力，打着祈福、禳灾和为百姓祛病的旗号，大搞各类非法组织，欺压百姓，鱼肉乡里。淫祠的存在，消耗了大量的社会财富，使民生更加凋敝，社会风气更加败坏，社会治安更加混乱。已故太尉陈蕃以前曾在本州的乐安国为相,他对淫祠造成的危害有深刻认识,在任期间曾下令加以禁绝。

曹国相颁布了新的命令，禁止再建新的祠庙，对于已建的要进行评估，不符合有关要求的将强行予以拆除。由于行动果断,一时间济南国内的淫祠现象不见了。

通过这两件事，可以看出在曹操的身上有一个难能可贵的长处：执行力。无论是廉政风暴还是禁绝淫祠，他都毫不手软，体现出他的自信，也说明他在吏治和地方治理方面有一定能力。但他又势单力薄，面对几乎整个官吏体系的腐败，在错综复杂的地方关系面前，单靠他一个人能改变的似乎又很有限。正当曹操信心十足地在济南国推行他的新政时，外界的一些传闻也陆续传到了他的耳朵里，有的说朝廷正在调查他，有的说他马上就要被撤职查办，对此他都一笑置之。

敌人的谣言总是出现在敌人最心虚的时候,对于一心想成为能臣的曹操而言，半途而废的事根本不在考虑之列。直到他接到一封密信，他的想法才发生了改变。这封信是他父亲让人捎来的,曹操看完之后觉得事情远不像自已想象的那么简单。

父亲曹嵩告诉他，一个针对他的阴谋正在悄悄进行，幕后的指使者是汉灵帝跟前的红人蹇硕。这个老冤家一直没有忘记杀叔父之仇,听说不少人告曹操的黑状，蹇硕一下子来了兴趣，蹇硕之所以没有立即动手，是想再等等，多搜集一些证据，好置曹操于死地，并且不能翻案。对于父亲的话曹操没有理由不相信，祖父生前的老关系在宫里还有一些,对于来自后宫里的这些阴谋，曹操也一点不奇怪。看来，想干一番事业，现在仍然不是时候。为了不给整个家族带来灾难，曹操做出了一个决定：请求调回洛阳。

下派干部由于生活不便，水土不服，要求调回原单位工作，是很正常的事，也是允许的。但必须给出个说得过去的理由。曹操的理由是身体有病,不适应工作。好在有曹嵩在朝里上下协调，不久朝廷同意了曹操的请求，但没有更合适的地方安排他，只能回原单位继续担任议郎，这样一来，级别和俸禄相应下降了很多。

大概是中平二年（185）年初，曹操回到了洛阳，继续担任品秩六百石的议郎。可是，他仍然经常请病假，不好好上班（常托疾病）。

在这个时候，兖州刺史部所属的东郡空出太守一职，有关方面经过考察，觉得曹操担任这一职务比较合适，有意任命曹操为东郡太守。放在一两年前，曹操肯定会认真考虑这一任命，但是他现在已经没有了那番激情和壮志，造成这一转变的是他在济南国的经历。对于改造一个世界，他已经感到心灰意懒。对于成为“治世能臣”，他甚至感到了力不从心。

曹操此刻最想做的是思考、休息、读书，他决定辞去一切职务，隐居起来，这一年曹操只有三十一岁。

筑精舍读书

中平二年（185）底，曹操以生病为由，辞去刚刚被任命的东郡太守一职，之后回到故乡谯县。距上次因宋皇后事件受株连罢官回到家乡已经六年。不过，东郡太守这一职务，曹操以后还有机会再次担任，那是又一个六年以后的事了。

近两年来，作为帝国的年轻将领，曹操带兵与黄巾军作战，拿黄巾军的话说，他的手上沾满了太平道兄弟们的血。后来，他又在济南国惩治了不少贪官污吏，这些人以及一些黑恶势力也把他当成了敌人。现在，曹操不在任上，手里没有兵权，辞官之后就是一名普通百姓，那些成心想报复他的人就有了机会。所以，他不能大张旗鼓地回家，甚至最好不要住在府里，时间一长难免会走漏消息。

谯县城以东五十里有一处林木茂盛之地，涡河从这里流过时拐了一个弯，形成一块三面环水、面积很大的林带，曹仁、曹洪等人都在外地，曹操亲自动手设计了一处房子，在夏侯渊等人的帮助下很快修好，对外称是夏侯家的精舍（别墅），其实是给曹操秘密居住。从中平二年（185）底到中平五年（188）初，曹操在此生活了近三年，其间从未离开，真的过了上隐居的生活。隐居在士人心里是挥之不去的情结，尤其当人生出现挫折或对社会现实失望的时候，这种心态就更加强烈。而在那个时代，隐居还是士人的一种时尚，是受人敬重的一种生存方式。

淡泊名利，与世无争，清静无为，被视为一种美德，由此造就了不少名声很大的隐士，有的人愈隐愈显，愈显愈隐。曹操隐居没有做秀和沽名钓誉的意思，他是真隐居。关于在这段不算短的日子里的心路历程，25 年后他在一篇回忆文章中进行过阐述。他说：“辞官之后，年纪尚少，看身边的人，有的年已五十还不算老。我私下在想，就是稳居上二十年，等到天下清平，也不过与周围这些人年岁相当。所以我回到乡里，在谯县以东五十里筑精舍，想秋夏读书，冬春射猎，把自己彻底封闭起来，杜绝与宾客往来。”

曹操在精舍里主要任务是读书和思考，除此之外，精舍周边林木绵延，也是各种动物喜欢出没的地方，冬春季节可以在此射猎。以前曹操对射箭和骑马都很感兴趣，现在有时间也有条件了，经过反复练习，他的骑术更精了。日后曹操南北征战，经常亲自带队出征或偷袭，他最喜欢带领的就是骑兵，而成为一名优秀的骑士，在他日后的军事生涯中发挥了重要作用。

在精舍隐居期间曹操写了不少诗作，保留下来的有一首叫《对酒》的诗，描绘的是作者心中理想社会的模样：吏役不上门叫嚷，君王圣贤，大臣们都是忠良；人民不争斗，人人都知道礼让；三年耕种，够九年的口粮，家家户户粮满仓……这是多么美好的太平盛世景象。曹操心中依然向往着一个承平的社会，在这个社会里，政治清平，君王贤明，大臣忠良，官吏爱护百姓，徭役轻薄，民风淳朴，人人都能善终。

此时的曹操一心向往的还是“治世”。虽然在治世里实现不了当英雄的理想，但做一个贤良有为的能臣，也是他乐意追求的目标，但这些与现实的反差实在太大了。他当过县令，带兵与黄巾军作过战，又担任过济南国相，在这些实践中，他接触到了社会真实的一面，作为官僚士大夫队伍中有良知、头脑清醒的年轻一辈，他的心中一定充满了矛盾、痛苦和无奈吧。

室外是奔流不息的涡河，周边尽是郁郁葱葱的树林，空气清新，远离尘嚣，没有纷争与恐惧，在精舍这一小片天地里，正值而立之年的曹操，思考着现实，规划着未来，但却理不出头绪来。夕阳一次次挂上天空，薄日西天，流水无言，就连曹操自己也觉得，完全遁世的想法也是不可行的，还有很多路得走。

这样的日子过得其实也很快，一眨眼就到了中平四年（187），即曹操回乡隐居的第三年，这一年曹家接连发生了两件值得庆贺的事，让曹操的心中稍稍得到些安慰。

先是这一年的十月，卞氏生了一个男孩儿，这就是后来的魏文帝曹丕。由于事前采取了严格的保护措施，孩子生得很顺利，曹操心里特别高兴。就在喜气还没有散去的时候，十一月从洛阳传来了另一个好消息，曹操的父亲曹嵩被汉灵帝任命为太尉，这样曹家终于也出了一个位列三公的人。

曹嵩复出后一直担任大司农卿一职，他在理财和管理商业方面颇有能力。两年前，也是九卿之一的大鸿胪卿一职空缺，他改任大鸿胪卿一职。在秦汉时，认为诸侯王、列侯、各少数民族的首领以及外国君主的使臣都是天子的客人，处理与这些客人有关的所有事务由一个专门机构来负责，就是大鸿胪寺，所以这个部门类似于外交部。大鸿胪寺的长官大鸿胪卿品秩为中二千石，相当于正部长级。曹嵩担任此职属于平调，由财政战线转到了外交战线，工作倒没有什么难度，但曹嵩对于新的岗位不是特别喜欢，大鸿胪卿这个职务其实就是专门伺候人的活，经济专家曹嵩干了一段时间，一点感觉都没有，心里盘算着还是找个机会回去干老本行。

这时，汉灵帝刘宏推出了一项新的干部选拔任用政策，给一心想调动工作的曹嵩一个机会。当初，黄巾起义爆发，刘宏不得已拿出自己小金库的钱用来平乱。谁都知道打仗是最烧钱的事，前线一开打每天都要消耗大量金钱，汉灵帝多年来积攒的私房钱一下子用掉了许多。刘宏看在眼里，心疼得睡不着觉。不过汉灵帝也颇会理财，他很快想出了挣钱的新招。这一招很简单，不用投资，没有风险，见效快。这一招就是卖官。在人们的印象中，买官卖官都是贪官污吏之间干的勾当，一般都是悄悄地干，天知地知你我知，很少有人公开进行。

刘宏作为天子带头干这种事，在古代帝王中十分少有。而且他不干则已，一干就弄得轰轰烈烈，不仅打广告，明码标价，亲自做动员，而且为此设立了专门机构，办公地点就设在皇家花园西园内。刘宏按照拟任官职的品秩进行标价，品秩一石合一万钱，比如品秩六百石的县令，标价 600 万钱，品秩二千石的太守，标价 2000 万钱，而太尉、司徒、司空这三公，品秩通常是一万石，标价达到空前惊人的 1 亿钱。

不过汉灵帝也搞了一些促销和优惠活动，对于那些被认为声誉好的人，经过汉灵帝批条子，可以给予优惠价，最低能打到五折。而对于郡太守等一些竞争比较激烈的职位，汉灵帝再次发挥了他的金融天才，创造了公开拍卖的办法，由亲信的宦官当拍卖师，出价最高者才能得到这个职位。尽管有打折促销活动，但价位也实在太高了点，有人很想买官，但没有那么多现金，这种情况一度影响到销售活动的开展。这没有难倒刘宏，他再次创新了营销理念，开发出分期还款的方式，先上任，再付款。

大鸿胪卿曹嵩赶了趟时髦，买了个太尉的职务，花费是 1 亿钱，而且一次性付现，没有讨价还价，没有办理按揭。对此，有人认为曹嵩当了回冤大头，因为此时的太尉已经完全成为荣誉性职务，还没有州刺史、郡太守实惠。但曹嵩不那么看，他认为三公的职位长期处于有价无市的状态，营销总监刘宏常常为此犯愁，就差挥泪大甩卖了。此时他慷慨解囊，无疑带了个好头，说明这个职位还是有市场前景的，足以让那些整天跟天子砍价的家伙羞愧，如此一来，汉灵帝对曹嵩无疑将有更佳的印象，这是用金钱无法估量的。理财高手兼投资专家曹嵩在投资问题上的判断一向准确，汉灵帝不仅对他的表现很满意，而且很快送来了回报。

再次步入军界

就在曹嵩花费1亿钱的天价买下太尉一职的几个月后，也就是中平五年（188）春天，在家赋闲三年的曹操再次接到朝廷的任命，职务是帝国刚刚组建的新军的师长（都尉），品秩仍然是二千石。这是曹操再次担任军职。

黄巾起义的第一次高峰被压制下来以后，各地仍然不够平静，为了加强帝国的军事力量，以防更大规模农民起义的出现，在大将军何进的主持下，一系列军事扩充计划得以实施，组建新军就是其中之一。曹操没有拒绝这个任命，经过长时间的思考和观察，他发现原打算隐居二十年的想法太不切实际了，如果天下大乱，唯一能拯救自己和国家的办法，就是奋起抗争，成为中流砥柱。

与地方行政官员不同，曹操觉得在军队里发展更有价值。近三年中，他阅读了大量兵法和与此相关的著作，需要在军事实践中进行检验。于是，曹操离开谯县前往洛阳上任。他有意带卞氏和曹丕一块走，但曹丕刚出生不久，想想还是算了。

到了洛阳，刚一上任，就有人前来拜访。这个人是老相识，但好多年没有见了。这些年来曹操一直注意打听他的消息，但得到的信息总是很少，仿佛他已经失踪了一样，如今这个人精神焕发地来到他的面前。从此之后，这个人将成为他生命中的重要部分，他们二人影响了那个时代的进程。

这个人就是袁绍，在曹操担任都尉的时候，他在大将军何进手下任职，是何进最倚重的亲信。出身于汝南袁氏家族的袁绍，是那个时代最耀眼的政治明星之一，但是近十年来，他好像没有太大的作为。党锢事件中被迫害的士人里没有他，与宦官作斗争的人里没有他，黄巾起义爆发后上前线打仗的人里也没有他。

鼎鼎大名的袁绍在做什么？答案是：在家乡汝南郡守孝。

袁绍字本初，豫州刺史部汝南郡汝阳县人。这个家族自袁绍的高祖父袁安以下，前后四代人位居三公的高位，袁绍不仅拥有这个令人炫目的高贵出身，而且有堂堂的仪表（姿貌威容），在那个时代要想受追捧，这些都是必要条件。袁绍出生于何时，史料没有明载，一般认为他出生于本初元年（146），所以他字本初。他大概比曹操大九到十岁。与曹操一样，袁绍也是首先从“郎”即天子身边的侍卫做起，在曹操被任命为洛阳北部尉之前的好几年，袁绍获得了第一个正式的行政职务，到东郡的濮阳县当县长。濮阳坐落在黄河岸边，据说袁绍在这里干得还不错，几年后，他离开了这里。

士人被禁锢时，袁绍面临着一生中重要的人生考验，他与著名士人李膺有姻亲关系，李膺被杀后，袁绍面临着受牵连的危险。正在这时，发生了一件事，帮助袁绍化解了危机。大约在这个时候，袁绍的母亲死了，按照规定，袁绍将解除公职，回家乡为母亲守孝三年。袁绍母亲下葬的事在史书中有具体记载，袁绍故意把丧仪搞得很大，通常这个时候死者家属都是被同情的一方，袁绍用哀痛换来了同情，与士人的关系没有人再往下追究了。袁家办丧事惊动了各路豪杰，大家纷纷从各个方向前来吊唁和探望，乘坐的各式车辆竟达数千辆，其中也包括特意赶来的曹操和好朋友王俊。

在这些吊唁的人中，还有几位不速之客，其中一位是朝廷通缉的政治犯何颙，也就是那位曾经盛赞过曹操的士人领袖。这个神秘人物此刻正被宦官们高价悬赏捉拿，却秘密地现身于袁府。何颙是来吊丧的，但有更重要的事与袁绍商谈。

自从遭党锢之祸而被中官们通缉，何颙的行踪就变得十分诡秘，但是周围一帮志同道合的朋友都知道他在干什么，他实际上在到处串联立志干一番事业的各路英雄豪杰。借着袁绍为母亲办丧事的时候，何颙密潜而至。他们商谈的内容没有留下任何文字材料，但是袁绍行完母丧后决定追行父丧，时间也是三年，其实是借服丧为名继续隐居起来，这一决定很可能与何颙等人商谈的内容有关。

袁绍早年丧父，可能没有来得及行父丧。现在主动提出追服三年父丧，于情于理自然没有什么可说的，朝廷批准他延长三年丧假，袁绍的名声进一步因为孝心而扩大。

当然，再隐居三年不出不是为了换取声名。何颙等一帮人认为，现在时机还不到，为了干一番大事业，还必须等待和准备，而洛阳耳目众多，反倒不如汝南郡这里便于活动。于是袁绍在父亲袁逢的墓前修了一座草庐，大家看到他一整天都在看书或深思，而到了晚上，他开始接待秘密的访客。

行完父丧后，袁绍回到洛阳，按惯例他可以继续因行父母丧而中断的仕途，要么接受朝廷的任命，要么接受公府的征辟。但回到洛阳后，袁绍的行为方式更加低调，虽然也有公府征辟，可全被袁绍所谢绝。他过着一种隐居式的生活，“不妄通宾客，非海内知名不得相见”。能经常接触到袁绍的，除何颙外，只有张邈、许攸、伍孚、吴子卿等几个人。这几位都不是普通人物，王粲在《英雄记》里把他们称为“奔走之友”。

张邈、许攸前面已经介绍过，他们也与曹操早年相识，这些年来，与袁绍的来往更密切。伍孚字德瑜，跟袁绍是同乡，都是汝南郡人，是侠士一类的人。吴子卿的情况不太清楚，应该跟伍孚相类似吧。他们应该算士人的新生代，与前辈不同的是，他们对社会和汉室朝廷的看法更清醒、更深刻，因而也更绝望。他们都有参与救世的大志，但不把希望再寄托在天子或者现有官僚体系身上。比如像何颙，早年与李膺、陈蕃互相引为同志，但一夜之间，重要的士人或被杀戮，或被禁锢，而何颙本人被朝廷长期通缉。血的事实不断教育他们，使他们在斗争中更加理性和现实，他们在寻找一条新的道路，不是杀几个宦官或权臣那么简单，要干就要干彻底一点，改朝换代也在所不惜。

在他们眼中，袁绍是可以高举的一面旗帜，政治上的志同道合，又具有无与伦比的号召力。现在需要的是，尽可能多地联系同人和豪杰，把准备工作做到最充足，一旦最佳时机到来，立即出手，一举而成。于是，他们的活动中心随着袁绍回归京师而转到了洛阳，除了以上骨干分子，他们还秘密联系各地的豪杰志士，史书记载竟然达到上千人之多。但这样一来，无论做得多么机密，也不能不引起别人的注意了。

一天，新的宦官首领之一中常侍赵忠对下面的人说："袁绍这个人只顾抬高自己的身价，不应召募，而且私养侠士，不知要想干什么（此儿欲何所为乎）？"这话后来传到了袁绍的叔父、本朝太傅袁隗耳朵里，袁隗立刻感到事态的严重性，他把袁绍痛责了一番，并且限袁绍马上断绝与那些江湖朋友的来往，应公府征辟老老实实出来做事，以绝他人非议，不给袁家带来灾祸。袁绍也预感到有树大招风之虞。刚好就在这个时候，大将军何进征袁绍为属下（掾吏），袁绍这一回不再忸怩作态，而是痛快地应征了。袁绍到大将军府上班以后，深受何进的倚重，他本人利用这个舞台，变得更加活跃。听说老朋友曹操复出担任军职，袁绍立即前来拜访。

袁绍不是来叙旧的，他有重要的事情要跟曹操谈。

拒绝参与政变

黄巾起义成就了一大批英雄，他们即将在历史的舞台上大展拳脚。大将军何进在某种意义上也是黄巾起义所成就的，因为在其后的若干年中他成为帝国最具实力的人物。

中平四年（187）河南尹治下的荥阳县发生小股农民起义，当时担任河南尹的是何进的弟弟何苗，他组织力量镇压了这次起义。这本不算多大的功劳，但因为主角是何苗而被大大渲染了一番，何苗居然被封为车骑将军，从一名地方干部直接挂上了中将军衔。皇甫嵩、朱儁等名将们看了肯定会气个半死，因为在他们南征北战辛苦了大半辈子时，也不过才到准将、少将这个层次。但大家也无奈，谁让人家宫里宫外都得势呢？

何进心里也很明白，外戚的身份就是那回事，不能太当真，实力才是一切。

如果在朝廷内外不建立起稳固的根基，名位越高越容易出事，一觉醒来可能会稀里糊涂地满门抄斩。前一个外戚窦家，窦家之前的梁家，都是前车之鉴。

要想根基牢固，必须培养自己的势力。这时候袁绍在家乡服完丧回到洛阳，何进听说袁绍的大名，觉得可以拉拢和利用，于是主动提出征辟。袁绍也把何进看作是成就大事可以借用的一面旗帜，于是二者一拍即合。何进告诉袁绍，可以把他的朋友都介绍过来，想担任什么职务只管提。

袁绍也不客气，立即提出了一张有二十多个人的名单来，上面不仅有“奔走之友”里的何颙、张邈、许攸等人，还有袁术、荀攸、郑泰、王允等。何进都分别任命了官职，而且都是要害职位。其中，何颙为北军中候，相当于北军的联席参谋长，袁绍的弟弟袁术为虎贲中郎将，是天子禁卫军的高级军官，荀攸为黄门侍郎，相当于天子的机要秘书，郑泰为尚书，王允被何进任命为从事中郎，相当于身边的参谋。

上面提到的这些人里，“奔走之友”已作过介绍，郑泰是著名的士人，王允即前面讲过的曾经担任过豫州刺史被宦官迫害险些杀头的那个人，这里重点介绍一下袁术和荀攸。

袁术也是袁逢的儿子，在血统上是袁绍的同父异母的弟弟，但在法律上却是袁绍的堂兄弟。因为袁绍已经过继出去，当了袁术伯父袁成的嗣子。虽然都是一个父亲所生，但袁术为袁逢正室所生，袁绍为袁逢的妾或丫鬟所生，因为这一点袁术一向看不起袁绍。

袁术在仕途上也很顺利，像曹操一样先在家乡汝南郡被举为孝廉，因为出身好，分配到一个好工作，到尚书台担任尚书，后来担任军职，成为北军五营之一长水校尉，何苗升任车骑将军后，把空下来的河南尹一职给了袁术，之后袁术再次升迁，担任更重要职务，成为虎贲中郎将，是准将一级的天子近卫军指挥官。

荀攸字公达，出生于汉桓帝永寿三年（157），小曹操两岁，他是著名的颍川郡荀氏家族成员，是荀彧的侄子，但却比荀彧大六岁。荀攸的祖父叫荀昙，做过广陵郡太守。史书上说荀攸外表愚钝懦弱，内心却机智勇敢。若干年后，荀攸和荀彧都成为曹操重要的谋士。

曹操这次回京成为新军的将领之一，主要精力放在军队的训练上。袁绍对曹操的能力十分欣赏，尽管袁术多次在他面前流露出对曹操的不屑，但袁绍始终认为曹操是一个可以合作、能够一起商议大事的人。袁绍与曹操之间的联系，主要靠双方的老朋友许攸、张邈等人从中进行，许攸还经常到外地去，按照袁绍的安排四处活动，他们联络的对象是各地的豪杰，以及地方上的要员，冀州刺史王芬就是他们发展的对象之一。

在镇压黄巾起义过程中，冀州刺史王芬手里积攒了一定实力，活跃在王芬周围的有几个人，包括已故太尉陈蕃之子陈逸、著名的无政府主义者术士襄楷、一个叫周旌的沛国人。这些人都有一个共同特点：都梦想着改朝换代。

许攸到达冀州后，与王芬建立了秘密联系。许攸带来了一个重要情报，汉灵帝刘宏正打算回河间国老家看看，时间可能就在当年夏天。由洛阳到河间国，必须路过冀州刺史部的辖区。许攸带来的消息让大家一阵激动，于是让襄楷占卜一下吉凶。襄楷的拿手好戏是星象学，他看了看天象，说天象出现了变异，预示着宦官和小人将要灭亡。

于是王芬决定大干一番，他们迅速制订了一个计划，想在汉灵帝回乡的路上发动兵变，挟持汉灵帝，之后另立刘氏宗族里的合肥侯为帝。这是一个匪夷所思的计划，以区区一个刺史部的力量完成这样的大事根本不可能。更不靠谱的是，这些人还闹出来好大的动静，一方面由王芬出面以黄巾余部闹事为由向朝廷上书要求扩充军队，另一方面由许攸、襄楷等人四处活动，拉拢更多的人参加。

他们也找到了曹操。曹操给许攸写了一封信，这封信完整地收录在王沈所撰的《魏书》里。曹操在信中引用了霍光、伊尹的例子，说明废旧帝立新帝是“天下最不吉祥的事”，劝他们不要作此打算。曹操心里很明白，靠王芬、许攸等人的实力很难完成这么大的事，其结果必然身败名裂，所以他不会参加。

这件事后来很神秘地结束了。据史书记载，当年夏天，有一天夜里一道赤气从东到西贯穿天际，太史令上书汉灵帝，说北方隐藏阴谋，千万不能前往。汉灵帝于是打消了回故乡一游的计划，同时命令王芬解散新召募的军队，并征王芬来洛阳汇报工作。王芬以为密谋败露，于是弃官而逃，逃到平原国时自杀。这段记载很蹊跷，中间漏洞百出。太史令难道会对天象看得那么准，抬头望望天，就能把王刺史搞的政变阴谋看出来，方位、时间、参加人员都那么精确，这基本上不可能。

即便王芬的计划失败，王芬又怎么判断出汉灵帝已经洞悉一切？后来王芬已经逃亡，并且逃到了很远的平原国，干吗还要自杀呢？

种种奇怪现象背后只隐藏着一种可能：有人告密。王芬、许攸好像唯恐天下人不知道他们要搞政变似的，四处放风，到处招人，就连还是布衣百姓身份的华歆和陶丘弘都接到了入伙邀请。搞政变不保密，最后的结果必然失败。

汉灵帝取消北行计划，一定是得到了秘密情报，于是把王芬召回来审讯。王芬逃亡，进一步证明情报的准确。王芬逃到平原县，一种可能是朝廷派出的人从后面追来，王芬感到前途无望，于是自杀。另一种可能是别的什么人把王芬杀了。

计划败露以后，一块参与密谋的人都面临着危险，王芬死了，可以把这些秘密带到地下。不管怎么说，这起意外事件很快平静了下来。

西园八校尉

曹操担任的都尉一职是汉灵帝组建新军计划的一部分，经过黄巾起义的洗礼，汉灵帝认为没有什么比武力更重要的了。这个计划在大将军何进以及袁绍看来，不失为是一个机遇，所以一开始就给予了足够关注，目的是把自己信得过的人安插进来，掌握这支生力军。

在袁绍看来，曹操虽然是宦官的后人，但是从他一贯的言行来看，他已经跟宦官阵营彻底决裂，是个完全可以信赖的同志。天子的扩军计划规模越来越大，何进告诉袁绍必须物色更多的人进入高级将领的行列。袁绍本想推荐许攸、张邈等人，但考虑到他们资历尚浅，外界不太熟悉，而且与自己过从太密，容易引起别人的警觉，所以推荐了另外一些人给大将军，包括鲍鸿、赵融、冯芳、夏牟、淳于琼等人。

鲍鸿为北军将领，担任北军五营之一的屯骑营校尉；赵融、冯芳、夏牟、淳于琼都是文官，其中赵融、冯芳是议郎，夏牟、淳于琼为谏议大夫。这些人都与袁绍以及“奔走之友”们鼻息相通，都是“自己人”。

在袁绍等人的帮衬下，大将军何进的势力迅速膨胀。对此，汉灵帝产生了一些警觉，在对待皇后家族的态度上也发生了微妙变化。汉灵帝的生母董氏此时已是皇太后，董太后对这个屠户出身的儿媳妇有越来越多的不满。在宦官方面，也出现了争权的迹象，张让跟何皇后一家结亲之后，更为得势，曹节明显站在了张让的一边。

当天子与大将军一家关系出现微妙变化后，小黄门蹇硕等人坚定地支持天子，他们开始在天子面前说大将军的坏话，支持太后对付皇后。汉灵帝对蹇硕这个身材高大魁梧的宦官寄予了厚望，他也在思索着未来新军领导权该如何布局。

组建新军实在不是汉灵帝和蹇硕的长项，在这个问题上必须与大将军何进合作，对于何进提出的人员名单，汉灵帝不能全部予以否决，否则这件事就得黄。新军总指挥部设在汉灵帝的后花园西园，这里有汉灵帝几年前建造的小金库万金堂，为了区别于传统的南军和北军，这支队伍被称为“西园军”。

新的兵团下面共有八个师（八营），汉灵帝接受了何进的建议，将鲍鸿、赵融、冯芳、夏牟、淳于琼等人都任命为校尉，相当于师长，此外还有先期投入新军组建工作的曹操以及何进竭力推荐的袁绍。对于最后一个人选，汉灵帝说出来之后何进和袁绍简直不敢相信自己的耳朵。

汉灵帝将要任命的这个人是宦官蹇硕，不仅如此，汉灵帝表示蹇硕是新军的总司令，其他七个师长都要接受他的领导。宦官直接担任军职此前没有先例，蹇硕这个家伙的政治立场十分可疑，何进听妹妹说这个人整天围着董太后转，不把皇后放在眼里。把新军的指挥权交给他，何进万万不能答应。但汉灵帝也很干脆，他表示如果不接受这个条件，大家都别干，另外找人。

眼看僵持不下，袁绍悄悄告诉何进：可以接受。袁绍的算盘是，即使蹇硕是名义上的指挥官，但仅占八分之一而已，实权还是掌握在自己人手里，怕他做什么。

中平五年（188）八月，万众期待的新军将领人选终于颁布。具体是：上军校尉蹇硕，中军校尉袁绍，下军校尉鲍鸿，典军校尉曹操，助军左校尉赵融，助军右校尉冯芳，左校尉夏牟，右校尉淳于琼。对于这个结果，何进表示满意，天子派来一条狗，我就给你派出一群狼。由于得到了大将军何进的配合，新军组建工作进展顺利，各营都加紧了人员召募和武器配备，然后开始训练。

两个月后，在洛阳上西门外的平乐观组织了盛大的阅兵仪式。为了把仪式搞得隆重热烈，有关部门突击修建了一座高台，作为主阅兵台，台上还修建了阁楼，总高达十余丈。离主阅兵台不远，又修了一个小阅兵台，高九丈。十月十六日，汉灵帝刘宏亲自登上主阅兵台，站在台上的阁楼下，他一身戎装，自称“无上将军”。在不远处的小阅兵台上，是同样一身戎装的大将军何进。

阅兵开始，汉灵帝走下阅兵台，亲自跨上有护裙的战马，检阅整齐列队的数万名将士。汉灵帝纵马疾驰，绕场三周，然后把象征指挥权的战刀交给何进。这样的场面近年来很少有过，在黄巾余部起义仍不断的情况下，举行盛大的阅兵式，在汉灵帝看来可以壮大国威，让谋反者胆寒。

汉灵帝绕场检阅完毕回到主阅兵台上，兴奋之情仍然没有散去，他一回头发现身边站着受邀参观阅兵式的嘉宾盖勳，作为在西羌作战很有名气的将领，汉灵帝很想知道今天的仪式够不够威武，于是就问盖勳对仪式有何感想。

盖勳字元固，凉州刺史部敦煌郡广至县人，世家出身，在与羌人作战中立下战功，此时担任讨虏校尉，相当于西部边防军的一名师长，回京师公干。天子正在兴头上，盖勳应该说些让天子听着舒服的话。谁知道盖师长偏偏不开窍，他说：“我听说古代圣明的国王只展示恩德而不炫耀武力，如今盗匪集中在边疆，却在京师展示武力，能起到多大的作用呢？”

盖师长不给面子，汉灵帝却没有生气，因为他认为盖师长说得有理。其实，汉灵帝心里的想法不能完全说出来，羌人也罢，黄巾军也罢，都是远处的敌人，而近处的敌人更可怕。虽然贵为天子，拥有一切，但失去了对权力的掌控，就会成为别人砧板上的鱼肉。

自己身边像盖勳这样有能力的人实在太少，宦官虽然听话、可靠，但能力、名望都不足。汉灵帝想到这儿，不禁打了个寒战，他回头望了望旁边的蹇硕。汉灵帝大概在想，靠着苦心栽培的这个人，能让隐藏在自己心里的那个愿望最终实现吗？

汉灵帝的烦恼

汉灵帝培植舅舅一家的势力，是针对何皇后及大将军何进势力膨胀而采取的对策。因为王美人事件，汉灵帝对何皇后开始厌烦，但由于何进在外面不断发展势力，汉灵帝暂时不能对她有所动作。

董太后扶持了哥哥和侄子仍然觉得难以与儿媳妇一家相抗衡，但自己家里的人实在有限，她把目光转向同族，可仍然没有什么收获。这时候，一个人出现在董太后的视野之内，这个人也姓董，而且手握兵权，具有相当的威慑力。

这个人就是董卓，因为与冀州黄巾军作战不利，董卓之前曾被免职，陷入事业的低谷。但这家伙天生是打仗的好手，尤其在西羌地区，与羌人打交道很是得心应手。中平元年（184）冬天，西羌地区的汉人拥立羌人北宫伯玉、李文侯为将军，杀死帝国的护羌校尉冷徵，后又归顺金城的汉人边章和韩遂，杀死了金城郡太守陈懿，声势大振。第二年，他们打着讨伐宦官的旗号，大规模向关中地区进攻。朝廷赶紧调集军队迎战，车骑将军张温此时已被授予司空的头衔，由他担任对羌作战总指挥，率领董卓、袁滂、周慎等几支部队屯兵美阳，此地在今陕西省武功县一带，掀开了新一轮西线战事的高潮。这一场混战，打了好几年，最终也没有真正意义上的赢家，反倒给双方阵营打出了几个军事寡头，董卓就是其中之一。

董卓开始在张温手下，张温的性格在前面处理陶谦问题时已能看得出来，这是个好人，打仗也有一套，但心肠不够狠。董卓比陶参谋还过分，作为下级，屡次不听张司令的调遣，让他开会他不来，让他进攻他观望。

有一次通知召开一个重要会议，董卓仍借故不到，惹恼了张司令手下的一个参谋，此人就是跟随朱儁打黄巾军的孙坚。孙坚见董卓如此无理，就向张司令进言道：“董卓此人太无理了，将军可以此为由将他军法处置，免留后患。”事后证明，孙参谋很有眼光，他不仅明察现在，还能洞悉几年之后的事。到那时，大汉的江山将被这个董卓糟蹋得不成样子。可惜，张司令优柔寡断的一面又出来了，他担心地说："董卓在凉州一带很有势力，如果杀了他，我们会有大麻烦。"孙坚叹息而出，后来，他离开边防部队，到荆州刺史部的长沙郡当太守去了。

韩遂杀了北宫伯玉、李文侯等人，逐渐兼并了各路反抗势力，成为朝廷在凉州一带最大的两个敌人之一。在凉州刺史耿鄙的一次招兵活动中，有一个做苦工的人跑来报名参军，他的名字叫马腾，此人相传是东汉伏波将军马援的后代，他父亲马肃与羌人通婚，所以马腾身上有一半羌族血统。由于有良好的基因，马腾生来人高马大，参加朝廷的军队后作战勇敢，职务不断提升。但是不久，他的上司凉州刺史耿鄙以及汉阳郡太守傅燮被韩遂杀死，已经在耿鄙手下当上了军司马的马腾于是投靠了韩遂，并和他结为异姓兄弟。马腾成为朝廷在凉州一带未来若干年里的另一个重要对手。

董卓继续与边章、韩遂、马腾等人作战，不断立下战功，职务升到了前将军，这是"四方将军"之一，是朝廷的高级军事将领。董卓这个人搞队伍确实有一套，尽管此人简单粗暴，但手下军官对他都服服帖帖，大家不认朝廷的命令，只认董将军的话，这支部队成了他的私人武装，整个陇西地区都成了他的势力范围。

"军阀"这个词，通常被解释为"以武力作为政治资本、拥兵自重，占有国家土地、国家资源，以扩充地盘为唯一目的，对于其他方面的建设通常少有建树"。如果按照这个定义，董卓就是不折不扣的军阀。而且，放眼整个中国古代社会，董卓很可能是有史以来第一个真正意义的军阀。

董太后又是怎么跟董卓续上家谱的呢？董卓出生于凉州刺史部所属的临洮郡，属西部偏远地区，长年与西北少数民族羌人相邻而居。董太后祖籍不详，但作为冀州刺史部辖区内解渎亭侯的夫人，出生于遥远西部边疆的可能性实在不大。

但这没有关系，只要都姓董就好办。而且董卓也乐意结下这门亲戚，董卓的弟弟董旻此刻正在京城，董太后就认下了这个晚辈，然后让儿子汉灵帝任命他为左将军。之前，汉灵帝曾任命董太后的哥哥董宠为骠骑将军，侄子董重为卫尉，姓董的一家人现在有了四个带兵的将军，也就是董宠、董重、董卓和董旻，安全系数大增，董太后在儿媳妇面前腰杆也硬多了。她经常这样教训儿媳妇："看你得意的样儿，不就是依仗你哥哥吗？小心我让骠骑将军要你哥的人头！"

被后宫里无休止的婆媳之争搅得心烦意闷的汉灵帝，不到四十岁的年纪，已经感到身体越来越差，他现在着急的是，在他死后谁登上皇帝的宝座。汉灵帝有两个儿子，长子刘辩和次子刘协。刘辩是何皇后所生，刘协是被何皇后毒死的王美人所生。为了防止刘协出意外，这些年来汉灵帝一直把他交给母亲董太后抚养。

由于对王美人的思念，汉灵帝对这个孩子的感情远远超过了长子刘辩。

此时刘辩十四岁，刘协九岁，可以想象，一旦自己不在了，刘协也将性命不保，还有自己的母亲，舅舅一家人。汉灵帝暗暗下定决心，不能让何皇后和何进得逞，必须想办法阻止刘辩成为继任者。汉灵帝重用蹇硕也是这个目的，蹇硕支持刘协继任皇位。

就在这时，还发生了一件对后来影响很大的事。在刘氏宗亲里，有一个响当当的人物名叫刘焉。刘焉字君郎，荆州刺史部江夏郡竟陵县人。他是皇族出身，他的先祖刘馀是汉景帝之子，被封为鲁恭王，后来迁到竟陵县。

刘焉虽然出身高贵，但却比较好学上进，在刘氏宗亲里属于头脑还算清醒的人。他看到刘氏这个金招牌越来越不顶事，与其躺在上面睡大觉，不如自我奋斗，自我救赎，闯出一片新天地。当时，有这种想法的刘氏宗亲还有不少，比如刘虞、刘表、刘岱，以及后来的刘繇、刘馥、刘晔等人。当然，因为出身的原因刘焉在仕途上进步比较快，年轻的时候就当上了南阳郡太守，以后又先后担任了九卿之一的宗正卿、太常卿。

刘焉经常跟侍中董扶探讨时局问题。董扶是益州刺史部人，对于星象学、占卜学很有些研究。董扶觉得刘焉是个有雄才大略的人，又出自皇族，前途不可限量，他劝刘焉找机会独立发展。董扶给刘焉出了个主意，让刘焉上书天子，改刺史为州牧，增强州这一级机构的组织能力和控制能力。刺史是监察官，是中央特派员，理论上说除了监察权以外不能干预地方政务，改为州牧以后，则成为郡守的直接上司，负责管理本州的行政事务，成为名副其实的地方大员。这项改革的核心是，变中央、郡国、县、乡、亭五级行政体制为六级，即在郡国与中央之间正式加上州这一级。

刘焉用董扶的建议上书天子，汉灵帝认为很有必要，经过讨论，决定马上付诸实施。鉴于州牧一职举足轻重，对于人选必须用重臣担当，第一步先挑几个农民起义比较突出的州进行试点，试点成功，再在更大的范围推广。

经过一番酝酿，决定首批试点的州为豫州、益州、幽州三个州，拟任人选包括太常卿刘焉、宗正卿刘虞、太仆卿黄琬等人。这三个人都是现任的九卿，品秩二千石。诏书很快下达，任命刘焉为益州牧，刘虞为幽州牧，黄琬为豫州牧，三个人现有的级别及待遇（品秩）不变，即刻到任。

这项政治改革措施对其后政局的影响很大。随着州牧制的逐渐推行，加重了地方分权，催生出许多手握重权的实力派人物，东汉末年割据局面的形成虽然不全是刺史改州牧造成的，但也有它推波助澜的作用。

英雄趁乱而起

汉灵帝发现，大将军何进的势力以超常的速度继续膨胀，由大将军新推荐的官员名单越拉越长。除了前面介绍过的袁绍、伍孚、荀攸、王允、郑泰、何颙等人外，还包括荀爽、陈寔、华歆、孔融、申屠蟠、王谦、卢植、刘表、王匡、鲍信、张邈、刘岱、韩馥、蒯越、陈琳、郑玄、逢纪、边让等。除此之外，还有许攸这样的政治活跃分子，以及何苗、袁术、曹操、鲍鸿、赵融、冯芳、夏牟、淳于琼等手握兵权的青年将领。

荀爽、陈寔、华歆、郑玄、边让都是著名的文士，很有影响力。王谦出自山阳郡著名的王氏家族，知道他的人不多，但如果说起他的父亲王畅和儿子王粲，则都大名鼎鼎，这个家族后来还出了一个更牛的年轻人，名字叫王弼。何进久慕王氏家族的大名，把王谦弄来当大将军长史，相当于大将军府的秘书长。何进还想把关系搞得更近一些，于是向王谦提出结亲请求，别人巴不得的好事，却被王秘书长一口拒绝了，完全不给领导面子。

卢植已经介绍过，学者兼军事家，在镇压黄巾军的行动中立了功，但为宦官所陷害，后侥幸被赦免，隐居了一段时间，被何进招回重新就业，现在的岗位是尚书。

刘表字景升，比曹操大十三岁，跟王谦同一个郡但不同县，是高平县人，曾经拜王畅为师，两家的关系很密切，所以到后来王粲要去荆州投奔他。何进把他找来，担任大将军掾，相当于大将军府里的一名处长，后来更委以重任，担任北军中侯，协调北军五营的行动，相当于联合参谋长。

王匡留下的史料不多，只知道他小的时候跟大名士蔡邕很要好，为人轻财好施，以侠义而闻名。鲍信字允诚，兖州刺史部泰山郡平阳县人，属于当地的豪强。刘岱可能是袁绍的亲戚，跟袁绍的妻子刘氏有关。这几个人都跟张邈差不多，尚侠义，好结交，黑白两道都吃得开。

韩馥字文节，豫州刺史部颍川郡人，是“袁氏故吏”，被袁绍拉来入伙，此时担任御史中丞。蒯越字异度，荆州刺史部南郡人，蒯家是荆州数一数二的大族，何进聘任他为大将军掾。因为与刘表一块共事，彼此有了一定交往，后来刘表到荆州发展，蒯越主动支持老同事，是刘表的铁杆。陈琳字孔璋，比曹操小一岁，徐州刺史部广陵郡洪邑县人，是个大笔杆子，著名的文学家、诗人和檄赋家，被何进聘为大将军府的主簿，相当于办公室主任兼首席秘书。逢纪字元图，袁绍的同乡，大概在袁绍在家乡守孝那段时间结识，从此一直跟在袁绍的左右，是袁绍早期的追随者之一，善长出谋划策。

上面这些人，有的是何进找来装点门面的，如郑玄、陈寔、华歆、申屠蟠、荀爽、边让；有的是实用型人才，如王谦、陈琳、逢纪、许攸、蒯越；有的是何进的后备军事干部，如王匡、鲍信、刘岱、韩馥、张邈。袁绍替何进张罗这些人可谓不遗余力，他这样做其实不吃亏，表面上看这些人都尽入大将军的囊中，其实他是在别人的地盘上建起了自己的小王国，这些人里的大多数买何进的账，也买袁绍的账，关键时候更买袁绍的账，不久的将来，何进就会有苦说不出。

汉灵帝不必动用秘密情报组织就已然能对外面发生的一切有所察觉，何进明目张胆扩充势力，不仅对反对何家的宦官们产生了威胁，而且让汉灵帝坐卧不安。

刚刚担任了上军校尉的蹇硕看出了汉灵帝的苦恼。别看蹇硕长得五大三粗，关键时刻动动脑子还真有两下子，他给汉灵帝出了个主意：以西羌战事吃紧为由，调大将军西征。这一招够毒也够厉害。因为何进要是服从命令率军西征，那就不是三两个月就能办结的差事，弄不好还有可能一去无还或功败名毁；如果不服从命令，那就是抗旨，跟通电造反差不多。

诏书正式下达，何进居然没有了主意，饭也吃不下，觉也睡不着，急得团团转。袁绍走过来，微微一笑，说此事何难？他给大将军何进也出了一个主意，立刻以四两拨千斤的力道轻轻将危机化解。袁绍让何进上一道奏章，说谨遵圣谕将立即着手西征的准备，但目前兵力不足，需要到京师周围的州郡募集人马，要有一定时间，一旦人马齐备，即刻出征。

何进听罢豁然开朗，心中的愁云立即散去大半。他一一照着做了，还像模像样地派王匡、鲍信、张邈、刘岱等人赴泰山、并州、丹阳、陈留等地招募人马。袁绍正愁没有机会扩充实力，借着为何进解套，顺便把自己人派到下面去抓队伍，何进再一次被利用。这几路人一撒出去就没有了音信，为了糊弄汉灵帝，何进派袁绍带了些兵到徐州、兖州一带活动，号称打黄巾军，其实连黄巾军的面都没有照过，到处闲逛，目的是拖时间。

王匡等人到达各地动作倒很快，招兵工作也卓有成效，但他们不急于回洛阳报到，一切都听从何进和袁绍的安排。听说朝廷要扩军，有些地方开始有组织地参与进来，并州刺史丁原就是个积极分子。此外，还有的直接结伙跑到洛阳来投军，比如刘备等人。

丁原字建阳，比曹操大十二岁，益州刺史部人，是一员武将，担任执金吾，相当于京师卫戍司令，后下派到地方担任并州刺史。丁原招募了一千多人，派张杨、张辽两个人带着到洛阳报到。张杨字稚叔，并州刺史部云中郡人，是一员猛将。张辽字文远，并州刺史部雁门郡人，少年时担任郡吏，因为武力过人，被丁原召为从事。丁原很猛，他手下的人更猛，除了张杨、张辽外，还有一个人叫吕布，担任丁原的主簿。

刘备这时候也赶到了洛阳。刘备跟着卢老师在冀州打黄巾军，因为有功被任命为中山国安喜县尉。县尉这个职务看来挺锻炼人，曹操当过洛阳北部尉，刘备当过安喜尉，孙坚更厉害，连干了三个县的县尉，三国时代三大割据势力的奠基人都是从县尉这个基层岗位上干起来的。

但刘备没有孙坚的好耐性，县尉干得不太如意，一次中山国相派人到县里来检查工作，刘备跑到招待所想向负责检查的督邮汇报工作，督邮没有把他放在眼里，拒绝接见，刘备一时怒起，把督邮暴打一顿。这种以下犯上的行为罪名很大，刘备只好带着关羽、张飞两个结拜兄弟弃官跑路。刘、关、张三人到处流浪，听说朝廷开始招兵买马，觉得是个机会，就跑到洛阳来了。据王粲写的《英雄记》记载，刘备等人参了军，编在一个叫毌丘毅的人手下，在这个乱哄哄的时候，刘备、关羽、张飞还是不起眼的小角色，在后面的乱局中他们跟着上司立了些功，刘备又先后担任了下密丞、高唐尉、高唐令等低级官职。刘备真正发达起来，是投靠了老同学公孙瓒以后。

袁绍等人还在外面晃悠，洛阳到处是前来报名参军的人，时局扑朔迷离，瞬息万变。大将军一方和汉灵帝、蹇硕一方都在加紧谋划，从后宫到朝野上下，到处迷漫着一股杀气。

谁都知道早动手可以占据主动，但谁也不敢先动手，因为都没有完全胜算的把握。正在这个紧张得让人窒息的时候，帝国发生了大事，让紧张气氛一下子失去了方向。

中平六年（189）四月十一日，汉灵帝刘宏驾崩于洛阳南宫嘉德殿，终年三十四岁。刘宏是一个颇有传奇色彩的皇帝，也是一个极具个性的青年，比曹操小一岁，原是正在走向衰落的一个亭侯，因为一个偶然的机会成为皇帝。

汉灵帝继位以来，看到的全是士人、外戚与宦官们如何恶斗，其间发生了第二次“党锢之祸”，他因此在士人心中形象极差。但那些基本上是宦官们一手操持的，他只是被作为工具利用。中间他也曾试图励精图治，革除社会及官场弊端，但还未及施展就觉得力不从心。

从此他变得心灰意懒，耽于享乐，昧于朝政，他在文学艺术方面居然获得了很高造诣，同时对发明创造情有独钟，指挥钩盾令宋典、掖庭令毕岚等一批发明家，发明了类似于喷泉的“天禄虾蟆”和人工洒水车“翻车渴乌”。另外，据说他还兴建了裸游馆等纵欲场，以无休无止地消解心中的苦闷。长期的抑郁和不节制的纵欲，使得三十多岁的天子身体日渐衰弱，自中平六年初，汉灵帝便一病不起，他自知来日无多，最让他放心不下仍然是次子刘协。汉灵帝把蹇硕叫到病榻前，托付他照顾好爱子刘协，蹇硕流泪答应。

汉灵帝死了，桓灵时代结束了。诸葛亮日后在一篇文章中回忆道，他曾经常跟先帝刘备一块闲聊，每次聊到汉桓帝和汉灵帝时，“莫不痛恨”。诸葛亮认为，后汉之所以倾颓，主要缘于汉桓帝、汉灵帝两位当权者“亲小人、远贤臣”。

桓灵时代确实算不上一个光明的时代，在这个时代里宦官当权，奸臣阻道，正义得不到伸张，人民处于水深火热之中。这个时代，民族矛盾尖锐，土地兼并严重，农民起义频起，国家风雨飘摇。总之，这是一个黑暗的时代，一个恐怖的时代，但它也是一个孕育新时代的时代。

作为这个时代最重要的象征，汉桓帝刘志和汉灵帝刘宏确实不够称职，他们没有带领国家走向振兴，没有使正义得到弘扬，反而一次次亲信小人，压制贤良。他们自己生活奢侈，大起宫殿，安于享乐，为了聚敛财富，他们不仅加重赋税，还推行了卖官制度，使吏治彻底崩坏。

但是，他们的内心又充满了太多的无奈。从登上皇位的那一刻起，他们就开始被别人操纵，没有亲人，没有真正的亲信，整天生活在没有亲情、没有安全感的皇宫里，时刻提防宦官，提防外戚，士人不理解，人民埋怨。在权力的争夺战中，他们只学会了一种本事：平衡术。他们小心翼翼地平衡各派之间的势力，借助一派力量打击另一派，没有永恒的同盟，只有不断增加的敌人。生活在巨大的心理压力下，他们都是三十多岁便离开了这个世界。

现在，这个时代终于结束了！

第五章

洛阳惊变

袁绍的私心

中平六年（189）东汉帝国将要发生许多重大事件。这些事件以汉灵帝驾崩为开始，短短的数月之间，沧海桑田，斗转星移，有人谢幕，有人上台，闹哄哄，没有人能看清时局的走向。

汉灵帝驾崩前，向蹇硕口述了自己的遗愿。为了实现汉灵帝的遗愿，蹇硕当即决定，在外界还不知道天子驾崩的消息前，发起迅雷行动，果断对皇后及大将军一党出手。他召集身边自认为可靠的人，做了精心布置，然后用已故天子的名义召何进入宫议事，何进一入宫即予以诛杀。

何进还不知道汉灵帝已死，丝毫没有戒备，还像平时一样进宫。眼看大事将成，但蹇硕一方出了叛徒，一个叫潘隐的宦官是何进的人，得知蹇硕的阴谋后赶紧跑到宫门外，名义上是迎接大将军，其实是通风报信。何进到来时，潘隐不停地挤眉弄眼，何进终于会意，立即掉头就走。考虑到城里也不安全，他直接疾驰进西园军中。最近一段时间形势紧急，宫中也传出汉灵帝的一些病情，何苗、袁绍、曹操、袁术等人都不敢大意，平时也很少回家，都住在各自掌握的军营里，随时应对突发状况。

何进到达西园，立即命令在那里的袁绍、曹操等人将能调动的人马集合起来，开进城里，陈兵于百郡邸附近以备不测，此地相当于各郡国的驻京办事处。袁绍、曹操把自己人都叫来，大家一商量很快猜出来了，是天子已经有了意外，蹇硕等人开始动手了。多年来，袁绍这些人等的就是这一天。袁绍马上告诉何进说，宦官弑杀天子要造反，得赶快采取措施将其一网打尽。

这时局势已基本被大将军和何皇后掌握。何进驻进更安全一点的北军大营，北军中候刘表在那里迎接，何进声称有病，拒绝进宫。两天后，皇子刘辩登极，尊母亲何皇后为皇太后，由何太后临朝主政，改年号为光熹。擢升袁绍的叔父袁隗为太傅，与大将军何进同时辅政（参录尚书事）。何进没有对蹇硕等人立即动手，但绝望中的蹇硕感到这更可怕。他试图做最后挣扎，他写信给赵忠、宋典、郭胜等其他几个宦官头领说："何进兄弟控制朝廷，独断专行，而今更与袁绍等奸党通谋，要诛杀先帝左右的亲信，消灭宦官，只因我身兼上军校尉，才不敢轻举妄动。现在情势危急，我们应该联合起来，关闭宫门，下诏逮捕何进，予以诛杀。"

到这个时候了还说这样的话，脑子稍微正常一点的人都不会跟着他去送死了。赵忠等人虽然平常跟蹇硕关系不错，但经过对形势的判断，他们都选择了站在大将军一边，郭胜把蹇硕的信递呈给何进，有了证据，何进决定动手。四月二十五日，何进下令黄门令逮捕蹇硕及其同党，处死。五月六日，何进发兵包围骠骑将军府，逮捕董宠，就地免职，董宠随即自杀。又过了一个月，董太后在忧虑恐惧中死去。

至此，大将军及何太后已经完全满意，南阳郡屠户出身的这一家人，此时才算有了真正的安全感。可惜，他们彻底错了。

何太后和何大将军想的只是如何使权力更加巩固，维护好有血缘关系的皇帝的大统，让宦官更加忠心耿耿，争取士大夫的认同和支持。但对袁绍等人来说，革命才刚刚拉开序幕，怎么能就此收手呢？如果仅仅是换了个皇帝、换了一拨外戚，那与前朝又有什么区别？

袁绍等人提出的目标是诛杀宦官，同时也不希望再出个梁翼一样的外戚把国家掌控于一人手中。在追求政治理想的道路上他们实在等待得太久、太苦了，因而已经没有了太多的耐心。就在大将军仍沉浸在胜利的喜悦中时，他们接二连三地向大将军进言，要他一鼓作气，趁势诛杀所有宦官，然后改革朝政。

在这个问题上大将军犹豫起来，他不能说袁绍等人的主张没有道理，毕竟宦官的名声已差到了极点。但是，具体到行动上，他的革命热情显然小得多。他也向妹妹提出了诛杀宦官的建议，但遭到何太后直截了当的反对，兄弟何苗也不赞成他这样做，大将军一时又没有主意。如果没有袁绍等人不依不饶地坚决要除掉宦官，何进此时肯定会选择收手，说不定还要想点办法与赵忠、张让这些宦官修补一下感情，在宫里彻底巩固起何家的地位。

但袁绍他们态度太坚决了，而且不是袁绍一个人，大将军信任的人几乎都跟袁绍一个声音，如果不拿出实际行动来，何进担心会寒了他们的心。大将军试着与袁绍商量：“能不能只诛杀其中民怨较大的宦官，对其他宦官予以宽赦？”袁绍坚决地说：“不行，要做就要斩草除根，否则后患无穷。”大将军为难起来：“我也同意对宦官全部诛杀，可皇太后不答应，这可如何是好？”

袁绍看出来皇太后只是大将军的借口，要想让何进没有退路，不用点狠招不行。他向何进出了个主意，招外兵入京以胁迫太后同意诛杀宦官。事实证明，对何大将军而言，这是个很馊的主意，这个主意最终要了他和他整个家族的命。但在袁绍等人的面前，何进明显智商不足，他没有看出袁绍的私心，批准了这个行动计划。

袁绍的私心是，把局势弄得再混乱一些，于乱中寻找机会。他的具体计划是，利用自己掌握的渠道，迅速向京师周围各路实力派人士发出信息，让他们即刻带兵入京。

这个计划是非常冒险的。京师之所以还在可控范围内，缘于洛阳四周设立了八个关口，像八道大门紧紧护卫着京师的安全。东汉自建国之后，还没有一支中央军以外的武装力量在事先不接到命令的情况下进入洛阳。如果开了这个先例，大量的外军涌入，不知道洛阳会是什么样?

对于袁绍这个所谓的“兵谏计划”，同一阵营内也有很多人反对。在何进召集的临时会议上，何进的秘书兼办公室主任陈琳、侍御史郑泰、尚书卢植等表达了不同意见。曹操参加了会议，也发了言，他说：“宦官制度自古就有，只不过是君王把权力交给了他们，才弄成今天这个样子。问题不在制度本身，而在于管理疏失。当前应该惩治首恶，而做这项工作派个狱卒就能完成，何必招外将入京呢。我看这个计划肯定要失败。”

但何进已经被袁绍彻底洗脑，不再怀疑这个计划的可行性，授权袁绍立即执行。袁绍高兴地领到命令。他也知道这个计划很冒险，但他和他的智囊团仔细分析后认为，这个计划能够成功，因为招来的外将都在他的控制范围之内，只等这些兄弟带兵入京，他就可以实施另外一个计划了，那才是他的目的。事后证明，袁绍自以为高明，可这一回他失算了。

风光背后有危机

汉灵帝驾崩，大将军何进诛杀蹇硕和董宠，董太后不明不白地死了，大将军的外甥如愿登上了皇位，看似风光无限的何氏一族，却因此面临了巨大的危机，这一切都缘于民意。

汉灵帝尽管是个不称职的皇帝，但他的地位在一般人心中还是至高无上和不可替代的，作为汉灵帝的生母，董太后无论有再多的过错，也不应该在儿子尸骨未寒时被迫害致死。司马光叙述到这里时评论说，从此何家失掉了民心。

民意的变化，使袁家成为稳定局面的众望所归。袁绍的叔父袁隗此时担任太傅一职，即所谓的“上公”，是个非常设职位，比三公还要高，这本是个荣誉性职务，但由于袁隗与何进一样“录尚书事”，即总揽一切政务，主持朝廷日常工作，所以实际是辅政大臣的角色。

袁绍是西园军八名校尉中的一个，最近又被任命为司隶校尉，这个职务相当于州牧，且是“天下第一州牧”，相当于清代的直隶总督，在这一时期所有的重大决策背后都有他的身影，因为无论是袁隗还是何进，都离不开他，袁绍在大政方针上具有绝对的影响力。

袁家在政治上几世的积累与袁绍的个人号召力完美结合，又恰恰在这个最佳时间点上爆发，于是成就了今天的局面。几乎所有的人都认为，目前的局势要稳住，就要看袁绍的了，就连何进也下意识地有这样的看法。所以，当袁绍提出引外兵入洛阳的建议时，何进居然同意了。

袁绍前一阵派了不少人到各地募兵，现在大致都有了一些成果，这次引外兵入京，就是给这些人到洛阳来提供一个合法的理由。这些人包括张邈、鲍信、王匡，以及张杨、张辽、毌丘毅等，他们都是袁绍的铁杆支持者。

还有并州刺史丁原、东郡太守桥瑁等地方实力派人物，经过前一阵秘密联络，他们也都表示支持袁绍。应该说，袁绍的判断是对的，行动方案也是正确的。引外兵入京是一个必需的步骤，只有拥护袁绍的这些人带着人马到了洛阳，袁绍的软实力才能成为硬实力，在与宦官和大将军的角逐中才能真正占据上风。

所以，当曹操等人反对袁绍的计划时，袁绍心中的想法已经无比坚定。袁绍怕的是夜长梦多，他担心大将军回过味来反悔就不好办了。于是，他派人赶紧分赴各地，传达率兵进京的命令。

如果不是董卓，袁绍就大功告成了。在要不要把董卓招来凑这个热闹的问题上，袁绍的智囊团发生了严重分歧：一种观点认为不能让这个凉州军阀来，这厮一向缺乏纪律性，手下军士没有教养，野蛮成性，不好驾驭，让他们来无异于引狼入室。另一种观点认为，正是因为凉州军有强悍暴虐的名声，对宦官的压力才足够大。

持后一种观点的人肯定脑子进了水。引兵入京师对付宦官只是个幌子，这一点除了还在犯糊涂的何进以外其他人心里都很清楚。所以，这是一个伪命题，而不是真正的前提。既然如此，一旦付诸实施，引狼入室的问题才是要真正考虑的。袁绍难道没有考虑过这个问题吗？还是袁绍的智商太低？以后的事实证明，他招来了凉州军人，把国家弄得大乱，他自己以及整个家族也因此遭殃。

那一刻，袁绍究竟是怎么想的，这成为一个很费解的事。如果试着破解一下，也许可以这么看：袁绍不是没有考虑过这个问题，他的脑子也不会进水。尽管曹操、陈琳、郑泰等人反对他的计划，但这几个人还不是袁绍的核心成员，想必有些话袁绍还不想说得太直白。

甚至对他的核心智囊团，这些话袁绍也不想明说：董卓跟刚刚死去的董太后是同宗，虽然是胡拉乱扯上的，但在感情上必然反感何进。此时的宦官并不是袁绍重点打击的目标，袁绍的剑已经暗中指向了何进，对于这一点，一般的人还难以觉察。

还有一个重要原因：早年袁隗当司徒时，在段颎的推荐下，董卓曾经在袁隗手下有过一小段幕僚的经历，根据《吴书》的记载，董卓应该属于“袁氏故吏”之一。“袁氏故吏”此时在官场上是一个时髦的词，好比蒋中正时代的“黄埔同学”。袁家当过三公的人太多，袁绍的爷爷辈以及几个叔叔都位至三公，可以名正言顺地以“开府”的名义培植私人势力。这些人也乐意认这门亲，哪怕只在袁家干过一天，也喜欢贴个“袁氏故吏”的标签，在官场上就是通行证和护身符。

所以，尽管有人认为把董卓招来是件不靠谱的事，袁绍还是通知了他。可是，这一回袁绍要为此付出极其惨重的代价。现在的董卓已经不是给袁隗当马仔的那个董卓了，翻脸的速度比谁都快，不管是老领导还是老部下，只要惹他不痛快，举刀就剁。成为军阀的董卓随着实力的上升野心也在急遽膨胀，其情形有点像发迹后的袁世凯，他们的共同之处是拥兵自重，朝廷指挥不动，得哄着才行。

前不久，董卓被任命为少府卿，朝廷想以此解除他的兵权。出这个主意的人显然不了解董卓，也不了解什么叫军阀，这个任命被董卓公然拒绝了。在本朝二百多年的历史上，这种事还很少发生，但此时朝廷居然没有办法，只好改任他为并州牧。经过反复讨价还价，最后在允许董卓可以带领一支武装前去上任的情况下，董卓才勉强接受了任命。

现在，董卓率领一支约三千人的精锐之师慢慢悠悠地向并州开拔。董卓一边走一边观察形势，因为并州不是他的目的地。走到半路上，他接到大将军何进签署的命令，要他领兵入京师。他立即嗅出了其中的味道，队伍已行进到河东郡的安邑，他下令立刻掉转方向，向南渡过黄河，朝函谷关开来。看着这个兴冲冲杀过来的凉州大汉，何进的脑子一下子清醒了不少，他突然明白过来：原来这厮也姓董。想到这时，大将军脊背上冒出不少冷汗来。

这时董卓的队伍已离渑池不远，距京师只有二百里了。何进真急了，他不再跟袁绍商量，马上派谏议大夫种劭带着少皇帝刘辩的诏书迎头挡住董卓，让他停止前进，原地待命，听候调遣。种劭是已故度辽将军种暠的孙子，董卓也曾接受过种暠的征辟，是“种氏故吏”，在汉代这种举主与故吏的关系一向被看得很重，何进也抬出老领导来压董卓，看来真是急眼了。

但对方既然是董卓，老领导本人来了也不会有用，抗诏对董卓也不是第一次了，这一回仍然没有例外。凉州军继续前进，进入函谷关，再往前，就能看到洛阳北面邙山的影子了。

接下来的局势越来越混乱，听说凉州军马上要进城了，人心开始惶惶不安起来。宫里的何太后也吃了一惊，想到因为自己偏袒宦官，结果竟然招来了外兵。惊吓之余，何太后传下话来，遣散宫里所有宦官，让他们回到宫外各自家中反省，此举无异于让宦官们束手就擒，坐以待毙。

宦官们在大将军府门外跪了一大片，他们痛哭流涕，叩头请罪，尤其是张让，已经跟何家联姻，论起来还是大将军和太后的长辈，此时也可怜兮兮的，跪在当街求一条活路。看到此情此景，大将军的心又软了，于是宦官们又可以暂时回到宫中。

袁绍再次鼓动何进说服太后下决心诛杀宦官。袁绍这小子软硬兼施，在何进面前也不再那么低三下四了，袁绍告诉何进，必须抓住机会诛杀宦官，给天下一个交代，否则局势就会失控。袁绍是想吓唬吓唬何进，让何进听从他的意见。袁绍认为一切尽在自己掌握之中，但其实袁绍自己还蒙在鼓里，因为局势已经慢慢离开了他的掌控能力。

局面彻底失控

汉灵帝死于这一年的夏天，这个季节通常有暴雨、雷雨或者冰雹。史书记载，此时洛阳“霖雨八十余日”，算起来，那就要一直下到本年的秋天了。这场雨不是为汉灵帝去世悲伤而下的，这雨更像是给五行学家们下的。因为在他们看来，此后发生的事情，如果不来点自然灾害、灵异现象做注脚，那就太说不过去了。

梁冀被诛杀时，下了几十天连阴雨；陈蕃、窦武被宦官所杀，也是几十天阴雨不断。如今，这个雨又要为谁而下呢？何进抬头望了望洛阳的天空，心里也像厚厚的云层压着那样轻松不起来。何进隐约感到，他被利用了，从头到尾都在被人操纵。但是，现在他似乎已经无计可施，如果他再偏袒宦官，他就会被视为宦官的同党。何进要再次进宫，向妹妹阐述利害。何进习惯性地又一次抬头望了望天，他还不知道，这是他最后一次可以专注地看着这片天空了，因为他的生命正飞快地进入倒计时。

像往常一样，何进只身一人从南宫的西门即白虎门进宫，何太后、少帝刘辩、刚被封为陈留王的刘协此时都住在南宫。按照规矩，他的随从不能进宫，何进让部将吴匡和张璋带领随行的警卫在宫门外等候。宫门关闭，吴匡和张璋以及忠于大将军的二百名警卫列队于白虎门外。这个时候应该下着雨，雨水打在卫士们的甲胄上。等了很久，仍然不见宫门开启，吴匡和张璋有点急了：大将军不会出事吧？这时他们才认真地想了想，宫里至少有上千名宦官，大将军此次进宫，就是商议除掉他们。如果消息让宦官们知道……

不幸的是，宦官们确实知道了。蹇硕死后，宦官们停止了内斗，重新团结在张让、赵忠、段珪等人跟前，面对宫外的杀气，他们明白只有拧成一股绳才能获得一线生机。他们一边在张让的带领下继续不停地向何太后哭诉、求情，一边派出耳目打探宫外的消息。他们很快得到消息，何进已下决心要将他们一网打尽，一个不留。并且马上将进宫与太后商议此事。

是福不是祸，是祸躲不过。暂时的恐惧之后，是临死前的激愤。袁绍想杀他们可以理解，何进也想除掉他们，为什么？他们都是何家的恩人，没有他们就没有何家的今天。恐惧变成仇恨，就是死也要在临死前把何进这小子剁了！

而何进居然送上门来了。当何进路过南宫嘉德殿时，事先埋伏好的宦官们一拥而上，他们手中举着刀，连喊带骂，群情激愤，一阵乱刀就把何进给杀了。砍何进第一刀的是个叫渠穆的宦官，这一天是中平六年（189）八月二十五日。

何进被杀，也留下了一个谜。是谁给宦官们通风报信的？从何进要杀宦官的计划，到这一天何进到宫里来的时间、路线，宦官们似乎事先都很清楚。何进死得太顺利，让人不由得不去多想，接下来的事更要让人多想了，何进被杀后，他的人头被扔出宫来，吴匡和张璋才知道大将军已遭不测，震惊之余想下令攻门，但又拿不定主意，毕竟这是皇宫。正在这时他们的援军也神秘出现了。

增援他们的是虎贲中郎将袁术。袁术的岗位应该在宫里，现在却现身于宫外，并且立即下令进攻宫城。袁术对这座宫城应该再熟悉不过，因为他的主要职责就是保护这里的安全。但袁术的行动开始并不顺利，当他指挥吴匡、张璋以及自己手下的虎贲勇士向皇宫发起进入时，却发现并不那么好攻，宫墙高大，环绕着护城河，攻城的士兵都是轻装而来，没有带攻城的装备，费了半天劲，居然没能打进去。这为里面的人争取到逃亡的时间。

张让、段珪指挥宦官裹挟何太后、少帝和陈留王从南北两宫中间的复道逃往北宫。这种复道，就是过街天桥，连接南宫和北宫。到了复道上，却发现下面有人喊话，仔细一看，是名将卢植。卢将军此时担任尚书，工作地点在北宫的尚书台，听到南宫大乱以后，经验丰富的他先跑出北宫，不知道从哪里找过来一把长矛，老将军要只身救驾。到了南北宫之间，恰好遇到复道上逃亡的一群人。卢将军威名远远胜过手中的长矛，张让等人一慌，把何太后给推了下去，卢植赶紧去救太后，上面的人趁机跑到北宫。

袁术指挥的人随后杀到，眼见攻城不顺，这小子让人四处放火，一副唯恐局面还不够乱的架势。他同时下令，见着宦官就杀，一个不留。后宫里除了宦官以外，还有不少士人任职的办事机构，如尚书台、侍中寺等，但局势已经完全乱了，来不及辨别，只要是没有胡子的，全都遭了殃。事后统计，共杀了两千多人。

住在南北两宫周边的朝官士人都知道宫里出了大事，在突如其来的变故面前，大家茫然不知所措。只有两个人很镇定，一个是前西园军指挥官之一、现司隶校尉的袁绍，一个是袁绍的叔叔太傅袁隗。

何进死后，袁隗就成了朝官的唯一首领，袁绍立即与袁隗联手，成立应急指挥部，对外发布一道道命令，让袁术、曹操、王允、刘表等自己人迅速掌控各个要害之处。但是，袁绍却不急着组织人到宫里救火，也不贴安民告示，因为他更着急办另一件大事：把何进的弟弟何苗收拾了。

这件事确实很重要，因为何苗知道很多机密，对于哥哥的被杀，日后何苗一定会有话要说。袁绍不能给他机会，在他的授意和挑拨下，平时与何苗就有矛盾的何进的部将吴匡，带人趁乱把何苗杀了。

袁绍忙着搞这些事，宫里那边就相对松懈，居然隔了一天到二月二十七日，仍然没有找到天子及张让、段珪等人。后来发现，张让、段珪等少数宦官带着少帝和陈留王已经从北宫的北门谷门突围而出，向洛阳以北的黄河渡口小平津方向跑去了。看来他们想要渡河北上，过了黄河不远，就是冀州的地盘，那里黄巾军余党活动频繁，如果天子落入他们的手里，问题就复杂了。于是，在袁隗、袁绍等人主持下，迅速组成多支搜救分队，沿路寻找天子一行。

卢植和一名叫闵贡的地方官带领的搜救队最先发现了天子一行，这时他们已到达黄河边。张让、段珪等数十名宦官眼见无路可逃，向天子叩行大礼之后，全部跳入黄河自杀。卢植、闵贡等人随后保护惊慌失措的少帝和陈留王往回走。这时应该是深夜，半路上，他们遇到一支疾驰而来的军队，带队的正是董卓。在董卓的保护下，天子回到了洛阳。

在整个事变中，曹操作为典军校尉一直住在城西一带的军营。由于他率领的仅是一支刚刚招募来的军队，没有经过严格训练，还没有形成战斗力，所以也没有接到具体的战斗命令。

曹操的上司是蹇硕，蹇硕死了应该归何进指挥，何进死了，他也不知道该归谁来指挥。在这次事变中，曹操还不是核心人物，他能做的，只是等待和观察。又等了两天，外面的乱局慢慢平定下来了，宫里的大火据说也扑灭了。

曹操在军营中接到命令，让他第二天上朝议事。

宦官时代终结

得知天子安然无恙的消息，袁绍长长地舒了口气，在他的整个计划中，天子的安危也是关键的一环，一旦天子出现不测，那将无法收场，他就可能从挽狂澜于既倒的忠臣变成千古罪人。现在天子平安地回到宫中，舅舅被杀、母亲受伤、目睹身边的人一个个死去，让这个十四岁的少年感到从没有过的恐惧，但天子本人所幸没有什么损伤。

袁绍有了志得意满的感觉。计划出现了很多意外，但结果却是最好的，因为何进死了，宦官们也死了。长久以来，士人们心中挥不去的痛，一是宦官弄权，二是外戚当道，现如今，短短几天时间里，这两座大山就被掀到了一旁。

据考证，宦官制度周朝就有了，但一开始仅限于干个门卫、打扫个卫生、当个勤务员什么的，这个人群没有太高的文化素养，加上身体有残缺，因而有强烈的自卑感，所以没有什么地位。宦官得势起于秦朝，出了一个让同行引为骄傲的人物赵高。赵高被秦始皇所信任，恰恰缘于宦官的弱点：无后和卑贱。历史上有一些帝王，专喜欢用无后的人，不仅限于宦官，对于一般士人，如果没有后代也会令这些帝王格外看中。无后的人野心相对小，势力相对薄弱，容易驾驭。

宦官的卑贱，决定了他可以大权在握，可以一呼百应，却无法站在道德的殿堂里趾高气扬，所以在整个古代，有搞兵变的，有和平演变的，也有逼人禅让的，在这些勾当里宦官通常是从犯，却不是主谋，因为他们的野心还不至于想自己当皇帝。历史上唯一的宦官皇帝，据说是曹操的爷爷曹腾，是他的重孙子曹丕当了皇帝后追认的。对于君王来说，宦官即使专权，他的威胁也比士人小。所以，宦官更容易被重用，在东汉更是如此。

东汉的皇室婚姻制度有点问题，专挑世家大族、功臣之后联姻，结果造成了若干家强势外戚的出现。外戚担任大将军、太后临朝称制在东汉轮番上演，要演好这些戏，离不开宦官的配合。宦官很容易爬上高位甚至权力的顶峰，这是一群缺少深厚学养和道德积淀的家伙，他们没有远大的政治抱负，不在乎对富贵权势的预期收益，只在乎当期利益的取得，所以在政治操守上更表现为急功近利和对道德、伦理的轻视。

宦官们长期生活在宫里的一亩三分地，抬头看到的只是那一小片天，生活区域狭小，见识短浅，让他们显得愚蠢和狭隘。他们没有节操，因为在后宫这样的地方，有节操的人无法生存。他们是充满自卑的一群人，所以更容易激起仇恨和反复。东汉帝国就是被这群人玩弄了上百年。尽管他们中间也曾出现过蔡伦、吕强这样有才识和品德的人，但总体而言，这是一个祸国殃民的小群体。物极必反，一切终有了结。随着张让、段珪、赵忠等一批著名宦官在短短几天内死去，这个群体将暂时从历史舞台中央退出。宦官制度还将存在，但宦官专政的事暂时没有了。袁绍认为，这一切都是他的功劳。历史如果公正，一定要记上这一笔！

现在，袁绍考虑的是如何收拾残局。首先，一定要把各路奉诏而来的外兵安顿好，包括董卓，以及王匡、桥瑁、鲍信、丁原等人，不太好办的是董卓，这个人虽说是“袁氏故吏”，但看来政治道德较差，野心不小，还得哄着办，实在不行就给他个车骑将军、封个县侯什么的，让他继续待在凉州打羌人吧。

其他的事就都好办了，叔父袁隗的这个招牌还要用，自己这些年来网罗的这批人，无论是武的还是文的，正好派上用场，在没有外戚、没有宦官的情况下，大汉一定会走向正轨，而自己就是那个中兴之臣，跟陈平、萧何、霍光一样青史扬名。也许直到这个时候袁绍还在想，这些都是现实的，是绝对可以把握的未来。

董卓趁乱夺权

袁绍眼中的“袁氏故吏”董卓，是个历史评价很差的人，就连一向温和委婉的陈寿，对他的评价也是：“凶狠残忍，暴虐不仁，自有文字记载以来，还从未有过这样的坏蛋。”陈寿给《三国志》凡有纪和传的人都有一条评语，给董卓的这条，恐怕要列入恶人榜第一名了。这个评语有点全盘否定的意思，不太符合历史唯物主义和一分为二看问题的观点。说起来，董卓还是为汉朝做过不少事，最少在他带兵来到洛阳之前，他对朝廷还是以贡献为主。他很早便参军，发挥自己在军事方面的特长，帮助朝廷打羌人，虽然算不上也不能称为英雄，至少也是给朝廷守了西大门，由于自己打仗勇猛，军衔节节高升，这绝不能引起嫉妒，这是人家玩命换来的。

后来又帮助朝廷打黄巾军，虽然没什么战绩，但也没有误过大事，在战况不利的情况下，他有自知之明，把领导岗位让出来给更有能力的人，称不上高风亮节，也算有大局意识吧。再后来，又到了西部前线，他打起仗来有点私心，喜欢搞小山头，拉帮结派，关键时刻保存实力，不听长官调遣，而且这个毛病越来越严重，最后朝廷的命令也不好好执行，调他来中央工作他不来，让他到并州他开口就提条件。

综合以上来看，到目前为止，还不能说董卓这个人多坏，不是一个好同僚但也不是一个大坏蛋。董卓在历史上的恶名，来自他此后的所作所为。这个人有个毛病，喜欢自以为是，袁绍吃他的亏，就吃在这上面了。按照袁绍的逻辑，凡是给他们袁家打过工的都是“袁氏故吏”，以后不管走到哪里都要听袁家人的招呼。这事放在别上身上行，放在董卓身上不好使。

如果袁绍的逻辑成立的话，董卓不仅是“袁氏故吏”，他还是张奂、张温的“张氏故吏”、种嵩的“种氏故吏”、皇甫规的“皇甫氏故吏”等，都要董卓听招呼，董卓听得过来吗？何况，董卓压根儿没打算听。

董卓只相信自己，除了自己之外，他只相信实力。与凉州其他军阀不同，早年董卓曾被荐举到洛阳担任一些较低的文官职务，对朝廷内部的情况有所了解，他瞧不起那些满嘴经学仁义的士人，他也不信任他们。董卓要完成的是自我奋斗、自我救赎，他依靠的是自己的实力。率领三千凉州精锐一路向东而来的董卓，与逃难中的少帝等人“不期而遇”，更加让董卓坚信这是天意。

八月二十八日清晨，惊惶了一夜的洛阳百官及民众，听说天子、陈留王一行平安无事即将返回城里的消息，都跑到北门外迎接。北门的正门是谷门，其大道两边都是人，以太傅袁隗为首的百官及民众在这里迎候天子归来。他们没有看到天子的仪仗，看到的是穿戴着重甲的凉州铁骑，这些士兵与洛阳官民平时见到的北军和虎贲、羽林卫士不同，他们看起来更加强壮和冷血。走在凉州骑兵最前面的是威风凛凛的董卓，此人有些胖，显得很壮硕。身后有三千甲士帮衬，更显得桀骜不驯。站在路旁的袁绍看到这一情形，心头是不是掠过了某种不安？

天子被众人迎进了南宫，何太后受伤后也在南宫养伤，朝廷的大事现在就要看太傅袁隗等人如何安排了。主持国家大事，袁隗对此毫无思想准备，他已位极三公之上的上公，超越了同族中的前辈与同辈，足以在家族的光荣史上再续写更耀眼的一笔，他只想在这个岗位上光荣退休，整个社稷江山如何治理并不在他的考虑之列。他也许不知道，仅仅不到三年后，他将以叛臣家属的名义被砍头，在袁氏几世几公的历史上他也是独一份的。

现在，好在有侄子袁绍支撑着，袁隗还算不太慌乱。袁绍好像早有主意，他请叔父出面召开一次会议，邀请公卿以及目前在洛阳的所有重要人物参加，包括董卓在内。对于董卓下一步如何安排，袁绍还没有想好，一切等到会上再看吧。

这时候，有一个人比袁绍看得更清楚，他就是刚从陈留郡募兵回来的鲍信，作为各路募兵队伍中最先抵达洛阳的一支，鲍信建议袁绍趁董卓人马较少之际一举将其拿下，免生后患。类似的话多年前孙坚曾跟张温讲过。但结果是一样的，袁绍的反应跟张温差不到哪儿去（**绍畏卓，不敢发**）。鲍信失望之下，借口回去再征点兵，重返陈留郡去了。

如果采纳了鲍信的建议，拿下董卓把握还是比较大的，但董卓兵团的大批人马随后就会赶到，他们不会放弃这个用兵的借口，会趁机攻占关中乃至洛阳以西的地区，他们还会转而跟韩遂、马腾这些新崛起的反叛武装联手，整个帝国的西部将丧失。然后就要看袁绍等人有没有能力重新夺回这些地区的主导权。这个结果虽然不好，但却比后面将要发生的事强得多。

由于袁绍胆气不足，丧失了清除董卓的唯一机会，在后面召开的会议上，董卓因为有三千战斗力极强的凉州兵做后盾，左右了话语权，司空刘弘被当场罢免，因为他要给董卓腾个位子。董卓被任命为司空，成为三公之一。没过两天，董卓又想当太尉，于是少帝下诏任命其为太尉。在董卓的主导下，对人事进行了较大调整。袁隗仍任太傅，但录尚书事也就是主持朝廷日常工作不再提了，司徒由杨彪担任。

袁绍仍任司隶校尉，袁术的职务有了变动，由虎贲中郎将改任后将军，由准将直接升为中将，看起来挺美，实际是明升暗降。虎贲中郎直接指挥天子的御林军，而后将军只是一个名号，此时毫无意义，袁术掌握的兵权被剥夺了。

这是一个危险的信号，袁隗、袁绍都明白，眼前这个董太尉已经不是昔日那个仰袁家人鼻息的小董了，对于最坏的结局，他们必须有充分的打算。

曹操的职务也有了变动，此前他的职务是都尉，负责训练步兵新军。董卓任命曹操到另一支骑兵部队任职。有人认为这也是明升暗降之举，目的是夺去曹操手中的兵权。但还有人认为，董卓对曹操比较器重，在此用人之时，有意对他进行拉拢。

袁隗、袁绍在这次人事变动中也没有完全失败，毕竟董卓此时立足未稳，还要考虑合作。这样，亲袁氏一派的荀爽、王允、丁原等人进入九卿行列，而何颙、郑泰、周毖、伍琼、郑泰等成为董卓身边的幕僚。何颙等人是如何赢得董卓信任的，情况不清楚，这是一件颇为匪夷所思的事。如果一定要解释的话，只能说何颙等人是优秀的地下工作者，此前一直隐藏得很深，董卓不太清楚他们与袁绍的真实关系。

从以后的事情发展看，何颙等人主动来到董卓身边帮助出谋划策，更像是一场精心设计好的潜伏计划。现在不是撕破脸的时候，对董卓是还不能，对袁绍是还不敢。接下来，双方都展开了各自的布局，在表面相安无事的情况下，都在跟时间赛跑。

玩起了心理战

印象中，这个时候的袁绍，在董卓淫威面前有点束手无策，祸是他闯下的，他却没有办法收场，最后只好一逃了之。

印象中，董卓也就是靠耍野蛮镇住了朝廷里的百官，这个家伙之所以能大权在握，除了袁绍是个草包外，就是运气实在太好。他掌权后无恶不作，纵容凉州兵祸害百姓，成为社会公敌。但这些都只能称为印象，因为它不是或者不完全是真实的情况。真实的情况是，袁绍并不是草包，董卓也不是一味耍横。这二位都是有本事的人，面对何进被杀以后的新局面，他们都没有坐等。

先说董卓，他此番能够乘虚而入绝不是靠运气，靠的是嗅觉，是准确的情报工作和果断的决策。在果断这方面袁绍比董卓差得多，但董卓也面临严峻的挑战，他带来的人实在太有限。因为是去并州上任，本来按规定他只能自己去，后来经过跟朝廷讨价还价，允许他带少数凉州兵前往。他能公开带出来的只有三千人，尽管是挑出来的精锐，但人数也有点少。长驱直入到达洛阳，实际上成为孤军。

此时他的旧部还远在长安以西的右扶风一带，即使日夜赶路，没有十来天也到不了洛阳。如果袁绍采纳鲍信的建议，董卓必将在援军到达之前被解决掉，但袁绍没有这样做，给董卓留下反扑的时间。董卓一方面派人急令后续部队快速前进，一面玩起了小花招。据《后汉书》介绍，董卓每隔四五天就趁夜把队伍调出城去，住在城外的军营里，第二天隆重地搞一个入城仪式，反复运用，造成凉州军源源不断到来的声势。这种小把戏瞒不住袁绍等人，但却在社会上造成了很大的影响，董卓的危机暂时得到缓解。

不久之后，这种心理战收到了具体效果，何进、何苗以前的旧部，在吴匡、张璋等人带领下，率先向董卓表示效忠。洛阳附近此时驻扎有许多互不隶属的武装力量，何氏旧部投奔董卓引发了多米诺骨牌效应，更多的武装力量倒向凉州军，最有影响的是并州军。

并州军作为一支相对独立的队伍，虽不如凉州军那么闻名，却也十分善战。并州军的核心人物是丁原，他是前并州刺史，现任执金吾，相当于京城卫戍部队司令。

丁原字建阳，出身贫寒之家，是一员猛将，打起仗来不要命，但在谋略方面相对较差（为人粗略）。他担任并州刺史，张杨、张辽都是他的部下，他坚定地支持何进，派张杨、张辽领兵驻扎在洛阳外围，丁原被任命为执金吾。何进被杀后，丁原陷入迷茫，他不是袁绍一伙的，袁绍也没有及时派人来跟他联络，丁原本来就缺少谋略，下一步如何行动，真是不知道。另外，丁原在用人方面也有问题，吕布这时候给他当主簿，相当于办公室主任，这是一个被公认为反复无常的人，丁原将要毁在他的手里。吕布字奉先，并州刺史部五原郡九原县人，此地在今内蒙古自治区包头市一带。吕布骁勇而有武力，精于骑马射箭，力量过人，号为“飞将”。

当时的洛阳，能单独跟董卓动手的除了袁绍就是丁原，丁原在人数上占优势，还有张杨、张辽、吕布这样的猛将，如果真打起来，袁绍、袁术、曹操这些人再帮把手，董卓必败无疑。不管丁原有没有这个想法，董卓都认为这很可怕，必须先发制人。但不能硬来，只能智取，吕布就成了拿下丁原的关键。

董卓也先摸了摸底，发现吕布这个人道德水准差，可以作为攻击的目标。他策反了吕布，然后由吕布杀死了丁原。董卓升吕布为骑都尉，后来又升为中郎将，封都亭侯。丁原的旧部张杨见势不妙退到黄河以北的河内郡，在那里独立发展，成为割据军阀。丁原的另一个旧部张辽在洛阳无依无靠，也投降了董卓。张辽字文远，并州刺史部雁门郡马邑县即今山西省朔县人，也是数得上的猛将，他勇力过人，为丁原所器重，此后一直追随吕布，吕布死后，成为曹操手下的重要将领之一。

董卓短时间内收服了何进、何苗的旧部，策反了吕布，将并州军归入自己，一时间势力大增，正在这时，他的后续部队也到了，先期抵达的有两万人之多，兵力不足的危机完全解除。

当董卓大搞策反和兼并的时候袁绍也没有闲着。经过与许攸、逢纪等核心幕僚商议，他采取的策略是保存有生力量，不跟董卓在洛阳死拼，而积极向外部发展，扩充实力，积蓄力量，跟董卓在洛阳之外决战。

这个战略也不失为当前形势下的一种高明之举。在袁绍的安排下，王匡、桥瑁等人秘密带人离开了洛阳，向东部的冀州、兖州一带发展，加上此前离开的鲍信，袁绍在洛阳以东的外围地带布下了几颗棋子。在袁绍的秘密授意下，何颙、周毖、伍琼等人摇身一变，成为董卓的谋士。董卓是个武夫，手下也都是武将，最缺文人和谋士，这几个人取得很大成功，慢慢得到董卓的信任。

周毖等告诉董卓要想稳定局面必须重用一批士人和名士，这与董卓的想法相吻合，他绝不是街头打打杀杀的混混儿，既然干到了这个份上，做个中兴之臣、进而开创自己的王朝也不是没有可能。既然这样，就必须提高品位，上点档次，干出点让人称道的事。所以，对于周毖等人的建议他全部采纳。董卓让何颙开出一份名单来，他全部任用。何颙先拿出一份名单，上面有荀爽、陈纪、韩融、蔡邕、申屠蟠等人的名字，董卓照单全部录用。

这些人大多数是何进当年重用的名士，只有一个蔡邕，本朝最具知名度的大学者、音乐家，一直在外面流放，他是何颙的好朋友。何颙告诉董卓要是把他也能弄来加以重用，影响力将非同一般。董卓于是派人寻找蔡邕，竟然很快找到了，董卓把他请到洛阳来，加以重用。

周毖等人其实只是虚晃一下，他们的目的是取得董卓的信任，让董卓觉得他们是真心为自己着想。这个目的达到后，他们亮出了自己的真实意图，又给董卓递上了第二份名单。

这份名单上有韩馥、刘岱、孔伷、张邈、张咨、张超等人，这些人其实董卓都不大认识，全凭何颙等人忽悠，何颙说这些都是老实人，且都深得名望，如果能任用这些人当地方官，地方上的局面就能稳定下来。韩馥、刘岱、张邈已经作过介绍。孔伷字公绪，陈留郡人，最初为名士符融所举荐，在陈留郡太守冯岱手下当上计吏，相当于郡政府驻京办主任，他能言善辩，有一定活动能量，也有一些小名气。张咨情况知道得很少，张超是张邈的弟弟。

上面这些人有一个共同之处：都是袁绍的死党。董卓不明就里，稀里糊涂地把他们全部任命了：韩馥为冀州牧，刘岱为兖州刺史，孔伷为豫州刺史，张邈为豫州刺史部陈留郡太守，张咨为豫州刺史部南阳郡太守，张超为徐州刺史部广陵郡太守。接到任命，袁绍悄悄给这些人分别谈了话，交代了下一步行动方略。然后，这些人一刻不停地离开洛阳上任去了。

这个任命很有讲究，冀州、兖州、豫州以及陈留郡、南阳郡、广陵郡，自北向南呈一个弧状，在洛阳以东和以南地区构成了一个完美的半包围圈。董卓，这就是给你预备的！

董卓没有心思照着地图看这些，他的主要精力都放在整合洛阳的武装上。除此之外，就是想办法收买人心。

荀爽在老家颍川郡待得好好的，突然接到诏书任命自己为青州刺史部平原国相，荀爽纳闷极了，自己老百姓一个，怎么会突然被任命到上千里之外的平原国当行政长官？但诏令写得很明确，不接受就是抗旨。荀爽只能动身，刚出发就被人追上，让他掉转马头去洛阳，因为第二道诏令下达，他被改任为九卿之一的光禄勋卿，相当于由副省长改任中央政府部长。总算到达了洛阳，就任部长刚三天，他再次接到职务晋升通知，改任三公之一的司空。由一介布衣，成为高于九卿的司空，有人会用一辈子时间，更多的人用完一辈子的时间也没有完成，而荀爽前后只用了九十三天。

董卓确实有点求贤若渴了，为了进一步争取士人的支持，他还作了一场秀：给陈蕃、窦武平反。陈蕃、窦武的事已经过去了二十一年，董卓旧事重提，而且搞得极其夸张。他以太尉的身份，约了司徒黄琬、司空荀爽二人，身上套着刑具，跪到宫门外上书（俱带铁锁诣阙上书），要求给陈蕃、窦武平反。他们上书的对象是十四岁的天子刘辩，陈蕃、窦武被杀时他还没有出生。现在哪怕是想给王莽搞平反，也只是董卓一句话的事，董卓把声势搞得那么大，就是让天下人知道他是士人的可靠盟友。对此，有人相信，有人冷笑，有人不以为然。

韩馥等人赴任后，袁绍整天盯着日历表算时间，他在做最后的等待。该走的都走得差不多了，现在洛阳的盟友，只有身边的许攸、逄纪，以及袁术、曹操等少数人。袁绍秘密通知他们也做好撤退的准备，因为跟董卓最后摊牌的时候快到了。

到了摊牌时刻

袁绍在琢磨如何跟董卓摊牌，董卓先出手了。董卓突然提出，想废掉少帝刘辩，改立陈留王刘协为帝。其实，董卓一来到洛阳就有这样的想法，有人认为董卓之所以固执地推行废帝之举，是因为九岁的陈留王刘协以机智、镇定和回答问题大方得体给他留下了很好的印象，而刘辩在他眼里懦弱不堪，不足以承担天子的大任。但这失于表象，而且于逻辑上似乎不通，对于董卓这样的人而言，拥戴一个智慧、贤明的君主还是拥戴一个懦弱、愚钝的君主哪一个更有利，回答肯定是后者，除非他脑子进水了。

如果要解释他执着地想立刘协为帝的原因，唯一靠谱的理由可能是年龄，因为少帝十四岁，陈留王九岁，拥戴更小一点的做傀儡，更便于掌握。但这仍然不是真相，真相是董卓要彻底肃清何进遗留下来的势力。少帝刘辩是何进的外甥，何进虽然死了，但忠于何进的人把希望寄托在这个十四岁的天子身上，再过几年，天子成人就可以亲政了，这是一部分人的想法，而董卓想得更长远。

董卓一直支持刘协，刘协的背后是汉灵帝刘宏和董太后。董卓跟董太后曾经续过家谱，皇太后很高兴地认下了他这个“远房侄子”，他成了刘宏的“皇兄”。如果刘协当了皇帝，他就跟皇室有了名义上的血缘关系。刘辩登基后董卓的打算落空了，所以他第一眼看到刘辩时就没有多少好感，还是想把刘协换上去。

董卓的想法可以理解，这么做也没有大问题，但他犯了致命的错误：时机不对。

董卓的当务之急应该是解决袁绍，通过分化瓦解的办法，对袁绍的同盟各个击破。袁绍没有了活动能力，其他事情都好解决。拉拢士人也罢，废立新君也罢，尽在掌握之中。但董卓选错了顺序，把废立的事先提了出来。他身边新近增加了何颙等一批谋士，这些家伙不会在这个问题上给他支招儿，说不定还会给他支些损招，鼓动他把错误越犯越大。

废掉刘辩、另立刘协对袁绍而言是不能接受的事。作为何进政治遗产的继承人，袁绍深知周围一部分人之所以仍坚定地支持他，很大程度上缘于何进。如果在这个问题上他站在董卓的一边，这些人会从支持他转为反对他。对袁绍来说，这是个政治问题和立场问题，因而是不能丝毫妥协的。

今后，这个问题还将如幽灵一样一直伴随着袁绍。他反对立刘协为帝，但反对无效，刘协最后成为天下公认的皇帝。后来，在要不要迎取刘协的问题上，尽管他比别人的机会和条件都好，但他一直犹豫不决，因为他并不承认刘协的合法身份。结果，刘协后来被曹操迎走了，他承认也罢，不承认也罢，都无法改变事实。于是他改变初衷，承认刘协的合法地位，接受刘协的任命，但也使自己的阵营内部产生了混乱。每当面对这些问题，袁绍就会陷入矛盾和混乱中。

对袁绍来说，现在是必须表明自己态度的时候，尽管反对无效，袁绍也要坚决反对。矛盾在一次会议上爆发，董卓提出废立问题后，与袁绍便争执起来，二人针锋相对，互不相让。最后董卓急了，手按剑柄，大声喝叱道："你是什么东西，竟敢用这种态度对我！你难道还不明白，天下大事，已在我掌握之中，我想干什么就干什么，谁敢反抗！你小子难道以为我董卓的刀不够锋利？"旁边的人都吓傻了，因为董卓这个人说杀谁就杀谁，从不分时间和场合。可袁绍一点都不怕，他也拔出佩刀，怒吼道："天下的英雄，难道就你一个吗（天下健者，岂独董公）？"袁绍说完，扬长而去。

这件事不会发生在朝堂上，因为在那个地方董卓和袁绍都不可能带剑带刀。这件事发生的地点可能是董卓的府里，袁绍跟董卓闹翻是需要一定勇气的。有人把袁绍称为草包，但事实上袁绍一点都不缺英雄气概。

袁绍从董卓家出来，立即叫上逢纪、许攸、陈琳，并找来曹操、袁术等人商议，决定马上逃出洛阳。对于出逃，此前已经有了预案，袁绍往北逃，去找冀州牧韩馥；曹操往东，找陈留太守张邈；袁术往南，找南阳太守张咨。逢纪等人跟随袁绍行动。到了目的地，迅速组织力量，共同起事，讨伐董卓。

袁绍敢在大庭广众之下公然跟自己闹翻，然后又不辞而别，这是董卓没有料到的。董卓这时候想的还是如何让袁绍屈服，把面子找回来，压根儿没有想到袁绍不跟他玩了。等传来确切消息的时候，袁绍、曹操、袁术等人已经逃出了洛阳。

袁绍、曹操、袁术是如何逃出来的，史书没做交代，但应该也不难，因为他们在洛阳还有一定影响力，且早有逃亡的准备。袁绍逃亡的时候一点都不狼狈，应该有不少人保驾，因为他还挺从容，出洛阳东门的时候，还不忘把朝廷颁发给他的司隶校尉的印信挂在门上。

早在去年（188）四月，曹嵩的太尉一职就被罢免了。花一亿钱买来的这个官职，干了不到二百天，每天合五十万钱以上，代价真是不菲。曹嵩在任的六个月里没有到太尉府上过一天班，原因是根本不用。太尉执掌兵事，但是近些年来兵权被大将军、车骑将军、骠骑将军等实际掌握，太尉既不管京师的防卫，也不管四方的战事，成为名副其实的闲官。说到底，花钱从天子手里买的只是个名义。既然是个荣誉职务，曹嵩很明白千万不能恋栈，差不多就得下来，空出来的名额，天子还可以继续找买家。如果不识相，赖着不走，等到天子赶你走的时候，大家的脸上可都不好看了。

曹嵩被免职后决定带着小儿子曹德回谯县养老。曹嵩走后，卞氏带着刚两岁的曹丕来到了洛阳。但是，有迹象显示，曹操逃离洛阳的时候很仓促，甚至没有来得及回家一趟。据《三国志》记载，曹操逃走后，袁术这小子临跑路之前还干了件缺德事，他拐到曹操家一趟，告诉卞氏说曹操已经让董卓杀了，结果引起曹府上下的恐慌。

危难关头，卞氏保持了镇定，她告诉那些想各奔东西的家人："曹君生死未卜，如果大家今天散了，明天他回来，我们有何面目与他相见？再说，即使曹君发生了不幸，大家就是死在一起又有什么了不起！"关键时刻卞氏稳住了局面，曹府上下安定了下来。后来，卞氏带着曹丕居然平安地逃出了洛阳，与曹操会合。

逃亡路上是非多

有证据显示，袁绍不是一个人逃出洛阳的，除了逢纪、许攸、陈琳等人，还带着他的夫人刘氏，以及三个儿子袁谭、袁熙、袁尚。袁绍的这几个儿子也挺有本事，日后都显露出过人的才能。但这似乎又不是什么好事，无论是一个组织还是一个家庭，能人太多反而容易出事。

袁绍带着老婆孩子和谋士浩浩荡荡地离开了洛阳，他刚走董卓就开始通缉他，但奇怪的是没有关于他在路上遇到麻烦的记载，说明他的出逃是早已设计好的，沿途都有人保驾护航。袁绍的目的地是冀州，州治在魏郡的邺县，即今河北省临漳县，出洛阳走东北方向的大道可以直达。大体上的走法是，先沿黄河往东，过河内郡到达朝歌，然后一直往北。

在折往北方的时候，袁绍决定把妻子刘氏和三个儿子留在黄河以南，派人护送到兖州刺史刘岱那里。刘氏与刘岱可能是同族，有亲戚关系。对于冀州之行，袁绍心里不是完全有底，得给自己留条后路。

袁绍的担心不无道理，“袁氏故吏”的冀州牧韩馥对于袁绍的到来并不完全持欢迎态度。他把袁绍一行安排到治下的渤海郡，那里是沿海地区，海岸线北起如今的天津市区，南抵山东省利津县一带。

韩馥告诉袁绍渤海郡是全国数得着的大郡，人口数超过凉州和并州，可以在此招兵买马，积蓄实力。可等到袁绍一行到了那里，发觉不太对劲，渤海郡已成韩馥的势力范围，韩馥的人整天盯着他们，说是搞后勤，实际上是搞监视。袁绍他们想干什么事先都要请示，那个时候没有电话、电报，不能到互联网上发邮件，一个请示就得十天半月，而且往往没有下文。实际上，袁绍他们被软禁起来了。

往正东方向跑的曹操，运气更差。由于走得急，没有带上卞氏和曹丕，连个招呼都没有来得及打，也不知道他们急成什么样，会不会遭到董卓的报复？曹操离开洛阳时，心境差到了极点。

曹操出逃的待遇也比袁绍差得远，他是一个人跑出来的，身边没有人，遇到事不能照应、没人商量还在次要，关键是遇到事身边没有证人，因此闹出了一桩说不清楚的公案来。

曹操的目的地是陈留郡，老朋友张邈在那里当太守，根据袁绍的安排，曹操到了陈留郡就以此为基地扩充实力，等待与各地同时举兵。从洛阳往陈留郡交通十分方便，走的是东方大道，中途路过成皋、荥阳、中牟等地。在路过成皋附近时，曹操突然想起这里有一个老朋友叫吕伯奢，于是就到他家串了个门。吕伯奢不在家，他的儿子和几个朋友想抢曹操的马匹和财物，结果让曹操发觉，亲手把吕伯奢的儿子等人杀了。

这件事还有一个版本，说曹操到了吕伯奢家，吕伯奢不在家，他家的五个儿子热情地接待了他，但是曹操因为逃命出来的，疑心很重，怀疑吕伯奢的儿子要杀他，于是先下手为强，亲手杀了包括吕伯奢儿子在内的八个人。

但上面这两个都不是流传最广的版本，最具知名度的版本是：曹操到了吕伯奢家，吕伯奢不在家，吕伯奢的儿子热情地接待了他，曹操听到食器相撞发出的声音，以为是兵器相击，此时他正在跑路，疑心很重，以为吕伯奢的儿子要杀自己，于是把他们全杀死了。事后还说了一句曹氏名言：“宁我负人，毋人负我。”

上面这三个版本一个比一个具体，让人仿佛身临其境。但问题是，曹操如果真干了这件事，而当事人又全部被他灭口的话，又是谁把这件事记下来的呢？答案只能是曹操，这也有可能，有人喝高了，会说“想当初兄弟我怎么怎样……”曹操喝高了，也许会从嘴里把这事秃噜出来，但是像后两个版本那样的生动鲜活，除非曹操是二百五，否则即便喝高了他也不会说出来的。

所以，正确答案只能是：第一个版本或许存在，且转述者是曹操本人；后两个版本压根不可能存在。第一个版本出自王沈的《魏书》里，第二个版本出自郭颁的《世说新语》，第三个版本出自孙盛的《杂记》。这三本书的成书顺序是：《魏书》最早，《世说新语》稍晚，《杂记》最晚。最晚出的《杂记》对细节记录得反而最详细和生动，这是奇怪的事。

但曹操的倒霉事还没完，他离开成皋继续赶路，下一站到达中牟，又出了意外。当地有个亭长，相当于乡镇派出所的所长，工作责任心比较强，对来往的可疑人等都要认真盘问，结果让曹操给撞上了，看着他脸比较生，形迹又可疑，就带了回去，交给县长。这个时候通缉曹操的文书已经到了，县政府功曹一眼认出眼前这个人就是通缉犯曹操，但他没有声张，而是悄悄向县长说情，县长居然把曹操给放了。这两个东汉的基层官吏没有想到他们无意间处理了一件关系到后世历史走向的大事。他们都没有留下名字，可以肯定的是，这个县长名字不叫陈宫。

曹操就是这样惊心动魄地来到了陈留郡，不过接下来他比袁绍幸运得多，张邈比韩馥大气，他热情地迎接了曹操，并且安排曹操到治下的己吾县、襄邑县一带展开募兵计划。

说完袁绍和曹操，再说说往南逃的袁术。

袁术倒是很顺利地逃到了南阳郡，但是到了以后发现很难开展工作，原因是没有人支持他。南阳郡太守是新上任不久的张咨，还没有什么实力。南阳郡再往南，是荆州刺史部，这时候荆州的主人还不是刘表，它的刺史叫王叡，不是起义军，不好张嘴要支持，袁术一筹莫展。

这是中平六年（189）年底的事，袁绍、曹操、袁术三个人逃出了洛阳，袁绍待在离海边不远的渤海郡每天晒太阳，曹操到陈留郡境内的己吾县、襄邑县一带大张旗鼓开始了招兵活动，袁术窝到南阳郡，进也不是退也不是。

此时，他们三个人都有一个共同的身份：朝廷的通缉犯。

潜伏在董卓身边

过了年，朝廷改年号为兴平，他们都等来了朝廷撤销通缉令的命令，不仅如此，袁绍还得到了一个新头衔：渤海郡太守。接到任命的袁绍心里明白，潜伏在董卓身边的那几个兄弟开始工作了。

在洛阳，董卓要废少帝立陈留王的想法很执着，尽管有不少人反对，董卓仍然要干。但是，每次他一开口，就立即有人反对。董卓很头痛，这些士人不好对付，他们始终占据着道义的高地，你要进攻只能发起冲锋，人家以逸待劳，动动嘴你就吃不消，弄得董卓郁闷至极，忍不住要发作。

董卓是个军阀，是武人，也是流氓。事实证明，对付雄踞于道德高地上的士人们，流氓最有效。一天，董卓主持召开有关会议，有很多人参加，有个叫扰龙宗的侍御史有事向董卓报告，走到他的跟前。突然，意外发生了，董卓从旁边抄起一柄锤子朝扰龙宗脑袋上打去，扰龙宗顿时脑浆迸裂。所有人都吓得目瞪口呆，董卓却跟没事人一样，用靴子底蹭蹭锤上的血水和脑浆说："这小子到我跟前还佩着剑，肯定要刺杀我！"

大臣晋见天子不能佩带武器，除非有特别允许。但董卓不是天子，大家还没有养成跟他一起开会先交出武器的习惯，倒霉鬼扰龙宗就这样不明不白地死了。董卓的目的达到了，以后很多人见到他腿都开始发颤，这是他要的效果。

董卓还时不时请大家吃饭，吃到中途，他突然说要表演个节目，在大家还没明白过来怎么回事的时候，几个被绑着的人就带了上来，董卓说这是刚抓到的罪犯，于是当众玩活体解剖，剥皮、挖眼、抽筋，凡能想到的人类惨剧都给你上一遍，心理正常的人吃多少肯定要吐多少，董卓仍然跟没事人一样，该吃吃，该喝喝。

用这种流氓手段，董卓迅速建立了绝对权威，这一回，他就是宣布自己想当联合国秘书长也没有人敢反对了。

中平六年（189）九月一日，在崇明殿召开百官大会，在董卓的胁迫下，何太后下诏罢黜少帝刘辩，降为弘农王，改立陈留王刘协为帝，这就是汉献帝。史书记载，刚刚摔伤的何太后呜咽流泪，文武官员满目悲怆，但都不敢吱声。

完成这一法定程序何太后已经没有什么用处了，三天后，董卓下令用鸩酒将她毒死。何进的母亲、一个被封为舞阳君的老太太也未能幸免，被杀死，尸体抛入御花园。何进的弟弟何苗被开棺戮尸。东汉帝国最后一家有权势的外戚何氏家族彻底灰飞烟灭。

董卓因为拥立新帝有功，被封为郿侯，擢升为相国。这是东汉官职序列里没有的职务，如果追溯起来，只有西汉初年萧何享受过这一殊荣。董卓不仅上升到萧何的高度，而且同时获得三项特权：赞拜不名、入朝不趋、剑履上殿。按照礼仪，大臣朝见皇帝的时候旁边要站一个司仪官，把他的官衔和名字都喊出来。比方说此刻董卓去见皇帝，司仪官就要喊“郿侯、相国董卓，参见皇上”，然后董卓就要跪下来高声说：“吾皇万岁，万万岁。”“趋”是小步快走的意思，见到皇帝为表示恭敬，老远就得一路小跑过来，这就是“趋”。另外，见皇帝既不能携带武器，也不能穿鞋子，表示诚惶诚恐。

现在董卓拥有了三大特权，皇帝的司仪官喊完“郿侯、相国”的时候可以省略董卓的名字不喊，这就是“赞拜不名”；老远见到皇帝也不用一路小跑，可以端个架子慢慢走，这就是“入朝不趋”；上朝的时候别人光脚板，自己可以穿鞋，而且可以佩带武器，这就是“剑履上殿”。这些形式主义的东西看似很无聊，却大有名堂。因为一百多年前王莽兄玩过一次篡汉夺权的把戏，上面这几出就是篡权全攻略之一，所以但凡提出这样的特权，下面就只剩一步了：自己当皇帝。

把这些事摆平，董卓腾出手来要收拾袁绍等人了。按照董卓的想法，对于这些逃犯，要继续加大追捕力度，把他们没有跑掉的亲属全部抓起来诛杀。

太傅袁隗等袁绍、袁术的亲属，以及曹操等人的家眷此时都在董卓掌握之中，眼看凶多吉少。这时周毖、伍琼等出面及时阻止了董卓，周毖此时担任尚书，伍琼任城门校尉，根据记载，周毖是凉州刺史部武威郡人，跟董卓算是老乡。董卓大权在握，但是总为缺少熟悉京师情况、能为自己出谋划策的心腹而苦恼，周毖是老乡，又有才学，又肯听自己驱使，所以董卓很高兴，对他言听计从。

周毖劝董卓说：“袁绍本不想跟您作对，因为在废立的事情上得罪了您，他内心恐惧，所以才逃亡。这个人没有多大志向，但如果追捕太急，他势必反抗，袁家四世三公，影响力很大，如果他挑头造反，情况很麻烦。现如今不如来软的，赦免他的罪过，给他个郡太守当，袁绍肯定会感激您，就不会造反了。”在董卓面前说这些话的时候，周毖心里一定在想：很久没有把假话说得这么光辉灿烂了！但是，董卓居然相信了。马上发布命令，赦免了袁绍等人的罪过，任命袁绍为渤海郡太守，对于袁隗等人，不加为难，给予优待。

对董卓来说，这是一个败笔。但如果认为董卓脑子这么简单，任凭周毖等人三寸不烂之舌就可以玩转，那也是对董卓智慧的一种侮辱。董卓是个武人，但绝不是白痴，之所以他同意这么做，是因为他只能这么做。此时的董卓，有难言之隐。

在董卓忙着收拾洛阳一摊子事的时候，有一伙兄弟趁机给他捣了回乱，这些人是黄巾军在河东郡一带的余部，他们号称“白波军”，活跃在洛阳西北至关中一线。这里恰是董卓要命的地方，如果被白波军控制，董卓与凉州的联络线以及后援补给线将被切断。董卓不敢小视，立即派他的女婿牛辅前去剿灭。牛辅是凉州军里的猛角色，战斗力很强。但奇怪的是，面对类似于民兵组织的白波军，牛辅却吃了败仗。

让董卓烦心的还不只是这些。在董卓浩浩荡荡开赴洛阳的时候，朝廷在西部地区仍然驻有重兵，其统帅是董卓的老上级左将军皇甫嵩。他手下至少有四万精兵，驻扎在槐里（今陕西省兴平市一带），随时可以向自己发起攻击。

面对左右夹击，董卓自忖没有同时打赢两场战争的胜算，他只能各个击破。当前，对他最具直接威胁的是白波军，其次是皇甫嵩，至于袁绍等人，先让他们闹腾吧，等腾出手来再收拾也不晚。所以董卓对东面之敌先来了个缓兵之计，把主要精力用在对付西面的敌人上，这为袁绍、袁术、曹操以及关东其他实力派创造了条件，他们准备立即联合起来，甩开膀子大干一番。

第六章

关东联军

“曹家军”诞生记

己吾，兖州刺史部陈留郡所属的一个普通县城，在梁国、陈国与陈留郡交界处，位于今河南省商丘市的西南方向。中平六年（189）年底，这里突然热闹起来，有一群外地人来到这儿，在县城外支起了营帐，开始招募男人参军，营门口贴的是本郡太守张邈亲自签发的公告。

最近几年来，由于农民起义不断，朝廷在招兵，地方官吏以至豪族也在招兵，有路过的太平道义军也招兵，开始有的人挺有兴趣，但随着当了兵的本地人一个个离开这里便从此失去了消息，大家对这种事慢慢失去了兴趣。直到有一天情况发生了改变，应征而来的人络绎不绝，都争着来报名，原因是大家听说本郡最有名望和实力的卫孝廉亲自带着上千人参加了这支队伍。

卫孝廉名叫卫兹，是本郡的知名人士，他曾经是何苗的部属，何苗死后又在司徒杨彪的手下干过，后来他也潜回家乡。在张邈的授意下，卫兹利用在本地的号召力，已经组织了一支上千人的队伍。卫兹在洛阳做官多年，虽然跟曹操没有什么交往，但早就知道曹操的大名。卫兹感到自己缺乏领兵打仗的能力，听说曹操到了己吾，在与张邈商量后，就带着已经召募起来的一千多人前来投奔。不仅如此，卫兹还带来了全部家财作为募兵的经费，这让曹操格外感动。

在卫兹带来的这支队伍里，还有一个壮士，名叫典韦。典韦是己吾县本地人，史书上提到的重要人物除了名以外一般都有字，但典韦字什么却没有记录，也许他本来就没有字，这说明他出身寒门。典韦体型魁伟，膂力过人，是本地知名度很高的侠士，如果说得直白些，类似于黑道大哥。

这可不是瞎说，史书中记载了一件典韦给别人当打手的事。距己吾县不远有两个县，襄邑和睢阳，襄邑有个姓刘的人跟睢阳一个叫刘永的人有仇，典韦受雇替襄邑这个刘氏报仇。刘永在南方当过县长，有些财势，平时防范很严，典韦坐着车，带着鸡和酒，伪装成要拜访刘永的人，门一开，他从怀里掏出刀子就杀了进去，不仅把刘永杀了，连刘永的老婆也没有放过。

刘永家住在集市附近，典韦出来，肯定是一身血，外面整个震动了，一下子有上百人追了过来，可没有人能靠近，一直追了四五里，接应典韦的弟兄赶到，一阵乱战，典韦脱身。于是典韦在江湖上名气大振，卫兹招募人马，他加入了卫兹的队伍。不过，典韦在队伍里目前的职位还很低，在一个叫赵宠的司马手下当兵。

有了卫兹的加盟，原本冷清的募兵活动一下子火爆起来，有人还专门从附近的梁国、陈国跑来应征。在这些应征的人里，曹操发现有一个人个子不高，但目光炯炯有神，说话办事干净利索，还有一定的武艺，曹操很喜欢他，就让他当帐下吏，相当于警卫员。这个人就是日后大名鼎鼎的乐进，乐进字文谦，兖州刺史部东郡卫国人，曹操个子不高，选警卫员不能要个子太高的，乐进也是沾了这个光。

曹操刚进入陈留郡的时候，就派人到谯县送信，让曹洪和夏侯惇他们火速来己吾县会合。没有多久，这些兄弟们也先后到了。这些兄弟包括曹洪、曹仁、曹纯，以及夏侯惇、夏侯渊，还有侄子曹安民。安民是这个侄子的字，他的名字以及他的父亲是曹操的哪一个弟兄，都已经不知道了。

曹洪、曹仁、曹纯是前不久陆续返回谯县的，这一段时间里，他们根据曹操的嘱咐，注意招募徒众，已经有了一定基础，现在刚好有了用武之地。由他们几个带来的也有一千多人。在这支队伍里，日后较为有名的将领有一个叫史涣。史涣字公刘，曹操家乡沛国人，是以客军也就是雇佣兵的身份前来的，以后常跟随夏侯惇行动。

这些族人中还没有曹休、曹真等人。曹休投奔曹操的时间稍晚，他此时应该身在江南，听到叔父起兵的消息，他“易姓名转至荆州”，历尽千辛万苦找到曹操。曹操见到曹休很高兴，对左右说：“这是我们曹家的千里驹呀。”而曹真此时年龄很小，与曹丕相当，三四岁的样子。曹真的父亲曹邵听说曹操起兵的消息，也在当地招募徒众，但引起地方官的怀疑，结果被杀。后来曹真辗转被人领着找到了曹操，曹操以养子视之。

以上两支队伍，加上新招募的，一共大约五千人，虽然不是很多，但相比于此时的袁绍和袁术，已经是很有成就感了。这支队伍的成分，谯县来的约占三分之一，己吾本地的约占三分之一，陈留郡的其他县以及附近郡国的约占三分之一。在没有经过系统训练和经历大战磨炼之前，这还是一支典型的民兵组织，大家参军的积极性很高，穿上军服腰里别把刀走在亲戚熟人面前固然威风，但是在战场上拼命的精神和会拼命的经验明显不足。这直接影响到曹操首次军事行动的结局。

有一个问题：谯县离此不远，也就是不到二百里的样子，曹操当初为什么不回谯县老家募兵呢？有人认为曹嵩对儿子干的事不支持，不让他回谯县。有人认为曹操害怕连累家里人。其实，这些都是猜测而已，曹操之所以把大本营设在陈留郡，是因为陈留郡一带是当下反董势力的前线，他不能离这个中心太远。

曹操以己吾为基地，将这五千人分别安置在周边地区，然后开始训练。在训练新军方面，曹操有很多经验，他按照正规军的建制对这支队伍进行了编组，基本单位是部，相当于一个团，每部一千人左右，分别任命卫兹带来的赵宠等人以及曹洪、曹仁、夏侯惇、夏侯渊当司马、假军司马，相当于团长、副团长。

此时最大的困难是武器不足，曹操命令支起了铁匠炉打造兵器。在唐代人虞世南编著的《北堂书钞》一书中，收录了曹操曾经发布的一条军令，里面记录了曹操起兵初期,在己吾的邻县襄邑曾经亲自动手和工匠们一起打造兵器的事。当时，曹操正在和工匠一块打造一种叫“卑手刀”的武器，一个叫孙宾硕的朋友来看他，孙宾硕很不解，说：“你现在考虑的应当是大事，干吗干工匠的活？”曹操回答说：“既能做大事又能做小事，有什么不好呢（能小复能大，何苦）？”

在己吾一带拉起来的这支队伍，是第一支曹操亲手缔造并完全控制的军队，标志着曹魏帝国在此正式奠基，己吾小城成为“曹家军”的诞生地，曹氏兄弟、夏侯氏兄弟以及乐进、典韦、史涣、卫兹等人成为这支军队的创立者或最早参与者。以后会有越来越多的人加入这支队伍里，有慕名而来的，有从敌方阵营里来的，有武将也有文士，使这支队伍越来越壮大。曹操率领这支队伍南征北战，有胜利，也经历过失败，但最终奠定了一个新的王朝。

参加酸枣盟誓

年底之前，张邈派人通知曹操将所属人马带到本郡北部的酸枣县一带，在那里即将有重大行动。己吾县和酸枣县同属陈留郡，一个在东南，一个在西北，两地相距三百多里。酸枣县临近黄河，河的北岸是司隶校尉部所属的河内郡。

曹操率部到达酸枣的时候，张邈已经提前到了，他向曹操引荐了两个人，一个是自己的弟弟、徐州刺史部广陵郡太守张超，另一个是张超的部下、郡政府功曹臧洪。

臧洪字子源,也是广陵郡人,“体貌魁梧,有异于人”,早年上过太学,举过孝廉,当过县长，这段经历跟曹操有点像。后来他弃官回家，太守张超听说他很有能力，就请他出来当功曹，相当于人事处长。臧洪劝张超起兵，张超认为有理，就带着臧洪到陈留郡找自己的哥哥张邈商议，几个人一拍即合。张邈见臧洪虽然只是个功曹，但见识不俗，口才又好，就派他为代表，联络附近的各路实力派，很快就与兖州刺史刘岱、豫州刺史孔伷、东郡太守桥瑁、山阳太守袁遗、济北国相鲍信等人达成共识，大家同意一块起兵反对董卓。

黄河岸边的酸枣确定为这次联合起兵的总指挥部。以此为中心，周边的实力派除了徐州刺史陶谦以外，基本上都在其中了。刘岱是袁绍的亲戚，袁绍北渡黄河之前把妻子刘氏以及三个儿子送到他那里去，可见关系非同一般。袁遗更是袁绍的从兄。桥瑁、鲍信前面已有介绍。加上张邈、曹操，这些人都与袁绍关系密切，袁绍虽然不在此地，但俨然是精神领袖。

曹操提醒张邈，离开洛阳前夕，曾与袁绍、袁术商定起兵的事，现在即将共同起事，不能漏掉他们两个。张邈告诉曹操，自己已派人到冀州和渤海郡分别联络过韩馥和袁绍，袁绍暂时在渤海郡不能前来，这次会盟虽然没有袁绍，大家仍然会共推袁绍为盟主。至于袁术方面，相距较远，情况不明，就不能等他了。

不久，各路人马陆续向酸枣集结，先后到达的是兖州刺史刘岱、豫州刺史孔伷、陈留郡太守张邈、东郡太守桥瑁、广陵郡太守张超等，鲍信聚齐人马，却因路途较远，暂驻原地。张邈让人临时修起了一个大坛，作为会盟的场地。

马上就要举行会盟仪式了，却有一个问题摆在人们面前：如此重大的活动，有什么法律依据呢？盟约又该如何措辞？这似乎不是一个问题，但却是一个严重的问题。即使申明不是造反，但没有朝廷批准的大规模军事活动也必须有一个合法理由，最好还有一个合法的程序，这样义举才能成为合法之举，联军才能成为合法组织。

正在大家为这个问题挠头的时候，桥瑁很神秘地拿出一件东西，让即将参加会盟的人精神一振。桥瑁拿出来的是一封当朝三公共同签署的告天下百姓的公开信（三公移书），在这封信里，三公告知天下，说恶徒董卓胁迫君臣，窥伺社稷，无法无天，希望天下人跟随袁绍、袁术共举义兵，以赴国难。这封信来得正是时候，如此一来大家的行动就变成了响应三公号召的义举，铲除国贼，拥戴皇帝，这就有了一身合法的外衣。

尽管大家明白这封信不早不晚来得十分蹊跷，但仍然有许多人相信它是真的。董卓就任相国以后，此时朝廷的三公分别是太尉黄琬、司徒杨彪、司空荀爽，加上太傅袁隗，清一色的士人，说他们联署签发了这封公开信，不是没有可能。而且桥瑁不是外人，他正是已故太尉桥玄的族子，高干子弟，与洛阳上层人士来往密切。由桥瑁拿出这封信，更容易让人相信，张邈等人于是把这封信四处散发。

但这封信确实是桥瑁伪造的。他的目的一是要帮联军的忙，二是要借机捧袁绍一把，因为他是最崇拜袁绍的人之一。不过，这家伙只顾了一头，也不管随着这封信影响力日益扩大，会不会对仍控制在董卓手里的黄琬等人产生不利。

解决了合法性问题，隆重的会盟仪式如期举行。汉献帝初平元年（190）正月，各路人马在酸枣设立坛场，共同盟誓。在由谁宣读誓文的问题上，大家又互相谦让起来，公认的老大袁绍不在，剩下的人都“莫敢当”，最后一致推举臧洪来读。

臧洪于是走上坛场，宣读了下面这篇有名的誓文：“汉室不幸，皇纲失统，贼臣董卓趁机作乱，弑杀天子，残害百姓，我们非常担心他会灭亡整个国家，颠覆天下。兖州刺史刘岱、豫州刺史孔伷、陈留郡太守张邈、东郡太守桥瑁、广陵郡太守张超等人，聚合天下义军，共赴国难。凡是参加结盟的人，都要齐心协力，以臣子应有的节操，虽抛头颅洒热血也绝无二心。如果违背了盟约，不但让他丧命，还要让他断子绝孙！皇天后土，祖宗神灵，请共同见证！”誓文写得言简意赅、掷地有声，臧洪读得“辞气慷慨、涕泣横下”，产生了极大的感染力，在场的人无论是将校还是普通士兵，都万分激动，为莫大的正义感所激昂。

这篇誓文里只提到两位刺史、三位郡太守，没有曹操的名字，因为曹操目前没有合法的官衔，不方便写进去，更重要的是，曹操现在还只被视为张邈集团的一部，这是曹操举兵以后的真实情况。这支联军共推袁绍为盟主，名义上张邈就是袁绍的属下，而曹操是张邈的属下，这种格局还将持续一小段时间。

在酸枣会盟的名单中，没有看到徐州刺史陶谦的名字。陶谦于中平五年（188）冬天被任命为徐州刺史，负责镇压黄巾军。陶谦到任以后，重用泰山郡藏霸、孙观等人，迅速打败了境内的黄巾军。之后，在本地人陈登、麋竺、张昭等人的协助下，控制了徐州的大部分地区，在东部各州郡中，是实力最强的。但陶谦的政治态度十分暧昧，他既不反当今天子，也不反董卓，别人与朝廷断绝了往来，陶谦还按时上表进贡。他刻意与酸枣联军拉开距离，是因为他认为联军没有前途。当然，他也不公然与联军为敌，持中立态度。

酸枣会盟的消息产生了极大震撼力，这是第一次有人公开打出反抗董卓的旗号，这支队伍总人数达十余万，驻扎在洛阳正东方向，与洛阳的直线距离不到四百里，盘踞在洛阳的董卓对此无法小视。

这还只是个开头，积蓄了很久的火药库倾刻间被点燃，更大规模的反抗行动立即由北向南迅速展开。

群雄讨董卓

酸枣会盟的消息以及桥瑁伪造的三公致天下的公开信迅速传遍了冀州刺史部，它的治所邺县距此也不算太远，从酸枣过了黄河，越过河内郡，就可以到达。这个消息对冀州刺史韩馥来说虽然不至于突然，但却不愿意接受，因为三公的公开信里明确号召大家团结在袁绍、袁术的旗下，酸枣的那些人也明确表示愿意听从袁绍的调遣。

韩馥心里很是埋怨大家，这么重大的事情也不事先商量一下，别人尊崇袁绍可以，自己也把袁绍当领导却有些不好办，因为袁绍现在是自己的属下。韩馥受命来冀州，前期超乎寻常地顺利，不仅迅速稳定了局势，而且手下聚集了沮授、田丰、审配、耿武、李历等谋士，以及赵浮、程涣、闵纯、麹义、张郃等武将，势力基本上覆盖整个冀州，可以调集起来作战的人马就有数万人。

在同一时期开始创业的各路军阀中，韩馥开局最顺，最得天时和地利，但他也最缺乏雄才大略。所以，有今天这个局面，只能有一个原因：他的运气实在太好了。如果袁绍不来冀州，韩馥就会以此为基地，慢慢向外扩张，成为一路诸侯。现在袁绍来了，烦恼也跟着来了。

不用说他也明白，袁绍不是投奔他来的，而是来接管他的。当初洛阳密谋，他是袁绍等人布在冀州的一颗棋子，现在到派上用场的时候了。可是，现在所有的一切都是自己凭双手奋斗而来的，与袁本初何干呢？要把这些拱手送上，韩馥心里实在不甘。

不仅是韩馥，换成谁都不会心甘。可是，袁绍这小子丝毫没有退让的意思，人虽然待在渤海郡，眼睛却紧盯着邺县，韩馥派去监视他的人报告，陈留郡那边不断有人来找袁绍，也不知道密谋些什么。按照韩馥的想法，袁绍才是心腹之患。至于董卓，素来没有个人恩怨，只要他不打到冀州来，反不反他都无所谓。

正当韩馥的政治立场摇摆不定的时候，董卓的特使也到了。董卓以汉献帝的名义诏令韩馥讨伐刚刚起兵的酸枣联军，同时将联军的领袖袁绍捉拿归案，押送到洛阳。如果接受董卓的命令，意味着自己的冀州刺史将继续是一个合法身份，而且可以得到董卓集团的支援。拒绝接受，他就不得不把自己与袁绍捆在一起。

接受，还是不接受，成为韩馥痛苦思考的一个问题。韩馥是一个没有什么宏图大略的人，虽然运气比任何人都好，但眼光和气度比任何人都差，他不明白乱世生存的法则是不进则退，他只想守住自己的地盘，不想干任何冒险的事。

后世对韩馥的评价没有太大争议：懦弱。

看起来还应该再加一条：自私。

懦弱而自私的韩馥思考的结果是站在董卓一边，不过，他心里没有底，也不知道手下人怎么看，于是先征询自己的心腹治中从事刘子惠的意思，应当帮助袁绍还是董卓（今当助袁氏邪，助董卓邪）。这个刘子惠是中山国人，跟酸枣的许多人都有交情，尤其跟刘岱很熟，常有书信来往。刘子惠回答韩馥："现在起兵是为了国家，哪来的姓董还是姓袁？"这个回答让韩馥颇感惭愧。刘子惠进而说服韩馥打消倒向董卓一方的念头，全力支持袁绍。

韩馥也考虑到支持袁绍是民意，于是放弃先前的想法，给袁绍写了封信，转告酸枣会盟的情况，支持他起兵。袁绍重新获得了自由，立即携许攸、逢纪等人动身前往邺县，到了邺县以后，听说河内郡太守王匡也加入义兵的行列，就赶到河内郡，避免与韩馥发生冲突。

河内郡属司隶校尉部，更靠近洛阳，是联军与凉州军对峙的前线。袁绍从大后方渤海郡来到河内郡，实现了靠前指挥，使整个联军阵营有了更明确的中心，大家深受鼓舞。

在南边的袁术，也开始时来运转。

酸枣会盟霹雳一声响，也传到了南方的荆州、扬州各郡县，有几个郡动手比较快，马上开始行动起来。反应最快的是荆州刺史部长沙郡太守孙坚，他从西北战场转到南方当地方干部，干得也很不错。这是个革命热情一向很高的同志，这一次也不会落后。孙坚整顿人马，即刻北伐。

与孙坚同时起兵的，还有荆州刺史王叡和南阳郡太守张咨。王叡这个荆州刺史当得很失败，下面至少有两个郡太守跟他有矛盾，都想找个机会算计他一下。一个是武陵郡太守曹寅，另一个就是孙坚。平时没有机会，现在一乱机会就来了，孙坚与曹寅合演了回双簧戏，由曹寅假冒当时正在荆州视察工作的光禄大夫温毅的密令，要孙坚将王叡逮捕处死。孙坚拿到这个假密令，立即起兵前往荆州刺史部的治所汉寿，他们骗开城门，孙坚拿出密令，要逮捕王叡。王叡又急又气，问孙坚他犯了什么罪，孙坚回答："我也不知道（坐无所知）。"王叡知道大势已去，吞金而死。

孙坚引兵继续北上，一直到达南阳郡，南阳郡的太守张咨也是当年袁绍他们密派出来建立根据地的，本来是友军，可二人最后也动上了刀子。孙坚到达南阳郡，给张咨写了封信，要求提供军粮。可能是孙坚摆的谱太大，张咨有点不爽，跟下面的人商量，大家认为孙坚不过是本州相邻另一个郡的太守，大家平起平坐，互不隶属，无权调发粮饷。张咨认为言之有理，对孙坚不加理睬。

这下子惹恼了孙坚，刚杀过刺史的孙坚，又动了杀太守的心。孙坚先备了礼物拜访张咨，按照礼节，次日张咨也要备下礼物前来回访，就在孙坚军营里的酒桌上，孙坚突然发难，将张咨斩杀。朝廷对各地已经失去了控制力，像孙坚这样擅杀朝廷高官的行为，事后居然什么事都没有，于是大家便纷纷效仿，看谁不顺眼就杀谁，这与流寇已经没有两样了。孙坚敢这么做，靠的是实力，谁有实力谁就说了算，天下由法制、礼制阶段进入拼实力的阶段。

孙坚基层工作经验丰富，在军队里长期供职，有勇有谋，还善于拉队伍，此时他的手下已经聚集了程普、黄盖、韩当、朱治等一批日后的名将，很有战斗力，所以才敢如此行事。但是，短短几天里连续大开杀戒，地方震怖，人心不稳，孙坚也有点心虚。这时候，他听说后将军袁术驻扎在南阳郡内的鲁阳县，即今河南省鲁山县，于是立即前往拜见。

袁术自从到了南阳郡，工作局面一直打不开，原因是张咨、王叡这些实力派都不真心买他的账。正在郁闷之际，听说来了个猛人孙坚，连杀王叡、张咨。袁术不禁暗自吃惊，担心这小子杀红了眼，会不会把刀舞弄到自己头上来。哪知孙坚一到鲁阳就主动前来拜访，表示愿意听从他的指挥，态度极为恳切，那阵势真有点你不接受他就真跟你玩命的意思。

袁术确定孙坚不是忽悠自己之后，大喜过望，立即表奏孙坚为破虏将军，兼任豫州刺史。他们就以鲁阳为基地，休整人马，准备继续北伐。“表奏”这个词以后频频出现，说起来任命职务一定要有严格的组织程序，地方要员和军中的高级将领还要由天子亲自以诏令的形式任命，即使基层推荐，实行的也是报批制，没有正式批准即为非法。可是现在，天子控制在董卓手中，报个请示上去希望他来批复基本上不可能。于是，下面的人自作主张，把报批制改为报备制，自行批准，报你备个案就行了，这就是“表奏”。

这个口子一开，大家都开始表奏起来，但凡有点实力的，都兼职替朝廷干起了组织人事工作，不仅大肆封官，而且还你表我我表你，互相送人情。方便归方便，但也容易造成混乱，从此之后，就经常出现同一个郡、同一个州有几个太守或刺史、州牧同时存在的现象。

袁术表奏孙坚的职务就有很大问题，豫州不属于他们的控制范围，豫州刺史也没有空缺，又弄出来个豫州刺史的头衔，不是成心挑事吗？这时候朝廷正式任命的豫州刺史是孔伷，也是反董阵营里的积极分子，他也在同一时间起兵，驻扎在颍川郡，在洛阳的东南方向。

现在，一下子出现了四个反董基地，从北到南依次是河内、酸枣、颍川、鲁阳。刚好形成一个弧形的半包围圈，与以洛阳为中心的董卓集团形成对峙局面。

独夫愤怒了

现在来看看董卓，虽然靠着流氓手段把洛阳的局面控制住了，但背后有关中的皇甫嵩和河东郡的白波军，弄得他头痛不已。这些事还没有理出个头绪来，东方诸郡呼呼啦啦反了一大片。

袁绍、袁术、韩馥、张邈、桥瑁、王匡、鲍信、曹操这些人，都曾经是朝廷正式任命的官员，现在公然打出了反叛的旗帜，矛头直指自己，其中的一大罪状，便是废黜天子，另立新帝，有篡逆之心。

看来这帮人对新立的刘协不服，恐怕是还做着迎立刘辩的打算？刘辩此时十八岁，刚被废为弘农王，董卓于是命郎中令李儒出面，给刘辩献上鸩酒，迫其自杀。刘辩说："是欲杀我耳。"不肯喝。李儒说不喝不行。刘辩无奈，于是和他最心爱的妃子唐姬以及宫人饮宴作别。在宴席上，刘辩悲痛而歌："天道易兮我何艰，弃万乘兮退守藩。逆臣见迫兮命不延，逝将去汝兮适幽玄。"请唐姬起舞，唐姬边舞边歌："皇天崩兮后土颓，身为帝兮命夭摧。死生异路兮从此乖，奈何茕独兮心中哀。"两人泣下呜咽，所有在座的莫不唏嘘流泪。

弘农王饮鸩酒而死。唐姬后来回到老家颍川郡，父亲唐瑁想让她改嫁，她坚决不愿意。后来李傕乱长安，劫掠关东，虏获了唐姬，还想娶她为妻，这是后话。

弘农王刘辩，汉灵帝刘宏的长子、何进的外甥、何皇后的亲生儿子，在位不满七个月，直到被废仍未来得及更改年号，因此没有正式被列为帝，后世以"少帝"称呼他。在两汉历史上，共有二十四个人得到"帝"的称号，除此之外，还有四位：西汉的刘恭和刘弘，东汉的刘懿和刘辩，因为在位时间过短或者继位后很快被废，没有进入"帝"的序列里，均以少帝相称。

董卓及时出手杀了刘辩，在政治上倒也是高明的一招，因为那些口口声声反对他废帝的人，一心想的就是恢复刘辩的帝位，现在主角没了，帮场子的人一下子失去了政治目标。

果然，消息传出，袁绍等人悲痛不已，而关东联军阵营里的大多数人都认为，既然汉灵帝的长子刘辩死了，次子刘协做皇帝就是顺理成章的了。这是袁绍最不愿意看到的结局，袁绍仍然不承认汉献帝的合法地位。

袁绍等人公开起兵以后，苦了两位老兄：董卓身边的周毖、伍琼。他们潜伏在董卓身边，骗取了董卓的信任，他们一直在帮袁绍、袁术、韩馥、张邈等人说好话，帮助他们取得合法地位，现在同志们真的反了，董卓的怒火可想而知。

董卓下令把他们抓起来，咆哮道："我刚到洛阳，你们劝我擢用能人志士，我一一听从，可这些人一上任，就公开起兵反抗我，是你们出卖了我，不是我要出卖你们！"于是在初平元年（190）二月十日将二人处斩。周毖、伍琼被杀是关东联军的一大损失。不过，很快另一个卧底补上了他们的位置，这个人是郑泰，时任尚书。

董卓鉴于关东联军不断壮大，想调集重兵讨伐。郑泰想联军组建时间不长，很多队伍刚刚完成长途转移，需要休整才能形成战斗力，这个时候董卓真的以重兵征讨，联军肯定吃亏，于是他跑到董卓那里忽悠了一把。郑泰说：“政治成败，取决于恩德，而不取决于武力，所以讨伐无益。”董卓听了有些不爽：“照你的说法，要军队就没有用了吗？”

郑泰接着说：“我不是这个意思，而是说关东的敌人力量很有限。袁绍不过是一个花花公子（公卿子弟），一生都在京师；张邈不过是一介没有见过大世面的老汉（东平长者），坐在那里眼睛都不敢乱看；孔伷只会高谈阔论，把死的说活，把活的说死（嘘枯吹生）。这些人都没有军事才能，您出自西州，少为将帅，他们怎么能跟您相比？关东承平日久，人们都不愿意打仗，不像关西地区，连妇女儿童都会使用弓箭。另外，袁绍肯定镇不住局面，别看人多势众，肯定会各自保存实力，到时候不攻自破。现在发动大军讨伐，反而让他们凝聚在一起。所以，现实的情况是，应该以政治手段来解决。”

郑泰不愧是老一代士人，那名声看来也不是白来的。这一番话正好切中董卓的心理，董卓不仅取消了军事讨伐的想法，而且发现郑泰原来是个人才，一高兴直接任命他为前敌总指挥，让他负责统筹前方战事。如果郑泰掌握了前敌指挥权，董卓死得会更快。好在有人及时提醒董卓：郑泰这个人有士人背景，跟关东那些人的关系说不清楚，给他军权，十分危险哪。董卓清醒过来，收回成命，改任郑泰为议郎。

不过，郑泰的话还是影响了董卓，他也认为关东同盟刚刚形成，还是一盘散沙，逼得太厉害，这些人反而团结得更紧，政治手段倒是可以一试。经过准备，董卓派出了几批特使，分别由大鸿胪卿韩融、少府卿阴修、执金吾胡母班、将作大匠吴修、越骑校尉王环等重臣带队，分别往河内、酸枣、鲁阳等地，劝诫袁绍等人回归朝廷。

但是，这些人一到联军控制的地区，就被袁绍下令抓了起来，除了韩融德高望重，跟袁绍的父辈、爷爷辈都有交往而免于一死外，其他人都被处死。

董卓这一招很阴损，他也知道这些特使出去有可能无功而返，但仍然派他们去，袁绍杀了他们是董卓最希望看到的结果，因为这些人也都是士人，跟袁绍等人没有本质上的区别，袁绍杀他们，就是自相残杀的开始。还真让董卓算对了，联军内部的裂痕显现出来，矛盾开始激化。

但是董卓知道，迟早仍免不了一打，所以，他加紧了军事准备，把主力调往东线，分北、中、南三路展开布防，与联军主力形成对峙：北路由董卓的女婿牛辅为主将，对抗河东郡、河内郡的联军以及白波军；中路以凉州军中最能打的宿将徐荣为主将，对抗酸枣联军；南路以胡轸、吕布、华雄为主将，对抗鲁阳的袁术、孙坚。

董卓还有一手，如果战局顺利就留，打得不顺就开溜，他做好了挟持刘协迁都的准备。

初平元年春天，以沁水、河内、酸枣、荥阳、阳翟、鲁阳等战略要地为中界，一条长达上千里的战线拉开，两边都在往前线调集人马，大战一触即发。这一仗势必将要决定很多人的命运，同时也决定着东汉王朝的命运。

白鹄一跃救明主

董卓在做着迁都准备的同时，前线已经开打，最早打起来的是北线。在河内郡屯驻的袁绍、王匡离前线最近，袁绍此时自称车骑将军，这个职务类似于全国武装部队总司令或副总司令，袁绍此前在军中的资历仅是西园八校尉之一，连个少将都不算，但袁绍此时已是联军的主帅，需要一个很高的名分。

袁绍坐镇河内郡的治所怀县，指挥各地的联军，冀州牧韩馥驻扎邺县，负责后勤供应。怀县在黄河北岸，与洛阳的直线距离不到一百里，轻骑兵不用半天即可到达。袁绍命令王匡欲在平阴渡口过黄河，做尝试性进攻。牛辅率董卓军在平阴渡口一带与王匡对峙，暗地里派出精锐从另一个渡口小平津渡过黄河，绕到背后，抄了王匡的后路，王匡所部损失惨重，退回到怀县与袁绍会合，暂时不出。

联军首战失利，让中路酸枣方向的各位将领变得迟疑起来，聚集在这里的人马最多，但大家似乎都不急着进攻，每天大吃大喝（置酒高会），曹操看到这种情况很着急。酸枣在陈留郡的地盘上，张邈在联军中说话最有分量，曹操多次找到这个老朋友，请求发起进攻。曹操说："咱们共举义兵，讨伐董卓，现在人马已经聚集完毕，还等什么呢？董卓劫持天子，焚烧宫室，海内震动，这正是天要灭亡他的绝好时机（此天亡之时也），一战而天下可定，机不可失呀！"

曹操反复陈述，张邈也不好再拒绝，但表示无力调遣其他各部，让曹操自己想办法。在各路人马中，曹操与济北国相鲍信有一定交情，此时他已来到了酸枣，曹操又找到他，说服鲍信一同行动。

鲍信是曹操早期事业上的坚定支持者，他愿意跟弟弟鲍韬一起与曹操共同行动。曹操有五千余人，鲍氏兄弟有一万多人，编成一支混合部队，分别由曹操、卫兹、鲍信、鲍韬实际掌握，由曹操任总指挥，向西进发。

队伍进入司隶校尉部所属的河南尹境内，并未遇到抵抗，阳武、原武等县甚至连地方官都找不到。东西军事对峙形成后，这一带就成了最前沿，无论谁胜谁败，这里必遭战火涂炭无疑，地方官们早就开溜了。

时任中牟县令的杨原也想弃官而逃，这时候，有个人劝他不要这样做。这个人叫任峻，是本县人，他劝杨原说："董卓作乱，天下没有一个人不恨他（莫不侧目），但是都不敢先发，不是不想，形势还不成熟罢了。您若能趁这个机会做一个倡导者，必然得到天下的响应。"

杨原可能是个外地人，所以也想溜，而任峻是本地人，没有地方可跑，不如拿起武器保卫家乡。杨原听从了任峻的建议，自称河南尹，任命任峻为主簿，将邻近几个已无人管理的县都接管起来，实行临时地方自治，招集散勇，扩充人马，等待时机。

这时，听说曹操率一路队伍来到，任峻与本地另一个知名人士张奋一起，率数百人加入联军的队伍，曹操将这些人暂编为一个师，任命任峻为骑都尉。任峻加入曹操阵营以后深得曹操信任，后来曹操还把一个堂妹嫁给了他。任峻以后主要负责后勤工作，并成为一名出色的农业问题专家，是曹魏搞屯田的早期负责人之一，于建安九年（204）去世。

有任峻的意外加盟，联军士气大增，队伍很快进发到荥阳、成皋一带，他们的目标是占领战略要地敖仓。敖仓之所以成为自古兵家必争之地，是因为它是当时天下最大的粮仓。荥阳、成皋附近有一条人工运河叫汴水，用来连接黄河水系和南方的淮河等诸河道，可以把东南各郡的物资很便捷地运到这里来。自秦朝开始，就在附近的敖山上修建仓库，屯积粮食等物资，也屯积了一些军械，成为朝廷储备粮基地和军队的后勤基地。曹操率军直奔荥阳和成皋而来，除了这里是西征的必由之路外，攻占敖仓意义更为重大。

开始，曹操率领的军队一路顺利，队伍渡过汴水后，敖山隐约的山影都能看到了，大家兴奋异常，以为大功告成。然而，等待他们的将是一场惨败，他们中的大多数人，将没有机会再能渡过汴水。因为，他们面对是一个可怕的敌人，已经给他们精心布下了一个陷阱，只要一进去就很难活着出来。

他们对面的敌人叫徐荣，是不折不扣的猛人。董卓集团目前有两支主力，一个是自己的凉州军，一个是归顺来的并州军。两部合起来有十多万人，别看人数不是特别多，但全部是精兵悍将，说他们在战场上能以一当十，也不算夸张。

尤其是凉州军，他们都是职业军人，大多数出身于凉州一带，由于各民族混居形成的基因优势，个个身体强壮。他们身经百战，战场经验丰富，而且家属子女都在凉州，打起仗来没有拖累，一上战场就玩命。

他们还有一个要命的优势：战马。战车退出战争主角地位后，战马就成为冷兵器时代制胜的武器之一。衡量一支队伍的战斗力，要看骑兵人数的占比，以及马匹品种是否优良。在这方面，凉州军无疑占有绝对优势。

董卓手下的凉州军，主要将领是牛辅、李傕、郭汜等人。牛辅已经做过介绍，是董卓的女婿。李傕字稚然，是凉州刺史部北地郡即今甘肃庆阳市一带人，作战勇猛，诡谲残忍。郭汜又名郭多，也出身于凉州，是一名悍将。上面这三个人可以算军长一级的将领，在牛辅手下，比较有名的师长级将领有张济等人，在李傕的手下，有名的师长级将领有李暹、李利、张苞等。董卓直接指挥的师长级将领，有徐荣、董越、段煨、胡轸、杨定、李蒙、樊稠等。他们大多数人跟董卓一样，生在凉州、长在凉州，在与羌人作战中建功立业，军衔节节上升。在他们中间，有一个人比较特殊，就是徐荣。

徐荣是东北人，一个说法是幽州刺史部辽东郡襄平县即今辽宁省辽阳市人，另一种说法是幽州刺史部玄菟郡即今辽宁省沈阳市人，他本是朝廷军队里的下级军官，在凉州作战时因为勇猛职务不断晋升，后来归董卓指挥，是董卓所信任的少数几个非凉州出身的将领之一。

徐荣虽然力量很猛，但却不硬拼，他比较喜欢动脑筋。眼看联军队伍冲自己而来，徐荣考虑所部人数不足，不宜把战线拉得太长，于是主动放弃前沿的武阳、原武、中牟等据点，在成皋一带布下重兵，以逸待劳，等敌人渡过汴水后发起攻击。

战斗在敖仓周围的成皋一带打响，联军人数虽然占优，但多是新兵，训练时间短，战场经验不足，装备也差，骑兵人数不多，在凉州职业军人面前，基本上不堪一击。但是，在曹操、鲍信、卫兹、鲍韬、任峻等人以及曹氏、夏侯氏诸兄弟的带领下，联军并未退却，而是拼死血战。战斗进行得异常激烈，联军一方明显处于下风。

关键时刻，曹操的战马被乱箭射死，失去战马的曹操，随时会在混战中被杀。紧要关头，曹洪把自己的战马拉过来让曹操骑，曹操不愿意，曹洪急了。曹洪说："天下可以没有我曹洪，不能没有大哥你呀！"曹操这才上马，杀出重围。曹洪随后也设法脱身。立下大功的这匹马，传说有一个好听的名字叫白鹄，还有的说叫白鹤，不过这都是后人的附会之言罢了。

退到汴水岸边，看到敌人没有再追，曹操这才把人聚拢了一下，经过清点，发现卫兹和鲍韬战死，自己和鲍信都挂了伤，所幸曹洪、曹仁、曹纯以及夏侯惇、夏侯渊、任峻他们倒没有什么大碍。两万人左右的队伍几乎全军覆没，没有死在战场上的人，大部分都开了小差。只有从谯县带出来的人还紧紧跟随他们。一行人趁夜渡过了汴水，回到大本营酸枣。

南线的战事

成皋之战董卓集团虽然取胜，但联军的顽强精神让董卓很是吃惊，面对这支军事素质很差的队伍，按照董卓的想法，派凉州铁骑一个冲锋即可搞定，但最终的结果却完全出乎意料，一度杀得难解难分。

成皋之战打消了董卓继续坚守洛阳的念头，他决定即刻迁都。但反对的声音也让他始料不及，担任河南尹的老将朱儁、司徒杨彪、太尉黄琬、司空荀爽等齐声反对。为了说服大家，董卓拿出了一本叫《石包谶》的神秘预言书，上面说后汉经历十一世皇帝以后应该迁都。但被杨彪直接斥责为妖书。董卓说不过他们，只好再玩老把戏，耍起了流氓，喊着要杀人。司空荀爽一看杨彪他们有危险，赶紧出来打圆场，董卓免除了杨彪、黄琬等人的职务，提拔王允当司徒。王允，那可是一个玩潜伏的高人。

这时皇甫嵩率三万余人驻扎在长安以西的右扶风郡，管理长安的最高行政长官是盖勳，也就是曾在阅兵台上跟汉灵帝刘宏对过话的那个人。董卓征盖勳为议郎，征皇甫嵩为城门校尉，解除二人的实权。有人劝皇甫嵩起兵讨伐董卓，但被皇甫嵩拒绝。他收拾行李准备就任，结果这一去，一代名将便从此黯然退出军界。

皇甫嵩之所以没有动手，一来董卓手里有天子，皇甫嵩认为征他为城门校尉，不是董卓的命令而是天子的命令，反对董卓就等于反对天子；二来自己虽然手里有三万多人，但身处关陇地区，在董卓大军的合围之中，边章、韩遂、马腾等叛军跟董卓有默契，一旦开战，他们将联手对付自己，失败是肯定的。

初平元年（190）二月十七日，天子下诏正式迁都。据记载，董卓临行前在洛阳搞了一次大屠杀活动，把所有富豪集中起来，胡乱安个罪名，集体处死，财产全部没收。普通百姓强迫迁往长安，不愿意走的也全都处死。

董卓撤到城外的御花园毕圭苑，然后纵火将洛阳城焚毁，当时世界上最大的城市洛阳就这样化为废墟。董卓下令在洛阳周围二百里范围内大搞“三光政策”，烧光、抢光、杀光，还命令士兵开棺掘墓，盗取珍宝，邙山一带密集地排列着本朝多位先帝的皇陵和许多贵族的墓地，此时都无法幸免。

以前还有顾忌，不敢太过分，现在要走了，凉州军开始到处烧杀取乐。阳城县乡民正在举行祭神仪式，凉州军开到，立即大开杀戒，所有男人全部被杀，头颅割下来挂在车上，载着抢来的妇女，一路敲敲打打，宣称在前线打了胜仗。在前线被抓住的俘虏情况更惨，凉州兵用布涂上油裹在他们身上，然后从脚下点火，活活烧死，围观的人看着取乐。

三月五日，天子一行到达长安。此时，袁术、孙坚开始攻击洛阳，董卓无法脱身，长安的事务都由刚刚提拔为司徒的王允来主持。王允妥善处理方方面面的关系，对天子给予尽心保护，对董卓曲意逢迎，让董卓很满意，放心地把长安的行政事务都交给了他。

三月十八日，董卓做了他早就想做的一件事：下令将已经转移到长安的袁氏家族所有人全部处死，包括太傅袁隗、太仆卿袁基，无论大小，不分男女，连怀中的婴儿都不放过，一共杀了五十多口，袁绍、袁术对董卓由国恨从此又添了家仇。

做完这些事，董卓开始全力对付从南面一路杀过来的孙坚。董卓深知自己这个老同事的厉害，所以在三路大军的安排上，特别重视南面这一路，安排了胡轸、吕布、华雄三员猛将共同对付。

胡轸此时担任陈郡太守，是董卓嫡系中的嫡系，吕布属于并州军，虽然跟董卓以父子相称，但手下的队伍在董卓集团里属于杂牌军，华雄也是董卓手下的一员猛将，担任都督一职，但对他的其他情况所知甚少，他的实际影响力与他后来的名气相比差得多。

南路的力量本来最强，但凉州军和并州军在配合上好像出了问题，胡轸这个人打仗或许有一套，但处理人际关系却不太行，他性格急躁，手下士兵纪律性也差，谁要作战不利，他就喊着要杀军官，弄得大家很紧张。

他们探听到孙坚的主力到了一个叫阳人聚的地方，立即急行军赶到那里，想把孙坚包围。到达时天色已晚，士兵们还未吃饭，胡轸和吕布产生了分歧，胡轸想休整一夜明天再说，吕布认为应该搞突袭。胡轸无奈，下令攻击，结果人困马乏肚子饿，加上孙坚早有准备，攻击无果。

孙坚反击，胡轸、吕布大败。孙坚率部向东北方向运动，想与颍川郡、酸枣县等地的友军会合，董卓安排徐荣、李蒙在梁县附近进行截击，这回大败了孙坚。这是徐荣近几个月内第三次露脸，第一次在黄河两岸上大败袁绍和王匡，第二次在成皋大败曹操，第三次在梁县大败孙坚，三次都是全胜。

孙坚很狼狈，只领着程普等几十骑突出重围，徐荣的兵穷追不舍。孙坚头上戴着一个红色头巾，平时看着挺酷，这时候就要命了，红头巾成了一个标志，凉州兵拼命追着打，孙坚手下将领祖茂提醒孙坚，把头巾摘下来给自己戴上，孙坚才得以解围。梁县之战和汴水之战有许多相似之处，对手都是徐荣，联军一方都是大败，曹操危急时有曹洪赠马，孙坚逃命时有祖茂解围。

不过，好歹孙坚也逃过了一劫，整顿散兵到了颍川郡，与这里的友军豫州刺史孔伷会合。他们两个见面的时候应该很尴尬，因为一个是朝廷正式任命的豫州刺史，一个是袁术刚刚“表奏”的豫州刺史。好在也没人在公开场合提起，为了反董大业，孔伷给了孙坚很大的支持，给他补充了人马。孙坚重新向阳人聚方向杀了回来。孙坚再次与胡轸、吕布、华雄在阳人聚交手，别看孙坚打徐荣不行，打胡轸和吕布倒很顺手，不仅取得大胜，而且斩杀了华雄，所以传说中的关羽“温酒斩华雄”并不确切。

胡轸和吕布逃回洛阳，孙坚继续追击，董卓有点扛不住，派人给老同事捎去一封信，希望和解，为表示诚意，还提出两家和亲的请求，遭到孙坚断然拒绝。

董卓派吕布守洛阳，自己率主力向西撤退，到达渑池一带，做出回师长安的姿态。孙坚向洛阳发起进攻，守城的吕布败走，孙坚由洛阳南门之一的宣阳门攻入城去，将洛阳收复。

洛阳此时已成一片废墟，就连南宫和北宫也荒无人烟，孙坚命令士兵打扫宫殿、太庙的卫生，整理邙山一带被破坏的诸陵，并意外在宫中一口井里发现了传国玉玺。

董卓无心在洛阳一带跟孙坚纠缠，命令主力全部撤向关中。孙坚本想追赶，但袁术命他火速回军，因为后方不稳，南阳郡有被他人吞并的危险，孙坚只好撤军。

南下丹杨募兵

曹操、鲍信带着从成皋前线打了败仗的队伍回到酸枣时，他们看到的景象让人既愤怒又伤心。在他们浴血奋战的时候，这帮人还在醉生梦死，压根儿没人关心前线的战事。曹操心里很着急，他多次找张邈等人陈述自己的用兵计划，张邈虽然也能听进去一些，但此时屯扎在酸枣的人马并不全听他指挥，曹操又找到桥瑁等人做工作，但成效不大。

曹操、鲍信几乎全军覆没，让酸枣的其他几路联军更加坚信不能盲动，他们甚至想，幸好当时没有被曹操忽悠去，否则就是鲍信今天的下场，部队基本上打光了，还搭个自己的弟弟。

在一次联席会议上，曹操建议采取以下军事部署：“袁绍从河内郡进攻，逼近黄河上的孟津渡口；酸枣的各路联军攻击成皋，占领敖仓，封锁轘辕关和太谷关，控制各战略要地；袁术率领南阳郡的大军进攻丹水和晰县，攻入武关，扰动关中。以上各路大军实现第一步目标后，高筑壁垒，不与敌人作战，多布疑兵，发动舆论和思想攻势（示天下形势），以正义之师讨伐叛逆，天下即可平定。如果我们迟疑不敢进攻，天下人将失望，我也为诸位感到羞耻（窃为诸君耻之）！”

曹操提出的行动计划很具体，也很现实，这个计划的关键是要同时行动，给敌人造成首尾难顾的态势。以当时的形势看，这是最有效的进攻方案。虽然曹操把话都说到快翻脸的程度了，刘岱、桥瑁、袁遗等人还是不表态，张邈束手无策。这不由得让人想起了郑泰的话，虽然郑泰目的是忽悠董卓，但他对酸枣这几个人的评价看来还挺准。

曹操失望至极，他决定离开酸枣，到外地重新募兵，东山再起。在这段时间，他与鲍信结下了深厚友谊，在曹操看来，鲍信与桥瑁、刘岱等人不同，是个有理想、有远见的人。经过汴水激战，鲍信对曹操也有了更多了解，虽然他失去了弟弟，但对曹操的敬佩之情始终不渝。

二人就在酸枣告别，相约重新招人马、拉队伍，鲍信重回济北国，他在那里还算有基础，再拉起一支队伍来问题不大。曹操决定带着曹洪等人前往南方的扬州刺史部一带，在那里招募人马。不久之后，曹操和鲍信还会继续合作。

汴水失利让曹操认识到，兵源的素质至关重要，一支队伍不在于人数多少，而在于士兵的身体素质、训练水平和战斗意志。为了能招募到素质精良的兵卒，曹操想到了丹杨郡。

丹杨郡属扬州刺史部，治所在宛陵县，即今安徽省宣城市，所辖大体包括现在的皖南、苏南的一部和浙江西部，今天的南京、铜陵、芜湖和黄山都在其中。这一带多山地，长期生活在这里的山民身体强健，好武习战，自古即是出精兵的地方。“丹杨兵”成为一个专有名词，自秦汉以来就扬名疆场。

汉武帝天汉二年（前99）秋天，贰师将军李广利率骑兵三万出征匈奴，在天山与右贤王相遇，发生激战，汉武帝命令李陵出击辅助李广利的正面作战，当时战马不足，李陵只率一支五千名步兵出征，在大漠旷野之上，面对匈奴的铁骑，步兵单独出战只能是送死，但这次却不那么简单，因为这五千步兵主要成分就是丹杨兵。李陵率领这些丹杨兵从居延北行军一个月，在浚稽山与且鞮侯单于的三万骑兵遭遇，匈奴人原以为可以虎蹚羊群般结束战斗，但眼前这支神奇的部队居然反败为胜，五千步兵杀得三万骑兵不断后退，单于大惊，急调八万多骑来攻，李陵率领大家且战且退，重伤员躺到车上，伤轻员推车，伤势再轻的持兵器搏战。后来，由于汉军后援迟迟不到，这支丹阳兵最后只剩下四百人突围，此战主帅李陵被迫投降，副帅韩延年战死。但是，丹杨兵却打出了威名，面对数万匈奴铁骑之勇，五千丹杨兵竟然能令单于丧胆，几乎要撤退，在得知汉军无援兵的情况下才敢进攻。丹杨兵的善战可见一斑。丹杨兵战斗力之所以这么强，与他们善长的一门技艺有关：弓箭。正是由于高超的射击技术，才能以步兵抵挡骑步的冲击。

此时扬州刺史是陈温，丹杨郡太守是周昕。曹洪与陈温很熟，曹操在太学求学期间与周昕、周昂是同学，他们便分成两路，曹洪到扬州刺史治所历阳找陈温，曹操携夏侯惇等人去宛陵找周昕。

开始很顺利，周昕很快帮助曹操集齐了四千人，并派弟弟周昂随曹操一同行动。但在行军的路上却出了事，差点要了曹操的命。

他们过了淮水，刚进入沛国境内，到达龙亢县，在这里相约与曹洪会合。不久曹洪也来了，他带来了两千多人，是在陈温协助下于庐江郡招募的。两支人马会师，实力大增，可还没来得及高兴，夜里发生了兵变。据王沈的《魏书》记载，这些丹杨兵可能不想离家太远，觉得受骗上当了，于是晚上发动叛乱，点火焚烧曹操的大帐，曹操持剑，连杀数十人，才得脱身，六七千人跑得只剩下五百人。

汴水失利，龙亢兵变，换成别人早就一蹶不振了，但曹操仍然没有气馁。他整顿剩下的人，一边往回走，一边沿路继续招募人马。这次他有机会回谯县看看，卞氏和曹丕洛阳脱险后已经回到谯县，曹操很想回一趟家，但他还是没有回去。根据史料记载，他的行军路线是铚县、建平县等地，他在这两个地方又招了不少人，总兵力勉强达到一千多人。

也许曹操考虑到，带着这么多外地兵回谯县很容易弄出乱子来，所以才没有回去吧。曹操也不想再回酸枣了，他率领这一千多人来到黄河北岸的怀县，这里是河内郡的治所，袁绍正屯扎在此。

此时大约正是董卓把袁家一门五十余口全部处死之后，袁绍还沉浸在巨大的悲痛中。不过，见到老朋友到来，袁绍仍然十分高兴，他赶紧招呼曹操说有大事商议。

第七章

大河之南

“诸君北面，我自西向”

曹操还以为袁绍找他去商议征讨董卓的事，去了才知道原来跟这毫不搭边。失去五十多个亲人的袁绍，并没有被巨大的不幸所击垮，他正化悲痛为力量，日夜操劳，忙的是一件大事。

不过，这件事在许多人看来并不靠谱，袁绍正在忙活的是另立新帝。在袁绍的心里，被董卓杀掉的前少帝刘辩才是汉灵帝的法定继承人，现任皇帝刘协不仅登基的程序不合法，而且是不是汉灵帝的血统都有疑问，袁绍在给袁术写的信里，就宣称刘协不是汉灵帝的儿子（帝非孝灵子）。在这一点上袁绍有点与众不同，别人是反董卓不反皇帝，袁绍是董卓、皇帝一块反。袁绍的本意是消灭董卓，重新拥立刘辩复位，哪知董卓下手更快，把刘辩毒死了。但袁绍并不甘心，刘辩死了，就在其他刘氏宗亲里寻找，反正不承认董卓挟持下的伪皇帝。最近以来，袁绍一直醉心于这件事，他的想法得到了韩馥的支持。

袁绍执意此举可以解释为他野心的一种暴露，因为就当前而言，消灭董卓才是当务之急，即使他这边立了一位新帝，也不能指望董卓让刘协退位，结果就是两个皇帝并立，国家将因此陷入分裂。这是一个严重的问题，可袁绍没有考虑那么多，他就是要另立一个朝廷，与董卓抗衡，作为这个朝廷的缔造者，他应当具有无可争辩的地位。问题是，找谁来当这个皇帝呢？

袁绍跟他的智囊们找来找去，最终把目光停在了幽州牧刘虞的身上。刘虞是光武帝刘秀之子东海恭王刘强的五世孙，出身正统，家谱清晰可查。本人德高望重，外放幽州牧以来，整顿地方，安抚边界的少数民族，深得众望。就在去年，董卓为了拉拢刘虞，借用了一个大司马的名号，派人到幽州送给刘虞，同时晋封其为襄贲侯。此前，本朝的三公及以上的高位均在朝廷中任命和就职，三公由外官兼任，刘虞开了先河。

方案一定，袁绍、韩馥就大造舆论，他们暗中安排一个叫王定的济阴郡人，说是发现了一颗印，上面居然有“虞为天子”四个字。袁绍还声称，当年光武帝刘秀登基前，担任的职务是大司马领河北军政，刘虞担任的大司马领幽州牧与其相仿，这些都是天意。袁绍还写信给各路联军首领陈述想法，寻求支持。对于袁绍的这个建议，大多数人认为没有必要，但也不便公开反对，都迟迟不予答复。答复最快、最明确的是袁术，他表示反对。袁术此人，当皇帝的瘾比乃兄更大，只是现在条件不成熟隐而不发，岂容别人插队？袁绍再写信给袁术，说我们全家都被董卓所杀，我们怎么能向他称臣？袁术回信说：“全家被杀是董卓的主意，与天子何干？我的一片赤心，只志在消灭董卓，不知道其他的事（**不识其他**）。”

袁绍碰了钉子，仍然不死心，派前乐浪郡太守张岐带着拥戴书前往幽州，向刘虞奉上皇帝的尊号。哪知刘虞压根儿不领情，他接见张岐，斥责道：“天下分崩离析，天子蒙难，我等深受重恩，不思雪耻，反而行叛逆之事，于情于理何堪？”袁绍得到回报，立刻心灰意懒，而韩馥心有不甘，他又派人恳请刘虞“录尚书事”，就是主持朝廷日常工作，这样一来可以代表皇帝任命官职，可刘虞仍然拒绝。刘虞还放出狠话，如果再逼，他就投奔南匈奴人，让大家断绝念头，韩馥只好不再提。

后一个举动是韩馥一个人干的，袁绍没有参与。韩馥此举看似为国着想，结束谁都可以表奏封官的乱局，但实际上矛头暗指袁绍。行使表奏大权最多的是袁绍，他封自己为车骑将军，然后想封谁就封谁，俨然成了皇帝第二。如果刘虞真的接受了皇帝的封号，董卓还是挺紧张的。董卓的战略是，不与关东联军死磕，而让他们内斗。如果群龙有首，内斗的计划就不好实施了。所以董卓挺感激刘虞，袁隗被杀后，董卓把太傅的名号给了刘虞，但是道路阻隔，无法派人前往宣布任命。

这一次拥立新帝的闹剧又无果而终，曹操千辛万苦从南方募兵回来，正赶上这出戏上演。上一次曹操就不同意王芬等人另立合肥侯，这一次就更不会给予支持。但是，他明白自己现在的身份和处境，当袁绍征求他的意见时，他没有过多地反对，只是笑了笑。

亲曹派史学家王沈写的《魏书》有两则记载，一则是曹操答复袁绍的话，他说：“董卓之罪，暴于四海，我们合大众、举义兵，天下莫不响应，这是因为义的缘故。现在幼主微弱，制于奸臣之手，但还没到亡国的地步，一旦改易，天下谁来安定（**孰其安之**）？你们且面朝北，我独自面向西（**诸君北面，我自西向**）！”另一则是，袁绍得了一颗玉印，可能就是王定献的那颗，拿着在曹操面前晃了晃，很得意的样子。曹操大笑说：“我不相信你。”袁绍派人再去说服曹操，对曹操说：“现在袁公势盛兵强，二子已长大，天下群雄，谁能超过？”曹操仍然不应，从此之后对袁绍更为反感，暗中打算要诛灭他。

拥立是一件大事，曹操的一生多次面临这个问题，他的态度也深为当世人及后世人所关注，亲曹派的史学家们必须给出一点都不带含糊的交代。然而，曹操现在没有太多的发言权，所以他只能“笑之”。好在这出闹剧无疾而终，用不着在这个大是大非的问题上真的与袁绍翻脸。现在的情况是，自己的力量过于弱小，还得依靠袁绍的支持。

这个时候，一起来怀县的周昂脱离了曹操，直接听从袁绍的调遣，这也就意味着所剩不多的丹阳兵也不再听从曹操的指挥。袁绍给了周昂一个新的任命：豫州刺史。如果大家还记得的话，这已经是第三个豫州刺史了：朝廷任命的孔伷，袁术任命的孙坚，袁绍任命的周昂。

袁绍此举实在有点不怀好意。周氏兄弟虽算不上自己的嫡系，但也是南方的实力派，派他去豫州，正好捣一下乱。二袁相斗的序幕就此拉开，在未来长达七八年的时间里，中原地区陷入一片混战，交战的双方主要是他们这两大集团。

从这时起到次年的七月，曹操一直随袁绍驻扎在黄河北岸的河内郡，这一段时间是他比较苦闷的时候，初举义兵便连遭挫折，他现在能做的，只有等待时局的变化，寻找新的机会。

时局的新变化

在介绍曹操下一步动向之前，要先对近一段时期以来天下形势变化情况作以交代，其中有三个人必须重点说一下，那就是公孙度、刘表和孙坚。

公孙度字升济，原籍幽州刺史部辽东郡襄平县，到他父亲公孙延的时候，为了避难逃到玄菟郡，该郡治所在今辽宁省沈阳市一带，所以公孙度跟董卓手下的猛将徐荣成了同乡。公孙度小时候名叫公孙豹，这个名字给他带来了好运。

客居在玄菟郡的公孙延一家人，过的是背井离乡、四处打工、朝不保夕的生活，不可能送儿子公孙度上学。玄菟郡太守叫公孙琙，有个儿子也叫公孙豹，跟公孙度年龄相仿，公孙太守家的儿子死得比较早，太守见到这个公孙豹，很是喜欢，就出钱送他读书，又帮他娶了妻室，当成自己的儿子一样。公孙度后来被推荐到朝廷任尚书郎，以后靠着自己的努力，一步步高升，最高职务做到了冀州刺史，但因为什么事被免了官。

公孙度与徐荣不仅是同乡，而且关系很好，徐荣连败袁绍、曹操、孙坚之后，深受董卓的信任。董卓迁都长安前后，考虑任命一批人到地方任职，目的是往关东联军地盘里渗透。徐荣得到消息，力荐老乡公孙度担任辽东郡太守。辽东郡大体相当于今天的整个辽东半岛，治所就在公孙度的老家襄平县，即今辽宁省辽阳市，管辖面积很大，看来汉灵帝时的“三互法”到现在执行得已经不那么严格了。公孙度走马上任，但开始并不顺利，因为在家门口当官，很多人对他都知根知底，觉得这家人过去在这里见谁都点头哈腰的，怎么摇身一变成了人上人，有人心理上接受不了，有点不太服气。襄平县令公孙昭就是这么一位。

公孙度想必须找点事来立威，目标就选中了公孙昭，他找了个碴儿，将公孙昭抓起来，于集市上公开审判并处刑，一顿板子下去，将公孙昭活活打死。这还不够，公孙度还大搞扫黑行动，对于当地的不法豪强以及黑恶势力大开杀戒，将田韶等百余户豪强灭族（夷灭百余家），如此一来，举郡震撼，没有人再敢跟他叫板。公孙度还整顿人马，讨伐玄菟郡的乌桓人和高句丽人，势头很猛。

辽东一带与内地远隔千山万水，即使与幽州刺史部的治所蓟县即今北京市一带也遥不相闻，幽州牧刘虞虽然是公孙度的顶头上司，但没有力量管他，公孙度有了实力，就搞起了地方自治，把势力不断向周边发展，新设郡县，自行任命太守，成为独立王国。

与公孙度到东北上任的同时，董卓还任命了一位荆州刺史，就是刘表。刘表前面已经介绍过，他与现任三公之一的王畅都是山阳国，王畅是他的老师，师生二人都很有名气，同时列为“八俊”之一。何进掌权时，对刘表很信任，任命他为北军中候。从刘表的政治倾向来看，他与袁绍等人关系一般，加上他是刘氏宗亲的缘故，对朝廷更加忠心耿耿。董卓看中这一点，在袁术、孙坚等人将要控制荆州的情况下，任命刘表为荆州刺史。董卓希望这个能干的人到荆州搅和一下，给袁术、孙坚制造点麻烦。

刘表单人匹马到了荆州，他所取得的成果远远超出了董卓的期望，没用多长时间居然把袁术和孙坚的势力挤出了荆州，而且杀掉了孙坚。司马彪所著一本叫《战略》的书对刘表创业经过有详细记述。当时荆州一代拥兵自重的人很多，袁术、孙坚不用说，还有苏代、贝羽、张虎、陈生、蒯越、庞季、蔡瑁、黄祖等人。荆州刺史部的治所原来在汉寿，即今湖南省常德市附近，刘表一个人先到了宜城，和他曾一同在何进大将军府共过事的老朋友蒯越就在这里。

在蒯越的支持下，蒯良、蔡瑁、庞季、黄祖等都来投奔刘表。刘表向他们请教取得整个荆州的策略，蒯良认为取荆州重点是取南郡，取南郡重点是取襄阳，只要守住襄阳，奉行仁政，安顿百姓，荆州其他各郡可传檄而定。蒯家、蔡家在襄阳一带很有势力，在他们的协助下，刘表迅速控制了南郡的大部分地区，只剩下张虎、陈生领兵守在襄阳。蒯越和庞季二人进城，劝说他们投降，于是刘表占据了南郡。

刘表把荆州刺史部的治所索性搬到襄阳来，不再去汉寿就任。正如蒯良分析的，南郡平定之后，不费一兵一卒，荆州的江夏郡、长沙郡、武陵郡、零陵郡、桂阳郡都归顺了刘表，荆州七郡中只有南阳郡在袁术控制之下。

与正在崛起的公孙度、刘表不同，已经显露不可抵挡势头的孙坚此时却遇到了大麻烦。袁术坐镇鲁阳，孙坚北伐，一路势如破竹，攻占了洛阳，把董卓赶向了关中，孙坚正要乘胜追击，荆州来了个刘表让袁术很不爽。不仅如此，袁绍在背后也搞起了小动作，任命周昂为豫州刺史，跑来抢地盘。面对这些新的情况，袁术命令孙坚火速回师，商议对策。

看来，董卓把刘表安插到袁术、孙坚的后面实在是一着妙棋，关键时刻替自己解了围。据晋人张勃所撰《吴录》一书说，孙坚听说袁绍派周昂来抢地盘，伤心得落了泪。他说："大家同举义兵，抢救社稷，董卓逆贼眼看就要灭亡，还有谁能跟我合力同心呢(吾当与谁勠力乎)？"孙坚回师，出兵迎击周昂，周昂被打败。然后袁术和孙坚共同对付南面的刘表。

初平二年（191），袁术派孙坚出兵攻打襄阳，刘表派手下将领黄祖在樊城、邓县一带迎击，黄祖不是孙坚的对手，被打得大败，孙坚率军渡过汉水，包围了襄阳。刘表闭门不战，同时派黄祖乘夜出城调集军队再战，结果又被打败。黄祖败逃至襄阳西郊的岘山，孙坚追击途中，遭黄祖手下人从竹林间发射暗箭的袭击，一代名将孙坚中箭身亡！陈寿对孙坚的评价是：勇猛果毅，从社会底层开始奋斗，建立了功业，劝说张温杀董卓，收复洛阳后修补宫室陵墓，有忠壮之烈。但陈寿同时指出，孙坚和他儿子孙策一样，行事轻率暴躁（皆轻佻果躁），以至于因为意外事故而丧生，招致整个事业的失败。

孙坚死后，他远在舒县的长子孙策仅十六岁，次子孙权仅九岁。后来，在程普、黄盖、韩当等一批追随孙坚多年征战的老部下的扶持下，孙策迅速成长，挑起了续写家族荣耀的重任。

孙坚之死对袁术是个沉重打击，袁术本质上是个花花公子，尽管野心比谁都大，但实际才能却有限。孙坚在时，袁术可以整天守在鲁阳老窝坐享其成，现在孙坚不在了，他不敢贸然攻击，先守住南阳郡看看形势再说吧。这样，荆州刺史部除南阳郡以外，都掌握在了刘表的手中。

现在，来盘点一下初平二年（191）年初全国的形势。天下共有十三个州，目前各州的大致情况如下：

一、幽州刺史部：辖涿郡、上谷郡、广阳郡、代郡、渔阳郡、右北平郡、辽东郡、辽西郡、玄菟郡、乐浪郡等十郡，治所为蓟县，今北京市附近。州牧刘虞，同时兼任大司马。在他的地盘上，还有两个难对付的人物：公孙瓒和公孙度。公孙瓒的正式职务是降虏校尉，相当于朝廷的北部边防军司令，公孙度的正式职务是辽东郡太守。

二、冀州刺史部：辖魏郡、钜鹿郡、常山国、中山国、安平国、河间国、清河国、渤海郡等十郡国，治所邺县，今河北省临漳县附近。州牧韩馥，在他的地盘上有一个更难对付的人物：袁绍。袁绍的正式职务是渤海郡太守，但他以车骑将军自称，毫不客气地当上了韩馥的领导。

三、青州刺史部：辖济南国、平原国、乐安国、北海国、东莱郡等五郡国，治所临淄，今山东省临淄市，刺史焦和，兵多器锐，粮食充足，但不善带兵，总被弱小势力欺负。大约在上年底，袁绍又表奏了一个青州刺史，就是在酸枣会盟时大出风头的臧洪。公孙瓒后来也不甘落后，任命田楷为青州刺史。一年前，本州所辖的北海国来了一个名人当国相，此人就是孔融。这里虽然地处偏远，但斗争形势依然很复杂。

四、兖州刺史部：辖陈留郡、东郡、东平国、任城国、泰山郡、济北国、山阳郡、济阴郡等八郡国，治所昌邑，今山东省金乡县附近。刺史刘岱，酸枣会盟的主要参与者。辖区有济北国相鲍信、东郡太守王肱、陈留郡太守张邈、山阳郡太守袁遗等实力派人物。

五、徐州刺史部：辖东海郡、琅邪国、彭城国、广陵郡、下邳国等五郡国，治所郯县，今山东省郯城县，刺史陶谦，控制主要郡县，辖区内的广陵郡太守张超是张邈的弟弟。

六、豫州刺史部：辖颍川郡、汝南郡、沛国、梁国、陈国、鲁国等六郡国，治所谯县，今安徽省亳州市。刺史有三个，朝廷任命的孔伷，袁术之前任命的孙坚，袁绍任命的周昂。

七、司隶校尉部：辖河南尹、河内郡、河东郡、弘农郡、京兆尹、左冯翊、右扶风等七郡国，治所洛阳。此时的司隶校尉好像不太有名，查了万斯同《汉季方镇年表》，得知此人叫刘嚣，跟他的上一任宣播一样，都为大家所不熟悉，应该是董卓所署。所辖河内郡太守为王匡，河南尹为老将朱儁。

八、并州刺史部：辖上党郡、太原郡、上郡、西河郡、五原郡、云中郡、定襄郡、雁门郡、朔方郡等九郡，治所晋阳县，今山西省太原市附近。辖区内有大量黄巾军余部活动，著名的有黑山军、白波军等。董卓一直兼任并州牧，未见卸任记载。

九、荆州刺史部：辖南阳郡、南郡、江夏郡、零陵郡、长沙郡、桂阳郡、武陵郡等七郡，原治所汉寿，现治所襄阳，今湖北省襄阳市。刺史为刘表，控制全部七郡中的六个，另外一个南阳郡由袁术控制。

十、扬州刺史部：辖九江郡、庐江郡、丹杨郡、吴郡、会稽郡、豫章郡等六郡，治所历阳，今安徽省和县附近。刺史陈温，曾支持曹洪募兵。辖区内丹杨郡太守周昕，支持过曹操的募兵行动。

十一、益州刺史部：辖蜀郡、汉中郡、广汉郡、巴郡、犍为郡、牂牁郡、越嶲郡、益州郡、永昌郡等九郡，治所雒县，今四川省广汉市附近。州牧为刘焉。

十二、凉州刺史部：辖陇西郡、汉阳郡、武都郡、金城郡、安定郡、北地郡、武威郡、张掖郡、酒泉郡、敦煌郡等十郡，治所陇县，今甘肃省天水市附近。刺史韦端，由朝廷任命。辖区内除董卓集团外，还有叛乱武装韩遂、马腾等。

十三、交州刺史部：辖南海郡、苍梧郡、九真郡、日南郡、交趾郡、郁林郡、合浦郡等七郡，治所番禺，今广东省广州市附近，面积包括两广、海南及越南一部分，地处偏远，与内地交往有限，常常作为流放发配之地。刺史为朱符。

以上是全国十三个州的情况，在这些主要地方实力派中，支持董卓或拥戴朝廷的有刘虞、刘表、刘焉、陶谦、焦和、公孙度、公孙瓒以及凉州、司隶校尉、交州等势力，参加关东联军或给予声援的包括袁绍、袁术、韩馥、孙坚、刘岱、孔伷、陈温、王匡、张邈、曹操、鲍信、桥瑁、袁遗、张超、周昕等。

由于刘表、刘焉、陶谦、刘虞、焦和等实力派没有公开表态支持关东联军，一举击垮董卓集团的局面并没有出现。

再任东郡太守

从初平元年（190）下半年南方募兵回来，曹操一直待在河内郡怀县，这里是袁绍的大本营，在将近一年的时间里，曹操过着无所事事的日子，他所能控制的不到二千人中，大多数人远离家乡，由于看不到光明前景，队伍中不断有人开小差，人数在逐渐减少。

曹操也没有到附近招募新兵的打算，毕竟这是袁绍和王匡的地盘，跟他们抢兵源必然遭致猜忌。这个时候，曹操派人把卞氏接到了怀县，一同接来的还有十六岁的长子曹昂、五岁的曹丕和一岁多的曹彰。曹昂已经长成了大人模样，骑马射箭都像那么回事，他一心想上前线打仗。作为曹家的长子，曹操觉得有必要让他早点接受锻炼，就把他放在曹仁手下，接受正规的军事训练。

在这段日子里，曹操写下了那首《薤露行》的名诗。诗中写道：惟汉廿二世，所任诚不良。沐猴而冠带，知小而谋强。犹豫不敢断，因狩执君王。白虹为贯日，已亦先受殃。贼臣持国柄，杀主灭宇京。荡覆帝基业，宗庙以燔丧。播越西迁移，号泣而且行。瞻彼洛城郭，微子为哀伤。“薤露”就是薤菜叶子上面的露水，意谓人的生命就像它一样，太阳一晒，就会干掉。《薤露行》属于乐府《相和歌》歌辞，和另一首比较流行的乐府歌《蒿里行》一样，都是古人出丧时所唱的歌。曹操借旧瓶装新酒，借古乐府写当下的时事，在诗中写了董卓之乱，哀叹国家不幸、君王遭难、百姓受殃，写得悲凉慷慨。对这首诗后人给予了极高评价，明人钟惺在《古诗归》中评论曹操“汉末实录，真诗史也”，使曹操与杜甫一样也获得了“诗史”的称号。

这段时间，酸枣那边出了内讧，加上粮食告急，几路人马最终散了，回到各自驻地。而袁绍正在密谋与韩馥争权的事，顾不上曹操。只有鲍信回到济北国后，重新召集了不少人马，其间曾到怀县来过，跟曹操有过一次密谈。鲍信对袁绍有着清醒的认识，他对曹操说袁绍其人野心很大，整天谋划自己的事，将来难免成为另一个董卓。鲍信说："想制止袁绍，但力量又达不到，贸然行事只有招来祸患。唯今之计，可以暂到黄河之南，等待他内部发生变化（且可规大河之南，以待其变）。"

鲍信的这些话，正说到了曹操的心里。对于袁绍的看法，他比鲍信更清楚，但以他现在的地位和实力，还不能有任何表露。在一般人的心目中，袁绍仍是一面旗帜，可以一呼百应，而他没有这样的天然优势。不过鲍信的话提醒了他，曹操在考虑，继续待在袁绍的身边不会有任何前途，只能作为袁绍的附庸而存在。他应当寻找机会，脱离袁绍独立发展。而黄河之南似乎是最好的、也是唯一的选择。

正当曹操苦苦寻找机会的时候，机会来了。带给曹操这个机会的，是黑山军。黑山军与黄巾军一样，都是农民起义军，有的也把他们算为黄巾军余部。其实，他们与黄巾军没有隶属关系，重要的是，当黄巾起义的高潮过去之后，这股力量反而逐渐壮大，在一片乱局中脱颖而出，成为数十年里一支不可忽视的力量。黑山也叫墨山，是太行山的余脉，在太行山的南端。太行山介于冀州、并州之间，东面是华北平原，西面是高原。太行山主脉高峰迭起，大多数山峰海拔都在二千米以上，其中分布着无数条由平原通往高原的山谷和陉道。

由于地势错综复杂，便于出击和隐藏，这些山谷很多被农民起义军发展为基地。在张角等人起事的同时，这些地方也出现了大大小小许多支农民起义队伍。据史料记载，活动在这一地区的主要起义军领袖多达二三十人，他们的名字很有趣，如"黄龙、白波、左校、郭大贤、于氐根、青牛角、张白骑、刘石、左髭丈八、平汉、大计、司隶、掾哉、雷公、浮云、飞燕、白雀、杨凤、于毒、五鹿、李大目、白绕、眭固、苦晒"等，每支队伍多者二三万人，少则六七千人，他们活动的区域，主要在中山国、常山郡、赵郡、上党郡、河内郡等地。这些头领都出身于社会底层，从他们的名字就能看出来。常活动在白波谷的就叫"白波"，骑白马的就叫"张白骑"，动作麻利的就叫"张飞燕"，说话嗓门大的就叫"张雷公"，胡子多的就叫"于氐根"，眼睛大的就叫"李大目"。这些人里，最有名气的是常山人张燕。

以上这些队伍统称"黑山军"，但内部比较松散，有了战事相互帮忙，为了战利品也互相打架。关于他们的总人数，《后汉书》认为多达百万，但实际上没有那么多，或者人数虽然有那么多，但不全是战斗人员，还包括随军家属和后勤人员。造反是诛九族的大罪，队伍转移到哪里，家属们也得跟到哪里。

以前皇甫嵩、朱儁、公孙瓒等人都与他们交过手，黑山军吃了不少败仗，但由于他们有太行山地势的依托，打得了就打，打不了就跑，朝廷也拿他们没有办法。

大约在董卓进入洛阳之前，张燕厌倦了整天奔命的生活，主动向朝廷投降，朝廷在此设置黑山校尉进行管理。后来中原大乱，各派势力忙于攻伐，没人顾得上黑山军，黑山军又活跃起来。他们一方面趁势壮大实力，另一方面逐渐向外围的魏郡、东郡、阳平郡等地作尝试性进攻。关东联军忙着对抗董卓，没料到斜刺里杀出这么一彪人马，被打得措手不及。

初平二年（191）秋天，于毒、白绕、眭固等几股黑山军联合作战，人数十余万，攻击魏郡和东郡等地。东郡属兖州刺史部，在黄河两岸，治所濮阳县是黄河上的著名城市，也是战略要地，自古以来常有大战在此发生。当时黄河是主要航运河道，濮阳的地位有点像现在长江上的重庆、武汉或者南京。袁绍曾在此当过县长，曹操在距此不远的顿丘县当过县令。黑山军越过魏郡、河内郡后，迅速进入东郡境内。当时的东郡太守是王肱，他组织人马迎战黑山军，但不是对手，被打得落花流水。史书未记载王肱是否战死，但其后再不见关于此人的记载。

东郡眼看要落入黑山军的手中，袁绍十分着急。东郡虽属兖州刺史部，但它与袁绍的大本营河内郡相邻，东郡陷落后，袁绍的侧翼将完全暴露在敌人面前，唯今之计是尽快收复东郡，赶走黑山军。但袁绍既抽不开身，又派不出人。袁绍与韩馥争夺冀州的斗争正进入紧张阶段，对袁绍来说后面这件事更大。想来想去，袁绍觉得只有一个人可用，那就是曹操。

初平二年（192）秋天，曹操迎来了又一次命运的转机，他受袁绍之命，率所部渡过黄河，进入东郡境内，与黑山军作战，卞氏和儿子们暂时留在怀县。曹操有了脱离袁绍单独发展的想法后，就注意对队伍进行训练，这支队伍人数虽然不多，但经过严格训练，加上有曹洪、曹仁以及夏侯惇、夏侯渊等人作为骨干，战斗力大为增强。

经过侦察，黑山军的白绕部驻扎在濮阳城，曹操把这儿作为主攻目标。曹操率部攻击濮阳，黑山军惯常打游击战，对守濮阳这样的城池没有经验，很快曹军就占领了濮阳，白绕逃走。曹操指挥人马进一步肃清了东郡境内的黑山军，基本控制了整个东郡。袁绍接到报告后，任命曹操为东郡太守。六年前，朝廷任命三十一岁的曹操担任东郡太守，但曹操以生病为由没有接受。现在，他终于担任了这一职务，看来曹操注定与东郡有缘。

冀州换了主人

曹操所占有的东郡，除治所濮阳外还有阳平、东武阳、卫国、白马、东阿、聊城、东武阳、发干、博平等县，曹操考虑到自己立足未稳，黑山军新败，有反扑报复的可能，于是决定把治所由黄河南岸的濮阳迁到北岸的东武阳。

黑山军并未再来袭扰，他们退回到太行山区，继续在那里发展壮大，以纵横交错的山谷为依托，把冀州、并州和司隶校尉部所辖的许多郡县作为游击区。他们的首领张燕几乎成了袁绍的魔咒。袁绍最终失败，也有这位身轻如燕老兄的一份贡献。黑山军结束其作为一股独立力量存在，是十四年后张燕投降曹操之后的事了。

曹操在东武阳站住脚，立即把卞氏和儿子们接来，在此过程中袁绍没有表示异议。几年之后，袁绍回想起来一定有些后悔。那时候，为了控制曹操，他千方百计想把曹操的家眷弄到邺县去，但都没有成功。取得东郡，让曹操有了一块自己的地盘，此前他依附于张邈和袁绍，虽有雄心壮志，但总有寄人篱下的感觉。东郡虽小，却可以从这里成就自己的事业。

查阅这一时期的史料，发现一则有意思的记载。根据《后汉书》“光武十王列传”记载，时任琅邪王的刘容此时派遣其弟刘邈到长安进贡，此行可能路过东郡，见到曹操并跟曹操有过交谈。刘邈后来到了长安，盛赞曹操“忠诚于帝”，曹操知道后，对此深表感谢。如果这则记载属实，那它也从侧面反映了曹操此时的政治立场，这个立场与之前他反对另立合肥侯和刘虞相一致。作为袁绍的属下，虽然自己的领导热衷于搞废立，但他始终对当今天子怀抱着忠诚。

在曹操进入东郡的时候，袁绍与韩馥的争斗也告一段落，结果韩馥拱手让出了冀州，袁绍终于实现了先占有冀州再图谋天下目标的第一步。

先是游走于河东郡、河内郡一带的并州军旧部张杨率部归降了袁绍，张杨原是丁原的部属，应何进的派遣回并州募兵，何进被杀后率领一支队伍独立发展。在张杨看来，只有袁绍有资格接受他的归顺，因为何进和袁绍都是老领导。继张杨之后，南匈奴的一支在单于于扶罗的带领下也归顺了袁绍，有这两支队伍的呼应，袁绍力量壮大了很多。但是，从实力对比来看袁绍仍无法与韩馥抗衡，袁绍虽然以车骑将军自称，但只能屈居在河内郡的怀县一带，冀州的大部仍然为韩馥所拥有。袁绍作为关东联军的盟主，交给韩馥的任务是担任后勤部长，负责军粮供应，韩馥自然不会好好干，常常克扣军粮，或者以次充好（每贬节军粮）。袁绍不满，但也无计可施。

韩馥手下武有麴义、张郃、颜良、文丑，文有沮授、田丰、审配、荀谌，在群雄割据时代，这是一个豪华的全明星阵容。但有道是兵熊熊一个、将熊熊一窝，这支队伍的主帅不行，打起仗来挺吃力。韩馥跟部下的关系处理得也不好，领导没本事，容易被有本事的部下欺负。第一个跳出来的，是韩馥手下头号大将麴义。

史书上说麴义“久在凉州，晓习羌斗，兵皆骁锐”，这说明麴义是一员猛将，但凡这样的人，往往是个直肠子，在优柔寡断、心思很重且懦弱无能的韩馥手下做事，心情肯定不大痛快。

麴义与韩馥最终走向决裂，但不清楚是什么原因，总之二人以兵戎相见，结果韩馥很丢人，没有打过自己的手下。袁绍抓住这个机会，迅速与麴义联络，麴义投降了袁绍。当然还有一种可能：麴义之叛就是袁绍策反的。袁绍手下有这种人才，除了许攸、逢纪，原来在韩馥那里干的荀谌、郭图、辛评等人都或明或暗地归了袁绍，他们都擅长做这样的工作。这虽不见任何记载，但推断起来并非不可能。

荀谌、郭图、辛评等人最早可能是韩馥派来协助袁绍工作的，一来二往，与袁绍的关系倒日渐加深。其中荀谌是颍川郡荀氏家族成员，他的父亲荀绲是“荀氏八龙”之一，他的叔父荀爽是当今的司空。郭图字公则，不知道祖籍是哪里，不太像是冀州本地人，根据他与荀谌、辛评等人关系不一般的情况判断，他也是颍川郡人的可能性较大。辛评字仲治，颍川郡阳翟人，他有一个弟弟叫辛毗。

麴义的归降令袁绍士气大振，韩馥却陷入惊慌失措之中。袁绍又不失时机加了一把火，他暗中联络北方的公孙瓒，邀请他和自己一块夹击韩馥，事成之后平分冀州。公孙瓒已事实上脱离刘虞独立发展，且势头很猛。接到袁绍的邀请，哪能错过机会，他亲自率军南下，打的旗号是讨伐董卓，要求从冀州借道，实际上是来抢地盘。韩馥当然明白，知道这一仗非打不可，于是抖擞精神，再战公孙瓒。

韩馥连手下人都打不过，更打不过勇猛异常的幽州铁骑，结果大败。袁绍觉得火候差不多了，便把身边的策反专家们派了过去，游说韩馥主动让位。尽管韩馥一败再败，但实力仍存，硬拼起来袁绍也未必有把握。而且贸然刀兵相见，也有损联军盟主的形象，所以袁绍还是想来文的。为了保证忽悠韩馥成功，他干脆组了个“忽悠团”，团长是他的外甥高幹，副团长是刚才提到的荀谌，团员还包括辛评、郭图等人。

这几位果然不负袁绍之望，他们连哄带吓，把韩馥搞得筋疲力尽，结果不费一兵一卒，居然说服韩馥愿意让位。消息传出，韩馥的手下一片哗然，大家跟着领导鞍前马后，为的是奔个事业前程，你说不干就不干了，这不是开玩笑吗？耿武、闵纯、沮授都跑来劝他，可韩馥实在不想硬撑下去了，他只想舒舒服服过日子，他拒绝了部下的请求。

黄河上重要渡口之一的孟津驻扎着韩馥的水军，冀州从事赵浮、程涣二人率上万精兵及数百条战船在此，闻听领导高风亮节要让贤，也给惊呆了。他们指挥战船由黄河入淇水，一路向邺县方向回师。当时袁绍本人在淇水岸边的朝歌，傍晚时分赵浮等人指挥的船队经过，袁绍看到对方声势浩大、军容威整，浑身都感到紧张。

赵浮、程涣见到韩馥，苦口婆心相劝，仍然没有效果。韩馥主动从所住府邸搬出来，住到宦官赵忠在邺县的一处私宅里，派他的儿子带着州牧的印信，亲自迎接袁绍到来。袁绍进入邺县，以车骑将军的身份兼任冀州牧。这两个职务，一个是自己封的，属于伪造；一个是抢人家的，属于盗版，总之都不合法。袁绍不管这些，他给了韩馥一个奋威将军的虚名，既不给兵也没有官属，挂了起来。对于韩馥的手下，肯与自己合作的继续使用，任命沮授为奋威将军，协助袁绍分管军事；任命田丰为别驾，协助袁绍分管行政事务；任命审配为治中，协助袁绍分管总务。对于不肯合作的耿武、闵纯等人，袁绍毫不客气，直接处死。袁绍得了冀州，不再提跟公孙瓒平分的事，公孙瓒气得要命，这也是他们日后翻脸的原因之一。不过，公孙瓒那边还有跟刘虞的事没有掰清，他主动撤回。

冀州从此改换门庭，除了被杀的耿武、闵纯等少数人以外，其他人不仅没受什么影响，大多数反而升了官。大家心里可能想，这样挺好，升官涨工资，还换了个能干的领导。只有韩馥很难受，人情冷暖、世态炎凉看得多了不看就是，但一些别有用心的人上门来找碴儿就没办法了。有个下级叫朱汉，此人人品不怎样，过去韩馥可能不太待见他，现在世道变了，此人就想报复一下，出出气。

朱汉担任都官从事，负责执法方面的工作，他琢磨袁绍的心思，以为袁绍要除掉韩馥，于是找了个借口，将韩府包围起来，要进去搜查。韩馥吓得跑到楼上躲起来，韩馥的儿子被抓住，朱汉用铁锤将他的双脚砸断。袁绍听到报告，赶紧派人过来及时制止，否则韩馥非给朱汉拍成肉饼不可。韩馥再怎么说也是冀州过去的老领导，朱汉的做法也太无耻，为了不让同情韩馥的人寒心，袁绍下令处死了朱汉。但韩馥心胆已裂（馥犹忧怖），恳求袁绍放他一条生路。袁绍同意，韩馥于是到陈留郡投奔张邈。后来袁绍派使者到张邈处，韩馥刚好也在座，使者有密事与张邈协商，就凑在张邈的耳边说了几句话，韩馥看到，以为袁绍密嘱张邈对自己下手，于是跑到洗手间（如厕），用一把刻书刀自杀了。要评选三国时代最窝囊的人，没有几个人能与韩馥相争。韩馥人窝囊，事做得窝囊，死得也窝囊。跟着这样的领导干不出大事业，当他的下属也挺窝囊。

韩馥之死给很多人一个警示：在乱世中是没有退路可言的，只有不停往前走，想歇下来或者退而求其次，那是做不到的。

天降奇才荀文若

韩馥是颍川郡人，在他当权期间，很重视人才引进，曾派人到老家招聘名士，荀谌、辛评、辛毗、郭图等人大概就是那个时候来到冀州的。韩馥的策略是用颍川郡人压制冀州本地人，这恐怕也是韩馥跟下属关系搞不好的原因之一。

有一种错误的观点认为，当领导的要坐稳位子，不能让下属太团结，而要设法让他们斗起来。韩馥可能就有这样的潜意识，作为一个外地人，他最担心的就是压不住本土势力，所以他有意制造出派系斗争，以此平衡各种势力。但派系斗争对政权稳固的伤害更大，韩馥手下能人众多，但战斗力不强，缺乏凝聚力，韩馥本人也没有足够的威望，这些原因造成了他最后的失败。

袁绍夺权之后，沮授、田丰、审配等本地人争先恐后到城门口迎接袁绍进城，袁绍一改韩馥的做法，开始重用冀州人士，用冀州人把颍川郡人压下去。但他也留了一手，他也要搞平衡，用的是汝南郡人，那是他的老乡。袁绍也学韩馥的做法，派人到老家汝南郡搞人才招聘。冀州人很郁闷，原来的领导重用老乡压他们，好不容易下台了，换上来的领导继续这样搞。汝南郡人、颍川郡人、冀州本地人在袁绍阵营里成为三大派。

袁绍对手下人派系斗争情况很清楚，但他只当没看见，有时候还会来点小权术，让他们斗得更厉害。由于袁绍默允和纵容各派争斗，以后在他的阵营里，逢纪与沮授不合，审配与许攸交恶，郭图一直想找机会置张郃于死地，重要的文臣武将都陷入内斗之中，为袁绍日后的失败埋下了伏笔。

从这个角度反观曹操的用人则明显高出一个层次，曹操不拘一格用人已为大家所熟知，他用人还有一个特点：反对派系斗争。作为一个有事业心的领导，如果看到手下派系斗争很严重却任由其发展，最终受伤害的一定是自己。曹操阵营里团结工作做得相对较好，袁绍、刘表、刘璋、刘备乃至孙权都做不到这一点，一来出于曹操的个人权威和领导魅力，对属下产生了凝聚力；二来是曹操在人事安排上更讲求公平，反对拉帮结派。

但是到了后期，曹操在选接班人问题上出现了犹豫，给喜欢拉帮结派的人以可乘之机，曹操手下出现了两大派，严重削弱了曹魏的实力。这又从反面说明，一个组织出现内斗，对谁都不会是件好事。

荀谌当初应韩馥之邀来到冀州，开始挺受重视，袁绍势力起来之后，荀谌一看不妙，主动抛弃老乡韩馥，投靠了袁绍，为袁绍取得冀州立下了大功。袁绍掌权后，重用沮授等冀州人和汝南郡人，颍川郡人有些失势，荀谌无可奈何。荀谌的哥哥就是被何颙称为有“王佐之才”的荀彧，受荀谌的影响，荀彧也来投靠老乡韩馥，刚到冀州，正好赶上韩馥下台、袁绍上台。

荀彧字文若，生于公元 163 年，此时二十九岁，小曹操八岁。小的时候，荀或就显露出相当的才华，袁绍的坚定支持者、“奔走之友”骨干成员何颙见到他，很是惊讶（异之），说：“这是能辅佐君王成就大业的人才呀（此王佐才也）。”何颙看人很毒，曹操还是刚参加工作的小青年时，他就看出曹操日后能成大事。在荀彧更小的时候，他看出此人日后能力不凡，让何颙都说对了。

荀彧后来也被举为孝廉，参加工作，担任守宫令一职，这是个较低级的职务，属九卿之一的少府寺，掌管皇宫所用纸笔、墨、封泥等办公用具。荀彧在宫中供职的时间是永汉元年（189），这是汉献帝刘协的第一个年号，只用了四个月，所以习惯上还把这一年称为中平六年。袁术围攻南北宫、大杀宦官的时候，没准荀彧就在场，但他躲过了这一劫。董卓把控朝廷后，荀彧的叔父荀爽由布衣百姓直接担任了三公，在荀爽的帮助下，荀彧得到一个亢父县令的职务。这个地方在哪里荀彧并不想知道，因为他的目的只是逃离洛阳。

荀彧没有去上任，而是回到了颍川郡，他的老家在颍阴县。一到家，他就告诉父老乡亲说：“颍川是四战之地，现在天下有变，这里必遭劫难，应该尽快离开，不要久留。”但故土难离，大家心里都很犹豫。这时候，韩馥的招聘团来颍川招募人才，应聘的人不多（莫有随者），荀彧带着家里人到了冀州。后来，董卓的军队果然侵犯到颍川郡、陈留郡等地，留在家乡没有走的人很多都被杀了。

袁绍夺了韩馥的位子，对荀谌、辛评、郭图等人表面上不错，但颍川郡人已不像原来韩馥在位时那样吃香了。这个时候的荀彧，还是一个默默无闻的青年，并没有引起袁绍的特别关注。由于有弟弟荀谌的关系，加上颍川郡荀氏的知名度，袁绍对他还算礼遇（待彧以上宾之礼）。但荀彧对自己在这里发展的前景并不看好，一直闷闷不乐。在荀彧看来，自己在袁绍手下干不会有太大前途：一来袁绍此时帐下已是精英会集，发展空间有限；二来袁绍反韩馥之道对颍川郡人予以压制，颍川郡士人的处境十分微妙；三来袁绍明里暗里纵容文臣武将争斗，弄得文武失和，说明袁绍虽有盛名，却很难有更大成就。

还有一个原因对荀彧来说挺重要，但却无法说出口，这与荀彧的家事有关。荀彧的正妻是大宦官、汉灵帝时“五侯”之一中常侍唐衡的女儿（养女），那时权势如日中天的唐衡一心结交士林，想把女儿嫁给汝南郡人傅公明，但为傅公明所拒绝，在唐衡极度难堪之时，荀彧的父亲、“荀氏八龙”之一的荀绲主动请求把唐小姐娶过来与儿子荀彧成亲，此事影响很不好（彧为论者所讥）。这件事记载在《典略》一书中，虽然裴松之表示过怀疑，主要是唐小姐的年龄和荀彧年龄不太相符，但这件事不会完全没影，可能不是唐衡的女儿，是其他宦官的女儿，总之这成了荀彧的一个污点。荀彧跟曹操一样，因为家族或家室与名声极差的宦官有关而承受有言与无言的诟病。

在袁绍那里，荀彧虽然受着上宾之礼的款待，但在颍川郡士人整体受抑制和排挤的情况下，远大的抱负无从施展，敏感的内心还要承受来自他人暗中的讥讽，对于出身名门、少年时代即为大名士何颙称誉的荀彧来说，留在邺县一天，就会痛苦一天。

荀彧的心境与此时另一个年轻人很相似，这个人就是郭嘉。郭嘉字奉孝，生于公元 170 年，小荀彧七岁，此时二十二岁左右，他也是颍川郡人，跟韩馥同一个县。与荀彧不同，他出身于寒门，从小就有远大的志向（少有远量），后来喜欢暗中交结有识之士，可能就包括荀彧、辛评、郭图等人。郭嘉此时也在袁绍这里，通过一段时间的观察，他对袁绍的评价更差。他对老乡辛评、郭图说："明智的人应该认真辨别领导（智者审于量主），袁绍只是效仿周公那样礼贤下士的做法，但却不领会用人的实质，他生性多疑寡断，好谋无决，想跟着他打天下、定霸王之业，简直太难了。"

郭嘉劝辛评、郭图离开袁绍另寻明主。辛评和郭图不太同意这样做，他们认为袁氏的恩德和威风布于天下，现在人们都来归顺，力量越来越强，放着这么有前途的地方，为什么还要离开？郭嘉知道他们听不进去，不再多说，就自己离开，找了个地方闲居起来了。郭嘉离开前有没有跟荀彧商量不得而知。不过荀彧跟郭嘉关系很好，以后正是在荀彧的力谏下，郭嘉才重新出山，成就了他的英名。郭嘉的出走，对荀彧深有触动，初平二年（191）的一天，他终于决定也离开袁绍。

大概是这一年的冬天，在黄河北岸的东武阳，三十七岁的曹操与专程来投奔自己的二十九岁的荀彧第一次相见，二人做了一次长谈，谈完之后曹操激动异常，他拉着荀彧的手久久不放，曹操说了一句话："你就是我的张子房啊！"张子房就是西汉开国功臣张良，后来有人常常拿这句话攻击曹操，说他早就有野心，因为如果荀彧是张良，曹操就自视为刘邦了。

但不管怎么样说，曹操得到荀彧格外高兴。正在事业上升期的曹操对人才十分渴求，尤其是能出谋划策的人，目前在他跟前基本上没有。曹操更深知荀彧的潜在价值。荀家是颍川郡大族，几代人都是知名人士，有相当的影响力。曹操说过一句名言："汝颍固多奇士也。""汝颍"即汝南郡和颍川郡，东汉末年，在这两个地方诞生了一大批风云人物。有数字统计，在东汉全部一百八十年中，担任过三公、有名可记的共二百二十六人次，其中出自汝颍二郡的有三十三人次，占比是各郡国平均水平的七倍以上。至于三公以下的各级官员，比例大致也是如此。朝廷里一度曾有"汝半朝"的说法，说半朝的官员都来自汝南郡，这自然有点夸张，但却能反映汝颍二郡人物之盛。

曹操怀着一颗渴求人才的心看待盛产名士的汝颍，但曹操与他们没有太多的交往。曹操虽然早年与袁绍、何颙等人过从甚密，但他在这领域显然不具备号召力。荀彧的到来，真的是恰逢其时。

曹操的激动是有道理的，他不仅得到了一个荀彧，也跟荀氏家族建立了联系，通过荀彧这座桥梁，他与整个颍川郡士人都建立了联系。在以后的岁月里，在荀彧的介绍下，戏志才、郭嘉、荀攸、钟繇、陈群、辛毗、赵俨、杜袭、应玚、繁钦、邯郸淳、和洽、孟建、石韬、郭诞、袁忠等一大批颍川郡士人聚集到曹操阵营里，成为“武有谯沛、文有颍川”的人才格局。

运气来了挡不住

对曹操来说，好运气一旦开了头有时候挡也挡不住。历尽挫折的曹操，迎来了意外取得东郡和荀彧主动投奔的好事，不过这还没有完，他的好运还在持续。这一次，给他带来运气的还是农民起义军，不过不是黑山军，而是青州的黄巾军。黑山军东进的同时，在青州的黄巾军也开始行动，这支队伍人数众多，史称达百万以上，不过这一数字包括了所有随军家属及后勤人员，真正能参战的要少得多。

青州刺史焦和生性软弱，一见到黄巾军就跑，最后生病而死。袁绍马上任命臧洪为青州刺史，跟公孙瓒任命的青州刺史田楷抢地盘。臧洪到任后，一改焦和的软弱政策，主动寻求与黄巾军决战，黄巾军连吃败仗，不得不考虑战略转移。初平二年（191）十一月，就在曹操就任东郡太守后不久，青州黄巾军主力进入兖州境内的泰山郡，被太守应劭所击破。

青州黄巾军此后又进攻渤海郡，此时公孙瓒的势力已经向这一带发展，青州黄巾军又受公孙瓒的攻击，再打败仗。公孙瓒的老同学刘备就是这个时候走马上任青州刺史部平原国相的。他的任务就是来抢占地盘，关羽、张飞等人跟随着他。刘备也是在这个时候接触了赵云，赵云深感刘备的情义，脱离公孙瓒追随在他的左右。刘备担任平原国相，前后大概有两年。

赵云转投刘备，跟荀彧转投曹操有点类似，公孙瓒和袁绍之所以没有在意，事后也没有影响到他们跟刘备、曹操之间的关系，原因在于此时无论刘备也罢，还是曹操也罢，名义上都是公孙瓒和袁绍的属下，荀彧和赵云相当于在同一个系统中内部工作调动。还有一个重要原因，此时的荀彧和赵云还没有崭露头角，并没有怎么引起公孙瓒或袁绍的重视。

青州黄巾军接连受挫，便想到跟西边的黑山军联合作战，改变战场上的被动局面，于是集合力量，向西面的兖州、冀州一带杀来。于毒、白绕、眭固等人率黑山军主力于是离开太行山区的基地，向东边的河内郡、东郡进攻，配合青州黄巾军的行动。

曹操打败白绕后，黑山军基本上撤出了东郡，曹操在兖州北部一带声名大振，与东郡相距不远的山阳郡豪族李乾和侄子李典率部众投奔了曹操，曹操的实力进一步增强。李典字曼成，此时才十八九岁，作战勇敢，同时好学问，为人儒雅，敬贤士大夫，以后成长为曹军的一员儒将，有“军中长者”之称。

初平三年（192）春天，曹操率主力离开东武阳，驻扎在离战略要地濮阳不远的顿丘县，此行的目的可能是配合袁绍的军事行动。袁绍夺取冀州后，与公孙瓒的矛盾激化，二人正在冀州北部和幽州一带酝酿大决战，为免后顾之忧，袁绍命令曹操护卫南线的安全。但曹军一动，就出事了。

又悄悄摸过来的黑山军看到曹操率军西进，于毒立即集结人马进攻东武阳。东武阳此时是曹军的后方基地，家属和粮草辎重都在这里，于毒这一招既快又准，消息传到顿丘，曹军将士都慌了神。据史书记载，大部分人主张立即回师救援，曹操认为回师已晚，不如采取围魏救赵的办法，直击黑山军的老巢，迫使黑山军回兵。曹军于是弃东武阳不顾，向西北进击，直扑位于太行山南部的黑山军基地。进攻东武阳的黑山军闻讯果然撤兵，曹操又率军在路上打了个漂亮的伏击，击败了眭固。之后，路上又遇到了刚刚归顺袁绍、但又趁袁军北上而反叛的南匈奴单于于扶罗，曹操又将其打败。

一个奇谋，两场胜仗，东武阳之围应声而解，确实够得上经典战例。但如果在地图上复原一下此战的路线，就会发现有诸多疑点。顿丘虽然在东武阳以西很远的地方，但再往西去的太行山更远，中间远隔整个河内郡不说，而且敌人的老巢究竟在哪里，也实在不好说。

黑山军的组织很分散，黑山不是一座城池，也不是一个山寨，是一大片地域的统称，曹操能长途奔袭的部队顶多也就几千人，用这几千人去围攻一大片山区，肯定不知如何下手。而且黑山军打起仗来老婆孩子都带着走，所以一行军就有几十万人，曹操抄人家的老窝，只是一厢情愿的想法。如果真这么打，东武阳之围解不了，曹操先被人家抄了老巢。

可包括陈寿在内，对这场运动战讲得清清楚楚、明明白白，不容怀疑。带着疑问再翻一下史书，发现陈寿资料的来源是王沈的《魏书》，这一下就好理解了。作为亲曹派史书的代表，王沈的《魏书》经常不失时机地夸大和渲染曹操的成就，有时不妨也搞点虚构和挪移。关于初平三年春天的这场“围黑山救东武阳”的战例，基本可以认为是虚构出来的。

真实的情况是，黑山军确实围攻东武阳了，但在留守部队的顽强抵御下，东武阳一直没有被攻下，黑山军的优点是不恋战，打得赢就打，打不赢就走，所以主动撤退。曹操在回师的路上遇到眭固所部，将其击败。至于迎战于扶罗，而且指明是在河内郡的内黄县，即今河南省内黄县，如果有这件事的话，可能曹军之一部，不会是曹操亲自率领的。

在黑山军围攻东武阳的同时，青州的黄巾军也向这个方向运动，总人数达百余万人，不过这并非指的是兵力，而是他们的人口总数。他们首先进入兖州刺史部的任城国，任城国相郑遂被杀。消息传到山阳郡的昌邑，在此据守的兖州刺史刘岱决定出兵迎击。济北国相鲍信也在这里，他劝刘岱不要冒进，鲍信的战法是坚守，让队伍养精蓄锐（蓄众士之力，先以固守），等敌人进退不得、粮草耗尽之时再出击。刘岱不听，率军出击，结果被杀。

刘岱死后，兖州八郡国处于群龙无首的局面，面对来势汹汹的黄巾军，当务之急是推出一个有实力、有能力的领头人打退黄巾军，保护地方安全，这是兖州本地官民们共同的愿望。在这种形势下，陈宫出场了。真实的陈宫没有在中牟当过县令，更没有“捉放曹”那一出。陈宫字公台，东郡人，关于他早年事迹知道得不多，史书上只说他“刚直壮烈，少与海内知名之士皆相连接”。他属于地方上的实力派，说话有一定影响力，为了保卫家乡不被涂炭，他联络一些地方知名人士物色新的兖州首脑，最后把目标锁定在东郡太守曹操身上。据《世说新语》记载，陈宫亲自到东武阳拜见曹操，说：“兖州现在没有首领，我自告奋勇说服州中的众人，迎接阁下到州中，凭借这里将来夺取天下，成就霸王之业。”陈宫回到兖州又游说州中官吏和士绅，鲍信第一个表示拥护，大家也跟着表示同意。最后，推选鲍信和州吏万潜作代表，前往东武阳迎接曹操来就任。

这样，曹操就任了兖州最高行政长官，不过不是刺史，而是州牧。曹操几年前便担任过济南国相，品秩是二千石，刺史的品秩只有六百石，以曹操既往的资历，担任州牧是够条件的。但这不是朝廷正式的任命，顶多算群众集体推荐吧。可不管怎么说，兖州牧曹操成为与刘虞、刘焉、袁绍等人并列的地方大员，而此时的刘表、陶谦等人还只是刺史，在名义上比州牧要低一些。

曹操就任后，立即整顿兵马，准备与黄巾军决战。黄巾军前无退路，后有强敌，拿出了拼命的劲头，往日一打就跑的情况不见了，让这场仗打得异常艰难，就连王沈在《魏书》中也不得不作如下记载：一次，曹操率领一千余人在战场间巡视，突然遭遇黄巾军主力的攻击，手下一下子死伤近半，不得不撤退。黄巾军不依不饶，继续进攻，他们久经战阵，士兵强悍，而曹军队伍尽是新兵，缺乏经验，士气也不高昂。曹操亲自披甲持胄，身临一线，严明军纪，明确赏罚，士气才稍稍提高。

这场战役的高潮是寿张之战，恶战中曹操多次陷入危境，其中一次全赖鲍信的拼死抵抗才得幸免，而鲍信却战死了。鲍信是曹操事业起步时期最忠实的战友和最可靠的盟军，对曹操充满敬佩，多次给曹操以帮助。鲍信的战死是曹操的一大损失，曹操极度伤心。鲍信死后连尸首都没有找着，曹操下令悬赏寻找，仍然没有找到，只能让人用木头刻了一个鲍信的雕像来祭拜。

对手其实打得更艰难，黄巾军慢慢有点招架不住，他们给曹操写了一封信。在信中先套近乎，从曹操当济南国相禁淫祠开始说起，说曹操的政治主张与他们太平道教义其实是一致的，然后劝曹操顺应天道，不要与黄巾军为敌。曹操不理，继续攻击，史称曹操“遂设奇伏，昼夜会战，战辄擒获，贼乃退走”。

黄巾军向济北国方向败走，曹操指挥人马追击，黄巾军没有退路，只好请求投降。曹操接受了他们的投降，就地整编，组建了一支新的队伍：青州兵。根据《三国志》作者陈寿等人的说法，这次受降共有降卒三十多万，曹操组建青州兵的人数不详，只说“收其精锐者”，如果十个里面选两个的话，也至少有六万人以上。但其实不然，青州黄巾军能作战的士卒肯定没有三十多万人，曹操一下子也不可能增加六万人的队伍，比较可靠的数字，应该在二三万人，这其实已经很可观了。

鲍信战死后，曹操把他原来的队伍交给鲍信的老部下于禁来指挥。于禁字文则，兖州刺史部泰山郡人，早在中平元年（184）鲍信起兵抗击黄巾军的时候就跟随他。曹操听说于禁作战勇猛，提拔他当军司马，于禁从此进入曹军一线将领的行列。

曹操虽然当上了兖州牧，但他此时实际控制的地方还有限。兖州的治所原来在山阳郡的昌邑县，这里距黄河太远，与曹操的后方基地东郡也有相当距离，曹操把大本营迁到了济阴郡与东郡相交的鄄城，仍然把战略重点放在黄河一线。刘岱死后，董卓听到消息，也任命了一个兖州刺史，此人叫金尚，是一个老士人。金尚带人前来上任，曹操当然不干，就在金尚进入州界的地方布下了兵，金尚一看打不过，跑到南阳郡投奔袁术去了。

占据兖州使曹操的事业又上了一个新台阶，曹操担任兖州牧，尽管还不能全部控制兖州，但在政治上形成了主动态势，兖州本地的名士慕名而来投奔，除了陈宫外，还有程昱、毛玠、满宠、吕虔等人，他们的事将在以后进行介绍。

曹操屯驻鄄城后，把卞氏他们也接了过来，这一年冬天，卞氏生下了第三个儿子，这就是曹植，此时曹丕六岁，曹彰三岁。曹丕日后在回忆文章中写道，他五六岁时，曹操曾亲自教他射箭，使他从小就养成好弓马的习惯，说的正是此时的事。

第八章

暴政终结

三次计划均失败

北面的战事暂告一段落，让我们再来看看同一时刻西边发生的事。初平二年（191）夏天，董卓退入函谷关以西的关中地区，在他率军进入长安城的时候，文武百官都到郊外迎接，当他如愿地看到跪地迎接的人里有他希望见到的那个人时，始终悬着的一颗心终于放下了，脸上露出志得意满的笑容。

匍匐在董卓脚下的这个人是他曾经的领导，前左将军、现在已被剥夺兵权并降职为御史中丞的皇甫嵩。董卓走下马来，握着皇甫嵩的手说："义真，你怕不怕我（怖未乎）？"皇甫嵩说："以德服人，天下共庆，人民欢喜，我怕什么？如果滥杀无辜，全国人民都怕，岂止是我？"董卓看到老领导气儿还不是很顺，呵呵笑了笑，暂时不去理他。连威震天下的皇甫嵩都臣伏在自己脚下，董卓觉得现在的事业很有成就感。他感到当个太师有点委屈自己，于是授意心腹，打算让他们参照周朝开国宰相姜子牙的先例，给自己上个尊称，叫"尚父"。

董卓要干的事，自然没人敢反对。大家都不吱声，心里说你愿意叫自己"太空人"都没有关系，反正保住我们的脑袋要紧。但"尚父"这个称呼岂是谁都能叫得的，弄不好很容易闹出历史笑话来，最后还是蔡邕厚道，他站出来提醒董卓，现在关东未平，再上尊号容易成为敌人攻击的口实，不如等消灭了关东联军，再上尊号也不迟。董卓想想也有道理，就暂时作罢。董卓自己镇守长安，让女婿牛辅屯驻在河东郡、函谷关以及关中一线，伺机出动向东部各郡骚扰一下。

不久，最能打的孙坚战死了，关东联军爆发了严重内讧，无暇顾及关中的董卓，董卓感到已没有人能把自己怎么样，过起了骄奢淫逸的生活。史书没有记载董卓儿子的事，可能他没有儿子，但至少有一个女儿。他的女婿牛辅深受他的信任，此外，他还擢升兄弟董旻、侄子董璜等为高级将领，掌握守卫长安的大权。董家的亲戚都当了高官，就连董卓小妾抱着的婴儿都被封了侯爵。他吃的、用的、穿的都跟皇帝一样，朝廷各部门实际上处于放长假状态，日常工作都改到太师府处理。

董卓还嫌玩得不过瘾，又突发奇想，在他的封地郿县即今陕西省眉县修建大型城堡郿坞。据记载，该城堡墙高七丈，厚度也是七丈，里面储存了可供全城吃三十年的粮食。董卓说："大功如可成，称雄天下；如果不成，守着它安度晚年！"

可是，有些人不想看到恶贯满盈的董卓也有一个幸福的晚年，他们无时无刻不想把这个祸国殃民的匹夫除掉。他们就是从洛阳被裹挟至此的士人们。

他们多是何进在位时引进的那批人，与袁绍等人有着割不断的联系。在他们的同志伍琼、周毖被杀后，他们忍辱负重，一面迎合董卓，一面继续在董卓身边当卧底。他们认为现在的乱局都是董卓一个人造成的，如果把他杀了，然后夺取兵权，趁着凉州军群龙无首，占据函谷关，“挟王朝以号令天下”，则大事可成。所以，他们开始谋划除掉董卓的行动。这个小团体里有荀攸、郑泰、何颙、种辑、伍孚、士孙瑞、华歆等人，了解他们计划并给予支持的还有荀爽、王允、黄琬等。

郑泰善于忽悠，尤其在忽悠董卓方面比较有经验，他出了一个主意，由董卓比较信任的司徒王允出面提出一个建议，任命护羌校尉杨瓒为左将军，尚书仆射士孙瑞为南阳郡太守，领兵从武关道由陕南沿汉水通豫鄂方向攻击袁术，他们的想法是先抓到一部分兵权，控制武关道，说是征讨袁术，实际上是想放袁术由武关道进入关中。然而，董卓此时的战略是防守，能守住就行，对于主动出击没有兴趣，这个军事计划就泡汤了。

士人们等得实在有点不耐烦了，伍孚决定铤而走险。这个伍孚，有的书上也说跟伍琼是一个人，然而伍琼之前已经被董卓杀了。对于伍孚，所知甚少，大概是跟伍琼、何颙一类的侠士吧。

一天，伍孚内穿小铠，外套朝服，怀里藏把刀来见董卓。谈完事，趁着跟董卓并行之机，伍孚突然拔刀直刺董卓。董卓是行伍出身，身手也不错，躲过了这一刺，伍孚随后被董卓的卫士拿下。董卓气愤地说：“你小子想造反不成？”伍孚道：“你我不是君臣，何来造反之有？你这个乱国贼子，恨不得诛你，将你车裂于市以谢天下！”

伍孚随后被杀，但是一个伍孚倒下了，又有好几个伍孚站了起来。在何颙策划下，他们又迅速制订了新的暗杀计划，参与的人包括郑泰、种辑、荀攸、华歆等人，结果计划提前暴露，郑泰、华歆侥幸逃脱，辗转出了武关，投奔袁术去了。何颙、荀攸被捕。何颙不堪酷刑，在狱中自杀。袁绍要是知道何颙死了，一定痛惜不已。袁绍早期的事业一直离不开这个侠客兼策士的辅助，作为“奔走之友”的重要成员，何颙东奔西走、南下北上，为袁绍积极联络各路英雄，做了大量幕后工作。

此时已身在东郡的曹操和荀彧如果知道何颙死了也会伤心，他们彼此都是老朋友了，何颙应该比他们大得多，在曹操还是小青年、荀彧还更小的时候，何颙就看出他们不是一般人物，给予高度评价，使二人的知名度大增。荀攸在狱中倒泰然自若，该吃就吃，该喝就喝，董卓居然没有杀他。荀攸一直坐牢到董卓被杀以后，他在出狱时看到了胜利的那一刻。

三次计划均告失败，从伍孚到何颙，士人们付出了惨重代价，却拿董卓无可奈何。尤其是第三次计划的失败，使士人们的有生力量几乎全部丧失，现在只剩下王允、荀爽和黄琬这几位了，年轻人没有干成的事，他们能接着干完吗?

吕布与“貂蝉”

看到董卓一次次躲过暗杀，有一个人心急如焚，他就是王允。王允此时五十五岁，作为政治家是一个成熟的年龄，作为暗杀行动的策划者和实施者，也许有些力不从心了。尤其是赖以引为同道的何颙等人被杀的杀、关的关、逃的逃，王允觉得再挑战董卓几乎已不太可能。

难道就让这个恶人继续逍遥地活下去，继续危害国家社稷?王允心里充满了仇恨，心绪难平。环顾左右，能帮上忙的也就是杨彪、荀爽、黄琬等人，但他们的年龄也普遍偏大，黄琬、杨彪比自己小几岁，但也超过了五十岁，荀爽比自己年龄还大，搞政治还可以，搞暗杀明显没有经验。勉强能帮上自己的，只有在尚书台供职的士孙瑞。

其实，士人队伍里还有一个人，此时深得董卓的信任，可以经常出入太师府面见董卓，这个人就是蔡邕。但一提起他，王允就气不打一处来。这个蔡邕，曾经也是名满天下的大学者，是士林中的一员，但自从来到董卓身边，立即像变了个人似的，极尽讨好、奉承之能事。董卓当太师，就是蔡邕带头倡议的。王允对蔡邕的成见还可以追溯到二人许多年前在胡广府里共事的时候。王允曾是胡广的首席幕僚,蔡邕是胡广的得意弟子,二人一起共事,互相知根知底,但关系却很一般，这与他们的性格有关，王允好激动，蔡邕好沉静；王允路见不平一声吼，蔡邕唯唯诺诺明哲保身。王允有点看不惯他。

现在，王允和蔡邕都深受董卓的信任，但在王允看来，这有本质的区别。自己是卧薪尝胆，等待时机消灭董卓，而蔡邕是结结实实的士林败类，已经完全沦为董卓的走狗。所以，图谋董卓的事，不仅不能跟蔡邕商量，还要提防着他才行。

就在王允冥思苦想不得要领之际，一个人进入了他的视线，这个人是他的同乡李肃。李肃跟王允一样都是并州人。现在，像他们一样在长安的并州人还有不少，当年丁原手下人多势众，在吕布、张辽的带领下都归顺了董卓，并且一同来到了长安。

但来了以后却感到很失落，与凉州军相比，并州军得不到重视，以李肃为例，不仅在并州军倒戈事件中立了大功，而且协助凉州军与关东联军作战，在抗拒孙坚的战斗中立有战功。但是，他的职务升得很慢，勉强当了个骑都尉，不仅与董家的弟兄子侄不能比，与凉州军系统的牛辅、李傕、郭汜、樊稠、张济等人也差得远。李肃如此，并州军的领头人吕布也好不到哪里去，他为董卓立下的功劳更大，职务也仅比李肃高半格，是个中郎将。并州军其他人的情况更可想而知。因为同乡的关系，李肃和王允有了一定交往，言谈间常流露出来不满和牢骚。王允脑海中灵光一闪：难道这是个机会？

王允不露声色地加紧了与李肃的往来，通过李肃又联络上了吕布，大家都是老乡，搞个同乡会什么的，一块吃吃饭、郊游郊游，总还不至过于引起大家的注意。一来二去，他们越说越投机，越说越能说到一块。他们谈论的中心议题是：董卓太不够意思，太对不起并州的弟兄们了，大家舍生忘死、背井离乡跟随董卓到长安来，头上顶着忘恩负义、卖主求荣的骂名，为董卓的事业出生入死、玩命打拼，到头来得到的却是如此不公。

说心里话，王允对吕布的为人也看不上，光是卖主求荣这一条，王允就能鄙视他一辈子。但现在为了反董大业，王允也跟吕布套上了近乎，随声附和，添油加醋，有时还会编一些不利于董卓和吕布团结的小道消息，让吕布越想越恨，越想越觉得跟董卓这一步棋走错了。

偏偏这个时候，董卓跟吕布之间又发生了两件小插曲，加速了吕布反董的步伐，对这两件事陈寿和范晔的记载均相同。一件事情是，董卓这个人性格急躁，冲动起来做事不计后果，有次因为一件小事对吕布不满意，拔出手戟就朝吕布掷去，幸亏吕布身手好，躲过了，不然命就没了。事后吕布主动承认错误，董卓的气也消了些，对董卓来说这事可能就过去了，对于吕布，心有余悸之下增添了许多新的不满（由是阴怨卓）。另一件事情是，吕布可以经常出入董卓的内室（中阁），一来二去跟一个侍婢私通上了，吕布怕这个事最终被董卓发现，心中一直惴惴不安。

这是正史对这两件事的全部记载，没有更多的细节了。至于把这两件事合并成一件，并且指明了事发地点在所谓“凤仪亭”，还指明当事人叫“貂蝉”，那就纯粹是虚构了，史书上从未提及“貂蝉”这个名字，她只是文艺作品中虚构出来的。但不管怎么样，上面这几种因素综合在一起，王允居然把吕布策反成功，答应除掉董卓！

董卓撤回长安后，老将朱儁被任命为河南尹，留守洛阳一带。但是，朱儁马上打出反董大旗，与关东联军相呼应，陶谦表奏朱儁为车骑将军，还给朱儁增援了三千人马。

陶谦支持朱儁可以理解，但他不该没事找事，明知车骑将军已经有主了，即联军总指挥袁绍，但他还要表奏朱儁，这不是让袁绍难堪吗？这笔账袁绍先给他记下了，日后有翻脸的时候。为了对抗朱儁，董卓派牛辅驻扎在陕县，派李傕、郭汜等人率主力数万人征讨朱儁。

朱儁实力不够，被击败。但是，凉州军团主力东进给王允、吕布消灭董卓创造了机会。据王粲的《英雄记》记载，吕布刺杀董卓的这一天是初平三年（192）的四月二十三日。当天，生病很长时间的汉献帝刘协大病初愈，按照制度这也是一件大事，刘协将在长安的未央殿接见文武百官，董卓穿着朝服，乘车前往。董卓有很多特权，他的车子可以一直到达殿门外，但他还嫌不够安全，沿路布置了很多警卫，夹道布岗，一边是步兵，一边是骑兵，搞得密不透风，无懈可击。

但这次将不堪一击，因为负责董卓保卫工作的是中郎将吕布。吕布已事先布置好，让李肃带着壮士秦谊、陈卫、李黑等十几个人混在卫士中间。董卓的车子一进宫门，李肃手疾眼快，举戟刺向董卓前胸！

这一下来得太突然了，董卓身手再好，也无法反应，加上董卓在车上，不好腾挪，这一戟就给刺上了。但是董卓朝服之内穿着铁甲，戟没有刺进去，戟锋滑了下来，刺伤董卓的手臂。董卓从车上一头栽下。董卓大喊："吕布快来！"吕布其实就在他的身后，手里拿的不是兵器，而是不知从何处弄来的一份诏书。吕布高声宣布："奉皇帝诏书，在此处决逆臣！"然后抄起铁矛，直刺董卓。董卓在临死前一刻还在大骂："狗东西，好大的胆子（庸狗，敢如是邪）！"董卓的随行亲信田仪等人想上来营救，吕布手起矛落又杀了三个人。吕布宣布："诏书指定只诛杀董贼一个人，与其他人一概无关。"

于是，没有人再反抗了。被范晔评论为罪恶滔天，冒犯天、地、人的常道，被陈寿评论为凶狠残忍、暴虐不仁的一代奸雄终于毙命。消息传出，整个长安城都沸腾了，压抑已久的人们终于扬眉吐气，大家载歌载舞，举行了盛大的狂欢。有人卖掉了珠宝首饰和漂亮衣服，换来酒肉进行庆贺。长安城大小街道上都是人，一片欢乐。

董卓的弟弟董旻、侄子黄璜以及留在郿坞的全体董氏家族成员均被诛杀，董卓的尸体被拖到长安城的市场上示众，首级已被吕布剁下来拿走了。董卓的尸体搞完展览后，又被人焚烧。袁家的门生故吏还觉得不解恨，他们看着残渣烧成灰烬，然后扬撒在路旁。

蔡邕一声叹息

董卓以最彻底的方式被消灭了，王允顿时感到一阵轻松。多年来忍辱负重期待的正是这一刻。作为一名忠于汉室的士人，他在关键时刻挽狂澜于既倒，他有理由为自己感到骄傲。感到骄傲的还有吕布，是他一矛刺死了董卓，整个计划是他制订和付诸实施的，没有他，一切都无从谈起。

但是，论功行赏的时候，吕布再一次失望了，王允宣布自己以司徒的身份主持朝廷日常工作（录尚书事），而给他仅仅是一个奋威将军，这个名号与袁绍给韩馥的一模一样，这让吕布很失落。吕布大概想：为什么受伤的总是我？

王允对吕布从心底里瞧不起，一则认为他是个武人，二则认为他多变，缺乏节操。王允的政治洁癖又犯了，尽管他也曾低眉顺眼地事奉董卓，但他认为那是地下工作的需要，而别人要这么做，那就不能容忍。

除了看不上吕布，王允还看不上蔡邕。王允迫不及待地下令把蔡邕关进监狱，理由据说是蔡邕听到董卓被杀的消息后，当众叹息了一声。这一声叹息最终要了蔡邕的命，尽管太尉马日磾等很多人出面求情，蔡邕本人也写信给王允，表示认罪，愿意像司马迁一样承受宫刑或黥首刖足之刑以求保全一命，让自己能够完成正在写作的当朝国史《后汉纪》，但王允坚决不从。

一代才子最终血洒长安，终年六十一岁。张璠写的《汉纪》一书说王允后来也后悔了（允悔欲止），但没有来得及制止。这其实是不可能的，王允杀蔡邕的意志十分坚决，因为大家是老熟人，互相知道的东西太多，而蔡邕偏偏又提到了司马迁，这对王允是一个重要提醒。如果当朝国史任由蔡邕来写，不知道会写成什么样。

所以，蔡邕必须死。柏杨先生进一步分析说，这些年来，王允"如果不把董卓的马屁拍得舒舒服服，董卓焉能把中央大权全部托付，其中一些丑态毕露的行为，蔡邕先生可是知道得一清二楚，王允不得不预防蔡邕泄漏他的底细"。冠冕堂皇的理由虚晃一枪，真正的理由因为太卑鄙的缘故，往往说不出口。

蔡邕被杀后，有一个十六岁的年轻人倍感痛心疾首，他的名字叫王粲，字仲宣，山阳国高平县人，前面已经提到，他是何进的长史王谦之子。王谦这时候已因病去世，汉献帝西迁后，王粲来到长安。当时，蔡邕深得董卓厚遇，又是名满天下的大学者，家中经常宾客盈坐，如果来晚了，在蔡邕家门口的街巷里连个停车位都不好找（常车骑填巷）。

有一次，蔡邕家高朋满座，他正跟大家谈话，家人递上来一张名帖，说有人在外求见，蔡邕看了一眼，竟慌忙从座上起来赶紧跑出去迎接，结果一着急把鞋子都穿反了（倒屣相迎）。大家纳闷，这是什么样的重量级人物，能让蔡大师如此激动呢？等进来一看，大家都傻眼了，蔡邕陪着进来的是一个十五六岁的少年，不光年龄小，而且其貌不扬，个子不高（容状短小），又黑又瘦，结果举座尽惊。蔡邕给大家介绍道："这是王公（畅）的孙子，很有才能，我不如他。"蔡邕同时宣布："我家里的藏书，死后全部给他。"蔡邕的反常举动让人十分不解，王粲即使再有才，也不至于以十几岁的年龄就能让名满天下的大学者折服吧？

蔡邕厚遇王粲，要猜测一下的话，或许跟他的女儿有关。蔡邕的女儿蔡琰，字文姬，在蔡邕的影响下，自幼博学多才，在音乐、诗词方面很有造诣，作为少年天才的代表，事迹有幸也入选过南北朝时期编纂的那部《神童传》中。一般认为蔡琰生于公元177年前后，与王粲同龄。蔡琰结过一次婚，她的丈夫出身于河东郡的世族，名叫卫仲道，是个读书人，夫妇很恩爱，但就在前不久，卫仲道病逝。卫家人有点嫌弃她，认为她刚嫁进卫家的门就克死了丈夫。蔡琰无法忍受，回到了娘家。

关于蔡琰离开夫家后到了哪里，也就是她最后在什么地方被南匈奴人虏走，有两种说法。一种是她回到了故乡陈留郡，在那儿被掳走的；另一种说法是她来到了长安，是在长安被掳的。如果蔡琰在长安，王粲应该见到她。蔡邕刻意栽培王粲，并且说出那些不同寻常的话，也许有把女儿蔡琰许配给他的意思。王粲跟曹操一样，因为"容状短小"在政坛和社交场所没少吃亏，但王粲似乎很招人喜欢，蔡邕想招他为婿，以后刘表也有这个想法，但王粲似乎都没有那个缘分。

蔡邕被杀后，王粲悲痛不已，后来王允想招王粲任黄门侍郎，他坚决不从。长安大乱后，他南下荆州投奔祖父的学生刘表去了。王粲到荆州去，最可能走的是武关道，作为当时最有才情的诗人之一，王粲在路上回首长安岁月，不禁哀从心起，他写下了那首著名的《七哀诗》，记述了此次南下荆州的过程，里面有"西京乱无象，豺虎方遘患"以及"出门无所见，白骨蔽平原"这样的诗句。

而蔡琰最终没有跟王粲走到一起，在一片乱局中，她被南匈奴首领虏到了异乡，直到许多年以后，被曹操以重金赎回。关于她的故事，以后再说。

贾诩一谋动千危

处理完蔡邕的事，王允面对着如何解决凉州军的问题。当时有两种意见，一种认为让老将皇甫嵩重新出山，统帅凉州军，以皇甫将军的威名，应该可以镇住他们；另一种意见认为把凉州军全部杀掉。前一种意见占大多数，持后一种意见的，是吕布等并州派。

并州派想借用士人和社会的力量趁机消灭凉州派，然后自己独霸朝廷。吕布的主意王允没有采纳，但王允又是个没有主见的人，他一会儿想赦免凉州将领的罪过，一会儿又想下令解散凉州军，弄得外面谣言四起，都说王允要大开杀戒，最少要杀十万人。

后来王允决定还是解散凉州军，但马上有人表示异议，说如此一来凉州军人都会人人自危，天下必乱。然而王允认为，关东联军是我们的盟友，现在董卓死了，还把大军驻扎在函谷关、陕县一带，必然让盟友疑心。他还是坚持将凉州军就地解散。凉州军人都在想，蔡邕那样的人王允尚且不放过，现在我们要是被解散了，马上就成为任人宰割的鱼肉。所以，当李肃带人拿着诏书到陕县宣布解散凉州军的时候，牛辅等人起兵反抗，李肃大败而回。吕布斩杀了李肃，亲自迎战牛辅。可是，还没等吕布动手，牛辅自己出了事，晚上大营里发生夜惊，全营一片混乱，牛辅心惊胆战，准备只身逃走，结果被手下人干掉了。

李傕、郭汜、张济等凉州大将听说牛辅被攻，急忙驰援陕县，到达后牛辅已死。李傕等人没了主意，派人到长安向王允请降，王允既没有立即同意，也没有说不能赦免。他的回答很有意思："一年之内，不能有两次赦令。"本年的正月里曾经大赦过一次，一年不能有两次大赦，这倒也是制度规定。王允这时候变成了遵章守纪的模范，但在此时这非常不合时宜。

李傕等人六神无主了，他们原来都是跟着董卓混世界的，所有的大主意都由董卓拿，他们只管打打杀杀，他们既来不了文的，也搞不了政治，只想荣华富贵，能过上花天酒地的生活。现在领路人董卓、牛辅都死了，他们还真不知道怎么办好。既然人家不愿意现在赦免他们，等明年可以颁布赦免令再打报告上去的话，还有大半年时间，显然不大可能。李傕等人简单商议一下，决定让队伍自行解散，大家化整为零绕道逃回家乡凉州。

这时候，牛辅原来的一个部下出来对大家说，这样做万万不可。他警告道："如果分散突围，必然会被各个击破，不如向西进攻长安，给董太师报仇，事情成功可以拥戴皇上，号令天下；事情不成，再跑也不迟。"一下子把大家说醒了，是呀，跑什么呀，咱们实力也不差，干吗求人呢？于是集齐人马，向西挺进。

出这个主意的人叫贾诩，字文和，凉州刺史部武威郡人，此时四十五岁，比曹操大八岁。贾诩早年也被举孝廉为郎，后因有病辞官回武威郡老家，路上遇见氐人，与其同行的几十个人全部被抓，东西抢完之后，氐人要把他们活埋。贾诩骗他们说："我是段太尉的外孙，你们别埋我，我家必然拿钱来赎。"段太尉即"凉州三明"之一的段颎，大名威震西土，贾诩拿这话吓唬氐人，氐人果然不敢害他，还与他磕头拜把子，送他回去。

董卓当了太尉以后，贾诩以凉州出身的缘故被聘为太尉掾，后来升为平津都尉，相当于黄河上的平津渡口守卫司令，再升为讨虏校尉，相当于师长，驻扎在陕县一带，归牛辅指挥。

后世多认为，贾诩的这个主意闯下了大祸，使得有可能出现的和平契机化为乌有，使帝国再次陷入混乱状态。裴松之注《三国志》贾诩传的时候忍不住评论说：这个时候，元凶已除，天地始开，但随之国家又四分五裂，黎民百姓再次遭受涂炭，这一切难道不都是贾诩的一句话吗（岂不由贾诩片言乎）？贾诩的罪过，竟然如此之大！将天下重新陷入动荡的罪过全部归于贾诩一人，未免夸大了他那一句话的作用。没有贾诩，天下该乱还会乱，只不过，此时此刻，他的一个主意至少改变了局部势态的发展。

李傕等人率兵杀来，路上凉州军越聚越多，除李傕、郭汜、张济、贾诩外，樊稠、李蒙等凉州将领也来加入，人数多达十多万。而此时长安的守军也就一两万人而已，形势危急。

偏偏这个时候，守军里有人反水，这是一支特殊的部队，名叫"叟兵"。叟人是西南的一个少数民族，叟兵以打仗勇猛而著称，这支叟兵人数不详，可能是益州牧刘焉派来的。这伙人打仗有一套，但战场上随机应变更有一套，作为川军里的雇佣军团，他们犯不着跟别人一块送死。

王允、吕布等人守了八天，叟兵打开城门，凉州军杀入长安，吕布不敌，带领几百名骑兵杀出城去，这一行人里，应该有张辽、高顺等人。吕布临走时不忘把董卓的人头挂在马鞍上，这个东西他见着袁术、袁绍时还用得上。吕布路过青琐门的时候，招呼王允一块走，王允不想走，并请他带话给关东诸位首领，要他们设法来救皇上。

太常卿种拂、太仆卿鲁馗、大鸿胪卿周奂、城门校尉崔烈、越骑校尉王颀等大臣在混乱中被杀，和他们一同被杀的有一万多人，在当时来说，这是一个很大的数字。司徒王允、司隶校尉黄琬、左冯翊郡太守宋翼、右扶风郡太守王宏等被抓，几天之后一块被凉州军处死。

李傕胁迫汉献帝任命自己为扬武将军，郭汜为扬烈将军，樊稠为中郎将。三个月后，李傕升任车骑将军兼司隶校尉，郭汜、樊稠分别为右将军和后将军，他们三个人共同主持朝政（擅朝政）。张济为骠骑将军，出屯潼关以东的弘农郡一带。

与凉州集团关系密切的韩遂、马腾等人听说长安大乱，也带兵前来凑热闹，看能不能浑水摸鱼。李傕、郭汜、樊稠联合起来，以天子的名义任命韩遂为镇西将军，屯驻金城，今甘肃省兰州市一带；任命马腾为征西将军，屯驻董卓昔日苦心经营的大本营郿坞。这些多年来与朝廷水火不容的叛军，被正式任命为朝廷的高级将领。

此时同在长安的皇甫嵩，以及将要来到长安的朱儁等老将看了之后想必无言以对。凉州军人又把持了朝政，和平的曙光虽曾一闪，但再次与帝国无缘，接下来又将是无休无止的混战。

曹操通使长安

李傕、郭汜、樊稠等主持朝廷工作，他们虽然都是行伍出身，但也想在政治上有所作为。对于关东联军，他们也不想继续打下去了，为此，初平三年（192）八月，由汉献帝下诏派太傅马日磾、太仆卿赵岐为正副特使，前往关东宣达罢兵诏，抚慰天下。这二位都与已故著名经学大师马融有亲戚关系，马日磾是马融的族孙，小时候曾得到马融的亲自教导；赵岐是马融哥哥马续的女婿。

马日磾此时年龄不详，但不会小于七十岁，而赵岐已高达八十四岁。李傕、郭汜、樊稠把这两位老同志搬出来实在是动了一番脑筋，因为马家跟袁家关系不一般。袁绍和袁术有一位很有名气的婶娘，也就是袁隗的妻子，一代才女马伦，而这个马伦正是马融的女儿。按这个论法，马日磾跟袁绍和袁术是平辈，赵岐是他们的长辈。

李傕、郭汜、樊稠大打名士牌和亲情牌，让既是士人领袖又是袁家亲戚的马、赵二人前往关东，化解他们与关东联军之间的矛盾，哪怕争取一个互不侵犯、画地为安的局面也行，当然这仅是他们的一厢情愿而已。

马特使和赵副特使从长安出发后分成两路，马日磾去南阳郡找袁术，赵岐去冀州找袁绍。

马日磾此去颇费周折，到了南阳郡时袁术已不在这里，走了大半年了，后来辗转到了扬州刺史部九江郡的寿春县才找到袁术。《献帝春秋》一书记载，袁术一见到马日磾就把他扣了下来，压根儿不谈正事，袁术先是要借马日磾的符节看看，这是皇帝亲颁的信物，马日磾作为朝廷特派员的凭据。袁术“借来”看完，竟要起了无赖，再不说归还的事。不仅如此，袁术还让马日磾以朝廷特使的身份任命他手下人的官职，名单报上来，马日磾差点没气晕，因为这份候任干部名单上有一千多人。马日磾请求袁术放他走，袁术不放。马日磾又急又气，最后在忧愤中死于寿春。

相比较而言，赵岐还算幸运。听说长辈来了，袁绍亲自迎出了数百里，据《后汉书》赵岐传记载，在迎接赵副特使的队伍里，还有已经身为兖州牧的曹操。赵岐分别给陶谦、公孙瓒等人写了信，传达朝廷“罢兵安人”之道，公孙瓒经界桥战败后，仍然与袁绍在冀州北部、幽州以及青州一带全面开战，但双方目前均处于疲惫期，虽然都打不动了但仍然硬扛着，赵岐的到来给双方一个休战的台阶，公孙瓒立即送来一封言辞恳切的回信，表示尊重朝廷，热爱和平，立即停战。袁绍、曹操等还与赵岐相约，不久之后将迎汉献帝回洛阳（与岐期会洛阳，奉迎车驾）。这个约定对袁绍来说也就是说说而已，他现在满脑子都是公孙瓒，送走赵岐，袁绍回去就开始谋划新的军事计划。

就在这个时候，出现了一个意外情况，着实让袁绍受惊不小。袁绍送走赵岐返回邺县，路过漳水之上的渡口薄落津时，在此大会宾客，曹操也有可能在其中。正吃喝热闹的时候，突然接到情报说他的后方基地魏郡有人造反，叛军与黑山军的于毒部取得联系，人数多达数万人，已经把袁绍的大本营邺县占领，郡守被杀。

在座的很多人家都在邺县，听说之后顿觉五雷轰顶，“皆忧怖失色”，有的人当场就哭了起来。面对突然而来的变故，袁绍再次表现出从容不迫的气概，他当时正在玩投壶游戏，就是把箭投向远处的一个壶中，看谁投得准，输的人罚喝酒。听到消息，袁绍仍然言谈自若，催促监壶的人继续玩（容貌自若，不改常度）。后来，幸亏黑山军里有一个叫陶升的人投降袁绍，把袁绍以及众人的家属送到斥丘，并帮助袁绍重新收复了邺县，袁绍任命陶升为建义中郎将。

上面这些事发生在初平四年（193）三月，作为亲历者的曹操，脑子里思考更多的是赵岐的建议。朝廷特使一行带来了长安最新的消息，也表达了奉迎天子回洛阳的渴望。曹操回到鄄城，就与荀彧、程昱、毛玠、戏志才等人商议此事，荀彧赞成派人出使长安，向朝廷进贡。

毛玠的看法更进一步，他提出了一个更大胆的计划。毛玠说：“现在天下分崩，天子流亡，国家没有储备，百姓不能安居，这种状况难以持久。袁绍、刘表等人，虽然士民众强，但都缺乏远大志向，不能树基建本。当今之计，应该奉天子以令不臣，发展农业，积蓄军资，这样一来，霸业可成。”曹操认为他分析得很有道理（敬纳其言）。

毛玠字孝先，是兖州本地陈留郡平丘县人，当过县吏，为人清廉公正。中原地区陷入动荡后，他本想到荆州投奔刘表，后来听说刘表政令不明，能力有限，于是转道去了鲁阳。曹操担任兖州牧以后，征他为州政府的治中从事，负责州里的人事工作。曹操发现毛玠深有谋略，且清正无私，就改任他为奋武将军府的功曹，从事军中的人才选拔工作。以后曹操的地位不断提升，毛玠一直是人事系统的领导。

曹操一边忙着巩固兖州，一边考虑派人到长安走一趟。至于派谁去，曹操一时没有想好。这个人首先要有胆识和能力，因为此去长安路途险阻，要穿越各种势力以及黑山军的防地，必须随机应变，保证顺利到达长安并安全返回；其次要熟悉那边的情况，最好认识长安那边的人；最后，也是最重要的，一定要忠诚可靠，因为除了代表他以兖州牧的身份向朝廷进贡以外，还要找机会替他拜会几位在长安的老朋友。

想来想去，曹操觉得只有一个人具备上面的条件，这个人就是王比。王比的个人情况不详，似乎很早就跟着曹操了，类似于家臣的角色，曹操多次委他以特别的任务，体现出对他不同一般的信任。如果真是曹操的家臣，他有可能在曹嵩时代便在洛阳的曹府待过，熟悉此时仍在长安的丁宫、丁冲、钟繇等曹操的朋友。

初平三年（192）冬天，王比受命出发，但一开始就极不顺利。他们一行刚到河内郡，就被河内郡太守张杨扣留。曹操虽然没有跟张杨发生过冲突，但张杨跟袁绍曾经有过降而复叛的经历，曹操是袁绍的人，张杨自然不把曹操当成好人，他不想让王比过境。

这时候张杨身边出来一个人，劝他说："曹操虽然跟袁绍是同盟，但二人情况不同，不可能永远相亲近（势不久群）。曹操现在虽然弱小，但他的确是个英雄，将军您应当结交他。现在刚好是个机会，应该帮他完成通使长安的事，并且上书表荐他。如果事情成了，曹操一定感激将军您。"张杨想了想，觉得说得也是，于是同意王比过境。这个帮曹操说话的人不是张杨的手下，而是张杨的客人，他的名字叫董昭。

董昭字公仁，老家是兖州刺史部的济阴郡，就是曹操现在的大本营鄄城所在的郡。他被举过孝廉，当过县令，后来在袁绍参军事。后来，袁绍属下的钜鹿郡太守李邵等人想叛变投靠公孙瓒，袁绍抽不出兵来征讨，董昭自告奋勇愿只身前往把事情摆平。袁绍大喜，还以为他有什么好主意，问他具体如何办，董昭实话实说：还没有想好，只能随机应变（计当临时，未可得言）。袁绍也没有更好的办法，只好让董昭去试试。

董昭到了钜鹿郡，经过明察暗访，发现李邵反叛这件事是由郡里的大户孙伉等数十人在背后策划的。董昭当机立断，将幕后分子一网打尽，但要向袁绍请示已经来不及。董昭伪造了袁绍的公文，说抓到敌人的间谍安平、张吉，据他们交代，本郡的孙伉等人暗中通敌，以为内应，现在发布檄文，将其逮捕，军法处置。董昭用这一手段迅速平定了钜鹿郡，为袁绍立下大功。后来冀州治下的魏郡又发生动乱，袁绍派董昭兼任魏郡太守，董昭到境后软硬兼施，使魏郡得以平定。

董昭一再立下大功，但却在袁绍那里待不住。起因是董昭有个弟弟叫董访，在张邈手下任职，袁绍跟张邈因为一些事已经闹翻，这一对起义同盟发展到势不两立的程度，袁绍欲除掉张邈而后快。这时，有人在袁绍面前进谗言，说董昭不可靠，是张邈派来的卧底，董昭听到风声，不敢再待。他想干脆到长安去在朝廷里谋个职，但也是在路过张杨防区的时候被扣下。

董昭确实不错，自己的事没有弄明白呢，还替曹操说了话。其实董昭也是为自己铺路，他是真的看好曹操。也正是因为有这件事，日后曹操见到他时，将其视为自己人，引以为心腹智囊。

王比总算离开了河内郡，辗转到了长安。李傕、郭汜、樊稠认为曹操是袁绍阵营的人，袁绍对天子的态度一向暧昧，一会儿另立天子，一会儿散布谣言说天子不是汉灵帝亲生的。李傕等人对袁绍、曹操都不太感冒，想把王比扣下。

这时，曹操昔日的好朋友、现任黄门侍郎的钟繇出来说话："现在群雄并起，大家都以天子的名义行独断专行之事，只有曹兖州心系皇室，如果我们拒绝他的诚意，那些也有同样想法的人必然感到失望。"李傕等人想想也有道理，于是放王比回去，并给了一些回礼。钟繇不仅跟曹操相熟，而且跟荀彧是同乡兼同僚。根据谢承的《后汉书》记载，南阳人阴修当颍川郡太守时，把颍川郡的才俊都延揽到自己手下，其中钟繇为功曹，相当于人事处处长；荀彧担任主簿，相当于办公室主任；荀攸担任贼曹掾，相当于司法处处长；郭图担任计吏，相当于驻京办主任。除了他们几位，还有名士张礼、杜祐等人，堪称当时天下最强的郡级领导班子。

王比回到兖州后，详述了通使的经过。曹操多少有些失望，他原本想，此行与朝廷建立正常联系，朝廷对他即使不升官晋爵，也会正式下达命令对他的兖州牧一职给予确认，但李傕等人压根儿没理这个茬。不过这次也有很多收获，此行想必会让汉献帝以及长安的公卿们对曹操忠于汉室的心迹有所了解，董昭、钟繇等人关键时候替自己说话，说明这些人以后还会对自己给予帮助，加上在天子身边供职的丁宫、丁冲等人，日后真要按照毛玠说的奉天子以令不臣的话，这些人都能用得上。

袁绍的界桥之战

大约在曹操和于毒、眭固等人在东武阳、顿丘一带激战的同时，袁绍率冀州的主力部队向北移动，他们面对的敌人是公孙瓒率领的十分强悍的幽州兵团。

中平年间，公孙瓒在卢植、皇甫嵩等人麾下与黄巾军交战，因为作战勇猛、战功显赫，先后升为骑都尉、降虏校尉、中郎将等，成为帝国的高级军官，被封为都亭侯，率军驻扎在幽州北部一带，与黄巾余部张纯、乌桓首领丘力居作战。公孙瓒天生是打仗的好手，他最擅长使用的是骑兵，最喜欢骑的是白马，他经常亲自带领几十个善于骑射的人，一律骑上白马，在战场上呼啸而来，又呼啸而去，移动迅速，杀伤力很大，他给这个突击队起了个名字，叫“白马义从”。

很快“白马义从”成了公孙瓒的一个招牌，乌桓人提起来都害怕，不敢再来进犯。公孙瓒一看这个牌子好使，干脆把“白马义从”扩编，总兵力达到数千人，全部是骑兵。“白马义从”自此成为汉末驰骋在疆场上的一支铁军，所向披靡，几乎很少打败仗。但这支骑兵部队是不是全都骑白马，这有点可疑。因为白色的战马是比较难得的，找几十匹还行，一下子找几千匹，那是相当的困难。不过，要是真的能凑齐几千匹白马来，往阵前一列，不用开打，光那白花花的一片，就够晃人眼的。公孙瓒看来还懂点行为学，这个创意挺不错。

自从有了这支部队，公孙瓒实力大增，按照枪杆子里出政权的看法，他成为帝国北部边界一带的实际控制者。但公孙瓒自己总觉得不爽，因为朝廷派刘虞来当幽州牧，成为公孙瓒的顶头上司。刘虞跟公孙瓒的做法不一样，对少数民族主张怀柔，到任以后就派使者到乌桓各部族那里晓以利害，丘力居等乌桓部族首领有感于刘虞的声名和诚意，纷纷派遣使者表示愿意归附。

公孙瓒眼看刘虞不费一兵一卒就把边境的事情摆平，心里充满嫉妒，他暗中派人搞破坏，挑拨朝廷与这些少数民族的关系，甚至不惜派兵在乌桓使者必经之路上埋伏，将使者杀害。但乌桓各族识破了其中真相，归意坚定，他们就是绕道也要跟刘虞保持联系。

边境问题解决，刘虞上报朝廷进行裁军，公孙瓒的部队包括步兵、骑兵在内裁得只剩下一万来人，指挥部设在右北平郡。公孙瓒郁闷坏了，敢情这个老头子很阴呀，看着慈眉善目，手段挺黑，以和平手段解决了边境问题，裁军就有了借口，说是裁军，其实就是削减公孙瓒的实力。

虽然公孙瓒很不满，但刘虞却获得了更高的威望，后来张纯被手下人土政杀死，把首级献给了刘虞。张角兄弟死后，张纯在黄巾军中的影响力最大，此次消灭张纯，对朝廷来说是一件大事，于是专门派使臣来幽州，拜刘虞为太尉，后来又升为大司马，仍然兼任幽州牧。公孙瓒因为助战有功，被任命为奋武将军。

公孙瓒心里很不服气，北部边界的和平是靠他出生入死打出来的，凭什么让刘虞坐享其成？但是慑于刘虞的巨大威望，公孙瓒也只好忍气吞声，待在右北平郡为帝国站岗。如果放在和平年代，公孙瓒这一辈也就这样了，但偏偏现在是乱世，在乱世中偏偏恶人、强人更容易出头，公孙瓒的机会来了。

幽州的黄巾农民起义又掀起了，为了镇压起义军，公孙瓒的队伍得到了扩充，在与青州黄巾军的东光之战中，他一次投入的兵力就达到二万多人，说明此时他的实力已迅速扩张，活动范围也很广。如此一来，他与刘虞的矛盾也更加尖锐了。

刘虞有个儿子叫刘和，此时在长安汉献帝刘协身边供职，都是老刘家的人，汉献帝对刘和很倚重，他派刘和逃出长安，到幽州找刘虞带兵来救驾。刘和路不熟，没有走河东郡，也没有走函谷关，而是走的武关道，奔南阳郡来了，结果进入袁术的防区，袁术将其扣留。

袁术扣下刘和，据说是想争功，不想把救驾的功劳让刘虞一个人分享。他给刘虞写了封信，让刘虞发兵做后援，自己为先锋，到长安救驾。刘虞接到袁术的信，想派兵去，公孙瓒劝他别去，因为袁术此人不可靠，派出去的人马可能有去无回，但刘虞不听。公孙瓒一想不对劲，他说的话要是传到袁术那里，袁术肯定恨他。为此，他干脆比刘虞更积极，派他的堂弟公孙越率领一千多骑兵去南阳郡，一方面支援袁术，另一方面暗中挑拨刘虞跟袁术的关系。

刘虞派的人大概是步兵，公孙越率领的骑兵因此先到了南阳郡，公孙越暗地里让袁术扣留刘和，等刘虞派来的人马到了之后，又将其全部吞并。这些事当然不能瞒过刘虞，公孙瓒和刘虞之间的关系彻底破裂。但事情还没完，在孙坚攻打周昂的那一仗中，袁术派公孙越支援孙坚，结果被流矢射中而死。袁术担心公孙瓒埋怨自己，就把火往袁绍身上引，说公孙越是袁绍杀害的。公孙瓒果然被激怒，咆哮道："我弟之死，全是因为袁绍引起。"于是出兵磐河，进攻袁绍。

这个时候袁绍刚取得冀州，立足未稳，听说公孙瓒来挑事，不敢硬来，跟公孙瓒赶紧谈判，最后把自己担任的渤海郡太守一职让给公孙瓒的另一个堂弟公孙范，公孙瓒才怒冲冲撤兵。公孙范上任后，他的领导应该是袁绍，但他专门给袁绍捣乱，以渤海郡为基地，配合袁术把势力往冀州、青州发展。公孙瓒以打黄巾军为借口，大肆封官，任命严纲为冀州刺史，田楷为青州刺史，单经为兖州刺史，还任命了郡太守、国相以及县令等若干。

公孙瓒的做法摆明了就是跟袁绍对着干。任命冀州刺史是成心恶心冀州牧袁绍一下，任命青州刺史是趁原青州刺史焦和之死去抢地盘，兖州虽然现在还八竿子打不着，但兖州牧曹操是袁绍的人，先派个刺史去搅和他一下，这种未经允许把筷子往别人碗里伸的行为必然招打。袁绍与公孙瓒的矛盾不断激化。

以上是史书所载袁绍与公孙瓒彻底闹翻的经过，这个过程是没有错的，结果大体上也如此，但其中的内幕却更为复杂。汉献帝刘协派刘和搬兵是有可能的，但仅凭刘协的这道"口谕"，袁术、刘虞因此就要发兵前去救驾，尤其是袁术，看他的架势肯定以为只要进兵长安马上就能立下奇功一件似的，还要抢功，这就不好理解了。长安是什么地方？那里有十多万凉州精锐，袁术能不能打到函谷关下都十分难说。袁术会那么幼稚吗？

背后的真相也许是：袁绍、公孙瓒都意识到决战不可避免，他们同时想到的，就是给自己拉外援，给对手制造敌人。袁绍拉的外援是刘虞，因为敌人的敌人就是朋友，加之当初他曾力推刘虞为帝，虽然事情没有弄成，但说明他对刘虞是尊重的，刘虞对他不会有恶感；公孙瓒拉的是袁术，因为二袁此时已交恶，周昂与孙坚之战就是证据。没承想出现了新情况，公孙越意外战死，公孙瓒与袁绍的矛盾进一步升级，不用袁术挑拨，这一仗也要开打了。

袁绍要与公孙瓒决战，必须过“白马义从”这一道关，而这又几乎是不可能实现的。汉末的幽州铁骑是骑兵中的精锐，“白马义从”又是幽州铁骑中的精锐。在公孙瓒的多年经营下，这支雄师百战百胜，令敌人闻风丧胆。乌桓人之所以愿意归顺，与其说是给刘虞面子，不如说是被这支铁军打怕了。

公孙瓒可以调用的总兵力有十万人左右，除了“白马义从”之外，在其他部队里骑兵所占的比例也比较高，这与幽州跟北方少数民族地理相近有关。而袁绍一方的主力大都是韩馥原来的人马，虽然张郃、麹义、颜良、文丑都是一流的猛将，但都是归顺不久，忠诚度尚待考验，万一战场上出现失利的情况，他们会不会落井下石不太好说。

相比较而言，麹义投奔自己比较早，与韩馥曾经彻底翻脸，可靠度较高，关键时候可以委以重任。袁绍人马数量不足，要守的地盘很大，能集中起来作战的也就三四万人，而且骑兵太少。在华北平原这样的开阔地带，用步兵打骑兵，且人数不占优势，胜算实在很小。更何况敌人拥有“白马义从”这样的战场终结者。

让袁绍头疼的还不止这些，有情报显示，公孙瓒跟黑山军的张燕联系上了，同时策反了刚刚归顺袁绍的张杨和南匈奴单于于扶罗。公孙瓒还跟徐州刺史陶谦建立了联系，加上老盟友袁术，袁绍基本上算是四面楚歌了。所以，当公孙瓒以公孙越之死为由南下兴师问罪的时候，袁绍确实很紧张，赶忙把自己兼任的渤海郡太守一职让给公孙范，用割地的办法先把公孙瓒哄了回去。

在袁绍的阵营里，只有曹操在兖州方面进展顺利，但曹操此刻又不能动，他承担着监视袁术、陶谦等人，护卫冀州南线的重任。袁绍整天跟沮授、田丰、逢纪、许攸等智囊一块商议，试图找到一条破敌之策。

袁绍还在冥思苦想之中，公孙瓒那边已经等不及了，他先发布了一个“讨袁檄文”，然后调集人军向冀州杀来。这份“讨袁檄义”写得挺下功夫，列举了袁绍的十大罪状，这些罪状里有歪曲事实和无中生有，有夸大其词和造谣中伤，但也有实事求是。

这些罪状主要是：制造了董卓之祸，袁绍确实负主要责任，但并非全部责任；不反抗董卓，置天子于不顾，是为不忠，其实这个大家都有责任；起兵反抗董卓却不告诉家中长辈，使家族五十多口丧命，是为不孝，当然这个应该是董卓的责任；起兵两年来不对付敌人，只顾壮大自己，这倒是事实；指使韩馥另立新君，这个也是事实；信任一个叫崔巨业的江湖骗子、算命先生，打仗也要挑好日子，缺乏大臣的风范；杀害有功之臣刘勳，刘勳是谁没查出来，以后曹操手下有个刘勳，但肯定不是此人，袁绍该不该杀他，待考；向别人要物资，给得不够翻脸就杀人，这一条没有具体线索，不好判断真伪；身为贱妾之子，还要与嫡出的后将军袁术相争，这是揭人家的隐私，不厚道，而且这是袁家的私事，不关别人的事；派周昂攻打孙坚，致使孙坚的讨董大业失败，这一条虽属事实但有些夸张，周昂不去捣乱，袁术、孙坚的讨董大业也难以成功。

在进行了强大的舆论宣传之后，初平二年（191）年底，公孙瓒亲率大军南下，屯兵于界桥。次年初，袁绍整顿人马也开到，两军在界桥以南二十里的地方摆开战场。

两军对阵，看公孙瓒一方阵容齐整、甲盔鲜明、旌旗飘扬，很有气势，尤其是队列正中的“白马义从”，更是令人闻风丧胆。而对面的袁军却摆出了一奇怪的阵形，也许是来不及训练，也许不善于打这样的阵地战，袁军列于正中的只有八百名步兵和一千多名弩兵，身后隐约有二三万人，队列不整，斗志不高。

那一刻，公孙瓒的嘴角一定露出过一丝轻蔑的微笑，他太熟悉这样的打法了，打张纯、打青州黄巾军，包括打乌桓都是这样的打法：号令一发，他的“白马义从”会风卷残云般杀过去，下面的事就只等后续部队上去给敌人收尸了。公孙瓒抽出指挥刀在空中画出一道果断且优美的曲线，他下达了总攻的命令。数千“白马义从”席卷而出，马蹄声如闷雷，夹着数千人的号叫，仿佛不用刀剑仅凭这吓人的气势就足以把任何敌人撕个粉碎！

当敌人的铁骑呼啸而来时，袁军的队形仍然没动，而列队于最前面的八百名步兵突然伏下身子，用随身携带的皮盾蒙住身体，然后一动不动地等待敌人骑兵的到来。敌人一点点近了，这些人仍然不动。“白马义从”都是马上的射箭高手，离对方还有一箭之地时，他们一边冲锋，一边在马上搭弓射箭，雨点般的箭支射向袁军，但袁军有皮盾相护，没有人受伤。

说话之间，骑兵就到了，伏在皮盾下的这八百人突然跃起，骑兵们这才发现，他们手持一种样子奇怪的武器向自己刺来。这些袁军像是受过专门训练，把这种武器用得很老练，无论刺人还是刺马，一刺一个准，把把不落空。这种武器是袁绍专门为“白马义从”设计和定做的，叫作“大戟”，是一种带钩带刺的长枪，有点像岳飞大破金人连环马的钩连枪。这的确是经过特殊训练的队伍，它的指挥官是麴义，他们是袁绍的撒手锏和秘密武器，数月来他们秘密训练，反复模拟，为的就是这一天。他们被袁绍称为“大戟士”。

“白马义从”遭受了自诞生以来最残酷的重创，但这才是噩梦的开始。守候在这八百步兵后面的一千多名弓箭手早已为客人准备好了丰盛的礼物：弓箭。待敌人接近时，一齐怒射而出。弓箭手通常会分拨轮换射击，这意味虽然可以侥幸躲过“大戟士”的重创，但随之迎面而来的是由近距离射出的、密不透风的箭雨。威名远扬、从未有过败绩的“白马义从”成了袁军弓箭手练习射击的移动靶，纷纷被射落马下。“白马义从”遭受到第一次并且也是最后一次惨败。此后，作为一个独立完整的作战单元，他们在战场上消失了。

“白马义从”神话般的覆灭震惊了公孙瓒的阵营。还在敌人错愕的当口，袁绍即指挥后面的队伍全线出击。公孙瓒大败，袁军一路追杀，公孙瓒刚任命不久的冀州刺史严纲未及上任即战死。

按理说这一仗可以就此结束了，但中间却出了惊险的一幕，险些让胜利的天平倒转过来。袁军虽然得胜，但指挥系统和士兵的训练可能真有问题，在追击过程中，袁军乱了章法，大家只顾追敌人，把主帅袁绍给忘了，此时袁绍跟前只有一百多人。在混乱中，他们与两千多敌人相遇，败兵反而把获胜一方的主帅团团围住！

幸好对方不知道这里面有敌军主帅，所以攻击并不激烈。袁绍指挥手下展开防卫，等待援军的到来。敌人开始射箭，情况十分危险，田丰跟袁绍在一块，田丰拉着袁绍要到一处断墙后面躲避，袁绍不仅不去，索性把头盔也摔了，喊道：“是大丈夫何惧向前战斗而死（大丈夫当前斗死）！”

有人说袁绍是草包，有人说公孙瓒、董卓是一介武夫，也有人说刘表、陶谦没本事。凡此种种，其实都是误解，犯了“胜者王侯败者寇”的经验主义错误，以为只有最终取得胜利的人才有资格称为英雄。其实，能在风云莫测的历史舞台上崭露头角，能在群雄逐鹿中哪怕只是走个过场，都必然有过人之处。在袁绍的一生中，曾不止一次在危险关头表现出大无畏的精神，事实证明袁绍不缺英雄气，更不是贪生怕死之徒，关键时刻他能拉得出、顶得上，有时候也能打得赢。在危急关头，他用行动给手下人作出了表率，激励大家的斗志。

在袁绍的带动下，袁军士兵拼死抵抗，袁军的后援部队也及时赶到，迅速化解了危机。界桥之战虽然没有全歼公孙瓒的主力，但给公孙瓒以重创。界桥之战前袁绍处于挨打的局面，界桥之战后，二人实力取得平衡，袁绍还逐渐占据了上风，公孙瓒虽然在北方一带还能活跃几年，但已经没有实力发动大规模的决战了。

界桥之战是以步兵战胜骑兵的经典战例，也是以少胜多、以弱胜强的典范，此战的全胜，使袁绍打破了四面楚歌的被动局面，为最终统一北方各州奠定了基础。

第九章

南征徐州

老朋友不请自来

初平四年（193）年初，也就是马日磾和赵歧出使关东的前后，天下总体格局是南北对峙，以袁绍、袁术为核心，形成了两大阵营。

除去盘踞在长安的凉州集团和偏安于益州的刘焉集团外，从北至南，刘虞、公孙瓒、袁绍、曹操、陶谦、袁术、刘表等实力派都牵涉到这两个集团的对抗中，中间还穿插有黑山军、河内郡的张杨、南匈奴于扶罗等势力。

这两大阵营大致可以这样划分：袁绍阵营有袁绍、曹操、刘表、刘虞；袁术阵营有袁术、公孙瓒、陶谦，以及张杨、黑山军、于扶罗等。至于孙策和刘备，这时候势力还十分有限，分别附属在公孙瓒和袁术之下。逃出长安的吕布，后来也加入其中，曾有过短暂时间依附于袁绍，更多情况下算是袁术阵营的人。

这种格局很有意思，用一句话总结就是“远交近攻”，眼前的都是敌人，敌人的身后就是朋友，最终形成了夹击和相互夹击的局面。

以后，这种分野还将不断变化，在打败对方阵营里的人以后，同一阵营也开始厮杀，这是难免的事。

现在，袁绍眼中的最大敌人是公孙瓒，而公孙瓒与袁术结盟，让袁绍很恼火。待在南阳的袁术，在初平四年（193）年初突然向北运动，目标直指曹操的势力范围兖州。关于袁术离开南阳另谋发展的原因，一种认为是袁术配合公孙瓒、陶谦的军事行动，另一种认为是刘表给袁术施加了压力，刘表不断向北出击，攻击袁术的粮道，袁术在南阳郡发展困难。

这年春天，袁术亲自带兵进入陈留郡境内，这时陈留郡太守是张邈。说起来，仅在三四年前，袁绍、袁术、曹操、张邈都还是好朋友，在洛阳下了班以后，还常常到曹操的家中小聚，现在却要刀兵相见了。

在曹操担任兖州牧之后，张邈的心态有了一些微妙变化，但支持曹操的立场总体上仍未改变。面对袁术这个不请自来的客人，他立即通报曹操，请求增援。袁术开始行动后，黑山军和于扶罗立即响应，在西北方的侧翼给袁术助威。袁术的前锋由刘详率领，进驻到匡亭。匡亭的位置在陈留郡的平丘县，这里已深入陈留郡内一百多里，再往前就是曹操的后方基地东郡了。曹操不敢大意，亲自引兵迎战。

荀彧等人分析，刘详北上只是袁术的试探性进攻，可以先围住匡亭不打，看袁术下一步的反应。曹操采纳他们的建议，将匡亭围住，袁术果然率军北上增援。

曹操在平丘、东昏一带摆下阵式，等袁军开到，双方展开激战，曹军以逸待劳，袁军北上的只是一部，实力稍逊一筹，结果大败，袁术退到封丘。封丘与关东联军会盟的地方酸枣不远，也在陈留郡境内，曹操挥军追赶，将封丘围住。

这是一个机会，因为袁军主力部队还未赶到，袁术又是孤军冒进，如果曹军行动迅速一点的话，有可能将封丘城围死，从而打死或活捉袁术，但那将是一件很棘手的事，无论杀掉袁术还是将他活捉，都不符合曹操的利益。曹操决定围城的时候留下一个缺口（未合）。袁术倒也识趣，知道这是老朋友诚心放自己一马，于是顺着缺口突围逃走。但是他逃的地方是襄邑，仍然在陈留郡的地盘上，曹操不能不管，又追到襄邑。

袁术未等曹军到，主动撤到襄邑附近的太寿，这时袁术的增援部队也赶到了。一败再败，袁术颜面尽失，他想这回不能再跑了，必须打一仗赢回面子。但是，这只是他的美好愿望而已。

围攻太寿虽然不像前几次那么容易，但曹军仍然取得了胜利，他们采取的办法是掘开附近的渠道，用水灌城。袁术不敌，放弃太寿，逃到宁陵。襄邑、宁陵相距不远，曹操曾在这一带募兵，这里是曹操事业的起点。曹操带兵再次追击，袁术这回干脆向九江郡逃去。

曹操五战五胜，把袁术彻底从陈留郡赶了出去。雄心勃勃的袁术深受打击，没有想到自己一向颇为自负，亲自带兵打仗居然水平这么差，如丧家之犬般一路奔命。从此之后，袁术心中的雄图大志锐减，不再奢望吞并中原、虎步天下，能偏安于淮南一隅他已经相当知足了。

由匡亭到宁陵，曹操现身说法地给老朋友上了一堂军事课，把袁术打服了。其实，袁术敢于轻军冒进是有公孙瓒和陶谦的配合，他们原计划统一行动，从各个方向同时向曹操施压。袁术一直逃到九江郡都还纳闷：另外那两个哥们儿干吗去了？

公孙瓒和陶谦并没有失约，公孙瓒一边与袁绍艰苦对抗，一面派他任命的兖州刺史单经和平原国相刘备配合袁术的行动，单经率部进驻平原国，刘备率关羽、张飞、赵云等人进驻高唐县，这里在平原国境内，但正好位于东郡的北部，其中高唐县距东郡的东武阳、东阿等地已经不远了。据《三国志》记载，陶谦也参加了这次联合军事行动，他进驻的地方是发干。但如果对照着地图看一下，这似乎又是不可能的。发干县属东郡，距曹操的后方基地东武阳不过四五十里路，陶谦能否将部队布防到这么纵深的地方另当别论，身为徐州牧的陶谦能否离开徐州，越过多个敌占区，到千里之外的发干县来，这些都是疑问。也许发干县确实有徐州的小股部队，但不是陶谦本人率领。

陶谦如果配合袁术、公孙瓒联合行动，可行的方案是攻击徐州的北邻，即兖州刺史部的泰山郡、任城国、东平国、山阳郡等地，给曹操制造麻烦。从后面的势态发展看，陶谦确实也这么做了。

上述联合军事行动将使曹操北面、南面和东南面同时受敌，兖州将十分危险。但曹操轻易化解了这场危机，原因是时间差。联合军事行动之所以称为联合，必须在时间、地点上同时达到默契。北路的单经和刘备到达预定地点后，袁术的队伍还在路上，这样曹操在袁绍的支持下，很从容地先解决了北面之敌，他们主动出击，将刘备和单经击退。单经撤走，刘备退保平原国，公孙瓒方面首先退出联合作战。

曹操一路追击袁术的时候，陶谦本可以帮忙，但一来路途还是有点远，二来陶谦想保存实力，抱着先看看再说的想法，想等曹操和袁术打上一阵再上前帮忙。但让陶谦吃惊的是，呼声一向很高的袁术，军事才能如此之差，被曹操一路打来，没有任何招架之功，只有逃命的份儿。看到此情此景，陶谦放弃了增援行动。

这样，三方联合作战计划被曹操成功瓦解，打退了刘备、单经，打跑了袁术，剩下一个陶谦，那就好办多了。

一场灭门惨案

曹操担任兖州牧以后，把东郡太守一职交由夏侯惇来代理，驻守在黄河岸边的战略要地濮阳。曹操想让队伍集中起来休整一段时间，然后认真思考一下如何对付陶谦。相对于远道而来的袁术，以及中间隔着袁绍的公孙瓒来说，对付眼前的陶谦是当务之急。初平四年（193）夏天，曹操率军到达定陶，这里位于兖州刺史部济阴郡的中部，是济阴郡的治所。

在打退了袁术的进攻之后，曹操顺势扩展了“曹操控制区”的范围。现在整个兖州刺史部的形势是：东郡、济阴郡、山阳郡、任城国为曹操所直接控制，陈留郡太守张邈、泰山郡太守应劭作为曹操的下属听从他的调遣，济北国、东平国处于和公孙瓒拉锯状态，双方互有攻防。在逐渐巩固了兖州之后，下一步朝哪个方向发展也需要尽快定下来。北边是袁绍，往东以及东北方向目前是公孙瓒的地盘，不可能有发展的空间；往西是残破不堪的司隶校尉部，人口大量外逃，稍大一点的城市都成了废墟，又处在各种势力的交会之处，别说不好占，就是占住了也没法待；只有南边以及东南方向的徐州适合于发展。

在这个方向的敌人就是陶谦，这是一个狡猾的人，在凉州一带打过仗，能带兵，有些谋略，手下也有一些人，经营徐州有几年了，这样的敌人不是那么好对付的。

双方虽然还没有正面交过手，但早已经在心中把对方当成了假想敌。

曹操盯着墙上的地图，目光在兖州与徐州交错的郡县间游走。他的目光停在了徐州刺史部最北面的琅邪国附近，这里是夫人卞氏的老家，它东邻大海，远离中原，是个避乱的好地方。突然，曹操想起了什么，让他心里一惊。

曹操突然想到，他的父亲曹嵩等人此时正在那里。曹操在己吾起兵之后，除曹操的弟弟曹德外，曹氏以及夏侯氏兄弟们纷纷离开家乡追随曹操去了，曹家在谯县十分不安全。曹嵩经过考虑，决定找个地方避难，大约在一两年前，在谯县的曹家人都来到了琅邪国。

当时，从中原地区到这里避难的人还不少。即便是现在，原属琅邪国的山东省日照一带仍然是内陆的河南、河北、安徽以至陕西人到海边买房居住的首选之地。曹嵩一行到这里不是为了欣赏大海，而是来避难。之所以选择这里，与卞氏的老家在这里有一定关系，卞氏老家在开阳县，是琅邪国的治所，曹家人来琅邪国应该住在开阳县一带。与一般逃难的人家不同，曹家人非常富有，尽管刻意保持了低调，但从他们的吃穿住行以及随行带来众多仆人等方面也能看得出来。

不管怎样，琅邪国是陶谦的地盘，在开战之前，必须把家里人从那儿接出来。琅邪国紧邻兖州刺史部的泰山郡，曹操派人到琅邪国通知父亲准备离开，同时命令泰山郡太守应劭派兵接应，把父亲一行接到鄄城来。

但是，有人却抢先了一步，把曹嵩等数十口人杀得一个不剩，制造了一起轰动一时的血案。关于这个案子，历来有不同的说法，但都与陶谦有关，说是他派的人或者他手下人干的。

具体情节大致有以下不同版本：据郭颁的《世说新语》一书说，陶谦派去的人扑了个空，曹嵩一行已离开了琅邪国，他们于是追赶，在泰山郡的华县一带追上，曹家人在这里等应劭来接应，还以为这是应劭的人，没有防备，结果全部被杀；《后汉书》中应劭的传记与上面这个说法差不多，说曹嵩携曹德等一行进入泰山郡，应劭派人已经接上了，但此时遭遇陶谦的突然袭击，全家人被杀；《后汉书》中陶谦的传记对此进行了补充，说不是陶谦派人袭击的，而是陶谦手下一个将领，此时驻扎在距事发地华县不远的东海郡的阴平，他手下的士兵听说曹家人很有钱，就在路上设伏，在华县、费县一带把曹嵩等人杀了；韦曜的《吴书》持完全不同的看法，他认为陶谦听说曹嵩想儿子，就派部将张闿带领二百人护送，曹家人很有钱，值钱的东西就装了一百多车，张闿等人见财起了异心，在华县、费县一带将曹嵩等人杀了，抢光了东西，跑到淮南去了。

上述各种记载中，《世说新语》把过程描写得最细。说陶谦的人先把曹德杀了，曹嵩听到外面有动静，知道不妙就往后院跑，后院墙上有一道缝，他想从这里钻出去，跟他一块跑的还有一个他最喜欢的妾，曹嵩想让她先钻，无奈这个妾长得太胖，钻不过去，曹嵩没办法，只好跑到厕所里躲起来，但被发现，与一行人全部被杀。

考察一下这些说法，《吴书》最不可靠，这部书一贯吹捧孙吴，对于曹操能贬则贬，按照他的说法，陶谦是个大好人，好心好意办了个好事，曹操不仅不领情，事后还归罪于他，实在冤枉。《世说新语》的说法有点像传奇故事，尽管细节很生动，却不可靠，陶谦如果想杀曹嵩等人，恐怕早就动手了，琅邪国在他的地盘上，非等曹操来接人他才动手吗？况且，把人杀得一个不剩不符合陶谦的利益，如果他真想跟曹操翻脸，把人控制起来作为人质也许更明智。

当这些不同的材料摆在司马光面前时，经过慎重分析，他采用了《后汉书》中陶谦的传记所说，《资治通鉴》是这样记述这件事的："前太尉曹嵩避难在琅邪，其子操令泰山太守应劭迎之。嵩辎重百余辆，陶谦别将守阴平，士卒利嵩财宝，掩袭嵩于华、费间，杀之，并少子德。"应该说，这个说法比较合理。

不管怎样，曹嵩、曹德等数十口之多全部被杀死在泰山郡的华县附近，没有留下一个活口，这已成为事实。与此有关联的，一个是徐州刺史陶谦，他是重大的犯罪嫌疑人；另一个人是泰山太守应劭，这位著名的学者、《风俗通义》一书的作者，害怕曹操连他一块追究，干脆弃官而逃，到邺城找袁绍去了。

消息传到兖州，还在定陶休整的曹操几乎不敢相信，听到消息，他简直疯狂了。虽然父亲对自己选择的道路一向不是很看好，但作为自己事业上最大的支持者，父亲一直以来对自己尽可能地给予帮助。自起兵以来，父亲整天担惊受怕，不敢待在谯县，远避琅邪国，如今又命丧，说起来这一切都是自己造成的。

由于曹家没有一个人能够活着回来，应劭又不知去向，对于整个事件的经过，曹操不是很清楚。但曹操不用太多思考，就得出结论，这件事只有一个人能做，也只有一个人敢做，那就是陶谦。曹操一定在愤怒地咆哮着：陶谦，我要让你血债血偿！

第一次征徐州

曹操迅速调整了计划，命令部队停止休整，全部进入战备状态。他要亲自领兵杀往徐州，找陶谦报仇雪恨。然而，曹操的复仇行动还未及展开，陶谦那边动作更快。曹军还没有开到，陶谦已经向兖州发起了进攻，时间大约是初平四年（193）

的夏天。

在此之前，陶谦这边发生了几件重要的事，需要交代一下。一件事情是，陶谦此时已被控制长安的李傕、郭汜、樊稠正式任命为徐州牧，而前面他一直担任的职务是徐州刺史。大约在曹操派王比出使长安的前后，陶谦也派人到长安进贡，他派的人叫赵昱，是当地的名士。当时陶谦手下有几个有名气的人，除了赵昱以外，还有王朗、张昭等。王朗字景兴，是前太尉杨赐的学生，算起来跟汉灵帝刘宏和前大将军何进还是师兄弟，他跟赵昱共同劝陶谦通使长安，陶谦接受建议，派赵昱到了长安。与曹操的情况不一样，陶谦的特使在长安受到欢迎，这是因为陶谦是朝廷正式任命的刺史，而曹操的兖州牧则查无出处。最后，朝廷拜陶谦为安东将军，由徐州刺史升格为徐州牧。同时，任命赵昱为广陵郡太守，任命王朗为会稽郡太守。王朗就是这时候离开陶谦到江南上任的。

另一件事情是，陶谦与黄巾余部阙宣联合，势力大增。据《后汉书》记载，这一年夏天中原及华北地区出现了罕见的自然现象：正值炎夏，却刮起了寒风，像冬天一样。这种神奇的自然现象鼓励了那些想造反或者正在造反的人，在他们看来这是天亡刘汉的又一明证。徐州刺史部下邳国一带有个叫阙宣的人领头造反，响应他的人很多，当他看到上天也出来惩戒当权者时，于是不再客气，自称天子，与长安的汉献帝分庭抗礼。当时敢造反不算什么本事，而敢于自称天子那绝对是勇气可嘉。

刚刚被朝廷任命为徐州牧的陶谦不仅不率兵讨伐，反而跟阙宣联合起来，势力进一步增强。陶谦一方面派人跑到长安向天子宣誓效忠，一方面与自称天子的人称兄道弟，这位仁兄的务实主义作风实在可以。但是后世也有很多人对此表示怀疑，比如《资治通鉴》的作者司马光，他不相信身为徐州牧的陶谦真的会和造反分子公然搅到一块，因为这种行为跟直接造反没有什么两样。持这种看法的还有黎东方先生，他认为不仅曹嵩被杀与陶谦无关，而且和阙宣联合这样的事根本就是子虚乌有。这其实代表了一种很流行的看法，在许多人眼里陶谦是个君子而不是小人。

但是，如果结合陶谦早年在西北前线时就流露出来的独特个性来看，说他现在已经成长为一个温和的长者似乎有点不可能，陶谦到徐州后亲信小人，打压正直之士，玩弄手腕，大搞两面派，一桩桩事情都有记录，关键时刻与阙宣这样的实力派结合没有什么可以大惊小怪的。

得到徐州牧的头衔，联合阙宣，如果把这两件事合在一起看，就可以看出这个时候的陶谦既提高了名分，又增强了实力，正是事业的上升期。他未必会把曹操完全放在眼里，如果陶谦早就有挑战曹操的想法的话，那么说曹嵩被杀事件是由陶谦有意策划的，也不是没有可能。

有意策划也罢，被误会也罢，眼下与曹操的一战已是难以避免。陶谦与阙宣组成联军，率先向兖州发起了进攻。他们进攻的方向不是曹操正面的陈留郡、济阴郡，而是右翼的泰山郡、任城国等地，泰山郡太守应劭已弃官逃往袁绍那里，曹军在这里的防守力量相对薄弱，任城国以及泰山郡的很多地方被陶谦占领。

面对敌人先发制人的进攻，曹操决定兵分三路：一路由夏侯惇统领留守兖州，重点是鄄城、濮阳、定陶、东武阳等战略要地，荀彧、程昱留下协助他；一路由曹仁率领，由东郡的北部进入东平国、任城国，进而到泰山郡进攻那里的徐州军；一路由曹操亲自率领，由济阴郡南下，进入已为陶谦所控制的豫州刺史部沛国的北部，进而攻击徐州刺史部的彭城国、下邳国等地，直捣陶谦的大本营郯县，即今山东省郯城县。也就是以偏师对抗陶谦的主力，而将主力向敌人之侧翼发动进攻，对于已失去先发优势的曹军来说，这不失为一个正确的选择。

这是一场无法预料结局的战争，曹操离开鄄城前告诉夫人卞氏说，如果我回不来了，就领孩子们前往陈留郡投奔张邈（我若不还，往依孟卓）。

战事从这年秋天拉开，曹军一路顺风，势如破竹。曹操亲自率领的这一路一口气拿下兖州境内十几座被陶谦占领的城池，直逼徐州境内的战略要地彭城，逼着陶谦从右路撤军，亲自率军来战，双方在彭城进行了激战。古代的九州里就有徐州，徐州也被称为彭城。彭城是座古城，城池四周虽然被大小不等的丘陵、高地所环绕，但交通却十分发达。东汉时有一条起自洛阳的东方大道，基本走向在前半段约沿着现在的陇海铁路，后半段约沿着现在的京沪铁路，彭城就是这条大道上的交通枢纽。彭城周边还有泗水、汳水在此交汇，使之自古以来便成为兵家必争之地，也是大兵团交战的理想战场，四百年前刘邦和项羽曾在此有一场大战，结果刘邦完败，项羽险些把刘邦生擒。

但是，曹操与陶谦的彭城之战没有楚汉相争时打得那么惨烈，战事呈现出一边倒，曹军大胜，陶谦所部有近万人被杀，陶谦撤军，向东退到郯县。

对于这场大战，《三国志·武帝纪》里只有十六个字："秋，太祖征陶谦，下十余城，谦守城不敢出。"同书的陶谦传记与此大体相同，只是多了十个字："死者万数，泗水为之不流。"后面这一句翻译过来，大意是：被杀死的接近上万人，尸体使泗水都要断流了。翻遍早期的正史，关于这场战争的记载也只有这二十多个字。

可是后来，不知道哪位仁兄把"万数"有意或者无意地改为了"数万"，事情就有点不一样了。到了司马光的笔下，这一件事已经演变成了下面的模样："秋，曹操引兵击谦，攻拔十余城，至彭城，大战，谦兵败，走保郯。初，京、洛遭董卓之乱，民流移东出，多依徐土，遇操至，坑杀男女数十万口于泗水，水为之不流……鸡犬亦尽，墟邑无复行人。”一次活埋了几十万人，简直是骇人听闻！如果这件事真是曹操干的，我们一定把汉魏恶人榜第一名的帽子从董卓头上拽下来给曹操戴上，告他一个反人类罪！

可是，这不是真相。由于史料缺乏，还不太清楚这件事是如何从陈寿版演变到司马光版的。在较早一些的汉桓帝时期，彭城国全部人口是 493027 人，当时全国人口是 5000 多万。经过黄巾起义、自然灾害、战争屠杀，到再晚一些时候，全国人口已锐减到 1000 多万，此时彭城国的人口想必也已大为下降。曹操一边打仗，一边派人四处出击，把彭城国全国的人都抓到一块，然后全部活埋？真的是匪夷所思！

曹操远途奔袭，此时用在彭城战役的充其量也就二三万人。现在，攻破彭城后，曹操下令大家先不要打扫战场，也不忙追击敌人，交代大家干一件更重要的事：每个人分给十多个敌占区抓来的士兵和老百姓，请大家把他们领到泗水河谷里活埋了，干不完活不给吃饭。即使被抓来的人已有人提前帮忙捆好、绑牢，即使将要被活埋的这些人也愿意配合，完成这项任务所涉及的工程量也是巨大的。

坑杀男女数十万口，能想象出来吗？但由于司马光的权威，很少有人动脑筋想想，使得这样的说法在后世很流行。

不说这桩公案了，且说陶谦退保郯县，曹操继续追击，在郯县以东的武原与陶谦主力部队又进行了一场恶战，并再次取得胜利，兵临郯县城下。从鄄城出发到郯县，直线距离已有上千里，曹军远道而来，虽然节节胜利，但自身消耗也很大，士卒减员，战斗力下降。而对方已退无可退，拼命死守，曹军攻城不克。

郯县难攻的原因还有一个：城里来了生力军。陶谦开始还信心满怀，原来想至少也能跟曹操拼一拼吧，但没想到自己的部队在曹军面前竟然如此不堪一击，眼看郯县危急，在曹军围上来之前，他赶紧派人向盟军公孙瓒求救。袁术被打跑后，陶谦如果被消灭，公孙瓒对袁绍、曹操南北夹击的战略就要落空，所以对陶谦的求救他不能不管。公孙瓒命令距离徐州最近的田楷、刘备驰援郯县。

田楷和刘备分别是公孙瓒任命的青州刺史和平原国相。刘备带着关羽、张飞、赵云等人率先到达，他这时候兵力很有限，只有一千多人，加上一些乌桓族骑兵，以及数千难民，那阵势不像是来帮忙打架的，倒像是来吃大户的。但这些都是生力军，兖州军和徐州军已经打了几个月，都很疲惫了。郯县因为有刘备的加盟，防守力量明显增强，所以尽管曹洪、夏侯渊等人亲自督战，试图一举拿下郯县，但猛攻了几次城，都没能攻下。

长期围城是不现实的，这是在敌占区，敌人的后援会逐渐聚集，而自己队伍将面临后勤补给方面的难题。曹操决定放弃攻城，回师兖州。郯县攻防战想必给曹操留下了较深的印象，从情报人员的嘴里他也许听到了刘备这个名字。在此之前，他对这个名字可能还比较陌生，但今后他的生命将与这个人紧紧地联系在一起，相知、相交也相斗，一直到死。在泰山郡方向，曹仁进展也很顺利，打败了陶谦在那里的部队，收复了开县、华县、费县等地，将“曹占区”的范围扩大到整个任城国和泰山郡。

过了年，在长安的汉献帝刘协下诏改年号为兴平。兴平元年（194）春天，曹操结束了为期近半年的第一次远征徐州之战回师鄄城，陈留郡太守张邈亲自到州界迎接他们凯旋。想到出征时生死未卜、曹操以家室相托付的情景，两位老战友不禁“垂泣相对”。

“马中赤兔，人中吕布”

在董卓被杀、李傕等人控制朝廷后不久，刘表也派使者前往长安，向汉献帝表示忠心。像对待陶谦一样，李傕等人对于曾经被朝廷正式任命过的刘表也表示欢迎，陶谦不仅升了一格，由刺史变为州牧，而且被同时加上了镇南将军的头衔，封为成武侯。没有跟关东联军搅和到一块，并且与袁术刀兵相见的刘表，被李傕等人寄予了厚望。

刘表的使者来回都应该走武关道，这条沿着汉水南下的道路，在当年来说比今天还显得重要。刘表的使者在这条路上匆忙行走，也许会遇着一支数百人的马队，率领这支队伍的是在当时已天下闻名的飞将吕布。吕布从长安城杀出来，虽然狼狈不堪，但所幸把他最亲近的子弟兵一块带了出来，综合《英雄记》等书的记载，跟随吕布杀出重围的有数百人，他手下的得力干将张辽、高顺、成廉、魏续、魏越、侯成、宋宪等人都顺利突围。

对于吕布手下的这几个人也顺便介绍一下。张辽前面已经说过了，是资历堪与吕布相比的并州军将领，董卓死后依附于吕布。高顺是吕布手下的猛将，善长指挥骑兵作战，历来对他评价不错，因为他不仅能打，而且人品也好，不争功，不搞内斗，即使人家斗到他的头上，他也不记仇。吕布看他是难得的人才，也用他，但对他却不是很好，高顺也不在意，至死都忠心耿耿地跟着吕布。

成廉后面的这几个人详细情况都不太清楚，反正都很能打，恐怕要想让吕布喜欢、看得上，这是首要条件。但他们似乎不怎么团结，看来武人也相轻。魏续、魏越或许是兄弟，他们跟吕布好像有亲戚关系，吕布对他们是无条件地信任，每当他们与高顺闹别扭，吕布总是袒护他们。

吕布领着这哥几个还有几百名骑兵顺着武关道到了南阳郡的治所宛县，见到了袁术。其后的情形有两种不同的说法。

一种说法是袁术隆重地接纳了吕布，但吕布却不好好待着，他自恃亲手杀了董卓，是袁家的恩人，所以一安顿下来就要这要那。要知道袁术此时被刘表逼迫得日子也不好过，对吕布自然不能有求必应。袁术稍有怠慢，吕布就放纵手下人去抢，结果二人闹得很僵，吕布在南阳郡待不下去，就领着哥们儿几个还有几百名骑兵走了。

另一种说法是，袁术压根儿没有接纳他。袁术知道吕布这个人，在丁原手下时杀了丁原投董卓，在董卓手下时又杀了董卓，现在来投自己，莫非自己就是下一个丁原和董卓？袁术这个人一向很迷信，也经常神经兮兮的，有这些想法也难怪。袁术不接纳，吕布无奈，只好领着人另找出路。

前一种说法来自《后汉书》，后一种说法来自《三国志》，不管说法怎么不同，结果都差不多：吕布的南阳之行很失败，高兴而来，扫兴而走。其实，即使吕布不走，他在南阳也留不下来，因为没有多久，袁术自己也尽起大军开拔，往豫州、兖州方向打曹操去了。

离开袁术，吕布下一个去依靠的人是张杨。他们是并州老乡，过去都在丁原手下做事，董卓把持洛阳朝政以后，张杨没有像吕布和张辽那样投靠董卓，而是率领自己招募来的几千人在黄河沿线的河东郡、河内郡一带发展，这一地区也是黑山军、白波军以及南匈奴的游击区，张杨跟他们结成了一个松散联盟，在袁绍和公孙瓒两大阵营之间倾向于公孙瓒。

吕布到了河东郡见到了老同事张杨，但形势不容乐观，控制长安朝廷的李傕等人对吕布恨之入骨，一直在通缉他，张杨的防区离长安相对较近，早已接到悬赏捉拿吕布的通告，张杨的手下看到长安那边开出的赏金很高，就想把吕布杀了换赏钱。

吕布知道了风声，有点害怕，主动跟张杨说：“看在咱们是同乡的情谊上，我给你出个主意，杀了我未必划算，不如活着押到长安，可以得到更高的奖赏。”吕布这话像是老朋友之间在开玩笑，但其实他是没有心思开玩笑的，他是想试探张杨的态度。但张杨却把吕布的话真当成玩笑了，所以也回了句玩笑话：“我认为你说得很对。”

《故乡面和花朵》里开篇第一句话是：为什么眼里常有泪水，因为玩笑开得太过分。现在吕布的眼里就该有泪水了，那是因为张杨的玩笑开得太过分。

吕布决定再跑，河东郡之行也告失败。当然，还有一个说法，说张杨其实一直在保护吕布，在张杨的调整停下，李傕等人也不再视吕布为仇人，他们封吕布为颍川郡太守。这个说法仅见于《英雄记》，不太靠谱，各家史书均未采纳，吕布也没有到颍川郡去上任。偌大个中原，容不下我的立足之地吗？吕布思来想去，只有投袁绍了。

这个时候的袁绍正与公孙瓒在冀州北部、幽州南部直至青州一线全面开战，公孙瓒虽然有界桥之战的惨败，但实力犹存，压得袁绍喘不过气来。在这个时候，袁绍的左翼、也就是太行山一线又出了问题，黑山军首领张燕支持公孙瓒，袁绍派兵攻打，却不见成效，袁军的一部分主力被牵制到这一线。

袁绍也不大喜欢吕布，可见做人还要讲点口碑，牌子倒了，什么都没了。吕布吸取在袁术那里的教训，不敢再耍大牌，只求袁绍接纳自己，给安排个出路，干什么活都行。袁绍看此人可利用，就派吕布带着他的人去打张燕。袁绍打张燕费劲，但吕布一出马情况就不一样，虽然人数处于劣势，但吕布连战连胜，把张燕打得很是吃不消。

并非吕布比袁绍高明多少，而是情况有了变化。张燕的主力是一支数千人的骑兵，战斗力很强，以步兵为主的袁绍也曾创造过战胜精锐骑兵的战例，但那是在双方主力的对决中，给袁绍施展谋略留下了空间，现在张燕的策略是你来我走，你走我来，比谁跑得快，这样一来袁绍就没辙了。然而现在换选手了，你快，上来的人比你还快；你地理熟悉，人家也都是从小生活在这片土地上的人，动起手来熟门熟路，一点都不吃亏。吕布跟手下的成廉、魏越等人，再挑了几十个身手好的，骑上快马，组成一个突击队，专门冲击敌人的核心区，一会儿闪电战，一会儿斩首行动，来如疾风，去如闪电，无人能挡，打得黑山军直犯迷糊。

吕布是一员骁将，吕布的马也是一匹好马，打张燕不仅进一步成就了吕布的名气，也成就了吕布坐下的这匹战马。据《曹瞒传》记载，吕布在太行山下的出色表现，为他赢得了当时人所共知的两句话："马中赤兔，人中吕布。"那时候没有电视台，如果有的话，建议吕布一定要花钱在黄金时段打广告，就把这两句话一天播上几十遍，因为这两句话总结得特别出彩，作为成功的广告语，估计直到现在仍然很少有人能超越呢。

吕布的马名叫"赤兔"，大部分史书里都这么写，但它其实还有一个叫法，叫"赤菟"，出自《后汉书》。如果仔细考察一下的话，后面这个名字似乎更恰当。从字面上看，用"红色的兔子"来比马，实在不知道想说什么，是说马跑得快？但只能跑过兔子的马肯定不是快马。说马的威猛？跟温顺可爱的兔子又不搭边。如果换成“赤菟”，那意思就容易理解得多。“菟”是一种植物，开一种淡红色的花，“赤菟马”就是像菟花一样颜色的马。

另外，它还有一解，古人把老虎称为“於菟”，“赤菟马”就是红色的、像老虎一样威猛的马。陈寿评价吕布用的也是类似的词，叫“虓虎”，意思是怒吼的猛虎。要论战斗力，吕布以及他的手下都是超一流的。但陈寿同时认为，吕布只是勇敢、勇猛，而没有“英奇之略”，加上他“轻佼反覆，唯利是视”，在外界没有公信力，公众形象大打折扣，这些构成了他的致命伤。

现在，张燕被打败，退入太行山深处，袁绍侧翼的威胁解除。这时候吕布的老毛病又犯了，他自以为为袁绍立下大功，开始向袁绍伸手要这要那，要别的还好办，吕布要袁绍给自己增加部队，然后帮助自己到司隶校尉部发展。

袁绍头痛已极，让他协助吕布当上司隶校尉那是不可能的，这就好比养一个小虎仔当宠物，不消两年工夫小虎仔长成大老虎就该吃主人了，这事吕布最拿手。袁绍经过考虑，决心除掉吕布。这绝对是过河拆桥的做法，不管吕布既往的历史怎样，毕竟人家杀了你们家的仇人，还帮你打张燕解除你的后顾之忧，怎么说是个功臣吧。但袁绍还是决定解决吕布。

袁绍假装答应吕布的请求，表吕布为司隶校尉，给他拨了三千甲士，随他一同去上任。《英雄记》里说袁绍派的人不是三千人而是三十人，这不大可能，因为张辽、高顺等一直跟随吕布的嫡系应该一块同行，他们的人都不会低于三百人，派区区三十个人来只能是送死。

司隶校尉的办公地点应该在洛阳，吕布一行走的路线应该是由冀州往南经河内郡渡黄河，然后往西。这是吕布计划走的线路，但不是袁绍的计划，袁绍没有打算把这趟旅行走得那么远，袁绍的人得到命令，半路上干掉吕布。但吕布早有预料，他使了一计，晚上故意让袁绍人的住在自己大帐外，半夜里让人在自己的帐中弹筝，而自己悄悄逃走。袁绍的人冲进来，只能向着吕布的床乱砍一通。袁绍得报，吓得够呛，问左右谁愿意带兵去追吕布，飞将的威名居然让袁绍手下众人无人敢应征（募遣追之，皆莫敢逼）。袁绍害怕吕布回来报复，下令关闭邺县的城门，严加防卫。

袁绍这里也没法待，想找公孙瓒，但必须经过袁绍的防区，不可行。找曹操去，没有什么交情不说，听说曹操是袁绍的人，去了就得给绑上送给袁绍。吕布现在最能体会到穷途末路的含义，他想了想，还得去投老同事张杨。在投张杨去的路上发生了一件事，给吕布带来意想不到的机会，使他来了个咸鱼大翻身。

涌动的暗流

吕布在何处摆脱袁绍的暗杀不详，应该在冀州境内或者司隶校尉部的河内郡。吕布要投张杨，最便捷的路径是走东方大道一直西行，如果他走的是这条道，现在他就首先要渡过黄河。站在黄河边的吕布，想来心情无比沮丧。吕布的生年不详，估摸此时他应该在四十岁，多年来他纵横驰骋，奋力拼杀，干的都是玩命的活儿，换来的却是众人的冷眼，以至于到现在仍然没有一块属于自己的立足之地。

吕布就是怀着这种心情过的黄河，过河之后，他正要向西行，却被一伙不速之客拦下，这些人好像是在此专门等候他的，问清是吕布本人之后，他们报上了自己的名号，原来是附近的陈留郡太守张邈的人，奉张太守的派遣，专门在此迎候吕将军。

吕布与张邈素昧平生，他顶多知道这个人是当年酸枣会盟领头人之一，放在数年之前彼此当分属水火不相容的两个阵营。张邈找他，不知道是什么事。据说张邈是袁绍的人，如果接受袁绍的命令在此守候自己，那一定不是什么好事。但吕布很快否定了这个判断，因为如果是那样的话，张邈何苦要先礼后兵，不如直接在此埋伏下重兵，待自己经过时冷不防打个措手不及。

吕布决定走上一遭，会一会这个张邈。之所以做出这样的决定，是因为去投张杨本来也是可去可不去的事，除此之外现在也实在没有什么事可干。等见到张邈，吕布受到热情的款待，心里的疑问也随之打消，他与张邈谈得很投机，两个人在一块密谈了很久，谈话内容谁也不清楚，只知道等到吕布要走的时候，二人已经有点难分难舍了，“临别把手共誓”。

张邈和吕布共誓何事？这一点史书没有交代清楚，留下了想象的空间。好朋友分手，可以握手而别、挥手而别，也可以洒泪而别，至于把手共誓而别，那一定有一个约定，什么约定，暂时谁也不知道。

张邈的反常之举迅速被情报人员报告到袁绍那里，袁绍大怒。据《后汉书》记载，袁绍直接给曹操下了一道密令，让他杀了张邈。《三国志》记载得稍有不同，没有说袁绍的密令，而是说张邈自己担心曹操终有一天会按照袁绍的命令杀了他，所以“心不自安”。

推测起来可能的情况是，张邈听说吕布路过，主动联络，二人确有密谈及共誓，原本都是秘密活动，却被袁绍侦知，袁绍授意曹操除掉张邈，张邈也获知了此事，因此“心不自安”。问题是，张邈为何要这样做？他难道不知道吕布是袁术阵营的人，此刻正是袁绍急于除掉的人？

张邈当然知道，但他结交吕布自有他的考虑，从以后形势的发展看，这是一系列预谋中的一环。张邈这个人，由于在《后汉书》和《三国志》里都没有单独的传，所以对他的了解比较有限。关于他的性格，突出的一点是个“侠”字，但凡是侠士，一般都比较仗义，性格也比较直。张邈就是这样的人，做朋友能两肋插刀，一块共事不会玩弯弯绕，你有困难就帮你，你有缺点就指出。曹操当年只身来到陈留郡，如果没有张邈的帮助他什么都做不成，张邈待曹操，就是一个“侠”字，只要是朋友，帮人就帮到底，如果换成袁绍来，估计也一样，这与韩馥形成了鲜明对比。

但张邈又是一个直脾气，张邈很欣赏臧洪，原因就是在这方面二人脾气相投，都属于敢恨敢爱也敢说的主。据《后汉书》说，袁绍当了盟主以后，流露出骄傲自满（有骄色），张邈心直口快，说过他（邈正义责之），让袁绍在众人面前下不了台，得罪了袁绍，袁绍很不高兴。又加上这次吕布事件，袁绍对张邈的不满进一步加深，密令曹操除掉张邈是完全有可能的。

而且，这里面可能还隐藏着一个让人不易觉察的阴谋。在袁绍眼里，张邈和曹操都是他的同盟，替他缓冲着南线袁术、陶谦造成的压力，使他可以放手与公孙瓒作战，同时袁绍又是他们的后盾，充当保护伞的角色。

袁绍不想张邈和曹操太强大。但张邈和曹操的发展势头却正在偏离着袁绍希望的这个轨道，曹操得东郡，进而得兖州，在与袁术和陶谦的对抗中曹操表现出非凡的战斗力，其发展前景不可限量。

张邈也不一般，在陈留郡乃至兖州都有很强的号召力，趁着其他人大打出手之际，他一直埋头扩充实力，据后来陈宫在一次谈话中透露，此时的张邈已拥有“十万之众”，数目可能有水分，但即使打个五折也相当可观了。

如果这样来看，袁绍突然密令曹操杀掉张邈，背后的动机就不一般了。要解决张邈，不是派几个人到张邈办公室亮一下逮捕证就能把人带走的，你先得解决张邈的“十万之众”。袁绍的这个命令，其实就是让曹、张二人火并，无论最终谁胜，二人正在上升的势头都会中止。两个强大的盟友不如一个弱小的盟友，有时候就是这样的。

袁绍甚至想过，曹操不会接受他的这个命令，不是曹操不忍心下手，而是曹操不会认为自己有这样的把握。但是没有关系，袁绍还有一手，他把给曹操的密令故意泄露出去，闹得社会上沸沸扬扬，就是要让张邈知道，这个直筒子不像曹操那么有城府，说不定先动手。这样狠的招袁绍自己未必想得出来，但此时他手下云集了许攸、审配、逢纪、荀谌等策反专家兼忽悠高手，炮制出一个这样的计策来还不太费劲。对于袁绍让自己杀张邈的命令，曹操果然置之不理，不幸的是张邈中招了。

与此同时，还有一股凶险的暗流在曹操周围涌动着，它的制造者是陈宫。陈宫等人当初力推曹操为兖州牧，想法是引进一个强人来保卫自己的家乡。曹操确实是一个强人，袁术被他打败，陶谦也不是他的对手，但陈宫并不喜欢，因为曹操不仅是强人，而且太招事。

曹操就任兖州牧以来战事就不断，袁术打上门来当然该还击，但打跑就行了干吗还要追？陶谦挑事，把他拒于州境之外也就行了，干吗要深入徐州上千里，打到陶谦的家门口？这样的战略不符合兖州本土派的利益，陈宫在心里坚决反对。前线一开打，兖州这边就得供人、供粮、供物支援前线，曹操让陈宫在后方搞后勤，陈宫感到给家乡人民造成的负担很重，思想压力很大。曹操打仗为的是他自己的事业，干吗让兖州人为他买单？陈宫想不明白。

陈宫逐渐坚定了一个决心：一定想办法把曹操赶走。他自己没有能力做这件事，于是把联合本地实力派的张邈作为突破口。害怕袁绍、曹操加害于自己的张邈，与一心想把曹操赶出兖州的陈宫二人一拍即合。这个预谋早已在不知不觉中开始，甚至在曹操征徐州归来二人“垂泣相对”时就已经有了，吕布的陈留郡之行，便是这个预谋的一部分。

顺便说一下，张邈、陈宫之叛，有人认为边让被杀是一个重要原因。边让是陈留郡浚义县人，已如前述，在何进征召天下名士的时候曾出场，这个人很有名望。边让有点看不上曹操，“多轻侮之言”。这个人最终是叫曹操给杀了，但不是现在，而是在建安年间，此事记录在《后汉书》文苑列传里。认为边让被杀导致张邈、陈宫之叛是没有依据的，这无非是给张邈和陈宫找点借口。

第二次征徐州

现在，对陈宫、张邈来说，需要的只是时机，而这个时机居然很快就来了。曹操自郯县回师的次年即兴平元年（194）的春天，曹操再次聚集兵马，南征徐州。鉴于前次征徐州时虽打到郯县城下，却没有力量组织攻城，致使整个行动没有达到预期目标，这次再征徐州，曹操做了大量的准备工作。他不仅将能抽调出来的人马悉数带上，而且向冀州的袁绍请求增援。

袁绍倒也爽快，派朱灵率三营人马前来，听曹操指挥。朱灵字文博，冀州刺史部清河郡人，后来也成长为一代名将。他所率领的“三营”士兵，人数不详。

当时正规军编制一般有六级：部、曲、屯、队、什、伍。而没有“营”。朝廷中央军之一的北军有“五营”，每营有一千多人。如果袁绍派来的援军是参照北军进行编制的，三营应该是四五千人吧。

曹操留下夏侯惇、荀彧、陈宫、程昱等人分率不多的守军留在兖州，其他人都随他出征。曹操和手下大多数人的家眷都在鄄城，由荀彧、程昱留守；夏侯惇驻守在黄河上的重要渡口和战略要地濮阳；陈宫负责处理地方日常政务，并督办粮草，为前线提供后勤支持。

在曹仁的建议下，曹操决定改变主力部队的攻击路线，派少部分人由兖州刺史部的济阴郡、山阳郡向徐州刺史部的彭城国、下邳国方向佯攻，而主力部队绕到泰山郡，攻击徐州刺史部北面的两个郡：琅邪国和东海郡。陶谦的大本营郯县就在东海郡。

这个进攻路线可以避开陶谦重兵把守的彭城防线和下邳防线，攻击其相对薄弱的北部地区，并且可以直捣其大本营，令陶谦措手不及。果然，曹军主力突然从泰山郡杀出后，防守在徐州北部的陶谦军始料不及，琅邪国的五座城池被曹军接连攻占。根据史书记载，曹军攻下这几个地方以后，“多所杀戮”“所过残破”。

史书没有记下这是哪五座城池，应该是琅邪国东南部的缯国、即丘、开阳、临沂、阳都等五座县城。其中开阳是琅邪国的治所，也是曹操夫人卞氏的老家。而阳都一般认为是现在的山东省沂南县，当时这里住着一位十四岁的少年，他目睹了这场战争，对于打到家门口的这些外地军队他心里充满了厌恶，这个经历潜移默化地影响到他今后的政治取向，从而使曹操在未来的岁月里增添了一个可怕的对手。这个少年，名字叫诸葛亮。

曹军北线的进攻出乎陶谦的意料，他赶忙派人给驻守在小沛的刘备送信，让他火速增援郯县。同时，陶谦也调集人马，准备应战。

上次保卫郯县的战斗结束后，刘备没有回青州而是留了下来，陶谦表刘备为豫州刺史，增派了四千名丹杨兵给他，让他驻扎在小沛。小沛是汉代对沛县的别称，即现在的江苏省沛县，属豫州刺史部的沛国。这里虽然与徐州刺史部的彭城国近在咫尺，却是豫州刺史部的地界，这让刘备这个豫州刺史倒也实至名归。

陶谦对刘备如此优待，甚至不惜拿出自己最嫡系的家乡兵补充刘备的实力，做的不是亏本的买卖。陶谦看中刘备很有能力，从而对他寄予了厚望，希望他能替自己抵挡曹操。从地图上看，小沛这个地方的位置十分微妙，它属于豫州刺史部的辖区，却远离豫州刺史部的中心地带，像一把剑插在兖州刺史部和徐州刺史部的中间。

陶谦又送官又送人，说白了就是想让刘备给他当盾牌，曹军一旦来攻，有一个缓冲区。这个思路后来刘备、吕布也都用过。吕布走投无路时投刘备，刘备如法炮制，让吕布守小沛给他当盾牌。有趣的是，后来刘备被吕布暗算，也走投无路，反投吕布，吕布一样把他安排在小沛，作用仍然是盾牌。若干年后，仍旧走投无路的刘备南投刘表，刘表接纳了他，把他安排在新野，那个地方处在曹操和刘表势力的接合部，是小沛的翻版，刘备依然是盾牌。

刘备屯驻小沛期间，纳本地人甘氏为妾。刘备正妻的名字无考，只说他的几任正妻都死了（数丧嫡室）。刘备本人生育能力好像也有问题，至少到现在还没有儿子，甘夫人后来到荆州后给刘备生下了后主刘禅，刘备称帝之后，封她为皇后。

现在，曹操率军从琅邪国攻入东海郡，直逼郯县城下，而“盾牌”刘备率所部也从小沛赶到了，陶谦命手下将领曹豹率军出城与刘备会合，在郯县东郊与曹军展开激战。战斗在郯县附近的沂水两岸展开，虽然对于这场战斗没有留下更多的文字记载，不过我们仍然可以推测出双方的参战阵容：曹操方面，应该有曹仁、曹洪、曹纯、夏侯渊以及还是基层军官的史涣、典韦、乐进等人；刘陶联军方面，应该有关羽、张飞、赵云以及曹豹等人。

曹操和刘备亲自指挥了这场战斗，以后他们直接交手的战斗或战役还有很多场，像大多数情况那样，胜利的一方属于曹操，曹军占领了距郯县以东仅四十里的襄贲，曹操有了落脚点，攻打郯县就更加方便了。

困守在郯县城里的陶谦日子很难过。说起来，陶谦手下的能人也不少，王朗、陈圭、陈登、赵昱、薛礼、麋竺、张昭等人都曾是陶谦的属下，孔融、郑玄也曾投奔于他，但他用人失度，不亲信正直君子，反而任用曹宏、笮融等小人，结果王朗到南方另谋高就，赵昱、薛礼被排挤到外郡任职，张昭被抓起来差点丢了命。

陶谦的最大问题就出在用人上，否则他也不会这么早就退出历史的舞台。最近以来，陶谦最亲信的人是笮融，这个人在汉末人物中显得颇为另类。笮融曾经被陶谦任命为下邳国相，由于善长溜须拍马，深得陶谦信任，手中掌握了不小的实权，他背着陶谦大搞贪污活动，积累了不少财富。他有了钱，不像别人那样花天酒地挥霍无度，而是专心搞一项在当时很新鲜也很时尚的活动：信佛、礼佛。

佛教当时虽然早已传入了中国，而且有了一定的发展，但总体而言还属于发展的初级阶段，信佛的人还不是很多。笮融无疑是佛教早期的狂热信奉者之一，他在下邳国广修佛寺，命令人民日夜诵读佛经，每到佛祖诞辰日就举办盛大的浴佛会，就好像现在举办这个节那个节一样，每次活动费用多达上亿钱。

但他又是一个十足的小人，在下面黑同事，对上哄领导，欺压百姓，贪污腐化。

笮融经常拿佛教经义来忽悠陶谦，把陶谦弄得一头雾水、似是而非，但又觉得笮融特有本事，很多重大决策都听笮融的意见，把很多事都交给他来管。

陶谦问笮融，曹操要是再次攻打徐州会从哪个方向来？笮融煞有介事地说，我来问问佛。结果昏天黑地弄一通，告诉陶谦说，曹操会从西方来。陶谦深信不疑，把重兵摆在彭城、下邳一线，结果吃了大亏。陶谦让人找笮融来，问问这是怎么回事。下面的人回来一报告，陶谦差点没气死：笮融早已不知去向。派人一查，发现笮融前几天已经领着手下人以及平时信徒共一万多人逃往广陵郡。陶谦气得要命，却又无可奈何。眼见曹操大兵压境，陶谦也想一走了之，他想学笮融，撇下徐州不管了，溜回丹杨郡老家养老去。

如果没有后面发生的事，陶谦还真就那么做了，但关键时刻曹操那边出了大事，给了陶谦以喘息之机。

第十章

保卫兖州

老战友背后插刀

曹操率主力离开兖州后，陈宫认为时机已到，他也不去管督办粮草的事了，直接跑到陈留郡找张邈密谋反叛。张邈自己本可以挑这个头，他也有这样的号召力。但是，正如郑泰曾经分析的那样，张邈是个侠士，并没有想成为霸主的雄心，他跟陈宫商议，还是秘密把吕布接来，尊吕布为兖州新的盟主。

张邈命陈宫去迎接吕布。此时吕布在哪里，史书没有明确记载。上次分手后，吕布又去投奔张杨，但没有关于他这一段时间活动的任何记录，也许吕布就没有到达张杨那里，而是随便找个地方待了起来，等待张邈、陈宫这边的消息。吕布到达兖州境内后，张邈派手下人刘翊通知留守鄄城的荀彧，说吕布将军听说曹将军攻打陶谦，特来帮忙，请提供粮草。

张邈这样做有点不可理解，吕布的政治立场已基本明朗，他倾向于袁术一方，虽然帮袁绍打过仗，但目前是袁绍要抓的人，曹操是袁绍的盟友，目前要听从袁绍的指挥，吕布怎么能帮助曹操呢？不用说荀彧，就是一般人也能看得出来。张邈要想背后给曹操来一刀，最有效的方法是突然发动袭击，同时攻占鄄城、濮阳等战略要地，虏获曹操等人的家眷，生擒或杀死荀彧、夏侯惇、程昱等人，则兖州的其他地方可不攻自破。

刘翊找荀彧要粮草，东西没要着，反而给荀彧报了信。此时荀彧和程昱在鄄城，这里是曹军的后方基地，曹夫人以及孩子都在这里。夏侯惇守濮阳，距此六七十里。

荀彧跟程昱一商量，马上判断出情况有变，张邈可能已经反了，吕布也来到了兖州，情况十分危险。荀彧迅速做出两项部署：一是派人火速前往徐州前线给曹操报信，二是派人通知夏侯惇放弃濮阳，率所部到鄄城会合，固守待援。

夏侯惇接到荀彧的通报情况大吃一惊，若鄄城丢失，怎么向大哥交代？立即点齐所部人马，放弃辎重，轻军前往鄄城。结果，半路上出了险情，刚出濮阳，夏侯惇就与吕布军相遇。吕布派人假装来投降并有重要情况报告，骗取了夏侯惇的信任，趁夏侯惇不备之际，将其劫持。这件事史书上没有说是几个人干的，应该不是一个人，但明确说这是吕布指派的。如果真是那样，这些人应该把夏侯惇杀掉，如此一来曹军必然大乱。然而，他们没有杀死夏侯惇，还是提出了另一个要求：给钱（责以宝货）。

夏侯惇的副将是韩浩，河内郡人，他让人守住营门口，然后直接面对劫持者，义正词严道："你等凶逆之徒，竟然敢劫持我们将军，你们还想不想活？我们受命讨贼，怎么能因为个人原因而废了军法，去纵容你们呢？"韩浩同时向夏侯惇涕泣而言："这是国法，我等无可奈何！"于是指挥人向劫持者发动攻击。劫持的人一看硬的不行，赶忙叩头求饶，韩浩不理，把他们全部杀了，而夏侯惇安然无恙。

尽管曹操后来得知此事，对韩浩的做法给予表扬，并颁布命令，要求以后遇到类似的事都按这个办法处理。但是，韩浩在处理这件事上似乎并不完全恰当，当对方要求财物时，他应该给予权衡，而不能一味蛮干。他说的那些话如果是一种心理战未尝不可，在对方有投降意愿的情况下，他仍然发动攻击，这个险就没有必要再冒了。

夏侯惇没有死，实属命大。刺杀夏侯惇没有成功，双方展开激战，但他们的心思又都在别处：吕布想趁机夺取战略要地濮阳，拥有一个根据地；夏侯惇一心考虑着鄄城的安危，双方都无心恋战。

吕布率先脱离战斗，直奔夏侯惇刚刚放弃的濮阳，将其占领，还获得了夏侯惇的不少辎重。夏侯惇指挥人马撤向鄄城。

陈宫在东郡的根基很深，此次反叛有很多人参与其中，他们有的此时还在鄄城内，这些人都在暗中寻找机会里应外合。夏侯惇进入鄄城后，跟荀彧、程昱一道，连夜查获想谋反的几十个人，全部处死，稳定了鄄城的局势。

吕布、陈宫到达濮阳后，兖州各郡县都给予响应。据史书记载，全州一共有近八十个县，没有反叛曹操的只有三个：鄄城，东郡的范县、东阿县。从这个情况看，曹操入主兖州以后在地方治理方面是不成功的，他打败黄巾军保护了兖州，大家表示拥护，但此后他的主要精力放在与袁术、陶谦等人的战争上，不符合兖州地方人士的利益，张邈和陈宫正是看中了这一点才敢公开向曹操叫板。

鄄城里加紧防守、积极备战，城外却又来了一支人马，人数多达数万人，城里顿时紧张起来。荀彧等开始以为是张邈的人，或者是吕布从濮阳回击鄄城，后来城外的人主动通报，才知道他们是豫州刺史郭贡的人，点名要见荀彧。

人们历来对郭贡这个人关注不多，但从他手下最少有数万人马这一点看，他绝不是一个可有可无的小角色。他是谁的人？又是怎么来的呢？关于郭贡具体信息不详，只知道他的这个豫州刺史是袁术所表，应该是袁术集团的人。近一个时期，曾经担任和正在担任豫州刺史的有孔伷、孙坚、刘备、吕布和郭贡。孔伷是朝廷任命的，孙坚是袁术所表，孙坚死后，孔伷也生病死了，袁术又表郭贡为豫州刺史。而刘备的豫州刺史是陶谦所表，吕布是刘备所表。

袁术此时退到了寿春，在扬州刺史部的九江郡等地发展势力，同时，派郭贡向豫州方向发展，派孙坚的儿子孙策向长江以南的吴郡、会稽郡方向发展，在这两个方向，进展都比较顺利，孙策在江东势如破竹，郭贡也很快有了一定实力。张邈本隶属于袁绍、曹操，与袁术手下的郭贡属于不同阵营，但造反之后敌人的敌人就成为可供利用的朋友，基于这个道理，郭贡此番横插一杠，可能是张邈、陈宫拉来帮场子的。

郭贡也可能是吕布联络的，吕布与袁术虽然闹得不愉快，但毕竟没有翻脸，也是基于敌人的敌人就是朋友的道理，吕布需要帮助之际，袁术也可以考虑帮一把，于是命令郭贡前来走一趟，但袁术给郭贡下的命令肯定不是全力相助，曹操的战斗力他有切身的领教，此番前去能站在一边帮帮场子就不错了，瞅着机会捞上一票更好，千万不能动真家伙。

荀彧看到了这一点，所以当郭贡点名和他面谈，大家都认为太危险劝他不要去的时候，荀彧分析道："郭贡与张邈等人交情并不是很深，现在来得这么仓促，说明他们未必是统一行动。趁着郭贡主意还没有完全打定，可以游说他，最少让他保持中立。如果不见，他心中起疑，倒有可能让他跟张邈等共同行动。"

荀彧于是只身出城，来见郭贡。诚如荀彧所料，郭贡点名要见荀彧确实是一种试探，当他见到荀彧毫无惧意时，猜想城里早有准备，未必好攻，于是率兵离去。

在曹操回师之前，守住鄄城倒还有些把握，要做到这一点，范县、东阿县也得守住，形成呼应，分散吕布等人的兵力。此时范县令是靳允，东阿县令是枣祗，不知道他们那边的情况如何。荀彧跟程昱商量后，派程昱和兖州从事薛悌等前往范县。程昱等人到时，陈宫派的范嶷也到了，程昱和靳允埋下伏兵，将范嶷刺杀，稳定了范县的局面。范县东临黄河上的重要支流瓠子河，陈宫的军队已经抵达河对岸，程昱派人抢占河上的重要渡口仓亭津，使敌军暂时过不来。

安排好范县的事，程昱又马不停蹄赶到东阿县，东阿县令是枣祗，曹操手下日后著名的农业问题专家，此时他已经率领军民做好了在城里坚守的准备。程昱、薛悌、枣祗、靳允等人在这次叛乱活动中不仅没有参与，而且关键时刻发挥了中流砥柱的作用，协助荀彧、夏侯惇守住了鄄城、范县、东阿县这三个最后的据点，为曹操回师反击赢得了时间。程昱、薛悌、枣祗日后都成为曹操阵营里的重要人物。

陷入苦战

兖州有变的消息传到徐州，曹操正指挥部队攻打郯县，与第一次出征徐州相比，这次准备工作更充分，一路势如破竹，来增援的刘备被打败后，徐州城内早已是一片恐慌，就连陶谦本人也产生了一走了之的想法。

郯县拿下，徐州全境可望在握，到时候西可以向豫州方向发展，南可以扩展到扬州，一幅宏伟的蓝图正在曹操的脑海中形成。虽然吃了不少苦，走了不少弯路，但总算功夫不负有心人，在刚好四十岁的时候，迎来了事业上新的里程碑。但这个美好的前景被一下子打破了，因为张邈、陈宫背后的那一刀。

没有别的选择，只好立即撤军，因为即使他本人愿意赌一次，置后方于不顾，把郯县打下来占领了徐州再说，但他手下的这些将士里大多数人的家眷、财产都在兖州，听说兖州被占，早已没有心思在这里打下去了。曹操率军从原路回撤，这样，陶谦又躲过一劫。上次是因为曹操自己消耗太大，无力再发起进攻，这次是因为张邈和陈宫帮了忙。

曹操回师要路过亢父这个地方，即今天的济宁附近，微山湖的西岸，这里山势险峻，又是西去的交通要道，苏秦称之为“车不得方轨，骑不得并行”，是一夫当关万夫莫开的极险峻所在。曹操回师，这里是必经之地，如果绕道他处，则要大大耽误时间。

曹操特别担心吕布已派人占据了此处，所以督促大军日夜行进，等过了泗水一看，这里并无吕布的军队，才放下心来。曹操对大家说：“吕布虽然占得一州，但没有乘机占领东平国，进而占据亢父、泰山之道，凭险地截击我们，而是屯踞在濮阳，从这一点看，我就知道他没有什么谋略。”有人认为，曹操说这番话是自我解嘲，或者是在给部下打气。其实，倒也不尽然，吕布真要有这样的战略眼光，占领濮阳之后迅速东进，趁着各地都在反叛曹操的有利时机，一举占领曹军回师的必经之地东平国，以亢父之险阻击曹操，迟滞曹军的行动，然后由陈宫联合张邈全力攻击鄄城，那将是另外一个结果。曹操庆幸吕布没有这样做，一颗悬着的心总算放下来。

曹操没有急着去救鄄城，而是直奔濮阳，与吕布交战。这是曹操与吕布第一次面对面作战，但是曹操却吃了败仗。不仅夏侯惇被射伤一只眼，成了“盲夏侯”，而且自己也受了伤，差点丢了性命。《献帝春秋》一书记述了这场战斗的细节。

开始，濮阳城有一个田姓大户愿意做曹军的内应，趁夜打开濮阳的东门放曹军入城。曹操亲自率军入城，进了城以后他下令焚烧城门，以示不能取胜就不回来。

如果此役全胜，曹操无疑又创造了一个类似于“破釜沉舟”的战场佳话。可惜，吕布没有给他这个机会，那个姓田的大户是吕布安排的反间计，曹军杀进濮阳城便遭到了埋伏。打巷战无疑对防守的一方有利，因为攻击的一方对环境陌生，到处都有可能遭到暗算。曹军失利，曹操赶紧往城外突围，好不容易杀到城门口，却发现了很搞笑的事，这里倒没有吕布重兵的埋伏，但自己刚才放的火还在烧，大火挡住了去路。

无奈之下，曹操只好带头冲进火中，结果被烧伤了左掌，并且从马上掉了下来。危急之中，幸好手下一个叫楼异的司马发现，把曹操扶到马上。楼异，情况不详，史书中以后也没有再提到过他。更惊险的还在后面。曹操往外逃的时候遇上了吕布的人，他们把曹操拦住，却没有想到这个小个子会是大名鼎鼎的曹操，于是问他曹操在哪里。曹操随便一指，说："那个骑黄马的就是。"吕布的人于是放下曹操去追骑黄马的，曹操才得以脱险。

这个拦住曹操的人不是吕布本人，因为据吕布本人后来讲，他在洛阳的时候曾经见过曹操，应该能认出曹操来。《汉帝春秋》喜欢把历史当成小说写，颇多传奇性，这段记述就是一例。如此绘声绘色，细节、人物对话俱全，素材来源于何处呢？答案一个是吕布手下那个挡住曹操的人，另一个就是曹操本人。吕布手下的那个人不认识曹操很正常，那时候没有电视，名气再大的人没有见过面也不会知道长什么样，可当时不知道，后来怎么就能知道呢？可见来自吕布手下的可能性很小。

如果来自曹操本人的话，他说这件事也可能是炫耀一下自己的英雄事迹，看我多么机智勇敢，不是反应快早就挂了。可是，曹操应该知道，这一仗都输成那样了哪里还值得炫耀？所以，如果不是曹操说漏了嘴，这件事就是道听途说得来的。后一种可能性更大，因为这件事仅见于《献帝春秋》，一向喜欢记述类似情节的《英雄记》都没有记载。

初战失利，曹军士气低落，曹操不顾有伤，亲自劳军，并下令营造攻城器具，继续攻城，但没有进展，双方相持了一百多天。

在濮阳城西四五十里靠近白马县一带，吕布驻守着一支部队，曹操决定趁夜偷袭，战斗开始比较顺利，天亮前就将敌人消灭了。还在打扫战场之际，吕布援军赶到了，从北、东、南三面合围上来，吕布自己亲自冲锋，战斗进行得异常激烈。

曹操手下虽然有不少猛将，但打这种仗更是吕布的长项，吕布志在必得，不肯罢手，曹军陷入苦战。尤其是吕布的骑兵，冲杀太猛，无法阻挡，让曹兵望而生畏。曹操临阵招募敢死队（陷阵）来破吕布的骑兵，典韦自告奋勇应征，他挑了几十个人，都穿上两重铠甲，拿着长矛撩戟。

敌人骑兵又冲过来了，一边冲一边在马背上放箭，弓弩乱发，矢至如雨，典韦命人蹲伏下身体，看都不看两边的箭，告诉旁边的人说：“敌人离我们十步时，再告诉我。”不一会儿，手下人报告：“只有十步了！”典韦大喊：“五步再报告！”手下人大惧，高喊：“敌人到了！”典韦应声而起，他背着十几只戟，一边呼喊着，一边刺向敌骑，敌兵无不应声而倒。被典韦的英勇气概所激励，敢死队员们个个奋勇争先，与敌人展开肉搏。敌军被打退，战场形势稍稍稳定下来。一直到天黑，曹军才完全解围。

典韦因此战成名，事后曹操升典韦为都尉，正式成为曹军的高级军官，曹操让他率领亲兵数百人，以后每次布阵时，都安排他们防护在中军周围。

在曹操回师以及与吕布相持于濮阳的这几个月里张邈在做什么？这个史书没有记载。张邈此时应该还在陈留郡，他的弟弟、前广陵郡太守张超也来帮他，如果像陈宫说的那样，张邈此时手中握有近十万人马，他这时候应该有所动作。

曹军的主力在濮阳前线陷入胶着状态，鄄城有荀彧把守，虽然曹操可以抽调一些人马来充实鄄城的防卫力量，但人数不会太多，因为负责鄄城防卫的夏侯惇都已经被抽走，并且在濮阳前线受了伤，说明曹操此时力量有限，只能顾住一头。

张邈如果此时举全力攻击鄄城，曹军将陷入两面作战的被动局面，在首尾不能相顾的情况下，全线溃退不是不可能。但张邈的策略似乎只是观望。当初袁术进攻曹操，一口气快打到了东郡，几乎横穿陈留郡全境，袁术进军得那么痛快，说明张邈早已闪在了一旁。现在，他又看着吕布和曹操相持于濮阳，事实证明，这种坐山观虎斗的思维方式很害人，不仅害别人，最后也会害到自己头上。

这个时候是兴平元年（194）四月，天下大旱，又闹起了蝗灾，粮价暴涨，谷子一斛五十万钱，豆麦一斛二十万钱，出现了人吃人的情况，白骨委积。在长安的汉献帝刘协命令侍御史侯汶调出太仓的米和豆子，为难民熬粥，但杯水车薪，救不了那么多的人，结果饿死者无数。刘协怀疑有人从中克扣粮食，于是亲自坐在大锅前看着熬粥，但根本原因是粮食太少，灾民太多，仍然无济于事。

曹操和吕布同时陷入粮食危机。本年，兖州地区因自然灾害，夏粮严重减产，秋粮还未跟上，双方都无力再打下去了，曹操从濮阳撤军，双方暂时进入僵持状态。这次粮荒严重的程度超乎想象，《世说新语》一书记载了一件事，可以从侧面说明曹军粮食匮乏的程度。曹军粮食眼看不够吃了，程昱是兖州本地人，他回到自己老家东阿县弄粮食，不是向老百姓买，因为有钱也没人肯卖。《世说新语》说程昱“略其本县”，“略”就是“掠”，就是抢，估计跟日本鬼子进村没有什么区别。但即使就是这样，把全县粮食全抢光，也仅够曹军三天的口粮。

这些粮食分发到士兵手里，大家惊讶地发现里面有一种恐怖东西：人脯。脯是晒干的某种东西，人脯是什么，大家猜吧。粮食不够，就连军中也到了人吃人的地步，普通百姓更可想而知。这件事让程昱的个人形象大受影响，曹操建立魏国后以及曹丕称帝以后，程昱担任的职务都是卫尉，以他的资历和贡献早就应该再升一级，进入三公行列，但由于这件事，程昱到死都没有成为三公，只是在死后曹丕追赠他了一个车骑将军的头衔。

兴平元年（194）的这场粮食危机，让曹操和吕布之间的激烈对抗暂时得以缓和，要想取得胜利，先得解决生存问题。

事业的低谷

兴平元年（194）秋天到来之前，全国大部分地区都出现了严重的饥荒，在这场饥荒中有无数的人饿死，要不是这年九月发生了一件不可思议的事，被饿死的老百姓还会更多。据《后汉书·五行志》记载，这一年九月“桑复生椹，可食”。桑葚是桑树的果实，也叫桑实、乌葚、桑果、桑子、椹子等，可以生吃，也可以晒干食用。中国很早便有养蚕的传统，中原、华北地区种植桑树更多，桑木一身是宝，后世有一首民谣说：“人吃桑葚甜如蜜，蚕食桑叶吐黄纱。桑皮造纸文官用，桑木雕弓武将拉。”桑树一般春夏之季生桑葚，秋天桑葚又生出一茬来则十分罕见，它也因此救了很多人的命。

在兖州，曹操和吕布一边嚼着桑葚一边想着下一步的打算。他们就像两个一流的拳击手，每个人都打了几百个回合，体力已经严重透支，现在需要的是休整。但他们也都明白，对手不会给他们放大假，让他们缓过劲来再开打。

曹操退军到鄄城，与这里负责守城的荀彧以及养伤的夏侯惇会合。荀彧向曹操报告了一件事：吕布、张邈叛乱很突然，兖州州政府里很多办事人员家都在各地，吕布、张邈等人把他们的家眷抓了起来作为人质进行要挟，要他们离开曹操，荀彧感到这件事很棘手。

曹操说孝行是人之常道，不能因为我曹某人让大家都背上不孝的罪名，凡是这种情况，都让他们走吧。州政府别驾毕谌是东平国人，吕布占领东平国之后把毕谌的母亲、弟弟以及妻子儿女都抓了起来作为人质，毕谌临走前，曹操亲自找他谈话，对他前面做的工作表示感谢，让他放心而去。毕谌感激不已，向曹操叩首，并表示自己只是因为母亲的缘故而离开，心一直会在这里。说得很激动，曹操握住毕谌的胳膊，二人都流下了眼泪。

曹操与荀彧、毛玠、戏志才等众谋士分析了形势，大家普遍觉得情况很严重，因为迄今为止，曹军占据的仍然只有鄄城、范县、东阿县三个据点，兖州的其他七十多个县大部分都掌握在张邈、吕布联军手中。当秋粮收完，对手的后勤保障将更优于自己，长期拉锯下去，将使自己更被动。由于有强大的后勤支持，他们可以动员更多的人参军，敌众我寡的局面将进一步突出。所以，如今之计是尽快发起进攻，决出胜负来。对手能等，我们不能等。

曹操也明白，现在已经没有别的路可走，必须速战速决，消灭吕布或者将其赶走。而就现在的实力对比而言，这一目标又不可能完成。

曹操思来想去，也许只能向袁绍求援了，这是他最不愿意做的事，虽然此时他仍被视为袁绍集团的一部分，二人有多年的交情，一块谋杀过宦官、反对过董卓，一块从洛阳出逃，但在曹操的心里，天底下最不愿意求的人，就是袁绍。这是个妄自尊大、自以为是的人，头上顶着祖上留下来的光环，仪表堂堂，谈吐雍容，随便站在哪里手一挥立即就有一大片人响应。在这些方面，曹操全部与他相反：出身不好，长得不俊，还常被人误解。

但是没有办法，只有袁绍能帮自己，只有袁绍有实力帮自己。曹操写信派人送到邺县，向袁绍请求支援。袁绍的回信很快到了，奇怪的是，他在信里不谈如何出兵援助曹操的事，而是大谈兖州形势如何危险，不如把弟妹、侄子等人接到邺县来。这明显是趁火打劫，他给出的交换条件，就是让曹操把家眷送到邺县当人质。曹操顿时觉得一种屈辱感涌上心头。

袁绍可能有点后悔当初让曹操轻而易举把家眷接走了，没有人质在手里，虽然名义上是领导，但心里还是不踏实。袁绍可能喜欢这样控制手下的人，多年以后当曹操的事业又一次陷入低谷时，他又提出了这样的要求。袁绍这个人性格很执着，想干一件事，纵使失败了也念念不忘，一定要把事干成。另立新帝，一次不成，又来一次；想把曹操的家眷当人质弄到自己身边，提了一次，不成，后面找机会又提。但是，事情就是这样，该成的自然会成，不该成的怎么弄都成不了，即使袁绍这么火的人，也有好多事办不成。

而这次曹操差一点就答应了，不是曹操愿意，而是他舍此已没有更好的办法。如果不是有个人恰好从外面办事回来，听说了这件事，赶紧来劝他重新改变主意，卞氏和曹昂、曹丕、曹彰、曹植等人的户口就要迁到邺县去了。这个人是大胡子将军程昱。张邈、陈宫叛乱以来，程昱成了最忙的人，作为曹操阵营中的东郡人，程昱利用自己在本地的影响力，一边忙着巩固最后的几个据点，一边替曹军搞后勤。最近，他被曹操任命为东平国相，一直在外地，刚回来就听说了这件事，他认为此时万万不可走此下策，就赶紧来见曹操。

程昱问曹操：“听说您要把家眷送到袁绍那里，有这样的事吗？”曹操说：

“是的。”程昱说：“我猜想您大概是因为当前的困难太多而过于忧虑了（意者将军殆临事而惧），否则不会考虑问题这样不全面。袁绍占据燕赵之地，有吞并天下之心，但他智谋不够，将军您能永远屈从于他吗？现在兖州虽然残破，但人马还有上万，依靠将军的神武，还有文若以及我等，一样可以成就霸业，希望您三思啊！”

这是陈寿版的谈话记录，还有一个鱼豢版，在《魏略》里，是这样记述这次谈话的。程昱对曹操说：“以前田横在齐地称王，与刘邦等人地位相当，后来刘邦得天下，田横成为败将，在这种情况下，他能够心甘吗？”曹操说：“是呀，这的确是对大丈夫的一种羞辱！”程昱说：“我很愚钝，不明白将军为何做出那样的决定。把家眷送到袁绍那里，就等于拥戴袁绍为主，我认为以将军这样的英武，不应该屈居于袁绍之下，如果真是这样的话，我都为将军感到羞愧！”

尽管具体内容不一样，但大意相同，结果也相同：曹操深以为然，打消了原来的念头。这是一次颇为重要的谈话，它的核心不是程昱讲的这些道理，这些道理曹操焉能不知？最终使曹操改变想法的是程昱的态度，以程昱为代表的一批东郡本地人关键时刻给曹操以支持，这重新给了曹操以信心和决心，曹操决定对袁绍的要求置之不理。

曹操也考虑到，现在自己需要袁绍，但袁绍何尝不同样需要自己？兖州处在南北对攻的要冲，自己在这里挡住了袁术的进攻，拖住了吕布、张邈，对袁绍而言这是相当重要的。曹操决定跟袁绍赌一把，兖州如果真丢了，看谁更着急？

发起冬季攻势

袁绍没有等来曹操的家眷有点生气，不过他是个聪明人，坐视兖州的局势不管那将带来可怕的后果，吕布如果消灭了曹操，袁绍在南线将直接与吕布、袁术两个强大的对手照面。

袁绍决定给曹操以支援。他命令青州刺史臧洪率部进入东郡，不久之后任命其为东郡太守，治所东武阳，以黄河以北为基地，伺机进攻濮阳等方向的吕布军主力。原青州刺史焦和死后，臧洪与公孙瓒任命的青州刺史田楷在今天的山东半岛一带展开争夺，参与这一地区争夺的，前期还有平原国相刘备，后期还有北海国相孔融。孔融一度被黄巾军赶出了青州，跑到陶谦那里避难。刘备入主徐州后，又支持孔融回到北海国。臧洪率领他在青州的主力进入东郡，之后袁绍任命他的儿子袁谭为青州刺史，这说明臧洪还算不上袁绍的嫡系。袁绍命令臧洪援助曹操包藏了自己的小私心，他自以为得计，但他的这个决定马上就将使自己付出极为惨重的代价。

袁绍下达的第二道命令是让朱灵率领上次支援曹操的三营约五千人马直接归曹操指挥，协助曹军从鄄城、东阿一带向北攻击，对濮阳的守敌实施南北夹攻。战事在兴平元年（194）冬天展开，持续了将近三个月时间，在袁军和曹军的夹击下，吕布在濮阳渐渐不支。

濮阳虽是战略要地，但有个缺陷：离张邈的主力太远。曹军处在吕布和张邈之间，将二人隔断，濮阳与黄河北岸的袁军主力又太近，地理位置十分不利。吕布决定放弃濮阳，这或许是他错误的第一步，正确的选择应该是守住濮阳，由张邈从后面对曹军实施包抄，那将是一场混战，结果如何很难料定。从兵法上讲，守和撤都蕴含着战机，但该守的时候撤了，或者该撤的时候还继续坚守，都是大忌。吕布要撤出濮阳是有机会的，他可以在当年夏天撤往济阴国、陈留郡一带与张邈会合，巩固出一块根据地来与曹操对峙，现在敌人围上来再撤，就等于从战场上败下来，路线就由不得你挑了，损失也会更大。

吕布由濮阳撤出后，退到了济阴郡的乘氏县一带，这或许是吕布错误的第二步。这里靠近巨野泽，那时候这里是一处面积数千平方公里的天然湖泊，周围河网纵横，吕布擅长的骑兵突袭战术在此根本无法施展。乘氏县当地人李进倾向于曹操，他指挥一支类似于民团的武装居然将吕布击破，吕布退到山阳郡，这是他错误的第三步。

吕布此时进军的方向仍然应该是陈留郡，山阳郡境内多山，泗水、济水等河流在其间流过，吕布应该尽可能向平原地区转进。陈留郡辖区地势平坦，面积广阔，从史料上看曹军似乎很少在一带活动，这里是张邈控制的地盘。吕布不往西进，而选择向东，离友军越来越远。吕布向乘氏县进军，可能是想与济阴郡太守吴资会合。吴资其人情况不详，但他不是吕布的人就是张邈的人，他守在济阴郡的治所定陶，吕布在乘氏县失利后即使不去陈留郡与张邈会合，至少也应该继续向定陶进军，抢在曹军的前面。

但曹军更快一步，很快打到定陶城下，吴资奋力还击，曹军攻城不利。这个时候，已进入山阳郡的吕布似乎才明白过来，向定陶回援，曹操故技重演，再玩围点打援，先置定陶于不攻，坚定吕布驰援的决心，然后在吕布进军的路上设下埋伏，将吕布击败，然后一举攻克定陶。

定陶战役后，曹军继续扩大战果，让曹仁、曹洪、夏侯渊、于禁以及典韦等人“分兵平诸县”，将济阴郡占领。之后，将攻击重点转向山阳郡，寻找吕布主力进行决战。山阳郡最北面的钜野县是吕布的一个重要据点，吕布手下的薛兰和李封在此守卫。已投奔曹操的李乾就是钜野人，曹操之前派李乾回老家安抚民众，吕布抢先一步派薛兰、李封占领了钜野。薛兰、李封把李乾打败并抓了起来，他们试图招降李乾，李乾不从，于是被杀。

曹操进攻钜野，将薛、李二人击破，全部斩杀。曹操收集李乾的旧部，让李乾的儿子李整继续率领。不多久，李整也死了，曹操又让李乾的侄子李典统领这支部队。这支由山阳郡人为主组成的军队以后发展到数千人，一直由李典率领，立下不少战功。

在发动钜野战役期间，曹操估计吕布还会来救，于是又演围城打援技法，在吕布进军的路上设伏，又将吕布击破。撤出濮阳之后，吕布已经接连四败，终于让他明白，照这样打下去根本不行，这个时候他才想起来要与张邈联合行动，他派陈宫前往陈留郡，向张邈求援。

这个时期的张邈最不可思议，坐视盟军被打得落花流水而不管，没有见到他有任何行动。他似乎认为守住陈留郡就可以高枕无忧了，他亲率主力守在陈留郡的治所陈留县，即今河南省开封市东南，让他的弟弟、前广陵郡太守张超守离陈留县不远的雍丘县，即今河南省杞县。此时济阴郡已经成了“曹操控制区”，陈宫冒险从中穿过，跑到陈留郡，说动张邈派出一万人由陈宫率领支援吕布。

当时的主战场已移至山阳郡，陈宫率军抵达山阳郡的东缗县与吕布会合。这支生力军的到来，让战场局势发生了改变。曹操此时正亲自在山阳郡指挥作战，吕布、陈宫很快摸到了曹操的总指挥部，立即率人马杀来，此时在曹操身边的人马并不多，《三国志》记载只有不到一千人，敌我对比至少是十比一。事情来得太突然，曹操险些丧命。

那么，曹操的人马都干什么去了？由于战事发展得太快，曹军的战线拉得太长，很多将领率人马在各地作战。在曹军一些将领的传记中可以看到，曹仁此时在攻打句阳的吕布军刘何，于禁先在须昌攻打吕布的部将高雅，后又转战到寿张、离狐。

面对敌人的突袭，曹操沉着应战，迅速调集周围的部队投入战斗，顶住了敌人的压力，然后发起反击，反而将吕布、陈宫打败。这给亲曹派史学家又留下一个表现的机会，王沈的《魏书》像写传奇故事一样描述了此战的经过：此时曹操身边不到一千人，屯营守卫力量十分薄弱。面对数倍于己的敌人，曹操命令妇女们都登上屯营的城墙守卫，把精壮士兵集中起来迎敌。屯营的西面有一个大堤，大堤的南面是一片茂密的树林，吕布率军来到，看到树林怀疑里面有埋伏，大概他最近被曹军打怕了，便对手下说：“曹操多诈，这里面肯定有埋伏。”于是率军离曹军屯营十里处扎寨。第二天又来，此时曹操把队伍隐藏在大堤内，派一半兵力在堤外，吕布率军进攻，曹操派少数人迎击，等敌人逼近，伏兵杀出堤外，吕布大败，曹军缴获了不少敌人的鼓车，一直追到吕布大营才回军。

写得很生动，但却不真实，如果有人拿这个当案例指挥打仗，结果只有一个：敌人打不垮，自己反而要全军覆没。打仗不能离开一些基本常识，在这些常识中有一条是：除非有极特殊的情况，在阵地战中区区几百人是打不退上万人的，更不要说对方是吕布、张辽、高顺这样一流的猛将了。

曹军获胜是有可能的，但不是这样的打法。面对远远优势于自己的敌人，曹操可选择的只有两条路：一条是突围，承认自己失败，能不能安全冲出去全靠拼命了；另一条是固守待援。曹操身边的人马虽然不多，但附近的人马不会离得太远，曹操再弱智也不可能只带几百人深入敌后。曹操应该选择固守，等大批曹军闻讯赶到一举把吕布击退。其实曹操的战绩不用猛夸已经很耀眼了，在最近几个月时间里，他指挥大军一路杀来，打得有章有法，完全是像给对手上战术课。

山阳郡内的战事进入尾声，曹操派人攻占了山阳郡内的各县，兖州八郡中的东郡、济阴郡、山阳郡、东平国基本为曹军控制，任城国、济北国、泰山郡的一部分也到了曹军的手中，吕布与张邈联合作战失败，吕布在兖州已无法立足了。

东武阳的悲剧

短短不到一年时间，吕布从兖州全线溃败，结果出乎很多人的意料。吕布没想到，张邈没想到，袁绍也没有想到。一直驻守在陈留郡的张邈这才意识到，吕布之后，曹军的下一个攻击目标就是自己了。曾经的挚友，为了反董大业并肩作战的盟军，这么快就在战场上刀兵相见了。张邈想到这儿，一定会老泪纵横。张邈的年龄不详，郑泰曾把他称为“东平长者”，也就是出生在东平国的那个老汉，想来他的年龄应该比曹操和袁绍都大得多吧。

果然，曹操把吕布赶出兖州之后并没有追击，而是挥师西进，冲着张邈来了。张邈想，如果跟曹操在阵前相见，真不知道该说些什么。同时，他自知不是曹操的对手，于是放弃了陈留郡的陈留县，让他的弟弟张超守住雍丘，他去搬救兵。如果换成另外一个，或许会考虑另一个选择：放弃陈留郡，追随吕布。但张邈在此经营多年，乡亲、部下、家属、财产都在这里，弃之不顾，张邈好像下不了决心。

现在能给张邈以帮助的人只有一个：袁术。作为袁绍的敌人，袁术是唯一有可能帮助自己的人。当前在洛阳，张邈与袁术也有交情，事已至此，张邈只能亲自跑一趟碰碰运气了。但是张邈已经没有机会见到老朋友袁术，因为他在半路上被自己部下杀死了。还有另外一种说法，据《献帝春秋》称，张邈到了袁术那里，但袁术并没有派兵来，这是意料之中的事。张邈于是就滞留在了袁术那里，两年后袁术称帝，张邈还劝过他。

兴平二年（195）八月，曹军围住了雍丘，城里有张邈的弟弟张超，以及张邈的家眷。雍丘是座古城，在春秋时称为杞国，“杞人忧天”的典故就出自这里。凡是做过国都的城池都比较坚固，雍丘也是这样，曹军攻城数月，没有将城打下。雍丘城防坚固的另一个佐证是唐朝天宝年间的雍丘之战。天宝十五年（756）唐朝的真源令张巡率军民二千多人守卫雍丘，安禄山手下的令狐潮率四万多人来攻，从二月份打到七月份，前后三百多战，居然没有把雍丘打下来，最后守军利用偷袭反而将敌军击溃，创造了古代城防作战以少胜多的战例。

如果守城的人觉得自己已经逃无可逃、去无可去，就会拼死抵抗，激发出来的战斗力也会相当惊人，雍丘城里现在的情况正是如此。他们大都是本地人，早就听说曹军每攻下一座城都会大肆杀戮，在他们心中唯一的选择就是誓死抵抗，把希望寄托在张邈太守搬来救兵上。

但是救兵迟迟不到。张超给大家鼓劲：“不要紧，很快就有人来救咱们了，别人不来，臧洪肯定会来的。”张超在广陵郡当太守时，是他发现了臧洪这个人才，并延揽到自己手下，臧洪后来到袁绍那里发展，现在是袁绍新任命的东郡太守。大家都认为臧洪此刻在袁绍手下，是不可能来的。张超说：“臧子元是个义士，我相信他一定会来的！”子元，是臧洪的字。

奉袁绍之令驻扎在黄河北岸东武阳的臧洪听说曹操率军围困了雍丘，他大吃一惊，马上向袁绍请求，要袁绍给曹操下令，停止进攻。袁绍当然不予接受，让他原地待命，不得擅自行动。兴平二年（195）十二月，曹军在经历了五个月的进攻后，终于将雍丘城拿下，此战乐进立下头功，第一个登上城墙（先登）。攻破雍丘，张超自杀，曹操下令夷灭张邈三族。据《汉书·刑法志》，“三族”一般包括父母、妻室儿女、同胞兄弟姐妹。

消息传来，臧洪无比悲痛，他光着脚在地上走来走去号啕大哭（徒跣号泣）。臧洪宣布，与袁绍正式脱离关系。袁绍闻讯大怒，亲自率兵来攻。奇迹出现了，小小的东武阳愣是打不下来，居然让袁军在城下苦攻了一年之久。其间，袁绍让自己的大笔杆子兼首席秘书陈琳给臧洪写了封信，责备他忘恩负义，让他明智一些，尽早投降。陈琳也是广陵郡人，跟臧洪是同乡。陈琳的文笔十分了得，他写的信一定慷慨激昂、有理有据，但是陈琳的这封信没有保存下来，因为史学家们觉得对方的回信更精彩。

这封长达一千五百字的长信完整地保留在《三国志》臧洪传中，有兴趣的话可以读一读。这封信写得声情并茂、义正词严。袁绍看后，知道臧洪不可能投降了，于是增兵继续攻城。臧洪看到城肯定要破了，于是对身边的人说：“袁绍不行大义，我反对他，此事与大家无关，连累你们遭此大祸，你们现在逃命去吧。”可是没有人逃，大家说：“将军与袁绍无怨无仇，为的是申明大义，我们怎么能离您而去呢？”

臧洪先后派了几批人出城找救兵，其中有一个叫陈容的同乡，是个书生，跟随臧洪一块从家乡广陵郡出来，很仰慕臧洪。陈容一出城就被袁绍抓住了，扣了起来。东武阳被围一年之久，城里可吃的东西基本没了，开始还能挖个老鼠什么的，后来连弓上的牛筋都给煮了，最后全城只剩下三斗米，身边的人想拿它煮点粥给臧洪吃，臧洪流着泪说：“我怎么能单独享用呢？”让大家一块吃。据《三国志》记载，臧洪还做出了一个惊人的举动：他把自己的爱妾杀了，分给将士们吃（杀其爱妾以食将士）！但是，城最终还是破了，袁军进城后发现城里饿死的就有七八千人，大家一个个互相枕着躺在那里。

臧洪被抓，袁绍一直很喜欢他，有意留他一条生路。袁绍说：“臧洪，你为什么辜负我？到了这个地步，你现在服了吗？”臧洪虽然饿得发晕，但还是抖擞精神，当着将士的面将袁绍痛斥了一番。袁绍无奈，下令把臧洪杀了。当时陈容在座，他马上冲袁绍叫道：“臧洪是个义士，您怎么能杀他呢？”

袁绍不想再杀陈容了，让人把他拖出去。陈容不干，他叫道：“仁义是天常，遵守的人是君子，违背的人是小人，我宁意与臧洪一同死，也不愿意跟你一同生（宁与臧洪同日而死，不与将军同日而生）！”袁绍无奈，下令把陈容也杀了。

臧洪因为重节义历来受到推崇，但客观说，他的行为有很大的问题。张超固然是他的老领导，曾经对他有恩，但这似乎构不成他反对现任领导的理由，他的这种行为到底能不能完全算作忠义，似乎存在疑问。看来，个人利益必须服从集体利益，局部利益必须服从全局利益，袁绍对部下这方面的教育还得多搞一点。

此事对袁绍的打击是沉重的，长达一年的时间里，袁军主力被拖在南线，在北线只能处于守势，看着公孙瓒在易水河畔大修防御工事，而西面的张燕、于扶罗等又趁机闹事，给袁绍制造了不少的麻烦。假如没有臧洪事件，兴平二年（195）这段时间袁绍可以专心对付公孙瓒，让公孙瓒来不及修筑易水防线，袁绍解决幽州问题就可能提前。一年后，当汉献帝刘协回归中原时，袁绍就不会因为受制于公孙瓒而无法分身了，抢得历史先机的或许应该是他。

最终，袁绍虽然也消灭了臧洪和公孙瓒，但在时间进程上刚好都落后了一步，正所谓“一步没跟上、步步跟不上”：袁绍打臧洪的时候，公孙瓒有了喘息之机；袁绍打公孙瓒的时候，给曹操迎接汉献帝留下了机会。袁绍为当初看似高明、实为败笔的一个安排，付出了沉重代价。

得到朝廷承认

现在，让我们回顾一下兴平元年（194）下半年到兴平二年（195）夏天曹操的军事行动。在不到一年的时间里，曹操率军纵横驰骋于兖州大地，所向披靡，攻无不克，战无不胜，与刚从徐州回师时的情形判若两人。

造成这个结果的原因，首先是曹操制定了正确的战略，在极端劣势的情况下，他没有被对手弄得惊慌失措，而是收缩防线，集中兵力，固守战略要地，寻找机会，发动反击。其次是袁绍的支持，由于袁军在黄河北岸的行动，动摇了吕布固守濮阳的决心，在军粮匮乏、远离友军的情况下，吕布决定向南运动，进入了他不擅长作战的河湖交叉的济阴郡、山阳郡一带，给曹操取胜创造了条件。再者，是对手接二连三的失误。在整个战役中，张邈作为吕布的友军，应该明白唇齿相依的道理，但他迟迟没有具体的军事行动，在与吕布的配合上态度消极，吕布被赶走，他也无法在陈留郡再待下去。

还有一个内在的原因，就是曹军的逐渐成熟。曹操手下的将领经过两次徐州之战以及与袁术作战而逐渐成长起来，曹军从最早的硬冲硬打、常吃败仗，到现在声东击西、游刃有余，对战场形势的把控能力已有新的跃升，此战役期间，曹仁、乐进、于禁、李典、程昱等人均有率军独立作战的记载，曹军由最初独立的一支军事力量，已经发展成为一个相互呼应、配合作战的集团军。

吕布、陈宫被赶走，张邈、张超被杀，兖州八郡国重新回到曹操手中。这一年的十月，汉献帝下诏，正式任命曹操为兖州牧，曹操终于拥有了合法身份，这是他一仗一仗打出来的。

这是一份迟来的任命，当曹操派王比历尽千辛万苦前往长安进贡的时候，就是想得到这样的确认，用自己对皇室的忠心换来一份肯定。但控制长安朝廷的李傕等人对曹操没有好感，在他们眼里曹操比袁术、刘表、陶谦差得远，尽管丁冲、钟繇等人从中斡旋，曹操也还是只得到了几句冠冕堂皇的慰问而已。

现在，曹操靠自己的实力打败了袁术，消灭了陶谦，打跑了吕布，统一了整个兖州，终于赢得了长安朝廷的重视，主动送来了任命。《曹操集》中收录《领兖州牧表》，是曹操接受兖州牧后的谢表。在这份上表中，曹操回顾了爷爷曹腾、父亲曹嵩以及自己深受皇恩的情况，表示自己将效忠帝室，继续努力进取。在《太平御览》一书中还保存了曹操以兖州牧的身份向汉献帝进贡的记载，他进贡的大体上都是兖州当地的土特产，如山阳郡特产的美梨二箱，以及一种青黑色的椑枣二箱。

在很多人心目中，曹操是汉室的奸臣，但最少到现在，曹操的内心对汉室都是充满敬意的。即使在以后的岁月里，曹操也很少说汉室的坏话，相较于同时期的那些空发议论的人，曹操对汉室的贡献更大，相对于袁术、袁绍这样对当今天子充满敌视的人来说，曹操似乎更应该受到尊敬。

在张邈、陈宫叛乱中，兖州有很多官民跟随他们背叛了曹操，曹操重新取得兖州后，很多人心存不安，不知道曹操会不会追究。针对这种心理，曹操通过重用毕谌让他们打消了顾虑。如前所述，毕谌因为母亲等人被叛军扣留而离开了曹操，曹操与他话别时还流了泪，毕谌表示决不会依附吕布，但他一离开曹操，就投靠了吕布。吕布失败后，毕谌被抓，大家都认为老毕这一回算是完了。没想到曹操并没有追究他，曹操说："一个人能做到对亲人尽孝，岂能不忠于君吗？这正是我所要的（夫人孝于其亲者，岂不忠于君乎，吾所求也）。"不仅如此，曹操还让他做了鲁国相。

曹操对毕谌的安排很恰当，不追究反而褒奖，让过去反对过曹操的人吃了定心丸：连毕谌都能得到曹将军的原谅，我们还怕什么呢？但是毕谌毕竟有投敌行为，如果让他继续在自己身边处理机要大事，曹操已经信不过他了。于是安排他到外地任职，并且是到鲁国任国相，这里是孔子的故乡，孔子主张孝，但孔子更主张忠，孔子有一个著名的思想，就是"移孝入忠"，曹操让毕谌到鲁国去，就是让他继续思考忠与孝的关系。

跟毕谌情况差不多的还有魏种，曹操对魏种很赏识，担任兖州刺史后曹操有资格推荐孝廉，他推荐了魏种。兖州反叛时，曹操说："假如都参加叛乱，魏种也不会的。"后来听说魏种竟然也参加了叛乱，曹操大怒："魏种如果没逃到南越、北胡，我就决不放过他！"叛乱平息，魏种也被抓了，捆着带到了曹操面前。但是，曹操的怒火却不见了，说："魏种这小子是个人才呀！"解开绳索，继续用他。后来，魏种在曹操手下一直干到了河内郡太守。

曹操在处理毕谌和魏种事件上很理性，他知道必须尽快平息兖州人的不满和恐惧，弥补以前处理兖州事务的不足。

对于下一步的行动计划，曹操汲取了第二次征徐州的教训，考虑应该暂停军事行动。荀彧等人也认为，吕布投奔刘备以后，他们二人未必能真心合作，如果此时攻打徐州，他们反倒会团结起来，不如先观察一段时间，让他们自己内斗。这是一个正确的战略选择，现在曹操终于可以把精力放在对兖州的治理上了，他多次向程昱、毛玠等兖州本土人士征求意见，毛玠劝曹操重视农业，发展经济，曹操接受了他的建议。

这是一项重要的政策建议，对曹操日后事业的发展起到很大的作用。毛玠替曹操分析道，随着局势的进一步动荡，国家的经济将陷入更大的困难，决定战争胜负的关键因素就是物资装备，对此必须早做准备。唯今之计应该鼓励农业生产，积蓄力量，成就霸业。

毛玠提出了“打仗就是打后勤”的思想，在当时的形势下这是十分有远见的。经过长时间的天灾人祸，各地的经济几陷于崩溃，粮食和其他军需物资很难保障，要成就大业，必须解决这个问题。曹操立即下令在曹操控制的范围内着手恢复农业生产，到第二年夏收时，曹操控制区农业得到一定恢复，曹操手里积累了足够的粮食，这些粮食成了曹操的秘密武器，让他处处居于主动。

少年诸葛亮

当十四岁的少年天子刘协在长安亲自监督为灾民熬粥的同时，远在徐州刺史部琅邪国的阳都县即今山东省沂南县也有一个十四岁的少年在目睹着家乡的战乱，在惊惧中对侵略他们家乡的这些人也留下了深刻印象，成年之后，这些少年时期的印象难免潜移默化地影响到他的政治选择。

这个少年就是前面提到的诸葛亮，字孔明，生于汉灵帝光和四年（181）。之所以拿诸葛亮跟当今天子刘协作个对比，不仅因为他们同一年出生，而且他们也是同一年去世，说起来这也是一种缘分。

关于诸葛姓氏的起源，有三种说法：一是说出于葛姓，在伯夷后裔葛伯的封国灭亡后，原来居住在琅邪郡诸县的葛氏一支迁往同郡的阳都县，因为阳都县已有葛姓，为了区别，就把后迁来的葛姓称为诸葛氏。二是说春秋时期齐国有熊氏之后有复姓詹葛的，总是被读为诸葛，以后干脆改成了诸葛氏。三是说秦末陈胜吴广起义时，大将葛婴屡立战功，但是被陈胜听信谗言杀害，汉文帝时封葛婴的孙子为诸县侯，其后代就以诸葛为姓了，称诸葛氏。根据《吴书》的记载，诸葛亮一族属于第一种情况，也就是他的祖籍原来在同郡的诸县（今山东诸城），后来迁移至此，但这已经是很早的事了，因为葛伯是夏商之际的诸侯，到诸葛亮能追溯到的先祖诸葛丰时，诸葛氏就早已在阳都县生活了。

诸葛丰字少季，西汉初年人，以刚直而著称于世，在汉元帝时担任过司隶校尉。两汉时期历任的司隶校尉当数诸葛丰名气最大，因为他执法公正，不畏权贵，深得百姓尊重。所以，诸葛丰仅仅凭着担任过司隶校尉的资历就在《汉书》里有了自己的传。曹操在洛阳、顿丘和济南当地方官时的所作所为，在某些方面也深受诸葛丰的影响。多年以后，邺县成为曹操的大本营，曹操为找不到合适的管理者而苦恼，他曾经感叹：“到哪里能找到像诸葛丰这样的人才呢？”

诸葛亮的父亲叫诸葛珪，母亲姓章，有兄弟三人，他排行第二，哥哥叫诸葛瑾，比他大七岁，前几年曾到洛阳等地游学，是一位学者，对《毛诗》《尚书》《左氏春秋》等素有研究。中原动荡以后回到了家乡。他们的弟弟叫诸葛均。此外，诸葛亮还有两个姐姐。在诸葛亮很小的时候，他的母亲章氏就去世了，诸葛珪为他们娶了一个继母。然而不久之后，诸葛珪也去世了。他们一家人的生活，全靠叔父诸葛玄照顾。

在曹操从北路二次征徐州的战役中，曹军主力进入琅邪国北部地区，连下五城，其中就有阳都县。综合史料记载来看，曹军早期的军纪确实比较差，屡次留下屠城和残杀百姓的记载，后来曹操注意了这个问题，在严明军纪方面下了很大功夫，情况才有好转。曹军在琅邪国的行动肯定影响到诸葛亮一家人的生活，原来以为琅邪国已经远在海边，在这个偏远的地方应该相对安全，现在看来也难免有刀兵之灾。

诸葛亮的叔父诸葛玄也是一个挺有名气的人，早年跟袁术有过交往，这时候袁术盘踞在寿春，正积极向北面的豫州、兖州以及南面的扬州发展势力，扬州刺史部的豫章郡太守周术死了，袁术就表诸葛玄为豫章郡太守。

豫章郡大体上相当于今天江西省的范围，治所南昌县，即今江西省南昌市，这里并没有完全为袁术所控制，荆州的刘表以及已脱离袁术渡江发展的孙策对此地都有想法。说是去那里上任，其实是帮袁术打天下，其中有很大的风险。但是，面对家乡的不安定，诸葛玄还是决定去。经过商量，诸葛玄带上诸葛亮、诸葛均以及诸葛亮的两个姐姐同行，诸葛瑾暂留在家乡侍奉继母。大约就在兴平二年（195），诸葛亮随同叔父前往豫章郡上任，这一年，他十五岁。

曹操由徐州退兵后，陶谦虽然暂得喘息之机，但忧虑过度，一病不起。陶谦在病床上把州政府别驾麋竺叫来，告诉他自己可能不行了，徐州今后的大事，只能交给刘备了（非刘备不能安此州）。作为一路军阀，陶谦也想把位子交给自己的儿子，陶谦有两个儿子，名叫陶商和陶高，但陶谦觉得他们没有这个能力，只适合做普通老百姓。陶谦对担惊受怕的日子实在过够了，不想儿孙们受这个罪，所以临死之前交代由刘备来继任。

曹军撤退后，刘备仍然回到小沛。陶谦不久死了，麋竺遵照陶谦的临终嘱咐，率领徐州官民代表前往小沛迎接刘备，同行有地方实力派人物陈登，以及流亡到此的前北海国相孔融。对于天上突然掉下来的这个大馅饼，刘备不敢贸然去接。他在徐州没有什么实力，在小沛局面也尚未打开，虽然头上有个豫州刺史的头衔，但豫州主要还是由袁术、刘表以及各种地方势力控制，自己的活动范围顶多也就半个下邳国那么大。能得到徐州地方实力人士的支持掌握一州，对于刘备来说还真没做过这么大的美梦。

在与迎接团座谈时刘备表示推让，无非说些才不足用、德未服人的话。陈登不以为然，对刘备说："现在汉室陵迟，海内倾覆，立功立事，在于今日，徐州户数超过百万，虽然有点委屈您，但仍然希望您能屈尊就任。"刘备继续假客气："袁术先生在寿春，离这儿也不远，袁先生家四世五公，海内所归，这个位子应该由他来坐。"陈登继续说："袁术这个人既骄且豪，不是治乱之主，我们可以帮助阁下组织起十万军队，上可以匡主济民，成就春秋五霸那样的事业；下可以割地保境，在史册上留下英名。"孔融也从旁边相劝："袁术这个人不是忧国忘家之人，顶多是坟墓中的枯骨而已（冢中枯骨），又何足挂齿？现在百姓拥护的是有能力的人，天赐良机，您要不接受，将来后悔都来不及。"

在刘备的心目中孔融是一个响当当的名字，前两年孔融在北海国被黄巾军管亥部围困，不得已派部将太史慈去向邻郡的平原国求救，刘备那时正好担任着平原国相，他听说大名士孔融有求于己，激动不已："孔北海先生也知道天下有刘备吗？"刘备于是发兵帮孔融解了围，现在孔先生都发话了，刘备就不能再推辞了。刘备看火候差不多了，不再摆谱，于是随同迎接团前往郯县，就任徐州刺史。

此事也有人反对，这个人是孔融的好朋友，此时在刘备手下任豫州别驾的陈群。陈群劝刘备："袁术的力量现在还很大，如果您此时去徐州就任，一定招致他的怨恨，袁术和吕布联手，您即使得到徐州也难以成事。"史书上是这么记载的，而且从后来发展看也正如陈群之所料。但问题是刘备不接受徐州，就是更好的选择吗？恐怕也不是。还是那句话，既然已经人在江湖，那就身不由己了。既然徐州有这个机会，没有风险要去，有风险也要去。

陈群字长文，颍川郡许昌县人。他的祖父陈寔、父亲陈纪、叔父陈谌都有名于当世。孔融的年龄介于陈纪、陈群之间，孔融先跟陈纪关系很好，以哥们相称，后来又交往了陈群，把陈群视为兄弟，把过去当哥们对待的陈纪改以长辈来待，以前见面拥抱握手拍肩头，如今再见面必然行跪拜之礼。这就是孔融，在这些细节上很讲究。

现在，刘备由困难户转眼成了暴发户，有人看着眼红，有人看着不忿。袁绍不爽但没有办法，因为他正忙着对付公孙瓒，曹操不舒服也没有办法，因为他正与吕布艰难相持。但刘备还不能高枕无忧，因为袁术还闲着。

此前袁术可能都没有怎么听说过刘备这个人，这小子居然坐收渔利，什么功夫都不费就得到了徐州，看着就来气。袁术于是挥师北上，目标是徐州的刘备。刘备赶紧整顿人马，南下迎击，双方在徐州刺史部南部的下邳国、广陵郡一带交战，这里就是如今的微山湖地区，双方交手，刘备打起来有些吃力，虽然没有全线败退，但再打下去形势肯定会对自己不利。

刘备从平原国出来后也打过了几场仗，虽然有关羽、张飞和赵云这些猛将，但总是吃败仗的多。打曹操打不过，打袁术也不行。但是，刘备有一个优点，那就是任何时候都不屈不挠。另外，他还有个一般人不具备的优点：在形势不利的情况下，能迅速调整自己的姿态，能屈能伸，能甘居人下。

面对袁术的凌厉攻势，刘备作出决定：向袁绍求援。这是刘备、袁绍的第一次合作。刘备原来属公孙瓒集团，后来依附于陶谦，这两个人都与袁绍集团相对立，袁绍不是刘备的盟友，而是敌人。但敌人的敌人可以自然成为盟友，现在的敌人是袁术，袁术的敌人是袁绍，那袁绍也可以成为盟友。刘备派陈登前往邺县，递上亲笔信，表达愿意接受袁绍统一领导的意愿。袁绍很高兴，刘备虽然属敌方阵营，但从来没有直接交过手，现在是袁术的敌人，自然是自己扶持和声援的对象，于是让陈登带回去双方合作的意向和他对刘备的良好祝愿。

兴平元年（194）到兴平二年（195）间，就整个天下范围来看，中东部地区主要割据势力自北向南依次是刘虞、公孙瓒、袁绍、吕布、曹操、刘备、袁术和刘表。其分布特点是层层叠加，敌我交互，远交近攻。在这样的形势下，做事必须小心谨慎，因为一不留神就会被吃掉。

第十一章

风云激荡

公孙瓒独占幽州

在曹操忙于跟陶谦、吕布等人交战的同时，幽州的局势发生了重大变化，现在回头看一下。

公孙瓒界桥失利后退回到蓟县，虽然他对袁绍的绝对优势已经不复存在，但实力仍然相当可观。而袁绍被突如其来的胜利似乎搞得有点晕，部队还没有来得及好好休整，就出师北伐，追击公孙瓒。袁绍的情报工作可能做得不够好，没有完全摸清公孙瓒的底细，这个时候的公孙瓒仍然控制着幽州刺史部的大部分地区和冀州刺史部、青州刺史部的一部分，经过短时间动员，仍然可以征调起十几万大军。这不仅仅是推测，而是有依据的。一年之后，刘虞发动十多万人攻打公孙瓒，公孙瓒轻松将其战胜，并将刘虞活捉，公孙瓒的实力可见一斑。

而袁绍派来攻打公孙瓒的只有几万人，实力并不占优势。更为不利的是，他既没有亲自出征，也没有派麴义、张郃这样的猛将来，而是派了一个专业很奇怪的人当主帅，这个人的名字叫崔巨业。在界桥之战前公孙瓒发布的讨袁檄文里，列举了袁绍的十大罪状，其中有一条就是说他与星象学家（星工）关系密切，不仅对他们深信不疑，而且整天跟他们一块吃吃喝喝（与共饮食），袁绍根据他们的天象报告占卜吉凶，然后决定哪一天可以到哪些地方抢劫。

公孙瓒的说法有些抹黑的嫌疑，但这些事总是有些根据的。袁绍的确信任几个搞星象学的人，其中最有名的就是这个崔巨业。崔巨业率数万人马北上，攻入幽州刺史部的涿郡，此时公孙瓒的大本营在广阳郡的蓟县，与涿郡紧邻。崔巨业将军事重镇故安围住，开始攻城。故安若失，则公孙瓒的南大门洞开，这里虽然河网密布，但无险要可守。

但是，公孙瓒没有给星象学家留下建功立业的机会，他亲自率领三万精兵由蓟县南下，增援故安。崔巨业围城多日没有进展，也不知道晚上偷偷跑出去看了多少回夜空，但脑子里仍然没有头绪。正在这时，听说公孙瓒亲自来解围，他倒也知趣，赶紧下令撤军。然而，公孙瓒连这个面子也不给，追上他一顿猛揍，双方战于巨马水之畔，袁军死了七八千人，遭受惨败。公孙瓒挽回了界桥失利的面子。公孙瓒趁势将势力范围向南推进，委派田楷为青州刺史，把冀州刺史部的渤海郡、青州刺史部的平原国等地发展成敌后根据地或游击区，刘备就是在这个时候就任平原国相的。

崔巨业败北，袁绍心疼不已，不敢再大意，于是亲自率军北上，寻找公孙瓒的主力进行决战。袁军在龙河一带与公孙瓒军相遇，袁绍再摆迷魂阵法，让老弱残兵在前面诱敌，等公孙瓒主力冲杀而来时袁军主力杀上，再次大败公孙瓒。

巨马水之战和龙河之战，双方一胜一负，战成平局。战后公孙瓒的主力退回蓟县，继续派田楷、刘备等人向山东半岛一带发展。袁绍则派长子袁谭与田楷、刘备等来抢地盘，双方形成对峙局面。在将近两年时间里他们互相不分胜负，并且也面临着严重的粮食危机，史书记载，他们“互掠百姓，野无青草”。

龙河之战后，公孙瓒看到南线战事暂时无法取得突破，把着力点放在巩固幽州内部、壮大自身实力上，他决定跟刘虞彻底翻脸。自从上次公孙越被杀之事发生后，公孙瓒与刘虞之间的矛盾更加尖锐。公孙瓒这个人一向目无领导，自以为是，不执行上级决定，刘虞制定的民族政策是怀柔为主，公孙瓒偏偏喜欢动武，刘虞为了搞统战，经常送给少数民族首领一些礼物，公孙瓒知道后半道上就给劫了，还在刘虞跟少数民族首领之间挑拨离间。

作为公孙瓒的顶头上司，刘虞对公孙瓒的愤怒到了无以复加的程度，老头子一向待人谦逊，脾气也好，就这样经常被气得要死。刘虞通知公孙瓒来开会，公孙瓒每次都推说有病不来。刘虞跟自己的心腹、太傅府东曹掾魏攸商量，想攻打公孙瓒。

魏攸知道真动起手来刘虞根本不是公孙瓒的对手，但没有这么说，而是换了个说法：“现在天下人无不对您仰望，你手下也需要谋臣、爪牙，公孙瓒文武双全，是有用的人才。现在虽然有些小过错，应该对他迁就一下。”刘虞听了才作罢，可是不久魏攸死了，刘虞因为公孙瓒的事气不过的时候没人再来劝了。初平四年（193）冬天，忍无可忍的刘虞调集十多万人马攻打公孙瓒。临出发前，手下一个叫程绪的参谋上来劝阻，盛怒之下的刘虞将程绪砍头示众。

公孙瓒此时在蓟县，他的人马还分散在各地，刘虞发动突然袭击，公孙瓒就是再能打也凶多吉少。关键时刻，公孙瓒在刘虞身边安排的卧底发挥了作用，这个卧底名叫公孙纪，因为跟公孙瓒同姓，二人以前来往就比较多，后来发展成公孙瓒的耳目，此时在刘虞身边担任参谋。公孙纪及时把情报送出，为公孙瓒防守和反击赢得了时间。

刘虞大军开到蓟县城外，刘虞下令：“只杀公孙瓒一个人，不要伤及无辜。”他同时命令士卒注意战场纪律，不要毁坏百姓的房屋，不拿百姓的一针一线。刘虞确实是个好人，是个有德之人，是幽州人民的好领导。但是，他不是一个好统帅。司马迁说项羽：“项王见人，恭敬慈爱，言语呕呕，人有疾病，涕泣分食饮，至使人有功，当封爵者，印刓弊，忍不能予，此所谓妇人之仁也。”作为幽州牧的刘虞，理应爱民如子，行仁爱之心。但作为十几万大军的统帅，此时考虑的应该是如何取胜，因为你得为十几万条生命负责。

开展了仁爱教育的刘虞军队，打起仗来畏首畏尾，攻了半天也拿蓟县城没有办法。公孙瓒瞅准时机，晚上派精锐数百人出击，一边攻击一边顺风放火，刘虞军大乱。刘虞携带家属和一部分士兵退到上谷郡的居庸县，即今北京市延庆区一带，公孙瓒追击，围城三日城破，将刘虞及家人抓回蓟县。

开始公孙瓒还没有打算杀刘虞，州政府的往来文件还让他看（犹使领州文书），但是到第二年，发生了一件事，让公孙瓒还是把刘虞给杀了。这一年秋天，远在长安的朝廷不知道怎么又想起了刘虞，派段训为使臣前来幽州，增封刘虞的食邑，并任命刘虞一个新职务：督六州事。这六州，指的是幽州、并州、青州、冀州、兖州、凉州，简言之，就是整个北中国。刘虞集这六个州的军政大权于一身，这将是史无前例的一个职务。

但这对刘虞事实上已毫无用处，即使刘虞此时不是公孙瓒的阶下囚，他也无力调度目前实际控制着这六个州的公孙瓒、袁绍、曹操、吕布、刘备、袁术等人。长安朝廷现在掌握在李傕等人手中，他们抛出这一项任命，目的是分化瓦解联军阵营，以士人来治士人。所以，李傕、郭汜、樊稠等人在任命刘虞的同时，拜公孙瓒为前将军，封易侯，督幽州、并州、青州、冀州四州，范围比刘虞小一些，但这四州都跟刘虞的任命相重。

公孙瓒面临的选择是，如果承认朝廷的任命，刘虞仍然是自己的顶头上司；如果不承认朝廷的任命，就要给出一个说法。公孙瓒于是旧事重提，向段训提出刘虞曾与袁绍合谋造反，想自己称帝。然后，他借用朝廷特使的名义，将刘虞斩首于集市之上。临刑前，公孙瓒公开宣称："如果刘虞真有天子的命，上天当有风雨相救。"这真是瞎扯，此时华北地区已经旱了很久了，哪里有一丝下雨的意思？刘虞于是被杀。公孙瓒下令将刘虞的首级送往长安，但是中途被刘虞一个叫尾敦的故吏劫下，进行了安葬。公孙瓒害怕民意反弹，就拉段训下水，胁迫他当幽州刺史。

刘虞在幽州多年，深得民望，有不少景仰者和追随者，公孙瓒杀了刘虞，在幽州的势力虽然扩大了，但也因此埋下了灭亡的祸根。

吕布反客为主

兴平二年（195）夏天，吕布被彻底赶出了兖州。从他上一年夏天被张邈、陈宫迎进兖州到现在，刚好是一年时间。一年之间，兖州八郡经历了天翻地覆的转变，也饱受了战火的摧残。所以，当战事告一段落之后，荀彧、毛玠等人就建议曹操暂停军事行动，发展地方生产，恢复元气。

在曹操考虑如何经营兖州的时候，失去地盘的吕布则要考虑自己的出路。吕布想了想，只好投徐州的刘备去了。吕布此举实属无奈。吕布此时已是天下闻名的人物，论资历和知名度，刘备差得都不是一两个档次。但若论实力和地盘，吕布又跟刘备没法比。一个是新上任的徐州刺史，正跃跃欲试；一个被曹操打得落花流水，无处可去，无人肯留，四处流浪。

吕布亲自前往徐州来见刘备，表达愿意投靠的意愿。此时的刘备，已将大本营由徐州刺史部的治所郯县移到下沛国的治所下邳县。吕布见到刘备时，态度毕恭毕敬，并且跟刘备还套起了近乎："我跟您都是边地人，真是缘分呀。我杀董卓，本应该得到天下人的敬重，但却没有人愿意接纳我，所以来投奔您。"吕布是并州刺史部五原郡人，刘备是幽州刺史部涿郡人，本来拉不上老乡关系，但在吕布嘴里五原郡和涿郡都是边地，怎么说算半个老乡吧。

吕布把刘备请到自己营帐中做客，喝完酒，邀请刘备到内帐之中，请刘备坐在自己妻子的床上，然后把自己的妻子叫出来拜见刘备，为刘备斟酒布菜（请备于帐中坐妇床上，令妇向拜，酌酒饮食）。吕布的妻子名字叫什么没有记载，但肯定不叫貂蝉，因为那只是个虚构的人物。"貂蝉"这两个字也不是人名，而是后宫里女官的名称。关于这方面的考据文章甚多，此处不予赘述了。

吕布跟刘备还称兄道弟，刘备生于汉桓帝延熹四年（161），小曹操五岁，此时虚岁三十五岁。吕布生年不详，但他现在把刘备称为老弟，可见他比刘备年长。印象中，此时的刘备应该是三缕长须飘在腮下，一副长者模样，而吕布则是英俊小生的打扮，成为女士们的偶像。看来，这纯属误解。

当年，担任青州刺史部平原国相的刘备接到了被黄巾军管亥部打得抬不起头来的北海国相孔融的求救，激动得瞬间心跳到了一百八：海内大名士孔融居然知道他刘备的名字！而现在，刘备的心跳估计应该达到二百以上：比孔融更有名、更有本事的当代名将吕布不仅知道他刘备的名字，而且对自己如此恭敬，愿意投奔到自己手下！

刘备好激动，也有点感动，他亲自迎接吕将军，给予盛情接待，对于吕布投奔自己的请求，更是想都没想就表示同意。刘备犯了一个大错，在这一点上他不如袁术、袁绍甚至张杨。先不说吕布的诚信记录有问题，仅从目前局势判断来看，刘备也不应该收留吕布。刚刚就任徐州刺史的刘备，立即受到袁术的攻击，无奈之下，刘备主动向袁绍表示效忠，并得到袁绍的认可，名义上他跟曹操一样，都属于袁绍阵营。吕布是什么人？吕布是袁绍正在通缉的人，也是刚跟曹操拼得你死我活的人。刘备收留了吕布，将自己的战略思想引向了混乱。

刘备在微山湖一带被袁术压制得喘不上气的时候投靠了袁绍，虽然没有此后袁绍提供给刘备哪些具体帮助的记载，但刘备因为有袁绍作外援，已经度过了当时的危机。日后，当刘备再次面临敌人攻击的时候，袁绍还会不会提供帮助呢？这个问题刘备没有多想，可能他被吕布拍得有点晕乎，也可能他贪慕吕布手下的人马，出于现实利益的考虑，他正式接纳了吕布，并且给他找了一个好地方，派了一个好差事。

刘备当年作为外援被陶谦引进的时候，陶谦让他驻扎在沛国的小沛，这里好比是日后荆州外围的新野，由于地处敌我之间的要冲，实际上是徐州的一面挡箭牌。刘备给陶谦挡过一回箭，现在刘备又把这个光荣的任务转交到吕布手上，希望他给自己也挡一回箭。当然，这仅仅是刘备的个人想法。

小沛即沛县，汉高祖刘邦的老家，因为它属于沛国，为了在名字上有所区别，习惯上把它称为小沛。沛国不属于徐州刺史部，而属于豫州刺史部，如前所述，从地理位置上看，这里像是插在兖州跟徐州之间的一把剑。由于吕布到了豫州的地盘上，刘备顺便送给吕布一个新头衔：豫州刺史。这个职务此前由刘备兼任，是陶谦生前表奏给刘备的，刘备此时已经担任了徐州刺史，就把豫州刺史让给了吕布。

豫州至少还有一个刺史叫郭贡，是袁术表奏的，郭贡之前，袁术还曾短暂地表奏孙坚的侄子孙贲为豫州刺史，但不久就派他到南方工作去了。刘备让吕布当豫州刺史，目的至少有两个：一是替自己抵挡名义上的盟友、潜在的敌人曹操；二是跟自己眼前的敌人袁术抢地盘。刘备盘算得很好，但事情的进展却不如他所想，因为他对吕布这个人实在了解得太少了。

到了第二年，也就是建安元年（196）春天，袁术再次由寿春对刘备发起了进攻。刘备让张飞留守在下邳，自己率领关羽、赵云等人南下迎敌，双方交战的地点跟上次差不多，在盱眙、淮阴一带，即今天的微山湖地区。在河网密布、丘陵纵横的江淮地带刘备跟袁术都没能速胜，双方陷入僵持，这样一来，刘备的后方基地出了问题。

刘备入主徐州以后，内部形势并不稳定，徐州本土派人士不是所有人都服气刘备，也有暗生不满的，下邳国相曹豹就是其中的一个。曹豹见刘备被袁术牵制在南线作战，留守的张飞兵力有限，认为机会难得，就有意挑起叛乱，但被张飞提前发现，张飞把曹豹杀了。曹豹虽死，但叛乱未停，下邳国大乱。袁术知道消息，派人秘密给在小沛的吕布送去一封信，让他趁机夺取下邳，进而夺取徐州，抄了刘备的后路。

袁术写给吕布的信保留在《英雄记》一书中，袁术对南阳郡的不愉快只字不提，反而大大吹捧吕布，说他立下了三件大功，分别是诛董卓、袭兖州、帮助自己破刘备。

吕布在张邈、陈宫的帮助下从背后下手，袭取了曹操的兖州，这件事在袁术看来当是奇功一件，袁术的理论是，当时朝廷正式任命的兖州刺史是金尚，他到兖州上任，结果被曹操打跑，是吕布为朝廷主张了正义（复明目于遐迩）。其实这有点东拉西扯，袁术起兵的时候恐怕也没有想过自己的身份是否合法，他还扣留过朝廷的特使，随意任命官吏。现在，就连朝廷都变得很务实了，已经正式任命曹操为兖州牧，袁术还旧事重提，实在是相当无聊。

不过，袁术的目的是吹捧吕布，跟他套近乎。袁术说完吕布三大不世之功以后，紧接着开出了双方合作的条件，袁术请吕布拿出当年袭取兖州的劲头再袭取徐州，为此他愿意为吕布提供二十万斛粮食，而且说明这仅是第一批，以后还会源源不断，至于兵器战具，要多少有多少（它所乏少，大小唯命）。

吕布接到袁术的信，大喜过望，立即整军出发，直奔下邳。据《英雄记》记载，吕布奔袭下邳不仅带来了步兵和骑兵，还有一支新军：水军。这应该是吕布新组建的部队，这支水军行进的路线应该由泗水河南下而来，因为小沛和下邳城都在泗水河边。吕布率水陆两军在下邳城以西四十里的地方会合、驻扎，张飞手下的中郎将许耽悄悄派出一个叫章诳的司马来见吕布，表示曹豹被杀后，城里大乱，丹杨兵决定反攻刘备，他们一千多人控制了下邳的南门，可以里应外合。许耽是丹杨郡人，是陶谦的老乡，此人可能跟曹豹一样，是陶谦的旧部。吕布得信大喜，连夜进军，到达下邳西门，此时天刚亮，负责守卫此门的丹杨兵果然打开城门，迎接吕布入城。

下邳城的南门当地人俗称白门楼，这是一个跟吕布有缘的地方。吕布此时登上城楼，坐在上面指挥城内的巷战。张飞不是对手，落荒而逃，吕布把刘备的妻小以及刘备手下各位将领的家眷全部俘虏。整个事件进行得很顺利，吕布是受益者，袁术的受益更大，让人不由得怀疑从曹豹到许耽都是袁术精心策划的，加上吕布的配合演出，让事情进展得出奇顺利。

在前线作战的刘备闻知此信如五雷轰顶，顾不上袁术，立即回师下邳，但手下人知道眷属们都在吕布手里，无心作战。刘备看到没有获胜的希望，只好带着人又南下，试图寻求与袁术作战，但被击溃。

狼狈不堪的刘备一直退到广陵郡的海西县，此地大约位于如今的江苏省灌南县，如今是内陆，而在当年则是沿海。刘备再退就得到海里当渔民去了，当时城里严重缺粮，官民甚至相残，出现人吃人的惨象。在这个最艰难的时刻，刘备手下的从事糜竺给了刘备以最大支持。糜竺是徐州刺史部东海郡人，是陶谦的旧部，他对刘备很看好。糜家世代经商，是当地的富豪，糜竺和兄弟糜芳散尽家财支持刘备，同时集合了仆人、宾客和族人共二千多人加入刘备的队伍。

不仅如此，麋竺还把自己的妹妹嫁给刘备当夫人。刘备在小沛时娶了当地人甘氏为妻，此时已落入吕布手里。麋竺此后一直追随刘备，深得刘备信任，是商人从政的成功代表。麋竺在刘备事业最低谷的时候倾全力支持刘备，看得出来他很有眼光。

虽然有麋氏兄弟的大力支持，刘备暂时可以不下海当渔民，但前途仍然黯淡。在走投无路之际，他做出了一个让人不可思议的决定：投降吕布。这件事要换成袁绍或袁术，那是宁死也不会干的。换成是曹操，估计也够呛。但吕布能做出来的事，刘备也能做出来，在别人看来不可能的一件事，恰恰成了最现实的解决方案。

吕布听到刘备来降，慨然接纳，不仅把虏获的刘备及手下人的家眷全部归还，而且也给刘备找了一个好地方，安排了一份好工作。想必大家已经猜出来了，这个好地方就是小沛，这份好工作就是豫州刺史。吕布的逻辑跟之前的刘备以及刘备之前的陶谦都一样，把刘备放在敌我之间的缓冲地带当盾牌使。

吕布自称徐州牧，表奏刘备为豫州刺史，二人的职务来了个乾坤大挪移，徐州的局面总算暂时稳定了下来。

易水河“超级防线”

此前，公孙瓒杀掉了刘虞，占据了大部分幽州，并积极向冀州、青州等地扩展。但是此人打仗有一套，搞地方治理却不怎么行，尤其是在用人上，他有一个奇怪的理论，即不重用品德高尚的人，而重用那些平庸无才之辈。有人问他原因，他说：“对衣冠子弟以及品格高尚的人，你给他富贵他认为这是应该的，而不会感激你。”

受到公孙瓒重用的人有刘纬台、李移子、东何富等人，光看看名字就知道不是什么好角色。公孙瓒跟他们结拜为兄弟，自己称老大。这几位完全符合公孙瓒的用人条件，其中刘纬台是算命的出身，李移子是布贩子，东何富是小商贩。公孙瓒跟他们结成儿女亲家，使之都成为亿万富翁，可以与古之曲周侯、灌婴相比。

公孙瓒还重用太原郡人关靖，此人一贯严刑峻法虐待百姓，在公孙瓒面前一味逢迎拍马却没有什么才能。幽州被公孙瓒和他所亲信的这帮人弄得民怨沸腾，大家都思念刘虞，对公孙瓒颇有怨言。刘虞的旧部鲜于辅、齐周、鲜于银等人趁机反抗公孙瓒，他们知道广阳郡人阎柔素来有很高声望，就推举阎柔为乌丸司马，由阎柔出面征召乌丸、鲜卑等少数民族军队，加上汉人，组成联合军团，人数多达数万人，进攻公孙瓒所署的渔阳郡太守邹丹。

双方战于潞河，即今日的潮白河以北。邹丹不是对手，向公孙瓒求救。公孙瓒不去救援，他的理论是，如果救援，会让以后遇到类似情况的将领因为依赖援兵而不奋力战斗，如果不救，反而会激发他们的斗志奋力自救（救一人，使后将恃救不力战；今不救此，后将当念在自勉）。看来公孙瓒的思维方式真有点与众不同，不过这也害了他。邹丹因为等不来救兵，被阎柔、鲜于辅等人所杀。以后，公孙瓒的手下遇到了邹丹这种情况，都知道公孙瓒不会来救他们，干脆投降。

鲜于辅等人也得到了袁绍的响应，袁绍命令麴义和刘虞之子刘和领兵北上，配合鲜于辅的行动。公孙瓒前后受敌，势力范围受到很大压缩。如果袁绍一鼓作气，公孙瓒可能提前被消灭，但此时发生了臧洪事件，袁绍不得不抽调主力转入南线作战，公孙瓒得以喘息。袁绍主力在东武阳城下被臧洪牵制达一年之久，袁军还未强大到能同时打赢两场大战，只好在此期间北线暂时转入守势，公孙瓒趁机将主力集结到易水一带，在此修筑了闻名于世的易水防线。

易水位于幽州与冀州的交界处，由上游的卢水、雹水、顺水、徐水等河流交汇而成。这是条古老的河流，战国时期燕太子丹送荆轲刺秦王时于此作别，高渐离击筑而歌："风萧萧兮易水寒，壮士一去兮不复还！"使此河名扬天下。唐代骆宾王有一首诗《于易水送人》："此地别燕丹，壮士发冲冠。昔时人已没，今日水犹寒。"

公孙瓒此时被封为易侯，其封地易县位于易水之上。公孙瓒趁袁绍腾不出手来进攻自己的空档，以易县为中心，沿着易水大修军事工事。公孙瓒在易水的北岸挖了十多重战壕，每隔一段又堆起五六丈高的土山，在土山上修起楼观，据《英雄记》所载，这种楼观数以千计，公孙瓒手下的将领分别居于这些楼观之内。

这其实就是由密网交织的交通壕所联结的碉堡群，这种碉堡被称为"京"。"京"是甲骨文里的象形字，即筑起的高丘，上面有耸起的尖端。这上千个碉堡筑起了坚固的易水防线，其核心地带是公孙瓒居住的易京，其下的土山高达十余丈，足有十多层楼高，在上面修有楼观，下面用铁门封死，公孙瓒居于楼上，楼里只有婢女和女官，有需要公孙瓒批阅的公文，都通过绳子吊上来，等公孙瓒批示完再用绳子吊下去。

公孙瓒在这些堡垒里屯积了三百万斛粮食，他告诉手下："从前以为天下事可以挥手而定，现在看来不是那么回事。兵法上说'百楼不攻'，现在我有上千座楼观（楼橹千重），等到这些粮食吃完，也就能把天下事弄明白了（足知天下之事矣）。"公孙瓒引用的"百楼不攻"不知道出自哪部兵书，也许是公孙瓒个人的军事思想。根据考古资料，汉代一斛合如今约二十升，即约八十斤。三百万斛约合十二万吨，载重八吨的卡车要拉一万五千车。这么多的粮食不大可能都屯积在公孙瓒住的易京一座碉堡里，可能是易水岸边上千座碉堡屯粮的总和。

公孙瓒发明的易水防线是对传统的城池型防御工事的颠覆，它更注重立体作战和协同作战，一改拒敌于城外的战法，把敌人放进来再打，凭借坚固的工事和充足的粮食，待敌军进入碉堡网后四处出击，将其击败。

袁绍费了九牛二虎之力，在付出了巨大牺牲之后，终于将东武阳的臧洪解决了，等他缓过劲来重新审视北线战场时，吃惊地发现横亘在他眼前的是一道数百里长的从未见过却牢不可破的超级防线。袁绍试图展开进攻，却遭到了惨重打击，进攻的部队好不容易攻到堡垒下面，却被占据有利地形的敌军以弓箭、乱石等武器打得抬不起头来。

袁绍想突破这道防线，连攻了数年之久，却仍然一筹莫展，不得任何要领，易水防线成了袁绍的梦魇。公孙瓒此后也不再出击，只待在他的超级堡垒里，在一大群婢女和女官陪伴下，过着他的逍遥日子。直到四五年后，袁绍充分解决了各种外围的敌人，力量发展到足够大，才集结优势兵力于易京之下，费尽心机，付出了惨重的伤亡，才将其攻破。

这道防线迟滞了袁绍统一北方的步伐，牵制了袁绍的行动，给曹操发展壮大提供了难得的战略机遇。从这个意义上说，臧洪和公孙瓒都是袁绍的克星，也是曹操的福星，没有他们，曹操超越袁绍的可能性就会大大降低。

孙策席卷江东

让我们把时间拉回到初平三年（192），一代名将孙坚在荆州襄阳城外的岘山死于敌人的一次袭击，享年三十七岁。此时，孙坚的长子孙策年仅十七岁，正跟他的四个弟弟孙权、孙翊、孙匡、孙朗以及母亲吴氏在庐江郡的舒县。

孙坚死时手下应该有数万人之多，这些都是孙坚一手拉起来的队伍，其中不乏韩当、程普、黄盖、朱治这些日后的名将。但是，由于孙坚死得很突然，没有一点征兆，也没有留下任何政治遗言，他的这些子弟兵，后来都被袁术吞并了。袁术把这些队伍的编制打乱，另行组编。孙坚死后孙氏在部队里的代言人是孙坚的侄子孙贲，他开始接替孙坚成为豫州刺史，不久之后，袁术另表他为丹杨郡都尉，把他派到南方打游击去了。孙坚拉起来的队伍，彻底让袁术给黑了。

当初把孙策母子留在舒县，一半是孙坚的决定，另一半是因为舒县有一位了不起的人物，跟孙策关系特别好。这个人，就是周瑜。

周瑜字公瑾，舒县本地人。周家在舒县可谓第一大户，他祖父的兄弟周景当过太尉，周景的儿子周忠此时正在长安的朝廷任职，先担任过太尉，后改任卫尉。周瑜的父亲周异当过洛阳令。周景在士人中名望很高，曾经提拔过李膺、陈蕃、杜密、荀绲、朱寓等著名士人。周瑜长得相貌英俊，跟孙策同岁，关系十分要好。

孙家到了舒县后，周瑜把府里最好的南大宅让给他们住，两家成为通家之好。

孙坚死后，孙策一下子挑起了整个家族的重担，对于下一步如何发展，他心里很是茫然。周瑜建议他去找一下名士张纮，听听他的建议。

张纮字子纲，广陵郡人，早年上过太学，拜韩宗为老师，专习《易经》和《尚书》，成为一名学者。但这个人不读死书，喜欢将书本知识用到实际中，视野开阔，看问题很有见解。孙策大老远跑去找他，正逢张纮因为母丧在家守孝，见到了张纮，说明来意后，却被张纮婉言拒绝。孙策很着急，据《吴历》一书说，孙策急得涕泪横流，对张纮说："久闻您的大名，今天的事，只有您能给拿个主意（**今日事计，决之于君**），请您务必给出个主意，以不负我对您的高山之望。如果我能微志得展，血仇得报，这是您的功绩，也是我心中所望啊！"

孙策的真诚打动了张纮，张纮帮孙策对形势进行了分析，指出了孙策下一步的行动方案。这段话很重要，有人认为是孙吴版的"隆中对"，因为这次谈话的地点在广陵郡的江都，也被称为"江都对"。张纮说："从前周朝国运衰落，但是有齐国、晋国一起来光复它，这是诸侯王应尽的职责。现在您继承了令尊的事业，又有骁勇善战的名望，如果现在投奔丹杨郡，在江南的吴郡、会稽郡一带发展，那么扬州、荆州日后也不在话下，据守长江，奋威德，诛除郡秽，匡辅汉室，功业岂不跟当年的齐桓公、晋文公一样？如果是这样，我愿意结盟同好，渡江辅佐将军。"

孙策听了，如梦方醒，激动不已。在这个规划中，张纮告诉孙策不要在袁术跟前耽误时间了，应该及时向长江以南发展。扬州刺史部有六个郡，其中江北二郡，分别是庐江郡和九江郡；江南四郡，分别是丹杨郡、吴郡、会稽郡和豫章郡。袁术移师寿春后，江北二郡已经基本为其掌握，而江南四郡，则基本上不在袁术掌握之中。

江南四郡的郡守分别为吴景、刘繇、王朗和诸葛玄。吴景和诸葛玄名义上属袁术，但吴景是孙策的舅舅，加上郡中的都尉孙贲是孙策的堂兄，丹杨郡具有很大的独立性；袁术表诸葛玄为豫章郡太守，但豫章郡形势很混乱，各种势力都想染指，诸葛玄到任不久便被杀，袁术失去了对豫章郡的控制。剩下的吴郡太守刘繇，原为扬州刺史，袁术来寿春后把他赶到了江南，可以看作袁绍在袁术身后布下的一颗子，袁术必欲除之而后快；会稽郡太守王朗，原是陶谦的属下，是长安朝廷正式任命的太守，政治倾向不明朗，还算不上袁术阵营里的人。江南四郡此时正是一团乱象，袁术想一口吞下，无奈力不从心，其他势力相距较远，鞭长莫及。所以，张纮劝孙策南渡长江，以丹杨郡为基地，统一江南，之后虎视荆、扬，成为一方霸主。

孙策认为有理，就跑到寿春，见着袁术，想要回父亲孙坚留下来的子弟兵，之后渡江南下。据《江表传》记载，袁术很欣赏孙坚的这个儿子，但“不肯还其父兵”。孙策找得多了，袁术就出了个主意，说丹杨郡是出精兵的地方，你的舅舅在那里当太守，你不如到丹杨郡去募兵。孙策无奈，渡江去了丹阳，在舅舅吴景的帮助下，很快募得几百人，但是到泾县即今安徽省泾县时，遭到当地土匪祖郎的袭击，队伍被打散，孙策险些丧命。

孙策募兵无果，又回到寿春，隔三岔五就去找袁术要他爹留下的队伍，袁术弄烦了，就把孙坚当年队伍里还没有被拆散的一千多人还给了孙策。这支队伍人数虽然不多，但是其中包括韩当、程普、黄盖、朱治等人，对孙策的意义非同一般。不过，袁术把人给孙策也是有条件的，他让孙策帮助自己平定九江郡，并答应事后任命孙策为九江郡太守，孙策给袁术出了力，但到头来袁术却任命陈纪为九江郡太守。

袁术又让孙策帮他平定庐江郡，并且特别说明，上次食言是自己的不对，这回一定任命孙策为庐江郡太守。孙策又帮助袁术平定了庐江郡，但袁术像是得了失忆症，再也不记得当初说过的话，任命刘勳为庐江郡太守。这个刘勳，就是曹操早年的那个好朋友，后来他也归附了曹操。摊上这种朝三暮四、毫无信誉可言的领导，孙策真的觉得很受伤，也很无奈，他决心离开袁术，按照张纮的建议到江南发展。

孙策告诉袁术：“我愿意到江南去，协助舅舅吴景平定江南各郡，到时候至少可以为您募得三万甲士，助您完成匡辅汉室的大业。”袁术一听大为高兴，准许孙策提出的行动计划。大约在兴平二年（195）年初，也就是曹操二次征徐州回师与吕布苦战的时候，孙策渡过长江，开始了自己的拓疆之旅。

长江流到安徽境内时有一段向东北方向斜流，古人习惯以此段江为标准确定东西和左右。把今天安徽省芜湖以下的长江下游南岸地区，即苏南、浙江北部、皖南部分地区以及今江西的赣东北称作江东。所以司马迁《史记》中就有“且籍与江东子弟八千人渡江而西，今无一人还，纵江东父兄怜而王我，我何面目见之”。同时，古人以东为左，以西为右，江东又称为江左，江西则称为江右。

孙策的开拓江东之战打得激烈壮阔，在程普等宿将以及周瑜、张纮、张昭等人的帮助下，依靠舅舅吴景、堂兄孙贲等人的鼎力支持，打死了刘繇，赶跑了王朗，打退了陈登、刘勳等人的进攻，清剿了境内的严白虎、邹他、钱桐、王晟、许贡等土匪，收服了华歆、虞翻、太史慈、祖郎等人，仅用了三四年时间，就基本上拥有了江南四郡。关于这段历史，与以后叙事有关的还将补述，此处只做简单交代。

孙策的崛起，是公元二世纪末最重要的历史事件之一。孙策靠着自己卓越的军事才能和个人号召力，趁着其他割据势力无力插手江东之机，迅速平定了丹杨郡、吴郡、会稽郡的大部以及豫章郡的一部，拥有了自己的立足之地，事实上脱离了袁术的控制，成为上升最快的割据力量。

益州新主人

兴平元年（194），在西南方的益州刺史部发生了一件大事，益州牧刘焉死了。刘焉就是那个提出“刺史改州牧”建议的人，这项政治改革被朝廷采纳后，他又是首批被任命的州牧之一，汉灵帝中平五年（188），他来到益州上任。

跟着刘焉一块来益州的，还有他的心腹智囊、星象学家董扶，以及赵韪、吴壹等人。他们一行人打算从荆州溯长江而上到达益州，但到了州界一打听，把他们吓了一跳：益州境内的农民起义闹得正厉害，就靠他们这几个文官，贸然前去必定是送死。

益州的民风向来剽悍，充满反抗精神。前益州刺史郤俭贪婪残暴，激起了马相、赵祗等人领导的农民起义，他们也打着黄巾军的旗号，杀死了郤俭，后来马相干脆自己称帝，队伍发展到十几万人。刘焉等人徘徊不前，不知道该进还是该退。正在心灰意冷之际，好运气来了，从益州传来消息，马相等人被镇压了下去，益州基本上平定了。立下这件大功的，是益州刺史部前从事贾龙。

贾龙的角色有点像陈宫、糜竺，是本地人，也是实力派，他们的政治倾向足以影响本地的局势。贾龙平定益州后，听说上级派来的新领导被困在州界，赶紧派人前来迎接。这样，刘焉就捡了个大便宜，没有费劲就得到了益州。他把州治迁到绵竹，开始了对益州的治理。

刘焉这个人，应该说还是有些本事的，在摆平本土派与外来派之间的矛盾上，可以看出他颇有些手段。当时益州的政治格局是分为两大派，一派是贾龙这样的本土人士，在镇压马相起义中立下大功，本应得到回报；另一派是董扶、赵韪这样的外来户，根基尚浅，但占据高位。刘焉本人也是外来户，当时还有大量拥入益州避难的三辅、荆州来的人，刘焉在他们中选拔出一支队伍，称为“东州兵”，是外来派的嫡系力量。

刘焉本来还不能跟本土派撕破脸，后来由于有东州兵撑腰，他决定先发制人。汉灵帝初平二年（191），刘焉找了个借口杀了本土派重要成员王咸、李权等十余人，逼得贾龙、任岐等本土派人士起兵反抗，但刘焉早已有准备，不仅调动了东州兵，而且引进了羌族雇佣军，很快便将贾龙、任岐杀了，本土势力受到打击，刘焉在益州的地位得以巩固。

但这是威权之下的表面现象，益州本土势力的生命力依然顽强，他们暂时虽然屈服，来日还将爆发。到那时，益州的政治分野更加复杂，随着大量外地人口的拥入，除了本土人、外地人、东州派这些政治势力之外，扶风集团在益州也悄然兴起，大家各怀心事，有劲不往一处使，加上继任者的软弱，终于一步步把刘焉父子在益州经营的基业引向了灭亡。在处理益州内部政治矛盾上，刘焉虽然手段很强硬，但这种“硬着陆”的手法不可避免地造成了政治硬伤，为日后留下隐患。

刘焉平定益州后的另一个重大动作是与汉中割据势力张鲁集团的结合。张鲁和他的父亲张衡、祖父张陵都是早期的道教领袖，经过他们祖孙三代人的努力，创建了一支叫“五斗米教”的道教组织，到了张鲁的时候，他自称天师，以秦岭以南的汉中一带作为根据地，通过传教扩大势力。汉中郡属益州刺史部，作为益州牧，刘焉有义务对张鲁集团出兵镇压，但他却采取了另一种策略：合作。

刘焉私自授予张鲁一个督义司马的官职，并且派司马张脩协助张鲁攻击自己的下属、汉中郡太守苏固，让张鲁占据了汉中。张鲁在汉中郡站住脚以后，仍然大力推行道教主张，建立了一套政教合一的政权组织，名义上受刘焉节制，但是有很大的独立性。汉中郡是益州的北部屏障，要进入益州，必须先进入汉中，然后越过数重极险要的关隘才能到达。关中和汉中之间是巍峨的秦岭山脉，在高山峡谷间仅有数条险峻的小道可以通行，在最险要的地方，只能靠人工修筑的栈道通过。刘焉密令张鲁烧掉秦岭山中的那些栈道，这样就切断了益州北面的出入口。益州的东面是大巴山和长江三峡，南面是尚未开化的少数民族地区，西面是荒无人烟的高原，在这个四面封闭的世界里，刘焉找到了做皇帝的感觉。

刘焉挺感激董扶，当初就是他力劝自己来益州，看来这个地方真好，只要张鲁替自己守好北大门，就可以高枕无忧了。让刘焉对张鲁放心的还有一个原因，它记录在《后汉书》里。据说张衡的妻子、张鲁的母亲很懂得养生，年龄挺大了面容仍然像少女一样（有少容），而且很会装神弄鬼（兼挟鬼道），经常到刘焉家做客，一来二去就跟刘焉好上了。在刘焉眼里，可能已经把张鲁当成半个儿子看待了，所以更放心。

刘焉自己有四个儿子，分别是刘范、刘诞、刘瑁和刘璋。刘焉来益州上任时，身边只带着老三刘瑁，其他三个儿子都留在了洛阳。这估计是朝廷有意安排的，把刘焉三个儿子留在洛阳也算是人质吧。董卓以及以后的李傕、郭汜等人对刘家当人质的这哥几个还不错，让老大刘范当了左中郎将，老二刘诞当治书御史，老四刘璋当奉车都尉，基本上都属于中高级领导干部。

有一天，朝廷接到了密报，说刘焉在益州图谋不轨，证据是他在益州制作了只有天子才能乘坐的舆车，并且多达千余辆，这可是大逆不道之罪。打这个小报告的人是刘表。刘表的告状信上有一句很有意思的话，说刘焉现在就像当年子夏在西河教书时被人当作圣人孔子一样（有似子夏在西河疑圣人之论）。子夏是孔子的弟子，他在西河教书的时候，由于处处摆的是老师孔子的谱，所以被人误以为是孔子。

刘表暗示：刘焉想造反。朝廷此时已迁到长安，汉献帝刘协接到刘表的报告不能不管，就派刘焉的四儿子刘璋回到益州规劝老爸认清形势、迷途知返。在刘焉三个儿子里之所以选刘璋回去，一来因为他年龄最小，二来刘璋这个人性格软弱，温和宽厚，不具有攻击性，未来对朝廷的危害最小。可是，刘璋却没有完成任务，反而被老爸留了下来（焉遂留璋不还）。

兴平元年（194），益州发生了一件离奇的事情，一场莫名其妙的"天火"将绵竹城烧得面目全非，大批百姓的房屋被烧成废墟，同时把刘焉暗地里制作的舆车也全部烧毁，刘焉不得已，把治所迁到绵竹邻近的成都。刘焉是个特别迷信的人，他觉得这把火来路不明，非常不吉利，心情很沉重。就在这时，传来他留在长安的两个儿子刘范和刘诞因为参与了一场未遂政变而被杀的消息，刘焉痛不欲生（既痛其子，又感祆灾），背上发毒疮（痈疽）而死。

刘焉作为刘氏宗亲成员，自身有一定能力，但似乎始终都在为一己之利而忙活，在后世落下个野心家的名声。刘焉死后，赵韪等实力派人物力推刘璋继任。刘璋上面还有一个哥哥叫刘瑁，赵韪等人支持刘璋，有分析认为，这是缘于刘璋的性格，由于他为人温和、软弱，反而被实力派们所看中。在此后长达二十年的时间里，刘璋一直统治着益州。

刘表经营荆州

安南将军、荆州牧刘表告了刘焉的黑状，他之所以敢这么做，是因为他认为自己在这方面没有问题，对朝廷忠心耿耿，按时派人朝贡，从没有非分之心。事实也确是如此。虽然都姓刘，刘表比刘焉的野心小得多。刘表只想当他的荆州牧，既不想招惹谁，更不想篡位当天子，刘表不是野心家。

但是，他的这种立意自守而无四方之志的性格，在当下的乱世中，注定会以失败而告终。弱肉强食，适者生存，你不想吃掉别人，结果就是你被别人吃掉。

不过，现在还是刘表事业上最辉煌的时期，因为他待的荆州这个地方实在太好了，占尽了天时和地利。岘山之役，劲敌孙坚意外丧命，让刘表度过了最大的危机，袁术不久又撤离了鲁阳，刘表身边的威胁全部解除。中原地区连年战乱，形成了多次难民潮，为了躲避战乱，中原地区的人开始向边境地区大规模迁移，主要的目的地，一个是辽东地区，一个是益州，还有就是荆州和江东。当然，也有一小部分逃到了更远的交州，即今日的两广、越南一带。

在这些地方中，逃到荆州的人最多，因为这里相对而言与内地的交通最便利，而且刘表主政以后，荆州很少再起大规模的战事，相对安宁。荆州气候适宜农业发展，物产丰富，经济发达，也吸引大量逃难的人来此定居，其中包括大批的士人、官吏。人力资源是重要的生产力因素，也是国力、军力的重要体现，没用几年时间，刘表就发展成为“南收零、桂，北据汉川，地方数千里，带甲十余万”的割据势力，在当时，其综合实力仅次于袁绍集团。

如果把“治世能臣”的称号给刘表，应该是没有问题的。刘表在地方治理方面确实有一套，他来荆州之前，这里的人们喜欢闹事（人情好扰），加上四方局势震荡，贼寇煽动蛊惑，到处都混乱不安，经过他的治理，这里变成了“万里肃清”之地，俨然是东汉帝国最后一片乐土。据《后汉书》说，刘表在荆州的治理很有成效，做到了“沃野千里，士民殷富”，官民们都很高兴而且佩服（大小咸悦而服之）。这应该不完全是溢美之词。

经济发展、社会稳定之后，刘表大抓教育事业，他兴建学校，援引名师，博求儒术，培养人才。当时洛阳残败，太学被废，刘表在襄阳设立的官学，成为当时全国最好的学府，进一步吸引各方有识之士和希望求学的人纷纷从各地迁往荆州。襄阳当时有数以千计的“学士”，从而使荆州代替洛阳成为全国的学术中心，荆州学校的规模和制度远远逸出郡国学校的范畴，不妨说是洛阳太学的南迁。文化教育事业在荆州的大繁荣，催生出一个新的学派：荆州学派。其代表人物有宋忠、司马徽、颍容等，使得帝国的文脉不至于因战乱而中断，成为动乱年代文化事业上硕果仅存的一朵奇葩。

这个时期来荆州避难的北方士人，较为知名的有徐庶、石韬、孟建、崔州平、王粲、和洽、杜袭、赵俨、裴潜、韩暨、司马芝、繁钦、傅巽、邯郸淳、司马徽等人，其中王粲、和洽、邯郸淳和司马徽前面已有提及。

王粲在老师蔡邕被杀后怀着悲愤之情来到荆州，他跟刘表是同乡，他的爷爷王畅是刘表的老师，因为这层关系，王粲到了荆州以后很受重视，成为为数不多的在刘表手下任职的北方士人。王粲确实很有才，刘表曾经打算把女儿嫁给他，但是王粲身材不高，长相有点丑。刘表这个人是大高个儿，仪表堂堂，他很看重外表，所以这件事后来没有成。而且，刘表用王粲仅是把他当成“文学之士”看待，不让他插手政务和军事，这让王粲很失望。王粲是个对事业充满激情的人，一心想建功立业，在刘表手下写写文章，当个笔杆子，显然不是他全部的人生志向，为此他挺郁闷。王粲的代表作《登楼赋》就是在这种心境下写的。

和洽字阳士，跟袁绍是老乡，袁绍派人到家乡迎接士人时，去了不少人，和洽看不上袁绍，托故没去，到了荆州。他看到刘表也徒有虚名，也不肯出来做事，干脆跑到更南边的武陵郡去了。曹操夺取荆州后，和洽进入曹操的幕府，和毛玠一起，长期负责曹操集团的组织人事工作。

邯郸淳字子叔，是著名士人度尚的学生，当代最有名气的书法家之一，曹操在洛阳时的故友，此时也在荆州避难，建安十三年（208）后他归顺了曹操，在曹丕、曹植争夺继承权的斗争中因为“站错了队”，结局有点坎坷。

杜袭字子绪，颍川郡定陵县人；繁钦字休伯，赵俨字伯然，他们都是杜袭的老乡。他们三家人到了荆州以后关系很好，有饭一块吃、有钱一块花（**通财同计，合为一家**），但他们都发现刘表不是他们心目中的“拨乱之主”，于是跑到长沙郡去了。

裴潜字文行，河东郡闻喜县人；韩暨字公至，南阳郡人；司马芝字子华，河内郡温县人，应该是司马懿、司马朗的同族。他们这三个人都跟王粲要好，也都对刘表不看好，躲起来不出仕。以上这几个人，到曹操平定荆州后都归附了曹操，大多成为曹魏重要的地方行政官员。

另外还有一个傅巽，字公悌，北地郡泥阳县即今陕西省铜川市耀州区一带的人，是汉末著名的傅氏家族成员，这个家族以后出了个大人物叫傅玄。至于徐庶、石韬、孟建、崔州平等人，都是诸葛亮的好朋友。

这个时候的诸葛亮随同叔父诸葛玄南下豫章郡就任，其后的情况，有两种不同的说法：一种是陈寿所记，说诸葛玄到豫章郡上任，但是朝廷此时已派朱皓为豫章郡太守，诸葛玄只好改投好朋友刘表。另一种说法来自《献帝春秋》一书，说诸葛玄已经到南昌上任了，这个时候朝廷委任的豫章郡太守朱皓也到了，朱皓向时任扬州刺史刘繇搬来援兵，攻击诸葛玄，诸葛玄退出南昌，到了西城，后来西城发生农民起义，将诸葛玄杀了，首级被送往刘繇处。

但不管怎么说，诸葛玄的豫州之行以失败而告终，诸葛亮及弟弟诸葛均，还有两个姐姐辗转来到了荆州，这时候诸葛亮大概十六七岁。

第十二章

天子东归

“西京乱无象”

在帝国的临时首都长安，朝廷大权一直由李傕、郭汜、樊稠共同掌握。王允被杀、吕布外逃后，这里仍然是凉州军阀的天下。凉州军阀是个大概念，如果细分，除了他们几个人之外，已被朝廷收编并正式任命为征西将军的马腾和镇西将军韩遂也应该属于这一阵营。过去，他们曾经互为敌手，现在因为都有朝廷的正式任命，也分不清你黑还是我白了。

征西将军马腾驻扎在董卓曾经苦心经营的郿坞，即今陕西省眉县，镇西将军韩遂驻扎在金城，即今甘肃省兰州市。兴平元年（194）年初，马腾与李傕、郭汜、樊稠等人发生了矛盾，动起手来。据《后汉书》说，马腾当时到长安公干，率部移住到了长安东郊的灞桥。马腾因为有私事想走一下李傕的后门，结果李傕不理，马腾觉得很丢面子，于是翻脸（腾私有求于傕，不获而怒）。

其实这背后还隐藏着玄机，马腾此行不是出差，而是有预谋的。马腾秘密策划了一场政变活动，参与的人有侍中马宇、右中郎将刘范、前凉州刺史种劭、中郎将杜禀等。刘范是刘焉的儿子，被留在长安做人质，他的弟弟刘璋刚被派回益州给老爸传话不要搞分裂活动。种劭是名人之后，他的爷爷种暠、父亲种拂都位至三公。这是一场由几个高干子弟和年轻军官策划的政变，但马腾才是幕后推手，那个马宇有可能是马腾的族人。

李傕没给马腾面子，马腾便以此为由要与李傕、郭汜、樊稠等人翻脸。眼看矛盾升级，朝廷希望息事宁人，于是动员韩遂前来调解。韩遂堂而皇之离开金城进入关中，到了之后就公开与马腾站在了一起。不仅如此，刘范出现在了政变者名单上说明情况更不一般。据《英雄记》等书记载，刘范不是以个人名义参与的，而是代表了刘焉。

兴平元年（194）二月，马腾、韩遂的联军已经进军到长安以西五十里的平乐观，这时马宇等人的计谋败露，马宇、种劭等逃了出来，带着一部分政变武装退守到槐里，即今陕西省兴平市。李傕命令郭汜、樊稠以及自己的侄子李利等人率兵与马腾交战。失去内应的马腾不敢在长安周围久留，向凉州撤退。郭汜、樊稠进攻槐里，马宇、种劭等参与政变的人被杀。《英雄记》还说，造成政变计谋外泄的人是刘范。事情败露后，他先逃到了马腾的军营，之后又逃到了槐里，因为这两个地方在不同的方向，刘范此去可能是去给槐里的政变武装传达马腾的某项命令。刘范同时还向刘焉求救，刘焉派遣校尉孙肇率领五千蜀兵前来助战。但这一来一往肯定需要很多时间，孙肇未到槐里即被攻破，刘范跟马宇等人一同被杀，刘焉留在长安的另一个儿子刘诞随后也被杀。

李傕、郭汜、樊稠等人既恨马腾和韩遂，又害怕他们卷土重来，于是以汉献帝刘协的名义，赦免了参与此次叛乱者的罪过，重新任命马腾为安狄将军，任命韩遂为安降将军，此事暂告一段落。

在这次军事行动中，李傕的侄子李利有点摆谱，不太听郭汜、樊稠的招呼，让郭汜和樊稠很看不惯。李傕、郭汜、樊稠等人虽说共同执政，但李傕常以首席领导人自居，让他们本来就心生不满。现在就连李傕的侄子都能在他们面前耀武扬威，他们更不能接受。郭汜还有点涵养，没有吱声。樊稠却忍不住，教训李利道："现在天下人提起你老叔都恨不得杀了他，你这条狗还仗什么人势？难道我不敢杀你吗？"

李傕与郭汜、樊稠之间的矛盾有扩大的趋势。韩遂这个老江湖在退回凉州的路上，顺手又玩了一次漂亮的离间计，让他们的矛盾一下子爆发。据《九州春秋》记载，马腾、韩遂失败后，樊稠追杀他们一直到陈仓，即今陕西省宝鸡市，韩遂派人给樊稠送了一封密信，说你我都是同一个州的人，咱们又没有什么个人恩怨，虽然有一点小小的不和，但大的方面利益还是一致的，以后难免还要打交道，天下改朝换代的事谁能说得准，干吗不留条后路？樊稠想一想也是，就命令士兵撤退。樊稠还应邀与韩遂在战场上相见，他们各自催马来到阵前，靠得很近，别人只能看到他们言谈甚欢，却听不清说什么，他们一起说了很久才完事（却骑前接马，交臂相加）。

李利恰巧也在现场，目睹了这一场面，回来后即向叔父李傕打了小报告。李傕怀疑樊稠与韩遂勾结，于是通知樊稠来开军事会议，樊稠一到，当场被诛杀，李傕、郭汜、樊稠正式分裂。事实一再证明，权力是不能分享的，尤其是最高权力。那时候没有长老院，没有议会，唯一可行的权力模式是强人统治，失去董卓的凉州集团，最缺少的就是万众归一的强人。

只是樊稠死得挺冤，要密谋什么事，有当着几万名将士密谋的吗？但是，这种事往往又容易让人相信。韩遂的这一招给一个人留下了深刻印象，此人就是贾诩，没准当时就在现场。十六年后，曹操领兵西征潼关，面对马超与韩遂的联军，曹操问计于贾诩，贾诩微微一笑，只说了四个字："离而间之。"曹操会意，于是两军阵前同样上演了这一出，约韩遂拉家常，"交马与移时"。事后马超果然起了疑心，曹操的这一招并不新鲜，发明人原来是韩遂自己。

其实李傕未尝没有想过这是敌人的一计，但他与樊稠之间的矛盾由来已久，加上樊稠打仗勇猛，爱护部下，很有威望，让李傕早就心存不满，一场火并早已势所难免。现在正好有一个借口，在宁可信其有不可信其无和宁可错杀也不能漏网思想的指导下，李傕还是下决心把樊稠干掉了。但是，他干这些事一定没有跟郭汜商量，郭汜素来跟樊稠关系不错，樊稠被杀，郭汜立刻有了兔死狐悲之感，二人表面相安无事，但私底下都在做着刀兵相见的准备。

兴平元年（194）到兴平二年（195）全国范围内的大饥荒也波及关中地区，为了筹集军粮，凉州兵在三辅一带又杀又抢，弄得民不聊生，人口急骤下降，物资严重匮乏。据《献帝纪》一书记载，汉献帝宫中的人以及文武百官就连穿衣都成了问题，汉献帝想从御库里调一些布来做衣服，李傕不同意，说宫人们已经有衣服了，干吗还要再做？汉献帝无奈，只好自力更生，他下令卖掉了一百多匹马，又让大司农卿想办法弄了些绢绸，准备给大家做新衣服。

李傕听到了，说我们家正缺这些东西呢，就把钱和绢绸给黑了。贾诩听说后，劝说李傕不要这样，李傕压根不听。《后汉书》记载了李傕干的一件荒唐事，他差点纳当今天子的嫂子、已故少帝刘辩的爱妻唐姬为妾。刘辩死后，唐姬回了家，后来李傕的军队在关东作战时将其虏获，李傕看到她很漂亮，就想霸占，但唐姬坚决不从。贾诩听到消息，赶紧报告给汉献帝，刘协大悲，派侍中带上他的信物（持节）到李傕那里才把人要来。

把天子当人质

李傕和郭汜还是动起手来，导火线据说跟郭太太有关。据《典略》记载，郭汜的夫人是个有名的醋坛子，一天到晚总担心哪个女人会把他丈夫从自己身边抢走。李傕经常留郭汜在家里过夜，郭太太头痛不已，总想找个机会离间他们，让丈夫不再夜不归宿。女人有这样的想法，倒也无可厚非，一切缘于爱，爱是没有错的。但是，在目前这个阶段，在双方矛盾一触即发的情况下，这样的想法实在是太可怕了，弄不好就是血流成河，人头滚滚。这些，郭太太倒没有想过。

郭太太终于等来了机会。李傕派人送来一些食物，郭太太提前弄了些毒药放到了里面，郭汜刚要吃，郭太太说："从外面来的食物，还是检查一下为好。"于是查了一下，果然发现了毒药。郭太太进一步挑拨说："一山难容二虎，对于李傕这个人，我早就怀疑了。"弄得郭汜也跟着疑神疑鬼起来。

刚好没过两天李傕又请郭汜喝酒，郭汜因为有心事，没喝几下就高了。这也是常有的事，平时八两的量，在心情不佳时也许刚喝半斤就醉了。但郭汜不那么想，尽管喝得晕晕乎乎，他仍然保持了高度的警惕，他怀疑又是李傕搞的鬼，于是离席偷偷跑到厕所里，弄了点粪汁喝下去，把胃里东西都吐了出来。

这两个人确实已经到了貌合神离、互相猜忌的程度，就看谁先动手了。终于，还是郭汜忍不住先动了手，李傕迅速展开还击。刘协命令侍中、尚书等分别前往二人的军营展开调解，但这二位都表示不接受，非分出你高我低不罢休。

李傕接到报告，说郭汜密谋把天子及百官劫持到自己那边去，于是他先下手，命令另一个侄子李暹率领数千人包围了皇宫，要把天子及百官转移到李傕的大营里。太尉杨彪还想分辩："自古以来天子就没有住到大臣家里的先例，你们怎么能如此行事？"李暹不搭理他："李将军的决定，任何人不能更改！"刘协无奈，只好跟着走。但是，李暹只带来了三辆车，汉献帝以及伏皇后、董贵人各乘一辆，其余宫人及百官只好徒步跟随。这个伏皇后，是侍中伏完的女儿，于去年立为皇后。她的母亲是汉桓帝刘志的女儿阳安公主，伏完是刘志的女婿。

大家刚一离开，李暹的手下就蜂拥而入，到皇宫里来抢夺御用物品以及尚未离开的宫女。之后，将皇宫以及政府办事机构一把火烧成灰烬。李傕、李暹的思维跟董卓差不多：我把皇宫给你烧了，让你想回都回不来！可惜那一座洛阳宫和一座长安宫，两汉四百年的精华，全毁于凉州军阀之手。

汉献帝派百官到郭汜那边调停，郭汜趁机把大家扣下来当人质，被扣的人包括太尉杨彪、司空张喜、尚书王伟、光禄勋卿邓泉、卫尉士孙瑞、太仆卿韩融、廷尉宣播、大鸿胪卿荣邵、大司农卿朱儁、将作大匠梁邵、屯骑校尉姜宣。这批人质里两个三公和五个九卿，可以组成一个临时内阁了。大司农卿朱儁是员老将，也是帝国的功臣，从来没有受过这样的窝囊气，结果一气之下死了。

郭汜召开大会，商议如何进攻李傕，杨彪质问道："臣属互斗，一个劫持天子，一个劫持高官，你们这算什么事？"郭汜大怒，拔刀就要朝杨彪砍，边上的人赶紧上来劝阻，郭汜才愤愤不平地停下手。郭汜秘密联系了李傕手下的张苞，准备背后下手。李傕那边也没有闲着，他招来了羌人、胡人充当雇佣军进攻郭汜，先赏给他们一些从皇宫里刚刚抢来的金银财物，并承诺事成之后赏给他们宫女。

四月二十五日，郭汜首先发起进攻，一路杀到李傕大营的门口，一阵乱箭，就连汉献帝御帐的帷帘都被射中了，有一支箭还贯穿了李傕的左耳朵。就在混乱中，张苞反水，去烧李傕的营帐，但不知何故，死活点不着火。李傕指挥部将杨奉展开反击，打退郭汜和张苞。李傕看大营不安全，就把汉献帝一行转移到他在长安城北的另一处军营里，汉献帝与外界的联系完全隔绝。这里条件极差，正常的饮食都供应不上，汉献帝还好一点，一天勉强有两餐可吃，但其他人就有一顿没一顿的了，饿得个个一脸菜色。

汉献帝向李傕要五斛米、五具牛骨，打算赏赐给身边的人吃。李傕不给，说："已经给你早晚两顿饭了，还要米做什么？"汉献帝再要，李傕就让人送来几根已经发臭的牛骨头。汉献帝大怒，打算派人质问李傕。汉献帝跟前有个侍中名叫杨琦，劝汉献帝说：“我看陛下还是算了，这个李傕分明自知犯的错很多了，已经不在乎了，听说他还要把陛下送到黄白城，陛下还是能忍则忍吧。”黄白城在今陕西省三原县一带，三公中唯一留在汉献帝身边的是司徒赵温，也听说李傕有把汉献帝送到黄白城的打算，就写信质问李傕。李傕大怒，要杀赵温，李傕的弟弟李应等人劝了又劝，李傕才稍微消点气。

李傕似乎有点神经错乱的征兆，他找了一批巫士、神女做法术，又在军营门口修建了一座董卓庙，经常用三牲进行祭祀。李傕见到汉献帝，一会儿称“陛下”，一会儿又称“明帝”，弄得刘协丈二和尚摸不着头脑，只好含混其词地随便应和。据《献帝起居注》一书说，李傕经常在营门口以及朝廷各办事机构门外装神弄鬼，完事之后进去向天子请安。大家一看李傕，他背着三把刀，手里还拎着一条长鞭和一把刀，大家还以为他要行凶，侍中、尚书们也都抄起家伙围到汉献帝身边，以防不测。

李傕还挺纳闷：这些人要干吗呀？他有点不高兴。天子的秘书里有一个叫李祯的，跟李傕是老乡，平时挺熟，看出来李傕不高兴，赶忙上前打圆场，说了不少称赞李傕的好话，他才稍微舒服点。其实，李傕带的那些家伙都是刚才祭鬼神仪式时用的。他来见天子的目的是告郭汜的黑状。李傕一说起郭汜的不是，立即滔滔不绝，说得义愤填膺，别人连话都插不上，汉献帝只好唯唯应付。就这样，他隔三岔五地必然要来上一回。

李傕这个人看来领导能力有问题，张苞反水的事刚了，他手下另一员大将杨奉也要反他，准备直接下手把他干掉。但是，这次又提前泄露，杨奉率军叛变。据《三国志》记载，参与这次叛变行动的还有一个叫宋果的人。

李、郭二人在长安附近打开了内战，几个月里死了上万人。看到这种局面，凉州集团另一位重量级人物坐不住了，他就是张济。当初李傕、郭汜和樊稠把张济排斥在权力核心之外，让他以镇东将军的名义驻守在弘农郡陕县，即今河南省陕县。眼看闹成这个样子，张济来到长安，进行调停。百官的调停李、郭二人可以不理，但是老朋友、老同事出面他们不能不给面子，在张济的撮合下，李傕、郭汜同意和解，并愿意交换爱子互相为人质，如此一来，和平的曙光似乎不太远了。

但是，还是出了问题，这一回问题出在李太太身上。李傕的夫人非常喜欢儿子，听说要把儿子送到敌营里当人质，当然不干，如此一来交换爱子互为人质的计划就搁浅了。

刘协心里更烦闷，一天他正一个人生闷气，忽然听到营门外人声嘈杂，喊声不断。让人出去一打听，原来是李傕找的那些雇佣兵，一个个在营门外高喊：“皇上是不是在里面？李将军答应我们的宫女，都在什么地方啊？”刘协又气又怕，侍中刘艾出了个主意，说贾诩这个人还不错，在凉州军里也有一定威望，不如请他出面摆平此事。刘艾找贾诩一说，贾诩表示没有问题，一切包在他身上。贾诩摆下酒宴，请雇佣军的头目们吃饭，代表天子允诺封给他们侯爵，又赏赐他们不少东西，这些人心满意足之后才打道回府。

失去雇佣兵的支持，李傕实力大减。张济趁势提出了新的调解方案，双方不再互换爱子为人质，改换女儿为人质，同时鉴于长安已经残破，粮食也极为困难，张济愿意把天子及百官接到他的弘农郡去。激战了数月，李傕和郭汜都有点打不动了，对于新的调解方案，他们表示同意。这样，被扣压在郭汜军营里的百官们重新见到了天子，大家都觉得必须趁着李傕、郭汜没有反悔，立即离开长安。

事不宜迟，要走得快！

血染逃亡路

兴平二年（195）七月，大约在曹操与吕布激战于山阳郡、任城国等地，最终把吕布赶出兖州的前后，汉献帝刘协携文武百官在张济的护卫下离开长安，前往弘农郡，其路线大约相当于出西安市沿陇海铁路一直往东走，目的地弘农郡在洛阳以西。

支持天子东迁的除了张济外，还有杨定、杨奉和董承等手握兵权的将领。杨定在凉州军中的地位仅次于李傕、郭汜、樊稠等人，被封为安西将军。杨定跟樊稠十分要好，樊稠被杀后，杨定一直心存不安，在汉献帝东迁的问题上，他竭力支持，并愿意一同东进。杨奉如前所述，原是李傕的部将，临阵反水，自然不愿意留下来。董承是个特殊人物，他是汉灵帝刘宏母亲董太后的侄子，算是刘协的表叔。因为董卓一度跟董太后攀过亲戚，董承也就成了董卓的本家，因为这个缘故，董卓对董承给予了特别关照，让他到自己的女婿牛辅军中带兵，是汉献帝目前唯一能拉上血缘关系，虽然这个关系绕得很远，但毕竟算“自己人”，且董承又能和凉州军搭上话。

汉献帝对董承也很看重，董承对汉献帝也忠心耿耿，汉献帝纳董承的女儿为贵人，董承又成为汉献帝的岳父。汉献帝下诏，擢升杨定为后将军，杨奉为兴义将军，董承为安集将军。为了让郭汜痛快放行，擢升郭汜为车骑将军。

但是，汉献帝一行刚离开长安，郭汜就反悔了，他不想失去对天子的控制，想把天子弄到长安以北不远的高陵去，那里是他的地盘。但是，天子以及百官们实在不想在长安这个鬼地方再待了，一致要求去弘农郡，张济等人也表示支持。双方相持不下，刘协使出了最后一招：绝食。刘协一天没吃饭，郭汜听到报告，担心事态更加恶化，同意让天子的队伍一边往前走一边再商量。

这样，天子一行到达新丰，即今陕西省西安市临潼区。郭汜想了几天，还是想把天子留在关中，他提出定都郿坞的想法。郿坞在今天陕西省眉县境内，是董卓当前修建的超级堡垒，董卓原打算在此退守。郭汜的计划被侍中种辑提前得知，他秘密通知杨定、杨奉、董承等人，把所部人马悄悄集结起来，准备跟郭汜硬拼。据《后汉书》说，在新丰郭汜实力不占优势，他害怕出意外，离开军队仓皇逃入终南山中，后回到李傕那里。《三国志》进一步补充说，天子开始已经被郭汜弄到了自己的军营里，杨奉率兵攻打，把天子抢了回来。郭汜逃到终南山里，后来又逃往李傕的大营。

天子一行在新丰住了两个月，到十月初才行进到华山脚下的华阴，在此迎候的是宁辑将军段煨，他已为天子一行的到来准备了充足了食物、衣服及各种器物。这个段煨是哪里来的呢？此人是前太尉名将段颎的族弟，后来成为董卓集团重要将领之一，是贾诩的老领导，此时驻扎在潼关附近，听说天子路过，特到华阴来迎驾。作为帝国的名将之后，段煨对天子的感情较一般的凉州军阀要深得多，所以迎驾的态度很积极。但是，杨定曾经跟段煨有矛盾，他散布谣言说段煨跟李傕、郭汜是一伙的，受杨定的影响，张济、杨奉、董承在内，对段煨表示不信任。

太尉杨彪、司徒赵温等人从中劝解，表示愿意用性命担保段煨不会谋反，但杨定等人不相信，他们报告汉献帝，说有情报显示郭汜已经秘密进入段煨的军营，情况随时有变。汉献帝无奈，只好出城，在城外露营。杨定等人向汉献帝请令，要求讨伐段煨。汉献帝说段煨还没有谋反的迹象，为什么要攻击他？杨定派去的人不甘心，仍然苦苦纠缠，一直到半夜都不走，汉献帝仍然不松口。

杨定、杨奉、董承不管，直接向段煨展开攻击，双方势均力敌，相持十多天，没有分出胜负来。段煨继续供应天子及百官饮食起居，毫无二心，汉献帝派人从中调解，杨定等人勉强接受，暂时休兵。这一闹，耽误了东进的时间，同时也提醒了长安的李傕和郭汜，这二位如今已尽释前嫌，和好如初。他们突然明白过来，当初是如此愚不可及，让天子脱离了自己的掌握，于是挥兵向华阴杀来，要重新夺回天子。

李傕、郭汜打的旗号是援救段煨，这一招有点损，因为他们跟段煨本不是一伙的，通过造这个势，让段煨更加受怀疑，可以把水搅得更浑。杨定跟李傕有仇，眼看李傕气势汹汹杀来，有点害怕，干脆开溜，离开部队跑到荆州投刘表去了。

杨奉、董承保护天子一行赶紧东进，张济不知何故，与杨奉、董承又起了矛盾，这时站在了李傕、郭汜一边。这样，杨奉、董承护卫天子一行在前面跑，李傕、郭汜、张济带兵在后面追。追到弘农郡内的一个山涧，终于追上，双方激战，董承、杨奉大败，文武百官和士兵死了不计其数，天子的御用品、符节、皇家档案丢得满山涧都是。

天子一行逃到了附近的曹阳，此地在今河南省陕县境内，大家只能在田野中露宿，董承、杨奉假装与李傕、郭汜、张济和解以争取时间，暗地里派人渡过黄河，向白波军的首领李乐、韩暹、胡才以及南匈奴右贤王栾提去卑求援。这是东汉历史上最不堪回首的一幕，堂堂一国之君，不得不向曾经被视为流寇、土匪的变民首领求救。这是无奈之举，因为舍此已无其他更好的办法。

李乐、韩暹、胡才这些人有点类似黑山军的张燕、于毒、眭固，常年在潼关、中条山和太行山一带打游击，现在听说皇帝走投无路到了门口，立刻来了精神，赶紧带兵来接应。他们可没有那么好心，他们的想法很朴素：天子是奇货，先弄到手里再说。李乐等人率数千人马渡过黄河，与李傕、郭汜和张济的联军交战，结果将李傕等人打败。董承提出边撤边往前赶路，李乐和董承护卫天子在前，杨奉、胡才等人断后，开始撤退。

李傕等重新整顿人马，又杀了上来，这一回杨奉等人大败，死伤惨重。光禄勋卿邓泉、廷尉宣播、少府卿田芬、大司农卿张义战死，司徒赵温、太常卿王绛、卫尉周忠、司隶校尉管郃被俘，李傕本来打算把他们全部处死，经过贾诩的苦苦相劝才作罢。周忠，是周瑜的堂叔父。

天子一行人狼狈不堪地逃到了离黄河更近的陕县，追兵紧跟着也到了。此时，天子的虎贲、羽林卫士加起来不到一百人，李乐、董承的兵力损失也很大。凉州军日夜不停地在城外鼓噪，城里的人胆战心惊，只想早点逃出去。在商议如何逃时，大部分人主张顺黄河滩东下，到河上著名的渡口孟津，由那里登岸到达黄河以北的白波军控制区。从地图上看这倒是一条捷径，但实际上它是一条死路，因为里面充满了危险。

幸亏太尉杨彪是弘农郡人，对这里的地形很熟悉，他说："从这里往东，有一个地方叫'三十六滩'，那里十分险要，根本无法通过。"侍中刘艾曾经在陕县当过县令，也说那里太危险。于是决定直接在陕县附近强行渡河，命李乐先行探路，准备船只。

随后，汉献帝以及百官悄悄出城，开始向黄河边上徒步行进。大家形色匆匆，都怕走晚了命就没了，所以什么多余的东西都没带。只有皇后伏寿的哥哥伏德例外，他一手搀扶着妹妹，另外一边夹着十几匹绸缎。大家都有点纳闷：这哥们儿够贪财的，这都什么时候了，还舍不下这点布？可很快大家都将明白过来，这些绸缎是如此重要，成为救了很多人命的那根稻草。

一行人向黄河边上奔命，一路上拥挤不堪，就连皇后的卫士也只顾往前跑，大家把路都堵住了。符节令孙徽急了，在人群中挥着刀，一通乱剁，皇后伏寿衣服上都溅满了血。不过，总算来到了黄河边。到了以后，大家都傻眼了：黄河的大堤太高了，离下面足有十来丈，相当于十层楼高，无法下去。这时候伏德把随身携带的绸缎拿了过来，董承又弄来几个马笼头，就用这些东西捆扎成一个简易坐辇。行军校尉尚弘劲大，由他背着汉献帝刘协，坐在辇上，由上面的人拉着往下吊。

其他人用伏德的剩余的绸缎结起来陆续往下滑，排不上号的，索性跳了下去，有的当场摔死，有的摔伤。李乐弄来的船很有限，装不了那么多人，大家一拥而上，都想往上挤，董承、李乐只好用暴力阻止，有人仍然不愿意放弃，跳到水里死死抓住船帮不放，船上的人举刀乱剁，船舱里落下了不少砍断的手指。只有少数人上了船，保住了一条命。停留在岸边的人遭到了随后赶来的追兵的劫杀，侥幸没有被杀的，衣服也被乱兵给扒了，此时是十二月底，是黄河中下游最冷的时候，黄河虽然没有结冰，但异常寒冷，有人被活活冻死。

李傕亲自来到岸边，看到天子已经渡河，就派出侦察兵（斥候）前去追赶，董承害怕他们放箭，在船上找了条被褥当盾牌护着汉献帝。经历了这样的惊心动魄之后，天子一行总算到达了黄河北岸，进驻了李乐在大阳的军营，此地在今山西省平陆县境内。

虽然暂时稳定，但粮食成了问题，李乐这里本来就不富裕，要供应天子及百官的饮食，更是一筹莫展。正在此时，送粮的人来了，河内郡太守张杨听说天子东归，就派了一支部队前来接应。他估计天子一行面临的最大问题可能是没有吃的，于是让接应的这几千人每人都背上足够的军粮（使数千人负米贡饷），这真是雪中送炭。这里是河东郡的地盘，河东郡太守王邑也随后赶到，送来了一些布帛，给大家做衣服。汉献帝下诏封王邑为列侯，拜韩暹为征东将军，李乐为征北将军，胡才为征西将军，张杨为安东将军。

就这样，天子一行在董承、杨奉、李乐、胡才、韩暹、张杨、王邑等人护卫下暂时停驻在黄河北岸的河东郡。河的对岸，是李傕、郭汜和张济的联军，他们手里有在黄河岸边俘虏的百官、宫人，以及此前弘农郡俘虏的司徒赵温等人。汉献帝特别惦记他们的安危，派出使者到对岸与李傕等人谈判，李傕接受和谈，把俘获的赵温等百官以及宫人们放了回来，并送还一部分缴获的御用器物。

张杨虽然送来不少粮食，但此时聚集在这一带的部队越来越多，后勤供应很快又成为一大难题，大阳又是个很小的地方，天子日常起居及办公只好因陋就简。据《魏书》记载，汉献帝议事的地方外面只围着篱笆，他与大臣们议事时士兵们都挤在外面看，这些兵大部分前不久还是农民起义军，刚刚被收编，一点军纪都没有，一边看，一边嘻嘻哈哈。司隶校尉管郃可能长得有点怪，成为军民们取乐的对象，每次他进去向汉献帝汇报工作，门口的人都向他扔东西，逗他开心。曾经，司隶校尉是何等威严的职务，眼皮一抬就够老百姓心惊肉跳的。

汉献帝一心想尽早回到洛阳，但是跟前的这些人情况很复杂，各自想法都不一样，没有人关心天子的意志，只想如何伸手向天子要官，不仅自己要，而且帮手下人要，就连各位将领们的私人医生、警卫员等一眨眼都成了朝廷的校尉这样的高官，负责刻制公章的御史们忙得不可开交，供不应求，只好改用锥子画字（御史刻印不供，乃以锥画）。

这还不够，这些人整天琢磨如何斗法，如何把别人甩掉，让自己成为最终的受益者，终于又爆发了内讧。

洛阳成了“无人区”

河内郡太守张杨提出迅速护送汉献帝到洛阳，但得不到其他人的响应，张杨一怒之下回到了河内郡野王，即今河南省沁阳市。

对于天子下一步的行动，大家其实都没有更好的办法。过了年，正月初七，汉献帝下诏改年号为建安。建安元年（196）春天，内部矛盾终于爆发，韩暹攻击董承，董承不敌，逃到野王找张杨去了。白波军另外一个首领胡才联合杨奉要攻击韩暹，被汉献帝劝阻。

汉献帝周围的这几路人马，面对下一步的行动计划，个个面面相觑，不知如何是好。正在这时，他们迎来了袁绍派来的特使。此时的袁绍正面临南北两线同时作战的艰难局面，前不久曹操围住雍丘，城破后把张超杀了，袁绍不理臧洪发兵相救的请求，激起臧洪的严重不满，臧洪于东武阳起兵反抗袁绍，袁绍亲自带兵攻打。袁绍现在就在东武阳前线。

而北线的公孙瓒也频频给袁绍制造麻烦，他大修易水防线，袁绍不敢等闲视之，命令麹义配合刘虞的儿子刘和以及刘虞的旧部鲜于辅等攻击公孙瓒。袁绍的主力全部压在这两条战线上，没有力量前来护驾。而且，由于众所周知的原因，袁绍对当今天子有所不恭，不仅多次试图另立他人，而且扬言天子的血统有问题，不是合法继承人。对于这些，刘协肯定早有耳闻，所以对郭图一行态度也较为冷淡。

双方没有商谈下一步如何行动，郭图到大阳看了看就走了。但是，在郭图看来，汉献帝此时已走投无路，如果得不到妥善安置，就有可能落于他人之手，比如袁术，或者刘表，甚至是吕布和刘备，到那时候将对袁绍集团更加不利。据《三国志》记载，郭图回到东武阳前线，向袁绍报告此行情况，建议把汉献帝一行迎接到邺县来。但是，袁绍没有接受这个建议。《献帝传》一书的记载与此有所不同，该书说提出迎接汉献帝来邺县建议的是冀州本土派代表沮授，而持反对意见的是郭图和淳于琼等人。郭图、淳于琼认为："汉室凌迟，为日已久，现在要重新振兴，那是多么困难的（今欲兴之，不亦难乎）！现在各路英雄据有州郡，各个人多势众，正所谓秦失其鹿先得者为王。如果迎接天子到自己身边来，以后干什么事都要先请示报告（动辄表闻），如果听天子的就削弱了自身的权力，不听天子的就是违命，这实在不是什么好主意。"

以往论者多以为郭图、淳于琼此番谈论实属目光短浅，只看到眼前的一点，没有着眼于长远，结果让袁绍错失了一次"挟天子以令诸侯"的好机会。但是，如果从事情更长远的发展来看，他们此番谈论也未必全无道理。不管怎样，袁绍集团内部对是否迎接天子的问题产生了分歧，加上袁绍对汉献帝刘协潜意识里不大接受，又有当前南北两线战事的困扰，于是目前距离天子最近、实力最强的袁绍集团暂时放弃了迎接天子的打算。

汉献帝一行在河东郡一直待到了六月份，天气已经很热了，才在张杨的建议下，杨奉、韩暹重新和好，一起护送天子到洛阳。七月一日，汉献帝一行终于进了洛阳，此时距上一次离开共有五年四个月零十五天。至此，天子一行算是彻底摆脱了凉州军的控制。

李傕、郭汜等凉州军阀的最后结局这里也做一简单交代。三年后，已经迎接汉献帝定都许昌的曹操开始经营关中，派裴茂到长安，联络当地将领把李傕杀了，夷灭三族。郭汜一直退守在郿坞，实现着老领导董卓当年制定的据守郿坞以观天下的夙愿，但他的部将伍习背叛了他，把他杀死。张济率所部辗转到了南阳郡，在转战途中被杀，所部由他的侄子张绣率领，张绣在贾诩的建议下南投刘表，刘表让张绣驻防在南阳郡一带，成为自己的北部屏障。此外，李乐和胡才留在河东郡，胡才以后被仇家杀死，李乐病死。

现在，呈现在刘协眼中的洛阳已是满目疮痍，这个当年世界上首屈一指的大都市到处是废墟。南北二宫多成瓦砾，罕有人迹。城里只有已故宦官赵忠的住宅可住，汉献帝一行把这个地方作为临时行宫。赵忠这个人好像特别热衷于投资房地产项目，当初韩馥让位于袁绍后，搬离位于邺县的州政府，住的也是赵忠的住宅。

汉献帝下诏，大赦天下。张杨等人在南、北二宫里寻找相对完整的宫殿，最后在南宫里找到了一处，经过一番整修，汉献帝搬了进去。张杨认为自己在迎接汉献帝重返洛阳一事上功劳最大，于是将这座宫殿命名为杨安殿。根据制度，除了北军、中央禁卫军、守护皇城的卫尉、执金吾等部队外，其余武装力量不得常驻京师，张杨带头执行这个制度，主动撤退至他的大本营，位于黄河北岸的河内郡野王，即今河南省沁阳市，另一个实力派杨奉无奈，只好跟着撤了出去，驻扎在洛阳以南的梁县，即今河南省临汝县，董承和韩暹负责京师的守卫。

汉献帝下诏，擢升张杨为大司马，这是一个很崇高的职务，此前刘虞曾担任过。擢升韩暹为大将军，同时兼任司隶校尉。擢升杨奉为车骑将军。以上各位，都享受“持节”的殊荣，即可以代表天子视察工作，任命一定级别的官职，代表天子发布有些命令。

张杨和杨奉之所以愿意撤出洛阳，并不是他们高风亮节，而是看到了一个现实问题已经摆在面前：洛阳城中粮食极度短缺。此时的洛阳，除了天子、百官及守卫部队之外，已经没有什么百姓，也找不到吃的东西。汉献帝不得不下令尚书郎以下的公职人员到洛阳郊外挖野菜充饥。

汉献帝也想到了向周围手握重兵的实力派们求助。起先，他第一个想到的是吕布，对于这个亲手杀了董卓的人，汉献帝深有好感，听说吕布在兖州、徐州一带发展得挺快，汉献帝对他寄予了厚望。早在河东郡的时候，汉献帝就给吕布亲笔在一块木板上写了封信，让吕布来迎驾。汉献帝的使臣也见到了吕布，但吕布当时正被曹操打得灰头土脸，有心报效却没有这个能力，于是派人向汉献帝说明情况。汉献帝下诏擢升吕布为平东将军，封平陶侯。此时吕布已经到了徐州，汉献帝派的使臣必须穿过“曹操控制区”山阳郡，一不小心，把任命书及封侯的凭证都弄丢了。除吕布外，汉献帝最信任的人是袁术，相较于袁绍，汉献帝对袁术更有好感。还有刘表和刘璋，虽然路途远一些，但汉献帝相信他们会来迎驾的。

汉献帝想了一大圈，就是没有想起曹操来。说起来，曹操的兖州牧也是汉献帝亲自颁发的，但他知道曹操是袁绍集团的人，汉献帝向来对袁绍很排斥，他觉得袁绍很不可靠，也很有野心，难保不会成为董卓第二，所以汉献帝接连派出去了多路使臣，就是没有到冀州和兖州的。

但让汉献帝深感失望的是，这几位接到诏书后都没有什么实际行动。袁术此时正在寿春，天子一行在曹阳被追杀的事当时传遍了全国，很多人都认为天子已经遇难了。当这个消息传到袁术那里时，袁术的第一个反应是机会来了，因为他一直以来就想自己当皇帝。后来虽然知道天子并没有遇难，但袁术的皇帝瘾一旦被勾出来就再压不回去了，在这个当口就是汉献帝本人亲自来求他，他也不会前去迎驾的。还有刘表和刘璋，也没有把天子接到他们那里住住的打算，都以路途遥远为借口作推辞。被汉献帝寄予厚望的这些人要么来不了，要么不愿意来。但是，有一个他没有打招呼的人却主动来了，这个人就是曹操。

是机会还是陷阱

兴平二年（195）年底，曹操在雍丘城外发动最后攻势，一举攻占雍丘，杀了张邈的弟弟张超，巩固了兖州的局势。此时正是汉献帝一行受困于河东郡的时候，也是孙策渡江开拓江东的开始。曹操也敏锐地注意到了汉献帝东归事件，之前毛玠曾提出过“奉天子以令不臣”的建议，曹操觉得现在正是机会。

但是，曹营内部对于是否去迎接天子有不同的看法，史书虽然没有记载具体是哪些人反对迎奉天子，但他们的理由估计跟郭图、淳于琼差不多，认为迎奉天子得不到什么好处，还会带来许多麻烦，别的不说，单就后勤保障就是一个大包袱。同时，大家认为兖州周边还面临着吕布、袁术这些敌人（山东未平），而洛阳及周围的韩暹、杨奉、董承、张杨等人个个都不是省油的灯，插手洛阳的事务，没有特别的把握（未可猝制）。

但是荀彧坚决赞成去迎接天子。荀彧认为：“当年晋文公因为接纳周襄王而使诸侯影从，汉高祖东讨项羽时因为给被项羽杀害的义帝服丧而深得人心，这说明天子的号召力。前面将军您虽然力所不及，但仍然派使者到长安朝贡，说明您心在王室，有匡扶天下的素志。现在天子蒙难，百姓忧愁（百姓感旧而增哀），如果奉主上以从民望，这是大顺；秉至公以服天下英雄，这是大略；扶持大义以招引天下俊杰，这是大德。天下虽然也会有不服的人，但必然成不了大气候，区区韩暹、杨奉又能怎样？我们如果不能早做决断，一旦其他人抢先一步，我们后悔都来不及了！”

荀彧的意见得到了毛玠和程昱等人的支持，这同时也正合曹操的心意。这时，曹操还接到了一直跟随在汉献帝身边的老朋友兼老乡侍中丁冲派人送来的一封信，告诉曹操汉献帝身边的一些情况，也建议曹操立即前来迎驾。丁冲信中还说：“您平时常常表露出匡济天下、辅佐皇帝的志向，现在到了实现志向的时候了。”丁冲的来信让曹操进一步坚定了迎接汉献帝的想法，他调整了战略部署，对徐州的刘备、吕布暂时采取守势，而把攻击的重点转向西面的豫州。

建安元年（196）春天，汉献帝一行还困在河东郡的时候，曹军主力便开始向西移动，进入豫州刺史部陈国境内的武平县，即今河南省柘城县境内，属于袁术集团的陈国相袁嗣投降。

拿下陈国，曹操继续挥师西进，进入汝南郡和颍川郡。这两个郡都是天下知名的大郡，但此时以何仪、刘辟、黄邵、何曼等为首的黄巾军在此势力很大，他们曾先后依附过孙坚和袁术，算是袁术集团的盟友。曹操命于禁等人与黄巾军作战。黄邵夜袭曹操的大营，于禁率麾下人马将其击破，斩杀了刘辟和黄邵，何仪等人率众投降，曹操提升于禁为平虏校尉。

此时天子已到了洛阳，曹操派曹洪为先头部队，向洛阳进发，前去迎接汉献帝。但是，曹洪却遭到了董承、杨奉等人的武力抵抗，不得前进。杨奉有一定战斗力，因为他手下有一个能打的猛人，名叫徐晃。徐晃字公明，河东郡杨县即今山西省洪桐县人，年轻时曾在河东郡做一员小吏，后追随杨奉镇压黄巾军的蓝本部，因为战功逐步升至骑都尉，成为杨奉手下一名高级将领。

西行受阻，曹操心里有点郁闷。据考证，著名的《善哉行》组诗的第三首就作于此时。诗中有“虽怀一介志，是时其能与”，以及“我愿于天穷，琅邪倾侧左。虽欲竭忠诚，欣公归其楚。快人由为叹，抱情不得叙。显行天教人，谁知莫不绪。我愿何时随？此叹亦难处”等句子，表达了虽欲尽忠却无法实现的失落之情。

正在进退不得之时，曹操又一次得到了贵人的暗中相助，这个人还是那个曾经帮助过自己的董昭。董昭到了长安以后被任命为议郎，也经历了千里大逃亡，侥幸活着回到了洛阳。听说曹操所部在洛阳以东地区受阻，董昭决定用自己的智慧再帮曹操一把，他看到董承、杨奉、韩暹、张杨这些人互相都有矛盾，于是先从杨奉下手，伪造了一封曹操的信，信中说：“久闻将军大名，早就想表达敬意。现在将军率领军队，不怕万难，让天子能重返旧都，这样的功勋举世无双啊（翼佐之功，超世无双）！”在对杨奉大拍一顿之后，信中表示愿意与杨奉结盟，杨奉主内，曹操甘于外援，并表示自己粮草充足，保证供应。

董昭看来擅长一门技艺：模仿别人的笔迹。当年奉袁绍之命只身前往钜鹿郡平息叛乱的时候，因来不及向袁绍请示，就伪造过袁绍颁发的命令。王比奉曹操之命出使长安被张杨扣留，董昭不仅说通张杨放行，而且模仿曹操的笔迹给李傕、郭汜写信，进行疏通。现在，他又一次模仿曹操的笔迹给杨奉写信。看来董昭是模仿笔迹的高手。

杨奉接到书信，真以为是曹操所写，高兴不已，对手下诸将说：“曹将军人马就在附近，有兵有粮，正是国家现在要仰仗的呀（国家所当依仰也）！”于是向汉献帝上书，封曹操为镇东将军，承袭其父曹嵩的封爵费亭侯。在《曹操集》中至今保留有三篇文章：《上书让封》《上书让封亭侯》和《谢袭费亭侯表》，都是曹操此时依照惯例所上的奏章。另一边，董承和韩暹因为此前就不和，曾经刀兵相见，为了扼制韩暹，董承暗中给曹操送信，让他带兵来洛阳。曹操很高兴，机不可失，立即率兵向洛阳进发。

建安元年（196）七月，曹操到了洛阳，在南宫旧址上新修的杨安殿内见到了汉献帝刘协。当时，汉献帝君臣正深受粮荒所困，曹操此来不仅兵力充足，还带来许多粮食，汉献帝很高兴，宣布由曹操录尚书事，并授予能代表天子的节钺，即拥有临时决断之权。“录”的意思是总管，“录尚书事”就是总管尚书台的各项事务。尚书台是朝廷日常办事机构，类似于朝廷的秘书局，尚书台的主管是尚书令，副主管是尚书仆射，在尚书令之上再设一个“录尚书事”，意味着此人可以决断尚书台的一切大小事务，实际上就是主持朝廷的日常工作。这可以视为曹操总揽朝廷大权的开始。

曹操也见到了故人丁冲和钟繇等人，经过长途跋涉和多次生死考验，他们所幸都还健在，今后将是自己事业上的重要助手之一。曹操同时见到了董昭，这个神交已久却从未谋面的朋友让曹操十分感激。曹操让董昭跟自己并肩而坐（引昭并坐），向他讨教下一步如何行动。

洛阳及周边除了曹操所部外，目前还有董承、杨奉、韩暹、张杨等四个实力派，董昭建议曹操利用他们之间的矛盾，分化瓦解，各个击破。曹操采纳了董昭的建议，先联合董承和杨奉，攻击张杨和韩暹。曹操上书，弹劾张杨、韩暹的罪状，韩暹不安，只身匹马跑到张杨营中躲了起来。汉献帝念在二人迎驾有功的分上，要曹操不必再追究。

八月，汉献帝下诏，任命曹操为司隶校尉，在曹操的主导下，诛杀了尚书冯硕、议郎侯祈、侍中台崇等三人。这三个人情况不详，曹操为什么掌权伊始就大开杀戒，原因也不太清楚。据柏杨先生推测，也许这三个人早已恶名在外，诛杀他们既为自己立威，又顺应了民意。同时，由汉献帝下诏封十三个人为侯，以奖励他们一路上护卫天子的功劳。这十三个人是：卫将军董承、辅国将军伏完、侍中丁冲和种辑、尚书仆射钟繇、尚书郭溥、御史中丞董芬、彭城国相刘艾、冯翊郡太守韩斌、东郡太守杨众、议郎罗劭、议郎伏德、议郎赵蕤。

通过一罚一赏，曹操进一步确定了自己的权威。加上兵力最强，且有充足的后援保障，曹操对朝廷的控制力在逐渐增强。但是，洛阳周围十分残破，朝廷落户于此后勤保障终究是个沉重负担。而且，董承、杨奉、张杨等人都掌握一定实力，随时可能向自己发起进攻。如何摆脱这种被动局面，曹操继续问计于董昭。

董昭建议干脆迁都到许县去，并说“要行非常之事，必须有非常之功”，唯今之计，必须迁都。曹操也有此意，但他觉得天子刚刚回到洛阳，人心思稳，这个时候提出迁都的想法，大家能接受吗？

站上时代制高点

董昭提到的许县，属于豫州刺史部的颍川郡，如前所述，曹操现在及将来有许多重要的文臣都出自该郡，曹操进军洛阳走的也是这条路线，在基本肃清了颍川郡内的黄巾军余部后，这里已经为曹操所掌握。颍川郡之所以人才辈出，与它独特的地理位置及自然条件有关。这里地处中原腹地，沃土千里，气候温和，雨量充足，生物茂繁，自旧石器时期以来，一直是人类文明的聚集区。

颍川郡共有十五个县，几乎每个县都有不少名人，如阳翟县的辛评、辛毗、赵俨、郭嘉，襄城县的李膺，颍阴县的荀氏诸杰，许县的陈寔父子，长社县的钟繇，阳城县的杜密等。颍川郡所属的许县位于该郡东部，曾经是古代许国的国都，许国虽然不大，却前后传承了十九世，存在六百多年。

曹操看中许县这个地方，至少有四个原因：一来这时已经为自己所掌握，属于新开辟的“曹操控制区”；二来许县有六百年作为国都的历史，城市建设有一定基础；三来这里物产丰富，颍川郡以及相邻的汝南郡、南阳郡一带是当时最重要的经济区，有利于长期的后勤保障供应；四是自己手下有许多谋士是这里的人，颍川郡乃至汝南郡的这些世家大族会站在自己这一边。

但是，把天子迎接到属于自己的地盘上来，这件颇为敏感的事，杨奉、董承、张杨、韩暹这些人会不会从中阻挠呢？董昭分析后认为，汉献帝本人可能会倾向于迁都，原因很简单：再待在这里文武百官及宫人们恐怕都要饿死了，只要能提供粮食，迁到哪里去汉献帝都不会特别反对。汉献帝如果不反对，董承也不会反对。

张杨驻扎在黄河以北，可以暂时不管他，韩暹已没有太大势力，关键是对付好杨奉，此人最有实力，驻扎在洛阳以南的梁县，与颍川郡紧邻。董昭出了一个主意，先找杨奉谈，以洛阳残破、粮食不足为借口迁汉献帝于鲁阳。鲁阳这个地方，属于荆州刺史部的南阳郡，与梁县较近，此时大概属于杨奉的控制区，杨奉必然乐意。等汉献帝一行出了洛阳，先向南行，之后突然改道向东，很快便可以抵达许县，杨奉即使发觉也措手不及。

曹操认为这个主意不错，于是找杨奉商议。最近以来，杨奉对曹操一直印象颇佳，杨奉跟董承、张杨这些人没有太深的渊源，也没有外援，虽然实力较强，但总觉得别人会在背后算计自己。曹操到来后，杨奉潜意识中把曹操当成了自己的知己，汉献帝初次封曹操为镇东将军，就是杨奉竭力坚持的。杨奉希望曹操的到来，可以使洛阳的权力结构更加平衡。对于曹操提出来要迁汉献帝于鲁阳的建议，杨奉觉得挺不错，他举双手赞成。洛阳的残破有目共睹，后勤保障已经成了大问题，也只有离开洛阳一条路。与其让天子被张杨迎到黄河以北去，肯定不如弄到自己眼皮底下好呀。

杨奉从心底里又感激曹操一回：还是孟德想得周到啊！杨奉支持，汉献帝愿意，董承不反对，曹操也不再征求张杨、韩暹的意见了，八月中旬，天子一行离开洛阳，向南开进。天子一行到达洛阳八关之一的轘辕关，再往前，就出了司隶校尉部，如果是往鲁阳，就要继续往南走，但天子一行却突然改变了行进的方向，向东转进。

杨奉接到报告大吃一惊，等他派人再探的时候，天子一行已经到了许县。杨奉这才知道：原来上当了！杨奉大怒，立即联合韩暹率兵来抢汉献帝，曹操早有准备，派兵在颍川郡的阳城一带设伏，将杨奉、韩暹击退。

曹操把天子一行迎到了许县，此时还要对县城进行重新修整，新建天子的行宫以及明堂等祭祖之所，所以先暂时让汉献帝住在自己的军营中。过了一个多月，大体上把许县的事安顿得差不多了，曹操决定亲自率军西征，解决眼皮底下的这个杨奉。

曹操进攻杨奉的基地梁县，杨奉不是对手，战败后投奔袁术去了。就是在此战中，杨奉手下第一猛将徐晃归顺了曹操。但是杨奉似乎没有到达袁术那里，根据《三国志》的记载，后来杨奉和韩暹又联起手来，这二位仁兄，一个曾是天子正式任命的大将军，一个曾是车骑将军，居然又干起了老本行，成为一支流寇。这一回，他们流窜得有点远，到了徐州一带，当时徐州是刘备的地盘，刘备兄也不管他们是总司令还是副总司令，敢来抢地盘就不会客气，上去一顿狂扁，就这样把他们二位都给杀了。张杨运气稍好，还会再活跃几年，直到吕布被曹操困于下邳时，唯一对吕布进行声援的就是张杨。吕布死后，张杨被部下所杀。

李傕、郭汜、张济、张杨、李乐、胡才、韩暹、杨奉这些在一片乱局中脱颖而出的实力派人物，也都曾叱咤风云过，也都曾位居高位过，但他们都昙花一现，在短短几年时间里，纷纷谢世了。大浪淘沙，适者生存；物竞天择，人类也一样。乱世中只有强者更强，弱者只能被强者吞噬。现在，在一片百废待举的土地上，曹操要画出他心目中的一幅蓝图来。历史终于给了他这个机遇，从处处被人歧视的“赘阉遗丑”，成为新时代的强者。

在这条道路上，曹操靠的是自己的努力，靠的是顽强、坚韧、不屈和忍耐，同时还有善于辨清时局、顺势而上的眼光，不浪费任何一个机会。四十二岁的曹操终于站在了一个新时代的制高点上，他可以在这里俯瞰这个伟大的时代，可以更远地眺望未来。

第十三章

迁都许县

组建新朝廷

经过六年的拼杀，曹操终于迎来了个人事业的一个新起点，建安元年（196）在他主持下汉献帝到了许县，即今河南省许昌市，标志着一个新的时代开始了。

这一年曹操四十二岁，是最年富力强的时候。为了巩固已取得的成果，曹操于这一年的十月回击追来的杨奉集团，将许县周围最大的这股军事势力击败，确保帝国新首都的安全。之后回师许县，着手朝廷内外的各项建设工作。大概一个多月前，在汉献帝一行刚到许县的时候，曹操即派人对许县的城墙以及城内的建筑进行整修，修筑皇宫作为汉献帝起居和办公的地方，经过日夜不停地加紧施工，目前虽然还显简陋，但已经可以搬进去住了。

许县是周代诸侯国的国都，根据周制，周王城“方九里”，其下的诸侯国按照等级不同分成七里、五里、三里三种定制，许国是五等诸侯国，它的国都应该小于七里，大于三里。据民国年间编撰的《许昌县志》记载，汉魏“许昌故城在城东三十里，围九里一百二十九步，相传曹操所筑，今存遗址”。又记载“周围十五里，世传汉献帝迁都于此”。周代以三百步为一里，经过考证，约合四百一十五米，小于现在的一里，考古实证与古制基本吻合。根据这些资料可以推知，许县故城规模很小，边长仅三里多一些，只能作为皇宫以及朝廷主要办事机构使用，曹操把这一部分当作内城，然后依托内城修筑了面积大五倍的外城。

前几年我曾去过那里，先坐火车到许昌市，然后换公交车到城东不远的一个乡镇，之后换成机动三轮车，沿小道进入一片玉米地。那里现在仅存一个高土台，有台阶可上，上面居然还住着一户人家。这个土台就是毓秀台，当年应该是内城的标志性建筑之一，是汉献帝郊祭天地的地方。如今再到这里，除了土台外，故城其他遗迹已经荡然无存了。据说，青年时期的毛泽东由家乡到北平时曾路过许昌，携友人登过此台，吟出了“横槊赋诗意飞扬，自明本志好文章”的诗句。在建安元年，天子的皇宫、朝廷办事部门以及曹操的军事指挥机构一股脑儿地拥到这里，肯定会十分拥挤，当时只能因陋就简，先安顿下来再说。

汉献帝刘协从长安出逃到现在，一路上只顾保命，将宫中御用之物以及文书档案等基本上丢光了，现在不仅住的地方简陋，连宫中专用的各类物品也奇缺。在《曹操集》里保存有两篇奏疏，一篇是《上九酝酒法奏》，说的是曹操老家谯县的县令郭芝发明了一种“九酝春酒”，具有良好的保健功能，曹操特意上与汉献帝，详细介绍了这种酒的酿制方法，还说到了自己对这种酿酒方法的改造。另一篇是

《上杂物疏》，说的是曹操特意将自家保存的一些皇宫用品呈献给皇上，这些东西大多是曹腾、曹嵩两代在先帝朝时得到的赏赐，这份单子挺长，不过也很有意思，可以看到当时宫廷生活的面貌。

曹操进献的这些东西包括：纯银参镂带漆画的书桌1只，纯银参带砚台各1方，纯银参带圆砚台大小各1方；御用的漆画皮枕头（韦枕）2只，贵人公主用的黑漆皮枕头30只；纯金香炉1只，下面配有盘子的贵人公主用的纯银香炉4只，皇太子用的纯银香炉4只，西园贵人用的铜香炉30只；御用纯金唾壶1只，画漆的圆唾壶4只，贵人用的纯银参带唾壶30只；御车上用的漆绘画两层几大小各1只；御用的纯银参镂带漆绘画案1只；御用的1尺2寸的金错铁镜1面，皇后用的纯银错7寸铁镜4面，皇子用的纯银错7寸铁镜4面，贵人公主用的9寸铁镜40面；贵人公主皇子用的有纯银镶带子加漆的镜子1面，贵人用的镶有3条银带子的镜子5面，皇子用的银匣1只，皇子用的有3条纯金带子的妆具4件；镶有3条银带子的镜台1件，纯银镜台7件，贵人公主用的镜台4件；纯银的盛洗粉用的匣子（澡豆奁）、纯银雕花匣子、纯银雕花漆匣共4只；漆绘状具1件，有3条纯金带子加绘画的妆具1件；能盛5石水的铜澡盆1只；镶银绘画的象牙杯盘5套；御用杂画象牙尺1把，贵人公主用的象牙尺30把，宫人用的象牙尺150把，骨尺50把；杂画象牙的藏针用的管子（杂画象牙针管）1只……

与此同时，曹操积极着手谋划新的人事布局。汉献帝东归期间，朝廷三公九卿等高级文官随驾同行，有好几个人死于战乱，目前已有不少缺员需要补充。另外，汉献帝刘协还封了不少将军，根据新形势的需要，也必须进行调整。

朝廷先后正式任命的高级将领包括：大将军韩暹，骠骑将军张济，车骑将军郭汜，这几位可看作“上将”一级；征北将军李乐，征西将军胡才，此前征西将军曾经是马腾，估计马腾参与叛乱后下诏给撤了，还有前将军公孙瓒，后将军杨定，右将军袁绍，卫将军董承，这几位可看作“中将”一级；之下还有镇东将军曹操，镇西将军韩遂，平东将军吕布，安南将军刘表，安东将军张杨，宁辑将军段煨，辅国将军伏完等，可以看作“少将”一级。

袁绍虽然自称车骑将军，但朝廷从来没有承认过，他现在正式的军衔是右将军，大约是在本年初郭图出使河东郡时由汉献帝正式任命的。韩暹、张济、郭汜、马腾、韩遂、李乐、胡才、杨定、张杨、段煨这些人，多出自凉州军和白波军，彼一时此一时，他们现在大多数人已经成为朝廷的敌人，对他们的任命理应撤销。

袁绍、吕布、刘表、公孙瓒等人属于地方实力派，虽然不在朝廷控制之中，但有个头衔在，名义上他们都归许县朝廷领导，保留着当然好。董承和伏完二位，都是汉献帝的老丈人，有没有担任军职倒也无所谓。

汉献帝按照曹操的意思重新明确了帝国高级将领任命名单，该撤的撤，该留的留。韩暹空出来的大将军一职，汉献帝下诏授予了曹操。这个任命可能有点问题，因为大将军的地位很高，已经超过了三公，这样一来有人就会不服气，为了这个任命，差点要跟曹操翻脸。

在汉献帝东归的过程中，好多部长级高官死在路上，曹操借着补充缺员，对朝廷的文官体系也进行了大幅度调整。现在的三公是太尉杨彪，司徒淳于嘉，司空张喜，他们倒是全都逃了出来，但对这几个位子曹操还想另作安排，在他的要求下，汉献帝下诏将这三个人同时免职。曹操把太尉一职送给了袁绍。毕竟，袁绍曾经是关东联军的总指挥，也是自己名义上的领导，现在曹操担任了大将军，为了安抚袁绍，就把太尉一职让给了他。司徒一职，曹操给了名士赵温。

近一年间，死在东归路上的部长级高官包括：太常卿王绛，光禄勋卿邓泉，卫尉士孙瑞，廷尉宣播，大司农卿张义、朱儁，少府卿田芬。在曹操的主持下，朝廷先后征召名士赵岐、张俭、桓典、徐璆、陈纪等人补充进来，加上还在位的韩融、荣邵、杨奇等人，基本上保证了朝廷的日常运转。赵岐本年应该快九十岁了，他就是曾经出使过关东的老臣，当年是他与袁绍、曹操相约迎汉献帝回洛阳。张俭是个老士人，本年也已经八十三岁了。陈纪出于颍川郡著名的陈氏家族，本年七十一岁，在许县一带很有影响力。

这些人不大可能再做什么实质性的工作了，比如像张俭，一到许县来就关起自家的门不出，把公家配的专车挂起来（阖门悬车），根本不问任何事。这也倒符合曹操的意思，把这些老同僚抬出来，本来就只是个招牌，目的是扩大新朝廷的影响力。

对于朝廷日常办事机构尚书台，曹操却比较重视，这可不是一个虚设部门，内外沟通、随时掌握宫内动态全靠它了，对于由谁来掌管这个要害部门，曹操心里早有了合适的人选，这个人就是荀彧。荀彧曾经在天子身边担任过守宫令，熟悉宫内事务，他性格沉稳，考虑问题周全，出身大族，容易与天子及各位老臣沟通，最重要的是，他对自己忠心耿耿，是可以信得过的人。

汉献帝下诏任命荀彧为尚书令，负责处理朝廷日常事务。曹操出征在外的时候，荀彧实际上成了后方的大管家。荀彧也不负期望，把各项事务处理得井井有条，为曹操分了不少忧。曹操还把钟繇给荀彧派过去当助手，任尚书台的副长官尚书仆射，但钟繇担任这个职务时间并不长，曹操后来派他管理关中事务去了。曹操还任命大胡子将军程昱为尚书，协助荀彧工作，任命虽然下达，但兖州那边仍然离不开程昱，曹操让程昱以东中郎将、济阴郡太守的身份主持兖州的各项事务。

曹洪、曹仁以及夏侯惇、夏侯渊等人负责掌握部队，没有进入朝廷任职，随着“曹操控制区”范围的扩大，曹操还让他们兼任一些地方行政职务，如夏侯惇担任陈留郡太守，夏侯渊担任颍川郡太守，曹仁担任广阳郡太守。朝廷迁到许县后，洛阳方面也不能放弃，曹操此时兼任着司隶校尉一职，洛阳属于自己的辖区，他让为自己立下大功的董昭以洛阳令的身份留守在旧都。至于许县令，曹操让满宠来担任，这个在兖州就跟随自己的部下，在处理问题方面很果敢，也很有谋略。许县相当于过去的洛阳，许县令这个位置必须选个厉害的角色来担任。后来证明，曹操的这项任命很正确，满宠不辱使命。

随着朝廷机构开始运转，以及控制的地盘越来越大，曹操现在感到最大的问题是人才不足，行政人才、军事人才以及经济人才他现在统统需要，他迫切希望有各种专长的人才快到许县来。

人才纷纷拥来

对朝廷的人事进行了大体安排之后，曹操决定推行改革。为此，曹操向汉献帝上了一份《陈损益表》，提出了十四项改革举措，可惜的是，这份体现曹操治国理念的重要文件现在仅存序言部分，对于这十四项改革的具体内容，已经无从考证。不过，根据曹操下面推出的一系列政治、经济措施来看，曹操的建议无外乎是富国强兵、选贤任能等方面。这些措施首先在曹操实际控制的兖州、司隶校尉部以及豫州刺史部的一部分地区推行。

尤其在选贤任能方面，曹操不遗余力地大力推进。荀彧转任尚书令以后，曹操深感身边像荀彧那样能出谋划策的人才太少，有一次他问荀彧：“谁能代替先生为我出谋划策？”荀彧说有两个人堪此重任，一个是荀攸，一个是钟繇。

荀攸是荀彧的侄子，如前提到，他在董卓之乱中困于长安，因为参与策划刺杀董卓的行动而被关进了监狱。董卓死后，荀攸恢复了自由，作为反董斗士，朝廷对他很重视，准备任命他为任城国相，但荀攸考虑到益州更容易躲避战乱，所以请求到益州为官，朝廷重新任命他为蜀郡太守。荀攸去益州上任，他跟当年刘焉走的路线一样，先到了荆州，想溯长江而上进入益州，但是到了以后才发现路途艰险，很难到达，于是暂留在了荆州。

根据荀彧的推荐，曹操亲自给荀攸写了封信，说“现在天下大乱，正是有识之士建功立业之时，我观察蜀地那边的局势，也不会太长久（顾观变蜀汉，不宜久乎）”，劝荀攸打消避世的想法，出来干一番事业。荀攸接到曹操的信，立即辗转回到许县，曹操以朝廷的名义征召他为汝南郡太守，但没有去上任，随即改任他为尚书，在他叔父荀彧手下任职。曹操跟荀攸进行了长谈，深感荀攸不是一般的人才，特别高兴（与语大悦）。荀攸字公达，曹操对荀彧和钟繇说："公达真是个奇才，能够与他来共商大事，天下还有什么可以忧虑的！"于是，重新任命荀攸为军师，到自己身边工作。

另一位被荀彧推荐的钟繇，他不仅是一位著名的书法家，而且是一个治国之才，曹操早年在洛阳即与他相识，一直以老朋友相待，曹操让他暂时在尚书台协助荀彧工作，不久之后即将有重用。

在此之前，荀彧实际上类似于曹操身边的参谋长，为曹操军事行动进行谋划的，除荀彧之外，还有程昱和戏志才等人。戏志才也是荀彧推荐给曹操的，但是前不久不幸病故，成为曹操的一大损失。而程昱在兖州发挥着别人无法替代的作用，一时半会儿没有办法把他调到身边来。

曹操急需要像荀彧和戏志才这样的人在身边，他让荀彧再为自己推荐几个人。荀彧突然想到有一个人再合适不过了，于是向曹操进行了推荐。

这个人就是郭嘉，他曾经也到过袁绍那里，但他对袁绍一点都看不上，先于荀彧离开了袁绍。郭嘉后来到了哪里不太清楚，据《傅子》一书说，郭嘉在二十七岁的时候曾被征辟到司徒府。郭嘉生于汉灵帝建宁三年（170），古人习惯以虚岁计年龄，他二十七岁时正是建安元年，如果《傅子》记载属实，可以推断，郭嘉离开冀州后回到了家乡颍川郡的阳翟县，这里离许县很近，他在家赋闲了六年，汉献帝迁都于此，朝廷各部门都在招聘人才，郭嘉正是在这个时候被司徒赵温征辟的。

郭嘉这个人喜欢秘密交结天下英俊，不愿意与俗人打交道，一般的人不知道他的才能，只有了解他的人才知道他是个奇才。荀彧对这个小自己七岁的老乡很了解，让他在赵温手下抄抄写写太屈才了，于是推荐给曹操。

曹操找郭嘉来谈论天下大事，谈完之后曹操更高兴，他说："让我能成就大事的，必然是此人哪（使孤成大业者，必此人也）！"郭嘉也很高兴，在与曹操的谈话中他对曹操也有了进一步了解，深切感受到这是一个胸怀理想，想成就一番大事业的人，对时局的认识也很独到和深刻，是一个值得为之效命的人。郭嘉对人说："这正是我要找的主人哪（真吾主也）！"曹操打破常规，直接任命郭嘉为军谋祭酒，相当于自己身边的参谋长。在此后的军事行动中，郭嘉和荀攸一直是曹操身边的主要谋士。

除得到了郭嘉、荀攸两个奇才外，在曹操主持下，还以朝廷的名义多方延揽人才，这一时期来到许县朝廷或曹操身边任职的络绎不绝，重要的有国渊、刘馥、杜袭、赵俨、孔融等人。

国渊字子尼，青州刺史部乐安郡盖县人，他是著名学者郑玄的学生，郑玄很赏识这个学生，曾经说过："国子尼是个人才，据我观察，他将来一定能成为国器。"国渊跟名士管宁、邴原等人避乱到辽东，经常在山中讲学，受到推崇，后来回到内地。朝廷迁都许县后，国渊前来报效，曹操发现他在经济工作方面有专长，就让他从事屯田管理方面的工作。

刘馥字元颖，是刘氏宗亲，豫州刺史部沛国相县人。根据《三国志》记载，他成功策反了袁术手下的戚寄、秦翊二人，率众投奔曹操，受到曹操的重用。以后协助曹操处理扬州事务，被曹操委以扬州刺史的重任。

杜袭、赵俨二人前面曾提到过，他们都在荆州避乱，因为看不上刘表，就跑到长沙郡一带闲住。听说汉献帝迁都到了许县，他们想办法回到中原，曹操任命他们为县长，日后他们都成为曹魏重要的地方官员。与他们关系很好的繁钦、裴潜等人，后来也投身到曹操阵营，成为曹魏重要的行政人才和经济人才。

有朝廷这块招牌，以后还有更多的名士前来效命，像华歆、王朗、郗虑、刘晔、司马朗、荀悦、徐奕、何夔、蒋济、梁习、张既、贾逵、郑浑、卫觊、陈矫、徐宣、卫臻、胡质、杨阜等都是曹操在许县时期投奔而来的，这些人物到后面涉及时再做介绍。

除了这些文士，这一时期还有些军事人才也来投奔曹操，重要的有李通和许褚二位。

李通字文达，江夏郡平春县人，此时将近三十岁。他是江南一带的游侠，和同郡人陈恭在汝南郡朗陵县起兵，吸引了很多人归附。后来，李通先后战胜了周直、陈恭、陈郃等人，又生擒黄巾余部首领吴霸，势力大增。李通爱护手下，很会带兵，在兴平年间的大饥荒中，他散尽家财，买糟糠和士卒同甘共苦，所以手下人特别肯为他卖命，势力发展得很大，周边的袁术、吕布、刘备等实力派不敢轻易动他。

郎陵县在汝南郡西部，汝南郡紧邻颍川郡，是许县的东部屏障。曹操的势力已深入该郡，但未能全部占领。李通的加盟，让曹操加强了对这里的控制，曹操拜李通为振威中郎将，让他继续驻守在朗陵县，控制汝南郡的西南部。

其后，在曹操与张绣和袁绍的对抗中，汝南郡成为双方争夺的要点，李通坚定地支持曹操，替曹操牢牢守住了许县的东大门，立下了大功。

许褚字仲康，《三国志》说他是"谯国谯人"，应当是"沛国谯人"之误，是曹操同一个县的老乡。许褚是一个有名的壮士，"身高八尺，腰大十围"，汉代一尺合如今二十三点五厘米，许褚的身高约一米八八；汉代一围合当时的五寸，约合如今十二厘米，许褚的腰围有一百二十厘米，也就是四尺，买裤子实在有点困难。

许褚“容貌雄毅，勇力绝人”，当时天下大乱，各地纷纷组织武装寻求自保，他聚合起本地的几千家人修筑壁坞抗拒外敌入侵。汝南郡葛陂一带的黄巾军有一万多人来攻打他们，许褚率众死战，箭射完了，就让人捡了好多大石块过来，待敌人近前时，许褚发力以飞石迎击，把敌人打得粉身碎骨，不敢再靠前。壁坞内粮食快吃完了，许褚假意跟敌人谈判，拿牛换粮食，敌人来牵牛，结果有的牛又跑了回来，敌人上来抢，许褚趁势跑出营去跟他们对抢，他用一只手拽着牛尾巴硬是把牛拖行了一百多步，把敌人看呆了，纷纷后退。

许褚的大名于是传遍沛国、陈国一带。许褚虽然是个武人，但考虑问题一向稳重谨慎（性谨慎奉法，质重少言），他感到这种占山为王的日子终不能长久，听说曹操迎汉献帝来许县，他就率所部投奔了曹操。曹操见到这个老乡特别高兴，把他跟樊哙相提并论，以他带来的人为基础，组成一支近卫部队，任命许褚为都尉，以后出征时担任总指挥部的警卫部队。

担任警卫工作的还有典韦所部，典韦此前也担任过都尉，后来升为校尉，比许褚职务稍高一些。曹操现在出征，跟前就有了典韦、许褚两位猛人护卫，可谓万无一失。

大家愿意来投奔，与其说是冲着曹操来的，不如说朝廷的吸引力更大。朝廷来到许县，很多人正是抱着报效朝廷的想法才来到这里。还有的像李通和许褚这样，不想被人误认为是流寇，想得到一个朝廷颁布的正式名分，就投奔来了。对曹操来说，这是“挟天子以令不臣”所收到的积极成效。但这仅是问题的一个方面，朝廷大开进人之门，来到许县的也并非都是有用的人才，里面不免也几个让曹操头疼的人。

也有捣乱分子

在建都许县后，曹操可谓狂揽人才，除了有人主动投奔以外，曹操还以汉献帝的名义四处征召，只要有本事他都欢迎，一副来者不拒的架势，倒也吸引了不少人才，但这项工作也并非一帆风顺。曹操曾征召避乱辽东的管宁，但受到公孙度的阻拦，管宁未能前来。曹操还以汉献帝的名义任命刘备的大舅哥兼主要助手麋竺为嬴郡太守，刘备不愿意放人，这件事也只好作罢。

有一个人名气更大，但一接到征召马上就来了，一点儿都不矜持一下，这个人就是孔融。孔融字文举，比曹操大两岁，鲁国即今山东省曲阜市人，是孔子的二十世孙。他的父亲孔宙做过泰山郡都尉。孔融小的时候因为让梨而闻名，成为那个时代小朋友们学习的楷模。长大以后，汉灵帝刘宏的老师、时任司徒的杨赐征辟他，从此步入仕途。

汉献帝初平元年（190）董卓秉政，孔融因为不与之合作，惹得董卓很不高兴，但鉴于他是孔子的后人，也不能把他怎么样，只是贬为议郎。当时青州刺史部北海国一带黄巾军很盛，董卓成心想为难孔融一下，任命他当北海国相，去打黄巾军，所以孔融以后又被称为“孔北海”。

孔融是个文人，但不是朱儁、卢植那样的文武全才，打仗实在很外行。他在北海国受到黄巾军管亥部的攻击，以至于“不能保障四境，弃郡而去”，最后派他手下将领太史慈向邻近的平原郡太守刘备求援，才化解危机。孔融与公孙瓒、刘备、陶谦亲近，因而属于袁绍、曹操的敌对阵营。他在北海国待不下去，一度跑到陶谦那里避难。陶谦死时，孔融正在徐州，当时劝刘备接任徐州牧最积极的就是他。

刘备主政徐州后，支持孔融又回到青州，刘备给他任了个青州刺史。此时袁绍派长子袁谭接替臧洪出任青州刺史，与公孙瓒抢地盘，孔融成为袁谭攻击的目标。从建安元年（196）开始，袁谭率兵进攻孔融，从春天一直打到夏天，孔融手下只剩下了几百人，这位老兄仍然支个几案在那儿读书，谈笑如常（凭几安坐，读书议论自若）。城池被攻破，妻子儿女全部被俘，孔融突围逃走。

孔融本还可以去找老朋友刘备，但那一阵子刘备自己的日子不好过，正被吕布算计得四处流浪，领着一帮子人差点到东海里当渔民。孔融成了无家可归的人，正在这时，听说朝廷征召他，自然顾不上客套一下，赶紧跑到许县来，被任命为将作大匠，相当于建设部部长。

孔融这个人，总觉得别人都不如自己（自以当时豪俊皆不能及），其实是个志大才疏之辈，说到底，一是名门之后这顶帽子害了他，二是成名太早。曹操接纳孔融，孔融应该领情，不仅因为曹操在他走投无路的时候给了他一条出路，而且因为曹操接纳孔融也是冒了一定风险的。

此前，孔融跟袁谭刀兵相见，是袁绍的敌人，曹操作为袁绍阵营里的人，应该把孔融抓起来送到冀州才对，现在却让他当部长，孔融确实应该感激曹操。孔融到了许县，不仅有了新工作，而且有了新的家庭。孔融逃出来的时候老婆孩子都丢在了袁谭那边。十二年后孔融被杀时，他的儿子九岁、女儿七岁，应该都是在许县出生的。

孔融似乎也认识到这一点，所以开始跟曹操合作得很好，在朝廷审议恢复肉刑以及是否操办已故太傅马日磾丧事等问题上积极发表意见，工作态度相当认真。

孔融还向曹操推荐了不少人才，著名的有谢该、盛宪和祢衡。

谢该是当世名儒，善治《左传》，孔融以贤士上书推举，谢该被汉献帝拜为议郎。盛宪曾经当过吴郡太守，后来因病去官，孔融与他关系很好，当时孙策占有江东，接连诛杀江东英豪，孔融害怕盛宪遇害，就给曹操写信大力推荐，曹操看在孔融的面子上，征盛宪为骑都尉，但是任命书还没有送到，盛宪就被杀了。

相比较而言，孔融推荐的祢衡在当时名气更大，在后世的影响也最大。

祢衡字正平，平原郡般县即今山东省临邑县人，少年时代就很有才，而且能言善辩，但他刚强高傲，不太懂得待人接物，属于愤青加愣头青，此前一直避乱于荆州。朝廷迁到许县时祢衡二十四岁，他听说这里有机会，就跑到许县来游历，当时来许县报效朝廷的人很多，可祢衡架子大，不肯主动去应聘，老想有人哭着喊着来请自己，结果自然没人理他。开始他怀里揣着一张名片（阴怀一刺），但好长时间过去了也没有机会拿出来用用，以至于名片上的字迹都模糊不清了。

当时司马朗、陈群等人很出名，有人就劝祢衡，何不找找他们，祢衡十分不屑，他认为司马朗、陈群顶多是个饭店里跑堂的小伙计（沽酒儿），甚至荀彧他都看不上，认为他只不过是个专门哭丧吊孝的人。

只有孔融和杨修两个人祢衡勉强看得上，称他们为“大儿孔文举，小儿杨德祖”。看来这小子狂得够可以，虽然也算是个人才，但有一个超级坏脾气，傲慢而怪诞，还动不动骂人。

就是这样一个人，孔融推崇备至，他向曹操积极推荐祢衡，把祢衡吹得天花乱坠，拿孔融自己的话说，简直就是“颜回不死”。祢衡也吹捧孔融，称他为“仲尼复生”。孔融说得多了，曹操还真有点好奇，想见见他。可谁知祢衡还端上架子了，你想见我，我还不肯见你呢。对于这个二十多岁的年轻人，曹操心里生出了不快。根据《后汉书》记载，曹操在一次大会宾客时，故意把祢衡找来，让祢衡在席上当一回鼓吏，想羞辱他一下。鼓吏击鼓时都会事先换上专门服装，以示庄重。轮到祢衡击鼓时，他击了一通《渔阳三挝》，声调激昂，感人至深。祢衡来到曹操面前停了下来，旁边有人问他为什么没换装，祢衡说那好吧，换就换。于是，祢衡就在曹操面前把衣服一件一件全脱光，然后把制服换上，态度从容，不急不慢，换完之后再去击鼓，又击了三遍，面不改色心不跳。曹操笑道：“本想教训一下这小子，反倒让他把我羞辱了。”

祢衡如此耍酷就连孔融也看不下去了，一边责备祢衡，一边跑到曹操那里打圆场，说祢衡有癫狂之症（狂疾），事后也后悔了，希望当面向曹操谢罪。曹操答应了，孔融又去做祢衡的工作，好歹祢衡也愿意见曹操。谁知祢衡又玩起了新花样，他穿着粗布衣服，手持三尺木棒，跑到曹操大营门口，坐在地上又哭又骂，曹操闻讯彻底生气了，如果按照曹操的脾气，早就吩咐人把他拉出去剁了。

但是曹操明白，祢衡敢激怒人就不怕被杀头，如果真杀了他，反而成就了祢衡的名声。而且，许县朝廷新立，正是四方之士前来投奔之时，祢衡纵然有再多毛病，但这小子已经把自己的知名度炒起来了，杀一个祢衡，别人不明就里，还以为自己不能容人呢，那将堵塞天下士人报效之路，曹操不会上当。根据《后汉书》记载，曹操想了一招，他给刘表写了封推荐信，把祢衡推荐给了刘表。祢衡到了刘表那里，开始刘表挺欣赏他的才能，对他也很重视，但领导一赏识，祢衡蹬鼻子上脸的劲又来了，不仅傲慢异常，就连刘表他也想羞辱就羞辱。

刘表也动了气，本想杀了他，但想法跟曹操差不多，不想落个杀名士的罪名，干脆如法炮制，给自己的部下江夏太守黄祖写了封信，把祢衡推荐到黄祖那里。黄祖见到祢衡，深为他的才学所吸引，让他当自己的秘书（为作书记），有什么事都跟他商量。但祢衡本性难移，一次黄祖大会宾客，祢衡又跟领导拧上了劲，连黄祖的面子都不给，还骂了黄祖几句，黄祖一时恼怒，下令把祢衡杀了。黄祖手下的主簿平时就恨祢衡，一接到命令即刻让人动手。黄祖果然后悔，想收回成命，他来不及穿鞋，光着脚跑出来营救，但祢衡的死刑命令已被执行。祢衡死时二十六岁，根据传说，他死的地方名叫鹦鹉洲，在今湖北省武汉市，这个沙洲已经不在了，在原址附近修建有著名的鹦鹉州长江大桥。

祢衡这个人有点过于另类，他确实有才，否则刘表、黄祖开始也不会赏识他。但他个性太强，甚至于有些怪诞，那就不是什么好事了。

好在像祢衡这样的人纯属极少数，到许县来的大部分人都怀着一颗建功立业的心，不管是冲着朝廷而来，还是冲着曹操而来，曹操一概表示欢迎，对他来说，现在没有什么比人才更珍贵的了。

袁绍不高兴了

看到曹操不仅顺利地把天子一行弄到了许县，而且事情干得红红火火，天下有识之士争相投奔，有一个人心里贼不舒服，他就是袁绍。

此时的袁绍仍然陷于南北两面之敌的夹击之中，由于无法脱身，再加上他对汉献帝一向有意见（帝立既非如绍意），所以坐失了迎取天子的机会。现在看到曹操占了便宜，心里很不是滋味。

长期以来袁绍一直没拿曹操当外人，在他眼里曹操就是自己的手下，没有他就没有曹操的一切，尤其在曹操几乎走投无路的时候，是他出手相救，才化解了曹操的危机。自己腾不出手来去迎接天子，曹操去了应该算是自己派去的，曹操理应向自己汇报汇报情况吧。袁绍在邺县等着曹操汇报工作，曹操没有来，也没有派个人来，却等来了汉献帝措辞严厉的一封诏书，把袁绍臭骂一顿，袁绍的肺都快气炸了。这件事《三国志》里没写，仅记录在《后汉书》中，说汉献帝到许县后，给袁绍下了一封诏书，责备他虽然地广兵多，但只顾培植自己的势力，擅自征伐，不来勤王（责以地广兵多而专自树党，不闻勤王之师而但擅相讨伐）。

诏书虽然是以汉献帝名义下达的，但幕后指使一定是曹操这小子，这不是公然以下犯上吗？地广兵多的又不是我一个，有几个勤王去啦？曹操自己不也到处讨伐别人吗？为什么只点名批评我呢？袁绍实在想不通。袁绍觉得既然是天子的诏书也不能不有所回应，他认真地给汉献帝上了一份书，这份文件挺长，全文也收录在《后汉书》中，一看就是下了不少功夫写的，可能出自大笔杆子陈琳之手。这份上书的开头部分尤其精彩。

袁绍写道："我以前听说有了蒙冤之人上天会五月降霜，又听说悲声痛哭可以让城墙崩塌，每当看到这些我都认为是真的，但跟现在的情况一比，才知道那些都是假的，为何这么说？我为国家做了那么多事，搭上了整个家族的性命，一片忠心却换来了如此罪过，怎不让人日夜哀叹、心肠裂断、眼里哭出血来（昼夜长吟，剖肝泣血）？但即使这样，也没有见城塌霜降来应验，可见原来那些传闻都是假的。"

这段话中心意思就一个：冤！然后袁绍从自己参加工作开始叙起，说他如何跟张让等宦官作斗争，在何进被杀后如何力挽狂澜，如何不畏董卓的强暴，后来如何在孟津休整兵马，领导反董大业。袁绍一再申明的是，自己对帝室一直忠心不二，一直以来都在做着匡扶汉室的努力，丝毫不敢懈怠。

这封长篇上书里除了袁绍不停地诉委屈之外，还透露一些有趣的信息。一个是说曹操到兖州的活动是袁绍指派的（以议郎曹操权领兖州牧），而且说，曹操几次都快要死了，是袁绍救了他（曹操当死数矣，我辄救存之）。这些或许符合事实，但却对曹操有些不利，这也就是为什么除《后汉书》以外的其他史书都未记载这件事，也没有收录袁绍这份上书的原因。另一个是，袁绍也顺便解释了他跟袁术翻脸的原因，在袁绍看来他跟袁术不合完全是由一个人引起的，这个人就是朝廷特使马日磾。当初朝廷派马日磾和赵岐出使关东，马日磾到了袁术那里，由于他处事不当、偏听偏信，所以使得他们兄弟俩成为仇敌。

袁绍说的后一件事十分强词夺理，但此时马日磾刚刚去世，把责任推给死人，反正也无法查证。袁绍想说的是，他很忠诚、很努力、很正直，所以很无辜、很委屈。

袁绍的上书送到许县，他心里的气还没有散完，又来了一件事把袁绍的心头的怒火彻底激了起来：袁绍接到诏书，朝廷任命他为太尉。太尉名列三公，以袁绍的年龄和资历能担任太尉一职无疑是件荣耀异常的事，数十年来，三公已经快要成了袁家的专利，从他父辈往上数一共四代人，出了五位三公，而他这辈人里还没有这个荣耀，如今能当上三公，且是朝廷正式任命而非自己“表奏”的，在家族的三公榜上再续一笔，那将是多么值得骄傲的事。可是，袁绍一打听，得知曹操担任的是大将军，高兴劲儿一下子没有了。袁绍认为，曹操既然是大将军，他这个太尉也就一钱不值了。

大将军位在三公之上，是文武百官的首领，在设大将军的情况下，三公的地位就矮了一截。尤其是太尉，在三公里分管军事，与大将军的职权重叠，更是形同上下级关系。如果接受太尉的任命，就承认自己甘居曹操之下，这怎么可以？

袁绍的不满也有些道理，即使是现在，无论袁绍还是其他人，都会认为曹操只不过是袁绍阵营中的一员，袁绍是上级，曹操是下级，现在居然掉转过来了。袁绍想，即使自己肯接受，手下这些人会怎么想，这不是鼓励大家以下犯上吗？《后汉书》说，袁绍上表天子不接受这项任命，《后汉书》还进一步补充说，袁绍不仅没有接受太尉的任命，而且让位给陈纪。陈纪，著名的颍川郡陈氏家族成员，他的儿子陈群日后成为曹魏阵营里的名臣。面对袁绍的“好意”，陈纪自然不敢接受，他这时被朝廷任命为大鸿胪卿。

袁绍不接受太尉的任命，这成为一件棘手的事。曹操这才发现，在处理这个问题上他考虑得有些不周。曹操原本以为，袁绍无论担任什么职务都是名义上的，没有实质意义，对袁绍来说，太尉已经是很不错的安排了，他没费一兵一卒就白得了这个职务，应该满意。没有想到，袁绍丝毫不领情，双方的隔阂反而因此进一步加深了。

曹操早就明白，他跟袁绍迟早会有一场决战，但不是现在。不仅如此，袁绍还是他要利用的力量，跟袁绍过早地摊牌，那是极不明智的做法，曹操越想越后悔。曹操决定辞去大将军一职，让给袁绍，自己担任司空。这是很伤威望的事，换成别人，宁可错下去也不会轻易低头，但曹操是个务实的人，他宁愿损失一些个人威望，也要把与袁绍的同盟关系继续维持下来。

这项任命很快以汉献帝诏书的形式下达，曹操辞去大将军，改任司空一职。可是，袁绍那边却毫无反应，接到诏书后，如果接受，应该立即上书谢恩；如果不接受，也应该有所表示呀。曹操明白，袁绍面子还有些下不来。

过了年，曹操想派个有分量的人到邺县走一趟，帮袁绍找回面子，让他消消气，把大将军的任命接下来。曹操想了想，觉得孔融最合适。孔融的名气没有问题，目前担任部长级的将作大匠一职，地位也没有问题。曹操让孔融走一趟，还有一个原因，想通过这件事让他们缓和一下矛盾。一年多前，孔融还是袁绍的敌人，他跟袁绍的长子袁谭都担任青州刺史一职，袁谭攻击孔融，打了大半年。孔融到了许县后，心里常常不踏实，总怕曹操哪一天受袁绍之命找他的麻烦。

孔融刚一听说曹操让自己出这趟差，脊背上直冒凉气，莫非姓曹的这小子真要把我支到袁绍那里挨收拾？但孔融是个极聪明的人，经过简单的分析他很快明白了曹操的用意，曹操想收拾他不会等到现在，曹操是想帮他的忙。孔融很感激，尽管他以后成了反曹斗士，但在建安初年他跟曹操的合作还算不错。孔融接受派遣，于建安二年（197）三月来到邺县，宣布朝廷对袁绍大将军的任命。

汉献帝不仅拜袁绍为大将军，而且封他为邺侯，这是一个县侯，较袁绍此前的邟乡侯高一级。赐给袁绍天子的节钺，以及只有天子才能拥有的虎贲卫士百名。这还不算，汉献帝还给了袁绍一个新的行政职务：督四州事。这四个州指的是冀州、青州、幽州和并州。汉献帝下达这项任命时一定没有查阅过近几年的皇家档案，也许皇家档案已经全丢在逃亡路上了，总之这项任命很有问题，因为几年前汉献帝也曾颁发过同样的任命，就连所督的这四个州也丝毫不差，不过那是颁给另外一个人的，这个人是公孙瓒。

公孙瓒那边没有免职，这边又重新任命了新人，如果不是技术性错误，那就只有一个解释：让旧人和新人相斗。这可能是曹操故意安排的，当年李傕、郭汜、樊稠能想出来的主意，曹操更不在话下，袁绍和公孙瓒已经势如水火，给他们加把柴，让火烧得更猛些。

失去大将军职务的曹操也没有什么实质性损失，官位是死的，规定是活的，他担任了司空一职，同时代理车骑将军，他顺便搞了一次职务改革，规定司空在三公中地位最高，是朝官的首领（百官总己以听），仍然把政权和军权牢牢掌握在手中。

开展屯田运动

解决了朝廷的人事安排问题，暂时平息了袁绍的不满，曹操还有一系列挑战需要面对，最突出的问题来自经济方面。曹操离开兖州大本营，出于战略考虑将新首都定在许县，在后勤保障方面就要承担很大的压力。近一两年来，曹操采纳毛玠等人的建议，在兖州一带积极发展生产，基本保障了自身的粮食供应问题，从而让自己处处居于主动地位。

但是，曹操在许县一带基础还不是很扎实，许县以及周边的颍川郡、汝南郡虽然曾经是重要的农业区，但这些年来遭受战争的影响也最深，黄巾军在这里势力很大，有大量人口流失到了南面的荆州地区。朝廷正常运转需要大量粮食、布匹等物资，军队也需要后勤保障，这些物资如果都依赖兖州供应，浪费会很大，兖州那边也难以为继。

就拿军粮运输来说就是个很难解决的问题，从兖州运到这里来必须组织大量人力，还要考虑运输队伍途中的消耗，往往运一车粮食，至少还得再准备一车粮食供路上吃，沿途安全又难以保证，这个办法基本上不可行。许县的粮食供应问题必须立足于就地解决，曾在东郡任东阿县令的枣祗和夏侯惇的副将韩浩同时向曹操建议，在许县周边一带进行屯田。

枣祗是颍川郡本地人，他是阳翟县的，跟郭嘉同县。曹操在东郡时，枣祗在东郡下面的东阿当县令，张邈、陈宫之叛，兖州近八十个县里只有枣祗的东阿县等三个县没有叛变，为曹操反败为胜立下了大功。枣祗这时也随曹操来到许县，有的史料称他此时担任羽林监，相当于汉献帝近卫部队的指挥官。韩浩一直担任夏侯惇的副手，当年夏侯惇被人劫持，韩浩临危不乱，将夏侯惇解救出来，曹操事后对他进行了表扬。

枣祗、韩浩建议曹操效仿汉初以来的经验，把流民组织起来，开展农业生产，这项措施也就是屯田。屯田作为制度其起源可考的是汉文帝时期。据《汉书》记载，当年著名改革家晁错分析了秦朝守塞北失败的教训，认为单纯以戍卒守边的制度有很大毛病，必须实行“且屯且守”的制度，把屯田与戍边结合起来。于是在汉文帝前元十一年（公元前 169）下令在边郡屯田，这比汉武帝时经济专家桑弘羊建议屯田西域还要早得多。但是，晁错和桑弘羊所推行的屯田都与国防建设有关，属于半军半民性质，许县的情况与那时有很大不同，能不能参照前人的办法推行，还存在着争论。

反对屯田的人也不少，据《三国志》司马朗传等记载，对于曹军收复的大量无主土地，有相当一部分人认为应该赏给有功之人，有人甚至提出恢复古代的井田制，大力推行土地私有化。而实行屯田实际上就是“国有化”，由于反对的人不少，曹操也不得不有所考虑。曹操让枣祗找荀彧等人商议，荀彧支持屯田。在当时特殊的情况下，只有实行特殊的经济政策，才能度过危机。

经过内部讨论并逐步统一了思想后，建安元年（196）曹操颁布《置屯田令》，从定国安邦的战略高度，充分肯定了秦皇汉武奖励耕战，实行屯田的历史经验，阐述了屯田积谷的重要意义，下令开始屯田，标志着这项“战时经济政策”正式实施。从建安元年到魏元帝咸熙元年（264），这项制度推行了七十年，可以说它伴随着曹魏帝国兴衰的始终，成为曹魏势力崛起的经济基础。

屯田首先在许县附近试点，具体做法是，把已经找不到主人的土地收归国有，然后把丧失土地的流民组织起来，由国家提供耕牛、农具、种子，获得的收成由国家和农民分成。当时能集中起来的土地很多，流民也很多，土地资源和人力资源都不发愁，屯田很容易就搞了起来。

农业工作本应由九卿之一的大司农卿管理，为了加大推行的力度，曹操决定亲自抓这件事，在许县试点期间，他任命枣祗为屯田都尉，任命自己的堂妹夫任峻为典农中郎将，具体管理屯田事务，直接向自己负责。也就是说，曹魏早期的屯田工作由司空府直接主导，由下面特设的屯田官来具体负责。这种体制一直保持了很多年。到曹魏时期，随着屯田规模越来越大，这项工作转到了尚书台管理，屯田官的职务和品级也逐渐固定下来，成为与地方行政官员并行的一个系列。

屯田刚开始推行的时候也遇到过一些波折，据《三国志》袁涣传记载，屯田刚开，被组织起来的农民却不太适应，他们经常逃亡。袁涣建议曹操，农民都有安土重迁的传统，不能一下子改变，必须因势利导，要让他自愿，不能搞强迫（宜顺其意，乐之乃取）。曹操采纳了他的建议，情况才有好转。

这么好的政策为什么农民不愿意接受呢？原因是租税太重。过去农民给地主扛长活，交租的标准一般是收成的一半，即五五分成。曹魏搞屯田，收租也按这个比例，国家就变成了地主。如果连耕牛一块租，交租的比例更是提高到百分之六十。如此一来，大家积极性自然不高。汉代农业税的比例大部分时候是三十税一，即百分之三点三，现在屯田农民的税务负担是此前朝廷标准的十来倍。在农业生产技术很落后、生产效率不高的情况下，这么重的税率农民生活之艰辛可想而知。

但不这样又不行，军事斗争每天都需要巨大的开支保障，曹魏所能聚集的财富十分有限，屯田这一块是相对有保障的，课以重税既是循前朝惯例，也有不得已之处。不过，曹操还是尽可能予以改进，包括合理安置劳力、分配生产资料、取消屯田户的徭役等，保证屯田制的健康发展。对于屯田以外的普通农户，曹操下令重新清查户籍和财产，据此确定缴纳赋税的额度。

这有点像划分成分，又像是核定收入申报纳税。据《魏略》记载，这项工作在“曹操控制区”全面铺开，包括曹操本人在内都要评定“成分”，然后决定纳税标准。曹操家乡的谯县令给曹操、曹洪二人评为同一等级，曹操还说：“我家哪里有子廉家富有哇！”子廉，是曹洪的表字。

建安元年（196）许县屯田开始试点，次年就获得了好收成，积余粮达百万斛。

取得这样的大丰收，除了新的农业政策发挥作用之外，据《齐民要术》一书介绍，还跟一种粮食品种的大面积推广分不开。这不是新品种，它的名字叫“稗谷”，其实就是一种杂草，它不怕旱涝，容易生长，在《齐民要术》和《氾胜之书》这两部古代最有名的农业著作里，对它都有详细介绍。

这种杂草也结穗，只是穗比较小，一般的作物出粮率可能在百分之六七十，而这种作物只有百分之三四十，而且吃起来味道也不怎么样。但是这种作物有一个明显优势，那就是产量特别高。一般粮食作物亩产约为七斛，按照百分之六七十的出粮率，实得粮食大约四斛；种稗谷一亩可收获二三十斛，即使按照百分之三四十的出粮率，实得粮食也达到近十斛。据《齐民要术》记载，曹操下令种植这种作物，“顷收二千斛”，即一百亩地收获二千斛稗谷，粮食单产大增。《氾胜之书》还说，用粪便拌种子产量还会更高，不知道曹操让人试过没有。

这种粮食口味虽然不佳，但作为战马的饲料应该没有问题。种这种粮食，撒把种子在地里就能长，不用管浇水除虫的事，不耽误军事训练，确实不错。

曹魏屯田的规模很大，“曹操控制区”最兴盛的时候曾控制或部分控制了十二个州，有九十一个郡国，大约七百三十个县，而留下屯田记载的州就有十一个，郡国有二十八个。当然，实际情况肯定比这个还要多。除了早期的民屯，建安末年又发展出军屯，在“曹操控制区”的腹地以民屯为主，在与敌人接壤的地区大兴军屯，平时耕作，战时打仗，亦兵亦民，在发展经济、守土护边方面成效显著。

曹操实行优先发展农业的政策，也培养了一批“农业干部”，先后在曹魏“农业系统”担任各级领导职务的有枣祗、任峻、国渊、袁涣、韩浩、裴潜、杜畿、吕虔、卫觊、苏则、张既、郑浑、徐邈、卢毓、严匡、杜松、弁揖、王咏、毛曾、仓慈、李胜、石苞等人，可以说灿若星河。“伤残军人”夏侯惇也是这项工作的积极倡导者，多年后，他在淮南一带搞军屯，组织军民修水库，还亲自参加劳动，担土修坝。

美少年何晏

现在，来说说曹操的家事。建安元年（196），曹操将天子迎接到许县，实现了自己事业上最重要的转折，有了相对稳定的根据地，他把家眷都接到了许县。

曹操的正妻丁氏，年龄不详，没有生育子女；在丁氏之后娶了刘氏，生下长子曹昂，此时十九岁；曹操的第三任妻子，也是他最喜欢的女人卞氏小曹操五岁，本年三十七岁；曹操这个时候至少还有一个姓环的夫人和一个姓孙的夫人。曹操的长女也是刘氏所生，以后她被封为清河长公主，后来嫁给了夏侯惇的儿子夏侯楙。卞氏先后生了四个儿子，即曹丕、曹彰、曹植和曹熊。建安元年，曹丕十岁，曹植五岁，曹彰年龄不详，介于曹丕和曹植之间，曹熊有可能还未出生。

除了曹昂、曹丕、曹彰、曹植这四个儿子，在去年即兴平二年（195），孙夫人还为曹操生下一子，名叫曹彪；今年，环夫人又为曹操生下了一个儿子，取名曹冲。曹操一生，先后有二十五个儿子，女儿数目不详，可考的除长女清河公主外，还有安阳公主、金乡公主、高城公主以及曹宪、曹节、曹华等。安阳公主后来嫁给了荀彧的长子荀恽，曹宪、曹节、曹华三姐妹十九年后同时嫁给了汉献帝刘协。

曹操一家如今人丁特别兴旺，儿女们不仅人数众多，而且不乏出类拔萃者。他们之中日后不仅涌现出曹丕、曹植这样的文学家，也有曹冲这样的天才神童，还有像曹彰那样能带兵打仗的军事人才。

这与曹操重视对他们的教育有关，在曹丕的回忆文章中可以看到，曹操很懂得“教育从娃娃抓起”的道理，在他们四五岁时就开始了各种教育，不仅有传统的儒学、文学教育，还特别重视骑马、射箭、技击这些实用型军体活动，长子曹昂十几岁时便被编到野战部队里接受实战锻炼。

在曹操心目中，曹家的子孙们应该能文能武，个个成为精英。在历史上，曹操的儿子中名气最大的是曹丕、曹植、曹冲等兄弟几个，除此之外，还有一个丝毫不逊色，成就更是不得了，他就是建安初年来到曹家的何晏。

何晏不姓曹，因为他不是曹操的亲儿子，而是养子。何晏的父亲叫何咸，事迹无考，但何咸的父亲不同凡响，他就是何进，何晏是已故大将军何进的亲孙子。

七年前即中平六年（189），何进谋除宦官，结果被宦官所杀，结束了一个时代。何进被杀时，何进的弟弟何苗也被杀，虽然没有关于何氏一家被灭族的记载，但这个南阳屠户出身的家族顷刻间土崩瓦解了。当时的天子是何进的外甥刘辩，但在随后的政治斗争中，董卓支持刘协上台，废掉了刘辩，杀死了刘辩的母亲何太后，按照政治斗争的惯例，在何太后被杀的同时，何氏一族更是凶多吉少。

所以有人推断，何晏的父亲何咸大概死在这个时候，他死时未必看到了他的这个儿子，何晏有可能是何咸的遗腹子，一般认为他生于那场大动乱的次年，即初平元年（190）。何咸死后，他的妻子尹氏不知流落到了哪里，但是在建安初年（196），曹操担任司空后，她来到了许县，因为曹操正式纳其为妻。按照规范的称呼，曹操的正妻只有丁氏一人，其他人都应该称妾。尹氏是如何进入曹家的也已不得而知，唯一可以确认的是，她不是一个人来的，还带着六七岁的儿子何晏。

何晏到了曹家，这个孩子很惹人喜爱，尤其是曹操，爱得不行，甚至超过了自己的亲生儿子曹丕、曹植诸兄弟。何晏讨人喜欢的原因主要有两点，一是长得可爱，二是特别聪明。《世说新语》说何晏是个美男子（美姿仪），想必小时候也是个英俊少年。曹操自己长得不行，受他的基因影响，曹丕、曹植众位兄弟在长相上估计比较一般，曹彰生下来更是一头黄毛，被曹操称为“黄须儿”。在这个环境中，英俊少年何晏一定比较耀眼。除此之外，何晏很小便展露出过人的才能，《太平御览》里引用一本叫《何晏别传》的书里称，曹操读兵书时，遇到未解之处，试着问何晏，何晏小小年纪居然能针对曹操的问题分析得头头是道（分散所疑，无不冰释）。

曹操对这个孩子简直喜欢得不行，他想让何晏干脆改姓曹，哪知何晏根本不干，他在地上画了个圈儿，自己待在里面谁叫都不肯出来，大家问他为什么，何晏答道：“这里是何家的房子（此何氏庐也）。”曹操知道了，就不再提改姓这件事。姓没有改成，但曹操还是喜欢何晏。吃的、用的、穿的都与曹丕兄弟们没有任何区别，《魏略》一书说，曹丕看到这种情况特别不舒服（特憎之），每次见到何晏不叫名字，而是唤他为“假子”。

在曹操生前，何晏一直很受宠爱，后来曹操把自己的女儿金乡公主嫁给了何晏，何晏既是曹操的养子，又成了曹操的女婿。何晏的岳母、金乡公主的母亲姓杜，其经历与何晏母亲尹氏很相似，杜夫人前夫是吕布手下的将领，名叫秦宜禄，秦宜禄死后改嫁了曹操，除了金乡公主，杜夫人还有一个儿子叫秦朗，是秦宜禄之子，像何晏一样，也随母亲一块来了曹家，成为曹操的养子。关于这一段，后面再说。

随着何晏年龄慢慢长大，他长得越来越白，这个白，既不是李白的白，也不是白居易的白，人家是真的白，是特别白、超级白，没有抹粉就好像抹了粉似的，大家给他起了个外号，叫“粉面郎君”。曹丕的长子曹叡生于建安九年（204），应该比何晏小十四五岁，曹叡当了皇帝后，何晏应该快四十岁了，他不太相信这个叔叔会有那么白，他怀疑何晏是抹了粉，于是想了一个办法，要亲自验证一下“粉面郎君”的真假。

有一天，曹叡请何叔叔吃饭，特意吃肉丝汤饼，类似于现在的火锅，一边吃，火一边烤着，不多时何晏就开始冒汗了，何晏不时撩起衣襟擦汗，曹叡在一旁仔细观察，发现何叔叔脸上一点搽过粉的痕迹都没有，有点失望地说：“看来真是个粉面郎君哪！”何晏为什么这么白呢？原因大概有两个：一是人家何家的基因就是这样的，要不然他的姑奶何皇后能受宠于汉灵帝刘宏吗？另一个原因是何晏长年坚持服药，这个白是一种药物反应。

何晏服的药名叫“五石散”，是以五种石头为主要原料调制的药物，这五种石头是石钟乳、紫石英、白石英、赤石脂、石硫黄，这几种原料如何调制在一起，方法已经失传，何晏吃了之后，效果不错，同时期的大医学家、针灸的发明人皇甫谧就曾经说，是何晏开始吃这种药的，吃了之后，心神开朗，体力转强。对于魏晋史素有研究的鲁迅先生曾说，“五石散”是一种毒药，是何晏吃开了头。何晏有钱，他吃起来，大家也都跟着吃。鲁迅先生送给何晏一个“封号”：吃药的祖师爷。

这些东西吃了真能强身健体、延年益寿吗？实在不太清楚，但是应该会有一些立竿见影的效果，不然不会有那么多人效仿。吃这种药或许跟吃兴奋剂一样，有的人甚至认为跟吸毒差不多。何晏长年服药，他的脸色跟这个有很大关系，其实是一种病态。

何晏的名气不完全是他的脸白，也不完全是他会吃药，鲁迅先生给何晏还有一个“封号”：玄谈的祖师爷。魏晋以后，产生了一个新的哲学门派：玄学，何晏就是玄学公认的代表人物之一，其他代表人物还有王弼、夏侯玄、钟会、荀粲等人。王弼是王粲的族孙，夏侯玄是夏侯渊的族孙，钟会是钟繇的儿子，荀粲是荀彧的儿子。这几个人，他们的父辈和祖辈在前面打江山，他们在后方没有什么事干，于是经常搞聚会，搞得多了也很无聊，于是每次确定个题目大家辩论，有点像专题辩论会。他们辩论的题目让人常常感觉到浮虚而玄远，如圣人有情无情、本末有无、声无哀乐、言意的关系等。辩得多了，影响也越来越大，终于辩出了明堂。这慢慢成为一种新的风气，到魏末晋初时竟然成为新的社会潮流，那个时候的小资们通常都有一个好口才，这都是在辩论会上练出来的。

何晏的事以后还要讲到，建安初年（196）的许县，随着何晏住进了曹家，曹操儿女们越来越多，曹家也更加热闹了起来。

第十四章

南征遇挫

南面的威胁

仅用短短几个月时间，曹操就建立起以许县为中心的新基地，曹操的势力范围已由兖州一州扩展到豫州刺史部和司隶校尉部的一部分，有效控制区增加了一倍还多。曹操手下的将领也迅速成长起来，像曹仁、曹洪、夏侯渊、于禁、乐进、程昱等人，已经成为在外独立统兵的大将，有的还兼任着郡太守、国相等要职。从建安初年屯田政策全面铺开后，“曹操控制区”处处洋溢着经济恢复、生产发展、人员回流等热闹景象，与周边其他地区形成了对比。

但曹操很清楚自己所处的位置又是最不利的，兖州、豫州和司隶校尉部处于中原腹地，四面受敌，毫无依托。这就像下围棋一样，角和边是最容易守也最容易成空的地方，天元的位置虽然令人瞩目，但下棋的人很少一开始就在它的附近布子，因为这样下棋，效率不高。

曹操现在就是守住了天元，看着人家在角上、边上折腾实地，自己毫无办法。唯一的办法就是围出一片空地，之后再向四边发展。问题是，应该先向哪里下手？北边是袁绍，东边是吕布和刘备，东南是袁术，南边是刘表，西边是凉州军阀，哪一路都不弱。

目前，自己与袁绍名义上还属于一个同盟，虽然这是一个可怕的对手，也是迟早要面对的敌人，但此刻还不能翻脸。刘表暂时没有向自己叫板的迹象，在各路势力中，数他的硬实力最强，但也数他攻击性最弱，他现在表示效忠朝廷，按时进贡，可以先放下再说。关中一带的凉州军阀在汉献帝东归后，陷入内斗之中，马腾和韩遂的势力进一步强大起来，但目前还只是忙自己的事，无暇顾及中原。袁术虽然也是一个强大的敌人，但一来距离相对较远，二来此君自从被赶出中原之后，胸中大志似乎锐减，在战略上采取了守势，也可以放一下再说。

曹操审视左右，决定先从东面的吕布、刘备下手，主要目标锁定为吕布，因为刘备遭吕布暗算后，如今势力很弱，且与吕布矛盾很深，必要时反而可资利用。曹操决定，建安二年（197）的主要任务是攻打徐州的吕布。但是，这项军事行动还未及实施之际，南线局势发生了新变化，曹操不得不暂时放弃了东征的打算。

许县以南是荆州刺史部的南阳郡，治所在宛县，即今河南省南阳市，属于刘表势力的边缘地带。袁术曾经在这里盘踞过，后来受刘表挤压转向扬州刺史部发展。袁术走后，这里实际上成了黄巾余部的游击区，刘表、曹操也各自控制了一部分，整个南阳郡的局势比较混乱，缺少统一领导，直到一支人马进入这个地区，这种局面发生了改变。

这支人马属于凉州集团，它的首领是张济，凉州军中与昔日李傕、郭汜、樊稠齐名的将领，当初也参加了迎奉汉献帝东归的行动，但中途改变了主意，倒向了反对汉献帝东迁的李傕、郭汜一方。张济担任的最高职务是骠骑将军，曹操把汉献帝接到许县后，这项任命应该已经被撤销了。张济后来留在了关中与洛阳之间的弘农郡，经过一系列内战和自然灾害，这里的经济已完全崩溃，人口大量外流，张济面临着严重的生存危机，不得已，他率部离开弘农郡，转向荆州一带发展。

刘表听说凉州军悍将张济气势汹汹冲着自己来了，大吃一惊，赶紧下令在南阳郡、南郡一带的部队做好迎击敌人的准备。张济率部进入南阳郡，一路烧杀抢掠，可能也真是饿急了，有点不择手段，加上凉州军素来以凶残著称，所以激起南阳郡人民的反抗。在攻打穰城的战斗中，张济被乱箭射死。

张济死了，刘表的手下都来祝贺，但刘表有自己的打算，他知道凉州军战斗力很强，张济虽死，余部尚在，尤其是张济的侄子张绣勇猛和胆识都超过他的叔父。与其结成世仇，不如趁张济死后其手下仓皇无措之际进行招安，反助自己一臂之力。张绣的确是一员猛将，他早年在老家武威郡祖厉县时就是出名的侠士，他当时在县里是一名县吏，有一个叫麴胜的人造反，袭杀县长，张绣不久就找个机会刺杀了麴胜，从而声名大振，张绣干脆聚合一帮年轻人，成为当地的豪杰。

张济战死，这支凉州军何去何从，张绣自己也没有主意。这时刘表的使者找到了他，表示愿意和好。出于生存的考虑，张绣接受，根据双方达成的协议，刘表支持张绣在南阳郡一带发展，二人结成战略同盟。需要注意的是，张绣并不是投降或归顺刘表，二人是同盟关系。张绣把大本营放在南阳郡的治所宛县。刘表之所以愿意支持张绣，看中的是凉州军的战斗力，刘表已经意识到距自己不远处安营扎寨的曹操将是一个可怕的对手，将来动起手，有人能替自己先抵挡一下是很有必要的。刘表的这个想法很正确。

由于得到刘表的支持，张绣的势力大增，很快在南阳郡就站住了脚。张绣觉得自己要成事，非得把一个人找来帮自己不可，这个人就是贾诩。张绣跟贾诩都出身于凉州军，张绣深知贾诩谋略过人，是一个奇才，一心想把贾诩弄过来成为自己的左膀右臂。此时的贾诩在哪里呢？

贾诩在段煨那里，段煨也是凉州军阀，但他出身于名将之家，“凉州三明”之一的段颎是他的表哥。段煨此时驻守在华山脚下的华阴，汉献帝东归路过段煨防区时，段煨曾出面给予保护，引起其他凉州军阀的不满。根据《魏略》记载，段煨在华阴，积极发展农业生产，不搞烧杀抢夺。在《献帝纪》一书中还记载，后来段煨被曹操召去，以汉献帝的名义任命为大鸿胪卿、光禄大夫，赤壁之战后的第二年故去。

但是，根据《三国志》贾诩传的记载，段煨还有心眼比较小的一面。贾诩离开李傕来到段煨这里，段煨知道贾诩在凉州军里素来名望很高，担心被他夺了权，特别提防他，但表面上尊礼有加，这让贾诩觉得不自在（煨内恐其见夺，而外奉诩礼甚备，诩愈不自安）。这个时候，张绣悄悄派人来联络贾诩，希望他到南阳郡来。贾诩决定走，有好朋友知道了，就劝贾诩说："段将军待您不错，您怎么还要走？"

贾诩说："段煨生性多疑，对我比较猜忌，待我虽厚，却不能长久（礼虽厚，不可恃），我现在离开，他反而会高兴，同时他也希望我能结下外援，所以必然厚待我的妻子儿女。张绣现在没有出谋划策的人，是真心想要我去，如此我自己以及我的家室都能得以保全。"贾诩一向料事如神，这次也一样。他要去南阳郡，段煨果然没有阻挡，高高兴兴送他走，后来又厚待贾诩的妻子儿女。贾诩到了张绣那里，也受到重用。《三国志》贾诩传讲，刘表来求和时，贾诩已经到了，他力劝张绣同意与刘表联合。贾诩本年五十岁，张绣年龄不详，大概要小得多。作为自己叔父的同事，张绣把贾诩当作长辈看待（绣执子孙礼），极尽尊崇之事。

张绣的到来以及快速崛起，给曹操出了道难题。本来，他打算在许县稍加安顿之后便向东边的吕布发起进攻，但现在南面有了一个强大的敌人，好比在卧榻之侧来了只猛虎，这让他怎能安心劳师远征？凉州军向来是不太好对付的敌人，曹操起事以来败得最惨的一仗就是跟凉州军打的，至今记忆犹新。张绣得到贾诩的辅佐，更是如虎添翼，背后又有刘表的支持，南阳郡的这只虎，可不是关在笼子里供人欣赏的，它是随时会吃人的。

如果曹操率主力东征，难保张绣、刘表不趁机袭取许县。在这种情况下，东征吕布之事只能先放下了，当务之急，先得打掉南边的这只虎。

一笔惨痛代价

建安二年（197）的新年刚过，曹操下定决心，准备南征张绣。人马准备好了之后，按照惯例，他要到宫里向天子报告并辞行。曹操进了宫，还没有见到汉献帝刘协，却发生了一件事，让他吃惊不小。

按照礼制，曹操作为司空又代理车骑将军，朝见天子应该遵循以下礼仪：快见到天子时，要脱掉鞋子，解除佩带的武器，一路小跑着去见天子，天子身边会站着一个司仪官，在一旁高喊："费亭侯、司空、行车骑将军曹操，参见皇上"，曹操听到后就要跪下来高声说："吾皇万岁，万万岁。"据《世说新语》一书记载，这一次曹操还没有见到天子，大概刚把鞋子脱掉，突然过来两个持戟的武士，手里操持的铁戟可都是真家伙，过来二话不说，咔嚓一下把戟就架在了曹操的脖子上，曹操没有防备，当时就傻了。

这二位就这样叉着曹操往前走，曹操没有选择，只好跟着，来到汉献帝面前，跪下跟汉献帝说话。曹操说了些什么他一定都记不得了，那一刻他的脑海里估计全是空白。从汉献帝跟前出来，曹操脊背上的汗都湿透了，那是紧张的结果。

这是一套什么礼仪呢？其实它是有来历的，汉代为了防止权臣篡权，规定了许多制衡措施，比如“五大不在边”，就是外戚、三公等五类权臣不能到外面领兵。遇到特殊情况非领兵不可，那就执行刚才这一套程序，权臣在出兵前向天子辞行时由武士把戟交叉于颈项前而行（交戟叉颈而前）。意思是要试试你心里是否有鬼，能经受考验的是好同志，有异心的就得掂量掂量还敢不敢来。

曹操大概没有听说过还有这一说，或者没有想到刘协会跟他玩真的，这一惊实在非同小可。如果刘协真的向他下手，这不就是个机会吗？何进当年是怎么死的？窦武、梁冀又是怎么死的？别看权倾天下，一个细节就能让你灰飞烟灭。曹操越想越后怕，《世说新语》说，他以后就再没有朝见过汉献帝（自此不复朝见）。

经过了这个插曲，曹操率兵南下，兵锋直指南阳郡的宛县。很快抵达淯水附近，淯水是汉水上最重要的支流，即如今河南省境内的白河，在襄阳附近注入汉水。在这条河上，还有一个著名的地方叫新野。

听说曹操率军亲征，张绣很紧张，曹操的大名他早有所闻，袁术、陶谦、吕布这些天下英雄都不是他的对手，如今正势如中天，张绣觉得在曹操面前自己也根本不是个儿。此前，张绣曾派贾诩到襄阳走了一趟，见了见刘表，据《傅子》一书记载，贾诩回来后对张绣说：“刘表这个人，倒是有一些才能，和平年代做个三公应该称职（平世三公才也）。现在看不到形势的变化，多疑少断，不会有什么大的作为。”

贾诩的襄阳之行打消了张绣依靠刘表抵抗曹操的想法，他决定投降曹操。没有记载显示张绣的这项决定是不是贾诩的建议，但贾诩至少没有反对。就这样，曹操原打算南下必有一场恶战，现在看来不存在了。曹操很高兴，在淯水河畔扎下军营，设宴招待张绣及其手下。在酒席宴前，张绣等人看到有一个大汉站在曹操身侧，威武异常，不禁暗暗吃惊，他们不认识，这个武士就是典韦。

在曹操行酒时，典韦手持大斧一直跟着，斧刃有一尺多，曹操走到谁跟前典韦不仅站在后面，而且使劲拿眼睛直盯着人家看（迫视），弄得客人根本没有心思吃好喝好。直到酒宴终了，张绣及其部将都不敢仰视。

本来这次南征就可以圆满收场了，但发生了一个意外，让形势陡转，曹操转胜为败，败得一塌糊涂。据《傅子》一书说，张绣有个亲信将领叫胡车儿，勇冠三军，曹操对于像典韦、许褚这样的猛士历来见一个喜欢一个，总想弄到自己手下，这个胡车儿大概也是典韦那样的猛人。曹操看到胡车儿也特别喜欢，想笼络一下感情，看日后能不能把他挖过来，于是亲自接见，并赠给他不少金钱。

曹操此时应该没有通过胡车儿解决张绣的意思，因为打张绣并不是他现在最需要做的事，现在张绣已经投降，南阳郡可以暂时稳定，应该尽快回师，准备东征。但张绣知道了这件事，他不那么想，他认为曹操此举用心不良，是要收买胡车儿谋害自己。

除此之外，《三国志》张绣传还透露一个细节，说曹操胜利之余，看到张绣的婶娘、已故骠骑将军张济的遗孀长得很漂亮，就纳其为妻。张绣觉得受到了侮辱，心存不满。曹操得知张绣对自己有意见，就想设计除掉张绣，联络胡车儿大概就是计策的一部分，但是计策提前泄露，张绣那边先动了手。据《吴书》记载，贾诩给张绣出了个主意，让他向曹操报告，说部队想移防到地势高一点的地方，中间要经过曹营。张绣还向曹操报告："车辆太少，士兵都得背负着很多物资，请求允许士兵们披甲而过。"曹操答应，结果张绣趁自己人进到曹营之际，突然发起攻击，打了曹军一个措手不及。

上面两条记载似有矛盾之处，如果曹操想解决张绣，他怎么可能同意张绣后面的请求？可能的情况是，胡车儿事件、张济遗孀事件虽然都是真的，但曹操并没有算计张绣的打算，所以让张绣钻了个空子。

这场战斗发生在淯水河畔，曹军的狼狈样超过了当年的汴水之战和濮阳之战。混战中，曹操坐下的马被乱箭射中面部和马腿，自己的右臂也中了箭。曹操失去战马，十分危险。据《魏书》说，曹操骑的这匹马名叫绝影，是继白鹄之后曹操骑的又一匹名马，此刻光荣就义于淯水河畔。正在危难之时，有个小伙子跑过来，从马上下来，把自己的马让给曹操骑。曹操一看，是长子曹昂。

打仗亲兄弟，上阵父子兵。关键时刻能舍身相救的，还是自己家的父子兄弟。当年汴水之战，如果没有曹洪让马，曹操可能早就没命了。现在曹昂又把马让给了曹操。但曹昂没有曹洪那样幸运，他战死在乱军之中，死时二十岁。

这一仗对曹操而言不仅丢了面子，而且实际损失惨重，长子曹昂居然战死。不仅如此，侄子曹安民、近卫部队指军官典韦一同战死。典韦死得极为悲壮。当时曹操率轻骑逃走，典韦为了掩护曹操撤退，留下来在营门口与敌兵激战，由于典韦勇猛异常，敌人无法前进，但他们分散从其他地方进入曹营。

这时，典韦周围只有十来个人，这些人都是曹操精挑细选出来的勇士，平时主要职责就是保护中军的安全，现在无不以一当十，殊死恶战。但是，敌兵越来越多，他们渐渐不支，陷入重围。典韦手持长戟，左冲右突，一戟刺过去，敌兵十多支长矛都能被折断（一叉入，辄十余矛摧）。最后，典韦的左右全部阵亡，他本人也数十处受伤，但他仍然与敌兵近距离激战。

典韦一把抓过两个敌兵，徒手就把他们给杀了，其余敌兵吃惊不小，都不敢再靠近。典韦上前冲杀，又杀了几个敌人，然而伤势严重，失血过多，最后他怒目大骂而死。敌兵确信典韦已死，才胆战心惊地上前把他的头割下，互相传看，想观察一下这个奇人到底为什么如此生猛。

曹军从淯水河边一路惨败，一口气退到了宛县以东百里之外的舞阴，曹军各部听说后，都想抄小道先赶到曹操那里救驾，一路上拥挤无序，狼狈不堪。平虏校尉于禁率数百人主动断后，他们且战且退，迟滞敌人的进攻，敌人见无法继续扩大战果，慢慢退去。于禁下令整顿人马，敲着战鼓回营。

走在半道上，遇到十几个伤兵，一个个赤身裸体，惨不忍睹。于禁问他们怎么了，这些人说被青州兵趁乱打劫，于禁大怒。这个青州兵，就是曹操当年打败青州黄巾军后收编的部队，这支部队作战勇猛，是精锐之师，但军纪一向很差，曹操对他们平时颇为关照，反而让他们更认为自己不得了，这次趁败军之际，公然抢劫到自己人头上来了。

于禁下令追讨青州兵，把他们收拾了一顿。之后，于禁指挥所部安下营垒，防备敌军再来。这时，手下人劝他先不忙安营扎寨的事，应该先到曹公那里报告情况，防备青州兵恶人先告状。于禁说："现在敌人在后，很快就会追到这里来，不做好准备，何以对敌？曹公明察秋毫，不必申辩！"

青州兵果然提前跑到曹操那里告状，曹操没有听信他们。等见着于禁，听了于禁的汇报，曹操很高兴，对于禁说："淯水之难，我方危急，将军能乱而不乱，整治所部，惩治暴行，高筑坚垒，实在有不可撼动之节，虽古之名将，也难以超过你呀！"于是，依据于禁前后立下的功劳，上表天子封于禁为益寿亭侯。

此役曹操失去长子曹昂、侄子曹安民，让他悲痛异常。更让他伤心的是，心腹爱将典韦也战死了。曹操在舞阴没有祭奠爱子和侄子，却为典韦盛大发丧，曹操痛哭不已，设法找回了典韦的遗体，送回老家襄邑安葬。曹操后来拜典韦的儿子典满为郎中，作为自己的近侍。以后他每次经过陈留郡一带时，都要绕道襄邑祭祀典韦。

曹操首征张绣即以失败告终，他从舞阴退回到许县，留下曹洪驻防于南阳郡境内，与张绣对峙。张绣打退曹操之后，迅速扩大战果，在刘表的支持下，他将曹军曾经占领过的舞阴等地重新收回，把曹洪压缩到南阳郡最北面的叶县一带，曹洪在南阳郡处境艰难，只能勉强守住最北面的防线。

曹操知道曹洪在南边很吃力，但此时他却无法迅速支援，因为在他回师许县不久，天下发生一件大事，让他不能不做出回应。

袁术贸然称帝

建安二年（197）春天，就在曹操转战南阳郡的同时，身在扬州的袁术突然心血来潮，自称皇帝，此事震撼了全国。

早在两年前，汉献帝败于曹阳之时，天下盛传汉献帝已经遇难了，举国哀伤，但袁术心里却暗自高兴，因为他脑子里一直都有个可怕的念头：自己当皇帝。说实话，袁术此时的实力很一般，离开南阳郡后本来想到兖州一带发展，但打不过曹操，逃到了扬州。他杀了扬州刺史陈温，在寿春建立起基地，也曾有过兴盛的时候，那时手下有孙策、郭贡、张勳、桥蕤等人，势力也曾发展到周边的豫州、徐州一带。

后来孙策离开了袁术到江东独立发展，使袁术集团的力量大减，袁术手下再也没有特别能打的大将，说是占领了扬州，其实只是扬州六郡里的两个郡而已。但袁术此人有个最大的特点，就是一向自我感觉良好。听说汉献帝遇难，他迫不及待地召集会议，跟手下人说："如今刘氏微弱，天下乱七八糟，缺乏统一领导。我们袁家连续四代人当过三公，是天下名望所归，我想顺应民意，大家看看这怎么样（欲应天顺民，于诸君意如何）？"

大家一听都愣了，简直不敢相信自己的耳朵。"顺应民意"不就是想冒天下之大不韪自己当皇帝吗？袁术手下的人都不吱声。在这种情况下，不吱声就是表示坚决反对。袁术的主簿阎象忍不住劝道："当初周朝从后稷以至于周文王，积德累功，三分天下已经占有其二，仍然服从商王殷纣的领导。明公您虽然出身世家，但还没有达到周王那样的强盛。而且，现在汉室虽然微弱，还没有像殷纣王那样残暴啊！"阎象的意思很明白：您老人家比周文王差得远，汉献帝比殷纣王强得多，当初周文王都甘愿服从殷纣王的领导，您有什么资本自己当皇帝呢？

袁术听了心里极不高兴，半天不说话（嘿然不悦），但没有人支持他，这件事也就暂时放下了。

袁术想当皇帝的瘾一旦被勾起来，不达目的他吃饭不香、睡觉不踏实。他整天都在想着要当皇帝的事。后来证实，汉献帝遇难于曹阳纯属误传，但即便如此，袁术仍然没有死心。

当时社会上流行着许多神秘预言，基本上都是一些不知所云的东西或者是别有用心之人编出来的无稽之谈，但有很多人相信，有人还深信不疑，袁术就是其中的一位。在这些神秘预言里，有一句话很知名，叫“代汉者当涂高”。这一句话的前四个字好理解，就是接续汉朝国祚的人，灭亡汉朝的人。后两个字却十分费解，“涂高”是什么，谁也说不清楚。

但袁术认为这很好理解，这个“涂高”就是指他自己。袁术字公路，“术”是城邑内的道路，“公路”指的也是路，而“涂”被他理解为“途”，也是路的意思。这种理解很牵强，但袁术认为一定是这样的。而且，根据“五行终始论”，汉朝属于火德，取代汉朝的一定属于土德，袁姓就属于土德，是有资格取代刘汉统治的姓氏。这一条又成为上一条的佐证。

这时候河内郡人张炯又帮袁术弄出来一个符命，以兆袁术的天子之应，袁术更觉得皇帝非他莫属了。张炯的这个符命，史书均有提及，但都不知道具体为何物，估计跟河里挖出个写字的石头、鱼肚子里发现一条写字的绸子这些事差不多。

有了这些理论基础，袁术觉得自己再不出来当皇帝都有点对不起上天的眷顾了。他听说孙坚当年在洛阳宫里得到了传国玉玺，就把孙策的妻子软禁起来，逼她交出玉玺。孙策这时已经到江东开辟根据地去了，无奈之下，孙夫人只好把玉玺给了袁术。

建安二年（197）春，袁术不顾众人的反对，在寿春正式称帝，但他这个皇帝很奇怪，既没有宣布国号，也没有下诏改元，他也不自称天子，而称“仲家”。后世有人认为，“仲家”就是袁术新王朝的国号或年号，也有把袁术称为“仲家皇帝”的，但这些都是推测，“仲家”并不像个国号，更没有“仲家”作为年号的记载。

两年后，袁术走投无路之际，曾对自己称帝的行为进行过辩解，说他当时看到天下大乱，已经到了周朝末年七国分势的局面，自己出于一片责任心，出来替汉室管管事，自称“仲家”，仲是第二的意思，在他心里还是把刘氏当老大，并没有真的想当皇帝。一般认为这是袁术给自己的辩解，但对照实际情况看一下，也许并不完全是虚言，袁术想当皇帝是确定无疑的，但他也知道自己实力有限，于是留了条后路，从而弄出个不伦不类的东西来。

但是，除了国号、年号这些，其他一切方面袁术都按照真皇帝的样子做了。

他改九江太守为淮南尹，类似于西汉的京兆尹和东汉的河南尹，寿春自然成了“京师”，他在这里任命公卿，建皇宫，设祠庙、明堂。

袁术在寿春大封百官，但大家似乎都不太给面子，来应聘的并不积极踊跃。袁术有点犯愁，心想无论如何得找几位天下名士来撑撑门面，不能三公九卿尽是阿猫阿狗之辈。他想到了两个人，一个是陈珪，一个是金尚。袁术想请他们来当自己的“三公”。

陈珪就是陈登的父亲，他本人也是高干子弟，他的父亲陈球当过太尉，袁术和陈珪年轻时在洛阳就是哥们儿，此时陈珪在徐州的吕布那里，吕布是袁术的盟友，给他要个人应该没问题，袁术给陈珪写了封信，但陈珪却没有来，不是吕布不放人，而是陈珪压根儿不愿意。

陈珪不仅没来，还给袁术写了封措辞严厉的信，把袁术批评了一通。陈珪说，让我去阿附你干那些非正义的事，就是死我也不能去（欲吾营私阿附，有犯死不能也）。袁术气得牙痛。

金尚是个老士人，有一定名望，当年被朝廷任命为兖州刺史，而兖州那时已被曹操控制，金尚兴冲冲跑到兖州上任，结果连兖州地界都没有进就让曹操一路打了回来。金尚没有地方待，跑来依附袁术。袁术任命金尚为太尉，但金尚死活也不干，并且准备逃跑，袁术把他抓住，一怒之下把他杀了。

袁术的称帝行为在曹操看来既是对汉室的叛逆，也是对自己的挑战。许县新朝廷运转不到一年，袁术就公然分庭抗礼，不给他点教训，势必会有第二个、第三个袁术冒出来。在曹操的战略规划里，解决袁术本来没有排在前面，他现在最需要解决的是南阳郡问题，其次是吕布和刘备，然后是关中的凉州军阀。但现在袁术自己跳了出来，曹操的战略规划必须相应做出调整了。

联合讨袁行动

袁术的僭越之举让他的两大盟友——吕布和孙策不得不向世人表明态度，而这二位最终的态度都差不多：坚决反对。

其中以孙策反对得最干脆，听说袁术僭号，孙策马上写来一封信给予强烈谴责并断绝关系（以书责而绝之）。这封信有一千一百多字，在书信体文书里算是很长的了，写得洋洋洒洒，最早收录于《吴录》一书中，信中细数袁术九大罪状，说他连董卓都不如，以董卓的狂狡，在废主自立问题上仍然不敢擅为，而袁术竟然干出这种大逆不道之事。《吴录》称这封信是张纮代笔，《典略》认为代笔的是张昭。孙策在江东已渐成气候，跟袁术翻脸是迟早的事，袁术称帝无疑给了孙策一个最合适的翻脸理由，加上此前袁术为得到传国玉玺而扣押了孙夫人，孙策更是怒从心头起，这次索性彻底了断。

跟袁术决裂以后，孙策转而投向许县的朝廷。据《江表传》记载，孙策主动派刘由、高承为特使到许县朝奉进贡。曹操见到孙策派来的使者特别高兴，拉拢孙策可以瓦解袁术的联盟，孙策如能从背后夹击袁术，那袁术岂不死得更快？为此，曹操以汉献帝的名义，立即派议郎王诵为特使前往江东，对孙策勇于同逆臣作斗争的行为给予表彰，并拜孙策为骑都尉，封吴侯。

孙策的势力已跨有两三个郡，骑都尉一职连个郡太守都抵不上，顶多相当于是个大校师长。孙策觉得这个职位有点低，想要个将军名号。孙策派人私下游说王诵（使人讽诵），这个王诵倒挺不简单，在来不及请示汇报的情况下当机立断，自己做了回主，重新拜孙策为明汉将军。

当时，袁术还有个同盟军叫陈瑀，屯驻在长江以北的海西一带，曹操让孙策讨伐这股敌人。孙策领命，准备率军渡江作战，刚要出动，陈瑀那边先下了手，派人悄悄来到江东，结交祖郎、焦已及严白虎等割据势力，准备趁孙策主力渡江之际从背后下手。这件事幸亏被孙策察觉，他派吕范、徐逸攻打海西的陈瑀，自己留在江东对付敌人。《山阳公载记》称，陈瑀最后被打败，只身一人逃走，他来到冀州，被袁绍收留。吕范、徐逸大败陈瑀，俘获包括陈瑀老婆孩子在内的四千多人。在孙策及时出手下，袁术赖以为外援的右翼被剪断了。

再来看看吕布那边的情况，袁术称帝后，派韩胤为特使专程到徐州给吕布报信，袁术并且提出了一个要求，想与吕布和亲，娶吕布之女为儿媳。对于袁术结亲的要求，吕布开始倾向于答应，他甚至把女儿交给韩胤，让他带走。但是，对于这项决定，吕布手下有一个人特别紧张，他想到如果真是那样，无论于国于己，都要坏事，所以赶紧来劝吕布。

这个人就是陈珪，时任下邳国相。陈珪曾拒绝袁术的征召，还把袁术谴责了一番。吕布跟袁术如果站到一块，将来对自己很不利。这倒是其次，问题是扬州、徐州一旦结成一体，这个伪朝廷势力就更不得了，天下就要受难了（徐扬合从，为难未已）。陈珪作为汉室名臣的后代，正统观念一向很强，在大是大非面前，陈珪没有含糊，他急忙来劝吕布。陈珪说：“曹公奉迎天子，辅助国政，将军您应当同他合作，共图大计。现在反而与袁术结亲，必受不义之名，将来恐怕会大祸临头啊（有累卵之危矣）。”

吕布一向对袁术有些意见，尤其是在之前的合作中，袁术向来说话不算数，让吕布很伤心。对结亲的事他本来就不太坚决，经陈珪一说，吕布反悔，马上派人追上韩胤一行，把女儿抢回来，并且把韩胤押送到许县，交给曹操处置。吕布派去押送韩胤的是陈珪的儿子陈登。陈登字元龙，这可是个有本事的人，史书上说他学识渊博，智谋过人，但又性格桀骜不驯。吕布派陈登向曹操示好，本是来搞公关的，但陈登一见到曹操就劝他除掉吕布。

陈珪、陈登父子虽然屈身事奉吕布，但一直心存不满，曹操见陈登是个人才，将来会有大用，于是拜陈登为广陵郡太守。临别之时，曹操又拉住陈登的手说："东方之事，全都托付给你了。"后来，陈登果然以卧底的身份为曹操出了大力，成为曹操除掉吕布的头号功臣。据《英雄记》记载，曹操让陈登给吕布带回一封亲笔信，对吕布加以慰问，并让吕布按照天子的诏书追捕公孙瓒、袁术、韩暹、杨奉等人。吕布接到曹操的信很高兴，又派使者上书天子，表达自己的忠心。同时也给曹操写了一封信，说自己本是个"获罪之人"，承蒙曹操亲自写信慰劳，十分感谢，自己一定按照曹操前面所说，努力追捕袁术等人。

接到吕布的信，曹操再次派奉车都尉王则为使者，带着汉献帝的诏书，封吕布为平东将军。曹操又让王则捎给吕布一封亲笔信，曹操在信中说："当年给将军的印绶不幸丢在了山阳郡，现在补上，但朝廷没有上好的金子，我就拿自己家里存的好金子给将军制了这枚印；朝廷没有紫色的绶带，我就把自己印绶上的紫带取下来给将军，这些都是聊表心意。"吕布看到曹操的信，很受感动，又派使者前往许县谢恩，并捎给曹操一副上好的绶带。

那一刻，徐州通往许县的大道上双方的使者跑来跑去，看到这一幕，你怎么也想象不出几年前二人还曾刀兵相见，也无论如何想象不到几年之后二人还会杀得你死我活。

袁术听说吕布与曹操交好，不仅不送来女儿，还把自己的使者押送到许县，不禁勃然大怒，立即派遣手下大将张勳、桥蕤等人与韩暹、杨奉联合，以步骑数万人分七路直扑吕布的大本营下邳而来。

韩暹、杨奉怎么会出现在这里呢？说起来这二位也都曾经辉煌过，是汉献帝正式任命过的大将军和车骑将军，只是如今已经没落，各率领一支游兵散勇流窜在江淮一带，袁术主动联络他们，肯定给了不少伪朝廷的官职，这二位如今已加入袁术联军之中。

而吕布没有防备，当时身边的人马很有限，只有兵三千、马四百匹，担心不敌。这时吕布有点后悔了，埋怨陈珪说："都是你们父子弄的好事，现在该怎么办？"陈珪分析说："韩暹、杨奉跟袁术是仓促之间联合到一块的（卒合之师耳），同盟难以稳定，我派犬子陈登前去，一定可以把他们拆散。"陈珪胸有成竹，因为他可不是瞎吹，陈登确实有两下子。陈登出马，果然策反了韩暹和杨奉。

吕布主动进军，离张勳大营仅百步之遥，韩暹、杨奉突然倒戈，张勳措手不及逃走，吕布和韩杨联军一直攻向寿春，一路攻、一路抢，最后与袁术军隔淮水相对，袁术亲自带五千人马在河南岸，吕布等人在河北岸，他们把袁术好一通嘲笑，然后撤兵。

袁术的命也确实够背的，好不容易壮着胆想过过皇帝瘾，别人还没有怎么发话，自己昔日的部下和盟友便先给来了一通下马威。孙策、吕布不仅没有成为自己的外援，反而纷纷杀到家门口来了。

有孙策和吕布的配合，曹操这边就好办多了。等袁术已经被那两位兄弟弄得顾头难顾尾之时，曹操决定亲自东征，时间在这一年的九月。袁术听说老对手曹操亲自来了，也倒干脆，留下部将桥蕤、李丰、梁纲、乐就等人驻守蕲阳以抗拒曹操，自己开溜了。曹操指挥于禁等人进击，最后把桥蕤等四人包围在苦县，全部斩杀。袁术又南渡淮河，不敢迎战。曹操无意对袁术穷追不舍，因为南阳郡的问题还没有解决，曹洪被张绣压得喘不过气来，他得尽快回师，再战南阳郡。

曹操回师许县，在准备第三次南征张绣之前，他要先办一件案子，让有关部门对杨彪立案追究。杨彪原任太尉，出身于著名的弘农郡杨氏家族，曹操之所以现在想起了他，是因为他跟袁术有姻亲关系。曹操可能接到举报，说袁术称帝杨彪也有份（欲图废立），于是把杨彪下狱，准备以大逆不道之名来治罪。将作大匠孔融听说，来不及穿上朝服，跑过去见曹操，给杨彪求情："杨家四世清德，为海内景仰。《周书》说，父子兄弟罪不相及，怎么能以袁术之罪归于杨彪呢？"

对于孔融来说情，曹操没有让步的意思，让许县令满宠负责审理此案。许县令好比当年的洛阳令，品秩不高但权力很大，尤其是对京师地区有司法管辖权，可以审理朝廷官员，何况杨彪已不担任公职，形同普通百姓，更是归许县令来审理。孔融和荀彧都私下里找到满宠，让他不要对杨彪用刑（勿加考掠），谁知满宠一上手，对杨彪就来了个大刑伺候，把孔融和荀彧气坏了。

满宠把杨彪打得死去活来，几天后，来向曹操汇报，说："快把杨彪打死了，他也没有什么可招的。此人海内知名，如果没有证据就治罪（罪不明白），必然大失民望。"曹操想了想，第二天就赦免杨彪出狱。这时候孔融和荀彧才明白，满宠打杨彪正是为了救他。

曹操突然拿杨彪说事，表面上是他与袁术有瓜葛，其实是因为杨彪出身于世家，代表了某种政治势力，虽然他已经下台，但影响力仍不同一般。新朝廷刚建立，曹操经常在外面征战，必须内外都树立起绝对权威。拿杨彪开刀，有杀一儆百之意，为的是树立自己的绝对威信，袁术的事只是为他提供了一个理由而已。杨彪受惊一场，被放出来后，他看到汉室衰微，许县都是曹氏的天下，于是对外称自己脚有病（脚挛），十多年里不再出门，避免惹祸。

安众突围之谜

建安二年（197）九月东征袁术之战收效不错，斩杀了袁术手下的桥蕤等四将，巩固了东部的汝南郡、陈国、梁国等势力范围。这一仗没有怎么大打，曹操也无心继续扩大战果，他下令迅速回师许县，准备南征张绣。十一月，曹操率军出发，首先抵达南阳郡最北边的叶县，与驻守在这里的曹洪会合。如果曹操再不来，曹洪可能真守不住了，张绣的部队以凉州军为老底子，战斗力很强，刘表又派邓济等人支援张绣，南阳郡呈现一边倒的态势。

曹操首先进军湖阳，那里是刘表的人马驻守，曹军攻克湖阳，生擒了刘表的部将邓济。之后，曹军转攻舞阴，将其攻克。在肃清了宛县这些外围后，曹操率军攻打张绣的大本营宛县，进军到淯水河畔。这里是曹操的伤心之地，去年，他的长子曹昂、侄子曹安民以及心爱的将领典韦都战死在这里。根据《魏书》记载，曹操在淯水河畔举行仪式，祭奠阵亡将士。曹操亲自参加祭奠，唏嘘流涕，将士们都深受感动。

但是，建安二年末的这次军事行动却突然中断了一段时间。一种可能是曹军在宛县一带过的年，之后又回师许县，没有记载显示是张绣、刘表联军打退了曹军的进攻，还是曹军自己撤回去的。还有一种可能，曹军没有回师，仅是曹操带少数人回到了许县。曹操离开主力回到后方，一定是有重大事情需要处理，但具体何事不得而知。

后一种可能性更大，因为曹操在许县仅停留了一个多月，就又回到了南阳郡前线，这次他还带上荀攸一同前往。根据《三国志》荀攸传的记载，荀攸劝曹操暂时不要在南面用兵，荀攸说："张绣与刘表相恃为强，然而张绣只是一股游军，处处要仰仗刘表的接济，刘表一旦不给他提供资助，二人势必分离。不如暂时缓兵，让他们自动分开（可诱而致也）；如果我们攻得急，刘表对张绣肯定不能不管，要全力相救。"

事后证明，荀攸的这个分析是有远见的，但曹操考虑到南面的事不能拖下去，必须尽快解决，好让自己无后顾之忧，从而可以腾出手来对付东面的吕布和刘备。所以他没有采纳荀攸的建议，继续进兵。

在曹军的强大攻势下，张绣的主力离开宛县南撤，退到距宛县一百多里外的穰县，即今河南省邓县附近。曹军进攻穰县，与张绣军展开激战，张绣顶不住，急忙向刘表求援。果然，如荀攸分析的那样，张绣之于刘表，就是一面坚固的盾牌，张绣在前面顶不住，刘表不能不管。刘表派兵驰援张绣，没有确切记载刘表派了多少人马前来，但这一次他一定是动了老本，因为他派来的人不仅有驰援穰县的，而且还悄悄分出一支人马占领了一处战略要地，要给曹军来个前后夹击，让曹军有去无回。这个地方名叫安众，接下来将让曹军大吃苦头。

穰县城里的张绣迎来了刘表的援军，士气大振，曹操攻城遇阻。张绣在城里做着长期守城的准备，但他突然接到了报告，说曹军主动撤退了。

张绣有些不解，从目前的形势来看，曹军仍然占有优势，何以无缘无故撤退呢？张绣害怕曹操使诈，下令先不要贸然去追。后来看到曹军撤得很迅速，一路向北而去，看看不像有诈，张绣于是大着胆子追了上来。张绣有所不知，曹操下令回师并非使计，而是真的，因为许县大后方出了问题。根据《献帝春秋》记载，听说曹军主力南下，田丰劝袁绍趁机袭击许县，将汉献帝抢到自己这里来。袁绍手下有人叛逃到曹营，提供了上述情报。曹操接报后，认为事关重大，不敢丝毫迟疑，即刻挥师北撤。

这件事很蹊跷，史书记载也十分简单。可以猜测的是，要么田丰真有此议，而袁绍确实准备发兵袭取许县，要么是袁绍造的谣，目的是不让曹操太顺手。还有一种可能，是贾诩的计策，为了解穰县之围，故意制造谣言，给曹操提供了假情报。不过，曹操在作出回师决定时，一定是有充分依据的，如果这样看，第一种可能性应该最大。

曹军要回师许县，最快速的推进方式是走南方大道。走这条道就好比上了高速公路，直线距离最短，路也最平坦宽阔。东汉的南方大道跟东方大道、东北方大道一样，是全国交通网里的骨干线路，它起自洛阳，连接鲁阳、宛县、穰县、襄阳以及南郡的治所江陵即今湖北省荆州市，武陵郡的治所汉寿即今湖南省常德市。曹操现在只想火速回师以解许县之危，因此想都没有想，指挥人马沿着南方大道向北疾行。谁知，这条行军路线差点让他们全军覆没。

穰县以北仅二三十里处，是一片山地，地势很险要，南方大道穿山而过，在此形成了一处要塞，此地就是安众。曹操包围穰县时，没有想过这么快就会撤军，所以忽视了背后的这处要点。刘表的援军恰恰发现了这里很重要，于是分重兵占领，实际上断了曹军的后路。刘表的人马进入安众要塞后，立即整修防御工事，以南方大道为轴线，以山地为依托，很快建成了一条东西连绵数十里的防线。

曹操率军抵达安众，突然发现过不去了，如果绕道而行，无论向西还是向东都是山区，道路不畅，费时费力不说，敌军依托有利地形更容易袭击自己。安众防线就像一条铁链，牢牢地缚住了急于回师的曹军。张绣也指挥穰县的人马从后面杀来，曹军面临前后被夹击的不利处境。双方陷入僵持，情况对曹军很不利，虽然人数占优势，但在有限的区域内兵力难以全部展开，在这种情况下，守着有利地形的一方更占优，曹军陷入了所谓的死地。

在此关键时刻，曹操发挥了他在军事上的天才想象力，指挥人马神不知鬼不觉地突破了看似牢不可破的安众防线，并且基本上没有什么损失。关于这件事，《三国志》说，曹操先是给荀彧写了封信，说“只要到了安众，必然能打败张绣”，后来果然就把张绣打败了。后来荀彧见到曹操，讨教破敌的原因，曹操的回答是：“兵法说‘归师勿遏’，而敌人非要阻挡我们的归师，并且跟我们争夺死地，我所以知道他们必败。”曹操的这番话等于没说，不是所有的归师都能打胜仗，也不是在所有的死地里都能起死回生。曹军之所以化险为夷，是因为他们采取了敌人想象不出的作战方式：地道战。

曹操白天与敌人对阵，晚上悄悄在最险要的地段挖掘地道，这项巨大工程估计颇费了些时日，绝不是一夜之间可成的。根据史书记载，曹军到达安众时是五月，回师到许县荀彧向曹操讨教破敌秘密的时候已经是七月了，也从侧面印证了安众地道挖掘工程量的巨大。最后，曹军的工兵部队以顽强的毅力挖通了安众防线，曹操指挥人马趁夜遁去。

天亮后，张绣吃惊地发现，数万曹军一夜之间不见了踪影，侦察之后才发现，曹军已从地道里越过了他们精心构筑的防线，张绣立即下令追击。贾诩过来劝张绣不要追，否则必然失败。张绣不听，指挥所部人马以及刘表的参战部队全军压上，沿着曹军撤退路线追击（悉军来追），最终果然吃了败仗。

他们还没有追上撤退的曹军，却先后迎面遇上了曹军新投入战场的两支生力军，这两支人马不约而同挡住张绣、刘表联军，上来一顿猛打，把张绣、刘表联军打得大败而回。这两支人马，一支由曹仁带队，一支由李通率领，他们倒不是商量好的统一行动，而是碰巧遇到了一起。

曹仁没有随曹军主力行动，曹操派他肃清宛县附近几个县的残敌，而李通驻守在南阳郡以东的汝南郡，是曹军距此最近的部队。这两路人马都是得知曹军主力被阻于安众防线而前来解围的。赶到时，正好遇着曹操率大队人马从地道里钻出来仓促北撤。曹操说你们来得正好，张绣必然会率大军追过来，你们就在此打阻击吧。所以，当敌兵杀过来时，正好与他们相遇。

追击不成损失不小，张绣很后悔。谁知贾诩这时又过来，力劝张绣立即再追。

张绣以为听错了："当初没听您的话，结果打了败仗，现在都这样了，为什么还要追？"贾诩说："现在敌情出现了新变化，去追一定能取胜。"张绣抱着将信将疑的想法派人追击，这一次竟然打了胜仗。事后张绣请教贾诩胜败的原因。贾诩说："曹军开始退却，但曹操必定会派精兵断后，我们追击必然失败。打败了我们的追击，他们又会轻军前进，没有料到我们会再来，所以我们就能取胜。"张绣听了，简直佩服得要命。

曹操再征张绣，居然又遭遇失败，在曹操的军事生涯中，这是绝无仅有的事。曹操回到许县，对荀攸感慨地说："没有听先生的话，才造成今天的结果呀（不用君言至是）！"言语之间，对一再败于南阳郡而十分后悔和无奈。

"四胜论"与"十胜论"

建安三年（198）曹操再次亲率大军南征张绣，但又以失败而告终。究其原因，有准备不足、自身掉以轻心的因素，也有很多偶然因素。曹操刚开始在许县创业便遭遇了这样的军事挫败。回师以后，并未见袁绍来袭，也许曹操较早得到了情报，迅速回师，让袁绍失去了最佳进攻时间，所以放弃了奇袭许县的计划吧。

但是，曹操屡次南征不利，让袁绍有点看笑话的意思，也滋生了袁绍的骄傲情绪。在袁绍看来，未来最主要的对手就是曹操，他们现在虽然都腾不出手来直接对决，但迟早会有那一天。袁绍看到曹操连此前名不见经传的张绣都打不过，看了还是觉得挺开心。

早在去年，袁绍曾经给曹操写过一封信，以许县地理位置偏僻、地势低湿为由，要求曹操把汉献帝迁到兖州刺史部的鄄城，这里虽然还没出"曹操控制区"的范围，但距袁绍的控制区只隔一条黄河，袁绍的用心很明显。曹操当然拒绝了袁绍的提议，等到这次南征张绣回来，又接到了袁绍的信，信中流露出对曹操的骄傲和不尊重（其辞悖慢），曹操看了大怒，以致行为都有些失常（出入动静变于常）。

大家还以为这是因征讨张绣失利造成的。钟繇看到这种情况，问荀彧曹公怎么了，荀彧说："曹公是一个深谋远虑的人，对于既往之事不会过于放在心上，现在必然是因为别的事。"荀彧来见曹操询问原由，曹操出示了袁绍的来信。曹操说："我真想讨伐这个不义之人，但是力量不够，你说该怎么办？"

针对曹操提出的问题，荀彧有一段很长的对答："古往今来面对成败得失，对于确实有才能的人，即使暂时弱小，以后也必然会强大；如果他不是这块料（苟非其人），暂时即使强大，将来也必然会被淘汰。刘邦、项羽的事，正好说明这一点。如今能与您争夺天下的，只有袁绍罢了。袁绍这个人，外表宽和但内心里猜忌心很强（貌外宽而内忌），做不到用人不疑，而您明达不拘，只要有才能就大胆使用（唯才所宜），这是在度量上胜过袁绍；袁绍遇事优柔寡断，总是把握不住机会，而您能明断大事，应变有方，这是谋略上胜过袁绍；袁绍治军宽缓，法令不立，士卒虽然多，但实在难以为用，而您法令既明，赏罚必行，士卒虽少，都争相效命，这是在武力上胜过袁绍；袁绍凭着世家的出身，经常装模作样以显示自己的智慧（从容饰智），喜欢沽名钓誉，所以那些没有真本事但喜欢虚名的人愿意投奔他，而您待人真诚，推诚相见，从不华而不实，严格要求自己，对自己很谨俭，而奖赏有功之人从来不吝惜，所以天下忠勇之士都愿意追随您，这是德行上胜过袁绍。”

荀彧最后说：“以上这四胜，凭借它们辅佐天子，匡扶正义，讨伐叛逆，谁敢不从？袁绍再强大又有什么用！”曹操听了荀彧这番“四胜论”，心里特别高兴，因为荀彧所说并非虚言，绝不是为图自己舒服编出来的奉承话。荀彧在袁绍身边待过，对袁绍的了解还是比较准确的，曹操心里的阴云散去了大半。

荀彧的“四胜论”还不够全面，据《傅子》一书记载，参与这次谈话的还有郭嘉。在荀彧发表了“四胜论”后，郭嘉也谈了相似的看法，他分析得更为全面，他的谈话即著名的“十胜论”。

郭嘉分析说：“当初刘邦不敌项羽，情况大家都清楚，所以刘邦只能采取智取，不能力敌，而最终项羽被刘邦打败。据我看来，袁绍有十败，您有十胜：袁绍虽然强大，但他没有什么作为，他繁礼多仪，而您做事自然，没有形式主义，这是道胜；袁绍逆潮流而动，而您顺天而行，这是义胜；桓、灵以来，政治失于宽怠，袁绍以宽治宽，所以手段不够强硬，而您纠之以严，使上下法令顺利施行，这是治胜；袁绍外宽内忌，用人而疑之，所重用的人都是亲戚子弟，而您外易简而内机明，用人不疑，唯才是用，不问远近，这是度胜；袁绍多谋少决，抓不住机遇，而您有了计划就大力推行，应变无穷，这是谋胜；袁绍是世家后代，喜欢沽名钓誉，喜欢说好话和奉承自己的人，而您待人以诚，不为虚美，忠正之士、有才之人都愿意为您所用，这是德胜；袁绍看见有人饥寒，也能给予体恤，马上进行接济，但对于看不到的，他也就想不到了，而您对小事有可能忽略，但大事都考虑得周到细致，恩之所加，都超过他们自己的期望，即使看不到的，也都有考虑，这是仁胜；袁绍手下大臣争权，谗言惑乱，而您对下属治理有方（公御下以道），谗言不能通行，这是明胜；袁绍是非不清，而您对待正确的事以礼相待，对待坏事都以法正之，这是文胜；袁绍好虚张声势，不了解打仗的要领（不知兵要），而您善于以少克众，用兵如神，军队依仗，可使敌兵害怕，这是武胜。”

从“四胜论”和“十胜论”的比较看，荀彧和郭嘉对袁、曹优劣的分析都是一针见血的，做出上述判断虽然不乏一定的主观因素，但基本上说的都是实话。他们二人的话有重复之处，所以“四胜论”和“十胜论”应该出于同一个版本，可能是对荀彧和郭嘉此次谈话的综合。对于部下的溢美之词，曹操听得有点不好意思，他笑着说：“怎可能像你们所说的那样，我有何德何能可以胜任哪！”

对于具体的策略，郭嘉建议：“袁绍正北击公孙瓒，可以趁着他主力远征，我们东取吕布。如果失去这个机会，等到袁绍进攻时，以吕布为外援，那就太危险了。”荀彧也同意郭嘉的分析，他也认为如果不先取吕布，那么解决袁绍是相当困难的。

其实曹操也是这样的想法，他一心想尽早解决吕布，考虑的就是假如袁绍与吕布联合起来，他将处于两线作战的不利局面。于今之计，应该趁袁绍与公孙瓒相持的时机，先把吕布拿下，但是曹操也有顾虑：“我比较担忧关中方面，如果关中处理不好，羌人、胡人加上南面的蜀汉就会与袁绍、吕布等人联合起来，到那时我们将四面都是敌人，虽然据有兖、豫二州，却也顶多只占天下的六分之一而已呀。”

荀彧分析说：“关中地区目前大的割据势力有十几支，彼此互相不服，其中韩遂和马超最强。他们看见关内相争，必然各自拥兵自保。现在如果主动联合他们，示以恩德，和平的局面虽然不能维持太久，但也可以坚持到整个山东地区平定之后。”

荀彧的这番分析正切中要害，很有说服力，让曹操心中顿时亮堂了起来。荀彧进一步推荐钟繇出镇关中，曹操同意，自己于是辞去司隶校尉，命钟繇以侍中的身份兼任司隶校尉，持节督关中各军，授予钟繇对有些问题可以先处理再上报的权力（特使不拘科制）。

钟繇在历史上的名望似乎来自他的书法成就，他与后世的王羲之并称“钟王”，他的字在当时就得到了同是著名书法家的曹操的喜爱，但此时钟繇在曹操眼里，绝不是一个书法家协会主席的角色，他是曹操阵营里的重臣。陈寿对钟繇的评价是四个字：开达理干。意思是说他通达事理，具备卓越的行政能力和才干。钟繇属于实干型人才，也是专家型的领导干部，他有胆有识，沉着勇毅，派他到关中总理那边的各项事务，曹操十分放心。

早在这一年的四月，曹操已派裴茂到关中，目的也是联络关中诸将，拓展根据地。裴氏是河东郡大族，裴茂的儿子裴潜，裴潜的儿子裴秀日后都在曹魏阵营中效力。裴茂当时的身份是谒者仆射，相当于朝廷信访兼机要局局长，他到了关中，首先联络凉州军中倾向于朝廷的段煨一派的支持，段煨是贾诩的老领导，名将段颎之弟。段煨协助裴茂讨伐李傕，夷灭其三族。

裴茂将李傕的人头送往许县，对这个杀害了朝廷多名重臣的刽子手，从汉献帝到百官无不痛恨，汉献帝下诏将李傕的人头高悬示众。同时下诏，拜段煨为安南将军，封为乡侯。

钟繇到达关中时，裴茂在这里已打下了一定基础。当时活跃在关中一带的割据势力除段煨、李傕外还有很多股，其中马腾、韩遂的势力最为强大，钟繇给他们写信，表明利害（为陈祸福），劝他们忠于朝廷。经过对形势的分析，马腾、韩遂选择了向许县朝廷尽忠，他们各送一名儿子到许县作为人质，以表明自己的忠心。

钟繇、裴茂开始着手经营关中，他们积极发展经济，稳定地方局势，争取各派力量对曹操的支持，取得了丰硕成果。这些将在曹操与袁绍日后的大决战中发挥至关重要的作用。

第十五章

平定徐州

杀此一人失英雄

曹操在南阳郡屡屡受挫，但是在关中地区却收获颇多。对于下一个打击目标，荀彧、郭嘉以及荀攸都主张锁定在吕布身上。曹操也认为合理，但在行动之前，在南阳郡那边也必须有所防备才行，曹操仍然留下曹洪负责守卫南阳郡北部的曹军占领区，交给他的任务是坚守不出，绝对保证许县南线的安全。

曹操觉得还不放心，他又起用了几个从荆州北归的人，把他们派到敌占区开展工作，深入敌后，发展根据地，对曹洪进行策应，这些人里，数杜袭、赵俨最有成就。

杜袭字子绪，颍川郡定陵县人，他的曾祖父杜安很有名气。杜袭在荆州避难，与繁钦是好朋友，刘表待杜袭也不错（待以上宾之礼），但杜袭发现刘表难成大事，于是跑到长沙郡躲了起来。听说天子来到许县，那里是杜袭的老家，他辗转回到了乡里。曹操任命杜袭为南阳郡治下的西鄂县长。这个县离宛县很近，基本上是把刺刀顶到了鬼子的鼻尖上。在那么恶劣的情况下，杜袭很不简单，不仅站住了脚，而且还发动军民一边防卫一边开展生产。

有一次，张绣联合刘表的人马大约上万人来攻城，杜袭召集身边的骨干共五十多人，跟他们集体盟誓，共同率领西鄂县的军民拼死抵抗。杜袭亲自战斗在最前线（身执矢石），士气受到鼓舞，个个拼死抵抗，斩杀数百名敌人，而守城的这边仅死了三十多人。但是，敌人过于强大，最终杀进城中，杜袭率军民突围，伤亡惨重。突围出去以后，杜袭没有逃到曹洪那边求救，而是收拢散民，转战到摩陂（今河南郏县东南）一带，继续坚持敌后游击战。大家听说后纷纷赶来向他会拢，杜袭又重新组织起一支力量，不断抗击张绣的进攻。

赵俨字伯然，颍川郡阳翟县人。在避乱荆州期间，跟杜袭、繁钦很要好，他们三家像一家人一样生活（通财同计）。建安二年（197），他也回到故乡，这一年他二十七岁。曹操任命赵俨为朗陵县长，朗陵县虽然属于汝南郡，但这里紧邻着南阳郡，属于敌我双方开展拉锯战的地方，由于它位置靠南，贴着南阳郡的关键位置，战略地位相当重要。朗陵县有很多黑恶势力（多豪猾），一向无所畏忌，赵俨到任后，从打击黑恶势力头目入手，一下子抓了不少人，全部判处死刑，由此树立了威望。

在南征张绣行动中立下大功的李通长期驻守在汝南郡，他利用自己的影响，不断巩固实力，有力地策应了许县以南的安全。曹操根据李通前后立功的情况，升他做裨将军。李通与赵俨在汝南郡共事，他们之间建立了良好关系。李通妻子的伯父是朗陵县人，因为什么事犯了法，被赵县长抓了起来。李通的妻子哭着向李通求情，希望李通去疏通一下，但李通说："现在大家都全力以赴为曹公效力，不可因私废公。"最后，李通妻子的伯父被砍了头，李通反而称赞赵俨执法严格，跟他成为好朋友。

南面有曹洪留守，又有李通、杜袭、赵俨这样的干才，曹操基本上放下心来，专心考虑东面的战事。

曹操东面的敌人实际上就是吕布和刘备。而现在，刘备基本上可以先不考虑，要解决的敌人是吕布。当初，吕布被曹操从兖州一路打了出来，实在无路可去，投奔了刚刚就任徐州刺史的刘备，刘备收留了吕布，让他屯驻于小沛。袁术攻击刘备，刘备率主力到微山湖一带与袁术作战，吕布趁机夺取了徐州，虏获了刘备的家眷，刘备成了无家可归的人。

刘备后来又转投吕布，当时吕布手下多数人认为不能收留刘备，吕布没有听从，他跟刘备调换了个职务，自己当徐州刺史，让刘备当豫州刺史，屯驻小沛，作为徐州的军事缓冲区，目的是在曹操或袁绍来攻时，有人能替自己抵挡一下。所以这两年刘备一直驻守在小沛，即今江苏省沛县，吕布将徐州刺史部的治所移到了下邳，即今江苏省邳州市邳城镇。

可是，刘备并不甘心给吕布当盾牌，他暗地里跟袁绍和曹操拉起了关系。早在建安元年（196），天子才回到洛阳，曹操刚刚以录尚书事的身份主持朝廷日常工作，刘备就暗中派人来联络。虽然刘备跟吕布一样，都是曹操昔日里在战场上动过真刀真枪的敌人，但此时曹操自然不会放过这个瓦解敌人同盟的机会，于是以汉献帝的名义任命刘备为镇东将军，封宜城亭侯。

这件事应该发生在曹操改任大将军之时，因为此前镇东将军一职一直由曹操本人担任。在史料中提及这项任命的很少，只存在于《三国志》刘备的传记中，可以推测，这项任命或许是秘密的，曹操的思路很明确，就是拉刘备、打吕布。

刘备的小动作可能让吕布侦知了，吕布很生气，向小沛发起进攻，把刘备赶了出来，这一次刘备又成了无家可归的人。这是建安三年（198）九月间的事。对于吕布的翻脸，《英雄记》里有一个解释，说早在这一年的春天，吕布派人到河内郡买马，擅长骑兵作战的吕布离不了马，徐州的养马业并不发达，所以经常派人四处弄马。马对吕布来说很重要，马就是吕布的军火。

吕布的贩马队要从刘备防区经过，结果刘备来了个黑吃黑，把吕布的马给劫了。吕布大怒，派高顺、张辽攻打刘备。如果在战场上相见，关羽、张飞组合厉害，还是高顺、张辽组合厉害？这一仗给出了明确答案，后者更厉害，《英雄记》说，小沛被攻破，刘备逃走，刘备的夫人甘氏以及新纳的夫人麋氏又成为吕布的俘虏（获其妻息）。

刘备向西逃，十月份，在梁国境内遇到了亲率大军东征的曹操。曹操收纳了刘备，以汉献帝的名义任命刘备为豫州刺史，使刘备的职务合法化。曹操命刘备以及他手下的关羽、张飞等人随大军一起行动。当时，曹操手下有人反对这样做，建议曹操趁机把刘备及其手下解决掉，免生后患，提出这个建议的是一直留守在兖州的大胡子将军程昱。程昱劝曹操："我看刘备这个人有雄才，而且很得民心，终究不会甘居人下，不如尽早解决他（宜早图之）。"曹操说："现在正是聚合天下英雄之时（方今收英雄时也），杀一个人而失天下英雄之心，不能这样做呀。"

从曹操的话里可以看出他承认刘备是个英雄，也不否认日后刘备会发展成为一个可怕对手，但他却不能杀刘备，不是不想杀，而是害怕让天下英雄寒心。程昱的想法是出于战术上的考虑，而曹操的想法是建立在战略层面上。从以后情况发展看，程昱的建议是很有道理的，但曹操的想法也不能说不对。设想一下，如果现在曹操就把刘备杀了，不久之后张绣的主动投降，以及张燕、臧霸等人在袁曹决战期间始终站在曹操一边的情况就未必会出现了。收留刘备是有风险的，但这项风险投资值得做，而且在某种意义上也只能这样做。

困在笼中的猛虎

曹操在梁国境内与刘备会合后，指挥大军继续向东进击。在这条进攻路线上，小沛的重要性已经降低，因为他们面前的敌人在彭城和下邳，而小沛在其以北较远的地方，偏离了此次作战的主轴。吕布也意识到了这个问题，虽然他已经占领了小沛，但迅速退了回来，将主力部署到彭城一线，依托彭城周围的低矮山丘以及汳水、济水、泗水等河流，构筑保卫徐州的第一道防线。

吕布亲临前线，誓死守卫彭城，但是在他与曹操的直接交手中总是败多胜少，这一次仍不例外。曹军有过多次痛打吕布的经验，心理上占优势，加上对彭城这个地方很熟悉，几年前在这里曾与陶谦的军队交锋，所以打起来很顺手。曹军很快取得了胜利，攻克彭城，吕布率军退到他的第二道防线下邳。根据史书记载，曹军攻克彭城后，又搞了一回屠城。这是曹操对彭城军民犯下的第二次大屠杀罪。实在不太清楚曹操的心里是怎么想的，为什么对彭城人如此憎恨？如果说上次的解释是父亲及一家五十余口被陶谦杀害而要报仇的话，这一次就有些费解了。

一般来说，打江山就是占地盘，而地盘其实是不值钱的，值钱的是地盘上的人和物，尤其是现在，人口锐减，生产凋零，无论发展兵源还是组织生产，人力资源都是最重要也是最稀缺的资源。屠城这种手段只有在一种情况下可以理解，那就是打下的地盘守不住，地盘上的人也带不走，不想留给敌人，于是消灭。根据目前的形势来看，曹操再屠彭城已经毫无理由。况且，曹操现在的身份是相当于全国武装部队副总司令的车骑将军，同时又是行政部门的最高首长司空，再做屠城这样的事更是匪夷所思。

曹军攻克彭城后继续进军，直抵下邳城外。吕布将徐州治所移至下邳城后，对这里进行了大力整修，这座城池虽不如彭城那样知名，但现如今的防卫能力却大大超过彭城。

下邳城有泗水为依托，陈宫建议吕布趁曹军尚未渡过泗水时主动出击，将敌人拒于泗水河西岸。但吕布好像正在研究兵法，他对兵法上说的“半渡可击”深信不疑，觉得如果趁曹军正渡河时发起进攻更为有利。可是，让吕布不可思议的是曹军渡河的动作如此迅速，根本没有留下通过发动突然袭击把他们消灭在河里或者打回去的机会，这是因为曹操可能也注意到了这一点，所以进行了特别防备，没有让吕布占便宜。

更让吕布闹心的是，他还没有组织起有效抵抗，自己这边先乱了阵。吕布的属下广陵郡太守陈登临阵起义，打乱了吕布的布防，吕布大败，手下将领成廉被曹军俘虏。成廉被俘后就再也没有关于他的记录了，可能他被曹操祭了旗。当初许县一别，曹操握住陈登的手久久不放，陈登这个卧底如今发挥了大作用。

接连两败让吕布军心严重受挫，丧失了与曹操一决高下的信心。吕布退回下邳城内，依托坚固的城防工事进行抵抗。为了尽可能减少伤亡，曹操给吕布写了一封信，劝他投降。吕布接到信，真有点动心了。陈宫知道后一下子急了，他劝吕布千万不能降。据《献帝春秋》说，吕布确实想投降，当曹军攻城很急的时候，他到了下邳城的西门，这个门的门楼又叫白门楼，吕布当年抄刘备老巢攻入下邳时，就是在这个地方首先入的城，并在城楼上指挥巷战。吕布现在又站在白门楼上，对下面的曹军喊：“不要攻得这么急，我将向明公自首！”陈宫闻听大叫道：“只听说过逆贼曹操，哪里来的明公？”陈宫劝吕布趁早打消投降的念头，因为现在投降，就像用鸡蛋去碰石头，无论如何都不可能保全。

其实，吕布现在如果真的投降了，曹操未必会杀他。曹操不杀刘备，考虑的是不能让天下英雄寒心，后来他不杀张绣，也是出于类似的考虑。如果吕布主动投降，曹操杀他的可能性很小。况且曹操很爱才，尤其对军事才能突出的武将更是偏爱，曹操对典韦、许褚、于禁、乐进等勇将一向极为赏识和爱护，吕布的名气和能力比他们强了很多，如果吕布真愿意归顺，曹操还有可能对他给予重用。

这是吕布的一个机会，但这基本上也是最后一个机会了。吕布想抓住，可是陈宫坚决反对。陈宫跟吕布不一样，陈宫当年在曹操手下，曹操对他很信任，把兖州日常政务都交给他处理，但陈宫关键时刻的背叛，让曹操差一点永远无法翻身。曹操爱才，但曹操不爱叛徒，更何况这个叛徒手上沾满了自己人的血。

陈宫可能暗地里盘算过，吕布如果投降，活的机会是九分，死的可能是一分；而自己投降了，死的机会是九分，活的机会不超过一分。所以，他力劝吕布不要投降，继续抵抗，找机会反败为胜。吕布被称为天下第一勇将，但他是个耳根子很软的人，平时在家听老婆的，在外面听手下人的，经陈宫一说，他打消了投降曹操的念头，从而失去了最后一次生的希望。

陈宫还真为吕布想了一个反败为胜的计划，他建议派兵出城偷袭曹军的粮道，曹军远途作战，粮食供应很困难，一旦粮食被劫，军心必乱。吕布认为有道理，准备亲自带队率高顺等人去劫曹军的粮道。军事会议也开了，各项部署也下达了，吕布回家收拾东西，顺便跟妻子交代一下。

吕布的妻子听说丈夫要出城，顿时没了安全感，她想反对，又怕丈夫不听。于是换了个理由说事，她说："高顺和陈宫素来不和，将军一出城，他们必然不能同心协力守城，如果有什么差池，将军何以自立？"吕布的妻子还哭诉说，当年在长安李傕、郭汜之乱时，吕布只顾自己逃命，已经把她扔下不管了一回，现在再也不能那样了。

吕布在陈宫面前耳根软，在老婆面前耳根就更软了。吕布闷闷不乐，不再提劫粮道的事。陈宫不放弃，又出了一个主意，建议由他来守城，吕布带一支人马到城外驻守，形成呼应，曹军攻吕布，陈宫就出来夹击曹军；曹军攻城，吕布就从后面包抄曹军。

陈宫认为，只要守城策略正确，曹军很难找到机会。而曹军也不可能在下邳城久攻，因为那样一来粮食供应就会成为问题，当年曹军不止一次兵临郯县城下，最后都无功而返，说明只要能顶住，时间一长围城必解。陈宫的这个主意未必高明，因为如今曹军的力量已发展得很强大，即使分兵两路对攻，未必能出现想象中的对曹军两面夹击的态势。但陈宫的计划也有可取之处，因为分兵毕竟可以分散敌人的进攻点，削弱敌人的攻势。同时，分兵可以减轻城内粮食不足的压力，跳到外围作战后，可以变被动为主动。

吕布也懂些兵法，知道陈宫的这个主意可行，准备同意，但回到家跟妻子一说，吕太太再次坚决反对：“当初曹操待陈宫那么好（昔曹氏待公台如赤子），陈宫仍然舍弃曹操。现在将军待陈宫未必如曹操那样好，将军把守城的大任付于他，孤军远出，一旦情况有变，我还能再做将军的妻子吗（妾岂得为将军妻哉）？”吕布一听更郁闷，陈宫的这项计划又告吹了。

水灌下邳城

城外的攻势一波急似一波，城里的吕布心里越来越慌。他思来想去，觉得现在有可能出兵支援下邳的只有两个人：一个是他的老乡兼昔日的同事张杨，另一个是刚刚当上伪皇帝的袁术。

曹操把汉献帝迁到许县后，张杨很生气，但也很无奈，实力决定地位，他的实力无法与曹操比，只能看着天子这张牌从自己手里飞走。张杨于是继续游荡于河东郡、河内郡一带，与黑山军、白波军相互呼应，倒也没人来找他的麻烦。张杨的头上曾经有一顶很大的帽子：大司马。这是一个极其崇高的职务，属于上公之列，名义上比袁绍和曹操的地位还要高。但是张杨此时有没有力量出兵来救，吕布实在说不上来。吕布抱着试试看的想法，派出人去往河内郡一带寻找张杨，看他能不能来为自己解围。

袁术实力要强得多，但是他跟袁术刚刚翻过脸，还动了手，吕布拒绝了袁术和亲的请求，杀了袁术的特使，已经成了仇人，现在自己遇到迈不过去的坎，袁术能不能帮自己实在没有把握。但是，已经没有更好的办法，吕布决定试一试。吕布率领一千多人杀出下邳城，主动向曹军发起挑战。双方混战一气，但吕布并不恋战，杀了一阵，主动撤进城里，因为吕布的目的达到了，他此次军事行动为的是掩护特使出城。

吕布的特使是许汜和王楷，他们的具体情况不详。吕布集团失败后，他手下很多武将和谋士只留下了名字，而没有详细的事迹。这并不奇怪，历史往往是成功者的舞台。如果吕布成功了，想必这许汜、王楷也是荀攸、郭嘉甚至诸葛亮那样的人物吧。

许汜和王楷在吕布的亲自掩护下出了下邳城，来到寿春，见到了袁术。袁术此时还在生吕布的气，他对许汜和王楷说：“吕布不愿意和亲，失败是必然的，干吗还要来告诉我（何为复来相闻邪）？”许汜和王楷说：“明上现在不救吕将军，自己最后也得失败。吕将军不在了，曹操的下一个目标就是明上。”许汜和王楷一口一个“明上”，实际上就是承认袁术这个皇上，袁术听了很舒服。同时，袁术也想到自己与吕布再闹得不痛快，也是唇齿相依的关系，吕布如果被消灭，曹操收拾自己就更加容易。袁术决定不再坐视不管。

下邳城里的吕布此时心里更着急，许汜和王楷走后不见回音，他此时为当初不送女儿到寿春而特别后悔。当初都是陈登这小子劝他与袁术反目投靠了曹操，如今看来，曹操不可信，陈登更不可靠，现在陈登正在曹操指挥下攻城呢。吕布越想越生气，越生气心里越着急。《英雄记》称，吕布决定不再坐等，为了争取袁术的支援，他决定亲自送女儿到寿春，向袁术求救。吕布的女儿年龄不详，吕布也不再管吕太太是否愿意，他把女儿用丝绵裹在自己背上，准备亲自护送出城。

吕布刚一出城，外面的曹军就发现了，拼死抵挡，同时乱箭齐发，吕布虽然是一世名将，但也无可奈何，又害怕背上的女儿受伤，只好退进城内。城里的守军士气更加低迷，他们虽然是一支能征惯战的队伍，但此时被困在下邳城内，擅长的战法施展不出来，粮草消耗得很快，外面没有援兵的消息，个个人心惶惶。在这种情况下，很容易在内部出现问题。

其实，攻城的一方也不顺利。下邳城久攻不下，曹操也很头痛，大军长期滞留在徐州一带，南阳郡的张绣，荆州的刘表，冀州的袁绍，关中的韩遂、马腾，这些人此刻都在盯着徐州的战局，会不会趁乱打劫，真的很难说。如果出现那样的情况，自己仓促回军，岂不是兴平元年（194）兖州之叛的重演？曹操人在徐州，心里一直惦记着许县。

而且，这时又传来情报说张杨在东市起兵，打出支援吕布的旗号，向下邳杀过来，这让曹操对许县的局势更加担忧。曹操不怕张杨杀过来，他怕张杨杀到许县去，张杨虽然构不成致命的威胁，但他带头一闹，四周的实力派们更要蠢蠢欲动了。

张杨起兵的东市不知何地，应该在河内郡，有人认为是下邳城的东市，那肯定是不对的，张杨此刻应该距这里还很远。曹操想撤军，这时郭嘉和荀攸都来劝他，现在已经到了节骨眼上，一定不能松气，如果让吕布缓过这口气，日后再解决他就更困难了。

郭嘉说：“当年项籍有七十余城，从来没有打过败仗，但一朝失势导致身死国亡，这是他恃勇无谋造成的。现在吕布每战必败，已经气衰力尽，内外皆困。吕布的势力比项籍差得远，而现在的情况比项籍还不如，如果乘势攻之，一定可以将其擒获！”荀攸也说：“吕布自彭城以来，连战皆败，锐气已衰。三军以将为主，将衰军队就没有斗志。陈宫虽然有些智谋，但现在他的计谋还来不及施展，趁着这股劲猛攻，一定可以拿下吕布。”荀攸、郭嘉给曹操出了个以水灌城的主意，将下邳城附近的泗水、沂水引向城里，弄得城内一片汪洋，吕布守起来就更加困难了。

袁术倒是打算来支援下邳，但他想再等等，等到吕布消耗得差不多了，曹操那边也付出更大代价的时候自己再出手，于是动作很慢。而张杨那边更不顺，刚一起兵，就被手下将领杨丑杀了，杨丑转而投降曹操。不过，没有多久，张杨手下另一个将领眭固把杨丑杀了，率部投降了袁绍。不管怎么说，吕布做梦都在渴盼着的两个人都没有来，一个是还不想动身，另一个已永远没法动身了。

下邳城里迷漫着一股末世之气，吕布整天唉声叹气，训这个骂那个，言行都有点失常了。陈宫竭尽全力想办法解围，但仍然无计可施。在这种情况下，吕布手下出了乱子。据《九州春秋》记载，吕布手下的将领侯成有十五匹好马让人喂养，但喂养的人却偷偷把马弄走，想出城交给刘备。侯成亲自追赶，把马夺了回来。侯成觉得这也是个小胜利，想摆几桌酒席庆贺一下。

侯成搬出来自家酿的酒，又杀了几头猪，诸将都来祝贺。侯成一向很敬重吕布，他拿了半头猪和五斗酒送给吕布，跪禀道："承蒙将军的恩德，让我把马追了回来，这些酒和肉我没敢先吃，特地奉上聊表寸心。"吕布看来也不失人格魅力，手下的人不管什么时候都对他尊敬有加，侯成这么做纯粹是出于敬意，可吕布一听就火了。

吕布说："城里被围，粮食匮乏，我正在禁酒，你难道不知道吗？你们又吃又喝，称兄道弟，想结伙谋杀我吗（诸将共饮食作兄弟，共谋杀布邪）？"侯成吓坏了，赶紧赔罪求饶，回到家，把诸将送的礼都退了，把酒和肉都扔了，心里仍然惴惴不安。

吕布的不近人情，让侯成有点寒心。侯成守城时就不像原来那么卖命了。终于，侯成决定投降曹操，成为压垮吕布这头大象的最后一根稻草。

白门楼上的对话

下邳城虽然被灌得到处是水，但还是打不下来，并州军的战斗力可见一斑。曹操下令猛攻，务必尽快将下邳城拿下。

就在攻城战异常激烈之时，刘备的部将关羽私下里来见曹操。关羽跟随刘备来投后，曹操对他很器重，对于特别能打的猛将，曹操一向很赏识。有曹操另眼相看，关羽自认为也能在领导跟前说上话了，于是向曹操提了一个私人请求。据《蜀记》一书说，关羽请求曹操如果城破之后，想娶吕布部将秦宜禄之妻杜氏，请曹操成全，曹操想这也不是啥大事，就一口答应了。可关羽说了一次还不够，就在城池将要攻破前，又多次向曹操请求，害怕曹操把这档事给忘了，这下子反而勾起了曹操的好奇心。《蜀记》的作者王隐是晋代的学者，他的父亲也是一名学者，从小受家庭影响走上从文之路。王隐参与撰写《晋书》，但他拙于文辞，相传他所撰的《晋书》凡是精彩之处都是他老爹替他写的，王隐的作品多“文体混漫”，义不可解。关羽向曹操求杜氏这一情节仅见于他的笔下，有鉴于此，该事件的真实性颇受怀疑。

而在下邳城内，吕布的军心彻底动摇，除了侯成外，宋宪、魏续等人也有反水的想法。据《三国志·武帝纪》记载，城内又坚持了一个多月，宋宪、魏续把陈宫抓了起来，打开城门，投降了曹操。曹军攻入城内，把吕布也生擒了。《三国志》吕布传所载略有不同，说曹军攻城甚急，吕布带着一部分手下登上最后一处据点白门楼，吕布看回天无力，于是走下城楼投降（兵围急，乃下降）。吕布投降后，被人捆了起来。

曹操携刘备等人随后登上白门楼，在此建立临时指挥所，手下人把吕布等带了上来。这大概是曹操第一次如此近距离接触吕布，曹操特别想看看这个名震天下的飞将被捉后是什么反应。

关于吕布见到曹操后的情形，有着不同的记载。据《三国志》吕布传介绍，吕布见到曹操的第一句话是：“绑得太紧了呀，能不能给松松（缚太急，小缓之）？”曹操笑道：“绑猛虎不紧不行啊（缚虎不得不急也）。”吕布见气氛不错，活命的信心大增，他向曹操建议道：“明公所担忧的不过是我吕布罢了，现在我已经服了，天下不足忧。今后明公统率步兵，让我统率骑兵，则天下必然平定！”

而还有其他记载，如《献帝春秋》说，吕布见到曹操的第一句话是：“明公好像瘦了。”曹操有点惊讶，问：“你以前见过我吗？”吕布说：“当年在洛阳，在温氏园中我见过您。”曹操想了想：“有可能，我全忘了。现在是有点瘦了，那是因为一直抓不到你的缘故哇（恨不早相得故也）。”

在《英雄记》一书中还记载，曹操与吕布探讨了他失败的原因，吕布说：“我待诸将很厚，但诸将都叛我而去。”曹操揭了吕布的老底，说：“你背着老婆，霸占手下将领的太太，这怎么叫厚道？”这也许是真的，因为吕布听后默然无语。《献帝春秋》称，吕布还对曹操说：“当初齐桓公舍射钩，用管仲为相；现在我愿意效股肱之力，甘为前驱，可以吗？”绑吕布的人看来确实下手有点狠，吕布被绑得难受，看到一边坐着的刘备，就打招呼说：“玄德，你现在是座上客，我是阶下囚，能不能帮忙说句话，给我松松绑（不能一言以相宽乎）？”曹操笑道：“干吗不跟我说，还求玄德呢？”准备下令给吕布松绑。

曹操的主簿王必正在旁边，他看到领导有意饶吕布一命，赶紧上前劝道：“吕布可是个强大的敌人（勍虏也），他还有不少部下在外头，不能宽恕他。”曹操无奈地说：“本来想从轻发落，但王主任不同意（主簿复不听），怎么办呢？”

王必是曹操的心腹近臣，类似家臣的性质，他很早便追随曹操，当初通使长安的重任就由他来完成。主簿一般是州一级政府的属官，曹操此时兼任着兖州牧，王必的这个办公室主任，推测起来可能是兖州牧的属官。

但是在一般人的印象中，曹操之所以临时改变主意要杀吕布，是因为刘备的提醒。刘备一心想让这个反复无常的吕布死，他看到曹操有些犹豫，就上前说："明公难道忘了吕布曾经事奉过丁原和董卓吗（明公不见吕布之事丁建阳及董太师乎）？"曹操点头称是（太祖颔之）。吕布大骂刘备："你这个小子让人最不能相信（是儿最叵信者）！"曹操下令将吕布绞杀，叱咤风云的一代飞将，就这样悲剧谢幕了。

曹操难道真的动过不杀吕布之心？倒也有这种可能。曹操很爱才，吕布作为将才在同时代几乎无人匹敌，他虽然不是一个帅才，但却是一把攻击敌人的利器。当年张燕很难打，袁绍一筹莫展，吕布出马就能迅速搞定。

曹操也不会过于在意那些过往的经历，从给曹操造成的伤害看，吕布似乎比不过张绣，后来张绣投降曹操，曹操欣然接纳。曹操顾忌的是吕布能否被驯服，最终为我所用。正如刘备所言，吕布这个人诚信度较低，缺少政治伦理，凡与他合作过的，丁原、董卓也罢，袁绍、袁术、刘备也罢，都吃过他的亏。这一点才是曹操所要考虑的。

杀吕布是曹操早就想好的，他爱才，但不会干养虎为患的事。至于王必的相劝，有可能是事先安排好的双簧戏。领导经常会有些想法不能明说，或者经常说些跟心里想法刚好相反的话，就需要有人勇敢地站出来背黑锅，王必就是替曹操背黑锅的，这也就是为什么荀攸不来劝，郭嘉也不来劝，而是从未在重大场合出谋划策过的王必出面相劝的原因。

至于刘备的相劝，那正中曹操的下怀。曹操做出动作要解吕布绑绳的时候，一定拿眼睛在瞟刘备，他估计刘备肯定要急，刘备一急，他就顺势将这把火烧给了刘备。刘备出于对吕布种种切身的感受，肯定不希望吕布有东山再起的机会，刘备或许意识到曹操在把祸水往自己身上引，但他没有别的选择。

总之，吕布就这样死了，而且死得很窝囊，被人勒死的。一同被杀的还有高顺，高顺一生跟随吕布，《英雄记》说他为人清白有威严，不饮酒，不受贿，训练出一支数百人组成劲旅，号称陷阵营，攻无不克，战无不胜。但吕布更信任魏续等人，经常把高顺调教好的兵交给魏续带，让高顺带魏续的兵。即使如此，高顺仍然毫无怨言。

像高顺这样品才皆优的将领实在难找，吕布被杀后，曹操不应该再杀高顺，但最终还是杀了，一定是因为高顺执意要陪吕布一死，曹操没有办法。高顺的死法跟吕布一样：绞刑。

一天之内连杀两员虎将，曹操心里肯定觉得可惜。所以，轮到下一个人时，曹操觉得无论如何不能再杀了。这个人是陈宫，曹操的老熟人，他和曹操有太多的恩怨，即使如此，曹操仍然希望陈宫能回心转意，只要陈宫自己愿意，曹操就打算给他条生路。陈宫的老母亲和女儿也在曹操手上，曹操问陈宫想不想让老母亲和女儿活命。陈宫的嘴很硬，说：“我听说以孝治天下的人不会绝别人之亲，以仁义施于四海的人不会断绝别人家的祭祀。老母亲能不能活命，取决于曹公，不取决于陈宫！”据《典略》一书记载，在吕布还没有被杀时，曹操问陈宫：“公台，你平生计谋过人，现在怎会这样？”陈宫指着吕布说：“都是这个人不听我的，才至于此。”

陈宫自请一死，态度甚为坚决。陈宫的选择也是无奈，纵然他还想投降，纵然曹操也愿意接纳，但曹营的将士们也不会原谅他。与其痛苦地活着，不如慷慨一死。陈宫径直往外走，拉都拉不住（遂趋出，不可止）。《典略》说，曹操看着陈宫的背影，不禁流下了眼泪（泣而送之），陈宫头也不回出去了。陈宫死后，曹操善待他的老母亲，抚养他的女儿，后来又给她操办了婚事。

至此，吕布集团彻底灰飞烟灭。

吕布自追随丁原起兵以来，先后依附过董卓、袁术、张杨、袁绍、刘备等人，除了张杨对他自始至终以兄弟相待外，其他的人要么死在他的手里，要么对他恨之入骨。吕布是一员骁将，他纵横中原，虎步天下，如果只论冲锋陷阵，估计很少能找到对手。但他谋略有限，眼界也窄，善于短线操作，不能做长远谋划，导致一生起起落落，没能成就出太大的功业，在四十多岁就死了。

吕布虽然也有一些个人魅力，但成大事者仅靠魅力是不够的，还要有一定的手段，懂得用人拢心之道，在这方面吕布比曹操、袁绍、刘备甚至袁术都有明显的差距。陈寿对吕布的评价是：“吕布有虓虎之勇，而无英奇之略，轻狡反复，唯利是视。自古及今，未有若此不夷灭也。”意思是：吕布有咆哮的老虎那样的勇猛，却没有超群的智慧和谋略，轻浮狡诈而反复无常，眼中有的只是私利。从古到今，这样的人没有不被消灭的。范晔在《后汉书》里把吕布跟刘焉、袁术等人合为一传，他对吕布的评价是：“术既叨贪，布亦翻覆。”意思是：袁术贪婪成性，吕布反复无常。

吕布死后，他的首级被砍下，送往许县示众。但他最终葬在了哪里，史书并未记载。近年来，相传河南省焦作市修武县城东南六公里处的郇封镇兰封村村北发现了吕布墓，不过此事尚待考证之中。

关羽的失望

吕布死了，高顺死了，陈宫也死了。曹操的杀戒也到此为止，侯成、宋宪、魏续等叛将曹操一一给予录用，以后虽然再不见这些人的记载，但他们应该一直效命在曹营。

此次行动中的最大功臣当数陈登。陈登临阵倒戈，给了吕布致命一击。当时，陈登的三弟还在城中，吕布把他抓了起来，想以此为条件与陈登谈判，遭到陈登的断然拒绝，攻城反而更急。曹操知道后，对陈登更加信任。面对迟早要破的孤城，吕布手下想给自己留条后路的人不止宋宪一个，吕布手下的刺奸张弘也在给自己找出路，他的职务类似于情报处处长，陈登的三弟大概就掌握在他的手里，张弘趁夜将其护送出城，交给陈登。吕布被杀后，曹操拜陈登为伏波将军，让他继续在徐州一带主持军政事务，陈登在江淮地区与袁术周旋，不断拓展势力，成为曹操在华东地区的重要支柱。

吕布被攻破后，曹操见到了当时滞留于吕布军中的陈群父子。作为颍川郡陈氏家族的重要成员，曹操一定早就听荀彧等人讲过陈群的事，所以见到陈群特别高兴。《袁氏世纪》一书说，陈群父子见到曹操时，都行叩拜之礼。曹操以汉献帝的名义征陈群的父亲陈纪为朝廷的九卿，任命陈群为司空西曹掾属，相当于司空府人事处副处长。

陈群从此进入曹魏阵营，一开始主要从事人事工作，他是一个称职的人事干部，曹操曾任想提拔王模、周逵两个人，任职文件都拟好了，到了陈群这里，陈群知道这两个人品德很差（秽德），于是将文件退了回去（封还教）。但曹操还是坚持用了这两个人，后来他们都犯了严重错误，为此曹操还专门向陈群道歉。陈群真正大放光彩是在文帝曹丕和明帝曹叡时代，他由人事工作先后转向军事参谋以及监察工作，后来被曹丕赋予军权，和司马懿一块成为在曹魏阵营里统兵的世家大族，是文帝、明帝时期的著名人物。

在陈群父子给曹操下拜的时候，有一个人也在场，但他站着不动，只是稍稍作了个揖（高揖不为礼），这个人名叫袁涣。

袁涣字曜卿，陈郡人，在郡里当过基层官吏，后被举为朝廷的侍御史。天下大乱后回到豫州，当过曹操老家谯县的县令。刘备担任豫州刺史期间，举袁涣为茂才。后来，他又辗转到过袁术那时，最后被吕布扣留。吕布和刘备翻脸后，吕布命令袁涣写信辱骂刘备，袁涣因为刘备曾举他为茂才，视为恩主，不愿意写这样的信。吕布大怒，拿刀架在他的脖子上（以兵胁涣）说："写了就让你活命，不写就让你死。"袁涣脸色都不带变的，笑着说："我以前事奉刘将军，就像现在事奉将军您一样，如果今后离开您，就开始骂您，可以吗？"吕布听了很惭愧，不再勉强他。

曹操听说了袁涣的事，很欣赏这样的人。曹操让袁涣搞屯田，袁涣后来发现屯田中存在的许多问题，给曹操提出了不少合理化建议。后来，曹操任命袁涣为梁国相，成为曹操在豫州刺史部重要的行政官员。

下邳城被攻克后，刘备的两位夫人甘氏和糜氏重新回到了刘备身边。对于如何安排刘备，曹操费了一番脑筋。无论是豫州还是徐州，都不能再交给刘备了，曹操决定把刘备带回许县去，便于监视和控制。曹操以汉献帝的名义任命刘备为左将军，较先前的镇东将军又提高了一个档次，相当于由少将升成了中将。

曹操对刘备给予了充分礼遇，出去就坐一辆车，进屋就坐一张席（出则同舆，坐则同席）。从此刘备就在许县被软禁了起来。曹操拜刘备的部将张飞为中郎将，相当于准将一级。刘备的另一个部将关羽，此前的职务是别部司马，相当于刘备手下的独立团团长，此时未见有升职的记载。下邳城攻破后，关羽又再三向曹操恳请，希望得到的秦宜禄之妻杜氏，也未能如愿，原因是曹操来了个近水楼台先得月。

关羽总在曹操面前提杜氏的事，曹操不仅有了好奇心，城破之后，还专门下令抓获杜氏先送到他这儿过个目。等人带来曹操一看，发现这个杜氏果然美若天仙，难怪关羽要反复请求呢。曹操历来善于欣赏美女，更善于收藏美女，于是下令给自己留下了。曹操纳杜氏为妾，杜氏入曹府时还带着前夫生的一个儿子，名叫秦朗，小名阿苏，年龄与何晏差不多，曹操甚为喜爱。秦朗后来跟明帝曹叡关系很好，他是曹叡的叔辈，但曹叡见他时都叫他阿苏，可见关系之亲密。

曹操纳杜氏时，杜氏的前夫秦宜禄还没有死。秦宜禄是吕布手下的部将，也曾被吕布派遣向袁术求救，袁术把他留了下来，并许他以汉宗室之女为妻。秦宜禄后来又辗转回到徐州，投降了曹操，曹操任命他为铚县长。以后刘备再叛曹操时，张飞路过铚县，对秦宜禄说："人家夺了你的老婆，还让你当这个破县长，哪有这样难堪的事，跟我走吧！"秦宜禄就跟着张飞走了。只走了几里地，秦宜禄就后悔了，想跑回来，张飞把他杀了。而杜氏到了曹家后，还先后为曹操生下了曹林和曹衮两个儿子。

曹操攻陷下邳，得到了陈群、袁涣这样的人才，也得到了杜氏这样的美人。但这还不算他此行的最大收获，曹操此次徐州之战的最大收获应该是得到了一员虎将，那就是张辽。

张辽虽然是吕布的属下，但资历一点都不比吕布差。当年丁原拉起来的并州军老班底里共有三员虎将：吕布、张辽和张杨。丁原被吕布谋杀后，吕布和张辽归顺了董卓，当时他们都归董卓直接领导，是平级关系。再后来，吕布又杀了董卓，张辽才归吕布领导。

下邳城破后，张辽率所部投降了曹操，走了与高顺不同的路。曹操任命张辽为中郎将，待遇与张飞差不多。在此期间，张辽与并州同乡关羽建立了良好的私人友谊。吕布集团保留下来的力量经过整编就由张辽来统帅，这支队伍在张辽手里继续保持了很强的战斗力，在其后的历次大战中均有出色表现，张辽逐渐成长为曹魏阵营里的一流大将。

在曹操手下，徐晃和张辽都来自敌方阵营，且都是降将，但曹操对他们很信任，他们也很忠于曹操。这得益于曹操不同一般的识人智慧和用人胆略，曹操善于发现人才，善于辨别人才的品行和节操，一旦认定就用人不疑，让各种人才发挥最大的潜能。

留下个“泰山帮”

曹操东征吕布之役不仅大胜，占据了徐州，而且还顺带将势力伸入青州刺史部境内，这里是袁绍和公孙瓒的传统势力范围，曹操趁他们二人激战正酣之机，巧妙地插进一只手。从以后的战局发展看，这只手对曹操太重要了，在某种程度上影响了日后袁曹大决战的胜败。

替曹操完成这项任务的是几个特殊人物，他们有着大致相同的经历，都出身于青州刺史部的泰山郡或在泰山郡一带活动，早年属于流寇一类，后被前徐州牧陶谦收编，陶谦死后又投靠了吕布，曹操消灭吕布，又把他们找出来，进行收编，之后把他们继续留在青州、徐州发展。这几个人，分别是臧霸、昌豨、孙观、吴敦、尹礼，其中臧霸是他们的首领。

臧霸字宣高，小名奴寇，是泰山郡华县即今山东省费县人。他的父亲叫臧戒，在县里面担任狱掾。泰山郡的太守喜欢随便杀人，臧戒拒绝执行命令，惹怒太守，把他抓了起来，要押送到郡里去治罪。臧霸当时十八岁，听说后马上聚合了几十个人，在半道上把他父亲劫下，之后带着父亲还有一帮人逃亡到徐州一带。臧霸以勇壮闻名，黄巾起义爆发后，陶谦在徐州募兵，臧霸加入陶谦的队伍里，由于作战勇敢，升为骑都尉。

在陶谦与曹操的几次战斗中，没有见臧霸参战的记载，可能他负责驻防在外围地区。臧霸与陶谦手下的昌豨、孙观、吴敦、尹礼等很要好，暗中结成同盟。

陶谦死后，臧霸独立发展，成为昌豨等人的头领，屯驻于徐州刺史部琅邪国的开阳县一带，成为一方霸主。刘备占据徐州后，臧霸等人主动投靠，建立了良好关系。吕布得徐州后，臧霸等人又投靠了吕布，在曹操攻打吕布时臧霸率兵来助战，但他们十分知道保存自己的实力，只摆摆架势，或者遥相呼应，而不死战。

昌豨、孙观、吴敦、尹礼等人与臧霸的情况差不多，他们跟臧霸一样，都有一个小名。《魏略》称，孙观的小名叫婴子，吴敦的小名叫黯奴，尹礼的小名叫卢儿，可见都不是士大夫出身，属于江湖人士，即使被收编后，也属于亦兵亦匪的角色，但在地方势力版图中，他们都不可小觑，在青州和徐州交界的几个郡国，他们有着相当的影响力。他们虽然先后投靠了陶谦、刘备、吕布等人，但独立性很强，他们也不会为这些人真的卖命。在乱世中，他们尊崇实用主义，这是他们能够存活下去的关键。

曹操攻克下邳，杀掉了吕布，但并不意味着徐州乃至整个东方的局势可以传檄而定，其实当时的局势还相当严峻。徐州的南面是袁术，袁术的背后是正在快速崛起的孙策，他们都有向北扩张的冲动；徐州的北面虽然是相对稳定的“曹操控制区”兖州，但已经越来越强烈地感受到来自袁绍的压力；徐州的东北面是青州，袁绍和公孙瓒长期在那里经营，曹操基本上还没有什么影响力。

攻克下邳后，曹操也可以乘胜追击，继续巩固在徐州的基础，进而夺取青州。但那样一来他必须冒着张绣反攻、袁绍南下袭击许县以及关中诸将趁机作乱的风险。曹军的主力不能长期滞留在徐州一带，他得尽快回师。曹操知道，回去之前他必须找到一个人，不管多难找，也得把他找出来，不见着他，曹操回去心里便不会踏实，这个人就是臧霸。

下邳城破后，臧霸躲了起来（自匿），曹操悬赏搜寻（募索），竟然把他找到了。曹操见到臧霸特别高兴（见而悦之），说服臧霸归顺了自己，并通过臧霸找来了昌豨、吴敦、尹礼、孙观以及孙观的哥哥孙康等人。曹操任命臧霸为琅邪国相，昌豨为东海郡太守，吴敦为利城郡太守，孙礼为东莞郡太守，孙观为北海国相，孙康为城阳郡太守。这些地方处于徐州、青州交界地带，他们以臧霸为核心，形成了一个“泰山帮”。

曹操的战略是，以陈登在南线牵制袁术，以臧霸等人在北线牵制袁绍和公孙瓒，这样他就可以腾出手来，优先解决南面之敌。臧霸从此据守于徐州、青州一带，这里成为曹魏势力的“边缘地带”，虽然他们服从于曹操的领导，在后面的战事中，尤其在官渡之战中他们坚定地站在了曹操的一边，但他们也保持了相当的独立性。

臧霸等人不具备与曹操分庭抗礼的实力，但曹操也不能以武力解决他们，因为这里不是曹操的主战场，以和平收编的方式处理这些“泰山帮”无疑是明智的。但是，随着形势的发展，曹操战胜了袁绍，统一了整个北方，解决泰山问题就提到了议事日程。曹操多次动过彻底解决该问题的想法，但后来他遭遇了赤壁之败，曹操敌人的名单依然很长，在这个名单上臧霸一直排在后面。

直到曹操去世，臧霸和泰山问题都没有解决。作为具有独立性的非嫡系武装集团，它一直是曹魏帝国的软肋。直到曹丕继位，才下决心解决了这个问题。

处理完这些事，已经到了建安四年（199）的春天，曹操搬师回许县，第一站先到达昌邑，这个时候，眭固杀了杨丑率张杨旧部投奔袁绍，袁绍命其驻扎在黄河北岸的射犬。《典略》说，眭固字白兔，他杀了杨丑，又屯驻于射犬，有个算命先生劝他说：“将军字兔而此城名犬，兔见犬，其势必惊，应该赶紧离开。”但是，眭固不信。

四月，曹操率军来到黄河岸边，命曹仁、史涣渡河攻击眭固，双方交战于犬城，将眭固斩杀，应了算命先生之言。曹操随后率军渡过黄河，将射犬围住，守城的是眭固的长史薛洪和袁绍任命的河内郡太守缪尚。董昭这时已由洛阳令升为河南尹，当年他曾在袁绍和张杨手下待过，跟薛洪、缪尚都有交往，曹操派人把董昭请来研究对策。董昭单身入城，劝说薛洪和缪尚率众投降。

曹操还军敖仓，任命董昭为冀州牧，任命魏种为河内郡太守。“曹操控制区”目前已经发展到兖州刺史部、司隶校尉部的大部以及豫州刺史部、徐州刺史部、青州刺史部的一部分，论势力范围已经不输于老朋友袁绍了。

第十六章

配 角 退 场

袁绍攻克易京

在曹操大打出手一举灭掉吕布的同时，袁绍也没有闲着，他也一举灭掉了另一个大军阀公孙瓒，只不过他为此付出的代价更沉重。

早在兴平二年（195），袁绍历时一年之久终于攻破了东武阳城，杀了臧洪。之后，袁绍的主力被吸引至公孙瓒精心构筑的易京防线一带，在这条超级防线面前，袁绍一筹莫展，打不下来，但也不敢放着不打。易京防线是一条东西绵延数百里的立体防御网，巧妙地利用河流以及人工壕、人造土丘为依托，在强大的后援保障系统支持下，通过交叉配合，足以将任何来犯之敌消灭于城下。

袁绍试着攻了几回，收效甚微。袁绍无奈，只得放弃速胜论，改打持久战。袁绍采取迂回之策，从公孙瓒的背后和外围下手，一点点蚕食对方的势力，最终把公孙瓒压缩到易水河边。为此，袁绍拉来了两股势力为自己助阵，一股是忠于刘虞的鲜于辅、阎柔等人，另一股是乌桓首领蹋顿。在他们的帮助下，袁绍才慢慢找到了感觉，在与公孙瓒的较量中逐渐占据上风。

刘虞死后，他的旧部鲜于辅、齐周、鲜于银等人继续坚持反抗公孙瓒的敌后斗争。鲜于辅听说广阳郡人阎柔很有名气，就共同推举阎柔为乌桓司马，领导幽州西北部一带反抗公孙瓒的各路势力。阎柔是个汉人，小的时候被乌桓、鲜卑人俘虏，在少数民族中长大，熟悉这些民族的语言和风俗，得到部族首领的信任。担任乌桓司马后，他率领反抗公孙瓒的武装，活跃于代郡、广阳郡、上谷郡、右北平郡等地，攻杀公孙瓒任命的官员。

阎柔、鲜于辅还联合刘虞的儿子刘和，利用刘虞的号召力不断打击公孙瓒。袁绍派人找到阎柔、鲜于辅，策应他们的斗争，并派麹义支援他们，双方联合作战，曾取得潞河之战的胜利，斩杀了公孙瓒的部将邹丹以下四千余人。

袁绍的另一支援军是乌桓人，乌桓在有的书上也写作乌丸，跟鲜卑族同是东胡部落的一支。公元前三世纪，匈奴崛起，攻破东胡，乌桓这一支迁到乌桓山，即今天的西拉木伦河两岸及归流河西南地区，该族遂以山名为号。西汉与匈奴开战后，乌桓族站在汉朝廷一边，后来南迁到上谷郡、渔阳郡、右北平郡等塞外之地，生活在今辽河下游、山西和河北的北部以及内蒙古河套一带。东汉末年，乌桓有三个主要首领，分别是丘力居、难楼、苏仆延。丘力居死后，他的儿子楼班年龄太小，由侄子蹋顿继位，这是乌桓历史上最有名的首领之一，他开启了乌桓族的新时代。

在蹋顿之前，乌桓族没有形成统一的联盟，三个主要首领都称王，各自为战。蹋顿有勇有谋（**有武略**），很快统一了各部，成为北部边境一股重要的势力。在袁绍与公孙瓒交战中，蹋顿经过观察，发现袁绍更有前途，于是主动联络，请求和亲，帮助袁绍进攻公孙瓒。《英雄记》称，袁绍矫诏拜蹋顿等乌桓首领为单于，让他们从北面进攻公孙瓒。

袁绍得到北部少数民族部族首领的支持，又有阎柔等汉人武装做呼应，对公孙瓒形成了南北夹击之势。公孙瓒的传统盟友，一个是袁术，远隔千山万水不说，而且已经自身难保，根本指望不上；一个是陶谦，已经身死众散；还有一个是自己的老同学刘备，但此时被吕布欺负得自顾不暇。

在袁绍凌厉的攻势面前，公孙瓒只有龟缩到易水河畔那些高大的堡垒里不出来。唯一可能被公孙瓒引为外援的是黑山军首领张燕。公孙瓒派人策动张燕，倒没费什么劲，张燕表示同意站在自己一边。在袁绍的左翼是绵亘着大片的山陵和高原，这就是并州。黄巾军的余部黑山军活跃在这些山谷之间，袁绍为了统一河北进而统一并州，与他们发生了军事冲突，由于地形的关系，袁绍打他们并不是很顺手，拖拖拉拉，一直处于你来我走、你走我扰的状态。黑山军视袁绍为敌人，于是跟公孙瓒结成了盟友。到建安四年（199）年初，也就是曹操下邳之战刚结束准备回师时，公孙瓒在易水河畔的堡垒也所剩不多了，他派儿子公孙续到张燕那里搬救兵。

张燕倒也不含糊，于这一年的三月集合所部，号称十万人，分三路来救公孙瓒。援兵快到时，公孙瓒做了一个梦，梦见昔日的大本营蓟县城门崩塌，这是一个大凶之兆。公孙瓒感到最后时刻到了，必须绝地反击，他想趁援军到来之际，给袁绍来个内外夹击（欲内外击绍），于是写了封信给儿子公孙续，悄悄派人送出易京。这封信保存在《典略》一书中。公孙瓒在信里对儿子说，袁绍的进攻神出鬼没（似若神鬼），虽然有易京高大的堡垒做支撑，但也弄得我心惊肉跳（鼓角鸣于地中，梯冲舞吾楼上）。现在应该赶紧通知张燕，大军到后在北面燃起烽火（到者当起烽火于北），我看到烽火，就从里面杀出来。公孙瓒的儿子公孙续事迹不详，但公孙瓒对这个儿子显然还不够特别放心，因为在信里他还有这样几句话：现在必须奋力一搏了，不然的话，我死之后，天下虽大，你要想安身立命，恐怕也难以做到！

可要命是的，这封重要的信竟然落到了袁绍侦察兵（候者）的手里，袁绍看到信，让人如期在北边燃起烽火，公孙瓒以为救兵到了，于是从堡垒里杀出来，结果中了袁绍的埋伏。公孙瓒大败，赶紧退回堡垒中，依靠坚固的城防继续苦守。但即便到了如此危局，易京仍固若金汤，袁军居然奈何不了。据《英雄记》说，袁绍的参谋们想出一招，一边正面佯攻，一边分出一部分人挖地道（分部攻者掘地为道），一直挖向公孙瓒住的超级堡垒易京的下面，这条隧道应该挖得很长，在没有任何先进仪器指引的情况下，施工难度可想而知。

袁绍的工兵一面向前掘进，一面用木头支撑巷道，跟现在开挖平峒式小煤窑的工序差不多。经过测算，估计挖到易京的正下方时，他们停了下来，尽可能扩大掘进面，在公孙瓒的屁股底下掏出个大洞来，不断用木头加固，差不多以后，开始放火，人员撤离。支撑的木头被烧坏，支架坍塌，不可一世的易京终于倒了。

在易京倒掉的同时，公孙瓒知道大势已去，于是杀死老婆孩子，然后自杀。袁军攻入易京，找到了公孙瓒的尸体，袁绍下令将其首级砍下，呈送许县。

建安三年（198）十二月，曹操在下邳杀了吕布。仅三个月后，袁绍在易京便杀了公孙瓒，虽不是巧合，却预示着群雄兼并步伐的加快。公孙瓒的人头送到许县，曹操应该已经回来了。据曹操后来跟鲜于辅的一次谈话记载，他曾亲自看了看公孙瓒的人头，这是曹操第一次看到公孙瓒的长相，在此之前他们并未见过面。

袁绍把公孙瓒的人头送来，跟后来孙权杀关羽却把关羽的人头送给曹操有同样的算计：人是我杀的，却是奉你的命令行事，想给公孙瓒报仇的兄弟们，你们都找曹操去。当然，袁绍的用意还不仅于此，他也是为了炫耀和示威。曹操杀吕布威震中原，袁绍杀公孙瓒更足以威震华夏。

袁绍消灭公孙瓒有着重要的政治意义和军事意义，自此以后，北方的幽州、冀州全部以及并州、青州、司隶校尉部的一部分尽入袁绍的掌握中。《典略》说，袁绍有了几个州的地盘，用审配、逢纪统领军事，田丰、荀谌、许攸为谋士，颜良、文丑为大将，手下有十几万军队，于是更加自高自大，也不怎么好好地向朝廷进贡了（自此绍贡御希慢）。

吕布、公孙瓒死了，但这只是个开头，在天王巨星级的割据群雄里，马上还有两位也要追随他们而去。建安三年到四年的这一段时间，注定成了英雄竞相谢幕的时刻。

袁术独坐江亭

袁术当了皇帝，但也惹了众怒，曹操发动吕布、孙策对袁术来了个三面围剿，袁术吃不消，在北面的梁国、陈国被曹操打败，又被吕布一度撵出了寿春，驱赶到淮河以南。

皇帝，不是谁都可以自封的，现在有好多人想打架正愁找不着对手，你喊着要当皇帝，就给人家送上一个揍你的理由。大家一哄而上，这些人里既有曹操那样本来就想打你的人，也有孙策那样的聪明人，同时也有吕布那样心里本不想打但也不得不跟着打的人。

袁术就这样被彻底毁了。这个反面教材无疑给袁绍、曹操、刘备这些人上了生动的一课，袁绍也动过当皇帝的念头，试探了一下就不敢往下进行了，曹操终其一生都坚决反对称帝，并且一再声明谁敢称帝就收拾谁。而且当皇帝不仅要有政治资本、军事资本，也要有经济实力。皇宫、百官、后宫嫔妃、羽林卫队，光是备齐这些家当也得有相当实力。袁术的地盘并不大，核心区域仅是扬州六郡里的江北二郡，加上豫州的一些游击区而已，以这点实力不用别人打上门来，就是自己关起门来过日子也困难。

曹操从徐州撤退前，起用陈登主持徐州南部以及扬州一带的军务，陈登很有两下子，在江淮一带干得有声有色，整天扬言说不用曹公亲自来他就能打下寿春。袁术眼看待不住，在内外交困之下决定放弃寿春。他下令一把火烧了寿春的宫室，前往大别山区的灊山，投靠他的部将陈兰、雷薄。皇帝当到这个份上，简直生不如死。不幸的是，陈兰、雷薄二人翻脸，拒绝接纳老领导率领的流亡伪朝廷。袁术好愤怒，但又好无助。身边的人看到此情此景，有些干脆溜之大吉，袁术又恨又忧，不知道下一步如何办（忧懑不知所为）。

实在走投无路之际，袁术想到了哥哥袁绍。虽然是势不两立的敌人，虽然这些年中原一带的乱仗大多数都与他们兄弟俩有关，但毕竟是同胞兄弟，别人都不管他，自家亲人不能不管吧。袁术给袁绍写了一封信，表示愿意将帝号让给他。袁术在信中写道："天欲亡汉室很久了，袁氏可以受命当王，各种符瑞都兆示这一点。如今老兄您拥有四个州，人户一百多万，谨将大命呈上，您一定能带领新王朝兴盛起来！"

袁术摸准了袁绍的脉，他知道这个老兄当皇帝的瘾一点都不比自己小，于是专从这方面下手。袁术手里有两大法宝，一个是他建立的新王朝，一个是传国玉玺。袁绍得到了这两样东西，称帝路上的障碍会小得多，对于既要面子又要里子的袁绍来说，这两样都相当有价值。

果然，袁绍接到信，立即派长子袁谭从青州动身来迎接袁术。袁术自己已经没有能力一路打到袁绍那里了，他只能等侄子来接。而袁谭要从青州到扬州，也不是那么容易的事，他必须经过已经是"曹操控制区"的徐州。曹操自然不会放袁谭过去，他马上派重兵进行拦截。他派了两个部将带兵前往，一个是从袁绍阵营里投奔自己的朱灵，另一个是刘备。袁谭南下受阻，袁术还想冒险试试，到了徐州境内，根本过不去，于是只得折返回来，又到了寿春。寿春城里的皇宫已被袁术自己烧得一塌糊涂，在这里也待不下去。袁术只得继续往南，又走了八十来里，于这一年的六月到达江亭。

此时袁术身边已经没有多少人，粮食也吃完了，袁术问厨师还有多少吃的，回答说只有三十斛麦屑。这时正是盛夏，天气闷热，袁术身体有些不舒服，想喝点蜜浆，手下人说找不到蜜。英雄一世的袁术就这样穷困潦倒地坐在江亭边的草席上回顾着自己的一生。想刚出道时的前途无量，想起兵反董卓时的叱咤风云，想当了皇帝以后的锦衣玉食，想想这些，看看眼前，袁术不禁老泪纵横。袁术一生都颇为自负，他也是个有血性的人，袁术大叫道："袁术至于此乎！"喊罢之后瘫倒在草席上，呕血不止，足足吐了一斗多。

袁术就这样死了，死时有个堂弟叫袁胤在身边，袁术的后事便由袁胤来料理。袁胤害怕曹操，不敢回寿春，就率剩下没有走的人以及袁术的老婆、儿女投奔袁术的旧部、庐江太守刘勳。但袁胤不清楚，这个刘勳虽然是袁术任命的，却跟曹操关系相当亲密，推测起来应该是年轻时在洛阳便相识。那时候刘勳似乎也认识袁术，袁术待刘勳也不错，不惜得罪孙策，让刘勳当上了庐江郡太守。

袁术的另外一批旧部，在杨弘、张勳等人带领下准备渡江投奔孙策，随身还带着袁术积攒下来的大量珍宝。刘勳得知，在半道上对他们进行了伏击，把他们全部俘虏，缴获了许多珍宝。孙策得知大怒，密谋除掉刘勳。他假装与刘勳结好，并且向刘勳提供情报，说豫章郡有一块地盘，与庐江郡隔江相望，上面有当地土著居民结伙聚守，孙策表示刘勳如果能打下来，这里就归他。

刘勳刚刚兼并了袁术不少旧部，人马骤增，正要干一番大事业，没有看出来孙策这小子动机不纯，还以为他是个好人呢，于是按照孙策提供的情报渡江作战。孙策待刘勳到了江南，亲率一支快速机动部队（轻军）趁夜到了江北，来到刘勳的大本营庐江郡治所皖城。孙策没怎么费劲就打下了皖城，刘勳的部下全部投降。刘勳这才发现上当了，但无计可施，身边只有几百个人，在庐江郡一带无法立足，只好跑到许县投奔老朋友曹操去了。袁术的老婆孩子此时也在皖城，根据《后汉书》记载，孙策把袁术的女儿许给了弟弟孙权。而袁术的儿子袁耀后来入仕吴国，担任过郎中等职。

袁术死后埋葬在哪里了呢？据专家考证，袁术墓位于今安徽省长丰县杨公庙镇西南三公里处的孤堆回族乡蔡圩村阎家小集，这个乡以袁氏孤堆命名，这个孤堆相传就是袁术的墓。

袁术死后，被他视为珍宝的传国玉玺却没有落到孙策的手上，这件很多人做梦都想据有已有的东西，开始应该在袁术老婆的手里，但后来不知道什么原因到了徐璆的手上。徐璆字孟玉，徐州刺史部广陵郡海西县人，是一个老臣，跟着名将朱儁打过黄巾军，因为得罪宦官，虽然有功却被免官回家。后来又被起用，担任汝南郡太守，又改任东海国相。

汉献帝到了许县，征召各地有名望的旧臣补充朝廷缺员，徐璆也在征召之列，打算任命他为新朝廷的部长（九卿）。徐璆应召，但在前往许县的途中被袁术扣留，袁术的小朝廷也正缺有影响力的人装点门面，就把他留了下来，并连升两级，授以上公之位。徐璆坚决不从，以死相抗，袁术不敢再逼。袁术死后，传国玉玺到了徐璆的手上，具体过程不详。

徐璆后来辗转来到许县，献上玉玺，使这本该属于汉室的东西重新回到主人手里。徐璆成为九卿之一，在履行新职务前，他把此前在汝南郡、东海国任职的印绶一并交还有关部门，司徒赵温感叹道："你连遭大难，还保存着这些东西呀？"徐璆说："当初苏武困于匈奴，不坠七尺之节，况且这方寸之印呢？"

许县的未遂政变

袁术想投奔袁绍，被徐州的刘备、朱灵挡住不得过，这次刘备重回徐州，是曹操的决定。曹操把刘备带到许县，虽然有左将军的身份，却形同被软禁。曹操没有听程昱等人的建议杀掉刘备，但对他也很不放心。

现在刘备居然重获自由，不过对于此事也有不同看法，《吴历》就称刘备并非是曹操所派，而是他自己逃出来的。《吴历》说，曹操对手下人历来防范很严，经常派遣心腹暗中刺探手下人的私生活，重点是大家有没有暗中相互交结，一旦发现，就会严厉惩处。有一天，刘备在自家院子里指挥人种菜，曹操派的密探来了，从门缝里往里看（窥门），想知道刘备平时在家都干什么。刘备很老到，他发现门外有人，但装着没察觉，该干什么干什么。密探走后，刘备对张飞和关羽说："我岂是干种菜这种活的？曹操必然会生疑，这里不能再留。"当天夜里，他们打开后门悄悄逃出许县，临走前，把汉献帝和曹操所赐予或赠送的衣服等，全部整理好留下。刘备逃出许县，直接前往小沛，这里是他多年经营的根据地，在此他重新聚合旧部，打出反曹旗号。

但是，另外一些史书也提到过这些事，《华阳国志》等书也有曹操派人窥视刘备的细节，只是主要情节与《吴历》不同，根据大多数史书的记载，刘备重返徐州是曹操派遣的，临出发前，曹操还请刘备喝酒，算是饯行。

虽然是两个人喝酒，但却成了历史上著名的饭局之一。几杯酒下肚，曹操意气风发起来，他对刘备说了一番很有名的话："当今天下的英雄，依我看只有玄德你和我曹操罢了。袁绍那些人，根本排不上号！”刘备闻言，吃了一惊，手里的勺子、筷子掉到了地上。刘备听了曹操的夸奖为何这么紧张？因为刘备是个聪明人，他知道曹操对自己是怎么想的，在曹操眼里，越是英雄危险性越大。所以，刘备来到许县以后，低调做人，遇事装傻，在园子里开了片菜地种菜，目的就是不引起曹操的怀疑和防范。

刘备的失常行为却引起了曹操怀疑，好在这时外面响起了震雷，刘备打圆场道：“圣人说‘迅雷风烈必变’，看来确实如此呀，一震之威，居然这么厉害啊！”《华阳国志》还说，曹操酒醒之后自觉失言，就派人到刘备的住处侦察了一下，看看刘备在做什么。派去的人回来报告，说刘备在院子里指挥仆人伺弄他的菜地，地里面种着葱，他让仆人除杂草，仆人弄完没有把葱扶正，刘备还找根棍子打他们。曹操听完报告，有点放心了。但曹操不知道，这是刘备故意表演给他看的，刘备在曹操那里喝完酒回来，越想越不对劲，决定一走了之，他骗过曹操派来的特务，晚上逃出了许县。程昱、郭嘉听说后再次跑来见曹操，让曹操把刘备杀了，曹操派人去追，但没有追上。

《三国志》里虽然没有上面这么多生动的细节，但它支持《华阳国志》后面的情节，《三国志》程昱的传记里刘备被派往徐州阻击袁术后，程昱和郭嘉立即来见曹操，程昱说：“主公前面没有解决刘备，考虑得很正确也很全面，是我们不能及的。但现在再让他拥有兵权，他必然会生出异心。”曹操经程昱、郭嘉的提醒，有点后悔，派人去追，但没有追上。

但同样在《三国志》里还有其他的记载，《三国志》董昭的传记里说，刚刚担任了冀州牧的董昭听说曹操派刘备领兵前往徐州的事，也深以为不可。董昭面见曹操，劝道：“刘备有大志，又有关羽、张飞为羽翼，他心里到底怎么想的很难说（备之心未可得论也）！”曹操说：“可是我已经答应他了（吾已许之矣）。”大概曹操觉得任命文书已发，不好收回，也就没有派人追赶刘备。

综合以上种种记载，大致可以看出这件事的梗概来：袁术要从徐州过境与青州的侄子袁谭会合，曹操不能坐视不管，想派人去会同徐州当地的驻军阻击袁术。正在谋划脱离许县的刘备听说后，想办法说服了曹操，让曹操同意他去完成这项任务，曹操答应了。曹操之所以答应，看中的是刘备的作战能力和他在徐州一带的影响力，加上刘备主动请缨，不便打击他的积极性，所以就同意了。

更为重要的是，曹操大概认定派刘备此去不会有什么风险，他觉得刘备不可能现在造反。曹操认为，以刘备现在的实力与吕布没法比，吕布都让自己消灭了，刘备更不在话下。如果刘备敢造反，那是死路一条。曹操认为，刘备是个聪明人，这种明摆着的形势他不会看不清，不可能走出险棋来。

曹操如果没有经过深思熟虑，他也不会做出这种重大决定。所以认为曹操刚下完命令就后悔了，可能性并不大。同时，刘备也不可能是逃出许县的，他应该带着关羽、张飞等人，以及曹操拨给他的人马浩浩荡荡开到徐州的。而他去的地方不会是小沛，而是下邳，刘备确实打出了造反的大旗，那是到了下邳之后。

曹操之所以对刘备作出了误判，是他忽略了两件事，一件是刘备在许县期间跟朝中部分官员之间的来往，另一件是刘备与袁绍的关系。

刘备到了许县后，虽然整天在曹操手下特务人员的严密监视之下，但作为与九卿级别相当的左将军，刘备也不可能没有一点社会交往活动。事实上，刘备还与朝中一些人来往密切，这些人里，有几位正在密谋推翻曹操的统治，结成了一个反曹小集团，其核心人物是董承。

董承的身份很特殊，他是汉灵帝刘宏的生母董太后的侄子，这样算来他就是刘宏的表兄弟，是汉献帝刘协的叔辈，是货真价实的“董皇叔”。当年董太后跟董卓拉亲戚，董承便与董卓成为名义上的远亲，后来董承到凉州军中发展。汉献帝东迁过程中，董承一直忠心耿耿地护驾左右，他是汉献帝身边唯一手握兵权又可以信任的人。

董承还有一个身份，他是汉献帝的岳父，他的女儿是汉献帝目前的贵人。有了这层关系，董承与汉献帝之间的关系更加紧密。到了许县后，汉献帝的内心慢慢发生了一些变化，开始他对曹操也充满了好感，在自己危难之际曹操能挺身而出，使朝廷不至于陷入困顿或离散，使大汉的皇统得以维续。

汉献帝刘协此时还不到二十岁，他是在苦难中登上皇位的，年龄虽小但各种磨难经过了不少。同时，他也是个有远大志向的皇帝，从地狱般的长安逃出来后，在他的心中越来越强烈地渴望刘汉江山能在他手中重新振兴。但迁都许县以来，刘协心中的火焰一次次被压制了下来，他越来越看清楚曹操拥戴自己只不过是想要这块招牌，既没有还政于他的意思，大事小事也从不向自己征求意见。刘协有点愤懑。

建安四年（199）三月，还在曹操从徐州回师的途中，刘协发布了一项重要的人事任命，擢升董承为车骑将军。车骑将军相当于全国武装部队的副总司令，董承此前担任的是卫将军，地位比车骑将军差得多。如果大家还有印象，应该记得此时车骑将军一职由曹操本人兼任。刘协趁曹操远征之机，突然任命自己的老丈人为车骑将军，意味着曹操兼任的这个职务已经被免除。这样，下面的事就好理解了，几个月之后，董承被人举报策划了一场谋杀曹操的事件，被牵涉到这件事里的，还有长水校尉种辑、偏将军王服等人。

如果把这一时期发生的很多事放在一起看，就会发现董承担任车骑将军一职绝不是曹操的想法，否则不会刚给他升了官，就马上翻脸。这项任命，应该是刘协的主意，也正是因为这项任命，要了董承的命。曹操不允许有人动他的军权，天子的岳父更不行。而刘协之所以任命董承为车骑将军，一个解释是他在赌气，表达对曹操的不满，表明他在有些事上仍然有发言权，但这样就显得他太年轻、太嫩了。另一个解释是，他确实有一个计划，依靠董承等一帮人除掉曹操。

尽管后一种可能也充满疑问，如果刘协真有密谋的话，应该悄悄行事，为什么还要高调地擢升董承的职务？但有许多记载支持后一种说法，一致认为董承、种辑、王服等的确有过密谋，而且是奉了刘协的密诏行事。种辑，《后汉书》里说他是越骑校尉，《三国志》里说他是长水校尉，都属北军五营之一，只是如今许县的北军应该仅存于形式，所有的军队包括天子的禁卫军都是曹操的人来担任。偏将军王服，在史书中此前未见记载，想必不是曹操主力部队里的将领，有的史书说他的名字叫王子服。《献帝起居注》等书保存了他们密谈的一些记录，证明他们确实有过谋反的行动，董承担任车骑将军一事让曹操十分恼怒，对董承更加警觉，经过几个月的秘密侦察，他掌握了董承等人的谋反证据，于是下令将董承、种辑、王服抓起来处死，夷灭其三族。

董承小集团里还有一个人暂时漏网了，他就是刘备。已经到达下邳的刘备，开始并未造反，后来听说董承等人被抓，才公开造反。

对于刘备参加了董承的密谋，各种史书均无异议。看来刘备来到许县后没有闲着，推测起来他在这里前后也只居住了三四个月时间而已，一边要忙着种菜，一边要陪曹操喝酒，一边还要参加地下活动，确实很累。至于他携关羽等人陪曹操打猎的事可能性则不太大，他来许县时正是夏天，打猎一般在秋天或春天进行。

不过，对于刘备造反、董承被杀这两个件事的前后顺序，各种史书有着不同的记载，即使同在《三国志》中，《魏书》和《蜀书》两个部分里的说法也相互矛盾。有的认为刘备听说董承事件败露后起兵造反的，也有的认为是刘备先造反的。《资治通鉴》的作者司马光对这个问题进行了专门考证，他认为后一种说法正确。但也有很多人认为前一种说法更合理。但不管怎么说，这两种说法都否定了刘备是逃出许县的，事实上，他是曹操正式派出来的，而且完成了阻止袁术的任务，迫使袁术南逃。大约在建安四年（199）年底，刘备在下邳正式宣布脱离曹操，这件事对曹操的刺激可想而知，他想不通刘备居然真敢造反。

刘备自有他的打算，他也知道以自己的实力与曹操抗衡无异于以卵击石，但他不着急，因为他已经给自己找好了靠山，这个靠山就是袁绍。刘备敏锐地看到了曹操与袁绍之间的决战一触即发，在这个时候投靠袁绍，他没有不受欢迎的道理。

袁绍一直是刘备刻意经营的一个关系，他曾经给袁绍写信表示拥护袁绍的领导，虽然此一时彼一时，但他的态度应该还有效。在他担任豫州刺史期间，还不忘给袁绍送了个人情，荐举袁谭为茂才。刘备的想法很简单，根本不怕与曹操翻脸，能打赢就打，打不赢就去找袁绍。这一下曹操被彻底激怒了，我很仁，你却不义，不收拾你怎平我心中的怒气？

大战前的冒险

曹操派往徐州的不止刘备一支人马，还有朱灵、路招两人率领的另一支人马。朱灵字文博，原来是袁绍的部下，曹操在兖州期间，袁绍多次给曹操以军事支援，每次派的都是朱灵所部，一来二去，朱灵就留在了曹操这里，成为曹操的部将。路招其人不详，但他多次随朱灵一起行动，也许是朱灵的副将。曹操这次阻击袁术看来用的都是非嫡系部队，也许他故意存了些私心，但这一回他错了。

刘备在下邳突然发动攻击，杀了曹操任命的徐州刺史车胄，打出反曹大旗。朱灵和路招虽然没有一同参与，但也没有及时阻止，因为他们应该已经不在下邳城内。推测一下也许是这样的：刘备到达下邳后，并没有与袁术正面交锋，袁术自己退回到寿春，既然任务不存在了，刘备就应该撤回，曹操想必也有命令催他们回师许县。但刘备已经打定主意不回去了，所以他让朱灵、路招先开拔，他随后就到。朱灵等人走后，下邳防守力量有限，刘备突然下手，解决了车胄。车胄其人情况也不详，但他能做到徐州刺史，想必也不是一般人物吧。

消息传到许县，曹操怒火中烧，他一定在回味着吕布临死前的那句话："大耳儿最不可相信！"按照曹操的想法，他现在就要提兵杀回徐州去，把刘备抓住，把下邳夺回来。但如今许县的情况已经不乐观，袁绍的军队正在黄河北岸集结，更要命的是，有情报显示远在江东的孙策也在积极调动军队，有北上的意图。还有近在咫尺的张绣，随时有联合刘表进扰的可能。公孙瓒、吕布、袁术三大集团相继灭亡之后，天下表面看来暂无大事，但阴云密布，预示着一场更大的风暴就要到来。

在这种情况下，曹操不能亲自远征刘备。经过考虑，他派刘岱、王忠二人率军进攻下邳。这是一个奇怪的决定，因为刘岱、王忠二人并不在曹军一流将领的行列。《魏武故事》说这个刘岱字公山，是曹操的沛国老乡，担任曹操司空府的长史，他与已故兖州刺史刘岱同名。《魏略》说王忠是扶风郡人，逃荒到了荆州一带，聚众袭击刘表的部下娄子伯后投奔曹操，曹操任命他为中郎将。王忠还有一个恐怖的记录：他吃过人。那时，他还在家乡当一名亭长，关中大乱，因为没有粮食充饥，只得以人为食，不少人拿这件事跟王忠开玩笑。曹丕当了皇帝后，王忠有一次随驾出行，曹丕想跟他开开玩笑，就让随行的艺人（俳）找了些坟地里的骷髅，挂在王忠的马鞍上，进行取乐。

如果远征刘备，至少也要派曹仁、曹洪或者夏侯渊、于禁这些人去吧，刘岱和王忠根本不是刘备对手。《献帝春秋》称，刘备轻易便打败了刘岱、王忠，还教训他们道："像你们这样的，来上几十个、上百个又能把我怎么样？就是曹操亲自来，结果也未可知！"

刘备说完这些豪言壮语，留下关羽守下邳，自己回到小沛。《三国志》说任命关羽为下邳国相（领太守事），《魏书》说任命关羽为徐州刺史（领徐州）。此前，关羽在刘备手下有记载的职务是别部司马，大约相当于上校团长。投降曹操后被任命为中郎将，相当于准将一级，现在一跃成为州郡大员，看来还是独立发展进步得快。

刘备在小沛一边派孙乾联络袁绍，给自己准备退路。一边策反徐州、兖州一带曹操阵营的人，杜氏的前夫秦宜禄就是这时候被张飞策反的。刘备还把策反工作的重点放在了"泰山帮"身上，这些人不是曹操的嫡系，刘备与他们以前也有交往，策反相对容易。臧霸等大多数人却没有跟刘备走，但刘备也取得了巨大收获，"泰山帮"里的二号人物昌豨造反了。史书上说，昌豨造反之后，附近的郡县很多都积极响应，聚合起数万人。

这时已经到了建安五年（200）年初，官渡之战的绪战已经打响了。面对徐州出现的紧张形势，曹操决定亲征徐州，对此，曹操的大多数参谋和部将都表示反对，担心曹军主力远征徐州后袁绍趁机南下，许县就危险了。曹操说："刘备是天下豪杰，现在不打败他，日后必是大患。袁绍虽然有大志，但他优柔寡断，不会立即采取行动。"曹操的想法得到郭嘉的支持，他认为只要此次行动速度快，就一定能做到两头不耽误。曹操妥善安排了许县及以北地区的防御，亲率大军火速进兵，直扑徐州。刘备没有料到曹操在与袁绍展开大决战的前夕还有精力照顾他一下，听说曹操亲率大军杀来，简直不敢相信，他自知不是对手，率数十骑逃往青州，投奔袁谭去了。曹操先后占领了下邳和小沛，俘虏了关羽，以及刘备的家眷。刘备跟刘邦有一拼，打起仗来经常跑路，一跑路就把家眷弄丢。在刘备的一生中，这样的经历以前有过，以后还会有。

青州刺史袁谭听说刘备来了，赶紧率军迎接，袁谭把刘备接到青州刺史部平原郡，刘备曾在这里工作过四年左右，也算是故地重游了。只是身边少了爱将和家眷，心里一定会觉得凄凉。

袁谭派人报告袁绍，袁绍刚刚经过一系列的内部讨论和谋划，决定全面发起征讨曹操的决战。听说刘备来投奔，觉得这是一个好兆头。在袁绍的眼里，吕布、袁术不在了，豫州、徐州一带数刘备还算是个有分量的人物，有一定利用价值。袁绍派人专程到平原郡迎接刘备，刘备一行快到邺县时，袁绍更是给足了刘备面子，亲自出邺县二百里迎接。

张绣意外来降

曹操打跑了刘备，不敢在徐州多停留，立即率大军回防。对于徐州他这次不敢怠慢，把刚刚被任命为冀州牧的董昭调过来，改任徐州牧，替他主持徐州方面的事务。在处理危机、果断应对突发事件方面，董昭有过人之处，他也是曹操可以完全信任的人，现在的徐州由董昭来主持再合适不过了。

曹操嘴上说袁绍优柔寡断，但心里无时无刻不充满了担心。袁绍虽然不足成大事，但他手下难保不会冒出几个明白人，如果把袁绍点拨醒了，后果不堪设想。其实曹操的担心一点都不多余，据《三国志》记载，就在曹军闪击徐州的同时，袁绍的主要谋士之一田丰就跑去力劝袁绍抓住机会袭击许县。

但是袁绍没有采纳，对田丰的建议他没有说不好，也没有说好，但就是没有行动。他的理由很奇怪，他说儿子有病，等等看（绍辞以子疾）。袁绍一共有几个儿子不详，但至少有三个，除担任青州刺史的袁谭外，次子叫袁熙，三子叫袁尚。本来袁谭应该是继承人，但袁尚长得最好看（貌美），袁绍和正妻刘氏都喜欢三子袁尚，所以袁家的继承人问题一直没有明确下来。

袁绍消灭公孙瓒后，任命这三个儿子以及外甥高幹各负责一州，袁谭为青州刺史，袁熙为幽州刺史，袁尚为兖州刺史，高幹为并州刺史。袁绍的想法是，给这几个孩子提供一个平等的机会，看看他们的才能谁更强。此举明摆着是要推翻袁谭嫡长子的地位，为立袁尚做铺垫。对此，大部分人都表示反对，沮授说："一个兔子跑到街上，就会有许多人追他，有一个人把它捕住了，想逮它的人就会住手，因为这只兔子已经有主人了。希望您能看一看前人失败的教训，想一想逐兔分定的含义。"但是袁绍不听，沮授大失所望，说："大祸就要从这里开始了（祸其始此乎）！"

沮授为什么会危言耸听？因为在一般人的心里，嫡长子继承制是乱不得的，不管老大多么笨、多么傻，都轻易不能另立他人，否则就会引起混乱。这种混乱，如果放在普通百姓家里，顶多也就是摔几个碗、砸几口锅的事，但在君王和诸侯家里，就足以引起时局的动荡。袁绍事实上已经是一方诸侯，因而他的家事已不再是普通的家事，而与这几个州、数百万人口的前途命运息息相关，所以沮授才会那么着急。可惜的是，袁绍看不到这一点，还以为家事就是自己家的事，与别人无关。

袁绍打破常规的举动果然在部下中造成了混乱，审配、逢纪等人看到袁绍偏爱袁尚，开始聚拢到袁尚周围，而辛评、郭图支持袁谭。袁绍阵营里形成了不同的派系。一个集团里这样的派系一旦形成，就会把派系的利益凌驾于集团整体利益之上，不惜牺牲集团的利益以换取少数人的利益，历史上很多有前途的集团都是这样走向覆灭的。

田丰建议袁绍抓住机会南下，虽然是一个高明的谋略，但没有得到其他人的支持，袁绍又以儿子有病为借口把田丰的建议搁置了。田丰很生气，他用手杖敲着地说："这么好的机会，却因为小儿子生病而失去了，真可惜呀！"

上面是《三国志》的记载，在其他史书中还有一些不同的描述。《献帝纪》称，袁绍很快发起了向南面的进攻，在出师前袁绍集团内部还进行了一次激烈讨论。袁绍的主要谋士旗帜鲜明地分成了鹰派与鸽派两个阵营，而鸽派的首领正是田丰。《献帝纪》还称，沮授和田丰都反对袁绍出兵，他们认为连年征战，百姓已经苦不堪言，现在应该发展生产，积蓄力量，可以用三年时间而不是毕其功于一役来打垮敌人（三年之中，事可坐定也）。

他们的看法遭到鹰派代表人物审配、郭图等人的反对，鹰派认为现在正是最佳的战略机遇，机会稍纵即逝，不能慢慢拖着，应该一举击败曹操，否则等曹操势力更加壮大收拾他就难了。沮授反驳道："救乱诛暴是义兵，恃众凭强是骄兵，骄傲的军队最先失败。曹操迎奉天子，定都许县，现在率兵攻打他是为不义。曹操推行法令，训练军队，情况跟公孙瓒完全不一样。现在发动没有理由的战争，而放弃最安全可靠的策略，我真感到担心。"

沮授搬出了战争的正义与非正义论题，其实扯得有点远了，听起来冠冕堂皇，但在现实局面下却显得苍白空洞。沮授和田丰之所以这么说是因为他们有自己的想法，他们代表的是冀州本土人士普遍的观点，本土派都不希望打，就像当年兖州人不支持曹操打徐州一样。而审配、郭图这些外来户普遍赞成打，他们心里默念的就是打回老家去。袁绍也是一个外来户，他倾向于鹰派的观点。更重要的是公孙瓒灭亡后，他心里统一天下的想法越来越强烈，甚至有点等不及了。袁绍接受了鹰派的建议，不仅迅速组成了南下兵团，向黄河一带开进，而且还做了很多战争准备，其中最重要的就是连续派出多路使者，拉拢同盟军。

袁绍拉拢的重点对象是张绣、刘表和孙策，他想建立一个统一战线，给曹操搞出一个包围圈。袁绍的这个战略虽然不能说一点成效都没有，但最终基本上都失败了。

袁绍派往南阳郡的使者最先到达，他们见到了张绣，陈述了袁绍的主张。袁绍深知贾诩在张绣面前的分量，所以专门给贾诩写了信，派使者暗中去做贾诩的工作（袁绍遣人招绣，并与贾诩书结援）。张绣看到袁曹大战一触即发的形势，在他看来，也许想都不用想应该站在袁绍这一边，因为他与曹操之间是敌人，且曹操已视自己不共戴天。袁绍的使者说明来意，张绣当场就准备答应。

这时，贾诩说话了。贾诩当着张绣的面对袁绍的使者说："请回去转告袁本初，兄弟尚不能相容，又怎么能容天下人呢？"张绣闻言大吃一惊，问贾诩说："这话怎么说呀！"

打发走袁绍的使者，张绣问贾诩："既然这样了，下一步该怎么办？"贾诩说："不如投降曹操。"张绣又吃了一惊："袁绍强大曹操弱小，我们又与曹操互为敌人，怎么能归顺他呢？"贾诩说出了其中的理由："曹操奉天子以令天下，这是第一条理由；袁绍强大，我们弱小，在这种情况下归顺他，必然不会重视我们，曹操弱小，得到我们必须欣喜，这是第二条理由；有霸王之志的人，肯定会把个人恩怨放在一边，而让普天之下都知道他的宽容，这是第三条理由。希望将军不要再迟疑！"经过贾诩一分析，张绣认为也有道理，于是率所部投降了曹操。

张绣投降曹操是一个非常大胆的决定，曹操只有如贾诩分析的那样，是一个胸怀远大志向、把个人恩怨抛于脑后的人，他的这项决定才不会后悔。张绣投降袁绍，基本上不用担什么风险，而投降曹操，则面临着生死考验。所幸的是，一向料事如神的贾诩在这个重大问题上依旧保持了他的一贯正确，曹操听说张绣投降自己，惊讶之余，顿时感到欣喜若狂。

这时候，曹操已经移师到官渡前线，张绣携贾诩到前线面见曹操，曹操拉着张绣的手不放，这个人曾经差点要了他的命，而且欠他一个儿子、一个侄子加一员爱将的命，是一个他做梦都想诛灭的敌人。现在却站在了他的面前，只要他愿意，可以轻而易举地完成复仇的想法，但现在他已经不那样想了，所有的仇恨顷刻间瓦解，因为他真的很高兴。

曹操设宴款待张绣和贾诩，拜张绣为扬武将军，封列侯，将张绣带来的人马就地编入官渡前线兵团。为了打消张绣的顾虑，他还主动提出两家结为儿女亲家，为自己的儿子曹均娶张绣的女儿为妻。曹均是周姬所生，后来过继给曹操之弟曹彬，曹丕当皇帝后封这个弟弟为樊安公。

对于贾诩，曹操更喜欢。虽然这是一个可怕的对手，让自己连吃了三次苦头，但今天终于得到了他，曹操有如获至宝的感觉。曹操也拉着贾诩的手说：“是先生您让我在天下人面前增添了信誉呀！”曹操以汉献帝的名义封贾诩为都亭侯，给他安排的职务更高，委任他为执金吾，这是部长级的高官，负责宫外的安全保卫工作。当然这是个虚职，曹操不会让贾诩跑到许县给刘协站岗去，委任贾诩一个很高的荣誉性职务，目的是先把他从张绣身边挖过来，他要把贾诩留在自己身边。董昭改任徐州牧后，冀州牧一职空缺，曹操于是任命贾诩为冀州牧。这虽然也不是一个实职，但在一般人心目中州牧属于“封疆大吏”，地位很高。曹操不费一兵一卒，居然解决了悬在心头很久的难题，对南边的形势，他可以松口气了。

刘表按兵不动

袁绍在联络张绣的同时，也派人来到襄阳见刘表，希望结成同盟共同对付曹操（绍遣人求助）。刘表口头上答应袁绍，但不作实际行动。在袁曹争锋中，刘表只打算坐山观虎斗，保存实力，以观天下之变。目前，足以与袁绍、曹操集团实力匹敌的，也就是刘表了，无论地盘之大还是人马之众，刘表都是当时天下的第三号人物，他的态度自然决定了即将开始大决战的胜负。

对于刘表不介入的策略，他的部下有人表示出不同意见，从事中郎韩嵩、别驾刘先都劝刘表说：“豪杰并争，两雄相持，天下之重在于将军。将军若欲有所作为，可以乘此机会崛起；如果不然，也应该选择其中的一方给予支持（固将择所从）。将军拥有十万之众，怎么能坐而观望呢？”

韩嵩等人进一步分析说，如果对袁绍和曹操都不支持也不反对，实际上在他们那里都不会落好（两怨必集于将军），以刘表目前的状况，想中立那是不可能的。韩嵩、刘先以及刘表最重要的部属之一蒯越都劝刘表站在曹操一边，他们认为曹操这个人相对贤明，天下贤俊纷纷归顺，在决战中有可能战胜袁绍。如果现在不联合曹操，将来等他战胜了袁绍，必然举兵南下荆州，到那时恐怕就无法抵挡了。他们提出了一个大胆建议：“不如率全部荆州归降曹操（不若举州以附曹公），曹操必然厚待将军，那样一来可以长享福祚，垂之后嗣，这才是万全之策！”

刘表手下的大多数人也都支持曹操，这让刘表颇为犹豫（表狐疑），他决定派韩嵩到曹操那里走一趟，观察虚实后再做决定。大约在建安五年（200）年初，刘表的使者韩嵩一行来到官渡前线见曹操，受到曹操的热情接待，韩嵩此行对曹操和曹军都有了更深的印象。韩嵩又到许县拜见了天子，在曹操的授意下，汉献帝拜韩嵩为侍中，韩嵩大概不愿意接受，表示想回荆州，汉献帝又改任他为荆州刺史部零陵郡太守。

这番好意没想到给韩嵩帮了倒忙。韩嵩回到襄阳，向刘表汇报所见所闻，对曹操大加赞扬，并劝说刘表送儿子到许县做人质，以证明自己的诚意，这引起了刘表的怀疑。在一次有数百名部属参加的会议上，刘表召见韩嵩，盛怒之下，拿出天子所赐的符节，意思是想斩杀韩嵩。大家都很紧张，劝韩嵩赶紧赔罪，韩嵩动都不动。大家对刘表苦苦相劝，就连刘表宠爱的妻子蔡氏也出来说情，刘表盘问了与韩嵩随行的人，没有发现韩嵩有什么不妥的行为，这才饶过韩嵩一死，把他关了起来。

韩嵩事件平息，劝刘表投靠曹操的建议没人再敢提起，刘表继续他原先制定的策略，对袁绍那边尽量敷衍，对曹操不和不战，保持他的中立。

刘表突然问罪于韩嵩，表面看来是他的疑心病犯了，看到韩嵩不加掩饰地称赞曹操，加之他接受了汉献帝的任命，心里很不痛快，所以发难。陈寿评论这件事时也认为，刘表虽外貌儒雅，但内心多疑忌，像这样的事很多（皆此类也）。

但实际上也许还有更深层次的原因。作为举足轻重的一方诸侯，刘表一开始的想法就是坐山观虎斗，谁都不支持，谁也不反对。因为，投降曹操或袁绍，对于蒯越、韩嵩等人来说是无所谓的事，但对刘表来说差别就大了。自己当老板挣得再少也是老板，给别人打工挣得再多也是个打工仔，刘表不糊涂。若干年后孙权也面临了同样的问题，孙权手下大多数人也如韩嵩、蒯越一样主张投降，而孙权宁可冒灭亡的危险也不愿意投降，道理是一样的。

刘表想中立，但韩嵩、刘先、蒯越等人都劝他投降曹操，也许劝他的人还有不少，尤其是蒯越这样的地方实力派，他的意见刘表不能置之不理，无奈之下，他派韩嵩到曹操那里走一趟，说是考察情况，实际上是做给主降派们看的。韩嵩接受了朝廷的任命，回来对曹操一阵猛捧，这给了刘表问罪于他一个口实，刘表问罪韩嵩可以把他叫到办公室里来谈话，也可以把他交给有关部门审查，完全没有必要当着手下数百人的面进行。刘表此举，正是明告那些有同样想法的人闭嘴。

这样看来，刘表做事也挺有手段，对于投降派，孙权气得拔剑斫桌子，刘表只需不露声色地召集大家开个会，也达到了他要的效果一样，但刘表的城府更深。

但是不久之后，刘表遇到了麻烦，荆州的后院突然出了事。刘表的长沙郡太守张羡在孙坚旧部桓阶的策动下反叛，周围的零陵郡、桂阳郡、武陵郡纷纷响应，荆州的南方四郡眼看要独立。

桓阶字伯绪，长沙郡临湘县（今湖南长沙）人，孙坚当长沙郡太守时很赏识他，举荐他为孝廉。后来孙坚死于襄阳城外，别人都不敢表示什么，他冒死为孙坚发丧，刘表感其义气，没有为难他。桓阶跟张羡关系很好，张羡是南阳郡人，《英雄记》说他在南方四郡一带很得人心，但他性格倔强，刘表不太喜欢，对他也不够尊重（不甚礼也）。

袁曹相拒于官渡，桓阶劝说张羡不如抓住机会投降曹操，“举四郡保三江以待其来”，张羡接受，于是联络周围的另外三个郡同时举兵抗拒刘表，他们派出使者来见曹操。曹操简直不能相信天底下还有这样的好事，如此一来，等于给刘表的脊背上顶上一把刀，荆州方向更没有问题了。刘表急攻张羡，后来张羡病死，桓阶逃匿，南方四郡之叛平息。后来，曹操南下荆州，找到了桓阶，当得知他有策动张羡之功时，把他留在自己身边任职。曹操当丞相后，桓阶担任过丞相主簿。曹丕称帝后，桓阶升任尚书令，成为曹魏的重臣，于曹丕在位时病逝。

南方四郡叛乱虽然被刘表平息了，但此举牵制了刘表的行动，让他在袁曹对峙时无暇顾及北方之事。

袁绍寄予厚望的两路盟军，一路投靠了曹操，一路态度消极，只想中立，且又自顾不暇。袁绍渴望给曹操来一个大包围，这个计划看来要歇菜了。

袁绍派出来的使者不只这两路，袁绍给自己老家同时也是曹操大后方的汝南郡也派出了使者，拉拢的对象是李通。袁绍给李通开出了很高的价码，任命李通为征南将军，刻好了印章，准备了绶带，由使者带给李通。曹操给李通的军衔仅是裨将军，职务仅是汝南郡的阳安都尉。袁绍给的是相当于大军区司令，李通现在担任的是相当于地区公安局局长，双方相差何止三级？但是，面对袁绍的厚礼，李通却坚定地站在曹操的一边。李通的亲戚以及手下很多人却主张投靠袁绍，他们看到袁绍势力强大，担心曹操没有多少胜算。

不光是袁绍，刘表也派人来招降李通，但都被李通一一拒绝。李通的亲戚和手下人都很生气，苦口婆心地劝他，李通手按着剑，厉声道：“曹公是明哲之人，必定会赢得天下。袁绍虽然表面强盛，而能力有限，最终一定会成为曹公的俘虏。我意已决，至死都不会改变（吾以死不贰）！”李通杀了袁绍派来的使者，把使者首级以及袁绍给他的征南将军印绶呈报给曹操。

汝南郡是袁绍的老家，袁氏在这一带很有影响力，听说袁绍就要杀回来，社会上谣言乱飞，人心浮动。赵俨在汝南郡当朗陵县长，二人很要好，遇事常一块商量。赵俨对李通说：“现在形势很严峻，人心惶惶，征户调一事如果照常进行的话，会不会激起叛乱？”李通也看到了这个问题，但他有顾虑：“曹公与袁绍相持甚急，正是因为有的郡县准备叛乱，所以如果我们不送户调的话，会不会有人说我们也在观望？”赵俨说：“你考虑的也不是没有道理，但事情应该分清轻重。现在还是应该暂时不征，我替你去解释。”赵俨给荀彧写信，说明了情况。荀彧立即转报了曹操，曹操下令不仅暂停征调，还把前面征收的发还县民，上下皆大欢喜。在李通、赵俨等人的努力下，汝南郡的形势慢慢稳定，一定程度上解除了曹操的后顾之忧。

此外，袁绍还向青州的臧霸以及关中诸将也派出了使者，但收效都不大。臧霸的态度很坚决，全力支持曹操，“泰山帮”里除了昌豨以外也都站在了曹操一边，他们集中精兵，布防在青州一线，防止袁军从东面包抄徐州和兖州。

孙策死于刺客之手

关中地区的大小割据势力在钟繇和卫觊等人的努力下，要么表态支持曹操，要么保持中立。

还有一路人马，袁绍本来没有抱太大希望，他或许也派了使者去联络，但没有这方面的记载。这路人马很强大，袁绍只希望他不投靠曹操就行，但没有想到的是，他却主动向许县杀来了。

这就是孙策，这段时间他在江东发展得很快，先后把刘繇、王朗、华歆等朝廷委任的郡太守打败，又收拾了境内的严白虎、白朗等匪寇，占据了扬州六郡中的江南四郡。对于孙策的崛起，曹操感到了威胁，据《吴历》记载，曹操听说孙策平定了江东，曾经多次说过一句话：“猘儿难与争锋也。”《说文解字》说“猘”的意思是狂犬，曹操说这话并无贬义，是说这个勇猛的小子。

为了安抚孙策，曹操除了以汉献帝的名义授以孙策官职、封侯外，还把一个侄女许配给孙策的弟弟孙匡，又为自己的儿子曹彰娶了孙坚侄子、孙策的堂兄孙贲的女儿，对孙策的另外两个弟弟孙权和孙翊，都按照朝廷制度进行征辟，又让扬州刺史严象举孙权为茂才。

孙策表面上拥戴许县朝廷，但一心还是想着扩充实力。他趁袁术称帝后墙倒众人推之机主动向江北出击，占了江北的不少地盘，接收了袁术许多旧部。仅在突袭庐江太守刘勳的皖城之战中，他就收编了袁术的旧部以及伪朝廷的百工、乐手等三万多人，其中有相当多的水军，袁术和刘勳的老婆孩子也成了他的俘虏。

皖城之战孙策的另一大收获是得到了本地美女大桥。大桥名字不详，她的父亲人称桥公，这位桥公，倒不是与曹操关系密切的前司徒、梁国人乔玄。大桥有一个妹妹人称小桥，二桥是出名的美女（皆国色也），孙策自纳大桥，把小桥许配与自己的好朋友兼部将周瑜。

刘勳败走投奔曹操后，孙策在江北的势力得到了更大发展，他任命李术为庐江郡太守，利用从刘勳那里俘获的水军，把攻击的矛头指向了长江上游刘表的势力范围，在这里驻扎的是刘表的部将黄祖。

对孙策而言，黄祖还有另一重身份：杀父仇人。当年在襄阳城外的岘山，正是黄祖所部将孙坚射杀。无论出于扩充地盘的需要，还是出于报杀父之仇的想法，孙策都将下一个攻击对象锁定在黄祖身上。孙策任命周瑜为江夏郡太守，这个职务黄祖正在担任，虽然地盘还在人家手里，孙策已经志在必得了。

刘表见黄祖有危险，立即派侄子刘虎以及部将韩晞率五千长矛军来支援，但不是孙策的对手。据孙策呈报给许县朝廷的战报称，此战俘获黄祖的亲属七人，斩杀刘虎、韩晞以下二万余人，另有一万多人溺水身亡，缴获各类船只六千余艘，孙策取得大胜。

干宝的《搜神记》里记载了一个传说：在孙策此次西征的队伍里还有一个身份特殊的人，他是名字叫于吉，就是那个著名的道士。关于他的故事很多，在许多书籍里，于吉是个无所不能、呼风唤雨的人物，在江东一带活动有很多记载，历史上应该确有其人，从各种记载来推测，他应该是某个民间宗教团体的领袖，影响很大，这样的人闹不好就成了又一个张角，所以为统治者所忌惮。《搜神记》说，此次出征期间遇到大旱，于吉因为什么事得罪了孙策，孙策命人把于吉抓了起来，五花大绑，扔在大太阳地里让他祈雨，如果能祈来雨就可活命，否则就杀头，这是公孙瓒曾经给刘虞弄的待遇。

但于吉比刘虞牛，一会儿便云气上蒸，再过一会儿大雨降了下来，溪涧盈溢。将士们都很高兴，以为于吉必然没事了，都去向他祝贺。孙策更不能容忍，于是把于吉杀了。关于于吉之死还有另外一些说法，《搜神记》严格来说不是史书，所记内容真实性很差，但于吉之死与孙策之死有些关联，所以姑且引述。

孙策取得西征黄祖的大胜，这时已经是建安五年（200），曹操与袁绍开始对峙于官渡。对于形势的判断，孙策跟刘表的想法不一样，他认为这是一次难得的机会，想趁曹军主力北上对抗袁绍之机，对许县发动突然袭击。

孙策的这个想法如果付诸实施，以后的历史会是什么样将很难说。但是，也可能是曹操的命大，也可能是孙氏家族陷入了一种神秘的不可知的魔咒中，孙策的军事部署都已经完成了，即将从背后向曹操发起攻击之时，孙策居然离奇地死了，死法跟他的父亲孙坚差不多：路上遭人暗算，中箭不治身亡。

这件事的确很离奇，纯属偶然事件，却足以改变历史的进程。据《江表传》记载，孙策在袭击许县前，想对曹操的部将广陵郡太守陈登先发起攻击，解除右翼的威胁。陈登留在徐州是曹操为对付袁术和孙策布下的一手棋，陈登没有辜负曹操的期望，他很活跃，发展势头很猛，不仅在江北一带给孙策造成威胁，而且还联络江东的严白虎，准备随时给孙策以重击。

孙策不敢轻敌，他亲自率军征讨陈登，进军到丹徒，在这里等待运送军粮，想等军粮运到后再向陈登发起总攻。孙策喜欢打猎，在等待的几天空闲时间里，他只带着几个随从就出去打猎去了。对于孙策喜欢轻出微行的冒险行为，他手下的名士虞翻曾经规劝过他，孙策嘴上表示接受，但总难改老毛病，这一回就出事了。

孙策领人追鹿，他骑的是好马（所乘马精骏），手下人的马追不上。孙策一个人在前面跑，突然从林中冒出来三个人。孙策厉声问道："你们是什么人？"这几个人回答："我们是韩当将军的士兵，在此射鹿。"孙策说："韩将军手下的士兵我都认识，从没有见过你们！"孙策意识到有危险，取弓便射，其中一个人应弦而倒。剩下两个人害怕了，举弓对孙策对射，结果有一箭射中了孙策的面颊。孙策手下人随后赶到，把他们全杀了。

事后得知，这几个人是前吴郡太守许贡的旧部。许贡的身份跟刘繇、王朗等人差不多，是朝廷任命的郡太守，也是孙策打击的对象。相对于刘繇等人来说，许贡没有什么实力，一度依附于刘繇。孙策消灭了刘繇、王朗等异已势力后，许贡内心不满，他多次向朝廷秘密上报，反映孙策的恶行，建议朝廷征孙策入京，借以削弱孙氏的势力。许贡的上书被孙策截获，孙策下令把许贡处死。今天在这里埋伏杀孙策的，就是许贡生前的旧部，他们专门在此等候就是要给许贡报仇。

众人将孙策护送回营帐，请随行军医来看，发现伤势很重（创甚）。孙策自知难过这一劫，于是忍住伤痛，将孙权以及随行的张昭、程普等人找来，指着孙权对他们说："现在天下大乱，我们以吴越之众、三江之固，足以成就大业，希望诸位能善待我的弟弟！"据《吴历》记载，孙策还对张昭说："如果仲谋不堪大任，请先生取代他自任。"这是一个孙吴版的"白帝城托孤"，比刘备托孤早了二十三年。但无论是诸葛亮还是张昭，都千万不能把这些话当真，人家只是说说而已，不是一种交代而是一种姿态。甚至有人认为这是一种提醒和警告。

孙策让人取来自己的印授亲手交给孙权。孙策对弟弟说："举江东之众，决策于两阵之间，与天下争衡，你不如我；举贤任能，各尽其心，以保江东，我不如你呀。"就在这天夜里，孙策与世长辞，年仅二十六岁。

一代英雄竟然也如此短命，《吴历》说，孙策的伤原来还是能治好的，医生叮嘱他必须好好养护，一百天之内不能刺激它。孙策忍不住照镜子，发现自己已经破相。孙策长得很英俊，走到哪里都有很多粉丝，他不能接受这样的现实。孙策对左右说：“面容毁成这样，还能建功立业吗？”

孙策说完，椎几大愤，伤口崩裂，当天夜里就死了。《搜神记》还说，孙策当初杀了于吉，之后便落下了心病，每当一个人时，就觉得于吉在左右，弄得自己都有点精神失常。孙策受伤后，照镜子的时候发现于吉居然在镜子里，孙策惊恐回头看，身后却没有人，再看镜子，又见于吉在镜中，如此三次皆然，孙策惊恐不已，扔了镜子大叫，伤口崩裂而死。

孙策死时孙权年仅十八岁，对于继承父兄的遗志独立挑起江东大业，他毫无思想准备。孙权跟孙策感情很好，对于兄长突然离世，孙权心里无法接受，终日痛哭不止。张昭对孙权说：“孝廉，这是哭的时候吗？现在是奸宄竞逐，豺狼满道，请先把礼制放到一边，节哀振作精神。”孙权不仅被严象举为茂才，据《三国志》朱治传称，他还被朱治举为孝廉，所以张昭这样称呼他。张昭指挥人给孙权换了衣服，扶他上马，陪着孙权出巡各军，形势才稍稍安定。

曹操得知孙策死了，兴奋之情难以言表，相对于眼前的刘表，孙策才是只猛虎，现在孙策死了，短时间内江东难以对他构成威胁。曹操以汉献帝的名义，任命孙权为讨虏将军，兼任会稽郡太守，指定他屯驻于吴县，即今江苏省苏州市。孙策死时周瑜并不在跟前，周瑜听到消息，立即率所部前来奔丧，后来随孙权一起到吴县，继续担任中护军，张昭担任长史，一武一文，共同辅佐孙权。

从公孙瓒之死到孙策之死，短短一两年时间里，发生了公孙瓒自杀、吕布被绞死、袁术忧愤而死、刘备投降曹操又叛乱、张绣投降曹操、孙策遇袭身亡等一系列重大事件，当这些尘埃落定之时，历史的目光就要聚焦到袁绍和曹操这两大主角身上了，他们已经摆好了厮杀的阵式，这一仗将决定无数人的命运，也决定今后天下将由谁来执掌。

第十七章

官渡之战

一篇“讨曹檄文”

建安五年（200）是农历庚辰年，也是龙年；次年是辛巳年，也是蛇年。按照五行学的说法，每遇龙蛇之年会对圣人不利。这件事一般人倒不会放在心上，因为除了天子大家都不算圣人，不用操这份心。但是有个人比较在意，虽然他不至于把自己当成圣人看待，但总觉得在这一年里会发生些什么，这个人就是名动天下的大学士郑玄。

在建安初年汉献帝征召天下名士时，朝廷将大司农卿一职特意留给郑玄，只是到现在他也没来上任。郑玄最后一次应召还是何进当大将军时，何进失败后，郑玄回到家乡青州刺史部的北海国隐居，同时聚众讲学，研究经术，著书立说。他的名气实在太大了，从四面八方投到门下的有一千多人，日后有名气的学生有赵商、崔琰、公孙方、王基、国渊、郗虑等人。袁绍占据冀州并控制青州的部分地区，郑玄的老家成了“袁绍控制区”。袁绍经常把郑玄拉来参加聚会，出席各种活动，为自己撑门面。

在何进时期郑玄就认识袁绍，对于这个比他小得多的政坛名人他并没有太多好感，但出于无奈，他也不敢驳袁绍的面子。在一次聚会上，大家听说天下最知名的学者郑玄将要出席，一些自认为肚子里有点学问的人不禁跃跃欲试，精心准备了一些问题，想为难郑玄一下，顺便让自己出名。没有想到，郑玄对所有问题都对答如流，知识之渊博、思路之敏捷让人叹为观止，大家无不折服。整天迎来送往、钩心斗角，只是抽空看两眼书，也敢叫板整天钻在书堆里只是偶尔出来喝回酒的郑老师？郑玄给大家上了一课。

袁绍以冀州牧的名义推荐郑玄为茂才，并表奏他为左中郎将。袁绍的想法有点幼稚，如果郑玄接受，袁绍就成了郑玄政治上的恩主，这虽然是别人巴不得的好事，但对郑玄不好使，在此之前，被郑玄拒绝过的类似荐举已多达十三次。随后，汉献帝的诏书到达北海国，汉献帝还派来一辆专车，接郑玄到许县就任。郑玄这次答应了，但动身不久，就感到身体不舒服，未及上任便请求告老还乡。郑玄虽然没有正式就任大司农，但后世一般称他为郑司农。

郑玄就是一个专心学问和教育事业的知识分子，无奈名声太大，想安安静静地读书过清净的日子也不容易做到。不仅朝廷和袁绍这样的人对郑玄尊崇备至，就连黄巾军听到郑玄的名字也甚为礼遇。据《后汉书》郑玄传记载，郑玄有一次半路上遇到很多黄巾军，他们听说是郑玄，纳头便拜，并且相约不进郑玄的老家高密县（见玄皆拜，相约不敢入县境）。谁说知识不是力量？

建安五年（200）郑玄七十四岁，在当时这已是绝对的高龄，他感觉身体越来越不适。这年春天，郑玄梦见了孔子，在梦里还和他说了话。对五行学、易学也深有研究的郑玄把这个梦与龙蛇之年联系在一起，总觉得预示自己将不久于人世，于是心里闷闷不乐。正在这时，青州刺史袁谭亲自来到高密县，要接他到邺县去，郑玄以为袁绍又让他陪酒吃饭，有点不想去，但袁谭的态度很坚决，不去不行。郑玄只得收拾行李，随袁谭出发。

一行人走到元城县即河北省大名县时，郑玄的身体实在不行了，病情加重，只得停在那里。到了夏天，郑玄逝世，在临死之前，他还抱病专心注释《周易》。在郑玄的很多学生看来，他们的老师就是当代孔子，而郑玄也无愧于这个光荣称号，他一生潜心学问，不参与世事纷争，是一个纯粹的学者。

这次袁绍明知郑玄身体情况不允许，仍然执意要他来，目的是让他随军。此时的袁绍，已决定发起对曹操的全面进攻，为此他进行了精心准备，除动员所部几乎所有精锐部队倾巢出动外，还做了大量思想舆论发动工作，征郑玄随军也是其中之一。

袁绍对这一仗志在必得，随他一同出征的还有大量图书典籍，其中不乏关于典章制度方面的资料，显示出袁绍不仅着眼于这一仗能否打赢，而且已经开始考虑打赢之后的事。袁绍已经在规划打败曹操之后，他就立即接管朝廷，如果汉献帝肯合作，就还让他当这个傀儡皇帝，如果不愿意合作，就另立其他人。

袁绍让大笔杆子陈琳撰写了一份檄文，向各郡县发布，在动手之前先动口，大造舆论，历来都是这个套路。这份檄文约一千三百字，陈琳下了很大功夫，痛揭曹操的黑史，从曹操的爷爷曹腾开始写起，罗列了曹操的数条罪状。

这罪状主要包括：曹操的祖父故中常侍曹腾与左悺、徐璜等宦官均属妖孽，祸害百姓，曹操的父亲曹嵩是乞丐家的养子，大权在握后经常干贪赃枉法的事。至于曹操本人，是典型的“赘阉遗丑”，无才无德，而且好兴兵作乱；曹操几次陷入危机，都是袁绍出手相助，但曹操不思报答，反而趁机发展势力，攻击袁绍；曹操喜欢乱杀人，原九江太守边让是天下知名之士，因为不阿附曹操，被他杀害，士林无不愤怒；汉献帝东归时，袁绍自己受制于公孙瓒无法脱身，派从事中郎徐勋前往曹操处传达命令，让他保护銮驾，修缮郊庙，但曹操却趁机专制朝政，令百僚钳口，公卿以下都成了摆设；原故太尉杨彪享有极高威望，曹操因为个人恩怨，随意治罪，根本不顾宪章，议郎赵彦忠谏直言，引起曹操反感，擅自杀害，也不向天子报告；曹操设置发丘中郎将、摸金校尉等官职，传门干盗墓的勾当；曹操统治残暴，兖州、豫州百姓无不怨声载道，历观古今书籍所载贪残虐烈无道之臣，没有超过曹操的；袁绍与公孙瓒交战，公孙瓒被围一年多，曹操趁其未破，偷偷地写信给公孙瓒，想与他勾结，共同谋害袁绍。

檄文是专门为征战讨伐造势用的，能把敌人说得多坏就多坏。袁绍曾经被公孙瓒的檄文骂过，但对照一下，发现这篇檄文写得更有气势，杀伤力也更强。这篇檄文没有空洞的口号，而是将论点与论据结合起来，说得有理有据，同时大肆爆料，专抖曹操的黑史。

文中所言曹操杀边让、徐勋传达袁绍命令、曹操设盗墓机构、曹操秘密联络公孙瓒等事，是别的史料中未见或少见的，一种可能是袁绍在造谣，无中生有，颠倒黑白，另一种可能是确有其事。无论真假，这些材料经过陈琳这个大笔杆子的加工，曹操的黑史立即传布四方，在当时造成了极为广泛深远的影响，曹操在后代常被人诟病，很多素材也来自这里。

文中把曹操称为“赘阉遗丑”，虽属人身攻击，不值得提倡，但也成了一句很著名的话，这种把曹操一家三代人合在一起攻击的骂街作风，经过陈琳的文字包装，倒也显得文采飞扬，很有气势。曹操也看到了这篇文章，当时他正为眼下的战事伤神，偏头疼的毛病又犯了，看了老朋友陈琳写的痛骂自己的文章，他脊背上开始冒冷汗，脑袋居然一下子不疼了。

展开外围争夺

在说袁、曹对峙中路的情况之前，先看看左翼和右翼。

在右翼，也就是兖州、青州、徐州方向，曹军采取了攻势，从建安四年（199）下半年开始，曹操授意臧霸集中孙观、吴敦、尹礼等部的人马，从徐州北部的琅邪国境向袁绍占领的齐国、北海国、东安国等发起进攻，使袁绍不得不分出重兵由长子袁谭率领守卫青州。兖州是曹操的老根据地，有程昱等人在此据守，曹操心里稍稍安下心来。

而关中、河东郡一带是此次战役的左翼，那里情况复杂，虽然有钟繇坐镇，但曹操心里还是没底。袁绍左翼的总指挥是他偏爱的小儿子袁尚，协助他的是袁绍的外甥高幹以及河东郡太守郭援。南匈奴人一直与袁家关系很好，在剿灭公孙瓒的战斗中出了大力，如今南匈奴在平阳即今山西省临汾市起兵，公开响应袁绍。

平阳与关中近在咫尺，钟繇率部渡过黄河，将平阳城围了起来，但是兵力有限，未能将其攻克。正在这时，传来郭援率军南下的消息。面对敌我实力悬殊的态势，很多人建议从平阳撤军。钟繇说：“郭援与关中诸将暗中相通，关中诸将之所以还没有反叛，原因是还想观望一下。如果现在撤走，就是示弱于人，此为未战而先自败。”钟繇认为，郭援刚愎好胜，喜欢轻军冒进，一定可以找到战胜他的机会。于是，曹军继续围住平阳，迎战郭援。

钟繇并不是盲目乐观，他有秘密武器对付袁军，这就是马腾和韩遂，他们二人是当时关中诸将里势力最大的两支，各拥强兵以坐观天下之变，袁绍也派了使者前来联络他们（发使西与关中诸将合从），但马腾和韩遂对于该站在哪一方仍然举棋不定。

钟繇以司隶校尉的身份坐镇关中，他到任后积极争取各派势力的支持，取得了不少成绩，但马腾和韩遂十分强大，得不到他们的真心支持，关中的事情仍然不好办。钟繇分别给马腾、韩遂写了信，陈述利害，要求他们站在朝廷一边。信写好了，钟繇想找个有胆识有能力，又有口才的人前去，他想到了新丰县令张既。张既果然不负众望，把这项工作完成得很出色。

张既字德容，关中地区的左冯翊郡高陵县人。年轻时为郡吏，工作很有能力，得到大家的好评，曹操担任司空后，征辟他到司空府工作，还没有去钟繇就来了，钟繇发现张既是个人才，向曹操请求把他留下来并举荐为茂才，任命他担任新丰县令。张既颇有实干能力，在年终考核时业绩位居三辅地区各县第一名。张既见到马腾、韩遂进行说服工作，最后马腾、韩遂不仅同意站在曹军一边，而且愿遣子为人质，以示诚心。马腾和韩遂所率的凉州军名满天下，仅就战略意义而言他们的影响力已经十分巨大，在这个意义上说，张既此行居功甚伟。

张既是如何说服马腾和韩遂的，史料记载不详。但是在司马彪所著《战略》一书中，有傅幹劝说马腾的记载，说马腾等人最终站在曹操一边，扶风郡太守傅幹立下大功。据《战略》说，袁绍的使者也曾到达马腾那里，马腾等人已经暗地里答应袁绍（阴许之）。傅幹知道后赶紧来劝马腾，傅幹说：“古人云‘顺道者昌，逆德者亡’。曹公奉天子诛暴乱，法明国治，上下用命，有义必赏，无义必罚，这就是顺道呀。袁氏背王命，驱使匈奴人进犯中原，他本人宽而多忌，仁而无断，兵虽强，其实已失天下人心，这就是逆德呀。如今将军您表面上站在有道者一边，但却不尽力，暗地里坐观成败，阴怀两端，恐怕等成败确定之后，曹公必然会奉辞责罪，将军您也得落个身败名裂的下场！”

马腾一听果然害怕了（腾惧），傅幹进一步说：“智者善于转祸为福。今曹公与袁氏相持，而高幹、郭援陈兵河东，将军引兵讨伐郭援，当有胜算，将军此举如同断袁氏之臂，可以解曹公之急，事后曹公必重谢将军！”马腾认为这个建议很好，给予接受，派遣儿子马超率精兵一万多人，支援钟繇，韩遂也派兵参战，统一由马超指挥。

傅幹字彦材，又字别成，出身于著名的凉州北地郡傅氏家族，其父傅燮是桓灵之际的名臣，受宦官排挤出任凉州刺史部汉阳郡太守，战死于叛军之中，被朝廷追封为壮节侯，当时傅幹年仅十三岁。傅幹日后成为曹操的重要参谋，他的儿子傅玄更是了不起，是曹魏时期的名臣和著名的思想家、文学家。

钟繇得到凉州劲旅的支援实力大增，他让人不要声张，诱使郭援率军轻进。郭援不知道对手的力量已经发生重大变化，仍然不把钟繇放在眼里，快速向平阳推进。平阳的外围是汾水，郭援抵达后下令渡河，刚渡到一半，钟繇、马超的联军立即发起攻击，袁军大败，马超手下的部将庞德亲自斩杀了郭援。钟繇乘胜追击，大破南匈奴人。

这是一场关键战役，战前西线的总体形势是袁强曹弱。战后，双方处于均势，钟繇虽然还没有能力进攻袁绍的并州，但打掉郭援之后袁军也没有能力进一步攻击长安和洛阳，保证了曹军左翼的安全。此战也是二十四岁的马超第一次独立带兵作战。马超字孟起，是马腾之子，也是韩遂的干儿子，马腾死后其部由马超率领。平阳之战稳定了关中的形势，使凉州刺史韦端也决定站在曹操的一边。为了慎重，韦端派手下的从事杨阜前往许县，名义上向汉献帝朝奉，实际是观察虚实。

杨阜字义山，凉州刺史部天水郡冀县人，《魏略》说他很有才干。杨阜到了许县，被天子拜为安定郡长史。杨阜回来后，对韦端说："袁绍宽而不断，好谋而少决，现在虽强，终不能成大业。曹公有雄才远略，决机无疑，人虽少但兵却精，手下人各尽其力，必能成大事。"韦端听后坚定了站在曹操一边的想法。后来朝廷征韦端为太仆卿，相当于交通部部长，凉州刺史一职由韦端的儿子韦康接任，杨阜任韦康的别驾。曹操当丞相后，征杨阜为丞相府参谋，后来又回到凉州任职，是曹魏在凉州地区的重臣。

东边有臧霸，西边有钟繇，曹操保证了两翼不失，可以在中路放手一搏了。

斩颜良，诛文丑

袁绍的大本营邺县和曹操的大本营许县直线距离约五百里，中间隔着黄河、汴水等河流，沿线有黎阳、白马、延津、官渡等战略要地，这里是袁曹决战的中线，也是决定最终成败的战场。

为了迎击袁绍的进攻，曹操布下了三道防线：第一道防线是黎阳，即今河南省浚县，这里在黄河北岸；第二道防线是黄河南岸的白马，即今河南省滑县，另一处要点是延津，即今河南省延津县；第三道防线是官渡。决战之前，曹操派一小部分人马进驻黎阳，不求与袁军交战，只起到监视敌军、配合南岸行动的目的。命令于禁率二千人驻守延津，命令东郡太守刘延驻守白马，将其余主力布防在官渡一带。

面对十多万袁军的进攻，曹操摆出了多梯次的纵深防御体系，而不是将主力分布于黄河一线死守，之所以这样安排，实在是因为自己的力量不足，难以在正面数百里的黄河沿线分兵把守。第二道防线的作用是迟滞袁军的进攻，消耗袁军的有生力量，挫其锐气，然后在第三道防线与袁军展开决战。

但这样的军事部署也冒了很大风险，因为官渡是许县的最后一道屏障，在前两条防线被敌军攻破之后，已经退无可退，必须在这里取胜，否则就彻底失败。

建安五年（200）二月，袁绍亲率大军由邺县南下，兵指黎阳，随行的还有刘备。黎阳自古即是黄河北岸的重要战略要地，是进行渡河作战的基地，历来有许多大战在这里发生。曹军无意在黎阳与袁绍作战，因为在这里自己的部队难以接续，在实力悬殊的情况下，有被敌军全歼的危险。

曹军未作抵抗，迅速撤到黄河以南。袁绍占领黎阳后，派部将颜良为先遣部队，渡河攻击南岸的军事要地白马，这项决定却遭到了沮授的反对。沮授劝袁绍说：“颜良这个人生性偏狭，虽然骁勇，但不能独立担当大任。”但是，袁绍不听。颜良的情况不详，但却很有威名，当时在军中的地位和名望远远超过关羽、张飞等人。袁绍曾经对沮授很倚重，几乎言听计从，但这次却不接受沮授的建议。但是，事实证明沮授是正确的。

对于袁绍的这次南征，内部有一定分歧，以田丰、沮授为代表的本土派表示反对，矛盾一度公开化。临行前，袁绍将持强烈反对意见的田丰下狱。沮授在袁绍手下以奋威将军的名义任监军，权力很大，在郭图等人的建议下，袁绍将沮授监军之权一分为三，分别由沮授、郭图和老将淳于琼担任。据《汉献帝传》说，袁绍出发前，沮授把本族的人招到一块，把家财分了分，对他们说：“势如果在则威无不加，势如果不在则不能保一身，悲哀呀！”他有一个族弟说：“曹操怎么能是袁公的对手，您何必担忧？”沮授说：“以曹操的明略，加以挟天子以为后盾，我们又刚刚打败公孙瓒，士兵疲弊，主将骄纵，成败已经很明显了。”

大军还未行动，沮授已经到处散播“亡国论”，袁绍一定有所察觉，沮授在冀州的影响力让袁绍不至于立即有所发难，但对沮授的信任大为降低。所以，当沮授对于重要的人事安排再指手画脚之时，袁绍出于对沮授渐渐生出的反感，想都没想就驳回了。

建安五年（200）四月，颜良率部渡过黄河，直指白马。曹操决定亲自北上，解救白马之围。

这时候荀攸提出了不同意见，他认为袁绍兵多势盛，不宜强攻，只能智取。荀攸建议先置白马于不顾，主力开赴延津，这里是黄河上最重要的渡口之一，给袁军一种要从这里渡河包抄黎阳的架势，诱使袁军主力向延津对岸一带转移，袁军被调动后，再迅速转进白马。这个建议的冒险性有两个方面：一是袁绍看破曹军的企图，不分兵西进；二是袁军虽然分兵，但他们兵力足够多，既能迎击延津之敌，又能加强白马的攻势。这两种情况的结果都一样：白马丢失，曹军大败。

曹操认真考虑了荀攸的建议，他认为在敌强我弱的现实情况下，荀攸的建议值得尝试，于是放弃亲自驰援白马的方案，转而进军延津。袁绍果然中招，将进攻白马的一部分主力调往延津。曹操看计策成功，便以张辽为主将组成一支轻骑兵，以闪电之势急驰白马。张辽领命，并请求让关羽同行，曹操同意。

关羽投降曹操后，与张辽、徐晃二人志趣相投，关系很好。他们三个人都是从敌方阵营归降的，也许有共同的经历，更容易谈得来。曹操很欣赏关羽（壮羽为人），但是发现关羽好像没有久留的打算，还让张辽去摸摸关羽的底。张辽说明意图，关羽叹道：“我知道曹公厚待我，然而我受刘将军厚恩，誓以共死，不可能背叛他。我不会永远留在这里，但我会报答曹公以后再走。”张辽把关羽的话如实转告曹操，曹操没有生气，反而觉得关羽很有义气。《傅子》说，关羽给张辽讲了那一番话后，张辽心里犯了嘀咕，原话转告，怕曹操生气杀了关羽，不如实转告，又觉得对不起曹操对自己的信任。最后张辽还是如实说了。

在白马前线的颜良，一直以为主战场在百余里之外的延津，没有想到突然有一支劲旅向自己杀来，仓促应战，结果打了败仗。此战关羽立下大功，亲斩敌方主将颜良。

关羽力斩颜良，兑现了当初的承诺，曹操预感到关羽有可能要走，立即对关羽给予厚赏，想留住他。但关羽去意已定，他把曹操赏赐给自己的东西全部封存起来，留下一封信，离开曹营找刘备去了。曹操手下人想追赶，曹操说：“他也是各为其主，不要追了。”关羽后世很受追捧，以至被称为武圣，其实不是因为他的勇猛，而是他的为人做事。关羽的为人在此事上表现得很突出：不为利所动，所有的事都以义为先，做事很讲究，即使离开，也让人挑不出理来。

刘备此时已投靠袁绍，关羽刚杀了人家的大将，袁绍那边恐怕正给颜良开追悼会呢，关羽偏偏敢在此时投奔。这就是关羽，心里只想着义，其他的一概不多想。袁绍对跑过来的关羽既恨又爱，最后还是没说什么。在关羽重新回到刘备身边之前一直在公孙瓒手下效力，公孙瓒失败后下落不明的赵云听说刘备在袁绍这里，也专程来投奔。刘备客居在袁绍这里，手下的主要武将张飞、关羽、赵云总算聚集齐了。

曹操虽然解了白马之围，但自知袁绍的大军随后便到，于是决定从白马撤军。袁绍果然指挥主力渡河，对此沮授又表示了不同看法。《汉献帝传》记载，沮授的建议是不管白马，而拿下已经唾手可得的延津，凭借这里的渡口优势，将主力源源不断运过黄河，之后巩固延津，使其作为一个战略支撑点，进可以直取许县，退可以从容撤回黄河以北。

沮授的话袁绍特别不爱听，在袁绍看来此行压根儿没有战败撤回这样的选项。同时，首战即在白马挫败让袁绍失了面子，在哪里跌倒就要从哪里爬起来，袁绍非拿下白马找回面子不可。沮授闻知，站在黄河边上叹息说："黄河啊黄河，我知道这一去就回不来了（悠悠黄河，吾其不反乎）！"沮授于是以身体原因请辞，袁绍很生气，把沮授所部交由郭图来统率。

曹操料定袁绍会命主力来攻白马，他下令白马军民全部随军撤离，但向哪个方向撤退却颇费思量。白马属兖州刺史部的东郡，沿黄河向东不远就是另一个军事要地濮阳，此时还在曹军手中。再往东就是曹操在兖州刺史部的中心城市鄄城。防守鄄城的是程昱，他手下只有七百人。为了保证中路的安全，曹军分散在各地的人马已经尽可能地都抽调到中线。战役开始前，曹操想给鄄城增派两千人，程昱不同意，他说："袁绍有十万之众，自以为所向无敌。现在看到鄄城的兵少，必然轻易不来进攻。如果增加人马，他们就会认为不能不攻。"

程昱建议不要管鄄城，曹操接受了这个建议。袁绍听说鄄城没有多少人马果然放弃对这里的进攻。事后曹操对程昱的胆识和准确判断大加赞赏，曾经对贾诩说："程昱的胆识真胜过古人！"程昱的建议确实没错，从保全鄄城来看，示弱也是一种战术，类似于空城计，鄄城得以保全，多亏了没有增兵。不过，从全局战略考虑，袁绍如果分兵来攻鄄城，也会减轻中路主战场的压力，通常攻城的一方会数倍于守城的一方，袁绍不攻鄄城，更可以集中优势兵力决战主战场，程昱的想法也算有得有失吧。

现在，鉴于东部防守的薄弱，曹操不可能向东撤退。但也不能轻易撤往官渡的第三道防线，所以曹操做出了一个大胆的决定：沿黄河向西撤，并且带上白马的所有辎重和百姓。沿黄河向西就是延津，这里被袁绍刚刚占领，曹操向西撤退，出乎袁绍的意料。袁绍此时的战略应该是弃曹操于不顾，直接向南进攻，这里才是中心战场。但袁绍急于找着曹操本人打一仗，找回失去的面子，于是命令已渡过黄河的主力部队，一部分由郭图率领守白马，另一部人由文丑、刘备率领顺着曹军撤退的方向追击。

袁军追到延津之南，在这里遇到了曹操亲自率领的部队。此时袁军的兵力有五六千人，而曹操只有六百人，形势十分危险。但即使是这样，曹操仍然打了一场漂亮的胜仗。

当时，曹操已经扎了营，听说袁军杀来，让人登上高处侦察。不一会儿侦察员报告：“敌兵来了，大概有五六百人！”曹操没有动。过了一会儿，又报告：“骑兵更多了，步兵不计其数。”曹操说：“别再说了！”面对十倍于己的敌人，曹操没有下令撤退，反而下达了一个奇怪的命令，他让大家出营解鞍下马，同时把从白马带来的辎重摆在道路上。随行的将领们都认为敌人骑兵多，不如退到营寨里坚守，待援军到来，曹操不同意，而是把目光移向荀攸，荀攸微微一笑说：“这正可以作为诱饵，怎么能撤呢？”

荀攸说出了曹操心里的秘密，这时敌兵眼看快到了，诸将都说该上马了，曹操说：“别急。”又过了一会儿，敌人的骑兵越来越多，看到路上的辎重，有一部分人开始忙着清理这些战利品。曹操说：“可以了！”曹军全部上马，纵兵杀出，袁军没有防备，大败。此战中文丑被杀，没有战死的也全部成了俘虏。

上面是《三国志》对延津之战的记载，其中的描述似乎有些可疑之处。此战的结果问题不大，文丑被杀，袁军再次受到重创，但仅以区区六百人能一举打败五六千人，并斩敌方主将于阵前，则让人不解。

表面看是曹操以辎重为诱饵先使敌军大乱再趁乱出击所以取胜。但这只是一个方面，它改变不了敌我兵力悬殊的态势。即使敌兵开始有些慌乱，但对一支训练有素的劲旅而言，临阵应变是基本能力，他们很快便可以组织起有效反击，到那时兵力众寡才是胜负的决定因素。袁军是追击而来，人数还在不断增加，也许五六千人并不是它的全部，曹军的六百人退到营寨里打败敌人的几次进攻尚可以理解，将敌兵全歼，并将没有打死的敌兵全部俘虏那就不可思议了。

遍翻史书，对这个问题都没有详解。分析一下，有几个问题需要注意：一是曹操为什么非要向已被敌兵占领的延津撤退？二是为什么曹操身边只有六百人？三是随曹操撤退的辎重都在，而老百姓上哪里去啦？如果把这些问题连在一起考虑，似乎可以看出曹操撤向延津是一个精心构思的计划，带上辎重和老百姓也是特意的安排，袁军看到辎重下来抢占而没有提防后面的曹军，是因为辎重里混着大量老百姓，场面很混乱，像是赶大集。做诱饵的不仅是这些辎重，还有老百姓。

曹操向延津撤退的路上，应该有时间进行兵力部署，调集周围的部队向预设的战场机动。曹军趁袁军抢占辎重突然发起进攻时，投入的兵力绝不是六百人，而要多得多，如果短时间内能全歼袁军，人数至少比袁军还要多。《三国志》等史书之所以没有这些方面的详细记载，是因为它不便回答随军行进的老百姓在此战中的作用，所以炮制出六百人全歼五六千人、临阵斩杀名将文丑的神话。

当然曹操此计有很大的风险，那就是袁绍变得聪明起来，他不向西追，而直接进军正前方的官渡。但曹操对袁绍太了解了，他们自青年时代便相识、相惜，如今在战场上相见，曹操知道袁绍首战挫败后急于报复的心情，所以只带六百人亲自当诱饵，把袁军主力吸引到延津一带，集中优势兵力迅速将其歼灭。

颜良、文丑都是名将，短短几天内被曹军打败并战死，极大地鼓舞了曹军士气，也深深震撼了袁军士兵。袁绍被激怒了，他亲率大军渡河，前锋推进到阳武，即今河南原阳县东南，曹操率主力由第二道防线南撤，退守官渡。

虎豹骑的闪电战

自战国以来，黄河和淮河两大流域之间不断开挖了人工运河，最后形成以鸿沟、汴渠、狼荡渠等组成的运河体系，将南北水域连接在一起，一千多年间成为沟通南北经济和人员往来的水路交通要道。这条水路两岸很繁华，在全国经济、文化以及军事方面的重要性远远超过现在。其中的鸿沟大约呈西北—东南方向，当年楚汉相争时曾以这条河为界，东西两边分别为项羽和刘邦占有，故而留下了“楚河汉界”的典故。邺县直达许县的通道与鸿沟的交汇处是一个重要的渡口，名为官渡，此地位于如今河南省中牟县境内，是由华北南下中原腹地进而到达华中的必由要地。

连失两阵的袁绍不听沮授等人的建议，挥师南下，力图寻找曹军主力与之决战，他们很快推进到鸿沟附近，在官渡与曹军形成了对峙。对曹操来说，虽然连杀袁绍两员大将，但战争总体态势仍未改变，前两道防线虽然迟滞了袁军的进攻，通过连赢两阵提振了士气，但也只能向后撤退，对于许县最后的这一道战略屏障，他只能死守，已无路可走。

在力量悬殊的形势面前一部分人产生了动摇，还有一小部分人甚至暗中与袁绍联络，随时有叛乱的可能。更为不利的是，就在双方对峙于官渡的时候，许县后方的汝南郡一带出了问题。

汝南郡是袁绍的老家，袁家在这里很有根基，之前曹操率军由兖州进入洛阳的时候曾路过这里，当时汝南郡以及相邻的颍川郡黄巾军很兴盛，首领分别有何仪、刘辟、黄邵、何曼等人。据《三国志》武帝纪以及于禁传等史料记载，曹操指挥人马打败了他们，刘辟、黄邵为于禁所斩，何仪等人投降。汝南郡的黄巾军虽然暂时归顺了曹操，但看到眼前局面对曹操不利，他们马上活跃起来，在汝南郡起兵叛乱，公开响应袁绍。同样是《三国志》武帝纪，称这次叛乱的领头人是刘辟，这与前面所记相矛盾，因为之前曾说刘辟已被于禁杀了。要么前一次刘辟未死，要么这个刘辟另有其人，总之他们的声势很猛，汝南郡虽然有李通、赵俨等人据守，但没有力量剿灭这伙黄巾军。

袁绍得知这一情况大喜过望，看来天要灭曹。他决定派人前去支援刘辟，给曹操来个前后开花，要是那样，冬天之前就可望拿下许县，结束战斗。

袁绍的这个想法没有错，但他却做了一个不太好理解的决定：让刘备带队前往。刘备当时随袁绍大军开进到官渡附近，随着赵云、关羽先后归队，刘备的思路又活跃了起来，但他思考的不是如何帮助袁绍打败曹操，而是曹操被打败后自己何去何从。

刘备明白，目前因为有曹操所以他是安全的，而曹操一旦被消灭，也就是他的灭亡之日。袁氏父子虽然待刘备为上宾，尊礼有加，但刘备知道他们都不是善类，当年以韩馥让位之功在冀州尚无立足之地，他就更不用说了。所以，刘备一心考虑的是如何尽快脱离袁绍，至于脱离之后如何发展，那就走一步看一步了。

正在这时，袁绍想增援汝南郡的刘辟，刘备一看机不可失，立即向袁绍竭力请战。刘备虽然在别人那里做客，看来他的信息却一向很灵，当初在许县也是这样的情况，由于及时把握了一次机会才得以离开曹操。袁绍连损颜良、文丑两员大将，能独当一面的高级将领还真不富裕，刘备积极性这么高，袁绍虽然不是完全放心，但还是同意了刘备的请求。

刘备率部离开官渡绕行陈留郡、陈国到达汝南郡，此行关羽、张飞、赵云以及麋竺、孙乾等人应该跟随。他们到达汝南郡，与刘辟等人会合，力量大增，于是在刘备的指挥下自南向北攻击许县，前锋一度到达汝南郡的灈强县，这里距许县仅五十多里，已经兵临城下了。留守许县的是荀彧、王必、满宠等人，主力部队都抽调到了官渡前线，防卫力量很薄弱。荀彧一方面加紧备战，另一方面派人火速前往官渡前线，向曹操报告情况。

曹操在官渡已经很吃力，他面临的困难是根本无兵可抽、无将可派，为了此事曹操感到很忧虑，曹仁看到后，向曹操建议："南面情势危机，不能不救。刘备手下大都是新从袁绍那里拨来的兵，他刚带这些兵指挥起来未必顺手，刘辟等人向来见风使舵，不会苦战。所以，如果快速出击，一定能很快将他们击破。"在曹操的安排下，近年来曹仁负责骑兵的建设，他手里握有一支数千人的骑兵部队，是曹军主力中的主力。对于骑兵，曹操本人也十分偏爱，在与陶谦、吕布、袁术等人的作战中可以看出，骑兵越来越重要。

曹仁的建议让曹操有了一个想法，在无力抽调正面战场兵力的情况下，可以让曹仁率一支骑兵快速出击，得手后迅速回师，在袁绍没有弄清情况之前解决问题，打一个时间差。这又是一次冒险，如果曹仁此行不顺利，不能很快结束战斗，如果袁绍得到消息趁机发起正面强攻，后果都不堪设想。曹操最后还是向曹仁下达了奔赴汝南郡的作战命令，原因是舍此他没有更好的办法。

但是曹仁没有让曹操失望，他挑选了一支人数不多但却很精悍的骑兵，不带辎重，只带少量干粮，从官渡前线悄悄撤下，之后直扑汝南郡。由官渡到汝南郡也就是二百多里路程，按照骑兵的强行军速度，一天一夜即可到达。面对这样一支快速机动部队，刘备即使在沿途安排有侦察人员也毫无作用，因为这些便衣侦察员未必能跑过这些骑兵。

所以，当曹仁的骑兵出现在刘备面前时，刘备又吃了一惊，他没有想到来的是曹军主力，也没有想到曹仁能亲自来，他知道自己手下虽然有关羽、张飞、赵云这样的勇将，但兵卒多是袁绍的人，刘辟等人更不堪用，更重要的是，他也没有为袁绍的事业牺牲自己的打算，所以他指挥的人马一触即退。

刘备并没有直接南下荆州投刘表。汝南郡失利后，他率部回到袁绍那里，即官渡前线。但刘备去意已决，后来汝南郡黄巾军又在龚都率领下响应袁绍，刘备再次请战，又南下与龚都会合，曹操派兵镇压，刘备这一次打了胜仗，杀了曹军将领蔡扬，但那时官渡战事发生了戏剧性变化：曹操打败了袁绍。刘备再攻许县已无意义，建安六年（201），即官渡之战后的一年，曹操亲率大军南征刘备，刘备不敌，这才南投刘表。

现在，曹仁得手后不敢停留，立即由汝南郡回师。他没有走东路，而是绕道了西边，推测起来，可能有意从许县附近经过一下，展示一下曹军的铁骑，让后方惶惶不安的人心有所稳定。许县以西有很多山地，如陉山、鸡洛山、梅山等，曹仁率部路过鸡洛山，此处在今河南省新密市境内，这时他们与一队袁军突然遭遇，曹仁指挥人马将其击败。

曹仁不知道，这是袁绍派出来包抄曹军后路的。原来，刘备南下后，沮授建议袁绍不要把希望全放在刘备、刘辟身上，还应该再派一支奇兵南下与刘表联络，使南北夹击曹操的计划更有把握。袁绍开始不同意这个计划，他的人马虽然占优势，但正面作战的部队也不是特别富裕，他的想法还是保证正面。但禁不住沮授反复建议，袁绍抱着试试看的想法派遣部将韩荀率一支人马从西面向许县后方迂回，目的地是南阳郡，到那里与刘表配合，组成联军夹击曹操。

韩荀的名气不如颜良、文丑、张郃等人那么大，事迹也不详，但在当时也是与颜良等人齐名的冀州名将。韩荀巧遇曹仁，但他以为在这偏僻的山区也有曹军重兵把守，于是不敢恋战，赶紧撤回官渡袁军大营，向袁绍报告情况。袁绍后悔不已，此后不再提分兵出击的事了。

仍然是场苦战

官渡前线，双方对阵的主战场，面对袁绍强大的攻势，曹操仍然陷入苦战中。从双方控制的地盘来看，其实他们相差并不大，此时袁绍占有冀州的全部，幽州、并州的大部以及青州的一部，此外还有兖州东郡在黄河以北的地区，统计起来有三十多个郡国、三百多个县。曹操实际控制着司隶校尉部、徐州、豫州、兖州的大部，以及青州、扬州、荆州的各一小部分，郡县数与袁绍相当甚至还略多。但曹操对这些地区的控制力不如袁绍，地盘虽大，老的根据地不多，相当一部分是新占的地方，有的如汝南郡、关中地区、徐州等还很不稳定。地盘分散且面积很大是曹操的不利之处，他必须分兵把守，使有限的兵力进一步分散，在正面主战场就明显占了下风。

袁绍此次南下是经过一段时间精心准备的，他从“袁绍控制区”各地抽调人马重新编组和训练，组成了一支强大的南下军团，总兵力十一二万人，其中步兵十万人，骑兵一万多人，还有北方少数民族雇佣兵八九千人。袁绍按照东汉正规军“部—曲—屯—卒—什—伍—兵”七级编制进行编组，部类似于团这一级，若干个部编为一个校尉，类似于旅或师。再往上，若干个不同兵种的师混编为一个军，由将军率领。

从兵种上看，除步兵、骑兵以外，还有射声校尉营即弓箭兵部队。而骑兵又分为屯骑和越骑两种，屯骑是重装骑兵，人着盔甲，马披重铠，士兵用长枪和马刀，承担冲锋陷阵的任务，也称突骑。越骑是轻骑兵，士兵穿薄甲，配弓箭，承担远途奔袭、追击、搜索以及警戒的任务。还有长水校尉，所统之兵担负水上作战任务，除此之外还负责架设桥梁、开辟道路以及攻城相关的土木作业等，类似于水军和工兵的混合部队。

从史料中可以查到的在袁绍手下担任校尉一级高级将领的有：马延（步兵校尉）、韩定（越骑校尉）、王摩（越骑校尉）、眭元进（步兵校尉）、韩莒子（屯骑校尉）、赵叡（越骑校尉）、蒋奇（步兵校尉）、荀谌（长水校尉）、高览（步兵校尉）、张郃（屯骑校尉）、韩荀（越骑校尉）、吕旷（射声校尉）、张觊（步兵校尉）。沮授、郭图、逢纪、颜良、文丑、淳于琼、蒋义渠等人职务为监军或将军，类似于兵团司令或军长。辛评、许攸、苏由等人是总部的高级参谋。

曹军的编组方法与袁军大体类似，但由于准备时间不足、地理分散等原因，军队的正规化程度不如袁军。曹军主力部队包括步兵约三个军，屯骑和越骑各一个军，长水和射声各不足一个军。各军内部的编制也不满员，一般认为其投入官渡正面战场的总兵力不足袁军的一半。刘辟等人在汝南郡叛乱以及袁绍先后派刘备、韩荀等人南下包抄许县等事件发生后，曹操不得不重新考虑加强后方的军事部署，曹洪、曹仁、乐进、李典等人先后被抽调到后方。

目前，曹军在官渡前线以及各地的总体兵力部署是：

一、河南尹、建武将军夏侯惇率步兵五千守敖仓，并派其中一部分人守黄河之上的渡口孟津；

二、平虏校尉于禁率步兵四千守原武，并派其中一部分人守获嘉和黄河之上的另一个渡口延津；

三、东郡太守刘延率步兵千余人守白马，目前已撤退至官渡；

四、东平国相程昱率步兵七百人守兖州刺史部目前的治所鄄城；

五、曹操亲自率领偏将军徐晃、裨将军张辽以及警卫部队指挥官许褚等率步兵和骑兵混编部队一万多人守官渡，大本营的主要参谋人员有郭嘉、荀攸、贾诩、董昭、毛玠等；

六、扬武将军张绣转战到兖州刺史部，率五千多人守已吾县和陈留郡一带；

七、琅邪国相臧霸等人守徐州、青州，掩护右翼，兵力有一万多人，但不是曹操的嫡系；

八、厉锋将军曹洪率一万人左右屯守南阳郡的宛县，防备刘表来袭；

九、为保证左翼的安全，将官渡前线的越骑将军兼广阳郡太守曹仁调往颍川郡一带屯守，有数千人；

十、尚书令荀彧总揽许县事务，加派讨虏校尉乐进、中郎将李典等率步骑数千人屯守许县；

十一、司隶校尉钟繇坐镇关中，并负责督运关中的粮草；

十二、颍川郡太守夏侯渊负责督运徐州、兖州、豫州三地的粮草；

十三、典农中郎将任峻负责督造兵器，并负责各类军用物资的运输。

要强调的是，后勤保障部分其实也很重要，官渡大战耗时数月，双方直接调用的兵力十几万人，间接调动的更是多达几十万人，这是近年来少有的时间跨度长、兵力异地调动规模大的一次战役，如此复杂繁重的后勤保障是双方此前都没有遇到过的问题。兵强马壮的袁绍在后勤保障方面也有软肋，随着战事越拖越久，这个问题逐渐暴露出来，虽然他也下了不少功夫，但最终成为败亡的主因。

曹操在后勤方面投入的人力更多，荀彧、钟繇、夏侯渊、任峻等人专司其职，在极其艰难的情况下保证着前线的需要。钟繇不仅尽可能将关中的粮草运往前线，还征集到二千多匹马送来，其作用不亚于给淮海前线送来了几百辆坦克。

有了粮草运输也是难事，劫敌军的粮道往往是出奇制胜的手段之一，沮授就建议袁绍专劫曹军的粮道，使敌人因粮食供应不上而军心动摇，不战取胜。除了敌军外，四处盛行的流寇也经常打劫军粮。任峻负责粮草运输时就深为流寇袭扰而头疼，最后他总结出经验，运粮时必须集中上千辆运输车才能成行，并且加派兵力予以保护，土匪看到想劫粮也不敢动手。

地道战与霹雳车

建安五年（200）八月，袁军主力推进到官渡前线，袁军用沙土堆成土丘，在曹营正面呈东西方向展开，长达数十里，以此为依托构筑营寨，为了对抗袁军，曹操也分兵筑营。

但如此一来兵力不足的问题更加突出了，《三国志》认为此时在官渡前线对阵的双方兵力，袁绍有十多万人，曹操不足一万，且伤兵占到十分之二三。这显然是不准确的，袁军人数估计得差不多，但曹军人数明显低估了。裴松之也不同意《三国志》的说法，他认为曹操起兵的时候已有五千人，以后大小各战胜多负少，胜率在百分之六七十以上（败者十二三而已矣），仅破黄巾一役，就收降卒三十多万，即使在战斗中不断有损耗，也不会如此之少，用数千之众对抗十多万敌军，断然没有取胜的可能。

裴松之进一步做了详细分析，他认为至少有三条理由说明《三国志》所载不准确：一是袁绍构筑的屯营东西达数十里，而曹操能分营相守，说明曹军兵力虽少，但不至于只有数千人；二是假如袁军是曹军的十多倍，袁绍应该采取围攻的办法，而不是现在这样两军对垒，让曹军进退自由，屡屡得手；三是后来袁绍失败，很多史料都记载曹军曾坑杀袁军七八万人，以数千之众完成坑杀七八万人的事是不可能的（八万人奔散，非八千人所能缚，而绍之大众皆拱手就戮，何缘力能制之）。但裴松之的分析也有问题，他和其他许多人一样，往往把袁曹两军的总兵力与他们投入官渡前线的兵力搞混，这其实是两个概念。

算袁军的兵力不能只算他们在官渡前线的兵力，袁绍诸子袁谭、袁熙、袁尚以及外甥高幹统率的人马还有不少，不在十一二万这个范围内。而算曹军官渡前线的兵力不能把在各地的兵力都算进来，曹军总兵力假如有十万人左右，他们能用到官渡前线的，能有三分之一就不错了，“曹操控制区”还有数十个郡国、数百个县需要防守。

曹操收黄巾降卒三十万，如前所述，这仅是个虚数，实际能编入战斗部队的顶多十分之一。再如，曹军坑杀袁军七八万降卒的事可能性也不很大，这一点在后面将予以分析。但裴松之的结论总体上是有道理的，曹军在正面作战的兵力被明显低估了，曹军在此的兵力应该在二三万人左右甚至更多一些。

也就是说，曹军仍然处于劣势，待两军对峙完成后，曹操指挥人马出击，都未成功（合战不利）。

九月的一天，发生了日食。日食作为异常的天文现象在古代被视为凶兆，也被看作上天对人类的一种警告。在许县的汉献帝刘协照例下诏，要求公卿就朝政得失写出专题报告（上封事），可以知无不言（靡有所讳）。刘协同时下诏中央和地方荐举人才，标准是孝行突出的人（至孝之人），三公每人荐举二人，九卿以及郡国守相、校尉等各荐举一人。刘协的这项举措未必出自曹操的授意，一来在官渡前线的曹操此时应该无心考虑这些事，二来在人才观上曹操主张以才为先，以后又提出了“唯才是举”的用人理念，与以孝为先的传统用人观不太一样。

距许县仅一二百里的官渡前线也看到了这次日食。对于战争而言，日食也预示着不吉利，通常情况下发生日食的时候交战双方都要停下来，因而日食有时候还起到意想不到的休战作用。最著名的事例发生在公元前六世纪到七世纪间的伊朗高原，当时米底王国和吕底亚王国在哈吕斯河一带激烈交战，战事旷日持久，连打了五年还没有完。有一天，两军正在厮杀，忽然发生了日全食，顷刻间太阳全被吞没，仿佛夜幕降临，士兵们被眼前的景象惊呆了，停止了厮杀。尽管不久之后太阳重新出来，一切恢复到正常，但交战双方都认为这是上天不满战争而发出的警告，于是决定不再打下去了，一场打了五年的战争因为偶遇一次日食而终结，这件事记录在古希腊史学家希罗多德的《希波战争史》一书中。

曹操看到了这次日食，但他决定反其道而行之，利用敌人认为日食不宜作战的心理，向袁军发起突然攻击。曹军出击，但却无法攻破袁军堆起的土丘，不胜而还。

双方陷入艰苦的对峙之中，为了取胜，都想了不少办法。袁绍下令在曹军营外堆起土山，支起高高的瞭望楼（高橹），凭借制空权向曹营射箭。曹营暴露在敌人弓箭手的射程之内，营里的人想来回走动，只能蒙着盾牌慢慢走。为了对付高处的弓箭手，曹军将攻城用的抛石车进行了改良，使之射程更远，力量更大，号称霹雳车，抛掷石块，专打袁军瞭望楼和土山上的弓箭手，瞭望楼纷纷被打倒，袁军的弓箭手也轻易不敢到土山上来。

袁绍见弓箭兵没有发挥威力，又调来了工兵，向着曹营方向开始隧道作业。干这活袁绍很在行，最终打败公孙瓒攻克易京用的就是地道战，但他不知道曹操也很在行，当初在张绣的安众防线面前差点全军覆没，最后也是由工兵们突击开挖出一条隧道才得脱险。所以，曹操对袁军的拿手好戏早有防备，他们的对策是以地道对地道，在营中横向开挖出又长又深的壕堑，袁军的地道挖到这里时就暴露了出来。

双方斗智斗勇，使出了浑身解数，打得异常艰苦。

对峙时间一长，后勤问题很快暴露了出来，最先感受到这个压力的是曹操。曹军的粮食眼看接济不上了，这是一个严重的问题，一旦不能给士兵开饭，即使思想政治工作做得再好，部队也没有战斗力，更何况曹军这边士气本来就成问题，士卒叛逃事件时有发生，如果再没有饭吃，定会不战而败。

在此前后，还发生了徐他谋刺事件，让曹操更加忧心。徐他事迹不详，只知道他是曹操的贴身侍卫，徐他等几个人阴谋刺杀曹操，但他们看到猛士许褚常随侍在曹操身边，不敢下手。有一天，趁着许褚不值班（伺褚休下日），徐他等人怀里揣把刀进入曹操指挥部。也赶巧，许褚回到自己宿舍后心里老觉得有什么事发生（褚至下舍心动），又回来看看，徐他并不知道，进了曹操的大帐看到许褚，大吃一惊，脸色顿变，许褚觉察出来，立即将徐他杀死。

徐他谋刺事件是曹操一生中遇到诸多谋杀事件中的一个，也是最蹊跷的一次。许褚仅凭徐他异样的神色便判断出他有异心并将他击毙，当然事后一定也做了检查，只要发现徐他怀里有刀这就不是冤案。但徐他为何要谋杀曹操？是跟董承一样有一个政治集团在背后操纵，还是袁绍派来的卧底？这些都因为主犯已死而无从查证。但徐他事件发生在官渡对峙最紧张的时候，对曹操的心理也会产生一定影响。

面对这种严峻形势，曹操产生了退兵回许县的想法，为此他给后方的荀彧写了封信，征求他的意见。荀彧很快回信，他不赞成曹操的想法，荀彧分析道：“现在军粮虽然很少，但还没有到楚汉在荥阳、成皋争胜时那样，当时刘邦和项羽都很艰难，但都不肯先退，因为先退的气势必然会受到打击。现在我们用很少的人阻挡袁军的进攻，扼其咽喉使其不能前进，已经好几个月了，现在正是关键时刻，形势必将发生变化，一定能等来出奇制胜的机会。”

曹操认为荀彧说得有理，他又问计于贾诩，贾诩说：“曹公您贤明胜于袁绍，勇力胜于袁绍，用人胜于袁绍，决断胜于袁绍，有此四胜然而将近半年之久仍不能决胜的，是考虑问题太求万全而造成的，应该抓住机会奋力一击，大局必然可定。”荀彧和贾诩都不主张退却，都认为局势已经到了关键时刻，现在需要的是一次出奇制胜的机会。只是这样的机会可遇不可求，它能出现吗？

正在这时，曹营里出现了一位神秘来客，仿佛上天专门安排的那样，给曹操带来了那望眼欲穿的决胜机会。

来了一位老朋友

在荀彧和贾诩等人的鼓励下曹操决定暂不撤兵，但他找不出更好的破敌之策。后方的荀彧以及夏侯惇、钟繇、李通、任峻等人想方设法筹集军粮，但这些粮食要安全地运到前线却比较困难，因为双方一边在前线相持，一边都睁大眼睛盯着对方的运粮队，袁绍三番五次派人打劫曹军的运输线，让曹操苦不堪言。终于，曹操也抓住一次机会，给袁绍的运粮队一次痛击。

曹操得到情报，说袁绍有一支运输队由部将韩猛带领下正向前线开来，还有史书说带队的将领名叫韩云，运粮车有数千辆之多，曹操问荀攸谁能担负截击的任务，荀攸说徐晃可以。徐晃脱离杨奉进入曹营后屡立战功，在攻打吕布以及东征刘备的战斗中表现突出，在不久前进行的白马之战和延津之战中也充当主力，已升至偏将军。

徐晃的临阵谋略和战斗力让曹操很欣赏，深入敌后攻击袁军的粮道是一件难度很大的任务，仅有勇力不行，还要随机应变，果断处置各种突发事件，在这一点上徐晃完全可以胜任。曹操命令徐晃率队出发，同时派史涣为副将随行，这个安排体现了曹操对这项任务的高度重视。史涣日后的名气虽然不如张辽、于禁、徐晃等人那么大，但曹操对史涣的信任却超过一般人，不仅因为史涣是他的老乡，从己吾起兵就追随他，更主要的是史涣做事稳当，对曹操忠心不二，曹操以后还多次派史涣为监军。徐晃和史涣率部出击，劫了袁军的运输队，但所获物资无法运回，只得一把火烧了。

曹军自己的军粮问题仍然没解决，《三国志》说，曹操这边人不占优势，粮食也快吃尽，士卒疲惫，为了给大家打气，曹操亲自给他的运输训话。他说：“再过十五天我就给你们打败袁绍，到时候就不再烦劳你们了！”曹操说这话的时候心里未必有把握，为了稳定军心，他必须装出胜券在握的样子。这段时间由于精神高度紧张，曹操感到头经常疼痛，中医称之为“头风”。曹操落下了这个病，以后时常发作，至死都一直折磨着他。

中医认为头是诸阳交汇之处，五脏精华之血、六腑清阳之气都注于头，头痛如果经久不愈就是病症，病因可以分为外感、内伤以及经络瘀阻等方面。这是中医的说法，如果按照现代医学来看，引起头痛的疾病可能是青光眼、脑肿瘤、脑血栓、脑供血不足以及高血压等。官渡之战时曹操四十五岁，正值壮年，他头痛的毛病此时开始发作一直伴随了他二十多年，中间时断时续，根据这个状况来判断，曹操可能得了高血压，不过也有人认为他得的是脑肿瘤。

曹操的压力确实太大了，加上头疼，弄得他常常睡不着觉。为了排解压力，转移头疼带来的痛苦，就在官渡前线紧张的日子里，在夜深人静没有军情的时候，他就用阅读《孙子兵法》来舒缓心绪。在阅读的过程中他还开始了对《孙子兵法》进行注解工作，在曹操之前这项工作还没有人做过。在注解中，他就一些问题发表自己的见解，或者对不易理解的地方进行阐释。

现在能看到的曹操注解《孙子兵法》有三百多条，这项工作完成于何时，主要判断依据是注释中所列举的战例。曹操在注解中列举了擒吕布、平徐州等战例，再往后就没有了。曹操的后半生每年都在打仗，他亲身经历的很多战事都可以成为经典战役教材，比如马上要发生的乌巢之战，就可以作为《孙子兵法·火攻篇》的最好注解，但在这三百多条注解中却没有提及乌巢之战及其以后的所有战役。所以，一般认为曹操对《孙子兵法》的注解工作完成于擒吕布之后、火烧乌巢之前，那也就是官渡之战期间。

同时，在《孙子兵法》的各篇中，曹操对前面几篇注解得都很详细，越往后面越少，最后几篇可以说草草结束了，说明他开始想认真注解一下，但随着自己越来越忙，这件工作也受到了影响。以后曹操应该还有时间重新做一下这项工作，把自己一生亲身经历过的战事写进对《孙子兵法》的注解里，但他没有这么做，成为一个遗憾，但即使如此，曹操对《孙子兵法》的注解工作也受到后世的推崇，在历代难以计数的《孙子兵法》注家中，有十一位大家被公认为最权威，曹操排在第一位。

但是，这仍然无法完全排解曹操烦闷的心绪，现在他满脑子装的都是粮食问题，整天愁眉不展。他虽然夸下十五天破敌的海口，但他知道除非奇迹发生，否则那是不可能的。

可是，一天晚上，当他一个人还在指挥帐里沉思的时候，奇迹居然来了。据《曹瞒传》记载，当时曹操正在洗脚，准备不去想那些烦心事，先睡觉再说。正在这时，卫士进来禀报，说外面有个自称是他老朋友的人要见他，来人自报名字叫许攸。许攸？曹操脑子里灵光一闪，现在不是在对面袁绍那里当高级参谋吗，怎么深夜至此？曹操是个极其聪明的人，他马上明白了大概，不禁拍着手笑起来："子远（许攸字子远）来了，我的大事要成功了！"

曹操来不及擦脚穿鞋，竟然光着脚（跣足）跑了出来迎接许攸，那是激动的。曹操在洛阳就与许攸相识，当时许攸是袁绍手下的小团体"奔走之友"的骨干成员，曹操作为他们联络的主要对象之一，经常有来往，许攸跟袁绍、曹操都是朋友。

既然是朋友，多余的话也就不说了，谈话直奔主题。许攸说："袁绍强盛，你如何破他？还有没有军粮？"果然是老江湖，一开口就击中要害。曹操也正想谈谈粮食问题，但他对许攸此行的目的还没有把握，是献计来了还是摸底来了搞不清楚，于是说："还可以吃一年（尚可支一岁）。"许攸说："不对，请重新回答（无是，更言之）！"曹操只好说："可以吃半年。"许攸说："足下不想破袁绍吗，为什么不据实回答呢？"曹操笑道："刚才是戏言，其实只能吃一个月，怎么办呢？"

曹操说的一个月也是虚数，他在说十五天破敌时已经传达了实情，他的粮食不是可以吃一年或半年，甚至也不是一个月，而只有十来天了。许攸说："您孤军独守，外无救援而粮草将尽，这是非常危险的。现在袁绍有一万多车辎重粮草在故市、乌巢一带，守卫的士兵警备不足，如果以一支奇兵发起突然袭击，出其不意，把粮草烧了，用不了三天，袁绍必然大败！"曹操一听大喜过望，这难道就是冥冥之中上天赐予自己的那个机会？

许攸说出了一件极其重要的军事机密：袁绍后勤基地的位置及防守情况。乌巢位于今河南省延津县境内，故地名不详，也应该在这附近，这里位于黄河之南、官渡以北，在袁绍军营的背后。如果真能一把火把这些粮食烧了，短时间内袁军粮草接续不上，军心必然动摇，这真是一招制胜的绝好机会。

曹操立即连夜主持召开军事会议，与诸将以及各位高级参谋们商议此事。出乎曹操的意料，大多数人反对这么做。大家认为许攸此时来投很可疑，弄不好是袁绍使的反间计，还是慎重为好。

的确，许攸为什么从袁绍那里叛逃呢？原来，许攸曾向袁绍建议分兵进攻曹军，具体方案是，以主力的一部在正面吸引曹军主力，然后分另一部主力悄悄绕到曹军背后直接进攻许县，把汉献帝掌握在自己手中，奉迎天子反过来讨伐曹操，曹操即使不溃败，也会首尾难顾。许攸的这项建议跟沮授说的差不多，袁绍考虑到刘备、韩猛两次分兵出击都以失败而告终，所以不再考虑类似方案，就没有听从。

按说给领导出了个主意领导没有采纳也是正常的事，应该不至于因此就要反目成仇，但恰在此时，许攸家里出了点事，让他动了叛逃的念头。袁绍手下文武失和是一个公开的秘密，许攸一向说话口气大、脾气臭，不注意团结同事，平时人际关系一般，与审配还有矛盾。田丰、沮授失势后审配现在成了袁绍身边的大红人，审配一直在找机会收拾许攸。许攸家里什么人这时候犯了法，审配把他抓了起来，并且扬言要挖后台，许攸又气又怕，干脆叛逃到曹营。

这件事的确有点可疑，关键是许攸来得太是时候，带来的情报也太有价值，让人不得不多想。曹操倾向于相信，一来基于他对这个二十多年的老朋友的了解，二来时至今日他只有放手一搏了。在大多数人不赞成出击的情况下，荀攸、贾诩却认为许攸的情报可信，应该抓住机会，毕其功于一役，彻底扭转战局。

火烧乌巢基地

曹操决定曹洪留守大营，他亲自带队完成奇袭任务，这个决定又让大伙吃惊不小。曹操知道袁绍有本钱往下耗而他已经没有了，所以许攸的情报即使可能有诈，他也要冒险一试。之所以决定亲自带兵出征，是因为此行只能成功不能失败，如果无功而返接下来必然要全军溃退。曹操安排荀攸留下来协助曹洪坚守大营，叮嘱他们如遇袁军来攻营死守就行。然后挑选五千精兵由张辽、徐晃等人带领悄悄出发。

乌巢在官渡的后面，位于袁军大营东北方约四十里处，曹军此去必须经过袁军的防地，为了顺利通过，曹操让人准备了袁军的旗帜，在马嘴里衔上小木棍，用布缚住马口，以防夜行途中马匹发出声响暴露行踪。曹操命令士兵还抱了很多柴火，这些都是有专门用途的。路上遇到袁军，但他们根本没有料到这是敌人，问他们是哪个部分的。曹军士兵回答："袁公担心曹军包抄后路（袁公恐曹操钞略后军），派我们增加防备。"一路上多次遇到这种情况，居然都顺利通过。

袁军士兵戒备心如此之差吗？那倒未必，一切缘于许攸送来的绝密情报中最有价值的部分除了袁军屯粮的位置之外，应该还有袁军的暗语口令等行军机密，所以曹军才能一路畅行无阻。甚至可以推测许攸也一路同行，有他这个袁军的高级参谋在，行军路线、敌军守备情况、敌将姓名、暗语口令等都不成问题，所以曹军在夜里很快便推进到乌巢附近。

袁军在乌巢的指挥官淳于琼，字仲简，颍川郡颍阴县人，跟荀彧同一个县。他是一员宿将，他的资历在袁曹两军之中目前也只有袁绍、曹操等少数人可以相比，十多年前他也是西园八校尉之一。淳于琼后来跟随袁绍到了渤海郡，自袁绍起兵时就追随他，深得袁绍的信任。郭图挑拨袁绍分解了沮授的兵权，沮授原来类似于兵团司令，结果所部分成了三个军，分别由沮授、郭图和淳于琼任军长。

淳于琼这个军有一万多人，袁绍交给他的任务是负责屯粮基地乌巢的安全，这批粮食是袁绍刚从后方调运来的，由袁谭亲自送来，有了这批粮食，袁绍料定曹操必败无疑。近几年来几次大的战役表明，打仗就是打后勤，有了后勤就有战斗力，袁军的战斗力远远超过曹军，就是因为它的后勤很厉害。

曹军出其不意地出现在乌巢袁军营外，曹操下达攻击命令，将士们奋力拼杀，袁军没有防备，顿时陷入慌乱。曹军攻入袁军大营，带来的柴火派上了用场，他们四处点火，袁军大营顷刻间变成火海。

如果放在平时，曹军未必能得手，但此时是夜里，袁军士兵毫无防备，大部分人还在睡觉，被惊醒后根本摸不清情况，也不知道敌人有多少，只见各处都在起火，到处都是喊杀声，哪里还有战斗力。袁军为什么如此麻痹大意？因为他们远在后方，前面到处都是友军，根本没有料到曹军大队人马能从天而降。

但老将淳于琼毕竟很有经验，加上袁军的总人数是曹军的一倍以上，在短暂的慌乱之后，他们迅速组织反击，双方展开了激战，淳于琼同时派人向大本营求救。乌巢距袁绍在官渡前线的大本营约四十多里路，骑快马不用花太多时间就能到达，袁绍得报后立即召集儿子袁谭以及审配、沮授、张郃等人商议对策。

袁绍认为，曹操攻击乌巢，他的大本营必然空虚，此时不如置乌巢于不顾，直接进攻官渡正面的曹军，让曹操有出无回。袁绍下令张郃和高览率所部立即对曹军大营发起攻击，但张郃却认为不妥，张郃说："曹操敢攻乌巢，率领的必然都是精兵，淳于琼将军肯定会被攻破，如果是那样的话就大势已去了，不如先去救他。"但郭图支持袁绍的想法，坚持要张郃先攻曹营，张郃还想坚持："曹营很坚固，之前已经打了很久也没有攻破，现在仓促之间能不能拿下实在没有把握。而淳于琼将军如果被曹操俘虏，我们也都得当俘虏啊（若琼等见禽，吾属尽为虏矣）。"

按理说袁绍此时真应该慎重考虑一下了，要么重新部署，让张郃等人先救乌巢，要么继续坚持他的方案，但最好派别人执行这项任务，因为作为主将的张郃思想已经不统一。但袁绍仍然坚持要张郃发起正面进攻，而以少部分轻骑驰援乌巢。

曹军在乌巢打得很艰苦，曹操亲自督战，张辽、徐晃等人率部拼命厮杀，但始终未能攻破淳于琼的指挥部，正在这时，侦察兵报告说袁绍的援军快到了。左右赶紧建议："敌兵很近了，请分兵拒之。"曹操头也不回说："敌人到了背后，再来报告（贼在背后乃白）！"曹军将士拼死殊战，终于在敌人援军到来前一刻，将淳于琼的指挥部攻破，老将淳于琼等人被斩杀，俘虏袁军一千多人。之后曹操组织人马回击袁军援兵，将其打退，《曹瞒传》称曹军临阵斩杀的袁军将领有眭元进、韩莒子、吕威璜、赵叡等人，这些人可能是淳于军长手下的相当于师长级将领，而淳于琼本人则是被活捉的。曹操为了震慑敌兵，下令将俘虏的鼻子割去，把牛马的唇舌也割了，拿出来展览（以示绍军）。

这种残忍的办法是一种心理战，目的是让敌人害怕，果然凡是看到过这一堆战利品的袁军士兵无不惊恐万分（将士皆怛惧），据《曹瞒传》说，在这些被割去鼻子的俘虏里居然也包括袁军的主将淳于琼，这未必是曹操的命令，可能是乱军之中老将军被抓，大家不认识他，跟其他俘虏一样挨了一刀。

淳于琼被带到老朋友曹操面前时已经血流满面了。曹操有点吃惊，说："仲简，怎么会到这个地步啊（何为如是）？"淳于琼忍着痛回答道："胜负自有天意，还有什么好问的！"曹操念及都是老朋友，有点不想杀他。在一旁的许攸插话说："明天他若照着镜子看，一定不会忘了这件事。"曹操想了想许攸说的话也有道理，还是下令把淳于琼杀了。许攸看到老同事遇难，不来搭把手就算了，还在背后补上一刀，看来袁绍真没有把队伍带好，手下净是落井下石之辈。

袁军瞬间溃败

乌巢一仗曹军艰难取胜，这成为扭转全局的关键点，袁军的大溃败开始了。在淳于琼被消灭的同时，张郃、高览二位也没能得手。袁绍这才清醒过来，没有听张郃的建议全力增援乌巢是多么失策。

即使曹军的一部分主力离开大营，但一定会留下足够的人马防守，并且会做好充分准备，曹军大营已连攻数月而不下，现在想几个时辰就攻破谈何容易。郭图竭力劝袁绍发起正面进攻，眼见自己判断错误，于是开始乱找理由给自己开脱，他向袁绍报告说："进攻曹营失利，张郃反而很高兴（郃快军败）。"郭图的潜台词是张郃对自己判断正确而沾沾自喜。明智的领导一定会从失败中总结教训，勇于承认错误，不会掩饰决策失误而会想办法进行弥补。

可惜，袁绍不是那样的好领导，他就爱吃郭图这一套。郭图跟张郃素来有矛盾，郭图这个人看来有些本事，当初是他凭借三寸不烂之舌忽悠得韩馥让了位，给袁绍立了大功。但他本质上是一名策士，在袁绍集团内部既不属于田丰、沮授那样的本土实力派，也不是颜良、张郃这样带兵出身的将领。他要往上爬，必须用一些特别手段。郭图的特别手段就是踩着别人的肩膀往上走，他攻击沮授，混上了带兵权，又攻击许攸，赶跑了袁绍身边最强劲的一个对手，现在又攻击张郃，他不考虑现在是什么时候，会不会把张郃逼反。

张郃又恨又怕（忿惧），跟高览一商量，干脆临阵起义得了，于是焚烧攻城器具，来到曹营前投降。这时候曹操还没有回来，守营的曹洪居然不敢相信（不敢受），荀攸说：“张郃的计策不被采纳，生气来投奔，不用怀疑！”这也许是史家之言，张郃的计策是什么，袁绍有没有采纳，以及张郃为什么生气这些情况当时的荀攸是来不及掌握的。但荀攸仍然能判断出张郃是真降还是假降，因为张郃下令把攻城的器具都给烧了，曹洪于是接受张郃、高览投降。

这一下，袁军彻底撑不住了。张郃、高览都是袁军中的名将，后来民间把他俩连同已故的颜良、文丑二人合称“河北四庭柱”，意思是“袁绍控制区”的四根柱子，可见分量不一般。曹操回到大营，见到张郃特别高兴，把张郃比作殷商时的微子、楚汉时的韩信，任命他为偏将军，封都亭侯。

袁绍手下原来还有一位更有名的大将，就是在界桥之战中大败公孙瓒“白马义从”的麹义，但他没有出现在官渡之战中，据说麹义立下大功后有点功高震主，不服袁绍的领导，被袁绍借故处死了。袁绍的四根柱子，两根倒了，两根到了敌人那里，袁绍的基业彻底垮了。

其实袁绍的力量仍然十分强大，即使官渡前线失败，他依然拥有跟曹操抗衡的实力，他的三个儿子和一个外甥手里都握有重兵，只要安全撤回冀州，仍旧可以发起有效反击。

可是，这一切来得太突然了。对于袁军将士而言，这一天简直是噩梦连连，先是传说屯粮基地遭劫，粮食被烧光，老将淳于琼等人被杀，后来看到一些手捂鼻子从乌巢跑回来的士兵，一个个惨不忍睹，大家都惊骇不已。紧接着，听说张郃和高览二位将军率领所部集体投降了曹军，大家根本不敢相信，但看到刚刚投降过去如今杀了回马枪的弟兄们时大家都明白了：赶紧跑吧，跑慢了也没有鼻子了！

袁军不再抵抗，而是慌不择路地大逃亡。袁绍和儿子袁谭来不及穿戴整齐，仓皇出逃，带了八百名骑兵一口气跑到黄河边才甩掉了曹军的追兵，渡过河去。没有跑掉的就做了俘虏，事后统计曹军光俘虏就抓了好几万。

郭图打仗不行，跑路比较有眼色，此时紧跟领导不掉队，侥幸保住了一命。而沮授没有那么幸运，也做了曹军的俘虏。据《汉献帝传》介绍，沮授以前跟曹操相识，他被人绑了来见曹操，沮授一路大呼大叫：“我不投降，我是被抓的！”见到曹操，曹操想招降他，说：“袁本初无谋，不听先生你的计谋，所以失败。如今国家未定，希望咱们一块来谋划。”沮授说：“我的叔父、母亲和兄弟都在冀州，如果你念及旧情，就从速把我处死。”

这是沮授的悲哀，生未逢明主，身处绝境时也只有选择死，所以他在路上要大呼大叫，为的是别让大家误以为他投降了，袁绍要知道他投降，他的亲人们必然遭难。但曹操很欣赏沮授，还是不想杀他。在曹操眼里，沮授是荀彧、贾诩那样的人才，能力和人品都是一流，他叹息道："如果早些得到你，天下何足为虑呀！"曹操厚待沮授，但沮授只想一死，他公开逃跑，曹操无奈只好把他杀了。

在官渡之战中曹军究竟俘虏了袁军多少人，《三国志》武帝纪和袁绍的传记等都没有明确记载，《献帝起居注》里有曹操事后向汉献帝上的一份奏疏，详细报告了官渡之战的战果。

这份奏疏还回顾了以往的一些历史，透露出许多有趣的信息："大将军邺侯袁绍之前与冀州牧韩馥谋立故大司马刘虞，刻制了金玺，派遣原任县县长毕瑜到刘虞那里劝进。后来，袁绍又给我写信，说'可以把都城迁到鄄城，然后考虑另立他人（当有所立）'。袁绍擅自铸造金银印章，俨然天子一样，孝廉计吏都前往拜见他。他的从弟济阴郡太守袁叙给袁绍写信说：'如今海内丧败，天意在我袁家，神灵有征，登大位者当在尊兄您。南兄（指袁术）的臣下欲使之即位，南兄说论年纪北兄（指袁绍）更长，应该把大位让给北兄，想把御玺送来，结果却让曹操断了道。'袁绍宗族累世受国之重恩，但却凶逆无道，诸如此类的事不可胜数。所以我整合兵马，与之战于官渡，乘圣朝之威，最后斩杀其大将淳于琼等八人，使之大败，袁绍和他儿子袁谭仅率少部分人逃走，共斩首七万余级，辎重财物以亿数。"

曹操所言斩袁绍八员大将应该是：颜良、文丑、韩猛、淳于琼、眭元进、韩莒子、吕威璜、赵叡。至于其他战果，这里说得很明确，斩杀七万多人。《三国志》袁绍的传记说，袁绍和袁谭不是率八百人逃跑的，只有父子俩（绍与谭单骑退渡河）。袁绍手下其他的人诈降，后来被发现，结果都被坑杀了，裴松之注引张璠《汉纪》在这里做补充道："杀袁绍士共计八万人。"

《资治通鉴》把这些信息综合了一下，写道："剩下的袁军都投降了，曹操全部活埋了他们（尽坑之），前后所杀共七万多人。"这些话似乎都有来历，但搁在一起就显得有些不对劲了，因为这些话里似乎隐含着这样的意思：袁军士兵投降了，曹操把他们全都坑杀了，一共有七万多人。这虽然不太符合以上史实，但却在后世影响很大。其实，陈寿和裴松之都没有说过官渡之战后曹操坑杀袁军士兵七八万人的事，《献帝起居注》和《汉纪》也没有明确记载，曹操之所以坑杀降卒，是因为他们诈降，按理说只有参与诈降的士卒才会被坑杀，战场起义的（如张郃、高览所部）和真心投降的都不在此列，七万多人全部诈降吗？没有这样的记载。

即使是说过曹操在泗水河畔坑杀了数十万人的司马光，此处也未明言曹操把七万多降卒全活埋了，说曹操坑杀了七万多人纯粹是对上述各种信息的一种胡乱嫁接。这里并非刻意要为曹操辩护，而是想说动辄活埋数万名降卒的事不仅不合乎人性和伦理，不合乎曹操此时作为朝廷司空的身份，更不合乎胜利一方的利益。人力资源是此时最稀缺的资源，曹操未必是一个不杀生的善人，但他没有必要浪费资源，使用降将降卒一向是曹操的政策，曹操没有见到降卒就杀的习惯。

或许曹操坑杀了不少降卒，因为他们诈降，一怒之下活埋他们是可能的，但这应该是一小部分人。而曹操战报里说的斩杀七万多人应该是官渡之战的全部战果，包括白马之战、延津之战、汝南郡之战、乌巢之战以及徐晃、史涣击败韩猛之战等，仅在乌巢之战中一万多袁军除一千多人被俘外，其他都被消灭了。

曹操的战利品除了俘虏和大量的军用物资之外，还有两类特别的东西，一类是袁绍随军带来的图书、珍宝，袁绍打仗来了哪里还有闲情雅致看书赏古玩？其实这是袁绍刻意带来的，当初把郑玄老先生请出来随军也是同样的想法，袁绍想的是一口气拿下许县建立新朝廷，朝廷的体制、礼仪、官制等都要来个新面貌，所以带来了不少图书资料还有摆在未来皇宫里的用具等。现在，这些都成了曹操的战利品。

还有一类是袁军的公文、书信等档案资料，其中不乏绝密级档案，袁绍败得很突然，来不及带走也来不及销毁，全落到曹军手中。据《魏氏春秋》等书记载，许县朝廷乃至于军中有不少人跟袁绍暗送秋波，写了很多信，这些都是通敌的罪证，曹操平生最恨的就是谁跟他玩潜伏，现在有了确凿证据，正好秋后算账。可曹操却当着众人的面一把火把这些书信都烧了，据说看都没有看一眼。曹操说：“当初袁绍那么强大，我尚且感到不保，何况大家呢？”此举让很多揪起的心又放下了，大家不得不佩服曹操心胸博大，再也没有其他想法了。

发生在建安五年（200）的官渡之战，以曹操集团的突然胜利而告终，这场大战影响深远，战后全国的局势将为此发生剧变。

能臣与英雄

曹操大传

下册

南门太守 著

中国出版集团
现代出版社

目录 Contents

第一章

胸怀天下

袁绍吐血而死

袁绍输得很惨，他率领的南下军团十多万人绝大多数都搭了进去，这些都是他挑选出来的精兵，是他的老本。更重要的是，袁绍输掉了锐气，这一年他五十七岁，曹操四十七岁。

建安五年（200）冬天，四十七岁的曹操在官渡一举击败了他的老朋友五十七岁的袁绍，消息传出大多数人都吃了一惊。如果那时候流行博彩业，庄家给曹操开出的赔付率一定比袁绍高得多，因为曹操在战前并不被看好。

但现在曹操打赢了这场战争，袁绍狼狈逃回黄河以北。袁绍在黄河北岸的基地是黎阳，他的部将蒋义渠在这里驻守，惊慌失措的袁绍父子逃进蒋义渠的大营，恐惧之情仍然难以平静。蒋义渠赶紧整顿人马加紧防卫，以防曹军趁胜渡河。曹军却没有宜将胜勇追穷寇的打算，对于曹军来说胜利来得纯属偶然，此时他们无力渡过黄河。曹操在那边指挥人打扫战场，袁绍父子有了喘息之机。

袁绍回到了邺县，第一件事不是开反省大会研究下一步如何报仇雪耻，而是先忙着把关在监狱里的田丰杀了。当初田丰劝袁绍不要急于出兵，田丰认为要击败曹操应该稳扎稳打，不能急于求成，盲目出击会将稳赢的局面变成一场胜负难料的对决，通常这对弱势的一方更有利。但袁绍没有听田丰的劝告，而田丰偏偏又是个不达目的决不罢休的人，非要劝袁绍收回成命不可。袁绍大怒，认为大军未出之时，田丰的言论挫伤了士气，于是把他关了起来。

田丰字元皓，精通权略，是个奇才，年轻时也曾在京师的太尉府等机构供职，曹操早就听说过他的大名，也许以前见过面。据《先贤行状》记载，曹操听说田丰没有跟着袁绍一块南下，当时高兴得拍起了手："袁绍必然要败呀！"后来袁绍逃遁，曹操感叹道："假如田丰在这儿，袁绍何至于此！"袁绍败军而还，看押田丰的狱卒高兴地对田丰说："田先生，这一下好了，您要重新被重用了！"谁知田丰做出了相反的判断，他说："如果大军得势，我的下场还好，现在大军失败，我就要死了！"田丰太了解袁绍了，更了解袁绍身边的人。袁绍身边落井下石的一号人物是郭图，二号人物就是逢纪，之前逢纪多次向袁绍进过谗言诬陷田丰，这次干脆抓住机会，置田丰于死地。

逢纪和郭图都知道袁绍喜欢吃哪一套。袁军大败后，军中纷纷议论："假如田丰在，我们怎么会败得这么惨？"袁绍开始也挺惭愧，他对逢纪等人说："当初只有田丰劝我不要急着出兵，现在见到他我都很惭愧。"袁绍惭愧是真的，但逢纪看出了惭愧背后还隐藏着别的什么东西，他感到机会来了。逢纪知道这个领导不仅志大才疏，而且死要面子，他表面谦和，很有气度，喜怒不形于色，但内在里气量很小。有这样特点的领导通常都比较好忽悠，你只要拣他最舒服的话说，挑他最有面子的事做就行了，逢纪看出来袁绍惭愧是真，恼羞成怒也是真。

逢纪报告说：“田丰听到您撤军回来，拍手大笑，得意于被他说中了。”袁绍果然气恼，动了杀机（于是有害丰之意），后来就把田丰杀了。

曹操取得官渡大捷后，并没有立即制订渡河作战计划，最主要的原因是他的后勤保障问题仍然解决不了。过了年，即建安六年（201）春天，曹操率一部分人马来到兖州刺史部东平国，驻扎在安民，此行的目的是征调兖州、徐州一带的粮食，为后面的战事做准备。

曹操在安民召开了军事会议，研究下一步行动计划。按照曹操的想法，袁绍新败，暂时无力南下，趁这个机会应该先解决刘表。荀彧反对这个计划，他说：“袁绍新败，其众离心，应该继续对他保持高压，直到完全打败他。如果我们远征江汉，袁绍趁机收拾残众，从我们后面发起攻击，后果不堪设想。”曹操认为荀彧说得有理，于是重新将主力部署到黄河沿岸。四月，曹操亲自赶到东郡，在黄河岸边指挥了仓亭之战，再次将袁军击溃，袁绍所部完全退到冀州境内。

这时，曹操有了一次渡河作战的机会，他可以由东郡渡河，东郡境内的濮阳是战略要地，此时已在曹操掌握之中，东郡在黄河以北的地区曾经是曹操的地盘，他在这里多少有一定基础，先以此为基地，可以趁袁绍再败之机徐图冀州。但是，曹操却下令撤兵，并且一直撤回到了许县，原因是许县那边又面临危机，这次危机的制造者还是刘备。刘备当初奉袁绍之命迂回到汝南郡与黄巾余部刘辟等会合，在曹操的身后制造麻烦，一度攻击到离许县只有几十里的地方，后来曹仁发动闪电战，打了他们一个措手不及，刘备退回到袁绍那里。

在袁绍没有溃败之前，汝南郡的龚都等人再次起兵响应袁绍，袁绍还派刘备到汝南郡，此时已是官渡激战之时，曹操实在派不出大将出马了，派了一个叫蔡扬的不太有名气的部将前去迎敌，蔡扬哪里是关羽、张飞、赵云这帮人的对手，打了败仗，蔡扬被杀。刘备、龚都士气大振，荆州的刘表也跃跃欲试，眼看南面要出事，曹操不敢大意，将主力从黄河边上撤回来，之后亲征汝南郡。

刘备打仗很机灵，他知道打得赢就打，打不赢就跑，这是他保持了大半生的优点。他知道袁绍的十多万大军都被曹操生吞了，自己这点人再加上龚都这样的散兵游勇根本够不上一盘菜，没等跟曹操照面，他先溜了。刘备此后去了荆州，被刘表接纳，开始了他长达七八年的寄居生活。

建安六年（201）的下半年，曹操这边基本上没有什么大的战事，经过官渡大战后，部队需要恢复元气，各地也需要平息流寇，发展生产，曹操想先把当年的庄稼收好，把明年的粮谷种上，为下面更大的战事积蓄力量。这一年袁绍也没有发起进攻，一来他的实力大损，官兵士气低落，内部纷争不断，没有力量重新组织进攻；二来袁绍自官渡大败以后好像换了个人，过去向来是意气风发，藐视一切，现在却灰心失望，毫无斗志，整天唉声叹气。

年近六十的袁绍又忧又气，健康每况愈下，住在邺县城里不再出来。曾经号令天下、威名远扬的袁本初，居然落到现在的样子。又过了一年，曹操准备好了粮草，将士也得到了充分休养，他准备发起夏季攻势。曹操刚把各项部署安排好，却传来消息说，袁绍死了。

袁绍确实死了。建安七年（202）五月，抑郁中的袁绍发病呕血而死，享年约五十八岁。袁绍死于何病史书均未作记载，但他死得跟袁术很相像，都是在心情极差的情况下染病的，死前都有吐血的症状。从医学上讲，吐血分咯血和呕血两种，咯血一般是咽喉以下呼吸系统出了问题，而呕血通常是消化系统的问题。袁术和袁绍都属于呕血，袁术更是呕吐了一斗多的血，说明他们得的都是消化系统的疾病，比如消化性溃疡，或者肝硬化引起的食管、胃底静脉曲张破裂，以及急性胃黏膜病变等，从他们兄弟二人相似的症状看，他们得的这种病可能有家族遗传性。

袁绍死了，虽然庞大的袁氏帝国仍未结束，但袁绍自己的时代结束了。在汉末历史舞台上，袁绍有机会成为一代伟人，但也许命运不济，让他壮志未酬身先死。也许生不逢时，让他偏偏跟曹操处在同一时代。也许他本来就没有拨乱反正、革故鼎新的能力。总之，他带着遗憾走了。陈寿对袁绍的评价不高，称他“外宽内忌，好谋无决，有才不能用，闻善而不能纳”，范晔引用了《韩非子》里的几句话评价他：“很刚而不和，愎过而好胜，嫡子轻而庶子重，斯之谓亡征。”意思是说：好强斗狠而不团结，一意孤行而逞能好胜，轻视嫡子而看重庶子，这都是灭亡的征兆。

跟他相识相知数十年的老朋友曹操对他的评价更深刻，曹操说他“色厉胆薄，好谋无断；干大事而惜身，见小利而忘命”。今河北省沧州市在东汉末年属冀州刺史部渤海郡，其境内的沧县高川乡前高龙华村东北有一处古墓，封土高大，占地约一千五百平方米，这座墓相传为袁绍墓。此地为平原，其北不远处有滹沱河故道东西穿过，目前已被列为河北省文物保护单位。袁绍的故乡是豫州刺史部的汝南郡，现在是敌人的地盘，死后无法回故乡安葬。袁绍的封地在邺县，这也是他的行政中心，他没有安葬在那里，而是安葬在了他曾经工作过的渤海郡，这是不是出于他的临终遗嘱，已不得而知。

这些已经不重要了，重要的是袁绍死了。

铁汉的柔情

五十年前，当时在位的还是桓帝刘志，有一天他在梦里看到黄星停留于古楚国、宋国所对应的天宇，醒来后大惑不解，询问星象学家殷馗。所谓黄星就是土星，在五行中土对应的颜色是黄色，同时土星又被称为帝王之星，据此殷馗认为五十年后在古楚国、宋国也就是如今的梁国、沛国一带将有真人出现，其势头无法阻挡（其锋不可当）。这件事不是瞎说，它被记录在皇家秘密档案里，并在朝野间悄悄流传。

曹操之前也听到过这个说法，不过在他看来这即使不是无稽之谈，也跟自己毫无关系。但屈指算来现在正好过了五十年，自己这个沛国人击破了袁绍，已经显露出独步天下的迹象。于是，曹操又不经意间想起了关于桓帝那个梦的传说，莫非这是在说自己？回想中平六年（189）在己吾起兵，当时自己只有三十五岁，算是个青年，如今十二年过去了，自己也四十七岁了，已经过了壮年。在人生中最年富力强的十多年时光里几乎每天都在思考着战斗，好几次身陷绝境，想到这些曹操不由得生出许多感慨。

建安七年（202）新年刚过，曹操决定回故乡谯县一趟。自从三十三岁那年结束在谯县的隐居生活回到洛阳，曹操已经十四年没有回过老家了，其间有几次带兵路过老家附近，但出于各种考虑他没有回去，这次曹操决定在故乡多住一阵。这不是普通的休假，也不是一般人的衣锦还乡，作为朝廷的实际控制者，当今天下最有权势的人，曹操的回乡之旅不仅隆重，而且还有军事上的意义。曹操是带领一支主力部队浩浩荡荡开到谯县的，他想一边回乡省亲，一边把部队带到沛国、梁国一带搞搞拉练。

在安徽省亳州市至今还流传着许多曹操练兵的传说，保留着运兵道等当年的军事设施以及观稼台、斗武巷、马场街等与当年历史有关的地名。在《曹操集》里保存了一篇军令，也是曹操这时候在谯县发布的，在这篇《军谯令》军令里，曹操说他起兵为天下铲除暴乱以来，故乡一带的人民深受灾难，人几乎都死光了（旧土人民，死丧略尽）。曹操说他此次回来，不管走到哪里，都很难见到一个熟人，不由得使他感到伤悲（使吾凄怆伤怀）。

在谯县练兵期间，曹操对战死将士后代的抚恤问题进行了安排，发布命令要求寻找死去将士的子女，找不到的就找他们的亲属作为后代，由国家分给田地，地方官府配给耕牛，设立学校，请老师教他们的子女读书。曹操还下令给死亡将士建立祠堂，让将士的后人们有地方祭祀他们的祖先。曹操满怀深情地说：

“如果死者地下有知的话，我也就没有什么遗憾了（魂而有灵，吾百年之后何恨哉）！”

这次回到谯县，曹操还顺便看望了他的原配夫人丁氏。丁氏也是谯县人，前两年因故被曹操遣送回了娘家，现在就在谯县居住。据《魏略》说，丁夫人嫁给曹操后一直没有生育，在丁氏之前曹操还娶了刘夫人，刘夫人生下了曹操的长子曹昂以及长女清河长公主，可刘氏死得早，曹昂便由丁氏抚养，丁氏对他爱护有加。

曹操第一次南征张绣期间，由于自己的疏失导致张绣反叛，曹昂阵亡。这件事丁氏难以接受，她经常痛哭，还经常埋怨丈夫曹操说：“你把我儿子杀了，你还跟没事人一样（将我儿杀之，都不复念）！”说得多了，曹操有点生气，前两年把他遣送回娘家，想让她消消气。《魏略》说，曹操这次回来主动到老丈人家看望丁氏，当时丁氏正在织布，有人赶紧通报说“曹公来了”，但丁氏跟没听见一样（踞机如故），没有起身相迎的意思。曹操过去，拍着丁氏的背说：“回头看看我嘛，跟我一块回去吧（顾我共载归乎）！”哪知丁氏头也不回，也不回答。

曹操无奈，只好悻悻而出，走到门外，又说：“难道还让我求你吗（得无尚可邪）？”丁氏仍不应。曹操叹息道：“看来真的情意已绝了！”曹操只好把丁氏休了，希望丁氏娘家人把她再改嫁。可谁敢娶曹操的前妻？即使有胆大敢娶的，丁家人也不敢嫁。丁氏出身于谯县有名的大家族，这个家族里产生了丁宫、丁冲以及丁仪、丁廙等人物。丁氏进曹家后是正妻，对倡家出身的卞氏不放在眼里。丁氏被休后，卞氏对她很照顾，经常派人给她送东西，还趁曹操不在家的时候偷偷把她接到府里来，仍然让她坐在上座，对此丁氏十分感激。后来丁氏去世了，卞氏又向曹操求情，让她不要葬在娘家而是送到许县安葬。《魏略》这部书经常毫不掩饰地吹捧曹操的文治武功，有时不惜来点夸大和移植，但这段曹操家事的描写倒显得很生动，这件事应该是真实的，其素材可能来自曹操随行文人的记载。《魏略》的作者关中人鱼豢曾任魏国的郎中，他自然不忘借机把魏文帝曹丕的母亲、魏明帝曹叡的奶奶卞氏歌颂一番。

曹操对丁氏以及死去的长子曹昂还是很有感情的，曹操临死的时候回忆了自己的一生，说过这样的话：“我这一辈子没有做过什么亏心事，只是倘若死后有灵，见到子脩（曹昂字子脩），他问我母亲怎么样了，我将无言以对！”

建安七年（202）的这次大练兵是为即将开始的北伐做准备的，此时袁绍还没有死。在以谯县为中心的沛国、陈国、梁国以及陈留郡一带，曹操一方面加紧部队的休整和训练，另一方面筹集粮草等物资，积极备战。曹操还动员军民开挖了睢阳渠，这是一条主要以军事运输为目的的人工运河，东起陈留郡的浚仪，即今河南省开封市，西至官渡，官渡以上利用原鸿沟水沟通黄河，浚仪以下疏拓睢水河床，可以直达睢阳，即今河南省商丘市，或者由狼荡渠南下直达陈国、汝南郡，与淮河水系相连。这一带原有的人工运河众多，睢阳渠的主要工程在官渡至浚仪一段，其余都是利用原来的运河，睢阳渠修成后，黄河、淮河两大水系连接更为通畅，“曹操控制区”的豫州、徐州北部以及兖州一带水运能力大为提高。

与陆路运输相比，由水路运输军粮更便捷、更安全，损耗也最小。曹操下令大修睢阳渠，为的是提高军队的后勤保障能力，他的眼睛时刻盯着黄河以北。为了保证工程顺利进行，曹操亲自到浚仪视察，由谯县到浚仪途中要路过梁国，这里是曹操的忘年交、已故太尉桥玄的故乡，桥玄死后就葬在这里。

桥玄字公祖，是睢阳人，他跟江东二乔的父亲乔玄完全是两个人。曹操还没有出道的时候，桥玄慧眼识珠，称赞曹操是难得的人才，并给予大力扶持，对于这段恩情，曹操自然无法忘怀。曹操派人以太牢之礼祭祀桥玄。所谓太牢之礼就是用牛来祭祀，这个称呼来自西周，当时把祭祀分成三等：诸侯之祭用牛，叫作太牢；大夫之祭用羊，叫作少牢；士之祭用猪，叫作馈食。牛现在是很普通的家畜，但在周朝初建时，牛是新鲜物种，十分珍贵，用作祭品时表示最高礼节。羊在当时也是刚从藏族人那里引进的，数目也比较少，所以次之；猪是华夏人民自己驯养的家畜，等级较为普通。

桥玄从基层干部一直干到朝廷三公，是个实干型官员，史书记载他对自己要求很严，去世时家里没有产业，丧事不用殡礼，受到当时人们的称赞。桥玄官虽然做得很大，但没有受封过侯爵，曹操用太牢之礼祭祀他，超过了普通规格。曹操还亲自撰写了一篇祭文，这篇祭文写得很生动，不同于一般的客套文章，一看就是曹操自己的手笔，不仅因为这篇文章有鲜明的曹氏风格，而且在文中除表达对桥玄的赞颂和怀念外，还讲述了一件曹操与桥玄之间的往事：“当年您跟我有过约定：‘我死后要是你路过我的墓前，不用一斗酒一只鸡祭祀我的话，车过三步必叫你肚子疼，到时候不要怪我啊！’这虽然是开玩笑的话，但如果不是至亲好友，又怎么能说出来呢？现在祭祀您，不是怕您生气使我生病，而是思念以前的旧情，心中悲伤啊（怀旧惟顾，念之凄怆）！”

刘备寄寓荆州

曹操结束了他的怀旧之旅，这个时候传来了袁绍的死讯。袁绍死后的冀州局势一下子看不太清楚，但曹操知道袁绍集团的势力仍然很强大，现在不敢有丝毫大意，曹操下令把主力调往黄河沿线，建安七年（202）夏天，他由浚仪再次来到官渡坐镇，密切注视着冀州的政局。这样，曹操仍然无法把南线作为主战场，之前在刘备与龚都联军袭扰许县南部时，他有过一次短暂的对南面的用兵，刘备闻讯逃往荆州后，曹操身边的主要参谋都劝他先不要管刘备，还是继续把作战重心放在北面。

建安六年（201）九月，刘备派麋竺、孙乾为使者前往襄阳面见刘表，表达了愿意依附的意向。刘表是正宗的刘氏宗亲，刘备据说也是高祖刘邦的后代，于是刘表热情地接纳了这个远方来客。两个人都姓刘，但这不是刘表欢迎刘备到来的原因，刘表之所以愿意收留刘备，只有一个原因是真实的：他们都有一个共同的敌人——曹操。

刘备一行随后赶到襄阳与刘表相见，此时跟随刘备的人马并不多，当初他从冀州带出来的队伍主要是袁绍拨给他的，刘备单独行动后，这些人未必还能跟着他。刘备身边最可靠的一支部队是由赵云率领的，人数在几百人到一千人之间。有一本专门写赵云的史籍叫《云别传》，内容大部分已经失传，保存下来的一节记载说，赵云在袁绍那里再次追随刘备之后，刘备与他情投意合关系密切（与云同床眠卧），那时候张飞等人目标太大，都在袁绍的密切监控之中，而赵云相对是个新人，目标不大，刘备悄悄派赵云四下募兵，为下一步军事斗争做准备。赵云瞒住袁绍募得数百人，在刘备的事业再次陷入低谷时，这支部队对他很重要。

刘备的妻子甘氏、麋氏也在南下荆州的队伍中。刘备在徐州杀了车胄惹得曹操亲自征讨，刘备为了活命又一次把家眷扔下不管，甘氏、麋氏应该落到了曹操手中，而据《三国志》甘皇后传的说法，现在她们又回到了刘备身边，她们是如何脱离曹操控制的却没有记载。至于传说中是在关羽保护下找到刘备的，找不到史料依据，但这种可能性也确实存在。

刘备的部将张飞身边多了一位十四五岁的姑娘，她是一年前张飞在下邳国新娶的妻子。这个姑娘的来历却不一般，她的父亲跟夏侯渊是堂兄弟，她是夏侯渊的堂侄女，如果按这层关系来算，张飞就成了夏侯渊的堂侄女婿。

夏侯家的姑娘怎么嫁给了张飞呢？说来很偶然，去年的一天，夏侯妹妹还在老家沛国，有一天外出，正好遇到从那儿经过的张飞，张飞见她美貌就把她抓了起来，看她是良家女子，于是娶其为妻。夏侯妹妹从此就跟着张飞南征北战，以后为张飞生下一个女儿，这个女儿嫁给了刘备之子刘禅，刘禅继位后封她为皇后。如果再按照这个关系来算，刘禅是夏侯妹妹的女婿，也就是夏侯渊的外孙女婿。后来夏侯渊战死于汉中，是张飞的妻子夏侯妹妹向刘备求情，给他堂叔安葬。再到后来，夏侯渊的次子夏侯霸在政治斗争中失败，被迫入蜀，刘禅接见了他，刘禅还把儿子叫出来与从舅舅夏侯霸相见，刘禅指着儿子说："这是夏侯氏的外甥啊。"一次偶然邂逅，成就了敌我阵营里的两位名将之间的特殊关系。

刘表对刘备很客气（以上宾礼待之），还给他增加了人马，让他驻扎在新野。新野属南阳郡，此时南阳郡的治所宛县已被曹军占领，新野刚好处在宛县与襄阳中间，是敌我对攻的要冲。刘备来到新野驻扎，这样的安排他并不陌生，当年他依附陶谦时，陶谦也给他增了兵，让他驻扎在小沛，当时的小沛，一如现在的新野，说白了，刘备再一次被人当枪使，当盾牌用。但刘备别无选择，这次的情况连上一回还不如，基本上属于没人没钱没地盘，已经走投无路，刘表能收留他已是很不错了，地盘虽然小点但总算有个立足的地方，也就别挑挑拣拣的了。

新野北距宛县五十来里，南距襄阳不足百里，面对日益强大的曹军，刘备在新野的日子并不好过，他得时刻提防敌人的进攻。刘表派了一些人说是加强他的防卫力量，其实也是来监视他的，关键时候他的命令对这些人并不好使。面对如此复杂的内外部情况，换成别人说不定整天能愁死，但对刘备来说这点事算不了什么，多少年来他已经习惯了这种东奔西跑在刀尖上行走的生活。

这期间，刘表和刘备还趁曹军在北面与袁绍几个儿子作战之机，向"曹操控制区"发起了一次规模较大的进攻，刘表派刘备率部一直攻打到南阳郡最北面的叶县，曹操自己分不开身，就派夏侯惇率军迎击，同时派于禁、李典为夏侯惇的副将。刘备并没有真打算打到许县去占领全中原，不是他不想，而是他很有自知之明。之所以发起此次进攻，多半是为了应付刘表，同时以此为由向刘表多要些粮草装备。

所以，当刘备听说曹军中赫赫有名的夏侯惇和于禁联袂来招呼他时，立即下令烧掉自己的营寨撤退。夏侯惇下令追击，副将李典认为不可，李典说："敌人无故退兵，很可能有埋伏。往南面去的道路狭窄，草木很深，不能追啊！"独眼将军夏侯惇不听，只想扩大战果，于是携于禁追击，留李典守营。

刘备有点生气了，面子都归你了，台阶也给你留足了，还这么不依不饶。刘备也是个老军人了，他给夏侯惇和于禁准备了一个口袋，打了他们一场埋伏。据《云别传》记载，埋伏的地点是叶县与宛县之间的博望，刘备所部依托有利地形发起攻击，曹军形势很不利。作战中赵云十分英勇，生擒了夏侯惇的部将夏侯兰。这个夏侯兰不是谯县人，他的祖籍在冀州刺史部常山郡，跟赵云是老乡，与夏侯惇、夏侯渊完全不同族。赵云以前就与夏侯兰认识，赵云向刘备求情，没有杀夏侯兰，因为夏侯兰精通法律，还推荐他当了军中的执法官。

刘备又回到新野驻扎，在这里一驻就是好几年。这段时间虽然再无大的战事，但刘备的日子并不好过。刘备走到哪里都挺有号召力，他在新野时荆州豪杰争相投奔（荆州豪杰归先主者日益多），这引起了刘表的猜忌，暗中更加防范他。

在此期间，发生过一件事。据《九州春秋》记载，刘备在新野期间，有时会到百里之外的襄阳刘表那里做客，有一次在刘表处，刘备在上厕所的时候看到大腿内侧的肉长了起来，不禁慨然流涕。回到座位上，刘表见他闷闷不乐，就问原因。刘备说："我常常身不离鞍，所以大腿内侧的肉都没了（髀肉皆消）。现在好久不骑马，这里的肉又生了出来。时光流水，日月如梭（日月若驰），我眼看快老了，却没有什么功业，所以悲伤啊。"

这件事不知是否确实，如果真有其事，刘备做此番谈论就很有问题，完全没有当年在许县种菜时的智慧和机警。刘备叹之于关张可以，叹之于刘表，只能提醒刘表眼前的这个人更要提防。而《世语》记载了另一件事，说刘表的亲信蒯越、蔡瑁等人力劝杀掉刘备，刘表采纳，准备把刘备请到府中相机动手，可是让刘备觉察了出来了，他不露声色，假装上厕所，之后悄悄逃走。刘备乘马逃到襄阳城西一条叫檀溪的小河前，后有追兵，前有河水，刘备急了，危难时刻刘备的这匹马出了力，这匹马的名字叫的卢，刘备对马说："的卢啊的卢，现在很危险，可得努力呀！"的卢应声而跳，一跃就有三丈多，跳过了檀溪，刘备才得救。

到现在为止，至少已经有四匹名马出现：吕布的赤兔，曹操的白鹄和绝影，刘备的的卢，都见诸史籍，留名于后世。但很多人对《世语》的这条记载表示怀疑，刘表虽然信不过刘备，但总的来说还是在利用他、拉拢他，一直到刘表去世，也没有跟刘备真的翻脸。

不过，上面这两件事可以从侧面反映出刘备的处境和心态：寂寞、失落、无奈又不敢掉以轻心。这种日子一过就是好几年，一直到建安十三年（208）曹操亲自南征荆州为止。

在此期间，一直没有儿子的刘备收养了一个姓寇的男孩儿做养子，这个男孩儿的舅舅也姓刘。刘备收养他之后，将他改名叫刘封。可是，到了赤壁之战的前一年，即建安十二年（207），一直没有身孕的甘氏突然为刘备生下了一个儿子，取小名叫阿斗，也就是刘禅。

平定昌豨之叛

曹操打赢了官渡决战性的一仗，此战成为曹操军事生涯的顶峰，在曹操亲自指挥的战役中，此后还有北征乌桓之战、渭南之战等精彩战例，但官渡之战无论从规模、复杂程度还是对后世的影响看，都是曹操一生中最重要的战役。有人统计出一份战表，说曹操一生亲自指挥的战役和战斗共五十一次，其中胜四十三次，负八次，胜率超过百分之八十，在汉魏时代，这是一个惊人的成就。打败曹操的这八次，分别是由徐荣、吕布、张绣、孙权、刘备等人指挥，马超、袁绍也分别小胜过一次，还有一次即孙刘联军在赤壁大败曹操。

这份战绩表虽然收录了曹操一生五十多次征战，但仍然存在很多遗漏，尤其是漏掉了一些虽然曹操没有亲自临阵却直接指挥的战役，在这些战役中，曹操的胜率明显没有那么高了。最早对曹操一生军事成就做过系统性点评的也许是诸葛亮，在他的《后出师表》一文中有这样一段话：曹操智计，殊绝于人，其用兵也，仿佛孙、吴，然困于南阳，险于乌巢，危于祁连，逼于黎阳，几败北山，殆死潼关，然后伪定一时耳……五攻昌霸不下，四越巢湖不成，任用李服而李服图之，委任夏侯而夏侯败亡，先帝每称操为能，犹有此失……

这段话的意思是：曹操的智慧计谋，远远地超过一般人，他用起兵来就好像孙膑、吴起一样，可是他却曾在南阳受困，在乌巢处于险境，在祁连山上遭到危险，在黎阳被逼，几乎在北山失败，差一点死在潼关，后来才在表面上稳定了一段时间……曹操五次攻打昌霸没有获胜，四次渡过巢湖没有获得成功，任用李服，可是李服却图谋杀死他，委任夏侯渊，可是夏侯渊却战败身亡。先帝常常称赞曹操是个有才能的人，但他还有这些失误的地方……

就是在这篇文章里，诸葛亮说出了“臣鞠躬尽瘁，死而后已”这句名言。按照诸葛亮的评价，曹操虽然是当代的孙膑、吴起，但也有打败仗的时候。诸葛亮举了一些例子，尤其说到了五攻昌霸不下、四越巢湖不成，按照这个说法，曹操仅在这两个地方就吃了九次败仗。

诸葛亮此处并非贬低曹操，他想说的是现实中没有常胜将军，像曹操那么厉害的人，也有打不赢的时候。但是，《后出师表》是不是诸葛亮本人所作目前存在争论，而文中所提到的这些战例则争论更多，其中“五攻昌霸不下”比较含糊，至今没有统一的说法。

不过，这件事倒是有来历的，昌霸虽然不像吕布、刘备、袁绍那样知名，但对曹操来说却更麻烦，官渡之战后，曹操一度分出了不少精力来对付他。

一般认为，《后出师表》中所提的昌霸即是昌豨，跟臧霸一样都是“泰山帮”的成员。如前所述，“泰山帮”是曹操集团内部一个特殊群体，他们名义上服从曹操实际上自由得多，曹操想彻底解决他们但终其一生都没有找到合适的机会。昌豨多次叛而又降，降而又叛，这大概就是“五攻昌霸不下”的由来。

曹操灭吕布后专门把臧霸找出来，任命他以及昌豨、孙观、吴敦、尹礼等人为郡守、国相，让他们防守青州、徐州一带。昌豨被任命为徐州刺史部的东海郡太守，该郡相当于现在江苏省东北部、山东省南部地区，范围涵盖今天的连云港到枣庄一带。建安五年（200）刘备脱离曹操在徐州起兵时，昌豨也宣布起兵，配合刘备行动，曹操亲征刘备，刘备逃到冀州，曹操急于回师官渡，无力追击刘备，也没有时间收拾昌豨，这大概是“五攻昌霸不下”的其中之一。

建安六年（201），曹操取得官渡大捷的第二年，借着向东面调兵以及给部队搞拉练的机会，派夏侯渊分兵攻打东海郡的昌豨，派张辽为副将。曹军将昌豨的大本营三公山围了起来，昌豨依托有利地形坚守。现在全国叫三公山的地方有很多处，昌豨守的三公山在哪里已经不详，应该位于苏北、鲁南一带。当年曹操征陶谦曾围攻这一带的郯县，陶谦在外援刘备的帮助下打了一个漂亮的郯城保卫战，曹军攻城无果被迫撤军。如今曹军又在昌豨面前一筹莫展，围城数月，居然没有打下来，曹军准备的粮食眼看要吃完了。

夏侯渊考虑撤军，但张辽不同意。张辽说：“最近我发现敌军的箭和流石越来越少，大概这是昌豨心里犹豫不定，不想力战，我想试试能否把他招降。”夏侯渊没有更好的办法，就说那试试吧。张辽来到三公山下，让军士朝上面喊话：“曹公有令，让我来传达！”昌豨听到后，果然从山上下来跟张辽对话。张辽力劝昌豨投降，昌豨居然听劝，表示愿意投降。张辽为了取得昌豨的信任，主动提出一个人随昌豨上山。张辽到了昌豨的家，像老朋友一样拜访昌豨的家人。张辽的真诚打动了昌豨，昌豨随张辽下了山，后来又一同拜见曹操。曹操对昌豨既往不咎，仍然让他担任东海郡太守。

曹操听了张辽的叙述，想到张辽上三公山也有可能遇到危险，有点替张辽感到后怕，就责怪他说：“这可不是大将能做的呀（**此非大将法也**）。”张辽说：“明公您的威信著于四海，张辽奉命而行，昌豨必然不敢加害！”

昌豨的这次反叛虽然平定了，但青徐一带仍然是曹军的软肋，冀州形势未定，曹操不可能在此过多停留，对于青徐事务，曹操除继续依靠臧霸、昌豨等人外，也想了一些办法，他先后派出一批人到地方上任职，培养嫡系势力，何夔和吕虔就是他们中间的代表。

何夔字叔龙，豫州刺史部陈国阳夏县即今河南省太康县人，以孝行著称，他也是名门之后，跟袁术有亲戚关系，袁术堂兄袁遗的母亲是何夔的姑妈。何夔避乱淮南期间曾被袁术征召，但他对袁术十分不看好，为逃避袁术，一度跑到山里躲了起来。袁术很不高兴，但由于是亲戚，也没有过于为难他。

何夔后来潜回家乡，曹操担任司空后，四处延揽人才，听说何夔的名气，就征召他为司空掾属，相当于司空府里的一名副处长。据《三国志》记载，曹操治下很严，对于犯错的办事人员，动不动就施以杖刑，何夔身上常揣着毒药，如果遇到这种情况打算誓死也不受辱。另据《魏书》记载，刘备在徐州反叛后，徐州一带响应刘备的郡县很多，曹操为了稳住形势，派陈群等一批名士担任地方官，何夔作为名士被任命为离曹操故乡谯县南面不远的城父县令。

后来曹操开拓青州，在山东半岛一带设了一个长广郡，下辖六个县，治所在今天的山东省莱阳附近，这里远离“曹操控制区”，在当时近乎孤岛，曹操想物色一个能干的人到那里任职，他看中了何夔。当时长广郡一带海盗盛行，其中以管承、王营等海盗头目势力最大，何夔到任后，大力平息海盗，发展生产，在那里站稳了脚。

针对曹操刚刚颁布的一些新法令及租税征收政策，何夔认为长广郡新建，又紧邻敌占区，不宜于立即推行这些新法，就上书曹操建议缓行，同时认为管理郡国应该分远近新旧实行不同的标准，对于一些小事，可以由地方官权宜处理。何夔的建议在现代管理学上就是分类管理、差异化经营，以及一级法人下的分级授权管理，对于长广郡这样成立时间不长、敌情又相当复杂的偏远郡国来说，这些都相当重要。曹操爽快地接受了何夔的建议。何夔经营长广郡，为曹操在遥远的山东半岛打下了一根坚实的桩基，对于争夺青州、稳定整个东面的形势意义都十分重大。

曹操派往地方任职的另一位官员吕虔，字子恪，兖州刺史部任城国人，前面已提到，曹操担任兖州牧时便召吕虔为州政府属吏，看到他有勇有谋，便派他带兵驻扎在湖陆县，即今山东省鱼台县，昌豨在东海郡反叛后，东海郡人炅母等人响应昌豨，襄贲都尉杜松无力平叛，曹操觉得吕虔有能力，就让他代替杜松担任襄贲都尉。在《三国志》等史书中，襄贲都尉都写为襄贲校尉，校尉通常设于郡国一级政府或边境地区，此处襄贲县应该只有都尉。

吕虔到任后，展示出他的谋略和果敢，他设计诱使炅母等几十个叛乱头目来喝酒，派壮士隐秘于周围，等这些人喝醉之后，伏兵尽出，全部诛杀，形势稳定了下来。曹操发现吕虔确实有才能，于是委派他担任更重要的职务，到青州刺史部泰山郡当太守。泰山郡以出精兵而与江南的丹阳郡齐名，此地民风强悍，黄巾军余部活动频繁，在其头目徐和等人带领下攻城占地，势力很大。吕虔上任后，在夏侯渊所部配合下对徐和进行清剿，很快平定了泰山郡。

建安七年（202），曹操下令表彰吕虔的功绩。表彰令说：“有了志向就去完成它，这是烈士不惜牺牲所追求的。你到泰山郡以来，擒奸除暴，百姓得以安居乐业。作战中你亲冒箭石，每次出征必获胜利。过去寇恂治理汝南郡、颍川郡出了名，耿弇在青州、兖州一带建立了功业，古今如此。”曹操后来还让人举荐吕虔为茂才，加授他为骑都尉，让他在泰山继续当太守。吕虔前后在泰山郡任职十多年，为曹操巩固青州立下了大功。

陈登纵横江淮

官渡之战后的第二年即建安六年（201），曹操阵营还发生了一件大事：曹操任命的广陵郡太守陈登因病去世，这对曹操在徐州、扬州等东南一带的发展是沉重打击。广陵郡是徐州刺史部最南面的一个郡，大致范围相当于今天江苏省长江以北的部分地区，郡治广陵县即今江苏省扬州市。扬州市在汉末属徐州刺史部管辖，而扬州刺史部的治所在九江郡的历阳，即今安徽省和县，袁术统治扬州期间，又长期以九江郡的寿春即今安徽省寿县为基地，后来把伪皇宫也设在了那里。

广陵郡西面与扬州刺史部的九江郡、庐江郡相邻，南面与扬州刺史部的江南四郡相望，扬州在传统上是袁术的占领区，曹操在这里没有什么势力。孙策崛起后迅速统一了江南，后来又驱逐了亲曹操的刘勳，把势力范围扩展到长江以北。孙策意外身亡后，孙权接替了兄长的事业，势力范围进一步扩大，曹操当时正集中精力在北面作战，无力考虑东南事务，陈登占有的广陵郡就成了曹操布局东南的唯一支点。

徐州本土出身的陈登是地方实力派人士，先后辅佐过陶谦、刘备，后又跟随吕布，这些人都对陈登很倚重，因为他在徐州很有影响力。经过对形势的判断，陈登认为吕布难有成就，于是与其父陈珪暗中投靠了曹操，在曹操灭亡吕布之战中出了大力，被曹操任命为广陵郡太守，同时拜为伏波将军，主持东南一带的军政事务。曹操对东南方面的支持很有限，他原本希望陈登能看住东南面的这个大门就行，没有更多奢求，但陈登干得很出色，远远超出了曹操的期望。

陈登到广陵郡后首先抓干部队伍建设，他明赏罚、重威治，使各级官员的精神面貌为之一新，也赢得了百姓的信赖。有了良好的群众基础，他进一步安抚民众，发展生产，很快便把地方治理得欣欣向荣，陈登也树立起崇高威望（甚得江淮间欢心）。陈登还收编了郡内的流寇武装，建立起自己的军事力量。陈登是个很有抱负的人，《先贤行状》一书称，陈登此时产生了“吞灭江南之志”。

陈登在广陵郡的发展引起了江东孙氏的注意，建安四年（199）孙策还没有死的时候，在与庐江郡太守刘勳作战的同时，派孙权进攻陈登的军事基地匡琦城，此地在今江苏省射阳县附近，当时敌我力量对比是十比一，陈登泰然自若，根本没把孙权当回事。据《先贤行状》记载，陈登下令关上城门，偃旗息鼓，向敌人示弱，自己登上城楼进行观察。在城外的敌人不清究竟的时候，陈登突然下令打开南城门出击，孙权所部没有防备陈登会来这一手，阵形大乱。陈登亲自擂鼓助威，杀得敌人大败。此战孙权损失了一万多人。

孙权刚出道就遇上了老练的陈登，对此战的记忆在孙权一生中想必都十分深刻。但对陈登来说，对手虽败但依然强大，陈登一边组织军民积极做好守城准备，一边派郡政府功曹陈矫到曹操那里搬救兵。在救兵未到之前，为了迷惑敌人，陈登命令大家在军营外十里的地方准备大量柴火，每隔十步放一堆，一到夜里就点上火，然后组织大家使劲喊叫欢呼，好像跟援军会师一样。趁着敌人疑惧之时，陈登再次主动出击，又斩获一万多人，在未得到曹军主力支援的情况下，把危机化解了。

广陵郡位置太靠近江南，曹操考虑防守此地成本太大，于是收缩防线，在扬州和徐州之间的己方占领区新成立一个东城郡，由陈登以伏波将军的身份兼任太守。以陈登的军政才能及个人志向，本应该在此大展身手，但他却英年早逝了，死时三十九岁。

有点奇怪的是，《三国志》里没有给陈登单独立传，只是在吕布传记里顺便对他进行了介绍，通常这意味着陈登有问题，要么是叛徒，要么因罪被杀，但在所有史料里都找不到这方面的证据。有分析认为，陈登并非真心依附曹操，他是地方实力派，有点像臧霸，甚至比臧霸还自由。陈登一直扬言要吞并江南，未必是想给曹操打天下，陈登也想建立自己的事业，成为曹操、孙权这样的一方诸侯。这样的分析也只是推测而已，但似乎只有这样才能解释《三国志》里没有陈登传记的原因。

不过，陈登的死因在《三国志》方技传里却可以查到，他是得病死的。陈登就任广陵郡太守不久，有一阵感到胸闷，面色发红，吃不下饭，就请他们家的老朋友名医华佗来诊断。华佗字元化，跟曹操同是沛国谯县人，当时已经是享誉天下的名医，他喜欢四处行医，不分地位尊卑对病人一视同仁。陈登的父亲陈珪当过沛国相，其间举荐华佗为孝廉，因为这个原因，陈登和华佗是故交。

华佗对陈登进行了一番诊断，认为陈登吃海鲜水产等生腥的东西太多，在胃中生了大量寄生虫，已经郁结难化。华佗煎了二升汤药，让陈登先服一半，隔一会儿再喝另一半。陈登按照医嘱服下汤药，不到一顿饭工夫，即呕吐出了三升多长相奇怪的虫子，病也马上好了。华佗说："这个病三年后还会复发，遇上好医生才有救。"三年后，就在陈登刚调任东城郡太守不久，他的病果然复发，可惜华佗这时不知道在哪里，只好眼睁睁地不治而死。

曹操听说了这件事，他在官渡前线开始发作的头痛病有越来越严重的趋势，每次发病都心慌意乱，眼冒金星，一般医生治疗效果都不大，曹操就把华佗找来，华佗给他采取针灸疗法，扎曹操背上的膈腧穴，曹操病情立即减轻，于是就把华佗留在身边成了专职保健医生。《三国志》的作者陈寿大概不太懂医学，收集的资料也不够翔实，膈腧穴在背部第七椎节下面一侧的一寸五分处，扎这里通常是治疗咳嗽、反胃等病症的，要缓解头部的眩晕疼痛，扎的应该是通天穴或天柱穴。

陈登之后，曹操急需物色一个能干的人应对东南方面的事，他选的是司徒掾刘馥。刘馥字元颖，沛国相县人，是刘氏宗亲但枝节已经很漫远了，曹操刚到许县时，刘馥说服袁术的部将戚寄、秦翊投城，曹操很高兴，让司徒赵温征辟刘馥为掾。

建安初年在荀彧推荐给曹操的人才里有一个人叫严象，是关中人，博学机智，曹操对他寄予厚望，袁术死后派他到扬州担任刺史。曹操阵营的扬州刺史象征意义更多，他调动不了名义上是其下属的孙策、孙权等人，要地盘必须自己去打。建安五年（200）孙权手下的庐江郡太守李术突然发难，攻击严象，把严象杀了，严象死时三十八岁。

李术此举并非孙权指使，李术也是想趁乱另起炉灶的一个人，像这样的地方割据势力在那时应该还有不少，陈登估计也算一个，但最终像孙权那样成大事的就极少了，不仅要靠胆量和信心，还要靠实力和运气，不能以为拉起一面大旗就能包打天下。李术可能以为孙策刚死，孙权年轻没有经验和威望，而曹操又无力顾及东南事务，于是想自立门户。但是他错了，孙权年轻不假，但却很有两把刷子，对于李术不听招呼的行为，孙权果断给予痛击。

孙权知道曹操也恨李术，就先向曹操报告，打的旗号是给严象报仇，请求曹操在李术求援时不要理他。孙权急攻李术的大本营皖城，李术走投无路，果然向曹操求救，曹操不理，皖城攻破，孙权屠皖城，将李术枭首示众。

李术失败后，曹操和孙权加紧了对扬州江北二郡的争夺，曹操把刘馥从司徒府处长的闲职上调过来，破格提拔他为扬州刺史，派他到九江郡、庐江郡一带跟孙权抢地盘。当时，扬州的江北二郡除孙权、曹操各有一部分势力外，还有梅乾、雷绪、陈兰等流寇势力。刘馥很能干，他接受任命以后，单人匹马来到九江郡的合肥县，即今安徽省合肥市，在这里建立州治，然后招降了雷绪等人。

在此后的几年中，刘馥积极开展地方治理，发展生产，招纳流民，开展大规模屯田，兴修和治理了芍陂、茹陂、七门、吴塘等水利工程。他加紧城防建设，大修合肥城，平时就准备了大量的守城用具，使合肥成为重要的军事基地，以后一次次抵挡了孙吴的进攻，数十年间魏吴势力此消彼长，但孙吴从来没能越过合肥一线，这与刘馥的贡献密不可分。

刘馥主政扬州，阻挡了孙权势力向北面的进一步发展，为曹操统一北方争取了时间。遗憾的是，刘馥身体也不怎么好，六七年后即赤壁之战时，刘馥也因病去世了。

孙权快速成长

让我们把时间稍稍往前拉，建安五年（200）四月初四，孙策死于意外事件，死前急招张昭等人嘱咐后事，当着众人的面把权力移交给二弟孙权。不过，在张昭等人眼中，孙权原来并不是最佳继承人。据《三国志》孙翊传记载，张昭最看中的人是孙策的三弟孙翊，理由是孙翊的性格更像孙策。张昭曾向孙策建议由孙翊继位，但孙策没有答应，而是选择了孙权，当时孙权年仅十八岁。

如果孙权不是这块料，那就是孙策看走眼了，也就没有之后孙吴的基业了。可是，孙权确实是这块料，别看他当时只有十八岁。孙权的名字叫“权”，字“仲谋”，“仲”是因为他排行第二，一般说名如其人，孙权的名字也正如其人：机谋过人。如果这个名字是他父亲孙坚起的，说明孙坚也很识人。

十八岁的孙权挑起了父兄留下来的大业，但在他的面前道路却并不平坦，不仅外有强势集团曹操、刘表，以及众多山匪、流寇和割据势力，而且本阵营内部不服他的也大有人在，李术敢挑战他就是一例。甚至孙氏宗族的内部也有人不服他，堂兄孙辅就是其中一个，孙权刚一接班，孙辅就开始发难了。

孙辅的目标很明确：把孙权拉下马，自己取而代之。孙辅是孙羌的二儿子，孙羌是孙权的伯父，孙辅的年龄比孙策还要大，比孙权大得多。孙辅从小跟着哥哥孙贲作战，在孙策开拓江东过程中，孙辅和孙贲都坚定地支持孙策。后来，孙策新成立了一个庐陵郡，任命孙辅为太守，因为孙辅功劳比较大，又授予他平南将军，假节、领交州刺史。

孙策死前的最高军职是讨逆将军，这还是他向朝廷使臣求来的，本来朝廷只准备授给他一个讨虏校尉。现在，他私自授予下面人的官职比他自己的职务还高，并且还“假节”，说明他已经以朝廷代言人自居了。不过这也没有什么好奇怪的，袁绍、公孙瓒早就这样做了。

孙权接班的时候，弟弟孙翊、堂兄孙暠都有资格和能力代替他，但他们也就想想而已，没敢表露出来，原因是实力不足。而孙辅不一样，他不仅敢想，而且敢干。孙辅想自己无论年龄、战功还是在军队中的影响力都强于孙权，为什么今后要听这个小兄弟的指挥？

孙辅决定与孙权分庭抗礼，为了增加成功的把握，他要拉个外援来做后盾，这个外援居然是曹操。据《魏略》记载，孙辅趁孙权在东面用兵之际，偷偷给曹操写了封信，这封信的内容不详，只说“赍书呼曹公”，可能是要曹操派援兵来，一旦自己跟孙权翻脸，好站在自己的一边。孙辅认为曹操一定会答应，因为对曹操来说这是一个千载难逢的好机会，可以分化瓦解孙氏集团。但曹操最终却没能看到这封信，原因是“行人以告，权乃还”，行人报告了孙权，孙权回兵了。

“行人”不是行路之人，也不是随便一个什么人，而是使者的别称。孙辅派去给曹操送信的人反水，把信交给了孙权，孙权赶紧回来。他与张昭商议对策，布局停当之后，佯装不知，跟张昭一块见孙辅。兄弟俩言谈之中，孙权突然发问：“兄弟间闹点不愉快，干吗要呼外人来（兄厌乐邪，何为呼他人）？”孙辅知道事情败露，无言以对。为了维护孙氏内部的团结，孙权没有处死孙辅，但把他身边的幕僚亲信全部杀了，把孙辅所部重新整编，分散到其他队伍中，之后将孙辅软禁了起来。

孙权接班伊始就分别遇到了李术和孙辅的挑战，他依靠智谋和霹雳手段将危机一一化解，显示出与他年龄不相符的沉着和老练，说明他天生就具有领袖才能。经过上面这两次危机，孙权的威望迅速提升，本集团内部想向他叫板的人不得不收敛了。

但孙权面临的外部危机仍然存在。早在孙策刚死的时候，曹操就曾考虑过趁机讨伐孙权，孙权的旧部、此时已被朝廷征召为侍御史的张纮竭力劝谏，曹操才打消了念头。

其实，让曹操打消念头的根本原因是他分不开身。孙策死时，官渡总决战全面打响，曹操即使认为此时是解决东南乃至整个江南问题的一个好机会，但也没有举兵讨伐的能力。曹操于是以汉献帝的名义拜孙权为讨虏将军，兼任会稽郡太守，正式承认了孙权对孙策权力的继承。曹操同时任命张纮为会稽郡东部都尉，这样张纮又回到了江东。《三国志》张纮传认为曹操之所以放走张纮，是想让张纮影响孙权，最终使孙权“内附”。

但这只是曹操的良好愿望，因为张纮不是陈登，张纮对孙氏的感情更深，当年孙策亲自赶到江都听取张纮对时局的分析，张纮的那一番足以与“隆中对”齐名的“江都对”，开启了孙策拓展江东的大业。之后张纮全力支持孙策的事业，这样的人，曹操是无法策反的。张纮回到江东后，仍然深受孙氏集团的尊敬和重用，孙坚的夫人吴氏因为孙权太年轻，就让张纮和张昭共同辅助孙权，张纮也尽心竭力，兢兢业业，成为孙吴的重臣之一。

官渡之战中曹操大胜，兵强马壮，于建安七年（202）重新想起了孙权，给孙权下书要他送儿子到许县来做人质（下书责权质任子）。这是一件大事，孙权召集众人商议，对于是否答应曹操的要求，大家莫衷一是（犹豫不能决）。孙权自己的想法是不接受曹操的要求，但看到自己手下们思想并不统一，就派周瑜去拜见母亲吴夫人，商议对策。周瑜也坚决反对送人质，他认为江东有自己得天独厚的优势，将来一定有更大作为，没有必要搭理曹操的无理要求。吴夫人在周瑜、董袭等人的影响下，坚定了想法，最后由吴夫人出面晓告大家这一政策，孙氏集团内部的思想逐步统一。

这是曹操让孙权第一次送人质，以孙权置之不理而告终，曹操官渡之战虽然大胜，但解决河北问题才刚刚开始，这一仗他又打了好几年，这期间一直无力追究孙权，这件事也就不了了之。送人质事件让吴夫人对周瑜另眼相看，吴夫人把孙权等兄弟几个叫到跟前，对他们说："公瑾跟你们的哥哥同年，比你们哥哥只小一个月，我把他当成自己的儿子一样，你们也要以兄长待他。"

孙策时期已经建立了自己的人才班底，文士方面有张昭、张纮、秦松、陈端等人，武将方面有程普、黄盖、韩当、蒋钦、周泰、陈武、董袭、吕范、凌统以及本族的孙贲、孙翊等人，这些人有的是孙坚时代的旧人，有的跟着孙策创业，孙策在他们面前有绝对权威，现在孙策不在了，孙权要想成事，必须也树立起自己的权威来。孙权除了将这些旧人团结在自己周围，还逐渐培养自己的嫡系，周瑜、鲁肃等人的地位便迅速上升。

周瑜是孙策的至交，孙策死前就寄厚望于他，让他领重兵，任命他为江夏郡太守，但周瑜在孙氏集团内部的资历当时还比较浅。孙策死得毫无先兆，当时周瑜远在巴丘，即今湖南岳阳市，距离吴郡上千里，他得到孙策死讯后，立即率兵以急行军的速度回师，对于稳定孙氏集团内部形势、保证孙权顺利接班发挥了重用作用。事后，周瑜被留在吴郡，担任中护军，与张昭共同处理日常事务（共掌众事），形成了武有周瑜、文有张昭的格局。周瑜此时的地位迅速上升，手中的实权超过了程普等老将以及孙贲等孙氏宗亲。

张昭作为文官领袖，他对孙权的态度却十分微妙，表面上看张昭是孙策托命之臣，处于辅臣的地位，孙权又以师傅之礼事之，但在张昭的内心里，对于这个他原先并不属意的接班人有一种复杂的想法。孙权把你当成师傅是领导的一个姿态，你千万不能认为自己真的就是老资格了。对于一个集团来说，不论何时何地领导的权威都是第一位的，不论这个领导是否年轻，也不论你自己资历多老、功劳多大，都要维护好领导的威信，可惜张昭不懂这些。张昭在孙权面前常以长者自居，对于孙权也频频厉言进谏，孙权表面顺从，但内心很不舒服。在这样的背景下，另一个文士很快崛起，他就是鲁肃。

鲁肃字子敬，《三国志》鲁肃传说他是临淮东城人。东汉没有临淮郡或临淮国，此处的临淮不知何指，不过却有东城县。东城县在扬州刺史部的九江郡与徐州刺史部的广陵郡交界处，属于广陵郡，一般认为此地在今安徽省定远县附近。鲁肃小的时候父亲去世，由祖母养大，他们家很富有，是当地有名的大财主。鲁肃很有钱，他乐善好施，经常大散家财，甚至把地卖了，以赈济穷人，他好结交朋友，在地方上很有影响力。据《吴书》记载，鲁肃身材魁梧，相貌出众（体貌魁奇），他不是一个文弱书生，而精于奇谋，又擅长骑马射箭，经常召集一帮年轻人到山中狩猎，其实是搞军事操练，借狩猎演兵习阵。

周瑜投奔孙策后，被孙策任命为居巢县长，该县在庐江郡。有一次周瑜带着数百人远赴九江郡一带执行任务，军粮成了问题，听说鲁肃家富有，于是来找鲁肃，要求支援点粮食。鲁肃家有两个大粮仓，每个粮仓存米三千斛，合三万斗，是一个大数目。鲁肃随便指着其中一个送给了周瑜，周瑜大为惊奇，和他结成好友。

袁术听说鲁肃的大名，想任命他为东城县长，鲁肃看到袁术成不了大事，予以拒绝。他知道袁术不会善罢甘休，于是组织本族人以及跟他平日相好的年轻人共一百多人到居巢找周瑜。《吴书》的记载与《三国志》略有不同，说鲁肃不是到江北的居巢而是到江南去找周瑜的，带领的也不是一百多人而是三百多人，这个说法似乎不确切。不过《吴书》记载了鲁肃一行人此次出奔的细节，展示了鲁肃除了有谋也有勇的一面。据《吴书》记载，鲁肃让老弱者走在前面，让强壮的人走在后面，他们刚出发，袁术的人就追来了。鲁肃让人在远处立了个盾牌，他自己拉满弓，对追兵说：“现在天下大乱，有功不能赏，不追也不会受罚，你们都是大丈夫，难道看不清这些？为何还要苦苦相追？”鲁肃冲着盾牌射出一箭，箭杆射穿盾牌而过，把追兵震住了，于是不再追赶。

鲁肃找到周瑜后，又因为祖母去世回到东城县一段时间。孙权继位后，周瑜把鲁肃推荐给孙权，孙权在一次宴会上第一次见到鲁肃，与他交谈后十分高兴，认为他是难得的人才。宴会散去，宾客们都走了，鲁肃也要告辞，孙权却把他留下，引到密室中，面对面进行交谈，孙权说：“如今汉室倾危，四方纷扰，我继承父兄余业，想建立像齐桓公、晋文公那样的功勋，先生既然惠顾于我，如何来帮助我呢（君既惠顾，何以佐之）？”

鲁肃回答道：“当年汉高祖刘邦想尊崇义帝却不能够，因为有项羽的缘故。

现在的曹操，就像当年的项羽，将军为什么还要当齐桓公和晋文公呢？据我看来汉室不可复兴，曹操不可能马上灭亡，为将军考虑，只有鼎足于江东，以观天下之变。这样的计划是现实可行的，因为北方多事（北方诚多务也），趁着多事，我们剿除黄祖，进伐刘表，占据整个长江流域（竟长江所极，据而有之），然后建号称帝以图天下，这是汉高祖的事业呀，岂是齐桓晋文所可比的？”

鲁肃的这番高论与日后诸葛亮隆中对中提出的“天下三分说”有异曲同工之妙，而鲁肃提出这个观点早于诸葛亮至少几年。官渡之战曹操大败袁绍后，中原局势渐趋明朗，在鲁肃、诸葛亮等有识之士看来，“汉室不可复兴，曹操不可卒除”成为一种共同看法，他们分别提出的三国鼎立构想，事后证明是很有远见的。鲁肃迅速在孙氏阵营里脱颖而出，《三国志》鲁肃传记载，孙权对张昭的话慢慢不以为意，而对鲁肃越发重视，这引起了张昭的不满，张昭经常责怪鲁肃不能谦让下士，对他非议很多（颇訾毁之），认为鲁肃年少粗疏，不能重用，但孙权不听，对鲁肃更加倚重。

孙权年纪不大却很有领导才干，他接手孙氏集团后，对内对外迅速呈现出一派新气象，不仅进一步巩固了原有势力范围，而且有了新的发展，内部的人事格局也越来越明晰，使用旧臣，提拔新人，使孙氏在江东一带的势力得到了新的发展，最终成为曹操的主要对手之一。

第二章

北上太行

袁氏兄弟互攻

建安七年（202）五月，一代风云人物袁绍因病去世，他留下了未竟的事业，留下了深深的遗憾，也留下了一个烂摊子。倒不是说他留下的家业不够大，实力不够强。相反，虽然经过官渡之战的惨败，但他所一手缔造的袁氏集团仍然保持了强大的实力，只是直到临死前他都没有解决好内部的纷争问题，随着他的死去，这个集团便开始了严重的内讧。

袁绍的原配夫人姓氏不详，他续配的妻子姓刘，是一个厉害的女人，在很多方面都能当袁绍的家。在袁绍的三个儿子中，刘氏喜欢小儿子袁尚，经常在袁绍面前说他的好话（数称于绍），而对老大袁谭抱有成见。家和万事兴，家里不和则外人欺。袁绍迟迟不明确继承人的问题，官渡之战前夕又分别委派三个儿子和外甥高幹为四个州的刺史，无异于向世人宣告他们家庭内部出现了分歧。

沮授、田丰这样有责任感的人看到后会向袁绍苦谏，而逢纪、审配、辛评、郭图这些投机分子则看到了机会。于是，逢纪、审配依附于袁尚，辛评、郭图依附于袁谭，形成了两大派。《英雄记》说，逢纪和审配原来并不合，但官渡之战后二人关系发生了戏剧性改变。袁绍官渡之败审配应该负重大责任，后来有人向袁绍说审配的坏话，袁绍问于逢纪，逢纪使劲帮审配打圆场，弄得袁绍很奇怪，放在以前，这正是逢纪求之不得落井下石的好机会。

袁绍于是问逢纪原因，逢纪这小子居然冠冕堂皇地说："以前我们闹矛盾是私人恩怨，现在可是国家大事。"其实，他们眼里的私人恩怨从来都重于国家大事，过去如此，现在依然这样。逢纪之所以护着审配，是因为郭图、辛评已经团结在一起，他没有人可联络，只能团结审配。为了共同的目标，这一对互为眼中钉的对手走到了一起。

袁绍大概没想到他会死得那么早，一直到闭眼的那一刻还没有给大家一个明确的政治交代。袁绍死后，大多数人认为袁谭是老大，应该推举他做接班人。但此时袁谭在外地，逢纪、审配等人在刘氏的帮助下掌握了先机，伪造袁绍的遗嘱，抢先让袁尚接班。据《典论》记载，袁绍的后妻刘氏生性嫉妒，为人凶残，袁绍刚死还未来得及入殡，她就把袁绍生前宠爱的五个小老婆全部杀死，刘氏很迷信，她怕这几个人到阴间见到袁绍告状，于是把她们的头发剃了，用墨涂黑她们的脸（髡头墨面），把她们全部毁容。她心爱的小儿子袁尚倒也挺孝顺，帮助老妈把她们的家人全部杀光。

史书对袁谭的评价较袁尚好，认为袁谭颇为仁爱聪慧，而袁尚仅仅是长得英俊而已。袁谭此前担任青州刺史，虽然说不上有什么特别建树，倒也基本称职，在实践中锻炼了才干。袁绍吐血而死的时候袁谭估计在青州，他听到消息赶到邺县时，袁尚已经宣布继位，大势已去，他于是在辛评、郭图等人跟随下移驻黄河边上的战略要地黎阳，自称车骑将军。

开始他们还没完全翻脸，据《三国志》记载，逢纪、审配拥戴袁尚是“代绍位”，即代替袁绍的职位，袁绍死前是大将军，袁尚继承的应该是这个职位，虽然这个职位应该由朝廷任命，但现在的实际情况已经不可能，袁尚比较方便的做法就是把朝廷颁给他老爹的印绶拿过来自己用就行，反正上面也没刻名字。袁谭自称车骑将军，这是大将军的副手，说明他名义上仍服从袁尚的领导。黎阳是与曹军对峙的前线，袁谭替兄弟袁尚看大门，可袁尚却不给支援（少与之兵），还把逢纪派过去监视他的行动。袁谭请求增兵，审配鼓动袁尚不答应，袁谭忍无可忍，把逢纪杀了，兄弟俩正式翻脸。

曹操得到报告后认为这是个机会，于是在这年九月渡过黄河，进攻黎阳的袁谭，袁谭告急，再次向袁尚求援。有一句话叫“兄弟阋于墙，外御其侮”，说兄弟们虽然在家里争吵，但一有外面人来欺负便能立刻团结起来对付敌人。这句话出自《诗经》，用到现在最合适不过了，袁尚再笨，也知道哪是敌我矛盾，哪是内部矛盾，在曹军的进攻面前，他决定亲自率兵支援大哥。

袁尚之所以亲自来，不是出于对敌情的重视，而是害怕派别人来镇不住大哥，让袁谭趁机把他的人给夺去了（恐谭遂夺其众）。袁尚让审配守邺县，自己率部到达黎阳。事实证明，袁绍即使死了，他留下来的军队仍然有很强的战斗力，从这一年的九月一直到次年的二月，曹操亲自指挥围攻黎阳，居然没能打下来。

后来，袁谭、袁尚估计实在守不住了，突然率部趁夜逃出黎阳，退还邺县。曹操率军追击，袁尚终于找着了露脸的机会，在路上打了曹军一个埋伏，曹军败退。之后，曹军竟然放弃追击，直接退回黄河南岸了。曹操此举让人不解，但这是明智的，或许曹操也想到了《诗经》里的那句话，对于随时会反目成仇的袁氏兄弟来说，加强进攻只能让他们更团结，而一旦外界压力减轻他们就会陷入内斗。

事实果然如此，曹军撤退后，袁谭对袁尚说：“我部铠甲不精，所以前面让曹操打败了。现在曹操退兵，将士都盼着回家，等他们还没有渡过黄河时，突然发起进攻，可以让他们大败，这个好机会千万不能错过呀！”袁谭自愿为前部，请求更换将士铠甲并派兵进行支援。

对于袁谭的建议袁尚犹豫不决，既不增兵，也不给袁谭换装备，袁谭大怒，郭图、辛评趁机对袁谭说：“当初挑拨你们父子兄弟关系的是郭图，都是这小子进的谗言（皆是审配之所构也）。”袁谭相信，于是率兵攻打袁尚，双方交战于邺县城外。此战袁谭失利，退到了渤海郡的南皮，即今河北省南皮县。

袁氏兄弟动上手，曹操看了自然高兴，但有个人看了却揪心，他就是刘表。《魏氏春秋》记载，刘表看到袁谭和袁尚不和十分担忧，他派人分别给这兄弟俩送信劝和。他给袁谭的信中写道，你弟弟虽然做得有些不对，但事已至此，仁义之士应该忍辱负重，刘氏虽然不喜欢你，但还没有到春秋时期的郑庄公与姜氏那样的程度，你们兄弟俩之间的关系也没有舜与象那样尖锐，郑庄公尚且能筑地道与母亲团聚，舜也能把象分封到有鼻这个地方，你们更应该和好。郑庄公和舜的典故说的都是一家人之间如何抛弃旧仇重新和好，刘表为了劝袁谭着实查了不少资料，下了不少功夫。

刘表写给袁尚的信也一样，引用大量典故，劝他以事业为重，先与兄长合作把曹操消灭了再来论谁是谁非。刘表说，如果兄弟能和好，袁家和汉室就都有指望了，如果不是那样，同盟也就永远完了（若其泰也，则袁族其与汉升降乎；如其否也，则同盟永无望矣）！

刘表对袁氏兄弟的事这么上心，是他慢慢看清了形势，袁绍集团的灭亡对他来说不是什么好事，陶谦、吕布、刘备、公孙瓒、袁术在短短几年时间纷纷凋落，下一个不就轮到自己了吗？刘表的危机感越来越重，但此君向来是个只喜欢动嘴不喜欢动手的人，有想法却没有行动，当初袁曹在官渡相峙，他要么支持袁绍，坚定不移、结结实实地在曹操背后捅上一刀，帮助袁绍打天下，事后当个窦融那样的开国功臣；要么像张绣那样归顺曹操，受到朝廷的嘉奖。这两种道路都不失为一种明智的选择，可他却犹豫观望，只想坐山观虎斗，没有任何动作。

现在看着袁氏兄弟闹分裂，明显是便宜了曹操，他更着急，但也仅限于心里着急，实际行动也仅限于引经据典的两封信，一再错过了时机。对于机遇，有一句话叫“机不可失，时不再来”，机遇对大家有时候是公平的，前面给你留了机会你没能抓住，后面再想要的时候可能就没有了。当摆在刘表面前的机会被他自己浪费完的时候，也就是他彻底失败的时候。

现在，当刘表饱含深情、下了很多功夫写成的这两封长信分别送到袁谭和袁尚手中时，这两个人看都没有怎么看一下，因为他们已经杀红了眼，只想接着打。论实力袁谭处于下风，袁尚被立为继承人后，袁绍的大部分政治遗产和军队都让袁尚得去了，袁熙和高幹在他们争斗中虽然还没有明确表态支持袁尚，但他们都想观望，更不会表态支持袁谭。

袁谭退到南皮后，处境更加不利。袁尚亲自率军来攻，袁谭再次大败，退到婴城，袁尚又围攻婴城，袁谭逃往青州刺史部的平原郡。这时有人给袁谭出了个主意：干脆投降曹操吧。袁谭吓了一跳，以为听错了，但他又想了想，发现自己除此之外竟然已经无路可走，于是袁谭做出决定，派人向曹操求援。

一桩临时婚姻

袁谭败退到南皮时，也有人前来帮忙，是他青州刺史府别驾王修，相当于他的副州长。王修字叔治，青州刺史部北海国人。孔融在北海国当领导的时候，征召王修当主簿。袁谭到了青州，任命他为别驾。王修劝袁谭："兄弟就像左右手，有人打架先把自己的右手砍断，而对人家说我必赢，这可能吗？现在的问题是有谗人在其中捣鬼，请您不要听他们的，可以杀上几个佞臣，然后兄弟和睦，则可以横行天下！"

王修的建议袁谭自然听不进去，即使能听进去，袁尚也未必肯合作。袁谭环顾四周，发现眼下能帮他渡过难关的只有一个人：曹操。其原因也只有一条：曹操是袁尚的敌人。据《英雄记》记载，袁谭在邺县失利后，郭图曾劝他："如今将军地盘小、人马少，粮食匮乏，显甫若再来攻，时间长了我们无法抵挡。我以为可以联络曹操来抗拒显甫。曹操到，必先攻击邺县，显甫回救，将军再率兵出击，如此邺县以北的地区都可以归将军。如果显甫不是曹操对手而失败，他必然奔亡，将军可以收留他以拒曹操。曹军远道而来，粮饷不继，打上一阵必然退去，到那时，整个燕赵之地尽归我们所有，足以与曹操相抗衡！"显甫，是袁尚的字。

袁谭开始听不进去，觉得这条路也太过卑下了。但事到如今，不听看来也不行了。袁谭问郭图谁可以出使曹操，郭图推荐了辛评的弟弟辛毗。辛毗字佐治，颍川郡阳翟县人，跟荀彧、郭嘉等人既是同乡又是熟人，曹操刚当上司空时，四处搜罗人才，经荀彧推荐，曾打算征辟他，但是辛毗当时在袁绍手下而未能成行。因为有这样的关系，郭图推荐他跑一趟。

曹操攻克黎阳后，大家都主张追击，郭嘉主张不要追："袁绍对这两个儿子，不知道让谁继位好，结果让郭图、逢纪等人做他们的谋士，他们必然会争权夺利。现在，如果进攻他们太急他们就会团结在一起，进攻稍缓他们就会内讧，不如做出南征刘表的样子，让他们内讧，然后趁机出击，一举攻占河北。"

曹操认为这个意见很好，于是下令回师到黄河以南，趁着袁氏兄弟闹内讧的这段时间亲自带队到汝南郡的西平，即今河南省西平县，做出一副远征荆州的姿态。这样，辛毗到许县没有找着曹操，于是南下西平，在这里见到曹操，转达袁谭的问候（毗见太祖致谭意），曹操十分高兴。

这正是曹操想要的结果，不战而使敌人自乱，坐收渔人之利。现在袁谭主动送上门来，哪有这么好的事？曹操召集内部会议研究对策，据《三国志》荀攸传记载，在这次会议上出乎曹操意料的是，大多数人认为刘表势力强大，应该先平定刘表，袁谭和袁尚反正已经内斗，不用有什么顾虑，不用管他们，抓紧时间把刘表解决掉。

表面来看也是这样，河北二袁内斗，曹操正好腾出手来解决南面的问题。但这只看到了眼看的一步，而没有看到下一步，荀攸就持不同意见，他认为："现在四方都有战事，而刘表坐拥江汉之间没有什么作为，说明他缺乏雄才大智。袁氏仍然有四州之地，十万之众，在河北一带有一定群众基础，如果他们兄弟二人联合起来，那是很难攻破的，现在他们内斗，正是各个击破的难得机会，这个机会千万不能错过。"

曹操认为荀攸说得也有理。但从另外一个方面看，现在也正是解决荆州问题的最佳时机，到底先解决哪一边，曹操有点举棋不定，他也很想抓住现在的时机，把南面的问题先解决了，至于黄河以北的事，既然二袁相攻正急，不妨让他们多打一阵再说（欲先平荆州，使谭、尚自相弊）。

辛毗看到这个情形心里很着急，他此行显然不只是转达袁谭对曹操的良好祝愿来的，他肩负着搬救兵的重任。辛毗找到老朋友郭嘉，向郭嘉求助，经过郭嘉从中帮忙，曹操认真考虑了他的请求。曹操亲自接见了辛毗，问他："袁谭可靠吗？袁尚是否一定能被打败？"辛毗回答："明公其实不用管是袁谭可靠还是不可靠，只需要分析现在的形势就行了。袁氏兄弟相伐，是他们自愿的，也不是谁能从中间挑拨得了的，这就是天命。现在袁谭能向明公求救，明公就应该知道这里面的事情了。二袁眼光不能长远而自相残杀，弄得河北士者无食，行者无粮，确实已经到了灭亡的地步。四方之难莫大于河北，河北平则天下震动啊！"

辛毗的话提醒了曹操，现在袁尚强而袁谭弱，如果坐视袁谭灭亡，袁尚的力量便会迅速强大起来，这显然不符合曹操的战略利益，于是曹操决定挥师北上，援救袁谭。

建安八年（203）十月，曹操率军北渡黄河，再次来到黎阳。这一次他做了较为充分的准备，专门派程昱跟李典运送军粮，做长期远征的打算。程昱和李典主要的粮道是黄河水运，袁尚派他任命的魏郡太守高蕃在黄河岸边屯扎，断绝了河道。曹操给程昱、李典发布作战命令："如果船不能通过，就改行陆路。"

李典分析了实际情况后认为："高蕃所部善习水战，士卒盔甲较少，而且缺少斗志，击之必克。只要有利于国家，暂时违命我认为是可以的（苟利国家，专之可也）。”李典的想法得到了程昱的支持，于是他们违反曹操下达的作战命令，北渡黄河，攻击高蕃，果然将高蕃攻破，水道得以恢复。此时曹操摆出了大打一仗的架势，袁尚正率主力在平原郡围攻袁谭，听到消息，立刻回师邺县。袁尚的部将吕旷、吕翔二人对前途灰心失望，于是投奔曹操。

平原之围解除，袁谭暂时化解了危机，他悄悄拉拢吕旷和吕翔，刻了将军的大印给他们送去，此事被曹操侦知，但他没有声张，看到袁谭暂时不会被消灭，他决定回师。能在高处随心所欲地走钢丝的人，必须有时刻保持两边力量均衡的本领，要做到这一点，除了表演者艺高胆大之外，手中还要有一根木杆，以此调节平衡。当这个木杆要向一边落下时，及时出手把它抬起来，一旦恢复了平衡，就可以悠闲地在一边看热闹了。

曹操明白这个道理，所以他也决定就此收手。为了稳住袁谭，让他坚定不移地跟袁尚打到底，他还跟袁谭结成了儿女亲家，让儿子曹整娶了袁谭之女，办完这桩婚事，他领兵而还。曹整是李姬所生，李姬纳于何时不详，她一共生了三个儿子，分别是曹乘、曹整和曹京，除曹整外其他两个儿子都早殇。曹整的年龄也不详，应不超过十岁，这桩婚事不仅是政治婚姻，而且属于典型的早婚。曹整后来被封为郿侯，比曹操早死了两年，死后又追封为戴公。

这门亲事很有意思，曹操的儿子娶了袁绍的孙女，意味着曹操自愿比袁绍降低了一辈。后来曹操的儿子曹丕又娶了袁绍的儿媳妇，曹操又跟袁绍变成了同辈。有了这门亲事，曹操觉得差不多了，于是撤退。

这边一撤，袁尚那边果然又行动起来，建安九年（204）二月，袁尚让审配、苏由守邺县，自己再次率大军攻打平原郡的袁谭。袁尚有所不知的是，他刚走，留守邺县的苏由就打起了战场起义的主意，他悄悄跟曹军联络，准备杀了审配献出邺县，只是情报泄露，被审配发觉，双方战于城中。此时袁尚的主力在洹水附近，距邺县并不太远，只有五十来里，苏由不敌，闯出邺县投奔曹军。

苏由只出场这一次，此前和此后的情况均不详。曹操得到苏由为内应的情报后，立即率军向邺县杀来，但晚了一步，苏由已经败逃出邺县，曹操率军顺势把邺县围了起来。

攻克袁氏大本营

建安九年（204）二月，邺县攻防战正式展开，对曹军来说这又是一次艰难的攻城作战，从二月直到八月，整整打了半年。这期间曹军堆土山、挖地道，把什么攻城办法都使上了，就是迟迟攻不下来。

邺县拿下，整个黄河以北的大局可定，所以这次曹操下了决心，围则必打，打则必胜。但邺县在袁绍手里经营了多年，城防坚固，曹军一时无法得手。曹操看到这种情况，于是决定从肃清外围之敌入手，打起了持久战。

并州是袁军目前最重要的后勤供应来源，其后援基地主要集中在上党郡一带。由上党郡到邺县必须经过太行山区的毛城（今山西黎城东），袁尚的部下武安县长尹楷驻扎在此。建安九年（204）四月，曹操留曹洪主持进攻邺县的事务，自己率军攻打毛城的尹楷，将其击破而还。此后，曹操又率军击破了袁尚驻守在邯郸的部将沮鹄，攻占了邯郸。袁尚任命的易阳县令韩范、涉县县长梁岐见势举县投降。

徐晃建议曹操："二袁未破，他们手下其他诸城都在观望，应该重赏这两个县给其大家看。"曹操认为有理，将韩范、梁岐都赐爵为关内侯。这一招果然奏效，引起了多米诺骨牌效应，不仅又有多位袁尚任命的地方官员投降，而且还招来一位重量级人物：黑山军首领张燕。

张燕一直是袁绍的劲敌，多年以来也是袁氏集团挥之不去的梦魇。在袁绍与公孙瓒的对抗中，张燕坚定地支持公孙瓒，公孙瓒失败后，张燕被袁绍打散，后来趁着袁绍忙于官渡之战的机会，张燕慢慢恢复了元气，又卷土重来。张燕看到曹军势大，于是主动联络要求投降曹操。在此前的战史中，张燕跟曹操虽然在大多数情况下是战略上的敌人，他们彼此分属于不同阵营，但他们之间却很少有直接交手的记录。

张燕的投奔进一步鼓舞了曹军的士气，加速了袁氏集团的灭亡。

但直到这一年的五月邺县仍然未能攻下，曹操改变了打法，祭出了秘密武器。

这一天，站在邺县城墙上的审配看到曹军的工兵们围着城墙开始挖战壕，整个战壕连接起来长达四十里，但是又浅又窄，一使劲就都能跨过去（示若可越）。审配看到后微微一笑，心想这样的东西是没有任何实际作用的，他也不派人出击搞破坏，曹军有劲没处使就让他们挖吧。岂料，入夜之后曹操下令全体将士都投入挖战壕的工作中，一夜之间把这四十里长的战壕全部扩充到二丈深、二丈宽，这一回审配不笑了，他大为吃惊，但一时间也闹不清曹操搞出这种超级工事来做什么用。

审配的好奇心马上就有了答案，这些战壕里神奇般地灌满了水，这些水借着设计好的地势一路前奔，直扑城内。原来，曹军挖的不是战壕，而是人工运河，把附近漳河里的水引来灌城。我曾专程去了一趟河北省临漳县的铜雀台遗址，据说现存的并不是铜雀台而是它附近的金凤台，真正的铜雀台已被改道的漳河给冲毁了。金凤台遗址在一个镇子边上，镇子的另一侧就是漳河，现在河里已经没有什么水了，站在桥上可以看到金凤台，也可以清楚地看到新修的京珠高速公路。所以，漳河就在邺县跟前，虽然方便了生活和生产，但也暴露出一个隐患：邺县很容易被水淹。若是打仗的话，很适合用水攻。

城里本来都快撑不住了，现在又泡在了水中，更是雪上加霜。好在是夏天，要是换成冬天，不知道情况会怎样。即便如此，城里的人也饿死了一半以上。但城里仍然拼命死守，袁军的战斗力看来也并非不堪一击。转眼到了秋天，对城内的袁军越来越不利，在冀州北部一带活动的袁尚也拼了，率领一万多人前来救援。

袁尚想最好城里和城外能联络起来，以便统一行动，这样就得有人冒死入城传递消息。但此时曹军围城很严，要想顺利进城，之后再顺利从里面出来，几乎不可能。袁尚跟他的主簿李孚商议，李孚想了想说，派个一般的人去也不顶事，不如让我去吧。李孚虽然不是什么大人物，但他真不错，硬是凭着智慧和胆量顺利地到已被曹军围得像铁桶似的邺县走了一趟，不仅出色完成了任务，而且自己以及随行的人都毫发无损。

李孚字子宪，钜鹿郡人，他自告奋勇冒死进城，袁尚问他需要准备些什么。李孚回答：“听说曹军围得很严，人多了反而容易被察觉。我带三名骑兵就行了。”李孚挑选了三名骑兵，备好干粮，骑上快马，却不携带武器，他们先来到邺县北面一个叫梁淇的地方，砍了三十多根问事杖捆好了放到马上。

问事杖是军中执法官所持之杖，大概是用来惩罚犯错士卒的。李孚他们又在着装上打扮了一下，装得像个曹军的人，之后趁着夜色来到邺县城外曹军大营附近。到晚上八点（一更半），天已经黑透，李孚他们就大模大样出来，自称都督，也就是曹营的执法官，就这样进到曹营，大模大样地在曹营里逛来逛去，每到一处都大声呵叱曹军士卒，有的还用问事杖就地处罚。

李孚他们甚至摸到了曹操大帐的附近（遂历太祖营前），仍然没被识破。他们再向南走，从南面又向西，最后来到营门前，又故技重演，对守门的士卒一顿训斥，还把他们绑了起来，之后打开营门，上马疾驰，一口气奔至邺县城下，大声呼喊，城上有认识李孚的，赶紧吊下绳索，把他们拉了上去。

城里的人见到李孚等人欢声雷动，李孚迅速与审配交换了情况，约好了下一步共同行动的信号。城里的人被围了几个月之久，此时终于盼到了援军，不禁悲喜交集。曹军士兵发现有人闯营而过，立即报告曹操。曹操说：“他们不仅要进去，肯定还要出来。”

李孚把事情办完确实要出城，但外面实在围得很紧，进来已不容易，想出去更难。李孚想了一个计策，他对审配说：“现在城里粮食少，老弱之人在城里没有什么用，不如把他们放出城去以节省粮食。”审配同意，于是在城里集中起来好几千人老弱之人，让他们都手持白幡，从三个城门同时出城。

打出白幡通常意味着投降，守城的曹军一看那么多人从城里涌出来投降，纷纷上来查看情况。在这几千人里，就隐藏着李孚等人，他们随着大家出了城，又趁乱向西北方向突围而去。有人又报告了曹操，曹操笑道：“看看，让我说对了吧？”曹操明白，那几个进城又出城的人是袁尚派来的联络员，现在他们已经约好了行动方案，马上就会有所行动，必须密切关注城内外敌军的动态。

李孚见到袁尚，报告了城内的情况，袁尚决定立即行动，向邺县进军。听说袁尚大军朝邺县方向开来，曹军大部分将领认为不如放过他们，避开锋芒，然后再寻找机会歼灭。这样的想法是有依据的，《孙子兵法》里说“归师勿遏”，意思是说正在撤退回来的敌人不要去拦阻，因为这些人回家心切，个个都会死战。

曹操是研究《孙子兵法》的权威，对这部兵书比任何人都熟悉。他说：“那倒也未必，这要看袁尚从哪里来，如果是从北面的大道而来，应当避开他；如果是从西面的山道而来，我料定可以擒获他了（若循西山来者，此成禽耳）。”曹操说得挺有把握，根本不像说着玩，弄得大家一头雾水。《曹瞒传》说，曹操派出多路侦察兵（候者）在这两个方向随时打探情况，后来接到报告，说敌人走的是西边的山道，大部队已经到了邯郸一带。曹操大喜，对诸将说：“我已经得到冀州了，诸君知道不知道？”大伙不知道领导卖的是什么关子，都说不知道。曹操说：“诸君马上就能看到了（方见不久也）。”

曹操并不会算卦，他依据的是心理战原理。袁尚如果是从北面的大道而来，说明他们没有给自己留退路，来了就会决一死战。袁尚之所以绕到西面而来，说明他想的是打得赢就打，打不赢就退到太行山里打游击，有了这种心理，曹操料定袁尚必败。袁尚的主力进到了邺县以西七十里的阳平亭，在滏水边扎营。夜里，派人向邺县举火报信，城里也举火回应，这是李孚与审配约定的共同行动暗号。

审配率兵从城里杀出，想跟袁尚会合。曹操早有准备，在两个方向都派出阻击部队，城里和城外两路敌兵均被击败，审配退回城里，袁尚被曹军顺势围在了漳河边。袁尚实在没有信心打下去了，向曹操请求投降。现在才想起来投降，可见袁尚没有他哥哥袁谭机灵，但此时曹操已经不需要他投降了，曹操只想尽快消灭他们。袁尚无奈，趁夜突围，逃到附近的太行山中，袁尚的部将马延、张觊等人临阵投降，袁尚在太行山里也待不下去了，只好逃往中山国。

曹军缴获了大量辎重，还缴获了袁尚的印绶、节钺、衣物等，曹操命人拿着这些东西到邺县外面搞展览，故意让城里的人看，城内守军看到，信心和斗志完全瓦解（城中崩沮）。审配仍然很强硬，下令坚守死战。审配给大家打气：“曹军也疲惫不堪了，二公子袁熙就要来救我们了（幽州方至）！”一次，曹操在城外巡视，让审配看见了，命令弓箭手悄悄埋伏，找到机会突然放箭，差点射中曹操。

但是，审配再死撑也挽救不了邺县内无粮草、外无救兵的绝境，对于袁军的处境，城里有些将领看得很清楚，他们不想跟审配一块送死，这其中就包括审配的侄子东城门守将审荣。八月二日夜里，审荣打开邺县东门迎接曹军入城，审配虽然组织人在城里继续巷战，但已无力回天，邺县很快被曹军占领，审配也成了俘虏。至此，打了半年之久的邺县攻防战以曹军最后的胜利而告终，曹操终于能骑着马走进这个他做梦都想占有的当时北方最重要的城市了。

父子闹“绯闻”

邺县被攻破时，有一个人特别着急要进城，他就是袁谭的特使，此时正在曹营做客的辛毗。辛毗之所以心急火燎地想在城破的第一时间冲进去，是因为哥哥辛评一家人还被审配关在牢里，他怕审配最后时刻下毒手。据《先贤行状》记载，当初袁谭离开邺县时，只带走了辛毗、郭图的家眷，而没能把辛评的家眷带走，结果被审配抓了起来。审荣打开东门的时候，审配正在东南城角上，他看到曹军进城，知道大势已去，出于对辛评等人的愤恨，他来不及逃命，仍不忘派人赶到监狱里，把辛评一家全杀了，结果辛毗晚了一步。

曹军进城，很快把审配活捉了，据《山阳公载记》和《献帝春秋》两本书记载，审配在城里指挥巷战，不敌，躲进一口水井里，曹军士兵是从井里把他抓住的。当辛毗痛苦万分来见曹操时，刚走到帐外，正好碰上审配被人绑着押过来，仇人相见，辛毗恨得咬牙切齿，他用马鞭敲着审配的脑袋骂道：“狗奴才，你今天要死了！”审配不害怕，回过头来跟他对骂：“你这个狗东西，都是你们这些人把冀州毁了，真恨不得杀了你！你今天能杀我吗（且汝今日能杀我邪）？”

审配被押到曹操面前，曹操颇有点欣赏他。有能力，毅志坚定，不屈不挠，这些都是曹操喜欢的性格。曹操问审配：“你知道是谁打开的城门吗？”审配说：“不知道。”曹操说：“是你的侄子审荣。”审配叹道：“小子不足为用，弄到今天这个地步！”曹操又问审配：“那天你用弓箭射我，干吗射了那么多？”审配把眼一瞪："只恨太少了！"曹操更喜欢审配了，真不想杀他。曹操说："你呀，忠于袁氏父子，这也都是不得不做的。"

曹操的这些话明摆着有不杀审配的意思。但是审配始终摆出一副慷慨就义的样子，根本不求饶。而在旁边，辛毗哭个不停，求曹操杀了审配，给哥哥一家报仇。曹操无奈，只好下令把审配杀了。

审配被押着往外走，这时他发现了一个熟人，这个人名叫张子谦，以前都在袁绍手下供职，前不久他投降了曹操。张子谦跟审配关系也不好，看到审配落难，这小子就过来嘲笑他，发泄以往的怨恨。审配字正南，张子谦说："正南啊，你看看现在咱们俩比较一下怎么样？"审配怒斥道："你是投降的俘虏，我是忠诚的臣子，即使我死了，也比你苟且偷生强！"

审配上了刑场，死前他不忘特意面向北，因为主人袁尚此时在北边。审配虽然在前面坏了不少袁家的事，袁绍在时他净瞎出主意，排挤许攸、张郃等人，袁绍官渡惨败，他要负首要责任。后来又带头搞分裂，害得袁氏兄弟骨肉相残，以至于落到现在的地步，这些审配都难辞其咎。但在最后时刻，他坚守邺县半年，城破后坚持战斗到底，在曹操面前表现得大义凛然，看来也是条汉子。

在第一批冲进邺县的曹军中，有一个年轻人的身份很特别，他就是曹操目前年龄最大的儿子曹丕，本年他十八岁，虽然古人二十岁举行过弱冠之礼后才算成年，但十八岁也是大小伙子了，这个年龄一般可以娶妻生子了。曹操对待他的儿子们，包括死去的曹昂，从小就开始在文武两个方面加强训练，到了十六七岁时，就把他们放到队伍里锻炼。曹丕也参加了邺县之战，他是首批进城的曹军将士之一。

当然，曹丕不可能像普通士兵一样厮杀，他身边应该有不少卫士，他们进了城就直奔袁府。袁绍生前，这里想必极尽奢华，藏着大量珍宝钱物。现在袁绍死了，他的三个儿子都在外面，逢此战乱，府里的卫兵杂役能跑的早就溜了，袁府里冷冷清清。据《世语》记载，曹丕进了袁府，有人报告说发现了袁绍的老婆刘氏，曹丕就过来看。刘氏倒没怎么引起曹丕的注意，刘氏身后一个蓬头垢面的女人却引起了曹丕的兴趣。这个女人低着头，浑身脏兮兮的，好像吓得不轻，不停地哭。曹丕问刘氏她是谁，刘氏回答说是袁熙的妻子。刘氏见曹丕盯着使劲看，心里明白了大概，于是给这个女子整理了一下头发，又用手巾擦了擦脸，曹丕这才看清了她长的样子，真的是美丽无比。曹丕点了点头就走了，刘氏则激动地对儿媳妇说："这下好了，我们不用死了！"这件事也记载在《魏略》中，大致意思差不多。

十八岁的曹丕一眼就看中了这个女子，她确实是袁熙的妻子，名叫甄宓，是冀州刺史部中山国无极县即今河北省无极县人，她的父亲叫甄逸，当过县令，家里有三男五女，甄宓本年二十三岁。史书称甄宓从小聪慧过人，心地善良，特别懂事，加上又是个绝对的美女，所以引起了袁家人的注意。建安初年，在袁绍主持下将其纳为袁熙之妻。

曹丕对甄宓一见钟情，跑去向曹操说明心意，曹操这个父亲看来当得挺开明，他同意了曹丕的请求，并很快把这件婚事办了。曹丕娶了个美貌的妻子，也算是这场艰难攻城战最后取得的战果之一吧。可这件事似乎不那么简单，此后隐隐约约地时常被人议论，并最终给曹氏父子弄出了不少绯闻来。

最早议论这件事的是《世说新语》，这部书虽然也保留了一些珍贵史料，但其中更不乏大量道听途说的内容和八卦新闻，据这本书里的“惑溺”篇记载，曹操早就知道甄宓很漂亮，一心想占为己有。邺县攻破后，急忙命人把甄宓找来，但手下人报告说：“五官中郎将已经抢先一步。”五官中郎将是曹丕后来担任的官职，这里指的就是他。曹操听后叹息道：“打了这么久，算是给这个小奴才打的（今年破贼正为奴）！”

这一条是给曹操的，还有一条是给曹植的。南朝梁武帝萧衍的长子萧统编了中国第一部文学作品集，名叫《昭明文选》，在读书人中影响很大。到唐代，这部书里收录的很多文章已经不太好懂了，于是有很多人给这部书作注，其中李善的注本影响最大。为了注释这部书，他引用了许多资料，其中有些资料在别的地方已经看不到了。《昭明文选》收录了曹植的《洛神赋》一文，李善作注时引了一条没头没尾的资料。全文是：“魏东阿王，汉末求甄逸女，既不遂，太祖回，与五官中郎将。植殊不平，昼思夜想，废寝与食。”曹植后来被封为东阿王，这段话说他想得到甄逸的女儿甄宓，但是没有成功，曹操把甄宓给了曹丕。曹植为此心绪难平，吃不下睡不着，害了相思病。

《世说新语》记录的事虽然有鼻子有眼，但大家往往觉得它的真实性不高，关于曹丕抢了他老爸的梦中情人一事，仅见于此，基本上可以不信，这件事在后世的影响也很有限。而李善引用的这条资料，虽然来路不明却影响更大，因为大家通读了《洛神赋》之后，觉得说得挺像，通篇表达的都是一种思念，如果用在甄宓身上，还真是那么回事。

但这也只是附会罢了，是对文学作品的另类解读，于正史中找不出任何依据。更为重要的是，建安九年（204）曹植才十三岁，说他参加了邺县之战都有点勉强，再说他与十八岁的哥哥去争二十三岁的未来嫂子，就有点不靠谱了。有些年头的书能流传下来的我们称之为古籍，但古籍不等于严肃书籍，更不等于历史真实。古代也有人喜欢编八卦、传八卦，不能一看到繁体字就肃然起敬，还要看这是司马迁写的还是小报娱记们写的。八卦新闻的生命力不在于是否靠谱，而在于能否成为焦点，现在是这样，古代也如此。要成为焦点就得傍上曹操父子这样的名人或者《洛神赋》这样的名作，有绯闻不奇怪，关键是把它当成街谈巷议看，还是当成史实看。

如果当年这类新闻已经在社会上传开的话，估计到了曹操耳朵里他也会一笑了之，因为曹操是一个不拘小节的人，具体来说就是一个“通脱”的人，他不会被流言所困扰，也不会被流言所激怒，这件事只当是在紧张的战事中的一个小小的插曲吧。

崔别驾泼冷水

曹丕娶了甄宓，刘氏也跟着沾光，本来可能一死，现在可以保住一条命了，《后汉书》的记载可以印证这一点，曹操“全尚母妻子，还其财宝”，曹操保全了袁尚的母亲、妻子和儿女，把私有财产还给他们。袁尚的母亲应该指的就是刘氏。

但同是在《后汉书》中，还有一处记载却大为不同，它认为曹操攻破邺县后实施了屠城，袁家的妇人、子女们都受到了侵害（袁氏妇子多见侵略）。其实，这两处记载也许并不矛盾，袁家在邺县里的人可能很多，一部分像刘氏、甄宓以及袁尚的妻子那样幸运地躲过了屠杀，另一部分则未能幸免，这倒不一定是曹操特意下的命令，而是在乱哄哄的情况下根本无法分辨，有的就糊里糊涂地死了。

曹操不喜欢袁绍，但也不至于恨之入骨，作为相识多年的朋友，他对袁绍一直有着复杂的感情，不是一个“爱”或“恨”就可以概括的。所以，安顿下来之后，曹操决定到这个老朋友的墓前亲自祭奠一番。现在一般认为，袁绍的墓位于如今的河北省沧州市，即当时的渤海郡境内。曹操不可能从邺县跑到千里之外的渤海郡祭奠袁绍，只有一种可能，袁绍开始是葬在邺县附近的，后来才迁葬到渤海郡。迁葬在那时很普遍，而给袁绍迁葬的，可能是袁家的人，也可能是曹操。

曹操到了袁绍墓前，禁不住流下了热泪，这些眼泪不是作秀，而是发自内心的。曹操是性情中人，所以他能成为一位优秀诗人。睹物思人，见景生情，是诗人的本性，而眼前这堆土里埋葬的是那个再熟悉不过的身影。在这一刻，仇恨敌不过生死，恩怨敌不过感伤，斯人已逝，再多的恩怨情仇也都随风而散了。应该相信，曹操哭得很真诚。

但以晋代孙盛为代表的一批历史学家认为，曹操此举并不明智，因为此时仍然是敌我斗争异常激烈的时期，统一本集团内部的意志比抒发个人感情更重要。袁绍作为敌人，理应得到仇恨、诅咒和惩罚，只有这样才能激发起自己人的斗志，统一起本集团内部的思想。所以，孙盛等人认为曹操祭奠袁绍是“百虑之一失”。

这种看法未必全对，但也有一定道理。决定军队战斗力的因素除了训练、后勤等方面，还体现在思想工作和政治发动上，只有具备明确的目标、清晰的敌人和准确的打击方向，一支军队才能真正称得上强大。但是，曹操就是曹操，他没有想那么多，此时此刻他只是想看看老朋友，感怀一下过去而已。

做完这件事，曹操不忘给汉献帝上了一份奏章，报告此次征讨袁尚、占领邺县的情况：“袁尚要回邺县，我激励着大军前去征讨。袁尚军心动摇，丢掉阵地逃跑，我立刻进军，摆下阵势，士卒们披坚执锐，勇士们呐喊，旌旗飘扬，杀声震天，让敌人闻风丧胆，扔了武器，丢弃盔甲，迅速崩溃。袁尚单人匹马逃走（尚单骑迸走），丢掉了节钺以及大将军和邟乡侯的印信各一枚，头盔一万九千六百二十顶，还有矛、盾、弓、戟等武器不计其数。”

曹操派人回许县递上这封奏折，同时还有两项新的人事调整请汉献帝发布。汉献帝刘协这个月刚刚在许县北郊操演了迎冬大礼，又恢复了一种叫八佾舞的宫廷舞蹈，在孔融等一帮朝廷旧臣的拥戴下，刘协慢慢消除了董承事件在心里留下的阴影，这一阵子曹操出征在外，总理后方事务的荀彧处理问题又十分周到，让刘协稍觉放松了一些。曹操又打了大胜仗，他说不上高兴也说不上不高兴，他能做的就是照例下诏对曹操嘉勉一番，同时批准了曹操提出的人事任命事项。

第一项是任命贾诩为太中大夫，太中大夫是九卿之一光禄勋卿的属官，品秩不算太高，通常为一千石，是个司局级干部，职能是“掌议论”，多数情况下属于顾问、高级研究员一类的角色，是个闲差。曹操为何此时突然想起来给贾诩安排这么个差事？这与后一项人事任命有关。

后一项是任命曹操为新的冀州牧，冀州长期是敌占区，冀州牧只剩下了象征意义，此前董昭担任过冀州牧，后来他改任徐州牧，冀州牧让曹操给了刚加入本阵营的贾诩。如今冀州大部分地区已被占领，冀州牧也成了实职，曹操决定亲自担任这一职务，所以先给贾诩安排了个新职务。但贾诩不用到许县上班，仍然跟随自己左右，对于这个闻名天下的智囊，曹操一直都寄予着厚望。

曹操在邺县正式以司空兼冀州牧的身份处理公务，他首先给自己找了一个得力助手，名叫崔琰，让他担任别驾，相当于副州长。曹操让崔琰把冀州的户籍、土地等方面的档案材料找出来，整整看了一个晚上，看完之后他大为兴奋，第二天对崔琰说：“昨天晚上我查看了冀州的户籍，按照我的推算这里可以征调三十万甲士（**昨案户籍，可得三十万众**），真不愧是个大州哇！”

曹操说的“可得三十万众”，也有不少人理解为“可以得到三十万老百姓”，但这个理解不符合实际情况。冀州有九个郡国、约一百个县，根据东汉最后一次人口普查的结果，不说魏郡、渤海郡这样的人口大郡，就连安平国、河间国、清河郡这样的中等郡国，人口也都在六十万人以上。虽然连年战乱，人口下降得很快，但还不至于整个冀州只有三十万人了。能让曹操激动的是，冀州人口远不止几个三十万人，应该是能抽出来打仗的就有三十万人。

面对心花怒放的领导，新上任的崔副州长毫不客气地给他泼了盆冷水：“现在天下分崩，九州割裂，袁氏兄弟大动干戈，冀州百姓生灵涂炭，您领着大军而来，不见您先施行仁政，整顿风俗，救民于水火，反而计算甲兵多少，这岂是冀州百姓对您的期望吗？”旁边的人听到这番话都吓傻了，领导刚上任你就这么不给面子。大家在等着崔琰会受到什么处罚，但没想到的是，曹操立刻收敛起笑容，以一脸严肃的样子郑重向崔琰道歉（**改容谢之**）。曹操这样做不是装样子，他的长处就是大多数情况下都能虚心接受批评，只要你批评得对。不存在当面接受批评，背后给人穿小鞋的地方。从此之后他更喜欢崔琰了，不仅冀州的事务更加依赖于他，后来还跟他结成了儿女亲家，崔副州长后来成为曹植的老丈人。

崔琰也是冀州本地的大名士，他字季珪，清河郡人，年轻时喜欢尚武，二十三岁时开始发愤读书，二十九岁时拜郑玄为师，跟着郑玄到如今山东省即墨市附近的不其山里一边避难，一边研习学问，当时黄巾军闹得很厉害，郑老师无法给学生们提供伙食，大家只好散了。其后，崔琰在外面漂泊了四年才回到家乡，袁绍听说他是郑大师的弟子，于是征他为下属。当时袁绍部队的军纪很差，特别喜欢干盗墓的勾当，崔琰对此有过劝谏，袁绍也能多少听进去一些。

袁绍发现崔琰不仅能文而且能武，就委任了一个骑都尉给他，让他在黄河边上的黎阳、延津一带训练部队。据《三国志》记载，袁绍南下官渡与曹军决战，崔琰也曾劝袁绍不要发兵，以避免与朝廷公开宣战，袁绍不听。袁绍死后，袁谭、袁尚都拉拢崔琰，但崔琰对袁氏彻底失望，称病不出来，因此获罪，被关进了监狱，幸亏阴夔、陈琳等人相救，才保住一条命。

曹操担任冀州牧后，采纳了郭嘉等人的建议，大量延揽人才，不断征召本地知名之士出来工作，除崔琰外，还有刚才提到崔琰的好朋友陈琳，以及牵招、崔林、高柔等人。

早在十几年前，曹操在洛阳时就认识陈琳，陈琳当时是大将军何进的办公室主任（**主簿**）。后来陈琳到冀州避难，被袁绍招到身边来当笔杆子（**使典文章**）。

干这个差事陈琳很称职，因为他的文笔实在太好了。陈琳最出名的一篇文章就是替袁绍草拟的讨伐曹操的檄文，曹操当时正犯头疼病，疼得不轻，即使那时候有止疼片估计吃了也没用，但一看到陈琳的檄文他马上就不疼了，脊背上直冒冷汗，因为陈琳骂人的本事太强悍了。

邺县攻破后，陈琳也做了俘虏，曹操又见到了这个老朋友。曹操没有怪罪他，不过对那篇文章还是有点念念不忘，曹操说："你当初替袁绍写骂我的文章，列举我一个人的罪状也就够了，干吗还加上我的祖父和父亲（何乃上及父祖邪）？"陈琳听了，赶紧赔罪。曹操也欣赏陈琳的文采，让他继续发挥特长，在司空府主办来往公文。后来，在曹操司空府里慢慢会聚了阮瑀、应玚、刘桢等文人，他们成为著名的文学团体"建安七子"的成员。

牵招字子经，冀州刺史部安平国人，曾在何进的弟弟车骑将军何苗府里任职，因为有这个经历，他可能那个时候就认识袁绍和曹操。袁绍生前任命他为乌桓突骑。袁绍死后，牵招跟着袁尚，负责上党郡与邺县之间的后勤运输工作。袁尚逃到中山国后，牵招一度到了并州投奔高幹，牵招劝高幹把袁尚接过来，依托太行山区的有利地形以及黄河天险继续与曹军抗衡，但此时高幹正谋划投降曹操的事，不仅没听牵招的建议，而且准备加害于他。牵招一看不妙，赶紧逃了出来，想追随袁尚，但道路不通，无奈之下又到了邺县，最后投奔了曹操。牵招长期跟乌桓人打交道，以后在曹操北征乌桓的战斗中立下了大功。

崔林字德儒，冀州刺史部清河郡人，是崔琰的堂弟，史书上说他大器晚成，一般人不知道他的才能，只有崔琰知道。曹操起用崔琰后，又征召崔林担任鄔县县长，此后崔林长期担任地方行政官，很有政绩。崔林任职时间很长，直到正始五年（244）才去世，去世前担任的是曹魏的司空。

高柔字文惠，他不是冀州本地人，而是豫州刺史部陈留郡人，但他有一个特殊身份，他是高幹的堂弟，也是袁绍的外甥。不过，还有一种说法，出自《陈留耆旧传》以及谢承所著的《后汉书》，认为高幹不是高柔的堂兄，而是他的叔父。高幹先到袁绍身边任职，后来被袁绍委以重任，高幹让人捎话给在家乡的高柔让他到冀州来。曹操占领了冀州，委任高柔为菅县县长。高柔工作很敬业，尤其擅长司法工作，后来长期担任曹魏司法系统的负责人，他任职的时间更长，直到景元四年（263）才去世，终年九十岁，在那个时代堪称长寿冠军，去世前担任的职务是曹魏的太尉。

得了地盘，得了人才，曹操获得了大丰收。冀州平定之后，他的目光自然停在了袁谭所在的青州、袁熙和袁尚所在的幽州以及高幹所在的并州上，开始盘算着先从哪里下手。

虎豹骑再次扬威

建安九年（204），袁绍任命的并州刺史高幹投降，曹操接受其投降，以汉献帝的名义仍命其为并州刺史。这样一来，西面就可以暂放一下。对于北面的袁熙和袁尚，以及东面的袁谭，曹操决定先打东面。

在曹操忙于围攻邺县的时候，袁谭趁机行动，势力迅速扩张，先后攻占了魏郡以东的甘陵国、安平国、渤海郡、河间国的一些地方。甘陵国即清河郡，桓帝建和二年将清河郡改为甘陵国，治所移到甘陵县，即今山东省高唐县，到后年即建安十一年（206），曹操又将其恢复为清河郡。

袁谭的行动无异于向世人表明他又重新背叛了曹操。不仅如此，袁谭还向袁尚下手，在袁尚从邺县逃到中山国后，袁谭向其进攻，袁尚被打败，逃到袁熙那里。袁谭收兵，将主力移驻于龙凑这个地方。龙凑位于哪里不详，但十二年前袁绍曾在这里与公孙瓒有过一场激战，结果公孙瓒大败。

袁谭之叛刚好给了曹操一个借口，曹操可以光明正大地发兵攻打他。在出师前，曹操先给这个亲家写了一封信，责备他负约，宣布解除双方的婚约，把袁谭的女儿遣送回家。之后，曹操亲率大军向龙凑开来。袁谭自知不是对手，主动撤退，将主力部队收缩到渤海郡境内，坚守渤海郡的治所南皮。南皮的意思是“南面的皮革城”，这个名字起源于春秋时期。据《太平寰宇记》记载，当时北方少数民族山戎攻打燕国，燕国向齐国求救，齐桓公出兵援燕经过现在的沧州，为了保证军事供应，找了一块地方筑起一座城，专门从事皮革加工，这座城便被称为皮城。由于它北面的章武县有一座“北皮亭”，所以就把这个皮城称为“南皮”。

袁绍担任过渤海郡太守，这里是他的老根据地。袁谭退守南皮后，曹操于建安九年（204）底先攻入渤海郡南面的平原郡，肃清了那里的袁军，于第二年初将主力部队开到南皮城外。

曹操对南皮之战很重视，不仅带上了张辽、曹仁、乐进、于禁等名将出征，还带上了刚刚训练出来的一支神秘部队参加实战，这支部队有一个响亮的名字：虎豹骑。

曹操的“虎豹骑”跟公孙瓒的“白马义从”、吕布的“陷阵营”以及之后蜀汉的“无当飞军”等一起被称为汉末最精锐的部队之一，它们的名字都见之于正史，堪称王牌之师，精锐中的精锐。曹操每次征战，一般都由中军担任保卫总指挥部的任务，曹操的中军也被称为武卫营，这是曹军主力中的核心，而虎豹骑又是武卫营的核心，目前统率它的是曹仁的弟弟曹纯。

曹纯此前被任命为议郎，这实在不是他喜欢和擅长的工作，曹操便让他以议郎的身份参与司空府的军事工作（参司空军事），成为一名高级军事参谋。曹操一直想打造出一支战无不胜的铁军，这支军队人数不一定很多，以骑兵为主，平时担负大本营的警卫工作，同时在冲锋陷阵或者远程突袭等方面发挥特殊作用，曹操把这个任务交给了曹仁、曹纯兄弟俩。曹仁以前做过马匹生意，对战马很熟悉，他跟曹纯一起从全军范围内选人，其标准十分严格。据《魏书》称，虎豹骑是天下骁锐，成员都是百里挑一（或从百人将补之），加上所配战马也是优中选优，武器装备俱为上乘，可以想象，这样一支精锐之师一旦在战场上出现其威力将何等强悍。

但是，直到现在虎豹骑还顶多只是一个名字，因为它还没有机会用实战证明自己的实力，南皮之战无疑是一次好机会。虎豹骑除由曹纯直接指挥外，曹真、曹休等曹家年青一代也在这支队伍里。另外，刚刚当了新郎官的曹丕也参加了南皮之战，他虽不是虎豹骑的成员，但是在战斗间隙经常跟曹真、曹休在一起，这些情况在保存下来的曹丕私人信件里都有记载。

除曹真和曹休外，曹丕还有两个好朋友，一个是夏侯渊的侄子夏侯尚，此时在曹军中担任军司马一级的军官；另一个叫吴质，字季重，年龄约比曹丕大十岁，是兖州刺史部济阴郡人，曹操在兖州主政时期就投奔了曹营，但一直默默无闻。曹丕对他很欣赏，认为他才学过人，见解独到，而且擅长交际，所以引为至交。吴质就成了曹丕的智囊，他始终追随曹丕，成为影响曹丕一生的重要人物之一。此次南皮之战，夏侯尚和吴质也都来了。

名将云集、兵强马壮的曹军面对困守孤城的袁军应该一战而胜，但让人感到意外的是战局开始却并不顺利，曹军攻城很艰难，付出了重大伤亡仍然没有多大进展。之所以造成这一情况，除了袁军顽强抵抗、南皮城防坚固，最大的问题来自气候，此时是正月，华北平原正值严寒季节，城上滴水成冰，对防守的一方有利，对攻城的一方明显不利。

看到这种情况，曹操想先退兵，等天气转暖之后再说。诸位将领都没有什么意见，但有个人一听就不干了，他就是曹纯。此战是虎豹骑的揭幕战，这样无果而还，曹纯实在不甘心，他太想建功立业了。曹纯劝曹操："我们孤军远征，如果撤退必然会影响士气，现在敌人在攻防战中占优，必然会滋生骄傲思想，我们只要再坚持一下，一定能将敌人打败！"曹操觉得曹纯说得也有道理，这一趟如果不能顺利解决袁谭，那么袁熙、袁尚以及高幹这些问题的解决都得往后拖延，夜长则梦多，最好还是把南皮拿下，为此多付出一些牺牲也是值得的。

曹操下定了决心，无论如何也要攻下南皮。曹操亲临前线指挥，他还亲自擂鼓助战，曹军将士无不奋勇争先，守城的袁军渐渐不支。乐进率部第一个突进到城下，首先把东门攻破，杀进城里，袁军开始溃逃，袁谭骑马在卫队的保护下逃出了南皮，倒霉的是，他一出城就遇到了负责堵截的曹军，而且偏偏是摩拳擦掌正要露一手的虎豹骑。

攻城不是骑兵的长项，曹纯率领虎豹骑在外围堵截溃逃的袁军，结果堵住了袁谭。虎豹骑上去一顿猛揍，袁谭及其卫队哪里是对手，被杀了个丢盔卸甲。也是虎豹骑过于生猛，打起来有点收不住，一个冲锋居然把袁谭杀死了，没有抓到活的。袁谭的主要谋士郭图在城里被活捉，被曹操下令处死。《英雄记》说，曹操听到袁谭被杀，高兴得在马上又吹又唱，手舞足蹈起来（**曹操于南皮攻袁谭，斩之。操作鼓吹，自称万岁，于马上舞**）。

虎豹骑力斩袁谭，打出了声威。之后，这支劲旅跟随曹操征战，除担任保卫曹操的任务外，还在北征乌桓之战中立下战功，斩杀了乌桓单于蹋顿。在长坂坡之战中闪电出击，大败刘备。在潼关大战中，大破以马超为首的凉州兵团。

南皮被攻破，城里的百姓惊恐万分，大家都听说曹军在邺县曾实施过屠城，于是纷纷外逃，来不及逃跑的，也都惊恐不已，城里一片混乱。这时有人请求面见曹操，曹操召见来人，他自称名叫李孚，是前冀州主簿。曹操对李孚的名字很陌生，一个前州政府里的属官也不会引起他的注意，不过当来人称自己就是给邺县送信，从曹营里一进一出的那个人时，曹操不禁对他刮目相看。

此人确实是李孚，他在袁谭军中也被打散，现在局面已经乱了套，他想必须尽快结束这种局面，可以少死一些人。李孚闯曹营的事给曹操留下了深刻印象，他认定这是个人才。曹操问明了李孚的想法，又问他该如何做，李孚说："现在应该恢复正常秩序，制止抢掠行为。但如今城里人心混乱，有人趁火打劫，应该派一个城里能信得过的人，前去给大家讲明情况，以安民心。"

曹操认为有理，于是下令不得在城里抢劫烧杀，有趁火打劫的一律格杀勿论，同时委派李孚向城内的官民宣讲政策，稳定人心。经过努力，局面很快稳定了下来。此后，曹操下令在此进行休整，曹丕等人也进了城。战事稍停，这帮年轻人就流露出风华正茂的天性，他们在南皮时常聚会一下，放松身心。

参加聚会的，包括曹丕、曹休、曹真和吴质等人。在后来曹丕与吴质的私人信件中，不止一次提到此次"南皮之游"，其中一次曹丕写道："每想到当年的南皮之游，实在难以忘怀。当时大家一会儿沉浸在经籍学问里，一会儿又玩玩弹棋游戏，下几盘围棋决胜负，弹奏一曲古筝。或者投身大自然怀抱到城北郊游，或者在城南饭馆里聚餐（驰骛北场，旅食南馆）。甜瓜浸在泉水里随时取用，红红的李子放在冰块里消渴解暑（浮甘瓜于清泉，沈朱李于寒冰）。这样的游乐日以继夜，最后大家坐着车子畅游后园，夜风徐徐，胡笳低昂，怎不令人乐极而哀，怆然伤怀！”曹丕还写道，此情此景让人激动，他在车上回头对这些年轻的伙伴们说：“这样的快乐，可是不常有的呀（斯乐难常）！”

整顿社会风气

渤海郡是袁氏父子经营多年的基地，他们影响这一地区长达十多年，曹操攻占渤海郡，需要尽快树立起自己的权威，保证这一地区长治久安。

袁谭被杀后，曹操命令将其枭首示众，同时下令谁要敢哭他，就把他的妻子、儿女一块杀了（敢哭之者戮及妻子）。但偏偏有个人不怕死，跑过来向曹操求情，要收敛袁谭，这个人就是袁谭在青州的属下，州政府别驾王修。王修曾劝袁谭兄弟和睦相处，共同对付曹操，袁谭不听。袁谭被杀时，王修在高密，他有机会逃命，但听说主人已死，就跑来吊丧，一下马哭着喊道：“没有主人了，还能到哪里去（无君焉归）？”曹操认为他是一个义士，就接见了他。王修说：“我受袁氏的恩德，如果能敛葬旧主，自己然后就戮，也无所恨。”

曹操深为王修的大义所感动，同意了他的请求。曹操对王修原本就有好感，南皮攻破之后，他带人在城内巡视，曾到过一个官员的家里，看到所有的家产只有不满十斛粮食，几百卷书而已，联系到邺县攻破时查抄审配等人家产数以万计的情形，当时就对这个官员留下了深刻印象。这个官员正是王修。

曹操礼聘王修到他的司空府工作，担任司空掾，后来又兼任司金中郎将，这个职务主要负责矿山开采、冶炼以及兵器、农具的铸造，虽不是一个显要部门，却掌管着大部分“军工企业”，有着重要的地位。王修干得很称职，一干就是七年，其间有很多次升迁的机会，但曹操实在找不出来比王修更合适的人接替他而作罢，曹操有点过意不去，专门给王修写了一封长信，表明司金中郎将一职的重要性和对王修工作的肯定。到后来，王修终于改任魏郡太守，在地方治理方面卓有成绩。

在此前后，曹操先后以司空和冀州牧的身份颁布了一系列命令，恢复冀州地区的生产和生活，整顿社会秩序。这些命令包括《蠲河北租赋令》《抑兼并令》《赦袁氏同恶令》《整齐风俗令》等。在《蠲河北租赋令》中，曹操下令免除冀州地区建安九年（204）全年的田租和赋税，以恢复和发展生产，这道命令的颁布，受到了百姓的拥护。

袁绍统治冀州期间，政治和军事上依靠豪强地主，使得这些人的政治和经济势力迅速膨胀。长期以来，曹操一直在思考东汉政权在机制上的弊端，他认为豪强势力发展太快是造成政权衰弱的主要原因，所以对如何抑制豪强势力的问题十分关注。曹操认为如果这个问题解决得不好，即使得到政权也不会稳固，在关键时候会被豪强势力所左右。基于这些长期的思考和对现实情况的分析，曹操颁布了《抑兼并令》，他强调一个社会“不患寡而患不均，不患贫而患不安”，任由贫富差距拉大，必然会带来严重后果。他说，像审配这样的家族，不仅经济实力很强大，而且成为窝藏罪犯的据点，是黑恶势力的保护伞，老百姓怎么能拥护这样的政权？

曹操借民意向豪强势力开刀是有深思远虑的，他不愿意在自己统治的地区出现豪门经济继而豪门政治。作为抑制豪门的一个重要步骤，在《抑兼并令》中他明确规定，每亩地收租的标准是四升，每户另收二匹绢、二斤丝，除此之外一律不再收取其他赋税。他要求各郡县要严格检查，看看有没有豪强地主搭顺车额外收取其他税费的现象，同时禁止弱势群体替那些豪强交赋税。

攻占南皮后，冀州全境成为“曹操控制区”，那些曾在袁氏政权及军队里任职的各级官员，有的仍旧被录用，有的则心怀不安，害怕有朝一日会清算他们。针对这种情况，曹操在南皮颁布了《赦袁氏同恶令》，明确表示跟袁氏做过坏事的人，允许他们改恶从善（与袁氏同恶者，与之更始）。

袁氏政权之所以失败，一个重要原因是内部结党营私、钩心斗角很严重，这种风气由社会上层传达到社会的各个层面，成为一种不良风气。在过去“袁绍控制区”，不仅官员、豪强们操纵舆论、排斥异己、颠倒黑白，而且在一般老百姓里也存在是非不分、缺乏普遍的社会正义感、歪门邪道盛行等现象，针对这些问题，曹操在南皮又下达了《整齐风俗令》：“结党营私是古代圣贤所痛恨的。听说冀州这个地方，父子也会分成两派，互相中伤争斗。以前直不疑没有哥哥，大家却说他与嫂子私通；第五伦三次娶的都是孤女，有人却说他虐待岳父；王凤独断专行，谷永却吹捧他为周代的申伯；王商忠诚，张匡说他搞旁门左道。这些都是颠倒黑白、欺君罔上的例子，整顿社会风气，以上现象不根除，我认为那是耻辱。”

曹操举的这些例子虽发生于前代，却都是有所指的。拉帮结派到了很严重的程度，就连父子兄弟也分成两派进行文攻武斗，其情形有点像“文化大革命”，而其始作俑者正是袁氏父子，他们没能给社会作出好的表率，以致民风民俗迅速恶化，不仅败坏了社会风气，也影响到社会稳定和生产发展。曹操花大力气整顿社会风俗，有很强的现实意义和迫切性。经济上免除租税、抑制豪强兼并，政治上化解新旧势力的冲突，继而又从整顿社会风气入手，恢复社会秩序，曹操出台一系列政策，很快使冀州的社会面貌得到改观，生产得到了恢复和发展。

在此期间，幽州的局势也发生了新变化。袁熙的部将焦触和张南看到袁氏集团即将覆灭，于是发动兵变，将袁熙、袁尚赶出了幽州，二袁只得投奔辽西的乌桓首领蹋顿。蹋顿以前娶了袁家的姑娘为妻，跟袁家有姻亲关系，如今在辽西一带势力很大。

焦触自称幽州刺史，率全州各郡县长官归降曹操。曹操大为高兴，幽州不战而胜，省去了远征的麻烦，他以朝廷的名义承认焦触为幽州刺史，将焦触、张南都封为列侯。在此之前，一直活跃在幽州的鲜于辅和阎柔已经加入曹操阵营。

鲜于辅在官渡之战前率部归附曹操，被曹操任命为左度辽将军，封为亭侯，让他镇守在幽州，成为牵制袁氏集团的一股力量。在官渡之战时鲜于辅亲自率军到前线助战，袁绍败走，曹操听到报告欣喜异常，当时鲜于辅刚好就在旁边，曹操对他说："年初的时候袁本初送来公孙瓒的人头，我看了都觉得眩晕（孤自视忽然耳），不想今天把他打败了，这既是天意，也是大家努力的结果啊！"鲜于辅也参加了南皮之战，再立战功。

鲜于辅的战友和同盟阎柔在北方少数民族中素有声望，鲜于辅曾经联合他以及刘虞的儿子刘和等人一直与公孙瓒作战。公孙瓒死后，阎柔也站在了曹操的一边，他被曹操任命为护乌桓校尉。南皮之战后，阎柔又说动一部分乌桓、鲜卑等少数民族首领归附，献上名马，阎柔被封为关内侯。《魏略》说，曹操很喜欢阎柔，曾经对他说："我把你当成儿子一样，你也要把我当成父亲呀（视卿如子，亦欲卿视我如父也）。"阎柔于是跟曹丕等人处得像兄弟一般。

先有鲜于辅和阎柔，如今又有焦触、张南的归顺，幽州问题可以说初步解决了。但是没多久，幽州刺史部涿郡人赵犊、霍奴起兵，杀死了刺史焦触以及涿郡太守，在袁熙、袁尚的鼓动下，蹋顿也趁机出动，在幽州刺史部渔阳郡北部的犷平即今北京市密云水库北边一带进攻鲜于辅。

这一年的七八月间，曹操率部离开南皮进军幽州，在涿郡斩杀赵犊、霍奴，又渡过潞河救援犷平，这是曹军第一次北征幽州，但蹋顿所部未作抵抗，撤到了塞外，曹操于是率军回师邺县。

转战太行山

建安十年（205）十月，曹操回到了邺县。此次出征历时整一年，但收获颇丰，攻下了南皮，扫荡了幽州残敌，将袁熙、袁尚赶到了塞外，原来“袁绍控制区”的北方四州中，冀州、青州、幽州已全部占领，不太有把握的只有太行山西面的并州，但高幹即使想造反，也没有什么大碍了。

就在曹操回师邺县的时候，并州刺史高幹果然叛乱了。也许是兔死狐悲，高幹决定铤而走险，但他选的时机很奇怪，他是建安十年（205）十月起兵的，这时曹操刚由幽州回师邺县。如果高幹真想大干一场，应该选择在十个月前动手，那时曹军主力正激战于南皮。最少也应该比现在提前两三个月，在曹操率主力打到现如今的密云水库一带时动手，把叛乱的时间定在曹操返回大本营的时候，注定不会有什么奇迹发生。

并州刺史部相当于如今的山西省大部、陕北地区以及内蒙古的河套一带，现在的太原、大同、呼和浩特、包头、榆林、延安都在其内，治所是太原郡的晋阳县，即今山西省太原市。由太原郡向东是上党郡，上党郡与邺县所在的冀州刺史部魏郡之间只隔着一座太行山。

上党郡太守是曹操的人，高幹把他抓了起来，之后进军太行山中的军事要塞壶关，妄图以太行山为依托抵挡曹军的进攻。壶关是太行山里的一个山口，也称壶关口或壶口关，位于如今山西省壶关县，属长治市，其北有百谷山，南有双龙山，两山夹峙，中间空断，山形像一把壶，所以称为壶关。

曹操派乐进和李典为前锋，进击壶关。随后，他亲率大军赶到。建安十一年（206）正月，曹军将壶关围住，高幹留下部将夏昭、邓升守城，自己前往南匈奴单于那里求救。南匈奴长期以来是袁氏集团的盟友，南匈奴单于于扶罗跟袁绍关系密切，官渡之战时，南匈奴曾派兵为袁绍助战。此时于扶罗已死，他的兄弟呼厨泉继位，呼厨泉看到曹操势力日益强大，不敢与他为敌，对于高幹的请求，呼厨泉不予理睬。

高幹无奈，只得带着几名随从前往荆州刘表处搬救兵，但路上被一支地方武装截住，高幹就这样被杀了。这支类似于民兵或民团的武装组织其首领叫王琰，是上洛都尉。上洛是哪里不详，或许与洛阳有关，因为高幹由并州南下荆州有可能路过河洛一带，而都尉类似于县级行政区的公安局长。王琰把高幹的首级呈送给曹操，立即被封了侯，受到大家的羡慕。据《典略》说，王琰被封侯后，有一个人根本高兴不起来，整天待在屋里哭，她就是王琰的妻子。因为王琰从此将要富贵，就会娶更多的小妾，从而会夺走自己的爱（其妻哭于室，以为琰富贵将更娶妾媵而夺己爱故也）。

壶关城很坚固，曹军久攻不下，有点气恼，曹操下令：“城池攻破后，把他们全部活埋！”但是前后攻打了三个月，还是没有攻下，曹仁看出了问题，建议道：“围城的时候，最好让城里的人看到他们还有活路。现在要是让他们感觉只有死路一条，他们必然会奋力抵抗，加上敌军城固而粮多，我们硬攻必然会有很大伤亡。位于坚固的城池下，去攻打必死的敌人，不是上策（今顿兵坚城之下，以攻必死之虏，非良计也）。”

曹操接受了曹仁的建议，城内的敌兵很快投降了，根据曹仁前后所立战功，他被封为都亭侯。曹仁还应该提出了具体的攻城方案，不然城里的敌兵也不会轻易投降，这个方案是什么没有记载，应该是更改之前的命令，给城里的人留出一条活路，诱使敌兵投降吧。

此次西征是曹军主力在连续一年作战后还没有得到充分休整情况下进行的，加之此次多为山地作战，对擅长平原突袭的曹军来说又是一个新的挑战。这次西征并州胜负方面虽然没有大的悬念，却也打得异常艰苦，在越过太行山区时曹操写了一首《苦寒行》的诗，记录了行军的艰辛和自己不得已用兵的感慨，是一首军旅诗的佳作。

诗中写道：“北上太行山，艰哉何巍巍！羊肠坂诘屈，车轮为之摧。树木何萧瑟，北风声正悲！熊罴对我蹲，虎豹夹路啼。溪谷少人民，雪落何霏霏！延颈长叹息，远行多所怀。我心何怫郁？思欲一东归。水深桥梁绝，中路正徘徊。迷惑失故路，薄暮无宿栖。行行日已远，人马同时饥。担囊行取薪，斧冰持作糜。悲彼《东山》诗，悠悠令我哀。”

曹操在诗中描述到：太行山上山高路险，车轮都能被颠坏。树林萧条，北风呼啸，熊和虎豹时常出没，山谷里人烟稀少。大雪纷飞，抬头仰望怎能不长长叹息。此情此景，令我心感惆怅，甚至想到了回师，为此在路上不断徘徊。路已经迷失，到了晚上还没有找到露营之处，人和马都饥寒交迫了，背负行囊砍柴烧火，凿开冰凌煮粥做饭，想起了那首叫《东山》的诗，又勾起了我深深的哀伤。

曹操提到了《东山》这首诗，是《诗经》中的一篇，相传为周公东征时，三年没有回过家的战士们吟出的思念家乡的诗。从曹操所写的《苦寒行》里，依稀可以体会到古代作战的艰辛。那不是地图上的几个点，也不是史书上的几行字，甚至不是血和泪就能说完道尽的，那种艰苦卓绝，那种斗转千肠，让人忽然明白，所谓战争其实不是简单地拼武力，也不仅仅是拼智谋，拼经济基础和上层建筑，拼的是人性和毅力，是对人的极限的挑战。

杜畿与梁习

高幹被杀，壶关攻破，活动在并州地区的黑山军首领张燕此前已归顺了曹操，被封了侯爵。此外，在这一带有传统势力的南匈奴也表示不愿为敌，曹操西征并州眼看将有一个圆满的结局。然而，局面并不完全这么乐观，并州自身的问题好解决，包括河套一带的朔方郡、云中郡其实并不需要发兵攻打，可以传檄而定，但并州南面隶属司隶校尉部的河东郡、弘农郡一直处于动乱之中，直接影响到并州地区的稳定。就在高幹起兵的同时，河东郡的张晟聚众上万人响应高幹，弘农郡的张琰也加入进来，他们活动于崤关、渑池一带，势力逐渐壮大。

曹操任命的河东郡太守是王邑，不巧的是他此时正好被征入朝。王邑的上司是司隶校尉钟繇，钟繇认为王邑不太称职，想奏免他。郡政府属官卫固以及地方驻军负责人中郎将范先趁机生事，他们面见钟繇，以民意为借口要求王邑留任。卫固等人表面上为民请愿，实际上是想把局面弄乱，好与高幹暗中相通（外以请邑为名，而内实与高幹通牒）。

河东郡的严峻形势让曹操颇感忧心，曹操写信给在许县的荀彧："关西诸将表面臣服而心怀贰心（外服内贰），张晟作乱于殽、渑，南面与刘表相通，卫固等人又响应他，眼看将酿成大乱。河东郡是天下要地，请先生为我举荐一个像萧何、寇恂那样的贤才去镇守。"荀彧很快回复："西平郡太守杜畿，勇足以当难，智足以应变，正是明公需要的那个人。"

曹操于是任命杜畿为河东郡太守，杜畿字伯侯，关中人，是西汉名臣杜延的后代，二十多岁时在家乡当过县长，后避乱于荆州。建安初年曹操在许县招揽人才，经荀彧推荐到司空府任职，后外派为护羌校尉，兼任凉州刺史部西平郡太守。

杜畿不是颍川郡人，跟荀彧也没有什么交往，他为荀彧所注意纯属偶然。据《傅子》记载，杜畿刚从荆州到许县时，跟侍中耿纪认识，两个人经常深夜闲聊。荀彧恰巧是耿纪的邻居，夜里听到了他们的谈话，认为他才识出众。第二天，荀彧派人对耿纪说："身边有这么才识出众的人不向天子推荐，岂不是白拿了朝廷的俸禄？"荀彧与杜畿相见后，倾谈之下更是觉得自己判断得不错，于是把他推荐给了曹操。

荀彧担任的是尚书令，相当于朝廷的秘书长，侍中是皇帝本人的高级顾问和随身秘书，论品秩比尚书令还高。两个朝廷重臣互为邻居，夜里居然能听到对方家里的谈话，说明朝廷刚迁到许县里住房多么紧张。另外，幸好杜畿和耿纪没有在背后谈论什么阴谋，而荀彧也不是喜欢打小报告的人，否则在这样的住房条件下深夜闲谈将是一件危险的事。

杜畿走马上任时壶关之战还在进行，这时能抽调出来随杜畿进入河东郡的人马有限，杜畿索性只带少数随从前往。卫固等人知道后，派出几千人占领了黄河上的重要渡口陕津，此处在今河南三门峡附近，杜畿无法渡河。

曹操派夏侯惇率部讨伐卫固等人，但大军开到还需要一定时间。杜畿认为，河东郡百姓并非想作乱，而卫固等人也没到公开违抗曹操命令的地步，应该先稳住他们。杜畿于是绕道黄河上的另一个渡口豆津，此处在今山西省芮城县东南，从这里过了河。对于杜畿的到来，卫固和范先产生了分歧，范先想杀掉杜畿，为了给杜畿一个下马威，范先在城门外绑了几十个原郡政府的属官，从主簿开始杀起，一口气杀了三十多个，但杜畿居然神态自若。

杜畿超强的心理素质镇住了卫固，卫固是个不想把什么事都做绝的人，他认为杜畿杀之无益，徒有恶名，反正他人少势孤，难有作为，于是表面上仍然尊杜畿为太守。杜畿耐住性子与卫固、范先等人周旋，并悄悄发展自己的势力，分化瓦解敌人，后来他抓住机会，与卫固、范先决裂，双方激战于张辟。正在此时，壶关战役结束，曹操派出的大军也开到了，杀了卫固、范先以及张晟等人，平定了河东郡。

杜畿继续担任河东郡太守，前后达十六年之久，在任期间，他减轻刑罚，教化百姓，发展生产，开设学校，还亲自为学生上课，使河东郡得到很好的治理，成为“曹操控制区”里的模范区，对于巩固并州和关中地区的局势发挥了重要作用。

曹操给河东郡派去了一个好太守，又给并州选了一个称职的刺史，他的名字叫梁习。梁习字子虞，是豫州刺史部陈国人，汉献帝迁都许县后，曹操选拔梁习当县长，梁习干得很不错，他很有治乱理政的才能，曹操每遇到问题比较多的县要治理总是想到他。这样，在短短几年间梁习先后担任了四个县的县长，最远的地方是徐州刺史部的海西县，曹操后来把他调回司空府，担任西曹令属，相当于司空府人事处副处长，这个职务权力很大，管着各地官员的选任，相当于吏部。并州平定后，曹操想选一个能人到并州任职，于是选中了梁习。

当时的并州虽然已经平定，但境内各种势力错综复杂，手里有兵权的人很多，北方少数民族也蠢蠢欲动，到处充满对峙，社会动荡，民生凋敝，豪强为害乡里。梁习到任后不负众望，他首先四处招降纳叛，削弱敌对势力的力量，对于有些豪族，征召他们到州政府来任职，然后以朝廷征兵为由，将地方豪强控制的青壮年男子陆续抽走。通过这一系列手段，使地方势力得到极大抑制。局面稳定后，对于不肯服从的就兴兵讨伐，并州境内很快整肃起来。

政局稳定后，梁习大力发展农业生产，提倡农耕蚕织，与北方少数民族开展边境贸易，使并州社会经济得到恢复和发展，受到曹操的嘉奖。地方父老对梁习也十分拥戴，认为在并州担任过刺史的人里没有能超过梁习的（以为自所闻识，刺史未有及习者）。

杜畿和梁习是“曹操控制区”众多地方行政官员的代表，曹操每占领一个地方，就精心挑选适合于出任地方行政官的能臣，全力支持他们的工作，使这些地区恢复和发展得很快。这些能臣虽然不上阵厮杀，平时处理的也都是些具体而琐碎的事务，但他们的努力也十分重要，为巩固“曹操控制区”的统治，支援前线战事发挥了重要作用。

第三章

统一北方

奖赏有功之臣

自建安五年（200）官渡之战结束到建安十一年（206），一晃六年过去了，经过连续作战，北方四州中的冀州、青州、并州已全部纳入曹操的势力范围，只有幽州北面的一部分在公孙度的实际控制中。公孙度趁内地连年混战之机在辽东半岛及东北地区大肆扩张势力，将原辽东郡分成了辽西郡和中辽郡，加上原来的辽东属国、玄菟郡、乐浪郡，也有了相当的规模，再当个太守就没有什么意思了，他干脆创设了一个新的州，名叫平州，自己担任平州牧，同时自称辽东侯。公孙度还派人越过渤海到达山东半岛，占领了一部分地区，在那里也设置了一个新的州，叫作营州，任命了营州刺史。

数千里之外的公孙度尽管实际上成了另一个皇帝，每天都在干着大逆不道的勾当，但曹操现在并没有发兵讨伐他的打算。在曹操列出的对手名单中，像公孙度这种远在天边的割据军阀，可以排在最后面。建安九年（204），曹操以汉献帝的名义任命五十五岁的公孙度为武威将军，封永宁乡侯。公孙度接受曹操的任命，对外不再提他的平州和营州，但实际控制区域不变。公孙度有两个儿子，分别叫公孙康和公孙恭，就在曹操任命公孙度为武威将军的当年，公孙度死了，他的儿子公孙康继位，朝廷任命他为辽东郡太守，他实际控制着公孙度留下的地盘。但不管怎么说，此时整个黄河以北地区，除了塞外少数民族部族，已全部纳入“曹操控制区”的版图。长江上游的益州一带由刘璋占领，黄河与长江之间的地区，分别由曹操以及刘表、孙权、刘备分别占领，而长江以南的地区，分别由刘表和孙权等人占领。

这是建安十一年（206）曹操平定并州后的天下大势，与十年前相比，现在的局势更为清晰简单，这是因为在这十年里，陶谦、公孙瓒、袁术、孙策、袁绍等人先后逝去，弱者淘汰，强者更强。对曹操来说，这是将士们奋死拼杀的结果，自从己吾起兵以来，几乎每一天都有战斗，每一仗都有成百上千的人流血牺牲，胜利来之不易，功劳应该归于大家。在北方大势初定之后，曹操下令对死去将士们的家属、遗孤给予抚恤，对有功的将士们给予封赏。

曹操开始起兵时身份是奋武将军，勉强算个杂牌军的军长，当时的骨干只有曹仁、曹洪以及夏侯渊、夏侯惇等几个，他们的身份是奋武将军属下的司马或别部司马，类似于团长。后来，随着军队规模越来越大，加入的将领越来越多，曹军的组织体系也发生了很大变化。

到官渡之战时，夏侯惇他们已经升为相当于军长一级的各种名号将军，或者相当于师长一级的校尉，其中夏侯惇担任的是建武将军，相当于少将军长；夏侯渊担任的是督军校尉，相当于大校师长；曹洪先是鹰扬校尉，后担任扬武中郎将，相当于准将副军长；曹纯统率虎豹骑，具体军职不详，应该相当于校尉这一级。而曹家的年轻一代曹真和曹休，都是“虎豹骑宿卫”，即虎豹骑部队里的军官。曹氏和夏侯氏兄弟们进步都很快，但相对于其他的异姓将军们，他们还算是慢的。

在官渡之战前后，于禁等人已经晋升为将军或偏将军、裨将军了，其中于禁、张郃、徐晃是偏将军，乐进是游击将军，李典是捕虏将军，程昱是振威将军，张辽是裨将军，他们担任的这些职务，相当于军长或副军长。军衔较低的许褚，担任的也是校尉，相当于师长这一级。这些情况说明，在曹军中曹氏和夏侯氏兄弟的地位并不是最高的，起码现在仍是这样。他们晋升的速度并不比其他异姓将领更快，甚至还稍稍有些落后。曹操的用人方略历来受到后人的推崇，其中一条就是奖罚分明，平时建立有严格的军功考核、登记制度，该奖的时候必奖，不该奖的时候决不滥奖，避免了奖惩和职务晋升的随意性。

建安十一年（206），曹操从壶关回师许县，考评各位将领官渡之战前后的功劳，结果是于禁、乐进和张辽三个人的功劳最大。曹操上表汉献帝，对他们三人予以表彰，曹操在表彰命令中说道：“乐进、于禁、张辽武力高强，谋划周密，品质专一忠诚，有节操和大义，每次临敌交战，都身先士卒（每临战攻，常为率督），有时亲自擂鼓助战，没有他们攻不破的坚阵。每次派他们出征，都坚决执行命令，安抚士卒，遇事当机立断，从未有过任何疏失。”于是，擢升于禁为虎威将军，乐进为折冲将军，张辽为荡寇将军。

除了这些武将，谋士们也功不可没，功劳最大的自然是荀彧。早在建安八年（203），曹操就根据荀彧前后所立的功劳，上书汉献帝表荀彧为万岁亭侯。曹操在给汉献帝的奏章中写道：“侍中兼尚书令荀彧，积德累行，从少到长均无过失（少长无悔），遭遇纷扰的乱世，却怀抱忠诚，想念太平。我始举义兵，四处征伐，与荀彧勠力同心，帮助朝廷谋划，他所提出的建议，付诸实践后没有不成功的（发言授策，无施不效）。有荀彧的功业，我才得以成功，如同拨去浮云，才显出日月的光明。陛下到许县后，荀彧在陛下身边地处机要，他忠诚尽职，如履薄冰，不管处理什么事务，都准确而精当。现在天下平定，是荀彧的功劳呀，应该授予他很高爵位，以表彰他建立的功勋（宜享高爵，以彰元勋）。”

但荀彧坚决推辞，他是朝廷的尚书令，相当于秘书长，有关文件需要从他这里传递，荀彧自作决定将其扣下不发（不通太祖表）。曹操只好专门给荀彧写信说："与君共事以来，建立朝廷，是先生你从中辅助，你帮着提建议，出谋划策，建立的功勋已经很多了，愿你不要推辞。"反复劝说，最后荀彧才肯接受。不久，曹操又表奏荀攸的功劳，说"军师荀攸开始辅佐我以来，无征不从，前后克敌，都是荀攸出的主意"，于是封荀攸为陵树亭侯。

荀彧之所以坚决辞让，是因为封侯通常需要有军功，在战场上杀敌通常是最直接的条件，而文士封侯一般是很难的。一般来说，封侯不以职务和地位高低为取舍，职务高的人即使位至三公，没有特别的功绩也难以封侯，职务很低，如果有特殊贡献的，也可以封侯。荀彧认为自己没有"野战之功"，不配封侯。

曹营的武将中封侯比较早的是乐进，在破张超的雍丘之战中，他第一个攀上城头（先登），因此被封为广昌亭侯。后来，于禁在征张绣之战中功劳显著，被封为益寿亭侯。张郃在官渡前线临阵倒戈，加速了袁绍的灭亡，被封为都亭侯。曹氏和夏侯氏兄弟里，似乎只有夏侯惇一个人较早被封侯，那是在汉献帝刚到许县时，汉献帝任命夏侯惇为建武将军，封高安乡侯。还有一个人的情况特殊，就是徐晃，他原是杨奉的部下，汉献帝东归路过安邑时，杨奉护驾有功，手下人也跟着沾光，封了不少官职和爵位，徐晃在那时被封为都亭侯。除上述几个人外，张辽、乐进以及曹氏、夏侯氏其他兄弟还都没有被封侯。

建安十二年（207）二月，曹操在邺县表奏汉献帝，大封功臣二十多人，全部封为列侯，其余的也都评出等级予以封赏。曹操在命令中说："以前赵奢、窦婴为大将，得到千金重赏，一天之内就全部分给了部下，所以他们能够成就大事，永世留声。我读到这样的文章，无不对他们产生敬慕。我和诸将、士大夫共同征战，依靠大家不吝其谋、不遗其力，才夷险平乱，得到了朝廷的重赏。这时，让我追思窦婴散金之义，所以我要把封地的租税拿出来分给将士们，以酬谢大家的功劳。对死亡将士的遗孤，也要评定等级，分给租谷，如果年成好，国力充足，租税全部收齐，当尽其所有，与大家共同分享。"

这次受封的二十多个人名单不详，根据现有资料看，曹纯的高陵亭侯、张辽的都亭侯等都是这次受封的，想必其他战功显赫的武将们也都封了侯。除了武将，谋士里至少郭嘉在这次也得到了封侯，他受封的是洧阳亭侯。

荀彧当初被封为万岁亭侯的时候食邑是一千户，此次又加封一千户，共计二千户。曹操在上汉献帝的奏章里又一次追述了荀彧的功劳，说他在官渡之战时鼓励自己坚持，官渡之战后自己想先征刘表，还是在荀彧的正确分析和判断下才决定北征冀州。曹操认为，如果当时不听荀彧的这两条重要建议，局面将完全不可想象，荀彧的这两项建议"以亡为存，以祸致福"，是自己所不及的。

荀彧又再次谦让，曹操多次写信给他，让他不要推辞。曹操甚至想让荀彧担任三公，荀彧让荀攸出面谢绝，前后达十多次，曹操才放弃了这个想法。在这次大封中，已经被封为高安乡侯的夏侯惇根据新立的功劳，被增封食邑一千八百户，合计达到二千五百户。已经被封为陵树亭侯的荀攸，再增食邑四百户，合计为七百户。

北方多俊才

曹操用对了两个人，使河东郡以及并州从此不让他再操心。这让曹操更加觉得抢人才比抢地盘更重要，他要梁习多向他推荐并州的人才，梁习先后向曹操推荐了常林、王象、杨俊、王淩、仲长统、荀纬等人，这些人里只有王淩是正宗的并州人，其他人都是避难到并州的，其中常林、杨俊、王象、荀纬是河内郡人，仲长统是山阳郡人，曹操全部任命他们为县长，这些人后来干得都不错。

常林字伯槐，河内郡温县人，跟司马懿一个县。小的时候家里很穷，但他很好学，一边耕田，一边坚持研习经学（带经耕鉏），虽然是个乡间农民，却处处以士人的风范要求自己，与妻子相敬如宾。河内郡太守王匡起兵讨董卓时，常林的叔父因为发表了一些对时局不满的话被王匡抓了起来，族人们都很害怕，不敢相救。当时本县在外面做大官的人里有一个叫胡母彪的，常林跑去见他，说服他出面将叔父救出。常林看到河内郡没法待下去，就跑去依附河间郡太守陈延壁。军阀张杨贪慕河间郡的财物，派兵来攻打，常林辅佐陈延壁拒敌，坚守六十多天，令张杨无计可施，常林由此出名。高幹想请他帮忙，给了一个骑都尉的官职，但常林不答应。梁习听说他是个人才，就推荐给曹操，曹操任命他为南和县长。常林工作很出色，后来升为博陵郡太守、幽州刺史。

杨俊字季才，河内郡获嘉县人。他是被曹操杀掉的名士边让的学生。杨俊跟司马朗、司马懿兄弟俩同郡，在司马懿十六七岁时杨俊就认识他们，当时司马朗已经有点名声，而司马懿还默默无闻，杨俊认为司马懿将来更不得了，成就将超过司马朗。杨俊识人赏才的眼光还不止此一例。本郡人王象从小是个孤儿，给人当奴仆，地位很低下，但他发愤刻苦，一边放羊一边坚持自学，杨俊看出他是个人才，就把王象赎出来，接到自己家里，还帮他娶妻成家，王象后来果然取得了不俗的成就。本郡的审固、陈留郡的卫恂都是当兵的出身，被杨俊发现后给予资助扶持，后来审固成为郡太守，卫恂成为御史。曹操任命杨俊担任曲梁县长，后来杨俊还担任过南阳郡太守等职。

荀纬字公高，以后跟杨修、丁仪等人来往密切，死于曹丕执政后的第四年。

他是河内郡人，跟荀彧、荀攸不是一个家族。

上面这些从并州出来的人里有两个很特殊，一个是王凌，另一个是仲长统。王凌是前司徒王允的侄子，王允被杀时他也在长安，当时年龄很小，为了逃命他和哥哥王晨居然从高大的长安城墙上翻了出来。在曹魏后期，司马懿专权，王凌是少数几个手握重兵又心系曹氏的旧臣之一，后来他发动兵变反抗司马懿，失败后自杀。仲长统字公理，此时二十六七岁，豫州刺史部山阳郡人，是个大哲学家、政论家。他从小聪颖好学，博览群书，从二十岁开始，游学于北方各州郡。他性情倜傥，不拘小节，时人称为“狂生”。

在游学期间，仲长统结识了高幹，高幹很厚待他，并且向他请教时事。仲长统以敢于直言著称，在这方面恐怕跟祢衡有一拼。他不怎么看得上高幹，就对他说：“你有雄志而无雄才，好士而不能择人，在这些方面应当深以为戒。”话说得这么直白，搁谁都不会爱听，好在高幹修养还行，只是不再理他。高幹死后，仲长统滞留于并州，荀彧知道他是个大才，推荐他到许县朝廷工作，担任尚书郎，后来还曾被曹操调到身边担任军事参谋。

仲长统不喜欢刻板的生活，他与曹操同年而死，很少有他生前参与曹操军事、政治事务方面的记载，他的精力都用在研究学问上了，整天都在思考政治和哲学，著有《昌言》一书，浓缩了他思想的精华，是古代哲学史和思想史上里程碑式的著作。在《昌言》中，仲长统发挥了他始终如一的直言风格，对社会政治进行了广泛深刻的批判，矛头指向政治、经济、社会风气等各个方面，从外戚和宦官专权，到贪欲昏聩的天子，他都大胆予以抨击。

按理说，仲长统这样的言行和脾气简直就是祢衡第二，但他却活得挺滋润，原因可能是他比祢衡更有真才实学，不仅有一定名气还有一定的人缘，荀彧等人对他颇为赏识。同时，曹操杀了边让以后引起了连锁的副作用，对于边让这种类型的名士，曹操可能认为他们也就耍耍嘴皮子而已，对他们舞刀弄枪反而成全了他们名垂青史的理想，索性睁一只眼闭一只眼。还有一点也许更为重要，在仲长统的政治主张里，对现行的三公制很有意见，认为应当恢复汉初的丞相制，理由是“由一个人集权才能更好地发挥权力的效力，多人共同执政容易互相依赖；集权反而容易和谐，相互依赖则容易出问题（任一人则政专，任数人则相倚。政专则和谐，相倚则违戾）”，这恰好这与曹操眼下的政治主张不谋而合。

在平定河东郡以及并州的战事中，除钟繇、杜畿等人发挥了重要作用外，还有两个人不得不提，一个是贾逵，另一个是张既。

贾逵前面已有提及，官渡之战前后，钟繇坐镇关中，贾逵当时是绛邑县长。袁尚派袁氏任命的河东郡太守郭援南下，在高幹和南匈奴单于的配合下从曹军的左路出击，势头很猛，所过之县均被攻占，到绛邑县时却被贾逵挡住，但终究实力悬殊，贾逵后来被俘，他大义凛然，斥责郭援，郭援想杀他，但全县官民听到消息后一起站在城上喊："要杀我们的贤君，我们愿意一同死（杀我贤君，宁俱死耳）！"

郭援怕生变，没敢杀贾逵，而是把他关了起来，后来把他放了。据《三国志》说，高幹反叛的时候，弘农郡张琰起兵响应，这个时候贾逵正好在张琰那里，贾逵听说张琰叛乱，他不动声色，仍然帮张琰谋划，取得张琰的信任。后来贾逵以城池不够坚固为由建议张琰修城，然后伺机掌握兵权与张琰相拒，曹操大军赶到，将张琰杀了。据《魏略》说，贾逵当初被囚禁于壶关，关在一个土窖中，上面用车轮盖住窖口，有人把守。有个姓祝的看守深感贾逵的节义，夜里把他偷偷放走了。据《孙资别传》说，贾逵在河东郡时有个朋友叫孙资，在郡政府担任驻京办主任（计吏），孙资经常到许县出差，他向曹操推荐了贾逵，于是曹操任命贾逵担任渑池县令。贾逵后来成为曹魏的重臣，多次临危受命，成为重要的军事将领，曹丕称帝时他与曹休共同主持与孙吴的战事。贾逵一生忠于曹魏，死前病中还对人说："我受国厚恩，只是恨不能斩孙权到地下以见先帝呀。"

张既前面也提到过，他当新丰县令的时候，钟繇派他劝说马腾，为韩遂、马腾陈说祸福，使他们二人遣子入朝，为打败郭援等人的联合进攻立下了功劳。高幹反叛后，张晟、卫固、张琰等人响应，占领了长安与洛阳之间的弘农郡、河东郡很多地方，曹操任命张既以议郎的身份协助钟繇处理军务（参繇军事），张既凭借他与韩遂、马腾的关系，说服他们出兵协助攻打张晟、卫固等人。后来张既担任了京兆尹，作为关中地区的主要行政长官，他积极发展生产，巩固统治，为曹军历次用兵汉中作好后勤支援。魏国初建时，在西北地区新设了雍州，他是第一任刺史，后改任凉州刺史，一直任职于曹魏西部地区，很有政绩。

这一时期也是曹操人才大丰收的时期，进入曹操阵营的人才除了上面这几位，还有之前提到过的崔琰、崔林、牵招、陈琳、辛毗、高柔、王修、李孚、杜畿、梁习等人，除此之外，较有名气的还有王思、薛悌、郤嘉、司马朗、刘放、孙资等人。其中，在《魏略》一书里把王思、薛悌、郤嘉都列入"苛吏传"中，他们三人出身都很低微，后来做的官也差不多，王思开始与梁习都在司空府人事部门供职，后来都被提拔为刺史，又做到九卿。

薛悌是在兖州时期就跟随曹操的旧部，张邈叛乱时协助程昱守鄄城三地，受到曹操重用，后来担任过郡太守，他最出名的一个经历是，作为护军与张辽、乐进、李典等人守合肥。郤嘉情况不详，既然列入苛吏传，应该做过郡太守或刺史。

司马朗字伯达，司隶校尉部河内郡温县人，曹操的老上司、前河南尹司马防之子。司马防有八个儿子，分别是司马朗、司马懿、司马孚、司马馗、司马恂、司马进、司马通、司马敏，个个都很出色，时人称为“八达”。

董卓胁迫汉献帝迁都长安的时候，司马防担任天子身边负责办理文件等机要事务的治书御史，有感于天下即将大乱，他让长子司马朗带上家眷回温县老家。司马朗不负父亲嘱托，带着家人辗转回到了温县，召集宗族，替父亲教导诸弟。建安七年（202），司马朗的家乡河内郡已成为“曹操控制区”，这一年他三十二岁。《三国志》司马朗传说他二十二岁，但又说他死于建安二十二年（217），死时四十七岁，所以二十二岁应为三十二岁之误。曹操感念于老领导司马防当年的关照，征辟司马朗到司空府工作，后来又任命他为成皋县令、堂阳县长、元城县令，曹操担任丞相后，调他到丞相府担任丞相主簿。

上面提到的这些人中，还有两个人对曹魏政权影响深远，即刘放和孙资，他们大约也是这一时期加入曹操阵营里的。

刘放字子弃，冀州刺史部涿郡人，是刘氏宗亲，广阳顺王的后代，举过孝廉。天下大乱后，幽州刺史部渔阳郡的王松据地称雄，刘放去依附他。曹操平定冀州后，刘放劝王松归顺曹操，王松接受，让刘放以自己的名义给曹操写了封信，这件事让曹操很高兴，而这封信因为文采飞扬更给曹操留下了深刻印象。南皮之战期间，王松率雍奴、泉州、安次等县归附曹操，曹操听说刘放有劝王松归附之功，而且王松那封信又是他代笔的，于是对刘放刮目相看，招入司空府从事秘书方面的工作（历主簿记室），后来又下派到郃阳等地当县令。

孙资字彦龙，并州刺史部太原郡人，小的时候就很聪慧，三岁时失去双亲，由兄嫂抚养。王允也是太原郡人，对他很欣赏。曹操担任司空后，曾经征辟他，但由于孙资的个人原因，一直未能成行。孙资也是贾逵的好朋友，贾逵后来劝孙资出来做事，曹操任命他为县令。曹操担任丞相后，调孙资担任丞相府军事参谋（参丞相军事）。

一般总会把刘放和孙资联系在一起，因为他们都有一项特长：做秘书工作。曹操建立魏国后，选他俩为秘书郎，相当于机要秘书，曹丕继位后改秘书为中书，权力很大，刘放为中书监，孙资为中书令，成为机要部门的主管，是皇帝身边的近臣，掌握了很大的权力，曹魏的江山甚至一度被他们二人所左右。

许攸与高柔

但也有两个人的日子不太好过，不过他们最后的结局却刚好相反。

一个是袁绍的外甥、高幹的堂弟高柔，因为跟袁绍、高幹有这层关系，在高幹叛乱后，曹操对高柔产生了成见，高柔本来当县长，曹操下令把他调回来，任命他为刺奸令史。刺奸是执法官，最早设于军中，后来地方上也有；令史是令的属吏。刺奸令史这个官职，大约相当于基层法院的院长。《三国志》说得很明白，曹操让高柔担任这个职务，不是想栽培他，而是想找个碴儿把他杀了。因为法官每天都要断案，在断过的案子里找出几个冤假错案来还是不难的，到那时可以找个证据把他杀了（太祖欲因事诛之）。但是，高柔没有让曹操找到机会，因为他判案允当，所管理的监狱里也没有积压留滞的犯人，曹操对高柔慢慢有了好感。

让曹操彻底改变想法的是一件小事，据《魏氏春秋》记载，高柔平时工作很敬业，经常加班加点到深夜。有一次曹操夜里出巡，到高柔所在部门时，发现他坐在那里抱着文书睡着了（拥膝抱文书而寝），曹操大为感动，解下自己身上的裘衣盖在高柔身上悄悄离开了。曹操后来把高柔调到司空府任仓曹属，司空府下设各部门称为“曹”，类似于局或处，正职称为“掾”，副职称为“属”，高柔担任的这个职务，类似于粮食处副处长。高柔在司法方面经验更丰富，曹操担任丞相后，让高柔当丞相法曹掾，相当于丞相府司法处处长（法曹掾），曹丕当了皇帝后，任命高柔过廷尉，相当于最高人民法院院长兼司法部部长。

与高柔比起来，另一个让曹操不快的人却没有那么幸运，他就是许攸。据《魏略》记载，曹操平定冀州后，许攸自恃有功，又与曹操有故交，所以常摆老资格，说话口气很大，不把一般人放在眼里。如果仅此而已也就算了，估计也没多少人会跟他较劲，但他对曹操也相当轻慢，经常当众跟领导拍肩头，开领导玩笑（时与太祖相戏），有时还呼曹操的小名，经常说：“阿瞒哪，要是没有我，你就得不到冀州。”曹操笑笑说“你说得对”，但心里很反感他（然内嫌之）。

后来许攸从邺县东城门经过，回头对左右的人说：“曹家人要不是我，都进不了这个门。”有人向曹操打了小报告，曹操忍无可忍，把许攸抓起来杀了。曹操能容忍敌人，容忍仇人，容忍背叛自己的人，但即使像这样心胸已经够宽阔的人，也有忍不下去的时候。曹操能容忍祢衡，虽然他很狂傲；曹操能容忍仲长统，虽然他说话比较直，但他不能容忍挑战他权威的人。

领导的权威有那么重要吗？当然重要。如果你说无所谓，那你一定没有当过领导。许攸大概就没有当过像样的领导，他可能长期都是智囊这种角色，所以不懂曹操的心理，掉了脑袋，恐怕都不知道为了啥。刘邦是一个比较随和的皇帝，因为他出身草根，端着架子能走路，不端架子也能走，尤其是在跟他一块打江山的那帮老哥们儿面前，刘邦更是无拘无束。但是，当他坐在皇帝宝座上往下面打量这些老战友的时候，发现他们还是那么跟他不见外，开会时乱讲话，张口直呼他的小名，走到路上随便勾领导的肩头。此时，刘邦才发现这些习惯原来是那么让人不爽。于是刘邦重用了儒生，当初他拿人家的帽子当尿壶，现在却发现这些人是必不可少的，因为他们能制定礼仪规范，帮助领导树立权威，这是当了皇帝的刘邦所急需的。

许攸跟曹操过去很熟，那时候一张嘴可能就直呼“阿瞒”，显得很亲切。但是，很多年过去了，许攸还是那个许攸，顶多是立了点儿功劳，而曹操已经不是那个阿瞒了，起码在大庭广众之下不能这么叫。对那些职位甚高，凡人见了都敬畏有加哆哆嗦嗦喊声首长的人，你敢当众喊他一声“老张”或“老王”，旁边的人必然会对你刮目相看，只那一句话，就能代表你的资历，你的地位，你的分量。然而，这通常是不能随便喊的，除非你跟他确实够铁，他也没把你当外人。否则，往轻了说，领导会不悦，往重了说，你就得付出代价，许攸付出的代价是他的脑袋。

有位当过领导的人说过：有本事也肯服我，我提拔；没本事但肯服我，我培养；没本事也不服我，可以留下，但决不重用；有本事但不服我，请你走人。曹操用许攸的一颗人头大概表达了自己想说的话：对于有功之臣，一定会给予奖赏，但给不给、什么时候给、给多少，那不是你操心的事。不管你资格多老，不管你功劳多大，不管你本事多牛，平时都得服从领导，团结同事，不能把尾巴翘得那么高。

“病人”司马懿

在这个阶段，曹操在狂占地盘的同时也狂揽人才，在各路割据势力中，曹操是人力资源战略的最大受益者，这一方面得益于他手里有天子这个得天独厚的招牌，另一方面也是因为他最懂得人才的价值，能够尊重人才、重用人才、关心人才。但是，也并不是所有人对求才若渴的曹操都报以积极的回应，也有人不肯买他的账，司马氏“八达”中的老二司马懿就是其中的一个。

司马懿在家里排行第二，却比他兄长司马朗小了八岁，跟著名哲学家仲长统同年，比曹操小二十四岁，差了一代人都不止。据《晋书》介绍，温县的司马氏家族是一个名门望族，自楚汉相争时的名将司马卬开始，历经八世，到东汉安帝时这个家族出了个征西将军司马钧，司马钧有个儿子叫司马量，做过豫章郡太守；

司马量有个儿子叫司马俊，做过颍川郡太守；司马俊即曹操老上司司马防的父亲，也是司马懿的爷爷。

董卓进洛阳的时候司马懿才十岁，他的哥哥司马朗十八岁，如果他那时已经有了几个弟弟，年龄会更小，所以司马防才叮嘱司马朗让他带弟弟们回家乡躲难。到曹操迎天子来许县时司马懿十七岁，官渡之战时他二十一岁。《晋书》说，司马懿从小有奇志，聪明过人，有雄心大略，同时博闻强识，对儒学有很深造诣（少有奇节，聪明多大略，博学洽闻，伏膺儒教），面对乱世，他常常心怀感叹，以天下为忧。《晋书》是唐代名臣同时也是著名史学家的房玄龄所主编，这部书以司马氏为写作主体，中间有不少对司马氏的歌颂和吹捧，对于上述描写司马懿的话，不能说其全无，但也不能信其全有。

司马懿早年确有雄才大略，这在杨俊和崔琰等人对他的评价里可以看出来，但忧国忧民的部分，明显是为了塑造被晋朝尊为宣帝的司马懿的光辉形象而虚构和夸大了。上面提过，善于识人的杨俊早年见过司马懿，这时候司马朗已经出来工作且小有名气，而司马懿还无人知晓，杨俊对司马懿评价很高，认为远远超过乃兄。崔琰跟司马朗关系很好，他也有相同看法，他曾对司马朗说："你兄弟聪明、智慧，处事允当，并且刚断有谋，你是比不了的（非子所及也）。"

建安六年（201），司马懿的家乡河内郡已经成为"曹操控制区"，二十二岁的司马懿参加了工作，被推举为上计吏掾，相当于郡政府驻京办主任，因而每年都要去首都许县出差。这个时候曹操正四处网络人才，他听说司马懿有点小名气，于是派人召见他，想让他到司空府任职。由地方抽调到中央，而且工作在曹操的身边，前途自然不可限量，这是别人打着灯笼也不好找的美事，但却被司马懿拒绝了。

这件事还是记录在《晋书》里，据称司马懿拒绝曹操征辟的理由是看到汉朝国运衰微，自己不肯屈事曹操（帝知汉运方微，不欲屈节曹氏）。这个理由很含糊，似乎是想说司马懿看到汉室不振，大权在曹操手中掌握，因而心中不平。但这种想法未必是当时的主流思想，即便如荀彧、孔融那样内心里十分忠诚于汉室的人，此刻不也在许县为官吗？所以，在成书更接近那个时代的《三国志》以及裴松之注里并没有这样的记载，反倒在所列举的荀彧向曹操推荐的人才名单中就有司马懿的名字，说明司马懿是经过荀彧推荐出仕的。

然而，《晋书》仍坚持司马懿"拒曹"这个情节，为了让大家相信，它还编了一个生动的故事：司马懿以自己患风痹生活不能自理为由拒绝曹操的征辟。曹操有点怀疑，认为这小子可能有诈，就派人夜里到司马懿家看看，结果发现司马懿果然躺在那里一动不动，于是就信以为真，不再强迫他应征了。

讲完这个故事，《晋书》还怕有人不相信，于是又讲了一个：司马懿前面骗过了曹操的密探，但从此也就得装下去了。有一天，他们家在院子里晒书，突然来了暴雨，司马懿一着急，忘了自己在装病人，起身跑过去收书，这件事恰巧被家里的一个婢女看到了。司马懿的老婆叫张春华，她很厉害，不仅亲手把这个婢女杀了灭口，并且“亲自执爨”。“爨”的意思是烧火做饭，表面看来似乎是说婢女被杀之后，家里没人做饭，张春华亲自做饭。

但这有什么好写的呢？司马懿那时候是个二十多岁没有工作的小青年，在外人眼里还是个重病在身不能动的残疾人，老婆下厨房做个饭也值得写进史书里吗？仔细看看，这几个字里恐怕隐藏着令人恐怖的事情。“爨”的意思还有烧和煮，张春华把人杀了，怎么藏尸灭迹呢？干脆把人弄到锅里煮了，她亲自烧火。这种事别的女人未必能干出来，但司马懿的老婆张春华绝对可以，她也是河内郡人，父亲是个县令，母亲姓山，是“竹林七贤”之一山涛的姑奶。张春华最大的贡献是生下了司马师、司马昭兄弟俩，她追随司马懿一生，帮了司马懿不少忙。

但张春华也绝对是一个悍妇，至少是一个不好惹的女人，她把司马懿治得服服帖帖。司马懿后来宠幸一个姓柏的小老婆，弄得张春华想见他一面都很难，张春华于是使出撒手锏：绝食。张春华想自杀司马懿倒不怕，关键是张春华发动了儿子司马师、司马昭一块绝食，司马懿害怕了，赶紧赔礼道歉。司马懿对人说：“这个老太婆死了不要紧，关键是毁了我的好儿子啊（老物不足惜，虑困我好儿耳）！”

司马懿“拒曹”的一番做派确实显眼，为了不出来做曹操的官，不惜装病杀人，看来意志是够坚定的。如果以后汉室复兴了，追记谁曾经跟奸臣曹操做过坚决斗争，这些无疑会成为光辉业绩。

可惜，这些故事漏洞百出，经不起推敲。一个二十二岁的郡政府上计吏的随员，即使出身名门且有点小名气，至于让曹操花这么大的心思非把他弄出来工作不可吗？而司马懿与众不同且坚定无比的政治信念来自哪里呢？他的行为缺少说服力。司马懿的哥哥司马朗、弟弟司马孚都在曹营做事，且事业一帆风顺，他却特立独行，非要耍点酷，让人有些不解。

而且司马懿并没有酷到底，他还是出来做事了。据《晋书》说，曹操当了丞相后，征他担任文学掾，相当于丞相府文教处处长，这一次曹操不客气了，命令说：“再要嘚瑟，就抓起来（若复盘桓，便收之）！”司马懿害怕了，乖乖出来就职。这个故事也仅见于《晋书》，是为司马懿最终出仕圆场的。但这样一来更加说不过去了，当初不出来，现在一吓唬就出来了，这不是承认这么多年来一直在欺骗领导吗？司马懿难道现在不害怕了？

司马懿到了曹操身边后，工作干得挺出色，一来他确实有些本事，工作也努力，二来他迅速给自己找了个好靠山，即后来当了太子的曹丕。司马懿后来被人称为“太子四友”之一，这说明了一个基本事实，他不是死读书、认死理的人，不会只拉车不看路，先前关于汉室衰微、不肯屈事曹氏的话都是假的。假设《晋书》里的记载是真实的，那就是司马懿在作秀，通过“拒曹”抬高身价，增加知名度，目的是更好地“事曹”，而他的目的也基本上达到了。但更为可能的是，《晋书》里关于司马懿“拒曹”以及为了让这件事看起来更加真实而讲的那些故事都是编出来的，目的是塑造司马懿“反曹”的形象，以解释最后取代了曹魏的晋朝的合理性和合法性。

分歧开始显现

建安七年（202）袁绍去世，他所担任的大将军一职理论上也空了出来。袁尚虽然以袁绍的接班人自居，但许县朝廷不可能给这个年轻人发来大将军的任命。次于大将军的军职是车骑将军，之前汉献帝任命他的老丈人董承担任，董承上任没有几个月，就被发现策划了谋反事件，董承被杀，车骑将军一职也空了出来。

在文官方面，曹操担任司空，并明确司空为三公之首。现任的三公还有司徒赵温，而太尉一职，曾给过袁绍，袁绍改任大将军后按理不会再担任这一职务，但这一职务也没再任命给其他人。曹操曾有意让荀彧担任三公，指的可能就是太尉，但被荀彧坚决拒绝了。所以，到曹操担任冀州牧时在职务上能与他同列的只有赵温一个人。曹操应该还有一个头衔，这是他初到洛阳迎驾时被授予的：录尚书事。这是一个加官，即兼职，以前说过这个职务很重要，类似于“主持朝廷日常工作”，官职大到三公乃至大将军，如果没有这个加官，权力也大打折扣。

汉献帝刘协在他位于许县的宫殿里，开始还能看到赵温、荀彧、孔融、赵岐、杨彪、张俭、陈纪、桓典等人，后来赵岐、陈纪、张俭、桓典等人先后去世，对于朝廷里空出来的这些职位，曹操没有把它们及时替补上去的打算，所以许县朝廷班子越来越小。

曹操对司空府的建设非常重视，机构逐渐庞大，内设部门不仅涵盖了经济、民政、司法、人事等，还设置了军师、军师祭酒、参司空军事、军谋掾等军职，以服务战争的需要。此时虽然曹操没有再担任大将军或车骑将军，但他的司空府实际上行使了军政合一的职能，成为事实上帝国的最高决策机构，先后不同时期里投奔曹操的主要文士，除荀彧等极少数人外，都在司空府任职或曾经在司空府任职。

建安九年（204），曹操攻占邺县，兼任冀州牧。这时，有人建议他恢复古代的九州制（有说操宜复置九州者），原因是在古代九州里，冀州的面积最大，曹操现在担任冀州牧，那样一来势力范围更大，更容易为天下信服（所统既广，则天下易服）。对于这个建议，曹操有点动心。占领冀州后，他一直在思考如何处理与许县朝廷的关系，如果把大本营还放在许县，将会有许多不便，不管怎么样，刘协都是天下人公认的皇帝，自己作为三公之一，理应履行做臣子的本分，比如按时上朝、有事上报、天子随招随到等，这又是曹操不可能做到的。

想起那次南征张绣前，天子的虎贲卫士把冰凉的铁戟架到自己的脖子上，曹操就觉得脊背飕飕发凉。他已经打定主意跟许县的天子"分开过"了，但那样一来，必须找出一个合理的理由和一个恰当的操作模式。而且，传统概念上的司空府也不掌兵，以司空府来统领天下的军政大权，时间长了也容易被人说三道四。在这种情况下，有人提出恢复古代九州制的时候，曹操认为这倒是个好主意，可以破解当前的政治难题。冀州在古代九州里面积最大，曹操担任冀州牧，从而可以更好地号令天下。

九州是对古代中国的另一个称呼，这是它的虚指；它还有一个实指，指的是九个州，即九大行政区。但是，这九大行政区指的都是哪些，却有不同版本。最早提出九州概念的是《周礼》，但它说得比较含糊，是根据大方位确定的地理概念：东南叫扬州，正南叫荆州，河（指黄河）南叫豫州，正东叫青州，河东叫兖州，正西叫雍州，东北叫幽州，河内叫冀州，正北叫并州。但周朝属于诸侯联邦的形式，九州并不是行政区划。

《吕氏春秋》认为，河、汉之间为豫州，是周天子；两河之间为冀州，是晋国；河、济之间为兖州，是卫国；东方为青州，是齐国；泗上为徐州，是鲁国；东南为扬州，是越国；南方为荆州，是楚国；西方为雍州，是秦国；北方为幽州，是燕国。但在春秋争霸的局势下，这个九州也只是一个说法，不是行政区划。

最通行的"九州说"出自《尚书》里的禹贡篇，九州的名字是冀州、兖州、青州、徐州、扬州、荆州、豫州、梁州、雍州。它是用山川河流为界限划出的地理分野，也不是行政区划。以"州"为单位的行政区划始自汉朝，但已经不是九个州，而有十来个州，陆续增加了幽州、并州、益州、交州等新的州。目前，天下共有十三个州，"梁州"的名字改为"凉州"，未设雍州，增加了一个司隶校尉部，管辖两京地区，被视为一个州。

也就是说，九州制作为行政概念从来没有施行过，现在要恢复它，依据是什么呢？而且，仅仅为了增加冀州的面积，似乎又有点过于兴师动众了。毕竟，行政区划的调整历来都不是一件小事，涉及各方面的技术困难和各派势力的利益冲突，更何况有些地区还不在“曹操控制区”，能否推行下去都是一个问题。果然，身在许县的荀彧听说后，立即写信给曹操，表达不同意见：“现在如果依古制，那么冀州的管辖范围将包括现在的河东郡、冯翊郡、扶风郡、西河以及幽州、并州的全部，这些地方本来人心就不稳，让他们归属冀州，将会使大家更加不自安。如果因此引起叛乱，那么天下大业就不好说了（若一旦生变，天下未可图也）。”荀彧建议曹操先平定黄河以北的地区，修复旧都洛阳，之后南下荆州，讨伐刘表、刘璋等不肯朝贡的军阀（责王贡之不入），让天下人都知道这些想法，从而人人自安。等到天下大定之后，再来议古制。

荀彧的这番表态让曹操吃了一惊，其实曹操坚持恢复九州制的真实原因倒不是增加冀州地盘这么简单，其背后还有玄机，可惜荀彧没有看到。

九州制是一个地理概念，或者说是一个规划中的行政概念，但它是整个古制中的一个组成部分，只有把它与整个古制联系起来看才能洞悉曹操的心理。恢复地理或行政区划上的九州制不是曹操想法的全部，甚至也不是主要部分，借恢复九州制进而恢复已经废除的其他一些政治制度才是要害。

现行政治制度大都因袭于汉初，这一套制度由高祖刘邦初创，经过汉武帝和汉光武帝等君王不断改造，与最初的形制已经有了很大不同。比如目前推行的三公制与最早的丞相制就区别很大，三公分了丞相的权力，有了制衡却丧失了效率，东汉三公又长期被尚书台等内朝官分权，有时竟形同虚设。

在曹操看来，即使高祖刘邦定下的制度有些也值得商榷，比如封爵制度，以前是五等爵制，即公、侯、伯、子、男，刘邦非要来一个白马盟誓，称“非刘氏不得封王”，断了一般人的封王之路，异姓的臣子功劳再高，封到县侯也就到顶了，逼得王莽这样的人只好另立朝廷单干。曹操想恢复九州制，行政区划调整才是第一步，后面还会陆续推行以恢复古制为重点的政治体制改革，目的是进一步加强自身集权，同时在爵位分封等方面有所突破。

但第一步还没有迈出去，便遭到了荀彧干脆利索的反对。而且，继荀彧之后皇家事务部部长（少府）孔融又提出了一个问题：九州制是古制，王畿制也是古制，恢复九州制，王畿制要不要也恢复？所谓王畿制出自《周礼》：“方千里曰国畿，其外五百里侯畿。”意思是：以首都为中心，方圆千里以内的是“王畿”，方圆五百里之内的是“侯畿”。“畿”的意思是直属管辖区。孔融认为，按照这个制度，以许县为中心，千里之内的地区都应该划入天子直接管辖区里，这就包括了豫州、兖州和司隶校尉部的大部分地区，也包括冀州、并州、荆州的一部分地区，孔融端出王畿制来，显然是跟九州制对着干，让你弄不成。

孔融最近以来一反初到许县时的良好合作态度，在很多事情上都喜欢跟曹操唱反调。就孔融的这番谈论曹操完全可以不理，也可以追究他的责任，问问他的动机是什么。但现在的问题比较复杂，中间还夹着荀彧。荀彧的表态让曹操不能不认真对待，荀彧不仅是自己事业上的第一功臣，而且在士人中很有号召力，自己手下的相当一批官员都来自荀彧的推荐。

或许荀彧没有看出来自己的真实动机，就行政区划调整本身发表的意见，因为仅就此而言，费那么大的劲确实有点不值当，荀彧及时提出建议是他一贯责任心强的表现。但也有一种可能，是荀彧看到了自己的心思而执意反对，如果是那样就麻烦了。这表明，荀彧在一些原则性问题上与自己想法出现了分歧，这种分歧将是一个十分危险的信号。不管是哪一种情况，恢复九州制的提议都不能再进行下去了，曹操下令终止关于恢复九州制的讨论（遂寝九州议），他写信给荀彧说："不是先生及时提出反对意见，我要失去的可能更多了（微足下之相难，所失多矣）！"

还是当了丞相

荀彧、孔融等人的反对发挥了重要作用，一直到建安十三年（208），即赤壁之战的前夕，帝国的政治体制基本上没发生什么变化，曹操仍然担任司空，恢复九州制的建议也没人再提起。

这段时间，除在外面征战外，曹操都住在邺县，以避免回到许县跟天子碰面。但是，这种不方便是显而易见的。据司马彪《续汉书》百官志介绍，东汉司空府的编制原本只有七十多人，这显然满足不了现实需要，但要大规模地增加内设机构和编制，必须得有个说法。

建安十三年（208）六月，曹操下令改革朝廷政治体制，废除三公，恢复丞相。汉代的中央政体是三公九卿制，但就其具体内容而言在西汉和东汉并不一样。西汉因袭秦制，三公分别指丞相、太尉、御史大夫，相互不统属，但有制约，都直接向皇帝负责。九卿分别指：奉常，掌管宗庙礼仪；卫尉，掌管皇宫保卫；郎中令，掌管宫廷警卫；太仆，掌管宫廷车马；典客，掌管少数民族事务和外交；廷尉，掌管司法；治粟内史，掌财政税收；宗正，掌管皇室事务；少府，掌管山河湖海税收和手工业。到了东汉，三公指：太尉、司徒、司空。九卿指：太常，掌管典礼；光禄勋、卫尉，分别掌管宫省禁卫；太仆，掌管皇室车马；廷尉，掌管司法；大鸿胪，掌管接待诸侯与少数民族；宗正，掌管皇族事务；大司农，掌管国家财政收支；

少府，掌管皇帝器用服饰。

西汉三公虽然互不隶属，但丞相的地位显然高于御史大夫以及太尉，与东汉三公相比，丞相的权力更大，这从它的内设机构及编制上就可以看出来，西汉丞相下设十三曹，相当于十三个处，标准的编制为三百八十二人，这些主要的部门分别是：西曹，负责丞相府内的吏员任用；东曹，负责天下二千石官员的升降，包括军中的武将在内，二千石相当于部长级，在地方上就是太守一级，在军队里相当于将军，这个处的权力极大；户曹，负责祭祀、农桑；奏曹，负责管理政府的一切章奏，相当于唐代的枢密院，明代的通政司；词曹，负责民事法律诉讼；法曹，负责交通以及邮驿等；尉曹，负责运输，像清代的漕运总督；贼曹，负责侦办盗贼；决曹，负责刑事审判；兵曹，负责兵役；金曹，负责管理货币、盐铁；仓曹，负责管理国家粮库；黄曹，相当于丞相府总务处。

从这些内设部门可以看出，丞相府实际上就是一个标准的小内阁，人事、行政、经济、交通、司法、外交、军事无所不管。正因为它的权力太大，所以汉武帝重视尚书台，把权力从丞相手中逐步收到自已身边的一群秘书手里，削弱丞相的权力。到了东汉，干脆设新的三公，把丞相的权力一分为三，互相制衡。从西汉到东汉，一直在围绕着皇权与相权展开斗争，天子是否强势，成为斗争的焦点。而到了东汉中后期，政治斗争中夹进来外戚、宦官，形势更加复杂化。三公在现实政治格局中已经完全被边缘化，直到曹操担任司空以后。

建安十三年（208）的这次政治体制改革倒没有遇到太大的阻力，对于曹操成为丞相，大家已经有了足够的心理准备，叫什么只是个名分而已，实质内容并没有大的改变。

这场政治改革有一个小小的由头，这一年初，司徒赵温突然征辟曹丕，也就是征调曹丕到司徒府工作。因为曹丕的特殊地位，赵温的这项提议在外人和曹操自已看来并不是有意讨好，反而有点恶搞，因而触怒了曹操，赵温因此被免官。作为名义上唯一与曹操地位相当的在职官员，赵温的日子并不好过，他时刻担心会做错什么事，或者犯了曹操什么忌，从而惹来杀身之祸。这种树大招风的心理一直左右着士大夫出身的赵温。此时，因为一件不大不小也算不上丢人的事被免官，对于赵温来说与其是不幸，不如说是幸运，所以有人认为这说不定就是赵温有意而为之，目的是全身而退。

赵温被免官之后，三公只剩下曹操一人，此时恢复丞相，曹操更是理所当然地成为唯一候选人。六月，汉献帝命太常卿徐璆拿着天子的符节前往邺县，拜曹操为丞相。徐璆就是那个从袁术手下逃脱，并将传国玉玺归还汉室的功臣。根据

《后汉书》记载，曹操对这项任命也做了礼节性的推辞，甚至要把丞相让给徐璆当。徐璆再弱智或者再官迷心窍也断然不敢应承这种事，予以坚决拒绝（操以相让璆，璆不敢当）。

于是，曹操正式就任丞相，同时任命郗虑为御史大夫。西汉的三公除丞相外，还有御史大夫和太尉，曹操此次恢复丞相制，没有恢复太尉，只恢复了丞相和御史大夫。有人认为御史大夫很重要，相当于“副丞相”，曹操把如此令人瞩目的职务给了名不见经传的郗虑，确实让人大出意外。

郗虑字鸿豫，兖州刺史部山阳国高平县人，跟刘表一个县。他进入曹操阵营比较晚，但他有一人特殊身份：郑玄的学生，这让他沾了不少光。以郑玄在当时文化界无人匹敌的地位，他的学生崔琰、国渊、王基等人在社会上也享有很高的知名度，加入曹操阵营后都很受重用。郗虑从小就受教于郑玄，建安初年来到许县，在曹操的推荐下做了侍中，并以侍中的身份兼任九卿之一光禄勋卿。对于这项任命汉献帝显然有些不以为然，他曾当着郗虑的面问少府卿孔融：“郗先生有什么特点和长处（鸿豫何所优长）？”孔融看着郗虑平步青云早就有些不爽，他一点不考虑当事人就在旁边站着，回答汉献帝说：“可以打发他到路边站岗，不能让他掌权（可与适道，未可与权）。”

打人不打脸，伤人不揭短，当面受到如此侮辱，郗虑十分恼怒，他反驳道：“孔融当年主政北海国，政治疏失，人民流散，他的能力在哪里？”从此之后，郗虑认准孔融是自己的仇人，非要找机会整他一下不可。赵温的免职通知就是郗虑奉命传达的（虑持节奉策免温官），郗虑资历浅，与孔融等老牌士大夫们关系恶劣，加上他为人尖刻，报复心强，这些正是曹操所需要的，把郗虑提拔为高于九卿的御史大夫，虽然在外人眼里很意外，但却十分符合曹操的想法。

曹操担任丞相后，立即着手推动丞相府的各项建设，选调各类人员。原司空府的人员基本上全部转到丞相府来，同时还根据丞相府内设机构增加的需要，选调了一些新人。

对于从司空府转入丞相府工作的所有人来说，工作性质可能变化不太大，但收入却可以增加不少。举例子来说，司空府里的处长（掾）一级官吏，品秩是三百石到四百石，月俸是三十斛到四十斛，副处长（掾属）的品秩是二百石，月俸二十多斛，而转到丞相府后，处长（掾）的品秩升为四百石到六百石，月俸提高到四十五斛到七十斛，副处长（掾属）的品秩虽然仍为二百石，但月俸可以提高到三十斛以上。那段日子，大家都沉浸在加薪的喜悦中。

丞相府各个处（曹）中，西曹、东曹两个部门管人事，负责典选从地方到军队的高级官员，地位最为重要。曹操把冀州别驾崔琰调过来，任西曹掾，相当于西曹的处长，把毛玠调来任东曹掾，相当于东曹的处长，这是他们二人长期负责人事工作的开始。

早在两年前，曹操西征并州时，留下曹丕守邺县，崔琰以冀州别驾的身份辅佐曹丕。在此期间，曹丕迷上了游猎活动，不太专心工作，崔琰没有因为他是世子就睁一只眼闭一只眼，他给曹丕写了封措辞很尖锐的信，让曹丕认真思考一下袁绍父子是如何失败的，规劝他遵循正道，端正行为，把心思用到正事上来。面对敢于直言的崔琰，曹丕也只得服服帖帖，对崔琰说："昨天看到了先生写下的谆谆教诲，要我烧掉射猎的用具，扔掉打猎的服装，现在用具已烧毁，猎装也扔了。以后再有类似的错误，还请先生及时对我教诲（后有此比，蒙复诲诸）。"态度相当的诚恳。曹操知道此事后，对崔琰也十分赞赏。

曹操任命崔琰为东曹掾时专门对他说："先生你有伯夷一样的风范，史鱼一样的正直，贪婪之人听到你的名字就会变得清廉，壮士听到你的名字就会更加英勇（贪夫慕名而清，壮士尚称而厉），先生可以称为时代的表率，所以任命你为东曹掾。"毛玠在司空府就从事人事工作，他以清廉公正著称，没有私欲，不贪心，没有不良嗜好，不拉帮结派，没有小圈子，敢于得罪人，这些正是做人事工作所必备的条件，曹操把典选官吏的大权交给了他。西曹与东曹都管人事，但分工有所不同，打个比方，一个好比是组织部，一个好比是人事部，崔琰和毛玠两个人干得都很出色。

丞相府其他十一个曹先后担任过掾和掾属的还有司马懿、高柔、刘晔、裴潜、傅幹、杨修、王观、杨俊、徐邈、辛毗、温恢、薛夏、王凌等人，他们中的大部分人之前都已做过介绍。

丞相府里还有两个职务，地位和作用高于一般的处长，一个是主簿，类似于办公室主任，一个是长史，职责与主簿差不多，地位比主簿还要高些，类似于丞相府里的秘书长。曹操当丞相后，首任主簿是司马懿的大哥司马朗，司马懿后来也担任过这个职务。担任过丞相府长史的有杜袭、徐奕、辛毗、王必、杨修等人。

除此之外，"挂靠"在丞相府内的还有一些相对独立的部门，主要是与军事有关的部门，包括曹操的各类军事参谋人员。说他们是"挂靠"，是因为传统的丞相府里也没有他们的编制。在曹操的丞相府里，他们人数众多，称呼也有好几种：军师，荀攸、钟繇、华歆、凉茂、毛玠、成公英等人先后担任过；军师祭酒，郭嘉、董昭、王朗、王粲、杜袭、刘放、孙资等人先后担任过；军谋掾，徐邈、田豫、牵招、高堂隆、贾洪、薛夏、隗禧、韩宣、令狐邵等人先后担任过；丞相军事，何夔、贾诩、华歆、王朗、裴潜、刘放、孙资、邢颙、陈群、张范、张承、仲长统、卫臻等人先后担任过。上面这些人组成了曹操的总参谋部，他们的职务分别类似于总参谋长、副总参谋长、高级参谋、参谋处长、参谋等，组成了强大的参谋班子，服务于曹操的军事行动。

可以说，丞相府吸纳了当时最优秀的一批人才，他们在曹操身边工作，实际上承担着管理整个“曹操控制区”的任务。曹操喜欢把一些优秀人才先放到自己身边锻炼，之后下派到地方上任刺史、郡太守、县令或屯田官等，丞相府于是成为一个高级人才的培训基地，一时间，天下俊才都以能到丞相府工作为荣。

北方的基础建设

建安十一年（206）壶关之战后，河北地区暂时没有大的战事了。这一年的三月曹操率军回师邺县，在此休整了好几个月，对于习惯于戎马倥偬生活的曹操来说，没有大仗可打，反倒有些不适应。

这段时间，曹操在邺县主要做的事是命人开始整修漳河，如前所述，漳河紧贴邺县而过，方便了农业生产和人民生活，但也带来了水患，同时一旦邺县被围攻，漳河水又成了攻城的武器，在军事上十分不利。曹操看中了邺县这个地方，决定把自己的大本营安顿在这里，所以开始思考漳河治理问题。北方战事暂告一个段落后，恢复和发展生产也成为当务之急。另外，战争造成了大量流民，袁军被打散的士卒也有相当多的人散落到民间，这些流民和散卒人数众多，他们脱离了原有的土地，聚集在社会上成为流民，如果不妥善加以安置，这些人就是下一拨黄巾军或黑山军。

基于这些考虑，曹操的丞相主簿司马朗建议：“现在是大战之后，民众失散，土地无主，都成了公田，现在恢复生产正是时候。”郭嘉、荀攸、董昭等谋士也都劝曹操把已经取得良好效果的屯田制引入新占领区，并大兴水利工程建设，既发展生产，又安置了流民，一举两得。自古以来，对漳河的治理由来已久，战国时邺县县令西门豹主持兴建了著名的引漳十二渠，这些人工水利工程对于灌溉和水患治理发挥了很大作用，但由于年代久远，加之漳河频繁改道，这些工程毁坏殆尽，曹操下令组织流民，对这些水利工程进行重修。

这是一项浩大的系统工程，前后持续了十多年时间甚至更长，动用的军民也不下数十万人，但主要史籍对此均无正面记载，我们只能从《水经注》《邺中记》等零星史料中一窥这项工程的全貌。据《水经注》记载，曹操下令在漳河上修建了一个大坝，名叫天井堰。有了这道大坝，漳河水被拦出一座水库，《邺中记》

说这个水库名叫堰陵泽。这样一来，水流下泄便可以实现调节，枯水时多放水，有水患时利用大坝对洪水进行调节，其原理与如今的三峡大坝没有什么不同。《水经注》还说，天井堰以下二十里内，又修了十二个“蹬”，每个“蹬”相隔三百步，“一源分为十二流，皆悬水门”，即由天井堰下来的水被这十二个“蹬”分出十二条水流，每个“蹬”口都修有水闸（水门），控制水流的出入。什么是“蹬”？唐人李周瀚解释说：“蹬，级次，泄水之处，言有十二也。”也就是说，“蹬”就是人工灌溉渠，天井堰围出了堰陵泽这个大水库，保证了漳河水流的相对稳定，使这些灌溉渠道有了水源保证，即使在枯水期也可以发挥灌溉作用。

先进的水利工程，使邺县周围乃至魏郡的广大地区农业得到极大发展。数十年后出生的晋代著名文学家左思写过一篇《魏都赋》，对邺县农业发展情况有过具体描述，其中提到，丰富的水利资源使这里盛产一种“芒种”的作物，唐代李善对此进行了考证，认为芒种指的是水稻和麦子，当时的农民一般在地势较低的地方引水种水稻，在地势高的地方种麦子等谷物。关于邺县当时广种水稻的事，在曹丕的文章里也得到了印证。

十多年后出生的著名学者傅玄在一篇文章里介绍了水利工程对魏郡地区粮食产量提高所做的贡献，他说可以灌溉的旱田亩产达到了十多斛，而水田更可以收谷数十斛。当时一般土地亩产高的也就是十斛左右，有的甚至只有三四斛，由此可见漳河上的这些水利工程对农业发展起到了多么大的促进作用。

这些从漳河引出来的水，有一股被引到了邺县城内。据《邺中记》记载，曹操下令在邺县修了一条暗渠，名叫长明沟，由漳河引来的水从城西引入，进入暗河向东流（伏流入城东注），这条暗渠在城里绕了一个圈，先向南流，之后从东门出城。从这条暗渠上还有不少小的水渠引出去，通向城里的各个地方（沟水南北夹道，枝流引灌）。这条渠出了邺县后，曹操还下令在其上修了一个稍小点的水坝，名叫石窦堰，进一步控制水流。如果《邺中记》所载这些内容属实，此时的邺县便已经拥有了一套相当复杂和先进的城市供水系统。水不仅是生活必需品，而且也关系到城市的文明程度，漳河水的引入，使邺县一跃成为那个时代最现代化、最为时尚的城市之一。

也就是从此时开始，曹操下令对邺县进行了新的大规模扩建，这项工程更为庞大，而且充满创新精神，对后世城市建设尤其是都城的建设影响深远。像长安、洛阳这些大城市，其城垣长度与宽度都有制度规定，不能随意突破。在城垣之内，其大部分区域是宫城，它一般位于城市正中或者偏南，洛阳城里有北宫和南宫，面积相加占城内总面积的三分之二以上，其他政府办事机构、达官贵人的府第、交易市场等又占了一部分，真正的城市平民能挤到城里居住的很少。

现在人们所熟悉的都城之内中轴线设计、对称布局、集中规划里坊等，在曹操扩建邺县之前是没有的，它们都属于曹操的首创，这些规则影响到唐代长安的城市布局，一直影响到明清。日本早期的都城如藤原京、平城京、难波京以及后来的京都等也全部借鉴了这种布局方法。修建房舍需要大量木材，并州刺史部上党郡的大山里盛产上等木材，这里离邺县很近，免去了运输之苦。并州刺史梁习从上党郡督选木料运到邺县，为大规模的城市建设源源不断地提供建设用材。

邺县的扩建是旷日持久的工程，赤壁之战以后曹操在邺县城西北角先后修建了铜雀台、金虎台、冰井台，使这场扩建活动达到了高潮，让邺县不仅超越了已经破败的洛阳、长安，也超越了天子所在的许县，以及襄阳、成都、临淄等当时一流的大城市，成为一座崭新的、规模巨大、经济发达、文化气息浓厚的都市。

有了这座超级堡垒，曹操就有了稳固的后方，可以把重要将领、官员的家眷从各地接到邺县来，免除大家的后顾之忧，以便更安心地打仗或工作。对那些手握兵权但又不是嫡系的将领来说，把家眷送到邺县去，不仅可以享受更好的生活条件和教育条件，而且可以打消曹操对自己的顾虑，所以，张绣、张燕、臧霸等人先后主动要求把家眷送到邺县来。

第四章

北征乌桓

运河向北延伸

现在将时间稍作回调，看一看曹操称丞相前发生的其他一些事。从建安十一年（206）三月到八月，曹操一直在邺县休整，度过了难得的半年清闲时光，直到这一年八月，位于山东半岛新置的青州刺史部长广郡传来了海贼闹事的消息，曹操决定亲征。

长广郡位于如今山东半岛的前端，此地原来有东莱郡，曹操占领其一部后设置了长广郡，今天的蓬莱、威海、青岛都包含在其中，曹操任命何夔为郡太守。长广郡三面环海，很多人以出海打鱼为生。长广县人管承聚集了徒众三千多户成为流寇。这伙人在岸上能打就打，不能打就下海，官府没有海军，拿他们没办法。

曹操收到何夔的匪情通报，率张郃、乐进、李典等部挥师东进，亲自讨伐这伙海贼。由邺县到长广郡，中间要穿越兖州刺史部的东郡、济北国、泰山郡，以及徐州刺史部的琅邪国、青州刺史部的北海国等地，属于长途行军。为对付这几千名海贼，应该不至于如此兴师动众，更不至于让曹操亲自出征，但曹操还是亲自带兵来了，他率大军进抵北海国境内的淳于，即今山东省安丘市，在此建立前线指挥部。之后，命乐进、李典进军长广郡进剿管承。

管承没想到自己连一个地方割据势力都还算不上，充其量只是一伙黑恶势力而已，居然招来了曹操亲自远征，还有张郃、乐进、李典这样的名将联袂来打他。他知道该怎么做，于是象征性地抵抗一下给自己保存一点面子，以便日后还能在这一带混，之后便退到海里的一些岛屿上。这时，大家都认为应该派兵到这些岛屿上进行清剿（议者欲举兵攻之），对当地情况非常了解的何夔有不同见解，他认为："管承这些人并非生性喜欢作乱，他们只是缺少教化，所以不知道回到善的道路上来（未被德教，故不知反善）。如今逼迫太急，他们害怕被剿灭，必然死战，即使能够取胜，但也要付出很大代价，不如晓喻以恩德，让他们自悔，可以不用兵而平定。"

曹操接纳了何夔的建议。确实，打海战曹军没有一点经验，这些人长期生活在海上，一旦入海就是他们的世界，可以以一当十、以一当百，一旦打起来结果如何还真难说。现在管承所部退到海岛上，据险而守，不易清剿，如果能招抚，应当是上策。长广郡丞黄珍有勇有谋，何夔推荐他前往岛上完成招抚的使命。黄珍到海岛上找到管承，向他陈述利害，表明招抚的意愿，管承接受招抚。

建安十一年（206）秋天的东征管承之战便这样不疼不痒地结束了，对曹操来说费了这么大的劲居然没有打起来，虽然也高兴，但总觉得不够尽兴，打惯了仗的人总是闲不下来，老想找机会打一仗。

不过，曹操想打仗的话，下面还有足够的仗让他打。这次之所以领兵出来，解决管承是一个方面，为下一步的军事行动做准备才是重要目的。

八月份解决了管承问题，曹操到次年的二月份才回到邺县，在这几个月时间里，他对北方各州郡进行了视察，重点考察了各地已开工的水利工程建设进展情况。前两年，邺县附近的漳河治理工程开工后，董昭向他提出了一个规模更大的水利工程建设计划，建议趁着北方各州郡已经平定的机会，以现有河流为依托，大修人工运河。这项计划很庞大，它由一系列人工运河组成，用运河联结华北地区的若干条河流，从而编织出一个纵横交错、互相可通可联的河网。这些运河主要由白沟、平虏渠、泉州渠、新河等组成。曹操批准了这一计划，并命熟悉北方事务的董昭负责督建。

白沟动工最早，在建安九年（204）正月便开始修建。白沟原来是黄河改道南下后留下的故道，又叫宿胥渎，由于缺乏水源，不能通航。曹操下令把附近淇河的水引来，充实白沟的水量。其具体做法是，在淇河入黄河的淇水口通过打桩的办法修建河堰，阻拦淇河里的水，然后在堰北修筑人工运河，将水导入白沟。为了控制淇河水的走势，又在顿丘县境内修筑石堰，拦阻可能重新进入黄河的水流。白沟通航后，可以由邺县直达内黄，即今河南省内黄县，在此与洹水汇合，由此可以到达今天的河北省馆陶县、山东省威县等地，最后联通呼沲河，即今滹沱河，成为华北平原上一条重要水道。

两年后，即建安十一年（206），在董昭主持下又开凿平虏渠，目的是由滹沱河继续北上，将白沟联结起来的水网继续向北延伸。为此，在滹沱河与泒水之间修建了人工运河，将二者联结起来，使华北平原的人工河网进一步到达更北的地方。但现存《水经注》里滹沱河和泒水两部分已经看不到了，所以平虏渠的具体修建线路已经无考，只是在唐代李吉甫的《元和郡县志》以及宋代的《太平寰宇记》等著作里，对此有过一些零星记述。根据这些记述，推断出当初的平虏渠北端大约在如今天津市静海县的独流镇，南端大约在山东省青县一带，这一段也就是后来的京杭大运河南运河的北段。据此，学者们一般认为，京杭大运河北段的主体工程最早是由曹操下令修建的。

泉州渠也动工于建安十一年（206），当平虏渠将滹沱河与泒水联通后，泉州渠的开建使河网再次向北延伸，到达潞河，即今天津地区的海河流域，据《水经注》记载，其最北之处最少可达幽州刺史部的雍奴县，即今天津市武清区以北。潞水下游水流湍急，不利于航行，后来又修筑了泉州渠的二期工程，即从鲍丘水修筑运河通濡水，也就是新河，解决船到潞河后无法继续向北的问题。《水经注》对新河记载较详细，它的大体流向是：出盐关口，穿过今天的州河、还乡河、陡河、沙河、沂河等众多河道，最后在乐安县境内与濡水汇合。

平虏渠、泉州渠、新河三条人工运河的修建，互相接力，使可以通航的河网不断向北延伸。这些地区大体上相当于今天的山东北部、河北西部、天津和北京等地区，在当时尚属欠发达地区，这里地势低洼，容易积水，道路难行，交通困难。发达的水运系统建成后，极大地改善了这里的交通状况。由邺县出发的船只，可以从漳水、淇水到达白沟，然后经平虏渠、泒水、潞水、泉州渠、新河等不断向北转运，一直抵达幽州。

北征的争论

一系列水利工程是前无古人的浩大工程，曹操下决心修建这些工程，绝不只为是改善北方交通那么简单，显然他有着更大的动机。

袁绍死了，他的儿子袁谭和外甥高幹也死了。但是，他另外两个儿子袁熙和袁尚还活着。这就意味着，袁氏集团的势力还没有最后被消灭，他们还有卷土重来的可能。

当袁熙和袁尚从幽州逃出来时，摆在他们面前可供选择的路并不多，他们不能冒险南下，越过曹军重重占领区去投奔荆州的刘表或益州的刘璋，这条路一点都不可行，因为他们的表兄高幹就是这么做的，结果轻而易举地丢了命。如果逃往北方，他们只有两个地方可以去：一个是活跃在幽州以北的少数民族部落，一个是活跃于辽东半岛到朝鲜半岛一带的公孙氏集团。对于后者，他们素来没有太深的交往，把握并不大。

于是，他们只好向少数民族部落首领求助。北部边界地区主要的少数民族部族有南匈奴、乌桓、鲜卑等，乌桓族最有实力的一支是蹋顿，说起来他还是袁家的亲戚，袁绍当年为了笼络蹋顿，曾经学了回西汉的皇帝，在民间找了个长得漂亮的姑娘收为义女，对外宣称是袁家的姑娘，把她嫁给了蹋顿。袁熙和袁尚不大清楚蹋顿还认不认这门亲，但目前已走投无路，只好硬着头皮试试了。没想到蹋顿对袁家很有感情，把袁熙和袁尚还当自家兄弟看，眼见他们落难，立即慷慨地伸出援手，把他们接到自己的地盘上。乌桓是游牧民族，走到哪儿抢到哪儿，没有稳定的根据地，他们目前活跃于幽州以北的广大草原地区。

袁熙和袁尚并非空着手去投蹋顿的，他们走的时候裹胁了十多万户幽州、冀州的军民，强迫他们迁往乌桓控制区。这可是一份厚礼，也是他们今后在乌桓人那里说话的本钱。这些年来，蹋顿每次南下侵掠内地，都要劫持内地的军民到草原上来，前后累计也有十多万户。有了这二十多万户内地军民，乌桓人的势力大增，加上袁氏兄弟在幽州一带仍然有一定影响力，乌桓族的蹋顿部落有慢慢坐大的势头。

曹操一边清剿高幹和海贼，一边扩建邺县、大修运河，但他始终还有一只眼睛警惕地盯着北面的袁氏兄弟。曹操深知袁氏在北方经营多年，与少数民族部落首领有很深的交往，说他们随时会卷土重来，一点都不是杞人忧天。袁熙和袁尚的年龄不详，曹操比他们的父亲袁绍小了大约十岁，这个年龄差距可以视为同代人，也可以视为两代人，曹操主动与袁谭结为儿女亲家，可见在他的心目中袁绍更倾向于是上一代人，而把袁熙和袁尚视为同代人。他们现在都处在最为成熟、精力也最充沛的时期，必然不甘心一辈子待在草原上当个牧马人。

并非所有人都看到了这一点，当袁氏兄弟逃到乌桓人那里时，曹操身边的大多数人都松了口气，认为北方的战事可以告一段落了，持这种观点的人不在少数，包括曹操身边的一些武将和谋士在内，都认为袁熙和袁尚不可能再掀起什么大浪来。可曹操本人并不这样看，他觉得北面还有仗要打，并且是大仗、恶仗。对此，他丝毫没有掉以轻心。为了筹划这一仗，他甚至拿出了迄今为止最大的耐心，在华北平原上大修运河，让可以通航的河网一点点向北延伸，最后延伸到渔阳郡的雍奴等地，这里已经是与乌桓人对垒的前线了，这就是曹操为什么费了如此大的代价拼命修运河的原因。

建安十二年（207）二月曹操自淳于返回邺县，最近几个月来，他一边部署清剿海贼，一边思考北征的计划，了解沿途水运系统的建设进度。回到邺县后，他认为时机已经成熟，便把北征计划提了出来，让部下们讨论。

果然不出所料，大多数人对此时大举北征都持反对意见。哪些人反对史书并未详细记载，只是说“诸将皆曰”，看来人数不少，并且以武将们为主。大家一致认为，袁尚只是个亡虏而已，乌桓人贪而不亲，袁尚在那里不会得到什么发展。如果现在远征，刘表必然趁机袭击许县，要真是那样的话，后悔都来不及了（万一为变，事不可悔）。大家认为，与其北征不如南征，趁着兵强马壮，挥师直驱荆州，征服刘表，而北方二袁及蹋顿、公孙度之流要么主动投降，要么自生自灭，根本不用理它。

只有郭嘉、史涣等少数人持不同意见，他们赞成此时北征，其中郭嘉态度最坚决，他说：“曹公虽然威震天下，但乌桓人必定自恃偏远，不会防范。如果突然发起攻击，一定能消灭他们。袁绍当年在北方一带影响很大，袁熙和袁尚还在，我们在北方四州立足时间尚短，还没有来得及施以恩德，如果此时南征刘表，袁尚等人必然有所行动，到那时北方的汉人难免会响应，从而助长蹋顿的野心，到时候幽州、青州恐怕就不是我们的了。”郭嘉同时认为，刘表不过是一个喜欢坐着空谈的人而已，他知道自己不如刘备，跟刘备之间虽然合作，但关系很微妙，对于他们不必过于担心，即使现在举全国之兵远征乌桓，也可确保无事（虽虚国远征，公无忧矣）。

这场讨论虽然在秘密状态下进行，但讨论进行得异常激烈。参与讨论的除曹操身边的核心幕僚及心腹将领外，像韩浩、史涣这样的一般将领也都参与了。史涣的意见是反对北征，他想拉韩浩一块劝说曹操，没想到韩浩却赞成北征，韩浩对史涣说：“现在我们兵力强大，凡是征战无不处处得手，如果不趁此有利时机解决乌桓问题，必然会给将来留下后患。以曹公的神勇，做什么事都会考虑得很周到，在这个时候不应该反对他，干扰他的决策。”

这场大讨论最后形成的结论是可以北征，但这并不是少数人说服了多数人，而是曹操亲自拍的板。曹操从一开始就倾向于把北征放到解决荆州问题之前完成，所以他才会花那么长时间在北方地区大修运河。至于刘表，他赞成郭嘉的分析，这是一个魄力不足的人，就像当年的袁绍，在稍纵即逝的战机面前往往犹豫不决，等到能完全看清楚的时候，机会也没有了。

什么人最珍惜机会？是那些最渴望获得机会的人；什么人最渴望获得机会？是那些处于劣势，急于改变处境的人。袁绍也罢，刘表也罢，小日子过得挺好，反而成了包袱，当机遇来临之时，他们便犹豫了，彷徨了，害怕那是冒险，把眼前的荣华富贵丢掉了。说起来袁绍和刘表都算是个人物，他们也曾经有冒险精神和拼搏的勇气，但当他们过上富贵奢华的生活时，他们就成了另外一个人，由进取变得保守。

退一步说，即使刘表这一回判断准确，反应快速，与刘备一起举兵北上，也没有到不可收拾的地步。以曹军现有的实力，可以留下相当数量的人马防守南线，对付刘表。再退一步说，假如许县守不住，也没有关系，可以把汉献帝撤到黄河以北来，凭借黄河进行抵挡，为大军回师赢得时间。

所以，因为担心刘表而反对北征虽然也有道理，但却有点反应过度，危险处处存在，关键是如何准确判断危险的程度，既不缩小，也不夸大。想好这些之后，曹操下令组成北征军团，亲自领军，即刻挥师北上，目标直指幽州以北的乌桓人和袁氏兄弟。这次北征在曹操一生征战史中是准备时间最长的一次，也是出征前内部意见最有分歧的一次。事后证明，它也是打得最为艰苦的一次，虽然最后以曹军的全胜而结束，但也留下了许多争论。

兵出长城险关

建安十二年（207），即赤壁之战前一年，曹操率大军在春天里从邺县出发，远征乌桓，此时曹操还没有称丞相，他担任的职务仍旧是司空，称丞相是此次北征归来以后的事。

此时的乌桓人活动于幽州以北的广大地区，大本营叫柳城，这是一个有争论的地方，一般认为它位于今天辽宁省朝阳市西南。这是一场精心准备也势在必得的远征，虽然没有"虚国而出"，但曹军中最有战斗力的几支部队悉数出动，其中包括张辽、徐晃、张郃、曹仁、张绣所部，以及曹纯统率的虎豹骑，韩浩、史涣等人也随军出征，统领中军。参谋人员以郭嘉为首。

曹操手下目前最熟悉北方事务的有三个人，分别是鲜于辅、阎柔和牵招，前面对他们都有过介绍，此次北征乌桓自然少不了他们。曹操至少还带着两个儿子：曹植和曹彰。曹植从征的事见于他后来写的一篇《求自试表》，曹彰从征的事见于《三国志》。曹丕没有随征，而是留守邺县，这跟上次曹操西征并州时的安排一样，可以看出来曹操对已经二十一岁的曹丕正在刻意锻炼和培养。

曹彰字子文，是卞氏所生的第二个儿子，年龄不详，介于二十一岁的曹丕和十六岁的曹植之间。在曹操诸子中，曹彰是最与众不同的一个，单从外表就能看出来，他生着一头黄发，被曹操称为"黄须儿"。而且，曹彰不爱文而爱武，从小善于骑马射箭，膂力过人，胆子特别大，敢徒手与猛兽搏斗，在此之前已经多次随父亲出征。

曹彰一开口就是打打杀杀，曹操经常教育他说："你这孩子不读圣贤之书，不慕圣贤之道，只喜欢骑马击剑，这是匹夫之勇罢了，算不上什么（汝不念读书慕圣道，而好乘汗马击剑，此一夫之用，何足贵也）！"曹彰当面不敢顶撞父亲，但背地里仍然把卫青、霍去病作为心中偶像。曹操曾经问儿子们将来想做什么，曹彰说："我喜欢当将军。"曹操问："当了将军想怎么样？"曹彰朗声答道："披坚执锐，危险面前头都不回（临难不顾），身先士卒。赏必行，罚必信。"曹操听他说得像模像样，又意气风发的样子，不禁哈哈大笑。

曹丕对这个弟弟也很关心，在曹彰临行之前，还专门写信给他，告诫说："为将者要知道遵守军令，要好好向征南将军学习。"曹丕所说的征南将军指的是他们的叔父曹仁。曹仁被拜为征南将军是以后的事，但写史的人一般都喜欢用一生中担任最高或最著名的职务称呼一个人。据《三国志》记载，善于指挥骑兵作战的猛将曹仁年轻时大大咧咧，做事也马马虎虎（不修行检），当了大将却像变了个人似的，他很注意以法治军，把上级颁布的军令以及法律条款总是放在手边（常置科于左右），遇到事情随时查用，成为知法、懂法、学法、用法的楷模。曹丕拿叔父作榜样，让曹彰向叔父学习。

大军向北进发，开始比较顺利。由于做了较为充分的战争准备，从行军路线到后勤供应都有精心安排，大军很快就推进到了幽州境内。

路过涿郡时，曹操想到这里是已故名将卢植的家乡，就派人到卢植墓前进行祭祀。祭文说："已故的北中郎将卢植，海内所闻名，在学术上又是一代儒宗，是士人的楷模，国家的栋梁。""特派人前来扫墓，抚恤其子孙，致上薄酒，以彰显其美德。"曹操问涿郡地方官卢植有后人没有，地方官说卢植有三个儿子，两个都死于战乱，最小的一个叫卢毓，字子家，卢植死的时候他才十岁。教出了公孙瓒、刘备这些大人物的卢老师一家，在连年饥荒中日子并不好过，卢毓长大后，奉养两位寡嫂以及子侄们，同时继承父亲遗志，专心学问。曹操听了很高兴，把卢毓找来安排了工作。后来，曹丕当太子时，征卢毓到身边从事司法方面的工作，卢毓由此成为曹魏司法方面的专家。

过了易水，曹操特意考察了公孙瓒当年在这里修筑的那些超级城堡。尽管如今早已荒败，但依稀能看见当年这些工程是如何的坚固。郭嘉这时向曹操建议说："兵贵神速。如今要赴千里之外袭击敌人，辎重太多不利于机动，时间长了敌人会知道，早做防备。不如把辎重留下，轻兵兼程，快速推进，以掩其不备。"曹操接受了郭嘉的建议，从各部抽选出精兵，全部骑马，加上虎豹骑，组成快速纵队向北进发，其他部队留在幽州一带作为后援。

张绣没有出现在快速纵队里，《三国志》等书说他突然病逝于军中。关于张绣的死还有另一种说法，据《典略》一书记载，张绣欠下了曹家人的血债，一直心存不安。曹丕更对此念念不忘，多次当面质问张绣说："你杀了我哥，还有什么面目出来见人（君杀吾兄，何忍持面视人邪）？"张绣承受不了巨大的心理压力，于是自杀。

现在，曹操亲率快速纵队向北疾进，快到无终县的时候，曹操找来一个人，给他交代了一项特别任务，这个人是田豫，他是这一带的人，老家在渔阳郡的雍奴县，即今天津市武清区一带，曾经跟随过刘备，刘备后来到徐州、豫州一带发展，田豫因母亲年迈，只得跟刘备分手，二人离别时还掉了眼泪。至此，在曹操手里有两个下人与刘备曾经关系非同一般，一个是袁涣，一个是田豫。

鲜于辅起兵反抗公孙瓒时自称渔阳郡太守，把田豫找来当郡里的长史，后来田豫劝说鲜于辅归顺曹操，为曹操所信任。目前，田豫是曹操军谋掾，相当于参谋处处长。曹操交代给田豫的任务是让他先行一步，到无终联络在那里的田畴。

公孙瓒杀刘虞的时候田畴曾冒险为刘虞哭丧，公孙瓒差点杀了他，但田畴的义举深得人心，公孙瓒想了想还是把他放了。田畴对时事彻底失望，带领本族的人以及自愿随行的乡亲们共数百人，进入老家无终县北部的无终山里，想避开乱世，开辟另外一种与世无争的生活。他们在山里选了一处相对平坦的地方建屋舍，然后开垦土地，发展生产，过上了自给自足的日子。虽然比较清苦，但没有战乱的烦扰，倒也自在。这种生活比后世幻想中的桃花源还早了数百年，吸引越来越多的人进入山里，随他们定居，最后发展到了五千多户，在当时相当于规模挺大的一个县城。在这个世外之城里，大家推举田畴为首领，他们自订乡约开展自治，制定了简单的法律和婚嫁之礼，开办学校，各项事业发展得十分兴旺，史称“道不拾遗”。

无终山处于乌桓人控制区与内地交界处，乌桓人经常侵入内地，抢一把就走，无终山也很难幸免，田畴很生气，立志找机会痛击乌桓。他把年轻人组织起来，开展军事训练，打击入侵者。袁绍后来灭掉公孙瓒，也算是了却了田畴的一个心愿，袁绍派人送来了将军的印绶，想收编田畴并请他出来做事，但被田畴婉拒。袁绍死了，袁熙、袁尚逃到北方一带，又派人来试图征召田畴，给出的条件更优厚，但田畴仍然不为所动。在大家看来，田畴已经打定主意在这座山里过一辈子了。

田畴是无终县人，田豫是雍奴县人，相邻不远，而且都姓田，虽然没有关于他们之间是否有亲属关系的记载，但这种可能性是存在的，至少他们以前就认识。曹操派田豫去找田畴，希望他出来效力。但是，曹操没有明确给田畴一个什么样的职务，相对于当年袁绍父子送来的将军印绶，曹操的这次征召缺乏吸引力，然而田畴一听说曹操召唤，完全变了一个态度，立刻动身赶来了。

对田畴态度的转变，身边的人有点不理解，问他：“过去袁绍父子仰慕您，三番五次派人来请，您都不答应。为什么曹公的使者只来了一次您就爽快答应，并且还那么主动，一副争先恐后的样子（曹公使一来而君若恐弗及），为什么呢？”田畴笑了笑，神秘地说：“这些不是你们能理解的呀（此非君所识也）。”

田畴的家在北部边疆，经常受到乌桓、鲜卑、匈奴人的侵扰，在他的内心里保土守疆的使命感很强。他早年倾心于刘虞就是因为刘虞在处理北部少数民族问题上做得很好，维护了边疆地区的安宁。他对袁绍父子没有好感，是因为袁绍父子与乌桓人走得很近，互相利用，这让田畴无法苟同。田畴之前没有跟曹操接触过，也没有跟曹军打过仗，他对曹操的了解是比较有限的，但曹操带大军是来打乌桓人，就这一点对田畴就很有吸引力，至于官位高低，对于田畴这样对功名利禄毫无兴趣的人来说，是没有什么意义的。

田畴于是随田豫来见曹操，《三国志》说，他被曹操任命为司空户曹掾，相当于司空府民政处处长。曹操立即跟田畴进行了一番详谈，这次谈话看来让曹操很满意，因为田畴这个处长只当了一天，第二天他就接到改任的命令。命令中有一句话："田畴先生不是我可以任以为吏的呀（田子泰非吾所宜吏者）。"古时官和吏是有明确区分的，丞相府的处长权力再大，也是吏的身份，是丞相聘任的属官。

曹操觉得，对于田畴这样的大德之人，自己聘任他为属官不够尊敬，于是让幽州刺史举田畴为茂才，这样就取得了成为朝廷正式官员的资格，然后拜田畴为蓨县县令。曹操命田畴不用去赴任，而随军行动。快速纵队进抵无终县，再往北就是乌桓人的活动区了。这时正是夏天，下起了大雨，一连下了好长时间，这一下坏事了。

自古以来由蓟县、无终一带进入东北地区只有两条路可走：一条是所谓的滨海道，穿越幽州刺史部的辽西郡境内，即今天的辽西走廊。这条路现在是交通要道，在这条路上有天津、唐山、山海关、葫芦岛、锦州等重要城市。但摊开东汉的历史地图，却发现辽西郡所属的十四个县都不在这条线上，这说明当时这里很荒僻，因为这一带当初地势比现在还低，一下大雨容易积水，实际上变成了一片泽国，说水浅吧它无法通车马，说水深吧又不能通舟船（浅不通车马，深不载舟船），阻断了南北交通。

另一条路在西侧，由徐无即今河北省遵化市过卢龙塞直驱柳城，也就是今天的喜峰口到冷口一线。西汉时期与匈奴人作战频繁，这条道主要为保障战事需要而开辟的，但东汉以后随着战事转向西北地区，这里逐渐被废弃了，最后变成人迹罕至之地。这条路不仅艰险，而且出了山以后还要面临五百多里的不毛之地，直到越过今河北省承德市西南一带到达今内蒙古自治区喀喇沁左旗境内才好走一点儿。

后面这条路真正走过的人少之又少，田畴建议曹操说："现在蹋顿认为大军到达无终以后，面对道路泥泞难行的情况只好不进而退，必然防备松懈。如果我们表面上说回军，暗地里越过卢龙、白檀等险地，出其不意，蹋顿定可不战而擒！"曹操大喜，采纳了田畴的建议，佯装要回师，还在路边立了个大木牌（署大木表于水侧路傍），上面写着："如今是暑夏，道路不通，暂且等到秋天，再来进军。"蹋顿派出的侦察兵看到了，以为曹军真的要回家避暑去了，迅速向蹋顿报告。

曹操命令田畴及其手下人为向导，悄悄开进如今辽西走廊西侧的燕山山脉，当时它被称为徐无山，沿着西汉时期开辟出的小路直抵卢龙塞。卢龙塞，即如今长城沿线著名的要塞喜峰口。它位于徐无山脉的最东面，坐落于梅山和云山之间，这里周围是一片低山丘陵，由南向北地势迅速抬升，形成突兀的地形，成为一处险地。濡水穿徐无山而出，形成了天然的河谷，成为南北往来的通道，卢龙塞扼守着进出的咽喉，是兵家重地。一九三三年三月九日，日军两个旅团进犯喜峰口，驻守遵化的是西北军二十九军宋哲元部，其所属的赵登禹、王长海等抗日名将率部在此与敌人展开血战，这就是著名的喜峰口抗战。

由于有田畴及其部下做向导，曹军顺利越过了已经荒废的卢龙塞，再往前道路更不好走了，曹操带来的都是骑兵，曹操命令他们暂时改成工兵，一边逢山开路，一边艰难前行。就这样，终于越过了平冈、白檀，到达白狼山附近，深入了乌桓人的地盘。直到这时蹋顿居然还没有发觉，以为曹军正在撤退途中，但是一场大战即将爆发。

激战白狼山

现在的辽宁省喀喇沁左翼蒙古族自治县境内有一座大阳山，其海拔仅为八百多米，但却给人以高耸入天的感觉，这是因为其周边一带地势并不高，映衬出它的奇伟高大。山上有一个白石砬子，砬子是方言，也就是大石头。这块大石头样子像一只羊，也像一只狼，所以在汉代，这座山也叫白狼山。春秋时伯夷和叔齐二人因为不食周粟而隐居于首阳山，最后饿死在那里。据学者们考证，这个首阳山即白狼山。白狼山下有白狼水流过，也就是现在的大凌河，河岸有一处军事重镇叫白狼城。

越过白檀、平冈，曹操率军接近了白狼城，距此东北方向二百里就是乌桓人的大本营柳城了。这时乌桓人才发现曹军主力已经到了跟前，立即疾告蹋顿。蹋顿闻听大吃一惊，仓促间集合兵马，迅速赶往白狼城迎敌。一块来的，还有袁熙、袁尚，以及辽西郡乌桓单于楼班、右北平郡乌桓单于能臣抵之等部，总兵力多达数万人，基本上都是骑兵。

建安十二年（207）八月，曹军快速纵队与乌桓联军相遇，曹操亲率先头部队抢先占领了白狼山，占据了有利地形。这时数万乌桓骑兵也杀到了，气势很强大。曹军的后续部队还没有跟上，曹操身边只有张辽所部和曹纯率领的虎豹骑，由于是急行军而来，大部分人都没有披戴铠甲（披甲者少）。面对数倍于己的乌桓骑兵，有些人感到有点害怕。

曹操让大家不要惊慌，他登上白狼山远望，发现敌人阵形不整，曹操看出他们也是远道而来，疲惫不堪，如果此时发起攻击正是时候。多年以后，蜀汉将领马谡奉诸葛亮之命扼守军事要地街亭，面对曹魏名将张郃的进攻，为了保险起见马谡下令退守两侧的山上，试图凭险据守形成对峙，达到阻拦曹魏军队的目的。因为马谡接到的任务是把敌人拦住就行，为诸葛亮在陇右一带的军事行动争取时间。马谡拒险而守，敌人要经过必须仰攻，难度可想而知，但张郃很老练，他没有硬攻，而是找到了山上蜀汉军队的弱点：水源。山上断水，逼得马谡主动进攻，结果往下冲的蜀军成了曹魏弓箭手的移动靶，蜀军大败。

曹操如果此时不下令出击，结局必然会跟马谡一样，他们甚至不如马谡，因为他们已深入乌桓腹地，后续部队即使到达加在一起的人数也仅是正面之敌的几分之一，随着时间的推移，乌桓的大部队还会源源不断地到达。现在若有迟疑，错过了稍纵即逝的取胜机会，待敌人整顿好队形，摆好阵势，一部分人围住白狼山，一部分人设伏打援，曹军就只能坐以待毙了。

曹军来得很急，没有带多少水和粮食，在白狼山上难以坚持太久，其命运跟街亭的蜀军估计差不多。曹军没有成为街亭的蜀军，因为曹操不是马谡。站在白狼山上的曹操只向山下的乌桓人看了几眼，就断然决定不待后续部队赶到，趁敌人阵形未稳之机立即发起猛攻。

曹操的想法与张辽不谋而合，张辽意气风发，主动请战，曹操把手里的指挥旗授予张辽（太祖壮之，自以所持麾授辽），命他全权指挥曹军，组织对敌人的进攻。据《傅子》一书记载，当初曹操决定北征乌桓，张辽也是反对者之一，张辽劝曹操说许县是天下要地，绝不能轻易丢掉，应该防备刘表的偷袭。曹操最后还是决定北征，张辽不因自己的意见未被领导采纳就闹情绪，作为北征的先头部队，他坚决执行命令，面对危险来临时，他敢打敢上，这正是做大将应有的素质。

张辽整顿所部人马在前，曹纯督率虎豹骑在后，直冲乌桓骑兵，结果乌桓人大败，曹军以悬殊的兵力获得大胜，曹纯率领的虎豹骑更是露足了脸：将蹋顿斩于马下！其实乌桓人是挺有战斗力的，如果认为他们本来就不堪一击那就大错特错了，乌桓人能长期驰骋于北方，绝不是靠吹出来的，尤其是蹋顿，有勇有谋，在乌桓人中很有号召力。

乌桓人之所以大败，一方面，是张辽、曹纯所部尽是曹军中最能打的精锐，他们作战勇敢，誓死一搏。另一方面，也是最重要的，是曹操抓住了战机，敌人远道而来，人困马乏，阵形不整，互相联络不畅，本想停下来扎住营寨，再跟曹军真刀真枪地过过招，没想到曹军没给他们这样的机会，一上来就打了个冲锋，让他们措手不及。

曹军能大获全胜，还得益于虎豹骑确实太生猛，这支在南皮城外立斩袁谭的劲旅，此番又找到了疆场扬名的机会，他们杀了蹋顿，使乌桓人的抵抗迅速瓦解。乌桓人没有统一的指挥，很快四分五散。曹操高兴异常，据《英雄记》记载，曹操把蹋顿的首级系到马鞍上，就像上次斩杀袁谭之后那样，又手舞足蹈地在马上舞了起来（系马鞍，于马抃舞）。

楼班、能臣抵之以及袁熙、袁尚等人不敢恋战，纠合在一起约有数千人，他们没有退回柳城，而是向东南方向逃去，投奔辽东太守公孙康去了。

曹操率军趁势直捣柳城，在此未遇到大的抵抗，但却又留下了一个关于屠城的争论，《三国志》记载："斩蹋顿及名王以下胡汉降者二十余万口。"古人写文章是没有标点符号的，问题于是出现了，这一句话可以连起来读，意思是：斩杀蹋顿以及有名号的乌桓各王以下投降的胡人、汉人共计二十多万人。对于北方草原上生活的民族来讲，二十万绝对是一个极大的数字，意味着数座乃至数十座聚居地的毁灭或一个部族的灭绝。

但是，这句话也有另一解，就是在中间加一个标点符号，变成："斩蹋顿及名王以下，胡汉降者二十余万口。"意思是：斩杀蹋顿以及有名号的乌桓各王以下，投降的胡人、汉人共计二十多万人。只杀了一小部分部族首领而已，二十多万胡人、汉人投降了。胡人，是对当时乌桓、鲜卑、匈奴等北方各族的统称。

有没有这个逗号看来差别很大，意味着二十多万条生命是死还是活，也意味着曹操有没有屠城。翻开现在出版大部分版本的《三国志》，中间都有这个逗号，也就是说大部分倾向于曹操没有在这里干屠城的事。但也有人认为中间不该有这个逗号，曹操在柳城又杀了二十多万人。在各种史论中，"屠柳城"的记载仍然经常可见。

曹操手下有个文人叫缪袭，由于出生较晚没有列入建安七子之列，但与他们齐名。曹丕称帝后，缪袭用汉代短箫铙歌之乐的旧曲十二支，改成新名字重新填词谱曲，其中有《楚之平》《战荥阳》《获吕布》《克官渡》《定武功》《屠柳城》《平南荆》等以记曹魏之功，其中《屠柳城》一曲唱道："屠柳城，功诚难，度越陇塞路漫漫。北逾平冈，但闻北风正酸。蹋顿授首，遂登白狼山。神武耆海外，永无北顾患。"连自己人都不避讳屠过柳城，更增加了屠柳城的真实性。

其实，这是误解。对曹操而言利用乌桓人比灭绝乌桓人更符合自身的战略利益。《三国志》乌桓传记载得很清楚，白狼山之战后，曹操命在乌桓人中有一定影响的阎柔整合乌桓各部，阎柔将幽州、并州一带的乌桓部落统领起来，多达一万多个部落，曹操命阎柔逐步把他们内迁，并抽调青壮年组成少数民族兵团，仍由乌桓各级部族首领统率，随同曹操南征北战，乌桓军队打出了名气，成为曹军中的一支劲旅（由是三郡乌桓为天下名骑）。

假如曹操下令屠柳城，与他后来的政策就严重不符。而且，假如他平白无故欠下了乌桓二十多万条人命，即使阎柔再能干，想把一万多个乌桓部落整合起来，还心甘情愿地跟随曹操打仗，那也是不可能的事。至于缪袭的曲子，除非他脑子进了水，敢拿大屠杀当丰功伟绩唱，否则不可能取名叫作《屠柳城》。看他写的这首诗，主要内容也是表达北征的艰难以及取得的功业，没有渲染屠杀的意思。所以，只有一种可能，那就是这首曲子被人篡改过。

公孙康的选择

曹操在柳城待了一个月，在此进行了简单休整，补充给养，同时清理乌桓控制区的人口，对于那些从内地被乌桓人和袁氏兄弟挟持来的内地汉人，征求他们自己的意见，愿意回去的就一块带回，结果绝大多数汉人都愿意回去，人数多达十余万，这再次证明曹操在柳城大搞屠城是不存在的。

一举战胜乌桓让曹军士气大振，随行的将领们都跃跃欲试，想再次请战，不着急回师，干脆直扑辽东，将公孙康以及袁氏兄弟解决了，省得再来一趟。但是，正当大家信心满怀准备杀往辽东的时候，曹操却下令班师回冀州，这让大家很不解。从北征乌桓这件事上，大家都觉得若论敢想敢干，一般人还真比不上曹公，怎么现在大家的积极性被调动起来了，曹公反而不敢干啦?

面对士气如虹的将领们，曹操笑了笑说："我正在让公孙康把袁尚、袁熙的头砍了送来，不劳大家辛苦了（吾方使康斩送尚、熙首，不烦兵矣）！"大家更是一头雾水，转而去问军师祭酒郭嘉，希望他出面再劝劝曹公。哪知郭参谋长神秘地笑而不答，那意思是你们就等着看好戏吧。北征大胜，作为此次军事行动的坚定支持者和首席谋士，郭嘉一直跟随大军行动，他本应感到很高兴，但此时他却高兴不起来：郭嘉病了。郭嘉得的什么病没有记载，也许是过于操劳，也许是深入北方少数民族地区后水土不服，这次他病得很重，身体一天比一天差，曹操为此很忧心，命人好好照料他，并且准备尽快回师。

建安十二年（207）九月，曹操率军从柳城回师。刚上路不久，辽东郡太守公孙康的使者就追来了，送来了袁尚、袁熙以及辽东郡乌桓单于速仆丸的首级。诸将一看简直神了，看来曹公早已胸有成竹，料事如神，不战而胜。大家不知道他究竟用了什么样的高招，把向来"恃远不服"的公孙康都调动了，于是都过来问。曹操笑了笑，说："公孙康对袁氏父子素来畏惧且忌惮，我们如果追之过急，他们就会联合起来对抗我们，如果缓一些，他们就会自相残杀（急之则并力，缓之出自相图），就是这个简单的道理而已。”大家听了，不得不佩服。

袁氏兄弟逃往辽东投奔辽东郡太守公孙康。公孙康虽然是一个郡太守，实际上却控制了整个“大辽东”地区，范围包括乐浪郡、辽东郡、玄菟郡、辽东属国，大体相当于今天的整个辽东半岛和朝鲜半岛的一部分，除此之后还有隔海相望的山东半岛的一小部分。

袁绍父子跟辽东公孙氏没有什么交往，正如曹操分析的那样，公孙康只想自保，他不像蹋顿那样娶过袁家的姑娘，因而不会为袁尚、袁熙得罪曹操，为自己引来杀身之祸。况且，袁尚、袁熙也不是只身前来的，他们身后还有几千人马，这让公孙康更加不安。这俩小子目前已经走投无路了，说不定会铤而走险来抢自己的地盘。公孙康决定先下手为强，把他们干掉，解除心腹之患，同时卖给曹操一个人情。据《典略》记载，公孙康设宴招待袁氏兄弟，预先在马厩里埋伏下精兵，只等二袁一到就动手。

公孙康玩阴的，袁氏兄弟也没闲着。正如公孙康所料，袁尚、袁熙也正在密谋对付公孙康，并且也选择在这次宴会上动手。袁尚为人勇猛好斗，他对袁熙说：“在这次宴会上必然能与公孙康相见，我想跟哥哥你联手击之，那么辽东就是我们的了！”袁尚、袁熙也做了布置，比如宴席上舞剑、摔杯为号等，但他们却没有捞到表演的机会，因为他们刚进宴会厅就让公孙康埋伏的人给绑了，公孙康下令把他们扔到院子里的地上。此时是农历十月，东北地区已经天寒地冻了，把袁尚、袁熙着实冻坏了。袁尚招架不住，想求一个席子铺在地上好受一些，袁熙对弟弟说：“一会儿脑袋都要搬家了，还要什么席子（头颅方行万里，何席之为）？”

公孙康下令将袁尚、袁熙斩首。袁绍的三个儿子，长子袁谭、次子袁熙、三子袁尚至此全部死了，袁氏的势力彻底灰飞烟灭。据《典略》记载，袁谭字显思，袁熙字显奕，袁尚字显甫。《吴书》一书称，袁绍还有一个儿子名叫袁买，跟袁尚、袁熙一起到了辽东，被公孙康一块杀了。《曹瞒传》一书也提到了袁买这个人，但它认为袁买不是袁绍的儿子，而是袁绍的孙子，是袁谭或袁熙的儿子，袁尚的侄子。

袁氏兄弟的首级送到曹操面前时，他还在回师的路上。为了表彰公孙康，同时继续稳住这个东北王，他以汉献帝的名义拜公孙康为左将军，封襄平侯。这是个县侯，公孙康此前的军职是从他父亲公孙度那里继承来的武威将军，爵位是永宁乡侯，现在军职和爵位都晋升了一级，公孙康的行政职务未变，仍然是辽东郡太守。

曹操率军继续前进，他们回师走的是哪条道没有明确记载，但与来时相比，回程一样不轻松，甚至更加充满艰难。据《曹瞒传》说，曹操回师的时候天又寒又旱，二百里之内找不到水源，军粮也成了问题，曹操下令杀马充饥，前后共杀了几千匹战马，这让曹操心疼坏了，可怜虎豹骑的兄弟们现在也只能暂时改当步兵了。曹操命人就地凿井取水，挖了三十多丈，再往下挖就要把辽河油田提前给挖出来了，这才勉强打出了点儿水。

这一仗打得惨烈，行军的景象也惨烈，去的时候惨烈，得胜归来也惨烈，曹军从来没有打过这样的仗。郭嘉已经无法骑马，只能躺在车上。曹操惦记着郭嘉的病情，一路上不停地询问，经常到郭嘉跟前探望，但郭嘉的病情丝毫没有好转的迹象，这让曹操心情很沉重。不过，在这次回师的路上也有令人高兴的事，大军行进到易水的时候代郡乌桓单于普富卢、上郡乌桓单于那楼等人亲率部族首领前来祝贺曹军大捷，并表示愿意归降，这又一次证明了曹操在柳城屠城的不可能。

曹军回师途中还有一件有趣的事，在曹军队伍里有一辆大车，车上有个大铁笼，里面关着一件稀罕物：一只狮子。据《博物志》一书记载，在白狼山上曹军遇到了狮子，派人格杀，但狮子很凶，伤了不少人。曹操亲自率领数百人围攻它们。狮子怒吼，吓得左右皆惊。曹操忽然发现从林子里跑出一个东西，像是狸子，它蹿到曹操乘车的车把上，狮子过来攻击，这个像狸子一样的东西跳起来蹿到狮子头上，狮子一下子趴到地上不敢起来了，大家于是上去把狮子杀了。

白狼山上遇到的狮子还不止这一只，曹操指挥人居然还活捉了一只，于是弄个笼子装到车上拉回去。快到邺县时，这头雄狮大吼了一声，《博物志》称，听到这一声狮吼，三十里之内鸡狗都不敢叫唤了（三十里鸡犬皆伏，无鸣吠）。

东临碣石有遗篇

尽管归途如此艰辛，尽管心腹谋士郭嘉身染重病，但仍然未挡住曹操的诗人情怀，在回师途中，他写下了那首著名的《观沧海》。这首诗是《步出夏门行》的组诗中的一首，《步出夏门行》是汉乐府的曲牌，没有实质性含义。夏门原是汉代洛阳城北门之一，“步出夏门行”最早的意思是缓步经过洛阳北城门时所吟的诗句，曹操借这个乐府曲牌一口气写了五首诗，分别是《艳辞》（序曲）、《观沧海》、《冬十月》、《土不同》、《龟虽寿》。其中《观沧海》和《龟虽寿》两首最为有名。

《观沧海》一诗写道：东临碣石，以观沧海。水何澹澹，山岛竦峙。树木丛生，百草丰茂。秋风萧瑟，洪波涌起。日月之行，若出其中；星汉灿烂，若出其里。

幸甚至哉，歌以咏志。

其大意是：向东走去，面对碣石山，观看大海。大海如此浩渺，碣石山耸立于海边。山上树木丛生，草木繁茂。这时，秋风飒飒刮起，海上涌起波涛。日月运转，好像是从这浩渺的海水中生出来的。星河灿烂，也好像是从这浩渺的海水里所产生。想想真是幸运极了，可以用诗歌来表达自己的思想感情。

想象一下当时的情景：从战场归来的曹操，看到了思慕已久的碣石山，面对大海，他思潮起伏。此时，他不是一个“昼携甲士破坚阵”的大军统帅，也不是一个“治世能臣”，他只是沧海边伫立的一个生命个体，是一个纯粹的诗人。于是，曹操看到了海水、岛屿、草木、秋风，联想到了日月星河，这些景物在诗人眼里是如此壮阔，如此博大，从眼前的波涛、海浪，诗人看到了日月运行的规律，并为能够站在这里抒发情怀而感到激动。这是一个诗人曹操，一个凡人曹操，一个孤独的吟者。

《观沧海》这首诗写了秋天的大海，但却一洗悲秋的传统情调，写得沉雄有力，意境高远。这样的诗一般人是写不出来的，曹操身边的笔杆子们更是无法代笔，只有像曹操这样既深得传统文化的熏陶，又历经百战，积累了丰厚的阅历，对生荣死哀有过深刻思索的人才能写出来。因而，这首诗受到历代的推崇，在文学史上有着很高的地位。

诗是好诗，但由此引发的争论也很热烈，焦点是诗中所描写的碣石山到底在哪里，现在至少有三个省的专家都说曹操写的是他们那里。

碣石山不是普通的山，它最早出现在《尚书》里，这部书里有一篇《禹贡》，是最早的古代地理著作，《禹贡》提到了天下分为九州的概念，也提到了碣石山，并赋予它不同一般的精神内涵，使它像泰山一样，成为帝王们向往的地方。根据记载，秦始皇、汉武帝以及后来的唐太宗等人都曾亲临碣石山，他们在此登高远眺，举行祭祀仪式，祈求长生不老。相传，秦始皇命徐福远涉瀛海寻找仙丹，也是从这里出发的。登碣石跟泰山封禅一样，成为帝王们彰显文治武功的盛典。

但这个引得秦皇汉武趋之若骛的碣石山到底在什么地方，历来却争论不绝。《禹贡》里只有一句话：“夹右碣石入于河。”这句话实在太简约了，说的究竟是什么意思，从汉代直到宋代经过很多注疏家的讨论和研究，花了几百年才弄清楚，大意是说，东北少数民族鸟夷人入贡，坐船沿辽东湾西岸向南航行，然后向西航行至渤海北岸，最后入河，碣石山正在河口处。《禹贡》里凡单独提到“河”一般指的都是黄河，按说这是比较明确的，只管在黄河入海口附近找就行了。但千百年来黄河频频改道，曾经的入海口从南到北有不少，碣石山究竟在哪里于是又成了一个谜，自古以来各种观点不下十来个，影响较大的有三种。

一代伟人毛泽东曾填词一首："大雨落幽燕，白浪滔天，秦皇岛外打鱼船。一片汪洋都不见，知向谁边？往事越千年，魏武挥鞭，东临碣石有遗篇。萧瑟秋风今又是，换了人间。"所以，在一般人的印象中，曹操登临过的碣石山应该离秦皇岛不远，赞成这个说法的人进一步认为，碣石山应该在今天河北省昌黎县境内。翻开现在出版的大部分古诗注本，包括中学语文教材里的注释，都采用这个观点。

但是，有人认为这个观点存在一些疑问。曹操征乌桓去时走的是卢龙道，即从承德方向经喜峰口绕内蒙古境内，最后到达柳城。史料未明载回来走的是哪条路，也许是原路返回，也许走的是滨海道，因为此时已是冬天，大雨早应该停了。如果是那样的话，归途中正好路过秦皇岛附近的昌黎。但是，《曹瞒传》里关于曹军在回来的路上遭遇大旱的记载似乎又推翻了这个结论，滨海道到处都是水，夏天刚刚经过长时间大雨的浸泡，现在很快旱到这种程度似乎有点说不通。

于是，有人提出曹操登过的碣石山不在河北省，而在辽宁省境内，具体说就是辽宁省绥中县西南的海滨，在最近出版的一些毛泽东诗词选集的注释里就采用了这样的观点。

然而，以上两种观点都有同样致命的问题：季节不对。曹操诗里说"秋风萧瑟，洪波涌起"，说明时令应该是秋天。而根据曹操此次北征的行程推断，他到达这一带时最早也是农历十月底，是寒冬季节，《曹瞒传》里的记载也印证了这一点。所以，曹操即使来过这两个地方，但是他也既看不到"秋风萧瑟"，更看不到"百草丰茂"。作为一位著名的现实主义诗人，曹操没有必要放着眼前的冬景不写，虚拟秋天的景象。碣石山在辽宁或者在河北，都受到了质疑。

在这种情况下，又出现了第三种观点，认为曹操登过的碣石山在山东省境内，具体说就是山东省无棣县的马谷山，在古代它就是碣石山。赞成这个观点的人认为，《观沧海》根本不是建安十二年冬天曹操由柳城回师途中所作，而是作于建安十一年（206）的八月。回顾一下一年前的历史，这年秋天曹操确实在山东一带活动，他当时亲自率兵征讨海贼管承，面对实力有限的海贼，他倒是有心情也有时间跑到这座碣石山看一看。

但是，碣石山到底在哪里并不重要，我们所要追寻的不是曹操的足迹，而是他当年的情怀。建安十二年（207）曹操已经五十二岁了，距他二十岁出仕已经三十二年，距己吾起兵也有十七八年了。十多年来，他亲身经历了大小数十次战斗，在乱世中奋起和拼争，品尝了失败的痛苦以及失去亲人的哀伤。

但是，他也在这种刀与火的日子里得到了锤炼，这样的机会不是每个人都会有的。曹操熟悉前代历史，他曾经渴望成为国家的栋梁，无论是在疆场还是在治理国家的岗位上，他都渴望建功立业，青史扬名。然而，十多年来亲身经历的事实对他原有的理想进行了一次又一次的修正。官渡之战后，他又用七年时间统一了北方，之后冒险远征，扫灭了北方少数民族反对势力，使其他各部族纷纷表示效忠，这怎不让他热血沸腾?

整天面临生与死的考验，还要思考未来，现在得胜归来，心情放松，又能登高远眺，曹操的心中不禁充满了俯瞰人间万象的胸怀。这不仅仅是一种君临天下的得意之情，也不仅仅是发思古之幽情般地傲视古人的情怀，这是政治家、军事家与文学家的综合气质在此时此地的交融。

在《步出夏门行》这一组诗里还有一篇《龟虽寿》，诗中写道：神龟虽寿，犹有竟时。腾蛇乘雾，终为土灰。老骥伏枥，志在千里；烈士暮年，壮心不已。盈缩之期，不但在天。养怡之福，可得永年。幸甚至哉！歌以咏志。

其大意是：神龟的寿命虽然长久，但仍然有终结的一刻。腾蛇尽管可以乘雾飞行，但终究要化为灰烬。衰老的战马伏在马棚里，但它的雄心壮志仍然想日驰千里。有远大志向的人虽然到了晚年，但奋发进取的雄心不会停止。人的寿命长短，不只是由上天所决定的。只要自己好好养护，也可以益寿延年。真是幸运呀，可以用诗歌来表达自己的思想感情！

这首诗与《观沧海》同样有名。“盈缩之期，不但在天”，说明曹操很自信，正如人无法决定生命的长度，却可以决定生命的厚度一样，站在海边极目远眺的曹操，想必也想到了与天奋斗、与人奋斗的激情与乐趣吧。

第五章

多事之秋

痛失郭奉孝

曹操率领的得胜之师是第二年即建安十三年（208）正月回到邺县的，在归师的队伍里人们没有看见北征军参谋长郭嘉的身影，就在前几天，郭嘉死于回师的途中，享年三十八岁。郭嘉追随曹操共十一年，仿佛眨眼之间就过去了。等到确信郭嘉已不在人世，曹操感到无比悲伤。

此前，曹操在战场上失去过儿子和侄子，失去过典韦这样的心腹爱将，也失去过鲍信那样的战友，每一次他都很悲痛，但都没有这一次这么伤心。据《三国志》郭嘉传记载，曹操亲自参加了郭嘉的追悼会，心里特别难过（临其丧，哀甚）。荀攸当时也在场，曹操对荀攸说："你们的年龄跟我差不多是一辈的（诸君年皆孤辈也），只有奉孝年纪最小。等天下平定了，本想把后事托付于他，不想却中年夭折，这难道是命运吗？"据《傅子》一书说，曹操在郭嘉的丧礼上连呼道："哀哉奉孝！痛哉奉孝！惜哉奉孝！"

在身边的所有谋士里，曹操最喜欢和信赖的就是郭嘉，这个年轻人"通有算略，达于事情"，意思是说精通深奥的知识，通晓各方面的事情。曹操曾对人说："只有奉孝最知道和了解我的想法。"现在，这个被曹操寄予厚望的年轻人居然早早地离开了人世，曹操如何不悲伤？

曹操上书汉献帝，追记郭嘉的功劳，其中说道："已故军祭酒郭嘉，忠良渊淑，通晓事理，足智多谋。每次讨论国家大事，他都能充分发表自己的意见，提出最恰当的建议，他的计谋从来没有失算的（每有大议，发言盈庭，执中处理，动无遗策）。他在军中已有十多年，我们出门就同骑乘，回来就共坐一张席子，东擒吕布，西取眭固，斩袁谭之首，平河朔之众，越过艰险，荡定乌桓，威震辽东，取袁尚之首。这些功绩，虽然凭借的是天子的神威，但具体到执行，都是郭嘉的功劳。正准备表彰他，他却短命而终。我现在上为朝廷失去良臣而悲伤，下为自己失去得力助手而难过，请求追加郭嘉的封地，加上以前的封地追加到一千户。"

此前郭嘉被封为洧阳亭侯，食邑二百户，此次追加了八百户，爵位由郭嘉的儿子郭奕继承。据《魏书》《世语》等书记载，郭奕字伯益，像他父亲郭嘉一样通达事理。郭奕的儿子叫郭敞，字泰中，有才识，在曹魏时期当过散骑常侍。

郭嘉是荀彧推荐来的，曹操给荀彧写了封信，怀念郭嘉的功劳，信中说："奉孝不到四十岁就死了，我们一块共事十一年，艰难险阻都共同经历了，现在突然死了，真让人难过（猝尔失之，悲痛伤心）。天下相知的人本来就少，现在又失去了一个，该怎么办呢（奈何奈何）？”不久，曹操又给荀彧去了一封信，说的还是郭嘉，信中说：“追悼奉孝，所有的想法都不能从心里抹去。奉孝对时事、军事的见解，超过任何一个人（其人见时事兵事，过绝于人）。”

还没有哪一个人的死能让曹操如此伤心，如此念念不忘，看来曹操动了真感情。如果论智谋、见识和兵法，能超过曹操的人本来就不多，曹操唯独对这个小他十多岁的年轻人赞赏有加，可见郭嘉确实能力超群。郭嘉料事如神的能力有时到了令人恐怖的程度。曹操与袁绍相持于官渡时，孙策趁势来攻，大家都感到担心，郭嘉说孙策不足为虑，因为此人“轻而无备”，也就是干什么事拍板很快，喜欢激动，但准备工作却做得很差。郭嘉认为孙策即使有百万之众，也无异于一个人独行于中原，没有什么可担心的。

如果说这些话是泛泛之论的话，那么下面的话则让人不可思议了。郭嘉接着说：“如果刺客出现，一个人就能把孙策搞定（若刺客伏起，一人之敌耳）。让我看，此人必死于匹夫之手。”结果大家都知道了，不久之后孙策即被许贡的门客所刺杀。

类似的事还有，让人觉得不可思议，有时候会认为这是写史的人编出来的，只为突出郭嘉的判断力而已，世界上根本就没有能未卜先知的人。但仔细想想，也许有另外的可能，郭嘉确实有未卜先知的能力，只是这不是来自他的特异功能，而是来自另一项基本功：情报工作。《傅子》一书说，郭嘉自二十岁时就隐姓埋名，秘密结交天下英豪，不与俗人交往，以至于大多数人并不了解他。这样的作风非同一般，只有干秘密工作的人才会把自己埋得那么深。

有人甚至推断，郭嘉负责着曹军的情报部队，他得到的信息最多、最快，所以他的判断也最准。这当然是猜测，古代军队里有专门负责情报、侦察工作的士兵，叫作斥候，但曹军中这些人员有没有独立成军不得而知，顶多是个猜测罢了。

建安十三年（208）春天，曹操率大军护送着郭嘉的灵柩，以及在白狼山上捕获的那头狮子回到了邺县。留守在邺县的人们听到了那声狮吼，看到了得胜之师远道归来。

曹操不急着搞珍奇异兽展览，也不着急展示此次北征的战利品，而是立即召开军事会议，分析此战的得失，这已经成了曹操的一个习惯，战前充分讨论，战后认真总结。在这样的总结会上，任何人都可以畅所欲言，分析得失，为后面的作战积累经验。

参加这次总结会的人都感到有些压力，因为当初大多数人都反对北征，如今事实证明北征是正确的，蹋顿被斩首，二袁被消灭，乌桓各部顺服，公孙康明确表态服众朝廷领导，不仅北方四州，就连塞外不毛之地也成了势力范围，哪还有比这更好的结果？曹操似乎知道大家的心思，总结会一开始就问当初谁赞成北征，谁又反对北征，问得大家很紧张，以为曹操要处罚当初反对北征的人，谁知曹操却下令厚赏反对北征的人。

曹操说："这次北征是冒着生命危险侥幸取胜的，虽然成功了，但实在是老天的保佑，所以不能总这么干（故不可以为常）。诸君前面劝谏，是比较稳妥的建议，所以给予嘉奖，今后再遇到那种情况不要以为就不敢多言了。"北征虽然获胜，但曹操的头脑还是很清醒的，想想一路上历经的艰辛，想想战场上瞬间就可能转胜为败的经历，他想必有点后怕，对于这次军事行动，他觉得确实冒险了。

然而，即使不考虑军事冒险这个战术因素，从战略层面考虑此次北征似乎也有值得商榷之处。表面来看，曹操率军前一年五月出发，次年正月即回到了邺县，用了大半年时间，取得如此丰硕的战果，应该不算是失策。但此战准备的时间很长，仅运河就修了上千里，耗费了大量人力物力。这是一场付出巨大代价的战争，这场战争把曹操的注意力和曹军主力长时间吸引在北方，从而无暇考虑南面的敌人。

这给了刘表、孙权和刘璋等人一个发展自己的有利时机，尤其是孙权，趁势快速地壮大自己，积蓄了将来跟曹操过招的力量。如果从这一点上说，北征到底是利多还是弊大，也许还得再争论下去。

天才少年之死

曹操痛失心爱的谋士，但他所要经受的打击远不止此，就在这时候，被他同样寄予厚望的儿子曹冲得病死了，年仅十三岁。

曹冲是环夫人所生。曹冲出生于建安元年，即曹操迎汉献帝至许县的前后。曹冲的年龄比曹丕、曹彰、曹植都要小。《三国志》说曹冲字仓舒，这是不准确的。古人到弱冠之年也就是二十岁以后才有字，曹冲十三岁就死了，还没有来得及有字。曹操的长子曹昂字子脩，曹丕字子桓，曹植字子建，此外还有子整、子勤、子乘、子京、子安等，曹操儿子中凡是知道字的，都是"子字辈"，曹冲不可能字仓舒。仓舒应该是曹冲的小名，黄帝的孙子，五帝之一的颛顼帝高阳氏有八个儿子，号为"八恺"，其长子名字就叫苍舒。曹冲的字"仓舒"，与"苍舒"谐音。曹操给曹冲起这个名字，有望子成龙的意思。

在所有儿子里，曹操最喜欢的就是曹冲。这个孩子从小就讨人喜欢，《三国志》曹冲传说他的特点是"聪察岐嶷"，聪指耳朵好使，察指眼睛好使，聪察指的就是聪明。岐嶷源于《诗经》，也是从小就很聪明的意思。总之一句话：曹冲从小就智商高，是个神童。在这方面，有一个故事已经广为人知，说的是曹冲称象，这个故事是真实的，它记录在《三国志》里，在曹冲五六岁时，智力水平已经跟成人差不多了，这时孙权从江东送来一头大象，这是个稀罕物，曹操出于好奇，想看看这头象有多重。

曹冲五六岁时正值建安五年至建安六年，官渡之战刚打完，孙权表面臣服，送大象等物表示忠心是可能的。一头大象的重量通常有二三吨，折合汉代的度量接近一万斤，那时没有地秤，还没有什么东西能把它的重量称出来。这种庞然大物在北方很少见，曹操想弄清楚这头象到底有多重，但却难倒了身边的谋士们（**访之群下，咸莫能出其理**）。这时候，年龄只相当于幼儿园大班的曹冲走过来说：“我可以称出它的重量。”大家惊讶坏了，都以为这个小孩子说着玩呢。

谁知曹冲一本正经地说出了他的方法：“把象放到大船上，在船帮的水痕处做个记号，然后再换成其他可以分次称重量的东西再称，比较一下它们的刻度就行了。”具体来说，曹冲的方法就是利用了浮力原理。现在，如果给我们一头大象我们也会称，但方法基本上都是小时候听曹冲称象的故事得来的。曹操大为高兴，马上照办，称出了大象的重量。曹冲果然很聪明，要知道他才五六岁而已。

如果没有船怎么办，比如说给你一个仅能称几斤东西的弹簧秤，能称出大象的重量吗？受曹冲称象的启发，中央电视台“异想天开”栏目搞过一个用弹簧秤称大象的比赛，吸引了许多人前来挑战，结果有一家三口想出的一个办法，跟曹冲称象有异曲同工之妙，拔得了头筹。

他们先用弹簧秤做了一个秤盘，让大象的一只前脚踩到秤盘上，之后再让一只后脚踩，分别得出的重量是三公斤和三点五公斤。他们有一个公式，大象前后脚重量相加，乘以二再翻一百六十倍就是大象的体重。他们称的这头象实重二点零八吨，他们按照这个方法测出来的重量是二点一吨，由于最接近实际，因而获得了冠军。遗憾的是，他们发明的这个公式是怎么得出来的，能否用之于所有大象或者其他动物，没有披露，不得而知。

《三国志》里还记录了曹冲另一件事，是说他小小年纪就充满爱心。曹操治理部下一向很严，对违反制度的人处罚相当重。曹操的马鞍子存放在库房里，结果让老鼠给咬了，库吏吓坏了，想主动向曹操自首，争取宽大处理，但也害怕曹操不能原谅。

曹冲知道这件事后，对仓库主任说：“先别急，再等三天再说。”曹冲用刀子划破自己的衣服，弄成老鼠咬过的样子。然后他小脸上故意表露出一副愁容来见父亲。曹操很奇怪，问他怎么了，曹冲回答：“大家都认为老鼠把衣服咬了是一件不吉利的事，现在我的衣服就被老鼠咬了，不知道有什么不好的事发生，因此高兴不起来。”

曹操笑道：“这些都是胡说八道，不必在乎。”过了一会儿，仓库主任来报告，说马鞍子被老鼠咬了，曹操没有生气，笑道：“我儿子的衣服放在身边都让老鼠咬了，更何况仓库里的马鞍呢？”曹操于是不再追究，《三国志》说类似这样的事还有很多，曹冲以他的仁爱之心和机智，挽救了几十个人的性命（凡应罪戮，而为冲微所辨理，赖以济宥者，前后数十）。

曹操太喜欢曹冲了，经常在手下人面前夸他，甚至想立他为接班人（太祖数对群臣称述，有欲传后意）。但就是如此天不如人愿，曹冲还是得病死了。曹冲生病期间，曹操亲自主持祈福仪式，为他请命。曹冲死后，曹操非常难过。曹丕等人过来劝慰曹操，曹操叹道：“这是我的不幸，而是你们兄弟之幸啊！”曹操的意思是说，仓舒若在，今后接班就没有你们什么事了。

有一本叫《先贤传》的书讲了一件事，说有个叫周不疑的孩子，比曹冲大三四岁，也属于神童一类的人才，聪明绝顶，“有异才”，曹操很喜欢他，认为他跟曹冲不差上下。曹操甚至想把周不疑招为女婿，但周不疑很有主见，没有答应。曹冲死后，曹操密令把周不疑杀了，曹丕知道后赶紧来劝父亲，认为不可这么做。曹操说：“此人将来不是你能驾驭得了的。”还是派人把周不疑杀了。关于周不疑的身世其他地方均无记载，《先贤传》喜欢记一些耸人听闻的事，算不上严谨的史书，上面这件事也许是道听途说罢了。

曹冲未成年而死，曹操想找个合适的亡女跟他合葬，算是冥婚。刚巧，从辽东归来的名士邴原死了女儿，曹操派人向邴家表达合葬的意愿。虽然儿女都不在人世，但冥婚也形同于正式婚姻关系，如此一来就跟曹操成了儿女亲家，这么好的事换成别人一定高兴坏了，但邴原却一口拒绝。邴原与管宁、华歆等人并列知名于当世，三人号称一条龙。曹操碰了个钉子，面子大损，但他仍然善待邴原，一如既往地尊重他。

曹丕新娶的夫人甄宓知道这件事后，觉得是个机会，她娘家刚好死了女儿，辈分和年龄正合适，于是主动提出合葬请求。甄宓是曹冲的嫂子，要与曹冲合葬必然是甄宓的姐妹。甄宓比曹丕年龄还大，合葬的应该是甄宓的妹妹。甄宓共有兄弟姐妹八人，其中姐妹五人，与曹冲合葬的究竟是哪一个，无法考证。这样甄家跟曹家成了“亲上加亲”，曹操以朝廷的名义追赠爱子曹冲骑都尉的官职，颁发了印绶，后来还让儿子曹据之子曹琮过继为曹冲之后。魏明帝曹叡继位后，追封自己的这个叔父为邓哀王，历史上便以邓哀王称呼曹冲。

在曹冲之死这件事上，曹丕确实成了最大的受益者，曹操说的那些话一点都没错。后来曹操在选择继承人的问题上一直犹犹豫豫，如果曹冲不死，结果如何还真难说。这件事还有一个受益者，那就是曹丕的夫人甄氏一家。甄家主动提出合葬的事让曹操很满意，这个本来地位岌岌可危的家族逐渐有了安全感。

让甄家有安全感的还有另一件事，那是在三年前，即建安十年（205），甄宓为曹丕生下了一个儿子，取名曹叡，也就是以后的魏明帝，这是曹操的长孙。不过，据《三国志》记载曹叡死于景初三年（239）正月，“时年三十六”，据此推算，曹叡应该出生于建安九年（204），如果真是这样的话，麻烦就大了。如果大家还记得的话，建安九年（204）八月邺县被攻破，身为袁熙之妻的甄宓成了俘虏，被曹丕看上纳为正妻。如果曹叡出生于这一年，那岂不是说他不是曹丕的儿子，他的父亲应该是袁熙。

“三十六”和“三十五”笔画上有明显区别，不可能在编书和出版的过程中不小心被抄错。《三国志》的作者陈寿把这个玩笑开大了，曹操的孙子成了袁绍的孙子！有人相信这是真的，《三国志集解》的作者卢弼就持这种观点，他认为陈寿在此使用了曲笔，不敢明说曹叡的身世，只好委婉曲折地表达，理由是曹丕生前迟迟不立曹叡为嗣，直到最后才立曹叡，而甄宓被曹丕突然赐死，卢弼认为凡此种种，说明里面有不可告人的内幕。

也有人持不同观点，比如裴松之，他认为陈寿说的三十六岁是虚岁，周岁应为三十五岁，曹叡生于建安十年（205）。根据记载，曹操对于这个长孙很喜爱，“常令在左右”。曹叡是不是曹丕的儿子当爷爷的不可能不清楚，如果甄氏嫁给曹丕时已经怀有身孕，曹操甚至不会答应曹丕纳其为妻。曹叡十五岁的时候就跟他的叔父们一起被封了侯，是曹操子孙中封侯最早的一批。这些迹象表明，曹叡不可能是袁氏后代。

是陈寿记错了，还是想开个玩笑？别人的年龄错也就错了，曹叡的年龄却万万不能错，这关系到曹家的名誉，也关系到曹魏的江山到底姓曹还是姓袁。假如曹操奋斗了一生，结果却为袁氏子孙们打下了江山，那岂不太黑色幽默啦？这件事始终争论不休，陈寿在《三国志》里不露声色地给曹家挖了两个坑：一个是关于曹嵩的身世，说了个“莫能申其本末”；另一个是曹叡的生年，给出了一个让人疑惑和好奇的答案。所以有人说历史学家手中的笔是一把更厉害的刀，可以杀人不见血。

华佗该不该杀

对于曹操来说，建安十三年（208）注定是一个伤心的季节，不仅因为他在这一年即将遭遇赤壁惨败，而且这一年他不断地失去喜爱的人。郭嘉死了，仓舒死了，这是一个生命之花不断凋落的季节。

难道没有好医生吗？他们不能妙手回春吗？好医生有，而且有最顶尖的医生，不仅放在那个时代是最牛的，放在整个古代历史长河中，他们也都是最好的医生之一。建安年间是多灾多难的时代，频繁的战争，横行的瘟疫，给生活在那个时代的人们带来痛苦和灾难。这样的时代通常也是名医辈出的时代，其中以董奉、张仲景和华佗最有名。

董奉虽然听起来有点陌生，但说起“杏林”这个词来大家想必都知道，现在它已经成了医生、医学界的代名词，而这个典故就与董奉有关。据晋人葛洪所著《神仙传》一书记载，董奉长年在庐山一带行医，他不仅医术高明，而且看病从不收钱，病治好以后，他就让病人家属在山坡上种五棵杏树。治好的病人越来越多，山坡上的杏树也越种越多，最后多达十多万株。董奉不是自己想当果农，他把杏卖了换成粮食，用来赈济穷苦百姓和饥民。为了怀念董奉的医术和医德，后世便用杏林指代医生，如果说哪个大夫不仅医术高超而且医德高尚，就说他“誉满杏林”。

张仲景被称为“医圣”，他是南阳郡人，跟“奔走之友”里的何颙是同乡，擅长识人的何颙看到张仲景喜欢读医书，肯于钻研，就鼓励他走医学的道路，不必非要当个名相或名将，当一个名医也可以青史留名。张仲景后来专心研究医术，在医学实践和理论方面都有杰出造诣。他刻苦研究《黄帝内经》，收集整理各类药方，写出了《伤寒杂病论》，成为中医方剂学中的高峰。他提出的辨证论治原则，至今仍是中医临床的基本原则。

与董奉和张仲景相比，华佗在后世的名气更大，故事更传奇，个性更鲜明，因而命运也更坎坷。华佗是沛国谯县人，跟曹操是一个县的。现在安徽省亳州市搞旅游同时在打两张牌，一个是魏武故里，一个是神医故乡。对于家乡人来说，华佗带给他们的骄傲一点不比曹操差。《三国志》和《后汉书》都有华佗的传记，《三国志》说他字元化，《后汉书》说他字符化。华佗的生年不详，根据他一生的事迹推测，他大约出生于永嘉元年（145），比曹操大十岁。

与当时大多数读书人一样，华佗年轻时专心于经学，曾到徐州一带求学，能同时通晓几门经书，类似于现在同时拿到了几个文凭。陈登的父亲陈珪当沛国相时推举他为孝廉，太尉黄琬曾征辟他做官，这些都被华佗谢绝了。华佗此时已专心于医学，无意仕途。这个转变过程至今是一个谜，一般认为这是出于华佗对医学的热爱，出于对穷苦人民的同情。但近来也有不同见解，认为华佗从医实属无奈，从内心来讲他也是钟情于仕途的。

华佗的杰出贡献不仅在临床医学方面，同时还在外科学、养生学和针灸学方面造诣很高，他发明的“麻沸散”，是早期的麻醉药，有了它可以对病人实施外科手术。《三国志》和《后汉书》里记录了华佗不少故事，说明他医术如何高超。

有一个姓顿的督邮，相当于郡政府下派各地的工作督导组组长，得了病并且自觉病已经治愈，华佗给他把了脉后告诫他：“你的病虽然好了，可元气没有恢复，应当静养等待完全康复，不然就会有性命之忧。”但顿督邮没有听，有些劳累，很快就病发而死。

还有一位姓徐的病人，因为胃病卧病在床，华佗去诊断，这个人说：“昨天请了个大夫用针灸扎胃管，扎后就咳嗽不止，心烦意乱。”华佗诊断后对他说：“那是扎错了，针灸扎得不准，没有扎到胃，反而扎到了肝，如果下面你每天饭量越来越少的话，五天后就会有不测。”果然，这个人饭量越来越少，五天后就死了。

所以，大家都觉得华佗很神，简直能料知生死。为了救人一命，华佗有时会用一些特殊的手段。有一个郡太守得了疑难杂症，找了不少大夫都没有看好，就把华佗请来看看。华佗看了看他的病情，不说怎么治病，也不开方子，而是态度很傲慢，索要巨额医药费，之后还留下一封信，无缘无故就把太守骂了一通。太守早已不悦，现在简直忍无可忍，一怒之下派人去干掉华佗，但却根本找不到人，太守越想越气，气得吐血数升，血全是黑的。没想到，病居然好了。原来，这是华佗特意采取的一种治疗方法，通过激怒太守，让他体内已无法循环的淤血得以排出来，华佗用的这一手，算是心理疗法吧。

有些人病得虽然厉害，治疗起来却不一定要花太多的钱，去买很贵的药，华佗经常给没有钱的老百姓看病，在这方面他进行了很多探索。有一次，华佗在行医的路上发现一个病得很重的人，他咽喉部位好像堵了个东西，吃不下饭，样子很痛苦。华佗上去看了看，让他到路边的小饭馆里要了点醋，弄些水草捣成末（萍齑），用醋调一下喝了。结果这个人吐出来一条像蛇一样的寄生虫，病也就好了。后来病人家属到华佗住处表示感谢，发现墙上挂了几十条这样的虫子。

找华佗治过病的名人也不少，一般人都知道他给关羽刮骨疗毒的事，但在正史里却没有这个记载。有记载找他看过病的名人有两位，一个是陈登，一个是周泰。陈登找华佗看病的事前面已经说过了，发生在陈登当广陵郡太守的时候。周泰是孙吴的战将，有一次他受了重伤，华佗把他治好了，这件事影响很大，连曹操都知道了。

由于长期的心理压力加上劳累，曹操患上了头风的毛病，发作起来疼痛难忍，身边很多医生都看过，但效果不佳，更不用说根除了。有人便把华佗介绍给了曹操。

曹操见到华佗，一来是自己的老乡，二来听说他的名气很大，所以很敬重。曹操见他的第一句话就是：“先生就是治好江东周泰的人吗？”

华佗给曹操看了病，决定用针灸的办法治疗，他从曹操胸椎部的膈腧穴进针，不用多大工夫，曹操就感到脑清目明，头也不疼了。曹操大为高兴，华佗说：“您的病是脑部的顽疾，短时间内难以除根，必须长期治疗，慢慢见效，以求延长寿命。”华佗说的可能是实情，但曹操听了有些不悦，他还以为华佗在他面前故弄玄虚，能很快治好他的病却不那样做，目的是邀功请赏。不过，为了下次头疼的时候有人能治，就把华佗留在身边，成为首席保健医生。

开始的时候，除了给自己看病曹操还允许华佗给老百姓看，曹操担任丞相后，要求华佗专心为自己看病，不再为其他人服务。作为一个有抱负的医生，不能经常接触患者便无法提高医术，对于华佗来说这是一件很苦恼的事，华佗有点闹情绪。华佗后来找了个借口，说接到家里来信，要回家看看，曹操准假，但华佗一去迟迟不归，曹操几次写信去催，又派地方官员前去看望，华佗仍然没有动身回来的意思。

曹操大怒，派人前去核实，交代说如果华佗的妻子真的有病，对华佗不予追究，并且赏赐给小豆四十斛，宽延其假期。如果有假，就把他抓起来。去了一看，华佗的妻子没有病，华佗想当个体行医者，不想当领导的专职医生，于是撒了谎。曹操最恨骗他的人，华佗于是被抓了回来，关到许县的监狱里。荀彧听说后向曹操求情：“华佗是个老实人，本领很大，还请从宽处理。”

谁知曹操的怒气未消，不仅不肯原谅，而且大骂华佗是鼠辈，下令将华佗处死。《三国志》记载，华佗临死之前，拿出一卷书给狱吏，说这上面的东西可以活人的命，但这个狱吏胆小，不敢要，华佗也不勉强，在狱里把它烧了。华佗留下了很多故事传说，却没有留下一部医学著作。如果这个狱吏冒险收下华佗的书并传之后人，没准又是一部相当于《伤寒杂病论》的传世经典呢。

华佗死后，曹操又犯头风，曹操说：“华佗虽然能治这个病，但这个人不好好治，慢慢拖着，想以此自重，我不杀他，他也不会为我断病根。”曹冲生病的时候华佗已经死了，这一回曹操不再嘴硬了，他叹息道：“真后悔杀了华佗，让我儿活活病死了啊！”

华佗死后，没有回故乡谯县安葬，就埋在了许县，这可能缘于他死前的身份是个囚犯。但华佗墓却保留了下来，位于如今河南省许昌市城北苏桥村的南石梁河西岸，现在的墓前还立有石碑一通，上书“汉神医华公墓”。据亳州地方志记载，华佗在谯县的故里位于如今亳州市东北二十多公里处的华佗村，村里原来有个华佗庙，现在已经被毁。

据近年的新闻报道，有村民在华佗旧居附近盖房，无意中发现一种很好看的粉红色花朵开得很旺盛。这种花就是曼陀罗，它有镇痛、麻醉的作用，当年华佗制作“麻沸散”，其主要成分里就有曼陀罗。据说华佗村现在到处都种上了曼陀罗，看到这些花，不禁把人们的思绪又拉回到一千多年前，从而对这个伟大的医学家多了一份怀念之情。

一代才女归来

建安十三年（208）注定成了多事之秋，但很多事件都被这一年年底发生的赤壁之战所掩盖而几乎被湮没了。这一年除了北征乌桓，除了郭嘉、曹冲和华佗之死，还有一件事不能被忽略，那就是一代才女蔡文姬的归来。前面介绍过蔡文姬的身世，围绕着她至今有许多待解之谜，如她的生年，被匈奴人掳走的时间、地点，以及在匈奴人那里的身份等，这些问题曾经引起过一场激烈的讨论，蔡文姬一时间成为汉末女性中在当代人气最高的人。基本可以明确的是，蔡文姬是在建安十三年（208）被曹操赎回的。

蔡文姬的事迹主要保存在《后汉书》董祀妻传里，但这篇传记在许多地方也语焉不详，且充满矛盾。根据这篇传记，蔡文姬嫁给河东郡名族卫家，丈夫叫卫仲道，嫁过去之后不久丈夫就死了，没有孩子，于是回到娘家。蔡文姬的娘家在陈留郡圉县，即今河南省开封市杞县圉镇。兴平年间，天下大乱，蔡文姬在一片兵荒马乱中被“胡骑”所虏，辗转到了匈奴人那里，被迫改嫁，在“胡中”生活了十二年，并生下两个儿子。

这些记载不仅简单，而且与其他史料有相抵触之处。兴平年间蔡文姬的父亲蔡邕还在人世，并且是董卓的座上客，他不应该让女儿待在老家陈留郡，最后被乱兵所虏。所以，既是大文学家又是历史学家的苏轼就认为，蔡文姬是在长安被胡人所虏的，时间比兴平年间稍晚一些。蔡邕当年对王粲有超乎寻常的赏识，并要把家学及后世托付于他，也引起人们对他是否有意招王粲为婿的猜想，当然这只是猜想。后来蔡邕被杀，王粲远赴荆州，蔡文姬即使身在长安，也变得孤苦伶仃。

总之，蔡文姬是个少有的才女，却也有着非同寻常的苦命，她的父亲虽然是名满天下的大学者，而且是一名朝廷官员，但是还在幼年时代，她的干部子女身份就没有了，因为她的父亲招惹了宦官而被流放。在那个年代，被流放的人身份就是奴隶，其命运可想而知。

后来汉灵帝驾崩，宦官被灭，董卓上台，慕蔡邕之名起用他，父女二人的命运才有了转机，这时候蔡文姬十二三岁。据推测，她十四五岁的时候嫁给了卫仲道，丈夫是个读书人，对他也很好，丈夫一家在当地也是望族，一切看来都很好，她应该开始幸福的生活了，但不幸得很，刚过门不久丈夫就因病死了，她背上了克夫的恶名，加上没有孩子，被迫回到了娘家。河东郡大致范围是山西南部、河南西北部一带，这儿离长安更近，离开夫家的蔡文姬应该到长安找父亲去，这似乎更合于情理，所以苏轼等人坚持认为她到了长安。

如果蔡文姬来到了长安，等待她的将是更大的不幸。没有多久，董卓被除，在王允等人眼里蔡邕是董卓的爪牙，必欲除之而后快。因为那一声叹息，父亲身首异处。蔡文姬从此又无依无靠了，就在她不知何去何从之际，长安陷入了更大的动荡，董卓的旧部重新杀了回来，长安成了人间地狱。

作为一个普通老百姓，蔡文姬没能躲过这一劫，她被凉州军中的“胡骑”虏获，成了这些异族的战利品。古人一般把北方各少数民族统称胡人，俘获蔡文姬的是匈奴人。在东汉，匈奴分成了两个部分：北匈奴和南匈奴。南匈奴亲汉，北匈奴被打败，但其地盘被后来崛起的乌桓、鲜卑等部族瓜分，南匈奴的活动范围越来越小，一度只有南北三百五十里、东西二百五十里的有限区域。

南匈奴也在分化，一部分居住于河东郡平阳，即今天山西省临汾附近；另一部分居住于所谓“西河美稷”。关于后一个地方至今存在争论，有人认为它是内蒙古自治区的鄂尔多斯，也有人认为它在山西省的离石。史书记载蔡文姬落入左贤王的部落中，南匈奴的首领称单于，有呼厨泉、于扶罗等著名的南匈奴单于，左贤王应该是他们手下的部族首领，叫什么名字已不得而知，到底生活在平阳，还是生活在西河美稷也无法推断。所以，蔡文姬落于匈奴人之手后，可能生活在内蒙古大草原，也可能生活在今天的山西省的北部，甚至生活在山西省西南部的临汾一带，而且后面两种可能性更大，这与一般印象中的情形会有所不同。

与一般印象有所不同的，还有蔡文姬在南匈奴人那里的身份。通常认为蔡文姬是左贤王的妃子（阏氏），甚至有说她是左贤王最宠爱的妻子，但这于史料并无记载。史书中只说她“没于左贤王”，并未提及她与左贤王本人的关系。北方少数民族有杀到哪儿抢到哪儿的习惯，不仅抢金银财宝，抢粮食牲畜，也抢妇女和孩子，孩子将来就是战士或奴隶，妇女可以生孩子。

被抢的妇女地位是很低的，与奴隶没有什么区别。也不排除因为貌美而被匈奴人首领看中从而改变处境的可能，但围绕着蔡文姬却找不到这方面的记载。蔡文姬到南匈奴人那里又嫁人了，而且生下了两个儿子，但她嫁的人不大可能是左贤王，她的儿子也不是王子，只有这样曹操才可能把她赎回来。

曹操跟蔡邕是忘年之交，曹操担任议郎的时候蔡邕也担任相同的职务，他们二人曾经是同事，蔡文姬当时顶多四五岁，而曹操已经二十多岁了，说曹操跟蔡文姬从小青梅竹马那纯属无稽之谈。

曹操很敬重蔡邕，对于蔡邕的死他一定会觉得很可惜，如果蔡邕有儿子，他一定会设法找到，加以培养。但蔡邕没有儿子，只有一个女儿，蔡文姬小的时候曹操可能见过她，对她有一定印象。在那个兵荒马乱的年代，蔡文姬流落到匈奴人那里并不是一件多么重大的事，也许没有太多的人知道。曹操之所以又得到了蔡文姬的消息，可能与一个人有关。这个人就是卫觊，他受曹操之命协助钟繇处理关中事务，目前是钟繇的得力助手。

卫觊字伯儒，著名的法律专家、书法家，河东郡人，也出自河东郡卫氏家族。他字伯儒，蔡文姬的丈夫叫卫仲道，他们之间有极大可能存在联系。汉末取名基本上都是单字，说起来这还是王莽改革唯一保留下来的成果，王莽当年规定取名字只能用单字，所以我们看到汉魏时期的人名里除姓以外很少有两个字以上的。卫仲道的名字叫什么不知道了，仲道是他的字。古人取字常以“伯、仲、叔、季”来区分长幼，卫觊跟卫仲道极可能是兄弟，卫觊是老大，卫仲道排行第二。

卫觊长年在关中一带工作，离南匈奴人很近，他可能也在打听蔡文姬的下落，经过不懈努力，终于打听到了。他将这个消息报告给了曹操，并请求把蔡文姬接回来。当时南匈奴人已经归顺于朝廷，如果直接去要人会让南匈奴人很没有面子，影响民族团结，于是曹操想出了一个办法：把人赎回来。

这揭示出两个事实：一个是，蔡文姬不可能是左贤王的妻子，要是那样估计曹操会打消把蔡文姬接回来的念头；另一个是，蔡文姬可以“赎”，说明了她的身份，在南匈奴人内部，她可能连正式户籍都没有，身份与奴隶差不多。曹操派周近为使者前往南匈奴，用大量黄金加上一对玉璧去赎蔡文姬。给了这么多钱，南匈奴人觉得面子很足了，于是同意放人，但儿子不能带走。不太清楚蔡文姬离开南匈奴时的心情，想必既有即将得到自由、回到故乡的喜悦，更有与亲骨肉就此分离的痛苦，但是蔡文姬还是毅然回来了。

蔡文姬回来后曹操亲自接见了她，应该在北征乌桓归来之后到赤壁之战前这一段时间。对于这个很有名气的才女，大家都想一睹她的芳容，但是对蔡文姬而言，坎坷的人生际遇和刚刚经历的骨肉分离之痛，让她什么都不再想了，只求安安稳稳地度过余生。

在她的请求下，曹操把她安置在她的故乡陈留郡。蔡文姬三十五岁时，在曹操的安排下，她嫁给了屯田校尉董祀，这是蔡文姬的第三次婚姻。现在似乎总算安顿下来了，可以好好过自己的日子了，但命运还没有把蔡文姬捉弄够，她又遇到了灾祸，结婚第二年丈夫董祀就犯了法，按律当死。这一回蔡文姬真急了，-她跑到邺县面见曹操求情。

当时邺县的铜雀台刚刚修好，曹操在这里大会宾客，有人报告说蔡文姬求见，曹操很高兴，对大家说："蔡伯喈先生的女儿就在外面，诸位想必早已听说过她的才名，今天就让你们见见她！"这是一个冬天，外面十分寒冷，蔡文姬走进来时，所有人都大吃一惊，她光着脚，蓬头垢面，一进来就跪在曹操面前，声泪俱下，为丈夫求情。

这让曹操很为难。曹操执法很严，他讲求执法公平，董祀的罪行确凿，判决文书都已经发出去了，怎能轻易更改？曹操说："按说的确值得同情，可公文已经发出，又怎么办呢？"蔡文姬叩头不已，请求道："明公马厩里好马有万匹，虎士如林，为何怜惜累着一匹马，而不救人一条命呢？"曹操想到蔡文姬这一生确实可怜，就破例下令免除对董祀的处罚，派出快马将已送出的文书追回。

曹操让人给蔡文姬准备了头巾鞋袜让她穿上，又问了她一些事。蔡文姬的父亲蔡邕是著名的藏书家，曹操问："听说你们家原来有很多书，不知道你还有多少印象？"蔡文姬说："先父给我留下了四千多卷书，流离涂炭，已经没有保存下来的了。根据我自己的记忆，也只能保留四百来篇。"曹操很惊讶，这果然是个才女，记忆力如此惊人。曹操说："我给你派十个助手，你来默背，让他们抄写出来。"蔡文姬说："男女之别，于礼有所不便。请赐我纸笔，我自己来写。"后来，蔡文姬硬是凭借着记忆，把数百篇文章默写了出来。

蔡文姬和董祀生下了一儿一女，有人说他们的女儿嫁给了司马懿的儿子司马师，这其实不对。司马师确实娶了蔡邕的外孙女，但不是蔡文姬所生。据考证，蔡邕有两个女儿，蔡文姬还有一个姐姐或妹妹，她嫁入了著名的泰山郡羊氏家族，丈夫叫羊衜，在曹魏时期当过上党郡太守，他们的女儿嫁给了司马师，即后来西晋的景献皇后，他们还有一个儿子更厉害，就是日后大名鼎鼎的军事家羊祜，在司马氏掌权的时代，羊祜负责统筹对孙吴的战事，他发现并重用一代名将杜预，最终完成了灭吴的大任。羊祜的妻子是夏侯渊次子夏侯霸的女儿，夏侯霸有个从妹嫁给了张飞，张飞的女儿又嫁给了刘备的儿子刘禅，并被封为蜀汉的皇后。蔡邕死得很孤单，他没有想到他的后人跟这么多名门望族都能扯上关系。

蔡文姬留世的作品有《悲愤诗》和《胡笳十八拍》，在文学史上有很高的地位。蔡文姬死于何年不详，但愿她有一个安详的晚年吧。

只求一死的人

北征乌桓归来之后，曹操遇到的事一个接一个，送走了郭嘉、仓舒，杀了华佗，接回了蔡文姬，办完这些事，他总算可以嘘一口气了。

接下来曹操还有大事要办，这件大事就是南征。早在这一年正月里，也就是他刚刚北征返回邺县城的时候，就下令在邺县修筑一个人工湖，叫作玄武池，用来训练水军。只为了征讨襄阳的刘表，似乎还用不着太多的水军，看来此番曹操是想连江东的孙权一块办了。这可是一个浩大的工程，可惜当时的曹操正沉浸在北征胜利的喜悦中，对此认识并不够。

曹操是这一年六月当上丞相的，次月他便下令南征。北征乌桓历时近一年，准备工作做了不止三年。此次南征的对手如果把刘表和孙权一块算上，实力将何止是乌桓人的十倍以上，他却只准备了半年，这是一个不太好的征兆。

郭嘉已死，曹操身边首席谋士的位置暂时还没有人能够补上。尽管有人看出了问题，但在这样重大决策上都感到吃不准，也不敢轻易谏言。据《三国志》记载，曹操跟荀彧商量南征的方案，荀彧建议："现在北方已经平定，荆州肯定会倍感压力，也会有所防备。可以在宛县、叶县一线大张旗鼓地进军，速度不宜太快，同时从另外的小路秘密疾进，以出其不意。"曹操认为有道理，由此可见，荀彧也是赞成曹操南征的。

曹操于是亲自率主力由邺县南下，直指襄阳的刘表。这一趟南下应该路过了许县，曹操在这里作短暂停留，由于在这里有过不愉快过的经历，曹操不想去拜见汉献帝刘协。根据朝廷的制度，作为朝廷重臣的他带兵在外打仗，在向天子辞行的时候要享受一次"交戟而行"的待遇，也就是由天子的卫士用铁戟叉在脖子上推着到天子面前，以示没有异心。

当年曹操南征张绣前曾经历过这令人恐惧的一幕，吓得他脊背上立刻冒出了冷汗。不过，那只是例行了一次公事，曹操没有遇到危险，现在就很难说了，曹操不敢保证刘协一定不会借此向他下黑手。董承事件之后，他与天子的关系就相当冷淡，据他的情报的显示，天子经常跟身边几个人嘀嘀咕咕的，虽然大多数情况下是研究学问，但谁知道他在谈经论道之余会不会有什么图谋。

根据报告，跟天子最能谈得来的有两个人，一个是荀悦，他是荀彧的堂兄，此时担任侍中，他是个书呆子，跟天子所谈的话题主要集中在经学和本朝历史上，他曾经受天子之命撰写了一部本朝的史书，名叫"汉纪"。另一个人是孔融，此时担任少府卿，这个人让曹操越来越感到讨厌，他跟天子也很谈得来，他们谈的可不都是学术话题。

郗虑原来担任光禄勋卿，跟孔融平起平坐，曹操废三公之制后，任命郗虑为御史大夫，成为三公之一，是孔融的上级。孔融对此不加掩饰地表示了不满。曹操常驻邺县，许县的一举一动就交给郗虑来监控，重点就是像孔融这样跟天子走得比较近的人。曹操路过许县，自然要把郗虑秘密召来问问情况，郗虑刚受到孔融的嘲讽，正要报复一下，于是说了孔融一堆坏话。

这把曹操长期以来对孔融的不满全部勾了出来，曹操让郗虑整理一下孔融的材料报上来，等候处理。郗虑马上把举报信整了出来，他不愧是郑玄的高足，把孔融所谓的劣迹整理得很到位，但凡能给孔融判上十年八年的地方，他一个没漏，中间还添油加醋、煽风点火，欲置孔融于死地。

《后汉书》孔融传引述了郗虑整出来的黑材料，归纳起来其中列举了孔融的四条罪状：

第一条："少府孔融，过去在北海国，看到天子遇难，就招募徒众，意欲不轨，他曾经说'我是圣人之后，即使君临天下也没有什么不可以的，何必卯金刀'。""卯金刀"是繁体的"刘"字，说孔融早在北海国当国相的时候就有造反的意思，这一条估计没有多少人会相信，孔融没有那么大的抱负，他连北海国相都当不好，哪敢谋反？

第二条："后来又与孙权的使者暗中来往，对朝廷进行诽谤。"从官渡之战后到赤壁之战前，孙权一直表面臣服于朝廷，经常派使者到许县来，孔融倒是有很多机会跟孙权的使者接触，但有没有上述问题，这谁也说不清。

第三条："孔融身为朝廷部长级官员（身为九列），不遵照朝廷礼仪，经常戴个秃巾，穿着很随便的衣服在宫廷里走来走去（秃巾微行，唐突宫掖）。"孔融有大名士的做派，别人开会穿正装打领带，他偏偏爱穿穿夹克和牛仔裤，这种情况完全可能。

第四条："跟狂士祢衡在一块胡说八道（跌荡于言），说什么'父之于子，有什么亲情可言？只不过是情欲的产物而已；子之于母，也是一样，就像一件东西被装在筐子里，拿出来以后就没有关系了'。他与祢衡互相吹捧，祢衡说孔融是'仲尼不死'，孔融吹祢衡为'颜回复生'。"孔融跟祢衡的关系尽人皆知，曹操不喜欢祢衡，但并没有治他的罪，孔融跟他交往应该是没有问题的，至于人家喜欢互相表扬一下，似乎也不关别人的事。

上面这四条罪状里，第一条根本已无从查证，推断起来恐怕是子虚乌有；第二条含含糊糊，似有似无；第三条可能属实，但属于小问题，批评教育即可，用不着大做文章；第四条倒是一把杀人的刀，因为它涉及伦理，这是可大可小的事，上升到朝廷律法上来判断，既可以批评教育、下不为例，也可以罚工资、扣奖金，也可以判个三年五年，甚至八年十年，但不幸的是，也可以判处死刑。

朝廷的律法就是这样，遇到模糊的东西就有模糊的处理办法，司法的量裁区间大得要命，就看你怎么认识了。也就是说，孔融如果犯了上面所列的部分错误，处理起来既可以给他来个诫勉谈话，让他以后注意；也可以直接砍他的头，让他想以后注意也没有机会了。

在郗虑看来，孔融的上述种种罪状实在罪大恶极，建议判处重刑，立即诛杀（宜极重诛）。曹操正忙着南下，没有工夫细看细审，直接替汉献帝做主，进行了批示：判处孔融死刑，立即执行。建安十三年（208）八月，孔子的第二十世孙、名动天下的大名士、朝廷九卿之一的少府卿孔融因郗虑的告发而下狱，随即被杀，死时五十五岁。

其实，曹操早就想杀孔融，因为孔融得罪他不是一天两天了。而孔融对曹操也早就心生不满，有意跟他对着干。一个是大权在握，碍于对方的名望一忍再忍；一个是大名远扬，仗着自己人气很高无所顾忌。

曹操曾颁布过禁酒令，目的是节约有限的粮食，保证战争所需，孔融给曹操写信非要争论一番，他从尧舜到先贤，到他的祖上孔子，再到刘邦、樊哙、袁盎引了一大堆古人，其中不乏有名的酒鬼，说明饮酒的必要性和重要性，纯粹是想搅局。孔融是大名士，曹操还不能不回答，曹操耐着性子给孔先生回了封信，阐明禁酒的现实意义，哪知孔融不让理，一连给曹操回了好几封信，语气越来越不友好（频书争之，多侮慢之辞）。

曹操与袁绍相争于官渡，孔融不出来帮忙也就算了，他还说风凉话，大谈什么和平主义，劝曹操不要兴兵。前面提到，曹操想恢复古代的九州制，孔融马上对着干，提出要恢复古制就一块恢复，比如古制中的王畿之制，以天子为中心，千里之内应由天子直接管理，不能封给别人，导致九州制泡汤，曹操的不满可想而知。

最让曹操不能容忍的是孔融也搞人身攻击，曹操娶儿媳妇孔融也不放过，要嘲讽一番。据《后汉书》孔融传记载，建安九年（204）曹操攻下邺县后，十八岁的曹丕看上了二十三岁的甄宓，把她娶回家。孔融听说后给曹操写来一封信，却不是来贺喜的。孔融在信里阴阳怪气，说了一句话叫“武王伐纣，以妲己赐周公”，这一句出自何典、又是何意，连饱读诗书的曹操也搞得一头雾水，后来曹操见到孔融，当面请教这出自哪个典故，孔融回答说：“是根据当时的事情，顺手现编的（以今度之，想当然耳）。”

周公是武王的弟弟，妲己是殷纣王的爱妾，武王并没有把妲己赐给周公，所以曹操翻遍史书也找不出来这是什么典故，原来是孔融这小子现编的，是把曹操比作武王，曹丕比作周公，甄宓比作妲己。武王跟周公是兄弟，曹操跟曹丕却是父子，这里面似乎隐含着曲曲折折的暧昧之意，似乎暗示着甄宓原是曹操所爱，后来给了儿子，在这件事上曹操和曹丕父子不像父子，兄弟不是兄弟。而妲己更不是什么好女人，早已恶名远扬，用她来比甄宓，这种话也有只孔融一个人敢说。

孔融确实敢说敢干，自始至终都是一个标准的老“愤青”，他终于为此付出了惨重的代价。跟孔融一块被杀的，还有他的妻子和子女。孔融有两个孩子，儿子九岁，女儿七岁。据《后汉书》孔融传记载，孔融被杀的消息传来，他的儿子、女儿正在玩下棋，听说父亲被害的消息，这两个孩子表现出了成人都少有的风度：一动不动，继续下棋，就好像没有这件事一样。

别人急了，说这两个傻孩子，你们的老爸都被杀了，你们还不赶快跑？这两个孩子说了一句很有名的话：“鸟巢都毁了，鸟蛋哪有不破的呢（安有巢毁而卵不破乎）？”他们当时在别人家玩，那家人家里有肉汤，哥哥想喝，妹妹说：“有今日之祸，还能多活多久，还能知道有肉味吗？”临死之前，妹妹对哥哥说：“如果死后有知，我们就能马上见到父母了，这岂不是我们所愿！”兄妹二人从容就刑，面不改色心不跳。也有史书说，曹操本不想把事做得那么绝，想免这两个孩子不死。后来听人报告说这两个孩子在家里突遭大难的情况下如何镇定自如，又说出了“安有巢毁而卵不破乎”这样的话，曹操觉得太可怕了，还是把他们杀了。

孔融被判的是“弃市”，就是在市场人多的地方公开处斩，之后尸体进行示众，规定不许收尸，不许悼念。这时有个人跑来抱着孔融的尸体大哭，一边哭一边说：“文举你舍我而去，我活着还有什么意思？”样子十分悲痛。

这个人是孔融的好朋友脂习，此时担任太医令。脂习与孔融素来关系很好，他看孔融越来越跟曹操对着干，曾劝他收敛一些，但孔融不听，终于被杀。曹操大怒，把脂习关了起来，但过了两天怒气就消了，觉得脂习很讲义气，说明他很正直，曹操一向欣赏这样的人，于是原谅了他，不过罢了他的官，让他迁到许县东土桥一带居住，算是惩罚。脂习后来还见过曹操，曹操称他为慷慨之士，寻问他的生活情况，当得知脂习生活困难时，吩咐给他安排新的住所，还进行了赏赐。曹丕称帝后，给了他一个中散大夫的闲职，让他在家休养，八十多岁时死去。

杀了孔融，曹操总算出了一口气，这时候他已经率大军逼近了荆州。荆州的刘表、刘备在干什么？他们会投降还是会拼命抵抗？曹操不知道，但他已志在必得，既然来了这一趟，就不能空着手回去。

这一年曹操五十四岁，虽然还没有到“烈士暮年”，但也正在一天天接近了。因此，他没有太多的时间等下去，他要荡平荆州，继而江东、益州，他要统一整个国家，这件事秦始皇干过，汉高祖干过，光武皇帝干过，下一个就是他！

第六章

兵指荆州

不能再等了

汉献帝建安十三年（208）发生了许多重大事件，对曹操来说，有北征乌桓的大胜之喜，也有诛杀华佗、孔融之怒，有痛失首席参谋郭嘉和爱子曹冲之哀，也有迎接故人之女蔡文姬回归之乐。但是，这一年真正的大事还没有上演，之前这些都只是序幕。

这一年曹操五十四岁，作为军事家、政治家是一个成熟的年龄，但在当时寿命普遍偏低的情况下，这也是一个时不我待的年龄。经过十多年拼杀，陶谦、袁术、吕布、公孙瓒、袁绍等人纷纷谢幕，活跃在历史舞台上堪称重量级的人物越来越少。虽然如此，但毕竟还有刘表、孙权、刘璋、公孙度、刘备这样的豪杰，并且势力也在一天天壮大，曹操有点着急。

但是，有时候事情总是这样的：一着急就容易办错事，对曹操也不例外。这一年的七月，在许县处理完有关事务的曹操，来不及让人马做长时间休整，就正式发起了南征荆州的战役。在每次重大行动前曹操都会召开军事会议进行研究，听取各方面意见，每到这时，往往既有赞同意见也有反对意见。但对于这次南征荆州，曹操身边主要的参谋却都没有反对，这一点也许跟大家印象中的情况相反，但事实确实如此，据《三国志》记载，大军出发前曹操曾向在许县主持朝廷日常事务的尚书令荀彧征求意见，荀彧认为："如今北方大部分地区都已平定（华夏已平），荆州那边肯定有危机感了（南土知困矣）。可以从大道大张旗鼓地南下，然后从宛县、叶县间的小道秘密疾进，以出其不意。"

荀彧不仅同意此时发起南征，而且提出了具体的出兵建议，曹操也接纳了荀彧的建议，这实际上是曹操手下参谋们的共识，有人认为贾诩反对过出兵，但这是误读，《三国志》记载，贾诩反对曹操进军是在得到荆州之后，当时曹操决定顺长江东下，一口气灭掉孙权，贾诩表示反对。这次南下荆州，曹操最终大败而归，但失误发生在后半程。

如果能一举拿下荆州，跨江而治，上可攻益州的刘璋，下可攻江东的孙权，将在战略上处于更加有利的地位。如此，统一全国的目标就指日可待了，大家都看到了这一点，曹操看到了，曹操的对手们看得更清楚，其中不仅包括刘表、孙权和刘备，还有几位虽暂时置身局外，但丝毫高枕无忧不起来的人，比如刘璋、公孙度、马腾等人。

刘璋接他父亲刘焉的班是在兴平元年（194），曹操的父亲曹嵩也是死于那一年。十四年来，刘璋作为益州的实际控制者，过着相对偏安的日子，没有遇到大的战事，天府之土，民殷国富，兵精粮足，本可以成就一番霸业，但正如陈寿和常璩说的那样，刘璋“才非人杰”，不是个可以成大事的人，白白浪费不少机会。

刘璋在家里排行老四，所以他字季玉。他的三个哥哥分别是刘诞、刘范、刘瑁，当年朝廷为了控制刘焉，把刘璋以及他的大哥、二哥作为人质留在长安，之所以给刘焉身边还留个了刘瑁，是因为刘瑁患有精神病。刘璋后来辗转回到益州，而他的两个哥哥因为卷进长安兵变被杀。刘焉死后刘璋继位，刘瑁虽然年龄比刘璋大，但因为是个废人，所以平时什么事都不管。刘瑁的夫人姓吴，应该是一位国色天香的佳人，刘备入蜀时刘瑁已经死了，刘家的旧部、刚刚投靠刘备的蜀郡太守法正把吴氏介绍给了刘备，成为刘备的吴夫人，这是后话了。

曹操发起荆州之战时，刘璋判断刘表根本不是对手，于是派手下人阴溥前来表达敬意（致敬于曹公）。阴溥这个人没有太多记载，只知道他是河内郡人，《华阳国志》说他在刘璋手下担任类似于中郎将级别的军官。曹操应该是在前往荆州的路上见到的阴溥，他很高兴，以汉献帝的名义任命刘璋为振威将军，刘璋的三哥刘瑁为平寇将军。此前，刘璋虽然把事业干得挺大，但头上只有一个从老爹那里继承来的益州刺史的名号。

阴溥回去复命，刘璋也很高兴，觉得曹操看得起他，现在曹操那边有事，自己总得表示表示，于是派手下人张肃率三百名叟兵携带一批军事物资送往荆州前线，以示对曹军的支持。“叟兵”是从叟人中征募来的兵，叟人主要生活在汉至六朝时期今天的四川西部、云南、贵州等地，属氐羌系，他们作战勇敢，是一支劲旅。刘璋送三百名叟兵给曹操是动了脑筋的，送得太多容易引起曹操的猜忌：你是帮场子来的还是想趁火打劫？反正只是个象征意义，表明自己的政治立场而已。

对于曹操来说，当然也乐得接纳，这时候曹军阵营里应该有匈奴人、乌桓人，甚至鲜卑人，现在又多了几百名叟兵，更像一支“联合军队”了。曹操把叟兵留下，为犒赏张肃，以朝廷的名义任命他为益州辖下的广汉郡太守。这个张肃，就是被认为日后出卖了益州的那个张松的哥哥。

刘璋的态度让曹操对西部防线放下一半心来，但西边除了刘璋，还有关中的马腾。在曹操发起并州战役期间，马腾以及儿子马超站在了曹操一边，立下功劳，马腾被拜为前将军，封为槐里侯，以槐里也就是今天的陕西省兴平市为基地，成为关中最重要的一路势力。

马腾父子在槐里前后驻守了十多年，根基很深，曹操总觉得不踏实，在南下荆州之前以朝廷的名义征召马腾到朝廷做官，让他把军权交给儿子马超。马腾虽然答应，但十分犹豫，司隶校尉钟繇的助手张既恐怕他变卦，命令周围各县储备粮食物资，以备不测，同时发动在关中地区品秩两千石以上的官员前往迎送，弄得马腾没有办法，只得入朝，被朝廷任命为卫尉，虽然相当于部长级的高官，但显然只是个名义而已。不仅如此，他在许县上班，家属却被送到了邺县，过起了两地分居的日子。马腾及一家老小成了曹操手中的人质，这样一来就不怕马超闹事了。

当时，整个北方地区能够对曹操构成直接威胁的也就没什么人了。当然还有一个人颇有实力，但他离得实在太远，曹操可以暂时不予考虑，这个人就是公孙康。就在前不久，公孙康大义凛然地杀了袁熙、袁尚，从而避免了直接与曹军刀兵相见，曹操以汉献帝的名义拜他为左将军，地位与马腾大致相当。

听说曹军主力南下荆州，一向野心很大且善于把握机遇的公孙康觉得这似乎是个机会。他召集手下人讨论讨论，没想到公孙太守手下尽是一群好战分子，在没有仔细评估自己实力的情况下，就纷纷嚷着要趁机给曹操后面来一刀，端了曹操的老巢邺县。一片群情激昂之中，只有一个人面带冷笑，表现出十分不屑。公孙康问他是怎么想的，这个人回答道："现在海内大乱，社稷将倾，将军您拥有十万之众却没有什么作为，为人臣的怎么能这样呢？曹公忧国家之危败，虑百姓之苦难，率义兵为天下诛残贼，功高德广，天下无双，他没有来问您的罪，您反而要举兵西向，这个事怎么样，将军您好自为之吧！"一番话掷地有声，把大家惊醒了。史书记载，众人听了这个人的话，都深感震动，半天没人吱声，后来公孙康说："先生你说得对呀。"于是放弃了在背后偷袭的打算。

这个人叫凉茂，字伯方，曾在曹操身边担任过司空掾，后来以侍御史的身份出任泰山郡太守，前一阶段被曹操调到乐浪郡当太守，这个地方在今天的朝鲜半岛上，当时是公孙康的实际控制区。公孙康把凉茂扣留，不让他上任，但凉茂始终不为所屈。曹操的本意是派凉茂到公孙康的地盘上"掺沙子"，发现公孙康护得很严，无从下手，后来他找个机会又把凉茂调了回来，担任魏郡太守。

刘表一病不起

曹军大举南下，刘表在做什么？刘表病了。这一年刘表六十七岁，他来荆州也将近二十年了。他曾经是一个士人，算是文人，也小有名气。但他一点都不文弱，颇有胆识和谋略，依靠老同事蒯越以及荆州蔡氏、马氏等大族的支持，迅速在荆州站住了脚。

刘表治理政务、发展经济都有一套，是个实干家，这些年把荆州治理得不错，在一片纷乱扰攘的时局中，荆州一度成为中原人避乱的最佳地点，人才的大量涌入，又进一步推动了荆州经济和社会的发展。但是，与曹操相比，刘表没有打过什么像样的大仗，大部分时间是在和平的环境中度过，舒舒服服过了二十年的太平日子，中间也打过几次不太大的仗，有一次孙坚打到了家门口，情况一度很危急，但刘表很幸运，孙坚突然离奇地死了，危机化解。后来，刘表在江南四郡跟叛兵也打过仗，但都没有什么规模，他占有压倒性优势。这是幸运，同时也是不幸。

如今，当身经百战的曹操以统一北方的雄威率十多万大军向自己杀来的时候，刘表才明白，和平是美好的，和平得太久了也害人。刘表手下军队的人数应该也超过了十万，而且在水军方面优于曹军。但刘表心里明白，这是一支在和平年代里成长起来的军队，岂是能征惯战的曹军的对手？虽然明白了，但是有点晚了。刘表或许想过投降，那是很没有面子的事，但要硬着头皮打一仗，他又实在抖擞不起精神来，也没有任何取胜的把握。所以刘表病了，而且病得挺重，一病不起。

除了大兵压境，刘表自己的家事也让他烦心。刘表有两个儿子，长子刘琦，次子刘琮。据《后汉书》记载，刘表开始比较喜欢刘琦，原因是刘琦长得像自己（*初以琦貌类于己，甚爱之*）。作为长子的刘琦深得父亲的喜爱，在嫡长子继承制的体制下，接班是迟早的事。但是，却出现了插曲，刘表的前妻死了，刘表的后妻蔡氏出于荆州大族蔡家。蔡氏有个弟弟叫蔡瑁，蔡瑁有个外甥叫张允，二人掌握着刘表的水军，是刘表也不敢小视的人物。

刘表喜欢刘琦，蔡氏却喜欢刘琮，原因是刘琮娶了蔡氏的侄女，成了亲上加亲。蔡氏为了抬高刘琮，不断在刘表面前诋毁刘琦，次数多了，刘表居然慢慢相信，于是对刘琦逐渐疏远。表面上看刘表有些糊涂，犯了废长立幼的大忌，袁绍之败就在眼前，他居然没有汲取教训，重蹈覆辙，实在不明智，《三国志》的作者陈寿就持这种观点，他认为刘表"废嫡立庶，舍礼崇爱，至于后嗣颠蹙，社稷倾覆，非不幸也"。

但是往深里想，也许未必。当年袁氏诸子相争的事，刘表比谁都关注，他还先后给袁尚、袁谭写过长信，劝他们团结起来，不要搞分裂，他怎能不知道兄弟不和的危害。但是，越是如此他越要选刘琮为接班人。刘琮背后有蔡氏集团的支持，而刘琦没有后盾。如果他不顾实力强大的蔡氏集团反对执意让刘琦接班，不用想他都能猜到，在他死后荆州必然是一场内乱。

所以，刘表主动疏远了刘琦，并且把刘琦派到外地任职，以安抚蔡氏集团。《后汉书》和《三国志》都记载，刘琦所任的职务是江夏郡太守，这也是他本人向刘表提出的请求。出这个主意的，是刚刚来到刘备手下的诸葛亮。

这个故事已广为人知，说的是面对危局刘琦心中不安，但又无计可施，听说刘备新招募的谋士诸葛亮计谋过人，于是请他帮忙出个主意，但诸葛亮似乎对涉足刘表的家事很谨慎，原因是他与蔡家也有亲戚关系，诸葛亮的岳母也姓蔡，她跟刘表的妻子蔡氏是亲姐妹，诸葛亮得管刘表叫姨父。所以任凭刘琦再三恳求，诸葛亮就是不接话茬。

一天，刘琦邀请诸葛亮到一处楼上喝茶聊天，然后悄悄命人除去楼梯，恳切地对诸葛亮说："现在只有咱们两个人，上面不达于天，下面不达于地，话从先生嘴里出，只到我的耳朵，如此这样能不能说说呢？"诸葛亮无奈，同时他也看到在刘表集团里唯有刘琦可以结交，日后或许能成为刘备的同盟，于是点拨他说："你没见申生在内而危，而重耳居外而安吗？"申生和重耳都是春秋时期晋献公的儿子，晋献公的宠妃骊姬为了让自己的儿子奚齐继位，设计谋害了太子申生，申生的弟弟重耳为了躲避祸害流亡出走，经过十九年的奋斗回国做了国君，也就是春秋五霸之一的晋文公。

诸葛亮一番话点醒了刘琦，于是考虑脱身之计。恰在这时，刘表的部将江夏郡太守黄祖被孙权所杀，刘琦于是请求接任。应该说，刘表喜欢刘琦是真，喜欢刘琮有点迫不得已。刘琦这个人，不仅长得像父亲刘表，而且颇有能力。刘表批准了刘琦的请求，让他担任江夏郡太守，率领一支军队驻扎在江夏郡。

当听说曹军大举南下的消息时，刘表病重不起。刘琦听说后，急忙从江夏郡赶回襄阳探望。刘琦是个孝子（素慈孝），刘表对刘琦也十分喜爱，有鉴于此，蔡瑁姐弟俩认为待他们父子二人相见，刘表难说不会突然托后事于刘琦，于是千方百计阻止他们父子相见。蔡瑁对刘琦说："你父亲命令你镇守江夏郡，这个担子很重啊。你现在放下众人擅自前来，你父亲见到你必然生气，影响你们父子的亲情，还会增添他的病痛，这不是孝道（伤亲之欢，重增其疾，非孝敬之道也）。"连门都不让刘琦进（遂遏于户外），刘琦无奈，流涕而去，看到这个场景的人无不伤心。

建安十三年（208）八月，也算是一代豪杰的刘表病逝，死时六十七岁。据《后汉书》记载，刘表死于"疽发背卒"，这个病中医叫"背疽"，现代医学称为"背部急性化脓性蜂窝织炎"，其外因是外感风热、火毒，湿热蕴结所引起，内因是七情郁结，脏腑蕴热而发。刘表得这个病，完全是愁的。作为统治荆州长达二十年的重要人物，后世对刘表也颇多评价，其中以裴松之的评价最有代表性。裴松之认为刘表"非霸王之才"，同时也认为他是"仁义之主"。

刘表死时长子刘琦不在跟前，在刘表妻子蔡氏以及荆州主要将领蔡瑁、张允等人主持下，以刘表的次子刘琮继位。据《英雄记》《魏书》等记载，刘表临死前留下了政治遗嘱，但他指定的接班人既不是刘琮，也不是刘琦，而是刘备。《英雄记》说刘表在病中向汉献帝上表，推荐刘备代理荆州刺史。《魏书》说刘表病重期间，托国于刘备，对他说：“我儿不才，而诸将也没有特别突出的，我死之后，你来统领荆州。”

对刘备来说，这已经是第二次有人以国相托了，上一次是陶谦，这一次是刘表，看来刘备不仅是个合格的小商贩，也不仅会笼络人，而且必然有过人的才干和人格魅力，否则以陶谦的孤傲，以刘表叱咤江南，不可能把他抬举得那么高。跟上次一样，刘备不了解刘表此话的虚实，对刘表说：“将军您的儿子都很贤能，不要担心。”刘备对刘表的好意给予拒绝，《后汉书》说有人劝刘备接受，刘备说：“刘景升一向厚待于我，今天如果接受这件事，大家必定认为我薄情，我不忍心这样做呀。”

为《三国志》作注的裴松之分析上面这件事的时候认为记载有误，原因是刘表夫妻立刘琮为接班人的想法早就确定了（情计久定），不会临终前突然改变决定。但是，如果刘表病重期间真的见到过刘备，这种可能性则完全存在，不仅因为他们都姓刘，而是因为刘表心中的苦衷除了刘备恐怕已无人能解。刘表临死前想必已经意识到两个儿子之间的相争已不可避免，他此时唯有把平息内乱的希望寄托在刘备身上。但刘备是个老江湖，不然他也活不到现在。荆州虽然是他做梦都渴望得到的，但现在却不属于他。刘表的话可以相信是真的，但对刘备而言却毫无用处，原因很简单：此时的荆州已经不在刘表的掌握之中了。

刘琦以江夏郡太守的身份驻守在夏口，为了安抚刘琦，刘琮命人将刘表生前朝廷授予的侯爵印绶送给刘琦，刘琦怒不可言，将印绶扔在地上，准备借奔丧之机发难。眼看袁绍死后儿子们相互恶斗的一幕将在刘家重演，但刘氏兄弟还未来得及开打，曹军就杀到了家门口。

这一年的九月，曹操率军推进到新野，刘表在荆州北部的守将文聘率部投降。文聘字仲业，荆州刺史部南阳郡宛县人，日后成为曹魏著名将领之一。曹操让文聘继续统率所部，给予很高礼遇。

诸葛亮出山

现在，襄阳以北已无险可守了。其实，对襄阳以北的防卫刘表一直很重视，除文聘外刘表还曾有过专门安排，这个专门安排就是刘备。当初刘表让刘备驻守新野，即今河南省邓州市，此地属荆州刺史部南阳郡，正好处在曹操占领下的宛县和刘表的大本营襄阳之间，是荆州北部重要的一道防线。

刘备在新野很有作为，曾亲自指挥了博望之战，此地在今河南省南阳市东北，刘备用火攻的办法打败了曹军名将伏波将军兼河南尹夏侯惇以及虎威将军于禁。有刘备在，刘表确实省了不少心，刘表当年接纳了走投无路的刘备，给自己找了一顶钢盔套到头上，为的是有朝一日救个急。

现在正是刘备发挥作用的好时候，他到哪里去了呢？刘备此时已不在新野。有迹象显示，在刘表病逝之前，刘备就已经移师到距襄阳不远的樊城，此地与襄阳仅隔一条汉水，如今这两个地方已合并为一个城市，名叫襄阳市。这是刘备主动要求还是刘琮的主意不得而知，但刘备移防樊城，意味着荆州的防线有所收缩。

刘备走到哪里都挺有号召力，这是他的优势。一来因为他也姓刘，这个“刘”是刘邦的“刘”，也是刘秀的“刘”，是汉室宗亲；二来他常行仁义，不仅挂在嘴上，而且付之于行动，感召了很多人。刘备在新野期间，跟荆州名士徐庶、司马徽等人有密切来往。徐庶本名徐福，字元直，颍川郡人，江湖侠客出身，但有一天突然间厌倦了打打杀杀，扔了刀剑，脱下侠士的衣装换上学生的校服跑到学校里拜先生读书（弃其刀戟，更疏巾单衣，折节学问），成为一位能文能武的通才。徐庶仰慕刘备的仁义，投奔了他。

司马徽字德操，也是颍川郡人，避居荆州期间成为当地的名士，刘表曾想请他出山，但被司马徽婉拒。刘备慕名上门请教，司马徽对刘备却很有好感。刘备正在用人之际，徐庶和司马徽不约而同地向他推荐了一个人，这个人就是正在襄阳附近隐居的诸葛亮。在此之前，徐庶也向刘备推荐过几个人，包括自己的老乡石韬，博陵县人崔州平，汝南郡人孟建。但徐庶对诸葛亮的评价显然远远高于这几位，刘备对这个年轻人有了强烈的好奇心，决定亲自见见他。

诸葛亮随叔父诸葛玄离开故乡徐州刺史部琅玡郡阳都县大约是在兴平二年（195），当时诸葛亮十五岁。第三年，诸葛玄死了，诸葛亮十七岁，他带着弟弟诸葛均迁居于襄阳城西二十里的一个小山村居住，这里叫隆中。此处距襄阳城近在咫尺，却不属南郡的襄阳县，而归襄阳西北面的邓县，而邓县属南阳郡。如此一来，就好理解诸葛亮在《出师表》中“臣本布衣，躬耕于南阳”这句话了，其实这里距南阳郡的治所宛县有数百里之遥。

诸葛亮有两位姐姐，叔父诸葛玄去世前，把诸葛亮的长姐嫁给了蒯祺，二姐嫁给了庞山民。蒯家和庞家都是荆州的大族，蒯祺是蒯越的本家，庞山民的父亲庞德公与司马徽齐名，刘表也想请他出来做事，同样被拒绝。庞家还有一个能人，名叫庞统。诸葛亮的夫人也出自名门，她的父亲叫黄承彦，是襄阳的社会名流，黄承彦的夫人姓蔡，刘表后妻蔡氏的亲姐妹，黄承彦是刘表的连襟，所以诸葛亮管刘表叫姨父。这几桩婚姻使诸葛亮与荆州上流社会建立了联系，隆中虽然幽静，适合读书休养，但这里距襄阳城并不远，便于了解信息、向名士们切磋请教。诸葛亮在此居住了十年，完成了知识积累和对时局的思考。

诸葛亮曾向司马徽请教，成为司马徽的学生。据一本不太可靠的《仙鉴》的书记载，司马徽为了栽培诸葛亮，还介绍他向汝南郡隐士酆公玖学习《兵法阵图》，使诸葛亮日后得以展露出自己的军事才能。诸葛亮早年丧母，接着丧父，流离他乡，使他养成少年老成的性格。他勤恳好学，志向远大，但又绝不是个死读书的人，隐居隆中期间他关心时事，结交名流，等待出来干一番大事的机会。

建安十三年（208），一向平静的荆州将面临重大改变，诸葛亮所等待的机会也来了。

诸葛亮加入刘备阵营的过程，在史书上有不同记载。根据《三国志》的记载，刘备在新野时，诸葛亮的好朋友徐庶投奔了刘备，徐庶对刘备说："诸葛亮像一条卧龙，将军不愿意见见他吗？"刘备说："那就请先生把他请来吧。"徐庶说："这个人只能您亲自去请，不能硬让他来，将军最好枉驾去一趟。"刘备于是亲自跑到隆中去请诸葛亮，前后去了三次，才把诸葛亮请了出来。这就是"三顾茅庐"典故的由来，此事记录在正史里，不是杜撰。

这一年刘备四十八岁，多年征战，使他早已名闻天下；诸葛亮二十八岁，除了荆州的一帮亲友、朋友们知道他的才能外，此时还默默无闻（时人未之许也）。刘备见到诸葛亮，屏退众人，单独与他就时局有一番长谈。这番谈话很重要，也就是著名的隆中对。

从记载情况看，这次谈话基本上是诸葛亮一个人在说。在这次谈话里，诸葛亮通过对时局的分析，总结出兴亡成败的规律，那就是要成大事不仅依赖天时，更要有人谋，这里面至少有两层意思：一个是说要想成事，必须重视人才；另一个是说，只要不懈努力，也可以改变客观上的不利，这是给久处逆境的刘备打气。根据对眼下时局和各路豪强此消彼长变化的分析，诸葛亮为刘备规划出一个战略蓝图，就是尽可能避开强大的曹操，想办法与正在快速成长的江东孙氏结盟，占据荆州，进而徐图益州，寻求三足鼎立之势。

这让刘备豁然开朗，心中久积的抑郁一扫而空。但这还不是最精彩的，诸葛亮继续规划道，占据荆州和益州之后，等待天下变化，到时候兵分两路，一路由荆州北上宛县、洛阳，另一路由益州攻击秦川，到那时天下可定，汉室可兴。刘备听完，大为高兴，对诸葛亮无比欣赏，他甚至对关羽、张飞说："我有孔明，就像鱼儿有了水一样呀！"

但是，关于诸葛亮出山的过程还有其他不同说法。据《魏略》《九州春秋》等书记载，诸葛亮出山不是刘备三顾茅庐请来的，而是他自己跑来投奔的。根据这些记载，当曹操平定河北之后，眼光一向敏锐的诸葛亮预感到曹操的下一个打击目标就是荆州，但刘表性情迟缓，不懂军事，诸葛亮就跑到樊城去见刘备。刘备没有听说过这个年轻人，把他当成一般儒生接待。

当时受刘备接待的儒生很多，大家坐在一块就闲扯了一阵，后来众人走了，只有诸葛亮留下来没走，刘备可能也没有跟诸葛亮单独交流一下的打算，他有个小爱好，这源于他早年织过席子的经历，喜欢做个小手工，闲来无聊编个什么小东西自娱。好多人都知道刘将军有这个爱好，遇到比较好的适合编织的东西就送给他，恰好有人送给刘备一条牦牛尾巴，儒生们走后，刘备觉得无聊，也不管诸葛亮还在跟前，就一个人编了起来。

就在刘备陶醉在做手工的乐趣中时，诸葛亮上前说："将军您应该树立远大志向，整天弄个牛尾巴编算怎么回事（明将军当复有远志，但结牦而已邪）？"刘备这才打量了这个年轻人，见他身材魁伟，谈吐镇定，气宇不凡，赶紧把手里的东西扔了，说："这怎么说呢，我也是借此打发心中的忧愁罢了。"这是诸葛亮跟刘备的初次对话，但他们谈的不是隆中对，而是眼下如何对抗曹操。

诸葛亮问："您以为刘表将军与曹操相比如何？"刘备回答："刘表不如曹操。"诸葛亮又问："将军您自认为比曹操如何呢？"刘备回答："也不如曹操。"诸葛亮说："你们都比不上曹操，而将军您手里只有几千人马，靠这点力量如何能抵挡曹操呢？"刘备说："我也正为这犯愁呢，那你说该怎么办？"诸葛亮答道："荆州的人口本不少，只是登记在册的人很少，您可以建议刘表将军，把流动人口管理起来，重新登记户籍，照此调兵。"刘备采纳了诸葛亮的建议，结果实力大增，从而对诸葛亮以上宾之礼看待。

上面这个说法虽然不如三顾茅庐有名，但也不失其合理性。同时，即便如此也丝毫不会影响刘备或者诸葛亮的形象。刘备手下不缺关羽、张飞、赵云这样的虎将，他身边也有孙乾、麋竺这样的文士，但他缺少荀彧、郭嘉、贾诩那样的"王佐之才"，诸葛亮的到来，弥补了这个不足。

诸葛亮进入刘备集团，也算人尽其才，他以多谋和善断很快在刘备手下文士中脱颖而出，并且很快遇到了大展身手的机会。刘备对诸葛亮十分信任，但史书中对诸葛亮这一阶段在刘备手下担任什么职务却没有记载。诸葛亮有记载的第一个职务是军师中郎将，相当于准将军衔，那是在赤壁之战后。也就是说，诸葛亮刚加入刘备集团时的正式职务应该比较低，与关羽、张飞等人相比还有很大差距。

看谁跑得快

现在，面对大军压境，刘琮赶紧召开紧急会议研究对策。荆州的水军基地在江陵，也就是今天的湖北省荆州市，这里也是荆州的后勤基地，重要性非同一般，刘表死后蔡瑁、张允亲自赶到那里加强控制。刘琦在夏口，离此地很远。离这里较近的是刘备，但刘琮有意没有通知他，并对他封锁消息。

参加这次讨论的，主要是蒯越、韩嵩等人，出乎刘琮意料的是，大家的意见相当一致：投降。一个企业没搞好，面临破产的危险，对于员工来说，有人愿意把这个企业兼并了，之后实施重组，让这个企业继续发展下去，有理由不接受吗？从管理层到一般员工，都会迫切渴望兼并重组能够尽快进行，他们都有点等不及了，蒯越、韩嵩等人就是这样的想法。

但是，作为企业的大股东和所有人，他是不愿意被兼并的，被兼并以后别人照样打工领薪水，只是换了个老板而已，但原来的老板就惨了。老板当不成，没准还有更大的灾难在等着。刘琮虽然没有哥哥刘琦聪明，但这一点道理还是看得明白，他有点急了。

刘琮对大家说："现在我们据有整个荆州，守着先君之业，又有刘备相助，即使要投降，也再观望一阵子难道不行吗？"但主降派们都不愿意等，他们派州政府东曹掾傅巽出面做刘琮的思想工作，傅巽对刘琮说："逆顺有大体，强弱有定势。以人臣而拒人主，是大逆之道；以小小的楚地对抗中原，是不自量力；以刘备抗击曹公，是很不恰当。以上三个方面我们都不占优，必然灭亡啊！将军自己考虑一下，您与刘备相比如何？"刘琮想了想，还真比不过这个老前辈，说："差得远。"傅巽说："以刘备之雄尚不足抵御曹公，荆州怎能自保？假如有奇迹发生，刘备能够抵御曹公，他又怎能甘居将军之下？就是这个简单道理，希望将军不要多疑！"

劝降者人数众多，据《文士传》记载，王粲也劝过刘琮投降，这个始终有英雄情结的小个子诗人，对曹操抱有好感，他对曹操的评价是"雄略冠时，智谋出世"，在当代无人可匹敌，劝刘琮不要作无谓的抵抗，不如投降"保其全宗，长享福祚，垂之后嗣"。刘琮纵使心有不甘，也无可奈何，于是决定投降。

此时曹操亲率大军已越过新野等荆北防线，逼近襄阳。曹操在襄阳城外见到了刘琮的使者，使者带着朝廷赐给刘表的"节"，递上降书，但曹操手下不少人表示有疑虑，担心这是刘琮使的诈。据《三国志》记载，曹操也吃不准，于是找来个人问问。

此人名叫娄圭，字子伯，是曹操青年时代的故友，长期在荆州打游击，前不久归降曹操，受到曹操的重视，他对荆州的情况相当熟悉，娄圭分析道：“天下扰攘，各贪王命以自重，现在刘琮不忘把朝廷颁发给他老子的节带来，这个细节可以说明他真有诚意。”曹操认为有理，他决定接受刘琮的投降，随即指挥人马向襄阳城开进。

襄阳北面隔汉水是樊城，此时刘备还在那里。曹军一路南下，直奔襄阳，并没有攻占樊城的意思，刘琮对刘备实行消息封锁，刘备对敌情了解不多，对于刘琮决定投降，更是事先一无所知。刘琮能投降，他刘备却不能降，因为他跟曹操太熟悉了，曹操不会再接受他的投降，曹操要的是他的脑袋。名声太大就是这点不好，曹操既然已认定他是目前为数不多的足以争天下的对手，那就没有什么好商量的了。

据《三国志》记载，刘备当时在樊城，军事情报相当匮乏，居然不知道曹军已到眼前，等知道了消息，刘备自知不是对手，率众撤退，路过襄阳的时候，诸葛亮劝刘备趁曹军未得襄阳之机进攻刘琮，刘备再次拒绝。

据《汉魏春秋》记载，刘琮投降不敢告诉刘备，刘备后来察觉，派亲信到襄阳城里寻问刘琮，刘琮派著名学者宋忠到刘备那里传达命令，说准备投降。刘备又惊又骇，对宋忠说：“你们这帮人如此做事，又不早点相告，事到临头才通知我，是不是有点太过分了（不早相语，今祸至方告我，不亦太剧乎）！”刘备越想越气，抽出刀来架在宋忠脖子上：“杀了你都不解气！”但刘备也只能说说气话而已，刘琮料定刘备会恼羞成怒，所以专门派个他不敢杀的宋忠来传达命令。作为荆州本地最著名的学者，荆州学派的创始人之一，自郑玄死后宋忠在文化界便享有了极高声誉，这样的人刘备如果一怒之下杀了，那他整天在嘴上的仁义也就白挂了。

《汉魏春秋》还记载，刘备赶紧召集大家商议对策，有人劝刘备劫持刘琮以及荆州刺史部的官民南下江陵，依托那里的水军及丰厚的军用物资再做打算。《汉魏春秋》没有说这个“有人”是谁，但结合《三国志》刘备传的记载，这个人应该是诸葛亮。但刘备同样回答：“刘荆州临亡托我以孤遗，背信自救的事我做不来，死后有何面目去见刘荆州啊！”

刘备率众人南下，路过襄阳城，在城外呼刘琮出来对话，刘琮不敢出来。据《典略》记载，刘备跑到刘表墓前祭拜一番，“涕泣而去”。就在此前后徐庶离开了刘备，原因是徐庶的母亲被曹军俘虏，而徐庶是个孝子。徐庶辞别刘备时，指着自己的心口说（庶辞先主而指其心曰）：“本来想跟随将军共图王霸之业，凭借的是此方寸之地。如今老母亲被俘，方寸已乱，已无益于事，请求从此作别吧！”

徐庶至孝，刘备至仁，所以尽管内心不舍，也放徐庶走了。徐庶到了曹操那里作为不大，后来官至右中郎将、御史中丞。诸葛亮的好朋友石韬也在曹操手下供职，到曹丕称帝后担任过郡太守、典农校尉等职。诸葛亮后来率兵伐魏，还打听过这些老朋友们的消息，当听说徐庶、石韬等人只不过担任郡太守、中郎将一级的官职时，不禁感叹道："魏国的人才实在太多了呀，像他们二人这样居然都不能得到重用！"

刘备没有接受抢占襄阳的建议，但他接受了进军江陵的建议，目标是荆州的水军和后勤基地。正准备进襄阳城受降的曹操听到报告，也吃了一惊，立即决定暂不进襄阳城，迅速南下追击刘备，务必赶在刘备之前占领江陵。于是一场追击战展开，就看谁跑得快了。

刘备跑不过曹操，因为他没有虎豹骑。曹操亲率曹纯、文聘等以虎豹骑为主力的一支骑兵，以急行军的速度展开追击，曹纯是虎豹骑的统领，文聘对本地情况较为熟悉。他们的行军速度是一日一夜三百里，这个速度放在现在实在不算什么，但在当时已是行军速度的极限了。

曹操先置襄阳于不顾直接南下，给刘琮身边个别人留下了想象空间。据《汉晋春秋》记载，刘琮手下有一个叫王威的给刘琮出了个主意："曹操认为将军已经投降，刘备逃走，必然松懈无备，现在又轻行单进，如果以奇兵数千，在险要处埋伏（徼之于险），定可将曹操擒获。那样一来将威震天下，中原可传檄而定。这是难遇之机，切不可失去呀！"

王威这个人史书上没有更多记载，但这小子眼光很毒，他出的这个主意确实很阴，如果刘琮真要这么干了，曹操在淯水河畔的遭遇有可能重演。刘琮、刘琦、刘备加上江陵的水军和正在悄悄向荆州靠近的孙权，大家一起动手，正好把曹军围在中央，曹操的麻烦就大了。可惜刘琮没有接受，看来刘琮投降的决心已下，不想干冒险的事了。

刘备这么多年来一直苦心经营，他花了老本也攒出来一支水军来，虽然无法与刘表在江陵的水军相提并论，但也有各式战船数百艘。刘备让关羽统率，命他们沿汉水南下，开往夏口与刘琦会合。

刘备一路南行，不断有害怕兵灾的荆州百姓加入，很快人数达到了十多万人，可惜这不是战斗部队，有点像黄巾军，家属、百姓、地方官吏什么人都有，还有各式各样的车辆共数千辆之多，这样的队伍行进起来只能用蠕动来形容，一天顶多走十多里。据《三国志》记载，有人向刘备建议道："现在我们人数虽多但能战斗的人少，如果曹军杀到，如何迎敌？应该加快行军速度尽快赶往江陵。”言下之意，应该弃官民百姓不顾，轻军直奔江陵，跟曹军抢时间。

刘备对这类建议再次表示不接受，他说：“成就大事必须以人为本，现在大家自愿追随我，我怎么能忍心抛弃？”“以人为本”四个字是这里的原话，如今这四个字已经耳熟能详了，不知道刘备是不是它的发明者。刘备不同意抛弃百姓自己逃跑，有人认为这是“仁”的体现，但也有人认为他是准备拿百姓当盾牌，必要时趁乱好逃脱。从以后事情的发展看，后一种观点也不无道理。

而给刘备出主意的人此处仍然没有点名，这是第三次用“有人”了，这个“有人”应该还是诸葛亮，作为刘备此时最主要的参谋，他有及时提出建议的责任。单从战术上考虑，这样磨磨叽叽地往前走，无异于坐以待毙，但从仁义的角度看，这又不是什么好主意，于是陈寿又帮诸葛亮避讳了一次。

但是，即使刘备接受了建议，率领他顶多几千人的队伍抢先一步赶到江陵，他就一定能得手吗？回答显然是否定的。此时掌握江陵局势的是蔡瑁和张允，刘表的水军主要集中在这里，以后他们全被曹操收编，参加了赤壁之战，根据多项材料综合分析，他们所掌握的水军总兵力至少有三万人，还不包括一定数量的兵步和骑兵，这些人效忠于刘琮和蔡氏集团，要让他们在刘备与曹操中间做个选择，他们宁愿投降曹操，也不会给刘备当垫背。

对于这一点，不知道刘备、诸葛亮事前想过没有。刘备或许打算不问三七二十一先杀到江陵再说，好说不成就来硬的，但显然这没有任何胜算。

激战长坂坡

果不其然，虎豹骑很快追上了刘备，地点是长坂坡。今湖北省当阳市汉末称当阳县，属荆州刺史部南郡管辖。据说之所以叫“当阳”，指的是荆山之阳，位于其西北一带的山脉至此缓降为丘陵和平原，在地势上属于过渡带，因而有许多面积很大的山坡，长坂坡就是其中之一。在《三国志》里长坂被写作“长阪”，古书中“坂”和“阪”意思相同，长阪即长坂，泛指山坡。当年长坂坡一带长着茂密的树木，其中以栎树为多，所以自古以来此地又被称为栎林长坂，这一点对刘备来说很重要。

这个山坡还被写进过《左传》里，称它为“险地”。一个长满树木的山坡被称为险地，是因为它的位置。它东面是汉水，西面是沮水和漳水，北面是山地，有著名的虎牙关，南面是长湖，被堵到这个地方，逃跑起来相当吃力。

刘备很不幸，刚到这里的时候被曹军追上了。一场激战就此展开，战斗的结果毫无悬念，刘备败得一塌糊涂。不过，史书对这场遭遇战的描述很简单，在《三国志》武帝纪里压根儿没有提到，只说这一年九月，刘琮投降，刘备逃到夏口，曹操进军到江陵。所以也有论者认为，长坂之战曹操并没有参加，带队的是曹纯和荆州降将文聘。

当然，这只是猜测。虎豹骑前面有过三次比较露脸的事，一次是乌巢奇袭，一次是南皮城外力斩袁谭，一次是北征乌桓的白狼山之战，参战的人数都是五千左右，带队的则都是曹操本人。曹操参军后的第一个军职是骑都尉，有迹象显示他偏爱骑兵，他本人的骑术也颇为高超，高兴起来常常在马上手舞足蹈几下，是个老骑手。这次追击刘备之战他当然可以不参战，但以他的个性而言，参战的可能性更大。

因为被追的人里有他的老对手刘备，曹操想以迅雷之势一举拿下，最好把刘备捉个活的，那样荆州问题解决起来就更顺利了。据《三国志》武帝纪记载，曹操很快现身于刘表的后方军事基地江陵，进一步说明追击刘备之战是他亲自指挥的。《三国志》刘备传则记录了长坂之战的经过，但也比较简单，说曹军追上后，刘备再次丢下老婆孩子（先主弃妻子），与诸葛亮、张飞、赵云等数十骑败走，曹操把随同刘备一同南下的十多万人官民百姓以及辎重等全部俘获。

根据这个说法，刘备是“弃妻子”，而不是“与妻子失散”，这是符合刘备一贯作风的，以前刘备不止一次丢下老婆孩子自己跑路。史书说刘备先前“数丧嫡室”，娶了几任妻子都死了，女人有克夫的，看来刘备有点克妻。刘备当豫州刺史驻扎在小沛时，娶当地女子甘氏为妻，即死后被追赠为昭烈皇后的甘夫人。刘备在徐州时，一度被吕布欺负得要命，差点跑到海里当渔民，幸亏徐州本地富豪麋竺变卖家财全力支持他，让他渡过了难关。当时刘备的新夫人甘氏被吕布俘虏，麋竺就把自己的妹妹嫁给了刘备，即麋夫人。

刘备不仅命里不旺妻，而且生育能力好像也有问题，四十多岁还没有孩子。所以，刘备在新野收了个叫刘封的养子。但是就在前两年，甘夫人突然怀了身孕，生下一个儿子，取小名叫阿斗，也就是后主刘禅。《三国志》里讲的刘备“弃妻子”，指的就是甘夫人、麋夫人以及年仅两岁的刘禅。按说他们几个这一回要落入曹操之手了，但刘备手下的将领赵云十分英勇，硬是保护甘夫人及刘禅杀出了重围。《三国志》还记载，刘备当时已经往南跑了，赵云抱着刘禅，保护着甘夫人，居然杀出重围，最后免于一难。张飞当时率领二十多名骑兵负责断后，张飞把守在一座桥上，瞋目横矛，对追来的曹军大喝道：“我是张益德，可以过来决以生死！”居然把曹军震住，一时间没有人能靠近。

刘备跑得最快，他脱离后清点人数，发现除关羽此前派出去指挥水军，诸葛亮、张飞都在，老婆孩子不在，赵云也不在。据《云别传》记载，刘备身边有人说赵云已经投降曹操了（有人言云已北去者），刘备听了很生气，用手戟敲打说话的那个人："子龙绝不会弃我而去！"过了一会儿，赵云回来了，还带回来甘夫人和刘禅，刘备临阵提升赵云为牙门将军。

赵云正式跟随刘备是在刘备寄居于袁绍那里，算来也有好几年了，但一直没有正式职务，只有一个记载说赵云是刘备的"主骑"，有人据此认为赵云是刘备的卫队长，长坂之战中赵云似乎负责保护刘备的夫人孩子，这也是理由之一。但这只是猜测，这个"主"也有"主管""负责人"的意思，但不管怎么说，赵云还没有诸如司马、中郎将、偏将军这样的正规军职。此时，关羽的军职是偏将军，相当于少将副军长；张飞的军职是中郎将，相当于准将师长。

赵云被破格提拔的牙门将军，从字面上看属于杂号将军，属于将军序列的最下一级，大体上可以看作是少将，但比偏将军、裨将军要高：关羽和张飞要是被提拔为这个职务可以理解为升一级，对赵云而言升的就不是一级或者两级了，这也意味着赵云后来居上，超越了关羽和张飞，但这又很不好理解，赵云虽然功劳不小，尤其在长坂之战中立下奇功，但他跟随刘备的时间毕竟还短，资历毕竟还差，怎么能反超呢？

其实仔细一看，"牙门将军"或许多了一个字，应该是"牙门将"。古代君王、将帅的大旗旗杆常以象牙作饰物，故其大旗常被称为"牙旗"，其营门也称"牙门"，到南北朝时，"牙门"从军队用到了地方上，后来演变出"衙门"一词。"牙门将"就是守营门之将，未必有将军的军衔，赵云的儿子赵广后来就担任过这一职务，并不是"牙门将军"。这样说的另一个依据是，赤壁之战后，赵云被派到荆州南部的桂阳郡当太守，那时的军职才是刚刚被任命的偏将军。

现在，刘备在赵云、张飞等人的拼死保护下暂时脱险，给他帮了忙的还有长坂坡附近茂密的树林，可以想见一下当时的情形，五千多曹军骑兵杀到，但一下子都傻眼了，因为他们看到到处都是人，刘备的兵力至多不过三四千人，但跟着他们走的老百姓有十多万人，那个阵势相当壮观。曹操还没有残暴到见着老百姓就杀的地步，所以虎豹骑也不敢纵马乱冲，刘备等人才得以脱险。

脱险后的刘备再往江陵去已经没有意义，于是改向西南行之后折向东，东边是汉水，刘备、张飞、赵云、诸葛亮一行到达这里时，刚好遇到指挥水军沿汉水南下的关羽，于是合兵一处，走水路直奔夏口，即今湖北省武汉市，与在那里的刘琦会合。

抢占江陵基地

刘备改变路线转奔夏口，曹操决定不再追赶，因为他惦记的还是江陵。江陵现在的名字叫荆州市。现在，长江中游最著名的城市有武汉三镇、宜昌等，而在那时最著名的城市是江陵，这里地理位置重要，它位于江汉平原西部，南临长江，北依汉水，西控巴蜀，南通湘粤，古称“七省通衢”。刘表占据荆州后，利用其便捷的水运条件在此建设了军队后勤基地，同时也是刘表的水军基地。

曹操率虎豹骑赶到江陵，并未发生战斗，刘表手下将领蔡瑁、张允接受刘琮的命令率部投降。曹操决定暂不回襄阳，在此休整。曹军的后续部队于是源源不断开来，这里成了南下曹军的临时基地。刘表的水军经营多年，有大小舰船数千艘，水军主力三万人以上，如今全部纳入曹军的编制，曹操想起年初在玄武池练习水军的艰辛，面对浩瀚无垠的大江和威武不凡的各式舰船，不禁感慨万千。

曹操下令，仍由蔡瑁、张允统率水军，一来出于对荆州降将们的信任，让他们不要猜疑，二来曹操手下熟悉水军事务的将领还真没有。这时天已经到了深秋，在北方的邺城已经过了秋高气爽的季节，天气慢慢转凉了。长江边上的气温虽然要热一些，但转眼间这一年就要过去了。这是建安十三年（208），是一个不折不扣的多事之秋。

曹操在江陵开始处理荆州的事务，他发布的第一道命令是，任命刘琮为青州刺史，封为列侯。如何处置刘琮，原荆州旧部们都在观望，必须尽快做出交代。

曹操的想法是，刘氏父子在荆州时间太长，影响力深远，即使刘琮自己没有什么想法，难免什么时候冒出来个王威那样的人，拉刘琮作大旗叛乱。所以，最好的办法是把刘琮从荆州弄走。当然，这个青州刺史是个虚职，刘琮也不会拥有什么实权，由荆州刺史改为青州刺史，名义上也没有大的改变。

曹操以为刘琮会接受，但刘琮对到青州赴任没有兴趣，更主要的是没有安全感，他宁愿待在曹操身边，当不当官无所谓。于是刘琮给曹操写了一封信表达自己的想法，曹操下令改任刘琮为谏议大夫。此时的谏议大夫更是一个闲差了，不过它比州刺史品秩要高。为此曹操还专门发布了一道命令，告示荆州军民。

刘琮空出来的荆州刺史一职地位很重要，理论上担任这个职务的应该是曹操的旧部，此人最好是文官出身，但又对军政事务很熟悉，同时深得曹操信赖，本人也得有相当的资历。目前，曹操身边符合这些条件的人至少有好几个，比如像董昭就是理想人选之一，但曹操选定的这个荆州刺史却名不见经传，他的名字叫李立，史书上只能查出他是涿郡人，字建贤，其余事迹一概不知。

回想之前被曹操任命为徐州刺史的车胄、单经等人，也都很不起眼。可能在曹操眼里刺史不是个什么重要的角色，但此次任命李立仍然让许多人吃惊，据《后汉书》五行志记载，当时荆州一带传唱的民间歌谣里，就有“不意李立为贵人”的句子。

曹操以汉献帝的名义封蒯越等十五人为侯爵，表彰他们在荆州“和平解放”事业中所立的功劳。这十五个人具体名单不详，除蒯越外，推测起来蔡瑁、张允、韩嵩、文聘、张羲等人都应在其中。

荆州本土派实力人物蒯越不仅被封侯，还被征召到朝廷任职，担任光禄勋卿，成为帝国的部长之一。曹操曾在给荀彧写的信里说：“不喜得荆州，喜得蒯异度耳。”异度是蒯越的字。蒯越死于十一年后，应该死在现职任上，临终前曾向曹操托付家事。

韩嵩字德高，官渡之战期间，曾奉刘表之命出使许县，回来后使劲说曹操的好话，惹怒刘表，差点被刘表所杀，后来包括刘表夫人蔡氏等人都出来帮他说话，才保住一命，目前虽然身体不太好，仍然被曹操任命为大鸿胪卿，与蒯越一样，成为帝国新的部长之一。

被征召到朝廷担任要职的还有张羲，担任的是侍中，也算是部长级。还有一位是刘先，字始宗，原来担任刘表荆州刺史的别驾，这个职务是刺史的副手，有点类似于副刺史，之前他也曾出使过许县，给曹操留下了深刻印象。据《零陵先贤传》记载，当时曹操大会宾客，刘先应邀出席。曹操问刘先：“刘牧君是怎样郊祭天地的？”刘先回答：“刘牧君作为汉室重臣，处在牧伯之位，在王道未平、群凶塞路之时，抱着玉帛不知道该向何处朝贡，写好章表却送达不到天子手中，所以自行郊天祀地，以自己的赤诚昭告天下。”

刘先话里带出了“群凶”，挑动了曹操的神经，果然曹操追问道：“群凶都是谁？”刘先说：“举目皆是。”曹操说：“我现在有熊罴之士，步骑十万，奉辞伐罪，还有谁敢不服？”刘先说：“汉道凌迟，民生憔悴，没有忠义之士拥戴天子、平定海内，却个个拥兵自重，恐怕是蚩尤、智伯又现于今日了。”

刘先的意思是反正我也不怕死，就把你骂了，你怎么着吧？面对这样的硬骨头，曹操居然无言以对，从而对此人刮目相看。荆州平定后，曹操把刘先找来，让他担任尚书，后来魏国创建时担任魏国的尚书令。在曹操的眼里，刘先是个不可多得的人才。

曹操下令任命文聘为江夏郡太守，仍然统领其旧部，文聘从此进入曹军重要将领的行列。还有一个人叫邓义，当初刘表暗中联结袁绍，邓义规劝他不听，邓义一气之下借口有病辞职不干了，曹操把邓义请出来，请他担任朝廷的侍中。

在官渡相持最紧张的时候，刘表背后曾烧起一把火，张羡等人在长沙郡一带起兵反抗刘表，从而让刘表无暇北望，曹操听说桓阶是这件事的背后主谋，就把桓阶找了出来，任命他为丞相主簿，相当于丞相府办公室主任。

王粲也被征召到丞相府工作，任命为丞相掾。与其他人不太一样，王粲投身到曹氏阵营，不是为形势所迫，也不是政治投机，他是打心底里仰慕曹操。王粲本质上是一个诗人，有诗人的气质和热情，此前的王粲一直在失意中度日，自从到了曹操身边，他就像拨乌云见青天，他热情地为曹魏事业鼓吹，自己的命运也有了实质性改变。在短短的三五年时间里，他的职务一升再升，最后成为“建安七子”中政治地位最高的人，也是唯一被封侯的。

名士刘巴字子初，零陵郡人，从小就有才名，其祖刘曜、父亲刘祥都担任过荆州地区的郡太守，刘表多次召刘巴出来做官，但他都予以拒绝，刘巴此时却主动跑来，向曹操要官当。曹操也任命刘巴为丞相掾，但后来阴差阳错，赤壁之战后他流落到益州，最终在蜀汉效力。刘巴是个奇才、大才，刘备评价他是“才智绝人”，诸葛亮认为“运筹策于帷幄之中，我远远比不上子初啊”。

被曹操征召的还有隗禧、韩暨、刘廙等人，曹操听说已故名臣窦武的孙子窦辅也在荆州，就派人把他找出来，安排到丞相府工作。除了这些行政人才，曹操还征召了几位艺术人才，包括著名书法家邯郸淳、梁鹄，著名音乐家杜夔等。

邯郸淳字子叔，是那个时代最有名的书法家之一，进入曹氏阵营后，深得曹丕、曹植兄弟们的喜爱。杜夔字公良，善长音乐，担任过宫廷乐师雅乐郎，后避乱到荆州，刘表让他跟另一个音乐家孟曜作雅乐，曹操任命他为军谋祭酒，后来命他创制雅乐。

当代另一位著名书法家梁鹄此时也在荆州，曹操跟他不仅同是当初洛阳书法沙龙的成员，而且还有一段渊源。曹操太学毕业后想当洛阳令，当时梁鹄是尚书台专管干部选拔任用的选部尚书，手中握有大权，他没有照顾曹操，仅给了曹操一个洛阳北部尉。曹操听说梁鹄也在这里，派人到处找他，梁鹄有点害怕，还以为曹操要找他的麻烦，就自己把自己捆了上门来谢罪。曹操其实只是想念老朋友了，并不想治他的罪，于是把他留在身边从事秘书一类的工作，仍然发挥他的特长。据说，曹操经常在行军打仗间歇，把梁鹄的字挂在帐中欣赏，后来邺县建起了很多宫殿，殿名都是梁鹄题写的。

除了上面这些人，此次来到荆州曹操最挂念的是一个故友，曹操一直在寻找他，这个人的名字叫王儁。王儁字子文，事迹收录在皇甫谧所著《逸士传》中，少时即知名，被著名士人范滂、许章所赏识，曹操未出仕之前即在太学学习期间就与王儁相识，成为好朋友。

当年，袁绍在汝南郡给母亲办丧事，大会天下宾客，曹操也去凑了个热闹，与曹操同行的就是王儁。当时共有三万多人前来赴会，给足了袁氏兄弟面子，但曹操不以为然，他悄悄对王儁说：“天下将要大乱，制造这场祸乱的必然是这兄弟俩（为乱魁者必此二人也）。要拯救天下，为百姓请命，不先杀了这二人，大乱就要起了！”王儁回答：“如果是那样，能拯救天下的，舍你还会有谁（济天下者，舍卿复谁）？”二人相视而笑。

由此可见，曹操跟王儁不仅是朋友，关系还很深。董卓之乱后，曹操逃出洛阳去陈留郡一带发展，从此与王儁失去了联系。后来曹操听人说王儁到荆州的武陵郡避难，汉献帝迁都许县后，他以天子的名义征召王儁来朝廷担任议郎，但是没有结果，一种可能是王儁自己不想再出来，另一种可能是王儁没有接到朝廷的诏令。《逸士传》还记载，官渡之战前夕，刘表悄悄结交袁绍，王儁曾经劝刘表，认为曹操才是真正的英雄，一定能兴霸王之道，但刘表没有听。后来，王儁病逝于武陵郡，死时六十四岁。根据这个情况判断，王儁即使死于赤壁之战的当年，他也比曹操大十多岁，看来他与曹操是忘年之交。

曹操对这个老朋友一直念念不忘，到了荆州就打听王儁的下落，最后得知他已去逝于武陵，十分难过（公闻而哀伤）。曹操派人把王儁移葬于江陵，亲自迎丧，并且上表授予王儁先贤的称号。

第七章

赤壁之战

要不要扩大战果

长江岸边的军事重镇江陵，即后来曾叫沙市、如今改名为荆州的地方，此时成了曹操的前敌指挥部，曹操处理完手头上的事，转眼也就入冬了，这是建安十三年（208）的冬天。

刘表近二十年经营下的十万精兵，以及相当数量的水军，如今都归降了曹操，主要由荆州旧将文聘、蔡瑁、张允等人统率。占领了襄阳、江陵之后，整个荆州的形势也大体可定了。荆州包括长江以北的南阳郡、南郡、江夏郡以及长江以南的零陵郡、长沙郡、桂阳郡、武陵郡，江南四郡虽然范围广大，但在当时还属于经济欠发达地区，在政治版图上相对次要，掌握这四郡的多是地方实力派，他们不关心由谁来领导，关心的只是自身利益会不会被损害，当曹军南下荆州占领江陵后，他们的政治倾向也就很明显了。

唯一还能产生威胁的是驻守在江夏郡的刘琦，刘表的这个长子素来与刘备关系密切，刘备在长坂坡被打败后，改道奔赴江夏郡，与刘琦会合，这里也就成了曹操下一步要打击的目标。以双方实力对比来说，此役可一战而胜，所以胜负并不是曹操考虑的重点。

初冬的长江一带，气候更加复杂多变。十年前，为了募兵曹操曾有过一次短暂的丹杨郡之行，对于长期生活在北方的曹操来说，南方的气候还需要稍稍适应一下才行。曹军将士大部分人也都是第一次到这么远的南方来，他们不怕天寒地冻，也不怕干旱少雨，但对于这个阴冷潮湿的冬天却感到有点难受，历史学家事后用四个字来概括曹军将士的这种难受劲："水土不服"。

然而，在江陵的曹操还没有意识到这会是一个严重问题，他思考的是下一步行动，摆在面前的有两个选项，一个是继续一鼓作气，解决掉江夏郡的刘备和刘琦；另一个是暂作休整，待明年春天再开战事。

这两种方案各有利弊，连续作战容易陷于轻敌冒进的大忌，曹军的主力此行虽然还没有经历大的战事，但一路南下已行进一千多里，难免有所疲惫。而且，最近一下子接收了很多地盘和荆州的军队，有大量的工作需要做。但放着敌人不打会给其造成喘息之机，刘备和刘琦联手自不用说，他们背后的孙权也不会坐视不理，这几股力量很容易联合起来，留给敌人的时间越充分，将来就越难打。

曹操在江陵召开军事会议，结合《三国志》各人传记所载，参加此次重要会议的是已抵达江陵的主要谋士，包括贾诩、董昭、陈群、和洽、华歆、王朗等人，以及刚刚加入曹氏集团的王粲、裴潜、刘廙、桓阶等，武将方面有曹仁、徐晃、任峻、满宠、曹纯等，还有担任水军正副都督的蔡瑁和张允。

会上，武将们都主张抓紧时间打，而参谋们分成了两派，一派主张现在就打，另一派以贾诩为代表，主张先不着急。贾诩认为："明公过去打败袁氏，如今又收服汉南，威名远著，势力强盛，如果借助楚地之富饶，壮大武力，安抚百姓，使大家安居乐业，那么不用兴师动众江东自会臣服（若乘旧楚之饶，以飨吏士，抚安百姓，使安土乐业，则可不劳众而江东稽服矣）。"贾诩的这番话似乎不太好理解，因为这番话等于什么都没说，此时天下形势仍未定，荆州虽然得手，但环绕于四周到处都是敌人，伸张和平主义还远远没到时候。所以，为《三国志》作注的裴松之看到这里的时候，比较少见地发了一通三百多字的议论，认为"诩之此谋，未合当时之宜"。

但是，以后的结果大家都知道了：还真让贾诩说对了。所以贾诩应该话里有话，他想阻止曹操此时东进，但有些理由他没有明说，还是说了一通不战而屈人之兵的大话，而这是没有说服力的。

贾诩不想说的理由也许是：此战并没有绝对的胜算。但是，一路势如破竹，加上绝对的实力和高昂的斗志，说曹军有可能打不过已如惊弓之鸟的刘备和刘琦，总会有人不服气的，所以贾诩只说了一半就不再往下说了。

此次会议也讨论了刘备是否会与孙权联手的问题，对此大多数人得出了奇怪的结论。据《三国志》记载，大部分人认为孙权不仅不会与刘备联合，而且会杀了刘备（论者以为孙权必杀备），大胡子将军程昱表示反对："孙权刚刚继承权位，还没有树立起绝对权威（未为海内所惮）。曹公无敌于天下，占有荆州，威震江表，孙权即使有谋略，但自知不能独挡，刘备素有英名，关羽、张飞都是万人敌的猛将，孙权必然会帮助他们以抵御我们。"

事后证明，程昱的见解是完全正确的。可惜的是，这次军事会议对贾诩和程昱的意见均未采纳，曹操做出决定，大军即刻沿江而下，目标是江夏郡的夏口，即今湖北省武汉市。

还有一个小插曲，看似事情不大，但对时局的发展却影响不小。益州刺史刘璋此前先后派阴溥、张肃二人拜见曹操，表达敬意。曹操占领江陵后，刘璋的第三个代表团也来了，代表团团长名叫张松。

这个张松是益州别驾，相当于副州长，在刘璋跟前的地位相较于阴溥和张肃更重要，刘璋密集地派出代表团，说是沟通感情，其实是观察事态进展，好决定下一步的行动，所以他们也是战地观察团。这个张团长在史书中没有单独的传，只知道他字永年，益州本地人，有记载说他是刘璋第二个代表团团长张肃的哥哥，其他事迹不详。据《汉晋春秋》说，张团长见到曹操，这个时候曹操大约刚拿下江陵，有点志得意满，对刘璋的特使重视程度降低，对张松本人也不是太客气（曹公方自矜伐，不存录松）。

这让张团长很不爽，他回到益州，在刘璋面前说了曹操不少坏话，劝刘璋不要联结曹操，可以转而联合刘备，后来刘璋果然主动联合刘备，让曹操与益州失之交臂。

两路大军齐进

建安十三年（208）农历十月，曹操下达攻击令，目标直指汉水与长江交汇处的夏口，此时距发起荆州战役不过两三个月时间，距占领江陵不到一个月。

曹操亲自带队从江陵出发，行军路线大体相当于从今天湖北省荆州市到武汉市，从地图上看，其直线距离不到五百里，而沿水路前进的话，距离就要翻一番不止，因为这一段河道变化多端，曲折难行，今天被称为荆江。

虽然陆路较短，但曹军还是选择走水路，因为陆路更难走。长江流至江陵后没有直接往东，而是先往南，绕了一个大圈再往东去，在这个半圆形的圈子里，是著名的洪泽湖区，如今是中国第四大淡水湖，水域面积近两千平方千米，形成了河网密布、湖泊纵横的低洼地带。而在当时，这一片湖区的面积更大，它的名字叫云梦泽，根据司马相如《子虚赋》的描写，其范围东到今武汉以东的大别山麓，西到湖北省西部的山地，北到大洪山区，南界长江，东西四百公里以上，南北超过二百五十公里，是如今洪泽湖区面积的数倍。

曹军由江陵进攻江夏郡，最直接的办法是由陆路向东，但必须经过云梦泽，这里交通不便，很多地方道路不通，不适合大兵团运动，所以只能选择乘船东进。好在江陵聚集了原荆州的主要水军，有大小战船数千艘，可以满足曹军将士转运的需要。曹军将士包括战马、辎重一律登船前进，开始大家觉得挺好，毕竟行军是件苦差事，现在坐在船上一边看风景，一边不知不觉就到了目的地。但习惯于陆地行军作战的曹军士兵对这种行军方式和沿线的气候、环境显然不能马上适应，一些很严重的问题很快就要发生了。

曹操亲率曹军顺江而下，但这不是曹军的全部主力。事实上，曹军的行动不限于江陵一地，这次进攻有着更加周密的部署。我们把江陵这一路称为西路兵团，根据《三国志》各人传记中的记载，曹操率领的主力包括曹纯、曹真、曹休统领的虎豹骑，许褚统率的宿卫军，以及徐晃、满宠、任峻统率的各部。徐晃此时的军职是横野将军，满宠是奋威将军，任峻是长水校尉。也就是说，曹操亲自率领的这一路，大体上有两个“军”，再加上数千虎豹骑和一部分宿卫军，任峻的水军应该是曹操在北方训练出来的，人数不会太多。除此之外，就是原荆州的水军，如前所述，有两三万人，有各式战船数千艘，基本上都参加了即将开始的江夏之战。

江陵还有曹军的一部分主力，由曹仁率领，曹操交给他的任务是在此坚守。江陵是荆州七郡之一南郡的治所，地位举足轻重。从江陵溯流而上，穿越如今的三峡库区即可到达益州，刘璋虽然表面臣服，但不得不留上一手，所以让曹仁守在这里，监视上游的情况，幸好曹操做了这个布置，否则有可能就回不来了。

上面说的是西路兵团，但此时曹军主要部队并不都在江陵，更多的人马是在襄阳一带。曹操下令在襄阳的各路主力组成北路兵团，迅速南下，直指江夏郡。这一部分主力包括于禁、张辽、张郃、乐进、路招、朱灵、冯楷各部，他们如今的军职全部是将军，其中于禁是虎威将军，张辽是荡寇将军，张郃是平狄将军，乐进是折冲将军，路招是扬武将军，冯楷是奋威将军。

也就是说，北路兵团主力是这七个“军”，按照汉代军制，一个“军”满编状态下有一万多人。而且，张辽等几位都是特别能打的猛人，除了冯楷事迹较少之外，其余各位都身经百战、功绩赫赫。一般这样的猛将不免都有点脾气，他们对曹操一向忠心耿耿，也服服帖帖，但是除了曹操之外能镇住他们的恐怕就没有几个了。

北路兵团七员猛将资历、战功都大致相当，让谁统一指挥大家都不会服气。曹操考虑再三，突然想到了一个人，把他派去应该最合适不过。这个人是曾经担任过曹操司空主簿的赵俨，他此时的职务是章陵郡太守。章陵郡是新近从南阳郡中分出来的，这一时期还从南郡分出过襄阳郡，所以荆州七郡一度被称为荆州九郡，不过这个时间不太长，又恢复到之前的建制。赵俨长期在汝南郡与李通配合，处理问题周到全面，深得曹操的赏识。赤壁之战前，于禁所部屯驻于颍阴，乐进所部驻屯于阳翟，张辽所部屯驻于长社，都在许县附近。这几位都有点傲气，平时合不来（诸将任气，多共不协）。

曹操觉得赵俨善于做沟通协调工作，就派他当这三个军的联席参谋长（并参三军），而赵俨把这件苦差事居然干得挺好，让大家都满意（每事训喻，遂相亲睦）。曹操发挥赵俨的特长，让他担任于禁等部的都督护军，相当于联席参谋长，监督于禁、张辽、张郃、朱灵、乐进、路招、冯楷七军。同时派赵俨的好朋友、丞相府军祭酒杜袭协助赵俨。北路兵团除了这七个军，还有一部分水军，由原荆州将领文聘指挥，此前曹操已发布命令，任命文聘为江夏郡太守，等拿下江夏郡，文聘才能在那里履职。

以上是曹操直接投入江夏战役的兵力情况，除了西路和北路两大兵团，曹军间接投入的兵力还有很多，包括臧霸、李典、李通、曹洪、夏侯渊、夏侯惇所部，下面也做一简要介绍。

长期驻扎于青州、徐州一带的臧霸此时的军职是威虏将军，曹操发起荆州战役前，命他率部南下，将所部主力移至广陵郡，也就是如今长江下游北岸的扬州、泰州一带，对孙权的大本营吴郡形成战略威胁。李典此时的军职是破虏将军，曹操命他率所部移师合肥，由那里伺机侵扰孙权的庐江郡。汝南郡太守李通虽然不是曹操的嫡系，但在每次重大战役发生时都坚定不移地站在曹操一边，逐渐得到曹操的信任。曹操命他率所部向南运动，从江夏郡的北面对其造成压力。曹洪的任务是守住襄阳，夏侯惇此时在许县，他与荀彧共同守卫后方。而后勤保障方面的艰巨任务，曹操交给了夏侯渊。

上述两大兵团加上各地间接投入江夏战役的曹军部队，在二十万人到三十万人之间，其中包括数万水军。在那个时代，拥有这样一支武装力量足以成就任何事，这大概也是曹操历次战役投入兵力最多的一次，也理应成为最保险的一次。事实上曹操压根儿没有想过小小的一个江夏郡会打不下来，可鬼使神差，偏偏打败了，甚至在败的时候连江夏郡的影子都还没有看到。

诸葛亮出使江东

刘备一行经历长坂坡之败后改变了行军路线，放弃继续南下的打算，转而“斜趋汉津”，也就是由当阳东进，与江夏郡的刘琦会合。双方的实力相差不多，都在一万人左右，其中包括张飞、赵云各有三四千人，关羽以水军为主的部队五六千人，刘琦以江夏太守身份统率的人马一万人左右。

也就是说，刘备、刘琦的总兵力只有曹操的十分之一。不仅人数少，士气和后勤保障等方面也相差甚远，曹军是志在必得，士气高昂，装备精良，后勤保障充足，联军则是连吃败仗，丧失信心，外无援兵，内缺粮草，吃了上顿没下顿。

这个仗怎么打？新手刘琦没有主意，老江湖刘备也没有。刚出山的诸葛亮却挺有信心，他对刘备说：“事情很紧急，请让我向孙权将军求救（请奉命求救于孙将军）。”从当时的形势看，能引为援手的，似乎也只有孙权了。刘备跟孙权以前并没有打过交道，论年龄刘备与孙权的父亲孙坚差不多，在反抗董卓的时代，二人也可以称为战友，虽然从未见过面，但刘备对孙坚的事迹一定很熟悉。但是，对于孙权这个二十六岁的年轻人，刘备实在陌生得很。

没有交情事情就不好办，但也没有更好的办法，刘备决定让诸葛亮试试。于是，诸葛亮奉刘备之命出使孙吴，目的只有一个：想方设法说服孙权对抗眼前的曹操。

还有一个说法，记载在《江表传》里，说在刘备抵达夏口之前孙权先派使者来联络刘备，这个使者就是鲁肃，他们相会的地方是刘备吃了大败仗的当阳。据《江表传》记载，刘表死后，孙权派鲁肃以吊丧的名义来到荆州，目的是联络刘表的两个儿子以及刘备，鲁肃还没有赶到襄阳刘备已逃了出来，他们在当阳相遇。鲁肃开门见山，转达了孙权的想法（因宣权旨），与刘备共论天下大势。

鲁肃问刘备："刘豫州下一步想往哪里去？"刘备回答："我和苍梧太守吴臣有些交情，想到那里投靠他。"苍梧郡属交州刺史部，大体在如今的广西一带，治所在今天的广西梧州，当时叫广信县，那时属于特别偏僻荒凉的地方。吴臣其人事迹不详，只知道他是刘表的旧部，由此推断，刘备认识他并且与他有交情也是有可能的。鲁肃对刘备的这个打算不以为然，他直接说出了自己的想法："孙权将军聪明仁惠，敬贤礼士，江东英豪都归附他，目前已据有六郡，兵精粮多，足以成就大事。现在为君计议，不如派心腹之人出使江东，双方联合起来，共创大业。而吴臣不过是凡人一个，又地处偏远，马上就会被人吞并，怎么可以以身相托呢？"

鲁肃一不小心透露了一个孙吴的机密：孙权正在打吴臣等人的主意，他已经开始策划吞并包括苍梧郡在内的整个交州，孙权后来派跟诸葛瑾关系特别好的部将步骘为交州刺史，设计把吴臣杀了，占领了交州。《江表传》说，刘备听完鲁肃的话反应是"大喜"，原来他没有打算真的去投吴臣，那些话只是个托词，目的是看鲁肃下面怎么说，当阳失败后，刘备先到了鄂县，即今湖北省黄冈市附近，在那里派遣诸葛亮随同鲁肃一起面见孙权，完成结盟的任务。

《江表传》的这个记载得到了《三国志》中鲁肃传记的支持，鲁肃的传记不仅记录有鲁肃在当阳遇到刘备的经过，而且还交代了一个细节，说鲁肃在当阳还与诸葛亮有过一次私下谈话，在这次谈话里鲁肃告诉诸葛亮，他是子瑜的朋友（我子瑜友也）。子瑜即诸葛亮的大哥诸葛瑾。兴平二年（195），诸葛亮随叔父诸葛玄离开老家前往豫章郡，诸葛瑾没有随行，而是携继母一起来到江东避难。还有一种观点认为，诸葛瑾跟继母一直待在家乡，直到建安五年（200）才避祸江东。一开始，诸葛瑾并没有受到重用，生活上也很清贫，后来由孙权的姐姐的丈夫一个名叫弘咨的人所推荐，诸葛瑾才引起了孙权的重视，走了上孙吴的仕途。

诸葛瑾当过孙权的长史，类似于州、郡政府或者将军府里的秘书长这个角色，后来担任过太守，最后当上了孙吴的大将军。诸葛亮的这个大哥看来也有两下子，跟诸葛亮一样是能文能武的全才。诸葛瑾的儿子诸葛恪更生猛，后来掌握了江东的军权，成为不可一世的人物。建安十三年（208）诸葛瑾已经到孙吴好多年了，鲁肃出使荆州之前专门了解了他们的关系，所以把诸葛瑾抬出来跟诸葛亮套套近乎。

《江表传》说鲁肃出使荆州在先，《三国志》中，刘备和诸葛亮的传记对此都没有记载，诸葛亮传更言明出使江东最早出自诸葛亮的建议。这两方面的记载有矛盾之处，这个差别很大，因为它决定了谁才是孙吴联盟的缔造者。关于这个问题为《三国志》作注的裴松之进行了分析，他认为这是后来蜀汉、孙吴写历史的人都想抢功所致（二国史官，各记所闻，竞欲称扬本国容美，各取其功）。裴松之认为，类似情形在相关史书里经常遇到，造成了史料记载上的混乱。

尽管细节上有些小出入，但基本事实是清楚的：鲁肃受命来见刘备，刘备接受建议与孙权联合，并派时年二十七岁的诸葛亮出使孙吴。这是诸葛亮出山以来单独完成的最重要工作。

孙权此时在哪里呢？孙权在柴桑。长江流至庐山脚下与鄱阳湖相会，其交会之处即如今的江西省九江市，汉末称为柴桑。这里属九江郡，是东吴势力的前沿地带，因为前临大江，背靠鄱阳湖，可以攻，可以守，也可以在此练兵，所以历来都是军事重地。曹操发动荆州战役后，孙权不敢怠慢，亲自赶到柴桑，在此建立前敌指挥所，观察荆州事态的发展。

诸葛亮在柴桑见到了孙权，他们二人年龄相差一岁，诸葛亮稍长。诸葛亮开门见山，对孙权说："天下大乱，将军起兵于江东，刘豫州拥兵于汉南，都在与曹操并争天下。现在曹操占领荆州，威震四海。根据眼下的局势，我为将军考虑，无外乎两条出路：如果能以吴越之众与曹操抗衡，不如早下决心；如果不能，何不按兵束甲，向曹操投降（北面而事之）。"

孙权听了有些不爽："如果真如先生所说，刘备为什么不投降（苟如君言，刘豫州何不遂事之乎）？"诸葛亮一本正经地说："田横是齐国的壮士，尚且能守义不辱。刘豫州是王室之胄，英才盖世，众士慕仰。如果成不了大事，那是命运不济（若事之不济，此乃天也），怎么能干投降敌人的事？"孙权一听大怒，这不是小看人吗？刘备是英雄，我孙权难道不是？孙权道："我不能举全吴之地，十万之众，反而受制于人。我意已决，不是只有刘豫州能抵挡曹操，刘豫州失败了，还有我！"

诸葛亮要的就是这个，别看他只比孙权大了一岁，但老练得多，诸葛亮接着说："刘豫州虽然败于长坂坡，但手下人马加上关羽将军统率的水军还有万人之多，刘琦所率的江夏郡人马也不下万人。曹军远道而来,所谓‘强弩之末势不能穿鲁缟’。而且北方之人，不习水战，荆州投降过去的军民又未必心服。将军如果能命猛将统兵数万，与刘豫州协规同力，必然能打败曹操！”

孙权听了很高兴（**大悦**），立即召集会议进行研究。恰在此时，曹操的使者也到了，还给孙权捎来一封信。

孙权决心一战

诸葛亮在与孙权的对话中使用了激将法，这一招还挺好用，孙权不再犹豫，决心与曹操对抗到底。但是，他的这个想法拿到会议上一讨论，却遭到大多数人的反对。

在这次会议之前，孙权接到曹操的一封信，这封信的具体内容已不知道，只保存下来几句话：“近者奉辞伐罪，旌麾南指，刘琮束手。今治水军八十万众，方与将军会猎于吴。”意思是：最近我奉天子之命讨伐罪臣，大军南下，刘琮投降，现在我率领水陆混合部队共八十万人，邀请将军到东吴会猎。

会猎，可不是打猎，而是邀你出来找个地方练练。这当然是一封挑战书。据此可以认为，曹操一路东来，其目标并非发动一场江夏战役那么简单，他已经做好了与孙权战略总决战的准备，这个论点似乎与前面的分析有所出入。

从曹操之前的战略部署看，他还没有把江东纳入此次军事行动计划中，否则不可能在江陵不做休整就率军东进，以后很多人忽略了这一点，认为曹操此战打击的主要目标并不是刘备和刘琦，而是孙权集团，他们最有力的依据就是这封仅剩下三十个字的信。另外，这封信里说的“八十万”也是有争议的地方，如前所述，曹操直接和间接投入此役的总兵力应该在二十万到三十万之间，这与八十万相差悬殊。在整个三国时代，单方面投入八十万兵力的战役从来没有发生过，即使曹军只有二三十万人，那也相当空前了。

总之，这封信疑点丛生，如此重要的文书在史籍中只出现过两次，均出于《江表传》，其他史书未见记载，这使得它的真实性打了折扣。《江表传》作者是西晋人虞溥，他是山阳郡高平县人，是刘表和王粲的老乡。从这部书散佚下来的一百多条记载来看，基本上都是写孙吴人氏的，其中以吹捧孙策、孙权、周瑜等人最多，政治倾向很明显，一般论者认为，其所记事实往往不够严谨。

可以推测一下，曹操发起江夏战役必然也要考虑在江夏郡后面的孙权，曹操的想法是，不求孙权上来帮忙，只要他保持中立就行，为此他也要做一些工作，比如给孙权写一封信过去，让孙权认清形势，不要盲动。曹操如果明智，此时对孙权宜稳不宜激，先把正面的敌人刘备和刘琦解决掉再说，完全巩固整个荆州以后，解决孙权也只是时间问题了。以曹操的智慧，不可能看不到这一点。

但是，对孙权来说，曹军气势汹汹而来，很快就要打到家门口了，必须有一个对策。孙权在与诸葛亮谈完话后，心里已经有了主意，但他还想听听手下人是怎么想的。在孙权召集的会议上，他手下谋士和武将们想法呈现一边倒，那就是投降，其中担任长史的张昭最积极，他说："曹操是虎狼之辈，挟天子以征四方，动不动就拿朝廷说事（动以朝廷为辞），现在要抵抗他不一定有把握。我们过去可以赖以抗拒曹操的是长江，如今曹操得到荆州，获得了刘表经营的水军，各式各样的战船有几千艘，曹军水陆俱下，长江之险已经和我们共有了，实力相差悬殊，我认为不如投降（而势力众寡又不可论。愚谓大计不如迎之）。"

张昭的观点有代表性，孙权看了看，只有一个人没有随声附和，他就是鲁肃。会议中途孙权离席去上洗手间（权起更衣），鲁肃赶紧跟了出来，这时孙权已经知道他要说什么了，紧紧地握住了鲁肃的手，对鲁肃说："先生有什么话要说？"鲁肃道："刚才听了大家的议论，我认为他们都是要耽误将军，而不足以与他们讨论大事（向察众人之议，专欲误将军，不足与图大事）。你听我说，现在我鲁肃可以投降曹操，但是将军你不可以，为什么呢？"

鲁肃说得很着急，也很恳切，孙权睁大眼睛认真地听着。鲁肃接着说："我鲁肃要是投降了曹操，曹操一定会给我官做，我继续吃香的、喝辣的，最少也得弄个太守、刺史当当（操当以肃还付乡党，品其名位，犹不失下曹从事，乘犊车，从吏卒，交游士林，累官故不失州郡也）。将军投降曹操，曹操会怎么对你？请早定大计，不要听大家瞎议论！"这些话都说到孙权心坎里了，孙权叹息道："刚才大家说的，很令我失望，先生你的想法，正和我一样。"

孙权此时面临了与刘琮一样的处境，面对强敌是降是战，都不好决策。刘琮手下的一帮人坚决主张投降，结果他们这些人里仅被曹操封了侯爵的就有十几个，至少任命了三个朝廷的部长，其他人也是该提拔的提拔，该加薪水的加薪水。这就是鲁肃所分析的，投降了曹操不会为难我们这些人，吃香的、喝辣的活得会更滋润，但是刘琮就不一样了，曹操不得不提防他，即使刘琮自己不多事，但难保有人把他抬出来当大旗，所以只能弄到别处去，好的话给个闲职，其实是软禁终生，稍有风吹草动的话，脑袋随时就得搬家。

孙权多聪明，他能想不到这些？张昭等人的表现让孙权很失望，从此也记在了心里。孙吴阵营后来经常涌现后起之秀，除了周瑜、鲁肃这些后来居上的人，吕蒙、陆逊、陆抗等重臣的提拔都带有突然性，往往是连蹿带跳好几级，让人目瞪口呆。

一方面说明孙权的用人艺术和识人之准，另一方面也说明孙权对于本阵营里的一些老人不太感冒。

比如张昭，是孙坚当年所倚重的人，说起来在孙吴是类似于教父式的人物。但他仗着跟孙坚是朋友，不把孙权放眼里，动不动就喜欢摆老资格，想批评谁就批评谁。可他一生职务都不高，孙权称帝后设立了丞相一职，大家都认为应该是张昭，可孙权就是不同意，任命了名气小得多的孙邵。孙邵死了，孙权还不让张昭当丞相，任命了顾雍。可以敬着你，可以让着你，但不会信任你，这些伏笔恐怕就是此时埋下的。张昭付出的代价有点太大了。

现在，鲁肃建议找一个人来商议大事，这个人就是周瑜，他当时在鄱阳湖练水军。孙策死后，孙权为巩固地位、树立权威不断重用周瑜、鲁肃等新人，张昭等老同志曾经表达过不满，张昭尤其对鲁肃有意见，在孙权面前多次说过鲁肃的坏话。孙权大概不由得暗想：看来重用鲁肃、周瑜没有错，关键时刻还是他们替自己着想。

周瑜见到孙权，对他说：“曹操虽然托名汉相，其实是汉贼。将军有神武雄才，继承着父兄的遗业，占据江东，地广兵多，应该横行天下，为汉室除残去秽。现在曹操来了，他这是自己送死（况操自送死），请让我为将军来分析分析：现在北面的形势未定，马超、韩遂都在关中，是曹操的后患；曹操舍弃擅长的鞍马，改乘舟船，来与我吴越争衡，现在天气寒冷，北方兵士远涉江湖之间，肯定不习水土，必然会生疾病。上面这些都是用兵之忌，曹操贸然行之，可以预言，将军擒获曹操，必为时不远！”

打仗靠什么？靠人马数量，靠武器装备，靠天时地利，这些都没错，但最靠得住的，就是气势，是信心。在一片亡国论盛行的时候，周瑜展示出来的眼光和自信，让孙权备感振奋。周瑜同时提出了具体应对计划，他请求率精兵数万，进军到夏口，以迎击曹操。汉水的下游又称夏水，夏口即汉水入长江之处，此地即现在的武汉。按现在的地名推演就是：曹操正率军从湖北省的荆州市沿江而来，周瑜建议孙权将主力由江西省的九江市西进到湖北省的武汉市迎敌。

本年孙权二十六岁，周瑜三十三岁，周瑜与孙权长兄孙策亲密无间的友谊可以追溯到十多年前。在此危难关头，周瑜是孙权完全信得过的人。周瑜激昂慷慨，孙权也来了情绪，激动地说：“曹操想废汉自立已经很久了，只是顾忌二袁、吕布、刘表与我罢了。如今群雄已灭，只剩下了我。我与曹操势不两立，你说应当迎敌，这与我的想法相合，这真是上天把你赐给了我呀（此天以君授孤也）！”

这次谈话之后，孙权再召集会议，不再征求大家的意见，而是直接宣布自己的决定。为了表达决心，防止有人再反对，孙权拔出佩刀，挥刀砍向奏案，孙权大声宣布：“以后有人再敢说投降曹操的，与此案相同！”说罢宣布散会。

孙权连夜召周瑜研究行动方案，周瑜帮孙权分析了敌情，认为曹操虽然扬言有水陆两支部队人数八十万，但仔细分析，也不过就是二十多万，其中十五六万是自己带来的，荆州降卒有七八万。应该说，周瑜的这个分析是准确的，作为孙吴的主要军事将领，他平时不可能不注意搜集敌人的情报，他对曹军人数的判断应该建立在一定情报线索基础上的，因而更准确。

但即便如此，也远远超过孙权现在能调动的兵力。周瑜让孙权不必着急，他认为曹军是一群“疲病之卒、狐疑之众”，人数虽然占优，战斗力却不怎么样，他认为只要有五万精兵，就足以打败敌人，孙权拍着周瑜的背说：“公瑾，你说得太好了（卿言至此，甚合孤心）。不过，五万精兵难以马上集齐，现在有三万人，船粮战具都已准备好，你们先出发，我随后调集人马，准备物资，做你们的后援。”

孙权还说了一句话，让周瑜很感动。孙权说：“你能打赢就打，打不赢你就撤回来，让我亲自上（卿能办之者诚决，邂逅不如意，便还就孤，孤当与孟德决之）！”君王送主帅出征，一般会说“我就这点家当，全交给你了，你可得努力杀敌呀，打了败仗提头来见”。但现在孙权必须给周瑜减压，毕竟是拿三万人对决三十万人的事，谁都没有玩过。

孙权发布命令，任命周瑜为左都督，相当于前敌总指挥，任命老将军程普为右都督，相当于前敌副总指挥；任命鲁肃赞军校尉，“助画方略”，相当于参谋长。孙权命周瑜率三万主力沿江西进，迎击曹军。

刘备心里没底

周瑜率领的孙吴兵团有三万人左右，别看人数不多，但以水军为主。这些水军接受过周瑜在鄱阳湖里的长期训练，鄱阳湖那时叫彭蠡泽，经过周瑜的精心试练，这支水军不仅装备精良，而且打起仗来很有章法，战斗力很强。

在长江边上的美丽城市九江，城内有一个甘棠湖，湖中小岛上至今还有一处周瑜点将台。前几年我出差到那里，曾慕名去看了看，这个湖的面积实在有限，在这个地方搞一次阅兵都困难，更不要说演习或操练了，后来听说九江附近一带包括鄱阳湖区与周瑜有关的点将台、阅兵台还有好几处，可能都是历代为纪念周瑜后修的吧。

周瑜手下主要将领包括：黄盖（时任丹杨郡都尉）、凌统（时任承烈都尉）、孙匡（时任长水校尉）、甘宁（时任当口县令）、吕蒙（时任横野中郎将）、韩当（时任中郎将）、全琮（时任奋威校尉）、吕岱（时任督军校尉）、孙贲（时任征虏将军兼豫章郡太守）、陆逊（时任定威校尉）、潘璋（时任武猛校尉）。担任后勤保障工作的是朱治（时任扶义将军）、吕范（时任裨将军兼彭泽郡太守）。

以上基本囊括了孙吴军队的全部精华，他们中间有多位在孙坚时代即是追随孙氏的老将，资历老，威望高，作战经验丰富。但从军职看，他们的职务普遍不高，孙贲、朱治、吕范等人有将军的名号，相当于是军长、副军长这个级别，其他的校尉、都尉大约可以看作是师长、旅长这一级。这是因为孙吴兵团总兵力有限，军职与部队编制是相关联的。即使孙权本人，目前正式职务也不过是个讨虏将军，算起来级别跟于禁、乐进、张辽这些人差不多。

作为孙吴西进兵团的总司令，周瑜加入孙氏阵营刚好十年，相比韩当、程普、黄盖、朱治这些跟随孙坚南征北战的老将来说，资历差得远。从职务上看，周瑜此时担任的是中护军，这个职务很重要，掌握近卫部队，但是级别不算太高。在曹操那里，长期担任中护军的是夏侯惇的副手韩浩，可见论地位周瑜比老将们也差一些。

赤壁之战后，立下旷世奇功的周瑜才被孙权提拔为偏将军，算是个副军级。这就是孙权用人的独到之处，不论资排辈，一切以能力和需要来决定。

周瑜指挥的孙吴兵团沿江而上，很快到达鄂县的樊口，刘备在这里已经等得很心焦了。刘备派诸葛亮出使柴桑后，一直忐忑不安地等待消息。刘备派了不少侦察兵打探长江上游的消息，得到的情报都是曹操亲率大军乘船而来，刘备十分焦虑不安。

对于诸葛亮能否说动孙权一块抵抗曹操，刘备心里没有底。说起来，孙权和曹操的关系更亲，两家还是儿女亲家，孙权的弟弟孙匡娶了曹操的侄女，孙权的堂兄孙贲又是曹操之子曹彰的岳父，两家随时成为一家人的可能性也很大。如果是那样的话，刘备可真到了叫天天不应、叫地地不灵的地步了。这不是杞人忧天，据《三国志》朱治传记载，此时担任豫章郡太守的孙贲就有过投降曹操的打算（及曹公破荆州，威震南土，贲畏惧，欲遣子入质）。扶义将军朱治听说后，急忙前去规劝，陈述利害，孙贲才打消念头。

刘备想，或许可以再投降曹操一次。但他转念又想，天下形势已经发生了根本变化，随着群雄一一翦灭，曹操已不需要用他来向世人表达容人爱才的胸怀，作为曹操眼里的重要对手，他与曹操有着数不清的恩怨纠葛，如果落入曹操手中，等待他的结局未必会比老朋友吕布好多少。白门楼上，吕布是被人用绳子勒死的，刘备就在现场。每当想到这些，刘备常常都会从梦中惊醒，这恐怕是刘备一生中最难熬的一段时间，据《江表传》记载，刘备天天派人到长江上看孙吴水军有没有来（诸葛亮诣吴未还，备闻曹公军下，恐惧，日遣逻吏于水次候望权军）。

终于，刘备接到报告，说看见了孙吴的战船。刘备激动万分，但仍不敢相信，他问侦察人员，这会不会是曹军中的青徐兵团（何以知之非青徐军邪）？青徐兵团即奉曹操之命由长江下游威慑孙吴的臧霸所部，臧霸此时应该在广陵郡一带，即今天的扬州、泰州附近，距此有上千里之遥，怎会突然出现在此？可见刘备兄确实给吓怕了。侦察人员报告说不是曹军而是孙吴的船，因为孙吴船上标志很明显。刘备这才放心，于是派人前去慰问。

但是，接下来双方在一些礼节安排上发生了小争执。周瑜在自己水军大营里没有等来刘备本人，只见到刘备派来的使者，有点不大痛快。周瑜告诉来使："在下有军务在身，不能随便离开，如果能让刘将军屈尊前来，那是最好不过。"

刘备虽然正在走下坡路，但好歹也是朝廷正式任命的左将军，比孙权都要高得多，更何况小小的中郎将周瑜？论年龄，刘备此时四十七岁，周瑜三十三岁，在当时十四五岁就是差了一代人，周瑜见了刘备也应该喊声叔叔才对。

周瑜就是要给刘备摆个谱，因为这涉及下一步两军联合作战他的命令好不好使的问题。刘备的使者回来如实报告，一定惹得关羽和张飞二位很不爽，因为《江表传》记录有刘备是如何给他们做思想政治工作，刘备对二人说："他想让我去，我们如今一块合作抗曹，如果不去，体现不出我们的诚意。"刘备于是乘坐一条小船去见周瑜（乃乘单舸往见瑜），这个安排也是有讲究的，轻舟简从，既显得潇洒，同时也表明我们其实并没有特别在意你。

刘备见到周瑜，商量拒敌之策，他开门见山提出了自己眼下最关心的问题："周将军此次前来，带了多少人？"周瑜如实相告："三万人。"刘备大失所望："太少了啊（恨少）。"周瑜自信地说："这已经足够了，刘将军但请看我周瑜如何破敌。"

刘备在周瑜那里又聊了一会儿，他想请周瑜把鲁肃叫过来一块聊，周瑜说："接受命令就不能私自离开（受命不得妄委署），想见子敬的话，你可以专程前往拜访（若欲见子敬，可别过之）。"周瑜同时告诉刘备，诸葛亮也一块回来了，再有三两天即可到达。

据一本叫《袁子》的书记载，诸葛亮出使柴桑，给江东不少人留下了深刻印象，张昭就很欣赏诸葛亮的才华，把他推荐给孙权，希望他跳槽到孙吴来。眼下，孙权开的公司实力强、前途好、待遇高，而刘备开的公司面临倒闭的危险，随时可能被人兼并重组，诸葛亮如果选择跳槽，是很容易被理解的事。但诸葛亮不打算换老板，有朋友不解，诸葛亮解释说："孙将军算得上是个好领导（孙将军可谓人主），然而据我观察，他能重任我，却未必能让我尽情施展才华，所以还是算了（能贤亮而不能尽亮，吾是以不留）。”

这才是诸葛亮的高明之处，领导信任你，重用你却未必都能让你尽情发挥，真正顶尖的人才不在乎挣多少，不在乎官多大，在乎的是自我价值是否最大化。诸葛亮没投曹操，也没有早早地跑到刘表那里谋差事，等了很久才等来刘备，他是不会轻易换主人的。

刘备与周瑜的初次见面印象十分不好，周瑜完全不给面子，态度颇为冷淡，但目前的形势是离不了人家，实在没有办法。根据刘备与周瑜商谈的结果，刘备将所属人马以及此时已经实际上归自己指挥的刘琦所部，全部交与周瑜统一调度指挥。

如前所述，这一部分人马大约有两万人，其中包括关羽南撤时带出来的水军。加上这些人马，孙刘联军大约有五万人，根据联合作战的惯例，刘备应该把所部人马的详细驻防位置、人数、指挥官姓名等如实告诉周瑜，以便统一指挥。但是，据《江表传》记载，刘备还是留了一手，他私下里隐藏了两千人，这是刘备自己的特别预备队（将二千人与羽、飞俱，未肯系瑜，盖为进退之计也）。

与周瑜的信心十足相比，刘备心里实在没底，就这一点家底了，不能全交给周瑜，让这小子折腾光了，万一战败，真的要跑到南方找老朋友吴臣，路上也得有几个本钱吧？

赤壁之战只是遭遇战

军情紧急，周瑜决定孙刘联军即刻沿长江西进迎敌。现在，长江上就有两支大军相向而行：从上游顺江而下的是曹军的西部兵团，由曹操亲自率领；从下游逆流而上的，是孙刘联军，由周瑜指挥。一方志在必得，一方斗志昂扬，两支大军终于在长江上相遇了。

相遇的这个地方，名叫赤壁，这个地方的具体位置历来有争论，归纳起来居然有二十多种说法，比较集中的有五种，包括蒲圻赤壁、江夏赤壁、汉阳赤壁、汉川赤壁、嘉鱼赤壁等，它们不仅有在长江上的，还有在汉水之上的。

一般来说，现在公认的地方是湖北省蒲圻县，如今该地已改名为赤壁市。如果从曹军出发地江陵算起，以曹操的目的地夏口即今湖北省武汉市为终点，蒲圻赤壁大体位于其四分之三处，曹操率水军走了四分之三的路，眼看快到夏口，遇到了周瑜率领的孙刘联军。这是一场决定天下形势的重要战役，如果曹军取胜，天下大局可定，一个统一的王朝指日可待；如果曹军不能取胜，下面的局势如何发展，则很难预料。

十二年前，刚刚挑起家族事业重任的孙策向张纮求教，张纮向孙策提出了著名的“江都对”；前不久，刘备向诸葛亮求教，诸葛亮提出了更著名的“隆中对”。在这两份战略规划书里都提到了荆州，其支点就是占据荆州，然后谋求发展，而眼下即将开战的这一仗，决定他们提出的设想是现实还是空想。此时，是建安十三年（208）农历十月。

然而，正史对这一仗的记载却十分简单，全部检索出来也就这么几段：

《后汉书》汉献帝纪：十月一日，发生了日食。曹操率水军讨伐孙权，孙权命周瑜将其击败于乌林、赤壁。（冬十月癸未朔，日有食之。曹操以舟师伐孙权，权将周瑜败之于乌林、赤壁。）

《三国志》武帝纪：曹操率军到达赤壁，与刘备交战，失利。这个时候发生了大瘟疫，将士死了很多，于是撤军。（公至赤壁，与备战不利。于是大疫，吏士多死者，乃引军还。）

《三国志》吴主传：命令周瑜和程普为正副总指挥，各率一万人，与刘备一块进军，和曹操遭遇于赤壁，大破曹军。曹操把剩下的船烧了，之后撤退，士卒中发生了饥饿和瘟疫，死了一大半人。（瑜、普为左右督，各领万人，与备俱进，遇于赤壁，大破曹公军。公烧其余船引退，士卒饥疫，死者大半。）

《三国志》先主传：和曹操战于赤壁，把他击败，烧了他的战船。刘备与吴军水陆并进，一直追到南郡，此时发生了瘟疫，曹军死了不少，曹操撤回北方。（与曹公战于赤壁，大破之，焚其舟船。先主与吴军水陆并进，追到南郡，时又疾疫，北军多死，曹公引归。）

《三国志》诸葛亮传：孙权大喜，随即派周瑜、程普、鲁肃等率水军三万人，随同诸葛亮一块见刘备，联合抵抗曹操。曹操败于赤壁，率军撤回邺县。（权大悦，即遣周瑜、程普、鲁肃等水军三万，随亮诣先主，并力拒曹公。曹公败于赤壁，引军归邺。）

此外，《三国志》甘宁传、吕蒙传、黄盖传和关羽传等也记载着赤壁之战的内容，但也都是寥寥数语而已。这些记载不仅十分简单，而且有多处自相矛盾。关于战斗发生的地点，除了赤壁，又出来个乌林，此地位于如今的湖北省洪湖县，在长江以北，与赤壁隔江相望；关于作战对象，有说曹操与刘备交战的，有说曹操讨伐孙权的；关于战斗的结果，有说曹操被打败的，有说曹操自己撤退的。

相比较而言，《三国志》周瑜传对这场著名战役的描写最详细，人们了解到的关于这场战斗的史实，基本上都是出自这里：双方相遇于赤壁，此时曹军中发生了疫情。刚一交战，曹军就败退了，曹操下令在江北扎营，周瑜率军在南岸。周瑜的部将黄盖说：“现在敌众我寡，难以持久。我发现曹军船舰首尾相接，可以采取火攻。”于是找了数十艘小战船（蒙冲斗舰数十艘），里面装上柴草，浇上油脂，外面裹上帷幕，上面再插上牙旗。黄盖先给曹操送去封信，要投降。又准备轻舟，系在大船后面，一块前进。曹军将士伸着脖子都在那里观望（公军吏士皆延颈观望），都以为是黄盖来投降。黄盖趁机放出诸船，同时点火。这时风很大，全部烧向曹军水营。顷刻之间，烟炎张天，人马烧死和落水溺死的很多，曹军大败，退保南郡。

《江表传》记载与此大致相同，它保存有黄盖写给曹操的那封诈降信原文。同时记载说，曹操吃不准这封信是真是假，还特地召见信使，亲口对他说：“如果这封信是真的，将大大奖赏你，封你的爵位将超过其他人。”《江表传》还补充了一些细节，比如说黄盖装在小船上的干草是荻草，浇上的油脂是鱼油，蒙在外面的布幔是红色的，当时刮的风是东南风，等等。

但是，这些有限的记述与一场如此著名的大战还不相符，这不免有点奇怪。根据上面这些记述，此战中曹军遭遇了严重的疫病。由于大范围的疫病在曹操将士中蔓延，造成曹军严重减员，战斗力下降得很厉害，这是曹军失败、并且在失败后不能有效组织防守反击的最重要原因。

但这是一种什么病呢？过去一般都认为是血吸虫病。血吸虫是一种寄生虫，人一旦感染，就会出现发热、斑疹、丘疹、腹泻、腹水、腹痛、肝肿大等一系列症状，致死率很高，且不经治疗无法自愈。血吸虫喜欢发生于多水地区，病虫依靠水源传播更快。湖北省的阳新县二十世纪四十年代有多达八万人死于血吸虫病，毁灭村庄七千多个，制造了许多“无人村”“寡妇村”“棺材田”。

曹军士兵多来自北方，水土不服，对疾病的抵抗力低，防护流行性传染病的意识也差，一旦疫情蔓延就无法控制。但也有人怀疑这种说法，因为血吸虫病有一个潜伏期，大约在八至十周，曹军士兵在长江上行进总共也没有这么长的时间，这是一个疑点。另外，血吸虫在寒冷的季节发育缓慢，冬天一般不是其大规模爆发的时间。于是有人提出了另外两种观点：疟疾和流行性斑疹伤寒，对于这个问题，目前仍在考证和研究之中。

仅有上面这些史实似乎勾勒不出来赤壁之战的全貌，但史实的确如此，看起来不像一场有谋划的大战役，倒像一场没有准备好仓促打起来的遭遇战。围绕这场大战的其他故事，如舌战群儒、借东风、草船借箭、蒋幹盗书、周瑜打黄盖、关羽义释曹操等，都在史书上查无出处。

事实也是如此，对于曹操来说，他根本没打算在这个叫什么赤壁的鬼地方打一仗，根据他此前的部署，曹军西部兵团和北部兵团两路夹击，目的地是夏口，距此还有一段路程。北部兵团主力有七个军，还有荆州降将文聘率领的水军，这两路大军会合后才准备痛痛快快打一仗，至于跟刘备打还是跟孙权打，曹操都不在乎。

而北部兵团的行踪更是有些诡异，这支人数众多的部队在赤壁之战发生时处于什么位置呢？是已经到达乌林与曹操亲率的西部兵团会合了，还是仍在行军的路上？从种种迹象来看，这支部队应该还在预定的行军路上，也就是在汉水一线，他们的目的地是江夏郡的夏口，本来曹操率领的西部兵团也是奔夏口去的，他们计划在夏口附近会师。被迟滞于赤壁是曹操没有料到的，所以北部兵团事先并没有接到改变行军路线来乌林会师的打算。

曹操在长江上与周瑜的水军初一接触吃了败仗，于是退到长江北岸的乌林，在此扎寨，这个策略是正确的，他下面要做的就是重新调整部署，让北部兵团火速向这里靠拢。如果两大兵团实现会师，周瑜再聪明，老天爷再帮忙，孙刘联军想战胜曹军胜算都不会太大。

所以，当曹操在江面遭遇失败后，他并没有慌乱，甚至也没有放在心上。他很快在乌林建起了水陆两军大营。这时候，曹操的心情还颇好，据考证，组诗《短歌行》中的第二首“对酒当歌”就是在水营战船上聚会时写的。

这首诗写道：“对酒当歌，人生几何？譬如朝露，去日苦多。慨当以慷，忧思难忘。何以解忧，唯有杜康。青青子衿，悠悠我心。但为君故，沉吟至今。呦呦鹿鸣，食野之苹。我有嘉宾，鼓瑟吹笙。明明如月，何时可掇。忧从中来，不可断绝。越陌度阡，枉用相存。契阔谈宴，心念旧恩。月明星稀，乌鹊南飞。绕树三匝，何枝可依？山不厌高，海不厌深。周公吐哺，天下归心。”

这首诗意蕴沉雄，情调激昂，有哀伤，有沉思，也有进取。诗的想象丰富，语言老练，浑然天成，可以说是曹操诗歌最有代表性的作品之一，也是那个时代诗歌的最高峰。可以肯定的一点是，这首诗看不出来是打了败仗后写的，能看出来的是作者仍然信心十足，一副天下尽在掌握的感觉。这种心境与官渡之战期间曹操担忧、烦闷、头疼病时常发作的情况完全两样，因为曹操没有把初战失利当回事，他在等待北部兵团的到来，他甚至做好了在这里过年的打算，此时离建安十四年（209）也就一个来月了。

但是，周瑜却不想在长江边上过年，这样的年他过不起，处于绝对劣势的一方必须出奇才能制胜，于是他给曹操排出了诈降计。这不仅需要高超的表演天赋，更有极大的冒险性。周瑜赌了一把，因为他没有更好的办法。

最后，周瑜赌赢了。然而，对于这一把大火，大家都缺少必要的准备。曹操做梦都没有想到，对周瑜或者刘备来说，固然想到了，但没有想到的是这一把火会这么厉害，把曹操居然一口气烧得大败惨败。曹军开始全面溃退，刘备的主力多驻扎在江北一带，他指挥关羽、张飞、赵云等人四处出击，截杀曹军，曹军的水军一旦弃船登岸战斗力大减，加上有不少人得了病，有不少做了俘虏。

慌乱间曹操做出了一个也许比较奇怪的决定，他没有向北撤，而是向西撤，这也许并不明智。由赤壁对岸的乌林往西，就是茫无边际的云梦泽，到处是河湖、沼泽湿地，行动起来很不便。西边是江陵，有曹仁在那里驻守，曹操大概想率败兵尽快与曹仁会合。但江陵距此尚远，从地图上看，他应该向北穿越云梦泽，迅速向汉水方向靠拢，那里有正在南下途中的北部兵团，与他们会师后，甚至可以迅速展开反击，不必休整即刻可以杀个回马枪，反败为胜的概率也很大。

曹操是没有地图，还是在慌乱中来不及看？他也许在想是从江陵来的，只想退到江陵去，于是吃了不少苦头。据记载，曹操率败军用了四天时间才走到华容县境内，道路泥泞，天气条件转坏，刮起大风，曹操下令让士兵背着草，遇到有水的地方填上草，马匹才能勉强通过。其间大家争先恐后，人马相撞，老弱病残的士兵被战马踩踏，有的陷入沼泽中，又死了不少人。不过，最后总算连滚带爬地撤到了江陵。对曹操来说，赤壁这一劫总算结束了，但也败惨了。

历史不容假设

曹操退到江陵，此时，他的西部兵团虽然损失惨重，但北部兵团仍然完好无伤，曹操退保江陵后，北部兵团迅速改变了行军方向，回缩至襄阳一带。荆州七郡的重心在江北的南阳郡、南郡，军事重镇有宛县、襄阳、江陵，这些地方仍然在曹操的控制中，赤壁之战虽然惨败，但要说曹操的荆州战略彻底失败，还为时尚早。

孙权、周瑜、刘备也看到了这一点，必须把曹操赶走才算彻底胜利，为此他们采取了两项部署，逼迫曹操主动撤退：一个是由周瑜、刘备指挥孙刘联军迅速追击到江陵，保持战略上的攻势，让曹军新败之后仍不得喘息之机；另一个是由孙权亲自出马，率孙吴的另一部主力在东线开辟战场，出击曹军控制下的合肥。

这两招的确很高明，尤其是出击合肥，是弱势一方挑战强势一方的大胆之举，目的不是合肥，而是把曹操从荆州请出去。曹操无奈，因为赤壁之败严重影响到士气，而且疫病仍在蔓延，短时期内扭转荆州的败局没有把握。此时孙权再趁机在合肥搞出明堂，那后果就太严重了。

还有一点，赤壁之战是近年来曹军败得最惨的一次，朝廷和地方上的反曹势力说不定已经开始蠢蠢欲动，绝不能低估他们的能量。想到这些，曹操决定把主力从荆州撤回去。但是，江陵和襄阳两个重镇仍然不放弃。他任命曹仁为征南将军，由原属西部兵团的横野将军徐晃协助，共同守卫江陵，原属北部兵团的折冲将军乐进守襄阳。之后，曹操率领其余主力北撤。

征南将军是所谓“四征将军”之一，地位高于的一般名号将军，也高于所谓的前、后、左、右“四方将军”，如果把徐晃这样的一般名号将军看作一个“军”的长官即军长的话，曹仁的征南将军就是曹军南方军区的司令，曹仁是曹军中这个级别将领的开始，意味着他可以节制整个战区内的各路曹军。

曹操刚走，周瑜率领数万人就杀到江陵附近，前锋有数千人，曹仁率领征南将军长史陈矫等人登城察看敌情，曹仁觉得必须乘敌人新到未稳，打他一个措手不及，用胜利提高队伍的士气。当时的江陵城，仍然被失败的阴影所笼罩，曹操率大部队撤走后，这里还能不能守得住，大家都在疑问。

为此，曹仁征集了一支三百人组成的敢死队，由部将牛金率领，主动出城迎击敌人。牛金是南阳郡人，日后逐渐成长为曹魏的高级将领，因为忠于曹氏，后被司马懿所忌，用毒酒害死了。现在，牛金冲入敌阵，虽然杀了不少敌人，但毕竟人数悬殊，一下子被吴兵围住，不能脱身。在城上观战的征南将军曹仁看到，让人牵过战马，他要亲自率兵解围。

陈矫相当于曹仁的秘书长，一看司令员要亲自上阵，那还得了？陈秘书长赶紧跟身边的人上来阻拦。曹仁不理，披甲上马，只率领数十名勇士纵马杀出城。陈矫是徐州刺史部广陵郡东阳县人，曾经在曹操的司空府工作过。他虽然是个文人，但看到曹仁出了城，也不敢怠慢，骑了匹马跟了出来。

城外有一条小河，牛金等人在河对岸一百多步外的地方正与敌兵厮杀，陈秘书长仍然考虑首长的安全，他建议曹司令就在河这边为牛金他们助阵就行，千万不要再往前走了（矫等以为仁当住沟上，为金形势也）。但曹仁好像没有听到，他跃马过了小河，杀入敌人阵中，经过一番搏杀，将牛金一行救了出来。

但是，回过头再看，还有几个人仍然被围在敌阵中没有出来，曹仁二话不说再次杀回（余众未尽出，仁复直还突之）。最后，曹仁将他们全部救了出来，吴兵被敌方主将的这种气势所震撼，于是退兵。陈矫他们看傻了，等见到曹仁，陈矫不由得惊叹道：“将军您真是天人啊（将军真天人也）！”史称，曹仁“三军服其勇”。

曹操听说了这件事，加封曹仁为安平亭侯，此前曹仁已被封为都亭侯，虽然都是亭侯一级，但安平亭的食邑户数应该比都亭要多。还有一种说法，“都亭”只是个泛称，没有确切所指，所以有很多人都被封都亭侯，他们只有亭侯的名义，而不享受具体食邑，被封为安平亭侯后，曹仁就可以享有安平亭这个地方的食邑了。

但是，江陵一带总体形势是吴兵强大，曹军处于劣势。周瑜派甘宁占领了江陵上游的夷陵，即今湖北省宜昌市，这里是益州的地盘，刘璋手下的将领袭肃率部投降，周瑜想把袭肃的人马编入横野中郎将吕蒙所部。吕蒙建议说袭肃是个人才，主动投奔，不宜于夺其兵权，周瑜采纳。

夷陵被甘宁攻占后，曹仁受到来自上下流的夹击，为此他分兵夷城攻打甘宁。对于救不救夷陵，吴将分歧很大，大家认为现在兵力不足，如果分兵，曹仁必来攻，首尾难顾。吕蒙提出不同意见，他建议留下凌统防守，由周瑜亲率其他人解救夷陵，只要凌统能守住十天，就不会有问题。周瑜接受吕蒙的建议，到夷陵大破曹军，曹军从夷陵退还。这段时间，三十岁的年轻将领吕蒙脱颖而出，屡建功勋。孙权任命他为偏将军，守寻阳令，以副军长的身份兼任寻阳县县长。

然而，曹军随后在江陵也取得了重大收获，在一次激战中，周瑜亲自督战，结果右臂被曹军射中一箭，伤势很严重。据《三国志》周瑜传记载，曹仁得知周瑜负伤，率军前来挑战，为了不影响士气，周瑜勉强挣扎着起来，到各营巡视。但是对曹军来说，江陵周边的地方陆续被孙吴所吞噬，据《吴录》记载，参加争夺的还有刘备。面对强敌，江陵迟早会陷落。

曹仁在江陵前后坚持了一年多，吸引了周瑜率领的主力和一部分刘备的部队，为减轻其他战场的压力做出了贡献。到第二年下半年，曹、孙决战的主战场已转向东线的合肥，曹操决定把曹仁从江陵撤到襄阳。曹仁撤走后，周瑜带伤指挥作战，迅速攻下江陵及其以东长江沿线的许多重要据点，长江从柴桑到夷陵一线的军事要地基本上都被孙吴占领。孙权任命周瑜为南郡太守，驻守江陵，即今湖北省荆州市；程普为江夏郡太守，驻守沙羡，即今湖北省武汉市以西；吕范为彭泽郡太守，驻守柴桑，即今江西省九江市。

在此期间，曹操甚至产生过拉拢周瑜归降的想法，据《江表传》记载，曹操曾派蒋幹到江陵来见周瑜，做策反工作。蒋幹字子翼，是九江郡人，跟周瑜是老乡，可能过去也有过交往。蒋幹这个人，《江表传》说他“有仪容，以才辩见称，独步江、淮之间，莫与为对”，跟周瑜有一比。

蒋幹到了周瑜那里，周瑜已知他的来意，没等老朋友开口，先说道：“子翼辛苦哇，远涉江湖是来为曹氏当说客的吗？”蒋幹说：“我跟足下是老乡，这么多年未见，很是想念，只来叙旧，并没有别的意图（吾与足下州里，中间别隔，遥闻芳烈，故来叙阔，并观雅规）。”就这样，周瑜先把蒋幹的嘴给堵上。之后，他们一块吃饭，饭后邀请蒋幹参观军营，还让侍者拿出来服饰珍玩向蒋幹展示，周瑜还发表了一番他对人生的感悟。周瑜说：“大丈夫处世，遇知己之主，对外有君臣之义，对内好比是骨肉兄弟，言听计从，祸福与共，这样的情谊，是什么都无法动摇的啊！”

周瑜说的跟诸葛亮之前说刘备的话相似，应该都是心里话。蒋幹始终笑而不答，也没有说任何劝降的话。蒋幹回去后向曹操报告了情况，说明周瑜雅量之高不是言辞所能策反得了的（称瑜雅量高致，非言辞所间也）。

赤壁之战就这样落下了帷幕，战前曹操轻而易举地得到了荆州，实力倍增，占有天时、地利、人和上的优势。面对惊慌出逃的刘备，以及实力明显不足的孙权，曹操完全有必胜的把握。

本来这一仗不难打，比官渡之战好打，比征河北好打，比北征乌桓也好打。但是，在官渡赢了，在河北赢了，在乌桓人那里也赢了，唯独在这里输了。有人归之于曹操在战略上的失误，有人归之于曹操的轻敌，有人归之于疫病，有人归之于那场大火。

但是，历史只记录结果而不看重假设，赤壁之战成为一个转折点，一路势如破竹般攻城略地的曹氏集团不得不放下扩张的脚步，以更大的耐心与对手纠缠，这个时间还有很长很长。历史错过了这次有望统一的机会，赤壁之战将成为曹操心中永远的伤痛。

第八章

邺城岁月

孙权猛攻合肥

建安十三年（208）年底曹操还在江陵，孙权为了把曹操从江陵请回去，在东线战场亲自指挥了合肥战役。当时的合肥县属扬州刺史部的九江郡，旧城位于现在安徽省合肥市附近。据《太平寰宇记》记载，其具体位置在今天合肥市以东，东汉末年，战乱不息，合肥县一度成为废墟。

八年前，即建安五年（200），曹操派刘馥任扬州刺史，刘馥在扬州的新治所就放在合肥城，对它进行了大规模重建。刘馥字元颖，沛国人，跟曹操算是老乡。他出身于刘氏宗亲，是个有本事的人，当初他单人匹马来到合肥空城，经过几年的治理，把这一带治理得经济发展、人口兴旺。他还重点加固了合肥城墙，在城墙上堆积了不少木石，没事时就组织大家编草苫，不停地编，积攒了成千上万个草苫，都堆到城墙上，还在城上储存了大量鱼油（鱼膏）。当时大家挺纳闷：刘刺史弄这些东西做什么？后来大家明白了，这些都是用来救命的。

赤壁之战的这一年，刘馥去世了，这无疑是曹操的一大损失。也就是在这个时候，孙权率兵杀来了。除孙权亲自率领的一路，孙权还派张昭带队进攻九江郡的当涂县。孙权的目的固然是给仍在江陵的曹操制造压力，但他也做好了另一手准备，那就是如果顺手的话就一举将合肥攻克，给赤壁之战再来个锦上添花。

刘馥死后，曹操在合肥一带没有资历较高的人坐镇，臧霸率领的青州和徐州军兵团作为荆州战役的策应部队曾一度驻扎在扬州，但都远在长江边上的广陵郡一带，回防合肥一来需要时间，二来也意味着放弃那些好不容易得手的地盘。

孙权大兵压境，一上来就很顺手，孙权的佯攻变成了真打，合肥眼看要失守。曹操接到消息，命令一个叫张喜的部将前往救援。张喜事迹不详，只知道他此前驻扎在与扬州刺史部相邻的汝南郡，之所以现在把他派去，可能是他的防区离合肥最近，他带领的人马只有一两千人。孙权在前线调集的人马号称十万，保守估计也应该有三四万人，一两千人长途驰援不知道还有没有效果？但是，孙权听说曹操的援军来了，居然就下令撤退了（曹公自荆州还，遣张喜将骑赴合肥。未至，权退）。

张喜稀里糊涂立了一件大功，但此后他仍然默默无闻，在正史上也就露了这一次脸，原因是曹操阵营里的能人实在太多了，想混成大腕级的人物真不太容易。

其实，不是张喜本事大，而是孙权这边打不下去了。孙权率大军攻到合肥城下时，正好遇到下连阴雨，一口气下了好多天，这可苦了守城的兄弟们，因为那时的城墙都是夯土结构，最怕雨水泡（时天连雨，城欲崩）。正在此危难关头，刘馥留下的成千上万的草苫发挥了作用，守城军兵用它们盖到城上，保护城墙。

大家这时才明白刘刺史有先见之明。不仅如此，储备的大量鱼油和木石也派上了用场，一到晚上城上就燃起鱼油火把，把城上城下照得一清二楚，让下面的人无法乘夜偷袭。而木石肯定是给攻城的敌人准备的，招呼爬墙的敌人，没有什么比大木头和石块更过瘾的了。因为刘馥有先前之明，生前做了大量精心准备，合肥城得以不失。孙权围住合肥前后多达一百多天也没有什么进展。

另外，合肥城能够保住，还与一个人的贡献息息相关，这个人是蒋济。蒋济字子通，当过郡吏，此时是扬州刺史别驾，相当于副州长。刘馥死后，曹操任命原丞相主簿温恢为新刺史，温刺史到任时，孙权围城正急，援军虽然已在路上，但人数很少，不足以救急。

为了稳定城里的局势，蒋济悄悄建议温刺史，对外诈说接到了张喜的书信，说有四万人马正往这里赶来，目前已经到了雩娄。蒋济还假装派人迎接援军，回来时分成三个小分队，一队进城，告谕城内军民，让大家增添信心；另外两个小分队故意让敌人捉去，并有意让孙权“缴获”伪造的张喜的书信。

孙权正因久攻合肥不下而郁闷，张昭那边进攻也受挫，没有攻下当涂，弄得进退维谷。张昭独立带兵似乎只有这一次，看来学者从戎要格外小心，不是读过兵书的就是诸葛亮。据《三国志》张纮传记载，孙权急了，想亲自冲锋陷阵（权率轻骑欲身往突敌），孙权的长史张纮赶紧死死相劝，孙权才打消念头。

现在，孙权看到俘获的书信，上面有四万人马正往这里驰援的消息，管它是真是假，反正有情报显示曹操本人已动身离开了江陵，此次战役的基本目标也实现了，现在刚好是个台阶，撤吧。孙权下令烧掉攻城的器具和营寨，从合肥城撤退。

立下大功的蒋济此时还是一个二十六七岁的年轻人，以后他成为曹魏的重臣，身仕魏文帝、魏明帝以及齐王曹芳等几代，官至太尉。魏正史十年（249）司马懿发动高平陵事变，诛杀了曹爽，控制了朝政。蒋济作为忠心于曹魏的老臣，处境十分尴尬，他于那一年去世。

孙权的情报没错，曹操确实在建安十三年（208）年底到十四年（209）年初之间从江陵撤退，与半年前南下时顺风顺水、一路所向披靡相比，曹操的返程显得很压抑。他甚至没有在襄阳做停留，直接由南阳郡境撤到了许县。

曹操也没有在许县停留，此时合肥城外仍处于胶着状态，曹操决定亲自去解围，会一会孙权。建安十四年（209）三月，曹操率主力向扬州刺史部转进，这时接到合肥前线的战报，孙权已经撤军了。既然战事不那么着急，曹操决定在老家谯县一带对部队进行了休整。官渡之战结束时，曹操也曾重返故乡，在此练兵。然而，今非昔比，那一次是打了大胜仗，这一次打了大败仗。

不过，这对曹操没有太大的影响，有人喜欢衣锦还乡，而在遭遇失败和挫折时不敢面对故乡和亲友，曹操不那么看，十多年的戎马生涯，早已让他把成败看得很淡，输得起的人，才能赢得起。

曹操很认真地在谯县一带练起了兵，谯县位于涡河边上，这条河通船运，而且可以直通淮河。曹操这次练兵，重点操练了水军，他在此设立了临时造船基地，加紧打造战船，当然涡河比不得淮河，更比不得长江，曹操这时候可以造出来的，也只能是排水量较轻的战船（军至谯，作轻舟，治水军）。曹操认为，水军是自己的一个弱项，是赤壁之战导致全败的主因，要战胜孙权，重新夺回荆州，必须建设一支强大的水军。

这一年秋天，曹操在谯县练兵也有三四个月了，从四面征调以及新打造的各式战船也有了相当数量，曹操决定率领包括水军在内的主力前往合肥前线，让水军在实战环境下接受考验，所走的路线是：由涡水进入淮水，再由淮水进入淝水，直达合肥城外。

曹操发布军令："近来大军多次出征，遇到疾病蔓延，让许多官兵死在了外面，造成夫妻不能团聚，百姓流离失所，有仁爱之心的人难道愿意这样吗（而仁者岂乐之哉）？这实在是不得已呀。现在命令，死者家里凡是没有产业来养活自己的，政府不得停发其口粮（其令死者家无基业不能自存者，县官勿绝廪），地方行政长官要经常抚恤慰问，以了我的心愿（以称吾意）。"

曹操亲自坐镇合肥，在这里调整充实了扬州刺史部以及各郡县的官吏（置扬州郡县长吏），并大兴水利工程，推行屯田建设。曹操在此前后逗留了好几个月，亲自主持重修了芍陂等水利工程。芍陂又叫安丰塘、期思陂，最早由春秋时期楚国著名宰相孙叔敖主持修筑，是一个人工水库，被誉为"世界塘中之冠"，与都江堰、漳河渠、郑国渠并称中国古代四大水利工程。

芍陂的位置在今天安徽省寿县南，处于淮河众多支流的包围之中，周围又是广阔的良田，地理位置十分优越。《史记》说它"周百二十里"，水域面积比今天大得多。曹操重修芍陂，发挥它的灌溉、航运作用，配合周边地区的屯田，这里成为重要的粮食基地，这对进一步巩固合肥的战略地位十分重要。

在扬州刺史温恢、州政府别驾蒋济、绥集都尉仓慈等人的领导下，曹操在扬州的势力得到一定程度的巩固，合肥作为战略要地的作用进一步加强，今后这里将成为曹魏和孙吴争夺的焦点，双方多次在此展开攻防战。

皖西发生农民起义

这一年底，曹操重返谯县。可是，他一走这里又出事了。赤壁之战后，曹操与孙权、刘备之间的对抗暂成均势，曹仁从江陵撤退，孙权则被击退于合肥。中线的襄阳、东线的合肥成为曹军的前沿基地，形成了两大战场，这种对峙格局将持续相当长一段时间。曹操对合肥很重视，除了任命温恢、蒋济、仓慈等人管理经济、政务、屯田事务外，还从其他战场上抽调了乐进、张辽、李典等率部移防过来，巩固东线战场，但是各部还没有完成布防，内部却出现了叛乱。

叛乱发生在属于“曹操控制区”的九江郡六县和潜县，这里是现在的皖西地区，位于大别山区的北部，自古以来这里民风强悍，加上地处山区，适合打游击，在古代这一代经常是强人出没的地方。早在官渡之战前后，这一带就有许多参加农民起义的百姓，规模比较大的有陈乾、梅成、雷绪几股。当时曹操与袁绍相持于官渡，无力东顾，派刘馥担任扬州刺史维持局面。刘馥很有本事，他虽然是光杆司令一个，但很快打开了局面，使“曹操控制区”的面积一点点扩大，又重修了合肥城，给曹操现在与孙权对抗创造了条件。

刘馥开拓扬州有一项重要措施是招安参加农民起义的百姓，梅乾、陈兰、雷绪都先后被刘馥招安了，从建安五年（200）前后一直到建安十四年（209），这些人倒也挺老实，一直没有闹出过什么事，这其中刘馥个人的威信作用不可低估。可是，建安十三年（208）刘馥去世，紧接着曹军与孙权打了好几个月的仗，给当地百姓带来了一定负担，曹操虽然紧接着推行了一系列恢复生产、促进社会发展的措施，但民心不稳已成现实。

但是，这似乎也不能成为大规模叛乱的原因，在《三国志》里似乎能找到答案。据记载，对于如何经营淮南，曹操开始并没有太大信心，他甚至想把淮南民众迁到北方去，以避开战乱，曹操征求蒋济的意见，蒋济表示反对，曹操说：“当年我与袁绍在官渡相持，整体迁移过燕县、白马县的民众，似乎并非不可行。”蒋济回答：“那个时候我弱敌强，不迁走必然被敌人占去。现在情况完全不一样，我们的势力足够强大，民众不会有其他想法。同时，老百姓都有怀土情结，不愿意迁徙，如果强力推行，大家必然心中不安。”

曹操仍然没有采纳蒋济的建议，而是下令从江淮之间进行大规模人口迁移。此令一下，果然引起民众的恐慌，据《三国志》记载，有十多万人跑到孙吴控制区，曹操赶紧下令停止了移民活动。对这件事，曹操下次再见到蒋济的时候还曾当面自我检讨过。《三国志》等书虽然没有交代陈兰等人再次叛乱的原因，但是从时间上看，这两件事刚好发生在同时。

叛乱影响到刚有点规模的合肥基地的安全，看到这种情况，已经身在谯县的曹操立即调兵遣将，镇压叛乱。史书记载，这时大的叛乱仍然是陈兰等三股，但梅乾写成了梅兰，是一个人的两个名字还是两个不同的人，不得而知。他们活动的主要地区是九江郡的六县、潜县，具体人数不详，但从接下来曹操的军事部署里可以看到，这次叛乱的规模相当大。

曹操下令由夏侯渊代理总指挥（行领军），下辖于禁、臧霸、张辽、乐进等部，归张辽指挥的，还有张郃、牛盖等部，曹军的精锐和顶尖将领一多半参加了此次行动。如此兴师动众，一来说明陈兰等人来势很猛，力量小了不解决问题；二来说明曹操对合肥基地的重视，赤壁之战后曹操不能再输了，即使是农民起义，他也不敢大意。

夏侯渊没有直接参加赤壁之战，他的任务是负责后勤保障。但是在两年前，即建安十二年（207），济南国、乐安国发生了黄巾余部徐和、司马俱等人的叛乱，刘氏宗族里的济南王刘赟甚至被杀，身为典军校尉的夏侯渊负责镇压农民起义，斩杀了徐和，收复诸县，积累了丰富的平乱经验，所以这一次把他调了过来。夏侯渊除担任总指挥外，还直接负责对付雷绪这一股。梅成这一股，由于禁和臧霸对付。张辽率领张郃和牛盖所部对付陈兰。

曹操后院起火，刚从合肥退兵的孙权也没闲着，他跟陈兰暗中建立联系，派韩当率部支援陈兰。臧霸接到命令，率所部开到皖县一带阻挡韩当，使吴兵不得通过。双方先后战于逢龙、夹石，曹军均获胜，臧霸接到情报，说孙权派了数万人乘船进入舒县支援陈兰，于是移师舒县堵截，孙权的军队闻风撤退。臧霸不干，下令连夜追击，一夜狂追了一百多里，于天亮时分终于将敌人追上，双方展开一场激战，曹军大胜。

陈兰没等来外援，在张辽、张郃等人的进攻下渐渐招架不住。正在这时，他却意外地等来了其他援兵。其实这也算不上援兵，而是梅成那一股。梅成开始向于禁投降，于禁没有察觉有异，就接受了。谁知不久，梅成重新与陈兰勾结，他们联兵一处逃入灊山。

灊山山脉里有一个天柱山，山高道狭，陈兰凭险据守。张辽想发起进攻，手下将校劝道：“兵少道险，难以深入。”张辽说：“现在正是狭路相逢勇者胜啊（此所谓一与一，勇者得前耳）！”张辽下令强攻，一举斩杀了陈兰和梅成。此次皖西作战张辽立功最大，事后曹操论功行赏，张辽增食邑二百户，加上此前的一千户，达到一千二百户，并且获得了“持节”的殊荣。曹操在颁奖令中说：“登天山，履峻险，斩杀陈兰、梅成，这都是荡寇将军立下的功劳啊！”

这两股农民起义军被彻底镇压后，夏侯渊对付的雷绪那一股也进展顺利，将雷绪击破。此战接近了尾声，此时并州一带又发生了农民起义，农民起义首领商曜等人攻占了太原城，曹操下令改任夏侯渊为征西护军，到并州平乱。乐进也增加了五百户食邑，达到一千二百户，于禁增加了二百户，达到一千二百户。农民起义平息后，曹操下令乐进、张辽留在合肥，加上接到命令刚刚到达的李典所部，由他们三人共同守卫合肥，其他各部人马撤离。

在这次农民起义中，有人举报说蒋济与农民起义军勾结，参与叛乱活动。有关部门报告到曹操那里，曹操压根不信，他当着于禁等人的面说：“蒋济怎么会干这种事（济宁有此事）？如果真有此事，说明我不会识人。这肯定是假的。”后来经过查实，确实是诬告。曹操看来对二十多岁的蒋济特别欣赏，后来干脆改任他为丞相西曹属、丞相主簿。

“求才令”真正用意

曹操于建安十四年（209）十二月到谯县，因为皖西战事未定，他一直留在了那里，到第二年的三月才回到邺县。

这段时间，随同大军出征的曹丕逗留在谯县，二十三年前曹丕就出生于这里，但他很小便离开了故乡，对谯县的印象已经比较模糊了。曹丕有一篇《感物赋》的文章，记录了这次重回谯县的经历。在这篇文章的序言中曹丕写道：“自从董卓之乱以来，天下各地城池损毁严重（丧乱以来，天下城郭丘墟），谯县城内只有从太仆的宅子还完好。南征荆州，回来时到达乡里就住在这里。于是在庭院中种了几棵甘蔗（乃种诸蔗于中庭），经过夏天到达秋天，甘蔗开始茂盛，之后衰败，从中我悟出了兴废的无常，慨然而叹，于是写了这篇赋。”

经过连年战乱，故乡谯县也是满目疮痍，城池荒废了。曹丕住在从太仆的旧宅中，从是姓，太仆一职相当于交通部部长。从姓很少见，在《三国志》何夔传里记录了一个叫从钱的人，有人怀疑就是曹丕所说的从部长。

看来曹丕心情还不错，除了感叹人生无常之外，还有闲情逸致在庭院里种几株甘蔗。在建安七子之一的刘桢所写的一首诗里，有曹丕等人宴饮的描述。这首诗写道：“昔我从元后，整驾至南乡。过彼丰沛郡，与君共翱翔。四节相推斥，季冬风且凉。众宾会广坐，明镫熺炎光。清歌制妙声，万舞在中堂。金罍含甘醴，羽觞行无方。长夜忘归来，聊且为太康。四牡向路驰，欢悦诚未央。”诗中的“丰沛都”即谯县，诗中描写的季节是冬天，与此次驻军谯县时间吻合。虽然是寒冬季节，但一点都不影响轻歌曼舞，以至于长夜忘归。

刘桢字公幹，大曹丕一岁，此时二十四岁。曹丕、曹植都跟他关系很好，他不仅是建安七子之一，在七子中成就也属于比较高的，后世把他与曹丕并列称为“曹刘”。他的母亲出身于名门，从小对他教育严格，以至于刘桢小的时候就被称为神童。刘桢被曹操征辟，此时在丞相府担任掾属。

大约在此前后，还发生了田畴屡次让封事件。在北征乌桓之战中田畴立下大功，由于他率部投奔曹操，并给曹军指路，曹军才取得北征乌桓的胜利。当时曹操就曾上表为田畴请封，拟封他为亭侯，食邑五百户。但是田畴拒绝受封，他认为当初只是为了避难，所以率众逃入山中隐居，立志不问仕禄（志义不立），如果因此而得利，将不是他的本意，所以反复推让。曹操也理解田畴的志向，不再勉强。后来，田畴把自己的家属以及宗族三百多人都迁到了邺县居住，曹操赐给田畴车马谷帛，田畴都分给宗族、朋友。

赤壁之战后，曹操又想起了田畴，有点后悔前面答应田畴让封的事（太祖追念畴功殊美，恨前听畴之让），曹操说：“这虽然成就了一个人的志向，但是于国法而言是不合适的（此为成一人之志，而亏王法大制也）。”于是旧事重提，再次要给田畴封爵，《先贤行状》记载了曹操为此发布的命令：“蓨县（今河北景县）县令田畴，至节高尚，家乡遭遇变乱，隐身于深山，研习处世之道，百姓从之，最终发展成一个都邑。袁绍强盛时，请他出来被他拒绝，他慷慨守志，以待明主。等到我奉诏征定河北，田畴欣然受命，陈述攻破胡虏的计策，率令所部山民开山引路，提供后勤保障，出其不意斩杀蹋顿于白狼山，直捣柳城，田畴立下了大功。大军回师，根据他的功绩，表封他为亭侯，食邑五百户，但田畴恳切推辞，前后多次。如今三年过去了，每次赏赐都推辞，此事固然成就了一个人的高洁，但却与国家法度不符。应该按照前面所封，不要再推辞下去了（宜从表封，无久留吾过）。”

命令下达，田畴继续上疏陈述心志，表示拒绝，甚至以死自誓。曹操不听，甚至想强迫田畴来接受封赏（欲引拜之），但是尝试了四次，都没有成功（至于数四，终不受）。如此一来，事情就变了质，面对荣誉推辞是一种美德，但到了这种情形仍要拒绝，似乎就变成了一种固执。有关部门认为田畴的做法很有问题，属于以自己的小名节来对抗公理（狷介违道，苟立小节），建议免除田畴的一切职务，追究刑事责任（宜免官加刑）。

曹操对这件事很重视，如何处理迟迟不能决定，于是交给曹丕让他与大臣们讨论。曹丕认为田畴的举动跟当初子文辞禄、申胥逃赏相同，应该予以鼓励而不是强夺他的志愿，曹丕的观点得到了尚书令荀彧、司隶校尉钟繇的支持。子文是春秋时期楚国的大臣，他曾担任令尹，为了减轻民众负担坚持不接受俸禄；申胥即申包胥，他也是楚国的大臣，曾经立下大功，楚王要奖赏他，他就逃跑不接受。

事已至此，也就拉倒了。可一向开通的曹操偏偏在这件事上也固执起来，他仍然要给田畴封侯（太祖犹欲侯之）。曹操心里其实已经有些不快了，这不仅是面子问题，而是担心田畴的举动将在社会上产生什么样的影响，实在难以预料。田畴一向跟夏侯惇关系不错，曹操让夏侯惇去做田畴的工作（太祖语惇曰："且往以情喻之，自从君所言，无告吾意也。"）

夏侯惇不仅去了，而且找个借口索性住在田畴家里，想跟他来个长谈，你不答应我就不走。田畴知道夏侯惇的来意，任凭你怎么说，就是一言不发。夏侯惇没招，临走时拍着田畴的背说："老兄，主公情谊殷切，能不能给点面子呀（田君，主意殷勤，曾不能顾乎）！"话都说到这个份上了，田畴仍然不松口："为何说得这么过分呢！我田畴只是个负义逃窜的人罢了，幸蒙主公恩典才得以活下来，已经很幸运了，难道是通过出卖卢龙塞来交换赏禄吗？即使国家照顾我，我也于心中有愧（纵国私畴，畴独不愧于心乎）。将军你是一向了解我的（将军雅知畴者），居然也这样说。实在不行的话，我就求自刎于将军面前吧！"

田畴一边说，一边涕泣横流。夏侯惇看到确实毫无余地，具实报告了曹操。曹操慨叹无语，此事只好作罢。不久之后，曹操以汉献帝的名义征调田畴任议郎，五年后田畴去世，死时四十六岁。

田畴或许确实是个不慕功名利禄的人，所以一再让封。田畴举动的背后，没有对曹操或者朝廷的不满，相反田畴一再恳切表示，自己对现状已经很满足，对曹操充满了感激之情。

对于田畴的忠诚曹操未必会多想，但是这件事让他有了另外的想法，曹操想到的是，田畴是一个影响力很大的名士，如果有才能的人都效仿他，干脆连出来做事也不屑于做，那问题可就大了。曹操一向认为，人才是决定事业成败的关键，尤其是当前诸雄对峙仍然存在的情况下，人才流动的方向就是霸业的走向。

为了消除田畴事件带来的不利影响，曹操于建安十五年（210）春天专门发布了一道《求贤令》："自古以来受命于天之王或者中兴之君，何尝不想得到贤才君子来一块治理天下呢？那时他们得到这些贤才都不用走出闾巷，这难道是有幸相遇吗（及其得贤也，曾不出闾巷，岂幸相遇哉）？这是上面的人不去主动征求他们呀。如今天下尚未平定，正是求贤若渴之时（此特求贤之急时也）。'孟公绰作赵氏和魏氏的家臣适合，但当不了滕国、薛国的大夫。'如果一定是高洁之士才能用，那么齐桓公如何能成霸业呢？现在天下真的没有穿着粗布衣服、怀有大才在渭水之滨垂钓的人吗（今天下得无有被褐怀玉而钓于渭滨者乎）？或者没有像陈平那样私通嫂子、接受贿赂而无人推荐的人？你们要替我发现那些出身卑微的贤才，只要有才能就加以引荐，以便给予任用（二三子其佐我明扬仄陋，唯才是举，吾得而用之）。”这首命令很重要，提出了“唯才是举”的著名观点，是曹操人才观的集中体现。为了阐述什么是“唯才是举”，他举了四个古人做例子，他们分别是孟公绰、管仲、吕尚和陈平。

孟公绰是春秋时期鲁国大夫，令文中关于孟公绰的那两句话是孔子说的，原文是“孟公绰为赵、魏老则优，不可以为滕、薛大夫”，语出《论语》宪问篇。孔子的意思是说，以孟公绰的才能，当个家臣可以，当大夫则能力就不够了。曹操引这两句是反着说的，意思是人各有所长，不要求全。如果只有高洁之士才能重用，那么齐桓公成就不了霸业，这是因为促成齐桓公成就霸业的关键人物是管仲，管仲这个人很有能力，是个改革家，但他有缺点，早年与朋友合伙经商时经常欺骗对方，不诚实，这些事记录在《史记》中。吕尚就是姜子牙，以平民之身垂钓于渭水，终于被周文王发现，受到重用，辅佐周文王一举灭掉了商王朝建立了周朝。陈平是刘邦手下的能人，是西汉的开国功臣，担任汉朝的丞相。但是在《史记》和《汉书》等史料中，记载着陈平接受贿赂、与嫂子私通等劣迹。

曹操用他们的故事想说的是，人不能求全，不能求其出身，也不能苛求道德品质的完美，只要他有才能，就可以加以任用，只有这样才能建立不凡的功业。曹操要求有关部门发现孟公绰、管仲、吕尚和陈平这样的人才时，一定要及时举荐，不要让人才埋没和流失了。

曹操的人才观在那个时代是与时俱进的，是进步的。汉代以来，对品评人才最看重的是名节，所谓孝与廉，还有忠与义等等，强调的都是思想品质，以至于选拔人才专门有“孝廉”这样的科目，靠着一般人做不出来孝行或者表现出异乎寻常的廉洁，很多人不仅获得了声誉，而且走上了仕途。先不说这样的选拔是否科学，是否给那些沽名钓誉、善于作秀的人提供了机会，就是真正孝与廉的人，未必都是人才，仅思想品质好却没有工作能力、干不出业绩，古往今来都是白搭。尤其在诸雄争霸中，庸才不仅干不成事，也会误事，这时最需要的是确实有能力的人，才能应该成为选拔人才的首要标准，至于其他方面，能兼有更好，如果不能兼有，则不必求全。

这道命令的发布产生了深远影响，以后曹操又先后两次发布了类似的求才令，使曹魏在人才争夺战中进一步占据了优势地位。

“自明本志好文章”

但是，田畴让封事件还是让曹操有所不安。他想到，会不会有一部分人对自己有看法，不明着说，而用不合作、不入仕、不受封来表达？曹操有点心里没底，这件事又发生在赤壁失败之后，时机相当微妙。

建安十五年（210）没有发生大的战事，曹操一直在邺县度过。虽然不打仗了，但他心里一点都不轻松。心里在打仗，但又不太清楚那是一些什么样的敌人，这让曹操相当苦恼。

《求贤令》颁布后，这种苦恼的心境仍然没有得到排解，这倒不完全由田畴事件所引起，而是在相当长一段时间里，曹操内心里都存在着一种复杂而微妙的关系，在此时集中爆发了。事情的核心实际上是一个人，如何处理与这个人的关系，如何摆正自己与这个人的位置，下一步如何继续相处，这些都像缠绕不清的枯藤一样，纠结在曹操的内心深处。

有谁会让曹操如此上心和伤神？这个人今年二十八岁，自身没有任何实力，顶多算一介文士吧，但足以上曹操感到头痛和不安，因为他是当今天子、汉献帝刘协。曹操把刘协迎接到许县已有十年了，刘协由一个十几岁的少年，眼看也快三十岁了。作为名义上的国家元首，刘协才是这个帝国发号施令的人，曹操是帝国的丞相，刘协是他的顶头上司。

但这又是不可能的，先不说刘协有没有这样的能力、曹操有没有这样的意愿，即使刘协敢干、曹操愿意，曹操手下众多文臣武将也不会答应。跟着领导奔事业，领导的事业也就是大家的事业，同在一条船上就是命运共同体。韩馥的悲剧告诉人们：无论是领导还是部属，保守和退却都是自杀行为。但是，如果长期不能还政于天子，总会有人多想，而且种种迹象表明，有这样想法的人正在一天天增多，有的出于忠君的习惯认识，有的出于因为对曹操的不了解而产生的不理解，有的则别有用心。

自从南征张绣前曹操到过许县最后一次拜见天子，五六年过去了，曹操再也没有见过天子的面，他以天子的名义发布命令时，都交给荀彧办了，而最近以来，曹操交给荀彧办的具体事项也越来越少，更多地由御史中丞郗虑出面办理，御史中丞被称为“副丞相”，既是曹操的助手，又是朝官的领袖之一，名义上更是荀彧的上级，由他出面办理朝廷事务，也没什么不妥。

曹操把丞相府放在邺县，并安排梁习、董昭等人调集北方各州郡的人力、物料对邺县进行大规模改建，摆出了一副长期扎根在此的架势。但是，大家仍然会认为，丞相应该跟天子在一块，曹操如果另起炉灶明显缺乏先例，即使情况特殊，也必须给出一个说法来。

建安十五年（210）冬天，汉献帝下诏增加曹操的食邑。曹操目前的封爵是武平侯，武平是豫州刺史部陈国所属的一个县，这个县侯是十五年前汉献帝刚到许县时下诏封赏的，当时的食邑是一万户。十五年来，在曹操主持下不少人先后封侯，有的一再增加食邑，而曹操的武平侯却一直没有变过。在目前的爵位分封制度里，除刘姓以外的人到了县侯一级也就没有了，如果再增加的话，就只能增加食邑数了，按说以曹操的资历和实力，增加食邑是正常的。

不知是出于荀彧的想法还是郗虑等人的主意，或者是汉献帝本人的意思，汉献帝下诏在曹操原有武平县一万户食邑的基础上，再增加阳夏县、柘县和苦县三个县各一万户作为曹操的食邑，使曹操总食邑数达到四万户。这三个县都属于豫州刺史部的陈国，与武平县相邻，地理与位置大体在如今的豫东地区，介于太康、柘城、鹿邑等几个县之间，其中苦县是老子李耳的故乡，与曹操的老家谯县相距仅几十里。所谓食邑，就是享受封地内一定规模户数的赋税，这是一项可以世袭的政治和经济特权。食邑一万元户即所谓“万户侯”，几乎是人臣享有此项特权的极致，四万户的食邑规模在本朝历史上属于空前的。

面对这项荣誉，曹操却不打算接受。十五年来他从未考虑过这方面的事，曹操非常看中实际，对于这种没有什么特别意义、反倒容易被人抓住把柄进行攻击的事，他当然不会做。曹操让手下的秘书拟了一份上表进行推辞，这一点都不难，田畴为这些事刚刚上过好几道表，有陈琳等大笔杆子在，这份例行公事的上表一定会一挥而就。

曹操想到，表奏毕竟只有极少数人能看到，他还想以令文的形式向更多的人发布，让大家都来了解一下自己的心曲。文章布置下去，秘书们在表奏的基础上进行了加工，但曹操看了并不满意，他不想总说那些冠冕堂皇的大话，他想换个写法。曹操本人就是优秀的文学家，他的文章和诗歌水平都很高，在曹操本人亲自主持下，或者干脆就是由他亲自动的笔，写下了这篇著名的《让县自明本志令》：

“我开始被举为孝廉，那时候还年轻，自认为不是隐居深山获得名望的人（自以本非岩穴知名之士），只是担心被天下人当成无能之辈，最大的理想是当一名郡太守，建立政绩，获得声誉，让天下知名人士都知道我（使世士明知之）。所以我在济南除残去秽，整顿官场。不过，也因此得罪了宦官，又被当地强豪所恨，我害怕给家族招来祸患，于是称病辞官。

“辞官之后我年纪还不大，环顾一同被举为孝廉的人中，有人已经年满五十了，还不觉得自己老，我自己心里暗想，再过上二十年，等天下清平了，我才跟他们年龄相仿（内自图之，从此却去二十年，待天下清，乃与同岁中始举者等耳）。所以我回到故乡，在谯县以东五十里的地方筑精舍，想秋夏读书，冬春射猎，在低洼之地，用泥土封住四面的墙以自闭（求底下之地，欲以泥水自蔽），断绝与外界的来往。但是，这也不能如愿。

“后应征为都尉，又升为典军校尉，想为国家在讨伐黄巾军的过程中立功，最大的理想是封侯、被拜为征西将军，死后墓碑上刻着‘汉故征西将军曹侯之墓’，也就是这样的志向了。然而遇到了董卓之乱，各地都大举义兵，当时我可以召募到更多人马，不过我常常提醒自己，不愿意多招（是时合兵能多得耳，然常自损，不欲多之）。之所以这样做，是因为兵多了必然骄纵，与强敌相争容易招来灾难（所以然者，多兵意盛，与强敌争，倘更为祸始）。所以，汴水之战我有数千人，后来到扬州募兵，也不过三千人，这是因为我本身的志向有限呀（此其本志有限也）。

“后来当了兖州牧，破降黄巾三十多万。袁术在九江郡僭号，他手下人都称臣，城门改名为建号门，袁术穿的衣服都按天子形制，两个老婆争当皇后（两妇预争为皇后）。准备工作做得差不多了，有人劝袁术即帝位，并公告天下。袁术回答‘曹公还在，不敢这样啊（曹公尚在，未可也）’。后来我讨伐他，俘虏了他四个部将和不少人马，让袁术走投无路，最后病死（遂使术穷亡解沮，发病而死）。到了袁绍盘据河北，兵势强盛，我自己考虑敌不过他，但为国家考虑，决心以义灭身，留取后世的英名。所幸打败了袁绍，诛杀了他的两个儿子。还有刘表，自认为是宗室，包藏奸心，摇摆不定（乍前乍却），占有荆州坐视天下，我又消灭了他，天下于是基本平定。作为宰相，人臣所能达到的对我来说已经到顶了，已经超过了我之前所有的理想（人臣之贵已极，意望已过矣）。

“今天我说这些，好像很自大，实是想消除人们的非议，所以才无所隐讳罢了。假使国家没有我，还不知道会有多少人称帝，多少人称霸呢（设使国家无有孤，不知当几人称帝，几人称王）！可能有的人看到我的势力强大，又生性不相信天命之事，恐怕会私下议论，说我有夺取帝位的野心，这种胡乱猜测，常使我心中不得安宁。齐桓公、晋文公所以名声被传颂至今日，是因为他们的兵势强大，仍能够尊重周朝天子啊！

“《论语》说‘周文王虽已取得了三分之二的天下，但仍能尊奉殷王朝，他的道德可说是最崇高的了’，因为他能以强大的诸侯来侍奉弱小的天子啊！从前燕国的乐毅投奔赵国，赵王想与他图谋攻打燕国。乐毅跪在地上哭泣，回答说‘我侍奉燕昭王，就像侍奉大王您，我如果获罪，被放逐到别国，直到死了为止，也不会忍心谋害赵国的普通百姓，何况是燕国的后代呢’，秦二世胡亥要杀蒙恬的时候，蒙恬说‘从我的祖父、父亲到我，长期受到秦国的信用，已经三代了。现在我领兵三十多万，按势力足够可以背叛朝廷，但是我自知就是死也要恪守君臣之义，不敢辱没先辈的教诲，而忘记先王的恩德’。我每次阅读有关这两个人的书，没有不感动得悲伤流泪的。从我的祖父、父亲直到我，都是担任皇帝的亲信和重臣，可以说是被信任的，到了曹丕兄弟，已经超过三代了。

“我不仅是对诸位来诉说这些，还常常将这些告诉妻妾，让他们都深知我的心意（孤非徒对诸君说此也，常以语妻妾，皆令深知此意）。我告诉他们说‘待到我死去之后，你们都应当改嫁，希望要传述我的心愿，使人们都知道’。我这些话都是出自肺腑的至要之言。我所以这样勤勤恳恳地叙说这些心腹话，是看到周公有《金縢》之书可以表明自己的心迹，恐怕别人不相信的缘故。但要我就此放弃所统率的军队，把军权交还朝廷，回到武平侯的封地去，这实在是不行的啊！”

“为什么呢？实在是怕放弃了兵权会遭到别人的谋害（诚恐己离兵为人所祸也）。这既是为子孙打算，也是考虑到自己垮台，国家将有颠覆的危险。因此不能贪图虚名而使自己遭受实际的祸害。这是不能干的啊！先前，朝廷恩封我的三个儿子为侯，我坚决推辞不接受，现在我改变主意打算接受它。这不是想再以此为荣，而是想以他们作为外援，从确保朝廷和自己的绝对安全着想（今更欲受之，非欲复以为荣，欲以为外援，为万安计）。

“每当我读到介子推逃避晋文公的封爵，申包胥逃避楚昭王的赏赐，没有不是放下书本而感叹，以此来反省自己的。我仰仗着国家的威望，代表天子出征，以弱胜强，以小胜大。想要办到的事，做起来无不如意，心里有所考虑的事，实行时无不成功。就这样扫平了天下，没有辜负君主的使命。这可说是上天在扶助汉家皇室，不是人力所能企及的啊（奉国威灵，仗钺征伐，推弱以克强，处小而禽大，意之所图，动无违事，心之所虑，何向不济，遂荡平天下，不辱主命，可谓天助汉室，非人力也）。然而我的封地占有四个县，享受三万户的赋税，我有什么功德配得上它呢！现在天下还未安定，我不能让位。至于封地，可以辞退一些。现在我把阳夏、柘、苦三县的二万户赋税交还给朝廷，只享受武平县的一万户。姑且以此来平息诽谤和议论，稍稍减少别人对我的指责吧！”

这篇文章很长，之所以全文引录，实在因为它太重要了，也写得太好了。在这篇文章里，曹操从回顾自己的奋斗历史开始写起，边叙边议，有点像口述自传，把参加工作、当太守、参军、起兵反董卓、消灭袁绍等群雄这些事一一道来，像一份品述自传，他回顾历史不虚饰，也不回避内心每一个真实想法，所以读来真诚可信。

这篇文章虽是由让封引起的，但曹操最想表达的是自己对权力的看法，他说自己并不是贪慕权贵，而是情不由己。曹操发布这篇命令，借让封三县之名表明自己的志向，回击那些谤议。单从文章本身来说，也是相当的精彩，体现出曹操的一贯文风。青年时期的毛泽东曾登临许昌城外的汉魏故城遗址，在毓秀台上与罗章龙联句：“横槊赋诗意飞扬，自明本志好文章。萧条异代西田墓，铜雀荒沦落夕阳。”鲁迅评价说，曹操是一个“改造文章的祖师”，可惜他的文章传得很少，他胆子很大，文章从通脱得力不少，做文章时又没有顾忌，想写便写出来。

繁华大都会

在曹操发布《求贤令》和《让县自明本志令》前后，即建安十五年（210）冬天，位于邺县城内的铜雀台竣工了，这是一座史无前例的巨大建筑，它仅台基就高达十丈，台上又建了五层高的楼，最高一层距地面居然多达二十七丈。汉代一尺约合二十三点五厘米，折算下来有六十三米高，相当于现在二十层的大楼。如今在一般城市里二十来层的大楼早已不算什么了，但在一千八百年前，两三层高的建筑都很少，二十层绝对是让人震撼和恐怖的高度。

楼顶上还有一只铜雀，有一丈五高，展翅若飞，神态逼真，这也就是铜雀台的得名。铜雀台不仅高，而且体量硕大，因为它既不是一个细高的大烟筒，也不是一个岗楼，而是人工堆起的一座小山，上面能建一百多间殿宇，台上建筑物即使按五层高度来算，每层也要建有二十多间，怎么说也得有大半个足球场那么大吧。

铜雀台建在邺县的西南角，台基本身成为城墙的一部分。铜雀台竣工后，邺县的百姓吃惊地发现，在他们头顶上高悬起一座巍然的庞大建筑，上面建有宫殿，影影绰绰有人在上面走动，一到晚上灯火闪闪，遇到台上举行饮宴活动或者歌舞演出，悠扬的乐声就会缥缈而至，眼中的一切恍若天宫。

如果站在台上往下看，那视觉效果就更有冲击力，全城尽收眼底自不必说，西边的太行山，脚下的漳河水，以及附近数十里内的村庄、道路全部尽收眼底。这的确是一个天才的创意，是建筑史上的大手笔，公孙瓒的易京和董卓的郿坞都堪称史无前例的巨制，但在铜雀台面前，无疑都相形见绌了。

这座高台是铜雀园的组成部分之一，以后在它前后还各建了一座姊妹台，一座称为金虎台，后来为避讳后赵皇帝石虎的名字改称金凤台，另一座称冰井台，它们合称“铜雀三台”。铜雀园相当于曹操的后花园，它向东连着新修建完工的大批官署和府宅，是曹操及其重要文臣武将们在邺县城内办公和居住的地方。

现在，来说说邺城吧，即曹操当前及今后事业发展的基地。冀州刺史部魏郡的治所邺县，历史上习惯于称之为邺城，因为它不是一个普遍的县城，曾经先后有曹魏、后赵、冉魏、前燕、东魏、北齐等六个王朝在这里建都，也算是“六朝古都”了，而这一切，都是肇始于曹操大规模修建邺城。

邺城的具体位置在如今河北省临漳县的三台村，村子在县城西南方向，距县城约三十里。多年前我专程去过一趟，由北京出发坐火车先到邯郸，这还算便捷，由北京南行的列车都路过那里，还有不少动车组，行程四五个小时。临漳是邯郸所辖的一个县，在邯郸的南边。但是，出人意料的是，在邯郸知道邺城遗址的人并不多，也没有专门开发出旅游线路来，包括出租车司机在内，大多数人都不知道该如何走。

这也难怪，邯郸城到处是历史遗迹，什么围魏救赵、邯郸学步，还有黄粱美梦等，数都数不过来。邺城放在邯郸显然被冷落了。最搞笑的是，我住在某大酒店，在酒店餐厅吃早饭时问服务员可知道铜雀台乎？服务员立即回答：“当然知道了。”我大喜，问去那里怎么走。服务员的回答你绝对不可能想到，而且她不是在搞笑，而是绝对地认真：“在我们酒店的三楼。”要不是我的牙咬得紧，刚喝到嘴里的粥肯定会全部喷出来。

后来才知道，她说的那个铜雀台是酒店里一个包间的名字。至于为什么起这个名字她却说不大清楚，反正跟历史有关吧，至于哪朝的历史，来龙去脉，都说不上来。好不容易找到一个曾经出入过那里的出租车司机，他也是七八年前拉过几个客人去的那里，大致方位记得，具体路线只能边走边摸索了。一路上七问八问，走街入村，费了好大劲才摸到一个镇子上，其间还路过一个村子，村口立一牌坊，上面赫然写着“鬼谷子故乡”。大名鼎鼎的鬼谷子是邺城周边的人吗？没有听说过，但此行用时已大大超过预期，司机颇有怨言，加上此行的目的是看邺城，也就没有下车去看鬼谷子了。

最后，总算看到了传说中的“三台”，那这个像镇子一样的村庄也就是三台村了。登台凭吊，抚今追昔，看到的却是周边霭霭的村庄，四面纵横的道路，不远处已经干涸的漳河。站在台上，甚至还可以清楚地看到西边不远处京珠高速公路上奔驰的车辆。沧海桑田，历史云烟，这一刻，你不能不叹一口气。要知道，大约一千八百年前，这里事实上是整个国家的政治经济中心，目前遗址内保守下来的这个台子不是铜雀台，而是它的姊妹台金凤台，这里一度是王家禁地，那可不是谁想逛逛花上十块钱就能上来的。

当年，邺城这个地方地理位置十分优越，向西越过目前的京珠高速公路和京九铁路，再往前就是太行山，东面是华北平原，它的附近有漳河、滏阳河，是齐鲁地区进入西北，以及由中原地区进入幽燕的必经之地，被称为河北的咽喉。

管仲辅佐齐桓公成就霸业的时候，就建议在此地筑城以卫国土，以后魏国的西门豹、史起先后在此筑城、修建水利工程、发展经济，使邺城很早便成为军事重镇。到了东汉末年，韩馥统治冀州时期曾把州治定在邺城，袁绍夺取了冀州，仍然把邺城作为其基地，据元代史学家胡三省考证，袁绍在邺城曾考虑过以此作为都城，把天子迁到这里来，所以开始修建宫殿等建筑（袁绍据邺，始营宫室）。胡三省也许忽略的是，袁绍如果真的在邺城大修宫殿，也未必是给汉献帝刘协准备的，袁绍一向对汉献帝不感兴趣，他至少有三次想另立新君，在邺城修宫室有可能是为另立新君准备的。只是袁绍修了哪些宫殿，是否已初具规模，已不可考了，但这给曹操进一步营建邺县办了好事。

建安九年（204）曹操五十岁，这一年八月他率军攻克了邺城，之后他一边继续征战，一边征调并州、冀州等地的建筑材料运到邺城，对邺城进行了整体重建。这次重建规模很大，不仅先后修建了规模空前的“铜雀三台”，而且重新修筑了城墙，规划了城内的街道，修建了一批办公区和高档居住区，对一般百姓居住的里坊也进行了规整。《三国志》《后汉书》等史籍对此记录得都相当简单，基本上都一笔带过了，但这的确是不应该被忽视的伟大工程。要了解那时的邺城，从晋人陆翙所著《邺中记》、明代编著的《彰德府志》以及顾炎武所著《历代宅京记》等著作中，可以管窥其大概。根据这些史料记载，曹操主持大修的邺城，城池东西七里，南北五里，不算太大，不是工程预算不够，而是城池的规模有严格限制，洛阳号称“九七城”，即南北九里，东西七里，邺县必须小于这个规模。

全城建有七座城门，全部为曹魏时期重修，南面有永阳门、广阳门、凤阳门三门，东面只有一座建春门，北面有广德门和厩门两门，西面有金明门一座城门。由于南北只有五里，在东城和西城各只开了一座城门，在这两座城门之间是一条横贯东西的大街，这条街将全城一分为二，北面是官署和贵族居住区，曹操建魏国后在此修建了宫殿，在宫殿区附近的是各种办事机构，再往两边是包括铜雀园在内的花园，以及名字叫戚里的贵族居住区。“里”就是街坊，是居住小区，在东西大道的南面，规划了四个很大的居住小区，分别叫思忠里、永平里、吉阳里和长寿里，这是一般百姓居住的地方。

邺城的规划历来受到推崇，作为这个规划的主要决策者，曹操虽然不是建筑设计师，但他在城市规划方面是一个有心人，他注意吸收长安、洛阳等大都市规划方面的长处，同时对它们的缺陷进行了改造，首次在城市规划中提出了中轴线的概念，以中轴线为界，更加合理地划分功能区域分布，让宫殿官署更为集中，普通百姓的居住区面积更大，突出了整齐、实用的特点，这些都对以后各代城市规划产生了深远影响。

找个猛人当县长

曹操花钱费事搞了一座超级建筑，又大兴土木重建邺城，绝对不是搞形象工程，也不是钱多了花不完闹着玩，而是有深谋远虑的。从政治上讲，已如上所述作为帝国目前的丞相，曹操不打算回许县办公了，他想把根扎在邺县，不说与汉献帝分庭抗礼，起码在事实上也要另起炉灶。所以，他不惜血本大力修建邺城。

至于修建铜雀台，出发点跟公孙瓒修易京、董卓修郿坞倒也差不多，主要出于安全方面的考虑。当前公孙瓒的易京曾将强大的袁绍集团拒于门外长达数年之久，曹操北征乌桓路过易水河畔时，一定会去参观一下那些杰出的建筑，从而留下深刻的印象。事实上，“台”这种建筑形式在秦汉时期得到了最大的发展，在火药没有普遍使用,攻城技术还很原始的情况下,高大的城堡仍然是最安全的地方。

至此，邺县的重要地位进一步抬升，帝国名义上的首都洛阳，以及现在的临时首都许县都难以与邺县相匹敌。如前所述，由于经济发达、商品丰富、教育水平高，邺县也成为达官贵人们向往的居住地。张燕、臧霸等非嫡系将领，以及北匈奴、乌桓等少数民族部落首领，都主动把家眷送到邺县居住，一来向曹操表达忠心，二来也享受最现代、最时尚的生活。

邺县云集了各种权势人物以及各地来的富豪。现代人爱说“不到北京不知道自己官小，不到广东不知道自己钱少”，那时候天下的人都会说“不到邺县不知道自己官也小、钱也少”。

但是，通常这样的地方也是最难管理的。根据《魏略》一书记载，曹操在谯县练兵期间，听说邺县一带治安情况不好，特权人物太多，不尊重法律法规（会太祖出征在谯，闻邺下颇不奉科禁）。曹操琢磨必须给邺县派个够狠的角色去，好好整顿整顿。二十多年前，刚参加工作的曹操担任洛阳北部尉，当时的情况大体与邺县很相似，特权人物不把法律法规放在眼里，曹操看着很恼火，以霹雳手段整治社会治安，给人留下了深刻印象。在这方面，曹操既不缺胆量，也不缺经验。

但是现在这些事曹操不可能亲自上手，最有效的办法就是给邺县找一个合适的父母官，于是他命令有关部门物色合适人选（乃发教选邺令）。有关部门很快把人选报了上来，却是一个正在服刑的犯人，名字叫杨沛。曹操知道这个人，杨沛字孔渠，关中人，有两件事让曹操对他印象深刻，一件事是杨沛当新郑县县长时，遇到大饥荒，前面说过，当时有一年桑葚连熟两次，正是这一年杨沛要老百姓多搜集桑葚并晒成干，积攒起来以备不时之需，最后攒下了一千多斛，藏在库房中。这时曹操率军前往洛阳迎接天子，路过新郑县，部队正为没吃的发愁，杨沛主动前去拜见，并献上这一千多斛桑葚干，曹操大为高兴。另一件事是，曹操后来任命杨沛当长社县令，曹洪有个宾客当时在长社，仗着曹洪的势力不遵纪守法，杨沛不管那一套，把他抓起来先打顿板子，把脚都打折了，然后还没完，干脆下令杀了。

曹操就喜欢这样不畏权势、执法严峻的官吏，因为年轻时他就是这样做的，当他听说杨沛的作为时，给予充分肯定（太祖以为能）。杨沛后来升为九江郡太守、东平国相、乐安郡太守，政绩突出。但是，他与当地驻军将军因为什么事发生了矛盾，以至于产生争斗，有关部门立案调查，杨沛被判处五年有期徒刑（髡刑五岁）。

杨沛被推荐到曹操面前时仍在服刑之中，曹操对这个人选表示满意，下令任命杨沛为邺县县令。这时曹操大概还在谯县没回来，就在那里专程召见了杨沛。曹操问他用什么办法治理邺县，杨沛回答："竭忠尽力，遵守并宣扬法律，按法律办事（竭尽心力，奉宣科法）。"曹操很高兴。曹操回头对跟前的人说："诸位，看清楚了，杨县长可不是好惹的呀（诸君，此可畏也）。"曹操下令赐给他奴婢十人（生口十人），绢一百匹，一来回报他当初献上桑葚干的功劳，二来对杨沛即将上任表示支持和鼓励。

听说杨沛要到邺县当县令，曹洪、刘勳等人赶紧派家人骑上快马回去给家里人传信，要他们收敛点儿，千万别犯到杨县长手里（军中豪右曹洪、刘勳等畏沛名，遣家骑驰告子弟，使各自检敕）。曹洪不用介绍了，刘勳以前也提到过。他跟曹操年轻时候就相识，后来到袁术手下任职，袁术任命他为庐江郡太守，袁术死后，孙策谋取庐江郡，刘勳不是对手，投奔老朋友曹操。因为跟曹操"有旧"，刘勳被封了侯，颇有权势。但他仗着这层关系，傲慢不守法，说话又不注意（自恃与太祖有宿，日骄慢，数犯法，又诽谤），最后被人告发治罪。

杨沛的事还可以再多说一点。他当邺县令多年，因为政绩卓著，后被提拔为校尉。曹操有一次带队西征，杨沛所部负责黄河上重要渡口孟津渡的守卫工作，曹操已经过了河，身边有个工作人员忘了拿一件重要东西，过了河又想回去取，于是向杨沛手下索取船只渡河，《魏略》说这位工作人员是一名中黄门，但那是宦官，曹操当时身边不可能有宦官，可能是警卫员、秘书一类的工作人员。

杨沛手下人不答应，双方发生了争执，杨沛过来问这个人："有没有通行证（有疏邪）？"这个人回答说没有。杨沛闻听大怒："那我怎么知道你不是临阵逃跑呢（何知汝不欲逃邪）？”然后招呼手下要揍这位老兄，不过还算给面子，没有下手狠揍，但把这位老兄的衣服都给弄破了。这个人见到曹操当面诉苦，曹操问明情况，笑道：“你碰上杨校尉，没死已经算是万幸了（汝不死为幸矣）！”这件事传出去，杨沛名气更大了，曹操后来提拔他担任京兆尹，相当于长安特别市市长。

然而，曹丕继位后在用人方略上有所变化，不太看重实际工作能力，更注重出身和名声，杨沛这样从基层一步步上来的实干型人才不受重用，最后给了个闲职无所事事。杨沛这个人做事情不考虑个人利益，不去逢迎达官贵人，从“领导岗位上下来”以后从此没人待见了，就连经济上都陷入了困境，家里没有用人，房子是向侄子借的，后来勉强在河南一个叫几阳亭的地方弄了二顷荒田，盖起个简易房居住，弄得妻子儿女跟着挨冻受饿，死后靠同乡好友和一些老部下才得以安葬。（治疾于家，借舍从儿，无他奴婢。后占河南几阳亭部荒田二顷，起瓜牛庐，居止其中，其妻子冻饿。沛病亡，乡人亲友及故吏民为殡葬也。）

杨沛的结局有点可惜，只能说世道变了，像他这样刚正廉洁的人在曹操时代很受推崇，而之后由于世风的演变，九品中正制的施行，选官政策更倾向于豪门世族，更注重虚名，他就只好坐冷板凳了。更可惜的是，像这样有工作能力、敬业肯干、刚直不阿、廉洁从政的好干部，居然在《三国志》里连一个传都没有，如果不是裴松之作注时引用了《魏略》中的一段文字，我们对他的了解就更少了。

邺下文人生活

在邺城，除居住着来自全国各地最有权势、最富有的一批人外，还居住一批最有才华的人，邺城除了是政治中心、经济中心，还是文化中心。

唐代有“燕许大手笔”之称的宰相文学家张说曾写过一首《邺都引》的诗，描写曹魏时期邺都的生活，诗中写道：“君不见魏武草创争天禄，群雄睚眦相驰逐。昼携壮士破坚阵，夜接词人赋华屋。都邑缭绕西山阳，桑榆汗漫漳河曲。城郭为墟人代改，但见西园明月在。邺旁高冢多贵臣，蛾眉曼睩共灰尘。试上铜台歌舞处，惟有秋风愁杀人。”

这首诗的大意是：魏武帝曹操开创霸业的年代，正是群雄争斗最激烈的时候。魏武帝父子常常白天率领壮士冲锋陷阵，晚上把文人们接来举办雅会。邺城漳河等委曲环绕，农桑林木沿河岸层层密布。如今再到这里，城池废弃，朝代更迭，只有当年普照铜雀园的明月没有变。曹魏时代的贵臣们已葬入泥土而作古，魏武帝的众多姬妾、歌伎也化为烟尘。登上铜雀台那曾经载歌载舞的地方，只看见秋风吹起，让人忧伤。诗中“昼携壮士破坚阵，夜接词人赋华屋”两句最有名，概括了曹操一生的文治和武功。曹操一生的“武功”自不必多说，在“文治”方面，除了他本人是一个大诗人、大文学家之外，他还是文学运动的积极倡导者，在他和他两个儿子曹丕和曹植的带动下，以邺城为中心，曾经出现过一个文学的高峰。

邺城初具规模后，一大批有才情的文人陆续集中到这里，核心人物是曹操、曹丕和曹植，在文学史上他们被称为“三曹”，其次是王粲、刘桢、徐幹、陈琳、阮瑀、应玚，他们六个人都是曹操的下属，加上此前被曹操杀掉的孔融，他们被称为“建安七子”。

孔融、王粲、陈琳、刘桢前面介绍过，徐幹、阮瑀和应玚三人还不太熟悉，下面作一简单介绍。徐幹字伟长，青州刺史部北海国剧县人，非常有才华，但对做官没有兴趣，只想当个文人。被曹操征辟后，担任司空府军谋祭酒，后来转到曹丕手下任职，曹操很欣赏他，曾经想让他当县长，但被不喜欢当官的徐幹以生病为由拒绝了。应玚字德琏，豫州刺史部汝南郡南顿县人，也很有才华，被曹操任命为丞相掾属，后来到曹丕手下任职，又转到曹植的手下。阮瑀字元瑜，豫州刺史部陈留郡尉氏县人，他的来头不小，因为他是蔡邕的学生，曹仁听说他很有才华，想聘他当记室，相当于文字秘书，阮瑀看不上，称病不出。后来曹操征辟他，让他与陈琳一起负责文字工作，曹操写给别人的很多书信，以及发布的命令、檄文等，大多都由他们俩代笔。有一次，曹操交代阮瑀给西北军阀韩遂写封信，当时在外面，阮瑀于马上一挥而就，呈交给曹操后，曹操想修改修改，看了半天居然找不到可改动的地方。

他们几个，除王粲的地位稍高些外，其他人官职都不太高，相当于处长、副处长甚至更低一些的级别，纯粹文士在曹魏阵营中的实际地位就是如此，总体来说，他们只是个文人，主要职责就是写写文章，间或在聚会时写唱和之词，他们既不带兵打仗，也不过问政治。但是，相对同时代的其他文人，他们又是幸运的，因为他们能生活在邺县这个文化勃兴的大都市，有一个良好的创作环境，他们最后名列建安七子之中，从而名垂青史。

除建安七子外，活跃在邺下的文人还有很多，著名的有蔡琰、邯郸淳、路粹、杨修、应璩、吴质、苏林、郑袤、繁钦、王昶、郑冲、司马孚、潘勖、蒋济、刘劭、缪袭、王观、王象等人，他们之中，有的担任着重要的官职，有的在某一方面有特长，有的喜欢参加文人间的交游活动，从而形成了一个灿若星河般豪华的文人阵容。那时候没有作家协会，如果有的话，曹操是理所当然的作协主席人选，但他政务、军务繁忙，抽不出太多时间来参加文学活动，可以当个名誉主席。而主席一职，最适合的人选一定是曹丕，曹植是称职的秘书长。在曹操的倡导下，在曹丕、曹植兄弟俩的具体组织下，邺下文人们的聚会、郊游和饮宴等活动开展得很活跃，这就是被后世文人们所经常垂涎的邺下生活。

翻开《建安七子集》，除了死得比较早、与邺下生活无关的孔融外，其他几个人都写过题名叫“公宴”的诗。王粲在诗中写道：“高会君子堂，并坐荫华榱。嘉肴充圆方，旨酒盈金罍。管弦发微音，曲度清且悲。合作同所乐，但愬杯行迟。常闻诗人语，不醉且无归。今日不极欢，含情欲待谁？”从诗中描写的情景看，每次文人们聚会，都有美酒佳肴，有音乐伴和，大家相坐高堂，无高低长幼之分，天地同乐，不醉不归。应玚写过“公子敬爱客，乐饮不知疲”，阮瑀写过“上堂相娱乐，中外奉时珍”，刘桢写过“永日行游戏，欢乐犹未央”，所有这些，记录的都是游乐、宴饮的欢畅以及聚会的盛况，的确让人神往。从现存邺下文人们的诗赋作品来看，题目相同的作品很多，这可能是聚会中经常同题唱和的原因，好比是命题诗赋比赛，互相评点切磋，看谁写得好。

作为文士们的核心，曹丕和曹植虽然贵为公子，但丝毫没有架子，与文人们平等相待，结下了深刻友谊。建安七子之中应玚去世较早，曹丕既感伤应玚之死，也担忧应玚妻儿今后的生活，他写了《寡妇》《送应氏》等诗，王粲等人有同题唱和。曹丕与王粲等人关系的亲密，可以从一件事情上反映出来。王粲有个特殊的爱好：喜欢听驴叫。王粲死后，曹丕亲自前往墓前祭拜，为了怀念王粲，曹丕让大家都学驴叫。这件事记录在《世说新语》里，有点道听途说的味道，但是以曹丕兄弟跟邺下文人们深厚的友谊来看，也并非不可能。

史称曹氏父子“尚通脱”，也就是崇尚自然，没有架子，喜欢自由自在，这是那个时代的精神特点之一，也是曹氏父子身上文人气的集中体现。曹操的通脱前面多有所述，曹丕的通脱从王粲墓前的驴叫也能让人领略，而曹植身上的通脱气也很浓厚，一点不亚于其父其兄。《魏略》记载了一件事，是说曹植的。

书法家邯郸淳在荆州投归曹操，曹操这一阶段特别喜欢曹植，就让他到曹植身边工作。曹植听说少时就有“神童”美誉的大书法家邯郸淳到他这里来，十分高兴。但是，邯郸淳拜见曹植后，曹植却不讲话。此时正是炎夏，天气酷热，曹植不打招呼，径直起身洗澡去了，过了一会儿，曹植洗完澡，披着头发、光着膊子就回来了，之后畅谈不止，激动处一会儿击剑，一会儿吟诵诗文，一口气吟诵数千言不带歇气的。

等搞得差不多了，曹植才漫不经心地问：“邯郸先生，你做什么来着？”之后更换了服装，整顿仪容，跟邯郸淳一起谈天说地，纵论古今，从三皇五帝说到历代贤君名臣的优劣，从古今文章的得失说到如何当官用兵，中间还不忘呼人添酒加菜，席上的人都默然无语，原因是根本插不上话（混元造化之端，品物区别之意，然后论羲皇以来贤圣名臣烈士优劣之差，次颂古今文章赋诔及当官政事宜所先后，又论用武行兵倚伏之势。乃命厨宰，酒炙交至，坐席默然，无与伉者）。邯郸淳赞叹不已，下来后连连对人说曹植是一位“天人”。

邺城的术士们

在邺城这个当时全国最重要、最现代、最时尚的城市里，除了达官贵人、巨商富豪、文人雅士之外，还有一批人颇为引人注目，他们在民间的知名度甚至超过前面这些人，俨然像明星一样，引发一次次的“追星潮”。

这些人是一批方士，也就是掌握方术的人。以前说过，所谓方士就是有方术的道士。所谓方术是古代用自然的变异现象和阴阳五行之说来推测、解释人和国家的吉凶祸福、气数命运的医卜星相、遁甲、堪舆和神仙之术等的总称。“方士”一词最早出现在《庄子》一书，《汉书》里把它分成方技和术数两个门类，方技包括医术、神仙术、长生术、房中术等，数术包括天文、历法、五行、占卜等。

秦始皇和汉武帝都是方术的爱好者和狂热追求者，在他们的倡导下，方术有了极大的发展，到了东汉末年，方术颇为盛行，在民间拥有很大的号召力，太平道、五斗米教等民间组织也利用方术吸引徒众。《后汉书》里有方术列传，记载了任文公、郭宪、徐登等四十二个著名术士，可见其社会影响力何等广泛。《三国志》里有方技列传，虽然记录的术士只有华佗、杜夔、朱建平、周宣、管辂五人，但记录的事迹更详尽，管辂的本传加裴松之注引的内容多达一万三千字，仅次于曹操和孙权传记的内容，篇幅居然超过了刘备，列《三国志》所载人物传记的第三位。

这五位术士，华佗算是医学家，当年归为方术一类，如今应该属于自然科学的范畴；杜夔是音乐家，如今算是艺术工作者。朱建平、周宣和管辂才是真正的方士，其中朱建平擅长相面，与算命先生差不多，周宣擅长解梦，管辂擅长的内容比较庞杂，有时候像算命先生，有时候像魔术师。

朱建平是曹操老家沛国人，善长相术，这种方术具体如何操作不详，但跟算命先生打卦原理相似，朱建平常在闾巷之间给大家算一卦，事后往往能得到验证（效验非一），知名度逐渐上升。朱建平最著名的一卦是给曹丕算的，有一次曹丕主持聚会，夏侯威、应璩、曹彪等三十余人在座，曹丕让朱建平给自己算算能活多少岁（问己年寿），同时又让朱建平给大家都算算。朱建平说：“将军您能活到八十岁，但四十岁时会出点小问题，请您注意（四十时当有小厄，原谨护之）。”朱建平对夏侯威说：“你四十九岁时当州牧，但会遇到一个坎，如顺利过去，可以活到七十岁，位至三公（而当有厄，厄若得过，可年至七十，致位公辅）。”又对应璩说：“你六十二岁时官至侍中，但会有大难，在此前一年，你会看见一只白狗，只有你能看见，别人都看不见。”又对曹彪说：“你是亲王，到五十七岁时遇到兵灾，请小心谨慎加以预防（宜善防之）。”

曹丕登基后的第七年正好四十岁，得了一场大病，曹丕对左右说：“朱建平说我能活八十岁，是昼夜相加呀，我知道寿命将尽了。”不多久，果然驾崩。夏侯威后来当了兖州刺史，四十九岁那年的十二月上旬也得了病，想起朱建平之前说的话，知道必死无疑，于是写了遗书，又准备了后事，就等着一死。但谁承想病却一点点好转，到三十日下午，他以为年一过这个坎就过去了，十分高兴，设宴招行众人，席间对大家说：“我的病快好了，明天鸡一叫我就五十岁了，朱建平告诫的看来有点夸张（建平之戒，真必过矣）。”送走客人，夏侯威天黑时开始发病，半夜里就死了。应璩六十一岁确实当了侍中，在宫内有一次他果真看见了一只白狗，问其他人，大家都没有看见，到六十三岁时他死了。曹彪后来被封为楚王，五十七岁时，被揭发参与王凌等人的造反，赐死。

这些都是传说了，虽然写在《三国志》里，却未必可信。朱建平还给其他很多人都看过相，与荀攸、钟繇等人还是好朋友，被他算准的事多不胜数（凡说此辈，无不如言，不能具详），但也有看得不准的时候，他给王昶、程喜、王肃等人看相时就出现了偏差。

周宣字孔和，乐安国人也，当过郡吏，最拿手的是解梦，曹丕经常向他咨询问题。周宣解梦，往往十中八九，和朱建平的相术并驾齐驱。这些术士之中，知名度最大、活跃时间最长的无疑是管辂。管辂字公明，青州刺史部平原国人。他生得相貌粗丑，没有什么威仪，嗜酒如命，喜欢嘻嘻哈哈，无拘无束，大家都很喜爱他（饮食言戏，不择非类，故人多爱之而不敬也）。据《辂别传》记载，管辂八九岁时就喜欢仰视星辰，见到人就问这颗星那颗星叫什么名字，痴迷到夜里都不想睡觉，父母干预他也不能阻止。管辂认为，家鸡野鹄都知道时令气候的变化，何况人呢？他跟小伙伴们玩耍，在地上画的也是天文以及日月星辰的图样，逐渐到说话做事都不寻常，被人称为大异之才。长大后，精通《周易》，对仰观、风角、占卜、相术等无不精通。

除了这几位，有名的术士还有不少，据《博物志》一书介绍，先后被曹操请到邺县的，就有王真、封君达、甘始、鲁女生、华佗、东郭延年、唐雲、冷寿光、卜式、张貂、蓟子训、费长房、鲜奴辜、赵圣卿、郗俭、左慈等十六人。其中的一些人，光看名字就够酷的，就能感觉出来他们有异于常人。据《后汉书》方术列传和《博物志》等书记载，这些人都有绝活。传说冷寿光与华佗同时，活了一百五六十岁，须发尽白，而面色如三四十岁。鲁女生曾在嵩山采药，得到一个女道士的秘诀，炼成长生术，绝谷八十余年，面如桃花，每天能走三百里。东郭延年是山阳郡人，从小好方术，喜欢服灵飞散，结果练成了好眼神，夜里能看书。封君达是陇西人，常骑青牛往来，被称为“青牛道士”。赵圣卿是洛阳人，善长丹书符劾，能驱神使鬼。王真是上党郡人，好道术，甚得其法。费长房是汝南郡人，曾当过市场管理员（市掾），后跟一老者入山学道，相传学会了一种骑着竹杖腾空行走的能力。蓟子训有神异道术，很有名气。

当然，这些也都是传说，事实未必如此。曹植写过一篇《辩道论》，这是一篇关于方术的重要文献，在这篇文里曹植写了他对方术的见解和与郗俭、左慈、甘始等术士们的交往。郗俭好像是个气功师，他会辟谷，最多可以连续百日不吃不喝，曹植听说后不太相信，就亲自验证，跟郗俭同住一室，走到哪儿跟到哪儿（躬与之寝处，行步起居自若也）。最后的结论是，人七天不吃饭就得死，郗俭却是例外，这样做不一定能延年益寿，但对治疗疾病却是有益的。左慈擅长房中术，曹植认为这样可以延寿天年，但他同时认为如果不是专心致诚地学习，是无法学会的（自非有志至精，莫能行也）。

甘始年纪虽老却有童颜（老而有少容），在术士中很有威望和号召力，很多术士都归于他的门下。曹植出于好奇，曾单独把甘始叫到跟前，和颜悦色地诱导他说出实情（温颜以诱之，美辞以导之）。在曹植的诱导下，甘始说了很多术士这一行鲜为人知的内幕。甘始说自己的师父名叫韩世雄，他曾跟随师父在南海学习点石成金之法，为了学成，先后把几万斤金子都扔到海里去了。又说曾见过西域人带来的宝刀，可以切玉，后悔没有要来。还说有一种药丸，塞进鱼嘴里，再取一尾鱼，同时放入沸水中煮，没有含药丸的鱼不多会儿就熟了，而含了药丸的鱼却畅游自如。

这些云山雾罩的话让曹植大为惊异，对于鱼嘴里那种神奇的药丸他提出来很想试试，但是甘始说这东西在万里之外的边塞，要想得到必须本人亲自前往。曹植认为这些都是不靠谱的事（言不尽于此，颇难悉载，故粗取其巨怪者）。曹植同时认为，这些人都不得了，如果放在秦始皇、汉武帝时期，他们就是徐市、栾大一样的人物。徐市就是徐福，是秦朝著名术士，栾大是汉武帝时的术士。据《史记》记载，徐福曾上书秦始皇说海中有三座仙山，分别名叫蓬莱、方丈、瀛洲，上面有仙人居住。后来秦始皇派徐福率童男童女数千人入海求仙。栾大也说海中有长生不老药，骗取汉武帝信任，后来事情败露，被处死。

方术盛行必将成为社会不安定因素，太平道和五斗米教的教训就在眼前，现在曹操占有了广大的北方，必须站在统治者的角度考虑如何治理这个社会，对于方术问题，是禁绝还是容忍，都存在有利有弊的一面。如果禁绝，可以保持社会的稳定，但经验表明，完全禁绝是不大可能的，往往你越是大力禁绝，民间就越是发展得更快。而如果采取容忍不管的态度，那又将加速其蔓延，最终会发展到不可遏制的地步。

曹操认为这是一个大问题，必须认真对待，最后他采取的政策是，既不禁绝也没有不管，而是把这些术士都请到邺县来，集中起来加以管理，曹植写的《辩道论》说，对社会上存在的术士，曹操下令都召集起来，原因是怕这些人及其门徒勾结社会上的不法分子，为非作歹欺压百姓，以妖恶之事蛊惑人心，把他们集中起来的目的是加以阻止（世有方士，吾王悉所招致……本所以集之于魏国者，诚恐此人之徒接奸诡以欺众，行妖恶以惑民，故聚则禁之也）。

曹植可能还有些话没有明写，妖言惑众固然可怕，但更可怕的是他们奔走联络，发展组织，最后形成像太平道那样的燎原大火。曹操把这些人弄到邺县来，并不是抓来的，也没有软禁或者判刑，而是“请”来的，这是曹操高明的地方。曹操请他们来，都给安排了工作，大多数担任“军吏”，即下级军官或者基层官吏，一些实用型人才，如杜夔、朱建平等人，职务稍高一些，但也只是参谋、主任科员（郎）之类的闲职，目的是把他们养起来，放在眼皮底下便于掌握控制。

曹操虽不像秦始皇、汉武帝那样对方术极其热衷和追求，但对方术也有过研习，这方面的资料大都记录在晋人张华所著的《博物志》一书中。据《博物志》记载，曹操喜欢养生之法，对方药也有所了解，平时喜欢生吃野葛，有时也喝点儿鸩酒（又习啖野葛至一尺，亦得少多饮鸩酒）。野葛又名钩吻、胡蔓草、断肠草等，是一种有毒的植物，但是吃法得当又可以抗炎、镇痛。鸩是一种鸟，羽毛有毒，用酒泡过即是鸩酒，足以致命，但掌握饮用量，也有药用。曹操有头风的老毛病，吃野葛、喝鸩酒或许与此有关，但这些都是玩命的事，稍有不慎命就没了，曹操吃野葛、喝鸩酒离不开深谙此道的术士们的指导。

《博物志》还记载，甘始、左慈、东郭延年等人还深通房中术，曹操向他们求教，并且效果不错（问行其术，亦得其验）。还有一个术士叫刘景，不在前面所列十六名术士名单之内，他擅长炼丹药，炼成了云母九子丸，曹操曾经吃过，也说效果不错。云母是一种矿石，是层状结构铝硅酸岩的总称，很早以来便被术士们作为炼丹药的重要原料，云母与其他矿石合炼，会达各种不同的效用，宋人编著的道家典籍《云笈七签》一书中就记载了大量用云母炼丹药的配方。

曹操还向封君达的学生皇甫隆写信请教长寿的秘诀，这封信保存在唐代孙思邈编著的《千金方》一书中，信中写道："听说先生已经活到一百岁了，可体力并不衰老，耳聪目明，气色不错，这真是了不起呀！先生平时吃什么药，进行怎样的锻炼，能说一说吗？如果有的话，请放在信封里秘密告诉我（所服食施行导引，可得闻乎？若有可传，想可密示封内）。"皇甫隆曾经当过曹魏的太守，对于曹操的请求，想必他一定尽量给予满足吧。

由于曹操本人对方术、特别是与养生相关的方术采取一种借鉴吸收的态度，方术在邺县非但没有禁绝，而且有一定的市场。曹丕在《典论》中说，擅长辟谷的郗人俭喜欢吃伏苓，他到了邺县后，马上掀起一股"伏苓热"，市场上伏苓的价格立即涨了好几倍。有个叫李覃的议郎也跟着学辟谷、吃伏苓，结果方法不当，差点丢了命。甘始会气功（善行气），他到邺县来，又掀起一股不小的"气功热"，大家见了面个个都像鸱鸟一样看东西，像狼一样扭脖子（鸱视狼顾，呼吸吐纳），有个叫董芬的军谋祭酒，练习气功走火入魔，结果气闭不通，半天才苏醒过来。左慈擅长"补导之术"，即房中术，结果邺县又掀起一股"房中术热"，就连有个叫严峻的前宦官也跑来要学习房中术，成为笑谈（人之逐声）。

这些人在民间俨然成了明星，受到追捧，拥有大量粉丝。这虽然不是什么好事，但他们所能推动的也就是养生、健身、长寿一类的活动，相比于让他们散落民间，发动大家再搞出个太平道来，已经是很不错了。可以想见，那时候的邺县是何等热闹，经济发达，物质丰富，城市设施先进，文人会集，还有不少术士引导全民不时弄出个养生方面的热潮，在那个战争年代里，生活在这里，倒也感受不到寂寞呀。

第九章

潼关之战

马超造反了

建安十五年（210）还算平静，这一年没有大的战事发生，曹操在新建成的铜雀台上过了一个相对轻松的新年。但是第二年春天就传来了紧急军情，这一次既不是荆州，也不是合肥，而是西面的关中。

如果关中再开打，曹操西线、中线、东线这三大战场就都凑齐了。但怕来的还是来了，这一回是朝廷的偏将军马超挑动关中诸将造反，参加的除马超外，还有韩遂、杨秋、李堪、成宜等人，尽管都是杂牌军，但人数众多，有一定作战实力，不容小视。在长安坐镇的司隶校尉钟繇向邺县紧急报告，请求增援。

马超字孟起，是前征西将军马腾的长子。曹操派钟繇、卫觊等人经营关中以后，对马腾、韩遂等实力派军阀采取既拉又打的办法，有效控制了关中的局势。在官渡之战和赤壁之战中，马腾、韩遂等均站在了曹操的一边。官渡之战后，曹操派钟繇等人讨伐高幹集团的郭援，马腾给予支持，派马超亲自带兵参战，在战斗中马超被流矢击中，但他很勇敢，负伤不下前线，瘸着腿继续战斗（为飞矢所中，乃以囊囊其足而战），最后马超的部将庞德亲自斩杀了郭援。

后来马腾被调到朝廷任职，担任卫尉，相当于首都警备司令，听着挺唬人，但此时这一职务没有任何实权，也指挥不了一兵一卒，马腾实际上被挂起来了。关于这次调职的原因，《三国志》和《典略》有不同说法：《三国志》认为是马腾自己想离职，原因是跟老伙计韩遂闹了矛盾，想回避一下（与韩遂不和，求还京畿）。作为凉州出身的老牌军阀，马腾的名字始终跟韩遂联系在一起，他们也有失和的时候，并且也曾刀兵相见过，但他们都明白彼此不是敌人，而是唇齿相依、兔死狐悲的关系，说他们有矛盾是可能的，说矛盾已经到了不是你走就是我留的程度，则不大可信；《典略》认为，马腾想到朝廷任职是因为自己年龄大了，不想太折腾了（腾自见年老，遂入宿卫）。但这不像是马腾的为人，作为老资格的军阀，他比谁都明白实力决定一切的道理，可以要他的钱，可以要他的命，但不能动他手里的武装，这一点对军阀们来讲大体都如此。

可见，《三国志》和《典略》提到的这两条原因都不可信。推测起来，马腾调职唯一的可能是曹操不想让马腾再待到关中，否则他率大军南下荆州就有顾忌，曹操是想办法迫使马腾离开的，而且双方还达成了交换条件。这件事发生在建安十三年（208）年初，回想一下此时正是曹操大举进攻荆州的前夕，为了解除后顾之忧，曹操对盘踞在关中一带的各路军阀必须有所安排，让实力最强大的马腾离开他的老巢最符合曹操的利益。

而马腾居然肯于就范，原因是曹操给出了条件，那就是让马腾的长子马超继续统率马腾的人马（领腾部曲），朝廷封马超为都亭侯，提拔他为偏将军，以马超的年龄和资历，这个相当于副军长的职务也不算太低。朝廷同时拜马腾另外两个儿子马休和马铁分别为奉车都尉和骑都尉，看着都是带兵的职务，至少也相当于个师长，但手下不会有一兵一卒，只是个名誉罢了。马氏家族除马超外，都迁到邺县居住（徙其家属皆诣邺，惟超独留）。

这一招更狠，马超虽然仍重兵在握，但他从此不敢轻举妄动了，因为人家手里掌握了几十口人当人质。曹操也是这么想的，但他显然对马超缺乏全面了解，正像董卓当年对袁绍缺乏全面了解一样。不过，曹操的这一招居然收到了意料之外的效果，马腾一家迁居邺县不久，马腾的老伙计韩遂把儿子也送到了邺县，这并不是曹操逼迫下做出的决定，韩遂这么做完全是自愿的，原因是孤掌难鸣，不如主动服软。

赤壁之战后的一年，即建安十四年（209）冬天，韩遂派出密使访问邺县，这个密使的名字叫阎行。阎行在《三国志》里没有传，他的事迹主要记录在裴松之注《三国志》张既传时引用《魏略》的一段文字。根据《魏略》记载，阎行字彦明，凉州刺史部金城（今甘肃兰州）人，是韩遂手下部将，在建安初年，马腾曾经跟韩遂闹翻过，双方斗得很厉害，阎行跟马超在战场上有过正面交手的记录，估计他也是够狠的角色，因为他差点把马超杀死。在政治倾向上，阎行更偏向曹操，韩遂派他当密使，给他接近曹操提供了一个机会。

果然，阎行在邺县悄悄向曹操表示忠诚，曹操以朝廷的名义任命他为犍为郡太守，这个郡属益州刺史部，是刘璋的地盘，给了阎行也就只能是个名誉，解决个“级别”问题，想到益州上任，人家刘璋肯定不答应。曹操让阎行回去做韩遂的工作，让韩遂忠于朝廷。阎行返回时曹操亲笔给韩遂写了一封信，曹操表示当初韩遂曾经反对过朝廷，但那都是被逼无奈之举，希望韩遂能早点归来，共同匡辅国政（卿始起兵时，自有所逼，我所具明也。当早来，共匡辅国朝）。看曹操的意思，也想把韩遂请到许县或邺县来，以解后顾之忧。

阎行回来后，果然力劝韩遂真心与曹操合作，阎行甚至表示，自己打算把父母送到邺县去，以向曹操表达忠诚，希望韩遂能把儿子也送去。韩遂犹豫不决，有点不太情愿，开始推说儿子太小，过上几年再说，后来禁不住阎行反复劝说，还是让儿子跟随阎行的父母一块到邺县去了。

建安十六年（211）春天，曹操命令驻守在长安的司隶校尉钟繇对汉中的张鲁发动攻击，并派在并州平息民变的夏侯渊率部进入与关中相邻的河东郡（公使渊等出河东与繇会），对钟繇予以支援。

这个张鲁，在汉魏历史上绝不是一个可有可无的人，一般都说他是“汉末群雄之一，五斗米教首领，在汉中割据长达二十多年”，群雄、教主、割据军阀，说明这个人绝对不一般。张鲁的祖父叫张陵，创建了“五斗米教”，张陵死后，他的儿子、张鲁的父亲张衡继续推行教义，后来张衡也死了，“五斗米教”首领的位置交到了张鲁手上。

当时，“五斗米教”在汉中一带势力很大，建立了政教合一的政权。汉中地处秦岭和大巴山之间的谷地，是关中与益州之间的缓冲带，由于地理位置的原因，汉中自古以来往往自成一体，受外界影响小，在中原、关中一带战事不断的情况下，也有不少人跑到汉中来避难，推动了当地社会经济的发展。在政治倾向上，张鲁更接近于益州的刘璋，相传张鲁的母亲和刘璋的父亲刘焉关系暧昧，但这些年来，随着实力的不断扩大，张鲁更重视独立发展，受刘璋的影响越来越小。

曹操突然想起汉中的张鲁来，有点不好理解。汉中之所以经常自成一体，说明它的地理位置确实优越，不是那么容易攻占的。而从曹操目前势力范围看，关中虽然已名义上归曹操所有，但马超、韩遂以及诸多割据势力拥有很强的独立性，关中这块地方说变天就会变天。而从整个天下版图审视，曹操的正南面是刘备和孙权，东南面是孙权，西南面是刘璋，背后还有割据辽东的公孙氏，这些势力都虎视眈眈，寻找每一个机会与曹操叫板。在这种情况下，汉中的张鲁似乎还没有达到优先解决的程度。

唯一可以解释的是，曹操想打益州的主意了。益州的刘璋生性软弱，迟早要落入他人之手，孙权、刘备都不假掩饰地表示过对益州的兴趣，对此曹操也不会坐视不管，攻占汉中、进而图谋益州，在当前形势下倒是一个可以理解的战略布局。

但是，如果真是这样的想法，派钟繇、夏侯渊去就有些草率了，这场战役丝毫不亚于南征荆州，它将是一场陆地上的赤壁之战，曹操应该亲自指挥才对。而且，大军进攻汉中，必须先考虑关中是否稳定，只有在确保后方万无一失的情况下，才能实施汉中战役，这是常识。就连在曹操手下从事司法工作的高柔都看出了问题，据《三国志》记载，听说曹操派遣钟繇、夏侯渊讨伐张鲁，高柔赶紧进谏，认为如此大规模用兵，韩遂、马超等人不会坐视不管，一定会有所动作（谓为己举，将相煽动作逆），应该先彻底平定关中才说汉中的事。曾在关中协助钟繇工作的书法家卫觊此时已奉诏回许县担任尚书，成为荀彧的助手，他对关中的事务很熟悉，他通过荀彧也向曹操提出了不宜惊动关中诸将的建议，卫觊认为关中诸将没有太大的政治野心，对于目前的割据现状已经很知足，如果让他们产生猜疑，最后联手反叛，事情就不好收拾了。

但是，曹操对此似乎没有太多考虑，仍坚持既定的军事行动。夏侯渊所部开进与关中相邻的河东郡，果然引起了马超、韩遂等人的疑虑，他们联络杨秋、李堪、成宜等其他各路割据势力，公开打出了反叛的旗帜。据《魏略》记载，叛军推举韩遂为首领，他们自己起的名号叫“都督”。但这场叛乱的核心人物并不是韩遂，而是马超，马超积极联络各部人马，事情差不多时请韩遂出来挑头。马超对韩遂说：“告诉你一个秘密，以前钟繇这小子让我对您下黑手（前钟司隶任超使取将军），这种事我哪能干？现在我舍弃了生身之父，以后就拿您当我的父亲看待。希望将军您也舍弃自己的儿子，今后就拿我马超当您的儿子看待（今超弃父，以将军为父，将军亦当弃子，以超为子）。”

可见马超是明白的，一旦公开反叛，包括老父亲在内的自己家在邺县几十口人就没命了，他为反叛舍弃了家人，希望韩遂也这么做，韩遂有儿子也在邺县，马超怕他在这个关键时刻动摇。但是韩遂比较犹豫，他的反叛意志比马超差得远，所以当初偷偷地派阎行出使邺县。阎行这个时候也劝韩遂不要跟着马超干，但是韩遂考虑再三，还是决定与马超联手。韩遂对阎行说：“现在关中诸将能不约而同地联合在一起，正好说明这是上天的安排（今诸将不谋而同，似有天数）。”据《典略》记载，除马超、韩遂外，参与此次叛乱的关中诸将还有侯选、程银、李堪、张横、梁兴、成宜、马玩、杨秋等八路人马，合在一起共有十路，总兵力约十万人。据《三国志》记载，马超还想联络刘璋一块行动，刘璋拿不定主意，他手下的蜀郡太守王商劝道：“马超这个人有勇力却不讲仁义（超勇而不仁），见利忘义，不可以作为盟友（见得不思义，不可以为唇齿）。老子说‘国之利器，不可以示人’，如今益州物华天宝，人杰地灵（士美民丰，宝物所出），不怀好意的人无时无刻不想倾覆它，马超之所以把眼睛往这里看，打的就是这样的主意。如果跟他联合，形同于养虎成患。”刘璋想了想，认为王商说得有理，就拒绝了马超。

现在看来，曹操似乎失算了，他也许自信地认为马超无论如何不会造反，因为邺县还住着父亲兄弟一族几十口人，有这么多人质在，造反就变得很沉重。但马超还是反了，而且有点被逼迫造反的意思，在舆论上甚至可以获得同情。马超看来真的豁出去了，作为杂牌军，反正迟早要被收拾掉，干脆造反算了，至于邺县的人质，你就看着办吧，如果真的全部被杀，也正好打出悲情牌。从这件事上可以看出，马超这个人够狠也够黑，这一年他三十五岁。

兵临潼关天险

马超、韩遂以及杨秋等关中诸将打出反叛的大旗后，迅速出兵占据了军事要地潼关，摆出一副凭险据守的架势。据《典略》记载，马超等仗着人马众多，从长安到潼关之间，摆出了“列营阵”，即营寨一个连一个，从长安一直到潼关。

之前一直在长安的司隶校尉钟繇大概此时已经被迫退到潼关以外的河东郡，与在那里的夏侯渊会合。此时曹操还在邺县，他先派曹仁率部增援，曹操特意交代曹仁：“关西兵战斗力很强，到了以后做好防守，千万不要和他们交战（关西兵精悍，坚壁勿与战）。”《魏书》说，曹操手下的参谋们普遍认为，关西兵很强悍，习惯用长矛，不派出精锐部队难以与之抗衡（议者多言“关西兵强，习长矛，非精选前锋，则不可以当也”）。

在大家看来，马超、韩遂是最不好对付的敌人，他们大都出身于凉州，继承了自董卓以来凉州兵身上剽悍、野蛮的特点，打起仗来不要命，以前中原地区的队伍与凉州军有过多次交手的经历，但能完胜的战例很少。除非凉州军内讧，否则这将是一些很难战胜的对手。但曹操似乎胸有成竹，他对大家说：“战斗的主动权在我不在敌人。他们虽然习惯用长矛，但是我有办法让他们没有用武之地（战在我，非在贼也。贼虽习长矛，将使不得以刺，诸君但观之耳。）”看到丞相胸有成竹的架势，是想拿马超当案例给大家上一堂战役课，大家虽然信心不是很足，但鉴于对丞相出神入化的用兵韬略多有领教，所以大家相信这次战役虽然难打，但有丞相在一定没有问题。

经过短时间准备，曹操亲率大军出发，综合《三国志》里各人的传记，参加此次西征的重要将领，除先期抵达的曹仁、夏侯渊外，还有徐晃、张郃、朱灵、许褚等部，贾诩等谋士随征。自徐他谋刺事件发生后，曹操出入都带着许褚（出入同行，不离左右），许褚目前指挥近卫部队，出征在外时负责保护曹操的总指挥部。祖籍河东郡杨县的徐晃此次随军出征，屯驻于河东郡的汾阴，离老家很近。细心的曹操不忘记专门赐给徐晃牛和酒，让他到先人墓前祭拜（遣晃屯汾阴以抚河东，赐牛酒，令上先人墓）。

随同出征的还有曹操的夫人卞氏和儿子曹植。卞氏之前不怎么随军出征，这次曹操带上她，可能是想营造一个轻松的气氛，让手下将士们面对关西联军时不要太紧张。但是，卞夫人此时身体不是很好（体小不安），到了黄河上的渡口孟津便留了下来。这一段时间，曹丕的夫人甄氏跟婆婆卞氏的关系处得相当不错，卞氏对这个美貌无比但却是二婚的媳妇也越来越接纳。甄氏是个有心人，从曹冲死后她赶紧让娘家一个刚刚死去的姑娘跟曹冲主动结成冥婚之事上就能看出来。

甄氏不仅是美人，而且特别会来事。这可以理解，像她这样的出身，以及曾经做过袁绍儿媳妇的经历，不活络一点儿很难自保。据《魏略》记载，卞夫人随军出征后，身体又欠安，儿媳妇甄氏因为不能每天向婆婆请安而感到很难过，白天晚上不住哭泣（后不得定省，忧怖，昼夜泣涕）。听说婆婆病了她马上派人骑上快马前去问候，回来报告她说婆婆情况正在好转，她有点不相信："夫人在家的时候每次犯病都得有一段时间，这次怎么会好得如此快？你们一定是在安慰我！"反而更加忧心了。后来卞氏亲笔给她写了信，说病已经完全好了，甄氏才高兴起来（武宣皇后还书，说疾已平复，后乃懽悦）。到第二年正月，卞夫人回到邺县，甄氏望着婆婆一副既悲又喜的样子，那情形让人感动（后朝武宣皇后，望幄座悲喜，感动左右），卞夫人也哭了，对甄氏说："你问我的病是不是还像以前那样常犯，我只是有点小毛病，十几天就好了，不信你看我的脸色（吾时小小耳，十余日即差，不当视我颜色乎）！"卞夫人感叹道："真是一个孝顺的好媳妇哇！"

曹植本年正好二十岁，他也参加了西征，在路上写了《送应氏》诗两首，应氏即应玚之妻，应玚之死前面做过介绍。在这两首诗的序言里，曹植交代了此次西征的路线：由邺县向西，经过洛阳，然后进入弘农郡。曹植在洛阳还写了一篇《洛阳赋》，现在仅存四句。

曹操命曹丕留守邺县。此时曹丕的身份已经发生了变化，他刚刚被任命为五官中郎将，可以独立设置官署。除此之外，还有崔琰等人辅佐，曹操把程昱也留了下来，协助曹丕处理军事方面的事务（参知军事）。曹操特别叮咛曹丕，有事还要多向另外两个人请教（举动必咨此二人），一个是张范，一个是邴原，曹丕于是把他们二位当长辈看待（世子执子孙礼）。

对于邺县、许县的守卫工作，曹操也做了较为细致的部署，为了统一协调留在邺县一带的各路人马，曹操决定选一个护军协助联合指挥，曹操最后选的这个人是徐宣。徐宣字宝坚，徐州刺史部广陵郡人，陈登任广陵郡太守开拓东南的时候，徐宣是他的助手，后来被曹操调到司空府工作，曹操对他很赏识，派他到外地任太守，又调回来当了一段时间的丞相东曹掾，目前的职务是丞相府门下督。徐宣日后成为曹魏的重臣，陈寿把他与另一个曹魏重臣陈矫并称，说他们"刚断骨鲠"，是一个正直、敢言的忠臣。此次出征临行之前曹操发布命令："现在大军要远征，但后方也没有完全平定，为了解除后顾之忧，应该选派一个清正、公平有威望的人统率留守的各部（得清公大德以镇统之）。"于是正式任命徐宣为左护军，相当于留守部队的联席参谋长。

做完这些准备工作后，曹操亲自率大军向潼关方向开进，很快进入弘农郡。

弘农郡位于如今黄河以南的豫西、陕南一带，与潼关相邻，目前是前线。曹操认为这里很重要（此西道之要），于是调贾逵过来担任太守。前面说过，在高幹反叛过程中，郭援联合弘农郡的张琰共同发动叛乱，贾逵在平叛过程中立下大功。叛乱平息后，曹操本要重用贾逵，但贾逵的父亲此时病逝，按礼制他要在家里守孝三年。守孝结束后，先是被聘为司徒掾，这只是个闲差，当时有本事的人都在司空府里当差。可能一直没有找到适合贾逵的职务，目前仅以议郎的身份担任司隶校尉钟繇的军事高参（以议郎参司隶军事）。

在曹操眼里，贾逵是个有本事的人，他又是河东郡人，在弘农郡参加过平叛，对这里的情况很熟悉，所以委以重任。曹操在弘农郡召见贾逵，寻问如何治理地方（召见计事），贾逵如何回答的没有记载，但记录下了曹操听完之后的反应，曹操“大悦之”，甚至对左右说：“假如我们的官员都像贾逵那样，我还有什么可忧虑的呢（使天下二千石悉如贾逵，吾何忧）？”

贾逵于魏明帝太和二年（228）去世，死时五十五岁，这时候曹操、曹丕都已经去世了。贾逵死后获得了很高声誉，大家认为他政绩突出，为人刚正不阿。但是，他的儿子贾充后世评价却不怎么样，正是他弑杀了曹操的孙子、曹魏的第四任皇帝高贵乡公曹髦，不假掩饰地投靠司马氏。贾充的女儿、贾逵的孙女贾南风更不得了，据史料记载，她是历史上出了名的丑女，身高约合一米四，她的公公司马炎说她“丑而短黑”，长着一个朝天鼻，“地包天”的牙，眉毛附近还有一大块胎记。就是这样一个怪物，由于父亲贾充是晋朝的重臣，因而成为太子司马衷的妃子。贾南风的老公司马衷是个白痴，即晋惠帝，而大权都由贾南风把持，她委任亲信，滥杀无辜，暴戾成性，最后导致了晋朝的“八王之乱”。

不过现在不用紧张，现在贾充还没有出生，贾南风来到人世也是四十多年以后的事了。曹操起用贾逵为弘农郡太守，对与敌人相邻的弘农、河东这两个郡稍稍放下心来，因为河东郡太守杜畿也是个很能干的人，据《三国志》记载，马超反叛后，河东郡虽然与敌人相邻，但没有人响应叛军（虽与贼接，民无异心）。大军开到前线，贾逵那边刚刚上任，还不能打开工作局面，后勤保障大多由河东郡供应（军食一仰河东）。杜畿的确是个能臣，他把这一切安排得井井有条，到此战结束时，非但没有造成物资上的亏空，反而节余了二十多万斛粮食。曹操专门下令对杜畿进行表彰，并提高了他的品秩（增秩中二千石）。

现在，曹操率大军赶到了潼关城外，双方以潼关为攻防焦点展开布防（夹关而军）。潼关是著名的古关口，地处关中平原的最东端，是如今陕西、山西、河南三省的交界处。黄河自北向南流来，在此突然折向东，形成一个直角，潼关即在黄河的拐弯处，据《水经注》记载，潼关的得名与黄河水有关，《水经注》说黄河向南流来突然变向，河水撞击关山，“潼浪汹汹”，所以命名这里为潼关。潼关的地势很险峻，它南面是秦岭，北面是黄河天堑，东面的塬地居高临下，中间有禁沟、原望沟、满洛川等横断东西的天然防线，形成了“关门扼九州，飞鸟不能逾”的险地。

但是，通常所说的“关中”“关东”“关西”指的并不是潼关，而是东距潼关约一百五十里的函谷关。函谷关位于如今河南省灵宝市北面的王垛村一带，东距河南省三门峡市约一百五十里，西距陕西省潼关县也是约一百五十里，它紧靠黄河，关口建在峡谷中，这道峡谷名叫函谷，因深险如函而得名，它的长度也是一百五十里左右，函谷关在它的东出口，潼关位于它的西出口。在东汉以前，所提到的都还是函谷关，历史上开始设潼关的居然是曹操，据《通典》记载，建安元年（196）曹操为预防关西兵乱，在函谷的西出口建关，也就是潼关（建安时改山路于河滨，当路设关，始有潼关），自那时起到现在，函谷关逐渐湮没无闻，而潼关的战略位置日益显要。

现在，曹操率领人马就驻扎于潼关以东，而他下令为预防关西兵乱所修建的潼关此时正在马超、韩遂等关中联军控制中，一场大战眼看就要势不可当地爆发了。

黄河上遇险

关中联军倚仗潼关天险与曹操的大军对峙，占据了地利上的优势，曹军强攻很难得手，曹操手下将领们认为，应该避其锋芒，沿黄河北上，从河东郡攻击敌军占领的冯翊郡，在那里开辟第二战场。但是曹丞相仍然不着急，还是一副胸有成竹的样子，就这样，双方对峙了一段时间。

在当前情况下相持，对曹军无疑有诸多不利，一方面敌人可以趁机完成集结，另一方面相持太久，自己一方后勤保障的压力就会增大，运粮通道一旦出了问题，粮草接济不上随时可能出现。事实上每天都有各部敌军开到，这方面的情报随时都会呈报到曹操这边来。听到这样的报告，曹操不仅不发愁，反而喜上眉梢（贼每一部到，公辄有喜色）。

这场战役结束后，手下将领问曹操，当初为何听到敌兵纷纷开到时反而那么高兴。曹操回答：“关中地域广阔，如果各路敌兵依险据守，我们要征讨的话没有一两年不能完成。现在他们自己集中起来（今皆来集），人虽多，但缺少统一指挥，我们趁机一举歼灭，那不就容易多了，所以我感到高兴（为功差易，吾是以喜）。”众将领这才恍然大悟，敢情丞相考虑的不仅是打赢眼前这一仗，他想得更长远。曹操说的上面这段话记载在《三国志》里，应该是可信的，如果站在这个角度看这场潼关战役，似乎可以看到战争表象后面的更深层意义来。

表面来看，曹操派钟繇出击张鲁，派曹仁移师河东郡增援钟繇，意外地导致了马超等人的反叛。但另一种可能性也十分明显，那就是曹操当初派钟繇出击张鲁根本就是虚晃一枪，目的是逼着关中诸将造反，从而彻底解决关中地区的历史遗留问题。所以，当众将提出在河东郡开辟第二战场时，曹操显得并不是太着急。将领们考虑的是此次战役的胜负，曹操考虑的则是战略问题。

但是，从战役胜负的角度看开辟第二战场无疑是化解目前被动局面的唯一方法，曹操没有大张旗鼓地进行部署，但已悄悄派出一支四千人的队伍到达黄河上的渡口蒲阪津，率领这支队伍的是河东郡本地人徐晃以及朱灵。

潼关的位置大体在黄河拐弯处的南岸，要机动到蒲阪津，必须先从黄河南岸渡到黄河北岸，之后沿黄河东岸向北，行进三四十里就到了蒲阪县，即今山西省永济市。徐晃、朱灵所部也许本身就驻扎在河东郡，这样他们的行动更带有突然性，关中联军居然没有在此设防，徐晃、朱灵率部顺利渡过了黄河，在黄河西岸扎下营寨，策应大部队的行动。

马超难道没有预料到这一招吗？也不是。据《山阳公载记》记载，马超已经看出曹军分兵渡河的企图，他跟韩遂商量想分兵拒敌，在渭河北岸阻击敌人。马超认为只要与曹军实现对峙，不出二十天，曹军后勤供应必然出现困难，就会不战而自退（宜于渭北拒之，不过二十日，河东谷尽，彼必走矣）。”这个战略是正确的，因为对于远征军来说，后勤保障始终是薄弱环节，曹军虽然不至于连二十天的军粮都供应不上，但要对峙到几个月甚至更长，曹军确实会不战而退。后来曹操听说马超的这个主意，吃惊不小，他不由得感慨道：“马超这小子如果不死，我将死无葬身之地呀（马儿不死，吾无葬地也）！”

可是韩遂不同意马超的意见，他认为应该速战速决，放手让曹军渡河，等到曹军渡到一半时，再发起反击，让敌人首尾不能相顾（可听令渡，蹙于河中，顾不快耶）。战国时期军事家吴起所著兵书《吴子》里有一句“军半渡可击”，也就是待敌人渡河刚一半时是最佳攻击时机，其道理似乎谁都能理解。但是，战场上的事往往变化莫测，绝不能教条地看待问题，韩遂成为军事将领后，一定恶补了不少兵书，但对于将教科书上的内容融会贯通于实践之中，火候还很不够。

韩遂打定主意在潼关这里等曹军“半渡”，结果让徐晃、朱灵钻了空子，当他们在黄河西岸站住了脚，曹操便突然率主力由潼关向北移动，也要北渡黄河，接到报告，马超这一回真急了，他不再跟韩遂商量，带着自己的人马火速追击过来。

这时候曹军大部分人马已经渡过了黄河，马超所部杀了过来。马超的嫡系是关中联军中最有战斗力的一支，《三国志》说他们有一万来人，正如前面提到过的那样，他们擅长使长矛，不仅把长矛作为手持武器使用，必要时还可以把长矛像标枪一样抛出，杀伤力巨大。

这有点像古罗马军队的战法。古代罗马军团擅长的是长标和鱼鳞阵，使用加重加大的盾牌作护卫。马超部队的前身是凉州军，他们活跃于西域地区，据考证，在公元前五十三年前后，即我国的西汉时期，欧洲的帕提亚草原发生了一场混战，古罗马将军克拉苏远征波斯，结果战死沙场。他部下的第二军以及第三军残部败回罗马，而第一军被波斯军队切断，只能在克拉苏儿子浦克琉率领下向东方撤退。这支罗马军队最后辗转流落到汉朝的西域地区，成为匈奴人的雇佣军，总兵力约有六千人。再后来，匈奴人被汉朝军队打败，这支罗马军队投降汉朝廷，在河西走廊上的一个叫犁轩的地方居住。20 世纪 80 年代，在犁轩旧城遗址上出土了许多与罗马驻军有关的文物，从而揭开了这支神秘军队的面纱。

犁轩后来被荒废了，但东汉末年距古罗马人到犁轩定居时间还不算太长，而犁轩旧城也是马超手下军队的核心活动区。所以，近年有研究者认为，马超是一位“古罗马化的将军”，并不是说他有欧洲血统，而是说他的部队深受古罗马战法的影响。这种战法的特点是速度和力量，使用的是重量级武器和重甲，在战场上的杀伤力很大。

现在，马超率部突然杀到，曹操正在黄河边上，坐在一个行军用的马扎（胡床）上看部队过河，身边只有张郃、许褚等少数将领和不太多的队伍。马超的人马速度极快，瞬间就杀到了跟前，曹操还在马扎上坐着呢，情况十分危急。据《曹瞒传》记载，张郃和许褚二人在曹操身边，他们见情况不妙，张郃、许褚赶紧招呼人架上曹操就走，试图登船（张郃等见事急，共引公入船）。《三国志》则记载：“褚白太祖，贼来多，今兵渡已尽，宜去，乃扶太祖上船。”这番描述纯粹是画蛇添足，以当时的情况看，不用许褚解释曹操也知道发生了什么，许褚哪里还有时间跟曹操汇报，架着曹操就跑还险些来不及。曹操手下有个校尉名叫丁斐，大概是负责后勤的，照管着一些牛和马没有渡河，见到情况危急，赶紧把牛和马赶出来以制造混乱，掩护丞相逃命。马超手下纷纷跑去捉牛捉马（贼乱取牛马），曹操等人才得以登船。

在曹操的部属里，丁斐是个很特别的人物，不妨说几句。丁斐字文侯，祖籍也是沛国谯县，那他也很有可能出于谯县丁氏家族，曹操的母亲以及第一任妻子都出自这个家族，这个家族里先后出过丁宫、丁冲、丁仪、丁廙等人，但丁斐跟他们是什么关系不得而知。大概因为同乡兼亲戚的关系，曹操对丁斐一直很照顾（太祖以斐乡里，特饶爱之，每所陈说，多见从之）。但丁斐比较贪财，几次犯事都是曹操把他保下了（性好货，数请求犯法，辄得原宥）。曹操后来征孙权的时候丁斐随征，大概也是搞后勤工作，他用自己家很差的牛把公家的好牛偷偷替换了，被人检举揭发治罪，后来被撤销职务（夺官）。

待部下一向严厉的曹操似乎对丁斐总是例外，他对丁斐真的不错。一次，曹操见到被撤职的丁斐，跟他开玩笑说："文侯，你的印绶到哪里去啦？"丁斐知道曹操跟他开玩笑，回答说："拿去换大饼了（以易饼耳）。"曹操大笑，回头对左右说："有关部门多次检举他，让我治他的重罪，我不是不知道他的毛病，但是他也有特长。我之有丁斐，就好像一般人家里养的会偷吃的狗（盗狗），虽然有小损失，但盗狗善于捕鼠，能保证我粮仓的安全。"后来，丁斐居然又官复原职。

曹操在用人上很有一套，其中一条就是执法公平，像对待丁斐这样的情况很少发生，一种可能是丁斐跟曹家的亲戚关系很深，是曹操母亲或者前妻的至亲，另一种可能是他对丁斐确实了解得很透，知道他的缺点，也知道他的长处，按照唯才是举的原则，尽可能让他施展长处。丁斐大概死于曹操之前，他有一个儿子叫丁谧，在曹操族孙曹爽执政时代是一个风云人物，后来在司马懿发动的夺权政变中被杀。

现在，没有渡过黄河的曹军士兵都向船涌去，危急关头，逃生是人的本能，大家也不管丞相是不是在船上，都往上挤，把船都快弄沉了（贼战急，军争济，船重欲没）。当年汉献帝大逃亡时的狼狈一幕又重演了，并且都是在黄河上。许褚挥刀就剁，这时南岸马超的人马开始向船上放箭，膀大力猛的许褚关键时刻发挥了自己的特长，他一边砍人，一边举起马鞍替曹操挡箭（褚斩攀船者，左手举马鞍蔽太祖）。

潼关一带的黄河水流湍急，船只往北岸使劲划，但被水冲着老往东走，一直走了四五里路。马超的军队见状顺着河岸往前追，一边追一边放箭。看到这种情形，已经渡过黄河的曹军将士都吓傻了，偏在这时，船工被乱箭射死，船顺着河水使劲往下漂流，许褚一手举着马鞍子，一手划船，费尽九牛二虎之力，总算到达了对岸。

北岸的曹军见丞相坐的船顺水而下，敌人不断放箭，船上不断有人倒下，都惶惧不已。后来，看见曹操平安归来，大家悲喜交集，很多人情不自禁流下了眼泪（至见，乃悲喜，或流涕）。曹操虽然受了惊吓，但仍然满不在乎，他笑道："今天差一点让马超这小子给算计了（今日几为小贼所困乎）！"经历生死险境后获得平安，一般人会有惊魂未定的感觉，想一想那些可怕的事还会沉浸在后怕之中。但曹操每到这时，总会展露出一种轻松的样子，有时不忘开几句玩笑。这看似很随意，但却有良苦用心，因为这样可以抚慰部下们心中的紧张和不安，让大家重新获得信心。

巧施离间计

现在，渡过黄河的曹军主力暂时摆脱了敌兵的追击，可以从容来到蒲阪津，在这里西渡黄河，从侧面向潼关守敌包抄过去。徐晃、朱灵到达黄河西岸后，巩固了黄河上重要渡口蒲阪津，保证了曹操率主力到达此处后能顺利渡河。

这时云集于此的曹军多达数万人，但却发现此地有一个较为致命的问题，那就是道路状况很差，很难满足这么多士兵、马匹、后勤运输车辆来回调动的需要。时至今日，黄河两侧的陕西、山西一带仍然存在交通不畅的问题，原因是黄河及其众多支流把这一带劈成了沟壑纵横的模样。

复杂的地理环境，为关中联军派出小分队不断袭扰曹军创造了条件，尤其是曹军的运输队最容易遭到袭击。为了解决这个问题，曹操命人短时间内在黄河西岸一侧筑起一条甬道来。所谓甬道，就是在路的两边筑起墙来保护道路的安全，是一种全封闭的道路。甬道本来是皇帝的特权，是保证皇帝出行安全用的，但也有运用于战争的先例。楚汉相争期间曾激战于荥阳附近，刘邦为了保证能源源不断从敖仓运出粮食，专门修了一条甬道。

但是现在军情紧急，筑墙肯定来不及了，据《三国志》记载，曹操下令修建的这条甬道用的不是垣墙，而是各式车辆，中间用树枝做成连续不断的栅栏（连车树栅以扞两面），也算是对“甬道战”的一种创造性运用吧。这一招还真管用，抵挡了敌人的袭击，最后大军顺利推进到渭口，即渭河与黄河的交汇处。曹军主力在渭河北岸，马超等关中联军在渭河南岸。曹操率军绕了一个大圈，费尽九牛二虎之力又绕回到原处，但这一回情形完成不同了，他们绕到了潼关的后面，关中联军控制的天险已经派不上用场了。

两军隔渭河而对，曹操派人乘船渡渭河，并在渭河上架起浮桥（潜以舟载兵入渭，为浮桥）。一天夜里，通过浮桥运兵过河，分兵在渭河南岸扎起营寨。

关中联军在失掉潼关天险之后，又失去了渭河防线，马超一看急了，赶紧组织反击，夜里攻营，但曹军早有准备，将敌人击溃，曹操趁势将全部人马拉到渭河南岸，与关中联军对垒。据《曹瞒传》记载，在曹军渡河过程中，马超指挥人马拼命阻击，刚渡过河的曹军甚至来不及扎营。这一带地处渭河入黄河口，渭河带来的泥沙长年堆积，使这里的土质特别疏松，多沙地（所以这里适合种西瓜，一直到现在，陕西大荔一带的西瓜都很有名），不利于就地筑营。

这时是农历九月，天气很寒冷，曹操采纳手下谋士娄圭的建议，用沙土筑城，一边堆沙一边浇水，水结冰再浇水堆沙，一夜之间堆出一座座“冰营”来。对于这个记载有人表示怀疑，因为农历九月似乎还不能滴水成冰，这种怀疑忽略了建安十六年（211）闰八月这个细节，也就是这一年有两个八月，农历九月相当于平常时候的十月，滴水成冰是完全可能的。

曹军渡过渭河后，马超多次前来挑战，曹操不理，为的是挫一下马超的锐气。果然，马超拿“冰营”没办法，于是请求割地求和，同时愿意送儿子做人质，以表忠心（求送任子）。但这已经晚了。曹操已经完成了对关中联军的攻击部署，如今是大军压境，关中联军一方人心惶惶，此时要么一战，要么无条件投降，任凭曹操发落，马超没有了谈判的本钱，还说什么割地求和?

不过，贾诩还是向曹操建议，不如假装答应他们（诩以为可伪许之），曹操问贾诩答应之后怎么办，贾诩只说了四个字：“离之而已。”曹操立刻就明白了，所谓“离之”，就是离间他们，贾诩和曹操都看到了马超、韩遂之间的不和，决定就从这里做文章。

双方同意见面详谈，联军一方只有马超和韩遂，曹军一方由曹操率许褚前往，约好都不带随从。马超认为这是个机会，他是有名的虎将，想凭借勇力突然袭击曹操（超负其力，阴欲前突太祖），但当他准备动手时，突然发现曹操背后有一个大汉，正直勾勾地盯着他看，目光逼人，充满杀气。马超不禁吃了一惊，他早就听说曹操身边有个叫许褚的人，力大无比，勇猛异常，难道是他（超素闻褚勇，疑从骑是褚）？马超问曹操：“听说您手下有个虎侯，不知道现在何处？”曹操回头一指许褚，说这就是我的虎侯。马超想了想，再没有轻举妄动。许褚勇冠三军，比已经战死的典韦有过之而无不及，军中给许褚起了个外号，叫作“虎痴”，许褚被封为关内侯，因此又有“虎侯”的美誉。

后来，双方又进行了一次阵前交谈，不知何故这次只有韩遂前往，没有马超。据《三国志》记载，韩遂的父亲跟曹操是同一年举的孝廉，有点类似后世同一年中进士的被称为“同年之谊”，当时全国一年被推举的孝廉最多也不过几十个人，这也算一种缘分。而韩遂本人是朝廷正式任命过的征西将军，跟曹操算是同僚关系（公与遂父同岁孝廉，又与遂同时侪辈），因为这个原因，双方会谈的气氛相当融洽。

曹操跟韩遂越走越近，两匹马在不知不觉中走到了一块，两人聊了很久（交马语移时），他们的谈话没有切入正题，而是叙了些旧事家常，说得高兴处，还拍手欢笑。据《魏书》记载，为保证曹操的安全，曹军士兵在两人谈话的区域之外放置了很多木头做的障碍物（木行马），这样其他人只能在很远的地方看他们而听不到他们具体说些什么，但能看出来他们谈得很投机。那时天下没有不知道曹操大名的，包括从凉州来的少数民族士兵也是一样，但见过曹操的却很少，他们都想近距离看看曹操长得什么样。见此情形，曹操高声对关中联军将士开玩笑道："大家想看我曹操吗？我也是人哪，没有四只眼睛两张嘴，只不过智慧多一些罢了（汝欲观曹公邪？亦犹人也，非有四目两口，但多智耳）！"现场大乐，不像是准备厮杀，倒像是明星来开演唱会。

韩遂不知道，这正是曹操的计谋，而这个计谋的发明人还是他自己。十六年前，大体上也是在关中地区，韩遂用阵前拉家常这一招让李傕和樊稠翻脸，从而导致樊稠被杀，当前的那一幕，贾诩有可能就在阵前观看。现在，曹操好比是韩遂，马超和韩遂好比是当年的李傕和樊稠，招数不在于是否新鲜，实用就行，以贾诩的机敏，临时克隆了这一招，反过来给韩遂用上，而韩遂还被蒙在鼓里。

果然，马超中计，韩遂一回来他就追问跟曹操在阵前谈了些什么，韩遂想了半天，实在想不出来谈过什么正经事，于是老实回答说没谈什么，但这让马超更起了疑心。曹操又不失时机地加了一把火，给韩遂写了封信，故意在信上涂涂改改，让人看了像是韩遂改的（公又与遂书，多所点窜，如遂改定者），曹操又故意让这封信落入马超手中，马超看了疑上加疑。

通过这几招，把关中联军内部搞得互不信任，草木皆兵，从而没有信心再与曹军决战了。曹操感觉火候差不多了，于是下达了总攻击令。总攻击开始前，曹军先以小股部队进行袭扰，反复冲击，使敌人疲于应对（先以轻兵挑之，战良久），之后，以虎豹骑为主力，突然纵兵杀出，将敌人打败，成宜、李堪等人被斩于阵前，韩遂、马超率残部逃到凉州，杨秋逃到安定，程银、侯选逃到汉中，后来曹操征张鲁，汉中攻破后程银、侯选投降。至此，关中宣告平定。

此战是曹操高超军事指挥艺术的集中体现，表明此时的曹操在用兵上已达到炉火纯青的境界，他从战略层面考虑，先放慢攻击节奏，故意让敌人集结，以达到一战全歼的效果；之后巧用疑兵，又及时分兵，关键时候上演了离间计的好戏，让敌人节节退缩，从内部开始瓦解；到决战之时，敌人实际上已经丧失了拼死抵抗的决心。

打开凉州大门

建安十六年（211），即赤壁之战后的第四年，这一年的农历十月，曹操在渭河南岸一举击败了马超、韩遂领导关中联军，之后进入长安。曹操暂不打算撤军，他想把关中乃至整个凉州都平定了。这虽然是一项很困难的事，但目前无疑是最好的机会。

马超、韩遂逃到凉州，其他参与叛乱的诸将，有的被杀，有的也找个地方暂时躲了起来，其中杨秋率残部逃到安定郡，这是凉州刺史部最东边的一个郡，大体范围相当于今天宁夏大部和陇东的一小部，固原、平凉以及六盘山都在其内，治所临泾县，在现在的甘肃镇原附近。

如今，从关中到宁夏去一般有两条路可供选择，一条走陕北，到延安后折向西，经过安塞、定边等进入宁夏；另一条是走陕西的乾县、彬县折向西，进入陇东，过平凉至固原，然后由青铜峡过黄河。有一段时间，因为工作上的关系我常从这两条道走，大部分走的是后一条路，进入陇东后，顿觉山高林密，尤其是平凉境内的崆峒山，更有世外仙风。而在东汉末年，这一带还是人烟相对稀少的地方，交通状况也不太好，但它处在关中通往凉州主干道的侧面，今后要顺畅地进入凉州，打通西域大通道，必须先解决这个侧翼的威胁。

曹操在长安几乎没有停留，即刻亲自率兵征讨安定郡的杨秋，把杨秋包围在安定郡的治所临泾。杨秋此人来历不详，可能是趁乱起事的地方实力派，早年在一片乱哄哄的时局中被凉州军阀控制的朝廷收编过。杨秋自知不是曹操的对手，于是投降。曹操保留杨秋的官职，让他继续率部留在安定郡。

曹操看人很独到，他看出来杨秋与马超、韩遂有本质区别，可以拉拢过来为自己所用，于是大胆决定让杨秋留在原地为自己效力。真没有让曹操看错，杨秋从此忠心耿耿效忠曹魏，曹丕继位后，封杨秋为冠军将军，杨秋后来配合张郃、郭淮镇抚凉州（那时候凉州已更名为雍州），立下了不少功劳，后来杨秋被晋升为讨寇将军，封为临泾侯，成为参加潼关之战的关中诸将里结局最好的一个。

凉州刺史部最东边有三个郡，分别是安定郡、汉阳郡和武都郡，它们自北向南并列排开，是凉州东面的门户。此时的凉州刺史是韦康，他是前凉州牧韦端之子，担任凉州刺史多年，由于长期以来凉州实际上被大大小小的各路军阀所控制，韦康这个刺史基本上有名无实，控制范围仅限于汉阳郡一带。韦康虽不是曹操任命的，但他跟马超、韩遂等人也不是一伙，在政治上倾向于朝廷。曹操平定安定郡后，韦康以凉州刺史的身份正式接受曹操的调遣。

这样，就打开了凉州刺史部的东大门。曹操在安定郡稍作休整，准备即刻进军马超、韩遂退守的凉州腹地，也就是金城（今甘肃兰州）一带。但就在此时，曹操接到了紧急情报，说邺县那边出了问题，有人发动叛乱，曹操大吃一惊，下令撤军。后来才知道，邺县附近的河间国爆发了田银、苏伯领导的农民起义，势头很猛，整个幽州、冀州都受到了震动（**太祖西征，田银、苏伯反，幽、冀扇动**）。曹丕想亲自出征，后在曹丕五官中郎将府里担任功曹的常林劝说下才打消了念头，改派部将贾信率兵征讨。

综合《三国志》常林、国渊、程昱等人的传记可以看出，这场轰轰烈烈的农民起义很快就被扑灭了，率兵“围剿”起义军的贾信也名不见经传，在整个《三国志》里他只有两次出场机会，除这次外，还有就是建安八年（203）受曹操指派驻军黎阳监视袁氏兄弟，这些情况表明，这场农民起义规模十分有限。但是，查看《三国志》曹仁的传记却发现，这场起义规模应该很大，曹操不得不从西征军里抽调出相当一部分人马参加平叛，总兵力多达七个军，也就是七万人以上，由西征军主将之一的曹仁任总指挥（**以仁行骁骑将军，都督七军讨银等，破之**）。

这应该是一场被史书淡化了的农民大起义，它至少说明“曹操控制区”的局势仍不稳定。由于连年征战，“曹操控制区”的人民承受了巨大的经济负担，虽然曹操手下像杜畿那样的行政人才有不少，但也无法平息人民的不满，正因为如此，才让曹操暂时放弃了一举平定整个凉州的计划。

就在曹操决定从安定郡撤离时，有一个人听说消息赶紧求见曹操，建议他不要仓促撤军。这个人名叫杨阜，字义山，凉州刺史部汉阳郡冀县人，韦端当凉州牧的时候，杨阜便在韦端手下任从事。官渡之战前夕，韦端吃不准应该站在哪一边，就派杨阜到许县观察情况，杨阜被朝廷任命为安定郡的长史。

杨阜回来后，大家都关心地问袁绍和曹操谁胜谁败，杨阜使劲替曹操说话（**曹公有雄才远略，决机无疑，法一而兵精，能用度外之人，所任各尽其力，必能济大事者也**），韦端在官渡之战中虽然没有公开站在曹操一边，但也没有倒向袁绍，基本处于中立状态，杨阜在其中立了功。长史相当于秘书长，杨阜不喜欢当郡政府的秘书长，于是辞职（**长史非其好，遂去官**）。后来韦端被朝廷征为太仆，相当于交通部部长，他的儿子韦康成为凉州刺史，韦康聘任杨阜为别驾，相当于副州长，曹操也听说过杨阜这个人，曾经想征他到丞相府任职，但韦康上表请求让杨阜继续留在凉州。

韦康的凉州刺史府此时应该在汉阳郡冀县，在今甘肃省天水市以西，杨阜就是这个县的人。杨阜刚好受韦康之命到安定郡拜见曹操，听说曹操即将撤军，赶紧求见，杨阜对曹操说：“马超有韩信、黥布之勇，很得羌胡之心，西部州郡都害怕他，如果大军撤回，不做周密准备，陇上诸郡恐怕将落入他的手中。”曹操认为杨阜说得有理，但后方的事也很紧急，不容他在此做太多停留（**太祖善之，**

而军还仓卒，为备不周）。

就这样，曹操于建安十六年（211）十二月从安定郡回到长安，关中地区的大部分此时已在曹军掌握之中，曹操把夏侯渊留下来主持关中军务，同时任命张既为京兆尹，这个职务相当于长安特别市市长，郡太守一级，处理长安一带的地方政务。张既在关中地区当过县令，是钟繇的得力助手，在调马腾入京就任卫尉一事上，他处理果断，调度得当，最终让马腾不得不就范，受到曹操的赞赏。

做了这些安排后，曹操即刻由长安返回，于次年正月回到邺县。在曹仁、贾信等部镇压下，田银、苏伯起义已被扑灭。曹操一回到邺县，就听取了曹丕、曹仁、程昱等人的情况汇报。曹操听说除了战场上被诛杀的人以外，还抓了不少人等待处理，曹操问大家是什么意见，郑玄的学生、此时担任冀州长史的国渊建议，惩治首恶就行，其他人应予宽大（渊以为非首恶，请不行刑）。曹操接受了这个建议。史称因为国渊这一句话而活命的，有一千多人。

每次战后，各地方、各部门都要上报战果，过去经常出现虚报多报的事情，曹操让有关部门查了一下，发现国渊上报的数目最真实，曹操问国渊是怎么考虑的，国渊回答说："征讨敌人虚报战功的，只是想把自己的功劳夸大些，河间国在冀州辖区内，田银等叛逆虽被剿灭亡，但作为地方官我深以为耻（克捷有功，渊窃耻之）。"曹操最喜欢老实人，他听了国渊的话感到很高兴，后来提拔他做魏郡太守。

当初贾信等人进攻田银、苏伯，起义军里有一千多人请求投降，据《魏书》记载，曹丕让大家讨论如何处置这件事，大家都认为应该遵守制度，即围城之前投降可以接受，一旦围城即使投降也要诛杀。程昱不同意，他说："诛降发生在天下扰攘之时，围而后降的不赦，用来示威于天下。现在是和平时期（今天下略定），又发生在自己的辖区内，面对必降之贼，杀了无法立威，已经与先前诛降的用意不同了（非前日诛降之意）。所以，我认为不能诛杀，即使要诛杀，也应该先报告丞相。"

但是，其他人说："五官将有临事独断的专权，不用再请示，可以诛杀（军事有专，无请）。"程昱不吱声，曹丕起身，专门询问程昱还有什么意见，程昱说："所谓临机专断是遇着临时之急，瞬间发生的事来不及请示才可以用（凡专命者，谓有临时之急，呼吸之间者耳）。现在贼人已被贾信将军控制，不会有朝夕之变。所以老臣我不想让将军按临事专权办理。"曹丕说："将军考虑得很周全。"曹操回来后，曹丕专门报告了这件事，曹操听说后很高兴，对程昱说："你不但明晓于军计，还很善于处理我们父子之间的关系（又善处人父子之间）。"

小人物成大事

曹操大军撤回后，眼看凉州方向也暂时无法再有大的进展了。可是没过两年，凉州的局势却峰回路转，韩遂兵败被杀，马超无法立足逃到汉中，凉州大部分地区纳入曹操的势力范围。在此过程中，曹军的主力被吸引到东线的合肥作战，还要承受中线荆州方向的压力，并没有力量大规模用兵于西线。曹操之所以仍然取得了如此重大的收获，与两个人的特殊贡献密不可分，这两个人前面都有提及：一个是杨阜，一个是阎行。

曹操从安定郡撤兵时杨阜曾经力谏不要中止在凉州的军事行动，曹操虽然认为他说得有理，但后方出现叛乱又让他不得不撤军。曹操率大军撤离后，虽然留下夏侯渊驻守长安，但对凉州鞭长莫及，参加过上一次叛乱的凉州各路军阀在马超的鼓动下又蠢蠢欲动，马超还联络了在兴国的羌族首令阿贵、在白项的氐杨王千万等部族势力，再次起兵，他们攻打效忠于朝廷的郡县，即使有不愿意跟着起事的，由于害怕马超的攻打，也都应和他们（超率诸戎渠帅以击陇上郡县，陇上郡县皆应之），只有汉阳郡公开与马超对抗。

凉州刺史韦康就在汉阳郡的冀县，在杨阜的竭力劝说下，韦康决定率全城军民拼死抵抗，等待朝廷援军的到来。马超率一万多人将冀县围了起来，张鲁也从汉中派大将杨昂前来助战，冀县保卫战开始了。这场战役名气不大但却很重要，从建安十八年（213）的正月一直打到八月，打得极为惨烈。

守城的人很少，《三国志》记载仅有一千多人，他们在杨阜的率领下拼死抵抗。杨阜是冀县本地人，杨氏宗族子弟全部上了城墙，杨阜的堂弟杨岳在城墙上还修筑了一个“偃月营”，跟马超死拼。在相传为唐人李筌所著的《神机制敌太白阴经》一书中，对偃月营有过细致描述，说这种阵法“形似偃月”，其特点是“背山冈、面陂泽，轮逐山势，弦随面直”，特别适合于“地窄山狭之所”筑营。杨阜、杨岳等人在城墙上筑营，这里地方狭小，倒有可能采取这种方法，但是否与《神机制敌太白阴经》所述一致，不得而知。这种阵法很奏效，马超、杨昂打了好几个月，居然拿冀县没办法。

但是，城里也渐渐支撑不住了，韦康、杨阜商量后，派州政府别驾阎温冒死出城搬救兵，前面多次说过，别驾相当于副州长，是刺史最重要的助手。冀县附近有一条河，就是渭水，阎温趁夜从水中潜出城，天亮的时候，敌兵发现水迹，然后派人来追，一直追到显亲县境内，把阎温追上了。显亲县位于冀县以北，看来阎温打算先逃到安定郡，在那里找到杨秋，再设法向长安的夏侯渊报信。

阎温被抓了回来，马超见了赶紧替他解绑绳，对他说：“今成败可见，足下为孤城请救兵而被抓，想行大义又如何做到？如果听我的，你对城里说外面没有救兵，应当是此转祸为福的计策。不然，现在就杀了你。”阎温假装答应，马超命人把阎温带到城下，阎温对城上大声呼喊：“大军不过三日就到，大家要坚持呀！”城中一听群情激昂，有人高喊万岁。马超大怒：“你不想活命了吗（足下不为命计邪）？”阎温不理会，马超开始倒没杀阎温，还想诱降他，但每次都遭到阎温的谴责，阎温最后还是被杀了，他临死前曾说：“事君就要死无二心，让我说不义之言，我岂能苟且偷生？”

阎温对城里说大军三天就到，这只是激励大家的话，事实上他也不知道大军什么时候到。城里又守了几天，实在没法守下去了，包括刺史韦康在内，都有了投降的打算（州遣别驾阎温循水潜出求救，为超所杀，于是刺史、太守失色，始有降超之计）。

杨阜竭力劝说，甚至流下眼泪：“杨阜等率父兄子弟以义气相激励，至死也没有二心，当年田单守城也不过如此。现在放弃马上就能得到的功劳，陷于不义的名声，我宁愿以死相守！”杨阜说到激动处，不禁大哭起来，但是韦康等人还是决定投降，他们打开城门，迎接马超入城。马超于是在冀县建立了基地，自称征西将军，兼任并州牧，负责处理凉州一切军政事务（督凉州军事）。马超让杨昂把韦康等人杀了，把杨阜的堂弟杨岳抓了起来，但奇怪的是，对于杨阜却没有深究，这为杨阜展开复仇行动创造了条件。

杨阜想报仇，却一时间找不到机会（阜内有报超之志，而未得其便）。后来杨阜的妻子去世，他以丧假为由离开冀县。杨阜有个表兄名叫姜叙，屯兵在历城，此地位于冀县以南，前往武都郡的方向。杨阜在历城与姜叙相见，并拜会了姜叙的母亲。杨阜就把此前在冀县的事跟表兄说了，言谈之中很是悲切（说前在冀中时事，歔欷悲甚）。姜叙的母亲听到了他们的谈话，被杨阜的义气所感染，支持儿子参加杨阜的计划，皇甫谧所著《列女传》一书对姜叙的母亲专门有过记载。就这样，杨阜牵头，姜叙又找来同乡姜隐、赵昂、尹奉、姚琼、孔信等人，以及武都郡人李儁、王灵等结谋，约好共同讨伐马超。姜叙还派堂弟姜谟悄悄潜进冀县，设法联络上仍在关押之中的杨岳，还联络了梁宽、赵衢、庞恭等人，在冀县城内秘密结盟。

建安十七年（212）九月，杨阜和姜叙在历城与冀县之间的卤城起兵，马超听说后亲自率兵讨伐，这正是杨阜、姜叙想看到的结果。马超一走，赵衢、梁宽等人立即把杨岳解救出来，利用杨岳在冀县的影响力，很快控制了县城，杨岳下令关闭冀县城门，杀了马超的妻子儿女。

事情好像很容易，其实这是长期准备的结果，而关键人物是赵昂以及他的妻子王氏，这一点在正史中没有记载，在皇甫谧所著的《列女传》有详细记述。赵昂就是杨阜、姜叙找来结盟人中间的一个，《列女传》说他当过县令，后来是刺史的军事参谋（参军事），他的妻子叫王异，当时夫妻俩居住在冀县。马超攻打冀县，赵昂积极守城，妻子王异也力所能及地参加了守城。韦康想投降，赵昂也进行苦劝，但韦康不听，冀县为马超所占。

马超想拉拢赵昂为己所用，但又不完全信任（欲要昂以为己用，然心未甚信）。马超的妻子杨氏听说王异不一般，就主动请来相见，王异知道丈夫已秘密参加了图谋马超的行动，为了赢得马超的信任，她与杨氏也主动接近，最终获得了杨氏的信任，通过马超的妻子杨氏这层关系赵昂也得到了马超的信任（昂所以得信于超，全功免祸者，异之力也）。

马超攻打卤城，遭到杨阜、姜叙的抵抗，杨阜亲临一线，身上先后负了五处伤，本族子弟也有七个人战死。在他们的拼死抵抗下，马超无法得手。马超想回兵，但冀县已经易主。马超走投无路转而偷袭历城。据《列女传》记载，马超的人马开到历城，城里居然认为这是姜叙等人回兵，没有任何防备，马超轻松地将历城占领，抓到了姜叙的母亲。马超想用姜叙的母亲做筹码与杨阜、姜叙谈判，姜母痛斥道："你这个背弃父亲的逆子，杀害守君的贼人，天地岂能容你，不早点去死，还有什么面目活着？"姜母就是故意要激怒马超，然后求得一死。马超大怒，把她杀了。

马超无可奈何，下令一把火烧了历城，之后由武都郡进入汉中，向张鲁求救去了。第二年春天，马超从张鲁那里借了一些人马，重新杀回来，试图夺回凉州。姜叙迅速向长安的夏侯渊求救，有人建议夏侯渊先向邺县汇报后再做行动，但夏侯渊认为长安到邺县来回四千里，等接到命令，姜叙那边肯定坚持不住了（公在邺，反复四千里，比报，叙等必败，非攻急也）。

夏侯渊说得没错，但这个想法为何不出现在一年前？去年春天，马超围攻冀县，前后长达八个月之久，夏侯渊居然没有任何反应，这是一个很费解的迷。但这一次夏侯渊行动很快，他让张郃率五千人先出发，从陈仓入凉州，他自己督运粮草紧跟其后。

张郃过了陈仓，在渭水上游遇到马超所部，马超率领由氐人和羌人组成的联合兵团共数千人来攻张郃，但刚一接触，马超就败了下来，等夏侯渊大军开到，原来表示效忠马超的凉州西部各县全部投降。马超无奈，只得再次逃往汉中，从此不再做反攻凉州的打算。

至此，包括汉阳郡、武都郡、安定郡、陇右郡等在内的凉州大部宣告平定，对曹操来说，这是一个意外收获，为表彰此战有功人员，曹操以朝廷的名义连封十一个人为侯，作为第一功臣，杨阜自然在封侯之列，曹操准备封他为关内侯，但杨阜却上表辞让。曹操不允许，亲自给杨阜写信要他接受。杨阜后来担任过益州刺史、金城郡太守、武都郡太守等职，曹丕继位后到朝廷任职，担任过将作大匠、少府卿等职，以直言恳谏著称。刘晔评价他有“公辅之节”，陈寿评价把他跟汉初名臣汲黯相提并论，称他“刚亮公直，正谏匪躬”。

设立雍州刺史部

马超跑了，但韩遂还在，凉州还不算完全平定。马超第二次起事，自始至终没有看到韩遂的影子，他还在凉州吗？答案是，直到建安十九年（214），韩遂一直都在凉州。

渭南大败后，韩遂也逃回了凉州，在金城郡即今甘肃省兰州市一带活动，和马超相比，他的斗志不那么强，还始终抱着有朝一日与曹操和解的幻想，但又觉得不那么切合实际，在马超积极活动进行反攻的时候，韩遂虽然没有反对，但态度一点都不积极。

阎行的事前面做过交代，他的父亲还在邺县。大约在马超第二次起事之后，已身在邺县的曹操终于忍无可忍，下令将卫尉马腾以及包括马腾两个儿子在内的全家数十口全部诛杀，一同被杀的，还有韩遂的儿子。曹操没杀阎行的父亲，只是把他关了起来，《魏略》说，曹操亲笔给阎行写了一封信：“我看韩遂的所作所为，十分可笑（观文约所为，使人笑来）。我前前后后给他写了不少信，信中无话不讲，到了这种地步还如何忍耐？你的父亲知晓大义，目前很平安（卿父谏议，自平安也）。即便如此，牢狱那种地方不是赡养父母的场所（牢狱之中，非养亲之处），况且我也不能为你长期赡养老人呀。”

曹操给阎行说得很明白，他的父亲不会有生命危险，但不能等得太久。韩遂见曹操不杀阎行的父亲，担心阎行有二心，于是强迫阎行娶了自己的女儿（闻行父独在，欲使并遇害，以一其心，乃强以少女妻行）。韩遂让阎行担任西平郡太守，在那里发展势力，阎行却趁机向韩遂发起进攻，但是没有取胜，最后带领家人逃往东方，后来见到了曹操，曹操封其为列侯。

阎行向韩遂发起攻击时，韩遂彻底伤心了。据《魏略》记载，韩遂对另一个叫成公英的心腹说：“大丈夫遇到危难，祸患的根源居然从婚姻开始！如今连亲戚都要背叛我，人马又少，看来只能从羌中向西南去投奔蜀地了。”成公英劝他：

“将军兴兵数十年，现在虽然遇到挫折，哪能放弃自己的门户投靠他人？”韩遂说：“我年纪大了，你有什么办法教我（吾年老矣，子欲何施）？”成公英说：“曹操不可能亲自从远方赶来，这也就是姓夏侯的主事而已。夏侯的人马无法追赶上我们，又不能在这里久待，我们暂时在羌中休养休养，等待他离去，然后聚集以前的人马，我们还会有所作为的。”韩遂接受成公英的建议，带随从男女数千人到羌人那里，由于他向来对羌人很好，羌人愿意保护他。

这时正是马超自汉中杀回、夏侯渊率军救援姜叙的前后，后来马超再次败走，而夏侯渊大老远来了一趟，什么都没干，有点不甘心，想顺便把韩遂收拾了。据《三国志》记载，当时韩遂驻扎在汉阳郡冀县以北的显亲，夏侯渊发起攻击，韩遂不敌逃走，夏侯渊缴获了不少韩遂的辎重粮草，同时展开追击，一直追到略阳城，此地在显亲县东北方向不远。对于下一步的行动，夏侯渊手下诸将有不同意见，有的认为应该攻击略阳，有的认为应该攻击兴国的氐王。夏侯渊认为韩遂人马虽然不多，却都是精兵，而兴国城池坚固，不能立即得手，所以应该攻击长离一带的羌人（以为遂兵精，兴国城固，攻不可卒拔，不如击长离诸羌）。夏侯渊的判断是，直接攻打略阳不划算，而韩遂部下与长离诸羌关系密切，有很多人的家眷都在长离，攻击那里韩遂必救无疑，在运动中可以找到消灭敌人的机会（救长离则官兵得与野战，可必虏也）。

夏侯渊留下人守辎重，自己率轻兵直趋长离，韩遂果然率部来救。这时，敌众我寡，诸将看见有点担心（诸将见遂众，恶之），想结营与敌人打持久战。夏侯渊说：“我们转斗千里，士兵们已经很累了，再修筑营垒，士兵会更疲惫。敌人虽然很多，没有什么可怕的（贼虽众，易与耳）。”夏侯渊下达攻击令，为了鼓舞士气，他亲自擂鼓，曹军将士个个用命，最后大败韩遂军，缴获了敌人的指挥旗，之后得胜而回，又将略阳攻克。

长离和略阳得手后，夏侯渊又率军进攻兴国，一直驻扎在兴国的氐王杨千万逃奔马超。夏侯渊又转击高平的屠各族首领，把他们打败，缴获不少粮谷牛马。陇西郡有一个地方叫枹罕，位置大约在今天甘肃省临洮县以西，这里有个叫宋建的人，趁着凉州大乱，自称“河首平汉王”，任命了丞相等官员，像袁术那样做起了土皇上，已割据长达三十余年。曹操下令夏侯渊趁着连克马超、韩遂以及众氐王、羌王、屠各王的声威，远击枹罕。

夏侯渊率张郃深入陇西郡，灭掉了宋建的独立王国，同时渡过黄河上游，进入小湟中一带，黄河西岸各羌族部落全部投降，陇西也宣告平定。曹操专门向夏侯渊发来了嘉奖令：“宋建作乱三十多年，夏侯渊将军一举灭之，虎步关右，所向无敌，正如孔子所说的‘吾与尔不如也’。”

到这个时候，凉州全境可以说基本平定了，马超到张鲁之后的事下面再说，韩遂的下落史书没有明载，在裴松之注《三国志》张既传时引用了《魏略》一段话，其中提到略阳之战结束不久，韩遂就死了，是死于战斗，还是死于疾病，不得而知。不管怎么说，博大而神奇的凉州已经掌握在曹操的手中，自建安十六年（211）到建安十九年（214），曹操用了三年多的时间，在没有付出特别大的代价情况下，平定了关中，得到了凉州，收获十分巨大。

曹操命令夏侯渊仍撤回长安，授予他“假节”的特权，统筹西部地区的军务。同时下令撤销凉州建制，改设雍州，刚刚就任长安特别市市长的张既被任命为雍州的首任刺史，统一管理关中以西地区的政务。张既临上任前专程赴邺县听取曹操的指示，曹操知道他是冯翊郡高陵人，也在雍州辖区内。张既能在家乡当父母官，说明汉末的“三互法”早已荡然无存了。曹操笑着对张既说：“你这次回到家乡，可以算得上衣锦还乡了吧（还君本州，可谓衣绣昼行矣）。”

第十章

王者之路

恢复五等爵制

建安十七（212）正月，五十八岁的曹操从关中回到邺县，此次由他亲自指挥的远征取得了大胜，邺县沉浸在胜利的喜悦中，四年前赤壁之败的阴霾逐渐被冲淡。远在许县的汉献帝刘协下诏，赐给丞相曹操三项特权：赞拜不名，入朝不趋，剑履上殿。关于它们的具体内容，在本书第一部中已做过介绍。

按照礼仪，大臣朝见皇帝的时候旁边要站一个司仪官，把他的官衔和名字都喊出来。比方说此刻曹操去见天子，司仪官就要喊："武平侯、丞相领冀州牧曹操，参见皇上"，然后曹操就要跪下来高声说："吾皇万岁，万万岁。""趋"是小步快走的意思，见到皇帝为表示恭敬，老远就得一路小跑过来，这就是"趋"。另外，见皇帝既不能携带武器，也不能穿鞋子，表示诚惶诚恐。

现在曹操拥有了三大特权，皇帝的司仪官喊完"武平侯、丞相领冀州牧"的时候可以省略曹操的名字不喊，这就是"赞拜不名"；老远见到皇帝也不用一路小跑，可以端个架子慢慢走，这就是"入朝不趋"；上朝的时候别人光脚板，自己可以穿鞋，而且可以佩带武器，这就是"剑履上殿"。这种无聊的形式主义却是那时政治生活中的大事，获得这些殊荣的人定然是人臣之极，纵观整个中国古代历史，拥有这些特权的人并不多。

汉献帝同时下诏，割河内郡的荡阴、朝歌、林虑三县，东郡的卫国、顿丘、东武阳、发干四县，钜鹿郡的瘿陶、曲周、南和三县，广平国的任城县，赵郡的襄国、邯郸、易阳三县，以上共十四个县，都归划魏郡管辖（以益魏郡）。魏郡原来已有十五个县，已属大郡，现在辖区的县有二十九个之多，成为天下第一超级大郡。这件事应该是曹操主导下进行的，背后一定有着更大的深意。果然，这一年十月，担任丞相军谋祭酒的董昭突然提出了一项建议，搅动了邺县和许县两地的政坛。

作为曹操事业矢志不渝的追随者和最坚定的支持者，董昭多次在关键时刻为曹操立下大功，深得曹操的信任，作为非汝颍出身的士人，董昭地位虽然不是特别高，但在曹操心目中他的地位又是独一无二的。董昭的建议是恢复秦汉之前的五等爵制（宜修古建封五等），由天子封曹操为魏公，同时赐曹操九锡之礼。五等爵是指公、侯、伯、子、男，是五种等级不同的爵位，公爵为最高，男爵最低，在秦汉以前实行的就是这样的爵位制，它们都是世袭的，有了爵位才能被称为贵族，享受不同的特权。

世袭制最大的毛病就是不能奖勤罚懒，有点吃大锅饭的意思。到了秦朝，为鼓励大家英勇作战，把世袭制改成了军功制，爵位不仅可以世袭，也可以依靠军功取得，同时把爵位细分成二十级。这一招很管用，士兵们在战场上不怕死，心里就是有这个东西在支撑着。汉朝因袭秦制，还分二十级，最低的一级也就是第一级叫公士，第二级叫上造，到第十九级时叫关内侯，第二十级也就是最高的一级叫彻侯。汉武帝刘彻当皇帝后，为了避讳改“彻侯”为“列侯”，又分为三个等级：亭侯、乡侯和县侯，一般来说，爵位到了县侯这一级，也就到顶了。

与秦汉以前爵位制不同的是，汉代的爵位没有“公”这一级，却有“王”，在春秋战国时代，“王”是唯一的，即周天子，周天子之下有齐桓公、晋文公、秦穆公等等这些“公”。秦汉以后有了皇帝，皇帝之下虽然没有“公”却有“王”，“王”之下是二十等军功爵位。说起来汉代爵位体系更丰富，等级更多，但为什么还总有人想变回去呢？说起来，这都是刘邦弄出来的事。

刘邦当上皇帝后开始封了不少异姓王，如楚王韩信、赵王张敖、韩王信、梁王彭越、淮南王黥布、燕王卢绾、长沙王吴芮等，但好景不长，除长沙王吴芮外其他人都先后搅进叛乱而被杀，刘邦后来明白了，敢情打江山需要众人拾柴火焰高，而坐江山却有强烈的排他性，于是在晚年搞了一个“白马盟誓”，约定“不是刘家的人不得封王，没有功劳的人不得封侯。谁不遵守这个盟约，天下人共同征伐他（非刘氏而王者，若无功，上所不置而侯者，天下共诛之）”。这样虽然为刘氏子孙办了一件好事，但却断了其他人向上进步的希望。比如说曹操，无论是军功还是实力，放在汉朝初年一点都不比韩信、彭越差，但也只能被封为列侯。

这就是董昭提议恢复秦汉以前五等爵制的背景，不是那一套办法更好，而是现行的这一套太不行，通过恢复五等爵制，等于废除了汉代的二十等军功爵制，进而推翻刘邦订下的“白马盟誓”，但这不是小事，它要动摇三四百年来汉朝的国统，在当今天子事实上已形同傀儡的情况下，这更是一个极度敏感的话题。

在董昭的建议里还有一项内容，就是“九锡”，这一套东西更为复杂烦琐，但又更让人趋之若鹜。这里的“锡”不是元素周期表上“Sn”表示的那种金属，而是一个通假字，它通“赐”，“九锡”就是赐予九种东西，具体说就是九种礼器，分别是车马、衣服、乐、朱户、纳陛、虎贲、斧钺、弓矢和秬鬯，是古代天子赐给诸侯、大臣以及有特殊贡献的人的九种器物，用来表示礼遇或特权。

这九种礼器都很特别：车是特制的，分别叫“金车大辂”和“兵车戎辂”，用黄马八匹来拉；衣服是“衮冕之服”，配套的有叫“赤舄”的鞋子一双；乐器里包括定音和校音的器具；朱户是允许自家住宅装修红漆的大门；纳陛是进宫殿时可以走特别凿出的台阶，类似贵宾通道；虎贲是天子的卫士；弓矢包括特制的红、黑色的专用弓箭，有一百副彤弓矢，一千副玄弓矢；斧钺是一种大斧，在上古年代不仅是用于作战的兵器，而且是军权和国家统治权的象征；鬯是用黑黍和郁金草酿成的一种稀有的酒。

不是这些东西有多值钱，而是拥有它之后就意味着享受了极高的荣誉和特权，出门可以乘坐天子的专车，穿着天子的衣服，警卫员也是从天子身边调来的，进宫走的是贵宾通道。除了这些形式主义的东西还有许多实实在在的特权，专用的弓箭意味着有权征讨叛逆，斧钺意味着可以诛杀不法之人，等于有先斩后奏的权力。这九种东西只能由天子赏赐，再有钱也不能自行置办。天子也不会随便给人，只能赏赐给那些为国家建立了卓越功勋的人，而且这九项内容通常不会一块赏赐，因为人臣如果全部得到这些特权，那他从形式到内容也就与天子相差无几了。

董昭是这项提议的发起者，之前有没有向曹操请示过或者是否接受过曹操的暗示不得而知。曹操对董昭这项提议的反应，在《三国志》董昭荀彧的传记以及《献帝春秋》里有两种不同的记载。据董昭的传记记载，曹操得知董昭的建议表示了反对，他说："恢复五等爵制是大事，只有圣人才能完成，不是人臣可以办到的，这让我如何面对（建设五等者，圣人也，又非人臣所制，吾何以堪之）？"董昭劝道："自古以来人臣辅佐君主，从来没有明公您现在这样的功业（人臣匡世，未有今日之功）。有建立了这样功业的，就不会久处人臣之位。现在明公不愿意在这些事上有所不安，希望为保名节而不愿意承担更大责任（乐保名节而无大责），品德超过了伊尹、周公。然而如今的百姓更难教化，处于大臣之位，让别人在大事上猜疑自己，这确实得好好考虑一下（诚不可不重虑也）。明公虽然品行高尚，又明以法术，可如果不在此时明确根基，不为子孙万世考虑考虑，还是没有做到位呀（而不定其基，为万世计，犹未至也）。所谓明确根基，是指土地和人民，应该从这两个方面有所建树，以便保护自己（以自藩卫）。"

而据《三国志》荀彧的传记记载，董昭等人为此事专门秘访荀彧，但是遭到了荀彧的反对，荀彧认为曹操兴义兵的目的是匡扶朝政，怀持的是一颗对汉朝的忠贞之心，故尔董昭等人的提议不合适（太祖本兴义兵以匡朝宁国，秉忠贞之诚，守退让之实；君子爱人以德，不宜如此）。荀彧的观点很快被曹操知道，曹操相当不高兴（太祖由是心不能平）。这里暗示，董昭的提议没准是曹操本人发起的，董昭只是跑腿的，正式提出前，由董昭以及其他人出面还做了很多人的工作，因而荀彧的反对意见曹操很快就知道了。

《献帝春秋》支持荀彧传的说法，它还收录了董昭为此事专门写给荀彧的一封信，信中说："过去周公、吕望在世，正当姬氏强盛，有周文王、周武王开创的大业，辅助幼小的成王，功勋与曹公现在差不多（功勋若彼），他们仍然接受了很高的爵位，赐土开疆（锡土开宇）。到田单在世时，率领强大的齐国军队，为报仇进攻燕国，攻下了七十座城，迎立齐襄王，齐襄王加赏田单，东边有掖邑的封地，西边有菑上的良田。前世对待功臣，都是如此厚赏（前世录功，浓厚如此）。现在曹公面对海内倾覆，汉室宗庙焚灭，他亲自披坚执锐（躬擐甲胄），四处征伐，栉风沐雨，已经有三十年，他扫灭群凶，为百姓除害，使汉室复存，刘氏得以被天下人所奉祀。前面提到的那些人，与曹公相比就像高山与土丘，无法相提并论。可如今曹公只是与诸位将军同列，封侯也只能给一县的封邑，这难道是天下之所望吗？”

可是董昭仍没能说服荀彧。对荀彧的态度曹操其实已经有了思想准备，早在建安九年（204），有人提出过恢复古代九州的建制，这其实也是借恢复古制间接突破汉代政治体制的一种尝试，但立即遭到了孔融和荀彧的反对，有了八年前的那一次经验，曹操对荀彧的立场已不再吃惊，但心里极不舒服，所以“不能平”。

然而，现在的情况与八年前已有所不同，曹操掌控局势的能力更强，对汝颍士人的依赖度有所降低，上次荀彧一表示反对他便立即停止了恢复九州制的打算，这一次他不打算那样做了。不过，曹操知道荀彧这个人很执着，很难让他改变自己的立场，如何处置荀彧的反对意见？曹操不得不认真地想一想了。

荀彧抑郁而终

建安十七年（212）十月，大约在董昭提出恢复五等爵制的同时，曹操决定从东线发动一次对孙权的远征，如果不算上一次援救合肥，赤壁之战后曹操先后发动过三次亲征孙权的军事行动，分别在建安十七年（212）、建安十九年（214）和建安二十年（215），今年算是第一次。

在曹操生命中的最后一个十年，他仍然经常领兵出征，主要战场有两处：东线的合肥、濡须口，西线的关中、汉中。奇怪的是，曹操在西线接连得手，先是打败了马超、韩遂，平定了关中，进而平定了陇右，以后又远征汉中，收降了张鲁，但是在东线作战他却屡屡无功而返，只能望长江而叹。有人认为这是对手不同，马超、韩遂、张鲁这些人不能与孙权相提并论。这也许是个理由，但还有另一点不容忽视，曹操先败于赤壁，后来又多次止步于长江边上，与曹军善于平原和山地作战，而不擅长水战有关。直到后来，曹丕称帝后这种局面仍未改观，数十年中，长江成了曹军无法逾越的天险。

参加本次远征的部队仍然先在谯县集结，曹操对这次亲征寄予厚望，特地请汉献帝派尚书令荀彧代表朝廷到谯县来慰问。天子派大臣到前线劳军也是惯例，但由实际上主持朝廷日常工作的荀彧亲自前来，是以前没有过的。包括荀彧本人在内，许多人都注意到了这个细节，感觉将有什么事发生。果然，曹操随后就以汉献帝的名义发布诏令，改任荀彧为光禄大夫，不再担任尚书令一职，以侍中、光禄大夫的名义代表天子（持节）继续留在军中，并担任曹操的军事顾问（参丞相军事）。

这一任命非同小可，光禄大夫的品秩是“比二千石”，品秩二千石可以看作正部长级，“比二千石”略低于二千石，可以视为副部长级。荀彧担任了十多年的尚书令一职，品秩只有一千石，算是个司局级，看起来他升官了，可尚书台是朝廷的秘书局和机要局，实际权力要大得多，远远超过了一般部长，尤其在当前的局势下，尚书令处理朝廷日常工作，是曹操在许县的代言人。

在士人们的心目中，荀彧就是他们的领袖，当个部长都屈才，就连曹操都认为荀彧的地位应该更高，一度曾经想让他担任三公之一的太尉，被荀彧本人拒绝了。现在，再笨的人都明白荀彧的尚书令变成了光禄大夫绝不是升官，而意味着他失宠了。并且，曹操让荀彧参丞相府军事，把荀彧变成了自己直接的下级。

荀彧郁闷至极，于是病了。不过，也参加了此次远征的曹丕后来在《典论·自序》里记录有荀彧来军中慰问的事，从当时的情况看荀彧的精神状态挺好。曹丕写道，他随同大军驻扎在曲蠡，即今河南省临颍县，荀彧曾来军中慰问，他们还进行过闲谈，当时荀彧兴致颇高，对曹丕说：“听说你能左右开弓射箭，这实在不简单（闻君善左右射，此实难能）。”曹丕说：“您还没见过我在马上昂首大呼，俯视马蹄、仰射月支的时候吧？”荀彧笑道：“那是呀（乃尔）。”曹丕说：“箭靶放在固定的地方，即使百发百中，也没有什么了不起的（的有常所，虽每发辄中，非至妙也）。如果在平原上疾驰，脚下是丰美的草地，追逐野兽，截杀飞禽，箭不虚发，射中猎物必须洞穿它，这才算高妙。”当时军祭酒张京也在座，回头看着荀彧拍手称好。

从上面这段记述里似乎看不出荀彧心事重重，反而觉得让他来军中慰问他挺高兴。不过，曲蠡这个地方还在许县附近，荀彧这时还没有到谯县，尚不知曹操把他留下不让走，所以曹丕写他的职务时还说是“尚书令”。荀彧或许想这只是一次简单的慰问活动，结束后即可返回许县。

当然还有一种可能，那就是曹丕故意这样写的。荀彧死后关于他的死因问题有种种猜测，曹丕在《典论》这篇谈论文艺和哲学问题的学术著作中专门把跟荀彧闲谈这样的事也写进来，多少有点刻意之嫌，曹丕也许想告诉大家，荀彧确实是生病死的，关于他死因的种种传闻都不可靠。

曹操很快率大军推进到长江边上的濡须口一带，此时荀彧因病留在了寿春，在这里他的健康状况迅速恶化，最终病逝于寿春，这一年他正好五十岁。《三国志》

说荀彧的死因主要是有病，而心情郁闷也是原因之一（以忧薨），但《魏氏春秋》却认为他是自杀，《魏氏春秋》说曹操这时馈赠给荀彧一些吃的东西，荀彧打开后发现里面是空的，荀彧感到这是曹操在暗示自己什么，于是喝毒药自杀了（太祖馈彧食，发之乃空器也，于是饮药而卒）。另外，《彧别传》也暗示荀彧是自杀的，《彧别传》称荀彧临死前曾把与自己有关保存的重要文件都烧了，因而他曾经提出过的许多奇策密谋都不为人知（彧自为尚书令，常以书陈事，临薨，皆焚毁之，故奇策密谋不得尽闻也）。

《献帝春秋》却另有新解，它认为荀彧之死与即将被曝光的伏皇后事件有关，通常认为这件事被发现是在一年多以后，但《献帝春秋》认为曹操早就知情，并且荀彧也牵扯其中。《献帝春秋》记载，董承和董贵人被杀后，伏皇后写了一封言辞激烈的信给自己的父亲伏完，让伏完联络一些人除掉曹操。伏完找到了荀彧，荀彧看完后觉得事情很严重，他没有做任何表示，但也没有向曹操报告（完得书以示彧，彧恶之，久隐而不言）。伏完联络的人里还有自己的妻弟樊普，樊普害怕事后被株连，就把这封信交给了曹操，曹操心里有了防备，但没有立即挑明。荀彧后来感觉事情泄露了，担心曹操追究，想如何给自己解套。当时曹操刚把自己三个女儿送到宫中，成为汉献帝的贵人，荀彧于是主动跑到邺县，劝曹操另立自己的女儿为皇后。

曹操有点吃惊："现在朝廷有伏皇后，我的女儿能配给皇上，只是因为我那一点微不足道的功劳而已，怎能有更进一步的奢望（吾女何得以配上，吾以微功见录，位为宰相，岂复赖女宠乎）！"荀彧说："伏皇后没有儿子，性情凶险恶毒，以前还给她父亲写信，说了些大逆不道的话，所以应该废掉她（后无子，性又凶邪，往常与父书，言辞丑恶，可因此废也）。"曹操说："这件事以前怎么没听你说过？"荀彧假装惊讶地说："我前面向您报告过了呀（昔已尝为公言也）。"荀彧想打个马虎眼混过去，哪承想曹操很认真，说："这难道是小事吗，我怎会忘记？"荀彧装着又想了想说："确实没有报告过，可能是当初在官渡与袁绍相拒，不想打扰您，所以没有说。"如果曹操明白了荀彧是在为自己圆场，应该装个糊涂就过去了，但曹操并不想给荀彧这个面子，他继续追问："官渡之战以后为什么不报告（官渡事后何以不言）？"问得荀彧无言以对，只有不停地检讨自己（彧无对，谢阙而已）。

《献帝春秋》认为，这才是曹操与荀彧二人关系的转折点，此后曹操心里对荀彧产生了严重不满，只是表面上包容他而已（太祖以此恨彧，而外含容之，故世莫得知）。《献帝春秋》进一步认为，董昭提出授予曹操魏公的建议，荀彧表示反对，荀彧想当面向曹操陈述，正好这时让他到军前慰问，慰问活动结束后，是荀彧自己要求留下来的，目的是找机会跟曹操当面谈谈（及赍玺书犒军，饮飨礼毕，彧留请间）。曹操知道荀彧要谈什么事，不给他机会，最后荀彧在抑郁中死于寿春。

《献帝春秋》的记载与前面几部史书不同，对后世影响却很大。但是，这个记载的真实性值得怀疑，如果按照此说，在伏皇后事件没有公开之前荀彧主动找曹操谈过这件事，荀彧等于成了告密者，这恐怕不符合荀彧一向做事的风格。荀彧如果只求自保，他也就不会一次次在关键问题上惹怒曹操了。

尽管荀彧的死因扑朔迷离，但正值壮年的他在没有任何征兆的情况下死于军中，又是在是否恢复五等爵制争论的关键时刻，不能不引起朝野内外甚至民间的广泛猜测和议论。当时社会上什么传闻都有，其中有一种认为曹操逼荀彧杀伏皇后，荀彧不干，于是自杀。这种议论由寿春逃到江东的人告诉了孙权，孙权深信不疑，他以告示（露布）的形式广泛宣传，刘备知道后，也说："曹操这个老贼不死，看来祸乱就结束不了（老贼不死，祸乱不已）！"

客观地说，曹操这时虽然不喜欢荀彧，但还不至于杀他或者逼他自杀。荀彧跟随自己二十多年，为自己做出了巨大贡献，曹操对荀彧也是充分信任和尊重的。尽管近年来荀彧对自己的态度有了微妙的变化，但那都集中在如何对待汉室这个问题上，观点虽然不同，但曹操深信荀彧不是董承和伏完，他不会谋反。

在曹操眼里，荀彧一直是一个士人，有自己的政治理想，不容易轻易让他改变，但也不用过于防范他，因为他没有太大的威胁，所以曹操不会在即将与孙权展开大战的前夕把具有很大影响力的荀彧杀掉，这完全不符合曹操的利益。荀彧之死可能是巧合，精神压力的增大影响到荀彧的健康，刚好在这个敏感时刻病逝，这是完全可能的。

当然也有可能是自杀，感到前途悲观，不想过着言不由衷的生活，同时害怕身后给家人、朋友带来灾难，巨大压力下的荀彧用自杀的手段一了百了，也是有可能的。但是，在官方发布的通告里不会说他是自杀，只会说他因病去世。曹操以天子的名义追赠荀彧为敬侯，以表达对他的敬意，爵位由荀彧的长子、同时也是自己的女婿荀恽继承。

荀恽娶的是曹操的女儿阳安公主，后来他担任过虎贲中郎将，在曹丕与曹植争夺继承权的斗争中，他因为站在曹植的一边而被曹丕忌恨，从而不得志，死得比较早。荀彧还有其他几个儿子，荀俣后来担任过御史中丞，荀诜任过级别不太高的军职，荀𫖮较为有名，是个学者，到晋朝时做过大官。还有一个荀粲，是曹洪的女婿，崇尚道教，是玄学早期的倡导者，他与妻子很恩爱，二十九岁时因妻子去世悲痛而死。

荀彧对曹魏的作用不亚于诸葛亮在蜀汉，他不仅有杰出的才能，在曹操早期的事业开拓中屡立奇功，他本人在士人中也有很高的号召力，一大批汝颍士人正是在他的影响下加入曹魏阵营的。但荀彧名义上的地位一直不高，一方面缘于他为人谦逊，一再辞让封爵和官位，另一方面是晚年与曹操在政治立场上产生了分歧，作为汉室忠诚的拥护者，他事实上成了最大的“保皇派”，对于曹操试图突破朝廷体制甚至取而代之的做法，他表示不满和反对。

苏东坡是一流的文学家和书法家，同时也是一流的历史学家，他在《东坡志林》一书中对荀彧内心的矛盾做过深入分析：“汉末大乱，豪杰并起。荀文若是圣人之徒，开始认为非曹操不能平定海内，故而辅佐他。之所以替曹操出谋划策，他认为这些也是汉家之事，荀文若怎么能教曹操造反呢？以仁义救天下，天下既平，该有的自然会有，到不得已的时候再接受，不该来的就不拿，这是周文王的做法，也是荀文若所认为的。但是曹操却要加九锡，荀文若以死反对他，所以我说荀文若是圣人之徒，他的才华似张良，而品德似伯夷。”

荀彧死时有两项职务：相当于部长级的侍中和相当于副部长级的光禄大夫，直到五十多年后的咸熙二年（265）他才被追授为太尉，也正是在这一年，曹魏最后一任皇帝曹奂被司马炎赶下台，曹魏帝国从形式上完全终结了。

接受劝进成魏公

建安十八年（213）四月，曹操结束了“三征孙权”中的第一次远征回到邺县。次月，汉献帝派郗虑代表自己（持节）前来邺县，正式拜曹操为魏公，此举标志着两汉施行了数百年的爵位制得到了突破，正式有了“公”这一爵位。

有人这才恍然大悟，明白一年前为何大规模增加魏郡所辖的县数，再大的侯爵也只能食邑一个县。曹操此前的爵位是武平侯，食邑是武平县的一万户，汉献帝给曹操破了例，又把武平县周边的阳夏县、柘县和苦县增加为曹操的食邑范围，使食邑数累计达到四万户，对于这项史无前例的封赏，当时曹操不敢接受，原因之一是根本没有这项制度，他怕别人议论。

那次增加曹操食邑的做法有可能出自汉献帝本人，如果是出自曹操，之后他又“让县自明本志”，那就不免给人以自导自演的印象了。汉献帝破例给曹操增加到四个县作为食邑，潜意识里也是担心哪一天曹操把现行封爵制度彻底给推翻了。

可是这一天仍然来了，汉献帝也只能无奈。就在几个月前，还有一项重大政策出台，就是恢复了古代的九州制，据《献帝春秋》记载，其主要内容是：撤销幽州刺史部和并州刺史部的建制，将其所辖郡国并入冀州刺史部，撤销司隶校尉部、凉州刺史部，将其所辖郡国并入刚刚成立的雍州刺史部，撤销交州刺史部，将其所辖郡国分别并入荆州刺史部和益州刺史部。

根据本次行政区划调整，目前天下共有兖州、豫州、青州、徐州、荆州、扬州、冀州、益州、雍州等九个刺史部，和“禹贡九州”的概念对比，双方的差别只在益州一地，“禹贡九州”没有益州而有梁州，但这两个州指的都是一个地方。按照调整后的区划，目前“曹操控制区”的范围包括冀州、兖州、豫州、青州的全部，以及雍州、徐州的大部，荆州、扬州的一小部，孙权拥有扬州的大部以及荆州的一小部，刘备拥有荆州的一部分，刘璋拥有益州，另外现属于冀州刺史部的辽东一带有公孙氏的割据势力，而原交州刺史部的大部分地区也处于割据状态。也就是说，截至本次行政区划调整时，天下三分的局面尚未形成。赤壁之战造成了三足鼎立，这是没错的，但并非在战后立即就形成三分的局面，它还有一个过程。

魏公不是“郡侯”，他的食邑范围不仅包括魏郡，尽管这个郡已经有二十九个县之多。根据汉献帝颁布的诏令，魏公的食邑范围还包括魏郡周边的其他九个郡国，即河东郡、河内郡、魏郡、赵国、中山国、常山国、钜鹿国、安平国、甘陵国和平原国，幽州和并州撤销后，它们此时都隶属于冀州刺史部。上面这十个郡其实就是一个国中之国，姑且称之为“魏公国”。

郗虑一行带来了汉献帝为册封曹操而发布的长篇诏令，这篇诏令仍然完整地保存于《三国志》中，它文辞华美，相传为供职于尚书台的陈留郡中牟县人潘勖所作，他是有名的碑颂高手。但凡这样的文章读起来都比较吃力，里面典故和生僻字太多，肉麻的话太多，没有什么实质内容。不过里面也有实质性的话，比如说允许魏公国像汉初诸侯王那样设置丞相以下的百官（魏国置丞相已下群卿百僚，皆如汉初诸侯王之制）。

汉献帝同时赐予曹操“九锡”的殊荣，根据历史记载，从周公开始，到王莽再到隋唐时期的李渊，大约有十来个人被授予过“九锡”，其中包括孙权、司马昭以及东晋的桓玄、南朝的李裕、隋唐时期的王世充等人，他们大都是在前朝受了“九锡”，转眼就成了旧王朝的掘墓人，这让“九锡”的名声一落千丈，李渊、王世充之后再也没人尝试过了。据《魏书》记载，曹操对魏公和“九锡”也进行了多次辞让，有一次曹操说：“接受‘九锡’，建立国家，这是周公这样的伟人才能完成的，汉初八个异姓王，都跟汉高祖在当老百姓的时候就共同起事，建立王业，功劳巨大，我怎么有资格跟他们相比（夫受九锡，广开土宇，周公其人也。

汉之异姓八王者，与高祖俱起布衣，创定王业，其功至大，吾何可比之）？”

当然，这只是客气客气，费了那么大的劲，又是改区划，又是四处做工作，哪有不接受的道理？曹操再辞让，大家就搞了一个劝进，你不接受也得接受。《魏书》里记录着一个三十人左右的劝进者名单，他们是：中军师陆树亭侯荀攸、前军师东武亭侯钟繇、左军师凉茂、右军师毛玠、平虏将军华乡侯刘勳、建武将军清苑亭侯刘若、伏波将军高安侯夏侯惇、扬武将军都亭侯王忠、奋威将军乐乡侯刘展、建忠将军昌乡亭侯鲜于辅、奋武将军安国亭侯程昱、太中大夫都乡侯贾诩、军师祭酒千秋亭侯董昭、都亭侯薛洪、南乡亭侯董蒙，关内侯王粲、傅巽，祭酒王选、袁涣、王朗、张承、任藩、杜袭，中护军国明亭侯曹洪、中领军万岁亭侯韩浩、行骁骑将军安平亭侯曹仁、领护军将军王图，以及长史万潜、谢奂、袁霸等。这是一份难得的第一手史料，里面有几个人事迹已经所知不多了，如刘若、刘展、董蒙、王图、袁霸等，但在当年他们都担任要职，并能跻身于劝进者行列，想必也并非等闲之辈吧。

在大家的劝进下，曹操表示接受魏公和“九锡”，但“魏公国”的范围只接受魏郡，不接受其他九郡（于是公敕外为章，但受魏郡）。荀攸等人再次劝进，言辞更加恳切，最后曹操才表示受命。《魏略》一书保存着曹操拜谢受封的上书，虽然文字工整，文笔不错，但一看就是秘书们的代笔，读起来跟《让县自明本志令》完全不是一回事。

这一年的七月，在邺县修建魏公国的社稷、宗庙。九月，在铜雀台的边上修筑了金虎台。十一月，根据汉初的制度，魏公国内设置尚书、侍中、六卿等官职，据《魏氏春秋》记载，魏公曹操任命荀攸为尚书令，凉茂为其副手，担尚书仆射，毛玠、崔琰、常林、徐奕、何夔为尚书，王粲、杜袭、卫觊、和洽为侍中。他们大都从丞相府转任而来，都是实干型人才，初步搭建起魏公国的管理架构。

第二年即建安十九年（214）正月，曹操按照旧时制度在魏公国耕种籍田。所谓籍田，就是在春耕之前天子率诸侯亲自耕田，有祈求丰收之意。根据《通典》的记载，其具体的仪式是，当天一大早，以太牢之礼祭祀先农神，之后来到国都南面专门辟出来的千亩田地里，天子亲自执犁，来回耕作三次（天子孟春之月，乃择元辰，亲载耒耜，置之车佑，帅公卿诸侯大夫，躬耕籍田千亩于南郊。冕而朱纮，躬秉耒，天子三推，以事天地山川社稷先古）。

这一年的三月，汉献帝下诏明确魏公的地位在所有刘姓诸侯王之上，改授金质印玺、红色绶带，授予远游冠，汉献帝派左中郎将杨宣、亭侯裴茂专程送来这些东西。也是在这一年，“铜雀三台”中的最后一座竣工，取名“冰井台”。

据晋人张载《魏都赋注》记载，这是一组庞大的建筑群，三台不仅体量巨大，而且上面修有众多的宫室，其中铜雀台一百一十间，金虎台一百零九间，冰井台一百四十五间，仅台基就有十丈高的铜雀台位于正中，两边的金虎台和冰井台分别高八丈，最独特的是冰井台，上面不仅有米窖和盐窖，还修了数口冰井，从台上垂直伸向地下，利用井内的低温储藏冰块和煤炭（石墨），让台上的人即使在天气较热的时候也能喝上冰镇的饮料，吃上冰镇的瓜果。

伏皇后事件

现在说说前面提到过的伏皇后事件，除《献帝春秋》外，一般都认为伏皇后事件发生于建安十九年（214）十一月，这时汉献帝刘协的正妻、当今皇后伏寿多年前写的一封信被发现，在这封信里伏皇后以激烈的语言表达了对曹操的极端不满，并请自己的父亲、时任屯骑校尉的伏完设法除掉曹操。这封信无疑在政坛上激起了巨大波澜，十多年前的董承事件使汉献帝身边已经有一个贵人被杀，但与这件事相比影响力差得很远，作为在位的皇后，伏寿的地位理应与天子同尊，她出了事将会引来更大震动。

伏寿今年三十五岁，比天子大一岁，她是豫州刺史部琅邪郡东武县（今山东诸城）人。东武县伏氏是汉代经学世家，名门望族，历代多有显官达宦。伏寿的父亲伏完是前大司徒伏湛的八世孙，史书说他“深沉有大度”，世袭不其侯的爵位，后来娶了桓帝刘志的女儿阳安公主刘华为妻，成为桓帝的女婿。据《后汉书》记载，伏寿进入皇宫是在初平元年（190），当时被封为贵人，对此有人表示怀疑，因为她这时还不到十一岁，而汉献帝更不到十岁，有点不靠谱。比较明确的是，到兴平二年（195）她十六岁时，被立为皇后。

晋人王嘉所著《拾遗记》有一则记载，说在汉献帝东归过程中被李傕的军队追击，身边的人四处逃散，只有伏皇后等少数几个人，他们被逼到一条河边，汉献帝受到惊吓不敢过河，十六岁的伏皇后就背着十五岁的汉献帝蹚水过河，到了河对岸，又碰到乱兵举刀乱砍，关键时刻伏皇后趴到汉献帝身上，并大喊：“这是万岁陛下！”汉献帝才免于一死。汉献帝脚受了伤，伏皇后把衣服撕了为他擦血、包扎伤口。

伏皇后与汉献帝也算是一对患难夫妻了，他们历经了兵乱、饥荒和逃亡，到了许县才慢慢稳定下来。伏完被拜为辅国将军，享受三公的待遇（仪比三司），但与董贵人的父亲董承相比，他手中并没有什么实权，因而也避免了董承的下场。伏完对自己的处境很清楚，于是自己提出辞去军职，被改任为中散大夫，后来又改任屯骑校尉。屯骑校尉是北军五营之一的指挥官，原也是一个举足轻重的角色，但此时许县的防卫工作都由曹操派来的嫡系部队掌管，伏完的这个职务也只能是挂名。

伏皇后可能目睹了董承事件，尤其是董贵人在怀有身孕的情况仍然被杀，使她深受刺激。恐惧、愤懑之下她给父亲写了一封密信，历数曹操的所作所为，言辞甚为激烈（云帝以董承被诛怨恨公，辞甚丑恶），让父亲想办法除掉曹操（后自是怀惧，乃与父完书，言曹操残逼之状，令密图之）。但伏完是个理性的人，他并不认为董承办不了的事自己有把握完成，所以接到女儿的信，他不敢声张，也不敢有什么行动（完不敢发）。建安十四年（209）伏完去世，秘密仍未泄露，根据有关制度，他世袭的不其侯爵位由儿子伏典继承。

按说伏完一死这件事也就带到坟墓里去了，只要伏皇后自己不说，也就不会有人知道。但是，到建安十九年（214），伏皇后写的那封信却神秘地到了曹操手中，曹操大怒。虽然是一件陈年旧案，但曹操还是决定以雷霆手段予以反击，《后汉书》称，曹操当即强迫汉献帝下诏废除皇后，诏书说："皇后伏寿出身卑贱，登显尊之位身处后宫，既没有贤良美德，又没有美好才华，却私下里怀有妒嫉之想，包藏祸心，不能承天命，奉祖宗。"

曹操命令御史大夫郗虑拿着皇帝的信物以及诏书，来到后宫向伏寿宣布决定，收缴伏寿的印绶，强行将她迁出中宫，移到别的宫室居住（使御史大夫郗虑持节策诏，其上皇后玺绶，退避中宫，迁于它馆）。《曹瞒传》补充了相关细节，说曹操还派新任尚书令华歆为郗虑的副手，带兵直接进入宫中搜捕伏皇后，伏皇后当时藏在夹壁墙中，华歆把墙砸开，把伏皇后弄了出来（后闭户匿壁中。歆坏户发壁，牵后出），这时汉献帝正跟郗虑坐着说话，伏皇后披头散发、光着脚被人拉了过来（后被发徒跣过），她拽着汉献帝的手说："就不能想办法让我不死吗（执帝手曰：'不能复相活邪'）？"汉献帝想必也悲愤难当，对伏皇后说："我都不知道自己能活到什么时候（我亦不自知命在何时也）。"汉献帝转头又对郗虑说："郗公，天下难道有这样的事吗（天下宁有是邪）？"

对于伏皇后的最终结局，《后汉书》《三国志》和《曹瞒传》的记载略有不同。《后汉书》记载，伏皇后被关进宫廷里的监狱，最后幽禁至死（遂将后下暴室，以幽崩），伏皇后与汉献帝所生的两个皇子，也都被鸩杀，受此株连，伏氏一族男性中有一百多人被杀，女性中有十九人被流放到幽州刺史部涿郡。《三国志》与此记载大致相同，称伏皇后被废后幽黜而死，家中男丁都被杀（后废黜死，兄弟皆伏法）。而据《曹瞒传》记载，伏皇后直接被杀了，本族被杀的有数百人。《曹瞒传》甚至说伏完此时还没有死，也在这次事件中被杀（遂将后杀之，完及宗族死者数百人），但相比而言，《后汉书》和《三国志》的记载更可信。

素有容人之量的曹操处理此事件的手段却相当严厉，这倒不是因为荀彧死后他在处理与天子关系时更大胆，而是他对这类事件的一贯态度所决定的，十多年前处理董承事件中他也是如此果断，甚至更为残酷，就连怀有身孕的董贵人也没有放过。在曹操看来，可以接受战场上的降将，可以原谅背叛过自己的人，但不能容忍有人在身边搞阴谋。通过伏皇后事件曹操再次向世人表达了他在政治上的诉求，那就是凡涉及政治问题、政权问题他都不会有半点让步，无论是天子还是皇后，凡在政治上向他发起挑战的，都将受到无情打击。

还有一种解读，说曹操此举是为自己的女儿能当上皇后扫清道路，因为就在一年前，即建安十八年（213）七月，曹操有三个女儿同时被聘为贵人。据《后汉书》记载，曹操的这三个女儿分别名叫曹宪、曹节和曹华，曹操有二十五个儿子，若按照男女出生比例大致相当的算法，他的女儿至少也有一二十个，但留下名字的只有这三个，其他知道名号的还有清河公主、金乡公主、安阳公主、高城公主等少数几个，其中清河公主是曹操的长女，嫁给了夏侯惇之子夏侯楙，安阳公主嫁给了荀彧之子荀恽，金乡公主嫁给了曹操自己的养子何晏。

曹操的这三个女儿中，除了曹宪年龄较长外，曹节和曹华二人年龄还小，暂时留在家中（少者待年于国）。到第二年春天，汉献帝派太常卿王邑、宗正卿刘艾持节前往魏公国迎接其余二女入宫，《献帝起居注》对这个过程记录得很详细。

据记载，王邑、刘艾一行还包括五位副手（介者五人），以及黄门侍郎、掖庭丞、中常侍各二人，带着“束帛驷马”等聘礼前来魏公国迎接，在魏公宗庙前授给两位贵人印绶，随后两位贵人到邺县城内的延秋门拜别父亲曹操，并在此登车（诣魏公宫延秋门，迎贵人升车）。曹操派魏公国的郎中令、少府、博士、御府乘、黄厩令以及丞相府的有关人员侍送贵人。当月，两位贵人到达许县附近的洧仓。《水经注》说，许县城东有条河叫洧水，枣祗当年许下屯田在此筑有储粮基地，也就是洧仓城，另据清代顾祖禹《读史方舆纪要》考证，许县东郊的洧水河畔建有朝廷的高级宾馆（祗阁），两位贵人入宫前暂时在此下榻。汉献帝派人迎接入宫中，相当于副丞相的御史大夫郗虑及以下全体高级官员（中二千石、将、大夫、议郎）在宫中集会，招待魏公国使者在殿中饮宴。

到伏皇后事件发生前，许县宫里刚刚有曹操三个女儿当贵人，所以伏皇后被废不由得不让人产生联想，这是不是一场策划好的阴谋？关于这样的说法在当时一定会议论纷纷。对于这些议论，曹操干脆用行动直接给予了还击，伏皇后被废的第二年，即建安二十年（215）正月，他让汉献帝正式下诏策立曹节为新皇后。

曹节是曹操进宫的三个女儿中年龄排在中间的一个，司马彪的《续汉书》曾说曹腾的父亲叫曹节，对此很多人表示怀疑，因为曹操的这个女儿也叫曹节，曹操总不可能会给女儿起个与她曾祖父相同的名字吧？

董承事件后，曹操对汉献帝的后宫一直不放心，三十多岁的汉献帝也不是个肯于安分的人，如果再出一个董承那样的人，不知道会弄出什么事来。现在不管怎么说，女儿成了皇后，曹操对天子的控制更进了一步，他再也不用担心后宫里有人搞阴谋诡计了。

终于登上王位

当上了位于刘氏诸侯王之上的魏公，女儿当上了皇后，还享受着“赞拜不名”以及“九锡”这些超规格待遇，曹操的地位早已无以复加，如果不想自己当皇帝，这些似乎已经到顶了。

自己当皇帝的可能性已经被曹操亲自否决，自从《让县自明本志令》发布后，大多数人相信在曹操手里不会出现朝代更替的事。不过，到了建安二十一年（216）四月，曹操的魏公又向前迈出了一步，汉献帝下诏，进曹操的爵位为魏王。《后汉书》记载这件事时，用了耐人寻味的一句话：“二十一年夏四月甲午，曹操自进号魏王。”“自进号”就是自封，也就是非法的。这实在多此一举，谁都知道无论是丞相还是魏公、魏王，都不是出于天子的本意，不过在史书中捎上一笔，恶心曹操一下，对于拥汉派史学家来说也算出了口气。

汉献帝照例颁发了一份诏书，这份诏书有五分之四的篇幅是废话，但最后有几句话颇为重要：“今进君爵为魏王，使使持节行御史大夫、宗正刘艾奉策玺玄土之社，苴以白茅，金虎符第一至第五，竹使符第一至十。君其正王位，以丞相领冀州牧如故。”从这段话里知道汉献帝派到邺县的使者是御史大夫、宗正刘艾，他本身也是刘氏宗亲，由他来当使者，增加了这项册封的合法性，刘艾带来的不仅有诏书，还有两份重要礼物，即金虎符和竹使符。

调动军队历来都是一件大事，必须有皇帝颁发的信物，否则就是谋反。汉代用于调兵的信物大致有虎符、节、羽檄、诏书等，其中最郑重的是虎符，有铜质的也有金质的，这次送来的金虎符是金质的，它一共有五枚。竹使符与虎符作用大约类似，不同的是它是竹质的，根据应劭的记载，其形似箭，每枚长五寸，上面用篆书写有“一、二、三、四、五”等字样，它在使用上与虎符有何区别以及如何使用由于史料欠缺，已经不得而知。推测起来，也许跟调兵的规模有关，小规模的调兵用竹使符，较大规模的调兵用虎符吧。竹使符没有出土过，但陕西省凤翔县曾出土过金虎符，这让我们能直观地了解这件神秘东西的面貌。它体型很小，高仅二厘米多，长不到五厘米，呈卧虎状，中间一分为二，一半在天子手里，一半在带兵的将领手里，使用时要看这两件东西能否完全合上。

汉献帝颁发这两件东西给曹操，是因为曹操作为魏王在名义上也拥有调兵的权力，即魏国拥有独立的军事权，这一点又在刘氏诸侯王之上，汉武帝刘彻之后，刘氏藩国已经不再掌兵了。当然，现在就连汉室朝廷其实也不掌握任何军队，曹操每次调兵也不大可能先到许县申请虎符，那样既不现实也耽误事，汉献帝颁发金虎符和竹使符给曹操也只是一种象征意义。

这份诏书传达出来的另一个信息是，曹操担任魏王以后，原担任的丞相、冀州牧两个职务保持不变，这样曹操身边就有三套班子同时运行，分别是魏王府、丞相府和冀州州政府，这三套班子都挺重要，现在曹操身边不缺少职位，只缺人才。

先说魏王府，它是从魏公府直接转化而来，但魏王府升格之后，内设机构不断增加，人员也大量增加，成为曹操掌握权力最重要的部门。前面说过，曹操受封为魏公时开始设置尚书、侍中和六卿，可能因为是公国，所以没有像汉室朝廷那样设置九卿而只设了六卿。这是哪六卿目前已无法确知，清人赵一清认为与汉室相比，这六卿里没有廷尉卿、宗正卿、少府卿，有太常卿、光禄勋卿、卫尉、太仆卿、大鸿胪卿、大司农卿，都相当于魏公国政府的部长。

但从史书记载看，魏公国曾出现了郎中令、中尉、大理等九卿中没有的相当于部长级官职，说明魏公国建国时进行一次机构改革，没有完全因袭汉室制度，王修、王朗、袁涣、国渊、钟繇等人分别担任过魏公国官员。以上这些人加上在魏公国尚书台供职的荀攸、凉茂、毛玠、崔琰、杜袭、和洽、王粲等人，组成了强大的工作班子，这说明曹操没有把魏公国的内设机构当成摆设，它担负着重要的职能。

魏公国升格为魏王国后，把六卿增加为九卿，并任命钟繇为相国，类似于丞相，魏王国下设的办事机构进一步加强。此时魏王国的范围至少有北方的十个郡，仅行政管理的任务就很繁重，而从魏王国下设机构的人员配备看，曹操不仅让他们管理魏王国，还把整个“曹操控制区”都纳入管理范围中。

如此一来，它与丞相府的职能便出现了交叉。从大批原丞相府人员已转入魏王府任职的情况看，此时丞相府的规模在不断缩小，但与军事有关的部门没有削弱反而在加强。魏王府和丞相府逐渐明确了自己的职能范围，魏王府偏重于行政管理，包括王室事务；而丞相府重点负责军事，包括军队将领的选拔任用、军队调动、军事后勤以及战略谋划、战役参谋等。至于冀州的州政府主要定位于管理冀州的事务，幽州、并州撤销后，冀州的管辖范围增加了一倍以上，人口和实力都居九州之首，管理这么大的一个州，想必人员也有所加强。

这段时间，行政区划大调整、魏公府和魏王府设立，都需要大量人才，曹魏阵营出现了人才大流动现象，人才不够用是一个很重要的问题，所以在建安十五年（210）颁布了第一份“求才令”的基础上，建安十九年（214）、建安二十二年（216）曹操又先后两次颁布“求才令”，广泛征集人才，史称“求才三令”。

“铜雀三台”完工后，对邺县大规模的城市建设暂告一段落，现在呈现在世人面前的是一个较几年前更新、也更壮观的大都市。根据《水经注》《魏都赋》《邺中记》以及宋人编著的《邺都宫室志》等史料的记载和描述，可以大致勾画出城内宫室、官署的名称和具体位置。

整个城内被一条东西大街分成两个部分，宫室和官署都集中在北边，王宫的大殿叫文昌殿，是魏国举行重大活动、典礼的地方，而魏王曹操处理日常公务多是在其右侧不远处的听政殿。听政殿门外是一条长长的甬道，其上列置有听政门、升贤门、宣明门、显阳门、司马门等。听政殿门前分布着尚书台以及丞相府下的各个机构，属于机要部门，再向外，一直到东西大街的北侧，分布着魏王府下的部分九卿等办事机构。

铜雀台在邺县城西北角上，与其对应的城东地区是一个叫“戚里”的地方，这是贵族集中居住区，九卿中的郎中令府、大理寺、太仆寺、中尉寺分别在戚里南北两边，如果在这些部门办公在戚里居住，那是相当方便。

与千里之外的许县冷清场面相比，邺县处处呈现出生机勃勃的景象。曹操成为魏王后，乌桓单于普富卢率领其下的各位侯王，南匈奴单于呼厨泉率领其下的各名王，先后来到邺县朝贺，魏王曹操以礼相待，最后把呼厨泉留下来长住邺县，让他手下的右贤王去卑回国主持工作（匈奴南单于呼厨泉将其名王来朝，待以客礼，遂留魏，使右贤王去卑监其国）。

高处不胜寒

曹操一连串的政治动作，让不少人对他在《让县自明本志令》中的表白产生了怀疑，在拥护和同情汉室的人看来，曹操的作为分明是步步紧逼，汉室已经退无可退，处于风雨飘摇之中。尤其是曹操称魏王后，这种猜疑、不安和担忧就更加强烈，少数有极端想法的人不甘于被动承受，他们试图铤而走险，联络那些因为其他原因对曹操不满的人向曹操发难，于是接连发生了三次谋反事件。

第一次谋反事件发生于建安二十一年（216），即曹操登上王位的当年。谋反事件的主角叫严才，关于他的情况所知甚少，整个事件仅记录在《三国志》王脩的传记载中，据记载，当时严才突然起事，率领“徒属数十人”攻击位于邺县城内的魏王宫门，担任郎中令的王脩最先得到消息，他来不及调动人马，就率领正在官署值班的属下们步行赶到宫门，保卫王宫的安全。

郎中令是秦朝官名，汉代改为光禄勋卿，魏国建立后把名字又改回郎中令，宫室的安全保卫是其主要职责之一。在平息这场叛乱的过程中，王脩立下了大功，同时刚刚落成的铜雀台在安全防卫方面的功能也突显出来，谋反事件发生时曹操本人正在铜雀台上，因而居高临下地看到了整个过程。当曹操看到有人出来与叛乱者搏斗时，虽然离得太远看不清是谁，但曹操对身边的人说那一定是王脩。

这场谋反事件没有造成太大影响，严才等人想必很快被镇压下去了。严才的具体背景虽然没有记载，但从他拥有“徒属”来看，他不是一般平民，应该担任某种官职。

又过了两年，即建安二十三年（218）正月，在许县发生了另一起谋反事件，这一次规模很大，影响也很大，参加这次谋反的有太医令吉本、少府耿纪、司直韦晃、关中人金祎以及吉本的两个儿子吉邈、吉穆等人。

太医令隶属于少府卿，负责皇宫内的医疗保健工作，是司局级干部，吉本情况不详。少府卿是太医令的顶头上司，九卿之一，正部长级，负责宫内事务，相当于清代的内务府，耿纪原来当过丞相掾，得到曹操的赏识，提拔他担任了侍中、少府聊。司直这个官名不常见，但却相当了得，他也是相当于部长级（比二千石）高官，最初是汉武帝时期设置的，辅佐丞相检举百官的不法行为，算是纪检工作，后来撤销，根据《后汉书》孝献皇帝纪，建安八年（203）又重新设置，职责是督察、检举朝中的百官（督中都官）。

金祎父子职务不详，但他们不是普通平民，他们出身于关中的金氏家族，这个家族出过跟袁绍一家有亲戚关系的金日磾等名臣。金祎与曹操的心腹近臣王必关系很好，王必此时担任丞相长史，但不在邺县供职，而是受曹操派遣领兵负责许县的守卫工作（典兵督许中事），是掌握许县局势的关键人物。据《三辅决录注》介绍，金祎等人之所以结合在一起，是因为“睹汉祚将移，谓可季兴，乃喟然发愤”，也就是想乱中夺权。他们的具体计划是，利用金祎与王必的私人关系，想办法借机控制王必，或者把王必杀了，之后挟持天子占领许县，然后引当时坐镇荆州的关羽为后援，伺机成事。

金祎先派人设法潜入王必的军营作内应，因为平时关系不错，王必并无防备。

夜里，吉邈等纠集了门人、家童共一千多人突然火烧王必的营门，金祎的人在里面做内应，事发突然，王必仓促应战，结果被射伤了肩膀。王必不知道是谁挑起的叛乱，带伤逃了出来，因为平时与金祎关系最好，竟然投奔到金祎处，可笑的是金祎不知道来的是王必，还以为是吉邈等人回来了，黑暗中对王必喊道："王长史是不是死啦？咱们的大事看来要成了（王长史已死乎？卿曹事立矣）！"

王必一听吓坏了，赶紧改投他处。据《三国志》记载，王必后来在负责颍川郡屯田工作的中郎将严匡的帮助下，将叛乱平息。但是王必伤势很重，十多天后不治身亡。据《献帝春秋》记载，参与此次叛乱的耿纪、韦晃等人全部被抓，曹操下令就地处死，临刑之前，耿纪喊着曹操的名字叫道："曹操，只恨我做事不周，被这帮小子给误了事（恨吾不自生意，竟为群儿所误耳）！"韦晃一边跺脚一边抽自己的脸，表示心有不甘（顿首搏颊，以至于死）。

《山阳公载记》还记载，曹操听到王必的死讯"盛怒"，王必的地位不是很高，但却是曹操绝对的心腹，他很早就跟随曹操，类似于家臣的角色，当年通使长安的重任就交由他来完成。曹操命令在许县的汉室百官全部到邺县来接受审查，让当晚参与救火的站在左边，没有救火的站在右边。大家还以为凡参加救火的人不会有罪，于是大部分人都往左边挤。哪知曹操的思路刚好相反，他认为半夜没有跑出来参加救火是正常反应，跑出来的人恐怕都是想参加叛乱的，于是把站在左边的人都杀了（召汉百官诣邺，令救火者左，不救火者右。众人以为救火者必无罪，皆附左。王以为"不救火者非助乱，救火乃实贼也"，皆杀之）。

《山阳公载记》的这条记载很有名，也最能反映曹操的奸诈和残忍，但细想一下却不大可能，尽管在汉室名义下的百官此时已所剩余无几，但他们在社会上的影响力仍然不能低估，曹操如此轻率地说杀就杀，实在不大可能。不过，借着审理这桩案件，深挖幕后指使，将案件扩大化以借机清除那些平时有不满情绪的人，倒是有可能。

这次谋反事件余波未定，第二年即建安二十四年（219）九月，发生了影响更大的魏讽谋反事件。这件事发生在曹操的大本营邺县，钟繇、张绣、王粲、刘廙、繁钦、杨儁等曹操身边的人，要么因此事被免官、降级，要么有亲属受到牵连。《三国志》中有十余处提到此次事件，但却没有集中记述该事件的全过程，综合张绣、钟繇、徐奕、董昭、王粲、陈群、刘廙、杨儁、王昶、文钦等人的传记以及《世说新语》《傅子》《魏书》《文章志》《博物记》等书的记载，可以看到这件事大致的来龙去脉。

魏讽字子京，是曹操老家豫州刺史部沛国人，他很有口才，拿《世说新语》

的话说就是有“惑众才”，在邺县很有名气（倾动邺都）。邺县可不是一般的地方，那里什么能人都有，能在社交场所频频亮相并获得追捧，必然是精英中的精英，魏讽就属于这样的人。

担任魏国相国的钟繇也受其蒙蔽，举荐了他，魏讽居然当上钟繇手下负责人事工作的西曹掾，魏讽利用职务便利，与邺县一批上层人士和其子弟拉上了关系，其中包括张绣的儿子张泉，王粲的两个儿子，刘廙的弟弟刘伟以及曹操的老乡、曹魏后期的风云人物但在这时还是一名小青年的文钦等人。

有人看出来魏讽有问题，王昶、傅巽、刘晔都对朋友或家人说过魏讽肯定会造反，刘廙也劝诫弟弟刘伟，说魏讽这个人不修德行，整天编织关系网，为人华而不实，喜欢沽名钓誉，必将扰乱社会，让刘伟小心些，不要再跟魏讽来往（吾观魏讽，不修德行，而专以鸠合为务，华而不实，此直搅世沽名者也。卿其慎之，勿复与通），但是刘伟听不进去。

要么说明魏讽魅力太大，蛊惑能力太强，要么说明这些高干子弟缺少人生历练，又喜欢出风头，交朋友，稀里糊涂地卷了进去。他们之中的大多数人都不会有谋反的动机，有的人事后虽然被追究甚至被杀，但多是因为与魏讽来往太密切招致的。

魏讽的主要支持者是长乐卫尉陈祎，他手里有兵权。卫尉负责宫室的守卫工作，长乐卫尉负责长乐宫的安全保卫，邺县没有长乐宫，长乐宫通常指太后的寝宫，然而无论汉室还是魏国，此时都没有太后或王太后，陈祎的这个长乐卫尉不知所司何职，不过他手里应该掌握一定兵权，所以魏讽把他作为重点拉拢对象。

陈祎的其他事迹不详，魏讽跟他约好准备起事，恰在这时曹操率大军西征刘备未归，曹丕留守邺县，正好是个机会。但是，据《世说新语》说陈祎临到举事时产生了恐惧，他将谋反的事向曹丕告发，曹丕当机立断实施抓捕行动，魏讽下狱后被诛，经过对案件的审理，又有一批人被捕，包括上面提到的那几位高干子弟。据《三国志》的相关记载推断，曹丕不等曹操回来，已经先把魏讽诛杀，还杀了包括王粲两个儿子在内的其他一些人，大概有数十人之多，曹操听到魏讽事件的报告时还在汉中，这时王粲已经故去，据王粲传说曹操听到王粲两个儿子受株连被杀，叹息道：“如果我在，不会让王粲绝了后（孤若在，不使仲宣无后）。”

这一案件波及不少人，魏国相国钟繇被免职，在家中反省（就家），当然这只是暂时的，曹操对钟繇的信任没有改变，不久之后钟繇还会出来担任要职。直接负责邺县安全工作的中尉杨俊被降级，通过对这一事件的反思，曹操认为魏讽等人之所以敢生叛乱之心，是因为要害部门工作不力，不能做到防患于未然（讽所以敢生乱心，以吾爪牙之臣无遏奸防谋者故也）。也就是在这个时候，曹操发出了“哪里能找到诸葛丰那样的人才来代替杨儁”的感叹，诸葛丰即诸葛亮的先祖，他曾在西汉初年担任过司隶校尉，工作十分出色。此时负责魏国人事工作的是尚书桓阶，他向曹操推荐了徐奕，徐奕担任过首任雍州刺史，后来改任魏郡太守，魏国建立后担任尚书，后来被提拔为尚书令，正是桓阶的顶头上司。

张绣死后被追封为定侯，由儿子张泉继承，食邑二千户，张泉被杀后这一封爵取消。多年前曹操的长子曹昂就死于张绣之手，有人认为曹丕这么利索地杀了张泉，收回封爵，是为大哥报仇。刘廙受到弟弟刘伟的株连也下了狱，本来要连坐处死，但是刘廙之前劝刘伟不要与魏讽来往，再加上刘廙的好朋友陈群竭力向曹操求情，曹操下令免刘廙死刑，并且恢复原来的职务。

文钦被关在监狱里，先挨了几百板子，吃尽了苦头，但判决下来仍然是死刑，曹操听到后，考虑到他的父亲文稷曾经立下战功，就饶了文钦一命。文钦后来成长为一员猛将，在曹魏后期担任过前将军、扬州刺史，他对曹魏感情很深，对司马氏专权十分不满，他与毌丘俭联兵讨伐司马师，兵败之后逃到吴国，被吴国封为镇北大将军，但由于他跟诸葛亮的侄子、当时在吴国掌握兵权的诸葛诞意见不合，为后者所杀。不过那是四十多年后的事了。

魏讽事件想必引起了曹操痛切的反思，这些年轻的高干子弟居然站到了自己的对立面，想想这真可怕。

第十一章

天下三分

豪门的蜜月

回过头来看看曹仁北撤以后荆州的情况，大约在建安十四年（209），刘备所表的荆州牧刘琦病逝，刘备趁机兼任了荆州牧（备领荆州牧），但荆州不完全掌握在刘备自己手中，刘备可以无视曹操，他还不能无视孙权。

为了换取孙权的支持，刘备表孙权为车骑将军，相当于全国武装部队副总司令，总司令是已故的大将军袁绍，袁绍死后曹操并没有担任大将军，理论上车骑将军是目前最高的军职，但这也仅是理论上。不过，这也不是毫无意义，刘备不付出任何代价就能落个人情，他索性把这个人情做大，同时表孙权兼任徐州牧。徐州是曹操的地盘，刘备除了送空头人情，还有点挑拨离间的嫌疑。

刘备这样做的目的是向孙权表达救命的谢意和不与之为敌的善意，在荆州立足未稳的刘备，太需要孙权的支持了。曹仁退走后，南郡被刘备和孙权共同占有，根据双方达成的默契，刘备在江南发展，将大本营设在江南的油江口，刘备改其名为公安，即今湖北省公安县，而周瑜占领着南郡的江北地区。刘备现在最渴望的是孙权能让出南郡的江北部分，好让自己有一个真正的立足点。为此，刘备专程到京口来见孙权，当面请求，诸葛亮对刘备此行表示忧虑，劝他不要前去，以免遇到危险，但刘备执意前往。

周瑜对刘备这个人看得比较透，他当时还在南郡主持军务，于是向孙权上书说："刘备是个枭雄，又有关羽、张飞这样的熊虎之将，不会久居人下。我建议把刘备留在吴地，给他修宫室，让他整天吃喝玩乐，使他与关张二人分隔一方，我趁机发起挑战，大事可定（愚谓大计宜徙备置吴，盛为筑宫室，多其美女玩好，以娱其耳目，分此二人，各置一方，使如瑜者得挟与攻战，大事可定也）。"

周瑜认为，如果割地给刘备，刘关张三人必然如"蛟龙得云雨"，一定不是池中之物。时任彭泽郡太守的吕范也建议孙权趁机把刘备扣留，不要放他走（范密请留备）。孙权何尝看不出刘备是什么人物，吕布、袁绍、曹操都玩不转的人他焉能小视？但孙权对刘备却强硬不起来，因为他此时的日子并不好过。建安十四年（209），曹操为解合肥之围正整顿人马以谯县、寿春、合肥等为基地发起东线攻势，孙权不得不全力以赴保东线，此时他既无力量增兵荆州，又不能与刘备闹翻。

不管刘备真正的实力如何，他的名气就是一张王牌，只要孙刘联盟在，曹操就不能不有所忌惮，在荆州一线就得保持足够的兵力，这样东线的压力可以减轻。鲁肃也看到了这一点，据《汉晋春秋》说，鲁肃建议把南郡的江北部分让给刘备，理由是给曹操树个对手，给自己添个盟友，这才是上计（多操之敌，而自为树党，让之上也）。

孙权同意鲁肃的建议，撤出南郡的江北地区，这就是所谓“借荆州”的来历，其实孙权让出的并非整个荆州七郡，只是半个南郡。从战略上看这的确是高明的一招，使孙刘联盟得以巩固，从孙权一方来说，由于受制于东线战事，目前占有整个荆州并徐图益州的时机并未成熟，与其荆州让曹操逐步蚕食，不如通过支持刘备给曹操制造一个强大的对手，对曹操进行制衡。《三国志》记载，曹操听说孙权撤出南郡的消息时正在给人写信，这个消息让他吃惊不小，一紧张笔都掉到了地上（曹公闻权以土地业备，方作书，落笔于地）。

刘备拥有了南郡，虽然也只是荆州的七分之一，但总算有了自己的地盘，他的动作很快，迅速以南郡为支点向荆州的江南四郡扩展势力，武陵郡太守金旋、长沙郡太守韩玄、桂阳郡太守赵范、零陵郡太守刘度都投降了刘备。刘备任命赵云为桂阳郡太守，任命诸葛亮以军师中郎将的身份督办零陵、长沙、桂阳三郡的赋税，他自己把大本营仍然放在公安。

刘表过去有一个部将叫黄忠，字汉升，是南阳郡人，刘表任命他为中郎将，与自己的侄子刘磐一起驻军于长沙郡境内，曹操南下荆州黄忠也投降了曹操，曹操提拔黄忠为裨将军，让他归长沙郡太守韩玄指挥，韩玄这时投降了刘备，黄忠也投身于刘备阵营。黄忠如果继续在曹营发展，不知道还会不会成就日后的大名，不过看来有点悬，因为曹军中的一流猛将太多，像黄忠这样的资历和出身，熬出来的概率较小。黄忠在刘备手下进步却很快，他后来离开韩玄直接归刘备指挥，刘备入益州黄忠随行，他作战勇敢，冲锋陷阵，战绩卓著（忠常先登陷阵），逐渐成为刘备手下与关羽、张飞和赵云齐名的猛将。

到建安十五年（210），荆州七郡的大体格局已定，在这七个郡里，曹操占有南阳郡，孙权占有江夏郡，刘备占有南郡、零陵郡、长沙郡、桂阳郡和武陵郡，他们三家瓜分了荆州，这种格局将维持相当长一段时间。

大约在此前后，孙权和刘备阵营先后各有一个人死去，他们的死反而促进了孙刘联盟的巩固。

这个人是周瑜，建安十五年（210）周瑜去世，时年三十六岁，一般认为他英年早逝与当初在江陵城外所中的那一箭有关。周瑜是孙策的好朋友，孙策死后孙权的母亲吴夫人让孙权把周瑜当成兄长看，周瑜对孙权也很尊重。《三国志》记载，孙权当时名义上只是一个将军，大家跟他在一起礼节都还很简单，只有周瑜每次见孙权都毕恭毕敬，行臣子之礼（是时权位为将军，诸将宾客为礼尚简，而瑜独先尽敬，便执臣节）。

但是，周瑜在对待孙刘联盟的态度上不如鲁肃积极，他一心防着刘备，直到临死前还向孙权建议由孙权的堂兄奋威将军孙瑜率军攻取益州，自己率军进攻襄阳，同时联合张鲁、马超共拒曹操。然而周瑜偏偏在这个时候英年早逝，对于孙权来说这是一个巨大损失，对于曹操来说却是少了一个劲敌，而对于刘备来说此事却是一个福音。周瑜的死让孙权十分哀痛（权素服举哀，感动左右），灵柩还吴时，孙权从京口亲自到芜湖迎接，可见情谊之深。

周瑜病重期间上书孙权："当今天下并不平静，所以我夙夜忧心。现在北有曹操这个敌人，刘备又近在公安，边境地区也不安定，应该选良将来镇抚（今既与曹操为敌，刘备近在公安，边境密迩，百姓未附，宜得良将以镇抚之）。鲁肃的智慧和谋略足以胜任，请让他来接替我，那样我即使死了也没有什么牵挂了。"《江表传》也载有周瑜临死前写给孙权的信，大意相同，但言辞完全不一样，信中有"如今曹操在北方，战事未停，刘备寄居于公安，好像养虎，天下之事还未见分晓（方今曹公在北，疆场未静，刘备寄寓，有似养虎，天下之事，未知终始）"之句，周瑜认为鲁肃为人忠烈，临事能当机立断，所以推荐他来代替自己（鲁肃忠烈，临事不苟，可以代瑜）。

这样，孙权就任命鲁肃为奋武校尉接替周瑜。周瑜去世前担任的职务是偏将军，相当于是副军长，鲁肃此时担任的校尉一职比偏将军低，算是师长，就职务本身来说周瑜和鲁肃都不高，前面已经说过，这与他们在军中的资历有关，但就实际职权而言，他们的地位又很重，负责孙吴在荆州前沿地带的一切军政事务。

南郡让出后，鲁肃将指挥部搬到江陵下游的陆口，即今湖北省赤壁市西北，鲁肃在这里治理地方，发展军务，很有成效，所统率的人马由接手时的四千人左右发展到一万多人，后来孙权把自己一方占领的长沙郡以及周边一部分地区新设了一个汉昌郡，任命鲁肃为汉昌都太守、偏将军。鲁肃最能认识到孙刘联盟的重要性，与周瑜的鹰派观点不同，他是一个鸽派。在鲁肃主政期间，孙刘关系总体不错，为刘备不断拓展势力营造了良好的外部环境。

另一个在此前后去世的重要人物是刘备的甘夫人，孙权第一时间得到了消息，趁机把自己的妹妹嫁给了刘备，双方达成了一桩政治婚姻。史书对这件事的记载十分简单，只有《汉晋春秋》《华阳国志》以及《三国志》二先主妃子传、赵云传、法正传中略微提过几次，孙权的这个妹妹叫什么名字无考（《汉晋春秋》说她叫孙仁献，不太像女人的名字，也有叫她孙仁、孙尚香的，那都是后人的附会）。

孙坚的这个女儿实在算不上淑女，简直是一个“野蛮女友”，《三国志》记载，她很有才，但也很有男人气（才捷刚猛，有诸兄之风），身边有一百多名侍卫婢女，个个执刀弄枪，刘备每次见了都心惊胆战（刘备每入，内常觉凛然惊惧）。不过，这桩政治婚姻让孙刘联盟更加巩固，婚后刘备告别孙权，携新婚妻子自京口返回公安，对刘备而言此行超额完成了既定任务，不仅借到了地盘，还有了意外收获。

刘备临行前，孙权在“飞云大船”上与张昭、秦松、鲁肃等十余人共同送别，据《江表传》记载，在船上举行宴会话别，张昭、鲁肃等人走后，孙权和新妹夫刘备进行了长谈，他们在谈话中还说到了周瑜，叹息于他的早逝。

但是，刘备心里并不轻松，他知道此行是冒了极大风险的，要不是曹操的军事行动给孙权施加了压力，无意中帮了他的忙，此行能否顺利回去都很难说。《江表传》还记载，后来庞统到了刘备那里，刘备知道他曾经在孙吴任职，就问他当初在孙吴做客，是不是有人打算扣留自己，当得知确有此事后，刘备不禁十分后怕，认为当初赴孙吴是一步险棋，不是万全之计。《山阳公载记》记载，刘备一离开京口，就对左右说：“孙权长得上身长下身短，这样的人不会居于人下，我不能再见他了（孙车骑长上短下，其难为下，吾不可以再见之）。”于是他们昼夜兼行，恨不得马上回到公安。

不管怎么说，这一段时间是孙刘结好的蜜月期，为了对付共同的敌人曹操，双方尽量搁置分歧，互相让步，让联盟不断巩固，他们知道只有这样才能与曹操真正抗衡。

交兵须濡口

建安十七年（212）九月，孙权正式把大本营从京口移到秣陵，改名为建业，也就是今天的江苏省南京市。此后一段时间，孙吴的政治中心就放在了这里。孙吴最早以吴县即江苏省苏州市为基地，后来迁到京口，现在又迁到建业，战略重心一步步靠前，目的是在长江一线与曹操展开争夺。孙权在长江边上的石头山上筑城，号为石头城，以此扼守长江的咽喉。

孙权迁址于建业的想法早就在规划中，为了保障建业上游的安全，一年前，孙权接受吕蒙等人的建议，在距建业上游数百里处的濡须口修筑了一处军事要塞，即著名的濡须坞。

曹操目前以合肥新城为进攻孙吴的基地，合肥新城与长江之间隔着巢湖，这是一片比现在面积还要广阔的水域，在巢湖与长江之间通有一条河，名叫濡须河，史称它发湖于巢湖，流入长江。合肥新城有一条叫施水的河与巢湖相连，也就是说，战船由合肥新城出发，经过施水、巢湖、濡须水，可以很轻松地到达长江，成为曹魏的一条黄金水道，这也就是刘馥当年花大力气修筑合肥新城的原因，合肥新城的地理位置对曹魏来说太有利了。

为了变被动为主动，孙权想在江北修建一处军事基地，看中的地方是濡须水的入江口，即濡须口。据《吴录》记载，孙权想在此修建军用码头（坞），但是大部分将领认为在长江对岸修工事没有必要，孙吴擅长的是游击战，上岸杀敌，转身上船，有没有固定的码头无所谓（上岸击贼，洗足入船，何用坞为）。在孙权手下担任偏将军的吕蒙认为修建这个军用码头十分重要，他说："打仗有胜就有败，如果打了败仗，仓促之间都来不及上船（兵有利钝，战无百胜，如有邂逅，敌步骑蹙人，不暇及水，其得入船乎）。"

于是孙权下决心修筑濡须坞，作为建业上游最重要的军事基地，濡须水流入长江的地方两边都是山，孙权依托它们夹水筑城，下了很大功夫，把濡须坞修筑得很坚固，同时储存大量军用物资，来抵御曹军的进攻（夹水口立坞，所以备御甚精）。濡须坞成了一把锁，牢牢地锁住曹军入江的门户，让曹军手中的黄金水道发挥不出来作用。

孙权在江北修建的军事基地也成为在扬州的庐江郡、九江郡一带拓展势力的战略支撑点，有了这个基地，孙权就能随时寻找机会攻击曹魏。所以，吕蒙的见解是高明的，在江北设立军事基地，无形中把双方共有的长江天险变成了自己独家拥有，进可攻、退可守，在战略上完全处于主动。赤壁之战后吕蒙在年轻将领中进步得最快，尤其是鲁肃代替周瑜负责前线指挥以后，对吕蒙特别欣赏。据《三国志》记载，鲁肃赴陆口上任时路过吕蒙的辖区，当时鲁肃对吕蒙还不完全了解，也不够重视（肃意尚轻蒙），但经过与吕蒙的一次谈话，鲁肃产生了完全不同的看法。

二人在饮酒之间，吕蒙突然问鲁肃："您接受重任，与关羽为邻，将采取什么战略以备不虞之需？"鲁肃没有多想，顺口说："临时应变吧。"吕蒙显然不满意这样的回答，他说："现如今跟刘备虽然名为一家，但关羽实乃熊虎之人，哪能不预先制定好应对的策略？"吕蒙于是向鲁肃提出了五项应急预案（因为肃画五策），鲁肃听罢吃惊不小，再也不敢轻视吕蒙，他激动得越过座席跳到吕蒙那边，拍着吕蒙的背说（于是越席就之，拊其背曰）："子明，我还不知道自己的才略原来比你差得这么多（吕子明，吾不知卿才略所及乃至于此也）。"

鲁肃于是跟吕蒙结为挚友，并拜见了吕蒙的母亲。据《江表传》记载，吕蒙开始并不喜欢读书，孙权有一回对他和另一个青年将领蒋钦说应该多读读书，这样有好处（宜学问以自开益），吕蒙回答说军中事务繁忙，根本没有时间读书（在军中常苦多务，恐不容复读书）。孙权于是耐心地给吕蒙上了一课，从自己的读书体会讲起，说明勤学的重要。这次谈话打动了吕蒙，改变了他对读书的看法，于是开始发愤向学，手不释卷，经过长期坚持和积累，学问居然超过了一些文人（蒙始就学，笃志不倦，其所览见，旧儒不胜）。

鲁肃跟吕蒙熟悉后，对他的进步感到不可思议，跟他开玩笑说："现在你的学识这么好，既有武力又有谋略，再也不是吴下阿蒙了。"吕蒙回答："一个人多日不见，就应该另眼相待（士别三日，即更刮目相待）！"这就是"士别三日，当刮目相看"的出处。后来，鲁肃去世前向孙权推荐吕蒙接替自己，使吕蒙成为孙吴军队里继周瑜、鲁肃之后最重要的统帅。

孙权在长江中下游一带的主动态势让曹操不能坐视不管，就在孙权迁址于建业的次月，即建安十七年（212）十月，他亲率大军前来合肥，与孙权争夺长江天险。这一仗规模不小，但打的时间不长，在《三国志·武帝纪》里只记载了几句话，在曹魏一方的其他各人传记里也基本上没提，具体有哪些人参加了这次会战不得而知。

而在记录孙权一方的传记、史料中，对此战记载得很详细，这是因为此战曹军无功而返，虽然不像赤壁之战那样惨败，但也基本上可以认为是失败。《江表传》说，曹操此行带来了四十万人马，很快打到了长江岸边，与孙权对峙（曹公出濡须，号步骑四十万，临江饮马）。四十万的数字显然有点夸张，或者是曹操又在故意虚张声势。孙权得到报告，不敢怠慢，立即率领七万人马应战，这个数字如果是真实的，那基本上就是孙权的全部家底了。

《江表传》的政治立场亲吴，说曹军四十万，自己一方七万，更能突出此次战果。孙权派折冲将军甘宁率三千人为前锋，并给甘宁下达秘密指令，让他一到前线就发起攻击，打曹军一个措手不及，这是孙吴惯用的手段，人数既然不占优势，就得先发制人，先取得小胜，鼓励士气，甘宁圆满完成了任务。

甘宁挑选了一百多名勇士组成敢死队，孙权赐给大家米酒和饮食，吃完，甘宁用银碗盛酒，自己先喝了两碗，然后再斟满交给敢死队队长（都督）喝，这个队长可能有点紧张，伏在地上不能起来，甘宁火了，拔刀横在队长的膝上，对他进行呵斥，队长见他神情严厉，赶紧接过酒喝了，后面的敢死队员每人也都喝了一银碗的酒。二更时分，甘宁率敢死队悄悄出发（衔枚出斫敌），杀往敌营。据《江表传》记载，他们拔掉曹营的鹿角，潜入营垒，杀了几十名曹兵，曹营一片混乱，不知道有多少敌人攻进来了，乱了好大一阵，等到慢慢平静下来，甘宁等人已顺利返回自己的大营。

孙权也到了，甘宁连夜拜见孙权，孙权高兴地说："这下子一定吓着曹操这老家伙了吧，让他也看看我们甘宁的胆量（足以惊骇老子否？聊以观卿胆耳）。”孙权还对大家说：“孟德有张辽，我有兴霸（甘宁字兴霸），足以匹敌！”据《吴历》记载，濡须口附近的长江中有一个叫中洲的沙洲，曹操看到可以利用，于是命人乘油船率兵趁夜渡到洲上，哪知此举被孙权侦察到，立即调集水军前来围攻，曹军不是孙吴水军的对手，仅被俘虏的就有三千人。

曹军两战皆负，孙吴士气大振，反而主动在曹营外发起挑战，曹操下令坚守不出。《吴历》还记载，有一次孙权亲自来挑战，乘轻船从濡须口前往曹军营寨，曹军将领要发起攻击，曹操说：“这是孙权前来观阵，后面没准有阴谋。”于是下令军中整齐军容，严阵以待，弓弩不得妄发。孙权又向前行进了五六里才回去，在船上吹吹打打，故意气曹军（权行五六里，回还作鼓吹）。《魏略》记载了另一次孙权来挑战的情形，这一次孙权是乘大船来的，曹操倒不客气，下令射箭，弓弩乱发，箭射到船身上，射中得太多，把船都压偏了，孙权下令掉转船头，让另一面受箭，等船只保持平衡后下令回去（船偏重将覆，权因回船，复以一面受箭，箭均船平，乃还），这大概才是真实版的“草船借箭”。

对曹操来说，这一仗打得实在窝囊，整体实力虽然占优，但在场面上却处于劣势，以至于孙权频频挑战而不敢应。曹操手下有个“泰山帮”，不是曹操的嫡系，曹操经常派他们南下扬州参战。《魏书》记载，“泰山帮”的主将之一、曹操任命的青州刺史孙观也参加了这次濡须口会战，在战斗中被流矢射中左脚，但他仍然坚持战斗，事后曹操对他进行了嘉奖和慰问，把他由偏将军升为振威将军，但孙观够倒霉的，本来只是被冷箭射中了一只脚，但伤势却越来越重，居然死在军中。

此战再次暴露出曹军不善水战的弱点，随着春季到来，江水渐涨，孙权的水军优势将进一步发挥出来，形势对曹军更加不利。据《吴历》记载，曹操在江上看到孙吴舟船整齐，军伍整肃，感叹道：“生个儿子就应该像孙权这样，刘表的那几个儿子要是比起来都如猪狗一样（生子当如孙仲谋，刘景升儿子若豚犬耳）！”这就是“生子当如孙仲谋”的由来。

孙权大概也洞悉了曹操的心理，他给曹操写了一封信，说：“春水马上就要涨起来了，您应该赶紧撤退（春水方生，公宜速去）。”在这封信里孙权还另外夹了一张字条，上面只写了八个字：“足下不死，孤不得安。”曹操接到孙权的信后，对将领们说：“孙权没有骗我（孙权不欺孤）。”

曹操于是下令撤退，这是一次劳而无功的战事。《三国志》记载，曹军撤退后孙权趁机攻占了江北的许多地方。曹操担心沿江的各郡县被孙权占领，下令官民内迁，造成大面积恐慌，沿江的庐江郡、九江郡以及蕲春、广陵等地有十多万户渡江逃到孙吴，曹魏在合肥以南只剩下皖城了。

一般认为濡须坞故址在今天安徽省无为县境内，《资治通鉴》和北宋地理总志《太平寰宇记》等书认为“无为”地名的由来与曹操有关，是说曹操多次用兵于此但始终无所作为，传说出于诸葛亮之手的《后出师表》中也有曹操“四越巢湖而不成”的话，说的都是这件事。

刘备的机会

在孙权与曹操争锋于濡须口的时候，刘备早已离开了公安，他趁曹操、孙权相持不下之机，率兵进入益州，而此行竟然是应邀前往，邀请他的是益州刺史刘璋。前面说过，在曹操南下荆州前后，刘璋曾先后派出三个战地观察团前往荆州考察形势，最后一个观察团的团长是张松，由于没有受到曹操的重视，张松因此对曹操不满，加上曹操随后在赤壁打了败仗，张松回到益州后竭力劝说刘璋联络刘备。

曹操西征关中前曾派钟繇攻打汉中，不仅汉中的张鲁感到紧张，刘璋也深受震动。他意识到曹操迟早要拿下汉中，进而徐图益州，对此必须早做筹划。张松反复劝说刘璋邀请刘备来益州，增加益州的防卫力量，张松认为刘备有两大优势，一个是刘汉的宗室，也就是刘璋的本家；另一个他是曹操的“深仇”，在抗曹这件事上刘备比谁都坚定。张松说动了刘璋，刘璋问他派谁出使刘备，张松推荐了法正。

刘璋手下派系林立，有益州本土派，还有随刘璋入川的东州派，除了这两派之外，还有其他一些小的帮派，法正属于一个叫“扶风派”的帮派，他们都是关中地区的扶风郡人，除了法正外，还有孟达、射坚、射援、上官胜等人，他们都是建安初年由关中逃难到益州的。张松是蜀郡人，应该属于益州本土派，但他平时与法正、孟达等人关系不错，政治上倾向于扶风派，所以关键时候推荐了法正。这其实是他们商量好的，但为了不引起刘璋的疑心，法正还假模假样地推辞了一番，之后受命出使刘备。

对于张松、法正、孟达等人主张引入刘备的建议，刘璋身边有不少人表示反对，刘璋的主簿黄权说“一国不容二君”，希望刘璋慎重考虑。对刘备有所了解的刘巴也认为，刘备不是能屈居于人下的，把他弄来必然是引狼入室（备，雄人也，入必为害，不可纳也）。刘璋手下有个叫王累的做得更绝，据《华阳国志》记载，这位仁兄为了劝说刘璋，不惜把自己倒悬于州政府大门外，希望刘璋能够警醒，但刘璋不为所动。这让人想起了多年前韩馥引袁绍入主冀州的那一幕，不是袁绍或刘备多有能耐，而是韩馥和刘璋太糊涂，再者就是跟前有一帮人太能忽悠，当初忽悠韩馥的是高幹、郭图和辛评那伙人，现在忽悠刘璋的是张松、法正和孟达。

扶风派之所以卖力地替刘备公关造势，根本出发点还是为自己着想，他们既不是强龙也不是地头蛇，虽然个人能力都很强，但在益州一直受排斥，如法正当年在关中的时候就很有名气，但当他跟同乡孟达一块来到益州时，只谋到了一个新都县令的职务，后来又无缘无故被调职，离职后却不安排新的工作，因为自己是外来户没有后台而长期不被重用（既不任用，又为其州邑俱侨客者所谤无行，志意不得）。扶风派想通过引入刘备改变益州的政治格局，至于将来由谁主政益州他们倒不在乎，如果刘备取代刘璋他们没准会欢迎。现在，有这帮兄弟在里面帮忙，刘备不想要益州都不可能了。

要说明的是，刘备占有益州后这个扶风派仍然存在，他们依旧大行其事，法正、孟达的权势一度盖过诸葛亮，并且后来又有一位祖籍扶风的重量级人物到来，使这个小集团更加了得，他就是大名鼎鼎的马超。

现在，受刘璋派遣的法正来到公安面见刘备，他一到就立刻暗中倒向刘备，他对刘备说："以将军的英才，应该乘刘璋的懦弱而有所作为。张松在益州是个重要人物，他可以从里面响应您（张松州之股肱，以响应于内），得手之后就拥有了益州的殷富，以及天府之国在地理上的险阻，以此成就大业易如反掌。"刘备大喜，决定率军溯江而上，进入益州，这是建安十六年（211）的事，大概在孙曹第一次濡须口战役之前。

刘备留诸葛亮、关羽、张飞、赵云等人守荆州，自己率数万人进入益州。在随军队伍里还有庞统，此前他在孙权那里任职，现在投奔到刘备阵营，刘备开始并未重视他，后来得知他与诸葛亮齐名，就与他进行了一次长谈，结果大为高兴，任命他也担任军师中郎将，与诸葛亮职务并列，此次率军到益州，诸葛亮和关羽守荆州，刘备就让庞统随行。

刘璋派法正率四千人前往接应，随后又亲率三万人马赶到涪县（今重庆涪陵）迎接，二人相见甚欢，刘璋大摆宴席招待刘备及其手下将士，"欢饮百余日"。张松认为在涪县就可以解决掉刘璋，他让法正向刘备转达这项建议，庞统也认为现在正是机会，但刘备经过考虑后觉得时机并未成熟（此大事也，不可仓卒）。

刘璋表奏刘备代理大司马，同时兼任司隶校尉，考察刘备此前担任的最高职务，应该是曹操授意汉献帝任命的左将军，刘备后来担任了荆州牧，如今又被刘璋推举为大司马，地位更高，但这并非朝廷任命因而不合法。刘备也礼尚往来，表奏刘璋为镇西大将军，仍然担任益州牧。刘璋想让刘备去打汉中的张鲁，为此他给刘备补充了人马，又把成都北面白水关的驻军划归刘备指挥，刘备所部人马达到了三万多人，武器装备等军用物资也很充足。刘璋回到成都，让刘备驻军葭葭萌关，此关位于如今四川省广元市昭化区，这里与川北另一个著名关口剑门关仅几十里，刘璋想让刘备以此为基地展开对张鲁的攻击。

刘璋净想好事了，他忽略了一个事实：别人也不傻，更何况这个“别人”是老江湖刘备。刘备到了葭萌关，根本不考虑进攻张鲁的事，而是“厚树恩德，以收众心”。

建安十八年（213）曹操率大军进抵濡须口，孙权向刘备这个新妹夫发出联合行动的请求（**曹公征孙权，权呼先主自救**）。刘备此时远隔千山万水，且压根没有援救孙权的打算，但他觉得这是一个机会，可以利用一下。刘备派人告诉刘璋，说曹操攻吴，同时派乐进攻关羽，如果不及时援救，荆州将有失，这件事的紧急程度目前大于征张鲁（**其忧有甚于鲁**），因此请求刘璋再拨一万人马，以及后勤物资，让自己率军回援荆州。

刘璋又花钱又出人，目的是让刘备打张鲁，现在事情没有任何进展，刘备有趁机溜走的嫌疑，心里很不痛快，但也不便撕破脸，他只给刘备凑了四千人马，所要物资也都减半提供。按理说，你没给别人办任何事，现在这些是人家白给的，已经很不错了，但刘备抓住把柄大做文章。据《魏书》记载，刘备故意激怒手下的人说：“我替刘益州征讨强敌，历尽辛劳，不怕牺牲，但是他却吝惜钱财，有功不肯奖赏，还希望大家出死力作战，有这样的道理吗？”

张松、法正等人也抓住机会，做好了暗中与刘备配合的准备。张松的哥哥、广汉郡太守张肃知道了他们的密谋，害怕连累自己，于是向刘璋告发，刘璋下令把张松抓了起来，处斩。刘璋同时命令川北各路驻军加强防范，不让刘备人马通过。刘备大怒，把白水关守军将领杨怀召来责斥一顿，把他杀了。

刘备派黄忠、卓膺率兵进攻成都的刘璋，自己到白水关把驻军家属看起来作为人质。白水关的驻军很有战斗力，号为白水军，刘备手里握有白水军将士的家眷，不担心他们会叛乱，于是率白水军赶上黄忠、卓膺，占领了涪县。刘璋派刘璝、冷苞、张任、邓贤等人领兵与刘备相拒于涪县，这几路人马都打了败仗，刘璋退保绵竹。刘璋再派李严统率绵竹各军与刘备对抗，哪知李严一上战场就率众投降了。

这时，东边的濡须口会战已经结束，荆州的威胁也降低了，刘备派人通知诸葛亮，留下关羽守荆州，让他与张飞、赵云等人带兵溯江西上，先后攻占了白帝城、江州、江阳等地，刘璋最后退保成都以北的雒城，即今四川省广汉市雒城镇。刘璋之子刘循以及张任、刘璝等拼死守卫雒城，刘备围了一年之久。

直到建安十九年（214）雒城才被攻破，此战刘备也付出了惨重代价，他的军师中郎将庞统率众攻城，被流矢所中，不治身亡。雒城丢失后，刘备进围成都。

成都城池很坚固，雒城尚且守了一年，成都更不好打，但刘璋只守了几十天就开城投降了，原因是刘备那边来了个猛人。

这个人就是马超，建安十六年（211）马超被曹操打败，后又被杨阜等人赶出了凉州，他只好跑到汉中的张鲁那里栖身，但张鲁对马超很有戒心，马超跟张鲁手下的将领杨昂等合不来，心里很不痛快，听到刘备跟刘璋在益州交手，感觉是一个机会，就写信给刘备表示愿意转投他。马超主动跳槽对刘备来说是意外之喜，他派人迎接马超，让他驻兵于成都城外，马超从张鲁那里跑出来时没带几个人，他新纳的妻子董氏、儿子马秋还在张鲁手里，他的爱将庞德也没有随行，总之来得很匆忙，或者说有点狼狈。这一点刘备倒觉得无所谓，只要有马超的名气就够了。《典略》说，刘备悄悄给马超增兵，就说是马超带过来的，让他们屯驻于成都城北，然后宣称马超带凉州兵前来助战，城内本来就信心不足，听说名将马超和勇猛异常的凉州军来了，斗志彻底瓦解，便开城投降了。

刘备攻克成都，举行了盛大的庆祝活动（置酒大会，飨食三军）。刘备宣布自任益州牧，下令把刘璋迁居于公安，让他挂个振威将军的名义，实际上软禁起来了，这个振威将军曾经是曹操以汉献帝名义授予刘璋的，倒是合法的。从建安十六年（211）到建安十九年（214），刘备用了三年时间占领了整个益州。

到这时，天下三分的局面也就初步形成了。

兵出大散关

大约在刘备与刘璋相持于雒城的前后，即建安十九年（214）夏天，孙权突然发动了皖城战役，进攻曹操任命的庐江郡太守朱光。朱光在庐江郡广开稻田，眼看水稻将要收获，吕蒙建议孙权必须消灭他，否则待到水稻大丰收，他的势力必然倍增，孙权接纳建议。

皖城即今安徽省潜山市，汉末三国时代是一处军事重镇，城防十分坚固，孙权手下将领认为应该堆积攻城的土山，准备攻城器具，才能拿下皖城。当下连续多天大雨，吕蒙认为大雨有助攻城，做土山有点来不及，且容易被水冲垮，应该举三军的锐气，从四个方向同时猛攻，不用太久必可将城攻破（以三军锐气，四面并攻，不移时可拔）。

孙权要想拿下皖城其实只有这一种办法，因为驻扎在合肥的张辽已率援军向这里开来，孙权必须速战速决。孙权接受吕蒙的建议，吕蒙推荐甘宁任升城督，甘宁手握绳索亲自攀城，吕蒙在后面支援，他亲自擂鼓助阵，攻城战从半夜里展开，到拂晓时分便将城攻破（侵晨进攻，食时破之），俘获庐江郡太守朱光、曹操派在庐江郡的联络员（参员）董和等以下男女数万人，曹操在合肥以南的最大据点被孙权攻占了，孙权任命吕蒙为庐江郡太守。

张辽正率援军向这里赶来，但城破得太快了，他才到达今安徽省桐城市境内的夹石就接到皖城被攻占的消息，于是撤回合肥。皖城的丢失，使合肥完全暴露在敌人眼前，孙权步步紧逼，让曹军陷入被动，为了打破这种局面，曹操决定再次用兵于东南，这一年的七月，他让曹植留守邺县，自己亲率大军前往合肥。

以往曹操出征都是曹丕留守邺县，此次曹丕随征，曹植留守，联想到此时曹操还没有明确指定接班人，不由得让人产生联想。此时曹植二十三岁，曹操临行前告诫他说："我当年当顿丘县令时也是二十三岁，回想起那时的所作所为，至今无悔。你今年也二十三岁了，不可不常常自勉哪！"

这时距上次濡须口撤军仅仅几个月，有不少人认为应该休整一下再说。据《九州春秋》记载，参军傅幹向曹操进谏说："治理天下有两种途径，文治和武治（治天下之大具有二，文与武也）。明公用武已十平其九，现在没有遵从王命的只有吴与蜀，吴有长江之险，蜀有崇山之阻，难以威服，应该采取德治。我认为现在应该按甲寝兵，息军养士，分土定封，论功行赏，以此稳固内外之心，然后兴学校，教导百姓崇尚节义。以明公的神武，再修以文德，那么普天之下就没有不服从的了。现在举十万之兵于长江之滨，如果敌人负险深藏，就不能立刻取胜，就会挫伤自己的锐气，敌人也不能心服。总之，明公应该多想想虞舜休兵养息之义，全威养德，以道制胜。"

但是曹操不听，不是他不想学虞舜，而是现在的形势有很大不同，他也想歇一歇，但形势逼人，敌人不允许他歇下来。行军的路上，魏国的尚书令荀攸不幸病逝，享年五十八岁。荀攸是曹操的心腹智囊，曹操对他评价极高，说他"外愚内智，外怯内勇，外弱内强"，荀攸生病期间，曹操派曹丕前去探视，曹丕"独拜床下"，说明荀攸在曹氏父子心目中地位很重。

但是，此次远征也是很快就结束了，曹操到达合肥后即下令撤军，时间是建安十九年（214）十月。又是一次无功而返，不过这一回情况不同，曹操接到情报说，刘备攻进了成都，曹操有点坐不住了。

刘备攻占益州的消息对曹操产生了很大的触动，中线已暂处守势，东线的战事劳而无功，如果刘备在益州坐大，将来由西线出击，曹操将面临同时打三场大仗的危险。诸葛亮曾经替刘备分析过，如果单从某一点进攻势力强大的曹操则很难取胜，如果能两路配合，将令曹操首尾难顾（天下有变，则命一上将将荆州之军以向宛、洛，将军身率益州之众出于秦川，百姓孰敢不箪食壶浆以迎将军者乎）。

益州的攻取朝着实现诸葛亮在“隆中对”中提出的战略迈出了一大步。

曹操何尝看不出其中的利害，益州让刘备得了先手，汉中不能再落入刘备手中，如果那样关中将无险可恃了。曹操决定调整战略部署，即刻发动汉中战役，他留下张辽、乐进、李典三人守合肥，给他们留下来的只有七千人马，曹操任命薛悌为护军，相当于各军的联席参谋长。曹操临行前秘密把薛悌找来，交给他一封信函，薛悌看时发现函边写了四个字：“贼至乃发。”薛悌明白现在还不到看的时候。

曹操想抓紧时间到达汉中，所以他没有回到邺县，而是直接沿黄河西进，于十二月到达位于洛阳以北的黄河渡口孟津，次年三月到达长安。在此期间，也有人继续反对用兵，黄门侍郎刘廙还递上一份很长的上书，阐述继续用兵的危害：“自明公起兵已来，三十多年攻无不破，强敌无不顺服。如今孙权恃险于吴，刘备不服于蜀，但论他们的势力和影响，未必比袁绍更强大，孙权、刘备未臣服，不是我们的智慧、武力不如以前了（而二寇未捷，非瘖弱于今而智武于昔也），而是形势有了新变化。周文王当年伐崇国，打了三十天都没打下（文王伐崇，三驾不下），之后勤修德政，崇国表示臣服。秦国还是诸侯的时候，征战无不取胜，但称帝之后，几个人登高一呼社稷就完了，这是用武力于外；对内不能体恤民众造成的（秦为诸侯，所征必服，及兼天下，东向称帝，匹夫大呼而社稷用隳，是力毙于外，而不恤民于内也）。我担心吴蜀的力量虽然比不上六国，但当世却不乏陈胜、吴广那样的人才，这一点不得不考虑呀（臣恐边寇非六国之敌，而世不乏才，土崩之势，此不可不察也）。于今之计，不如据四方之险，选择要害处把守，这样明公就可以高枕无忧，专心考虑如何治国，广种农桑，推行节约，不出十年，定会国富民强。”

这番话要是孔融那样的人说出来，曹操一定会想想背后的动机是什么，但曹操知道刘廙对自己一向忠诚，他也尊重刘廙。刘廙的想法有一定代表性，但这些想法他并不赞成，曹操认为这样的想法不合时宜，以教化征服敌人只能是纸上谈兵，曹操公开答复刘廙说：“不仅君王应当理解臣下，臣下也应当了解君王，现在让我遵行周文王的仁德，恐怕并不符合实际（非但君当知臣，臣亦当知君。今欲使吾坐行西伯之德，恐非其人也）。”曹操决定，继续向汉中用兵。

关中与汉中之间是巍峨的秦岭，即使是现在这里也是交通不发达的地方，在那个年代秦岭宛如一道天堑，阻隔汉中与外界的沟通。在地势险峻的秦岭间，有三条南北方向的道路可供通行，自东向西分别是子午道、傥骆道、褒斜道，这三条道路距汉中的直线距离最近，但穿行于崇山峻岭之间，易守难行，风险很大。由于准备工作并不充分，为保险起见曹操放弃这三条传统道路，改由大散关绕行。

关中有四大门户，东面是函谷关，南面是武关，西面是大散关，北面是萧关。大散关位于今陕西省宝鸡市南面的大散岭上，这里号称“川陕咽喉”，是入川、入汉中的要道，《读史方舆纪要》说大散关“当山川之会，扼南北之要”，并说关北的势力如果不占领此处，就不能图谋蜀中，关南的势力如果不占领此处，就无法图谋关中（北不得此无以启梁益，南不得此，无以图关中）。当年刘邦、韩信“明修栈道，暗度陈仓”，说的就是明着修整秦岭中的子午道等栈道，暗地里却从陈仓的大散关出兵，打了敌人一个措手不及。不过当时他们进攻的方向与曹操刚好相反，曹操是从大散关杀入汉中，刘邦、韩信是从汉中经大散关杀往关中。

从大散关进入汉中虽然路绕得远了点，但却相对保险。建安二十年（215）四月，曹操率军抵达大散关，在此他诗兴大发，写下了《秋胡行》二首，其中一首是这样写的：“晨上散关山，此道当何难！ 牛顿不起，车堕谷间。 坐磐石之上，弹五弦之琴。作为清角韵，意中迷烦。 歌以言志，晨上散关山。有何三老公，卒来在我旁。 负揜被裘，似非恒人。 谓卿云何困苦以自怨，徨徨所欲，来到此间？歌以言志，有何三老公。我居昆仑山，所谓者真人。 道深有可得。 名山历观，遨游八极，枕石漱流饮泉。 沈吟不决，遂上升天。歌以言志，我居昆仑山。去去不可追，长恨相牵攀。 夜夜安得寐，惆怅以自怜。正而不谲，辞赋依因。经传所过，西来所传。 歌以言志，去去不可追。”

诗中写道：清晨登上了大散关，关山路险，牛都累得僵卧不起，有些车辆坠落到山涧。坐在大圆石上，弹一曲五弦琴，但心情仍然烦乱。这时有三位仙人来了，问我有什么困苦，为什么艰难跋涉来到此间？我想住在昆仑之巅，我想成为得道之仙，我想访问名山大川，我想畅游八方，以石为枕，喝着清凉的山泉。然而，我还没有来得及回答，仙人就飞走了，从此我将继续与俗事相连，从此夜夜难眠，只能惆怅自怜。

诗中写了大散关的险峻和道路难行，也写了自己渴望求仙得道的思想，幻想着遇到仙人，无法摆脱俗事的困扰随仙人而去，既悲凉又惆怅，这让我们又一次看到了曹操诗人的风采和他真实的内心，看到了此刻他的追求和渴望，他的孤独与苦闷，有些永远是无法诉说也无人能理解的，只能在这些诗文中窥视一二。看来，已经六十一岁的曹操真觉得有点累了。

意外的收获

汉中郡隶属益州刺史部，其郡治在南郑县（今陕西南郑），曹军此次的进军路线是由陈仓故道向南，过大散关、阳平关，直驱南郑。曹操四月份到达大散关，但直到七月份才来到阳平关，除了路道崎岖难行之外，平息氐人的叛乱也是行动迟滞的原因之一。

氐人世居于秦陇、巴蜀一带，与羌族杂居，所以又有“氐羌”的称呼。氐人有自己的王，东汉末年主要聚居于武都郡，即汉中郡的西邻，属曹魏新置的雍州刺史部管辖。就在曹操南下汉中的时候，氐王窦茂突然起兵反叛，他们聚集一万多人，恃险不服，曹军如果继续南下，氐王就如同顶在背后的一把刀，这不是个小事。所以，在四月至七月的这一段时间曹操主要解决氐人的问题，他派张郃、朱灵率所部在雍州刺史张既的配合下攻打氐王，窦茂退守河池，即今甘肃省徽县，曹操下令猛攻，五月份将河池攻破。

消灭了窦茂，对雍州刺史部其余仍在割据中的各路势力形成了威慑，也就在这时候，盘踞在西平、金城一带的麴演、蒋石等人斩杀韩遂，把首级送来。据《典略》记载，老牌军阀韩遂起兵共三十二年，死时已七十多岁。另据《魏略》记载，除了氐人之外，曹操还解决了占据于此的刘雄鸣部。这个刘雄鸣是关中地区的蓝田人，郭汜、李傕作乱关中时隐入山中，很多人跑来依附他，马超叛乱时也来拉拢他，但他没有参加，曹操入大散关路过此地，刘雄鸣前来拜见。曹操很高兴，对刘雄鸣说：“我刚进关，就梦到一个神人，该不会就是你吧？”于是拜他为将军，让他召集部众，随同大军行动。刘雄鸣的手下却不愿意归降曹操，他们劫持刘雄鸣造反，有很多人前来依附，达到数千人之多，他们占据武关道口，曹操派夏侯渊前往讨伐，刘雄鸣等人逃入汉中。

解决了这些问题，曹操南下再无后顾之忧，在武都郡曹操召见了太守苏则，对他的工作表示满意，让他带人担任大部队的向导（太祖征张鲁，过其郡，见则悦之，使为军导）。这时麦子已经成熟，张既、苏则等人组织民众就地收获小麦，加上从关中调来的粮食，军粮供应不成问题，这也是曹操从合肥撤军急着发兵汉中的原因，他要赶上小麦成熟的季节，以保证军粮供应。

但军粮运输的难度很大，为此曹操命令河东郡太守杜畿征调一支五千人的运输队负责前线运输，杜畿治理河东郡有方，受到过曹操的嘉奖，上次潼关会战杜畿在后勤保障方面已经做出过重大贡献，这次五千人长途跋涉远离家乡，大家士气很高，都互相勉励：“人都有一死，宁死也不能辜负杜太守（人生有一死，不可负我府君）。”这支运输队竟然没有一个人逃亡。除了杜畿外，曹操任命的相当于长安特别市市长（京兆尹）郑浑也参加到支援前线的工作中，事后也受到曹操的表彰。

曹军继续行进，曹操命令张郃率五千步兵在前面开道，于七月份到达阳平关前。阳平关位于今陕西省勉县境内，是汉中的西大门，它北面是秦岭，南临汉水和巴山，处于陈仓故道和金牛道的交汇处，这两条古道一条是关中南下汉中的必经之路，一条是汉中入川的必经之路，阳平关处于其接合部，可见地理位置之重要。现在宝鸡到成都有一条宝成铁路，宝成铁路到陕南向右有一条支线，通往汉中、安康，这两条铁路的交汇处就是阳平关火车站。

还在武都郡的时候，曹操曾向当地人询问过阳平关一带的地形，据《魏名臣奏》记载，有人告诉曹操阳平关地势一点都不险要，关前的南北两山相距很远，不容易守住。但到了阳平关，曹操一看完全不是那么回事，不由得感叹道："别人转述的，未必都是真实情况啊（他人商度，少如人意）。"

听说曹操亲率大军到达阳平关，张鲁自知不是对手，准备投降，但是遭到其弟张卫的反对，张鲁于是派张卫以及杨昂等人率兵数万，在阳平关前横着筑石城十多里，拦住曹军的进攻。曹军大约有十万人，张鲁军大约三万人，但在这样的地理条件下，人多并不是最有利的因素，由于地势险要，易守难攻，曹军死伤惨重。曹操感叹道："打了三十年的仗，还没有这样受制于人的（作军三十年，一朝持与人，如何）。"

曹操决定撤兵，但是奇迹发生了，据《魏名臣奏》记载，曹操下令夏侯惇、许褚所部退兵，但在他们撤退过程中夜里误入敌人兵营，敌人不知究竟，还以为曹军攻营得手，居然四散败走。当时侍中辛毗、刘晔等人随军行动，他们赶紧告诉夏侯惇、许褚，说已经占领了敌人的要塞，夏侯惇、许褚不相信，亲自察看果然是真的，回来报告曹操。《世说新语》也记载了一件类似的事，说两军决战的关键时刻，突然不知从哪里蹿出来数千只麋鹿，冲入张卫大营，张卫军营夜惊，恰在此时，曹操手下的高祚等人离此不远，高祚吹响鼓角，召集其他友军，张卫大惧，以为这都是曹军预谋好的攻营战术，于是投降（夜有野麋数千突坏卫营，军大惊。夜，高祚等误与卫众遇，祚等多鸣鼓角会众。卫惧，以为大军见掩，遂降）。

阳平关就这样稀里糊涂地被攻下了，在南郑的张鲁见已无险可守，还想投降，但他手下的功曹阎圃劝他投降可以，但不要这么轻易就降，阎圃认为："现在就这么投降了，必然没有什么分量（今以迫往，功必轻）；不如先投奔杜濩、朴胡，然后看情况再说，到那时再投降功劳也大些。"

张鲁于是带领一部分人南入巴中。巴中即巴郡，在汉中郡之南，属益州刺史部，大巴山地区多在其内，包括今天四川省和重庆市所辖的万州区、达州市、南充市等地，杜濩和朴胡是当地部族首领。临走前，左右建议搞一些破坏，把仓库等设施烧毁，不留给曹操。张鲁不同意，他说："本来打算归顺朝廷，现在离开是暂避锋芒，没有恶意，仓库里的东西都归朝廷所有。"张鲁让人贴上封条，然后才走。

曹操到了南郑，果然对张鲁的做法很高兴，他得知张鲁有归降的本意，就派人到巴郡寻找张鲁，劝他投降。这一年的九月，巴郡地区的部族首领朴胡、杜濩率部出降，曹操下令分巴郡为巴西郡和巴东郡，任命朴胡为巴东郡太守，杜濩为巴西郡太守，都封为列侯。

十一月，张鲁率家属从大巴山出来投降，曹操以天子的名义拜张鲁为镇南将军，封阆中侯，食邑一万户，封张鲁的五个儿子以及阎圃等人为列侯。《典略》说，当初马超逃往益州，没有来得及带上妻子董氏以及儿子马秋，现在董氏和马秋都到了曹操手上，曹操把董氏赐给阎圃为妻，把马秋交给张鲁处理，张鲁很恨马超，亲手把马秋杀了，此举有向曹操表示忠心的意思，说明他与马超已成不共戴天的仇人，让曹操放心。

马超走得确实很匆忙，他把部将庞德也留在了张鲁处，张鲁失败后，庞德率部投降，曹操早就听说庞德作战勇猛，便拜他为立义将军，封关门亭侯，食邑三百户，庞德从此忠心耿耿追随曹操，至死不渝。汉中攻破后，前面那个逃到汉中来的刘鸣雄走投无路，再次投降曹操，曹操看到刘鸣雄，一把拽住他的胡子说："老家伙，这回又抓到你了（老贼，真得汝矣）！"曹操还是恢复了他的职务，把他迁到渤海郡。建安十六年（211）与马超一同在关中作乱的程银、侯选等人各率一千余家此时也在汉中，汉中攻破后他们出来投降曹操，曹操既往不咎，仍然恢复了他们的职务。

曹操对张鲁等人封赏都很重，原因不在于阎圃说的那样，而是曹操考虑到张鲁祖孙三代在汉中统治时间很长，又有一套"五斗米教"相辅助，在汉中影响很大，只有尊崇张鲁，才能得到汉中的人心，巩固汉中的统治，为进图益州作长远规划。此时益州已被刘备占有，就在张鲁南入巴郡的时候，黄权曾向刘备建议："如果失去汉中，则巴郡不可保，等于失去了益州的一只臂膀。"刘备于是任命黄权为护军，督率就近的各军前往巴郡，迎接张鲁，可是晚了一步，张鲁投降了曹操。

黄权攻击曹操新任命的巴中太守朴胡、杜濩等人，曹操命张郃率部赶往巴中进行支援，刘备也派张飞支援黄权，张郃与张飞战于巴中，双方相拒五十多天，张飞打败了张郃，张郃撤回南郑，刘备任命张飞为巴西郡太守，三巴地区的大部分地区便归了刘备所有。所谓三巴，习惯指巴郡、巴东郡和巴西郡。

这时，担任丞相主簿的司马懿向曹操建议："刘备以骗术取得益州，蜀人未必肯服，此时他们与孙权为荆州的事相争于江陵，这是一个机会。如今攻克汉中，益州震动，进兵攻之，益州必然瓦解。圣人说过，做事不违背天命，但也不能失去时机呀。"司马懿的建议并非没有道理，刘备得益州后，孙权趁机索要借出去的南郡等地，孙刘联盟出现了裂痕，这倒是一个机会。刘晔也建议，攻克汉中后益州震动，正是一举攻占益州的最好时机（今破汉中，蜀人震恐，其势自倾。以公之神明，因其倾而压之，无不克也）。如果失去这个机会，必然给今后留下难题。

但是曹操迟疑不决，汉中之得有很大偶然性，如果不是天佑曹魏，说不定此次也是无功而返。这次行动的目标是汉中，既然目标已经实现就应该退兵了。曹操没有接受司马懿和刘晔的建议，而是说了一句很有名的话："人苦无足，既得陇，复望蜀邪！"这就是"得陇望蜀"典故的由来。《傅子》说，曹操很快也后悔了，他意识到失去了一次进军益州的好机会。占领汉中不久，有从益州那边投降过来的人报告说，听到曹军攻占了汉中，蜀中"一日数十惊"，刘备虽然连杀了不少人都不能让局面安定（备虽斩之而不能安也）。这时候曹操动了南下益州的念头，他问刘晔是否可行，刘晔回答："时机已经错过，现在那里的局面必然初步安定，不能再进攻了（今已小定，未可击也）。"

《傅子》的说法值得怀疑，战机虽然稍纵即逝，但进攻益州这样的大会战不是突袭，战机不会在几天之间就发生太大的逆转，即使前面曹操决定用兵，杀到成都耗时也得数月，怎么可能刚过几天就变化得这么快？而从张郃和张飞在巴中地区交战的情况看，曹军如果即刻南下，在局面上未必占优，先不说汉中、巴中初定，人心不稳，单就战争准备、熟悉道路等方面，也不是仓促就能完成的。曹操没有采纳司马懿和刘晔的建议，是明智的。

曹操任命夏侯渊为都护将军，率领张郃、徐晃所部留守汉中，派丞相长史杜袭以驸马都尉负责处理汉中的政务。汉中郡之前已被刘焉改为汉宁郡，曹操下令恢复汉中郡，将汉中郡的安阳、西城等县分出来，设置西城郡，将锡县、上庸县等分出来，设置上庸郡，分别设置了太守、都尉。

益阳城外单刀会

建安十九年（214）刘备攻入成都，得到了益州，孙权听到消息，后悔不已，他知道被刘备忽悠了，后悔没有听周瑜、甘宁等人的建议先下手为强。

当初孙权也向刘备提出过联合攻打刘璋的建议，刘备回答说他与刘璋是同族，不忍心下手（备与璋托为宗室，冀凭英灵以匡汉朝，今璋得罪于左右，备独悚惧，非所敢闻，愿加宽贷）。孙权想单方面出军，越过刘备攻打益州，他派堂弟孙瑜率军进到夏口，刘备率兵阻挡，刘备发狠说："你们非要攻打益州，我就逃到深山里去，不失信于天下（汝欲取蜀，吾当被发入山，不失信于天下也）。"孙权真想让这个妹夫逃到深山里当野人去算了，但那并不能解决问题，因为刘备在他们前进的路上已布上重兵，他让关羽屯驻江陵，张飞屯驻秭归，诸葛亮屯驻南郡，刘备自己屯驻孱陵，你非要从这儿过，只有刀兵相见了。

不是刘备耍无赖，而是孙权太天真，大家虽是同盟加亲戚，却不是真正的一家人，怎可能让你凭着几句话就顺利过境？然而，孙权想了想没敢立即摊牌，毕竟与刘备有一个共同的敌人曹操在那里，互相残杀只能自取灭亡。刘备夺取益州后，孙权再次向刘备提出荆州问题，但刘备仍然装糊涂。更可恼的是刘备说的话："等得到了凉州，再将荆州归还（须得凉州，当以荆州相与）。"孙权大怒，这不是耍我吗？孙权不管那一套，直接任命了长沙、零陵、桂阳三郡的官吏，单方面去接收地盘，被关羽全部赶了出来。

孙权急调吕蒙率兵二万来攻打三郡，吕蒙向三郡官民发布公告，长沙郡和桂阳郡望风归服，只有零陵郡太守郝普守城不降。眼见丢了江南的两个郡，刘备也急了，亲自由成都赶到公安坐镇指挥，他派关羽率兵与吕蒙展开争夺，孙权也当仁不让，由建业前往陆口，孙刘大战眼看一触即发。

吕蒙这时还在攻打零陵郡，吕蒙知道南阳人邓玄跟郝普关系很好，就把邓玄找来，对他说："郝普素以忠义相闻，但是对现在的局势可能有点不清楚。刘备在汉中被夏侯渊所困，关羽在南郡，他们都没有余力救援这里。我考虑不出几天城必被攻破，城破之后落个身死的下场有什么益处？先生可以去见郝普，向他陈述利害。"邓玄于是入城见了郝普，转达了吕蒙的意思，郝普投降。后来郝普知道刘备已到公安，而关羽就在离此不远的益阳，羞愧不已，恨不得找个地缝儿钻进去（惭恨入地）。吕蒙留下孙河守零陵郡，自己率军赶赴益阳，支援在那里的鲁肃。

益阳成了双方对阵的焦点，关羽和鲁肃分别指挥两边的人马，大有随时动武的迹象。鲁肃一向是孙刘联盟的坚定拥护者，他知道一旦双方开战，后果将不堪设想，那将是曹操做梦都想看到的结果。鲁肃还想做更多努力，他想面见关羽当面陈述利害。甘宁等诸将都认为太危险，劝他不要去（鲁肃欲与关羽会语，诸将疑恐有变，议不可往），鲁肃曰："今日之事已到了关键时刻，刘备明显理亏，在是非未定之时，关羽也不敢轻举妄动吧！"

鲁肃邀请关羽见面，双方约定兵马都停在百步之外，只有鲁肃和关羽两人单独上前相见。关羽是一流的猛将，但鲁肃也不是文弱书生，根据《吴书》的记载，鲁肃生得"体貌魁奇，少有壮节"，精通"击剑骑射"，有一次敌人的骑兵追击他，他厉声呵斥敌人，把盾牌立在地上，远远地弯弓怒射，每一箭都把盾牌射穿了，敌人被吓退。

现在，鲁肃一见面就斥责关羽："我们以土地借给你们，当初是因为你们败军远来，无所依托。现在已经得了益州，却没有奉还之意，只求三个郡，又不接受。"

《三国志》记载，鲁肃还没说完，关羽身后有一人高声喊道："土地这个东西，谁有德谁占有，何人能永远拥有（土地者，惟德所在耳，何常之有）！"鲁肃又厉声呵斥这个人，声色严厉。关羽操起刀，对身后说话的那个人道："这是国家大事，不要随便议论（此自国家事，是人何知）！"关羽瞪着这个人直到他离开。

《吴书》也详细记载了双方这次会谈，根据它的记载，双方见面后关羽首先说："乌林之役时刘将军亲临前线，寝不脱甲，勠力破曹，最后岂能只落得个徒劳，而无一块土地安身，足下是来收回土地的吗？"鲁肃回答道："不对吧，开始我与刘将军相会于长阪坡，刘将军的人马不过千把人（豫州之众不当一校），走投无路，士气低落，还打算逃往远方（图欲远窜）。我们主上有感于刘将军无处安身，给了他土地和人民，让他渡过难关。可刘将军隐藏自己的野心，违背道义和准则，破坏双方联盟。如今刘将军既已得到益州，却还想全部占有荆州，这是普通百姓都不会做的不义之事，何况像刘将军这样的英雄呢？我听说祸患起于贪婪和背信弃义，关将军如今身负重任，难道不能辨别是非吗？反而要凭借弱旅与我们抗争，你们能不失败吗？"鲁肃一番话，让羽无言以对。

关羽与鲁肃当场达成和解协议，双方以湘水为界，湘水以东归孙吴，湘水以西归刘备，一场危机以和平手段化解。其实，双方和解的决定不可能在单刀会上做出，关羽和鲁肃都没有这么大的决策权。双方很快达成和解，原因是此时曹操已进军汉中，刘备吃不消，主动与孙权求和（会闻魏公操将攻汉中，刘备惧失益州，使使求和于权）。

刘备派谁出使孙权的没有记载，孙权派来的回访使者是诸葛亮的大哥诸葛瑾。据《三国志》记载，诸葛瑾出使刘备，这次会面的地点应该是在成都，曹操进军汉中后，刘备已从公安回到成都，所以诸葛瑾还看到了他的弟弟，已离别了二十年的诸葛亮，但他们只谈公务，不谈私事，私下也没有见面（退无私面）。诸葛瑾由于独特的身份，以后还多次出使蜀汉，但公私分明的做法一直保持。

在诸葛瑾回访后，双方才达成正式协议，以湘水为界将荆州一分为二，湘水以东的长沙郡、江夏郡、桂阳郡归孙权，湘水以西的南郡、零陵郡、武陵郡归刘备。根据这个协议，孙权收获很大，当初他让出的地盘仅是半个南郡而已，如今却拿回来差不多三个郡。孙权如果要表达谢意的话，一定得感谢曹操，没有曹操帮忙，刘备又怎么肯心甘情愿让出地盘呢？

丞相的"锦囊妙计"

孙刘联盟暂时得以维系，刘备把主力调往益州北部，专心对付曹操去了，孙权决定趁这个难得的机会大干一把，建安二十年（215）八月，就在曹操刚刚攻入张鲁大本营南郑的前后，孙权集合十万人马进攻合肥。

曹操上次离开合肥的时候，留下张辽、李典、乐进三员猛将，但给他们留下的人马并不多，只有七千人。曹操也考虑到孙权将趁自己远征汉中之机向合肥发难，他已经想好了对策，但没有公开，而是写在一封密函里，交给护军薛悌。当互不隶属、军职也相当的几路人马共同担任某项防务时，为了便于各路人马之间的沟通、联络和协调，往往设护军一职，他们地位一般不是特别高，但直接向曹操本人汇报，直接接受曹操的指令，因而地位很重要。

曹操走后薛悌谨遵指示，没有打开过那个密函，直到孙权率十万人马向合肥杀来，薛悌想时候应该到了，赶紧当着张辽、乐进、李典诸将的面打开来看，大家还以为丞相留下了什么秘密武器，期望值挺高，谁知只看到上面写了几句话："若孙权至者，张、李将军出战，乐将军守，护军勿得与战。"大家有点失望，当前明显寡不敌众，宜采取守势，等待援军的到来，如果主动出击，能否取得胜利实在很怀疑。只有张辽认为丞相的指示是正确的，他说："曹公远征在外，如果我们坐等待援，敌人必然会击破我们。所以曹公命令我们趁敌人没有集齐之时发起攻击，挫伤他们的锐气，以安定军心，然后才能守住。"

乐进、李典等人还有些犹豫，张辽有些生气："成败之机，在此一战。诸君如果还要怀疑，我张辽愿意单独一战！"李典跟张辽平时有矛盾，此时慨然说道："这是国家大事，我不能以私心而忘记公义，请让我跟随你前进！"

于是，张辽连夜召募敢死队，共选了八百人，给他们杀牛飨食，饱餐一顿，到了天亮，张辽亲自披甲持戟，率领这八百勇士杀入敌营。张辽一边杀，一边大呼自己的名字，他们连杀数十名敌人，其中还包括两员将领，他们冲锋的速度极快，转眼杀到孙权的指挥部（冲垒入至权麾下）。孙权完全没有料到，大吃一惊，不知道如何办，跟前有一个土堆，可能是一处坟堆（高冢），孙权顾不了那么多，抱着一把长戟就上了土堆。张辽站在土堆下，高喊让孙权下来一战，孙权不敢动，这时孙权手下诸将杀了过来，将张辽围住。

张辽率身边数十人又往外面杀，刚杀出重围，听见后面有人求救，回头看是自己带来的人里有被孙吴的士兵围住不能脱身的，张辽于是又往回杀，敌兵人马披靡，没人敢挡。张辽顺利将被围的士兵解救出来。这一战从早晨一直打到中午，张辽就用这八百人在孙权大营里连冲带杀，孙吴军队居然无奈，看着他们杀进杀出，孙吴士气大损。

孙吴军队又攻了十多天，被士气高昂的曹军挡在城下无法得手，孙权决定撤兵。孙吴军队接到命令陆续撤退，孙权和吕蒙、甘宁、凌统、蒋钦、陈武、潘璋等将领留在后面督阵。合肥城外有条淝水，淝水上有一个渡口叫逍遥津，孙权等人正在逍遥津以北等待过河，被远眺敌情的张辽恰好发现。张辽率兵突然杀出，目标直指孙权。

这一击实在太突然了，孙权等人毫无防备，吕蒙和甘宁拼死保护孙权，凌统指挥身边的人架着孙权就走（甘宁与吕蒙等力战捍敌，凌统率亲近扶权出围），凌统把孙权转移到安全地带，返过来再与曹军交战，身边的人一个个战死，他也多处受伤，估计孙权已经脱险，才撤离战场。

吕蒙、甘宁、蒋钦等人死战张辽以掩护孙权，甘宁勇猛异常，不停地引弓射敌，负责鼓吹的士兵大概也伤亡得差不多了，甘宁发现自己一方突然没了声响，还厉声询问，史书称其“壮气毅然”。甘宁以前是刘表的部下，刘表派他跟随黄祖与孙权作战，在一次战斗中他射杀了凌统的父亲凌操，从此结下了仇恨。凌统掩护孙权撤退后重新杀回，他跟甘宁默契配合，抵挡住了曹军的猛攻。据《三国志》记载，孙吴的将领陈武力战而死，宋谦、徐盛、甘宁等人负伤。据《献帝春秋》记载，张辽遇到一个紫色胡须的吴将，上身长、下身短，在马上很善射，张辽问孙吴的降卒这个人是谁，降卒回答是孙权，张辽懊悔不已，赶紧跟乐进急追。据《江表传》记载，孙权骑马到了逍遥津渡口上的一座桥，这座桥年久失修，桥面已坏，有一丈多宽的地方没有桥板，此时只有亲近监谷利在身边，谷利让孙权握住马鞍稳住身体，他在后面挥鞭以助马势，马使劲腾越，最后跳过了断桥。谷利立下大功，后来被封为都亭侯。

孙权侥幸逃过淝水，遇上部将贺齐率三千人前来接应，孙权才得脱险。贺齐把孙权迎入大船，摆上酒宴为孙权压惊，席间贺齐落下眼泪，他对孙权说：“人主的安危是大事，今天我们几乎酿成大祸。群臣震怖，像没有天没有地了一样，我将把今天这件事作为终身之诫！”孙权也走下座席，过去替贺齐擦干眼泪（权自前收其泪）。甘宁等人随后突围而回，其中凌统受伤最重，到淝水边时，桥已被曹军破坏，凌统穿着甲胄潜水渡河，到了孙权的大船上，孙权见了又惊又喜，把凌统留在自己的船上，亲自为他换了衣服，拿出珍藏的“卓氏良药”为凌统疗伤，凌统才得以不死。

逍遥津一役，曹军以七千余人打退孙吴十万人的进攻，两次陷孙权于危难，使孙权损兵折将，创造了战场神话。张辽经此战名气更大，自那时起张辽的名字便与逍遥津联系在了一起。后人评论此战的胜利，一方面归功于张辽等人作战勇敢，面对强敌敢于主动出击，以不足十分之一的力量对比，打得敌人节节退缩。

另一方面，人们对曹操知人善任也给予高度评价。曹操在留下的封函里仿佛已经预知了一年后发生的情况，对于如何用兵给出了清楚的指示，他知道张辽、乐进、李典等人互相不服气，平时都不买对方的账，所以把拒敌方案暂时秘而不宣，他相信关键时候张辽等人能以大局为重，且互相激励，一定能出奇制胜。之所以让张辽、李典一起担任主攻，是因为曹操了解他们的性格，张辽作战勇猛，有狠劲，李典号称“军中长者”，是一员儒将，打起仗来比较冷静，他们二人一刚一柔，可以起到配合作用。

今天的逍遥津旧址在安徽省合肥市老城区的逍遥津公园内，园内还有张辽墓。张辽祖籍并州刺史部雁门郡马邑县，即今山西省朔州市，他跟关羽是同乡，因而关系很好。张辽于黄初三年（222）病逝于江都，他死后要么就地葬于江都，要么葬于家乡，不大可能葬在合肥，这个张辽墓应该是后人为纪念他而修的衣冠冢。

孙权突然求和

建安二十一年（216）二月，曹操从汉中回到邺县。五月，晋封为魏王。十月，再次起兵远征孙权。十一月，大军到达谯县。曹操的夫人卞氏以及儿子曹丕随征，曹丕的夫人甄氏因病留在邺县，曹丕十二岁的长子曹叡，以及女儿东乡公主也由祖母卞氏带着随征。

大军到达合肥后进行了短暂休整，曹操听张辽等人汇报了合肥之战的经过。据《三国志》张辽传记载，曹操还专门察看了张辽大败孙权的逍遥津，并在此叹息很久（循行辽战处，叹息者良久）。之后，给张辽所部增加了人马，让他移屯于居巢，即今安徽省桐城市以南。

次年正月，曹操也到达居巢，这里在濡须口的上游，距濡须口有一二百里，距皖县近在咫尺。曹操的想法是先不急于攻打濡须口，先夺回江北的战略要地皖县，之后采取稳扎稳打的办法，彻底拔掉濡须口这颗钉子。但不凑巧的是，这时军中又发生了瘟疫，据《三国志》记载，曹操任命的兖州刺史司马朗到军中慰问得病的士卒，亲自问医送药（军士大疫，朗躬巡视，致医药），结果自己不幸染病，不治身亡，终年四十七岁。司马朗是司马懿的大哥，“司马八达”之首。

这场瘟疫来势凶猛，其波及范围包括整个北方以及长江流域，曹植在《说疫气》一文中写道：“建安二十二年瘟疫流行，家家都有失去亲人之痛，有的全家死光，有的整族灭绝。有人认为瘟疫是鬼神在兴风作浪，但是罹患此难的，多是穿粗布衣服、吃草食的人家的孩子，而身居高庭大院，整天锦衣肉食之家，死的却比较少。这是自然阴阳二气失调而发生的瘟疫，哪里是什么鬼神，愚昧的人插起桃符来驱鬼，真的可笑。”另据曹丕《又与吴质书》的记载，徐幹、陈琳、应玚、刘桢都死于这场瘟疫，建安七子中的另一位重要人物王粲也死于这次行军途中，据推测也与这场瘟疫有关。建安七子几乎同时死去了五个，这场大瘟疫对文学事业也造成了重创。

造成重创的还有曹操的伐吴大业，因为有上次赤壁之战的教训，他深知军中流行疾病会对部队的战斗力造成很大伤害，所以不敢掉以轻心，他有了撤兵的想法。这时候，孙权突然派都尉徐详来请降，正好给了曹操一个台阶，曹操决定回师。

在战事仍不明朗的情况下孙权来了个一百八十度的转弯，的确让很多人不解，但熟悉孙权的人都知道，这样做自有他的盘算。孙权突然发现，自己在濡须口一带拼命与曹军对抗，付出了极大代价，自己多次面临险境，但收获并不多，反而让盟友刘备占了便宜。

刘备夺取益州后对荆州并不放手，经过双方的斗争和妥协，勉强达成了划湘水而治的协议，但是坐镇荆州的关羽最近动作很多，对孙吴已经构成了事实上的威胁，孙权突然发现，自己原来是那么傻。

恰在此时，一向拥护孙刘联盟的鲁肃病故，接替他的吕蒙有着不一样的战略主张，他认为关羽对孙吴的威胁远远大于曹操，吕蒙一上任，就开始谋划与关羽争夺荆州，在这种大背景下，孙权急于同曹操修好。

曹操也急于从濡须一线抽身，除了瘟疫外，远在成都的刘备正虎视眈眈地盯着刚到手的汉中，他派张飞、马超攻占了武都郡的治所下辩，即今甘肃省成县。武都郡影响着汉中侧翼的安全，马超在凉州一带素有影响，与羌人、氐人的部落首领关系密切，随时能翻起大浪来，这让曹操根本没心思在濡须口再打下去。

既然双方都不想打了，现在需要的只是一个梯子，好从台阶上下来。孙权知道这个梯子必须由他先递出去，否则曹操再想要也不会先开口，所以主动派人请降。刘备是出了名的务实派，但孙权比他还务实，孙权最善于调整自己的姿态，在关键时候往往能干出许多出人意料的事来，现在采取如此柔软的身段对孙权而言既不是第一次，也不是最后一次。所以有人总结说，曹操擅长玩军事，刘备擅长玩政治，孙权擅长玩外交。

当然，孙权这次请降不必付出任何实质性代价，也就一句软话而已，哄得曹操心情愉快地走了。这已经是曹操第四次在合肥方向用兵无果了，看来《后出师表》说他“四越巢湖不成”是一次次算出来的，一点都没有虚报。

因为刘备突然变得强大起来，曹操与孙权居然找到了战略利益上的共同点，建安二十二年（217）双方达成的休战协议，一直到曹操去世时仍然生效。

曹操留下夏侯惇、曹仁、张辽等各部共二十六个军屯扎在居巢，若按一个军一万人左右计算，在此区域驻扎的部队达二十多万人，这些部队由夏侯惇任总指挥。这大概是曹操吸取了上次撤离时只留下七千人守合肥的教训，索性在这里长住不走了。此时，夏侯渊在汉中坐镇，夏侯惇坐镇于居巢，曹操对夏侯氏兄弟的重视超过了本家兄弟曹洪和曹仁。

孙权也选了一个总指挥全面负责濡须口的防务，这个人是平虏将军周泰，孙权让朱然、徐盛给周泰当助手，但周泰的资历跟朱然、徐盛差不多，且出身寒门，这二位并不怎么服他，周泰知道这个情况，也有退缩之意。孙权在濡须口基地设宴招待诸将，酒酣之际，孙权亲自来到周泰跟前，命令周泰把衣服解开，周泰遵命，这时大家看到周泰身上是累累伤痕，多达数十处，肌肤几乎没有多少完整的地方。

孙权指着周泰身上的伤，逐一问他是在什么地方作战时负的，周泰一一回答，告诉孙权这些伤分别是怎么负的。据《江表传》记载，这时孙权握住周泰的胳膊已泪流满面，叫着周泰的字说："幼平，你为我们兄弟作战如熊虎般勇敢，不惜生命，身负数十处伤，肌肤像刀刻画的一样，我怎么能不以骨肉之恩待你，委以兵马重任呢（卿为孤兄弟战如熊虎，不惜躯命，被创数十，肤如刻画，孤亦何心不待卿以骨肉之恩，委卿以兵马之重乎）？你是吴国的功臣，我将与你同荣辱，共患难。幼平你赶快接受任命吧，不要以为自己出身寒门而退让了！"在场的人无不动容。孙权赠给周泰自己平时穿戴的衣帽头巾等物，派人吹奏鼓乐送周泰出营，朱然、徐盛等人从此深服周泰。

第十二章

魏宫夺嫡

曹家的精英们

建安十六年（211），汉献帝从曹操辞让的三县共三万户食邑中拿出一万五千户，分别转封给曹操的三个儿子，每人食邑五千户。这三个儿子分别是曹植、曹据和曹林。其中曹植为平原侯，曹据为范阳侯，曹林为饶阳侯。这是曹操的儿子们第一次受封爵位。

如果以年龄论，曹操在世的儿子中，二十五岁的曹丕最大，其次是曹彰，年龄介于二十一岁到二十四岁之间，二十岁的曹植排第三。他们三个再加上曹熊，都是卞氏所生。曹操的长子名叫曹昂，是刘氏所生，随同曹操征张绣时战死于南阳郡。曹操最喜欢的儿子曹冲，是环夫人所生，赤壁之战那年因病而死。

曹操共有二十五个儿子，除了上面提到的六个，其他十九个儿子分别是：刘氏所生的曹铄，环氏所生的曹据、曹宇，杜氏所生的曹林、曹衮，秦氏所生的曹玹、曹峻，尹氏所生的曹矩，王氏所生的曹幹，孙氏所生的曹上、曹彪、曹勤，李氏所生的曹乘、曹整、曹京，周氏所生的曹均，另一位刘氏所生的曹棘，宋氏所生的曹徽，赵氏所生的曹茂。以上诸子，年龄大都不详，但应该都不超过二十岁，除曹丕、曹彰、曹植外，年龄稍大的还有曹据、曹宇、曹林、曹玹几个，根据《三国志》武文世王公传的说法，曹铄、曹上、曹勤、曹乘、曹京几个儿子早殇。

曹操很重视对儿子们的早期教育。《魏书》记载，曹丕八岁的时候，就能写文章，博览经传典籍及诸子百家，而且体育方面也很突出，善于骑射，尤其喜欢击剑运动（年八岁，能属文。有逸才，遂博贯古今经传诸子百家之书。善骑射，好击剑）。这一点，在曹丕的回忆文章中得到印证，曹丕在《典论·自叙》中写道，他五岁的时候，曹操就教他射箭，学习了一年就掌握了射箭的基本要领，六岁开始学骑术，八岁的时候就能自己骑马了，以后曹操征战，曹丕常常跟随（余时年五岁，上以四方扰乱，教余学射，六岁而知射。又教余骑马，八岁而知骑射矣。以时之多难，故每征，余常从）。曹植、曹据、曹宇等兄弟从小受到的教育大体也是这样的，从中可以看出曹操对儿子们的教育不仅重学问，而且重体能和军事素质，希望他们日后都能成为文武全才。

到了许县后，生活逐渐安定下来，加上四方才学之士汇集而来，曹操有条件给儿子们提供最好的教育条件，除了曹氏兄弟外，在一块学习的还有秦朗、何宴这两个曹操的养子，关于他们的事前面已经介绍过。夏侯渊、夏侯惇的儿子们也跟他们一块学习和生活。这一代人里的夏侯楙是夏侯惇之子、曹操大女儿清河公主的丈夫，清河公主跟曹操的长子曹昂都是刘氏所生，清河公主年龄不详，很可能比曹丕、曹植都要大，所以夏侯楙应该是他们的姐夫。

夏侯渊有七个儿子，分别是夏侯衡、夏侯霸、夏侯称、夏侯威、夏侯荣、夏侯惠、夏侯和，他们与曹氏兄弟来往也比较多，夏侯渊还有一个侄子叫夏侯尚，尤其跟曹丕要好。

当时曹操与袁绍之间的竞争正趋激烈，袁绍的几个儿子个个都很突出，年纪轻轻已经能分别执掌一州大权，曹操想自己的儿子无论如何不能输给了袁绍。

三年前曹冲去世，这对曹操是一个重大打击。曹冲天资聪慧，曹操对他表现出毫不掩饰的偏爱，但是曹冲十三岁时就因病去世了，曹操难过至极。曹冲死时曹丕二十二岁，曹植十七岁，但是曹操丝毫没有确定继承人的意思。

曹操最早的正妻是丁氏，但丁氏没有孩子，后来因为感情不和又被曹操休了。丁氏之后，进入曹家的是刘氏，所生的儿子曹昂是曹操的长子，按理这个继承人应该是他，但他却战死沙场。刘氏还有一个儿子叫曹铄，未成年就死了，后来刘氏也死了。

现在曹丕最有希望成为继承人，不仅因为他年龄最长，而且他的生母卞氏一直得宠于曹操，在丁氏被休、刘氏去世之后，她被正式确定为继室，曹丕也就成了“嫡长子”，具有继承曹操事业的优先条件。但曹操一直没有明确曹丕的继承人地位。一种原因是，曹操觉得自己儿子众多，可以再观察一下，看看有没有像曹冲那样更出色的；另一种可能是，曹操不大喜欢曹丕。

杜夫人所生的儿子曹衮从小喜欢学习，十来岁就能写出好文章。这是一个特别知道用功的少年，一学习起来就忘了吃饭睡觉，跟前的人常怕把他累病了，得不断提醒、制止，但曹衮就是喜欢学习，谁都劝不住（性所乐，不能废也）。兄弟们在一起玩，他常常走神，因为脑子里还想着刚刚看过的典籍（每兄弟游娱，衮独覃思经典）。不过，这个曹衮生性胆小怕事，史书说他的特点是“戒慎”，身边的工作人员有感于他的良好品行，联名写了封表扬信（遂共表称陈衮美）。曹衮听了，害怕得不得了，把工作人员责备了半天。这是一个听话懂事的好孩子，但干不了大事。

其他如曹据、曹宇、曹彪等人，虽然年龄相差不太多，但关于他们青少年时期的情况没有留下记载，想必较为平常。曹操的两个养子都很出色，何晏不必说了，日后成为大哲学家，玄学的开创者之一。何晏从小是个美少年，又喜欢学问，甚至通晓一些兵法，曹操非常喜欢他，曾经想让他改姓曹，但何晏坚决不干。秦朗能力虽然比何晏差得多，但他也长得一表人才，让曹操很喜欢。

有人做过揣测，说曹操让何晏改姓是动了传位于他的念头，但这种可能性极小，从血缘关系上说何晏是何进的孙子，曹操不可能把费了几十年劲开创的事业再交给前外戚，从这个意义上说，秦朗也不可能。

然而，曹丕不敢乐观，因为他还有两个强劲的对手：曹彰和曹植。

前面介绍过，曹彰字子文，从小不好习文而好尚武，擅长骑射，膂力过人，史书说他曾徒手与猛兽格斗，胆气很足，长大后常跟随曹操征伐，不避险阻。奇怪的是，他长着黄色的胡须。但是，曹彰不喜欢读书，为此曹操曾批评过他，曹操认为乘马击剑只是“一夫之用”，想成就更大事业还应该多读书，慕圣人之道。曹彰嘴上答应，但下来仍然不服气，他对左右的人说：“大丈夫就应该像卫青、霍去病那样，率十万铁骑驰骋沙漠，驱逐戎狄，立功建号，怎么能去当什么书生？”

后来代郡的乌桓人造反，曹操任命曹彰以北中郎将的身份代理骁骑将军，领兵镇压叛乱。出发前，曹操告诫曹彰说：“在家里你我是父子，领受任务咱们就是君臣，做什么事都要按王法来办，你要小心谨慎呀（居家为父子，受事为君臣，动以王法从事，尔其戒之）！”但曹彰压根儿不用父亲担心，他带兵进入涿郡境内，这时叛军有数千骑兵杀到，而自己一方人马并未聚集起来，曹彰身边只有步兵一千来人，骑兵只有数百名，面对危险，曹彰很冷静，他没有硬打硬杀，而是采取田豫的计策，固守要隘，敌人进攻无果后退去。这时增援部队也陆续赶到，曹彰下令追击，他身先士卒，冲杀在最前面，他不断射箭，敌兵应声而落，激战半日，曹彰铠甲上也中了数箭，但他仍然意气风发，指挥人马一直追到桑乾县，这里距代郡只有二百来里的路程了。

这时，左右都认为长驱直入，人马劳顿，应该暂停攻击，休息一下再说。但曹彰认为，敌人逃得还不远，停下来就丧失了战机，于是上马，又追击一日一夜，终于追上了敌人，斩杀及俘虏敌兵数千。为了鼓励将士，曹彰下令按照平常标准的一倍赏赐将士，大家虽然很劳累，但又很欣喜（彰乃倍常科大赐将士，将士无不悦喜）。此战，鲜卑部族首领轲比能受乌桓人邀请前来助战，但他没有立即参战，而是率数万人在一旁观察，当他看到曹彰如此生猛，于是向曹操请服，北方的局势重新得以安定。

曹操对曹彰的表现很满意，他捋着儿子的胡须说：“我家的黄须儿真不简单呀（黄须儿竟大奇也）！”曹操于是呼曹彰时就叫他“黄须儿”。但是，作为曹氏霸业的继承人，曹彰还显得不足，那就是他有武略却没有文韬，他是一员猛将，当此天下未定之时，他也不乏有成长为卫青、霍去病那样的一代名将的机会，但让他统领四方，驾驭全局，能力就差了不少。

相比较而言，曹植的素质要全面得多，对曹丕最有竞争力。曹植字子建，小曹丕五岁。他从小就表现出文学方面的天赋，十多岁时，就能背诵诗论以及辞赋数十万言，擅长写文章。曹操看到他写的文章，觉得不太像出自这个年龄的孩子之笔，曾经问过他："你这是请人代写的吧（汝倩人邪）？"曹植跪下回答道："我能出言为论，下笔成章，父亲可以当面考我，就知道不是请人代写的了。"铜雀台刚落成的时候，曹操曾把所有已经开始读书、能写文章的孩子都叫到台上，现场搞了次写作比赛，曹植最先完稿，写得也最好，曹操大为惊奇（太祖悉将诸子登台，使各为赋。植援笔立成，可观，太祖甚异之）。

史书记载，曹植性情随和，为人坦率，没有架子，坐的车子、穿的衣服都不讲究，每次遇到曹操提出问题，他反应很快，都能立即答对，让曹操对他很喜欢（性简易，不治威仪。舆马服饰，不尚华丽。每进见难问，应声而对，特见宠爱）。

曹丕的"太子四友"

曹操喜欢曹冲，喜欢曹彰、曹植，曹昂死时他也极为悲痛，但是没有记载过曹操喜欢曹丕的事，种种迹象表明，曹操有相当长一段时间对曹丕不是很满意，原因至今是一个谜，如果要做一些推测的话，可能与曹丕交往的人有关。

现在有个说法，说一个人想成就大事智商固然重要，但更重要的是情商，衡量情商高低有一个重要标准，就是看他社会交往能力怎么样，交的朋友多不多。如果从这个角度观察曹丕，他绝对是个情商很高的人。大哥曹昂死后，曹丕作为曹家的长子，除了早逝的几个，他后面还有近二十个兄弟，曹丕与他们关系处得如何没有明确记载，但也不会太差，而与曹丕关系更密切的，是曹真、曹休以及夏侯氏兄弟。

曹真是曹操子侄辈，还有一说他本姓秦，他的父亲秦劭为支持曹操的事业而死，当时曹真年龄还小，曹操把他收为养子，让他跟曹丕一块生活和学习，二人因此结下了深厚友情。曹真后来成为虎豹骑的将领，曹丕继位后，任命他为上军大将军，手握重兵。曹休是曹操的子侄辈，成人后也加入虎豹骑，作战英勇，屡立战功，在曹操生前他凭借战功已经升任中领军，这是一个很重要的军职。曹丕即位后，他被授予征东大将军，相当于兵团司令，指挥张辽等二十几个军对孙吴作战。

夏侯渊、夏侯惇的子侄辈中与曹丕关系不一般的也有好几个，主要是夏侯尚、夏侯威、夏侯楙等人。与曹丕关系最好的是夏侯尚，曹丕称帝后，曾任命夏侯尚为征南大将军，负责整个荆州方面的军务，他的正妻也是曹家的姑娘，但具体是谁已不得而知，夏侯尚升为征南大将军后，宠爱另外一个妾，曹家姑娘受到冷落，已经身为皇帝的曹丕派人绞杀了这个爱妾，这件事做得太损，但也说明在曹丕眼里夏侯尚从来都不是外人。

夏侯威是夏侯渊家的四子，他一身侠气，自己不是文人但喜欢读书人，他发现了泰山郡人羊祜，觉得羊祜博学多才，善于谈论，于是做主将他二哥夏侯霸的一个女儿嫁给羊祜为妻，后来羊祜成为一代名将。夏侯威跟曹丕的关系很好，但他跟曹植的关系也好，可能正是由于这个原因，他后来只做到了州刺史，四十九岁的时候去世。

夏侯楙是夏侯惇的儿子，也是曹丕的姐夫，史书记载曹丕与夏侯楙“亲善”，曹丕称帝后夏侯楙也受到重用，被任命为安西将军，主持关中及以西地区军务，身负重任，但他才能有限，《魏略》说他“性无武略，而好治生”，蜀国大将魏延干脆评价他“怯而无谋”，曹丕的儿子曹叡继位后，把这个姑父从长安调回来任了个闲职。

从上面这些记载看，曹丕的人缘的确不错。此外，曹丕不仅跟曹氏、夏侯氏兄弟们关系好，身边还有不少心腹，“太子四友”就是其代表。“太子四友”的说法出现于《晋书》宣皇帝纪即司马懿的传记里。说曹丕被立为太子前后，特别信赖倚重四个人，分别是司马懿、陈群、吴质和朱铄，号为“四友”。

司马懿前面已有较详细的介绍，他出于河内郡温县司马氏家族，他的父亲司马防是曹操在洛阳时代的老领导，他们一家也是英才辈出，他的大哥司马朗、三弟司马孚都在曹操手下任职。按照《晋书》的说法，司马懿开始到曹操身边工作还有点不太情愿，但他绝对不是一个淡泊名利的人，他有很深的城府和很强的上进心，他也绝对聪明，当时军权被曹氏、夏侯氏所掌握，士家大族在政权格局里只能充当配角，司马懿敏锐地观察到这一点，觉得要想真正进入权力核心必须忍耐，做长远打算。现在有一个很流行的词叫“韬光养晦”，最早就是说司马懿的。司马懿后来主动靠近曹丕，忠心耿耿地帮曹丕出谋划策，受到曹丕重视。

陈群跟司马懿的出身差不多，他出身于颍川郡陈氏，也是一个大家族。陈群的身份有点特殊，他当过刘备的下属，刘备战败后作为俘虏被曹操发掘和任用，他担任过基层行政官员，也担任过人事、司法、监察方面的工作，有相当的才干，以后著名的“九品官人法”就是他提出来的。在曹操生前，司马懿和陈群还不属于核心层成员，也没有兵权，但他们看准了曹丕日后必能成继大位，所以倾心攀附，深得曹丕的信任，为日后飞黄腾达铺好了路。

吴质的情况前面也介绍过，他追随曹操的时间较早，大概在曹操担任兖州牧时期就投身曹营，但地位一直不高，一方面他的出身并非像司马懿、陈群那样的名门大族，另一方面是他的脾气不好，人品又差，前途较为渺茫。吴质比曹丕大了整整十岁，他是一个喜欢交结权势的人，经过努力他终于引起了曹丕的重视，引以为智囊，曹丕遇到难事不知道如何办，经常找他出主意。

四人之中朱铄的情况所知最少，只知道他是曹操的老家沛国人，长得比较瘦，性子比较急，跟曹丕等人关系很好，曹操征袁谭占领南皮后，有名的“南皮之游”里就有吴质和朱铄。另外，《世语》里记载了一件事，可以说明曹丕、吴质、曹真以及朱铄等人交往之密切。那已经是曹丕称帝以后的事了，当时吴质在外地担任要职，一次回京城朝见曹丕，曹丕特别命令京内高级官员和将领们到吴质府上聚会，从这一点上就可以看出来吴质在曹丕心目中的分量。

酒宴之中，吴质想更尽兴一点，就让艺人上来表演节目。曹真、朱铄当时都在座，这二位一个生得肥胖，一个生得很瘦，吴质就让艺人们拿这个说事逗乐（酒酣，质欲尽欢。时上将军曹真性肥，中领军朱铄性瘦，质召优，使说肥瘦）。曹真见自己被戏弄，在酒桌上就跟吴质闹崩了，曹洪、王忠等上来劝说，曹真怒气未消，甚至拔出刀要杀人，吴质也恼了，手按着剑叫着曹真的字说：“曹子丹，你不过是案几上的肉罢了，我吞你不用喉，嚼你不动牙，你怎敢如此仗势骄横（汝非屠几上肉，吴质吞尔不摇喉，咀尔不摇牙，何敢恃势骄邪）？”

眼看闹到这种地步，另一个当事人朱铄站出来打圆场说：“陛下让我们跟你一块喝酒高兴一下，你怎么这样做？”吴质一看这位劝的是偏架，更不干了，叱责朱铄说：“朱铄，你敢让我扫兴（朱铄，敢坏坐）？”大家一看吴质这小子真急眼了，都回到座位上不吱声，朱铄性子急，被吴质无端呵斥一顿，气得拔剑砍地（铄性急，愈恚，还拔剑斩地）。这种描写在正史里恐怕很少看到，吴质、朱铄在后世的名气不是很大，但在当时，绝对是炙手可热的人物，因为他们与曹丕关系很密切。

曹丕的这些交往曹操不可能不知道，曹丕跟曹家、夏侯家兄弟们怎么来往曹操都不会反对，但对于他结交司马懿、陈群这些人，曹操心有顾忌，这得从曹操与士家大族之间的关系说起。东汉是士家大族进一步崛起的时代，朝政和各地政权都被若干家大族所掌控，刘表之所以能在荆州立足，刘焉之所以能在益州站住脚，以及孙氏在江东之所以能快速打开局面，背后都是当地豪族们在撑腰，某种程度上，刘表也罢，刘焉、孙权也罢，都是豪族势力的代言人。

曹操非常明白这一点，所以在他开创基业的过程中始终注意与豪门士族的合作，这一点在他倚重荀彧上最能看得出来，与其说他欣赏荀彧的个人才能，不如说他更需要通过荀彧与以颍川郡荀氏、陈氏、钟氏等为代表的整个士族集团建立良好的合作关系。然而曹操自身不是士族，他出身于宦官家庭，从自己算起富贵也不过才三代，以他为中心的核心利益集团成员，如曹洪、曹仁以及夏侯氏兄弟等人，也都不是士族，但他们现在掌握着最大的权力。

由此就出现了一对矛盾，过去常把它归纳为士族和庶族的矛盾，也就是老牌的大地主阶层与新的暴发户之间的矛盾，不管这样分有没有道理，但至少这种矛盾是存在的。曹操依靠士族阶层，但又提防和抑制他们，比如占领冀州后就颁布了抑制士族豪强进一步兼并的法令，他与荀彧之间越来越深的矛盾，表面上看是某些政治理念的不同，深层次的问题仍然是两种不同阶层之间的矛盾。

曹操对司马懿的看法就能体现出这种矛盾的心理，在《晋书》里记载有“狼顾相”和“三马同槽”的典故。司马懿很有城府和韬略，他内忌外宽，猜忌多权变，曹操早就觉察到他有豪志，又听说他有“狼顾相”，想找机会验证一下。所谓“狼顾相”，就是能像狼一样在身子不动的情况下头能环顾左右，据说狼怕被袭击，走路时经常回头看，人如果也有这种行为，走路时不自觉地回头看，如同狼一样，就说明他心存险恶。一次，曹操让司马懿在前面走，突然命令他回头，这时司马懿在身体没有扭过来的情况下，脖子却能转到后面来（面正向后而身不动），这让曹操很是狐疑。

曹操还做过一个梦，梦见三匹马在一个槽子里吃食，也就是“三马同槽”，“槽”通“曹”，而“马”，曹操认为是司马氏，司马懿以及两个儿子司马师、司马昭精于权术，心机很深，曹操“甚恶焉”。后来曹操对曹丕说：“司马懿不是能做人臣的，必然会坏你今后的事（必预汝家事）。”

上面这两件事不是民间故事，而是郑重地记载在正史里，尽管司马懿和陈群的才干都很突出，但曹操生前并不很重用他们，曹丕与这样的人打得火热，能让曹操放心地把权力交给他吗？

五官中郎将

在建安十六年（211）受封的曹操诸子中没有曹丕，到这一年的晚些时候，除曹植、曹据和曹豹外，环氏所生的曹宇、秦氏所生的曹玹、杜氏所生的曹林也被封了侯爵，这几位可能是曹操儿子中年龄稍大的。曹宇被封为都乡侯，曹林被封为饶阳侯，曹玹被封为西乡侯，都乡和西乡不是乡而是县，这几个都是县侯，其中都乡县在常山郡，饶阳县在涿郡，西乡县在汉中郡。三个人受封的食邑不详，如果跟曹植他们一样，那也都应该是五千户。

至此曹丕已有六个兄弟被封侯，而他还没有，但这并不意味着曹丕失宠，因为在曹植被封为平原侯的同时，曹丕被任命为五官中郎将，这本来并不是一个很显重的职位，但由于曹丕的特殊身份以及专门为曹丕做出的两项规定，让这项人事安排显得很不一般。

五官中郎将隶属九卿之一的光禄勋卿，品秩是“比二千石”，即较真正的二千石要低，东汉品秩达到二千石是一个重要台阶，说明已经进入高级官员行列，相当于“省部级”干部，“比二千石”可以视为“副部级”。汉代的中郎将比较多，带兵的中郎将一般来说比偏将、裨将还低，但比都尉高，相当于准将。但中郎将也并非都带兵，五官中郎将就是不带兵的中郎将，他带的是郎官。汉代的郎官是指宫内的低层级办事人员，通常担任天子的护卫陪从、在宫内官署值班等任务，宫里的郎官大都归光禄勋卿管理，分为五官郎、左中郎、右中郎，也称为“三署郎”。东汉规定五十岁以上的郎官属五官中郎将管理，五官中郎将下还有五官中郎、五官侍郎、五官郎中等，品秩从三百石到六百石不等。

所以，一般情况下五官中郎将相当于是光禄勋卿属下的老干部管理处处长，管理一大群年龄五十岁以上的办事员。二十五岁的曹丕担任这个通常由老同志担任的职务只是个名义而已，他不用到许县朝廷上班，下面也没有五六十岁甚至年龄更高的老干部们让他管，他干的活与这项职务原来的职责完全不挨边。而且，曹丕担任的这个职务权力很重，天子在他的任命诏书上做了两项特别说明：允许他组建办事机构，同时明确他是副丞相（置官属，为丞相副）。

汉代允许高级官员组建办事机构叫“开府”，这个府一般称为“幕府”，一旦有资格开府，就能自行聘用属吏，但这项特权通常只有三公、大将军这样的高级官员才享有，其他人也要享受这个待遇，就叫“开府仪同三司”。到汉末，开府的条件逐渐放宽，李傕、郭汜、樊稠等人身为各种名号的将军，也有开府的特权，但是五官中郎将这种副部级官员也开府，曹丕肯定开了先河，尤其把五官中郎将定位为副丞相，更是前无古人。

之前介绍过，丞相的设置与东汉实行的三公制完全不同，它借用的是西汉初年曾短暂实行过的政治体制，当时也有三公，是指丞相、御史大夫、太尉，与东汉司空、司徒、太尉互相平等不同，设丞相的三公制以丞相为首，丞相容易坐大，对皇权形成威胁，所以后来不再设丞相了。与丞相同为三公之一的御史大夫一度被认为是副丞相，协助丞相处理有关事务，权限很大。把五官中郎将作为副丞相完全没有先例可循，而且双方品秩上的差距巨大，但这并没有出乎大家的意料，因为担任五官中郎将的是曹丕。

此举似乎可以解读为曹操在继承权确立方面的一种暗示，但曹丕还没有来得及高兴，紧接着曹操又颁布了另一项命令让他不安起来，曹操在让曹丕设置自己官署的同时，也允许其他被封侯的儿子都设置官署，为此他还颁布了《高选诸子掾属令》，这项命令如今只保存有两句："遂以邢颙为平原侯家丞，侯家吏，宜得渊深法度如邢颙辈。"是选邢颙为曹植家丞的，仅从这两句也能看出来，曹操对给儿子们选属吏十分重视，要求的标准很严。

设置官署就是"开府"，以前五官中郎将没有这个特权，诸侯也没有，曹操让几个儿子都"开府",不是想替儿子揽权,明眼人一看就知道这是锻炼他们的才干，同时对他们进行考察。这样，曹操有六七个二十岁左右的儿子各自设置了自己的官署，曹丕设置的官署称为五官中郎将府，曹植等人设置的官署称为某某侯府，曹操为他们选配的官吏都是精兵强将。

先后在五官中郎将府任职的有凉茂、邴原、苏林、徐幹、卢毓、刘廙、郭淮等，先后在平原侯府任职的有刚才提到的邢颙，以及刘桢、应玚、毌丘俭、司马孚等。邴原是知名的大儒，徐幹、应玚、刘桢同为建安七子之一，卢毓是大学者卢植的儿子，凉茂、苏林、刘廙都知名于当世，司马孚是司马懿的三弟、"司马八达"之一，郭淮和毌丘俭日后都成为曹魏的著名将领，郭淮长期在西部地区执掌兵权，毌丘俭在淮南手握重兵。

邴原早年曾逃难到辽东郡，他在那里讲学，名重一时。回到内地后被曹操聘为司空掾，后转入丞相府任职。曹操很敬重邴原，认为他学问好、人品也好，曹冲去世后曹操曾向邴原提出两家刚刚逝去的一对儿女合葬，算是冥婚，但遭到邴原的拒绝，曹操非但不生气，反而对邴原这种不慕权势的品行更加称赞。曹操每次征伐，常把邴原和张范留下，让他们辅佐曹丕，同时叮嘱曹丕多向他们二人请教。《三国志》记载，某次曹丕负责留守，其间宴客，酒席桌前提出了一道难题：当君王和父亲都生命垂危之时，只有一丸药可以救命，是救君王呢还是救父亲（君父各有笃疾，为药一丸，当救君邪？父邪）？很多人为了讨好曹丕,都说应该救君王，邴原沉默不语，在曹丕追问下邴原说应该救父亲，曹丕不得不佩服他的正直。

邴原在五官中郎将府担任的职务是长史，这个职务的前任是凉茂。凉茂很有实干才能，当过几个地方的太守，很有政绩，他被选为曹丕的长史，但曹操很快开始组建魏国的领导机构,选中凉茂给荀攸当助手,担任尚书台的副长官尚书仆射，但这段经历让曹丕对凉茂有了深入了解，曹丕正式成为太子后，凉茂担任了太子太傅，受到曹丕的礼遇。

曹操北征乌桓时路过名将卢植的家乡涿郡，出于对前辈的敬重，他让地方官员寻访卢植的后人，找到了卢植的儿子卢毓，给他安排了工作，曹丕设立五官中郎将府，选卢毓为门下贼曹。传统的贼曹执掌“水火、盗贼、词讼、罪法”，也就是管公安、司法、消防这些工作，在五官中郎将府设置这样的部门，说明五官中郎将府职权范围很宽。不过，丞相府也有贼曹，他们之间如何区分职权范围，不太清楚。据《三国志》记载，曹操虽然兼任冀州牧，但日常工作一般由崔琰主持，崔琰曾判决过一个案子，当时天下草创，军队中经常发生士兵逃亡的事，因此对逃亡士兵惩罚也很重，妻子儿女都要受到株连。有个逃亡士兵的妻子白氏，刚嫁到丈夫家没几天，还没有来得及跟丈夫见上面，就被执法部门判处死刑并弃市，对这个判决卢毓发表了不同看法：“女子只有在跟丈夫接触后才能产生感情和恩爱，成为妻子后感情才会亲密。所以《诗经》说‘未见君子，我心伤悲；亦既见止，我心则夷’。还有《礼记》也说‘未庙见之妇而死，归葬女氏之党，以未成妇也’。现在白氏还没有跟丈夫见上面，执法部门就要判她死刑，如果这样，要是他们正式完婚的话，不知道还会怎么判？《礼记》上有‘附从轻’的话，就是说对可轻可重的判决，还是按从轻处罚。《尚书》也有‘与其杀不辜，宁失不经’的话，就是怕判决容易太重。如果白氏已经接受丈夫家的礼聘，进了丈夫家的门，判上几年徒刑就可以了，杀了她实在也太重了。”

争论上报到了曹操那里，曹操认为卢毓的意见很正确，以后卢毓在曹魏大部分时间都从事司法方面的工作，当过曹魏的廷尉，相当于司法部部长。卢毓以五官中郎将门下贼曹的身份对具体司法案件发表意见，并被曹操所采纳，显示五官中郎将府在司法方面仍有相当的职权。担任过五官中郎将门下贼曹的还有郭淮，他后来到丞相府任职，升得很快，随同曹操征汉中，被曹操留在了那里，从此在西部带兵。

应玚、毌丘俭、司马孚在曹植那里担任的是“文学”一职，不是专职搞文艺创作，而是从事文化教育事业的统称，曹丕的五官中郎将府也设有这样的机构。刘桢的职务比较特别，叫“庶子”，就是总管，大概与长史差不多。

从上面这份不完整的名单看，曹操不仅让儿子们组建办事机构，承担具体工作，而且在选任属吏方面很慎重，所选都是有真才实学之士，同时人品必须清廉正直，不阿谀奉承，真正做到了“高选”。曹叡日后当了皇帝，在回忆爷爷曹操为叔父们设官署、选才任能之事说：“自太祖受命创业以来，他深刻地感受到治乱之源，明察存亡之机，所以初封诸侯时，训戒大家要恭敬、谨慎，并安排天下正直之士辅佐他们，常常拿马援的遗诫提醒大家，严格限制诸侯与宾客们的交往，如果犯了错误与一般人同样处罚。这难道是不重骨肉之情吗？只是不想让子弟们犯过失呀。”另一方面，这些新设机构也吸引了邺县的各路人才，据《三国志》记载，五官中郎将府、平原侯府等设立后，许多人都心中向往，一时间曹丕兄弟们府第前宾客如云（天下向慕，宾客如云）。

人才争夺战

一下子新增了那么多机构，但人才总是有限的，况且那段时间魏国正在初创之中，也需要大量人才，曹操一再发布“求才令”，仍然满足不了对人才的需求，尤其是那种各方面都比较突出的优秀人才，更是大家争抢的对象。对于人才来说，这一段真是黄金时期，求才若渴的领导，到处挖人的说客，足可以让自己待价而沽，当然前提是必须有真才实学。

对人才的明争暗抢主要发生在五官中郎将府和平原侯府之间，也就是曹丕、曹植兄弟之间，尤其对有一定影响力的那些人，曹丕和曹植都“争与交好”，都想把他们拉到自己身边来。总的说来，在这场人才争夺战中二人互有胜负。

司马懿的三弟司马孚本来被先派到平原侯府担任文学掾，据《晋书》记载，司马孚觉得曹植年轻气盛、不把别人放在眼里（负才陵物），多次向他提出劝谏，但曹植不听，司马孚一气之下转到曹丕那里。这个记载是事实，但过程是有问题的，关于曹植“负才陵物”的记载似乎只有这一处，而在其他史料中，曹植倒是一个为人通脱、不拘小节的人，应该没有这么差劲，况且因为对领导不满意就想换单位，放到现在可能不是件太大的事，而在那时是绝对很难办到的，背后必须有强有力的支持才能成功。《晋书》之所以这么说，只是给司马孚的跳槽行为找个借口而已。

事实上，司马孚不安心在平原侯府工作，应该与曹丕方面挖墙脚有关。司马孚的二哥司马懿虽然没有进入五官中郎将府任职，但他此时已经是曹丕绝对的心腹，司马孚的行为说不定就有司马懿的影响。同样的情况还有应玚，开始在平原侯府供职，后来转到五官中郎将府。

但曹丕也不是想要谁就是谁，他也有不如意的时候。据《魏略》记载，曹丕当时到处挖人（时五官中郎将博延英儒），听说书法家邯郸淳很有名气，想把他延揽到自己门下，但曹植也想得到邯郸淳，最后由曹操出面协调，让邯郸淳到曹植那里工作。另据《三国志》记载，荀彧生前曹丕对他十分恭敬（曲礼事彧），但荀彧的儿子荀恽却看不上曹丕，反而与曹植关系很好，惹得曹丕很不高兴。

荀恽代表了相当一部分人的看法，这些人里要么真的不喜欢曹丕而喜欢曹植，要么对他们兄弟二人无所谓喜欢与不喜欢，只不过更看好曹植的前途，于是站在曹植一边，算是一种政治投机行为，这一部分人里最典型的是丁仪、丁廙和杨修。

丁仪和丁廙是兄弟俩，他们出身于沛国谯县的丁氏家族，不仅跟曹操是地道的老乡，而且两家还素有渊源。曹操的母亲姓丁，第一任妻子也姓丁，都是这个家族的成员，丁氏家族出过丁宫、丁冲这些人，丁冲就是丁仪和丁廙的父亲。据《魏略》记载，曹操跟丁冲年轻时就很要好，后来丁冲在朝廷任职，汉献帝东迁过程中丁冲一路相随，回到洛阳后丁冲给曹操写信，让他前来迎驾，是迎接汉献帝迁都许县的功臣之一（是时张杨适还河内，太祖得其书，乃引军迎天子东诣许）。

后来曹操任命丁冲为司隶校尉，丁冲有个爱好，特别喜欢喝酒，一见美酒就控制不住，结果酒醉烂肠而死。丁冲死后，曹操念及旧情，对丁仪、丁廙很照顾，他听说丁仪很有才干，但是没有见过，不知道丁仪长得怎么样，他想把大女儿清河公主嫁给丁仪，就此征求曹丕的意见。曹丕却不喜欢丁仪，也许丁仪此时跟曹植已经走得太近，也许还有其他原因，总之不想促进这件事，就对曹操说："女人很在意男人的相貌，丁仪眼睛不好，我怕姐姐不会喜欢他，不如选伏波将军之子夏侯楙（女人观貌，而正礼目不便，诚恐爱女未必悦也。以为不如与伏波子楙）。"

曹操听从曹丕的意见，把清河公主嫁给了夏侯楙。后来，丁仪到曹操身边当丞相掾，曹操与他交谈后对他的才能很欣赏："丁处长是个人才，即使双目失明也应该把女儿嫁给他，更何况只是一只眼睛有问题，都是我儿子误了事（丁掾，好士也，即使其两目盲，尚当与女，何况但眇？是吾儿误我）。"

丁仪没能当上驸马，对曹丕很有意见，更加跟曹植亲近。丁仪的弟弟丁廙也有才学，也得到曹操的欣赏，他们兄弟俩成为能在曹操面前说上话的人，他们一会机会就夸赞曹植，成为曹植的铁杆粉丝。

杨修的情况不尽相同，曹丕没有得罪过他，反而想法跟他结交，但他始终坚定不移地站在曹植一边。杨修字德祖，是前太尉杨彪的儿子，出身于名门世家，他很有才干，在丞相府任职，处理各类事务得体周到，曹操十分满意（是时军国多事，修总知外内，事皆称意），当时杨修也算小有名气的才子，自曹丕以下都争着与他交好，包括一向什么都看不惯的孔融和一向恃才傲物的祢衡，都给杨修面子。

在曹丕和曹植之间，杨修不假掩饰地喜欢曹植，曹植也相当尊崇杨修。在曹植现存的文集中有一封写给杨修的长信，是研究曹植文学思想的重要史料之一。这封信的一开头就说："几天不见，对先生就思念成疾，想必先生也是如此吧（数日不见，思子为劳，想同之也）。"而杨修回信说："与君交往才数日，就好像已经有多年了，难道仅仅出于您对我的厚爱和照顾，使我对您产生敬仰之情吗（不侍数日，若弥年载，岂独爱顾之隆，使系仰之情深邪）？"写信的人肉麻，回信的人更肉麻，只能说明他们之间确实亲密无间。

曹操欣赏丁仪、丁廙和杨修，说明他们真有才干，不是光会忽悠人，有他们帮忙，曹植势头慢慢盖过了曹丕，曹丕对此很忧心。《世说新语》记载了一件事，说曹丕想找吴质商议对策，吴质与曹丕走得太近，为曹操所忌，此时已把他打发到朝歌县当县长去了，根据制度在外地任职的官员不经批准不得随意离开，曹丕召吴质来只能偷偷行动，具体办法是把吴质装在一个竹筐（废簏）里，用车运进五官中郎将府中，但这件事让杨修知道了。可见杨修这帮人不仅是智囊，而且还搞情报工作，有自己的特务组织，杨修得到这个情报后就报告给了曹操，但是他没有料到曹丕也会搞情报，知道杨修在曹操面前把他黑了，但曹丕还不够老辣，一下子被吓住了。曹丕问吴质怎么办，吴质说："这有什么呀，明天还用车装上竹筐，里面塞些棉帛来迷惑他，如果查验，与杨修说的不符，他必然获罪。"曹丕照办，第二天果然有人检查，但没有发现什么异常。经过这件事，曹操对杨修有了怀疑。

还是《世说新语》的记载，说杨修担任丞相主簿，几乎天天在曹操身边工作，对曹操的行动及所思所想都一清二楚，他揣摩曹操的心思，事先准备了几十条曹操有可能提出的问题以及如何回答交给曹植，有点像准备好的答记者问，等曹操的问题刚一提出，曹植那边就有对策了，不仅反应迅捷，而且回答得恰到好处，让曹操惊奇不已，后来追查下来，发现原因出在杨修那里。《世说新语》记载的类似事情还有好几件，其中一件事虽然可信度不高，但反映的也是这类情况，说曹操派曹丕和曹植从邺县不同的城门出城，但事先告诉守门人员不予放行，以此观察曹丕和曹植有何反应。杨修知道曹操的用意，悄悄告诉曹植说："如果有人不让你出城，你就把他杀了，因为你执行的是王命。"曹植照做了，而曹丕被人阻挡后就老老实实回来了。

还有一件，是说曹操某次带兵出征，曹丕、曹植兄弟及众人送行，曹植说了不少歌功颂德的话，辞藻华美，很有感染力，吸引了大家的注意，曹丕口才不如弟弟好，有点郁闷，吴质看出来了，悄悄对曹丕说："不用渲染自己，只要装出悲伤的样子就行。"曹丕依计而行，大家一看，原来还是曹丕做事得体，曹植有点太矫情。这件事也未必真实，查曹操的几次出征，要么曹丕留守、曹植随征，要么曹植留守、曹丕随征，兄弟俩都留守的似乎没有，而吴质大部分时间都被曹操发落到外地任职，能随时出现在曹丕身边的机会并不多。

上述这些事件有后人附会演绎的可能，但它们反映出来的情况却是真实的，曹丕和曹植之间的明争暗斗逐渐升级，他们身边各有一帮人暗中相助，非要较量出个结果来。这个结果谁都知道，那就是还没有明确下来的继承权。无数血的事实告诉他们，最后的胜利者只有一个，作为失败者往往连一条活路都没有，所以这场斗争一旦拉开，就无法让它停止，直到决出胜负的那一刻。

贾诩欲言又止

建安十八年（213）五月曹操晋爵魏公，加九锡，开始建立魏公国，这一年曹丕二十七岁，曹植二十二岁。但此时曹操仍然没有宣布继承人的意思，对曹丕而言，这相当不妙。

就在这一年，曹植被改封为临菑侯，曹植之前受封的是平原侯，这个平原指的不是平原郡，而是平原郡下面的平原县。曹植改封后，虽然没有增加食邑，而且仍然是县侯，但临菑作为古代齐国国都，是青州刺史部的重镇，不是平原县所可以比的。建安十八年的这次改封只涉及曹植一人，背后有没有其他更深的用意，让大家不由得要进行一番猜测。

紧接着，第二年曹操远征孙权，按惯例应该由曹丕留守邺县，曹植等兄弟随征，但这一次曹操决定由曹植留守，曹丕随征。这一年曹植二十三岁，与曹操担任顿丘县令的年龄相仿，曹操临行前专门告诫了曹植几句话。这个信号就更明显了，这趟随征，曹丕一定心事重重。

的确，一段时间以来曹操对立谁为太子而犹豫不决，按理应该立曹丕，但曹操对他不是特别喜欢，加上他跟司马懿、陈群这样的人过从甚密，让曹操十分警惕。相比较而言曹操更喜欢曹植，他觉得曹植虽不够城府，但比较率直，而且才思敏捷，有自己的某些特点。但如果立曹植为太子，对习惯上的嫡长子世袭制是一种突破，各方面对此有何反应曹操不得不考虑。

为此，曹操私下里征询了很多人的意见，听一听大家对这个问题的看法，但结果仍然分歧严重。据《魏略》记载，丁仪多次在曹操面前称赞曹植有奇才，当他看出来曹操也有立曹植为太子的意思后，不断给他出谋划策（数称其奇才，太祖既有意欲立植，而仪又共赞之）。丁廙也在曹操面前使劲捧曹植：“临菑侯天性仁孝，为人坦荡，而且聪明过人，将来一定能成为杰出人物（发于自然，而聪明智达，其殆庶几）。他还博学渊识，文章绝伦，当今天下的贤才君子，不问少长，都愿意跟随他甚至为他而死（皆愿从其游而为之死），这实在是天佑我大魏，所以才赐给大魏这么好的接班人！”

经他这一说，曹操颇为心动，他问丁廙：“我确实很喜欢曹植，这个不用你来说（植，吾爱之，安能若卿言）。我想立他为嗣，你看怎么样？”丁廙自然毫不掩饰地支持曹植，甚至表明自己愿意以死来保荐曹植（廙不避斧钺之诛，敢不尽言），丁仪、丁廙的这些话对曹操产生了很大影响（太祖深纳之）。

边让的学生杨儁当过丞相掾，又在外地当过太守，他素来善于品识人物，曾经在奴仆之中提携王象这样的人才。曹操当时正为选嗣问题秘密征求大家的意见（密访群司），他也问到了杨俊。据《三国志》记载，杨俊虽然分别讲了曹丕和曹植的优点，没有明确说谁是继承人，但称赞曹植更多（俊虽并论文帝、临菑所长，不适有所据当，然称临菑尤美）。另据《魏略》记载，书法家邯郸淳也支持曹植，邯郸淳多次在曹操面前夸奖曹植（屡称植才），引得曹丕很不高兴。还有一个叫孔桂的，原来是关中军阀杨秋的手下，曾奉杨秋之命拜见曹操，曹操觉得他是个人才，就把他留了下来，任命他为骑都尉，让他常在自己左右，孔桂跟曹植亲近，对曹丕有所怠慢（亲附临菑侯而简于五官将）。

但也有不少是支持曹丕的，据《三国志》和《魏书》记载，担任过丞相掾、赵郡太守的桓阶劝曹操不要打破长幼顺序，应该立曹丕为太子，桓阶不仅秘密劝谏，还多次公开发表自己的意见（时太子未定，而临菑侯有宠，阶数陈文帝德优齿长，宜为储副，公规密谏）。长期在曹操身边负责人事工作、魏国建立后担任尚书台副长官的毛玠也劝曹操立曹丕，据《三国志》记载，曹植当时很受宠，毛玠密谏曹操说："袁绍因为没有处理好儿子的事，以至于国破家亡，废立这样的大事，还是慎之又慎（近者袁绍以嫡庶不分，覆宗灭国，废立大事，非所宜闻）。"毛玠一向为人正直，清正廉洁，曹操曾把他比喻为自己身边的周昌。毛玠的话，曹操不能不想想。

与毛玠持类似看法的还有邢颙，他本来被任命为平原侯府的属官，但他处处以礼法严格约束曹植，又得理不让人，于是跟曹植发生了矛盾（颙防闲以礼，无所屈挠，由是不合）。后来邢颙转到丞相府工作，担任军事参谋（参丞相军事），曹操就立嗣问题征求邢颙的意见，邢颙说："废长立幼是前世所忌讳的事，希望您能慎重处理（以庶代宗，先世之戒也，愿殿下深重察之）。"

早年对曹操事业给予莫大支持的卫兹，他有个儿子叫卫臻，丁仪跑过去做他的工作，要他支持曹丕，被卫臻严词拒绝（臻以大义拒之）。甚至崔琰也反对立曹植，曹植是崔琰的侄女婿，长期代曹操主持冀州的工作，魏国建立后担任尚书，曹操用密函向大家询问该立曹丕还是立曹植（以函令密访于外），崔琰则用公开信（露板）的形式回答说："按照《春秋》之义，立子应该以长，五官中郎将仁孝聪明，应该继承正统，我愿以死坚持这样的看法（琰以死守之）！"

另外，曹丕还有两个秘密外援，这是曹植不具备的。据《三国志》记载，在众多妻妾中曹操比较宠爱曹幹的母亲王氏，王氏暗中帮曹丕说不了少好话（幹母有宠于太祖，及文帝为嗣，幹母有力）。曹丕有一个妾姓郭，史称她比较有谋略，曹丕争太子时她帮忙出了不少主意，这个郭氏后来继甄宓之后成为曹丕的皇后，史称文德皇后。

以上这些事例都见之于正史，完全可以想见还有很多没有写到正史里来。这场斗争从一开始就把很多人牵涉进来，从双方的形势判断可以说势均力敌，如果仔细分析，曹丕一方略微占些上风。

看到下面的意见这么不统一，曹操有点拿不定主意了，他最后问到了一向足智多谋的贾诩，据《三国志》记载，曹操曾屏退左右，单独问贾诩的看法，但贾诩却不作声。曹操急了："我有事问你呢，你不说话是什么意思呀（与卿言而不答，何也）？"贾诩装着在沉思，说："属下刚好想起一些事，所以没有立即回答（属适有所思，故不即对耳）。"曹操问他想到了什么，贾诩回答："想到了袁绍父子和刘表父子。"

曹操明白贾诩的意思了，这次谈话不久，曹操心里就定下来了太子的人选，但他没有立即公布。不管这个人是谁，都将是几家欢乐另几家愁。

崔琰与毛玠

建安二十一年（216）发生了杨训事件，它的突然出现搅动了政局。杨训其人不详，只知道他是钜鹿郡人，虽然才能一般，但品行不错（虽才好不足，而清贞守道），崔琰主持冀州政府工作期间，把他作为人才向曹操推荐，曹操对杨训进行了礼辟。

这一年五月，曹操成为魏王，杨训可能因为职级较低，没有出现在劝进者的名单中，但他也像许多人一样，上表对曹操进行赞美，歌功颂德。可能杨训写得有点过，有人讥笑他肉麻（时人或笑训希世浮伪）。这件事引起了崔琰的注意，虽然他已不在冀州刺史府任职而改任魏国的尚书，但杨训是他举荐的，如果这个人有问题，他也要受牵连。为此，他专门找来杨训写的奏表看了看，发现并不像大家说的那么严重。

崔琰于是给杨训写了封信，信中有一句话："省表，事佳耳！时乎时乎，会当有变时。"这几句话说得很含糊，可以有不同的解读，这一下给崔琰招来了杀身之祸。从字面上看，"省表"的意思是"看过了所上的表"，"事佳耳"的意思是"这是个好事呀"，"时乎时乎"的意思是"时势啊时势"，关键是最后一句"会当有变时"，字面理解是"应当有变化的时候"，如果是这样就容易使人产生联想了。不过，《三国志》认为崔琰的本意是说讥讽杨训的人没有看到时势的变化，有点吹毛求疵（琰本意讥论者好谴呵而不寻情理也），"时乎时乎"以及"会当有变时"可以理解为要与时俱进。

但崔琰这几句话说得也太简约了，尤其是"会当有变时"给人感觉他盼着变天。

有人拿着崔琰的这封信向曹操报告，曹操果然对“会当有变时”很敏感，认为崔琰用意险恶（意指不逊）。曹操盛怒之下罚崔琰做苦工，这是一种刑罚，却不必关在监狱里，有点像罚做义工的意思。过了几天，曹操派人前去探视，看看崔琰是什么反应，回来报告说崔琰在家里仍然每天待客，门庭若市，还看到他待客的时候用手卷着胡须，怒目而视，好像愤愤不平的样子（对宾客虬须直视，若有所瞋）。

曹操更生气了，《三国志》说曹操直接下令将崔琰赐死，《魏略》说崔琰不是被赐死，是自杀。《魏略》所记载的杨训事件是这样的：杨训这位老兄确实是个书呆子，一点政治敏感性都没有，崔琰写给他的信让他顺手就当垃圾扔了，结果被什么人得到，拿它当废纸用来包裹笼盖（人得琰书，以裹帻笼），有个跟崔琰有矛盾的人，恰巧在路上看到外面有崔琰信的笼盖，于是跟踪上去，得到了崔琰的信，并报告了曹操。曹操认为崔琰这是心存不满，于是将崔琰下狱，下令剃光他的头发和胡须，罚他到建筑工地作苦工（髡刑输徒）。前面那个举报崔琰的人后来又向曹操报告，说崔琰仍然心存不满，曹操大怒，想杀崔琰。崔琰是冀州名士，曹操不想公开杀他，就派人到狱中转达自己的意思，希望崔琰自己了断。可是崔琰并没有领会，过了几天曹操得知崔琰还活着，于是怒道：“崔琰一定让我动刀子吗（崔琰必欲使孤行刀锯乎）？”曹操命令狱吏将这句话带给崔琰，崔琰说：“我真笨，不知道曹公原来是这个意思（我殊不宜，不知公意至此也）！”崔琰于是在狱中自杀。

在曹魏政坛上，崔琰绝不是一般人物，他的死是当时一个重要事件。崔琰是冀州刺史部清河国人，大学者郑玄的学生，作为冀州的本土派有一定影响力，袁绍父子时期对他都礼遇有加，曹操得冀州后，对崔琰加以重用，在曹魏的政治阵营里，冀州本土派显得并不重要，与其他州人才辈出相比，出身于冀州的只有崔琰、邢颙、崔林等少数几个人而已。

曹操因为一件小事就将崔琰杀了，并不是他对崔琰个人有什么成见，相反，长期以来曹操对崔琰的才干和人品都相当欣赏，在很多方面都对他很倚重。崔琰很熟悉冀州事务，曹操让他担任冀州别驾，别驾是刺史或州牧最重要的助手，相当于副州长，曹操以后外出征伐，留下曹丕守邺县，都让崔琰辅佐曹丕。崔琰这个人，《先贤行状》说他“清忠高亮”，《三国志》的作者陈寿评价他“高格最优”，说明他是一个正直敢言的人，他曾经厉色劝谏过曹操，也当面批评过曹丕，但曹操对他的欣赏一直不改。

《世说新语》里记载了一件有趣的故事，说匈奴使者来拜见曹操，曹操这个人长得不好看，个子矮，长相没有威仪，而崔琰身材高大，浓眉重目，还有四尺长的胡须，很有气质，曹操就让崔琰假扮自己，而他捉刀立于一旁。会见完毕，曹操派人问匈奴使者，让他谈谈对魏王的印象。使者回答："魏王风度不一般，但旁边捉刀的那个人更有英雄气。"曹操听说后，赶紧派人追杀了这个匈奴使者。

这就是"捉刀"这个典故的来历，这件事其实最早不是出现在《世说新语》中，而是出现在东晋裴启所著的《语林》一书里。这属于民间故事一类，真实性不强，但据《三国志》记载，崔琰的确仪表堂堂。《先贤行状》说魏国建立初期，曹操委派他负责人事工作，他在这个岗位上工作了十多年，很多官吏都是经他之手选拔的，由于他清廉忠正，朝廷因而提高了声望，大家都称赞他的公平。

曹操怎么会听信一件捕风捉影的事就杀掉这样一位重臣呢？更何况他还是曹植的叔丈，论起来两家还有亲戚关系。事情的确很蹊跷，但如果考察一下此前不久刚刚发生过的另一件事，也许就能找出问题的答案。据晋人郭颁所著《世语》记载，在曹操称魏王的前后，曹植的妻子崔氏因为一件小事被赐死。曹操有一天登上铜雀台远眺，看见崔氏穿得很华丽，而曹操一向要求身边的人勤俭节约，看到崔氏这样曹操很生气，就因为这个把她赐死了。

发现有人不遵守自己的指示，无论是作为魏王还是作为家长，都可以把她叫过来批评一顿，直接把她杀了，这确实有点不可思议。崔氏就是崔琰的侄女，她的死已经是个信号了，崔琰现在也被曹操杀了，这个信号更被放大，他们都不是因为个人原因被杀的，他们都与曹植有关。曹操已经决定立曹丕为太子，现在做的都是围绕着这件事进行。

崔琰虽然支持曹丕，但他犯了一个忌讳：不该把自己的意见公开。当崔琰以露板的形式表明自己的政治立场时，曹操的反应很有意思，一共八个字："贵其公亮，喟然叹息。"一边说他公正坦荡，一边又表示叹息，这不是陈寿顺手一写，而是暗含某种深意。崔琰把自己的政治立场公开，不仅让曹操感到尴尬，而且让曹操想到他不是真心，而是作秀。如果崔琰支持曹植，曹操也许不会多想，这是人之常情，他支持曹丕，并且把这个告诉给所有人，曹操认为他心里有想法。

所以，曹操认为崔琰从内心里是支持曹植的，以崔琰的政治影响力，日后如果曹丕被选为接班人，这必然是一个负面因素，因此需要提前除掉。

崔琰之死历来都被认为是冤案，即使在当时，也有为崔琰抱不平的，毛玠就是其中一位。毛玠也长期在曹操手下从事人事工作，由于工作关系，他跟崔琰来往比较多，《先贤行状》说他"雅量公正，在官清格"，跟对崔琰的评价差不多，都是清廉正直之人，所以互相敬重。

毛玠见崔琰莫名其妙地被杀，心中不悦。有人到曹操跟前打毛玠的小报告，说毛玠外出看见被判了刑、妻子儿女被罚为官奴的人，借题发挥说“让天不下雨的就是这些事”，含沙射影给崔琰鸣不平。曹操得报大怒，把毛玠关进监狱。

毛玠下狱不是因为他支持曹植，相反前面说过他支持的是曹丕，曹操处罚他是因为他对崔琰的事不满，曹操自己也知道崔琰事件很难服众，所以要采取高压，毛玠就这样稀里糊涂地被曹操当成反面教材抓了起来。后来，在桓阶、和洽等人营救下，曹操才免毛玠一死，但不再用他，毛玠后来死于家中。

大约在此前后，建安七子之一的刘桢也因一件小事被判刑。据《典略》记载，刘桢很有才华，深得曹氏兄弟们的喜爱，他之前在平原侯府任职，后转到五官中郎将府。有一次曹丕请客，酒席宴前把妻子甄氏叫出来与大家相见，按照礼法，这时候大家应该低下头，不能正视甄氏，可唯独刘桢“平视”，曹操知道后把刘桢下狱判刑，刑期满后重新安排工作（桢以不敬被刑，刑竟署吏）。

崔琰以及曹植的妻子崔氏成为曹氏兄弟夺嫡斗争的第一批牺牲品，毛玠、刘桢等人跟着也受到了牵连，但这也仅是个小小的开头而已。

有人欢喜有人忧

建安二十二年（217）曹操最后一次远征孙权，四月前后回到邺县。十月，曹操发布《立太子令》，明确以五官中郎将曹丕为魏国太子，正式确定了继承人。《三国志》中保存的《立太子令》只剩下简单的一句话，而在宋代人编撰的大型类书《太平御览》里还保留了另外几句话：“汝等悉为侯，而子桓不封，而为五官中郎将，此是太子可知也。”这几句话像是说给曹操其他几个儿子听的，也包括曹植，看那意思是在几年前曹操就有立曹丕为太子的想法了，所以给别的兄弟封了侯，而没给曹丕封侯。这个说法也许有依据，也许没有，封不封侯与以后能否指定为继承人并没有关系，曹操在这个问题上一直摇摆不定，这是不争的事实，现在他既然下了决心，就想把话说得更圆满一些而已。

曹丕听到这个消息，简直欣喜异常，直到此前他仍然没有取胜的把握，不知道父亲究竟做何打算。据《魏略》记载，不久前曹丕还把著名相士高元吕叫过来给自己相面，算算自己能否如愿当上太子，高元吕是与朱建平齐名的相士，他认为曹丕的命相贵不可言。不过，他也顺便给曹丕算了算寿数，认为曹丕四十岁时命里有一个道坎（至四十当有小苦），这一点与朱建平的看法惊人的一致。不过，曹丕此时正沉浸在极度的兴奋中，对于高元吕后面的话并没有在意。让朱建平和高元吕说着了，曹丕就是四十岁死的。

现在，曹丕心里充满了喜悦，据《世说新语》记载，曹丕听到这个消息的时候刚好丞相长史辛毗在场，曹丕激动得抱住了辛毗，高兴地说：“辛先生，你知道不知道我好高兴啊（辛君知我喜不）！”有人把这个好消息报告给了卞氏，并且向她讨赏钱。卞氏听后很平静，她说：“魏王只不过因为曹丕年龄最长而把他立为继承人，我只要没教子无方就万幸了，怎么还能大发赏钱呢（但当以免无教导之过为幸耳，亦何为当重赐乎）？”有人把这件事告诉了曹操，曹操相当满意。他对卞氏的评价是“怒不变容，喜不失节”。

在两个儿子争夺继承权的斗争中卞氏没有发表自己的看法，不管谁最终胜利，都将意味着另一个人的失败，也意味着残酷的清算活动即将开始，作为母亲她的心里又能好受到哪里去？卞氏此时还没有被封为王后，这也是一个颇为微妙的事，直到曹操临终前一年，她才被封为王后。

对于曹植来讲，听到这个消息无异于五雷轰顶，他知道自己失去的不仅仅是继承权，一旦父亲不在人世哥哥曹丕登基，他以及支持他的人都将面临灾难。可能曹操也意识到了这个问题，他选择了曹丕，但并不想看到儿子们之间出现骨肉相残的事。为了安慰曹植，他增加了临菑侯曹植的食邑五千户，连同之前的五千户，共一万户。

但是曹植从此一蹶不振，这让曹操感到很失望。最突出的例子是“司马门事件”，让曹操十分生气。据《三国志》记载，曹植有一天在天子及魏王专用的驰道上纵车飞奔，又私自打开一般人禁止通行的司马门。这不是小事，可以上升为大逆不道，曹操下令处死了负责王室及诸侯出行的公车令，并且对曹植等几个封了侯的儿子们严加管教（由是重诸侯科禁），对曹植的宠爱日渐衰退。

这件事的来龙去脉不详，曹植于何时、因何故奔行于驰道又私开司马门的，缺少相关记载，唯一的补充材料是在《续汉书》里，根据它的记载，曹植之所以干过这样的荒唐事，是因为他喝醉了，而跟他在一起的还有杨修（人有白修与临淄侯植饮醉共载），他们不仅私自从司马门奔出，而且一边还在车上说着曹彰的坏话（谤讪鄢陵侯彰），所以曹操才如此生气。

曹植固然很率真，做事情喜欢洒脱、不拘小节，但事情的轻重还是能够把握住的，他之所以犯这样的低级错误，只能说没有被立为继承人这件事对他的刺激确实太大了，如果这件事真如《续汉书》讲的那样，说明曹植已经破罐子破摔了。另据《魏武故事》所载，曹操曾发布过一篇命令，里面有几句话：“自从临菑侯曹植私自出行，开司马门到金门，让我对此儿另眼相看了。”在另一篇命令里，还有“自从子建私开司马门以来，我再也不相信诸侯了”这样的话，可见这件事对曹操触动很大，也彻底改变了他对曹植的看法。

印象中曹操还没有因为什么事和一个人如此较劲，抓住别人的过错不依不饶，可能这件事出在自己曾经宠爱的儿子身上，又发生在刚刚确定了继承人的敏感时刻，曹操因而更在意吧。

但是曹操对曹植仍没有完全放弃，到了曹操临死的前一年，即建安二十四年（219），曹仁在襄阳被关羽围困，曹操想让曹植以南中郎将的名义行使征虏将军的职权，带兵前去解围。此举可以看作是曹操在重新思考继承人的问题，曹植在夺嫡斗争中甚至还有翻盘的可能，曹丕因而格外紧张。据《魏氏春秋》记载，曹植将要率大军出发，曹丕非拉他去喝酒，结果把他灌醉，让曹植无法按时领命出征，曹操彻底失望，于是改派他人前往。

第二年曹操就去世了，曹丕继承了王位，不久之后禅让称帝，曹植及其一党在曹氏兄弟的夺嫡斗争中彻底失败。然而，这场斗争余波未息，影响深远。

曹丕被立为太子，拥戴曹植的杨修、丁仪、丁廙等人立刻感到情况不妙。据《典略》说，杨修马上跟曹植疏远了关系，转而向曹丕靠近，但曹植仍像以前一样跟他来往，杨修也不敢完全拒绝曹植（植后以骄纵见疏，而植故连缀不止，修亦不敢自绝）。杨修有一把由著名铸剑师王髦所铸造的宝剑，他把这把剑献给了曹丕，曹丕非常喜欢，经常佩带。杨修后来被曹操借故杀了，曹丕称帝后，有一次从洛阳宫殿里出来，刚好佩带着这把剑，又想起了杨修，对左右说："这就是杨德祖说的王髦所铸造的宝剑，也不知道王髦还在不在啦？"最后居然找到了王髦，曹丕亲自召见，赏赐了不少东西。

曹丕缺少他父亲那样的开阔心胸，对于过去反对自己的人他都记在了心里，并找机会报复，最早遭到报复的是丁仪。曹丕想收拾丁仪，就让他当右刺奸掾，相当于情报处副处长，这种工作很容易出差错，然后找个理由就可以治他的罪，而曹丕的意思是丁仪最好自己识相自裁，但丁仪还想活下去（欲仪自裁而仪不能）。

丁仪跟夏侯尚关系不错，夏侯尚跟曹丕关系密切，丁仪找到夏侯尚，给他叩头求他救自己，夏侯尚到曹丕那里求情，恳切地流泪不止，但曹丕不能原谅丁仪，后来还是找了借口把他杀了。丁仪的弟弟丁廙也同样死于曹丕之手，丁氏兄弟家中男子全部被杀（并其男口）。

荀恽、孔桂、杨俊、邯郸淳等人因为"站错了队"，也受到牵连，有的也被曹丕找个借口杀了，有的仕途或多或少受到了影响，荀恽不仅不拥戴曹丕，而且最看不惯夏侯尚，曹丕很恨他（文帝深恨恽），只不过荀恽死得比较早，加上他是荀彧的儿子，曹丕倒没怎么难他。孔桂就没那么幸运，由于他公开支持曹植，曹丕把他盯上了。曹操死后，孔桂任驸马都尉，这时候有人举报孔桂接受西域那边什么人的贿赂，答应帮人家跑官（许为人事），曹丕下令彻查，后来把他杀了。杨儁后来到南阳郡当太守，曹丕称帝后的第三年到南阳郡视察，说当地市场不繁荣，就用这个借口把杨儁抓了起来（以市不丰乐，发怒收儁）。司马懿、王象、荀纬等人为他求情，叩头流血曹丕都不答应，杨儁知道这是曹丕报复他，为了不连累家人，他在狱中自杀。太书法家邯郸淳因为支持曹植被曹丕所忌恨，尽管他很有才华，曾经得到过曹操的推崇，但曹丕一直不用他，让他到太学当博士给事中，他倒落得清闲，活到九十四岁才死。

反观吴质、陈群、司马懿、桓阶以及贾诩、卫臻等人，曹丕称帝后无不受到重用，吴质、陈群、司马懿逐渐掌握兵权，成为权倾一时的人物，贾诩、卫臻等位至三公，享受殊荣，两相对比，简直天上地下。

还有更多没有载入史籍的人和事，因为牵涉进这场斗争而受到影响，有的因为支持曹丕而升官发财，有的因为支持曹植而饱受株连，曹魏的政局因此而搅动不安。

这件事对曹魏政权产生了很大的杀伤力，面对不断崛起的孙权、刘备等人，曹魏却花如此大的精力和代价搞内耗，从而放慢了对外扩张的节奏。在生命中的最后几年，曹操多次领兵出征，但收获甚微，仅有的战绩也是靠运气和敌人的失误得来的，与建安初年纵横天下、所向披靡、战无不胜的情况完全不同，究其原因，内部不稳定是最重要方面。

曹操是个很精明的人，加上袁绍、刘表现成的教训摆在那边，本来不应该在继承人的问题上犯糊涂，但偏偏就出了问题。某种意义上，这场斗争是由他引起的，如果一开始他的态度就旗帜鲜明，下面即使有人想兴风作浪，也形成不了气候。

曹操的另一个失误在判断继承人的标准上，他喜欢曹植很大程度上缘于曹植的文采，以及反应敏捷，但选曹魏的接班人不是选作协主席，其标准应该更加全面，以曹植当时及以后的性格、才能和作为判断，他未必能成为曹魏帝国称职的领袖。

所以，假如曹操从一开始就指定曹丕为接班人，曹植以及拥戴曹植的人也就没了想法，没有内部争斗，可以专心对外，无论对曹魏，对曹丕还是曹植，这都是最好的结果。可惜历史无论你是否愿意，该发生的都发生了，经过这几年的折腾，曹魏帝国形成了严重的内伤，只不过现在还看得不是那么明显罢了。

第十三章

烈士暮年

南阳的叛乱

在曹操生命中最后的五六年里，即建安二十年(215)到建安二十五年(220)，内外形势一直很严峻，内部发生了曹丕与曹植争夺继承权的斗争，给曹魏政权造成了严重内伤，同时严才、耿纪、吉本、魏讽等人接二连三发动谋反事件，使曹操困顿不已，毕竟这时候曹操已六十多岁了，在那个时代可以绝对归为老年人了。

从外部来说，孙权和刘备的势力进一步扩大，曹魏在东线、中线和西线三个战场同时受攻，除了侥幸得到汉中郡外，这几年里对外战事实在没有什么成绩可言。

建安二十三年（218），曹魏同时在南北两个方向受到了新的威胁。先是这一年的四月，活跃在代郡、上谷郡一带的乌桓部落首领无臣氐等发动叛乱，所幸的是，曹操派儿子曹彰率军前去讨伐，取得了胜利，叛乱被平息，这件事前面已经做过交代。紧接着到了十月份，中线的襄阳、宛县方向突然出了问题，负责守卫宛县的部将侯音发动叛乱，让曹操吃惊不小。

曹魏的中线战场本来有三道防线，第一道是江陵，但是赤壁之战后在周瑜、刘备的夹击下无法留守，最后放弃了；第二道是襄阳，这里是刘表经营多年的大本营，处在南阳郡和南郡交界处，一直由曹仁负责把守；第三道是南阳郡的治所宛县，这里是襄阳的后方，也是许县的南大门，战略位置十分重要。

侯音发动叛乱，一般认为与刘备在荆州部署有关。据《曹瞒传》记载，当时“曹操控制区”内赋税徭役很重，人民普遍不满。侯音利用社会上的这种反叛情绪，又与驻守在荆州的关羽暗中联合，把曹操任命的南阳郡太守东里衮劫持了，带领南阳郡官民造反。东里是复姓，据《三国志》记载，参加叛乱的还有一个叫卫开的人。东里衮手下的郡功曹名叫宗子卿，前去劝说侯音道：“将军顺应民心以举大事，大家无不跟随，不过将军把太守抓起来没有丝毫用处，反倒落个坏名声，不如把他放了（然执郡将，逆而无益，何不遣之）。我和将军您齐心协力共守宛县，等曹操援军到时关羽将军的大军也会到来。”

侯音想想有道理，就把东里衮给放了，哪知这是宗子卿的计策，东里衮脱险后宗子卿也逃出宛县与其会合。集合忠诚于曹魏的官民与侯音对抗，等待曹军到来。据《楚国先贤传》记载，宗子卿和东里衮一块逃出宛县后，侯音派骑兵追赶，追了十里地追上了，侯音的人开始射箭，宗子卿身中七箭（被七创），被追兵围住。宗子卿对追兵说：“侯音大逆不道，曹公的大军马上就到了，大家都是善良的人，平时也没有做过恶，应该好好想想，还应该不应该跟着侯音走（当思反善，何为受其指挥）？我现在死了，是忠君为国，不会有任何遗憾！”宗子卿越说越激动，仰天号哭，血泪俱下。这些追兵过去也都是曹营军官，跟东里太守、宗功曹很熟，现在看到宗功曹如此壮烈，无不感动，于是把东里太守放了。没有多久，宗子卿因伤势过重而死。

这时，曹操派来的援军也赶到了，带兵的是曹仁，据《三国志》记载，还有曹操从汉中收降的立义将军庞德。自建安十六年（211）潼关之战后，曹仁就以征南将军、假节的名义屯守在与襄阳一水之隔的樊城，负责整个中线的战事。

但是，曹仁这一次却不是从樊城来的，而是从几百里外的扬州刺史部居巢。就在去年，即建安二十二年（217）曹操从合肥方向撤军后，吸取前面几次的教训，留下二十六个军的重兵屯驻在合肥西南方向的居巢，对孙吴的濡须口基地形成压制，这二十六个军分别由夏侯惇、曹仁和张辽指挥，曹仁就是那个时候由樊城抽调到居巢的。

现在看来这个部署很有问题，曹操为了加强东线战场的力量而抽调了中线战场的曹仁部，使中线空虚，给关羽壮大实力提供了机会，侯音胆敢发动叛乱，与此不无关系。而在当时的情况下，孙权虽然也很强大，但他表面上已经向曹操称臣，说明孙吴的战略重心已经悄悄在调整，快速膨胀的关羽正在成为孙吴的头号敌人，曹操对此显然没有足够的敏锐感。曹操已经老了，反应不再像之前那么敏捷，他住在铜雀台上，当上了魏公又称魏王，内部不断发生谋反事件，儿子之间又闹争斗，这些事已经够他心累的了，忽略了对手的变化是可以理解的，但这又是非常危险的。

现在说什么也晚了，曹操得知发生了宛县叛乱，赶紧从居巢把曹仁调回来，由于行动还算迅速，没有给关羽留下机会，曹仁到宛县后，与东里衮会合讨伐侯音，但是这场叛乱并不是那么容易平息，一直到第二年即建安二十四年（219）正月，才斩杀侯音，平息了叛乱。在《三国志》武帝纪和曹仁的传记里都有曹仁“屠宛城”的记载，如果这是真的，那将是一个非同寻常的事件，因为宛县一直在曹操自己的地盘上，城里的官民都是朝廷的子民，以前曹操有过屠城的行为，但那都是针对敌人或异族的，对自己昔日的子民实施大屠杀，只能说明这件事把曹操彻底激怒了，也说明当初参加叛乱的官民很多都是出于自愿的。

曹仁同时上报宗子卿的事迹，曹操叹息良久，下令褒奖宗子卿。曹操同时下令曹仁不再回居巢，而是率庞德继续屯兵于樊城，仍然拜为征南将军。

要放在平时，对宛县这样的叛乱曹操没准会亲自出征，但这一次他想去也去不了，因为有比宛县更大的麻烦事。夏侯渊报告，刘备入主成都后对汉中郡一直有想法，早在曹操刚离开汉中郡的建安二十二年（217），刘备就亲自率领张飞、马超、吴兰等部发动了武都战役，抢占汉中郡西边的武都郡，吴兰、雷铜等人抢先占领了武都郡的治所下辩，此地在今甘肃省徽县以西，曹操派曹洪、曹休等部前去应战。

曹休之前一直在虎豹骑任职，此次被曹操任命为骑都尉，担任曹洪的军事参谋（参洪军事）。曹操对这个侄子很信任，他对曹休说："你名义上是参谋，实际上是统帅（汝虽参军，其实帅也）。"这句话不像是曹操说的，但确实记录在《三国志》里。分析一下，可能是曹操此时已经开始着手培养曹氏的下一代，曹丕、曹植、曹彰、曹休等人都在二十多岁，曹操已经放手让他们独当重任。

反观曹洪，从建安元年（196）曾经单独领兵迎接汉献帝于洛阳，到现在二十年里基本上没有什么大的战绩，史书上反而多次提到曹洪一家如何富贵、如何有钱，在曹操眼里曹洪已经不是那个能打能拼的曹子廉了，但他在曹军中的资历很高，让他领兵可以服众，而让曹休掌握实际指挥权，可以锻炼这个被曹操看好的晚辈。

所以，曹操看似奇怪的决定其实或许是真的。史书称，曹洪也知道了曹操的想法，于是把指挥权都交给了曹休（洪闻此令，亦委事于休）。当然，曹操对曹休也不敢完全放心，他派老成持重的辛毗前去辅助，他专门给辛毗下达了命令："过去汉高祖刘邦贪财好色，所以张良、陈平匡正他的过失，现在你跟曹休的担子也不轻啊！"

曹休终于等来了露脸的机会，这一次他表现得相当不错。曹洪、曹休把吴兰围在了下辩，刘备派张飞屯驻于固山，扬言要断曹军的后路，对于如何应对，大家争论不休。曹休认为："敌人如果真想断我方后路，肯定会悄悄进行，现在这么大张旗鼓地要断我们的后路，中间肯定有文章。我们应该别管这个，趁他们人马没有集齐之际抓紧攻打吴兰，吴兰一破，张飞肯定会撤兵。"曹洪已经把军权交给了曹休，就由曹休去安排了。

刘备派张飞去固山目的确实是想让曹军分兵，以解吴兰之围，哪知曹休看出了他的用意，结果在曹军的猛攻下吴兰、雷铜被打败，部将任夔被杀，吴兰、雷铜逃出下辩后被氐人部落首领抓住也给杀了，将首级送到了曹营。张飞、马超等人见状退到了汉中郡境内，武都战役以曹军的胜利而结束。《三国志》记载，为了庆祝胜利曹洪大摆酒宴，席间曹洪命令歌伎穿着暴露的衣服（衣罗縠之衣）蹋鼓而舞，众将嘻嘻哈哈，很不严肃（一坐皆笑）。曹洪这个人不仅贪财，而且好色，到大西北打仗还带上歌伎，曹操想必也深知这一点，所以给辛毗交代任务的时候专门提到了贪财好色的刘邦。

以曹洪的资历谁也不敢把他怎么样，可偏偏就有看不下去的，是本地的父母官、曹操任命的武都郡太守杨阜。当着大家的面，杨阜厉声斥责曹洪说："男女之别是国家的大节，怎么能在大庭广众之中暴露女人的身体？即使桀纣之乱，也不过于如此。"杨阜一点都不给面子，一甩袍子出去了（奋衣辞出）。曹洪赶紧让歌伎们撤下，把杨阜重新请回来。这件事说明，曹军创业初期那种能吃苦、敢拼命的精神正在悄悄散去，耽于享乐的气氛正从上到下弥漫于整个军中，削弱了曹军的战斗力，这也是近年来曹军战绩不佳的一个重要原因。

对此，不少有识之士已有清醒的认识。几年之后，已经当上皇帝的曹丕派曹休率领臧霸等部攻击孙权，根据当时战况的发展，曹丕担心曹休等人贸然渡江，但派人前去传达命令又恐怕来不及，曹丕很着急，这时董昭在旁边微微一笑，对曹丕说大不必担心。董昭的理由是，曹休即使想渡江也得跟部下将领们商量，臧霸等人"既富且贵"，他们已经没有其他大的志向，只想安享天年，保住自己的爵位俸禄而已，他们不愿意渡江，曹休即使有想法也实现不了。后来的情况果然如董昭所料。

此时刘备以法正为军师，率黄忠、赵云等部已经到达阳平关，在这里与张飞、马超等会合，做出攻打汉中郡的态势。刘备虽然在武都战役中失利，但丝毫没有影响他攻下汉中郡的信心，此战他倾其主力，张飞、赵云、黄忠、马超等能打的猛将都带来了，一副对汉中郡志在必得的架势。夏侯渊不敢大意，一边与张郃、徐晃等移军阳平关阻挡刘备的进攻，一边火速报告曹操，要求增援，西线战场的形势骤然紧张起来。

兵败定军山

建安二十三年（218）七月，曹操调集兵马，亲自远征汉中，增援夏侯渊，这距离刘备兵抵阳平关已经有三四个月了。曹操之所以没有立即出发，主要原因是代郡的乌桓人叛乱还没有平息，他还放心不下，直到后来曹彰率部出击，大获全胜，曹操才决定出发。

临出发前曹操颁布了《遗令》，对自己的后事进行了交代。《遗令》说："古代埋葬人，一定选择瘠薄的土地。我死后，可以划出西门豹祠以西塬上一带为寿陵，借用较高的地势作为墓基，不建封土，不植树。根据周礼，可以设置专人看管墓地，诸侯死后可以在左右靠前的地方陪葬，卿大夫在后面，汉制也是这样陪陵。凡公卿大臣和将领有功的，死后都可以陪葬于寿陵，墓地的范围可以扩大些，保证能够容纳那么多人（其广为兆域，使足相容）。"这是一份遗书，大军出发前突然发布这样的遗书，给人以不祥之感。以前每次出征，曹操总想方设法鼓舞大家的士气，而这次却发布了自己的遗书，是一次特殊的战前动员，是想表明自己誓死取胜的决心，还是冥冥之中感应到了什么？

在汉中那边，这段时间夏侯渊指挥张郃、徐晃等部挡住刘备的猛攻，让刘备没有太大进展。刘备派部将陈式等去断绝马鸣阁道，夏侯渊派徐晃击之，把陈式打败。刘备又从广石发动进攻，张郃守广石，刘备攻之不克。从武都战役失败到广石不利，刘备没有打过一场胜仗，这一次虽然带着张飞、赵云、黄忠、马超等组成的超豪华阵容，却连尝败绩，刘备心有不甘，他急忙写信给留守在成都的诸葛亮，要求增兵。

其实刘备把能带的兵基本上都带来了，诸葛亮手里实在没有什么富余的兵力。《三国志》记载，益州内部此时也不平静，马秦、高胜等人聚众数万人在郪县叛乱，时任犍为郡太守的李严硬是凭借五千民团（郡士）把他们打败，斩杀了马秦、高胜。事情刚平定，越巂郡的夷人又围攻新道县，李严驰往救援，把他们打败。

刘备还有一部分精锐部队，但此时在荆州，根本分不开身。剩下的几乎都去打汉中了，刘备要诸葛亮继续增兵，让诸葛亮很挠头，益州从事杨洪对诸葛亮说：“汉中是益州的咽喉，存亡的关键，如果没有汉中，也就没有益州了（此家门之祸也），不用多考虑！”诸葛亮也意识到此战已无法退缩，再难也要顶上。于是他代表刘备任命杨洪为蜀郡太守，负责办理征兵及后勤供应事宜，支援汉中前线。

李严当犍为郡太守时杨洪是他的功曹，现在李严仍然是犍为郡太守，而杨洪已升为蜀郡太守，与老领导平起平坐。杨洪当太守后有个门下书佐叫何祇很有才干，杨洪把他推荐出来，何祇升得更快，杨洪还在当蜀郡太守的时候，何祇已升为广汉郡太守了。这些不拘一格选人用人的事例，都是在后方主持工作的诸葛亮主导下进行的，益州当地官民对此深表敬佩（西土咸服诸葛亮能尽时人之器用也）。

此时益州全州都进入了临战状态，砸锅卖铁、倾尽全部物力和人力支援汉中前线。有了后方的支持，刘备更是下定决心不拿下汉中郡不撤兵。但是，曹操似乎还没有完全意识到问题的紧迫性。

七月，曹操从邺县出发，沿黄河西行，先到长安。据《三国志》记载，曹操路过弘农郡时听说汉献帝刘协的哥哥、弘农王刘辩死后埋在这里，想到坟前吊唁。弘农郡本地人、担任黄门侍郎的董遇进谏道：“根据《春秋》大义，即位不满一年就死去的国君还不能称为君，弘农王在位时间很短，又被暴臣董卓挟持，最后降位为藩王，不应该拜谒。”曹操认为说得有理，于是作罢。

九月，曹操率大军才走到长安，总共就一千来里地却走了两个月，这个速度太慢了。这时曹操接到合肥方面送来的报告，说右将军乐进因病去世，曹操听后十分难过。乐进从曹操己吾起兵时就跟随他，算是曹家军的创始人之一。这个小个子从曹操身边的帐下吏干起，最终成长为曹军的高级将领，他作战勇敢，有谋略，是一个难得的素质全面的大将。曹操下令追赠乐进谥号为威侯，爵位由其子乐綝继承，乐綝后来官至扬州刺史，在淮南之叛中被杀。

奇怪的是，曹操到了长安似乎又停留了两三个月，其原因不详，但也就是这要命的两三个月，前线的形势发生了无法挽回的逆转。刘备在阳平关一线做出多次尝试性攻击，但都没有进展，后来自己的援军陆续到达，士气有所提振，到建安二十四年（219）正月，刘备终于有了收获，前锋越过了阳平关，沿着汉水河谷向前推进了一段距离，到达定军山下。

汉中的核心地带是一块由汉水河谷扩展开的盆地，其四周都是高山，重要的城镇几乎都在汉水两岸。阳平关是这块盆地的西大门，它坐落于汉水之上。也就是说，从阳平关沿着汉中往前，可以到达汉中郡的中心城市南郑，但在到达那里之前还会遇到一处屏障，就是定军山。定军山位于汉水之南，今陕西省勉县城南十余里处，属大巴山脉，与汉中盆地周边的深山大川相比，它海拔并不很高，主脉是由十二座东西绵延的山峰组成，总长二十多里，其最高处海拔八百米，由此再往东，就是平川了。所以，定军山虽然是一道屏障，却并不是特别险要，刘备率军攻到这里，曹军就危险了。夏侯渊一看定军山被占，急忙来抢，双方展开激战。

刘备发动夜袭，烧了曹军营垒的鹿角，这时候夏侯渊驻守在西边的营寨，张郃驻守东边的营寨，刘备集中力量攻击张郃，张郃有点顶不住了，夏侯渊把自己这边的守军分出一半增援张郃，可这样一来就出大事了。据《三国志》记载，夏侯渊是亲自率兵来增援张郃的，法正看到后，觉得机不可失，建议刘备猛攻，不惜一切代价直取夏侯渊。刘备命黄忠担任主攻，咬住夏侯渊的增援部队不放，一阵猛打猛冲，曹军大败，征西将军、博昌侯夏侯渊居然战死沙场！一同战死的，还有曹操任命的益州刺史赵颙。

曹操以前经常告诫夏侯渊说："做大将的也有示弱的时候，不能一味恃强斗狠。为将者应该以勇为本，以智取胜，有勇无谋只不过是一介匹夫罢了（为将当有怯弱时，不可但恃勇也。将当以勇为本，行之以智计；但知任勇，一匹夫敌耳）。"而夏侯渊战死，正好印证了曹操的话。《曹操集》中有一篇魏武军策令，也说到了这场战斗。根据这篇军令的记载当时的战斗情形是这样的：敌人烧毁了曹军的鹿角，但这些鹿角离大营有十五里，夏侯渊居然独自带着四百名士兵去修补鹿角，敌人在山上看到了，于是从山谷中杀出，夏侯渊亲自参加战斗，最后战死。

曹操认为夏侯渊在此战中犯了指挥上的错误，像夏侯渊这样担负整个战场指挥重任的大将，不应该亲自参与战斗，更何况修补鹿角这样的小事了。曹操把这件事写进军令里向全军通报，可见他对定军山之败很介意。在这篇军令里，他甚至说出了重话，称夏侯渊本来不擅长带兵，军中呼之为“白地将军”（渊本非能用兵也，军中呼为“白地将军”）。虽然夏侯渊已经死了，但曹操仍然不能原谅他。

夏侯渊是整个西线战场的总指挥，相当于元帅级的人物，他猝然战死，让曹军上下无不震怖（三军皆失色），大家惶恐不已，不知道该怎么办。曾任丞相长史的杜袭此时在汉中任督军，曾在曹丕五官中郎将府担任过门下贼曹的郭淮此时在夏侯渊军中当司马，他们二人收敛散卒，号令全军说：“张郃将军是国之名将，刘备也有所忌惮。现在事情很紧急，非张将军不能主持大事。”杜袭和郭淮共推张郃为临时统帅，张郃重新调整了部署，安好营寨，大家才稍稍安定下来。

刘备想趁夏侯渊战死一鼓作气拿下汉中，第二天指挥人马渡过汉水来攻营，大家都认为此时敌众我寡，士气也不如对手，不如在汉水边修筑工事抵挡，不让敌人渡河。郭淮不同意这种看法，他认为：“这是向敌人示弱的做法，无法挫败敌人。不如在离汉水远一点的地方列阵，诱使敌兵渡河，等他们渡过一半再突然发起攻击（半济而后击之），刘备必然可破。”

张郃采纳郭淮的建议，远远地列阵于汉水北侧，刘备看到果然生疑，不敢渡河。在张郃的主持下，曹军暂时稳住了阵脚，避免全线溃败。他们坚守在汉水北岸，等待援军的到来。

老对手的最后一战

定军山之战一代名将夏侯渊丧命，但也成就了另一位名将黄忠的大名，同时也让刘备的军师法正扬名天下。据《三国志》记载，曹操后来听说了定军山之战的全过程后就记住了法正的名字，曹操认为刘备没有这两下子，一定是有高手在旁边辅助（吾故知玄德不办有此，必为人所教也）。看来，在曹操的心目中，刘备还是那个在走投无路时投靠在他的门下，又多次被他打得落荒而逃的人，但那是老眼光了，刘备显然已今非昔比，他已经从寄人篱下、看人眼色的流浪者，迅速成长为一路诸侯。

法正比诸葛亮大五岁，他是关中地区扶风人，既不是益州本土派也不是刘璋父子的嫡系东州派，所以在益州很不得志。法正和张松、孟达等人抱着赌一把的想法引来了刘备，为刘备夺取益州立下了首功。刘备得到益州后，任命法正为蜀郡太守、扬武将军，此时诸葛亮的职务不过是军师将军，勉强与法正平级。而法正在刘备身边显然更受重视，内外事务都管（外统都畿，内为谋主）。

法正这个人也有缺点，他的心胸不够开阔，史称他“一餐之德，睚眦之怨，无不报复，擅杀毁伤己者数人”。有人劝诸葛亮说：“法正在蜀郡太霸道了，您应该报告刘将军，对他有所抑制（抑其威福）。”诸葛亮听了，却无可奈何。遗憾的是，法正再过一年就因病去世了，死时仅四十五岁，刘备伤心至极，连哭了好几天（为之流涕者累日）。法正死后，诸葛亮在刘备集团中的作用才真正突显出来。有法正在，也许就没有后来的诸葛亮了。

夏侯渊战死时曹操还在长安，他除了深感震惊之外，意识到汉中已危在旦夕，所以他决定立即向汉中增兵，并且不按照上一次的路线进军，改走褒斜道。上一次征张鲁，曹操率军先从长安西行至陈仓，即今陕西省宝鸡市，之后南下走陈仓故道，过大散关至阳平关，现在阳平关、定军山已落入刘备之手，汉中郡的西大门完全敞开，曹操再走老路阳平关的天险就变为敌人所有。

前面介绍过，长安与汉中之间是秦岭，巍峨的群山之间自古以来就有三条小道可供通行，自东向西分别是子午道、傥骆道、褒斜道，这些道路十分崎岖，由于走的人少，道路损毁情况严重，所以上一次曹操没走这里，而是选择了相对好走的陈仓故道。

秦岭至今仍是我国南北水系的分水岭，褒斜道的得名也与水有关，它北有斜水，南有褒水，这两条河的分水岭在今陕西省太白县城东的五里坡，褒斜道大体沿着这两条河谷穿行。据《三国志》记载，曹操上一次从汉中返回长安时走的就是褒斜道，可能他是想亲自体会一下这著名通道的实际情况，曹操得出的结论是，“南郑为天狱”，褒斜道是“五百里石穴耳”，说明这条道路在当时狭窄、深险并且路程漫长。

在这条道路南端有一个石门隧道，位于今陕西省汉中市褒城镇境内，石壁上有摩崖石刻，内容是东汉汉中郡太守王升表彰杨孟文等人开凿石门隧道的功绩，这篇石刻就是在书法史上堪称国宝的《石门颂》，后因修建石门水库而将其移至汉中博物馆。曹操一生曾三次经过褒斜道，想必作为书法家的他也曾在《石门颂》前流连过吧。

在汉中博物馆还保存有一通石碑，上面书有“衮雪”两个隶书，相传为曹操亲笔所写，如果属实，它就是迄今我们能看到的曹操唯一的手迹。它原来也刻于石门附近的崖石上，据说曹操当时题完这两个字，有人不解其意，等字刻好后大家发现，山崖边上就是滚滚的褒河水，山涧间满布大大小小的石头，经流水长年冲刷一个个都圆圆的且很光亮，远看像堆雪一般。至于“衮”字，本来应该写成“滚”，但有褒河水在边上，等于添了个“氵”字旁，所以曹操把它省了。但这只是传说，未见于任何正史中，这两个字是不是曹操的亲笔，也需要进一步考证。

建安二十四年（219）三月，曹操出褒斜道到达汉中。对于这个老对手，刘备采取先不与其争锋的对策（敛众拒险，终不交锋）。刘备新获定军山大捷，信心十足，他对左右说：“曹操虽然亲自前来，必然会无功而返，我一定能拿下汉中。”

曹军的运粮队从北山下经过，队伍很长，黄忠认为可以袭击一下，把粮食劫过来。汉中是个不大的地方，突然间云集了双方这么多军队，军粮供应将会是个大问题，如果能把对方的军粮劫过来，那对敌人将是双倍打击。刘备派牙门将军赵云跟随黄忠一块劫粮，黄忠先出发，赵云在后，但到了约定时间黄忠仍然未归，赵云率几十名骑兵出了营寨，去接应黄忠。

赵云刚一出来就遇到曹军主力，双方展开激战，赵云身边只有几十个人，且战且退，奋力杀出重围。这时赵云发现部将张著负伤被围，赵云又折返回去，杀入重围把张著救了出来，之后杀回自己的营寨。此时，赵云的营寨已被曹操手下沔阳县长张翼带人占领，张翼闭门拒守，赵云杀了进去，将营寨重新占领，之后把营门打开，偃旗息鼓。曹军到后，看到这种情况怀疑营内有伏兵，不敢攻营，于是撤退。赵云不干，雷鼓震天，用弓弩射击曹军，曹军惊骇不已，自相践踏，还有不少坠入汉水中淹死。

历史上没有诸葛亮的空城计，这大概是赵云版的“空营计”吧。第二天，刘备亲自到赵云营中视察，看到前一天的战场，不禁赞叹道：“子龙一身都是胆啊！”当天，刘备下令在营中摆酒庆贺，一直喝到晚上（作乐饮宴至暝），刘备军中称赵云为“虎威将军”。

双方在汉中一带展开了周旋。《三国志》记载，有一次刘备形势不利，应该赶紧撤退，可刘备不肯，没有人敢劝。此时矢如雨下，法正急了，一下子挡在刘备身前，刘备喊着法正的字道：“孝直避箭！”法正说：“主公您都在亲自用身体挡箭石（明公亲当矢石），何况小人我呢？”刘备才冷静下来，下令撤退。《魏略》记载，刘备屯兵于栖于山上，派养子刘封下来挑战。曹操大怒，骂道：“一个卖鞋子的小儿，居然用养子抗拒你家主人（卖履舍儿，长使假子拒汝公乎）！待唤我家黄须儿来收拾你！”黄须儿就是曹彰，刚刚领兵征服代郡乌桓，曹操还真下令让曹彰来。曹彰接到命令，从邺县昼夜西行，但是赶到长安的时候，曹操已经退兵了。

曹操与刘备在汉中相持了一个多月，后来刘备拒险死守，跟曹操拼消耗。由于曹军连失重地，只能在南郑等据点坚守，时间长了后勤供应果然成了问题，由于吃不饱饭，曹军士兵有不少逃跑开小差（操与备相守积月，魏军士多亡），还有些投降到敌人那里，让曹操很苦恼。

蜀汉后来有一个挺有名的将领叫王平，多次随诸葛亮北伐，他原来是曹军的将领，就是在这个时候投降刘备的。王平字子均，巴西郡宕渠县人，当时巴中部族首领杜濩、朴胡等人投降了曹操，到洛阳拜谒，王平跟着他们一块去的，被曹操提拔为校尉。曹操此次再征汉中，王平随军，但是又投降了刘备，被刘备提拔为裨将军。

眼看短时间内无法取胜，曹操萌生了放弃汉中的打算。据《九州春秋》记载，有一天要确定曹营的口令，曹操说了一个“鸡肋”，大家不知道是什么意思。随同曹操出征的丞相主簿杨修听到后就开始收拾行李（便自严装），大家很惊讶，问他何故。杨修说：“鸡肋这个东西，扔了怪可惜，吃吧又没什么味道（弃之如可惜，食之无所得），这正好比是现在的汉中，我因此知道魏王想撤军了。”杨修的理解是正确的，曹操实在不想把主力部队长期集中在汉中这个大山中的小盆地里，合肥一线的孙权，襄阳一线的关羽，还有北方的公孙氏和乌桓人，哪一个都不让他省心。近一两年来，各地又频频发生叛乱活动，曹操已经有了心力交瘁之感。

刘备汉中称王

曹操下令从汉中全线撤退，时间是建安二十四年（219）的五月。汉中再次易手，这块战略要地在曹操手里前后还不到三年。

曹操到长安后，考虑到汉中已失，其左翼的武都郡必然难保。他担心的是刘备与武都郡氐人部落首领联合起来，以氐人为先锋进攻关中，那样一来整个雍州的安全都将受到威胁，为此他召来雍州刺史张既商议对策。张既建议，可以把武都郡的氐人迁到天水和关中一带居住，告诉他们先迁出来的有重赏，到那时候大家都会争先恐后出来。曹操采纳了这个建议，先后从武都郡迁出五万余户氐人，让他们居住在扶风郡、天水郡等地。曹操担心武都郡百姓恋土不愿远迁，多亏武都郡太守杨阜深得民望，当地百姓自愿随迁（百姓襁负而随之）。杨阜把郡政府搬到槐里，即今陕西省兴平市，他为政清廉，爱民如子，深受百姓敬爱。

雍州刺史部虽然名义上是曹操的势力范围，但内部并不平静，各地的割据势力很多，其中武威郡的颜俊、张掖郡的和鸾、酒泉郡的黄华、西平郡的麹演等势力较大，他们自称将军，互相攻击。这时，颜俊突然向曹操表示效忠并请求帮助，愿意把母亲及儿子送到邺县为人质。曹操问张既如何处置，张既说：“颜俊这些人称王称霸，傲慢狂悖，出尔反尔，缺乏信用。在当前局势下，可以挑动他们互斗（宜两存而斗之），坐收渔翁之利。”曹操再次采纳张既的建议，暗中推动这些割据势力之间互斗，只用了一年多就收到了效果，在内斗中和鸾杀了颜儁，但又被武威郡人王祕所杀。

张既长期在西部任职，对这里的情况很熟悉，在他的努力下，曹魏在雍州暂时没有大的威胁，但是汉中郡的右翼，问题却比较严重。所谓汉中郡的右翼，指的是房陵郡、西城郡和上庸郡，这是曹操上次征张鲁后新设的，大致相当于今天的陕西省安康、商洛以及与此相邻的鄂西、川北等地，房陵郡的太守名叫蒯祺，他出身于荆州蒯氏家族，原来在刘表手下任职，刘琮投降曹操后蒯祺随之投降，曹操任命他为房陵郡太守。蒯祺还有一个特殊身份：诸葛亮的姐夫。诸葛亮有两个姐姐，其中一个嫁到了蒯家，丈夫就是蒯祺。

刘备占领汉中后任命孟达为宜都郡太守，命令他进攻房陵郡。孟达一鼓作气拿下了房陵郡，顺便把蒯祺给杀了。或许孟达事先不知道蒯祺跟诸葛亮的关系，所以把蒯祺杀了；或许孟达知道蒯祺的身份，但觉得他是敌对阵营，没有多想就把他杀了。史书没有记载诸葛亮对此事的反应，但多年以后孟达遇到了麻烦需要诸葛亮伸出援手时，想必孟达才忽然发现他当初杀的这个蒯祺是多么不合适，这些都是后话。

刘备派养子刘封从汉中出发，沿汉水南下与孟达会合，并领导孟达（统达军）。刘封此时的职务是副军中郎将，大概相当于旅长，勉强算个师长，而孟达作为郡太守无论年龄、地位都高于刘封，孟达刚刚攻占了房陵郡，立了大功，对于刘封这个“太子爷”很不服气，这为他们日后矛盾爆发埋下了伏笔。据《三国志》记载，孟达攻下房陵郡之后，刘备担心对他难以控制（先主阴恐达难独任），这才派刘封与孟达会合。刘备一定会把此去的真正意图告诉刘封，所以刘封才会一直不把孟达当回事。

刘封指挥孟达攻打上庸郡，上庸郡太守申耽投降。这个申耽是地方实力派，先后名义上归过刘表和曹操，但他是个土皇帝，独立性很强。为了笼络申耽，刘备拜他为征北将军，兼任上庸郡太守，拜申耽的弟弟申仪为建信将军，兼任西城郡太守。这样，曹操辛苦经营的汉中、房陵、上庸、西城一线全部落入刘备手中，在西线战场的这一轮争夺战中，曹操大败。

如前所述，在以往刘备直接与曹操的交手中总是负多胜少，汉中之战是他们最后一次直接指挥的对攻战，结果刘备赢了，赢得很彻底也很漂亮。刘备开拓荆州，占有益州，吞并汉中及上庸三郡，这些都发生在短短几年之中，想当年，刘备只要一听说曹操来了就会立即逃窜，如今也敢跟曹操硬拼死磕一把，而且还把曹操弄得很狼狈。

论地盘和实力以及个人声望，刘备认为自己比曹操已经不差什么。曹操撤走后，这一年的七月，刘备在汉中正式称王，实现了和曹操真正的平起平坐。

曹操是魏王，刘备称的是汉中王。和曹操当初称王一样，刘备手下也联名给汉献帝上了一份劝进表，这份劝进表由一百二十七位文臣武将共同署名，其中包括：平西将军都亭侯马超、左将军长史兼镇军将军许靖、营司马庞羲、议曹从事中郎军射援、军师将军诸葛亮、荡寇将军汉寿亭侯关羽、征虏将军新亭侯张飞、征西将军黄忠、镇远将军赖恭、扬武将军法正、兴业将军李严。以马超领衔是因为他的影响最大，同时他曾经被朝廷正式任命为徐州刺史，虽然没有去上任，但资历在那儿摆着呢。许靖排第二，因为他是个天下知名的大名士，曾经被任命为巴郡太守，是朝廷正式承认的官员。

这份劝进表从骂董卓开始，接着骂曹操，说他们窃取国家权柄，杀害皇后太子，祸害天下百姓，而刘备正是拨乱反正的那个人，他曾经跟董承合谋诛杀曹操，虽然没成功，但一直心系朝廷，希望有朝一日保护天子重返洛阳（克宁旧都）。劝进表说，自从在汉中击破曹操，海内英雄望风蚁附，但是刘备至今只是个左将军，名望不显，不利于捍卫朝廷（而爵号不显，九锡未加，非所以镇卫社稷），所以大家希望依照旧典，共同推举刘备为汉中王，同时拜为大司马，以汉中郡、巴郡、蜀郡、广汉郡、犍为郡五个郡为封国，其下设官署按照汉初诸侯王的体制执行（所署置依汉初诸侯王故典）。

从大家给刘备所上的名号看，基本是参照着曹操来进行的。曹操封魏王同时任汉丞相，刘备就以汉中王同时任大司马，丞相高于司空、司徒等三公，大司马号称“上公”，也比东汉的三公高，唯一不同的是，刘备实际控制的地盘较少，不能像曹操一样用十个郡作封国，他只有五个郡。

刘备设坛场于汉水之南，陈兵列阵，在群臣陪侍下，登坛拜读了一份写给汉献帝的奏表，之后拜受汉中王的玉玺、绶带以及王冠，同时交还左将军、宜城亭侯的印绶。汉末称王的，不算宋建那样的土皇帝，曹操是第一个，刘备是第二个。

刘备立儿子刘禅为王太子，以许靖为太傅，任命关羽为前将军，张飞为右将军，马超为左将军，黄忠为后将军，任命法正为尚书令，其余众人也都各有任命。值得注意的是，这里没有提到对诸葛亮的任命。从刘备入成都到刘备后来称帝，这中间有五六年时间，《三国志》对这一时期诸葛亮的记载只有简单几句话：“成都平，以亮为军师将军，署左将军府事。先主外出，亮常镇守成都，足食足兵。”也就是说，刘备称汉中王时诸葛亮不仅不在现场，而且在别人都升了官的情况下他的职务仍然没有变。关羽等人担任的前、后、左、右所谓“四方”将军，在军中地位很高，仅次于大将军、车骑将军，与“四征”“四镇”将军地位相当，如果把他们看作中将，诸葛亮勉强算是少将。诸葛亮的主要职责是主持刘备左将军府的日常工作（署左将军府事），但刘备成为汉中王后，这个左将军已经变成了马超，诸葛亮不可能到马超府里去办公，他的正式职务只剩下了军师将军这一个。

在刘备此次所任命的职务中最令人瞩目的莫过于尚书令一职，实际职责是处理汉中王府的日常工作，刘备任命的却不是诸葛亮而是法正。不过，法正命不好，刚担任这个职务不到一年就因病去世了。据《三国志》记载，法正死后接替他出任尚书令的，仍然不是诸葛亮，而是刘巴。所以，直到这时诸葛亮在刘备阵营里的地位仍不显赫，他的真正崛起，始于刘备称帝之后，他被刘备任命为丞相，逐渐掌握大权。

刘备在汉中称王后即返回了成都，对于让谁来镇守汉中，大家议论比较多的人选是张飞，就连张飞自己都这么认为（飞亦以心自许）。毕竟汉中与荆州一样，如同益州的两个臂膀，荆州由关羽镇守，汉中当然应该交给张飞，但是刘备把留守汉中的正式人选公布后，所有人都大吃一惊。

刘备选的这个人毫无名气，他的名字叫魏延。魏延字文长，荆州刺史部南阳郡人，他跟随刘备入益州，开始不过是中下级军官（以部曲随先主入蜀），但他作战勇敢，屡立战功，目前是牙门将军，虽然升得很快，但在军中的地位还不算太高。刘备下令，提拔魏延为镇远将军，兼任汉中郡太守，负责汉中一带的军政事务，由于这个任命太出人意料，军中上下都很惊讶（一军尽惊）。

刘备临行前大会群臣，故意在大家面前问魏延：“如今委你重任，你有什么打算（今委卿以重任，卿居之欲云何）？”魏延气壮山河地说：“如果曹操倾天下之兵而来，我替大王拒之；如果曹操只派一般将领十万八万人马前来，我替大王吞之！”刘备表示赞许，大家也被魏延的豪言壮语所感染（众咸壮其言）。

关羽突然发威

刘备自称汉中王，封关羽为前将军，这个时候关羽人在荆州刺史部南郡的公安，刘备派益州前部司马费诗前去公安，授给关羽前将军的印绶。前将军位在张飞等人之上，成为武将之首，关羽很满意，认为自己实至名归。但是，当他听说就连黄忠都担任了后将军时，立刻就火了，不肯受拜，他直言不讳地对费诗说：“我不愿意跟一介老兵同列（大丈夫终不与老兵同列）！”

费诗在诸葛亮栽培下日后成长为出色的外交家，多次出使孙吴，以能言善辩著称。遇到这种情况，放在一般人就傻眼了，但费诗不怕，他对关羽说：“建立王业需要各种人才（夫立王业者，所用非一）。当年萧何、曹参跟刘邦从小相熟，而陈平、韩信是投降过来的人，但后来他们的地位韩信最高，没有听说萧何、曹参为此发过牢骚。如今汉王以一时之功，对黄忠将军给予厚遇，但他在汉王心里真正的分量，怎么能与君侯您相比呢？汉王和君侯您已结为一体，福祸同享，我认为君侯您不必计较官号的高低和爵禄的多少。在下只不过一介之使，衔命之人，君侯您如果不肯受拜，我也就回去交差了，不过我替君侯着想，担心您会后悔呀（惜此举动，恐有后悔耳）！”费诗这番话展露出他作为外交家的风采。面对关羽的无理耍横，他没有害怕，没有为讨好关羽而乱拍马屁，也没有跟关羽叫板，而是说了不软不硬一番话让关羽自己掂量，由于话说得在理，关羽也不是听不明白话的人，所以赶紧受拜。

关羽有点小骄傲，不过他是有理由的，他不仅跟刘备关系铁，自己也真有两下子，尤其是现在，坐镇荆州，事业正如火如荼。在汉末三国时代，关羽是一流的猛将，这倒不全是以后民间传说、演义等的附会，历史上的关羽也深受包括敌方阵营在内的同时代人高度评价。郭嘉、程昱曾说他是“万人敌”，周瑜说关羽是“熊虎之将”，刘晔说他“勇冠三军”。这些评价表明，关羽作为武将是相当杰出的。关羽后来失败了，主要原因是他有将才却不具备帅才。在正史中关羽生年不详，到清朝康熙年间，关羽祖籍解州的知府王朱旦在修浚一口古井时，发掘出关羽的墓砖，他根据砖上的记载情况写了《关侯祖墓碑记》，称关羽生于桓帝延熹三年（160）六月二十四日，根据这个说法，关羽此时五十九岁。但这个说法并没有得到公认。

刘备、诸葛亮等人先后进入益州，把荆州的军政事务都交给了关羽。在守土拓疆方面关羽比较称职，无论是对付孙权还是周瑜、鲁肃，关羽的态度都很强硬，处处维护刘备集团的利益。另一方面，这段时间也正是曹操、孙权的多事之秋，除了孙曹之间连续在合肥方向打过几仗外，曹操两征汉中，也无力从中线发动攻击，这些为关羽在荆州不断拓展势力提供了机遇。

前一阵马超来降，关羽虽然不认识马超，但知道他的名气很大，于是写信给诸葛亮，问马超是什么样的人物（问超人才可谁比类）。诸葛亮知道关羽最不喜欢别人比自己强（亮知羽护前），于是给关羽回信说：“孟起是文武全才（兼资文武），英勇过人，是一世之杰，黥布、彭越那样的人物，当与益德相匹敌，但是比起美髯公的绝伦逸群还是有差距。”史书记载，关羽的胡须又长又好看，所以诸葛亮称他为美髯公。诸葛亮先夸马超，再拿马超跟张飞相提并论，最后说马超不如关羽，等于说张飞也比不上关羽，把关羽捧得很爽，关羽宴请宾客的时候，经常把诸葛亮写的这封信拿出来给大家看看。

在此期间，关羽曾两次负伤，一次伤在左臂，一次伤在面颊。据《三国志》记载，关羽曾被流矢射中左臂，后来虽然伤愈了，但一遇阴雨天骨头就疼，医生说："箭头有毒，已经浸入骨头，只能把左臂割开，刮骨去毒，才能治根。"关羽听罢当即伸出左臂让医生割，医生一边动手术，关羽一边跟人喝酒吃肉，那边血流不止，这边谈笑自若，眉头都不带皱一下的。需要指出的事，此时华佗已经被曹操杀了有十来年了，给关羽做手术的人不是华佗。

关羽脸上的伤也是被箭射的，射他的是曹将庞德。据《三国志》记载，庞德在汉中投降曹操后被派到樊城归于禁指挥，庞德有个表兄叫庞柔跟着马超去了益州，庞德跟马超又有特殊情谊，曹军中有人对他的忠诚表示怀疑。庞德很光明磊落，他常对人说："我受国恩，只有报效一死，我誓杀关羽，如果我不杀他，就是他杀我！"后来他真的与关羽面对面厮杀，他一箭射中关羽的面颊。庞德常骑一匹白马，关羽军中呼他为白马将军。

自建安十八年（213）到建安二十四年（219），六七年时间里，经过关羽的大力经营，刘备集团在荆州的势力不断增强。汉中之战后，刘备一举拿下了上庸、西城、房陵三郡，对曹操占领下的襄阳、樊城基地形成了半面合围之势，面对这种大好形势，关羽突然有了更大的想法。

对于关羽即将产生的大胆想法，有人已经洞若观火。当时曹操集重兵于居巢、合肥，有一天曹操任命的扬州刺史温恢跟兖州刺史裴潜聊起了当前的形势，温恢不无忧虑地说："这里虽然有敌人，但不足为虑，曹仁将军守襄阳、樊城，势单力薄，关羽骁勇狡猾，恐怕南面会有变故哇！"接下来发生的事完全如温恢所料，可惜他们没有把谈话内容以书面方式呈报给魏王曹操。

此时是建安二十四年（219），江汉一带常有连阴雨，这一年的八月雨不仅连着下，而且雨量比较大，汉水暴涨。曹军在前线的主要据点襄阳和樊城都在汉水边上，一个是汉水南岸，一个是汉水北岸，汉水发了大水，水势很猛（平地数丈），城池及军营都被淹了。

曹军在中线战场的是征南将军曹仁，下辖于禁、徐晃等部，曹仁让徐晃守宛县，作为第二道防线；命令左将军于禁率立义将军庞德等屯兵樊城外，与樊城成掎角之势；曹仁自己守樊城。于禁和庞德所部共有七个军，七八万人，他们受淹情况最严重。北方将士对于发大水没有太多概念，面对突如其来的情况毫无准备，不知道怎么办。于禁等人仓皇避到高处，这时却发现有人乘着大船正向他们袭来。

来的正是关羽，当他看到汉水暴涨时，立即意识到这是天赐良机，他命令南郡太守麋芳守江陵，将军傅士仁守公安，自己率水陆两军进攻樊城。这个仗简直没法打，于禁等人只能坐以待毙，无奈之下，于禁向关羽投降，但是立义将军庞德却坚持不降，他在一个土堤上，被甲持弓，向敌人放箭，箭无虚发，从早晨一直战斗到中午，箭用尽了，就短兵相搏，越战越勇。

这时投降关羽的越来越多，曹军董衡、董超两个部将要投降，被庞德给杀了。庞德对身边的人说："我听说良将不应该惧怕死，烈士不会毁节偷生，今天就是我的死期！"然而水势越来越高，庞德身边最后只剩下两三个人，他们找到一条小船，打算乘船回樊城找曹仁，但水势很猛，船一下子翻了，庞德手里的弓也丢了，他扒着船在水中，终被敌人俘虏。

庞德被带到关羽面前，关羽下意识摸了摸自己的脸颊。关羽见庞德立而不跪，对他说："你哥哥在汉中，我想拜你为将，为什么还不投降？"庞德大骂关羽："小子，我不知道什么叫投降！魏王带甲百万，威振天下，刘备只是一个庸才罢了，怎能与魏王匹敌？我宁做朝廷的鬼，也不做贼人的将！"关羽无奈，下令把庞德杀了。

曹操听说后很感慨，他流着泪说："我和于禁相识三十年，为什么到临危处难之时，反而不如庞德呢？"曹操下令封庞德的两个儿子为列侯。关羽杀了庞德，从此庞关两家也结下了仇，据《蜀记》记载，后来庞德之子庞会随钟会平蜀，庞会找到关羽的后人，把他们全杀了，给父亲报仇。

孙权坐不住了

樊城北营已经全军覆没，还在樊城内坚守的曹仁所部岌岌可危。关羽猛烈攻城，城里到处都是水，房屋大量崩坏，大家都很害怕。有人向曹仁建议趁关羽还没有把樊城全部围住，乘小船趁夜逃走。此时也在樊城的汝南郡太守满宠认为不可。

满宠是曹操挑选的第一任许县县令，有很强的行政才干，被曹操提拔为汝南郡太守，此时来到樊城，可能是亲自督运军粮来的。满宠说："洪水来得快，走得也快（山水速疾，冀其不久）。现在关羽派人已经打到了颍川郡郏县（今河南郏县），许县以南人心惶惶，但关羽还不敢轻举妄动，原因是我们在他的后面。如果我们现在逃走，关羽就将向北面大举进攻了，希望将军认真考虑。"

曹仁一听有道理，的确不能撤退。于是让人找来一匹白马，效仿当年刘邦白马盟誓，也跟大家共同宣誓，决心同心固守。此时樊城内仅有数千人，城里没有被水淹的地方也很少，关羽率部乘船而来，把樊城围了好几重，城内与城外断绝消息，情况已经到了最危险的地步。驻守在襄阳的曹军是吕常部，关羽派人把襄阳也围了起来。襄阳和樊城成为大水浸泡下的两座孤城，周边的驻军和官民纷纷投降了关羽，包括曹操任命的荆州刺史胡修、南乡郡太守傅方等高级官员。

许县以南的梁、郏、陆浑等地农民纷纷起事，他们杀害地方官员，接受关羽任命的职务和印绶，与关羽遥相呼应（为之支党），关羽的个人声望达到顶峰（羽威震华夏）。

一直到十月，曹操才到达洛阳。还没有从汉中失利的阴影中走出，便遭到了同样大的打击，就连于禁这样有相当影响力的将领都临阵投降了，曹操既着急又难受。看到许县以南已经遍地狼烟，其势头还有不断扩大之势，为了许县的安全，曹操甚至想将天子转移到别的地方去以避关羽的锋芒（魏王操议徙许都以避其锐）。

在丞相府任职的司马懿和丞相西曹属蒋济认为不能迁都，他们建议道："于禁等人是因为发大水才全军覆没，不是打不过关羽，现在的局面还没到那么危险。刘备和孙权之间外亲内疏，关羽突然得志，孙权看了必然不舒服，可以派人劝孙权从关羽后面动手，事成之后答应把整个江南割给孙权（许江南以封权），如此一来樊城之围必解。"曹操认为他们分析得有理，于是放弃迁都的打算，一方面派人联络孙权，另一方面命令驻守在宛县的徐晃所部增援曹仁。

徐晃率部前进到阳陵陂，关羽也杀到了偃城。关羽跟徐晃素来关系不错，当初他们都是从敌方阵营投奔曹营的，在曹操手下共过一段事，比较谈得来。现在作为双方主将他们又在战场上相见了。据《蜀记》记载，关羽跟徐晃在阵前隔了很远的地方交谈，不说公事只唠家常（但说平生，不及军事）。他们聊得兴致正高，徐晃突然向本营将士宣布："能得到关云长的首级，赏黄金千斤！"关羽大吃一惊，对徐晃说："哥们，你这是什么话（大兄，是何言邪）！"徐晃正色道："这是国家大事！"

双方展开厮杀，关羽所部虽然士气占优，但徐晃带来的人马也不是弱旅，他们杀了半天，没有什么结果。徐晃佯装要断关羽的后路（诡道作都堑，示欲截其后），关羽把营寨烧了撤退。

关羽大打出手，在一旁的孙权此时坐立不安。正如司马懿和刘晔分析的那样，在孙权眼里曹操固然是一号敌人，但刘备何尝不是第二号？当这个第二号敌人突然强大和无理起来，孙权不能不有所反应了。

在关羽面前孙权开始很低调，据《三国志》记载，孙权曾经想通过与关羽联姻的方式加固双方的关系，但遭到了关羽的拒绝，不仅如此，关羽还辱骂了孙权的使者，让孙权很生气。鲁肃执掌孙吴荆州事务期间力劝孙权与刘备、关羽和好，为此也做出许多努力，收到一定成效。鲁肃死后，代替他的吕蒙采取的是完全不同的政策，认为关羽野心不小（羽素骁雄，有兼并之心），必须早做准备。

吕蒙认为，不能等关羽强大之后再做谋划，必须早有对策，先下手为强。吕蒙建议孙权："可以让孙皎守南郡，潘璋进攻白帝，蒋钦率预备队万余人沿江上下做机动接应，我进攻襄阳，这样既无忧于曹操，也可以大破关羽。"但孙权还下不了决心，对吕蒙说："能否先取徐州，再谋关羽？"孙权的意思是，眼前最重要的敌人是曹操，对付完曹操以后再说关羽。

吕蒙不同意："现在曹操远在河北，被内部事务所牵制，暂时无力东顾，徐州的守兵虽然不足虑，可以一鼓作气拿下（往自可克），但那一带地势开阔，交通方便，适合于骑兵作战，我们拿下徐州，曹操没几天就会杀来，还得派重兵去守。不如先取关羽，占据整个长江防线，到那时我们进退就自如了。"孙权认为有理，据《典略》记载，关羽发起樊城战役时，孙权主动派人来见关羽，请求助战（权遣使求助之），关羽挺高兴，允许孙吴的人马联合作战，但他并不知道孙权的计谋已经开始了。

孙权暗中命令参加联合作战的部队进军速度不要太快，最后惹得关羽很不高兴，这时关羽已经俘虏了于禁等人，气势如虹，对孙权的联络官说："你们这帮畜生敢这么对我（狢子敢尔）？等我拿下樊城，看我怎么灭了你们！"孙权得到报告，知道已经把关羽激怒了，但他觉得戏还没有演够，又亲笔写了封信给关羽表示赔罪，同时答应关羽自己将亲自率兵前往助战（许以自往）。

孙权用这些办法先稳住关羽，让他放松警惕。吕蒙进一步建议道："关羽的主力部队都在樊城前线，但后方也留了不少人马，主要是担心我们从他背后发起攻击。我一直有病，现在以治病为由回建业，关羽听到就会放心地把人马调往襄阳前线。我们找准机会，突然发动进攻，如此南郡可以拿下，关羽可以生擒！"于是，吕蒙对外宣称自己病了，而且病得挺重（遂称病笃）。孙权用公开命令（露檄）的方式召吕蒙回建业。

吕蒙路过芜湖时，负责守卫这里的是定威校尉陆逊，就像当年鲁肃路过吕蒙防地与他长谈后对吕蒙刮目相看一样，吕蒙与陆逊在芜湖也做了一番长谈，从而发现这个小自己五岁的年轻将领才堪大用。在这次谈话中，陆逊对吕蒙说："关羽大军压境，您怎么此时离开，难道不担心吗？"因为涉及孙吴的最高军事机密，吕蒙没打算告诉陆逊真相，他说："你说得有道理，但是我确实病得很厉害。"陆逊说："关羽此时正在气盛之时，一心北进，对我们没有防备（但务北进，未嫌于我）。又听说您病了，更没了戒备心。如果现在出其不意，必将一战可擒。您见到主公时，应该提出这样的建议。"

吕蒙吃了一惊，如今轮到他对陆逊刮目相看了。但是他还不想把话挑明，而是对陆逊说："关羽一向勇猛，而且势力越来越大，气势正盛，不是那么好对付的。"据《三国志》记载，孙权手下的奋威校尉全琮也跟陆逊有共同看法，他向孙权建议抓住机会突袭关羽。此时孙权与吕蒙已经定下了偷袭关羽的大计，但恐怕泄密，对全琮的建议不作答复。

吕蒙到了建业，孙权问他谁可以替他负责荆州事务，吕蒙推荐了陆逊，一方面，陆逊的远见卓识让吕蒙欣赏，并且陆逊代替自己有另外的好处："陆逊虽然很有能力但名气并不大，不会引起关羽的注意。陆逊如果前去接任，让他对外隐藏锋芒（令外自韬隐），对内则加紧备战，一定可以成功。"另一方面，吕蒙还有更深的想法，陆逊是孙权的侄女婿，孙权把哥哥孙策的女儿许配给了陆逊，因为这层关系，孙权必然对陆逊完全放心，推荐陆逊便没有任何顾虑。

孙权于是拜陆逊为偏将军、右部督，代替吕蒙任总指挥，进驻陆口，即今湖北省嘉鱼县。陆逊一到，就给关羽写了封信，对关羽一通猛夸，表达自己的景仰之情，态度十分谦卑。这封信的全文保留在《三国志》陆逊传里，其中有"仆书生疏迟，忝所不堪，喜邻威德，乐自倾尽，虽未合策，犹可怀也。傥明注仰，有以察之"这样的话，暗示关羽自己愿意向他效忠，以求有个好前程。

陆逊之前是干吗的关羽恐怕都不太清楚，面对陆逊异乎寻常的谦卑，关羽果然上当，在关羽眼里，孙吴自周瑜、鲁肃以后就数吕蒙还有两下子，吕蒙现在生病回了建业，其他人都不是他的对手。对于这个小自己二十多岁的陆逊，关羽自然没有放在眼里，现在看到陆逊的信，关羽完全放下心来（大安），于是把留驻在南郡、公安等地的人马又调了一部分到樊城、襄阳前线。陆逊秘密报告孙权，认为时机差不多了，可以动手。孙权也下了决心，但他觉得孙刘联盟已为天下人所知，自己先翻脸必然在政治上被动，最好有一个借口，恰在此时，发生了湘关抢米事件，给了孙权一个动手的理由。

当年孙刘两家以湘水为界重新划分了江南各郡的势力范围，湘水以西归刘备，湘水以东归孙权。湘水成了双方的界河，为了便于贸易和人员往来，在湘水上设了不少关口。关羽在樊城外一下子俘虏了于禁所部好几万人，军粮供应不上，关羽命令后方人员擅自渡过湘水抢了孙吴的米。孙权听到报告，于是向关羽开战。

孙权想任命孙皎和吕蒙为左、右部大督，全面负责对关羽之战。孙皎此时任征虏将军，他是孙权的堂弟，他的父亲孙静是孙坚的亲弟弟。对于这样的安排吕蒙有不同意见，他说："如果主公认为征虏将军行就用他，认为我行就用我。当初周瑜、程普分任左、右部督，虽决断权在周瑜，但程普自恃资格老，又都是都督，因此不团结，差点坏了国家大事，这是前车之鉴哪。”吕蒙不仅有才，看来也挺有个性。领导派自家人当一把手，图的是个放心，吕蒙非要推荐自己，如果换成别人，肯定会有想法，但孙权就欣赏吕蒙这样的，孙权马上改任吕蒙为唯一的总指挥，让孙皎负责后勤保障。

荆州换了旌旗

一场改变孙、刘、曹三方格局的战事即将展开，此时樊城外仍然处于胶着状态，关羽围城很急，势在必得，而最快增援来的曹军目前只有徐晃一支，他们进抵到偃城。徐晃认为现在是一支孤军，不足以解曹仁之围。然而各位将领解围心切，对徐晃多有指责（诸将呼责晃，促救仁）。

以议郎的身份任曹仁军事参谋的赵俨此时也在场，他劝各位将领说：“现在敌人围得很紧，而大水还没有退，我军势单力薄，与曹仁将军又不通音信，不能统一行动，不如慢慢靠前，设法与城内联络上，让城里知道我们来了，激励士气。我军的后续部队最多不过十来天就可到达，想必城内还能坚守，到那时内外齐发，必得破敌。”赵俨并且表示，将来如果追究救援迟缓的责任，由他一个人承担（如有缓救之戮，余为诸君当之）。大家一听，没有什么说的了。徐晃命令所部人马推进到樊城外，在距关羽围城大营三丈外的一个地方开始悄悄挖地道，通过地道越过关羽军营来到樊城下，然后用箭把信射入城内，与被围多日的曹仁取得了联系。

孙权决定对关羽下手后，给曹操写了封信，通报自己将讨伐关羽，但同时请求曹操不要泄露这个机密，以免关羽有所准备（及乞不漏，令羽有备）。曹操征询众人意见，大家都觉得孙权如果从背后动手是一件大好事，为了保证孙权那边顺利得手，应该替孙权保密。只有董昭看法不同，他认为：“用兵在于谋变，以追求最大利益为目标（军事尚权，期于合宜）。可以许诺孙权替他保密，但不妨把这个情报透露出去，有意让关羽知道。关羽如果退兵自卫，樊城之围顿解，之后让孙权、关羽二贼相斗，我们可收渔利。”

董昭同时认为：“樊城被围的我军不知道外面正在营救，粮食不足，丧失信心，如果因而生变，情况难以预料，可以把这个情报也告诉他们。至于关羽，此人一向恃强自负（羽为人强梁），即使得到情报，也不会马上退军。”曹操认为董昭的分析有理，就命令徐晃把孙权的信抄了若干份，故意射落到关羽营里，同时也射到樊城内。樊城的守军看到信顿时士气百倍，而关羽看到信后犹豫不决。

这时，曹操想亲率大军南救曹仁，大家也都认为魏王不赶紧去，必然全线失败，只有侍中桓阶看法不同，他说：“大王认为曹仁等人能不能控制当前的局势？”曹操说：“可以。”桓阶又问：“大王是不是怀疑他们不尽力（大王恐二人遗力邪）？”曹操说：“那倒不是。”桓阶继续追问：“那为什么还要亲自前往呢？”曹操说：“我担心敌兵太多，而徐晃等人力量不够。”桓阶说：“曹仁等人身处重围仍然死守没有二心，是因为有大王在外面的声援。居万死之地必有死争之心，内怀死争，外有强援，大王只需坐观就行，何必因为担心失败而要亲自前往？”

曹操认为有理，于是移军于摩陂，先后派殷署、朱盖等十二营人马增援徐晃。据《三国志》记载，曹操此时产生过让曹植领兵前去解围的想法，任命曹植以南中郎将的身份代理征虏将军之职，让他率兵前往前线。临行前，曹操召曹植来有话叮咛，但找到曹植后发现他喝得大醉，无法受命，于是撤销命令。据《魏氏春秋》记载，曹植之所以喝醉是因为曹丕做的手脚，他知道曹操要召见曹植，故意把曹植拉去喝酒，又把他灌醉。

此时樊城内外到处是水，关羽的指挥部在一个大土堆上，其他围城部队主要分别部署在另外四个土堆上。徐晃扬言攻击关羽所在的土堆，但实际上是佯攻，另外四个土堆才是主攻目标。关羽见状，亲自率步骑五千出战，徐晃迎击，关羽退回主营，徐晃率部紧追不舍。关羽的主营设置沟堑及鹿角等有十来重，徐晃追击关羽也杀入营中，双方展开激战，关羽大败，之前投降关羽的南郡太守傅方、荆州刺史胡修等在乱战中被杀，关羽撤退，樊城之围化解。但是，关羽水军力量仍然完整，曹军在这方面不占优势。关羽的水军控制着汉水，曹军被分割在汉水两岸的襄阳、樊城，互相不通。

就在关羽与徐晃、曹仁等人展开激战的同时，孙权、吕蒙已经动手了。大约在建安二十四年（219）十月底至十一月初之间，吕蒙悄悄抵达柴桑以西的寻阳，即今湖北省黄梅县，在此组织精兵和船只，把士兵藏在船舱里，让老百姓划船，外面的人扮作商人，昼夜不停地逆流而上。长江沿岸有关羽布置的不少哨兵（屯候），吕蒙把他们全都抓起来，所以关羽还不知道背后发生的情况。

关羽留在后方负责军政事务的是南郡太守麋芳和将军傅士仁，关羽向来心高气傲，一直瞧不起这两个人。此次出兵，麋芳、傅士仁负责后勤保障，中间难免有供应不及时的地方，关羽很生气，威胁说回来后要收拾他们（还，当治之）。关羽这个人做事不讲情面，麋芳和傅士仁知道他说到就会做到，因此感到忧心忡忡。吕蒙了解到其中情况，派虞翻前去劝说傅士仁投降。

在孙权手下，虞翻无疑是个怪才，他很有本事，辩才极佳，又通占卜和医术，但他脾气大，说话直，跟大家处不好关系（性不协俗）。孙权让他担任过县长、骑都尉，但由于他多次犯颜谏争，让孙权下不了台，前一阵孙权下令把他关在丹杨郡泾县思过。吕蒙欣赏虞翻的才能，有心帮他一把。吕蒙在建业养病期间，知道虞翻懂医术，就向孙权请求把虞翻放出来给自己看病，后来又让他一同来到荆州前线。

吕蒙给傅士仁写了封信，陈说利害，派虞翻送去，虞翻口才一向很好，傅士仁就这样被说降了。虞翻建议把傅士仁一块带往江陵，南郡太守糜芳看到傅士仁投降了，于是也开城出降。就这样，吕蒙没费什么劲就得到了南郡。江陵是关羽的后方基地，将士们的家属多在此地，吕蒙进入江陵，释放了囚禁在此的于禁等人，俘虏了关羽及其将士家属，但不为难他们，给予抚慰。

吕蒙同时下令："不得骚扰百姓，不得随便拿别人的东西。"吕蒙有个手下是他的同乡，擅拿了老百姓家一顶斗笠用来盖铠甲，吕蒙认为铠甲虽然是公家的东西，但也触犯了刚颁布的命令，为严肃军纪，吕蒙流着泪将其斩首。于是军中震动，江陵城出现了道不拾遗的景象。吕蒙派左右不停地慰问抚恤地方长者，询问他们有什么需求，对于生病的百姓及时送医送药，对饥寒中的人及时发给食物和衣服，关羽存在江陵的钱财宝物，吕蒙都下令贴上封条，等候孙权来处理。吕蒙的这些措施很快收到效果，他迅速控制了南郡的局势。

关羽听说南郡丢了，如五雷轰顶，立即下令撤军。曹仁召集徐晃等众人开会讨论对策，大家都认为应该趁机发动追击，可以把关羽擒获。赵俨仍然不同意这种看法，他认为："孙权利用关羽出兵的机会发难抄了他的后路，但关羽必然回击，孙权担心的是我们趁他与关羽互斗而从中取利，所以才谦卑地表示顺从效忠（恐我承其两疲，故顺辞求效）。如果我们攻击过急，孙权说不定就把对付关羽的手段改为对付我们（若深入追北，权则改虞于彼）。关羽如今撤回，我们应该留着他，让他与孙权互斗。"曹仁认为有理，下令不要追击。关羽撤退的消息传到摩陂，曹操特别担心曹仁等人追击，赶紧加急传令，内容跟赵俨说的完全一样。

关羽为救江陵的将士家眷，连派多名使者来见吕蒙。吕蒙又大玩心理战，他厚待来使，让他们在城里到处走动，挨家问候，有的家人还写信让使者带回去。这些使者回去，把城里情况给大家一说，众将士知道家人无恙，江陵城的情况比平时还好，一个个都没有再打下去的斗志了。

这时，孙权亲自赶到了江陵，刘备属下的荆州各级官吏纷纷投降。只有荆州治中从事潘濬称病不出。孙派人到病床前探视，潘濬趴在那里脸贴着床不起（伏面着床席不起），涕泣交横，哀不自胜。孙权又亲自前来探望，叫着潘濬的字跟他说话，态度十分恳切，还让左右拿手巾给潘濬擦脸上的泪，潘濬大为感动，下地拜谢，孙权继续让他担任州里的治中从事，荆州的军政事务都向他征求意见。

孙权、吕蒙的这几招很厉害，不费大劲把关羽的军心彻底瓦解了。孙权任命吕蒙为南郡太守，封孱陵侯，赐钱一亿，黄金五百斤；任命陆逊代理宜都郡太守。刘备任命的宜都郡太守樊友弃城逃走，各地官吏纷纷投降孙权，陆逊建议孙权及时任命他们的官职，让他们继续原地效力，孙权接受。这样，刘备在荆州各地的官吏不是被杀，就是被俘和投降。孙权提升陆逊为镇西将军，封娄侯，命他移驻夷陵，即今湖北省宜昌市，对付刘备可能发起的报复性攻击。

孙权派多路人马合围关羽，关羽败退至麦城（今湖北当阳境内），孙权派人劝说关羽投降，关羽假装答应，在城头遍插旗帜，又弄了不少草人迷惑敌人，之后逃出麦城。《吴书》记载，孙权派遣偏将军潘璋和老将军朱治的养子朱然负责阻截关羽。这一年的十二月，潘璋部下一个叫马忠的司马在当阳境内的章乡活捉了关羽以及他的儿子关平、部将赵累等人。

关羽答应投降的时候孙权问大家他是不是真降，吴范认为必是诈降，于是孙权提前有所准备，安排人对关羽进行堵截，负责打探情报的人还没有回来，有人报告说关羽已经逃出麦城了。吴范说关羽肯定逃不了，并且说明天中午（明日日中）前必可擒住关羽。孙权让人搬来个沙漏在那里看时间，验证吴范说得准不准。已经快到中午了还没有消息，孙权急了，催问吴范，吴范说：“现在还没有到正午。”过了一会儿，风吹帷帐动，吴范拍着手说：“关羽抓住了。”话刚落，外面有人高呼万岁，消息回来了，说关羽被抓住。

其实要抓关羽都不用费这么大劲，因为跟着他逃出来的也就只有几十个人而已。关羽应该向西逃，设法回到益州去。孙权已经给他布下了口袋阵，不管他往哪个方向，都逃不出去了。据《三国志》记载，关羽被抓前两天，孙权让擅长卜筮的虞翻占一卦，看看能不能抓住关羽。虞翻卜了卦，结果是“兑下坎上”，合在一起就是《易经》里的“节卦”，到第五爻的时候又变成“临卦”，虞翻解卦说：“不出二日，关羽必然被捉。”后来果然应验，孙权赞叹道：“先生虽然比不上伏羲，可也与东方朔相媲美了！”据《蜀记》记载，孙权本来打算不杀关羽，想把他招降，用来对付刘备和曹操，但是左右都劝他：“狼子不可养，以后必为害。曹操当初不杀他，结果自取大患，以至都到了要迁都的地步，现在怎能不杀他？”孙权于是下令将关羽父子斩杀于南郡境内一个叫临沮的地方，此地在今湖北省远安县境内。《蜀记》还记载，关羽当初兴兵北伐时曾经做过一个梦，梦到有猪啃食自己的脚，醒来后觉得这个梦很不吉利，对儿子关平说：“今年我有点力不从前了，恐怕不能活着回来了（吾今年衰矣，然不得还）！”

孙权占领了刘备在荆州的基地公安，在这里孙权见到了被刘备从益州赶出来的刘璋，孙权觉得刘璋仍有利用价值，把他迁到秭归，即今湖北省秭归县，在那里设立自己控制下的益州“流亡州政府”，刘璋任益州牧。后来刘璋死了，孙权改任刘璋之子刘阐为益州刺史，成为对付刘备的一张牌。

孙权在公安置酒大会进行庆贺。席间孙权专门来到全琮的面前，对他说：“你当初提的建议我虽然没有回答，但今天取得的大捷也有你的功劳！”孙权下令提升全琮为偏将军，封阳华亭侯。据《吴历》记载，孙权用侯爵的礼仪就地安葬了关羽，同时把关羽的首级送到曹操那里。孙权的用意很明显，想把祸事往曹操身上引，刘备要报仇也拉上曹操一块扛。曹操当然明白，下令用沉香木雕刻了关羽的身躯，跟首级一起以王侯之礼厚葬于洛阳城南，此处即是现在著名的洛阳关林，后来也就有了关羽“头定洛阳，身困当阳”的说法。

现在，关羽终于死了，刘备在荆州的势力全部被赶了出去，荆州战事暂告一段落，不仅孙权觉得痛快，远在摩陂的曹操也终于松了口气。

第十四章

遗 响 千 年

一代雄才永逝

关羽死后，曹军各部陆续回到原来的防地，建安二十四年（219）十二月徐晃回师宛县，途中路过摩陂，曹操亲自迎出七里，置酒大会，他亲自为徐晃举杯劝酒（举卮酒劝晃），对徐晃说："樊城、襄阳得以保全，全仗将军之功啊！"

曹操还发布命令："敌人围沟堑、鹿角十重，徐晃将军获得全胜，攻陷贼营，多斩首虏，我带兵三十余年，也听说古代有善用兵的，但没有听说能长驱直入直接杀入敌营的。樊城、襄阳之战，胜过当年的莒县、即墨，徐晃将军的功劳，也超过了孙武、穰苴。"曹操还特意下令表彰桓阶，任命他为尚书。

这时，由居巢赶来增援的张辽所部到达荆州，荆州战事已经结束，曹操命张辽率部也赶到摩陂。张辽快到时，曹操乘辇出营迎接。还有一部分参加荆州会战的人马陆续赶到，摩陂一下子成了曹操的大军营（时诸军皆集）。曹操不停地出来到各营慰问，有很多新加入曹营的将士还从来没有见过魏王，在曹操慰问的时候都争着一睹他的风采，只有徐晃所部军营整齐，将士原地不动，曹操赞叹道："徐将军有周亚夫的风范哪！"那些跟随曹操南征北战多年的将士，此时再见到魏王时，发现他突然老了，行动已经开始迟缓，目光也不像先前那么犀利有神，经过连续不断的打击和日夜操劳，他们的魏王已经彻底成了个老头子。

过了年，曹操就六十六岁了，在那个时代这已属于高龄。经过几次征战和叛乱，曹操在南阳郡和南郡北部原来的势力范围已经变得满目疮痍，民生凋敝，很难在短时期内恢复生机，曹操想把这一带的老百姓以及在汉水两岸屯田的军士迁到内地去。对此，司马懿认为这样做不妥："荆楚地区向来局势不稳，关羽刚刚战败，那些想作恶的人正在观望，如果把那些一般的百姓全迁走，既伤了百姓的心，也使这一地区的局势更难收拾，原来逃走现在想回来的人也不敢回来了。"曹操认为有理，于是停止了迁移计划，逃到外地的人陆续回来了不少。

为了表彰孙权讨伐关羽的功劳，曹操上表汉献帝拜孙权为骠骑将军，假节，兼任荆州牧，封南昌侯。孙权派校尉梁寓回拜，并给曹操送来一封信，向曹操称臣，认为这是上天的意思（上书称臣于操，称说天命）。孙权虽然得了荆州，但自知也惹了大祸，为了应对可以预见刘备发起的报复行动，他在曹操面前不得不把姿态再放低些。

曹操把孙权的信给大家看，说："这小子是想让我坐到火炉上烤哇（是儿欲踞吾着炉火上邪）！"但是，侍中陈群、尚书桓阶等许多人都认为："汉祚已终，也不是今天才开始的。殿下功德巍巍，天下瞩望，所以孙权都自愿称臣。此天人之应，异气齐声，殿下应该正大位，还有什么可犹豫的呀？”夏侯惇等人也说：“天下人都知道汉室寿命已尽，异代方起。自古以来，能除民害为百姓所归的，即是天下的主人（即民主也）。殿下从戎三十多年，功德著于黎庶，为天下所归，应天顺民，不要再犹豫了！”

可是，曹操却说：“如果上天真有此意，我也只愿当周文王。”曹操一生多次提到周文王，看来他对周文王的功业及品德很景仰。周文王名叫姬昌，是商代贵族，他遵从先人之法，继承祖先的业绩，礼贤下士，日益强盛。当时殷纣王执政，残虐无道，他害怕姬昌，把他囚禁起来，但是姬昌设法重获自由，之后励精图治，发展自己的力量，为讨伐商纣王做准备。后来姬昌死了，他的儿子姬发继位，也就是周武王，最后完成了父亲周文王讨伐商纣的遗愿。

曹操明确地告诉大家，他在世时不想称帝，如果曹氏有代替刘氏承祚天下的那一天，也是在他儿孙辈手里完成。对于曹操如此直白地谈论王朝轮替，甚至把刘汉比作殷纣王，历来倒没有太多非议，这时因为汉朝这座大厦历经三四百年，如今确实已经飘摇不堪了，谁都会认为曹氏替代刘氏已经是顺理成章的事。曹操不愿意称帝，不是他觉得自己没这个实力，也不是他没有过这样的想法，而是他觉得自己确实老了。他想把那件事留给子孙去做，这是他的真心话。

曹操在摩陂度过了他生命中最后一个新年，随后下令回师邺城。途中，曹操没有在许县停留，却绕道去了洛阳，正月二十三日，魏王曹操一行抵达洛阳。

几个月前，曹操从汉中率大军回来时也在洛阳做过停留，他在这座城市生活过多年，二十岁走上仕途也是从洛阳开始。多么美好的岁月呀，虽然只是一个小小的洛阳北部尉，却让那时的生命如此充满激情，也充满期望。眼下，洛阳已残破不堪，经过战争的洗礼，尤其是经历了董卓纵火的摧残，洛阳几乎成为废墟，包括曹家旧宅在内的大部分建筑都成为一堆堆瓦砾，但曹操对这里仍然充满了感情，据《曹瞒传》记载，曹操命令有关部门对原洛阳北部尉官署进行了复原，并特别强调修得比原来还要气派。这再一次证明曹操确实老了，只有老人才更留恋和回味自己的过去。

这一次由摩陂来到洛阳，曹操打算在此住一段时间，他下令在洛阳修建宫殿，宫殿的名字都起好了，叫建始殿。但是在施工过程中，却接连发生了不祥之事。据《世说新语》记载，为修建始殿，工匠砍伐濯龙祠里的树木，但是奇怪的事发生了，树被刀砍之后却流出了鲜血（起建始殿，伐濯龙祠而树出血）。另据《曹瞒传》记载，曹操命令工程负责人苏越把一棵梨树迁走，在挖树根的时候树也流出了鲜血。苏越把情况报告给曹操，曹操亲自前去察看，果然见到树根出血，心里很厌恶，认为这是不吉之兆，一下子病倒了。

建安二十五年（220）正月二十三日，魏王曹操病逝于洛阳，享年六十六岁。

曹操出生于汉桓帝永寿元年（155），二十岁出仕，三十岁时赶上黄巾起义，在镇压黄巾军的过程中一步步走进历史舞台。三十五岁时，曹操起兵反抗董卓，经过十年奋战，成为雄踞一方的诸侯。四十二岁时，曹操迎汉献帝于许县，四十六岁时在官渡之战中打败袁绍。四十八岁时，曹操远征乌桓取胜，基本统一了北方，但是第二年即遭遇赤壁之败。

曹操四十二岁时担任汉朝司空，五十四岁时担任汉朝的丞相，五十九岁时晋爵为魏公，六十二岁时进晋为魏王。曹操病逝的当年，儿子曹丕代汉称帝，他被追奉为魏武帝。曹操一生大部分时间都在南征北战中度过，较之西汉初年的刘邦和东汉初年的刘秀，曹操可能都会有生不逢时之叹。刘邦只用六年就取得了天下，刘秀用的时间更是不到四年，而曹操打了三十多年的仗，直到临终前还在四处征战。

曹操的一生波澜壮阔，功业卓著，他的性格也复杂而充满魅力。他是一个伟大的军事家，被称为那个时代的孙武、吴起，他也是伟大的文学家，被称为“诗史”和“改造文章的祖师爷”。晋人张华所著《博物志》认为，曹操也是著名的书法家，可以与同时代大书法家张芝、张昶等相提并论；他也是一个音乐家，能与当时著名的音乐家桓谭、蔡邕相比；他也是围棋高手，与当时著名的棋手山子道、王九真、郭凯等不相上下。

曹操是一个有文治武功，也充满个人魅力的人，他是那个时代造就的，他用自己丰富的人生也辉映了那个时代。《三国志》的作者陈寿评价曹操的一生说，汉末天下大乱，群雄并起，袁绍虎视于四州，强大到无人可敌。曹操依靠智慧和计谋，以武力统一全国。他采用申不害和商鞅的法制、权术，吸取韩信、白起的奇思妙计，设置官职，任用人才，让他们发挥自己的才干。同时能克制自己的感情，冷静思考问题，不计较别人的过错。陈寿认为，曹操之所以能总揽朝政大权，完成建国大业，完全在于他的见识和谋略是那个时代第一流的，他是一个非同寻常的人，是超世的英才（终能总御皇机，克成洪业者，惟其明略最优也。抑可谓非常之人，超世之杰矣）。

《资治通鉴》的主编司马光对曹操的评价是，曹操最能知人善用，能洞察人的内心。他发掘提拔那些有才能的人，无论他们出身如何卑微。他善于用兵，与敌人对阵，有时看似安闲，然而一旦时机成熟，立即发起霹雳攻击（决机乘胜，气势盈溢）。对于建立功勋的人，他赏赐起来不吝千金，没有功劳的分毫不与。他执法严厉（用法峻急），只要犯罪绝不轻饶，即使痛哭流涕求情，也绝不宽赦。

他性情节俭，不好奢华。司马光认为，正是由于曹操有以上这些优点，所以他才能芟灭群雄，几乎统一了中国。

“分香卖履”真性情

曹操病故于洛阳时，王后卞氏以及太子曹丕都不在身边，他们和曹植都在邺县，曹彰在长安。经过各方面商议之后，大家共推谏议大夫贾逵主持丧事。据《典略》记载，曹操病故的消息对各方面震动都很大，有人认为应该秘不发丧，贾逵认为不可，而是立即公开发丧，并让大家前来瞻吊魏王遗容（令中外皆入临），之后命令大家各返岗位不得擅动。只有青州军不听指挥，他们擅自击鼓离去，有人认为应该命令他们不得妄动，如果不从就派兵征讨。贾逵知道这支最早改编自黄巾军的队伍，一向军纪最差，独立性最强，除魏王之外，只有于禁能镇住局面，现在魏王病故，于禁身陷孙权，没有人能管得住他们。贾逵认为对青州军应该安抚，他写了一篇很长的檄文，告诫青州军自我约束，同时命人继续给青州军发放给养，局势才稳定下来。

青州军的骚动给大家提了醒，有人建议把各地的郡太守、县长都撤换成沛国或者谯县的人，对于这个愚蠢的建议，魏郡太守徐宣给予严厉驳斥，他认为：“如今大家同舟共济，每一个人都怀有忠义之心，如果全用沛谯人士，将会让那些忠臣心寒！”这条提议才没有实行。没几天，鄢陵侯曹彰从长安赶到洛阳，他一到就向贾逵询问魏王的印信放在什么地方，贾逵一脸严肃地说：“魏国有指定的继承人，魏王的印信不是你该问的。”据《魏略》记载，曹操临死之前曾急召曹彰来，但曹彰未到曹操已经病故，曹彰认为父亲肯定有什么大事给自己交代，所以很关心父亲印信的去向。对于父亲要给自己交代哪些事，曹彰认为是有关继承权的大事，后来他见到曹植时说：“先王召我，是想立你为接班人。”曹植赶忙说：“不可，没见袁氏兄弟吗？”

如果《魏略》的记载是真的，说明曹植还算清醒，袁氏兄弟的教训倒在其次，关键是他的哥哥曹丕在这一两年里已经基本完成了对异己势力的清除。曹植明白，纵使父亲临死前把他本人找到跟前，亲手把印信交到他的手上，这个班他也接不了。

在贾逵等人主持下，魏王的灵柩运回邺县。魏王突然病故的消息传到邺县时，太子曹丕及文武官员无比悲痛，曹丕号哭不止，无心过问任何事，担任太子中庶子的司马孚劝道：“大王刚刚去世，正有许多国家大事需要料理，不能效法普通百姓的孝行。”曹丕才止了哭泣。臣属也聚到一起放声痛哭，正常的办公秩序完全被打乱，司马孚呵斥大家："大王去世，天下震动，你们应该赶紧拜见太子，安定人心，难道只会在一块哭？"大家才停下，赶紧忙正事。

司马孚是司马懿的弟弟，他们的大哥司马朗已经去世。在司马孚等人主持下，在魏王灵柩没有到达前，邺县已经开始筹备丧事。对于太子何时继位，大家有了争论。有人认为太子继位应该先有天子的诏书，尚书陈矫认为："大王在外面病故，现在人心惶惶，太子应该立刻即位，以安天下之心。"陈矫更直言不讳地说，曹彰就在魏王的灵柩前，随时可能有变。

曹丕于是决定提前即位，只用了一天时间就做完了各项准备（具官备礼，一日皆办）。第二天早上，宣布了由王后卞氏发布的诏令，命太子曹丕继承王位，大赦天下。没过几天，汉献帝的诏书也来了，御史大夫华歆亲自送来丞相和魏王的印信，诏令新魏王仍兼任冀州牧，尊王后卞氏为王太后。

为了向新魏王表达祝愿，汉献帝下令改元为延康，使用了二十五年的建安年号结束。这样，公元220年现在便有了两个年号，正月是建安二十五年，正月以后是延康元年。延康元年（220）二月一日发生了日食，是上天哀悼已故魏王的离世，还是魏国新政权的不祥之兆？每个人都做着不同的解读。

二月二十一日，曹操被安葬在他生前指定的寿陵，在去年发布的《遗令》里，他对陵寝的位置已经进行过详细交代，即邺县城西西门豹祠西边的高岗上，那时候地方确定后，曹丕等人就开始修建陵墓，现在可以使用了，此处即高陵。

曹操的后事均按照他临终前的遗嘱办理。除了一年前曹操正式颁布的《遗令》外，曹操临死前还留下了遗嘱，这篇文献正史没有提及，它保存在南朝萧统编纂的《文选》中，这部书里有陆逊的孙子、晋朝著名文人陆机所写的《吊魏武文》，对这份遗嘱的大概内容有过记载。

根据陆机的记录，加上《太平御览》《宋书》等史籍补证，曹操的临终遗嘱（如今收录在《曹操集》中，被称为《终令》）大致如下："半夜里我觉得稍微有点不舒服，天明时喝粥出了点儿汗，服用了当归汤。我在军中坚持依法办事，这是对的，至于因为一时之怒而造成大的过失，这些不应当学（小忿怒，大过失，不当效也）。天下还没有完全安定，古代的葬仪不必完全遵守。我有头痛的毛病，很早就开始戴头巾，我死后，丧服跟平时穿的一样就行，这个别忘了（勿遗）。文武百官来吊孝的话，只要哭十五声就行（百官临殿中者，十五举音）。葬礼完毕即脱去丧服。驻守在各地的将士都不要离开驻地，各级官员要认真履行职责。入殓时不必再换衣服，不要用金玉宝器来陪葬。把我葬在邺城西边的高岗上，与西门豹祠紧邻（葬于邺之西岗，上与西门豹祠相近），我身边的婢妾、歌伎等，都让她们住在铜雀台上，好好对待她们。在台上安放一张六尺长的床，挂上帷幔，一早一晚供上祭物，每个月的初一、十五，从早到晚向着帷幔歌舞。你们要经常登上铜雀台，远望我西面的陵园。我留下的香料可以分给各位夫人，不要用香料来祭祀。宫人们如果无事可做，可以学着纺织丝带、做些鞋子卖。我一生为官所得的各种绶带都存放在库房里，我留下来的衣物可存放在另外一个库房，不行的话你们兄弟就分掉吧。”

这篇遗嘱很不完整，中间可能佚失了不少内容。从语气上看，它是写给曹丕兄弟们的，中间既有自己人生经验的总结，也有如何安排后事的具体交代，有些地方说得很细，有点婆婆妈妈，让人觉得跟雄霸天下的曹操无法联系起来。

人之将死，其言也哀、也善、也真，后世对曹操颇有争议，但对他之前发布的《让县自明本志令》以及这篇临终遗嘱，都不约而同地给予了高度评价，认为这是一个男人真性情的流露，是曹操本色的体现，这篇遗嘱也为后世留下了一个“分香卖履”的典故。

留下疑冢之谜

曹操死后葬于高陵，其位置在邺县城西的高岗上。然而，以后朝代几经更迭，邺县兴而复衰，又过了二百多年，北周大象二年（580）杨坚将邺城彻底摧毁，并再也没有重建。再加上其地临近漳河，随着漳河不断改道，城池及主要标志物荡然无存。今天再到邺城旧址，唯一明显的地面遗迹是一座土台，它就是三台之一的金凤台，千百年来的风吹雨淋使其高度和规制已远不如从前，当年空中楼阁的盛景已被一个再普通不过的小土丘所代替，上面也不可能再现上百间屋宇的辉煌。

曹操的高陵更是如此，随着地表建筑的彻底消失，到今天我们已经无法确认它的具体位置。其实也不只是今天，至少在八九百年前，人们似乎已经找不到曹操墓的位置了。北宋改革家、文学家王安石有一首诗叫《将次相州》，诗中写道：“青山如浪入漳州，铜雀台西八九丘。蝼蚁往还空垄亩，骐骥埋没几春秋。功名盖世知谁是，气力回天到此休。何必地中余故物，魏公诸子分衣裘。”

王安石把曹操比喻为“骐骥”，这是一个很新鲜的说法。诗中“八九丘”为何意，他没有交代。南宋诗人李壁给王安石诗作过注释，他在“八九丘”一词下作注：“余使燕，过相州，道边高冢累累，云是曹操疑冢也。”也许这是“曹操疑冢”概念第一次被提出，此时距曹操去世已将近一千年。

此后，“曹操疑冢”的说法影响越来越广，南宋诗人范成大奉旨出使金国，路过漳河也写了一首怀古的诗，题目叫“七十二冢”，诗中写道：“一棺何用冢如林，谁复如公负此心。闻说北人为封土，世间随事有知音。”范成大担心大家看不明白，专门给这首诗作了一个注：“七十二冢在讲武城外，曹操疑冢也。森然弥望，北方金人经常来这里扫墓添土（北人比常增封之）。”这说明，到范成大时期，关于“曹操疑冢”已经越传越广，而且基本形成共识其数量为七十二个。此后，关于“曹操疑冢”的故事传播得更广泛，不仅民间传说、戏剧曲艺中经常提及，在文人墨客的凭吊怀古之作里，大多也都将其视为正史加以评伐或歌咏。

“曹操疑冢”也被蒲松龄写进《聊斋志异》中，该书有一篇《曹操冢》：“许城外有河水汹涌，近崖深黯。盛夏时有人在河里洗澡，忽然像被刀斧砍了一样，尸断浮出；后来又有一个人也是这样。大家都很惊讶。地方官听到，派人把上游的闸关上，让河水流干，这才看见崖下有个深洞，中间有转轮，轮上排列利刃如霜。拿掉轮子，中有块小石碑，都是汉代篆字。仔细看，是曹孟德的墓。后来破棺散骨，殉葬的金银财宝也都被大家拿走了。”这大概是关于“曹操疑冢”最离奇的故事了，说曹操把墓设计在了流水之下。

蒲松龄还以“异史氏”的名义发表了评论，大意是：有人写诗“尽掘七十二疑冢，必有一冢葬君尸”，可又怎么知道曹操的尸身是不是在这七十二个墓里？曹操真是奸诈啊，然而千余年后腐朽的骨头不保，使这些诈术又有什么用呢？蒲松龄慨叹道：唉，曹操的智慧，正是曹操的愚蠢啊（呜呼，瞒之智正瞒之愚也）！

蒲松龄不是历史学家，想必他也只是把这件事当成民间传说来看待，《聊斋志异》记录的大都是蒲松龄从社会上搜集来的传说故事，这则故事说明关于“曹操疑冢”的说法，到明清时期已经家喻户晓，结合当时的一些戏曲以及文人笔记小说来看，关于“曹操疑冢”也有了各种各样的版本。假话连说三遍都有可能变成真的，何况被无数人连着说了上千年呢？关于“曹操疑冢”的存在，似乎可以成为定论了。

然而，有一个基本事实无法忽视：关于“曹操疑冢”的说法只是宋代以后才被提起，宋代以前的人们从没怀疑过曹操墓的真假。

作为曹操政治遗产的继承人，曹丕也是曹操丧事的主要办理者，在《艺文类聚》里保存有曹丕写的《武帝哀策文》，其中有：“卜葬既从，大隧既通。漫漫长夜，窈窈玄宫。有晦无明，曷有所穷。卤簿既整，三官骈罗。前驱建旗，方相执戈，弃此宫廷，陟彼山阿。”大意是：在正式下葬之前进行了卜筮，宽阔的墓道通向墓室。墓室里如漫漫长夜，又如幽幽深宫，没有光明，没有尽头，多么令人悲伤啊！参加丧仪的人们已整齐站好，天、地、水三官也排列整齐，前面是高高举起的旗帜，中间还有人手执长戈。从现在起，先王将离开宫廷，到达被安葬的山岗。

也参加了曹操安葬仪式的曹植写过一篇《诔文》，相当于悼词，在这篇长达六百多字的祭文中，曹植更为详细地记录了曹操安葬的情况，其中写道：“既即梓宫，躬御缀衣。玺不存身，唯绋是荷。明器无饰，陶素是嘉。既次西陵，幽闺启路。群臣奉迎，我王安厝。窈窕玄宇，三光不入。幽闼一扃，尊灵永蛰。”大意是：将要入葬时，穿的还是平时的衣服，印信没有带到身上，只带了印章上的丝带。陪葬用品也没有什么华美的，最值钱的只是素色的陶器。灵柩到达西陵，墓门慢慢打开，群臣送迎，我王就这样安葬了。在幽暗的墓室里，没有日月星辰之光，墓门落下来了，至尊的魏王将永远生活在里面。

从曹丕和曹植这两位亲历者的记述来看，曹操的安葬活动是公开的，也是盛大的，曹丕和曹植不仅知道曹操被安葬的确切位置，他们都曾亲自到墓室里察看过。

亲眼看见过曹操遗嘱原件的晋人陆机生于曹操去世后四十年，他的弟弟陆云亲自到邺县参观过铜雀三台，《太平御览》中保存有他写给哥哥陆机的两封信，谈到此次邺县之行所见所闻。其中说道，他登上了三台，发现上面的房屋正在毁坏，其中一个台上还有曹操当年储藏的十万公斤煤（石墨），陆云临走还拿了点，并送给陆机一些作纪念。这时候已距离曹操去世八十多年，曹魏政权已灰飞烟灭，铜雀三台尚在，但游人已经能随便上去参观了。陆云没有提到他是否瞻仰过曹操的高陵，但如果高陵位置是个谜的话，想必他也会多说几句吧。

又过了一百多年，被李白称为“小谢”的南朝诗人谢朓来参观过邺城故址及曹操的高陵，写下了《同谢谘议铜雀台诗》和《铜雀悲》等诗，其中写道：“郁郁西陵树，讵闻歌吹声。”那时候曹操墓的位置应该是众所周知的。其后，为陈寿《三国志》作注的北齐学者裴松之，《玉台新咏》的编纂者南朝诗人徐陵等，也都先后来到这里参观、瞻仰，留下了一些诗文。

唐太宗贞观十九年（645），即曹操去世四百二十多年后，另一位历史伟人李世民亲征高丽，大军路过邺城故址，一向对曹操推崇备至的李世民亲自撰写了祭文在曹操墓前祭奠，这篇祭文收录在《全唐文》中。其后宋之问、王勃、张说、高適、刘长卿、李白、岑参、刘禹锡、李贺、李商隐、温庭筠、罗隐、陆龟蒙等唐代诗人，或者亲自来过邺都旧址，或者写过与铜雀台、曹操墓有关的诗作，但没有一个人提到过“曹操疑冢”问题。

可见，这个问题本来是不存在的，是宋代以后人们虚拟出来的，原因与历史上对曹操评价的变化有关。在宋代以前，曹操的形象基本上是正面的，陈寿在《三国志》里对曹操一生的评价基本被大家认可，提到曹操，人们首先想到的是一个英雄，公开崇拜曹操也不会被大家非议。但是到了宋代，尤其是南宋以后，曹操的形象突然发生逆转，有人认为这与南宋偏安于江南的政治格局不无关系，涉及谁是历史正统的问题，曹操在大家心目中的形象变了，由英雄成了奸雄。苏东坡曾经说过：“至说三国事，闻刘玄德败，辄蹙眉，有出涕者；闻曹操败，即喜唱快。”说的就是这种现象。恰在此时，“曹操疑冢”也就出现了。所以，这是一个文化现象、历史现象，而不是一个考古学上的问题。

另外，现邺城故址以西的漳河沿岸不知从何时起确实出现过一片古墓群，也为宋元之后来此凭吊的文人就“曹操疑冢”的联想增加了证据。但考古证实，这些被认为是“曹操疑冢”的陵墓只是东魏、北齐皇室与贵族的墓葬群，一九五六年河北省公布省级文物保护单位时将它们冠以“曹操七十二疑冢”，一九九二年国务院公布全国重点文物保护单位时将其正式更名为“北朝墓群”。

所以，曹操墓就是一个普通的帝王陵墓，曹操生前并没想把它搞得那么神秘，他死后的长达数百年时间里这个问题也都是清楚的。曹操墓最终成为一个“疑案”，一方面缘于历史的变迁，原址地貌的巨大变化；另一方面缘于曹操历史形象的变化，是人们通过各种传说、臆断、演绎的结果。

可以基本肯定的是，曹操墓仍然在地下的某处，历一千八百多年之久仍未能见到天日。直到公元二〇〇九年十二月的一天，各大媒体竞相转载的一篇新闻报道，重新搅动起人们对曹操墓的强烈关注：

“今天（二〇〇九年十二月二十七日）上午，曹操墓考古发现新闻发布会在北京举行。记者获悉，曹操墓位于河南安阳县安丰乡西高穴村。至此，曹操墓到底在何处这一千古之谜终于被破解。历史上关于曹操墓众说纷纭，七十二疑冢、许昌城外、漳河水底、铜雀台下，一千多年来，曹操墓到底在那里，谜团重重。安阳县安丰乡西高穴村二号墓地的考古挖掘最终解开了这一千古谜团，专家的主要依据是一块珍贵的石牌。

“十二月十九日和二十五日，记者两次来到发掘现场高穴村二号墓地——安阳县安丰乡西高穴村南地一片开阔的田地里，了解了‘曹操墓’的来龙去脉。曹操墓规格相当高，呈中字形土坑式砖石墓室，墓室分为前室和后室，中间有甬道相通，前后室顶部为四角攒顶，甬道为砖券拱形顶。前后墓室东西两侧各有一个耳室。两座墓室最深处距地表十六米，属于典型的深埋墓葬。墓道长三十五米，宽九点六米，呈阶梯式内收。

“在这座墓里出土有金、银、铜器、陶器、兵器等，但在这些出土文物中，最让专家兴奋的就是这块写有‘魏武王常所用挌虎大戟’的石牌，专家介绍，‘魏武王’三个字已经足够说明问题，因为这和曹操的身份相符合：曹操生前为王，他儿子曹丕做了皇帝以后，他才被追封为魏武帝；‘魏武王’完全与他死时的身份相符。这块写有‘魏武王’的石牌确切地证明了墓主人身份。同时，在挖掘过程中还出土了三具骨架，经专家鉴定，一具为男性，约为六十多岁，另两具为女性，分别为二十多岁和四十多岁，男性死亡年龄与史书中记载的曹操死亡年龄极为相符。

“与出土的文物共同指明这一古墓为曹操墓的还有一块在一九九八年被该村村民徐玉超起土时挖出的一块鲁潜墓志，志文提到了鲁潜墓距魏武帝陵的方位与距离：‘墓在高决桥陌西行一千四百步，南下去陌一百七十步，故魏武帝陵西北角西行四十三步，北回至墓明堂二百五十步。’这里所说的魏武帝陵应该就是高陵（西陵），高决桥应该为高穴桥，古代‘决’通‘穴’，这说明曹操的墓地应该在西高穴村附近。根据出土‘魏武王常所用挌虎大戟’的石牌、鲁潜墓志，以及西门豹祠位置，经过多位专家充分论证，最终确定西高穴村就是曹操墓所在地，千百年来所有的猜测所有的争论终于停止，千古谜团终破解。”

这则新闻一经发布，立即引起全社会的热议，焦点在于该墓葬到底是不是曹操墓。对此，考古界、文物管理部门的声音基本上是一致的：这就是曹操墓。而文化界、舆论界对此的看法刚好相反，他们认为这只是一种商业炒作，是浮躁浮夸和急功近利在考古工作中的表现。

要说这不是曹操墓，最有力的证据就是把真曹操墓找出来，但现在看来这也不是一朝一夕有结果的事；说这就是曹操墓，似乎也要拿出更多的证据来才有说服力，现在看来还需要继续考证和搜集证据。这是一个很专业的问题，没有做过专门研究和实地考察还是不要轻易做出“是”与“不是”的妄断。不过一个基本事实可以肯定：曹操墓没有被刻意藏起来，它的消失是自然环境变迁的结果，它仍然在这个世界上，如果它还没有被发现，它就有被发现的可能。

我们宁愿相信这就是曹操墓，宁愿相信那具六十多岁的男性遗骨就是曹操本人，时光悄然越过千百年，无尽的人世纷争和战场上的厮杀被地层阻隔，在这个世界上总算还保留一块宁静的空间，让辛劳一生的曹操闭上眼睛后有一个地方可安眠。

曹魏，随风而逝

曹操死后，曹丕继承王位，他下令曹植、曹彰等兄弟立即前往各自封国，这样，曹植就去了临菑，曹彰去了鄢陵，曹宇、曹林、曹整等兄弟也纷纷离开邺县，去各自封国了。

在继承权斗争中失败的曹植，已无心也无力挑战曹丕的王位，只得默默收拾行李，领着后妻谢氏以及儿子曹志等人去了临菑。曹彰原以为自己立有战功，能带兵打仗，大哥会另外安排（始彰自以先王见任有功，冀因此遂见授用），后来命令下来，他也要跟兄弟们一样就国，很不高兴。另外，鄢陵土地贫瘠，地方很穷，他也不想去。曹丕为了安抚他，同意他改住中牟。

曹植去临菑半年后，因思念父亲，向曹丕上了一份《求祭先王表》，请求允许祭祀父王。夏至是祖父曹嵩的祭日，每到这一天父亲曹操都会祭祀，曹植认为在这一天里也应该祭祀一下父亲。但根据礼制，曹植无权随意祭祀曹操，因此上表请求批准自己在临菑城北的河上祭祀。曹操喜欢吃鳆鱼，根据《本草经集注》解释，也就是鲍鱼，曹植在徐州刺史臧霸那里要了二百只，其他的羊、猪等他自己准备，曹操平时还喜欢吃杏、水瓜和一种叫白柰的水果（俗称沙果），柰临菑产的就有，没有水瓜和白柰，曹植请求曹丕赏赐五只水瓜、二十只白柰用作祭品。曹丕收到曹植的上表后很快给予了回复，在这份诏书里曹丕表示原打算不惜违背礼制来成全弟弟的孝心，但太学博士鹿优等人认为不可，曹丕让弟弟把对先王的思念像自己一样先存于心中（惟侯存心，与吾同之）。

曹丕鉴于夺嫡斗争中的惊心动魄，对曹植、曹彰诸兄弟采取了严格的防范措施，不让他们随便到邺县来，不断地变换他们的封地，并派监国使者监视他们的一举一动，即所谓“苛禁宗室”。

延康元年（220）十月，当了九个月魏王的曹丕终于逼汉献帝禅让，自己当了皇帝，改国号为魏，改年号为黄初，从而这一年有了第三个年号。据《魏略》记载，远在临菑的曹植听到这个消息，大哭起来。曹丕后来得知此事，他很生气，对左右说：“人心看来有不同，我登大位之时天下竟然还有痛哭的人！”

曹丕下诏贬汉献帝刘协为山阳公，刘协给了曹操一个魏公，曹丕替父亲还给刘协一个山阳公，算是礼尚往来吧。汉献帝的皇后、曹丕的妹妹曹节被贬为山阳公夫人，让他们一起到山阳郡居住。曹丕派人向妹妹曹节索要玺印，曹节不给，痛斥来人，如此三番五次，曹节最后无奈，把玺印掷于栏板之下，愤怒地说：“老天有眼，绝不让你长久（天不祚尔）！”

曹丕登基后的第二年，负责监视曹植的监国使者灌均报告说曹植“酒醉悖慢，劫胁使者”，曹丕下诏贬曹植为安乡侯，同年又改封为鄄城，曹植只剩下不停地搬家了。据《三国志》记载，曹植这次被贬与曹丕的一个梦有关，曹丕梦见自己拿了一枚铜钱在磨，想把上面的花纹磨掉，但越磨越清晰（欲令灭而更愈明）。

曹丕不知何解，问解梦大师周宣，周宣说这出于陛下的家事，让曹丕对曹植兄弟们更加提防。

又过了二年，已经被封为鄄城王的曹植与白马王曹彪、任城王曹彰到京师朝见，据《魏略》记载，曹植觉得自己有罪，心怀不安，还没到地方就把随从留下，只带着两三个人微服入关，他找到自己的大姐清河公主，想让她领着去见曹丕谢罪（欲因主谢）。曹丕不知道情况，派去接曹植的人回来报告说人不见了，卞太后知道后，还以为是曹植自杀了，在曹丕面前痛哭不已。过了一会儿，曹植在姐姐清河公主的引领下背着刑具、光着脚到门外请罪（科头负铁锧，徒跣诣阙下），太后转而又惊又喜。

曹丕却一直板着脸，故意不给曹植说话，也不给他穿衣服穿鞋，曹植一直伏在地上涕泣，太后很生气，曹丕这才命人拿来王服给曹植穿上。就在这次朝见中，任城王曹彰却没能回去，而是死于京师。《三国志》认为他是生病死的，《魏氏春秋》则认为他是被气死的，说当初曹彰有过问父王玺绶何在的事，曹丕得知后认为这个弟弟有异心，他来了故意不见，曹彰脾气一向暴烈，活活给气死了。可信度不强的《世说新语》则认为曹彰是被毒死的，说曹丕最忌惮的就是曹彰，因为这个弟弟很骁勇，在军中也有威望。曹丕把曹彰叫来，还有他们的母亲卞太后一块下围棋，一边下棋一边吃枣，曹丕让人把有毒的枣放在筐里，自己知道哪个有毒哪个没有，他挑没毒的吃，曹彰哪里知道，结果就给毒死了。曹彰中毒后，卞太后急忙找水救他，曹丕提前让人把周围能盛水的东西都砸了，卞太后找不着东西盛水，光着脚跑到井边，却没办法把水打上来，眼睁睁看着曹彰死了。后来，曹丕又想害曹植，卞太后愤怒地说："你已经杀了我的曹彰，不得再杀我的曹植（汝已杀我任城，不得复杀我东阿）！"那时候，曹植又被封为东阿王。

《世说新语》讲的这件事很不靠谱，不是说曹丕不可能杀曹彰，而是为杀个曹彰居然费这么大的劲，实在不合情理。不过，曹氏兄弟当时的关系确实很紧张。

曹丕即位后的第六年，他远征广陵回师的路上专程去了一趟曹植的封地，曹植此时又被改封为雍丘王，在雍丘他们兄弟见了面，这也是他们见的最后一面。曹丕增封曹植五百户，又进行了赏赐。唐人徐坚所编《初学记》里记录着曹丕赏赐曹植的诏书，根据这个记载，曹丕把曹操生前穿过的衣服一共十三件赏赐给了曹植，曹植上表答谢。

次年五月，刚满四十岁的曹丕突然病倒，他想起朱建平等人给自己算过的命，心有不祥之感，于是立二十三岁的长子曹叡为太子，诏曹真、陈群、司马懿受遗诏辅政。几天后，曹丕驾崩于洛阳嘉福殿，太子曹叡即位，是为魏明帝。

又过了六年，即魏太和六年（232）十一月，曹植去世，葬于东阿县鱼山，即现在的山东省聊城市东阿县鱼山西麓，已被列为国家级文物保护单位。

又过了两年，即魏青龙二年（234），山阳公刘协去世，享年五十三岁。这一年还有一颗巨星陨落了，他就是诸葛亮，凑巧的是，诸葛亮也活了五十三岁。山阳公夫人曹节去世于魏景元元年（260），依照汉朝礼制，她与丈夫刘协合葬于禅陵，此地在今河南省修武县境内。

又过了五年，即魏景初三年（239），曹操的孙子、魏明帝曹叡驾崩，曹叡没有儿子，年仅八岁的养子曹芳即位，他是曹魏的第三任皇帝。据《魏氏春秋》记载，曹芳是曹彰的儿子任城王曹楷之子，曹操的曾孙。曹叡临终前，诏令曹真之子、时任大将军的曹爽与时任太尉的司马懿共同辅政。

又过了十年，即魏嘉平元年（249），司马懿发动政变，诛杀曹爽等人，控制了曹魏大权。

又过了十一年，即魏甘露五年（260），曹髦被成济弑杀，司马昭与众臣商议立曹奂为帝。

又过了十四年，即魏景元四年（263），魏灭掉了刘备建立的蜀汉政权，此时距曹操去世已经四十三年了。

此后又过了两年，即魏咸熙二年（265），司马懿的孙子司马炎废掉曹魏最后一任皇帝、曹操的孙子曹奂，自立为帝，改国号为晋，司马炎即晋武帝。

又过了十五年，即晋太康元年（280），晋朝灭掉了孙权创立的孙吴政权，统一了中国。

参考文献

[1] 曹操．曹操集 [M]．北京：中华书局，2012.
[2] 陈寿．三国志 [M]．上海：上海古籍出版社，1980.
[3] 范晔．后汉书 [M]．北京：中华书局，1965.
[4] 常璩．华阳国志 [M]．北京：商务印书馆，1958.
[5] 房玄龄，等．晋书 [M]．北京：中华书局，2015.
[6] 郦道元．水经注 [M]．上海：上海古籍出版社，1990.
[7] 司马光，等．资治通鉴 [M]．上海：上海古籍出版社，1980.
[8] 熊方，等．后汉书三国志补表三十种 [M]．北京：中华书局，1984.
[9] 钱仪吉．三国会要 [M]．上海：上海古籍出版社，1991.
[10] 卢弼．三国志集解 [M]．上海：上海古籍出版社，2009.
[11] 梁章钜．三国志旁证 [M]．福建：福建人民出版社，2000.
[12] 严耕望．两汉太守刺史表 [M]．上海：上海古籍出版社，2007.
[13] 台湾三军大学．中国历代战争史 [M]．北京：中信出版社，2013.
[14] 赵德馨，等．中国经济通史 [M]．湖南：湖南人民出版社，2002.
[15] 魏宏灿．曹丕集校注 [M]．安徽：安徽大学出版社，2009.
[16] 赵幼文．曹植集校注 [M]．北京：中华书局，2016.